上海译文出版社

Die Welt von Gestern

斯特凡·茨威格 / 著　　徐友敬 等 / 译　　　　一个欧洲人的回忆　昨日的世界

目录

前言

　　我从来没有把自己看得那么重要，以至于非要把我的生平向他人讲述不可。在我鼓起勇气写这本以我为主角，或者更确切地说，以我为中心的书之前，所发生的许许多多的事件、灾难和考验，已远远超过以往一代人所经历的。我让自己站在前面，仅仅是作为放幻灯片时的解说员；时代提供了图景，我无非是对这些图景加以解释而已，因为这并非我个人的经历，而是我们整整一代人的经历——几乎没有任何一代人像我们这样，命运的负担如此沉重。我们中间的每个人，即使是年纪最小或是最微不足道的，无不在心灵深处被欧洲大地上几乎是无休止的火山般的激荡所震撼。我很清楚，在千千万万人中间，没有任何人具备像我这样的优越条件：我是奥地利人、犹太人，也是作家、人道主义者与和平主义者，恰恰站在震荡最激烈的地方。震荡三次摧毁了我的家园和生存的条件，使我彻底脱离了与过去的一切联系。震荡戏剧性地把我抛入一片荒漠，在此境中我清醒地认识到："我不

I

知道要奔向何方。"

但是，我并不抱怨，恰恰是流离失所的人才能够获得一种新含义的自由，只有与一切失去联系的人才会无所顾忌。因此我希望，我至少能具备完成一部真正反映时代的作品所必需的首要条件：公正和无偏见。

由于我脱离了原来的根系，甚至脱离了养育根系的土地——像我这样公正的人在哪个时代都是罕见的。一八八一年，我出生在一个强大的帝国，哈布斯堡王朝的帝国，可是在如今的地图上已找不到它：它无声无息地被冲刷掉了。我是在维也纳长大的，那是一座有两千年历史的、多个国家曾在此建都的城市，在它沦为德国的一个省会之前，我像罪犯似的逃离了它。在那里，我用母语写的文学作品被烧成灰烬，而在我身处的这个国家，我的书成了上百万人的朋友。因此，我不再有任何归属，所到之处不过是作为一个陌生人，充其量也不过是朋友；就连我心中选择的故乡欧洲，在同室操戈的第二次自相残杀之后，在我心中业已消失。与我的愿望相悖，我见证了理性遭到最可怕的失败，而野蛮获取最大的胜利；过去从没有过像我们这一代人的经历，道德从如此的精神高度坠落到如此低下的地步——我这样说绝非出于高傲，而是饱含着耻辱。从我刚萌发胡须到胡须变白这短短的时间跨度之内所发生的急剧转换和变化，远远超过以往十代人所经历的。我们中每个人都感到：变化有点太大了！我居然一会儿攀登向上，一会儿节节衰落，我的今天和昨天是多么不同啊！有时我认为，好像我的生活不只有一种，而是有完全不同的许多种。因为在我身边经常发生这样的事，当我提到

"我的生活"时，我情不自禁地问自己："这是哪一种生活？"是第一次世界大战前的生活，还是第二次世界大战前的生活，又或者是今天的生活？我还不时感觉到，当我想到"我的家"时，我并不能立刻知道，是在巴斯的那个家，还是奥地利萨尔茨堡的那个家，抑或是维也纳我父母的家。当我说起"在我们这里"时，我不得不惶恐不安地提醒自己，对我家乡的人来说，我早已不是他们中间的一员，就像我不是英国人或美国人一样，我与他们并无有机的联系；而在这里，我还没有完全成为他们中间的一员。我长大成人的世界和今天的世界，以及介于两者之间的世界，给我越来越多的感觉就是，它们是完全不同的世界。每当我同年轻的朋友谈到第一次世界大战以前的事情时，我从他们惊异的提问中发现，对我来说不言而喻的事，对他们来说已经成了历史，变得不可思议。我潜藏的内心本能认为，他们的发问是正确的。因为，在我们的今天、昨天和前天之间，所有的桥梁都已被拆除。甚至在今天，我也不能不对我们能把如此庞杂的事情压缩在我们这代人短促的时间里而感到惊奇，特别是当我把这种生活——诚然充满极度难堪和不安——与祖辈的生活相比较时，更是如此。我的父亲，我的祖父，他们看到过什么？他们一辈子过着单调的生活，生活方式一成不变，没有飞黄腾达，也不会跌落深渊，没有震荡，也没有危险，生活中只有一点点焦虑和一种不易觉察的渐变；这种生活安宁又平稳，生活节奏始终如一，时间的波浪把他们从摇篮送到坟墓。他们从生到死都是生活在同一块土地上、同一个城市里，甚至同一座房屋里；外面的世界发生的事仅仅停留在报纸上，并不会来敲他们的房门。在他们的一生中，也会时不时在什么地方发生战争，但用今天的规模来衡量，充其量不过是一场小仗，发生在遥远的边境上，听不到大炮声，半年之后就烟消云散，被人忘却，成为历史上不起眼的一页；一成不变的生活又重新开始。可是我们这一代人的生活一点儿也不会重复，过去了的生活再也不会回来，也留不下任何痕迹。我们这一代人最大限度地经受的苦难，比过去落到一个国家和一个世纪的苦难还要多。以往，第一代经历革命，下一代碰上暴乱，第三代遭遇战争，第四代遇到饥馑，第五代赶上国家经济崩溃。——况且，总有一些幸运的国家、幸运的几代人，他们根本没碰到这些事。而今天，我们这些六十多岁以及比我们略微年长一点的人，什么事情没见过、没经历过、没遭受过？凡是能想象出来的灾难，我们从头到尾一一饱尝过，苦难至今尚无尽头。我自己就是两次人类最大战争的同代人，甚至还有过两次不同战线上的经历，一次站在德国一边，一次站在反对德国的一边。战前我享受过最高度最完整的自由，可是战后却尝到了数世纪以来最大的不自由。别人赞美过我，也责备过我，我自由过，也不自由过，我富有过，也贫穷过，《启示录》里那几匹苍白的大马全都闯入我的生活，这就是：战争和饥馑、通货膨胀和暴政，疾病和政治流亡。我目睹各种群众思潮，如意大利的法西斯主义、德国的国家社会主义①，尤其是那个不可救药的瘟疫——毒害了欧洲文化繁荣局面的民族主义的产生和蔓延。我成了一个手无寸铁、无能为力的见证人，目击人类想象不到地倒

———————————

① 纳粹主义的全称。

退到早已被人遗忘的野蛮时代中去，这是一种有自觉纲领的反人道主义的野蛮。在我们经历了若干世纪以后，又看到了不宣而战的战争和集中营，看到了严刑拷打和大肆掠夺，以及对不设防城市的狂轰滥炸。所有这些兽行都是我们在以往的五十年里所未曾见过的，但愿我们的后人不再容忍这些暴行发生。但是，十分荒谬的是，我在这个道德上倒退了一千年的时代里，也看到了人类在技术和智力方面取得的意想不到的成就，一跃超过以前几百年所取得的业绩：飞机征服了天空；在一处说的话一秒钟就传遍全球，从而缩短了世界空间的距离；原子分裂战胜了最险恶的疾病。昨天所不能做的事，如今几乎每天都可以做到。在我们的时代之前，人类作为一个整体，既没有露出魔鬼般的嘴脸，也没有创造出惊人的奇迹。

为我们所经历的紧张、惊奇而又富于戏剧性的生活作见证，似乎是我应尽的义务。我再说一遍，我们每个人都是这次大变动的见证人，而且是迫不得已的见证人。我们这一代人不存在任何逃避的可能，也无法像前辈那样置身事外；由于同步性的新技术，我们与时代的联系更紧密了。比如说，炸弹把上海的一些房子炸毁了，伤员还没有被抬出房屋，消息就传到了我们的房间。一千海里以外大洋发生的事，很快就被印成图片，我们如身临其境。由于这种不断地彼此沟通和互相参与，再也没有安全和保险的地方了。现在无一处可逃避的地方，没有可以用钱买来的安宁。命运之手无时无刻不在抓住我们，把我们拖进没完没了的戏弄之中。

另外，一个人必须永远服从国家的要求，作为最愚蠢政治的牺牲品，去适应最离奇的变化，尽管他竭力保护自己，还是不可避免地被卷进去。自始至终经历过这个时代的人，或者说，被驱赶、被追逐的人——我们很少有喘息的机会——他们所经历的比前人多得多。就在今天，我们正处在新旧交替的转折关口，所以我让我的回忆暂时在一个特定的日期结束。这样做并非没有意图，因为一九三九年九月的一天，标志着造就我们这些六十岁的人的时代彻底结束。如果我们用自己的见证给后代留下那个分崩离析的时代的真实情况，哪怕是一星半点，也算是没有完全枉度一生。

我非常清楚，我是在一个对我极为不利但又极具时代特征的环境下写这些回忆的。时值战争，我客居异乡，缺乏任何帮我回忆的材料。在我的旅馆房间里，我手头没有一本自己的书。没有记录，也没有朋友的信件。我无处问询，因为世界各国之间的邮路已经中断，或者说由于审查制度而受到了阻碍。我们每个人都过着与世隔绝的生活，好像数百年前尚未发明轮船、火车、飞机和邮电时一样。所以，关于我过去的一切，仅仅是凭我脑中的记忆。记忆以外的其他一切，眼下无法找到，或者已经遗失。我们这一代人学到了一种极好的技巧：对失去的绝不缅怀。也许，资料和细节的欠缺正是我这本书的得益之处。因为在我看来，我们的记忆不是把一个纯粹偶然的事件记住，而把另一个纯粹偶然的事件忘掉的机理，而是具有整理和明智舍弃的能力。人的一生中所忘掉的一切，本就是应该忘却的，这是人的内在本能早已决定了的。唯有我自己想要记住的事，才好为别人保存下来。所以，这里叙述和选择的，不是我的回忆，而是为他人所作的回忆，但这些回忆至少反映了在我的生命进入冥府之前的一生！

昨日的世界

一个欧洲人的回忆

我们命该遇到这样的时代！

莎士比亚《辛白林》

太平世界

我们在一片安谧中长大成人，
忽然被抛进大千世界，
无数波浪从四面向我们袭来，
我们对一切都兴致盎然，
有些我们喜欢，有些我们厌烦，
时时刻刻都在出现微微的不安，
我们感受着，而我们感受到的，
却被各种尘世的纷扰冲散。

——歌　德

　　如果我要为第一次世界大战前即我长大成人的那段时间作一个简要的概括，那么我希望如此说：这是一个太平的黄金时代——这是最确切不过了。我们那个几乎有千年历史的奥地利君主国，好像它的一切都会天长地久地延续下去，国家本身就是这种延续的最高保证。国家赋予公民的权利，是由人民自由选举出的议会以书面形式确认的，每项义务都有严格的规定。我们的货币，奥地利克朗，是以闪闪发光的金币形式流通的，因此它的价值是不会改变的。人人都知道他有多少钱或者他挣了多少钱，能干什么或者不能干什么都有一定的规范、标准和法度。拥有财产的人可以精确计算出每年有多少盈利，公务员和军官看日历就能知道他会在哪一年升职或退休。每户人家都有自己确定的预算，知道一家人吃住开销多少，夏季旅行和社交应酬要花费多少钱，此外还要留下一小笔费用，以备生病和意外之需。有房子的人把房子看作留给后代的万无一失的家园；农场、商店则代代相传。就连襁褓中的婴儿，也已经在储蓄罐或储蓄所存下第一笔钱，这是为他的将来准备的一笔小小的储蓄金。在这个辽阔的帝国里，所有的一切都紧紧依靠国家和那个至高无上的白发苍苍的皇帝。谁都知道（也都这样认为），即使老皇帝去世，新皇继位后，旧的一切会原封不动地得到保持。谁也不相信会有战争、革命，会有颠覆政权的行动。在一个理性的时代看来，任何激烈的暴力行动都是不可能发生的。

这种安全的感觉是千百万人的财富和共同的生活理想。唯有在这样的太平世界里，生活才具有价值，越来越多的社会阶层渴望从这份宝贵的财富中分享自己的那一份。最初只是那些有钱人对这种太平盛世欢欣鼓舞，后来逐渐扩展到平民百姓。这个太平的世纪成了保险业的黄金时代。人们为房子投了火灾险和防盗险；为自己的耕地投了防雹和防风暴险；为防意外事故和疾病投了人身保险；为自己的晚年买了终身养老金券；将一张保险单放在女儿的摇篮上，作为将来的嫁妆。最后，工人也组织起来了，为自己争到了应得的工资和医疗保险；用人们为自己储蓄了养老保险，并预先存入一笔丧葬费。只有那些对未来充满信心无忧无虑的人，才能尽情享受眼前的好生活。

当时人们认为，他们的生活能够完全阻止厄运的入侵，这种感人的信念是非常危险的自负，尽管他们对生活的态度谦虚又正派。在十九世纪，对自由的理想主义深信不疑的人，认为自己找到了一条通向"最美好世界"的平坦大道。他们用鄙夷的眼光看待以前充满战争、饥馑和暴乱的年代，认为那是人类尚未成熟和不够开化所致。而现在，所有的祸害和暴政似乎已经全部被消灭，这不过是近几十年的事。人们对不可阻挡的持续"进步"的坚定信念，是那个时代真正的信仰力量。这种力量甚至超过了人们对《圣经》的信仰，日新月异的科技进步雄辩地为它作了证明。事实上，在这个和平世纪行将结束的时候，普遍的繁荣变得越来越明显，越来越迅速，越来越丰富多彩。街道的夜间照明已不再是昏暗的灯光，而是耀眼的电灯。从城市的主干道直到市郊，沿街店铺灯火辉煌。用电话能与远方的人对话。乘坐的车辆已不是马车，速度就快得多啦。人们已实现了伊卡洛斯的梦想，在空中遨游。舒适的设备从富裕之家进入普通百姓家。已不需要从井里或河里汲水。炉灶生火简便多了，人人讲卫生，肮脏不再存在。人们从事体育锻炼以来，身体变得越来越漂亮，越来越强壮，越来越健康。患有畸形、甲状腺肿大及其他残疾的人在街上越来越少见。所有这些奇迹都是科学和"进步"的天使创造的。还有，社会也在不断进步：司法变得更加温和与人道，每年都赋予个人新的权利；甚至那个最棘手的问题，即广大群众的贫困问题似乎也不再难以解决。越来越广泛的社会阶层有了选举权，从而可能合法地维护自己的利益。社会学家和教授们竞相为无产阶级生活得更加健康和幸福出谋划策——因此，如果不为本世纪所取得的成就感到荣耀，不觉得每隔十年社会就向前迈一大步，那才怪呢。人们不相信欧洲各民族之间还会有战争，就像不相信世上还有鬼怪一样，认为那是野蛮的倒退。我们的父辈坚信宽容和友好是不可缺少的约束力。他们真诚地认为，各个国家及各个教派之间的界限和信仰的分歧，将会在人们的友善中逐渐化解，整个人类将享有最宝贵的财富：和平与安全。

被理想主义蒙蔽的那代人抱着乐观主义的幻想，他们以为科技进步必然带来人类道德的迅速提高，这同我们今天幻想把"安全"这个词从词汇表中抹掉一样，是十分可笑的。我们这一代人在新世纪里已经学会了对集体残暴行为的爆发不再感到惊奇，总有一天会出现更残酷的暴行，所以我们对人类的道德教育持怀疑态度。我们不能不承认弗洛伊德是正确的。他把我们的文化、我们的文明看作薄薄的一层纸，随时都会被邪恶的力量击破。我们这一代人必须逐渐习惯这个没有立足点、没有权利、没有自由、没有安全的世界。我们早已为了自己的生存摒弃了父辈的坚强信念，他们认为人道主义会持续不断地飞速提高。一场灾难使我们的人性一下子倒退了近千年。在我们这些有深刻教训的人看来，轻率的乐观主义是十分陈腐的。尽管这只是一种幻想，却是我们的父辈为之献身的，这比那些空洞的口号更有人性，更有内容。时至今日，我内心深处仍无法完全摆脱这种幻想，虽然我对它已充分认清，完全失望。一个人童年时耳濡目染，时代气息已溶入他的血液，是难以磨灭的。不管现实每天在我耳边鼓噪些什么，不管我和我的众多同代人遭受过什么侮辱和考验，我还是不能否认青年时代的信仰：总有一天会好起来，尽管来之不易。今天，我们心神不宁地怀着破碎了的心情，像个盲人在恐怖的深渊中四处摸索，我依然能从中看到曾照耀我童年的星辰，用这种继承下来的信念，认为这种倒退只是"前进"过程中的一个间歇，以此来安慰自己。

今天，巨大的风暴把世界击得粉碎，我才完全明白，太平世界不过是梦幻中的宫殿。我的父母就是住在这个宫殿里，就像住在一幢牢不可破的石头房子里一样。从来没有什么风暴或者强烈的穿堂风闯入他们温暖舒适的生活；当然，他们具备防风遮雨的特殊手段：他们是有钱人，他们是逐渐发迹的，已经变成富豪。但在他们那个时代，抵挡风雨全靠窗户和墙壁。我觉得，他们的生活方式属于典型的"上流犹太资产阶级"，这个阶级对维也纳的文化做出过重要的贡献，而所得到的报答却是被彻底消灭。我在这里叙述我父母安闲自在和无声无息的生活，其实讲的并非个人的私事，因为在那个重视一切价值保障的世纪里，像我父母这样的家庭在维也纳有一万或二万个之多。

我父亲的祖籍在摩拉维亚①。在那个不大的乡村里有犹太人聚

---

① 地名，位于今捷克东部。

集区。他们与当地的农民和小市民相处得非常融洽，所以他们完全没有压抑心理，也没有东方加利西亚①犹太人随时都出现的急躁。由于生活在农村，他们个个体魄健壮，走起路来迈着稳健、从容不迫的步伐，像农民穿越田野一般。他们早就从正统的教派分离出来，成为"进步"这个时代宗教的狂热追随者。政治上恰逢自由主义时期，他们选出了自己最尊敬的议员进入国会。当他们从自己的故乡迁居到维也纳以后，便以惊人的速度适应了较高的文化生活。他们的发迹是和时代的普遍繁荣有机地联系在一起的。在这个转变过程中，我们的家庭是非常典型的。我的祖父曾经销售过手工纺织品。上世纪下半叶，奥地利的工业开始发展，从英国进口织布机和纺纱机，由于合理的机械化生产，纺织品的价格大大低于手工制品的价格。犹太人具备天才的商业洞察力和全球的视野，认识到率先在奥地利实行工业化生产的重要性。唯有工业化才能获得厚利。他们以最少的资金、最快的速度建立了一些临时搭建的工厂，先是以水力作动力，这些工厂以后逐渐发展成控制整个奥地利和巴尔干半岛的波希米亚纺织工业中心。如果说我的祖父是一个经营成品的中间贸易商的早期典型代表，那么我的父亲已决定跨入一个新时代。他三十岁时在波希米亚北部创办了一个小型的织布作坊，经过多年的悉心经营，它逐渐发展成一家规模相当大的企业。

尽管当时的经济发展速度十分惊人，可我父亲依然采取那种小心谨慎的扩展方式，这完全是那个时代的观念。再说，这也非常符

① 旧地名，位于今波兰东南。

合我父亲那种克制而不贪婪的性格。他坚持那个时代的信条：稳妥第一。他觉得依靠自己的资本"扎扎实实"——那个时代最喜欢说这个词——办起来的企业，比利用银行贷款或实物抵押建成的企业更伟大。他一生中从未签发过一张债券，也从未签发过一张期票。他开户的银行，毫无疑问是最可靠的信贷银行：罗斯柴尔德银行，该银行始终处在贷方的地位，这是他一生中唯一的骄傲。他从来就讨厌投机生意，哪怕有一点风险他也不干。他一生中从未做过一笔生疏的交易。当他渐渐有钱和越来越有钱时，他从不把这些归功于大胆的投机，也不归功于他眼光的长远，而是归功于自己所处的那个时代最普遍的小心谨慎的做法：始终只用收入的极小部分作为日常开销，把逐年递增的巨额收入投入经营，扩大再生产。我父亲像他同辈的大多数人一样，如果看到一个人把收入的一半毫无顾忌地花光，而不顾太平年代常说的一句话——"为将来想一想"——这样的人肯定被看作靠不住的败家子。其实，对一个有钱人来说，这种变利为本不断积累财富的方法，在经济腾飞的时代仅仅是一种保守的生财之道，因为当时国家还没有想到从巨额收益中多征收百分之几的税。再者，国家的有价证券和工业股票在当时也能带来很高的利息。不论怎么说，这种保守的生财之道也是值得称赞的。当时，通货膨胀还没有到来，克勤克俭的人家还不容易遭偷盗，规矩正派的人也不会遇到诈骗。恰恰是最有耐心和不搞投机的人获利最多。我的父亲由于顺应了他那个时代的一般规律，在他五十岁时，纵然用国际的标准来衡量，也称得上是一位巨富了。但是，我们家庭生活的开销，与财产的骤增相比，依然是十分节俭的。我们只是逐渐买点方便的生活用品；我们从一幢较小的寓所搬到一幢较大的住宅；只是在春天的午后才租一辆出租马车。我们外出旅行坐的是二等卧铺车厢，我父亲五十岁时才享受了一次豪华生活：同母亲乘车去尼斯度过冬天的一个月。总之，我们家持家的基本原则始终不变：克勤克俭，绝不挥霍，绝不挪用款项。我父亲成为百万富翁以来，从未吸过一支进口雪茄，而只吸普通的国产雪茄，就像弗兰茨·约瑟夫皇帝只吸廉价的弗吉尼亚雪茄一样。玩牌时，他只下很小的赌注。他坚定不移地秉持他的克制作风，坚持过一种舒适又不惹人注意的平静生活。虽然他比大多数同行体面得多，也有教养得多——他钢琴弹得出色，书法清秀，会讲法语和英语——却坚决拒绝任何荣誉和荣誉职位。他一生中从未追逐或接受过任何头衔和地位，而像他这样的大工业家理应获得这些。他从未向别人求过什么，所以他从未向别人说过"请求您"或"多谢"之类的话。他觉得这种隐藏在内心的骄傲，比显露出来更加重要。

的确，每个人的一生中总会出现一段和父亲的本性相同的时期。我父亲不声不响又不愿抛头露面的个性，现在开始影响我，一年比一年明显。在职业上，我同父亲迥然不同，我的职业不能不宣扬自己的名字，不能不抛头露面。我同父亲一样，内心的骄傲促使我拒绝任何形式上的荣誉。我从未接受过一枚勋章、一个头衔或任何一个学会会长的职位；我从未担任过研究院的院士、理事或评奖委员会的委员；甚至我觉得，坐在丰盛的宴会桌旁是折磨自己，一想到要同人攀谈或向别人祝酒，还没等说出一句话，我的喉咙就先干涩了。我知道，在世界上这样克制和拘束是多么不合时宜，只有圆滑或者逃脱现实才能保全自己，正如歌德老人所言："勋章和头衔可免于在窘境中遭冲击。"但是，父亲遗传给我的那种内心的骄傲，我无法违抗，这也许是我唯一的可靠的财产，我之所以今天内心里还感到自由，应当归功于父亲留给我的宝贵遗产。

我的母亲婚前姓布雷陶尔，她是另一种出身，一个国际化的大家族。她出生在意大利南部的安科纳，所以意大利语和德语她从小就会说。每当她同我的外祖母或者她的姐妹说些不想让用人知道的话时，就说意大利语。我从孩提时就十分熟悉意大利式烩饭和当时还十分稀罕的洋蓟，还有许多其他南方菜。所以，我以后到意大利去，就有一种回家的感觉。不过，我母亲一家并非意大利人，而是有意成为国际化的大家族；布雷陶尔家族最早开银行——他们以犹太大银行世家①为榜样，但是规模小得多——他们很早就从瑞士边境上一个叫霍恩埃姆斯的小地方分散到世界各地，一部分迁到圣加伦，另一部分迁到维也纳和巴黎，我外祖父到了意大利，我的一位舅舅到了纽约。这种国际性的联系使这个家族更加体面，视野更加开阔，从而为整个家族带来了自豪感。在这个家族里，不再有小商人、掮客等，而是遍布银行家、经理、教授、律师和医生。每人都会说几国语言。如今我还清楚地记得，在巴黎姨妈家的餐桌上，我看到他们从一种语言轻松自如地过渡到另一种语言。这是一个谨慎"自重"的家族，每逢一个穷亲戚家的姑娘要出嫁，这个家族就给

---

① 指罗斯柴尔德家族。

她筹措一份可观的嫁妆，目的仅仅是防止姑娘"低嫁"。我父亲是一个大工业家，虽然备受尊敬，但是我母亲从不允许我父亲的亲戚和她的亲戚相提并论，尽管他们俩的结合极其美满幸福。这种出身名门的自豪，在所有姓布雷陶尔的人身上根深蒂固。若干年以后，他们中间的一员为向我表示特殊的好感，怀着优越感对我说："你才是真正的布雷陶尔的后代呢！"他这句话似乎是想说："你算是投对胎了。"

还有一类贵族，一些依靠自己的力量发迹的犹太家族就是这一类。我和我的兄弟从童年起，对他们的作为一会儿感到有趣，一会儿感到讨厌。我们老听他们说，这些人是"高雅"的人，那些人是"粗鲁"的人；对每个朋友都要审查一番，看他是否出身"上流"，甚至对他的家庭成员和亲戚的出身以及经济状况都要详细调查。一直把人分成等级的议论成了家庭和社交中的主要话题，当时我们看到这个觉得极可笑，认为是故作高雅的表现，因为犹太家族之间出现的贫富差距不过是近五十年或一百年的事，犹太家族都是在那个时候先后从一个犹太人聚集区迁移出来的。一直到了很久以后我才明白，"上流"家庭的概念在我们男孩看来，完全是假贵族的一种装模作样的闹剧的产物，体现了犹太人的精神实质中最秘密最核心的那一部分。人们通常认为，发财致富是犹太人根本的、典型的生活目的。没有比这个看法更错误的了。发财致富对犹太人来说只不过是阶梯，是达到目的的手段，并非他们的核心目标。犹太人真正的愿望，他们的潜在理想，是提高自己的才智，使自己进入更高的文化层次。"精神高于物质"是他们的至理名言，这反映了整个犹太民族——其中包括正统的犹太人——的优点和弱点。比方说，一个虔诚的信徒，一个研究《圣经》的学者，他们的地位在犹太人看来要比一个富翁高一千倍，就连最有钱的富豪也宁愿把自己的女儿嫁给一个穷得像乞丐的知识分子为妻，也不嫁给一个有钱的商人。对知识的敬重在犹太人各阶层都是一样的。就连扛着背包、顶风冒雨在街头讨生活的小贩，也愿意付出最大的代价让儿子去上大学。如果家庭成员中有一人算得上有知识，又当了教授、学者或音乐家，那么，他就把这种荣誉和头衔归功于全家，好像他通过他的成就使全家都贵族化了。不言而喻，在犹太人中间，他们竭力防止自己成为一个道德不可靠、令人讨厌、锱铢必较、只会做生意而无知识的人，而是努力跻身于较清高的、不计较金钱的知识分子中间。说得直率一点，就好像要把自己和整个犹太民族从金钱的灾祸中解救出来似的。因此，一个犹太家族往往经过两代最多三代，追求财富的劲头就枯竭了。恰恰在家族鼎盛时期，出现了不愿接受父辈的银行、工厂及规模巨大生意兴隆的商号的子孙。例如，罗·罗斯柴尔德勋爵成了鸟类学家，沃伯格家族有了艺术史家，卡西尔家族出现了哲学家，赛松家族有了一位诗人，这都不是个别现象。摆脱那种只知赚钱的犹太人小天地，成了他们不外露的共同渴望。通过进入知识界，他们使自己摆脱了纯粹犹太人的狭隘气质，获得普遍的人性。换言之，一个“名门”世家的涵义远远高于这个称呼所带来的社会地位，因为一个犹太“名门”世家不仅适应一种文化，而且多半要兼容其他文化，以使自己摆脱或开始摆脱犹太人社区留给他们的一切缺陷、狭隘和小气。后来，由于犹太知识分子人数猛增，在犹太人中占很大比重，这种现象也给犹太民族带来了灾难。这种永远的自相矛盾，大概是犹太人命中注定的吧。

　　在欧洲，几乎没有一座城市像维也纳那样热衷于追求文化生活。正因为奥地利君主国数百年来既无政治野心又无军事行动，稳定带来了全面繁荣，全面繁荣必然引起对艺术的最强烈的追求，这也是奥地利民族自豪感的体现。古老的哈布斯堡王朝统治欧洲那段时间，那些最重要最有价值的地区，像德意志、意大利、佛兰德斯、瓦隆都已衰落，唯有维也纳闪耀着古老的光辉。它是王朝的宝都，是千年传统的保护神，罗马人为这座城市建造了第一座石头城墙，对防御野蛮人、保护拉丁文化起了很大作用。一千年以后，奥斯曼人西侵，摧毁了这座城墙。尼伯龙根人也到过这里。这里出现了七位不朽的音乐大师——格鲁克[①]、海顿、莫扎特、贝多芬、舒伯特、勃拉姆斯、约翰·施特劳斯，他们都在这里生活过，从这里向全世界发出耀眼的光芒；欧洲的各种文化潮流都聚集在这里；在宫廷里、在贵族中、在民间，奥地利德语的文化传统同斯拉夫、匈牙利、西班牙、意大利、法兰西和佛兰德斯文化有着血肉的联系。这座音乐之都的真正天才表现在能把一切有巨大差异的文化熔为一炉，成为一种新的独特的奥地利文化、维也纳文化。这座城市具有博采众长的欲望，对那些特殊的事物特别敏感，它吸引各种类型的人才到自己身边，逐渐使他们融洽相处。在这种融洽的气氛中生

———————————

[①] 克里斯托弗·格鲁克（1714—1787），德国作曲家。

活，使人备感温暖。这座城市的每个市民都在不知不觉中被培养成超民族主义者、世界主义者和世界公民。

这种兼收并蓄的艺术，这种富于音乐性的柔和过渡的艺术，从城市里的各类建筑上就可以看出。经过数百年的缓慢发展，从内向外有计划的扩张，维也纳现在已是一座拥有两百万人口的城市。城内居民的一切消费和各方面的需要早已配套供给。维也纳虽大，但还没有大到像伦敦、纽约那样脱离大自然的地步。维也纳边缘的排排房屋，有的倒映在多瑙河的微波上，有的面向辽阔的平原，有的散落在花园和田野之中，有的分布在树木葱郁的阿尔卑斯山余脉之端的缓缓的山岗上。人们几乎分辨不出哪里是自然景色，哪里是城市，自然景色和城市建筑和谐地融为一体。从市郊走进市区，你会看到城市的发展轨迹像树干的年轮那样层次分明。在古老的要塞围墙的旧址上，现在是一条环形大道，大道上的华丽楼阁环抱着城市最中间、最珍贵的核心，这便是朝廷和贵族的古老宫殿，它们诉说着过去的沉重历史。贝多芬曾在这里的利希诺夫斯基侯爵府上演奏过；海顿曾在这里的埃斯特哈齐侯爵府上做过客，当时，海顿的《创世记》在那所古老的大学①首场演出。维也纳最著名的霍夫堡宫曾有几代皇帝在那里居住；拿破仑住过香布伦宫。基督教世界的诸侯们联合起来，在圣斯特凡大教堂里下跪，为欧洲从土耳其人手中解救出来而祈祷谢恩。在那所大学的校院里，有无数科学名人在任教。在这些宫殿之间，一些新派建筑高傲地屹立着，灯火辉煌的

---

① 指维也纳大学。

商店和光彩夺目的林荫大道组成一幅壮美的图画。旧的建筑物并不抱怨新的建筑物，就像敲下来的石头并不抱怨岿然不动的大自然一样。生活在这个城市里是绝妙无比的，它好客地接纳所有外来者，愿意为他们奉献一切。这里的气氛是那么轻松愉快，就像巴黎一样到处充满快乐，只不过在这里能享受到更自然的生活罢了。所以谁都知道，维也纳是一座享乐者的城市。但是，所谓的文化难道不是用艺术和爱情编织的精品给粗鲁的物质生活蒙上一层最美好、最温情和最精纯的色彩吗？享受美食，喝一瓶上等葡萄酒和一瓶微苦的鲜啤酒，品尝精美的甜品和大蛋糕，在这座城市里算是一般的享受。从事音乐演奏、跳舞、演戏、社交活动，讲究仪表风度，才是这里的一种特殊的艺术。不论是个人生活还是社会生活，头等重要的事，不是军事，不是政治，不是商业，而是文化生活。一个普通的维也纳市民，每天早上读报时，第一眼看的不是国会的辩论或世界上发生的大事，而是皇家剧院上演的剧目。这家剧院在公众生活中的地位，在其他城市里是无法想象的。皇家剧院亦称城堡剧院，对维也纳人乃至奥地利人来说，它不仅仅是一座演员在上面演戏的舞台，也是反映大世界的小天地，从它五光十色的反射光中可以看到社会本身。它是真正的唯一具有高尚情趣的"宫廷侍臣"。观众从皇家演员身上可以看到，一个人应该怎样穿戴，怎样行事，怎样谈吐，一个情操高尚的人该说哪些言辞。舞台不仅是娱乐的场所，也是一本教人正确发音，学习优雅风度的有声有色的教科书。就连那些和皇家剧院稍稍沾边的人，也好像头上有了神圣光圈似的，散发出令人敬畏的光辉。总理、大臣和富豪在维也纳的大街上可以四处行走，而不会有人回头仰望；可是，一位皇家剧院男演员或歌剧女演员在街上走过时，所有的女售货员和马车夫都认识他们。当我们这些男孩子看到一个演员（照片和签名我们都收集）从我们身边走过，我们会洋洋得意地议论个没完。这种近乎宗教式的个人崇拜甚至会波及他身边的人。索嫩塔尔的理发师，约瑟夫·凯恩茨的马车夫，都是人们暗暗羡慕的体面人物。年轻的公子哥以穿同演员一样的衣服为荣。一位著名演员的生日聚会或葬礼能压倒一切政治大事。自己的作品能在皇家剧院上演，这是维也纳作家梦寐以求的事，因为这意味着他从此一生高贵，享受一系列荣誉：他终生不用再买戏票，他会收到参加一切首演的请柬，还有可能成为某个皇室成员的宾客。我还记得我亲身受到的一次隆重的接待。一天上午，皇家剧院的经理请我到他的办公室，在一番祝贺之后，他郑重地对我说，皇家剧院已经接受我的剧本；我当晚回家时，在房间里看见他留给我的名片，他对我——一个二十六岁的年轻人——进行了正式回访。我本人，作为皇家剧院的作者，一举成了"上流人物"，剧院经理像对待皇家学院院长那样对待我。皇家剧院里发生的每件事，都好像和每一个人有关，甚至一个与剧院毫不相干的人。我想起在我还很年轻的时候，有一天，我家的厨娘噙着眼泪跌跌撞撞冲进房间，对我们说，她刚听人说，夏洛蒂·沃尔特（皇家剧院最著名的女演员）死了。目不识丁的厨娘这么悲伤使我们都深感意外，因为她从来没去过那高贵的皇家剧院，在舞台上或日常生活中她从来没见到过她。但是在维也纳，一位全国闻名的女演员是属于大家的，是全城的集体财富，所以她的死牵动了一个毫不相干的厨娘的心。任何一位受人爱戴的歌唱家或艺术家去世，顿时就变成举国哀悼。当曾经首次上演过莫扎特《费加罗的婚礼》的"老"城堡剧院被拆毁的时候，维也纳整个社交界像参加葬礼似的，神情严肃而又激动地聚集在剧院大厅里，前幕刚落下，人们就冲到舞台上，为的是至少能捡到一块地板的碎片——他们知道艺术家曾在这块地板上演出过——带回家去，当作珍贵的纪念品。几十年以后，我还在数十户人家里看到这些木片被装在精致的小匣子里，就像教堂里收藏神圣的十字架碎片一样。那座伯森多尔夫音乐厅被拆除时，我家的举动也不见得理智。这座小型音乐厅是专供演奏室内乐用的，是一座平平常常毫无艺术价值的建筑物，早年是利希滕斯坦爵士的一所马术学校，为适应演奏音乐的需要进行了改建，四壁镶上了木板；虽然它并不华丽，却像一把古老的小提琴一样很有价值，是音乐爱好者的一块圣地，因为肖邦、勃拉姆斯、李斯特、鲁宾斯坦在这里演出过，许多著名的四重奏在这里首场演出。而现在，它却必须为一座新建筑物让路，我们这些曾在这里度过美好时光的人怎么也不愿接受。最后一场演出，红玫瑰四重奏乐队在这里演奏贝多芬的乐曲，当最后的旋律渐渐消逝后，没有一个人离开座位。我们鼓掌、欢呼，一些妇女激动得哭起来，谁也不愿相信这是最后的告别演出。大厅的灯灭了，为把我们"赶走"，但是四五百狂热的乐迷没有一个离开座位；我们在这里待上半小时、一小时，好像我们这一行动会把这座神圣的大厅拯救下来似的。我们上大学的时候，有人要把贝多芬临终的房子拆掉，我们是怎样用请愿书、游行、写文章等方法进行斗争的啊！在维也纳，每当有历史意义的房子被拆除时，都像抽走了我们的一部分灵魂。

这种对艺术尤其是对戏剧艺术的狂热，遍及维也纳社会各界。由于近百年的传统，维也纳本身就是一座社会阶层分明而互相之间融洽相处的城市——如我以上所述。社会舆论始终受皇家控制。皇家城堡不仅是空间意义上的中心，也是哈布斯堡帝国的超民族的文化中心。城堡四周是奥地利、波兰、捷克、匈牙利大贵族的宫殿，可以说它们构成了第二道围墙。在这道围墙以外则是那些"社会名流"，诸如小贵族、高级官员、大工业家、名门世家的府第；再向外是小市民阶层和无产阶级。每个阶层都生活在自己的圈子里，甚至生活在自己特定的区域。大贵族住在城市核心区自己的宫殿里；外交使团住在第三区；工业家和商界人士住在环城大道附近；小资产阶级住在第二区至第九区；无产阶级住在最外层。但所有的人在皇家剧院和盛大节日中都可以互相交往。在普拉特公园举行鲜花彩车游行时，十万人热情地向坐在马车里的"万名上流人士"山呼三次。在维也纳，凡事都可成为庆祝的理由，如宗教游行、基督圣体节、军事检阅、皇家音乐节等盛大节日，无不如此。就连出殡，也是一件盛事。每个维也纳人都讲究习俗，追求"壮观的葬礼"：豪华壮观的排场，送葬人数众多。维也纳某个人物辞世，甚至成为维也纳人大饱眼福的机会。人们对声响色彩的感觉，对表演生活、反映生活的兴趣，不论是在舞台上，还是在现实中，全城人都是一致的。

维也纳人对戏剧的偏爱，如果按大多数戏迷的生活条件来说，有时可谓达到了荒唐可笑的地步。与我们刚强的邻国德国相比，我们奥地利人淡漠政治，经济落后，其中部分原因是我们过于追求享受。不过，这种对艺术过分的重视倒是我们的长处。因为，我们对每一种艺术都抱着崇敬的态度，经过几世纪的艺术熏陶，才有无与伦比的鉴赏力，而正因如此，我们才得以在一切文化领域中达到超群的水平。艺术家只有在备受推崇和尊重的地方才能感到最舒畅、最受鼓舞；艺术只有在全民族生活中是一件大事时才能达到顶峰——文艺复兴就是有力的佐证。当时的佛罗伦萨和罗马吸引了大批画家，培养出无数个巨匠；每个画家都感到必须面对全体市民和其他同行，在市民的鉴赏言论中，在与同行的竞争中，不断超越自己的水平。同样，维也纳的音乐家和演员们都清楚自己在这座城市中的地位。不论在维也纳歌剧院还是在皇家剧院，来不得半点马虎。任何一个错音都会立刻被发现，一旦进入合声部的时间不合拍或者音符略短，都会立刻受到指责。这种监督不仅来自首演时的专业评论家，也来自现场观众。通过不断的比较，他们的听觉越来越灵敏。维也纳在政治、行政管理方面因循守旧，社会风纪已成了人们的习惯，没人再去想它，所以在这些方面出现点什么"纰漏"，人们都会包容，有点违反常规也能宽容谅解。但在另一方面，艺术方面的差错可绝不容忍，因为这关系到全城的荣誉。因此，每位歌唱家、演员、音乐家都必须竭尽全力，不然就会被淘汰。能够在维也纳成为明星已属不易，要始终保持明星的地位实在更难；任何松懈都不可原谅。在维也纳的每位艺术家都清楚这种长期的、严格的监督，这促使他们锲而不舍，将艺术水平锤炼到炉火纯青的地步。我们从年轻时起就习惯于在平时用严格甚至苛刻的标准要求艺术家的每一场演出。一个当年非常熟悉古斯塔夫·马勒指挥的歌剧里铁的纪律细节的人和非常熟知把交响乐团乐师调动起来自觉演奏的人，在今天很难对一次戏剧或音乐的演出感到十分满意。这样也使我们学会了对自己的每件作品严格要求。当时的艺术水平是我们学习的榜样。在世界上培养出一代一代的艺术家，才会有高水平的作品，除了维也纳，世上没有几个城市能达到这么高的水平。人民大众的知识和情绪有时能节制，有时也迸发，即便是坐在酒馆里的小市民也会要求乐队演奏出高水平的音乐，如同要求掌柜的给一杯上好的葡萄酒一样。就连普拉特区周围的居民也都清楚地知道，哪家的军乐队演奏得最带劲，不论是德国的音乐大师还是匈牙利人；好像住在维也纳的人从空气中就能获得乐感似的。如同我们这些作家在一篇特别精致的散文中表现出优美的音乐性一样，其他人则在社交场合和日常生活中充满温良恭俭让的精神。在上流社会里，出现一个没有艺术感和不崇尚礼仪的维也纳人是不可想象的。即使在下层社会，一个最贫穷的人也有一种对美的本能的要求，这种本能是由于自然景色、人生的乐趣对他的生活长期熏陶造成的。不热爱文化就不是一个真正的维也纳人；同样，不会享受安逸舒适的生活、缺乏审美意识，也不是一个地道的维也纳人。

对犹太人来说，适应居住国民族的环境，适应自己居住的国家，这不仅是一种对外的保护措施，也是他们内心深处的需要。他们需要有自己的国家，渴望安宁、养息、安全，渴望消除外来者的陌生感觉，这就促使他们与周围环境的文化联系起来。这种联系，除了十五世纪以来的西班牙，几乎没有一个国家比奥地利做得更出色更有成效。犹太人在这座京城定居二百多年以来，他们遇到的是轻松自在、喜欢和睦共处的人民，虽然这些人看起来有点放荡、不拘小节，可是内心里饱藏着追求精神生活和美的价值的强烈本能；同样，犹太人认为追求美的价值对自己也十分重要。犹太人在维也纳确实遇到了不少机会，也在这里找到一项个人的任务。上个世纪的奥地利艺术曾一度失去了自己传统的保护人和赞助者：皇室和贵族。十八世纪的时候，玛丽亚·特蕾西亚让格鲁克来指导她女儿的音乐；约瑟夫二世作为一个行家同莫扎特讨论过他的歌剧；利奥波德二世自己就作过曲。但后来的皇帝弗兰茨二世和斐迪南一世对艺术丝毫没有兴趣，而弗兰茨·约瑟夫皇帝在他八十余年的人生中除了阅读军队的花名册以外，就没有读过一本书或者仅仅在手里拿过一本书，他甚至流露出对音乐的反感。同样，那些大贵族也放弃了赞助。以前，埃斯特哈齐侯爵请海顿到家中并奉为宾客；洛布科维茨侯爵、金斯基家族、瓦尔德施泰因家族竞相争取在自己的府第首演贝多芬的作品；伯爵夫人图恩还恳求这位伟大的精灵——贝多芬——不要把三幕歌剧《菲岱里奥》从歌剧院的保留节目中撤下。然而这样的黄金时代一去不复返了。就连瓦格纳、勃拉姆斯、约翰·施特劳斯，还有胡戈·沃尔夫①，也得不到他们的半点资助。于是市民阶层②为了让交响音乐会保持原来的水准，为了让画家和雕塑家维持生计，他们挺身而出，代替皇室贵族支持艺术家们。犹

---

① 胡戈·沃尔夫（1860—1903），奥地利著名作曲家。
② 指城市里除贵族和僧侣外的所有居民。

太市民阶层站在维护维也纳古老灿烂文化荣光的最前列，这是犹太人的自豪和远大抱负。他们一向热爱这座城市，一心一意地住在这里，但是他们觉得，只有热爱维也纳艺术的人，才算是真正的维也纳人，才无愧于这片土地。本来，他们在公共生活中产生的影响微乎其微。皇室的显赫使个人的财富黯然失色。领导国家的高位是世袭的，外交界由贵族把持，军队和高级官吏的职务均由名门世家掌握；犹太人从未有过钻进这个特权阶层的奢望，他们服服帖帖地尊重这种传统的特权——这是理所当然的事。有些事，至今我还记得很清楚，比如说，我父亲一生都不愿意到扎赫尔饭店去吃饭，并不是为了节约——它比其他大饭店的价格稍微高一点——而是有一种敬而远之的想法。他觉得，和施瓦岑贝格亲王或洛布科维茨侯爵邻桌是很难堪的，也是不得体的。在维也纳，唯有在艺术面前，大家才是平等的，拥有相同的权利；爱护艺术是大家的共同义务。犹太资产阶级通过资助的方式，对维也纳文化所做的贡献是不可估量的。他们是真正的观众、听众和读者。他们光顾剧院和音乐厅，购买图书和绘画，参观各种展览。他们受传统束缚较少，思想活跃，是新事物的促进者和先驱战士。十九世纪几乎所有的艺术品收藏都经他们之手；几乎所有的艺术尝试通过他们才得以实现。如果没有犹太人坚持不懈的努力，单纯依靠皇室、贵族和那些热衷于赛马打猎而不愿促进艺术进步的信奉基督教的百万富翁，那么维也纳在艺术方面就会落后于柏林，就像奥地利在政治方面落后于德国一样。谁想在维也纳做出点新成绩，外来客人想在维也纳与别人友好相处或找到知音，那就要依赖犹太资产阶级。记得在反犹太主义时期，曾有过这样一次唯一的尝试，人们建了一座所谓的"民族剧院"，可剧院既找不到编剧，也找不到演员，更没有观众，不到几个月，"民族剧院"就惨淡收场。恰恰是这个实例第一次公开揭示出：被世界人民称颂的十九世纪维也纳文化的十分之九，是维也纳犹太人促成和哺育的，甚至是他们自己创造的。

正是在十九世纪最后几年，维也纳犹太人在艺术创作方面异常活跃，而此时的西班牙犹太人在艺术方面正面临着可悲的没落。诚然，犹太人创造的文化不能以特有的犹太人文化的原始形式出现，而是以与奥地利文化交融的形式出现的，体现了奥地利及维也纳的特点——这是一个奇迹。在音乐方面，戈德马克①、古斯塔夫·马勒和勋柏格成了国际性的人物；奥斯卡·施特劳斯、莱奥·法尔②、卡尔曼③使圆舞曲和轻歌剧的传统获得新的繁荣。霍夫曼斯塔尔④、阿尔图尔·施尼茨勒、贝尔-霍夫曼、彼得·阿尔滕贝格等人使维也纳文学达到欧洲水平。这是格里尔帕策和施蒂弗特所代表的维也纳文学从未达到过的。索嫩塔尔、马克斯·赖恩哈德使这座戏剧城再度誉满全球。弗洛伊德和科学界的名流使早已闻名的维也纳大学举世瞩目——这些身为作家、学者、艺术名流、画家、导演、演员、建筑师和新闻工作者的犹太人，在维也纳的精神生活中享有无可争辩的崇高地位。因为对这座城市的热爱和入乡随俗的愿望，他们使自己完全适应了这里的环境。他们认为，为奥地利服务是一种

① 卡尔·戈德马克（1830—1915），匈牙利作曲家，长期生活在维也纳。
② 莱奥·法尔（1873—1925），奥地利轻歌剧作曲家。
③ 埃梅里希·卡尔曼（1882—1953），匈牙利著名轻歌剧作曲家。
④ 胡戈·冯·霍夫曼斯塔尔（1874—1929），奥地利著名诗人、戏剧家。

光荣，也是一种幸福。他们觉得，为自己的奥地利做贡献是自己的世界使命。的确，应该实事求是地再次指出这一点：当今美洲、欧洲在音乐、文学、戏剧和工艺美术诸多方面的发展，都受到奥地利文化的滋养和熏陶，而奥地利文化有相当一部分是维也纳犹太人创造的；犹太人在与当地人融合的过程中，达到千年以来精神追求的最高点。几百年以来，犹太人的文化发展本无目标，在这里与逐渐形成的传统相结合，产生了新的生机和蓬勃的活力，使旧的传统也获得了新的生命，焕发出新的青春。然而，最近几十年来，这座城市强调民族化和地方化的做法，给维也纳带来了极大的坏处。这座城市的精神和文化是多种要素的融合体，所以其精神和文化完全是超民族的。维也纳的天才——特别在音乐方面——从来就是把各民族和各种语言的对立因素融合在一起；维也纳文化是西方一切文化的合成体。凡是在维也纳工作过和生活过的人，都会觉得自己摆脱了狭隘和偏见。不会有任何地方比在维也纳更容易当一名欧洲人。我知道，我之所以能早早学会把欧洲共同联合起来的思想作为我心中的最高理想，并加以热爱，在相当程度上应当感谢早在马可·奥勒留时代就受到维护的罗马精神，即包罗一切的精神。

在古老的维也纳，人们生活得很好，轻松愉快，无忧无虑。北方的德国人带着轻微的恼怒和藐视的眼光望着我们这些住在多瑙河之滨的邻居。这些邻居并不能干，没有严格的纪律，只要享受生活：吃得好，在节日的剧院里寻快乐，促使了音乐向最高处发展。维也纳人很不喜欢德国人给其他民族的生活带来无比痛苦和彻底破坏的能干，也不喜欢那种凌驾于他人之上的野心和追逐。在维也纳，人们喜欢愉快地聊天，习惯于和平共处，每个毫不嫉妒的人和那些与人为善的人在不知不觉中和睦相处，平安无事。穷人和富人，捷克人和德国人，犹太人和基督徒，在维也纳都能和平相处，尽管偶尔会互相嘲弄。即使出现政治和社会运动，也不带可怕的仇恨之心。仇恨之心是第一次世界大战的余毒，已浸入时代的血液循环中。以前的奥地利，人们互相攻击时，尚存豪爽侠气。那些国会议员在报纸上互相责骂，在经过西塞罗式的长篇大论之后，仍会友好地坐在一起喝啤酒或咖啡，讲话时以"你"相称。就是反犹太主义政党的党魁卢埃格尔①当维也纳市长期间，他与别人私下来往的态度也丝毫没有改变。我个人必须承认，身为犹太人，无论上中学还是上大学，还是在文学界，我没有遇到过一点麻烦和歧视。国与国之间、人与人之间、党派与党派之间的仇恨，还不常见报；还没有把人与人、民族与民族彻底分类；在日常生活中，老百姓的情绪也没有像今天这样激烈，令人厌恶。个人的所作所为是自由的，这在当时是顺理成章的事，在今天却变得不可想象。今天的人把宽容视为软弱，而那时的人把它看作一种道德力量。

　　我出生和长大成人的那个世纪并非一个充满激情的世纪。那是一个层次分明、泰然自若、秩序井然、从容不迫的世界。机器、汽车、电话、收音机、飞机等还没有把人的生活节奏提高到一个新的速度。岁月和年龄也没有影响到另外一种速度，人们生活得相当舒

---

① 卡尔·卢埃格尔（1844—1910），奥地利政治家，基督教社会党人，反犹太主义者。

适安逸。今天，我尽力回想我童年时那些成年人的形象，我记得最清楚的莫过于一些人过早的发福了。我父亲、我的叔叔伯伯、我的老师、商店的营业员、乐谱架旁的交响乐演奏员，他们四十岁就成了大腹便便、受人"尊敬"的人。他们步履艰难，谈吐斯文，说话时用手捋着那精心保养的灰白的胡须。而灰白的须发仅仅是庄严的一种新标志；一个"稳重"的男子需要有意识地避免青年人那种不太得体的举止和自负的神气。我怎么也想不起来：在我孩提时代曾看到过父亲急匆匆地上下楼，或者是有过其他慌慌张张的举动，当时他还不到四十岁呢。在那个时候，匆忙不只被看作不礼貌，况且在行动中也没有这个必要，因为市民阶层生活在稳定的世界里，生活有保障，行动上有措施，从来没有突发事件，所以没有必要匆忙。即使外面的世界发生了灾难，也透不过"稳定安逸"生活的厚墙。英布战争、日俄战争，就连邻近的巴尔干战争，对我父母的生活也毫无影响。他们把报纸上关于战争的报道当作体育专栏的文章一扫而过。事情就是这样，奥地利以外发生的事与他们有什么相干呢？他们的生活又会发生什么变化呢？在他们的奥地利，正是一个风平浪静的时代，国家没有什么变革，货币不会突然贬值。那个时候，证券交易所的股票若是跌了百分之四或百分之五，就可以断定该企业破产了，人人都要皱起眉头，忧心忡忡地谈论这场"灾难"。那时候，有人抱怨"高额"税收，这种抱怨与其说是真实的看法，倒不如说是一种习惯罢了。实际上，当时的税收和第一次世界大战以后的税收相比，只不过是给国家的一点小费。那时候，人们时兴立详尽的遗嘱，好像这样就能使自己的孙子和曾孙免受财产损失，好像用一张债券就能一劳永逸地保证子孙们的安逸生活。他们自己的生活也悠哉游哉，即使出现一点点担惊受怕，也只不过像抚摸好玩又听话的家畜时那种根本不用害怕的心情。每当我偶然得到一张那个时候的报纸，读到那些描写小小的区议会选举的激动文章时，每当我回想起我们年轻时代对一些无关紧要的事争辩得面红耳赤，或回想起为了皇家剧院的演出中微不足道的问题议论纷纷时，我就会忍俊不禁。所有的忧虑加起来也不过那么一丁点，那是一个多么风平浪静的世界啊！我的父母和祖父母那两代人遇到了好时代，他们平静、顺利、清白地度过了一生。但是，我并不知道我是否羡慕他们。他们像生活在天堂里，对人间的真正痛苦、尔虞我诈及命运多舛等都没有认识，使人焦虑的危机和问题他们看不到、也想不到，然而那些危机和问题越来越严重！他们陶醉在安宁、富裕和舒适的生活里，所以很少知道生活还可能成为一种负担，使人异常紧张；生活中甚至会不断出现意想不到或天翻地覆的事。他们沉湎于自由主义和乐观主义之中，所以料想不到会有一天，也可能是熹微之时，我们的生活会遭到彻底破坏。即使在最黑暗的深夜里，他们也不会想到人会凶险到什么程度，因而他们也不可能知道，人有多少战胜险恶和经受考验的力量。我们这些被驱赶着经历了一切生活激流的人，我们这些完全脱离了与他人联系的人，我们这些常被驱赶到尽头又要重新开始的人，我们这些神秘力量的牺牲品，同时又甘心情愿为之服务的人，我们这些认为舒适安逸只是一种神话、太平盛世只是一种梦想的人——已经切身感受到了极端对立的紧张和使我们每根神经都颤抖的新恐惧。我们一生中每时每刻都与世界命运联系在一起。我们远远超出了自己狭隘的生活小圈子，分享着时代和历史的苦难和欢乐，而以前他们只局限于自己的小圈子。因此，我们坚定地说，今天我们每个人，纵然是我们当中最微不足道的，对现实的认识都要比我们祖先中圣贤的认识高过千倍。不过，我们从中并没有占到便宜，而是为此付出了代价。

上世纪的学校

　　我从国民小学毕业后被送到中学，这不过是一件顺理成章的事。每户有钱的人家为了提高自己的社会地位，都精心培养"受过教育"的儿子，要他们学法语和英语，让他们熟悉音乐，先请家庭女教师，后请家庭男教师管教他们的举止。在那个开明的自由主义时代，只有进入所谓的高等学府，即进入大学，才有真正的价值。每个上流家庭都贪图功名，希望自己的儿子里有一个被冠以博士头衔。可是这条通往大学的路却相当漫长又使人不快。国民小学五年，人文中学八年，十三年的硬板凳，每天坐五至六小时，课余时间完全被作业占领，还要接受课堂以外的常规教育，除了学古希腊语、古拉丁语，还要学习活的语言：法语、英语、意大利语。也就是说，除了几何、物理和学校规定的其他课程，还要学习五种语言。学习负担已超重，几乎没有体育锻炼和散步的时间，更谈不上消遣和娱乐。

　　我依稀记得，我七岁的时候，学校要求我们学会并合唱一首叫

《愉快幸福的童年》的歌曲。这首曲调简单朴素的儿歌至今还在我耳边回响。但它的歌词我当时唱不好，因为它的内容并没有进入我的心田。老实说，从小学到中学，我始终感到学校生活乏味又无聊，一年比一年不耐烦，渴望早日结束像水磨一样转的求学生活。今天，我记不得当时那种枯燥无味、缺乏温暖、毫无生气的学校生活中曾有过愉快和幸福。学校生活彻底破坏了我一生中最美好、最无拘无束的时光。我看到本世纪的儿童比我们当时幸福、自由、独立得多，我真有点嫉妒呢。当我看到现在的儿童无拘无束地几乎是平等地同自己的老师闲聊时，当我看到他们不像我们那样始终对学校怀着隔阂，而是毫无畏惧地奔向学校时，当我看到他们在学校像在家里那样可以坦率地说出自己的愿望和年轻人好奇的心灵中的爱好时，我总觉得有点难以置信。他们是自由、独立、自然的人；而我们那个时代，在踏进那道可憎的学校大门前，我们就全身紧缩，以免前额碰到大门的横梁上。对我们来说，学校意味着强迫、沉闷、无聊，是一处不得不在那里死记硬背那些仔细划分好的"毫无价值的科学"的场所。我们从经院式或装扮成经院式的内容中感觉到，它们和现实，和我们个人的兴趣毫无关系。这种毫无生气、枯燥无味的学习，不是为生活而学习，而是为学习而学习，是旧教育制度强加在我们身上的学习。而唯一真正令人欢欣鼓舞的幸福时刻，就是我们永远离开学校的那一天，为此，我必须感谢学校。

这并不是说我们奥地利的学校不好。恰恰相反，学校的教学计划是根据一百年来的经验认真制订的。倘若教学方法生动活泼，确实能够奠定相当扎实的学习基础。正是因为计划刻板和干巴巴的教条，我们的课堂死气沉沉，枯燥无味；课堂成了一架冷冰冰的学习机器，它不根据学生的要求而转动，仅仅是一台标有"良好、及格、不及格"刻度的自动装置，以此来表示学生适应教学计划的要求达到什么程度。这种缺乏人性、抹煞个性的兵营般的生活，无疑给我们带来巨大的痛苦。我们必须学习规定的课程，学完的课程要通过考试。中学时期的八年里，老师从来没有问过我们想学些什么知识——每个年轻人内心的强烈愿望，老师从不表示鼓励。

学习氛围死气沉沉，从学校建筑物的外表就可以看出来。这是一座典型的符合宗旨的建筑物，是五十年前低价、仓促、马马虎虎建立起来的。阴冷的走廊粉刷得十分粗糙，低矮的教室里没有一幅画或其他赏心悦目的装饰，整座楼房都能闻到厕所的气味。兵营似的学校用的家具是旅馆里那种旧家具，这些家具以前被许多人使用过，以后还会有许多人将就着使用下去。楼房里那股在奥地利所有官署办公室比比皆有的霉味，直到今天我怎么也忘不了，当时我们称之为"国库"味。凡是堆满杂物、供暖过高和空气不流通的房间里皆有这股霉味；气味先沾染衣服，然而再沾染心灵。学生们两人一排坐在低矮的长木板凳上，像在划艇上摇橹的囚犯一样。板凳矮得足以使人佝偻，一天下来骨头都疼。冬天，没有灯罩的煤气灯发出幽幽的光，在我们的书本上闪烁；夏天，所有的窗户都被精心地装上窗帘，为的是不让学生看到一点蓝色天空而想入非非。那个世纪的科学还没发现，正在发育的青少年需要新鲜空气和运动。人们以为，在硬板凳上坐了四五个小时以后，只要在阴冷、狭窄的走廊上休息十分钟就足够了。一星期两次，我们被带到体操房，在那里的地板上毫无意义地来回踏步。体操房的窗户关得严严实实，每踏一步，尘土就扬起一米多高。就是这样，也算作是有足够的卫生保健措施了，国家也算对我们尽到了"智育基于体育"的责任。许多年后，当我路过那幢暗淡、凋零的楼房时，我还有一种如释重负的感觉，我再也不用踏进那间我少年时代的牢房了。当这所显赫的学校举行五十周年校庆时，我作为以前的高材生受到邀请，要我在部长和市长面前致贺词，但我婉言谢绝了。因为我对这所学校没有什么可感激的，每句感激的话无非是谎言而已。

不过，那种懊丧的学校生活也怪不得老师。对他们既不能说好，也不能说坏。他们既不是暴君，也不是乐于助人的伙伴，而是一些可怜虫。他们是条条框框的奴隶，官方规定的教学计划束缚着他们，他们也像我们一样，必须完成自己的"课程"。我们也清楚地感觉到，每逢中午校铃一响，他们也像我们一样快乐，一样感到获得了自由。他们不爱我们，也不恨我们，因为他们根本不了解我们。过了好几年，老师们还是只知道我们中间极少数几个人的名字。在当时的教学法的指导下，他们除了批改学生作业中有多少错误，便再也不关心学生什么事了。他们高高地坐在讲台上，我们坐在台底下，老师提问，我们回答，除此之外，老师与学生再也没有任何联系。因为在老师和学生之间，在讲台和课桌之间，在台上和台下之间，清晰分明地有一道看不见的权威之墙，它阻碍彼此之间的任何接触。老师对待学生，应该把他看作一个独立的个体，还必须深入了解这个个体的特点。老师有责任把观察到的学生情况写成报告，这在今天已习以为常。可在当时，这大大超出了他的权限和能力。另一方面，写出与学生的谈话会降低老师的权威；学生同老师谈话，意味着平等，意味着"学生"与"前辈"平起平坐——在那时，这些是行不通的。我觉得，最能说明我们和老师之间在思想上感情上毫无交往的例子就是，我早已把他们的名字和容貌忘得一干二净，在我的记忆中，清清楚楚地记得那座讲台和我们始终都想偷看的班级记事簿，里面记着我们的分数；在我脑海中依然清晰的是老师那本用来评分的红色小笔记本，还有记分用的那支黑色短铅笔，记得自己那些被老师用红墨水笔批改的作业本，可是，我怎么也记不起他们中任何一个人的面孔，也许是我们坐在他们面前时总是低着头，从来不看他们一眼之故。

对学校的这种反感并非我个人的成见；我记不得在我们同学中有谁对这种一成不变的生活不反感，它压抑和磨平了我们最好的兴趣和志向。过了很久我才明白，对青少年的教育采取冷漠无情的方法，并非出于国家主管部门的疏忽，而是包藏着一种经过深思熟虑、秘而不宣的既定目的。我们面临的世界，或者说，主宰我们命运的世界，它的一切做法集中在把太平无事的世界奉为偶像，希望它万古长青。这个世界是不喜欢青年一代的，说得透彻一点，它怀疑青年一代会打碎这个偶像。市民社会对自己有条不紊的"进步"和秩序沾沾自喜，并宣称，在一切生活领域中适度平稳有节制是人唯一的有成效的品德。任何急忙推进的事都应避免。奥地利这个古老的国家是由一位白发苍苍的皇帝统治着，由年迈的大臣们管理着。这是一个没有进取心的国家，它只希望防止任何激烈的变革，从而保住自己在欧洲范围内牢不可破的地位。而年轻人，其天性就是不断进行迅速、激烈的变革。因此，年轻人成了令人忧虑的因素。这种因素必须尽可能地被排斥在外或者压制下去。所以，国家根本不让学生生活得好。所以，我们应该耐心等待提拔我们的时机来临。由于奥地利不断衰退，因此年龄的大小具有不同的价值，像今天一样。那时候，一个十八岁的中学生还被当作孩子，如果当场抓住他在吸烟，他就要受到惩罚；如果他想上厕所，就得毕恭毕敬地先举手，得到许可后才能离开座位。纵然一个三十岁的男子，也同样被看作羽毛未丰不能独立的人；即便到了四十岁，也被认为不足以担当重任。所以，当三十八岁的古斯塔夫·马勒被任命为皇家歌剧院院长时，全市哗然，这个首屈一指的艺术机构竟交给一个"如此年轻的人"。他们完全忘了，莫扎特三十六岁，舒伯特三十一岁就已经完成了自己的主要作品。这种不信任感——认为每一个年轻人都"不完全可靠"——遍布当时所有的社会阶层。我父亲在他的商行里从未接收过一个年轻人。如果有人长得特别年轻，那他到处都会碰到这种不信任感。这样一来，必然会产生一个令人不能理解的现象：提拔年轻人处处有障碍，年长却成了有利条件。而在我们今天这个完全变了样的时代，四十岁的人扮成三十岁的样子，六十岁的人愿意自己看起来只有四十岁。今天，到处推崇年轻、活力、干劲和自信，而在那个太平年代，任何有进取精神的人，为了使自己看起来老成一些，都不得不打扮一下自己。报纸上介绍能使胡须快长的药品。刚刚从医学院毕业的二十四五岁的大学生，从医时留起大胡子，戴上金边眼镜，尽管他们的眼睛不需要戴眼镜，为的只是装扮自己，在病人面前显得自己是有"经验"的老医生。男人们穿着长长的黑色大礼服，步履从容稳重，如果可能的话，挺起微微凸起的圆肚子，刻意表示自己老成持重。追求功名的人，都竭力让自己脱离靠不住的青年人的样子，至少在外表上下足工夫。我们在中学六七年级的时候，就不愿意再背初中生的书包，而是用公文包，为的是让人一看就知道我们不是初中生。青年人的朝气、自信、大胆、好奇、欢乐——这些在今天受我们羡慕的素质，在那个一味追求"持重"的时代，却被看成靠不住的表现。

在了解了这种特殊的观念以后，我们才会理解国家是要充分利用学校作为维护自己权威的工具。学校首先教育我们：现实的一切是完美无缺的，教师的话是完全正确的，父亲的话是不可反驳的，国家的一切设施是绝对有效、与世永存的。这种教育的第二个原则，就是不应该让青年人舒服。这一原则也在家庭中得以贯彻。在给予青年人某些权利之前，他们应该首先懂得自己应尽的义务，那就是完全服从。从一开始就要我们牢记，我们至今尚未做出任何贡献，没有丝毫经验，对给予我们的一切要永怀感激之情，而没有资格提什么问题和要求。在我那个时代，从孩提时起人们就采取吓唬人的笨方法。女仆和愚蠢的母亲吓唬四五岁的孩子，说什么他再闹，就去喊警察。当我们还是中学生的时候，如果把分数不高的副课成绩单拿回家，我们就会受到恫吓，说再也不准去上学了，要送我们去学一门手艺。在资产阶级社会里，这是最可怕的恫吓了，因为它意味着退步到无产阶级中去。当年轻人怀着最真诚的学习目的，要求成年人解释重大的时代问题时，遇到的则是盛气凌人的训斥："这些事你还不懂。"不论在家里，还是在学校或国家机关里，到处都用同样的话来回答，不厌其烦地恳切劝导，他还没"成熟"，还什么也不懂，他应该恭恭敬敬听别人说话，没有资格插嘴或反驳。基于这种观点，学校里的这些可怜虫高高地坐在讲台上，俨然一尊不可接近的泥像。我们的全部心思都应该围于"教学计划"之内。我们在学校里是否觉得舒服，是无关紧要的。按照那个时代的真正意向，学校的使命与其说是引导我们前进，毋宁说是阻止我们向前；不是把我们培养成有丰富内心世界的人，而是要我们尽可能百依百顺地去适应既定的社会结构；不是提高我们的能力，而是限制我们的能力，消灭我们之间的差异。

对青年一代这种心理上的压力，或者更确切地说，这种反心理的压力，只会产生两种截然不同的效果：不是使他们麻木，就是使他们兴奋不已。不妨查阅一下精神分析学家们的文献，看看这种荒唐的教育方法究竟造就了多少"自卑情结"。"自卑情结"这个词恰恰是经历过奥地利教育的人发明创造的，或许并不是巧合吧。我本人也要感谢这种压力，它使我很早就流露出对自由的酷爱，其激烈的程度是今天的青年人无法理解的。还有，在我的一生中，我对一切权威，对所有"教训口吻"的谈话恨之入骨，对一切不容置疑的说教反感至极——多年来，这已成了我的一种本能。这种反感如何产生，我早已忘记。可是我记得有一次，在巡回演讲会上，有人让我在大学的礼堂演讲。这时我突然发现，我要从台上向台下说话，而坐在下面的听众，就像我们当学生时那样，老老实实、不言不语地坐在那里，我顿时感到一阵不快。我想起了中学阶段那种从上对下的、权威的、非同伴式的夸夸其谈的说教，使我遭了多大的罪。想到这里我一阵害怕，怕我在台上讲话会像当年老师对我们教训的那样，令人讨厌。正是这种思想顾虑，使那次演讲成了我一生中最糟糕的一次。

在十四五岁之前，我觉得学校生活还不错。我们开老师的玩笑，怀着冷静好奇的心情学习课程；但是后来，我们在学校里越来越感到沉闷无聊。一种值得注意的现象在不知不觉中产生了：我们十岁上中学，八年中学里的前四年，我们就学到了中学阶段的全部知识。我凭直觉感到，在后四年我们已经没有正经东西可学了，甚至在感兴趣的课程上我们知道的比可怜的老师还要多。那些老师在念完专业以后，由于工作性质的原因，再也没有打开过一本书。同时，我们也日益感觉到另一种矛盾出现：我们在课堂上埋头读书，已学不到什么新知识和有价值的东西，而在学校外面却是另一番景象，城市繁荣，有剧院、博物馆、书店、大学，处处有音乐，时刻都有意外的欢乐。我们的求知欲被压制，对知识世界、艺术世界、人生享乐的好奇心在学校里无法满足，便一股脑儿转向校外的精彩世界。起初，我们同学中间只有两三个发现自己对艺术、文学、音乐有强烈的兴趣，接着是十几人，最后几乎是全体。

青年人的热情从来都是互相感染的，在一个班上，它像麻疹或猩红热一样从一个人传染到另一个人。由于新感染者天真的虚荣心作祟，促使他尽快在校外的知识方面超过别人，所以他们之间互相促进，尽早适应新天地。至于他们的热情朝哪个方向发展，一般都是偶然的。如果这个班里出现一个集邮者，那么不久就会有十几个人同样痴爱集邮；如果有三个人爱慕女舞蹈演员，那么每天就会有一些人站在歌剧院舞台门旁，一睹她们的风采。比我们低三个年级的一个班完全被足球迷倒，而比我们高一个年级的一个班则热衷于社会主义和托尔斯泰。而我正巧在一个对艺术发生狂热兴趣的班级，或许正是这样决定了我一生的道路。

对戏剧、文学和艺术的热爱，就其本身来说，是维也纳的天性。维也纳报纸为文化界发生的新鲜事腾出特别的版面。一个人无论走到哪里，随时都能听到身边的成年人在谈论歌剧院和皇家剧院的事；所有的证券交易所里都挂着著名演员的画像；体育被看作粗鲁的事情，中学生羞于参加；有广泛观众的电影那时还没发明出来。我们的这种热情也无须担心在家里会遇到什么阻碍，因为这与打牌、同女孩子交朋友都不一样，戏剧、文学属于无害的嗜好。就连我的父亲也像维也纳其他父亲一样，年轻时对戏剧如醉如痴，怀着同我们类似的热情去观看理查德·瓦格纳的歌剧《罗恩格林》，就像我们去观看理查德·施特劳斯和盖尔哈特·霍普特曼①的戏剧首场演出一样。我们中学生挤着去看每场首演，是很容易理解的。因为，要是有人第二天在学校里不能叙述首演的每一个细节，那么他在那些看过首演的同伴面前不知有多么羞愧呢。假如老师们不是那么漠不关心的话，那么他们会发现，在每次盛大的首演前一天下午，会有三分之二的学生神秘地生病了——因为我们必须三点钟去

---

① 盖尔哈特·霍普特曼（1862—1946），德国著名剧作家，德国自然主义戏剧的代表人物，一九一二年诺贝尔文学奖得主。

排队，以买到我们唯一可能买的站票。倘若老师们细心注意的话，就可以发现，在我们的拉丁语法书的封皮里夹着里尔克的诗，而我们的数学练习本则用来抄录借来的书籍中那些优美的诗句。每天我们都想方设法利用无聊的上课时间偷偷看我们自己带来的书。当老师在讲台上念他那不知念了多少遍的讲稿——关于席勒的《论质朴的诗和感伤的诗》时，我们在课桌下看尼采和斯特林堡的作品，这两位的名字是台上那位循规蹈矩的先生从来没有听说过的。我们渴望了解和认识在艺术和科学等所有领域里发生的一切。每天下午，我们混在大学生中间，到大学去听课。平时我们参观各种艺术展览，走进解剖学教室里去看尸体解剖。我们用好奇的鼻孔去辨别一切气味。我们偷偷溜进交响乐队排练场，到旧书店去翻古书，每天都浏览一遍书店的陈列，以便立刻知道昨天又有什么新书。看书是我们最主要的事。凡是到手的书，我们全部都看。我们从公共图书馆借书，同时将借来的书交换着看。但是，我们了解一切新事物的最佳场所则始终是咖啡馆。

要了解这一点，就必须知道，在维也纳，咖啡馆是一个非常特殊的场合，在世界上找不出任何一个地方的咖啡馆能与这里相比。它实际上是一个只花一杯咖啡钱，人人都可以进去的民主俱乐部。每个顾客只要花上那么一点点钱，就可以在里面坐上几个钟头，讨论问题、写作、玩牌、阅读信件，而最主要的是可以免费阅读无数的报刊。有一家较好的咖啡馆，里面摆着维也纳所有的报纸，不仅有本地的报纸，还有德国的报纸，以及法国、英国、意大利及美国的报纸；另外还有世界上重要的文学杂志和画报，如《法兰西信使》《新观察家》《创作室》《伯林顿杂志》等。我们可以从第一手材料——每一册新出版的书，每一次首场演出——知道世界上新发生的一切，并且把各种报纸上的评论加以比较。一个奥地利人能够在咖啡馆里广泛了解到世界上发生的一切，并且能够随时和朋友们进行讨论，再也没有别的地方能使人头脑那么灵活、迅速掌握如此多的国际动态了。我们每天坐在咖啡馆里几个小时，竟什么都知道了，因为我们依靠的是趣味相投的集体力量。不是用两只眼睛去看全球的艺术动态，而是用二十只或四十只眼睛。一个人疏忽了，另一个人会提醒他。我们青年人幼稚，爱显摆，像竞技场上的运动员一样，竭力去争第一。我们也想用最新的知识超过别人，所以我们竞相爆出耸人听闻的消息。比如说，当我们讨论时有人提起尼采，突然从我们这些人中间冒出一人，带着故作姿态高人一等的神气说："不过就自由思想而言，克尔恺郭尔还超过他（尼采）呢。"听了这话，我们感到惊奇不安。"克尔恺郭尔是何许人，为何只有他知道，而我们却不知道？"第二天，我们全都挤进图书馆，去追踪这位丹麦哲学家的著作。因为我们觉得，别人知道的事，我们若不知道，这就是一种自我贬低。我们的热情促使我们去发现和预先知道那些尚不为人涉及的最近、最新、最怪、最奇的事——首先是一份正经的日报的官方文学批评尚未涉及的事——这种热情在我们身上持续了多年。我们的特殊爱好，就是去认识那些尚未得到普遍承认的事，那些难以理解、异想天开、新鲜和前卫的事。因此，没有什么事情能够远离人世，隐藏得那么巧妙，以致我们竞赛似的集体好奇心竟无法把它从隐藏处发现。譬如，斯蒂芬·格奥尔格或者里尔克，在我们中学时代，他们的书就已印刷了两百或三百册，可是最多只有三四册到了维也纳。没有一个书商的仓库里存着他们的书，官方批评家中没有一个人提到过里尔克的名字。而我们小组的人凭着意志，奇迹般地找到了他的每一行和每一节诗。我们这些尚须坐在教室里、嘴上没毛、身量还未长足的小伙子，是每个年轻诗人梦寐以求的理想读者。我们既好奇又会鉴赏，还有倾心喜爱的热情。因为，我们那股狂热劲是无限的。有好几年时间，我们这些半成年的大孩子在学校里，在上学和放学的路上，在咖啡馆和剧院里，在散步的时候，除了讨论书籍、绘画、音乐和哲学，什么也没干。不论是男演员还是乐队指挥，谁经常登台，谁出版了一本书，谁在报纸上发表了文章，都像星辰一般出现在我们的天空。好多年以后，当我在巴尔扎克的书中读到这样一句描写他青年时代的话："我总以为名人像上帝一样，他们不像平常人那样说话、走路、吃饭。"我几乎大吃一惊，因为他的描写和我们的感觉一模一样。当我在大街上看到古斯塔夫·马勒时，我就像取得伟大的胜利一般感到骄傲，第二天早上便会得意地向同学们报告。当我还是小男孩的时候，有一次被介绍给约翰内斯·勃拉姆斯，他友好地拍拍我的肩膀，我简直受宠若惊，神魂颠倒了好几天，虽然我那时只是个十二岁的男孩，一点也不知勃拉姆斯的成就何在，仅凭他享受的荣誉之高和影响之大，就完全为之倾倒。当盖尔哈特·霍普特曼的戏剧准备在皇家剧院首演，在排练开始前，我们全班同学就激动了几个星期。我们悄悄溜到演员和跑龙套演员的身旁，为的是先了解到剧情的发展和演员的阵容。我们到皇家剧院理发部去理发，以便探听到一些关于沃尔特或索嫩塔尔的秘闻（我在这里并不羞于写出我们当年的荒唐事）。如果低年级中有个学生是歌剧院灯光师的外甥，他肯定会受到我们高年级同学的宠爱和各种各样的笼络，因为我们通过他能够偷偷溜到舞台上看他们排练——刚登上舞台时七上八下的心情，比维吉尔登上神圣天国时还要厉害。在我们看来，演员的声望所具有的威力奇大无比，即便是中间转了几个弯，仍然会使我们肃然起敬。某个贫穷的小老太太在我们看来超凡脱俗，仅仅因为她是弗兰茨·舒伯特的外甥女。纵然是约瑟夫·凯恩茨的一个男仆，一旦被我们在街上看到，我们也会怀着崇敬的心情注视着他。因为他很幸运，可以待在这位最受爱戴、最富有天才的演员身边。

我今天当然知道得很清楚，在这种盲目的狂热中包含着多少荒唐的行为；我们有多少次互相模仿演员的动作，随之带来多少身体上的乐趣，我们想方设法胜过别人，这又包含多少幼稚的虚荣心。我们趾高气扬，觉得自己的艺术鉴赏力已凌驾于周围不懂艺术的亲友和老师之上。不过，时至今日，我依然感到惊讶：我们这些年轻小伙子凭借过分的文学热情能知道不少事呢！我们通过不断地讨论和分析竟这么早就具备了批判鉴别的能力！我十七岁时不仅知道波德莱尔或者沃尔特·惠特曼的每一首诗，而且还能背诵重要的名篇。我觉得在我的一生中，再也没有像我中学和大学时那样的勤奋好读。不言而喻，那些通常要十年以后才被人重视的作品名字，在我脑海里却是相当熟悉的，包括那些生命十分短暂的作品，因为我们以莫大的热情搜罗一切。有一次，我告诉我尊敬的朋友保尔·瓦莱里，我和他的作品打交道有许多年了。我还告诉他，早在三十年前，我就喜欢他的诗歌，并拜读过。瓦莱里带着善意的微笑对我说："你别胡说了，老朋友！我的诗一九一六年才出版。"可是我当场就分毫不差地向他描述出我们于一八九八年在维也纳第一次读到他的诗登载的那本文学刊物的颜色和开本，他惊奇万分："那本刊物在巴黎几乎没人知道，你在维也纳又怎么搞到的呢？"我只能这样回答："正如您中学时在自己的省会城市能读到马拉美那些当时鲜为人知的诗歌一样。"他表示赞同："是啊，年轻人总想发现自己的诗人，并从中发现自己。"事实上，在这股风还没有越过边界来到奥地利之前，我们就已闻到了风向，因为我们始终是带着灵敏的嗅觉过日子的。我们能够找到新知识，因为我们需要新知识，我们如饥似渴地寻找那些属于我们和只属于我们——而不属于我们父辈和我们周围的人——的知识。就像某些动物对自然现象的变化具有特殊的敏感一样，我们这一代比我们的师长更早地感觉到：随着旧世纪的结束，有些艺术见解也将随之告终，一场革命或者至少是价值观的改变业已开始，而其他人并没有看到这一点。父辈们喜爱的那些艺术大师——文学界的戈特弗里德·凯勒，戏剧界的易卜生，音乐界的约翰内斯·勃拉姆斯，绘画界的威廉·莱布尔，哲学界的爱德华·冯·哈特曼——我们觉得，他们属于那个太平世界，缓慢节制是他们的特征，尽管他们在艺术性和思想性方面十分卓越，但我们不再感兴趣。我们凭直觉感到，他们那种冷静的、中庸的节奏和我们好动的气质不相协调，也与加快了的时代速度不相合拍。而恰恰在维也纳，住着那位德意志青年一代中最机警的天才——赫尔曼·巴尔①，这个思想界的闯将正为变革和未来披荆斩棘。在他的帮助下，在维也纳创建了直线派②，这一分离派为了震惊旧的画派，展览了巴黎的印象派和点彩派画家的作品，以及挪威的蒙克，比利时的罗普斯，还有其他我们想到的激进画家的作品，从而为不受重视的先驱格吕内瓦尔德、格列柯和戈雅开辟道路。这个展览让人突然见到了一个新的天地。在音乐方面，穆索尔斯基、德彪西、施特劳斯、勋伯格带来了快节奏和突出的音色。在文学方面，左拉、斯特林堡、霍普特曼开创了现实主义。陀思妥耶夫斯基带来了斯拉夫的魔力。魏尔伦、兰波、马拉美使抒情诗的语言艺术达到前所未有的纯粹和精炼。尼采使哲学发生了革命。一种大胆的、更自由的建筑艺术风格代替了繁文缛节的古典风格。舒适平稳的旧秩序突然间遭到破坏。迄今为止标榜为"美学上的美"（汉斯力克③语）的规范面临挑战。资产阶级正统报纸的官方批评家对我们常常是大胆冒失的实验感到吃惊，并且试图用"颓废堕落"或"无法无天"的罪名遏制这种不可阻挡的潮流。而我们年轻人则热烈地投身到这股潮流的汹涌波涛中去。我认为，一个由我们开创的，我们终将在其中获得权利的时代——我们自己的时代——开始了。我们并不安分，四处寻找探索新东西的那股狂热一下子获得了新的意义。我们这些上中学的年轻人能够为新艺术的生

---

① 赫尔曼·巴尔（1863—1934），奥地利诗人、文学评论家。
② 十九世纪末德国的一个艺术流派，又称分离派。
③ 爱德华·汉斯力克（1825—1904），奥地利音乐评论家。

存而进行的激烈的常常是粗暴的战斗中助上一臂之力，这就是我们的狂热获得的新意义。凡是进行试验的地方，我们必定到场。例如，魏德金德①戏剧的演出，一次新抒情诗的朗诵会，我们不但必定到场，而且全神贯注，用尽力气去鼓掌。记得有一次首演阿诺尔德·勋伯格青年时代的一部十二音体系的作品，有一位绅士使劲吹口哨并发出嘘声，我亲眼看到我的朋友布施贝克同样使劲地打了他一耳光。我们是每一种新艺术的突击队，也是它的开路先锋。只是因为它是新的，只是因为它要为我们改变那个世界，现在轮到我们过我们自己的生活了。因而我们觉得，"那是与我们有关的事"。

我们这些年轻人之所以对新艺术如醉如痴，还有另外一个原因，就是这些作品几乎全部是年轻人创作的。在我们父辈那个时代，一位诗人、一名音乐家，只有当他经过了磨练，适应了资产阶级社会的四平八稳、循规蹈矩的艺术趣味之后，才能出名。父辈教导我们去尊敬所有这些男士，他们的举止仪表也想赢得我们的尊敬。他们留着漂亮的灰白胡须，衣冠楚楚，不可一世。例如维尔布兰特②、埃贝斯③、达恩④、保尔·海泽⑤、伦巴赫⑥——这些人早已销声匿迹，却是我们的父辈那个时代的宠儿。他们在拍照时总是目光深沉，摆出一副"高贵"、"诗人"的姿态。他们的一举一动，

① 弗兰克·魏德金德（1864—1918），德国表现主义剧作家。
② 阿道夫·冯·维尔布兰特（1837—1911），德国作家，曾任维也纳皇家剧院院长。
③ 格奥尔格·埃贝斯（1837—1898），德国埃及学研究者、作家。
④ 费利克斯·达恩（1834—1912），德国作家、历史学家、法学家。
⑤ 保尔·海泽（1830—1914），德国作家，一九一〇年诺贝尔文学奖得主。
⑥ 弗兰茨·冯·伦巴赫（1836—1904），德国写实主义肖像画家。

俨如枢密顾问和红衣主教，而且像他们那样佩带勋章。在他们看来，年轻一代的诗人、画家和音乐家最多不过是"有希望的人才"罢了。如若想得到他们的首肯，目前还为时尚早。在那个小心持重的年代，他们不会在某个人取得"卓越"成就之前就承认他。可是新涌现的诗人、音乐家、画家，又都那么年轻。盖尔哈特·霍普特曼从默默无闻中突然成名，是因为他三十岁时就统治了德语的戏剧舞台。斯蒂芬·格奥尔格和莱内·马利亚·里尔克二十三岁时，还不到奥地利法定的成人年龄，就已经有了文学声誉和众多的狂热追随者。在我们这个地区，一夜之间就出现了一个由阿尔图尔·施尼茨勒、赫尔曼·巴尔、理查德·贝尔-霍夫曼、彼得·阿尔滕伯格等人组成的"青年维也纳派"。他们把自己的各种艺术作品精炼加工，给维也纳文化以全新面貌，第一次在欧洲范围内产生影响。不过，使我们迷恋和大力崇拜的，主要还是胡戈·冯·霍夫曼斯塔尔这个非同凡响的人物。我们不仅在他身上看到了自己的崇高志向，也在这个同龄人身上看到了一个完美的诗人形象。

年轻的霍夫曼斯塔尔的出现是莫大的奇迹，他年纪轻轻就取得很大的成就，使今天和以后的人无不称道。在世界文学中，除了济慈和兰波以外，我还没发现像他这样的语言天才。年纪这么轻，就能驾驭如此完美无瑕的语言，想象力这么丰富，即便是草草写成的一首诗，也都充满诗意。他在十六七岁的时候就已写下许多不朽的诗篇和无人能及的散文，从而使他载入德国语言的永恒年鉴。他的突然出现，从一开始就表现得完全成熟，这种不寻常的现象在这代人中间不会出现第二个。他的出现是一件超乎自然、不可思议的事，所有最早知道他的人无不为之惊讶。赫尔曼·巴尔常常向我叙述他当时的震惊。有一次，他的刊物收到一篇文章，是从维也纳寄来的，作者是一个不见经传的名叫"洛里斯"的人——当时不允许中学生用真名发表作品。他从世界各地收到的众多稿件中，唯有这篇极不寻常：语言典雅富于想象，内涵丰富，落笔娴熟飘逸。这位洛里斯是谁呢？他问自己。肯定是一位把自己的见解琢磨了多年，并且在神秘的隐居中用纯净精辟的语言冶炼成一篇几乎是魅力无穷的文章的老人。这是一位智者，也是一位天才诗人。我们住在同一个城市，我怎么就没听说过呢？巴尔立刻给这位素不相识的人写了一封信，约定在一家咖啡馆——著名的格林斯坦特尔咖啡馆、文学青年的大本营——会面。突然，一个穿着童装童裤、身材修长、尚未留胡子的中学生，迈着轻快的步伐走到巴尔面前，微微一鞠躬，简短又坚决地说道："我是霍夫曼斯塔尔！也就是洛里斯。"他的嗓音还没有完全变为成年人的低音。事情过了许多年，可每当巴尔回忆起这段往事，他仍然十分激动。他说，他一开始简直不敢相信，一个中学生竟会创造出这样美的艺术，有这样的远见，思想这么深刻，在他自己尚未有亲身经历前，对生活就有鞭辟入里的认识，实在令人称奇。阿尔图尔·施尼茨勒也曾向我讲过类似的故事。施尼茨勒当时还是个医生，他最初的文学成就还不足以维持生计，不过这时，他已是青年维也纳派的领袖，一些年轻人喜欢向他请教，倾听他的建议和看法。有一次，他在相识的熟人那里偶然认识了这个细高身材的中学生。他巧妙的机智引起了他的注意。这个中学生想请他听自己朗读诗剧中的一段，他高兴地把这个年轻人请到自己家里，尽管没抱什么希望。他想，这无非是中学生写的诗剧，不是感伤主义就是假古典主义，所以他只请来了几个朋友。霍夫曼斯塔尔穿着童装进来了，显得有点紧张，接着他开始朗诵。施尼茨勒告诉我："一开始没人在意，但几分钟后，我们全都竖起耳朵仔细聆听。大家交换着赞许和惊奇的目光。诗句是那么完美，形象是那么动人，音乐性是那么鲜明。我们还没有听到一个在世的人能写出这样的诗句，我们甚至认为，自歌德以后几乎不可能有这样的诗句。而且，比形式上的无可匹敌（以后在德语中再也无人达到过）更为令人赞叹的，是他对生活的认识。对一个整天坐在教室里的中学生来说，这种认识只能来自神秘的直觉。当霍夫曼斯塔尔朗读结束后，我们呆呆地坐在那里。我觉得，"施尼茨勒对我说，"我平生第一次遇到一个天生的奇才，在那以后，我再也没遇上过如此令人激动的场面。"一个十六岁的孩子，一开始就这样完美，必然会成为歌德和莎士比亚的一个兄弟。实际上，这种完美日臻成熟：继第一部诗体剧《昨天》之后，便是雄伟壮阔的《提香之死》，在这里，他用德语体现出了意大利语的优美音调；然后就是诗作。他每发表一首诗，对我们来说都是不寻常的大事。直到数十年后的今天，我还能逐行背诵那些诗。后来他又写短剧和散文。他的散文把丰富的知识、对艺术的精辟见解和对世界的瞭望，神奇地浓缩到十几页的稿纸上。总之，这位中学生和后来的大学生创作的所有作品，都如同水晶一般从里向外放射光芒，同时又表现出深沉炽热的情感。诗歌、散文，在他手中将犹如伊米托斯山上芬芳的蜂蜡，紧紧地糅合在一起。他的每一篇诗作篇幅适中，不落俗套。我们始终觉得，在前人足迹未至的道路上，必定有一种不可知晓的力量在神秘地引导着他。

我几乎无法重复这个奇特的人物在当时是如何使我们着迷的，那时，我们已学会追求真正的价值。对年轻人来说，知道在我们身旁，在我们这一代人中间，就有这么一位卓越、纯正、崇高的诗人，对他，我们只能用荷尔德林、济慈、莱奥帕尔迪的传奇色彩来想象：可望而不可即，一如梦幻，难道还有什么比这更使人陶醉的吗？所以，直到今天，我仍清楚地记得我第一次亲眼见到霍夫曼斯塔尔时的情形。当时我十六岁，我非常注意我们这位理想的良师益友的一举一动，因此，当我在报纸上看到一条不起眼的简讯：他要在科学俱乐部作关于歌德的报告时，我们非常激动（我们简直无法想象，这位天才竟在这么个小地方作报告，我们中学生如此崇拜他，以为他一定会在大地方露面，大厅里一定爆满）。那次报告会再次证实，我们这些小小的中学生的判断力和对富有生命力的事物的敏感力，远远超过公众和官方的评论。因为他讲演的地方实在太小，总共才能容纳一百三四十人，所以我提前半小时就去占位子。其实没有这个必要。我们只等了片刻，忽然有一个不惹人注意的瘦高青年匆匆穿过我们这一排座位，向讲台走去，接着讲演开始。他行动之快，以致我们没有时间仔细打量他。霍夫曼斯塔尔身材灵活、蓄着尚未成形的柔软的上髭，看起来比我想象的还要年轻。他的脸轮廓分明，有点像意大利人那样黝黑，绷得紧紧的，显然有点紧张。他那双深色、柔和又高度近视的双眼流露出来的不安，也证实了这个印象。他一下子就投入到滔滔的演说中，像一个游泳者一下子跃入水中一样。他越向下讲，举止就越灵活，神态就越镇静；一旦思路展开，开始时的拘束便全部消失，只见他轻松自如，侃侃而谈，简直像一位灵感丰富的人平时说话一样（以后我在与他私下谈话时也常常发现如此）。他讲演时说的头几句话，让我觉得他的嗓音并不好听，有时近乎假嗓，很容易变得尖锐刺耳。不过，当他讲得眉飞色舞忘乎所以时，我们也顾不上注意他的嗓音和面孔了。他讲演时没有讲稿，没有提纲，甚至可能没有详细的准备，然而，由于他具有与生俱来的讲究形式的直觉，他的每句话都十分完美。在讲演中，他提出最大胆的反命题，使人一时迷惑，接着他便用清晰而又惊人的论证加以解答，这不禁使听众感到，他讲的仅仅是从他的丰富多彩的知识中信手拈取的一部分。他轻松自如地驾驭讲演的内容，如果要深入展开，他会滔滔不绝地讲上几个小时，也不会使内容贫乏、水平降低。以后几年，我与他私下交往中依然感到他谈吐的魅力，正如斯蒂芬·格奥尔格赞誉时所说的，他是"气势磅礴的诗歌的发明家，是妙趣横生的对话的首创者"。他的性格急躁、无常、敏感，在私人交往中常常容易激动和快快不快，不易接近。他碰到感兴趣的问题时会变成一团火，迅速又热烈地将它辩论一番，再引入他自己的和只有他自己才能达到的知识范围中。与开明稳重的瓦莱里和脾气急躁的凯泽林①谈话，我感到水平已经比较高，可还不及与霍夫曼斯塔尔谈话时那样的思想水平。当他的灵感勃发

---

① 赫尔曼·凯泽林（1880—1946），旧译盖沙令，德国哲学家。

的时候，他接触过的一切：读过的一本书，见过的每一幅画和每一处风景，都会在他那精灵般的记忆中复活。他用的比喻是那么自然、生动，就像用左手比喻右手一样；他的观点是那么突出，就像屹立在地平线尽头处的背景——在那次讲演会和后来的几次私人交往中，我真正感到他身上的这种气息，是一种令人振奋，但又难以用理性理解、不可捉摸的气息。

从一定意义上说，霍夫曼斯塔尔后来再也没有超过他在十六岁至二十四岁这个阶段所创造的无与伦比的奇迹。虽然我对他后期的作品同样赞赏，如他的优秀散文，长篇小说《安德烈亚斯》——这部未完成的作品或许是最美的德语长篇小说——以及部分戏剧段落，但是，随着他日益看重现实戏剧和时代趣味，随着他的创作具有明显的意图和功利目的，早年那些充满童稚自然的诗歌中的纯净灵感消失了，梦游者似的模糊不定的描写消失了，从而也就失去了对我们这些爱挑剔的青年人的吸引力。我们这些未成年人的神秘知觉预先就知道，在我们这一代，像他这样的奇迹只可能出现一次，在我们一生中再也不会重演。

巴尔扎克曾以无可比拟的方式描写拿破仑这个人物是怎样把法国年轻一代振奋起来的。小小的少尉波拿巴登上了风云世界的皇帝宝座，这不仅意味着他个人的胜利，也是青年人思想上的胜利。一个人要早早获得权势，并非一定要生在官宦之家，非是王子和侯爵不可；一个人不论生在哪个小户人家，即使一个贫困之家，同样可以在二十四岁当上将军，在三十岁成为法国的统治者，进而成为全世界的统治者。这种举世无双的成就，促使数以百计的人离开自己微贱的职业和省城。波拿巴少尉使整个青年一代头脑发热、野心勃勃。他造就了那支伟大军队的将军和英雄，以及《人间喜剧》的主人公和烈士。一个出类拔萃的年轻人，一旦他在自己的领域中获得前所未有的成功，仅凭这一点，就永远鼓舞他周围或他身后的年轻人。从这个意义上讲，对我们这些更年轻的人来说，霍夫曼斯塔尔和里尔克是对我们这些能力尚未成熟的人的一次不同寻常的推动。我们并不期望在我们中间会有人再现霍夫曼斯塔尔的奇迹，但是只要他存在，就会给我们增添力量。因为他的存在本身就清楚地表明，在我们这个时代，在我们的城市里，在我们的环境中，同样可以产生诗人。霍夫曼斯塔尔的父亲是一家银行的经理，他像我们一样，出身于犹太市民阶层，因此，这位天才诗人是在一幢和我们住的差不多的房子里长大的，里面的家具是一样的，从小接受和我们同样的道德教育，进入一所同样死气沉沉的中学，学同样的课本，也在同样的木板凳上坐了八年，像我们一样感到不耐烦，像我们一样热衷于一切精神财富。可是你看，他成功了，当他还必须坐硬板凳磨破裤子，在体操房里来回踏步的时候，就成功地跳出了自己狭隘的小圈子，跳出了使人窒息的城市和家庭，一下子飞入无限的世界中去。可以这样说，霍夫曼斯塔尔这个实例向我们显示了，即使在我们这个年龄，身处一所奥地利中学牢笼般的气氛中，要创造富有诗意的作品甚至完美的诗歌，原则上也是可能的。甚至他在家里或者学校里尚未成年、毫无功名可谈的时候，他的诗作就已经出版了，带来了荣誉和名声。这对一颗童心具有多大的诱惑力啊！

里尔克对我们而言又是另一种类型的鼓励，这是一种慰藉，补充了霍夫曼斯塔尔的那种激励。如果我们中间有人要和霍夫曼斯塔尔比高低，实属大逆不道。我们知道，他至善至美的早熟是举世无双的奇迹，这种奇迹是不能再现的。当我们这些十六岁的人把自己的诗句和他在同样的年龄写下的诗句加以比较，我们会羞愧满面，无地自容。我们同样感到，自己的知识在他面前相形见绌，他念中学时就已经博学多才。而里尔克则不同，他也是十七八岁开始写作和发表诗歌，但这些早期的诗歌与霍夫曼斯塔尔同期写的诗相比，从绝对意义上说，还是不太成熟，幼稚、简单了一点。唯有抱着宽容的态度，才能看出几分天才的光芒。这位诗人是逐渐成名的，他直到二十二三岁才开始成为受我们无限爱戴的杰出诗人。这对我们来说，无疑是个安慰。一个人不一定非要像霍夫曼斯塔尔那样在中学阶段早熟成才；一个人也可以像里尔克那样，一步一步地成才。所以，一个人不必因为暂时写了一些不像样、不成熟、缺乏责任感的作品，马上就认定自己没有指望了。一个人也许不会再现霍夫曼斯塔尔的奇迹，但可以走里尔克走过的那条比较平稳寻常的成才之路。

我们所有人早已开始写文章或写诗，有的人则喜欢玩乐器或朗诵，这是很自然的事。青年人的每个被动的激情观点，就其本身来说，是不自然的，因为，就青年人的本性来说，他不仅要获得许多表象的东西，还要对表象的东西进行批判、消化和吸收，并作出新的回答。譬如，热爱戏剧的青年，会梦想亲自登上舞台，或者至少为戏院做点什么。青年人热烈崇拜各类天才，必然会回过头来看看自己，能否在自己尚未认清的躯体里，或者在半明半暗的心灵中，找到那种优良本质的苗头和可能。于是，艺术创作在我们班上十分盛行，当时维也纳的气氛和那个时代的条件也起了很大的推动作用。我们每个人都在自己身上寻找天赋，并试图发挥它。有四五个人想当演员，他们摹仿皇家剧院演员的腔调，精心练习和朗诵台词，悄悄去听表演课；学校休息时，他们各自扮演一个角色，即兴表演古典戏剧的整场或片断，其他人则充当好奇又挑剔的观众。班上还有两三个人相当有音乐素养，他们还没决定是当音乐家、演奏家，还是乐队指挥。最初我得到的有关新音乐的知识，应归功于这几个人。新音乐在当时的交响音乐会上是不登大雅之堂的。他们也向我索取他们喜欢的歌曲和合唱歌词。我们班上还有一个人，他是当时一位著名画家的儿子，上课的时候，他在我们的练习本上画满各种图画，同时为我们班所有未来的天才都画了肖像。但是，我们班上最喜爱的还是文学。通过彼此之间的互相激励，我们在文学方面成熟得越来越快；我们相互切磋每一首诗，这使得我们这些十七岁的人的水平远远超过业余爱好者；而且我们每人都做出了真正实际的业绩，这一点为下面的事实所证明：我们的作品不仅被不知名的地方小报所采纳，也被新一代所创办的杂志接收和刊登，我们甚至拿到了稿费——这是最令人信服的证明。班上有个叫 Ph. A. 的同学，我过去称他为天才，他的名字在当时最出色的豪华刊物《潘神》上居然和戴默尔[1]、里尔克的名字一起排在最前面。还有一个

---

[1] 理查德·戴默尔（1863—1920），德国诗人。

叫 A. M. 的同学，用奥古斯特·厄勒的笔名找到了进入当时所有德语杂志中最难入门和最严肃的文艺刊物《艺术之页》大门的途径。这本杂志是斯蒂芬·格奥尔格专为自己神圣的成员保留的园地，而这些成员是经过文艺团体严格挑选出来的。我的第三个同学，在霍夫曼斯塔尔的鼓励下，写了一部有关拿破仑的剧本；我的第四个同学提出了一种新的美学理论，并写出意义深远的十四行诗；我的名字则进入现代人的主要报纸《社会》和马克西米利安·哈尔登①的《未来》周刊——一份关于新德国政治史和文化史的德语刊物。今天，当我回首往事时，我必须客观地承认，当时我们知识之渊博，文艺技巧之娴熟，艺术水平之高雅，对年仅十七岁的人来说，确实是难能可贵的。然而，霍夫曼斯塔尔那种神奇的早熟的例子，也是可以理解的。恰是这个鼓舞人心的例子促进我们奋发努力，互不示弱。我们掌握各种艺术的技巧，也掌握大胆夸张的语言手法，我们熟悉每种诗体的技艺，在无数的习作中，我们尝试过各种不同的风格，从品达罗斯②诗歌的庄重，到民歌的质朴，都一一尝试过。我们每天都相互交换作品，提出其中的疏忽和不足，讨论每一个韵律的细节。我们迂腐的老师在用红笔批改我们的作业少了几个逗号，他们并不知道，我们早已对自己的作品互相展开批评，要求之严、审查之细、见解之高，就连那些大型日报上官方文学评论权威在分析古典大师们的作品时，也无法做到。由于我们专心致志地对待文学，到了中学最后几年，我们在专业的判断和风格的表现力方面，

① 马克西米利安·哈尔登（1861—1927），德国政治家、作家。
② 品达罗斯（约前518—前442或前438），古希腊抒情诗人。

甚至超过了那些著名的专业评论家。

对我们在文学上的早熟作如此真实的描写，也许会导致这样一种看法：我们是个特殊的神童班。绝非如此。在当时维也纳十几所邻近的学校里，同样可以看到学生对文学的狂热和文学早熟的现象。这不可能是偶然现象，这是由一种特殊有利的环境决定的：维也纳这个城市是艺术的沃土，正处在非政治化的时代，在世纪之交出现了思想和文学突飞猛进的局面。有这样适宜的环境，加上我们内在的文学创作愿望，两者有机地结合在一起，才让我们在那个年龄做出了巨大的成就。年轻人总有一股诗兴和写诗的冲劲，尽管大多数人的冲动不过是心灵中泛起的微小浪花。青年人心中不出现这种冲动是极少见的，因为这种想写诗的冲动本身就是青春焕发的表现。后来，我们班上那五个想当演员的同学，没有一个登上舞台；在《潘神》和《艺术之页》登过名字的那几位诗人，在锋芒初露之后当上了庸庸碌碌的律师和官员①。也许他们今天会对自己当年的雄心壮志自嘲地付之一笑。我是我们那些人当中唯一始终保持创作热情的人，而且这种热情成了我一生的核心。但是，我今天仍怀着感激之情怀念我们那一伙人。他们给了我多么大的帮助啊！那种火热的讨论，你追我赶的狂劲，互相之间的表扬和批评，提前锻炼了我的手和大脑，大大开阔了我的精神世界。我们是如何鼓起勇气摆脱单调无聊的学校生活啊！如今，每当我听到舒伯特那首不朽的歌："你，迷人的艺术，总是在无比空虚的时刻……"往事又历历

---

① 茨威格在这里记错了，奥古斯特·厄勒已经离世。——原注

在目，我仿佛又看到我们垂着双肩坐在冰冷的板凳上，然后在放学回家的路上闪着兴奋、激动的目光，评论和朗诵诗歌，兴之所至，狭隘的小天地全抛在脑后，如舒伯特歌曲说的那样，我们"沉湎在一个美好的世界"。

这种对艺术过分的酷爱，这种对"美"近乎荒唐的推崇，只有牺牲了我们那个年龄的通常兴趣才能得以实现。今天，当我问自己，我们当学生时，白天都已被上学和必要的起居和用餐时间挤满，哪有时间看那么多的书籍呢？回想一下我才明白，我们是以大大缩短睡眠时间，损害精力充沛的身体为代价的。虽然我早上七点起床，可是我从来没有在半夜一两点钟前放下书本，而且从那时起就养成了一个坏习惯，即使到了深夜，我还要看一两小时的书。所以，每天早上我总是最后一分钟匆匆忙忙奔向学校，睡眼惺忪，脸洗得马马虎虎，一边疾步向前，一边嚼着抹上黄油的面包片。我现在记不起，有哪一天不是这样度过的。我们这群小学究，看起来满脸菜色，像一个未成熟的水果，此外，衣着也不讲究——这些绝不奇怪。因为，我们的零用钱中的每个赫勒①都用在看戏、听音乐会和买书上了，根本顾不上陪年轻姑娘；我们并不在乎姑娘是否喜欢我们，不同她们交往，一是怕浪费宝贵的时间，二是要给学校一个良好的印象。体育活动我们无暇顾及，甚至瞧不起它。要让今天的青年人了解这一点，恐怕不大容易。体育浪潮在上世纪尚未从英国

① 奥地利货币名称，一克朗为一百赫勒。

冲击到欧洲大陆；当时也没有现在这样的体育场，更没有过多的体育活动。今天，当一个拳击手朝对手的下颌频频出击时，上万名观众激动得狂呼乱叫；报馆还设有特派记者，用通栏篇幅像《荷马史诗》似的报道一场曲棍球比赛。在我们那个时代，摔跤、田径、举重等都是在郊外举行，参赛者都是屠夫和搬运工之流；赛马才是一种高雅的比较贵族气的运动，一年有几次把上流社会吸引到赛场，但也不是我们这些把任何体育活动都视为纯粹浪费时间的人会去看的。我十三岁时染上了对学问和文学的嗜好，我停止了滑冰，把父母给的学跳舞的钱全买了书。我到了十八岁还不会游泳，不会打网球，也不会跳舞。直到现在，我既不会骑自行车，也不会开汽车。在体育方面，任何一个十岁的男孩都可以讥笑我。即使到了今天的一九四一年，我还搞不清棒球和足球、曲棍球和马球的区别。每张报纸上的体育版，我觉得都像是用汉语写的，怎么也看不懂。我对所有体育运动的成绩——速度和评分的记录，就像那位波斯国王一样不开窍。有一次，有人鼓动这位国王去参加赛马，他却表现出东方人的智慧："赛什么马？我本来就知道总有一匹马跑得最快，哪一匹跑得快与我有何相干？"我们也像波斯国王一样轻视锻炼自己的身体，觉得这是浪费时间。只有下棋我还有几分喜欢，因为下棋需要动脑筋。更加荒谬的是，虽然我们觉得自己正在成为诗人或者有可能成为诗人，可是我们很少关心大自然。我人生中的头二十年里，几乎没有好好看过维也纳周围的美丽景色。最美最热的夏天来临时，城里的人外游，整座城显得空荡荡的，我觉得这时的维也纳城才更加迷人，因为可趁机在咖啡馆里读更多的报刊杂志，还没有人抢着看。后来，我用了几年甚至十几年的时间，来弥补我身体上那种不可避免的笨拙，来调整那种幼稚的贪多求快的生活。不过，总的说来，我对中学时的狂热，对那种只用眼睛和脑子的生活，从来没后悔过。它把求知欲注入了我的血液中，使它永远不会失去。以后我读的书和学到的一切，都是建立在中学时期打下的坚实基础上的。一个人的肌肉误了锻炼，以后还可以补上；而智力的飞跃，即心灵中那种内在的理解则不同，它只能在决定性的那几年里成型；只有早早地学会敞开自己心扉的人，以后才能把整个世界包容在自己的心里。

我们年轻时代亲身经历的，正是艺术中的新事物酝酿发展的阶段，这些新事物远比我们的父母及其周围的人的要求更为热烈，更难解决，更具诱惑力。但是，由于我们被那段生活所迷惑，致使我们没有注意到美学领域中的这种变革只是许多意义更为深远的变革的先兆。这种变革将动摇和最终毁灭我们父辈的太平世界；一场令人瞩目的社会大变革正在我们这个衰老的、昏昏欲睡的奥地利酝酿。几十年来，心甘情愿不声不响地把统治地位让给自由资产阶级的广大群众，突然不再安分守己。他们组织起来，要求得到自己的权利。于是，在上世纪最后十年，政治像暴风骤雨般冲进平静安逸的生活。新的世纪要求有一种新的制度、一个新的时代。

在奥地利兴起的各种声势浩大的群众运动中，首当其冲的是社会主义运动。至今，被我们错误地称之为"普遍"的选举权，实际上只赋予了交纳一定税款的有产阶级。从这个阶级选举出来的律师和农场主都十分相信，自己在国会里是民众的代表和发言人。他们都受过教育，大部分人甚至受过高等教育，所以他们感到非常自豪。他们仪表庄严、体面，谈吐高雅，因此，国会开会就像一家高级俱乐部的晚间讨论会。出于对自由主义的信仰，资产阶级的民主主义者完全相信，宽容和理性必定促进世界的进步；他们一致认为，小的妥协和逐渐的改善能促进全体臣民的福利，并认为这是最好的办法。但是，他们完全忘记了，他们只代表这座大城市里的五万或十万富裕的人，并不代表整个国家的几十万或几百万人。这期间，机械化生产开始普及，过去分散的工人集中到工业中去了，在一位杰出人物维克托·阿德勒博士的领导下，奥地利建立了一个社会主义正义党。实现无产阶级的各种要求，争得真正的普遍的人人平等的选举权，是该党的宗旨。可是这种选举权刚一施行，或者说刚一被迫施行，人们就立刻发现备受推崇的自由主义是何等的脆弱。随着自由主义的消失，公共政治生活中的和睦相处不见了，现在，处处是利益与利益的激烈冲突，斗争开始了。

　　至今我还清楚地记得，在我还是幼童的时候，奥地利的社会主义政党发生决定性转折的那一天。工人们为了显示自己的力量和众志成城的决心，提出了这样一个口号，宣布五月一日是劳动人民的节日，并决定在普拉特公园举行游行。游行队伍将通过那条主要的林荫大道，而那条美丽、宽阔、两旁栽满栗子树的大道，从来都是供达官贵人的马车和华丽车辆行驶的。善良的自由派市民听到这一消息宣布时，吓得不知所措。社会党人这个词，在当时的德国和奥地利带有一股血腥气和恐怖主义的味道，就像以前的雅各宾派和以后的布尔什维克一样。人们刚听到这个消息时，绝不相信这些从郊区游行来的赤色分子在进入市区时会不焚烧房屋，会不抢劫商店并干出其他一切不可想象的暴行。全城一片惊骇。城区和郊区的警察都被派到普拉特大街值勤，军队处于警戒状态。那一天，没有一辆私人豪华马车或出租车敢靠近普拉特地区，街边的店铺早已放下铁制的防护板。我还记得，父母严厉禁止我们这些孩子在将会发生大火的那一天上街。可是实际上，什么也没有发生。工人们带着妻小，列成四人一排的队伍，秩序井然地走进普拉特大街。每个人的扣眼里都别着一朵红色丁香花，这是党的标志。他们一路行进，唱着国际歌；不过，当孩子们第一次走进诺贝尔林荫大道的绿草坪时，却无忧无虑地唱起了校园歌曲。没有人挨骂，没有人遭打，也没有人挥拳头，警察和士兵向他们报以友好的微笑。这种无可指责的行动，使资产阶级也不好再称他们是"革命的痞子"。最后，互相作了让步——就像在古老智慧的奥地利通常处理的那样。当时还没有发明今天的大棒殴打和灭绝的政策，在那些党魁身上尚且活生生地保持着（显然已褪色）人性的美好理想。

这种以红色丁香花为党徽的事刚出现，马上就有人把白丁香花别在扣眼里，这是基督社会党党员的标志（当时人们用花作为党的标志，而现在却用翻口皮靴、短剑和骷髅，在今天看来，怎不令人感动呢？）。基督社会党是一个彻底的小资产阶级政党，原来它是与无产阶级政党相伴相随的一种对抗运动。从根本上说，它同样是机器战胜手工业的产物。一方面，机械化大生产把大批劳动者集中到工厂里，工人聚成团，有了势力，社会地位也大大提高；另一方面，它又威胁着小手工业。大商店和大规模生产，促使小资产阶级和手工业的师傅面临破产的境地。有一位机灵的受人欢迎的领袖卡尔·卢埃格尔博士，用"必须帮助小人物"的口号，把小市民和愤怒的小资产阶级吸引到自己身边；他们深恐沦为无产者，这种恐惧远远超过他们对富有者的嫉妒。这使人想起，这同一个忧心忡忡的阶层，后来又成为拥护希特勒的第一批群众。从这个意义上讲，卡尔·卢埃格尔是希特勒的榜样，是他教会了希特勒滥用反犹太主义的口号，而这一口号给心怀不满和恼怒的小资产阶级树立了一个明显的敌人，从而不知不觉地转移了他们对大地主、封建贵族和工业资产阶级的仇恨。今天的政治已变得庸俗和野蛮，这个世纪已倒退到可怕的地步，从这一点上讲，这两个人有很大的不同。卡尔·卢埃格尔满腮金黄色柔软的胡须，仪表堂堂，维也纳人称"漂亮的卡尔"。他受过高等教育，没有辜负这个精神文化高于一切的时代。他的讲演通俗又浅显，性格爽朗又诙谐，即便在作最激烈的演说时——那个时代最激烈的演说——也从来没有失去本来的风度。他虽有一把刮刀，一把可以干出杀人祭神的野蛮行径的机械切削刀，但他万分小心地控制着。他对待自己的对手始终保持君子雅量，他的私生活简朴得无可非议，他公开的排犹立场从来没有人阻止，他对以前的犹太朋友一如既往地关心和照顾。他领导的运动终于征服维也纳市议会，他本人被任命为市长——对排犹主义倾向十分反感的弗兰茨·约瑟夫皇帝曾两次拒绝这一任命——以后，他一直公正廉明，政绩卓著，无可指摘，他也是实行民主政治的表率。在这个排犹的政党取得胜利以后，全市的犹太人非常害怕，可是犹太人的生活还像以前一样，享有平等权利并受到尊重。仇恨的毒素和互相灭绝的愿望尚未浸入到时代的血液循环之中。

这时又出现了第三种花，蓝色的矢车菊花。这是俾斯麦最喜欢的花，也是德意志民族党的标志。该党是一个彻底的革命党——当时很多人都不明白这一点。该党的目标是猛烈地冲击并彻底摧毁奥地利君主制，建立一个在普鲁士和新教徒领导下的大德意志国——比希特勒的梦想还早。当时，基督社会党的势力主要在维也纳和农村地区；社会党扎根在工业地区；而德意志民族党的成员几乎全部在波希米亚和阿尔卑斯山的边远地区。该党人数少，势单力薄，但它用野蛮的攻击和极端的暴行弥补了那种被人瞧不起的地位。该党的几个议员是暴政的代表（从旧的意义上说），是奥地利国会的耻辱。希特勒——一个同样出生在奥地利边远地区的人，在这几个议员身上找到了自己在思想上、策略上所需要的东西。他从格奥尔格·舍纳雷尔①那里接过"脱离罗马！"的口号——这个口号是当时数千名讲德语的德意志民族党党员坚决遵循的。他们从天主教皈依新教，目的是激怒皇帝和天主教教士们。希特勒从他们那里搬来了反犹太主义的种族理论——他们突出的杰作是"犹太民族是最下流肮脏的民族"。希特勒从他们那里首先学会的是建立一支肆无忌惮、盲目服从、大打出手的冲锋队，从而学会了一个原理：用少数人制造的暴行来恫吓在数量上大得多的那些人，那些人既老实又诚实，不敢抗争，逆来顺受。冲锋队为国家社会主义干些什么勾当

_____

① 格奥尔格·舍纳雷尔（1842—1921），奥地利政治家。

呢？他们用橡皮棍驱散群众集会，夜里袭击反对者，把他们打倒在地！德意志民族党还利用学生的单纯和狂热为他们服务。这些大学生在大学豁免权的庇护下，做出了史无前例的殴打恐怖暴行。他们采取的每次政治行动，都像军队一样组织严密。他们高呼口号吹着口哨，在大街上列队前进。那些大学生自己组成了所谓的"大学生团"，他们脸上带着击剑时留下的伤疤，经常酗酒闹事。他们占据着学校大礼堂，不像普通学生那样仅戴着袖章和学生帽，而是拿着粗重的木棒。他们一会儿殴打斯拉夫大学生，一会儿又猛击犹太大学生，一会儿围攻天主教大学生，一会儿又大打意大利大学生，把手无寸铁的人赶出校门。大学生团的学生每次"闲荡"（他们把每个星期六举行的示威活动称之谓"闲荡"）都会造成流血事件。当时的大学仍享有古老的特权：警察不得入内。他们眼睁睁地看着这帮流氓欺负凌辱别人，能够做的仅仅限于，当这帮民族主义流氓把遍体鳞伤的学生从楼梯口扔到大街时，立即把他们抬走。奥地利的德意志民族党党徒虽然数量极少，可是却能大造声势，每逢这个党计划做些什么事，总是派大学生团的学生打头阵。当巴德尼伯爵[①]在皇帝和议会的同意下颁布一项语言法令时——他原以为这项法令的实施会给奥地利各民族之间带来和平，也许还可延长皇朝几十年的寿命——一小撮被煽动起来的大学生团的年轻人游行示威，抗议这项法令。他们占领了环城大道，当局不得不出动骑兵，用军刀和步枪来镇压。在那个讲人道、懦弱得可悲的自由主义时代，人

---

① 卡西米尔·弗里克斯·巴德尼伯爵（1846—1909），奥地利政治家，曾任奥地利总理。

们憎恨任何形式的暴力行为，也十分害怕流血冲突。政府不得不在德意志民族党面前退缩，总理下台，完全合法的语言法令被撤销。在奥地利的政治生活中，野蛮的暴力行为第一次取得了胜利。在那个容忍迁就的时代，各民族和各阶级之间的联合一下子全破裂了，变成了不可逾越的鸿沟和深渊。实际上，新世纪开始前的最后十年，一场全面的内战已在奥地利拉开帷幕。

但是我们这些年轻人完全沉浸在对文学的偏爱之中，很少注意我们的国家所面临的危险，我们的眼睛只盯着书籍和绘画。我们对政治和社会问题毫不感兴趣，那些刺耳的争吵对我们的生活有什么意义呢？当全城为选举激动不已时，我们去了图书馆。当群众暴动时，我们正在写作和讨论诗文。我们没有看到墙上着火的信号，而像古时的伯沙撒国王①一样，无忧无虑地品尝美味的艺术佳肴，没有警惕地向前看一眼。直到几十年后，当屋顶和墙垣倒在我们头上时，我们这才明白，地基早已被挖空。随着新世纪的开始，个人自由已在欧洲没落。

---

① 伯沙撒（？—前538），巴比伦王国最后一位统治者。

情窦初开

在八年的中学期间，我们每个人身上都发生了一些纯粹个人的变化：我们从十岁的孩子逐渐长到十六岁、十七岁和十八岁，成为具有男子特征的年轻人，自然的本能开始宣布自己的权利。好像青春期的性成熟完全是个人的问题，每个成长发育的人，都用自己独特的方式为自己解决这个问题。情窦初开的困惑完全不适于在公共场合谈论，但对我们这一代人来说，青春发育已超出它本身的范围，它必然同时促成另一种意识的觉醒，我们第一次学会批判地观察这个我们在其中长大成人的世界，观察它的社会习俗。一般说来，孩子甚至年轻人都愿意首先体面地适应自己生活环境中的各种规范。但是，只有当他们看到，要他们遵守的那些社会习俗大家都坚决遵守时，他们才会去遵守。老师和父母身上的任何虚伪行为，都必定促使年轻人用怀疑的，从而也是更为尖锐的目光看待周围的人。我们不需要多长时间就会发现，我们过去一直信任的学校的、家庭的和社会道德的权威，在"性"这个问题上，表现得极不真诚，甚至可以说，他们要求我们在这个重要的问题上也要保守秘密，偷偷摸摸。

三四十年前对这个问题的看法与我们今天的看法完全不同。也许没有一个领域像两性关系那样，仅仅在一代人的时间里就发生这么巨大的变化，这是由一系列因素造成的：妇女解放运动、弗洛伊德的精神分析学说、体育运动的发展、青年一代的独立自主等。十九世纪的市民道德，基本上是维多利亚时代的道德。如果试图区别它与今天流行的更为自由、更为无拘无束的道德观有何不同，那么也许首先应该看到一个具体情况：如果可以这样说的话，那个时代的人由于自己内心不平衡而小心翼翼地回避性的问题。更早一些时候，在人们真诚信奉宗教的时代，特别是在严格的清教徒时代，性的问题反而容易解决。中世纪的权威们曾深信，性欲的要求是魔鬼促使的，肉欲乃是罪恶和猥亵。他们用粗暴的禁令和残酷的惩罚强行贯彻他们的无情的道德观——特别是在加尔文教的中心日内瓦。到了我们这个世纪就完全不同了，这是一个不再相信鬼神的宽容的时代，人们不再使用逐出教门的严厉手段。不过，人们仍然觉得性问题是一个乱世的因素，会破坏伦理道德，与当时的伦理是不相容的。因此，性问题不能暴露在光天化日之下，婚姻以外的任何形式的自由性爱，都有悖于资产阶级的伦理道德。由于这个矛盾，我们那个时代发明了一个特别的折衷办法：那时的道德规范虽不限制青年人过性生活，却要求以不引人注意的方式处理这种难堪的事。既然性问题是天经地义地存在于地球上的，那么最好是让它不为人所见，不超出社会风气的范围之外。于是形成了一种默契：无论是在学校里还是在家里，或者在公共场合，都不谈论这令人恼火的麻烦事；把一切能引起性欲的杂念全部压制下去。

从弗洛伊德的学说中我们知道，有意识地去压抑自然的性冲动，实际上是根本不可能的，不过是迫使它进入危险的潜意识之中罢了。今天我们很容易对那种无师自通的天真的隐瞒手法哑然失笑。可是，整个十九世纪囿于一种妄想，以为人们能够用理性主义的明智解决一切冲突；以为把人的自然本能隐藏得越深，他那烦躁不安的冲动就会越来越缓和；以为只要不向年轻人提性的问题，他们就会忘却身上存在的自然本性。当时，社会的各个方面都抱着以不谈性问题来克制性欲的妄想，社会所有的部门共同组成了一个对外秘而不宣的联合抵制阵线。学校、教会的牧师、沙龙、司法机关、报刊、书籍、时尚和风气，原则上都避免谈任何性的问题。甚至于科学——本来它可以对任何事情进行彻底的研究和探讨——也以可耻的方式参与"这明显的不光彩行径"。生理科学认为研究这些污秽的课题有失科学的尊严，因而向世俗低下了头。如果我们翻翻那个时候的书籍，如哲学、法学，甚至医学方面的书，大家会一致发现，凡是涉及性的地方都有所顾忌地避开了。刑法学者在学术会上讨论监狱中的人道主义措施和牢房生活中有失道义的内容时，对这个最本质的问题也胆怯地避开了。同样，一些神经科医生，虽然他们明明知道某些歇斯底里症状的原因，却不敢说出真相。我们从弗洛伊德的著作中仍然可以读到，像他所尊敬的老师夏尔科①这

————————

① 让·马丹·夏尔科（1825—1893），法国著名神经病学家。

样的人也曾私下里向他承认，他虽然知道某些病人的真正病因，却从未敢公之于世。至于当时所谓的"美"的文学，更是不敢如实描写，因为这种文学正是以体现美学的美为己任的。在我们之前的几个世纪里，作家并不羞于提供一幅真实而又广阔的社会文化图景。我们仍可以在笛福、普雷沃神甫、菲尔丁、雷蒂夫·德·拉布列塔尼的作品里看到那种真实情况不加歪曲的描绘。可是到我们那个时代，只允许描写"充满感情"和"高尚"的事，不允许写那些令人难堪的真实的事。因此，我们在十九世纪的文学中几乎看不到对大城市青年的所有危险、黑暗和困惑的描述。即使一个作家写到卖淫，他也必须美化一番，把女主人公打扮成"茶花女"式的人物。所以我们今天正面对着一种特殊情况，如果当今的年轻人要想知道上一代或上上一代的年轻人是怎样奋斗一生而去翻阅纵然是那个时代的大师们的作品，如狄更斯、萨克雷、戈特弗里德·凯勒、比昂逊的作品——托尔斯泰和陀思妥耶夫斯基的作品除外，因为他们是俄国人，站在欧洲假理想主义的对立面——那么他会发现，书中写的尽是经过加工升华、温和适中的事情，这是因为那个时代的作家受时代的压力而无法表达自己的自由见解。造成这种情况的原因在于那个时代对祖辈的道德观几乎达到顶礼膜拜的程度，再加上今天的人所不能想象的时代气氛。要不，我们怎样理解《包法利夫人》这样一部完全写实的小说竟会被法国一家法院判作淫书禁止发行呢？同样，我们怎样理解，在我年轻时候左拉的小说被看作色情文学，托马斯·哈代这样一位心平气和的古典主义叙事文学家竟在英国和美国掀起轩然大波呢？因为这些书尽管写得很有节制，还是暴露了不少现实。

　　然而，我就是在这种不健康的、令人窒息而又夹杂着浓郁香味的空气中，在不愁吃穿的环境里长大成人的。那种虚伪的反心理学的道德观，对"性"一直保持沉默和藏匿的伎俩，像一座魔山重重压在我们头上。作家们屈服于这种非人性的道德观，所以在文学和文化史上缺少反映当时实情的真实文献资料，也使人很难将那些不真实的东西恢复其本来面貌。当然，某种可循的线索还是有的，只要看看时装的样式就可断定这个论据的正确性。因为每个世纪的服装从外观情趣上看，自然而然地反映出当时的道德观念。在一九四一年的今天，当电影院的银幕上出现一九〇〇年的男女穿着当时的服装参加社交活动时，无论是欧洲还是美洲，无论在城市还是在乡村，观众准会笑个不停——这种事不是偶然的。甚至今天最憨厚的人也会笑话过去那种特别的打扮，觉得他们简直像漫画，是一群穿戴不自然、不方便、不合乎卫生的小丑。就连我们这些曾见过自己家的母亲、姑姨、女朋友穿着古怪的晚礼服，自己童年时同样打扮得令人可笑的人，也会觉得整整一代人都顺从这个潮流，竟无人提出异议，简直像一场噩梦。当时男人的打扮是让人一动也不能动的高硬领，长长的黑色燕尾服，加上那顶像烟囱一样的大礼帽，活像个"弑父者"，这已经够可笑了。可是，那个时代的女人打扮得更加怪异，既费力又繁琐，每个细节都违反自然！腰部系着一件用鲸鱼须骨做的紧身衣，把腰勒得像马蜂腰一样；下身穿着鼓成了钟形的大裙子；衣领扣得又紧又高，直到下颌处；双脚完全遮盖着；头发梳成无数小卷，再编成螺旋发髻，高高地盘在头上，头发夹满珠玉宝石；双手总是戴着手套，即使炎热的夏天也不摘下来。这种在今天已成为历史的女士，虽然满身香气，戴着各样的首饰，全身是精细的花边、流苏之类，仍是一个令人同情又无人帮助的不幸之人。我们一眼就能看出，凡是装扮成那样全副武装的女人，她再也不能自由活动，再也没有活力，再也体现不出优美的身段；有了这副打扮，每个动作、每个姿态，以及她整个体态的表现，无不矫揉造作、违反自然。要把女人打扮成这样——且不说参加社交活动时如何不便——只是晚礼服的穿上和脱下，其程序就非常复杂，没有别人帮忙，根本无法做到。穿衣的程序是，首先把背后的衣扣从腰部扣到脖颈处，接着侍女用尽力气将紧身衣系上，每天来伺候的女理发师用许许多多的发针、发夹、梳子、烫发钳、卷发筒等，把长长的头发卷成形，梳理整齐后，做成高耸的发型——我想提醒今天的年轻人注意，三十年前，除几十名俄国女大学生外，欧洲每个女人的头发都长到腰部——然后再给这位女士像洋葱一样穿上一层又一层的衬裙、紧身内衣、上衣和短上衣，一直把她打扮到最后一丝女人气息消失为止。这种毫无意义的打扮还有一层秘密的含义：一个女人的线条按风俗经过这样复杂的加工完全掩盖起来，使新郎在婚宴上无法预料自己身旁这个未来的伴侣究竟是长得挺直还是驼背，是丰腴还是干瘪，是直腿还是弯腿。这个"重道德"的时代根本不认为把女人的头发、胸脯和身体其他部位乔装打扮一番，以达到欺骗和适应普遍理想美的目的有什么不对。那时，一个女子愈想成为真正的"女士"，就愈不该显示出原来的自然美。其实，这种具有明显目的的时尚无非是为当时一般的道德观效劳，那个时代主要关心的，是掩盖和隐藏性爱。

　　但是，这种智慧的道德观完全忘记了，如果把魔鬼关在门外，那么魔鬼十有八九会从烟囱和后门进来。用今天我们客观的眼光来看，那时候的服饰是把露在外面的丁点皮肤和真实的身材尽量遮掩起来，使人看不出她有何德性，恰恰相反，这种时尚反而使人难堪地突出了女人的性别特征。在我们今天这个时代，一名青年男子和一名年轻姑娘在一起，他们身材修长，留着短发，面部没有胡须，从外貌上看，会觉得他们很般配；可是在以前那个时代，异性之间要尽量保持距离。男人为了美，留着长长的胡子，他们时不时捻一捻很浓的小胡子，以显示自己的阳刚之美；而女人则用紧身衣突出女性的主要特征，胸脯高耸，故意显耀。在举止仪表方面，也特别强调刚强的男性和纤弱的女性。那时要求男子豪爽、好斗、具有骑士风度，而要求女人羞怯、腼腆、小心谨慎；要求男人像猎手，女人像猎物，两者是如此不同。在仪表上人为造成的区别差异，反而增加了异性内在的吸引力，即性爱必然更加强烈。所以，当时那个社会用这种违反心理的方法来遮盖和压制性爱，非但没有达到目的，反而使自己走到反面。那时，唯恐在文学、艺术、穿着等方面出现伤风败俗之事，处处防范任何性冲动的刺激，反而使人的思想总想着那些不道德的勾当。那个社会一直不间断地研究可能发生的出格的事，反而使自己陷于窥探色情的环境中。对那个世界来说，"正派作风"始终处于极度危险的境地：每个姿态、每句话都可能有失体面！今天人们肯定会理解，女子在运动中或打球时应穿裤子，而那个时代则认为这是大逆不道。可是又怎能理解那些歇斯底里的假正经呢？当时的女人难道敢启齿说穿裤子这件事吗？如果非要说出引起性欲的"裤子"一词，必须找另外的词汇，用纯洁又无刺激性的"下装"来代替，或者用那个为忌讳特意发明的词：难以启齿之物。从前，几个身份相当而性别不同的年轻人想在无人监护的情况下一起去郊游，那是完全不可想象的。更确切地说，首先想到的是可能会"出事"。这样的聚会，只有监护人——母亲或家庭女教师——形影不离地跟着，才能实现。一个年轻的姑娘在最炎热的夏天打网球，想穿件露出双腿的衣服或者裸出双臂，那简直是荒唐的丑行。如果一个有教养的女子在社交生活中交叉着双腿会被认为有失体统，因为这样会露出裙下的肉体。就连自然要素，如阳光、水、空气也不能触及女人的皮肤，何况别人的眼睛。在辽阔的大海上坐船，女人们必须穿沉重的衣服，步履艰难地走动，寄宿在学校和修道院里的年轻姑娘们，必须从脖颈到脚后跟包得严严实实，为的是忘掉自己还有躯体；甚至在室内洗澡也要穿着长长的白衬衫。妇女年长后直到去世，她的肉体，除了接生婆、丈夫和洗尸体的人以外，再也没有其他人看见过她肩膀的线条或膝盖，这绝不是故意夸张。四十年后的今天，我们觉得这些"规矩"简直像童话或者滑稽的夸张。然而，在那时候，从社会最高层的人士到最底层的百姓，无一例外，都像得了神经病似的，害怕所有的肉体和自然。不了解这些，我们怎能想象如下这些事呢？——在本世纪之交，当第一批女人勇敢地骑上自行车，或者像男人一样跨鞍上马时，农民向这些冒险家大扔石头。当我上小学的时候，维也纳的几家报纸曾连篇累牍地讨论那个令人恐惧、伤风败俗的革新之举：皇家歌剧院的芭蕾舞女演员跳舞时不穿长袜。当伊莎多拉·邓肯第一次穿着古希腊式短袖及膝白色长衣，没穿绸缎舞鞋而是赤着双脚跳舞时，引起了轩然大波，成为头号新闻。我们不妨设想一下，在那个时代成长起来并目睹世事的年轻人，一旦发现那件遮盖一切的体面大衣上满是裂缝和洞孔时，他们一定会觉得，为那一直受到威胁的正派体统而惶恐不安是多么可笑。五十个中学生里终究会有一个碰上他的老师在阴暗的小胡同干那种有伤风化的事；他们也终究会从东邻西舍那里偷听到这个或那个干了见不得人的事，尽管他们在我们面前装得一本正经。事实上，越是遮遮掩掩偷偷摸摸，就越引起我们强烈的好奇心，有时，好奇心甚至达到了难以控制的地步。因为社会道德不准许人们让自己的自然本能自由地、公开地流露出来，在大城市里，这种自然本能找到了地下的和多半不干净的发泄渠道。社会各阶层人士都感到，由于对青年人性的压抑，一种隐藏的性兴奋便以一种幼稚的、笨拙的形式表现出来。几乎没有一座栅栏或一个厕所没有被涂上下流的字画；游泳池里用来隔开女子游泳区的木板壁，凡有树节子的地方都被捅成了洞。那些在今天由于道德风尚听其自然而早已衰落的行当，在当时却悄悄地十分兴隆，特别是裸体人像摄影，写真照相业。不管在哪家酒肆饭店，都有小贩在桌下向青少年兜售裸体照片。还有地下出版色情文学的行当，印的这些书粗制滥造，纸张极差，语病甚多，可销路甚好；那些淫秽下流的杂志销路同样很好，书刊中不堪入目的色情描写，在今天找不到第二份。这是因为严肃文学不得不坚持理想主义的说教和小心翼翼的态度。属于严肃艺术的有皇家剧院，以表现高贵的思想和如雪的纯洁为宗旨。但除此之外，还有一些专门演出最粗俗下流的滑稽戏的剧场和歌舞场。凡是受到压抑的东西，它总想方设法为自己寻找一条出路，哪怕是一条曲折道路。说到底，假正经地不准谈性的启蒙和不许同异性无拘束相处的那一代人，实际上要比我们这一代享有自由恋爱的青年人更好色。这是因为，只有那些不给予的东西，才会使人产生强烈的欲望；越是禁止的东西，越能刺激人拼命想得到它；耳闻目睹得越少，梦幻中想得越多；人的肉体接触的空气、光线和日光越少，性欲集聚得越多。总之，加在我们青年人身上的社会压力，不过是引起我们内心对各有关当局的不信任和怨恨罢了，并没有提高我们的道德水平。从我们的情欲萌发的第一天起，我们本能地感觉到，那种不诚实的道德观用掩盖和沉默从我们身上夺走本该属于我们这个年龄的东西；为了保存早已腐朽的习俗，而牺牲我们坦诚的愿望。

这种社会道德，一方面承认性的存在，还给性的发泄创造了条件；另一方面在公开场合又对此讳莫如深，这种阴阳脸式的道德完完全全是一种欺骗。因为它一方面对年轻人的事睁一只眼闭一只眼，甚至对他们使眼色，要青年人变得"圆滑一些"，就像当时人们在家庭隐语中善意地戏说的那样，而另一方面它对女人则忧心忡忡地紧闭双眼，装成瞎子。甚至社会习俗也不得不默认：一个男人有性欲冲动是应该的，但如果老老实实地承认，一个女人也能被性欲征服，造物为了人类的繁衍生息也同样需要女性，这就触犯了"女人圣洁"的观念。在弗洛伊德以前的时代，一个女人不可能有肉欲的要求，男人也不许引起女人性的要求，只有结婚以后才被许可。这种社会约定曾被当作公理执行。可是，即便在那个讲究道德的时代，空气中也总是充满了危险的引起色情的传染物，维也纳尤甚。因此，一个上流家庭的姑娘，从她出生的那天起，直到她与丈夫走出教堂为止，必须在绝对消毒的气氛中生活。为了保护年轻姑娘，不让她单独离开家人的目光。给她请来家庭女教师，就是为了照料她，绝不能让她没人陪伴就踏出家门一步，无论是上学还是去上舞蹈课和音乐课，都有人接送。她们读的每本书都要经过检查，而最主要的，是让姑娘们一天到晚忙个不停，使她们无暇生出非分之想。她们得练钢琴、学唱歌、绘画、外语、艺术史和文学史，她们受到各种教育，甚至有些过分。但是，在把她们教育得非常有文化有教养的同时，她们对最最自然的事物一点也不知。她们对男女之事一无所知的程度是我们今天的人无法想象的。一个上流家庭的姑娘不准对男子的身体结构有任何了解，也不许她知道孩子是怎样来到人间的，因为这个天使在结婚前不仅肉体没有被人触及过，她的心灵也要保持绝对纯洁。一个姑娘，她受过良好的教育，在当时成了对生活毫无所知的同义语；有时，那个时代的妇女一辈子对生活都无知透顶。我一位姑妈身上曾发生了一件荒唐透顶的事，至今仍令我忍俊不禁。在她新婚夜的凌晨一点，她突然返回娘家，大吵大嚷，说再也不愿意见到那个下流的男人，说他是个疯子和妖魔，因为他一本正经地要脱她的衣服。她费了不少力气才摆脱了男方显然是病态的要求，救了自己。

当然我不能不说，那时姑娘们的无知反而会给她们增添神秘的魅力。这些羽毛未丰的女孩子预感到，在她们旁边，在她们身后，还有一个她们一无所知的和不许她们知道的世界，这使她们感到好奇、向往、心醉，以及一种身不由己的心绪不宁。她们走在大街上，一旦有人打招呼，她们就会脸红——现在的年轻女孩子会脸红吗？当姑娘们单独在一起，她们唧唧喳喳，交头接耳，嘻嘻哈哈笑个不停，像微微喝醉似的。她们怀着对不熟悉的、与她们隔绝的世界的各种期待，做着罗曼蒂克的梦，但又怕被人发现。她们的肉体渴望着那种连自己都不甚了然的温存爱抚。稍一想入非非，她们的整个举止就会不断失态。她们走路的姿态也与现在的姑娘不同，现在的姑娘经过体育锻炼，身体动作像男孩子一样轻松自如，而那时的女子走上几百步就可以从步履和姿态上分清她是姑娘还是已婚。她们的姑娘气比现在的要足得多，已婚妇女就不是这样了。从本质上看，她们恰似温室里培养出来的花朵，没有经过任何风霜，娇滴滴的，她们是用特定文化和教育精心培养出来的产物。

而那个社会就希望把年轻的姑娘培养成这个样子，既傻又顽固，既有教养又一无所知，既好奇又害羞，既无把握又无实际。这种脱离实际生活的教育，必然使她们在婚后失去自己的意愿，任凭丈夫摆布。当时的社会风尚似乎是要把一个姑娘作为最秘密理想的标志，作为品行端庄、纯洁无瑕、超脱世俗的象征来加以保护。如果一个年轻的姑娘二十五岁或者三十岁还没有结婚，那是多大的不幸啊！因为社会习俗毫无怜悯地要求一个三十岁的姑娘为了家庭和体统，始终保持那种和她的年龄早已不相称的、没有性经验、没有性需求的性盲状态。然而，这个形象日后却遭到可怕的丑化。未婚姑娘成了"嫁不出去"的姑娘，嫁不出去的姑娘成了"老处女"，那些滑稽报刊便把她们当成讥讽打趣的对象。只要谁翻翻老版的《散页画报》或别的幽默刊物就会发现，每期都有对老姑娘的低级无聊的嘲讽：她们由于精神失常，已不知掩盖自己本能的性要求。她们曾为了家庭和个人的名誉，不得不压制自己内在的生理需求：对爱情和对成为母亲的需求。然而，人们非但不体谅她们因牺牲自己的生活而造成的悲剧，反倒拿她们开玩笑，这些不通人情的人，真是可恶之极。一个以不诚实的态度压制人的自然本性而犯了罪的社会，总是最残酷地对待那些泄露了它的秘密并将之公之于世的人。

当时的资产阶级社会风俗极力维护这样一种假设：一个上流社会的女子，只要她没结婚，就不该有性欲且不准有性欲，否则，她就被视为"不道德的人"而被逐出家门；但是人们又不得不承认，男子身上确有性欲冲动这回事。凭经验毫无办法去阻止成熟的男子的性生活，所以人们不存奢望，但愿他们的不体面享乐在神圣的社会习俗大墙之外进行。一座城市，地面上是打扫干净的道路，街道两旁是豪华的商店和优美的公园，而地下是泄泻污水的排水系统。青年人过性生活的地方，像城市一样，只能在社会道德下面的阴沟里进行。对青年人在这方面会遇到什么危险或落入什么人之手，则漠不关心。同样，学校和家庭也由于过于谨慎而耽误了对青年的性启蒙。只是到上世纪最后几年，才间或有远见卓识的父亲，用当时的话说，思想开明的父亲，在发现自己的孩子刚刚长出胡须时，就想帮他在这方面走上正路，先把家庭医生请来，随后医生找机会把青年人请进屋，先慢条斯理地擦眼镜，然后才慢慢开始他的演讲，谈性病的危险，并劝告年轻人要节制，不要忽视安全措施。其实，这个年龄的青年人早已对此无师自通。另有一些父亲采取一种特殊的方法。他们聘一个漂亮的使女到家里，她的任务就是教会男青年这方面的事。因为父亲们觉得这个办法挺好，让青年人在家里干这种勾当，外表上就不会失去礼仪，也免得青年人落入骗子之手。但是，这种公开的、露骨的启蒙方法，始终为社会各界所唾弃。

在资产阶级社会里，一个青年人究竟有哪些泄欲的途径呢？这个问题在下层社会是根本不成问题的。譬如在农村，一个十七岁的长工与一个女工睡觉，一旦这种关系有了孩子，那么以后就成了一对。在我们阿尔卑斯山的大多数农村里，未婚生的孩子远远超过已婚生的孩子。在无产者中间，一个工人在结婚以前就已经有过数次同居的经历。在加利西亚信奉正教的犹太人那里，几乎刚刚成年的十七岁男孩就娶妻成婚，四十岁时就当了祖父。只有我们资产阶级社会里才鄙视这种解欲的方法——早婚，因为没有一个家庭的父亲愿把自己的女儿托付给一个二十岁或二十二岁的毛头小伙子，人们把他看作是"年轻"人，尚未成熟。这里同样又暴露出一种内在的虚伪，因为资产阶级的年历与自然年历根本不一致。从身体发育来看，一个人十六岁或十七岁就成熟了；从社会角度来说，年轻男子只有获得社会地位才算成年，可是这在二十五六岁以前几乎是不可能的。于是，身体的实际成年和社会上的成年之间产生了六年、八年，甚至十年的人为间隔。在这段时间里，一个年轻男人不得不为自己泄欲寻找"机会"或寻求"风流韵事"。

但在这个问题上，那个时代并没有给年轻人提供很多机会。只有极少数特别富有的年轻人才能享受这种奢侈，包养一个情妇。也就是说，给她准备一套住房并负担她的生活费用。和一个已婚妇女发生关系，这是当时长篇小说中描写风流韵事的唯一文学典型。这种事只有少数幸运的人才能碰上，而另外大多数人是与小店里的女售货员或饭店里的女招待厮混，解决一时的快乐。因为那个时候妇女解放运动尚未开展，妇女尚未独立参与社会生活，所以只有那些出身贫穷的无产者的姑娘，一方面她们没有那么多清规戒律，另一方面她们在萍水相逢、不打算结婚的两性关系方面拥有充分的自由。她们穿着简朴，工作十二小时后已疲惫不堪，不可能修饰自己（那个时候私人浴室尚属富人的特权），工资又少得可怜。贫穷的姑娘们生活在一个狭小的圈子里，生活水平要比自己的情人低得多，以致她们大多数人自惭形秽，不愿与情人在公开场合露面。虽然当时的社会习俗已预先采取了一些特殊措施，以解决她们的窘迫，即所谓的单间餐室。在这里，一个姑娘和情人吃晚饭，不必担心被人看见，至于那件事，可以到阴暗偏僻小街上的小旅馆去干，它们是专为这种情人幽会而开设的。但这种幽会都是在仓促害怕中进行的，所以一点美感都没有，纯粹是为了发泄性欲，因为干这种事的时候从来都是偷偷摸摸、匆匆忙忙，像是干一件违禁的事。此外还有另一种可能，同两栖人，即半是资产阶级但又不完全属于资产阶级的人，诸如女演员、女舞蹈家、女艺术家，她们是那个时代唯一"解放了"的妇女。但是，总的说来，构成婚外性生活的基础是娼妓。似乎可以这样说，卖淫构成了资产阶级社会这座华丽大厦阴暗地下室的顶棚，在它上面竖立着纯洁的、豪华的、无瑕的门面。

关于卖淫在世界大战前的欧洲广泛蔓延的情况，当今的一代青年几乎很难想象。今天，我们在大城市的街道上很难碰到妓女，就像在行车道上很少看到马车一样。可是过去在人行道上不乏花枝招展的卖淫者，要躲避她们比找到她们还难。于是又出现一系列的"非公开的场所"，如夜间游艺所、滑稽剧场、跳舞场、备有舞女和歌女的舞厅，以及有性感应召女郎的酒吧。那时卖身的女人纯粹是商品，有着不同的价格，也有按时间长短付钱的。一个男人不用花多少钱费多大劲，就可以买来一个女人，像买一包香烟或一张报纸那么简单，可以享用一刻钟，一个小时或一夜。我觉得，没有任何东西比今天的生活方式和爱情方式更为自然更为正直的了，今天的青年几乎都是这么理解的。曾经不可缺少的场所逐渐变得不必要了。把卖淫的行当从世界上清除出去，不是靠警察，也不是靠法律，而是由于需要日益减少。这种由假道德造成的悲剧产物，尽管还有一些残余，毕竟在自行消亡。

国家及其道德的官方立场，对当时这种不光彩的事情，从来就觉得十分尴尬。按照社会的道德标准，谁也不敢公开承认一个女人可以有卖身的权利；但从生理角度来讲，又不能没有这种行当，因为它能排解令人烦躁的未婚性欲。于是，那些权威们模棱两可地试图将卖淫分成两种：一种是国家视为不道德的、危险的，应该取缔的暗娼；一种是有营业执照的，给国家纳税的合法妓女。一个决心当妓女的姑娘，必须得到警察的特别许可和一个准许营业的证书。当她把自己置于警察的控制之下，并履行每周两次体检的义务时，她就取得了正式营业的权利，以她认为合适的价格出租自己的肉体。这种合法的妓女像其他一切行业一样，被看作一种职业，但又不完全被承认——这里恰恰暴露了社会道德的马脚。举例来说，一个妓女是商品，她把自己的肉体卖给了一个男人，而这个男人事后拒绝支付预先商定的价钱，妓女却无法控告他。她正当的要求一下子变成不道德的要求，得不到政府的保护，法律提出的论据是，这种案件是可耻的，不予受理。

从这些细节可以看出这种观点的自相矛盾：一方面把这些卖身妇女纳入国家允许的职业范围之内，另一方面又把她们看作置于普通权利之外的弃儿。但是，实际上的不公正是视具体情况而定的。也就是说，所有那些限制只是针对贫苦阶级的。一个芭蕾舞女演员可以在维也纳以二百克朗一小时的要价把自己卖给任何一个愿出此价的男人，当然，她不需要任何执照；而流浪在街头的少女每小时只能要价两克朗。至于那些名交际花，在一篇关于跑马或跑马大赛的报导中，她们的名字与出席的显贵人物并列在一起，因为她们早已跻身于"社交界"。同样，一些为宫廷、贵族和富有的资产阶级介绍这些奢侈品的女经济人也往往受到庇护，而法律通常对拉皮条的人是要判重刑的。严格的条例、无情的监督、社会的谴责，不过是针对成千上万的妓女大军罢了，而她们却用自己的肉体和被凌辱的心灵去维护那个反对自由和自然爱情的、早已腐朽的旧道德观。

这支卖淫大军分成不同的种类，恰似一支真正的军队分成骑兵、炮兵、步兵、要塞炮兵等各类兵种一样。最早的妓女好似要塞炮兵，她们占据几条固定的街道作为自己的营地。这些地方大多是中世纪的刑场，或者是麻风病区，或者是墓地，也是无业游民、刽子手和其他一些被剥夺公民权的人的藏身处。几个世纪以来，资产阶级早就躲开此处远远的。有关当局在这里开辟几条小巷作为色情市场，就像日本东京的吉原街和开罗的鲜鱼市场一样，青楼座座，倚窗可望。一直到二十世纪，这里还有二百或五百个妓女，一户挨一户，在平房的窗前招徕客人：这种廉价商品还分昼夜两班。

还有一种流动性的妓女，就像骑兵和步兵，她们在大街上寻找顾客。在维也纳通常把她们称为"游动的姑娘"，因为警方给她们划了一条无形的界线，只允许她们在那里招揽生意。她们白天黑夜在大街上游荡，从深夜到黎明，不管是大雪纷飞还是阴雨连绵，她们粉饰脸面，拖着如铅的双腿走街串巷，强打精神向过路的人报以卖弄风情的微笑。她们没有欢乐，却把欢乐给了别人。无尽头地从这个角落荡到另一个角落，最终不可避免地都要走上同一条路：走进医院之路。我觉得，自从大街上没有这一群饥寒交迫、愁眉苦脸的女人以来，所有的城市都更加美丽更加可亲了。

即便有这么一大群妓女，仍然不能满足日常的需要。有些人希望过一种更加舒服、更加隐蔽的生活，而不愿意在大街上追逐漂浮不定的蝙蝠和飞来飞去的极乐鸟。他们想享受更加幸福的爱情：要有灯光和温暖，要有音乐和舞蹈，还要有一副豪华的派头。这样的嫖客另有"不公开的去处"——妓院。这里有一间假冒豪华的所谓"沙龙"，一群姑娘聚集在这里，她们有的穿着贵妇人的长礼服，有的穿晨服。男男女女在一块饮酒、跳舞、聊天，旁边还有一个钢琴师在弹奏乐曲供他们消遣，玩够了，就成双成对地悄悄溜进卧室。一些高级的妓院，特别是巴黎和米兰具有国际声誉的妓院，往往会使一个未经世面的人产生一种天真的幻觉，好像走进了一个生活有点放纵的贵妇人的内室。这里的姑娘与在大街上拉客的姑娘相比，脸蛋更漂亮一些。她们不受日晒雨淋，也不受在满是污泥的小巷里游荡之苦，她们坐在温暖的房子里，穿着时兴的服装，有丰菜佳肴，酒随便喝。可说到底，她们又是老鸨的俘虏。老鸨供给她们衣服，以提高她们的身价，供给她们膳宿，是为了给她赚大钱。这样一来，即便是最勤劳、最有毅力的姑娘也会背上一身债，她们将永远无法按自己的意愿离开这所房子。

如果把某些这类妓院的秘史写出来，一定很精彩，而且也能成为当时文化的一种实在的文献记录，因为这类妓院隐藏着最为特殊的秘密，就是平时很严厉的官府对这些秘密自然也是很清楚的。那里有秘密入口和专用楼梯，社会最上层的人物——像私下传说的，甚至有宫廷里的人物——可以从此进入妓院，而不会被那些该死的人看到。这里有四面镶镜子的房间；有能够偷窥隔壁房间里一对男女正在做销魂之事的房间；还有专为迷恋异性服饰的性变态者而准备的最奇特的服饰，在衣箱里，在衣柜里，从修女的长袍到芭蕾舞女演员的戏服，应有尽有。而恰恰是这样的城市，这样的社会，这样的道德风尚，当一个年轻姑娘骑上自行车，就会遭到愤怒的斥责；当弗洛伊德用冷静的、清楚的、透彻的方式说出真相时，却不以为然。恰恰是这个如此慷慨激昂地维护妇女纯洁的世界，竟允许这种可怕的卖身，甚至组织并统管这种行业，从中渔利。

但愿今天的人们不要被那个时代感伤的长篇小说和中篇小说所迷惑；对青年人来说，那是个糟糕的时代，年轻的姑娘在家庭严格管束之下，完全与现实生活隔绝，身心的自由发展受到很大的阻碍；而年轻的小伙子也受到这种道德的限制，但他们并不相信这种道德，谁也不遵守这种道德，所以他们秘密地去干那些不可告人的事。男女青年之间很少有无拘束的正常交往，按照自然法则，它恰恰意味着青春的幸福和快乐。那一代的青年，谁也记不得他与女人最初的接触中，有多少是发自肺腑的喜悦而令人留恋的。因为，除了社会压力迫使他们随时都要小心翼翼，当时还有一个罩在心灵上的阴影，甚至是最温柔的瞬间也不会忘记的阴影，即害怕染上性病。在这一点上，那时的青年与现代的青年相比，要不幸得多。因为不要忘记：性病在四十年前流行的程度要比现在严重一百倍，而更主要的是，要比今天危险和可怕一百倍。这是因为，当时的医院对性病实际上毫无办法，没有今天这样方便快捷的科学治疗方法。今天，治疗性病已不困难。在一般医院、大学的大中型医院里，用保罗·埃尔利希①的疗法只需几个星期就能治愈，以致一位教授无

---

① 保罗·埃尔利希（1854—1915），德国著名医生、化学家，因发明治疗梅毒的药品六〇六而闻名于世。

法向他的学生展示梅毒的初期症状。但在当时，根据军方和大城市的统计，十个年轻人中至少有一两个沦为性病的牺牲品并因而丧命，所以不断有人提醒青年人要提防这种危险。当时你若在维也纳城里行走，每隔六七栋房子，就会看到这样的招牌：皮肤病、性病专科医生。再说，不只是害怕传染上性病，更令人害怕的是那种令人生畏的有失尊严的治疗方法。现在的人已不知道那种方法了。一个染上梅毒的病人，要一连几个星期全身涂上水银，其副作用是牙齿脱落，身体其他部分也受到损害。一个偶然沾染上这种恶疾的不幸牺牲者，不仅是身体被玷污，心灵上也受到创伤。纵然经过这样可怕的治疗，患者自己也不能保证，可怕的梅毒是否会从包囊中随时复发，以致由于脊椎神经麻痹而四肢瘫痪，前额部脑组织软化。因此之故，当时有些年轻人一旦被诊断患上梅毒，就会立刻拔枪自杀，因为他们认为，患上这种病会连累亲人被怀疑也有此病，由此造成的思想压力在感情上是无法承受的。不仅如此，一种只能在暗处过的性生活还会带来其他烦恼。如果我尽力追忆过去发生的一桩桩事，我依然记得起我年轻时代的伙伴，他们个个都是面色苍白、心神不宁地来到学校，其中一个得了病就担心自己得的是梅毒；第二个因为要求对方堕胎而受到敲诈；第三个背着家人去治病，却又没有钱；第四个是他不知道如何支付女招待给他留下的那个孩子的赡养费；第五个是因为钱包在妓院被盗，但他不敢去告发。总而言之，在那个假道德的时代，青年人所经历的比那些御用文人写的小说和戏剧更戏剧化；另一方面，也更加不清洁，更加紧张，更令人沮丧。无论在学校还是在家里，在青年人性生活这个范畴内，没有自由和幸福可言；而那样的性爱正是青年人这个年龄所决定的。

这一切之所以必须在一幅忠实反映时代风貌的图画中反复强调，是因为当我同第一次世界大战后的青年聊天时，我几乎是要强迫他们相信，我们这一代人与当今一代人相比，根本不具备优越的条件。当然，从公民的意义上讲，我们比今天的一代青年享有更多的自由。他们服兵役、服劳役，在许多国家，服兵役和服劳役是百姓应该为国家做的，其根本就是要听凭愚蠢的世界政治专横摆布。而我们当时并没有这些兵役和劳役，可以专心致志于自己的艺术和其他精神爱好，使私人的生活更加个性化。全世界都向我们开放，所以我们的生活更富有世界主义色彩。我们不需要护照和通行证就可以到处旅行，想去哪里就去哪里。没有人检查我们的思想、出身、种族和宗教信仰。我从来不否认，事实上我们享有比今天更多的个人自由，我们不仅爱好自由，而且充分利用这种自由。正如弗里德里希·黑贝尔①所说的："一会儿我们缺美酒，一会儿缺酒杯。"不管哪一代人，两全的事都是少有的。社会风尚给人们自由时，国家却限制他们；国家给予人们自由时，社会风尚却来奴役他们。过去我们过得挺好，经风雨见世面，而今天的青年人生活得更丰满，更有意识地在度过自己的青年时代。今天我看到年轻人从中小学校、大学里走出来，昂首挺胸，目光炯炯有神；我看到男女学生欢快地聚在一起，轻松随意，毫无顾忌，十分友好，没有虚伪的羞涩和腼腆。他们一起学习，一起运动，一起滑雪，像古希腊古罗

---

① 弗里德里希·黑贝尔（1813—1863），德国戏剧家。

马人那样在一个游泳池里自由地互相比赛，男女两人同乘一辆小轿车在田间兜风，他们像亲兄弟姐妹似的过着健康的无忧无虑的生活，没有任何内在的和外在的负担，这种种事情使我感觉到，我同他们之间的距离不是四十年而是一千年。当时，我们为了表达爱情或接受爱情，总得找个僻静之处，偷偷摸摸地进行。我十分高兴地看到，有利于青年一代的社会风尚的变革是多么巨大啊！我们在爱情上、生活上获得了多大的自由啊！这种自由大大地促进了人的身心健康。自从妇女的举止不受限制以来，我觉得她们更漂亮了。她们走起路来，腰挺得直直的，眼睛明亮有神，谈吐更为自然。这新的一代人彻底摆脱了父母、姑姨和老师们的监督；他们从来不曾体会阻碍我们发展的种种阻力、恐惧和不安。他们的所作所为，除了对自己和自己的良心负责外，无需向任何人解释，这是他们有自信心的表现。他们不会知道，当年我们为干一件男女之间的违禁之事，必须找个无人去的角落，偷偷地进行。而新一代的年轻人会理直气壮地说，这是他自己的权利。这一代人幸福地享受着青春的年华，朝气蓬勃、轻松愉快、无忧无虑，这恰恰是他们这个年龄所需要的。但是，我觉得，他们最幸运的是他们不用在别人面前说谎，可以把自然感情和欲望如实地表达出来。他们可以自由自在地过一辈子，心中没有我们那个时候的精神压力。他们认识到男女相爱是极自然的事，所以他们不当一回事。可是，我们当年对爱情看得十分宝贵，认为同时伴随着羞涩和腼腆而引起的秘密心理压抑最迷人，也产生了些许温存。也许他们根本不会预料到，正是这种忌讳造成的恐惧反而带给我们莫名的乐趣。我总觉得，与现在的年轻人从担惊受怕和消沉沮丧中解放出来这一巨大的社会变动相比，其他的一切都是微不足道的。他们充分享受到无拘无束的感情和自信——在我们那个时代，这些是不存在的。

大学生活

渴望已久的时刻终于来到了。在上世纪的最后一年，令人厌烦的中学的大门终于在我们身后关上了。我们勉强通过了结业考试——究竟我们从数学、物理和经院哲学中学到些什么？——很荣幸地穿上庄重的黑礼服，聆听校长激昂慷慨的演说，说我们已长大成人，今后就应该勤勤恳恳、踏踏实实地工作，为国争光。随着毕业，八年之久的同窗友谊也云消雾散了。从此以后，我们这些朝夕相处了八年的伙伴就很少见面了。大多数同学进了大学，那些不得已找工作当雇员的同学只好用羡慕的眼光望着我们。

在那个时代，奥地利的大学还具有浪漫色彩，所以当一名大学生就会享有一定的特权，这使得年轻的大学生总觉得自己比所有的同龄人都优越得多。这种古怪离奇的现象，在德语国家以外的地方很少有人知晓，因此很有必要对这荒谬的不合时宜的现象作一番解释。奥地利的大学大多创建于中世纪，在当时，从事学术研究是非同一般、特别有意义的事。为了吸引青年人到大学来学习，就要给他们一定的特权。中世纪的大学生不受一般法庭的约束，也不准警察到大学里搜查或找麻烦。大学生穿的是特别的制服，他们有与别人决斗而不受惩罚的权利。人们把他们视为一个有自己的习俗或恶习的帮派。随着时间的推移，社会生活逐渐民主化，中世纪留下来的所有帮派和行会都开始瓦解，逐步销声匿迹。同时，欧洲大学的所有大学生也失去了他们的特权，唯有在德国和说德语的奥地利，等级观念一直凌驾于民主政体之上。大学生顽固地抱着这些早已失去意义的特权不放，甚至要把它变成大学生自己的法典，成为天经地义的真理。德语国家的大学生认为自己除了享有一般公民的权利和荣誉外，还要享有大学生的特殊"荣誉"。谁要是侮辱了一个大学生，该学生必定同他"决斗"。所谓的决斗，就是用手枪向对方射击，只要对方证明自己"有决斗的权利"，那么决斗就立刻进行。所谓"有决斗的权利"，根据这种自鸣得意的说法，显然不是指商人和银行家之类的人，而是只有受过大学教育取得学位的人或者军官这些高尚的人才能享有与这些嘴上无毛的大学生决斗的"殊荣"，这种"殊荣"，在数百万人中不见得有一个能够享有。另一方面，为了表示自己是一个"真正"的大学生，就必须"证明"自己有着男子的阳刚气概，这种男子气概需要他尽可能地参加决斗，甚至要在脸上留下英雄行为的标志——"剑刺伤疤"——以名天下知。光滑的双颊、没有伤疤的鼻子，和一个真正的日耳曼大学生的身份是不相称的。戴着红袖标的大学生团的学生，一直在寻找打斗的对象。他们之间相互挑战，还向另一些和气温顺的学生和军官挑起事端。每一个新来的大学生都要在大学生团的击剑场上如法炮制地学会这种荣耀的主要活动形式。每一匹"未经调教的小马"，亦即新来的学生，都被分到大学生团兄长的统领之下，奴隶般地服从他。而这位兄长则要教会新来的大学生适应高贵的生活习惯：一口气喝下一大杯啤酒，滴酒不漏，直至呕吐方显英雄本色，证明自己不是"懦夫"。有时候他们聚在一起大唱校园歌曲，或者在夜里成群结队地喧闹着通过大街小巷，嘲弄路边的警察。所有这一切都被看作是"男子气概"，"大学生风度"，"德意志精神"。每逢星期六，大学生团的学生们戴着各色帽子和袖章，挥舞着旗帜走出去"闲荡"。这些思想单纯、行为盲目的年轻人认为自己才是青春精神的真正代表。他们蔑视那些看不惯或不理解他们这种大学生文明和德意志男子气概的人，认为他们是一群乌合之众。

对一个刚从外省毕业，初到维也纳的血气方刚的小伙子来说，这种充满青春活力而又快乐的大学时代，显然是一切浪漫色彩的化身。我曾经见过那些住在农村的上了年纪的公证人和医生，他们异常兴奋地仰视着斜挂在房子里的剑和各色袖标，骄傲地展示脸上的伤疤，把它当作受过高等教育的标志。而在我们看来，这种头脑简单以蛮干为荣的行为是多么令人厌恶啊！当我们看到带有这类标志的东西时，我们会明智地躲得远远的。因为我们认为，把个人自由视为至高无上的思想，嗜好侵略和挑衅生事的本性，显然是德意志民族精神中最糟糕和最危险的因素。另外我们也明白，在这种矫揉造作、乔装打扮的浪漫行为背后包藏着精心计算过的实际目的。因为一个人一旦成为好斗团伙的成员，他就会得到该组织"元老"人物的提携，日后得到高官爵位，也容易飞黄腾达；对于在波恩的

"普鲁士人"来说，这是进入德国外交界的唯一可靠途径；在奥地利的大学生，参加信奉天主教学团的人，则是在执政的基督教社会党中谋一肥缺的途径。所以，这些英雄中的大多数心里非常清楚，他们的彩色袖标是未来的铺路石，它可以补偿他们在大学的学习中所耽误的一切。前额上的剑疤在任命和提升时将会比额角后面装的知识更有利。但是，只要看看这群军国主义党徒的可恶嘴脸和脸上带剑伤而无事生非的神气，就使我这个刚跨进大学门槛的年轻人十分扫兴。另外，那些真正埋头读书的人也尽量回避这些"英雄"。他们到图书馆去时，宁愿走不被人注意的后门，也不走大厅，就因为不愿碰上这帮可悲的家伙。

我应该上大学，这是全家早就商量决定的。但究竟要学习哪个专业呢？我的双亲让我自己选择。我哥哥已经进了父亲的企业，因此，父亲对第二个儿子似乎不那么着忙了。只是关系到家庭的荣耀，非要我取得博士学位不可，至于我学什么专业，都无所谓。奇怪的是，我对学哪种专业也无所谓。我的心灵早已献给文学，所以学什么专业都不会引起我的兴趣，甚至，我心底里不相信任何一所学院，这种不信任感至今依然没有消除。我总认为，好的书籍赛过好的大学，这个爱默生公理是放之四海而皆准的；我至今仍深信不疑：一个人即使没有上过大学，甚至没上过中学，他依然能够成为优秀的哲学家、历史学家、语言学家、法学家等等。我在实际生活中曾发现无数个这样的事例，一个旧书商对书的了解常常胜过有关的教授；经营艺术品的商人比专门研究艺术的学者更懂艺术；在各领域中，大部分重要建议和发现，通常是由外行人提出的。因此我觉得，大学对智商的普遍提高具有实际意义，是可行的和有效的；而对那些有创造能力的人来说则是无效的，甚至会起阻碍作用。特别像维也纳大学，仅学生就有六七千人，人满为患，老师与学生之间的有益接触从一开始就受到阻碍。而且，由于学校过于因袭旧的传统而远远落后于时代，所以我看不出有哪个教授的学科对我有吸引力。因此，让我选择的专业范围也并不存在。应该反过来说，不是哪个专业深深吸引了我，而是哪个专业不使我头疼，又能为我的爱好腾出最大限度的时间和自由。于是，我最后选择了哲学专业。按旧的观念来说，我们不妨称它为"严密"哲学。但这实在不是我内心的爱好，因为我的抽象思维能力很差。我的思维无不是从具体事物、事件和人物形象中衍生出来的。纯理论和形而上学我是无法学会的。而哲学里纯物质的论述极有限，所以听"严密"哲学的讲课或讨论是最容易混过去的。唯一要做的是第八学期末交一篇学术论文，并参加仅有的一次考试。因此，我一开始就把时间安排好了：头三年的大学课程根本不用去管！最后一年再全力去攻教材，草草写一篇论文了事！这样，大学给了我想要从它那里得到的唯一的东西：我一生中最充裕的几年自由时间，来研究文学和艺术，这就是我的大学生活。

当我回顾自己的一生时，像我刚上大学时那种光上学不上课的幸福时光是不多见的。我当时还年轻，还不懂什么是事业心和责任感。不管怎样，我还是比较自由的。一天二十四小时基本上都属于我，我可以看书，也可以写作，一切由自己安排，无需向别人解释。在可见的视野之内，尚未出现大学考试的阴云。三年的时间对一个十九岁的孩子来说是那么漫长，那么充足和富裕，给我带来多少意外的欢乐和收获啊！

我做的第一件事，就是把我过去写的诗，用我的话来说，进行一次严格的毫不惋惜的筛选，编成一本诗集。我今日仍不愧于承认，对一个十九岁刚高中毕业的学生来说，铅字的油墨味是世界上最甜蜜的味道，比设拉子①的玫瑰油还要香。不论哪一家报纸刊登了我的一首诗，都会自然而然地给我脆弱的心灵增添一股新的力量。难道我不应该迈出决定性的一步，出版一部自己的诗集吗？在那些比我还有信心的同学的鼓励下，我终于下定了决心。我大胆地将诗稿寄给了舒斯特·勒夫勒出版社，它是当时一家专门出版德语抒情诗的有名望的出版社，曾出版过李利克隆、戴默尔、比尔鲍姆、蒙贝尔特等整整一代诗人的诗集，同时也出版过里尔克和霍夫曼斯塔尔等人的德语新抒情诗。不久，令人难忘的幸福时刻接踵而来——那种幸福是作家成名以后再也体会不到的。一封盖有出版社大印的信来到了，我拿在手中，没有勇气拆开。当我看到出版社已决定出版我的书，并要求保留我今后著作的优先出版权时，那一瞬间，我激动得透不过气来。又过了不久，一校样的包裹到了，我打开包裹时，心里怦怦直跳，我激动地看着铅字校样、版式和书的毛本。又过了几周，第一批样书寄来了，我不知疲倦地查看着，抚摸着，比较着，一遍又一遍，一遍又一遍！不久，又像孩子一样，跑

① 伊朗西南部城市，位于山间盆地中，盛产葡萄和玫瑰花。

到书店里去，看看有没有我的书，是摆在书店的中央，还是在角落里。以后呢，就是期待各方来信，期待最初的批评和评论，期待从某个素不相识的人或意想不到的人那里获得最初的反映。一个年轻人出版了自己第一部著作时，都会产生这种我曾暗暗羡慕过的紧张、激动和兴奋的心情。不过，这种兴奋只因是初次成功，并非自满。后来，我的第一部诗集《银弦集》（这是那部销声匿迹的诗集的名称）再也没有重版过，不但如此，我甚至没有从中挑选任何一首列入我的《诗集》。我第一部诗集里的诗产生于不确定的预感和无意识的模仿，它们不是来自亲身的体验，只是一种语言上的激情。为了引起同行的兴趣和注意，这些诗至少体现出了音乐美和形式美。因此，我不能抱怨它没有引起足够的注意。当时在抒情诗方面走在前面的诗人李林克隆和戴默尔，把我列为他们的同行，并衷心盛赞我这个十九岁的年轻人。我十分崇拜的诗人里尔克将他新出版的诗集单行本送给了我，作为对我的"如此美好的书"的回赠。后来，我把里尔克赠送的诗集作为我青年时代最珍贵的纪念品从奥地利的废墟中抢救出来，带到英国（它今天会在何处？）。今天，我心里总有一股酸楚，里尔克送给我的这第一件礼物——是许多礼物中最珍贵的一件——已有四十年了，而那些熟悉的字句已是来自冥府的问候。不过，最使我欢喜不已的是马克斯·雷格尔，这位与理查德·施特劳斯齐名的，当时在世的最伟大的作曲家之一来征求我的同意，允许他从我的诗集中选出六首谱成歌曲。后来，我常常在音乐会上听到我的这首诗或那首诗——一些连我都已忘记或遗弃的诗句，却由这位大师用兄弟艺术将其流传下来。

这些意外的赞许同时也伴随着友好坦率的批评，但它们毕竟及时起了作用，给我增加了力量，使我有勇气克服由于信心不足而从未采取或至少是没有及时采取的步骤。在中学时代，我除了发表诗歌，还在《现代》文学杂志上发表过一些短篇小说和随笔，但我从来不敢向一家有影响的大报投稿。其实，在维也纳只有一家大报，就是《新自由报》，这家报纸格调高，不论是它的文化情趣还是政治威望，都对整个奥匈帝国影响甚巨，就像英语世界中的《泰晤士报》和法语世界中的《时代报》一样。而德意志帝国境内的德语报纸，没有一家曾为达到如此卓越的水平而做过不懈努力。《新自由报》的发行人莫里茨·贝内狄克特是一个具有非凡组织才能的孜孜不倦的人，他为使自己的报纸能在文学和文化方面超过所有的德语报纸而竭尽全力。如果他崇拜某一个作家，就会不惜代价，一连给作家发十封甚至二十封电报，并预支一部分稿费。圣诞节和新年的节日版都增加文学版面，刊登当时最有名的作家的全部著作目录。阿纳多尔·法朗士，盖尔哈特·霍普特曼、易卜生、左拉、斯特林堡和萧伯纳这些大师就会值此机会在这张报纸上聚会。这家报纸在指导全城乃至全国的文学事业中做出过不可估量的贡献。它的世界观是"进步"的、自由主义的，办报的态度是踏实、严谨的，在代表古老的奥地利的高度文化水平方面堪称表率。

在这个进步的殿堂里更有一块特别神圣之地，即所谓的文艺副刊，像巴黎的名报《时代报》和《论坛报》一样。副刊和那些瞬息万变的政治新闻和日常新闻有明显的不同，它只刊登有关诗歌、戏剧、音乐和艺术方面最精辟和最优秀的文章。只有那些早有定论的权威人士才能在这块圣地上获得发言权。只有那些具有精辟的判断力，又有多年的实际经验以及娴熟的文笔之人，在经过几年的试用期之后，才能到这座圣殿里担任副刊的主编，就像圣伯夫①以他的文学评论《月曜日丛谈》成为巴黎的绝对权威一样。路德维希·斯派达尔和爱德华·汉斯力克是《新自由报》副刊上戏剧和音乐方面的权威。他们两人的赞成或反对决定一部作品、一出戏、一本书在维也纳的命运，从而也常常决定一个人的命运。副刊上的每篇文章都是当时知识界的日常话题，引起大家的讨论、评议、赞赏或批评和反对。如果在这些早已受人尊敬的副刊作者中冒出一个新名字，那简直如同晴天霹雳一般。在年轻一代作家中，唯有霍夫曼斯塔尔用他的几篇优美的文章敲开了副刊的大门，而其他年轻作家却有自知之明，把自己的文章送到文学刊物上发表。谁要是能在《新自由报》的头版上发表文章，就等于为自己的名字在维也纳竖立了大理石丰碑。

在我的父辈眼里，《新自由报》简直就是一位圣贤，而我竟把一首小诗投给了该报，时到今日我仍无法理解当时怎么会有那么大的勇气。不过，投稿并没遭到拒绝。该报的副刊编辑每周只有一天对外接待时间，而且还是在下午二点到三点的一个小时之内，他要依次接待固定撰稿人，接待自由撰稿人的时间极少。当我顺着旋转式的小楼梯走到编辑先生的办公室门前时，心里不由得怦怦直跳。

① 夏尔·奥古斯坦·圣伯夫（1804—1869），法国著名文学评论家。

我请人去通报，几分钟后侍者回来，说编辑先生有请，于是我走进那个又挤又窄的房间。

《新自由报》的文艺副刊编辑名字叫西奥多·赫茨尔，他是我有生以来遇到的第一个具有世界历史地位的人物。当然他自己并不知道，他将在决定犹太民族的命运和我们时代发生的事件中，起到了力挽狂澜的作用。在那个时候，他的观点充满模棱两可的矛盾。他以写诗开始了文学生涯，接着表现出出色的办报才能，他首先是驻巴黎的记者，后来担任《新自由报》副刊编辑，逐步成为维也纳公众最喜欢的人物。他的文章由于富有敏锐、明智的观察力，至今仍具有非凡的魔力。他的文章风格优雅，高贵而又妩媚，不论是轻松的还是批评性的文章均不失大家风度。在我的记忆中，在当时所有作者的文章中，唯有他的文章最有素养，即使全城最挑剔的人也为之倾倒。他也曾有一个剧本在皇家剧院上演过，获得成功，从而使他成了一位名人，为青年人所崇拜，为父辈们所尊敬，直到发生意外的那一天。命运总是知道怎样把它需要的人找来，去完成自己神秘的使命，尽管这个人在命运面前想躲藏起来，但无济于事。

西奥多·赫茨尔在巴黎曾经历过一件震撼心灵的事件，这使他的许多看法发生了改变。他作为记者列席了公开贬黜阿尔弗雷德·德雷福斯①的全过程。他看到人们如何撕下德雷福斯的肩章，尽管这个

---

① 阿尔弗雷德·德雷福斯（1859—1935），法国军官，出身犹太中产阶级，官至法国总参谋部大尉。他被控将秘密情报卖给德国。这是一起蓄意制造的排犹阴谋，史称"德雷福斯事件"。

脸色苍白的人高喊："我没有罪！"这一举动大大触动了赫茨尔的心灵。他真切地知道德雷福斯是无罪的，他之所以蒙受可怕的叛变罪名，仅仅因为他是犹太人。正直的、见义勇为的西奥多·赫茨尔早在上大学时就关心犹太人的命运。他甚至本能地预感到犹太民族的悲惨命运，虽然当时还没有出现什么严重事件。那时，他觉得自己的知识和对世界的了解极为丰富，应该成为一个领袖，所以他在上大学时提出了一个彻底解决犹太人问题的大胆计划，甚至要通过自愿的集体洗礼把犹太教和基督教统一起来。他一直有一个戏剧性的幻想，希望有朝一日率领成千上万的奥地利犹太人走进斯特凡大教堂，用这种象征性的举动作出榜样，把这个被驱赶的没有祖国的民族彻底从歧视和仇恨的厄运中解救出来。不久，他就认识到他的这个计划是无法实现的。工作几年之后，他终于不再去注意这个他自认为毕生责无旁贷要"解决"的问题。而眼前，他看到德雷福斯被贬黜，想到自己的民族将要永远被歧视，他心如刀绞。他想，如果种族隔离不可避免，那就要彻底隔离！如果我们命该遭受凌辱，那就要勇敢地迎上去。如果我们因没有祖国而受欺辱，那么我们应该自己建立一个祖国！因此，他出版了《犹太国》这本小册子，书中宣告：无论是寄希望于同化，还是一味忍让，对犹太民族来说都是行不通的，必须在自己的故乡巴勒斯坦建立起自己的新国家。

这本剑拔弩张的小册子出版时，我还在上中学，不过至今我还记得，这本小册子在维也纳犹太资产阶级的圈子里引起了普遍震惊和恼怒。他们快快不乐地说，这个如此有才干、风趣，且有文化修养的作家想要干什么？他为什么要写这样的蠢话？干这样的蠢事？我们为什么要到巴勒斯坦去？我们说德语，而不是希伯来语，我们的祖国是美丽的奥地利！在仁慈的弗兰茨·约瑟夫皇帝领导下我们的生活不是过得挺好吗？我们不是生活得挺体面，地位也可靠吗？难道我们不是生活在一个再过几十年所有偏见都要消除的进步时代吗？为什么这个自称是犹太人而且想帮助犹太教的人要将把柄交给我们凶恶的敌人手里呢？现在，我们每时每刻都和德意志世界联系得更加紧密，融为一体，为什么他却要把我们与这个世界分离呢？这本小册子出版后，犹太教的传教士愤怒地离开了布道坛；《新自由报》的领导人宣布，绝对禁止在他的"进步"报纸上出现犹太复国主义这个词。维也纳文学界的忒耳西忒斯①卡尔·克劳斯，这个恶毒的讽刺能手，写了一本名为《锡安山②上的国王》的小册子，极尽挖苦之能事。所以，当西奥多·赫茨尔走进剧院，穿过一排排的观众，观众不但不欢迎他，反而低声讥讽道："陛下驾到！"

起初，赫茨尔认为可能是自己被人误解了。他多年来一直受到维也纳人的爱戴，因而认为维也纳是他最安全的地方，维也纳人怎么会抛弃他，又怎么会嘲笑他！但是回报他的是如此严厉和愤怒的声音，这突如其来的变化简直把他吓坏了。他不过是写了一份几十页的小册子，竟然在世界上引起惊涛骇浪般的反响，这是他始料不及的。而且，这些反响不是来自那些过舒适安逸生活的西方犹太资产阶级，而是来自东方的广大群众，来自加利西亚、波兰、俄国的

---

① 《荷马史诗》中的人物。此人善言好斗，常比喻尖酸刻薄者。
② 位于耶路撒冷，常以此喻耶路撒冷城。

犹太无产阶级。赫茨尔没有预料到，他那本小册子居然重新激起了流落异国他乡的所有犹太人心中快要熄灭的热烈向往，实现在《旧约》中已经谈了上千年之久的弥赛亚的复国梦想——这既是希望，也是宗教信仰，它是千百万受奴役受欺凌的犹太人心中唯一有意义的精神寄托。在人类两千年的历史长河中，一个先知或是一个骗子的豪言都可能使一个民族的人心振奋起来，但却从来没有像这次规模如此浩大，并且还有海浪澎湃般的反响。孤零零的一个人仅用他写的几十页厚的小册子就把一盘散沙、争论不休的犹太群众团结了起来。

我想，这种思想尚处于幻想和未确定形式的最初阶段时，无疑是赫茨尔短暂一生中最幸福的时刻。然而，一旦他在现实生活中确立目标，聚集力量，这时他一定会看到，犹太这个民族有各个层次，祖先不同，命运不同；有的信教，有的不信教；这里的人拥护社会主义，那里的人拥护资本主义。他们宁愿用各种语言互相争吵，也不愿有一个统一的权威。一九〇一年我第一次见到他时，他正处于斗争之中，也许还包括他同自己的斗争。他还没有足够的勇气放弃养家糊口的工作，去干自己的事业。他还必须把自己的精力注入小小的记者工作和任务上，这才是他的真正生活。这就是当时接待我的副刊编辑西奥多·赫茨尔先生。

我走进赫茨尔的办公室，他站起来表示欢迎。这时，我不禁发现，"锡安山上的国王"这个具有讽刺味道的诨名对他来说还有几分道理。他的前额高高的宽宽的，面部线条清晰，留着浓黑的教士式的胡须，一双深蓝色忧郁的眼睛，看起来真像一个国王。由于他的神态威严又豪放，所以他那有点戏剧性的夸张举止一点都不显得造作，反而自然得体。我一点也没觉得，他在与一个小人物会面时会故意摆出一副臭架子。在那个窄得可怜，只有一扇窗户的编辑部小房间里，摆着一张旧写字台，上面堆满了纸张，他就在这张写字台后面办公，活像一个贝督因人的部落酋长。他身着一件贝督因人的白色长衫，穿得那样自然，好像那是一件按巴黎式样精心剪裁的燕尾服。他有意识地稍微停顿了一会儿——他喜欢这种小小的间歇，以后我常注意到这一点，他喜欢这种稍微的停顿产生的效果，这大概是在皇家剧院里学到的——然后带着一副傲然却又十分友善的神情向我伸出手来。他示意我坐在旁边的椅子上，一面问道："我觉得在什么地方看到或听到过您的名字，您写过诗，对吗？"我不得不点头承认。于是他向椅背一靠，说道："您给我带来了什么大作？"

我说，我很高兴让他看看我写的一篇小散文，接着我便把手稿递给他。他先翻了一下页数，可能在估计有多大篇幅，随后将身子深深地陷进椅背里。使我感到惊奇的是，他已开始读我的手稿（我压根儿没想到），他看得很慢，一页一页翻下去，全神贯注，目光始终没离开手稿。他看完最后一页，慢慢地把手稿叠好，放进一个文件袋里，用蓝铅笔在上面作了一个记号。他始终没看我一眼，屋内的空气像凝固了似的，他的这些动作把我置于一种神秘莫测的长时间的紧张状态之中。我觉得，过了那么久，他才抬起头来，用深沉的目光望着我，故意用缓慢而又严肃的语气对我说："我很高兴我能告诉您，《新自由报》副刊将发表您这篇漂亮的散文。"那种气氛，简直就像在战场上拿破仑将一枚十字勋章佩戴在一个年轻中士胸前一样。

看起来，这只是一件微不足道、意义不大的小插曲。可是，只有那个时代的维也纳人才会理解，这是一件重大的事情。赫茨尔的惠爱意味着一个人将一下子步入青云。我这个年仅十九岁的青年将会在一夜之间跻入名人行列。西奥多·赫茨尔同我第一次见面起就对我备加关照。同时，他借与我偶然的相识立刻写了一篇文章，告诫人们不要以为维也纳的文学艺术已趋衰落，恰恰相反，除霍夫曼斯塔尔之外，现在还有一大批年轻的天才，其中不乏最优秀者，他把我的名字列在第一位。像西奥多·赫茨尔这样的名人率先为我能获得显赫的也是责任重大的社会地位而大造舆论，使我感到莫大的荣幸。但是我没有像他所期望的那样，参加甚至共同领导他的犹太复国主义运动，对我来说，这是个更为困难的决定，这样看来，似乎我是一个忘恩负义的人。

但我确实不愿同他紧密联结在一起。主要是赫茨尔自己党内的人对他那种不尊重的态度使我同他疏远开来——那种态度在今天是很难想象的。他在东方的同志责备他不懂犹太精神，甚至连犹太人的风俗习惯都一无所知。那些国民经济学家认为他不过是一个副刊编辑。人人都有反对他的理由，而采取的方式也不都是礼貌的。我很清楚，当时那些完全献身于他的事业的人，尤其是年轻人的热情，曾使他信心倍增，可是这些年轻人急需受教育，在这个小圈子里，缺乏诚恳、友好的态度，他们争论不休，恶语相向。就这样，我疏远了他的犹太复国运动。我以前是出于对赫茨尔的尊重，同时也有点好奇，才接近这个运动的。当我们有一次谈到这个话题时，我公开承认，我对他的队伍中缺乏纪律性感到不满。他苦笑着对我说："请您不要忘记，我们数世纪以来对这个问题的讨论一直是不严肃的，我们对思想意识的无休止的争吵已习以为常了。两千年来，我们犹太人在世界上根本没有做出实际的或现实的贡献。我们现在不得不学习这种无条件的奉献精神，而我自己今天还没有学会这种精神，因为我还要给副刊不断地写文章，我毕竟还是《新自由报》副刊的编辑，我的职责要求我在报纸上只能宣传一种思想，而不能散布其他思想。不过，我正处在改变自己现状的过程中。我自己先学习完全的献身精神，这样，或许其他人会跟着一起学了。"我至今记得很清楚，他的这番话给我留下深刻的印象，因为我们大家都不理解，为什么赫茨尔久久不能下定决心放弃他在《新自由报》的职位。大家都以为是为了家庭生计的缘故。实际上，并不是这么回事。他后来为了自由的事业而牺牲了自己的私产——世上的人很晚才知道这件事。他的这一番话，还有许多他的日记，都清楚地表明，他陷入内心矛盾之中，给他带来多么大的痛苦。

自那以后，我同他见过多次面，不过，在所有的相遇之中只有一次会面是值得回忆和难以忘怀的，也许因为那是最后一次见面的缘故吧。我从国外回来——我在国外与维也纳只有通信联系——一天，我在市公园里遇见了他，他显然是从编辑部走来，他走得很慢，身子微微向前躬着，不再像过去那么生龙活虎。我礼貌地向他问好，想匆匆走开。但是他快速向我迎来，一边伸出手，一边说：

"您为什么老躲着我？根本没有这个必要！"他说我能这样经常到外国去很好。"这是唯一的办法！我所知道的一切，都是从国外学到的。一个人只有到了国外才能自由思考问题。我相信，我在这里永远不会产生建立犹太国的想法。纵然有这种想法，也早被他们扼死在萌芽状态之中了。上帝保佑，好在这种思想是从国外带来的，在外国就把一切都想好了，他们对它就无可奈何了。"然后，他辛辣地讽刺起维也纳来，他说他在此地受到的阻力最大，阻力并非来自国外。他从东方，现在又从美国，得到的都是促进的力量，不过他对自己的事业已经十分厌倦了。他说："总而言之，我的错误是开始得太晚。维克托·阿德勒在他斗志最旺盛的年华——三十岁——就已成为社会民主党的领袖了，还不用说历史上那些大人物。您知道，我为失去的青春年华，为我未能早早从事自己的事业，心里是多么痛苦啊！如果我现在的健康状况如同我的意志那么坚强，那以后的事就会好一些。可是，逝去的年华再也赎不回来了。"我陪他走了很长一段路，一直送他到家门口。他站在门口，向我伸出手，说道："您为什么从不到我家里来看我？只要您事先来个电话就行，我现在已有空闲时间了。"我答应以后来看望他。实际上我是下定决心不实践自己的诺言，因为我越是爱戴一个人，就越珍惜他的时间。

不管怎样，我还是到他那里去了一趟，那已是几个月以后的事了。当时他病魔缠身，终于突然倒下，所以我到那里去，只能是陪伴他到墓地去。那是七月里的一天，凡是亲身经历过那一天的人都不会忘记这个不寻常的日子。因为突然间，到达维也纳各车站的每趟列车，不论白天还是黑夜，都运载了世界各地来为他送葬的人。他们是来自东方和西方，来自俄国和土耳其的犹太人；他们从各省份和大小城市拥到这里，脸上满是听到噩耗而惊愕的神情。过去人们由于喋喋不休的争吵和流言蜚语未曾发现的事，现在却让人们感到格外清楚：此刻安葬的是一个伟大运动的领袖。一眼望不到头的送葬队伍使维也纳骤然发现，去世的不仅是一个作家、一个普普通通的诗人，更是一位伟大的思想家——他的思想不论是在一个国家还是在一个民族，只有经过长时间的检验之后，才会受到犹太民族的如此重视。在墓地附近发生了一场骚动：很多不能自控的送葬者像潮水一般涌向灵柩，他们哭嚷着，叫喊着，简直是泣鬼神动天地，极度的悲哀打乱了当时的秩序。在这以前和在这以后，我从没有看到过如此宏大、如此动人的葬礼。他的死引起千百万人民内心里巨大的悲痛，使我第一次感受到，一个孤独的人，他的思想威力给世界留下了多么大的激情和希望啊！

我有幸跻身《新自由报》副刊作者的行列，这对我具有现实意义。从此，我得到了家人的全力支持，这是我原本没有想到的。我的双亲对文学历来就不怎么关心，也就从来不评论什么。在他们看来，所有维也纳的资产阶级都是一样的，《新自由报》赞扬什么、反对什么和不理睬什么，都是重要的。他们觉得在《新自由报》上刊登的文章必然具有最高的权威，不管是谁，只要在上面发表文章，就会受到尊重。一个每天都以崇敬和期待的眼光注视这份重要报纸的家庭，一旦在某一天早晨发现，和他们一起坐在桌旁的这个在学校里并不怎么规矩的十九岁年轻人所写的文章居然出现在那份大报上（这种"无害"的游戏总比玩牌或和轻佻的姑娘调情要好），在那些大人物撰文的版面上居然出现了名不见经传的小人物的文章（家里的人没有想到这一点），这在我们家引起的反响是可想而知的。因为即使我能写出像济慈、荷尔德林、雪莱那样优美的诗篇，也不可能使周围的人对我如此刮目相看。以前，当我走进剧场时，总有人对难以捉摸的本雅明①指指点点，他曾以不可思议的方式挤进德高望重的老人行列。现在，我几乎在每期副刊上发表文章，因此，我也陷入了成为一名令人尊敬的地方人物的危险之中。好在我及时摆脱了这种危险。一天早晨，我告诉我的父母，下个学期我要到柏林去上大学，这使他们非常惊喜。全家人都尊重我的想法，或者更确切地说，由于我有《新自由报》副刊这块招牌，所以他们不好拒绝我的愿望。

显然，我并没有想到柏林去上什么"大学"。我在那里和在维也纳一样，一个学期只去了两次大学，一次是为了做听课注册，第二次是为了让教务人员在听课证上签名盖章。我到柏林寻找的既不是讲座，也不是教授，而是有价值的、完美无缺的自由。我总感到在维也纳受环境的限制，和我有交往的文学界同行几乎都来自犹太市民阶层，像我一样。在这座狭小的城市里，人们彼此之间都非常了解，我必然永远是一个"富裕"家庭的阔少爷。可是我早就厌烦

① 瓦尔特·本雅明（1892—1940），德国犹太裔思想家、哲学家、文学批评家。

了这个"上流"社会阶层，我甚至愿意到"下流"社会阶层中去寻找一种无拘无束的生活。到了柏林，我感到一身轻松。在这里，我从来不看大学的课程表，也不知道谁在教哲学课；我只知道这里的"新"文学要比我们那里的"新"文学更加繁荣、更有活力；我也知道，在柏林能遇见戴默尔及其他年轻一代的诗人；在这里不断有新的杂志出版，新的小剧场和剧院在落成，总之，用我们维也纳人的话说，在柏林"总有点儿什么新鲜事"。

事实上，我是在一个极其令人感兴趣的历史时刻来到柏林的。过去，柏林是一个相当一般、完全不富裕的普鲁士王国的小小首都，自一八七〇年起一跃成为德意志帝国皇帝的国都后，这座位于施普雷河畔的不显眼的小城突然繁华起来，可是，文化和艺术中心并不在柏林。慕尼黑因其本地拥有大批画家和诗人，自然是艺术的中心；就音乐而言，德累斯顿的歌剧占着主导地位。各个诸侯国家的首府在文学艺术上各有特色，尤其是维也纳凭借它数百年的文化传统和凝聚力，吸引或产生了大批人才，精英荟萃，在文化艺术方面远远超过柏林。不过，近几年来，随着经济的迅猛发展，柏林揭开了新的一页。规模巨大的康采恩、腰缠万贯的家族纷纷迁入柏林，新的财富伴随着强大的冒险精神，为柏林的建筑业、剧院的兴建开辟了任何其他城市所不具备的光辉前景。在威廉皇帝的庇护下，各种类型的博物馆开始扩建，剧院找到了像奥托·布拉姆这样出类拔萃的领导人。正因为柏林缺乏真正的文化传统，缺乏几百年的文化历史，所以它吸引青年人来此闯荡。因为传统往往意味着阻力。受古老传统的束缚、把过去的一切偶像化的维也纳，必然对青年人和他们的一切新尝试漠不关心。而柏林则鼓励这种新的探索，因为它正想迅速为自己塑造一个有个性的形象，它在寻找新的东西。因此，大批青年从全国各地，甚至从奥地利，一起拥入柏林，也就不足为奇了。那些有才能的人自然会在这里取得成就。维也纳人马克斯·赖恩哈德为了求得一个职位，不得不在维也纳等上二十年，可是在柏林，他只用了两年就谋到一个不错的职位。

我到柏林的时候，恰逢这座城市由一个普通的首都变成世界名城的时期。由于伟大的祖先遗留给维也纳的是一片美景，所以按这个标准来看，柏林给我的第一印象是令人失望的。向西方学习城市建设，应该发展新型建筑，而不是装饰过分的动物园式的房屋，而这种新型建筑在柏林刚刚兴起。市中心修了两条建筑造型单调、粗制滥造的豪华的弗里德里希大街和莱比锡大街。郊区的维尔默村、尼古拉湖及施特格利茨等地，只有乘有轨电车花费很长时间才能到达。谁要是想浏览郊区的湖泊等美景，在那时就像做一次探险旅行一般。除了那条古老的菩提树大街以外，真正的市中心尚未形成。还没有一条像维也纳格拉本林荫大道那样的大街。由于古老普鲁士的节俭精神，柏林缺少一般的时髦打扮。妇女们穿着自己裁剪制作的、毫无装饰的衣服进剧院，不像维也纳和巴黎人讲究奢侈挥霍，即便是钱花得分文不剩，依然摆出阔架子。在柏林，人们处处可以感到普鲁士国王弗里德里希二世时代近乎吝啬的勤俭持家精神；咖啡淡而无味，因为要节约咖啡豆；饭菜不可口，没有汤也没有滋味。在维也纳，到处是音乐声和歌声，而柏林唯有到处干干净净和有条不紊的秩序。譬如说，我上大学时在维也纳租房子住，女房东同柏林女房东完全不同，我觉得是最典型不过的例子了。维也纳的女房东是个活泼、爱说话的女人，她并不是把所有的地方都打扫干净，常常粗心大意、丢三落四，但对人热心，助人为乐。柏林的女房东倒是无可指责，她把一切都整理得有条有理。在第一个月结账时，我看到她用清秀的斜体字把账目记得一清二楚，她做的每件小事也都记在账上。例如，她给我裤子钉上一个纽扣要三芬尼，擦掉桌上一块墨迹要二十芬尼，算到最后，总共六十七芬尼。起初我觉得有点可笑，可是过了几天以后，我不得不折服于这种普鲁士式的一丝不苟的精神，虽然这样会使人不快。在我的一生中，这是第一次也是最后一次详细记载我的现金支出账目。

我到柏林的时候，带了许多维也纳朋友的推荐信，可是一封我也没用上。我之所以不合常规地到柏林来，目的就是为了摆脱资产阶级安逸的生活和束缚人的环境，不再与那个阶层的人打交道，在柏林独立生活。我只想结识和我文学情趣相投的那些人，而且尽可能认识一些令人感兴趣的人物。我没有白读"浪漫文人"的作品，刚满二十岁就想亲身体验一下浪漫文人的生活。

我没有花费多长时间，就找到一个放荡不羁、气味相投的社交圈子。我在维也纳时，就和柏林一家有影响的报纸《现代人》合作了，他们自嘲地称该报是"同仁团体"。该报的主编是路德维希·雅各博夫斯基。这位年轻的诗人在他早逝前不久，建立了一个名为"后来者"的社团，这个名称对青年人颇具诱惑力。在诺伦多夫广场旁的一家咖啡馆二楼，每周举行一次聚会。在这个类似巴黎"丁香园"的盛大聚会上，各式各样的人物聚集在一起，有诗人、建筑师、扮风雅的文人学士、记者，还有扮作工艺美术家和雕刻家的年轻姑娘，想提高德语水平的俄国大学生和满头淡黄金发的斯堪的纳维亚女郎，以及从德国各省来的人物：骨骼强壮的威斯特法伦人，憨厚的巴伐利亚人及西里西亚的犹太人。大家聚集一堂，展开激烈的争论，但不受任何拘束。有时朗诵几首诗或剧本的片断，但对所有人来说，主要目的是在此彼此结识。在这些自命豪放不羁的青年文人中间，还坐着一位像圣诞老人似的胡须灰白的老翁。这般高龄来参加我们的聚会，实在令人感动。他受到大家的尊敬和爱戴，因为他才是一位真正的诗人，真正的浪漫文人，他就是彼得·席勒。这位七十岁的老人，眯缝着蓝色的小眼睛，亲切地、真心实意地望着这群与众不同的孩子，他一直穿一件灰色的风衣，用此遮盖周边已磨破了的西装和很脏的衬衫。每逢我们簇拥着他，要他朗诵一首诗时，他就从上衣口袋里掏出一张皱巴巴的手稿，一边看一边朗诵。这是一些完全不同类型的诗，是一个天才诗人的即兴之作，只是有点松散和偶然罢了。这些诗是他在电车上或咖啡馆里用铅笔写的，写完就忘记了，所以他在朗诵时总是很费劲地辨认模糊的字迹。他从来没有钱，可从不为钱发愁。他四海为家，今天在这家寄宿，明天在那家做客；忘却尘事，淡泊名利，好像使他懂得了人生真谛。谁也不知道这位善良的林间樵夫是何时又是怎么来到柏林这座大城市的，也不知他来这里想做什么。其实，他什么也不想要，他不想出名，也不想显赫。他怀着诗人的梦想，只是想无忧无虑、自由自在地在柏林生活下去。以后我又遇到像他一样的一个人。那些吵吵闹闹的与会者围着他，高谈阔论，他总是和蔼地听着，从不与任何人争论，有时，他举起酒杯表示敬意，可几乎不介入别人的谈话。他给别人一种这样的感觉，好像就在这一片喧闹中，他正在自己昏昏沉沉的头脑中寻诗觅句呢！尽管此时此地根本不具备产生诗文的条件。

这位淳朴的诗人——他今天即使在德国也几乎被人忘却了——的真挚和纯洁也许对我产生了巨大的影响，所以我不再关心"后来者"社团选出的理事会。这位诗人的思想和语言，后来影响了无数人的生活方式。在柏林，我第一次看到鲁道夫·斯坦纳①，他是继西奥多·赫茨尔之后又一个命中注定为千百万人指路的人。斯坦纳是人智学的创始人，他的追随者为发展他的学说创办了规模宏大的学校和研究院。他本人并不像赫茨尔那样具有领袖气质，可是他更富有魅力。他那双深沉的眼睛好像蕴藏着催眠的魔力，听他讲话时如果不盯着看他，会听得更好，注意力更集中。因为他那瘦削的苦行僧似的脸上闪烁着强烈的激情，这不仅使妇女对他着迷，其他人也被他吸引。当时鲁道夫·斯坦纳还没有创建自己的学说，他自己只不过是一个探索者和求知者。有时候他给我们讲歌德的颜色学。在他的讲述中，歌德的形象越来越像浮士德和巴拉塞尔士②。斯坦纳的讲话总是那么引人入胜，因为他学识渊博，尤其是对我们这些只懂文学的人来说更显得博大精深。听他的报告，或者有时同他私下交谈之后，我总是怀着兴奋又有点抑郁的心情回到家里。可是，如果我今天扪心自问，当时我是否预见到这个年轻人以后会在哲学

① 鲁道夫·斯坦纳（1861—1925），奥地利哲学家、人智学创始人。
② 巴拉塞尔士（1493—1541），德国医生、自然科学家、哲学家。

和伦理学方面有如此重大的影响，我不得不惭愧地回答："没有。"我期待着他的探索精神引领他在自然科学方面取得成就，如果我听到他用直观的方法在生物学领域获得伟大的发现，我决不会感到奇怪。可是，在多年以后，当我在多纳赫看到那座雄伟壮丽的歌德大楼——"智慧学校"（这是他的学生捐赠给他的那所柏拉图式的"人智学研究院"）时，真使我有点失望。他的影响已经深入到广泛的社会实践中，甚至在有的地方这种理论已家喻户晓尽人皆知。我不敢对人智学妄加评论，因为我到现在还不清楚，人智学是研究什么的，它到底有什么意义。甚至我这么认为，人智学之所以有诱惑力，主要不在于这个学说，而在于鲁道夫·斯坦纳这个富有魅力的人物。他是一个具有特殊吸引力的人，他总是以友好的、不以权威自居的态度与青年人交谈，由于这样我与他才结识，应该承认，我与他的交往使我获益匪浅。我从他那富于想象同时又十分深奥的学识中认识到，真正渊博的知识，绝不是像上中学时所想象的那样，通过泛泛地读书和讨论就会获得，而是持之以恒、日积月累的刻苦钻研。

在那个广泛吸收知识的时代，友谊很容易结成，而社会和政治的隔阂尚不十分严重，一个年轻人想要学到真正的知识，最好向那些愿意共同进取而非已负盛名的人学习。我再次感到，集体的热情合作必然结出硕果，这种感觉是站在比中学时代高得多的国际水平上的一种体会。我在维也纳的朋友几乎都出身于资产阶级，而且十分之九出身于犹太资产阶级，所以我们的爱好只能说是大同小异；而在柏林这个天地里的年轻人来自完全不同的阶层，有的来自上层，有的来自下层；这位是普鲁士贵族，那位是汉堡船主的公子，第三位则是威斯特法伦的农民贫家子弟。我突然置身于这么一个有衣服褴褛骨瘦如柴的真正穷人的社交圈子里，这是我在维也纳从来没接触过的社会阶层。我和酒鬼、同性恋者、吸毒者坐在同一张桌旁。我敢于——甚至觉得骄傲——同一个相当有名的被判过刑的冒充大人物的骗子握手（后来，他把他自己干的勾当写成回忆录出版，从而加入了我们作家的队伍）。我被引进小酒店和咖啡馆里，与那些我认为在现实主义小说中不曾有过的形形色色的人物拥挤在一起。并且，一个人名声越坏，就越能引起我强烈的兴趣，想认识他本人。这种对危险人物特殊的偏爱或者说好奇伴随了我一生。即便到了守规矩又知书达理的年龄，我的朋友还经常责备我不要同这些不讲道德、言而无信、损害他人名誉的人交往。也许因为我出身于正派的社会阶层，对这个阶层过着"养尊处优"的生活感到有点内疚，才使我觉得这些人最有诱人的魅力。这些穷人从不吝惜且近乎蔑视自己的生命、时间、金钱，甚至健康和名誉。他们是单纯为了生存而没有目标的有偏狂症的人。也许有人在我的长篇或短篇小说中会觉察到，我对这种豪迈本性有一种特别的偏爱，同时他们还有一种异域的魅力。他们中间几乎每一个人都对我强烈的好奇心报以来自异国的礼物。画家埃·莫·利林，这个来自德罗霍毕茨，信奉东正教的穷车工师傅的儿子，是我遇到的第一个真正的东方犹太人，我从他身上了解到迄今为止尚不明了的犹太人的精神力量和犹太人顽强的信仰。一个年轻的俄国人为我翻译了当时在德国尚无人知晓的小说《卡拉玛佐夫兄弟》中最精彩的片断。一名瑞典女青年使我第一次看到了蒙克的绘画；我在那些尚不入流的画家的画室里来回转悠，为的是观察他们的绘画技巧。一名教徒还带我到一间圣灵降临的小屋去看过。所有这一切都使我大开眼界，大千世界真是多姿多彩，令人目不暇接。在中学时，我所接触的是纯粹的公式、诗韵和诗句，而现在我在这里接触的是人。我被他们所鼓舞，对另一些人很失望，有些人甚至欺骗过我。可是我坚信，在柏林短短的一个学期，完全自由的第一个学期里进行的社交活动要胜过以往的十年。

这样广泛地接触现实生活，想必会大大增加我的创作欲望，好像这样才合乎逻辑。而事实却恰恰相反，在中学时期相互激励起来的强烈的创作欲，现在令人担忧地丧失了。我那本不成熟的诗集出版四个月后，我就想不通当时怎么会有勇气出版它。其中有些诗还是相当优美和精巧的，甚至有的诗还是相当好的艺术品。但是，我总觉得这些诗的伤感情调是不真实的。同样，自从我在柏林和现实有了接触以后，我觉得我最初发表的中篇小说有股洒过香水的纸张味。这些作品全然不合乎现实生活，用的是从别人那里学来的写作技巧。所以，我把从维也纳带来的那部讨好出版人的长篇小说付之一炬。这是因为我在这里看到了现实，我那中学水平的判断力惨遭打击。此时的心情就像在学校里连降几级那样难受。事实上，第一部诗集出版以后，间隔六年我才出版第二部诗集，又隔了三四年才出版了第一本散文集。在这期间，我遵照戴默尔的忠告，抓紧时间从事翻译工作，至今我仍然感激他，因为文学翻译能使年轻的作家更熟练更精确地运用祖国语言，对写作大有裨益。我翻译波德莱尔的诗，还译过魏尔伦、济慈、威廉·莫里斯的一些诗和夏尔·范·莱尔贝尔赫①的一个小剧本及卡米耶·勒蒙尼耶②的小说《熟能生巧》。任何外语都有自己独特的成语和习语，这是翻译诗歌的首要难题。正因如此，翻译诗歌需要译者有丰富的表达能力，而在平时人们却不注意这些。如何把外语中的成语译成妥帖入微的母语，需要译者反复揣摸，在我看来，这是一个艺术家的特殊的艺术乐趣。这种默默无闻的工作需要耐心和毅力，需要道德修养，而这种道德修养在中学时期由轻率和鲁莽所代替。我现在特别喜欢翻译工作，因为我从介绍外国文艺作品的平凡工作中第一次感到，这才是做了一件真正有意义的事情，不枉我来人世一遭。

现在，我今后的岁月里道路将如何走，我心里已经清楚了，那就是多观察、多学习，然后再进行创作！不能让仓促写成的作品来见世界，而首先应该了解世界的本质。在柏林就像吃了浓浓的醋渍汁一样，使我思渴难忍。我环顾周围世界，思索着暑假旅游该到哪个国家去，最后我选择了比利时。这个国家在上世纪与本世纪相交之际在艺术方面有过不同寻常的飞跃，从某种意义上说，甚至超过了法国。像绘画界的克诺普夫③、罗普斯；雕塑界的康斯坦丁·默

---

① 夏尔·范·莱尔贝尔赫（1861—1907），比利时象征主义诗人、剧作家。
② 卡米耶·勒蒙尼耶（1844—1913），比利时法语小说家、艺术批评家。
③ 费尔南德·克诺普夫（1858—1921），比利时象征主义画家、版画家。

尼耶和乔治·米纳①；工艺美术界的范·德·韦尔德②；文学界的梅特林克、埃克豪特③、勒蒙尼耶；这些大师构成欧洲文学艺术的新力量。不过首先使我入迷的是埃米尔·维尔哈伦④，因为他的抒情诗开辟了一条崭新的道路。在某种程度上，我暗自发现这位在德国尚不为人所知的作家——德国官方文学界长期以来把他和魏尔伦混为一谈，就像把罗曼·罗兰和罗斯丹相混淆一样。只要单独爱一个人，就会得到双倍的爱。

也许有必要在这里稍稍加以解释。我们的时代瞬息万变、千曲百折，所以也就没有好的记忆力。我不知道埃米尔·维尔哈伦的作品今天是否还有意义，但他是法语作家中第一个决心对欧洲做出贡献的人，就像惠特曼对美国做出贡献那样，既要认识当代，又要认识将来。他早已开始热爱当代的世界，把它作为诗歌的题材。有些人认为机器是恶魔、城市丑恶，认为当代不可能有诗意，而他对每一项新发明、每一项技术成就都感到欢欣鼓舞。他对自己的这种热情感到高兴，为了使自己感到更多的激情，他认为必须对周围的事物更加倾心。所以从最初的小诗中孕育出宏大的赞美诗。《相互尊重友好》这首诗是他向欧洲各族人民发出的号召。当今的时代是个极为可怕的倒退时代，可它不为当代的整整一代乐观主义者们所理解，这一点在他的诗歌中得到充分的体现。他的一些最好的诗为我们描绘了一个新的

---

① 乔治·米纳（1866—1941），比利时雕刻家、画家。
② 亨利·范·德·韦尔德（1863—1957），比利时建筑家、工艺美术家。
③ 乔治·埃克豪特（1854—1927），比利时法语小说家。
④ 埃米尔·维尔哈伦（1855—1916），比利时象征派诗人、剧作家。

欧洲和人类美好的未来，这是我们梦寐以求的。

我为了结识维尔哈伦才来到布鲁塞尔的。可是卡米耶·勒蒙尼耶这位强壮的、已被人不公正地忘掉的《男人》的作者——我曾把他的一部长篇小说译成德文——不无遗憾地告诉我，维尔哈伦很少从他的小村庄到布鲁塞尔来，而且他现在也不在家。为了弥补我的失望情绪，他热情地给我引见其他艺术家。于是我见到了老艺术大师康斯坦丁·默尼耶，这位颇具英雄气概的工人和以表现劳动场面著称的雕塑家；在他之后，我见到了范·德·施塔彭[①]，他的名字在今天的艺术史上几乎已经消失。不过这位身材矮小、面颊红润的佛来米人倒是一位和蔼可亲的人。他与他的夫人，一位高大宽肩、开朗的荷兰人，热情地接待我这个年轻人，给我看他的作品。在那个阳光灿烂的上午，我们谈了很长时间的文学和艺术。他们的善意打消了我的所有顾虑。我不加掩饰地对他们说，我到布鲁塞尔来就是想见见维尔哈伦，恰巧他不在，我很遗憾。

是否我讲的有点太过分了？是否我讲的有点憨直？反正我觉察到范·德·施塔彭和他的夫人对视一笑，偷偷使了一个眼色。我觉得我的话引起了他俩会意的默契。我感到很不自在，想告辞。他们执意留我吃午饭。他们相互使着眼色，一脸神秘的微笑。不过我觉得，即使有秘密，也一定是善意的友好的，于是我放弃了去滑铁卢的打算。

很快就到了中午，我们已经坐在餐室里——像所有的比利时住

---

① 夏尔·皮埃尔·范·德·施塔彭（1843—1910），比利时雕塑家。

房一样，餐厅是在一楼——透过餐室的彩色玻璃可以看到临屋的一条街道。突然，一个身影出现在餐室窗前，听见有人用手指敲玻璃，同时门铃也突然响起来。"他来了。"范·德·施塔彭太太说着就站了起来。我不知道这个"他"是何人。但门已打开，他迈着沉重有力的步伐走了进来。原来是他，维尔哈伦！我一眼认出他，我早就从照片上认识他。维尔哈伦是这里的常客，今天凑巧也到这里来。所以，当我说出我到处找维尔哈伦而不得见时，施塔彭夫妇迅速地使眼色会意：不告诉我，给我意外的惊喜。现在，维尔哈伦已站在我的面前，施塔彭夫妇对刚才的小玩笑得意地微笑起来。我的手第一次和他那只强健的手紧紧地握在一起，我第一次亲眼看到他那明澈、和善的目光。他总是这样，不论应邀到谁家，总是带着热情和喜悦走进屋。他刚开始吃饭，就叙述起他刚会过朋友，还去过美术馆，脸上还带着那时的兴奋神情。无论他走到哪里，都像是回到自己的家；无论碰到什么偶然小事，他都会感到不亦乐乎，这已经成为他的一种崇高的习惯。他眉飞色舞，侃侃而谈，每一件事都讲得活灵活现。他讲第一句话就能抓住听众的心，因为他襟怀坦白，平易近人；他从不拒绝任何新人新事，任何人他都接待。他对一个初见的人会立刻抛出一片真心，就像那天我与他第一次见面时一样。以后我经历过无数次他善待其他人产生的巨大反响。他并不了解我，仅仅听说我喜欢他的作品，就同我一见如故。

午饭以后，又出现了第二件令人惊奇的事，范·德·施塔彭早就有为维尔哈伦塑像的愿望，这几天他一直忙于雕塑维尔哈伦的半身像，今天是最后一次写真。范·德·施塔彭说，我来的正是时候，正需要一个和这位模特儿聊天的人，这样就可能塑出一张正在说话和倾听的生动面孔。我目不转睛地细细盯着他达两小时之久。这是一张令人难忘的面孔，高高的前额，艰苦的岁月让脸上布满了皱纹，褐色的鬈发簇拥在深深的鬓角上。他的面部表情严厉，饱经风霜的浅褐色皮肤，轮廓鲜明地向前突出的下颌，窄窄的唇上蓄着两撇长长的浓密的维钦托利式的八字胡，一双消瘦的、灵巧的、纤细而有力的手，皮下血管在勃勃跳动，显示出兴奋感。他的双肩像农民的肩膀一样宽阔，肩负着他意志的全部力量。相比之下，他那颗坚强的瘦骨嶙峋的头颅似乎显得小了一些。只有他大步向前走的时候，才能显示出他的力量。当我今天看到这尊半身塑像时，我才知道它有多么逼真，多么传神。范·德·施塔彭后来的作品都没有超过这件雕塑。这是一个诗人的伟大的真实记录，是永恒力量的纪念碑。

经过这三个小时，我确实爱上了这个人，此后，我在一生中始终喜爱他。他的本性是稳健的，从不自满。他与金钱无缘，宁愿住在乡下，也不愿为生活多写一行字。他不求功名，从不用退让、逢迎或通过熟人关系来追逐名利。他认为，自己的朋友和他们忠实的友情就已让他心满意足。他甚至摆脱了对一个人来说最危险的诱惑：荣誉。但荣誉终于在他年富力强之时落到他的头上。他始终光明磊落，心中无任何芥蒂，从不为虚荣迷惑。他是个自由、快乐、胸怀坦荡的人，谁要是同他在一起，就会亲身感受到他的生活理念。

这会儿，诗人就在我这个年轻人的面前，我做梦都想成为他那样的人。在我与他初次见面的头一个小时里，我就下了决心，为这个人和他的作品效劳。我下这个决心是颇有胆识的，因为这位诗人在当时的欧洲还没有多大名气。虽然我知道，翻译他的庞大的诗集和三部诗剧要占去我二到三年的创作时间，但我还是下决心用全部精力、时间和热情来翻译这几部著作。我贡献出最宝贵的精力，就是为了完成这件道义上的任务。我在过去不断地寻找和探索，今天总算找到一件有意义的事。如果今天要我向一位尚不明确自己道路的年轻作家提出忠告的话，那么我首先建议他，他可以先作为演员或者翻译去啃一部大部头的作品。这样做虽然要作出一些牺牲，但对一个初学者来说，比自己的创作更有把握。每一个付出辛劳的工作都不会是徒劳的。

在我几乎专门从事翻译维尔哈伦的诗集和为撰写他的传记作准备的两年时间里，我经常外出旅行，有时是去作公开的讲演。翻译维尔哈伦的著作，看起来是一件吃力不讨好的工作。但实际上我已得到了意想不到的酬谢：维尔哈伦在国外的朋友们注意到了我，不久，他们也成了我的朋友。有一天，埃伦·凯伊①——这位非凡的瑞典妇女——到我这里来。她以大无畏的精神，在那个偏狭、阻力重重的时代，为妇女的解放而奋斗。早在弗洛伊德之前，她就在她的著作《儿童的世纪》里提出这样的警告：青年人的心理最容易受伤害。我在意大利时，是她把我引见给乔瓦尼·切纳②和他的诗友

① 埃伦·凯伊（1849—1926），瑞典著名女权活动家、作家、教育家。
② 乔瓦尼·切纳（1870—1917），意大利诗人、小说家。

们，也是她使挪威人约翰·伯耶尔①成为我的一个重要朋友。盖奥尔格·勃兰兑斯，这位国际文学史上的大师也对我表现出浓厚的兴趣。由于我的宣传，维尔哈伦在德国比在他的祖国名气大得多，最著名的演员凯恩茨和莫伊西②在台上朗诵我翻译的维尔哈伦的诗。马克斯·赖恩哈德把维尔哈伦反教权主义的心理剧《修道院》搬上德国舞台。上述诸事，使我感到十分欣慰。

不过现在，是该我回忆另一件事的时候了，即我除了担负着对维尔哈伦的义务，还有别的一项任务。我必须结束我的大学生活，戴上一顶哲学博士帽回家。也就是说，现在我面临的紧迫任务是，在几个月之内把大学四年的教材通通看一遍，而这是那些规矩的大学生几乎用了四年才完成的。我和埃尔温·吉多·科尔本海伊尔③——一个年轻的文学朋友——一起开夜车死记硬背。现在他也许不愿意回忆这些事，因为他成了官方诗人，希特勒德国艺术研究院的院士。幸好老师没用考试难为我，对我公开的文学活动深为理解的好心肠的教授，在一次私下的谈话中笑眯眯地对我说："你恐怕不愿意考到形式逻辑学喽！"而事实上，他后来有意要我回答我能答出的那些问题。所以，我是第一次以优等分数通过这门考试，而且正如我所希望的，这也是最后的一次。从此，我的外在生活完全自由了，迄今为止的全部岁月，都是为了取得同样的内心的自由而斗争，但这种斗争在我们这个时代变得越来越艰巨。

---

① 约翰·伯耶尔（1872—1959），挪威小说家、剧作家。
② 亚历山大·莫伊西（1880—1935），奥地利著名男演员。
③ 埃尔温·吉多·科尔本海伊尔（1878—1962），德国作家，后成为纳粹文人。

永葆青春的城市——巴黎

在我获得自由的第一年，我把巴黎作为礼物奉献给自己。早年间，我曾有两次匆匆到过巴黎，对这座极其豪华的城市只有一些粗略的了解。但是我敢肯定，如果谁在这里住上一年，他一辈子都会怀着莫大的幸福回忆这段时光。没有任何一座城市像巴黎那样，有一种使人焕发青春活力的气氛。人人都有这种感觉，但谁也没有去查找根由。

我很清楚，我青年时代那个轻松愉快、富有活力的巴黎如今已不复存在。自从世界上最残酷的魔掌——希特勒的铁蹄——傲慢地踏进巴黎以来，那种美妙的、悠然自得的生活，真是一去不复返了。当我写下这几行字的时候，德国的军队和坦克正像白蚁一样拥向巴黎，要彻底摧毁这座城市神圣的五彩缤纷的、愉快的生活，连根拔掉这座和谐城市永不凋谢的繁荣。现在终于出现了这种局面："卐"字旗在埃菲尔铁塔上飘扬，身穿黑制服的冲锋队穿过拿破仑的香榭丽舍大道，挑衅性地举行阅兵。我从遥远的地方同样能够感觉到，当占领者的翻口皮靴踏进舒适的酒吧和咖啡馆时，这些善良的、亲切的市民是怎样心怀屈辱，屋里的人是如何心惊胆战。我自己遭遇的任何不幸似乎也没有像这座城市所遭受的侮辱那样严重，那样使我震动和沮丧。因为没有一座城市像巴黎那样，能使任何与它接近的人感到幸福。它曾给予我们最明智的学说、最杰出的榜样，同时它又给我们开辟了自由和创造的天地，给我们越来越深厚的美的享受，难道它还能赋予下几代人这一切吗？

我知道，我十分清楚，遭受苦难的不只是巴黎，整个欧洲在今后的数十年中都不会重现第一次世界大战前那种安定的局面。第一次世界大战以来，有团乌云在明亮的地平线上一直没有消失，国与国之间、人与人之间的怨恨和不信任就像一股折磨人的毒液被注入残疾的身体。尽管两次世界大战之间的二十五年，整个欧洲在社会和科学技术上取得了长足的进步，但就个别国家而言，却失去了原来的生活情趣和田园式的舒适生活。早先，意大利人即使在极端贫困的生活中，也像孩子一样高兴，他们彼此之间充满信任，又说又唱，一片欢乐，讥讽那个糟糕的"政府"。我可以用几天时间来描绘这些事。可是现在，他们不得不昂起头来，怀着厌烦的心情，忧郁地去行军。昔日的奥地利，在它善良的气氛中，显得那么轻松和自在，它的臣民是那么虔诚地信赖自己的皇帝，信赖赋予他们美好生活的那个上帝，这样的奥地利，我如今还敢设想吗？俄罗斯人、德国人、西班牙人，他们所有人都不知道，"国家"这个凶恶的饕餮从他们的骨髓中和内心中吸吮了多少自由和欢乐。各族人民都感觉到，一块巨大的、浓厚的阴影，正笼罩着他们的生活。但是，我们这些见识过自由世界的人都知道，也能够作证：昔日的欧洲人生活得无忧无虑，对他们的万花筒式的色彩变幻生活异常高兴。我们今天不免心惊胆战，我们这个世界由于自相残杀的愤怒竟变得如此暗无天日，到处是奴役和监禁。

可是，尽管如此，我还是觉得，绝没有任何地方像在巴黎这样能让我们逍遥自在地生活。巴黎以它的美观，宜人的气候，巨大的财富和光荣的传统，证明了生活的逍遥。当年，我们这些年轻人，每个人在这里都享受过轻松自在，同时我们又反过来把这些轻松自在添到巴黎的身上。无论是中国人还是斯堪的纳维亚人、西班牙人、希腊人、巴西人、加拿大人，他们都感到在塞纳河畔就像在自己家里一样。在这里生活没有任何强制，可以按照自己的意愿说话、思考、欢笑、责骂，你喜欢怎么生活就怎么生活，可以合群也可以独处；可以阔绰也可以节俭；可以豪华也可以像波希米亚人那样俭朴，巴黎对每种特殊需要都留有余地，考虑到各种可能性。那里有豪华餐厅，备有各种美味佳肴和二三百法郎的各种美酒；还有马伦哥①和滑铁卢时代的十分昂贵的法国白兰地。但是在街角的任何一家酒店里，可以吃到几乎是同样丰盛的饭菜，也可以痛饮。在拉丁区十分拥挤的大学生餐厅里，在吃卤汁煎牛排前后，花上几个硬币就可以品尝到美味小吃，还可以喝到红葡萄酒和白葡萄酒，吃上一个棍形面包。人们的打扮，按其所好。大学生们戴着俊俏的扁平帽在圣米歇尔林荫大道上溜达，那些拙劣的"画匠们"也戴这种

---

① 意大利地名，一八〇〇年六月十四日拿破仑在此大破奥军。

帽子；但画家们却很注意打扮，他们戴着宽边大礼帽，身着富有浪漫色彩的黑丝绒茄克衫；工人们穿着蓝色上衣或者衬衫，悠然自得地在林荫大道上漫步；保姆戴着布列塔尼人的便帽；酒吧女招待穿着蓝色围裙。只要不是七月十四日法国国庆日，任何一天的午夜过后，都有一对对青年男女在大街上跳舞，警察则在一旁笑着观望；这时大街就属于每个人了！在巴黎，谁也不会在别人面前感到不自在。一个漂亮姑娘和一个黑人手拉手走进小旅馆，一点也不难为情。在巴黎，有谁关心民族、阶级和出身呢？只是到后来这些才被吹嘘成吓人的东西。当时，谁都可以同自己喜欢的男人或女人在一起散步、聊天或同居。别人的事与我有何相干。可是，谁要真正爱上巴黎，他首先要好好认识一下柏林，他必须用僵化的和经过痛苦的严格磨炼制定的旧等级观念来体验一下德国人甘心情愿的奴性；在德国，一个军官的妻子不愿同一个教师的妻子来往；教师的妻子也不会和商人的妻子来往；商人的妻子不会和工人的妻子来往。可是在巴黎，法国大革命的遗风至今尚存，所以一个无产阶级工人觉得自己与他的雇主一样，都是自由的、享受充分权利的公民；一个咖啡馆服务员可以同一个穿金丝边军服的将军握手；勤劳的、规矩的、爱清洁的小市民太太们，对住同一个楼道里的妓女不但不会皱鼻子，反而同她在楼梯上闲聊，她们的孩子还向她送鲜花呢！有一次，我目睹一群富有的诺曼底农民参加洗礼以后，走进一家高级饭店——玛德莲教堂附近的拉律饭店。他们穿着笨重的鞋子，踏在地板上噔噔作响，一身家乡服装，头发上抹着厚厚的一层油，连厨房里都能闻到头油的香味。他们高声谈话，酒喝得越多嗓门就越大。

他们一边放声大笑，一边拍拍自己女人的胖臀部。他们是真正的农民，坐在身着漂亮的燕尾服和浓妆艳抹的人旁边，一点也不感到拘束。再说服务员，那个脸刮得净光的服务员也不对他们嗤之以鼻，而是以招待部长或某个阁下的同样的礼节周到地伺候他们。要是在德国或者英国，服务员对这些乡下人就会嗤之以鼻了。在巴黎的梅特尔大饭店，甚至以特别热情地迎接这些不拘小节的客人作为一种乐趣。巴黎只知道对立的事物可以并存，不知道什么上等和下等。繁华的大街和难行的小巷之间没有明显的界线，到处都是一样的快乐和一样的热闹。在郊外的农舍里，卖唱艺人在演奏乐曲；年轻的女缝纫工一边做活一边唱歌，其歌声飘到窗外；空气中不时传来欢笑声或亲切的呼喊声。不论在什么地方，如果两个马车夫发生了口角，事后两个人会握手言和，并一起喝一杯葡萄酒，砸几个牡蛎做下酒菜。在巴黎没有什么难事和棘手之事。和女人的关系，容易接上也容易脱离。任何一个姑娘都容易找到同自己般配的男人，任何一个小伙子也都能找到一个对两性关系比较开放的活泼女友。是的，如果想生活得自由自在，就到巴黎去。特别是当你年轻的时候！在这里，东游西逛也是一种乐趣，这也是在巴黎生活的必修课。因为这里所有的一切都向每个人开放，你可以走进旧书店，看一刻钟的书，店主不会抱怨更不会发牢骚；也可以去几家小型画廊；还可以去旧货商店慢吞吞地挑选自己需要的一切。你可以在德鲁奥特饭店靠拍卖旧物过寄生的生活，也可以在庭院里与女管家聊天。假若你在大街上闲逛，街道两旁欣欣向荣的新面貌和新东西，会像磁铁一样把你吸引住，使你流连忘返。如果走累了，就从上千家咖啡馆中找一家有露台的坐下，可以用这里的免费信纸写信，听小贩们兜售那些过时的多余的小商品。春暖花开之际，阳光明媚，塞纳河上碧波微微，林荫道上的树木开始吐绿，年轻姑娘戴着用一个硬币买来的紫罗兰花环。这个时机，谁还能待在家里，又有谁想回家呢？不过，你要想在巴黎生活得舒适自在，不一定非在春天。

我初次结识这座城市的时候，它还不像今天这样，有地铁和各种汽车把城市连接成一个整体。在当时，巴黎的唯一交通工具是由浑身冒热气的肥壮的马匹拉的厢式马车。从这种马车的第二层，即顶层上观看巴黎，车速缓慢，是再好不过了。那时候，从蒙马特到蒙帕纳斯去一趟，算是一次小小的旅行了。因此，我觉得那些关于巴黎小市民节俭的传闻是完全可信的。他们舍不得花钱去做一次小小的旅行，所以，住在塞纳河左岸的巴黎人，从来不到右岸去；有些孩子只在卢森堡公园里玩，却从没有去过远处的杜伊勒里公园和蒙梭公园。在马车时代，车费是小市民必须考虑的。所以一个真正的市民或者老巴黎人最喜欢蛰居在家，待在自己的小圈子里，他们在大巴黎内部创造了一个小巴黎。所以巴黎的每个区域都有自己明显的特点，甚至有不同的地方色彩。正因为如此，当一个外国人到了巴黎，选择在何处下榻，要费一番脑筋才能下决心。现在拉丁区不再对我有什么吸引力。我二十岁那年到巴黎作短暂停留，刚下火车我就直奔拉丁区，第一个晚上就坐在瓦歇特咖啡馆里，我怀着敬意让别人指给我看魏尔伦坐过的座位，还有那张他喝醉时常用自己粗实的手杖敲打的大理石桌，我这样做，也是为自己增加一些体面。为了表示对他的尊敬，我这个滴酒不沾的诗坛小卒还喝了一杯苦艾酒，虽然我觉得这种发绿的劣等酒一点儿也不好喝。我相信，作为一个敬仰前辈的年轻人，我有义务在拉丁区里恪守法国抒情诗人的仪式。按当年的风尚，我最愿意住在索邦区①的一幢六层楼的阁楼上，以便能比书本上更加真实地领略拉丁区的风采。可是我二十五岁时，不再感到这里是那么质朴和富有浪漫色彩了，我倒觉得，拉丁区太国际化，太没有巴黎味了。我在这里选择一个永久住所，不再出于文人怀古的心情，而是尽可能地方便我的工作。为此，我十分经心地考察过一番。从有利于我的工作的角度来讲，香榭丽舍大道不适宜，和平咖啡馆周围更不合适，因为那些巴尔干半岛的有钱人都在这里聚会，除了招待，没有人说法语。倒是教堂和修道院林立的圣絮尔比斯教堂四周的清静区域对我有吸引力，里尔克和絮阿雷斯②也喜欢在这里居住，但我更希望在连接塞纳河两岸的圣路易斯河心岛上找到住所。不过，我到巴黎后的第一个星期里出去散步时，发现了一处更美的地方。当我在皇家宫殿的走廊下闲游时，我发现十八世纪"平等公爵"③建造的外形一样的一批房子中间，有一座宏伟的特别突出的显贵宫邸，现在已是一座普通的旅馆了。我走进旅馆，请他们让我看一看里面的房间，我惊喜地发现，从窗子里向外望，正是皇家宫殿的花园，暮色降临，花园渐渐

---

① 即拉丁区。

② 安德烈·絮阿雷斯（1868—1948），法国诗人、剧作家、评论家。

③ 指法国波旁王朝奥尔良公爵路易·菲利普·约瑟夫（1747—1793）。法国大革命时，他作为贵族代表参加三级会议，支持第三等阶级。一七九一年他参加雅各宾俱乐部，次年放弃贵族称号，更名菲利浦·平等，故有"平等公爵"之称。

隐没在黑夜之中。城市的喧闹声在这里隐约可闻，宛如远方海岸波涛不断的拍击声。雕塑沐浴在月光之中，清晨，微风阵阵吹来附近"大厅"里浓浓的菜香。在皇家宫殿这座具有历史意义的四方形建筑物里，曾经住过许多十八世纪和十九世纪的诗人和政治家。皇家宫殿对面是那幢马塞利娜·代博尔德-瓦尔莫[①]住过的房子，巴尔扎克和维克托·雨果曾经在这幢房子里攀上百阶狭窄的楼梯，到阁楼去拜访这位我也非常喜欢的女诗人。皇家宫殿是卡米耶·德穆兰[②]号召人民向巴士底狱进军的地方。那里有条不露天的走廊，铺着地毯，是那些并不十分崇尚美德的夫人散步的地方。可怜的小小少尉波拿巴曾在这些夫人中寻找自己的恩人[③]。这里的每块石头都诉说着法国的历史。再过一条街，就是国家图书馆，我可以在那里度过整个上午。藏有名画的卢浮宫博物馆和川流不息的林荫大道都只有一箭之遥。我终于住进我梦寐以求的地方，这里是巴黎的心脏，可以摸到法国的脉搏。我还记得，有一次安德烈·纪德来看我，他对在巴黎市中心竟有这么个幽静的地方感到惊讶，他说："我们自己的城市中最美的地方，还要外国人向我们指出。"说真的，在市中心除了这间富于浪漫色彩的书房外，我再也找不到一处既有巴黎风味，同时又十分雅静的地方了。

当时，我急不可待地到大街上四处溜达，尽量地观看，尽量地

---

① 马塞利娜·代博尔德-瓦尔莫（1786—1859），法国女诗人。
② 卡米耶·德穆兰（1760—1794），法国大革命时期的政治活动家。
③ 法国大革命期间，拿破仑崭露头角，经巴拉斯介绍，认识了年轻寡妇约瑟芬。传说，约瑟芬是巴拉斯的好友，经巴拉斯提名，拿破仑被任命为意大利方面军司令，故称约瑟芬是拿破仑的恩人，但历史学家否认此说。

寻找！我不仅要重温一九〇四年的巴黎，还要用我的全部感官和心灵去体验亨利四世、路易十四、拿破仑和革命时代的巴黎，了解雷蒂夫·德·拉布列塔尼和巴尔扎克、左拉及夏尔-路易·菲利浦[1]的巴黎，熟悉所有的街道、人物和事件。诚如我在法国始终感受到的那样，我在巴黎也感受到，伟大的写实文学扎根于民间，具有永久不衰的力量。因为众多的诗人、小说家、历史学家和风俗画家的艺术创造，我目睹巴黎过去的一切。如今在我的心中早已熟悉的东西，在实际的接触中显得更加生动。肉眼的观察就是一种再认识，就像希腊悲剧中的人物"重新认出"亲朋好友来一样，这也是一种乐趣。正如亚里士多德所赞誉的，这是一切艺术享受中最伟大、最富有魔力的事情。但是有一点，你若要了解一个民族和一座城市的最隐蔽之处，绝不能通过书本，即使你到处闲逛无数次，也无济于事，只有通过了解或认识该城和该民族中最优秀的人物才能解决。要了解民族和国家之间的真正联系，只能从活着的人的思想脉络中获得；从外部观察到的一切都是一种真实的草率的概念。

我对待别人始终是友好的，我和莱昂·巴扎尔热特[2]的友谊最为深厚。由于我和维尔哈伦的密切关系，我每周两次到圣克卢大街去看望他，这也避免了我像大多数外国人那样陷入由国际画家或作家组成的轻浮的小圈子中去。那些人一般在多姆咖啡馆聚会，而在其他地方，如慕尼黑、罗马或柏林，基本上也是这种人。我和我的

[1] 夏尔-路易·菲利浦（1874—1909），法国小说家。
[2] 莱昂·巴扎尔热特，生卒年不详，法国翻译家。

朋友们与他们相反，我和维尔哈伦一起看望一些画家和诗人，他们住在灯红酒绿、喧嚣不休的市中心，但每个人都生活在自己创造的寂静之中，就像在一座孤岛上，埋头写作。我还看过雷诺阿的工作室和他的优秀学生们。印象派画家的作品今天价值数万美元，可是他们的生活同小市民或领养老金者的生活没什么两样；他们住的小房子还兼作画室，没有"扩建"。他们不像慕尼黑的兰贝赫①和其他名画家那么讲排场、图阔气，以仿效华丽标准建造的奢侈别墅来炫耀自己。同画家们一样，诗人们的生活也相当简朴，我不久就同这些人很熟悉了。他们中大部分人在政府机关有份不太繁忙的公务员工作。在法国，从低层到高层，人人都尊重从事文学艺术工作的人，于是多年来形成了一个聪明的办法，给那些收入不高的作家和诗人一件清闲自在的差使做做，如在海军部或参议院当图书馆员。这种差使收入不多，但很清闲，因为参议员们轻易不来借书，这个闲职者就可以在那幢别具一格的老参议院大楼里利用工作时间舒舒服服地作诗，窗外就是卢森堡公园，室内安静又舒适，而且用不着考虑稿费之事，因为收入虽不多，但足够用。还有的诗人身兼医生，像以后的杜阿梅尔②和杜尔丹③；有的开一爿小型画廊，像夏尔·维尔德拉克④；有的当中学教师，像罗曼⑤和让·理查德·布

---

① 弗朗茨·冯·兰贝赫（1836—1904），德国写实派肖像画家。
② 乔治·杜阿梅尔（1884—1966），法国作家、法兰西学院院士。
③ 吕克·杜尔丹（1881—1959），法国诗人、评论家、医生。
④ 夏尔·维尔德拉克（1882—1971），法国诗人、剧作家。
⑤ 儒勒·罗曼（1885—1972），法国作家、法兰西学院院士。

洛克①；有的在哈瓦斯通讯社里混时间，像保尔·瓦莱里；有的帮出版商做事。这一代作家和艺术家不像后一代人那么狂妄自大，认为当图书馆员有失身份。后一代人被电影和书的大量印刷给毁了：在艺术方面刚崭露头角，就想过随心所欲的生活。而他们的前辈不慕虚荣，自愿从事那种卑微的工作，无非是想使自己的生活有些保障，从而使自己的精神劳动不受外界干扰。因为生活有了保障，他们就不去理睬腐败的巴黎大报纸；他们能够给自己的小杂志写文章而不取分文稿酬——维持这种小杂志总要作出个人牺牲；他们也能平静地接受这一事实：他们的剧本只能在文学家的小剧院演出，因此，作者的名字只有圈内人知道。像克洛岱尔②、贝玑③、罗曼·罗兰、絮阿雷斯、瓦莱里，他们的名字在数十年内只有极少数文学中坚分子才知道。在这个繁忙的城市里，他们是唯一没有紧迫感的人。安安静静地生活，安安静静地为那个远离"闹市区"圈子里的人工作，比出风头更重要。他们甘心过一种淡泊的小康生活而并不觉得难为情，只要在艺术方面能自由大胆地思考，其他事情无所谓。他们的妻子亲自下厨和操持家务。晚上同事们在一起聚会，招待非常简单，因而更显亲切。大家坐在便宜的草编椅上，围着一张随便铺了一块花格布的桌子。他们的房间比不上同一层楼住的装修工家那样阔气，然而他们都觉得自由自在、无拘无束。他们没有电话，没有打字机，没有秘书；他们避免使用一切机械设备，就像他

---

① 让·理查德·布洛克（1884—1947），法国小说家、剧作家、评论家。
② 保尔·克洛岱尔（1868—1955），法国象征主义诗人。
③ 夏尔·贝玑（1873—1914），法国作家。

们不想充当宣传工具一样。他们写作还是用一千年以前的办法：手写。就像法兰西水星那样的大出版社也不采用口授打字，没有一件复杂的设备。他们不追求外表，也不因追求声誉和排场而浪费时间和精力。法国所有的青年诗人和法国全民族一样，都是怀着对生活的乐趣而生活着，当然，作家的生活还有自己最高尚的形式，即怀着对写作的无限喜悦而生活。我新交往的朋友，他们的清廉大大修正了我对法国诗人的印象。他们的生活方式和布尔热①及其他一些著名时代小说家的生活方式完全不同。后一类作家以为"沙龙"就是整个世界！我从前在家中看到的读物给我的印象是：法国妇女都是只知照镜子的交际花，她们满脑子风流韵事和挥霍浪费。一些诗人的妻子纠正了我极其错误的看法。我从来没有看到过这么贤慧、文静的主妇，她们是那样勤俭、朴实和快活，即使在最拮据的情况下，也能像变魔术似的在炉灶上创造出小小的奇迹；她们精心照料孩子，并且忠诚地与丈夫的精神生活联系在一起！只有作为朋友和同行生活在那个圈子里，才能了解真正的法国。

我的朋友莱昂·巴扎尔热特，他的名字在法国新文学的大多数著作中被不公正地遗忘了。可是他在那一代诗人中却具有特别重要的意义，因为他把自己最充沛的精力全部倾注在翻译外国文学作品上，他为自己喜爱的人献出了自己全部的风茂年华。我在他这个天生的"同道"身上看到一个活生生的自我牺牲的绝好典型；他真是一个全心全意奉献自己的人；他认为自己一生中唯一的任务，就是

① 保尔·布尔热（1852—1935），法国作家、文学评论家。

帮助那个时代最有价值的作品发挥作用；他是那些作品的发现者和翻译者，他本应得到荣誉，但他并不追求也不沉湎于这种荣誉。他的满腔热情是他的道德意识自然促成的。他的外表看起来颇像个军人，而他却是一个积极的反军国主义者。在交往中，他表现出一个真正战友的诚挚。任何时间他都乐于助人，给别人出主意，待人一贯诚恳；办事像钟表那样准时，对别人遇到的事他都关心备至，从不考虑个人得失。为了朋友，他不吝惜自己的任何时间和钱财。世界各地都有他的朋友，虽然为数不多，而且有所选择。他用了整整十年时间翻译了沃尔特·惠特曼的全部诗歌，并写了一篇关于惠特曼的丰碑式的传记，以便让法国人了解这位大诗人。惠特曼是一个热爱世界的自由人，他以惠特曼为榜样，引导祖国人民的思想眼光越出国界，使国人变得更雄壮、更友好团结，这已成为他毕生奋斗的目标，即一个最优秀的法国人，同时也是一个热诚的反民族主义者。

我们不久就成了亲密无间的朋友，因为我们俩并不只想到自己的祖国，因为我们都翻译外国作品，因为我们都是只知奉献而不要名誉地位，因为我们俩都把思想自由看作生活中最重要的事。从他的身上，我第一次了解到那个"帷幕后"的法国。后来，我在罗曼·罗兰的《约翰·克利斯朵夫》一书中读到奥里维是如何反对德国人约翰·克利斯朵夫的时候，我几乎感到，书中描写的这段简直是我和莱昂·巴扎尔热特共同的亲身经历。但是，我们两人之间的友谊经常碰到尴尬的局面，从而产生阻力，在一般的情况下，这种阻力必然会妨碍两个作家之间的真诚、和谐的关系。这个局面是：

巴扎尔热特以惊人的坦率态度坚决不接受我当时所写的一切。不过，这正是我们友谊中最宝贵的，也是我最难以忘怀的一点。他喜欢我本人，我翻译维尔哈伦的作品所作的贡献，他表示最深切的感激和敬意。每逢我到巴黎，他必定到车站接我，总是第一个和我打招呼、向我表示欢迎的人。当我需要帮助的时候，他总是尽力帮忙。在一些重大的关键性问题上，我们两个的看法总是一致的，关系融洽胜过一些亲兄弟。但是他对我写的作品完全持否定态度。他是在亨利·吉尔波①（他在第一次世界大战期间作为列宁的朋友扮演过重要角色）的翻译中初次读到我的诗和散文，他直言不讳地表示反对，甚至不留情面地指责说，我的这些作品与现实毫无关系，完全是一种神秘莫测的文学（他对这种文学最厌恶）。他又说，他之所以这样生气，是由于这些作品恰恰是我写的。他为人一贯正直，在这一点上从不退步，也从不讲情面。一次，他主持一份杂志时，曾要求我给予帮助。所谓帮助，是要我替他从德国物色几个胜任的撰稿人，也就是说，替他从德国组织一批比我的作品更好的稿件。我是他最好的朋友，他却从未要求我写一行字，也不打算采用我的一行字。虽然如此，他还是为一家出版社校订我的一本书的法译本，他不要稿酬，完全是一种真诚的友谊的牺牲。尽管我们之间的关系显得特别离奇，但这种情同手足的友谊十年内从未削弱过，这使我更觉得特别可贵。在第一次世界大战期间，我宣布我早年的作品一律作废，当我后来的作品从思想和形式上都具有深刻的个性

---

① 亨利·吉尔波（1885—1938），法国社会党人、新闻工作者。

时，恰恰是巴扎尔热特首先对我的作品表示赞赏，这使我万分高兴。因为我知道，他的赞赏是真诚的，就像他以前十年里对我的作品直率地表示否定一样。

在这里我要提到莱内·马利亚·里尔克这个尊贵的名字。尽管他是德语诗人，我却在"巴黎"这一章里提到他，是因为我在巴黎同他见面的次数最多，同他的关系最好；在构成巴黎背景的众多古老人像中，里尔克的面貌尤为突出。今天，当我回想起他和其他一些对文学有千锤百炼之功的大师时，当我回想起像可望而不可即的星辰一样照耀着我青年时代的那些作家的名字时，我的心中不由自主地产生了一个可悲的想法：在我们这个喧嚣骚动和惊慌失措的时代，难道还有可能产生专心致志于抒情诗创作的纯粹诗人吗？我们不胜惋惜的那一代诗人，那不是很快就无处可寻了吗？在被命运的风暴搅乱的日子里，那一代诗人后继无人了。那些诗人不要求外部的生活，他们不是凡夫俗子，他们不追求荣誉、头衔、实利，他们所追求的，是在安静的环境中苦思冥想，把一节一节的诗完美地联接起来，使每行诗都富于音乐性，充满光彩，富于形象。他们志同道合的人所形成的圈子，在我们日常生活的喧嚣中，简直像一个受教规约束的宗教团体。他们故意疏远日常生活，在他们看来，天底下最重要的事莫过于优美的、然而比时代的轰隆声更富有生命力的音响；如果一个韵脚与另一个韵脚搭配得恰到好处，作者的心中便会产生一种无法形容的激动，这种激动悄然无声，比一片风中的树叶飘落的声音还要轻，但它却以自己的回响触及深远的心灵。在我们这些当时的青年人看来，那些忠诚于自己事业的、处处为榜样的诗人们是多么崇高；他们是一丝不苟的语言公仆和守护神；他们把自己的爱献给了诗歌语言；他们不迎合当时的时代语言和报纸的语言，而是追求一种持久的更富于生命力的语言。我们简直羞于看他们一眼，因为他们生活得那么平凡，那么朴实，那么温良；他们有的像农民一样默默无闻地住在乡下，有的从事一种小的职业，有的作为一个热情的朝圣者周游世界。他们大多数人不为人知，因此，只有少数人衷心地热爱他们。这些诗人分属不同国家，有德国的、法国的、意大利的，但是他们都生活在诗的王国里；在那里，诗人们完全抛弃一切昙花一现的东西，专心于真正的艺术创作，从而使他们自己的生活变成了一种艺术。在我们这一代青年中间竟然有这么纯洁的诗人，简直不可思议。因此之故，我不时怀着暗自忧虑的心情问自己：在我们这个时代，在我们这样新的生活方式之中（这种生活方式把诗人们从内心的艺术境界中驱逐出去，就像森林大火把躲藏在老窝里的野兽赶出来一样），难道还可能有那些全心致志地从事抒情诗艺术的人吗？我很清楚，每个时代都会产生一个创造奇迹的诗人，歌德为拜伦写的挽歌中那句动人的话始终是对的："因为世界不断地创造他们，如同他们自古以来不断地创造世界一样。"这样说来，诗人会不断产生，永不枯竭，即使在最不体面的时代，不朽的上帝也会给我们留下珍贵的信物：诗人。我所说的时代，不正是今天这个时代吗？在我们这个时代，即便是最洁身自好，最不闻天下事的人，也不会得到安宁，得不到那种创作中酝酿、写作、思考和集中思想所需要的安宁，而在战前的欧洲，在那个比较友善的和平的时代，诗人们还是能够享受到这种安宁的。我不知道，所有的诗人，如瓦莱里、维尔哈伦、里尔克、帕斯科里[①]、弗朗西斯·雅默[②]，他们在今天还有多少价值；我也不知道，他们对今天的年轻一代还会有多大影响；这一代青年人满耳不只充斥着不悦耳的音乐，而且还有宣传机器的怪叫和两次世界大战的隆隆炮声。我只知道，并且感到有责任怀着感激的心情说出：当今那些在诗歌艺术上登峰造极的献身者，竟出现在越来越机械化的世界里，对我们有多大的教益，使我们受到多大的鼓舞啊！当我回首往事，我觉得我一生当中最有意义的收获，莫过于我有机会和他们之中的某些人交往，莫过于我和他们的持续友谊常常与我早年对他们的景仰联系在一起。

在这些诗人中间，也许再也没有一个人像里尔克那样生活得更谨慎，更神秘了。但是，这并不是一种故意的、被迫的（或像牧师那样出于无奈的）孤独，犹如斯蒂芬·格奥尔格在德国过的那种孤寂生活。不论里尔克走到哪里或在哪儿驻足，在他的周围就会产生一种宁静的氛围。由于他拒绝和回避一切嘈杂，甚至一切荣誉——正如他自己说的那样，荣誉是"围绕一个名字聚集起来的全部误会的总和"——那种好奇的空洞的滚滚巨浪只打湿他的名字，并没有打湿他本人的身体。要找到里尔克是相当困难的，他没有家，没有地址，没有住宅，没有固定住所，没有办公地点；他总是在周游世界的途中，因此没有人能断定他的行踪。甚至他自己都不知道，他

---

① 乔瓦尼·帕斯科里（1855—1912），意大利诗人。
② 弗朗西斯·雅默（1868—1938），法国诗人。

会转到哪里去。对他那颗极其敏感和多愁善感的灵魂来说，任何死板的决定、任何计划和预先通知，对他都是一种压力。我同他相遇，纯属偶然。有一次我站在意大利美术馆里，我仿佛觉得有人向我走来，并向我微笑致意，但我不知道他是谁。只有当我看到那双蓝眼睛时，我才认出了他。他的双眼在注视别人的时候，目光含蓄，闪烁着光芒。这不引人注目的目光恰恰表现出他性格中最深邃的秘密。成千上万的人从这个蓄着略微忧郁飘逸的金黄胡须的年轻人旁边走过，谁也不会知道他是个诗人，我们世纪最伟大的诗人之一。他的面部没有明显的线条，多少有点斯拉夫人的脸形，脸上略带忧郁。他的性格特点，即他内心里那股不同寻常的分寸感，只要与他加深来往，你就会体验到。他的举止言谈有股难以描绘的斯文劲儿。当他走进一个众人集聚的房间时，一点声音都没有，几乎没有人注意到他的到来。然后他坐在旁边，一声不响地听别人讲话。有时候，他对什么产生兴趣时，会无意识地抬起头。在他自己说话时，毫无哗众取宠之心或激昂慷慨之词。他讲得自然又质朴，同时充满着爱，就像母亲给孩子讲童话一般。听他讲话叫人高兴，即便是一个最一般的题目，他也会说得生动有趣。一旦他觉得自己成了这个圈子的中心，受到众人的注视，他立刻停止说话。他的每个动作，每个姿态，都是那么斯文。纵然发出笑声，他也从不大笑，只是表示一点意思，就立刻收敛。轻声细语是他本身的需要。再也没有比嘈杂和激动的感情更使他心烦意乱了。有一次，他对我说："那些表达自己的感受像喷血一样的人，使我疲惫不堪。因此，我很少接近俄罗斯人，就像我只是浅尝利口酒一样。"除了举止适度外，条理、清洁、安谧，都是他生理上的需要。有时他必须乘一辆拥挤的电车或者不得不坐在嘈杂的饭店里，这都是他心神不宁的时刻。一切庸俗的东西都使他不堪忍受，虽然他的生活并不宽裕，但他非常注意衣着至善至美，干净得体。他的一身打扮同样是经过精心设计的艺术品，一点也不惹人注目，但有他本身的特点，戴一件心中暗自喜爱的小装饰品，如一只薄薄的银手镯。这是因为美学的完美和对称已渗入到他的内心深处和个人生活之中。有一次，我在他的住所看他准备旅行箱，他不让我帮忙，肯定是怕我弄不好。他把每件东西精心地缓缓塞进事先已留出的空间，简直就像镶嵌马赛克那样。我这时觉得，倘若我插上一手，定会铸成大错，破坏他那绣花般的工作。他爱美的天性紧紧伴随着他，一直渗透到那些无关紧要的小事上；不仅如此，他的手稿也是用他的圆熟的书法细致地写在最美的稿纸上，行与行之间的空白，好像是用尺子量过一样；就是写一封最普通的信，他也选用好的纸张，通常他都用纯净的丰满书法把字写在空白格里。即便是写一张紧急通知，他也从不允许自己涂改一个字；如果有一句话或一个词有点不恰当，他会很有耐心地立刻重写一遍。里尔克绝不把还没有全部完成的东西出手。

里尔克的慢条斯理，同时又是严肃认真的本性，对每个接近他的人都具有魅力。就像我们能够想象里尔克不可能激动一样，我们也会想到，在他那安静祥和的气质影响下，不会有人大声喧闹和无理取闹。因为他的举止本身就有一股震撼的力量，一种教育的力量和一种道德的力量，它们在秘密地发挥作用。每次与他长时间地谈话以后，我总有几小时或几天脱离凡尘的感觉。但另一方面，他一贯重视节制的天性，即控制自己尽兴的意志，也会过早地限制所有的特殊的真实感情，使它无法发挥出来。我相信，只有少数几个人可以自豪地称呼里尔克是"朋友"。他出版的六卷通信集，没有一篇是与人谈心的对话；自他离开中学以来，在交往中几乎从来不用那个表示亲密关系的称呼——"你"。他多愁善感，不论何人何事过于接近他，他都会觉得无法忍受，特别是那些阳刚的男性，都会引起他的不快。他倒愿意同女人交谈。他给女人写了不少信，他很乐意写这样的信；在女人面前，他感到更加舒服自在。也许由于女人的声音不带喉音，听起来舒服，喉音那种令人不快的声音会使他难受。有一次，我看到他同一个大贵族谈话，只见他全身紧缩在一起，痛苦的双肩抖动着，不敢抬头向上看，为的是不露出自己的不满。这个情景我至今历历在目。这个贵族用假嗓说话，使他极不舒服。如果他对某人抱有好感，那么和他在一起，又是多么有意思啊！事后你会体验到里尔克内心的善意。虽然这种善意在他的谈吐中、表情中显露得不多，但是这种透入到他心灵最深处的善意光辉，是多么炽热、多么神圣啊！

里尔克，在巴黎这座使人心胸开阔、最最开放的城市里生活和工作，是胆怯和压抑的，也许因为在这里他的作品和他的名字还不为人所知；因为他觉得隐姓埋名会使他更自由、更顺利。我去拜访他的时候，他住在租来的两间大小不同的房里，屋里陈设简单，没什么装饰；由于他特有的审美，所以一走进房间，就感到其中别有风味，充满宁静。他从来不租嘈杂的楼房，宁愿租几间偏僻的旧房子，虽然有点不方便，可住在这里如同在家里一般；不论住在哪里，由于他有条不紊的习惯，他会立刻把房间布置得别有风味，适于他自己的天性。他周围的东西很少，但总有一只花瓶或一只碗里插着盛开的鲜花，也许是女人送的，也许是他自己小心翼翼带回来的。墙边总是放着书籍，装帧精美，有的仔细地包着书皮。他爱书如命，就像把它们当作不会说话的动物。在写字台上，并列摆放着铅笔和钢笔，还有一叠没有写过的纸整齐地放在右角；房间里还有一幅俄罗斯正教尊奉的圣像和一幅耶稣蒙难时的天主教圣像，我相信，这两张圣像，不论他走到哪里，总不会离身。这两张圣像给他的房间增加了一些宗教色彩，尽管他信教的热忱与那些固定的教义毫不相干，似乎是泛神论者。我从一些细节中发现，他房间的摆设是他精心设计的，并小心谨慎地保持着。如果我借给他一本他没有看过的书，这本书还到我手中时，上面已经平平整整地包了一层缎面封皮，系着一条彩色绸带，像一件节日礼物似的。我记得很清楚，有一天，里尔克来到我的住处，带来了他的散文诗集《旗手克里斯多夫·里尔克的爱与死亡之歌》的手稿，作为礼物送给我；至今我仍保存着那条系捆手稿的绸带。但是，最令人高兴的事还是同里尔克一起在巴黎散步。因为同他在一起，就意味着用仿佛睁大了的眼睛去观察那些最不起眼的东西；他特别注意那些细枝末节，甚至公司招牌上的名称，如果名称的音律和谐，他便念出声来。我从他身上看出来，能引起他强烈的愿望去认识一座城市和它的每个角落、它的最偏僻之处的，只有巴黎。有一次，我们两个相遇在一个共同的朋友家里，我对他说，我昨天偶然走到皮克普斯公墓的旧栅栏旁，那里埋葬着断头台上最后一批牺牲者的遗骸，其中就有安德烈·谢尼耶①。我向他描述了那块令人感慨的小小草地，上面排列着一座座孤单单的墓头；外国人是很难见到那种坟茔的。接着我又向他叙述，我在回来的路上从道边一扇敞开的大门看到一座修道院里面的情景：有几个半俗尼②拿着念珠，一声不吭，静静地绕着圆圈漫步。说到这里时，我发现他——这个平时非常稳重、自制的人——突然变得急不可待。这样着急的情况，我没见过几次。他急切地对我说，他一定要去看看安德烈·谢尼耶的坟墓，看看那座修道院，问我愿意不愿意领他去。其实第二天我们就去了。他默默地站在那块寂寞的墓地前久久不肯离去，称这块墓地是"巴黎最有诗意的地方"。但在回来的路上，修道院的门没有开。此时我可以考验他的耐心了。他说："我们在这里等等，碰碰运气吧！"说着，他就站到了一旁，微微低下头，准备着，一旦大门打开就能看到。我们等了二十分钟，门仍然没开。不多时，一个修女沿着我们来时的路走过来，拉响门铃。他激动不已地轻声说："运气来了。"这位修女也发觉了他在不声不响地向里窥视。我是说，人们从远处就能觉察他要干什么。所以，修女向他走去，问他在等谁。他笑脸迎着修女，这轻柔的微笑立刻赢得了信任，他坦率地对她说，他非常想看看修道院里的通道。修女微笑着对他说，她很抱歉，不能让他进去。可是她给他出了个主意，让他到旁边的园丁小屋里去，从屋里最上面的窗户望出去，同样会看得很清楚。小小的一个主意，仿佛

---

① 安德烈·谢尼耶（1762—1794），法国诗人。
② 即不发愿的修女。

给了他许多恩惠似的。

后来，我与里尔克相遇过多次，每当我想起他，就想起我们在巴黎相遇的情形，而巴黎最最不幸的时刻他却没有经历过。

对于阅历、根基浅薄的人来说，与大人物相见，必定获益匪浅；但是对我来说，我还应获得对我一生有决定意义的教益，而这教益却意外地降临在我的身上。有一次，我在维尔哈伦家与一位造访维尔哈伦的艺术史家辩论起来，他抱怨说，伟大的雕塑和绘画时代已经过去了。我激烈地反驳他说，我们中间不是还有罗丹吗？他作为雕塑家并不比过去伟大的艺术家逊色。我开始数说罗丹的作品。我越说越激动，越说越不能自控；每当我反对一件事时，总是这样。维尔哈伦没说话，暗自发笑。他最后说："你那么喜欢罗丹，应该亲自去与他认识一下。我明天去罗丹的画室，如果你方便的话，我带你一起去。"

问我方便不方便？我简直高兴得无法入眠。当我到了罗丹那里，我激动得一句话也说不出来了。我没有向他致意，只是站在他的作品中间，我自己似乎也成了他的作品。奇怪的是，我的狼狈像是得到了他的赞许，因为在告别时，这位老人向我发出了邀请，问我是否愿意看看他在默东的画室。他甚至请我同他一起用餐。就这样，我得到了第一点教益：伟大的人物总是心肠最好的。

我得到的第二点教益是：伟大的人物在生活中几乎都是最朴实的。在这位享誉世界的伟人家里——他的作品一条线地精心琢磨——我们就像朋友那样，饭菜又是如此简单，就像一个中等农民家庭的生活水平：一块厚实的肉、几颗橄榄，一道丰足的水果，还有本地产的原汁葡萄酒。我逐渐随意起来，最后有了勇气，说话也不拘谨了，仿佛我同这位老人及他的妻子是多年的老朋友似的。

吃完饭后，我们又重新进入他的画室。这是一间大厅，里面集中了他最重要作品的复制品，另外还有数百件珍贵的单件习作——一只手、一只胳膊、一束马鬃、一只女人的耳朵，大多数是用石膏塑成的。今天我依然记得他作练习用的若干件造型草稿。我在他画室里参观的那一个小时，今天可以讲上几个小时。最后罗丹大师领我来到一个基座旁，上面摆放着他的最新作品——一座头上蒙着湿布的女人肖像。他用那双农民似的满是皱纹又厚实的手揭下湿布，接着向后退了几步。"妙极啦！"我情不自禁地从压抑的胸中喊出了这句话，同时我又为自己说出如此庸俗的词语感到惭愧。而他始终保持着冷静的客观态度，打量着自己的作品，没有一丝自负的表现，对我的话附和了一句："是吗？"接着他踌躇起来："只是肩膀有点……等一下！"他脱去上衣，穿上白色工作服，拿着铲子，在肩部熟练地刮了几下，把那女人肖像柔软的肩头皮肤弄平滑了，显得更加生动。接着，他又向后退了几步："这里还有点……"他喃喃地说道，又在细节上作了小小的修饰，而效果却十分明显。然后他不再说话，只是一会儿向前，一会儿退后，从一面镜子里观察他的作品。他一边嘀嘀咕咕，发出别人听不懂的声音，一边修改他的作品。他的眼睛在吃饭时显得和蔼可亲，此时却闪耀着奇特的光芒，他仿佛变得更高大、更年轻了。他用全部的热情和魁伟的身躯的全部力量工作着。每逢他向前或后退时，地板嘎吱嘎吱直响。然而他根本听不到这些。他也没有注意到在他的身后，我正不声不响地站着。像我这样一个年轻人能目睹这样一位盖世无双的艺术大师从事创作，我感到万分幸福和无比的激动。这时，他把我全忘了，对他来说，我是不存在的，存在的只有那座雕像，以及他那无形的精益求精的构思。

　　一刻钟过去了，半个小时过去了，我不知道时间过去了多久。伟大的时刻是不能用时间来衡量的。罗丹全神贯注埋头创作，就是雷鸣也不能把他惊醒。他的动作越来越用力，甚至有点发狂；接着他变得粗野，完全沉浸在陶醉状态之中；随后，他的动作越来越慢，之后，他的双手迟疑起来，好像知道没什么可干了。他向后退了一次，又退了一次，二次，三次，再也没有修改什么。接着他轻轻嘟囔了几句，细心地把遮布盖在雕像上面，就像把一条围巾搭在心爱的人身上一样。他深深吸了一口气，全身放松下来。他的形象又重新回转过来，激昂的情绪逐渐消失了。随后发生了一件不可思议的事：他脱掉工作服，换上刚才的衣服，转过身要走了。他在这段聚精会神工作的时间里全然把我忘了。他记不得他领一个年轻人到他的画室来，为的是让他看自己的作品。而这个年轻人紧张地站在他的身后，呼吸短促，一动不动，仿佛他的一件作品。

　　他朝房门走去，当他要关上房门的时候发现了我，他的双眼几乎有点愤怒地盯着我，似乎在说：这个外来的年轻人是谁？怎么偷偷溜进我的画室？不过，他随即就想起来了，几乎有点不好意思地向我走来。"对不起，先生，"他开始说道，可是我只是激动地握着他的一只手，我甚至想亲吻这只手。因为在这一个小时内，我看到了一切伟大的艺术的永恒的秘密，也就是人世间一切艺术创作的秘诀：全神贯注，不仅思想集中，而且要集中全身精力；每个艺术家都要忘掉自我，忘掉周围整个世界。在这里，我学到了这点对我毕生有用的教益。

我本来打算五月底从巴黎到伦敦去，可是不得不提前两周出发，因为我那个可心的住所发生了一件意想不到的麻烦，使我深感不快。这是一件特殊的偶然事件，让我觉得非常有趣，同时也使我了解到法国环境中完全不同的一种思想方法，使我颇受教益。

圣灵降临节期间，我离开巴黎两天，同朋友们一起去参观壮丽的沙特尔大教堂，我还从来没去过呢。星期二上午我回到旅馆住处的房间，换衣服时却发现，几个月以来一直放在角落里的那只箱子不见了。我马上跑下楼去找旅馆的老板。每天他同他老婆换班，坐在那间狭小的门房里。他是一个健壮的、满面红光、矮胖的马赛人。我经常同他说说笑笑，有时和他一起在对面的咖啡馆里玩他最喜欢的十五子游戏。他听我一说，便立刻激动起来，用拳头击着桌子，怒气冲冲地大叫起来："啊，原来如此！"他这样说，别人不知他是什么意思。他急急忙忙穿上外套——他在门房里总是穿着衬衫——脱下拖鞋换上鞋子，一边向我解释事情的经过。也许我有必要追述一下巴黎住房和旅馆的一大特点，以便弄清事情的原委。在巴黎，一般的住所和旅馆，大门都没有门锁，是由门房来守门的，外面有人叫门时，由门房按电钮打开。而一些较小的旅馆和住所，一般只有一个门房，或者由房东、老板、老板娘等看管，但不是整夜守在门房里，而是在床上按电钮将大门打开——这时大多数人还半睡半醒呢。如果有谁外出，就说一声："请开门。"同样，在进门时，要通报自己的姓名，以防夜间混进外来人——理论上是这样。凌晨两点钟，在我住的旅馆，有人在外面拉响了门铃，进来后也通报了姓名，听起来像旅馆某位客人的名字，而且这位旅客还在门房里拿走了房间的钥匙。这本来是门房的责任，他应该从玻璃窗证实一下来者的身份，但显然他因为太困而没有这么做。一小时后，又有人要出去，叫了一声："请开门。"门房把门打开后，突然觉得不对劲，怎么两点进来，三点就出去。他马上起来，看到那个从旅馆出去的人拎着一只箱子向一条小巷走去。他顾不得穿衣戴帽，只披着睡衣，穿着拖鞋就去追那个可疑的人。当他看到那人拐了一个弯，走进小田园街一家小旅馆里，他这才不怀疑那个人是小偷了。于是又返回去，重温他的甜梦。

他对自己犯的错误十分后悔。他带着我急急忙忙地去找最近的站岗警察，随后我们立刻到小田园街那家小旅馆查问，并且证实了我的箱子确在那里。可是那个小偷不在，也许出去了，到一家酒吧喝早晨咖啡。两名便衣警察在门房守候，半小时以后，他果真大摇大摆地回来了，于是他立刻被捕了。

现在我们两人——老板和我——必须到警察局去履行公事。我们被领到警长的办公室，警长是一位胖胖的、留着小胡子的和蔼可亲的先生，穿一件上衣纽扣解开的外套，坐在写字台后面。写字台上面堆满乱七八糟的文件，满屋子都是烟味，桌子上还放着一大瓶葡萄酒，表明这位先生完全不属于对生活冷淡和不通人情的那些警察之列。遵照他的命令，有人将箱子拿到屋里，并要我查看，箱子里缺了几件重要东西。我知道，箱子里最值钱的东西是那本总额为两千法郎的信用存折，但是我在这里住了几个月，此款想必花得不少了。而且谁都明白，一本私人存折别人是无法使用的；再说，这本存折一直放在箱子最底下，没有人动过。于是我作了如下口供记录：我确认这只箱子是我的个人财产，里面的东西一件也没少。写完后，警长命令把小偷带进来。出于好奇，我倒很想看看这个场面。

这个场面是值得一看的。两个警员押着小偷走进来：小偷体格瘦弱，夹在两个粗壮的警员中间，更显得瘦弱不堪，活像个可怜虫。他衣衫褴褛，连衣领都没有，留着一撮稀疏的胡子，由于极度饥饿，他那脸尖瘦得像只老鼠的面孔。如果让我说，他是一个不高明的小偷，他那粗笨的行动足以证明：作案的清早他拎着箱子没有溜之大吉。现在，他站在握有大权的警长面前，低着头，全身微微颤抖，仿佛被冻坏了。我不得不痛苦地说，他不仅使我感到遗憾，而且我觉得自己对他产生了同情。当一名警员将从小偷身上搜出的东西一一摆放在一块木板上时，我的同情心更是倍增。从他身上搜出来的奇特的东西，是我想象不到的：一块非常脏的手帕，钥匙钩上挂着十二个不同规格的万能钥匙和撬锁钩，这些东西互相撞击起来像乐器的叮当声。又搜出了一个破皮夹，好在里面没有武器。至少可以证明，这个小偷是以我们大家所熟悉的那种方式行窃的。用的是和平的方式。

警官当着我们的面细致地检查这只皮夹，结果令人吃惊的是，里面并没有几百几千法郎，而是一张钞票也没有，倒是有二十七张袒胸露肩的著名舞蹈演员和女演员的照片，还有三四张裸照。由此可以看出，他没有其他犯罪的事实，而且这个瘦弱忧伤的年轻人是美的追求者。巴黎的这些明星他崇拜万分，但那是可望而不可即的。他把这些照片藏在心口。虽然警长故意装出严厉的目光，一张一张察看那些裸照，但逃不出我的眼睛：警长在想另一个问题，一个处于这般田地的人，还有这种收藏兴趣，真是趣事。我也是这样想。当我看到这个可怜虫式的犯罪者对美有着这样的爱好时，我对他的同情再次明显地增强了。警长郑重地拿起笔，问我是否"起诉"，我飞快且严肃地回答说："不。"

　　为了对当时的情况作进一步的了解，也许有必要在这里作一些补充。在我们国家和其他许多国家里，凡是犯罪案件，都由官方起诉，也就是说，由国家向自己控制的司法部门提出公诉；而在法国，是否起诉由受害人自己来决定。我觉得，这种法制观念比那种刻板的法律要公正得多。由受害人决定是否起诉，就存在一种可能性：宽恕那个干了坏事的人，给他一个自新的机会。但是在别的国家就不行。譬如在德国，一个女人由于一时的嫉妒用左轮手枪打伤了她的情人，不论你怎么苦苦哀求，都无法使她免遭审判。国家要出面干涉，强行把这个女人从她的情人身边拽走，送进监狱。这个女人一气之下打伤了她的情人，而这个男人说不定因她的激情会更爱她呢。在法国就不一样，这对情人会在道歉之后手挽手回到家里。他们之间的一切矛盾从此云消雾散。

当我坚决地说出那个"不"字时，就出现了三种不同的反应。夹在两名警员之间的瘦弱的可怜虫一下子站起来，用一种无法描绘的感激的目光望着我——这目光我永远不会忘记。警长满意地放下手中的笔，我看出他心里很满意，因为我不追究，省了他不少文牍琐事。而我的房东反应却很强烈，他满脸涨得通红，对着我大喊大叫，说我不应该这么做，对这些无赖、混蛋非得斩草除根不可。说我根本不会想到这个家伙还会去伤害别人；正派人要日夜提防这些无赖，你饶了一个，就等于给另外一百个壮了胆。一个小市民的全部的诚实和正直，以及小市民的那种狭隘，这时统统暴露出来。他怕影响了旅馆的生意。为了避免由此事带来的麻烦，他用威胁的口吻毫不客气地要我收回成命。但我毫不动摇，我语气坚决地对他说，我已经找到了箱子，没受任何损失，对我来说，一切都解决了，我没有什么可控告的。我又说，我有生以来从未控告过任何人。我加重语气说，我决不愿看到，今天中午我在大吃牛排而津津有味，而另一个人因为我的缘故不得不吃监狱里的粗茶淡饭而愁眉苦脸。我说到这里，房东仍然坚持己见。这时警长发话了，这事由我而不是由房东作决定，由于我坚持不起诉，此事就这么了结了。房东听到这里，气冲冲地走出房间，"砰"的一声关上了房门。警长站起来，望着那个生气的背影，露出微笑，拉着我的手，默默地表示赞同。这样，例行的公事就算完毕。我伸手去拿箱子，准备带回家。但是，在这一瞬间发生了一件令人惊奇的事。那个小偷有点低声下气地快步走到我的面前，说道："喔，先生，您别拿，我把它送到您家去。"于是我在前面大步走，那个感激涕零的小偷拎着箱子紧紧地跟在后面。我们走过四条马路，回到了我住的旅馆。

看来，这件令人烦恼的事就这样轻松愉快地结束了。可是余波未平，这件事很快导致了另外两件事的出现。我对法国人心理的了解，应该归功于这两件事。第二天，当我到维尔哈伦家时，他幸灾乐祸地迎接我，半开玩笑地对我说："你在巴黎的奇遇可够特别了，事先我一点也不知道，你原来是一个很有钱的家伙。"一开始，我不知道他说的是什么意思。接着他递给我一张报纸，上面刊登着一篇关于昨天发生的事件的长篇报道，我一看，这竟是一篇任意发挥的浪漫主义杰作，与事实真相大不一样，使我目瞪口呆。报纸上的报道，以新闻记者的卓绝技巧作了这样的叙述：在市中心一家旅馆里，住着一位外国贵宾，他的一只箱子被窃——为了引起大家的兴趣，把我写成了阔佬；箱子里有许多值钱的东西，其中有一本两万法郎的信用存折——一夜间，我的二千法郎增加了十倍——以及其他无法补偿的东西（实际上仅仅是些衬衣和领带）；一开始，几乎没有任何线索，小偷不仅非常老练，而且对周围环境也非常熟悉。由于警察分局的警长先生，具有"非凡的能力"和"非凡的洞察力"，果断地采取各种措施，他通过电话联系，只用了一个小时，就把巴黎的所有旅馆和客栈进行了一次彻底的详细的检查。由于措施的一贯周密和准确，在极短的时间内就抓住了坏蛋。警察局长为了表彰自己优秀部下的杰出成绩，及时给了特别嘉奖，因为他的能力和远见，再一次为巴黎警察局的模范组织树立了光辉的榜样——在这篇报道中，没有一点是真实的。那个所谓做出杰出成绩的警长始终没有离开写字台半步，是我自己带着箱子把小偷送到警察局的。不过他却利用这个好机会，为自己捞到了宣传资本。

如果说这件事对小偷和高尚的警察局都有好处，可是对我来说再倒霉不过了。因为从那时起，一向与我温和相处的房东开始处处与我为难，不让我在这家旅馆继续住下去。我走下楼去，向坐在门房的房东太太友好地问候时她不理不睬，反把她那个狭隘的小市民脑袋扭到一边。那个小伙计也不再认真打扫我的房间，我的信件也莫明其妙地丢失了。在隔壁的那些小商店和那间烟店里，我见到的也都是一张张冰冷的面孔；而往常，由于我大量消耗烟制品，我去烟店是大受欢迎的，他们称我是"老朋友"。这件事伤害了小市民的道德观。不仅旅馆里的人，而且是整个小巷，甚至全区的人，都一致起来反对，因为我"帮助"了小偷。到了后来，我没有办法，只好带着那只失而复得的箱子，离开了舒适的旅馆，好像我自己犯了什么罪似的。

我从巴黎来到伦敦，就像一个人从炎热的夏天一下子走进阴凉之中。一个人刚到伦敦，首先就感到冷得发抖，但眼睛和感官很快就适应了。我原本打算在英国逗留两三个月，作为自己的一种义务。因为数世纪以来，世界各国都是沿着这个国家的轨道向前运转的，如果不了解这个国家，那么怎么能够理解这个国家的力量对世界的影响呢？我也希望通过大量的会话和频繁的社交好好练一练我蹩脚的英语。顺便说一下，我的英语从未真正说得流利。可惜我没有达到目的。我像所有自欧洲大陆来英国的人一样，与英吉利海峡彼岸的人，在文学上鲜有接触。在这里，每天早餐的谈话和在小小公寓里简短的交谈，谈到有关宫廷、体育比赛和社交聚会等话题时，我总觉得非常不适应。当他们谈论政治时，我完全插不上嘴，他们所说的那个家伙，我不知道他们指的是谁，是宫廷大臣还是别人。而英国的绅士们称呼人只称名字，不喊姓。马车夫说伦敦底层的话，我听不懂，耳朵像聋了似的。所以我的英语水平没有我所想的提高那么快。我曾去教堂听传教士优美的措辞；我旁听过两三次法庭的审理；为了听标准的英语，我去剧院看戏。在巴黎处处能遇到的社会活动，轻松愉快的生活和同伴情谊，我在伦敦必须费力地去寻找。我找不到一个同我研讨我感兴趣的问题的人，同样，我对体育、娱乐、政治以及他们平时关心的事毫不感兴趣，也不十分理解。所以在那些好心肠的英国人看来，我大概是一个缺乏修养和呆板的人。把自己与一种生活环境和当地的一群人从内心里打成一片，我从来没成功过。所以我在伦敦十分之九的时间是在自己的房间里写作或在大英博物馆里度过。

起初，我想通过游逛好好了解一下伦敦。到伦敦的前八天，我在大街小巷快步疾行，直走得脚底灼痛。我以一种大学生的责任感跑遍了导游手册上的所有游览点，从杜莎夫人蜡像馆到英国国会。我学着喝英国的淡啤酒，也用英国正流行的烟斗代替法国的卷烟；我从上百件小事上尽量去适应当地的环境。但是，无论是社交界还是文学界，我都没有真正与它们接触过。如果谁要从外表上看一下伦敦，只需走马观花看看那些重要的地方就可以了，譬如说，只是从伦敦数百万家商号门前匆匆走过，除了看到每家擦亮的大同小异的铜招牌以外，你什么也不会了解到。我到过一家俱乐部，但不知道是做什么的，坐在俱乐部又软又厚的安乐椅上，使我在精神上昏昏欲睡，这恰好说明了这里的氛围就是如此。我可享用不了这种柔软松弛的环境，就像有的人不会用全神贯注的工作或者体育活动来消除疲劳一样。一个真正的观察者，或者是一个有闲暇的人，如果他不能把一切繁琐无聊的小事抛开，去追求一种高尚的社交艺术，伦敦就会把他当作异己排斥在外。而巴黎却会愉快地让他参加到自己更热闹的生活中来。在伦敦，我犯了一个错误，当认识到错误，为时已晚。到伦敦后，我本该找一份工作，诸如商店的见习生，报社的秘书等，来度过在伦敦的两个月，这样可以使我多了解一些英国人的生活，可是我却没有这样做。两个月来，我只看到了伦敦的外表，经历得很少；那是过了若干年以后，在大战期间我才得到了一个关于英国的实际的概念。

在英国的诗人中，我只见到了阿瑟·西蒙斯[①]，通过他我得到了叶芝的邀请。我很喜爱他的诗，纯粹出于兴趣，我翻译了他的优美诗剧《水影》的一部分。我当时不知道他邀请我参加的是一个朗诵晚会，他邀请的一小部分人是经过挑选的。我们坐在那个并不宽敞的房间里，显得有点拥挤，有的人甚至坐在垫脚的小凳上，有的人索性坐在地板上。大家落座之后，站在黑色（或者是盖着黑布）斜面桌旁的叶芝把两支手臂粗的祭坛蜡烛点燃，房间里的其他蜡烛顿时熄灭，朗诵开始了。在微弱的烛光下，叶芝留着黑色鬈发的脑袋和他的动作，显得轮廓分明，似剪影一般。叶芝缓慢地、低沉

---

① 阿瑟·西蒙斯（1856—1945），英国诗人、文艺评论家。

地、富有乐感地朗诵着自己的作品，没有一点刻意的味道。他的每行诗句都铮铮有声，颇具分量。他朗诵得很动人，确实也很庄重。我感到唯一的不足之处，是他那一身不自然的打扮，他穿着道袍似的黑色长袍，活像一个神甫。房间里弥漫着一股淡淡的香味，我认为，这是粗大的蜡烛燃烧的结果。这一切使得这次自发的诗歌朗诵会并不像是文学欣赏会，反倒像一次祭诗的仪式——但是，另一方面，这晚对我产生了一种新奇的诱惑力。相比之下，我不由得想起维尔哈伦朗诵自己诗歌时的情景：他只穿着薄薄的衬衫，好让双臂更好地打出节奏，他不讲排场，平平淡淡，不像演戏似的；我也想到里尔克，有时他从自己的诗集中吟几行诗，他说得朴实、清楚，默默地、不留痕迹地寻找恰当的词汇。叶芝的这次朗诵会，是我有生以来第一次参加的"像演戏似的"诗人自诵会。虽然我很喜欢叶芝的作品，我还是带着怀疑的心情反对这种祭礼式的崇拜作法。尽管如此，当晚的叶芝是一个值得称道的主人。

不过，我在伦敦真正发现的诗人并不是活着的人，而是一个当时尚被人忘记的艺术家：威廉·布莱克[①]。他是一位孤独的、有争议的天才。他的作品是拙朴与精细完美相结合的艺术品——至今还令我神往。有一次，一位朋友建议我到大英博物馆的印刷品陈列室——当时该陈列室由劳伦斯·比尼恩掌管——看看那些有彩色插图的书籍：《欧洲》《美洲》《约伯记》——这些书在今天已成了古书店里的稀世珍本；我看这些书，像着了迷一样。我在这里第一次

① 威廉·布莱克（1757—1827），英国诗人、画家。

看到这样一位具有魅力的人物，他好像乘着幻想的天使翅膀在荒原中毫无目的地翱翔。我一连几个星期深入发掘这位质朴又非凡的人物的迷宫，并且打算把他的几首诗译成德语。想得到他的一幅亲笔画成了我的无法克制的欲望，不过在刚一开始，这只是一种梦想。一天，我的一个朋友阿奇博尔德·G. B. 拉塞尔——当时他是布莱克作品最出色的鉴赏家——告诉我说，在他举办的展览会上，曾出售"梦幻式的肖像"中的一幅，据他的看法（也是我的看法），这幅《约翰王》是布莱克大师最美的一张铅笔画。他对我说："你对这幅画会百看不厌。"后来事实证明了他说得对。在我的藏书和绘画中，唯有这张画陪伴了我三十年。那位迷惑的国王不时用神奇的、明亮的目光从墙上注视着我。在我丢失和损失的所有物品中，唯有这幅画是我辗转南北时最忘怀不了的。过去，我曾经在大街上和城市里努力寻找英国的天才，都没有找到。而这位天才突然以布莱克这个真正的星宿的形象出现在我的面前。在我热爱这个世界的众多理由中，又增添了一个新的理由。

我的崎岖道路

在巴黎、英国、意大利、西班牙、比利时、荷兰，这种充满好奇的漫游和飘泊本身是十分愉快的，而且在诸多方面都颇有收获。但是，人终究需要有一个固定的住所，以便漫游时有出发点和归宿之处。当我今天周游世界已不再是出于自愿，而是被迫流亡时，我对这一点的认识比任何时候都更清楚。我离开中学以后的几年里，积攒了许多图书、绘画和纪念品，数量之多，简直成了一个小图书馆。我的手稿打成大包堆放着。不可能把我心爱的东西都装在箱子里，拖着它们周游世界。所以，我在维也纳租了一小套公寓，但它又不是我的真正住所，仅仅是一个临时落脚处，这是法国人喜欢的说法。我的生活一直到第一次世界大战爆发前都有一种英明的临时感觉。我每做一件事都要告诫自己，这件事不是真正作数的。比如我写文章时，总是把它们当作正式写作前的试写。我和女人交朋友时，也不乏这种临时的感觉。这样一来，我在青年时代的思想感情也不是完全负责任的，什么都是凭兴趣爱好，什么都想尝试一下，无论是练习写作还是玩乐，都无所谓。当别人已到结婚、生子、有重要的社会地位，因而不得不集中精力进行奋斗的年龄时，我却始终把自己看作是一个年轻人、一个初学者、一个在自己面前尚有许多时间的起步者。从某种意义上说，我这是迟迟不为自己作最后的决定。正如我把自己的写作看作是"真正创作"的预习，只不过是预告我文学生涯的一张名片，我那套住所也不过是一个地址罢了。我有意在郊区选择了一个小单元，不至于因为高昂的房费而妨碍我的自由。我也不买好家具，因为我不想把房间"维护"得像父母的房间那样——那里的每把扶手椅都有"外套"，只有在接待客人时才拿掉。我有意不在维也纳久住，从而也避免了离开时有依依惜别之情。多年来，我曾觉得培养那种临时的观念是一个错误。但到后来，我被迫离开了自己亲手建立的家园，我添置的东西都遭到了破坏。我反而觉得，我那种与己无关的神秘感情倒对我有所帮助；这种临时的观念倒是缓和了我不得不离开家乡时的痛苦情感，使我的心情不至于过分沉重。

当时，我还不打算为自己的第一个住所添置很多值钱的东西。但是，我把在伦敦搞到的布莱克的素描和歌德一首诗的真笔手迹挂在了墙上。歌德这首诗是他的名作之一，字体潇洒、生气勃勃——那是我从中学开始搜集的文人字画中最珍贵的一件。当时我们的文学小组热衷于写诗，我们到处追逐诗人、演员和歌唱家的签名。当然，随着中学生活的结束，我们就停止了写诗和征集签名的业余爱好。与此同时，我对搜集天才人物手稿的兴趣与日俱增。我对单纯的签名逐渐觉得失去了兴趣，对国际名人的名言和对某个人的颂词也不再感兴趣。我要搜集的是诗歌和乐曲的手迹或原稿，因为我对艺术作品（既从作者生平的角度，也从作者的心理角度）产生了巨大兴趣，超过所有的一切。当一首诗、一段旋律从无形之中，从一个天才的幻想和直觉中通过文字加以定形而问世时，那是最神秘的一个瞬间。而大师们那经过反复推敲或冥思苦想过的原稿上，岂不是比其他任何地方都更适合琢磨这一瞬间？如果我面前只有一部成功的作品，我绝不会说，我对这个艺术家已经足够了解了。我还是相信歌德的话，如果要完理解一部伟大的著作，不仅要看到成品，还必须要了解这部作品的产生过程。如同我看到贝多芬乐谱的初稿一样，上面涂改得乱七八糟，改动之处与原稿混杂在一起，但改动的铅笔线条正说明作者的才气，体现了他的创作热情，看到这些，我兴奋异常。难以辨认的乐谱反而引起我无限的遐想。我拿着这张像天书似的乐谱手稿，呆呆地凝视着，像着了魔似的。巴尔扎克的一张校样让我欣喜若狂——几乎每句话都修改了，每一行字都反复涂改过，稿纸的周边已看不出白色，被各种修改符号和字迹填满。有一首诗，我已经喜爱了十多年，一得到该诗的原稿，即它问世前的草稿，我心中便不由自主地产生一股虔诚的、敬畏的感情，我几乎不敢触碰它。能够收藏几张这样的手稿是一种骄傲，而去搜集这种手稿，在拍卖时买到手或者弄清谁藏有这种手稿，这几乎成了我的业余爱好中最有诱惑力的一种。在搜集中我曾度过多少紧张的时刻，遇到过多少令人激动的好运气！有一次，幸亏我晚到了一天，因为拍卖的一件我非常需要的手迹，后来被证明是假的。接着又发生一件稀奇事：我手中藏有一件莫扎特的手稿，令人扫兴的是其中有一段乐谱被人剪掉了。可能是五十年前或一百年以前被一位莫扎特的爱好者剪掉的。可是突然有一天，这块缺失的乐谱竟在斯德哥尔摩的一次拍卖会上出现了。我可以将莫扎特的咏叹调重新拼全，就像他一百五十年前留下来的那样。当时我的稿费收入还不足以让我大批购买别人的手稿，但是任何一个收藏家都有体会，当他为了搞到一件手迹而不得不牺牲其他乐趣时，那件手迹所带来的快乐会有多大。此外，我还请求所有的作家朋友将他们的手稿捐送给我。罗曼·罗兰将他的《约翰·克利斯朵夫》第一卷的手稿送给了我；里尔克把读者最喜欢的《旗手克里斯多夫·里尔克的爱和死亡之歌》的手稿给了我；克洛岱尔给了我他的《给圣母的受胎告知》的手稿；高尔基给了我大批草稿；弗洛伊德给了我他的一篇论文的手稿。他们都知道，没有一家博物馆会精心保管他们的手迹。我收藏的手稿中有不少今天已散落在各个角落，可是别人对这类手稿的兴趣实在微不足道。

有两件最不寻常和最珍贵的文学手稿，够得上博物馆特级陈列品，虽不在我的柜子里珍藏，却藏在我住的这幢郊外公寓里。找到珍品，实属偶然。在我的楼上，有一套同我的房间一样简朴的房间，那里住着一位灰白头发的老姑娘，她的职业是钢琴教师。有一天，她非常客气地站在楼梯上同我说话。她说，我在工作的时候，经常听到她在上钢琴课，这使她深感不安。她希望学生们不完美的技艺不至于妨碍我的工作。接着她又谈到，她的母亲同她住在一起，她母亲的双眼半失明，所以几乎不离开房间。她说，这位已经八十高龄的老太太不是别人，正是歌德的保健医生福格尔博士的女儿，她在一八三〇年由奥蒂莉·冯·歌德①当着歌德的面受的洗礼。听到这里，我脑子轰了一下，不知所措。到了一九一〇年，世间竟还有一个被歌德神圣的目光注视过的人！由于我对一个天才留在世上的一切怀有深刻的敬意，所以我除了搜集他们的手稿外，还尽量搜集他们的各种遗物。后来，在我的"第二次生活"期间——家里的一个房间成了我搜集遗物的储藏室，如果可以这样说的话，简直成了崇拜的殿堂。里面放着一张贝多芬用过的写字台和他的一只小钱匣。临终前，他从床上伸出颤抖的手，从小钱匣里拿钱给女用人，里面还有贝多芬的家庭账簿的一张记账纸和贝多芬的一绺灰白头发。歌德用过的一支羽毛笔被我用玻璃盒仔细保存了多年，以免诱惑我好动的手去触摸，我的手怎么配去拿这支笔呢！可是现在，居然还有一个被歌德那圆圆的黑眼睛慈祥、爱抚地注视过的人活在世上，这真是人世间的奇迹！这位风烛残年的老妇人用一条极易断的红线把崇高的魏玛时代与我有幸居住的郊区厨师巷八号楼系在一起。于是，我忍耐不住请求钢琴教师允许我去看看她的母亲——德梅丽乌斯太太。这位老人热情地接待了我，我在她的小房子里看到有几件歌德的家什，那是歌德的孙女，她童年时的伙伴送给她的。有歌德桌上的一对烛台，还有一件歌德在魏玛弗劳恩普兰街住所的徽标之类的东西。而这位老人还活在世上，难道不是一桩真正的奇迹吗？一顶极朴素的小帽盖在她那稀疏的白发上；她的唇边布满皱

---

① 奥蒂莉·冯·歌德，歌德的儿媳。

纹，可是很健谈。她向我详细叙述了她在弗劳恩普兰的住所里是怎样度过青年时代的最初十五年的。那个时候，那个寓所还没有改成今天这样的博物馆；自从这位伟大的诗人歌德永远离开这个家，离开这个世界，家里的一切都保持原样，再也没动过。她像所有的老年人一样，对自己的那段童年生活反而记忆犹新。她对歌德协会透露歌德个人隐私的草率行径感到十分气愤，听到这些，我深受感动。她说，该协会"现已"出版她童年好友奥蒂莉·冯·歌德的情书。噢，她说"现已"，完全忘记了奥蒂莉已去世半个世纪了！对她来说，歌德宠爱的这个儿媳现在还活着，还很年轻，一切都还在眼前，可在我看来，这早已成为历史的陈迹啦！她把过去的事说成是现在的事，在她面前，我总感到一种幽灵般的氛围。现在我们已经住在砖石结构的楼房里，互相用电话交谈，晚上有电灯，写信用打字机！从我这里再向上登二十二个台阶，就到了另一个世界——笼罩着神圣阴影的歌德时代。

从这以后，我多次遇到过这样的老太太，一个英雄的、庄严的世界依然在她们的脑海里翻腾，其中有李斯特的女儿科西玛·瓦格纳①，在她热情奔放的姿态中，显示出坚强、严谨和大方的特性；尼采的妹妹伊丽莎白·弗尔丝特②，她身材矮小，玲珑纤巧，有点卖俏；亚历山大·赫尔岑③的女儿奥尔加·莫诺，她儿时常常坐在

---

① 科西玛·瓦格纳（1837—1930），音乐家李斯特的女儿，后来嫁给作曲家理查德·瓦格纳。
② 伊丽莎白·弗尔丝特－尼采（1846—1935），尼采的妹妹。一八八九年丈夫去世后，她一直做哥哥的助手、秘书和护士。
③ 亚历山大·赫尔岑（1812—1870），俄国作家。代表作有散文集《往事与随想》。

托尔斯泰的膝盖上。我也曾听到过年迈的盖奥尔格·勃兰兑斯向我讲述他遇见惠特曼、福楼拜、狄更斯等人时的情形；我也听到过理查德·施特劳斯向我叙述他是怎样第一次见到理查德·瓦格纳的。但是所有这些人都没有像这位老太太德梅丽乌斯那样使我感慨万千。她是受过歌德目光注视的唯一健在的人，恐怕我也是今天能够说这种话的最后一人：我曾亲眼见过一个被歌德的手轻轻抚摸过头顶的人。

现在，我已找到了外出旅行间隔的落脚点。但更重要的是，我同时也找到了一个另外的家——三十年来一直维护和促进我的全部作品的出版社。选择哪家出版社决定一个作家的一生；我没有面临过这种选择，这是再幸运不过了。几年前，一位诗歌爱好者产生过一个相当有素养的想法，他宁愿把自己的财产用在一部艺术作品上，也不愿用在赛马的饲养上。他的名字叫阿尔弗雷德·瓦尔特·海梅尔①。他本人作为诗人并无多大建树，可是他决定在德国创办一家出版社。他办社的宗旨是，不注重赚钱与否，甚至做好了长期亏本的打算，只出版有价值的书，而不以销路作为标准。当时的德国出版界主要是从商业出发的。海梅尔并不出版那些消遣性的读物，即使这类读物能赚大钱。相反，他却愿意给那些深奥的、难以理解的作品提供出版的机会。收集一切以最纯粹的艺术形式表达出来的最完美的作品，是他的出版社的口号。起初，这家出版社并不为很多行家所认识，它却以自己的与众不同而自豪，故意取名为"岛

---

① 阿尔弗雷德·瓦尔特·海梅尔（1878—1910），德国诗人、小说家、出版家，德语杂志《岛屿》及岛屿出版社的创办人。

屿"，即后来的"岛屿出版社"。它出版的每部作品，从来都不是当作一般的业务，而是每部作品都印刷精美，装帧考究，使外在的形式配得上完美的内容。因此，每一部作品在制作时，无论是标题的设计、版心的排列，还是字号和纸张的选择都会遇到一些特殊的具体问题。甚至广告目录、信纸等，这家注重信誉的出版社也一样考虑得十分周全。譬如说，三十年来我在这家出版社出版的那些书中从来没有发现任何印刷错误，我也不记得出版社给我的信中有任何涂改的字句。所有的一切，包括最微小的细节，都堪称出版界的典范。

霍夫曼斯塔尔和里尔克的抒情诗都是由岛屿出版社编辑出版的，由于这两位作者还健在，这家出版社从一开始就为自己定下了最高标准，因此可以想象，年仅二十六岁就被誉为岛屿出版社的固定作者，使我感到多么喜悦和自豪啊！我成为它的一员，从表面上看，固然提高了我在文学界的地位，但从实质上说，也加深了我的责任感。谁要跻身佼佼者的行列，就必须严于律己和节制自爱，在文学创作时绝不能粗制滥造或者像新闻体那样一挥而就，因为在书上印着"岛屿出版社"的标志，就意味着它的内容质量和印刷装帧一样完美。

现在，我年纪轻轻就碰到了这样一家年轻的出版社，我的事业与它的事业共同发展，对一个年轻作者来说，没有比这更幸运的了。只有这种共同的发展才能创造作者及其作品与世界之间有机的生活联系。不久，我同岛屿出版社社长基彭贝尔格教授[①]建立了真

---

① 安东·基彭贝尔格（1874—1950），德国出版家、收藏家。

诚的友谊，这种友谊还因为我们两人都热衷于搜集名人手稿得到了加强。我们两人交往的三十年间，基彭贝尔格搜集歌德遗物同我搜集名家手迹一样，作为私产都是巨大的。我经常从他那里得到宝贵的忠告和建议；我也用我对外国文学的深刻了解，给予他许多重要的启发。所以，在我的建议下，"岛屿丛书"诞生了；它以数百万计的发行量在"象牙之塔"周围筑起一座巨大的世界之城，同时也使岛屿出版社一跃成为最有名望的德语出版社。三十年后，该出版社与它刚建社时已完全不同，过去的小企业现在已成为最大的出版社之一；开始的读者很少，作者很孤独，而现在，它是拥有最多读者的出版社之一。我与该社社长的关系对我们两人来说都是幸运的、相互理解的，要破坏我们之间的这种关系，只能是一场世界性灾难和最野蛮法律的暴力。我今天不得不承认：要我远离家门和故乡，我并不觉得太难受，但再也看不到我书上那个熟悉的"岛屿"标志，却使我痛苦不堪。

话说回来，我前进的道路已畅通。虽然我很早就发表作品（几乎有点不大合适），可我心中有数，直到二十六岁我还没有创作出真正的作品。我年轻时最大的收获是我与当时最有创造性的人物的交往和友谊，而这种交往却成了我在创作中的危险障碍。由于见得太多，我反而不知道什么是真正有价值的创作，不禁胆怯起来。由于我没有勇气而限制了自己，除一些翻译外，我在二十六岁以前创作的都是篇幅短小的短篇小说和诗歌，这也是为了经济上的稳妥。许久以来，我都没有勇气去写长篇小说（要是真有这种勇气，还需要三十年）。我第一次敢于在形式上作较大的试验，是在戏剧创作方面。这第一次的试验有了成效，又促成了我更大的创作欲望。我在一九〇五年或一九〇六年夏天写了一个剧本——完全是我们时代的风格，是一部诗剧，而且是古希腊式的。剧名是《忒耳西忒斯》。说到该剧，我以后再没有让它再版——我三十二岁以前所有的著作，也都没有再版过——我之所以今天还提到这个剧本，只是觉得它在形式上还有可取之处，另一方面，这部剧能够显示我的创作中鲜明的个性特征，我从来不喜欢为英雄人物歌功颂德，而是始终着眼于失败者的悲剧。在我的中篇小说里，主人公都是一些受命运摆布的失败者，他们对我很有吸引力。在我的传记文学中，我不写在现实生活中获得成功的人，只写那些具有崇高道德精神的人物。比方说，我不写马丁·路德，而写伊拉斯谟[1]；我不写伊丽莎白一世，而写玛丽·斯图亚特；我不写加尔文，而写卡斯特利奥[2]。在这出剧中，我不把阿喀琉斯作为主人公，而是把他的对手，最不显眼的忒耳西忒斯——一个深受苦难的人，只有别人给他苦吃，而他的力量和明确的目标不具备使别人痛苦的可能——当作主人公。我没有把完成的剧本给一个演员去看，哪怕他是我的至交好友。在这方面，我有自知之明。我十分清楚，用无韵诗写的剧本，加上还要用古希腊式的道具，这样的剧，即便是出自索福克勒斯和莎士比亚之手，也很难在现实舞台上创造"票房价值"。我只是出于形式，向几个大剧院寄去了几份剧本，随后不久，我就把这事全忘了。

---

① 伊拉斯谟（1469—1536），文艺复兴时期的人文主义者和神学家。茨威格著有传记《鹿特丹的伊拉斯谟的胜利和悲剧》。
② 塞巴斯蒂安·卡斯特利奥（1515—1563），法国神学家，十六世纪期间宗教自由与良心自由的主要倡导者。

大约三个月之后，我接到一封信——上面印有"柏林王家剧院"的字样，使我惊奇万分。我想，这个普鲁士的国家剧院对我有什么要求呢？出乎我的意料的是，剧院经理路德维希·巴尔奈——他曾是德国最著名的演员之一——通知我，我的这个剧本给他留下了深刻的印象；最使他高兴的是，他终于为阿达尔贝特·马特考夫斯基找到了他一直想扮演的阿喀琉斯这个角色；因此，他请我允许他们在柏林王家剧院首演这出戏。

　　这突如其来的好消息惊得我目瞪口呆。当时有两名杰出的德语演员，一位是阿达尔贝特·马特考夫斯基，一位是约瑟夫·凯恩茨。前者是北德意志人，他热情奔放，表演时激情如火，为他人所不及；后者是维也纳人，他气质典雅，台词的艺术处理登峰造极，时而深沉回荡，时而铿锵响亮，此乃大师气派，无人能及。而现在，将由马特考夫斯基塑造我剧中的人物，念诵我写的诗句；我的这个剧本将在德意志帝国首都最著名的剧院演出，这无疑给予我极大的帮助——我觉得，这次演出将为我的戏剧生涯开创无限美好的前景，而这是我以往没有想到的。

　　这个剧的排演经历让我确实学到了一点经验：在舞台上的帷幕尚未拉开之前，绝不能过早为这次演出而高兴。虽然该剧已经开始一次又一次的排练，朋友们也一再向我保证：马特考夫斯基在排练我写的那些诗句台词时所表现出的雄伟和阳刚的气派，是前所未有的；我也已经预订好去柏林的卧铺票，在快要出发的最后时刻，我接到了这样一封电报：因马特考夫斯基患病，演出延期。一开始，我以为这是一种借口，当剧院不能遵守时间或者不能履行自己的诺言时，往往采取这种方法。可是八天后报上就登载了马特考夫斯基去世的消息，我剧中的诗句，竟成为他那张擅于朗诵的嘴说的最后台词。

算了，我对自己说，就此结束。虽然还有两家够等级的宫廷剧院——德累斯顿王家剧院和卡塞尔王家剧院——愿意上演这个剧本，但是我已兴味索然。马特考夫斯基去世以后，我想，谁还能演阿喀琉斯呢？可是不久，又传来一个惊人的消息：一天早上，一位朋友把我叫醒，他告诉我，是约瑟夫·凯恩茨派他来的，他碰巧也读过这个剧本，他觉得他适合的角色不是马特考夫斯基要演的阿喀琉斯，而是阿喀琉斯的对手，剧中的悲剧人物忒耳西忒斯。他为演出这个剧，立刻与维也纳皇家剧院联系。当时剧院的院长是保尔·施伦特①，他是一个合乎时代的现实主义者，并以现实主义指导演出（维也纳人对此很反感）。他很快给我来信说，他也看到了剧中那些令人感兴趣的段落，只是除了首演，大概不会取得很大的成功。

算了，我再一次对自己说。对我自己以及我的文学作品，我从来都是抱着怀疑的态度。凯恩茨对此愤慨不已。他立刻把我请去，这是我第一次见到我中学时代崇拜的神明，我真想吻他的手和脚。他虽然年已五旬，但体态轻盈，精神焕发，两眼炯炯有神。听他讲话是一种享受。即便是私下交谈，他说的每一句话都吐字非常清楚：辅音说得清脆精练，元音说得流畅又响亮。我曾经听过他朗诵

① 保尔·施伦特（1854—1916），德国剧评家。

一首诗，如果今天没有他的陪伴，我一定朗诵不好。听他讲德语，是我从未有过的快事。而现在，这位被我奉为神明的人却因为未能使我的剧本上演而向我这个年轻人道歉。他一再强调，今后我们之间千万不要失去联系。他说，他对我还有一个要求——我心里倒挺高兴，凯恩茨有求于我！——他说，当前他有许多客串演出的任务，为此，他准备了两个独幕剧，但他还需要有第三个独幕剧。他初步的设想是写一个小短剧，尽量写成诗体，最好有感情奔放的连篇台词——这在德语戏剧艺术中是绝无仅有的——由于他具有说台词的卓越技巧，能一口气把连篇台词像倾盆大雨一样倾注在屏息聆听的观众头上。他问我，是否能够给他写一出这样的独幕剧？

我答应试一试。正如歌德所说，有时候意志能"指挥诗兴"。我完成了一部独幕剧的初稿，名曰《粉墨登场的喜剧演员》，这是一出洛可可式的轻松喜剧，附有两大段抒情的富有戏剧性的独白。我下笔时尽量考虑到凯恩茨的气质和他念台词的技巧，让台词在无形之中符合他的愿望。我这篇应命文章写起来得心应手，不仅写得熟练，而且充满热情。三个星期以后，我把这部带有一首咏叹调的半成品草稿拿给凯恩茨看。他由衷地高兴。他立即把手稿中那段长篇台词吟诵了两遍，在他吟诵第二遍时已十分完美，使我难以忘怀。他问我还需要多少时间才能定稿，显然，他已经急不可待。我回答需要一个月。他说，好极了，正合适！他现在要到德国去巡回演出，需要数周时间，回来后就立刻进行排练，因为这出剧是给皇家剧院的。他又向我承诺，不管他到哪里演出，一定将此剧作为他的保留节目。因为这出剧是专门为他写的，对他来说，像自己的手套一样合适。他握着我的手，由衷地摇晃了三次，把这句话也重复了三遍："像自己的手套一样合适！"

在他启程前，皇家剧院已先下手为强，剧院经理放下架子亲自给我来电话，让我先把这出戏的草稿给他看；他拿到草稿后，立刻就开始排练。围绕凯恩茨这个主角，分配其他角色练习台词。看来，我没有下多大的赌注就成了大赢家，赢得了皇家剧院——维也纳城的骄傲。除了女演员杜塞，还有许多著名的男演员将在我的剧里演出，这部剧几乎没有新手参加。现在只会出现一个危险，即凯恩茨回来后，在我完成剧本前，他可能会变卦。但这是完全不可能的。虽说这样，我也是越来越不安。我终于从报纸上得知凯恩茨已经回来了。我的心稍安了一些。出于礼貌，我没有立刻去打扰他，而是推迟了两天。到了第三天，我鼓起勇气把一张名片递给了扎赫尔大饭店的那个我相当熟悉的老看门人："请交给皇家演员凯恩茨先生！"那位老人透过夹鼻眼镜吃惊地望着我："您真不知道？博士先生。"不，我不知道。"今天早上就把他送进疗养院了。"这时我才明白，凯恩茨是身患重病回来的。在巡回演出中面对毫不知情的观众，他顽强地忍受着剧痛，最后一次表演了自己最拿手的角色。因患癌症，他第二天动了手术。根据报纸上有关他病情的报道，我们还是敢于希望他康复。我曾在他的病榻旁探望他，他躺在床上，显得疲倦、憔悴，消瘦的脸上两只眼睛显得特别大。使我特别惊奇的是，他的善于辞令永葆青春活力的嘴巴上第一次露出灰白的胡须。我看到这位临终的老人，心里很难过。他忧郁地向我苦笑："亲爱的上帝还会让我演这个剧本吗？这出戏有可能会使我健康呢！"但是几个星期后，我们已站在他的灵柩旁。

人们将会理解，继续创作戏剧于我会有多么不愉快。每逢我把一出新剧交给剧院时，我就有点担心害怕。两个最伟大的演员在排练我的剧作时相继离世，这使我迷信起来。我不否认这一点。好多年以后，我才振作起来写剧本。当时皇家剧院的经理是阿尔弗雷德·贝格尔男爵，他是一位杰出的戏剧专家和讲演大师，他很快就采纳了我的剧本。我几乎是怀揣不安地看那份演员名单，惊叹"里面竟没有一个著名的演员"。这种厄运不会有人能碰得到吧！然而，到底还是发生了一件令人难以置信的事。如果把不幸关在门外，另外的不幸会偷偷混入。我过去只想到演员，却没有想到剧院经理阿尔弗雷德·贝格尔男爵。他打算亲自导演我的悲剧《临海的房子》，并写完了导演手记。可事实是：十四天后，第一次排练还没开始，他就死了。看来，我若是搞戏剧创作，咒语一定会应验。甚至到了十多年以后，我的剧本《耶利米》和《沃尔波内》在第一次大战后相继在各国的剧院上演时，我心里仍有余悸。我有意地违背自己的兴趣，于一九三一年写了一个新剧本《穷人的羔羊》。我把原稿寄给我的朋友亚历山大·莫伊西，有一天，我收到了他的电报，问我可否为他保留首场演出的主角。莫伊西，他从故乡意大利把自己优美的嗓音带到德语舞台上。而在此之前，他在德语剧坛上默默无闻。当时他是约瑟夫·凯恩茨唯一杰出的继承人。从外表上看，他富有魅力，聪慧活泼，同时还是一位心地善良、热心肠的人，他给每一部剧作赋予他个人特有的魅力。我想不出还会有更理想的人选，能像他一样充当主角。不过，我顿时就想起了马特考夫斯基和凯恩茨，尽管他向我提出要当主角的建议时，我托词拒绝了他，只是我没有对他说明真相。我知道，他从凯恩茨手中继承了那枚所谓的伊夫兰德指环①，德国最伟大的演员总是将它传给最杰出的继承人。最后，他会不会遭到同凯恩茨一样的命运呢？无论如何，我不能让伟大的德国演员第三次碰上这种厄运。于是，我出于迷信，也是出于对莫伊西的爱，虽然我知道莫伊西演主角会完美无缺，会给这部剧带来美好的社会影响，我还是没有同意他演主角。非但如此，从此以后，我再也没有给戏剧界奉献任何新作。实际上我做出了这样的牺牲，也并没有保佑莫伊西安然无恙。虽说我没有任何过错，却总是被牵扯到莫名其妙的灾祸中。

我心里很明白，别人会怀疑我在讲一个鬼故事。马特考夫斯基和凯恩茨的死可以解释成是意外的厄运。在他们以后的莫伊西的厄运又怎么解释呢？我一直没有同意他担任我剧里的角色，并且从那以后，我再也没有写新剧本。事情是这样的：许多年以后，即一九三五年夏天——在这里，我将自己的编年记事时间提前了——我正在苏黎世，突然接到亚历山大·莫伊西从米兰打来的电报，电报说，他晚上到苏黎世来找我，请我无论如何要等他。我想，这真是

---

① 伊夫兰德指环是德国著名演员、剧作家和剧院领导人奥古斯特·威廉·伊夫兰德（1759—1814）捐赠的一枚镶有其头像的指环，要一代一代传给最优秀的德语演员，大战期间曾中断数年，战后又继续传下去。

怪事。他干吗这样急来找我，我又没有写出新剧本，而且多年来，我对戏剧已相当冷淡。但是毫无疑问，我会高兴地等待他的到来，因为我喜欢这个热情、诚恳的人，我把他视为兄弟。他刚走出车厢就向我迎来，我们按意大利的礼节拥抱。当我们坐小汽车离开车站时，他迫不及待地对我说，需要我为他做点事。他有事求我帮忙，而且是件大事。皮兰德娄①为了向他表示特别的敬意，决定把自己的新剧作《修女高唱五月之歌》交给他来首演，不仅仅是在意大利首演，而且是一次世界性的首演——首演应该在维也纳，并且要用德语演。像皮兰德娄这样的意大利大师能让自己的戏剧在外国首演，这还是第一次；即便是在巴黎这样的城市，他也从来没有下过这样的决心。皮兰德娄最担心的是他的诗剧在翻译中失去音乐性和优美的光彩。他不希望由一般的译者来翻译，而是想请我来承担，因为他长久以来对我的语言功底评价很高。很明显，皮兰德娄再三迟疑不决，他想，怎么能指望我把时间浪费在翻译上呢！他把这个任务交给莫伊西，由他传达皮兰德娄的请求。多年来，我一直没有翻译什么，但是出于对皮兰德娄的尊敬，我不想让他失望；我同他有过好几次友好的会面。而且，能够对我亲密的朋友莫伊西表示兄弟情谊，也使我非常愉快。我放下自己的工作一两个星期；几个星期后，皮兰德娄的剧本将用我翻译的译文在维也纳举行国际首演。另外，由于当时的政治背景，该剧首演肯定会引起巨大轰动。皮兰德娄答应亲自出席。墨索里尼当时以奥地利公开保护人的身份，率

① 路易吉·皮兰德娄（1867—1936），意大利小说家、荒诞戏剧作家。

领他的全部阁僚出席这次演出。首演的那天晚上应该同时是一场奥意友谊的政治示威（所谓友谊，实际上奥地利已沦为意大利的被保护国）。

开始排练的那几天，正巧我也在维也纳。我为能再一次见到皮兰德娄而十分高兴。无论如何，我盼望能听到莫伊西的道白艺术念我译的台词。可真像见鬼似的，二十五年后，那可怕的怪事又重演了。一天早上我翻开报纸，读到莫伊西患着重感冒从瑞士来到维也纳，所以排练不得不延期。我想，感冒也不是一种严重的疾病，可是当我去探望这位病中的朋友，走到旅馆门口时，我心里怦怦直跳——我暗自庆幸不是扎赫尔大饭店，而是格兰特大饭店——当年我到饭店探望凯恩茨而没有见到他的情景突然在我脑海里出现。在四分之一世纪以后，恰恰是同样的厄运又重新落到一个伟大的德语演员身上。由于高烧，他神志昏迷，医生不允许我再看一看莫伊西。两天后我就站在他的灵柩前，而不是在排练场见到他，一切都像当年的凯恩茨一样。

为了便于说明，我在这里把时间提前，谈谈那种令人毛骨悚然的魔力总是同我的戏剧创作紧密地联系在一起。不言而喻，在我今天看来，这种厄运的重演纯属偶然。可是，马特考夫斯基和凯恩茨相继迅速逝去，无疑对我是一个巨大的打击，影响了我一生的创作道路。如果当年马特考夫斯基在柏林，凯恩茨在维也纳，把当年二十六岁的我创作的所有戏剧搬上舞台，我就可以借助他们的艺术魅力迅速地（也许快得没道理）在广大公众面前成名，我也会因此误了长期学习和了解世界的时间和机会。开始，剧坛为我提供了许多诱人的、连我自己都不敢梦想的机会；可是每到最后一刻，剧坛又冷酷地把这些机会从我身边夺走。可想而知，青年时代的我认为这是命中注定的。后来我才知道，人生的道路是由内因决定的；我们的道路往往偏离我们的愿望，而且是极混乱的、没有道理的，但它终会把我们引向我们自己看不见的目标。

走出欧洲

当时的时间过得好像比今天快，是否因为我们的青年时代充满了彻底改变世界的事件呢？还是因为按部就班的埋头工作，所以我对青年时代的最后几年（第一次世界大战前）发生的事件记忆相当模糊？当时，我写作并发表作品，在德国人们已知道我的名字，并且在一定程度上，我的名声已传到国外。我有了支持者，他们对我的作品都能够说出一定的特点来；但也有了反对者。帝国的所有大报都供我使用，我不用再向它们投稿，而是它们来向我约稿。但是，今天我心里才明白，过去我写的一切作品和所做的一切事情，都是没有意义的；我们当年的一切抱负、忧虑、失望、怨恨，在今天看来都是微不足道的。我们时代所发生的一切，必然改变我们的眼光。倘若几年前开始写这本书，我就会提到我和盖尔哈特·霍普特曼、阿尔图尔·施尼茨勒、贝尔-霍夫曼、戴默尔、皮兰德娄、瓦塞尔曼①、沙洛姆·阿施②、阿纳多尔·法朗士等人的谈话（与法朗士谈话本来就是愉快的；这位老先生可以给我们讲一个下午不正经的故事，却是以一种非常严肃和极其高雅的姿态）。我也可能记叙那些了不起的首演盛况：古斯塔夫·马勒的第十交响乐在慕尼黑首演；《玫瑰骑士》③ 在德累斯顿首演；卡尔萨温娜④和尼任斯基⑤的首演。因为我是一个热情而好奇的人，我能够作为许多历史和艺术事件的见证人。但是用我们今天较为严格的观点来看，这一切与我们这个时代的问题没有任何联系，不足挂齿。在我今天看来，年轻时把我的目光引向文学的那些人，已不如把我的目光引向实际的人来得重要。

属于后者的人中间，我首先要提到的是瓦尔特·拉特瑙，他是在一个极其悲剧的时代驾驭德意志帝国命运的人，也是在希特勒夺取政权前十一年第一个被纳粹分子暗杀的人。我和他的关系称得上亲密，这种关系是以很奇特的方式开始的，而且还要牵连到马克西米利安·哈尔登。我在十九岁时做出的成就，要归功于哈尔登。他创办的政治周刊《未来》，在威廉皇帝的德意志帝国最后几十年里发挥了决定性的作用；哈尔登是由俾斯麦亲自推到政治舞台上的，他也甘心当俾斯麦的喉舌和挡箭牌。他把俾斯麦以后的大臣轰下台，促使奥伊伦堡⑥事件爆发，使得德皇的宫殿每个星期都要在不

---

① 雅各布·瓦塞尔曼（1873—1934），德国作家。
② 沙洛姆·阿施（1880—1957），二十世纪犹太文学的杰出代表。
③《玫瑰骑士》是霍夫曼斯塔尔编剧，理查德·施特劳斯作曲的一部三幕歌剧，于一九一一年在德累斯顿首演。
④ 塔玛拉·卡尔萨温娜（1885—1978），俄国著名芭蕾舞演员。
⑤ 瓦斯洛·尼任斯基（1890—1950），俄国著名男芭蕾舞演员，他的足迹遍及欧洲、美国、南美等地，有"舞圣"之称。
⑥ 博托·奥伊伦堡爵士（1831—1912），曾出任普鲁士总理，当时与帝国首相卡普里维发生政见分歧，德皇于一八九四年突然将二人同时免职。

同的攻击和揭露下瑟瑟发抖。尽管如此，哈尔登的个人爱好却是文学和戏剧。一天，《未来》周刊发表了一组格言，作者的笔名现在我记不起来了，可是格言写得特别机敏，语言精炼，给我很深的印象。我是该周刊的固定作者，便写信给哈尔登："那位新作者是谁？我已多年没读到过这样精练的格言了。"

回信的不是哈尔登，而是署名为瓦尔特·拉特瑙的人。从他的来信和其他方面我可以断定，他不是别人，正是大名鼎鼎的柏林电气公司总经理的儿子，他本人也是一位大商人、大工业家、无数家公司的董事，他是德国"放眼望世界"（借用让·保尔①的用词）的新型商人之一。他在信中以非常诚恳和怀着感激的心情对我说，我的信是他接到的第一封对他的文学尝试做出赞许的信。虽然他至少比我大十岁，但他坦率地向我承认，他是否应该把自己的思想和格言整理成一本书来出版，他真的没有什么把握。他说："我毕竟是一个门外汉，迄今为止，我的全部活动都是在经济领域里。"我回信真诚地鼓励他。从此，我们的通信联系一直保持着。后来我到了柏林，先打电话给他，他在电话里的回话有些犹豫。"啊！原来是您呀，可是真不巧，我明早六点就要去南非……"我打断他的话："那我们下一次再见面吧。"他边思索边慢慢地说："您等一下……让我好好想一想……下午我要参加几个会……晚上我要到部里去……然后还要到俱乐部参加晚餐会……那么，您十一点一刻到我这里来，您是否方便？"我说可以。我们一直聊到凌晨两点。早

———————————
① 让·保尔（1763—1825），德国小说家。

上六点钟他就出发到南非和西非去了——后来我才得知，他此行是奉德国皇帝的派遣。

我之所以在这里叙述这些细节，是为了更全面地说明拉特瑙的性格特点。这个十分忙碌的人总能抽出一点时间写文章或者会见文友。在欧洲大战最艰难的日子里我还见过他，而且在热那亚会议之前，即在他被暗杀的前几天，我还坐在他的小汽车里，同他一起驶过大街。他就是在这辆汽车里，在这条大街上被暗杀的。他是个大忙人，但他把自己一天里的每一分钟都预先安排得十分妥当。他大脑的应变力很强，随时都可以很轻松地从一件事转到另一件事，就像一台精密的快速运转的仪器一样，我从来没见过其他人身上有这种特点。他说起话来非常流利，好像是在念一张看不见的讲稿，他说的每一句话都是那么形象、清晰，如果把他的讲话速记下来，便可以立刻复印成一份报告。他会说法语、英语、意大利语，而且说得像他的母语——德语——一样好。他的记忆力从来没有让他遇到过麻烦。他从来不需要为一份材料去特意准备。我同他谈话时，我觉得自己很笨拙、缺乏修养和自信，而且思路混乱，他恰好相反，他对面前的一切了如指掌，善于冷静地权衡利弊得失。我感到他头脑清晰，思路敏锐的同时也有一种不舒服的感觉。譬如他的宅屋里摆着最好的家具，墙上挂着最美的画像；他的才智像一台天才发明的仪器，他的住宅像一座博物馆。他住的是封建时代路易丝女王的宫殿，这里秩序井然，一尘不染，视野开阔。可是让我待在里面，绝不会感到温暖。不论何物都像玻璃一样透明，那是因为在他的思想中几乎把什么都看透了，因而对什么都觉得无所谓。从他的表现中，我深切感觉到这位犹太人的悲哀。他的头脑尽管清醒冷静，却埋藏着深切的不安和无把握感。我其他一些朋友，例如维尔哈伦、埃伦·凯伊、巴扎尔热特，虽不及他十分之一的聪慧，不及他百分之一的博学和对世界的了解，可他们对自己充满信心。我总觉得拉特瑙聪明过人，他的双脚始终不着地。他的整个生活始终充满着层出不穷的矛盾。他从父亲那里继承了所有可以想象到的权势，却不愿做他的继承人；他是个商人，却视自己为艺术家；他是个百万富翁，却愿意发挥社会主义思想；他意识到自己是犹太人，却向基督教献媚；他想的是国际主义，却又崇拜普鲁士精神；他梦想的是人民民主，但是受到威廉皇帝的接见和询问时，又感到莫大的荣耀。他深知皇帝的弱点和虚荣心，可他知道自己不是有虚荣心的人。因此说来，他的从不休息的工作也许是一种鸦片，用来麻醉内心的烦躁不安和摆脱内心深处的寂寞。当一九一九年德国军队崩溃以后，历史的重任落到他的肩上，在这个时刻，他的各种潜力才发挥出来。从一片混乱中重建遭到破坏的国家，使之具有生存的能力。他的天赋才干，他所献身的理想：拯救欧洲，使他成为一个名重一时的人。

与他谈话，不仅开拓眼界，而且振奋人心；就谈话的思想丰富和明确清楚而言，这种谈话只能和霍夫曼斯塔尔、瓦莱里、赫尔曼·凯泽林伯爵的谈话相媲美。我的视野从文学扩展到当代历史，应当归功于他。我应该感激拉特瑙，是他首先鼓励我走出欧洲。他对我说："如果只了解英吉利岛，您就不会了解英国。同样，如果您从未走出欧洲，那您也不会真正懂得我们这块欧洲大陆。您是一个自由的人，要充分利用这种自由！搞文学创作是一种特别好的职业，因为这是一种不紧不慢的工作。要出一本好书，早一年晚一年都无所谓。您为什么不去一次印度和美国呢?"这些偶然说出来的话打动了我的心，于是我下决心按他的建议办。

印度给我的印象比以前我想的更可怕更令人苦恼。那里的人骨瘦如柴，黑眼珠里散发着悲愤的神色；他们的悲惨生活和极单调的景色使我感到吃惊。更使我吃惊的是阶级和民族之间顽固的等级观念。这种等级观念，我在船上已经体验到了。有两个讨人喜欢的年轻姑娘坐在我们船上，她们黑眼睛，身体苗条，很有教养，谦虚文雅，穿着讲究。可是第一天我就发现，她们有意躲避他人，或者说，她们被一条我看不见的线隔开了。她们不与别人交谈，也不跳舞，只是坐在一旁看她们的英语书或法语书，到了第二天还是第三天，我才发现，不是她们回避英国人的社交圈子，而是英国人躲着这两个"欧亚混血儿"，虽然这两个姑娘的母亲是法国人，而她们的父亲则是波斯血统的印度大商人。她们在洛桑女子寄宿中学和英国的女子家政学校上学时，曾度过了几年与别人完全平等的生活。可是一到了开往印度的船上，立刻就受到冰冷的社会歧视；虽然这种歧视看不见也摸不着，但不能说它不残酷。在这里，我第一次亲眼看到狂热鼓吹种族偏见的作为正像瘟疫一样危害我们的世界，其恶果不亚于上几个世纪中的真正瘟疫。

通过与这两个姑娘的初次相遇，我的目光开始变得敏锐起来。一个欧洲人到这里来旅游，譬如说到锡兰的亚当峰去，必须要有十二名至十四名用人陪伴，他们把白人尊为神明，其余一切都在他的"尊严"之下。我怀着愧疚的心情，享受这种对欧洲人的崇敬，其实这种崇敬由于我们自己的错误在人的心目中已经消失。我们在欧洲那种舒适和平的环境里根本不会想到人们会对欧洲人采取这种态度的。但我一直摆脱不了这种可怕的感觉：在未来的几十年和几个世纪里，这种状况必将发生翻天覆地的变化。由于我在印度目睹了这种情况，所以，我不同意皮埃尔·洛蒂①所描写的印度，他给印度涂上一层"浪漫主义"的粉红色，而我认为这是一个令人警觉的国家。当然，我指的并不是金碧辉煌的庙宇，风蚀雨刷的宫殿，也不是喜马拉雅山的风光——虽然这些在旅行途中给我最深的印象，而是人，我这次所认识的人，是另一个世界的完全不同类型的人。一个欧洲作家在这里遇到的与欧洲人完全不同的人。在当时的欧洲，人们收入不多，生活节俭，还没有组织像厨师那样的人出去旅游的事。凡是走出欧洲去旅行的人，大多数是有一定社会地位的特殊人物；如果是商人，就绝不是那种目光短浅的小商人，而必定是大商人；如果是医生，必定是个真正的研究者；如果是世袭的企业家，必定是一个开拓者，他们敢于冒险，慷慨豪爽，无所顾忌；纵然是一个作家，也是个好奇心较强的人。那个时候还没有收音机，我只有与旅伴们交流来打发漫长的旅途。在我与各种不同类型的人交往中，我了解到影响我们这个世界的各种力量和紧张关系，这种学习胜读百本书。随着离开家乡的距离越来越远，我心中的评判标

---

① 皮埃尔·洛蒂（1850—1923），法国作家，作品中充满异国情调。代表作有《冰岛渔夫》等。

准也在不断变化。过去我把某些狭隘的事当作重要的事来看待，旅游回来以后，我不再把欧洲视为我们这个世界围着旋转的永恒轴心。

　　我在印度遇到的人中间，有一个人对我们当代的历史有不可忽视的影响，尽管不是公开的、明显的影响。我从加尔各答出发，前往中南半岛，在一艘沿着伊洛瓦底江向上行驶的内河轮船上，我每天都要和卡尔·豪斯霍费尔及其妻子相处好几个小时。当时他正作为武官出使日本。他挺直细长的身材，瘦削的面庞，尖尖的鹰钩鼻，使我一眼就能看出他非凡的素质和身为德国总参谋部军官的内在修养。不言而喻，我在维也纳的时候就已经间或与军人有过来往，他们都是一些友好的、热情的，甚至是一些快乐的年轻人，他们大部分由于家庭生活所迫，不得已穿上军装，试图通过服役寻找自己最舒适的生活。而豪斯霍费尔则相反——我立刻就感觉到这一点——他出身于富裕而有教养的家庭。我记得，他的父亲发表了不少诗歌，还在大学里当过教授。豪斯霍费尔在军事方面的知识非常渊博。他的使命是去实地研究日俄战争。因此，他与他的妻子一起事先都学习了日语和文学创作。我从他的身上再一次看到，任何一门学科，即便是军事科学，如果想博大精深，就必须跨出自己狭隘的专业领域，和其他学科联系起来。豪斯霍费尔在船上整天忙个不停，用望远镜仔细地观察每一处，记日记，写报告，翻词典。我很少见到他手里不拿书。他是一个很好的观察者，又是个很不错的表达者。从他的谈话中，我了解到不少东方之谜。回国以后，我仍与豪斯霍费尔一家保持着联系，我们互相通信，并在萨尔茨堡和慕尼黑之间互访。因为身染严重肺病，他在瑞士小镇达沃斯或在阿洛沙住了一年，由于他离开了军队，反而使他有时间去钻研军事科学。康复以后，他又在上次世界大战期间当一名指挥官。德国战败以后，我常常以极大的同情想起他，他一定很痛苦，在战胜国的日本有他的不少朋友，这更使他羞愧难当。我也想到，像他这样的人，一定会参加德国的强国重建工作，说不定，以看不见的隐蔽方式参与战争机器的工作呢。

不久，事实证明，他是系统和全盘考虑重建德国强国地位的先行者之一。他出版了一份地理政治学杂志。在一个新运动开始之初，我并不理解其中的深奥含义。我真诚地认为，地理政治学只不过是研究和观察各个国家势力互相作用的一门科学，即便谈到各民族的"生存空间"——我相信这个词是他发明的——我也只是按施本格勒①的意思，把它理解为一个国家在循环交替的时代里，一般都会释放出一种与时代有关的、不稳定的活力。即便是豪斯霍费尔的主张：要仔细研究各民族的性格特点，建立一个常设的学术性指导机构，协调各民族之间的关系，在我看来也没有什么不对，因为这种地理政治学的研究完全有助于各民族之间的相互接近。也许豪斯霍费尔的本来意图并不是政治性的——但现在我不能这样说了。我怀着极大的兴趣读了他不少著作（他的书里还引用过我的话呢），我从未产生过怀疑；我听到各方面的客观反映，都认为他的讲课很

---

① 奥斯瓦尔德·施本格勒（1880—1936），德国哲学家、史学家。

有启发和教益；没有人指责他，说他的思想是为一种新的强权政治和侵略政治服务的。也没有人指责他，他的思想是以新的形式为泛德意志的旧要求提出新的论据。可是有一天，我在慕尼黑偶然提到他的名字时，有人就好像发现了怪事似的对我说："啊，他不是希特勒的朋友吗？"我当时惊得目瞪口呆，简直不敢相信自己。第一，因为豪斯霍费尔的妻子出身种族不纯，使得她的两个儿子（很有才华又讨人喜欢）经不起纽伦堡犹太法的追究；其次，我也看不出，一个有高度文化修养的、思想邃密的学者怎能和一个以自己最狭隘、最野蛮的思想去理解德意志民族性的疯狂鼓动家在思想上有直接的联系呢？但是豪斯霍费尔的一个学生鲁道夫·赫斯在他与希特勒之间建立了联系。希特勒这个人很少采纳别人的建议，而他有一种天生的本能，凡是有利于他达到目的的一切思想和建议，他都要占为己有，而他觉得，"地理政治学"完全可以融合到纳粹政治之中，因此他充分利用"地理政治学"，为自己的目标服务。国家社会主义的一贯伎俩就是在意识形态方面把自己极端自私的强权欲望虚伪地掩盖起来，"生存空间"这一概念为国家社会主义露骨的侵略意图提供了有哲学依据的伪装。这个词的解释具有多意的不确定性，表面上是一个无害的口号，实际上却能够为哪怕是最霸道的吞并提供借口，把它说成是合乎道理的、符合人种学的需要。由于希特勒对"生存空间"的理论进行了彻底的改造，为他吞并他国找出了理论依据——最初这个理论只限于国家和民族关系的协调，后来蜕变成这样的口号："今天，德国属于我们，明天，世界属于我们！"——于是，我那位旧时的旅伴今天罪责难逃。这个事例说明，一个简明而又内容丰富的提法它本身就是一股力量，能够转化成行动和灾难，就像以前的百科全书派关于"理性"统治的提法一样，最终走到自己的反面，蜕变成恐怖和群众的情感冲动。就我所知，豪斯霍费尔在纳粹党内位置并不显赫，甚至还不是纳粹党的党员，我一点也看不出他是一个躲在幕后出谋划策、尽给元首出坏主意的狡猾"谋士"，就像今天那些耍笔杆子的记者一样。毋庸置疑，不管他自觉或不自觉，他的理论把国家社会主义的侵略政策从狭隘的国家范围扩展到全球范围。就这一点来说，他比希特勒那些粗暴的顾问影响更大。也许后世会比我们这些同代人掌握更多的文献资料，届时才能对这个人物给予正确的历史评价。

第一次到海外旅行之后，过了一些时间，我便开始第二次跨海旅行，到美洲去。这次旅行无非是看看外面的世界，看看我们未来的一角，别无其他目的。远渡重洋到这个新大陆来的作家极少，他们不是为了生活来赚钱，就是来贩卖美洲新闻。纯粹为了旅行来见识一下这块新大陆，印证一下自己对美洲的印象，这种人极少。我相信我正是这样一位作家。

我对新大陆的想象完全是浪漫主义的，我今天这么说，并不觉得不好意思。对于我来说，美洲就是沃尔特·惠特曼。那是一片有新节奏的土地，也是一片正在实现四海之内皆兄弟的土地。到美国以前，我再次阅读了那部伟大的长行诗《卡美拉多》，以免我走进曼哈顿的时候，带着欧洲人那种傲慢态度，而是怀着友善、宽厚的胸怀。至今我还记得，当我第一次问旅馆里的门房，沃尔特·惠特曼的墓在哪里，我想去看一看时，我这个要求使那个可怜的意大利人极为难堪，因为他从来没听说过这个名字。

纽约给我最初的印象相当不错，虽然它没有像今天这样迷人的秀丽夜色。当时，泰晤士广场还没有灯光照射、水花四溅的人工瀑布。城市的上空还没有梦幻般的星空——那是夜间数百万人工星光和天空中的繁星互相交织而成的。市容及交通还缺乏像今天这样大胆的宏伟设计，因为新的建筑艺术仅仅在个别的高层建筑上尝试运用，还没有多大把握。橱窗的陈列和门面的装潢争奇斗妍的景象才刚刚起步。从一直微微晃动的布鲁克林大桥向港口瞭望和在石块铺成的大马路上徒步行走，足能使人心旷神怡。当然，两三天以后，这样的兴奋感就被另一种强烈感觉所代替，那是一种极度的寂寞。我在纽约无所事事，而在当时，无事可做的人可以到别的地方去，千万别去纽约。因为那里没有可供消磨一个多小时的电影院，没有方便的小型自动餐厅，没有像现在这么多的艺术商店、图书馆和博物馆。文化设施和文化生活比我们欧洲落后得多。当我用两三天时间走遍了所有的博物馆和重要的名胜后，我就像一条没有舵的船在冰冷的刮着风的街道上打转。我在大街上游来荡去，百无聊赖；那种寂寞的感觉迫使我想办法去加以解决，想个门道把走街串巷变得更有趣一些。我发明了一个自己玩的游戏。由于我是一个人在纽约闲逛，我设想自己是一个远走他乡的人，就像无数背井离乡的人一样，不知干什么才好，而且身上只有七美元。我心里想，他们不得已干的事，我倒可以自觉自愿去干。我对自己说，你可以这样设想，最迟三天以后你必须去挣钱糊口。那么你必须考虑到，作为一个举目无亲的外国人必须尽快找到一个挣钱的差事！于是，我开始从一个职业介绍所逛到另外一个职业介绍所，琢磨贴在门上的各种广告。有的地方招收面包师，有的地方要招一个会法语和意大利语的临时抄写员，有的地方要招一个书店伙计。对假设中的我来说，最后一个位置适合我。于是，我就爬上三层回旋铁梯，打听能挣多少钱，再与通过报纸上的广告去租一间在布朗克斯区的住所价格作比较。经过两天的"寻找职业"，理论上我已找到能够维持我生活的五个工作。这样比我无事闲逛好得多，我可以确切地知道，这个年轻的国家为每个求职的人提供多大的活动范围、多少机会——这一点给了我很深的印象。我还像逛大街似的从一个办事处到另一个办事处，通过自我介绍，亲眼看到了这个国家的神圣自由在办事的过程中到底如何。在求职过程中，没有人问我的国籍、宗教信仰和出身，我不带护照就可以四处走动，这对于我们那个处处要盖手印、看签证，还要警察局证明的世界来说简直不可思议。但在这里是工作等人，不是人等工作，这才是唯一重要的。现在的美国已处在神奇的自由时代，一分钟就能签订一份合同，国家和贸易联盟等机构都不会用繁琐的表格手续去干扰它。通过这种"寻找职业"的方法，这几天时间我所了解的美国要比以后逗留的全部时间所了解的多得多。在后几周，我作为一个愉快的旅行者，徒步漫游了费城、波士顿、巴尔的摩、芝加哥。唯有在波士顿，我拜访了查尔斯·莱夫勒①家，在那里待了几个小时；他曾为我的几首诗谱过曲。

① 查尔斯·莱夫勒（1861—1935），美国作曲家、小提琴家。

在其他地方，我都是一个人。仅有一次，一件意外打破了我隐姓埋名的旅行生活。这件意外我依然历历在目。那是在费城，我沿着一条南北向的大街散步，在一家书店的橱窗前站住了，为的是查看一下书的作者有没有我认识的和熟悉的。突然我惊呆了，在橱窗的左下角陈列着六七本德语书，其中一本跳入我的眼帘，却是我的名字。我像着了魔似的，并且沉思起来。在这里没有人注意到我，毫无目的地在异国的大街上漫步，也没有人认识我，更不会有人重视我。而现在，自身的我竟与书上的我在这里相遇，我的寂寞感顿时消失。想必那位书商将我的名字记在纸条上，我的书大概要用十天时间，远涉重洋来到这里。当我在两年后重游波士顿时，还情不自禁地去寻找那家书店的橱窗。

我已经失去了去旧金山的心情——那里还没有好莱坞。但我至少还有观看太平洋景色的愿望。自童年以来，由于最初那些环球航行的报道，我对太平洋十分着迷。再说，有一个观察点已经消失，如今看不到了，那个地方是开凿巴拿马运河所处位置的最后几个山丘之一。当时，我坐小船绕过百慕大和海地到达那里。我们这一代由维尔哈伦培养出来的诗人们，对当时的科学奇迹赞叹不已，热情之高如同先辈们对古罗马文化的宠爱。但在巴拿马运河区看到的情景却使人难以忘怀。机器挖出来的河床呈黄褐色，像镜面一样，就是戴着墨镜也感到非常刺眼；到处是蚊子，密密麻麻不计其数，被蚊子蜇死的人埋在公墓里，一排接一排，没有尽头。开凿巴拿马运河可谓是一项残忍的游戏。死于这项由欧洲开始最后由美洲完成的工程的人真不知道有多少啊！这项工程历经三十年的灾难和绝望才得以完成，只剩下最后几个月闸门的扫尾工程；然后只需一按电钮，自古以来相隔的两个大海的水就要永远汇在一起。我可是那个时代清清楚楚地看到两个大海仍处于分离状态的历史见证人之一。目睹美洲这个最伟大的创造性的业绩，是我向美洲最好的告别。

欧洲的光彩和阴暗

　　我在这个新世纪里已生活了十年，我已到过印度、美洲和非洲的一部分。现在，我满怀新的、更有意识的喜悦之情来看待我们的欧洲。我从来没有比第一次世界大战前的最后几年更热爱我们这片古老的土地，从来没有比那个时候更盼望欧洲的统一，从来没有比那个时候更相信欧洲的前途，我们以为已经看到了新的曙光。而实际上，燃烧世界的战火已经临近，火光已经在望。

　　今天这一代人，是在灾难、破坏和危机中成长起来的，他们觉得战争的可能性始终存在，几乎每天都会爆发战争，而我们这一代人自世纪之交以来一直对世界上的人充满信心，要我们向今天这代年轻人描述当时那种乐观主义和对世界的坚定信念，也许是很困难的。四十年的和平使欧洲各国的国民经济充满活力，技术的发展加快了生活的节奏，科学发现使那代人感到自豪。在欧洲所有国家里普遍感觉到繁荣的生活已经开始。城市一天比一天美，生活一天比一天好，人口一天比一天多。一九〇五年的柏林已不能和我们在一九〇一年见到的柏林相比较；柏林已从一个国家的首都发展成一座世界性的城市；一九〇五年的柏林又大大超过了一九〇一年的柏林。维也纳、米兰、巴黎、伦敦、阿姆斯特丹这样的城市，我每去一次，都会感到惊讶和高兴。街道越来越宽阔、越来越漂亮，公共建筑越来越雄伟，商店越来越豪华、越来越美观。人们在各种事物中都能感到财富在增长、在扩大。就连我们这些作家，从书的发行量上就能觉察到本世纪初的头十年，这段时间虽不长，但书的发行量增加了三倍、五倍、十倍。到处兴建起新的剧院、图书馆和博物馆。诸如浴室、电话这些曾经属于少数人特权的方便设施，现在已开始进入小资产阶级家庭。自工作时间缩短以来，无产阶级的生活开始好起来，至少有一部分家庭已过上小康生活。到处都在进步，谁敢于大胆作为，谁就能获得成功。谁买上一幢房子、一本稀世的旧书或一张名画，就会看到行情不断上涨。谁越大胆，越舍得出本钱办一家企业，谁就越能保证赚到钱。无忧无虑的美妙景象笼罩着整个世界，有什么能打破这种景象呢？又有谁能阻止这种从自己的热情中迸发出来的干劲呢？欧洲从来没有像现在这样强大、富裕和美丽过；欧洲也从来没有像现在这样对美好的未来充满信心过。除了少数老态龙钟的老朽，没有人对"美好的旧时代"依恋不舍。

不仅仅是城市，农村也一样。由于体育运动、较好的营养、劳动时间的缩短以及接触大自然，人的身体越来越健康，越来越漂亮。冬天过去被认为是荒凉枯燥的季节，人们无精打采地在客栈里玩牌或在暖烘烘的房间里虚度光阴；而现在，人们发现山上的阳光可以滋润心肺、舒筋活血、爽身健肤。山区、湖泊、大海也不再像从前那样距离遥远，自行车、汽车和有轨电车已经把距离缩短了，改变了世界的空间感。到了星期天，穿着闪光的运动服乘着滑雪板或雪橇的男男女女沿着雪坡飞速而下。到处在兴建体育馆和游泳池。人们恰恰在游泳时可以清楚地观察到身体的变化。我年轻的时候，人们以粗脖子，瘪胸脯，挺肚子表示自己健壮；现在人们看身材是否灵活，肌肉是否发达，皮肤是否被太阳晒成棕色，这是体育锻炼的标志；当然，这种比赛是文雅风趣的。

除了最贫困的人以外，星期天没有人待在家里。所有的青年人都出去徒步漫游，爬山和比赛，同时也学习各种体育项目。假期里，人们都出门远游。不像我们父辈那个时候，放了假只到离城不远的地方，最多到萨尔茨卡默古特去。现在的人们对整个世界都感兴趣，想看看世界上是否处处都那么美，是否还有更美的地方。过去，只有那些有特权的人才能到外国去旅游；而现在，银行职员和小业主都有条件到法国、意大利去旅游。现在出国旅游比过去便宜多了，也方便多了。主要是人的观念起了变化：有新的勇气，有新的敢闯精神，出去旅游才更大胆；在生活上节俭和谨小慎微是丢人的。这代人决心使自己成为更富有青春活力的一代人。每个人都为自己年轻而感到自豪，这一点与父辈们正相反；首先是年轻人脸上的胡子突然没有了，然后是那些年龄大的人去仿效他们，为的是不显出自己老相。年轻、精神焕发已成为当时的口号，人们不再老成持重。妇女们甩掉了束胸紧身衣，再也不打阳伞和戴面纱，因为她们不再害怕空气和太阳。她们把裙子裁短，便于打网球时两腿跑动；她们露出丰润的部位时，再也不感到害羞。风尚变得越来越合乎自然。男人穿着马裤；女人敢于坐在男式马鞍上，男人和女人之间不再有什么需要遮掩和隐藏的。世界不但变得更美丽，也变得更自由了。

在我们之后出生的新一代，在习俗方面也赢得了这种自由，他们生活得健康又充满自信。人们第一次看到，年轻姑娘在没有家庭女教师的陪伴下，独自同男朋友一起运动，一起郊游，他们完全是一种公开的、自主的伙伴关系。她们既不害羞也不矫揉作态。她们知道自己该做什么，不该做什么。她们摆脱了父母严厉的监督，自己挣钱养活自己；她们当女秘书、女职员，得到了自己安排生活的权利。卖淫——旧世界唯一被允许的色情交易——明显地减少了。由于提倡新的更为健康的自由，男女之间假正经的行为早已成为背时的东西。从前在游泳池里隔开男女的木板，现在陆续被拆除。男女不再忌讳，他们知道彼此长得怎样，也懂得人类繁衍的秘密。在这十年里重新获得的自由、大方和自然，胜过以往的一百年。

现在世界上有了另一种节奏。一年里发生的事胜于过去的几倍，几十倍！一项发明紧接着一项发明，一个发现紧接着一个发现；每个发明和发现都以飞快的速度变成人类共同的财富。因此，每个国家都第一次感觉到彼此之间是息息相关的。在齐柏林飞艇初次航行的那一天，我正在前往比利时的途中，恰巧在斯特拉斯堡停留。我在这里亲眼看到了飞艇在大教堂上空盘旋，下面的人们热烈地对着飞艇欢呼，盘旋的飞艇好似在向这座有千年历史的教堂频频点头。晚上，我在比利时维尔哈伦家得到消息，飞艇已在艾希特丁根坠毁。维尔哈伦满含泪水，激动万分。如果他仅仅是作为比利时人，那么他对这次德国的空难就会抱无所谓的态度，但他是欧洲人，又是我们同时代的人，所以他会和我们一起分享战胜自然的共同胜利，也会同我们一起分担我们共同遭受的考验。当布莱里奥①驾驶飞机飞越英吉利海峡时，我们在维也纳欢呼雀跃，好像他是我们国家的英雄。大家都为科学技术取得如此迅速的进步而感到自豪。现在我们的感觉是欧洲是一个共同体；欧洲意识是我们正在形成的共同意识，我心里想，如果一架飞机能够轻易地飞越国界，那么国界还有什么意义呢！那些海关关卡和边防岗哨就成了无用的摆设，与我们的时代精神是相悖的，因为我们这个时代热切地期望着国与国、人与人之间紧密联系，共同实现大同世界。这种感情的高涨像飞机的腾飞一样美妙无比。有些年轻人没有亲身经历过欧洲各国之间相互信任的那最后几年，我今天仍为他们感到遗憾。因为我们周围的空气不是死的，也不是真空，空气本身就携带着时代的繁荣和脉搏。空气会不知不觉地将时代脉搏传入我们的血液和内心深处，传入我们的大脑，并不断地传到每一个人。在那几年里，我们中的每一个人都从时代的普遍繁荣中吸取了力量。由于大家都有这种信心，那么个人的信心也就大大增强了。也许我们像今天的人一样，当时并不知道那股将我们卷入其中的浪潮有多大，有多少风险。——可是，事与愿违。只有经历过那个对世界充满信心时代的人，今天才会明白，从那以后所发生的一切其实都是倒退和黑暗。

当时的世界无比壮丽美妙，就像服了滋补药似的浑身是力量。

---

① 路易·布莱里奥（1871—1936），法国工程师、飞行家，一九〇九年七月二十五日驾驶自己设计的飞机，完成了飞越英吉利海峡的壮举。

这股力量从欧洲的各条海岸线敲打着我们的心脏。可是我们却没有预料到，使我们深感幸运的事同时也潜藏着危险，当时席卷欧洲的自豪和信心风暴，本身就带着乌云。也许繁荣来得太快了，也许欧洲各国和各城市强大得太急促了，所以那种浑身是劲的感觉总是诱发个人和国家去使用甚至滥用自己的力量。法国的财富充裕，但是它贪得无厌，它还想要一块殖民地，尽管法国的人口已不足以维持殖民地的统治，可它还想侵略，差一点同摩洛哥动武。意大利觊觎着昔兰尼加①。奥地利要吞并波斯尼亚。塞尔维亚和保加利亚把矛头指向土耳其。目前德国暂时被排斥在外，但它的利爪总想伸出去，大抓一把。欧洲各国的头脑里都充满了蠢蠢欲动的热血。这些国家扩张的野心到处膨胀，像流行病那样传染，但同时也要有效地巩固国内的秩序。那些发了大财的法国工业家唆使同样肥胖的德国工业家，两家大公司联手合作。——克虏伯公司和法国勒克勒佐②的施奈德公司都要推销更多的大炮。拥有巨额股票的汉堡海运界和南安普敦海运界对着干。匈牙利农场主和塞尔维亚农场主对着干；这一帮康采恩反对另一帮康采恩。经济的暂时繁荣使所有人像发了疯似的，拼命攫取更大的财富。如今，当我们心平气和地问自己，一九一四年欧洲为什么会爆发战争，我们找不出任何充足的理由，也找不出它的诱因；这次战争不是出于思想上的纠纷，也不是为了争夺边境的几个小地方。我认为只能用"力量过剩"来解释，也就是说，战前四十年和平时期积聚起的内部力量，它必然要发泄出

---

① 又称"拜尔盖"，指利比亚东部地区。
② 法国东部城市。

来。每个国家都突然之间有了一种想要使自己强大的情感，可恰恰忘记了别的国家也会有这种情感。每个国家想从别国得到更多的财富，可是这些国家也想从别国得到财富。而最糟糕的是，我们被自己最喜欢的东西欺骗了，那就是我们的乐观主义。每个国家都想让别的国家在最后一分钟被吓退，于是外交官们就利用起恫吓的手段，一次又一次，四次、五次在阿加迪尔①，在巴尔干战争中，在阿尔巴尼亚，都玩弄起这种手段。巨大的同盟国之间越来越紧密，越来越军事化。和平时期德国就征收战争税，法国延长了服役期。多余的力量必然要发泄出来。巴尔干的爆炸信号则显示出，战争的乌云已向欧洲靠近。

那时的人们还没有惊慌，但是有一种不安始终郁结在心头。每当从巴尔干传来枪炮声，我们总有一点点不安。难道战争果真会落到我们头上？我们并不知道战争的起因，也不知道它的目的。反对战争的力量集合得太慢了，如我们所知道的，集合得太慢了，太畏首畏尾了。反对战争的力量中有社会党和数百万宣称不要战争的人——对立的双方都有这样的人，有教皇领导下的天主教组织，还有若干跨国的康采恩，另外还有少数几个反对国家统治者搞秘密交易的明智的政治家。我们这些作家也站在反战的一边，诚然，我们这些人一直是孤立地工作，单枪匹马，而不是团结起来进行斗争。很遗憾，知识分子通常抱漠不关心的消极态度。由于我们的乐观主义，我们在思想上不会预见到战争的来临，根本不会去想战争带来

---

① 摩洛哥西南部城市，临大西洋。

的各种道义上的后果。当时社会名流写的重要文章，没有一人提到过战争问题，或者大声疾呼去告诫人们警惕战争。当我们以欧洲的思维方式来考虑，在世界的范围内建立兄弟般的关系，当我们在自己的范围内——对于时局我们只发挥间接作用——认清这样的思想：不分语言和国别，以和平的明智态度增进谅解和加强思想上的团结，我们认为这就足够了。并且，恰恰是新的一代对这样的欧洲思想最为拥戴。我在巴黎曾看到一群年轻人团结在我的朋友巴扎尔热特周围；他们和老一辈不同，他们坚决反对任何形式的狭隘民族主义和好侵略的帝国主义。儒勒·罗曼、乔治·杜阿梅尔、夏尔·维尔德拉克、杜尔丹、热内·阿科斯①、让·理查德·布洛克等人先组织了"修道院"文社，然而变为"争取自由"文社。他们是一群热情的先驱战士，他们正在迎接欧洲主义的到来。欧洲刚刚露出战争的苗头，他们就无比憎恨地反对任何国家的军国主义。法国过去很少产生这样一群勇敢、坚定、有才华有道德的年轻人。在德国，魏尔菲②和他的"世界朋友"雷内·席克勒③一起为促进谅解而热情地工作着；雷内·席克勒身为阿尔萨斯人，命中注定要介于两个国家之间，他在感情上特别强调，世界各族人民要和睦相处。作为我们的同志从意大利向我们发来问候的是朱塞佩·安东尼奥·博尔盖塞。从斯堪的纳维亚和斯拉夫各国也不断传来鼓励。一位伟大的俄国作家写信给我："还是到我们这里来吧！让那些煽动我们

---

① 热内·阿科斯（1880—1959），法国诗人。

② 弗兰茨·魏尔菲（1890—1945），奥地利著名诗人、小说家、戏剧家。

③ 雷内·席克勒（1883—1940），阿尔萨斯出生的作家，父亲是德国人，母亲是法国人。

进行战争的泛斯拉夫主义者看看，你们这些奥地利人是不要战争的。"是的，我们都热爱我们这个飞速发展的时代，我们也热爱欧洲！我们坚信理智将会在最后时刻阻止那种错误的游戏。我们过分相信理智的力量，这也是我们唯一的错误。当然，我们没有抱着怀疑的态度来观察眼前的征兆，而是充满自信，这不正是青年一代应该有的思想吗？我们信任饶勒斯①，我们相信社会党国际，我们相信铁路工人在把自己的同胞当作炮灰运到前线以前就会把铁轨炸毁。我们期望妇女们拒绝把自己的丈夫和儿子送到前线充当无谓的牺牲品。我们坚信，欧洲的精神力量、欧洲的道德力量，将会在最后的关键时刻战胜一切。我们共同的理想主义，在进步中必然产生的乐观主义，使我们低估和忽视了我们共同的危险。

再则，我们缺乏一位组织者，把我们的内心力量有目的地集中起来。在我们中间应该有一个提醒大家注意的人，一个高瞻远瞩的人。最奇怪的是，他生活在我们中间，长期以来，我们对于他一无所知，可是命运却安排他将来成为我们的领袖。我是在最后才发现他，这也算是一个有决定意义的机遇吧！再说，要发现他很难，他住在巴黎，又远离闹市区。倘若今天有人打算写一部二十世纪法国文学史，那么他肯定会注意到有这么一种奇怪的现象，在当时巴黎的各种报刊上，大肆吹捧的诗人名字中，恰恰缺少那三位最重要的作家，或者在提到他们的名字时进行错误的联系。自一九〇〇年至一九一四年，我从没有在《费加罗报》和《晨报》上看到有人提

① 让·饶勒斯（1859—1914），法国社会党领袖，一九〇四年创办《人道报》。

起诗人保尔·瓦莱里的名字；马塞尔·普鲁斯特是沙龙里的花花公子；而罗曼·罗兰则被视为知识渊博的音乐评论家。他们几乎都是到了五十岁才小有名气，报纸上略载一二；而他们最伟大的作品是在世界上这座新事物层出不穷、文学艺术全面发达的城市里不声不响地创作出来的。

我及时发现罗曼·罗兰，纯属偶然。一位住在佛罗伦萨的俄国女雕塑家请我去喝茶，为的是让我看看她的作品，同时也想为我画一张速写。我四点钟准时到达，而我却忘了，俄罗斯人对时间无所谓。一位老奶奶——听上去，是雕刻家母亲的保姆——把我引进她的创作室，请我等一下。创作室里杂乱无章，只有四件小雕塑，我用两分钟就看完了。为了不白白浪费时间，我抓起一本书，不，我是顺手拿了几期杂志，它叫《半月刊》。我记起来，在巴黎是有这么一份杂志。可是，谁能自始至终注意这种小杂志呢？这些昙花一现的东西，一会儿铺天盖地，一会儿销声匿迹。我翻到载有罗曼·罗兰的《黎明》①的那一期，读了起来；我越读越兴奋，越读越惊讶，这个如此了解德国的法国人到底是谁呢？此时，我反倒感谢这位姗姗来迟的女主人，使我能够读到《黎明》。我问她的第一个问题就是："这位罗曼·罗兰是何许人也？"她也不清楚。只有当我把其他各卷搜集到手后（最后几卷尚在襁褓之中），我才知道，现在终于有一部不仅为欧洲个别国家服务，也为全欧洲服务的作品，一

---

① 罗曼·罗兰长篇小说《约翰·克利斯朵夫》第一卷。

部为增进欧洲各国团结的作品；现在终于有了这样一个人，这样一个诗人，他给我们带来各种道德力量：对爱的理解，以及想得到这种理解的真诚愿望，经过考验和鉴别的正义，以及对于艺术有关使命的坚定信念。当我们为那张小小的声明花费心血时，他却静静地、耐心地工作着，表现各民族的特性，指出各民族最可爱的特殊个性在哪里。这是当时第一部有意识地描写欧洲的小说，它第一次提出决定性的号召：建立欧洲的睦邻友好关系。由于这部小说深入广大群众，所以它起的作用胜过维尔哈伦的赞美诗，比一切传单和抗议书都更有力。我们大家在无意识中希望的、渴求的，已在无声无息之中完成了。

　　我到巴黎的第一件事就是打听他。这当中我想起歌德的话："他学习过了，就能教我们。"我向朋友们打听他，维尔哈伦说，他能记得起来的就是，在社会党人的"人民剧场"演出过一出剧叫《群狼》①。巴扎尔热特常听别人说，罗曼·罗兰是一位音乐家，他还写过一本关于贝多芬的小书。我在国家图书馆的目录里发现了罗曼·罗兰写的十二本关于古典音乐和现代音乐的著作，和七八个剧本，这些作品都是由几家小出版社或者《半月刊》出版的。为了与他取得联系，我寄给他一本我写的书；不久他来信请我去，这是我们友谊的开始。除了我和弗洛伊德还有维尔哈伦的友谊外，我和罗曼·罗兰的友谊使我受益最多，在某些时候，这种友谊甚至决定了我的人生道路。

---

① 罗曼·罗兰于一八九八年创作的剧本。

人生中特别要记住的日子要比平常的日子闪亮得多。所以，我第一次同罗曼·罗兰相见的情形，至今仍历历在目。那是坐落在蒙帕纳斯林荫大道附近的一幢不起眼的房子，我走上五层狭窄的盘旋楼梯，在他的门前，我感觉到一种特别的宁静，这里几乎听不到林荫大道上的喧闹声；窗子下面是一座古老寺院的花园，只能听到风儿拂过树叶的沙沙声。罗曼·罗兰为我开门，把我引进那间书籍堆到天花板的斗室。我第一次见到他那炯炯有神的蓝眼睛，那是我有生以来在一个人身上见到的最清澈、最和善的眼睛。在我们的谈话过程中，那双眼睛把内心深处的色彩和热情不时地放射出来，同时又暗暗隐藏着悲哀。在他深思的时候，他的目光变得更加深沉；当他激动的时候，他的双眼闪耀着光辉。由于读书和熬夜，那双眼睛露出过度疲劳的样子，眼圈微微发红，唯有那一对瞳孔，在他侃侃而谈的时候会奇妙地放出光芒。我打量着他的身材，不觉有点害怕，他个子很高，却非常瘦，走起路来，多少有点弯着腰，就好像长期伏案工作使他颈背变弯了。他脸色苍白，骨瘦如柴，看上去体弱多病。他说话慢声细语，好像他是爱护自己的身体。他几乎从不去散步，吃得也少，不吸烟也不喝酒，避免身体上的任何紧张。后来我才惊奇地发现，在他那苦行主义的躯体里蕴藏着多么巨大的耐力啊！在他那似乎十分虚弱的躯体后面，又有何等巨大的精神劳动力啊！他伏在堆满纸张和书籍的写字台上，一工作就是数小时，他躺在床上看书，也是一连看数小时，他的身体已经精疲力竭，却只给自己留下四五个小时的睡眠时间。他允许自己唯一的放松就是音乐，他的钢琴弹得很出色，他那柔软的手指弹着钢琴，声音好像不是弹出来的，而是手指引出来的。从前，我在室内听到过马克斯·雷格尔、费鲁乔·布索尼①、布鲁诺·瓦尔特②演奏的钢琴，这些名家没有一人像罗曼·罗兰那样给了我同敬爱的大师进行直接交流的感情。

他的知识非常渊博，使别人感到惭愧，他的生活就是读书。他精通文学、哲学、历史，熟悉一切国家和一切时代的问题。他懂得音乐中的每个音节；甚至像加卢皮③和特勒曼④等人最最孤僻的作品和三四流音乐家的作品，他都熟悉。同时，他积极参与当时发生的每一个事件。他那间修道士式的简朴斗室就像一间照相馆的暗室，能够反映出全世界。在人际关系方面，他和同时代的许多伟人都很熟悉，他曾经是乔治·勒南的学生，在瓦格纳家做客，是饶勒斯的朋友，托尔斯泰曾给他写过那封著名的信，信中承认自己真心赞赏罗曼·罗兰的文学作品。我在他的房间里感觉到一种人性上和道德上的优势，一种不带骄傲情绪的内心自由，对一个坚强的人来说，这种自由是不言而喻的。我第一眼就看出，在关键的时候他将代表欧洲的良知——时间证明我是对的。我们谈论起《约翰·克利斯朵夫》。罗曼·罗兰向我解释，他的书想尽到三重责任：第一，向音乐致敬；第二，表明他对欧洲统一的信念；第三，唤起各民族的思考。他说，我们每个人都要发挥作用。现在是一个需要保持警惕的时代，而且越来越需要警惕。挑起仇恨的人，按照他们的卑劣本性，要比善于和解的人更激昂，更富有侵略性，实际上，他们的

① 费鲁乔·布索尼（1866—1924），意大利钢琴家、作曲家。
② 布鲁诺·瓦尔特（1876—1962），德国著名指挥家。
③ 巴尔达萨雷·加卢皮（1706—1785），意大利作曲家。
④ 格奥尔格·特勒曼（1681—1767），德国作曲家。

背后还隐藏着物质利益。这些坏人一点顾忌也没有，我们却顾虑重重。从《约翰·克利斯朵夫》中可以看出有一股荒谬的东西，而同荒谬的东西作斗争要比我们的艺术事业更重要。罗曼·罗兰在他的整部作品中赞美了艺术的不朽，但我却从他身上感到他对世界结构的脆弱表现出加倍的悲哀。他回答我说："艺术能使我们每个人得到满足，但它对现实生活却无能为力。"

那是一九一三年。从我和罗曼·罗兰的那第一次谈话中，我深切地认识到，我们的责任是：不能没有准备和无所作为地面对可能爆发的欧洲大战这个事实。罗曼·罗兰之所以能在关键时刻在道义方面远远超过其他所有的人，是因为他事先早已痛苦地磨练了他的心智。在我们自己的范围内，我们还是可以做一些事情的。我已经翻译过不少作品，介绍我们邻邦的诗人，一九一二年，我曾陪同维尔哈伦走遍全德国，作旅行讲演。那次旅行成了德法关系和睦的象征，维尔哈伦——伟大的法语抒情诗人和戴默尔——伟大的德语抒情诗人在汉堡当众拥抱。我为赖恩哈德争取到维尔哈伦的一个新剧本，我们双方的合作从来没有像当时那样真诚、强烈和冲动。有时候激动起来，我们就陷入忘乎所以之中，认为自己已经给世界指出了正确的拯救道路。但是，世界很少关心这些文学家的宣言，而坚持走自己的险恶之路。世界局势经常处在一触即发的战争边缘。——察贝恩事件①，阿尔巴尼亚危机，一次不明智的记者招待

---

① 察贝恩位于阿尔萨斯。一九一三年，一个普鲁士军官在该地骂阿尔萨斯人是"怪人"，从而导致当地居民与普鲁士军官发生冲突，史称"察贝恩事件"。

会——由磨擦引起的火花从未断过，任何一个小火花都能引起堆积的炸药大爆炸。特别是我们这些身在奥地利的人，深感自己处于动乱的中心。一九一〇年，弗兰茨·约瑟夫皇帝已过八十岁了。这位象征皇权的白发老人不会再长期统治下去了。一种神秘的不安的伤感情绪开始蔓延：在他死后，就再也挡不住千年王朝的瓦解。在奥地利国内，民族矛盾越来越大；在国外，意大利、塞尔维亚、罗马尼亚，在某种意义上还有德国，正在瓜分奥匈帝国。克虏伯公司和勒克勒佐的施奈德公司正在巴尔干战场上用外国的"活人材料"试验自己大炮的威力，就像后来德国人和意大利人在西班牙内战中试验自己的飞机一样。现在我们已陷入激流险滩之中。我们一直惶惶不安，但总想舒一口气："这一次战争没有临头，但愿永远不会落到我们头上。"

　　一般说来，根据经验原原本本地叙述一个时代的面貌，要比再现那个时代的人的心态容易得多。人的心态并不存在于官方的事件中，而是最早存在于细小的个人生活插曲中。我在这里叙述的就是这种生活中的小插曲。说老实话，当时，我不相信战争真的会爆发。可是我遇到的两件事，使我在不同程度上想到战争，并使我的心灵受到震撼。第一件事是"雷德尔事件"，这个事件像历史上发生的所有重要事件一样，其幕后情节鲜为人知。

　　这位雷德尔上校是一起极其错综复杂的间谍案的主要人物。我与他只是点头之交，我们同住一个区，只隔着一条胡同。有一次，我的朋友——检查官 T 在咖啡馆里将他介绍我，这位看起来和蔼可亲、很会享受的先生当时在咖啡馆里吸着雪茄。自那以后，我们见面时会互相打招呼。但是后来我才发现，在生活中间有许多秘密包围着我们，而我们对周围的人却知之甚少。从外表看来，这位上校同其他普通奥地利军官一样，可他却深得帝位继承人的宠信，被赋予重要职权。他领导着军队的秘密情报局，负责破坏敌人的间谍机构。一九一二年，巴尔干战争危机时期，俄国和奥地利都在作战争动员，把矛头指向对方。可是，奥地利军队最机密的"进军计划"却被透露出去，卖给了俄国。倘若打起仗来，奥地利就会一败涂地，因为俄国人事先知道了奥地利进攻部队所有战术行动的细节，这个泄密事件使奥地利参谋部一片惊慌。身为军队情报局最高负责人的雷德尔上校奉命查出叛徒。这个叛徒肯定在军事最高层的小圈子里。但是外交部并不完全相信军事当局的能力，于是背着总参谋部秘密发出指示，独立去调查，它授权警察局，除了采取所有必要措施外，为达到目的，还要开封检查所有来自外国的信件，不必有所顾忌。

一天，一家邮局收到从俄国边境站波特沃罗奇斯卡发来的一封留局待取的信件，收信人的地址是一个暗号:奥佩尔巴尔。打开信一看，里面没有信纸，却有六张或八张簇新的奥地利一千克朗的钞票。这个可疑的发现立刻被报给了警察局。警察局派来一名密探守在取信的窗口附近，只要取信人一出现，就立刻把他逮捕。

不过，眼下这个悲剧开始成为维也纳街头巷尾无所不谈的趣事。中午时分，那位先生出现了，他要求取走那封写有"奥佩尔巴尔"的信。窗口里的邮局职员立刻向密探使眼色，向他发出报警信号，可是密探恰巧去喝早饮。当他回来时，别人告诉他，那位陌生的先生坐上一辆出租马车，不知向何处驶去了。很快，维也纳人又演出了这场悲剧的第二幕，在那个时代，出租马车是一种时髦漂亮的双驾马车；马车夫把自己看成了不起的人物，从来不自己打扫车辆，而是每个停车场都有一些"清洁工"，干喂马和冲洗车辆的活儿。幸亏那位清洁工记住了刚刚驶出的那辆出租马车的牌号；一刻钟以后，所有的警察岗哨都发出警报：马车已经找到。清洁工还描绘了向卡塞尔霍夫咖啡馆驶去的马车里那位先生的外貌。卡塞尔霍夫咖啡馆正是我经常遇到雷德尔上校的地方。另外，有人在马车里碰巧找到了一把小折刀，那位先生就是用这把刀拆开信封的。密探们立刻向卡塞尔霍夫咖啡馆扑去。可惜，人们描绘的那位先生已经离去。但咖啡馆里的服务员非常自信地说，那位先生就是雷德尔上校，绝不会是别人，他刚刚回到克罗姆塞尔旅馆去。

密探被惊得目瞪口呆。秘密被揭开，雷德尔上校，这位奥地利军队情报部门的最高领导人，同时又是被俄国总参谋部收买的间谍。他不但出卖了各种机密和进军计划，而且现在突然都清楚了，为什么他去年派往俄国的间谍一个个被捕和判刑。一阵阵急促的电话铃声响起来，直打到奥地利军队总参谋长康拉德·冯·赫岑道尔夫元帅那里。当时的一位目击者向我叙说，赫岑道尔夫听过电话，脸色刷一下变得像白纸一般。他又把电话打到皇宫，进行一次次的磋商。下面还会发生什么事呢？在这期间，警方采取了防范措施，雷德尔上校无法逃脱了。当他准备再次离开克罗姆塞尔旅馆，向门房交待什么事的时候，一个密探出其不意地出现在他的面前，向他出示那把小刀，礼貌地问道："上校先生，您有没有把这把小刀遗忘在出租马车里？"这一刹那，雷德尔上校知道自己失败了。他向外走去，看到一张张熟悉的面孔，他们在监视他，当他回到旅馆时，有两个军官随他走进房间，在他面前放下一支左轮手枪。在这期间，皇宫已作出决定，以不声不响的方式了结这件军队中十分不光彩的事。两位军官一直站在克罗姆塞尔旅馆雷德尔的房前，直到深夜两点从房间里传出一声枪响。

第二天，所有晚报上都登了一则简短的讣告，宣布这位忠于职守的军官——雷德尔上校突然死亡。但是，在追查雷德尔案件的过程中牵扯到许多人，致使这件事无法保密，人们也逐渐了解到这件事的细节。正是这些细节揭开了雷德尔的心理活动。雷德尔上校是个同性恋者，他的上司和同事竟无一人知道。他落在勒索者手中已有多年，这些勒索者最后逼他走上这条绝路。现在，奥地利军队一片哗然。大家都明白，一旦发生战争，他一个人就能断送成千上万人的生命；奥匈帝国也由于他而陷入崩溃的边缘。直到这步田地，我们奥地利人才明白，过去的一年里，我们已经到了爆发世界大战的关键时刻。

这件事使我第一次感到战争的恐惧。第二天，我偶然遇到贝尔塔·冯·苏特纳①，她是我们时代卓越的、大度的卡珊德拉②。她

---

① 贝尔塔·冯·苏特纳（1843—1914），奥地利女作家、和平主义者，曾任诺贝尔的秘书，一九〇五年获诺贝尔和平奖。
② 罗马神话中的特洛伊公主，预言家。

出身于名门豪贵之家，青少年时代在自己的故乡波希米亚的城堡的附近目睹过一八六六年战争的惨状。她抱着佛罗伦萨夜莺般的热情，认为自己毕生的使命就是防止第二次战争，甚至是完全杜绝战争。她写了一部享誉世界的长篇小说《放下武器》；她组织过无数次和平主义的集会。她一生中最大的功绩是唤醒了甘油炸药的发明人阿尔弗雷德·诺贝尔的良知，促使他设立了诺贝尔和平奖，以弥补他发明炸药所造成的损害。当时她非常激动地向我冲过来，在大街上就高声嚷嚷，而她平时说话是很安静、亲切的。她说："怎么现在人们还不明白刚发生的事，战争已经开始。那些人再一次在我们面前掩盖真相，对我们保密。你们这些年轻人为什么不行动起来？这些事与你们的关系最大！站起来去抵抗！团结起来保卫自己！不能什么都让我们几个老太婆来干，没有人会听老太婆的话。"我对她说，我就要去巴黎。也许我们真的会发表一份联合宣言。"为什么说也许呢？"她急促地说，"形势比以前坏多了，战争机器已经在运转。"虽然我已心神不定，但我还是尽力来安慰她。

　　在法国，我遇到的第二件生活小事不由得使我想起那个老太太的预见是多么准确，她看到了未来。可是在维也纳，人们很少认真对待她的话。那是一件特别小的事，却给我留下了深刻的印象。一九一四年春，我和一位女友从巴黎前往都兰，准备在那里小住几日，为的是要凭吊达·芬奇的陵墓。我们沿着卢瓦尔河散步，春风和煦，我们贪图欣赏春色，晚上回到住处时，两腿似铅重。于是，我们决定到十分安静的图尔城去看电影，过去，我曾在那里拜访过巴尔扎克的故居。

这是郊区小城的一家电影院，它不能与用闪光金属板和玻璃装饰起来的现代化豪华电影院相提并论，只是凑合修起来的一间大厅，里面挤满了各类小人物：工人、士兵、市场上的女商贩，他们是一些真正的老百姓。他们无拘无束地闲聊，同时向污浊的空气中喷着斯卡费拉蒂牌和卡波拉尔牌低劣香烟的蓝色烟雾，尽管室内挂着"禁止吸烟"的标牌。银幕上开始放映《世界要闻》，先是英国的划船比赛，观众照常闲扯和抽烟；接着银幕上出现了法国的阅兵式，人们仍没有注意；随后是第三个画面：威廉皇帝到维也纳拜会弗兰茨·约瑟夫皇帝。在银幕上，我看到了熟悉的维也纳西车站冷冰冰的站台，站台上站着一些警察，正在等候进站的列车。接着出现的是年迈的皇帝沿着仪仗队走过去，准备迎接他的贵宾。弗兰茨·约瑟夫皇帝有点驼背，步履艰难。图尔人看到这位白发苍苍的老先生出现在银幕上时，他们善意地发出笑声。接着是列车进站的画面，第一节车厢，第二节车厢，第三节车厢。沙龙式的豪华车厢打开了，威廉皇帝从中走出来，翘着高高的八字胡，穿一身奥地利的将军服。

威廉皇帝在银幕上刚一出现，昏暗的大厅里立刻爆发出一阵阵刺耳的口哨声和跺脚声，他们完全是自发地大喊大叫吹口哨；男人、女人，还有孩子们，无不发出嘲笑，好像画面上的人侮辱了他们似的。善良的图尔人除了报上登的消息外，并不知道世界上发生了很多事情。他们刚看到威廉皇帝，就像发了疯似的——我感到十分吃惊，不由得惊恐万状。我觉得，经过多年对德国仇恨的宣传，流毒已浸入平民百姓的心里。在这个远离大城市的小城镇，这里的市民和士兵毫无恶意，却对威廉皇帝、对德国有这么大的仇恨。银幕上不过是一闪而过的画面，就引起这么一场骚动，只不过是一秒钟，仅仅一秒钟，可见流毒是多么深广。下面继续放映其他画面时，他们就把刚才的一切忘记了。当晚放映的主片是一部喜剧，观众看得前仰后合，笑个不停，有人乐得把大腿拍得啪啪直响。那仅仅是一秒钟，而那一秒钟却被我看到了。我们曾做出过不少努力，想方设法促进国家间和民族间的谅解。可是到了关键时期，彼此双方的人民是多么容易被煽动起来啊！

那个晚上我心灰意冷，一夜未眠。如果这件事发生在巴黎，虽然我同样会感到不安，但不会这么激动。我觉得十分可怕的是，仇恨的心理已深入外省，深入到善良质朴的平民百姓中间。几天后，我同朋友们讲起这件事，但大多数人并不认为怎么严重，他们说："我们法国人过去也嘲笑过肥胖的维多利亚女王，但两年以后，我们与英国结成了联盟。你不了解法国人，法国人对政治从来不往心里去。"只有罗曼·罗兰的看法不一样，他说："百姓越老实，就越容易轻信。自从彭加勒①当选以来，形势一直不好。他的彼得堡之行并不愉快。"我们长时间地讨论起夏天在维也纳召开的国际社会党代表大会。不过，对这次代表大会，罗曼·罗兰比其他人更持怀疑态度。他说："一旦发布动员令，到底有多少人能坚持得住，谁能知道？我们已陷入一个群情振奋、歇斯底里的时代，在战争中绝不能忽视这股歇斯底里的力量。"

---

① 雷蒙·彭加勒（1860—1934），法国政治家，一九一三年当选为法兰西共和国总统。

但是，我已经说过，这些短暂的忧愁时刻就像风中的蜘蛛网一样，一吹就散了。我们有时也想到战争，除了有时也想到死亡以外，其他的事想得并不多——我们也想到一些可能发生的事，不过，那些事看来还很遥远。因为当时的巴黎实在太美了，我们自己也太年轻，太幸福了。我至今还记得儒勒·罗曼想出来的那出令人着迷的闹剧，为了嘲笑"诗坛王子"，我们故意推举了一个"思想者的王子"，让一个憨直天真的人由大学生们郑重其事地抬到先贤祠前罗丹的塑像前。到了晚上，我们像一群中学生似的在模仿滑稽作品的宴会上大吵大闹。当时正是繁花似锦的季节，微风吹拂，送来一股甜滋滋的气息。面对如此多的欢乐，还有谁愿意想那些不堪设想之事呢？当时，朋友之间的友谊比以往任何时候都更深厚，而且在异国——在"敌对国家"又有了新朋友。巴黎这座城市比以往任何时候都显得更加无忧无虑，而住在巴黎的人也以自己无忧无虑的心情来爱这座城市。在巴黎的最后几天，我陪着维尔哈伦去鲁昂，他要在那里作一次报告。夜里，我们站在教堂前，教堂的塔尖在月光中闪烁着迷人的光辉——如此良辰美景难道只属于一个"祖国"，而不属于我们大家？我们在鲁昂火车站话别。两年以后，在同一地点，一列火车——他歌颂过的机器——把他辗得粉碎。他一边拥抱我，一边对我说："八月一日，在我的卡佑基比克再见。"我答应了，因为我每年都到他的庄园里去看他，和他并肩翻译他的新诗。为什么这一年会不去呢？我也与其他朋友无忧无虑地告别。我向巴黎告别，同样是漫不经心、不动感情的告别，就像一个人要离开自己的家几个星期一样。我以后几个月的计划是清楚的。现在我就回到奥地利去，找个僻静之处，赶写那本关于陀思妥耶夫斯基的书（五年后才出版），这样我就可以完成《三大师传》了。然后，我再到维尔哈伦那里去；也许到了冬天，计划已久的俄国之行就可以实现了。为的是在那里组织一个团体，以增进德语作家同俄语作家之间的相互了解。在我看来，在我三十二岁之际，如一切顺利的话，在阳光灿烂的夏天，世界会变得更美丽，更合乎情理，就像一片可喜的庄稼。我爱这个世界，期望它有一个美好的现在，一个美好的未来。

可是，一九一四年六月二十八日，在萨拉热窝的一声枪响，刹那间把一个我们在其中接受教育、栖身卜居、安全又充满理性的世界像一只空陶罐一样击得粉碎。

一九一四年战争爆发初期

　　一九一四年的那个夏天，即使没有给欧洲大陆带来灾难，也是令人难以忘怀的。因为我很少经历如此美好的夏天，鸟语花香、繁花似锦，我几乎可以这么说，那是最典型的夏天。一连数日天气晴朗，蔚蓝的天空中飘着朵朵浮云，空气湿润，但不闷热；草地上，夏风多温和，芳草亦未歇；郁郁葱葱的树林遮天盖日。当我说起夏天这个词的时候，我必然会想起那年我在维也纳附近的巴登度过的生气勃勃的七月。那是一座充满浪漫主义气息的小镇，贝多芬非常喜欢去那里避暑；我避居到那个小镇，是为了集中精力完成那部关于陀思妥耶夫斯基的作品，然后到我尊敬的维尔哈伦在比利时的乡间别墅去，度过夏天的剩余时间。在巴登，不用离开小镇就能欣赏自然景色。讲究实用的农舍依然保持着贝多芬时代质朴灵巧的风格，错落有致地散落在小山坡上，为一片浓郁的树林所覆盖。露天咖啡馆和餐厅比比皆是，人人可以同来这里休养的快活的客人交朋友。他们有的在公园里盛装游行，有的深入幽径中。

六月二十九日是信奉天主教的国家——包括奥地利——纪念彼得和保罗①蒙难的日子。前一天晚上，许多游客就从维也纳拥到这里来。他们穿着浅色的夏装，无忧无虑、成群结队来到公园的音乐厅前。那一天气候宜人，栗树的上空万里无云。真是一个喜气洋洋的好日子。大人和孩子们都快放假了，夏天的第一个节日仿佛预示着整个夏天会无比美好。举目望去一片苍翠，处处洋溢着欢声笑语，使人忘却了日常生活中的哀愁。当时，我坐在远离公园人群拥挤的地方，读着一本书。现在我还记得，那是一本梅列日科夫斯基②著的《托尔斯泰和陀思妥耶夫斯基》。我读得专心致志，可是，我依然听见穿林而过的风声，唧唧喳喳的鸟鸣和公园那边飘来的音乐声。我一直听着音乐的旋律，并没有觉得被打扰，因为我们的耳朵适应力很强。无论是持续不断的噪音，还是街道上车水马龙的喧闹声，潺潺的流水声，几分钟后就会完全适应。但有一点恰恰相反，只要一种旋律冷不防停顿，反而会引起我们的注意倾听。

所以，当演奏的音乐戛然而止，我也不由得停止了阅读。我只知道音乐停止了，而不知道乐队演奏的是哪部曲子。我下意识地抬起头，目光离开了书本。在林中散步的穿浅色夏装的人群，似乎有些变化，他们突然停止了走动，既不上山也不下山。一定发生了什么事！我站起身来，看到乐师们正在离开乐池。这真是咄咄怪事，平日里公园的音乐会都要持续一个小时或者更长的时间。这突如其来的中断必有缘故。我向前走去，继续观察，发现激动的人群聚在

---

① 耶稣十二门徒中的两人，被罗马皇帝尼禄杀害。
② 梅列日科夫斯基（1866—1941），俄国作家、哲学家、批评家。

乐池前，东一伙西一群，正在议论一条爆炸性的新闻。几分钟以后我才听到，原来是传来一封急电：皇储弗兰茨·斐迪南大公偕夫人在前往波斯尼亚军事检阅时，成为政治谋杀的牺牲品而丧生。

围绕着这一刺杀事件，人越聚越多，把这意外消息一传十，十传百。说实在话，从他们的脸上看不出特别的震惊或愤慨。因为皇储根本不受人爱戴。至今我还记得，在我的童年时代，当皇太子鲁道夫——皇帝唯一的儿子——在梅耶林被人发现饮弹身亡时，全城悲痛万分。人们纷纷拥向街头，想看看他的灵柩，表现出极大的震惊和对皇帝深切的同情，因为皇太子不仅是皇位继承人，还是哈布斯堡王朝中一位进步的、对人极富同情心的皇太子，大家对他抱有极大的期望，而他却在盛年之际离我们而去了。弗兰茨·斐迪南正相反，他恰恰缺少那种和民众打成一片的品质，而这是奥地利人认为极其重要的。他不像皇太子那样讨人喜欢，富有魅力，善于同各方面的人物交际。我曾在剧院里多次观察过他。他坐在自己的包厢里，威风凛凛，神气活现，一双冷冰冰发呆的眼睛从来不向观众投去友好的目光，也从来不真心鼓掌勉励艺术家们。从来没见到过他脸上出现一丝笑容，他的照片没有一张是轻松愉快的姿态。他没有一点乐感，也缺乏幽默。他的妻子同他一样有一副阴沉沉的面孔，在他们周围，气氛也是冷冰冰的。大家都知道，他们没有朋友；大家也知道，老皇帝从心底里厌恶他，因为他迫不及待想得到皇位，他丝毫不会藏匿他这种心情。我几乎有一种神秘的预感，这个脖子长得像叭儿狗，两眼阴冷发直的先生，总有一天会带来不幸。这不只是我个人的预感，也是整个国家的预感。因此，他遇刺的消息并没有引起人民的深切同情。两个小时后，我再也没有看到真正悲哀的表示。一切又恢复常态，该谈天的谈天，该欢笑的欢笑。到了深夜，餐馆里又奏起了音乐。有很多奥地利人在这一天暗暗舒了一口气，觉得老皇帝的这位继承人丧命对那位比较可爱的年轻的卡尔皇子十分有利。

毫无疑问，第二天所有的报纸都刊登了详细的讣告，并对刺杀事件表示出恰如其分的愤慨，却完全没有暗示要利用这次事件对塞尔维亚采取政治行动。对皇室来说，斐迪南之死引起了另一桩烦恼，那就是他的安葬问题。由于皇储的身份，尤其考虑到他是因公殉职的，按理说，他完全可以在维也纳的方济各会教堂墓地占一席之位，这是哈布斯堡皇室历来安葬皇室成员的地方。他生前为娶那位出身伯爵门第的肖台克，曾与皇室作过长期激烈的斗争。肖台克虽然出身大贵族，但根据哈布斯堡皇族四百年的秘密家法，她同斐迪南不是门当户对的，她的孩子是没有继承权的；在隆重的典礼上，其他皇子的夫人们强烈要求走在皇储夫人前面。宫廷的傲慢即便对一个死去的女人也不放过。怎么办？让出身伯爵门第的肖台克安葬在哈布斯堡陵园？不，绝不许这么办。于是，幕后活动大肆展开了。皇子的夫人们川流不息地拥到老皇帝那里。政府当局一方面要求老百姓在正式场合表示深切哀悼，另一方面又在皇宫里玩弄了一套野蛮的混淆是非的诡计。像往常一样，死者总是没理的。负责典礼的官员发明了一套说辞：死者生前的愿望是葬在阿尔茨台滕，奥地利外省的一个小地方。找到了这样一个假造的、尊重死者的借口，公开向遗体告别、吊唁、出殡，以及其他与此相关的争执也就轻易地解决了。两位死者的棺材被悄悄送到阿尔茨台滕，并排埋葬在那里。好看热闹的维也纳人失去了一次大好机会，他们很快就开始忘记这个悲剧事件。总之，奥地利人经过伊丽莎白皇后和鲁道夫皇太子的不幸离世及皇室成员不体面的出逃，早就形成了习惯看法：这位老皇帝在经历了家族的多灾多难后，仍会寂寞而又顽强地活下去。不过再过几个星期，弗兰茨·斐迪南的名字和形象就将从历史上永远消逝。

可是，大约过了一个星期，报纸上又突然开始争论起来，而且调门越来越高，时间又完全一致，使人感到绝非偶然。塞尔维亚政府受到指责，说它默许了这次刺杀事件。一半报道暗示奥地利对本国皇储——据说非常受人爱戴——被刺绝不会罢休。人们不能摆脱这样的印象：必然采取某项国际法律行动，但是谁也没想到过战争。无论是银行、商店，还是个人，都照常处理自己的事情。这种与塞尔维亚无休止的争论与我们有什么关系呢？我们大家只知道塞尔维亚给我们出口生猪，不是签订了许多协定吗？我已经打点行装，准备去比利时维尔哈伦那里，我的稿子正写得顺手。躺在豪华棺材里的皇储与我的生活有何相干呢？夏天从来没有像今年这么美，而看来会越来越美，我们都无忧无虑地看着这个世界。至今我还记得很清楚，我在巴登的最后一天同朋友走过葡萄园的时候，一位种葡萄的老农对我们说："像今年这样好的夏天，我已经长时间没经历过了。如果今年夏天一直这么好，葡萄收成将比任何年头都好。我们会永远记住今年的这个夏天！"

这个穿着蓝色酒窖工作服的老头，他自己不知道，他说的这句话千真万确。

每年到维尔哈伦的乡间别墅做客以前，我都先到奥斯坦德附近的小浴场勒科度过两星期，那里同样是一片无忧无虑的气氛。度假的人有的躺在沙滩的彩色帐篷里，有的在海水里游泳；孩子们在放风筝，年轻人在咖啡馆前面的堤坝上跳舞。各国游客和平地集聚在一起，我听到不少人说德语，感到无比亲切，因为邻近的德国莱茵地区的人们年年都喜欢到这比利时的沙滩上过暑假。这儿的沙滩上虽然人潮如织，但相当安静。唯有报童的大声喊叫才能击破这种宁静。他们喊着惊人的标题："奥地利向俄国挑衅"、"德国正在战争总动员"，以兜售报纸。我看到那些买了报纸的人脸色变得阴沉，不过，不出几分钟就恢复了常态。再说，多年来我们早已熟悉了那些外交纷争，它们在特别严重的最后时刻总能得到顺利解决。为什么这回不是这样呢？半个小时后，我看到报童们卖完报纸，也成了一群欢乐的儿童，噼噼啪啪踩着海水嬉游；风筝冉冉升起，海鸥翻翻飞舞；日有九光，普照一片和平的土地。

可是，恶劣的消息越来越多，越来越危险。先是奥地利向塞尔维亚发出最后通牒，接着是塞尔维亚支吾搪塞的答复。君主之间的电报不断，最后双方几乎不再隐瞒战争的动员。我再也不能待在这个偏僻、闭塞的小地方了。我每天乘电车到奥斯坦德去，期望消息更灵通一些，而传来的消息越来越坏。人们依然在洗海澡，旅馆依然爆满，堤坝上依然有不少避暑的旅客在散步、欢笑、聊天。但是，这中间第一次出现了新鲜事。我们突然发现，有不少比利时士兵出现在海滩上，他们平时绝不会到这里来。机枪安装在小车上，由狗拉着走过，这是比利时军队的奇特之处。

当时我正坐在咖啡馆里，同几个比利时朋友在一起，其中一位是年轻的画家和作家费尔南·克罗默林克[①]。下午，我们和詹姆斯·恩索尔[②]一起度过的。恩索尔是比利时最伟大的现代画家，一个古怪的、孤寂的隐居者。他曾为军乐队作了一些不成样子的波尔卡舞曲和华尔兹舞曲，可他却为这些作品感到自豪，认为远远胜过他创作的油画。他的画富于幻想，色彩斑斓。那天，他把他的作品给我们看，这本是他不愿做的事，因为他心中有个怪想法，他希望有人能买他的一张画。他的美梦是，以高价卖出，但同时又把画留在自己身边。朋友们笑着对我说，他这个人既贪钱，又舍不得自己的每一部作品。每当他卖出一幅画，他会悲观失望好几天。这位天才的吝啬鬼满脑子稀奇古怪的念头，使我们感到很开心。正当一队用狗拖着机关枪的士兵从我们面前经过时，我们中间有一人站起来，摸了摸那条狗。军官十分生气，他担心对他作战用的东西表示爱抚可能会损害军队的尊严。我们中间有人嘀咕道："这样频繁地调动军队，到底有啥用？"有人当场反驳他："必须采取预防措施。也就是说，一旦打起仗来，德国部队要从我国突破。""不可能！即便打起仗来，德国和法国打得只剩最后一人，你们比利时人依然会安然无恙。"我充满自信地说，因为在那个古老的世界里，人们还相信条约是神圣不可动摇的。而那位悲观主义者却毫不让步。他

[①] 费尔南·克罗默林克（1886—1970），比利时作家。

[②] 詹姆斯·恩索尔（1860—1949），比利时画家。

说，比利时采取这些措施，必然有道理。早在几年前我们就听闻德国总参谋部有一项秘密作战计划，一旦进攻法国，德军就要穿过比利时去攻打法国，什么条约不条约，全是些废纸。我也同样不让步，在我看来，一方面让成千上万的德国人到这里来度假，尽情享受这个中立小国的殷勤接待，另一方面却在边境集结军队对付来犯之敌，这岂不荒唐！我说："这全是无稽之谈！如果德军向比利时进军，你们就把我吊死在这根灯柱上。"今天，我要感激我的这些朋友，因为他们后来没有把我这句话当真。

在七月的最后几天，正是形势危急的时候，每小时都传来一个自相矛盾的消息。威廉皇帝给沙皇的电报，沙皇给威廉皇帝的电报，奥地利向塞尔维亚宣战，饶勒斯被暗杀。谁都知道，形势越来越严重，一股不安的冷风吹到海滩，把海滩一扫而空。数以千计的人离开旅馆，奔向火车站。纵是那些不相信战争的人也开始加速收拾行李。就连我自己，刚一听到奥地利向塞尔维亚宣战的消息，就赶紧订了一张火车票，真是及时，因为那班奥斯坦德快车已是比利时开往德国的最后一班车了。我们站在车厢的过道里，焦急不安。每个人都在同别人讲话，没有一个人安安静静地坐在那里，没有一个人看书。每到一站就有人急匆匆地跳下车厢去打听消息，内心却暗暗地抱着希望，能有一只强有力的手把脱缰的命运重新拉回来。直到那时，我们依然不相信战争已经开始了，更没有想到战争会波及比利时。人们之所以这么想，是因为不愿相信这种疯子开的玩笑。列车离国境线越来越近。我们通过了比利时边境车站韦尔维耶。德国的列车员登上车厢，十分钟之后，我们就在德国境内了。

但是，在列车驶向德国第一个边境站的途中，突然在野外停下来。我们挤在车厢过道里，向窗外望去。发生了什么事？我看到一列货车在昏暗中迎面驶来，车厢用帆布盖着，隐隐约约透出大炮的形状。我的心怔住了。这一定是德国的军队在开往前线。直到那时，我还是不相信战争，说不定这仅仅是防护措施，只不过是战争动员式的威胁，我这样安慰自己。人总是这样，在紧急关头抱一线希望的力量是非常巨大的。终于传来了"通行"的信号，列车开动了，总算到了赫尔倍施塔尔车站。我一步跳下车厢踏板，打算买张报纸看看消息，可是车站被军队占领了。当我想走进候车室时，一个车站公务员守在已上锁的门前，他胡须雪白，脸色严峻，他说，谁也不准进候车室。隔着门，我听到了叮当的刺刀声和刺刀放在地板上时的笃笃声，门上的玻璃被小心谨慎地挡上了布。毫无疑问，那件可怕的事终于发生了。德国军队公开践踏国际法的一切准则，要进攻比利时。战争行动已经开始。我极度不安地登上车厢，列车继续向前，驶向奥地利。现在毋庸置疑：我正向战争驶去。

第二天早上，我终于到了奥地利！每个车站都张贴着宣布战争总动员的告示；各类列车上旗帜飘扬，装满了刚入伍的新兵，音乐声震耳欲聋。我发现维也纳全城都在发疯，人们从对战争最初的恐惧一下子变成了对战争的狂热。其实，谁也不愿意打仗，人民不要战争，政府也不要；这次战争原本是外交家们虚张声势和讹诈的一种手段，但他们违背了自己的意图，弄假成真。维也纳大街上走着各种各样的队伍，突然间，到处是旗帜、标语、音乐。年轻的新兵满怀胜利的信心在行军，脸上露出得意的微笑，他们是社会上的小人物，平时不会有人对他们表示尊敬和庆贺，而现在他们却受到全城的欢迎。

　　说老实话，我不得不承认，群众中最初爆发出来的那种情绪，确有崇高和吸引人之处，甚至有一股使人难以摆脱的诱惑力。尽管我非常厌恶战争，憎恨战争的狂热，可是我依然不愿在我一生的回忆中省略掉那次战争的最初几天。成千上万的人尽管在战前和平时期就相处得很好，可他们从来没有战争刚开始时的那种情感，感觉他们属于一个整体。一座二百万人口的城市，一个几乎有五千万人口的国家，战争使它们一下子变成一个中心，体现一种意志，觉得自己就是世界的历史；他们在经历一个一去不复返的时刻，觉得随时都会被召唤，把渺小的"我"融化到火热的群众中去，把个人的私心消灭在其中，什么地位、语言、阶级、宗教信仰，所有差别都被暂时的兄弟情谊的巨涛淹没了。在大街上，素不相识的人在攀谈；长年相互回避的人现在握手了；到处看到的是生气勃勃的面孔。每一个人都经历着一个自我提高的过程，他不再是一个像先前那样孤立的人，而是群众中的一员；他是人民，是人民中的一员；平时不受尊重的人，现在受尊重了。一个邮局的小职员平时从早到晚分拣信件，从星期一到星期六，从不间断；还有抄写员、鞋匠，在他们面前突然出现了他们一生都很少碰到的富有浪漫色彩的机遇：他可能成为英雄。每个人都能穿上军装，妇女们会向他们祝贺；留下来的人早就怀着崇敬的心情用这个富有浪漫色彩的名称——"英雄"——和他们打招呼。那些新兵承认，一股尚不熟悉的力量把他们从日常生活中拉出来，尽管在狂热的最初时期，母亲的忧伤，妻小的恐惧，她们羞于把这种最真挚的情感显示出来，但他们还是清楚地感觉到的。不过，也许在飘飘然的感觉中还有一种更深厚、更秘密的力量在起作用。那股向人类袭来的惊涛骇浪是那么强大、那么突然，以致把人身上潜藏的无意识的原始欲望和本能像气泡一样冲到表面，这就是弗洛伊德深刻看到的，被他称作"对文化的厌恶"。这些有原始欲望的人，要求冲破维持世界长久安宁的一切法律和条文，放纵自己最古老的嗜血本能。也许这些暗中的力量也投入到狂暴的陶醉中，其中混杂着各种东西：牺牲精神和酒精、冒险的乐趣和愚昧的信仰、投笔从戎和爱国主义言词的魔力——这些可怕的，几乎难以用语言形容的，使千百万人狂妄的情绪为我们那个时代最大的犯罪行为——发动战争——起到了推波助澜的作用。

只经历过第二次世界大战的今天这一代人，或许会感到疑惑：为什么我们没有经历过这些事？为什么一九三九年的群众没有像一九一四年的群众那么狂热？为什么一九三九年的群众仅仅是严肃地、坚决地、默默地、听天由命地服从召唤？一九三九年的战争是一场有关思想意识的战争，并不是仅仅为了争夺殖民地或改划国界。难道这次战争不如前一次战争？难道这次战争比不上前一次战争更神圣、更崇高？

答案很简单：因为一九三九年的世界不像一九一四年的世界有那么多幼稚的、天真的信仰。当时的老百姓信任权威，从不怀疑。

在奥地利，没有人敢想，最最尊敬的一国之父弗兰茨·约瑟夫皇帝在他八十四岁的时候，没有特别的必要，会号召人民起来斗争；没有人敢想，如果没有凶残的、狡猾的、罪恶的敌人威胁着帝国的和平，他会要求人民流血牺牲。再说，德国人在报纸上看到奥地利皇帝致沙皇的许多电报，在那些电报中，老皇帝始终声称要为和平而斗争。当时的奥地利人民不仅忠于皇帝，对"高级人物"、大臣、外交家，以及他们的洞察力和忠于职守，也深信不疑。如果发生了战争，那不是政治家们的过错，战争是违背他们意愿的；全国上下，没有一个人有一丁点儿错误；也就是说，发动战争的罪犯必定是在别的国家。我们拿起武器只是为了自卫，是针对卑鄙阴险的敌人的一种自卫。敌人没有一丝一毫的理由就"突然袭击"爱好和平的奥地利和德国。而到了一九三九年，情况完全不同了，整个欧洲已经没有这种对政府忠实的迷信，至少没有对政府能力的迷信。自从人们愤怒地看到外交活动怎样在凡尔赛背叛了持久和平的可能，人们就瞧不起外交。这些外交家恬不知耻地用许诺裁军、不搞秘密外交来欺骗各国人民，对此，他们记得太清楚啦！从根本上说，一九三九年的人民不尊重任何政治家。没有人信任地把自己的命运托付给他们。一个最普通的法国修路工人也可以公开讥讽达拉第①。在英国，自从《慕尼黑协定》——提出所谓"为了我们这一代的和平"——签订以来，没有人再相信张伯伦的远见。在意大利和德国，群众恐惧地望着墨索里尼和希特勒：他要把我们推向何方？当

---

① 爱德华·达拉第（1884—1970），法国政治家。

然，群众不能反抗，因为这关系到祖国。所以，士兵们不得不拿起枪，妇女们不得不让自己的孩子出发，但是不像从前那样抱着不可动摇的信念，认为牺牲是不可避免的。人们服从，但不会欢呼。人们到前线打仗，但不再梦想当英雄。现在，各国人民和每一个人都已经感到，他们只不过是牺牲品，不是为了世界上的愚蠢政治，就是为了不可捉摸的凶恶命运。

而在一九一四年，广大群众享受了几乎半个世纪的和平生活，他们对于战争又能知道些什么呢？他们不知道战争是怎么回事，他们几乎没想到会有战争。他们认为，战争是一种传奇，恰恰因为遥远，所以颇富英雄色彩和浪漫色彩。他们看到的战争，始终是从教科书里或者美术馆里看到的：骑兵穿着闪闪发光的盔甲，举着长矛在进行你来我往的厮杀；致命的一枪总是正中敌人心脏。大获全胜，高奏凯歌——所以，在一九一四年八月，新兵们向母亲高喊："我们一定会回来过圣诞节。"在农村和城市，谁还记得起"真正"的战争是个什么样子？幸好还有几个参加过一八六六年反普鲁士战争的白发苍苍的老人，他们还记得打仗的事。不过，那是一场速战速决、流血不多、距今遥远的战争；整个战役只打了三个星期，双方都无大伤亡，很快就喘过气来。而这一次，普鲁士成了奥地利的盟国。在老百姓看来，一九一四年的战争也不过是一次浪漫色彩的短暂郊游，一场热烈的、豪迈的冒险。甚至有一些年轻人生怕错过一生中绝妙的机会，所以急急忙忙跑去报名参军，在开往激烈战场的列车里欢呼、歌唱。整个奥地利帝国的血管里都鲜血沸腾，头脑发热，忘乎所以。但是，一九三九年这一代，他们知道战争是怎么回事，他们不再欺骗自己。他们知道，战争不是浪漫主义的，而是残酷的。他们知道，战争打起来不会速战速决，而是拖延好多年，战争耽误的时间一生都无法弥补。他们知道，向敌人冲锋时不会带着橡树叶和彩色绸带，而是在战壕里一待就是几个星期，饥渴难忍，全身长满虱子；他们心里很明白，还没看到敌人，就会被远处射来的炮弹击得粉碎或打成残废。以前他们在报纸上和电影上看到过这种残忍的杀人新技术、新手段；他们知道，巨大的坦克在行进中会把伤员辗成肉酱，飞机会把睡在床上的妇女和儿童炸得粉碎。他们也知道，一九三九年这次世界大战，就其灭绝人性的机械化来说，比历史上任何一次战争都要卑鄙、残忍、非人性胜过千倍。一九三九这一代人中，没有一人会相信，战争中会有上帝所希望的正义。更糟糕的是，他们再也不相信通过战争取得的和平有什么正义性和持久性。因为他们对上一次的战争所带来的一切失望记忆犹新：战争带来的不是富裕而是贫穷，不是满意而是怨恨。战争带来的是饥馑、货币贬值、公民自由丧失、被外国统治奴役、一种令人头疼的不安全感和人与人之间的不信任。

诚然，还有这样一种差别。一九三九年的战争具有一种思想意义。这场战争关系到自由，关系到一种精神财富，是为了一种思想而斗争。这使得人更坚决、更果断。一九一四年的战争则不同，它不知道要从现实中得到什么，它只是一种幻想，梦想建立一个更美好、更正义、更和平的世界。正因为是幻想，而不是科学，才使人觉得参加战争是一种幸运。因此，那些牺牲者像醉汉一般欢呼着奔向死亡，钢盔上戴着花环和橡树叶。大街上则人声鼎沸，家家灯火通明，仿佛在过节。

　　我自己没有陷入这种爱国主义的一时狂热中，并非由于我特别冷静或者看问题特别清楚，而是由于我在此以前的那段生活。两天前我还在"敌国"待过，而且我深信不疑，比利时的广大群众和我们自己的同胞一样生活在和平的环境里，对战争毫无所知。此外，我长期过着一种国际性的生活，今天在这个国家，明天又到了另一个国家；要我一夜之间突然去憎恨另一个世界，那是办不到的。因为那个世界就像我自己的世界一样，也是我的祖国。多年来我就对政治表示怀疑，最近几年，我经常同法国和意大利的朋友们谈论起荒谬战争爆发的可能性。因此，在一定的程度上我事先打了预防针，不相信蔓延四方的爱国主义热情。我已作好准备，面对战争初期的狂热病，我绝不动摇自己的信念：经过一场由不明智的外交家和无人性的军火大亨发动的兄弟国家之间的战争，欧洲必然会统一。

　　因此，我内心里已经决定，从战争开始的最初时刻起，我就要作世界公民；作为一个国家的公民，要坚持正确的立场是很困难的。虽然当时我才三十二岁，但暂时还不用服兵役，因为所有的服役检查我都不合格。对此，我打心眼里高兴得很，因为这样落选使我节省了一年服兵役的时间。此外我觉得，在二十世纪去学习和掌握杀人的武器，是罪恶的时代性错误。我坚持自己的信念，正确的态度应该是：宣布自己是这次战争的"拒服兵役者"。可以想象，这样做在奥地利要受到严厉的惩罚（在英国则相反）。敢于这样做，要有一种真正为信仰而牺牲的坚定信念。而我本性缺乏这种英雄气概——今天我并不羞于承认这个缺点，在一切危险场合，我总是采取回避态度。而且不止一次我由于这个缺点受到别人的指责。我崇拜的大师鹿特丹的伊拉斯谟在另一个世纪里也常常受到这方面的指责。另一方面，作为一个相对年轻的人，在那样一个时代，如果要别人把他硬拉出来，扔到一个他不愿去的地方，这有多难受。所以我四处寻找我能干的工作，只要不是煽动性的工作就行。在我的朋友中有一个较高级别的军官，管理军事档案馆，这使我有可能被安插到他那里去。我可以作图书管理员，我的语言知识在那里也有用，可以帮着修改某些要公布的告示之类。当然，这不是一件煊赫的差使，我今天自愿承认，但这是一件很合适的工作，比被一个俄罗斯农民用刺刀戳进肚子合适多了。而且，在干完这件不紧张的工作之后，我还可以去做另一件在我看来是战争期间最重要的工作：为将来的相互谅解而工作。

我在维也纳自己朋友圈子里的处境要比职务上的处境困难得多。在我们作家中，只有极少数人受过关于欧洲的教育，大多数作家完全生活在德语的环境里。他们认为，鼓动群众的热情，用诗意的口号或者科学的意识形态从根本上美化战争，才是他们能做的最好的工作。几乎所有德语作家，比如以霍普特曼和戴默尔为首的御用文人，相信自己的责任是像古老的日耳曼时代那样，用诗歌和文字激励奔赴前线的战士要有牺牲精神。他们的诗像阵阵暴雨，把战争和胜利、苦难和死亡写成押韵的诗篇，这样的诗在当时遍地皆是。他们煞有介事地发誓，他们再也不和任何一个法国人或英国人搞文化合作。更有甚者，一夜之间他们拒不承认历史上有英国文化和法国文化。他们认为，那种文化与德意志的特性、德国的文化和艺术相比，是微不足道的和没有价值的。有些学者走得更远更恶劣。譬如，哲学家们突然之间失去了智慧，竟把战争解释成为把涣散的各国民众振奋起来的"洗礼"。医生们也同他们站在一起，他们把自己的整形术夸耀得天花乱坠，好像补换上的假腿比原腿还要灵活，还要健康，说不定会有人喜欢截下真腿换上假腿呢！各教派的教士也不甘示弱，参加到这大合唱中来。有时我仿佛听到一群狂徒在怒号。而这些人在一个星期、一个月之前还是理智的、有创造力和有人性的人，为我们所敬佩。

但是，这种疯狂最使人震惊的，是那些发狂的人大多是诚实正直的。他们中的大多数因年事已高或身体弱而不能服兵役，他们诚心诚意地认为自己有责任干一些力所能及的工作。他们认为，他们以前创造的作品有愧于德国语言，从而也有愧于人民。所以他们现在要用语言来为人民效劳，让人民听到自己喜欢听的声音。在这场战争中，正义完全在自己的一边，非正义在敌人的一边；德国必胜，敌人必败——他们完全没有预料到，他们这样做完全背叛了作家的真正使命：作家是人类一切人性的维护者和保卫者。当最初那股激情消失以后，有些人很快就尝到了苦头，感到自己说的全是谎言。但是，在最初的几个月里，人们听得最多、喊得最凶、唱得最响亮的，是敌我双方都在拼命表演的大合唱。

在这种如此天真、同时又是十分荒唐的狂热中，最典型、最令人震惊的事例，莫过于恩斯特·利骚①。我同他很熟，他写过一些短小精悍的诗，是我想得起来的心肠最好的人。我今天仍然记得，他第一次来见我时，我紧咬着嘴唇，生怕笑出声来。在我的想象中，抒情诗人一定是身材修长、仪表消瘦，就像他写的精练的德语诗一样。文如其人嘛。可是当他进入我的房间，一步三摇，胖得像只桶，面容和善，双层下巴，不，是四层下巴，竟是个小矮胖子。他精力充沛、信心满满，但口齿结巴。他说起话来，一再引用自己的诗句而不能自制，完全沉湎于诗歌创作之中。不过，他这些可笑之处反而招人喜欢，因为他热心、友好、诚恳，而且对自己的艺术怀着一种几乎是着了魔的献身精神。

他出身于一个富有的德国家庭，在柏林的弗里德里希-威廉高级中学受过教育，也是我认识的最普鲁士化或者说被普鲁士彻底同化的犹太人。他只说德语，也从来没有离开过德国。德国对他来说就是世界，越是德国的东西，他就越热爱。所以约克②、马丁·路德和施泰因③是他心目中的英雄。德国自由战争是他最喜欢写的主题。他崇拜巴赫，称他是音乐的上帝。虽然他手指又粗又胖，像海绵一样，弹起巴赫的曲子来却异常出色。没有人像他那样了解德国的抒情诗，也没有人比他更热爱德国语言，并为之陶醉。像大多数犹太人一样，他的家庭很晚才进入德国的文化界。他比最虔诚的德国人更信赖德国。

---

① 恩斯特·利骚（1882—1937），德国抒情诗人、剧作家。一九一四年发表了一首题为《憎恨英国》的诗，名噪一时。
② 汉斯·约克·冯·瓦丁堡（1759—1830），普鲁士陆军元帅。
③ 施泰因男爵（1757—1831），普鲁士王国政治家、改革家。

战争刚一爆发，他做的第一件事，就是急急忙忙到兵营去，报名当一名志愿兵。我能够想象出，当这个矮胖子气喘吁吁地爬上楼梯时，那些上士和列兵会笑成什么样子。他们很快就把他打发走了。利骚非常绝望，但是他像其他人一样，现在至少可以以写诗为祖国效劳。对他来说，报纸和战报上所写的一切都是千真万确的事实。是别的国家突然侵犯了他的祖国，完全像威廉街上的剧院所演出的那样。最坏的战犯是那个背信弃义的英国外交大臣格雷①勋爵。英国是进攻德国和发动战争的罪魁祸首。他把这种感情写进了《憎恨英国》一诗中，这首诗——我今天手头没有这首诗——用激烈的、简洁的、富有表现力的诗句掀起了对英国的仇恨，并发誓永远不原谅英国的"罪行"。不久就出现了灾难性的情况，说明掀起仇恨是多么容易的事（那个肥胖的、昏了头的犹太人利骚先一步学会了希特勒的伎俩）。这首诗像一枚炸弹在弹药库里爆炸，以前所未有的速度传遍了全国，纵然是《守卫在莱茵河畔》也没有传播得如此迅速。皇帝深受感动，特意奖给利骚一枚红色雄鹰勋章。所有的报纸都转载了这首诗；老师在课堂上念给学生们听；军官走到前线朗诵给士兵听，直到每一个士兵将这仇恨经背得滚瓜烂熟。但这还不够，这首短诗被配上了音乐，改编成大合唱，在剧院演出。不久，在七千万德国人中没有一人不能从这首诗的第一行默念到最后一行。这首诗也传到了全世界——当然，没有多大热情。一夜之间，恩斯特·利骚红得发紫，享受到一名诗人在战争中的最高荣

---

① 爱德华·格雷（1862—1933），英国政治家，一九〇五年至一九一六年间任英国外交大臣。

誉。当然，这种荣誉后来又像内萨斯衬衣①一样把他烧毁。因为战争刚一过去，商人重新开始做起生意，政治家真诚地为和解做出努力，人们想方设法要求抛弃那首永远与英国为敌的诗。政治家为了推卸责任，把可怜的"仇恨的利骚"斥为当时鼓吹疯狂的歇斯底里的仇恨的唯一罪人。实际上，在一九一四年，所有人都有这股歇斯底里的仇恨。每个在一九一四年赞美过他的人，到了一九一九年很明显地都不理他了。报纸不再发表他的诗作；当他在同伴们中间露面，立刻会引起难堪的沉默。后来，这位孤独者被希特勒赶出他为之忠诚效劳的德国，默默无闻地死去。他是那首诗的牺牲品，那首诗曾把他捧得很高，为的是以后把他摔得粉碎。

当时所有人都像利骚一样。我不否认，作家、教授和当时突然冒出来的爱国者们，他们的感情是真诚的，也真心实意地想干点什么。但是不久就已经可以看出，他们对战争的赞美和放纵的仇恨心理酿成了多么可怕的后果。所有参战国的人民在一九一四年都处于亢奋的状态。最恶毒的谣言立刻会变成真的，最荒唐的诽谤也有人相信。在德国，有几十人发誓说，他们亲眼看到载满黄金的汽车从法国开往俄国。战争开始后的第三天或第四天，报纸上便充斥着各种挖眼睛、斩手指的童话。那些传播谣言的不知情者，他们哪里会知道，这完全是凭空想出来的，为的是谴责敌人的士兵。这种伎俩本身就是一种战争手段，像炸药和飞机一样。他们不知道，在每次

---

① 希腊神话中染有半人半马怪兽内萨斯的毒血的衬衣，比喻带来灾难的礼物。

战争开始的最初几天，报刊上都会出现这种报道。战争和理性等正常的感情是不相容的。因为战争需要感情的冲动，需要有为自己事业而奋斗的热情，还要有对敌人的仇恨。

话又说回来，依人的本性，强烈的感情不会永久持续下去，个人如此，国家和民族也是如此；这一点军事当局甚为知晓。因此，它需要人为的煽动，需要不断给人服用狂热的"兴奋剂"。而这种工作只能由知识分子来承担。诗人、作家和新闻记者，不管是问心无愧还是问心有愧，不管忠诚还是例行公事，都要干这种鼓动人心的工作。他们既然敲起了仇恨的锣鼓，就要用力敲下去，一直敲到那些正经的老百姓耳朵直响，心脏打颤。几乎所有的国家，无论是在德国，还是在法国、意大利、俄国、比利时，无不把"战争宣传"的任务交给顺从的知识分子，他们用自己的笔来鼓动战争的狂热和对敌国的仇恨，而不是教他们反对战争。

后果是严重的。当时的宣传部门还没有声名狼藉，尽管人民大众十分失望，但是他们对报刊文章却是十分相信的。因此，最初几天那种纯净、美好、勇于牺牲的热情，慢慢转化为最恶劣的、最愚蠢的放纵行为。在维也纳和柏林，在环形大道和弗里德里希大街，同英国和法国"作斗争"更有效更方便。商店的法语或英语招牌全部取消，甚至纯洁少女修道院（Englischen Fraulein）的名称也要修改。人民太激动太狂热了，殊不知此处的"Englisch"是"天使"之意，并不是指盎格鲁-撒克逊人。那些老实正经的生意人在信封上写上或盖上"上帝惩罚英国"的字样。社交界的妇女发誓（并写信给报纸）一辈子不再说一句法语。莎士比亚的戏剧被赶出德国舞台；莫扎特和瓦格纳同样被赶出法国和英国的音乐厅。德国的教授宣称但丁是日耳曼人；法国的教授宣称贝多芬曾是比利时人。他们肆无忌惮地把精神文化财富像粮食和矿砂一样从敌国运来。那些国家成千上万的公民每天在战场上互相残杀，这还不够；他们还在后方互相辱骂，互相攻击对方已经死去的伟人——而他们在坟墓里已默默躺了好几百年了。这种精神疯狂越来越荒唐。自走出校门就从来没有打开地图、没有离开自己居住的城市的厨师反而相信，没有桑夏克（波斯尼亚边境的一个小地方），奥地利就无法生存。马车夫在大街上争论，应该向法国索要多少战争赔款，是五百亿还是一千亿，实际上，他们甚至搞不清十亿有多少。没有一座城镇，没有一个阶层的人士不陷入可怕的仇恨的歇斯底里之中。传教士在祭坛上说教；一个月以前还把军国主义谴责为最大犯罪的社会民主党人，喧闹得比别人更厉害，为的是遵照威廉皇帝的旨意，不当卖国贼。那是无知的一代人的战争，恰恰由于各国人民相信自己这一方完全是正义的，才铸成了战争的最大危险。

一九一四年战争开始的最初几周里，要想与人进行一次理智的谈话，渐渐变得不可能了。最爱和平、心地最善良的人，也像喝醉了似的满脸杀气。我的朋友们，我一直把他们看作坚定的个人主义者，甚至是思想上的无政府主义者，一夜之间，他们都成了爱国者，并且从爱国者变成贪得无厌的吞并主义者。每次谈话都用一句愚蠢的陈词滥调结束，如："谁不会恨，谁就不会真正地爱。"或者以粗暴的怀疑态度结束谈话。多年来我同他们从未吵过也没斗过的同伴们，这次反倒粗暴地责备我，说我再也不是奥地利人了，说我应该到法国或比利时去。不错，他们甚至谨慎地暗示，他们原本想让当局知道我的观点，诸如"战争是一种犯罪"和"失败主义者"，而"失败主义者"这个在奥地利最严重的罪名——则是法国刚刚发明出来的漂亮词汇。

出路只有一条：在别人头脑发热大声喧闹的时候，退回到自己的内心并保持沉默。做到这一点并不容易。我清楚地认识到，纵使我独自流亡到国外，也不见得比孤独一人生活在祖国坏多少。在维也纳我有许多老朋友，但他们都远离我而去。要结交新朋友，还不是时候。只有莱内·马利亚·里尔克还能交交心。他同我一样，有幸在一家偏僻的军事档案馆效劳，他根本不可能成为一个战士，因为他的神经太脆弱了，经不起任何肮脏、异味、嘈杂对他的侵袭。有一天，有人敲我的门，一个战士胆怯地站在门前。我惊呆了，好久才缓过神来：是里尔克！穿着军装的莱内·马利亚·里尔克！他看上去又乖又笨，高高的军服领子紧箍在脖子上，这套军服把他的思想全搞乱了，因为他不得不十分留心，遇到任何一个军官都要并腿立正行军礼。他这个人平时非常注重仪表和举止的规范，穿上这身简单的军服，他也尽量摆出军人的架式。所以他始终慌慌张张，不知所措。他轻声轻气地对我说："自从上完军事学校以后，我就讨厌军服，我想，我再也不用穿它了。可是现在我快四十岁了，又穿上了它！"幸亏有人向他伸出援手，不久，一次有利于他的健康检查使他免于服兵役。他又来看过我一次，向我告别，这次他穿着平民服装。他走进我的房间时简直像飘进来的（他迈步轻得使人觉察不出）。他说，他还要感谢我，因为我请罗曼·罗兰帮忙，把他在巴黎被没收的书救了出来。他第一次看上去不再年轻了，好像恐惧使他精疲力竭。他说："如果只能到外国去，就到外国去！战争就是监狱。"说完他就走了。又剩下我独自一人。

几个星期以后，为了躲避那种危险的群众变态心理，我决定离开维也纳城，到一个偏僻的郊区去，以便在战争期间开始我自己的战斗：同那些掀起群众狂热的背叛理性的行为作斗争。

为崇高的情谊而奋斗

　　然而，隐居到偏僻的郊区也没有用，这里的气氛依然是压抑的。我意识到，当别人粗鲁地辱骂自己的时候，仅仅采取消极的态度，不进行反击是不够的，正因为如此，我要采取行动。况且，我是个作家，只要在审查制度许可的范围内，我就得说话，我有责任表达自己的想法。于是我写了一篇文章，题目是《致外国的朋友们》。文章中表达的内容同一些人的仇恨宣传截然不同，我公开表示，一有机会就同外国的朋友们一起重建欧洲的文化，即便现在不能够取得联系，我将依然对他们保持忠诚。我把这篇文章寄给了当时读者最多的报纸——《柏林日报》。出乎我的意料，该报竟毫无删改、毫不犹豫地将全文刊登出来，只有一句话——"不管胜利属于谁"——成了审查制度的牺牲品，因为对德国在这次世界大战中的必然胜利稍有怀疑，也是不允许的。不过，这篇通过审查的文章，还是收到一些超级爱国者愤怒的攻击信件，他们说，他们不能理解，我怎么能在这个紧急时刻还和那些卑鄙下流的敌人为伍。这些说法并没有使我太伤心。我一生中从来不要求别人同意我的想法。只要能把我的信念清清楚楚地表达出来，我就心满意足了。

两周以后，我几乎已经把这篇文章忘记了，却突然收到一封贴着瑞士邮票并盖有通过检查印记的信，从熟悉的笔迹上看，我断定是罗曼·罗兰的信。他肯定读过我那篇文章，因为他是这样写的："不，我永远不离开我的朋友们。"我立刻就明白了。这寥寥数语是想证实，在战争时期与一位奥地利朋友建立通信联系是否有可能。我立刻给他写了回信，从此我们就互相通信，这种通信联系一直持续了二十五年之久，直到第二次世界大战——它比第一次世界大战更残酷——期间，国与国之间中断了任何联系时为止。

这封信的到来是我一生中巨大的幸福时刻之一，它就像一只白鸽，从住着乱吼、乱蹦、发狂的兽群的诺亚方舟上飞来。我再也不感到孤独，终于又和与我相同思想的人联系在一起。我觉得我受到罗曼·罗兰优越思想的强大鼓舞。我知道，罗曼·罗兰在边界那边是多么非凡地保持着自己的人性！他找到了唯一正确的道路，这是任何一个作家所应该走的路：不参与破坏和残杀，而是以沃尔特·惠特曼为伟大榜样。在美国南北战争中，惠特曼曾做过护士，参与人道主义救援。罗曼·罗兰住在瑞士，由于身体时好时坏，他不能参加战地工作；战争爆发时，他立刻在日内瓦参加了红十字会，每天都在红十字会拥挤不堪的房间里做那件了不起的工作。后来，我在一篇题为《欧洲的心脏》的文章里，对他所做的工作公开表示感谢。在最初几周残酷的战役之后，联系突然中断了，各国的家属都不知道他们的儿子、兄弟、父亲是阵亡、失踪，还是被俘；他们也不知道该向谁打听，因为从"敌人"那里是得不到任何消息的。于是，红十字会在那个恐怖残酷的时刻承担起这项至少可以减少人们痛苦的任务。它设法从敌对国家那里将被俘人的信件发到他的故乡。失踪许久的人终于有了下落。成立了数十年的红十字会，第一次接受如此广泛、涉及上百万人的事务，第一次有那么多的志愿人员参加工作。到一九一四年十二月末，每天接发的信件已达三万多件，最后竟有一千二百人挤在日内瓦小小的拉特博物馆里，处理和答复每日的信件。在他们中间有作家中最富于人性的罗曼·罗兰，他没有自私地只顾自己的工作。

但是，他也没有忘记自己的另一种职责，艺术家的职责，即表明自己的信念。要行使艺术家的职责，必然要反对国家的作为，甚至要反对战争中的世界各国。就在一九一四年的秋天，当大多数作家仍在仇恨中声嘶力竭，互相谩骂时，他却写了一篇有纪念意义的自白文章《超脱于混战之上》，在文章中，他抨击了国家之间的精神仇恨，要求艺术家们在战争中坚持自己的正义和人道。当时还没有一篇文章像这篇文章那样引起如此的轰动，招来各种议论，并引起整个文学界的分裂：有的赞成，有的反对。

因为第一次世界大战与第二次世界大战相比有一个优点，那就是当时的舆论还有力量，还没有被有组织的谎言，即"宣传"所扼杀。老百姓还听那些写出来的话，这也是他们所期待听到的。可是到了一九三九年，没有任何一个作家的观点会起作用，不管是好是坏；同样，也没有一本书、一本小册子、一篇文章、一首诗能打动群众的心灵，影响他们的思想。而在一九一四年，一首像利骚的十四行诗《憎恨英国》，一份像"九十三名德国知识界人士"的愚蠢宣言，以及像罗曼·罗兰那篇只有八页的文章《超脱于混战之上》，还有那部巴比塞①的长篇小说《火线》，在当时都能成为大事。当时世界的道德良心还没有像今天这样衰竭和干涸，它以数百年来传统信念的全部力量，对所有谎言，对违反国际公法和人道主义的行径作出强烈的反应。自从希特勒把谎言变成真理，把反人道主义变成法律以来，像德国向中立的比利时发动进攻这样违背公理的事，在今天几乎不会再受到强烈的谴责，而在一九一四年则激起了全世界的愤怒。枪杀卡维尔②护士，用鱼雷炸沉"卢西塔尼亚号"③，都由于激起了道义上的普遍愤慨，而使当时的德国受到的打击比一次战役的失败还要沉重。在那个时候，人的耳朵和心灵还没有被喋喋不休说尽假话的收音机的波浪所淹没，诗人、作家说的话并非没有多大作用，恰恰相反，一个诗人、一个作家主动发表的宣言的影响要比那些政治家公开发表的演说的影响大上千倍，大家都知道，政治家的演说是针对时局的策略，是政治的需要，至多有一半是真话，那一代人相信诗人是代表纯粹思想观念的最优秀的公民，所以他们完全相信诗人说的一切——当然，最后却非常失望。因为军人和官方机构深知诗人们的这种威望，他们便想方设法把一切有道德的、有威望的人作为他们煽动宣传的工具：他们应该声明、论证、证实、断言一切非正义的坏事都是敌对国的，一切正义、真理都是

① 亨利·巴比塞（1873—1935），法国作家、社会活动家。《火线》是他的代表作。
② 伊迪丝·卡维尔（1865—1915），英国护士，第一次世界大战时期因协助在比利时的协约国军出逃而被德国占领军处死。
③ 英国的一艘游船，因运送军火和禁品，于一九一五年五月被德国鱼雷击沉。

属于自己国家的。但是罗曼·罗兰没有使他们的阴谋得逞。因为他知道自己的任务不是去强化用卑鄙的煽动手段制造过度的仇恨气氛，而且去净化它。

如果今天有谁再去读那篇八页的著名文章《超脱于混战之上》，有可能不理解它在当时广泛的影响；但是，如果谁冷静清醒地去读，就会发现，罗曼·罗兰在文章中所说的都是一些非常浅显的道理。然而，这些话是在群众发狂的时代说出的，这个时代一去不复返了。在文章发表的时候，法国一群超级爱国者喊叫起来，好像他们的手碰到了一块烧红的铁块。一夜之间，罗曼·罗兰遭到了他最好朋友的抵制；书商们也不敢将《约翰·克利斯朵夫》陈列在橱窗里；正需要用仇恨来刺激士兵的军事当局想出了对付他的办法：一本接一本的小册子出来了，提出的论点是："战争期间，祖国失去了人类取得的一切成果。"这种喊叫正说明他们受到的打击是何等沉重。一场关于知识分子在战争中的态度问题的讨论已无法阻挡，这个问题，已无可回避地提到每个知识分子的面前。

在我的所有回忆中，最使我遗憾的是罗曼·罗兰在那几年给我的信都不在我身边；在这次新的战争浩劫中很可能被毁或者遗失。每当我想到此事，就觉得有一种沉重的责任感压在我身上。因为我非常喜欢他的作品，我认为，人们以后可能会把这些信件列入最美、最富于人性的作品之列；这种作品展示出他的博大胸怀和深厚的理解力。他出于无限的同情和无比的愤怒给国界那边的一位朋友——官方意义上的敌人——写的这些信，无疑是一个时代最感人的道德文献，做到这点，需要极大的勇气和付出巨大的代价。一个积极的建议不久便从我们往返的通信中产生了：罗曼·罗兰提议，应该将各国的文化名人邀请到瑞士来，共同举行一次会议，以便取得一个统一的、比较恰当的立场，甚至可以本着互相谅解的精神向世界发表一份观点一致的呼吁书。他说，他可以从瑞士向法国和其他国家的思想界名人发出与会邀请，而我应该趁奥地利和德国的思想名流还没有由于公开的仇恨宣传而丧失名誉进行试探。我立即投入这项工作。当时德国最重要、最有代表性的作家是盖尔哈特·霍普特曼。为了不让他在是否与会的问题上感到为难，我不好与他直接联系。于是我写信给我们共同认识的朋友瓦尔特·拉特瑙，让他私下询问霍普特曼的态度。可是拉特瑙拒绝了——到底霍普特曼是什么态度，他是否知道要开这次会，我至今不明了。拉特瑙说，现在还不是建立文艺界和平的时候。就这样，我的努力彻底失败了。因为当时托马斯·曼站在另一个立场上，他在刚刚写完的一篇论述腓特烈大帝的文章中维护德国的官方立场。里尔克是站在我们一边的，但他基本上不参加任何公开的活动。那位曾经自认为社会主义者的戴默尔抱着幼稚可笑的爱国自豪感，在每一封信上都签上"戴默尔少尉"。再说霍夫曼斯塔尔和雅各布·瓦塞尔曼，有人私下里告诉我，这两人也不能算上。这么说，德国方面看来没有多大希望了。在法国，罗曼·罗兰遇到的情况也好不了多少。那是一九一四年和一九一五年，为时尚早，对后方的人来说，战争尚距离太远。我们依然处于孤立状态。

孤立，但并不完全孤立。通过来往的信件已经有一些收获：初步了解了几十个人的情况，从他们的内心来说，算是站在我们一边的，他们和我们有共同的想法，虽然他们身居中立国或交战国。我们都能够关注两边的书籍、文章和小册子，从某种程度上取得一致的观点并不成问题，而且可能会有文艺圈的新人同意这种观点。开始时，总有些人犹豫不定，但随着时代压力的加强，他们也会越变越强。这种并不是完全生活在荒漠的感觉给了我经常写文章的勇气，通过对一些事情作出回答和反应让那些与我们有同感的人从孤独和隐居中走出来。我一直给德国、奥地利的几家大报纸供稿，从而获得了一块重要的宣传阵地。我从不涉及敏感的政治问题，对我们这些文人，有关当局原则上是反对的，但并不害怕。另外，在自由主义的影响下，人们对文学家是极其尊重的。如果我今天粗略浏览一下当时悄悄送到广大读者手中的文章，我不得不对奥地利军事当局的宽宏大量表示由衷的敬意。在世界大战进行期间，我竟可以在报刊上热烈赞誉和平主义的创始人贝尔塔·冯·苏特纳，正是她把战争指责为犯罪的犯罪；我还在奥地利的报纸上详细介绍了巴比塞的长篇小说《火线》。在战争期间，要想把那种不合时宜的观点介绍给各个阶层的人民，我们当然要采取一个好办法。为了说明战争的残酷和后方的漠不关心，就十分必要在介绍《火线》的文章中特别强调那个"法国"步兵的痛苦。不过，几百封从奥地利前线来的信件表明，我们的步兵对自己的命运也认识得很清楚。另一个好办法是：为了说出我们的信念，我们佯装互相攻击。譬如我的一个法国朋友在《法兰西信使报》上反驳我的文章《致外国的朋友们》，为了表示他对我的文章的全面反驳，他将我的文章全文翻译，并与他的反驳文章一起刊登，这样，我的文章就传到了法国，每个法国读者都能读到它。我们用这个办法打起闪光的信号灯——这不是一种记忆的信号，而是互相联系的信号。后来有一件小事表明，我们的信号传递是非常默契的。一九一五年五月，当意大利向它早先的盟友奥地利宣战时，我们这里顿时掀起了一股仇恨的浪潮，有关意大利的一切都受到唾骂。这时突然出版了一本由一位名叫卡尔·波埃里奥的意大利青年写的回忆录。他生活在意大利十九世纪统一运动时期。他在回忆录中写到他访问歌德时的情形。为了在仇恨的喧嚣中说明意大利的文化与我国的文化早有渊源，我故意写了一篇文章，题目是《一个意大利人访问歌德》，因为那本回忆录是贝内代托·克罗齐①写的序言，我便在文章中向克罗齐致敬。在那个不许赞美敌对国诗人或学者的时代，我说出对意大利人敬佩的话，无疑是对奥地利的一个明显示威；而敌对国的人对此却十分理解。当时在意大利担任部长的克罗齐②后来有一次跟我说，部里一位不太懂德语的职员惊慌失措地冲过来告诉他，在敌对国家的一家大报上有文章反对他（因为那个职员想，在敌国的大报纸上点名，只能是敌意）。克罗齐叫人拿《新自由报》来，先是大吃一惊，然后便高兴万分。因为他看到的不是敌意，而是尊敬。

　　我现在不想对这些小小的试验评价过高，显然，这些试验丝毫没有影响事件的进程，但是却帮助了我们自己和一些不知名的读

---

① 贝内代托·克罗齐（1866—1952），意大利哲学家、政治家。
② 原书有误。克罗齐于一九二〇年至一九二一年任教育部长。

者。那些努力缓解了可怕的孤独和绝望，一个二十世纪真正有人的感情的人当时正处在那种孤独和绝望之中。二十五年以后的今天重又出现那种情况：面对强大的势力却无能为力，我甚至更害怕今天这种强大的势力。当时我已经意识到，我用那种小小的抗议和那样的办法并不能卸掉我心头的负担。于是，写一部作品的计划在我心里渐渐形成。这部作品不仅要表现一些个别的事情，而且要表现我对时代、对人民、对灾难和对战争的看法。

可是，为了能用综合的文艺技巧描绘战争，从根本上来说，我还缺少最重要的东西，那就是我没有目睹过战争。我安安静静坐在办公室里几乎一年啦，而在看不见的遥远的地方正进行着"实实在在的"、真正的、残酷的战争。我曾有好几次机会可以到前线去，几家大报曾三次请我到前线去当随军记者，但任何形式的报道都必然要承担那种定型的义务：牢牢地用爱国主义和赞扬的精神去描写战争。我已经发过誓，我在一九四〇年也信守了这一誓言——永远不写一句赞美战争的话，也绝不贬低别的民族。这时突然出现了一个好机会。强大的奥德联军发动进攻，于一九一五年春在波兰东南部塔尔努夫城附近突破了俄国人的防线，集中了一次兵力就占领了加利西亚①和波兰。这时，军事档案馆就想在奥地利新占领区的所有俄国宣传品和告示原件被撕下来或被销毁以前，赶紧把它们收集上来，存到图书馆里。负责档案馆的上校知道我有搜集的才能，便来征求我的意见，问我是否愿意承担此项任务。我乐不可支，赶紧

---

① 在今波兰东南部，历史上长期为俄奥争夺。第一次世界大战后，加利西亚被归还波兰。

打点行装；我得到一张通行证，拿着它可以乘坐任何一辆军用列车，想到哪里就到哪里，不受任何部门的管辖，不直接从属于任何机关和上司，这种待遇使我有了最离奇的经历：我并非军官，只不过是一个没有军衔的上士，我穿着一套普通的军服。可是，每当我出示我的秘密证件时，便能引起特别的尊敬。因为前线的军官和公务人员认为我一定是个微服私访的总参谋部官员，或者是身负秘密使命的特派员。由于我不到军官食堂用餐，只住在旅馆里，所以我又得到另一种方便，我可以置身于庞大的军事机关之外，不用"向导"就能看到我想看的一切。

搜集宣传品和告示的任务，我觉得并不很困难。每当我到达加利西亚的一个城市，来到塔尔努夫、德罗戈贝奇、伦贝格，城市的车站旁总有几个犹太人，他们是所谓的"中间商"，你想要的，他们准能给你搞到手。这可不错，我同其中的一位万能老手说，我想要俄国占领时期的布告和文件。那位老手像黄鼠狼一样敏捷地跑开，把我交给他的任务通过秘密通路传达到几十个下面的中间商。三个小时以后，我没有迈出一步，就搜集到最齐全的材料。有这个特别杰出的组织帮助，我有更多的时间去看更多的东西，我也确实看了不少东西。我首先看到的是平民百姓的生活极其贫困，在他们的眼睛里，在这些尚且活着的人身上布满了恐惧，像一片乌云罩在他们身上。我还看到犹太人集聚区居民的困境，这是我意想不到的。他们八个人或十二个人挤在平房和地下室的房间里。我也是第一次看到"敌人"。在塔尔努夫，我第一次看到正在押解途中的俄国战俘。一块四方形地面，四周围着栅栏，俄国战俘就坐在地上，由二三十个年纪较大、大多数都留着胡须的蒂罗尔人看守。这些蒂罗尔人是战时应急入伍的，现在服役期已满，无依无靠，处境同那些战俘没什么两样。这些看守，跟家乡的画报上经常刊登的那些漂亮的粉头净面的穿着新军服的士兵毫无共同之处。这些士兵对待战俘根本没有半点好斗和严厉的情绪，也没有进行严格的防范，相反，他们与战俘坐在一起，像同伴一般；那些战俘也丝毫没有逃跑的意思。因为他们之间语言不通，还闹出了不少笑话。他们互相敬烟，相视微笑结成朋友。有一名蒂罗尔的超龄士兵从一只又旧又脏的皮夹里掏出妻子和孩子的照片给"敌人"看，他们互相传看着，用手指着照片上的孩子问蒂罗尔士兵，孩子是三岁还是四岁。看到这个情景，我不由得产生这样的感觉，这些粗野又纯朴的人对战争的看法要比大学教授和作家深刻多了：战争是落到他们头上的一种不幸，对这种不幸他们束手无策，凡是陷入不幸命运的人，都是同病相怜的兄弟。这种认识伴随着我整个的行程，使我感到宽慰。我穿过弹痕累累的城市，路过被抢劫一空的商店，商店里的家具就像被肢解了的胳膊、腿和掏出来的内脏一样，散落在大街上。介于战争之间，长势茂盛的庄稼又给了我这样一种希望：几年之后，所有被破坏的景象都会消失得无影无踪。当时我没有估计到，对战争恐怖的回忆会这么快从人的记忆中消失，就像战争的遗迹能很快从大地的表面消失一样。

在最初的几天里，我还没有遇到真正恐怖的战争景象；后来我才看到了战争的面目，它完全超出了我最坏的想象。由于没有正常的客车运行，我只有坐军车。有一次，我在运送炮车的敞篷车上。

又有一次，我坐在运牲口的车厢里，里面空气恶臭，许多人疲倦极了，互相挤着靠着，东倒西歪地睡着了，好像是拉往屠宰场的途中，个个要被宰了似的。最可怕的是运伤员的列车了。我已经被迫乘坐两三次运伤员的列车了。它跟那些光亮清洁的白色救护车绝无共同之处。战争开始的时候，维也纳社交界的公爵夫人和高贵的女士们扮演护理伤员的护士，在雪白的救护车里让摄影师拍照。我看到的运伤员的车是一般的货车，车上没有窗户，只有一个窄小的通气孔，车厢里只有一盏熏黑了的油灯照明。临时搭成的担架一副挨着一副，上面躺着的全是不断呻吟、额头渗出汗珠、脸色像死人一般苍白的伤员，他们在尿、粪、碘酒的混合气味中大口大口地吸气。卫生员太疲劳了，走起路来晃晃悠悠。这里看不到照片上泛着白光的用品，只有躺在麦草上和硬担架上的人，他们身上盖着渗满血迹的毯子。每一节车厢里都有两三个死人，还有垂危者。我与医生谈过，他对我说，他是匈牙利某个小城的牙科医生，已有多年没有做过手术了，看起来他有些绝望。他已向七个车站提前拍电报求援，要求供应吗啡。有的药品已用光，药棉用完了，消毒的包扎用品也用完了。到布达佩斯医院还需要二十个小时。他请求我帮他的忙，因为他手下的那些人已支持不住了。我答应试试，虽然我笨手笨脚，不过还能干点事。每到一站，我就下车帮助提几桶水，水质很差，是供火车头用的，这时也成了清爽饮料。至少可以给伤员清洗，揩净地上的血迹。对这些来自不同民族、一起挤进带轮子的活棺材里的士兵来说，还有一个交流上的困难，就是语言障碍。医生与护理人员都听不懂鲁提尼人的语言和克罗地亚语。唯一能够帮上忙的是一位白发苍苍的牧师，他从职业角度抱怨说，他无法从事他的圣职活动，因为他没有油，无法给临终的人作涂油礼，所以他同医生一样绝望。他说，在他漫长的一生中，他还从来没有在一年的最后一个月"料理"这么多人。我永远不会忘记他用生硬的、愤怒的语调说出来的那句话："我已经是六十七岁的人了，见的世面也不少，可是我曾经认为，人类犯下这样的罪行是不可能的。"

我在回家途中乘坐的那趟伤员列车拂晓时到达布达佩斯。下车后，我立刻奔向旅馆，为了好好睡一觉，因为在车厢里，唯一的座位就是我那只箱子。我实在太困倦了，一直睡到中午十一点，才赶快穿上衣服去吃早饭。可是我刚走几步，就有一种异样的感觉，我揉了揉自己的眼睛，看看是不是在做梦。那是一个晴朗的日子，早晨还像春天，中午就已经是夏天了。布达佩斯真美啊，整座城市无忧无虑，逍遥自在。女士们穿着白色衣裙，挽着军官的胳膊轻盈散步。突然出现在我眼前的军官们，好像不是我昨天或前天见到过的那些人，而完全像另一个部队的军官。我看到那些衣服里、嘴里、鼻子里散发出一股碘酒气味的军官——他们是运送伤员的——怎样买紫罗兰向女士们献殷勤。我看到漂亮的小汽车驶过大街，里面坐着脸刮得净光、衣冠楚楚的先生们。所有这些情景，离前线只不过八九个小时快车的行程啊！可是我有权指责他们吗？他们想要生活，而且要生活得更快乐，这难道不是很自然的事吗？他们大概感到现有的一切都受到了威胁，才把凡是能享受的尽量去享受，穿几件好衣服，度过最后的美好时光。从这一点上看，人是非常脆弱、极易被摧毁的一种生物。一颗小小的子弹在千万分之一秒的瞬间，就能把人的生命连同记忆、认识、喜怒哀乐一起击得粉碎。所以我才能理解，在波光粼粼的河畔，在如此鸟语花香的上午，会有几千人聚在这里沐浴着阳光，去感觉自己的存在，感觉自己的血液和也许已增添了新的更强的力量的生命。我几乎要对那些令我惧怕的事释然了。可是那个殷勤的餐厅招待偏偏给我拿来一份维也纳的报纸。我硬着头皮看下去。不看还好，一看我便怒火上扬。报纸上刊登的全是不可动摇的胜利信念之类的废话，说什么我们的部队损失很小，而敌人伤亡惨重，实在令人恶心。那些赤裸裸的、恬不知耻的战争谎言从报纸上向我袭来！不，有罪的不是散步的人，也不是漫不经心和无忧无虑的人，而是那些用语言来煽动战争的人。如果我们自己不去反对这些人，那我们也是有罪的。

现在，我才找到了真正的动力：为反对战争而斗争！我心中已经有了素材，但若要动笔，还缺乏能证实我直觉的最后材料。我知道我要反的敌人——那种把他人置于痛苦和死亡而不顾的错误的英雄主义，那种丧失良知的预言家的廉价的乐观主义。那些预言家有政治方面的，也有军事方面的，他们侈谈胜利，实际上是在延长相互厮杀的时间。在这两种主义的背后，他们雇用的合唱队也是我的敌人。正如韦尔弗尔在他优秀的诗歌里所斥责的那样，他们充当"战争的吹鼓手"。谁要有疑虑，谁就妨碍了他们的爱国主义事业，谁提出警告，他们就嘲笑他是悲观主义者，谁反对战争——反正他们自己不会在战争中受苦——谁就会被打成叛徒。时代变迁，但总有那么一群人，把谨慎小心的人称作胆小鬼，把有人性的人称为懦夫；而当他们轻率地招惹来的灾难降落时，他们自己也束手无策了。还是这些人，他们嘲笑特洛伊的卡珊德拉，嘲笑耶路撒冷的耶利米。我对这两个形象的悲剧性和伟大性从未理解得像当时那么深刻，我们所处的时代与这两个形象所处的时代太相似了。战争一开始我就不相信什么"胜利"，纵然仗打胜了，那也要付出巨大的牺牲；胜利也补偿不了牺牲。我虽然提醒过这件事，但在所有的朋友中间，我依然孤立。在第一枪打响前，他们就狂乱地高呼胜利，在第一次战役前就分配战利品，这使我常常产生怀疑，是我在那些聪明人面前发了疯，还是在他们酩酊大醉时唯我一人独醒呢？这样，用戏剧形式去描写一个"失败主义者"——有人发明了这个词，就是为了把"失败的意志"这个罪名强加在追求互相谅解的人身上——的悲惨处境，对我来说最自然不过了。我选择耶利米作为这个形象的象征，他是一个徒劳的告诫者。无论如何，我不会写成一部陈词滥调的和平主义戏剧。写和平比写战争好；我所描写的是一个在狂热的时代被别人蔑视，被看成是软弱的人、胆怯的人，在失败时却证明自己是唯一不能忍受失败而且还能战胜失败的人。从我的第一个剧本《忒耳西忒斯》开始，失败者心灵上的优越感这个问题一再出现在我的脑海里。我一直想写这两方面的内容：任何形式的权势都会使一个人变得冷酷无情；任何胜利都会使全体人民思想麻木。我还想把这两者与给人的心灵造成可怕痛苦的失败对立起来。现在战争依然继续，当别人迫不及待地、洋洋得意地互相证明战争不容置疑的胜利的时候，我却把自己抛入灾难的深渊，并寻找摆脱灾难的出路。

我选择了《圣经》上的一个题目，却无意中触及我身上迄今为止尚未注意的地方，即我在血缘上或传统上与犹太人的命运是紧紧相连的。难道他们不是我的同胞吗？他们一而再、再而三地被外族征服，然而，有一股神秘的力量，即用意志改变失败的力量，使他们一次又一次地克服困难，经受住了失败的考验，继续生存下来。难道我们的先知，他们预先没有料到那种永远被追逐、永远被驱赶的命运？时至今日，那种命运又使我们像糟粕一样被扔到大街上。难道他们没有忍受屈服于暴力的失败？甚至把失败美化为通向上帝的路？如果说考验不是永远对所有人和对个别人有益，在我写那个剧本的时候，我却有幸感觉到了这种益处。在我看来，那部作品才真正算作我的第一部作品。我知道，如果没有我对战争的痛苦体验和预知的一切，那么我仍会像战前的我一样，是一名——如音乐术语中所说——"令人愉快"的作家，就永远不会领悟、理解和深入发掘内心的最深处。当时我第一次有了这种感觉：我要说出心里话，同时要说出时代的心声。这期间我想帮助别人，而我却先帮助了自己：写完《伊拉斯谟》后，又写了一部最富有个性、最隐晦的作品。后来，在一九三四年希特勒统治的日子里，我曾用《伊拉斯谟》这部作品，使自己摆脱了一次与以前相似的危机。从我开始创作这部悲剧的那一刻起，我就对时代的悲剧不再感到非常痛苦了。

但是，我并不相信该作品能够取得明显的成功。因为问题成堆，如先知的问题，和平主义问题，犹太人问题，还有最后的结束场面的合唱形式——要把结束场面上升到一首歌颂失败者命运的赞歌等等，其容量大大超过普通剧本的容量，以致剧院从头至尾演一遍，就需要两三个晚上。再者，正当报纸上疾呼"要么胜利！要么毁灭！"的时候，怎么能让这出宣传失败甚至赞美失败的戏剧在德国上演呢？如果这个剧本能够被允许出版，我觉得那定是奇迹！就算遇到最坏的情况，剧本不许上演，它至少也帮我度过了最困难的时刻。我把所有与周围人交谈时不能说的话，全部写进了剧中诗句的对白中。这样，我把压在心头的沉重负担抛得远远的，从而解脱了自己。在我对时代的一切"不满意"的时候，我却在自身身上找到了"满意"的结果。

在欧洲的心脏

当一九一七年复活节我写的悲剧《耶利米》出版时，情况完全出乎我的意料：两万册剧本很快销售一空，对戏剧来说，这是个了不起的数字。况且，我是怀着对那个时代最强烈的对抗情绪写这部剧的，所以我也必须等待对我的强烈反击。然而，事实正相反。不仅有像罗曼·罗兰那样一开始就公开支持的朋友，就是先前站在另一边的，像拉特瑙和理查德·戴默尔等人也公开表示支持。那些剧本尚未到手的剧院经理写信给我，要求我为他们保留在战后太平之日首演这出剧的权利，因为在战争期间演出该剧是不可能的。即便是主战派对剧本持反对态度，也表现得礼貌和十分的尊重。我曾有一切的思想准备，却独独没有想到这一点。

怎么会这样呢？无非是战争已过了两年半，时间使他们突然警醒。经过战场上的可怕流血之后，高烧开始降温。在战争的最初几个月，他们热情奔放，而现在他们以相当冷静的眼光注视着战争。那种团结一致共同对外的感情开始松动，因为他们从现实中一点没有体会到哲学家和诗人大肆吹嘘的"道德精神的净化"。一条深深的裂缝贯穿着整个民族，整个国家仿佛分裂成了两个不同的世界。前方，士兵在打仗，在忍受最残酷的苦难；后方，人们安居乐业，过着无忧无虑的日子，有的挤在剧院里，有的损人利己大发横财。前方和后方的界限越来越明显了。走后门拉关系，戴上假面具干坏事。大家都明白，用金钱或者利用关系可以搞到优惠物资。而另一方面，疲于奔命的工人和农民一再被驱入战壕。因此，每个人只要有可能都无所顾忌地寻找门路。由于无耻的中间商的盘剥，生活必需品之类的物资价格飞涨，食品日益匮乏，百姓生活困苦，而那些发战争横财的人却过着令人鄙视的奢侈生活，犹如在荒凉的沼泽上闪烁的鬼火。老百姓渐渐产生强烈的怀疑，怀疑货币的日益贬值，怀疑将军、军官和外交官，怀疑国家和参谋部的每份公告，怀疑报纸和它刊登的消息，怀疑战争本身和它的必要性。当然，这绝不是我那部剧本的艺术成就所能产生的效果，而是这种发人深省的效果促使我的剧本获得极大的成功。我只是用剧本说出了别人不敢公开说的话：对战争表示憎恨，对胜利表示怀疑。

当然，在舞台上用生动的语言表达这种情绪，看来是不可能的，如果这样做不可避免地会引起抗议。所以，我必须放弃在战争时期看到这第一出反战剧演出的希望。然而，我却突然接到苏黎世市剧院经理的信，他说他要把我的《耶利米》立即搬上舞台，并邀请我参加首演仪式。我竟然忘记了在德语世界里还有一块小小的但又非常珍贵的土地（第二次世界大战期间也是如此）。承蒙上帝关怀，这是一片置身局外的民主之地，在这里言论自由，思想开明。

毫无疑问，我立刻表示同意。

　　当然，我表示同意是有条件的，因为我只能原则上表示同意，当有关当局允许我离开本国和工作岗位一段时间才行。幸好当时所有交战国都设有一个称为"文化宣传部"的机构——现在的第二次世界大战期间没有再设立了。为了对两次世界大战在思想环境上的区别加以说明，有必要指出，当时那些国家的领袖、皇帝和国王们都是在仁爱的传统中成长起来的，他们在潜意识中对战争是有愧的。所以，如果指责这个或那个国家是"军国主义"，它们都会立刻进行反驳，说这是卑鄙的诽谤。与此相反，每个国家都会千方百计表白、证明、解释，甚至用事实来炫耀自己是一个"文明国家"。在一九一四年的时候，在世界舆论面前，人们总是宣传文化比强权高尚，鄙视诸如"神圣的利己主义"和"生活空间"这类口号，认为它们是不道德的。他们认为最要紧的事情，莫过于让舆论承认他们在精神方面做出了具有世界性的贡献。因此，各国的文艺演出团体蜂拥到中立国家。德国派出由世界著名指挥家率领的交响乐团到瑞士、荷兰和瑞典去演出；维也纳也派出自己的交响乐团到国外演出；甚至还派出诗人、作家和学者，其目的不是去宣扬军事行动或者庆祝兼并的意图，而是用诗篇和作品来证明德国人并不是"野蛮的"，并非只制造枪炮和毒气，他们也创造欧洲的纯粹精神财富。一九一四年至一九一八年，我必须要强调这一点，尚有一股博取世界民心的力量。一个国家的道德基础和艺术创作在战争中还被视为有重大影响的力量，各个国家还都在争取人民的同情，而不像一九三九年的德国那样，一股脑用非人的残暴把这一切统统打翻在地。

所以，我以参加一出剧的首演为名申请去瑞士度假是一个极好的机会。令人担忧的最大障碍可能是这是一部反战剧，剧本里有一个奥地利人——尽管他是一个象征性的角色——预言战争可能会失败。我向部里主管文化宣传的领导提出申请，向他说明我的愿望。使我感到十分惊奇的是，他立刻答应了我，而且马上就办。他对批准的理由作了奇特的说明："感谢上帝，您从来不属于那些愚蠢的战争叫嚣者之列。好吧，请您在外面把自己的事业进行到底。"四天以后，我得到了假期和一张出国护照。

战争还在进行之中，我居然听到部里的一位高级官员这样随便的谈话，心中觉得有点奇怪。但是，我并不知道政治上的秘密来往，所以我不知道，以新皇帝卡尔为首的政府高层在一九一七年就已酝酿一场脱离德国军事独裁的运动，当时德国的军方不顾奥地利的意愿，肆无忌惮地将它绑在野蛮的兼并主义的战车上。我们参谋部里的人都十分痛恨鲁登道夫残暴专横的做法；外交部竭力反对德国的政策，把奥地利树为美国的敌人，必然会遭到美国潜艇的攻击而又无法防御；甚至老百姓也都窃窃私语，抱怨"普鲁士人的无理妄为"。不过目前这一切，还仅仅是小心谨慎的弦外之音，是从不自觉的谈话中流露出来的。但几天以后，我了解到更多的情况，而且意外地比其他人早知道一件当时最大的政治秘密之一。

事情是这样的：赴瑞士途中，我在萨尔茨堡逗留了两天，在那里为自己买了一栋房子，打算战后居住。在这座城市里有一小群笃信天主教的信徒，其中有两人在战后的奥地利历史上起到过重大作用，他们是海因里希·拉马施①和伊格纳茨·赛佩尔②。前者是非常著名的法学家，曾参加过海牙会议；后者是天主教神父，他在奥地利君主制政体崩溃以后，担当起管理小小奥地利的责任，他在这个岗位上充分施展了卓绝的政治才能。他们两人都是坚定的和平主义者，虔诚的天主教徒，热情的老牌奥地利人，内心深处对德意志、普鲁士、基督教的军国主义极其痛恨。他们觉得这种军国主义同奥地利的传统思想和天主教的使命是水火不相容的。我的诗剧《耶利米》在这个和平主义的宗教阶层里博得了最强烈的同情。枢密顾问拉马施——赛佩尔正巧出外旅行——请在萨尔茨堡的我去见他。这位显贵的老学者非常客气地谈论我的剧本，他说，剧本里充满了我们奥地利人那种友善处世的思想，他期望剧本能超出文学范畴，发挥更大的作用。使我感到特别惊讶的是，我与他从来没见过面，可是他很信任我，谈话是那么坦率，充分证明了他内心的勇气。他告诉我这样的秘密：我们在奥地利的人正处在决定性的转折关头。他说，俄国在战场上受到挫折以后，倘若它放弃侵略意图，那么，无论对德国还是对奥地利，缔结和平都不会有什么障碍，眼下不能坐失良机。如果德国的泛德意志集团继续反对谈判，那么奥地利将不得不担负起领导的责任而独立行事。他向我暗示，年轻的卡尔皇帝答应帮助实现这些意图；也许过些时候就能看到皇帝本人发挥政治影响。现在的一切都取决于奥地利本身是否有足够的力量

---

① 海因里希·拉马施（1853—1920），奥地利著名国际法学家，曾任维也纳大学法学教授，曾任奥地利内阁总理。
② 伊格纳茨·赛佩尔（1876—1932），奥地利政治家、天主教神父，曾两次出任奥地利总理。

达成互相谅解的和平，而不是追随德国的军国主义派，以草率地继续牺牲生命为代价换来"胜利的和平"。在紧急的情况下，必须采取断然措施：在奥地利被德国军国主义分子推入灾难深渊之前，及时脱离与德国的联盟。他坚决果断地说："谁都不能谴责我们背信弃义，我们已经死了一百多万人，我们牺牲得够多了，我们付出的代价够大了！现在我们再也不能为德国的世界霸权去牺牲一个生命，牺牲一兵一卒都不行！"

我屏着呼吸细心地听着。以前我们对这些事情也常常默想，但谁也不敢在光天化日之下公开说出来："让我们及时与德国人和他们的兼并政策彻底脱钩。"如果这样说，就会被认为是对盟友的"背叛"。而现在，这些话却由一个——据我所知——在奥地利得到皇帝的信任，并由于参加海牙会议而获得国际声誉的人说出来，他对我这样一个几乎还是陌生的人说这些话，态度又是那么平静和坚定，我立刻感觉到，奥地利单方面的行动早已不是准备阶段，而是已付诸行动了。要么以单方面媾和的威胁迫使德国进行谈判，要么在紧急情况下实现单方面媾和，这种想法是很有胆识的。历史将证明，这种想法是拯救当时的奥地利、哈布斯堡王朝以至整个欧洲的唯一可行的最后方案。可惜到后来却缺乏实现计划的决心。卡尔皇帝派他的内兄帕尔玛亲王去会见克雷孟梭①，实际上还带着一封密信，目的是试探一下在没取得德国宫廷的谅解之下媾和的可能性，并随时准备进行和谈。后来，不知怎么德国发现了这一秘密使命，

① 乔治·克雷孟梭（1841—1929），法国政治家。

我知道直到今天也没搞清楚事实真相。致命的错误是卡尔皇帝后来没有勇气公开坚持自己的信念，正如一些人所说的那样，德国以进军奥地利相威胁，卡尔皇帝作为哈布斯堡王朝的一员，害怕给祖辈留下的历史上增添污点。可是在关键的时刻，他还是废除了由弗兰茨·约瑟夫老皇帝缔结的、用无数鲜血作保证的盟约。而无论如何，他是不会任命拉马施和赛佩尔为总理的。这两人都是信奉天主教的国际主义者，都有强烈的内心道德信念，敢于承担脱离德国的罪名。小皇帝的优柔寡断最后还是毁了他自己。他们二人是在奥地利共和国千疮百孔的困难时期当上总理的，而不是在哈布斯堡王朝期间。当时，除了这两位有威望的重要人物之外，还不曾有人能胜任脱离德国这貌似不义之举。如果拉马施当时公开地以脱离德国相威胁，或者索性脱离德国，那么他不仅能拯救奥地利的生存，也能拯救由于无限扩张而陷入内部危机的德国。如果那位笃信宗教又十分明智的人向我坦率地宣告的行动不是由于懦弱和笨拙而破产的话，那么，欧洲的情况会好得多。

　　第二天，我继续旅行，越过了瑞士的边界。今天的人很难想象，一个人从被封锁的处于半饥饿状态的作战国到达中立国会有什么感觉。从国界这边的车站到边境那边的车站不过几分钟，然而，从越过边境的第一秒起，就立刻使人感到仿佛从令人窒息的环境里突然来到清冽的白雪空间中，清凉又爽快，仿佛一下子混沌的大脑里每条神经每个思路都活跃起来——几年以后，我又从奥地利到瑞士来，在瑞士边境这个布克斯车站（要是在平时，火车站的名字我是记不住的），我又猛然呼吸到清新凉爽的空气。旅客从车上跳下来，首先使我吃惊的是食品柜上琳琅满目，摆着各种我早已忘掉的日常用品，饱满的黄灿灿的香蕉和柑橘，和我们走后门才买到的巧克力和火腿，还有面包和肉制品。买面包不要面包票，买肉不要肉票。真的，旅客们像饿狼似的扑向物美价廉的食品。车站上还有家邮电局，从这里可以向世界各地发信或打电报而无需检查。里面陈列着法文、意大利文和英文报纸，可购买、浏览、阅读，而不会受到惩罚。在这里允许的一切，只要倒退五分钟车程的距离，又都是禁止的。我觉得，欧洲战争的全部荒谬之处，从这两个距离比较近的边境小站完全不同的情况中，可以全部揭露出来。再回头看看我们那边的边境小镇，各种招牌历历在目，在每栋房子里和每间住户里，都有男人被征走，送到乌克兰和阿尔巴尼亚去杀人或送命。而在这里，只有五分钟路程的地方，同样年龄的男人和他们的妻子悠然自得地坐在常春藤缠绕的家门口，抽着香烟。我情不自禁地问自己：在这条边境小河里，是否也是右边的鱼群正在作战，而左边的鱼群则保持中立。当我越过边境的那一刹那，我已感到这边和那边的不同，这里更自由、更使人振奋、更尊重人的价值。到了第二天，我不但感觉到战争对我们精神上的摧残，也感到我们的身体机能在战争中衰退到何等地步。我应邀到亲戚家做客，饭后喝了一杯浓咖啡，抽了一支哈瓦那雪茄，没想到我突然感到头晕，心也跳得厉害。我的身体，我的神经这时表明，在长期饮用代用品和吸代用烟之后，亦不能适应真正的咖啡和真正的烟草了。连身体也不得不从战争的不自然状态转变到和平的自然状态中来。

这种眩晕，这种舒畅的昏昏沉沉倒也产生了一种精神刺激。我觉得每棵树更美了，每个山头更广阔了，每处风景更可爱了，因为在进行战争的国土上，草原的和平宁静在混浊的目光看来就会觉得大自然是无情冷漠的，殷红的落日会使人想起遍地鲜血。而在这里，在和平的国度里，苍茫大地无处不美，到处是自然。我喜爱瑞士，好像我从未爱过它似的。以前，我总是怀着欣喜来到这个不大的富饶国家，却从来没有像这次深刻地体验到它存在的真正意义。各民族之间友好地生活在同一空间，这是瑞士人的理想。为发扬兄弟情谊，通过互相尊重和真正的民主来克服语言上和民俗上的差异，这是最明智的生活准则——这对整个混乱的欧洲是多么好的榜样啊！瑞士是一切受迫害者的避难所。多少世纪以来，它是和平、自由的故乡，它最忠诚地保持着自己固有的特色，同时欢迎各种思想和观点——对我们这个世界来说，这唯一的超民族国家的存在何其重要！我觉得，人们赐予这个国家这么多的风景名胜和财富，是理所当然的。人们在这里不会觉得陌生，一个自由、独立的人在这里会觉得比在他的祖国更有归家之感。我沿着苏黎世的大街和湖边徜徉了好几个小时。到了晚上，万家灯火，一片和平景象，这里的人们过着怡然自得的宁静生活。我想，在那些窗户后面不会有躺在床上翻来覆去思念着自己儿子的女人。在这里，我没有看见过伤员、残疾人和明天或后天就要被装上列车的年轻士兵。我觉得，人在这里更有理由活下去，而在那个进行战争的国家里，人的生活成了一种恐惧，几乎是一种负担，甚至是一种精神折磨。

我觉得，我最要紧的事情不是讨论我的剧本上演，也不是会见瑞士的朋友和其他外国朋友。我首先想见到罗曼·罗兰，我知道他能使我更坚定、更清醒、更积极，而且，我要感谢他在我心情孤独沮丧的日子里，给予我的友谊和鼓励。我立刻前往日内瓦。现在，我们这些"敌人"处境相当复杂。不言而喻，交战国的政府是不愿看到它的公民在中立地区和敌国公民进行私人往来的。在这里无法用法律加以限制，宣传部门也并没有一条法律规定对文化交流和会面课以刑罚。只有商业上的往来，所谓"与敌人通商"才是法律所禁止的，与叛国罪相提并论。为了避免由于最轻微地触犯禁令而遭受不必要的怀疑，我们朋友之间原则上避免相互敬烟，因为我们的一举一动被无数的密探监视着。为了避免做贼心虚或者图谋不轨的任何嫌疑，我们这些朋友选择了最简单的办法：完全公开，使密探无机可乘。我们通信不用假地址，也不用留局待取的办法，更不在夜间偷偷互访，而是大摇大摆地穿过大街，公开坐在咖啡馆里。所以，我到达日内瓦以后，就立刻向旅馆的前台通报了我的全名，公开说我要见罗曼·罗兰先生，因为如果德国或者法国的通讯社就可以报道我是谁以及我要访问谁，岂不更好。对我们来说，我们两个偶然相遇的老朋友并不会因为分属战争中的敌对国而突然回避彼此，我们觉得我们没有义务因为世界变得荒谬，我们也要随之变得荒诞。

现在，我终于站在他的房间里——我几乎觉得这就是他在巴黎的那个房间。像在巴黎时那样，桌面上、靠背椅上堆满了各种各样的书籍，写字台上也堆满了报纸、杂志、信件纸张等。不论走到哪里，他的布置都一样，简单得像修士的房间，可是它却与全世界联系在一起。我们霎时间竟忘了问候的话，只是彼此握了握手。多年以来，这是与我重新相握的第一只法国人的手；罗曼·罗兰是我三年以来交谈的第一个法国人。正是在这三年中，我们之间的关系比以往任何时候更为紧密。我用法语同他的交谈，比在家乡同任何人的交谈更投机更坦率。我心里完全意识到，站在我面前的这位朋友是当今世界上最重要的人物，和我交谈的这位朋友代表着全欧洲的道德良知。只有在那时我才认识到，他为促进彼此谅解所进行的伟大事业中正在做的或已经做过的一切。他夜以继日地工作，没有助手，也没有秘书；他密切关注世界各国的动向，同无数向他请教公益事业的人保持着通讯联系。他每天要写数页日记，在那个时代，还没有人像他那样有亲笔写下历史的时代责任感，并将其看作对后代应作的交待。（那些日记现在又在何方？那些亲笔写的无数日记本，总有一天会全面揭开第一次世界大战中道德和思想上的种种矛盾冲突。）同时，他还要发表文章，每一篇都在国际上产生了很大影响。他正在创作长篇小说《格莱昂波》——这一切就是他承担起的巨大历史责任，是他一生中本着牺牲精神，孜孜不倦作出的贡献。在那个疯狂的年代，他处处伸张正义，做出表率。他每封来信都回复，每一本关于时代问题的小册子他都看。这位身体虚弱、健康状况正受到严重威胁的人只能轻声说话，同时还要抑制不间断的轻微的咳嗽。他不戴围巾就难以走出一段路；快走一步就要停下来歇一会儿。可就是这么一个体弱的人居然贡献出令人难以置信的巨大力量，任何攻击和任何诡计都无法动摇他的意志。他毫无畏惧地、清醒地看着这个动乱的世界。在这里，我从一个活着的人身上看到了另一种英雄主义，即有思想的英雄主义，有道德的英雄主义。我在写《罗曼·罗兰传》时都没有充分写出这种英雄主义（因为人总羞于把活着的人赞美得过分）。当我看到他在这间斗室里向全世界射出看不见的、使人振奋的光芒，我的血液似乎也得到了"净化"。我知道，罗曼·罗兰单枪匹马或者说几乎是单枪匹马同千百万人那种丧失理智的仇恨作斗争而产生的激动人心的鼓舞力量是无法估计的。只有我们——那个时代的见证人——才深切地知道，他的存在和他堪称表率的不屈不挠的精神在当时意味着什么。染上狂犬病的欧洲正是由于他才保持了自己的道义和良知。

在那天下午和后来几天的交谈中，我感觉到他所有的谈话中都隐藏着一丝悲哀，我同里尔克谈到这次战争时也感觉到这种悲哀。他对那些政治家，对那些为了自己民族的虚荣而不顾牺牲他国无数生命的人无比愤慨。而对那些连自己也不知道为何受难和死去的芸芸众生总是寄予同情。他把列宁发来的电报给我看，那封电报是列宁在离开瑞士前从那辆遭到无数非议的列车上发出的，恳求罗曼·罗兰同他一起去俄国，因为列宁十分清楚，罗曼·罗兰的道德威望对他的事业是多么重要啊。可是罗曼·罗兰始终坚持不参加任何组织，而只以个人身份、独立地为自己愿意献身的事业奋斗到底。所以，他不要求别人追随他的思想，自己也同样不愿受到任何约束。他认为，爱戴他的人同样也应该是不受约束的人。他要用自己独一无二的例子来证明：人应该永远保持自由，坚持自己的信念，天翻地覆也不动摇。

我到日内瓦的第一个晚上，就遇见了一小群围绕在两家独立的小报——《报页》和《明天》——周围的法国人和其他外国人。他们是皮埃尔-让·茹弗、雷内·阿科斯、弗朗斯·马塞雷尔。他们都是作家和艺术家，很快就成了我的朋友，速度之快就像青年人结成友谊之快捷。我们单凭直觉也能感受到，我们的生活会有一个崭新的开端。由于受爱国主义的迷惑，我们大多数老朋友已经中断了联系。人是需要新朋友的。由于我们站在同一战线上，在同一思想战壕里反对共同的敌人，那种充满激情的同志情谊在我们中间油然而生。刚过了二十四小时，我们之间的信任就达到了如此牢固的程度，就好像我们是认识多年的老朋友似的。不论在任何场合，我们都亲切地以"你"相称。我们——"人数不多，极少欢乐，像一群兄弟"——都明白，这种冒个人风险的聚会是非常大胆的。我们知道，在只有五个小时路程的地方，一个德国人正对着一个法国人，一个法国人也正对着一个德国人，随时准备用刺刀或手榴弹把对方刺死或炸得粉身碎骨，以此立功获奖。交战双方有千百万人都在做着美梦：让对方从地球上消失；敌对双方的报纸只会互相攻击和谩骂。在这千百万人中间，只有极少数人，就是我们这些人，我们不仅友好地坐在同一张桌旁，而且怀着最真诚的，甚至可以说自觉的、热情的兄弟情谊互相交谈。我们知道，这样做是完全违反官方的一切规定和命令的；我们知道，真实地显示我们的友谊，把自己与祖国对立起来是危险的。但是，正是这种冒险行为能够使我们的思想变为极度兴奋。我们不但甘愿冒险，也享受冒险带来的乐趣，因为冒险本身就足以显示我们抗议的真正分量。所以，我甚至同皮埃尔-让·茹弗一起在苏黎世举行了一次公开朗诵会（这在战争期间可谓奇事）——他用法语朗诵了自己的诗，我用德语朗诵了《耶利米》中的片断——我们恰恰用这种公开的形式表示我们在这场冒险的游戏中是严肃认真的。我们的领事馆和大使馆对这个朗诵会有何想法，我们认为无关紧要，纵然我们这样干就像科尔特斯①似的，是一种破釜沉舟的做法。因为我们在内心深处十分清楚，叛徒不是我们，而是在关键时刻背叛作家的人类使命的那些人。而这些年轻的法国人和比利时人，他们有着何等的英雄气概啊！那位弗朗斯·马塞雷尔向我们展示了他自己创作的反对战争暴行的版画，那些令人难忘的黑白相间的画面表现出的慷慨激昂的愤怒之情，即便与戈雅②的《战争的灾难》相比，也毫不逊色。他用反战版画把战争载入史册。这位刚毅的男子汉日夜不停地用木头雕刻出新形象和新画面，他那狭小的工作室和厨房堆满了木板。《报页》每天早上登载他的版画，它发出的控诉不是针对某个特定国家，而是控诉我们共同的敌人：战争。我们曾梦想：飞机向城市和军队投下的是这些任何文盲都能看懂的、用恐怖的场面控诉战争的版画，而不是炸弹。我甚至相信，用版画谴责战争，甚至可能提前终止战争。令人遗憾的是，他的版画只能刊登在《报页》那份小报上，它的影响几乎超不出日内瓦。我们所谈的一切、所做的一切都在这狭小的瑞士方圆内，而且要想起作用，也已为时太晚。我们心里非常清楚，

① 埃尔南·科尔特斯（1485—1547），西班牙军官、殖民者。一五一九年他率舰队在圣胡安·德·乌卢阿登陆后，焚毁全部船只，以示征服墨西哥的决心。
② 弗朗西斯科·何塞·戈雅（1746—1826），西班牙画家。拿破仑入侵西班牙时，他以法国士兵枪杀西班牙起义者为题材创作了题为《战争的灾难》铜版组画。

我们对军事参谋部和政府机构的庞大机器是无能为力的。他们之所以不迫害我们，是因为我们对他们还构不成威胁。我们的言论始终毫无声息，我们的影响也始终不能得以发挥。我们知道，我们的人数确实太少，十分孤立，所以我们才肩并肩、心贴心地团结在一起。我在成年以后，还没有体验过像在日内瓦那段时间深厚热烈的友谊。我们彼此之间的联系后来保持了很长一段时间。

从心理学和历史学的角度（不是从艺术家的角度）来看，这些人中间最引人注意的角色是亨利·吉尔波，他比他们中间的任何人都令人信服地证实了一条颠扑不破的历史规律：在天翻地覆的突变中，尤其在战争和革命年代，勇气和冒险在短期内往往比人的内在信念和稳定的品格更起作用，比人的内在价值和坚持正义的勇气更有意义。每当时代的浪潮滚滚向前，汹涌翻腾的时候，总有一些善于赶潮流的人毫不犹豫地冲到浪尖上。就像许多昙花一现的人物一样，时代的浪花曾把像贝拉·库恩①和库特·艾斯纳②那样的人物推到他们的才智所不能胜任的位置。吉尔波，这个有一双机警不安的灰色眼睛、金黄色的头发、瘦弱且能说会道的矮个子男人并非聪明人。十年前，尽管他曾把我的一些诗译成法文，可是我不得不真诚地说，他的文学水平微不足道。他的语言能力没有超出一般的水平，各方面的素养也不深。他的全部力量都用在政治论战上。他糟糕的性格，是属于那种无论什么事都必须反对一通的人。他清楚地感到，如果能像一个真正的浪人那样到处寻衅，攻击任何一个比自

① 贝拉·库恩（1886—1939），匈牙利共产党创始人、领导人。
② 库特·艾斯纳（1867—1919），德国记者、巴伐利亚社会党领导人。

己强的人，那会是件乐事。他本质上并不是一个坏心肠的人，在战前他就已经不断和文学界的某些人物进行论战，反对某些思潮。后来他又参加了激进的党派，可是他觉得哪个党派也称不上激进。现在在战争中，他终于作为一个反军国主义者，找到自己的巨大对手：世界大战。当大多数人还在恐惧和怯懦之中时，他却以大胆和勇猛投入战斗，这使他在世界性的关键时刻显得特别重要，甚至是必不可少。恰恰是普通人害怕的事深深吸引着他，那就是：冒险。别人不敢做的事，他却独自做了不少，这使得这个摆弄笔墨的人突然成了一个了不起的大人物，他的写作和战斗能力被夸大到远远超出他自己的本来水平——这是一种不寻常的现象。这种现象同样可以在法国大革命时期的吉伦特派的小律师和小法学家身上看到。当其他人保持沉默，当我们犹豫不决再三踌躇该做什么或者不该做什么的时候，他已经断然行动起来了。吉尔波留下的不朽功绩是他创办和主持了第一次世界大战期间唯一具有重要思想意义的反战刊物《明日》，这是每一个想要了解那个时代各种思潮的人都必须查阅的文献。他给了我们所需要的东西：在战争中提供一个国际主义的、超国家的讨论中心。罗曼·罗兰给予他的支持对这份刊物起着决定性作用，因为罗曼·罗兰凭借自己的声望和他与外界的广泛联系，从欧洲、美洲和印度请来编辑人员；另一方面，当时正在流亡的俄国革命家列宁、托洛茨基和卢那察尔斯基对吉尔波的激进立场也很信任，并定期为《明日》撰稿。因此，有十二个月或二十个月之久，世界上没有一份比它更令人感兴趣的刊物了。如果这份刊物能够延续到战后，也许它会对公众舆论造成很大的影响呢。吉尔波在瑞士还同时代表着法国的那些激进小组，因为克雷孟梭不准他们在法国发表言论。他在著名的昆塔尔和齐美尔瓦尔得代表会上起了很大的历史作用，坚持国际主义的社会党人在这两次会议上同蜕变为爱国主义者的社会党人分裂开来。在战争进行期间，在巴黎的政界和军界认为没有一个法国人，哪怕在俄国成为布尔什维克的沙杜尔上尉，比这个身材矮小满头金发的吉尔波更令人害怕和憎恨。最后，法国情报机构蓄意陷害他的阴谋终于得逞了。他们在伯尔尼的一家旅馆里，从一个德国情报人员的房间里偷走了一些吸墨纸和几份《明日》，这些东西无非说明，德国有地方订购了几份这个刊物——这件事本身是无罪的，由于德国人一丝不苟的精神，他们查得这几份是某些图书馆和公务机关要求订阅的。然而，巴黎当局却从此事找到了足够的借口，把吉尔波说成是德国收买的一个鼓动者，并对他进行起诉。他被缺席判处死刑——这完全是违法的，正如后来的事实所证明的，十年以后这次审判在一次复审中被撤销了。但是在案件发生后不久，由于他的偏激行为和极端行动——这种行为也渐渐危及到罗曼·罗兰和我们大家——他与瑞士当局发生了冲突，被当局逮捕并遭到监禁。直到列宁大笔一挥将他的国籍改成俄国，他乘坐第二趟封闭的列车到达莫斯科，才算彻底获救了。列宁本人对他颇有好感，并且感激他在他们最困难的时候给予的帮助。现在正是他大显身手的时候了。因为一个真正的革命者所应具备的全部功绩，如坐牢、被缺席判处死刑，他全都经历过了，所以对他来说，莫斯科给了他第二次大显身手的机会。正如他在日内瓦的时候有罗曼·罗兰的帮助，这次他到莫斯科是依仗列宁的信任，才能在建设俄国时有所作为。而在其他人中间，几乎没有一个人由于自己在战争时刻的大胆举动能够在议会或政府中谋得要职，因为所有的激进小组都认为他是一个真正有作为、有勇气的人，一个天生的领导者。但事实证明，他并不具备领导素质，而是像许多战时的作家和革命政治家一样，仅仅是一个来去匆匆的时代过客。而且，凡是与自己的才能不相称的人物，在经过突然的升迁之后，最后还是要垮台的。吉尔波作为一个不可救药的论战者，在俄国也像在巴黎一样，他的小聪明全用在争论不休、搬弄是非上，逐渐和那些尊敬过他勇气的人闹翻，首先是列宁，然后是巴比塞和罗曼·罗兰，最后是我们大家。正如他开始时一样，他晚年只写了一些微不足道的小册子和无关紧要的争论文章。在他被赦免后不久，他就在巴黎的一个角落无声无息地死去了。这位在战争中最勇敢、最冒险的反战者，如果懂得充分利用时代赋予他的机遇，那么他一定会成为我们时代的伟人之一，而他今天已被人彻底遗忘了，我也许是没有完全忘记他的最后几人之一，因为我对他在战时创办了《明日》一事仍怀有感激之情。

几天以后，我从日内瓦返回苏黎世，去商谈剧本的排练问题。这座城市位于苏黎世湖畔和群山的浓阴下，由于它风景秀丽，当然也由于它的高雅而又略微保守的文化，我格外喜爱它。不过，由于和平绿洲瑞士处于交战国的包围之中，苏黎世也不再那么安宁了。它成了欧洲最著名的不夜城，是各种思想运动的汇集地，当然也是所有老谋深算的生意人、投机商、间谍和宣传鼓动人员最理想的集中地。由于他们突然之间看中了这座城市，所以当地居民对这些来客持十分正当的怀疑态度……在饭店和咖啡馆里，在有轨电车和大街上，到处都能听到各种语言，到处都能碰上自己喜欢或不喜欢的熟人，不管你愿意不愿意，顿时陷入激烈的争论之中。因为来这里的所有人都是被命运驱逐来的，人人对战争的结局都万分关切。有些人肩负着政府的使命，有些人受政府的迫害和驱逐。但不论是谁，每个人都脱离了自己原来的生活，被抛到这里来碰运气。由于所有人在这里都没有家，所以他们始终与同伴待在一起。由于他们对政治和军事事件没有任何影响力，所以他们一天到晚争论不休。这种毫无意义的讨论既使人兴奋，也使人厌恶和疲劳。如果一个人在自己的家里长年累月闭着嘴不说话，离开家后他就会喋喋不休；如果一个人第一次重新获得可以不受检查地思考和写作的权利，他就会迫不及待地去写，去发表文章；每个人，甚至才气平平的人——例如我说过的吉尔波——也会兴趣盎然、全力以赴。操各种语言、持各种观点的作家和政治家在这里云集。诺贝尔和平奖得主阿尔弗雷德·赫尔曼·弗里德①在这里出版了他的《和平瞭望台》；前普鲁士军官弗里茨·冯·翁鲁②在这里向我们朗诵他的剧本；赖因哈德·弗兰克③在这里创作了激动人心的小说集《人是善良的》；安德雷阿斯·拉茨科④的《战争中的人们》在这里引起轰动；弗兰茨·韦尔弗尔来过这里朗诵他的作品；我在当年歌德和卡萨诺瓦下

---

① 阿尔弗雷德·赫尔曼·弗里德（1864—1921），奥地利新闻工作者，一九一一年诺贝尔和平奖得主。
② 弗里茨·冯·翁鲁（1889—1970），德国作家。
③ 赖因哈德·弗兰克（1882—1961），德国小说家。
④ 安德雷阿斯·拉茨科（1879—1943），奥地利剧作家、小说家。

榻过的古老的施韦德旅馆遇到各国人士。我见到过俄国人，他们后来在革命中崭露头角，可我从不知道他们的真实姓名；我见到过意大利人，意大利天主教教士和社会党的强硬派人士以及主战的德国社会党人。跟我们站在一起的瑞士人当中，有大名鼎鼎的赖因哈德·拉加茨神甫①和诗人罗贝尔·费齐②。在法语书店里，我遇到我作品的译者保罗·莫里斯；在音乐厅里，我遇到指挥家奥斯卡·弗里德③——在那里什么人都能遇见，但都是来去匆匆。在那里，你可以听到各种言论，有最荒唐的，也有最富理智的，有的人垂头丧气，有的人趾高气扬。各类杂志纷纷创刊，各种论战广泛进行。各种矛盾交织在一起，并不断激化。各种小团体，有的正在组织，有的正在解散。我在苏黎世度过的那些日子，或者更确切地说，那些夜晚（因为人们一直讨论到贝莱菲咖啡馆或奥德翁咖啡馆的灯火熄灭为止，有时还要到别人的寓所继续讨论），所见到的人是如此纷杂，所听到的意见是如此莫衷一是，精神之集中，气氛之热烈，是我以后再也没有见过的。在这个令人着迷的世界里，没有人去看风景，也没有人游山玩水，享受恬静的和平景象，而是在报纸、消息、谣言和各种分歧的争论中度过时日。奇怪的是：大家在这里虽然只是精神上经历这次战争，可是都觉得比正在进行战争的国家里感受更深切，这是因为，在中立国里看战争更客观，完全不受胜利或失败带来的民族利害关系的影响。这里的人不再用政治观点来看

---

① 赖因哈德·拉加茨（1868—1945），瑞士新教神学家、苏黎世教义神学教授。
② 罗贝尔·费齐（1883—1972），瑞士日耳曼学家、作家。
③ 奥斯卡·弗里德（1871—1941），德国作曲家、指挥家。

待战争，而是用全欧洲的眼光看待战争，把战争视为残酷的暴力事件；它所能改变的，不只是地图上的几条边界线，而是世界的形势和未来。

　　在这些人中间，最使我感动的是那些没有祖国的人，或者说比没有祖国还要不幸的人，即他们不是没有祖国，而是有两三个祖国，他们自己心里也不知应该属于哪个国家——仿佛当时我就预感到自己的命运似的。在奥德翁咖啡馆的一角，常常坐着一个蓄着褐色小胡子的男子，他孤零零地坐在那里。一双炯炯有神的眼睛，戴着一副镜片很厚的眼镜，十分引人注目。有人告诉我，他是一位非常聪明的英国诗人。几天后我认识了这位詹姆斯·乔伊斯，他非常直率地同我说，他与英国没有任何关系，他是爱尔兰人。他虽然用英语写作，但他的思想不是英国式的，他也不愿有英国式的思想。他当时对我说："我想，要有一种超越一切语言的语言，这种语言服务于大家。英语不能完全表达我的思想，因此我不受传统的束缚。"他说的这句话，我没有完全明白，因为我不知道他当时已经开始写作《尤利西斯》，他只把他的《青年艺术家的肖像》借给我看，那是他仅存的一本样书；他还把他的剧本《流亡者》借给我看，当时我甚至还想把剧本翻译出来，为的是能帮帮他。我认识他的时间越久，他非凡的语言知识就越使我惊奇。他那圆圆的大脑门在电灯光下像瓷器一样闪闪发光，后面装满词汇和习语，他用极娴熟的技巧把所有词语错综复杂地交织在一起；有一次他问我，《青年艺术家的肖像》中一个组合词组成的句子该怎样译成德语。我们试着用意大利语和法语才将它译出来。他小说里的每一句话都是由习语中的四五个词组合而成的，甚至还有方言土语，而他对词的色彩和含义的细致差别了如指掌。在他身上总有一点多愁善感的情绪，但我认为，恰恰是这种情绪才促使他的内心产生激情和创作的力量。他对都柏林、对英国、对某些人的厌恶在他的心中已变成巨大的能量，并从他的创作中释放出来。看起来，他好像很喜欢自己那副不动声色的面貌，我从未见他笑过或者高兴过。在他的身上总有一股抱成团的阴暗力量，每当我在大街上遇见他时，他总是紧闭着薄薄的双唇，快步走着，好像正往一个特定目标赶去。这时候，我就觉得比在我与他谈话时更强烈地感受到他那离群索居的性格和内心的孤独。所以后来我一点儿不奇怪，那部充满孤独感、与尘世毫无联系、像陨石般坠入我们的世界这个时代的作品，出自他的手笔。

在两国之间过着两栖生活的人中间，还有费鲁乔·布索尼，他生在意大利，在意大利接受教育，却选择了在德国生活。从我青年时代起，他就是我最喜欢的演奏家。当他演奏钢琴时，他的眼睛放射出一种奇妙的、梦幻的光芒。他的双手在下面轻盈地弹奏着，充分表现出他的技巧娴熟，而他那颗才华横溢又好看的脑袋微微向后仰，如痴如醉地倾听自己演奏的乐曲，好像乐曲已融化到自身之中。在音乐厅里，我曾像着了魔似的不断去看他那张神采焕发的脸，他的琴声使我内心异常激动，那琴声如波浪微微起伏，又如银铃般清澈。而在这里，我重新注视着他，发现他头发已灰白，眼睛里流露出悲哀。有一次他问我："我属于哪一方呢？如果我在梦中醒来，我知道我在梦中说的是意大利语，而当我写作时，我是用德语进行思维。"他的学生遍及全世界。——"现在也许有一个学生正在向另一个学生开枪"——他本来想继续创作歌剧《浮士德博士》，但由于他感到心烦意乱，便只写了一部轻音乐的短小独幕剧，以排解自己的烦恼。在战争时期，乌云是不会从他的头上消散的。我很少听到他洪亮欢快的笑声，而那笑声是我以前非常喜欢的。有一天深夜，我在车站饭店的餐厅看见他，当时他已独自喝了两瓶葡萄酒。我从他的面前走时，他喊住了我。"麻醉一下吧！"他指着酒瓶说，"不是喝酒！只不过是麻醉一下，否则就受不了。音乐不能使人一直陶醉下去，而创作只有在美好的时光里才会来临。"

不过，这种内心的矛盾对阿尔萨斯人来说尤为痛苦。在他们中间最最不幸的，要数雷内·席克勒那样的人，他们的心向着法国，却在用德语写作。在他们的故土周围战火纷飞，他们的心好像被刀剖成了两半。有人把他们拉向右边，又有人把他们拉向左边，强迫他们要么承认德国要么承认法国；他们十分厌恶这种不可能做到的"非此即彼"的抉择。他们和我们一样，都希望德国和法国成为兄弟，相互理解，而不是敌视，为此，他们忍受了许多痛苦。

在他们周围，还有那些与双方阵营有姻亲关系的人，德国军官的英国妻子，奥地利外交官的法国母亲。有的家庭，儿子们在敌对双方服役，父母盼望天各一方的来信；有的家庭，仅有的一点财产在这里被查收，原来的职务在那里丢失。这些支离破碎的家庭尽其所能到瑞士来避难，为的是避免嫌疑，因为他们不论在原来的祖国还是在新故乡都一样受到怀疑。他们为免给自己造成麻烦而避免讲任何一种语言。他们像幽灵一样悄悄走路。一个生活在欧洲的人，越是把整个欧洲视为自己的故乡，就越会被这个要砸烂欧洲的拳头打得粉碎。

在这期间，《耶利米》上演的日子日益临近。后来，演出非常成功，《法兰克福报》像告密者似的向德国国内发消息说，美国公使和协约国的几位知名人士也观看了演出，这并没引起我多大的不安。我觉得，战争已经进行了三年，德国内部越来越虚弱，反对鲁登道夫的穷兵黩武的战争政策已不再像当初威风凛凛的作孽时刻那样危险。到了一九一八年秋天，战争的局势将会明朗。可是，我不想在苏黎世待到战争结束。因为我的目光逐渐变得更清醒、更机警。我刚到达苏黎世时怀着满腔热情，原以为在所有的和平主义者中间和在反军国主义者中间能够找到志同道合的人，找到有决心促成欧洲和解的真正战士。但不久我就发现，在那些装扮成流亡者和坚守信仰的殉道者中间混杂着一些阴暗人物，他们是为德国情报机构效劳的，被收买来监视每一个人。每个人凭着自己的经验也能作出判断，这个安静又正派的瑞士已被两个阵营的情报人员像鼹鼠打洞似的破坏了。倒纸篓的女工，女接线员，形迹可疑、慢吞吞的旅店招待，他们都在为一个敌国服务，甚至同时为两国服务。箱子被偷偷打开，吸墨纸上的印迹被秘密照相，信件在途中不翼而飞；旅馆大厅里花枝招展的妇女向每一个男人做出令人讨厌的媚笑。一些从未听人说起过的异常热情的和平主义者突然登门拜访，要求我们在他们的声明上签名，或者假惺惺地来索取那些"可信赖的"朋友的地址。还有一个"社会党人"请我到拉绍德封①给工人们作一次演讲，报酬高得叫人生疑，而那里的工人对此毫无所知。真是得处处小心提防。没过多久，我终于发现，绝对可靠的人真是凤毛麟角；由于我不愿意卷入到政治漩涡中，所以我的交往圈子越来越窄。更何况，即使在可靠的人的家里，那种无休止的毫无结果的争论也让我感到无聊；再加上那些激进主义者、自由主义者、无政府主义者、布尔什维克主义者和不问政治的人乱哄哄地混杂在一起，更使人无法忍受。我在这里第一次学会了如何正确地观察一个典型的职业革命家：他永远反对与自己无关的事，他觉得这样就能提高自己的地位，他不得不死守这个教条，因为他本身就没有一个正确的立场。我觉得继续留在这充满扯不尽的空谈的混乱环境里，自己的头脑也会混乱起来，与他们同流合污，对自己信仰的道德失去信心。于是，我离开了。实际上，所有在咖啡馆里策划谋反的人没有一个人敢于真正地造反；即兴凑合在一起的世界政治家中，当真正需要政治的时候，却没有一人懂得政治是怎么回事。到了战后开始建设的时候，他们还是抱着吹毛求疵、诸多指责的否定态度，正像当年的反战作家一样，在战后他们中间只有极少数人还能写出重要作品。一个使他们热衷于搞创作、搞政治的争论不休的时代过去了。战争一旦结束，反战运动也随之结束；由那些有兴趣的、有才华的人组成的整个反战阶层亦悄悄散了。每一个小团体也不复存在，因为把他们团结在一起的只是相同的处境，而非共同的理想。

---

① 瑞士西部城市，以钟表制造业闻名。

在离苏黎世约半小时路程的吕施利孔，我为自己找到一个合适的地方，一家小旅馆，从吕施利孔的小山丘上就能够眺望整个苏黎世湖，只是显得又远又小，还可以看到城里教堂的塔尖。我在这里只需要会见我的几个知心朋友。到这里来的有罗曼·罗兰和马塞雷尔。在这我可以做自己的工作，充分利用无情消逝的时间。美国的参战使那些被蒙住眼睛、被本国空话震聋耳朵的人猛然惊醒，看来德国的失败在所难免。德国皇帝突然宣布，从现在起他要实行"民主"。我们知道事态已经非常严重，警钟已经敲响。我坦白承认，我们奥地利人尽管在语言上思想上同德国人是相通的，也变得不耐烦起来，巴不得那在所难免的事快些到来。曾经发誓要战斗到最后一息的威廉皇帝终于逃亡出国了。为自己的"和平胜利"而葬送了几百万生命的鲁登道夫也戴上墨镜偷偷溜到瑞典。但那一天却带给我们许多宽慰。因为我们相信——那时全世界都像我们一样——随着这次战争的结束，战争就永远结束了。蹂躏我们这个世界的野兽都已被制服，或者统统被杀死。我们深信威尔逊[①]的伟大纲领，好像那也是我们自己的纲领。当俄国革命还在以人道和理想主义的思想欢庆自己蜜月的时候，我们仿佛看到了曙光。我现在知道，当时我们都很傻。只不过傻的不只是我们。凡是经历过那个时代的人都会记得，所有城市的街道上都热烈欢迎威尔逊，把他当作给全世界人民带来福音的救世主；也都记得敌对双方的士兵互相拥抱和亲吻的情景。在和平的最初日子里，欧洲人表现出空前的深信

---

① 托马斯·伍德罗·威尔逊（1856—1924），美国第二十八任总统。

不疑。因为地球上终于有了一个去建立正义和博爱王国的空间。我们梦想着立刻建立一个共同的欧洲。地狱般的生活已经过去，我们还怕什么呢？一个新的世界已经开始。我们还很年轻，我们对自己说：这将是我们的世界，一个我们梦想中的更美好的、更人道的世界。

重返奥地利

　　从逻辑的观点出发，我在德奥联军崩溃以后返回奥地利是最愚蠢的。当时的奥地利还笼罩着早年专制皇朝的阴影，在欧洲的地图上还是一块捉摸不定、单调、毫无生气的地方。捷克人、波兰人、意大利人、斯洛文尼亚人都把自己居住的地方分割走了；奥地利剩下的只是残缺不全、好像全部血管都渗着血的躯干。在那六七百万不得不自称"德意志族奥地利人"中间，就有二百万人挤在首都维也纳，他们在那里受冻挨饿。过去能使国家富强的工厂设在现在属于外国的土地上；铁路线只剩下残缺不全的路基；国家银行储备的黄金全部用来赔偿巨额的战争借款。国家的边界尚未划定，因为和平才刚刚开始，要承担的责任尚未最后确定。国内没有面粉、没有面包、没有煤炭、没有石油。看来一场革命是不可避免了，不然就要用灾难性的解决办法。按照所有世俗的预见，这个由战胜国人为制造的国家是无法独立生存的——所有的政党，各种社会主义的、教会的、民族主义的政党，都异口同声地喊着这种腔调——看来，这个国家自己也不愿意独立存在下去。据我所知，出现这种悖理的情况在历史上还是第一次：强迫一个国家独立，而它竭力拒绝这么做。奥地利的愿望是，要么和那些分割出去的邻国重新合并，要么和同一民族的德国统一，而绝不能像现在这样，在被肢解的状态下过屈辱的乞丐式的生活。而那些邻国却不愿意与奥地利保持经济联盟，一则因为这些国家认为奥地利太穷了，二则因为他们害怕哈布斯堡皇朝复辟；至于同德国合并，则是协约国所禁止的，因为协约国不愿意看到德国由此变得更强大。所以协约国明文规定：德意志共和国和奥地利共和国必须并存。对一个不愿意存在下去的国家下达这样的命令："你必须存在下去！"——这真是历史上独一无二的稀奇事。

在我们国家最困难的时期，到底是什么原因促使我自愿回到祖国，至今我也无法说清楚。不过，我们这些在战前成长起来的人，不论在任何情况下，都有一种强烈的责任感；我们认为，在国家最最困难的时刻，我们更应该属于自己的祖国、自己的家庭。我认为，贪图安逸，逃避眼前的悲剧，是一种懦夫行为。我觉得——作为《耶利米》的作者——我更有责任用自己的言论帮助克服战败带来的困难。我觉得在战争期间，我好像是多余的，而在战争结束后，我反而找到了正确的位置。尤其是因为我曾竭力反对拖延战争而赢得一定的社会声誉，特别是在青年中间。再说，即便我不能有所贡献，但我能和他们一起去共同经历我曾预见的苦难，至少算是一种弥补。

当时，重返奥地利所做的准备就像到南极探险一样复杂，必须穿保暖的衣服和毛衣，因为大家都知道，过了边界就没有煤了，而冬天也快到了。还要备好鞋底，因为那边只有木鞋底；尽量带些食品和巧克力，瑞士方面允许带多少就带多少，以备在拿到第一次面包票和黄油票之前不至于饿肚皮。托运的行李还要上保险，只要保险费还能承担得起，因为大多数行李车都会遭到抢劫，而丢了一只鞋、一件衣服都是无法弥补的。十年以后，我去俄国那次也做了类似的准备。我乘车到了布克斯边境车站，一年多以前我曾满怀喜悦地驶进这个车站；我在站台上踌躇了片刻，我问自己，在这最后时刻，是否返回瑞士为好。我觉得，这是决定我命运的关键时刻。最后我还是决定去迎接艰难困苦。我重又登上列车。

一年前，我到达瑞士的边境车站布克斯时，曾经历了激动兴奋的一分钟。而现在，在回国途中，我在奥地利边境车站费尔德基尔希经历了难忘的一分钟。我一下火车，就发现边境官员和警察明显地表现出局促不安。他们对旅客并不特别注意，过境检查也十分草率，显然他们在等待什么重要的事。最后，钟声敲响，有一趟从奥地利方面开来的列车缓缓驶来，警察在站台上各就各位，工作人员急忙从小屋里出来，他们的妻子也纷纷拥向站台，显然事先打过招呼。在这些人中，特别引人注意的是一个身着黑色服装、带着两个女儿的老妇人，从她的仪表和服饰上看，显然是贵族。她看起来很激动，不时拿出手帕擦眼睛。

列车徐徐地、几乎是庄严地驶过来。这是一趟特别列车，完全不像那些日晒雨淋褪了色的普通车厢，而是宽大豪华的黑色车厢。火车头停住了，列队等候的人群明显有点激动，我还不知道发生了什么事。我猛地发现，从车厢窗户的玻璃上映出一个我认识的身影，高高站立着的卡尔皇帝——奥地利的最后一个皇帝，和他身后穿黑色服装的齐塔皇后。当时我呆若木鸡，统治奥地利有七百多年之久的哈布斯堡皇朝的最后一个继承人要离开他的帝国了！虽然他拒绝正式退位，奥地利共和国仍要他离开奥地利，但允许他离开时享受原有的礼遇，或者说，这是经过他多次强烈要求才答应的。此刻，这个身体高大、面容严肃的人正站在车窗前，最后一次看自己国家的山水、房屋和臣民。这是我亲身经历的一个历史性的时刻，我备受震撼。我是在帝国传统中长大的，我在学校里唱的第一首歌是颂扬皇帝的歌；后来我服兵役时曾对着此刻身穿便装、严肃而又沉思的年轻皇帝发过誓：“愿与领土、领水、领空共存亡。”现在目睹此景，我更是感慨万千。我曾多次在盛大的庆典上见过老皇帝，那种豪华场面在今天早已成为神话般的传说。我曾在香布伦皇宫里看见他从台阶上走下来，身后簇拥着皇室成员和穿着闪闪发光制服的将军们，接受维也纳八万学童的效忠宣誓。他们整齐地站在宽阔的绿色草坪上，齐声高唱海顿的《上帝保佑》。我也曾在宫廷舞会上，在戏剧预演时见到过老皇帝，那时他穿着金光闪闪的礼服。我还在伊施尔看到老皇帝戴着施蒂里亚人的绿色帽子驱车打猎。我也曾见过他排在圣体节的行列里，虔诚地低着头，缓缓地向斯特凡教堂走去——而在那个雾茫茫湿漉漉的冬天，我终于看到他的灵车，正是大战期间，人们把这位年迈的老人埋葬在卡普泰陵园。皇帝这个词对我们这些普通百姓来说是权力和财富的集中体现，是奥地利永存的象征。我们从孩提时起就学会了无比敬畏地说皇帝这个词，而现在我却眼望着他的继承人，奥地利最后一个皇帝被驱逐出自己的国家。代代相传了数百年的哈布斯堡皇室的光荣帝国，在这最后一分钟里寿终正寝了。我们周围所有的人都以悲惨的心情回顾这段历史，世界的历史。站台上的宪兵、警察和士兵尴尬地站在那里，略感羞耻地在一旁观看，不知是否应当敬礼。妇女们都不敢正视，也不敢说话，所以当我听到那个伤心的老妇人低沉的呜咽声时，不觉一怔。最后，火车司机发出开车的信号。每个人都像从睡梦中惊醒，火车头猛一抖动，好像它必须这样用力似的，列车缓缓驶去了。铁路工作人员恭敬地目送列车渐渐远去，然后又回到各自的工作岗位。每个人都露出送葬时那种悲哀窘迫的心情。延续了近千年的皇朝在这一瞬间宣告真正结束。我知道，我要回去的地方已是另一个奥地利，另一个世界。

那趟特殊的列车刚刚消逝在远方，就有人叫我们从洁净明亮的瑞士车厢换到奥地利车厢。如果想知道这个国家究竟发生了什么，只要一踏进奥地利车厢便会知晓。列车员走起路来慢吞吞，他们面部憔悴，好像饥不饱腹，衣衫也破破烂烂。车厢玻璃窗上用来拉上拉下的皮带已被割掉，因为每一块皮都很珍贵。就是座位也被盗贼的匕首和刺刀破坏得不成样子；软垫皮面被野蛮地整个割走，可能是想用它补自己的鞋子，只要是皮革，都随手取走。同样，车厢壁上的烟灰缸也都不翼而飞，因为上面镀着铜和镍。深秋的冷风穿过破碎的玻璃窗，从外面呼呼吹来，夹杂着劣质褐煤的烟雾和炉灰；当时的火车头都烧褐煤，烟雾和炉灰把车厢的地板和四壁都熏黑了。不过，这股烟雾的臭气总比那股碘酒的刺鼻味好些，那气味总会让人想到只剩一个骨架的车厢在战争期间曾运过多少个伤员。不管怎么说，只要火车能向前开，就算是一种奇迹。诚然，这是一种折磨人的奇迹。只要听到缺油的车轮发出稍微有点刺耳的嘎吱声响时，我们就非常担心超负荷的机器会突然坏掉。过去一小时的路程，现在需要四五个小时。黄昏时刻，车厢里已经漆黑一片，灯泡有的被打碎，有的被偷走。要想找东西，就只能点火柴摸索。车厢里的人并不觉得冷，因为从一开始就是六个一堆或八个一伙地挤在一起。可是刚到下个车站，就挤上一些人来，人越来越多，越来越挤，而所有这些等了几个小时的人都已经十分困倦。车厢中间的过道也挤得满满的，甚至连车厢之间的脚踏板上都蜷着人，他们已顾不得计较这初冬时节的夜间气温。另外，每个人都十分留心自己的行李和食品包，紧紧地抱在怀里，在黑暗中须臾不敢离手。我仿佛又回到战争的恐惧中，虽然战争已经结束。

　　快到因斯布鲁克的时候，火车头突然喘息起来，尽管呼呼冒气、汽笛长鸣，也无法爬上一个小山坡。如果等一台辅助机车，需要一个小时。到萨尔茨堡还需要十七个小时，而不是以往的七小时。在车站上，远近都没有搬运工。最后多亏几个衣着破旧的士兵帮我们把行李搬到一辆马车上，可是那辆出租马车的马，又老喂养得又差，与其说是马驾辕，倒不如说是马靠在辕木上才站得住。我实在没有勇气将我的箱子放在马车上，让那匹鬼怪似的马拖着走。于是，我把箱子存在车站行李房，尽管我十分担心，怕再也见不到它们了。

战争期间，我曾在萨尔茨堡买了一栋房子，因为我和早年的朋友由于对战争的看法相背而疏远，我不想住在大城市和人多的地方。后来，我的工作也需要这种深居简出的生活方式，我认为在奥地利所有的小城市中，萨尔茨堡不仅风景优美，地理位置也最为理想。因为它位于奥地利的边陲，坐两个半小时的火车就可以到慕尼黑，五个小时到维也纳，十个小时到苏黎世或威尼斯，二十个小时到巴黎，是通向全欧洲的真正出发点。当然，当时它还没有因为举办各种艺术节而成为"群英荟萃"的艺术名城（一到夏季，雅士淑女云集于此），它仍是一个古朴的、有待开放的、富有浪漫色彩的小城镇（否则，我不会选此地作为我的工作地点），坐落在阿尔卑斯山余脉的山麓，阿尔卑斯山脉的峻岭和山岗在这里和德国的平原自然相连。我买的那栋房子坐落在郁郁葱葱的小山岗上，汽车开不到那里，只能沿着一条已有三百年历史的有一百多级台阶的崎岖山路爬上去。当你从山岗的平台上鸟瞰山下塔尖林立的城市屋顶和山墙门窗的迷人景色时，你攀登向上的辛苦也就得到了补偿。山岗后面是绵延不断气势磅礴的阿尔卑斯山的全景（当然也能望见贝希特斯加登附近的萨尔茨山，当时毫无名气的一个名叫阿道夫·希特勒的人就住在我的对面）。我那栋房子富有浪漫色彩，但并不实用，它是十七世纪一个大主教狩猎时的休息行辕，周围是坚固的城堡围墙；到了十八世纪末，主房左右各扩建了一间房子；主房里有一幅精美的旧壁毯和一个绘有图画的九柱戏球。一八七〇年，弗兰茨皇帝访问萨尔茨堡时，曾亲自用这个球在这个行辕的长廊里打倒了九柱戏的柱。这所行辕里还保存着几张写有各种基本权利的羊皮纸，它们是以往辉煌历史的见证。

这座行辕——由于它的门脸宽大而显得华丽壮观，但厅室不过有九间，因为纵深极浅——是一座结构奇巧的古建筑。后来，我的宾客无不为这所建筑而赞叹。可是在当时，历史悠久却不是件好事。我们发现这个家几乎不能安身，雨水滴滴答答落进房间里，每次下雪以后，门廊里全是雪，而想要把屋顶彻底修理一下是不可能的，木匠没有修房椽的木头，白铁匠没有修房顶的白铁皮。最大的漏洞只能用油毡勉强修补一下，如果再继续下雪，除非到屋顶上去把积雪扫掉，别无他法。电话也常常和人作对，因为电话线用的是铁丝而非铜线。任何一点小东西都必须从山下运上来，因为山上没有人供应。但是，最使人受不了的是寒冷，因为周围远近都没有卖煤的，而庭院里的树太新鲜，燃不起来，只是发出蛇一样的噬噬声，不是在燃烧，而是吐着白沫，发出爆裂的声响。在困难中救急的东西是泥煤，它总能发出一点热量来。但是冬天里有三个多月的时间我几乎只能窝在被子里，用冻得发紫的手指写我的文章。每写完一页，就把冻僵的手指放在被窝里暖和一下。在那个灾难之年，不仅食品和燃料全面匮乏，住房也相当紧张，凡能栖身的地方都被看作宝地。奥地利已有四年没有盖房子；许多房屋已经倒塌，大批无家可归的退役士兵和战俘又突然蜂拥而至，以致每间可用的房屋都得住一户人家。管理委员会已经到我家来了四趟，我们也自愿交出两个房间，不过我们的房子又破又冷，当初我们对这栋房子的不满意之处，如今却起到了保护作用，因为谁也不愿意爬一百多个台阶到这里来受冻。

那时，我每次进城都能碰到令人震惊的事，我第一次目睹严重的饥荒。面包已经发黑，散发出一股霉味；咖啡是用烤糊的大麦熬成的汤；啤酒是黄颜色的水；巧克力是染色的沙粒；土豆全都冻坏了；为了不至于忘掉肉的味道，大家都养起兔子来。有个小伙子为了改善伙食，星期天到我们的园子里来打松鼠；养得稍胖一点的狗猫之类，走得稍远些就很少能够回来。衣服料子实际上是加工过的纸，是代用品的代用品。男人们的衣服几乎都很破旧，甚至有俄国人的军服，是从仓库和医院里弄来的死人穿过的衣服。麻袋做的裤子也不在少数。街上的橱窗被洗劫一空。墙上的泥灰像疮痂一样剥落下来，路上的行人明显营养不良，强挺着身子去工作，看了使人心神不宁。平原地区的食品供应较好一些。在道德风气普遍下降的情况下，农民也不按法定的"最高价格"出售，而是以高出几倍的价格出售自己的黄油、鸡蛋、牛奶等。凡是能贮存的食品，他们都存在仓库里，等待买主找上门来以好价钱卖掉。因此，不久就出现了一种新职业，囤积居奇者。有些无职业的男人，带着一两个背包，到农民那里挨家挨户收购食品，甚至乘火车到那些特别有利可图的地方非法收购，然后拿到城里以四五倍的价格出售。开始农民很高兴，他们用鸡蛋和黄油换来了那么多的钞票，像流水般淌到自己的家门。可是，当他们带着鼓鼓的钱夹到城里买东西时，他们发现长柄镰刀、铁锤、饭锅等的价格已上涨了二十倍或五十倍，而他们卖的食品只多五倍的价钱。从那时起，他们就决定以食品换工业品，等价交换，以物易物。自从人们进入战壕，有幸重温穴居时代的生活以来，人们又摆脱了流通千年的货币交换，回到原始的物物交换，这种荒诞的交换方式开始遍及全国。城里人将农民可能需要的物品送到乡下卖给他们，像中国的大花瓶和地毯，剑和猎枪，照相机和书籍，灯具和各种装饰品，换回等值的食品。所以，当你走进萨尔茨堡一户农家，就会有一尊印度菩萨凝视着你，使人大吃一惊，或者发现一个洛可可式的书柜，摆着一些法国皮面精装书，它们的新主人特别自豪，洋洋得意。"真正的皮面精装，法国的！"他们鼓着腮，夸耀地说。"要物不要钱"已成为大家的口头禅。为了吃饱肚子，有人不得不褪下结婚戒指和身上的皮带去换吃的。

最后，为了制止这种实际上只对拥有食物的人十分有利的黑市交易，政府部门进行了干预。各省之间都设立了关卡，没收铁路上和骑自行车的囤积居奇者的货物，交给各城市的食品供应部门。囤积居奇者也模仿美国西部片走私的方式，组织夜里运输或者贿赂那些自己家里有挨饿孩子的检查人员。有时候也会出现用手枪和大刀进行搏斗的场面。那些走私的小伙子们经过前线的四年磨练，动刀动枪十分熟练，在平地上逃跑时也会利用军事上掩护的那一套。这种混乱局面一周比一周严重，居民们感到越来越不安。因为人们明显感到，货币一天比一天贬值。邻近几个国家用自己的货币换下奥匈帝国的货币，把兑换老"克朗"的亏空或多或少转嫁给了贫穷的奥地利。老百姓对货币不信任的第一标志就是硬币不见了。因为用铜或镍铸造的硬币抵不上它自身的价值，还是纸币方便，造价也低。国家虽然开足马力印钞票，即便按照魔鬼靡菲斯特的办法造出尽可能多的纸币，也依然赶不上通货膨胀的速度。于是，每座城市，每个小镇，甚至每个村庄都开始印刷自己的临时钞票，这种钞票到了邻村就不能使用。后来人们终于认识到，这些临时钞票毫无价值，干脆扔掉了事。如果有一位国民经济学家能先把奥地利的，后把德国的通货膨胀的各个阶段清楚完整地描写出来，其惊险程度势必超过任何一部长篇小说，因为混乱局面越来越离奇。谁都不知道一件东西是什么价格，物价随意飞涨。在一家涨价及时的店铺里，一盒火柴要比另一家店铺高出二十倍，只因为那家店铺的主人老实诚恳，还在按头一天的价格出售。众人为了报答店主的忠实可靠，人们奔走相告，不到一小时，这家店铺的货便销售一空，也不管自己是否需要，买到手就好。人们都要物而不要钞票，即便是一条金鱼，或者是一只旧望远镜，也总归是"物"。最荒唐的就是房租了，政府为了保护租房人（他们是广大群众）的利益，不准提高租金，从而损害了出租人的利益。那时，在奥地利租一套中等大小的公寓房，一年的房租还不够一顿午饭的钱；这就是说在奥地利全国有五年或十年时间差不多等于白住房（因为后来连解除租房契约都不准许）。由于这种混乱不堪的局面，社会风气一周比一周荒谬，道德更加败坏。出于爱国热忱而把自己节俭了四十年的积蓄买了战时公债的人顿时成了乞丐，借债的人逍遥法外，全都不再还债。谁要是遵守分配用粮制度，谁就会挨饿；只有那些厚颜无耻、胆大妄为的人才能填饱肚皮。善于行贿的人鸿运亨通；投机倒把的人大发横财。按批发价出售货物的人，他的货物就会被窃取一空；那些精打细算的买卖人总是上当受骗。在通货膨胀和货币贬值期间，再也没有规范、尺度和价值可言。道德已不再存在，唯有一条准则：投机取巧、随机应变、无所顾忌。在这个混乱时代，只有跳上那匹飞驰的快马才不会被它踩在蹄下。

　　另外，当奥地利人在价值骤变中失去任何规范的时候，有些外国人看到在我们这里可以浑水摸鱼。在通货膨胀期间——通货膨胀已持续了三年，而且速度越来越快——国内唯一能保值的东西是外币。奥地利的克朗放在手中像液体一样容易流失，所以人人争着要瑞士法郎和美元。有相当一批外国人充分利用这种经济状况，吞噬奥地利克朗抽搐的躯体。奥地利这块肥肉被外国佬"发现"了。一种灾难性的"外国人旅行热"出现了。维也纳所有的大旅馆都住满了那些吞食腐尸的秃鹫。他们见什么买什么，从一只牙刷到一座农庄。他们把私人的收藏和古玩店里的古董收购一空，直到古玩店主恼怒地发觉自己遭到了一场浩劫。瑞士旅馆的看门人，荷兰的女打字员都住进了环行大道上那几家大饭店的贵宾客房。这种事似乎令人难以置信，但我作为一名目击者可以对下列事实加以证明：在萨尔茨堡那家著名的豪华旅馆——欧洲旅馆，有一段相当长的时间全部租给了英国的失业者，他们有充足的失业救济金，在这里住能过上比老家贫民窟更便宜的生活。没有不透风的墙，奥地利的生活费用和物价便宜——这是指用外币购买——这个消息逐渐传开，越传越远。从瑞典、法国又来了一群贪得无厌之徒。在维也纳市区，讲意大利语、法语、土耳其语和罗马尼亚语的人比说德语的人还要多。甚至德国也利用自己坚挺的马克对付奥地利贬值的克朗，因为开始时，它的通货膨胀率比奥地利低得多，德国抓住了这个时机。萨尔茨堡是边境城市，这给我提供了绝佳的机会，来观察每天过路的掠夺大军。成百上千的巴伐利亚人从附近的村庄和城镇拥入这座小城。他们在这里做衣服，修理汽车，到药房购买药品，看医生。慕尼黑的一些公司向国外寄信或打电报，都到奥地利来办理，因为奥地利邮政价格比德国低得多。后来，德国政府终于决定建立边防检查站，以制止所有的必需品从价格低廉的萨尔茨堡购买，支持国内的经济发展。最后，一马克在萨尔茨堡可顶七十奥地利克朗用。德国海关严格执法，从奥地利来的商品一律没收。但有一种商品无法没收，就是喝进肚子里的啤酒。嗜好啤酒的巴伐利亚人每天都拿着市场行情表仔细核算，由于奥地利克朗贬值，在萨尔茨堡的酒馆里用同样的价钱就能喝上比家里多四五立升甚至十立升的啤酒，再也没有比这个更大的诱惑了。于是，成群结队的人们带着妻儿老小从费赖拉辛和赖申哈尔越境过来，为的是享受一下奢侈生活，灌满一肚子啤酒，肚子能容纳多少就喝多少。每天晚上，火车站就成了酩酊大醉、呕吐不止的酒鬼们真正的魔窟；那些喝得不省人事的人，只好被拖上平时用来运箱子的手推车送入车厢，然后火车满载着这群又喊又唱的发酒疯的人返回他们的国家。当然，这些快活的巴伐利亚人没有预见到以后有那么可怕的报复发生。当克朗稳定下来，马克却以天文数字大幅度狂跌下来时，奥地利人也同样从同一火车站乘车过去，在那边猛喝便宜的啤酒，重演了啤酒的闹剧。这两个国家由于通货膨胀而形成的啤酒战是值得我特别回忆的往事之一。也许因为啤酒战从小的方面形象又荒诞地把那几年的疯狂揭露得淋漓尽致。

奇怪的是，我今天竟然记不起那几年我们的家庭生活是怎样安排的。当时在奥地利维持一个人一天的生活需要花费几万甚至几十万克朗，后来在德国则要数百万克朗，可这些钱是从哪里来的？令人不解的是：我们大家都有过这么多钱。我们习惯了那种生活，也适应了那种混乱的局面。一个没有经历过这个时代的外国人从逻辑推理上一定会想到：一个鸡蛋在奥地利的价钱相当于过去一辆豪华汽车，后来在德国竟高达四十亿马克——几乎相当于过去柏林全部房屋的地皮价。人们一定会以为：妇女们披头散发在大街上疯狂地匆匆而过，商店里一片荒凉，货架上空空，什么也买不到；特别是剧院和娱乐场所全都空空荡荡。但令人不胜惊奇的是，实际情况完全相反。人们要求生活连续性的意志远远超过货币的不稳定性。在金融的混乱中，日常生活几乎是不受干扰地在继续。但个人的变化却非常大，富人变穷了，他们存在银行里的钱由于大量发行纸币而流失了，投机倒把者却富了。地球像飞轮一样始终按自己的节奏在旋转，从不停顿，从不关心个人的命运。面包师烤他的面包，鞋匠缝制皮靴，作家写书，农民种地，列车正点运行，每天早上报纸照常准时送到门口；那些娱乐场所、酒吧、戏院天天爆满。因为这种意想不到的事——以往最稳定的货币现在天天在贬值，人们现在更重视实际生活——工作、爱情、友谊、艺术和自然——的真正价值。在苦难之中的整个民族活得比以往更有生气，更具活力。小伙子和姑娘们到山里远足，回家时脸已晒得黝黑。舞厅里的音乐一直演奏到深夜。新的工厂和新的商店到处在兴建。连我自己也不敢想，我那几年的工作和生活竟比以前更富有朝气。过去我们认为重要的东西，现在变得更重要了。我们在奥地利混乱的那几年里，反而更喜爱艺术，因为金钱的背叛，反而使我们觉得，我们心中永恒的东西——艺术——才真正可靠。

譬如说，我在最艰苦的日子里从来没有忘记去看歌剧。看歌剧的人要在半明半暗的街道上摸索着前进，由于缺煤而限制路灯照明。看一次歌剧要拿一大把钞票才能买到一张顶层楼座的票，这些钱在战前足够订一年的包厢。由于剧场里没有暖气，观众要穿着大衣看戏，并且靠紧邻座的人以彼此取暖。过去，男人穿笔挺的制服，女人穿贵重的长裙，在剧场里光鲜亮丽；而现在是一片灰色，既单调又灰暗！谁也不知道上演的歌剧下个星期是否还继续演出。如果货币继续贬值，而运来的煤只够用一个星期的话，那么这座像皇家剧院一样富丽堂皇的豪华剧院将显出一片绝望的毫无生气的景象。乐队演奏员坐在乐池里，穿着破旧的燕尾服，也是一片灰蒙蒙的景象。他们一脸憔悴，由于生活用品匮乏，个个显得精疲力尽。在那个阴森森的大厅里，我们这些观众也像幽灵一样。当指挥举起指挥棒，帷幕渐渐拉开时，出现在我面前的场景是从未有过的精彩。每个演员、演奏员都竭尽全力演出，因为他们都觉得，这可能是最后一次演出。我们这些观众都前所未有地集中精神，细心聆听，因为我们也觉得，恐怕这是最后一次看歌剧了。我们大家，成千上万的人在那几个星期、几个月或者几年里全都这样生活，在最后崩溃之前都使出了自己的全部力量。我从来没有在一个民族身上和我自己心中感觉到像当时那种强烈的生存意志，那就是：生存，继续活下去。

不过，尽管如此，要我向别人解释被洗劫一空、贫穷的、多灾多难的奥地利当时是怎么生存下来的，我真不知道该怎么说。当时，奥地利右边的巴伐利亚已经建立了共产主义的议会制共和国，它左边的匈牙利在贝拉·库恩的领导下变成了布尔什维克；至今我也想不通多灾多难的奥地利怎么没有发生革命。当时在奥地利并不缺少枪炮弹药，街道上到处游荡着饥饿的、衣服褴褛的复员士兵，他们愤怒地望着那些靠战争和通货膨胀发横财的暴发户过着可耻的奢侈生活。在兵营里已有一个"红色卫兵"组织正在准备起事，而且不存在任何对立的组织。当时只要有二百个坚决的人，就能拿下维也纳和整个奥地利。可是根本没有发生什么严重事件，唯一的动乱是一群不守纪律的人企图闹事，被五十个武装警察轻松地平息下去了。所以，奇迹变成了现实：这个能源被切断，工厂、煤井和油田处于停工的国家，这个被抢劫一空，依靠着雪崩般地下跌和失去价值的货币维持的国家终于保持下来了，坚持下来了——也许因为它太虚弱的缘故，因为老百姓太饥饿了，一点力气也没有了，不可能去进行什么斗争；不过，还有自身的原因：天生的善良本性——奥地利人民极神秘的、典型的心理力量。因为最大的两个政党，社会民主党和基督教社会党，尽管有很大的分歧，却在最最困难的时期共同组织了联合政府。两党都作了妥协，以防止出现整个欧洲四分五裂的灾难局面。社会秩序逐渐得到整顿和治理。我们意想不到的事发生了：这个被肢解的国家依然存在着，甚至以后希特勒向这个在贫困中无比坚强的民族征募兵员时，它曾准备起来捍卫自己的独立。

不过，这个国家始终没有被颠覆，仅仅是从表面上和政治意义上而言，实际上，在战后最初几年，一场巨大革命正在它的内部发生。有些东西随着战争失败而被破坏了，即我们从青年时代一度被培养起来的认为权威不会犯错误的信念被破坏了。不过，难道德国人还会继续敬佩他们那个曾高喊发誓要战斗到"最后一息"，在战败时却偷偷逃出自己的祖国的皇帝吗？难道还会继续敬佩他们的军队首脑、政治家和那些写"战争"和"胜利""困苦"和"死亡"的诗、无休止地进行押韵的诗人吗？当战争的硝烟从国土上消散，国土满目疮痍时，人们才觉得战争的可怕。在英雄主义的名义下进行的四年杀戮，在合法征用的名义下进行的四年抢劫，这种道德观怎么还会被看作是神圣的呢？国家把公民应尽义务中的一切对自己不利的条款任意取消，国民又怎么会信任国家的许诺呢？而现在正是那些人，即所谓有经验的原班人马干出了比战争这件蠢事还要愚蠢的事：他们缔结的和约是相当拙劣和草率的。今天大家都知道——在当时只有我们少数人知道——这种和平显示不出那种最大的正义的历史事实。威尔逊认识到这种可能性，他以十分丰富的想象力为世界各国实行真正持久的和解提出一项具体的计划。但是，原来的那些将军和国家领导人以及利益获得者却把这个伟大的计划撕毁了，把它撕成毫无价值的碎纸片。威尔逊曾经向千百万人许下伟大而又神圣的诺言：这次战争将是最后一次；实际上这种许诺只不过是为了从那些半绝望、半衰竭和丧失信心的士兵身上唤起最后的力量；这种许诺已为那些利润巨丰的军火商和战争狂热的政客们所抛弃。表面上他们对威尔逊的明智、人道的要求表示积极的支持，可是幕后仍然全力推行秘密谈判和签订密约的伎俩，并且获得成功。带着明亮的眼睛看世界的人都觉得自己被骗了，牺牲了孩子的母亲们觉得受骗了，回到家乡沦为乞丐的士兵受骗了，所有购买战争公债的爱国人士受骗了，每个相信国家许诺的人受骗了，所有那些梦想一个全新的、更美好有序的世界的人全都受骗了。我们终于知道，这是故伎重演，那场旧的战争赌博已由那些原来的赌徒和新的赌徒重新开始，而我们的生存、幸福、时间和财产都成了那场赌博的赌注。如果整个年轻一代是怀着愤慨和鄙视的心情审视先是战败而后又获得和平的父辈，这又有什么可奇怪的呢？难道他们不是把一切都搞砸了吗？难道他们不是什么也没预见到吗？难道他们不是把一切都算计错了吗？如果年轻一代从此失去了一切尊严，因而怨恨和鄙视自己的父辈，不是很容易理解吗？整个年轻一代人，他们不再相信父母，不再相信政治家，也不再相信自己的老师；他们对国家的每项法令、每一次公告都抱着怀疑的态度。战后的一代毅然决然地抛弃了迄今为止的一切旧观念，摆脱了一切传统的束缚，决心由自己掌握自己的命运，告别旧的过去，朝气蓬勃地走向未来。随着年轻一代的觉醒，一个崭新的世界开始了，一种完全不同的新秩序在生活的各个领域开始了。不言而喻，开始的时候不免有些过火：凡是与这一代不同龄的人或事统统在被破除之列。那些十一二岁的孩子不像以前跟随父母去旅行，而是男生女生一起以"候鸟协会"① 会员的名义集体在国内旅游，后来还去到意大利和北海。学校里仿效俄国建立了监督老师的学生会。教学计划被彻底废除，因为孩子们只愿意学习自己喜欢的东西。纯粹由于造反的兴

---

① 徒步旅行组织，一九一〇年由德国人卡尔·菲舍尔发起，后传入奥地利。

趣，对任何有效的规章制度他们都要造反，甚至违背自然法则，造男女永远有别的反。女孩子剪短了头发，风行"小男孩发型"，从外表上看，分不清是男孩还是女孩；青年男子为了显示出女孩子的媚气，把胡子刮得净光；男子之间的同性恋和女子之间的同性恋，不是出于自身的欲望，而是作为一种对自古以来合法的、正常的恋爱形式的反叛而盛行。生活的每种表现形式都竭力染上激进和革命的色彩，艺术当然也是如此。新的绘画宣告伦勃朗、荷尔拜因和委拉斯开兹所创作的一切都已过时，并且开始了最粗野狂乱的立体派和超现实主义绘画的实验。音乐中的旋律，肖像画中的相像性，语言中的可领会性，所有这些最基本的原则都被摈斥在外。德语中的冠词"der，das，die"不再用了，句子的结构颠倒过来，采用"简明扼要"的电报文体进行写作，再用上色彩强烈的感叹词。除此之外，各种没有积极意义的文学，即缺乏政治理论的文学，统统被扔进垃圾箱。音乐创作中固执地寻找一种新的调性和一种节拍分离的新方法。建筑学中采取了一种由里向外的建房程序。舞蹈中华尔兹不见了，只剩下古巴人和黑人的形象。时装方面特别强调裸露的原则而越来越荒唐。在剧院里，演员穿着燕尾服演《哈姆雷特》，试图引起爆炸性的戏剧效果。各个领域都开始了大胆试验的阶段，试图一蹴而就，超过以往的一切既成事实、变化和成就。一个人越年轻学得就越少，与传统的联系就越少，就越来越受欢迎——年轻一代终于成功地向我们父辈的世界进行了大报复。可是我觉得，在这种狂欢节式的疯狂中，既可悲又可笑的莫过于在许多老一辈知识分子中产生的惊慌失措的窘态，他们害怕自己被别人超过而变得"无足轻重"。毫无疑问，他们在绝望中不得不装出一副敢干硬拼的假面孔，试图迈着笨拙的步伐，一拐一拐地跟在后面，走入最明显不过的歧途。老实、厚道、胡须灰白的大学教授，在他们卖不出去的静物画上再画上象征性的立方体和六面体，因为年轻的校长们（他们到处物色年轻人，越年轻越好）认为所有这些画太古典，要从画廊里清除，放入仓库。用完整又清晰的德语写了几十年的作家，也跟着潮流把句子写得支离破碎，以"积极精神"违反语言规律。肥胖的行动迟缓的普鲁士枢密顾问在台上讲授卡尔·马克思的学说。上了年纪的宫廷舞女裸露着三分之二的身体，"僵直"地扭动着身体，跳贝多芬的《热情奏鸣曲》和勋伯格的《升华之夜》。老人们惊慌失措地追逐最时髦的装束，使自己变得"年轻"。他们总想迅速找到永不过时的流派，一天比一天时髦，最好隔夜就翻新，这一切成了唯一的虚荣心。

　　这是一个多么狂热、无序和难以置信的时代啊！在那几年里，奥地利和德国的货币极度贬值，它们的一切价值观一下子下滑到底。这是一个极端兴奋极其眩晕的时代，是急躁和盲从交织在一起的时代。一切奇谈怪论和无法捉摸的东西，如通灵术、神秘学、招魂术、梦游症、人智学、手相学、笔相学以及印度的瑜伽和巴拉塞尔士的神秘主义，它们都经历了一个黄金时代。一切比迄今所知的任何一种麻醉品——吗啡、可卡因、海洛因——更具有刺激性的东西，都十分畅销。戏剧作品里充斥着乱伦和弑父的题材。任何正常和适度的东西全都遭到摈斥。但是，我却不愿在我一生中，在艺术的发展过程中，错过那混乱的时代。就像每次思想革命兴起之时总是不顾一切地向前猛冲那样，思想革命荡涤了旧传统令人窒息的空气，消除了多年的紧张气氛。不管怎么说，他们的大胆实践毕竟起到了宝贵的推动作用。虽然我们对他们的过激作法有些惊愕，但是我们没有任何理由去责备和傲慢地否定那个时代。因为，从根本上说，年轻一代试图弥补我们这一代人由于谨小慎微和漠不关心所耽误的一切——纵然做得有点过火，有点急躁，他们内心深处的出发点是正确的。他们认为战后的时代就应不同于战前的时代，这必须是一个新时代，一个更美好的世界——这难道不就是我们这些年纪大的人在战前和战争期间所盼望的吗？很显然，就是在战后，我们这些较年长的人再次表现出自己的无能，未能及时成立一个国际组织，来对抗世界上新的危险的政治伎俩。在和谈时期，以长篇小说《火线》而获得世界声誉的亨利·巴比塞就试图本着和解的精神把欧洲所有的知识分子团结起来。那个团体将自称为"清醒社"，头脑清醒者。它要把所有的作家和艺术家团结起来，誓与今后任何煽动民族之间仇恨的行为作无情的斗争。巴比塞委托我和雷内·席克勒共同领导德语作家小组，这是任务中较艰巨的一部分，因为在德国还充满了对《凡尔赛和约》的愤怒情绪。只要德国的莱因兰、萨尔和美因兹的桥头堡还被外国的军队占领着，要想使有声望的德国人具备超民族主义的思想，几乎是没有希望的。不过，如果巴比塞没有在困难时期丢下我们不管，那么建立一个这样的组织还是有可能的，因为后来高尔斯华绥以笔会的形式实现了这样一个组织。巴比塞的俄国之行受到当地群众的热烈欢迎，使他坚信资产阶级国家和民主不可能促使各族人民建立真正兄弟般的关系，唯有共产主义才能够做到。因此，他想悄悄地把"清醒社"变成阶级斗争的一种工具。可是，我们拒绝接受这种做法，因为它必然会削弱我们队伍中彻底变革的激进化作法。于是这个本身有意义的计划也就提前告吹了。我们在争取思想自由的奋斗中，往往因为过于热爱自身的自由和独立而屡屡遭到失败。

现在只有一件事留在自己的面前：过隐居的生活，安安静静地搞自己的创作。在表现主义者和放纵主义者——如果我能这样说的话——看来，我这个三十六岁的人已属于业已死去的旧一代作家，因为我不会矫揉造作投其所好，我的早期作品，我自己再也不喜欢，我在"唯美主义"时期写的书，我决定一律不准再版。也就是说，我要重新开始，并且等待着，直到这个"主义"那个"主义"的激荡浪潮平息下去。我觉得，我的不虚荣有利于我的淡泊宁静的心情。因此，我开始写《世界建筑师》系列丛书。为了尊重事实的真实性，我已准备了多年。我怀着完全冷静的心情写了《马来狂人》和《一个陌生女人的来信》这样一些中篇小说。如今，我周围的国家、周围的世界逐渐恢复正常，所以我不再犹豫；那段我可以把一切作为权宜之计的日子已经结束。现在我已到了人生的中途，纯粹许诺的年龄已经过去，该是实现许诺和考验自己，或者彻底放弃的时候了。

又回到世界上

一九一九年、一九二〇年、一九二一年，是奥地利战后最艰难的三年。这期间，我是在萨尔茨堡与世隔绝的环境里度过的。我已经放弃了重见世界的希望。战后的大崩溃、外国人对德国人或用德语写作的人所抱的仇恨、我国的货币贬值，都是灾难性的，致使人们准备一辈子都待在自己狭小的天地里。然而，一切都好起来了，人们重又吃得饱，重又坐在写字台旁不受干扰地去工作。已经没有抢劫，也没有发生革命。我生活着，感到自己精力倍增。难道我不应重新尝试自己青年时代的爱好，外出去旅行？

我还没想到远途旅行。但意大利就在近处，只有八个小时或者十个小时的路程。难道我不该试一试？我是奥地利人，到了那里可能会被看作"世敌"，虽然我自己并没有这种感觉。难道我可以先不友好地把自己拒之门外？难道为了不让自己的老朋友难堪，就该从他们身边一擦而过？不，我非要试一试，于是一天中午，我终于越过了国界。

晚上，我到达了维罗纳，走进了一家旅馆。门房递给我一张登记表，我填写完毕，门房粗略看了一眼，当看到国籍栏内写着"奥地利"时，他十分惊讶。"您是奥地利人吗?"他问道。我当时想，他是不是要把我赶出门去。当我作了肯定的回答之后，他显得十分高兴。"见到您我很高兴！终于来了一个奥地利人！"这是在"敌国"第一个向我表示欢迎的人，但再一次证实了我战争时期就有过的那种感觉：所有的煽动和仇恨的宣传只会使头脑一时发热，而从未触及欧洲真正的群众。一刻钟后，憨厚的门房亲自到我的房间，看是否服务得周到。他热情地赞扬我的意大利语，告别时我们亲切地握手。

第二天我到了米兰，我重又看到大教堂，在画廊里闲逛。在米兰，我又听到了舒畅的充满魅力的意大利歌曲。我在熟悉的街道上漫步，欣赏有点熟悉的异国风光，不胜愉悦。我看到一栋大楼上挂着《晚邮报》的招牌，突然想到我的老朋友朱·安·博尔盖塞就是那个编辑部的领导人。在柏林和维也纳时，我曾经常和凯泽林伯爵、本诺·盖格尔一起参加博尔盖塞举办的社交活动，度过许多轻松愉快的夜晚。他是意大利最优秀最富于热情的作家之一，在青年人中间影响很大。虽然他是《少年维特的烦恼》的译者，又是德国哲学的狂热信徒，在大战中，他始终坚持反对德国和奥地利的立场。开始时，他紧密地同墨索里尼一起推行反对德国和奥地利的战争，后来又同他分道扬镳。在战争期间我曾经有过一个怪念头，找一个在敌方的老朋友充当调停人。现在，我更加迫不及待地想见见这样一个"敌人"。我并不想直接到他那里去，冒吃闭门羹之险。

因此我给他留下了一张名片，写上我的旅馆地址。可我还没有走下楼梯，就有人从身后冲到我面前，一张脸庞高兴得春风满面——正是博尔盖塞。我们只谈了五分钟，就像往常一样的诚恳，也许更加推心置腹。因为他也从战争中吸取了教训，所以我们分别在此岸和彼岸的人比以前更亲近了。

这种情况到处可见。在佛罗伦萨的大街上，我的老朋友、画家阿尔贝特·斯特林加突然向我跑来，也不作任何介绍，一把把我抱住，吓得我妻子还以为这个满脸胡须的陌生男人要谋害我呢。一切都和战前一样，不，比战前更为诚恳。我舒了一口气，战争已被埋葬，战争已经过去。

但是战争并没有真正过去，只是我们不知道罢了。在善意的希望中，我们都常常欺骗自己，把我们个人的思想与世界的思想混为一谈。不过我们不必为自己的错误而羞愧，因为那些政治家、经济学家、银行家所受的欺骗并不比我们少。他们在那几年里同样被经济复苏的虚假繁荣所蒙蔽，为了国家安定疲惫不堪。实际上，斗争已从国家之间转到社会内部。我在战后的最初几天见证的那个场面，我后来才懂得它的深刻意义。我们在奥地利并不大了解意大利的政治状况，只知道战后失望情绪严重，社会主义倾向甚至布尔什维克倾向日益蔓延。在每堵墙上都可以看到用木炭和粉笔写就的笨拙的笔迹："列宁万岁"。我们还听说，在战争期间一个名叫墨索里尼的社会党领袖宣布与本党脱离关系，建立了一个对立的党派。但是人们对这种现象只抱着一种无所谓的态度。这样区区一个小党能翻起什么大浪来？当时每个国家都有这样的党派，在波罗的海沿岸地区到处都有义勇队员在列队行走；在莱因兰和巴伐利亚都成立了分裂主义政党。到处都有游行示威和暴动，不过每一次暴动都被镇压下去，因而，没有人想到那些穿黑衫的"法西斯分子"——他们穿的不是加里波第义勇军的红色衣衫——在未来的欧洲发展中会成为重要因素。

在威尼斯，我突然对"法西斯"这个词有了感性认识。一天下午，我从米兰来到潟湖岛上那座可爱的城市，到达后竟没有看到一位搬运夫和一艘游船。工人和铁路员工无所事事地站着，双手插在衣袋里，正在举行罢工。当时我拖着很重的箱子，环顾四周，想找人帮忙。我向一个年龄稍大些的人打听，哪个地方能找到搬运工。他遗憾地说："您来的真不是时候。不过我们现在经常罢工，这次是总罢工。"我不知道为什么要罢工，也就没再继续问下去。我们在奥地利对罢工早已习以为常，每当社会党人走投无路时就采用这种貌似最厉害的手段，可事后并无效果。我拖着箱子步履艰难地走着，直到我终于看见旁边一条河里有一个划游艇的人偷偷摸摸地向我招手，接着他把我和两只箱子弄到船上。船驶开时，有好几个人向我的船主挥舞拳头，因为他成了罢工的破坏者。半个小时后我们到了旅馆。住下后，按我的老习惯一定要到外面走一走，我来到集市广场。那里极其冷清，大多数商店都紧闭着门，咖啡馆里空无一人。只有一大群工人三三两两站在商店的拱廊下，好像在等待什么特别的事。我便同他们一起等。不一会儿，等待的事情突然发生了，一队年轻人迈着整齐的步伐从一条巷子里急促走出来，更确切地说是疾步跑出来，队列整齐，以训练有素的节拍唱着一首歌，歌词的内容我当时不知道，后来才知道是那首《青年之歌》。罢工的人数超出这支年轻队伍百倍，他们在罢工的工人拥来之前，就已经挥舞着棍棒从罢工人群前面飞奔而过。这支队伍组织严密，怀着极大的勇气。当罢工工人意识到这是对他们的一种挑衅时，他们已跑得无影无踪，无法把他们抓住。工人们气愤地聚集在一起，紧握着拳头，但为时已晚，再也追不上那支小小的冲锋队。

凡是亲眼看到的事始终是令人信服的。那时我才第一次明白，我几乎一点也不了解传说中的法西斯主义在现实中是怎么回事。它是一股领导得非常好的力量。法西斯主义能煽起那些坚毅、勇敢的年轻人的狂热崇拜。从此以后，我再也不能赞同佛罗伦萨和罗马那些年纪较大的朋友的看法了。他们总是轻蔑地耸一耸肩膀，认为他们是一帮"雇用来的歹徒"，并以讥笑的口吻谈论他们的"魔鬼老头子"。出于好奇，我买了几期《意大利人民报》，从墨索里尼的尖锐、简洁的拉丁式文风中同样感到那种和奔跑着冲过集市广场的年轻人一模一样的坚毅。我当然不会预见到这场斗争一年之后会达到什么样的规模。不过，从那时我就意识到，不仅在这里，而且在世界各地仍然面临着一场斗争，我们的和平还不是真正的和平。

我们欧洲的表面似乎是风平浪静的，可它的底下却潜藏着危险的暗流，这给我敲起了第一次警钟。第二次警钟也没有等好久。由于重新享受到旅行的乐趣，我决定夏天到北海之滨的威斯特兰去。当时，对一个奥地利人来说，能到德国去旅游是颇为诱人的。马克和我们疲软的克朗相比，依然保持着良好的信誉，看来，恢复工作正在全面进行。列车都正点到达，旅馆里窗明几净，铁路两旁新住房和新工厂拔地而起。到处都在执行无可指责的规章制度，这种制度在战前令人讨厌，可在混乱时期却受到赞扬。当然，德国国内仍存在一股紧张的空气，因为全国都在等待着，在热那亚和拉巴洛举行的最初几轮谈判中，德国作为一个平等国家，能否实现减少战争赔偿，或者至少能够得到真正谅解的一般的承诺。领导那几轮在欧洲历史上具有纪念意义的谈判的人，正是我的老朋友拉特瑙。他在战争期间充分发挥了组织方面的杰出才能；是他最早认识到德国经济最薄弱的环节，即易遭致命打击的原料供应这个至关重要的问题。他及时（在时间方面他也很有预见性）把全部经济集中到中央控制之下。而在战后，需要一个人能与对手中最机智最富有经验的人物去谈判，这个外交部长的重任自然又落到他的身上。

我到了柏林之后，犹豫不决地给他打了一个电话。我怎么可以去打扰一个正在造就时代命运的人呢？他在电话里说：“是的，很难找出会面的时间。我现在为了公务不得不牺牲朋友之间的友谊。”不过，他具有充分利用每一分钟的特殊技巧，很快就找到了我们会面的办法。他说，他要到几家使馆去拜访，他是从格鲁内瓦尔德出发到那些使馆去，要坐半小时的汽车，所以最可行的办法是我到他那里去，然后我们在车上聊半小时。他的专注力很强，能够从对一个问题的思考很快转到对另一个问题的思考，所以他在汽车里和列车上的谈话，事实上就像他在办公室里一样准确和透彻。我不想错过这次机会，而且我相信，他能和一个不介入政治但又是他多年好友的人来谈谈心，同样会感到高兴。那是一次内容丰富的谈话。现在我可以证明，拉特瑙还不是一个完全超脱的人，因此他完全是在心情不轻松、没什么兴趣和不耐烦的情况下接受外交部长这个职务的。他预先就知道，他接受的任务暂时还是一项无法完成的使命。在最好的情况下，他只能争取到四分之一的赔偿费，得到一些无关紧要的让步，但是还不能指望真正的和平和宽宏大量的对待。他对我说："也许十年以后吧，到那时我们这些人身体都不行了。尤其是老一辈的人已离开外交界，那些将军们也只有自己的纪念雕塑默默地立在各个公共广场上。"他清楚地意识到自己肩负着双重任务，因为他是一个犹太人。也许在历史上难得有这样的人，内心充满着无穷的忧虑，抱着十分怀疑的态度，去迎接自己的使命。他很清楚，这个使命不是他凭一己之力能够完成的，而是只有时代本身才能完成。他已预见到，这一使命还会给他本人带来危险。埃尔茨伯格尔①就是由于承担停战协议中令人不快的义务而遭暗杀的。而鲁登道夫却在接受此项任务之前就不声不响地离开了德国。从此以后，拉特瑙毫不怀疑，作为谋求和解的先驱战士，相似的命运在等待着他。不过，他没有结婚，没有儿女，孤身一人。所以他说他没什么好怕的；而我也没有勇气去提醒他注意自己的人身安全。拉特瑙在拉巴洛的谈判中表现相当出色，在当时的条件下可以说是已取得最好的成果，在今天看来，依然如此。他具备及时抓住有利时机

---

① 马蒂亚斯·埃尔茨伯格尔（1875—1921），德国政治家，第一次世界大战后任德国政府谈判代表团团长，力主接受《凡尔赛和约》，后被狂热的国家主义者暗杀。

的出色才能和政治家的风度，再加上他个人的声望，使他取得了前所未有的成功。但是国内有些组织变得很强大。那些人诡计多端，他们认为，只要向战败国的国民声明：我们根本没有战败，任何谈判和让步都意味着对国家的背叛。这样说的次数越多，就越能招徕更多的人。那些大搞同性恋的秘密团体势力很大，是当时共和国的领导人所始料不及的。但是共和国的领导人以自由的观念对那些要把德国的民主永远消灭的人抱着听之任之的态度。

我在外交部门前同他告别，当时我万万没想到，那竟是诀别①。后来，我在照片中辨认出，我们一起坐车行驶的那条街，正是不久后暗杀者伏击的那条街，仅仅是由于侥幸，我没有成为那场不幸的历史事件的目击者。所以我事后对那一事件感到特别痛心。随着这一悲剧的结束，德国的不幸、欧洲的不幸也就开始了。

那一天，我已到了威斯特兰，数以千计的疗养旅客正在海滨快活地游泳。一支乐队就像宣布弗兰茨·斐迪南被暗杀的消息那天一样，照样为无忧无虑的避暑的人们演奏音乐。送报人像白色的信天翁一样穿过林荫道飞速而来，一边高喊着："瓦尔特·拉特瑙被暗杀！"人们惊慌失措，全国震动。马克迅速贬值，一直跌到用数以兆计的疯狂比例来计算为止。通货膨胀的混乱局面刚刚开始。我们奥地利货币贬值的比例达到一比一万五千时，就认为已是非常荒唐，现在与德国的通货膨胀比例相比，简直是小巫见大巫。如果能把马克贬值的细节和那些难以置信的事例都写出来，简直能写成一

———————————

① 一九二二年六月二十四日，拉特瑙在去外交部的途中被德国国家主义者暗杀。

本书；而这本书在今天看来，好似童话一般。我经历了那样的日子：早上用五万马克买一张报纸，晚上就要用十万马克。兑换外币不能一下子换完，只好按钟点分几次兑换，因为四点钟兑换的比价可能要比三点钟的多好几倍，五点钟兑换的比价要比四点钟的多好几倍。例如，我给出版商寄一部我写了一年的手稿，为了保险起见，我让他立刻预付给我一万册的稿费，当支票到手时，其面值还抵不上一周前寄稿件的邮资。电车票价以百万计算。帝国银行用卡车向各支行运送钞票。十四天后，我在排水沟看到一张面值十万马克的钞票，是一个乞丐看不上扔掉的。当时买一根鞋带用的钱，在过去可以买一双鞋子，不，可以买一间有两千双鞋子的豪华鞋店；修一扇打碎的玻璃窗比过去买一幢楼的价格还高。一本书的价格比以前一家拥有数百台机器的印刷厂还要贵。用一百美元可以买到库尔菲尔斯滕达姆林荫道上一幢七层的高楼。几个刚成年的小伙子在港口发现别人遗忘的一箱肥皂，就可以坐小汽车兜几个月的风，因为每天只要卖出一块肥皂，就可以生活得像贵族一般。而他们的父母，以前是富人，现在却成了乞丐，处境艰难地到处奔走。送报人现在盖起了银行大楼，他在各种外汇兑换中发了横财。他们中的佼佼者是那个名叫施廷内斯的大赢家。他利用马克贬值的时机扩大自己的信贷业务，而自己只买进矿山和轮船、工厂和股票、城堡和农庄；但实际上所有的东西都没花一分钱，因为每一笔钱，每一笔贷款最后都等于零。不久，四分之一的德国财富都掌握在他的手中。德国人总是对看得见的成就洋洋自得，于是对他推崇备至，甚至把他捧为天才，热烈欢呼。这当然是不正常的。成千上万的失业者到处都是，他们向黑市商人和坐在豪华汽车里的外国人挥舞拳头，因为他们把整个街道的东西全买光了，就像买一盒火柴那么简单。凡是能认字能写字的人都做起买卖来，想办法投机倒把，不过每个人的心里都有一种感觉：大家都在相互欺骗，同时又被一只为了使国家摆脱负债和义务蓄意制造这种混乱局面的黑手所欺骗。我自信对历史了解得很清楚，据我所知，历史上从来没出现过与此类似的疯狂时代，通货膨胀的比例会如此之大。一切价值都变了，不仅在物质上如此；国家的法规遭到嘲笑；所有的道德规范遭到鄙视；柏林成了世界上罪恶的渊薮。酒吧、游艺场、小酒馆像雨后春笋般冒了出来。相比之下，我们奥地利出现的那种混乱局面不过是在群魔狂舞面前的一次小小的前奏，因为德国人把他们的全部热情和一丝不苟的作风都搞颠倒了。穿着紧身上衣、涂脂抹粉的年轻人沿着库尔菲尔斯滕达姆林荫道游来逛去，不仅是有职业的年轻人，就连中学生都想挣钱。在昏暗的酒吧间里，可以看到政府官员和大金融家恬不知耻地向喝醉酒的海员献殷勤。甚至在斯韦东①的罗马也没有见过像柏林那种舞会上互穿异性服装狂热放荡的场面。上百名男青年穿着女人的服装，女青年穿着男人的服装，在警察赞许的目光下跳着舞。在一切价值观跌落的情况下，那些迄今为止生活秩序并没有被波及到的市民阶层也遭受到一种疯狂情绪的袭击。年轻的姑娘们把不正常的两性关系引以为荣，当时在柏林的每所中学，如果一个女孩到了十六岁还是处女，就会被视为不光彩。每个姑娘都愿意将

---

① 斯韦东（约70—140），罗马传记作家，他所处的时代正是罗马帝国安东尼王朝的盛世。

自己的风流事张扬出去，越有异国情调越好。但是，这种色情本身最令人反感的是它可怕的虚伪。事实上，这种伴随通货膨胀而迸发出的德国人的恣意纵欲无非是一味追求时髦而已；那些出身正派的市民家庭的女孩子，她们原本宁愿将头发简单地梳向两边，而不愿意梳男孩子那样光溜溜的发型。她们原本宁愿用小勺吃苹果馅饼，而不愿喝烈酒。可是每天都遇到的通货膨胀像脱缰的烈马一样飞奔，全国人民都无法忍受，人人都神经紧张。被战争弄得满目疮痍的国家，实际上都在渴望秩序、平静、安宁和法纪。整个民族在暗地里都非常憎恨这个共和国，却不是因为共和国粗暴地压制了放纵的自由，恰恰相反，共和国把自由放得太松了。

谁经历过世界末日似的可怕岁月，都会有这种感觉：事物发展到极限必然产生反弹，而德国正处在这一可怕的过程中。那些使德国陷入乱世的幕后人物，手里正拿着钟表笑嘻嘻地等待着：这个国家情况越糟，对他们就越有利。他们得势的时刻即将到来。一股反革命势力已经明目张胆地聚集在鲁登道夫周围，希特勒当时还未掌权，当然拥戴他的人更少些。那些被人扯下肩章的军官组成秘密团体。那些眼看自己的积蓄被人骗走的小市民悄悄进行联络，准备随时响应任何能恢复正常秩序的号召。对德意志共和国来说，再也没有比这个更具有灾难性的了：共和国本着理想主义的意图，既给人民以自由，也给敌人以自由。由于德国人民从来都是讲秩序守纪律的民族，所以对政府给的自由不知该怎么办，正急不可待地盼望有人出来剥夺他们的自由。

德国通货膨胀结束的那一年（一九二三年）可以说是一个历史的转折点。用令人眩晕的一兆马克兑换一个新马克的时候，也正是一切都恢复正常之日。事实上，随着通货膨胀泛起的污泥浊水从此迅速消失，酒吧、小酒馆也消失了，社会秩序日趋正常。现在，每个人都能清楚地算出自己的得失。大多数人，即广大人民遭受了损失。可是，这种责任没有让那些挑起战争的人去负，而是要那些本着牺牲精神恢复新秩序的人来负，他们不但得不到感谢，建立新秩序的责任也落在他们的肩上。再也没有什么能像通货膨胀那样使全德国人民变得如此充满仇恨、如此充满杀机——这是需要我们永远引以为戒的。因为战争是杀戮的工具，但人们却以胜利的号角和钟声欢呼胜利的时刻。德国作为一个根深蒂固的军国主义国家，曾为自己一时的胜利无比自豪，与之相反，通货膨胀却使德国感到自己受到玷污、屈辱和欺骗，国家的声誉遭到损害。整个一代人不会忘记和原谅德意志共和国时期那些苦难的日子，他们不愿受屈辱，宁愿回到大肆杀戮的时代。不过，这一切离我们还很遥远。到了一九二四年，从表面上看，这种混乱不堪的局面，犹如飘忽不定的鬼火，似乎已经过去。光明的日子重新到来，秩序得到恢复。我们的内心感激不已。我们再一次认为，战争永远消失了。我们像以前一样，又当了无药可救的大傻瓜。但是，这种自欺欺人的幻想给了我们十年的工作、希望和安全的时间。

在今天看来，从一九二四年到一九三三年短暂的十年时间，是德国通货膨胀结束到希特勒攫取政权的这十年，我们这一代人作为见证人和牺牲品，这十年是自一九一四年所开始的一连串灾难后出现的一段平安无事的安全时期。并不是说这十年里没有出现过任何紧张局势、动荡不安和危机——特别是一九二九年的经济危机。不管怎么说，这十年里欧洲的和平得到保障，仅仅这一点就具有非常重要的意义。在这十年里，德国被光荣地接纳为国际联盟的成员，利用贷款促进了经济的发展（实际上是秘密扩充军备），英国裁减了军备，意大利的墨索里尼接管了对奥地利的保护。世界好像要重新建设自己。巴黎、维也纳、柏林、纽约、罗马，无论是战胜国的城市还是战败国的城市，都变得比以往更加美丽。飞机加快了速度。办理护照的规定已经放宽。货币比价的大幅波动已经停止，人们可以知道收入和支出的具体数字，注意力已不再热衷于那些琐碎的表面问题。人们能够重新工作，集中精力去思考文学艺术等方面的事情。人们甚至在梦想一个统一的欧洲。好像那十年时间，虽然不过是世界上的一瞬间，却重新把一种正常的生活赋予我们这一代经受考验的人。

在我的个人生活中最值得注意的是，在那几年中，有一位客人来到我家，并友好地留了下来，那是我从未期待过的客人——成就。不言而喻，谈论我的书取得的表面成就对我来说并不愉快。在一般的情况下，我也不会留下那些可能被看作沾沾自喜或自吹自擂的粗略说明。但是，我有一种特殊的权利，甚至可以说我是在强迫自己对我一生中的历史事实不再保持缄默。因为七年以来，即自希特勒上台以来，我的成就已经成为历史。我的数十万册甚至数百万册书曾在当时的书店和无数家庭中有过稳固的地位。可是在今天的德国，我的书一本也买不到；要是谁还有我的一本书，就要小心谨慎地藏起来。我的书在公共图书馆里始终被塞在所谓的"毒品柜"里，在极少的情况下，除非经过官方批准，才有人为了"学术上"的需要去看那些书籍——大多数是为了批判辱骂。我的读者，我的朋友们给我写信时，在信封上早就没人敢写上我那已列入另册的真实姓名。更有甚者，在法国、意大利以及所有目前被奴役的国家，我的书同样根据希特勒的命令遭到禁止。而在当年，我的书的译本在那些国家属于读者最多之列。如我们的格里尔帕策所说，今天我作为一个作家，是一个"在自己的尸体后面行走的人"；四十年来，我在国际上所创作的一切，或者说几乎一切，都被那只拳头击得粉碎。因此，在我谈论自己所取得的"成就"时，我说的并非今天属于我的东西，而是过去属于我的东西；正如我的家、我的祖国、我的自信心、我的自由、我的没有偏见一样，都已属于过去。如果我事先没有指出我在被人推入深渊之前所达到的高度，就无法形象地说明我和其他无数相同的无辜者以后又被人推落到有多深。我也无法说明我们整整一代文学工作者是如何一下子被彻底消灭的，因为我不知道历史上是否还会有第二个例子。

我的成就不是突然降临到我家的；它是缓慢地、小心翼翼地来到的。在希特勒用法令的鞭子把它从我身边赶走以前，它一直忠实地、顽强地与我相伴。我的成就一年比一年高涨。继《耶利米》发表以后的第一本书，是我的《世界建筑师》三部曲中的第一卷《三大师传》，它为我开辟了道路；在此之前，曾出现表现主义者、唯意志论者和实验主义者，不论是这个主义还是那个主义，对坚韧不拔的人来说，那条通向人民的路又畅通了。我的中篇小说《马来狂人》和《一个陌生女人的来信》深受读者的欢迎，达到了平常只有长篇小说才会有的程度。这两篇小说被改编成戏剧，它们的片断被公开朗诵，后来又被改编成电影。我的那本小书《人类群星闪耀时》成了所有学校的读物，不久被列入"岛屿丛书"，印数很快达到二十五万册。没几年时间，我就获得了在我看来是一个作家最有价值的成就，那就是：一个广大的读者群，一批可信赖的读者，他们期待购买我的每一本新书。他们信赖我，我也不能辜负他们的希望。我的读者群越来越大，我的每本书刚出版，在德国第一天的销售量就可以达到两万册，而且报纸上还没有登过广告呢。有时我故意避开这种成就，可是它却出人意料地始终伴随着我。所以，为了自娱自乐，我写了一本《富歇传》。我把书寄给出版商后，他立刻回信说要印一万册。我随即复信，请他不要印那么多。我说富歇是个不会给人好感的角色，况且书里也没有任何描写女人的情节，不会吸引读者，所以最好印五千册。一年之后，这本书在德国销售了五万册。可是在同一个德国，今天却不允许人们读我写的一行字。我以一种几乎是病态的狐疑心情写的悲剧《伏尔波尼》也遇到类似的情况。我原计划把它写成诗剧，于是先花了九天的时间用散文体写出各场次，当然显得有点松散和肤浅。由于德累斯顿宫廷剧院首演了我的第一部剧作《忒耳西忒斯》，我总觉得对该剧院欠了一份情，正巧就在那几天，剧院偶然来信问我有什么新的创作计划，我马上就把散文体写的剧本初稿寄去，并表示歉意说：我所寄奉的只是我打算改成诗剧的散文稿。可是剧院立刻给我来了电报，说对我的剧本不需要作任何修改。后来，这个剧本就是以散文的形式登上世界各国舞台的（在纽约，是由以艾尔弗雷德·伦特为首的戏剧公会演出的）。总而言之，我在那几年取得的一切成就，总是受到日益增长的德语读者忠诚的守护。

由于我为外国的作品或人物写评论或传记时，始终把探求这些作品或人物在其所处的时代里发生影响或不发生影响的原因为己任，所以，我在思考过程中不得不反问自己，我的书之所以能取得意想不到的成就究竟是由于哪些特点。最终我才相信，那是由于一种个人的恶习，也就是说，我是一个急躁又易动感情的读者。在任何一部小说、任何一本传记里，或者在一场思想意识的辩论中，任何冗长繁琐、空乏铺张、晦涩朦胧、含混不清以及一切画蛇添足之处，都使我反感。只有每一页都始终保持高潮，促使人一口气读到底的书，才能使我感到完全满足。我发现，我手里有十分之九的藏书都是描写过多，对话啰嗦，有许多配角没有必要，面铺得太广，因而使作品显得不紧凑，没有生气，甚至一些经典名著也有许多拖泥带水的地方，破坏我的情绪。我曾多次向出版商阐述我那项大胆的计划，把全部世界名著，从荷马、巴尔扎克、陀思妥耶夫斯基直至《魔山》，进行彻底的缩写，去掉个别累赘段落，出版一套简明丛书。只有这样，所有这些无疑包含着超越时代内容的作品，才能在我们的时代重新生气勃勃地发挥作用。

我对所有的繁琐和冗长所抱的反感，势必会从阅读外国作品转移到自己的写作上，同时教我养成一种特殊的警惕性。本着这种警惕性，我的创作刻意追求轻快和流畅。书的第一稿，我只是信手写来，把心中所思倾泻在纸上。同样，在写一部传记时，我首先把一切想到的可供使用的文献中的细节利用起来，如在《玛丽·安托瓦内特》这部传记作品中，我事实上把每一笔账目都核算过，以确定她个人的开销；我还研究当时所有报纸和小册子，从头至尾仔细研读了所有的诉讼卷宗。可是在印刷好的书里，却找不到素材里的任何一句话。因为一本书的第一稿刚刚誊清，对我来说正式的工作才刚开始，即进行压缩和结构调整；我一遍又一遍地推敲各种表达方式，这是一项无止境的工作，一项不断地去芜存精，对内部结构进行精炼的工作。大多数人总是下不了决心对自己所知道的一些事保持缄默，而热衷于在字里行间将所知道的一切加以扩展；而我的看法是，绝不能只看表面现象，重要的是了解事物的内情。

这种对作品压缩的过程，也是使作品更加戏剧化的过程，要在长条校样上重复一次、两次和三次，这种反反复复的工作成为一种兴趣很浓的捕猎，即在不会影响作品的准确性，同时又能加快节奏的情况下，找出可以删减的一个字，一句话甚至一大段。我的整个创作中，最使我感到有趣的就是这种删节工作。我记得有一次，当我特别满意地放下工作，站起来时，我妻子说我看上去分外高兴，我自豪地回答她："是的，我成功地删去了一大段，这样文章更紧凑了。"如果说，我的书被誉为情节紧凑和富有戏剧性，那么这种特点并不是由于我天生的性急或者内心的激昂，而仅仅是因为我采用了去掉多余的休止符和杂音的条理化的方法。倘若在已写完的一千页稿纸中有八百页被扔进纸篓，只留下二百页经筛选的精华，我绝不会抱怨的。我的书之所以能够在一定程度上具备那么大的影响，那是因为我严格遵循我的原则：宁可在形式上紧凑些，但内容必须是最重要的。我觉得非常幸运，由于我的写作意图从一开始就是面向全欧、超越国界的，所以国外的出版商，如法国、保加利亚、亚美尼亚、葡萄牙、阿根廷、拉脱维亚、挪威、芬兰和中国的出版商，纷纷来信同我联系出书事宜。不久，我不得不购买一个特大的书柜，以便容下不同译本的样书。有一天，我从日内瓦国际联盟的《智力合作》的统计表上看到，我的作品是当时世界上被翻译最多的（按我的禀性来说，我会认为它是一篇错误的报导）。又有一天，我收到了俄国出版社的来信，说该出版社要出版我的作品的俄文版全集，问我是否同意请马克西姆·高尔基为全集写序言。当我还是中学生的时候，我就喜欢高尔基的小说，是偷偷摸摸把书藏在长椅底下读的，多年来我一直爱戴和敬佩他。但是，我从未想过他会知道我的名字，也没想过他会读我的一些作品。至于这样一位文学巨匠认为有必要亲自动笔为我写序，我更是不敢妄想。还有一天，一位美国出版商带着一封介绍信——好像非这样不可似的——来到萨尔茨堡我的家，建议出版我的全部著作，并保留连续出版权。这就是瓦伊金出版社的本雅明·许布施。从那以后，他就成了我最可靠的朋友和顾问。当希特勒践踏了欧洲的一切，我失去了我真正的故乡，德国故乡和欧洲故乡之后，是他为我建造了一个文字的故乡。

这样一种表面上的成就，很可能产生危险，使人飘飘然，更多地相信自己事先美好的打算，而对自己的能力和作品的效果却想得很少。一个人不管以什么方式出名，本身就意味着他自然平衡的状态遭到了破坏。在一般的情况下，人的名字不过是一个标记，犹如雪茄的外壳一样，是一个无关紧要的客体，它与真正的主体本来只有松散的联系。一旦这个名字取得了成就，这个名字就会身价百倍。名字就会脱离主体成为一种权力、一种力量、一种自在之物、一种商品、一种资本，而且在各种强烈力量的作用下，成为一种左右主体并使主体发生变化的力量。那些走运的、充满自信的人，就会不知不觉地习惯于受这种力量的影响。头衔、职业、勋章以及名扬天下，都会使他们的内心产生更大的自尊和自信，使他们错误地认为，他们在社会、国家和时代之中占有特别重要的地位。于是他们为了用本人的力量达到他们那种外在影响的最大容量，就情不自禁地大吹大擂起来。不过，一个天生对自己持怀疑态度的人，他就会把任何一种外在的成就看作一种在那种微妙的处境中使自己保持不变的责任。

我这样说，并不是说我对我的成就不感到高兴。恰恰相反，我的成就使我欢欣鼓舞。不过，我的成就也仅仅限于那种脱离了我这个主体的产物，即我所著的书以及与书相联的我的虚名。当我偶然在德国一家书店里看到一个我不认识的小小中学生用一点零花钱买我写的那本书《人类群星闪耀时》，那情景使我深受感动。当卧铺车厢的列车员在登记姓名之后，十分尊敬地把护照交给我时，当意大利海关人员因读过我的一本书而不再对我的行李作检查时，我心里也曾沾沾自喜。个人的作用日益扩大的时候，会使一个作家忘乎所以。有一天我到莱比锡去，正巧那天要发行我的一本新书。当我看到我用三四个月写完的三百页的书竟在无意中要花费那么多的人力时，我内心无比激动。工人们用大木条箱把书捆装起来，另一些工人唉哟唉哟哼着号子将木箱抬过来，装上汽车，然后卡车将木箱送到发往世界各地的火车车厢里。几十名姑娘在印刷车间分层堆放纸张。排字工、装订工、搬运工和批发商从早工作到深夜。我自己计算了一下，那些书如果像砖块一样排列起来，就能建成一条相当壮观的马路。我从不因为自命清高而轻视物质利益。开始那几年，我从不敢想我的书能赚钱，或者甚至靠版税能够维持生活。而现在，我的书给我带来了可观的而且是不断增长的收入。这些钱似乎可以永远消除我的一切忧虑——当时谁还会想到我们今天的时代呢？我还能够慷慨大方地纵情于我青年时代的爱好：搜集名人手迹，那些最精美最宝贵的圣人遗物在我这里找到了妥善的归宿。我能用我写的，从更深的意义上说，相当短命的作品换来的钱，去换取那些不朽作品的手稿，如莫扎特、巴赫、贝多芬、歌德、巴尔扎克的手稿。所以我认为，那种意想不到的表面成就竟无所谓地或者说内心并不情愿地落在我身上，真是一种可笑的举动。

不过，当我今天说，我只为我的书所取得的成就和我在文学界获得的声誉而高兴，但如果好奇心转移到我个人身上，那么这种成就只会引起我的反感，我这是在说实话。从我少年时起，我心中最强烈的本能愿望就是：永远保持自由和独立。我甚至感到，任何一个酷爱自由的人，如果到处刊登他的照片，他身上最美好的东西就会受到阻碍和歪曲。除此之外，我出于爱好而开始的事业，很可能会变成一种职业或企业形式的危险。邮局每天送来大批信件、请柬、通知和要求答复的咨询。每当我外出一个月，回来时就得用两三天时间处理那些堆积如山的邮件，以便让"企业"的工作恢复正常。尽管我不想这么做，可由于我的书十分畅销，使我陷入忙碌不堪的事务中。为了处理好各种事宜，我必须井井有条、统观全局、办事准确、工作熟练，这一切可以说是非常受人尊敬的美德，可是与我的秉性却格格不入，必将严重影响和威胁那种纯粹的无拘无束的思考和梦想。所以，越是有人请我到大学讲课，出席各种庆典，我就越深居简出。我从不抛头露面宣扬自己。我也从未克服那种几乎是病态的腼腆。直到今天，我还有这种出自本能的习惯：在大厅里、在音乐会上、在剧院看戏时，总是坐在不显眼的最后一排；没有比在台上或者在抛头露面的位置让大家盯着我看更使我难以忍受的了。对我来说，各种形式的隐姓埋名是一种本能的需要。当我还是一个孩子时，我就始终不能理解，为什么老一辈的作家和艺术家，像我尊敬的朋友阿尔图尔·施尼茨勒和赫尔曼·巴尔，总是喜欢穿丝绒茄克衫，烫着鬈发，让鬈曲的头发飘落在前额上，或者留奇特式样的胡须，穿与众不同的服装，在大街上招摇过市。我深信，任何一个想以非常装束使自己闻名四方的人，会在不知不觉中使自己的生活变成像韦尔弗尔所说的那种"镜中人"。人的每一个姿态无不显示出一个人的风格。过于注重仪表的多样化，那么内在的诚恳、自由和无忧无虑就消失殆尽。如果我今天还能重新开始，那么我会用另一个名字，一个杜撰出来的名字，一个笔名发表我的作品，这样我就能够一箭双雕：既能享受文学成就带来的幸福，又能享受隐姓匿名带来的平静生活。因为像这样两全其美的生活，本身就充满了魅力和层出不穷的惊喜。

日落

　　我很喜欢一次又一次地回想从一九二四年到一九三三年这段欧洲相对平静的时期，也就是搅乱世界的那个人——希特勒——崛起前的十年。因为我们这一代人在十年之前受的苦难实在太深重了，所以我们把这相对平静的十年看作十分珍贵的礼物。我们大家都有一种想法，我们一定要在这十年中弥补第一次世界大战和战后的艰苦岁月从我们生活中夺走的自由、幸福与精神财富；所以我们发奋工作，心情却非常舒畅；我们四处漫游，试图找到一个新的欧洲，一个新的世界。人们外出旅游从没有像这十年里那么多。是否青年人忍耐不住，急于弥补他们过去由于彼此隔绝所造成的损失呢？在我们重新被禁锢之前，及时冲出这狭小的天地，这或许还包含一种朦朦胧胧的预感吧？

　　在那个时候，我经常外出旅行，只不过跟我青年时代的旅行不可同日而语罢了。因为我在许多国家已不是籍籍无名了，到处都有我的朋友，我的出版人，还有一大群读者。去那些国家我是作为作者去的，不再像从前那样名不见经传，纯粹出于好奇而旅行。这给我带来很多好处。我能够更为有效、更为广泛地宣传我多年以来为之奋斗的理想：争取欧洲精神的统一。我本着这个信念在瑞士和荷兰发表讲演；我用法语在布鲁塞尔的艺术宫演讲，用意大利语在佛罗伦萨那座具有十三世纪艺术风格、富有历史意义的大厅——米开朗琪罗和莱奥纳多·达·芬奇曾在这里住过——发表演讲。在美洲，在大西洋到太平洋彼岸的一次巡回演讲中我又用英语。这是一种完全不同类型的旅行；在那些国家我可以看见该国最优秀的人物，像老朋友似的，不用特意去寻找他们。在我年轻的时候，我对他们深怀敬意，不敢给他们写一个字；而现在，我们却成了朋友。现在我已跻身于那个把陌生人傲慢地拒之门外的社交圈子；我可以参观巴黎圣日耳曼区华丽的宫殿建筑和意大利的高级宅邸；我可以看到私人的珍藏；现在，我已用不着在图书馆借阅台前求助于人，而是图书馆馆长亲自把馆藏善本拿给我看。我还可以在拥有百万美元资产的古董商那里，如费城的罗森巴克博士家做客，每当小收藏家从这些古董店铺前走过时，总是满面羞色。于是，我第一次见识到这个所谓的"上层"世界及这个世界的奢华。而这一切无需我向别人请求，是他们自己送上门来的。然而，难道这样一来我就见多识广了吗？不，我依然渴望我青年时代那种无人等候的旅行，而且由于只身行动，一切更有神秘感，所以我还不愿放过去那种旅行方式。每当我去巴黎，我尽量避免在到达当天通知罗歇·马丁·杜加尔[①]、儒勒·罗

① 罗歇·马丁·杜加尔（1881—1958），法国著名作家。代表作有长篇小说《蒂博一家》。

曼、杜阿梅尔、马塞雷尔这些最好的朋友。我像大学时候那样，先在大街上漫无目的地闲逛，重访那些我年轻时候喜欢的咖啡馆和小饭店，让自己重温年轻时代的美梦；如果我想写作，我也是到那些别人想不到的地方去，如布洛涅或蒂拉诺或第戎这样一些外省的小地方。我觉得，在住过那令人厌恶的豪华大旅馆之后，住进小旅馆，无人知道自己的行踪，起居行动完全按自己的意愿，是最惬意不过的事了。尽管后来希特勒从我身上夺走了许多东西，但是这种美好的感觉，在这十年里按自己的意愿充分享有内心自由的欧洲式生活，是他既不能没收，也不可能从我心中磨灭的。

在众多的旅行中，特别使我激动和受教益的一次旅行是去新的俄国。一九一四年战争爆发前夕，我正在写一本关于陀思妥耶夫斯基的书，当时我就为此行作准备了。后来，战争打乱了我的计划，自那以后，又有一种新的顾虑妨碍着我。由于布尔什维克的实验，俄国对一切有知识的人来说，成了战后最富有魅力的国家。有人热烈赞美它，有人疯狂反对它，但这两种人都没有真正了解它。由于宣传和同样激烈的反宣传，没有人清楚地知道那里到底发生了什么。但是人们都知道，那里正在进行一些全新的试验，不管这些试验是善是恶，它们很可能决定我们这个世界的未来形式。萧伯纳、威尔斯[①]、巴比塞、伊斯特拉蒂[②]、纪德及其他许多人都去访问了

---

① 赫·乔·威尔斯（1866—1946），英国科幻小说家。
② 帕纳伊·伊斯特拉蒂（1884—1935），用法语写作的罗马尼亚小说家。代表作有《安格尔舅舅》《阿德里安·佐格拉菲的故事》。

这个国家；当他们回来时，有的兴高采烈，有的失望沮丧。这样反而引诱我亲自到这个国家去看看，得出自己的结论。我的书在那里广泛流传，不仅有马克西姆·高尔基为我撰写序言的全集，还有定价几个戈比的廉价普及本在广大群众中间流传。显然，我到了那里会受到很好的接待。但是，仍然存在妨碍我成行的因素，因为在当时去俄国的任何旅行，本身就意味着一次政治表态：要我这个对教条主义和政治深恶痛绝的人，在对一个难以预测的国家进行几周一般性的观察之前就表示赞许或否定；要我对一个尚未解决的问题事先就发表自己的判断。所以，尽管我有强烈的好奇心，我还是下不了决心到苏维埃俄国去。

一九二八年初夏，我收到了一封邀请信，要我作为奥地利作家代表团的成员到莫斯科参加纪念列夫·托尔斯泰诞辰一百周年的纪念活动，并请我在大会上致辞。我没有任何理由拒绝这次机会，因为这次活动是超党派的，从而我的访问也就失去了政治色彩。托尔斯泰是一个非暴力的信徒，而不是一个布尔什维克主义者。我写的那部关于他的书，已有数万册在那里流传，显然我有权谈谈作为作家的托尔斯泰。而且我还觉得，如果所有国家的作家们都团结一致，共同纪念他们中间最伟大的人物，按照欧洲人的思想方法，这无疑是一场重要的示威。于是，我接受了邀请，而且对这次迅速的决定一点也不后悔。因为穿过波兰就已使我大长见识。我沿途看到，我们的时代治愈自己的创伤有多么快。我在一九一五年曾经看到过的在战争中化为废墟的加利西亚城市如今已焕然一新。我又一次认识到，十年时间在个人的一生中是一段颇长的路程，而在一个民族的生存中仅仅是一瞬间。在华沙已经看不到交战双方的军队在这里两次、三次、四次激烈战斗的痕迹。咖啡馆里坐着时髦的妇女，十分耀眼；穿得笔挺、身材修长的军官在大街上散步，看上去更像扮演官兵的皇家剧院的演员。到处都可以感受到一股奋发向上、信心十足的自豪的气氛，因为如此兴隆的新的波兰共和国是从几百年的瓦砾堆上建立起来的。离开华沙，我们继续向俄国边境驶去。大地越来越平坦，沙土地面越来越宽广。每到一个车站，当地村庄的居民都穿着色彩鲜艳的乡村服装站在车站两旁，村民们把观看一趟连接东西方世界的特别快车当作盛事。因为在当时，每天只有一趟客车从这里驶向那个禁止外人入境的封闭的国家。边境车站涅戈洛耶终于到了。铁轨上方高高地悬挂着一条宽大的鲜红横幅，上面用西里尔文写着一句标语，我不认识，别人给我翻译说，那是："全世界的无产者联合起来！"我们从这条鲜红的标语下穿过，踏上了无产阶级的帝国——苏维埃共和国的土地，进入到一个新的世界。当然，我乘坐的列车并不是无产阶级的，而是沙皇时代的卧车，比欧洲豪华的列车还要舒适方便。因为车体宽大，行驶速度比较缓慢，震动也小。我是第一次穿越俄国的大地，奇怪的是，我对这片土地并不感到陌生，觉得一切都那么熟悉：空旷略带一点忧伤的草原；草原上的小茅舍；矗立着洋葱头形屋顶建筑的小城镇；留着长胡须、一半像农民一半像先知的男人，用善良憨厚的笑声向我们致意；戴着花头巾、穿着白色短裙的妇女向我们出售格瓦斯、鸡蛋和黄瓜。我怎么会早知道这一切呢？那是因为我读过俄国文学大师，如托尔斯泰、陀思妥耶夫斯基、阿克萨科夫、高尔基的

335

作品，他们用卓越的现实主义手法描绘了"民间"生活。那些穿着白色肥大上衣的普通男子站在那里，憨态可掬，和蔼可亲；列车里年轻的工作人员，有的下棋、有的看书、有的在交谈；虽然我听不懂他们的谈话，但我相信自己懂得这些人说的意思，我觉得在他们身上具有青年人那种心神不定、不能自制的精神状态，由于他们受到了巨大力量的召唤，所以在他们身上迸发出特殊的活力。如果说，托尔斯泰和陀思妥耶夫斯基对"民众"的爱会在一个人的心中起到回忆的作用，那么我在列车上就已经对这些单纯又动人、聪明又尚缺修养的青年人产生了怜悯之情。

我在苏维埃俄国度过了高度紧张的十四天。我看、我听，有时赞赏、有时厌倦，有时欢乐、有时生气，始终是一股介于冷热之间的交流电。莫斯科本身就是一个矛盾体——那里有壮丽的红场，旁边是宫墙和洋葱头形屋顶的建筑，有一点儿鞑靼人的、东方的、拜占庭的奇特风格，这也是古老俄罗斯的风格；在红场的另一端矗立着现代化、超现代化的高层建筑，犹如一群陌生的美国巨人。两者格格不入；被烟熏黑的古代希腊正教的圣像和镶嵌宝石的圣坛在昏暗的教堂里影影绰绰地放着金光，而离教堂百步远的地方却是一口水晶棺材，里面躺着穿黑色西装的列宁遗体。这里刚刚粉刷过（我不知道是否因为我们的到来），一边行驶着几辆闪闪发光的小汽车，另一边却是满脸胡须、一身油污的马车夫轻轻地吆喝着，挥动鞭子驱赶着驾车的瘦小马匹。我们发表演讲的大歌剧院里灯火辉煌，在无产阶级的观众面前仍然是一派沙皇时代富丽堂皇的景象。而在郊外，则是一片老式的旧房子，好像脏兮兮无人照料的老人，为了不致跌倒而互相紧紧地依靠着。所有的一切早就陈旧不堪，可是现在却想要一下子变得现代化、超现代化。因为这种急于求成，莫斯科人满为患，到处都是乱哄哄的。不论是在商店里还是在剧院门口，到处是拥挤不堪的人群。由于机构臃肿，所以办事效率很低，到处是等着办事的人。理应订出"制度"的新官僚们热衷于批条子发文件，一切事情都被耽误了。那次盛大的纪念大会原定六点，可是直到九点半才开始，当半夜三点我精疲力尽地离开大歌剧院时，演说者还在滔滔不绝地讲着；我作为一个欧洲人，在参加每次招待会或赴约时，总是提前一小时到场。时间就这样从人的手中白白流走，但在注视和观察事物时，在讨论问题时，却显得每一秒钟都十分重要。俄罗斯人不论对什么事情都表现出一种热情；那种煽动人心的秘密力量会在不知不觉中抓住每一个人，使得他们那种难以抑制的兴奋、情感和思想一起炽热地迸发出来。虽然我们无权知道这些人为什么和为了何事竟如此激动，但无疑和新变化的社会气氛有关；也许一种俄罗斯式的国魂已降落在他们的身上。

有很多事情确实了不起。首先是列宁格勒，这座由胆识过人的诸侯们天才地设计的城市，布局宏伟，宫殿气派。它同时又是《白夜》中令人压抑的彼得堡，是拉斯科尔尼科夫①的彼得堡。冬宫极其雄伟壮观，里面的景象使人难忘。我们看到成群的工人、士兵、农民，他们穿着沉重的靴鞋，手里拿着帽子，缓缓地穿过从前皇帝住过的殿堂，就像在教堂里走到圣像前面似的。他们在观看那些绘

①　陀思妥耶夫斯基小说《罪与罚》中的主人公。

画时，心中暗含着一种自豪：现在这里的一切都是属于我们的，因此，我们要学会了解这些东西。老师们带着圆脸蛋儿的孩子们穿过大厅。冬宫的艺术讲解员向那些拘谨而又专心的农民讲述伦勃朗和提香的绘画；当讲解员指向某些画的细部时，农民沉重的眼皮总会抬起来，怯生生地向上看。那种天真的、一本正经的学习精神，未免有点可笑，可这是认真的，到处都可以看到。因为要想让这些目不识丁的民众一夜间就能够懂得贝多芬和维米尔①，这显然是拔苗助长。无论是讲述这些艺术品的一方，还是要求懂得艺术品价值的另一方，双方都那么性急。孩子们在学校里画的是最简单、最粗糙的东西。在十二岁小姑娘的课桌上放着黑格尔的著作和索列尔②的书（当时连我都不知道这个人）；甚至连不大识字的马车夫手里也拿着一本书，仅仅因为这是书而不是别的，书就意味着教育，这是新的无产阶级的光荣和义务。他们让我参观那些中型工厂，并且期待我们的赞扬，就好像在欧洲和美洲还没有过这样的工厂。我们不得不装出一番笑容。一个工人曾非常自豪地指着一台缝纫机对我说："这是电动的。"然后以期待的眼光看着我，似乎我应该大大赞扬一番。因为工人们都是第一次看到这种产品，所以他们虔诚地相信，是革命，是革命之父列宁和托洛茨基设计和发明了这一切。于是我们微笑着称赞一番，与此同时又暗自觉得好笑。俄罗斯这个国家就是这样不可思议，像是一个有才能的心地善良的大孩子。我们总是这样想而且反问自己：这个国家将来真的会像它打算的那样非

① 约翰内斯·维米尔（1632—1675），荷兰风俗画家。
② 乔治·索列尔（1847—1922），法国新闻记者、社会哲学家。

常迅速地改变旧面貌吗？宏伟蓝图也许会变得更加庞大，也许会在俄罗斯人原有的奥勃洛摩夫①式的怠倦中变成泡影？我们有时候觉得可信，有时候觉得怀疑；我看得越多，心里就感到越糊涂。

可是，难道这种思想上的矛盾只有我有？俄国人身上就没有？难道我们共同纪念的托尔斯泰心灵中就没有？在去托尔斯泰的故居亚斯纳亚波利亚纳的火车上，我跟卢那察尔斯基谈论过这个问题。卢那察尔斯基对我说："他究竟是怎样一个人，是革命者还是反革命者？他自己知道吗？他作为一个真正的俄国人，想把数千年来世界上的一切在他手中来个翻天覆地。"他微笑着补充说："完全像我们现在似的，想用唯一的方案改变一切。如果有人把我们称为有耐性的人，那么这是把我们俄国人看错了。我们的身体，甚至我们的心灵都是有耐性的，但是我们的思想却比任何民族都没有耐性。我们总是立刻想知道所有的真谛，即'真理'。这位老人就是因此而饱受痛苦。"是呀，确实如此，当我走过在亚斯纳亚波利亚纳的托尔斯泰故居时，我总有这个想法："这位伟大的人物是怎样自讨苦吃啊！"我看到一张写字台，托尔斯泰曾在这里写下不朽的著作，他写累了，就到隔壁一间很小的房子里去修鞋，修理那些破旧的鞋子。这里有一扇门，那里有一座楼梯，他正是穿过这扇门，通过那座楼梯，逃离这个家，摆脱他自身的矛盾。屋里挂着一杆枪，在战争中他曾经用这杆枪打死过敌人，而他又是一个反对一切战争的人。就在那栋矮矮的白色庄园里，托尔斯泰的生活矛盾，强烈地、

---

① 俄国作家冈察洛夫的小说《奥勃洛摩夫》中的主人公。

形象地浮现在我眼前，而令人奇怪的是，当我向他最后的安息地走去时，原来的哀思之情渐渐淡薄起来。

在俄国，我所见到的再没有比托尔斯泰的坟墓那么伟大和那么使人感动的了。那块高贵的朝圣地坐落在偏僻、孤寂之处，被一片树林环抱着。一条窄窄的小路通向那个小山丘，这山丘不过是用土堆成的矩形土山，无人看守，也没有人保护，只有几棵大树为它遮阴。在墓前，他的孙女对我说，那些参天大树是列夫·托尔斯泰亲手栽下的。他同他的哥哥尼古拉童年时曾从一个村妇那里听到这样一个传说：人们栽树的地方将是一块吉祥之地。因此，他半开玩笑地种下了一些树苗。到了晚年，老人突然想起那个迷人的预言，于是他立刻表达了自己的愿望：死后葬在自己栽下的树林中间。他的后事是完全遵照他的意愿办的，他的坟茔简朴得令人心酸，从而使它成为世界上给人印象最深刻的墓地。一个小小的矩形山丘，上面有参天大树笼罩着——没有十字架，没有墓碑，更没有铭文！这位伟大的人物入葬时不留姓名，世上再也没有人像他这样对自己的姓名和荣誉感到痛苦；他默默地被埋葬在这里，从外表上看，像一个偶然被发现的流浪汉或者一个不知名的士兵之墓。谁都可以踏进他这块永久之地，虽然周围有栅栏，但从来没有封闭过。唯有人们的敬意护卫着这位永远不休息的老人最后的安息地。通常，人们总是对陵墓的宏伟壮观深表惊奇，而这里的坟茔却以出奇的简朴更引起人们的深思。微风像上帝的低语在这座没有名字的坟墓上沙沙作响，除此之外，便是一片寂静。人们可以从这里走过，除了知道这里埋着一个人，在俄国的土地上埋着一个俄国人，其他便什么也不知道了。可是，无论是巴黎荣军院教堂里大理石拱门之下拿破仑的墓室，君王陵寝里歌德的灵柩，还是威斯敏斯特教堂里的墓碑，它们的景象都不及这座在树林中的、非常安谧的无名坟茔这样感人至深，因为在它上面风儿微微低语，而坟墓本身却没有留下任何文字和话语。

我在俄国待了十四天，我始终有这种感觉：他们内心里急于求成，并有点朦胧的陶醉感。可是，究竟是什么使他们如此激动呢？很快我就获得了答案：因为他们是人，而人总会有热情的冲动。他们所有人都认为自己已经参与到一个涉及全人类的伟大事业中，他们全都抱着这样的信念：他们不得不忍受物品匮乏和短缺之苦，都是为了一个更崇高的使命。他们过去在欧洲人面前的那种自卑感，现在一下子变成了高度的自豪感，就好像他们超过了所有的人："光明来自东方"，他们是未来的救世主；他们的想法就是这样诚恳和正直；这就是他们所认识的"真理"，别人只能梦想的事情将由他们来完成。即使他们给我看那些微不足道的东西，他们也会眼睛明亮起来："这是我们自己做的。"这个"我们"是指全体人员。替我驾车的马车夫用鞭子指着一幢新楼，张着大嘴笑着说："这是我们自己建的。"鞑靼人和蒙古人大学生向我走来，骄傲地向我展示他们的书，这个说："这是达尔文的书！"那个说："这是马克思的书！"他们那股神气，就好像书是他们自己写的。他们急切地向我们显示他们拥有的一切，向我们仔细解释，他们非常感激那些观看他们"事业"的来宾。那是斯大林以前的年代，他们每个人都充分信任欧洲人，用善意的、诚恳的目光望着我们，同我们亲切地紧紧握手，像亲兄弟一般。而恰恰是这些少数人同时也表现出：他们对我们友好，却缺乏"尊敬"。因为在他们看来，人本来就是兄弟，也是同志。我们曾在过去属于亚历山大·赫尔岑的宅第里聚会，不仅有欧洲的作家和俄国的作家，而且还有通古斯族作家、格鲁吉亚作家和高加索作家。每一个苏维埃联盟国家都为参加托尔斯泰纪念活动派出了自己的作家代表团。我们同他们中的大多数人都不能互相交谈，但能明白彼此的意思。有时，他们中间一个人站起来，径直朝我们中间一个人走来，指指这位作家写的书，然后再指着自己的心，意思是说："我非常喜欢这本书。"接着他紧紧抓住这位作家的手，使劲握着，好像他喜欢得非要把对方的手关节摇散了不可。使人更为感动的是，他们每个人都带来了礼物。当时还是困难时期，他们并没有什么值钱的东西，可是每人都拿出一点东西给我们留作纪念：一幅不值钱的旧版画，一本不能读的旧书，一件乡间木刻。我回赠给他们的是在他们这里早已见不到的，在他们看来价值很高的东西，如一把吉列保险刮脸刀、一支钢笔、几叠优质信纸、一双软皮拖鞋，以致我回家时行李少得不能再少。正是这种不用语言表达的热烈情感，使我们深受感动。我们在这里受到如此宽厚如此温暖的礼遇，是我从来没有经历过的，因为在我们那里还没有达到四海之内皆兄弟的境界。每次聚会都有一种危险的诱惑。的确，也有一些外国作家在访问俄国时经不住这种诱惑，因为他们受到如此隆重的款待，受到广大群众的欢迎和爱戴。他们认为一定要赞扬这个新政权，因为在这个政权之下的人民非常喜欢读他们的书，也喜爱他们本人。礼尚往来，将心比心，本来就是人的本性。我必须承认，我自己在俄国有时几乎也大唱赞歌，在一片热烈的气氛中，我的头脑近乎发昏。

我之所以没有跌入魔术般的迷境，与其说是归功于我内在的克制力量，倒不如说是一位不知姓名的陌生人的提醒，我后来始终不知此人是谁。那是一次与大学生的快乐聚会，会后，学生们围着我，拥抱我，同我握手。他们的热情感染了我，我高兴地望着那一张张朝气蓬勃的面孔。最后有四五个大学生陪我到住处，这些人之中，就有派给我的那位女翻译，她也是大学生，她什么都翻译给我听。直到我关上旅馆房间的门，我才是真正独自一人，这是我十二天来第一次独处，因为在这十二天里，我身边总是有人陪着，有人围着，我始终被一股暖流推动着。我把外衣脱下放在一旁，这时才发现上衣有沙沙的纸声。我伸手到衣袋里，拿出了一封信，是用法语写的，但不是通过邮局寄来的，一定是有人在拥挤时或拥抱时悄悄塞到我的衣袋里的。

这是一封没有落款的信，是一封十分巧妙且通情达理的信，尽管这不是一名"白俄"写的，可是信中流露出最近几年来对自由不断受到限制的愤懑情绪。这位不相识的人写道："请您不要相信他们向您说的一切，请您不要忘记，他们向您展出让您看的一切，他们还有许多东西没让您看。您要记住，跟您交谈的那些人，他们还没有把真心话告诉您，他们不敢，只是讲了允许讲的话。现在我们大家都受到监视，恐怕您受的监视更多。您的女翻译每天都向上级汇报您说的每一句话。您的电话被窃听，每走一步都有监视。"他举了一系列无法证实的例子和细节。我按照写信人的要求把信烧了。"请您不要撕碎它,因为会有人把纸篓里的碎片拿出来再拼凑起来。"——这时我开始深省一切。我处在诚挚的热烈气氛中,在那非常融洽的同志式的气氛中,有许多机会私下里同某个人进行无拘无束的交谈,难道这一次次的私下接触都是假的吗?由于我不懂俄语,无法与真正的老百姓直接接触,更何况只有十四天时间,就我所看到的而言,也不过是一望无际的帝国中非常小的一部分!如果我不欺骗自己也不欺骗别人,那么我一定要说,我得到的印象,在细节上是相当动人和鼓舞人的,但从客观上讲,并没有多大用处。几乎所有的作家从俄国回来以后,都很快出版了一本书,不是热烈的赞扬,就是激烈的反对,而我只不过写了几篇文章。我认为我采取这种保留的态度是正确的,因为三个月后,许多事情就同我见过的不一样了;一年之后,经过剧烈的变革,当时说的每一句话都被事实斥为谎言。不过话又说回来,我在俄国强烈地感受到的那个时代的暴风骤雨式的变革,是我一生中极少经历的。

当我离开莫斯科时,我的箱子基本上空了。我把能送的东西都送给他们了;他们送给我的东西,我只带回两幅圣像,后来我把它们长期挂在我的房间里,作为装饰。不过,我带回来的最珍贵的东西,是和马克西姆·高尔基的友谊。我和他第一次会面是在莫斯科;两年以后,我和他在索伦托再次重逢,他由于健康受到威胁而去那里疗养。我到他家做客,在那里度过了难忘的三天。

这次会面真是不同寻常。高尔基不会任何外语,我也不会俄语，按道理讲，我们两人只有默默地相对而坐。幸亏有我们尊敬的玛丽亚·布德贝格男爵夫人在一旁翻译，我们才得以交谈。高尔基不愧为世界文学中一位最有天才的叙述家。叙述不仅仅是他的一种艺术表现形式，也是他整个天性本能的集中表现。他在叙述时把自己放到要叙述的事物中，把自己变成叙述的对象。我虽然不懂俄语，但可以从他面部表情中明白他的意思。看上去，他是一个地地道道的"俄罗斯人"，我无法用别的词来表达。他脸上没有什么特殊的地方，这个身材瘦长、头发草黄、颧骨宽宽的人，叫人联想到田里的农民、马车夫、鞋匠或无家可归的流浪汉，等等。他是一个地地道道的"老百姓"，是俄罗斯原型的集中体现者。在大街上，人们可能漫不经心地从他面前走过，不会注意到他。只有坐在他的对面，听他叙述什么的时候，你才会认出他来。因为他在无意之中变成了他所要描绘的人。直到今天，我仍然记得，他在描绘游历时遇到的一个疲倦、年迈的驼背人时，很自然地把脑袋耷拉下来，双肩下垂，眼神阴郁、倦怠。没有翻译，我就已明白了他叙述的是什么。开始叙述时，他精神抖擞，蓝眼睛明亮有神；当他的声音变得颤抖时，他自己也不知道，他已变成了那个驼背的老人。如果他叙述一些高兴的事情，他会立刻大笑起来，轻轻地向后仰着，额头闪着光。听他讲话确实是一件难以形容的快事，他用熟练的形象动作来表现他叙述的人和物。他身上所有的一切，不论是走路的姿态还是坐相，以及倾听别人的讲话和十分高兴的时候，都是那么实在和自然。一次晚会上，他乔装成一个贵族，腰间佩带一把军刀，眼神顿时变得威严无比，他眉毛飞扬、挺胸收腹，在屋里来回踱着方步，好像是在考虑沙皇的一道谕旨；可是当他一卸装，他笑得像农家少年那样质朴。他的生命力简直是一个奇迹，他的肺坏了，可他依然活着，这与医学规律是相违背的。是那种不同寻常的生活意志和坚强的责任感使他顽强地活了下来。每天早上，他用清晰的手写体写他的长篇小说，回答本国青年作家和工人提出的成百上千的问题。对我来说，和他在一起，就好像到了俄国，这不是布尔什维克的俄国，也不是今天和以前的俄国；我看到了一个永恒民族的宽阔、坚强、深沉的灵魂。在那些年月里，他的内心还是犹豫不决的。作为一个老革命家，他也主张改天换地，他与列宁的个人友谊甚为密切，但他当时也很犹豫是否完全投靠党，用他的话来说，是否成为党的"牧师或教皇"。他始终感到良心上的压力，因为在那些岁月里，每个星期都有新决定，但那些决定与他这样的人是非常不合拍的。

在那几天里，我恰巧成了那样一种完全是新俄罗斯人的典型场面的见证人，那个场面为我揭开了他的全部矛盾。一艘俄国战舰在训练中第一次驶进了那不勒斯。从没有到过西方世界的年轻水兵们穿着漂亮的制服下船散步，穿过托莱多大街，他们睁大好奇的农民的眼睛，对一切新鲜的东西怎么也看不够。第二天，他们中的一群人决定到索伦托来，来看看"他们自己的"大作家。他们没有事先通知他，在他们俄罗斯人同胞情谊的思维中，他们觉得"他们自己的"作家会随时给自己的同胞腾出时间。他们突然来到高尔基的家门前，而他们的想法完全正确，高尔基没有让他们等候，就把他们请进去。可是，高尔基第二天笑着对我说，那些青年人在开始的时候对他非常严厉。对这些年轻人来说，"公事"高于一切，他们刚踏进这座美丽舒适的别墅就说道："你怎么住这样的房子，你怎么生活得像资产阶级一样。你究竟为什么不回俄国去？"高尔基不得不向他们做详细的解释。好在事情顺利，这些老实规矩的青年人并没有把这件事看得那么严重。他们无非是显示一下自己的信念。接着，他们毫无拘束地坐下来，喝茶、聊天，最后告别时，他们一个接一个地同他拥抱。照高尔基的描述，那个场面是非常动人的。他对青年一代轻松自由的处事方式非常喜欢，对他们落拓不羁的作风一点也不生气。他一再重复说："我们与他们是多么不同啊。我们不是畏首畏尾就是激烈无比，但从来不能把握自己。"那天晚上，他一直兴高采烈。可是当我对他说："我看你当时的想法是最好和他们一起回家。"他猛地一愣，直瞪瞪地望着我："这，你是怎么知道的？说真的，直到最后一刻钟我还在考虑，我是否把一切：书籍、纸张、手稿统统留下，同那些小伙子一起乘船去航行十四天，这样也许我会知道俄国现在是个什么样子了。一个人在远离祖国的地方，会把自己学到的最好的东西荒疏，流亡中的我们还没有一个人为祖国做出过有益的贡献。"

高尔基把在索伦托的疗养生活叫作流亡是不对的。他每天都想回国，事实上他也回去过。他不像梅列日科夫斯基那样真的被驱逐，书籍被禁止，我在巴黎时曾遇到过这个悲剧性的愤懑人物。他也不像我们今天这样，按照格里尔帕策的美妙的说法，我们"对两边来说都是外国人，没有祖国"。我们说的是他国语言，无家可归，随风飘荡。真正的流亡者并不像高尔基所说的那样。在以后的几天里，我曾在那不勒斯探望了一个非常特殊的流亡者，这就是贝内代托·克罗齐。数十年来他曾是青年人的精神领袖，他曾当过参议员和部长，在他的祖国享有各种礼仪上的荣誉，直到他因反对法西斯主义而和墨索里尼发生冲突。他辞去各种官职，隐居起来。这样也不能使那些强权者满意，他们要限制他的反抗，必要时甚至要采取惩罚的措施。那些青年人也变得跟过去大不一样了，他们成了为反动势力随时效劳的先锋队。他们冲进他的住宅，打碎他住房的玻璃。但是，这位有一双大而聪明的眼睛、留着一撮山羊胡子、看起来更像个普通老百姓的矮胖人物，他并没有被吓倒。他没有离开他的祖国，虽然他接到美国和其他国家大学的邀请，他还是留在家里，藏在书堆成的大墙后面，继续办他的杂志《批评》。他继续宣传他的思想，出版他的著作，他的威望越来越高，以致根据墨索里尼的命令制定严格的检查制度在他面前执行不下去。然而，另一方面，他的学生、同他志同道合的同志却全部被瓦解了。不管是意大利人还是外国人，要去探望他，都需要非凡的勇气，因为当局知道得很清楚，他在自己的城堡里，即在满是书籍的书房里，也会无所不谈，直言不讳。所以，他等于生活在一个密封的房间里，他生活在四千万同胞中，就像生活在一只煤气罐里似的。我觉得，在一座几十万人口的城市里，在有几千万人口的国家里，这种密封式的孤立是一件可怕的事，同时也是一件了不起的事。当时我还不知道，这种消灭一个人思想的做法比起以后加在我们头上的做法，还是宽容得多的。我不能不钦佩，这个年迈的老人在每天的斗争中保持了怎样清醒和旺盛的精力呵！但是他却笑着对我说："恰恰是这种反抗斗争使一个人变成年轻人。要是我还当参议员，在精神上我早已变得懒散和逍遥自在，我很容易就老了。对一个有思想的人来说，危害最大的莫过于缺乏反抗精神。自从我孤身一人，青年人也不再来了，我更需要使自己变得年轻。"

过了好多年以后我才懂得，就是折磨、迫害和孤单的不断升级和强化，也不会把一个人摧垮。生活中的一切重大事情都是这样。一个人获得这类认识，从不是通过别人的经验，而始终只能从自己的命运中获得。

我从未见过意大利最重要的人物墨索里尼，这应该归咎于我历来不愿意接近政治人物；即使在我的祖国，小小的奥地利，我也没有见到国家的领导人，如赛佩尔、多尔富斯①、舒施尼克②。本来我有这样的机会，可是我有意不这么做。我从我的朋友——他们也是墨索里尼的朋友——那里获悉，墨索里尼非常喜欢读我的书，是意大利第一批最热心的读者之一。由于他曾经满足过我首次向一位政治家提出的请求，所以我本该亲自去向他致谢。

事情是这样的。一天，我接到一位朋友从巴黎发来的快信，信中说有一位意大利妇女有要事到萨尔茨堡来见我，希望我立刻接待她。第二天她就来了。她说的事确实让人震惊。她的丈夫，一个出身寒微的优秀医生，是由马泰奥蒂资助培养成材的。在马泰奥蒂这

---

① 恩格尔贝特·多尔富斯（1892—1934），奥地利政治家，曾任总理和外交部长等职，一九三四年在纳粹分子发动的一次未遂政变中被杀害。
② 库特·冯·舒施尼克（1897—1977），奥地利政治家。多尔富斯被杀后，他继任奥地利总理。

位社会党的领导人被法西斯分子野蛮地杀害以后，心力交瘁的世界良心对这种暴行发出了愤怒的吼声，整个欧洲都被激怒了。他这个忠诚的朋友是在当时敢于在罗马大街上公开抬着被害者灵柩的六位勇士之一。但是不久之后，他因为受到威胁和刁难而出外流亡。但是，马泰奥蒂家属的命运使他十分不安。为了报答他的恩主，他想把马泰奥蒂的孩子偷偷地从意大利送到国外，可是他们在行动的时候落在密探和破坏分子手中，他本人也在这次行动中被逮捕。由于一提起马泰奥蒂就会使意大利当局陷入难堪的境地，所以用这样的理由对他起诉，几乎对他构不成大罪。可是，那位起诉官却十分巧妙地与另一件同时发生的暗杀墨索里尼的案件联系起来了。于是这位在战地获得过最高奖赏的医生被判了十年监禁。

十分明显，他的这位年轻妻子是多么心急如焚。她在信中说，她的丈夫活不过这十年，求我为反对这项判决做点什么，要我与欧洲的文学界名人联合起来，大声疾呼提出抗议。她请我予以帮助。我立刻劝阻她不要提什么抗议。我早已知道，自第一次世界大战以来，所有这样的公开声明一点用处也没有。我竭力向她说明，出于民族的尊严，没有一个国家会在外部的压力下修改自己的法律。在美国的萨科—万泽蒂案件①中，欧洲的抗议完全帮了倒忙。我恳求她不要在这种思想指导下干出什么傻事来，她这样做，只能使她丈夫的处境变得更糟。因为如果有人试图从外部给墨索里尼施加压

① 萨科和万泽蒂是无政府主义者，两人被指控犯有杀人罪，尽管证据疑点颇多。一九二一年被判有罪，并于一九二七年被处死。

力，他也绝不能作出减刑的安排，即使他想这样做，也是办不到的。但是，我用诚恳的态度答应她，我将尽量设法帮助她。正巧下个星期我要到意大利去，我在意大利有一些颇具影响力的朋友，也许他们能够悄悄地为她丈夫说些好话。

我到达意大利的第一天，就开始办这件事。但我发觉，我的那些朋友变得谨小慎微，我刚刚说出那位医生的名字，他们个个脸上流露出为难的神色，都说没有办法，并且说这是完全不可能的。于是我去找一个又一个。如果我这样回国，我会十分惭愧，也许那个不幸的女人会以为我没有给她尽力办事呢。不过，我还有一条路没有试一试。现在只剩下一个可能性，那是一条直截了当的路，即写信给那位掌握生死大权的人，墨索里尼。

我这样做了，我给墨索里尼写了一封十分诚恳的信。我在信中说到——但信的开头我不愿意说一些恭维的话，我开门见山说实事——我不认识这个医生，也不知道实情；但是我见过他那显然是无辜的妻子。如果她的丈夫在狱中度过那么多年，那么，这个沉重的枷锁便也是加在她的身上。我并不想批评这次判决，而我可以设想，如果她的丈夫不是坐牢，而是被遣送到某个允许妻儿一起居住的荒岛上，对这个女人这将意味着救命之举。

我拿着这封写给贝尼托·墨索里尼阁下的信，投入了萨尔茨堡的普通信箱。四天以后，意大利驻维也纳的公使馆给我来信说，墨索里尼阁下让公使代他对我表示感谢，并说，阁下已满足我的愿望，并已缩短刑期。这时，从意大利也来了电报，证明我所请求的改判已经进行。墨索里尼大笔一挥，亲自批准了我的请求。实际上，那个被判刑的医生很快被赦免了。在我的一生当中，从来没有像这封信那样给我带来如此的快乐和满足。如果说有一件文字工作曾发挥很大的作用，那么，我就会怀着感激的心情自然而然地想到这封信。

在风平浪静的最后几年里，外出旅行是十分愉快的。不过，回到家乡看看倒也觉得惬意。在风平浪静之中发生的一些事很值得回味。萨尔茨堡这座小城只有四万人口，因为它具有浪漫主义色彩，位置又比较偏僻，所以我选择此处作为自己的定居之地。这几年里，小城发生了巨大变化，到了夏天，它不仅成为欧洲艺术家聚会的地方，也成了全世界艺术家的大都会。在第一次世界大战后最艰难的那几年，为了帮助在夏季没有收入的演员和音乐家摆脱贫困，马克斯·赖恩哈德和霍夫曼斯塔尔曾举办了几次演出，尤其是萨尔茨堡教堂广场上那次称为"为每个人"的露天演出，吸引了不少邻近地区的观众；后来又在这里试演了歌剧，演出效果越来越好，越来越完美，于是逐渐引起了全世界的注意。最优秀的指挥家、歌唱家和演员怀着好胜的心情一齐拥来，为了能有机会不仅在自己国内有限的观众面前，而且也在国际观众面前愉快地表演他们的技艺。萨尔茨堡一下子成了各种艺术节举办的地方，吸引了世界各地的人民，仿佛成了新的奥林匹克艺术表演场；每个国家都到这里来竞相展现最优秀的艺术成就；没有人愿意错过观看这些精彩的演出。国王和王公们，美国的百万富翁和电影明星，音乐爱好者，艺术家和诗人，还有那些摆绅士派头的人，都在近几年云集萨尔茨堡。在一个长期不被重视的小小奥地利的偏僻小城，能够把各国优秀的表演艺术家和音乐大师成功地荟萃一堂，这在欧洲是空前的。萨尔茨堡繁荣起来了。到了夏天，在大街上就可以遇到不少来自欧洲各地和美洲的人，前来寻求艺术最高水平的演出；他们到了这里，穿上萨尔茨堡的民族服装，男人穿白亚麻短裤和短上衣，女人一身阿尔卑斯山农妇打扮；转眼之间，小小的萨尔茨堡一下子左右了世界时装的风尚。在旅馆里，人们争着订房间，前往演出大厅的汽车道上一片光彩夺目的景象，就像从前去参加皇家宫廷舞会的路上一样，火车站人山人海，其他城市想方设法吸引这股有钱可赚的人流，但是没有一个成功。萨尔茨堡在这十年之内一直是艺术朝拜者在欧洲的圣地。

可以说，我住在自己的城市里，一下子等于生活在欧洲的中心。命运又一次满足了我一个自己几乎从来不敢想的愿望。我们那座在卡普齐纳山上的房子成了我欧洲朋友的落脚处，有谁没有到我们那里做过客呢？我的贵宾登记簿比我单纯的记忆更能说明问题，可是后来，这本登记簿连同这幢房子，还有其他许多物品都落到了纳粹党徒的手里。我们在那里同谁没有度过美好的时光呢？我们从阳台上眺望美丽的、宁静的景色，可是我们不知道，在对面的贝希特斯加登山上住着一个要破坏这一切的人——希特勒。罗曼·罗兰和托马斯·曼都在我家住过，在作家中，我们曾友好接待过赫·乔·威尔斯，霍夫曼斯塔尔，雅各布·瓦塞尔曼，房龙，詹姆斯·乔伊斯，埃米尔·路德维希，弗兰茨·韦尔弗尔，格奥尔格·勃兰兑斯，保尔·瓦莱里，简·亚当斯，沙洛姆·阿施，阿尔图尔·施尼茨勒等人；在音乐家中，我们也曾热情接待过拉威尔，理查德·施特劳斯，阿尔班·贝尔格，布鲁诺·瓦尔特，贝拉·巴尔托克。还有世界各地的著名画家、演员、学者，谁没到过我家呢？每到夏季，这些人给我们带来多少畅谈文学艺术的愉快和美好时光呵！有一天，阿尔图罗·托斯卡尼尼拾级而上到了我家，从此开始了我们之间的友谊，这友谊使我比以前更懂得喜爱和享受音乐，所以有好几年时间，我成了他排练时最忠诚的座上客，我不止一次目睹他为了达到艺术完美无缺的境地而付出的热情代价。这种一丝不苟的排演，在演出时获得奇迹般的成功，也是预料之中的事（我曾在一篇文章中描述过他的排练，可以说堪称典范，不达到完美无缺绝不罢手）。这时，我才深切体会到莎士比亚说得真好："音乐是心灵的养料。"我看了各种艺术比赛以后，真庆幸自己有与艺术结下不解之缘的好运。夏天的日子是多么丰富多彩啊！艺术与风景交互辉映，使人多么陶醉啊！后来我被迫离开这个家，每当我想起这座小城时，一股惆怅和闷闷不乐的感觉便涌向心头。第一次大战刚刚结束时，我们在那栋房子里经受过寒冷和屋漏的苦楚，想到这些，我才感到国泰民安的那几年在我生活里所起的作用，那就是使我重又恢复了对世界、对人类的信任。

那几年里虽然有许多受欢迎的著名人士来到我家，但在我独处的时候，依然有一群高贵的人物神秘地围在我周围，这就是我前面提到的名人遗墨搜集本里收藏着的各个时代最杰出的大师的手迹。我通过这种方式把著名人物的踪影召唤来了。我十五岁那年就开始了这种业余爱好，经过几年的摸索，逐渐取得了经验，办法越来越多，热情越来越高，从单纯的一般搜集达到科学地汇编水平，所以我才能够说，现在我从事的是一项艺术工作。开始时，我像所有的新手一样，只追求把名字——名人的签名搜集起来；后来才出于好奇的心理，搜集更多的手稿——作品的初稿或片断；这些手稿同时使我了解到一个受人爱戴的大师的创作方法。在世界上无数不解之谜中，造物者的秘密乃是最玄妙最深奥的谜。大自然不让人摸清造物者的秘密：地球是怎么产生的，一朵小花是怎样产生的，一首诗是怎么产生的，一个人是怎么产生的，大自然从来不让人看到其中最关键的奥秘。大自然毫不留情地、绝不迁就地给自己蒙上了一层面纱。就连诗人和音乐家事后也无法说清灵感产生的那一瞬是怎么回事。当一部作品变得非常成功时，就是作者本人也弄不清作品的起源和形成的过程；他永远或者几乎永远说不清楚，在他精神非常集中时，一般词句是怎样变成诗句的，个别的音节组合是怎样成为千古流传的旋律的。对这种捉摸不定的创作过程能够提供一点猜测依据的唯一材料的，就是艺术家一页一页的手稿，尤其是那些几经涂改，不准备拿去付印的初稿。后来的定稿就是从初稿逐渐形成的。收集所有的伟大诗人、哲学家、音乐家的底稿——这些反反复复的修改稿，也是他们艰苦创作的见证——是我搜集名人手迹的第二阶段，也是一个更有意识的阶段。到拍卖市场去搜罗这些底稿，我觉得是一种乐趣；我也愿意花费精力到藏匿很深的地方去寻找某些底稿。搜集底稿也是一门科学，因为我除了搜集名人的手迹以外，还搜集所有写名人手迹的二手书，以及业已出版的手迹本的全部目录。我已经搜集到四千多册有关书籍，从数字上讲，这是一笔非常大的、无人可比拟的私人藏书。即便是一个商人也不会用这么大的精力和热情倾注于这门科学。现在我可以这样说，在搜集名人手迹的三四十年时间里，我在这个领域已经成了专家，每一页重要的手稿在什么地方，谁收藏着，是如何转到收藏者手中的，这一切我都知道。我成了一个真正的鉴定家，一眼就能辨出真伪。在估价方面，我比很多专业人士还要有经验。——当然，在文学或者在生活其他方面，我从来不敢说这样的话。

虽然如此，我搜集手稿的雄心有增无减。仅仅搜集反映上千种创作方法的一系列世界文学和音乐方面的手稿已不能使我满足。单纯扩大搜集量对我也不再有吸引力。我的注意力集中在对搜集物的精选上，我最后十年的搜集工作重点就在这个方面。如果我以前是专门搜集反映诗人或音乐家创作过程的手稿，那么后来，我搜集的重点逐渐转到搜集艺术家创作鼎盛时期的手稿，即获得最高成就时期的手稿。换句话说，我搜集的不仅仅是诗人的任何一首诗的手稿，而是他最优秀诗篇的手稿，而且尽可能是一首不朽之作的手稿——用羽毛笔或铅笔记录下灵感中的诗篇已成为千古绝唱。我正是要从这些不朽巨人遗留下来的珍贵手稿中搜集到为世界创作不朽作品的手稿。这种搜集工作极其不易。

好在我的搜集工作从来是持续不断的，如果搜集到一页意义重大和更具有特色的手稿，即一页有永久保存价值的手稿——如果我可以这样说的话——那么，我会把过去收藏的任何一页剔除、卖掉或拿去交换，因为这已不符合我收藏的最高标准。我觉得很奇怪，有些非常困难的事居然也能成功，除了我之外，只有很少的人具有这种技能，这样坚韧不拔的毅力，同时又有搜集这种重要手迹的经验。我搜集的最初手稿或者是具有开创性的、永久意义的划时代宣言文稿，搜集到最后，先是一皮包，然后是用金属和石棉加以防护的整整一箱子。由于我今天被迫过着一种飘泊不定的生活，我编写的收藏品目录早已丢失，所以我只能列举几件收藏品，从中可以窥见处于不朽时刻的世间天才。

我的收藏中，有一张达·芬奇的工作笔记手稿，是向左倾斜的笔体写的对素描的附注；有四张拿破仑用几乎不易辨认的字体写给他在里沃利的士兵们的军令；还有用大幅印刷纸印的巴尔扎克一整部小说，每一印张上都有上千处字迹甚为清晰的校对，说明他在上面进行了反复的推敲（幸亏美国的一所大学对这部校样影印了，它才得以保存下来）。收藏品中有尼采的《悲剧的诞生》这部作品鲜为人知的最初手稿，这部为他所爱的科西玛·瓦格纳而写的手稿在《悲剧的诞生》发表很早以前就已写成了；还有巴赫的合唱组曲，格鲁克的《阿尔西斯特》咏叹调和亨德尔的咏叹调，而亨德尔的音乐手稿是所有音乐手稿中最为稀世罕见的。我总是搜集那些最富有特点的手稿，有幸大部分都搜集到了，如勃拉姆斯的《吉卜赛人之歌》，肖邦的《船歌》，舒伯特的千古绝唱《音乐颂》，海顿的《皇帝四重奏》中《上帝保佑》这首不朽的旋律。在某种情况下，我甚至能够成功地做到：从搜集具有独创性的单一的手稿扩大到搜集能概括艺术家一生创作个性的手稿。所以，我不仅有一张莫扎特十一岁时稚气未退的手稿，而且还有他为歌德的《紫罗兰》所谱的歌曲手稿，这是作曲家歌曲创作的一个重要标志。在莫扎特的舞曲中，我收藏的手稿有表现费加罗"不再受人欺凌"的小步舞曲；《费加罗的婚礼》里的小天使咏叹调；还有那些从来没有发表的写给巴斯勒①的一份很粗鲁的信和一首轻佻的卡农乐曲；还有一页他逝世前不久写的《狄托》②中的一首咏叹调的手稿。我收藏的歌德的手稿，从他九岁时的一篇拉丁文译文的手稿一直到他去世前不久在八十二岁时作的一首诗的手稿。这中间还有他的不朽名著《浮士德》的一张双面对开的手稿；还有他的自然科学论文的原稿，许多诗作的手稿以及他一生中各个阶段选出来的绘画手稿。这十五件宝贵的手稿可以概括歌德的一生，清晰地勾画出歌德的形象。但是，我搜集的我最崇拜的贝多芬的手稿却不能概括他的一生。我的发行人基彭贝尔格教授在搜集歌德和贝多芬的手稿方面是我的对手和竞争者。他是瑞士的大富翁，他搜集的珍贵的贝多芬手稿是无人可比拟的。但是我收藏的贝多芬的遗物至少可以让人清楚地看到他一生中最凄凉的时刻。现在没有任何一家博物馆能够提供这样的材料。且不说我除了搜集到他年轻时代的练习本、歌曲《吻》和《哀格蒙特》音乐的片断外，还有说明他一个阶段特征的手稿。我遇到过一次幸运的事，我得到了贝多芬房间里的全部摆设，这些摆设是贝多芬死后拍卖的，后来由枢密顾问布罗伊宁购得，然后转让给我的。这些摆设中，主要是那张大写字台和藏在抽屉里他的两位恋人的画像：一幅是吉乌莉塔·古西亚尔蒂伯爵夫人，另一幅是埃尔德蒂伯爵夫人；还有那只直到他临终一直在使用的床头钱柜；那张小

---

① 莫扎特的歌剧《费加罗的婚礼》中的人物，是一个爱给主人帮闲的音乐师。
② 莫扎特于一七九一年创作的歌剧。

型的斜面桌，在他生病卧床时总是在那里写乐谱和信件；还有一绺他在临终床上被剪下的白色鬈发，以及讣告信函等，还有他用颤抖的手写下的最后一张洗衣单，可以拍卖的家具什物清单，以及他在维也纳的朋友为他无依无靠的厨娘莎莉认购遗物的单子。一个真正的收藏家总会碰到好运气，在得到贝多芬的一切遗物之后不久，我又碰到一次机会，搞到三幅他在临终床上的素描。大家知道，三月二十六日那一天，贝多芬正在弥留之际，舒伯特和他的朋友画家约瑟夫·特尔切尔想把临终的贝多芬画下来。可是那位枢密顾问布罗伊宁却认为这是对死者的大不敬，把他们轰了出去。此后那几份素描匿迹了数百年，直到这位名气不大的画家的几十本素描手稿在布尔诺的一次小小拍卖会上以低得可怜的价格出售时，那三幅素描原件才突然出现。我如获至宝。不知怎地，好运一个接着一个，一天，一个商人打电话给我，问我是否对贝多芬在临终床上的画像真迹感兴趣。我回答说，我已经有了。后来才弄清楚，那张打算卖给我的真迹原来是丹豪塞非常著名的贝多芬临终遗像的石版画。于是，我把所有那些以视觉形式保留了那个值得纪念、真正不该消逝的最后时刻的画像收藏在一起。

毫无疑问，我从来不认为我是这些物品的占有者，而是那些物品在那个时代的保管者。我之所以不是占有者，是因为把收藏看作是一种艺术性的工作，而不是为了占有的欲望，据为己有的欲望，把一切珍品搜集到一起只是一种癖好。当时我就意识到，搜集工作本身就是一种创造，要经历漫长的时间，所以说比我自己的作品更有价值。虽然我搜集了不少东西，可是我迟迟不能整理出一份目录，因为我仍然处于初级阶段，工作刚开始进行，搜集品尚不完善，尚缺少某些名人和某些手稿。经过一番深思熟虑，我决定在我死后把这些独一无二的收藏品交给一个能满足我要求的研究所，也就是说，该研究所能每年拨出一定数量的款项，按照我的做法去继续完善这种收藏。如果这样做下去，那么我的全部收藏就不会僵化，而会是一个生气勃勃的有机体，它会在我身后五十年一百年的时间里不断得到补充和完善，变成越来越完美的齐全的收藏。

可是，对我们这一代经受考验和磨难的人来说，是不可能想到自己身后事的。随着希特勒时代的开始和我远离祖国，我搜集藏品的兴致一下子荡然无存；再说，也不知道这些东西存放在哪里更安全。有一段时间，我把一部分藏品放在保险柜里，寄存在朋友那里。后来，我决定按照歌德的话去做，"如果博物馆、收藏馆和兵器库得不到继续充实的话，还不如把它们封存起来"。我宁可与搜集工作告别。离开奥地利时，我将收藏的一部分赠给维也纳国家图书馆，另一部分作为礼物送给我的朋友们，还有一部分我变卖给了别人；其余部分，过去和现在的命运如何，我就无从知晓了。我的兴趣从此转到自己的创作上来，而不再为别人的创作费心劳神。我放弃了收藏，但我并不后悔。因为在这个敌视一切艺术、一切收藏品的时代，我们这些被追逐被驱赶的人必须重新学会一种新的艺术，即舍得放弃的艺术，同我们过去视为骄傲和热爱的一切诀别。

岁月就这样随着写作、旅行、学习、读书、搜集、玩乐，年复一年地过去了。当一九三一年十一月的一个早晨我醒来时，我已是五十岁的人了。在萨尔茨堡为我服务的那个老实诚恳的邮差，这一天对他来说是个倒霉的日子。因为德国有这样一种好习俗，一个作家过五十岁生日的时候，报纸就要为他大大庆祝一番；那位老邮差必须把大批信件和电报从一级级陡峭的台阶上拖上来。我打开信件之前就在思忖，这一天对我来说意味着什么呢？人生的第五十个年头被视为一个转折点；我不安地回首往事，我已经走过了多少路程；我扪心自问，我是否还要继续向上奋进。我仔细琢磨已度过的时光，回顾那五十年的生活历程，我是怎样从自己的家走进阿尔卑斯山的山区，然后又到那块倾斜的谷地，同时我的心又不得不想到，那块谷地很可能是罪恶之地①，我没什么可感激的。但是出乎我的意料，人们最终给予我的，要比我期望的多得多。各种传播媒介，我利用它们而求得发展，通过它们发表自己的诗歌、文学作品，所起的作用，远远超出我童年时代的大胆梦想。岛屿出版社特地发行了一本我业已出版的各种文本著作的总目录，作为庆祝我五十寿辰的礼物。它本身就像一本书，里面什么语种都有了：保加利亚语、芬兰语、葡萄牙语、亚美尼亚语、中文和马拉提文②。传播媒介还把我的话和思想用盲文、速记、各个国家的铅字和方言传播到人民中间，我的生存空间远远超出我自己居住的范围。我和那个时代最优秀的人物结成私人朋友，我欣赏过最完美的演出；我曾游览和观赏过那些不朽的城市、不朽的绘画和世界上最美丽的风景；我始终自由自在，不受工作和职业的羁绊，我的工作就是我的乐

---

① 指希特勒曾一度居住的萨尔茨堡。
② 印度孟买省中部马拉提人用的文字。

趣，不仅如此，我的工作也给他人带来了乐趣！还有什么不幸的事会发生呢？到处都是我的书，难道会有人把这么多的书毁掉吗？（当时我是这样想的，我完全没料到以后发生的事。）这里是我的家，难道会有人把我从家里赶出去？这里有我的朋友，难道有一天我会失去他们？我曾经毫无恐惧地想到死，想到过疾病，但是从来没有想到过当前面临的这种处境，没有预想到我不得不背井离乡，作为一个被驱出家门的人被追逐、被驱赶，再次从这个国家到另一个国家，从这片海洋到那片海洋，浪迹天涯。我怎么也想不到我的那些书籍会被焚毁、被禁止、被宣布为不受法律保护。我没有想到我的名字在德国会变得像一个罪犯的名字一样受到指责；我也没有想到我那一班朋友，他们的信件和电报在我生日那天全都放在我的桌子上。现在当我遇到他们，他们的脸色顿时变得苍白。我没有想到，我三四十年孜孜不倦所做出的一切业绩竟会被一笔抹杀。我没有想到我生活中十分稳固的一切会很快地分崩离析。我没有想到在我的事业即将达到顶峰的时候竟要我这颗精疲力尽的心去重新开始一切。说真的，在庆祝我五十寿辰的那一天，我做梦也没有想到以后会发生那么多不可思议的荒唐事。当时，我非常满足，我热爱我的工作，也热爱我的生活，我无忧无虑，即使我不再写作，我已出版的书籍也足够我生活。我似乎得到了一切，万事如意。那种安全感，早年我在家庭中获得，而后又在战争中失去，现在依靠自己的力量又重新获得。我还会有什么非分之想呢？

可是，奇怪的是，恰恰是在我知道不希望得到任何其他东西的时候，在我心中出现了一种莫名的不快。在我的心中好像总是隐藏着一个疑问（不只是我自己），要是你的生活四平八稳地这样下去，始终这样一帆风顺，始终这样有条不紊，始终有收获，始终这样舒适和没有新的焦虑和磨难，难道果真就不错了吗？这种富裕的、完全有保障的生活难道不是完全符合你的本性吗？我沉思着，在房子里走来走去。我住的那栋房子，已按照我的意愿修理得相当漂亮了。难道我不应该永远在这栋房子里生活下去？不应该始终坐在那张写字台前写我的作品，一本接着一本写下去？然后又等着一笔又一笔的版税？渐渐变成一位受尊重的先生，用正派端庄的德行维护自己的名声和著作？与一切意外事件、一切焦躁不安和一切危险隔绝？难道我应该在笔直的、平坦的大道上继续这样生活下去，一直到六七十岁？我一直这样梦想着，对我来说，出现一些其他的事，一些新鲜事，一些使我不安、焦急同时又能促使我年轻的事，岂不是更好吗？因为这些事能够促使我去从事新的、也许是比较危险的斗争。在每个艺术家的心中都隐藏着一种莫名其妙的矛盾：生活十分坎坷的时候他渴望安宁，可是当生活十分安宁的时候，他反而渴望坎坷。在我五十岁生日那一天，内心深处居然有一种邪念：但愿能发生一些再一次把我从安全舒适的环境中强拉出去的事，但愿出现迫使我不能正常继续生活下去、必须从头开始的事。难道我这是害怕年老、害怕衰退、害怕迟钝的表现？抑或是一种神秘的预感，它让当时的我为了寻求内心的发展而渴望另一种更艰苦的生活？对此，我无法知道。

我之所以不知道，是由于在那个特殊的时刻，从无意识的朦胧中产生出的想法，根本无法说清楚，也肯定不是从清醒的意识中产生的。它只是我感到的突然出现的一种念头，也许并不是我自己的想法，而是从莫名其妙的深渊里发出来的鬼念头。它已经在我周围，而我并未觉察。控制我生活的那股神秘力量是不可捉摸的，它曾满足过我许多从未希望也不敢希望的愿望。但是，现在这股神秘的力量却举起了自己的手，要把我的生活击个粉碎，迫使我在自己生活的废墟上重新建立更为艰难困苦、完全不同的另一种生活。

希特勒的崛起

在那些决定时代命运的巨大运动开始之时，恰恰是历史本身阻碍了同时代人对它们的认识，这是不可抗拒的历史规律。我是什么时候第一次听到阿道夫·希特勒这个名字的，我已经记不清了。但这个名字我们已经知道多年。现在，我们几乎每天，甚至每秒钟都联想起或提到这个名字。这个人给世界带来如此深重的灾难，历史上还没有一个人像他这样。不管怎么说，那肯定是相当早的事了，因为萨尔茨堡离慕尼黑只有两个半小时的火车路程，可以说是慕尼黑的邻居，只要那里发生了什么事，很快就会传到萨尔茨堡来。我只记得有那么一天，可我记不准是哪一天啦，一位熟人从慕尼黑来，悲叹地说，那里又闹起来了，特别是那里有个叫希特勒的家伙煽风点火，他用野蛮的大打出手的伎俩捣毁群众大会的会场，用最下流的方式煽动人们反对共和国，反对犹太人。

当时，希特勒这个名字我听后是空洞的，没有分量的，对我是没有作用的。我认为，在当时混乱的德国出现的那些煽动分子和暴乱分子的名字，不用多久就消失得无影无踪。比如说，带领波罗的海部队的上校艾哈特的名字，卡普将军的名字，政治谋杀者的名字，巴伐利亚共产主义者的名字，莱茵地区分裂主义者的名字，志愿军头目的名字，这几百个名字，就像发了酵的泥塘里泛起的气泡，既不会爆炸，也不会留下什么，只能发出一股恶臭，把德国身上尚未愈合的伤口里的腐烂过程清楚地显示出来而已。有一次，我偶然看一份《米斯巴赫报》，是新纳粹运动经办的（这份报纸后来发展成《人民观察报》）。米斯巴赫只不过是个小村庄的名字，这份报也办得粗俗下流，谁会关心它呢？

　　我几乎每个星期都越过国界到赖兴哈尔和贝希特斯加登这两个边境小镇去一次，我不止一次看到穿着翻口长筒靴和褐色衬衫的青年学生队伍，队伍一次比一次大。他们每个人的手臂上都戴着颜色鲜明的卐字形袖标，他们举行集会、游行，趾高气扬地唱着歌，高喊着口号穿过大街，把巨幅标语贴在墙上，下方饰以卐字符号。我第一次领悟到，这些突然冒出来的乌合之众背后一定有一些有钱有势的人在支持他们。当时希特勒只能在巴伐利亚的啤酒馆里发表演说，他一个人绝没有力量把几千名年轻人武装成一支耗费如此浩大的队伍。必定有一个更强的人物在推动这次新"运动"。因为他们的军服都是簇新的，"冲锋队员"从一个城市被派到另一个城市，竟然拥有一个相当大的停车场，停放"冲锋队员"全部簇新的汽车、摩托车和载重车。这与那个穷困时代老兵穿着破旧的制服走来走去形成了强烈的对比。另外，显而易见，肯定有军队的领导人对这些年轻人进行过战术上的训练——正是人们当时所说的"准军事"训练——而且肯定是国防部提供了物质条件，才能有条不紊地进行技术训练。希特勒一开始就是德国国防部秘密情报处的密探。不久，一次偶然的机会，我目睹了这种事先经过训练的"战斗行动"。在边境一个小镇上，社会民主党人正以和平的方式进行集会，突然有四辆大卡车急驰而来，车上全是些拿着橡皮棍的年轻纳粹党徒。就像我在威尼斯圣马可广场看到的那样，这些纳粹党徒闪电般向毫无准备的人群进行突然袭击，他们用的是同一种法西斯的袭击方法，只不过他们更加训练有素了，用德国官方的话来说，他们对细枝末节都作了系统的准备。随着一声哨响，他们迅猛地跳下汽车，拿着橡皮棍向集会的人群冲去，警察还来不及干预，工人们还没能聚集在一起，他们就已重新登上汽车，飞驰而去。使我惊诧不已的是，他们跳下蹦上攀登汽车的准确动作，都是严格按暴徒头目的哨声完成的。看得出来，每个年轻队员事先都训练过，用什么技巧，从汽车的哪个轮子爬上跳下，跳到哪个位置，以避免与他人相撞，不至于给同伙造成危险，他们的肌肉和神经早已为此有所准备。这绝非只靠人的机灵就能办到的。他们手的动作，肯定早已在营房或在练兵场练了几十次或者上百次了。一眼就能看出，从一开始，训练这支部队就是为了袭击、暴力和恐怖活动。

不久，我便听到在巴伐利亚州举行的那种地下演习。当大家都熟睡以后，那些青年队员便悄悄溜出房间，集合在一起，进行夜间野外训练。国防军的军官或退役军官训练这支部队；国家或者党的秘密资助人出钱支持。政府当局对这些稀少的夜间演习并不大注意。当局是真睡着了吗？还是在睁一只眼闭一只眼？当局对这个新运动是袖手旁观呢，还是在暗地里火上浇油？不管怎么说，曾经暗地里支持这个运动的当局，后来也被这个运动所采用的残暴手段和快速行动惊骇得不知所措。一天早上醒来后，当局发现慕尼黑已落入希特勒的手中，所有行政部门都被他们占据，报纸在手枪的逼迫下宣告革命已胜利完成。一筹莫展的共和国只是做梦似的望着鲁登道夫将军，把他看作从云雾中降临的救星，看作能战胜希特勒的首选。希特勒很会掩饰自己，反把他们愚弄了。那次想征服德国的著名啤酒馆暴动是从上午开始的，到了中午就完蛋了（我在这里并不想叙述世界史）。希特勒逃跑了，不久就被捕，那个运动也随之消失。到了一九二三年，卐标记不见了。冲锋队和希特勒的名字几乎被人遗忘了。没有人去想他可能会成为一个掌权人物。

若干年后，希特勒又出现了，是当时对现状不满的浪潮匆匆把他推出来的。通货膨胀、失业、政治危机，还有外国愚蠢的举动，使德国民族人心动荡。各阶层都迫切要求建立秩序，对他们来说，秩序从来就比自由和权力更重要。歌德也曾经说过，没有秩序比不公更令他厌恶。所以，当前谁许诺建立秩序，一下子会有几十万人跟着他走。

但是，我们并没有注意到这种危险。少数作家还在那里花费精力读希特勒的书，可是他们不分析研究他的纲领，只是十足文人气地从艺术角度分析这本书的得失，嘲讽他那枯燥无味的散文和华而不实的风格。民主主义的大报纸也不去提高读者的警惕性，而是一味安抚读者，说什么依靠重工业和冒险借来的钱来维持那种耗巨资的宣传运动，肯定不可避免地在明天或后天就会彻底破产。可是在外国，他们永远不能理解这样一个基本道理，那就是，在这些年里德国人为什么低估和轻视希特勒的为人和他不断扩大势力的做法：这是因为德国从来就是一个等级森严的国家，而且在等级观念的基础上还要加上根深蒂固的对"学历"的崇拜。在德国，除了一些将军外，所有的高级职务都是由受过"高等教育"的人担当；与此相反，在英国却有一个洛德·乔治①，在意大利有个加里波第和墨索里尼，在法国有一个布里昂②，他们都是从平民走上国家最高职位的。一个还没有读完市立中学、更谈不上读过大学的人，一个还在成年男子收容所过夜而常年过着不明不白的生活——至今还没有弄清是怎么一回事——的人③，竟然也能接近一个冯·施泰因、俾斯麦、比洛亲王④曾占有的职位，这对德国人来说是完全不可思议的。德国的知识分子是最重视学历的，在他们眼里，希特勒只不过是一个啤酒馆里好煽风点火的小丑。这种看法使他们上了大当。他们认为这个人绝不会变成一个非常危险的人，而希特勒在幕后支持者的帮助下，获得了广泛阶层的有力支持。即使他在一九三三年一月的一天当上总理，竟还有一大批人，甚至包括那些推他上台的人，误认为他只是临时占据那个职位，把纳粹夺取政权看作一首临时的插曲。

　　希特勒上台以后，他的真面目才大量表现出来。许多年以来，

---

① 洛德·乔治（1863—1945），英国自由主义政治家，一九二二年任首相。
② 阿里斯提德·布里昂（1862—1932），法国政治家和外交家，一九二六年获诺贝尔和平奖。
③ 指希特勒。
④ 冯·比洛亲王（1849—1929），德国外交家和政治家，一九〇〇年任帝国首相。

他向各方许愿，取得各个政党领导的支持；这些党派领导人都以为自己在利用这个无名小卒的神秘力量达到各自的目的。后来，希特勒在重大的政治事件中正是采用同样的伎俩：以发誓并以德国人的忠心，先和他想铲除消灭的人结盟。他的上台说明他的这种伎俩已取得了初步胜利。所以他心里明白，用许诺欺骗各方人士已大见成效，在他掌权的那一天，即便在最对立的阵营里也竟然爆发出一片欢呼声；在荷兰的多伦市君主政体主义者们看来，他是皇帝最可靠的开路先锋；在慕尼黑古老的巴伐利亚维泰尔斯巴赫王族的君主政体主义者们也都感到欢欣鼓舞，他们把他看作"自己人"；德意志国家主义者们希望他为他们把木头劈成小块，以便投入自己的炉子里，所以他们的领袖胡根贝格①根据事先的协议为自己在希特勒内阁里弄到一个重要职位。他确信自己站稳了脚跟，可是没过几个星期，那份协议犹在，他却被赶出了内阁。重工业家们感到，由于希特勒的存在，他们就可以从布尔什维克的恐怖中解脱出来，他们极希望他能登上权力的宝座，他们多年来暗中用钱把他扶植起来的；而那些日益贫困的小市民也同样舒了一口气，因为希特勒曾在上百次集会中答应他们要"打破利息的桎梏"。小商人想起了要关闭大商店——他们最危险的竞争者——的许诺（这个许诺从未实现过）。特别欢迎希特勒的要算是军界了，因为他用军事眼光看待一切，痛骂和平主义。甚至社会民主党也不像人们想象的那样非常不高兴希特勒青云直上，因为他们希望他扼杀他们的死敌——那些挤在背后

---

① 阿尔弗雷德·胡根贝格（1865—1951），德国工业家、政治家。

的令人讨厌的共产党人。最不相同，甚至是对立的党都把这个对各阶层、各政党、各种倾向的代表作过许诺并发过誓的"无名小卒"当作自己的朋友。甚至德国的犹太人也没感到有什么不安。他们自欺欺人地认为一个"当上部长的雅各宾派"就不再执行雅各宾派的激进政策了。德意志帝国的一个总理理所当然地会阻止反犹太主义煽动者的野蛮行径。再说，这样的一个法律已经固定下来，有国会里大多数议员监督着他，每个公民按照宪法的规定行使自己的自由平等的权利，希特勒怎能胡作非为呢？

不久，国会纵火案发生了，国会消失了，戈林撒出了他的暴徒，霎时间，德国的一切法律化为乌有。当人们知道，集中营就设在和平的环境中，秘密审讯室就设在兵营，无辜的人不经法律的审判和任何手续就被处死，不禁毛骨悚然。有人对自己说，这只能是一次丧失理智的疯狂表现而已，这种事不会在二十世纪继续存在，然而这一切才刚刚开始。世界人民密切注视并首先拒绝相信这难以置信的事。可是，就在这几天里我看到了第一批逃难的人，他们趁着夜色翻过萨尔茨堡山地或者蹚过边界。他们面黄肌瘦、衣衫褴褛、惊慌失措地盯着当地的人；一场躲避惨绝人寰迫害的可怕大逃亡已从他们开始了。当我看到这些被驱赶的人群时，我却没有预见到，他们苍白的脸色已预示了我的命运；我们大家都会是那个人暴行的牺牲品。

一个人想在几个星期里把三四十年里形成的对世界的信念彻底改变，谈何容易。我们依然相信法律，相信德国的良知、欧洲的良知、世界的良知会持久永存，野蛮总有限度，它必将在人性面前毁灭。这一切是我坚定不移的信念。由于我继续留在这里，为了亲自试一下到底会出现些什么事，所以我必须坦白承认，在一九三三年和一九三四年这两年我们生活在德国和奥地利的人遇到的每件事都会出现上百次上千次之多，在几个星期前，我们还认为根本不可能。我们这些自由独立的作家对出现的一些困难、烦恼、敌对行动事先是清楚的，这也是很自然的事。国会纵火案刚发生不久，我便向我的出版者说，我的书很快会在德国成为过去时。我永远不会忘记他听到我的话时那惊愕的神情，他说："谁会禁止您的书呢？"他说这话的时候是一九三三年，所以他还是很惊奇："您可从来没有写过反对德国的一个字或者干预过政治啊！"我看到的所有难以置信的暴行，诸如焚书和使用残酷的刑具，几个月以后都成了事实。仅在希特勒掌权一个月之后。对此，那些思想深远的人是无法理解的。因为国家社会主义惯用的欺骗伎俩，在时机成熟之前，他们不会暴露自己目标的全部激进性。所以纳粹分子总是小心谨慎地运用自己的手法：像用药一样，先用一定的剂量，间歇一会儿再用一粒药丸，然后停一会儿，看看它的效力如何，世界的良知是否受得了这个剂量，而由于欧洲的良知总是持"与己无关"的态度，所以药的剂量越加越大，直到把整个欧洲毒死为止。欧洲这样做，是因为暴行在"国界的那边"。这种作法有损于我们的文明，也是我们文明的耻辱。希特勒并没有什么天才之举，但他运用慢慢试探、逐步升级的战术，对付一个首先在道德上、而后在军事上变得越来越弱的欧洲，却是非常成功的。那个早就决定的行动：消灭一切言论自由和一切不唱赞歌的独立书籍，也是运用试探的方法在德国全面展开的。当时在德国并没有颁布公开禁止我们著作的一项法律——那是两年后才颁布的。一开始，他们没有颁布任何禁书的法律，只是采取小心翼翼的试探，看看能走多远。对我们著作的第一次攻击是唆使那些不负正式责任的人，即身为纳粹党徒的大学生们去干的。他们为了贯彻蓄谋已久的全面抵制犹太人的决定，导演了一场"民众愤怒"的丑剧，他们也是用同样的伎俩，暗示大学生们对我们的著作表示公开的"愤慨"。德国的大学生对于能够公开表现他们的反动思想是十分兴奋的。他们在一处又一处的大学里聚众闹事，把我们的书从书店里拿走，带着他们的缴获品，举着旗帜，向一处公共广场走去。在那里，他们按照德国古老的习俗，把书钉在耻辱柱上示众，这种中古时代风行的恶习现在又变成了一种时髦。我今天就有一本曾钉到耻辱柱上的我自己的书，那是一位友好的大学生在执行完任务后抢救出来的，送给我作为纪念。有时，他们把这些书放在大堆的柴薪上，口中念着爱国主义的口号，一把火将书烧成灰烬。很遗憾，那时已不允许他们烧活人。虽然宣传部长戈培尔经过长时间的犹豫不决之后，最终决定焚书，但是这件事始终不敢公开，好像都是大学生干的。但公众却没有从大学生焚书和其他为非作歹的行动中吸取一丁点儿的教训。当时的德国对这些反常行动视而不见，再一次清楚地说明了民众毫无警惕性。尽管书商们受到警告，不准把我们的书放在橱窗里，尽管没有一家报纸敢于登载这些书的广告和评论，但是真正的读者却丝毫没受影响。在尚未设立监狱和集中营的那个时候，我的书虽然在一九三三年和一九三四年遇到不少刁难和凌辱，但销售量几乎同以前一样多。为了把几十万甚至几百万德国读者从我们身边强行拉开，非得把那个"保护德意志民族"的规定，即把印刷、出售和传播我们的著作说成是政治犯罪的规定变成法律不可。那时的德国读者还是喜欢读我们的书，而不愿意读那些突然冒出来的带着野蛮血腥味的诗人的作品。他们愿意在我们的创作中忠实地陪伴我们。

能在德国和卓越的同代人托马斯·曼、亨利希·曼、韦尔弗尔、弗洛伊德、爱因斯坦及其他一些人——他们的著作远比我的重要——共同承担那种文学创作遭到剥夺的命运，与其说是一种耻辱，倒不如说是一种光荣。不过，无论是哪种形式的殉道都令我十分反感，所以我很不愿提及那种共同命运。可是，十分奇怪的是，恰恰是我自己使纳粹分子，甚至使希特勒本人处于特别尴尬的境地。在所有被剥夺公民权的人中，唯有我一人引起上峰的争论。我创造的人物形象在贝希特斯加登①别墅里的高层人物和最高层人物中间成了最令人恼火的争论不休的问题，这使我感到很满足。在我一生中又增添了一件令人高兴的事，因为我让那个新时代最强有力的人物阿道夫·希特勒也不时地恼怒。

在新政权成立的最初几天里，我就被无辜扣上一条暴乱的罪名。当时全德国正在放映一部根据我的中篇小说《灼人的秘密》改编的同名电影。本来没有人对此片表示任何不满。可是在国会纵火案——纳粹党徒嫁祸于共产党的企图破灭——以后，竟发生了这样

① 德国东南边境小城，希特勒和纳粹首领的别墅所在地。

一件事：在电影院招牌和《灼人的秘密》的广告前聚集着一群人，他们互相挤眉弄眼，哄堂大笑。不一会儿，盖世太保就明白了他们在片名前大笑的原因。当天晚上，警察骑着摩托车在街上巡逻，命令电影院停止上映这部影片。从第二天起，我的《灼人的秘密》就从所有的报纸和一切张贴广告的柱子上消逝得无影无踪。其实，禁止这样一部电影，甚至焚毁我的全部书籍，在当时是相当简单的事。不过，在特殊的情况下，他们对我也无可奈何，因为在关键的时候他们不能同时反对另一个人，此人就是他们极需要用来维护他们在世界上声望的人物，德意志民族最伟大、最著名，当时仍健在的音乐家理查德·施特劳斯。我当时刚刚与他一起完成了一部歌剧。

那是我第一次和理查德·施特劳斯合作。在这以前，从施特劳斯的歌剧《埃列克特拉》和《玫瑰骑士》起，他所有歌剧的歌词都是由胡戈·冯·霍夫曼斯塔尔写的。我从来没见过理查德·施特劳斯本人。霍夫曼斯塔尔死后，理查德·施特劳斯通过我的出版人跟我说，他很想写一部新歌剧，问我是否愿意为他这部歌剧写歌词。我对这样的请求感到莫大的荣幸。自从马克斯·雷格尔为我早期的诗歌谱曲以来，我一直不断地生活在音乐和音乐家的圈子里。我同布索尼、托斯卡尼尼、布鲁诺·瓦尔特、阿尔班·贝尔格等人结成了亲密的友谊。但我不知道，在我们同时代的音乐家中，还有谁比理查德·施特劳斯更能引起我的兴趣，为他效劳。理查德·施特劳斯是纯日耳曼血统的音乐世家伟大后裔中的最后一位了。这个伟大的世系，从亨德尔、巴赫到贝多芬、勃拉姆斯，一直延续到我们这个时代。我马上表示同意，并在第一次会面时就向施特劳斯建议，用本·琼森①的《沉默的女人》作为这部歌剧的主题。施特劳斯对我这一建议理解得非常清楚、非常迅速。这对我来说确是莫大的惊喜。我从未想到过，他对艺术的理解力竟会这么敏捷，他的戏剧知识竟是那么惊人。我在叙述那部歌剧素材的时候，他就已经把它戏剧化了。更令人惊异的是，他把素材和他的音乐才能结合得天衣无缝。他对自己能发挥所长的地方了如指掌。我一生中见过不少艺术家，可是从来没有一个艺术家像他那样清醒而又客观地对待自己。我们刚开始合作，施特劳斯马上就向我坦承，一个七十高龄的音乐家不再具有音乐灵感的原始魔力。他说，他再也创作不出像《蒂尔·奥伊伦施皮格尔的恶作剧》或《死与净化》那样的交响乐作品，因为恰恰是纯音乐才需要一种最高级的创作活力。不过，歌词还会让他产生灵感。他说，他还能够将已写完的和已经形成的主题用音乐的语言把它表现出来，对他来说，音乐旋律会自然而然地从那些意境和诗歌中缓缓流出。因此，到了晚年，他就专门从事歌剧创作了。他说，他虽然清楚地知道，歌剧这种形式已经过时，而且瓦格纳的创作是伟大的高峰，没有人能超过他，"但是，"他用粗犷的巴伐利亚人的笑声补充道，"我可以绕开他走。"

我们把歌剧的基本轮廓搞清以后，他又向我提了几点应注意的要点，他让我有绝对的自由，因为一种预先用威尔第歌剧格式化的歌词永远激发不了他的灵感，只有富有诗意的作品才能引起灵感横溢。如果我能构思出节奏多变的歌词，他会非常高兴。他说："我

① 本·琼森（1571—1637），英国戏剧家，代表作有讽刺喜剧《福尔蓬奈》等。

不像莫扎特那样擅长运用旋律，我一直是从短的主旋律开始的。但是，我知道以后怎样去变奏这个主旋律，自由地装饰这个主旋律，把蕴藏在主旋律中的一切都挖掘出来。我知道，直到今天还没有人效仿我的作法。"我对他的这种坦诚态度再一次感到惊叹不已。说实在的，施特劳斯的作品几乎没有超过几个节拍的旋律；正是这种短旋律加深了音乐的表现力，像《玫瑰骑士》的华尔兹就是如此。主题确定后，他又是怎样用赋格作曲法把它变成绚丽而又完美的音乐啊！

像我们第一次会面时一样，每次会面无不使我对他满怀敬慕之情，赞赏这位年迈的大师在创作中充满自信和实事求是的作风。有一次，我和他单独坐在萨尔茨堡艺术节演出大厅里，观看他的《埃及的海伦》内部彩排。大厅里没有其他人。周围是一片黑暗。他专心地倾听着。我突然看到，他先是轻轻地，后来不耐烦地用手指敲着座椅扶手。他轻声对我说："不好，很不好！我再也想不起什么来了。"几分钟之后他又说："我干脆把它删掉吧！哦，上帝啊，太空洞了，太冗长了，太冗长了！"又过了几分钟他又说："您说，这么办不错吧！"他评判自己的作品是这么客观，这么实事求是，好像他是第一次听到这种音乐似的，好像那音乐不是他而是别人创作的。他这种衡量自己的作法从来没离开过他，这不能不使人感到惊奇。他对自己的评价恰如其分，他是一个怎么样的人，有多大的本事，他知道得一清二楚。他不喜欢把自己和别人相比较，不在意自己比别人强多少，还是比别人差多少。他同样不喜欢知道自己在别人眼里的身价。只有创作本身才能使他感兴趣。

施特劳斯的创作是一个非常奇特的过程。他没有那非凡的魔力，也没有艺术家的"颠狂"，更没有像传记中所描绘的贝多芬和瓦格纳那样的沮丧和绝望。施特劳斯在创作时既实际又冷静；他在作曲的时候，和约翰·塞巴斯蒂安·巴赫一样，和所有技巧高超的艺术家一样，安静又有规律。每天从早上九点起，他坐在桌旁接着昨天作曲结束时的地方继续创作，直到十二点或者午后一点。下午休息时玩纸牌，誊写两三页总谱。他像一般的作曲家一样，用铅笔写初稿，用墨水笔写钢琴总谱。晚上他或许到剧院指挥乐队。他的生活极有规律，所以神经衰弱这类病与他无缘。他的艺术智慧昼夜都一样，都是那么光辉、明晰。当仆人敲门进来，给他拿来指挥乐队穿的燕尾服时，他就放下工作，站起来，乘车去剧院。他指挥乐队时是那么镇定和自信，就像他下午玩纸牌时一样。到了第二天，他的灵感又准确无误地出现在头一天创作结束的地方。因为施特劳斯是按照歌德的话来"指挥"自己的思想灵感的；他认为能力就是艺术，甚至所有的能力都是艺术，像他用诙谐的话所说的："一个真正的音乐家应该是什么样子呢，他得能够为一张菜单谱曲才算够格。"任何困难不但吓不倒他，而且给这位日益取得成就的大师带来不少乐趣。我今天还高兴地记得，有那么一次，他得意洋洋地对我说："我给一位女歌唱家出了一个难解的谜语，她要猜出来，必然要费一番脑筋。"他说这话的时候，眼睛放射着光芒，使人感觉到有股神秘的魔力深深地隐藏在这个奇特的人身上。他的工作方法首先是准时、按部就班、实实在在，就像手工业工人那样。他工作时好像心不在焉，给人一种不信任之感，恰似他的那副面孔一般。

他的面庞属于一般的圆形，胖乎乎的，像孩童的面颊，额角微微偏后，乍一看，平淡无奇。可是你仔细看下去，就会看到他那一双蓝眼睛是那么明亮、那么炯炯有神，你立刻就感到，在那张平凡的面孔背后隐藏着一股特别神秘的力量。尤其是那双眼睛，是我在音乐家身上看到的最清澈的一双眼睛，它不仅具有魔力，也显示出深邃的智慧，是一双真正认识到自己使命的人的眼睛。

在那次令人振奋的会面之后，我回到了萨尔茨堡，立刻开始了歌剧的写作。出于好奇，我想试一下他是否能接受我写的诗句。两个星期以后，我把第一幕的稿子寄给他。他很快给我寄来一张明信片，上面写着一句歌唱大师的名言："一鸣惊人。"他对我写的第二幕同样热烈祝贺，还寄来了他写的歌曲的头几句："啊！我终于发现了你，我可爱的孩子！"他那种喜悦的心情，或者说是对我的鼓励，为我以后的创作带来了难以形容的快乐。理查德·施特劳斯对我写的歌词没有改动一句，只有一次因为多声部的需要，要求我再加上三四行字。我们之间就这样开始了最真挚的友谊。我请他到我的家里来，他也请我到他住的加米施小镇去。在他的家里，他用细长的手指在钢琴上按照我的初稿断断续续为我演奏了整部歌剧。在完成了这部剧以后，我又接着动手写第二部，而他也毫无保留地同意了第二部歌剧的基本梗概。完全像事先预约了似的。其实，我们之间既没有协议，也没有义务。

一九三三年一月，希特勒上台之时，我们的歌剧《沉默的女人》第一幕的钢琴总谱已全部完成。可是几个星期以后，当局下令，严厉禁止在德国舞台上演出非雅利安人的作品，或者有犹太人参与的作品，这一骇人听闻的强制措施甚至连死人也不放过。莱比锡音乐厅前的门德尔松的站像被拆除了，此种暴行激怒了世界上所有音乐界的朋友。这个禁令的下达，对我来说，意味着我们那部歌剧也就算完了。我原以为理查德·施特劳斯自然会放弃和我的合作，与别人再另搞一部作品。而他并没有这样做。他给我写了一封又一封信。倒是他多次提醒我，说我应该为他下一部歌剧准备歌词，因为当时他正为第一部歌剧配乐。他表示，不许任何人禁止他和我的合作。我不得不坦率地承认，在整个形势的变动下，他一直对我恪守朋友的忠诚。当然，他也采取了一些预防措施，这些措施对我来说自然是格格不入。他经常接近权贵，常常同希特勒、戈林、戈培尔见面，当富尔特温格勒①公开对抗希特勒的时候，他竟接受了纳粹的国家音乐局总监的任命。

他公开参加纳粹组织，对当时的纳粹分子来说是极端重要的事。因为当时最有名的作家和最有名的音乐家无不愤怒地对纳粹分子嗤之以鼻。那些与纳粹分子一个鼻孔出气的人或者投奔纳粹的少数人，在最广泛的艺术圈子里不过是无名之辈。就在这个难堪的时刻，这位德国最有名望的音乐家公开倒向纳粹一边，从粉饰太平这个意义上来说，他给希特勒和戈培尔带来了不可估量的好处。施特劳斯对我说过，希特勒在维也纳流浪的那几年里，就用自己辛辛苦苦挣来的钱去格拉茨看他的歌剧《莎乐美》，希特勒很尊重他。当时，在贝希特斯加登的节日晚会上，除了瓦格纳的作品外，几乎只

---

① 威廉·富尔特温格勒（1886—1945），德国著名指挥家。

演唱施特劳斯的歌曲。施特劳斯同纳粹共事，是有许多重要的打算的。但不同的是，对他这个真诚地信奉艺术唯我主义的人来说，哪一种政权都一样。他曾作为宫廷乐队的指挥为德国皇帝演奏过；曾为皇帝的军乐配曲；后来又作为维也纳宫廷乐队的指挥为奥地利皇帝服务。在奥地利，在德意志共和国，这两个国家都喜欢他。他迎奉纳粹，还出于对他生命攸关的利益，用纳粹的话说，他负有巨债。他的儿子娶了一个犹太妻子，他肯定担心他最疼爱的孙子们会被当成废物踢出校门；他的新歌剧受到我的牵连，他以前的歌剧又受到非纯雅利安种的胡戈·冯·霍夫曼斯塔尔的牵连，他的出版商也是一个犹太人。他觉得，给自己找一个靠山是当前的首要举措，于是他决定迈出这一步。他遵主子的旨意到任何地方去指挥，他为奥林匹克运动会写了一首赞歌。同时，他在给我来的一封忧郁又十分坦率的信中说起，他对那项委任并没有什么兴趣。事实上，在这位艺术家的神圣自我中，他所关心的只有一点：让自己的作品发挥作用，特别是看到那部新歌剧上演。那部歌剧同他的心贴得特别近。

他向国家社会主义做出这样的让步，对我来说，肯定使我陷入十分尴尬的境地。因为很容易产生这样的印象：好像我暗地里参与了此事，或者说，在作家艺术家联合抵制的行动中，我同意这一例外。我的朋友们从各方面斥责我，他们公开反对我们俩合作的歌剧在德国上演。但是，首先，我原则上反对这种公开的群起而攻之的作法，其次，我也不愿意给这位天才的理查德·施特劳斯制造麻烦。施特劳斯毕竟是当时健在的最伟大的音乐家，他已经七十岁了。他为那部歌剧花了三年时间，在这三年里，他对我只有友好的情谊、正直和勇气。所以，对朋友们的种种责难，我只有采取沉默，让它自由发展，我认为这是明智之举；再说，我想不出别的办法。我只能采取这种完全消极的态度，给德意志文化的新卫道者增添更多的困难。除此之外，我还知道，纳粹的国家文化局和宣传部挖空心思地想寻找一个好听的借口，以确立一项对他们自己那位最伟大的音乐家的禁令。譬如，他们把那部歌剧的脚本拿到所有官员和名人那里去征求意见，希望找到一个借口，如果在《沉默的女人》里有类似于《玫瑰骑士》里的场面：一个年轻男子从一个已婚女人的卧室里走出来，那事情就可能好办多了！他们可以抓住这种伤风败俗的借口，大力宣扬必须捍卫德意志的仁义道德。这种鸡蛋里挑骨头的做法也没能让他们如愿，因为我的剧本里没有任何伤风败俗的描写。他们还不死心，他们把盖世太保那里的卡片索引和我的全部著作都翻了一遍，没有找到我对德国（同样对地球上的任何国家）说过任何一句贬低的话或者描写过任何一项政治活动。虽然他们继续在活动、在试探，可是所作的决定原封不动地又回到了他们的手里。他们是否应该在全世界面前剥夺这位年迈的音乐大师——是他们自己将纳粹音乐的大旗塞到他手中的——演出自己歌剧的权利或者是否我这个词作者的名字斯特凡·茨威格能够同施特劳斯并列写在节目单上。这不仅玷污了德国大剧院，也给纳粹德国造成了奇耻大辱。他们挖空心思和他们苦不堪言的绞尽脑汁的做法多么令我暗自高兴啊。我已经预料到，即使我不参与，或者更确切地说，即使我不置可否，我那部音乐喜剧几经周折，也会不可避免地发展成一种具有党派色彩的刺耳音乐。

纳粹党对了结这件事一直下不了决心。可是到了一九三四年初，不管纳粹党是想违反自己的法律，还是想反对这位当时最伟大的音乐家，无论如何，再也不能继续推迟了。歌剧的总谱、钢琴曲谱、歌词脚本早已印刷完毕；歌剧的角色已经选定，并且进行了排练；道具服装已经在德累斯顿皇家剧院预订好了。可是戈林和戈培尔以及国家文化局、文化委员会、教育部和宪兵队等有关部门，都没有取得一致意见。为了一个歌剧搞到这步田地，已经够荒唐了；"《沉默的女人》事件"终于成了一件轰动全国的大事。所有部门都不敢打破僵局，谁也不敢下令"同意"或者"禁止"。现在别无办法，只好交给德国的主人、党魁阿道夫·希特勒亲自定夺。我的作品在这以前受到很多纳粹分子的青睐；特别是那本《富歇传》，他们曾把它看作政治上毫无顾忌的榜样，他们经常对该书加以研究和讨论。可是，在戈培尔和戈林之后，最后一位至高无上的人不得不仔细阅读我那部三幕抒情歌剧。我私下通过各种渠道得知，他们没完没了地召开会议。最后，施特劳斯被召到德国那位至高无上的人面前。希特勒亲自告诉施特劳斯，他将破例批准那部歌剧演出，尽管这样做也是违背新德意志帝国的有关法律的。希特勒作出这样的决定，完全像他和斯大林、莫洛托夫签署的和平友好条约一样，不是出于他的本意，而是在玩弄权术。

纳粹德国不舒服的日子终于来到了，被纳粹谴责的茨威格的名字又出现在戏剧海报上，各个剧院将再次上演他的一部歌剧。我当然不能出席那次演出，因为我知道剧院大厅里肯定挤满了穿褐色制服的人；人们甚至估计希特勒本人也会出席其中的一场演出。这部歌剧获得极大的成功。我必须向音乐评论家们表示我的敬意。他们中间有十分之九的人很高兴地利用这次机会，以便再一次，或许是最后一次表达他们内心对种族论的反抗。他们用尽美好的言词评论我写的脚本。在柏林、汉堡、法兰克福、慕尼黑，几乎所有的德国剧院都立刻预告那部歌剧下一次演出的时间。

第二次演出刚过，突然晴空一阵霹雳。一夜之间，德累斯顿和整个德国都接到通知：禁止那部歌剧上演。更有甚者，我看到施特劳斯辞去国家音乐局总监的消息。大家都知道，肯定发生了特别的事情。过了很长时间，我才弄清了事情的全部真相。事情是这样的：施特劳斯又写给我一封信，他在信中督促我马上创作一部新歌剧的脚本。他在信中以惊人的坦率表明了自己的态度，这封信落到了盖世太保的手里，然后被摆在了施特劳斯的面前。这样，施特劳斯不得不立刻辞职，那部歌剧也立刻遭到了禁演，只能在自由的瑞士和布拉格以及意大利上演，那是当时还没有拜倒在种族歧视脚下的墨索里尼特别批准的。而德国人从此再也听不到他们自己的、当时依然健在的、最伟大的老音乐家写的那部令人销魂的歌剧中的任何一个音符了。

当那件事情沸沸扬扬的时候，我正在国外，因为我觉得动荡的奥地利使我无法安静地工作。我在萨尔茨堡的家离边境非常近。我抬头就能看到贝希特斯加登山，阿道夫·希特勒就住在这座山上。我们的邻居是一个非常讨厌、令人不安的国家。因为我住在德意志帝国的边界这边，我对德国虎视眈眈地望着奥地利的危险情况，比住在维也纳的朋友们了解得更加深刻。在维也纳，坐在咖啡馆里的人，甚至政府的官员们，都把国家社会主义看作"那一边"发生的事，认为它绝不会触及奥地利。有严密组织的社会民主党不是依然存在吗？它几乎得到半数国民的支持。自从希特勒的"德国基督教徒"公开非难基督教，并公开宣称自己的元首"比耶稣基督还要伟大"以来，希特勒不就成了基督教民主党和社会民主党的共同敌人吗？法国和英国不也成为奥地利民族联盟的捍卫者了吗？墨索里尼不是早就宣称意大利要坚决承担保护国的责任吗？他不是说要保证奥地利的独立吗？就连犹太人对面前发生的一切也漠不关心，好像剥夺医生、律师、学者、演员的自身权利的事情是发生在遥远的中国，而不是发生在只有三个小时火车路程的同样讲德语的地方。奥地利人悠然自得地坐在自己家中；他们开着汽车到处兜风，除此以外，他们还有一句口头禅式的安慰话："那边的事不会长久的。"由此使我回想起在我短暂的俄国之行时，在列宁格勒和我的出版者的一次谈话。他对我说，他曾经非常有钱，有过美好的生活。我问他，为什么不像许多人那样在革命一爆发就马上离去？"哎呀，"他回答说，"那个时候谁会相信像一个委员会和士兵共和国这样的事情能存在超过两个星期的时间呢？"当时的奥地利人也同他一样，出于同样的生活意志，自己欺骗自己。

　　萨尔茨堡紧邻德国的边界，我们在这里看到的事比较清楚。狭窄的边界河上人来人往，年轻人夜间悄悄渡河去接受那边的训练；煽动家们坐着汽车或者挂着登山杖扮成纯朴的"游客"越过边界，在奥地利各地建立起他们自己的"基层组织"。他们开始招募新成员，同时威胁说，谁不表态支持他们，谁以后就会受到惩罚。这使得奥地利的警察和政府官员战战兢兢。我越来越感觉到，人们开始动摇，乱了方寸。我在萨尔茨堡有一个青年时代的朋友，他也是一位知名作家，我和他有三十年的密切交往。我们相互称"你"，而不用客气的"您"。我们互相题词赠书，我们每个星期都能见一次面。有一天，我在大街上看到这个老朋友和一位陌生的先生走在一起，我看到他立刻在一个和他毫无关系的橱窗旁站住，背对着我，兴致勃勃地向那个陌生人比划着什么。好奇怪，我想，他肯定看到我了。但这也可能纯属偶然。第二天，他突然打电话给我，问是否可以下午到我家来谈谈。我答应了，可是有点纳闷，因为我们从来都是在咖啡馆见面的。结果，虽然他是紧急来访，却没有说什么重要的事。我马上明白了，他一方面想继续保持我们之间的友谊，但又怕受到怀疑。因此他表示，在这座小城市里与我的关系不想太密切。这件事引起了我的注意。不久我就觉察到，平时常来常往的许多熟人过了一段时间都不见了。我的处境变得凶险了。

我当时还没想到彻底离开萨尔茨堡，但我像往常一样，决定到外国去度过冬天，以避开那里小小的紧张气氛。可是我万万没有预料到，我于一九三三年十月离开美丽的家园时，竟成了一种告别。

我打算去法国工作，度过一月和二月。我热爱这个有文化的美丽国家。我把它看作我的第二故乡，我在那里没有觉得自己是外国人。瓦莱里、罗曼·罗兰、儒勒·罗曼、安德烈·纪德、罗歇·马丁·杜加尔、杜阿梅尔、维尔德拉克、让·理查德·布洛克，这些文学界的领袖都是我的朋友。我的书在那里拥有几乎和在德国一样多的读者。在那里，没有人把我看成外国作家，看成陌生人。我热爱那里的人民，热爱那一片土地，热爱巴黎。我在那里的生活就像在家里一样，所以，每逢我从巴黎北站下车时，总会有这种感觉：我"回来"了。可是，我这次离开家是由于特殊的情况，我比往常提早动身，我想在圣诞节后再到巴黎，这段时间我到哪里去呢？我回想起来，自我上完大学至今已过了四分之一世纪，可是我还没有重访过英国。我跟自己说，为什么总待在巴黎，为什么不去伦敦住上十天半月呢？为什么不用另一种眼光去看看阔别多年的那些博物馆，看看那个国家和那个城市呢？作了决定以后，我就没有乘特别快车去巴黎，而是坐上了去法国北部港口城市加莱的火车。三十年后又一个十一月的日子，我在维多利亚车站下了车，这里依然是迷雾蒙蒙。刚到伦敦，我碰到的第一件新鲜事就是不像以前那样从车站坐马车去旅馆，而是换成了汽车。雾，灰色的雾，依然是那么柔和阴凉。我还没有向这座城市望一眼，三十年前闻到过的那种呛鼻、潮湿、郁闷的空气，如今又把我包围起来。

我带的行李很少，同样，我对伦敦也没抱很大的希望。在这里，我没有几个要好的朋友；英国作家和我们欧洲大陆的作家，彼此之间来往甚少；他们的民族传统与欧洲大陆国家的传统不同，他们不喜欢交往，喜欢在自己的小圈子里过一种独善其身的生活。我已经记不太清了，从世界各地寄到我家、堆在我桌面上的许多书籍中，是否能找到一本英国作家作为礼物赠给我的书。我曾在德累斯顿的赫勒劳遇到过一次萧伯纳。有一次，威尔斯在访问萨尔茨堡时到过我家，虽然我的很多著作都已译成英文，但在这里并不出名，英国一直是我的作品产生影响最小的国家。在我同美国、法国、意大利、俄国出版商结成私人友情的时候，我还没有见到过一位在英国出版我著作的公司经理。因此之故，我作好了思想准备，等待忍受三十年以前的那种陌生感觉。

而事实并非如此，刚刚过了几天，我就感觉到在伦敦有种说不出来的舒适。并非是伦敦大变样，而是我本身变了，我增加了三十岁。经过战争和战后过度紧张的年代以后，我特别渴求安静的生活，不想再听到政治方面的事。在英国也有各种政党，这是很自然的事。有辉格党和托利党，一个保守党，一个自由党和一个工党，它们之间的争论与我何干。就是在文学界也有门户之见和各种流派，必然有各种争吵和隐蔽的抗争，我完全站在圈外，我不但感到生活舒适，而且我终于又置身于一种温良恭俭的市民气氛之中。前几年里，再也没有什么东西比我在农村和城市里感觉到的仇恨和紧张更毒害我的生活的了。我还必须事事提防，以免陷入无休止的争论之中。伦敦的居民没有那种惊慌失措的表情，在伦敦的社会生活中，诚实、礼貌具有较高水平，而我们的国家由于欺骗成性变得不仁不义，我们与伦敦有天壤之别。伦敦的居民生活得祥和、满足；他们的注意力主要放在自己的花园和个人的爱好上，并不关心邻居的事。我在这里自由地呼吸，自由地思想和考虑问题。但是，我留在伦敦的根本原因是为了一部新作品。

事情是这样的。当时，我的《玛丽·安托瓦内特》刚刚出版，我正在审校《伊拉斯谟》的校样。在这本书里，我试图描绘一位人道主义者的精神面貌；这位人道主义者尽管比专业的世界改造者更清楚地理解时代的荒谬，可是他却不能用自己的全部理智去阻止这种荒谬，这才是最可悲的。在完成这部影射现实的作品后，我打算写一部酝酿已久的长篇小说。我写的传记够多了，应该换个题材了。可是到伦敦的第三天，很快发生了一件事。由于我对作家名人的手迹感兴趣，我就到大英博物馆的公共阅览室里去观看正在展出的手迹，其中有一份关于处死苏格兰女王的手写报告。我情不自禁地想：玛丽·斯图亚特究竟是怎么一回事呢？她真的参与谋害了她的第二个丈夫？又或者不是她？因为晚上没有可看的东西，我便买了一本关于这位女王的书。那是一首赞歌，它像保护圣灵一样保护她。一本肤浅又愚蠢的书。由于无法满足我的好奇心，第二天我又买了另一本书，这本书的内容同上一本完全相反。一个说她好，一个说她坏，这引起了我极大的兴趣。我向人打听，哪本书说得真实，可是没有人能说出来。于是我自己动手寻找材料，探索事实，不知不觉地陷入两者的对比之中。于是，我在没有真正弄清真实历史的条件下，开始写作一本关于玛丽女王的书。为了写这本书，我有好几个星期都没有离开图书馆。当一九三四年初我重新回到奥地利时，我就决定，我要在安静的环境里把这本书写完，我要重新返回我喜爱的伦敦去。

用不了两三天的时间，我就看出奥地利的局势在不到几个月的时间里变得这么糟糕。从宁静安全的英国来到狂热好斗的奥地利，就像在七月里酷热的纽约，从一间有空调的凉爽房间一下子走到炽热的大街上一样。德国纳粹的报刊开始慢慢破坏宗教界和市民阶层的神经；奥地利人感到经济压力和德国的颠覆势力越来越大。多尔富斯政府为维护奥地利的独立，抵御希特勒，一直拼命寻找最后一根支柱。法国和英国离得太远了，它们对奥地利的态度也太冷淡了；捷克斯洛伐克依然抱着宿怨，同奥地利作对。这样，只剩下意大利了。当时，意大利正在争取成为奥地利在经济上和政治上的保护国，为了奥地利保护阿尔卑斯山的关卡和的里雅斯特。可是墨索里尼却为这种保护提出了苛刻条件：奥地利要顺应法西斯主义潮流解散议会，从而把民主彻底埋葬了。如果不消灭或者剥夺社会民主党的权力，这个奥地利最严密的政党是不可能答应墨索里尼的条件的。若要摧毁这个政党，没有别的办法，只有依靠残酷的暴力。

多尔富斯的前任伊格纳茨·赛佩尔已经针对那些恐怖活动建立了一个组织，即所谓的"民团"。从外表上看，这是一个极为可怜的组织。它是由外省的小律师、退伍军人、不明身份的人、失业的工程师组成，他们对自己的处境感到失望，并且他们之间也疯狂地仇恨起来。他们终于找到了一个所谓的领袖，年轻的施塔勒姆贝尔格亲王。这位亲王曾一度拜倒在希特勒的脚下，反对德意志共和国，谩骂民主，现在却率领着自己的雇佣兵成了希特勒的敌人而到处游荡，并且声称"要罢许多人的官"。那些民团的人到底想干些什么，现在还不完全清楚。实际上，民团的士兵无非是想混一口饭吃。他们的全部力量不过是墨索里尼的拳头，是他推着他们向前走的。那些标榜爱国的奥地利人，实际上正在用意大利提供的刺刀砍自己坐的树墩，可悲的是，他们自己并没有觉察。

社会民主党比较清楚地认识到，真正的危险究竟在什么地方。从这个党本身来说，它并不需要害怕公开的斗争。它自己有武器，还能通过总罢工使所有的铁路、水厂、电厂陷入瘫痪。该党也清楚，希特勒正等待一场所谓的"赤色革命"发生，有了这个借口，他就能以"救世主"的名义，命军队开进奥地利。在这种形势下，对社会民主党来说，比较妥当的解决办法是：牺牲自己大部分的权力甚至取消国会，以便达成一项可以接受的妥协方案。当时的奥地利正处在希特勒主义的威胁阴影中。在迫不得已的情况下，一切有理智的人都会支持这种折衷方案。甚至像多尔富斯那样多谋善断、雄心勃勃但又完全现实的人，也倾向于听从大家的意见。可是年轻的施塔勒姆贝尔格和他的同伙，即民团的另一个头目法伊上校，他们则要求保卫联盟交出它的武器，同时要求消灭任何民主、平等和自由的苗头。社会民主党则反对这类要求，双方阵营陷入剑拔弩张的地步。人们感觉到，一场决战正迫在眉睫，我怀着大家都有的紧张心情，充满预感地想起了莎士比亚的话："这么恶劣的天气没有一场暴风雨是不会放晴的。"

我在萨尔茨堡只住了几天，便马上去了维也纳。恰恰是二月的头几天，那场暴风雨突然爆发了。民团在林茨袭击了工会的驻地，他们以为这里有军火库，想要夺取军火。工人们以总罢工来回击他们。多尔富斯再次命令，用武力镇压那次纯粹是人为制造出来的

"革命"。所以，正规的国防军用机枪和大炮威逼维也纳的工人区，整整进行了三天艰苦的巷战。这是西班牙内战前欧洲民主和法西斯的最后一次较量。工人们在装备精良的强大军队面前坚持了三天。

那三天我正在维也纳，因而是那次决战的见证人，也是奥地利毁灭自己独立自由的见证人。但是，作为一个诚实的见证人，我会老老实实说，我事先一点没有看到那次革命，而我认为那纯粹是荒唐。要尽可能真实而又清楚地说明当时的真相，必须有挺身而出的勇气来揭穿那些浪漫主义的胡思乱想。我觉得，最能体现现代革命的技术和本质特点的，莫过于那场发生在城市里几个个别地区，因而大多数居民并没看到的革命。所以看起来特别奇怪：在一九三四年二月具有历史意义的日子里，我就在维也纳，可是我丝毫没有看到维也纳发生的那些重要事件，什么也没看到，就连事件发生的时候，我也一无所知。大炮的轰击，许多房子被侵占，几百具尸体被运走，如此等等，我既没有听到，也没看到。可是在纽约、伦敦、巴黎的报纸读者却清楚地知道事件的真正过程。后来，我多次确凿无疑地发现了那种奇怪的现象：在我们这个时代，离发生事件的地方只隔着十条街的人，远不如相隔数千公里以外的人知道得清楚。几个月后的一个中午，多尔富斯在维也纳被暗杀，当天下午五点半我就在伦敦街头看到这条消息。我马上给维也纳打电话，使我惊奇的是电话居然很快就接通了；更加使我惊奇的是，在电话里我获悉，在维也纳离外交部只有五条街道的人竟不如伦敦街头的人知道得多，知道得早。我必须以维也纳所经历的那次革命作为例子，从反面加以说明：今天同时代的人要想亲眼看到那些改变世界和改变自己生活的事件是多么不容易啊，如果他不是碰巧在现场的话。当时，我所经历的全过程是：那天晚上，我同歌剧院芭蕾舞女导演玛加蕾特·瓦尔曼在环城大道咖啡馆见面，我是步行去环城大道的，正当我漫不经心地穿过马路时，突然有几个穿旧军服的人端着枪向我走来，问我到哪里去。我告诉他们，我要到那家咖啡馆去，他们才放我过去。我既不知道那些卫兵为什么突然出现在街头，也不知道他们具体的任务是什么。实际上，当时在郊外已经打了好几个钟头的枪战，可是在市内的人并不知道。第二天晚上我想回萨尔茨堡，当我回旅馆结账时，旅馆门房对我说，恐怕走不成了，铁路不通车了，工人在罢工；另外，市郊正发生什么事。

第二天的报纸对有关社会民主党人的一次暴动的报道相当含糊，好像说它已被平息。实际上，那天的战斗已达到白热化的程度，政府决定先用机枪然后用大炮对准工人住宅区。可是我并没有听到大炮响。我想，如果那时整个奥地利被占领，那么，它不是被社会党人、就是被纳粹党人或共产党人所占领。我也许就像慕尼黑人那样什么也不知道，他们早晨醒来，才从《慕尼黑最新消息》上看到，他们的城市已落入希特勒的手中。当时，市内的一切都像往常一样平静、有条不紊，而郊区的战斗依然非常激烈。我们天真地相信官方的报道，认为一切都已解决，一切都已结束。我去国家图书馆查阅资料，那里坐着许多大学生，他们在看书、学习，跟往常一样；所有的商店都正常营业，完全没有什么不安的迹象。一直到第三天，一切都过去了，人们才获知零星的真相。铁路交通还没有恢复，第四天早晨我才启程返回萨尔茨堡。在萨尔茨堡的大街上，我遇见几个熟人，他们急切地走来向我打听，维也纳到底发生了什么事。而我，作为那次革命的"亲历者"，不得不老老实实地回答他们："我不清楚。最好还是买一份外国报纸看看。"

奇怪的是，事件结束后的第二天，我一生中最重大的抉择突然落在我身上。从维也纳返回萨尔茨堡再到我的家已是下午，家里的桌子上堆满校样和信件，等我把拖欠的工作干完，已到深夜了。翌日早晨，我还在床上躺着，就有人敲门，是我们那位忠实的老仆人，若不是我事先同他有约，他平时是不会来叫醒我的。他一脸的惊慌失措，他说，请我下去一趟，警察先生来了，要同我谈话。我有点吃惊，穿上晨服，走下楼去。楼下站着四名便衣警察。他们通知我，他们是奉命来搜查的，说什么我应该交出所有藏在家里的共和主义者保卫同盟的武器。

我今天必须承认，开始的一刹那我几乎惊得不知说什么好。我家里会有共和主义者保卫同盟的武器？实在是太荒唐了！我不属于任何党派，也从不过问政治，我已经有好几个月不在萨尔茨堡了，这岂不是世界上最可笑的事吗？一个军火库居然设在我的家里，怎么没有人看见把枪支弹药向山上运送呢？我没有什么好回答的，只好冰冷冷地说："请，您搜吧。"那四个警察穿过房间，打开一些箱柜，又敲敲墙壁。从他们搜查时马马虎虎的神情看，我马上就明白了，这种搜查纯粹是一种形式，他们自己也不相信在这所房子里存着武器。半小时后，他们宣布搜查完毕，然后便走得无影无踪。

这场恶作剧在当时为什么使我如此愤慨，恐怕需要从历史上加以说明。因为近几十年来，欧洲和世界上的人几乎已经忘记了，个人的公民权利和自由曾是多么神圣。可是自一九三三年起，搜查、逮捕、查抄财产、逐出家园、流放以及各种形式的贬谪几乎成了家常便饭。在我认识的欧洲朋友中，无一人没有经历过这种遭遇。在一九三四年初的奥地利，无故搜查一个公民的住宅，被认为是一种莫大的耻辱。对像我这样一个完全脱离政治、多年来没有行使过公民权的人进行搜查，必须有特殊的理由。事实上，那是奥地利的典型做法。萨尔茨堡的警察局长出于无奈，不得不对每夜用炸弹和爆炸物扰乱居民的纳粹分子采取严厉措施。而这需要很大的勇气，因为纳粹党会采用恐怖手段加以反击。当局每天都收到恐吓信，信中说，要是他们"迫害"纳粹分子，必将为此付出代价。从统计资料看，纳粹分子所说的报复的话，一直是百分之百兑现的。那些忠实的奥地利官员，在希特勒进驻的第二天就被关进了集中营。可想而知，搜查我家清楚地表明，那些人对任何人都采取这种所谓的安全措施。我在这个本身并不重要的插曲背后反而发觉，奥地利的局势变得多么严峻，从德国来的压力是多么强大。自从那几个警察到过我家后，我就再也不喜欢我那个家了。一种直觉向我表明，这个插曲只不过是大规模侵犯人权的可怕的前奏。当天晚上，我就把最重要的文件捆装成包，决定从此长期在国外生活。我觉得，人世间最重要的是个人的自由，所以那种离别比离开家园和离开祖国的意义更深远。我的家人对那所住宅的眷恋胜过对自己的家乡，我们全家人都热爱那片土地。可是我更渴望自由。我没有跟我的朋友和熟人说明我的打算，两天后径直返回伦敦；到了伦敦后的第一件事，就是通知萨尔茨堡当局，我已决定放弃我的住宅。那是我脱离自己祖国的第一步。不过我知道，自从维也纳发生事变那几天以来，奥地利已经失败——当然我还不能预测，我将因此失去多少。

和平的濒死状态

> 罗马的太阳已经沉没。
>
> 我们的白昼已经过去。
>
> 黑云、夜露和危险正在逼近，
>
> 我们的事业已成灰烬。

——莎士比亚《尤利乌斯·恺撒》

我在伦敦的头几年，多少有点像高尔基在索伦托一样，有点流亡的感觉。即便是在那次所谓的"革命"之后，纳粹企图用突然袭击和暗杀多尔富斯等卑鄙手段占领那个国家，奥地利依然存在着。我的祖国又继续挣扎了四年，自然我可以随时回去。我还没有失去自由，也没有被驱逐。我的书完好无损地放在萨尔茨堡的家里。我身边带着奥地利的护照，奥地利还是我的祖国，我还是奥地利公民——有全部公民权的公民。那种可怕的、没有亲身经历过便无法体会的失去祖国的处境还没有开始。那是一种搅乱神经的感觉，好似睁着清醒的眼睛在一片空虚中浑浑噩噩，心里却很明白，无论你在哪里落脚，随时都会引起人的反感。而我才处在这种尴尬境地的最初阶段。

当我一九三四年二月底在维多利亚车站下车的时候，心里有一种异样的感觉：决心在那里长期居住的城市和过去只是短暂逗留的城市，看上去有些不一样。我不知道我会在伦敦住多久，只有一点对我是重要的，那就是我又可以从事自己的创作了，又可以维护我的人身自由和内心的自由了。由于一切财产都是累赘，所以我没有计划买房子，只是租了一套简单的公寓，房间刚够用，我少量的书可以放在两个壁橱里。我是一刻也离不开书的。房间里还可以放一张写字台，这已满足了我作为脑力劳动者所需要的一切。要是有客人来，就没有住的地方了。我宁愿住在最狭小的房间，可以随时出去旅行。我的生活在无意中变成了临时性的，不能再作长远的打算。

第一天晚上——天已经黑了，墙壁的轮廓在昏暗中渐渐模糊起来——我踏进刚刚布置好的小房间时，不觉吃了一惊。在一刹那间，我仿佛走进了大约三十年前我在维也纳为自己布置的那个小房间。因为两个房间一般大，墙上同样贴着那句对书的祝辞，同样挂着那幅布莱克的画：《约翰王》；这幅画一直陪伴着我，国王梦幻般的眼睛始终望着我。我需要时间镇静一会儿，因为维也纳的那套小房间，我已经多年没有想到它啦。难道那是我的生活——相隔这么长的时间——退缩到过去的象征？难道我自己变成了幽灵的象征？当我三十年前在维也纳为自己选定那间斗室时，我的命运已经开始。当时我还没有创作出什么来，或者说，还没有创作出重要作品；我写的书，我本人的名字还没有在祖国生根。现在——在惊人的相似的环境里——我的著作已经从自己的语言环境中重新消失了。我写的一切，现在对德国来说已经相当陌生。朋友们都已疏远，昔日的联系已经中断。贮有收藏品、绘画和书籍的住房已经失去，我现在像三十年前一样，又被一片陌生所包围。我当初努力做过的、学过的、享受过的一切，看来都已飘逝。我已经五十岁了，但又要重新开始，又要坐在写字台前当学生，早上疾步去图书馆——只是不再那么虔诚，不再那么热情罢了；头发已经灰白，疲惫的心灵蒙上了薄薄的沮丧。

每逢谈到有关一九三四年到一九四〇年我在英国的情况时，我总有些犹豫，因为我已经踏进了我们今天的时代，并且我们大家几乎都同样经历过这个时代，怀着同样由广播报纸煽动起来的不安，怀着同样的希望和同样的烦恼。今天我们大家很少怀着骄傲的情感去回想政治上的迷惘，而是怀着可怕的情感回想那个时代曾把我们引向何方；要想说明过去，势必要先控诉一番，可是在今天，我们谁还有这种权利呢？再说，我在英国的生活处处谨慎节制。我知道自己不善于克制自己内心的无限惆怅，所以我在半流亡和流亡的全部日子里，断绝了一切社交活动。我私下里想，当他们在讨论时局的时候，我这个外国人怎敢在他们面前说三道四呢？在奥地利的时候，我对那些领导人愚蠢的作为尚且无能为力，我怎么能够去评价英国领导人的作为呢？我只是这个美丽岛国的一个客人，我很清楚，如果我——用我们比较清楚、比较可靠的消息——指出希特勒将给世界带来的危险，那么英国人就会认为这仅仅是我个人的看法。当然，如果亲眼看到他们那些明显的错误而缄口不语，有时也是困难的。眼看着英国人最高尚的道德、诚恳正派、毫无猜忌地信赖别人的真诚意愿，竟被事先精心策划的宣传所滥用，是多么令人伤心呵！他们一再受蒙蔽，认为希特勒只是要把边界周围的德国人聚集到自己的身边就心满意足了；为了表示感谢，希特勒会把布尔什维克主义铲除，这样的诱饵确实产生了不同寻常的效果。只要希特勒在演说中说出"和平"这个词，英国的报纸就会热烈欢呼，而忘记了他所犯下的罪行，也就不再思考德国如此疯狂地扩军备战到底是想干什么。从柏林回来的旅客盛赞德国的新秩序和新秩序的设计大师，那是因为他们的旅行访问是经过预先精心安排的，他们受到的是恭维般的接待。英国开始默认那位新领袖"要求"建立大德意志帝国是合乎情理的——可是没有人理解，奥地利是欧洲大墙里的一块基石，谁要是把它挖掉，全欧洲必然垮台。我以焦急的心情感受到英国人和他们的领导人存在着那种被人诱骗的天真和高尚的轻信，因为我曾亲眼目睹冲锋队员凶恶的嘴脸，并听到他们唱："今天，德国属于我们，明天，将是全世界。"政治局势越紧张，我就越避免同别人交谈，避免任何公开的活动。在英国，我从没有在一家报纸上发表一篇同时局有关的文章，从没有在电台上讲过话，从没有参加公开的讨论会；在过去的世界里，唯有对英国，我没有说过一句话。我生活在斗室里，比我三十年前作为大学生住在维也纳的那间小屋里，更加无声无息。因此，我今天没有权利作为一个名副其实的见证人去描述英国；后来，我不得不承认，在战前我并未真正认识到英国最深沉、最内在，只有在最危险的时刻才能表现出来的力量。

在英国我并没看到几个作家。我刚开始接近的那两位作家约翰·德林克沃特和休·沃波尔，又恰巧提前被死神带走了。较年轻的作家，我更不常遇到。由于我作为一个外国人深负着一种不幸的不安全感，我避免去俱乐部、宴会厅和一切公共场所。即便如此，我还是经历了一次真正难忘的特别欢乐，我看到两位思想最敏捷的人物，萧伯纳和赫·乔·威尔斯进行了一次私下成见极深的但表面文雅得体的争论。我事先并不知晓他们之间那么深的隔阂究竟是怎么造成的；在这两位作家之间那种一触即发的紧张关系，在他们互相问候的时候就已经让人觉察到了。他们彼此之间像开玩笑似的嘲笑对方，所以我当时既尴尬又深感有趣。他们之间必然有重大的原则分歧，可能不久前已经消除，或者，要通过这次午宴来加以解决。这两位在英国享有盛誉的大人物在半世纪以前均是文学团体费边社的成员，当时他们尚且年轻，肩并肩地为年轻的社会主义奋斗过。从那以后，他们都按自己个性的特点发展，彼此之间的距离越距越远。威尔斯坚持自己积极的理想主义，憧憬着人类的美好未来；而萧伯纳则相反，他越来越用怀疑、嘲讽的目光观察未来和当代现实，以检验自己冷静的"愉快的戏剧"。他们的外部形态也随着岁月的流逝而形成鲜明的对照。萧伯纳，这位年已八旬的老人精神抖擞，他只吃核桃和水果，嘴巴不时发出"格格"的响声；他身材高大、瘦长，不知疲倦，十分健谈，经常发出朗朗笑声，他比以前更喜欢自己的奇谈怪论。而威尔斯，这位乐天派的作家也已是六旬的老人了，比以往更追求享受、安逸，他身材矮小，面颊红润，偶然轻松愉快的表情背后有一种无情的严肃。萧伯纳善于进攻，能迅速又巧妙地变换进攻点；而威尔斯在战术上长于防卫，他不动声色，犹如一个教徒、一个信念坚定的人。我很快得到这样的印象，威尔斯来我这里不仅是为了一次友好的午宴谈话，而且也是为了一场原则的争论。正因为我不知道他们的思想分歧的背景，我不免感到气氛有点紧张。两个人的每一个表情、每一个目光、每一句话，都反映出一股傲慢的气质和相当认真的好斗情绪；就像两个击剑手在正式激烈的交锋之前，总是先用小小的试探碰击来试一试自己随机应变的能力。萧伯纳思路敏捷，当他回答或者避开某个问题时，他那浓眉下的眼睛总是闪闪发光，他喜欢幽默和文字游戏，在过去的七十年里，他在这方面可谓登峰造极，他对此深感自豪。在轻声的长时间的笑声中，他浓密的白胡子不时颤抖；他的头稍微偏斜，好像他总是注视着自己手中那把剑是否刺中了对方。而威尔斯，他面颊红润，有一双深沉的眼睛，他言词尖锐，表达直截了当；他的理解力也同样敏捷，但他不喜欢华丽的词藻和拐弯抹角的手段，而喜欢单刀直入。这场舌战宛如击剑一般，进行得非常激烈，非常迅速。剑光闪闪，你来我往，你刺我挡，我击你闪，好像其乐无穷，使得观战的人对这场击剑比赛你来我往的技艺怎么赞扬都不过分。在这场快速的、始终在高水平上进行的对话背后却隐藏着一种精神上的愤怒，它是以英国人高贵的风度，通过最文雅的辩论形式表现出来。那就是寓严肃于游戏，寓游戏于严肃。两个极端对立的人的一场针锋相对的争论，表面上看是由某件事引起的，实际上早就有我不知道的原因和背景。不管怎么说，我所看到的是两位英国最优秀的人物所进行的一场十分精彩的争论。而后来他们在《民族周刊》继续了好几个星期的论战却没有引起我的一点兴趣，因为文字论战远不如那次激烈的对话引人入胜，因为只有抽象的论据，而见不到活生生的人。那些实质问题也不再显得那么清楚。但是，才智很高的人之间发生摩擦，是非常难得的。这场争论使我茅塞顿开。不管在这之前或者之后，我从未在喜剧里听到过这样精彩的对话艺术，因为他们的对话艺术并非刻意追求什么戏剧效果，而是极自然达到的。

可是那几年，我在英国只是占了一个空间，我整个的灵魂并没有在英国。恰恰是对欧洲的忧虑，那种痛苦的、压迫神经的忧虑，促使我从希特勒掌权到第二次世界大战爆发的那几年里，经常外出旅行，甚至两次渡过大西洋。我外出旅行也许是出于一种预感：只要世界还向我开放，只要轮船在航道上还能安全行驶，我就应该在更黑暗的时代到来之前多积累一些常识和经验；使我下如此大的决心去旅行的原因，也许还有那种渴望：我想亲眼看看，当我们这个世界被不信任和不和睦破坏得不成样子的时候，大西洋彼岸的世界是怎样建设的；我甚至还有一种隐隐约约的预感：我们的未来，我自己的未来，是在远离欧洲的大西洋彼岸。美利坚合众国邀请我作环美演讲旅行，这给了我一次极好的机会看看那个强大的国家的丰富多彩的生活，看看那个国家从东到西、从南到北万众一心的决心。不过，我对南美的印象也许更深刻。我愉快地接受了国际笔会的邀请，到那里去参加大会。在那个时刻，我更觉得，没有比超越国家和超越语言的思想团结更为重要的了。在那次旅行之前，我在欧洲的最后几个小时用可怕的警告伴我上路。一九三六年夏天，西班牙内战爆发。表面上看，那次战争不过是这个美丽又可悲的国家的内部矛盾造成的；但实际上，却是两种不同意识形态的势力集团为自己未来的目的而进行的斗争。我是从南安普敦乘英国轮船启程的，我原以为，为了避开战争地区，轮船会绕开往常停靠的第一站，西班牙西海岸城市维哥。但出乎我的意料，轮船竟驶进了这个港口，且允许旅客上岸玩几个钟头。当时的维哥掌握在佛朗哥党徒的手中，离真正的战场还很远。在那不多的时间里，我还是看到了一些着实使人心情沉重的事情。市政厅前飘动着佛朗哥的党旗，市政厅门前有不少年轻人，他们穿着农民的服装，在牧师的带领下，排着队。他们显然是从附近农村来的。我开始还不知道，当局叫他们来做什么？是临时招募的工人？或许是来领救济金的失业工人？可是一刻钟后，我看到同那些青年一样的年轻人从市政厅出来，但已经大变样，他们穿着簇新的军服，佩带着枪和刺刀，在军官的监视下，登上崭新锃亮的汽车，穿过几条街道，向城外开去。我一阵害怕。我不是在什么地方看见过这样的场面吗？第一次是在意大利，后来是在德国！那些簇新的军装、崭新的汽车和机枪突然出现在这里和那里。我又一次反问自己，是谁提供的军装？是谁付的钱？是谁把这些一贫如洗的年轻人组织起来？是谁驱使他们反对现政权、反对选举产生的国会、反对合法的人民代表机构？据我所知，国库掌握在合法政府手中，军火库同样也在合法政府的控制之下。那么，那些新汽车、那些武器肯定是从外国运进来的，毫无疑问，是从近邻葡萄牙越境而入的。可是，到底是谁提供的、是谁付的钱？这是一股想取得政权的新势力，也是一股四处活动的势力，同样也是一股喜欢暴动、需要暴动的势力。我们信仰并为之终生奋斗的一切思想、和平、人道、友善，在这股势力看来，早已成为古董了。这是一个秘密的组织，他们隐藏在自己的办公室里和康采恩里，狡猾地利用青年人的幼稚思想为自己的权力欲望和自己的事业服务。他们信奉暴力，想用新的、难以捉摸的伎俩把旧时野蛮的战争带给我们不幸的欧洲。一个亲眼所见、亲身感受到的印象对心灵产生的巨大力量远远胜过报纸上许多文章和小册子产生的力量。我从来没有比那一时刻更震惊过，我亲眼看到这些无辜的小伙子被神秘的幕后操纵者用武器武装起来，让他们同自己的同胞打仗。我突然预感到，这就是我们面临的现实，也是欧洲面临的现实。轮船停了几个小时之后又起锚了，我赶快上船，走进船舱里。要是再多看一眼这个美丽的、遭到外国罪恶蹂躏的国家，我会更加痛苦。我觉得，欧洲由于自己的疯狂已濒临灭亡。欧洲，我们神圣的故乡，我们西方文明的摇篮和圣殿，正在走向死亡。

这以后看到阿根廷国土上的和平景象，当然令人更加欣慰。那里是另一个西班牙，西班牙的古老文明在这一片新的、辽阔的、没有流过血、没有被仇恨毒化的土地上得到保护和延续。那里有丰足的粮食、过剩的财富和利润，那里有无限的空间和未来的粮食。对此我感到莫大的欣慰，也给我带来了新的信心。数千年来，文明不就是从一个国家传播到另一个国家的吗？如果一棵大树被斧头砍倒，只要种子保留下来，就不愁它不会发芽、开花和结果。像大树一样，我们世世代代所创造的一切会一代一代传递下去，永不枯竭。可是，人们必须学会从更大的范围去思考，从长远的时间去衡量。我对自己说，不要单从欧洲的角度考虑问题，而是应该跳出欧洲来考虑问题；不要把自己埋葬在逐渐消亡的过去，而应该参与重建新的历史。因为在这座百万人口的新城市里，所有居民都对我们的大会表现出满腔热情，所以我才感觉到，我们在那里并不是外人；在那里，对思想统一的信仰——我们把最美好的东西都贡献给这种信仰——依然具有生命力，仍然有价值，仍然在起作用。我感到，在飞速发展的时代，纵然是大洋也不能把我们分开。在那里，一个新任务代替了旧任务：那就是在更广阔的范围内、在更大胆的设想中建设我们所渴望的共同事业。如果说我最后一瞥看到战争将近，而对欧洲失去了信心，那么，我在南十字座下却又开始有了新的希望和新的信仰。

巴西给我留下同样深刻的印象，也给了我很大的希望。那片得天独厚的土地上有世界最美丽的城市；在那片广袤的国土上，至今还有铁路、公路，乃至飞机未曾到过的地方。在那里，历史文物保存得比欧洲还要精心；第一次世界大战的遗毒还没有侵入到此地民族的风尚和精神中。那里的各族人民都和平地生活在一起，他们礼貌待人，不像我们欧洲，各民族之间存在着仇恨。那里的人不是由荒谬的血统论、种族论和出身论来划分的，而是大家一律平等。一种奇妙的预感使我事先就觉得，我可以在那里安静地生活，那里的空间为未来的无限繁荣提供了条件。可是在欧洲，各国为了一点点空间而付诸武力，使得政治家们焦头烂额。那里的大地期待着人们去开发，用现代的技术去充实。欧洲文明所创造的一切都能够在那里以其他的新形式得到富有成效的延续和发展。那里纯大自然的千姿百态使我赏心悦目，我已看到了自己的未来。

但是旅行，持续不断地到另一片星空下，另一个世界去旅行，并不意味着就能脱离欧洲、摆脱对欧洲的担忧。看起来，大自然对人类的报复几乎是凶狠的，当人类成功地用技术把大自然最隐秘的规律掌握在自己手中时，技术反而扰乱了人类的心灵。技术带给人类最坏的灾难，莫过于阻止我们逃避现实，哪怕只是一刹那的逃避。我们的祖辈，当他们遇到灾难的时候，便可逃到偏僻孤独的地方；可是现在，在同一时间，不管身处世界的任何地方，我们都能知晓或感受到某个地方发生的事件。尽管我距离欧洲那么遥远，可是我随时都知道欧洲的命运。在巴西的伯南布戈城登岸的那一天夜里，南十字星座就在我们头上。我疲惫不堪地走在黑色皮肤的人群中间，忽然从报纸上看到轰炸巴塞罗那和枪杀一位西班牙朋友的消息。几个月前，我曾与这位朋友共同度过了愉快的几个小时。在得克萨斯州，我坐在飞驰的卧铺车厢里，行驶在休斯敦和一座石油城之间，我突然听到有人发疯似的大声喊叫，原来是不知哪位旅客把车厢里的收音机拨到了德语电台。列车的车轮正在得克萨斯的平原上滚滚向前，我却在车厢里聚精会神地听希特勒发表煽动性的演说。不论是白天还是黑夜，我无时不在怀着痛苦的忧虑思恋着欧洲，眷恋着欧洲中间的奥地利。在众多危险的地区中——从中国到埃布罗河和曼查那雷斯——唯有奥地利的命运特别令我关心，这似乎是一种狭隘的爱国主义吧。但是我知道，整个欧洲的命运全部系在那个小国身上——它正是我的祖国。如果我今天回过头来，试图指出第一次世界大战后的那些政治错误，那么，我认为最大的错误是：欧洲和美洲的政治家没有执行简单明确的威尔逊计划，反而歪曲了。他的中心思想是给小国自由和独立的权力，不过他认识到，这种自由和独立只有在所有大国和所有小国都参加一个有约束力的组织的前提下才能得到确认。由于还没有建立那种组织——真正的、全面的国际联盟——而无法实现纲领的那一部分，即给小国家以自主权；因而人们制造出来的不是平静，而是连续不断的紧张空气。因为再也没有比小人的狂妄欲望更危险的了。所以，那些小国刚建立起来的时候，碰到的第一件事就是大国之间你争我夺的阴谋，为自己获得一小块土地而争吵不休。波兰人同捷克人打仗，匈牙利人向罗马尼亚人开战，保加利亚人和塞尔维亚人交火；而在这些对抗中，唯有小小的奥地利敢于同庞然大物德国对抗。这个支离破碎、残缺不全的奥地利，它的统治者曾一度想支配全欧洲；现在，我不得不一再重复，奥地利已成为欧洲城墙上的一块基石。我知道，在我居住的那座有百万人口的英国最大城市里，所有人都没有那种心理准备：奥地利、捷克斯洛伐克、巴尔干，都会被希特勒公然吞并。他们也觉察不到纳粹党利用维也纳这根杠杆把整个欧洲撬起，翻了个个儿。希特勒依靠他在维也纳发展的众多组织将维也纳牢牢掌握在自己手中。只有我们奥地利人才知道，希特勒是在一种由愤恨激起的欲望驱使下向维也纳进军的。他在最穷困潦倒的时候就住在这座城市里，现在他要以凯旋的统帅身份进入这座城市。所以，每逢我匆匆忙忙回一趟奥地利，又越过边界返回时总是忍不住舒一口气："幸亏希特勒还没有来。"回头一望，那好像是最后一次了。我看到灾难是不可避免的；这些年里，当别人每天早上泰然自若地看报时，我却有数百次从内心里害怕看到这样的大写标题：奥地利完了。当我装作早已不关心奥地利的命运时，我是怎样在欺骗自己啊！我每天从遥远的地方为奥地利缓慢的最后挣扎而痛苦，比在奥地利的朋友感受更为深切。他们以为爱国主义游行就能镇住希特勒，每天相互打气："法国和英国不会抛弃我们，首先是墨索里尼绝不会答应。"他们相信国际联盟、相信和平条约，就像病人相信贴有漂亮商标的药一样。他们无忧无虑地、幸福地过着他们的日子，而看得非常清楚的我，心都快要碎了。

我最后一次回到奥地利，没有别的理由，而是我内心对那越来越近的灾难的恐惧促使我亲自去看一看。一九三七年秋，我为探望老母亲回了一趟维也纳。因为我在伦敦有较长一段时间无事可干，更没有急事。几个星期以后的一天中午，那是十一月底的时候，我穿过摄政王大街回家，在路上买了一份《标准晚报》。那天正是英国掌玺大臣哈里法克斯勋爵飞往柏林的日子，他第一次试图和希特勒本人进行谈判。在《标准晚报》头版上，我只粗略地看了一下，右边版面是黑体字，列举了哈里法克斯想同希特勒达成谅解的几点内容，其中一条是有关奥地利的。从字里行间我感觉到或者说我已经看到，他在出卖奥地利。因为除此之外，同希特勒谈判会有什么结果呢？我们奥地利人全都知道，希特勒在这一点上绝不会让步。值得注意的是，把那次讨论的内容归纳为几点纲领，唯独出现在那份午间出版的《标准晚报》上，而在下午晚些时候出版的报纸上却又不见了。（我后来听到谣传，说报上的消息是意大利公使馆设法弄到的，因为意大利在一九三七年最怕德国和英国背着它搞联合。）在《标准晚报》上的消息，大概没有多少人注意到，它的真实性我也无从判断。我只知道，我对这个消息吃惊不小；这就是说，希特勒已经在同英国谈判有关奥地利的问题了；现在我并不羞于承认，当我看那份报纸时，我的手在发抖。不管消息是真是假，那几年来我还没有这样激动过，因为这个消息似乎有一点点真实，也就意味着奥地利开始完蛋了，欧洲城墙上那块基石会塌下来，随之欧洲也会崩溃。我立即转过身，跳上一辆写着开往"维多利亚火车站"的公共汽车，向帝国航空公司驶去，想打听一下是否有第二天早上的机票。因为我想再去看一次我年迈的母亲、我的家、我的故乡。很巧，我买到了一张飞机票，我飞快地将东西塞进箱子里，飞往了维也纳。

我的朋友们对我如此迅速突然地回到维也纳感到十分奇怪。当我说出我的忧虑时，他们嘲笑我是庸人自扰，讥讽我是那位先知耶利米。他们问我，是否知道奥地利人现在百分之百地支持舒施尼克？他们喋喋不休地赞扬"爱国阵线"组织的盛大游行；我在萨尔茨堡看到过这种游行，绝大多数示威者在外衣领上别着一个统一的徽章，凭徽章彼此照应，避免发生危险。同时，为了谨慎起见，他们早已在慕尼黑纳粹党那里登了记——我学过的历史和自己写的历史够多了，我知道得太清楚了：大批群众总是突然倒向势力大的一边。我同时也知道，他们今天高呼"舒施尼克万岁"，明天他们就会用同样的劲头高呼"希特勒万岁"。可是，在维也纳所有同我交谈过的人都表现出天真的无忧无虑。他们互相邀请聚会，穿着燕尾服，吸着香烟（他们根本没有料到自己不久就会穿上集中营囚犯的衣服）。他们忙着购买圣诞节礼物，把自己的家布置得更漂亮（他们也没想到，几个月后，这些东西会被洗劫一空）。古老的维也纳永远是那么悠然自得，我以前非常喜爱它的悠然自得，我整个一生都在梦想这种无忧无虑的生活。维也纳民族诗人安岑格鲁贝尔曾把这种无忧无虑概括成一句简练的格言："你不会出什么事的。"可是，这种无忧无虑第一次使我感到痛苦。终有那么一天，突发的事件也会使他们痛苦的。虽然我的这些朋友，在维也纳的朋友，他们比我聪明，不会有心灵上的痛苦，只会在大难临头时才开始觉得痛苦。而我呢，在事先想象中就感到痛苦，当大灾真的降临时，又产生了第二次痛苦。我无法理解他们，也无法使他们理解我。从第二天起，我再也不去警告任何人了。何必去打扰那些不愿别人打扰的人的安逸生活呢？

不过，我如果说，当我在维也纳的最后两天望着我在那里出生的城市每条熟悉的街道、每座教堂、每座花园和每个古老的角落时，我总有怀着一种"永不会再有"的绝望的感觉。人们以后不会再把我的话当作故弄玄虚，而认为完全是真话。我拥抱我母亲时，也怀着这种暗藏的"这是最后一次了"的感觉。我对这座城市的一切，对这个国家的一切都怀着"永别"的情感。这是一次告别，也是一次诀别。列车途中经过萨尔茨堡，那里有我生活了二十年的住宅；但是，火车进了站，我却没有下车，虽然从车窗里能够看到山丘上我家的房子，回忆那些消逝的岁月，可我并没有下车去看，看了又有什么用呢？——我们永远不能再住进那座房子了。在列车越过边界的那一刻，我就像《圣经》里的老祖公罗得一样，知道身后的一切都是尘土和灰烬，一切都凝结成像盐一般苦涩的历史。

我觉得，当希特勒要实现自己仇恨的梦想，将作为凯旋的统帅占领这座曾经遗弃过他——一个穷苦潦倒、一事无成的年轻人——的城市维也纳的时候，我就预见到了一切可能发生的可怕的事情。一九三八年三月十三日爆发了惨无人道的事件，那一天，奥地利以及全欧洲都成了赤裸裸的暴力的战利品！但是，我对这种惨无人道的想象，与事实相比显得多么保守、多么懦弱又是多么可怜呵！现在，假面具已经完全撕下来了。由于其他国家公开表现出畏惧的情绪，不敢理直气壮地对付侵略者，所以残暴势力不再顾忌任何道德约束了，也不再需要——英国、法国乃至世界还算个什么？——利用从政治上消灭马克思主义这个虚伪的借口。现在不仅是掳掠抢夺，而且每个人都在恣意放纵自己的复仇私欲。大学教授被迫用赤裸的双手去擦洗马路；虔诚的白胡子犹太人被拖进寺庙，狂吼乱叫的年轻人逼着他们跪下齐声高呼"希特勒万岁"。这些年轻人像抓兔子一样把无辜的人抓在一起，押他们到冲锋队的营房去打扫厕所。病态的、卑劣的仇恨狂人过去只能在黑夜里妄想一切，如今却在光天化日之下发泄出来了。他们闯进居民的住宅，从吓得发抖的妇女耳朵上抢走珠宝首饰——类似这样的洗劫在中世纪野蛮时期也曾发生过；不过那种折磨别人的无耻私欲、对心灵的摧残，以及花样翻新的侮辱都是过去不曾有过的。所有的罪行已不是由个别人，而是由千千万万遭到折磨的人记录下来的。在一个平静的环境里——不是我们这个道德沦丧的时代——阅读这些记录报告使人心惊肉跳，一个空前绝后的仇恨狂人在二十世纪这座文化名城里犯下了滔天大罪。因为那是希特勒在他的军事和政治的胜利中最最可怕的一次胜利，这样一个人居然成功地运用不断升级的策略，砸碎每一条法律。在那种"新秩序"面前，杀一个人不需要法庭审判，其冠冕堂皇的理由则会使世人咋舌；拷刑在二十世纪是不堪想象的。当时，人们把没收财产明明白白地称为抢掠。可是现在，在一个又一个圣巴托洛缪之夜①之后，在冲锋队员的营房里和铁丝网的后面，每天都把人打得死去活来，还谈什么正义呢？还谈什么人世间的痛苦呢？一九三八年，在奥地利被占领以后，惨无人道、无法无天的野蛮粗暴的罪行在我们的世界已遍地开花了，这是数百年来从未有过的现象。要是这座不幸的城市维也纳在以前发生了这样的事，就足以遭到国际的唾弃，可是到了一九三八年，世界的良知在忘却和原谅这些暴行之前，就已经沉默，或者至多嘟囔几句。

---

① 指十六世纪法国巴黎屠杀新教徒之夜。

那些日子里，每天都有来自祖国的呼救声，是我一生中最可怕的日子；我知道，每天都有我最亲近的朋友被非法拖走、被拷打、被侮辱；我为每一个我所爱的人担惊受怕，却又无能为力。今天，我并不羞于说，当我老母亲去世的消息传来时——当时我们把老母亲留在维也纳——我并不感到吃惊，也不感到悲痛——这个时代把我们的心变得如此麻木、如此反常——而是相反，我感到一种宽慰，因为我知道，她再也不必遭受各种痛苦和危险了。她已八十四岁了，双耳几乎全聋了，她就住在我们家的老宅里。根据新的雅利安人法律，她可以暂时不被驱逐。我曾经想，再过些时候，用什么办法把她接到国外。可是不久，在维也纳发布的第一批法令中就有一条规定击中了她。她已八十四岁，体力不支，只能每天出去走一走，走上五分钟或十分钟之后，总习惯在环形大道旁或者公园的椅子上坐坐歇歇。希特勒在这座城市里刚当了八天的新主人，就下发了残酷的禁令：不准犹太人坐在长椅上。这是专为折磨人的肉体想出来的禁令中的一条。如果说，抢劫犹太人的财产总还有他们的一点逻辑，也可理解，因为他们可以把从工厂、私人住宅、别墅里抢来的东西奖赏给自己的部下，将空缺职位赐给自己人。戈林的私人画廊之所以富丽堂皇，要归功于那种大规模的抢劫。可是不让一位老妇人或者一位精疲力竭的老先生坐在长椅上喘一口气，居然发生在二十世纪里，也只有那个家伙才能干得出来；而千百万人却把这个家伙尊为那个时代最伟大的人物。

　　幸运的是，我的母亲再也不会受到那些野蛮行为的侮辱了。在维也纳被占领几个月后，她就去世了。我今天不能不把一件跟她的去世有联系的小事写出来，我觉得，正是这些小事对说明一个正在到来的时代至关重要，类似的事在今后的时代再也不会发生。一天早晨，八十四岁的老太太突然失去知觉，请来的医生很快就说，她可能活不过那天晚上，医生还雇来一个女看护——一个大约四十岁的女人——守护在老太太临终的床边。我母亲仅有的两个儿子——我和我的哥哥——正巧都不在她身边，当然无法赶回来，因为即使我回到临终母亲的床边，对德国新文化的维护者来说也是一种罪行。于是我的一位堂兄决定在老太太屋里过夜，这样，在她断气的时候，还有个家人在场。我的那个堂兄当时已六十岁了，身体也不太好，事实上，一年之后他也死了。当他正准备在隔壁搭床过夜时，女看护出现了——我今天写这件事，对她是相当不光彩的——她解释说，很遗憾，按照纳粹的新法律，她是不能在要死的人身旁过夜的。她说，我的堂兄是犹太人，她作为一个不到五十岁的女人，即使在一位将死的老太太身边，也不可能和我堂兄在同一住所里过夜。按照这位挑剔者的心愿，一个犹太人首先应该考虑到的是：不要给她带来种族上的耻辱。她又说，她当然对这种规定也感到非常苦恼，可是她又必须遵守这些法律。于是，为了能让女看护守在我临终的母亲身旁，我堂兄被迫离开了这个住所。现在人们也许会理解：我为什么庆幸我母亲没有继续活下去。

奥地利的局势突变也给我的生活带来了变化。起初我认为奥地利的变化是无关紧要的，仅仅是形式上换了一个政府，可是我的旧奥地利护照失效了，我不得不向英国当局申请一张白卡，即一张无国籍者的身份证。过去我常常在世界主义的美梦里为自己私下描绘这样的情景：没有国家、不用为某个国家承担责任，就这样让所有的人没有区别地生活在一起，该是多么美好，又多么符合我自己内心的情感啊！可是，我又不得不再次确认：我们的幻想是多么有限，恰恰是那些最重要的感受，只有自己亲身经历过才能明白。十年前，我在巴黎遇到过梅列日科夫斯基，他抱怨地对我说，他的书在俄国遭到禁止，当时我没有经历过这种事，所以不痛不痒地安慰了他几句；面对当前国际上流行的通病，说什么都无济于事。可是，当我的书在德国消失时，我才清清楚楚地理解了他的抱怨。因为我写的书只能通过翻译，以合乎译文的习惯和改变了的媒介形式才能出版，所以我在英国的地位不如在其他国家里高。因此，我在这段时间里——当时，我在前厅申请人坐的长凳上等了一阵之后，才被允许进入英国官员的房间——才懂得，把自己的护照变成一张外国的身份证意味着什么。因为过去我有权要求得到奥地利的护照，每一个奥地利领事馆的官员或者警察局的官员都有义务立即给我这个享有一切公民权的人签发护照。可是现在，我要得到那张英国的外国人身份证，就必须提出申请。这是一种经申请得来的照顾，而且这种照顾随时都可能被收回。一夜之间我又降了一级。昨天还是一位外国客人，在某种程度上还是一位有身份的绅士，我在那里支付外汇并且纳税，现在我却变成了一名流亡者。我被降至那类少数人中间，虽然他们还不属于不名誉的一类人。从此之后，我每到一个国家，那张白色身份证上的签证都得由本人提出特别申请。因为所有国家都对我这个身份归属不清、没有法律保护、无国

416

籍的人表示不信任，我们这类人同其他人不一样，如果我们在某个国家变得令人讨厌或逗留时间太长，必要时，他们就会驱逐我们或把我们遣返回自己的国家。我不由自主地想起几年前一个流亡的俄国人同我说的话："早先，人只有一个躯体和一个灵魂，今天还得外加一个护照，不然人们不会把他当人看待。"

事实上，自第一次世界大战以来，最使人感到世界意识大倒退的，可能莫过于限制人的行动自由和减少人的自由权利。一九一四年以前，世界是属于所有人的。每个人想到哪里就到哪里，想在那里待多久就待多久；没有什么同意不同意，没有什么允许不允许。当我今天同年轻人讲述我一九一四年以前去印度、美国旅行那些事情时，我总是高兴地看着他们一再流露出惊奇的神情，那个时候不用护照，或者根本没有护照这回事。人们上下车，不用问人，也没有人问；今天要填一百多张表格，那时一张也不用填。那时候没有许可证，也没有签证，更谈不上刁难；那些国境线不过是象征性的边界而已，人们可以像越过格林威治子午线一样畅通无阻地越过那些边界。而今天，由于彼此之间那种病态的不信任，海关官员、警察、宪兵队已经把边界变成了一道铁丝网。直到第一次世界大战以后，由于民族主义作祟，世界才变得失常，而且，第一个看得见的现象，也是我们这个世纪的精神瘟疫，就是对外国人的仇视：仇视异族人，至少害怕异族人。到处都在抵制外国人，驱逐外国人。早先对付罪犯的一切侮辱手段，现在都用在每一个旅行前或正在旅行的旅客身上了。那些旅客一定要交出左侧、右侧和正面的照片，头发要剪短露出耳朵，还要留下指纹，过去只要求拇指指纹，现在则要十个指头的指纹；此外还要出示各种证明，健康证明，防疫证明，警察局证明，推荐信；还必须出示邀请函和亲属的地址；也必须有品行鉴定和经济担保书；还要填写、签署一式三四份的表格，如果那一大堆表格中缺少了哪怕一张，那么你也就丢失了自己。

看来都是些小事。一开始我也觉得这是些鸡毛蒜皮的小事。可是这些毫无意义的"琐事"使我们这一代人毫无意义地浪费了不可挽回的宝贵时间。如果我今天算总账，我在那些年里不知填写了多少表格，每次旅行时不知写了多少声明、赋税证明、外汇证明、过境和居留许可证明，还有申报和注销手续。我在领事馆和官署的前厅里不知站了多少小时，坐在不知多少官员面前，他们有的和善、有的不友好、有的无聊、有的过于热情。我在边境检查中不知经历过多少次搜查和盘问。后来我才感觉到，人的尊严在这个世纪里丢失了多少啊！我们年轻的时候曾迷信地梦想过，我们这个世纪能成为自由的世纪，成为世界主义即将到来的时代。那些非生产性的、同时也是侮辱人格的陋习浪费了我们多少生产、多少创作、多少思想啊！因为，我们每个人在这几年里用更多的时间和精力去研究官方的这些规定，而不是去研究文学艺术。到了一座陌生的城市或者一个陌生的国家，不再像过去那样首先去博物馆、风景区等，而要先去领事馆或警察局领取居住许可证。过去，我们大家坐在一起，常常是谈论波德莱尔的诗或者热烈地讨论文艺问题，而现在，谈论的却是被盘问的情况、许可证的情况，打听是要申请长期签证还是旅游签证。结识一个领事馆的小小女官员会节省不少时间，同她搞好关系甚至比和托斯卡尼尼或者罗曼·罗兰这样的人的友谊更重要。凭着天性我一直感觉到，人是客体而不是主体，所以没有什么权利，一切都是官方赐予的。生活在现在的人们不停地受盘问、登记、编号、检查、盖章，没完没了。就是今天，我，作为一个出生在自由时代、不接受教训的人，作为一个梦想的世界共和国的公民，我一直觉得护照上加盖的图章犹如犯人脸上的烙印；每次盘问、每次检查犹如一种侮辱。我知道这是些小事，一直是些小事，那是一个人的生命价值比货币价值跌落得更快的时代里的小事。但是，只有当人们抓住这些小事的特点，以后时代的人才能把正常的精神状态和精神失常的状态完整地记录下来，而那种精神失常的状态却深深地影响着两次大战之间的我们这个世界。

也许我早就放纵惯了，我的敏感是由于近几年来世界的巨大变化刺激而生成的。不管是哪种形式的流亡，都不可避免地破坏人的生活本身的平衡。如果人失去了立足之地——只有亲身经历过，才能有切实的体会——就没有了主心骨，就觉得更没有把握，连自己都不信任了。我毫不迟疑地承认，自从我必须依靠外国人身份证或护照生活在异国的那天起，我就觉得主体的我与客体的我是分离的。和原来的我、真正的我相一致的一点天性永远地被破坏了。现在的我比原来的我更加谨小慎微了。我——早先是一名世界主义者——今天时常有这样的感觉，好像我在外国能够呼吸到的空气也是我的福分似的。我心里自然明白，这种想法是极荒谬的，可是什么时候理智才能战胜感情呢！我几乎用了半个世纪的时间来陶冶我的心，让我的心作为一颗"世界公民"的心而跳动，但是没有成功。在我失去护照的那一天，我已经五十八岁了，这时我才真正发现，一个人随着祖国的灭亡所失去的，要比那一片有限的国土大得多。

但是，并非只有我一人有这样的不安全感。动乱不安开始渐渐遍及全欧洲。从希特勒占领奥地利的那天起，政治局势始终晦暗不明。在英国，那些曾经悄悄地为希特勒开路，希望能以此换来国家和平的人，现在变得更加慎重了。自一九三八年以来，在伦敦、巴黎、罗马、布鲁塞尔，在所有的城市和农村都不再有什么议论，因为不管议论的话题有多么天南地北，最终必然归结到那个不可避免的问题上，即是否可以以及怎样才能避免或至少推迟战争。当我今天回顾战争的恐惧在欧洲不断上升的那几个月，我记得，其中有两三天的时间，人们重又充满信心。在这两三天里，人们再一次，也是最后一次有这样的感觉：阴云总会消散，人们又会像往常那样和平地、自由地生活。奇怪的是，正是那两三天在今天被认为是当代史上最耻辱的日子，那就是张伯伦同希特勒在慕尼黑会谈的日子。

我知道，今天人们很不愿意回忆那一次会谈，在那次会谈中，张伯伦和达拉第有气无力地靠在墙边，在希特勒和墨索里尼面前拱手投降。但是，我在这里希望忠于事实的真相，我一定要说，每一个在伦敦经历过那两三天的人，都说那次会谈好极了。只是到了一九三八年九月的最后几天，局势才变得令人绝望。张伯伦刚刚第二次从希特勒那里飞回来，几天以后人们才知道发生了什么事。张伯伦到德国去，是为了在戈德斯贝格毫无保留地同意以前希特勒在贝希特斯加登向他提出的要求。可是，几个星期前还能使希特勒感到满足的条件，现在已填不满他那歇斯底里的欲望了。绥靖政策和"争取再争取"的政策可悲地失败了。英国的轻信思想一夜之间化为泡影。英国、法国、捷克斯洛伐克以及整个欧洲只有这样选择：要么在希特勒的淫威面前屈服，要么拿起武器同他对抗。看来，英国是下定了决心，人们对备战不再保持沉默，而是公开示威。工人突然出现了，他们在伦敦的公园里，在海德公园、摄政王公园，特别是在德国大使馆对面筑起了防空洞，以防备轰炸。舰队也作了战时动员，总参谋部的军官经常在伦敦和巴黎之间飞来飞去，为了共同制定防务措施。开往美国去的船只挤满了外国人，他们想及时到达安全地带。自一九一四年以来，这是英国人第一次觉醒。人们走起路来显得更加严肃和沉重。大家望着房屋和繁华的街道，心里暗自盘算：炸弹会不会明天就落在它们上面？人们在屋里围着收音机，有的站着，有的坐着，收听晚间新闻。笼罩着全英国的可怕的紧张气氛深深印在每个人的心田里，虽然看不见，却能感觉到。

接着召开了那次具有历史意义的国会会议，张伯伦在会上作了报告，他说，他要再次努力，试图和希特勒达成协议，并且再次，也就是第三次向希特勒建议，为了拯救岌岌可危的和平，他愿意到德国任何地方去会见希特勒。但他的建议还没有得到答复。国会会议进行期间，回电来了，电报说希特勒和墨索里尼同意在慕尼黑举行会议。这个消息传到国会会场，戏剧性的一幕发生了，这在历史上是绝无仅有的。英国国会失去了控制，议员们跳起来，喊叫着，拍着手，大厅里欢笑声此起彼伏。多少年来，在这座庄严的大厅里第一次爆发出如此欢乐的情绪。从人的感情上讲，那是一出精彩的戏，拯救和平的纯真热情战胜了英国人老成持重的一贯作风。但从政治上看，这种乐观情绪的爆发是一个绝大的错误。因为国会及国家通过这次热情的欢呼，暴露出它们对战争的深恶痛绝，为了和平，它们非常愿意作出一切牺牲、放弃自己的利益乃至放弃自己的威信。张伯伦就是这种人，他到慕尼黑不是去争取和平而是去乞求和平。在当时还没有人预料到，这将是一次投降。所有的人，我不否认，也包括我自己，都认为张伯伦去慕尼黑是为了谈判。大家都在焦急等待的那三天到来了，在那三天里，整个世界仿佛都停止了呼吸。在公园里，人们挖壕沟，兵工厂忙个不停，有的地方架起了防卫大炮，防毒面具也分发到个人，疏散伦敦孩子的计划已经制订，还做了很秘密的准备，有的人不理解这种准备，但每个人都知道这些准备是针对谁的。早晨过去了，中午、晚上过去了，深夜过去了，人们等待着报纸，听着收音机发出的消息。一九一四年七月又在那一刹那出现了，人们忧心忡忡地、精神恍惚地等待着会谈是成功还是失败。

不久，消息突然传来了，它像一阵飓风把压在人们胸口上的乌云吹得无影无踪，人的心里亮堂了，情绪轻松多了。张伯伦、达拉第同希特勒和墨索里尼完全取得了一致，而且，张伯伦成功地同希特勒达成了一项协议，那项协议隐瞒了今后和平解决国与国之间可能产生的一切冲突的办法。看起来，好像是一位本身并不显赫的、平淡无奇的政治家，凭着自己的坚韧不拔的和平意志终于取得了决定性的胜利。在这最初的日子里，激动的人们都感激他。人们在收音机里首先听到的是题为"为了我们时代的和平"的那则报道，它向我们这些经过考验的一代人宣告：我们可以再次在和平中生活，可以再一次无忧无虑地为建设一个更美好的世界出力。可是今天，没有一个人说真话，企图否认我们当年怎样被那漂亮的言辞所迷惑。谁能相信一个吃败仗的人竟会凯旋式地荣归？倘若伦敦的广大群众知道张伯伦从慕尼黑回来的那天早上的具体时间，一定会有几十万人到克罗伊顿机场迎接他，向他祝贺，向他欢呼；正如当时我们所有人相信的那样，是他拯救了欧洲的和平和英国的荣誉。报纸出版了，上面的照片表现了张伯伦神气十足地大笑着站在机舱口，手里挥动那份具有历史意义的文件，它向大家宣告了"为了我们时代的和平"。张伯伦把这份文件当作送给他的人民的一件珍贵礼物。张伯伦的面容平时非常呆板，带着一种类似痛苦的表情，显得有点神经质。当晚电影院已放映了机场的场面，看电影的观众从座位上站起来，欢呼，喊叫。他们相信，世界将会出现新的和睦局面，怀着欣喜若狂的情感，几乎要互相拥抱起来。对当时在伦敦、在英国的每个人来说，那是空前绝后、震撼人心的一天。

我喜欢在那些具有历史意义的日子里到大街上转悠，以便更强烈、更形象地去感受那种气氛，去真正呼吸那个时代的空气。工人们停止了在公园里挖防空洞的工作，他们围成圈高兴地在聊天，因为有了"为了我们时代的和平"，那些防空洞已成了多余的东西。我听到两个小伙子用流利的伦敦话开玩笑说，希望把那些防空洞改成地下厕所，以弥补伦敦公共厕所的不足。每个人都高兴地跟着大家笑。所有人都像雨后的花草，显得精神饱满、生机勃勃。他们走起路来腰板更直了，肩膀更轻松了；平时显得冷淡的英国人的眼睛，这会儿也闪烁着愉快的光芒。当人们知道那些房子不会遭到轰炸，那些房子好像显得更漂亮了。公共汽车装饰得更好看了，阳光似乎更加灿烂了，成千上万人的生活由于那些迷人的字眼显得更加美好、更加丰富多彩了。我自己也感觉到异常的兴奋。我不知疲倦地走下去，越走越快，越走越轻松。一股新的信心浪潮有力地、欢快地推着我向前去。突然，有一个人从皮克第利街拐角那边向我急促走来。他是一位英国政府官员。我们只是互相认识，他是一个感情不易冲动、非常内向的人。一般情况下，我们见了面只是礼貌地相互打打招呼，他从来不喜欢和我攀谈。可是现在他一直向我走来，眼里闪烁着光芒。他说："您觉得张伯伦怎么样？没有人相信他，可是他做到了。他没有让步，他挽救了和平。"他神采飞扬。

他们大家都是那种感觉；我在那一天也是那种感觉。第二天仍是幸福的一天，报纸还是一片欢呼，交易所里行情猛涨。多少年来，从德国第一次传来友好的声音，在法国有人提议给张伯伦竖立纪念碑。唉，可惜那只是火焰最终熄灭以前的最后的闪烁。在以后的几天里，各种令人不安的细节透露出来了：向希特勒的投降是多么彻底呵，多么卑鄙地出卖了自己曾郑重答应援助和支持的捷克斯洛伐克。过了一个星期，真相大白了。投降已不能满足希特勒的欲望了。条约上签字的墨迹还未干，希特勒就违反了所有条款。戈培尔肆无忌惮地公开吹嘘，他在慕尼黑会议上把英国逼得走投无路。伟大的希望之光破灭了，它虽然只照亮了一两天的时间，却温暖过我们的心。我不能也不想忘掉那几天。

从我们真正知道慕尼黑究竟发生了哪些事情起，我在英国反而看不到几个英国人，这是荒谬的。当然责任在我，因为我回避他们，或者更确切地说，避免和他们交谈，虽然我比以往更敬佩他们。他们对成群结队而来的难民表现得慷慨大方，他们有高贵的同情心和乐于助人的精神。但在他们和德意志人之间，在这一方和那一方之间，内心产生了隔阂：我们已经遭遇到的事情，他们还没有遭遇到。我们了解已经发生了什么，还会发生什么；而他们却不愿去弄清——有一部分人是违心的——他们不顾一切现实，坚持自己的幻想：说出的话就是算数的，条约就是条约，只要理智地和希特勒谈判，只要凭着人性同他谈判，是能够同他谈下去的。数世纪以来，英国的领导人物由于民主传统，他们所干的工作都是正义的，站得住脚的。他们不可能承认或者不愿承认，一种欺世盗名、无视道德的新伎俩正在他们身边形成。那个新德国觉得哪些准则、条约妨碍他们，在与各国打交道时就会随意践踏。英国人对一切冒险行为视而不见，反而自认为清醒和高瞻远瞩，那个狂人那么快、那么容易达到了那么多的目的，竟还要铤而走险，这是不可能的。他们始终相信和希望，那个狂人首先会针对别的国家——最好针对俄国！然后在这段时间里，再与他达成某些谅解。可是我们反而知道，最可怕的事必将发生。我们每个人都在照片上看到被打死的朋友，还有被拷打的同伴，这使我的眼光深沉严厉，更加敏锐无情。我们这些被歧视、被驱逐、被剥夺了权利的人知道，抢掠财物剥夺权利，不论采取何种借口都不显得过分或者虚伪。所以，我们这些经过磨难和正准备经受磨难的人——我们这些流亡者——说的话与英国人说的就不一样。如果我说，除了极少数的英国人之外，在当时的英国，我们这些人是唯一认识到全部危险和不被表面现象所迷惑的人，这绝不是夸大其辞。正像当初在奥地利那样，我在英国依然带着一颗破碎的心和痛苦的敏锐目光，极清楚地预见到不可避免的危险，只不过我在这里成了一个外国人，作为一个被收留的客人，不能再向他们提出警告罢了。

所以，当我们的嘴唇预先尝到未来的苦涩的时候，我们这些被命运打上犯人烙印的人也只不过在自己人中间说说罢了。我们为这个亲切收留我们的国家而忧虑，我们的内心是多么痛苦啊！不过，即使在最黑暗的时代，能与一位德高望重的思想大师一起谈话，也是一件极为欣慰的事，会给我带来无限的安慰和精神的鼓舞。在灾难到来前的最后几个月里，我有幸和西格蒙特·弗洛伊德度过了美好的数小时，使我终生难忘。几个月以来，我一直想到这位八十三岁、多病的弗洛伊德还留在希特勒占领下的维也纳。后来，他最忠诚的学生、智慧超群的玛丽·波拿巴公主成功地将这位住在被奴役的维也纳里最重要的人物救了出来，并送到伦敦。那是我一生中非常幸福的一天：我在报上看到，他已踏上岛国。我原本以为我永远失去了这位最尊敬的朋友，如今，我却又看到他从冥府归来。

西格蒙特·弗洛伊德是一位伟大的、严谨的学者，在我们那个时代，还没有人像他那样深化和扩大过有关精神的知识。我是在维也纳认识他的，他在那里被看作一个固执己见、一板一眼、十分怪僻的人而受到敌视。他狂热地追求真理，但同时又清楚地认识到任何真理都有局限性——他曾经对我说过："很少有百分之百的真理，就像没有百分之百的酒精一样！"他曾离开大学和它那学院式的谨小慎微的研究工作，毫不动摇地冲向至今无人涉足、始终胆怯地回避的人世间最秘密的性冲动世界，即当时被庄严宣布为"禁区"的领域。自由世界无意中觉察到，这位乐观的、毫不畏惧的学者以他的潜意识学说无情地破坏了它所谓通过"理智"和"进步"来逐渐控制性冲动的理论。这位学者无情地揭开了伪善者的面纱，使自由世界回避难堪的问题的办法岌岌可危。可是，不仅仅是大学，也不仅仅是老派的神经病医生行会——那些医生联合起来，一致反对这位令人讨厌的"离经叛道者"，在这位善于揭开伪善者面纱的人面前感到无比恐惧的，还有整个世界——整个旧世界、旧思想、伦理的"常规"——以及整个时代。医生们开始慢慢地集体抵制他，使他失去了自己的诊所，可是他的理论和他提出来的那些最大胆的试验，那些医生在学术上驳不倒，他们只有采取维也纳的方式：用讽刺、挖苦，或者使之变成庸俗的笑料，来扼杀他关于梦的理论。只有少数他的忠实信徒每星期都聚在这位孤独者的周围，举行讨论晚会。精神分析说这门新学科就是在这些讨论晚会上逐步形成的。早在弗洛伊德为写他的奠基性著作而在广阔思想变革的领域搜集材料之前，这位杰出人物在道德上毫不动摇的坚强态度已经赢得了我对他的敬佩。他毕竟是一位科学家，年轻人都梦想以他为榜样。在他还没有最后证实和绝对有把握之前，他对论断总是小心谨慎，从不提早透露出去。但是，一旦他的假设得到证实，就是全世界都不接受这个理论，他也要为之奋斗。他个人非常谦虚，但是为自己学说的每一信条而战斗时，却是十分执着。他捍卫自己认知的内在真理，始终不渝。人们恐怕想不出比他在思想上更无畏的人物。弗洛伊德随时都敢说出自己的想法，即使他知道，这样清楚、直截了当地说出来，会使人感到不安和不快。他从未想过用最小的——哪怕只是形式上的——让步来改变自己孤立的处境。我今天可以断言，如果弗洛伊德谨慎地把他的理论粉饰一下，把"性欲"写成"情爱"、把"欲念"说成"追求的渴望"，还有，不要总是直截了当地说明那些最终结论，而是用婉转的象征手法写出来，他就不会受到学院派的任何抵制，反而能把他所发现的理论的五分之四发表出来。可是，凡是涉及他的理论和学说的地方，他从不迁就。外界的抵制越强烈，他的决心就越大。如果我为道德勇气——世界上唯一不要求别人牺牲的英雄主义——这一概念寻找一个象征性的人物，我始终认定有一双安详、深邃的眼睛，具有男性清秀容貌的弗洛伊德。

他给他的祖国增添的荣誉是世界性的和超越时代的，可是现在，他却从祖国逃到了伦敦，按照他的年龄，他早已是一个年迈、身患重病的人了。但他不是一个软弱的人，不是一个卑躬屈膝的人。我曾暗自担心，他在维也纳一定经历了所有的苦难，现在见到他，想必他会义愤填膺或者心神不宁。可是我发现，他比以前更开朗，甚至精神更饱满。他领着我到伦敦郊区一栋住宅的花园里。"我住的地方更漂亮了吧？"他问我，曾经非常严肃的嘴角露出轻松的微笑。他把自己喜爱的那些埃及小雕像拿给我看，那是玛丽·波拿巴帮他抢救出来的。"我不是又待在家里了吗？"写字台上放着他的手稿的大张对开纸，他已八十三岁高龄，每天仍用清晰的圆形字体写作，他那股精神劲头，跟他风华正茂时不相上下。他坚强的意志战胜了一切，战胜了病魔、年迈和流亡。在他漫长的战斗岁月里，从未外露的善良本性现在第一次从他的身上迸发出来。只是年龄使他更温和，坎坷的磨练使他更加宽容。我现在发现，他有时候做出温顺的姿态，这是我以前在这个善于克制的人身上从未见到过的。现在，他把一只胳膊搭在一个人的肩上，眼睛从镜片后面热情地望着你。这些年来，我和弗洛伊德的每次谈话，对我来说，都是莫大的精神享受。我既学到不少东西，同时我也对他钦佩不已，我觉得自己能够理解这位毫无成见的人所说的每一句话。没有一种坦率的自白能使他吃惊，没有一种论断能使他激动。对他来说，教育别人清楚地看待事物并以清楚的感觉分析问题，已是他生活中的本能愿望。但是，使我最感激的是在他生命的最后一年——令人心情沉重的一年——进行的那次无可代替的长时间谈话。当我踏进他房间的一刹那，外面世界的疯狂仿佛消失了；最残酷的事也抽象化了；最混乱的思想马上澄清了；眼前的急事愿意服从全局的指挥了。我第一次体会到，他是一位超脱自己的真正的智者。他不再把痛苦和死亡看作自己的私事，而是把它们看作超越个人的观察和研究的对象：他的死和他的生命一样，是一种道德上的伟大业绩。当时弗洛伊德已在重病之中，病魔很快就会从我们这里把他夺走。他戴着一口假牙，说话很困难，他每吐一个字都要费很大劲，所以听者也很费力。但是他不让朋友一句话不说就走。他对自己钢铁般的意志特别重视，他让朋友们看到：和他身体的小小痛苦相比，他的意志更为坚强。他的嘴巴由于病痛而扭曲了，他在写字台上一直工作到他生命的最后几天。即使他由于病痛睡不着觉——他平时一直睡得深沉、安稳，这是他八十年来力量的保证——他也绝不服用安眠药或注射麻醉剂。他不愿用这种方法来抑制自己蓬勃的精神，哪怕只有一小时。他宁愿清醒地被病痛折磨，宁愿在病痛中思考，也不愿被麻木。他要当精神上的英雄，直到最后时刻。这场痛苦的战斗持续得越久，就越可怕，越说明他了不起。死神一次又一次地把它的阴影越来越清楚地投在他的脸上，死神使他的面颊枯瘪干瘦，使他的太阳穴从鬓角上突出来，死神扭歪了他的嘴巴，使他的嘴唇无法说话，可是死神对他的眼睛却无能为力。那是一座破坏不了的灯塔，这位英雄的精神巨人就是从这里观察世界的。眼睛和思想直到他最后的时刻依然是那么明亮和清醒。在最后几次探望时，有一次，我是带着萨尔瓦多·达利一起去的，我认为他是我们新一代中最有才能的画家，他对弗洛伊德也无限崇敬。我和弗洛伊德谈话时，他就在一旁速写。我从不敢把达利的速写拿给弗洛伊德看，因为他已经把弗洛伊德身上的死神画了下来。

这场最强烈的意志斗争，即我们时代最敏锐的思想家同死神的搏斗，变得越来越残酷；直到他自己清楚地认识到——"清楚"对他来说是思想的最高境界——他已不能再写作，不能再工作了，他才像一位罗马英雄似的，要求医生结束他的痛苦。那是一个伟大生命的壮丽结束；在这个凶杀成性的时代，在所有的死亡之中，他的死是最值得纪念的。当我们这些朋友将他的灵柩埋进英国的土地时，我们知道，我们把祖国的精华奉献给了那片土地。

在那个时候，我常常和弗洛伊德谈论战争和希特勒的残暴。他作为一个有人性的人，对此深为震惊；可是作为一个思想家，他对那些残暴的行径一点也不觉得惊异。他说，有人总是责骂他是一个悲观主义者，因为他否认文化能战胜本能；现在人们看到——这自然不会使他骄傲——他的观点得到了最确切的证实，野蛮残酷、自然的毁灭本能在人的心灵中是无法铲除的。也许在未来的世纪里能够找到一种在各民族的生活中至少能压制那种本能的办法；可是在平常的日子里，那些本能存在于最内在的本性中，轻易不会暴露，就是加上必要的压力也不行。在他生命的最后几天里，他还在关心犹太人的问题和犹太人面临的悲剧。可是这位科学巨人在这方面也没找出什么解决方案，他清楚的头脑还没有找到答案。不久前，他发表了一本研究摩西的著作。他认为，摩西不是犹太人，而是埃及人。他这种在科学上几乎站不住脚的论点，不仅大大伤害了那些虔诚的犹太教徒，也伤害了那些有民族意识的犹太人。那本书恰恰是在犹太民族最险恶的时刻出版的，这使他深感不安。他说："现在有人夺走了犹太人的一切，我又把他们中最优秀的人夺走了。"我必须承认他说得对，每一个犹太人现在都变得异常敏感，因为在这次世界悲剧中，他们是真正的牺牲品，在任何地方都是牺牲品。早在遭受这次打击之前，他们就已惶恐不安，谁都知道，所有的坏事总是首先落在他们头上，遭殃最多的也是他们。谁都知道，当前那个古今未有的仇恨狂人，要凌辱和驱赶的也是他们，他要把他们赶到世界的尽头，赶进地狱。一个星期接一个星期，一个月接一个月过去了，逃到这里的人越来越多。后到的逃难者比起先来的逃难者越来越悲惨，精神越来越颓丧。那些动作最快、最先离开德国和奥地利的人还能救出衣服、箱笼和一些家什，有些人甚至带了钱。但是，一个人相信德国的时间越长，就越是舍不得离开可爱的家园，他受到的惩罚就越大。纳粹先是剥夺了犹太人的职业，不让他们去剧院、电影院、博物馆，不让犹太研究者去图书馆。这些犹太人有的出于忠诚，有的因为惰性，有的由于胆怯，有的出于傲慢而留在家中；他们宁愿在国内受辱，也不愿流落他乡当乞丐受欺凌。不久，纳粹禁止他们用仆人，拆走他们家的电话和收音机，紧接着没收他们的住宅，最后让他们戴上大卫王之星的标志，竭尽污辱之能事。戴上这个标志，不论走到哪里都会被认出来，人们把他们看作被扫地出门的人、无赖汉，像躲麻风病似的躲开他们，嘲笑他们。他们所有的权利都被剥夺了。任何摧残心灵、摧残肉体的暴行都被看作一种取笑的手段强加在他们身上。对每一个犹太人来说，那句古老的俄国谚语突然变成了严酷的真理："在讨饭袋和监狱面前，没有人是安全的。"没有离开的犹太人统统被送到集中营。德国人的管教使最傲慢的人也屈服了。然后，纳粹把他们的衣服扒光，只剩下内衣内裤，口袋里只剩十马克，再把他们逐出家园而不管其去向。他们站在国界旁，再到领事馆苦苦哀求，可是几乎都没有用，因为哪个国家要这些被抢得精光的人呢？有谁愿意要这些乞丐呢？我将永远不会忘记，当我有一次走进伦敦的一家旅行社，我看到的是怎样一番情景啊：那里挤满了逃难的人，几乎全是犹太人。他们愿意到任何国家、任何地方，到北极的冰窟，或者到撒哈拉大沙漠火一般的盆地，只要离开这里，只要能够继续逃难，因为他们的逗

432

留期限已满。他们必须继续向前走，带着妻子儿女走到另一片陌生的星空之下，走到一个语言陌生的国度里，走到那些陌生的人群中，走到那些不喜欢他们的人群中。我在这里碰到一个以前非常富有的维也纳工业家，同时他也是我们当中最有学识的艺术收藏家之一。刚一开始，我没认出他来，他的头发已经变得那么白，人已变得那么老，精神变得那么疲惫。他颤悠悠地用双手扶着桌子。我问他想到哪里去。他说："我不知道，有谁还会问我们到哪里去。哪里允许我们去，我们就去哪里。有人跟我说，这里大概可以得到去海地或者圣多明哥的签证。"听到这些话，我心中不觉一震，一个带着儿孙的疲惫不堪的老头居然战战兢兢地希望到一个他在地图上都没有好好看过一眼的地方去，只是为了到那里继续去乞求，继续过流落异乡、得过且过的生活！在他旁边的一个人急切地问，怎样才能去上海，他听说中国还会接受他们这些人。他们就是这样一个挨着一个，拥挤不堪地坐在一起；他们过去是大学教授、银行经理、商人、地主、音乐家；他们每一个人都准备带着生活中可怜的破烂漂洋过海。他们什么活都干，什么都能忍受，只要能离开欧洲，永远地离开，越远越好！那是一群面黄肌瘦、像鬼一样的人。突然有一个念头涌向我的心头，使我不胜震惊：这里五十个备受折磨的人不过是那支五百万、八百万甚至一千万犹太大军的零星先头部队，那支大军已经在他们后面出发，不久就会蜂拥而至。那几百万被抢光，接着又在战争中遭受苦难的人正等着慈善机构的派遣，等着当局的批准和一点路费，那巨大的人流如惊弓之鸟在希特勒的焦土政策面前仓皇出逃，聚集在欧洲各国边境火车站的周围，挤在监狱里。他们是一个完全被扫地出门的民族，纳粹不承认他们，两千年来，这个民族没有什么过高的要求，只要求不再流浪，只要求有一块歇脚的安静、和平的土地。

犹太人的悲剧在二十世纪达到了最悲惨的地步，因为他们再也找不到他们所经历的悲剧意义何在，无法找到自己错在何处。所有在中世纪被逐出家门的人，我们的祖先至少知道，他们为何而受难：是为了自己的信仰，为了自己的律法。他们把对自己真神始终不渝的信仰看作灵魂的守护神，今天的犹太人早就把它丢到一边了。他们在自豪的幻觉中生活和受难。作为世界和人类的创造者的优秀民族，命中注定会有特殊的遭遇和特殊的使命，《圣经》中预示的那些话语就是他们的诫律和教规。要是有人把他们抛入火堆，他们就把《圣经》紧贴在胸口，他们会由于内心燃烧的火而感觉不到火堆里的热。要是有人把他们驱逐出境，对他们来说还有一个最后的故乡，那就是真神。没有一种世间的权力，没有一个皇帝，没有一个国王，没有一间宗教法庭能把他们从真神身旁赶走。在宗教把他们团结在一起的时间里，他们仍然是一个集体，因而仍然是一种力量。倘若有人驱逐或赶走他们，那是由于他们自己的过错而受到的处罚，他们就以自己的宗教信仰、以自己的风俗习惯，有意识地把自己和世界上其他民族隔离起来。可是二十世纪的犹太人早已不是一个集体，他们已经没有共同的信仰，他们自己作为犹太人没有什么值得自豪的，恰恰相反，他们感到的是一种负担，他们不再意识到自己的使命。在日常生活中，他们把自己神圣书籍中的诫律抛到一边，他们再也不说那古老的共同语言。他们已经生活在、融合在自己周围的各个民族里，融合在普遍的生活中是他们越来越迫切的愿望，为的是面对种种迫害能得到和平，在永远的逃亡中能得到休息。所以，他们已经融化在其他民族里，他们已经是法国人、德国人、英国人、俄国人，而早已不再是犹太人了，所以他们互相之间已不再理解，没有共同语言了。可是现在他们就像街上的垃圾一样被人扫在一起，又被赶到一起来了。他们有的是住在柏林豪华住宅里的银行经理和正统犹太教堂的执事，有的是巴黎的哲学教授，有的是罗马尼亚的马车夫，有的是出殡时雇来的哭灵妇女，有的是洗尸体的人，有的是诺贝尔奖获得者，有的是音乐会上的女歌唱家，有的是作家，有的是酿酒工人；有的腰缠万贯，有的一贫如洗；他们中间，有大人物，也有小人物，有虔诚的教徒，也有思想开明的人，有高利贷者，也有贤哲之士，有犹太复国主义者，也有民族同化论者；有德意志犹太人，也有西班牙、葡萄牙犹太人，有正义者也有非法之徒。在这些人的背后，还有一大群以为早已逃脱了咒语而无法确定自己该属于哪个民族的人，还有改宗教的犹太人和混血的犹太人。现在，几百年以来第一次，又有人把犹太人自己早已觉得不再存在的共性重新强加在他们身上，那就是从《出埃及记》开始就一再出现的共性：驱逐犹太人。可是为什么这样的命运总会降临到他们身上呢？而且是一而再、再而三地降临到他们身上？这种毫无道理的迫害究竟原因何在？有何意义？又有何目的？把他们赶出各个的国家，却不给他们一块立足之地。有人说：别和我们住在一起！可是又不告诉他们应该住在哪里。人们把罪责加在他们的头上，可是，又不让他们用任何方法去赎罪。所以，他们在流亡的路上睁着焦急的眼睛注视着——我为什么要逃亡？你为什么要逃亡？你和我为什么要一起逃亡？我既不认识你，又跟你毫无关系，我既不懂你的语言，也不了解你的思想，为什么我要和你一起逃亡？为什么我们大家要一起逃亡？没有人能解答出来。即便是那些日子里我常常与之交谈的弗洛伊德——我们那个时代头脑最清楚的天才——也不知道这种荒谬中有什么目的，又有什么意义。但是，也许这正是犹太教的最终意义：通过犹太教谜一般地长期存在，一再向上帝重复《约伯记》中的那个永恒的问题，以便这个问题在世界上不致完全被忘记。

当人们误以为早已死去并已装入棺材的东西，突然又以相同的形式和姿态重新向他们走去的时候，没有比这更可怕的了。一九三九年夏天到了，《慕尼黑协定》连同它的短命的"为了我们时代的和平"的幻想早已过去。希特勒已经违背自己的誓言和许诺，袭击了残缺不全的捷克斯洛伐克，并吞并了它，梅梅尔①已被德军占领；被煽动得忘乎所以的德国报纸大肆叫嚣着要夺得但泽和波兰走廊。英国也从真诚的轻信中痛苦地清醒过来。就连未曾受过教育的普通人，尽管只是从直觉上厌恶战争，现在也开始对战争表示异常愤怒。任何一个平时十分矜持的英国人现在都会同另一个人攀谈起来。看守我们公寓的门房，开电梯的服务员，打扫房间的女仆都在谈论此事。他们当中没有一个人清楚地知道发生的事，但每个人都

---

① 今立陶宛克莱佩达，临波罗的海。

仍记得那件事，那件不可否认的公开的事：英国首相张伯伦三次飞往德国拯救和平，但是他的曲意逢迎却没有使希特勒感到满意。曾经听到国会里有过强硬的声音："停止侵略！"人们到处都感觉到英国正在为未来的战争作准备（或更确切地说，为反对战争作准备）。浅色的防空气球又开始在伦敦上空飘浮——看起来就像孩子们玩的大灰象玩具，纯洁无邪。人们又在修筑防空掩体，对已经分发的防毒面具进行仔细的检查。局势变得像一年前那么紧张，或许更紧张。因为这一次作为政府后盾的不再是老实和轻信的老百姓，而是坚决的、愤怒的人民。

我在那几个月里已经离开伦敦，隐居在巴斯①乡间。在我一生中，我从来没有像当时那样感觉到自己对世界上发生的事无能为力。在伦敦，我是一个清醒的、有思想的、远离一切政治的人，我献身于自己的工作，默默地、坚持不懈地把自己的岁月变成作品。但是也有少许人，他们待在一个看不见的秘密处，人们不认识他们，也未曾见过他们，他们只待在柏林的威廉大街、巴黎的奥赛码头、罗马的威尼斯宫，还有伦敦的唐宁街里。就这么十个或二十个人在为人们不知道的秘事谈话、写信、打电话、订条约。他们其中只有极少数人特别机智和有才干。他们作出没有别人参与的决定；外人对那些决定的细节一无所知。可是他们却用这些决定左右着每一个欧洲人的生活，也包括我本人的生活。现在，我的命运不是掌握在我自己手中，而是由他们控制着。他们毁灭或者爱护我们这些

---

① 英格兰西南部城市。

无权无势的人，他们赐予我们自由或者强迫我们受奴役。他们在千百万人面前决定战争还是和平。而当时我同其他人一样，坐在自己的房间里，像一只苍蝇似的不能自卫，像一只蜗牛似的没有力量。然而，他们决定的事，是关系到生死存亡的大事，关系到内心最深处的我和我的未来，关系到我头脑里正在形成的想法，关系到已产生或正在产生的计划，关系到我的起居，关系到我的意志、我的财产、我所有的一切。当时，我像被判了刑的犯人一样，眼望着空室，面对四壁静候着，陷入毫无意义、无能为力的等待之中。我左右的那些同伴在询问、在猜想、在闲聊，好像我们中间某个人知道或者能够知道，他们将怎样和用什么来控制我们。这时电话来了，一个朋友问我，我对这一切怎么想。报纸来了，它更使我心烦意乱。收音机响了，听到的都是些前后矛盾的话。我走进小巷，遇到的第一个人就向我这个同样一无所知的人打听，是否会发生战争。人们在不安中打听、闲聊、议论，虽然他们清楚地知道，他们多年以来积累的全部知识、所有的经验、一切的预见，在那十几个没有人认识的人的决定面前毫无价值。他们心里明白，他们在二十五年之内第二次对命运感到束手无策，无力掌握；他们也知道，那些让太阳穴嘭嘭胀痛的想法是没有任何意义的。我终于无法忍受大城市伦敦的一切，因为在那里的每个街角都贴满海报，那些熙攘刺耳的话语像疯狗似的向我扑来；因为我无意中在拥挤的人群中从每个人的脸上看出，他在想什么。原来我们想的是同一件事，只是想战争会不会爆发，只是想在这次决定性的赌博中是输还是赢。在这次决定性的赌博中，我的整个生命、我最后几年的岁月、我那些尚未写成的书，以及我迄今的使命和我生命的意义，一切都成了赌注。

可是在外交的赌盘上，弹子慢悠悠地滚动着，慢得使人火烧火燎的难受，它滚过来滚过去，滚过来滚过去；一会儿红一会儿黑，一会儿黑一会儿红；希冀和绝望，好消息和坏消息，就是这样一直定不下来。我对自己说，忘掉这些吧！离开这里吧，逃避到我内心的丛林最深处，即躲进我的工作之中，躲进只有我一个人的地方去。在那里，我不再是国家公民，不再是可怕赌博的筹码。在一个变得疯狂的世界上，我的智力只有在这个地方才能理智地发挥作用。

我不缺少工作任务。多年来，我一直在为一部有关巴尔扎克及其作品的两卷本巨著积累素材。但我从来没有勇气去写一部涉及范围如此广泛、时间跨度这么大的作品，现在恰恰是烦恼给了我勇气。我到巴斯去隐居，为什么偏偏去巴斯呢，那是因为，辉煌的英国文学中有许多最优秀的作家，首先是菲尔丁，是在那里写作的。那座小镇比英国任何一个城市更忠实、更强烈地反映出另一个世纪——十八世纪——静谧的面貌。但是，这种柔和、幽雅、秀丽的景色与世界正在产生的不安和我的思想形成了多么痛苦的对比呵！一九三九年八月的英国和一九一四年最美丽的七月的奥地利，在我的脑海里完全一样：迷人又美丽。天空湛蓝，一望无际，像上帝的和平帐篷；太阳温暖的光辉依然照耀着草地和森林，大地上盛开着绚丽多彩的鲜花，世界上一派歌舞升平的景象——而世上的人们却在加紧备战。面对着安静的、茁壮的、茂盛的草木，面对着巴斯山谷里令人陶醉的安谧气息，我不由得想起了一九一四年巴登娇媚的景色。相比之下，那种疯狂的冒险在当时显得多么不可思议呵。

我像过去一样，不愿相信战争是真的。我又一次准备夏季旅行。一九三九年九月第一周，国际笔会代表大会在斯德哥尔摩召开。因为我这个两栖人不再代表任何国家，瑞典同行请我以贵宾的身份参加。后来的几周，中午、晚上的每个小时都被友好的东道主事先安排好了。我早就订妥了船票，但是紧急动员的消息接踵而来。按常理，我应该马上把我的书籍、我的手稿捆扎好，尽快离开这个可能成为交战国的大不列颠岛，因为在英国，我是一个外国人，一旦打起仗来，我便成了一个敌对的外国人，种种可以想象得到的限制自由的法规就会落到我的头上。可是我心中有些无法解释的想法阻止我尽快离去。一半是固执，我不愿一次又一次地逃难，因为我的命运到处都一样；一半是因为疲乏。"我们命该遇到这样的时代。"我用莎士比亚的话对自己说。如果这样的时代要降临在你的头上，你这个快六十岁的人就别再和它抗衡了！就算你尽最大的努力，用你的全部生命，也驾驭不了这样的时代。所以我依然留在英国。我要尽可能安排好我的生活；同时，由于我打算第二次结婚，我不愿耽误时间，以免战争爆发，会因为我属于敌方交战国的人而被扣留，或者有意想不到的事件使我和未来的生活伴侣长期分离。于是，九月一日（星期五）上午，我们去巴斯民政局登记结婚。那位官员拿着我的证件，显得格外热情和友好。他像这个时代的每个人一样，理解我们要求尽快办理的愿望。结婚仪式打算安排在第二天；那位官员拿起笔，开始用漂亮的圆形字体把我们的名字写进他的登记簿里。

就在这一瞬间——大约是十一点钟——里面套间的房门突然被打开，一位年轻的政府官员急速走进来，一边走一边穿大衣，在安静的房间里大声喊道："德国人入侵波兰，战争爆发了!"这句话像重锤一样打在我的心上。可是我们这一代人已习惯了冷酷无情的打击。"这不一定是战争吧!"我说，心里也是这样想的。而那位官员怒不可遏。"不，"他高声喊了起来，"我们上当够多了!我们不能每六个月就受一次骗!现在该结束了。"

当时，那位已经开始为我们填写结婚证书的官员若有所思地搁下了笔。他思考了一下说，我们毕竟是外国人，在交战的情况下，就自然而然地成了敌对的外国人。他不知道是否允许在这种情况下登记结婚。他说，他很抱歉，他要向伦敦请示。——接着是两天的等待。希望、担心，那是心情极焦急的两天。星期天上午，收音机宣布了英国向德国宣战的消息。

那是一个不同寻常的上午，我默默地从收音机旁走开，收音机里传来了一条在数百年里都不会被湮没的消息。这条消息肯定会全面改变我们这个世界，改变我们每个人的生活。在默默聆听这条消息的那些人中间，将会有成千上万的人死去。这条消息对我们大家来说，是悲哀和不幸，绝望和危险，也许若干年后，这条消息还会具备另外的意义。战争又降临了，比以前发生在世界上的任何一场战争都来得可怕，范围更广泛。一个时代结束了，一个新时代又开始了。我们默默地站在那间突然变得鸦雀无声的房间里，互相回避着对方的目光。外面传来鸟儿不知忧愁的啾啾声，它们在和煦的暖风里轻松愉快地做着各种亲昵的游戏，树枝在金色的阳光下轻轻摇动，树叶像嘴唇一样在轻柔地触吻。大自然，古老的母亲，又一次无法体会她的造物的苦痛。

我走进自己的房间，把东西装进我的小箱子。如果以前那位有地位的朋友对我说的话应验的话，那么我们在英国的奥地利人应该被算作德国人，所以各种限制会接连而来；也许当天晚上我就不能睡在自己的床上。我的地位又降了一级。那条惊人的消息传来一小时之后，我在英国已不仅仅是一个外国人，而且还是一个"敌邦的外国人"；我将被强行放逐到一个我搏动的心脏不愿待的地方去。因为对一个早已被赶出德国的人来说——由于他的种族和反对德意志的思想方式的缘故——现在居住在另一个国家，而根据一项官僚主义的法令，非要把他划进身为奥地利人从来就不属于的集体里，这样的处境岂不更荒唐？大笔一挥，我生命的全部意义岂不变得荒谬绝伦？我一直用德语写文章、想问题，但我头脑里想到的一切念头，我脑子里产生的一切愿望，都是属于为世界自由而战的国家。我过去的所有联系都被扯断了，过去所有的一切，曾经有过的一切，都被粉碎了。我知道，这次战争过后，一切都必须重新开始。而我内心深处的愿望已成为泡影，四十年来，我把自己信念的一切力量都贡献给了这个愿望：实现欧洲的和平统一。我害怕人类之间互相厮杀的战争甚于害怕自己的死亡，现在战争第二次爆发了。我整个一生热烈追求人性和精神上的团结一致，在那个比其他任何时候都需要牢不可破的团结的时刻，由于受到严重的排挤而感到无能为力。我感到了一生中从未有过的孤独。

为了最后看一眼和平的景象，我又一次徒步下山，向那座小镇走去。它静静地沐浴在中午温暖的阳光下。在我看来，它与平时没有两样。人们仍然用自己习惯的步伐走着自己习惯的路。看不出他们有任何匆忙的神情，也看不见他们聚在一起聊天。他们在星期天仍然那么安详、泰然自若。在这一瞬间我问自己：难道他们到此刻还不知道发生了战争吗？不过，他们毕竟是英国人，他们善于克制自己的感情，他们不需要大张旗鼓、不需要喧嚣和音乐来增强自己坚强、刚毅的决心。这跟奥地利在一九一四年七月的那些日子里多么不同呀！话又说回来，那时我还是一个毫无经验的青年，而现在我有无数回忆压在心头，已是心事重重的老人，这两者也是有很大的不同呵。我知道战争意味着什么。当我看到热闹熙攘、五光十色的商店时，我在一片幻觉中重又看到一九一八年的景象：商店被抢劫得空空荡荡，好像在用空洞的眼睛凝视着我。我在幻觉中看到憔悴的妇女在食品店前排起长队；哀伤的母亲、伤员、残废者，和一切的恐惧不安又像幽灵一般回到了今天阳光灿烂的中午。我回忆起当年那些老兵，他们衣服褴褛、面容疲惫，他们是怎样从战场上回来的啊！我跳动的心经历了那次战争的全过程。但今天，战争还没有露出它那可怕的景象。而且我知道：过去的一切又全完了，所有的业绩早已化为乌有——欧洲，我们曾为它而活着的故乡，遭到了彻底的破坏，连同我们自己的生活。有点不同的是，一个新的时代开始了，但是要达到这个新时代，还要经历多少地狱和炼狱啊！

　　骄阳普照着大地。正如我在回家的路上忽然注意到我面前的影子一样，我也看到了这次战争后面另一次战争的影子。战争的影子将贯穿我们全部的时代，不会再从我这里消失；战争的影子将笼罩我日日夜夜产生的每一个念头；也许它的暗影也蒙住了这本书的某些章节。可是不管怎么说，每一个影子毕竟还是光明的产儿，而且，只有经历了光明和黑暗、和平与战争、兴盛和衰败的人，才算是真正生活过。

上海译文出版社

Schachnovelle

象棋的故事

斯特凡·茨威格 / 著　　韩耀成 关惠文 / 译

目录

雨润心田 *

　　去年夏天，天气奇热，久旱未雨，致使全国庄稼歉收，多年以后人们对此还记忆犹新，心有余悸。六七月里只有个别干旱地区的地里下了点阵雨，八月以来就滴雨未见。我和别人一样，原以为在蒂罗尔①的山谷里会凉快些，哪晓得就连这里高山上的空气也被火焰和尘埃染成了番红花般的颜色，热得灼人。一大早，黄色的太阳像高烧病人的眼睛，从空漠的苍穹里迟钝地盯着毫无生气的原野。几小时以后，晌午的黄铜蒸锅里缓缓腾起一片淡白的、闷热的蒸汽，弥漫在整个山谷里。远方，白云石山②巍然耸立，上面白雪皑皑，纯洁明净，但只有眼睛才能从中感觉到白雪闪耀的清凉，而在这蒸锅似的山谷里，白天黑夜都弥漫着一股热气，它那千百片嘴唇贪婪地把人们身上的一点水分吮干吸尽。这种时候，要是眷恋地望着白云石山，想着白云石山上此刻也许正在呼呼吹拂的清风，那是很让人痛苦的。在这正在沉沦的世界上，植物枯萎，树叶凋零，溪流干涸，就是在人的内心，一切有生气的运动也渐渐停滞了，时间

1

变得无聊而懒散。我和别人一样，这些没尽头的日子几乎都是在房间里打发过去的，半裸着身子，拉上窗帘，无可奈何地等待天气的变化，等待凉气的降临，没精打采、软绵绵地做着下雨的梦，做着下大雨的梦。不久，连这个愿望，这种思绪，也变得模糊郁闷和无可奈何了，就像热切盼望雨水的小草的心愿和默然不动、雾气弥漫的树林的压抑的梦一样。

天气一天比一天热，而雨还一直没有下。从早到晚太阳晒得大地灼热如焚，它那折磨人的黄色目光还渐渐染上了神经病人的那种迟钝的执拗。整个生命仿佛都要停滞了，一切都是静悄悄的，连牲畜也不叫了，从白闪闪的地里传来的只是浮荡着的暑气的轻声歌唱——这沸热的世界的嗡嗡的蒸腾声，除此之外什么声音也没有。我本想到树林里去，在绿叶颤动的阴影里一躺，以躲避那太阳的执拗的黄色的目光；可是就连这几步路我也懒得走。于是我就在旅馆门前找了把藤椅坐下；华盖似的屋檐在沙砾上投下一条细长的阴影，我躲进阴影里，一坐就是一两个小时。薄薄的四角形阴影渐渐缩小，太阳爬到了我的手上，我挪动一下位置，随后又往椅子上一靠，呆呆地望着迟钝的阳光出神，没有时间感觉，没有期待，没有意愿。时间在这可怕的闷热中熔化了，在沸烫的、失去理智的梦里煮烂了，融解了。在外面，空气灼烫着我的毛孔，在我体内，扑腾

---

* 本篇原名《女人和景物》。

① 奥地利的一个州，首府在因斯布鲁克。

② 即多洛米蒂山，是意大利北部阿尔卑斯山脉东段的群山，山体由浅色白云质石灰岩构成，其最高峰马尔莫拉达峰海拔三三四二米。

扑腾跳动着的血液在猛烈地捶打，我能感觉到的就是这些。

突然，大自然里仿佛飘过一丝呼吸，很轻很轻，仿佛是从某处发出来的热切的、憧憬的叹息。我当即一跃而起。这不是风？当时的情景我已经记不得了。枯萎的肺叶已经许久没有饮过这种清凉剂了，所以我并没有感觉到风已经挨近了我，我还蜷缩在那屋顶投下的一隅阴影之中；但是那边山坡上的树木一定感到某种异常的东西来到了，因为它们一下子都轻轻地晃了起来，似乎彼此在喁喁细语。树木之间的影子也晃荡起来了，像是一种活的、激动的东西来回忽闪。突然，远方响起了一个低沉而震荡的声音。果然，起风了，习习的、哗哗的风声俄而变成了低沉的呼啸，现在则是狂风咆哮了。突然间，一团团烟雾似的尘土惊恐万状，越街穿巷，都朝同一方向席卷而去；原先栖息在浓荫深处的小鸟，现在也飞在空中吱吱乱叫，马在那里鼻喷白沫，远处的山谷里牛羊在咩咩直叫。一定是什么威力无比的东西苏醒了，而且临近了，大地已经知道，树林和动物也已经感觉到了，天空中已经蒙上了一层灰色的轻纱。

我兴奋得浑身颤抖。我的血液受了酷暑的刺激在涌流，我的神经绷得紧紧的，在吱吱作响；对于风的欢乐和雷雨的怡然的喜悦，我过去从来没有像现在这样了解得深切。雷雨快来了，已经临近了，天空乌云密布，雷声隆隆。风把一团团白云慢慢推了过来，山的背后气喘吁吁，仿佛有人在滚动着千斤重的东西。有时这吁吁的喘气声似乎倦了，暂时停歇下来。随后枞树颤动得越来越轻了，似乎它们也想谛听一下，我的心也在跟着颤动。极目望去，各处的大自然同我的心情一样，也都在盼雨。地上那些长长的龟裂，犹如张开的一张张干渴的小嘴巴。我感觉到自己身上的毛孔也一个个张开了，在紧张地寻找凉爽，寻找雨水带来的凉冰冰的、让人哆嗦的欢快。我的手指下意识地紧紧握了起来，好像会把云层抓住，迅速扯到这干旱的世界上来。

云层真的来了，懒散地、黑压压地来了，像许多圆圆的、鼓鼓囊囊的口袋，由无形的手推了过来。这都是些沉甸甸的、带雨的乌云，它们互相碰撞的时候，像坚硬的东西发出隆隆巨响，有时从乌云的表面打过一道微弱的闪电，像是嚓地一下划亮一根火柴。后来云层现出了蓝色的亮光，显得异常险峻。云层越堆越厚，越来越黑。铅灰色的天空，像剧院的防火帷幕在徐徐下垂。现在整个天穹都蒙了一层乌黑，闷人的溽热空气都被压缩在一起，最后的一次期待现在默默地、可怖地开始了。一切都被从天穹上垂下来的沉甸甸的乌云窒息了，鸟儿也不再吱吱鸣叫，树木站立着，气都不哼一声，就连小草也不敢颤动一下；天穹像一口金属棺材，罩着这炎热的世界，世界上的一切都因为盼着第一道闪电而凝固起来。我屏住呼吸在这里站着，双手互相交叉套扣着，浑身紧缩，感到一种奇特的、甜蜜的恐怖，因此我一动也不动。我听到身后人们在四处奔跑，他们从树林里，从旅馆的大门里出来，四面八方都有人在奔跑躲避；侍女放下卷帘式百叶窗，吱吱咯咯关上窗户。突然间，一切都呈现出忙乱、兴奋，人们都在搬东西，作准备，时间紧迫。只有我纹丝不动地站着，神经极其兴奋，缄口不语，我整个身心都憋着一声呼喊，见到第一次闪电时的一声喜悦的呼喊，这声呼喊已经升到我的嗓子眼了。

这时我突然听到紧挨我身后发出了一声叹息。那是从痛苦的内心里突发出来的。在这声叹息里还交织着一句热切的话，好似在哀求："但愿马上就下雨吧！"这声音是如此强烈粗犷，威力无比，它是从压抑的感情里迸发出来的，仿佛是干旱的土地，是在铅一般沉重的天穹的压力下被折磨、被窒息的原野，用它裂开的嘴唇自己喊出的。我转过身。背后站着一位姑娘，这话显然出自她之口，因为她的嘴唇，她那苍白的、微微噘起的嘴唇，还干渴地张启着，她倚在门上的胳膊在微微颤动。她的话不是对我说的，也不是对其他任何人说的。她俯着身子，好像在深渊之上，她的眼睛毫无光泽，望着外边垂挂在枞树上的暗影呆呆地出神。她的目光黑而空，像无底深渊，呆板地朝深远的天空凝望。她贪婪的目光聚精会神地注视着高空，注视着团团云层，以及悬在云层上面的雷阵雨，她的目光根本就没有触到我的身上。因此我可以从容不迫地打量这位陌生的女子。我看见她那隆起的胸脯，看见梗塞着她咽喉的东西在往上挪动，看见她敞开的衣服里裸露着的柔嫩的脖子在打颤，最后连嘴唇也动了，干渴得张开了，又说了这句话："但愿马上就下雨吧！"我又一次感到，这是整个郁热的世界发出来的叹息。她那雕像般的体态上，她那松弛的眼光里有种夜游症和梦幻般的神情。她站在那里，白色的衣服衬托着铅灰色的天空，我觉得她本身就是干渴的化身，体现了整个干旱的大自然的期望。

我身旁的草丛里发出了轻轻的窸窣声。屋子的飞檐上有什么东西在敲打。滚烫的沙砾上响起了轻微的沙沙声。突然间，到处都响起了窸窸窣窣的声音。我突然意识到，感觉到，这是沉甸甸地落到

5

地上的雨点，初下的、落下就蒸发的雨点，是一场清凉的倾盆大雨的幸运的使者。啊，下了！已经下了。我幸福地陶醉了，失去了自制。我还从来没有像现在这样精神振奋过。我跳到前面，用手接了一个雨点。雨点沉甸甸、凉冰冰地打在我的手指上。我摘掉帽子，要好好体验一下雨点打在头发上的乐趣。我焦急得发抖了，我要让雨水把我淋个透，我要在我灼热的、窒窄干裂的皮肤上。在张开的毛孔里，一直到兴奋的血液中来感受一下雨水的滋味。噼噼啪啪的雨点还很稀疏，但我已经预感到倾盆大雨将要到来，我仿佛已经听到了雨水哗哗而降，像开了闸一样，仿佛已经感觉到老天爷在把幸福的甘露往树林上，往这郁闷的、烤焦的世界上倾泼。

可奇怪的是雨点没有更快地落下来。掉下的几颗雨点寥寥可数。雨一滴、一滴、一滴地下着，发出噼噼啪啪的声音，丝丝的声音，周围还有微微的呼啸声，但是这些声音并不愿合在一起，奏出一支雨水哗哗的大型乐章。雨怯生生地下着，节奏非但没有加速，反而放慢了，而且越来越慢，最后居然一下停止了。这就像钟的秒针突然停止了滴答声一样，时间凝固了。我这颗因焦急而燃烧起来的心，一下子就冷了下来。我等啊，等啊，但是雨并没有下。天空中突兀着灰黑色的云头，黑黝黝、呆愣愣地朝下凝望，几分钟之内万籁俱寂，但随后天幕上仿佛划过一道微弱的讥讽的光亮。天空先从西边开朗起来，云墙慢慢散去，但云层继续滚动着，发出微微的隆隆声。莫测深厚的乌云越来越浅，越来越薄，正在悉心倾听的原野看到地平线上正在发亮，于是陷入一种无能为力的、没有得到满足的失望之中。树木怒火中烧，气得发着最后的、微微的颤抖，它

6

们俯下曲枝，刚才贪婪地伸长脖子的树叶，又有气无力地缩了回去，像死了一样。云层越来越透明，毫无防御能力的世界上空，现出了凶恶而危险的明亮。雨没有下来，雷阵雨消散了。

我浑身颤抖。我感到愤怒，感到一种无意义的、束手无策的愤怒，失望的愤怒，被出卖的愤怒。我真想狂呼怒骂一阵，这时我心里起了一种砸东西的欲望，一种做坏事和冒险的欲望，一种想报复的、无意义的冲动。我在自己心里体验了整个被出卖了的大自然的痛苦，感觉到小草的热切的期望，马路的炽热，树林蒸发的雾气，石灰石的灼烫，整个被欺骗的世界的干渴。我的神经像铁丝一样烧红了：我的神经像通了电似的颤了一下，一直传到带电的空气里，在我绷紧的皮肤下，神经像许许多多小火苗在燃烧。一切都使我感到痛苦，所有的响声都像长了锋利的尖尖，锥刺着我，一切都好像被细小的火焰围了起来，极目所见，一切的一切都在燃烧。我内心深处十分激动，我觉得许多意识往常都默默地在郁闷的脑子里沉睡，现在像许许多多小鼻孔，一个个都张开了，我感到每个鼻孔里都有一团烈火。我也弄不清楚，这里面哪些激动是属于我自己的，哪些是属于世界的。世界与我之间存在的一层感情的薄膜业已撕破，一切东西都激起了共同的失望。我晕晕乎乎地凝视着，下面山谷里慢慢亮起了灯光，我觉得每一盏灯都照进了我的心扉，每一颗星星都在我的血液里燃烧。外部世界和内心世界都充满了同样极度狂热的激动，在痛苦的魔术中，我觉得在我周围膨胀起来的一切东西都好像压进了我的心里，并在那里生长、燃烧。我觉得，那个包含在千姿百态之中的神秘莫测、生气勃勃的内核，仿佛在我的内心深处燃烧起来了，我感觉到一切，在神奇的真实意识中，我感觉到每一片树叶的愤怒，感觉到那只耷拉着尾巴绕着几扇门窜来窜去的狗的迟钝的目光，一切我都感觉到了，而我所感觉到的一切都使我痛苦。我的身体几乎也开始燃烧了，当我现在用手指去抓木门的时候，手指下面像有导线，发出噼噼啪啪的声响，带着点干焦味。

晚餐的锣声响了。铜锣的声音深深地印在我的心上，这声音也充满了痛苦。我转过身。这里的人都到哪里去了，那些起先惊吓地、激动地从这里跑过去的人都到哪里去了呢？他们在哪里，那些怀着热切的祈望在这里站着的人在哪里呢？在失望、迷惘的几分钟里我把他们忘到九霄云外去了。一切都消失了。我孤零零独自一人站在这沉默不语的天地里。我又用目光把高空和远方扫视一次。天空里现在空荡荡的了，但并不澄清。星星上面蒙着一层浅绿色的薄纱，正在升起的月亮闪烁着猫眼似的凶光。天空的一切都是苍白的，嘲讽式的，危险的，但在这看不见的球体下面，现在正是夜色朦胧，磷火点点，像是热带海洋，飘荡着一个失望的妇人的痛苦而淫荡的呼吸。天空中还有最后一抹亮光，明朗而带着嘲讽的意味，地上笼罩着郁闷的黑暗，感到疲惫和累赘，万物之间相互各怀敌意，天和地之间正在展开一场可怕的无声的战斗。我深深呼吸着，饮进腹中去的只是激动。我伸手抓了一把草，草像木头一样是干的，在我手指间窸窣作响。

锣声又响了。我真讨厌这死亡的声音。我一点也不饿，也不想到别人那里去凑热闹，但是这外面的寂寞又太可怕了。整个沉重的苍穹默默无语地压在我的胸口，我觉得再也经受不住铅一般沉重的苍穹的重压了。我走进餐厅。小桌子已经坐满了。人们在轻声交谈，可我还觉得声音太响。嘴唇的轻微的呷啜声、餐具的叮当声、碟子的嘎嘎声，每一个手势、每一次呼吸、每一道目光——这一切触着我激动的神经的东西都使我感到烦恼。这一切都震颤着我，使我感到痛苦。我抑制住自己，以免行动有失检点，因为我从自己的脉搏上感觉到，我所有的感官都烧得冒烟了。我又没法不看见这些人，而当我见他们恬静地坐在那里，吃得津津有味、悠闲自得的神气，我就火冒三丈，这时我恨他们每一个人。他们吃饱喝足，在那里憩歇，对世界的痛苦漠不关心，快要渴死的大地的胸腔里无声的癫狂正在激荡，而他们对此却无动于衷，因此某种嫉妒袭上我的心头。我的视线向所有的人扫了一遍，想看一看是否有人和大地有同样的感觉，但是所有的人好像都没精打采，无动于衷。这里全都是恬静安逸的人，呼吸着的人，清醒的人，没有感觉的人，健康的人，只有我一个病人，一个正在发着世界的高烧的病人。侍者给我端了饭菜来。我试着吃了一口，但又不愿下咽。一碰到饭食，就会使我讨厌。我的心里充满了郁闷、烟雾，和苦痛的、患病的、备受折磨的大自然的难闻的热气。

我旁边的一张椅子挪动了。我怔了一下，直起身子。现在我听到任何声响都好像是烧红的铁熨在我身上一样难受。我朝那边瞧了瞧，全是陌生人，是新来的，我都不认识。一位老先生及其夫人很是文静，他们来自市民阶层，眼睛圆圆的，镇定自若，面颊随咀嚼而一动一动地伸缩着。他们对面是一位年轻姑娘，半背着我，显然是这两位老人的女儿。我只看到她的颈项，白皙而细嫩，往上就是

9

一头黑黑的，几乎是黑里透蓝的头发，像是一顶钢盔。她坐着一动不动，从她那呆呆的神情，我认出她就是在下雨之前热切地张启着嘴唇，像朵干枯的白花，站在高坎上的那位姑娘。她小小的、过于纤细的手指在烦躁地玩弄着餐具，但并没有弄出叮当的响声；她周围的这片寂静使我感到很舒坦。她也一口没吃，只有一次，她的手匆匆地、贪婪地拿起杯子。啊，她也感觉到了，感觉到这世界在发烧，她那干渴地拿起杯子的动作使我感到无比欣喜，我把充满友善和同情的目光，柔和地投到她的颈项上。现在我发现了一个人，唯一的一个人，她没有与大自然隔绝，在酷热如焚的世界上她也在燃烧，我想让她知道我的情谊。我真想大声对她说："你想想我呀！想想我呀！我也和你一样，是清醒的，我也在痛苦呀！你想想我呀！想想我呀！"我的心愿像强烈的磁场，把她围了起来。我望着她的背影，远远地赞赏她的头发，我的眼睛盯着她，我用嘴唇向她呼喊，我紧紧地盯着她，我凝视着，凝视着，把我的全部热情都投了过去，好让她感觉到。但是她并没有转过身来。她呆呆地坐着，像尊雕像，冷淡而显得有点异常。没有人帮我的忙。她也没有感觉到我。啊，这世界在她心里也没有反映。我只是独自一人在燃烧。

啊，这外部和内心的郁闷，我简直无法再忍受了。饭菜既油腻，又带点甜味，还冒着热气，真让人恶心，任何声响都在往我的神经里钻。我觉得浑身血液沸腾，眼冒金花，快要晕倒了。我心里盼望的是凉爽和远方；这里的人那种亲近感，那种沉闷的亲近感，快把我憋死了。我旁边有一扇窗子，我忙把它推开，推得大开。啊，真是妙极了：外面又变得神秘莫测了，我血液里闪烁着的火焰完全融化在无垠的夜空里了。天上的月亮像一只发炎的眼睛，带着一个红红的蒸气圈，闪耀着白里带黄的光华，一片淡白的热气幽灵似的在田野上空飘去。蟋蟀拼命唧唧地叫个不停；空气里仿佛绷着许多金属的琴弦，奏出刺耳的尖声，其间有时还加进癞蛤蟆的一片鼓噪声，狗也叫开了，汪汪的吠声非常之响；远方，牲畜在叫。我想起，黑夜发着这样的高烧会使奶牛的奶中毒的。大自然病了，大自然也愤怒得无声地癫狂了；我从窗子里往外凝视，好像在照一面感情的镜子。我整个身心都飞了出去，我的郁闷和大自然的郁闷互相交融，彼此默默地、湿漉漉地搂抱在一起。

我旁边的椅子又挪动起来，我又一怔。晚餐结束了，人们喧哗着站了起来：我的邻座也站起来，打我身边走过。父亲在最前面，吃得饱饱的，显得悠然自得，眼含愉快的微笑；其次是母亲，女儿在最后。现在我才看到她的面孔。她的面颊苍白，有点发黄，像外面的月亮一样，也是那种黯淡和病态的颜色，嘴唇和先前一样，还一直半启着。她无声地走着，可是并不轻快。她身上流露出某种松弛和疲乏的神情，这事奇怪地提醒我注意自己的感情。我感觉到她走近了，我心里忐忑不安。我很想与她搭上亲密的关系，我希望她的白色衣衫能触到我，或者在她走过的时候能闻到她头发的香味。就在这时候，她朝我望着，她暗淡的目光呆滞地、紧紧地、吮吸地盯着我，直透我的心里，我只感觉到她的视线，却看不见她白皙的面庞，我唯一感觉到的，就是面前的一片忧郁的昏暗，我像坠入万丈深渊似的跌进了这片黑暗之中。她又往前走了一步，但是视线并没有离开我，而是像长矛一样戳在我的身上，我感到她的目光在我身上越扎越深。现在矛尖已经碰到我的心了。周围静悄悄的。就这样，她的视线在我身上停了两三秒钟，而我呢，我屏住几秒钟的呼吸，这几秒钟里我感到软弱无力，被黑黝黝的瞳孔的磁铁吸了过去。随后她从我身边走过。我立即感到自己的血液好像从裂口喷了出来，在全身涌流。

什么——这是怎么回事？我像死而复苏一样，这事把我搞得那么迷糊，是我发烧了，以致身边走过的女郎匆匆一瞥就把我弄得神魂颠倒？不过当时我觉得，在她的凝视中我仿佛感到了那种同样无声的癫狂，那憔悴的、失去理智的、快要渴死的欲望，这些现在在一切东西上都在表现出来：在红月亮的目光中，在大地热切期望的嘴唇上，在牲畜的痛苦的号叫中，它与我心里闪烁和颤动着的那种欲望完全一样。啊，在这奇妙、闷热的夜晚，一切都乱了套，一切都融化在期待和焦急的感情中了！难道是我神经错乱了，或者是这个世界神经错乱了？我很激动，希望知道这个问题的答案，于是我就随她进了前厅。在那里她挨着她父母亲坐了下来，悄悄靠在沙发椅上。她危险的目光被眼睑遮盖着，看不见了。她在看一本书，可我不信她能看得下去。可以肯定地说，如果她的感觉同我一样，如果她对这神志不清的、闷热的世界的折磨感到痛苦的话，那她就不可能在安闲的阅读中得到憩息，这不过是为了隐蔽，为了掩饰未曾有过的好奇心而已。我在她对面坐下，凝视着她，紧张地等待她那曾使我着迷的眼神，说不定它又会投过来并向我揭开其秘密呢。但她动也没动。她的手漫不经心地一页页翻着书，目光还一直被遮挡着。我在她对面等着，等得越来越不耐烦，全身滋生出某种谜一般的意志力，一心要把这装模作样的东西砸个粉碎。大厅里人们安逸地聊天、抽烟、玩牌，在这些人当中，现在一场无声的搏斗开始了。我感到，她不肯，她不愿抬起头来看一看，可是她越是不愿意，我却非要她抬起头来不可，而且我的力量非常之大，因为整个渴求的大地的期望，整个失望的世界干渴的炽热全在我的心里。夜晚的湿腻腻的闷热还在不停地侵袭我的毛孔，我的意志也在对她的意志步步进逼，我知道，她马上就会向我投来一瞥的，她一定会这样做的。后厅里有人在弹钢琴。清脆悦耳的声音轻轻飘送过来，有时只有几个简短的音阶，那边的一堆人被一个毫无意义的玩笑弄得哈哈大笑，这一切我都听到，感到了，一分钟也没放过。我现在一面在心里大声地一秒一秒地数着时间，同时我的视线在她的眼皮上移动着，吮吸着，想从远处用这种意志催眠术来使她倔强地俯着的头抬起来。时间一分一分地过去——这期间清脆悦耳的琴声还在从那边飘过来——我已经感到我的力量渐渐不支了。这时她突然忽的一下站了起来，望着我，正面直愣愣地望着我。又是那同样的、没有尽头的目光，是黑黝黝的、可怕的、吮吸的、虚无的目光，是干渴的目光，这目光在将我吮吸，没遇到一点抵抗。我愣愣地盯着她的瞳孔，像盯着照相机镜头的黑窟窿似的，同时我感到，这架照相机倒是先把我拉到这生疏的血液里去了，我的灵魂出窍了；地板在我脚下消失了，我体验到了眩晕突起的全部甜蜜滋味。在我的上空我还听到不时有银铃般的琴声滚来，但是已经弄不清自己是在哪里了。我的血都流掉了，我的呼吸停止了。我感到，我的喉咙哽塞了，在这分钟或这秒钟，或是永远哽塞了——这时她的眼皮又合上了。我像个快要淹毙的人从水里浮了上来，快冻僵了，还因发烧和危险而浑身哆嗦着。

我朝自己周围看了看。我对面坐着的还是这位秀气的年轻姑娘，在人群中她埋头看书，雕像似的一动不动，只有膝盖在很薄的衣衫下轻轻地颠动着。我的手也颤抖了。我知道，期待和抗拒之间一场极其欢愉的游戏现在又要开始了，还得要等紧张的几分钟，那目光才会重新把我置于它黝黑的火焰之中。我的太阳穴有点湿润，我浑身血液沸腾。我无法再忍受了。我站起来，径直走了出去。

在灯光闪耀的屋子前面，黑夜广袤无垠。山谷好像沉下去了，天空湿漉漉、黑黝黝地闪着光，宛如潮湿的苔藓。这里也没有凉爽，还一直没有；这里也到处充满了干渴和醉意，我感到自己血液里也是这样。田野上笼罩着一股像是高烧病人呼出来的气味，病态而潮湿，渐渐变成乳白色的雾霭；远处火光闪动，忽隐忽现地透过沉浊的空气；月亮周围绕着一个黄圈，使月光呈现出一副恶意。我感到非常困倦。这里有一张白天留下的藤椅，我就在椅子上坐下。我的四肢像散了架一样，我一动不动地直直地躺着。身子沉在椅子里，紧紧靠在椅背上，这时我忽然感到这郁闷非常奇妙。它不再使我感到难受了，它紧紧挨着我，温柔而淫荡，我并没推拒。我只是闭上眼睛，这样可以什么都不看，可以更强烈地感受到大自然，感受到包围着我的活生生的东西。像水蛭一样，现在有一种软绵绵、滑腻腻、吮吸着的东西聚集在我的周围，黑夜用千百张嘴唇在触着我。我躺着，任凭摆弄，把整个身心都给了那搂着我，偎着我，围着我，饮着我的血的东西；在这闷热的搂抱中我第一次得到了一种

14

官能上的感受，像一个陶醉在温柔之乡的女人一样。我感到一阵甜蜜的恐惧，一下子就毫无反抗地把自己的身子给了世界，真是奇妙啊，这看不见的东西柔媚地触摸着我的皮肤，渐渐钻到皮肤底下，松开了我的四肢，我的感官任凭摆弄，我没有丝毫反抗。我让自己在新的感受中驰骋，我只是朦胧地、梦幻地感到，黑夜和先前那目光，女郎和大自然，其实是两位一体的，在这两位一体的结合中忘却自己，那是一种甜蜜。有时我觉得，这黑夜仿佛就是她，而那撩拨我四肢的炎热就是她的肉体，和我的身子一样，她的肉体也融化在黑夜里了。我在梦里感觉着她，不一会儿，我就带着官能的快感渐渐消融在忘却的黑色的热浪中了。

不知是什么东西把我惊醒了。我全神贯注地摸摸自己，但又找不到自己。后来我才看见，才明白，我靠在这里的椅子上睡着了，可能已经睡了一个小时，也许是几个小时，因为旅馆前厅里的灯光已经熄灭，大家早就睡觉去了。我的头发湿腻腻地粘在太阳穴上，这美妙的无梦的昏睡仿佛一颗灼热的露珠从我身上掉了下来。我的思绪紊乱，我站了起来，回到屋里。我心情郁闷，思绪像一团乱麻。远处传来隆隆声，有时亮光划过天穹。空气都带有火焰和电花的气味，山后不时打着闪亮，回忆和预感则像磷火似的在我心里闪烁。我待着沉思了一会儿，并享受一下这神秘的环境和气氛；时间太晚了，我走进了旅馆。

前厅里已经空无一人，只有唯一的一盏灯亮着。在苍白的灯光下，椅子被挪得七零八落。椅子没有人坐，空荡荡的显得阴森可怕。我下意识地将一把椅子想象成那个古怪女郎的柔媚的形象。她的目光曾把我撩拨得神魂颠倒；她的目光现在还深深印在我的心坎里。这目光拨动着我的心，在黑暗中把我照亮。我有一种神秘的预感，深信她一定在某个房间里，而且还醒着，她的目光所做的许诺，像磷火一样在我血液中游动。天气仍然是那么闷热！一合上眼，就感到眼皮后面紫色火星直冒。灼热的白天还在我心里闪闪发光，这震颤的、湿漉漉的、闪光的、神奇的夜晚还在我心里动荡。

但是我不能待在走廊里啊，这里一切都笼罩在黑暗中，显得零落不堪。于是我就走上楼梯，但我又不想上去。我心里滋生起一种自己无法加以制服的反抗。我很疲乏，睡觉吧，又觉得太早。某种神秘莫测、明晰清新的预感使我深信一定还会碰到某种离奇的事，我全神贯注地竭力想把活生生、热乎乎的东西搜索出来。我的神思出了窍，像长了无数细小而灵敏的触角，来到楼道里，触摸每个房间。如同先前我的心完全飞进了外面的大自然一样，现在我把全部身心都放在了这座房子里。我感到人们在睡眠，感到许多人的从容的呼吸，他们黑而稠的血液在掀着沉重的、无梦的波澜，我感到他们单纯的宁静，但是也感到某种力的磁性吸引力。我预感到有什么东西也和我一样是清醒的。难道这就是那目光，是那搞得我迷离恍惚的大自然吗？透过墙壁我感觉到有个柔软的东西；不安的火苗在我心里颤动，在血液里引逗，还没有燃完。我勉强顺着楼梯往上走，但在每一级楼梯上都停下谛听一会儿，不只是用耳朵，而是用全部身心。我觉得先前的事什么都不足为奇，我心里还在等待着异乎寻常的、稀奇古怪的事，因为我深知，没有奇妙的事，黑夜不会结束，没有闪电，闷热就不会消退。当我站在楼梯上倾听的时候，我再次和正处在晕厥状态的，并在呼唤着暴风雨的外部世界合二为一了。但是一点儿动静也没有。只有轻微的呼吸穿过这没有一点风的屋子。我疲惫而失望地走上最后几级楼梯，在自己寂寞的房间前站着，就像站在一口棺材前面一样，感到恐惧不安。

房门的把手在黑暗中隐隐地闪烁着，一抓把手就感到湿漉漉、热乎乎的。我开了门。房间后面的窗户开着，现出一块四角形的黑夜的阴影，窗户外面是树林子的密密的枞树梢，中间是一片布满云层的天空。里面和外面，世界和屋子到处一片昏暗，只有窗框旁边有个瘦长而挺直的东西，像一道孤独的月光在闪着亮。这是什么？真是蹊跷，无法解释。我惊奇地上前一步，想把在这月色朦胧的夜里闪亮的东西看个究竟。我走近了些，仍然毫无动静。我感到惊异，可并不害怕，因为今夜我心里奇怪地充满了奇妙的感觉，先前一切都想到过，像梦里一样清清楚楚。无论碰到什么事我都不会感到意外，眼前的事更是微不足道。果然，那里站着的是她，是她，是我下意识地思念着的，每上一级楼梯、在这座沉睡的屋子里每走一步都思念着的她，我的官能透过过道和门窗感到她是醒着的。我只见到她的脸上有一抹闪光，白色的夜服像一抹薄雾似的围绕在她的身上。她倚着窗子，她的心灵跑到外面的大自然里去了，被楼下月色闪亮的反光所吸引，神秘莫测地漫游在自己的命运之中，很有点童话色彩，像奥菲利娅①在池塘上面一样。

我走近了一些，又胆怯又激动。她一定听到响声了，所以转过

---

① 莎士比亚名剧《哈姆雷特》中的人物，与哈姆雷特热恋。

身来。她的脸是背亮的。我弄不清，她是否真的看见了我，是否听见了我，因为她的动作丝毫没有显出突然和惊恐，也没有一丝反抗的意味。我们的周围，一切都异常寂静。墙上的小挂钟在滴答作响。周围依旧十分寂静，后来她突然轻声地、出乎意料地说："我真怕。"

她是对谁说的？她认出了我？她是对我说的？这声音和今天下午对着又低又近的云层哆哆嗦嗦地说话的声音一模一样，颤抖的声调也完全一样，那时她的目光还一点没有察觉到我呢。这事真是有点蹊跷，可是我并没有惊异，并没有不知所措。我走到她面前，叫她放心，并抓着她的手。她的手摸上去烫而干，我把她柔软的手指捏在我的手心里。她一声不吭地让我捏着。她身上的一切都是松弛的，没有感觉，毫无反抗。只有从她的嘴唇上又发出了悄声低语，像是从远处传来的："我真怕！我真怕。"随后一声叹息，声音渐渐减弱，好似被窒息了一样。"啊，多闷啊！"这声音是从远处传来的，可又像我俩在轻声诉说一桩秘密。尽管如此，我还是感到：她并不是对我说的。

我抓着她的胳膊，她只是微微颤抖，就像下午雷雨之前的树木，但是并没有反抗。我紧紧地抓着她：她顺从了。她的肩膀软软地、毫无反抗地倒在我的身上，宛如一股奔泻的热流。现在我和她贴得很近，连她皮肤的闷热和头发上的湿气都能呼吸到。我一动不动，她也默不作声。这一切都很奇怪，我的好奇心油然而生。我渐渐耐不住了。我把嘴唇贴着她的头发——她并没有拒绝。随后我就捧过她的嘴唇。她的嘴唇又干又烫，当我吻它的时候，它突然张开，来吮吸我的嘴唇，但并不是迫不及待的，也不狂热，它只是像小孩一样悄悄地、无力地、贪婪地吮吸着。我感到她是个正在枯萎的人，同她的嘴唇一样，她那苗条的、在薄薄的衣衫下面一起一伏的热乎乎的身体就像先前外面的黑夜，紧紧地将我吸附，虽然没有气力，但充满了悄悄的、沉醉的贪欲。我扶着她——我的方寸仍然乱成一团——觉得挨在我身上的是湿热的土地，犹如今天外面那灼热的、有气无力的大自然，渴望下场雷阵雨，好痛痛快快地舒展一下。我将她吻了又吻，仿佛在她身上享受了这巨大、闷热、期待的世界，仿佛她脸颊上散发出来的热就是地里的热气，仿佛这震颤的大地正在从她柔软、温暖的乳房里呼吸。

可是正当我的嘴唇想从她的嘴唇移到眼睛上去的时候——她眼睛里黑黝黝的火焰曾使我感到不寒而栗——正当我抬起头来看她的脸并打算尽情欣赏一会儿的时候，看见她的眼皮是紧紧合着的，这使我十分惊讶。她闭着眼睛，昏迷地躺着，宛如一尊希腊的石头面具，像是死去的奥菲利娅，飘浮在水上，从黝暗的水流里抬起她那苍白的、毫无感觉的面颊。我大吃一惊。在这次奇遇中我第一次感觉到了现实。我不禁浑身哆嗦，我知道我扶着的是一位没有知觉的女郎，喝醉的、病态的女郎；我胳膊上抱着的是一个梦游女郎，她像危险的红月亮，带给我的只是黑夜的闷热；我抱着的是一个女人，可她连自己在干什么都不知道，也许她并不喜欢我。我大吃一惊，我感到她在我胳膊上沉甸甸的。我想把这位没有知觉的姑娘轻轻放在沙发椅上，放在床上，以免因神志晕眩而贪欢，做出什么她本人也许并不愿意，而只是她身上的那个恶魔所喜欢的事来，这个恶魔主宰着她全身的血液。但是她几乎还没有感到我在把手松开，就开始低声呻吟了："别松开！别松开！"她恳求着，她的嘴唇更加热烈地吮吸着，身子紧紧地压着我。她双眼紧闭，脸上露出痛苦的神情，我打着寒战，觉察到她想醒来，但又醒不了，她酩酊的感官想从昏迷状态中大声呼叫，想要清醒过来。在她那昏昏沉睡的面具之下有种东西在争斗，想从迷惑状态中摆脱出来，正是这东西，对我具有危险的诱惑力，使得我要将她唤醒。我的神经耐不住了，急不可待地要看看清醒时的她，说着话的她，作为真正的人的她，而不是只看到作为梦游者的她，无论如何我要在她沉睡的身上看到这个真情。我把她拉到我身上，使劲摇晃她，用牙齿紧紧卡着她的嘴唇，用手指卡着她的胳膊，想使她最终睁开眼睛，神志清醒地表现出种种风韵和妩媚，而这些，方才她的春心只是在抑郁状态下领受的。但是她只是一个劲地弯着身子，一边痛苦地紧紧抱着我，一边呻吟着。"再抱紧些！再抱紧些！"她以一种热情，一种没有理智的热情喃喃地说。这种热情使我激动不已，弄得我自己也失去了理智。我感到她已经快要清醒了，她紧闭的眼睛想睁开来了，因为她的眼皮已经在不安地颤动了。我抓着她，挨她更近，把脑袋深深地埋在她的身上。突然，我感觉到一颗泪珠从脸颊上滚了下来，流到嘴里，略带咸味。我贴她越紧，她的胸脯就起伏得越厉害。她呻吟着，她的四肢在抽搐，仿佛要炸掉什么可怕的东西，绷开用昏睡裹着的一个箍似的；突然——犹如闪电划过雷声隆隆的天空——她的心碎了，全身的重量一下子又压在了我的胳膊上，她的嘴唇离开了我，双手垂下。我让她躺下，她一动不动，像死了一样。我大吃一惊。我下意识地摸摸她，触触她的胳膊和脸颊。她的胳膊和脸颊全凉了，僵硬了，变得像石头一样。只有太阳穴上血液还在一颤一颤地微微搏动。她躺着，像一尊大理石雕像，泪水湿润了她的面颊，呼吸的时候鼻孔微微翕动着。有时她还起一阵痉挛，这是兴奋的血液渐渐平静下来的余波，可是她胸脯的起伏却越来越轻微了。她越来越像一幅画像。她的面貌变得越来越有人性，越来越孩子气，越来越明亮和轻松。痉挛过去了。她昏昏欲睡。她沉沉地睡着了。

我坐在床沿上，颤抖着朝她弯下身子。她躺着，像个恬静的孩子，她双眼紧闭，嘴露微笑，内心的梦使她脸上显得富有生气。我俯下身去，挨她很近很近，看到了她脸上的每一根线条，脸颊上感到有她的呼气。我看着她，挨她越近，反而觉得离她越远、越神秘。她躺着，像石雕一样，是闷热的黑夜的炎热的气流把她驱到我这个陌生人这里来的，就像海水把一个死人冲到沙滩上，可是她的神志现在究竟在何处？躺在我手上的这位姑娘是谁，她从哪儿来的，是谁家的呢？她的情况我一点也不知道，只是感觉到我和她之间没有什么关系。我注视着她，这几分钟非常寂寞，只有墙上的挂钟匆忙地滴滴答答走个不停，我想从她无言的面庞上来了解她，可是对她的一切都毫无所知。我想把她从这异乎寻常的沉睡中唤醒，从我身边，从我房间里，从我生活的旁边唤醒，可是我又怕她醒来，怕她神志清醒时的第一眼。于是我就坐着，默默地坐着，俯身凝视着这沉睡的素昧平生的女子，凝视了一小时，也许是两小时。我渐渐觉得，仿佛这并不是女人，这个奇怪地来到我身边的并不是人，而是黑夜本身，是渴望的、备受折磨的自然在我心里所显示的奥秘。我觉得，这里躺在我手上的仿佛是整个炎暑的世界，但其神志却是清爽的，我觉得，大地仿佛被煎熬得拱起了腰，而她正是从这奇异、美妙的黑夜那里派来的使者。

我背后格楞一响。我像罪犯似的心里一怔。窗户又格楞响了一次，仿佛有个巨大的拳头在窗户上擂动。我一跃而起。窗前和方才大不一样了：夜变了，变得险峻、黑黝和狂颠乱动。那边狂风劲吹，发出可怕的呼啸，云层在空中堆起黑色楼阁，风从黑夜里朝我迎面吹来，冷冰、湿润、势头猛烈。大风以移山倒海之势跳出黑暗，抡起拳头捶打窗户、擂打屋子。天上、地下一片黑暗，犹如可怕的深渊。云层席卷而来，转瞬之间一堵堵黑墙高耸，天地之间狂飙疾驰。这一阵气流把闷热的暑气一扫而光，一切都在奔流，都在扩展，都在激动，从天空的一头向另一头狂奔乱窜，牢牢扎根在土壤里的树木在呼啸的狂风的无形的鞭打之下痛苦地呻吟。突然，白光一闪，这一切都被撕成了两半：一道闪电从天空划到地下。闪电之后便是嘎啦一声巨雷，好像整个云层都裂开了。我的后面什么东西动了一下。她已经忽地站起来了。闪电扯掉了她眼睛上的睡意。她迷惘地呆望着自己。"怎么回事？"她说，"我在哪儿？"声音和先前大不一样。声音里虽然还流露出恐惧，但现在的音调听来甚为爽朗，像新鲜空气，清晰而纯净。又是一道闪电，把大自然的镜框撕开了：我一下子看清了在狂风摇撼下的枞树的雪亮的轮廓，云层像飞奔的野兽在空中疾驰，房间被照得雪白，比她苍白的脸还白。她一跃而起，其动作一下子变得从容自如，这我还从来没有在她身上见到过。她在黑暗中凝望着我。我感到她的目光现在已经清醒了，眼里含着无边的仇恨。随着一阵雷声，黑暗又笼罩了我们，黑暗里我想抓着她，安慰她，向她解释一下，但是没有成功，她挣脱了。又打了一道闪电，把房门给她照亮，她猛地把门推开，冲了出去。房门又自动关上了，这时嘎啦一声巨响，又打了一个雷，仿佛天整个儿掉到了地上。

接着外面发出哗哗声响，天像开了闸的河，滂沱大雨像瀑布似的从万丈高空倾泻而下，宛如无数根湿绳子被狂风吹得噼噼啪啪地来回直晃荡。有时大风把冰凉的雨水和甜丝丝、香喷喷的空气一束束地投进窗户里边我站着凝望的地方，我的头发全被打湿了，冰冷的水珠一滴一滴往下掉。但是我能感受到这纯洁的元素，心里感到幸运，我觉得这一下仿佛我的闷热也在闪电中消散了。我快活得真想高声大叫。又可以呼吸了，又清新凉爽了，我简直狂喜之极，也就把一切都忘了。我像大地一样往自己体内吮吸着清凉：我感到有一种像荡秋千时那种快乐的战栗，就像被雨水的湿鞭抽打得窸窣摆动的树木一样。天与地的欢娱的争斗真是妙不可言，像是狂喜的新婚之夜，我也分享了它的欢乐。电光一闪，天就直往下插，一声巨雷轰鸣，天就摔倒在战战兢兢的地上，在这充满了呻吟的黑暗里，天和地互相迅速沉落插叠在一起，宛如两性之间的媾和。树木快活得喘着粗气，越来越亮的闪电把远方织合在一起，天上滚烫的血管敞开着，水珠喷洒，并掺和着一道道潺潺细流。黑夜和世界，一切都打碎了，倒塌了——一种活的生命力，混合着田野的芳香与天空火热的气息的生命力，渗进了我的身心，使我感到凉爽。持续了三星期的酷热在这场斗争中退却了，我的心里也感到轻松。我觉得雨水仿佛哗哗地流进了我的毛孔，狂风仿佛在我胸前呼啸，令人神清气爽，我觉得我自己和我的生活已不再是单个的了，不再是有生命的了，我是世界，是狂风，是雷雨，是生物，是显示自然本色的黑夜。后来一切又渐渐平静下来，电光只是蓝蓝地、微微地划过天边，隆隆的雷声也变成了严父般的告诫声了，随着势头正在减弱的狂风，雨水的淅沥声也变得有节奏了，这时困意和疲倦也在向我袭来，我感到我颤动的神经像音乐似的在奏鸣，四肢有种软绵绵的舒松感。啊，现在和大自然一起睡吧，然后再和它一起苏醒！我脱了衣服，躺到床上。床上还保留着软软的、陌生的身体压下的印窝。我感觉到了这个无声的身体的印窝，这次奇怪的韵事还会引起回味，但是我再也不能理解它了。外面还在淅淅沥沥地下着雨，雨水冲洗了我的思想。我觉得，这一切不过是个梦而已。我总还想追忆先前所发生的事，但是雨在淅淅沥沥地下着，这柔和、奏鸣的黑夜是一只奇妙的摇篮，我躺在摇篮里，在夜的催眠曲中沉入了梦乡。

　　第二天早晨，我走到窗边，看见世界完全变了样。在灿烂的阳光下，大地显得清新，轮廓分明，也更加辽阔；大地的上空，那天地相交的穹隆处，像一面平静光亮的镜子，显得湛蓝而遥远。天地之间界限分明，天显得高远莫测，而它昨天却低垂在田野上，把大地折磨得痛苦不堪。但是现在天非常遥远，与地没有一点纠缠，没有一处地方再接触到这芬芳的、呼吸着的、已经解了渴的大地——它的妻子。天地之间有一个蓝色的深渊，在闪闪发光；天空和原野，他们彼此生疏地相对而望，都没有要求和愿望。

我下楼走进大厅。大家都已在那里了。他们的心情也和那几个可怕的、闷热的星期大不一样了。大厅里气氛热烈，情绪高昂，笑声爽朗，言语悦耳、铿锵，妨碍他们的沉闷的气氛已经一扫而光，缠绕他们的郁闷的束带已经脱落。我在他们之中坐下，心里的敌意也全消了，由于某种好奇心，我也在寻找另一个人，她的形象几乎被睡眠从我手里夺了去。果真，我所寻找的她正坐在那边侧面桌子上她爸爸妈妈中间。她很快乐，肩膀很轻松，我听到她在笑，银铃般的笑声无忧无虑。我好奇地用目光盯着她。她没有觉察到我。她正在讲什么使她很高兴的事，讲的中间不时夹杂着珠落玉盘似的稚气的笑声。后来她间或也朝我这边看看，她的视线匆匆掠过的时候，那笑声也就下意识地停止了。她的目光锐利地盯着我。好像有什么事使她感到诧异，她双眉紧蹙，她的眼睛严厉而紧张地在盘问我，她的脸上渐渐现出一种紧张而痛苦的表情，仿佛想要追思什么事，可又想不起来似的。我正面与她对视着，心里满怀希望，说不定她会做个激动或羞愧的样子来向我致意呢，可是她又把视线移开了。过了一分钟她的目光又朝我这里投了过来，好像要把事情弄个清楚。她的眼睛又一次打量着我的脸。只有一秒钟，很长的、紧张的一秒钟，我感到她的目光像坚硬、锋利的金属探针似的深深扎进了我的心房；随后她的眼睛又安详地从我身上移开了。从她无拘无束的、明亮的目光中，从她轻快地、快乐地转动着脑袋的样子，我感觉到，她在清醒的时候已经完全记不起我来了，我们的相遇已经随着神奇的黑夜沉没了。我们彼此又像天和地那么生疏和遥远。她同爸爸妈妈说着话，无忧无虑地摇晃着她那苗条的、少女的肩膀。她笑的时候，小嘴唇下面的牙齿在快活地闪光，而就在数小时之前，我还从她的嘴唇上饮下了整个世界的干渴和闷热呢。

看不见的藏品

德国通货膨胀时期 * 的故事

列车开出德累斯顿两站，一位上了年纪的先生上了我们的车厢，谦恭有礼地向大家打过招呼，然后抬起眼，像对一位老朋友似的特地再次朝我点头致意。最初的一瞬间，我想不起他是谁了；可是待他微微含笑，正要说出他的姓名时，我立刻就想起来了：他是柏林最有名望的艺术古董商之一，和平时期①我常常到他店里去观赏和购买旧书和名人手迹。我们起先随便聊了些无关紧要的事。接着他忽然突如其来地说道：

"我得告诉您，我刚刚是从哪儿来的。因为这个故事可以说是我这个老古董商三十七年职业生涯中所遇到的最离奇的事。您本人大概也知道，自从货币的价值就像逸散的煤气荡然无存以来，艺术品市场上是什么情况：暴发户突然对哥特式的圣母像和十五世纪印刷术发明初期的古版书，以及古老的蚀刻印制品和画像大为青睐；这帮人胃口之大你连变都变不过来，因此还不得不防范他们把屋里的东西一扫而光。他们恨不得连你袖口上的扣子和桌上的台灯都买了去。所以要搞到新的商品也就越来越难了——请原谅，我竟突然把这些我们一向对之心存敬畏的物品称之为商品——但是这批兜里鼓鼓的土老鳖甚至已经让人习惯于把一部精美的威尼斯古版书仅仅视为一笔美金，把圭尔奇诺②的一幅素描看作是几张一百法郎钞票的等价物。这帮突然出现的购买狂个个涎皮赖脸，死缠硬磨，你怎么拒绝阻挡都无济于事。所以我一夜之间就被敲骨吸髓，弄得一贫如洗。我们这家老店号是我父亲从祖父手里接过来的，如今店里只好卖些寒碜的下脚货，这都是些从前连北方的街头废品商贩都不屑放到他们手推车上去的破烂；目睹此情此景我羞愧难当，真恨不得将卷帘百叶窗放下，关门拉倒。

　　"在这种狼狈处境中，我想到，何不把我们的业务旧册簿拿来翻一翻，找出几位昔日的主顾，兴许还可以从他们那儿弄回几件副本呢。这种老主顾名录总像一片墓地，特别是现在这个时候，其实并不会给我多少引导。因为我们以前的主顾大多不得不早就把他们的藏品拍卖掉了，或者早已去世，对于剩下的少数几位，也不能抱有什么指望。这时我突然翻到一捆大概是我们最早的一位主顾的信件，此人我早就把他忘了，因为从一九一四年世界大战爆发以来，他再也未曾向我们订购或者咨询过什么。我们

---

* 指德国一九二一年至一九二三年恶性通货膨胀。

① 指第一次世界大战前。

② 圭尔奇诺（1591—1666），意大利画家，其湿壁画独创性地利用了引起幻觉的天顶，对十七世纪巴洛克装饰艺术有着深刻影响。圭尔奇诺是一位多能画家，既擅长壁画、架上画，也作铜版画。

的通信几乎可以追溯到六十年以前，这可没有一点儿夸张！他在我父亲和我祖父手里就买过东西，可是在我自己经手的三十七年里，我记不得他曾经来过我们店里。种种迹象表明，他一定是个古怪的旧式滑稽人物，是门采尔①或者施皮茨韦格②笔下那种早已匿迹的德国人，他们有的还活到我们这个时代，在外省的小城镇有时还可见到，都成了稀有怪人。他手书的文本可说是书法珍品，写得干干净净，每笔款项下面都用尺子和红墨水画上横道，而且总要把数字写两遍，以免出现差错；再有，他还利用裁下的信笺空白页和翻过来的旧信封写信。凡此种种都表明，这个不可救药的外省人十分小家子气，是个狂热的节俭癖。这些奇特的文件除了他的签名之外，往往还署着他的各种繁冗的头衔：退休林务官兼经济顾问，退休少尉，一级铁十字勋章获得者。这位一八七〇年战争的耆宿，要是还活着的话，至少也有八十高龄了。可是这位滑稽可笑、节俭入迷的人物作为古代版画收藏家却表现出不同凡响的聪慧、精邃的知识和高雅的情趣。于是我慢慢整理出他将近六十年的订单，其中第一份订单还是用银币结算的。我发现，在一塔勒③还可以买一大批最精美德国木刻的那个时代，这位不显山露水的外省人定已悄没声儿地收藏了一批铜版画，和那些暴发户名噪一时的收藏相比，他的这些藏品却更令人刮目相看。因为

---

① 门采尔（1815—1905），德国画家、素描大师。作品除了大量风俗画、风景画和肖像画外，还画了很多工人及其他劳动者的形象。
② 卡尔·施皮茨韦格（1808—1885），德国画家，擅于描绘小城镇的失意者、街头音乐家、邮递员、守夜人和依依作别的情侣。
③ 德国旧制银币。

在半个世纪里，他单在我们店里每次用不多的马克和芬尼①购得的东西积攒在一起，在今天恐怕已经价值连城了。除此之外，还可以想见，他在拍卖行和其他商号一定也捞到了不少便宜货。当然，从一九一四年以来再没有收到过他的订单。我对艺术品市场的行情十分熟悉，要说这样一批藏品无论公开拍卖或者私下出售，是一定瞒不过我的。如此说来，这位奇人想必现在还活着，或者这批藏品现在就在他的继承人手里。

"这件事情引起了我的兴趣，第二天，也就是昨天晚上，我立刻乘火车直奔萨克森一座凋敝的外省小城镇而去。当我出了小火车站，信步走上主要大街时，我觉得在这些平庸、俗气、带着小市民趣味的房子当中，在其中的某个屋子里竟住着一位拥有保存得完整无损的伦勃朗极其精美的画作，以及丢勒和曼特尼亚②版画的人，这简直让人难以置信。我到邮局去打听，这里有没有一位叫这个名字的林务官或者经济顾问。当得知这位老先生确实还活着时，我真感到惊讶不已，于是，我在午饭前便动身前往他家，说实话，我心里真还有些忐忑不安呢。

"我毫不费劲就找到了他的住处。他的寓所在那种简陋的外省楼房的三层。这种楼房大概是在上世纪六十年代由某位善于投机的泥瓦匠设计，匆忙地盖起来的。二层楼上住着一位老实的裁缝师傅；三楼的左侧挂着一块闪闪发亮的邮政局长的门牌，在右

① 德国辅币单位，一百芬尼等于一马克。
② 曼特尼亚（1431—1506），意大利北部画家，文艺复兴早期艺术家。

侧终于看到了写有这位林务官兼经济顾问姓名的瓷牌。我怯生生地按了一下门铃，立刻就出现一位头戴干净小黑帽的白发老妪。我把我的名片递给她，并问，能否跟林务官先生谈谈。她先是惊讶地、有些怀疑地看了看我，然后看了我的名片。在这座被世界遗忘的小镇上，在这么一幢老式的房子里，居然有人从外地来访，这可是一件大事。她和蔼地请我稍等，便拿着名片进屋去了。我听见她在屋里小声说着，接着突然听见一个响亮的男人声音大声地说：'啊，R先生……从柏林来的，从那家大古董店来的……快请进，快请进……我很高兴！'这时，老夫人又急步来到门口，请我进屋。

"我脱下大衣，走进屋去。在这间陈设简单的屋子当中，站着一位身体还很硬朗的耄耋老人，他身板挺直，蓄着浓密的髭须，身着半军装式的镶边便服，热情地向我伸出双手。这个手势明白无误地表示出他喜悦的、自然流露的欢迎，可是这又与他站在那里呆滞的奇怪神情形成明显的反差。他一步也不向我迎来，我只好走到他跟前，心里略感诧异地去握他的手。可是当我要去握他的手时，我从这双手纹丝不动地所保持的水平姿势上发现，他的手不是在找我的手，而是在等待。一下子我全明白了：这是位盲人。

"我从小迎面看见瞎子心里就感到很不舒服。每当想到一个人活生生的，同时又知道，他对我没有我对他那样的感受时，心里总排遣不了羞惭和不是味儿的那种体悟。就是此刻，在我看到在他向上竖起的浓密的白眉毛下那双直愣愣凝视着虚空的瞎眼睛时，也得克服我心里最初的恐惧。可是这位盲人没让我长时间去发愣，因为我的手刚一碰到他的手，他就使劲将我的手握住，并且用热烈而愉快的响亮声音再次向我表示欢迎：'真是稀客！'他笑容满面地对我说，'确实是奇迹，柏林的大老板竟会光临寒舍……不过，俗话说得好，商人上门，可得多多留神！……我们家乡常说：来了吉卜赛，快快关上大门扎紧口袋！……是啊，我可以想象，您干吗来找我。在我们可怜的、衰落的德国，现在生意很不景气，没有买主了，于是大老板们又想起了他们的老主顾，又找他们的羔羊来了。不过，我怕您在我这儿交不到好运，我们这些可怜的吃养老金的老人，只要有口饭吃就心满意足了。你们现在把物价弄得疯涨，我们可是没法跟上……我们这样的人是永远被抛弃了。'

"我立即纠正他的话，说他误解了我的来意。我来这儿，并不是要向他兜售什么东西，我只不过是正好来到近处，不想错过这个来拜访他这位我们店号多年的老主顾和德国最大的收藏家之一的机会。我刚说出'德国最大的收藏家之一'这句话，老人脸上就出现了奇怪的变化。他仍然直愣地、呆滞地站在屋子中间，但是现在他的脸上突然开朗了，而且现出内心深处有种自豪的神情。他转向他估计夫人所在的方位，仿佛想说：'你听见了吗！'随后他转过脸对我说，声音里充满快乐，刚才说话时还显露出的那种军人的粗暴口气已经无影无踪，而是以和顺，甚至可说是轻柔的语调说：

"'您这确实是太好了，确实太好了……不过也不会让你白来一趟的。我要给您看些东西，这可不是您每天都看得到的，即使是在您引以为豪的柏林……给您看几幅画，就是在阿尔贝特①和讨厌的巴黎也找不到更好的了……可不是，六十年下来，收集了各种各样的东西，这些宝贝可不是平时能在大街上随便见到的。路易丝，把柜子的钥匙给我！'

"这时，发生了一件意想不到的事。这位站在他旁边客气地微笑着，和蔼可亲地静听我们谈话的老太太，这时突然举起双手向我恳求，同时剧烈地摇着脑袋以示反对。起先我还不明白，她的这个信号是什么意思。随后她先走到她丈夫跟前，双手轻轻地搭在丈夫肩上：'可是，赫尔曼，你也不问问这位先生，现在有没有时间看你的藏品，现在到中午了。吃过午饭你得休息一小时，这是大夫特别要求的。等吃完饭你再把你那些东西让这位先生看，然后我们一起喝咖啡，这不是更好吗？那时安纳玛丽也在家，对这些东西她比我懂得多，她可以帮你的忙！'

"她刚说了这些话，似乎越过她毫无所知的丈夫，再次向我重复了那个急切恳求的手势。这下我明白她的意思了。我知道，她是让我不要答应马上就观赏他的藏画，所以我立即借口说，有人请我吃饭。我表示，能允许我观赏他的藏品，我感到莫大的快乐和荣幸，可是在三点以前几乎不可能，三点以后我将乐于再来。

"他生气了，就像是被人把最心爱的玩具拿走了的孩子。他转过身来咕哝着说道：'当然，这些柏林的大老板总是忙得不可开交。

---

① 即著名的奥地利阿尔贝特版画收藏馆。该馆藏品为十八世纪阿尔贝特·卡西米尔公爵所收集，后由阿尔贝特的继承人管理和扩充，直至一九二〇年奥地利政府接管为止。

可是这次您可得拿出点时间来，因为这些藏品不是三五幅画，而是二十七个收藏夹，每位大师一个，而且没有一个收藏夹没有装满。那么，说好下午三点；可得要准时，要不我们就看不完了。'

"他又朝空中向我伸出手来：'您看吧，您会高兴——或者生气的。您越生气，我就越高兴。我们收藏家就是这样：一切都为我们自己，不为别人！'他再次使劲握了我的手。

"老太太一直把我送到门口。在这段时间里，我注意到她一直忧心忡忡，显出又尴尬又恐惧的神色。可是现在快到门口了，她就压低嗓子，结结巴巴地说道：'你来我们家之前……可以让我女儿安纳玛丽……去接您吗？……由于种种原因……这样较为妥当……您大概是在旅馆里用饭吧？'

"'是的。我很高兴，我会感到非常愉快的。'我说。

"果然，一小时以后，我在市场附近那家旅馆的小餐厅刚刚吃完午饭，就进来一位衣着朴素、不很年轻的姑娘，睁大眼睛往四处找人。我朝她走去，做了自我介绍，并告诉她，我已准备停当，可以马上跟她一起去看藏画。可是她的脸一下子突然涨得通红，表现出慌乱和尴尬的神情，就像她母亲先前那样。她恳请我，动身前能不能先跟我说几句话。我马上就看出，她很为难。每当她鼓起勇气，想要说话的时候，脸上忐忑不安、颤动不定的红晕便一直升到她的额头，一只手折卷着裙子。末了，她终于结结巴巴开口了，这当间又一再沉入内心的慌乱：

"'我母亲让我来找您的……她什么都跟我说了……我们对您有个很大的恳求……在您到我父亲那儿去之前，我们想先把情况告诉

您……父亲当然要让您看他的藏品，可是这些藏品……这些藏品……已经不很全了……其中缺了好些……可惜，甚至缺了相当多……'

"这时，她不得不再喘口气，随后突然凝视着我，匆匆地说道：

"'我必须坦诚地跟您说……您了解这个时代，您什么都会理解……战争爆发以后，父亲的双目完全失明，在此之前，他的视力就常出问题，后来因为激动，他的视力就完全丧失了——起先，尽管那时他已是七十六岁高龄了，他还是决意要到法国去打仗，后来德国军队没像一八七〇年那样往前挺进，把他气得七窍生烟，这时他的视力就急剧下降。不过除了视力不济之外，他的身体还是十分硬朗的，直到不久前他还能一连散步几小时，甚至能去进行他喜爱的打猎。可是现在他不能出去散步了，他剩下的唯一的乐趣就是他的藏品，他每天都要欣赏……这就是说，这些藏品他是看不见了，他什么也看不见，可是每天下午他都要把所有的收藏夹拿出来，至少可以把这些画摸一摸，总是按照同样的顺序一张一张地摸，几十年来，他已经将这个顺序背熟了……现在他对别的东西已经没有兴趣，我得老给他念报上各种拍卖的消息，价格越涨，他越高兴……因为……对物价和时代父亲一点也不了解，这才是最可怕的……他不知道，我们已经失去了一切，他每月的养老金还维持不了两天的生活……再加上我妹夫又阵亡了，留下她和四个孩子……可是父亲对于我们这些物质上的困难却全然不知。起初我们省吃俭用，比从前更节省，但无济于事。后来我们就开始变卖东西——我们当然不碰他心爱的藏品……我们卖掉了仅有的那点首饰，可是，上帝呀，这又能卖多少钱！六十年来父亲把能省下的每一芬尼全都用来买画了。有一天，家里再没有什么可卖的了……我们真不知道这日子怎么过下去。这时候……这时候，母亲和我就卖了一幅画。父亲要是知道，那是绝对不会允许的。他不知道，日子过得多么艰难，他根本想不到，在黑市上弄点儿食物有多难，他也不知道，我们已经战败了，阿尔萨斯和洛林已经割让出去①，我们再也不把报上的所有这些消息念给他听了，免得他激动。

"'我们卖了一幅非常珍贵的画，一幅伦勃朗的蚀刻画。商人给我们出价好几千马克，我们本指望用这笔钱维持几年生活的，可是您知道，货币贬值起来有多快……我们把剩下的钱全部存进银行，可是两个月后就付之东流了。因此，我们只好再卖掉一幅，又卖掉一幅，商人总是很晚才把钱寄来，这时货币又已经贬值了。后来我们就拿到拍卖行去，可是尽管人家出价几百万，我们也还是受骗……等这几百万到我们手里，已经成了一堆分文不值的废纸。就这样，仅仅为了维持我们最可怜的生活，父亲收藏的珍品，连同几幅名画，全都渐渐流失了，而父亲对此却毫不知情。'

"'所以您今天一来，我母亲就吓坏了……因为要是父亲给您打开那些收藏夹，那么事情就露馅儿了……每个旧画框，父亲一摸就知道。我们把复制品或者相似的画页放进画框，代替那些卖掉的画，这样他摸的时候，就不会有所觉察。只要他能触摸、能清点这

---

① 普法战争后，法国于一八七一年将两地割让给德国。一九一九年第一次世界大战后，退还法国。一九四○年第二次世界大战期间，再度割让给德国，一九四五年又归还法国。

些画页（这些画的顺序他已准确地熟记于心），那他就会感到跟从前睁着双眼欣赏这些作品的时候同样的高兴。而平时在这个小镇上，我父亲认为没有人配得上看他的宝贝……每一张画他都爱不释手，我相信，要是他知道，他这些画早就在他手底下流失了，他一定会心碎的。这些年来，自从德累斯顿铜版画陈列馆的前任馆长去世以后，您是第一位他愿意让看他的收藏夹的人。所以我请求您……'

"这位不再年轻的姑娘突然举起双手，眼里闪着晶莹的泪花。

"'……我们请求您……别让他伤心……别让我们伤心……请您别把他这个最后的幻想毁掉，请您帮助我们，让他相信，所有他将向您描述的画还都存在……要是他猜到了真相，他就活不下去了。也许我们做的这件事对不起他，但是我们没有别的法子：人总得活啊……人的生命，我妹妹的四个孤儿，总比印在纸上的画重要吧……到今天，我们也一直没有夺走他的这个乐趣；每天下午能把他的收藏夹翻上三个钟头，跟每幅画都像跟人似的说说话，他就感到很快活。今天……今天说不定会是他最快活的日子。他盼了好些年，盼着有朝一日能给一位行家展示他心爱的宝贝；我请您……我举起双手恳请您，别毁掉他的快乐。'

"她这番话说得那样感人肺腑，我现在的复述，根本无法表达她的这种感情。上帝呀，作为商人，我见过许多人被通货膨胀卑鄙地洗劫一空，弄得倾家荡产，他们上百年祖传的珍宝被人用一个黄油面包就给骗走了——但是在这儿命运创造了一个特例，使我特别震撼。不言而喻，我答应她绝不吐露真情，并尽力帮忙。

"于是我们一起去她家——路上我十分愤怒地听说，人们用一丁点儿钱就骗了这两位可怜的无知女人，我心头就无名火起，但是这更坚定了我帮助她们到底的决心。我们走上楼梯，刚按响门铃，就听见屋里老人愉快而响亮的声音：'进来！进来！'凭着盲人敏锐的听觉，他一定听见我们上楼的脚步声了。

　　"'由于急着要让您看他的宝贝，赫尔曼今天中午一点儿都没睡。'老夫人笑着说。她女儿一个眼神就让她知道我答应了她们的请求，老太太也就把心放下了。桌上铺了一大堆收藏夹，正在等待。盲人一触到我的手，就抓住我的手臂，把我按在沙发椅上，连寒暄话都没说。

　　"'好吧，现在我们马上就开始！——要看的东西很多，而柏林来的大老板又没有时间！这里第一个收藏夹里全是大师丢勒的作品，您自己将会确信，收集得相当齐全——而且一幅比一幅精美。喏，看看吧，您自己来判断！'——说着他打开了画夹中的第一幅，'这是《大马》。'

　　"于是他便精心细致地，就像人家平时触碰到一件易碎的东西似的，用指尖小心翼翼地从收藏夹里取出一个嵌了一张泛黄的空白纸的画框。他激情满怀地把这张分文不值的废纸举在面前，凝视着，足有几分钟之久，可是并没有真正看见。他张开双手狂喜地把这张白纸举到眼前，整个脸上呈现出一位观赏者迷人地凝神专注的表情。可是他两颗瞎了的僵滞的眼珠，突然闪闪发亮，出现一缕智慧之光——是纸的反光，还是内心的喜悦所造成？

　　"'怎么样，'他自豪地说，'您什么时候见过比这印得更好的画吗？每个细部的线条多么锐利，轮廓多么清晰——我把这张画同德累斯顿的那幅做过比较，德累斯顿那张就显得呆板、木讷多了。再来看看它的来头！这儿——'他把画翻了过来，用指甲丝毫不差地指着这张空白纸上的一些地方，以至我下意识地朝那儿看去，看那儿是否真有标识——'您看，这儿是那格勒的收藏章，这里是雷米和埃斯戴尔的收藏章。这些著名收藏家大概怎么也料想不到，他们的画居然来到了这间小屋里。'

"听到这位毫不知情的老人如此热情地赞赏一张完全空白的纸，我真感到不寒而栗。看见他用指甲精确到毫米不差地指着只在他的幻想中还存在的看不见的收藏家的标识，真让人感到十分怪异，心里直发毛。恐怖使得我的喉咙感到憋气，像是被绳子勒住了似的，我不知道该怎么回答才好。我迷惘地抬眼看着那两个女人，看见浑身颤抖、异常激动的老夫人又举起了恳求的双手。于是我让自己镇静下来，开始进入我的角色。

"'简直是超群绝伦！'我终于结结巴巴地说道，'这幅画的印制真可谓精美无比！'自豪感使得老人的整个脸上立刻显得神采奕奕。'不过，这还不怎么样，'他得意扬扬地说，'您得先看看《忧愁》，或者这幅《基督受难》，这幅画色彩之绚丽，印制之精致，世上无出其右者。您看这儿，'说着他的手指又轻盈地抚摸着一幅他想象中的画，'色彩鲜艳，质感强烈，色调温暖。柏林的大老板们和博物馆的专家们见了不被震得瞠目结舌，惊得呆若木鸡才怪呢。'

"老人得意扬扬，滔滔不绝地说啊，讲啊，足有两个小时。我真无法向您描述，跟他一起观赏这一百张或二百张空白废纸或是拙劣的复制品有多么怪异，多么吓人！这些子虚乌有的画在这位可悲的毫不知情的老人记忆里可是货真价实，真真切切的，他可以毫无差错地按照精确的顺序赞美和描述每一幅画，精确地指出画上的每一个细部。这些看不见的藏品早已风流云散，荡然无存了，可是对于这位盲人，对于这位令人感动的受骗者来说，还实实在在收藏在那里。还完整无缺地存在着。他由幻觉产生的激情是如此感人肺腑，几乎连我也开始相信了。只有一次，他似乎有所察觉，这下，他那梦游者的沉稳和观赏的热情就被可怕地打破了：拿起伦勃朗的《安提俄珀》（这是一幅试印张，想必确实具有无可估量的价值），他又赞赏了印刷的清晰，同时他那感觉敏锐的、神经质的手指深情地将这幅画复绘一遍，随后又照着印象中的线条重新描画时，他那久经磨炼的触角神经在这张陌生的画页上却没有发现那些凹纹。这时他额头上突然掠过一片阴影，声音也变得慌乱了。'这确实是……确实是《安提俄珀》吗？'他喃喃自语，神情显得有些尴尬。我立刻心生一计，急忙从他手里将这幅装了框的画页拿了过来，热情洋溢地把这幅我也能记得起来的蚀刻画的各种细节描绘一番。盲人的那张已经变得尴尬的脸重新松弛下来。我越赞扬，这位性格怪僻、已到风烛残年的老者就越显得亲切与随和，快乐与真挚。'这才是行家啊！'他朝他的家人转过脸去，兴高采烈地、得意扬扬地说。'终于，终于找到一位知音了。你们听听他说的，我这些画有多值钱。你们总是对我心存疑虑，责怪我把所有的钱都花在了收藏上。这倒是真的，六十年来，我不喝啤酒，不抽烟，不旅行，不看戏，不买书，总是一个劲儿省，省下钱来买了这些画。等到有朝一日我不在人世了，你们将会看到——你们发了，成了全城的首富，富得跟德累斯顿最有钱的富人一样，那时候，你们还会为我干的蠢事高兴的。可是只要我活着，一幅画也不许拿出这屋子——你们得先把我抬出去，这才能动我的藏品。'

"他边说边用手指轻柔地抚摸那些早已没有藏品的空收藏夹，就像是抚摸有生命的东西似的。——对我来说，这是一个可怕但又感人的情景，因为在这战争年代里，我还从未在一个德国人的脸上见过如此完美、如此纯真的幸福表情。他身旁站着他的妻子和女儿，神秘地跟那位德国大师蚀刻画上的女人形象①极为相似。画上的女人前来瞻仰救世主的坟墓，站在挖开的空墓穴前，脸上的表情既惊恐又虔诚，还有见到奇迹时的狂喜。犹如那幅画上的女门徒被救世主神的预示映得神采奕奕一样，这两个日渐衰老、含辛茹苦、家徒四壁的小市民妇女脸上则感染着老人那天真烂漫、心花怒放的欢乐，她们一面欢笑，一面流泪，这样感人至深的情景我还从未见过。可是，老人对我的夸奖真是百听不厌，他不断把画页堆起，又翻开，如饥似渴地把我说的每一句话都吞进肚里。等到最后，这些骗人的收藏夹被推到一边，老人很不乐意地得把桌子腾出来喝咖啡的时候，对我来说倒是一次休息。可是我这心含内疚的放松又怎能与这位似乎年轻了三十岁的老人，与他激越高昂、升腾跌宕的欢乐情绪，与他的豪迈气魄相提并论！他讲了千百个买画淘宝的趣闻逸

---

① 这里指丢勒及其蚀刻画《基督受难》。

事，一再站起身来，不要别人帮忙，自己摸索着去抽出一幅又一幅画来：他像喝了酒似的兴奋和陶醉。可是等我末了说，我得告辞了，他简直大为惊吓，像个任性的孩子似的一脸恼怒，固执地跺着脚说：这可不行，还没看完一半呢。两个女人费了好大周折才让这位倔强的老人明白，他不能让我多耽搁了，要不然就会误了火车。

"经过激烈反对，最后他终于顺从了。告别的时候到了，他的声音变得非常柔和。他握住我的两只手，他的手指以一个盲人的全部表达力，亲热地顺着我的手一直抚摸到手腕，像是想更多地了解我，并向我表达言语所不能表达的更多的爱。'您的光临给了我极大、极大的快乐。'他开口说，语气中透着从内心激起的感触，这是我永远不会忘怀的，'终于又能和一位行家一起来欣赏我心爱的藏画，对我来说这真是件欣慰的事。我会让您看到，您没有白到我这个瞎老头这儿来。我让我太太作为证人，我在这儿当着她的面答应您，我要在我的遗嘱上再加上一条：委托您久负盛名的字号来拍卖我的收藏。您该获此殊荣，来管理这批人所不知的宝藏，'——说到这里，他深情地把手放在这些早已洗劫一空的收藏夹上——'直到它流散到世界各地之日。不过您要答应我编制一份精美的藏品目录：让它成为我的墓碑，更好的墓碑我也不需要。'

"我望了望他夫人和女儿，她们俩紧紧地挨在一起，有时会有一阵战栗从一人传给另一个人，仿佛两人是一个身体，因为受到同样的心灵震撼而在那里颤抖。我自己的心情十分庄严，因为这位令人感动的毫不知情的老人，委托我像保管一批珍宝似的保管他那看不见的、早已散失的藏品。我深受感动，答应了这件我永远也无法完成的事；老人瞎了的眼珠又为之一亮，我感到，他从内心渴望感觉到我的真实存在：我从他的和蔼可亲，从他心怀感激和诺言，用手指紧握我的手指的举止上，感觉到了他的这种渴望。

"两位女人送我到门口。她们不敢说话，因为老人听觉敏锐，会听见每一句话，但是她们热泪盈眶，她们的目光注视着我，充满感激之情。我神情恍惚，摸索着走下楼梯。我心里感到十分羞愧：我像童话里的天使踏进一个穷人家里，帮人做了一次虔诚的欺骗，肆无忌惮地撒谎，使一个瞎子在一小时内重见光明，而实际上我确实是个卑鄙的商贩，到这里来是想从别人手里狡猾地捞取几件珍贵的东西。可是我带走的却很多很多：在这麻木迟钝、毫无欢乐的时代，我又一次生动地感觉到了纯真的激情，一种心灵里充满阳光、完全献身于艺术的心醉神迷——对于这种精神状态我们这些人似乎早已忘怀了。我心里充满敬畏之情，——我无法用别的方式来表达——虽然我还因为不知原因而一直感到羞惭。

"我已经到了大街上，这时上面的窗户咔喇一响，我听见有人在喊我的名字：真的，老人非要朝他估摸我所去的那个方向用他失明的眼睛为我送行。他的身子探出窗外老远，他的妻女只好扶着他，以防意外。他挥动手绢，用男孩子快乐而爽朗的声音叫道：'一路平安！'这是一个令我难以忘怀的情景：楼上窗口上露出一张白发老人快乐的笑脸，由一片善意的幻觉之白云从我们这个可憎的现实世界轻轻托起，高临于大街上那些郁郁寡欢、行色匆匆、忙忙碌碌的人群之上。我不觉又想起了那句真实的老话——我想，那是歌德说的——'收藏家是幸福的人！'"

一个女人一生中的二十四小时

　　战争①爆发前十年，当时我住在里维埃拉一座小公寓里。有次在饭桌上发生了一场激烈的讨论，想不到竟演变成粗野的争执，甚至差点闹到彼此恶语相加、互相侮辱的地步。当今大多数人的想象力都很迟钝，不管什么事，只要它与自己无关，只要它没有像一个尖利的楔子打进脑袋，他们就不会大动肝火，可是事情一旦发生在他们眼前，直接触动到他们的感情，那么，即使是一件微不足道的小事，也会立即在他们心里引起过分的激动。于是他们便一反往日少管闲事的常态，显出蛮不讲理、气势汹汹的样子。

　　这次，在我们同桌吃饭的这些十足的平民百姓身上所表现出来的就是这种情景。平日这帮人在一起心平气和地 small talk②，互相开点无伤大雅的小玩笑，通常吃完饭大家马上就分散了：那对德国夫妇外出观光游览，拍照留影；胖子丹麦人不嫌单调乏味，独自去钓鱼；举止文雅的英国太太接着看她的书；那对意大利夫妇则到蒙特卡洛③去豪赌；我呢，不是偷闲在花园里的椅子上一躺，就是工作。可是这次，那场激烈的讨论把我们大家互相完全纠缠在一起了，吃完饭大家都坐着，谁也没有走；我们中要是有人突然一跃而起，那绝不似平日那样站起来彬彬有礼地向大家告退，而是在脑袋发热、心中愤怒的状态下——这我在前面已经说过——所采取的不加掩饰的激愤形式。

把我们桌上这一小拨人拴在一起的那件事，确实够奇怪的。我们七个人下榻的那个公寓从外表看虽然好似独幢别墅——啊，从窗口眺望悬岩峥嵘的海滨真是妙不可言！——但实际上它只不过是皇宫大饭店的附属建筑，收费较低廉，通过花园同大饭店相连，所以我们这些住公寓的客人同住大饭店的客人常有来往。前天，饭店里发生了一件确凿无疑的桃色事件：一位年轻的法国人乘中午十二点二十分的火车——我不得不准确地把时间交代清楚，因为它无论对这段插曲还是对那场激动的谈话的题目都是非常重要的——来到这里，租了一间滨海房间，可以眺览大海，视野非常好，这本身就说明他相当富裕。使其引人注目、给人以好感的，不仅是他谨慎的优雅风度，更主要的是他那超群绝伦、人见人爱的俊美：一张修长的姑娘般的脸庞，热情而性感的嘴唇上长着一圈轻柔、金黄的短髭，柔软的褐发卷曲在白净的额头上，温柔的眸子投给你的每一瞥都是一次爱抚——他身上的一切都显得柔情绰态，依阿取容，风致韵绝，而毫不扭捏作态，矫揉造作。如果

---

① 指第一次世界大战。
② 英语，闲聊。
③ 世界著名的赌城，在摩纳哥公国境内。

说远远见到他首先会使人觉得有点像陈列在大时装店橱窗里的那些表现男性美理想的、拿着精美的手杖、风度翩翩的肉色蜡人的话，那么走近一看却全然没有一丝纨绔之气，因为他身上的俊秀纯属是天然，与生俱来，宛如从肌肤里长出来的，实属罕见。他从旁边走过时，总要以同样谦恭和亲切的方式向每个人打招呼，见他在各种场合无拘无束地展现的那份时时做好外出准备的潇洒劲儿，真让人赏心悦目。若是有位女士往存衣处走去，他总要赶忙迎上前去，帮她脱下大衣，对于每个孩子他都亲切地看上一眼或是说句逗乐的话，显得既平易近人，又不张扬惹眼——总之，看来他就是那种幸运儿，他们凭借得到验证的感觉，深信能以自己俊美的面庞和青春的魅力使别人满面春风，并将这种自信变成新的优雅风度。只要有他在场，对饭店里大多数年老或者有病的客人来说不啻是一种恩惠，他以那种青春的胜利步伐，以那种逍遥自在、清新潇洒的生命的风暴赋予许多人以优美的享受，使得每个挤到前面来看他的人都无可抗拒地对他产生好感。他来了两个小时就已经在同里昂来的两位姑娘打网球了。她们是那位身宽体胖的富有的工厂主的女儿，十二岁的安内特和十三岁的勃朗希。女孩儿的母亲，那位秀美、窈窕、性格内向的亨丽埃特夫人面露微笑，在一旁看着两位羽毛未丰的女儿在下意识地卖弄风情，同那位陌生的年轻人调情。晚上，他在我们的棋桌旁观看了一小时，这当间随便讲了几个有趣的奇闻逸事，随后又陪亨丽埃特夫人在饭店的屋顶平台上长时间地踱来踱去，而她丈夫则像往常一样，同一位生意上的朋友玩多米诺骨牌；夜里我注意到，他还在办公室的暗影里同饭店的女秘书促膝谈心，神态之亲密简直令人生疑。第二天早晨，他陪我的丹麦同伴出去钓鱼，他在这方面所显示的知识实在令人惊讶；后来又同里昂来的那位工厂主聊了很久的政治，在这方面他也证明自己同样很精通，因为别人听到这位胖先生开怀的笑声竟盖过了海浪的轰鸣。午饭后，他再次单独陪亨丽埃特夫人坐在花园里喝了一小时黑咖啡，又同她的女儿打了网球，同那对德国夫妇在大厅里闲聊了一阵。我所以那么详尽地记下他在各个时间段的时间安排，那是因为这对了解这里的情况是完全必要的。下午六点钟我去寄信，又在火车站遇见了他。他急忙朝我走来，仿佛他要向我告辞似的。他说，他突然接到来信，叫他回去，两天后他仍将回来。晚上，他果然没在餐厅里出现，但这只是他的人不在，因为每张桌上还都在谈他，大家交口赞赏他那种舒适、快活的生活方式。

夜里，大约将近十一点钟的时候，我坐在屋里，想把一本书看完。这时，从打开的窗户里突然听到花园里有不安的叫喊声，又看到那边饭店里的一片忙乱景象。我觉得好奇，但更感到不安，于是马上过去，跑了五十步就到了那边。我发现所有的客人和饭店职工个个张皇失措，乱作一团。原来亨丽埃特夫人每天晚上都要到海滨台地上去散步，今天，在她丈夫照例准时同那慕尔①来的朋友玩多米诺骨牌的时候，她就去那儿散步，此时尚未回来，大家担心她会遭到什么不测。她那位身宽体胖、平时行动迟钝的丈夫现在像头公

---

① 比利时中南部城市。

牛似的一再向海滩奔去，并朝黑夜高声呼喊："亨丽埃特！亨丽埃特！"由于紧张，声音都变了，这呼唤听起来像是一只受到致命伤害的巨兽发出的原始而可怕的悲号。茶房和侍役惊恐不安地从楼梯上跑上跑下，所有客人都被叫醒，并打电话报告了警察局。这当间，那位胖丈夫敞着坎肩，一面不停地跟跟跄跄、磕磕绊绊地奔来奔去，一面抽抽噎噎，徒劳地朝黑夜呼唤"亨丽埃特！亨丽埃特"。这时楼上的两个女儿也醒了，穿着睡衣，从窗口朝楼下呼喊她们的母亲；于是父亲又急忙跑上楼去宽她们的心。

随后发生了一件骇人听闻的事，简直难以复述，因为人在遭受巨大打击的瞬间，精神极其紧张，他的举止往往表现出一种悲剧色彩，无论用图画还是文字都无法以同样的雷霆之力将其再现。突然，那位笨重、肥胖的丈夫从嘎吱作响的楼梯上下来，脸色也变了，显得十分疲倦，但却十分愤怒。他手里拿了一封信。他以刚好还能听得清的声音对人事部主任说："请您叫大家都回来，不用再找了。我夫人抛弃了我。"

这就是这位受到致命打击的男人的态度，是他在周围这些人面前所表现的超乎常人的态度。这些人本来都怀着好奇心争先恐后地来看他的，现在突然大吃一惊，个个感到很难为情，人人不知所措，便纷纷离他而去。他剩下的力气正好还够摇摇晃晃地从我们身边走过，朝谁都没看一眼，他还走进阅览室去关掉电灯；随后就听见他沉甸甸的庞大身躯砰的一声跌落在靠背椅里，并听到一阵呜呜的啜泣，像野兽的嗷嗷声，只有还从来没有哭过的男人才会这么个哭法。这种刻骨铭心的痛苦对我们每个人，即使是最卑鄙的人，都具有一种麻醉力。无论是茶房还是怀着好奇心悄悄走来的客人，谁都不敢发出一丝笑声，或者说一句惋惜的话。我们大家都默默无言，对这场可以击碎一切的感情爆炸好像感到羞愧似的，一个接一个溜回各自的房间，只有那位被击倒的人独自在黑暗的房间里啜泣，后来大厦的灯光慢慢熄灭了，但人们还在交头接耳，嘀嘀咕咕，窃窃私语。

人们将会理解，拿这么一桩雷击般落在我们眼前的事件来狠狠地刺激一下那些平时只习惯于悠闲自在、无忧无虑地消磨时间的人大概是非常合适的。但是，随后我们餐桌上爆发的那场讨论，那场如此激烈、差点儿激化为拳脚相加的讨论，虽然是这桩令人惊异的事件引起的，然而从实质上来说，它更是对相互对立的人生观所做的一次原则性的阐述和大动干戈的冲突。这位精神彻底崩溃的丈夫一时气昏了头，将手里的信揉成一团，随手往地上一扔。一个侍女捡起信来看了，但不慎泄露了秘密，因而大家很快都知道，亨丽埃特夫人不是独个儿，而是同那位年轻的法国人串通一气才出走的。这样一来，大多数人原来对年轻的法国人所抱的好感，瞬息之间就烟消云散。现在，一眼就看得明明白白：这位瘦小的包法利夫人将她肥胖的、土里土气的丈夫换了一位风流倜傥、年轻潇洒的美男子。然而，使得饭店里所有的人激动不已的，却是以下这一情况：无论是这位工厂主还是他的两个女儿，或者亨丽埃特夫人先前都从未见过这位 lovelace①，那么，使得一位大约三十三岁左右、品德无

———————

① 英语，花花公子。

可指责的女人一夜之间就把自己的丈夫和两个孩子抛弃，随随便便跟一位素不相识的纨绔子弟远走高飞的，有傍晚时分在平台上的两小时谈话和在花园里喝一小时黑咖啡这两件事大概就足够了。对于这个表面上显而易见的事实，我们桌上的人却一致不予苟同，大家认为，那是这对情人施放的刁钻烟幕和耍的狡猾花招：不言而喻，亨丽埃特夫人同这位年轻人一定早就有了秘密来往，这位情郎这次是专为商定私奔的最后细节而来这儿的，因为——大家这样推断——一位正派夫人同一个男子结识仅两个小时，听到一声吆喝就随他私奔，这是完全不可能的。我觉得，提出一个不同看法倒是蛮有趣的，我竭力为这样一种可能性辩护：我认为，一个多年来对婚后生活感到失望和无聊的女人，心里早已做了坚决的准备，一旦有人追她，就随他而去，这种情况是极有可能的。由于我出其不意地提出了异议，讨论立刻就吸引了每个人，尤其因为德国和意大利这两对夫妇的论点而变得颇为激烈：他们带着毫不掩饰的侮辱和轻蔑的神情否定有 coup de foudre① 的情况存在，若是有，那也只是愚蠢的行为，是无聊小说里的想入非非。

好了，这场争吵从喝汤开始一直进行到吃完布丁为止，这里再来把狂风暴雨般的争论的各个细节咀嚼一遍，确实没有必要：那些 professionels de table d'hôte② 对这种争论司空见惯，餐桌上偶然发生一次争论，情绪都很激动，但所持的论点往往很平庸，因为那

---

① 法语，一见倾心。
② 法语，在公寓里吃饭的人。

只是匆忙之中随便捡起来的。我们的讨论何以会急速发展到恶语中伤的程度，这也很难说得清楚。我觉得，由于德国和意大利这两位丈夫下意识地想要将他们各自的夫人排除在有堕入深渊的极其危险的可能性之外，从这时起争论就开始动了肝火。可惜这两位找不到有力的论据来反驳我，他们说，只有那种只根据偶然的、单身男子廉价地征服女人的例证来判断女人心理的人，才会持那种观点。这话已经使我有几分来气了，而那位德国夫人还拿一大堆废话来教训人，说什么世上一方面有真正的女人，另一方面也有"天生的娼妓"，照她的看法，亨丽埃特夫人准保就是其中之一。这话更是火上浇油，我再也忍耐不住了，于是便立即采取进攻姿态。我说，一个女人在其一生的某些时刻处于神秘莫测的力量的控制之下，只好任凭摆布，这既非她的意愿，她自己也不知晓，这是明摆着的事实，否认这个事实，只不过是为了掩盖对自己的本能，对我们天性中的恶魔成分的恐惧罢了。看来，这样做许多人可以自得其乐，并觉得自己比那些"容易上钩"的人更坚强，更纯洁，更高尚。我个人还觉得，一个女人如果不是像常见的那样，躺在丈夫怀里闭着眼睛欺骗丈夫，而是无拘无束、热情奔放地听从她自己的本能，这样倒是更为诚实。我大致就说了这些话，在这火药味十足的谈话中，别人对可怜的亨丽埃特夫人攻击得越厉害，我为她的辩护也就越发激昂慷慨，这实际上已经远远超出了我内心的感情。我的这种热情，用大学生的话来说，是对这两对夫妇的挑战，他们像是不很和谐的四重奏，恶狠狠地一齐向我反扑过来。上了年纪的丹麦人表情和蔼地坐在这里，宛如足球比赛时手握跑表的裁判，不得不时时用指骨敲敲桌子，以示警告："Gentlemen，please."① 不过，每次只能起一会儿作用。一位先生满脸涨得通红，已经三次从桌旁跳了起来，他夫人费了好大劲才把他按下去。——总而言之，要不是突然 C 夫人出来调解，把这场火药味很浓的谈话平息下去，那么过不了十几分钟，我们这次讨论就会以拳脚相加来结束的。

　　C 夫人，这位满头银发、气宇不凡的英国老太太，是我们这桌非选举的名誉主席。她坐在座位上，腰板挺直，对每个人的态度总是同样的和蔼可亲，自己不多说话，但却总是兴致勃勃地倾听别人的意见，单就她的体态风度就给人一个赏心悦目的印象：修心养性的奇妙神态和温文尔雅的风采显露出她雍容高贵的气质。虽然她善于用巧妙的手腕对每个人都表示特殊的亲切姿态，但仍对每个人都保持一定的距离：通常她总是坐在花园里看书，有时弹弹钢琴，很少见她同别人待在一起或者加入热烈的谈话。大家不太注意她，然而她对我们大家却拥有一种特殊的力量，她第一次参与我们的谈话，我们大家就都为自己说话声音太大，未加克制而感到很不好意思。

　　就在这位德国先生粗暴地跳起来，随即又被轻轻按住，重新在桌旁坐下的当间，C 夫人就乘这个令人不快的间歇，出乎意料地抬起她那亮晶晶的眼睛，犹犹豫豫地对我凝视了一会儿，接着便以几乎是客观明确的语气按她自己的理解提起了这个话题：

———————————

① 英语，先生们，请注意。

"这么说，如果我没理解错的话，您相信亨丽埃特夫人，相信一个女人会无辜地被卷进一桩突如其来的绯闻，相信确有一些这样的女人，会做出一小时之前她们自己都认为不可能，而且几乎也不能由她们来负责的行动？"

"我绝对相信，夫人。"

"这样说来，任何道德评判都毫无意义，任何有伤风化的行为都是合理的了。您要是真的认为，法国人所说的 crime passionnel①不成其为 crime②，那么还要国家司法机关干吗？什么事不是都得靠并不很多的良好愿望了吗？——想不到您的良好愿望有那么多，"她轻轻一笑，补充说，"在每个罪行中都可找出一种热情来，有了这种热情，罪行也就可以加以宽恕了。"

她说话的声调清晰而快乐，我听了感到分外舒坦，我下意识地模仿她的客观态度，同样以半开玩笑半认真的方式回答道："国家司法机关对这类事情的裁决肯定比我严厉；它们的职责是毫不留情地维护共同的风俗习惯：它们必须做出裁决，而不是给予宽恕。作为一个人，我看不出我为什么要主动担当起检察官的角色：我宁愿当辩护人。就我个人来说，理解人所得到的乐趣要比审判人所得到的大得多。"

C夫人睁着亮晶晶的灰色眼睛从上到下将我端详了一番，显出犹犹豫豫的样子。我担心她没有正确理解我的意思，准备把刚才的

---

① 法语，激情导致的罪行。
② 法语，罪行。

话再用英语向她重复一次。可是她却像在主考一样，以一种严肃得有点奇怪的神情继续提问。

"一个女人扔下丈夫和两个女儿，随便跟人跑了，而她压根儿还不知道这人是否值得她爱，您不觉得这事很可鄙，很丑恶吗？这女人毕竟不算很年轻了，为自己的孩子着想，她也必须学会自重，可是她却如此不知检点，如此轻率，对于这样的女人您真能原谅她吗？"

"我再说一遍，尊敬的夫人，"我重申自己的看法，"在这种情况下，我不愿做出判断，也不愿去谴责。在您面前，我可以坦率地承认，先前我说的话有点儿过火——可怜的亨丽埃特夫人肯定不是女英雄，连风流女子都不是，更够不上是个 grande amoureuse①。就我所了解的，我觉得她只不过是一位平凡而软弱的女人，我对她怀有一些敬意，因为她勇敢地顺应了自己的意愿，然而我却更多地为她感到遗憾，因为要不是今天，那明天她一定会很不幸的。她的做法也许很愚蠢，肯定过于轻率，但绝不是卑鄙下流的，我始终认为，谁也没有权利鄙视这个可怜的、不幸的女人。"

"那么您自己呢，您还对她怀有同样的尊重和敬意吗？在那位您前天曾同她在一起待过的尊敬的女人和这位昨天跟一个素不相识的人私奔的女人之间，您觉得没有一点儿区别吗？"

"没有一点儿区别。没有一丝一毫区别。"

---

① 法语，伟大的情人。

"Is that so?"① 她下意识地说起了英语：很奇怪，她似乎老是在思考整个谈话。她思索了片刻之后，又抬起她那清澈的目光，询问式地望着我。

"倘若您明天，我们假定说在尼查，遇到亨丽埃特夫人，见她挽着那位年轻男子的胳膊，您还会向她打招呼吗？"

"当然。"

"会跟她说话？"

"当然。"

"您是否会——假如您……假如您结了婚，会把这么一个女人介绍给您夫人，就像什么事也没有发生过？"

"当然。"

"Would you really?"② 她又说起了英语，显出难以置信的、十分惊异的样子。

"Surely I would."③ 我不觉也用英语回答。

C夫人沉默了。她似乎还一直在认真思考着。突然，她一面注视着我，一面说，好像对自己的勇气感到很惊讶："I don't know, if I would. Perhaps I might do it also."④ 说完，她已胸有成竹，便站起身来，亲切地把手伸给我，这就结束了谈话，又不显得唐突，只有英国人最善于用这种方式。在她的影响下，我们桌上又恢复了平

① 英语，是真的？
② 英语，您当真？
③ 英语，我确实会这样做的。
④ 英语，我不知道自己会不会那样。说不定我也会那样做的。

静，我们大家心里都很感激她，我们这些人，方才还是对立的，现在都心有歉意、客客气气地互相打着招呼，几句轻松的玩笑话就缓和了刚才火药味很浓的气氛。

我们的讨论虽然最后似乎是以骑士风度结束的，可是被激发起来的恼怒情绪却使我的对手和我之间的关系有些疏远了。那对德国夫妇态度审慎，而意大利夫妇在随后的几天里则老是喜欢带着讥讽的意味问我，听到关于那位"cara signora Henrietta"① 的什么消息没有。尽管在形式上似乎我们大家都彬彬有礼，可是以前我们桌上彼此以诚相待、并非刻意追求的那种快乐气氛却已被破坏，再也回不来了。

那次讨论以后，C 夫人对我表示出特殊的亲切，因此我当时的那些反对者现在对我的讥讽和冷淡就显得更为突出。C 夫人一向极其矜持，在用餐时间以外几乎不与同桌的人聊天，现在却多次找机会在花园里同我攀谈。我几乎想说，她这是对我另眼相看，因为她的举止高雅而矜持，能单独同你交谈一次，就好似对你格外的恩宠了。是的，要是说实话，那么我不得不说，她简直是主动找我的，而且借种种因由来跟我说话，她的这种做法明眼人一看便明白，她若不是满头白发的老太太，那真会让我生出许多胡思乱想来哩。但是，我们在一起一聊，话题就不可避免和不可控制地又回到了原来的出发点，回到了亨丽埃特夫人身上：看来她对指责那位没有责任

_____

① 意大利语，尊敬的亨丽埃特夫人。

心的女人，谴责她的见异思迁、水性杨花感到暗自欣喜。可同时，见我不改初衷，仍旧坚定不移地同情那位娇柔文雅的夫人，而且怎么也不能使我的态度有丝毫改变，她似乎又很高兴。她一再把我们的谈话往这个方向拉，对于她的这种异乎寻常、锲而不舍的执拗劲儿，事后我真不知道该怎么去想才对。

这么着又过了几天，大约五六天吧，她一个字都没有透露，为什么这样的谈话对她那么重要。有次散步时我才明白无误地意识到其中必有隐情。那时我偶然提到，我在这儿的度假快结束了，我想后天就离开。这时，她那平素泰然自若、毫不动容的脸上突然现出奇怪的紧张神色，好似一片阴云飘过她碧如海水的眸子："多遗憾！本来我还有许多问题要跟你讨论呢。"从这一刻起她就显得魂不守舍的样子，说着这事，心里却想着另一件事，另一桩紧紧纠缠她、驾驭她的事。到后来似乎她自己都对这种心不在焉的状态感到不满了，因为她摆脱了突然出现的沉默，突如其来地向我伸出手来，说："我看，我没法把原来要对您说的话表达清楚。我还是给您写信吧。"说着，便朝饭店的大楼走去，步履匆匆，完全不像平日闲适的样子。

傍晚，快要开饭之前，我果真在房间里发现一封信，是她刚劲而洒脱的笔迹。只可惜，我年轻时候对于信件很不经意，因此无法引证原信，只能记叙信中问我的大致内容。她在信里问，是否允许她向我讲讲她自己的生活。她说，那个插曲已是很久以前的事了，本来跟她现在的生活几乎毫不相干，又说，我后天就要走了，她把二十多年来一直在内心折磨和纠缠着她的事说出来，就会感到好受些。她说，要是我对这样一次谈话不感到唐突的话，她很想请我给她这个时间。

这里我只是记叙了信的内容，原信对我有着极大的吸引力：信是用英文写的，单这一点就使这封信表达得十分清楚和果断。可是我的回信并不容易，我撕掉三次草稿，最后才给她回了这样一封信：

"您那么信任我，这对我是个莫大荣幸。如果您要我说实话，那我答应，我心里是怎么想的，就怎么答复您。除了您心里愿意讲的，我当然不会要求您对我吐露更多的东西。不过您讲的事情，请您对自己和对我完全说真话，请您相信，我是把您的信看作一个殊荣的。"

晚上，这张纸条到了她的房间，第二天早晨，我发现了她的回信：

"您说得完全正确：一半真实是毫无价值的，只有全部真实才有价值。我将竭尽全力，不对我自己或者不对您做任何隐瞒。请您饭后到我房间里来——我已六十七岁，不必担心会招来什么流言蜚语。因为在花园里或挨着很多人的地方我说不出来。您一定会相信，我下此决心，是绝非轻而易举的。"

中午我们还在餐桌上碰过面，彬彬有礼地说了些无关紧要的话。可是，饭后在花园里遇到我，她显然很慌乱，就避开了，这位满头银发的老太太在我面前竟好似一个羞怯的少女，迅速逃往一条松林道上。见此情景，我心里觉得既歉疚又感动。

晚上，在约定的时间，我就去敲她的房门，门立即就为我打开了：室内光线黯淡，只有一盏小台灯在这平时朦胧昏暗的房间里投下一圈黄色的光影。C夫人毫不拘束地朝我迎来，请我在圈椅上坐下，她自己坐在我对面：我觉得，她的每个动作都是精心准备的，然而还是出现了冷场，显然并非她所希望的冷场，难于做出决断的冷场。冷场的时间很久，而且越来越久，可我又不敢出声来打破它，因为我感觉到，这冷场意味着一个坚强的意志在同顽强的反抗意识进行激烈的搏斗。楼下客厅里不时断断续续地传来华尔兹的微弱乐声，我聚精会神地听着，似乎想以此来消除这沉默造成的让人喘不过气来的重压。对于沉默所造成的不自然的紧张似乎她也感到有点尴尬，因为她突然一跃而起，说道：

"最难说的是第一句话。这两天我已经做好准备，要十分明白和真实地讲这件事：我希望能够做到。也许您现在还不理解，我为什么要对您这个陌生人讲这些事，可是我几乎无时无刻不在想着这件事，您可以相信我这个老太婆，她要将整个一生都凝视着生命中唯一的一点，凝视着唯一的一天，这是无法忍受的。因为我要对您讲的事，在我六十七年的生活时间里只仅仅占二十四小时，我常对自己说，一个人如果曾一时干过一次荒唐事，那又有什么大不了的。我常常这么说，说得都快成神经病了。然而人们还是摆脱不了我们很没有把握地称之为良心的东西，当时，在听您如此客观地谈论亨丽埃特夫人事件时，我就想，若是一旦我能下定决心，对某个人痛痛快快地说出我生活中的那一天，那么也许就可以结束这毫无意义的追忆和没完没了的自我谴责了。我要不是信奉英国圣公会①，

① 英国国教。

而是天主教，那我早就有机会忏悔，说出那件我一直守口如瓶的事，以求解脱了。——可是这种安慰与我们无缘，因此我今天就要奇怪地试一试，原原本本地向您叙述这件事，以此来宣判自己无罪。我知道，这一切都极为奇怪，可是您毫不犹豫地接受了我的建议，为此我很感谢您。

"好吧，我们言归正传。我已经说过，我要对您说的只是我一生中唯一的一天——在我看来其余的一切都是无关紧要的，别人也会感到枯燥无味。直到四十二岁，我在人生道路上一步也未曾越出常规。我的父母亲是富有的苏格兰乡村勋爵，我们拥有几座大工厂和许多出租的田地，我们依照乡村贵族通常的方式，一年中的大部分时间都生活在自己的庄园里，夏天则住在伦敦。我十八岁那年在一次社交聚会上认识了我的丈夫，他出身于名门望族，是 R 家的第二个儿子，从军十年一直被派驻印度。我们很快就结了婚，在我们的社交圈里过着无忧无虑的生活，每年三个月住在伦敦，三个月住在庄园里，其余的时间则去意大利、西班牙和法国等地旅游，在饭店下榻。我们的婚姻从未出现过一缕阴影，我们的两个儿子如今已经长大成人。我四十岁那年，我丈夫突然去世了。他在热带生活期间得了肝病：真是可怕，他发病只有两星期，我就永远失去了他。我的大儿子当时正在军队服役，小儿子在上大学——所以，一夜之间我就形单影只，独守空房了。我这人已经习惯了温馨的家庭生活，现在的孤单和寂寞对我来说真是一种可怕的折磨。家里的每件东西都让我触景生情，让我想起我亲爱的丈夫，他的去世令我黯然神伤。我觉得再也不能在这凄凉的屋子里待下去了，哪怕多待一天也受不了：于是我就决定，在我两个儿子结婚以前到各地去旅游，以消磨岁月。

"其实，从此以后我把自己的生活看作毫无意义、纯属多余的了。二十三年来与我形影不离、意气相投的人已经故世，孩子们并不需要我，我担心自己的郁悒沮丧、黯然神伤的心绪会破坏他们青春的欢乐——就我自己来说，任何东西都不值得去企望、去眷恋了。起初我迁居巴黎，烦闷乏味时就去逛逛商店和博物馆；可是那座城市和我周围的事物显得格格不入，那里的人都用眼睛盯着我的丧服，我受不了他们彬彬有礼的惋惜的目光，所以我总是设法躲开他们，我像吉卜赛人默默地东游西荡。这几个月的时间是怎么过的，我自己也不知道从何说起：我只知道，我老是想死，只是没有力量来促成这个痛苦地期盼的意愿。

"在丧夫的第二年，也就是在我四十二岁那年，自己虽不承认，实际上是为了逃避毫无价值，可又不能马上就死的时间，我于三月末来到蒙特卡洛。坦率地说，我是因为单调无聊，是因为至少要找些外部小刺激来填补一下那折磨人的、像从胃里泛上来的恶心似的内心空虚才到蒙特卡洛去的。我自己心里越是郁郁寡欢，就越发想到生活的陀螺转得最快的地方去：对于没有生活体验的人来说，别人的激情骚动倒犹如戏剧和音乐一样，也是一种精神体验。

"因此我也常常光顾赌场。看到别人脸上惴惴不安、波涛翻涌地变化着喜出望外或惊恐万状的表情可以激起我的兴趣，同时我自己的心潮也吓人地涨涌和退落。再说我丈夫从前偶尔也爱逛逛赌馆，但从不轻率从事，我怀着某种下意识的虔敬，忠实地继续着他昔日的那些习惯。在蒙特卡洛的一家赌馆里，我开始了那个二十四小时，它比一切赌博更加激动人心，从此，年年岁岁长久地使我心意迷惘，怅然若失。

"中午，我是同我家的亲戚封·M公爵夫人一起进的餐。晚餐以后我觉得还不疲倦，还不想就寝。于是我就进了赌厅，在赌台之间来回溜达，我自己并没有赌，而是以特殊的方式观察一拨拨聚集在一起的赌客。我说的'特殊方式'那是我丈夫在世时有次教给我的。那次我看累了，所以抱怨说，老是盯着同样的面孔，真令人厌倦：在椅子上坐了几个小时才敢押上一枚筹码的干瘪老太婆，老奸巨猾的赌棍和玩纸牌的娼妓——这帮麇集在一起的臭味相投的无耻之尤，您知道，他们远不像蹩脚小说里所描绘的那样充满诗情画意和罗曼蒂克，也不像小说中所写的那些 fleur d'élégance① 和欧洲的贵族。再说，二十年前赌钱时台上滚动着的是看得见摸得着的现金——沙沙响的钞票、拿破仑金币、厚实的五法郎硬币一起回旋飞舞。那时的赌场魅力无穷，不像今天，在新建的式样时新的豪华赌宫里尽是些透着小市民气的观光客在无精打采地耗费他们手里那些平淡无奇的筹码。那时我觉得这些千篇一律的冷漠的脸孔实在没有什么吸引力，我丈夫对手相术非常热衷，后来他就教给我一种特殊的观察方法，那确实比懒洋洋地东站站西伫伫有趣得多，心情也更为激动和紧张。这种方法是：绝不要看脸，而要专门瞅着桌子的四边，在那儿再专门盯住赌徒的手，只注视这些手

① 法语，优雅的花朵，意为"头面人物"。

的特殊举止。我不知道，您自己是否曾经偶然单单注视过绿色赌桌，专门注视那绿色的菱形桌面，桌面中央那圆球像醉汉似的蹒跚着一个号码一个号码地滚过去。这当间飞舞的钞票、圆圆的银币金币等等赌注纷纷落入各个方格里，宛如种下的禾苗，随后掌盘人的笆子就像锋利的镰刀，一家伙就把这些禾苗割掉，将其笆拢并收拾起来，成了自己的进账，或者将它们作为礼品，推到赢家面前。你只要调准观察的焦距，就会发现，这时唯有那些手才是变幻莫测的——绿色赌台四周的这些手，色泽鲜明，异常激动，都在伺机而伸，都从各自的袖筒里往外窥视着，每只手都像一只猛兽，随时准备蹿将出来；手的形状不一，颜色各异，有裸露的，没戴任何饰物，有的戴着戒指和叮当作响的手镯，有的毛茸茸的像野兽，有的卷曲着，湿漉漉的像鳗鱼，但是所有的手都极其紧张，战战兢兢地显得极其焦灼不安。此情此景常常使我下意识地想到赛马场：开赛前得使劲勒住亢奋的赛马，不让它抢跑。那些马也是这样，浑身打战，仰首向上，高抬前足，直立而起。根据手的各种状态，如伺机而动，迅速攫取或戛然而止，对赌徒的状况就会一目了然：贪得无厌者的手握得很紧，挥金如土者的手放得很松，工于心计者的手关节平稳安静，举棋不定者的手关节战栗不已。从抓钱的瞬间姿态上，对人生百态可以一览无遗：这一位把钞票抓成一团，那一位神经质地把钞票揉成碎纸，或者精疲力竭地微屈着有气无力的手指，在整个一局中没下一处赌注。俗语说赌博见人品，但是我说：赌博的时候手将人展露得更加清楚。因为所有的，或者说几乎是所有的赌徒一下就学会了驾驭自己面部表情的本领——在衬衣领子上部戴着一副 impassibilité① 的冷漠的面具——他们能抑制嘴角的皱纹，咬紧牙齿，压住内心的激动，不让眼睛里露出一丝不安的神色，他们能抚平脸上暴凸的青筋，不动声色，装出一副优哉游哉的样子。然而，正因为大家都拼命集中注意力，脸上不露声色，却忘了自己的一双手，忘了有专门观察手的人。尽管赌徒们微笑着噘起的嘴唇和故作冷淡的目光竭力想掩饰自己的心曲，可是别人从他们手上已对他们的一切了如指掌。在他泄露秘密这一点上，这种时候手是最直截了当的。因为总有那么一瞬间，稍一疏忽，那些拼命抑制住的、看似毫无动静的手指就会一齐张开：在转盘里的小球落进小格子里，大声报着赢家们号码时紧张到空气都要爆裂的一刻，这一百只或五百只手就会情不自禁地做出各具个性的、具有原始本能特征的动作来。要是有人像我这样——我丈夫将他的此种癖好教给了我——养成在这手的竞技场上进行观察的习惯，那么就会觉得这些性格各异的赌徒的手一下子做出的各不相同、出乎意料的动作，远比戏剧和音乐更为扣人心弦。手的姿态何止千百种，我简直无法向您描述：有的像野兽伸出毛茸茸的、曲卷的手指忘乎所以地在搂钱，有的手指甲苍白、神经质地哆嗦着，几乎不敢去抓钱，有高贵的和卑贱的，残暴的和畏葸的，诡计多端的和老实巴交的——这些手给人的印象各不相同，因为每一双手表达的是一种特殊的人生，只有那四五双掌盘人的手是个例外。这几双手完全像机器，运作起来就事论事，有板有眼，不偏不

---

① 法语，无动于衷。

倚，极其精确，跟那些生气勃勃的手比起来，它们简直就像是计算器上咯咯作响的钢扣。然而，即使是这几双冷静的手，由于它们在猎人似的亢奋的手之间忙个不停，两相对照又会留下令人吃惊的印象：我要说，这些手单调划一，犹如群众暴动时处于汹涌澎湃、激昂慷慨的人潮中的警察。此外，对我来说还有一种诱惑，那就是要在几天之后熟悉各种手的种种习惯和癖好；数日之后我在众多的手中总会发现一些熟悉的手，并将它们当作人一样分为喜爱的和讨厌的两类：有的厚颜无耻，贪得无厌，令我恶心，所以我总是像是见到下流事一样，赶紧把目光移开。赌台上出现的每一只新手对我来说都是一件大事，都会引起我的好奇：我往往忘了抬头看看那脸，反正这张脸也不外乎是一副冷冰冰的毫无表情的社交面具而已，它是从高领中伸出来插在礼服或者熠熠闪光的胸饰之上面的。

"那天晚上我走进赌馆，绕过两张已经挤满了人的台子，向第三张走去，并且准备了几枚下注的金币。这时大厅里寂然无声，紧张的沉默像要炸裂似的，这种时刻每逢圆球在轮盘上转得有气无力、只在两个号码之间晃来晃去的时候，总是会出现的。就在这一瞬间我听到正对面传来咔嚓一声，像是折断了手关节，这令我大为惊讶。我不由自主地吃惊地朝对面望去。这时我看见——真的，我吓坏了——两只手，我从未见过的两只手，一只右手和一只左手，像两只横眉竖目的猛兽交织在一起在那里厮拼，互相伸出爪子，朝对方身上狠抓，于是指关节便发出砸干核桃时的那种咔嚓声。这两只手美得简直不可思议，长得出奇，又细得卓绝，绷得紧紧的肌肉宛如凝脂，指甲白皙，指甲尖修得圆圆的好似珍珠轮叶。一晚上我一直盯着这双手，对这双出类拔萃的、简直是绝无仅有的手惊讶不已。然而最先令我惊愕不已的是这双手的热情，它所表现出来的狂热的激情，是两只手的手指互相交织在一起痉挛地拧扭而又相互支撑的情景。我马上便知道，这是个精力过剩的人，他正把自己的激情集中在手指尖上，免得自己被它炸成两半。而现在……这瞬间圆球啪嗒一声落进码格，掌盘人高喊彩门……这瞬间，两只手突然互相松开，就像两只同时被一颗子弹击中的猛兽。两只手一起瘫落下来，确实是死了。这不仅仅是精疲力竭，瘫落的时候清楚地现出一副憔悴、失望、遭了电击、彻底完蛋的样子，这情景我实在无法用语言来表达。我还从未见过，从此以后再也没有见到过表情那么丰富的两只手，它们每块肌肉都是一张倾诉心曲的嘴，可以感到几乎每个毛孔都在泄发激情。随后这两只手在绿色赌台上摊放了一会儿，就像被波涛冲上海滩的水母，扁平，并且没有一点生气。稍后，一只手，是右手，又从指尖上艰难地开始动起来了，它颤抖着，缩了回去，自己转动着，颤颤悠悠，旋转起来，突然神经质地抓起一枚筹码，捏在拇指和食指的指尖中犹豫不决地捏滚着，像在玩一个小轮子。突然手背像一头豹，弓了起来，把一百法郎的筹码快如闪电似的掷进，不，简直就是一口吐到了黑格中。这时那只一动不动的左手像是接到了信号，也立刻激动起来了：它抬了起来，悄悄滑向，是爬向那只索索发抖、仿佛刚才的一掷耗尽了精力的右手。现在这两只手胆战心惊地挨在一起，用腕肘不出声地碰击台面，就像牙齿上下咯咯地打着寒战——没有，我还从来没有见过表情如此丰富、简直像是会说话似的手，从来未曾见过激动和紧张到这副痉挛的样子。我盯着这双索索发抖、呼吸急促、喘息不停、伺机而动、哆哆嗦嗦、胆战心惊的手，简直像着了魔似的，除此之外，我觉得这拱形大厅里的其他一切，无论是各个房间里嗡嗡的喧嚷声、掌盘人那商贩似的叫喊声，还是熙来攘往的人群或者现在高高地弹起又跳进轮盘上圆格之中的小球——所有这些嘤嘤嗡嗡、刺耳地袭击神经的种种飞速变换的印象，突然之间仿佛全都寂静无声，全不存在了。

"不过，这种情景我没有坚持多久，无论如何我要看看这个人，无论如何要看看那拥有这双神奇之手的脸。我怯生生地——是的，真是怯生生的，因为我怕这双手！——让目光循着衣袖慢慢往上移动，到了两只瘦削的肩膀那儿。这时我又吓了一跳，因为这张脸同那双手一样，说着同样毫无节制、想入非非的语言，以同样娇柔的、几乎是女性之美极其顽强地抑制住自己的表情，使之不露声色。我从未见过这样的脸，这样神情专注、沉湎自我的脸。我有着充分的机会，把这张脸当作一副面具，当作一尊没有眼睛的雕像来从容不迫地加以观赏。这对着了魔的眸子一动不动，既不左顾也不右盼：在睁得大大的眼睑下，那乌黑的瞳仁直勾勾地凝视着，像是没有生命的玻璃珠，映出另一个桃花心木色的、在转轮圆盘里呆头呆脑、左冲右突地滚动和跳跃的圆球。我不得不再说一遍，我从来未曾见过如此紧张、如此令人神往的脸。那是一位大约二十四岁的年轻人的脸，窄窄的，很秀气，略长，表情非常丰富。同那双手一样，这张脸也不是十足的男子气的，它更像一个玩得忘形的男孩子的脸——可是所有这些我是后来才注意到的，因为现在这张脸上完全现着贪婪和暴怒的神情。窄窄的嘴馋涎欲滴地张启着，露了多半的牙齿：在十步的距离就可以看到牙齿在上下打着寒战，嘴唇则一直呆呆地张开着。一绺浅黄色的头发湿漉漉地贴在额头上，往前耷拉着，像正在摔下来似的，鼻翼在不停地翕动抽搐，仿佛有一阵看不见的小浪涛在皮肤底下汹涌翻腾。探着的脑袋下意识地越来越往前伸，让人觉得，这脑袋也要卷进转盘，随着圆球一起旋转。这时我才明白，那两只手为什么要使劲地按着，因为只有按着，只有劲按着，才能使将要从中间摔倒的身体保持平衡。我不得不再三说，我从来未曾见过这样的脸，会把其激情赤裸裸地流露得如此明目张胆，如此兽性，如此恬不知耻。我紧紧盯着这张脸……它是那么魅力无穷，他那狂迷状态令人如此着魔，就像看到那个旋转的圆球的跳跃和颤动一样。从这一刻起，大厅里其余的一切我全然不再注意了，同这张喷着火焰的脸相比，我觉得大厅里的一切都显得黯淡、迟钝和模糊不清，也许有一小时之久，我谁也没看，单单注视着这一个人，注视着他的每一个姿态：当掌盘人把二十个金币推到他贪婪的手里时，他眼睛里闪着晶亮晶亮的光，本来紧紧抱合着的两只手现在也像是被炸散，手指头也抖抖索索地全都张开了。在这瞬间，他的脸上突然容光焕发，显得非常年轻、滋润，没有了皱纹，眼睛开始炯炯有神，前倾的身体也轻快利索地伸直了——他坐在这里，一下子宛如潇洒的骑手，沾沾自喜和爱不释手地用手指捏着圆圆的金币加以拨弄，将它们彼此弹击，让其戏耍跳动，发出叮当的声响。随后他又心神不定地转过脑袋，朝绿色赌台飞快地巡视一遍，就像一只年轻的猎狗用鼻子东闻闻西嗅嗅，要找出正确的踪迹一样。接着，他突然抓起一把金币，朝轮盘的一角扔去。于是那焦急的期盼和紧张的神态又立即开始了。那电控似的波浪起伏式的抽搐又爬上了他的嘴唇，两只手又互相痉挛般地紧紧抓住，孩子脸消失了，换成了贪婪的期待，直到这抽搐着的紧张突然被炸散，化为失望：刚才还孩子气地兴奋不已的脸憔悴了，变得苍白而衰老，目光呆滞，失去了光泽，而这一切都是在一秒钟之内发生的，是圆球落入他未曾猜中的号码时发生的。他输了：他的眼睛愣愣地瞪了几秒钟，目光几乎是痴呆的，仿佛他对所发生的事全然不解似的；可是一听到掌盘人第一声刺激性的吆喝，他的手指又立即掏出几个金币。然而他已没有了把握，他先将金币押在一个格里，随后想了想，又押到另一个格里，圆球已经在滚动了，他突然身子往前一俯，用颤抖的手又将两张捏成一团的钞票飞快地扔进同一个方格中。

　　"这样惴惴不安地来来回回，有输有赢，从不停顿，大约持续了一小时。在这一小时里我一直目不转睛地盯着那张不时变化着的脸，种种激情时而波浪翻滚涌到脸上，时而又像潮水一样退得无影无踪，我着了魔的目光始终紧紧凝视着，连喘息时都没有移开；我的眼睛也没有放过那双魅力无穷的手，手上的每块肌肉像喷泉一样生动地反映出他感情上的起伏跌宕。在剧院里我都从来没有如此神魂颠倒地注视过一位演员的脸，像注视这张脸那样，这张脸上不停地突然变幻着各种色彩和感觉，犹如自然景色的光和影。我从来没有如此以全身心来关注过赌局，把别人的喜怒哀乐反映在我自己心里。要是有人此刻注意我，见我呆呆地发愣的样子，准会以为我是受了人家催眠术的戏弄，而我当时正处于十足的迷迷糊糊的状态，也真的同受了催眠差不多——我实在无法把目光从这张不断变幻着表情的脸上移开，其他一切，大厅里交织着灯光、笑声、人群和目光的一切，只像一片黄色的烟雾围在我的四周，而在黄色烟雾中心的就是那张脸，它是火焰中的火焰。我什么也听不见，什么也感觉不到，我注意不到身边往前挤的人，也注意不到其他像触角似的突然伸到前面来扔钱或者把钱归拾到自己面前去的手；我看不见转轮里的圆球，听不见掌盘人的声音，可是台面上所发生的一切我确实就像在梦里一样在这双手上全都看到了，这双手犹如凹镜，把巨大的激动和亢奋映照得一览无遗。因为要知道圆球落入红门还是黑门，是在滚动还是已经停下，这些我都不用看转轮：这张洋溢着激情的脸，脸上的神经和表情就像熊熊烈焰，会把输和赢、期待和失望等等变化一一映照出来。

"但是接着就出现了一个可怕的瞬间——整个时间里我心里一直隐隐约约地在为这一瞬间的出现而担心，它像暴风雨一样高悬于我忐忑不安的神经之上，并且突然之间将我的神经从中间扯断。转轮里的小球带着轻微的噼啪声在倒着滚动，那一秒钟又闪烁起来了，二百张嘴唇一齐屏住呼吸，直到响起掌盘人的宣布声，这次他唱出的是'零位格'①，同时他急忙伸出箍子，从四面八方将叮当作响的金币银币和簌簌作响的钞票全部扒拢在一起，就在这一瞬间这双紧紧抓着的手做了一个特别吓人的动作，它们好似突然往上一

———————————

① 即"空门"，是轮盘赌场主所得格。

伸，要去抓住某样并不存在的东西，接着就死一般地疲乏地重新跌落在桌上，但用的并不是自身的力气，而只是凭借退回来的重力。可是随后这双手突然又一次活了起来，狂热地从桌上缩回到自己身上，像野猫似的顺着躯干爬上爬下，一会儿左，一会儿右，神经质地伸进每只口袋，看看能不能在某只口袋里再找出一个被遗忘的金币来。然而每次总是空手而回，但两只手还在不断重复这种毫无意义、毫无用处的寻找，这时轮盘又已经开始重新旋转，别人的赌博在继续进行，硬币叮当作响，椅子在挪动，由数百种低声细语组成的一片嘈杂声充满大厅。我不得不如此清楚地亲身来体会这一切，仿佛是我自己的手指在口袋里和在皱皱巴巴的衣服的褶子里拼命寻找一块钱币。突然，我对面的那个人猛地一下站了起来——就像有人突如其来地感到不舒服，便猛地站了起来，以免窒息；他背后的椅子咔嗒一声倒在地上。他连看都没看一眼，也没去理会旁边的人又胆怯又惊讶地避开这位摇摇晃晃的人，自己拖着笨重的脚步离开了赌台。这可怕的一幕使我战栗，我不禁浑身直哆嗦。

"目睹这一情景，我完全惊呆了。因为我立即就明白了，这个人要上哪儿去：去死。这副样子站起来的人是不会回旅馆，不会去喝酒，不会去找女人，不会去乘火车，也不会去过另一种生活，而是径直去跃入无底深渊。在这地狱般的大厅里就连最最冷漠的人也准会看出，这个人不会再在家里、在银行里，或者在亲戚那里得到援助了，他方才坐在这里是拿他最后的钱，拿自己的生命来孤注一掷，现在他踉踉跄跄地走了，到别处去了，但肯定是不想活了。我曾一直担着心，从第一个瞬间起我就神奇地感觉到，这里是一场比输赢更高的赌博。这时，当我看到，生活突然从他眼睛里消失，死亡在这张方才还是活生生的脸上蒙上了一层阴影时，一阵黑黑的闪电猛烈地击在了我的身上。此人生动的姿态深深地印在了我心里，所以当他离开座位，蹒跚地走出去的时候，我也不由自主地要用手抵着桌子，因为那种蹒跚的样子现在也从他的神态中传到了我自己身上，正如先前他的紧张心情进入了我的血管和神经一样。我被吸引住了，不得不跟着他：我还没有想好，我的脚已经开始移动了。我谁也没去理会，也没有感觉到自己，就跑到通往大门的走廊上去了。这完全是下意识地发生的，并非是我自己所为，而只是发生在我身上罢了。

"他站在存衣处，侍役替他取来了大衣。可是他自己的胳膊不听使唤了：殷勤的侍役像帮一个手臂麻痹的人似的费了好大的劲，才帮他套上袖子。我看到他机械地将手伸进坎肩的口袋，想给侍役一点小费，但是抽出来的手里仍是空的。这时，他好像突然间又想起了一切，狼狈不堪地对侍役结结巴巴说了一句什么话，便完全像先前一样，突然猛地朝前走去，接着完全像醉汉似的踉踉跄跄走下赌馆的台阶，侍役先是带着轻蔑的，随后便是理解的微笑，还朝他背后望了一会儿。

"他的姿态感人至深，我为自己在一旁观看而感到不好意思。我不由自主地走到一边，心里感到害羞，因为我像在剧场的舞台前那样观看了陌生人走投无路的绝望神情——但是后来那种难以理解的恐惧突然又推了我一把，我赶忙叫侍役把我的衣服取来，未去想什么具体的事情，完全机械地，完全是本能地，急忙跟着这个陌生人往黑暗中走去。"

C夫人把这件事讲到这里便停了一会儿。她坐在我对面，脸上毫无表情，以其特有的冷静和客观态度娓娓道来，几乎没有停顿，只有心里早有准备，对发生的事情进行了精心组织和整理的人才会如此侃侃而谈。现在她第一次打顿，显得有些迟疑不决，随后她脱离开刚才所叙述的事，突然直接对我说：

"我曾向您和我自己答应过，"她开始显得有点不安，"保证极其坦诚地把所有的事实讲出来。可是，我现在必须要求您也要完全相信我的坦诚，不要把我的行为理解成有什么隐蔽的动机，认为也许我今天讲出这个动机不会感到害羞了。在这件事情上，这种猜测是完全错误的。所以我必须强调，我在街上尾随这位身心已经崩溃的赌客，绝不是因为我爱上了这个年轻人——我根本没有去想他是个男人，事实上我这个当时已经四十多岁的女人，丈夫去世以后从来未曾正眼注视过任何男人。谈情说爱的事对我来说已经彻底结束了：我要对您强调这一点，而且非对您说不可，否则对于后来所发生的事情的可怕性您就难以理解了。当然，另一方面就我来说，当时我非要去跟随那个不幸的人不可，要把这种感情说清楚也是很难的：这里面有好奇心的成分，但是最主要的还是一种可怕的恐惧，或者确切地说是担心发生什么可怕的事，从第一秒钟起我就隐隐约约地感觉到，那件可怕的事像阴云似的正笼罩在这个年轻人身上。但是又不能把这些感觉加以分解和拆散，这种做法所以不行，尤其是因为这些感觉过于强制性，过于迅速，过于自发，种种因素错综复杂地交织在一起——很可能我所做的完全是救人的本能行为，正如有人在街上看到一个小孩朝汽车跑去，就会马上去把他拉回来一样。或者也许可以这样来解释：自己不会游泳的人在桥上看见一个快要淹死的落水人，就会跟着跳进河里去。他们还没有来得及对自己无谓的冒险壮举做出决定，就受到神奇力量的牵引，一股意志力将他们推了下去，我当时的情况也正是这样，没有思考，没有清醒的考虑，我当时就跟着这个不幸的人出了大厅走到大门口，又从大门口跟下台阶。

"我敢肯定，无论是您或者任何一个能用清醒的眼睛来感觉的人当时都不能摆脱这种充满了恐惧的好奇心；那位顶多二十四岁的年轻人走起路来十分吃力，就像老人一样，摇摇晃晃地又好似醉汉，他四肢的关节像是脱了臼、散了架一样，拖着沉重的脚步从赌馆的台阶上下来朝街头绿地走去。见到这幅可怕的景象，也就不会有思考的余地了。到了那里，他的身体像一只麻袋似的笨重地跌落在一张长椅上。对于这个动作我再一次感到不寒而栗，我想：这人完了。只有死人，或者全身肌肉没有一点生气的人才会这样跌落下去。他的脑袋斜倚着，往后垂靠在长椅的靠背上，两条胳膊软绵绵地垂下来，在路灯闪烁的昏暗的微光中，每个过路人准会以为这是个自杀者。以为这是个自杀者——我无法解释，怎么我心里突然会出现这种幻象，可是这幻象突然站在这里了，看得见摸得着，非常真切，令人毛骨悚然，胆战心惊——以为这是个自杀者，这一瞬间，我望着面前的这个人，我心里绝对确信，他口袋里有支手枪，明天别人就会发现在这长椅上或是另一张椅子上躺着这具气息已绝、鲜血淋漓的躯体，因为他跌落下来的情景完全像一块坠入深谷的石头，中间没有停住，一直摔到谷底。这躯体所表现出来的那种疲惫和绝望的样子，我还从来未曾见到过。

"现在请您想一想我的处境：我站在长椅后面二三十步远的地方，椅子上躺着个一动不动、身心全都崩溃的人。我真不知道该怎么办，一方面意志驱使我走上前去帮助他，但是学到的和因袭的羞怯心理又在将我往后推，不好意思去主动跟大街上的一个陌生男人说话。街灯黯淡地闪烁着，天空布满阴云，只有屈指可数的行人打这儿匆匆走过，因为将近子夜了，我几乎是独自一人在街头花园里同这个颇像要自杀的人在一起。五次、十次，我鼓起勇气朝他走去，每次都被羞涩心理给拉了回去，或者说也许是被内心深处的这种本能的预感拉回去的：正从高处摔下去的人总喜欢拽住救助者一起同归于尽——我这样再三斟酌，反复考虑，自己都清楚地感觉到这种处境既无意义，又可笑。尽管这样，我还是既不能说话，又不能走开，既不能做些什么，又不能离开他。我希望，您相信我，我要告诉您，我在那片绿地上犹豫不决地徘徊了也许有一小时之久，那是无穷无尽的一小时；这时间是在看不见的海洋的波浪千万次撞击下一点点扯掉的。这个人彻底毁灭的形象竟是如此使我震撼，使我无法离去。

"可是，我始终没有说一句话、做一件事的勇气，后半夜我真该也这样站着等下去的，或者也许最后真该让聪明的自私心理说服自己回家去的。是的，我甚至以为自己已经下了决心，让这个晕厥的可怜家伙就这样躺在这里——然而这时一股强大的力量在我进退两难的时候为我做出了抉择。这时下起雨来了。整个晚上海风呼啸，把沉甸甸的乌黑的雨云刮到一起，让人从肺里、心里感觉到，天空整个儿低低地压了下来——突然掉下一滴雨点，接着风助雨势，密密的大雨哗哗而下，竟成瓢泼之势。我不由自主地逃到一座商亭的前檐下，虽然撑开了伞，但是这时从坚实的土地激起的一束束泥水，仍是溅在我衣服上。噼噼啪啪打在地上的雨点弹起带泥的水，溅在我脸上和手上，感到凉丝丝的。

"可是在这瓢泼大雨中，那不幸的怪人仍旧坐在长椅上一动不动，这一可怕的景象，二十年后的今天回想起来喉咙里还感到哽塞。雨水从所有的屋檐上哗哗地流下来，我听到市内隆隆的车轮声，左边和右边都有人撩起大衣在奔跑；一切有生命的东西都怯生生地蜷缩着，都在躲避、逃跑，都在寻找栖身之所，任何地方，无论是人还是动物，都可以感到他们对这场倾盆大雨的恐惧——唯独长椅上那个黑黑的、像团东西的人却纹丝不动。我先前对您说过，这个人具有神奇的法力，能将他的各种感情通过动作和表情生动地表现出来；在滂沱大雨中他纹丝不动，全无感觉地坐着，连站起来几步走到雨水哗哗泼下的屋檐下的力气都没有的那精疲力竭的状态，万念俱灰的心境——世上任何东西也不会像这种情景那样将槁木死灰、彻底自弃以及活人死态表现得如此惊心动魄。这个人活活地任凭大雨浇淋，他精疲力竭，竟懒得动一下来避一避雨。任何雕塑家、诗人，无论是米开朗琪罗还是但丁都不能像这个人那样把万念俱灰的心境，把人间的惨状为我刻画得如此感人肺腑、荡气回肠。

"这一景象把我拉了过去，我也没有别的办法。我猛地穿过密集的大雨，用手去摇长椅上的那个淋得落汤鸡似的人。'来！'我抓住他的胳膊。他的眼睛吃力地朝上瞪着。他身上似乎想慢慢地动一下，但是他没懂我的话。'来！'我再次拽着那只湿漉漉的衣袖，这次我几乎要发火了。他慢慢地站了起来，摇摇晃晃地没有一点意志。'您要干吗？'他问道，我没有回答他，因为我自己也不知道要带他到哪儿去：只要不受冷雨浇淋，只要不再毫无意义地、自杀般地坐在这里万念俱灰的样子。我抓着他的胳膊不放，拉着这个全无意志的人往前走，一直将他拉到商亭那儿。商亭有一个向前伸出的窄窄的屋檐，多少可以为他遮挡一下驾着风势的滂沱大雨。下一步怎么办，我不知道，也不想有下一步。只要把这个人拉到干的地方，只要把他拉到屋檐下就行了：以后的事起先我并没有考虑。

　　"我们两人就这么并肩站在狭窄的、淋不着雨的屋檐下，我们后面的商亭的门锁着，我们头上只有一片小屋檐，雨还在没完没了地下着，只要突然一阵狂风刮来，冷飕飕的雨水就会不断狠狠地朝我们衣服上、脸上猛袭过来。这种情况真是无法忍受。我可不能老是挨着这个水淋淋的陌生人站着。另一方面，既然我把他拉到这儿来了，总不能一句话都不说就将他撂在这儿。总得想个什么办法呀；我慢慢强迫自己坦率地做一次冷静的考虑。我想，最好是雇辆车先把他送回家，然后我自己再回家：明天他就会知道有人救了他。于是我就问一动不动地站在我旁边愣愣地凝视乌云飞驰的夜空的人：'您住在哪儿？'

　　"'我没有住处……我傍晚时候才从尼斯来……要上我那儿去是不成的。'

"最后这句话我没有立即听懂。后来我才明白，他把我当作……当作娼妓，当作拉客女了——每天晚上赌馆周围都有成群拉客女出没，她们希望能从赢了钱的赌客或醉汉身上得些好处。不论他后来是怎么想的，直到现在我讲给你听的时候，才感觉到我当时的处境有点邪乎，有点离奇——我把他从长椅上拉走，当然是把他拽去的，这真的不是正派女人的行径，叫他怎能不以为我是娼妓呢。但是当时我没有立即意识到这一点。后来我才开始意识到他对我这个人做出了错误的判断，但是发现这个可怕的误解时已经太晚了。要是早些发现的话，我就绝不会说出下面这句越发增强他的误解的话来了：'那么，就到旅馆里去要个房间吧。您不该待在这里。您现在必须找个地方安顿下来。'

"这句话一出口，我就立即明白了他的那个令人难堪的误解，因为他并没有朝我转过头来，而只是以一种讥讽的言辞加以拒绝：'不用，我不要房间，我什么都不需要了。请你别费劲，从我身上是什么都捞不着的。你找错人了，我已身无分文。'

"这句话说得好可怕，心灰意冷的神态真令人胆战心惊。一个全身水淋淋的、心力衰竭的人在这儿站着，垂头丧气地靠在墙上，这情景使我如此震撼，以致根本无暇顾及自己所受的那点儿愚蠢的屈辱。我这时感觉到的，同我见到他蹒跚地走出大厅时第一眼的感觉，以及在这难以想象的一小时里不断得到的感觉是一样的：这里的这个人，这个年轻的、活着的、在呼吸的人正处于死亡的边缘，我一定得救他。于是我便走近他。

"'钱您不用担心，来吧！您不能待在这儿，我来给您找个地方

安顿下来。您什么都不用顾虑，现在您就来吧！'

"他转过头来。我们四周雨声噼噼啪啪一阵紧似一阵，檐水哗哗地朝我们的脚倾泻下来，这时我感觉到，在黑暗中他第一次竭力想看一看我的面貌。他的身体似乎也正从昏睡中慢慢地苏醒过来。

"'好吧，随你的便，'他让步了，'对我来说反正都一样……毕竟嘛，干吗不去？我们走吧。'我撑开伞，他走到我身边，挽着我的手臂。这突如其来的亲昵姿态使我感到很别扭，令我惊慌失措，吓得我直发凉，一直凉到心底。但是，我没有勇气拒绝他；因为，要是我现在把他推开，他就会坠入无底深渊，直到现在我所做的一切努力和尝试，就全都白费了。我们往回朝赌馆走了几步。现在我才想起，我还不知道拿他怎么办呢。我很快地思忖，最好是把他领到一家旅馆去，到那儿以后把钱塞在他手里，好让他在那儿过夜，明天乘车回家，其他的事情我没有去想。现在正好有几辆马车从赌馆门前匆匆驶过，我叫了一辆，我们上了车。马车夫问我到哪儿去，一开始我竟答不出来。不过我突然想起，我身边这位全身湿透、水淋淋的人，好饭店是没有一家肯接待他的——另一方面我真是个未谙世事的女人，压根儿未往不正经的事上去想，于是我大声对车夫说：'随便找家普通旅馆！'

"马车夫淋着雨，但镇定自若，他把马匹赶得飞快，我身边的这个陌生人一句话都不说，车轮轧轧，雨势急猛，打在车厢的玻璃上噼啪作响：坐在黑暗的、没有灯光的、棺材般的四角形车厢里，我的心绪很不好，仿佛我是带了具尸体似的。我极力思索，想找出一句话，好把因默不作声地坐在一起而引起的离奇而恐怖的气氛冲淡一些，但是我什么话也没有想出来。几分钟以后马车停住了，我先下车，付了车费，这当间那人也恍恍惚惚地下了车，砰的一声关上了车门。我们现在站在一家陌生的小旅馆门前，我们头上是一个玻璃遮阳棚，下面的空间由拱形檐盖挡住雨水。这时四周都是单调的雨声，雨水不停地洒向难以捉摸的黑夜。

"那个陌生人支撑不住自己身躯的重量，所以便不由自主地靠在了墙上，水从他湿透的帽子和皱皱巴巴的衣服上滴滴答答地流下来，他站在那儿，像刚被人从河里救起来的溺水者，神志还是迷迷糊糊的，墙上他靠的那小块地方淋下来的水形成了一条小溪。可是他却不拿出一星点儿力气来，把身上抖一抖，把帽子甩一甩，而是让水滴不断从额头和脸上流下来。他站在那儿，对一切全然漠不关心，我无法告诉您，他那副颓丧的神情使我多么震惊。

"不过，这时我得有点什么表示了。我把手伸进口袋：'给您一百法郎，'我说，'拿去要个房间，明天乘车回尼斯。'

"他抬起头来吃惊地望着我。

"'我在赌厅里注意到了您，'我见他迟疑不决，便催促他，'我知道，您把钱输光了，我担心您会因一念之差而做出蠢事来。接受人家的帮助并不丢脸……嗯，拿着吧！'

"然而，他却推开了我的手，我还真没料到他还有这样的劲儿。'你是个好人，'他说，'但是，别浪费你的钱了。我这个人已是无可救药了。这一夜我睡不睡，都无所谓。明天反正一切都完了。我已经无可救药了。'

"'不，您一定得拿着，'我逼着他说，'明天您的想法会不同

的。现在您先上去，睡上一觉再说。白天万物会有另一种面貌的。'

"我再次将钱硬塞给他，可是他却几乎很猛地推开了我的手。'算了吧，'他再次低沉地重复道，'这是毫无意义的。我还是在外面了结好，免得在这里把人家的房间弄得血迹斑斑的。一百法郎救不了我，就是一千法郎也不顶用。只要身上还有几个法郎，明天我又会进赌场的，不把它全部输光，是不会罢手的。何必再重新来一次呢，我已经够了。'

"您一定估量不出，这低沉的声音是怎样深深地震撼着我的灵魂；可是，请您设想一下：离您两寸的地方，站着一个年轻、聪明、有生命、有呼吸的人，您知道，如果不用一切力量让他振作起来，那么两小时之内这个有思想、能说话、会呼吸的青春生命就将变成一具死尸。而要战胜他那毫无意义的抗拒，对我来说不啻发一次大火，激起一阵愤怒。我抓住他的胳膊，说：'别说蠢话！您现在一定得上去。要一个房间，明天早晨我来把您送上火车。您必须离开这里，明天必须回家，我不看见您手持车票坐上火车决不罢休。年纪轻轻的，决不能因为输了几百或几千法郎就自己轻生。那是懦弱，是气愤和懊丧之下的歇斯底里大发作。明天您就会觉得我的话是对的！'

"'明天！'他加重了语气重复地说，声调显得阴郁而带点嘲讽，'明天！要是你知道明天我在哪儿就好了！要是我自己能知道，那也不错，本来我对此就有点儿好奇呢。不，你回家去吧，我的孩子，别费劲了，不要浪费你的钱了。'

"但是，我不肯让步。我心里像发了疯，发了狂似的。我使劲抓住他的手，把钞票硬塞在他手里。'您拿着钱马上上去！'同时我十分果断地走去拉响了门铃，'得，我已经拉了铃，门房马上就来了，您上去吧，倒在床上就睡。明天早上九点我在门口等您，马上就带您去火车站。其余的一切您都不用担心，我会做出必要的安排，让您能回到家里。可是现在，快上床吧，好好睡一觉，别再胡思乱想了！'

"就在这一瞬间，门上的锁从里面咔嗒一响，门房打开了大门。

"'进来！'他突然说道，声音又硬又坚决，并带着恼怒。我感到，我的手腕被他牢牢攥住了。我大吃一惊……吓得魂飞魄散，全身酥瘫，如遭电击，失去了知觉……我想抵抗，想把手挣脱出来……但是，我的意志好似麻木了……我……您是会理解的……我……我羞愧难当，门房在那儿等着，已经显得不耐烦了，我却在门房面前跟一个陌生人扯个不停。于是……于是，我一下子到旅馆里去了；我想说话，想把情况说清楚，可是我的喉咙塞住了……他的手沉重而蛮横地按着我的胳膊……我模模糊糊地感觉到，我不自觉地被拉着上了楼梯……门锁咔嚓一声……突然之间我在一家旅馆里——旅馆的名字到今天我还不知道——在一个陌生房间里同一个陌生人单独待在了一起。"

讲到这儿 C 夫人又停住了，并且突然站了起来。她的声音似乎不听使唤了。她走到窗口，默默地往外望了几分钟，只是把额头贴在冰凉的玻璃上：我没有勇气仔细朝她看，因为去观察一位情绪激动的老太太，我觉得很尴尬。因此我就静静地坐着，不提问，不出声，只是等待着，直到她以克制的步子重新走回来，在我对面坐下。

　　"好了——最难的部分现在已经讲了。我希望您相信我，现在我要再次向您保证，我可以用一切在我来说是神圣的东西——我的名誉和我的孩子来起誓，直到那一秒钟我脑子里并没想同这个陌生人发生一种……一种关系，我确实没有任何清醒的意志，完全没有一点知觉，好似一脚踩上活动暗门，从平坦的生活道路上突然摔进这个境地。我曾发过誓，对您和对我自己都要说真话，所以我要向您再重复一次，我陷入这次悲剧性的难以启齿的经历，仅仅是由于我救人之心过于急切，不是因为其他的个人感情，因此完全不带个人的愿望，也未曾有过一点预感。

　　"在那个房间里，在那天夜里所发生的事，请容我略去不讲吧；那天夜里的每一分钟我自己从未忘怀，而且永远也不愿忘记。因为那天夜里我在同一个人搏斗，目的是为了挽救他的生命，我要再说一遍：那是一场关系到生与死的斗争。我的每根神经都千真万确地感觉到，这个陌生人，这个一半已经沉沦的人，拿出一个垂死者的全部眷恋和激情紧紧抓住最后一线生的希望。他像一个意识到自己已经身悬深渊的人，将我牢牢抓住。我振作起全部力量，拿出自己所有的一切去挽救他。这样的时刻一个人一生中或许只能经历一次，而能经历这一次的，千百万人中又只有一个人——要是没有这次可怕的意外遭遇，我自己恐怕永远也不会想到一个心如死灰、穷途末路之人竟会如此热切，如此忘我，以一种无法遏制的贪婪再次畅饮生命的红色甘醇，我远离生活中的邪魔力量已经二十年之久了，要是没有那次可怕的意外遭遇，我恐怕永远也不会理解大自然有时竟会在瞬息之间如此绝妙，如此神奇地将冷和热、生和死、心醉神迷和悲观绝望聚集和压缩在一起。这一次就是这样充满斗争和对话，充满激情、愤怒和憎恨，充满恳求和陶醉的泪水，我觉得这一夜像是过了一千年，我们两人紧紧缠绕在一起，心醉神迷地一起堕入深渊，一个兴奋得死去活来，另一个极乐之中没有了感知，俩人从这场致命的狂风暴雨中解脱出来以后都变了，完全变了，思想、感情都不一样了。

"不过，这些我不愿讲了。我不能够，也不愿意来描述这一切。只有早晨我醒来时极其可怕的第一分钟我必须简略地向你提一提。我从未曾有过的疲惫不堪的沉睡中，从深沉的黑夜中醒来，过了很久我才睁开眼。睁眼看到的第一件东西，就是我顶上的一片陌生的屋顶，眼睛继续一点一点地看下去，又发现一个完全陌生、从未见过、令人生厌的房间，我压根儿不知道，自己是怎么进到这个房间里来的。起初我竭力说服自己，说这还是一个梦，一个相当清醒而透明的梦，我是从朦胧的沉睡中进入梦境的——然而灿烂的、确确实实的阳光已经刺眼地照到了窗前，这是早晨的阳光，楼下不断传来辘辘的马车声、叮当的电车声和嘈杂的人声——现在我明白了，我不是在做梦，而是醒了。我不由自主地坐了起来，想好好思索一下，就在这时……我目光往旁边一转……就看见——我永远无法对您描述出我的惊骇——这张宽床上有个陌生人睡在我身边……是陌生的，陌生的，陌生的，是个半裸的、不相识的人……

"不，我知道，这种惊骇是无法描述的：我一下吓得魂不附体，浑身无力地倒了下去。但是这不是真正的晕厥，没有不省人事，正相反：在闪电般的瞬息之间我一切都明白了，既清清楚楚，又无法解释。我突然发现自己同一个完全陌生的人睡在一个极有可能是下流场所的一张陌生的床上，心里的厌恶和羞愧真是难以言说，当时我只有一个愿望：去死。我还清楚地记得，当时我的心跳停止了，我屏住呼吸，仿佛这样就可以扼杀自己的生命，尤其是自己的意识，那清晰的、清晰得令人胆怯的意识，那一切都知道，但又什么都不懂的意识。

"我永远不会知道，我这样四肢冰凉地躺了多久：死人大概也是这样僵直地躺在棺材里的。我只知道，我双眼紧闭，默默向上帝，向天上的神灵祈祷，但愿这一切都不是真的，全不是真的。但是我敏锐的知觉现在再也不容欺骗，我听见隔壁房间里有人说话，听见有人用水时的哗哗声，外面走廊里有走动的脚步声，每一种声音都无情地证明了一个残酷的事实：我的知觉是清醒的。

"这可怕的状态究竟持续了多久，我说不清楚：那时候每一秒钟都与从容不迫的生活时间不同，那每一秒钟都另有自己的计时标准。这时另一种恐惧，那突如其来的、令人魂飞魄散的恐惧袭上我的心头：这个陌生人，这个我不知道名字的陌生人现在大概要醒了，大概要跟我说话。我立刻明白我只有一条路可走：在他醒来之前穿好衣服逃走。永远不再让他看见我，永远不再跟他说话。及时拯救自己，走，走，走，回到自己的生活中去，回到我的旅馆去，马上乘下一班火车离开这个可耻的地方，离开这个国家，永远不再碰上他，永远不再看见他，没有证人，没有起诉人，也没有知情人。这个想法使我慢慢从晕厥中清醒过来：我极其小心翼翼地、用小偷常用的蹑手蹑足的动作，一寸一寸地挪动身体（只是为了不弄出响声来），下得床来，摸到我的衣服。我小心翼翼地穿上衣服，因为怕他醒来，我每秒钟都在发抖。现在我已经穿好衣服，这件事算成了。只是我的帽子在另一边的床脚下，现在我踮着足尖轻轻走去拾起帽子——可是在这一秒钟里我却无法把持自己：我一定还要朝这个陌生人的脸瞥上一眼，朝这个像陨石似的坠入我的生活中来的陌生人看上一眼。我只要看上一眼就行了，但是……很奇怪，因为这个躺在那儿酣睡的陌生的年轻人——对我来说确实是陌生的：我第一眼所见的竟不是昨天那张脸了。这个情绪激动到极点的人，由于受激情的折磨，脸上呈现的那种恍惚迷离、痉挛抽搐和紧张不安的表情现在好似全都抹掉了——这儿的这个人他的容貌则完全不一样，他的脸显得天真和孩子气，焕发着纯洁和快乐。这两片嘴唇，昨天是用牙齿紧紧咬住的，这时在梦里温柔地微微张启，而且挂着一缕微笑；一丝皱纹也没有的额上柔软地垂下松散的金发，安详的呼吸似轻波细纹从胸部散扩到全身。

　　"您也许会记得，我先前对您说过，我还从来没有如此强烈、如此毫无顾忌地像盯着观察赌台上的那个陌生人那样观察过一个人所表现出来的贪婪和激情。我要告诉您，我从来没有，就是在孩子身上——襁褓中的婴儿有时身上有一种天使般快乐的光泽——也没有见到过他在真正幸福的酣睡中所呈现的这种焕发着纯洁光辉的表情。这张脸宛如精妙绝伦的雕像，将他所有的情感表现得淋漓尽致：摆脱了内心重压的那种幸福快乐的舒坦感，一种解脱感，一种得救感。看到这副令人惊异的神态，我的全部惊吓和恐惧就像一件沉重的黑大衣，从我身上掉了下来——我不再感到羞愧，不，非但不再感到羞愧，反而几乎感到喜上心头了。原来那种恐怖的、不可捉摸的东西，对我来说突然之间有了意义，一想到这个柔嫩、漂亮的年轻人，这个像鲜花一样快乐而沉静地躺在这里的年轻人，要是没有我的奉献，他将摔得粉身碎骨，血迹斑斑，脸青鼻肿，眼珠暴突，面目全非，气断命绝，躺在悬崖脚下：我救了他，他得救了，一想到这些我就心里乐滋滋的，感到骄傲。现在我带着母爱的目光——我无法用别的说法——朝这个躺着的人望去，我再次把他生了出来，给他以生命——我生他的时候比生自己的孩子痛苦要大得多。在这间陈旧的、污秽不堪的屋子里，在这家令人恶心的、油腻腻的临时旅馆里，我有一种宛如在教堂里的感觉——您听了这话会觉得很可笑的——一种奇异和神圣之感。现在在我心里生出了姐弟之情，我一生中最最可怕的一秒钟，变成了令人惊异、令人倾倒的第二个一秒钟。

"我动作的声音太大了？我情不自禁地说了什么话？我不知道。然而突然之间那个酣睡的人睁开了眼睛。我吓得连忙后退。他诧异地环顾四周——同我自己先前一模一样，仿佛他是从无底深渊和杂乱的迷惘中费尽力气爬上来的。他的目光吃力地扫视这间陌生的、未曾见过的屋子，随后惊讶地落在我身上。但是没等他说话，没等他完全回忆起来，我就镇定自若了。不能让他说话，不能让他提问，不能让他有亲昵的表示，昨天和昨天夜里的事不该重演，不作解释，也不去谈。

"'我现在得走了，'我立即向他表示，'您留在这儿，穿上衣服。十二点钟我在赌馆门口等您：在那儿我会把其余一切事情都安排好的。'

"没等他回答，我就逃了出去，不愿再看到那间屋子，我头也没回，就奔出旅馆。旅馆的名字我不知道，正如不知道那个我同他在这里过了一夜的陌生男人的名字一样。"

C夫人停下来歇了口气。但是所有的紧张和痛苦都从她声音里消失了：就像一辆马车，费尽力气艰难地爬上山顶，然后就从山顶轻轻松松地飞速驰向山腰，现在她就是这样以轻松的语调继续说下去：

"就这样，我急忙跑回自己住的旅馆。街上晨光明亮，夜里的暴风雨已将沉闷阴郁的天空荡涤得一干二净，就好似令我受尽煎熬的感情现在已从我心里冲刷干净。您一定记得我先前对您说过的话：自从丈夫故世以后，我对自己的生活已经完全不抱奢望，孩子们不需要我，我自己也觉得活着没有意思，活着不能达到某个目的，生活本身就是一个谬误。真是意想不到，现在居然第一次有个任务落在了我身上：我救了一个人，竭尽全力把他从毁灭的边缘拉了回来。现在还有一件小事要做，这件事得把它做完。所以我就跑回我的旅馆：门房见我现在早晨九点钟才回来，所以用惊讶的目光打量着我——对于已经发生的这件事，我思想上已经不再感到羞愧和恼怒的重压了，生的愿望突然重新复苏，出乎意外地获得一种必须活下去的新的感受。这些新的感觉融进了我的血液里，温暖地流遍全身。我在房间里匆匆换了衣服，下意识地脱下身上的丧服（这事我后来才注意到），换上一件色彩明快的衣服，到银行去取了钱，风风火火地赶到车站，问明了列车行车时间；此外我还办了几件别的事，赴了几处约会，我行动之果断连我自己都感到吃惊。现在没有别的事要办了，只等将命运扔给我的那个人送上火车，把他最终挽救过来。

"当然，要直接面对他，这需要力量。因为昨天的一切都是在黑暗中，在感情的旋涡里发生的，就像被山洪冲下来的两块石头，突然撞击在一起；我们彼此几乎没有面对面地认识过，那个陌生人是否还会认得我，对此我一点没有把握。昨天——那是事出偶然，是心醉神迷，是两个糊涂人的走火入魔，但是今天我非得比昨天更为公开地在他面前暴露自己了，因为我现在不得不在无情的光天化日之下以我本人，以我的本来面目作为一个活生生的人走到他面前去了。

"不过，一切都比我想的要容易得多。在约定的时间，我还没有到赌馆门口，一位年轻人就从长椅上一跃而起，急忙朝我走来。他那惊异的神情，他那每一个胜过语言的动作完全出自本能，显得多么稚气，多么率真和喜悦：他简直是飞奔过来的，眼睛里流露出既感激又崇敬的快乐之光，但是他的眼睛一觉察到我的眼睛在他面前不知所措的样子，便立即谦恭地垂了下来。这种感激之情在一般人身上很难感觉得到，而且心怀最最感激之情的人往往无法表达出来，他们总是尴尬地沉默不语，羞愧不已，为了掩饰他们的感情，往往欲言又止。上帝好似一位神秘的雕塑家，将这个人的感情姿态表现得极为性感、优美、生动，在他身上感激之情的流露十分炽烈，他的体内像是有一股激情在迸发出来。他朝我的手弯下腰，谦恭地垂下轮廓清瘦的孩子式的脑袋，十分尊敬地吻了一分钟，但是嘴唇仅仅触到我的手指，接着便退后一步，问我身体怎么样，亲切地望着我，他的每一句话都很有礼貌，又极为得体，因此几分钟之后我心里最后的一点惶恐不安也消失得无影无踪了。四周的景物全都着了魔，好似镜子一样映照出我开朗的心情：昨天还是怒涛汹涌的大海，现在明澈而平静，细浪之下每粒沙石都在朝我们闪烁着白灿灿的光辉；那家赌馆，那恶魔聚集之所，在清扫得干干净净的、锦缎似的天空下色彩明朗；那个亭子，昨天下着瓢泼大雨的时候我们曾在其屋檐下躲避，现在已经开启，是一家花店，那里摆放着一束束、一簇簇鲜花，白的，红的，绿的，色彩缤纷，斑斓杂陈，卖花的是位年轻姑娘，她身上的衬衣色彩极为鲜艳。

　　"我请他到一家小餐馆去吃午饭；在那里这位陌生的年轻人对我讲了他悲剧性的冒险史。他的冒险史完全证实了我在绿色赌台上看到他那双神经质地索索发抖的手时所作的第一个揣测。他出身于奥地利波兰贵族家庭，这确定他将来要在外交界求个锦绣前程，一直在维也纳上学，一个月前他以优异的成绩通过了初考。学习期间他住在叔叔家。他叔叔是总参谋部的高级军官，为了庆祝考试成功，并作为对他的奖励，叔叔叫了一辆马车，把他带到普拉特，俩人一起来到赛马场。叔叔赌运亨通，接连赢了三次。随后他们拿着厚厚一叠白赚的钞票，到一家豪华饭店去大吃了一顿。第二天，这位未来的外交官就收到为奖励他这次考试胜利而寄来的一笔钱，数额相当于他一个月的生活费；要是在两天前，对他来说这笔钱还是个相当可观的数目，可是现在，在那次轻而易举就赢了这么多钱之后，这点钱他就看不起了，觉得它微不足道。这样，吃过饭他又坐马车去赛马场，兴头十足地放手大赌一场。他居然福星高照——或者更应该说是厄运临头——到最后一场赛马结束，离开普拉特公园时，他的钱数已经增加了三倍。从此以后他赌兴大发，时而赛马场，时而咖啡馆，或者俱乐部，耗费了自己的时间，荒废了学业，损坏了神经，尤其是耗掉了金钱。他再也不能思考，夜里也不能安眠，他甚至无法控制自己；有天夜里，他在俱乐部里输光了钱回到家里脱衣服时发现背心口袋里还有一张忘记的、已经揉成一团的钞票，他忍不住，便又穿上衣服，到外面东转西晃，最后在一家咖啡馆里找到几个玩多米诺骨牌的人，便坐下来同他们一直赌到天明。他的一位已经出嫁的姐姐接济过他一回，替他偿还了高利贷借款；高利贷者见他是名门贵族的继承人，所以都乐意把钱贷给他。有一阵子他曾赌运亨通，可是后来手气又不好，连连输钱，颓势怎么也阻挡不住，而且输得越多，就越是渴望大赢一次，好支付尚未偿还的债务和以名誉担保一定按时还清的借款。他早就把钟和衣服当掉了，最后竟发生了这么件令人惊骇之事：他偷了老婶婶的两枚花骨朵状的钻石大耳环。这两枚耳环他婶婶很少戴，是一直放在柜子里的。其中的一枚他以高价当了出去，当天晚上拿这笔钱去赌就赢了四倍。但是他没有去赎回耳环，而是将所有的钱拿去孤注一掷，结果输得一干二净。直到他离开维也纳的时候，他的偷窃行为尚未被发现，于是他又把第二枚耳环当掉，这时突然心血来潮，便坐上一列火车来到蒙特卡洛，想在轮盘赌上发一笔他梦寐以求的大财。在这里他卖掉了皮箱、衣服、雨伞，现在他身边只有一支装了四发子弹的手枪和一个镶嵌着宝石的小十字架，这是他的教母 X 侯爵夫人送他的，他一直舍不得出手，除此之外，他已别无他物。但是，就连这个十字架他也在下午以五十法郎卖掉了，只是为了晚上最后一次去寻求那令人震颤的欢乐，再去做一次生死搏斗。

"他把这一切讲给我听的时候，神态优美，极具魅力，他的气质活泼生动，灵气十足。我听着，心里感到震撼，着迷，激动；然而我并没有因为与我同桌的人本是小偷而愤怒，不，这个想法我片刻都没有出现过。作为女人，我的一生从未有过些微污点，在社交场合总是要求保持最严格的传统尊严，倘若昨天有人即使只是对我暗示，说我将会跟一个完全陌生的年轻人，一个比我儿子大不了多少而且偷过珠宝耳环的人亲密地坐在一起，那我定会把他看作疯子的。可是听着他的叙述，我一点没有惊骇之感，这一切他说得那么自然，而且带着那么一种激情，使人觉得他讲的是一个高烧病人的行为，而不是什么令人气愤之事。再有：谁像我一样昨天夜里亲身经历了那种激流飞泻似的出人意料的事，那么'不可能'这个词就突然失去了它的意义。在那十个小时里，我对现实的了解比先前以市民方式度过的四十年要多得不知多少。

"可是，在他对自己做的那些事进行坦白的时候，却有另一种东西令我惊慌不安，那就是他眼睛里火一般的光亮，他一谈到自己对赌钱的热衷，他眼里便熠熠生辉，脸上的所有神经像通了电一样颤动不已。他在讲这些事的时候，自己还异常激动，他表情丰富的脸上极其清晰地再现了当时欢喜或痛苦的种种紧张神态。他的两只手，那两只奇妙的、细长而灵活的、神经质的手同在赌台上一样，又不由自主地开始变得像或追逐或逃遁的猛兽：我看见他说着说着，两只手就突然从指关节往上剧烈地颤抖，拼命卷曲起来，紧攥拳头，接着手指又突然重新弹开，随后又互相交叉，紧紧抱成一个拳头。他在坦白出偷耳环这件事的时候，两只手闪电般地向前伸去（我不禁吓了一跳），飞快地做了一个偷东西的动作：手指十分利索地朝耳饰张开，将东西匆匆一把攥在拳头窝里，这一切我都看得真真切切。我感到一种无名的震惊，看出这个人身上的每一滴血都中了他自己激情的毒。

"一个年轻、爽朗、生来就是无忧无虑的人竟会可悲地屈从于一股迷糊滑稽的热情，他的叙述中令我如此震撼和吃惊的仅仅就是这一点。因此，我认为自己首要的职责就是友好地规劝我这位不期而遇的被保护人，劝他必须立刻离开蒙特卡洛，离开这个具有最危险的诱惑的地方，趁现在丢失耳环之事尚未被发现，自己的前程尚未彻底断送之时，今天就回家去。我答应给他回家的路费和赎回耳饰的钱，当然有一个条件，只有一个条件，他今天就要走，并且要以他的名誉向我起誓，永远不再碰纸牌，也不进行其他赌博活动。

"我永远不会忘记，这位落魄的陌生人听着我说，起初情绪何等沮丧，随后心情逐渐开朗，满怀着热烈的感激之情，当我答应帮助他的时候，他像是要把我的话吮进肚里似的；突然，他的两只手从桌面上伸了过来，抓住我的双手，姿势像是在礼拜和神圣地许愿，令我难以忘怀。他明亮的、通常有些许迷惘的眼睛里含着泪水，快乐和兴奋使他全身激动得直打哆嗦。我常常试图向您描画他独一无二的表现姿态的能力，但是我无法将这种姿态描述出来，因为它表现的是一种极度兴奋的、超越尘世的幸福境界，我们几乎不可能在一般人的脸上见到，只有当我们从梦中醒来，以为在自己面前见到了已经消失的天使的面庞，这时，唯有天使的那片白影才可与他的姿态相比。

"何必隐瞒呢：我经受不住他的目光，他的感激令我高兴，因为这样的感激我们很难见到，温柔的感情让人感到愉悦和舒适，对我这个沉稳、冷静的人来说，那种洋溢的感情确实是一种惬意的、简直是令人喜悦的新感受。再有：自然景物经过昨夜那场大雨，也随着这个身心憔悴的人一起神奇般地苏醒了。我们从餐馆出来时，平静安谧的大海璀璨地闪闪发光，蔚蓝的海水连接天际，在高空的蓝天上只有海鸥在展翅翱翔，点点白影映衬在天际的蔚蓝之中。里维埃拉的风光您是熟悉的。那里的景色永远是美丽的，但却显得平淡，像风景画片一样，映入我们眼帘的是永远浓重的色彩，是一个慵倦的睡美人。她镇定自如地任人浏览欣赏，永远是一副东方式的百依百顺的样子。但有时候——那是极少的——这里也有那么几天，这时美人站起来了，露出了尊容，她色彩鲜艳，熠熠闪光；这几天她使劲向人高声呼唤，并怀着胜利的心情把五彩缤纷的鲜花抛向人们；这几天她热情炽烈，欲火如焚。在经历了那个风雨交加的黑夜和惊涛骇浪的混沌之后，那天也正是这么一个令人振奋的日子，街道被冲洗得干干净净，天空湛蓝高远，树木经雨苍翠欲滴，丛丛灌木到处鲜花怒放，宛如万绿丛中点燃的簇簇火把。空气清凉，阳光灿烂，群山显得清新明亮，好似突然向前走来了，纷纷好奇地挨近这座闪光发亮的小城。放眼四望，突出地感到大自然的挑战和激励，觉得自己的心也不由自主地被大自然夺去了。于是我就说：'我们雇辆马车，到海边去兜兜风吧。'

"他兴奋地点点头：这个年轻人好像到这儿以后还是第一次观赏自然风光。在此之前，他只知道那潮湿而带霉味的赌厅，那儿散发着一股恶浊的汗酸气，拥挤着丑恶而扭曲的人群；他知道的再就是乖戾、灰暗、喧嚣的大海。现在，洒满阳光的海滩像一把打开的巨扇展现在我们面前，遥望远处，顿觉赏心悦目。我们坐在缓缓行驶的马车上（那时还没有汽车），欣赏沿途绮丽的风光，经过许多别墅，碰到不少人的目光。每次驶过一幢房子，经过一座掩映在意大利五针松的绿荫下的别墅，我会千百次地在心里浮现一个秘密的愿望：但愿能生活在这儿，宁静、平和、远离尘嚣！

"我一生中曾经有过比那个时候更幸福的时刻吗？我不知道。在马车里，这个年轻人坐在我身边，昨天他还处在死亡和厄运的魔爪里，奇怪的是，现在倾泻下来的金色阳光洒满了他的全身：似乎好些年岁月从他身上消失了。他好像完全成了一个孩子，成了一个漂亮的、在戏耍的孩子，有一双纵情的，同时又是心怀敬畏的眼睛。他身上最使我着迷的要数他那灵活敏感、善解人意的柔情了：车子爬的坡太陡，马很吃力，他便敏捷地跳下去，在一侧帮着推车。我提到一种花，或指了指路边的某种花，他就急忙跑去摘了来。见到一只被昨夜的雨引诱出来的小蟾蜍在路上艰辛地爬着，他就去将它捧起来，小心地送到青草丛中，以免他身后驶来的马车将它碾碎。这期间他还兴致勃勃地讲了一些令人捧腹大笑而又很雅致的奇闻逸事：我相信，这笑声是对他的一种拯救，因为他突然感情充溢，欣喜若狂，如痴如醉，要不大笑一阵，他必定会唱歌、蹦跳或干出什么傻事来的。

"后来，我们的马车爬上一个高坡，缓缓驶过一个很小的村子。经过村子的时候，他突然很有礼貌地摘下帽子。我感到有点惊讶：这位外国人当中的外国人，在这里他在向谁致敬呢？得知我的疑问，他的脸微微有点红，几乎像道歉似的向我解释说，我们刚才经过一座教堂，同所有教规严格的天主教国家一样，在波兰从小就培养他们，见到任何教堂和圣殿都要行脱帽礼。对宗教的这种美好的崇敬态度令我深为感动，同时我也想起了他说到过的那个小十字架，所以就问他是否信教。他略现羞赧的样子谦逊地说，他信教，并希望得到上帝的宽宥。听了他的话，我突然心生一念：'停车！'我朝马车夫喊道，并且急忙下了车。他跟着我，感到很诧异：'我们到哪儿去？'我只是回答：'您一起来。'

"他陪我走回教堂。这是一个砖砌的乡村小圣堂。内墙四壁刷着石灰，颜色发灰，墙上是空的，圣堂的大门开着，一束黄色的光锥射进昏暗的圣堂，四周的暗影凸现出蓝色的祭台。圣堂里香烟缭绕，祭台上点着两支蜡烛，朦胧中烛光闪动，犹如两只蒙着面纱的眼睛。我们走进圣堂，他脱下帽子，把手伸进涤罪缸的水里去浸了浸，拿出来划了个十字，随后便屈膝跪下。他一站起身，我就将他抓住。'您过去，'我催促他说，'到祭坛前或者到您所敬仰的神像前去，在那里起个誓，誓言我马上就说给您听。'他诧异地、几乎是吃惊地望着我。但他很快就明白了我的意思，就走到一座神龛前，画了十字，顺从地跪了下去。'您跟着我说，'我说，自己都激动得颤抖了，'您跟着我说：我起誓。''我起誓。'他重复着说。我继续说下去：'我永远不再参加任何形式的赌博，永远不再把自己的生命和名誉断送在这种嗜好之中。'

"他颤抖着重复了这些话，清晰而响亮的声音回响在空空荡荡的圣堂里。接着便是片刻的寂静，静得连外面微风吹过、树叶发出的簌簌声都能听得见。突然，他像个忏悔者似的扑倒在地，以一种我从未听到过的狂热的声音说了一番我听不懂的波兰话，他的话说得极快，快得连前后的字句都混在一起了。这一定是狂热的祷告，是感激和悔恨的祷告，因为他忏悔时感情非常激昂，一再谦恭地低下头，低得都触到圣案了，他越来越狂热地重复着那外国话语，越来越激越地重复着同样的、以无法形容的热情说出来的话。在这以前和以后，我从未在世界上任何一座教堂里听见过这样的祷告。他的双手紧紧抓住木质的祷告桌，显得有点局促，他内心的风暴刮得他全身不住地晃动，使他时而抬起头来，时而又伏倒在地。他什么也看不见，也感觉不到：他好似在另一个世界，在炼狱里转化，或者在朝神圣的境域飞升。最后，他慢慢站立起来，画了十字，吃力地转过身来。他的两膝还在发抖，面容苍白，像虚脱一样。可是，他一见到我，两眼便炯炯有神，一丝纯真的、真正虔诚的微笑使他阴郁的脸庞也开朗了；他走过来，深深地鞠了一个俄国式的躬，抓着我的两只手，十分崇敬地用嘴唇贴了贴：'是上帝派您到我这里来的。为此，我已经谢过了上帝。'我不知说什么好。我真希望，这时圣堂里的矮椅子上空会突然响起管风琴奏出的音乐，因为我觉得，我一切都成功了：我已经永远挽救了这个人。

"我们从教堂出来，回到五月天灿烂的阳光下，我觉得世界从来都没有这般美丽过。我们的马车继续沿着丘陵起伏的路缓缓驶了两个小时，我们坐在车里俯览全景，尽情观赏绮丽的风光，每转一个弯都别有洞天，就是另一番景色。然而，我们不再交谈了。在付出了那么多感情之后，现在似乎想减少每一句话。每当我与他的目光偶然相遇时，我总不得不难为情地避开他的目光：看到我自己创造的奇迹，对我的心灵震撼太大。

"下午五点左右，我们回到了蒙特卡洛。我同亲戚有个约会，现在要取消已不可能了，我还得去赴约。本来，我心里很想歇一会儿，舒释一下绷得太紧的感情，因为幸福来得太多了。我觉得，这种过分狂热的状态，这种心醉神迷的状态，类似的情况我一生中还从未经历过，我必须得歇一会儿。所以，我就请这位被我保护的人跟我到我的旅馆去一趟，只要一会儿就行；到了旅馆，我就在我的房间里把路费以及赎耳环的钱交给他。我们商定，我去赴约，他去买车票；晚上七点钟我们在车站大厅里会面，就是说在开车前半小时，随后火车将把他经由日内瓦送回家。当我把五张钞票递给他时，他的嘴唇突然奇怪地发白了：'不……不要钱……我请您别给我钱！'他的手指神经质地哆嗦着，慌慌张张地缩了回去，从牙缝里挤出这两句话来，'不要钱……不要钱……不能见到钱。'他又重复了一次，显出极其厌恶和恐惧的神情。见他这副羞愧的样子，我就安慰他说，这些钱就算是借的吧，要是他觉得拿了钱心里过意不去，他可以写张借条给我。'好的……好的……写张借条。'他把目光移开，嘴里喃喃自语，并将钞票折叠在一起，看都不看一眼就塞进了口袋，仿佛那是什么黏黏糊糊的东西，会弄脏他的手似的，随后就在一张纸上潦潦草草地写了几句话。他写好借条，抬起头来，额头上大汗淋漓，仿佛体内有什么东西在冲上来扼住他的脖子似的。他把那张借条往我手里一塞，全身一阵哆嗦，突然——吓得我不由自主地往后退了一步——他跪了下去，捧起我的裙子，连连吻着裙上的镶边，那样子真是难以描述。我受到强烈的震撼，全身不住地战栗起来。这时我心里升起一阵奇怪的惊恐，心乱如麻，只能结结巴巴地说：'您这么感激，我倒要谢谢您。不过，请您现在就走吧！晚上七点我们在车站大厅里再告别。'

"他望着我，感动得眼里噙着晶莹的泪水；有一瞬间我以为他要说些什么，有一瞬间他仿佛要靠近我。然而，随后他却突然再次深深地、深深地鞠了一躬，便离开了我的房间。"

C夫人又中断了叙述。她站起来，走到窗前，眼望窗外，纹丝不动地站了很久：从她剪影似的、轮廓清晰的背上我看到些微轻轻的战栗和晃动。突然，她果断地转过身来，一直静静的、没有什么表示的两只手突然做了个剧烈的切割动作，像是要把什么东西撕碎似的。接着，她坚定地、几乎是勇敢地望着我，突然又开始了她的叙述。

"我曾向您许诺，保证做到绝对坦率的。现在我看出，这个诺言是多么必要。因为只有现在，我逼着自己第一次按照事情的前后联系来描述那一时刻的全部经过，并且找出明晰的词句来表述当时那种错综复杂、紊乱不堪的感情，只有现在我才清楚地认识到许多我当时不知道，或者是也许当时我不想知道的事。因此，我要坚定、果断地向自己，也是向您吐露真情：当时，在那个年轻人离开房间、只剩下我只身一人的一秒钟里，我感到心上受到了猛烈的撞击，好似突然晕厥过去一般。有什么东西使我痛不欲生，可是我不知道，或者说我不想知道：受我保护的人他那毕恭毕敬的态度本来是感人至深的，何以对我的伤害会那么深，令我痛苦万分。

"可是现在，因为我逼着自己坚定地、有条有理地把过去的一切当作别人的事一样统统从我心里掏出来，也因为您这位见证人不容许我有丝毫隐瞒，不容许令人羞愧的感情有藏身之所，今天我这才明白，当时我所以会如此痛苦，其实是因为失望……使我感到失望的……是这位年轻人竟如此顺从地走了……并没有想抓住我，留在我身边……他竟恭顺而敬重地服从了我要他坐车回家的初愿，而没有……没有企图把我拉到他身边……我感到失望的是，他只是把我敬为出现在他生活道路上的圣女……而没有……没有感觉到我是个女人。

"这就是我当时的失望……是我不肯承认的失望，当时不承认，后来也不承认，然而，一个女人的感觉是无所不知的，不需要语言和意识。因为……现在我不再继续欺骗自己了——如果这个人当时把我搂着，当时要求我，我定会跟他走到海角天涯，定会玷污我和孩子的姓氏……我定会不顾人们的非议和自己内心的理智，跟他远走高飞，就像那位亨丽埃特夫人跟着一位她一天前还不认识的法国青年一起私奔一样……我一定不会问，到哪儿去，去多久，对于自己以前的生活我也不会回头去看一眼……为了这个人，我一定会把我的钱，我的姓氏，我的财产，我的名誉全都牺牲掉……我一定会去乞讨，或许世界上任何低下的地方他都会把我领了去。我定会将人们称之为羞耻和顾虑的一切统统抛弃，他只要说一句话，朝我走近一步，他只要试图抓着我，那么，在这一秒钟里我整个儿就是他的了。可是……我向您说过……此人举止异常，他望着我，不再用看女人的目光来看我了……我对他的热情燃得多么炽烈，多么渴望委身于他啊！可是，只是在我只身一人时，只是在那股被他开朗的、简直是天使般的脸掀得高高的激情在我心里退落下来，并在空虚寂寞的胸中不住起伏的时候，我才感觉到这一点。我费劲地振作起精神，那个约会成了我的负担，令我倍觉反感。我觉得，我头上仿佛扣了一顶又重又紧的钢盔，压得我直摇晃：当我终于走到另一家旅馆我亲戚那儿时，我的思绪松散凌乱，就像我的脚步一样。在亲戚那里我沉闷地坐着，别人都在进行热烈的谈话，我却心里不断地在担惊受怕，我偶尔抬起眼睛，注视他们毫无表情的脸，比起那张像天上的云层忽亮忽暗变幻莫测、生动无比的脸来，我觉得这些人的脸就像戴了面具或冻僵了似的。我仿佛坐在死人当中，这次聚会竟是如此恐怖，毫无生气，我一边往咖啡杯里放糖，一边心不在焉地同别人应酬，而那张脸却像被我熊熊灼燃的热血涌了上来，时时浮现在我心头。观看这张脸就成了我最大的快乐；想想实在可怕，一两小时之后该是我最后一次见到他了。我不由得下意识地轻轻叹息，或许还发出了呻吟声，因为我丈夫的表姐突然弯下腰来问我，怎么样，是不是不太舒服，说我的脸色苍白，呼吸局促。她这一问倒使我立刻毫不费劲地找到了一个借口，我说，折磨我的实际上是偏头痛，所以请她允许我悄悄地先行离开。

"我这样一脱身，就刻不容缓地奔回我住的旅馆。一进屋子只有自己独自一人，空虚、寂寞的感觉就又袭上我的心头。我心里急不可待，渴望马上见到那位年轻人，今天我就将永远失去他了。我在房间里面踱来踱去，毫无必要地拉起百叶窗，换了衣服和腰带，照着镜子以审视的眼光打量一番，看看自己这身打扮是否会引起他的注意。忽然间，我明白了自己的心愿：只要把他留住，一切都在所不惜！这个心愿在残酷的一秒钟之内变成了决心。我跑到楼下去告诉门房说，我今天要乘夜班火车离开这儿。现在时间已经很紧了，我按铃把侍女叫来帮我收拾东西。我们俩人一个比一个着急，手忙脚乱地将衣服和小件生活用品装进几只箱子里，我心里则梦想着即将出现的惊喜：我送他上火车，等到最后一刻，到最后的瞬间，当他伸出手来同我握手告别的时候，我就出其不意地登上列车，走到这位惊诧万状的人跟前，同他共度今宵、明夜——只要他要我，就每夜都同他厮守在一起。我感到一阵狂喜，一阵陶醉，全身血液在翻腾、涌流，有时，我一边往箱子里扔衣服，一边哈哈大笑，有时突如其来的一声大笑，弄得侍女莫名其妙。这当间，我感觉到我的神志混乱了。挑夫来取箱子时，起初我直愣愣地瞪着他，完全不解其意：内心激动，犹如阵阵波浪翻滚，这个时候就很难客观地来思考了。

"时间紧迫，这时大概快七点了，离开车时间顶多二十分钟。——当然，我安慰自己说，我现在不再是去同他告别了，我已决定陪他出走，无论他的旅程多久多远，我都与他相守，形影不离。仆人先把几只箱子拿了出去，我匆匆到旅馆账房结了账。经理已经把钱找给了我，我正要走了，这时有只手温柔地拍了拍我的肩头。我吓了一跳。那是我丈夫的表姐，因为我佯称身体不适，她放心不下，所以特来探望。我觉得眼前一阵发黑。现在这个时候我可不需要她，每一秒钟的延误都意味着厄运降临，意味着将痛失这次机会，可是我又必须顾及礼貌，至少得站着同她搭会儿话呀。'你得上床去躺着，'她催促着我，'你一定发烧了。'这话大概倒也不错，因为我两边太阳穴上脉搏跳得很急，像擂鼓似的，有时我还感到眼前蓝影直晃，快要晕倒。但是我支撑着，竭力做出一副感激的样子，其实每一句话都使我心急如焚，真想干脆一脚将她那不合时宜的关切踢到一边去。然而，这位不受欢迎的、担心我的人却待着不走，她待着，待着，并拿出科隆香水给我，而且非让我自己将这清凉的液体抹在太阳穴上决不罢休：这当间我却一分钟一分钟地数着，同时还想着他，并琢磨着能找个什么借口来摆脱这种折磨人的关切。我越是焦急不安，她对我就越是怀疑；后来，她几乎想强行把我弄到房间里去，让我躺下。她还在一个劲儿地劝我，这时我突然朝大厅中央的钟看了一眼：差两分七点半，而七点三十五分火车就开了。绝望中我对什么都不在乎了，粗暴地径直将表姐的手狠狠一甩，动作之快，宛如子弹出膛：'再见，我得走了！'说罢，根本不去顾及表姐惊得发呆的目光，也不四下看看落下什么东西没有，便从那些诧异得目瞪口呆的旅馆侍役身边冲出大门，来到街上，径直朝车站奔去。挑夫在车站上守着行李等我，我老远就从他激动的手势上得知，时间一定万分紧迫了。我就盲目地拼命冲到横杆那儿，结果被检票员拦住了：我忘了买票。于是我便软硬兼施，几乎说动了检票员，破例让我到站台上去，可是就在这时，火车开动了：我浑身发抖，目不转睛地望着徐徐开动的列车，希望至少能从某个车厢的窗口一瞥他的容貌，见到他的挥手，他的致意。但是火车加快了速度，我再也无法认出他的面容了。一节节车厢呼啸而过，一分钟以后，在我模糊的眼前留下的只有一片冉冉升腾的浓烟。

"我站在那儿准似泥塑木雕一般，上帝知道究竟站了多久，因为挑夫大概叫了我几次我都未答应，他这才大着胆子碰了碰我的胳膊。我猛地吓了一跳。他问，要不要把行李重新搬回旅馆。我考虑了一两分钟；不，这不可能，我走得那么仓促，那么可笑，我不能再回去，也不愿回去，永远不回去。这时我形单影只，心烦意乱，就叫他把行李搬到寄存处去。稍后，车站大厅里旅客熙来攘往，人声鼎沸，在阵阵喧嚣声中，我才设法进行思考，清晰地思考，想甩掉那些令人灰心丧气、痛苦不堪的纠葛，把自己从愤怒、悔恨和绝望中解救出来。因为——为什么不承认呢？——由于自己的过错，失去了与他最后会面的机会，这个想法像把烧红的尖刀无情地在我心里乱搅，那燃红的刀刃越来越无情地往我心灵深处捅，痛得我真想大声叫唤。只有完全没有遭遇过激情的人，在其一生中出现的唯一瞬间，他们的激情也许才会像雪崩似的、像狂飙骤起似的突然爆发出来：于是闲置多年未用的生命力就像碎石倾泻，一齐坠落在自己胸中。在这一秒钟里我已做了最最鲁莽的准备，将自己长期积聚起来、紧紧裹在一起的整个生命猛地一下抛将出去，却突然发现面前有一堵毫无意义的墙，我的激情一头撞了上去，只撞得晕晕乎乎，蒙头转向。像在这一秒钟里所碰到的那种意想不到、令人愤怒而又对它无能为力的事，我在此前从未经历过，以后也未曾经历过。

"我下一步所做的尽是些毫无意义的事，除此之外还能做些什么呢！我做的事很笨，简直愚蠢透顶，讲出来自己都感到羞愧。但是，我曾对自己、对您许下诺言，什么都不隐瞒。——那我就接着说吧。我……我要为自己找回他……就是说，我要为自己找回同他一起度过的每个瞬间……有股强大的力量把我拉向我们昨天一起到过的每个地方：花园里的那张我把他从上面拉走的椅子，我第一次看见他的那个赌厅，甚至那个下等旅馆。这样做的目的，仅仅是为了再一次、再一次重温往事。明天我还打算坐马车沿滨海再循旧路，在心里再次重温每一句话、每一个姿态和表情——这种做法多没有意思，多幼稚，我真是糊涂透顶了。可是，请您想一想，那些事来得快如闪电，一下都落在了我身上，一下就把我击晕了，岂容我做别的考虑。现在从心醉神迷的状态中猛地醒来，借助于我们称为记忆的那种神奇的自我欺骗，我要将这些正在流逝的经历——重新追忆，再来品味一次过把瘾——当然，这些事，有的别人理解，有的别人不理解，要完全理解，恐怕需要有一颗火热的心。

"这样，我便先到赌厅，去寻找他坐过的那张赌台，并在那里的许多双手里设想他的那双手。我走了进去。我还记得，我最先看见他的时候，他坐在第二间屋子左边的那张赌台上。他的每个动作姿态还清晰地浮现在我眼前：我就是闭上眼睛，伸出双手，梦游似的都可以把他的座位找到。于是我就走了进去，立即横穿屋子。这时……我在门口朝熙熙攘攘的人群一望……我眼前出现了一件奇怪的事……他正好坐在我梦见他的那个位置，他在那里坐着——这准是狂热引起的幻觉！……真是他……他……他……正是我刚才幻觉中见到的他……同昨天一模一样，两眼直愣愣地盯着转盘里的锥形球，脸色苍白，犹如幽灵……但是，那是他……是他……绝对不会错，那是他……

"这下吓得我非同小可，我差点儿叫喊起来。但是我控制住对这荒唐的幻象的惊吓，并且闭上眼睛。'你神经错乱了……你在做梦……你发烧了，'我对自己说，'这不可能，你眼里出现了幻影……半小时前他就从这里坐火车走了。'后来我重新睁开眼睛。啊，可怕极了：他坐在那里，同方才一模一样，有血有肉，绝对不会错……在千百万双手当中我也能认出他的手来……不，我不是在做梦，那人确确实实是他。他没有走，没有如他向我起誓所保证的那样，这神经错乱的人坐在那里，他有了钱，这钱是我给他回家的路费，他把它拿到这张绿色赌台上，又忘情地沉醉在他的癖好中，大赌起来，而我呢，却绝望地为他把心都掏了出来。

"我猛地一下冲上前去。我泪水模糊，眼里燃烧着愤怒的烈火，这背弃誓言之徒，竟这么无耻地欺骗我的信任、我的感情、我的委身，我真想掐住他的脖子。然而，我还是抑制住了自己。我故意慢慢（我费了多大力气啊）走到赌台的另一边，正好面对他，一位先生很有礼貌地给我腾出个位置。我们俩人中间隔着一张两米宽的绿色赌台，我可以像在楼座上看戏一样盯着他的脸。两小时前这张脸上还容光焕发，充满感激之情，闪烁着上帝宽宥的灵光，现在他的激情正在经受炼狱之火的煎熬，这张脸又抽搐得扭曲了。他的这双手，今天下午他在立下神圣誓言的时候还紧紧抓着教堂椅子的这双手，同是这双手，现在手指微曲，在钱堆里扒来扒去，犹如两个嗜血的魑魅。他赢了，他准赢了很多钱，很多很多钱：他面前随意拢了一堆筹码、金币和钞票，亮闪闪的，但横七竖八，凌乱不堪，战栗着的、神经质的手指乐滋滋地伸进钱堆里随便把玩。我见他将纸币一张张抚得平平整整，叠在一起，那些金币他则转动着，抚摩着，后来他突然一下子抓起一大把，抛在一个方格当中。他的鼻翼又立即开始快速翕动，掌盘人的叫喊声使他将眼睛，那炯炯有神的贪婪的眼睛从钱堆上移开，注视着蹦跳的圆球，他的身体仿佛自动地要往前冲，而两只胳膊肘却好似用钉子钉在了绿色台面上。他那迷狂的样子表现得比昨天晚上还可怕，还恐怖，他的每个动作都在毁掉我心中那另一个凸现在金色背景上闪闪发光的形象，那是我由于轻信而将它珍藏在自己心里的。

"我们俩人相距两米，呼吸着；我目不转睛地盯着他，他却没有发现我。他没有朝我看，他任何人都不看；他的目光只盯着钱，随着往后倒滚的球不安地颤动着：他的全部感官都禁锢在这个疯狂的绿色圆盘中了，并随着滚动的圆球而来回奔跑。在这个赌徒眼里整个世界、整个人类都融化在这张蒙着绿呢的四角台面上了。我知道，即使我在这儿站上几个小时，他也不会感觉到我的存在的。

"可是，我无法继续忍受下去了。我突然横下一条心，绕过赌台走到他背后，用手紧紧抓住他的肩膀。他晕晕乎乎地抬起头来望着我——他瞪着呆滞的眼珠陌生地盯着我，看了一秒钟，像一个被人从沉睡中摇醒的醉汉，他灰暗的目光透着蒙眬的睡意，还刚开始从弥漫的烟雾中亮起来。后来，他似乎认出了我，抖抖索索地张着嘴，喜出望外地抬头望着我，结结巴巴地轻声说了一番知心话，令人丈二和尚摸不着头脑：'很好……我一进来，见他在这里，便立即知道运气来了……'我不懂他的话。我只看出，他已经赌得如痴如醉了，这个神经错乱的家伙已经把一切都忘了，把他的誓言，他约好的事情，把我、把世界统统都忘掉了。然而，即便是在这种如痴如癫的状态中，他那极度兴奋的神情仍然令我如此着迷，使我不由自主地信了他的话，并且吃惊地问，究竟谁在这里。

"'那儿，就是那个俄国独臂老将军，'为了不让别人偷听到这个神奇的秘密，他紧贴着我，悄声对我说，'那儿，蓄着连鬓白胡须的那个，背后有个侍从。他总是赢家，昨天我就注意他了，他准有一套诀窍，现在我一直望着他下注……昨天他也一直赢……只不过我犯了错误，他走了我还在继续赌……这是我的错……昨天他大概赢了两万法郎……今天他也是每盘都赢……现在我每回都跟着他下注……现在……'

"正说着，他突然停了下来，因为掌盘人响亮地喊了句：'Faites votre jeu!'①一听到叫喊声，他的目光便一路巡视过去，最后落在白胡子俄国人的位置上，贪婪地巡视着。这位俄国将军从容

---

① 法语，诸位请下注。

不迫地坐在那儿，神气十足，他先是不慌不忙地拿出一枚金币，稍作犹豫，随即又摸出第二枚，一齐押在第四格上。我面前那双容易激动的手便立即伸进钱堆里，抓起一把金币，扔在同一个位置上。一分钟后，掌盘人发出一声'空门'的喊声，接着将笆竿一拐，便把桌上的钱全都收了去。他的眼睛盯住被横扫而去的金钱，好似观看一件稀奇古怪的事一般。您一定以为这下他会朝我转过身来了吧。没有，他没有转过身来，他把我完全忘了，我已经沉没了，完了，从他生活中消失了，他绷得紧紧的全部感官都集中在俄国将军身上，而这位将军却满不在乎，手里又拿了两枚金币掂了掂，一时举棋不定，不知押在哪个数字上好。

"我无法向您描述我当时的愤怒和绝望。但是，请您想想我的心情：我把自己整个一生都抛给了这个人，到头来在他眼里我却连一只苍蝇都不如，对于苍蝇还得用手去随便驱赶一下呢。愤怒的狂涛再次涌上我的心头。我使劲一把抓住他的胳臂，令他大吃一惊。

"'您必须马上站起来！'我轻声对他说，但语气是命令式的，'想想您今天在教堂里立下的誓言，您这背弃誓言的人，真可悲！'

"他愣愣地望着我，神情慌张，脸色惨白。他的眼里突然现出惊恐和颓丧的表情，活像一条挨了打的狗露出的那副样子，他的嘴唇战栗着。他似乎一下想起了先前的一切，似乎对自己感到害怕了。

"'好……好……'他结结巴巴地说，'噢，我的上帝，我的上帝……好……我就来……请您原谅……'

"说着，他的手便开始把钱归拾起来，起先动作很快，而且显

110

得精神振奋，态度坚决，可是随后就慢慢变得越来越迟钝，像是被一股反作用力给冲了回来。他的目光又重新落在那位正在下注的俄国将军身上。

"'再等会儿……'他迅速将五枚金币扔在俄国将军下了注的格子里，'……就再赌这一盘……我向您起誓，我马上就来……就再赌这一盘……就再……'

"他的声音又消失了。圆球已经开始滚动，并且也将他拽着一起滚动。这着了魔的人，他的心已经从我身边，也从他自己身边滑出去了，连同陀螺一起摔进光滑的凹格里，它里面小球还在不住地滚跳。掌盘人又在吆喝了，笆子又扒走了他的五枚金币；他输了。但是，他并没有转过身来。他把我忘了，把誓言以及一分钟前对我说的话统统都忘了。他的手又哆嗦着去抓那堆渐渐变少的钱，他迷醉的目光不安地颤动着，专门盯住他意愿中的那块磁石，对面那位会给他带来好运的人。

"我再也无法忍耐了。我再次将他摇了摇，但这次摇得很重。'您现在立即站起来！立刻！……您说过，就赌这一盘的……'

"可是，这时意想不到的事发生了。他突然转过身来瞪着我，脸上已经不再是恭顺和迷惘的表情，而是一脸雷霆大作的神色，愤怒使得他眼睛冒火，嘴唇发抖。'别缠着我！'他大声向我叱责，'给我滚开！您给我带来了晦气。只要您在这儿，我就老输。昨天您就让我倒了霉，今天您又来了。快给我滚开！'

"刹那间我僵住了。见他这么疯狂，我的愤怒也像一匹脱缰的野马。

"'我给您带来了晦气?'我大声谴责他,'您这个骗子,您这个小偷,您曾对我发誓……'我说不下去了,因为这中了邪的人从座位上跳起来,毫不在乎周围喧嚷的人群,把我直往后推。'让我安静点。'他无所顾忌地大声喊道,'我又不受您的监护……拿去……拿去……把您的钱拿去,'说着,他便扔给我几张一百法郎的钞票……'现在您总可以让我安静了吧!'

"他非常大声地嚷着,喊着,完全像中了邪一般,对上百个围观者熟视无睹。所有的人都瞪大眼睛,都在喊喊喳喳,指指点点,放声大笑,就连隔壁大厅里也挤过许多人来看热闹。我觉得,我仿佛被人把我身上的衣服剥了下来,让我赤身裸体地站在这帮看热闹的人面前……'Silence, Madame, s'il vous plaît!'[①] 掌盘人盛气凌人地大声喊道,并用筢竿敲着赌台。这可怜的家伙,他这句话是冲着我说的。受到这般侮辱,我被羞得无地自容,站在这帮喊喊喳喳、交头接耳的看热闹的人面前,好似一个妓女,一个别人扔钱给她的妓女。二三百只厚颜无耻的眼睛一齐盯着我的脸,这时……侮辱的污水泼得我羞愧难当,我深深埋下头,把目光躲开,转向一侧,这时正巧遇到两只眼睛,一双惊骇万状地瞪着我的眼睛,真像两把锋利的尖刀——那是我表姐,她望着我,惊得张口结舌,呆若木鸡,还举着一只手。

"我好似挨了当头一棒,直吓得魂飞魄散:还没等她动弹,没等她从惊吓中恢复过来,我便立即冲出大厅,一口气跑到那张长椅

————————

[①] 法语,夫人,请安静。

112

跟前，就是昨天那个着了魔的人倒在上面的那张长椅。我也同样精疲力竭，身心交瘁地倒在这张无情的硬木椅上。——

"这已是二十四年前的事了，可是，每当我回想起那一瞬间，被他嘲讽得低下头来，站在千百个陌生人面前的那一瞬间，我血管里的血就会变得冰凉。我又惊诧地感觉到，我们一直自鸣得意地称之为灵魂、精神、感情的东西，称之为痛苦的东西，其实质又是多么的虚弱、可怜和没有骨气，因为这些东西即使再多，也不能把受痛苦煎熬的肉体和被压坏的身躯完全毁灭——因为人会经受住那样的时刻，血脉还会照样搏动，而不会像遭了雷击的大树那样死掉或者翻倒在地。这样的痛苦仅仅是突然一下，只有一瞬间，好像扯断了我的关节一样，使我倒在了长椅上，上气不接下气，脑袋迟钝麻木，简直领略到必定要死亡的快乐预感。然而，我刚才说过，一切痛苦都是懦弱的，而生的欲望却异乎寻常地强烈，在它面前，痛苦自会消退，而生之欲望似乎是植根于我们肉体之中的，它比我们精神上的一切死亡激情更为强大。在感情上经历那样的打击之后，我竟重新站了起来，这一点我自己也无法解释，当然，站起来之后该做些什么，对此我并不知道。我突然想到，我的几只箱子还寄存在车站上。刚一想到，心里便有种东西在催促我：走，走，走，离开这儿，离开这座该诅咒的地狱。我对谁都未加留意，便径直奔到车站，询问去巴黎的下班火车几点开，售票员告诉我是晚上十点开，于是我便立即将行李托运。十点——自那次可怕的邂逅以来正好过了二十四小时，这二十四小时里充满了种种荒谬感情的骤变，以致我的内心世界永远破碎了。可是眼前，在心里持续不变的怦怦锤击的节奏中我只感觉到一个字：走！走！走！我头上的脉搏噗噗直跳，好似楔子不停地打进我的太阳穴里：走！走！走！离开这座城市，离开我自己，回家去，回到亲人身边去，回到我先前的、回到我自己的生活中去！我连夜乘火车到巴黎，从巴黎又几经转车才到了布隆，从布隆再到多佛，从多佛到伦敦，从伦敦到我儿子那里——这趟狂奔疾飞也似的旅程整整四十八小时，一路上我不思，不想，不睡，不说，不吃，在这四十八小时中所有的车轮都咔嗒咔嗒地只奏着一个字：走！走！走！走！最后，我走进我儿子的乡村别墅时，大家都感到意外，人人都大吃一惊：我的神态和目光里一定有点儿什么泄露了我的隐秘。我儿子要来拥抱我，吻我。我赶忙把头往后一别：他要接触我的嘴唇，而我的嘴唇已被玷污，想到这点我就无法忍受。我拒绝回答任何问题，只要洗个澡，需要从自己身上洗掉旅途的尘土和其他一切污秽，因为我身上似乎还粘着那个着了魔的人、那个毫无尊严的人的激情。随后我拖着脚步上楼，进了自己的房间，睡了十二小时或十四小时，直睡得昏昏沉沉，不知白天黑夜，在此之前和此后我都未曾睡过这样的觉，后来我才体会到，这一觉睡得真像是躺在棺材里死了一样。我的亲人像照看病人似的照看我，但是他们的温存体贴只能使我感到痛苦，他们对我的爱护和尊敬使我觉得内心有愧，我得时时留意，生怕自己突然大声吐露出真情：由于一次疯狂而荒唐的激情，我曾背叛过、忘掉过、抛弃过他们。

"后来，我又毫无目的地来到一座法国小城，谁也不认识，因为有个妄念我怎么也摆脱不了，总觉得人人第一眼就会从外表上看出我的耻辱，我的变化，我深深感到自己已经露出马脚，觉得自己直到灵魂深处都很肮脏。有时我早晨在床上醒来，感到非常害怕，眼睛都不敢睁开。我又想到那天夜里，我醒来突然发现自己身边躺着个半裸的陌生人，我像当时一样只有一个愿望：立即去死。

"但是，毕竟时间拥有最深远的威力，而年龄则具有一种能使各种感情贬值的特殊力量。人老了，就会感到死期渐渐临近，死神的黑影已经罩在了生命的旅途上，这时一切东西都显得不那么耀眼了，不再会强烈地影响一个人的内心感受，而且还减少了许多危险力量。我渐渐摆脱了那次打击的阴影；多年以后，我在一次社交场合遇到奥地利公使馆的专员，一个年轻的波兰人。我问起那个家族的情况，他告诉我，他表兄就是这个家族的，他表兄的一个儿子十年前在蒙特卡洛开枪自杀了——听到这个消息我都没有战栗一下。我已不再感到痛苦，也许——何必否认人的自私心理呢？——甚至还暗自欣喜呢，因为我以前一直担心说不定什么时候会碰见他，现在这个最后的恐惧也消失了。现在除了我自己的回忆，再也没有会对我构成威胁的见证人了。从此我心里就平静多了。人一老就不再害怕过去，除此一端便别无他长了。

"现在您就了解了，我怎么突然会同您谈我自己的遭遇，您为亨丽埃特夫人辩护时热情地说过，二十四小时完全可能决定一个女人的命运。我觉得这也是我自己的看法。我非常感激您，因为我的观点似乎第一次得到了确认。那时我就思忖：把心里的话统统说出来，这也许可以解除压在我心上的惩罚，以及回顾往事时所感到的惊吓；这样一来，也许我明天就可以去蒙特卡洛，走进那个使我遭遇这番命运的赌厅，既不恨他，也不恨自己。这样，我心上的巨石就落下去了，以它千钧之力沉沉地将过去压在底下，并且使它不能复苏。我能把这一切都讲给您听，于我很有好处：我现在心情轻松，几乎感到很快乐……为此我要感谢您。"

说到这里她突然站了起来，我感觉到，她已经讲完了。我有点发窘，想找句话来说。但是，她一定觉察到了我内心的感动，所以马上就加以阻拦。

"不，请您不要说……我不要您回答我或是对我说什么……感谢您听我讲了自己的遭遇，祝您旅途愉快。"

她站在我对面，伸出手来同我握手告别。我不由自主地抬头望着她的脸，站在我面前的这位慈祥而又略有羞赧的老太太，她的脸色令我感到非常惊异。不知是往日激情的反照，还是由于心慌意乱，这时她脸上突然泛起一层红晕，将她从脸颊到白发根都染成一片丹霞。她站在那里，活脱脱像个少女，对往事的回忆使她像新娘似的有点不知所措，而对自己的坦率陈述又感到有点羞涩。我不由得深受感动，很想用一句话来表示对她的崇敬。可是，我感到喉头太紧，说不出话来。于是我便弯下腰，满怀敬意地吻了她枯萎的、像秋叶般微微颤抖的手。

恐惧

依莱娜太太离开情人的住所，迈步下楼时，那无名的恐惧又猛然揪住了她的心。一个像陀螺似的黑色的东西忽然在她眼前旋转着，嗡嗡地响起来，两个膝盖冷得硬邦邦的，她不得不赶快抓住栏杆，免得一头栽下去。她壮着胆子来做这种十分危险的会面，已经不是头一次了，这突然袭来的震颤，她一点儿也不觉得陌生；尽管每次回家时她都竭力抵御，但每次她都在那荒唐可笑的恐惧如此毫无来由的袭击面前败下阵来。来会面时，不用说，一路上要轻松得多。那时，她让车子在街角停住，快步走来，头也不抬，几步就到了楼门口，然后匆匆上楼，她知道他正在屋里刚刚急速打开的门后等着她呢，然而这第一阵恐惧，这确实也包含着急不可耐的心情的恐惧，却在见面时热烈的拥抱里消散了。但没过多久，她想要回家时，那神秘的恐惧便涌上心头，使她直打寒战，这里掺杂着深感内疚的惶恐不安和这样一种痴呆的幻觉：似乎街上每一个陌生的目光都能从她的神态上看出她是从哪儿来的，并且对她慌乱的举止毫无礼貌地微微一笑。这种预感引起的时时增长的不安，在她偎依在情人身边的最后几分钟就盘踞着她整个的心灵了。要走的时候，她的两手由于精神紧张而哆哆嗦嗦地颤抖起来，她心不在焉地听着他的话，急切地制止他的热情在临别时爆发出来；走开，但愿她心中的一切也跟着永远走开，离开他的寓所，离开他住的楼房，离开这冒险的爱情生活，回到自己安静的市民小天地里去。她几乎不敢朝镜子里看，因为她怕看见自己目光中的狐疑神情，然而却很有必要检点一下，看是否由于慌张会在她的服装上留下什么痕迹，把这欢乐的时刻泄露出去。接着又是那些离别前白费唇舌的安慰人心的话语，由于激动她几乎一句也没听进去，那几秒钟她正藏在门后窃听有没有上楼下楼的声音。但外面已经潜伏着恐惧了，它焦躁地抓住她，粗暴地使她的心停止了跳动，她只好上气不接下气地走下几级楼梯，直到她感到那神经质地积聚起来的力量完全用尽了才停下来。

于是，她闭着眼睛站了一分钟，贪婪地吸了吸半明半暗的前厅里凉爽的空气。这时，楼上有一扇房门砰地关上了。她吃惊地震动了一下，赶快走下楼梯，两只发抖的手往下拉了拉那块厚厚的面纱。现在，那最后的可怕时刻又在威胁着她，使她不敢穿过楼门走上大街，说不定会碰上路过的熟人劈面问她从哪儿来，也许会陷入谎言的混乱和危险中：她像一个准备助跑的跳远运动员一样低下头，突然下了决心朝着半开的大门急跑过去。

到了门口，她跟一个刚好想进来的女人撞了个满怀。"对不起。"她惶惑不安地说，打算赶紧从她身旁走过去。但那个女人迎面拦住了门，闪着恶意嘲弄的目光，气冲冲地盯着她。"这回我可把您当场逮住了，"她毫无顾忌地扯着粗野的嗓门喊道，"当然啰，一个规规矩矩的太太，所谓的规规矩矩！她有丈夫，有钱，什么都有，但还不知足，还要变着法儿从一个可怜的姑娘手里把她的情人夺走……"

"天哪……您怎么了……您弄错了……"依莱娜太太断断续续地说，笨手笨脚地想要逃跑，但那个女人用她粗壮的身体严严实实地将门堵住，冲着她尖声大骂："不，我没有搞错……我认得您……您是从我的朋友艾都阿德那儿来……现在我终于把您逮住了，现在我才知道，为什么他近来跟我在一起的时间这么少了……原来是因为您的缘故……您这个下贱的……"

"发发慈悲吧，"依莱娜太太用勉强听得见的声音打断她的话，"请您不要这么大声嚷嚷好不好。"她无意中又退回到楼道里。那女人讥诮地望着她。看到依莱娜吓得发抖，看到她这样明显的一筹莫展，她觉得心中有说不出的快乐，因为她现在正面带自以为是的、因嘲弄人而扬扬得意的微笑打量着她的牺牲者。由于心怀恶意的怡然自得，她的声音变得很宽，相当得意。

"这么看来，那些偷汉的女人，她们原来都是结了婚的太太，一些又高贵又讲究的太太。蒙着面纱，当然要蒙着面纱啦，好让人在事过之后还可以到处都装扮成这种正经女人……"

"什么……您到底想跟我要什么？……我根本就不认识您……我得走了……"

"走……那是当然的啦……到您丈夫那儿去，走进那个温暖的小房间，装扮成高贵的太太，让仆人给脱大衣……但像我们这样的人谁管你是不是像狗一样的饿死，当然这跟您这样的高贵的太太是不相干的……就是对我们这样的人，她们那些规规矩矩的夫人也要把她最后的一点东西偷走……"

依莱娜猛地打定主意，在一种暧昧的启示下屈服了，她把手伸到钱包里，使劲地抓了一把钞票。"这儿，这是给您的……但您现在要放我走……我决不会再来的……我向您发誓。"

那女人恶狠狠地瞪着她，把钱接过去。"没廉耻的东西。"她同时嘟哝道。依莱娜太太听到这句话，不禁吓得一颤，但她看见对方给她让开了门，便急忙冲了出去，活像一个自杀的人从塔顶噗的一声落在地上，急促地喘着气。她向前奔跑着，觉得一个个面孔就像变了形的鬼脸似的从眼前晃过去，她两眼昏花，拼命挣扎着跑到停在拐角的一辆汽车里。像扔一个沉重的包袱似的，她把自己的身体甩在靠垫上，随后她心中的一切就全僵化不动了，当司机终于吃惊地问这位古怪的乘客要到什么地方去的时候，她木然地朝他望了好一会儿，她那神志恍惚的大脑才最后明白了他的话。"到南站，"她慌忙顺口说道，可是想到那个女人说不定会跟踪她，便又说，"快，快，请您快点开！"

汽车走在路上，她才明白这次相遇使她多么震惊。她轻轻地动了动自己又僵又冷的像麻木的东西垂在身边的双手，忽然周身战栗起来，好像打寒战似的。喉头有苦丝丝的东西往上涌，她觉得恶心，同时产生一种无名的憋人的愤怒，像抽筋一样抓她的心搔她的肝。最好让她大喊一阵，或者让她挥拳大闹一番，以便摆脱这种像钓钩扎在大脑里的回忆所引起的恐怖感；那副带着嘲讽笑意的粗野的面孔，那股从那个穷女人恶浊呼吸中发出的卑鄙龌龊的气息，那张充满仇恨紧对她脸一个劲儿往外喷下流话的放荡的嘴，那个举得高高的威胁过她的像要革谁命的拳头，时时浮现在她的脑际。这种厌恶感越来越强烈，在她的咽喉里越爬越高，此外，那迅速滚动的汽车在马路上摇来摇去，当她及早想起她手头的钱也许不够付车费的时候，她才让司机减慢车速，因为她把所有的钞票都给了那个敲竹杠的女人。她赶快示意停车，倏地跳出车去，又把司机吓了一大跳。幸而她剩下的钱够用了。但她不一会儿就发现自己懵懵懂懂地闯到另一个区里来了，来到终日忙碌的人群之中，他们的每句话，每一瞥目光都使她的肉体感到痛苦不堪。这时，她的膝盖好像由于恐惧而变得瘫软了似的，不想往前迈步了，但她必须回家。于是她便拿出全身的力气，以一种非凡的毅力，跌跌撞撞地从一条胡同走到另一条胡同，好像跋涉在沼泽地或没膝的雪里一样。终于她到了家，冲上楼梯，起初有些慌张，但为了避免因烦躁不安而惹人注意，她立刻克制住了自己。

现在，年轻的女仆帮她脱下大衣，她听见隔壁房间里她的男孩跟小妹妹吵吵嚷嚷地玩耍，安详的目光看到处处都是自己的一切，又亲切又可靠，她的脸上才又恢复了泰然自若的神情，同时那秘密的心潮也就从她那痛苦而紧张的胸膛滚动过去了。她取下面纱，装出若无其事的样子，满面春风地走进餐室，她丈夫正坐在准备用晚餐的桌子旁边看报。

"晚了，晚了，亲爱的依莱娜。"他一面用温和的责备口吻说，一面站起身来，吻了吻她的面颊，这不由得在她心里唤起一种说不出的羞愧感。他们在餐桌旁边坐下，他一边看着报纸，一边漫不经心地问："你到哪儿去了这么久？"

"我去……去……阿麦丽那儿了……她需要去办点事……我陪她走了一趟。"她补充说，可是已经对自己这么欠考虑、说谎说得这么糟生气了。从前她总是预先准备好一套细心想出、经得起任何询问的谎话；可今天这恐惧竟使她忘了这一点，被逼得只好笨嘴拙舌地临时编造。她突然想到：如果她丈夫像他们最近在剧院里看过的那个剧里的人物一样打电话去探问呢？……

"你怎么了？……我觉得你好像有点精神恍惚……你为什么还不把帽子摘下来呀？"她丈夫问。她不禁吓得一哆嗦，因为她又产生了刚才被当场抓住的那种狼狈不堪的感觉。她赶忙站起来，走进她的房间，摘掉帽子，顺便对着镜子朝那不安的眼睛瞧了好久，一直到她觉得这目光重新变得坚定而又自信的时候，她才回到餐室里来。

女仆端来了晚饭；像往常一样度过了一个夜晚，也许比以前话说得更少，气氛显得更寂寞，那天晚上的谈话都是乏味的、懒洋洋的、往往颠三倒四的。她的思绪不停地飘回原路，每当她想到那个时刻，心惊胆战地接近那个敲竹杠的女人，她的思想便一直惊恐不安地向后躲闪；这当儿，她总是抬起目光，才觉得安全，她柔情地逐件望着那些象征友谊的物品，要知道，每件物品都是为了回忆和纪念才摆到这几间屋子里来的，于是她的心便渐渐轻松、平静下来。墙上的挂钟以钢铁般的步履从容地打破沉寂，又人不知鬼不觉地在她的心上增添了一些均匀的、无忧无虑的安然节奏。

第二天早上，她丈夫到自己的办事处去，孩子们出去散步，最后只剩下她一个人待在家里，在明媚的晨光中，那次吓人的相遇事后细究起来已经失去了许多令人焦虑的成分。依莱娜太太首先想起的是她的面纱很厚，因此那个女人不可能看清她的脸部特征，也不可能再认出她来。现在，她冷静地权衡着一切预防措施。她决不能再到情人的住所看他了，这样一来，说不定也就铲除了那恐惧再度袭来的可能性。虽然跟那个女人偶然相遇的危险依旧存在，但这在一个二百万人口的城市里又是多么不大可能啊，因为她坐在汽车里逃掉了，那个女人是不可能跟踪她的。名字和住所她全然不知道，不必担心那个女人根据不清晰的面影会像通常那样满有把握地认出她来。但依莱娜太太对这种极特殊的情况也要有所准备。于是她就摆脱恐惧，立刻这样决定：保持安静的态度，什么也不承认，冷静地说那是一种误解，因为除了借机敲诈她的那个女人当场指责过她以外，对于她的那次会面谁也提不出任何证据。依莱娜太太真不愧是首都最著名的一个辩护律师的夫人，她从她丈夫跟他的同行朋友的谈话中知道得很清楚，各种敲诈勾当都可能由于极端无情而立刻改变行情，因为被勒索的人表现出来的任何犹豫、任何刹那间的不安都只会促使他的对手提高价码。

她采取的第一个对策是给她的情人写了一封短信，说她明天不能按约定的钟点来，而且最近几天也都不行。重读时，她觉得她头一次用伪装笔体写的这张便条仿佛语气有点冷冰冰的，她本想把这些令人不快的语句改成亲切的话语，这时她回想起了昨天的那次相遇，突然私下里火冒三丈，这恼恨便不知不觉地酿成了字里行间的这种冷若冰霜的语气。她痛心地发现，她情人的宠爱只不过是把她变成了这么一个低贱的主动者而已，她觉得自己的骄傲受了伤害，现在，她心怀敌意地思量着这些话，正因想到这种报复方式而得意：那便是字条上冷漠的语气说明来不来会面在某种程度上完全取决于她愿意不愿意。

这个年轻人，一个有名的钢琴家，她是在一次偶然参加的晚会上认识的，当然那是个小型聚会，然而她却想都没想过，甚至不明白是怎么回事，很快就成了他的情人。他其实一点儿也没有激发起她的热情，而在她的身上也没有丝毫性感的东西和精神的魅力吸引着他；她委身于他，并不是需要他，也不是渴望得到他，而是出于对抗他的意志的某种惰性，出于一种抑制不住的好奇心理。她既没有由于婚姻幸福而完全满足的心理，也没有那种女人身上常见的精神兴趣衰退的感觉，在她心里没有任何东西促使她产生找一个情人的需求；从一般社会眼光来看，她确实很幸福，因为她有一个富有的、智力胜她一筹的丈夫，还有两个孩子，懒散而满意地过着她那舒适、平庸、安静的日子。但这里存在着一种松弛的气氛，它在感官上正如闷热和风暴，形成了一种平稳的幸福状态，这状态比不幸更富于刺激性，而且对于许多女人说来，由于她们一无所求才正像由于绝望而长期得不到满足一样致人死命。饱人的贪欲不见得比饿人的小，正是这种生活上的闲适、安逸使她产生了一种追求风流韵事的好奇心理。在她的生活中，哪里也没有阻力。她处处碰到的都是柔情蜜意，处处显现的都是安稳，温情，冷漠的爱，家庭的尊敬，她没有想到这样适度的生活从来也不能从表面来衡量，它总是一种内心空虚的反映，她觉得这种安逸不知怎么竟骗去了她的真正生活。

她少女时期对伟大爱情的朦胧梦想，对陶醉在新婚初年亲切友好的平静生活和做年轻母亲的有趣诱惑中那种喜悦的朦胧梦想，如今在她将近三十岁的时候，又开始苏醒了，而且像每个女人一样在内心滋生出一种应付巨大热情的能力，但并没有同时产生决计体验这热情的勇气，为这种风流韵事付出应有代价、赴汤蹈火的勇气。就在她觉得无力增添新色彩的一种称心如意的时刻，这个年轻人怀着毫不掩饰的强烈欲望跟她接近，带着艺术的罗曼蒂克神秘气氛走进了她的安谧的小天地。在这里，那些男人通常只是说几句平淡无奇的笑话，献点小殷勤，毕恭毕敬地称赞"美丽的夫人"，却不曾当真把她看成女人。而今，她的内心深处又感受到她长大成人以来头一次领略过的那种激情。在她看来，他本人身上也许一点儿迷人之处也没有，只有一层淡淡的哀愁罩在他那怪惹人注目的脸上，对这层悲愁的阴影她竟辨认不清，因为它本来就像他的演奏技巧和那种黯然伤感的沉思一样全是装出来的，他正是在这种沉思中进行（早已事先准备好的）即兴演奏。对她这样一个生活在不愁温饱的人们周围的人说来，这种忧伤意味着对更高级生活的向往，这种生活曾经从许多书中五彩缤纷地跃入她的眼帘，充满浪漫主义色彩，出现在许多剧本中。于是，她便无意中被拖出她的日常感情界限之外来观察这新的生活现象了。但是，一个女人的好奇心总是不自觉地跟性感连在一起的。一声赞扬使他从钢琴上抬起头来瞥了这位太太一眼，从这声喝彩里反映出来的对艺术家感染力的印象比一般礼貌性的表示也许更富有热情，而这第一瞥目光一下子就拨动了她的春心。她大吃一惊，同时感到一种充满一切恐惧的欢乐：在一次谈话中仿佛一切都被这种神秘的情火照得透亮，烧得通红，这次谈话使她那不可按捺的好奇心得到了鼓励，变得更强烈，以致她在一次公开举办的音乐会上也不回避跟他再次相见。接着，他们便经常会面，很快就不再单靠偶然机遇相会了。她至今为止很少想到她对音乐的品评会有什么价值，她一直理直气壮地否认她的艺术感会有什么意义，可是现在，正像他对她一再强调的那样，她在很多方面都成了他这个真正艺术家的知音和顾问，就是能以这样的身份出现的虚荣心，促使她几周之后就轻率地相信了他的提议：他想在家里给她，只给她一个人演奏他最新的作品。可能他心里有一半这样的善良意图，但到了一起就接起吻来，最后她竟不胜惊讶地把自己的身体也给了他。她的第一个感觉便是对这意想不到的肉欲的冲动感到震惊；起先由那蒙着神秘色彩的关系引起的精神上的战栗，突然不见了。由于有了要装出全然自愿的这种虚荣心作怪，由于以为是自己第一次下决心脱离她生活在其中的那个安谧的小天地的想法，那种对这并非出自本心通奸的罪恶感，也就部分地减轻了。就这样，她的虚荣心竟然把她对那种在最初几天里深感不安的丑行的畏惧变成了一种新的骄傲。但这种种神秘的情绪的激动，也只是在最初的时日里才经常出现。私下里，她本能地防范着这个人，大都是防卫他心中产生新的东西，也就是最初挑起她好奇心的那种异样的东西。他的奇装异服，他家中的流浪人习气，他那永远摇摆在挥霍和困窘之间的经济状况的杂乱无章，从她的资产阶级眼光来看，是令人反感的；像大多数女人一样，她们希望艺术家一眼望去就很浪漫，在个人交往方面很文明，是一只狂怒的猛兽，但必须关在道德的铁笼子里。使她陶醉在他的演奏里的那股热情，在偎依在他怀里的时候，完全平静下来；她的确不喜欢这种突如其来的疯狂的拥抱，她往往不自觉地把这拥抱的纯属个人意志的不顾一切跟她丈夫的那多年后仍然羞答答的、充满敬意的激情相比较。但现在失足一次以后，她便一而再、再而三地到他那里去，不觉得幸福，也不觉得失望，只是出于某种尽义务的感情和一种习以为常的惰性。她这样的女人，在轻佻的女人甚至在妓女中间也并不少见，而内在的市民习性却十分顽固，甚至在有外遇的情况下也要亲自维持一种正常的秩序，在放荡的生活中也要保持一种居家过日子的方式，在日常生活里尽量装出少有的十分耐心的样子。没过几个星期，她便使这个年轻人，她的情人，在一些细小的地方也适应了她的生活习惯，像对待公婆一样，也规定了一周有一天来看他，但她并没有因为有了这层新的关系而放弃自己旧日的生活秩序，而是在某种意义上为自己的生活增添了一点新的东西。很快，她的情人就成了为她的存在而装备精良的机器，他像第三个孩子或一辆汽车似的，成了她平淡的幸福生活的某种扩充物，不久，她便觉得这冒险的爱情生活像合法的享乐一样毫无意义了。

　　然而，第一次，当她本应为这奇遇付出真正的代价，也就是担着风险的时候，她就开始打小算盘，考虑值得不值得了。她天生任性，娇生惯养，因有像样的财产而毫无他求。对于不能容忍的第一次不快她就觉得似乎太多了。她不愿意立刻舍弃哪怕一点点自己内心的安宁，但也几乎从未想过为自己的安逸而抛弃她的情人。

情人的回音，一封像一个人从梦中惊醒，因神经受刺激而断断续续写出的信，下午就由信差递到了，满篇都是精神恍惚的恳求、哀怨和悲诉，这使她想结束这种不正当关系的决心又有些动摇了。她的情人用最恳切的语言请求她至少跟他见一面，如果他不知因为什么伤了她的感情，也好让他请求她的宽恕。现在，这套新把戏惹得她对他更为不满，她想不分青红皂白地回绝了事，让他明白她要高贵得多。于是她便约他到临时想起的一个咖啡馆里去会面，还是做姑娘的时候她就在那里跟一个男演员会过面，当然这件事现在在她看来是幼稚可笑的了，因为那个演员是又恭敬又不在意的样子。她心里偷偷地笑着想，这种浪漫事儿在她的生活中是很稀奇的，这种事在她婚后这些年月里已经枯竭了，现在却又繁盛起来。她几乎对昨天与那个女人的唐突相遇感到一种内心的喜悦了，在这次相遇中，她又如此强烈、如此兴奋地体验到长久以来就有的一种真正的感情，她平素相当容易松弛下来的神经因此又神秘地震颤起来。

为了防备万一遇见那个女人，被认出来，这回她穿了一身暗色的不显眼的衣服，戴了另一顶帽子。为了不让人看清她的容貌，面纱她也准备好了，但一个突然涌上心头的固执想法使她把它放到了一边。难道像她这样一个可尊敬的有身份的女人竟能因为害怕见到一个根本不相识的女人而不敢上街吗？

一瞬间的恐惧感只在她走上街头的一刹那才掠过她的心头，那是一种如同人们投身波涛前把脚伸进水里试探时因为觉得冷突然出现的神经性的战栗。但这凉气一秒钟就从她身上飞过去了，接着便是一种稀有的愉快而自得的情绪突然在她心中冉冉地升起来。她高高兴兴地，轻捷、有力、颤悠悠地向前走去，步子拉得紧，腿也抬得高，她觉得自己从来不曾迈着这样的步伐走过路。那个咖啡馆离得这么近，甚至她也感到遗憾了，因为此刻有一种意愿正驱使她有节奏地向前走，一直走进这爱情生活的神秘的磁石般的吸引圈。但她为这次会面规定的时间太紧了，不过，她非常放心，确信她的情人早就在等她了。果真不假，他正在角落里坐着呢。她一进来，他便心情激动地跳了起来，她觉得他的情绪激动，又感人又讨厌。她不得不劝他压低声音，他由于内心过分激动，像旋涡猛卷一般，朝她连连质问和抱怨。她呢，根本不说明她不来践约的真正原因，一味玩弄隐晦的词句，这些话因为含混不清使他更加恼火。这一次，她虽然没有满足他的愿望，但对自己说过的话还是有些犹疑了，因为她觉得这回突然的不可测的逃避和拒绝相见对他的刺激太大了……可是当她经过半小时最紧张的谈话离开他的时候，她在感情方面对他既没有最起码的表示，也没有丝毫的暗示，她内心中燃烧着一种只在少女时代才有的奇异的情感。她仿佛觉得有一个闪闪发光的小火花深藏在心底，只等一阵风吹来使它变成火焰，燃遍她的全身。她大步走过来，同时急急地捕捉着整条街向她射出的目光，很多男人这种赞赏的目光产生了一种意想不到的结果，强烈地撩拨着她想看看自己面容的好奇心，于是她便在一个花店陈列品的镜子前面突然停住脚步，好在红玫瑰和露珠晶莹的紫罗兰的镜框里瞧一瞧自己的美貌。自她少女时代以来，她还从来没有过这样轻松愉快的感觉，全身的每一个感官也从来没有这样充满过活力，婚后最初的日子里也好，跟她情人拥抱时也好，在她身体里都不曾闪现过半点这样的火星；现在只能把所有这一切甜蜜的如醉如痴的热情消耗在少得可怜的被限定的时刻里，这种想法在她已经变得不可忍受了。她心情烦恼地继续向前走去。到了家门口，她又迟疑地站住了，为的是再舒展胸怀深深地吸上一口这炎热醉人的空气，把此时此刻迷乱的心绪压入心底，为的是在内心深处再体味一下它——这冒险爱情生活渐渐平息下来的最后一个浪花。

这时，有一个人拍了拍她的肩头。她转过身去。"您到底又想干……干什么？"突然看见那张可憎的脸，她像吓掉了魂似的结结巴巴地说，使她更吃惊的是听见自己说了这么一句致命的话。她本来早就打定了主意，如果什么时候再碰到那个女人，就说不认识，否认一切，要面对面朝着那敲诈钱财的女人走过去……现在太晚了。

"我在这儿已经等您半个小时了，瓦格纳夫人。"

依莱娜吓得一颤。原来这个女人知道她的名字和住处。现在一切都完了，只好听天由命任她摆布了。

"我等了半个小时，瓦格纳夫人。"这个女人像责备她似的咄咄逼人地重复着她的话。

"您想干什么……您究竟想跟我要什么……"

"您是知道的，瓦格纳夫人，"——依莱娜听到这个名字又吓得一阵痉挛——"您知道得很清楚，我为什么来。"

"我根本没有再见到过他……你不要缠着我了……我再也不会去看他了……再也不……"

那个女人静静地等着。一直等到依莱娜由于情绪激动说不下去了，她才像对待下属似的粗暴地说：

"您不要说谎！我一直在您身后跟到咖啡店，"她见依莱娜在往后退缩，又嘲讽地补充说，"我反正没什么事情可做。他们把我从公司解雇了，照他们的说法，是因为没有那么多工作，因为赶上了经济萧条时期。嗯，干吗不好好利用这个空闲时间呢。像我们这样的人也要出来散散步……跟那些规规矩矩的太太们完全一样。"

她说这些话时用的是一种刺痛依莱娜心窝的冷酷无情、恶意中伤的语言。面对这种卑劣言行所表现出来的赤裸裸的冷酷无情，她觉得完全失去了抵抗的能力，她的心越抖越凶，害怕那个女人现在又大声说话，或者她丈夫经过这里，那样一来，一切可就全完了。她赶快把手伸进皮手筒，拽出银丝编织的钱包，把她手指触到的所有的钱都掏了出来。

但这一回，那只无耻的手触到钱的时候，却没有像上次那样顺从地慢慢拳起来，而是伸着巴掌在空中摆动着，那张开的手活像一只野兽的利爪。

"那个银丝钱包也干脆给我吧，免得我把钱丢了！"她嘲弄地撇着嘴，似乎露出了一丝满意的微笑，补充说。

依莱娜凝视着她的眼睛，但只一秒钟而已。这样狂妄的、卑劣的讽刺真叫人无法容忍。像产生了一种钻心的疼痛似的，她觉得有一阵厌恶感穿透了全身。只好走开，走开，不再看这张脸！她掉过脸去，动作迅速地把那个贵重的钱包塞给她，随即跑上楼梯，好像身后有什么恐怖的东西在追赶她似的。

她丈夫还没有回家，于是，她便一头栽倒在沙发里。仿佛被打了一锤，她一动不动地躺在那里。她听见她丈夫从外面回来的声音时，才强打起精神，拖着缓慢的步子来到另外一个房间，每个动作都是那样的无意识，每个感官都是那样的没有知觉。

现在，恐惧伴着她留在这所房子里，没有一点离开这些房间的意思。在这么多空虚的时刻里，那次可怕的相遇的每个细节都像滚滚波涛似的冲进她的记忆；她的处境已经毫无希望，这一点她是心明如镜的。这个女人知道她的名字和住处——怎么会如此，简直不可思议——因为她最初的几次尝试干得这么出色，无疑，她会不择手段地利用她的知情身份无尽无休地敲诈勒索下去。她的生活恐怕要像压了一座阿尔卑斯山，不知要压多少年，怎么努力，包括最大的努力，也甩不掉这个重负。尽管依莱娜太太有钱，尽管她是一个富有的丈夫的妻子，她也不可能瞒着她丈夫筹措到那么大一笔钱，一劳永逸地把自己从那个敲竹杠女人的手中解放出来。另外，她从她丈夫的偶然谈话和他的诉讼中得知，那些刁钻无耻之徒的具结和诺言全都一文不值。她盘算着，一个月，或许两个月，这个厄运还可以躲过去，随后她家庭幸福的这座外表威严的大厦可就非坍塌不可了，叫人略感宽慰的是她确信她很可能把那个敲诈钱财的女人也同时拖进这崩溃的深渊。

厄运是不可避免的，逃避是不可能的，这一点她觉得非常明确。但是会发生什么事呢？从早到晚她都被这个问题纠缠着。说不定会有一天寄来一封写给她丈夫的信，她看见他走进屋来，脸色苍白，目光阴沉，一把抓住她的胳膊问她……但以后……以后又会怎么样呢？他会怎么办呢？想到这里，这些画面便突然全都消逝了，消逝在充满混乱而恐怖的黑暗之中。她想不下去了，所有这一切猜想都摇摇晃晃地陷入无底的深渊。但经过这样的冥思苦想，有一点她是再清楚不过的：原来她是多么不了解她的丈夫，因此她就预料不到他会干出什么事来。她是遵照父母的意愿嫁给他的，但她并无不乐意的表示，而且还怀着一种几年后一直未曾淡漠的对他的好感，现在已经在他身边度过了八年舒适愉快、静谧幸福的生活，为他生了两个孩子，有了一个家，还有数不清的肉体温存的时刻，但是现在，当她问自己他会采取什么态度时，她才清楚，他在她眼里是多么陌生，她对他是多么不了解。现在她才开始从那些能够说明他的性格的个别特征来估量他的全部生活。为了找到打开他的心灵密室的钥匙，现在她正心怀恐惧、小心翼翼地搜索着每个细小的回忆。

因为他说的话从不泄露自己内心的秘密，她只好用探询的目光在他脸上扫来扫去，这时他正坐在安乐椅里读书，周遭闪耀着明亮的电灯光。她看着他的脸，就好像看的是一张陌生的面孔，想试着用那些熟悉的、然而忽然又变得陌生的面部特征来说明这个她在八年夫妻生活中因不在意而不曾发现的性格。前额光亮而气度轩昂，仿佛里面蕴藏着一股巨大的精神力量，嘴却显得很严厉，遇事决不相让。一切都表现着典型男子的威严特点，精神抖擞，充满力量；令人惊异的是在这张脸上居然发现了一种美，她怀着一种敬佩的心理静静地观察着他这种若有所思的严肃神态，这种明显的坚强神情。而眼睛呢，里边肯定隐藏着那真正的秘密，却一直注视着书本，躲起来不让她看。这样，她只能始终疑惑地凝视着他的侧影，似乎那富有生气的轮廓意味着这么一句话：宽恕或者诅咒。这个陌生侧影的顽强性使她很吃惊，但这个侧影的坚定性又使她第一次意识到一种奇异的美。她突然明白了，她是正在用羡慕的神态打量着他，心里是又愉快又自豪。这时，他的目光离开书本，抬起头来。她赶快走回浓重的暗影里，以防她那充满焦虑的目光引起他的怀疑。

三天她都没离开这座房子了。她早就心情不快地发现，她当前突然坚守的生活方式已经引起了别人的注意，因为一般说来，根据她那爱交际的天性，一连好几个钟头或整天待在家里，确实罕见。

最早注意到这种变化的，是她的两个孩子，特别是那个大的男孩，他见妈妈老是这么久地待在家里，十分明显地现出了天真可爱的诧异神情，而仆人们总在小声议论，还跟家庭女教师相互交换他们的种种猜测。她极力找各种各样的、部分是碰巧想出来的非做不可的事来做，想证明她如此惹人注目地留在家里是有正当理由的，但是全然无济于事，她想在哪里帮忙，就把哪里搞得一团糟，她在哪里插一脚，便在哪里引起怀疑。同时她又缺乏老练的才干，不能用理智克制自己，譬如安静地留在一个房间里看看书、做点什么事，好让人家看不出她自愿软禁在家的这种奇怪举动。那内心的恐惧，在她身上如同每一个强烈的感觉，变成了一种神经质的东西，不断地把她从一个房间赶到另一个房间。每当听见电话铃响，每当听见门铃的声音，她都要吓得一颤；由于这样神经过敏，她心中预感到整个生活已被打得粉碎。像坐牢一样待在房间里的这三天，她觉得比她婚后的八年还要长。

可是第三天晚上，她接受了一个几周以来不曾有过的陪同丈夫赴宴的请柬，对此她现在竟忽然找不到充分的理由拒绝了。最后，为了不毁掉自己，至今在她生活四周筑起的那些看不见的恐怖的栅栏，也就必须打断了。她需要跟人接触，脱离单人独处的状态，脱离这恐惧造成的慢性自杀的孤独心境，休息几个小时。确实，除了到陌生的房子里在朋友身边躲一阵子以外，还有什么更好的地方呢？在她常走的道路周围总有那个人暗地跟踪的情况下，有什么地方会更安全？走出家门，她只颤抖了一秒钟，短短的一秒钟，这还是她跟那个女人在门口相遇以后第一次走上街头呢。她情不自禁地抓住她丈夫的胳膊，闭上眼睛，紧走了几步，穿过人行道奔向停在那里的小汽车，只是当她埋身靠在她丈夫的一侧，坐在车里经过夜间孤寂的街道时，她心里的一块石头才算落了地，而当她迈步登上那所陌生房屋的楼梯时，她才觉得脱了险。她现在可以像以往那漫长的岁月一样待几个小时了：无忧无虑，欢天喜地，不同的是还怀有从监狱来到阳光下的那种越来越清醒的喜悦心情。这里是防御一切追击的壁垒，仇恨是钻不进来的。这里只有爱她、尊敬她、崇拜她的人。一些优雅的、时髦的人，他们全在那里谈天说地，热情洋溢，一种给人以享乐的轮舞终于把她卷了进去。因为她一走进来，她便感到别人向她投去的目光似乎在说"她真美"，由于有了这种自我意识到的长时间缺乏的感情，她显得更美了。

隔壁的音乐吸引着她，深深地刺入了她灼热的皮肉。跳舞开始了，还没明白过来，她已置身在那嘈杂而又拥挤的人群之中了。有生以来，她从来没有这样跳过舞。这样绕场不停的旋转把她心中一切沉重的负担都甩了出去，那音乐的旋律激荡着她的四肢，使她那激烈活动着的身体充满了朝气。只要音乐停息片刻，这寂静便给她带来痛苦，因为在寂静中，人可以思想，可以回忆，回忆起"那件事"。内心不安的火花在她颤抖的四肢上噗噗地向上蹿动；就像进了游泳池，浸在勉强受得住的使人镇静的冷水里，她又投入了那旋转不停的舞蹈。往常，她只不过是一个平平常常的舞伴，一举一动太庄重、太冷静、太无情、太小心，但这回陶醉在毫无拘束的欢乐中，身体上的一切拘谨表现全都消失了。她觉得自己在消融，在不断地、无休止地、愉快地消融。她感觉有两只胳膊、两只手搂着自己，时而接触在一起，时而又离开一点，她感觉到了对方说话时的呼吸，使人心醉的笑声，在浑身血液里颤动不停的音乐。她全身紧张，紧张得不得了，觉得衣服箍在身上火烧火燎的热，恨不得不知不觉地把一切罩在身上的东西都扯下来，好去赤裸裸地体味这深深的自我陶醉之情。

"依莱娜，你怎么了？"——她转过身去，踉踉跄跄地走着，眨着笑盈盈的眼睛，情绪还完全像同她的舞伴搂在一起那样热烈。这时，她丈夫那惊讶、呆滞的目光冷酷地穿透了她的心。她吃了一惊。刚才她是不是太疯狂了呢？她的狂热举止是不是把什么暴露出来了呢？

"什么……你说什么，弗里茨？"她结结巴巴地说，因突然碰到他的目光而惶惑不安。这目光似乎越来越深地射向她的心中，她现在已经完全从内在感觉上，完全从她的心灵上体验到了它。在这双眼睛死死的逼视下，她真想大叫一声。

"真稀奇。"他终于喃喃地说道。在他的语声里隐藏着一种困惑不解的心理。她不敢问他干吗要这么说。但是，当他无言地转身走开，她看见他的两肩又宽又挺又大，使劲儿向那个硬邦邦的颈项端着的时候，一阵寒战不禁穿过她的肢体。像遇到一个凶手似的，这寒战倏地经过她的额头飞过去，有如闪电，一闪即逝。她好像第一次看见他——自己的丈夫，现在才感到心中充满了恐怖，因为他是强大而危险的。

音乐又响起来。一位先生走过来，她机械地扶着他的胳膊。但现在，她心中的一切都变得沉重起来，那快乐的曲调再也不能鼓舞她抬起自己僵硬的双腿了。一种郁闷的沉重感从内心深处传到了双脚，每迈一步都使她感到很痛苦。她不得不请求她的舞伴放开她。她在往回走的时候不由得左顾右盼，看看她丈夫是不是就在左近。她吓得全身打了一个寒战。他正好站在她身后，好像在等着她，他那咄咄逼人的目光直勾勾地望着她的眼睛。他想干什么？他知道了什么？她不自觉地往上扯了一下上衣，好像怕他看见那袒露的胸背似的。他的沉默是倔强的，他的目光也一样。

"咱们走吧？"她怯生生地问。

"好。"他的声音显得那样生硬，那样无情。他先走了。她又看见了那宽宽的、吓人的颈项。人们帮她披上大衣，但她还是觉得冷。他们默默地并排坐在车里。她一句话也不敢说。她模模糊糊地感到正面临着一种新的危险。现在她遭到了内外夹攻。

这天夜里，她做了一个噩梦。一种陌生的音乐响起来，一个客厅又明亮又高大，她走了进去，许多人和各种颜色跟她的动作混杂在一起。这时，有一个年轻人冲到她跟前，拉起她的胳膊，于是她便跟他一起跳起舞来；这个年轻人她觉得认识，可又没完全看出是谁。她感到很舒畅，很轻快，一种独特的音乐掀起的波涛把她举了起来，她觉得两脚离开了地面，就这样飘飘荡荡地跳着穿过了很多大厅。每个大厅里的金色的灯架挂得高高的，像烛光似的闪耀着微弱的火苗，墙挨墙有许多面镜子在没完没了的反射中把自己的笑脸抛过来又带到远处去。舞跳得越来越热烈，音乐奏得越来越灼人心窝。她发觉那青年跟她挨得更紧了，他的手埋藏在她的裸露的臂膀里，她不免因这充满痛苦的欢乐而悲叹，现在，她跟他四目相对了，这才觉得认出了他。他使她想起一个演员，还是小姑娘的时候她就暗暗地狂热地爱过他；她刚想高高兴兴地说出他的名字，但他用一个热烈的吻堵住了她的低声呼唤。就这样，嘴唇胶合在一起，相互拥抱着宛如变成了一体，他们像被一阵幸运的风托起来了似的，飞过那些大厅。一面面墙像急流般掠过，她不再感到有那浮在空中的顶棚，此时此刻，她身心感到有一种说不出的轻松，仿佛手脚上的锁链全被砸碎了一般。就在这时，突然间有一个人扳了一下她的肩膀。她蓦地停住脚步，音乐也随之戛然而止，灯火熄灭了，黑魆魆的墙壁紧逼过来，那个舞伴不见了。"把他给我，你这个女扒手!"那个可怕的女人喊道——一点不错,就是她!她的喊声震得四壁发出刺耳的轰鸣,而那冰冷的手指又紧紧地扣住她的手腕不放。依莱娜奋力反抗,同时听到自己在叫喊,是一声惊恐中慌乱的尖叫,但那个女人更有劲,撕下了她的珍珠项链,同时把她的上衣撕下了半边,使她的胸脯和臂膀全都裸露出来,上面只搭着向下垂挂的撕碎的布片。忽然,人们又来了,他们在不断增长的喧闹声中从所有的大厅里拥到这里来,呆呆地面带讥笑地望着她这个半裸体的妇女和那个正在尖声喊叫的女人。那女人喊着:"她从我这儿把他偷走了,这娼妇,这婊子。"依莱娜不知道身子往哪里藏,眼光往哪里看,因为那些人越走越近,充满好奇的嘴脸一下子就被她裸露的上身吸引住了,而现在,当她游移不定的渴求救援的目光避开他们时,她突然看见她丈夫站在暗处的门框里,右手藏在背后。她大叫一声,从他眼前逃开,跑过几个房间,看得眼红的人群在她身后横冲直撞,她觉得她的上衣向下滑得越来越厉害,她几乎都拉不住了。这时,一扇门在她面前砰地开了,她迫不及待地冲下楼去,想脱身,但在楼下又是那个卑鄙的女人穿着毛料裙子张牙舞爪地等在那里。她跳到一边,像疯子似的朝远处跑去,但那个女人从她身后猛扑过来,她们俩就这样在夜色中沿着长长的寂静的街道追逐着,连路灯都弯下腰来讥笑地向她们眨眼。她听见身后老有那个女人的木板鞋咯咯地响着,但每当她来到一个街拐角,那里就跳出那个女人来,在下一条街拐角还是照样,她埋伏在所有的房子后边,墙左墙右。她总是先一步守在那里,简直是多得不得了,无法超越,她总是从前面跳出来追捕她,依莱娜已经感到两膝不听使唤了。不过终于到了家，她直奔过去，但当她一把拉开门的时候，她丈夫却手里握着一把刀站在那里用威胁的目光凝视着她。"你到哪儿去了？"他瓮声瓮气地问。"哪儿也没有去。"她听见自己说道，可马上又听到身边发出一声尖笑。"我看见了！我看见了！"那个女人突然又站在她身边了，她狂笑着，讥讽地喊道。她丈夫把那把刀举了起来。"救命啊！"她喊出声来，"救命啊！"……

　　她两眼发直，那惊恐的目光跟她丈夫的目光碰在一起了。什么……这是怎么回事？她在自己的房间里，吊灯闪着黯淡的光，她在家里躺在自己的床上，原来她是做了一个梦。但她的丈夫干吗坐在她床边，像对待一个病人似的瞪眼瞧着她呢？是谁把灯打开了？他为什么这样严肃、一动不动地坐在这儿呢？她吓得要死。她不禁朝他的手看了一眼：没有，手里没有刀。她慢慢地从昏沉沉的睡梦中醒来，梦中的景象仿佛无声的雷电不见了。她想必是做了一个梦，大声说过梦话，把他惊醒了。但他为什么这样严肃，这样钻心，这样无比严厉地看着她呢？

　　她强作笑脸，说："怎么，究竟怎么了？你为什么这样瞅着我？我觉得，我是做了一个噩梦。"——"是的，你大声喊过。我是从那间屋子里听到的。"

　　我喊什么了，我泄露了什么呢？她心里怕得很，他知道了什么呢？她几乎连抬眼再看看他的目光都不敢。但他却低头异常安详、严肃地看着她。

　　"你怎么了，依莱娜？你有什么心事吧。这几天你完全变样了。你的生活好像发热病似的，疯疯癫癫，心神不宁，在睡梦里还大喊救命。"她又勉强地微微一笑。"不，"他坚持说下去，"你好像有什么事瞒着我。你有什么忧虑，还是有什么事给你带来了痛苦？家里所有的人都看出你变了。你应该信赖我才是，依莱娜。"

他悄悄地向她身边挪了挪，她感觉到他的手指在轻轻抚摸她那裸露的胳膊向她讨好，他的眼睛里射出一道奇异的光。她心中突然产生了一种要求：现在就紧贴到他那健壮的身子上，紧紧地抱住他，把一切都坦白出来，他不宽恕她，就不放开他，就趁眼前他看出她的心在受折磨的时刻。

但那盏吊灯在闪着微弱的光，照亮她的脸，于是，她害羞了。她怕说出那句话。

"不必担心，弗里茨，"她努力微微一笑，她的身体却从头到脚都在发颤，"我只不过是有点神经过敏。很快就会过去的。"

她蓦地把搂着他的手撤了回来。她望了望他，周身抖动了一下，因为他的脸色在灯光下显得很苍白，他的眉头皱得很紧，好像心里有什么犯愁的事。他缓缓地站起身来。

"我说不清，只觉得，好像你会把这些天的事情都跟我讲的。一件只跟你我有关的事。现在就只有我们两个人，依莱娜。"

她躺在那里，一动也不动，好像在这严厉而又模糊的目光下进入了昏昏欲睡的状态。她想，现在一切都会好起来的，只是有一句话她需要说出来，就是这么一句简单的话："宽恕我吧。"他不会问为什么的。但是，灯光为什么亮着呢，那大胆的、无礼的、好奇的灯光？在黑暗里她倒会说出来的，她感觉到了这一点。但这灯光却使她失去了勇气。

"噢，真的什么也没有？你根本没有什么要跟我讲吗？"

这诱惑多么可怕，他的声音多么柔和啊！她从来没有听他这样说过话。但这灯光，这吊灯，这昏黄的贪婪的光，叫人有什么办法呢！

她振作了一下精神。"你想到哪儿去了，"她嘿嘿地笑着，对自己的尖声细语也大吃一惊，"难道因为我觉睡得不好就有什么秘密不成？到头来是什么风流韵事吧？"

这话听起来多么荒谬，多么不真实，她自己心里也不免微微发抖了。她对自己怕到了极点，于是，她不知不觉地移开了目光。

"那么，你好好睡吧。"他极快地说了这么一句话，相当尖刻，声音都完全变了，像一声恐吓，或者说像恶意的、危险的嘲笑。

随后，她熄了灯。她看见他那白色的身影消逝在门框那里，无声的，惨然的，活像一个夜间的魔怪。门关上了，她觉得好像是一个棺材封了盖。她感到所有的生灵都死尽了，只在她那空洞而麻木的身体里有一颗心怦怦地猛烈地冲击着她的胸膛，每一跳动，都疼上加疼。

第二天，他们正一起坐在那里吃午饭——孩子们刚刚打过架，被申斥了一顿才好不容易安静下来——使女拿来一封信。是写给尊贵的夫人的，人还在等着回音呢。她不胜惊异地细看了一下生疏的笔迹，急急忙忙拆开了信封，刚看个开头，脸色就刷地变得煞白。她一跃而起，等到从别人诧异的神情上看到她的慌张会成为泄露机密的轻率行为时，她就更害怕了。

信很短。一共三行字："请您立刻给送信人一百克朗。"没有签名，没有日期，全是明显伪装的笔体，只有这么一个令人胆战心惊的命令。依莱娜太太跑到她的房间里去取钱，但她把钥匙放在柜橱里忘了地方，她心急手忙地拉开所有的抽屉来回乱翻，最后终于找到了它。她索索发抖地把钞票折叠起来装进信封，亲自到门口交给了等候回音的仆人。她完全是下意识地做着这一切，好像在梦游，根本不容有半点犹疑的余地。过了一会儿——她离开还不到两分钟——她就又回到那间屋子里去了。

所有的人都不作声。她羞怯不安地坐下来，正想临时找一个什么借口，却惊恐万状地发现：她好像遭了雷击，被这意外事件搞昏了头脑，竟把那封展开的信搁在她的盘子旁边了，这时，她的手抖动得特别厉害，她不得不赶快把举起来的杯子放下。偷偷地一伸手，她把那张便条揉做一团，但当她顺手把它塞进衣袋时，她抬眼碰到了她丈夫那恨不得钻透人心的、严厉而又痛苦的目光，这样的目光她还从来没见他有过。现在才几天他就用这种目光多次突如其来地狐疑地瞪着她，这使她感到内心深处都在战栗，不知怎么应付才好。那回跳舞的时候他就用这样的目光盯视过她，这目光跟昨夜睡梦中那把钢刀闪烁的光芒一模一样。她想寻找一句话，打破这紧张的沉默，这时，一个早已忘却了的回忆突然浮现在她的脑际。那就是她丈夫曾经说过：作为律师，面对一个预审法官，他的诀窍就是在审讯过程中装作眼睛近视，埋头查阅案卷，以便随后在听到真正关键性的问题时闪电般地抬起眼睛，目光就像举起的一把匕首刺入被告人的突然惊缩的心窝，而那被告人也就在这注意力集中的有如耀眼闪电照射的目光逼视下失去自制，使那精心编造的谎言彻底破产。难道现在他要亲自来试一试这种危险的诀窍吗？她知道，因为职业的关系，他心里蕴藏着极大的心理学家的热情，这热情是远远超出了法学要求的，想到这里，她不禁吓得直发抖，而且越抖越凶。一个刑事案件的侦破、审理和宣判，他做起来就像别人对赌博和情爱一样着迷，在进行心理感觉跟踪的这几天里，他整个内心都是热情洋溢的。一种灼人的焦躁不安，促使他夜间常常搜寻到种种被遗忘了的事，使他外表上渐渐变得铁面无情。他吃得少，喝得也不多，只是一个劲儿地吸烟，话语也尽量节省，仿佛留待法庭上用。她曾在法庭上他发表辩护演说时见过他的这副神情，后来再没见过，那时她真被他那阴森可怖的激情，他讲话时恶毒的语气和他脸上那种郁闷、悲苦的神色惊呆了。她觉得现在在他凛然皱起的眉宇间那直勾勾的目光里又突然发现了那种脸部表情。

所有这些被遗忘了的记忆都在这一秒钟时间内涌现，妨碍她说出越来越难于流到嘴边的话。她一声不响，她感到这沉默是很危险的，于是就变得更加心慌意乱。幸而午饭很快就吃完了，孩子们跳起来，快活地大声喊叫着冲进侧室，那纵情的欢叫家庭女教师怎么也压不下去。她丈夫也站起身来，迈着沉重的脚步，目不转睛地走进侧室。

好容易只剩她一个人了，她又掏出那封充满不祥之兆的信，迅速扫了一眼那几行字："请您立刻给送信人一百克朗。"然后，她就用手把它撕成一条一条的。她把这些碎纸片团成一团，想扔到纸篓里去，但她猛然想起，说不定会有什么人把这些碎纸片拼在一起呢！沉吟片刻，她弯腰凑近壁炉，把那个纸团抛进噼噼作响的壁炉里去了。那白色的火舌向上一跳，贪婪地把这威胁人的东西吞吃了，她这才镇定下来。

就在此刻，她听到她丈夫反身回来的脚步声已经到了门口。她飞快地跃身而起，由于火焰的反光和措手不及，满脸涨得通红。炉门还泄密般地开着，她笨手笨脚地想用身子挡住它。但他似乎懒洋洋地走到桌边，划着一根火柴点香烟，当火苗移近他的面孔时，她似乎看见了他的鼻翼正在颤抖，他一生气就这样。这时，他安详地朝这边看着，说："我只想提醒你注意，你用不着把你的信拿给我看。如果你希望对我严守秘密，那你完全有这个自由。"她一声不吭，也不敢抬头看他。他等了一会儿，然后像深呼吸一样从胸腔的最底层吐出一口烟气来，就拖着沉重的步子离开了这个房间。

她现在什么也不愿意想，只打算浑浑噩噩地多活几天，把全副精力都放在空洞而无意义的活动上去。这所房子她再也不能忍受下去了，她觉得她必须走上街头，到人群里去，才不致因恐惧而发狂。用这一百克朗总可以从那个敲诈钱财的女人那里买到短短的几天自由吧，这是她的愿望。她决定再冒险出去散散步，更何况还要购买各种各样东西呢，特别是在家里还得设法掩饰自己一反常态的惹人注目的举止行为。她现在可以采取某种逃避的方式了。她从家门走出来，像双眼一闭离开起跳板一样，冲进大街上熙熙攘攘的人流。总算踏上了坚硬的石砌路面，周围是热烘烘的人流，她以不失太太体面的速度东躲西闪地昂奋地紧走，毫不引人注意地盲目地向前奔去，两眼呆呆地盯着地面，可以理解，她是生怕再碰到那威逼的目光。如果有人偷偷看她，她起码可以装不知道。确实，她觉得她什么也没想，可是每当有人偶然从她旁边擦身而过时，她还是不免吓得一哆嗦。每当听见一个声音，每当身后传来脚步声，每当一个身影从旁掠过，她的每根神经都觉得很痛苦；只有坐在汽车里或待在别人家里，她才能正常地呼吸。

一位先生问她好。抬头一看，她认出这是自己家里从前的一个朋友，一个好说话的可爱的白发老人，从前她总躲着他，因为他会拿他身上的也许只是想象出来的小毛病跟人家纠缠一个钟头。但是她现在只答了他一声谢谢而没有约他同行，实在感到很后悔，因为有一个熟识的男人在身边说不定真能防止那个敲竹杠的女人意外地凑过来攀谈。她踌躇了一下，想回过身去再追补一句；这时，她觉得有人从身后快步向她走来，她连想都没想，便本能地继续向前奔去。但因为心怀恐惧，她变得十分敏感，她觉得背后的人好像越来越近了，她便越跑越快，虽然她知道到头来是甩不掉人家的跟踪的。她发觉脚步声越来越近，预感到那只手眨眼之间就要搭在她身上，她的两肩都吓得颤抖起来了。她越想加快步子，她的双膝就变得越沉重。现在她觉得那跟踪的人已经靠近了，而且听到一个又激动又轻柔地喊着"依莱娜！"的声音，她才不得不捉摸一下这个语声，明白这并不是那个令人惧怕的声音，不是那恐怖的给人带来灾难的女人。她舒了一口气，转过身来一看：原来是她的情人。他突然一纵身使她停住了脚步，他差点儿跌到她的怀里。他面孔很苍白，显得很慌乱，露出万分激动的神色，现在见到她的惊慌失措的眼神，又觉得难为情了。他迟疑地举起手来想跟她握手，但见她没有把手伸给他，就又把手放下。她只是呆呆地望着他，一秒钟，两秒钟，她觉得他出现得太突然了。在这些充满恐惧的日子里，她偏偏把他给忘了。但现在当她就近看着他那苍白而困惑的面孔时，见他脸上带着茫然若失的神态，眼神里现出种种捉摸不定的感情，她的心头不禁怒火猛起。她的嘴唇直打哆嗦，想要说句什么，她脸上的激动情绪是那样明显，竟吓得他只能结结巴巴地说着她的名字："依——依莱娜，你怎么了？"可是，当他见到她那不耐烦的样子，就又知罪地添补了一句，"我究竟有什么对不起你的呢？"

她呆呆地望着他，难以压制心头的怒火。"您有什么对不起我的地方？"她嘲讽地笑了笑，"没有！压根儿就没有！只有好处！只有愉快！"

他吓得目瞪口呆，那模样使他的表情显得更天真更可笑。"可是，依莱娜……依莱娜！"

"您不要在这儿叫人看热闹好不好！"她粗暴地斥责他，"也不要跟我做戏了。不用说，她又在左近埋伏着呢，您的那个宝贝的女朋友，一会儿她就又要来攻击我了……"

"谁？……究竟是谁？"

她真想朝他的脸，朝这张呆傻的扭歪的脸揍一拳。她觉得她的手使劲儿握了一下那把伞。她从来没有这样瞧不起、这样恨过一个人。

"可是，依莱娜……依莱娜，"他不连贯地说着，越来越慌乱，"我究竟有什么对你不起呢？……你突然就不来了……我白天黑夜都在等你……今天我在你家门口站了整整一天，等着跟你说几句话。"

"你在等我……原来这样……也有你。"她觉得她都气糊涂了。要是能朝他面门揍一拳，那该多好！但她控制住了自己，又不胜厌恶地望了望他，好像是在考虑她该不该把整个淤积在心的愤怒发泄出来，当着他的面痛骂一顿。过了一会儿，她突然转过身去，头也不回地钻进了拥挤的人群。他一动不动地站在那里，依然恳切地伸着一只手，直到大街上拥来挤去的人群也把他裹住，像汹涌的波涛推着一块正在下沉的木板，那木板摇晃着，旋转着，拼命抵抗，但最终仍不由自主地被冲走了。

但令人忧虑的是，她不能抱什么好转的希望了。就在第二天，又来了一张便条，又来了一皮鞭，惊醒了她那已经减弱了的恐惧。这一回是要二百克朗，她乖乖地给了人家。在她看来，敲诈的钱数这样猛增，是很可怕的，她也感到财力上应付不了了，因为即使是生活在一个富有的家庭里，她也没有办法私下里弄到大笔的现钱。那么，以后可怎么办呢？她知道，明天可能就要四百克朗，很快就是一千，她给的越多，对方要的也越多，到最后她的财源枯竭了，还会送来类似的信，那可就彻底垮台了。她所买的仅仅是时间，一段喘息的时间，休息那么两三天，也许是一星期，但这是一种充满痛苦和紧张心情的毫无用处的时间。她读不下书，什么事情也不能做，像着了魔似的经受着内心恐惧的追击。她觉得自己真的生病了。有时她不得不突然坐下来，因为心跳得太厉害，一种深沉的忧虑好像铅水一样灌满了她的身体。她感到又痛苦又疲倦，尽管这样，她还是不能安眠。虽然每根神经都在震颤，她还得面带微笑，装作愉快，谁也想象不出她为装出这副高兴的样子做了多大的努力，这是天天如此徒劳无益地克制自己情感的壮举。

在她周围所有的人当中只有一个人——她这样想——好像从她内心产生的可怕的情绪上看出了一点什么，而这个人所以会这样，只是因为他一直在窥视着她。她觉得她丈夫在不停地研究她的心理，像她对他所做的一样，这样一想，她便不得不加倍小心了。他们日夜都在相互窥测，好像在相互兜圈子，为的是彼此窥探出对方的隐秘，而把各自的秘密隐藏在背后。最近，她丈夫也完全变了。最初审讯般的那几天里他那吓人的严厉已经让位于他的一种独特的亲切关怀，这使她情不自禁地想起新婚的岁月。他待她像照料一个病人，是那样的无微不至，竟使她感到很窘。当她看到他怎样时不时地就帮她补上那么一句使她摆脱困境的话，他怎样向她说明"承认"是多么轻松愉快的时候，她的心似乎都停止了跳动。她明白他的心意，感谢他的爱怜，心情变得愉快起来。但她也觉察到了：随着爱慕心理的滋长，她在他面前的羞愧感也在增强，由于有了这种羞愧感，她的口反而比以前她不信任他时更严了。

在这些日子里，有一天，他跟她面对面相当露骨地谈了一次话。她回到家，走进前厅就听到了震耳的声音，那是她丈夫的声音，又尖锐又果断，还有家庭女教师的吵吵嚷嚷的唠叨声，而且夹杂着哭泣和抽噎的声音。她的第一个感觉就是大吃一惊。每当她听到高声说话或发现家里有人情绪激动时，她都要吓得浑身一哆嗦。

这是害怕要她回答一切的感觉，特别是极怕又来了那样一封信，揭穿了秘密。她打开门的时候，总是先用询问的目光看一看每个人的脸，查考她不在时是不是什么事也没有发生，她离开以后灾难是不是并没有降临。她弄明白了，这次只是孩子们吵了架，正在进行一次小规模的法庭审讯，便很快镇定下来。一个姑妈几天前给男孩带来一件玩具，是一匹小花马，小妹很生气，因为她得到的是差一等的礼物。她企图为自己争得同等的权利，而且是那样的迫不及待，结果白费心思，反而使得男孩一口回绝了她，说他的玩具连碰也不让她碰，这最先是引起那个女孩公然的愤怒，接着她便不再作声了，她满腹愁闷，显得无可奈何，但又相当倔强。但第二天早上，小马忽然不见了，连点踪迹都没有，怎么找也找不着，最后才偶然在炉子里发现。那丢失了的小花马，已经被剪得稀碎，木头骨架折断了，花色的毛皮撕掉了，塞在肚子里的东西也被掏出来了。嫌疑自然是落到了小女孩的头上；男孩又哭又嚷地去找父亲告发那个可恶的小女孩，于是就开始了审讯。

　　这次小小的法庭审讯很快就做出了判决。那个小女孩起先拒不承认，当然是羞愧地垂着目光，心虚得声音发颤。家庭女教师出面证明她有错；她曾经听小女孩在气头上威胁过人家，说要把小马扔到窗外去，女孩拼命否认也没有用。她绝望地哭着喊着闹了好一阵子。依莱娜目不转睛地望着她丈夫，她觉得，他好像不是在审问孩子，而是在审问她自己，因为说不定明天她就可能这样站在他面前，声音同样的颤抖和一样的结结巴巴。起先，她丈夫目光很严厉，只要孩子硬是不说实话，他就一句句地逼着她放弃反抗，而在她每说一句不承认的话时他却从不生气。后来，遇到沉着脸顽固地否认时，他却好心好意地劝说她了。他直截了当地向她表示，说这种行为从心理上看是有它的必然性的，她最初一气之下轻率地干出这样一件见不得人的事，根本没考虑这么做会真的伤她哥哥的心，是可以原谅的。他亲口向她保证，说一切都可以得到谅解，那样温和、那样令人信服地对这个变得越来越没主见的孩子解释：她的行为尽管是可以理解的，但又是应该受到谴责的，这样一来，那女孩终于忍不住泪流满面，哇的一声大哭起来。不一会儿，她哭得像个泪人似的，断断续续地吐口承认了。

依莱娜急忙奔过去，想搂住那个哭得满脸泪水的孩子，但那小女孩却气哼哼地推开了她。她丈夫以劝告的口气责备她不该这样过急地表示怜悯，因为他不想一点惩罚不给就了结这件事；因此，他决定不准小妹明天去参加她盼了好几个星期的娱乐活动，这虽然是无足轻重的，但对小妹说来却是很严厉的惩罚。女孩听了他的判词，呜呜地哭了起来；男孩喜出望外，大声叫好，但这样过早的恶意讥笑立刻也把他卷进了这项惩罚之中，因为他幸灾乐祸，也取消了他去参加那个儿童娱乐活动的权利。两个孩子都很悲哀，只是因共同受了惩罚而各有安慰。最后他们离开了房间，依莱娜单独跟她丈夫留在了那里。

现在，她突然觉得机会终于来了，可以借谈孩子的过错和认错来谈谈她自己的事了。如果他现在能宽宏大量地接受她为孩子说情，她知道，她也许就有可能大胆地为自己说话了。"告诉我，弗里茨，"她开口说道，"你真的不想让孩子们明天到那儿去了吗？他们会大为扫兴的，特别是小妹。她干的事，根本没有那么严重。为什么要给她这么严的惩罚呢？难道你不同情小妹她吗？"

他朝她望了一眼。

"你问我是不是可怜她？嗳，我说：今天不能了。事实上是她受了惩罚以后，现在刚刚感到心情轻松了。昨天她把那个可怜的小马撕碎了塞到炉子里，全家人都东寻西找，而她一天到晚都怕人家可能或必定发现它，那才是大为扫兴呢！恐惧比惩罚还要坏，因为惩罚总算有了结局，不管怎么说，总比悬在那儿、比那种神经紧张的无尽无休的恐惧要好。一个罪人一旦受到了惩罚，他的心情就会变得很轻松。千万不要让哭泣把你给搞糊涂了：现在已经都说出来了。从前是埋在心里。埋在心里比说出来还要坏。"

她抬头看了看。她觉得，好像他的每句话都是针对她说的。但他仿佛对她根本没有注意：

"事实上就是这么回事，你相信我没错。我是从法庭上和多次审讯中了解到这种情形的。被告人大多数都是由于百般隐瞒真相，由于迫不得已编造谎言来对付千百次隐蔽的小规模攻心。不得不忍受痛苦折磨的。被告人怎样闪烁其词，怎样装死，躺下，看起来是很可怕的，因为人们要让他说出个'是'字，就得像一把钩子往外拉才行。有时，这个'是'字已经到了嗓子眼，有一种不可抗拒的力量从里边往上顶它。他们被憋得透不过气来，几乎就要说出来了。这时，那股邪恶的力量，那不可思议的顽抗和恐惧的感觉，突然向他们袭来，他们就又把它吞了下去。于是，斗争又重新开始。在这种情况下，法官有时比那些被告人还要痛苦。然而，被告人总还是把他看作仇敌，其实他是他们的帮手。我作为他们的律师、辩护人，确实应该警告我的诉讼人，让他们撒谎撒到底，别改口，但我从内心里常常不敢这么做，因为他们不招认比招认和受罚要痛苦得多。我一直都不明白这是怎么回事，一个人明知有危险也能去干那桩事，可是后来却没有勇气承认，这样没骨气地否认，我认为比任何犯罪行为都可悲可叹。"

"你认为……一直是……一直只是恐惧在妨碍着人们吗？难道不可能……不可能是羞愧吗……因在所有局外人面前说出心里话，因揭穿自己而感到羞愧吗？"

他惊奇地抬起头来看了看。他向来不习惯从她那里接受答案。这句话却扣住了他的心弦。

"羞愧，你说的……这……这自然也只能是一种恐惧……但这是一种较好的……不是怕惩罚，而是……是啊，我懂……"

他站起身来，显然很激动，来回踱着步。这个想法好像在他心里击中了什么似的，他不禁心头一颤，变得十分不安。他突然站住了。

"我承认……羞愧，那是当着人们的面，当着生人的面，在那些像吃黄油面包似的从报上饱餐别人不幸遭遇的贱民面前……但至少总可以向那些关系亲密的人供认嘛……"

"也许，"——她不得不掉过脸去，因为他是那样死死地盯着她，她觉得自己的声音都有些颤抖了——"也许……这种羞愧……在那些自认最亲近的人面前……最厉害。"

他又站住了，好像被内心中一种巨大的力量抓住了似的。

"那么，你是说……你是说……"他的声音一下子就变了，变得非常柔和、低沉——"……你是说……海莱娜①……可能对别的什么人更容易承认她的过错……也许是对那个家庭女教师……她会……"

"这一点我完全确信……她恰恰是只对你才抗拒得这么顽强……因为……因为你的判决对她是最重要的……因为……因为……她……最爱你……"

他又站住不动了。

"你……你也许是对的……简直可以说是百分之百的对……真奇怪……我怎么就从未想到呢！但你是对的，我希望你别以为我不会宽恕她……我不愿意这样做……正是为了你我才不愿意这样做，依莱娜……"

他望着她，她感到自己在他的注视下脸红了。他是故意这么说呢，还是偶然碰巧，一种阴险狡诈的偶然巧合？她一直觉得非常难以确定。

"这个判决已经撤销了，"——现在仿佛有一种说不出的快乐涌上他的心头——"海莱娜自由了，我亲自去通知她，现在你对我满意了吧？或者说，你还有什么愿望……你呀……你看……你看我今天性情够温和的了吧……也许是因为我及时认识了一个错误，心情愉快的缘故。这种情形总是叫人感到轻松的，依莱娜，总是……"

她仿佛心里明白了他强调这句话是什么意思了。不知不觉地，

---

① 他们女儿的名字。

154

她走近他的身边，她感到那句话都要从她心里蹦出来了，他也向前挪动了几步，好像他想要急忙从她手里接过什么东西似的，这举动竟如此明显地使她感到一种内心的压力。这时，她的目光跟他那渴望对方供认的贪婪的目光相遇了，她的全部勇气立刻化为乌有。她的手疲惫地放了下来，她转过脸去。她感到那是徒劳的，她根本不能说出那句话，那句使人获得自由的话，就是它在心中燃烧着，吞没了她的安宁。这警告像近处的雷声在滚动，但她知道，她是不可能逃脱这场风暴的。她的最隐秘的愿望是极想见到那至今使她胆战心寒的扫荡一切的闪电：把真理暴露出来。

看来，她的愿望就要实现了，真是比她预想的还要快。现在这个斗争已经延续了十四天，而依莱娜也感到筋疲力尽了。这时，那个人已经四天没来叫人通禀了，可是如此渗透她全身的，如此使她心神不宁的，依然是恐惧，门铃一响，她总是一跃而起，想赶在仆人前面亲口及时查问清楚是不是那个敲诈钱财的女人的信息。是的，每付一次款，她就买到一个夜晚的安宁，跟孩子静心相处的几个小时，一次户外的散心。

这回听到了铃声，她便离开屋子赶到房门前；她打开门，头一眼就惊奇地看到了一个陌生的女人，接着便吓得往后一缩，因为她认出了那个服饰一新、头戴时髦帽子的敲竹杠女人的可憎的脸。

"噢，是您本人啊，瓦格纳夫人，这真叫我高兴。我有重要的事找您谈。"不等这位用发抖的手扶着门把手的惊恐的女主人答话，她就走了进来，把伞放下，那是一把鲜艳的红色的阳伞，显然是她以诈骗的方式多次掠夺的第一件赃物。她的动作显得非常自信，好像在自己的住宅里一样，又心满意足又仿佛镇定自若地观察着室内豪华的陈设，什么请求也不提，就继续朝着通向会客室的半开半闭的门走去。"从这儿进，对不对？"她用一种克制的讥讽口吻问。那惊恐的女主人想阻拦她，还一直没找到适当的话，她又沉着地补充说："如果您觉得不痛快，我们可以很快地把事情办完。"

依莱娜跟着她走，一句反驳的话也不说。一想到这个敲竹杠的女人待在她的住宅里，这样的胆大妄为，完全不顾她的种种最可怕的忧虑，她便觉得头昏脑涨。她觉得，这一切好像都在梦中一样。

"您在这儿日子过得很美啊，太美了。"那个女人坐下来时，带着明显的舒适感赞叹着，"啊，坐在这儿多舒服！还有这么多画。到这儿来一看，才知道像我们这样的人是多穷困了。您的生活真好，太好了，瓦格纳夫人。"

她在人家自己家里这么喜出望外地望着那个有罪的女主人，那个受折磨的女主人忍无可忍，终于冒火了。"您究竟想干什么，您这个诈骗犯！您竟然跑到我家里来迫害我了。但我决不会让您把我折磨死的。我要……"

"您不要这么大声嚷嚷嘛，"那个女人打断了她的话，现出一副侮辱人的秘密神态，"门可是开着呢，仆人会听见您的话的。这可怪不得我呀。我什么也不否认，上帝保佑，归根结底，现在过着这种像我们这类人过的肮脏的生活，我觉得还不如坐牢好呢。但是您，瓦格纳夫人，可要谨慎些呀。如果您实在忍不住要发怒的话，我想不妨先把门关上。但我要同时告诉您，吵骂我是不在乎的。"

依莱娜太太的力量，由于愤怒曾经加强了那么一瞬间，现在见这个女人如此坚定，又明显地衰微下来。她站在那里，像一个孩子等着听老师口头提问一般，真是又谦卑又不安。

"那么，瓦格纳夫人，我不想兜圈子。我的境况很糟，这您是知道的。我早就跟您说过了。现在我需要钱拿去付房租。我已经拖欠好久了，而且还有别的花销。我想总得把生活弄得像个样子。所以我就到您这儿来了，您现在只好援助我——喏，四百克朗就够了。"

"我不能，"依莱娜结结巴巴地说，被这个数目吓呆了，她确实没有这么多现钱了，"我现在手头真的没有这么多钱。这个月我已经给您三百克朗了。要我到哪儿弄钱去呢?"

"唉，会有办法的，您好好想一想。像您这样一个有钱的夫人还不是要多少钱就有多少钱。就看您愿意不愿意了。"

"可我真的没有钱。我倒是很愿意给的。但这么多我的确没有。我可以给您一些……也许有一百克朗吧……"

"我需要四百克朗，我已经说过了。"像被这非分要求伤害了似的，她粗暴地冒出了这么一句话。

"但我没有那么多呀。"依莱娜绝望地喊道。这时她想:要是她丈夫现在闯进来不就糟糕了吗，他随时都可能来的。"我向您发誓，我没有这么多钱……"

"还是请您尽量筹措一下，肯定会有人借给您的。"

"我不能。"

那个女人从头到脚仔细地打量着她，好像在盘算她的身上有什么值钱东西似的。

"喏……比方说这枚戒指……把它当出去，不就结了。当然对首饰我并不怎么在行……我从来就一件首饰也没有……但四百克朗，我相信是可以抵押到的……"

"当戒指？"依莱娜太太突然尖叫一声。这是她的订婚戒指，她唯一不曾摘下来的戒指，上面镶着一枚很值钱的珍贵而美丽的宝石。

"喏，到底为什么不行呢？我把当票给您送来，您什么时候想赎就什么时候把它赎回来。您不是又把它弄到手了吗。我不会把它留在手里的。像我这样一个穷女人要这么一个贵重的戒指有什么用呢？"

"为什么您要跟踪我？为什么您要折磨我？我不能……我不能。这一点您必须理解……您看到我已经尽我的可能做了。这一点您可必须理解。您可怜可怜我吧！"

"还没有一个人可怜过我呢。我差一点儿没饿死。为什么偏偏要我来怜悯您这样一个有钱的夫人呢？"

依莱娜想要狠狠地回击她一下。恰在此刻，她听到外面有人关门——她的血液都凝结了。这肯定是她丈夫从办公处回来了。她连想都没想，就从手指上把那枚戒指抹下来，塞给在跟前等着的那个女人，那个女人飞快地把它藏了起来。

"您不要害怕。我走了。"那个女人点了点头，同时，她满意地发现依莱娜产生了一种无名的恐惧，正心情紧张地朝前厅侧耳细听，从那里果然清楚地传来了男人的脚步声。她开开门，向走进屋来的依莱娜的丈夫问了声好，就走掉了；他呢，抬眼看了她一小会儿，仿佛对她并不特别注意似的。

"一位太太，是来打听事的。"那个女人走出去，门一关上，依莱娜就有气无力地解释道。最严重的一刹那总算平安地过去了。她的丈夫没有应声，他安详地走进摆好午饭的那个房间。

依莱娜觉得，她手指上那个一向有凉丝丝的指环保护着的地方好像空气在燃烧似的，似乎每个人都必定要像看一块烙痕般朝她手指上那个光秃秃的地方望去。在吃饭的时候，她老是掩藏那只手；她一边这么做，一边讥笑自己那种非常敏锐的感觉，那就是她丈夫的目光不停地对着她的手扫视，手挪到哪里视线也跟到哪里。她千方百计地想引开他的注意力，不间断地提问题，力图使谈话滔滔不绝地继续下去。她说呀说的，一会儿对他，一会儿对孩子们，一会儿又对家庭女教师，她一再用微弱易燃的火花点燃谈话的火焰，但气总不够用，胸中一再出现憋气的现象。她试着装出高兴得忘乎所以的样子，想诱引别人也都欢欣雀跃起来，她挑逗着孩子，煽动他们相互斗殴，但他们并没有打起来，也没有笑；她自己有这样的感觉，想必在她的快活举止里有什么不对头的东西使别人不由得感到诧异。她越尽力去做，她的尝试便越不见成效。最后她疲倦了，也就一声不响了。

别人也都沉默不语；她只听得见盘子的叮当声和越来越明显的恐惧的心跳声。这时，她丈夫突然说道："今天你把戒指弄到哪儿去了？"

她吓得周身一颤。心里冒出一句话，像用相当大的声音说：完了！但她还本能地防守着。她觉得，现在应该把一切力量都集中起来。只是为了找出一句话，一个词。只是为了再找到一个谎言，最后的一个谎言。

"我……我把它送到外面擦洗去了。"

好像是为了加强这句假话，她果断地补充说："后天我就把它取回来。"后天。现在她把自己的手脚捆住了。如果她取不回来，这个谎非破产不可，她自己也不能幸免。现在是她自己给自己提出的期限，所有这些乱糟糟的恐惧心理现在突然使人产生了一种新的感觉，一种因意识到事情很快就要结束而产生的愉快感觉。后天：现在她知道她的期限了，感到从这既定事实里产生了一种奇特的压倒了恐惧的安宁。从内心深处升起一种东西，一种新的力量，求生的力量和寻死的力量。

她坚信事情很快就要完结，便感到心中的一切都意想不到地豁亮起来。心慌意乱奇妙地让位于清醒的思维，恐惧让位于一种她本人业已陌生的清澈的安宁，多亏这样她才一眼看清了自己生活中的一切事体和它们的真正价值。她估量自己的生活，觉得它毕竟没有完全失去意义，如果她要保持这种生活，而且使它在新的高度上变得更有意义，这一点她是在这些充满恐惧的日子里认识到的，如果还能够没有污点、没有恐惧、没有谎言地重新开始生活，她是很愿意的。但是要以离了婚的女人、丑行昭著的荡妇的身份生活下去，对此她却实在没有这种气力了，同时对继续干那种花钱购买时间有限的安宁的冒险勾当也完全厌倦了。她觉得，反抗嘛，现在已经是不能设想的了，结局临近了，被她丈夫、被她的孩子们、被她周围的一切包括她自己所抛弃，已经迫在眉睫了。从一个随时都会出现的敌手眼皮底下逃走，是不可能的。可靠的出路是承认。但她决不能，这她现在很明白。只有一条道路是畅通的，但一踏上这条路就永远也回不来了。

第二天上午，她把信件全烧了，按部就班地干起各种琐事来，但她却尽量避免见到孩子们，乃至她所喜爱的一切。她现在一心想的是，生活千万不要再用寻欢作乐来诱惑她，千万不要使她空犹豫，破坏她的既定决心。于是，她便又走上街头，想最后碰一碰运气，现在她竟愿意，简直是渴望碰到那个敲竹杠的女人了。她又一步不停地穿过一条条大街，但再也没有以前那种提心吊胆的感觉了。她已经从内心里懒得抗争了，她走呀走的，像履行职责似的走了两个小时。什么地方也见不着那个女人。但失望不再使她感到痛苦了。她是这样的浑身无力，简直不再想见到她了。她仔细地瞅着人们的脸，她觉得所有的人都是陌生的，所有的人都是无用的，可以说是没有生命的。所有这一切不知怎么已经变得遥远了，消逝了，不再属于她了。

现在，她计算了一下到晚上还有几个小时，结果不禁大吃一惊，多么奇怪：还剩这么多时间呢，一个人为了与世永别本来只要很少一点时间就够了。当你知道你什么也带不走时，一切也就显得没有多大价值了。一种睡意向她袭来。她又机械地走上那条大街，漫无目的地走着，什么也不想，什么也不看。走到一个十字路口，一个马车夫在危急的刹那勒住马，她才看见车辕已经紧贴她的前胸了。车夫骂了一句难听的话，而她还没转过身来就想到了：这可能就是得救或迁延时间的征兆。来一次车祸，她就不必下那个决心了。她疲惫地继续向前走去：这样什么也不想，只是心中有一种乱糟糟的死之将临的阴暗感觉，觉得有一层雾轻轻地向下飘来，遮住了一切，倒也使人感到很舒适。

她偶然抬头看了一眼街名，结果吓得全身颤抖起来：她信步走来，已经快走到她以前情人的家门口了。难道这是一种预兆不成？他也许还能帮她一把，因为他肯定知道那个女人的住址。她几乎高兴得全身都在抖动。她怎么就没想到这一层，没想到这最简单不过的事呢？他现在就一定会跟她一起到那个坏女人家里去，把事情彻底了结了。他一定会逼着她停止敲诈，甚至可能给她一大笔钱，让她离开这个城市。现在，她想到近来对这个可怜的人这么不好，感到很后悔，但他会帮助她，这一点她是完全相信的。多么奇妙：这个救星现在才来临，就在现在这最后的时刻！

她匆匆跑到楼上去按门铃。没人开门。她听了听：觉得好像听到了门后有蹑手蹑脚的脚步声。她又按了一次门铃。又是一阵静寂。从里边又传来了轻轻的响声。这时，她实在忍耐不下去了：她不停地按起铃来，要知道，对她说来，这是生命攸关的呀。

里边终于有人走过来，门锁咔嗒一响，开了一道门缝。"是我。"她赶忙小声说。

这时，他开开了门，好像很尴尬。"是你……噢是您……尊贵的夫人，"他结结巴巴地说，显得很窘，"我本来……请您原谅……我本来……对此毫无精神准备……对您的来访……请您原谅我这个装束。"说着，他指了指他的衬衫袖子。他的衬衫半敞着怀，没有系领带。

"我有急事要跟您谈……您必须帮助我。"她激动地说，因为他像对待一个乞丐似的一直让她在走廊里站着，"莫非您不愿意让我进来，听我说一分钟话？"她愤愤地补充说。

"请——"他困惑地讷讷道，斜瞟了一眼，"只是我现在……我不很方便……"

"您非听我说不可。这是您的过错呀。您有义务帮助我……您必须把那个戒指给我要回来。您责无旁贷。要么，您起码得把地址告诉我……她一直不让我安宁，可是现在她不见了……您是责无旁贷的，您听见了吗，您责无旁贷。"

他木然凝视着她。这时她才发觉，她气喘吁吁地说的这些话是很不连贯的。

"唉，是这么回事……您不知道……就是您的情人，您以前的情人，这个混账东西有一次看见我从您这儿走出去，从那个时候起她就跟踪我，敲诈我……她都要把我逼死了……现在她拿走了我的戒指，可这枚戒指我不能没有。今天晚上以前我必须把它弄回来，您知道了吧，在今天晚上以前……您帮我找那个女人去要，好吗？"

"但是……但是我……"

"您愿意，还是不愿意？"

"但我的的确确不知道您说的是谁。我从来没跟女诈骗犯打过交道。"他近乎粗暴地说。

"原来如此……您不认识她。那么说，她是凭空捏造了。可她知道您的名字和我的住址。这样说来，她敲诈我也不是真的了。我呢，也是只不过做了这么一场梦罢了。"

她尖声笑起来。他觉得很不舒服。霎时，他脑子里闪过这么一个念头：她可能是疯了，她眼里射出的光就是癫狂的嘛。她的举止很不正常，说的这些话也毫无意义。他胆怯地环顾了一下四周。

"请您镇静镇静……尊贵的夫人……我敢肯定，您弄错了。这根本不可能，这想必是……不，我自己也弄不清是怎么回事。我不认识这类女人……我可以向您保证，这肯定是一个误会……"

"那么，您是不愿意帮助我了？"

"不不……只要我办得到。"

"那好……您来。咱们一起到她那儿去……"

"到谁那儿去……究竟到谁那儿去？"见她现在抓住了他的胳膊，他又心惊胆战地想：莫非她疯了？

"到她那儿去……您是愿意，还是不愿意？"

"当然……当然愿意。"——他疑心她是精神失常了，因为她这样迫不及待地催逼他，他便越来越相信这个想法是对的了。——"当然……当然愿意……"

"那您倒走呀……这可是跟我生死攸关的呀！"

他强忍着不笑出来。接着，他突然变成了一本正经的样子。

"对不起，尊贵的夫人……我此刻不行……我有钢琴课，现在我不能中断……"

"原来这样……这样……"她直冲着他的脸尖声地笑起来，"您就这样上钢琴课呀……光穿一件衬衫……您不是骗人是什么！"

突然心里闪过一个念头，她朝屋里冲过去。他想拦住她。"那么说，她，那个女骗子，现在是在您这儿？原来你们是唱的双簧啊。说不定你们是平分你们从我那儿勒索来的一切东西。但我要亲手抓住她，现在我什么也不怕了。"她大声嚷着。他拉住她不放，但她跟他扭斗了几下，挣脱了身子，便朝着他卧室的门奔去。

一个身影向后紧退，那个人显然是在门边偷听来着。依莱娜失神地凝视着站在稍嫌凌乱的盥洗室里的一个陌生女人，那个女人急忙把脸掉了过去。她的情人从后面扑过来，想拉住他认为精神失常了的依莱娜，想阻止不幸事件的发生，但她又从那个房间走出来了。"请您原谅。"她喃喃地说。她的脑子嗡的一声全乱了。她给搞糊涂了，只感到憎恶，无限的憎恶和疲倦。

"请您原谅，"当她看见他在身后不安地望着她时，她又说了一遍，"明天……明天您就会什么都明白了……就是说……我……我自己也一点儿都不明白了……"她对他说，像对一个陌生人似的。没有一点东西能使她想起她曾经委身于这个人，她几乎感觉不到自己的躯体还存在了。现在，一切都比先前要乱得多，她只知道，肯定是哪里有人扯了谎。但是她太疲倦了，不能想了，太疲倦了，不能看了。她闭上眼睛，走下楼梯，像一个被判处绞刑的罪人。

她从楼里走出来，大街上已经昏黑了。她转念想到，也许那个女刽子手现在正在街对面等着呢，也许现在到了最后的时刻还会得救吧。她觉得，她似乎应该合起掌来向被遗忘了的上帝祈祷。啊，要是再能买到几个月的时光，夏日到来前的几个月时光，该多好啊！等夏天一来，就到某地去过一阵宁静的日子，让那个女骗子找都找不着，生活在草原和田野之间，只要一个夏天就行。她放心大胆地张望着已经隐没在黑暗中的街道。她似乎看到有一个人守候在街对面一个人家的房门口，但现在她走近时，那个人却向后远远地退到走廊里去了。有那么一瞬间，她觉得那个人很像她的丈夫。今天她这是第二次产生怕在街上突然见到他和他的目光的恐惧心理了。为了看得真切些，她迟疑地站了一会儿。但那个人消失在黑暗里了。她心神不宁地继续向前走，心情紧张得出奇，总觉得好像后边有一道逼人的目光看着她的颈项。她又转过身来，但那里连个人影都没有了。

不远处就是药房。微微颤抖了一下，她就走了进去。药剂师助手拿起药方，准备取药。就在这一分钟里她便把一切东西都看在眼里了，光亮的天平，小巧的砝码，不大的标签，还有柜子上边那些标着形体生疏的拉丁文名称的小药瓶。她下意识地随着目光拼读着这些药名。她听见钟在滴答滴答地走着，她闻到特殊的香味，各种药品散发出来的那种腻人的甜味，于是，她突然想起童年时代她母亲总是要她去买这类药，因为她喜欢闻这种药味，喜欢看那许多闪着奇光异彩的小瓶小罐。这时，她猛然记起，她有一次出门忘了跟母亲说一声，她可怜的老母亲对她多么挂念。依莱娜惊恐地想，她当时是多么害怕呀……但药房的店员已经在数那些从一个大肚瓶往一个小蓝瓶里滴的明亮的水滴了。她目不转睛地看着，仿佛是死神从这个大肚瓶进到了那个小瓶里，很快它就要从这个小瓶流入她的血管，她不禁感到有一股寒气嗖嗖地通过了全身。她麻木地，如同昏昏欲睡般呆望着他的手指，那几个手指现在正在把瓶塞塞在装满了药水的小玻璃瓶的瓶口上，在那潜伏着危险的圆瓶上包了一张纸。可怕的思想一露头，她的一切感官就都被钳制住了，完全麻木了。

"您给两克朗吧。"那个店员说。她从沉思中醒来，出神地环视了一下四周。然后，她机械地把手伸到钱包里去掏钱。她心里觉得还像做梦一样，她瞧着那些硬币，就是不能立刻辨认出大小，不自觉地拖延了付款。

就在此刻，她觉得她的胳膊冷不防被人推到了一边，听到硬币落到玻璃盘子里的响声。一只手从她身边伸过来，抓住了那个小瓶子。

她不由得转过身来。她的目光忽然呆愣愣地不动了。原来是她的丈夫紧闭着双唇站在那里。他的脸很苍白，脑门上冒出了汗珠。

她觉得自己就要昏过去了，只好用力扶住桌子。突然她明白了，刚才在那家房门口窥伺的就是他呀；她心里早就预感到是他在那里，在那一瞬间她的思想就全乱了。

"走吧。"他用沉闷、哽塞的声音说。她呆呆地望了望他，因在自己内心深处最秘密的角落意识到要服从他而惊讶不已。她身不由己地移动脚步跟着他走。

他们并排沿大街走着，彼此谁也不看谁。他手里一直拿着那个小瓶子。有一回，他站住擦了擦额头的汗。她也不知不觉地放慢了脚步。但她不敢朝他那边看。谁也不说一句话，街上的喧闹声在他们之间起伏波动。

到了楼梯口，他让她走在前面。他一不在她身边走了，她的步履立刻摇摆起来。她停住脚步，镇定了一下。他一把扶住她的胳膊。这一碰反而把她吓得一哆嗦，她赶紧加快步伐，走完最后几级楼梯，来到楼上。

她走进屋。他随她进来。四壁漆黑，几乎什么也看不清。他们一直没说一句话。他把包瓶子的纸撕下来，打开小瓶，倒掉药水，然后就使劲把它扔到一个墙角里去了。听到啪啦的一声响动，她吓得周身一颤。

他们沉默不语，一声不响。不朝他看，她也感觉到了他是在克制着自己的情感。终于他向她走了过去。近了，现在就要到她跟前了。她都能感到他粗重的呼吸了，她瞪着呆滞的像蒙了一层云雾似的眼睛，看到他两眼射出的光一闪一闪地从房间的黑暗里向前移动。她等着听他大发雷霆，她怕他的手猛力一把把她抓住，她吓得四肢僵硬，全身发抖。依莱娜的心停止了跳动，只有每根神经像绷得紧紧的琴弦在震颤；一切都在等待着惩罚，甚至可以说，她是盼他发怒了。但他始终都不作声，她不胜惊奇地感到他走到身边来竟是那样的温柔。"依莱娜，"他说，他的声音显得格外柔和，"你我还要彼此折磨多久呢？"

这时，犹如一种野兽的下意识的哀号，突然间，像抽风似的，以极大的冲力从她心里爆发了，终于冲出来了这几周以来一直闷在胸腔、压在心底的抽泣。仿佛有一只愤怒的手揪住她的心拼命地摇动，她像喝醉了酒似的摇晃起来，要不是她丈夫一把扶住了她，她就摔倒了。

"依莱娜，"他抚慰着她，"依莱娜，依莱娜。"他声音越来越低、越来越温和地叫着她的名字，好像他用这越来越轻柔的语调就能使她那痉挛神经的绝望的骚动平息下来似的。但是回答他的，只是抽泣；狂乱的骚动，痛苦的心潮滚过她的整个躯体。他托住她的不住战栗的身体，把她抱到沙发上，让她躺在那里。但抽泣并没有停止。像触电一般，她边哭边抽搐，全身都在耸动，仿佛有无数因恐惧和寒冷而产生的波缓缓地流遍这受折磨的肉体。全部神经，几周以来就在紧张地等待着这最难忍受的一刻，现在已经被撕得粉碎；巨大的痛苦肆无忌惮地折磨着这毫无知觉的躯体。

他极其不安地靠住她那筛糠般抖动的身体，抓着她冰冷的手，先是镇静地，然后便怀着恐惧和激情，发狂地吻着她的上衣，她的脖颈，但她那蜷缩的身躯依然像被撕裂似的不停地颤抖，那抽泣像一泻千里的翻卷的波涛从她的内心滚滚地上升。他触到了她的脸，脸是凉的，像泪洗的一般，而且还感到了她太阳穴那里的血管在嘭嘭地跳动。一种难以形容的恐惧向他袭来。他跪下了，想凑近她的脸去说话。

"依莱娜，"他不停地抚摸着她说，"你哭什么呀……现在……现在一切都过去了……干吗你还要折磨自己呢……你不必再害怕了……她再也不会来了，再也不会……"

她的身体又抽搐起来，但他用双手按住了她。他不停地吻着她，东一句西一句断断续续地说着，表示道歉：

"不会了……再也不会了……我向你发誓……我真没想到你会吓成这个样子……我只不过想向你大喝一声……唤你回来尽你的义务……只是要你离开他……永远离开……回到我们中间来……我偶

然听说了这件事的时候，我确实没有别的好选择……我又不能对你直说……我想……我总认为，你会回头的……因此我就委派她，那个可怜的女人，追逐你。她是一个可怜的人，一个女演员，一个被解雇了的……她当然也不愿意干这种事，是我想要这么做的……我看出，这是不对的……但我的确是想要把你拉回来……难道你没有看出我愿意宽恕你吗？但你并不理解我呀。但是……我可没想把你逼到这个地步……看到这一切，我自己心里更难过了……我步步严密地监视过你……都是为了孩子，你知道，为了孩子我不得不逼着你……但现在一切都过去了……现在一切都会好起来的……"

说话的声音很近，但她听起来好像很远很远，模模糊糊的，并没有听懂。一种哗哗的声音在她心中震荡，把一切声音都压了下去，每个感觉都消逝在各种感官的躁动不安之中。她感到有人触动她的皮肤，一次又一次地吻她，抚摸她，感到自己变冷了的眼泪，但体内的血液却在鸣响着，充满一种沉闷的吓人的喧闹声，这声响猛烈地膨胀起来，现在竟像急剧的钟声一样在轰鸣。接着，她便陷入了昏迷状态。在昏迷中她模模糊糊地感觉到有人给她脱衣服，她像透过一层层云雾似的看见了她丈夫的面孔，那张面孔现出又亲切又关心的神情。然后她便坠入了黑暗的深渊，进入长时间未有过的、黑沉沉的、无梦的睡眠中。

第二天早上，她睁开眼，屋里已经全亮了。她觉得心里也豁然开朗了，她的血液像被暴雨洗净了一般，变得清清亮亮的了。她试图回想一下她所经历的，但她仍然觉得一切都好像是一场梦。一切都是不真实的，轻飘飘的，没有拘束的，就像在梦中飘飘摇摇地穿过一个又一个厅堂，她想起了那次憋得要死的感觉；为了证实醒来的经历是真实的，她试探着摸了摸自己的手。

突然，她吃惊地全身一颤：那枚戒指在她手指上闪着微光。她猛然间完全醒过来了。她在半昏迷状态中听到了又好像没听见的那些杂乱无章的话，一种使她不敢想也不敢猜疑的充满不祥之兆的忧郁的感觉，现在突然使人清楚地看到了它们之间的内在联系。她霎时间什么都明白了，明白了她丈夫提的那些问题，明白了她的情人为什么那样吃惊；所有的人都潮水般地涌现出来了，她看见了那个把她缠了进去的罗网。她很愤怒，也很羞愧。每根神经又颤抖起来，她几乎后悔不该从那无梦的、没有恐惧的睡眠中醒来了。

这时，从隔壁房间传来了笑声。孩子们起床了，像清晨刚刚醒过来的鸟雀叽叽喳喳地叫着。她清楚地辨出了男孩的声音，初次惊奇地感到他的声音真是太像他父亲了。她双唇微微一动，露出一丝微笑，那微笑一直静静地留在她的嘴边。她闭上眼睛躺在那里，为的是更深地体味体味她过去的生活情景，还有她现在的幸福境遇。心中不免仍然有些隐隐作痛，但这是有益于身心的痛苦，灼人而又温和，就像伤口完全愈合之前那样钻心的痒痛。

（关惠文　译）

里昂的婚礼

　　一七九三年十一月十二日，巴雷尔①在法国国民公会上提出一个提案，要置里昂这座暴乱的、后来被攻占的城市于死地。提案结尾是两句简明扼要的话："里昂反对自由，里昂今后不再存在。"巴雷尔要求把这座叛逆城市的一切房屋建筑夷为平地，将所有的纪念碑化为灰烬，连城市名称也要取消。国民公会犹豫了八天，才做出同意摧毁这座法国第二大城市的决定。可是，即使在这项决定签字以后，人民代表库东②在执行这项血腥的英雄命令时还是采取了敷衍态度，因为他知道罗伯斯比尔对他的做法是默许的。为了做做样子，他把民众召集到贝勒古广场，举行声势浩大的集会，并用银锤象征性地敲敲那些决定要摧毁的房屋，但是真要摧毁那些精美的门面时，铁锹却迟迟疑疑地下不了手，断头台上的杀人机只是隆隆地空响着，铡刀很少落下来。看到这出乎意外的温和态度，人们心里稍安，这座被内战和长达一月有余的围困弄得人心惶惶的城市又敢呼吸第一口希望之气了。可是这时这位仁慈的、迟疑不决的护民官突然被召回，派来接替他的是科洛·德布瓦③和富歇。这两位身佩人民代表绶带的司令一到，里昂在共和国的法令里从此就叫作"解放城"了。于是，原来以为是虚张声势借以吓人的法令，一夜之间就变成了可怕的现实。"迄今为止这里毫无动作。"两位新护民官一到任就迫不及待地向国民公会提交的第一份报告中这样说，以此来证明他们自己的爱国热忱并对那位态度温和的前任表示怀疑。他们立即采取恐怖手段来执行国民公会的命令。富歇，这位"里昂的刽子手"、日后的奥特朗托公爵和一切合法原则的捍卫者，后来最不愿意重提这段往事。

现在不再是用铁锹把建筑物上的灰浆慢慢地铲下来了，而是埋上火药，把精美的建筑物一排排炸掉，行刑时也不再用"既不可靠，也不够用"的断头台，而是用枪和霰弹将被判决的人成百上千地集体处死。司法机关每天都得到新的严厉的命令，因而大开杀戒，它像长把镰刀大把大把刈割麦束，日复一日地将大批市民一片片刈倒在地；要将死者收殓掩埋实在太慢，于是便将死者扔进罗讷河，让那汹涌的波涛将尸体冲走。嫌疑犯比比皆是，各个监狱早已人满为患。于是就将公共建筑物、学校和修道院的地窖统统用来收容被判决的人，当然收容的时间极其短促，因为镰刀很快就刈过来了，很少有一堆草会让同一个犯人的身体暖和一个晚上的。

---

① 贝特朗·巴雷尔（1755—1841），雅各宾专政期间法国救国委员会主要成员，主张对保皇派采取严厉政策。
② 乔治·库东（1755—1794），法国大革命时期的激进民主派，罗伯斯庇尔和圣茹斯特在救国委员会中的亲密战友。
③ 科洛·德布瓦（1749—1796），法国大革命时期国民公会议员。

在那个血腥之月，在一个严寒的日子里，又有一批犯人被赶进市政厅的地窖，大家暂且短暂而悲惨地待在一起。中午，他们挨个儿被带到警长面前，马马虎虎一问便决定了他们的命运。现在六十四个被判决的男人和女人零乱地坐在拱顶很低的地窖里，黑暗中弥漫着酒桶味和霉气，前屋壁炉里的一点儿火并没有使地窖暖和多少，只不过给黑暗染上些微红色而已。大多数犯人都迷迷糊糊地躺在各自的草褥上，其余的人则挤在那张唯一允许放在那里的木桌上，凑着摇曳不定的烛光在匆匆写诀别信，他们都清楚，他们的生命将比这寒冷的屋子里颤颤悠悠地发着蓝光的蜡烛结束得更早。他们说话的时候没有一个不是悄声低语的，所以地雷低沉的爆炸声和紧接着房屋哗啦啦的倒塌声，从寂静的大街上严寒的空气中传到这里就听得分外清晰。可是事态的发展迅雷不及掩耳，这些备受命运折磨的人已经失去了感觉和清楚地思考的一切能力；大多数人像待在坟墓的进口处一样，在这黑洞洞的地窖里往墙上一靠，一动不动，一言不发，他们万念俱灰，不再存有任何希望。

将近晚上七点钟的时候，吱啦一声，生锈的门闩拉开了。大家下意识地一惊而起：以往是允许过夜的，难道一反这悲惨的常规，他们最后的时刻现在就已到来？一阵寒冷的穿堂风从打开的门里吹来，蜡烛蓝蓝的火苗跳个不停，仿佛要逃脱蜡身，蹿出地窖似的。随着烛光的颤动，人人胆战心惊，对于即将来临的事情未卜凶吉。但是一会儿大家就惊魂稍定，因为狱卒并没有别的动作，只不过又给这里新添了一批犯人，大约二十名左右。狱卒一声不吭地将他们押下台阶，带进挤得满满的屋子，也不给他们指定特定的位置，随后就哐啷一声重新关上了沉重的铁门。

囚犯们带着不友好的目光望着这些新来的人，因为人的天性很奇怪，随处都会适应环境，即使时间极其短暂，也会觉得如在家里一样，这似乎是天经地义的。所以这些先来者已经下意识地把这间空气滞重、散发着霉味的屋子，长了绿毛的草褥和壁炉周围的位置看作了自己的财产，觉得每个新来的人都是擅自闯入的、令人扫兴的入侵者。那些刚押进来的囚徒呢，他们大概也都明显地觉察到了先到这里的犯人所表露出来的冷冰冰的敌意，尽管这种敌意在这死亡的时刻显得如此荒唐。很奇怪，他们既不同先来的难友互致问候，也不说话，也不要求在桌上和草褥上占有一席之地，而只是一言不发、闷闷不乐地挤在一角。如果说先前浮现在拱顶上的寂静已经极其残酷，那么，由于无谓地激起了感情上的紧张气氛，这寂静就显得更为阴森了。

突然，一声呼喊打破了寂静。在这个时候，这喊声听起来格外悦耳，分外响亮，仿佛来自另一个世界。这声响亮的、几乎是颤抖的呼喊，以其不可抗拒的力量把最最漠然的人也触动了，把他们消沉压抑、万念俱灰的心震撼了。一位刚同其他犯人一起新来的姑娘突然猛地跳了起来，像要摔倒似的朝前伸开双臂，一面颤声高呼"罗伯特，罗伯特"，一面朝一个年轻人扑去。这年轻人本来正靠在一边的窗栅上，同姑娘之间隔着几个人，这时也朝她扑了过来。两个年轻人的身体随即紧紧地拥抱在一起，嘴唇紧紧相贴，像两束火焰亲热地在一起熊熊燃烧，欢乐的泪水夺眶而出，在对方脸上涓涓流淌，他们的抽噎像出自一个快要炸裂的喉咙。他们一旦稍停片刻，就不相信这是真的。这难以置信的事情使他们心惊胆战，因而转瞬之间两人又重新紧紧拥抱在一起，情绪更为炽热。他们失声痛哭，抽抽泣泣，一口气地说着，嚷着，一味沉浸于无穷无尽的感情的海洋中，完全不顾及周围的难友。难友们感到无比惊讶，因此恢复了生气，犹犹豫豫地走近这两位年轻人。

姑娘同这位市政府高级官员的儿子罗伯特·德·L自幼青梅竹马，几个月前两人刚订婚。教堂里已经贴出了结婚公告，而所定的办喜事的日子恰好正赶上血流遍地的那一天。那天，国民公会的军队攻破了里昂城。她的未婚夫一直在佩西将军的军队里同共和国作战，在这节骨眼上当然有责任跟着这位保皇派将军去进行孤注一掷的突围。此后接连几星期都没有他的消息，她几乎心怀这样的希望：他已经幸运地越过国境，逃到瑞士去了。这时，突然有位市政府的文书告诉她，告密者打听到她未婚夫躲藏在一个农庄里，昨天他已被送交革命法庭。这位勇敢的姑娘一听到她未婚夫以及他肯定会被处决的消息，身上一下生出一股神奇而不可思议的力量，女人在千钧一发之际其天性所具有的那种力量，办了件本来不可能办到的事。她亲自闯到本是无法接近的人民代表跟前，恳求宽宥她的未婚夫。她先是跪在科洛·德布瓦的脚下，但遭到严厉拒绝。科洛·德布瓦说，对于叛徒他绝不宽宥。随后她就跑去找富歇。而此人心地之残忍丝毫不比科洛·德布瓦逊色，不过手段则更加狡猾。他见年轻姑娘这副绝望的样子，好像也受了感动，于是便用谎言来搪塞，说他倒很愿出面干预，从轻发落她的未婚夫，可是他看见——这时这位惯于用花言巧语蒙骗人的老手透过长柄单片眼镜朝一张无关紧要的纸上随便扫了一眼——今天上午罗伯特·德·L已经在勃罗多的田野上被按军法枪决了。年轻姑娘完全受了这老奸巨猾的家伙的诓骗：她立刻就相信她的未婚夫已死。遇到这种情况，女人通常只有束手无策地沉湎于痛苦之中，可是她却不是这样，她已将毫无意义的生命置之度外。这时她从头发上摘下饰有革命标志的徽章，往地上一扔，双脚一阵猛踩，并大声怒骂富歇和急忙奔来的卫兵是一帮卑鄙的吸血鬼、刽子手和色厉内荏的罪犯。高昂的吼骂，声震屋宇。她被士兵绑了起来，拖出房间的时候，听到富歇正在给他的麻子秘书口授逮捕她的命令。

这位热情满怀的姑娘几乎是乐不可支地对周围的人说，这一切她当时已不再觉得是真实的，不再觉得是实实在在的了，相反，一想到自己很快就可以跟随已被处决的未婚夫而去，就觉得遂心如意，心里有种辉煌感。审讯时她对所有问题概不作答，她强烈地意识到死亡已经临近，心里无比欣喜，当士兵将她同后来的那批犯人一起推进这所监狱时，她甚至连眼睛都没有抬一下。因为她知道心爱的人已死，她自己将在九泉之下幸福地朝他靠近，那么，在这个世界上还有什么不能割舍的呢！因此她完全安之若素地躺在一角。待到她的眼睛刚刚适应狱中的黑暗，就发现一个倚窗沉思的年轻人，他的姿态令她感到诧异，活脱脱就是她未婚夫平时愣神儿凝视的样子。她竭力控制自己，不让自己怀有这样一个镜花水月、虚妄无稽的希望，不过她毕竟还是站了起来。在这瞬间，那年轻人恰好几乎同时走近了蜡烛的光圈。她以仍然激动不已的声调说，她真不明白，在这魂飞魄散的钻心的一刻，居然没有晕死过去，因为她清楚地感觉到，当她突然看到早已被处决的未婚夫仍活生生地出现在她面前时，她的心简直像要从胸口蹦出来一样。

姑娘急匆匆地飞快地讲述着这段经历，同时她的手一直紧紧地握着她心上人的手，一刻也没松开。她目不转睛地盯着他，一次又一次地重新拥抱他，仿佛对他的出现还始终把握不定似的。这对年轻人两情缱绻，这感人至深的一幕神奇地震撼了所有的难友。这些犯人方才还麻木不仁，疲惫不堪，无动于衷，心如死灰，现在一下子活跃起来了，个个热情满怀，纷纷挤在这一对如此奇特地相聚在一起的情人周围。由于这件异乎寻常的事情，他们个个忘掉了自己的厄运，人人心潮翻涌，都忍不住想对他们说句关怀、支持或同情的话，但是这位热情似火的姑娘正沉醉在如痴似迷的自豪中，不需要别人为她抱憾。不需要。她说她很幸福，彻底的幸福，因为她现在知道，她可以和心上人在同一时刻死去，谁也不必为对方伤悲。不过有一件事美中不足，那就是她没有完婚，还只能用父姓，而不能作为他的妻子同他一起走到上帝面前去。

她天真烂漫地说出了自己的心里话，没有任何意图，而且几乎一说出来就已经忘了，只是不住地拥抱她心爱的人，所以并没有发觉，罗伯特的一位战友被她这个愿望深深打动，这时已小心翼翼地溜到一旁，在同一位年纪较大的难友悄悄地合计。他低声所说的那些话似乎使那人大为感动，因为他立即霍地站了起来，挤到这两个年轻人身边。他对这对情侣说，他是土伦的一位神父——他一身农民着装，别人真看不出他是神父——拒绝宣誓效忠共和，由于被人告密才被逮捕到这里来的。可是，尽管他现在没有穿神父的长袍，然而心里依然一如既往地感到自己应履行的职务和所具有的神父的权力。他说，既然两人的婚礼早已公告，另一方面两人又都已被判决，所以完婚之礼不容拖延，因此他豁出去了，愿意立即满足他俩这个完全正当的渴求，在这里由他们的难友和那位无处不在的上帝做证，使他俩结为夫妻。

　　年轻的姑娘万万没有想到，她的心愿居然还能实现，真是感到无比惊讶，于是她便以询问的神情望着未婚夫。他的回答只是一道喜气洋洋的炯炯闪亮的目光。于是年轻姑娘便双膝跪在坚硬的石板地上，吻着神父的手，请他就在这间极不像样的屋子里为他们主持婚礼，因为她觉得自己的思想是纯洁的，此刻心里充满了神圣的感觉。这阴郁的死屋瞬间将变为教堂这件事深深打动了其他难友的心，他们都下意识地受到新娘激动心情的感染，都急忙做这做那，借以掩饰自己内心的激动。男人把数量不多的几把椅子搬来排好，在铁制耶稣受难像前把蜡烛插成笔直的一行，把那张桌子布置得像祭坛一样。这当间，妇女们把在入狱途中同情者送给她们的些许鲜花匆匆编成一个细花环，戴在姑娘头上。这时，神父同即将成为她夫君的罗伯特进了侧室，神父先听取了新郎，后又听取了新娘的忏悔。两位新人走到临时祭坛前面，此时，持续几分钟之久屋里声息全无，静得出奇，以致看守以为狱中发生了什么可疑之事，因而突然打开牢门，走了进来。当他发现屋里所作的那种奇特的准备时，他那黑黝黝的农民脸庞也不由自主地变得庄严、肃穆了。他站在门口，不去打扰他们，因此他自己也成了这次异乎寻常的婚礼的默默的见证人。

神父走到桌前，简要地解释说：哪里人们愿意诚心诚意地在上帝面前结合在一起，哪里就是教堂和祭坛。说完他便双膝跪下，所有在场的人也随他一齐屈膝；屋里是那么静，静得支支蜡烛的火苗也一丝不动。接着，神父打破静默，问两位新人是否愿意生死与共。两人以坚定的声音回答："愿生死与共。"这个"死"字方才还是个恐怖的字眼，现在高昂而清晰地响彻这无声的屋子，再也没有一丝儿可怕了。这时神父把他们的手放在一起，用这句话宣布他俩的结合："Ego auctoritate sanctae matris Ecclesiae qua fungor, conjungo vos in matrimoniam in nomine Patris et Filii et Spiritus sancti."①

至此，结婚仪式结束。新婚夫妇吻着神父的手。难友们都挤上前来，一个个单独向这对新人说一句出自肺腑的至诚的祝福。此刻谁也没有想到死，就是感觉到死的人，也不再觉得死亡的可怕了。

这期间，刚才在婚礼上担任证人的那位朋友已经跟几个难友悄悄商量过，一会儿又见他们奇怪地忙活起来了。男人从旁边的小屋里把草褥子搬了出来。这时两位新人全身心都沉浸在梦一般的事态中，对已经完成的准备工作尚未觉察到。那位朋友走到他俩跟前，微笑着告诉他们说，他和他的难友都很想送给这对新人一件礼物，以庆贺这个大喜之日，可是对于那些连自己的生命都危如朝露的人来说，还有什么世俗的礼物可送呢！所以他们只想赠送一件新婚夫

---

① 拉丁语，我凭圣母教堂的威望，并以此履行职责，以圣父圣子圣灵的名义让你们结为夫妻。

妇定会非常高兴并倍感珍贵的东西：腾出这间小屋给他们做洞房，让他俩安逸地度过一个新婚之夜，这最后一夜，难友们自己则宁愿在外屋挤一挤。"好好利用不多的几个小时，"他补充说，"逝去的生命是片刻也不会再还给我们的，谁在这样的瞬间还能得到爱情的赐予，谁就该尽情地加以享受。"

少女的脸羞红了，一直红到头发根，她的夫君则真诚地凝视着这位朋友的眼睛，激动得紧紧握住他那充满兄弟情谊的手。他们没说一句话，只是互相凝视着。就这样，没有人大声安排，男人就都下意识地围在新郎身边，女人则围在新娘身边，大家庄严地手举蜡烛，把这对新人送进那间从死神那里借来的洞房，人人心里都洋溢着关怀之情，所以这种古老的婚礼习俗无意之中又出现了。

随后他们在这对新人身后轻轻关上房门，但是对于临近的合卺之欢谁也不敢开一句不得体的或是不干净的玩笑，因为自从大家对自己的命运已经无能为力，但却还能给予别人些微幸福以来，人人心头都默默升起一种特别庄严的感情。他们做了一点好事，也分散了对自己不可避免的厄运的注意力。对此大家都在心里暗暗感激不已。于是这些已被判决的人在黑暗中七零八落，或醒或梦地躺在各处的草褥上直至天明，屋里虽然充满了绝望的呼吸，但却很少听到有人叹息。

第二天一早士兵进来要将这八十四名犯人押赴刑场时，发现他们都已醒了，并且全都准备停当。只有旁边新婚夫妇的洞房里仍无声息：就连枪托砸得哐哐响也没有将这两个筋疲力尽的人吵醒。于是那位男傧相便赶忙悄悄跑进洞房，免得等刽子手去把这对幸福的人强行弄醒。他俩躺着，松松地搂抱在一起，她的手枕在他微微后倾的脖子下，像是忘了抽出来；即使在睡眠中脸上的表情凝固了，但他俩的脸庞仍很舒展，焕发着幸福的容光，以致那位傧相也大为感动，不忍心打扰这样的安宁。可是形势不容他迟疑，于是他便先将新郎摇醒，告诉他现在形势已很紧迫。新郎心醉神迷地一睁开眼睛，就伤心地想起了眼下的处境，于是便情意绵绵地将妻子从铺上扶起。她抬眼一看，像孩子似的被这突如其来的冰冷的现实吓得胆战心惊，但随即便对他会心地一笑，说："我准备好了！"

当这对新婚夫妇手拉手走进外屋时，所有的人都不由自主地给他们让开路，这样，这对新婚夫妇无意中就走在了这批被押赴刑场的死囚的头里。市民们每天都看到那些押往刑场的悲哀的队伍，对此已经习以为常，尽管如此，这次却诧异地目送这支奇特的队伍离去，因为走在队伍前面的两个人——一位年轻军官和那位头戴新娘花环的姑娘——洋溢着异乎寻常的快乐情绪和对幸福颇有把握的神态，因此即使很迟钝的人在这里也会虔敬地感觉到一个崇高的秘密。其他人也不像以往被押赴刑场的死刑犯那样慢腾腾地拖着踢踢踏踏的步子，而是每个人都以热情似火的目光和矢志不移的信任紧紧盯着这对新人。他们两人已经意想不到地三次实现了自己的愿望，在这两位幸福的人身上必定还会、一定还将再次出现奇迹，出现最后的奇迹，从而把大家从确定无疑的死亡中解救出来。

生活总是喜爱奇怪的事情，然而现实中的奇迹却很少出现。当时在里昂习以为常的事情现在终于发生了。这支囚犯队伍被押过大桥，来到勃罗多的沼泽地里，在那里等待他们的是十二队步兵，每三支枪的枪筒瞄准一个人。士兵把死囚一行行排好，一排子弹就把所有犯人撂倒。接着，士兵们就将尚在流血的尸体扔进罗讷河，滚滚急流漫不经心地将这些陌生人的脸庞和命运冲入河底。只有那个婚礼上用的花环从正在下沉的新娘头上缓缓脱落下来，还毫无意义地、十分显眼地在奔腾而去的波浪上漂浮了一阵。后来花环也消失了，对于那个从死神嘴唇上抢来的、因而更值得纪念的爱情之夜的记忆，也随着花环的消失而久久地被遗忘了。

森林上空的那颗星

深切思念弗朗茨·卡尔·金茨凯 *

有一次，身材颀长、穿着讲究的侍者法朗索瓦，从漂亮的波兰伯爵夫人奥斯特洛夫斯卡的肩头俯下身去摆放餐具时，发生了一件奇特的事情。这件事持续的时间只有一秒钟，没有引起任何颤动和惊恐，一切都纹丝未动。可是这却是千万个小时和日子都为之欢愉和怅然的一秒钟，就如簌簌作响的高大橡树连同摇晃的树枝和摆动的树冠，其巍巍气势全都安安稳稳地包藏在一粒四处飘飞的花粉之中一样。这一秒钟内外表上看不出一丝迹象。伯爵夫人手中的餐刀正在寻找食物，法朗索瓦，这位里维埃拉大饭店的机灵的侍者，便赶紧弯下腰去，把盘子摆摆好。就在这一瞬间，他的脸恰好紧贴着她一头松软的、香气四溢的卷发，他本能地睁开谦卑地下垂的眼睛，他迷醉的目光在这片黑色的发波中窥见了她白净的脖颈，其柔和、粉白的线条延伸下去，消失在鼓起的深红衣服里。他的心里仿佛忽地升起了紫色的火焰。餐刀碰到难以察觉地颤动的盘子上，发出微微的声响。虽然在这一秒钟里他预感到了这突如其来的陶醉的种种严重后果，但他巧妙地控制住了自己的激动，仍以一个风度翩翩的年轻侍者那种有点讨好的热情继续侍候伯爵夫人用餐。他迈着沉着的步子，把盘子送到常同伯爵夫人一起用餐的贵族面前。这位贵族年纪比她稍长，举止温文尔雅，正在用法语讲些无关紧要的事情，其法语说得极其准确清晰，声音犹如水晶一般。送了盘子，年轻侍者就目不斜视、面无表情地从餐桌边退下。

这几秒钟乃是一种奇特的、充满沉醉的失落的开始，一种陶醉的、神魂颠倒的感受的开始，就连爱情这个郑重和骄傲的字眼也难于将它表达。这是那种盲目忠诚、毫无欲愿的爱情，只有年纪很轻和年纪很大的人才会有的爱情，除此之外人的一生中是根本体会不到的。这是一种毫不深思熟虑的爱情，它不加思考，只是梦想。他全然忘记了人们对侍者所持的那种虽不公正，但却无法消除的蔑视，这种蔑视就连聪明、潇洒的人对身穿跑堂服的人也会表露出来的。他并不去考虑种种可能性和偶然性，而是在自己的血液里培育这种奇怪的情愫，直至其隐秘的眷恋把种种嘲笑和责难统统视若敝屣。他的缱绻柔情不是表现在眨动和窥视的目光中，不是表现在突发胆大妄为时放肆的举止上，不是表现在春心荡漾失去自制时渴望的嘴唇和颤抖的手上，这柔情表现在默默的尽心侍候上和做好各项细小的服务工作中，明知这些小事不会被人注意，所以谦卑中的柔

---

* 弗朗茨·卡尔·金茨凯（1871—1963），奥地利诗人和小说家，第一次世界大战期间曾和茨威格一起在维也纳的战争档案馆服务过。

情就显得更为崇高和神圣。晚餐以后他用那么温存、那么缠绵的手指把她座位前桌布的皱痕抚平，犹如抚摸可爱而温柔的女人之手；他倾注全部深情将她身边的每样东西收拾得十分对称，仿佛在恭候她来参加筵席似的。他将她芳唇碰过的那些酒杯都小心翼翼地拿到他那间开有天窗、散发着霉味的小房间里，让它们像珍贵的首饰一样在明朗的月光下熠熠闪光。他常常在某个角落秘密偷听她走路或漫步的声音。他吸吮她的话语，犹如人们美滋滋地用舌头品味一种甘醇可口、香气醉人的葡萄美酒，他贪婪地抓住每一句话和每个吩咐，就像孩子们抓住飞来之球。就这样，他那颗沉醉的心给他可怜的、不值一提的生活带进了一束千变万化、绚丽多姿的光辉，法朗索瓦这个穷跑堂爱上了一位永远也无法企及的异国伯爵夫人，关于这件事的来龙去脉，他脑子里从来未曾有过这样聪明的愚蠢想法：用冷冰冰的毁灭性语言将它原原本本地加以表达。因为他压根儿没有觉得她是现实的人，而是觉得她很高很远，到达这里的，只是她生命的反光。他喜欢她发号施令时的那副盛气凌人的傲慢，喜欢她那两道几乎相碰的颐指气使的青黛色眉毛，喜欢她薄唇周围密密的皱褶，喜欢她言谈举止的自信与优雅。对他来说，表现出卑躬屈膝那是理所当然的，他觉得能低声下气地在她身边做些低贱的侍奉工作，那是幸福，因为正是由于她，他才能进入围绕着她的那个令人着迷的圈子。

就这样，在一个普通人的生活中突然做起了一个梦，这就像路边精心培育的一棵珍贵花木，往日它的萌芽全被熙攘的行人踩坏，如今却盛开了。这是一个朴实的人的沉迷，是冷酷而单调的生活中一个令人回肠荡气、飘飘欲仙的梦。这样的梦就像无舵之舟，毫无目的地飘荡在一平如镜的水上，晃晃悠悠，其乐无比，直到它猛地一下撞在一处不知晓的湖岸上。

可是现实比所有的梦境更严酷，更粗暴。一天晚上胖门房沃州①人从他身边走过时说："奥斯特洛夫斯卡明天乘八点钟的火车走。"接着还说了另外几个无关紧要的名字，这些他根本就没有听见。因为听了前一句话他脑子里嗡地一下，像翻江倒海似的，卷起阵阵汹涌澎湃的波涛。有几次他机械地用手指抚推紧锁的眉头，仿佛要把压在那里、紧紧束缚着智力的那层东西拨开。他迈了几步，脚下踉踉跄跄。他心神不定、惊惶失措地快步从一面镶着金框的大镜子前走过，镜子里一张苍白的陌生面孔木然地瞧着他，似乎什么思想也没有，好像统统都被禁锢在阴暗朦胧的墙壁后面了。他几乎下意识地扶着栏杆，摸索着走下很宽的台阶，进了暮色苍茫的花园，几棵高大的伞松寂寞地耸立着，就像阴暗的思绪。他那摇晃不定的身影像只翩翩低飞的黑色大夜鸟，又往前趔趄了几步，随后便跌坐在一张长椅上，脑袋倚着冰凉的扶手。这时四周一片岑寂。后面，大海在簇簇圆形灌木丛中闪闪发光。柔和、颤动的灯光在那里微微闪亮，在这静谧的夜晚只有远处滚滚翻涌的波涛单调而持续地在吟唱。

突然间，一切都明白了，完全明白了。这事是如此清楚，又如

---

① 瑞士西南部行政州域，居民主要讲法语。

此苦涩，他几乎现出了一丝微笑。一切全都完了。奥斯特洛夫斯卡伯爵夫人要回家去了，而侍者法朗索瓦仍旧干他的活。这事难道真那么奇怪吗？来这里住上两三个星期或三四个星期的客人不是全都走了吗？多傻呀，连这都没有想到！一切都明明白白，明白得让人笑，让人哭。各种思绪冗杂芜驳，像团乱麻。明天晚上，乘八点钟的火车去华沙。去华沙——那要好多小时，要穿过好多森林和山谷，越过好多丘地和山岭，驶过好多草原、河流和喧嚣的城市。华沙！多么遥远的华沙！他根本不能想象，但是内心深处却能感觉到这个骄傲而带有威胁性的、严峻而遥远的字眼：华沙。而他……

刹那间，他心里还升起一星点梦幻似的希望之光。是啊，他可以跟着去呀。他可以在那里当仆役，当抄写，当车夫，当奴隶；还可以当乞丐，冻得哆哆嗦嗦地站在华沙的街头，只要不离得那么远，只要能呼吸到同一城市的气息，或许有时她坐车疾驶而过的时候能看见她——哪怕只能见到她的身影，她的衣服和她的黑发。于是种种行色匆匆的梦幻闪烁而来。可是时间是残酷无情的。那事绝对办不到，这点他看得一清二楚。他算了一下自己的积蓄，顶多也只有一二百法郎。这点钱连一半路费都不够。往后怎么办？突然，他好似透过一条撕破的面纱看到了自己的生活，感到它现在好可怜，好可悲啊。寂寞空虚的侍者生涯已被愚蠢的渴望折磨得苦不堪言，他的未来大概就是这样可笑。他全身起了一阵寒战。突然，所有的思想之链都猛不可挡地汇集在一起。现在只有一种可能。

树梢在难以觉察的微风中轻轻摇曳。他面前阴森的黑夜令人胆寒。这时他不慌不忙，镇定自若地从椅子上站起来，踩着咯咯作响的砾石走上台阶，进了灯光通明、寂静无声的大厦。到她窗前，他便停住脚步。窗户黑乎乎的，没有一星点闪烁的、可以点燃梦幻般渴念的灯光。所以他血液的跳动很平静，他迈步走去，颇似个不再被困惑、不再受欺骗的人。到了房间里，他往床上一躺，毫不激动，睡得沉沉的，一夜没有做梦，直到第二天早晨，铃声才把他叫醒。

第二天，他把自己的举止完全约束在精心琢磨过的限度之内，强自镇定。他以冷冷的漠然态度干着他的服务工作，神情中显示出无忧无虑的自信力，谁也感觉不到这副虚假的面具掩盖下的苦涩的决断。快开晚餐之前，他拿着自己的那点小小的积蓄跑到一家最气派的花店，买了精心挑选的鲜花，花的色彩绚丽多姿，说明了他的心意：盛开的金红色郁金香象征热情似火，宽瓣白菊使人觉得像是充满异国情调的淡淡的梦，窄窄的兰花表示憧憬中的秀丽形象，此外还有几枝矜持、妩媚的玫瑰。接着他又买了一只用闪光的乳白玻璃制成的花瓶。尚剩的几个法郎，他从一个小乞儿身边走过时以极其迅速的动作毫不在乎地给了他。随后他便急忙赶回。他心情忧郁，郑重其事地将插着鲜花的花瓶摆放在他怀着身心的快感慢慢地、一丝不苟地最后一次为伯爵夫人准备的餐具之前。

接着晚餐开始了。他工作的时候仍和往常一样：冷冷的，没有声音，眼明手快，不抬头张望。只是直到最后，他才以一道她永不知晓的没有尽头的目光盯着她整个柔软而骄傲的身躯。他觉得，她从来没有像在他这别无所求的最后目光中所呈现的那么美。随后他便平静地从餐桌边退下，出了餐厅，未做告别，脸无表情。他像个该受到侍者躬身致意的客人一样，穿过过道，走下十分气派的迎宾台阶，朝大街而去：你定会感觉到，在这一瞬间他告别了过去。在饭店门口他犹豫不决地停了一秒钟，接着他便顺着闪光的别墅和宽大的花园拐向一条林荫道，边沉思边漫步向前，自己也不知道要往何处去。

他就这样心神不定地怀着梦一般的失落感漫无目的地走着，一直走到晚上，他什么也不再去思考，不去思考过去的事情，也不去思考那不可避免的事情。他不再考虑死的问题了，就像人们在最后的瞬间举起闪闪发亮、令人胆寒的手枪，用深深的目光打量一番，并在手里掂量一阵之后，又重新将枪放下一样。他早已给自己做了判决。① 只不过种种画面依然纷至沓来，匆匆浮现，旋即飞去，犹如迁徙的飞燕。先是青春岁月，直到一堂倒霉的课为止。在这堂课上，他为诱人的前途所惑，干了一桩愚蠢的事，因而一头栽进了纷乱的世界。随后便是无休止的奔波，为挣钱糊口而卖力，所作的种种尝试又一再碰壁，直到人们称之为命运的黑乎乎的巨浪把他的骄矜击得粉碎，并将他抛在一个低声下气的岗位上。许多色彩绚丽的回忆卷起阵阵旋涡而去。末了，这些天的温柔影像还从清醒的梦境中闪闪发光；可是这些梦猛地一下又撞开了他不得不通过的现实的阴暗大门。他思忖，还不如今天就死了好。

他思索了片刻，考虑了通向死亡的各条道路，并将其痛苦和快

---

① 意为"他早就决定了自己的命运"。

捷程度做了一番比较。突然，他生出一个念头，为此他浑身起了一阵战栗。他神志沮丧，一下想到一个阴森的象征：既然她从他的命运之上飞驶而过，毁了他的命运而毫不知晓，那么就让她把他的身体也碾碎吧。这件事要让她亲自来做。要让她亲自完成她的作品，就这样，这个想法便迅速形成了，而且毫不踌躇。不到一小时了，特别快车八点开，它就要从他身边把她劫走。他要扑在火车的车轮下，让夺走他梦中情人的同一股狂暴的力量把自己碾成齑粉。他要将血流在她的脚下。这些念头纷纷袭来，仿佛彼此在欢呼。他也想好了那个殉情的地点：在上面林木密布的山坡上，就在那沙沙作响的树梢挡住鸟瞰近处海湾的视线的地方。他看了看表：秒针和他突突直跳的血液几乎打着同样的节拍。已经到动身的时候了。他疲软的脚步竟一下有了弹性和坚定不移的目标，出现了坚毅而急促的节奏，向前迈步的时候把梦想都一个个加以扼杀。在南方傍晚五彩缤纷的暮色中，他心神不宁地朝那个地方奔去。那儿，在远处森林茂密的山峦间，天上好似嵌着一条紫带。他急忙往前跑去，一直跑到铺着轨道的地方，那里，两条银线在他面前闪亮，为他指路。铁轨引导他蜿蜒向上，穿过吐着芳香的深谷，淡淡的月光透过披在山谷上的朦胧面纱，将世界染成一派银色；铁轨引导他爬上一条坡道，来到山岗上，从那里可以看到远处黑黝黝的浩渺的海洋在海滩灯光的映照下闪闪发光。他终于看到了幽深的、不安地沙沙作响的森林，铁轨在它投下的阴影中延伸。

他喘着粗气站在黑暗的林坡上。这时天色已晚，他的四周树木一棵挨一棵，黑黝黝的，令人不寒而栗。只有高处，在微光闪烁的树冠中，树枝间才有一抹苍白而颤抖的月光洒落，每当晚风微拂，树枝就发出阵阵呻吟。有时，在这阴郁的静谧中还传来远处夜鸟怪异的啼鸣。在这令人心悸的寂寞中，他的思绪凝固了。他只是等待着，等待着，注视着第一个陡峻的 S 形曲线的弯道处是否有列车的红灯出现。有时他又心神不宁地看看表，一秒一秒地数着。随后他就专心致志地倾听机车在远处的鸣叫。但这是错觉。一切又都变得寂静无声。时间似乎凝固了。

终于，远处山下灯光闪亮了。这一瞬间他感觉到心里撞了一下，但并不清楚这是恐惧还是高兴。他突然扑倒在铁轨上。起初，片刻间他只感到太阳穴上铁轨惬意的凉爽，接着他便凝神谛听。火车还很远。大概还要几分钟才会到这里。除了风中树木的簌簌低语，别的什么还听不见。各种思绪纷繁缭乱，一齐涌上心头。突然，有一种思绪无法排遣，像是利剑穿心，痛不堪言：他为她而死，而她却永远不知就里。他的生活里激起了汹涌的波涛，但是连一个细微的泡沫也未曾触及她生活的浪花。她永远不会知道，一个素不相识的生命曾眷恋过她，并为她而肝脑涂地。

万籁俱寂的空气中从远处传来机车有节奏地爬坡时发出的微弱的喘息声。但是他那个思绪还在灼燃，其势依然一丝未减，在最后的几分钟里还在折磨这个行将命赴黄泉的人。隆隆的列车越来越近。这时他再次睁开眼睛。他上面青黑色的天空默默无语，几处树冠簌簌作响。森林上空有一颗闪闪发光的白色星星。森林上空的一颗孤独的星星……他头枕着的铁轨开始轻轻震动，低声歌唱了。可是那个思绪像火一样在他心里，在他目光中灼燃，目光里饱含着他爱情的全部炽热和绝望。所有的憧憬以及那最后的痛苦的问题全部都涌溢而出，注入那颗闪闪发亮的温柔地俯视着他的白色星星。这位行将殒命的人再次以他最后的、无法言说的目光拥抱了那颗闪亮的星星，森林上空的那颗星星。随后他闭上眼睛。轨道颤抖了，摇晃了，飞驰的列车隆隆地越来越近，森林里也轰隆隆地响个不停，像是敲响了无数口巨钟。大地像在摇晃。风驰电掣般的一声呼啸震耳欲聋，嗖地一下卷起一阵轰响，紧接着便是刺耳的"呜——吱——"的声音，这是汽笛发出的野兽般的惊叫以及列车一下没有刹住而发出的尖厉呻吟……

美丽的伯爵夫人奥斯特洛夫斯卡定了一个包厢。开车以来她一直在读一本法国小说，火车的颠簸使她微微摇晃。在这狭窄的空间里空气闷热，充满了许多正在枯萎的花儿所散发的令人窒息的香味。临别时人家送的豪华的花篮里白丁香的花簇好似熟透的果子，疲倦地耷拉着脑袋，花朵软绵绵地倚着花茎，而又沉又宽的玫瑰花萼在这醉人的浮香热云中像要枯萎了。令人窒息的闷热给这沉沉的香气之波加了温，使得它们即使在列车呼啸飞驶时也在懒洋洋地往下浮垂。

突然间书本从她虚弱的手指中掉下。她自己也不明其就里。使她松开手的是一种隐秘的感情。她感到一种昏昏沉沉的痛苦的压迫。骤然，一阵不可理喻的、揪心的痛苦紧紧袭上心头。她想，在这闷热的、令人眩晕的花香中非窒息不可。那令人忧惧的痛苦还未消退，她感觉到疾驰的车轮的每次震动，不假思索地滚滚向前的隆隆声把她折磨得心力交瘁。突然间她心里升起一种渴望，要把飞奔的列车刹住，把正朝着难以理喻的痛苦疾驰的列车拉回来。她一生中还从未像这几秒钟那样感到自己的心被那种不可理喻的痛苦和莫名的恐惧紧紧钳住过，无论是碰到可怕的事、看不见的事或是残酷的事都未曾体验过类似此刻的那种恐惧。这种难以言表的感觉越来越强烈，喉咙被卡得越来越紧。但愿列车停下，像祷告一样，她在心里呻吟着这个想法。

这时突然响起了尖厉的汽笛声，机车发出狂叫示警，制动闸咔嚓咔嚓吐出凄惨的呻吟。飞滚的车轮放慢了节奏，而且越来越慢，随后嘎吱一声，哐啷一撞就停了下来……

她拖着笨重的脚步，费力地摸索到窗户边去呼吸清凉的空气。窗户的玻璃乒乒乓乓掉落下来，外面有人影在奔跑……几个声音飞快地说了几个字：一人自杀……压在轮下了……死了……在野外……

她吓得心惊胆战。她本能地将目光注视着高高的、默默无言的天空，以及那边黑黝黝的、簌簌作响的树木。树木上面是森林上空一颗孤独的星星。她觉得星星的目光犹如一颗晶莹的泪珠。她凝视着这颗星星，突然感到一种从未有过的哀伤。这是一种充满激情和渴望的哀伤，她一生中还从未体验过……

列车开始缓慢地继续行驶。她倚在一角，感到眼泪从脸颊上轻轻滴落。难以理喻的恐惧消退了，只是还感到一种深沉而奇怪的痛苦，她努力思索这痛苦的踪迹，但是没有找到。她心里充满痛苦，就像孩子在漆黑的深夜突然惊恐地醒来，感到自己十分孤独时的那种痛苦……

月光巷

　　轮船为风暴所耽搁，很晚才在法国海港小城靠岸，我因而未赶上开往德国的夜班火车。这样，未曾想到，竟在这个陌生的地方待了一天，晚上，除了在市郊一家娱乐中心听听女子乐队演奏的忧伤音乐或同几位萍水相逢的旅伴乏味地闲聊一阵之外，就别无其他有吸引力的活动了。旅店的小餐厅里烟雾弥漫，连空气都是油腻腻的，真让人难以忍受，何况纯净的海风在我唇上留下的一抹咸丝丝的清凉尚未消退，所以我更是倍感这里空气之污浊。于是我便走出旅店，沿着灯光明亮的宽阔的大街，信步走向有国民自卫军在演奏的广场，重新置身于懒洋洋地向前涌动的散步者的浪涛之中。起初，我觉得在这些对周围漠不关心、衣着外省色彩颇浓的人的洪流中，晃晃悠悠地随波逐流倒是颇为惬意，但是过不多久，我对于那种涌动的陌生人的浪涛，他们断断续续的笑声，那些紧盯着我的惊奇、陌生或者讥笑的目光，那种摩肩擦背的、不知不觉地推我往前的情景，那些从千百个小窗户里射来的灯光，以及刷刷不停的脚步声就无法忍受了。海上航行颠晃得厉害，我的血液里现在还骚动着一种晕乎乎、醉醺醺的感觉：脚下好似还在滑动和摇晃，大地似乎在喘息起伏，道路像在晃晃悠悠地飘上天空。这种喧闹嘈杂一下子弄得我头晕目眩，为了摆脱这种状况，我就拐进一条小街，连街名都没有看。从那里，我又拐进一条小巷，那无名的喧嚣这才渐渐平息下来。随后，我又漫无目的地继续走进那些血管似的纵横交错的小巷，进入这座迷宫。我离中心广场越远，这些小巷就越黑。这里已经没有大型弧光灯——宽阔的林荫大道上的月亮——的照耀了，透过微弱的灯光，我终于又能看见星星和披着黑幕的天空了。

我现在所处的位置大概离港口不远，在海员住宅区，因为我闻到了腐臭的鱼腥，闻到了被海浪冲上岸来的藻类散发出的甜丝丝的腐烂味，还有那种污浊的空气和密不通风的房间所特有的霉气，它潮湿地弥漫在各个角落里，一直要等到一场猛烈的暴风雨来临，才能让它们喘一口气。这捉摸不定的黑暗和意想不到的寂寞令我陶然，于是我便放慢脚步，仔细观察一条条各不相同的小巷：有的寂静无声，有的卖弄风情，但是所有的小巷全是黑黑的，都飘散着低沉的音乐声和说话声。这声音是从看不见的地方，是从屋宇里如此神秘地发出来的，以至于几乎猜不出隐秘的发声处，因为所有的房子都门窗紧闭，只有红色或黄色的灯光在闪烁。

我喜欢异国城市里的这些小巷，这个情欲泛滥的肮脏的市场，这些秘密地麇集着勾引海员的种种风情的场所。海员在陌生而危险的海上度过了许多寂寞之夜以后，来到这里过上一夜，在一小时之内就把他们许许多多销魂的春梦变为现实。这些小巷不得不藏在这座大城市的阴暗的一隅，因为它们厚颜无耻和令人难堪地说出了在那些玻璃窗擦得雪亮的灯火辉煌的屋子里，那些戴着各式各样假面具的体面人干的是些什么勾当。屋子的小房间里传出诱人的音乐，放映机映出刺眼的广告，预告即将上映的辉煌巨片，悬挂在大门门楣之下的小方灯眨巴着眼睛在亲切地向你问候，明明白白地邀你入内，透过半开的门户可以窥见戴着镀金饰物的一丝不挂的肉体在闪烁。咖啡馆里醉汉们大吵大嚷，赌徒们又喊又骂。海员们相遇都咧嘴一笑，他们呆滞的目光因即将享受的肉欲之欢而变得炯炯有神，因为这里什么都有：女人和赌博，佳酿和演出，肮脏的和高雅的风流艳遇。可是这一切都是羞答答的，奸诈地躲在假惺惺地垂下的百叶窗后面，全是在里面进行的，这种虚假的封闭性因其隐蔽和进出方便这双重诱惑而更加撩人。这些街道与汉堡、科伦坡、哈瓦那的街道差不多，就像大都市里的豪华大街都彼此相仿一样，因为上层和下层的生活，其形式各地都是相同的。这些不是老百姓的街道，是纵情声色、肉欲横流的畸形世界最后的奇妙的残余，是一片黝暗的情欲漫溢的森林和灌木丛，麇集着许多春情勃发的野兽。这些街道以其展露的东西使你想入非非，以其隐藏的东西让你神魂颠倒。你可以在梦里去造访这些街道。

这条小巷也是如此，进了这条小巷我感到一下就被它俘获了。于是我就跟在两个穿胸铠的骑兵后面去碰碰运气，他们挂在腰上的马刀碰在高低不平的路面上发出叮当的响声。几个女人在一家啤酒馆里喊他们，骑兵哈哈大笑，大声对她们开着粗鲁的玩笑。一个骑兵敲了敲窗户，随即就招来一阵谩骂；骑兵继续往前走去，笑声也越来越远，一会儿我就听不见了。小巷里又没有了声息，几扇窗户在雾蒙蒙的黯淡的月光下闪着朦胧的灯光。我停下脚步，深深吸吮着夜的宁静。我觉得这宁静很奇怪，因为在它的后面有某种秘密、淫荡和危险的东西在微微作响。我清楚地感觉到，这种宁静是个骗局，在这条雾蒙蒙的黯暗的小巷里正弥散着世界上某种腐败之气。我站在那儿，倾听这空虚的世界。我已经感觉不到这座城市，这条小巷，以及它们的名称和我自己的名字，我只觉得，在这里我是外国人，已经奇妙地融进了一种我不知晓的东西之中，我没有打算，没有信息，也没有一点关系，可是我却充分感觉到我周围的黑暗生活，就像感觉到自己皮肤下面的血液一样。我只有这么种感觉：这一切都不是为我生发的，可是却又都属于我。这是一种最幸福的感觉，是由于漠不关心而得到的最深刻、最真切的体验所产生的，它是我内心生机勃勃的源泉，总让我莫名其妙地感到一种快意。正当我站在这条寂寞的小巷里聆听的时候，我仿佛期待着将会发生什么事似的，好把自己从患夜游症似的窃听人家隐私的感觉中推出来。这时我突然听见不知何处有人在忧郁地唱一首德国歌曲，《自由射手》① 中那段朴素的圆舞曲："少女那美丽的、绿色的花冠。"由于距离远或是被墙挡着的缘故，歌声很低，歌是女声唱的，唱得很蹩脚，可是这毕竟是德国曲调，在这里，在这世界上陌生的一隅听到用德文唱的这首歌，感到分外亲切。歌声不知是从何处飘来的，然而我却觉得它像一声问候，是几星期来我听到的第一句乡音。我不

---

① 三幕歌剧，德国作曲家韦伯作品。

禁自问：谁在这里说我的母语？在这偏僻、荒凉的小巷里，谁的内心的回忆重新从心底唤起了这支凄凉的歌？我挨着一座座半睡的房子顺着歌声摸索着寻去。这些房子的百叶窗都垂落着，然而窗户后面却厚颜无耻地闪烁着灯光，有时还闪现出正在招客的手。墙外贴着一张张醒目的纸条，写着淡啤酒、威士忌、啤酒等饮料的名称，尽是些自吹自擂的广告，这说明，这里是一家隐蔽的酒吧，但是所有的房子的大门都紧闭着，既拒人于门外，又邀你光顾。这时远处响起了脚步声，不过歌声一直未停，现在正用响亮的颤音唱着歌词的叠句，而且歌声越来越近：我找到了飘出歌声来的那所房子。我犹豫了片刻，随后便朝严严地垂着白色帘子的门走去。我正决意躬身进去的时候，走廊的暗影中突然有什么东西一动，是人影，显然正紧贴在玻璃窗上窥视，这时被吓了一大跳。此人的脸上虽然映着吊灯的红光，但还是被吓得刷白。这是个男人，他睁大眼睛盯着我，嘴里嘟哝着，像是说了句表示歉意的话，随即便在灯光昏暗的小巷里消失了。这种打招呼的方式也真怪。我朝他的背影望去，在光线微弱的小巷里，他的身影似乎还在挪动着，但是已经很模糊了。屋里歌声依旧，我觉得甚至更响了。我被歌声所吸引，于是便按动门把手开了门，快步走了进去。

像被一刀切断了似的，歌的最后一个字落了下来。我大吃一惊，觉得前面一片空虚，有一种含有敌意的沉默，仿佛我打碎了什么东西似的。渐渐地，我的目光才适应，发现这房间几乎是空空的，只有一张吧台和一张桌子，显然这里只是通往后面那些房间的前厅。后面的房间房门都半开着，灯光昏暗，床上铺得整整齐齐，单就这点，对于这些房间的原本用场就一目了然了。桌子前面，一位浓妆艳抹、面带倦容的姑娘支着胳膊，背倚桌子，吧台后面站着臃肿肥胖、脏兮兮黑乎乎的老板娘，她身边还有一位还算标致的姑娘。一进屋，我就向她们问了好，声音显得有点生硬，过了好一会儿才听到一句有气无力的回答。来到这空空的屋子，碰到如此紧张而冷淡的沉默，我感到很不舒服，真想立刻转身就走，可是我虽然尴尬，却又找不到什么借口，只好将就着在前面桌旁坐下。那姑娘这时才想起自己的职责，问我想喝点什么；听到她那生硬的法语，我马上就知道她是德国人。我要了啤酒，她拖着懒洋洋的步子去拿了啤酒来，这步子比她那浅薄的眼光更显得漠然和冷淡；她的眼睛有气无力地在眼皮底下微微闪着浊光，宛如行将熄灭的一对蜡烛。她按照这类酒吧的习惯，完全机械地在我的酒杯旁又为她自己放了一只杯子。在举杯为我祝酒时，她的目光空空地在我身上掠过：我这才有机会将她细细端详。她的脸倒还算漂亮，五官端正，但是好像是内心的疲惫使这张脸与面具相似，变得俗不可耐，面容憔悴，眼睑沉重，头发散乱；面颊被劣质化妆品弄得斑斑点点，已经开始凹陷，宽宽的皱痕一直伸到嘴角。衣服也是随随便便地披在身上，过量的烟酒使嗓音变得干涩而沙哑。总而言之，我感到这是一个疲惫不堪、麻木不仁、只是由于惯性才活着的人。我怀着拘谨而恐惧的心情向她提了一个问题。她回答的时候看都没看我，一副漫不经心的样子，毫无表情，几乎连嘴唇都没有动一下。我感到自己是不受欢迎的。老板娘在我身后打着哈欠，另一位姑娘坐在一角，眼睛朝这儿瞅着，似乎在等我叫她。我本想马上离开的，但我浑身发沉，另外好奇和恐惧心也把我吸引住了，使我像喝得醉醺醺的海员似的坐在这浑浊、闷热的空气里，因为淡漠也具有某种刺激性。

这时，我被身旁突然发出的一阵刺耳的笑声吓了一跳。与此同时，蜡烛的火苗也颤悠起来了：吹来一阵过堂风，我感觉到背后有人把门打开了。"你又来啦？"我旁边的女人用德语尖刻地嘲笑道，"你又绕着房子爬了，你这吝啬鬼？好吧，进来吧，我又不会揍你。"

她这样尖叫着打招呼，仿佛从胸中喷出一股火焰。我转过身来，先是朝她、随后又朝门口望了望。门还没有全开，我就认出了这颤颤悠悠的身影，认出了此人那唯唯诺诺的目光，他就是刚才像是贴在门上的那个人。他像个乞丐，怯生生地手里拿着帽子，被这刺耳的问候和哈哈大笑吓得直打哆嗦。这笑声犹如一阵痉挛，一下子把她笨重的身体都震得晃悠起来了，同时后面吧台那儿老板娘匆匆向她耳语了几句。

"坐那边，坐在弗朗索瓦丝那里！"当这可怜人怯生生地拖着踢踢踏踏的步子走近她时，她大声呵斥道，"你没见我有客人吗！"

她用德语对他大声嚷嚷。老板娘和另一位姑娘听了都哈哈大笑，虽然她们什么也没听懂，不过看来她们是认识这位客人的。

"弗朗索瓦丝，给他香槟，要贵的，给一瓶！"她笑着朝那边喊道，随后又冲他嘲讽地说，"要是嫌贵，那就去外面待着，你这可怜的吝啬鬼！你是想来白看我的吧，我知道，你是想来白捡便宜的。"

在这阵恶毒的笑声中，他长长的身躯好像融化了，背也驼了起来，一副忍气吞声的样子，仿佛要把这张脸藏起来似的，他伸手去拿酒瓶的时候，手抖得厉害，倒酒时把酒也洒到了桌上。他竭力想抬眼看看她的面孔，但是目光怎么也无法离开地面，一直盯着地上贴的瓷砖打转。现在，在灯光下我才看清他那张形容枯槁的面孔：疲惫不堪，毫无血色；潮湿、稀疏的头发贴在瘦骨嶙峋的头颅上；手腕松弛，像折断了似的——整个是一副有气无力的可怜相，但却心怀怨恨。他身上的一切都不对劲，都挪了位，而且蜷缩了。他的目光抬了一下，但马上又惊恐地垂了下去，眼睛里交织着一股恶狠狠的光。

"您别去理他！"姑娘以专横的口气用法语对我说，并紧紧抓住我的胳膊，像是要将我拉转身来似的，"这是我和他之间的旧账，不是今天的事。"随后她又龇着亮晶晶的牙齿，像要咬人似的冲他大声吆喝道："尽管来偷听好了，你这老狐狸！你不是想听我说的话吗？我是说：我宁愿跳海，也不跟你走。"

老板娘和另一位姑娘又发出一阵哈哈大笑，笑得喘不过气来。看样子，对她们来说，这是一种寻常的逗乐，每天的笑料。可是，这时另一位姑娘突然做出温柔多情的样子，往他身上靠，并对他大献殷勤，发动攻势，他却吓得直打哆嗦，连拒绝的勇气都没有。看到这一切，我真有点毛骨悚然。每当他迷惘的目光以颇为愧疚又竭力讨好的神态看我的时候，我就感到心悸。我身边那个女人突然从松弛状态中惊醒过来，眼露凶光，连手都在颤抖，看到这副架势我很害怕。我把钱往桌上一扔，想走了，但是她没有拿钱。"要是他打扰您，我就把他，把这条狗撵出去。他必须照办。来，再跟我喝一杯。来！"她突然娇滴滴地做出一副媚态，紧紧倚在我身上，我立即就看出，这只不过是为了折磨别人而演的戏。她每做出一个狎昵的动作，就往那边瞟上一眼。我看到，她只要对我做出一个风骚的姿势，他全身就是一阵抽搐，仿佛在他身上放了一块烧红的烙铁似的。看到这种情景，真让人作呕。我不去理睬她，而是紧紧盯着他，现在气愤、恼怒、嫉妒和贪欲在他心里滋生，可是只要她一转过头来，他就赶忙弯下腰去，见此情景，我也感到不寒而栗。她紧紧地往我身上贴，我感觉到了她的身体，她那由于在这场恶毒的游戏中获得的乐趣而颤抖的身体，她那散发着劣质脂粉味的刺眼的脸和她那松软的肉体的难闻的气味令我感到恐惧。为了避开她，我便拿出一支雪茄。正当我的目光在桌上寻找火柴时，她就向他发了话："把火拿来！"

对她的这个厚颜无耻、蛮不讲理的命令，他竟百依百顺，这倒使我比他更为吃惊。见此情景，我就急忙自己找了火柴。可是，她的话竟像鞭子一样，啪的一下抽在了他身上。他拖着趔趄的脚步，蹒跚地走过来，把他的打火机放在桌上，动作非常之快，仿佛手碰了桌子就会被烧着似的。这瞬间，我的目光与他的相交叉，我看到，他的眼睛里隐含着无限的羞愧和切齿的愤恨。这卑躬屈节的目光刺痛了我这个男子汉和他的兄弟的心。我感到受了这女人的侮辱，也同他一起羞愧难当。

"非常感谢您，"我用德语说——她抽搐了一下——"本来就不该麻烦您的。"说着，我便向他伸出手去。他犹豫好一会儿之后，我才感到他湿润而瘦削的手指，突然间，他痉挛般地使劲握了握我的手，以表达他的感激之情。这瞬间，他的眼睛闪闪发亮，直视我的眼睛，但随即又低垂到松弛的眼睑下面去了。出于对那女人的反抗心理，我想请他坐到我们这边来。我的手大概流露出了邀请的姿势，因为这时她急忙冲他吼道："你还是坐那儿去，别在这儿打扰！"

她那尖刻的声音和折磨人的恶行令我深恶痛绝。这烟味很浓的下等酒吧，这令人恶心的娼妓，这弱智的男人，这弥漫着啤酒、烟雾和劣质香水的气味对我有什么用？我渴望呼吸新鲜空气。我把钱推到她面前，正当她娇里娇气地挨近我的时候，我就站起身来，毅然躲开。我对参与这种侮辱人的缺德勾当极其厌恶，我以断然拒绝的态度清楚地表明，她的色相诱惑不了我。这时，她满脸怒容，嘴角起了一道皱褶，现出行将发作的神色，但她忍住没把话说出来，而心中的仇恨却一目了然。她猛地朝他转过身去，他见她这副横眉怒目的样子，被她的淫威吓得魂飞魄散，赶忙把手伸进口袋，哆哆嗦嗦地用手指头掏出一个钱包。匆忙之中他连钱包上的带子结都解不开，显然，现在他害怕单独同她待在一起。这是一只编织小包，上面嵌有玻璃珠珠，是农民和小老百姓用的。一眼就可看出，他不习惯乱花钱，不像那些把手伸进叮当作响的口袋，掏出一大把钱来往桌上一摔的海员；显然，他习惯于仔仔细细地点数，还要把钱用手指头夹着掂量一番。"瞧他为了这几个宝贝角子都抖成了什么样子！不觉得太慢了吗？你就等着吧！"她挖苦道，并往前逼进一步。他吓得直往后退，而她见他这副丧魂落魄的样子，便把肩膀一耸，眼里含着极其厌恶的神情说道："我不拿你一分钱，你的钱让我恶心。我知道，你的几个宝贝小钱都是有数的，一个子儿也舍不得多花。只不过，"她突然拍了拍他的胸脯，"别让人把你缝在这儿的票子偷了去啊！"

果真，就像正在发作的心脏病患者突然抓住胸口一样，他那苍白而颤抖的手紧紧抓住外衣上的那个地方，他的手指下意识地在那儿摸了摸那个秘密的藏钱之处，这才放心地把手放下。"吝啬鬼！"说着，她啐了一口吐沫。这时，那备受折磨的人突然满脸通红，猛地把钱包摔给了另一位姑娘，从她身边冲出大门，像是从大火中逃了出来似的。那姑娘先是吓得大叫一声，随即便哈哈大笑。

她气得火冒三丈，眼露凶光，先还直愣愣地站了一会儿，随后就又松弛地耷拉下眼皮，筋疲力尽地弯下松弛下来的身体。在这一分钟里她看上去显得又老又疲倦。她现在投向我的目光里压抑着某种犹豫不决、茫然若失的神情。她站在这里，满脸羞愧，迟钝麻木，像个喝得烂醉醒过来的醉妇。"到了外面他会为他失去的钱而心痛的，也许会跑去报警，说我偷了他的钱。不过明天他又会到这儿来的。然而他休想得到我。谁都可以得到我，只有他不能！"

她走到吧台前，扔下几个硬币，咕噜噜一口气吞下一杯烈酒。她的眼里又露出了凶光，但很浑浊，像是蒙了一层愤怒和羞辱的泪水。看到她我感到十分恶心，对她没有丝毫同情。我道了声"晚安"就走了。老板娘回了句"Bonsoir"①。那女人没有回过头来，只是发出一阵刺耳的、讥讽的大笑。

---

① 法语，晚上好。此处为"再见"的意思。

我出得门来，外面只有黑夜和天空，到处笼罩着闷热的昏暗，漠漠云层遮掩着无限遥远的月光。我贪婪地吸着微热的，但却沁人肺腑的空气，我为森罗万象的人生际遇感到无比惊奇，那种恐怖的感觉消散了。我又感到，每扇玻璃窗后面总在上演一出命运剧，每扇大门都展示着一场风流韵事，这个世界上的事真是千姿百态，无所不在，即便在这最最肮脏的一角也像在萤火虫闪烁不灭的光照下映现出种种窃玉偷香的悲剧。这是一种会使我无比陶醉，乃至流下眼泪的感觉。方才见到的那些令人厌恶的情景已经远去，紧张的情绪变成了舒心适意的倦意，渴望把这种种经历过的事情变成更美的梦。我的目光下意识地朝周围寻觅了一番，想在这纵横交错的迷宫似的小巷中找到回旅店的路。这时，一个人影趔趄着脚步，到了我身边，他准是悄没声地先走近来了。

"请您原谅，"我立刻就听出了这低三下四的声音，"我想，您找不到路了。能允许我……允许我给您指路吗？这位老爷是住在？"

我说了旅店的名字。

"我陪您去……要是您允许的话。"他马上谦恭地加了一句。

恐惧又袭上我的心头。在我身边，蹑手蹑足、幽灵似的脚步在移动，虽然几乎听不见，但却紧紧地跟在我身边，还有这条海员巷的黝暗和对刚才所经历的事情的回忆，这一切渐渐为一种梦幻般的紊乱的感觉所代替，既无判断，也无反抗。我没有看到他的眼睛，但却感觉到他低三下四的目光，我还觉察到他的嘴唇在颤动；我知道，他想跟我说话，可是我既没有表示同意，也没有表示反对，我的感觉正处于昏昏沉沉的状态之中，我的好奇心同身体迷迷糊糊的感觉一起一伏地融合在一起。他轻轻地咳了好几次，我发觉，他的话被嗓子眼里的什么东西堵住了，那女人的残忍竟神秘莫测地转到了我身上，所以见他的羞耻感同急于要倾吐的心情在搏斗，我就感到暗自欣喜：我没有助他一臂之力，而是让沉默又厚又重地挡在我们之间，只听见我们杂乱的脚步声——他的脚轻轻地趿拉着，像老人一样，我的脚步故意踩得又重又响，仿佛要逃离这肮脏的世界似的。我感到我们之间的紧张气氛越来越强烈：这沉默充满了内心的尖声呼喊，好似一根绷得过紧的弦。后来他终于打破沉默，先是极其胆怯地说道：

"您……您……我的老爷……您在那屋里见到了蹊跷的一幕……请原谅……请原谅我又提起这件事……您一定觉得她很奇怪……觉得我很可笑……这女人……就是……"

他的话又停住了。他的喉咙像被什么东西紧紧哽住了。随后，他的声音变得很小，匆匆地悄声说道："这女人……就是我的老婆。"这话惊得我差点儿跳了起来，因为他很抱歉似的连忙说："就是说……以前是我的老婆……五年，是四年前……在我的老家黑森的格拉茨海姆……老爷，我不希望您把她想得很坏……她成了这样，也许是我的过错。以前她并不总是这样……是我……是我把她折磨成现在这样的……虽然她很穷，穷得连衣服都没有，她什么东西都没有，我还是娶了她……我呢，我很有钱……就是说颇有资产……不算很有钱……或者说至少那时……您知道，我的老爷……她说得对，我以前也许很节俭……但这是以前的事了，还在不幸发生之前，我诅咒这件事……我的父母亲都很节俭，大家都这样……每一分钱都是我拼命工作挣来的……她却过得很轻松，她喜欢漂亮的高档东西……但她很穷，为此我一再责骂她……我本不该这样的，现在我才知道，我的老爷，因为她骄傲自大，目空一切……您别以为她那副样子是真的，不，她是装出来的……是为了给人看的，她自己内心也很痛苦……她这样做只是……只是为了伤害我，为了折磨我……因为，因为她感到羞愧……或许她真的变坏了，但是我……我并不相信……因为，我的老爷，她这人以前是很好，很好的……"

他擦了擦眼泪，心情十分激动，便停了下来。我不由得看了他一眼，突然间，我不再觉得他可笑了，就连"我的老爷"这个在德国只有下等人才用的奇怪的、低三下四的称呼也不再觉得刺耳了。由于费劲说出了心里话，他的面孔显得十分舒展，现在他又迈着沉重的脚步踉踉跄跄地继续往前走去，但却目不转睛地盯着石铺的路面，仿佛在摇曳的灯光下费劲地读着从痉挛的喉咙里痛苦地吐出来刻在路面上的话。

"是的，我的老爷，"现在他深深地吸了口气，声音低沉，与刚才完全不同，就像发自一个较为温和的内心世界一样，"她原来非常好……对我也很好，我使她摆脱了贫困，她很感激……我也知道，她很感激……但是……我……乐意听感恩的话……一次又一次……一次又一次地听感恩的话……听到感恩的话，我心里很舒服……我的老爷，我感到自己比她强，心里就美滋滋的，舒坦极了……要是我知道，我是个坏人……为了不断听到她对我说感恩的话，我真愿把所有的钱都拿出来……她非常傲气，她发觉我要她感恩时，反而说得越来越少了……所以……也仅仅是这个原因，我的老爷，我就总是让她来求我……我从不主动给她钱……她要买件衣服，买条带子都得来向我乞求，我心里感到很惬意……我就这样折磨了她三年，而且越来越厉害……可是，我的老爷，这仅仅是因为我爱她……我喜欢她的傲气，可是我又总想打掉她的傲气，我真是个疯子，她一要什么东西，我就火冒三丈……但是，我的老爷，我这并不是真的……只要有机会侮辱她，我就快活得要命，因为……因为我根本就不知道，我是多么爱她……"

他又不说了。他蹒跚地走着。显然，他把我忘了。他不由自主地说着，像在梦里似的，而且声音越来越大。

"这事……这事我那时……在那个晦气的日子才明白……那天，她为她母亲要一点钱，只是很少、很少一点，我没有答应她……实际上钱我已经准备好了，但是我想让她再来……再来求我一次……啊，我说什么啦？……是的，那天晚上我回到家里，她已经走了，只在桌上留了一张字条，这时我才明白过来……'你就留着你那些该死的钱吧，你的一个子儿我也不要了。'……字条上就写了这些，再没有一句别的话……老爷，三天三夜我就像发了疯一样。我请人到河里去找，到树林里去寻，给了警察好几百个马克……所有的邻居家我都去了，但是他们对我只是嘲笑和挖苦……一丝形迹都没发现……后来，另一个村的人告诉我，说他曾经见她在火车上同一个士兵在一起……她到柏林去了……当天我就赶了去……我放弃了我的收入……损失了几千马克……大家都偷我的东西，我的仆人、管家，大家都偷……但是，我向您起誓，我的老爷，我觉得这些都无所谓……我在柏林住了一个星期，终于在这个人流的旋涡里找到了她……我到了她那里……"他重重地吸了口气。

"我向您起誓，我的老爷……我没有对她说一句重话……我哭了……我跪了下来……我答应把钱……把我的全部财产都拿出来，让她掌管，因为那时我已经知道……没有她我就活不了。我爱她身上的每一根毛发……她的嘴……她的身体，爱她的一切……是我，是我一个人把她推下火坑的呀……我走进屋里时，她的脸一下变得刷白，像死人一样……我买通她的女房东，一个拉皮条的下流女人……她靠在墙上，脸色像墙上的白灰……她仔细地听着我说。老爷，我觉得……她，是的，她见到我几乎很高兴……可是我谈到钱的时候……我所以谈到钱，我向您起誓，只不过是为了向她表明，钱我已经不再考虑了……这时她却啐了一口……接着就……因为我一直还不想走……这时她就把她的情夫叫来，他们一起把我取笑了一通……可是，我的老爷，我还是老去那儿，每天都去。那儿的人把一切都告诉了我，我得知，那无赖把她扔了，她的生活非常困难，于是我又去那儿一次……一次又一次，老爷，可是她把我骂了一顿，并把我偷偷搁在桌上的钞票撕得粉碎，我再去那儿时，她已经走了……为了再找到她，我的老爷，我真是竭尽了全力！整整一年，这我可向您起誓，我不是在生活，而只是不停地打听，我还雇了几个侦探，后来终于打探出，她到了那边，在阿根廷……流落……流落青楼……"他犹豫了片刻。说最后这个词的时候就像要断气一样。他的声音变得更低沉了。

"起初，我吓了一跳……但是后来我思忖，是我，就只是我，把她推下深渊的……我想，她受了多少苦啊，这可怜的女人……主要是因为她太傲……我找了我的律师，他给领事写了信，寄了钱去……没让她知道是谁寄的……只是要她回来。我接到电报，说一切都办得很顺利……我知道了她回来时坐的轮船……我就在阿姆斯特丹等着……我提前三天到了那里，真是心急如焚……轮船终于到了，才见到地平线上轮船冒出的烟，我就乐不可支，我觉得我简直无法等到轮船慢慢地、慢慢地驶近并靠岸了，船开得很慢，很慢，随后旅客从跳板上过来了，她终于，终于……我没有立即认出她……她的样子变了……脸上涂了脂粉，就是……就是这样，您所见的那副模样……她见我在等她……她的脸色变得煞白……幸好有两名海员把她扶住，要不然她就从跳板上摔下去了……她一上岸，我就走到她身边……我什么也没有说……我的喉咙像是卡住了……她也没有说话……也不看我……挑夫挑着行李走在前面，我们走着，走着……突然，她停住脚步，说……老爷，她说的话……让我心痛，听了真让人伤心……'你还愿意让我做你的老婆？现在也还愿意吗？'……我握着她的手……她哆嗦着，但没有说话。可是我感觉到，现在一切又言归于好了……老爷，我是多么幸福啊！我把她领进房间以后，我就像个孩子似的围着她跳，还伏在她脚下……我一定说了些愚蠢透顶的话……因为她含着眼泪在微笑，并爱抚着我……当然是怯生生的……可是，老爷，我感到好适意啊……我的心融化了。我从楼梯上跑上跑下，在旅店里订了午餐……我们的婚宴……我帮她穿好结婚礼服……我们下楼，喝酒吃饭，好不快乐……噢，她快活得像个孩子，那么亲热和温厚，她谈论着我们的家……谈到我们要重新添置的各种东西……这时……"他突然粗着嗓门说，并且做了个手势，仿佛要把谁砸烂似的，"这时……这时来了一个茶房……一个卑鄙的小人……他以为我喝醉了，因为我发了疯似的，跳啊，笑啊，还笑着在地上打滚……我只是因为太高兴了啊……噢，高兴得不知所以，这时……我付了账，他少找我二十法郎……我把他斥责了一顿，并要他把钱补给我……他很尴尬，便搁下那枚金币……这时……这时她突然尖声大笑……我愣愣地盯着她，她的面孔已经变得样……一下子变得嘲讽、严厉和凶狠……'你还是老样子……甚至在我们结婚的日子也一点没变！'她冷冷地说，语气那么锋利，那么……伤心。我心里感到惶恐，诅咒自己那么斤斤计较……我设法重新笑了起来……但是她的快乐情绪已经没有了……已经消失殆尽……她自己单独要了房间……对于她我没有什么东西舍不得的……夜里我独自躺在床上，心里盘算着第二天早上给她买些什么东西……作为礼物送给她……我要向她表明，我这人并不小气……再也不违背她的心意了。第二天一大早我就出去，给她买了手镯，然而，我回来走进她的房间……房里已经空了……同上次完全一样。我知道，桌上准留了字条……我走开了，向上帝祈祷，希望这次不是真的……但是……但是……桌上果真留了字条……上面写着……"他犹豫了。我下意识地停住脚步，望着他。他耷拉着脑袋，过了一会儿，他以嘶哑的声音低声说道：

"上面写着……'让我安静吧。你让我感到恶心……'"

我们到了港口，突然，近处波涛拍岸的轰鸣打破了黑夜的沉寂。停泊在近处和远处的海轮宛如一只只黑色巨兽，都睁着亮晶晶的眼睛，不知从何处传来了歌声。什么东西都看不清楚，但却感觉到许多东西，一座人口稠密的城市正在沉睡，正在做着可怕的梦。在我身边，我感觉到这个人的影子，它幽灵似的在我脚前颤动，在摇曳的昏暗灯光中，时而拉长，时而缩短。我一句话也说不出，既想不出话来安慰他，也没有什么问题要问他，但是我感到他的沉默粘在了我身上，粘得很紧，使我感到压抑。突然，他战战栗栗地抓住我的手臂。

"可是，没有她我是不会离开这儿的……我找了几个月才重新找到她……她在折磨我，但是，我会百折不挠地坚持下去的……我的老爷，我求您，请您跟她谈谈……我不能没有她，请把这话告诉她……我的话她不听……我再也不能这样活着了……我再也不能看着男人上她那儿去了……我再也不能在门口守着他们重新走出来……一个个喝得醉醺醺地哈哈大笑……这条巷里的人都认识我……他们只要看见我在那儿等着，就哈哈大笑……快把我弄疯了……可是，每天晚上我还是照样站在那儿……我的老爷。求求您……请您跟她谈谈……我是不认识您，但是，看在仁慈的上帝分上，请您跟她谈谈……"

我下意识地想从他手中把胳膊脱出来。我感到心里发毛。可是他却觉得我对他的不幸无动于衷，于是突然跪在街心，把我的脚抱住。

"我恳求您，我的老爷……您一定得跟她谈谈……您一定得……要不然定会发生可怕的事的……为了找她，我花掉了所有的钱，我不会让她留在这里……不会让她活着留在这里。我已经买了一把刀……我买了一把刀，我的老爷……我决不让她留在这里……决不让她活着留在这里……我受不了……请您跟她谈谈，我的老爷……"他像发了疯似的在我面前直打滚。就在这时，街上有两个警察朝这儿走来。我一把将他拉起。他直愣愣地盯着我看了一会儿，随后便用完全陌生的、干巴巴的声音说：

"顺着这条巷子，您在那儿拐进去，就到您住的旅店了。"他又一次愣愣地看着我，瞳孔好像融化了，白白的，空洞洞的，很是吓人。接着他就离开了。

我紧紧裹着大衣。我冷得发抖。我只感到疲倦，觉得醉醺醺的，昏沉而麻木，好似梦游一般，同时我又有一种不祥的预感。我想好好想一想，把这些事情思考一番，可是那疲倦却时时从我心头翻起黑浪，将我卷走。我摸索着回到旅店，往床上一倒，睡得沉沉的，像头牲畜。

第二天早晨，这件事情中到底哪些是梦幻，哪些是真的，我也弄不清了，而且我心中也有什么东西不让我去弄清楚。我醒得很晚，我是这座陌生城市里的陌生人。我去参观一座教堂，它的古代镶嵌艺术据说很有名。但是我的眼睛望着教堂，什么也没有看进去，昨天夜里所遇之事又浮现在我眼前，越来越清晰，而且轻而易举地推我去寻找这条小巷和那所房子。可是这些奇怪的小巷只有夜里才有生气，白天都戴着灰色的、冷冰冰的面具，只有熟悉的人才能认出面具下面的条条小巷来。我怎么找也没找到那条小巷。我又失望又疲惫地回到住处，脑子里总也摆脱不了那种种图像，不知是妄想中的还是回忆中的那些图像。

我乘坐的火车晚上九点开。我怀着遗憾的心情离开这座城市。挑夫扛起我的行李，在我前面朝车站走去。在一个十字路口，突然有什么东西使我转过头来：我认出了通向那座房子去的那条横着的小巷。我让挑夫等一下，就走过去再朝那条烟花巷看了一眼，挑夫先是有点吃惊，随后就调皮而会心地笑了。

巷子里黑黑的，同昨天一样，在淡淡的月光下我看见那座房子的玻璃门在闪闪发亮。我还想再走近一点，这时黑暗中出来一个身影，发出簌簌的声响。我感到不寒而栗。我认出了那个人，他正蹲在门槛上向我招手。我想走近一点，但是我心里发怵，所以赶紧逃走，怕被缠在这里，误了火车。

但是，后来在拐角处我正要转身时，又回头望了望。我的目光与他相遇时，他猛地一使劲，站了起来，朝大门撞去。他手里金属的亮光一闪，因为这时他飞快地打开了门，我从远处看不清他手里拿的到底是金币还是刀子，反正在月色中他手指缝里有亮晶晶的闪光……

象棋的故事

今天午夜有一艘巨型客轮将从纽约驶往布宜诺斯艾利斯。轮船即将起锚，此刻船上呈现一派常见的紧张和繁忙景象。到码头上来为朋友送行的客人拥挤不堪，歪戴着帽子的电报投递员穿过一个个休息室，高声喊着旅客的名字；有的旅客拽着箱子，手里拿着鲜花；孩子们好奇地在客轮的阶梯上跑上跑下，乐队不知疲倦地在甲板上卖劲地演奏。我站在上层甲板上同一位朋友聊天，稍稍避开这喧嚷的人群。这时，我们身旁闪光灯刺目地闪了两三下——大概是某位知名人士在起航前的一刻还在接受记者的快速采访和照相。我的朋友朝那边看了看，笑着说："岑托维奇在您船上，他可是个罕见的怪物。"听了他的话，我脸上显然露出十分不解的表情，所以他接着便解释道："米尔柯·岑托维奇是国际象棋世界冠军。他在美国从东到西的巡回比赛中取得全胜，现在要乘船到阿根廷去夺取新的胜利。"

经他一说，我真想起了这位年轻的世界冠军，甚至还记起了他一鸣惊人、名满天下的若干细节；我的朋友看报要比我仔细得多，所以能拿好些奇闻逸事来补充我所知道的那点细节。大约在一年以前，岑托维奇一下子就跻身于阿廖欣、卡帕布兰卡、塔尔塔柯威尔、拉斯克、波戈留波夫等久负盛名的棋坛高手的行列。自从七岁神童列舍夫斯基在一九二二年纽约国际象棋比赛中一鸣惊人以来，棋坛上还从来没有因哪位无名之辈闯入名声显赫的高手之中而引起那么大的轰动。因为岑托维奇的智力素质一开始绝不会预示他的前程会那么光彩夺目，平步青云。他不久就露馅了：这位国际象棋大师在日常生活中无论用哪种语言都写不出一句没有错误的句子，正如一位被他惹恼的棋手尖刻地嘲讽的那样，"在任何方面，他都全方位地缺乏教养"。他父亲是多瑙河上一名赤贫的南斯拉夫船夫，一天夜里小船被一艘运粮食的轮船撞翻，父亲遇难。当地那个偏僻小村里的神甫出于同情，便收养了这个当时才十二岁的孩子。这位好心的神甫想方设法给他辅导，以弥补这不爱说话、有点迟钝、脑门很宽的孩子在村校里未能学会的功课。

但是，神甫的心血全都是白费。米尔柯两眼瞪着那几个给他讲了上百次的字总还是不认识；课堂上讲的最最简单的东西，他那迟钝的脑袋也理解不了。他都十四岁了，算数还得靠扳手指头，读书看报对这个半大不小的男孩子来说那是特别费劲的事。但是，这倒不能说米尔柯不乐意或者脾气倔。让他干什么，他都乖乖地去干，担水，劈柴，下地干活，收拾厨房，要他干的事，他样样都干得很认真，尽管慢腾腾得让人恼火。不过，最使好心的神甫生气的，还是这怪僻的孩子对什么事都漠不关心。你不专门叫他，他就什么也不干。他从不提问题，不和别的孩子一起玩，不特别关照他干什么事，他自己从来不去找活干。家务一干完，米尔柯就坐在屋里发呆，目光空虚无神，就像牧场上的绵羊对周围发生的事情熟视无睹，无动于衷。晚上，神甫叼着农家的长烟斗，照例要同巡警队长杀三盘棋。这时，这位头发金黄的少年总是默默地蹲在一旁，沉重的眼皮下，那双眸子盯着画着格子的棋盘，好似昏昏欲睡、漫不经心的样子。

一个冬日的晚上，两位棋友正专心致志地在进行每天的对弈，这时从村道上飞快驶来一辆雪橇，叮叮当当的铃声越来越近。一个农民急匆匆地奔进屋来，他戴的帽子上已经积了一层白雪。他说，他的老母亲已经生命垂危，他恳请神甫尽快赶去，及时给她施行临终涂油礼。神甫毫不迟疑，当即随他前去。巡警队长杯里的啤酒还没喝完，他又点了一袋烟，正准备穿上他那双沉重的高筒皮靴回家的时候，忽然发现米尔柯的目光一动不动地紧紧盯着棋盘上刚开始的那局棋。

"嗨，你想把这盘棋下完吗？"巡警队长开玩笑说。他确信，这睡眼惺忪的小伙子连棋子都不会走。男孩怯生生地抬眼望着他，然后点了点头，就坐到神甫的位子上。走了十四步棋，巡警队长就输了，并且不得不承认，他的失败绝非是不小心走了昏着的原因。第二盘棋的结局也没有什么改观。

"真是出现了'巴兰的驴子'①！"神甫回家以后惊奇地大叫起来。巡警队长对《圣经》不太熟悉，所以不懂这句话的意思。神甫

---

① 典出《旧约·民数记》第二十二章。比喻比主人还聪明的人，或者比喻一贯沉默寡言、突然开口抗议的人。

便向他解释，说两千年前就发生过类似的奇迹：一头不会说话的牲口突然说出了智慧的话。尽管时间已晚，神甫还是忍不住要同他那半文盲的学生对弈一盘。米尔柯也是不费吹灰之力就把他赢了。他的棋下得坚韧、缓慢、果断，他那俯在棋盘上的宽阔的脑袋连抬都不抬一下。他的棋下得极其稳健，无懈可击；接连几天巡警队长和神甫都没能赢过他一盘。神甫收养的这个孩子在其他方面智商极低，对于这一点他比谁都更了解，也更能做出评判。现在他当真很想弄明白，这种单方面的奇特的才能究竟能在多大程度上经受住更为严格的考验。他让米尔柯到乡村理发师那儿去把乱蓬蓬的金黄色的头发理一理，好让他显得有几分精神，然后就坐雪橇带他到邻近的小镇上去。他知道，小镇广场上的咖啡店的一角常常聚集着一群瘾头很大的棋友，根据经验，他知道自己的棋不是这帮人的对手。这位头发金黄、脸颊红红的十五岁少年，今天身穿皮毛里翻的羊皮袄，脚蹬沉重的高筒皮靴。当神甫将他推进咖啡馆时，使得在座的棋友中激起不小的惊讶。进了咖啡馆，少年人怯生生地低垂着双眼，诧异地立在一角，直到人家叫他到一张棋桌上去，他才动窝。第一盘米尔柯输了，因为他在好心的神甫家里从未见过所谓西西里开局的下法。第二盘他就已经同镇上最优秀的棋手弈成和棋。从第三四盘开始，他就一个接一个地把所有对手杀得落花流水。

在南斯拉夫外省的小城里，激动人心的事情是很少发生的；所以这位农民冠军的初次亮相，对于聚集在那里的这帮绅士来说立即就成了轰动的新闻。大家一致决定，无论如何也得让这位神童在城里待到明天，以便把国际象棋俱乐部的其他成员都召集起来，尤其是好到城堡里去通知那位狂热的棋迷——西姆奇茨老伯爵。神甫以一种完全新的自豪心情打量着他所抚养的这个孩子，但是在为自己慧眼独具而感到乐不可支的时候，却不愿耽误自己的职责应做的主日弥撒①，于是表示同意把米尔柯留下来，做进一步的考验。于是年轻的岑托维奇由棋友出钱住进旅馆，当晚他第一次见到抽水马桶。第二天是星期日，下午棋室里挤满了人。米尔柯一动不动地在棋盘前坐了四个钟头，一言不发，连眼睛都不抬起来看一下，就一个接一个战胜了所有棋手。最后有人建议下一盘车轮战。大家解释了好一会儿，才让这位脑袋不开窍的少年明白，所谓车轮战，就是他一个人同时跟好几个棋手对弈。米尔柯一搞清楚这种下法，就进入状态，拖着他那双沉重的咯吱作响的靴子缓步从一张桌子走到另一张桌子，结果八盘棋他赢了七盘。

　　此后，大家进行了广泛的讨论。虽然严格说来这位新冠军并非本城居民，可是当地的民族自豪感却熊熊地点燃了。这么一来，地图上的这座迄今为止还几乎没有被人注意的小城，说不定会第一次获得向世界输送一位名人的荣誉呢。一位名叫科勒的经纪人平时专门介绍女歌星、女歌手到驻军歌舞剧场去演出，这时也表示，他在维也纳认识一位杰出的小个子国际象棋大师，只要有人提供一年的资助，他就准备把这位年轻人安排到那里去接受棋艺方面的专门培养。西姆奇茨老伯爵六十年来天天下棋，还从未遇见过这么一个奇特的对手，当即便认捐了这笔款项。从这一天开始，这位船夫的儿

---

① 在星期日举行的礼拜仪式，是基督教新教的主要宗教活动。

子就春风得意，青云直上，令世人为之惊讶不已。

半年以后，米尔柯便掌握了国际象棋技艺的全部奥秘。不过，他还有一个奇怪的弱点，这一弱点让他后来多次在行家面前露出马脚，并为他们所嘲笑。因为岑托维奇始终不会凭记忆下棋，用行话来说，就是不会下盲棋，即使下一盘也不行。他完全缺乏那种把棋盘置于无限的想象空间的能力。他面前总得有张画着六十四个黑白相间的方格的棋盘和三十二颗摸得着的棋子；在他享有世界声誉的时候，他还随身带着一副棋盘可以折叠的袖珍象棋，在他想把一盘名棋复盘或是解决某个问题时，直接就能具体看到棋子的位置。这点瑕疵本身是微不足道的，但却暴露出他缺乏想象力，这就像音乐界一位卓越的演奏家或指挥不打开乐谱就不能演奏或指挥一样。但是这个奇怪的缺憾并没有影响米尔柯令人惊讶的飞黄腾达。他十七岁就获得了十多个国际象棋奖，十八岁摘取匈牙利冠军，二十岁终于夺得世界冠军。那些棋风最凌厉的冠军在智力、想象力和勇气方面个个都要比他高出不知多少，可是在他坚韧而冷峻的逻辑面前却一一败下阵来，就像拿破仑败在慢腾腾的库图佐夫①手下，汉尼拔败在拖延者费边②手下一样，据李维③的记述，康克推多也是在小时候就表现出冷漠和低能的显著特点。于是，卓越的国际象棋大师的画廊里第一次闯进了一位与精神世界完全不沾边的人。要知

---

① 库图佐夫（1745—1813），俄国军事统帅。一八一二年率俄国军队大败入侵的拿破仑军队。

② 费边（约前280—前203），古罗马统帅。

③ 李维（前59—17），古罗马历史学家，著有《罗马史》。

道，画廊中的国际象棋大师的行列里汇聚了智力超凡的各种类型的人物——哲学家、数学家，以及计算精确、想象力丰富和往往富于创造性的人物——可是岑托维奇却只是个农村青年，他性格迟钝，寡言少语，即使是最精明的记者也休想从他嘴里套出一句有新闻价值的话来。当然，岑托维奇从不向报纸提供精练的警句格言，不久报上刊登了关于他这个人的大量逸事，这一点也就得到了弥补。在棋桌上，岑托维奇是无与伦比的大师，可是从他离开棋盘站起身来的一刻起，他就成了一个荒诞不经的、近乎滑稽可笑的人物，而且无可救药。尽管他穿了一身庄重的黑西服，打了豪华的领带，领带上别了一枚有点显摆的珍珠别针，尽管对指甲做了精心修剪，但是他的整个举止风度仍然是那个头脑简单、在村里替神甫打扫房间的乡下少年。他极其粗俗吝啬，贪得无厌，一心想方设法利用自己的天赋和声望去捞取一切可以捞取的金钱，那样子既笨拙又厚颜无耻，惹得棋界同行既好笑又好气。他从一座城市到另一座城市，总是下榻在最便宜的旅馆，只要答应给他报酬，即使是最寒碜的俱乐部，他也去下棋；他同意把自己的肖像印在肥皂广告上，甚至不顾竞争对手的嘲笑——他们深知，他是个三句话都写不好的草包——把自己的名字卖给一本叫作《国际象棋的哲学》的书，实际上为那个专门以逐利为目的的出版商撰写这本书的是一名加里西亚大学的学生，是个无名之辈。像所有性格坚韧的人一样，他也根本不懂得可笑一说；自从在世界比赛中取胜以来，他就自以为是世界上最重要的人物了，他觉得，所有那些绝顶聪明、才智过人、光灿夺目的演说家和著作家也都在他们各自的战场上被他一一斩于马下，尤其是他挣的钱比他们多，这个具体事实将他原来的犹豫不决变成了冷酷的、往往是拙劣地有意显露的趾高气扬。

"不过，这种平步青云怎么能不叫这空虚的脑袋感到飘飘然呢？"我的朋友说。他还给我讲了岑托维奇颐指气使、目空一切的可笑事例。"一个从巴纳特①来的二十一岁的乡巴佬，突然间靠在木棋盘上摆弄几下棋子，在一星期之内赚的钱就比他全村全年伐木和干重活辛辛苦苦挣的钱还多，他怎么能不踌躇满志，沾沾自喜呢？还有，要是一个人压根儿就不知道这个世界上曾经有过伦勃朗、贝多芬、但丁和拿破仑，那不是很容易把自己看作伟人吗？这小伙子那孤陋寡闻的脑袋里只知道一件事，那就是几个月来他从未输过一盘棋，而且正因为他不知道除了国际象棋和金钱之外，这个世界上还存在着其他有价值的东西，所以他完全有理由沉湎于飘飘欲仙的感觉之中。"

我的朋友讲的这些情况大大激起了我特殊的好奇心。我平生对患有各种偏执狂的人、一个心眼儿到底的人最有兴趣，因为一个人知识面越是有限，他离无限就越近，正是那些表面上看来对世界不闻不问的人，在用他们的特殊材料像蚂蚁一样建造一个奇特的、独一无二的微缩世界。因此我对自己的意图毫不隐晦：在开往里约热内卢的十二天航程中仔细观察这位智力单轨发展的奇怪标本。可是，朋友提醒我："您的运气恐怕不会这么好。就我所知，迄今为止还没有一个人

---

① 东欧历史上的民族杂居地区，一次大战后匈牙利保有塞格德，罗马尼亚取得东部大片土地，余归塞尔维亚-克罗地亚-斯洛文尼亚王国（南斯拉夫）。

能从岑托维奇那里弄到一星半点可用作心理分析的材料。这个狡猾的乡巴佬虽然知识极其贫乏，但却非常聪明，从不暴露自己的弱点，其实他的办法极其简单，那就是除了从几家小旅店找来的境况与他相仿的几个同乡外，他不跟任何人说话。他只要感到有个有教养的人在场，就立刻爬进他的蜗牛壳；所以谁也无法夸口，说是曾经听到过他的一句蠢话，或是摸清了他缺乏教养到何种程度。"

确实，我的朋友说得不错。旅行头几天的情况就表明，不硬着脸皮去纠缠就根本不可能接近岑托维奇。当然，这种死皮赖脸的事我是做不出的。有时他倒也走上上层甲板，但每次总是反背着双手，目中无人，显出一副陷入沉思的样子，宛如那幅名画上的拿破仑；此外，在甲板上散步本来很逍遥，可是他总是匆匆忙忙、风风火火的样子，想跟他搭句话，你得跟在他后面小跑步才行。他又从来不在休息室、酒吧和吸烟室露面；我向服务员悄悄打听过，得知他一天的大部分时间都待在自己的舱房里，在一个大棋盘上研究棋局或把下过的棋重新摆一摆。

他的防御技术比我想接近他的意愿还要巧妙，为此三天以后我真的开始生气了。我一生中还从未有机会同一位国际象棋大师结识，现在我越是竭力想赋予这种类型的人以普通人性，就越觉得难以想象，人的大脑怎么能一辈子都完全围着一个有六十四个黑白方格的空间转呢！根据自己的切身体验，我知道这种"国王的游戏"① 具有神秘的

---

① 德语 Schachspiel（国际象棋）一词是由 Schach（国际象棋）和 Spiel（游戏，玩）两字复合而成。Schach 这个字源自波斯文 schah，意为"国王"，它与 Spiel 复合在一起，按字面的意思就是"国王的游戏"。

魅力，在人所想出来的各种游戏中，唯有这种游戏绝对容不得半点偶然的随心所欲，它的桂冠只给予智慧，或者更确切地说，只给予某种特殊形式的天赋。那么，把国际象棋称作一种游戏，岂不是犯了侮辱性的限制之罪吗？它难道不也是一门学问，一种艺术，飘浮于这两者之间，就像穆罕默德的棺椁飘浮在天地之间一样？它难道不是一对对矛盾的无与伦比的结合吗？它是古老的，却又永远是崭新的；它在布局上是机械的，不过只有通过想象才能极尽其妙；它被限制在几何形的呆板的空间里，然而在其组合上却是无限的；它是不断发展的，但又是毫无创造性的；它是得不到结果的思想，是什么也算不出的数学，是没有作品的艺术，是没有物质的建筑，尽管如此，业已证明，其存在确比所有的书籍和艺术作品更久长；它属于各个民族和各个时代，而且无人知晓，是哪位神灵把这种游戏带到人间来供人们消遣解闷，磨砺禀性，激励心灵的。它何处为始，何处是终？每个孩子都能学会它的初步规则，每个臭棋篓子都可以一试身手，然而就在这固定不变的小小的方块之内却会产生一类特殊的大师，与他们相比，所有其他的人都望尘莫及。他们只是在棋艺方面有天赋，他们是特殊的天才，在他们身上想象力、耐心和技巧也分配得十分精确，并一一起着作用，就像在数学家、诗人和音乐家身上一样，只不过层次和结合不同而已。从前观相术盛行的时候，要是加尔①解剖了国际象棋大师的颅脑就好了，这样就可确定，这些棋艺天才的大脑灰质是否有一种特殊的曲纹，他们的颅

① Franz Joseph Gall（1758—1828），德国解剖学家、生理学家，颅相学的创始人。

脑里是否有一种比常人更发达的棋肌或棋突。像岑托维奇这样的棋手，在绝对迟钝的智力中散布着特殊的天赋，就像在一百公斤不含矿质的岩石中含有一条金脉一般！他这样的实例要是激发起那些观相术家的兴趣就好了。这样一种独一无二的天才游戏是定会造就出特殊的棋王来的，对于这一点，一般来说，我一直都很清楚，然而很难想象，甚至不能想象，一个思想活跃的人竟一辈子把自己的世界仅仅局限在黑白方格之间狭窄的单行轨上，只在三十二颗棋子前后左右的挪动中寻找成功的喜悦，一个人开局先走马而不走卒竟是件了不起的大事，能在棋谱的某个不起眼的地方提到一笔就意味着不朽——总之，一个人，一个会思想的人，十年，二十年，三十年，四十年如一日，将自己思想的全部张力一次又一次可笑地用在把木头棋子"王"逼到木制棋盘上的角落里去，而自己竟没有发狂！

现在，这么一位了不起的人，这么一个奇特的天才，或者说这么一个谜一般的傻瓜第一次离我那么近，在同一艘船上，相隔仅六个船舱，但是我真倒霉，我虽然对有关精神方面的事最好奇，而且这种好奇心往往会变成一种激情，尽管这样，我还是未能接近他。于是我就想出一些荒诞透顶的计谋：我假装要为一家重要报纸去采访他，以刺激他的虚荣心；要不我抓住他贪得无厌的心理，建议他到苏格兰去参加一场报酬颇丰的比赛。末了我想起猎人的一个非常灵验的办法：要把山鸡引过来，就学山鸡交尾时的叫声。那么要把象棋大师的注意力吸引到自己身上来，难道还有比自己去下棋更有效的高招吗？

我一生中从来就不是一个正经八百的国际象棋艺术家，其原因十分简单，那就是我总不把下棋当一回事，只不过是下着玩玩的；要是我坐下来下一小时棋，那可不是为了去劳神费脑，相反，是为了使紧张的脑子得到放松。我是本着"玩"这个字的真正意义下棋的，而别人，那些真正棋手却是为了"较量"。下棋和谈恋爱一样，必须有个对手，而此刻我还不知道，除了我们，船上是否还有其他爱下国际象棋的人。为了把他们引出洞来，我就在吸烟室里设下一个简陋的圈套：我同我妻子在棋桌上对弈，尽管她的棋比我还臭。这样我们就像捕鸟人，网开一面，专等鸟儿来自投罗网。果然，我们走了还不到六个回合，有个人打旁边走过时就停了下来，还有一位请求我们允许他观战；最后来了一位我们所期盼的对手，他向我叫阵，要同我对弈一盘。他名叫麦克康纳，是苏格兰深井采油工程师，我听说，他在加利福尼亚钻探石油发了大财。从外表上看，麦克康纳体格粗壮，方方的腮帮结实坚硬，牙齿坚固，脸色很好，透着红润，大概是威士忌喝多了，至少这是一部分原因。引人注目的是他那宽阔的肩膀，真有点儿运动员的威武架势，可惜下棋的时候也锋芒毕露，因为这位麦克康纳先生是属于踌躇满志、极其自负的那种类型的人，即使是一盘无足轻重的棋，下输了，他也觉得是贬低了自己的人格。这位白手起家的大块头阔佬，生活中习惯于一意孤行，为自己的成功感到飘飘然，骨子里都渗透着顽固不化的优越感，因此他把任何阻力都看作是对他极不礼貌的反抗，几乎就等于是对他的侮辱。输了第一盘，他就沉下了脸，并且啰唆开了，蛮不讲理地说，这盘棋只是一时疏忽才输的，第三盘输了，他又把原因归之于隔壁船舱里声音太吵；他每输一盘棋，绝不肯就此罢休，必定立即要求再下一盘。起初我觉得这种顽固的虚荣心很好玩；后来我想，我的本意是把世界冠军吸引到我们桌上来，所以只把他的虚荣心看作是实现我的意图的一种不可避免的伴生现象。

第三天我的计划成功了，但也只是成功一半。无论是岑托维奇从上层甲板上看我们下棋，或是他只是偶尔光临一下吸烟室——反正，他一见我们这些门外汉竟在摆弄他的这门艺术，就下意识地走近了一步，从这个适当的距离朝我们的棋盘投来审视的一瞥。这时正好该麦克康纳走棋。这一步棋就足以让岑托维奇明白，对于他这位大师级的人来说，我们这点儿业余棋手的水平是不值得继续看下去的。就像我们在书店里人家向我们推荐一本蹩脚的侦探小说，我们看都不看一眼就露出不言而喻的表情将书搁在一边一样，现在他也以同样的表情从我们棋桌边走开，出了吸烟室。"他掂量了一下，觉得没意思。"我思忖，对他那种冷冰冰的、瞧不起人的目光心里有点生气。为了发泄一下我的气恼，我就对麦克康纳说：

"您这步棋大师似乎不怎么看得上眼。"

"哪个大师？"

我向他解释说，刚才从我们身边走过、并以鄙夷的目光看我们下棋的那位先生就是国际象棋大师岑托维奇。我还补充了一句，说，就让他去好了，我们两人认了，名人的鄙视不会使我们伤心的；穷人只有这点能耐。然而出乎我的意料，我随便这么一说，竟对麦克康纳先生产生了完全意想不到的作用。他立刻就激动起来，忘掉了我们的棋局，他的虚荣心上来了，激动得几乎可以听到脉搏怦怦跳动的声音。他说，他根本不知道岑托维奇在船上，无论如何岑托维奇得跟他下盘棋。他一生中还从来没有跟一位世界冠军下过棋，除了有次跟另外四十个人一起同世界冠军下过一盘车轮战。就是那盘棋也是够紧张的，当时他还差点儿赢了呢。他问我是否认识这位国际象棋冠军，我说不认识。他又问，我想不想去跟他打招呼，把他请到我们这儿来？我没有答应，因为据我所知，岑托维奇不怎么愿意结识新交。另外，对一位世界冠军来说，跟我们这些三流棋手下棋又有什么吸引力呢？

嗨，对于一个像麦克康纳这样虚荣心很强的人，我是不该说什么三流棋手之类的话的。他生气地往后一靠，陡然说，就他而言，他不信一位绅士客气地去请岑托维奇下棋，会遭他拒绝。应他之请，我给他简要描述了这位世界冠军的为人。听了以后他便满不在乎地撂下我们这盘棋，心急火燎地冲到上层甲板上去找岑托维奇。我又一次感到，这位宽肩膀的人一旦想要干什么事，是阻挡不了的。

我颇为紧张地等待着。十分钟以后，麦克康纳先生回来了，我觉得他不那么兴高采烈。

"怎么样？"我问。

"您说得不错，"他有点生气地回答，"他是个不怎么讨人喜欢的先生。我做了自我介绍，告诉他我是谁。他连手都没有伸给我。我试图让他明白，要是他跟我们下盘车轮战，我们船上所有的人都会感到骄傲，感到荣幸。妈的，他就是不答应。他说很遗憾，他同他的经纪人签了合同，合同特别规定，在整个这次巡回比赛期间，他不得下没有报酬的棋，而他的最低酬金是每盘二百五十美元。"

我笑了。"这点我倒从未想到，在黑白方格上挪动几下棋子竟是一桩进项那么丰厚的买卖。那么，我想，您也就客客气气地告辞了吧。"

然而，麦克康纳仍然十分严肃地说："棋局定在明天下午三点钟，就在这个吸烟室。我希望，不要让他不费吹灰之力就把我们杀得落花流水。"

"怎么？您同意给他二百五十美元了？"我惊诧地叫了起来。

"干吗不给？C'est son métier. ① 要是我牙痛，而船上碰巧有个牙科大夫，我也不会白要他给我拔牙呀。这人要价很高，这是对的。各行各业里货真价实的行家也都是生意人。在我来说，买卖说得越清楚越好。我宁愿付现金，也不愿求什么岑托维奇先生对我大发慈悲，到头来还得感谢他。再说，我在船上的俱乐部里有个晚上输掉的就超过二百五十美元，而这还不是同世界冠军下呢。对'三流棋手'来说，败在岑托维奇手下也不算丢脸。"

我注意到，我说的"三流棋手"这句无心的话竟深深伤害了麦克康纳的自尊心，我心里真觉得好笑。但是，既然他打算为这个玩笑付出昂贵的价码，那么对他的这种过分的虚荣心，我也就不好加

---

① 法语，他是吃这碗饭的。

以非议了，更何况他的虚荣心最终将介绍我去结识这个怪人呢。我们赶紧将这件行将发生的大事通知了迄今为止曾宣称自己是棋手的那四五位先生，并让人为即将举行的比赛做好准备，为了尽量不受过往旅客的干扰，不仅要把我们这张桌子，而且还要将紧挨着的几张桌子统统预先定好。

第二天，我们的人在约定时间全部到齐。中间那个席位正对国际象棋大师，当然是给麦克康纳留的。他一支接一支地抽着很冲的雪茄，以缓和内心的紧张，并一再焦急地看手表。这位世界冠军让大家足足等了他十分钟之久——根据我朋友所讲的故事，我早就预感到他会来这一手的——这样，他的出场就更显出稳操胜券的神态。他从容不迫、泰然自若地走到棋桌旁。他也不做自我介绍，一来就以乏味的专业语气讲了各项具体安排，他的这种无礼行为似乎是说："我是谁，你们都知道，至于你们是些什么人，我不感兴趣。"因为船上没有那么多棋盘，所以没法下车轮战，他就建议我们大家一起来下他一个人。他说，为了不打搅我们商量，每走一步棋，他就到这房间头上的另一张桌子上去。遗憾的是没有小铃，所以我们每走了一步，马上就要用匙子敲敲杯子。他建议，如果我们没有异议，每步棋的时间最多十分钟。我们像腼腆的小学生一样，对他的每项建议当然都表示同意。挑颜色时，岑托维奇猜得黑棋。他还站着就走了第一步，接着便立即转身走到他建议的位置上等候去了。他懒洋洋地往椅子上一靠，顺手拿起画报翻翻。

谈论这盘棋的本身，并没有多大意思。不言而喻，它的结局本在情理之中：以我们的彻底失败而告终，而且弈至第二十四回合就输掉了。一位世界冠军不费吹灰之力就横扫五六个中下流棋手，这事本身并不值得大惊小怪；令我们耿耿于怀的，只是岑托维奇盛气凌人的那副样子，他让我们大家清楚地感觉到，他轻而易举就把我们赢了。每次他都似乎只是漫不经心地朝棋盘上看一眼，懒洋洋地从我们身边走过，那神情就好像我们都是木头棋子似的。这种无礼的姿态不由得叫人想起，有人朝癞皮狗扔去一根骨头，却不去看它一眼。其实照我看，他要是稍微通情达理一点，是可以指出我们的错误，或者说句客气话来对我们加以鼓励的。可是下完这盘棋，这个没有人性的国际象棋机器人连一个鼓励的字都没有说，在说了"将死了"之后就一动不动地站在桌子前等着，看我们是否还想跟他再下一盘。像人们对付厚颜无耻的粗鲁之辈一样，我站起来无可奈何地把手一摊，表明随着这桩美元交易的结束，至少就我来说，我们这场愉快的相识也就到此为止了。令我气恼的是，我身边的麦克康纳这时却声音沙哑地说道："再下一盘！"

麦克康纳挑战性的话简直使我大吃一惊；事实上他此刻给人的印象是个正要出拳的拳击家，而不是温文尔雅的绅士。也许这是他对岑托维奇对待我们的那种让人受不了的态度的回敬，也许仅仅是他一碰就跳起来的那种病态的虚荣心在作怪——反正麦克康纳的性格全变了。他满脸通红，一直红到额头的发根；由于心里生气，他的鼻翼鼓鼓的；显然，他身上在冒汗；他紧紧咬着嘴唇，深深的皱纹从嘴角一直伸到雄赳赳地往前突出的下巴。我在他的眼睛里发现了遏制不住的激情的烈焰，我心里感到不安。这种烈焰通常只有玩轮盘赌的赌徒，如果他下了双倍赌注，但接连六七次就是没碰上他所押的那个颜色时才会出现。此刻我知道，这种狂热的虚荣心将使他同岑托维奇不停地对弈下去，按原来的赌注或者加倍，一直下到他至少赢一盘为止，即使要耗掉他全部资产也在所不惜。如果岑托维奇坚持奉陪到底，那么他就在麦克康纳身上发现了一个金窖，他在到达布宜诺斯艾利斯之前就可以从这个金窖里挖出好几千美金来。

岑托维奇一动不动。"请吧，"他客气地回答，"现在该诸位先生执黑了。"

第二局也没有什么改观，只不过又来了几位好奇者，所以我们这个圈子不仅扩大了，而且也活跃多了。麦克康纳两眼直愣愣地盯着棋盘，仿佛他要以赢棋的愿望对棋子施行催眠术似的；我感觉到，为了向对手这个冷血动物扯着嗓门欢叫一声"将死了"，即使牺牲一千美元，他也会兴高采烈的。奇怪的是，他那强忍的激动不知不觉中也感染了我们。现在，每走一步都要进行比第一局更为热烈的讨论，每次直到最后一刻，在大家都同意给信号叫岑托维奇到我们桌上来的时候，总还会有人对大家的意见提出异议。渐渐地，我们弈至第十七步了。这时出现了极为有利的局势，对此我们自己都感到惊奇，因为我们成功地把 c 线上的卒一直推进到倒数第二格的 c_2；只要将卒往前推进到 c_1，我们的卒就可以升变为一个新后了[①]。由于这个胜机过于一目了然，我们心里反倒不很踏实；我们

[①] 国际象棋规则规定，如果卒进到第八排，就可升变为具有最大威力的后或下变为车、象或马。

大家都心存疑虑，担心这个表面上看来是我们取得的优势极可能正是岑托维奇故意给我们设下的圈套，因为他对棋局看得比我们远得多。但是无论我们大家怎么煞费苦心地探索和讨论，还是找不到这个暗藏的花招。最后，允许我们考虑的时间快完了，我们决定就冒险走这一着。麦克康纳的手指都碰到了卒，想把它推到最后一个方格里。这时他感觉到胳膊猛的一下被紧紧抓住，有人轻声而激动地对他耳语："上帝保佑！不能走这着！"

我们大家都情不自禁地转过脸去。一位大约四十五岁上下的先生，瘦削的脸上轮廓分明，脸色像石灰一样，白得出奇，先前在甲板上散步时就引起过我的注意。几分钟前我们的全部注意力都集中在解决那步难棋，他大概就是那时来到我们这儿的。他感觉到我们的目光都在注视着他，便匆匆补充道：

"您现在如果把卒子升变为后，他马上就会用象 c1 来吃掉它，您再回马吃掉象。但是，这期间他把他的通路卒走到 d7，威胁你们的车，你们即使跳马将军，也没有用，再走九到十步棋你们就输了。这同一九二二年皮斯吉仁大赛上阿廖欣与波戈留波夫交手时下的棋局几乎完全一样。"

麦克康纳大为诧异，其惊奇的程度绝不亚于我们。他放下手里的棋子，两眼紧紧盯着这位不速之客，这位像是从天而降、来助我们一臂之力的天使。一个能够预先计算出九步之后会有杀着的人，准是一流专家，说不定也是去参加这次国际象棋大赛的，没准还是冠军争夺者呢。他恰好在关键时刻突然到来并且伸出援助之手，这简直是异乎寻常的事。麦克康纳第一个回过神来。

"您有什么主意呢?"他激动地悄悄问道。

"卒子不要马上往前走,而是先避开!尤其要先把王从 g8 这个危险位置撤到 h7。这样,他或许就转而进攻另一翼去了。不过您可把车从 c8 退到 c4 来阻挡;于是,他就得多走两步,丢掉一个卒,这样也就失去了优势。这么一来,盘面上就成了卒对卒,如果您防守不出破绽,就可以下成和棋。更高的奢望是达不到了。"

我们再次惊诧不已,啧啧称奇。他计算得那么精确和快速,真有点邪乎,这些步子他仿佛是照棋谱念的。真是意想不到,我们与世界冠军对弈的这盘棋在他的参与下,居然有下和的机会,怎么说也神了。我们大家不约而同地往旁边挪了挪,好让他看到棋盘。麦克康纳又问了一次:

"那么就把王从 g8 走到 h7?"

"对!最要紧的是先避开!"

麦克康纳照此走了一着,我们敲了玻璃杯。岑托维奇迈着惯常的漫不经心的步子走到我们桌边,朝我们这步对着打量一眼,接着就把王翼的卒 h2 进到 h4,同我们这位素不相识的救星所预言的完全一样。这位陌生人这时激动地悄声说:

"进车,进车,从 c8 进到 c4,这样他就非得保卒不可。不过他这样走也无济于事!您马 c3 进 d5,不用管他的通路卒,这样就重新建立了均势,随后就全力压过去,不用守了!"

我们不明白他所说的。对我们来说,他说的全是中文。[①] 不过

---

① 以前欧洲人认为中文难学又难懂。这里的意思是说听不懂他说的话。

一旦对他着了迷，麦克康纳也就不假思索地照他的意见行棋。我们又敲了玻璃杯，把岑托维奇叫了过来。这回他第一次没有迅速做出决定，而是紧张地注视着棋盘。随后他下的那着棋正是这位陌生人先就向我们点明的。岑托维奇落子以后正转身要走，可是就在他尚未转身之前，发生了一件谁也没有意想到的新奇事。岑托维奇抬起眼睛，把我们每个人都打量一番；很显然，他是想找出那个一下子对他进行这么顽强抵抗的人来。

　　从这一瞬间起，我们心情之激动到了难以估量的程度。在此之前我们下棋的时候并没有抱多大的希望，现在我们都想煞煞岑托维奇的冷漠和傲慢。这个想法使我们大家热血沸腾，兴奋不已。但是，这时我们的新朋友已经对下一步棋做了安排，我们可以把岑托维奇叫来了。我拿起匙子敲玻璃杯的时候，手指都在发抖。现在我们第一个胜利已经到来了。岑托维奇此前一直是站着下棋的，现在他犹豫了好一阵，终于坐了下来。他坐下去的时候动作缓慢而迟钝；就这样，他与我们之间纯粹从身体上来说，他迄今为止的那种居高临下的架势没有了。我们迫使他至少在空间上同我们处于同一平面上。他考虑了很长时间，低垂的眼睛一动不动地紧盯棋盘，因此几乎连他黑眼睑下面的眼珠也看不到。在紧张的思考中，他的嘴慢慢地张开，这样就赋予他的圆脸以一种单纯的表情。岑托维奇考虑了几秒钟，然后走了一着棋，就站了起来。我们的朋友随即低声说道：

　　“这步棋是拖延战术！想得倒好！但是不要上他的当！逼他兑子，非兑不可，这样便是和棋了，现在神仙也帮不了他的忙。”

麦克康纳完全照他的意思走棋。接下来的几步双方你来我往，我们对此更是莫名其妙，实际上我们其余的人早就沦为了摆摆样子的龙套。大约弈了七个回合之后，岑托维奇经过长时间的思考，抬起头来说："和了。"

一刹那室内鸦雀无声。我们突然听到海浪的喧嚣，休息厅的收音机里传来爵士音乐，甲板上散步者的脚步声以及从窗缝里透进来的轻微的风声都听得清清楚楚。我们人人屏住呼吸，事情来得太突然，大家还没有回过神来，这位陌生人居然能将他的意志强加于世界冠军，把这盘已经输了一半的棋下和，这真使我们目瞪口呆。麦克康纳突然往后一靠，随着快乐的"啊！"的一声，他憋着的那口气咻地一下从嘴里吐了出来。我又对岑托维奇进行了观察。在下最后这几着棋的时候，我就觉得，他的脸色仿佛更加苍白了。但是他很善于控制自己，仍然保持着看起来满不在乎的木讷神情，一面用镇定的手归拾棋盘上的棋子，一面漫不经心地问道：

"先生们还想下第三盘吗？"

这个问题他纯粹是就事论事地从纯商业的角度提的。但奇怪的是，他提问时并没有看麦克康纳，而是抬起眼睛直接紧紧地盯着我们的救星。他准是从最后几着棋上认出了他事实上的、真正的对手，就像一匹马能从骑者更加稳健的骑姿上认出一位新的、更好的骑手来一样。无意中我们也随着他的目光急切地望着这位陌生人。可是陌生人尚未来得及考虑或答复，正陶醉在虚荣之中、万分激动的麦克康纳就已经以胜利者姿态在冲着他喊了：

"那当然！但是现在您得一个人跟他下！您一个人同岑托维奇

对弈!"

然而，这时发生了一件未曾预料到的事情。很奇怪，这位陌生人还一直在紧张地盯着那张棋盘，而棋盘上的棋子已经收拾起来了。他感觉到所有人的眼睛都在注视他，而且人家又那么热情地在同他说话，不觉大为骇然，脸上现出十分慌张的神情。

"绝对不行，先生们，"他结结巴巴地说，显然有点惊惶失措，"这完全不可能……没有考虑的余地……我已经有二十年，不，是二十五年没有挨过棋盘了……我现在才看到，未得你们允许就参与你们的棋局，这样的举止是多么的不得体……请你们原谅我的冒失……我一定不再继续打搅了。"听了这话我们都很愕然，大家还没有回过神来，他已经转身离开了吸烟室。

"这根本不可能!"性格豪爽的麦克康纳用拳头捶着桌子吼道，"他说有二十五年没有下过棋了，绝对不可能! 他每一着棋，每一步对着都预先算到五六步之外。这种本事绝非瞬息之间就可学会的。所以他说的绝无可能——是不是?"

最后这个问题麦克康纳是下意识地向岑托维奇提的。但是这位世界冠军不为所动，依然是冷冰冰的。

"对此我无法做出判断。但是不管怎么说，这位先生的棋下得有点奇怪，也很有意思，因此我也故意给了他一个机会。"说着，他便懒洋洋地站起身来，并以他讲究实际的方式补充道:

"如果这位先生或者在座的诸位先生明天想再下一局，那我从下午三点钟以后愿意奉陪。"

我们都忍不住轻声笑了。我们每个人都知道，岑托维奇绝不是慷慨地让给我们这位不相识的援手一个机会，他的这种说法无非是掩饰自己没有下好的一个幼稚的遁词而已。因此我们心里滋长起更加强烈的愿望，要亲眼看着把他这种盛气凌人的态度打掉。我们这些心平气和、懒懒散散的乘客心里一下子生起一股疯狂的、充满虚荣心的战斗豪情，因为如果正巧在我们这艘航行在汪洋中的船上能摘下国际象棋世界冠军头上的桂冠，这个记录定会由电讯迅速传遍全世界。这个想法很具挑战性，令我们为之着迷。另外，那种神秘而蹊跷的事也颇有刺激性：恰好在关键时刻我们的救星出乎意料地来介入我们的棋局，他那几乎有点怯生生的谦虚同那位职业棋手那种趾高气扬的神气正好形成对照。这位陌生人是谁？难道通过这里的这次偶然巧遇我们竟找到了一位尚未被发现的国际象棋天才？或是出于某种尚不清楚的原因，一位著名的国际象棋大师对我们隐瞒了自己的名字？我们兴奋地讨论了所有这些可能性。我们认为，为了把这个陌生人谜一般的胆怯和出人意料的自述同他精妙绝伦的棋艺联系在一起，即使是最最大胆的假设也不为过。不过有个问题我们大家的意见是一致的，那就是绝不放弃再杀一盘。我们决定，要不遗余力地促使我们的支援者第二天同岑托维奇对弈一盘，麦克康纳答应由他来承担这次比赛经济上的风险。这期间我们从乘务员那里了解到，我们不认识的这位先生是奥地利人，而我是陌生人的同乡，所以大家就委托我把大家的请求转达给他。

不用很长时间，我就在甲板上找到了匆匆溜掉的那位先生。他正躺在躺椅上看书。我在朝他走去之前，先抓住这个机会将他端详一番。他轮廓分明的脑袋枕在枕头上显得稍稍有些疲劳；这张还比较年轻的脸显得出奇的苍白，这再次引起我的特别注意；两鬓的头发雪白，白得闪闪发亮。不知是什么原因，我有这么个印象，觉得这个人准是突然变老的。我刚走到他跟前，他就很有礼貌地站起身来，介绍自己的姓名。我听了马上就觉得很熟悉，这是奥地利一家古老的名门望族的姓氏。我想起姓此姓的人中，有位是舒伯特的密友，老皇帝①有位御医也出身于这个家族。我向 B 博士转达我们的请求，希望他接受岑托维奇的挑战，他听了显然感到非常惊讶。这表明，他根本不知道刚才与之对弈的是位世界冠军，而且是目前战绩最好的世界冠军，而那盘棋他却光荣地将对手顶住了。由于某种原因，我说的这个情况似乎对他产生了特殊的印象，因为他一再反反复复地问，我是否真有把握，他的对手确实是公认的世界冠军。我马上就发现，这个情况使得我的任务完成起来容易得多了，至于万一棋输了，经济上的风险将由麦克康纳来承担这件事，由于考虑到 B 博士比较敏感，所以觉得还是不对他说为好。经过好一阵犹豫，B 博士最终答应比赛一次，不过他特别请我提醒其他几位先生，千万不要对他的棋艺抱过分的希望。

"因为，"他脸上带着沉思的微笑补充说，"我真不知道，我能不能正确地按照各种规则来下棋。我从中学时代起，也就是说自二十多年以来我连棋子都没有再摸过，请相信我，这绝不是假谦虚。就是在那个时候，我下棋也没有特殊的才华。"

他这话说得极其自然，使我对他的真诚没有一点儿怀疑。可是

---

① 指奥匈帝国皇帝弗兰茨·约瑟夫一世。

他对各个大师的每盘具体的棋局又记得那么清楚，对此我又不得不表露出我的惊讶；我说，无论怎么说，他至少在理论上对国际象棋总是做过很多研究吧。B博士又露出那奇怪的梦幻般的笑容。

"做过很多研究！——天知道，倒可以这么说，我对国际象棋做过许多研究。但那是在非常特殊的、是在史无前例的情况下发生的。这是一个相当复杂的故事，充其量只能把它当作我们这个可爱的伟大时代的一个小插曲。要是您有半小时耐心的话……"

他指了指旁边的一把躺椅。我愉快地接受了他的邀请。我们周围没有其他人。B博士把看书时戴上的老花镜摘下放于一边，开始说：

"承蒙您提到，您是维也纳人，还记得我们家族的姓氏。不过我猜您准没听说过那个律师事务所。它起初是我父亲和我、后来是我单独主持的，因为我们不办理报上讨论的案件，我们的规矩是不接受新的当事人的委托。实际上我们已经不再从事正式的律师事务了。我们的业务只限于法律咨询，主要是受委托管理大修道院的财产，我父亲以前是天主教党的议员，所以同各大修道院关系很密切。此外，有些皇室成员的财产也委托我们管理。因为君主政体已经成了历史，所以这方面的情况我们今天可以谈了。我们家族同皇室以及天主教会的联系从上两代就开始了，我叔叔是皇帝的御医，另一位叔叔是塞膝施特膝修道院院长。我们只是保持了这些联系。这是一种静悄悄的，我想说是一种无声的活动，因为当事人对我们家族历来都很信任，所以我们依旧做着这份工作。这个工作只要求严格的保密和可靠，此外并没有更多的要求，而先父正是具有这两种品质的典范；由于他的谨慎，所以无论是在通货膨胀的年代还是政权变革时期，实际上他都为当事人成功地保存了可观的财富。后来德国希特勒上台，开始掠夺教会和修道院的财产，于是德国那边就同我们进行各种谈判和交易，以通过我们的手保住他们的动产免遭没收，关于罗马教廷和皇室进行的某些秘密政治谈判，我们两人知道的比外界知道的要多得多。正因为我们事务所并不惹人注目，门上连牌子都不挂，外加我们两人都很小心谨慎，有意避免同保皇派来往，所以我们很保险，没有人擅自对我们进行调查。事实上在那些年里奥地利当局从未料到，皇室的秘密信使交接最重要的信件一直都是在我们设在五层楼上的那个不起眼的事务所里进行的。

"纳粹分子早在扩充军备，妄图征服世界之前，就开始在其邻国组织一支同样危险的和训练有素的军队——由受歧视、受冷落和受损害的人组成的军团。他们在每个机关企业里都设立了所谓的'支部'；他们的坐探和间谍无处不在，包括在陶尔斐斯①和舒施尼格②的私人宅邸里。就是在我们这个很不起眼的事务所里也安插了他们的人，可惜我知道得太晚了。当然，此人只不过是个可怜而无能的办事员。他是一位神甫介绍来的，我雇用他的唯一目的，就是为了使我们事务所对外像是个正规机构的样子；实际上我们只用他办些无关紧要的差事，接接电话，整理整理文件，当然是那些无足

① 恩格尔伯特·陶尔斐斯（1892—1934），奥地利政治人物，一九三二年五月出任奥地利总理，一九三四年七月被纳粹分子枪杀。
② 卡尔·舒施尼格（1897—1977），奥地利政治家。一九三四年任奥地利总理，后被纳粹分子投入监狱，一九四五年五月获释。

轻重、不会引起怀疑的文件。他不许拆信件，所有的重要信件都是我亲手用打字机打的，不留副本；每份重要文件我都拿回家去；所有的秘密会谈全都挪到修道院院长办公室或我叔叔的诊室去进行。由于采取了这些预防措施，所有重大的事情这名坐探一件都未曾看到；但是由于发生一件不幸的偶然事件，这心怀叵测、追名逐利之徒一定发现我们不信任他，背着他做了种种很有意思的事。也许有次我们不在，信使没有按照约定称'贝恩男爵'，而是一不小心说了'陛下'这个词，要不就是这无赖非法拆看了信件——总之，在我怀疑他之前，他就从慕尼黑或柏林接受了监视我们的任务。一直到后来，我被捕入狱已经很久了，我才想起，开始的时候他工作马虎大意，而在最后几个月却忽然变得积极起来，而且好多次几乎是死皮赖脸地主动要求将我的信件送往邮局。我不能说我没有某些疏忽大意之处，但是那些伟大的外交家和将军到头来不也是被希特勒那套伎俩狠狠地耍弄了吗？盖世太保早就将我牢牢地盯住了，下面这件事就是最具体的证明：就在舒施尼格宣布下野的那个晚上，也就是希特勒进入维也纳的前一天，我已经被党卫队逮捕了。幸好，我一听到舒施尼格的辞职演说，就把最最重要的文件全部烧毁了，余下的文件连同为证明几所修道院和两位大公爵存在国外的财产所不可缺少的凭据，我真是在冲锋队破门而入之前的最后一分钟将其统统塞在一只盛脏衣服的筐里，让我那年迈而可靠的女管家送到我叔叔那边去的。"

B博士停下来点了一支烟。借着闪烁的火光，我发现他的右嘴角神经质地抽搐了一下，这我先前就已经注意到了，现在我观察到，每隔几分钟就要抽搐一次。这只是微微抽动一下，就像拂过一丝微风，但是它却使这张脸显出引人注意的心神不安的神情。

"您大概在猜想，现在我要给您讲关于集中营的事——所有忠于我们古老的奥地利的人都被押解来关在那里——讲我在集中营里受到的侮辱、拷打和刑讯了吧。这样的事情并没有发生。我被列入另外一类。我没有被驱赶到那些不幸的人那儿去，纳粹分子对他们施行肉体和精神折磨，把长期积聚起来的仇恨一股脑儿都发泄在他们身上。我被归入另外一类人之中，这类人数量不多，纳粹分子想从他们身上逼取金钱或者重要情报。本来，盖世太保对我这个本不值一提的小人物当然毫无兴趣，但他们一定已经获悉，我们曾经是他们最顽强的敌人的财产代理人、经管人和亲信，他们指望从我身上榨取可以构成罪证的材料，既可用来反对修道院，证明它们非法牟利，也可用来反对皇室以及所有那些在奥地利不惜流血牺牲为维护君主王朝而竭尽全力的人。他们猜想——真的，这倒并非空穴来风——我们经手转移出去的那些资金，绝大部分还藏着，他们想夺过去，可又无从下手；所以他们当天就把我抓了去，想用他们那套行之有效的方法迫使我供出这些秘密。他们想要在我这类人身上榨取金钱或者重要材料，所以没有把我们送进集中营，而是给我们以特殊待遇。您也许还记得，我们的总理以及罗斯柴尔德男爵——纳粹分子指望从他的亲属那里敲诈数百万——都没有被投进铁丝网围着的战俘营，而是表面上给予优待，被送进大都会饭店——同时也是盖世太保的总部——每人住一单间。我这个不起眼的小人物居然也得到了这种奖励。

"在饭店里住单间——这话本身听起来就极其人道，不是吗？可是请您相信我，他们没有把我们这些'知名人士'塞进二十个人挤在一起的冰冷的木棚里，而是让我们住在供暖还不错的饭店单间里，这绝不是他们给予我们的一种更人道的待遇，而是挖空心思想出来的更加狡猾的方法。他们想从我们嘴里逼出他们所需要的'材料'，采用的不是毒打或者用刑，而是以杀人不见血的方式，采用最最狡猾歹毒的隔离手段。他们并没有对我们怎么样，只是将我们置于完全的虚空里。大家都知道，像虚空那样对人的心灵所产生的那种压力是世界上任何东西都办不到的。他们把我们每个人分别关在一个完完全全的真空里，关进一间同外界绝对隔绝的房间里，不用拷打和冰冻从外部给我们压力，而是让我们从内心产生一种压力，最终撬开我们的两片嘴唇。乍一看，安排给我的房间绝对不能说不舒服。这房间有一扇门，一张床，一把沙发椅，一个洗脸盆，一扇上了栅栏的窗户。可是这扇门白天黑夜都是锁着的，桌上不许放纸和铅笔，窗户外面是一道防火墙；在我周围，甚至在我自己身上都是空无所有。我的每样东西都被搜走了：搜走手表，让我不知道时间；搜走铅笔，我就无法写东西；搜走小刀，使我无法割断动脉血管；就连抽支烟稍微提提神也不允许。除了不许说话、不许回答问题的看守，我见不到一张人的脸，听不到一点人的声音；从早晨到夜晚，从夜晚到早晨，眼睛、耳朵以及所有其他感官都得不到一丝养料，你成天寂寂一身，茕茕孑立，守着桌子、床、窗户、洗脸盆等四五件不会说话的东西，一筹莫展；你就像玻璃罩里的潜水员，身处寂静无声的黑黝黝的海洋里，甚至感觉到通向外部世界的绳索已经扯断，你永远不会被人从这无声的深底拉回到水面上去了。整天没什么事可做，没什么东西可听，没什么东西可看，你的周围到处是一片虚空，一片绵延不断的完全没有空间和时间的虚空。你走来走去，走去走来，来来回回，循环往复。但是，即使是看似毫无实体形迹的思想也需要一个支撑点啊，否则它就要开始旋转，就要毫无意义地围着自己转圈；思想也受不了虚空。你从早到晚期待着什么，可是什么也没有发生。你等啊，等啊，等啊，你想啊，想啊，想啊，直到太阳穴发痛。什么也没有发生。你仍是孤独一人。孤独一人。孤独一人。

"这样延续了十四天，我在时间之外，世界之外生活的十四天。要是当时爆发了战争，我也不会知道；我的世界就只有桌子、门、床、洗脸盆、沙发椅、窗户和墙这几样东西，我整天凝视着同一面墙上的同一张壁纸，久而久之，壁纸上锯齿形图案的每根线条都好似用刻刀刻进我大脑深处的褶皱里去了。后来，审讯终于开始了。突然来传我了，也弄不清那是白天还是夜里。他们喊了我的名字，押着我穿过几条走廊，也不知道要带我到哪里去；后来，在一个什么地方等着，也不知道那是什么地方，突然，又站在了一张桌子前面，桌旁坐着几个穿制服的人。桌上堆着一叠纸：那是档案，不知道里面是些什么材料。接着就开始提问，这些问题真真假假，有的单刀直入，有的阴险奸诈，有的声东击西，有的设置圈套；你回答问题的时候，陌生而恶毒的手指在翻材料，你不知道里面有些什么东西，陌生而恶毒的手指在审讯记录上写些什么，你不知道写的是什么。可是，对我来说，这次审讯中最可怕的是，我始终猜不出，也估计不到，盖世太保对我们事务所的事情确实已经知道了哪些，哪些想从我口里获取。我已经对您说过，在最后一刻让女管家把那些可以构成罪证的文件送到我叔叔那里去了。可是，他收到这些文件了？他没有收到？那个坐探办事员泄露了多少？他们截住了多少信件？这期间在我们代理的那些德国修道院也许已经撬开了某个糊涂神甫的嘴，那么到底逼出了多少秘密？他们问呀，问呀，没完没了地问。我给修道院买过哪些有价证券，同哪些银行有通信往来？我认不认识一位某某先生？我收到过瑞士或者某某地方的信件没有？我一点也估计不出，他们到底查到了多少问题，所以我每个回答关系都非常重大。要是我承认了他们尚未掌握的某件事，我也许就会无谓地使某人罹难；我要是什么都不承认，那就自己害了自己。

　　"不过，审讯还不是最可怕的。最可怕的是审讯以后回到我那虚空之中，回到那个有着同一张桌子、同一张床、同一个洗脸盆和同样的壁纸的同样的房间里。因为只要我单独一人的时候，我就要重新琢磨审讯的情况，思考怎么回答才最聪明，下次提审也许会因我说话不小心而引起他们的怀疑，如果这样，我该怎么说才能弥补。我仔细思量，反复琢磨，认真检查我向预审官说的每一句证词，把他们提出的每个问题和我回答的每一句话都简要重复一遍，想估量一下我说的话有哪些可能被记录在案。不过我知道，我永远也估计不出来，也不会知道。但是这些思想一旦在这虚无的空间里发动起来，就不停地在脑袋里转动，翻来覆去，循环往复，还不断地想出一些新的事情来，而且睡着了脑袋里还在转；每次审讯之后，我脑子里还在经历着那些提问，深究和折磨的煎熬，或许甚至比审讯时的折磨更为残忍，因为每次审讯一个小时就结束了，而审讯之后由于寂寞的无情折磨，脑袋所受的煎熬却是没有完结的时候。我的四周总是只有桌子、柜子、床、壁纸、窗户，没有任何分散我注意力的东西，没有书，没有报纸，没有陌生的面孔，没有可以记点东西的铅笔，没有可以用来玩的火柴，没有，没有，什么都没有。现在我才发觉，把人单独囚禁在饭店的房间里这一套做法用心何其险恶，对人精神上的摧残又何其厉害。要是在集中营里，也许得用小车推石头，推得两只手磨出血来，两只脚冻僵在鞋里，可能得二三十人挤在一个又臭又冷的小屋里。可是你能看到人的脸，可以将目光投向一片田地，一辆手推车，一棵树，一颗星星，以及别的什么东西，而这里呢，你周围都是同样的东西，始终都是这些东西，从来不会改变，真是可怕。这里没有什么东西可以使我分心，使我从自己的思想、从自己的胡思乱想、从自己病态地将审讯时的提问和自己的回答不断复述中解脱出来。而这一点恰恰正是他们打的如意算盘——他们要憋死你，要让你自己的思想来憋你，直到憋得你喘不过气来，你别无他法，最后只好向他们吐露真相，将他们想要的一切招供出来，归终把材料和人统统抛了出来。我渐渐感觉到，在这虚空的令人毛骨悚然的压力下，我的神经开始松弛了，我意识到这种危险，便把神经绷得紧紧的，我想，即使把每根神经都绷断，也要找到或者想出点事情来分散自己的注意力。为了使自己有点事做，我就试着把以前会背的东西，如民歌、儿歌、中学课本里的幽默故事、民法条款等，一一朗诵出来，并再复述一遍。后来我又试着演算，随便拿些数字来相加、相除，可是在虚空中我的记忆缺少附着力，没有能使我的思想集中在上面的东西。脑袋里老是出现和闪烁着这个想法：他们知道什么？我昨天说了些什么，下次又该说些什么？

"这种真是难以描述的状况延续了四个月。四个月，写起来容易，才不过两个字！说起来也容易：四个月，一共才四个音节。①嘴唇动一下就把这几个音发出来了：四个月！但是谁也无法描述，测定，谁也无法用直观例子向别人、也无法向自己说明，在没有空间、没有时间的情况下时间有多长，无法向别人讲清楚，这虚空，虚空，你周围的虚空是如何蛀食和摧毁你的心灵的，整日所见就只有桌子、床、洗脸盆和壁纸，屋里成天都是沉默，成天是同一个看守，他看都不看你一眼就把饭塞了进来，时时刻刻是同样的思想在虚空中围着你转啊转，直弄得你神经错乱，疯疯癫癫为止。我心里惴惴不安，从一些细小的征兆中我发觉自己的脑子混乱了。起先，在审讯的时候心里是清楚的，陈述冷静沉着，深思熟虑；哪些该说，哪些不该说，这种双重思维还在起作用。现在我连说最简单的句子都是结结巴巴的，因为我在作法庭陈述时，眼睛总像是着了魔似的愣愣地盯着那支往纸上做着记录的笔，仿佛我想追上自己说的话似的。我感觉到，我的力气越来越不济了，我感觉到，为了救我自己，我将会把自己所知道的一切，也许还有更多的东西全部交代出来，为了摆脱虚空的窒息，我将会出卖十二个人，供出他们的秘

––––––––––––––––––––

① 四个月，德文为 vier Monate，是两个字，四个音节。

密，而我自己呢，除了片刻休息之外，什么好处也得不着，我感觉到这样的一刻越来越近了。一天晚上确已走到了这一步：在我快要憋死的当间，看守恰好给我送饭来，于是我就突然朝他背后喊：'您带我去审讯！我什么都交代！什么都交代！我要交代文件在哪儿，钱在哪儿！我统统都交代，彻底交代！'幸好他没有听到更多的东西，或许他也不想听我说。

　　"在这极其艰难的时刻，发生了一件意想不到的事。这件事把我救了，至少在一段时间里把我救了。那是七月底一个乌云密布的阴沉沉的雨天：我所以还清楚地记得这个细节，那是因为我被押去审讯、穿过走廊时，雨水正噼噼啪啪地打在玻璃窗上。我得在预审的候审室里等着。每次带去受审都得等，让你等，这也是一种手法。首先，通过叫喊，通过深夜里突然把你从囚室里提溜去受审，让你的神经高度紧张起来，然后，等你做好审讯准备，思想和意志都振作起来准备反击时，他们又让你等着，毫无意义地、无缘无故地等着，一小时，两小时，三小时地等着，等得你身心交瘁。在星期四，七月二十七日，这一天他们让我等得特别长，让我在候审室站着等了两个小时；这个日期我所以还记得，那是有个特别原因的。在候审室里当然不许我坐，我在那里站了两个小时，腿都要站断了。候审室里挂了一本月历，我无法向您解释，在当时如饥似渴地向往着印刷的和手写的东西的情况下，我是如何目不转睛地，如何牢牢地紧盯着墙上'七月二十七日'这几个字的；我仿佛把这几个字吞进了肚里，刻在了脑子里。随后我又等着，等着，眼睛注视着房门，看它什么时候终于会打开，同时心里在思考，审判官这次会问我什么问题，不过我也知道，他们问的问题可能和我准备的截然不同。但是不管怎么说，这种等待和站立的折磨同时也是一件好事，一种快乐，因为这间屋子怎么说也和我那间不一样，不一样，要稍微大一点，有两扇窗户，而我那间只有一扇，还有，这里没有床，没有洗脸盆，窗台上也没有那道明显的、我观察了几百万次的裂缝。房门油漆的颜色也不一样，靠墙放着另一把沙发椅，左边是一个档案柜，以及一个有挂钩的衣帽架，挂钩上挂着三四件湿军大衣，那是折磨我的刑警们的大衣。也就是说，我在这里可以看到一些新东西，同我那屋里不一样的东西，我那饥饿的眼睛终于又可以看到一些别的东西了，它们贪婪地盯着每一件东西。我细细察看这几件大衣上的每一个皱褶，譬如说，我看到一件大衣的湿领子上挂着一颗水滴，您听起来一定很好笑。我怀着莫名其妙的激动心情等待着，看这颗水滴最后会不会克服重力作用，继续长久地附着在衣领上——是的，凝视着这颗水滴，屏住呼吸对它凝视了数分钟之久，仿佛这颗水滴上悬挂着我的生命似的。后来水滴终于滚落下来了，我就开始数大衣上的纽扣，一件是八颗，另一件也是八颗，第三件是十颗，接着我又比较大衣的翻领；我饥渴难当的眼睛以一种我无法描述的贪婪触摸、把玩和抓住所有这些可笑的微不足道的小事。突然，我的目光呆呆地盯着一样东西。我发现，一件大衣的口袋鼓鼓的。我走近一些，凸起的东西呈长方形。从这一点我就看出这个略为有点鼓突的口袋里藏着的东西：一本书！我的双膝开始发抖：一本书！我已经有四个月手里没有拿过书了，光是想象一本书，想象书里可以看到一个挨一个的字排列成一本书的一行行，一页页，一张张，可以阅读和追踪别的一些新的、不熟悉的、可以分散注意力的思想，并将这些思想记在脑子里——光是这么一想，就令你心驰神往，销魂荡魄。我的眼睛像着了魔似的紧紧盯着那个小小的鼓突的地方，我的灼热的目光紧紧盯着那个不显眼的地方，仿佛想要在大衣上烧个窟窿似的。我终于无法抑制自己的贪欲；我下意识地一点点移近去。我思忖，这回至少可以隔着呢料拿手触摸一本书了。这个想法使我手指上的神经一直热到指甲上。几乎在不知不觉中，我往那儿越挨越近。幸好看守没有注意我这个肯定很奇怪的举动；也许他也觉得，一个人直直地站了两个小时以后，想稍微往墙上靠靠，这是很自然的。我终于站在挨大衣很近的地方了，我故意把双手反背着，以便人不知鬼不觉地碰到大衣。我触摸了呢料，透过面料我确实感觉到有个长方形的东西，这东西可以弯曲，而且还会窸窣作响——一本书！一本书！偷走这本书！这个念头像枪弹似的穿过我的脑子。也许会成功，你可以把书藏在囚室里，然后就读啊读，终于又可以读到书了！这个想法刚闪进我的脑袋，就像烈性毒药似的发生作用了：我耳朵里一下子嗡嗡直响，我的心怦怦直跳，双手冰凉，都不听使唤了。但是经过第一阵沉迷之后，我又轻轻地、巧妙地更往大衣挨近，两眼紧紧盯着看守，同时用藏在背后的双手把口袋里的那本书从下往上托起。接着将书一把抓住，再轻轻地、小心翼翼地一抽，突然，这本不很厚的小书就到了我的手里。现在我才为自己的行为感到后怕。但是我又不能再把书放回去了。可是把书往哪儿放呢？我把书从背后塞到裤子里，掖在系腰带的地方，再从那里将它慢慢挪到腰部，这样走路的时候我就可以像军人那样用手贴着裤缝，把书压住。现在该做第一次试验了。我离开衣架，一步，两步，三步。行。只要把手紧紧压着腰带，走路的时候就可以把书夹住。

"接着就开始审讯了。这次受审我付出的精力比哪次都多，因为这回我在回答问题的时候其实并没有把全部精力集中在我的口供上，而是首先一心想着要不露声色地把书夹住。幸好这次审讯很快就结束了，我安然将书带到我的房间——我不想详述种种细节来耽误您的时间，因为在走廊里书一下从裤子里滑了下来，真危险，我不得不假装一阵剧烈的咳嗽，咳得弯下腰去，把书重新安然塞回到腰带下。不过，当我带着这本书回到我的地狱里，终于独自一人、可又不再是独自一人的时候，我是什么样的心情啊！

"您大概会想，我一定立即抓起书来看了看，就读了起来。完全不是！首先我要品味一下阅读前的乐趣。我身边有了一本书，自己可以先去幻想一番，这本窃得的书最好是哪一类，这是一种故意延缓的、并且使我的神经奇妙地兴奋起来的快乐：首先这是一本印得很密的书，有很多很多字，有很多很多薄薄的书页，这样我就可以多读一些时间，再就是，我希望这是一本能够在精神上给我激励的作品，不是肤浅的、轻松的作品，而是本可以学习、可以背诵的作品，最好是诗歌，是歌德或荷马——这是个多么大胆的梦啊！可是我终于无法继续控制住自己的欲望和好奇心了。我往床上一躺——这样，万一看守突然把门打开，他也抓不住我的把柄——哆哆嗦嗦地从腰带下抽出书来。

"看了第一眼就使我大为扫兴，甚至感到极其恼怒：冒着那么大的危险窃得的这本书，积聚着那么热烈的期望的这本书只是一本棋谱，是一百五十盘名局汇编。要不是我的窗户闩着，关得严严实实的，我一怒之下不把书从窗户里扔出去才怪，我要这么一本毫无意义的书有什么用？我上中学时像大多数学生一样，无聊的时候偶尔也下棋玩玩。可是这本理论的东西我要它干吗？没有对手可不能下棋，更不用说没有棋子和棋盘了。我懊恼地把这本棋谱浏览了一下，心想说不定会发现什么可读的东西呢，譬如说一篇序言啦，一篇导读啦。但是除了一盘盘名局的干巴巴的正方形棋图以及棋图之下起先令我莫名其妙的符号，诸如 a2—a3，Sf1—g3 之外，其他什么也没有。这一切我觉得像是一种无法解开的代数方程式。后来我才渐渐地猜出，a、b、c 这些字母代表经线，数字 1 至 8 代表纬线，两者相合就可以确定每个棋子的位置。这么一来，这些纯粹图解式的示意图毕竟获得了一种语言。我思忖，也许我可以在囚室里做一个棋盘，然后就照着棋谱把这些棋局摆一摆；像是上天的旨意，我床单的图案恰好是粗线条的方格子。把床单好好一叠，终于把它摺出六十四个方格来了。于是我就先把书藏在褥子底下，并将书的第一页撕掉。接着我就开始用我省下来的小块面包屑做成王、后等棋子的样子，不言而喻，棋子做得很可笑，很不完美。经过不断努力，我终于可以在方格床单上摆出棋谱上标明的各个位置了。我把这些可笑的面包屑棋子的一半涂上灰，使颜色深一些，以示区别。但是当我试图用这些棋子将一局棋从头到尾复盘时，起初我失败了。头几天我摆棋的时候，摆着摆着就乱套了，一局棋我就得摆五次，十次，二十次，每次都是从头摆起。不过世界上有谁像我这个虚空的奴隶拥有那么多无法利用的和毫无用处的时间呢？又有谁有那么多无法估量的欲望和耐心呢？六天以后我已经能完美地把这盘棋下完了，再过八天我连面包屑都不用放在床单上，就可以把棋谱上这一盘每步棋的位置记得清清楚楚，再过八天，连方格床单也用不着了。起先棋谱上 a1、a2、c7、c8 这些抽象的符号现在在我脑子里都自动变成了一个个看得见的形象化的位置。这个转化完全成功了：我将棋盘连同棋子都投影在我的脑袋里，光用棋界用语就能看到每步棋的位置，就像一位训练有素的音乐家，只要朝乐谱看上一眼，就足以听出各个声部以及和声来。又过了十四天，我已经能毫不费力地背下棋谱上的每一盘棋——用行话来说，就是下盲棋。现在我才开始懂得，我这次大胆的偷窃给我带来了无可估量的欣慰。因为我一下子有事做了——如果您愿意也可以说这是毫无意义、毫无用处的事，不过它确实摧毁了包围着我的虚空，有了一百五十盘棋的棋谱，我就有了一件神奇的武器来抵御令人窒息的时空的单调。为了使这项新找来的事儿始终保持它的魅力，从现在起我把每天的时间做了精确的划分：上午摆两盘，下午摆两盘，晚上再快速复一次盘。在此之前，我的日子像明胶一样无形无状地延伸着，现在可是填得满满的了，我有事做了，而又不感到疲倦，因为下棋具有一种奇妙的好处，可使智力专注于一个狭窄的范围里，不论如何费劲思考，脑子也不会松弛，相反，会更加增强大脑的灵活和张力。起初我只是机械地照着名局摆棋，在这过程中，在我心里慢慢开始出现一种对国际象棋的艺术妙趣横生的理解。我学会了进攻和防御的精微着法，行棋布阵的谋略和深邃的洞察力，我掌握了预先计算，互相呼应和巧妙应着等技巧，不久就能准确无误地识得每位国际象棋大师棋风的个人特点，就像一个人只消读几行诗就能确定该诗出自哪位诗人之手一样。这件事开始时纯粹是为了填满时间而干的，现在变成了享受，阿廖欣、拉斯克、波戈留波夫、塔尔塔柯威尔等伟大的国际象棋战略家的形象，宛若亲爱的朋友，都来到我这寂寞的斗室。棋局中无穷无尽的变化使这间不会说话的囚室每天都充满了生气，正是因为我的练习很有规律性，使我原本已经受了损害的思维能力又恢复了自信；我感觉到我的脑子又重新活跃和振奋起来了。而且由于不断进行思维训练，甚至还好像磨得更锋利了。我考虑问题的时候思路更清晰，思想更集中，这一点尤其是在审讯的时候得到了证明：不知不觉中，在棋盘上对付虚假的讹诈和暗藏的诡计方面达到了完美无缺的程度；从这时起提审的时候我再也不露出任何破绽，我甚至还觉得，盖世太保们渐渐开始带着某种敬意来观察我了。也许他们在暗暗自问，他们看着其他人都垮了，唯独我还在进行不屈不挠的反抗，这种力量是从哪些秘密源泉汲取的？

"这是我的幸福时光，我日复一日地将棋谱上的一百五十盘棋局系统地一一进行复盘，这段时间大约延续了两个半月至三个月。随后出乎意料，我又遇到了一个死点。突然之间我又重新面对一片虚空，因为我把每盘棋都从头到尾下了二三十次，这样，这些棋局就失去了新鲜的魅力，不再给人以惊喜，先前那种令人兴奋、令人激动的力量枯竭了。这些棋局的每一步我早已背得滚瓜烂熟，再一次又一次地将它们重复又有什么意思？刚一开局，这盘棋的进程就像自动在我心里展开了，已经不再有惊喜，不再有紧张，不再有任何问题了。为了使自己有事可做，为了给自己制造已经成了不可或缺的劳累，并分散自己的注意力，我真需要另一本汇集了别的棋局的书。可是这是完全不可能的，所以在这条奇怪的歧途上只有一条路：必须自己发明新的棋局来代替旧的棋局。我必须设法跟自己下，更确切地说，是向自己作战。

"我不知道，对于这种'游戏中的游戏'——同自己对弈的精神状态您了解到何种程度。但是只要粗略一想，就足以明白，下国际象棋是一种纯粹的、没有偶然性的思维游戏，因此要跟自己对弈的想法从逻辑上来说是荒谬的。国际象棋的引人入胜之处，从根本上来说仅仅在于其战略是在两个不同的脑袋里不同地发展的，在这种精神战争中黑方并不知道白方的花招，所以不断想方设法去猜测和挫败其诡计，同时就白方而言，对于黑方的秘密意图它力图预先加以识破，给予反击。如果现在执黑和执白是同一个人，那情况就十分荒谬了：同一个大脑同时对一些事情既应该知道，又不应该知道，作为白方在行棋的时候，它能奉命忘掉一分钟前黑方的愿望和意图。这种双重思维其实是以意识的完全分裂为前提的，大脑的功能就像机械仪表一样，开关自如。想要自己战自己，这在国际象棋中是个悖谬，就像一个人想要跳过自己的影子一样。

"好了，说简短些吧，这种悖理和荒谬之事我在绝望中竟试了几个月之久。可是，为了使自己不至于陷入完全精神错乱或者智力的彻底衰颓，除了去做这件荒唐事之外，我别无选择。我那可怕的处境逼得我不得不至少去试一试，把自己分裂成一个黑方我和一个白方我，要不然我就得被我周围恐怖的虚空压垮。"

B博士往躺椅上一靠，闭了一会儿眼睛。他仿佛要把令人心烦意乱的回忆强压下去似的。他左边嘴角上又出现了奇怪的抽搐，他无法控制的抽搐。接着，他在躺椅上把身子略为坐直一些。

"这样，到此为止，我希望已经把一切都向您讲得相当清楚了。但遗憾的是我自己也拿不准，其余的事是否也能那么清楚地说给您听。因为这件新工作要求脑子保持绝对的紧张，这就使它不能同时进行任何自我控制。我已经向您提到过，照我看，同自己对弈这本身就很荒谬绝伦；但是即使是荒唐事，面前总有一个实实在在的棋盘，那毕竟还有一个最小的机会，而棋盘这个真实的东西毕竟还容许保持一定的距离，允许享受物质上的治外法权。面对摆着真实的棋子的真实的棋盘，纯粹从身体方面来说，就可以一会儿站在桌子的这一边，一会儿站在桌子的另一边，以便一会儿从执黑的立场，一会儿从执白的立场来把握和运筹局势。但是像我这样迫不得已把向我自己进行的厮杀，要是您愿意的话，也可说是同我自己进行的厮杀投影在一个意想中的空间里。我被迫在脑子里清楚地把握住六十四个方格上每一边的阵势，此外不仅要计算出眼前的行棋，而且也要计算出对弈双方下几步可能要走的棋，确切地说，我要两倍、三倍地盘算，不，是六倍、八倍、十二倍地盘算，我要为每一个我，为黑方我和白方我预先想出四五步棋，我知道，这一切听起来是多么荒谬。请您原谅，我希望您仔细考虑一下我的这种疯癫状态。在抽象的幻想空间中下棋的时候，我作为白方棋手，同时又作为黑方棋手都得为各方预先算出四五步，也就是说，对于棋局发展进程中所出现的各种情况在一定程度上得预先跟两个脑子，跟白方的脑子和跟黑方的脑子配合好。但是即使是这种自我分裂在我这费解的试验中还不是最危险的，由于我独立想出了一些棋局，结果失去了立足之地，坠入了无底深渊。像我前几个星期所练习的那样，光是照名局来下，归终只不过是一种复制的成果，纯粹是对已有物质的重复，这并不比背诵诗歌或者默记法律条文更费劲，这是一种局限的、按部就班的活动，因而是一种绝妙的脑力训练。我上午练习两盘棋，下午练习两盘，这是规定的定额，没有一丝激动我就可以将它完成；这四盘棋是我的正常工作，再说，要是我在下棋的过程中走错了，或者走不下去了，总还可以向棋谱求教。所以对于我受了震惊的神经来说，这是很有疗效的，更能起镇静作用，因为照别人的棋局摆棋不会使自己卷进搏杀中去；管他是黑棋赢还是白棋赢，对我来说都无所谓，这是阿廖欣或波戈留波夫，是他们在争夺比赛的桂冠，而我本人，我的理智，我的心灵，仅仅是作为观众、作为行家里手在品味棋局的转折突变和赏心悦目。但是从我想跟自己搏杀的一刻起，我就下意识地开始向自己挑战了。两个我中的每一个我，黑棋我和白棋我，在互相竞争，为了自己的一方，每一个我都雄心勃勃，心浮气躁，想取胜，想赢棋；作为黑棋我每走一步心里就万分紧张，不知白棋我会怎么应对。我的两个我中的任何一个，要是另一个我走错一步棋就兴高采烈，得意扬扬，而同时对于自己的漏着则怒容满面，忧心忡忡。

"这一切看起来毫无意思，事实上这种人为的精神分裂，这种意识分裂，它所带来的危险的心情激动，在正常人的正常状态下是难以想象的。但是，请您不要忘记，我是从正常状态下被强行拉出来的，是个囚犯，无辜遭到监禁，几个月来受尽别人精心策划的孤寂的折磨，早就要将他积聚起来的愤怒向任何东西发泄了。因为我没有别的东西，只有这种向自己进攻的游戏，所以便将我的愤怒，我的复仇欲望统统狂热地倾注到下棋中去。我心里有种东西自以为是，可是我又只有心里的另一个我是我能与之相搏的，所以我下棋时的激动几乎到了发狂的程度。开始我思考的时候还是不慌不忙，谨慎周到的，在一盘棋和另一盘棋之间还安排了休息时间，好让自己歇一歇，放松一下；可是渐渐地，我那被激动起来的神经就不容许我再等了。我刚走一步我的白棋，就已急不可耐地将我的黑棋向前挺进了；一盘棋刚结束，我就向自己挑战，要下第二盘，因为我这两个我每次总有一个被另一个战胜而要求再下一盘，好扳回来。由于这种疯狂的贪婪心理，这几个月在我的囚室里我同自己究竟厮杀了多少盘，我连个大概数都说不出来——也许一千来盘，也许更多。这是一种我自己无法抗拒的癫狂；从早到晚，我什么也不想，想的只是象、卒、车、王和a、b、c，'将死'和'王车易位'等等，我整个身心都被逼到这个有格子的方块上去了，下棋的乐趣变成了下棋的欲望，下棋的欲望又变成了一种强制，一种癖好，一种疯狂的愤怒。它不仅浸透我清醒的时间，而且也渐渐控制了我的睡眠。我思考的只能是下棋，只能是行棋，只能是下棋过程中出现的问题；有时我醒来，额头湿漉漉的，我断定，睡着了甚至还下意识地在继续下棋，要是我梦见了人，那这个梦一定仅仅是在动象、车的时候，在马往前跳或往后跳的时候做的。就是在被提审的时候，我也不再能明确地想到我的责任了；我感觉到，最近几次审讯的时候，我说的话一定相当的语无伦次，因为，因为审讯官们有时面面相觑，诧异不解。而实际上，在审讯官们向我提问以及他们互相商量的时候，我心里涌动着那糟糕的欲望，只等着把我重新押回我的囚室去，好继续下棋，继续疯狂地下棋，重新下一盘，再下一盘。每次中断都会使我神经紊乱；就是看守来清扫囚室的一刻钟，给我送饭来的两分钟，也使我那狂热的急躁不安的心情大受折磨；有时候到了晚上我那盒饭还在那儿放着，碰都没有碰过，我下棋下得忘了吃饭。我肉体上能感觉到的唯有可怕的口渴；这大概是由于不停地思考，不停地下棋而上火了；一瓶水我两口就喝干了，就缠着看守，让他再给我水，但一会儿我又感到口干舌燥了。最后，下棋的时候——我从早到晚别的什么都不干——我的情绪竟激动到不再能够静静地坐上片刻的程度；我一面思考棋局，一面不停地走来走去，越走越快，棋局越是临近收尾，心情就越是急躁；那种赢棋、取胜的欲望，击败我自己的欲望，渐渐变成了一种愤怒。我焦躁不安，浑身颤抖，因为我身上一方的我总嫌另一方的我走棋太慢。一方就催促另一方；要是我身上一方的我觉得另一方的我应着不够快，我就开始骂自己：‘快，快’或者‘往前，往前’，您也许觉得这很可笑吧。当然，我今天心里很清楚，我的这种状况完全是精神过分紧张导致的一种病态反映，对于这种病状我还找不到别的名称，只好把它叫作迄今医学上还不清楚的‘棋中毒’。后来，这种偏执的癫狂不仅开始侵蚀我的大脑，而且也开始侵蚀我的身体了。我消瘦了，睡不好觉，恍恍惚惚，每次醒来都要费好大的劲才能睁开沉甸甸的眼皮；有时我感到极度虚弱，连拿水杯手都抖得非常厉害，要费很大力气才能把杯子送到嘴边；但是一开始下棋，一股狂热的力量就来了：我紧握拳头走来走去，有时宛如透过一层红雾听见我自己的声音沙哑地、凶狠地冲着自己叫喊：'将死了！'

"这种令人心惊胆战、难以描述的危机状况是如何出现的，我自己也说不清楚。我所知道的全部情况就是，一天早晨我醒来，觉得跟以往完全不一样。我全身像散了架似的软绵绵地躺着，舒适而安逸。一种深深的、适意的倦意，我几个月来未曾有过的倦意压着我的眼皮，是那么温暖、惬意，起先我犹犹豫豫，竟不愿把眼睛睁开。我醒着躺了几分钟，继续享受恬适的昏昏沉沉的境界，暖融融地躺着，感官陶醉在飘飘欲仙的快感之中。突然，我觉得似乎听见身后有声音，是活人的说话声，我这时心里的狂喜之情您是想象不出的，以往几个月，将近一年以来，除了法官席上那种生硬、凶狠、毒辣的话之外，我没有听到过别的声音。'你在做梦，'我对自己说，'你在做梦！千万不要睁开眼睛！让梦境再延续一会儿，要不然你又要看见围绕着你的那间该死的囚室，那把椅子、那个洗脸盆和那图案永远不变的壁纸。你在做梦——继续做下去吧！'

"可是，好奇心还是占了上风。我慢慢地、小心翼翼地睁开眼。奇迹出现了：我处在另一个房间里，这房间比我饭店里的那间囚室宽大。窗户上没有加栅栏，阳光可以不受遮挡地照射进来，窗户外不是我那呆板的防火墙，一眼望去就可看到迎风摇曳的绿树，室内四壁光洁，雪白闪亮，我上面的天花板又白又高——真的，我躺在一张陌生的新床上，这确实不是梦，我身后有人的声音在低语。惊讶之余，我大概是不由自主地使劲动了一下，因为我马上就听到有人走来的脚步声。一个女人步履轻盈地走了过来，头发上罩着白软帽，是个看护，是护士。我惊奇得浑身打了一阵战栗：我已经有一年没有见过女人了。我愣愣地凝视着这个妩媚的身影，我的目光一定极为兴奋和狂热，因为走过来的护士急忙'安静！请您安静！'地说着，让我平静下来。可是我只是聆听她的声音——这不是一个人在说话吗？再说还是一个柔和、温暖，简直可以说是甜美的女人的声音。真是不可思议的奇迹！我贪婪地望着她的嘴，一个人居然能怀着善意同别人说话，这在我这个在地狱里待了一年的人看来，简直是不可能的。护士朝我微笑——是的，她在微笑，居然还有人会善意地微笑——接着她把食指压着嘴唇，意思是让我别出声，然后就轻声地走了。但是我却不能听从她的命令。这个奇迹我还没有看够呢。我硬是想在床上坐起来，好看看她的背影，看看这个善良的人性之奇迹。我想在床沿上欠身坐起来，但未能做到。另外，我感觉到右手的手指和手腕那儿有点儿不对劲，有一个厚厚的大白卷，显然是用很多绷带包扎起来了。我惊奇地望着我手上厚厚的、奇怪的白色包扎，先是摸不着头脑，随后我慢慢开始明白了我在哪儿，并开始思索我自己究竟出了什么事。一定是他们把我打伤了，或者是我自己弄伤了手。我正躺在一家医院里。

"中午大夫来了。他是位和气的、年纪较大的先生。他知道我们家族的姓，并非常尊敬地提到我当御医的叔叔，我马上就感觉到，他对我是一片好意。在随后的交谈中，他向我提出了各种各样的问题，尤其是一个使我感到惊讶的问题：我是不是数学家或者化学家。我说都不是。

"'怪了，'他喃喃地说，'您发烧的时候老是大声嚷着一些奇怪的公式——c3、c4 什么的。我们大家都听不懂。'

"我向他打听，我究竟出了什么事。他意味深长地笑笑。

"'不很严重。是神经急性刺激。'他先是小心翼翼地往四处看了看，然后轻声补充说，'这毕竟是可以理解的。在三月十三日①之后，是吧？'

"我点点头。

"'碰上他们使的这种方法，神经受点刺激并不奇怪，'他喃喃地说，'您并不是第一个。不过您放心好了。'

"看到他悄悄叫我放心的那种神态以及他对我劝慰的目光，我知道，在他这儿我是非常安全的。

"两天以后，这位好心的大夫相当坦率地把事情发生的经过告诉了我。那天，看守听见我在囚室里大喊大叫，开始他以为有人进了我的屋，我在同此人吵架。他刚到房门口，我就朝他扑了过去，冲着他大喊大叫，嘴里喊着'跑啊，你这恶棍，你这胆小鬼！'诸如此类的话，并想卡住他的脖子，最后我发了狂似的向他袭击，他不得不大喊救命。我正处于疯狂状态，后来他们就把我拖来让大夫检查，我大概突然挣脱了，就朝走廊里的窗户扑去，打破玻璃，把自己的手割破了——您看这里还有个很深的疤。在医院里的头几夜，我是在大脑极度兴奋的状态下度过的，不过现在他觉得我的意

---

① 一九三八年三月十三日，希特勒强行宣布德奥合并，奥地利被法西斯德国吞并。

识完全清醒了。'当然,'他悄悄补充说,'这一点我还是不向这帮先生报告为好,否则到头来他们又要把您送回到那儿去了。请您相信我,我会尽力而为的。'

"这位乐于助人的大夫是怎么向那些折磨我的人汇报我的情况的,我不得而知。反正他达到了想要达到的目的:把我释放。可能是他说,我神经已经错乱,或者也许在此期间对盖世太保来说,我已经无足轻重了,因为希特勒在那以后已经占领了波希米亚,这样,对他来说,奥地利事件就算了结了。这样,我就只需签个字,保证在十四天内离开我们的祖国。这十四天我为办理一个以前的世界公民今天出国所必需的成千项手续而奔忙:军方和警方的同意证明、税务证明、申请护照、办签证、办健康证明等等,因而没有时间对往事多加思考。看来我们大脑里有一些力量在神秘地起着调节作用,会自动排除那些使我们灵魂讨厌的和对我们灵魂具有危险的东西,因为每当我要回忆我被囚禁的那段日子,我的脑子就有几分糊涂,直到好几个星期以后,实际上是上了这艘船之后,我才重新找到勇气,静下心来思考自己身上所发生的事。

"现在您一定会理解,为什么我对您的朋友们的态度会那么不得体,或许还让人百思不得其解呢。我确实完全是闲逛偶然经过吸烟室才看见您的朋友们坐在那里下棋的;我又惊又怕,感觉到我的脚像长了根似的不由自主地站立在那里。因为我全忘了可以在一个真正的棋盘前用真正的棋子下棋,全忘了下棋的时候有两个完全不同的人真真切切互相面对面地坐着。我用了好几分钟才想起,这两个棋手在那里下的,其实同我在束手待毙的情况下跟我自己下了好

268

几个月的那种棋是一回事。我发现，我疯狂地练习时所使用的那些密码只是这些棋子的代替和象征；让我感到惊喜的是，棋子在棋盘上的移动同我在思维空间中假想的走步是一样的，正如一位天文学家用复杂的方法在纸上算出了一颗新行星，后来果真在天空中看到了这颗皎洁晶莹的星星的实体。我的惊喜同那位天文学家的惊喜大概很相似。我像是被磁铁吸住了，凝视着棋盘，望着那儿我的棋图——马、象、王、后、卒等木雕的真实棋子；为了看清这局棋的阵势，我不得不下意识地先将这些棋子从我那抽象的符号世界里退出来，进入活动棋子的世界中来。好奇心渐渐主宰了我，想观看两位棋手之间真正的较量。这就发生了很尴尬的事，我竟把礼数忘到了九霄云外，参与到你们的棋局中来了。但是您的朋友那步昏着像在我心里捅了一刀。我阻止他走那一步，这纯粹是一种本能行为，是感情冲动的表现，正如一个人看到一个孩子弓身挂在栏杆上，就不假思索地将他一把抓住一样。后来我才意识到，我一性急就贸然行事，这有多么唐突。"

我赶忙对 B 博士说，通过这件偶然的事能与他相识，我们大家都很高兴，对我来说，在听了他向我吐露种种情况后，要是在明天的临时棋赛上能见到他出场，定会兴趣倍增。B 博士听了，做了个不安的动作。

"可别这么说，您真的不要对我抱过多的希望。对我来说，这不过是试一试罢了……试试我到底能不能正常地下棋，能不能用实实在在的棋子同一个活跃着生命力的人在真正的棋盘上对弈……因为我现在越来越怀疑我下过的几百盘，或许是数千盘棋是否真正符合国际象棋的规则，会不会仅仅是一种梦里的棋，一种谵妄棋，一种谵妄游戏，做这种游戏总像是在梦里一样，许多中间阶段都跳过去了。希望您不是当真指望让我不自量力，竟以为能与国际象棋大师，而且是当今世界第一高手较量一番，但愿您对此不要抱有认真的指望。使我感兴趣并让我全力以赴的，仅仅是一种事后的好奇心，想证实一下我那时在囚室里是在下棋还是已经疯了，我当时是处在危险的暗礁之前，还是已经到了它的另一面——仅此而已，只是仅此而已。"

这时船尾响起了进晚餐的锣声。我们聊了几乎两个小时了，B博士对我讲的，要比我在这里归纳的多得多。我衷心向他表示感谢，并向他告辞。但是我刚走上甲板，他就从后面追了来，他激动地、甚至有点结结巴巴地补充说：

"还有件事！请您马上先转告诸位先生，免得我到时候显得没有礼貌；我只下一盘……就让这盘棋把旧账画上个句号——彻底了结，而不是新的开始……我不想第二次染上如痴如狂的棋瘾，这种棋瘾现在回想起来都感到胆战心惊……还有，还有，当时大夫警告过我……郑重其事地警告过我。对某种东西染上了瘾，永远存在着危险，中过棋毒的人即使已经治好了，最好还是不要挨近棋盘……所以，您明白——只下一盘棋，对我自己做个试验，绝不多下。"

第二天，在约定的时间三点钟，我们大家都准时聚集在吸烟室里。我们这边又增加了两位"国王游戏"的爱好者，他们是船上的高级海员，是专门向船上请了假来看比赛的。岑托维奇也没有像昨天那样让别人等他。按照规定挑好了棋子的颜色之后，这场值得纪念的、由 Homo obscurissimus① 对著名的世界冠军的国际象棋比赛就开始了。可是很遗憾，这盘棋只是为我们这些外行观众下的，其进展情况没有保存，没有载入国际象棋年鉴，就像贝多芬的一些钢琴即兴曲没有留下乐谱一样。尽管我们在以后的几个下午想一起根据记忆将这盘棋复原，结果是白折腾一场；也许在棋赛进行过程中我们对两位棋手倾注了过多的热情，因而忽视了棋局的进程。因为两位棋手在外表上表现出来的智力差异，在棋局进行过程中愈来愈在形体上显得清楚。岑托维奇这位行家在整个比赛时间里像块石头，一动不动，两眼低垂，紧盯棋盘；在他来说，思考的时候简直像要付出体力似的，使他全部器官不得不高度集中。相反，B博士的举止轻松自如，无拘无束。作为真正的业余爱好者，B博士的身体是完全放松的，就业余爱好者这个词的最美好的意义上来说，下棋只是游戏，是令人快乐的游戏。在头几步棋的间隙时间里，他在闲聊中给我们讲棋，并潇洒地点着一支烟，只有轮到他走的时候，他才往棋盘上看上一分钟。他每次都给别人这样的印象，仿佛他早就在等着对手的这步棋了。

开局的几步熟套棋下得相当快。到了第七或第八回合一个明确的计划好像才出来。岑托维奇考虑的时间越来越长，由此我们感到，争取优势的真正战斗开始了。说实话，局势的渐渐发展像真正比赛时的每盘棋一样，对我们这些外行来说是相当失望的。因为棋子越是相互交织，形成一个特殊图案，我们对真正的情况就越是捉

---

① 拉丁文，无名之辈。

摸不透。我们既搞不清这位棋手的目的何在，不明白另一位有何打算，也不知道两人之中哪位是先手。我们只看到一个个棋子像起重机似的在挪动，想砸开敌阵，但是他们这样来来往往有何战略意图，我们却不得而知，因为慎重的棋手每走一步都要预先推断出好几步。另外，我们渐渐感到一种令人瘫痪的疲倦，这主要是由于岑托维奇考虑的时间拖得没完没了引起的，这显然也开始激怒了我们的朋友。我不安地发现，这盘棋时间拉得越长，他在椅子上心神不宁地动得越厉害。由于烦躁不安，他一会儿一支接一支地抽着烟，一会儿又抓起铅笔记点什么。接着他又要了一瓶矿泉水，心急火燎地把水一杯杯灌下肚去；显然，他的推断要比岑托维奇快一百倍。每次，岑托维奇没完没了地考虑以后，决定用他笨重的手将一个子往前一挪，我们的朋友就像见到期待已久的事情终于发生了一样，随即微微一笑，马上就应了一着。他的判断力极其神速，脑袋里一定把对方的一切可能性都预先计算出来了；因此，岑托维奇思考的时间越长，他就越发心烦意乱，在等待的时候他的嘴边强压着一股子火气，几乎是一股子敌意。可是岑托维奇却仍然不慌不忙。他顽固地思索着，默不作声，棋盘上的棋子越少，他琢磨的时间就越长。到第二十四个回合就已足足下了两小时四十五分钟，我们大家已经坐得疲惫不堪，对棋台上的进展几乎无动于衷了。船上的高级海员一个已经走了，另一个拿着本书在看，只是在棋手走子的时候才抬头瞥上一眼。可是等到岑托维奇的一步棋一走，这时意想不到的事突然发生了。B博士一发现岑托维奇抓住马要往前跳，就像准备扑跳的猫一样弓缩着身子。他浑身开始发抖，岑托维奇的马一跳，他就把后狠狠地往前一推，以胜利的姿态大声说："好！结束战斗！"说完便将身子往后一靠，双臂交叉搁在胸前，并以挑战的眼光看着岑托维奇。他的瞳孔里突然闪烁着一团灼热的光。

我们大家不由得都俯下身来看着棋盘，想搞清以胜利者的姿态高声宣布的这一步棋。第一眼看不出有什么直接的威胁。那么我们朋友的话一定是就局势的发展而言的，而这一发展我们这些考虑得不远的业余爱好者还计算不出来。听到那挑衅性的宣告，岑托维奇是我们中唯一不动声色的人；他平心静气地坐着，仿佛压根儿没有听见"结束战斗！"这句侮辱性的话似的。室内没有任何反应。因为我们大家下意识地屏住了呼吸，所以那只放在桌上做计时用的闹钟的滴答声一下子听得清清楚楚。三分钟，七分钟，八分钟——岑托维奇一动不动，可是我觉得，由于心里紧张，他厚厚的鼻孔似乎张得更宽了。对于这种默默的等待，我们的朋友似乎也同我们一样觉得难以忍受。他突然站了起来，开始在吸烟室里走来走去，起先走得很慢，后来越走越快，越走越快。我们大家都有些奇怪地望着他，不过谁也没有我着急，因为我注意到，虽然他走来走去显得很急，然而他的脚步所迈经的那个空间范围每次都是一样的，这就仿佛他在空荡荡的房间里每次都碰到一个看不见的障碍物，迫使他不得不往回走。我不禁打了个冷战，我发现，他这样走来走去，无意中重现了他从前那间囚室的尺寸：在他被囚禁的几个月中一定也是这样，双手抽搐，肩膀蜷缩，同关在笼子里的动物一样跑来跑去；他在那儿一定就是这样，就只能是这样来来往往跑了上千次，在他僵呆而兴奋的目光里闪烁着发狂的红光。不过他的思维能力看来尚未受到损伤，因为他不时烦躁地朝棋桌转过脸去，看看岑托维奇此刻是否做出了决定。九分钟，十分钟过去了。这时终于发生了我们之中谁也没有料到的事。岑托维奇缓缓抬起他那只一直一动不动地搁在棋桌上的手。我们大家都紧张地注视着他将作出的决断。然而岑托维奇没有走子，而是翻过手，手背果断地一推，将所有的棋子慢慢拨出棋盘。过了一会儿我们才明白：岑托维奇放弃了这盘棋。为了免得当着我们的面明显地被将死，他缴械了。难以置信的事发生了，世界冠军、无数次比赛的折桂者，在一个无名之辈面前，在一个已有二十年或者二十五年没有碰过棋盘的人面前卷起了旗帜。我们的这位匿名朋友，棋界的无名小卒，在公开比赛中战胜了当今世界国际象棋第一高手！

不知不觉中我们激动得一个个都站了起来。我们每个人都觉得，B博士一定会说点或做点什么来疏导一下我们快乐的受到惊吓的情绪。唯一纹丝不动地保持着镇定的便是岑托维奇。过了一阵，他抬起头来，用冷漠的目光望着我们的朋友。

"还下一盘吗？"他问道。

"当然。"B博士回答，他那种热情让我感到很不对头。我还没来得及提醒他自己下的"只下一盘"的决定，他就已经坐下了，并开始急急忙忙地把棋子重新摆好。他将棋子集拢的时候是那么激动，以致一个卒子两次从他哆哆嗦嗦的手指间滑到地上；我原先心里就极不好受，现在见他很不自然的激动神情，我心里非常害怕。因为他本是个文质彬彬、温文尔雅的人，现在显然兴奋过度；他嘴角上的抽搐也更频繁，他像发了高烧，全身不住地颤抖。

"别下了!"我在他耳边悄悄说,"现在别下了!您今天已经够了!对您来说,这太费神了。"

"费神!哈哈哈……"他恶狠狠地放声大笑,"要不是这么磨蹭,这期间我都可以下十七盘了!这么慢的速度,又不好睡着,这才是唯一让我费神的呢!——行了!这回您开棋吧!"

最后这几句话他是对岑托维奇说的,语调激烈,近乎粗鲁。岑托维奇静静地、泰然自若地望着他,但是他冷漠的目光似乎是一只攥紧的拳头。突然,两位棋手之间出现了新的情况:危险的紧张气氛和强烈的仇恨。现在已不再是两位互相一比高低的棋手,而是两个敌人,都发誓要把对方消灭。岑托维奇犹豫了很长时间才走第一步棋,我明显地感到,他是有意拖那么长时间的。显然,这位训练有素的战略家已经发现,恰恰是由于他下得慢才弄得对手筋疲力尽和烦躁不安的。因此他用了至少有四分钟,才走了一步最普通、最简单的开局棋:按常规把王前卒往前挪两格。我们的朋友立即以王前卒向迎,可是岑托维奇又做了一次没完没了的停顿,简直让人难以忍受;这就像天上划过一道强烈的闪电,大家心里怦怦直跳,等着惊雷,可是惊雷就是不下来。岑托维奇一动不动。他静静地、慢慢地思索着,我越来越确定地感觉到,他这慢是恶毒的;不过这倒给了我充裕的时间去对 B 博士进行观察。他刚把第三杯水喝下:我不由自主地想到,他给我讲过在囚室里感到一种发高烧似的口渴。这时他身上已经明显地出现了所有反常的激动的征兆;我看见他的额头潮湿了,手上的伤疤比先前更红更显著了。但是他还控制着自己。到了第四个回合,岑托维奇考虑起来又是没完没了,这下 B 博士沉不住气了。

"总得走棋呀！"

岑托维奇抬起头，冷冷地看着他。"据我所知，我们是约定的，每步棋有十分钟思考时间的呀！我下棋，原则上都不少于这个时间。"

B博士紧紧咬着嘴唇。我发现，在桌底下，他的脚烦乱地、越来越烦乱地摆来摆去往地板上蹭。我有一种预感，觉得他身上正在酝酿着某种荒唐的东西。这种预感压得我喘不过气来，使我自己也无法阻挡地变得越来越神经质了。事实上，下到第八个回合又发生了一个风波。B博士等啊等，等得越来越不能自制，他再也无法抑制自己的张力了；他坐在那儿不停地来回晃动，而且禁不住开始用手指头敲着桌子。岑托维奇抬起他那沉重的乡巴佬式的脑袋。

"可以请您别捶桌子吗？这对我是个打搅。这样我无法下棋。"

"哈哈！"B博士短短地笑了一声，"这一点倒是都看见了。"

岑托维奇涨红着脸，严厉而带着恶意地问道："您这话是什么意思？"

B博士又短短地、幸灾乐祸地笑了起来。"没有什么意思。只不过您显然非常不耐烦了。"

岑托维奇没有吭声，低下了脑袋。

过了七分钟他才走子。这盘棋就是以这种慢死人的速度继续进行着。岑托维奇常常在发愣，而且似乎越来越厉害，后来他总是到约定思考时间的最大限度时才决定走一步棋，而从一个间歇到另一个间歇，我们朋友的举止变得越来越奇怪。看来他似乎毫不关心这

276

盘棋，而是在忙于别的事呢。他不再焦灼地跑来跑去，而是一动不动地坐在他的座位上。他的眼睛直瞪瞪地、几乎是迷乱地凝视着前面的虚空，不停地喃喃自语，说的话谁也不懂；他不是沉湎在没完没了的棋阵组合，就是在创造另一些新的棋局——我怀疑他是在想新棋局——因为在岑托维奇终于走了一步棋之后，每次都得别人提醒 B 博士，把他从心不在焉的状态中叫回来。随后他每次都只需一分钟了解一下局势；我越来越怀疑，处在这种突然剧烈发作的冷冰冰的精神错乱状态中，其实他早把岑托维奇和我们大家忘掉了。果然，下到第九个回合，危机就爆发了。岑托维奇刚一落子，B 博士连棋盘都没有好好瞅一眼，便突然把他的象向前挺进三格，并喊了起来，声音大得把我们大家吓了一跳：

"将！将军！"

大家怀着希望看到一步妙着的心情，立即一齐注视着棋盘。但是一分钟以后所发生的情况，我们谁也没有料到。岑托维奇缓慢地、非常缓慢地抬起头，把我们这群人一个挨一个看了一遍，此前他从未这样做过。他显出一副得意扬扬的神气，他的嘴唇上渐渐开始浮现出一丝得意的、嘲讽的微笑。一直等到他把他这个我们仍不理解的胜利充分享受以后，才带着虚假的客套朝我们这帮人转过脸来。

"遗憾——我可看不出有'将'的棋。也许哪位先生看出对我的王构成了将军？"

我们望着棋盘，随后又不安地看着 B 博士。岑托维奇的王格确实有一个卒保护着，挡住了对方的象，也就是说，对王构不成将军，这样的棋是孩子都能看得出的。我们心里都很不安。难道是我们的朋友情急之中走偏了一个子，走远了一格还是走近了一格？我们的沉默引起了 B 博士的注意。现在他眼睛盯着棋盘，开始急躁地、结结巴巴地说：

"但是王确实应该在 f7 上呀……它的位置错了，完全错了。您走错了！棋盘上所有的棋子位置全错了……这个卒应该在 g5 上，而不该在 f4……这完全是另一盘棋呀……"

他突然顿住了。我使劲抓住他的胳膊，确切地说，我是在狠狠地掐他的胳膊，他虽然正处在激动不安的迷惘中，大概还是感觉到我在掐他。他转过脸来，像个梦游者似的紧紧盯着我。

"您……想干什么？"

我只说了句 "Remember"①，别的什么都没说，同时用手指触了触他手上的疤。他下意识地跟着我的动作做了一遍，目光呆滞地望着自己手上那道血红的伤痕。接着他突然开始颤抖起来，全身起了一阵寒战。

"上帝保佑，"他苍白的嘴唇悄声说道，"我说了什么荒唐话，做了什么荒唐事吗……到头来我又……？"

"没有。"我对他悄悄耳语，"但是您得立即中断这盘棋，现在是关键时刻。请您想一想大夫对您说的话！"

B 博士猛地站了起来。"请原谅我的愚蠢的错误，"他以往日那种客客气气的声音说，并向岑托维奇鞠了一躬，"当然，刚才我纯

---

① 英语，记住。

粹是胡说八道。这盘棋理所当然是您赢了。"接着他又转向我们。"我也要请诸位先生原谅。不过我预先告诫过你们,要你们不要对我抱太多期望。请原谅我的出丑——这是我最后一次试下国际象棋。"他鞠了一躬就走了,他的神情和先前出现时一样,谦虚而神秘。只有我知道,此人何以再也不会去碰棋盘,而其他人还都有点迷惑不解地待在那里,心里隐隐约约地感觉到,在千钧一发之际避免了一场极不愉快和极其危险的冲突。"Damned fool!"① 麦克康纳在失望之余叽里咕噜地骂了一句。岑托维奇最后一个从座位上站起来,还朝那盘下了一半的棋看了一眼。

"可惜,"他大度地说,"这个进攻计划一点不坏。对一位业余爱好者来说,这位先生的天赋委实是异乎寻常的。"

---

① 英语,该死的笨蛋。

上海译文出版社

斯特凡·茨威格 / 著　　关惠文 等 / 译

D i e　R e i s e
i n　d i e
V e r g a n g e n h e i t

昨日之旅

目录

情感的迷惘

枢密顾问 R. v. D. 的私人笔录

这是我系里的学生和同事的一番好意：这里摆着语文学家们为庆祝我六十大寿和我在大学执教三十周年而编纂的纪念文集的第一本样书，这本装帧精美的书是他们隆重地送来的。它成了一部诚实可信的传记；这本书的材料收得很全：一篇小文章也不缺，连节庆祝词，某一本学术年鉴里的无足轻重的书评也包括在内，这些东西即使是查遍图书目录也很难从故纸堆里挖掘出来——我的整个成长过程，像一座打扫得干干净净的阶梯，一级一级地，无比清晰地，一直延伸到眼前这一刻——真的，如果对这样令人感动的细致认真的精神我不感到高兴，那就太不近人情了。凡是我认为已经时过境迁、散失不见的东西，都在这幅图像里上下连贯、前后有序地回来了：不，我不能否认，我这个老年人现在翻阅这些文章，跟我从前念小学时阅读老师写的第一次说明我具有科学研究能力和志向的评语时，怀着同样的自豪感。

不过，在翻阅了这二百面勤恳结晶的书页，准确地静观了我的精神的影像之后，我不禁笑了。这真是我的一生吗？它真的像传记作者从书面材料里层次分明地整理出来的一样，如此目标坚定地在蜿蜒曲折的山路上从最初的时刻一直上升到今天吗？这一切就好像第一次从一个留声机里听到用我的声音讲出来：开始我根本辨别不出这是谁的声音；这明明是我的声音，只不过这是别人听到的那种声音，不是我本人通过我的血液、在我身体的内核里听到的声音。我毕生致力于从人的事业中来描写人，从本质上筑就当时这种人的精神结构，如今我恰恰是从我自己的经历上觉察到，在每个人的命运中真正的本质核心，一切从中生长的可塑的细胞，是何等难以看清。我们经历着千千万万个瞬间，但永远只有一个瞬间，只有唯一的一瞬使我们的整个内心世界沸腾，在这一瞬间里（司汤达曾描述过它）心中的那朵以各种汁液滋润的花眨眼间结晶——这是有魔力的一瞬间，就像那个生育瞬间，像它一样隐藏在自己身体的温热的内部，看不见、摸不着、感觉不到、只能体验到的秘密。没有一种精神的代数学能把它解开，没有一种预感的炼金术能猜透它，而自己的感觉也很难把它抓住。

关于我的精神生活发展过程中的那件最隐秘的事，这本书只字未提：因此我不禁笑了。书中的一切都是真实的——只是缺乏本质的东西。它只是描写我，但没有说明我。它仅谈论我，但没有泄露我的秘密。这本精心分列的花名册上有二百个名字——只缺少一个名字，一切创造性的冲动都来自这个名字，那是一个男人的名字。他曾决定我的命运，现在他以双倍的力量把我唤到我的青年时代去。所有的人都谈到了，就是没有谈到他，他曾给了我语言，我就是根据这种语言的气息说话的：突然我感觉到这种胆怯的隐瞒就是犯罪。一生中我都在为人们画像，为了当今的感觉唤回了几百年前的形象，但我恰恰从未想到这个最贴近我的人：因此我想给他——这可爱的鬼魂——喝我的血，就像在荷马史诗里一样，让他再跟我说话，让那位早已逝去的老人回到我这个正在衰老的人身边。我想把这隐去的一页放在公之于众的书稿里，使一次感情的自白与这本学术著作并列，为了他给我自己讲述我青年时代的真实故事。

在我开始讲述之前，我又浏览了一遍这本佯称描写我的一生的书。我禁不住又笑了。他们选择了一个错误的入口，怎么能接近我的生活的真正核心呢？他们第一步就迈错了！我的一位好心的同学，现在是枢密顾问，他信口虚构说：我在文科中学就热爱社会科学，比所有其他同学都更胜一筹。记错了，亲爱的枢密顾问！对我来说，一切人文科学的东西都是难以忍受的、令我切齿痛恨的桎梏。正因为我作为北德意志那座小城中学校长的儿子，在日常生活中就看到教育总是被当作养家糊口的营生，所以我从小就憎恨一切语文学：人的天性依其保存创造性事物的神秘使命，总是使孩子讽刺和挖苦父亲的爱好。这种天性不希望有任何一种安逸无力的继承，不希望一代又一代只是继续去干原有的行当：它总是首先把矛盾对立插在同类人之间，只准许后人走过一段艰苦而有收获的弯路之后才迈上先人的生活道路。总之，我父亲说科学是神圣的，我个人的主张则认为科学只不过是卖弄概念；他称颂古典作家为典范，在我看来他们总是板着脸教训人，因此十分可憎。在书的包围中，我蔑视书；父亲总是催逼我接近他的精神世界，我便反对书面的传统教育的一切形式；所以我费尽心力完成高中毕业考试以后，坚决拒绝进大学学习，也就不足为怪了。我想当军官，海员或工程师；选择这些职业根本不是由于我对此有强烈的爱好。只是对科学的枯燥和训诫的反感驱使我避开学术，力求干点实际的工作。我父亲狂热地尊崇一切大学的学科，他坚持让我接受大学的教育，我以缓和的态度成功地放弃了古典语文学，选择了英国语文学（我最终采取这种折中的解决办法，是有不可告人的隐秘想法的，因为有了这门航海语言的知识，以后就可以轻而易举地去过我无限渴望的海员生活了）。

因此，在这份履历中，最不正确的莫过于这个友好的断语了，即说我在柏林的第一学期在一些成就斐然的教授指导下获得了语文学的基础知识——当时，我的自由激情猛然爆发，哪里知道什么听课和讲师啊！当我第一次短时进入听课大厅时，就有一股发霉的气息向我袭来，那种牧师传教式单调而又清高的报告使我疲倦至极，我只好强挺着不把老打瞌睡的头放在扶手椅上。这简直是又进了我以为已经幸运地逃离的高中校园，连这间教室摆着的过高的讲台和讲课者的咬文嚼字的雕虫小技也照样：我不由自主地觉得，好像从那位枢密顾问的微张的唇里往外流沙子，破旧的教师备课本里的语言也是被磨得犹如细沙，均匀地缓缓流入这浓重的空气里。我还是小学生时就曾怀疑自己形同陷入一间精神的停尸房，在那里冷漠的手一边解剖一边用手指四处触摸死者的身体——现在在这间教室里

4

听人讲述早已成了古董的六音步抑扬格押韵诗，这种怀疑又令人惊恐地出现了。这种抗拒的直觉起初十分强烈，我极力耐着性子听完这堂课，就跑到市里的大街上。那时的柏林对它自己的发展也感到惊异，充溢着一种突然冒出来的阳刚之气，从所有石墙和街道都射出电灯光，把一种激烈跳动着的速度强加给每个人，这种速度和它的急于掠取的贪欲与我自己刚刚发觉的男子气极为相似。城市和我这二者都是从一种笃信新教秩序的循规蹈矩的小市民本性中突然蹿出来，过于匆忙地陷进一种力量的和机遇的新的极度兴奋的状态之中——城市和我这个一向风风火火的小伙子，我们都像一台不安宁和不耐烦的发电机一样不停颤动。我从来没有像当时那样理解和热爱柏林，因为在那犹如蜂房里的蜜蜂般拥挤的温暖人群里，我身体里的每个细胞都渴望着突然出现的膨胀——每一个强壮的青年人的躁动，除了在这位热乎乎的巨人女子的抽动的怀里，除了在这座焦躁不安、精力充沛的城市里，在什么地方才能发泄呢！这个城市一下子点燃了我的激情，我投身到她的怀抱里，进入她的血管，于是我的好奇心便急急忙忙地去围着她整个石头般冰冷但又温暖的身体转动——我从早到晚在大街上游荡，乘车到湖畔去，遍寻各个大湖畔的隐蔽处：的确，这是着了魔，有了这种疯狂，我便不去注意学业而投身到我侦察到的生动的冒险的活动里去。但在这种过火的活动中，我自然是听从我的天性的一个特点：从小我就不能同时做两件事，我总是立刻把另一件事丢在脑后；不论何时何地我只有单线向前推进的冲力，就是今天在工作中我也大都是这样狂热地去强攻一个课题，不把最后一根硬骨头啃下来咬在牙齿之间，我绝不放手。

那时，在柏林，我心中的自由感变成了一种巨大的癫狂，我本人对上课时的临时测验，甚至对我自己房间的四壁相围，都无法忍受：在我看来，不能导致冒险奇遇的一切都是浪费时间。一个乳臭未干的、刚刚摘下了笼头的外省青年强制自己要成为真正的男子汉：我在一个大学生社团旁听，试图给我的（实际上很羞怯的）本性加点俏皮，加点生气，加点潇洒，刚刚一星期就已经摆出一副大城市人和大德意志人的风度了。我以使人惊愕的速度学着在小咖啡馆里懒洋洋地坐着，活像个真正的光荣武士。在这个男子汉阶段，当然也有女人——说得更准确些：有娘儿们，照我们大学生的傲慢口气就是这样称呼她们的——这对我也正是时候，我已成了一个引人注目的漂亮青年。高高的个子，修长的身材，刚刚被海风吹成古铜色的面颊，每个动作都像体操运动员一样灵活敏捷，我可以轻而易举地对付那些被小房间空气晾干了的鲱鱼一般苍白的店员，他们每星期日都跟我们一起到（那时还位于远郊区的）哈伦湖和洪德凯勒的跳舞厅去寻奇猎艳。时而是一个麦克伦堡的淡黄头发、乳白皮肤的使女，趁她休假回家以前把她从跳舞场拉到我的小房间里，时而是一个来自波森的坐立不宁的神经质的犹太小姑娘，是在蒂茨卖袜子的——大多数是廉价的猎物，很容易弄到手，然后很快转给同学。但在这种意想不到的轻易成功里，这个昨日还很胆怯的中学生却感到醉人的惊喜，这廉价的成果加强了我的冒险，渐渐地，我把这条街道只看作这种完全无选择的、只适于体操运动员冒险的竞技场。有一次，我徒步尾随一个漂亮

6

姑娘来到菩提树下大街——真是偶然，竟来到了大学门前，这时我不禁笑了，心想：我已多久没跨进那令人肃然起敬的门槛了啊。出于傲慢，我跟一位见解相同的朋友一起走了进去；我们微微推开门，看到（那情景显得无比可笑）一百五十多个人弯腰俯在扶手椅的后背上，好像跟着一位吟唱赞美诗的白胡子牧师一起在做祈祷。我又松开把手关上门，让那条混浊的能言善辩的小溪继续在那些勤奋好学者的肩头上流淌；随后我跟那个同伴傲慢地走出去，来到阳光灿烂的林荫大道。有时我会认为，没有一个青年比我在那几个月里更愚蠢地虚度了时光。我一本书也不读，我敢肯定，我连一句有理智的话也没说过，脑子里没有过真正的思想——我本能地躲避一切文明高雅的社交活动，只是为了用觉醒的身体去更强烈地感觉新的、一直被禁止的东西的浸润。这样的自作自受，这样浪费时间地冲着自己大发雷霆，大概是每个强壮的突然得到自由的青年人的本性吧——尽管如此，我的这种特别的着魔还是使我放荡的生活方式变得十分危险，如果不是一次偶然事件突然抑制了我的内心的堕落，那我就只能彻底毁灭，或者至少沉沦在感情的混沌状态中了。

这个偶然事件——就是在今天我也怀着感激之情称它为一件幸事——是，我的父亲突然按照指示到柏林的部里来参加为期一天的中学校长会议。作为一个职业教育家他要利用这个机会，在不通知我的情况下检查一下我的行为，给我这个事先一无所知的人一个惊喜。这是一次突然袭击，他干得非常成功。跟大多数情况一样，晚上，在北郊我那间租金低廉的大学生小屋里——进屋通道是用一个

7

帘子与女房东的厨房隔开的——正好有一个姑娘做最亲热温存的访问，这时清楚地听到了敲门声。我猜想是来了一个同学，便没好气地嘟嘟哝哝地回答："不会客。"但过了一小会儿，敲门声又响了，一次，两次，然后是听得出的不耐烦的第三次。我气哼哼地穿上裤子，想把这个无礼的打扰者干脆打发走，于是我的衬衫还敞着怀，裤子的背带还低垂摆动着，赤着脚把门打开，但立刻感到好像太阳穴上挨了一拳似的，在前厅的黑暗中认出了我父亲的侧影。在阴影里我只能觉察到他脸上的那副眼镜片闪闪的反光。这黑色侧面头像就足以使我像锐器压喉一样把已来到嘴边的骂人话卡在嗓子眼里了：我麻木地站了一会儿。我不得不——在这可怕的一刻——低声下气地请他到厨房里去等几分钟，让我把我的房间整理好。我已经说过：我没有看见他的脸，但我感觉到他什么都明白了。我从他的沉默，从他的抑制着的态度上感到了这一点，他没有把手伸给我，而是打着一个嫌恶的手势走到布帘后面的厨房里去。在那里，在一个热过咖啡和萝卜后还冒着蒸汽的铁炉灶前面，这位老人不得不站着等了十分钟，对我和对他同样被侮辱的十分钟，直到我把那个姑娘赶下床穿上衣服，从那不愿偷听的人身边走出房间。他肯定听到了她的脚步声，布帘的皱褶在她匆匆离去时被一阵穿堂气流吹得抖动起来；而我还没有把老人从那屈辱的隐蔽处接出来：首先得把明显的杂乱无章的床弄干净。然后我才走到他的面前——我有生以来从来没有这样感到羞臊。

我父亲在这严重的时刻控制住了自己，今天我还为此打心眼里感谢他。每当我回想起这位早已逝世的老人，我都不从学生的立场去看他，学生只把他视作纠错的机器，视作不停地吹毛求疵的、热衷于一贯正确的迂腐学究而藐视他，而我却总是撷取他这最有人情味的一刻的形象——那时他克制住了自己，一言不发地跟在我后面走进那间闷热的房间。他手里拿着帽子和手套：他本来下意识地想把它们放下，但随后做了一个厌恶的手势，好像他不想让他身上的任何部分去碰那里肮脏的一切。我请他坐在一张椅子上；他没有回答，只做了一个抛掷的动作，好像要使一切丑恶的东西连同这个房间的物件都离他远远的。

在他掉转身冷冰冰地在那里站了几秒钟以后，他终于摘下眼镜来过分仔细地擦拭，我知道，这动作是他窘迫心理的泄露，老人重新戴上眼镜后又用手背抹了抹眼睛，这也没有逃过我的注意。他无颜见我，我在他面前也无地自容，谁也找不到一句话来说。我暗自害怕他喋喋不休的说教，操着那种嗓音来一个口若悬河的开场白，自从进学校读书以来我就憎恨和挖苦他的这种嗓音。但是——就在今天我还为此感谢他——这位老人默默地待在那里，回避我的目光。最后，他向那个摇晃不稳的书架走去，那里放着我的大学课本，他把课本打开——第一眼就看出这些书压根儿没人看过，书页大都没有裁开。"你的听课笔记簿！"这个命令是他的第一句话。我哆哆嗦嗦地把笔记本递给他，不过我知道，那些速记式的笔记只包括唯一的一个课时的内容。他粗略地翻阅了一下那两页笔记，便把笔记本放在桌子上，没有一点激动的表示。然后他拉过一把椅子坐下，严肃地看着我，但没有责备的意思，问我："喏，你对这一切怎么想？今后怎么办呀？"

这个不动声色的问题，使我丧失了招架之功。我在精神上被解除了武装：如果他骂我几句，我还可以蛮横地发怒；如果他动之以情地规劝我，我还可以嘲笑他。但这个客观的问题却使我失去了抗拒的力量：它的严肃要求严肃的回答，它的逼人的镇静要求尊重和心理准备。我是怎么回答的，我简直不敢去回忆；随后的整个谈话是怎样进行的，就是今天我也不愿意诉诸笔墨：这里有出人意料的感动，有一种内心的浪涛，如果重新叙述，听起来也许会显得感伤，那些话只有在我们四目相对、感情突然激动时才是真实的。我当时和我父亲一起进行的，是唯一的一次真正的谈话，我没有考虑要自愿地忍辱屈从：我让他来决定一切。但他只是劝我离开柏林，下学期到一所小的大学里去读书。他确信，他只要安慰我，我就会从此勤奋地把耽误的功课补上。他的信任使我震惊；霎时间我感觉到，我强加给这位囿于冷冰冰的繁文缛节的老人的一切，都是不对的。我不得不使劲咬住嘴唇，强忍着不让热泪滚滚流出来。他可能也有同样的感觉，因为他突然把手递给了我，颤抖地停了片刻，然后就匆匆走出去了。我没敢跟在他后面，我不安而慌乱地待在原地，用手帕擦去嘴唇上的血：为了克制我的感情，我狠狠地用牙齿咬着嘴唇。

那是十九岁的我有生以来第一次被感动——它不费吹灰之力就把我三个月来建造的男子汉气概、大学生派头和自命不凡的整个夸夸其谈的空中楼阁彻底摧垮了。我觉得我十分坚定，因为有了这种被激发的意志力，现在把一切低级的娱乐活动都放弃了，我急不可耐地在精神领域考验我那被浪费的力量，热烈地追求严肃、冷静、纪律和严格。这时，我发誓要像修士效忠于祭祀一样全身心投入大学的学习，当然一点也不知道那在科学领域里等待我的最高的陶醉，也不曾预料到在那个被提高了的精神世界里总有奇遇和危险在等待着狂热的追求者。

我在父亲的同意下为下学期选的那座小省城，位于德国中部。这座小城市在教育方面的闻名遐迩，跟大学建筑周围的那些小沙丘似的房屋形成极不相称的对照。我先把我的行李存在火车站，没怎么费劲就打听到了从火车站去大学的路。即使在那古香古色的宽大的房子里，我也立刻感觉到，在这里工作效率比在柏林那个鸽子笼里不知要高多少倍。两个小时内就办完了注册手续，访问了大多数教授，只是没能立刻见到我的主讲教授，那位英国语文学教授，但他们告诉我下午四点钟能在课堂讨论上见到他。

由于急着去见我的老师，一个钟头也耽误不得，现在我面对科学时的热情跟以前躲避它时完全一样，在迅速游览了这座跟柏林相比如同处在麻木的沉睡中的小城以后，四点钟我准时来到了指定地点。校役把教室的门指给我。我敲了敲门。因为我以为里边有一个声音在回答，我便走了进去。

但我听错了。没有人让我进去，我所听到的那模糊的声音只不过是教授提高嗓门侃侃而谈的声音，教授正在向紧紧围他而坐的二十多名大学生发表显然是即兴的讲演。由于误听，未经允许便走了进来，我感到很不自在，想再悄悄地溜出去，但又怕这样更引人注意。于是我便待在门边，下意识地被迫地听起讲演来。

很明显，这个讲演好像是从一个学术会议或一次讨论会自动衍生出来的，这一点随后至少从教授和学生的松散而随意的分组上就可以看出来：他不是坐在高高的椅子上讲授，一条腿不拘小节地轻轻搭在一张桌子上，现在年轻人都以随便的姿态聚在一起围着他，他们听得十分入神，这就把他们原来漫不经心的组合固定在一种不动的造型上。我看到，当教授突然一跃而上了桌子，从高高在上的位置上像用套索一样用话语把他们吸引到他身边，将他们拴在各自的位置上时，他们一定正站在一起说话。只几分钟我就忘记了我是未经招呼就走进来的，我自己已经感觉到了他的讲演的迷人力量像磁石一样有吸引力；我身不由己地往前走了走，为的是看清那双手做着拱形或者相合的奇怪手势，有时命令式地说出一句话时，那双手往往像翅膀似的张开，颤动着向上伸出，以便随后渐渐地以一种音乐指挥的平静的姿势，富有音乐感地轻轻落下。那讲演像暴风雨似的越来越昂奋，这位语流湍急的演讲者像坐在飞跑的马背上一样，在硬桌子上有节奏地直着身体，气喘吁吁地继续激昂慷慨地用充满闪光的形象的语言表达他飞快的思想。我还从来没听到过如此充满激情，如此真实感人的演讲。我第一次体验到拉丁文中所说的身不由己的状态——一个人忘却自我、被别人带着往前走的状态：快速运动的嘴唇在这里说话，不是为自己，而是为别人，从嘴里涌出的话语就像是从一个燃烧的胸膛里喷出来的火焰。

　　我从来未曾体验过讲演会如此兴奋，如此热情满怀，这意外的见闻突然把我吸引过去。不知不觉中，我像被一种比好奇更强大的力量催眠似的吸引着，迈着夜游人那种软绵绵的步子，奇奇怪怪地进入那个小圈子。突然，我下意识地站到了里边，离他只有一尺，置身于其他人中间，那些人同样也很入迷，对我或别的什么东西都视而不见。我加入了讲演的语流里，被它的滚滚洪流带走，却连它的发源地都不知道：显然是有一个大学生把莎士比亚赞颂为一颗流星，这促使坐在上边的那个人指出，莎士比亚只是整整一代人最强有力的标志，这一代人心声的陈述者，也是一个变得充满激情的时代的感性的标志。他以简洁的画面描绘了英国的那一非同寻常的时刻，那个唯一的极度兴奋的瞬间，在每个民族的生活中如同在每个人的生活中，这种心醉神迷的状态都会意想不到地出现，积聚全部力量向永恒猛烈冲击。地球突然变得广阔了，发现了一个新大陆，与此同时，旧大陆的最古老的权力，罗马教皇的统治濒临崩溃：在属于他们的那些大海的后边，自从西班牙的无敌舰队毁灭在大风浪中以来，就开始出现新的发展契机，世界变广阔了，心灵不由得紧张起来，以便与这个世界同步——心灵也想变得广阔，它也想进入善与恶的极限。它想要像那些征服者一样发现、征服，它需要一种新的语言，一种新的力量。一夜醒来，这种语言的代言人，诗人，就出现了，十年中产生五十个、一百个放荡不羁的年轻人，他们不像宫廷小诗人那样在自己面前侍弄风光秀丽的小花园，编造精美的诗体神话——他们抢占剧院，在昔日只有斗兽和凶杀剧目肆虐的木板戏台上开辟他们的战场，然而他们的作品中仍然存在着对血的渴望，他们的剧本本身就是这样一台最大的马戏：在这里感情的野兽饿得相互猛扑。那些控制不了这类炽烈激情的人，像雄狮一样咆哮，在狂暴和感情洋溢方面每一个人想超过其他人，一切都可以描写，一切都被允许：乱伦、谋杀、不轨行为、犯罪、人性的无节制和人性的放纵都尽情地登场表现；如同过去那些饥肠辘辘的恶棍冲出监狱，现在则是这些醉醺醺的感情激昂的人吼叫着、不无危险地冲进围着木栏的竞技场。唯一的一次感情迸发，像炸药筒一样，爆炸了，持续了五十年之久，像一次大咯血，一次射精，一次猛然抓住并撕碎整个世界的野蛮行径：在这力量的纵情妄为中，人们几乎感觉不到个人的声音、个人的形体。一个人总是借助于另一个人燃起热情，每个人都在学习另一个人，每个人都在偷窃另一个人，每个人都力争制服别人，超越别人；然而所有的人只不过是唯一的节日的精神斗士，砸碎了锁链的奴隶，被时间的守护神鞭挞着向前走。它把他们从歪斜、黑暗的郊区小房子里叫来，又从宫廷里请来泥瓦匠的孙子本·琼森，鞋匠的儿子马洛，宫廷侍从的后裔马辛杰，那位富有而博学的政治家菲利普·锡德尼，但热情的旋涡把所有的人都卷到了一起；今天他们备受赞扬，明天他们就会死亡。基德、海伍德在水深火热之中受尽煎熬，像斯宾塞一样饿死在国王大街，所有的人都不是守规矩的市民，而是暴徒、皮条客、喜剧演员、骗子，但他们都是诗人，诗人，诗人。莎士比亚只是他们的中心："恰是时代的骄子。"但是人们没有时间把他从中区分开来，于是这些人喧腾起来，于是作品连着作品，激情接着激情，飞快地出现。突然，人性的这种灿烂的喷发，像它的出现一样，又颤抖着崩溃了，戏剧结束了，英国精疲力竭，而泰晤士河灰蒙蒙、湿漉漉的迷雾又在精神上笼罩了几百年：在唯一的一次突进中，整整一代人登上一切激情的峰顶，充溢的狂热的情感从胸中猛烈地倾泻出来——现在，国家就躺在这里，疲惫不堪，精疲力竭；吹毛求疵的清教主义使剧院关闭，从而锁住了慷慨激昂的言论。《圣经》又开始发言了，那是神的言词，最有人性的言词说出各个时代最热烈的忏悔，唯一热情的一代人曾为千百代人而历尽人生。

突然话锋一转，他出其不意地把话题对准我们："为什么我的讲授不按历史顺序从头开始，不从亚瑟王和乔叟开始，而一反常规地从伊丽莎白一世时代的人开始，你们明白吗？我要求你们首先熟悉他们，熟悉这最活跃的力量，你们明白吗？因为没有体验，就不会有文字上的理解，不认识它们的价值，就不懂合乎语法的言词，你们年轻人想要征服一种语言，就应该首先看到语言的最美的形式，你们想要征服一个国家，就应该首先看到它的强壮的青年时期和它的最大的热情。你们必须首先在创造和完成语言的诗人那里听到这语言，你们必须先在心中感受文学作品的呼吸和温热，然后再开始解剖它。因此，我总是从诸神讲起，因为英国就是伊丽莎白，就是莎士比亚和莎士比亚时代的诗人，此前的一切都是准备，此后的一切都是一瘸一拐地尾随这种向永恒所做的奇特而勇敢的飞跃。但在这里，你们年轻人，这些世上最有生气的青年人，去体会吧，自己去体会吧。人们只能在其火热的形式中认识每个现象，只能在其热情中认识每个人。因为一切精神来自天性，一切思想来自激情，一切激情来自热情——因此，首先讲莎士比亚和他的同代人，他们会使你们年轻人真正年轻！先是狂热，然后才是勤奋，先学习他，学习这位最崇高的人，这位登峰造极的人，先学习这部重现世界的最出色的教科书，然后再研究语言！

"今天就讲到这里——再见！"他的手突然一拱，做了个结束的动作，专断而出其不意地向下打了个终止的拍子，同时从桌子上跳了下来。突然，这群紧紧挤在一起的大学生犹如互相摇了几摇，就散开了，椅子稀里哗啦地响，桌子在移动，二十个紧锁的嗓子突然开始说话，低声咳嗽，大口呼吸——现在人们才看到，使所有喘气的嘴紧闭起来的魔法师般的讲演多么有吸引力。现在，在这个小房间里，这杂乱的人群越发激昂，越发无拘无束；有几个人走到教师跟前道声谢或说句别的什么话，其余的人则热情地相互交换着感想；没有一个人安安静静地站着，没有一个人不被这电压所触动，电压的接触已被猛烈分开，但从它那里发出的烟和火好像还在密集的空气里咝咝作响。

我自己倒动弹不了啦：我的心口好像中了一箭。我本人充满激情，能够热情地调动一切感官去理解一切，但我第一次感到被一位教师，被一个人吸引住，感觉到一种优势，屈服于这种优势必将是一种责任和欢乐。我感觉到热血在我的血管里奔流，我的呼吸变得更快，这种疾驰的节奏一直在我体内撞击，并急躁地撕扯我的每个关节。我终于让步了，慢慢地挤进前排，去看那个人的脸，因为——很奇怪——他讲话时，我压根儿就没看见他的脸，他的表情全消失了，全渗入到讲演中去了。就是现在，我也只能看见一个模糊的侧面头影：他半身侧向一个大学生，亲切地把手放在学生的肩上，站在暮色朦胧的窗前。但就连这瞬时的动作也使人感到亲切而优雅，我以前一直以为这种气质在教员身上是绝对不可能有的。

这时，有几个大学生注意到了我；为了使他们不把我当作不请自进的闯入者，我又向教授身边迈了几步，直等到他结束谈话。现在我才看见他的脸：一个罗马人的脑袋，大理石般的前额呈拱形向前凸起，闪亮的、浓密的白发从头的两侧向后梳成波浪形；这种大胆、智慧超群的上部结构是令人难忘的——在深陷的眼窝下面，光滑而圆润的下巴使面部突然变得几乎像女人似的柔和；不安静的嘴唇四周的神经不停地颤抖，时而露出一丝微笑，时而稍稍一咧。前额上的一切都显出阳刚之美，掩盖了那略显松弛的面颊上有些松软的肌肉和一张不安定的嘴；刚才看，他仪表堂堂，颇有王者之风，现在从近处看，他的面孔却是吃力地绷紧在一起的。就连身体的姿势也显示出类似的双重性。他的左手随意地放在桌子上，或者说至少像是在休息，指节骨不停地轻微颤动着，那细长的、对一个男人来说略显纤细和柔软的手指，急躁地在空桌面上画出看不见的图形，与此同时，被沉重的眼皮遮盖着的眼睛十分却关注谈话的内容。是他很不安，还是他的激动仍在那膨胀的神经里继续震颤呢：不管怎样，那手上控制不住的急躁与他脸上细听和静候的表情正好相互矛盾，那张脸好像疲惫、但又留心地沉浸在他和那个大学生的对话里。

终于轮到我了，我走上前去，说了我的名字和意图，他那几乎闪着蓝光的瞳孔里的眼仁立刻亮闪闪地对着我。这闪光围着我的脸，从下巴到头发疑惑地看了两三秒钟：我大概脸都红了，不过我是处在这温和的审视下，因为他以一个一闪即逝的微笑消除了我的慌乱。"您想听我的课，那我们还必须详细谈一谈。请原谅，我不能马上跟您谈。我现在还有几件事要办：您可以在下面的大门口等我，然后陪我回家。"说着话，他把那柔软而瘦削的手伸给我，那手放在我的手指上简直比一块手帕还要轻，同时亲切友好地转向下一个等着跟他说话的人。

我的心怦怦地跳着，在大门口等了十分钟。如果他问到我的学习情况，我说什么呢？怎么能向他供认，一切诗人的作品，不管学习时间还是闲暇时间我都没看过呢？那样一来，他不会瞧不起我吗？或者他会不会一开始就把我排除出那个今天曾魔法般地固定过我的火热的圈子呢？但他刚刚快步走近，面带善意的微笑，来到我面前，就已经驱走了我的一切畏缩，甚至没等他催问，我就承认（在他面前我不能有所隐瞒），说我的第一学期几乎全给耽误了。那种温暖同情的目光又包围了我。"音乐里边也有休止。"他微笑着鼓励我说，显然是为了使我不再为我的愚昧无知感到羞愧，他便只询问一些个人的事，他问到我的故乡，还问我打算住在什么地方。当我告诉他，我还没有找到住处时，他对我伸出了援助之手，他劝我先到他住的那座房子里去打听打听，那里的一位半聋的老妪有一间小房间出租，过去他的每个学生都对这小房间很满意。别的事全由他管：如果我真的有志认真学习，那么他就会想方设法帮助我，而且认为这是他最愿意承担的义务。走到他的住所门前，他又把手伸给我，并且邀请我明天晚上到他家里去，我们好一起制订一个学习计划。他的好心竟如此出人意料，我心里的感激之情是这样的强烈，弄得我只敬畏地碰了碰他的手，慌乱地摘下帽子，竟忘了说句感谢他的话。

　　不用说，我当即租下了同一座房子里的那个小房间。即使这房间完全不中我的意，我也会把它租下来。这仅仅是出于我的天真的感激心理，况且这在空间上也离我这位有魔力的老师更近，他在一小时内给予我的比所有其他人给的还要多。但这个小房间也是很有诱惑力的：那是我的老师住处上面的阁楼，由于头上悬着一个木质三角墙，室内略显昏暗，透过宽大的圆形窗可以看到邻舍的屋顶和教堂的尖塔；再往远望，便是一片方形的绿地，天上飘浮的云像家乡的云一样可爱。一位半聋的小老太太以感人的母爱照料着她的房客；只用了两分钟，我就跟她谈妥了，一小时以后我的箱子便从嘎嘎作响的楼梯搬了上去。

　　那天晚上，我没有再出门，我甚至忘了吃饭，忘了吸烟。我打开箱子，一伸手就把偶然装进去的莎士比亚作品集取了出来，急不可耐（几年来又是第一次）地读起来；我的好奇心被那热情的报告所点燃，而我读那诗句，犹如我从未读过它一般。谁能解释这样的变化呢？一个文字的世界突然在我面前出现，字句闪动着向我走来，好像它们几百年来就在寻找我，那诗行掀起火热的巨浪拖着我，一直流到我的血管里，使得我像做了飞翔的梦一样觉得太阳穴里有一种奇特的轻松感。我抽搐，我颤抖，我感觉到血液更热地起伏波动，通过我全身，我好像是突然得了寒热病——所有这一切我觉得从前都没有发生过，我只不过听了一次热情洋溢的讲演罢了。但这次讲演肯定使我心中产生了一种陶醉感，每当我大声重复一行诗句时，我就听到我在不自觉地模仿他的声音，句子以同样疾驰的节奏飞奔，我的双手也感染了巨大的喜悦，像他的手那样做成拱形——像施了魔法一样，我在一小时内便冲破了直到今天还隔在我和精神世界之间的那道墙。我发现，那位热情洋溢的讲演者给了我新的热情，这热情直到今天还忠实于我：这是在充满生气的字句里共同享受一切人间快乐的巨大喜悦。我偶然读到了《科利奥兰纳斯》，我感到一阵狂喜，我发现我身上具有这个最奇特的罗马人的一切要素：骄傲、自大、愤怒、讽刺、嘲笑，感情的一切盐，一切铅，一切金，一切金属。一下子就魔术般地感觉并理解这一切，这是怎样一种喜悦啊！我读啊读，直读到两眼发疼；我一看表，已经凌晨三点半了。我大吃一惊，这新的动力竟使我的一切感官激动和麻醉了六小时，我立刻熄了灯。但那些画面仍在我心中继续闪动，由于渴望和期待着第二天，我几乎一点儿也睡不着。这一天将为我扩展那如此奇妙地展开的世界，使它完全属于我自己。

但第二天早上带给我的却是失望。我怀着焦急的心情随着第一批人来到教室，我的老师（从现在起我想这样称呼他）将在这里讲授英语语音学。他一走进来，我便大吃一惊：难道这是昨天那个人吗，或者是我激动的情绪和回忆使他变成了一位科利奥兰纳斯，使他在讲坛上说的话像闪电那样勇敢果断、镇定自若、战无不胜？现在这位悄悄地迈着拖沓的脚步走进来的，却是一个疲惫的老人。仿佛有一层闪亮的毛玻璃从他面孔上揭了下来似的，我现在从第一排座位发现，他脸上几乎是病态的轮廓，像犁过的田地上的垄沟，处处是深深的细纹和很宽的皱褶；蓝色的阴影凿出涓涓小溪横流在松弛的灰色面颊上。过于沉重的眼皮在这位讲课人的眼睛上形成一道暗影。就连那有着太苍白太瘦削的唇的嘴也使他的话失去金属敲击的铿锵声：他的欢快，他从心底发出的洋溢的热情哪里去了呢？就连那声音我都感到很陌生；好像是语法题目起了冷静的作用，这声音像是迈着单调的、令人困倦的步伐呆板地行走在沙沙作响的干沙子上一样。

我感到不安了。这根本不是我从今天第一刻起就等待着的那个人：他的容貌哪儿去了，他昨天灿若星光般照亮我的容貌哪儿去了？今天这位精力耗尽的教授干巴巴地机械地讲授他的题目；我一直怀着新的恐惧心情倾听着他的话，不知昨天那声调，那温暖的颤音，那像一只发出声响的手搅动了我的感情、并使它上升为激情的颤音是否还会回来。我死死地盯着他看，我的目光变得越来越不安，无限失望地在那张变得陌生的脸上扫描：这里的这张面孔，不可否认，仍然是昨天那张面孔，但却像是没了生气，被挖空了，失去了一切生命力，衰弱，老迈，戴上了一个羊皮纸做的老年人的面具。这种事可能吗？一个人有可能在这一小时里这么年轻，在下一小时里就那么不年轻吗？一种通过语言产生的精神的突然波动，真的能使一个人的面孔年轻几十岁吗？

这个问题折磨着我。就像一种渴望在我心里燃烧，我想更多地知道一些有关这个内心分裂的人的情况。我突然灵机一动，在他刚离开讲台从我们面前消失的时候，我赶快跑进图书馆，去找他的著作看。也许他今天只不过是疲倦了，他身体的不适压抑了他的激情：但在这里，在这些已完成的著作里，必定存在着解释那使我感到惊奇的现象的钥匙。管理员送来了书：我很惊讶，书竟这么少。在二十年里，这位逐渐变老的人只发表了这么一些散本小册子，导言、前言，一篇关于莎士比亚的《佩里克利斯》的真伪问题的讨论发言，一篇关于荷尔德林和雪莱的比较文章（这篇当然写于两位诗人都未被各自的民族视作天才的时代），以及一些没有多大价值的语言学的小文章，自然，在所有的文章中都有关于一部两卷本著作的预告《环球剧院，其历史、演出及其诗人》，尽管从第一个预告算起已经过了二十年，但我再次询问时，图书馆员则向我确认这部书从来没有出版。我多少有点犹豫，只以一半勇气浏览这些文章，渴望从中重新找到那沙沙作响的声音，那奔腾的节奏。但这些文章的步子始终严肃地摆动，没有一个地方出现过那次奔腾咆哮的讲演中那种波涛翻滚、热情洋溢的节奏。多么遗憾呀！我的心在叹息。我恨不得自己揍自己一顿，想到我过于迅速、过于轻信地把自己的感情奉献给他，气愤和不信任使我全身颤抖。

但在下午的讨论课上，我又认出了他。这一次他首先不是自己说话。按照英国大学的习惯，这一次在新近确定的他喜爱的莎士比亚的一部作品作为讨论题以后，参加讨论的二十多人便分成正方和反方。这个题目是：是否可以说《特洛伊罗斯与克瑞西达》（他喜爱的作品）的主人公是讽刺嘲弄性的人物，这部作品是滑稽剧还是一部嘲讽掩盖下的悲剧。很快，在他灵巧的手的煽动下，纯精神的谈话中点燃起一股电光飞溅的激情——一些随意的说法遭到有力的反驳，高声的插话尖利地刀割般地刺激着讨论，使它更趋激烈，直至那些年轻人几乎相互敌对起来。随后，当火花噼啪直响的时候，他才跳到中间来，使过于激烈的争论缓和下来，巧妙地把讨论引回正题，同时通过悄悄往无时间性方向一推，便赋予讨论以更强的精神活力。他就这样突然站在这场辩证法火焰般的论争的中央，自己情绪激动，对这场不同意见的激烈争论既给以激励，又加以控制，他既是掀起这青春热情的汹涌波涛的能手，自己也被这波涛所淹没。他靠在桌子上，把胳膊交叉在胸前，看看这个，又看看那个，朝这个笑笑，又悄悄给予那个以暗示，鼓励他进行反驳，而他的眼睛激动得像昨天那样闪闪发光：我感觉到，他在克制着自己，以免从他们大家嘴上一下子把话全抢过来。他使劲控制住了自己，我看见他的双手像夹板似的压在前胸，越压越紧，我从他那咧开的嘴角猜到，那是在用力把滚到嘴边的话压下去。突然他对自己的控制失败了，他像游泳者跳入水中风风火火地投身到讨论中来——松开的手打了一个有力的手势，像指挥棒把混乱骚动压了下去：所有的人都立刻沉默不语了，现在他做着拱形的手势，总结所有的论点。在他说话的同时，昨天的那张脸渐渐浮现出来，皱褶消逝在颤抖不停的神经活动背后，在做着凌驾众人的手势的同时，还伸展着脖子和身体，他以原本细心倾听时向前俯身的姿态投入讲话，犹如投身到奔腾向前的大江大河。即席演讲使他神往：现在我开始预感到，他在单独面对自己时，在干巴巴的课堂上或在孤单的写字间里是缺乏那种引燃材料的；而在这里，在我们屏息静听的神魂颠倒状态中，这引燃物则炸开了他内心的墙；啊，正如我所感觉到的，他需要我们的狂热来激发他的狂热，他需要我们开口说话以引发他滔滔不绝的演说，他需要我们青年人点燃他青春的激情。像一个敲钹的人陶醉于狂热的手击出的越来越疯狂的节奏，他的演讲也变得越来越好，越来越火花四溅，其热烈的言辞越来越色彩斑斓，而我们沉默得越深（我们都不由自主地觉得几乎在教室里停止了呼吸），他的讲述就飞跃得更高，更紧张，更具赞歌风韵。在这几分钟内，我们大家都是属于他的，都听得完全入神了，都沉浸在他那热情洋溢的演讲里了。

当他突然用歌德关于莎士比亚的演讲里的一声呼唤作为结束时，我们的激情便又迅速消退。又像昨天一样，他精疲力竭地靠在桌子上，脸是苍白的，但神经还在抽动和微颤，就像刚刚放开紧紧拥抱着的女人，眼睛里明显流露出依然涌动、得到宣泄的喜悦。我不好意思现在就跟他说话；但他的目光突然与我的目光相遇了。显然他感觉到了我充满激情的谢意，因为他友好地朝我微笑，微微向我探身，用手臂搂着我的肩头，提醒我今晚如约到他家里去。

准七点，我到了他家；我这个孩子战战兢兢地第一次迈过这门槛！是的，没有什么比一个年轻人的尊敬更充满激情的了，没有什么比这种尊敬的不安的羞愧更怯懦，更女人气了。我被领进他的工作室，一个半暗的房间。开初我只能透过玻璃窗看见许多五颜六色的书脊。在写字台的上方悬挂着拉斐尔的《雅典学院》，一幅他特别喜欢的画（他后来跟我说过）：因为教学的一切方式，思想的各种形态，在这幅画上都象征性地构成了完美的整体。第一次看见这幅画，我情不自禁地以为在苏格拉底固执的脸上发现了一个跟他相似的前额。后面有件东西闪着白色大理石似的光，那是一座缩小的巴黎酒童的精美胸像，旁边是出自一位古德意志大师之手的圣塞巴斯蒂安①，悲剧美与享受美并列在一起恐怕不是偶然的吧。我怀着一颗怦怦跳动的心等待着，像周围这些珍贵、沉默的艺术形象一样屏息静立；这些形象象征性地表现出一种新的精神美，这种美我非但从未想象过，而且也不大清楚，尽管我感觉到与它有着手足之情。不过这观察只延续了片刻，因为恰在此时我等待的人进了门，向我走来；像隐蔽的火焰那样温柔地包围着我的、无焰地燃烧着的目光又在触摸我，这目光在惊异中融化了我心中最大的秘密。我立刻像对朋友似的无拘无束地跟他说话，当他问到我在柏林的大学生活时，突然——我此刻也很吃惊——关于我父亲去看我的那段故事涌到我的唇边，于是我向这个陌生人强调说明了我秘密的誓言：我要以最严肃认真的态度全身心投入大学的学习。他十分感动地望着我。"不只要严肃，我的孩子，"他接着说，"首先要有热情。不充满热情的人，顶多是一个教书匠——必须从内心深处去做事，去做学问，永远，永远从热情出发。"他的声音越来越温暖，房间越来越黑暗。他讲了许多他青年时代的事，他开始也干过傻事，后来才发现了自己的爱好，他鼓励我要有勇气，只要需要，他会随时帮助我；不必有顾虑，我有什么愿望和问题都可以去找他。我有生以来，谁也没有这样富有同情心，这样善解人意地跟我说过话；我由

---

① 圣塞巴斯蒂安（约256—约288），天主教圣徒，在文艺作品中，他被描绘成捆后用乱箭射穿的形象。

于感激而颤抖起来，我很高兴这黑暗，它隐蔽了我湿润的眼睛。

我没有注意时间，大概这样过了总有一两个小时，听见有人轻轻地敲门。门开了，一个细长身材的人走进来，站在阴影中。他站起来，给我介绍："我的太太。"这身材修长的黑影难以辨认地走过来，把一只瘦瘦的手放在我的手里，然后转身提醒他："晚餐准备好了。""好，好，我知道了。"他急匆匆地（至少我觉得是这样）回答，有点生气的样子。仿佛有股冷气突然钻进他的声音里，好像现在电灯突然一闪，亮了起来，好像那人又变成了普通学校大厅里的那个年迈气衰的老人，他做了一个懒散的动作跟我告别。

此后的两周我是在狂热的读书和学习中度过的。我几乎没有离开房间，为了不浪费时间，连用餐都是站着，我刻苦学习，没有中止片刻，也不休息，几乎连觉也不睡。我的情形，就像东方神话里的那个王子一样，他从锁着的房门上揭去一张张封条，每个房间里总能找到成堆的珠翠和宝石，于是我越来越贪婪地查找这些房间，急切地想到达最后一个房间。跟这情状一样，我也是从这一本书奔向另一本书，被每一本书迷住，对哪一本也不知足：我的放荡不羁现在表现为对精神的追逐。我首先想到：精神世界是无比广阔而且没有现成道路可走的；同样，诱惑着我的，除了城市的那些冒险生活，同时也有不能驾驭的孩童的恐惧；因此，为了利用我第一次视为珍宝的时间，我少睡觉，不娱乐，不谈话，拒绝任何分心的活动。然而激励我如此勤苦的首先是这样的一种虚荣心：要经得住我的老师的考验，不使他的信任落空，博取一个赞赏的微笑，让他像我感觉到他那样感觉到我。每一次一闪即逝的时机都是试验；我不断地激励那迟钝的、但现在却明显敏捷的感官，争取给他一个好印象，使他感到惊喜：每当他在报告里提到我不熟悉的诗人及其作品，我下午就去找来阅读，以便第二天在讨论会上炫耀我的知识。一个偶然表示的愿望，别人尚未觉察，就变成了对我的命令：一个随便说出来的反对大学生不停地吸烟的简短意见就足够使我立刻扔掉正燃着的香烟，一下子永远除掉了这个不良习惯。他的话像一个传播福音的教徒的话一样，对我既是恩惠又是法则。在不停的守候中，我的极度紧张的注意力贪婪地抓取他漫不经心抛出来的每个注解。每句话，每个手势我都贪婪地装入脑海，回到家里使用一切感官，热情洋溢地将它触摸并保存起来；正如把他当作唯一的领袖一样，我的褊狭的热情使我把所有的同学都当作敌人，我的嫉妒心天天都发誓要压倒和超过他们。

如果他现在感觉到自己对我有多么重要，或者说如果他慢慢地喜欢上了我性格中的这种狂热——那么，无论如何我的老师也会很快用他的明显的同情心对我大加赞扬的。他对我的阅读提出建议，几乎是有失礼貌地把我这个新生推到课堂讨论课的前台，而我则可以常常在晚上去拜访他，跟他促膝谈心。然后，他常常从墙上取下一本书，用他那激动时总是高出一度的洪亮而动听的声音朗读诗歌和悲剧，或解释争论不休的问题；在完全陶醉的这两周里我学到的有关艺术本质的知识，比我在十九年里所学到的还要多。在这对我说来太短的一小时里，我们总是单独待在一起。大约八点钟，便是轻声的敲门：他的太太提醒去吃晚饭。但她再也不走进房间里来了，显然是遵从一个指示，不打断我们的谈话。

十四天就这样过去了，充实的、激情满怀的初夏的日子就这样过去了，这时，在一天早上，我的精力好像一根绷得过紧的钢弹簧突然一下弹了出去。此前我的老师就告诫过我，做事不要过分狂热，要间或中断一天，到户外去走走——现在，那预言突然变成了现实：我昏昏沉沉地从昏沉的睡眠中醒来，只要一看书，字母就像大头针的头似的忽隐忽现。我立刻决定像奴隶那样忠实地听从老师的最微不足道的话，在追求深造的日子中间安插进自由自在地游乐的一天。一大早我就出门了，第一次参观了古城的一些名胜，为了增强体质，我爬了几百级台阶，登上教堂的尖塔，从那里的平台上我发现一片绿油油的草木中有一个小湖。我这个生长在滨海地区的北方人是喜爱游泳运动的，在这尖塔上恰恰看到色彩斑斓的草地上绿色的池塘闪着微光，好像吹来了一阵家乡的风，我心中突然产生了一个难以克制的愿望：再投身到我所喜爱的水里去。一吃完饭我便找到那个浴场，跳到水里游了一阵子，我的身体开始又感到无比舒适，两臂肌肉的伸展恢复了几周前的刚健有力。阳光和劲风抚摩着我赤裸的皮肤，使我在半小时内又变回从前的那个生龙活虎的小伙子，那个曾疯狂地跟同学一起滚打，为了显示自己的勇猛，敢于去拼命的小伙子；我疯狂地伸展四肢奋力击水，把书本和科学完全抛到了脑后。现在，怀着我固有的迷醉心态又坠入很久未有的激情中。我在这重新找到的水里泡了两个小时，为了在坠落中消耗过分充沛的力量，我差不多从跳板上跳了三十次，又两次横渡这个湖，但我的蛮劲依然没有耗尽。我鼻子喷着气，抖动全身绷紧的肌肉，四处搜寻某种新玩意儿，急不可耐地想去做点强劲的、鲁莽的或放肆的事。

这时，从女浴场那边传来跳板的嘎嘎声，我感到那有力的撞击的振动一直颤悠悠地传到这边的木架上。从跳跃的曲线到坚挺的半弧形活像一把土耳其弯刀，一个修长的女子身体高高地跃起，头朝下跳了下去。霎时，那一跳把水击拍得啪啪直响，水中立刻泛起白色泡沫的漩涡，接着那绷紧的身躯又从水里浮上来，奋力向湖心岛游去。"跟着她！赶上去！"运动的喜悦牵动我的肌肉，我一个猛冲跃进水里，用肩头向前顶着，以惊人的速度，从后面跟着她的尾迹猛冲。但显然这追踪被对方觉察到了，同时也是充满运动乐趣的被追踪者勇猛地利用她的领先优势，巧妙地贴着小岛斜游过去，想要随后急速转身回游。我一眼识破她的意图，也向右转，用力划水，使得我向前拍水的手已经够到她的尾波，我们之间只差很短的距离了。

这时，那个被追踪者突然十分狡猾地沉入水中，片刻之后便在女浴场的栅栏边上浮了上来，挡住了我，使我无法继续追踪。那个胜利的女子浑身滴着水从阶梯爬上去：转眼间她又不得不停下来用一只手抚着胸口，显然她有些喘不过气来；接着，她转过身来，当她看见我被挡在栅栏外时，便露着闪光的牙齿朝我这边哈哈大笑。由于正对着太阳，还戴着游泳帽，我看不清她的脸，只有笑声含着无所顾忌的嘲讽向我这个被战胜者示威。

我又生气又高兴：自从离开柏林以来，我还是第一次又感觉到一个女人的那种赞许的目光——也许这里暗示着一次艳遇。我挥动胳膊，三两下便游到那边的男浴场，飞快地把衣服穿在还很湿的身上，以便及时到出口处去等候她。我不得不等了十分钟，然后我的傲慢的女对手——由于体形像孩子似的细瘦绝不会弄错——迈着轻盈的脚步走来；她一看见我守候在那里，便加快了脚步，看得出她的意图是不给我攀谈的机会。她肌肉灵活地快步走着，像刚才游泳时一样，所有的关节都听从这肌肉发达，但却像少年一样瘦削的、也可以说太瘦了的身体；而我却上气不接下气地追赶这健步如飞的女子，尽量不引起她的注意。我终于成功了；在拐弯的路口我横越过去，走在她前边，按大学生的方式摘下帽子拿在手里，往旁边一伸，还没仔细看看她，就问，我是否可以陪她走一程。她从侧面朝我讥讽地瞥了一眼，脚下没有放慢速度，几乎以挑衅的嘲讽口气回答我："如果您不嫌我走得太快，为什么不！我有急事。"这种毫不拘谨的态度给了我鼓励，我纠缠不休地提了很多好奇的、太多无知的问题，但她却热心地、极其坦率地给以回答，我的意图与其说是得到了鼓励，不如说是给弄得模糊不清了。因为我的柏林的攀谈方式应付得了反抗和嘲讽，却应付不了这种快步行走时的坦率的交谈：这样，我便第二次感觉到我是极不明智地碰到了一个占优势的女对手。

不过，还有更糟的呢。因为当我的轻率的决心逐渐增强，问她住在哪儿时——那两只傲慢的褐色眼睛突然锐利地转过来一闪，不再掩饰地一笑："在您最近的地方。"我惊愕地抬头凝视她。她又斜睨了一眼，看这支回马箭射中我没有。一点不假。这一箭射中了我的咽喉。柏林的那种粗野无礼的说话声调一下子不见了，我一点信心都没有了，我甚至低声下气地结结巴巴地问，她是不是很讨厌我的陪同。"那怎么会呢，"她又微笑了，"只有两条街我们就到了，我们可以一起走过去。"此刻，连我的血液都在咕咕地响，我几乎迈不动步了，但有什么办法，改变主意岂不更难为情：这样，我就不得不跟她一起走到我住的房子跟前。这时，她突然站住，把手伸给我，顺便说："谢谢您的陪同！您今晚六点钟到我丈夫这儿来吧。"

我很可能羞得满脸通红。但我还没来得及向她道歉，她已经飞快地上了楼梯，我站在那里，心怀疑惧地思考着我冒冒失失地说出的那些蠢话。我这个胡说八道的傻瓜曾用老掉牙的方式称赞她的身段，接着又说了一阵孤独的大学生多愁善感的胡话，像对缝纫女工似的邀请她下星期天去郊游。我觉得几乎羞得要呕吐了，憎恶感几乎使我窒息。她现在一定是得意忘形、笑容满面地走向她的丈夫，把我的愚蠢行为告诉他，他对我的评判比任何人都重要，在他的面前我将显得那么可笑，这比赤身裸体在市场上被鞭笞还要痛苦。

黄昏以前是可怕的几小时：我千百次想象着他怎样带着那高贵、嘲弄的微笑接待我——哦，我甚至知道，他善于运用讥讽的词语，善于使一句玩笑话尖锐得刺入骨髓。一个死囚被吊上绞刑架，也不会像我当时上楼梯时那样觉得脖子被勒得更紧，我像在使劲把一个粗硬的东西往下咽似的走进他的房间，我的慌乱仍然有增无减，但我觉得，我好像听到隔壁房间里传来女人衣裙低语般的窸窣声。这个傲慢的女人，她肯定在那里偷听呢，竟对我的窘态幸灾乐祸，拿一个大言不惭的孩子的出丑开心。我的老师终于来了。"您这是怎么了？"他担忧地问，"您今天脸色这样苍白。"我婉言遮掩，但心里却企盼着爱抚。我所担心的判决解除了，他与往常一样地谈论学问。尽管我小心地倾听他的每一句话，但没有一句暗含影射的嘲讽——先是惊异，后是幸运——看得出：她什么也没说。

八点整，又来敲门了。我起身告别：我的心又放回胸口了。等我走出门，她正打门前经过：我向她致意，她的眼睛朝我轻佻地微笑着，我热血沸腾，把这当作许诺继续保持沉默的信号。

从那一小时起，我的注意力开始了新的转移；直到现在，我孩童般虔诚的崇敬之心把这被神化了的老师当作另一个世界的守护神，以至于忘记去注意他的个人的、世俗的生活。在这种包含各种真正梦想的过分夸张的行为中，我把他的生活完全排斥在我们这个秩序井然的世界的一切日常活动之外。一个初恋的人不敢在想象中使神圣的女孩脱去衣裙，像欣赏其他上千名穿着衣裙的女人一样很自然地看她，因此，我也不敢诡计多端地往他的私人的生活里瞥上一眼：我总是把他理想化，认为他作为语言的使者和创造精神的体现者没有半点具体、普通的东西。现在，那次悲喜剧的奇遇使他的妻子挡住了我的去路，我就不得不更密切地观察他的家庭生活，观察他的饮食起居了；一反我的意愿，一种不安的探察的好奇心使我瞪大了眼睛。我心中的这种窥探的目光刚一开始，就有点显得慌乱，因为这个人在自己的小天地中的生活是独具特色的，几乎是一个令人恐惧的谜。在那一次邂逅以后不久，我头一次被请去吃饭，看见的不是他一个人，而是他跟他夫人在一起，这时，我心中开始明显地怀疑这是一个特殊的、混杂的生活集体，此后我越深入地观察这个家庭的内在生活，我的感情就变得越混乱。这倒并非两人之间在言语和表情上表现出紧张或不和谐，相反，这里什么都没有，相互间不存在任何的紧张。这种什么也没有的情形如此不可思议地把他俩蒙了起来，使人看不透他们，这是感情上的一种压抑的、燥热的平静，它使整个气氛变得比一次争吵的风暴或一次隐蔽着恼怒的闪电更加沉闷。表面上没有流露出丝毫激动或紧张；只感到内心的距离越来越大。在他们很少的谈话中的问与答都只是蜻蜓点水似的，谈话从来都不是心心相通，亲密无间；就是在吃饭时当着我的面，他说起话来也是结结巴巴，言辞不畅。有时，只要我们没有再回去工作，谈话就像冻成一块沉默的坚冰，谁也不敢去碰，它那冰冷的重负在我的心上一压就是几个小时。

首先是他的彻底孤独状态使我大为惊恐。这个思想开放、渴求新知识的人没有一个朋友，他的学生只不过是他的交往对象和安慰。跟大学同事之间，除了那种客客气气的正常应酬，没有任何关系。他从不参加社交活动；他常常整天不在家，只去距离二十步远的大学，不去别的地方。他把一切都默默地埋在心中，既不对别人说也不用文字写下来。现在我也理解了在大学生圈子里他的语言的那火山喷发的气势，那狂热如潮水奔流的激情：这时，从数日的缄默堵塞中涌现出健谈，所有他在沉默中隐藏于内心的思想，毫无羁绊地冲了出来，带着骑手意味深长地称作"马厩失火"的那种遏制不住的气势，咆哮着从沉默的围栏冲进语言的竞技场。

在家里他很少说话，至少跟他太太是如此。就连我这个少不更事的年轻人，也怀着一种战战兢兢乃至羞惭难当的惊异心理，发现了他们两人之间飘浮着的一个阴影，一个由感觉不到的材料组成的、飘荡的、永远在场的阴影，但它却使这个人和那个人完全隔离，于是我第一次意识到一桩婚姻对外隐藏着多少秘密。好像门槛上画了一个避邪的五角星，没有特殊的要求，这位太太从不敢走进工作室：这就表明她完全被隔绝在他的精神世界之外。我的老师从不当着她的面谈论他的计划和工作；她刚刚进来，他就一下子把他的热情洋溢的话头打住，我觉得这样做太让人难堪了。这几乎是侮辱和明目张胆的歧视，连一点客气的婉转掩饰都没有，他粗暴而公开地拒绝她的参与——但她好像对这侮辱并不介意，或者说已经习以为常了。她总露出一张年轻人欢乐的面容，楼上楼下跑个不停，轻盈敏捷，全身放松而有弹性，手上老是有做不完的事，同时又老是有时间去剧院，不错过任何一次体育活动——反之，对书籍，对家务，对一切封闭、安静和从容不迫的事物，这位大约三十五岁的女人没有任何兴趣。只要她——总是独自哼唱着，随便哈哈笑着，随时进行尖刻的谈话——能在跳舞、游泳、奔跑时，在任何一种激烈活动中舒展她的肢体，好像就满足了。她从不跟我严肃地说话，她总是像对待一个半大的孩子似的拿我开心，顶多把我当作纵情较量的对手。她的这种活泼开朗的性格，跟我老师那阴暗的、完全内向的和只被精神活动激励的生活方式形成如此混乱的、矛盾的对比，弄得我一再怀着新的惊异自问，过去这两个完全不同的性格怎么会结合在一起呢。当然，这奇特的对比对我倒只有好处：如果我在精神高度紧张的工作之后跟她交谈一次，就觉得好像从我的头上取下了一个沉甸甸的头盔；所有的东西又都脱离狂迷的热情，返回平淡无奇的世俗之中，生活中这种快活的、平易近人的东西顽皮地要求自己的权利，由于当着他的面总是精神紧张，我几乎都不会笑了，而这笑却能减轻过重的精神压力，使人感到舒畅。她和我之间结成了一种年轻人的友谊；正因为我们总在一起随便谈些无关紧要的事，或一起去看戏，我们在一起就没有任何紧张气氛。唯有一件事令人难堪地打断我们无忧无虑的谈话，每一次都使我很慌乱：这就是提到他的名字的时候。这时，她必然激愤地沉默，挡住我探问的好奇心，或是当我狂热地说话时，对我报以奇怪的躲躲闪闪的微笑。但她始终闭口不语：她以另一种方式，但态度同样坚决地把这个男人排除在她的生活之外，像他把她从他的生活中排除出去一样。然而，他们两人却在同一沉寂的屋檐下生活了十五年。

这个秘密越看不透，它对我这颗热烈的焦躁不安的心越有诱惑力。好像一个影子，一块面纱，我感觉到说话的气流使得它摆动，我曾多次以为抓住了它的踪迹，它却又滑掉了，这令人困惑的织物，下一刻又重新静静地向我飘来，从来没有摸得着的话语和抓得到的形式。对于一个年轻人来说，没有什么比胡乱猜测这种伤透脑筋的游戏更扰乱人心，更让人惊醒的了；想象，它平时只是闲散地四处游荡，现在突然发现了它的捕猎目标，因而怀着这新出现的潜随捕猎的欲念而兴奋不已。在那些日子里，我这个至今仍很迟钝的青年生出了全新的感官，生出一层能奸诈地截获每一种语调的窃听的薄膜，生出一种善于侦察的猎人的狐疑而敏锐的目光，生出一种在黑暗里四处搜索的好奇心——每根神经都灵活地伸展，直至感到痛苦，总是为想抓到一个预想的东西而激动不已，从未平息为一种清晰的感觉。

但我不能斥责它，我不能斥责我的防不胜防的好奇心，它是纯洁的。使我的所有感官如此兴奋的，并不是喜欢幸灾乐祸地在一个优越的人身上捕获低级人性的邪恶的好奇心——相反，这种好奇心具有隐秘的恐惧的色彩，是一种犹豫不决的同情，这种同情惴惴不安地预感到这位沉默者的痛苦。因为我越走近他的生活，那罩在我老师可爱的脸上的清清楚楚的阴影就越使我感到压抑，那是一种高尚地克制着的高尚的伤感，它从来都没有降低为过分粗暴的怨天尤人或无来由的愤懑；如果说他在第一个小时里吸引我这个陌生人的是他的语言的那种类似火山爆发前的红光，那么他现在使我这个知己更加感动的则是他的沉默，是飘浮在他的额头上的愁云。什么也不能像高尚男人的阴郁这样有力地打动一个青年人的思想：米开朗琪罗的俯视自己内心的沉思者，贝多芬那痛苦地向里收敛的嘴，这些悲剧性的面部模型比莫扎特的银铃般的旋律和达·芬奇的人物周围的明亮的光线会更加强烈地感动一个未定型的人。青春本身就是美，青春是无需美化的：由于生命力过于旺盛，它向往悲剧的东西，让忧郁甜美地吮吸它还不成熟的血液。因此，所有的青年人都永远情愿铤而走险，愿意向每一个精神上的痛苦表示亲切的同情。

这样一张真正受难者的面孔，我有生以来还是头一次看见。我是一个小人物的儿子，在市民的舒适环境中平平安安地长大，我只在日常生活的可笑的假面具上认识什么是忧虑，装作懊恼，或披着黄色的忌妒的外衣，几个小钱叮当作响——现在，我立刻就感觉到，这张面孔之所以惘然若失，是出自更为神圣的因素。这个阴暗的表情来自忧郁的心理，一支残忍的画笔从里边把褶皱和裂纹画在早衰的面颊上。有时，当我走进他的房间（总像一个孩子走近住着妖怪的房子那样胆战心惊），他由于全神贯注而没有听见我敲门，当我后来突然羞涩而惊慌地站在这位忘我者的面前时，我觉得坐在这里的只能是戴着瓦格纳的面具的躯体，身上穿着浮士德的长袍，而灵魂却在神秘的悬崖上、在令人战栗的瓦尔普吉斯之夜①里到处游荡。在这样的时刻，他的感官完全闭锁了，他既听不见走近的脚步声，也听不见腼腆的问候。如果说他突然恢复了知觉，惊跳起来，他就会试图赶紧说话以掩盖他的窘态：他来回踱着步，竭力通过问话来转移对他审视的目光。但阴影却长时间地悬在他的额头上，只有热情的谈话才能驱散这从内心积聚起来的云团。

他不得不时常经历这种场面，他的一瞥是多么令我感动。他也许从我的眼睛，从我不安的手能感觉到我的嘴似乎隐约地在请求他信任我，或者能从我的探问姿态看出我要把他的痛苦变成我的痛苦的隐秘热情。无疑，他一定感觉到了这一层，因为他意想不到地中断了活跃的谈话，颇受感动地望着我，甚至那十分温暖的、因内心知足而变得模糊的目光把我整个儿吞没了。随后，他往往抓住我的手，长时间不安地握着——我总是等待着：现在，现在，现在他要

---

① 传说每年四月三十日夜晚，德国海登海姆女隐修院院长瓦尔普吉斯在哈尔茨山布罗肯峰设宴招待魔鬼与巫婆狂欢作乐。《浮士德》第一部中描写了瓦尔普吉斯之夜。

跟我说了。但他没有说话，大半代之以一个粗暴的姿态，有时来一句冷冷的、故作冷静的或嘲弄的话。他这个生活在热情中的人，在我心中培育和唤醒了热情，随后又突然把我的热情抹去，就像抹去一篇写得不好的作业里的一个错误，他越多地看到我的内心的思绪，看到我渴望得到他的信任，就越是气冲冲地冒出这样一句冷冰冰的话："这您不明白"或者"您别这样言过其实"。他用这些话刺激我，使我绝望。在这个闪电般耀眼地从热变到冷的人的手下，我多么痛苦呀，他下意识地燃起我的热情，突然又用冷水浇我的头，他以他的狂热激起我的狂热，随后又突然抓起一条讽刺挖苦的鞭子——是的，我有这样一种强烈的感觉，我越接近他，他就越坚决地，甚至无比恐惧地推开我。什么也不能，什么也不许接近他，接近他的秘密。

我意识到，那秘密越来越灼人，那秘密驻留在他那具有魔力般吸引力的内心深处是那么奇异反常，那么阴森可怖。我从他那奇怪地逃避的目光中猜到他心里有一种存心隐瞒的东西。每当人们心怀感激之情沉浸在那目光中时，那目光便热烈地冲向前，又胆怯地逃避开；从他妻子紧闭的嘴唇上，从全城人十分冷淡的观望中，我感觉到了这一点，每当人们称赞他时，城里的人几乎都愤怒地瞪着眼睛——我也从千百种特殊的现象和突如其来的惘然若失的表现上感到这一点。误以为已经进入这样一种生活的内部，但又像在一个迷宫里迷失了方向，找不到那条通向它的本源和内心的道路，处在这样的境地多么叫人痛苦啊！

他的越出常规的行为对我来说是最不可思议、最令人恼怒的事。有一天，我去听他讲课，教室门前贴了一个条子，写着：讲课暂停两天。大学生们好像并不感到惊异，但是我昨天还跟他在一起呢，我赶紧跑回家，生怕他得病了。我显得很着急地闯进他家，他的夫人却不动感情地微笑。"这种事常发生，"她冷淡地说，"只有您还不知道。"事实上，我从同学们那里得知，他常常这样消失一夜，有时只打个电话来请假：有一次，一个大学生早上四点钟在柏林的一条街上碰到过他，另一个人则曾经在别的城市的饭馆里跟他相遇。他突然跑出去，像一个软木塞从酒瓶里弹出，然后他又回来了，谁也不知道他去过哪里。他突然的逃走使得我像得了一场大病：这两天我神不守舍、激动不安地四处游荡。没有他像平时那样在场，我觉得学习突然变得空空洞洞，毫无意义。我在种种混乱妒忌的猜测中苦受煎熬，甚至在我心中滋生出某种对他性情孤僻的憎恨和愤怒。因为他竟像对待一个饥寒交迫的乞丐一样把我这个热心的追随者排斥在他的真实生活之外。我劝慰自己，我一个孩子，一个学生根本无权要求什么解释和说明，因为他的善心给予我的信任比一个只尽义务的大学老师要多一百倍。但这样的劝慰也无济于事。理智控制不住炽热的激情：我这个傻头傻脑的小伙子一天要去问十次他回来没有，直到最后感觉到他夫人一向粗暴的否定发展到恼怒为止。我直到半夜都没睡，侧耳细听他归来的脚步声，一大早就不安地悄悄围着门口转，再也不敢去询问了。当他第三天终于出人意料地走进我的房间时，我大大地舒了一口气：我的惊恐一定是太过分了，至少我能从他的窘迫的惊异的表情上看出这一点，他急匆匆地一个接着一个提了几个无足轻重的问题。他的目光在躲避我。我们的谈话第一次转弯抹角地兜起圈子来了，话与话相撞相绊，我们二人都竭力避免说出任何影射他外出的话语，正是这种尽在不言中的话封锁着每个发音的通道。当他把我一个人留下时，我的好奇心像火焰一样，从心中熊熊升起，渐渐地，它使我感到坐立不安。

这场谋求说明和深刻认识的斗争持续了几个星期：我顽固地探索那火热的核心，我以为我已感觉到这个核心在岩石般的沉默下就要像火山那样爆发了。终于，幸福的时刻到来了，我第一次成功地闯进他的内心世界。我又一次在他的房间里待到暮色降临，其间他从锁着的抽屉里拿出几篇莎士比亚的十四行诗，他先是按照自己的译文读了读这些像青铜铸就的简洁的作品，然后那么神奇地把诗里看似捉摸不透的文字暗码解释清楚，不过我在由衷的喜悦中不免感到遗憾，因为这位心潮澎湃的人所给予的一切，可能都要在短暂流动的语词中消失。这时，不知从哪儿来了勇气，我突然大胆地问他为什么没有完成《环球剧院》那本大部头的著作。但我刚说出这句话，我便惊恐地发觉，一反我的意愿，竟很重地触到了一个秘密的、显然十分痛苦的伤口。他站了起来，扭过身去，沉默了很久。这房间突然好像只充满暮色和沉默。最后他向我走来，严肃地望着我，而嘴唇抽搐了好几次，才微微张开口；然后痛苦地供认说："我不能写大部头作品了。这事已成为过去：只有青年人才会有这样大胆的计划。我现在再也没有毅力了。我为什么要隐瞒呢？我变成了一个没长性的人，我不能坚持到底。过去我精力多的是，现在没有了。我只能讲话了：说话有时我还办得到，说话时总有点什么东西吸引着我。但静静地坐着工作，永远是独自一人，永远是单独工作，这我做不到了。"

他那听天由命的眼神使我震惊。我内心深处对他充满信心，我极力劝他最好把他每天松手撒给我们的东西紧紧地攥在拳头里，不要总是只管发放，而要把自己的东西成形地保存起来。"我不能写了，"他倦怠地重复着，"我的精力集中不了啦。""那您就口授，"为这种想法所吸引，我走向他，几乎祈求地说，"那就您口授，我记录。您就试一试吧。也许只开个头——然后您自己也不会再退缩了。您就试试这种口授笔录法吧，我请求您给我这个荣幸！"

他抬头望着我，先是有些困惑不解，接着便更加若有所思了。这个想法似乎使他有些动心了。"给您这荣幸？"他重复着，"您真的以为，我一个老年人从事点什么，还能给什么人带来快乐？"我感觉到，一次踌躇不决的让步已从这里开始，这是我从他的目光中觉察到的，那目光刚才还向内遮着一层云雾，但现在云雾被热切的希望驱散了，目光渐渐突现出来，变得明朗了。"您真这样想吗？"他重复着；我感觉到，他的意志里出现了一种打算采纳我的建议的迹象，接着便当即决定："那么我们就试试吧！青年人永远是正确的。向他们让步是明智的。"我狂热地爆发出来的快乐，我得意扬扬的神情，仿佛使他复活了。他急匆匆地走来走去，几乎充满青春的激情，我们商定：晚上九点钟，一吃过晚饭，我们每天先试一个小时。第二天晚上口授笔录便开始了。

这几个小时，我怎样描述它们呢！为了迎接它们，我整整等了一天。下午就有一种压抑的、耗损精神的不安像通电似的压在我的焦躁的感官上，我几乎忍受不了那几个小时了。夜晚终于到来。晚饭一过，我们立刻走进他的工作室，我在写字台前坐下，背对着他，这时，他在屋子里不安地踱着步，直到在他心中好像找到了旋律，从高尚的语言里跳出最初的音节。因为这个古怪的人创造的一切都是来自一种音乐感。开始时他总需要推动，以便使他的思想运动起来。这大多是一幅画，一个比喻，一个形象的环境，在激情的、不知不觉地快速前进中他能把这环境扩大为一个戏剧场景。接着，一切宏伟而自然的创造往往是从这种即兴创作所迸发的火花中闪现的：我记得，有几行好像是一首抑扬格体的诗中的几节，另几行如同瀑布奔腾飞泻，一个紧接一个出色的排列，就像荷马史诗中的战船目录和沃尔特·惠特曼的粗犷的颂歌。作为一个正在成长的年轻人，我第一次看清这种创作的秘密：我看到，那思想本是没有色彩的，只是一种纯粹的流动的热情，就像浇铸钟的铜从情绪激奋的大坩埚里流出来一样，冷却后才渐渐成型，而后它浑圆丰满起来，直至清楚地从中迸发出语言，犹如钟锤敲响大钟，奏出响亮的声音，赋予诗人的感受以人的语言。正如每个段落来自节奏，每个描写来自场景的画面，这整部巨著完全不用语言，是从一首颂歌发展而成的。在这首颂歌里，大海象征着人世间看得见、摸得着的永恒。大海无边无际，波涛汹涌，仰视苍穹，遮掩万壑，游戏着尘世的命运，游戏着人类颠簸动荡的小船：面对这大海的形象，在奇妙的对比中产生出悲剧的描写；作为自然力，这悲剧气势雄伟地、颇具破坏性地控制着我们的天性。随后，这形象的滚滚波涛涌向一块单独的陆地：英吉利出现了，这个海岛的周围永远被不平静的自然力所冲击，这自然力充满危险地包围着大地的所有边缘，地球的所有地带和地区。在英吉利那里形成了一个国家：在那里，这自然力的冷漠而明澈的目光一直渗到人的眼睛的玻璃体里，渗进灰色的、蓝色的眼睛里。每个人既是海员，又是岛屿，像他的国家一样。这一种族在同诺曼人数百年的争战中不断考验自己的力量，风暴和危险使他们忆起强烈的暴风雨般的激情。但是现在，和平的云雾笼罩着这个四面激浪拍击的国家。然而，他们已习惯于风暴，他们仍然向往大海，向往事件的骤变和日常的危险，于是他们又一次在血腥的游戏中为自己制造出使人兴奋的紧张。先是搭起了斗兽和格斗的木台：熊流血而死，斗鸡残忍地激起人们在恐惧中的欢乐；不久，鉴赏力提高了，人们更希望看到纯粹人类英勇斗争的激动人心的紧张。这时，从虔诚的舞台、从教会的神秘剧中产生了另一种关于人的伟大的波澜壮阔的戏剧。这是所有那些冒险和航行的再现，只不过现在是在内心的海洋上；这是新的无穷，另一个激情汹涌、精神振奋的海洋。激动地驾驭这个海洋，气喘吁吁任其四处抛掷，则是这些依然强大的盎格鲁-撒克逊民族后裔的新的欲望：于是产生了英国民族的戏剧，伊丽莎白时代的戏剧。

他狂热地投身到这个野蛮的原始世界开端的描述中，那形象的词语响亮地飞腾而出。他的声音，开始时如低声细语，急速快捷，而后由于绷紧发出洪亮声音的肌肉和韧带，变成了银光闪闪的飞机，越飞越自由，越飞越高：这个房间，这被回音冲击的四壁，对它来说显得太狭小了，这声音需要一个广阔的空间。我感觉到暴风就在我头顶上逞狂，那海涛般咆哮着的嘴发出隆隆作响的呐喊：我缩背俯身在写字台上，好像又站在故乡的沙丘上，听到千万层波浪和喷射而来的海风震耳欲聋的声响。一切震颤都像一个人的诞生和一句话的诞生一样都痛苦地伴随着种种恐惧，那时，正是他第一次闯入了我惊恐不已却又充满幸福的心灵。

在口授中，强有力的灵感夺走了科学表述的语言，思想变成了文学创作，我的老师一结束口授，我便晕晕乎乎地站了起来。极度的疲倦感沉重而强烈地传遍我全身，这是一种跟他的疲惫完全不同的疲劳，他的疲乏是一种筋疲力竭，一种如释重负的感受，而我这个过分激动的人还因自己心里涌进的充沛情感而震颤不已。但我们两人随后总还需要一次轻声细语的谈话，然后才回去睡觉或休息；通常我还要念一遍记录稿；奇怪的是，那些符号一旦变成语言，说话也好，呼吸也好，发声也好，从我口里却发出另一个人的声音，好像一个人换去了我嘴里的语言。接着我辨认出：我是在重复吟诵，我是在那样投入地模仿他朗诵的腔调，那腔调跟他的一模一样，以至于使我感到，好像是他通过我的嘴在说话，不是我自己在说话——我简直变成了他的共鸣器，他说话的回响。这一切已经过去了四十年：但在今天，只要是做报告，只要演讲词脱离我的口发生振动，我就会突然羞怯地感觉到不是我自己在说，而是好像另一个人在借我讲话的嘴说话。接着我听出这是一个尊贵的死者的声音，这位死者唯有呼吸还留在我的嘴唇上：只要狂热的精神征服了我，我就是他，永远如此。我知道：这是那些时光对我的影响。

工作成果在增长，它像一片树林似的在我周围生长，渐渐遮住了我观察外界的视线；我只生活在那所房子的黝黯里，生活在这部不断扩展的著作的沙沙作响而又不停呼啸的枝叶当中，生活在这个温暖慈爱的人的身边。

除了大学里很少的几个课时以外，我整天都属于他。我在他们那里用餐，从他们住处来的消息白天晚上都顺着楼梯上上下下传到我的房间：我有他们的门钥匙，他也有我的门钥匙，这样一来，他就可以随时找到我了，无须事先去喊那个半聋的年老的女房东。我跟这个新的集体结合得越紧密，就跟外面的世界越疏远：我在分享这种温暖时也分享着他们封闭生活的冰冷的孤独。我的同学一致对我摆出冷淡和蔑视的态度：也许他们私设了一个特别的秘密法庭，或只是对我明显受宠的一种神经过敏的嫉妒——不管怎么说，他们是把我排除在他们的交往之外了，而在课堂讨论中，他们像约定好了似的，都不跟我打招呼，不跟我寒暄。就连那些教授也不掩饰他们充满敌意的嫌恶；有一次，我向一位教罗马语文学的讲师请教一个不很重要的问题，他竟嘲讽地搪塞我。"您是……教授的亲信，怎么连这个也不知道。"我曾试图为自己这种无辜的被排斥进行解释，但是白费气力。他的言辞和目光都避开任何解释。自从我完全跟这两个孤独的人在一起生活以来，我自己也变得完全孤独了。

只要把我的注意力完全放在精神活动上，这种社会的排斥也就不会使我伤心了。但我的神经渐渐地承受不住这样持续的绷紧状态。一个人几周内都这样不间断的用脑过度，不可能不受到惩罚，再者，我是突然把我的生活彻底翻了一个个儿，我过猛地从一个极端走到另一个极端，不会不危及那神秘地形成的自然平衡。过去在柏林时，我懒散地东游西逛，使我的肌肉舒适放松，跟女人的艳遇在嬉戏中释放了我精神上的焦躁不安；而在这里，沉闷的气氛则不断压迫我昂奋的感官，使它们带着通电的触角在我全身战栗、流动；我失去了深沉健康的睡眠，尽管也许是因为我总把抄写每天晚上的口授内容当作个人的乐趣一直写到第二天大清早的缘故（由于沾沾自喜的急躁情绪，狂热地抄写着，以便尽早把抄好的文稿交给我的老师）。接着，大学里有些材料要赶忙看完，这就要求我付出更多的精力，而跟我老师的谈话也使我的情绪十分激动，甚至每根神经都绷得紧紧的，我从来不敢冷漠地出现在他面前。被损害的身体对这种过分紧张的活动没过多久就进行报复了。我多次短时间地昏迷过去，这是我疯狂地超越身体负担的危险的报警信号——但像被施以催眠术的疲惫在增长，每次感情的表达都变得非常激烈，变敏感了的神经向每根神经末梢内部伸展，扯断睡眠，使一直混乱的思想更加混乱。

第一个注意到我的身体处在明显的危险状态的，是我老师的夫人。我常常感觉到她那抚慰的目光向我探索，她总是故意把那些提醒我注意的想法随便掺杂在我们的谈话里，诸如劝说我不能希望在一个学期里征服世界。最后她就明明白白地说了。"现在够了，"一个星期天她走到我身边，见我在美丽的阳光照耀下埋头研究语法，便一把将书从我手中夺走，说，"一个年轻的活蹦乱跳的人怎么能做功名心的奴隶呢？您不要老把我丈夫当作榜样：他老了，您还年轻，您得按别的方式生活。"每当她谈到他时，她总是操着这种表示蔑视的压低的声调，我作为一个献身于我老师治学的人，则一再愤怒地反对她的这种腔调。我觉得，她是故意地，甚或怀着一种邪恶的嫉妒心理，越来越试图让我离开他，试图以嘲讽的手段阻止我的过火行为；如果我们晚上口授笔录的时间过长，她就一个劲儿地敲门，不顾他愤怒的驱赶，迫使我们把工作中断。"他会毁掉您的神经的，他还会把您完全毁掉的，"有一次当她发现我倒下时，她愤慨地说，"这几个星期他把您折磨成什么样子了！我可不能再眼巴巴地看着您跟自己过不去了。而且在这里……"她说到这儿停顿下来，没把整句话说完。但她的嘴唇颤动着，由于压抑着的愤怒而变得毫无血色。

的确，我的老师给我的工作并不轻松：我越是热情地为他服务，他对我殷勤的尊敬表现得越冷漠。他很少表示感谢；如果我在早上把熬夜完成的文稿带给他，他就干巴巴地表示拒绝："明天也来得及。"如果我的追求虚荣的热心努力超出了他要求的范围，在谈话中他的嘴就会突然撇得老长，一句嘲讽的话就会逼得我直往后退。当然，如果随后他看见我忍受着侮辱惶惶不安地退缩了，他那温暖可亲的目光就会又闪现出来，打消我的绝望，但这种情况太少了，太罕见了！他的性情的这种热与冷，这种时而激动的亲切，时而恼怒的冲撞，使我难以控制的充满渴望的感情混乱不堪——不，那时我真说不清，我究竟渴望什么，我希望什么，我要求和谋求什么，我的狂热的献身期望得到他什么样的同情。因为如果一种崇敬的热情即使以纯真的方式献给一个女人，那么它也要不自觉地力图得到一种肉体上的满足，在占有身体的同时自然会为这种热情形象地塑造出一种最高的结合——但这种精神上的一个男人献给另一个男人的热情，它怎能企望得到不可能满足的、完全的满足呢？它心神不定地围着这位可尊敬的人转，永远为新的狂喜而闪闪发光，却从未因为最后的奉献而变得平静。它永远在涌流，从不完全溢出，永远像精神一样不知足。同样，在长时间的谈话中，我从来也不觉得他与我很近，他从不完全敞开心扉，吐露一切；即使他充满信任地摆脱一切拘谨，我也知道，霎时他就会斩钉截铁地把这亲密的联系切断。这种变化无常一再重新搅乱我的情感；如果我说我在过度受刺激时常常几乎干出蠢事，这一点儿也不夸张，那只是因为他把我介绍给他的一本书松松地拿了一下就随随便便地推到一边，或者，当晚上深入的谈话把我们拴住，我完全被他的思想所吸引，他会先轻轻地把手放在我的肩上，然后突然站起来，粗暴地说："现在您走吧！已经很晚了。晚安。"这样的一些无足轻重的小事也就足以搅得我几小时、几天都不得安宁了。也许，在不停的激动中，我的过度兴奋的感情会看到这些侮辱，虽然他不是故意的——但一切抵制干扰、暗示我自己如何重要的言行，又有什么用处呢？这种事天天重复出现：他亲近时我忍受他的热，他疏远时我感受他的冷。他的态度永远令人失望。没有半点迹象能使我安宁，每一个偶然的言行都使我感到迷惘。

奇怪的是，每当我感觉到我的感情受到了他的伤害时，我就逃到他夫人那里去。也许是一种冲动，想找一个同样受这种无言的冷落的人，也许只是一种需要，想能够跟随便什么人说说话，即使不能得到帮助，也能得到理解——不管怎么说，我像去找一个乡亲似的跑到她那里去。她往往拿我的敏感寻开心，或耸耸肩膀冷淡地劝我要习惯这些使人烦恼的怪事。有时，当我突然感到绝望，一下子就结结巴巴地把责难、眼泪和话语甩在她面前，她便十分严肃地、简直是用一种令人惊异的目光凝视我，但一句话也不说；只是在她的嘴唇周围显现出遏制的愤怒，我觉得，她需要使出全部力量，才得以不表现出她的愤怒或轻率。无疑，她也有什么话要对我说，她也隐藏着一个秘密，也许这与他是相同的。但我的话一旦触犯了他，他便以粗暴的拒绝把我顶回来；而她却通常是说一句笑话或做一个临时想到的恶作剧，跳过任何继续下去的话题。

但只有一次我差点儿套出她的话。我早上把听写送去，坦率而热烈地对我的老师说这篇描述（那是对马洛的描述）使我感动至深。我感情洋溢，热血沸腾，赞叹不已地补充说，没有谁能像他那样描绘出这样杰出的肖像；这时，他尖叫一声表示拒绝，紧紧地咬住嘴唇，把那张稿子扔掉，轻蔑地喃喃地说："请您不要说这种蠢话！您懂得什么叫杰出。"这句粗暴无礼的话（匆忙戴上的假面具大概只是为了掩饰无可奈何的羞惭）足够打破我一天的安宁了。下午，我单独和他夫人在一起待了一小时，像歇斯底里发作似的我突然冲到她身边，抓住她的手，说："请您告诉我，他为什么这么恨我？他为什么这么瞧不起我？我怎么得罪他了？为什么我的每句话都这样刺激他？我该怎么办，您帮帮我吧！为什么他容不得我——请您告诉我，我求您了。"

我这粗野发作的突然袭击，惹得她用一种尖锐的目光凝视我。"容不得您？"她牙缝里挤出一阵笑声，这是一种恶意讽刺的刺耳的笑，我听了不由得往后退缩。"容不得您?"她又重复一遍，无比愤怒地直视我慌乱的眼睛。但随后她便挨近我，俯下身来——她的目光渐渐地变得柔和，更柔和了，几乎是怀着同情——突然，她（第一次）抚摸我的头发。"您真是一个孩子，一个愚蠢的孩子，什么也没发觉，什么也没看见，什么也不知道。但这样更好——否则您会更不安的。"

她猛地转过身去。我徒劳地寻找着安慰：像被捆在一场扯不断的吓人的梦的黑口袋里，我拼命寻找一种解释，拼命挣扎着，想从这种互相矛盾的情感的无比神秘的混乱中醒来。

四个月就这样过去了，这是最难以预料到的自我提高和改变的十几个星期。一学期转瞬跳到了它的终点，我怀着恐惧心理面对这临近的假期，因为我爱我的炼狱，家乡那平淡的没有文化气息的家庭生活，像流放和劫夺一样威胁着我。我已私下计划，向父母谎称这里有重要的工作拖住了我。我已巧妙地把谎言和借口编织在一起，以便延长这消耗我精力的现状。但我的时间早就被安排在另一个空间里了。这个时刻无形地悬在我的头顶上，就像正午报时的钟声蕴藏在铜钟里，到时会意外地严肃地召唤那些闲散的人去工作或辞行。

那个决定命运的晚上，开始时多么美好啊! 简直是像要泄露什么真情似的美好! 我跟他们两人坐在一起吃饭——窗户都开着，天上飘着白云，朦胧的暮色从发暗的窗框悠悠进入室内：一种温和、明澈的光从白云庄严飘过去的反光中散播开来，进到人们的心底。

太太跟我，我们谈得比往常更随便，更平和，更不知疲倦。我的老师沉默着，不参与我们的谈话；但他的沉默却像用静静合拢着的翅膀罩在我们的谈话上。我偷偷地斜眼看着他：他今天的神态有一种奇异的明朗的东西，一种不安，但绝无慌张的神色，犹如在那夏日的云彩里。有时他举起酒杯，拿着它对着灯光看，见了那颜色显得很高兴；而当我的目光快乐地随着他的姿态转来转去时，他便微微一笑，把杯子举起来对我致意。我很少看见他的脸这么明朗，他的动作这么完美、镇静：他几乎是愉快地正襟危坐，好像在欣赏从大街上传来的音乐或在倾听看不见的谈话。他的嘴唇，平时周围一向都有细小的皱纹，现在却又安静又柔和，好像一个削了皮的果实。他的前额稍稍转向窗户时，便反射出那种温柔的光亮，我觉得从来没有这么美。看到他如此平静，真是奇妙：那是纯洁的夏天晚上的反光，是从柔和的空气中涌进他心里的安逸，还是来自他内心的慰藉——我也说不清楚。看他的面孔，就像读一本打开的书，我只觉得：今天有一位宽厚的神抚平了他心上的皱褶和裂纹。

他现在站起来，像通常那样甩头邀我跟他到工作室去，那样子也是无比庄重的：这位平素一向匆匆忙忙的人，现在走路特别稳重。走着，他又转身——这也是一反常习的——从橱里取出一瓶未开盖的葡萄酒，从容不迫地把它带过去。同我一样，他的夫人也好像注意到了他的行为有些古怪，她放下针线活，抬头用惊异的目光看看，好奇地默默观察着他那非比寻常的徐缓而庄重的姿态，这时我正走过去工作。

那房间，好像完全暗了下来，正带着亲切的暮色等待着我们，只有那盏灯在等候在那里的一堆白纸周围画出一个金黄色的圆圈。我坐在我往常的位置上，重复读了一遍草稿里最后的几个句子；他总是需要像用音叉定调那样在内心找准节奏，然后才能让言辞倾泻出来。但他平时都是直接从那正在消失的句子开始，这一次却没听到接下去的声音。沉默扩散到了整个空间，沉默从四壁反弹回来的压力压迫着我们。他的精神好像不怎么集中，因为我听见我背后有他神经质地来回走动的脚步声。"请您再读一遍！"不可思议，他的声音竟突然不安地抖动起来。我重新读最后几段：现在他紧接着我的话开始了，冷不防地就开始了，口述得比平时更快更完整。五个句子过去以后，场景就建造起来了；他至此所描述的一切，全是戏剧文化方面的前提条件，是一幅当时的壁画，是历史的轮廓。现在他突然急转直下，转向了剧院本身，它从中世纪流浪艺人乘着小车四处表演的形式终于变成定点的剧院，为自己建造了一个家园，有了保证自己权利和特权的书面文件，起初是"玫瑰剧院"和"幸福之神剧院"，都是简陋的木板棚，演出简单的戏剧；但后来诗剧勇敢坚定地向前发展了，工匠们便根据它的更大的胸围制作了一件新的木衣裙：在泰晤士河畔，在潮湿的不值钱的泥浆土地上，出现了那座粗笨的、带有六角塔楼的木头建筑，即环球剧院，在它的舞台上出现了莎士比亚这位大师。像被大海抛出来的一只古怪的船，在最高的桅杆上挂着海盗式的红旗，牢牢停泊在那泥泞的土地里。剧场的大厅里，像在码头上似的拥挤着吵吵嚷嚷的低贱的人群，那些上流社会的人则从高层楼座上俯视下面的演员，沾沾自喜地微笑着，闲聊着。他们不耐烦地要求开演。他们踏步顿足，大叫大嚷，剑柄碰撞舞台发出叮当的声响，直至几支闪烁的火光第一次照亮前面低低的舞台，人物都草率地化了装，演出显然是即席创作的喜剧。就在今天，我还记得他的话："语言的风暴突然咆哮起来，那个大海，那个充满无限激情的大海，从这木板的边界冲出去，直达人类心灵的一切时代和地区，掀起血红的波浪，它是不会枯竭的，深不可测的，快活的和悲惨的，多种多样的，是人类最独特的画像——这就是英国的戏剧，莎士比亚的戏剧。"

演讲就在说到这些崇高的言辞处突然中断了。接着是长时间郁闷的沉默。我不安地转过身来：我的老师一只手紧紧地抓着桌子有气无力地站在那里，他的这种姿态我太熟悉了。但这一次在这呆滞的状态里却有着某种令人吃惊的东西。我一跃而起，担心他有什么不适，然后小心翼翼地问他我要不要停止工作。他起初只是屏住呼吸，目不转睛地呆呆地望着我。随后，他的眼睛又放射出蓝色的光来，他嘴唇松松地朝我走来——"喏，您什么也没发现吗?"——他殷切地凝视着我。"究竟是什么?"我毫无把握地结结巴巴地说。这时，他深深地喘了一口气，露出淡淡的微笑；几个月以来，我又感觉到了那种丰富的、柔和的、温情的目光。"第一部完成了。"我强忍着才没兴高采烈地欢呼，这惊喜热乎乎地流过我全身。我怎么竟会视而不见呢，是的，这是完整的构筑，非常出色地从过去的原始基础一级一级升到建造成型的门槛：我赶紧跑过去数那些稿纸。这最重要的第一部共有写得密密麻麻的一百七十面；因为接下去要写的，是自由的模仿的描述，而到现在为止的叙述则是与历史的见证紧密相连的。毫无疑问，他将完成他的著作，我们的著作!

当时我欣喜地叫喊了，因为高兴、自豪和幸福而翩翩起舞了？我不知道。但我的兴奋感情一定表现出种种出乎意料的激情澎湃的形式，因为他的目光微笑着慢悠悠地追随着我，这时我时而草草浏览最后几句话，时而匆忙地数稿纸，捧着，掂量着，充满爱心地抚摸着，急不可耐地估算着，想象着我们何时才能完成整部著作。他积聚已久、深藏不露的自豪感，在我的快乐情绪中反映了出来：他深受感动地看着我。接着，他慢慢地伸着双手走到我跟前，抓住我的手，毫无表情地凝视着我。他的瞳孔平时只是颤动着间歇地闪出蓝光，现在则充满了明亮的、热情奔放的蓝色的光，在所有的元素中只有海底和人的感情的深处才能构成这种蓝色。这种闪光的蓝色从眼仁里升上来，向前放射，渗入我的体内；我感觉到，他这温暖的眼波轻柔地流到我的内心深处，在那里涌动着，扩展着，使我感情激荡，产生古怪的欲望：由于存在着这种奔涌膨胀的力，我的整个的心胸都变得宽阔了，于是我心中感到明快和温暖。"我知道，"现在他的声音越过了这眼神的闪光，"没有您，我就不可能开始这项工作，为此我永远也不会忘记您。您把我从疲惫无力中拯救了出来，您拯救了我的破碎衰败的余生，您一个人！没有一个人比您为我做的更多，没有一个人这样忠诚地帮助过我。因此，我不说我要感谢您，而说……我要感谢你。来！让我们完全以兄弟相称，待上一小时！"

他轻轻地把我拉到桌旁，拿来准备好的那瓶酒。两个酒杯也已摆在那里：他是想用这象征性的饮料公开向我表示感谢。我高兴得全身战栗，再也没有什么比一个热烈愿望的突然实现能更强有力地撼动我的心旌了。这是最明显的信任的象征，我曾无意识地渴望得到它；他的感谢真是找到了最美好的象征：这个亲如兄弟的"你"，它表明超越年龄的鸿沟，它由于经历了如此艰难的过去而显得无比宝贵。酒瓶发出叮当的响声，它现在充当着施洗者，它将用信任永远抚平我这颗忧虑不安的心，此刻我心中也响起同样的颤抖、明快的声音——一个小小的障碍延缓了这庄严时刻的到来：酒杯的软木塞还没有开，手头没有瓶起子。他想站起来，去取瓶起子，但我猜到了他的意图，就急忙冲出去奔向餐室——我心急如焚地等待这一时刻的到来，这是我的心最终得到平静的时刻，他对我的好感得到最明显的证明的时刻。

当我飞快地穿过门向有灯光的过道走去时，在黑暗中我跟一个什么软的东西撞在了一起，那软的东西急忙让开：原来是老师的夫人，她显然是在门边偷听呢。但是奇怪的是，我这么有力地跑着跟她撞了个满怀，她却一声没吭，她只是默默地避开了，而我则吓得一动不动地哑口无言。这情景只延续了一瞬间；我们俩都默默地站着，都在对方面前显得很难为情，她是因为在偷听时当场被捉，我则是因为被这太出人意料的发现惊呆了。随后是悄悄的脚步声在黑暗中响起，灯亮了，于是我看见她脸色煞白，挑衅般地背靠着木柜；她的目光严肃地打量着我，而从她僵硬的态度上可以看到一种可疑的阴暗的东西，一种警告和恐吓。但她一句话也没有说。

当我经过较长时间烦躁的、半盲的摸索，终于找到瓶起子的时候，我的双手颤抖起来；我必须两次从她面前经过，每当我抬起眼睛，总碰上她那呆滞的目光，那目光就像抛了光的木头似的闪着一种冷冷的阴暗的光。在她身上没有任何东西透露出门边偷听被人察觉的羞色；相反，她的眼睛现在粗暴而坚定地闪射出一种令我不解的威胁的光芒，她那倔强的神情表明她已经打定主意不离开这个不适当的地点，还要继续窃听。这种意志上的优越使我感到迷乱，在这种坚定而警告的目光逼视下，我不自觉地低下头来。我终于迈着不稳的步子溜进房间，我的老师在那里焦躁不安地双手握着酒瓶，这时，刚才的极度愉快完全冻结成了一种奇特的恐惧。

然而他是怎样无忧无虑地等待着我，他的目光怎样欢快地瞅着我啊：我一直梦想能有一天看见他这个样子，乌云从他忧郁的额头散尽！现在这前额第一次闪着这样平和的光，直射进我的内心，我倒说不出话来了，全部隐秘的喜悦犹如穿过隐秘的毛孔缓缓地向外流淌。我心慌意乱地甚至面带羞色地听见他再一次向我表示感谢，现在他又用亲密无间的"你"称呼我，两个酒杯碰在一起，发出银铃般的声响。他用一只胳膊友好地搂着我，把我带到扶手椅那里，我们相对而坐，他的手松松地放到我手里：我第一次感觉到他的感情完全自由地流露出来了。但我一句话也说不出来；我下意识地用目光扫视着门边，非常害怕她又站在那里偷听。我不停地想，她在偷听，偷听他对我讲的每一句话，还有我讲的每一句话：为什么恰恰在今天，为什么恰恰在今天？他用那种温暖的目光深情地望着我，突然说："今天我想跟你讲一讲我，讲一讲我自己的青年时代。"听到这话，我吓得站起来，摆着手求他不要讲，他惊奇地抬起头来望着我。"不要在今天，"我结结巴巴地说，"不要在今天……请原谅。"在我看来，他的这个想法太可怕，他很可能把自己暴露给一个窃听者，而关于窃听者这一层我又不得不对他守口如瓶。

我的老师疑惑不解地望着我。"你究竟怎么啦?"他略带愠色地问。"我累了……请原谅……我过分激动了……我想,"我一边说,一边颤抖地站起来,"我想,我还是现在就走吧。"我的目光从他身旁掠过去瞥向那扇门,我估计,那里一直有一个心怀嫉妒和敌意的窃听者好奇地潜伏在门框旁边。

现在他也慢腾腾地从扶手椅里站起来。阴影飞上他那突然变得疲倦不堪的脸。"你真的想走……今天……恰恰在今天?"他握着我的手:很不明显地重重地拉着我的手。但他像拿着一块石头似的突然粗暴地让它落下去。"很遗憾,"他失望地脱口而出,"我本希望跟你坦率地谈一谈! 遗憾!"那深深的叹息像一只黑蝴蝶似的飞过整个房间。我满面含羞,心中有一种无可奈何的难以说清的恐惧,我步履蹒跚地退出去,回手轻轻地关上了门。

我吃力地摸索着上楼走进我的房间,一头扑在床上。但我睡不着。我从来都没有这样强烈地感觉到,我的房间就在他的房间上边,只隔着一堵薄薄的墙,只笼罩在那不透光的黑暗的框架里。现在我以磨得敏锐的感官神奇地感觉到此刻他们俩在底下也没有入睡,我不用看就看得见,我不用听就听得到,他此刻在底下他自己的房间里不安地走来走去,而她却在别的什么地方默默地坐着,或边听边像幽灵似的游荡。我感觉到她的两只眼睛大睁着,一想到她的这种警觉的样子,我心里便不寒而栗:像做了一场噩梦,这整栋沉重的默默不语的房子竟阴影幢幢地突然压在我身上。

我掀去毯子。我的手滚烫。我陷在什么地方了？本来我已经感觉到那秘密离我很近，已经感到它热烘烘的呼吸紧挨着我的脸，现在却又很遥远了，但它的影子，它的沉默的难以辨认的影子，仍在飒飒地四处游荡。我感觉到它在屋里十分不祥，它像猫跷着爪子潜行着，永远在那里跳过来跳过去，总用它那带电的毛皮擦身而过，令人眼花缭乱，虽然温暖却又阴森可怕。我总感觉到他那感情丰富的目光从黑暗中射出来，像他伸过来的手那样柔和，同时感觉到他妻子的另一种锐利、恐吓和可怕的目光。我干吗要陷在他们的秘密之中？这两个人蒙起眼睛把我放在他们激情的中心干什么？他们为什么把我赶到他们的不可捉摸的纠纷里去？每个人都把一团愤怒和憎恨的烈火塞进我的心里干什么？

我的前额一直在发热。我跳下床，打开窗。外面，夏日的云雾笼罩着宁静的城市，不少窗子还闪耀着灯光，他们坐在那里，心情平静地谈话，闲适地看书或听家庭音乐。凡是白色窗框后面一片黑暗的所在，人们肯定已安然入眠。像月亮在银色的薄雾里一样，在所有这些静息的屋顶上，飘浮着一种柔和的安谧，飘浮着一种微微向下飘落的轻松的宁静，而钟楼报时的十一响则悠悠地送进他们大家偶然竖起或已在梦乡的耳朵里。这座房子里只有我觉得自己还醒着，觉得被奇异的思想恶狠狠地包围着。一个内在的思想狂热地要弄清楚这杂乱无章的低语。

突然，我吓了一跳。这不是楼梯上的脚步声吗？我边听边站起身来。一点不假，那里是有人在踏步上楼，像盲人似的迈着小心翼翼、踌躇不前、摇摇晃晃的步子：我熟悉这被踏坏的木楼梯发出的吱吱嘎嘎的叹息声。这脚步只能是朝着我这里来的，只能是朝我而来，因为在阁楼上除了那个半聋老太婆根本没有别人，她早已睡下，谁也不接待。这是我的老师吗？不，这不是他那跟跄而匆促的步伐；现在这脚步每走一级梯阶都犹疑不前，胆怯地蹒跚而行——现在又来了！一个小偷，一个罪犯才会这样走过来，绝不会是一个朋友。我紧张地听着，我的耳朵里嗡嗡直响。突然，好像有一股冷气袭上我的裸露的大腿。

　　这时，锁头轻轻地喀哒响了一声：他，这个可怕的客人，肯定已经到了门口。吹到我赤裸的脚趾上的一股微小的气流，说明外面的门已被打开，然而，只有他，我的老师，有钥匙。既然是他——为什么这样畏缩，这样反常？是因为他有些不放心，想来看看我吗？那为什么这个可怕的客人现在还在外面的前厅里犹豫不决呢？那窃贼般潜行的脚步突然停住了。我自己也因恐惧同样呆呆地站住了。我觉得，我好像要叫喊，但嗓子眼儿里似乎有什么东西黏在那里。我想把门打开；我的双脚却像牢牢地插在地里了。现在，我和这个可怕的客人之间只隔着薄薄的一堵墙了，但他和我谁也不向前迈一步。

　　这时，塔楼的钟敲响了：只敲了一下，是夜里十一点一刻。但这钟声解除了我的僵直状态。我一把拉开了门。

　　一点不假，门口站着我的老师，手里拿着蜡烛。猛然拉开的门带起一股气流，使那蜡烛蹿起蓝色的火苗。他僵直地站在那里的影子像一个巨人似的在他身后跟跟跄跄地颤动，活像一个醉汉要横穿这堵墙。但他本人一见到我也动了一动；他缩起身子，仿佛气流突

59

然使他从睡梦中惊醒，他不由得打着寒噤往身上拉了拉毯子。接着又朝后退了一步，蜡烛摆动着把烛油滴在他手上。

我吓得要死，全身颤抖："您怎么啦？"我只能结结巴巴地这样说。他一言不发地凝视着我，他的喉咙也像被什么卡住了似的说不出话。最后，他把蜡烛放在五斗橱上，于是那像蝙蝠似的在空间中晃来晃去的影子立刻安静下来。他最后口吃地说："我想……我想……"

他的声音又卡住了。他站在那里，瞅着地面，像一个被捉住的小偷。这种恐惧，这种呆立，是令人难以忍受的，我穿着衬衫，冻得发抖，他呢，俯身缩背，羞惭而迷惘。

这个虚弱的身形忽然耸动了一下。他向我走来：面带凶恶淫荡的微笑，一种只从眼睛里险恶闪现而双唇紧闭的微笑，这微笑就像一个陌生的假面具似的呆呆地对着我停顿了一刹那——然后，像蛇的带分叉的舌头往回一卷，发出尖厉的声音："我只想对您说……我们最好还是放弃这个'你'的称呼吧……这……这……在一个大学新生和他的老师之间不合适……您明白吗？……我们必须保持距离……距离……距离。"

说话时，他一直凝视着我，充满憎恨，充满侮辱人的、想打耳光的恶意，以至于他的手不由自主地紧紧地攥了起来。我向后趔趄了一步。难道他疯了吗？难道他喝醉了？他站在那里，攥着拳头，好像他想朝我扑过来或者想照我的脸来一拳。

但这恐怖局面只延续了一秒钟，随后，这种咄咄逼人的目光就收回去了。他转过身去，嘟哝了一句什么，听起来好像是在道歉，然后抓起那支蜡烛。一个黑色的热心职守的魔鬼，那个已经朝着地面俯身缩背的影子又出现了，它在他前面旋转着走向屋门。接着是他自己走过去，我都没来得及打起精神想出一句话来。门啪啦一声锁上了；于是楼梯在他那仿佛向下冲去的脚步下发出沉重的痛苦的嘎吱嘎吱的声音。

我不会忘记这一夜；阴森可怖的愤怒和炽烈无奈的绝望疯狂地相互更替。我的思想杂乱无章，像火焰一样耀眼地向四处射去。我怀着揪心裂肺的痛苦成百次地问：他为什么折磨我，他为什么这么恨我，特意在夜里偷偷地爬上楼梯，只是为了当面充满敌意地侮辱我？我怎么惹着他了，我该怎么办？我不知道我怎么伤害了他，我该怎样平息他的怒气？我浑身发热地扑在床上，又起床下地，又盖上毯子冥思苦想，但那个幽灵似的形象，我的老师，永远站在我面前，他蹑手蹑足地潜行，见了我又心慌意乱，而在他身后那个巨大的影子则异常神秘地沿着墙踉踉跄跄地走去。

后来，大清早，我眯了一会儿醒来，起先我还以为那是一场梦呢。但在五斗橱上还粘着一些圆形的黄色蜡烛油。讨厌的记忆一再提醒我，夜里那窃贼似的偷偷爬上来的客人进入了这间亮着灯光的房间。

整个上午我都没出门。一想到会跟他相见，我就浑身没劲。我试图写东西，读书，但都没办到。我的神经完全崩溃了，它们每时每刻都可能痉挛地颤动，发出一阵啜泣，一声怒吼——我看见我的手指像树上的陌生的树叶一样颤抖，没法让它们不动，而膝头则摇摆不停，好像膝头肌腱已被割断。怎么办？怎么办？我反复问我自己，问得我筋疲力竭；血液在我的太阳穴里嗡嗡响，我感到头晕目眩。只是在我没有安全感，没有恢复精神活力之前，不要出门，不要下楼，不要突然站在他面前。我重新扑倒在床上，饥肠辘辘，昏昏沉沉，没有洗漱，心慌意乱，我又一次试图透过那堵薄薄的隔墙想象那边的情景：他现在坐在哪里？他在做什么？他像我一样醒着吗？像我一样感到绝望吗？

中午了，我还心烦意乱躺在床上辗转反侧。我终于听到了楼梯上的脚步声。所有的神经都警觉起来：然而这脚步很轻，显得无忧无虑，一步两个梯阶往上跳跃——现在有一只手在敲门了。我跳起来，没开门就问："谁呀？"——"您怎么不来吃饭呀？"夫人有点生气地应声道，"您病了吗？"——"不，没有，"我慌乱地吞吞吐吐地说，"我就来，我就来。"我毫无办法，只好赶快穿上衣服走下楼去。但我不得不扶住楼梯栏杆，因为我的肢体是那样踉跄不稳。

我走进餐室。老师的夫人坐在两副餐具中的一副前面等候，并轻描淡写地责备我吃饭还要人催，以此表示打了招呼。他的专用座位是空的。我觉得我的血液一下子涌到了头上。这次出人意料的离去意味着什么呢？难道他比我自己还要害怕相见？他是羞于还是不愿意跟我共同进餐？最后我决定问一问，教授是不是不来。

她惊讶地抬起头来，望了一眼说："难道您不知道他今天一早就出远门了？""出远门了，"我口吃地说，"到哪儿去了？"她的脸立刻绷了起来："这我的丈夫可没屈尊告诉我，也许——又去做他的寻常的旅行了。"说完，她便突然严厉地怀疑地转向我。"这连您也不知道吗？昨天夜里他还亲自上楼到您那儿去了呢——我以为，这是去向您辞行呢……奇怪，真奇怪……他对您也什么都没有讲。"

"跟我讲？"我只能这么叫了一声。这一声叫喊把我感到羞愧和受辱的这几个小时内如此危险地堵在心里的一切都呼了出来。突然我啜泣起来，我号叫着剧烈地痉挛起来——我滔滔不绝地一句句地说，一声声地喊，流露出搅成一团的混乱的绝望，我哭泣，不，我全身抖动，我在歇斯底里的啜泣中让整个压在心底的痛苦从我颤动的口中倾泻出来。两个拳头像打鼓似的在桌上乱敲，像一个受了刺激的狂躁的孩子，我脸上眼泪横流，把几个星期以来像雷雨一样压在我头上的东西倾吐出来。经过这样剧烈的冲动，我觉得轻松了，同时也为在她面前如此泄露了自己的感情而感到无比羞愧。

"您怎么了！天哪！"她跳了起来，有些张皇失措。随后，她便快步跑过来，把我从桌旁领到沙发前。"请您躺下！您要静一静。"她抚摩着我的手，她抚摩我的头发，激奋的余波一直都在摇动着我的颤抖的身体。"不要折磨自己，罗兰德——请您不要折磨自己了。我了解这一切，我早就感觉到这一切会来的。"她还一直在抚摩我的头发。但她的声音突然变严厉了。"我可知道他能把一个人的感情搅乱，谁也不像我知道得这么清楚。但您要相信我，当我看见您完全依附于他这个靠不住的人的时候，我总想提醒您。您不了解他，您很盲目，您还是一个孩子——您什么也没预感到，甚至到今天，到今天您还是什么也感觉不到。也许今天您第一次开始明白点什么了——这对他对您都更好。"

她弯着腰亲热地俯在我身上，我感到她的话好像发自玻璃般透明的内心深处，她的手的抚摩能减轻我的痛苦。这真好，终于，终于又一次感到一丝同情，接着也终于又一次感觉到一只女人的手那么亲近，那么富有柔情，简直像母爱一样。也许是我长时间以来太缺乏母爱了，现在我通过这抑郁的面纱接受一个竭力显得温柔的女人的同情时，我感到在痛苦中增加了一种愉快。但是，我是多么害羞啊，我是多么为这泄露一切的突然发作，为这暴露无遗的内心绝望感到害羞啊！一反我的本愿，我吃力地站起来，时而滔滔不绝时而断断续续地，又一次抱怨他不公平待我的种种行径——他怎样拒绝我，迫害我，然后又吸引我，他怎样毫无原因地冷酷地反对我——他是个折磨人的魔鬼，我却恋恋不舍地依附于他，我恨他时怀着爱心，我爱他时也心怀憎恨。我又开始激动起来，她只好重新来安慰我。我从沙发上跳了起来，那柔软的手又轻轻地把我按回沙发里。我终于变得平静些了。她显然是若有所思地沉默着：我觉得，她明白一切，也许比我自己更明白……

　　我们沉默了好几分钟。然后，那女人站了起来。"好了——现在您已经当够孩子了，现在您应该又是大人了。您坐到桌子边来，吃饭吧！并没有什么可悲的事情发生——只不过是误会，这是可以澄清的。"看我有些不同意，她愤激地补充说："这是可以澄清的，因为我不能让您再这样被牵制被迷惑了。现在必须结束了，他总得学会克制一些。您太善良了，不要涉入他那离奇的游戏。我要跟他说的，请您相信我。不过现在您来吃饭吧。"

　　我羞涩地任凭她把我拉回饭桌前。她匆忙而急迫地说着一些无关紧要的事，我打心眼里感激她，因为她对我失去自制时的感情发作好像听而不闻，似乎转眼就都忘记了。她敦促我说，明天是星期日，她要跟 W 讲师和他的未婚妻一起到附近的湖边去郊游，我也应该一块去散散心，从书本里解放一下。我所有的不适只不过是工作过于繁重、神经过度紧张所致；在水里活动活动，到郊外走一走，我的身体就会立刻恢复平衡。

我答应去郊游。什么都行，只要不孤独，只要不闷在我的房间里，只要不在黑暗里胡思乱想。"今天下午您也不要待在家里！您去散散步，到外面去跑一跑，去消遣消遣吧！"她赶快补充说。"奇怪，"我想，"她猜得出我内心深处的感觉，我虽觉得她陌生，她却总知道我需要什么，什么使我痛苦；而他尽管熟知我，却总误解我，摧残我。"这个建议我也答应她了。我心怀感激地抬头一看，竟发现了一张全新的面孔：平时像顽皮少年的那种嘲弄和傲慢，现在却不见了，换成了一种脉脉含情的怜悯的目光：我从未见过她如此真诚。"为什么他却从未如此善意地看过我呢？"我充满渴望地自问，内心充满混乱的感情，"他使我痛苦，为什么他就从未感觉到？为什么他不用这样关切、这样温柔的手抚摩我的头发，不把他的手放在我的手里？"我感激地亲吻她的手，她不安地、几乎是激动地把手抽回去。"您不要折磨自己了。"她又重复一遍，她弯着腰，声音那么近地传进我的耳中。

随后，那坚强的表现又在她的嘴角浮现；她挺直身子，轻声说："您要相信我，他不值得您那样。"

而这句几乎听不见的耳语般的话，又将痛苦撞到我那本已平静下来的心上。

我那天下午和晚上的种种行为，看来是那样的幼稚可笑，我在几年里都羞于想起它——甚至一次内心的反省都会立刻使我的每一个回忆渐渐隐去。今天我已不再为那愚蠢透顶的行为感到羞愧了——相反，我现在非常理解当年那个无拘无束、感情混乱的少年，他是想要强行摆脱他那特殊的情感风险。

好像从一个极长的通道的终端，好像通过一架望远镜，我看到了我自己：那是一个精神涣散、完全绝望的少年，他上楼走进自己的房间，不知道该怎样打发他自己。他突然穿好上衣，变了一种步态，摆出极为坚定的神情，然后就猛然迈起强劲的步子走到街上去了。是的，这就是我，我认出了我，我知道那时的那个愚蠢、苦恼而又可怜的少年的每一个想法。我知道：我突然挺直了腰板，甚至还照着镜子，对自己说："我才不屑于理他呢！让他见鬼去吧！我干吗要为这个老傻瓜折磨我自己！她是对的：要高高兴兴地消遣一回！前进！"

真的，那时，我就这样走到大街上去了。这是为了解放我自己的一次冲击——然后就是奔跑，唯一的一次怯懦的逃离，同时意识到这种强烈的愉快压根儿不那么愉快，那个大冰块，那个坚硬的大冰块，仍然那样沉重地悬在我的心上。我还知道我当时走路的样子：手里紧握沉重的手杖，严厉地凝视着每个大学生；一个危险的念头在我心中蠢动，总想故意跟随便什么人挑起争端，把无处发泄的愤怒向路上遇到的第一个人发泄。好在没有人注意到我。于是，我便转而奔向我的同班同学一向聚集的那个咖啡馆，想主动地坐到他们的桌旁，打算抓住最小的挖苦话当作我挑衅的导火线。但我好斗的准备又一次落空了——这一天风和日丽，大多数人都郊游去了，两三个同学坐在那里很客气地跟我打招呼，不给一点借口让我发泄狂怒。很快我便恼怒地站起来走了，这回是到郊区一个我忽然以为不那么低俗的酒馆去，那里有女子小乐队在演奏闹哄哄的音乐，那些寻欢作乐、游手好闲的小市民成堆地挤在啤酒和烟雾之间。我急匆匆饮下两三杯啤酒，邀请一个声名狼藉的娘儿们和她的女友，同一个满脸脂粉、骨瘦如柴的"半上流社会"的女人，到我的桌边来，而引起人们对我的注意，正是我病态的欢乐。小城里的每个人都认识我，每个人都知道我是那个教授的学生；那些人则因服装怪异和举止非凡而显出他们不同的身份——我就这样享受着这种无聊的自欺欺人的乐趣，以此败坏我自己和他的名声（我愚蠢地以为如此）；我想让他们看看，我并不把他放在眼里，我并不关心他——而且我当着众人的面以最不得体、最不知羞耻的方式向那个胸脯丰满的娘儿们献媚。那是一种对愤怒的恶行的陶醉，不久也就真的醉了；我们胡乱地狂饮起来，葡萄酒、烧酒和啤酒，什么都喝，我们放荡地推推搡搡、搂搂抱抱，弄得椅子倒地，邻座小心地移位。但我并不感到羞愧；相反，他应该知道，我这个傻瓜发怒了，他应该看到，他在我眼里是无足轻重的，啊，我不悲伤，我没有受辱——相反，"拿酒来，酒！"我用拳头把桌子敲得哐哐乱响，酒杯直颤。最后，我拉着两个女人，一个挎在右胳膊上，一个挎在左胳膊上，横穿过主干街道，在这惯常的节日彩车经过的九点钟，大学生、少女、市民和军人都在那里悠闲地漫步，活像摇摇摆摆、肮脏透顶的三叶草，我们在快车道上随意高声喧嚷着走了过来，最后惹得一个巡警气哼哼地来到身边，严厉命令我们安静。后来发生了什么事，我就不能准确地描述了。一团蓝色的酒精烟雾使我的记忆变模糊了，我只知道，我开始讨厌那两个烂醉如泥的娘儿们，我再也不能控制自己了，我便给了点钱打发她们走了。我又到一个地方去喝了咖啡和白兰地。为了使跑过来的年轻人高兴，我在大学生的主楼前做了一次抨击教授的演说。然后，出于抑郁的直觉，我还想更多地玷污自己的名声——这是从混乱、强烈的愤怒中产生的一个荒唐想法——想再侮辱他一次，于是我想走进一家妓院，但我没有找到路，最后我气恼地跟跟跄跄地回家了。为开大门把我不听使唤的手累得生疼，我费了九牛二虎之力才爬上头几个台阶。

但随后到了他的门口，我的头好像突然浸在冰冷的水里，我的整个沉沉的醉意全部消散了。突然清醒过来，我从我那张扭曲的脸上看见我在狂怒中昏昏沉沉干的蠢事，我羞愧得低下头去。为了不让人听见，我像一条被殴打过的狗悄悄地爬上楼，溜进我的房间。

我睡得像死人一样，我醒来时，阳光已经覆盖了地面，并且慢慢地升到床边，我猛然冲了出去。在疼痛的头脑里渐渐抽筋似的浮现对昨晚一切的回忆；但我把羞愧感压下去，我再也不想有羞怯感了。我故意说，这不过是他的罪过，如果说我如此放荡，那也只能是他的罪过。我抚慰自己，说昨天的一切只不过是一场真正的大学生的玩乐而已，对于一个周复一周地只知工作再工作的人是可以允许的；但我恐怕不能证明自己正确，我相当惊恐不安、畏葸不前地下楼到我老师的夫人那里去，心里想着我昨天答应过的郊游。

奇怪的是：我刚摸到门把手，他便又浮现在我的脑海里，随之而来的是那火烧火燎、抓心搔肝的痛苦，那令人气恼的绝望。我轻轻地敲门，他的夫人朝我走来，目光无比温柔："您都干了些什么蠢事，罗兰德？"她说，与其说是责备，毋宁说是同情，"您干吗这样折磨自己！"我惶恐地站在那里，可见她已经听说我干的那些傻事了。见我窘迫，她立刻鼓励我说："不过今天我们可要放理智些。十点钟，W 讲师和他的未婚妻来，然后我们乘车出去划船、游泳，忘掉所有的蠢事。"我壮着胆子十分小心地问了问教授回来没有。她注视着我，没有回答，我心里明白，这个问题是多余的。

准十点，那个讲师来了，他是一个年轻的物理学者，作为一个犹太人在大学教师的圈子里相当孤立，事实上他是剩下来唯一与我们这些离群索居者来往的人；他的未婚妻，也许称他的情人更恰当，陪着他，那是一个年轻姑娘，嘴上老是带着笑，天真而略显调皮，她正是我们这次临时组织的超越常轨活动的合适伙伴。我们先乘电车到邻近的一个小湖那里去，在车上我们吃啊、聊啊，说笑不停。艰苦严肃地工作了几个星期，我变得不会说笑了，这一小时像喝了一杯低度的有刺激性的葡萄酒，我有些微醉了。真的，他们幼稚可笑的纵情游乐是完全成功的，它把我的思想从黑色蜜汁不断涌流的蜂房里引了出来，这些思想平时一直围着这个蜂房嗡嗡地盘旋，当我刚刚走到户外，在跟那个年轻姑娘突发异想地赛跑时，我又感到自己肌肉的强劲，这样，我就变成从前的那个无忧无虑、活蹦乱跳的小伙子了。

在湖边，我们租了两只划艇，老师的夫人驾驶我的这只小船，在另一只船上那位讲师和他的女友各据一个划船的位置。刚一离岸，体育竞赛的热情便控制了我们，人人都想超过对方；我当然处于劣势，因为那两个人已经划出去很远了，我不得不单独跟两个人对抗。我甩掉了外衣，我这个训练有素的划船运动员，身子一俯一仰那么用力地划着双桨，这样我就一再重重地击水划在我的邻船的前面。呐喊助威的、揶揄取笑的话语像冰雹般飘过来甩过去，一方朝另一方挑衅，都毫不在意火热的七月阳光的蒸烤，也毫不理会全身大汗淋漓，为了运动的快慰我们相互都像不戴枷锁的划桨囚徒一样努力干着苦役。终于接近目的地了，那是湖边的一个树木葱茏的半岛：我们划得更卖劲了，我的同伴也沉溺在这竞赛的游戏中了，她在一边欢呼着胜利，我们的船嘎嘎响着首先触到沙滩。我走下小船，全身发热，汗流浃背，陶醉于不同寻常的阳光，陶醉于沸腾的热血，陶醉于胜利的喜悦：我的心都要从胸口跳出来了，汗透的衣衫紧紧贴在我身上。讲师的情况也不比我好，我们非但没有受到称赞，两名顽强的斗士反而因为气喘吁吁的狼狈样子被两个自负的女人尽情地嘲笑了一番。最后她们倒是给了我们一段时间使身子凉快下来；我们一边开着玩笑，一边分成两组，构成临时的男女浴场——用灌木丛隔开的左右两边。我们很快穿上游泳衣，在灌木丛后发亮的衬衣和裸露的臂膀闪着光亮，我们正在作准备时，两个女人已经钻进水里舒适地拍击着湖水了。那位讲师不像我那样疲乏，现在是他一个人对抗她们俩，立刻跟着她们跳下去。我呢，因为划船划得太猛，感到心对着肋骨激烈地跳动，就先从容不迫地躺在阴凉里，舒舒服服地让云彩在我头顶飘过去，通过血液的滚滚流动愉快地体味那甜丝丝嗡嗡响的倦意。

没过几分钟，就从水面传来急促的喊声："罗兰德，快来！参加游泳比赛！有奖游泳！有奖潜水！"我没有动弹：我觉得我可以这样躺上一千年，从枝叶间透射进来的阳光微晒着皮肤，同时又有柔情拂面的清风送爽。但又飘过来一阵笑声，听到讲师说："他罢工了！我们把他彻底打垮了！您去把那个懒汉弄来吧。"于是，我果真听到近处的击水声了，现在离得很近的是她的声音："罗兰德，快来！参加游泳比赛！我们必须给他们点颜色看！"我没有回答，让人寻找，那才开心哪。"您究竟在哪儿？"鹅卵石已经在嚓嚓地响了，我听见光脚板在沙滩上走动，突然，她站在我面前，那湿淋淋的游泳衣紧紧地箍着孩子般细长的身躯。"您在这儿呀，嘿，多么懒！但现在，快来，懒家伙，别人现在已经快到对面的岛上了。"我舒舒服服地仰面躺着，懒洋洋地伸展着四肢说："在这儿要美多了。我随后就来。"

"他不愿意。"她拢起手笑着向湖对岸喊道。"让那个夸海口的人下水！"从远处传来讲师的声音作为回答。"您还是来吧，"她不耐烦地催促着，"您别让我出丑啊。"但我只是懒洋洋地打着哈欠。这时她半开玩笑半生气地折了一个灌木枝。"快来！"她果断地重复说，同时用小树条打了我胳膊一下催我快走。我猛地坐了起来：她打得太狠了，我的胳膊起了一道微红的条痕。"现在就真的不来了。"我说着，既是玩笑的口吻，又稍带愠色。但现在她倒真的生气了，她命令道："您来吧！马上！"见我顽固地动也不动，她又打了我一下，这回可打得我火辣辣的疼。我霍地愤怒地跳起来，去夺她手里的小树条；她向后退了一步，但我抓住了她的胳膊。为了争夺那根小树条，我俩半裸的身体不自觉地靠得极近。我抓住她的胳膊，扭动她的手腕，想迫使她放下细树条，这时，她向后躲避着使劲一弯腰，突然，发出撕裂的声音——她的游泳衣的腋下带扣被撕断了，左衣片从她赤裸的胸部上掉了下来，她那硬硬的红红的乳头露了出来，直刺我的眼帘。我下意识地朝那儿看了一眼，只有一刹那时间，但这已使我心慌意乱了：我颤抖着羞怯地放开她被攥住的手。她红着脸转过身去，拿一个发卡凑合着把被撕断的带扣夹在一起。我站在那里，不知说什么好。她也一声不吭。从这一刻起，在我们两人之间便出现了一种令人憋闷乃至窒息的不安。

"喂……喂……你们究竟在哪里？"在小岛前边传来这样的喊声。"哎，我来了！"我连忙回答，很高兴摆脱这新的慌乱，一跃跳进水里。几次潜水前冲，向前冲击的内心喜悦，感觉不到的湖水的清澈和凉意，强烈的明快的欢乐，这一切把我血液危险的嘶嘶流淌声冲刷得无影无踪。很快我就赶上了他们俩，向那个体质很差的讲师挑战，我要在比赛中战胜他。我们往回游到沙嘴，留下来的人在那里已经穿好衣服等待我们，准备从带来的小筐里取出食物露天野餐。我们四个人是那样欢畅地说了一通笑话，而我们俩却避免相互接话：我们说，我们笑，只是躲开对方。一旦我们的目光无意中相遇，它们就会在无言的同感中避开：那个意外身体相撞的难堪心境还没有平静下来，谁都会感到对方的回忆里隐藏着羞怯的不安。

下午伴随着再一次的划船活动很快过去了，但运动激情的冲动越来越让位于一种舒心的疲倦：葡萄酒浆、温暖的空气和晒在身上的阳光经过过滤渐渐地更深地渗入血液，使毛细血管全都涨得通红。讲师和他的女友毫无顾忌地做着亲昵的小动作，对这一切我们俩则不得不相当烦恼地忍受，他们越凑越近，我们则更加小心地保持距离；于是自然而然地形成这样的局面：那两个纵情欢乐的人在林中小径上甘愿落在后面，显然是为了更不受干扰地亲吻，而我们单独在一起时，总感觉拘谨，很难交谈。最后我们四个人都很满意地又合在一起，他们充满着对新婚之夜的预感，我们呢，也终于摆脱了那苦不堪言的处境。

讲师和他的女友一直把我们送到家门口。我们单独走上楼梯；刚刚进屋，我就又感觉到，环境令人痛苦地、极其迷惘地向我提醒他的存在。"他若是回来了，该多好！"我焦急地想。好像她从我的嘴唇上读到了我这无言的慨叹，她说："让我瞧一瞧他回来了没有。"

我们走了进去。住宅里静悄悄的。在他的房间里，一切都被遗弃在那里：我的激动的感情不自觉地描绘着他那坐在椅子里的抑郁悲观的形象。但稿纸一动不动地放在那里，像我本人那样在等待着。这时，气愤又来了：他为什么逃走呢？他为什么把我一个人留在这儿呢？嫉妒的愤怒越来越强烈地上升到我的喉咙口，我心中又模模糊糊地波动着那种对他发狠和报复的欲望。

夫人跟在我身后。"您留在这儿吃晚饭吧？您今天不要一个人待着。"她怎么会知道我害怕空荡荡的房间，害怕楼梯的吱嘎声，害怕苦苦思索回忆呢：她总能猜到我心中的一切，我的每一个没说出口的思想，我的每一个邪恶欲念。

一种莫名的恐惧向我袭来，我害怕起我自己和我内心中那七上八下的仇恨来了，我想拒绝她。但我很怯懦，没敢说"不"。

我向来憎恶通奸，倒不是为了维护一种固执己见的伦理道德，不是由于假正经的贞洁观念，更不是因为它意味着暗中偷窃，占有别人的肉体，而是因为每个女人在这种时候总要泄露她丈夫最隐秘的东西——每一个女人都是一个大利拉①，她把受蒙骗的男人完全合乎人情的最深的秘密偷去，抛给一个陌生的人，不管是他的力气还是他虚弱的秘密。不是因为女人的献身在我看来是背叛，而是因为她们为了证明自己正确，几乎总是从丈夫的羞耻处揭去遮羞布，把那个恍若睡梦中的蒙在鼓里的人展览出来，以引起异样的好奇和作为嘲讽的笑料。

不是因为我那时被盲目愤怒的绝望搅得不知所措，开始只是同情地、然后才是温情地拥抱他的妻子，以寻求保护——一种感情无比迅速地滑向另一种感情——就是在今天我也没感到这是我的生活的最卑鄙的低级趣味（因为这事的发生不是受意志支配的，我们俩都是不知不觉地跳进这灼人的深渊），而是因为我让她在温暖的枕头上给我讲述他的那些亲昵温存的行为，我允许这个被激怒的女人泄露她的婚姻的最大秘密。为什么我忍耐着，没有把她推开，反倒

---

① 出卖情人参孙的女子。

74

让她告诉我，多年来他就不接触她的身体，而且容忍她不停地作隐约的暗示；为什么我不强令她不要讲他的性生活的秘密呢？我心急如焚地想知道他的秘密，我渴望知道他对我、对她、对所有的人的过错，以至于我迷迷糊糊地接受了她遭冷落的愤怒的表白——那简直跟我自己遭拒斥的感觉一模一样！所以我们俩才会出于混乱的共同仇恨干出某种如同爱情的举动来：在我们的身体相互寻找并紧紧结合在一起时，我们想着他，我们一再谈他，只谈他。有时她的话刺伤了我，我也感到害臊，因为我被卷入了我所厌恶的事情里。但我下边的身体不服从我的意志，它疯狂地寻求自己的欢乐。我战战兢兢地亲吻着那背叛我最敬爱的人的嘴唇。

第二天早上，由于厌恶和羞耻，我的舌头都有些发苦，我悄悄上楼溜进我的房间。在她身体的温热不再使我销魂荡魄的这一分钟内，我感觉到这鲜明的现实和我的背叛的可憎。我立刻就知道，我绝不能再出现在他面前了，再也不能握他的手了：我偷的不是他的，而是我自己的最美好的东西。

现在只有一个解救办法：逃走。我情绪亢奋地把我所有的东西都装进了箱子，摞起我的书，向我的女房东付了房租：不能让他再找到我，我也应该消失，毫无理由地极端秘密地消失，完全像他在我面前消失一样。

但我正在整理东西的时候，我的手突然僵直不动了。我听到了木楼梯吱吱嘎嘎的声响，听到了匆匆地上楼的脚步声——是他的脚步声。

我的脸色一定变得死一样的惨白。刚一进门，他便大吃一惊。

"你怎么了，孩子？你生病了吗？"

我向后退缩。当他要走近我，想要关切地抓住我的手时，我躲开了他。

"你怎么了？"他惊恐地问，"你出了什么事？或者……或者……你还生我的气吗？"

我猛地奔向窗口。我不能看他。他那温和的同情的声音好像在我心中撕开一个伤口：接近于昏迷过去，我感觉到有一股热流在我心里流动，非常热，炽烈的热，像烧焦了似的热，那是羞耻的浇铸。

他也惊奇慌乱地站在那里。突然——他的声音变得很小，怯生生的——他低声提出一个奇怪的问题："对你……有谁对你讲了我的什么事吗？"

我做了一个否定的动作，连身子也没向他转过去。但好像有一种胆怯的思想控制了他，他执拗地重复说：

"告诉我……坦率地告诉我……有谁讲了我一些什么……随便哪个人，我不问究竟是谁。"

我再次否定。他不知所措地站在那里。但他突然好像发现我的箱子装起来了，我的书堆到了一起，他的到来打断了我旅行的最后准备。他心情激动地走近说："你想走，罗兰德，我看出来了……把实情告诉我。"

这时，我已振作起来。"我必须走……请您原谅我……但实情我不能说……我会写信告诉您的。"从被夹紧的喉咙里我再也挤不出话来了，每说一句话我的心就怦怦跳一阵子。

他怔怔地站着。接着，他又突然显出那种疲倦的神态。"这样也许更好些，罗兰德，是的，当然，这样更好……对你，对大家。但在你走之前，我还想跟你谈谈。七点钟，在往常的钟点，你来吧……然后我们告别，男人跟男人……只是不要逃避自己，不要写信……那太幼稚，跟我们不相称……我想跟你说的一切，一个字我也不想写……那么你来，不是吗？"

我只点了点头。我的目光一直都不敢离开窗口。但在明亮的晨曦中，我却什么也看不见，一层浓厚黑暗的烟雾遮在我和世界之间。

七时整，我最后一次走进那可爱的房间：早来的暮色透过门帘，可以隐约地看见那些大理石雕像的溜光水滑的石头从深处闪着光辉，所有的书都黑压压地躺在珍珠母闪光玻璃的后面。在我记忆的秘密所在，我感到那话语也变得富有魔力了，我在什么地方也没有经历过这样的精神上的陶醉与狂喜——在这告别的时刻，当那形象慢慢地、慢慢地离开软椅的靠背，影子一样迎面向我走来时，我一直看着你，一直看着你这可尊敬的形象：只有前额像一盏雪花石膏制的灯一样在黑暗中闪着灿烂的光芒，在那上面有一股飘动的云烟，那是老人的白发在起伏波动。现在，他从下面吃力地抬起一只手，想要寻找我的手，这时我才看清他的眼睛正对着我看，于是我感到我的臂膀被他轻轻按住，他让我坐在一把椅子上。

"你坐下，罗兰德，让我们把话说清楚。我们是男人，必须真诚相见。我不强求你——但在最后的时刻，把我们之间的一切都说清楚，岂不更好？说吧，你为什么想离开？是因为每一次无意义的伤害，你生我的气吗？"

我打了一个手势表示否定。我惊异地想：他，这个被欺骗者，这个被出卖者，怎么还想自己承担罪过！

"过去我有意无意地伤害了你，是不是？我有时很古怪，这我知道，不过我激怒你、折磨你，是违背我的本意的。对于你的一切关怀我没表示应有的谢意——这我也知道，我知道，我始终都很明白，即使在我使你难过的那几分钟里。是这个原因吗？告诉我，罗兰德！因为我希望我们能体面地分手。"

我又摇了摇头：我不能说呀，他的声音本来是很坚定的，现在却略微有些慌乱了。

"要么就是……我再问一遍……是不是有人偷偷地向你说了关于我的什么事了？说了你认为粗俗的、讨厌的事，让你瞧不起我的事？"

"不！不！……没有！"像一声抽泣，我脱口提出抗议：我岂能鄙视他！我岂能瞧不起他！

这时，他的声音变得急躁起来。"那又是怎么回事呢？……那究竟可能是怎么回事呢……你觉得工作太累吗？……要么是什么把你吸引住了？……一个女人……是一个女人吗？"

我没吭声。这次沉默是那样的不同，乃至他感到一种肯定。他弯腰凑近我，把声音放低，但一点也不激动，不激动也不生气地小声说：

"是一个女人吧？……是我的女人？"

我仍然一声没吭。他明白了。我全身发抖：现在，现在，现在他可能要说话了，要攻击我，痛打我，惩罚我了……于是……我几乎渴望他鞭挞我，我这个窃贼、叛徒，渴望他像对待一条癞皮狗一样把我从他被践踏的家里打出去。但是很奇怪……他十分安静……他好像卸下一副重担似的，若有所思地喃喃自语道："这我本来早该想到的。"他在房间里来回走了两趟。然后他在我面前站住，我觉得他有些轻蔑地说：

"这个……你认为这很严重吗？难道她没对你说过她是自由的，她想干什么就干什么，一切都随她的便，我无权干涉她？……无权禁止她做任何事，也不能把最小的喜好强加给她……讨谁喜欢，特别是对你，她何必控制自己呢？……你年轻，你聪明，你漂亮……你跟我们这么近……她怎么能不爱你呢……我……"突然他的声音颤抖起来。他很近地弯着腰，近得连他的呼吸我都能感觉到了。我又感觉到他目光温暖的包围，又感觉那奇异的光，正如在他和我之间的那些罕见的奇异时刻里。他越来越近地靠近我。

然后，他轻声地，几乎嘴唇不动地说："我——我爱你呀。"

我冒火了吗？这话无形中使我恐惧了吗？但我肯定做了一个什么惊异和逃走的动作，因为他像一个被顶撞回去的人一样踉踉跄跄地远离我。阴影昏暗地罩在他的脸上。"你现在鄙视我吗？"他声音极低地问，"你现在觉得我讨厌吗？"

当时我为什么找不出话说呢？为什么我只是默默地坐在那里，又窘迫又麻木，而没有向这位可爱的人走去，解除他内心的忧虑呢？但一切往事的回忆在心中像波涛一样汹涌澎湃；好像有一个密码突然解开了所有那些不可捉摸的语言，现在无比清楚地明白了一切，明白了他心怀温情的到来，他粗暴无礼的辩解，我心情激动地明白了那次深夜来访和在我激情突发时他的毅然离去。爱，我永远都在他身上感受到爱，那温情的羞怯的爱，时而很随便，时而又很拘谨，我喜欢这爱，我在每一束飞快向我投来的感情之光中享受这爱——但是，爱这个字眼现在出自一个胡子拉碴的老人之口，听起来还充满欲望和柔情，委实叫我感到悚惧，太阳穴都同时麻得要命。尽管我对他百般恭顺而又十分同情，我这个心慌意乱、瑟瑟发抖的、遭到突然袭击的孩子，对他出其不意地向我表露出的激情，还是找不到一句话来回答。

他像被摧毁了似的坐在那里，直勾勾地望着我的沉默。"你觉得这么难以忍受，这么令人恐惧，"他喃喃地说，"你也……你也不原谅我，对你我也要把嘴闭紧，逼得我几乎闷死……我躲起来不让你发现，但我不能在任何人面前都躲藏……不过现在你知道这一点更好，现在不要再让我闷得喘不上气来了……因为这对我已经太过分了……哦，太过分了……来一个结束比这样沉默和故意隐瞒要好得多……"

仿佛充满了悲伤，充满了温情和羞涩，那微微颤抖的声调一直钻入我的心底。我感到害羞，我是这样冷漠，这样像冻得失去知觉似的在这个人面前保持沉默，我从这个人这里得到的比从任何其他人那里得到的还要多，而他却这样无谓地贬低自己。我的灵魂在燃烧，我的心急于对他说一点安慰的话，但嘴唇，我这发抖的嘴唇，却不听话。我那样尴尬，那样悲伤地蜷缩着身子坐在那里，在椅子上左摇右晃。他几乎是很不情愿地鼓励着我："你不要光这样坐着，罗兰德，不要这样可怕地沉默地坐着……你要镇静……你觉得这真的那么可怕吗？你为我特别感到羞耻吗？现在，一切都过去了，一切我都对你讲了……至少让我们很有礼貌地分别吧，像两个男人，符合两个朋友的礼节。"

但我还是一直不能控制自己。他碰了一下我的胳膊："来，罗兰德，到我这儿来坐！……自从你知道了这一切，自从我们之间的一切都明朗化以来，我觉得轻松多了……起先，我一直担心你知道我是多么爱你……后来，我又希望你自己能感觉到这一点，只是为了省得由我来挑明……现在已经挑明了，现在我自由了……现在我可以跟你说了，我跟别的什么人也不能说啊。因为在这些年里你跟我比任何人都亲近……我只爱过你一个人，孩子，没有一个人像你这样唤醒我生命最后的一点精神。所以，你在离去时也应该比别人更多地知道我，甚至在那些我们共同撰稿的钟点里我都清楚地感到你要问，你默默地想问……唯有你应该了解我的全部生活。我现在讲给你听，你愿意吗？"

从我的目光里，从我的慌乱而震惊的目光里，他看到了我肯定的回答。

"那就走近些，到我这儿来……这些事我不能大声说。"我哈下腰——应该说这是很虔诚的样子。但我刚刚坐在他对面等待倾听，他又站了起来。"不，这样不行……你不可以同时看着我……否则……否则我就说不出来了。"他一下子把灯熄了。

黑暗罩住了我们。我感觉到他很近，这是我从他的呼吸感觉到的，在看不见的所在，他的呼吸很沉重，他的喉咙里好像呼噜噜作响。突然，在我们中间有一个声音升了起来，向我讲述他的一生。

那天晚上，这位可敬的人，像启开一个坚硬的贝壳一样，向我展现了他的命运。从四十年前的那个夜晚起，我一直觉得，我们的作家和诗人在书里作为不寻常的东西描述的一切，舞台上的戏剧作为悲剧所演出的一切，都是儿戏，都无足轻重。在生活的上面被照亮的光圈里，感官在公开而有规则地嬉戏，同时在下面的拱顶地窖里，在心灵的岩洞底层和阴沟里，真实而危险的激情猛兽像闪着磷光似的四处游动，千姿百态地交媾和撕咬——他们永远只描绘这生活上面的光圈，这是不是懒散、怯懦，过于目光短浅？是这气息，这疯狂情欲的热乎乎的、消耗体力的气息，这灼热血液的气味把他们吓呆了吗？他们怕不怕在人类的疮疖上把一双过于细嫩的手弄脏？抑或他们的眼睛已习惯于暗淡的光，不能在底层发现这些黏腻的、危险的、腐烂得直掉渣的阶梯？然而知情者的喜悦和隐蔽者的喜悦毫无相同之处，没有任何恐惧比得上遇到危险时的不寒而栗，没有哪种痛苦比不能摆脱羞耻更痛心疾首。

在这里，一个人毫无保留地向我敞开了心扉，在这里，一个人撕开最内在的心胸，热切地准备把那颗被击碎、被毒害、被烧焦、化了脓的心掏出来。一种野蛮的性欲在这年复一年被压抑的自供中像自鞭教徒那样任意折磨着他。只有一生都羞惭、屈从、遮遮掩掩的人会如此忘形地对自己作无情的剖白。一个人在这里一段段地从心里把他的生活吐露出来，而此时此刻我这个孩子第一次看到了尘世感情难以想象的深奥。

　　起先，他的声音只是无形地在屋子里震响，如感情激动的浑浊的浓烟、秘密事件的信心不足的暗示，然而一个人恰恰是在拼命控制激情时才能感觉到激情到来的威力，正如在急速的节奏到来之前那种刻意放慢的节拍中预感到神经中的激奋。随后，图像开始闪动，这些景象被内心激情的风暴撕扯着颤巍巍地升起，渐渐地明朗起来。我先是看见一个男孩，一个羞涩的畏首畏尾的男孩，他不敢跟同学说话，但他却在一种混乱的身体本能的欲求驱使下，对学校里最漂亮的男孩产生了爱恋之情。在他过分温存地表示亲近时，那孩子愤怒地往后一推，把他赶走了，第二个孩子则用露骨的难听话嘲笑他，更糟的是，他们俩把这不正当的欲望当作耻辱告诉了别人。于是，出于嘲弄和鄙视，全体同学一致决定把他这个感情迷乱的孩子驱逐出他们快乐的团体，像对待一个麻风病患者一样。上学的路于是成了他每天苦难的行程。由于自我鄙视，这个过早被打上标记的孩子夜夜不得安宁：这个被排斥的孩子认为他的荒谬的但最初只在梦中暴露真相的欲望是一种荒唐的妄想和肮脏的罪恶。

　　那讲述的声音不安宁地起伏波动：有那么一瞬间，那声音好像消逝在黑暗中了。但它又在一声叹息中升上来，此刻，从弥漫的烟雾中闪现出新的图像，影影绰绰，像幽灵一样。这个男孩成了柏林的大学生，这个隐晦的城市使他长时间克制的嗜好得到了满足，但在昏暗的街角、在火车站和大桥的阴暗处的这些幽会，因厌恶变得多么肮脏，被恐惧毒化得多么厉害，在震颤的欢快中显得多么可怜，由于存在危险又多么可怕，这些幽会大多以卑鄙无耻的敲诈勒索结束，而每一次幽会后几星期之久都一直留着一个令人不寒而栗的黏腻腻的蜗牛痕迹！这是黑暗与光明之间的地狱之路：白天工作时，他作为研究人员因受到脑力劳动纯正因素的影响而得到净化，夜晚他的嗜好则一再把他推到城郊的垃圾堆里去，使他加入那些可疑的、一见巡警的尖盔便急忙逃窜的青年人的行列，走进阴暗的啤酒馆，那不信任的门只向某种微笑的面孔开启。他必须保持坚强的意志，小心地掩藏日常生活的这种双重性，对陌生的目光掩盖这美杜莎式的秘密。白天无可挑剔地保持着一个讲师的尊严，以便夜间到底层世界去游荡，在那里不为人知地躲在昏黄街灯的阴影里羞羞答答地干那种见不得人的冒险勾当。这个备受折磨的人一再绷紧神经，用自我克制的皮鞭把脱离常规的热情赶回围栏里去；而内心的冲动又一再把他拉到黑暗危险的境地。为对抗那不可医治的嗜好无形而强大吸引力进行的十年、十二年、十五年的殊死搏斗，像一次痉挛的发作，转眼就过去了。没有快感的享乐，透不过气来的羞臊，渐渐地，那含羞地藏在内心的昏暗目光对自己的激情也产生了恐惧。

后来，在他三十岁以后，终于吃力地试图把这辆马车拉到正道上来。在一个亲戚那里，他认识了后来的妻子，一个年轻的少女，她糊里糊涂地被他性格上的神秘莫测所吸引，对他表露了真诚的爱慕。她那孩子般的身躯和年轻的狂热举止，第一次短暂地使他的热情受到诱惑。短时的相爱消除了对女人的抵触情绪，他第一次被战胜了，他希望这次正当的关系能使他控制住误入歧途的嗜好。他迫不及待地要紧紧锁住自己，紧紧抓住他头一次找到的对抗这种内心危机的支撑物，于是他——在坦白了过去的行为之后——很快就娶了这个少女。这时，他以为回到那可怕境地的归路已被堵死。很短的几星期里他生活得无忧无虑；但新的刺激很快就失灵了，那天然的要求显出它的顽固和无比强大。从此刻开始，那个大失所望的女人只被当作摆设，用来掩饰他在社会上累犯的嗜好。他又冒着莫大的危险，沿着法律和社会的边缘，走进危险重重的黑暗。

　　而在内心的混乱方面又增添了特殊的烦恼：他选的职位使他的嗜好遭到诅咒。跟年轻人经常交往成了这位讲师和很快被任命为教授的人职业上的义务，新的风华正茂的青年一再把那种诱惑带到他身边，好像那都是普鲁士僵化世界内部一个个看不见的古希腊竞技场上的少年。这真是新的灾难！新的风气败坏！所有的人都热烈地爱他，却看不出他在教育者面具下的性爱的面目；当他的手（那暗中发抖的手）亲切地触摸他们时，他们都无比愉快，他们把自己的热情滥用在一个不得不经常对他们控制感情冲动的人身上。这是坦塔罗斯的磨难：他要冷酷地对待蜂拥而至的热情，又要与自己的弱点进行永无休止的斗争！每当他感觉到几乎要屈服于一种诱惑时，就突然采取逃跑的策略。这就是他那些使我感到迷乱的闪电般消失和归来的越轨行为：我现在看到了这条逃避自我的可怕的路，这是一条逃进陋巷和深渊的恐怖之路。后来，他总是到一个大城市里去，在那里的偏僻地方找到知己，那都是社会底层的人，他会见的对象是淫乱的青年，代替了为神圣事业献身的青年，但他需要这种讨厌的人，这种烂泥潭，这种使人反感的事，这种失望的毒汁，以便随后回到家中在成群可信赖的大学生圈子里又能坚定地抵御自己本能的欲求。哦，那是一些什么样的相会呀——他发誓向我供认的，那是一些什么样的幽灵般的散发着恶臭的人间形象啊！这个才智出众的人，这个天生就离不开形象美的人，这位一切感情的真正的大师，他一定是在那些只准知情者进入的烟雾缭绕的下等小酒馆里遇到了那些人间末日的屈辱：他了解那些涂脂抹粉、游荡街头的少年的无理要求，那些散发香水气味的理发师助手甜言蜜语的亲昵，那些身穿女人衣裙的异装癖激动的咯咯笑声，那些无所事事的戏子对金钱的疯狂贪欲，嚼着烟草的海员粗鲁的温柔——他了解所有这些扭曲的、惊恐的、颠倒的和离奇的行为，人们可以在城市最底层的这些行为中寻觅和认出那迷途的性。所有的贬损，所有的凌辱和残暴他都在这些黏腻的路途上碰到过：他多次被偷得精光（他太软弱，太高贵，不能跟一个马车夫扭打），没有表，没有大衣，又在回家的路上被那个城郊下等小酒馆里喝醉酒的伙计嘲笑了一番。一伙勒索钱财的人紧紧地跟上了他，其中的一个人经过数月之久对他步步紧逼，一直跟踪到大学里，放肆地坐在听课生的头一排座位上，然后面带下流的微笑抬头盯视这位全城知名的教授，教授见他神秘地眨着眼睛，便哆哆嗦嗦地使足最后一点气力勉强结束了讲座。有一次——我的心差点儿没停止跳动，因为他连这件事也跟我说了——半夜在柏林的一家声名狼藉的酒吧里他跟一个团伙被警察一网打尽；一个肥胖的红脸颊的警官面带下级官员那种趾高气扬的嘲弄微笑，自以为高出知识分子一头，把这个全身颤抖的人的名字和身份记了下来，最终对他大发慈悲，这一次他被无罪释放了，但从此他的名字却留在了某种人的名单里。正如一个人长时间坐在有劣等烧酒的房间里，最后衣服上附着的酒味都能嗅得出，想必在这个独特的小城里也不知从哪里开始渐渐窃窃私语地传开有关他的闲话，因为完全像从前在中学班级里一样，现在同事圈子里对他冷言冷语的情况越来越明显，直至最后那间异样的透明玻璃房把这个永远的孤独者与所有人隔离开来。在他完全隐居、绝对闭锁的房子里，他仍然感到有人窥探他，把他识破。

这颗受尽折磨的吓怕了的心从来也没有感到过来自真正朋友的、来自思想高尚者的怜悯，也没有感受过男性强烈温柔的庄严回报：他不得不总把他的感情分成上层和下层，分给大学里那些有文化教养的年轻同伴和亲切友好的交往，分给黑暗中争取来而在清晨又使他震颤的伙伴。这个衰老的人从未受到过纯真的爱慕，从未体验过一个青年深情的爱慕；况且，这个听天由命的人已经精力耗尽、心灰意懒，每根神经都在布满荆棘的苦难生活中受过刺伤，觉得自己已快入土——这时，一个年轻人又一次闯进他的生活。他热情地向这衰老的人走来，用言语和行动，无私地向他献出一切。他对这个不知不觉被征服的人抱着满腔的热情。老人惊愕地面对这早已不再期望的奇迹，觉得自己不配接受这份如此纯洁、如此无意识地奉献出的礼物。就这样又来了一个青春的使者，这青年形象美丽，感情奔放，对他怀有炽烈的热情，通过一条心心相通的纽带同他相连，渴望博得他的好感，却一点也没有感到这种好感的危险。这青年在无知的心灵里燃烧着性爱的火焰，大胆而一无所知，像那个傻瓜帕西法尔①一样：当时帕西法尔弯下腰，凑近国王中毒的伤口，他并不会施展魔法，仅仅他的到来就是治疗的良方——这是他一生长久企盼的人，不过太晚了，此人在暮色降临的最后时刻才走进这所房子。

随着这个被描绘的形象，他的声音又从黑暗里升上来。好像有一束光净化了这声音，一种发自内心、引起共鸣的温情使它有了音乐感，因为这个能言善辩的人正在谈论那个年轻人，那个迟来的恋人。我怀着激动而又有同感的愉快心情全身颤抖，但突然间——像有一个锤子锤在我的心上。因为我的老师说的这个热情的年轻人，这正是……这正是……羞色浮现在我的两颊……这正是我本人啊：我好像在火热的镜子里看见自己浮现出来，被笼罩在一道意想不到的爱的光辉里，它的反光还在烘烤着我。是的，这是我——我越来越清楚地看见了我，看清我那激奋的情状，那狂热的想接近他的愿望，那不满足于精神的贪婪的心醉神迷状态，看清我这个愚蠢、粗野的孩子，对自己的力量一无所知却又一次在这位被封锁者的心中激发创造者的不断膨胀的种子，再一次点燃他灵魂中无力地倒下的性爱的火炬。我现在惊异地认识到，我这个羞怯的孩子对他有什么意义，他把我的过于兴奋的激情当作他晚年的最神圣的赠品来热爱——我同时十分震惊地认识到，在我面前，他的意志力是多么坚强：因为他最不想看到我这个纯洁的恋人在被嘲弄、被顶撞和受辱时的全身震颤，不想使耽于享乐的感官得到这愤慨命运的最后恩

---

① 中世纪传说中的骑士，因憨厚、纯真被称为"纯洁的傻瓜"。

赐。因此他才激烈地抗拒我高度的热情，用猛然浇在头上的冷冰冰的嘲讽把我不断高涨的感情吓走，把亲切温柔的言词变成尖刻生硬的冷言冷语，控制那温情地攥着的手——仅只为了我的缘故他才强迫自己做出一切使我清醒而使他得到保护的粗暴举动，这一切搅得我好几星期都心神不宁。那一夜他受感情的控制像梦游者似的爬上吱嘎作响的楼梯，用那句伤人的话挽救他自己，挽救我们的友谊，对那一夜无端的混乱我现在也觉得惊人地清楚了。我战栗，我感动，像发烧一样激动，溶化在同情里，我明白了他为我忍受了多少痛苦，他为我多么果敢地控制着自己。

这黑暗里的声音，这黑暗里的声音，我多么真切地感觉到它一直渗入我的心底！这声音里有一种语调是我以前从未听到过的，从前没听见过，以后也不会听见——那是一种发自内心深处的，常人绝不会有的语调。一个人一生中只能这样对一个人说一次，为的是今后永远沉默，就像神话里的那只天鹅，它只在临死前才用沙哑的声音高唱一次。我战栗地、痛苦地把这热乎乎冲来的、无限恳切的声音纳入我的内心，好像一个女人接受男人一样……

突然，这声音沉寂了，现在在我们之间只有黑暗。我知道他就在近处。我只好举起一只手，让这伸出去的手去触摸他。我心急火燎地想要安慰这个受煎熬的人。

这时，他动了一下，灯一闪，亮了。一个身影显得很疲倦，很苍老，很痛苦，从软椅里站起来——一位年老的、筋疲力竭的人慢悠悠地向我走来。"再见，罗兰德……现在我们都不要再说什么了！你来了，这很好……你走，这对我们两个人都很好……再见……那就让我在告别时吻吻你吧！"

像被魔力牵引一般，我摇摇晃晃地向他走去。那平时像被弥漫烟气遮没的微燃的光，现在毫无阻挡地在他的眼睛里闪现：灼热的火苗从那双眼睛里向上升腾。他把我拉近，他的嘴唇如饥似渴地压住我的嘴唇，他强有力地，颤抖地抽搐着，把我的身体紧紧搂在他的怀里。

那是我从女人那里从未经历过的一个吻，一个像临死前的叫喊那样野蛮和绝望的吻。他身体那颤抖的抽搐传到了我身上。我由于被一种异样的可怕的感觉抓得死死的，全身都在发抖——我一心一意地做了奉献，但在心里却因怀着对男性身体接触的反感而万分惊恐——这是激情的极端迷乱，一瞬间的压抑发展成我长久的心醉神迷。

这时，他放开了我——那猛的一动就像一个身体被猛力拉开了一样——他吃力地转过身去，一下子坐在软椅里，背对着我：他呆呆地靠在那里，直勾勾地朝前望了几分钟。但是，他的头渐渐地变得沉重起来，他先是疲倦而虚弱地低下去，然后就像一个过重的东西，一个长时间摇摆的东西，突然往下坠，咕咚一声，朝下的前额重重地跌落在写字台上。

我感到一种无限的同情。我不由自主地走近他。但是，那前倾的背突然抽搐起来，从被夹紧的双手的缝隙里发出沙哑的沉闷的呻吟，他威胁地拉着长声说："去……去！不要——不要走近我！……看在上帝的分上……为了我们两个人……现在就走……走吧！"

我明白了。我吓得直往后退：我像一个逃犯似的离开了这可爱的房间。

此后我再也没有看见过他。没有收到一封信，也没得到一点儿消息。他的著作没有出版，他的名字已被人遗忘；关于他，谁也没有我知道得多。但即使在今天，我还觉得，我仍像那个无知的少年；如今我上有父母，下有妻子儿女，但我不再感激任何人，也不再去爱任何人了。

（关惠文　译）

孪生姐妹

在南方国家的一座城市——我不愿说出它的名字——某处拐出小巷时，一幢式样古老的巍峨建筑猝然出现，使我惊讶不已。那是两座并排屹立、气势雄伟的塔楼，形状大小竟是一模一样，在朦胧的暮色中就像彼此是对方的影子。这既不是教堂，似乎也不像那早已忘怀的年代里建筑的宫殿；倒是有一点修道院的气派，可从宽阔厚实的壁墙来看，又像是一座世俗建筑。总之，很难确定到底是属于哪一类。这时，一位两颊红润的市民正在小咖啡馆的露台上喝着一杯蒿草色的葡萄酒，于是我彬彬有礼地脱下帽子，向他打听这座鹤立鸡群的高大建筑的名字。神态安详闲适的人好奇地抬头望了我一眼，一边津津有味地品尝着酒，一边慢慢地微笑着这样答话："我不能告诉您完全可靠的说法。在城市地图上，这座建筑可能会有另一个名字，不过我们总还是沿用古老的说法，把它叫作姐妹楼。或许是因为这两座并排的塔楼竟是如此相似，或许是因为……"他停住了话头，慎重地收敛起笑容，好像是要看看自己是否已经激起了我的好奇心。当然，欲言又止的回答总是使人焦急地等待着全部答案——我们就这样进入了交谈。我愉快地听从他的要求，也点了一杯这种微酸的金黄色的葡萄酒。这时，在我们面前，两座塔楼的尖顶正在渐渐明亮的月光中梦幻般地闪耀着。葡萄酒很可口，质地也好。就在这个和风温煦的夜晚，他向我讲述了关于一对既酷似又迥异的孪生姐妹的小小传说。我在这里尽可能忠实地把它复述出来，尽管对于这个传说的历史真实性，我自己也很难担保。

故事发生在狄奥多西①国王的军队在当时的阿基坦②首都驻扎冬营的时候，由于过度的养息，那些一度疲惫不堪的战马固然重新变得体壮膘肥，身上的皮毛也光滑得像绸缎一般，然而士兵们却感到百无聊赖。就在这时，骑士首领——一个名叫海利龙特的伦巴底人——热恋上了一位美貌的小杂货铺女店主，她在城里低洼区的一个阴冷潮湿的角落里出售调味香料和蜂蜜面包。热切的情欲把这位骑士首领完全征服了，他不顾她的微贱出身，匆匆忙忙与她结婚，就是为了尽快地跟她同床共衾。他带着她一起搬进了一幢坐落在市集广场旁的王公贵族的宅邸。他们在那里住了许多个星期，没有任何人搅扰。他们彼此迷恋陶醉，忘却了世人，忘却了时间，忘却了国王和战争；他们完全沉溺于爱情，每天夜里都是互相搂抱着迷迷糊糊地入睡。可是时间并没有入睡，暖风一下子从南方吹来，热烘

---

① 狄奥多西（约346—395），古罗马皇帝（379—395）。
② 古罗马时代高卢境内领地，位于今法国。

烘的暖风足迹所至，江河冰雪消融，草地上番红花和紫罗兰含苞欲放，色彩斑斓。一夜之间，万木吐翠；在冻僵的树枝上，从湿润的树节间，绽出绿色的嫩芽。春天从冒着热气的大地上苏醒，可是随着春天的到来，战争也重新开始了。一天清早，大门上的铜环被急促地敲得砰砰直响，敲醒了这对正在梦乡中的情人：国王的一位使者来命令骑士首领整装出征。战鼓催醒了各个营帐；风在晴空中把旗帜吹得猎猎作响；配上了马鞍的战马顷刻在市集广场上发出橐橐的马蹄声。海利龙特迅速地从夫人柔软的缠抱中脱身出来，因为他的爱情还没有如此灼热，而功名心和男子对于戎马疆场的志趣在他内心燃烧得更炽烈。他对她的眼泪无动于衷，并且严词拒绝了她要伴随他的愿望。他把妻子留在宽敞的住宅里，自己带着一大队人马出征到毛里塔尼亚去了。他在七次战斗中很快击溃了敌人，一鼓作气地扫平了萨拉森人强占的城堡，摧毁了他们的城池，并且乘胜追击，一直打到海边。他不得不在大海边上雇一些帆船，同战船一起把战利品送回家乡。所有的船只都装载得满满登登。从来没有一次胜利来得如此之快，也从来没有一次出征能这样闪电般地完成使命。毫不奇怪，国王为了感谢这位勇敢的功臣，便把所夺得的领土的南北边陲以极少的佃金转让给他作为采邑。戎马一生的海利龙特从此就可以舒适安逸地享乐度日，一生荣华富贵。然而，他的虚荣心远甚于那得之极易的犒赏；他不愿成为臣仆，不愿向领主佃赋。他觉得，唯有国王的王冠才有足够的光辉和他女人亮洁的额角相配。于是他秘密地鼓动自己的部队起来反对国王，并且策划了一次暴动，可惜由于事先被人叛卖而阴谋破产。海利龙特在战斗中被击败，他被逐出教门，离开了自己的骑士队，不得不逃向深山；而当地的一些农民为了得到高昂的悬赏，终于用棍棒在这个逃犯睡着的时候把他打死了。

国王的追捕人马在谷仓的干草床上找到了叛逆者鲜血淋漓的尸体，他们剥去了他的服饰和戎装，然后把他赤条条地扔进了剥皮场。可是就在这同一时刻，他的妻子在锦缎床上生下了一对双胞胎——一对孪生姐妹——而全然不知道丈夫已经身败名裂；城里来的贺客云集门庭，主教亲自为这两个女孩举行了洗礼，命名为海伦娜和索菲娅。正当钟楼上的钟声响个不停、宴会上杯觥交错之际，关于海利龙特谋反和身亡的消息突然传来；紧接着又很快传来了第二个消息：国王依法没收了叛逆者的住宅和一切所有，纳入国库。于是，美貌的杂货铺女店主在几乎还没有恢复元气、仅仅享受了如此短暂的荣华之后，终于重新穿上破旧的薄衣，回到了城里低洼区那条散发着霉味的小巷。不同的是，她现在还要带着两个尚未及笄的孩子，饱尝绝望的辛酸与痛苦。她又重新从早到晚坐在小铺的那只矮木凳上，向邻近的人出售调味香料和蜂蜜面包。现在，当她收下那些少得可怜的铜币时，还常常要咽下恶意讥诮的冷言冷语。她那明亮的目光很快就忧伤地暗淡了，鬓发也早早地灰白。不过，那对活泼可爱、惹人喜欢的孪生姐妹却使她感到慰藉，弥补了她的不幸和痛苦。两姐妹都从母亲身上继承了非凡的美貌，并且长得十分相像，无论是体态容貌、言谈举止，都是一模一样，以至于人们常常误以为这一个是另一个娇美的活镜子。不仅是陌生人，即使是她们的母亲也无法把年龄和形貌都如此酷似的海伦娜和索菲娅分辨开来。由于她们长得一模一样，母亲只好在索菲娅的手臂上系上一块廉价的麻布臂章，作为辨认的标志。不过，当她只听见女儿的声音，或者只看到女儿的脸庞时，还是不知道该叫谁的名字好。

正如这对孪生姐妹从母亲身上继承了绝世的美貌，她们也像命中注定似的继承了父亲那种不顾一切的虚荣心和权势欲。所以，尽管年龄完全相同，但是两个人都处处想超过对方。当一般的孩子还在心无芥蒂、天真无邪地一起玩耍时，这对孪生姐妹却已经在各种活动中互相较量，彼此嫉妒。要是有陌生人觉得其中一个非常可爱，高高兴兴地把装饰用的指环戴到她手指上而没有给另一个孩子相同的礼物，那么，她就会像陀螺似的在地上打滚；母亲会看到这个感到屈辱的孩子平躺在地上，痉挛地咬着双拳，愤怒地跺着脚跟。总之，她们俩谁也不夸谁，没有丝毫亲昵的感情。尽管长得如此相像，被左邻右舍风趣地称为彼此的小镜子，可她们却互相妒忌，使日子过得非常没趣，甚至十分痛苦。母亲曾想阻止这种毫无手足之情的过分的虚荣心，但无济于事；她也曾想缓和一下这种剑拔弩张、互相争斗的紧张状态，同样没有奏效。不久，母亲终于认识到，这种不祥的遗产在两个尚未成熟的孩子身上愈来愈严重。唯一能弥补她忧愁的小小慰藉，就是由于这种毫不示弱的竞争，反倒使两个姑娘很快变得十分精明能干，可以说是在她们那个年龄的姑娘中最精明能干不过的了。因为事情总是这样：当一个女孩开始学习点什么，另一个孩子也就急不可待地立刻去做，竭力要超过对方。又由于这对孪生姐妹都有着灵活的身体和敏捷的头脑，所以她们俩在极短的时间里便学会了各种有用的和令所有女人羡慕的技艺：织布、染布、镶嵌金银首饰、吹奏笛子、翩翩舞蹈、吟诗作赋，随后是伴着琴弦悦耳地歌唱；到后来，她们甚至比宫廷中的一般妇人还要技高一筹呢，她们会拉丁文、几何学，还懂得哲学方面的高深学问，这些都是一位年老的神父出于一片好心教她们的。很快，在阿基坦再也找不出一位姑娘可以在体态的妩媚、举止的娴雅、思想的机智方面与杂货铺女店主的这两个女儿媲美。不过谁也说不清，在这对孪生姐妹中，究竟哪一个更应受到称赞，是海伦娜呢，还是索菲娅。因为她们无论形貌、动作、谈吐都是难以区别的。

随着她们对各种优雅艺术的热爱，随着她们对温柔多情之事的了解——这些都给她们的心灵和肉体倾注了一股热情，使她们想入非非，渴望着脱离这狭窄的小天地——两个姑娘很快就对母亲的卑微地位产生了强烈的不满。她们在学院里和博士们辩论过，在舞会上听到过各种音乐，然而每当回到那条被烟雾熏得漆黑的小巷，看到头发邋遢的母亲坐在一堆香料后面，为了一点点胡椒饼和几块发霉的铜钱讨价还价，一直忙到深夜时，她们就为这种含辛茹苦的生活感到羞辱恼怒。她们睡的是硬邦邦的旧草垫，粗糙不平的垫褥磨得她已经青春火旺却还是处女的身体发痛。她们常常夜不成寐，躺在床上叹息自己的命运。要论风姿的妩媚、心智的聪颖，她们远胜那些珠光宝气、穿着柔软的服装漫步的贵夫人，但却被埋没在这潮湿发霉的小窝里，最好的前景也不过是给箍桶匠或者铸剑匠当主妇。可她们是那位伟大统帅的女儿啊，生来就有高贵的血统和傲慢的思想；她们渴望着富丽堂皇的闺房和一大群侍从，渴望着财富和权势。所以，当穿着轻裘的贵夫人坐在微微颤动的轿子里、被侍从保镖簇拥着偶尔从两姐妹身旁路过时，她们的脸颊顿时就会变得刷白，就像嘴里洁白的牙齿一样，而那个叛逆的父亲的暴躁和虚荣心这时便在她们的血液里激荡起来——她们的父亲同样不安于平庸的生活和区区的命运。她们日日夜夜所想的，无非就是能用什么办法摆脱卑贱的生活。

一天早晨，终于发生了一件出人意料却也在情理之中的事：索菲娅醒来时，发现身边是空的。海伦娜——自己的镜子和一切愿望的竞争对手——在夜间神秘地失踪了。害怕得要命的母亲担心她是被哪个贵族男子掳走的，因为许多年轻男子早已被这两位美貌出众的姑娘弄得神魂颠倒。母亲连衣服都没有穿整齐，就急急忙忙跑到代表国王管理着这座城市的行政长官那里，哀求他去捉拿歹徒。长官答应了她。可是第二天，四处的传闻却使母亲羞愧难言：传闻愈来愈清楚地表明，刚刚成熟的海伦娜完全是自觉自愿地跟着一位贵族青年私奔的，那个青年还为了她的缘故撬开了自己父亲的衣箱和橱柜。一星期之后，又传来了更坏的消息。旅行回来的人描述了年少的海伦娜和她的情郎在那个城市过着何等奢华的生活：她穿的是裘皮和绚丽的锦缎，周围是一群用人、鹰隼和南方的各种飞禽走兽，使当地所有品行端庄的妇女看了就生气。当这样的坏消息还在那些爱饶舌的人口中嚼来嚼去时，又传来了更坏的消息：海伦娜刚刚把那个乳臭未干的纨绔子弟的钱囊掏空，就厌烦他了；她投身到一个管财库的老头子家里，为新的富贵出卖了自己年轻的肉体，毫不留情地对那个从前十分吝啬的老家伙巧取豪夺。过了几个星期，当把老头子的金羽毛全部拔光，弄得像只秃鸡似的时候，海伦娜又扔下他另寻新欢了。没用多少日子，也就不再有什么可遮掩的了：在邻居们心目中，海伦娜只不过是在用自己年轻的肉体作交易，买卖做得和她母亲在小铺子里做调味香料和蜂蜜面包生意一样精明。这个不幸的寡妇曾接连不断地给堕落的女儿捎信，叫她不要再这样不知羞耻地玷辱父亲的名誉。可又有什么用呢，伤风败俗的事愈演愈烈，使母亲羞辱不堪。一天，一支华丽壮观的队伍从城门那头沿着大街走来。走在前面的是穿着鲜红服装的仆从，后面是骑在马上的人，简直像是某位公爵的仪仗队，而在队伍中间还有波斯的狗、稀罕的猴环绕不离。海伦娜——这个早熟的妓女，娇艳俏丽得像妓女的鼻祖希台拉一样；使所有富翁为之迷乱倾倒的海伦娜，打扮得像是一位正要到耶路撒冷去的萨巴的不信神的女王。街上的人瞠目结舌、呆若木鸡：手工匠离开了他们的作坊；文人放下了他们的笔墨。麇集的人群好奇地围观着这支队伍，直到那些轻佻的仆从和骑马的人在市集广场重整队伍，去接受隆重的召见。门帘终于掀起，还是一副孩子气的妓女骄傲地径直向一座宅邸的大门走去；这座宅邸从前正是属于她父亲的，而现在一个挥霍无度的情夫却为了在这里度过三个热烈的夜晚，替她将它从国王的财产中买了回来。海伦娜俨若一位公爵夫人，踏进了那间放着富丽堂皇的卧床的寝室，她的母亲曾在这张床上荣耀地生下了她。在那些久别的房间里，现在又摆满了各种贵重的、起源于异教时代的塑像；大理石使木质的楼梯显出一股凉意；瓷砖镶嵌的地面上铺着织有各种图像和故事情节的地毯；墙壁四周环绕着绿色的常春藤，使人感到温暖；金质的杯盘在叮当作响，音乐一直在为盛宴伴奏——要知道，海伦娜谙熟各种艺术；这妓女的青春是如此迷人，她的神态令人心醉。海伦娜就这样在极短的时间内成了爱情游戏中的佼佼者，成了最富有的妓女。从毗邻的城镇，甚至从外国，拥来许多富翁，有基督教徒、异教徒和各种不信教的人；他们到这里来，为的是至少博她一次欢心。又由于她对追求权势的野心一点都不亚于父亲，因此，对那些钟情自己的人，她经常是喜怒无常、颐指气使；她狠狠地卡紧那些情欲旺盛的男人们的脖子，直到把他们最后一点钱财都压榨出来。这样一来，纵使是国王的儿子，当他寻欢作乐一周之后，当他一边喝得酩酊大醉，一边被冷酷无情地敲醒了头脑，离开海伦娜的怀抱和住所时，也不得不向典当商人和高利贷者付出一大笔痛苦的赎金。

毫无疑问，这种放荡的行径使城里受人尊敬的女人，尤其是年老的妇女痛心疾首。在教堂里，神父们痛斥她年纪轻轻就如此道德败坏；在市集广场上，女人们愤怒地攥起拳头；在夜里，经常有石块向她的窗户和大门扔去。不过，尽管这些讲究道德的人是如此忿懑，所有丈夫不在身边的有夫之妇和孤单冷清的怨女议论纷纷，那些年老的女佣更是骂得不堪入耳，但是最生气的还是她的孪生妹妹索菲娅，她的心里最不痛快。这倒并不是因为海伦娜肆无忌惮的荒唐行为使她的心灵受到了创伤，而是因为她悔恨自己当初没有接受那个贵族青年的求爱，让现在所有的一切都落到了海伦娜的手里。海伦娜此刻所过的奢侈生活和所拥有的左右众人的力量，也正是索菲娅心里偷偷渴望的。可是，她仍然住在窗不蔽风、户不挡雨的冰凉小屋里，每天夜里和好唠叨的母亲一起哭泣，一个比一个哭得伤心。虽然海伦娜仰仗着自己有钱，假惺惺地一再给妹妹送来贵重的衣服，但生性骄傲的索菲娅拒绝了一切施舍。她的虚荣心并没有减退，她打算不声不响地和大胆泼辣的姐姐比个高低，和她一起争夺追求者，就像从前争夺一块甜味的胡椒面包一样。索菲娅觉得，她一定要取得更大的胜利，所以便日夜思忖着能用什么方式在荣誉和赞美方面超过海伦娜。这时候，她发觉自己仅有的微薄的财富，不过是处女的童贞和贞洁的名誉。这在愈来愈放肆的男人们的追慕中，是一种十分吸引人的诱饵，同时也是一笔抵押；一个聪明的女人能用这笔抵押赚来可观的利益。于是，她决定把孪生姐姐已经付之一炬的处女的童贞和贞洁的名誉当作自己最贵重的财产。她要炫耀她的美德，如同当妓女的姐姐炫耀她少女的肉体一样。如果说，姐姐是用奢侈豪华来显示她的高傲，那么她的贞洁就要用清苦温顺来表现。正当关于姐姐的流言蜚语还未停息之时，一天早晨又传来了轰动全城的新消息：索菲娅——妓女海伦娜的孪生妹妹，由于对姐姐那有失体统的生活感到耻辱，同时也是为了替姐姐的罪孽忏悔，终于隐遁尘世，到一家虔诚的慈善会去当修女——这家慈善会是以不厌其烦地精心照料和看护病院患者为宗旨的。这时索菲娅的追求者才发觉来晚了一步，他们懊恼地狠抓自己的头发，因为这样一颗无瑕的珠宝竟从他们手中失落了。而那些善男信女们则相反，他们正想好好利用这个难得的机会，拿这美人的修善形象与那种满足于肉欲的卑鄙下流作对比。消息飞也似的传遍所有国家，而在阿基坦，除了谈论和赞美这个自我献身的姑娘索菲娅之外，人们再也不去谈别人了。索菲娅日日夜夜地照料着那些伤口溃脓的、气息奄奄的病人，即使是麻风病人，她也面无惧色地去伺候。当她裹着白色的头巾，低垂着目光走过街道时，妇女们都在她面前屈膝致意。主教在多次宣讲中称誉她是妇女美德的最杰出的典范；孩子们抬头朝她仰望时，就像在观看一颗罕见的星辰。全国的注意力突然之间不再对着海伦娜，而是全都对着这个穿着灰色服装、为赎罪而献身的姑娘了：她为了躲避尘世的罪孽，像一只鸽子似的飞向了谦逊温顺的天空——人们一定会想到，这将会使海伦娜怎样地恼怒。

在以后几个月的时间里，这对孪生姐妹宛如两颗难分难离的星宿，照耀着这片惊讶的土地。她们既能使罪孽的人满意，又能使虔诚的人高兴，因为前者从海伦娜肉体的乐趣中得到满足，后者从索菲娅这面闪耀着美德光辉的镜子中启迪了灵魂。这种矛盾的现象好像在阿基坦创立了有史以来第一个人间的神的王国，把美德与肉欲一目了然、清清楚楚地展现在人们面前：对热爱纯洁的人来说，造福于人类的女圣人妹妹就在他的身边；对沉湎于肉欲的人来说，到堕落的姐姐怀中去享受尘世的欢乐，随时都在向他召唤。诚然，每一个凡人都会在善与恶、灵与肉这两条截然不同的道路上私下里来往徘徊，可是没有多长时间，这种意想不到的矛盾就显示出它是怎样破坏了人们灵魂的安宁。因为尽管生活态度迥然不同，但这对孪生姐妹的身形容貌却几乎没有一丝一毫的区别：她们身材一样，眼睛的颜色一样，同样的微笑，同样的美貌可爱。这使城里的男人们迷惑不解，霎时失魂落魄。当一个小伙子在海伦娜的怀抱里度过了热烈的一夜，第二天一早，仿佛为了洗涤灵魂上的罪孽似的急急忙忙冲出门去时，他会惊异地不断擦揉自己的眼睛，好像受到了什么恶作剧的嘲弄：因为他忽然看见一位穿着朴素的灰色看护服的美貌修女正推着坐在轮椅上的气喘吁吁的老翁，穿过病院空旷的花园，并且不时从没有牙齿的嘴上帮他擦去口水，神情温文尔雅，一点儿没有感到恶心的样子。他觉得，这不就是自己刚刚离开的那个赤身裸体躺在床上的浑身燥热的妓女吗?！他目不转睛地凝视着，一点儿不错，瞧，那两片一模一样的丰润的嘴唇和那多情的动作。可是，她此刻显露出来的绝不是那种凡俗的爱情，而是人性的高尚之爱。他盯着直看，眼睛似乎在燃烧，好像要慢慢望穿那没有任何装饰的灰色衣裳，好让那熟悉的妓女的肉体在自己面前闪光。同样，这种感觉上变幻莫测的把戏也使另一些人傻了眼。这些人刚刚恭恭敬敬地去造访过病院里的女看护，怀着崇敬的心情看过她一眼，可是一拐过街角，却发现方才还庄重贞洁的索菲娅突然之间变成了另一副样子：袒胸露肩，穿着豪华的服饰，被一群情夫和用人簇拥着，急急忙忙去参加欢宴。当然，这是海伦娜而不是索菲娅，他们大概也会这样对自己说。不过，从这时开始，他们便再也不敢想象，难道那位修女就没有裸露的时候，因为一想到此，他们对她的尊敬也就不那么真诚了。人们的思想就这样变得游移不定，常常从这位姑娘身上联想到另一位姑娘，而且变得疑惑迷惘、神志错乱。有时候，官能的感觉又往往与愿望背道而驰——小伙子们从妓女的肉体梦想到了那个贞洁的肉体，因而经常是用垂涎三尺的邪恶目光盯着修善的女看护。要知道，不管造物主怎样管束男人们的官能，他们的欲望总还是要求从女人那儿得到一切满足。但倘若一个女人轻率地委身给男人，他们便只知道报以微薄的酬谢，并且装得完全没有过错，问心无愧；反之，要是一个女人竭力保持了自己的贞洁，那么她对于男人真是有了七倍的诱惑力，驱使他们来夺取自己身上的贞洁。所以，男人们对于这种灵与肉的自相矛盾的欲望是永远无法满足的，更何况爱开玩笑的魔鬼竟打了一个如此纠缠不清的结扣：妓女与修女，海伦娜与索菲娅，在外表上是如此酷似，犹如同一具身体，无法分辨，因此也就没有一个男人能确切地知道他究竟想占有谁。人们看到，城里的放荡少年突然之间都拥到病院门口来，人数之多胜过酒馆；有时候，酒色之徒为了寻欢作乐，用金钱诱骗妓女海伦娜换上灰色的看护服，企图用这种自欺欺人的方法假装尝到了贞洁的索菲娅的滋味。整座城市，甚至整个国家，渐渐地被这种毫无意义的、令人眼花缭乱的换人把戏所吸引。主教的话、城市行政长官的警告，都对这种每天花样翻新的龌龊事无能为力。

然而，这对孪生姐妹却并不安分，也不仅仅满足于一个是城里的最富有者和一个是城里的最纯洁者；两人都已满载着赞叹与声誉，虚荣心仍然在她们心中熊熊地燃烧。她们俩都在算计着能用什么办法拆对方的台。当索菲娅听到海伦娜是怎样把她富于自我牺牲精神的生活诋毁为罪恶的假面具游戏时，在盛怒之中咬破了自己的嘴唇；而当海伦娜听到用人们向她报告外国的朝山进香者怎样怀着崇敬在她妹妹面前鞠躬，女人们怎样吻她的妹妹从鞋子上掸下来的灰尘时，更是用鞭子把怒气迁发到用人们身上。不过，这对孪生姐妹愈是彼此怀有恶意，愈是仇深，便愈是互相假装出伪善的同情。海伦娜在餐桌上用激动的声音惋惜妹妹把欢乐与青春如此没有意义地消磨在照顾萎缩的老人身上——这些老人的生活很明显是在等死罢了；索菲娅则在每天的晚祷告中，用一段特别的言辞为那可怜的女罪人祈求——她愚蠢地为了转瞬即逝的享乐而错过了替自己赎罪——祈求上天能把她的生活转变为善良有益的工作。但是，当她们俩都发现，既不能通过信差，也不能通过多嘴多舌的人，把对方从她所走的道路上引开时，她们又开始慢慢地互相接近了，正好比两个搏斗者一边装作若无其事的样子，一边却看准机会，随时准备用手把对方摔倒在地。她们愈来愈频繁地互相串门，假惺惺地表示温情的关心，同时又都用尽全副心计，要对自己的同胞姐妹做出最恶毒的事情。

有一次，出于傲慢而故意谦卑恭顺的索菲娅，在教堂的晚间钟声敲过之后，又到姐姐这里来，劝她和那种令人不快的生活一刀两断。她先是用委婉的言辞规劝早已听得不耐烦的姐姐。她说姐姐所干的一切是如何没有道理，让上帝赋予的肉体堕落成为罪恶的渊薮。这时，海伦娜刚刚让侍女在上帝赋予的肉体上涂了一层香脂，使它显得强壮有力，正准备着去干她卖淫的营生。她一边恼羞成怒，一边却强作笑颜，倾听着妹妹的话，同时琢磨着，究竟是用一番公然不顾礼仪的讥诮辱骂来使唠叨不休的妹妹勃然大怒呢，还是把少年召到房间里好让她看得心神迷乱。突然，一个奇异的念头像一只轻声地嗡营营的苍蝇掠过她的额角。这是一个相当恶毒的念头，狡黠、危险，想到这里，海伦娜真禁不住要笑出声来。这个方才还是放浪不羁的姑娘突然之间一反常态，她把那些侍女和帮她洗澡的用人赶出房间。两个人刚一独处，海伦娜就蓦然在恨得发红的眼睛上罩了一副悔恨的假面具。她就这样开始了絮絮诉说，她说妹妹大概没有想到，她不仅常常为自己陷于这种罪恶而又愚蠢的生活感到羞耻，而且对男人们那种下流的肉欲已经非常憎恶，她下过无数次决心，要在肉欲面前自重自爱，开始过一种朴素诚实的生活，可是她觉得，任何抗拒都是徒劳的。她还说，因为索菲娅具有精神的力量，所以不像自己似的有这种肉体上的软弱性；不过索菲娅大概从来没有想到过，男人具有多么大的诱惑力，女人一旦尝过这种滋味，便无法抗拒；她——索菲娅，一个幸运的人无法想象男人压到身上的力量是多么有力，而正是在这种压迫的强力中使人感到一种异样的甜蜜，任何人都不得不违背自己的意志，屈服于这种甜蜜。

索菲娅对这番出人意料的表白大吃一惊。她根本没有想到会从耽于金钱和淫乐的姐姐口中听到这样的话，于是赶紧施展了自己的全部口才，开始进行说教。她说，既然这样，海伦娜也就总算接触到了神圣的光辉，因为憎恨罪恶的行为也正是正确认识的开始，不过海伦娜认为在肉欲面前无法抗拒，这是错误的，是一种自暴自弃。她说，刚毅的意志能战胜肉体的一切诱惑，也就是说，只要从善的意志坚如磐石，就能抵住一切的引诱。在这方面，无论是信教的或不信教的人都在历史上树立了无数的范例。说到这里，海伦娜忧伤地垂下了头，叹息着说，是呀，自己也曾怀着钦佩的心情读过那些与官能享乐的魔鬼作顽强斗争的书籍，然而上帝赐予男人的不仅仅是强壮的体力，而且还赐予他们不屈不挠的精神，这甚至能使他们中间的某些人在与神的斗争中成为得胜的战士。当她说到最后几句话时更是长吁短叹，她说，可是软弱的女人是从来不可能抗拒男人的各种奸计和诱惑的；在她的一生中还从未看到过这样的事例：一个女人受到男人的紧逼穷追，却还能抵抗得住男性的爱。

　　"你怎么能这样说呢！"索菲娅生气地喊着，显出无比的自傲，"我自己不就是一个例子吗？坚强的意志能抵御男人们的阿谀逢迎。从早到晚总有一群人围着我转，尾随着我一直走到病院。到了晚上，我总会在卧室里发现一大堆用最恶心的语言写的诱人的信件。可是又有谁看到我向任何男人瞥过一眼呢，因为我的意志保护我不受任何引诱，你说的话是完全没有道理的。总而言之，只要一个女人具有真正的意志，她就能保护自己。我自己便是一个例子。"

　　"是呀，我知道你是直到如今都能抵住任何引诱的，"海伦娜假惺惺地说，装出一副谦卑的神情，向妹妹瞟了一眼，"但这也只有你能做到，因为你是一个幸运的人。你的衣服和你所担负的严格职务保护了你。在你周围是一群虔诚的女看护，你是在集体生活的保护墙后面。你不像我这样孤单单一个人，没有任何的防护！我是说，你的高尚纯洁并不是依靠自己的力量，我甚至可以肯定，索菲娅，即便是你，一旦有一个少年站在你面前，你也无法，甚至不愿意反抗他。你同样会屈服于他，就像我们所有人都会屈服于他一样。"

　　"绝不可能！我绝不可能！"虚荣心极强的妹妹冲着姐姐大嚷，

"我敢担保，纵使没有我的衣服保护，我也能凭借自己的意志经得住任何考验。"

海伦娜想从索菲娅嘴里听到的恰恰是这样一句话。于是自负的妹妹终于一步一步地被引诱到了早已设置好的陷阱。姐姐丝毫不放松，一个劲儿地说自己怀疑她能否抵挡得住。直到最后，终于是索菲娅自己迫切地要求去经受一次决定性的考验。是的，是她自己要求的，甚至可以说，她渴望着有这样一次考验，以便让意志薄弱的姐姐最终承认：她的贞洁不是依靠外来的保护，而是由于内在的力量。这时，海伦娜看来像是在慢慢沉思，而她的心却在胸口急得咚咚直跳，她按捺不住自己的幸灾乐祸，最后她终于说："听我说，索菲娅，或许这正是一次最好的考验：明天晚上我要接待我们国家最英俊的小伙子聚尔凡德，至今还没有一个女人见到他而不动心的。但他最钟爱的是我，他骑着马，走了二十八里路到这里来，就是为了我，他还带来七磅纯金和许许多多礼品，唯一的目的就是要做我夜里的伴侣。不过，即使他是空着手来，我也不会将他拒之门外，我甚至会用同样多的金子去买同他的床笫之欢，因为再也没有一个人比他长得更英俊、更潇洒风雅的了；而上帝又把我们俩的身体创造得如此相像，无论是容貌、谈吐、身姿都是一模一样，所以，假如你穿上我的衣衫冒充我，谁也不会想到他受了骗。明天你就在我家里，在我约定好的地方等着这个聚尔凡德，和他一起进餐。不过，当他把你误以为是我而要得到你的肉体时，你就得用各种借口不让他近身。我就在隔壁房间里等着，细细倾听，看你能不能把情欲克制到半夜。但是，我要再说一遍，妹妹，我警告你，他的诱惑力是巨大的，比我们自己软弱的心更危险。妹妹，我怕你很容易就脱离清心寡欲的状态，而堕入他难以预测的魅力之中。所以，我还是恳求你最好放弃这种冒险的游戏。"

诡计多端的姐姐就是这样又怂恿又劝阻，用圆滑的话给妹妹的自负傲慢火上加油。索菲娅自信地夸口说，如果只是这么一点儿小小的考验，那么她轻而易举就能经住，不仅能坚持到午夜，而且能坚持到黎明。她敢于抵挡他的一切逼迫而始终作为自己的主人。她只有一事相求：她要随身携带一把匕首，倘若这个厚颜无耻的家伙胆敢妄动，她就要用武力对付。

当索菲娅说着这些豪言壮语时，海伦娜顷刻跪倒在她面前，好像钦佩得五体投地，而实际上她只不过是要掩饰眼睛里闪耀着的幸灾乐祸的快意。她们商量好了：第二天晚上由虔诚的修女索菲娅接待聚尔凡德。海伦娜再三发誓，如果妹妹抗拒成功，她就永远抛弃这种罪恶的生活。随后，索菲娅急急忙忙动身到她的女伴们那里去，希望从那些经过天长日久考验的、与花花世界早已隔绝了的女人们——她们只是为了他人罕见的病痛与苦难而生活着——身上汲取力量。接着，她又用双倍的献身精神去照料那些最严重、最困难的病人，以便从他们残废憔悴的躯体上感觉到尘世间的一切莫不都是空幻。因为这些两颊深陷、身体霉烂的形象正是当年沉溺于色欲的人，纵欲使他们全身溃烂：现在只留下一堆活着的废物，一个苟延残喘、即将倒毙的躯壳。

海伦娜在这段时间也不是闲着无事。在她所有的技艺中，最拿手的就是拨弄爱神，常常对喜怒无常的性爱之神召之即来，挥之即去。她首先让她那个来自意大利卡拉布里亚的厨师准备好最最珍奇的佳肴，然后居心叵测地加上各种能激起性欲的香料。她又让人在馅饼里掺进各种春药——河狸胶、春情草和含有斑蝥素的胡椒；在葡萄酒里调进了大量的迷魂药，喝了这种酒，就会酥软倦怠、神志昏迷。此外，她还安排好了音乐，要知道，音乐就像拉皮条的老手，不可缺少，它会像一股暖风似的溜进人的胸怀，使人春心荡漾。她吩咐那些奉迎谄媚的吹笛手和性情急躁的锣鼓手藏在隔壁的房间里以避人眼目，这样也就更加危险，因为谁也不知道自己这种骤然而来的春情是怎样引起的。事先如此这般地精心燃起了魔鬼的火炉之后，她就焦急地等待着较量的到来。那天夜里，既自负又虔诚的索菲娅到达时，由于睡眠不足显得脸色苍白，又由于自知周围密布着各种阴谋而惴惴不安。她刚一跨进门槛，就被蜂拥而上的年轻侍女团团围住，她们转眼就把惊奇得不知所措的索菲娅引进一间弥漫着芳草香味的浴室。在那里，她们从羞涩得面红耳赤的姑娘身上脱下她每日穿戴的灰色看护服，露出她那少女的身体；她们用揉碎的花卉和散发着浓郁芳香的油脂，既亲热又用力地擦遍她的双臂、大腿和背脊，使她感到浑身发痒，好像血液就要从汗毛孔里流出来似的。她们一会儿给她浇上冰凉的冷水，一会儿又在冷得直哆嗦的皮肤上浇上很烫的热水，接着又有几双飞快的手用滑润的水仙花露抹遍她发烫的全身，轻柔地按摩她的身体，再用沙沙作响的毛皮把发亮的身体擦得火热，直擦得头发尖儿冒出蓝色的火花。总之一句话，她们把这虔诚的修女打扮得像海伦娜每天晚上要去寻欢作乐时一模一样，而她也不敢违抗。就在这时，笛子吹出令人紧张的

111

声音，壁炉里檀香木还在燃烧，滴下的木油散发出浓香。索菲娅被这些奇怪的举动弄得糊里糊涂，终于躺在卧榻上，舒展着身体；金属镜面映出她的容貌，她觉得自己是如此的陌生，然而又是空前的美丽。她感到全身轻飘飘的，当她开始觉得这是一种生活的乐趣时，又对这种为舒服而舒服的感情觉得羞愧。她的姐姐却没有让她在这种矛盾的感情中多停留。海伦娜像一只猫似的轻轻来到妹妹的身边，用漂亮动听的话恭维她的美貌，直到她起了疑心，不客气地打断自己的话。这对孪生姐妹又虚伪地拥抱了一次：一个在不安与惧怕中战栗，另一个在急躁与邪恶的欲望中颤抖。然后，海伦娜让人点起灯盏，像影子似的消失在隔壁房间里，去窃听她大胆想出来的话剧。

在此之前，妓女海伦娜早已给聚尔凡德通了消息，告诉他等待他的将是一场无比奇特的艳遇，还再三叮嘱他，要用矜持的姿态和十分的庄重羞涩先使这位傲慢的姑娘打消顾虑。当聚尔凡德为了在这场如此奇特的较量中取胜、终于好奇而又自命不凡地跨进房门时，索菲娅不由自主地用左手摸了摸那把为了抵抗暴力而随身携带的匕首。可是她感到非常奇怪，这个自己误以为相当粗鲁的嫖客竟对她如此彬彬有礼。他既没有试图把骇怕得气喘吁吁的女子拉到自己的怀里——这大概也是姐姐教他的，也没有用亲昵的称呼和她寒暄，而只不过先是谦逊文雅地屈了一下膝盖，然后从正要退缩规避的仆人那里取来一条沉甸甸的金项链和一件紫色的、用普罗旺斯绸缎做的上衣。他很有礼貌地请求替她穿上上衣，并把项链给她戴上。他是如此的举止得体，以至于索菲娅除了顺从不可能有别的举动。她一动不动地让他把项链戴上，把富丽的上衣穿上。她不是没有感觉到他那发热的手指顺着凉飕飕的项链温柔地抚过自己的颈脖。可是由于聚尔凡德随后再也没有任何其他冒失的动作，索菲娅也就没有机会匆匆发怒。这个伪君子一点儿都不着急，他又鞠了一躬，显得非常惭愧。他说，他觉得自己不配和她一起进餐，因为街上的尘土还沾在他的外衣上；如果她允许的话，他是否可以先洗一洗头发和身体。索菲娅窘迫地唤来几个女仆，吩咐她们把聚尔凡德引到浴室去。可是这些婢女们遵照女主人的密令，故意装作没有听懂索菲娅的话，敏捷地剥下青年的全部衣服，让他精赤条条、英俊秀美地暴露在她面前。他长得真是像古代阿波罗神像一样——这尊异教时代的阿波罗神像从前曾耸立在市集广场上，后来主教让人把它砸得粉碎。然后，婢女们又在他身上涂抹香脂，用热水替他烫脚，她们不慌不忙地在微笑着的裸体男子的头发上编戴玫瑰花，最后才给他披上一件闪闪发亮的新上衣。当他打扮一新、向她迎面走来时，显得比先前更英俊了。可是索菲娅刚刚意识到自己已在观察他的非凡丰采，就立刻怨恨起这双眼睛，她赶紧摸了摸那把藏在衣服里随手可得的救命匕首。不过，她还没有理由去拿它，因为美少年只不过礼貌地同她保持着一定距离，用友好的无关紧要的话同她聊天，就像病院里那些有学问的医生一样。这样，她也就一直没有机会向在隔壁房间里窃听的姐姐炫耀自己女性的坚贞——她对这样的处境觉得很懊恼不快——因为大家都知道，为了保住自己的贞洁，首先得由别人挑逗才行。可是，在聚尔凡德身上似乎完全没有那种激起情欲的热流；他谈话时的呼吸是如此的平静，口气是如此的礼貌文雅。而在隔壁房间演奏的笛子倒是已渐渐提高了急促的声音，显得比少年从鲜红迷人的嘴巴里说出的话还要多情；他只管滔滔不绝地谈论着各次战斗和出征的情形，不谈任何别的内容，好像自己是坐在男人们的餐桌上似的。他把这种漫不经心表演得如此出色，使索菲娅完全失去了戒心。她毫无顾虑地吃着各种放了春药的食物，喝着偷偷下了迷药的葡萄酒。她不耐烦了，而且渐渐地对这个冷漠无情的人生起气来——他没有给她提供任何微小的因由，使她显露一下自己坚贞的美德，让她愠怒地向姐姐证明自己的力量。到最后，这场危险的考验还是由她自己挑起的。她喉咙里忽然发出笑声，连她自己都觉得奇怪，身体里不知怎么就涌起了寻欢的欲望。她纵情逗乐，笑得前俯后仰，既不克制自己，也不感到难为情。这时离午夜已不太远了。她的身边是那把匕首和那个原以为性急火烈而现在竟比刀刃还要冰凉的小伙子。索菲娅向他愈挨愈近，好像是在寻找最后的机会来显示自己光荣地保住了贞操。这种自负完全是出于不由自主的虚荣心，她要千方百计地证明自己的坚定不移，就像出卖色相的姐姐千方百计、不惜一切代价地要引诱她下水一样。

不过，正如一句睿智的谚语所说，最好不要碰魔鬼一根毫毛，否则它就会出其不意地抓住你的脖子。现在，这个争强好胜的自负的女斗士正处于类似的境地。她没有预料到这种不同寻常的酒含有迷药，而食物里也含有春药，这时候，渐渐浓郁的烟雾香味熏得她迷迷糊糊，笛子软绵绵的声音使她浑身酥软，她的神志愈来愈不清楚了，她的笑声已变得含含糊糊，她的纵情逗乐已转为全身的瘙痒、性欲的冲动。即便是两院的博士也无法在法院面前作证，这一切究竟是在她醒着的时候还是在瞌睡的时候，是在清醒的状态下还是在醉酒的状态下，是自愿还是被迫发生的。总而言之，不管是神的意志还是魔鬼的意志，在离夜半钟声还相当远的时候，终于发生了女人和男人之间终究要发生的事。突然之间，叮当一响，那把偷偷准备着的匕首从脱下的衣服中滑落下来，掉在大理石地面上。奇怪的是，浑身瘫软的修女并没有像当年的鲁克丽丝①那样拾起匕首，向迎面而来的危险少年刺去；隔壁的房间里也没有听到哭泣和反抗的声音。到了午夜时分，早已堕落败坏的姐姐带着一帮用人，像胜利者似的破门而入，来到这间已经变成了洞房的卧室。她举着一把火炬好奇地在失败了的妹妹床上摇晃，到了这时候，已经没有什么可隐讳、羞愧的了。几个厚颜无耻的婢女按照异教徒方式把玫瑰花撒在卧床上，花朵比羞得满面通红的妹妹的面颊还要红。她现在昏昏沉沉，但她知道自己已碰上了女人的不幸事，然而为时已晚。姐姐却热烈地把惘然若失的妹妹搂在怀里，这时，笛子欢呼，铙钹齐鸣，好像潘神重新回到了基督教的世界，婢女们袒胸露臂，疯狂地跳舞唱歌，赞美早已被斥逐的爱神厄洛斯。然后，狂饮烂醉、乱成一团的人群用散发着香味的木料点起火堆，火焰用它贪婪的舌头吞噬了那件招人嘲笑的看护服。至于新妓女索菲娅，她羞于承认自己的失败，笑嘻嘻地装出一副自觉自愿地把肉体献给美少年

---

① 莎士比亚《鲁克丽丝受辱记》中的人物。美丽贞洁的贵妇鲁克丽丝遭暴君儿子污辱，自杀雪耻。

的样子。狂饮乱舞的婢女又在新妓女和姐姐周围各放了同样多的玫瑰花。这时候，两姐妹肩并肩地站在一起：一个羞愧得脸上发烧，一个焕发着胜利的红光，但谁也无法再把表面上谦逊的索菲娅和公然傲慢的海伦娜区别开来。而那美少年的目光则是贪婪地在两个姑娘之间转来转去，流露出一股重新勾起的急不可待的双倍欲望。

恣情纵欲的人群在嘈杂声中打开了宅邸的大门和窗户，夜游人和那些很快就被闹醒了的轻浮之徒欢笑着源源而来。因此，太阳还没有照到家家户户的屋顶之前，消息就已像流水一样从各家的屋檐上流到了街上，说海伦娜对智慧的索菲娅取得了如何辉煌的胜利，淫荡如何战胜了贞洁。城里的男人们刚一听到索菲娅保持了如此之久的贞操终于被破，就急急忙忙赶来。他们受到了索菲娅的热情接待——她对那件丑事也已不再讳言——因为她已留在姐姐海伦娜那里，而且尽力干得像姐姐一样殷勤。这转变之快简直就像是换了一件衣服。现在，一切的争斗和嫉妒都结束了。自从同操这种卑贱的行业之后，这对品行恶劣的孪生姐妹就一直同住在那座宅邸里，互相紧挨着和睦相处，心情极为愉快。她们梳同样的发式，戴同样的首饰，穿同样的衣裳，甚至连笑声和谈情说爱的话都已难以区别。这对那些好色之徒来说可是一种永远翻新、趣味无穷的游戏，当他和自己怀抱里的女子亲吻、眉目传情、做着各种爱抚的调情动作时，真像猜谜语一般，不知自己拥抱的究竟是谁，是淫荡的海伦娜呢，还是一度虔诚纯洁的索菲娅。很少有人知道自己究竟是在哪个女人身上挥霍了钱财，因为这对聪明的孪生姐妹总是打扮得完全一模一样，故意愚弄那些好奇的男人，对此她们自己也感到特别有趣。

海伦娜就这样战胜了索菲娅，美貌战胜了良知，邪恶战胜了贞洁，始终充满着欲望的肉体战胜了自诩而又动摇的灵魂。这在我们这个自欺欺人的世界上并不是第一次，然而它却再一次证实了约伯曾叹息过的意味深长的话：在这个尘世，恶人无恙，善人受毁，正义之士遭讥笑。因为没有一个官吏、没有一个征税人、没有一个箍桶匠和高利贷者、没有一个金匠和面包师，能用他们辛劳的工作攒下这两姐妹只要稍加努力就能获得的钱财。她们俩精诚合作，吸干了男人们胀鼓鼓的钱囊，倾空了他们充盈的衣柜；金银财宝滚滚而来，轻巧得就像夜间的老鼠跑进屋里一样。不过，由于这两姐妹不仅从母亲那里继承了美貌，而且也继承了她那种小商贩的心计，所以她们并没有像大多数的妓女那样为了虚荣而把金钱全部挥霍光；不，她们比那些人要聪明，她们精打细算地把钱拿去放利生息，为了发财致富把钱放给基督教徒、异教徒和犹太人。她们就这样本生利，利变本，扒进了好多好多钱。不久，没有一处地方能像在她们那幢令人诅咒的宅邸里似的，堆着那么多的钱财——硬币、玉石、借据、契约。这个国家的年轻姑娘们看到眼前的例子，当然不愿再去做清洁女工，在洗涤槽里把手指冻得发紫。这一点儿也不奇怪，由于存在着这对最终同流合污的孪生姐妹的斑斑劣迹，这座城市变成了新的罪恶渊薮——索多玛，也就很快在其他城市中臭名昭著。

诚如古老的格言所说：不管魔鬼的马骑得多快，在到达目的地之前总要跌断腿。所以，这种令人愤慨的事的结局最终还是启迪人的灵魂。因为随着岁月的流逝，男人们对这种老一套的猜谜游戏渐渐厌倦了。客人来得愈来愈少；屋子里的灯光也熄灭得愈来愈早；别人是早已知道，只有这对孪生姐妹自己不知道——镜子在默默地向闪烁跳动的灯盏诉说：在她们纵欲过度的眼睛底下，鱼尾纹已愈积愈多了；在她们渐渐松弛的皮肤上开始叠起珠母似的褶皱。现在，这对孪生姐妹想千方百计买回造物主每时每刻毫不留情地从她们身上夺去的一切。可又有什么用呢？她们拔掉两鬓的白发；用象牙刀抚平皱纹；顺着干瘪的嘴巴给嘴唇涂上红胭脂——这些同样都是徒劳枉然。那些风流岁月留下的痕迹再也隐藏不住了。两姐妹的青春刚一消失，男人们就对她们厌倦了，因为当她们像花儿一样凋谢的时候，街邻四周的年轻姑娘在一批一批地成长。每年都有新一代的美人儿——微微隆起的胸脯、调皮的卖俏，尤其是她们处女的身子更是加倍地诱惑着男人们的好奇心。因此，这幢市集广场旁的宅邸愈来愈门庭冷落，门轴开始生锈了，火炬白白地在燃烧，松脂徒然地飘散着香味，没有人到壁炉前来取暖，两姐妹打扮得漂漂亮亮的身体也乏人问津。吹笛手们只是在无聊地练习罢了，没有人来聆听，他们也不去献艺取宠，只是不停地玩着掷骰子的游戏；看门人本来应该通宵达旦地等候客人，而现在却因酣睡得过多显得肥胖；两姐妹孤寂地坐在楼上的长餐桌旁——从前这里总是推杯换盏叮当作响，哄堂大笑不绝于耳。如今，再也没有一个追求者到这里来消磨时光，因而两姐妹有许多空闲时间来回首往事。尤其是索菲娅，她痛苦地回想着过去的日子，那时候她摆脱了一切尘世的欲念，专心致志地献身于严肃、虔敬的修行生活；现在她又重新拿起那些积满了灰尘的修行书籍——因为在女人身上，美貌一旦消失，良知即刻抬头。幡然自新的想法就这样在两姐妹的心中酝酿成熟了。正如她们青春焕发的当年，妓女海伦娜战胜了修女索菲娅，现在，当索菲娅劝姐姐抛弃这种生活时，却是历经红尘的姐姐听从了妹妹的话——尽管为时已晚，而且是在犯了深重的罪孽之后。于是，她们开始在清晨悄悄地来来往往：先是索菲娅一个人偷偷地溜回那家离开时被自己伤透了感情的病院去请求原谅，随后她又陪着海伦娜一起去。而当她们俩宣布要把用邪恶攫取来的全部钱财永远转送给这家病院时，就连那些最会猜疑的人也不怀疑她们忏悔的真诚了。

　　一天清晨，当守门人还在迷迷糊糊地打着瞌睡的时候，两个穿着朴素、蒙着脸的女人像影子似的从市集广场旁那座豪华的宅邸里走出来。那种胆怯、屈辱的步履正恰似五十年前她们的母亲从这飞黄腾达的豪富之门走回到那贫穷的小巷里一样。她们小心翼翼地挤过那条战战兢兢打开的门缝，这两个一生为了无聊的虚荣心而无休止地争斗并且吸引了整个国家注意力的孪生姐妹，现在终于怯弱地遮起了自己的面容。这是为了不让人知道她们所要走的路，用谦卑的隐居来让人忘却她们的命运：她们来到了外国的一家修道院——这里的人不知道她们的来路；她们在那里度过了默默无闻的几年隐居生活后便离开了人间——详情无人知晓。可是，她们遗留给那家仁慈的避难所的财富竟是如此之丰：用那些首饰、硬币、宝石、债券可以兑换几麻袋金子。于是，修道院的人决定建一座巍峨的新病院为这座城市增色，这座病院要比当年在阿基坦的那家病院更大、更漂亮。一位北方来的匠师设计出了图纸；一群干活的工人日日夜夜建造了二十年。当这座高大的建筑最后竣工揭幕时，站着围观的人都感到惊讶，因为它完全没有按照迄今为止的习俗——在四方的屋宇上矗立一座气势雄伟、四角方方的塔楼；这座建筑完全不是这种式样，它的塔楼像女人的身姿一样纤细瘦长，用石片镶成的两个尖顶一左一右地耸入高空，它们的形状大小，甚至秀丽柔和的气派都是一模一样。因此，从第一天开始，这里的人就把这两座塔楼称为"姐妹楼"。这或许仅仅是因为它们的外貌形状完全一样；或许是因为民间的百姓不愿意忘却关于这对既酷似又迥异的孪生姐妹一生跌宕起伏的不确切的传说，因为人们总是喜欢让那些永远值得纪念的事情世世代代流传下去——这就是那个老实憨厚的市民在午夜的月光中向我讲述的传说……也许葡萄酒已经使他有点微醉了吧。

（舒昌善　译）

奇妙之夜

弗里德里希·米夏埃尔·冯·R男爵是奥地利一个龙骑兵团的预备役中尉，一九一四年秋在拉瓦鲁斯卡战役中阵亡，后来在他的写字台里发现的以下笔录，当时是被封成一个小包……家里人只匆匆翻阅了一下，便根据标题推断这是他们的亲人男爵的一篇文学习作。他们把这些笔录交给我审阅，并委托我决定是否发表。我个人认为，这份文稿根本不是一篇虚构的小说，而是这位阵亡者的一次细节确凿的真实经历，现隐其名，不做任何改动和增补，把他的内心自白公之于世。

今天早上，我突发奇想，要把我在那个美丽夜晚的经历写下来，以便依其自然的顺序有条不紊地通观整个事件。自从产生这一闪念起，我便感到有一种莫名其妙的心理压力，非要为我自己把那次奇遇描述出来不可，尽管我怀疑自己是否有能力哪怕大致地描写出整个过程的奇情异景。人们所说的艺术才华我一点也没有，我也没有任何文学创作的训练，除了在特雷西亚中学写过几篇幽默小品，我从未做过写作的尝试。譬如，我压根儿就不知道，是否有一种特别可以学到手的技巧，能让人恰如其分地处理连续出现的外部事物和它们在内心的反映；我也自问，我是否有能力运用恰当的词语表意，把恰当的思想灌注在语言里，获得我在阅读任何一个真正小说家的作品时一向不自觉地感受到的那种平衡。但我写出这些文字，仅仅是为了我自己，它们未必能使别人明白连我本人都无法解释的东西。这些文字仅仅是尝试着在某种意义上把某件使我念念不忘而又使我越发痛苦不安的事作个了结，只是尝试着把它确定下来，使它展现在我面前，让我从各方面把握它。

这件事我没有跟我的任何一位朋友讲过，那正是由于感觉到我无法使他们理解事情的本质，此外还由于我感到有些羞怯，生怕人家笑话我竟被这么一件偶然的事情弄得神魂颠倒，魂牵梦萦。因为，这全部，确实只不过是一次微不足道的经历。但当我现在写出"微不足道"这个词时，我便觉察到：在写作时恰当地选词造句，对一个未经训练的人来说，是多么困难；就是这么一个简单的词也难免模棱两可，容易引起误解。我把我的经历称作"微不足道的"，自然只是根据相对的意义，也就是跟那些关系到各个民族及其命运的重大的充满戏剧性的事件相比而言；另一方面，是根据时间的意义，因为整个故事只发生在不到六小时的短暂时间里。但对我来说，这个——一般而言微不足道的、不重要的、无重大意义的——经历，却包含无限的意义，直到今天，在那个美丽夜晚的四个月以后，我还对它充满激情，必须竭尽我全部的心力，才能把它保存在我的心里。每日每时我都在重温它所有的细节，因为它在一定程度上已成为我整个生活的支点，我所做所说的一切全都不自觉地由它决定，我的思想的唯一忙碌的活动便是一而再、再而三地重温它的突然发生，并通过这样的重温把它据为己有。现在我突然明白过来，我落笔前的十分钟没有意识到的究竟是什么：我之所以现在动笔写我的这段经历，只是为了以确凿的事实把它固定在我面前，再一次从感觉上体味它，同时从精神上理解它。我在前面说过，我想把它记录下来，以此作为结束，那是完全错误的、不真实的；相反，我是想把这次转瞬即逝的生活经历更为逼真地保存下来，让它带着体温和呼吸在我身边活动。哦，我并不担心会忘记那个闷热的下午，那个美丽夜晚的一时一刻，我不需要任何标记和路牌，就能在记忆中一步一步地回头去走那几个钟头的路：像一个梦游者，无论白昼还是黑夜，我每时每刻都能重新找到走进那个境地的路，在那里我能清楚地看见每个细节，但认识它的只有我的心，而不是我的衰弱的记忆力。在这里，我能如此生动地把那个春天绿树成荫的风景描绘下来，就是如今在秋天，我也还能亲切地感觉到那栗树花烟尘般飞飘的淡淡的清香。我再次描写这几个钟头，不是害怕忘记它，而是高兴找回它。如果我现在依照准确的顺序描述那一夜的变化，那么，我就必须为了次序的缘故克制自己，因为这时我心里总产生一阵狂喜，总感到一阵陶醉，几乎使我无法去想那些细节。于是，我只好挡住这些回忆的画面，免得它们相互交错，乱作一团，像一个五色斑斓的梦。我现在仍然以火热的激情体验这经历，体验一九一三年六月七日那一天，当天中午我叫了一辆出租马车……

但我觉得，我必须再一次中断片刻，因为我又惊异地觉察到了一个词语的模棱两可和多层含义。现在，当我第一次要把事情连在一起叙述时，我才发现，把那种意味着一切生动事物的活动结成一体，是多么困难。我刚刚动笔来写"我"，我说过，在一九一三年六月七日中午，我叫了一辆出租马车。但这句话恐怕已经毫无意义了，因为我早已不是六月七日的那个"我"了，虽然从那时算起才过去四个月，虽然我住在那时的"我"的房子里，用他的笔和他本人的手在他的写字台上写。我，就是那个时候的这个人，恰恰由于有了那次经历，我现在与他完全分离，像生人般从外面冷眼看着他，于是我才能像写一个游伴、一个同志、一个朋友那样写他，对他的很多事和主要的事我都很了解，但这个人已完全不再是我本人了。我可以谈论他、责备他或批判他，压根儿就感觉不到他曾是我本人。

　　曾经是我的那个人，作为少数，现在从里到外都有别于他本阶级的大多数。特别是在我们维也纳，人们把这个阶级称为"上流社会"，倒不是因为特别骄傲，而是认为这很自然。我已年满三十六岁。我的父母早亡，他们在我快成年时给我留下一份足够的财产，使我从此不必去考虑挣钱和发迹。于是，我突然做出一个当时使我非常不安的决定。刚好我完成大学学业，面临选择未来的职业。由于我的家庭关系和我早年就特别向往平稳上升和静观内省的生活，我本来很可能选择公务员的职业。但我是我父母财产的唯一继承人，有了这笔财产，即使我突然失业也能独立生活，就是过高的非分的愿望也能实现。而功名心又从来不曾困扰我，所以我便决定对生活先看几年、等几年，直到它最终诱使我找到一个能发挥我的才干的工作。这样，生活就停在这种观望等待的状态了。因为我没有任何特殊的追求，我便在我不多的愿望范围内得到了满足。维也纳这座柔情淫逸的城市，以其独特的风格干脆把逍遥自在的散步、游手好闲的观光和附庸风雅培养成一种艺术的完美，一种生活的目的，使我完全忘却从事实际工作的意图。身为一个文明、高贵、富有、英俊而又淡泊功名的青年，我说不出有多么满意。我在没有危险的紧张气氛中赌博和打猎，经常变着法子旅行和郊游，不久我便以内行的认真态度和艺术家的情趣来充实我这安逸的生活。我收集稀有的玻璃器皿，与其说是出于内心的激情，不如说是由于高兴在一种不费气力的活动中达到完善，求得知识。我用风格特殊的意大利巴洛克铜版画和卡纳莱托①风格的风景画装饰我的寓所，这些画都是从旧货商那里搜罗来或在拍卖行怀着一种虽属追逐却并不危险的紧张心情好不容易买到的。我做各种事都是出于一种爱好，而且永远出于一种兴趣，好的音乐会、当代画家的画展，我很少缺席。在女人堆里，我也不乏成功之举，在她们当中我也以隐秘的收藏家绝不动心的癖性为自己累积了许许多多值得回忆的宝贵经历，而且渐渐从一个单纯的享乐者上升为行家里手。总地说来，我有很多经历，这些经历使我的日子充满愉快，使我感到生活充实，于是我开始更加热爱这种使青春勃发但又不使青春震惊的温暖舒适的气氛，几乎不再别的想望，因为在我的这种风平浪静的日子里，很少有

----

① 卡纳莱托（1697—1768），意大利风景画家。

什么东西发展成为一种欢乐。选中一条领带甚至能使我感到快乐，一本美妙的书、一次乘车郊游或同一个女人共处一个小时都能使我感到非常幸福。特别使我感到惬意的是，我的这种生活方式，完全像一件十分合宜的英国外衣一样，绝不会引起社会的注意。我相信，人们都认为我是一个受欢迎的人，他们喜爱我，愿意跟我接触，因此，认识我的大多数人都说我是一个幸福的人。

我现在也说不清，我力求在想象中复原的那个人，是否跟别人一样，也把自己看成一个幸福的人：因为现在当我要求从那感情各异的经历中找到一种更完整、更丰富的意义时，我觉得，对每件往事都做出评价简直是不可能的。不过我能肯定地说，那时我绝没有感到不幸福，因为我的愿望几乎没有不实现的，我对生活的要求也几乎没有得不到满足的。但是我已经习惯于从命运中接受我所要的一切，此外从不向命运索取什么，就是这种习性渐渐使我相当缺乏压力，连生活也没有朝气。那时在我半似醒悟的时刻里不自觉地在心中跃动的渴望，并非真实的愿望，而只是对愿望的希望，是更强烈、更放纵、更雄心勃勃而又永不知足地加以追求的要求，对更多的生活，也许更多的痛苦的要求。我运用非常高明的策略从我的生活中排除所有的阻力，然而一旦没有了这些阻力，我的生命活力也就减弱了。我发现，我的渴求越来越少，越来越弱，我的感情麻木了，也许这样表达最好：我在忍受着精神上萎靡不振的折磨，忍受着无力获得生活热情的痛苦煎熬。首先，我从微小的征兆中看出了这种不足。我感到奇怪的是，我极少去剧院，极少参加比较重大的社交活动，我订购不少我喜爱的书，但又让这些书周复一周地躺在写字台上，裁都不裁；尽管我不假思索地继续收集心爱的器物，购买玻璃器皿和古希腊罗马的艺术作品，但买到手以后却不去整理，后来即使意外获得一件搜寻已久的稀有物品我也不特别高兴了。

我真的意识到我的心力暂时略有衰退，那是在一个特定的时刻里，这一时刻还清楚地浮现在我的脑海中。那年夏天——因为产生了那种对任何新鲜事物都不感兴趣的惰性的缘故——我住在维也纳。我突然接到一个女人从一个休养胜地寄来的一封信，我跟她已有三年亲密无间的关系，我甚至可以坦率地说：我爱她。她给我写了一封长达十四页的心情激动的信，说她在这几周内在那里认识了一个男人，此人已在很多方面属于她，甚至完全成了她的人，她将在秋天跟他结婚，而我们之间的那种关系必须结束。她回想起跟我一起度过的时光，一点也不后悔，甚至感到幸福，对我的这种思绪将作为她昔日生活中最美好的部分陪她进入她新的婚姻生活里去，她希望我能原谅她的这个突如其来的决定。在通知了这件事之后，这封心情激动的信才开始提出真正感人的恳求，她希望我不要生她的气，不要因为她突然收回承诺而太痛苦，要我别试图用暴力把她拉回去，或者做戕害自己的蠢事。信里的内容更加激昂地疾驰下去：让我在一个更好的女人那里求得安慰，要我立即给她写信，因为她很惦念我接到这个通知后的情况。作为补充，接着又用铅笔匆匆写道："别做任何丧失理智的事，你要理解我，原谅我！"我读这封信时，起初还对这消息感到惊奇；看完一遍又读第二遍时，心中不免多少有些羞愧，这羞愧又自然而然地迅速转化为一种内心的惊恐。因为，我的情人认为必然会出现的那种强烈的出自本性的心情，我心里连个影子都没有。得到她的通知，我没有感到痛苦，我也没有生她的气，而且压根儿就没想到用暴力方式反对她或摧残我自己。我心里的这种情感冷漠现在变得极为古怪，连我自己都感到惊愕。一个女人曾陪伴我生活了好几年，她温热的身体那么有弹性地紧贴着我的身体，在多少漫漫的长夜里她的呼吸消失在我的呼吸里，现在她背弃了我，我却无动于衷，不去阻止，不设法把她夺回来。这个女人单凭本能设想的一个真正的人理应具有的那种感情，在我心里一点也没有产生。此时此刻，我第一次意识到，我的心灵麻木已经发展到多么严重的地步。我恰似漂在闪光的流水里，没有攀附也没有根基。我清楚地知道，这种冷漠便是死亡，便是僵尸，尽管还没有发出腐烂的臭气，但也是不可救药的呆滞和冷漠无情——这是真正的死亡、肉体死亡之前的征兆，是外表可见的衰亡之前的征兆。

自从有了那个生活插曲，我便开始像一个病人观察自己的疾病一样仔细观察我自己，观察我内里的这种奇特的心灵僵化。此后不久，我的一个朋友去世了，我走在他的棺材后面，这时我静静地谛听我的内心是否真的悲痛，我的意识里是否感觉到永远失去了这个童年时代的挚友。但这一类的情感一点儿也没有。我觉得我像一个不透明的玻璃制品一样，这些东西照上来只能折射回去，我的内心任何光线都照不进。在这种时候和许多类似的情况下，尽管我努力去感觉，甚至以种种理性的理由想去说服感觉，也不能从这僵化的心灵里唤起任何反应。人们离开了我，女人们来来去去，我感觉到这无异于一个人坐在屋子里隔窗观雨，在我和直接对象之间隔着一堵玻璃墙，我无力用意志把这堵墙拆除。

虽然我清楚地感觉到了这一点，但是这种认识并没有使我不安，因为我说过，就是那些涉及我本人的事我也全不在意。我对痛苦再也没有什么感觉了。可以聊以自慰的是，这种心灵上的缺损，表面是觉察不到的，这有点像男人的阳痿，只在亲昵的一刻才暴露出来。在社交中，当我意识到自己过分冷漠和麻木时，便卖弄一下假装出来的哗众取宠的热情，夸张地做出一时激动的样子。从表面上看，我继续过着我昔日舒适而无拘无束的生活，没有改变生活的方向；每周每月的时光轻松地流逝过去，慢慢地不知不觉地度过了数年。一天早晨，当我照镜子，看见鬓角有一绺灰白的头发，才感觉到我的青春正慢慢地步入另一个世界。但别人称之为青春的东西，在我心里早已过去了。因此告别青春于我并不十分痛苦，因为我也不怎么爱我的青春。我那倔强的感情对我自己也置之不理。

由于这种内心的无动于衷，我的日子越来越千篇一律，尽管有各种不同的事情和活动，日子一天接着一天毫无起伏地排列过去，像树上的叶子生长又枯黄。我现在想再为自己描述的那个独一无二的日子，像往常一样，也是一点儿也不特别，毫无征兆地开始的。一九一三年六月七日那天，我起得很晚，心里回荡着儿时和学生时代的礼拜天的感觉，洗了澡，读了报，又读了读书。然后由于受到关切地闯进我房间里来的温暖的夏日的诱引，我出外散步，习惯地横穿渠岸林荫道，在熟人和友朋的相互致意下跟他们寒暄几句，就在朋友家里吃午饭。下午，我避开了任何邀约，因为我非常喜欢在星期天度过几个没有安排的自由自在的钟点，让这几个小时完全由我的兴之所至、我的疏懒习性和某种一时冲动任意排遣。后来，我从朋友家回来，横穿环城马路时，我欣悦地感受到阳光灿烂的城市的艳丽，为它初夏的盛装而心花怒放。看上去，所有的人都很快活，全沉浸在多彩街道上的礼拜天气氛中，许多个别的东西使我感到新奇，首先是茂密的树木直起腰来用它们萌发的青枝绿叶从上方遮没了柏油马路。虽然我几乎每天都从这里经过，但我像发现奇迹一样突然看见这礼拜日熙熙攘攘的人群，于是不自觉地产生一种对浓绿、明丽和多彩的渴望。我有点好奇地回想起普拉特游乐场，在那里，在此春末夏初之际，那些又高又粗的树，像高大的绿衣仆人站在车辆行驶而过的林荫大道两侧，一动不动地把它们白色的花冠伸向那些装扮入时的人群。我也立时产生一个急切的愿望，习惯地招呼头一辆来到我面前路上的出租马车，告诉车夫要去普拉特游乐场。"去看赛马是不是，男爵先生？"他谦恭地应声道。我这才想起，原来今天是非常时兴的赛马日，一年一度的赛马预赛，维也纳整个上流社会都在那里聚会。在上车的时候我想，要是在几年前我耽误或忘记了这一天，那才怪呢！就像一个病人一活动便感觉到自己的伤口，从这种忘性上我感觉到我已深陷其中的那种冷漠的整个僵化状态。

当我们到达那里时，林荫大道上几乎空无一人。想必赛马早就开始了，因为上坡路上一向车马嘈杂的热闹景象已经不见，只有稀稀拉拉的几辆出租马车，蹄声嗒嗒地匆忙驶过，好像要追回被耽误的时间。车夫在座位上转过身来问，要不要快跑；但我命他让马静静地走，因为我根本不在乎迟到。我看过的赛马太多了，那些参加赛马的人我也见得太经常，我不再把准时到达看得多么重要了。这样像站在船的甲板上观海一般，坐在马车轻轻摇晃的软座上感受蓝色的微风拂面，这样更安静地观赏枝繁叶茂的美丽栗树，才更适合我的懒散习性。这些栗树不时把几绺花絮交给温暖宜人的风去玩耍，那风随即把花絮拾起来旋转，然后又刮到林荫大道上，形成白花花的一片。就这样在车里摇来晃去，闭着眼睛想象着春天，毫不紧张地体味飘飘欲仙的快意，真是再舒坦不过了。遗憾的是，马车到达快活苑就停在门口了。我真想再往回走，照旧在这柔和的初夏的日子里任凭车子把我摇来晃去。不过，已经太晚了，马车已停在赛马场前。沉闷的咆哮声迎面传来。那声音像一片汪洋轰轰隆隆地在逐阶上升的看台上膨胀起来，我看不清密集地发出这声音的活动的人群，于是我不由得想起了比利时的海滨浴场奥斯坦德，那时人们从低地的城市登上通往海滨大道的窄小的侧街，便感觉到海风带着咸味在头上尖声呼号，听到一种低沉的轰鸣，然后才把目光投向波涛轰轰作响的翻滚着灰色泡沫的辽阔海平面。一定是一场赛马正在进行中，但在我和有赛马疾驰的草坪之间竖着一道五颜六色、嗡嗡作响、像被一阵内心的暴风雨摇来摇去的浓烟，那是黑压压的观众和赌徒。我看不见跑道，但我能在不断增长的热情的反照中领悟到赛马的每一阶段。骑手肯定早已出发，混乱地分成一团一团，有几个骑手一起争夺领先，因为从密切注视着赛马活动的人群里传来了叫喊声和激动的呼唤声，而那赛马的场面我是看不见的。顺着他们转头的方向，我猜得出骑手和马此刻已经到达椭圆形草坪的弯道，因为喧闹的人群，像转动一个伸长的共同的脖子一样，越来越一致地、越来越联合地把目光投向一个我看不见的视点，从这个扯开的喉咙里以千百种搓碎的声音发出怪声叫喊和汩汩的声响，犹如越来越高的泡沫飞溅的汹涌波涛。而这波涛在增长，在膨胀，充满整个空间，一直冲向那冷漠的蓝天。我注视几个人的面孔。好像因为身体内部发生了痉挛，这些面孔都变了形，眼睛出神地凝视着，闪着微光，嘴唇紧咬，下巴贪婪地前伸，鼻翼像马那样翕动。如此冷静地观察这些放纵的陶醉者，我感到可笑而又可怕。我身旁一张椅子上站着一个男人，他穿着讲究，有一张本来很顺眼的面孔，但此刻却在狂呼乱叫，好像有一个看不见的妖魔附在他身上一样，他向一无所有的空气里挥动他的手杖，犹如朝前鞭打着什么东西，他的整个身体——在别人看来真是说不出有多可笑——狂热地随着疾驰如飞的赛马动作一颠一颠地不停地颤动。如同蹬在马镫上，他跷着脚后跟，在椅子上不停地上下跷动。右手一再向空中挥舞着，就像甩鞭子一般，左手则痉挛地把一张白色彩票攥得皱巴巴的。四下里出现越来越多随风飘摆的白色彩票，就像泡沫喷射器在轰轰膨胀起来的灰色洪峰上面喷洒出的泡沫。现在，在拐弯处，几匹马一定是紧紧挨在一起了；喊两个、三个、四个人名字的连续不断的轰鸣声震耳欲聋，分散各处的小组人群一再地呼唤和吼叫，仿佛交战时的喊杀。这叫喊宛如是他们走火入魔的发泄。

　　我冷静地站在这轰鸣的癫狂中，犹如一堵绝壁立在隆隆作响的大海里，就是在今天我也还能准确地说出我在那一时刻的感觉。首先，感到所有这些滑稽的手势和表情都很可笑，其次对粗俗的感情爆发报以嘲讽和鄙视，但也还有些别的东西，这一点我还不大愿意承认呢——那就是对这种激情，对这种爱的冲动，对这种狂放生活的某种微弱的嫉妒。我在想，要发生什么事，我才这样激动，这样热狂，以至于我的身体如此灼热，我的声音一反我的意愿脱口而出？我想不会有任何一笔巨款，占有它就能使我高兴，不会有一个女人使我这样着迷，没有什么能使我脱离我的麻木不仁，使我产生这样火热的激情，没有什么，什么也没有！在一支突然扣了扳机的手枪前，我虽然可能惊呆一刹那，但我的心却不会如此剧烈地跳动，就像围在我四周的成千上万的人为了一大笔钱而打赌一样激动。但是，此刻，想必是有一匹马已接近终点，因为在上千人异口同声的越来越尖利的叫喊里，从混乱中响起一个人的名字，犹如一根绷紧的琴弦发出尖锐的声音后就要突然挣断一样。音乐奏响了，人群突然溃散了。一局赛马结束了，一场战斗解决了，紧张的情绪融化在一种令人晕眩、余兴未尽的激动中。众人刚才还是热情的一团，现在分散成许多边漫步边说笑的小股人群，从酒神狂女激情的假面具后边露出安静的面孔；成千的人曾被竞赛的混乱融成唯一的火热的整体，现在从这混乱中又依社会阶层分成小组，时而聚集时而分开，认识我的人向我致意，陌生的人相互冷漠而客气地打量和观察。女人相互观察各自新制的盛装，男人投以贪婪的目光，那种新人的好奇心是无所事事者的真正职业，现在正好开始施展它的才能，人们在相互寻找，相互计数，相互检查是否到场，是否衣着讲究。这里所有的人刚刚从眩晕中苏醒，就再也不知道他们社交聚合的目的究竟是这种闲逛的幕间表演，还是竞赛本身。

我从缓缓流动的拥挤人群中间走过，时不时地问候和回谢，舒适地呼吸着——尽管属于我生活环境的——香水和高雅的气味，这香味在这万花筒般的混杂场合四下飘浮。微风从普拉特游乐场那边，从夏日烤热的树林里吹来，更快地吹向人群，像喜欢美色似的触摸女人白色的纱衣。几个熟人想同我攀谈，美丽的女演员狄安娜从包厢里向我点头相邀，但我没有到任何人身边去。今天，我没有兴致跟任何一个上流社会的人交谈，我觉得，在他们这面镜子里照见我自己，实在无聊。我只想把握这幕戏，把握这飘飘然一时隐秘的性爱兴奋（因为别人的激动在冷漠人的眼里恰恰是最令人愉快的一幕戏）。几个漂亮的女人走了过去，我毫无顾忌地看着她们，她们每走一步，薄纱下的乳房便一颤动，对此我毫不动心。她们感到被别人如此肉欲地打量着，像被肆无忌惮地脱光了衣服似的，对自己的窘态半是尴尬，半是快活，每当这时我就在心里感到好笑。事实上并没有一个人让我着迷，我在她们面前这样做，只是感到某种满足而已。心怀这种念头的这幕戏，揣度她们心理活动的这场游戏，使我欢乐，我喜欢用眼睛触摸她们的身体，用眼睛来感觉这诱人的颤动；因为，像对每一个内心冷漠的人一样，在别人温热的身子里引起不安，而不是使自己萌生激情，这对我也是真正性感的享受。我只喜欢感受那些性感女人的温热，我指的不是真正的温热，只不过给予刺激，而不是诱发激情。这一回，我就是这样穿过散步的场地，接受她们的目光，像打羽毛球似的把目光送回去，对女人只欣赏而不攫取，触摸而不动感情，只不过是用不冷不热的态度让淫逸的游戏略微增加点热气而已。

但这种游戏很快便使我厌倦了。总是原来那些人从面前走过去，她们的面孔和姿态我都能默记下来了。附近有一把椅子。我就坐了上去。在周围的各组人群里，开始出现一阵新的令人目眩的活动，那些从面前经过的人更不安和杂乱地摇动和相互冲撞。显然是又开始了一局马赛。我对赛马完全不放在心上，我坐在软垫上，悠然自得地叼着香烟吞云吐雾，那小小的烟圈打着白色的卷儿朝天空飞升，然后越来越淡，像一缕白云消失在春日的蓝天里。就在这一刻，开始了那桩罕见的事，那至今还左右我生活的奇特的经历。我能极为准确地说出那是几点几分，因为当时我偶然看了一眼表：指针正好交叉，我怀着无事人的好奇心盯着它们，看它们怎样重合一秒之久。那是一九一三年六月七日那个下午的三点十六分。我手里夹着香烟，看着白色的表盘，正全神贯注地做这种幼稚可笑的观察时，听到紧靠我背后有一个女人在大笑，那是我在女人身边喜欢听到的那种尖声的兴奋的笑，是从性感的热丛中迸发出来的大惊小怪的热烈的笑。她那不加掩饰的性感这样放荡地闯进我无忧无虑的梦境，像一块白色的闪光的石头投进一个霉味扑鼻的烂泥塘，我真想转过头去看她一眼——我立刻控制住了自己。一种精神游戏的奇特乐趣，一种没有危险的心理试验的小游乐，时时袭上我的心头，现在却让我罢手。我还不想去看这个高声大笑的女人，只想先用一种愉快的方式捉摸这个女人的形象，在我的想象中把她的脸、她的嘴、她的喉、她的颈项、她的胸脯，总之把一个这样发笑的活生生的女人一清二楚地勾勒出来。

显然，她是紧挨着我身后站着。笑声一落，又开始谈话。我好奇地听着。她说话略带匈牙利语腔调，语速极快，很悦耳，像唱歌一样把元音拖得很长。用她的话语虚构她这个人，脑子里尽可能大胆地塑造她的形象，我觉得很开心。我想象中的她有一头黑发，一对乌黑的眼睛，一个宽大、有曲线的性感的嘴，满口洁白坚固的牙齿，一个细长的小鼻子，但略往上翘的鼻孔却在不停地翕动。我让她左颊上印着一颗美人痣，手里拿着一根马鞭，大笑时她用马鞭轻轻敲打着大腿。她说呀说的，不停地说。而她说的每一句话，都给我闪电般对她产生的想象增添一个细部：一个狭窄的少女的胸脯，一件深绿色的连衣裙上边斜插着一个钻石别针，一顶插了一根白色苍鹭羽毛的浅色帽子，那形象越来越清晰，我觉得我已经看到了这个陌生的女人，她不可见地站在我背后，犹如站在我的瞳孔的曝光底片上。但我不想转身，我让这想象中的游戏继续发展。任何一个微小的快感都会干扰我心猿意马的梦幻，于是我闭上双眼。当然，假如我睁开眼转向她，我这内心的形象肯定会跟她外在的形象完全重合。

　　就在这一刹那，她走到前面来了。我心不由己地睁开眼睛。但我很生气。我完全怔在那里了，一切都是另一个样子，甚至像恶作剧般与我想象中的形象相反。她穿的连衣裙不是绿的，而是白的，不是身材修长的，而是丰满的，胯骨宽大，在富态的脸颊上任何地方也没有我梦想中的美人痣，头发是金红色，而不是黑色，还戴了一顶盔形帽。我想象中的特征没有一样跟她的真实形象相同，但这个女人很美。尽管由于沾沾自喜的愚蠢的好胜心受到了伤害，我拒绝承认她的美，她还是美得令人动心。我几乎怀着敌意抬眼看她，但就连我这颗保持抵抗的心也受到来自这女人的强烈性感的诱惑，感觉到一种色欲，一种由她的坚实而柔软的肉体挑逗诱发出来的兽性。这时，她又大声笑起来，露出坚硬雪白的牙齿，我不得不对自己说，这种热烈的性感的笑与她本人的丰满诱人是和谐一致的；她身上的一切——那隆起的胸，那笑时向前伸的下巴，那敏锐的目光，那弯弯的鼻子，那使劲朝地面拄着伞的手，都那么充满激情，那么有挑逗性。这是女性的元素，是原始力，是有意的、缠绵的诱惑，是肉欲的欢乐的火炬。她身旁站着一个文雅的军官，那军官正在执着地规劝她什么。她认真地听他说话，时而微笑，时而大笑，时而反驳，但所有这一切都是附带的，因为她的目光同时扫来扫去，她的鼻翼朝着四周翕动，好像注意着一切人：她在收集每个走过去的观众的注意力、微笑和目光所向，如同从周围所有的男子那里收集这一切。她的目光不停地移动着，这目光有时沿着看台搜寻，以便随后在愉快地辨认出某人时突然回以致意，有时在微笑着装作认真听军官说话的时候，一会儿扫向右、一会儿扫向左。只是我虽然处在她的视野之内，但由于被她的陪伴者遮挡，还没有被她的目光触及。这使我很恼火。我站起来——她还是没看见我。我往前挤了挤——现在她又朝上去瞧看台。于是，我决心向她走去，对她的陪伴者微微脱帽致意，请她坐我的椅子。她惊奇地望了望我，眼睛里飞过一道微笑的闪光，她讨好地撇了撇嘴唇，挤出一丝微笑。接着她道了声谢，把椅子挪过去，却没有坐下来。她只温情地把那只丰满的、一直裸露到上臂的胳膊挂在椅背上，微微弯起她的身躯，让人清楚地看见她的身姿。

对自己错误的心理分析的恼怒，在我胸中已荡然无存，跟这个女人的嬉戏吸引着我。我稍往后退了退，退到看台后壁附近，在这里我可以自由自在、不为人知地细看她，我拄着手杖，用眼睛搜寻她的目光。她发现了我，略微朝我观察的部位转了转身体，但这个动作好像完全是偶然的，不阻止我看她，有时还无拘无束地回应我。她的眼睛不停地转动，它们触摸一切，但什么也不紧紧抓住——她在偶遇时露出的一丝捉摸不透的微笑，只对着我，还是对着每一个人？这是很难区分的，不过正是这种无从确定性弄得我烦躁不安。在赛间休息时，她的目光像闪光灯一样朝我闪了一下，那目光中仿佛充满了许诺和希望，但她也用同样闪光的瞳孔毫无选择地对待任何人向她飞过去的目光，只不过完全出于逢场作戏、卖弄风情的欢乐心理，同时，又一秒钟也不耽误她倾听陪伴者说话。在这一系列性感的卖弄中，存在着某种明显的肆无忌惮的东西，有一种挑逗卖俏的高超技巧或一种突然爆发的过剩的性爱要求。我身不由己地向前迈了一步：她那种冷漠的放肆举动也感染了我。我不再去看她的眼睛，而是以内行的态度由上到下打量她，用目光撕开她的衣裙，并在感觉中静观她的裸体。她跟着我的目光转，不觉得受到什么伤害，她撇着嘴角对正在侃侃而谈的军官微笑，但我发现，这会意的微笑是对我愿望的反应。当我去看她那只露在白色衣裙下的纤巧可爱的小脚时，她用目光随随便便地朝下扫了一眼她的裙子。紧接着，她出人意料地抬起腿来，把她的脚放在那把请她坐的椅子的第一根横木上，这样我便可以从那镂空的裙子看见延至膝盖以上的长丝袜，与此同时，她对她的陪伴者的微笑也变得颇有嘲讽或存心不良的意味。很明显，她跟我戏耍，像我跟她戏耍一样不动感情。我不禁满怀仇恨地欣赏她肆无忌惮的精湛技巧，因为当她以不正当的诡秘心理展示她身体的性感时，她同时讨好地跟她的陪伴者低语，在一个人身上又给予又收取，二者只是游戏。我真的被激怒了，我恰恰憎恨别人这种冷淡、恶意、工于心计的情欲，因为在我自己没有感情的状态中，我觉得这情欲活像兄妹之间的乱伦。但我很激动，说不定憎恨多于淫欲。我色眯眯地向前走了走，用目光野蛮地捉住她。"我想要你，你这美人儿。"我的表情好像毫无掩饰地对她这样说，我的嘴唇一定不自觉地掀动了一下，因为她略显鄙视地微笑着，扭过头去不再看我，她使劲把晚礼服下摆甩在裸露在外的小脚上。但一刹那之后，那乌黑的眸子又朝我闪过来，很快又转过去。很明显，她的冷淡完全同我一样而且还超过我，我们俩都是用一种有分寸的激情在戏耍，这种激情本身只不过是画出来的火焰，但毕竟好看，毕竟是一个阴郁的日子里的欢乐的戏耍。

突然，她脸上的紧张情绪不见了，不停闪烁的光亮消失了，一条恼怒的褶皱爬上刚才还在微笑的嘴角。我跟随她的目光看去：一位矮胖的绅士急急忙忙向她走来，一身皱巴巴的衣服使他显得十分臃肿，那张脸和他神神颠颠地用手帕擦拭着的前额，由于激动，全都汗津津的。匆忙中斜扣在头顶上的帽子让人从侧面看到从上往下延伸的秃头（我不由得感觉到，要是他摘下帽子，那头顶上肯定布满了豆粒大的汗珠，我觉得这个人很讨厌）。在他戴了戒指的手上攥着一大把彩票。看得出，他兴奋得直喘粗气，他高声地用匈牙利语跟那个军官说话，对他的夫人看都不看一眼。我立刻认出这是一个赛马赌徒，细加分类是一个马贩子，赛马是他唯一的娱乐，崇高事业的别称。显然，他夫人此刻肯定是向他提出了什么告诫（他的在场显然是妨碍、搅扰了她最起码的安宁），因为他好像照她的意思正了正帽子，朝她和蔼可亲地笑了笑，温存地拍了拍她的肩膀。她愤怒地抬起眼睑，对这种夫妻间的亲昵十分反感；在那个军官面前，也许包括在我面前，这样的亲热使她很难堪。他仿佛表示了歉意，用匈牙利语又跟那个军官说了几句话，对方则露出满意的微笑作答；随后他便温情地略显逢迎地挎起她的胳膊。我感到，他当着我们的面做出的这种爱抚举动，弄得她满面含羞。我心怀嘲笑和厌恶欣赏着她的俯首听命。但她又镇定下来，当她亲热地挽住他的胳膊时，向我投来一瞥讽刺的目光，好像是说："你瞧呀，占有我的是他，而不是你。"我很生气，同时觉得很讨厌。我真想转身就走，叫她看明白，对这样一个粗俗的矮胖子的妻子我是不感兴趣的。但她的诱惑力太强了。我待在那里没有动。

就在这时，赛马开始的信号尖声地响了，整个呆滞的、无精打采的、闲聊的人群像被摇动了一下似的，又突然乱哄哄地向前面的栅栏拥去。我需要使出很大的气力，才能不被卷走，因为我正想在混乱中留在她身边。说不定这时会有机会投去决定性的一瞥，下一次手，干一次我当时也说不清的出于本能的荒唐勾当。不过，在人们急急忙忙往前拥时，我坚持不动，正好被挤到她身边去了。就在这当儿，那个矮胖的丈夫偏巧挤了过来，显然他是想在看台边抢到一个好的位置，于是我们俩便迅猛地撞来撞去，谁都想奋力把对方甩到一边去，这样一来，他那顶虚戴在头上的帽子就飞到了地上，那些彩票由于攥得太松而飞了出去，在空中划了一个大弧形，像红、蓝、黄、白色的蝴蝶飞落到地上。他瞪了我一眼。我本不假思索地就要道歉，但一种恶念锁住了我的嘴唇，相反，我以一种略微无礼而粗野的挑衅态度冷漠地看着他。他的目光不安地闪烁了一秒钟，那是由不断上涨而又小心压抑着的愤怒引起的，但这目光在遇到我的目光后却胆怯地退避了。那胆怯是令人难忘，甚至令人感动的。他又这样凝视了我一秒钟，然后转身离去；仿佛突然想起了他的彩票，就弯下腰到地上去捡彩票和那顶帽子。那位夫人沉着地挎着他的胳膊用眼睛瞪着我，她激动得满脸通红，现出不加掩饰的愤怒；我则怀着一种极大的喜悦看着，真恨不得让她打我一顿。但我十分冷漠，毫不在意地站在那里不动，非但不去帮忙，反而笑眯眯地看着那个超肥的小个子丈夫哼哧哼哧地弯着腰，在我的脚前爬来爬去拾他的那些彩票。领子在弯腰时撅得很高，活像老母鸡竖起的羽毛，挺宽的胖褶子在憋得通红的大脖子后边向上挤在一起，他每活动一下便大口地喘着粗气。我看见他这样喘息，便不自觉地产生一个有伤风化的令人恶心的思想：我想象着他和他的妻子同房的情景，我简直放纵地沉浸在这种想象中，还面对她那难以控制的愤怒发笑呢。她站在那里，此刻面色苍白，焦躁而不能自制——我终于从她那里夺得一份真正的、毫不掺假的感情：憎恨，难以遏制的愤怒！我真想让这恶作剧的场景无限地延长下去；我心怀冷酷的狂喜看到，为一张一张地拾起他的彩票他受了多么大的罪。一个稀奇古怪的恶魔塞在我的咽喉里，他一直在哧哧地笑，很想爆发出一阵大笑——我真想把他笑出来，或者用一根棍子给这块发痒的肉团稍稍解解痒。我实在记不得曾几何时我这样邪念钻心，像当时那样得意扬扬地侮辱一个调情卖俏的女人。不过现在，这个倒霉蛋似乎终于把他的彩票都皱皱巴巴地拾起来了，只有一张蓝的飞得稍远，最后竟落在我跟前。他气喘吁吁地转过身来，用他的近视眼搜寻着，那夹鼻眼镜都滑到他汗津津的鼻尖上去了，我故意捣蛋的恶意则利用这一秒钟要延长他的可笑的费劲找寻彩票的时间：我无意中依着学童时的挑逗心理，赶快往前一挪脚，用鞋底压住那张彩票，只要我不想让他找到，他就怎么费劲也找不着。而他找啊找啊，百折不挠地找，同时把那些彩色的胶版纸片数了又数：很明显还缺一张，我脚底下的这一张。他还想在步步移近的杂沓声中寻找，这时他的夫人以一种乖戾的表情极力避开我嘲弄的斜视目光，再也控制不住愤懑和焦躁。"拉尤斯！"她以主人的口吻突然朝他喊了一声，他像一匹听到军号声的战马一样惊起，又向地上寻觅似的看了一眼。我觉得，脚底下的那张彩票好像使我发痒，我几乎忍不住要笑出声来——然后他顺从地转向他的夫人，她急匆匆地把他从我这里拉到越来越激动的混乱的人群中去。

我站在原地没动，根本不想跟着这两个人走。这段插曲对我来说已经结束，那种情欲紧张的感觉令人舒坦地消融在欢乐中，一切激动的心情都从我心中溜走，除了那突然冒出来的恶意得到了极大的满足，除了对这恶作剧得到胜利的一种厚颜无耻、近乎放纵的自我满足，什么也没有留下。前面，人们紧紧地挤在一起，激情像波涛一样激荡，一种唯一的、肮脏的、黑色的波浪开始向看台拥去，但我压根儿就不往那边看，这种事已经使我厌倦了。我心想，是到克里奥草地去呢，还是乘车回家。但刚刚不自觉地把脚往前挪出一步，我便注意到躺在地上的那张蓝色彩票。我把它捡起来，夹在手指间玩弄着，不知该怎样处理。我模模糊糊的想法是，把它交还给那个"拉尤斯"，这可能成为跟他夫人相识的最好的机会；但我发现，我已对她不再感兴趣了，而由这次艳遇飞向我的一股性激情已经在我旧日冷漠的心里变冷。除了双方目光在搏斗和要求中的一来一往，我对这位拉尤斯的妻子别无他求——那个矮胖子太叫我讨厌了，怎么能跟他共有一个女人呢——这时我只感到心灰意冷，紧张的精神舒松下来。

那把椅子还立在那里，孤孤单单，全被忘却。我悠然自得地坐在上面，点燃一支香烟。那激情又在我面前喧闹起来，我甚至连听都不去听，因为没有新花样的重复对我没有诱惑力。我一心看着缭绕上升的烟，想着疗养胜地梅兰的林荫道，两个月前我还坐在那里俯瞰轰轰飞溅的瀑布。那里跟这里很相似：在那里也有一个不断增强的呼啸声，既不使人感到温暖，也不使人感到冷漠，那里也有一种毫无意义的喧嚣声直冲蓝天。现在赛马的热情渐渐强烈地表现出来，阳伞、帽子、叫喊和手帕组成的浪花又在波涛般汹涌的黑压压的人群上空挥舞，各种声音又混杂在一起，从人群的巨大的口里发出一声叫喊，但现在它的音色不同。我听到一个名字，被千次万次地欢呼，被尖声地、狂喜地拼命地喊叫："克莱希！克莱希！克莱希！"这声音又像一根绷紧的琴弦，忽然断了（重复连激情也会变得单调！）。开始奏乐，人群四散。写着赢家号码的显示板被拉到上边来。我下意识地朝那里望去。在第一位闪着一个"七"。我机械地看了一眼那张蓝色的彩票，我几乎忘了它还夹在我的手指间。这上面也有一个"七"。

　　我不由得笑了起来。这张彩票中了，拉尤斯这家伙押对了。这么说来，我的恶作剧竟使这个胖丈夫破了点财：突然，我的狂妄情绪又来了，此刻我感兴趣的，是要知道我的妒忌行为究竟骗了他多少钱。我头一次仔细地看这张蓝色的胶版纸：那是一张二十克朗的彩票，拉尤斯押的是"七"。这恐怕是一笔相当可观的款子。我没有往下想，只是跟着好奇心的感觉走，被匆忙奔跑的人群顺带着向通往票房的方向挤去。我被压进一个长蛇阵里，把那张彩票递上去，两只瘦瘦的手匆忙地立刻触摸了它一下，我根本看不见窗口后面那人的脸，他把九张二十克朗的票子推到大理石窗台上。

　　就在对方把那钱，真正的钱，蓝色的钞票推给我的一刹那，笑声哽住我的咽喉。我立刻产生一种很不舒服的感觉。我不自觉地把手抽回来，以免碰到那些别人的钱。我宁肯让那些蓝色的钞票留在窗台上，但人们从我后边拥过来，急不可耐地要拿到他们赢得的钱。于是我不得不用感到厌恶的手指尖痛苦地把那些钞票拿起来：它们像蓝色的火焰在我的手心里燃烧。我不由得张开手，好像这只拿着钱的手不是我的。我立刻估量出了这恼人的处境。本来只是开开玩笑，结果却演变成一个正派人、一个绅士、一个预备役军官不该做的丑事，真是完全违背了我的意志。因为这不是隐匿的钱，而是诈骗的钱，是偷来的钱。

　　我周围人声鼎沸，嘈杂喧闹声响个不停。人们连挤带撞，或从票房前挤出来，或向票房拥过去。我依然伸着手，站在那里不动。我该怎么办呢？首先我想到，最自然不过的是：寻找真正的赢家，向他道歉，把钱归还他。但这是行不通的，至少在那位军官的眼前不成。而且，我是一个预备役中尉，一旦供认，就会立刻丢掉军衔。因为即使这彩票是我拾到的，已经收了钱就是一种不正当的行为。我也想到，让我手指间的自然颤动再厉害一些，把钞票攥成一团抛出去，但这样做，在混杂的人群中是很容易被发现的，随后就要受到怀疑。我绝不想把这笔别人的钱在我手里握上一分钟，或把它装到皮夹里去，以便日后送给什么人：从小我就有穿干净衬衣的洁癖，因此即使随便碰一碰这些票子我也感到恶心。扔掉，只能把这笔钱扔掉！我真是心急如焚，扔掉，随便扔到哪儿去！我下意识地四下张望。当我无计可施地在周围察看是否有什么隐蔽处，是否有不会被注意的机会时，我突然注意到人们又开始向票房挤去，但现在是手里拿的是钞票。我想，这下子可得救了。我在这恶作剧的偶然机会中得到的钱，可以再抛回那贪食的咽喉，那窗口像咽喉一样正在把新的赌注，把银币和纸币，同样贪婪地吞下去——对，这么做就对了，这是真正的解脱。

我疾走，简直是跑了过去，挤过蜂拥而上的人群。只有两个先到一步的男人在我前面，那第一个人已经站在赛马赌注收款处前面，这时我突然想起我还说不出要押哪匹马呢。我贪婪地倾听周围人的谈话。"您押拉瓦克尔吗？"一个人问。"当然押拉瓦克尔。"他的同伴回答他说。"您认为泰迪也会赢吗？""泰迪？看不出赢的迹象。它在初赛中就完全不灵了。它是个样子货。"

我像一个饥渴的人把这些话都吞了下去。那么说，泰迪是不行的了。泰迪说不定非输不可。我立刻决定，就押泰迪。我把钱推进去，说出刚才听到的名字泰迪，押它赢，一只手把彩票甩给了我。我手里一下子就有九张红白胶版彩票了，而不是一张。仍然还有一种不痛快的感觉，但毕竟不像攥着皱巴巴的现金那样不是滋味，那样感到有失身份了。

我又感到轻松，甚至无忧无虑了：现在已经把钱甩出去了，这次奇遇的不愉快也了结了，事情又变成了玩笑，像开始的时候一样。我懒散地坐在我的椅子上，点燃一支香烟，从容不迫地把烟吐向前面。这种状态并未保持很久，我站起来，来回踱了踱步，然后又坐下去。奇怪的是：令人浑身舒服的梦也随之过去了。某种神经质的东西沙沙响着刺进我的肢体。起初，我想，在这么多擦身而过的人当中碰到拉尤斯和他的妻子，那才晦气呢！转念自问：他们怎么会想到那些新的彩票本应属于他们呢？人群的嘈杂并没有干扰我，相反，我仔细地进行观察，看他们是否又在开始向前拥挤，我甚至突然被吸引住了，我一再站起来，去看那边赛马开始时升起来的旗帜。就这样焦躁不安，真是等得我心如火焚，但愿赛马快开始吧，愿这件讨厌的事永远完结吧！

一个小伙子跑过来，手里拿着一张赛马报。我把他挡住，买了一张，我反复地看那些用行话写的不可理解的词句和暗语，直到我终于找出泰迪，它的职业骑师的名字，那个马厩的所有者和红白毛色。这为什么使我如此感兴趣呢？我满腔愤怒地把这张小报揉成一团抛了出去，站起身来，然后又坐在椅子上。我突然觉得全身发热，不得不用手帕擦擦渗出汗珠的前额，衣领有点卡我的脖子。赛马起跑的号令一直没有发出。

铃声终于响了，人们潮水般涌过去，而在这一秒钟，我不禁大吃一惊，这铃声如同闹钟一般使我从睡梦中惊醒。我猛地从椅子上跳起来，连椅子都给碰倒了，于是我手里紧紧攥着那些彩票，急急忙忙地快步走——不，我是跑着——贪婪地朝前面奔去，钻进人群，生怕去晚了，耽误了什么重要的事。我粗野地把别人撞到一边，挤到前边的横木前，不顾一切地把一位太太正要去坐的一把椅子拉到我身边来。我立刻从她的目光中意识到自己的行为是多么不得体，多么荒诞不经——这位太太是一个老熟人，R伯爵夫人，我清楚地看见她愤怒地耸起眉毛——但由于羞愧和固执，我冷冰冰地从她身边移开目光，跳到椅子上，去看赛马跑道。

在那边很远的地方，一小群马紧挨在一起站在绿草地的起跑线上，被职业骑师吃力地拉在起跑线以外，这些骑师看上去像是木偶戏里五颜六色的丑角。我立刻在那里辨认我押的那个骑师，但我的眼睛对此很不熟练，我觉得在我眼前闪烁的光线那么热那么奇特，弄得我在那么多斑斑块块的颜色里根本区分不出那红白色标志来。就在这一时刻，第二次铃声响了，那些马像从弓上射出的七支彩色的箭似的飞驰到绿色的跑道里。安静地充满美感地观看这一幕场景，真是无比美妙，那些马几乎是蹄不擦地飞过草坪；但我对这一切什么感觉也没有，我只是绝望地试着认出我的马和我的骑师，我抱怨自己为何不带一个野战望远镜来。不管我怎样弯腰伸脖子，但除了四五个小虫子模模糊糊地飞作一团以外，我什么也没看见；现在我只看见那队形渐渐起了变化，那虚飘飘的马群在拐弯处延长成楔形，几匹马往后一退，有一匹马嗖地飞到前头。赛马到了白热化的程度：分散为三五成群的马，像彩色的纸条，扁扁地紧紧挨在一起，一会儿这匹马冲在前，一会儿另一匹马又猛冲出一头。我不由自主地伸展开我的全身，好像通过这种模仿飞驰的热情紧张的动作我能提高它们的速度，能跟它们一道飞跑。

我周围人群的热情在高涨。几个行家在弯道上认出了自己押的颜色标志，因为一些名字像尖声叫着的火箭从嘈杂的人群中喷射出来。我身旁站着一个人，狂热地伸出双手，当一个马头钻在前头时，他便跺着脚用讨厌的尖叫声和胜利的欢呼声大喊："拉瓦克尔！拉瓦克尔！"我看到一个身着蓝色服装的骑师真的一闪一闪地在飞奔，我气得要死，因为那跑在前头的不是我的马。我身旁那个讨厌鬼发出的"拉瓦克尔！拉瓦克尔！"的刺耳的吼声，惹得我怒不可遏；我气得暴跳如雷，恨不得一拳打进他那张大嘴巴叫喊着的黑窟窿里去。我简直气得全身发抖，满面发烧，我觉得我每时每刻都可能干出丧失理智的蠢事来。但这时又有一匹马紧贴着第一匹马齐头并进。说不定这就是泰迪，很可能，很可能是——这种希望重新燃起我的热情。我真的觉得有一只胳膊高举在马鞍上面，有什么东西嗖嗖地落在马屁股上，是红色，很可能就是那个骑师，必定是他，肯定无疑是他！但他为什么不赶到前面去呢，这混账？再给一鞭子！再来一下！这时，就在这时，他已接近了第一名！现在，只差一拃远了。为什么是拉瓦克尔？哼，拉瓦克尔？不，不是拉瓦克尔！不是拉瓦克尔！泰迪！泰迪！前进！泰迪，泰迪！

骤然间，我醒悟了。什么？——这是什么？谁在这里这么喊？谁在这里狂吼"泰迪！泰迪！"，原来是我自己在喊泰迪呀。我对我的这种狂热行为大为震惊。我想稳住自己，控制住自己，在我的发烧般的行为中，一种突然涌上心头的羞愧使我痛苦难熬。但我仍然目不转睛地观看，因为在那里两匹马几乎重合在一起了，那肯定是泰迪，他紧挨着拉瓦克尔，紧挨着那匹该死的我恨透了的拉瓦克尔。这时我周围响起了另外一些人更高更多的尖声叫喊："泰迪！泰迪！"这阵叫喊又把刚刚清醒一霎的我硬扯进狂热中去。它应该赢，它必然赢，真的就在此刻，此刻它已经超过身后飞跑的马一头了，只要再加把劲，现在已经超过两头，现在我已经看到脖子了——就在此刻，铃声静静地响了，唯一的一声欢呼、绝望、愤怒的喊声爆发出来。在一秒钟内，那个渴盼的名字冲上蓝天，响彻云霄。随后，这喊声落了下去，不知什么地方奏起了音乐。

　　一腔热血，浑身汗透，心脏还在怦怦跳动，我就从椅子上跨步下来。我必须坐一会儿，由于激动和兴奋，我的心十分慌乱。一阵狂喜，一阵我从未经历过的狂喜，涌过我全身，这是一种快乐，一种能使事情的发展完全听从我的意志的快乐；我试图装出不希望这匹马得胜的样子，但没有成功，我原本是希望眼睁睁把这钱输掉的。不过，现在我连自己都不敢相信了，我已经感到有一种野蛮的牵引力进入了我的肢体，它像磁石一样牵扯着我，现在我知道它要把我驱赶到什么地方去：我原来是想看见"赢"，想感觉到"赢"，抓住"赢"，想在我的手指间感觉到钱，许多许多钱，许多蓝色的沙沙响的钞票，想感觉这股暖流在我的血管里上升。一种完全陌生的不怀好意的喜悦攫住了我的心，再也没有一点羞愧阻挡我向这喜悦屈服了。我一站起来，就急急地走，就快步跑向票房，我是那么粗暴无礼，竟横起臂肘在窗口前的人群中撞来撞去，急躁地把别人推到一边，只不过是为了钱，为了亲眼看到钱。"急死鬼！"我身后的一个被挤出去的人嘟哝了一声。话我虽听见了，但我不想跟他斗嘴，在不可理解的病态的焦躁中我甚至全身都在颤抖。终于轮到了我，我的双手贪婪地抓住一小摞蓝色的钞票。我手指抖动着数起钱来，同时高兴到了极点。一共是六百四十克朗。

　　我心情激动地把钞票塞进腰包。我的第一个想法便是：现在继续赌，多赢，多多地赢。可我的赛报哪里去了？哦，在兴奋中扔掉了。我环顾四周，看能不能买一张新的。这当儿，我发现我心中突然产生一种莫名的恐惧，周围所有的人一下子都散开了，潮水般涌向出口，因为票房已经关门，迎风招展的旗帜已降了下来。赛马结束了。这是最后一局赛马。我呆呆地站了一秒钟。我不禁大为恼火，好像这对我很不公正似的。我简直不能忍受，这时我的每根神经都紧张起来，全身震颤，血液多年来都没有像今天这样突突地在我血管里滚动了，一切都完了。但硬要自欺欺人地死抱住希望不放，是于事无补的，这只能是一个错误，因为五颜六色拥挤的人群越来越分流，在稀稀拉拉留在那里的看客之间已经看到被践踏的草坪泛着绿光了。我渐渐感觉到如此紧张地停留在那里十分可笑，于是我拿起帽子，向出口走去，而手杖我刚刚由于兴奋放在活动栅栏旁边了。一个仆役卑屈地摘下便帽，朝我跑过来，我对他说出我的马车的号码，他把手卷成喇叭状向停车场一喊，那架车的马便嘚嘚地迅速跑了过来。我嘱咐车夫慢慢地沿着林荫大道往下走。因为恰在此时，狂热正开始舒舒服服地减弱，我迫切希望在头脑里重新过一过这整个场景。

这时，另一辆马车赶到了前面。我心不由己地看了一眼，然后又自觉地收回目光。这是那位太太同她那位肥胖丈夫的马车。他们没有发现我。但我立刻感到有一种讨厌的东西掐住我的喉咙，好像在做什么坏事时当场被人捉住一般。我恨不得喊车夫快马加鞭，赶快从他们身边跑过去。

出租马车借助有弹性的胶皮车轮，一颤一颤地在其他许多车辆中间滑过去，那些马车就像许多花船，载着五光十色的女人向栗树林荫大道的绿色河岸摇摆过去。空气轻柔而甜美；从第一阵夜晚的凉气里，不时穿过灰尘吹过来一股微弱的风。但先前那种舒心的梦幻般的感觉却没有再出现：撞见那个被欺骗的男人，使我无比痛苦。一股冷风像穿过一道缝隙一样，突然钻进我荒唐的激情中来。这时我又一次冷静地想了想那全部场景，我再也理解不了我自己了：我，一个绅士，上流社会的一员，预备役军官，受尊敬的人，竟然轻而易举地去拿那笔意外的钱，把它塞进腰包，而且还心怀贪婪的喜悦干这种事，这无论如何也是不能宽恕的。我，一小时以前还是一个规矩的完美的人，后来竟然偷东西了。我成了小偷了。为了使我自己有所警醒，在马车疾行时我压低嗓音对自己宣布判决，我下意识地随着马蹄踏地的节奏说："小——偷！小——偷！小——偷！小——偷！"

可是，很奇怪，我怎样描写才好呢，眼下发生的事，无比奇特，简直无法解释。不过我知道，我一点也没有虚构附会。在那个时刻里我每秒钟的感觉，我头脑中的每一个闪念，我现在甚至都觉得异常的清晰。我三十六年的生涯中从来没有这样的经历，因此我也不敢说我对我的感情的这些荒谬绝伦的表现和这些令人愕然的摇摆已经一清二楚，我甚至不知道有哪一位诗人、哪一位心理学家能把这一切描写得完全合乎逻辑。我只能记录下过程，完全忠于它的不可思议的闪光点。话又说回来：我是在对自己说着"小偷，小偷，小偷"。随后，出现了非常奇特的完全空白的一瞬间，在这一瞬间里什么也没发生，在这一瞬间里我只是——哦，想表达它是多么难啊——我只是在倾听，倾听我内心的声音。我想象着：我传唤自己了，我控告自己了，现在这个被告人该回答法官的质问了。我又侧耳细听，原来什么也没发生。我是等待着"小偷"这个词对我的鞭挞，这个词将使我惊醒，使我随之陷入一种莫名的悔恨的羞愧境地，但是什么也没有唤醒。我耐心地等了几分钟，我屈身更仔细地反省我自己——我好像感到，在这种执着的沉默中，有什么东西在活动——于是我又倾听，心中怀着一种热切的期望，期望迟迟不到的反响，期望听到随着自我控诉必然出现的恶心、愤怒、绝望的叫喊。又是什么也没有发生。没有任何回答。我又对自己说着"小偷，小偷"，现在声音很大，想以此在我心中唤醒又重听又麻木的良知。又是没有任何回答。突然间——在意识的一次刺眼的闪光里，像是突然划着一根火柴，把它举在朦胧的内心深处——我意识到，我只是想要感到羞愧，但并不真的羞愧，甚至在内心深处我还因这次愚蠢透顶的行为感到某种神秘莫测的骄傲乃至愉快呢。

这怎么可能呢？我抗拒着，现在真的害怕我自己了，我对抗着这意想不到的认识。但从我心中产生的这种感觉不断膨胀，迅速起伏波动。不，这不是羞愧，不是愤怒，不是自我厌弃，在我血液中的热烘烘的东西是欢乐，醉意的欢乐，这欢乐在我心里燃烧，甚至闪着纵情的明亮火光，因为我感觉到，我在那几分钟里是多年后第一次成了活生生的人，我的感觉麻木了，但还没有衰亡；我感觉到，在我冷漠的沙层下面的什么地方依然有激情的温泉神秘地喷涌，而现在，被偶然遇到的魔杖一触动，这温泉竟直喷我的心田。在我的心里，在有生命的宇宙中这个人的心里，一切人间神秘火山的岩心还在燃烧，这岩心在情欲的旋转不停的冲动下有时会喷发，与此相同，我也还活着，我还是一个活蹦乱跳的人，是一个心怀恶欲和热望的人。心扉被这激情的风暴吹开了，一种深奥的东西进入我的内心，而我则在快乐的眩晕中呆呆地凝视我心中的这个使我又惊又喜的不熟识的东西。慢慢地——当马车懒散地带着我梦境中的身体穿过市民阶级的世界时——我一级一级地往下走，走进我心中那人性的深处，同时无比孤独地默默地迈着脚步，只是因为高兴地举着我被意外点燃的意识的刺眼火炬，我才又升到现实中来。我周围是千百人此起彼伏的欢声笑语，我在心中寻找着我自己，那个失去的人，我在魔术般移动的思索里寻找那些岁月。完全忘怀的种种事情，忽然从我生活的那面落满灰尘、模糊不清的镜子里映现。我记得，还在读小学的时候，我就偷过一个同学的小刀，而我则心怀同样恶魔般的欢乐冷眼观察他怎样到处寻找，到处询问，费尽气力。我突然明了许多性生活时刻神秘的疾风暴雨行为，明白了我的激情是完全失去了生活乐趣的，是被社会的妄想即绅士盛气凌人的理想扭曲了，践踏了——但在我心里，在内心深处，在最深的心底，那股生活的热流仍然像别人一样在被掩埋的泉眼和管道里滚动。哦，我总算是生活过，只是不曾大胆地生活，我是把自己捆了起来，逃避自我；然而现在，这被压抑的力量迸发出来了，生活，丰富的生活，力量巨大的生活征服了我。现在我才知道，我仍然离不开它；就像妇人第一次感觉到胎动的惊喜，我也感觉到了真实的东西——怎么能有别的说法呢——那种真正的东西，那种不掺假的生活的种子在我心里发芽。我觉得——我羞于写出这样的话——我这个死了的人突然又生机盎然了，鲜红的血在我的血管里不安地流动，感情在我温热的身体里悄悄地展开，我长成或甜或苦的无名果。我的这个唐豪瑟式的奇迹，竟然出现在一个光天化日之下的赛马场中，在几千个悠闲的人的喧闹声中：我又开始有感觉了，枯黄的树干又吐新绿，又发嫩芽了。

一位先生从一辆行驶过去的马车里跟我打招呼，喊我的名字——显然，他第一次跟我打招呼时我没看见。我很不高兴地站起身来，一脸的怒气，因为我甜滋滋的自我内心享受受到了干扰，我所经历的最深沉的梦被打断了。但朝打招呼的人一看，我便完全摆脱了梦境：原来是我的朋友阿尔封斯，一个亲密的小学同学，现在是检察官。我忽然想到：这个亲如兄弟一般跟我招呼的人，现在可以第一次向我行使权力了。一旦他了解了我的过失，我就落到他手心里了。一旦他了解了我，知道我的所作所为，非把我从车里拽出去不可，他一定会把我赶出整个温暖的有产阶级的生活圈子，投进阴暗的牢房，叫我跟那些生活垃圾、跟其他被贫困之鞭赶进肮脏囚室的窃贼一起苦熬三年五载。但只有一瞬间，一股恐惧的冷气攫住我颤抖的双手的每个关节，只有一瞬间这恐惧使我的心脏停止了跳动——接着，这个思想也就又变成了热烈的感情，变成了一种难以置信的厚颜无耻的骄傲，我这时就是这样自鸣得意地近乎嘲讽地打量着我周围的人。我想，你们现在面带亲切的微笑，像对自己人一样跟我打招呼，如果你们了解了我的实情，你们的这种微笑怎么能不冻结在嘴角上呢！你们将会像拂掉一粒脏东西一样轻蔑而恼怒地把我的问候拂到一边。但在你们把我赶走以前，我就已经把你们赶走了：今天下午我就已经从你们那冷冰冰的完全僵化的世界中冲出来了，在那个世界里我只是一个轮子，在一架大机器上默默工作着的轮子，这架机器在活塞推动下冷漠地滚动，沾沾自喜地自转。我跌进了一个我不认识的深渊，但我在这一小时里比在你们圈子里那些纸醉金迷的年月里更有生气。我不再属于你们，不再是你们中的一员，我现在是在外面某个或高或低之处，永远也不再站在你们有产阶级安逸生活的平坦海滩上。人类出于善与出自恶所做的一切我都初次感受到了，但你们永远也不会知道我在哪里，你们永远也不会认出我：你们哪会知道我的秘密！

　　我这么一个衣着时髦的绅士，表情冷淡地边打招呼边致谢意，从车流里疾驶而过，那一刻的一切感受我怎样才能表述出来！因为当我的假面具，这个外表上从前的我，还能感觉和认识各式各样的人时，我内心里便轻轻响起那样一种如痴如醉的乐曲，使得我不得不压制自己，以免在这种乱哄哄的场面喊出声来。我充满了这样的感觉：这澎湃的心潮折磨着我全身，我不得不像一个将要窒息的人使劲把手压在胸口上，在那里我的心正在痛苦地骚动。但是，痛苦、欢乐、恐惧、惊吓或惋惜，这一切单独存在的心态我一点儿也没有感受到。所有这一切都融合在一起了，我只感觉到我活着，我在呼吸，我有感觉。而这个最简单的东西，这个原始的感情，多年来我已感受不到，现在却使我陶醉了。在我三十六年的生涯里，连一秒钟也没有感受过像在这飘飘然的一小时里那样的欣喜若狂，那样生气勃勃。

马车轻轻一震，停了下来：车夫拉住马，从座位上转过身来，问我要不要往回家的路上走。我迷迷糊糊地从梦幻中醒来，抬起目光望了望林荫大道：我这才惊愕地发现，自己已做了多久的梦，醉意朦胧的状态已延续了几个小时。天已经黑了，一缕温柔的风在树冠里起伏波动，栗树花在凉爽的空气中吐着晚香。树梢后面月亮已洒下朦胧的银光。够了，该是够了。但不是现在就回家去，不要回到我习惯的世界去！我给车夫付了款。当我掏出钱包，数钱准备付款时，我手上的关节直至指尖都像触了电一般：我心里总有点什么东西醒着，那个深感羞愧的旧我。那已濒临衰亡的绅士的良心还在颤动，但我的手又十分愉快地翻动那些偷来的钱，由于快乐我变得很慷慨。看到车夫千恩万谢的样子，我忍不住微笑：若是你知道实情的话！马拉紧了套，车走了。我目送着它，就像一个人从船上再次回头去看他曾经幸福地生活过的海滩。

在笑语嘈杂、乐声大作的人群中，我像在梦境中一样，六神无主地站了片刻：大约有七点钟了，我不自觉地拐到那边，走向萨赫公园。往常从普拉特游乐场回来，我总要在那里跟朋友们一起吃饭，车夫也知道把我撂在附近。但刚刚碰到高级花园酒家的栅栏门把手，我便突然缩回手，克制住自己：不，我还不想回到我的世界里去，不想让人们的闲谈冲走那神秘地充塞我内心的奇迹般的骚动不安，不想让捆绑了我数小时的奇遇那闪闪发光的魔力离开我。

从什么地方传来了沉闷混杂的音乐，我不由得循声走去，因为今天一切都对我有吸引力，我觉得，完全听凭偶然来摆布也不失为乐事，而且这样糊里糊涂地被赶到如微波荡漾的人群中，也是一种妙不可言的刺激。在这像一锅粥似的热情的人群里，我的血液激荡起来：我的精神突然振作了，人们的呼吸、灰尘、汗水和烟草混杂在一起的腌渍气味和雾腾腾的烟气刺激着我所有的感官，使我毫无睡意。所有这一切，此前，甚至就在昨天，还被我当作粗俗下流和没有教养而十分反感，我作为一个衣着考究的绅士有生以来避之唯恐不及，现在却像磁铁般吸引着我的新本能，我好像第一次感觉到动物本能的、情欲冲动的、卑劣下流的东西同我有亲缘关系。在这些城市的渣滓中，在这些士兵、侍女和流浪汉中间，我自己也不知道为什么竟然感到如鱼得水：我贪婪地吮吸着这腌渍的气味；在三五成堆的人群中挤来撞去，觉得很愉快；我怀着津津有味的好奇心等待着，看这时光究竟把我这个意志薄弱的人冲向何方。从普拉特游乐场传来的刺耳的铙钹声和铜管乐声越来越近。管风琴狂热而单调地奏出不成调的波尔卡舞曲和杂乱的华尔兹舞曲，其间还夹杂着从小货摊发出的劈劈啪啪的沉闷的敲击声、哧哧的笑声和醉汉的狂呼乱叫。现在我眼花缭乱地看见，我童年时代坐过的旋转木马在树木间旋转。我在广场中间停住脚步，让整个喧闹的声浪拍击我的心灵，我的眼睛和耳朵任其冲刷：这喧嚣的声浪，这令人难以忍受的混乱场面，使我感到很畅快，因为在这种纷乱中有一种能麻醉我心潮的灵丹妙药。我目不转睛地看着：侍女坐在秋千上荡到空中，裙子被吹得鼓了起来，咯咯地发出做爱时的那种尖叫声；肉铺伙计哈哈大笑，把沉重的铁锤哐的一声扔在磅秤上；小贩做着猴子似的动作，沙哑的喊叫盖过了管风琴的喧嚣，晃晃悠悠地走过去；所有这一切与笑语喧哗、不断活动的人群混合在一起——铜管乐的拙劣演奏、灯光的摇曳闪烁以及欢聚在一起的快乐，使人们如痴如醉。自从清醒过来以后，我突然感觉到了他人的生活，感觉到百万人城市的情欲冲动，感觉到这种冲动怎样热烈而集中地注入礼拜日的这几个小时里，以及这冲动怎样在自己种种思绪的激发下变成一种模模糊糊的、动物的、然而又可说是健康的本能享受。从跟他们暖热的欲念强烈的身体不间断的摩擦和接触中，我渐渐感觉到他们温暖的情感冲动传遍了我的全身：我的每根神经都绷得很紧，被这刺鼻的气味熏得昏昏沉沉，从我的内心出发，我的所有感官都在眩晕状态中与这喧闹声嬉戏，而且感觉到与各种强烈的狂喜不可避免地掺杂在一起的那种纷乱的麻醉。多年来，也可以说是有生以来，我还是头一次感觉到这些黎民百姓，我觉得人是一种力量，欲望就是从他们那里传入我这个与世隔绝的人的身上的：一道堤坝溃裂了，这种感觉从我的血管里流进这个世界，又有节奏地流了回来。这时，一种全新的欲望袭上我的心头，我要把我和他们之间的那层最后的硬壳熔化掉。这是一种热切的要求：想跟这个热情的陌生的拥挤的人群结合在一起。我怀着一种男人的快感投进这个热烘烘的巨大身体激情喷涌的胸怀，我怀着一种女人的喜悦体验了每一个接触，每一声呼喊，每一次诱惑，每一回拥抱——现在我知道，我心中蕴藏着爱和对爱的渴求，像在我朦胧的童年时期一样。哦，进去吧，进入生机勃勃之中，无论怎样也要同别人的这种颤抖的、欢笑的、轻松的激情结合在一起，只管涌入和流进他们的血管里去，在喧嚷的人群中变得微不足道，变成人间垃圾里的一条纤毛虫，变成有无数生物的小水池里的一个乐得发抖的闪光的生命——只管投入到丰富多彩的生活中去，投入到滚滚的旋流里去，像一支箭一样把我从自己绷紧的弓弦射进不相识的世界，射进共有的天空。

现在我知道了；我当时是醉了。在我的血液里，一切都咆哮起来了，有旋转木马上的铃铛的敲击声，在男人抓摸下发出的女人细脆的欢笑声，混杂无序的音乐声，忽隐忽现的衣裙的窸窣声。每种单个的声音都针扎似的刺进我的心里，然后又红光一闪，颤抖着从我的太阳穴经过，我以一种（像晕船似的）不可言状的神经刺激感觉到每一次触摸，每一个目光，但一切又共同结合在一种眩晕的状态中。我无法用语言表达我的复杂心态，也许打个比方是最容易说清的：比如说，噪声、喧闹和感情充塞我的胸膛，我像一个烧得过热的机车，带着所有的车轮疯狂地奔跑，要泄掉巨大的压力，不然一会儿蒸汽锅炉就会爆炸。滚烫的血液在我的手指尖上颤抖，在我的太阳穴里跳动，在我喉咙里挤压，最后堵塞在额角——从多年的感情冷漠，我一下子跌进了使我全身燃烧的狂热之中。我觉得，我现在应该敞开心扉，从我的心底用一句话和一个目光，披沥衷曲，表露感情，抛开自我，献出身心，把自己变成普通人，完全融在群体里——总之，我应该摆脱使我与温暖、沸腾、活跃的现实隔绝开来的沉默外壳。几个小时我都没有说话了，没有和任何人握过手，没有感到一瞥探询和同情的目光。在这些变化出现以后，这种反对沉默的激动心情便有增无减。我从来没有像现在这样想同人交谈，想同人接触，因为我正在成千上万人中间飘来荡去，周围充满温暖和话语，千万人的血液周流的血管紧紧地把我缠住。我简直就像漂浮在海上的一个渴得要死的人。我看见——越看越痛苦——左右两边每时每刻都有陌生人偶一接触便结伴而行，就像水银珠游戏般融合在一起。我很嫉妒，每当我看到年轻小伙走过去和陌生的少女搭讪，刚说完一句话就挽起她们的手臂，每当我看到所有的人怎样结识和组合：在旋转木马上打一个招呼，交臂而过时投出一瞥目光，也就足够了，跟陌生人谈谈话，也许几分钟后就分离，但这是联系，结合，交流，这正是我的整个心灵所热切向往的。尽管我在社交中那么善于辞令，是一个受人欢迎的健谈者，而且举止沉稳，但我还是十分胆小怕事，不好意思同任何一个臀部丰满的侍女攀谈，生怕她会笑话我，甚至有人偶然看我一眼，我也要低下眼睛，然而我内心里却十分渴望说话。想要从别人那里得到什么，连我自己也不清楚，我再也不能单独待下去忍受激情的煎熬了。所有的人都从我面前走过去了，每一个目光都从我身上掠过，没有一个人觉察到我。一个男孩子走到我身边来，他大约十二岁光景，身穿破烂的衣衫：他的目光在灯光的反射下显得出奇的亮，他那么充满渴望地呆呆地望着那些飘摆转动的木马。他那薄薄的小嘴大张着，像在热切地企盼：显然他没有钱去跟大伙一起骑木马，他只是从别人的喊叫和笑声中啜饮欢乐。我使劲挤到他身边问——但不知为什么我的声音发颤，而且特别刺耳——"你不想一块儿骑一骑木马吗？"他怔怔地望了望我，有些惊恐——为什么？为什么呢？——刷地一下脸红了，一句话也没有说转身就跑。就连一个赤脚的孩子也不愿意接受我的热心帮助：我觉得，也许在我身上有什么陌生的东西使我哪儿也不能掺和进去，使我总是在这密集的人群中游离漂浮，就像一滴油浮在活动的水上一样。

但我没有松劲儿：我不能再一个人待下去了。我的双脚在布满尘土的漆皮皮鞋里发烧，喉咙因过分激动而生了锈。我环顾四周：在人流夹道的左右两侧矗立着不少绿色的小岛，那是饮食店，都铺着红色的桌布，摆着不上漆的木板凳，上面坐着一些小市民，他们面前是一杯啤酒，手里夹着节日才吸的弗吉尼亚香烟。这个景象吸引了我：在这里，都是陌生的人坐在一起，无拘无束地谈话；在混乱的狂热中，这里的气氛比较安静。我走进饮食店，四下里看了看，找到一张桌子，那里正围坐着一个市民家庭，一个矮胖粗壮的手工业工人带着他的妻子、两个活泼愉快的女孩和一个小男孩。他们随着音乐的节拍摇头晃脑，说着笑话，他们那满意的逍遥自在的目光我看了感到十分惬意。我很客气地跟他们招呼，走近一把椅子，问可否坐在这里。他们的笑声戛然而止，沉默了一会儿（好像每个人都在等着别人表示同意），然后那女人似乎颇为惊愕地说："请吧！请！"我坐下来，立刻感觉到，他们的无拘无束的情绪随着我的落座全然被破坏了，因为环绕着桌子立刻出现了一阵令人不快的沉默。我的目光没敢从那红方格桌布上抬起来，那桌布上腻糊糊地洒了好些盐和胡椒粉，但我觉得他们正在惊诧地观察我。我立刻想到——但也太晚了——我的巴黎的大礼帽、青灰色领带上的珍珠饰物，在这个下等人的饭馆里，过分高雅了，这高级香水在这里也立刻使我周围出现一种充满敌意和困惑不解的气氛。五个人的这阵沉默压得我越来越喘不过气来，我怀着无可奈何的绝望心情数着桌布上的红方格，羞涩束缚着我，即使忽然挣扎一下也还是害怕抬起那折磨人的目光。直到堂倌过来，把一个沉甸甸的啤酒杯放在我面前，我才得到解救。这时我才终于能活动活动一只手了，在喝酒时畏缩地从杯口朝他们瞟了一眼：真的，所有五个人都在观察我，虽说没有恶意，却也怀着一种无言的惊愕。他们知道这是闯到他们浑噩的世界里来的人，他们以其憨直的阶级本性感觉到，我是想要在这里得到点什么，在这里寻找不属于我的世界的东西。他们感觉到：把我驱赶到他们那里去的，不是爱情，不是倾慕，也不是单纯地喜欢华尔兹、啤酒和星期天的静坐，而是某种他们不理解而且为他们所怀疑的欲望，就像站在旋转木马前的那个小男孩不相信我的馈赠，就像外面纷乱拥挤的千百个不知姓名的人怀着下意识的敌意回避我文明高雅和长于世故的姿态。然而我却觉得：如果我现在能找到一句无恶意的、普通的、诚恳的、真正通情达理的话，开始跟他们说话，那位父亲或母亲就会回答我的问话，两个女儿就会亲切地对我微笑，我会带着那男孩跑到那边小铺子里去玩射击，跟他一起做儿童游戏。五分钟以后，十分钟以后，我就会摆脱旧我，进入市民谈话的欢快的气氛，亲密地随声附和，甚至相互吹捧——但这种谈话的简单字句，连头一句开头的话，我都始终找不到，一种虚假的、愚蠢的却又极强烈的羞愧卡住了我的咽喉，于是我低下目光，像一个罪犯似的坐在这些普通人的桌旁。使我痛苦的是，因我的强行到来搅扰了他们星期天的最后时光。我就这样难堪地坐在那里，为以往冷漠骄傲的所有年月忏悔。在那些年月里我曾在千百个这样的桌旁，在千千万万市民的身边，看都不看一眼就走了过去，只知道得意扬扬地周旋在上等人的小圈子里；我觉得，与他们沟通的那条笔直的路，那种没有偏见的语言，现在当我被排斥在上等人之外而需要它们时，却都被砌在我内心的一隅了。

我这个一向逍遥自在的人，就这样坐在那里低头沉思，一次又一次地去数桌布上的红方格，直到最后堂倌经过这里。我喊住他，付了钱，推开那杯刚刚喝了几口的啤酒，站起身来，客客气气地跟他们打招呼。他们友好而惊愕地向我回谢：我知道，我还没离去，只当我的背对着他们时，他们就又活跃起来，只要我这个异类一被排除，他们谈话的亲热氛围就会形成。

我又回身投入人流的旋涡，但心里更加充满渴望，更热情，也更失望。这时，在黑影遮天的大树下，拥挤的人群要松动多了；人们也不像先前那样密，那样后浪推前浪般往旋转木马的光圈里挤了，更多的人则影影绰绰地在广场最靠外的边上疾走。就是人群中那喧闹的、低沉的，像在尽情享受欢乐的声浪所分解成的许多小的嘈杂声，也总是立刻被音乐声压倒。不知哪儿奏起了强劲粗犷的音乐，好像要把逃遁的人群再拉回来似的。现在出现了另外一种情形：孩子们带着他们的气球和彩色纸屑回家去了，四处拥来过星期天的一家一家的人也都悄悄离去。现在看到的是怪叫的醉汉，颓废堕落的小伙子迈着闲散但却蹒跚的步子从侧面的林荫道走出来：在我硬着头皮坐在陌生人桌上的那一个小时以后，这奇异的世界越发滑向了低下的境地。但正是这种狂放而危险的闪着磷光的气氛比从前有产阶级的节日气氛更使我欣喜。我心里被激发的本能，在这里嗅到了类似的迫切企盼；不管怎样，在这些形迹可疑的人——这些被社会抛弃的人——兴冲冲的游荡中，我觉得看见了自己的影子：在这里，他们也怀着一种不安的企望在追逐火光闪烁的冒险，追逐飞快产生的激情，就连那些衣衫褴褛的小伙子我也嫉妒，因为他们能坦率地、自由地荡来荡去；我站到一个旋转木马的柱子跟前，屏住呼吸，心急如焚地想把沉默的压力和痛苦从心里排出，但我却不能动一下，喊一声，说一句话。我只站着，呆望着被旋转灯的闪闪的反光照得通明的广场。我站着，从我的光岛望着黑暗，愚蠢地充满期望地望着每一个人，希望有人被刺眼的光所吸引，转过身来看我一眼。但每一个人的目光无不是冷冷地从我身上滑过。没有一个人理睬我，没有一个人解救我。

我，一个社会上有教养的绅士，富有，不受约束，在一个百万人口的城市里与最杰出的人交友，在那一夜整整一个小时里，站在咕隆咕隆直响的、不停地摇摆的旋转木马的柱子前；二十次、四十次、上百次地让同一个跌跌绊绊的波尔卡舞曲和同一个拖拖沓沓的华尔兹舞曲伴随着同一些彩绘的蠢笨的木马头，从我面前旋转过去；而且出于顽固的脾性，出于一种想要强迫命运服从自己意志的不可思议的感情，我站在原地动也没动——我知道，要把这一切描述或解释给别人听，纯属妄想。我知道，我在那个小时里的行动是毫无意义的，但在这毫无意义的坚持中，我的感觉十分紧张，每一块肌肉都僵硬犹如钢铁，平时人们也许只在从高空向下坠落时或弥留之际才有这种感觉；我整个虚度的生活突然像落潮般倒退回来，在我心中直堆到我的喉咙。尽管我受着我这毫无意义的妄想的痛苦煎熬，停在那里幻想着有谁的一句话、一瞥目光能救助我，但我却觉得体验这种折磨也是一种享受。我站在柱子旁边，好像要赎什么罪，不是为了那次偷窃，而是为了我往日生活的沉郁、冷漠和空虚：我发誓，在我看到命运使我解除约束的征兆出现以前，绝不走开。

时间越往后推移，夜便越逼近。货摊一个接着一个熄灭了灯，随后黑暗便像上涨的潮水涌到眼前，吞食草坪上的光斑：我站在上面的这个明亮的岛变得越来越孤单。我瑟瑟发抖，看了看表。再有一刻钟，那些斑斑点点的木马就会停下来。那些蠢笨的木马的脑门上红红绿绿的白炽灯将会摘下，奏得正欢的管风琴将停下来。随后，我将完全沉浸在黑暗中，孤独一人待在这静得只有树叶沙沙的夜里，彻底被排斥，完全被遗弃。我越来越不安地望着夜幕下的广场，那里只偶尔有一对退场回家的情侣匆匆闪过，或踉踉跄跄地走过几个喝得醉醺醺的小伙子：但广场那边仍有隐秘的生命在颤动，那样的不安，那样的诱人。要是有两三个男人经过，就会听到轻轻的口哨声或咂舌的声响。在这种招呼的诱惑下，他们拐弯隐入黑暗，于是阴影中便会发出女人的喁喁低语，有时风又会吹来丝丝的尖笑声。在黑暗的边缘，正对着被照亮的广场的光柱那儿，一切都变得更加放肆，一旦在过路人当中发现巡警的尖顶头盔在路灯照射下的反光，他们便立刻再退回黑暗中去。但当警察刚一过去，那魔怪般的影子就又出现了。这时，潮水般的人流已经消失，我已经能看清他们的轮廓了，他们离灯光那么近，那是夜世界的最后的垃圾，残留下来的渣滓：几个妓女，那些最贫穷的、被社会抛弃的人，她们连床铺都没有，白天睡在床垫上，晚上不停地游荡，她们为了几个小钱就在这黑暗中随便什么地方把自己被凌辱被折磨得骨瘦如柴的身体出卖给任何人，她们时时受到警察的追踪，遭到饥饿和恶棍的驱赶，永远在黑暗中闲荡，既追别人，同时又被人追。她们像饿狗一样慢慢蹭到有亮光的广场，嗅着男人的气味，嗅着被遗忘的落在后面的人。她们完全可以给他欢乐，从他那儿赚得一两个克朗，好去大众咖啡馆买一杯烫热的红酒，维持她们黯淡的残生，这生命之火反正很快就会在医院或监狱里熄灭的。这是垃圾，是星期日人们发泄高涨性欲的最后的污物——我心怀莫大的恐惧看见这些饥饿的形体像鬼魂一样在黑暗中游荡。但即使在这种恐惧中，仍然有一种充满魔力的欢快，因为就在这面污秽的镜子里，我又认出了已经淡忘、感到模糊的东西：在这里，是一个深不可测的沼泽地般的世界，这个世界多年前我已大步穿过，现在又诱人地向我的感官闪耀着鬼火。这个迷人的夜突然把什么带给了我，它使我这个与世隔绝者突然清楚地看到，我过去最黑暗的东西，我的行为的最大秘密都在我心中展露无遗，这真是不可思议！我模模糊糊地记得那是童年时期刚刚过去的时候，羞怯的目光被好奇地吸引过去，胆怯、心慌意乱地盯在这样的形体上，我回想起那一时刻，我第一次踏着吱吱作响的潮湿楼梯跟着一个女人走上去，上了她的床——忽然，好像闪电划破夜空，我真切地看到了那被遗忘的时刻的每个细节，看见在床上面乏味的油画，看见套在她脖子上的护身符，我感受到当时的每一根肌肉纤维，那模糊的性欲冲动，厌恶的心理和少年第一次的骄傲。所有这一切突然穿过我全身，使我心里起伏跌宕。一种不可估量的洞察力涌进我的心田——怎么说好呢，这是无穷无尽的东西——我一下子明白了，是什么使我这样急切地同情她们，正因为她们是生活的最后的沉渣。先前的犯罪行为刺激了我的本能，我从心底感觉到这饥饿的追求，这追求同我在这奇妙之夜的追求是那样的相似，那时我恰恰是怀着犯罪的心理随时准备去接受每一次接触，去满足每一次陌生的初涉的欲望。当我终于觉察到那边的生物，那边的人，那温柔的能呼吸会说话的人时，这冲动便像磁石般把我吸引过去。那个人是想从别人那里，说不定也从我这里，从我这个正等待着献身、为甘愿效劳而急切寻找对象的男子这里得到点什么。我突然明白了，把男人赶到这种人这里来的，绝不是本能的冲动，不是胀满胸怀的欲念，而主要是对孤独的恐惧，对可怕的陌生感的恐惧。平时这恐惧就在我们之间越积越多了，只不过我的被点燃的感情今天才第一次觉察到它而已。我回想起自己最近一次产生这种模糊感觉的时候：那是在英国，在钢铁城市曼彻斯特。这些城市像地下铁道一样在无光的天空中喧闹轰响，同时又弥漫着一种冷得刺骨的孤寂。我在那里的亲戚家里住了三个星期，晚上总是一个人信步走向酒吧和俱乐部，一再走进灯光闪烁的杂耍剧场，仅仅是为了感觉一下人的温暖。一天晚上，我碰到这样一个女人，她的俚俗英语我一点儿也听不懂，我们俩突然进入一个房间，各自从陌生的口中贪婪地啜饮着欢笑，那是一个温暖的身体，透着人间的柔情蜜意，蓦地，像电影的影像那样，她隐化了，这冰冷黑暗的城市隐化了，这昏暗嘈杂的孤独的空间也隐化了，只剩下了一个我不认识的人，她站在那里等待着每个走来的人，然后使他放松，把一切冰冷消融；于是，他又可以自由地呼吸，在钢铁的牢房里也感受到生活的微光。孤独的人们，被人世隔离的人们自己心里知道，预感到他们的恐惧总还有可以紧紧抓住的解救之物，这有多么美妙啊！尽管她被许多人抓摸得过分肮脏，由于青春不再而两眼呆滞，被有毒的锈病所腐蚀。而这一点，恰恰是这一点，我在最深沉的孤寂时刻竟忘得一干二净，这个夜晚我跟跟跄跄地从孤独中走出来时，竟然忘了在最后的一个角落总有最后一些人在等待接纳每一个献身者，让一切孤寂在她们的呼吸中得到排遣，为了几个小钱平息每一股欲火；她们把她们永远准备着的东西，把她们作为人的最大礼品献出来。对于这样惊人的奉献不管给多少钱，永远都嫌太少。

在我身旁，旋转木马的铜管乐又响了起来。这是最后一轮，是旋转灯光投入黑暗的最后的铜号吹奏曲，然后星期日便将消失在沉闷的一周里。但没有一个人再走来，那些木马疯狂地转着圈空跑。那位过度疲惫的售票处的女士把钞票拢到一起，合计一天的营业收入，而那个小听差带着钩子来了，随时准备在最后一轮以后咔啦咔啦地把卷帘百叶窗拉下来遮住简易木房。只有我，独自一人，一直站在那里，靠在木桩上，看着空荡荡的广场。那里只有一些像蝙蝠一样飘动着的身影掠过，像我一样在寻找，像我一样在等待，我们之间隔着穿不过去的陌生的空间。但就在这当儿，她们之中的一个人肯定发现了我，因为她缓慢地向我蹭过来，离我近在咫尺我才在低垂的目光下看见她：原来是一个患过佝偻病的畸形的小东西，没戴帽子，身穿很俗气的廉价轻便女装，裙子下摆露出一双穿旧了的舞鞋。所有这一切大概都是女摊贩或旧货商一件件收购来又廉价抛售的，全都皱了，不是被雨淋的，就是在哪儿的草地上的一次艳遇中压的。她讨好地走过来，在我身边站住，目光像钓钩一样犀利地投向我，从焦黄发黑的坏牙上露出一种诱人的微笑。我几乎停止了呼吸。我不能动，不能看她，但也没被她迷住：我觉得好像处在一种被催眠的状态，那里有一个人色眯眯地围着我转，在招引我，最后我只要说上一句话，做出一个手势，便能把这可憎的孤独，这令人痛苦的被人唾弃状态一扫而光。但我一动也不能动，像我依靠的木桩一样僵直，僵在一种昏昏然的淫欲中——这时旋转木马的曲调已疲惫不堪、踉踉跄跄地远去——我意识到这近在身边的存在，这追求我的意愿，于是我闭了一会儿眼睛，为了让这来自人间黑暗所在的磁石般的某种人性的吸引力传遍全身。

旋转木马不动了，华尔兹舞曲以最后的一个延长音停顿下来。我睁开眼睛，恰好看见身边的那个女人摇摇摆摆地离去。很明显，在一个木桩般的东西旁边等待，她感到太无聊了。我很吃惊。我的心骤然间变凉了。我为什么让她走了呢？她可是我在这个迷人之夜里发现的唯一迎面向我走来的人啊。我身后的灯全熄了，卷帘百叶窗吱吱嘎嘎、哗哗啦啦地落下来。一切都结束了。

于是，突然间——我该怎样称谓和描写这个陡然跃起的思想浪花呢——突然间，它来得这么突然，这么热，这么红，好像一根血管在胸中爆裂——突然，从我心中，从我这个完全被禁锢在冷漠的社会尊严里的骄傲自大者的胸中，像一个无言的祈求，像一阵痉挛，像一声叫喊，爆发出这样一个幼稚的、在我却是巨大的愿望：但愿这个矮小的、肮脏的、患佝偻病的妓女能再回一次头，我好跟她说说话。我没有跟她走，不是因为我太骄傲——我的骄傲已被全新的感情踏碎、蹂躏、冲走——而是因为我太软弱，太无决断了。我就这样站在那里，全身颤抖，心乱如麻，独自一人站在黑暗的刑讯柱旁等待着。自我童年起从未这样等待过，只有一次，在日暮时分，我曾站在窗前这样等待过，看着一个陌生女人开始慢慢地脱衣服，她总是犹豫、迟延，直到不知不觉地脱得一丝不挂——现在，我站着，用一种连我自己都感到陌生的声音呼唤上帝创造奇迹，但愿这个有残疾的小东西，这个人类最后的垃圾再试探我一次，再回头瞅我一眼。

终于——她转过身来，再一次全然机械地回头望了望我。但我心中的震颤却那样猛烈，我紧张的感情在这一瞥中的跃动却那样有力，以至于使她停住脚步仔细观察。她踮起脚又一次半侧过身来，透过黑暗望着我，微笑着点头招呼我到广场对面的阴影中去。最后，我觉察到心中木然呆滞的巨大魔力消逝了，我又能动弹了，我向她点头表示同意。

无形的协议达成了。现在，她先穿过半明半暗的广场，她不时地回顾，看我跟她去了没有。我跟在后面：我的腿不再像灌了铅那样沉重了，我的双脚又能活动了。像有磁铁继续吸住我，我不是自觉地走，而是好像被一种神秘的力所牵引，跟在她后边走去。走到两边都是货摊的黑暗的巷子里，她才放慢了脚步。现在我站到了她身旁。

她盯住我，不信任地审视了片刻：好像有点什么东西使她感到不安全。显然，见我无比羞涩地站在那里，再拿这场合和我的高雅一相比，她总觉得有几分可疑。她一次又一次地左顾右盼，犹豫不决。然后，她指着那条胡同的延伸部，那像矿坑一样黑洞洞的地方说："我们到那边去吧。马戏场后边漆黑漆黑的。"

我回答不出一个字。这次相遇的惊人的鄙俗，弄得我整个感觉都麻木了。我恨不得马上想法脱身，拿一块钱，找一个借口，买一个自由，但我已经失去了自我控制的意志力。我觉得如同坐在雪橇上，以极快的速度飞到一个弯道，从陡峭的雪坡上往下滑去；怕死的感觉，竟带着某种舒畅，随着速度的急剧加快不断增长；这时，不是去刹住，而是以一种迷迷糊糊却又全部意识到的软弱，顺从地甘心向下跌去。我不能再回头了，我也许根本不愿意回头了，现在，当她亲热地向我逼近时，我无意中抓起她的胳膊。那是一只瘦得皮包骨的胳膊，那不是女人的胳膊，而像是一个身患瘰疬病而停止发育的孩子的胳膊，在这个夜里，这可怜的被践踏的生命朝我冲来，我刚刚隔着薄薄的小大衣接触到这胳膊，在我紧张的感觉中就对她产生了一种温柔不安的同情。我的手指不知不觉地抚摩这瘦弱病态的关节，心情如此纯真，如此敬畏，好像从未触摸过女人。

我们横穿过一条灯光惨淡的街道，走进一个小树林，在那里巨大的树冠紧紧裹着一片气味难闻的郁闷的黑暗。此刻虽然看不清轮廓了，但我发现她十分小心地扶着我的胳膊往后看了看，走了几步又看了一次。奇怪的是：当我也同样在一种麻醉状态中向着这肮脏的艳事深处滑去时，我的感官却闪着火花，可怕地清醒，我的目光十分敏锐，什么都看得见，它能警觉地捕捉到每一个动静；这时我看见，在刚刚横穿过来的小路边有一个影子尾随着我们，我仿佛听到了一种潜行的脚步声。突然，就像一道白色的闪电刷地划过大地一样，我预感到了一切，我明白了一切：我是被诱进了一个圈套，那些靠妓女过活的男人正在我们身后蹲伏守候，而她是在领着我走进黑暗中一个约定的地点，在那里我将成为他们的猎物。带着只在生死关头才有的非凡的清醒，我看清了一切，我在思考各种各样的可能性。还有时间逃脱，大街肯定就在附近，因为我听到了有轨电车在那里撞击铁轨发出的哐啷哐啷的声响，一声叫喊、一声口哨就能把人唤来：种种逃跑的方案顿时图像清晰地闪现在我的心里。

但奇怪的是，这个令人吃惊的醒悟非但不使人清醒，反而使人头脑发热。今天，在一个秋高气爽的日子里，在清醒的时刻，我简直无法解释我的行为的荒谬可笑：我知道，我立刻以我身体的每根纤维知道，没有必要去冒险，但这预感却像一个美妙的狂想缓缓流经我的每根神经。我预感到这是一种令人厌恶的事情，说不定就是死亡。我因厌恶而全身发抖，自己无论如何是被挤进一种犯罪、一种可恶的肮脏经历中了，但是为了这从不知晓、从未预料到的令我麻醉的生活沉迷，就是死也可以满足一种阴暗的好奇心理。有一种东西推动我往前走，这是羞于露出恐惧，还是一种软弱？它诱使我下到生活的最后一道阴沟，在短短的一天里把我的整个过去输光耗尽，一种鲁莽的精神上的欢乐掺和在这次艳遇的下流的喜悦中。虽然我的全部神经都使我预感到这种危险，我的感官、我的智力使我清楚地理解这种危险，我还是继续挎着这个肮脏的普拉特游乐场妓女的胳膊往小树林里走，与其说她的肉体吸引着我，不如说她的肉体令我反感，她使我知道，她仅仅是为了她的同谋才把我引到这里来的。但我不能后退。下午在赛马场的奇遇中就附着在我身上的犯罪者的万有引力扯着我一步步下沉。我只感到更加陶醉，只感到有一种要跌入新的深渊的天旋地转，也许是跌进最后的深渊：跌进死亡。

又走了几步，她站住了。她的目光又不安地向四周瞟了瞟。然后她带着期待的神态看着我说：

"喏——你送我什么？"

哦，原来如此。我倒把这事给忘了。但这个问题并没有使我的头脑清醒过来。正好相反。我很高兴赠送、给予、耗费我之所有。我急忙用手摸口袋，把银币和几张揉皱的钞票全抖到她张开的手里。现在有点不可思议的事发生了：直到今天我的血还是热的，我在想：或者是这个小东西对这么多的钱感到惊异了——她平时已习惯于从自己那肮脏的效劳中只获得几个小钱——或者在我的赠予方式中，在这愉快的、迅速的、几乎是使人感到幸福的赠予中，她觉得有某种不同寻常的东西，某种新的东西，要不然她为什么后退呢；而我透过那浓重的、气味难闻的黑暗察觉到，她的目光露出极大的惊讶在探寻着我。我终于认识到这个晚上长时间缺少的东西：有人关心我，有人寻找我，我第一次为这个世上的某一个人活着。

这个被远远逐出世外的女子，她像带一件商品似的拖着她被耗损的可怜的身子走进黑暗，对我这个买主看都不看一眼，就径直向我身边挤过来，而现在她睁大眼睛盯着我看，她是在关心我这个人——这一切都增强了我的奇异的陶醉。这种陶醉既清清楚楚又模模糊糊，既是意识到的，又被溶化在一种神秘的晦暗状态中。现在，这个陌生的小东西已经挤到我身边来了，但不是为了按照你买我卖的规矩来尽义务，而是为了某种不自觉的感谢，我体察到这里边有一种愿意与人亲近的女人天性。我轻轻抓起她的胳膊，一只患佝偻病的细瘦的胳膊，我感觉到了她那瘦小的畸形发育的身躯，此外我还猛然看到了她的全部生活：郊区旅馆里租下的油污的床铺，在一群陌生的坏孩子中间从早上睡到中午，我看见了那个扼住她咽喉的蓄妓者，看见那些在黑暗中打着嗝扑向她的醉鬼，看见人们把她送进去的那个医院里的特殊部门，看见那个把她的病瘦的裸体放在年轻的粗鲁无礼的大学生面前当作教学模型的大教室，最终的结局是人们把她送到家乡某个地方，丢在那里，让她像一只猫狗似的死去。对她，对所有人的无限同情涌上我的心头，这是某种温暖的东西，某种柔情，但绝不是情欲。我一再抚摩她的瘦小的胳膊。然后我俯下身去，亲吻这个惊愕的小女子。

此刻，我身后传来风吹枯枝的声音。是一段粗树枝咔嚓一声折断了。我向后跳去。听到一个男人很宽的粗俗的声音在笑。"现在我可逮住了。这我早就料到了。"

还没看见他们，我就知道他们是谁了。在整个精神恍惚中间，我一秒钟也没有忘记有人暗中窥视着我，我甚至怀着神秘而清醒的好奇心在等待他们。现在一个人从树丛中移到前边来，他后边又出现第二个人：那是一些狂放不羁的小伙子，他们粗野无礼地站在那里。又传来粗俗的笑声。"这么龌龊，在这儿干猪狗的勾当。还是一个绅士呢！不过我们现在把他抓住了。"我一动不动地站在那里。血汩汩地涌向我的太阳穴。我一点儿也不害怕。我只等待着，看会发生什么事。现在我终于落入深渊了，卑劣行为的最后的深渊。现在，不得不碰撞了，不得不撞个鱼死网破了，我半梦半醒地迎上去的结局不可避免地来到了。

那姑娘从我身边跳开了，但没有朝他们那边跑去。不知怎么的，她站到了中间：好像她不怎么喜欢这种早有准备的袭击。那两个小伙子又恼火了，因为我一直没有动。他们你看看我，我看看你，显然是在等待我的反抗、请求或恐惧的表现。"啊哈，他一声不吭。"其中一个终于威胁着说。另一个朝我走来，命令我："您必须跟我们一起去警察局。"

我还是什么也不回答。这时，其中一个把手臂放在我肩头上，轻轻地往前推我。"往前走。"他说。

我走着。我不反抗，因为我不想反抗：这闻所未闻的事，这卑鄙下流的事，这危险的环境，使我感到麻木。而我的头脑却很清醒；我知道，这两个小伙子比我更怕警察，我可以用几个克朗赎回我自己——但我愿意体味这丑行的深意，我要以清醒的昏迷状态经受这环境的可怕的侮辱。我不慌不忙，十分机械地按照他们推我去的方向走。

我这样默默无语，这样耐着性子对着灯光走，恰恰是这种表现好像使这两个小伙子糊涂起来了。他们小声议论。然后，他们又开始故意相互高声说话。"让他走吧。"其中的一个人（一个满脸麻子的小个子）说。但另一个假意严厉地回答："不，这不行。要是他是一个跟我们一样的连块面包都没有的穷光蛋，就得让他坐牢。但他是一个高贵的先生——只能罚款了。"每个字我都听得真切，我听出话里有他们并不明智的请求，想我跟他们谈判；我心里的犯罪者理解他们心里的犯罪者，我明白他们是想用恐吓来折磨我，那我就用我的宽容来折磨他们。这是我们二者之间的一场沉默的战斗——我，这一夜是多么丰富多彩啊——我意识到我处在死亡的危险中间，在这里处在普拉特草坪发着恶臭的小树丛，在恶棍和一个妓女之间，十二小时以来我第二次体验到赌博有疯狂的魔力，而我现在则是下了最大的赌注，押上了整个有产阶级的尊严，甚至押上了我的生命。我投身到这巨大的赌博里去，投身到这偶然的闪光的魔法里去，使出了我颤抖的、紧张得几乎要拉断的神经的全部力量。

"啊哈，那里有警察，"我身后的一个声音说，"他肯定不会有好果子吃，这位绅士，他得被拘留一星期。"这话听起来很凶，很吓人，但我从语声里听出他很心虚。我泰然地对着灯光走去，那里确实有一个警察的尖顶头盔在闪闪发光。再走二十步，我就一定会站在他的面前了。在我身后，那两个小伙子不再说话了；我发现，他们走得更慢了；我知道，一会儿他们必定会胆怯地退隐到黑暗中去，退隐到他们的世界里去，由于对恶作剧的失败十分恼火，说不定会把他们的愤怒发泄在那个可怜的小女人身上呢。赌博结束了：

我今天又一次、第二次赢了，又一次摧毁了另一个古怪的、不相识者的恶劣的欲望。那边路灯的惨白的光环还在闪动，当我转过身来时，我第一次看清了那两个青年的脸：一脸怒气，在他们不安的眼神里现出一种认输的羞涩。他们停住了脚步，显得又苦恼又失望，准备迅速跑回黑暗中去。因为他们的淫威已经不存在了：现在，是他们怕我了。

这时，好像内心的骚动炸毁了我胸中的所有夹板，我心中突然产生了对这两个人亲如兄弟的无限同情。这感情热乎乎地流进我的血液里。他们究竟想从我这儿得到什么，他们，这两个贫穷饥饿、衣衫褴褛的青年，想从我这个饱食终日的寄生虫这里得到什么？不过是几个克朗，几个可怜巴巴的克朗吧。他们本来可以在那个黑暗的地方掐住我的喉咙，掠夺我，杀死我，可是他们没有这么做，他们只是妄图以一种不熟练的笨拙的方式威胁我，为了散装在我口袋里的这几个小钱。我，这个突然心血来潮的小偷，不知羞耻的窃贼，精神亢奋的罪犯，怎么还敢折磨他们，折磨这两个穷鬼？我的无限同情里涌入了无限的羞愧，因为我为了自己高兴还拿他们的恐惧，拿他们的焦躁情绪开心呢。我振作起来：现在，恰在此时，我安全了，因为附近街道的灯光保护着我。现在，我应该顺着他们的愿望，消除他们痛苦、饥饿的目光里的失望了。

我突然转身，朝一个人走去。"您为什么要告发我呢？"我说，极力让恐惧解除的叹息淹没在我的声音里，"您想我从这里得到什么？也许我要坐牢，也许不会。但这对您并没有什么好处。您为什么要毁了我的生活？"

那两个人狼狈地愣在那里。他们现在是在等待着一切，等待冲着他们的叫喊，等待一声使他们像猎犬的狗一样跑掉的威胁，就是未曾指望这样的宽容。最后，那个人不是带着威胁的而是带着道歉的口吻说："那是为了正义。我们只是尽我们的责任。"

这显然是为了应付这种情境的生搬硬套的话，听起来无论如何都是假的。两个人当中，谁也不敢正眼看我。他们在等待着。我知道他们期望着什么。也许我会哀求怜悯。也许我会给他们钱。

我现在还记得那几秒钟的一切。我记得在我身上每根活动着的神经，我记得在我太阳穴后边震颤着的每个思想。我还记得，我的恶劣情绪那时首先想到的是什么：让他们等着，让他们多受一会儿折磨，让他们尝够被晾在一边等待的滋味。但我很快控制住了自己，我现在开始表示恳求了，因为我知道，我必须使这两个人摆脱恐惧。我开始演出一场表示恐惧的喜剧，我请求他们怜悯，请他们不要声张，别让我遭到不幸。我发现他们变得很窘迫，这两个半瓶醋的敲诈者。我们之间好像保持着一种很有感情的沉默。

这时，我终于，终于说出了他们渴望已久的话。"我……我给你们……一百克朗。"

三个人一怔，面面相觑。这么多钱他们简直不曾想过，更何况现在他们本以为一切都落空了呢。最后，其中的一个人，就是那个目光慌乱的麻子，镇静下来了。他第二次又要说话。但话卡在喉咙里说不出来。过了一会儿，他说："二百克朗吧。"我觉得他说这话时显得很难为情。

"住嘴吧，"那姑娘突然插嘴说，"只要他给你们一点儿，你们就该知足了。他压根儿什么都没干，他连碰都没碰我一下。这真是太过分了。"

她当真是愤怒地朝他们喊的。我的心怦怦直跳。有人同情我，有人为我说好话，丑恶中升起善良，讹诈里出现某种对正义的模糊渴望。这多么使人愉快，这是对我不平静的心怎样的回报呀！不，现在不能再拿这些人开心了，不要再用恐惧和羞耻折磨他们了：够了！够了！

"好的，那就二百克朗。"

他们三人都没作声。我掏出钱包。我当着他们的面慢慢把它打开。他们完全可以从我手里一把抢走它，逃到黑暗里去。但他们却羞答答地扭过头去不看。现在在他们和我之间已是一种秘密的制约关系，不再是斗争和赌赛，而是一种天理和信任，一种人性的关系。我从偷来的一叠钱里抽出两张钞票递给其中的一个人。

"谢谢。"他无意中说着，转身离去。显然，为了敲诈来的钱表示感谢，他本人也觉得可笑。他感到很难为情——哦，这一夜我是什么都感受到了，各种姿态都在我面前暴露无遗——他的这种难为情使我感到压抑。我不希望一个人在我面前感到害臊，哼，在我这个他的同类面前，在像他一样的小偷面前，要知道，我的软弱、胆怯和意志薄弱和他没有两样！他的低声下气使我感到痛苦，我想使他摆脱这种窘态。于是，我不让他谢我。

"应该是我感谢你们，"我说，同时对自己的声音里迸发出那么多真实的热情感到惊奇，"如果你们告发了我，我可就彻底完蛋了。那样一来，我就非自杀不可了，而你们却从中什么也得不到。现在这样，还是比较好。我现在往右边走，你们也许往另一边走吧。再见。"

他们又沉默了一会儿。随后，一个人说"再见"，然后是另一个人，最后是那个完全隐没在阴暗处的小妓女。那声音听起来十分温暖，十分亲切，像一声真心的祝愿。从他们的声音里我感觉到，在他们本性的某个深藏的暗角，他们是爱我的，他们永远也不会忘记这特殊的时刻。就是在监牢或医院里，他们也会再想到这一时刻的：我给了他们某种东西，我心中的某种东西将继续活在他们心里，我心中充满这种给予的愉快，这种感觉我还从未有过呢。

我独自在夜色中向普拉特游乐场的出口处走去。一切重负都从我心头卸了下去，我感觉到，我这个失落的人在一向不相识的充实中正涌进一个无限的世界。我感到，一切都好像为我一个人活着，我又跟一切汇流在一起。大树黑黝黝地立在我周围，沙沙地对我低语，我喜欢它们。星星从天空向下照耀，我呼吸着它们银光闪闪的问候。各种声音歌唱般从某处传来，我觉得它们是在为我歌唱。自从我把围在我心胸周围的硬皮层捣碎，突然一切就都属于我了。我心中充满了施予和挥霍的快乐。哦，我觉得，使别人快乐，从而自己也获得快乐，这是何等容易：人们只需把自己的心敞开，那活的激流就会从人向人流去，从高处跌落到低处，再冒着泡沫从深处上升到无限。

在普拉特游乐场出口处的停车场旁边，我看见一个女摊贩面带倦意地弯腰面向她的零星杂货。她有各种糕点，上面已有灰尘，还有一点儿水果。她从一早就这样坐在那里，俯身看着那不值几个赫勒①的东西，累得连腰都直不起来。我想，既然我高兴，你为什么不该高兴呢？我买了一小块甜点心，给她撂下一张钞票。她马上想找零钱给我，但我已经往前走了，只见她高兴得吃了一惊，她那皱缩的身子忽然挺直了，只有那惊呆的口里冒着沫子向我千恩万谢。我手指夹着甜点心，朝那匹疲倦地驾着辕的马走去，但现在它转过头来，对着我友好地打着响鼻。我摸了摸它粉红色的鼻孔，把点心塞到它嘴里，它用阴郁的目光表示感谢。我刚喂完马，就产生了更多的渴望：还要制造更多的欢乐，还要更多地体会人们怎样靠几个银币、几张彩色的纸片解除忧虑，消除不安，唤起欢乐。这里为什么没有一个乞丐？为什么没有渴望得到气球的孩子？那里有一个愁眉苦脸的白发瘸子带着一大把拴在很多条线上的气球，正在一瘸一拐地往家里走，因为在漫长的一个大热天里做着不景气的买卖而大失所望。我朝他走去。"把气球给我吧。""十赫勒一个。"他疑惑地说，这位高雅的游手好闲者在半夜时分要这些彩色气球干什么呢？"请您把所有的气球都给我吧。"我说，给他一张十克朗的钞票。他蹒跚地走过来，像花了眼似的看着我，然后他颤抖着把拴着整把气球的那根带子交给了我。我感到那带子直挺挺地在我手指间往外拉扯：气球想挣脱，想获得自由，想往天空飞。那就去吧，随便到哪儿去，飞吧，愿意飞到哪儿就飞到哪儿，你们自由了！我松开那些拴着气球的绳，于是，它们就像许多五光十色的月亮突然飞

---

① 旧银币或铜币，在奥地利当时等于百分之一克朗。

升了。人们从四面八方跑过来，哈哈地笑着，那一对对情侣也从暗处走出来，车夫把鞭子甩得啪啪直响，相互喊着用手指着，告诉人们现在这些自由的球体越过了树梢，正向那些房子和屋顶飘去。所有的人都愉快地相互望着，都因为我的这种微醉的愚蠢之举而感到开心。

为什么我过去从来就不知道，使别人欢乐是多么简单，多么美好！忽然，我钱包里的钞票又发烫了，它们像刚才那根拴气球的绳一样在我手指间震颤：它们也想飞走，从我这里飞到陌生人那里去。于是，我掏出钞票，这些偷拉尤斯的彩票换来的钱和我自己的钱——这里有何区别或有何罪过我一点儿也感觉不到了——我把钱拿在手里，准备把它们散发给想要的人。我向街那边的一个清道夫走去，他正在厌烦地清扫冷冷清清的普拉特游乐场的大街。他以为我想问他哪个小巷，愁眉苦脸地抬头看我。我对他笑笑，把一张二十克朗的钞票递给他。他呆望着，不明白是怎么回事，后来他把钱接过去了，又等着看我要求他做什么。但我只对他一笑说："拿去买点什么好东西吧。"说完便继续往前走。我一直东张西望，看有没有人对我有什么要求，没人来，我就送上去：我给了一个向我攀谈的妓女一张票子，给了一个点路灯的人两张钞票，往一个地下面包房开着的天窗掷进去一张，我就这样往前走着，我身后留下一长串大为惊诧的人，他们是又感谢又高兴。最后我把钞票一张一张地揉成团抛向空荡荡的大街，或抛向教堂的台阶，我高兴地想着：如同那些小女人做早祷时发现成百的克朗，并感谢上苍一样，一个大学生、一个使女、一个工人也会惊诧而愉快地在路上发现这些钱，就像我在今夜这样惊诧而愉快地发现了我自己。

我再也说不出我把所有的钞票和我自己的银币都怎样撒出去和撒到哪里了。我感到一阵醉意，好像向女人体内射精；当我让最后几张纸币飘走时，我感到轻松了，就好像我也能飞一样，我觉得有一种我从未体验过的自由。街道，天空，房屋，我觉得这一切都汇集在一起了，我心中萌生一种拥有它们、跟它们休戚与共的全新感觉。就是在我生活的最火热的时刻，我也从未有过这样强烈的感受：所有这些东西都是真实的存在，他们生活着，我生活着，他们的生活和我的生活完全一样，这种伟大的强有力的生活，这种永远享受不尽的快乐生活，只有爱才能理解它，只有献身者才能拥抱它。

随后，还出现了最后一个黑暗的瞬间，那是我喜滋滋地漫步回到家，把钥匙插进锁孔，打开通向我房间的黑洞洞的走道门的时候。那时，我骤然产生了一阵恐惧：如果我踏进直到此刻一直属于我的那个住房，躺到我的那张床上，如果我再拾起我今晚妥善扯断的、联系那一切的纽带，那么我就又回到我往日的旧生活里去了。不，不能再成为我过去那样的人，不能再成为昨天和昔日的那种无可指摘、冷酷无情、与世隔绝的绅士了。我宁可跌落到犯罪和恐怖的深渊，但却进入了生活的现实中！我疲倦，说不出的疲倦，但我害怕睡眠会压倒我，害怕睡眠会用它黑色的泥浆又把今夜在我心中燃起的一切热情的、火热的和活生生的东西冲走，我害怕这整个经历会如此短暂，把握不住，像一场幻梦。

但第二天，我醒来时又快活地进入一个新的早晨，没有丝毫东西从那波涛起伏的感情中流逝。从那时起已经过去了四个月，往日的僵化生活并没有回来，我依旧生气勃勃地进入每一天。在当时那种着了魔的陶醉中，我脚下突然失去了我那个世界的立足之地，跌进了不相识的境界；在跌入这奇异的深渊时，我感到了那跌落速度和整个生活深度昏昏然混合在一起的眩晕。这种潮热自然已经过去了，但从那一时刻起，我就感觉到我自己的热血随着呼吸翻滚，我感觉到这热血随着日新月异的欢乐流动。我知道，我已经变成另一个人了，现在思想不同了，兴奋点不同了，而我更自觉了。诚然，我不敢说我变成了一个更完美的人：我只知道我成了一个更幸福的人，因为我为我的完全冷却下来的生活找到了某种意义，我找不到什么字眼来说明这种意义，只好还用生活这个词儿。从此我再无任何禁忌，因为我认识到我那个社会的准则和礼仪都是空洞的东西，不管面对他人还是面对自己我都问心无愧。什么声誉，犯罪，缺德，这些词都突然带上了一种冰冷的铁皮一样刺耳的音响，一说起这些我就毛骨悚然。我生活着，我靠着当时第一次如此神奇地感觉到的那股力量生活着。不去问它把我赶到哪里去：也许是朝着一个新的深渊，陷入他人称为邪恶的境地，或是使我成为一个高尚的人。我不知道那是什么，我也不想知道那是什么。因为我相信，只有把自己的命运当作一种秘密去爱的人，他才是真正活着。

但是我从来也没有更热烈地爱过生活，这我最清楚不过。我现在知道了，谁对纷繁的生活冷漠，他就是罪犯（唯一的罪过！）。自从我开始理解我自己以来，我便理解了无数别的事物：站在橱窗前的一个贪婪者的目光，会使我的心震动；一条狗的蹦跳，会使我兴奋。我突然注意起一切来了，对什么都不再冷漠。我天天从报上读到上百条令我激动的新闻（往常我读报只翻看一下娱乐和拍卖栏目），以前使我厌倦的书也忽然在我面前展开了。最奇怪的是：除了人们所说的那种交谈，我也突然能跟人攀谈了。那个跟了我七年之久的仆人，也使我感兴趣了，我常常跟他闲谈。那个总管，平时我总是毫不在意地从他身边走过去，好像他是一个能活动的木头桩子，最近他也跟我讲述了他小女儿的死，这事比莎士比亚的悲剧还使我感动。虽然为了不暴露自己，我表面上继续生活在那文雅乏味的圈子里，但是这个变化还是逐渐显露出来了。很多人忽然对我热情起来；这个星期，街上陌生的狗，竟有三次向我跑来。朋友们跟我说话，就好像跟一个战胜疾病的人说话一样，显得那么愉快，他们说我变得年轻了。

更年轻了？我只知道，我现在才开始过真正的生活。每个人都误以为，一切往事永远只是错误和准备，这恐怕是一般的偏见。我知道，把一支冰冷的羽毛笔拿在我有生气的温暖的手里，在干爽的纸上写出"过真正的生活"，也确是不自量力。如果说这也是一种偏见，那它也是第一个使我感到幸福的偏见，第一个使我的血变热、使我的感官焕然一新的偏见。如果说我在这里写下我的觉醒的奇迹，那也只是为了我自己。关于所有这一切，这些字句所能告诉人们的，远远不如我自己理解得更为深刻。这件事我从未对任何一个朋友说过；他们想象不到，我早已是个活死人，他们也不会想到，我现在活得多么充满生机。倘若死神进入我的活跃的生命中来，倘若这些文字落入他人之手，那么，这种可能性也绝不会使我恐惧，使我痛苦。无论是谁，只要从未体味过这样一个时刻的魔力，他就会像我半年前一样，不能理解为什么一个夜晚的几桩转瞬即逝、貌似毫无联系的小事，竟如此奇妙地点燃了我已如死灰的生命。在这样的人面前，我不感觉羞愧，因为他不理解我。不过，谁知道这里的联系，他也不要去下断言，不要骄傲。在他面前，我不羞愧，因为他理解我。谁一旦发现了自己，他在这个世界上就什么也不会失去。谁一旦在自己的身上理解了人，也就理解了所有的人。

（关惠文　译）

一颗心的沦亡

　　为了给一颗心以致命的打击，命运并不是总需要聚积力量，猛地扑上去；通过微不足道的原因促成毁灭，这才最能激起生性乖张的命运的乐趣。在人类含义模糊的语言中，我们称这最初的、不足介意的东西为诱因，并且把它那无足轻重的分量与经常是强烈的、起持续作用的力量相对比。正如一种疾病很少在发作之前被人发觉一样，一个人的命运在变得明显可见和已经成为事实之前也很少被察觉。在从外部攻入灵魂之前，它早已在内部——从精神到血液——主宰一切了。说到底，人的自我认识同时也是一种自我抗拒，而且多半是无济于事的。

　　索罗门松老人，当他在国内时，自称为枢密顾问。最近，他携全家在复活节期间来到了意大利，住在加尔达湖畔的一家旅馆。这天夜里，老人突然被心头的一阵剧痛惊醒；仿佛有什么东西重压在他身上，胸口闷得厉害，几乎无法呼吸。老人感到恐惧，因为他一直为胆痉挛所折磨。医生曾建议他到卡尔斯巴德进行疗养。可是，他没有听从医嘱，却为着全家人的缘故来到了南方。此时，他万分担心，害怕疼劲儿会愈加厉害；于是畏惧地用手去抚摸自己那肥胖的腹部。过了一会儿，尽管疼劲儿并未减轻，但他确信不像刚才那么紧张了。他只是感到胃部难受，很可能是由于吃了不洁的食品而引起的轻度食物中毒。因为在意大利，对旅游者来说，这简直是司空见惯的事。他轻轻吸了口气，抽回了颤抖着的手。可那股难受劲儿使他喘不过气来。老人呻吟着走下床，想活动一下。他站起身来，尤其是走了几步以后，真觉得舒服多了。可是，房间又黑又窄，老人更怕吵醒睡在旁边床上的妻子，引起她不必要的惊慌。于是他披上睡衣，赤着脚穿上拖鞋，蹑手蹑脚地溜到了走廊，好在那里活动活动，减缓痛苦。

他推开正对着昏暗走廊的房门，这当儿，从敞开的窗口传来了教堂塔楼上的钟声。震颤的钟声响了四下，声音先是在湖面上响亮地回荡，随即渐渐地消逝了。已是清晨四点钟。

长长的走廊上一片漆黑。可是老人还清楚地记得这是一条笔直而宽敞的走廊，因而无需照明。他在走廊上从一端走到另一端，喘着粗气，来回地走着，感到疼劲儿慢慢地过去了，不禁心中暗喜。很快，这种踱步已使疼痛几乎完全消失了。他准备返回房间。突然，什么声音把他吓住了。这是从近旁暗处传来的窃窃私语；声音细微，但却很清晰。吱喽一响，紧接着一阵喃喃低语，然后是走动的声音；随即，一道狭长的光柱从半掩的门缝中透出，划破了一片混沌的黑暗。是什么？老人不由自主地一闪身，躲进了角落。他并非好奇，而是完全屈服于一种可以理解的惭愧心理：他害怕别人在这种奇怪的场合看到自己的夜游。可是，就在一瞬间，借助一闪即逝的灯光，他清楚地看到了溜出来的白衣女人的身影随即消失在走廊远端。就在这时，从走廊尽头的最后一个房间那儿又传来了轻轻地扭动门把手的声音。之后，一切又都归于黑暗的寂静。

老人突然踉跄了几步，仿佛心脏受了一击似的。刚才在走廊尽头响起令人不安的声音的地方，那儿，那儿就是自己的房间；他为全家租了一套三居室的公寓。莫非是妻子？不，仅仅几分钟之前，他才离开她；那时她还在酣睡中。那，这个女人——绝对没错——这个刚从别人房间溜出来的女人，不会是别人，只能是他那将满十九岁的女儿，艾琳娜。

惊愕使得老人一阵发冷，全身抖个不停。艾琳娜是个开朗又任性的孩子。不，这不可能是真的，一定是我看错了！她到别人的房间去干什么，如果不是为了……此刻，他像要摆脱猛兽的追逐一样，拼命想摆脱自己的念头。可是，溜走的女人幽灵般的形象却牢牢地占据了他的脑海，使他再也无法挣脱。无论如何都要把这件事弄清楚，他喘息着，手扶着墙壁，慢慢地摸到了女儿的房门口。她的房间刚好和自己的紧连在一起。太可怕了。恰恰是在这里，恰恰在过道头上女儿的房间门缝和钥匙孔里，透出了一丝微弱的灯光。清晨四点钟，女儿房间里却亮着灯！还有新的证据：房内电灯开关发出嘎嗒一声之后，这缕白光立即了无痕迹地消失在黑暗之中——不，不，不要再欺骗自己了——就是她，我的女儿艾琳娜，在这夜阑人静的时分，悄悄地从别人的床上溜回自己的房间。

老人由于惊恐和寒冷抖个不停，浑身直冒冷汗，汗水浸透了毛孔。他的第一个念头就是一脚把门踢开，几拳打死这个不知羞耻的东西。但是他两腿发软，在硕大的身体下面摇晃不定，甚至连蹒跚地走回自己的房间、挪到床头的气力都没有了。他一头栽倒在枕头上，有如垂死的野兽。

老人一动不动地躺在床上，瞪着双眼，凝视着黑暗。身边传来妻子均匀的呼吸声。这时，他的第二个念头是叫醒妻子，告诉她刚才自己见到的痛心情景；然后喊叫一阵，发泄出内心的痛苦。但是，如何开口啊？用什么样的语言来向她讲述这令人惊骇的一切？不，不，这种话他说不出口。可是，该怎么办呢？怎么办啊？

他想集中思想好好考虑考虑，可是思绪却像蝙蝠一样盲目地飞来撞去。这一切实在太令人难以置信了。艾琳娜长着一对讨人喜爱的眼睛，是个温顺、有教养的孩子。曾几何时，他常常看到女儿俯在桌上做功课，用那粉红色的小指头费力地描着粗大的字母……曾几何时，他把她从学校领到糕点铺，她穿着淡蓝色的小衣服，用温柔的小嘴吻着他的额头……难道这一切不就仿佛发生在昨天吗？……不，这是过去的事了……可是，就是昨天，真正就是昨天，她还稚气十足地撒娇，央求自己给她买橱窗里那件颜色绚丽的天蓝色加金线的高领衫。"好爸爸！给我买了吧！"看到她绞起双手面带笑容的恳求，他又怎能不去顺从女儿的心意呢……可是现在，现在她竟然从距离自己房间只有两步远的地方，在深夜里溜了出去，跑到一个陌生男人的床上，在那里赤裸着身体，淫荡地同别人扭在一起……

"我的上帝！我的上帝！"老人不由自主地呻吟起来，"耻辱！耻辱啊……我的孩子，我那温柔可爱的女儿，怎么能随便和一个男人……这人究竟是谁，能是什么人呢？我们来到戈东才不过三天。在这以前，她从来没有结交过这类油头粉面的花花公子——不论是长着细长脑袋的乌巴尔基伯爵，还是那个意大利军官，或是麦克伦堡的骑师……艾琳娜都是在到这儿第二天的舞会上才结识的。难道她已和他们之中的一个有了……不，这不可能是第一次，或许以前在家里时就早已有过了……我竟什么都不知道，什么也没有察觉，我是个傻瓜，被蒙在鼓里的傻子……可是，我又怎么会知道她的这些事呢？……我整日不顾一切地为了她们奔波操劳。每天要在办公室里坐上十四个小时，再确切地说，就是整日里带着满箱的货样，待在火车里……为了她去赚钱，钱，钱。为的是让她们母女俩有漂亮的衣饰，让她们富有……晚上，当我拖着疲惫虚弱的身子回到家中时，家里已是空无一人：上剧场看戏，参加舞会，去做客……我又如何能知道她们整天做些什么呢？现在我知道了：每天夜晚，我的女儿将她那纯洁而富有青春魅力的肉体献给了男人们。她像一个妓女……啊！奇耻大辱啊！"

老人呻吟不止，每一个新的思绪都加深了他的痛苦；他觉得自己的头颅被打开了，脑浆外溢，一群红色的小虫正在血泊中蠕动。

"为什么我要忍受这一切？……为什么我现在还躺在这里，折磨自己？而她，那个小淫妇，却安然自得地呼呼大睡？为什么我现在不马上冲进她的房里去，让她明白，她干的这种不要脸的勾当我全都知道？……为什么我不去打断她的骨头？就是因为我太无能……太怯弱……过去我还以此为荣，能让她们过上轻松愉快和无忧无虑的日子，哪怕我再吃苦受累也成……我节衣缩食，省吃俭用，一个铜板一个铜板地为她们攒钱……只要能使她们满足，我甚至宁愿揭掉身上的一层皮……可是，我刚使她们有了钱，在她们眼里就已成了个厌物。在她们看来，我既不时髦，又无教养……可从前我到哪儿去受教育？我十二岁那年就离开了学校，去为生活奔波、拼命……带着货样走村串乡。随后又是从一个城市辗转到另一个城市，直到有了自己的店铺……可是，她们俩刚一改变地位，有了自己的宅子，就不肯再用我这古老而诚实的姓氏。参议、枢密顾问，这些都是我不得已用钱买的啊，免得人们再叫她索罗门松太太……好使她显得高贵……高贵！高贵！……要是我反对她们的这种虚荣，反对她们的'上流'社交，向她们叙述我的母亲——愿上帝保佑她——当时是怎样地持家，如何地稳重和谦让，一切只是为了我父亲和孩子们，她们就会嘲笑我。她们笑我保守，笑我落伍……艾琳娜总是用讥讽的口气对我说：'好爸爸，你这些早过时了。'……是啊！我是过时了……可是，她，现在竟然睡在别人的床上，躺在陌生男人的怀里……这是我的孩子，我那唯一的孩子啊……噢，奇耻大辱，奇耻大辱啊！"

这痛苦可怕地折磨着他，使他辗转反侧，久不成眠，终于惊醒了身边的妻子。"怎么了？"妻子睡意蒙眬地问道。老人屏住气，一动不动。他就是这样纹丝不动地躺在痛苦的棺柩里直到天明，思绪像小虫一样吞噬着他。

早餐时，老人第一个来到餐厅。他长嘘了一口气，坐了下来，可是一点胃口也没有，什么也不想吃。

　　"又是我一个人，"他在想，"老是一个人！……每天清晨，当我去办公室时，她们由于头天晚上聚会或是看戏的劳累仍在甜蜜的梦乡里。可等到晚上我回来时，她们早已不知去向，在外面寻欢作乐。这类交际场合，她们从来不要我同去……啊！金钱，这该死的钱把她们俩全毁了，是金钱把我们变成了陌生人……可我，这个傻瓜，还老想为她们去攒更多的钱；其实，我这是在洗劫自己呀，把自己变成个穷光蛋，把她们也毁了……五十年来，我不知疲劳地辛勤苦干……可现在，却只落得孤身一人……"

　　老人慢慢变得不耐烦了："她为什么还不来？……我有话要对她说……我必须告诉她……我们得离开这里，马上就离开这儿……为什么她还不来？大概她还乏得很，睡得正香甜呢？可我的心都快撕碎了……当妈的每天要花上好几个小时来打扮自己：洗澡、擦鞋……修指甲、理头发，不到十一点钟不会下楼……如此说来，女儿出了问题，倒也不足为怪。啊，钱，这该死的钱！"

　　老人身后传来了一阵轻轻的脚步声。"早晨好，爸爸，睡得好吗？"一位姑娘从他的肩头俯下身来，轻轻地把吻印在老人发烫的额头。他本能地把头扭了过去，他讨厌克吉牌香水那股甜腻腻的气味。更何况……

　　"爸爸，你怎么了？又不高兴了？侍者，来一杯咖啡和一份火腿蛋……没有睡好？还是听了什么不愉快的消息？"

　　老人压住了火气，他不敢望向女儿，低低地垂下头，一言不发。他刚好看到女儿那双娇嫩的小手正懒洋洋又娇里娇气地在雪白的台布上胡乱画着。他全身在颤抖。他的目光悄悄地流连在女儿那双尚未成年的少女的手臂上……不久前，女儿每晚临睡前总要用这双手臂来拥抱他……老人的目光又落在女儿隆起的胸部，它在那件新买的高领衫下均匀地起伏着。"赤裸裸、一丝不挂地……和一个陌生的男人扭在一起，"老人愤懑地想，"是他搂抱过、抚摸过、吸吮过、占有了……我的亲骨肉……我的孩子……啊！这个坏蛋！"

老人不由地呻吟起来。"爸爸，你怎么了？"女儿温存又有些吃惊地问道。"我这是怎么啦？"他脑子轰地一下，"我的女儿成了娼妓，可我却没有勇气当面对她说出来。"

可他只是讷讷不清地说："没什么！没什么！"然后很快拿起一份报纸，将它打开，好挡住女儿那惶惑不解的目光。他越来越感到没有勇气面对女儿的视线，他的双手又抖了起来："我现在必须跟她讲，趁着这里只有我们两个人。"这种思想在折磨着他，可是他却说不出话来，连看女儿一眼的勇气都没有了。

突然间，他猛地将桌子一推，随后吃力地向花园走去；他感觉到两行热泪不由自主地流下双颊。他不愿让女儿看见这一切。

身材矮小结实的老人在园中胡乱地走着，呆呆地凝视着湖面。虽然泪水模糊了视线，但他还是被眼前的迷人景色吸引住了：银白色的薄雾后面，黯淡的丘陵上点缀着柏树勾勒出来的黑色线条，闪现出绿色的波浪。丘陵后面是陡直的山峦，它严峻但并不傲慢地眺望着惹人爱怜的湖水，像是严肃的长者守望着一群无忧无虑地嬉戏的可爱孩童。这胸襟开阔、繁花似锦、殷勤好客的大自然是多么地令人神往！上帝在南国露出的轻松、善良和幸福的微笑是多么甜蜜！"幸福啊！"老人迷惘地摇晃着沉重的脑袋。

"到这里来是能够幸福的。我自己也该享受一次这样的幸福，亲自领略一下那些从不知为生活发愁的人过的那种惬意生活……写呀，算呀，讨价还价，经营盘算，五十多年了，也该享受几天悠闲自在的日子……在黄土埋身之前，也该有这么一次……六十五岁了，我的上帝，死神的手已触到了我的身体，钱不能救我，医生也救不了我……在这之前，我只想轻松地活着，舒舒服服地喘口气……可我那过世的父亲以前曾说过：'欢乐从不属于我们，只有当你走进坟墓时，才算最终卸去了肩头的重担。'……昨天我还在想，自己或许可以休息一下了……昨天，我还自以为是个很幸福的人，为有这样一个美丽活泼的女儿而欣慰……可是今天上帝却惩罚了我，夺走了这一切……现在一切都完了……我再也无法和自己的亲生女儿对话……我再也不能看她一眼，我为她感到羞耻……这种思想将时刻伴随着我。不论是回到家中，还是在办公室里，甚至夜晚睡在床上，我都无时无刻不在想：她现在在在哪里？她刚才又到过哪里？她干了些什么？……我再也不能平平静静地走在回家的路上了……过去，每当她跑来迎接我时，看到她是那样年轻、漂亮，我的心都高兴得跳了起来。如今，当她再过来吻我时，我就会想昨天谁吻过这双嘴唇……当她在我身边时，我又不敢看她一眼……不行，这样没法活下去，没法子活下去啊！……"

老人像醉汉一样前后蹒跚着，喃喃自语。他一次又一次呆呆地望着湖面，泪水止不住地流进胡须。他伫立在狭长的小路上，取下夹鼻眼镜，揩抹那双噙满泪水的近视眼；那副愚蠢的可怜相竟让一位过路的年轻园丁诧异地停了下来，最终还笑出了声，随后用意大利语朝他不知喊了句什么就跑开了。这下可把老人从晕眩中惊醒了，他急忙戴上眼镜，踅往花园的另一侧，想在那里随便找个凳子，避开人们。

　　可是，就在他刚刚靠近偏僻处时，从左面什么地方传来一阵笑声，惊动了他……这笑声是那样的熟悉，又是那样的令人心醉。银铃般的笑声，在他的耳边回荡了整整十九年。这清脆的笑声……他就是为了这笑声，不知曾在火车的三等车厢内度过了多少个夜晚，奔波在波兹南和匈牙利之间。为的是给它加上金黄色的养料，好让它开出鲜艳夺目的花朵。他生活的唯一目的就是这笑声。他积劳成疾，患上了胆病……就是为了使这甜蜜的嘴唇能永远迸出银铃般的笑声。可是现在，这令人诅咒的笑声却像一把锋利的尖刀，直插入老人的心窝。

　　然而，老人还是经不住这笑声的诱惑。他看到女儿站在网球场上，球拍在她光洁白皙的手中随意挥动着。她娴熟地任意操纵着球拍的方向，忽起忽落。与此同时，随着球拍的挥动，她那爽朗的笑声与网球一同升上了蔚蓝的天空。三个男人赞不绝口地望着她：身穿敞领运动衫的乌巴尔基伯爵、穿紧身军装的军官和衣着考究的骑师。三个健壮而匀称的男人，有如一组环绕在飞舞的蝴蝶近旁的塑像。就连老人自己也像着了迷似的目不转睛地望着。我的上帝！她穿上这雪白的短裙实在太美了！阳光在她的金丝秀发上闪闪发亮！她那充满了青春活力的胴体在跑跳中是如此轻盈、敏捷，完全陶醉在自己那灵活而富有节奏感的动作之中。现在，她欢快地将白色的网球击向了高空。一下，两下，三下。她弯下纤细的少女的腰肢，腾空一跃，接住了最后一个险球。这一切都是老人从来没有见到过的：她犹如被一团恣情的火焰燃烧，炙热的飘忽不定的火焰围绕着她烈火熊熊的胴体，为她罩上一层夹杂笑声的银白色的烟雾，俨然一尊南国花园里常春藤掩映的青春女神，一位平静湖面上泛起的柔软碧波中走出的仙女。这苗条娉婷的胴体，在家中从来没有像现在这样忘情于嬉戏，这样恣肆地跳跃。没有过，他从来没有见到女儿这样过。在郁闷的牢笼般的城市里没有过，在自己家中，在街道上，他从来没有听到过她迸发出这云雀般的笑声。这笑声摆脱了尘世间的污秽，几乎成了一阕欢快的歌曲。没有过，她从来没有这样美丽过。老人目不转睛地盯着女儿。他忘却了一切。这炙热飘忽的火焰令他倾心神往，他真愿意总是这样站着，一个劲儿地死死地盯着女儿，用热烈的无休止的目光把她的形象印进脑海。这时，她敏捷地一转身，喘着气跃起身来击回了最后一个险球。她呼出一口气，娇喘吁吁，面孔绯红，眼中闪现出骄矜的目光，笑着将球拍紧紧地抱在怀里。"好极了！好极了！"像是刚刚听完一曲咏叹调，三个男人为她的精湛球艺欢叫起来。老人被这几声怪叫惊醒。他满心不悦地瞪了他们一眼。

"就是他们，这帮坏蛋！"老人的心怦怦直跳，"就是他们……可到底是哪一个呢？究竟是他们之中的哪一个占有了她？……看，他们看上去倒是衣冠楚楚、风流倜傥。这些光天化日打劫的强盗……我像他们这年纪，正穿着补丁裤子，坐在店铺里；破衣烂衫，在顾客面前低声下气……他们的父辈也许至今还在用自己的血汗为他们挣钱……可他们倒好，整日里东游西逛，到处寻欢作乐，看看那无忧无虑的面孔、放荡不羁的目光……他们怎么会不感到快乐和满足呢……只消说几句甜言蜜语，就能使这样一个爱慕虚荣的女孩子爬到自己的床上去……可这个人究竟是谁呢？肯定是他们之中的一个，我知道，是他透过衣服看到了她那赤裸的身体，咂着舌头琢磨解开她的衣扣，享受她的肉体……他对自己的女儿的一切已是那样的熟悉，并在暗自得意占有了她……他对她是那样的热烈和毫无顾忌，也许还在想今天晚上再来。看，他在向她使眼色呢——这条狗……我真想一棍子打死他，这条狗！"

那边儿，人们发现了老人。女儿挥动着手中的球拍向他打招呼，笑着跑了过来。男人们向老人致意。老人没有答礼，依然用满布血丝的眼睛死死地盯着女儿那充满笑意的嘴唇。"你这不知羞耻的东西，还有脸笑呢！……哦！那个流氓也许在暗中笑我，也许在想：他站在这儿，这个蠢犹太佬，夜里还在自己床上睡得像个死猪……要是他知道了，这个老傻瓜！……是啊，我知道你们在笑我，你们嫌弃我就像嫌弃一堆吐出的污物……可是我的女儿，她是那样可爱、顺从，竟像娼妓一样跑到你们的床上……至于她妈妈，实在是太胖了，再怎么修饰打扮也不过如此，即便是有人对她说几句殷勤话，倒也无关紧要……是的，简直是禽兽。你们当然会理直气壮，因为是她们自己追着你们……别人揪心的痛楚与你们又有何相干……你们只要自己得到满足，只要自己得到欢乐，这些下流坯……真恨不能一枪打死你们……用鞭子抽死你们！……可是到头来还是你们有理，因为没有人这样对待你们……因为他只能把心中的愤怒强咽下去，像狗在吃自己的屎一样……还是你们有理，因为他是这样的胆小、可怜……他不敢冲上去，把这不要脸的女人从你们身旁揪回来……他只能站在一旁，一声不响地折磨自己……懦夫……胆小鬼……胆小鬼。"

老头用手抓住了栏杆，绝望的愤怒使他摇晃不定。蓦然间，他朝着脚下啐了一口，然后踉跄地走出了花园。

老人步履蹒跚地来到市区，突然在一家商店的橱窗前停下了脚步。橱窗内琳琅满目、五光十色的商品堆成宝塔形和锥形的图案，布置得很是精美诱人。这里专门为旅游者准备了各类商品：从衬衫、渔网、渔具到连衣裙、领带、书籍和食品。可是，老人却只凝视着一件物品，它被冷落在这些时髦的商品中间。这是一根头上包着铁皮、质地粗糙的难看手杖。就用它，握在手里，沉甸甸的，打起人来可够厉害的了。"打死他！……打死这条狗！"这个念头使老人感到一阵头晕目眩，慌乱但又带有几分快感。他走进店铺，只花了很少的钱就买了这根瘿节累累的手杖。刚把这沉甸甸的手杖拿到手中，他就感到力量倍增：对于一个弱者来讲，武器确实能增添不少的勇气。老人感到手臂上的肌肉顿时有了力量。"打死他……打死这条狗！"他喃喃自语，不知不觉中，刚才那沉重和吃力的步履变得坚定、平稳、轻快起来。他沿着湖边走去，简直是在小跑；他喘息着，满身汗水。这更多的是由于他那狂暴的激情，而不是急速的步伐。那只握着手杖的手，由于过分用力而痉挛得越来越厉害。

他就这样手执武器向绿荫深处走去，同时用不安的目光四处搜索着他那陌生的敌人。果真，在角落里，他的妻子、女儿正和那三个男人一起，坐在舒适的藤制安乐椅上，一边用麦管吸着苏打威士忌，一边谈笑风生，好不惬意。"是哪一个呢？是哪一个呢？"老人闷闷地思忖，手紧紧地握住那根沉甸甸的手杖。"该去砸碎谁的脑袋？……谁的……谁的？"就在这时，艾琳娜跑了过来，她误解了老人目光中的含义。"爸爸，刚才你在哪儿？我们到处找你，麦德维兹先生邀请咱们全家乘他的菲亚特汽车去兜风，沿着湖边一直到德森札诺去。"女儿温存地把老人扶到了桌前，显然，她在期望父亲对客人的邀请表示谢意。

三位先生彬彬有礼地立起身来，把手伸向老人。老人又哆嗦起来。女儿热切地勾住他的胳膊，使他感到一阵温暖和令人眩晕的慰藉。他勉强地依次握了向自己伸来的手，然后默默坐下，取出一支雪茄，咬紧牙齿咀嚼着自己的愤怒。席间的法语对话不时被放肆的笑声打断，陆续传进他的耳朵。

老人蜷曲着身体坐在一旁，一言不发。从他那衔着雪茄的嘴角边，流下了棕色的唾液。"他们是对的……他们是对的……"老人想着，"我该遭到唾弃……我还向他伸过手去！……三个人，可我知道，这个坏蛋肯定就在他们之中……而我现在竟安然地和他坐在一张桌子前面……我没有把他打倒在地，没有，我没有把他打倒在地；相反，我倒客客气气地和他握手……他们是对的，他们笑我，那完全对。看他们在我面前谈话时的神气，就好像我根本不存在似的，仿佛我早已离开了人世！……但是艾琳娜和她母亲总该知道，我是根本不懂法语的……她们俩是知道的，可是却没有一个人理睬我，连做个样子也没有，倒叫我像现在这样尴尬地坐在这里，这样狼狈地坐在这里……对于她们俩来说，我根本不存在，不存在……我是她们的累赘，是负担，是厌物……我使她们感到羞愧，她们不甩掉我，只因为我可以给她们金钱……金钱，金钱，该诅咒的金钱……我的老婆，我自己的女儿，除了眼睛死死盯住发亮的金钱，连一句话都不愿意和我讲……她们朝那三个男人笑得多开心啊，就像有人用手搔她们的痒似的……可是我，我在忍受这一切……坐在这里，听着他们的笑声，而不是让他们饱尝一顿老拳……用棍子抽打他们，在他们当着我的面捉对胡闹之前把他们驱走，打散……可是我竟默许这一切……坐在这里，我是个哑巴，胆小鬼……胆小鬼！"

"可以吗？"在这当儿，那位意大利军官操着不很流利的德语向老人问道，然后就拿起了打火机。

这使老人一下子从沉思中猛地惊醒，他茫然无措地瞪了军官一眼，十分恼火。顿时，一股怒火涌上心头，紧握手杖的手哆嗦了一下。他的嘴巴扭曲得都歪了，不经意地泛出一丝冷笑："哦，请便吧！"他用严厉的语调重复着说："当然可以！嘿！嘿，什么都可以！……您尽可以随便好了……嘿，嘿，什么都可以！只要是我有的，您都可以随便占有……随便怎么做都可以……"

军官发怔地望着老人，大概是语言不通，他没有完全听懂。但是，老人扭曲的嘴巴和冷笑使他不安起来。意大利人不情愿地站起

201

身来，两位女士脸色煞白，空气顿时凝固起来，一时声息全无，仿佛介于闪电和滚雷之间的短暂间歇。

可是随后，老人脸上狂暴的扭曲松弛下来，手杖从痉挛的手中滑落到地上。他蜷曲着身体，活像一条挨了打的狗，不安地咳嗽起来，对自己刚才那股勇气感到吃惊。艾琳娜急忙寻找轻松的话题，缓和使人尴尬的紧张局面；德国伯爵说着极为风趣的笑话，几分钟过后，空气又重新活跃起来。

老人静坐在这群饶舌家中间，把头扭了过去，人们都以为他在睡觉。从手中滑下的手杖在他两腿中间晃来晃去。他手捧着脑袋，越垂越低。可是，不再有人留意他了。喋喋不休的说笑像波浪一样淹没了他的沉默，恣肆的浪言谑语喷吐出嬉笑的泡沫，熠熠发光；但他却沉进无底深渊里，一动不动，被耻辱与痛苦淹没。

三个男人站了起来，艾琳娜紧随着他们，母亲也慢慢腾腾地跟在后面。他们走了，因为有人提议到近旁的琴室去。他们认为根本没有必要对面前发呆的老人做任何特殊的邀请；待到老人骤然间发觉周围的人全已走光时，他像个在酣睡中被冻醒的人，犹如被子滑落，寒风砭骨。他下意识地向空荡荡的座位看了一眼。这时，从邻近的琴室里传来叮叮当当的爵士乐曲，他听到欢笑声和兴奋的叫喊声。他们贴在一起在跳舞！是的，在跳舞，跳个不停。他们会这样干的。他们的血在沸腾：相互撩拨着偎依在一起，直跳到连脸都不要了。这些懒虫，这些浪荡子，晚上跳，夜里跳，大白天也跳，还来引诱女人。

他愤恨地重新抓起了坚硬的手杖，拖着脚步。走到门厅前，他停了下来。那位德国骑师坐在钢琴前抚弄着琴键，他半侧着身子，一边看人跳舞，一边弹奏一首美国流行的粗俗乐曲。艾琳娜和军官翩翩起舞；高个子乌巴尔基伯爵则搂着老人那肥胖笨重的妻子，吃力地随着节奏跳着。可是，老人的目光依然盯在女儿艾琳娜和她的舞伴身上。他像个花花公子那样温存而多情地用双手搂住女儿圆润的双肩，就像她已全部属于他了似的。她随着他的步子顺从地扭动着腰肢，完全委身于他。他们俩正在自己眼前费力地按捺住一再迸发的情欲！对，是他，就是他，因为他们汗津津的身体是那样彼此熟悉，他们的血液中渗进了一种合欢的欲念。对，就是他，只能是他。他在享用她那微闭的却秋波荡漾的双眸，而她飘忽的眼神里则闪烁出对炽烈快感的回忆。就是他，这个强盗，在夜间恣肆地享用了他的女儿，现在还用眼睛死盯着那裹在薄纱里的肉体。老人情不自禁地走上前去，似乎想从这个人的手中夺回他的女儿。可是，女儿却根本没有看到父亲。她顺从地按照诱惑者的引导和音乐的拍节扭动着，仰着头，半张着嘴，全然陶醉在欢快的乐曲声中，忘却了自己，忘却了时间，忘却了周围的一切，忘却了父亲。老人喘息着颤抖个不停，用充血的双眼怒不可遏地盯着她。可她却只感到自己的存在，只感到她那充满青春活力的身体正随着激烈的乐曲旋律扭动，她现在只感到自己，只感到一个男人贪婪的呼吸：他正用有力的臂膀搂着自己。在这温柔的飘飘欲仙的情思中，她尽力不使自己同自己那充溢着欲念的双唇一道倾倒在他的身上，不使自己在热烈诱人的空气中任人摆布。奇怪的是，这一切老人都察觉到了，他的血在跳动。每当女儿和这个男人旋转起舞时，老人就觉得，完了，她永远的完了。

乐声戛然而止，德国骑师跳了起来。"Assez joué pour vous，"他笑了起来，"Maintenant je veux danser moi-même."① 正在跳舞的人们停下了，散开来，大家都开心地表示赞同。于是这些人三五成群地重新聚拢在一起。

老人又恢复了常态，他想，现在该干点什么，该说点什么了！不能像个傻瓜，像个可怜虫，像块废料站在这里！正巧妻子从他身边旋转过去，因为感到吃力而微微喘着气，但却十分惬意。愤怒使他突然果断起来，他走上前去，拦住了妻子，不耐烦地说道："走，我有话跟你说。"

妻子惊讶地望着丈夫：豆大的汗珠正沿着老人苍白的双颊流下，他目光呆滞、茫然。他要干什么，为什么偏偏在这个时候来打扰她？她想找些搪塞的话，刚要说出口，可他的异常举动中有某种令人惊诧和畏惧的东西，这使她霎时想起了不久前丈夫发过的脾气，于是只好勉强随着他离开。

"先生们，对不起，我去去就来。"她转过身表示歉意地打了个招呼。老人恼火地想："她竟向他们表示歉意，可是，当他们离开我走掉时，却根本不对我表示歉意。在他们眼里，我好比一条狗，好比一双任他们踢来踢去的破鞋。他们是对的，他们是对的，我竟然容忍这一切，啊！"

妻子凝重地皱起眉头，丈夫像小学生站在老师面前一样站在自

---

① 法语：好了，我弹够了，该我跳会儿了。

己的面前，嘴唇还在哆嗦着。"唉！怎么回事？"她终于催问道。

老头儿嗫嚅地小声说："我不愿意……我不愿意……我不愿意你们和这些人混在一起……"

"和哪些人混在一起？"妻子故意装作不解的样子，不满地瞥了他一眼，好像丈夫刚才的话侮辱了她似的。

"就是这儿的这种人，"老人发怒地把头朝琴室的方向歪了一下，"我不喜欢他们……我不愿意……"

"那是为什么？"

"老是用这种质问的口气，"老人忿忿地想，"仿佛我是她的奴仆。"随后，他激动地结结巴巴："我说的话是有理由的……我讨厌……我不愿意艾琳娜和这些人一起谈笑……我不能做更多的解释。"

"我觉得非常遗憾，"妻子傲慢地回答说，"我认为这三位先生都是受过良好教育的人，都出身于上流社会，比我们在家中接触的人要高贵得多。"

"上流社会！……强盗……骗子……"一股怒火涌上心头，老人突然跺着脚喊道，"我不愿意……我不允许……你懂了吗？"

"不懂，"妻子冷冰冰地说，"我一点儿也不懂。我不明白你为什么偏要败坏孩子的兴致？"

"兴致！……兴致！……"老人像挨了一击，脸一下变得通红，额头冒出汗水。他一只手去抓手杖，不知是想靠它来支撑自己，还是想用它去打人。可是他抓空了，他刚才忘记把手杖随身带来了，这使他重新清醒过来。他控制住自己，刹那间，一股暖流涌上心头。他走到妻子面前，像是要握住她的手。他的声音完全软了下来，几乎是祈求地说："你……你不了解我的……我这不是为了自己……我只是请求你……这是我多年来对你的头一次请求。我们离开这里吧！……离开，到佛罗伦萨，到罗马，随你们的便，我都依着你……随你们到哪儿去，由你们自己决定……只要离开这里就行。我求求你……离开！今天就走……今天……我无法再忍受了……我无法……"

"今天就走？"妻子吃惊地皱起眉头反对说，"今天就走？你哪儿来的这种可笑念头……难道就因为你不喜欢看到这几个人？……那你就不要和他们交往嘛！"

老人还在那里祈求地举起双手说："我实在受不了，我跟你说……我不能，我不能。别再问我为什么，我求求你……可你相信我，我实在不能再忍受下去……我不能。听我的话，就这一次，为了我，就这一次……"

这时，那边又响起了叮叮当当的琴声。妻子望着丈夫，不由被他的乞求打动，向他瞥了一眼。可是，她看到的却是丈夫那副十分令人发笑的样子：这个矮小的胖子脸红得像中风一样，目光浑浊，双眼红肿，从过短的衣袖里伸出的双手抖个不停。看到他这副可怜相，真够叫人难受的。她怜悯地，却冷冷地说：

"这可不行，"她果断地回答，"今天我们已经答应他们去远游……明天走，而且我们租了三个星期的房间……这也太可笑了……我看没必要离开这里……我留在这里，艾琳娜也……"

"那么说我可以走了，是吗？……我在这里妨碍你们……妨碍

你们……妨碍你们尽兴。"

老人怒不可遏地打断她的话。猛然间，他把佝偻起的身子一挺，双手握成拳头，额上绷起了一道道青筋。看样子，他是要说什么或是要挥拳打人。可蓦地，他一个大转身，吃力地拖着沉重的脚步，越来越快地走上楼去，像是有人在后面追赶他似的。

老人气喘吁吁地快步上了楼。他跑回自己的房间，单独一个人，压住火气，免得由于过分激动而干出蠢事！但他刚一走到最顶层，只觉得像有一只利爪在五脏六腑扯动，突然间他面如死灰，手扶着墙壁，踉跄起来。噢！这剧烈的、灼热的痛苦啊！他咬紧牙关不使自己喊叫出来，弯曲着身体，不停地呻吟着。

他很快明白这是怎么一回事：胆痉挛。类似这样的情况在最近一段时间虽曾多次折磨过他，但都没有像今天这样厉害。一瞬间，他在疼痛中记起了医生的叮嘱："切勿激动。"于是，他痛苦地、愤懑地、嘲弄地想："说得倒轻松，避免激动……医生大人！您倒做给我看看，要是您遇上了这种事，能不激动吗？噢……噢……"

老人扭动着身体，看不见的利爪在体内折磨着他。他步履艰难地慢慢挪到房门口，撞开了门，一头栽倒在床上，牙齿紧紧地咬着枕头。一躺下，疼痛立刻减轻了，体内也不再像刚才那样火烧火燎地疼了。这时，他又想起了医生的另一句话："应当热敷，再服用滴剂，那样就会很快地好起来。"可是，这里一个人也没有，没有人能帮助他，没有一个人。他自己又没有一点儿气力走到隔壁房间，甚至连走到电铃那儿都不能。

"这儿一个人也没有，"老人悲痛地想，"不定哪一天，我会像条狗一样死去……我知道，这不是胆疼……这是死亡，它在我身上滋长……我明白，快完了。什么医生、疗养，都救不了我的命……六十五年，完了，身体全垮了……我知道是什么在蹂躏我、折磨我，是死亡。即使再活上一两年，那也不再是生活，而只是在等死，在等待死亡……可我什么时候……什么时候生活过？……为了自己，为了自己？……光是为了捞钱，捞钱，捞钱，这算是什么生活，光是为了别人，可现在谁来帮我？……我有过一个妻子：她还是姑娘时，我娶了她，我接触了她的肉体，她给了我一个女儿。多少年来，我们俩同床共枕……可如今呢？她现在在哪儿？……我甚至连她的面孔都认不出来了……她和我讲话时是那样的生分；她不再关心我，不再和我同甘共苦……她对我来说是那样陌生，一年甚于一年……过去的一切都不见了，现在的又在哪儿？……生了一个孩子……把她用手捧着养大，我相信过，我可以再一次生活，活得更光明、更幸福，我的生命在她身上继续下去，那就不会完全死亡……可现在，她却在午夜里委身于那些男人……只有我一个人会死，就我一个人……对于他们说来，我早已死了……我的上帝，我的上帝，我从来没有感到这样孤单……"

钻心的疼痛有时加剧，可随后又缓和下来，但是另外一种疼痛却越来越剧烈地锥刺他的太阳穴，盘踞在头脑中的这些念头，这些坚固、犀利、灸热得无情的念头，像楔子一样牢牢地打进了他的头脑中。现在不去想它就好了，不要去想！老人扯下了上衣和背心，虚胖的身体在浆洗过的衬衫里笨拙难看地抖动着。他小心翼翼地用手按住疼处。"只有这疼痛才使我感觉到自己活着，"他暗自思忖着，"只有这块疼得发烧的皮肤……只有这才是我的；只有这在里面折磨我的东西才属于我，这就是我的疾病，我的死亡，这才是我自己……我不再是枢密顾问，我没有老婆，没有女儿，没有金钱，没有家庭，没有公司……所剩下的只有手指下面所感觉到的：身体和心里那肝胆欲裂的痛苦……其他的一切都是虚无，没有任何意义……痛苦的只是我一个人，关心我的也只有我自己……她们不理解我，我也不理解她们……我竟是这样孤苦伶仃，过去还从来没有过。现在，我明白了，我躺在这里，等待着死亡，可太迟了，在六十五岁就要了结一生的时候，我才明白过来。现在，在她们跳舞、游逛、寻欢作乐的时候，我才明白过来，这些不知羞耻的女人……现在我才明白，我是为她们活了一辈子，可她们并不感谢我；我从来没有过一个小时是为了自己……可现在，她们和我有什么相干？和我又有何关系……我为什么还在想那些根本就没有想过我的人？……我宁愿像畜生一样死去，也绝不接受她们的怜悯……她们与我还有什么相干……"

疼痛慢慢地、逐渐地减轻了，不再像刚才那样钻心了，也不再需要用手去抚摸了。但是，一块郁结却留在里面，这不是疼痛，而是像一种异物在向他的体内挤迫、钻刺。他闭上双眼，直挺挺地躺在床上，屏住呼吸，细心地谛听体内的撕扯、揪动。他觉得，仿佛一种陌生的、未知的力量，先是用尖尖的，现在又是用钝钝的工具在他体内转动，在他密封的身体里，有东西被旋成一片一片，撕成一条一条。动作不是那么剧烈，也不再痛苦，但是里面的东西在慢慢地焦化，腐烂，在开始死去。他终生为之奋斗的一切，他过去所爱过的一切统统在慢慢吞噬一切的火焰中化为乌有，在变软、炭化、被烧成废渣之前，还冒着黑烟燃烧着。他模糊地感觉到发生的一切，这一切就在他躺在床上自怨自艾地沉思之时完结了。是什么完结了？他谛听着，谛听着。这是他的心在开始慢慢沦亡。

老人紧闭双眼，躺在幽暗的房间里，半睡半醒。在微寐和清醒之间，他昏昏然、茫茫然地觉得有种湿乎乎的炽热的东西从伤口（这伤口不痛，他也感觉不到）向里面轻轻渗透，仿佛在流血，可是这血是在往里流；这血流得并不快，也不使他感到痛苦，它像一滴滴的泪水，缓缓地流着，轻轻地洒落下来，可是每一滴泪水都在击打着他的心。这昏沉沉的心没有发出任何声音，默默地吮吸着这些陌生的液体，像海绵一样吮吸着；它们越来越多，渗了出来，在胸部狭窄的敏感区膨胀起来，翻涌起伏，开始轻轻地向旁边伸展开去，像一条带子，越来越紧地挤迫着、压抑着僵硬脆弱的肌肉，挤迫着、压抑着疼痛的心脏。最后，不堪重负的心由于自身的重量急剧地落了下来。现在（多么痛苦啊！），现在这沉重的东西，慢慢地，既不像一块石头，也不像坠落的果实，脱离了肌肉。不，它像一块浸满液体的海绵，越来越低地坠入混沌和空虚之中，坠入一种完全没有实体的虚无之中。除此之外，都是广袤无垠的黑夜。

突然间，刚刚还温暖的起伏的心房一下变得死一般平静、冰冷、空荡荡、阴森森的，不再听到心脏的颤动声和血液的流动声，一点儿声音都没有了，一切都死亡了。在缄默的不可理解的虚无中，他的胸膛像一具棺材，空荡荡、黑洞洞。

这种梦幻是如此强烈，这种迷惘也是如此强烈，以至于当他渐渐清醒过来时，不由得抚摸自己的左胸，看心是不是已经没有了。啊，谢天谢地。在他的手指摸到的地方还有东西在跳动，发出低沉而有节奏的声响，不过好像在击打空气一样，空洞洞的。他的心不在了。奇怪的是，他仿佛感觉到身体同他本人分离开来：再没有钻心的疼痛了，再没有回忆来折磨他的神经了，这里面的一切都是沉默的、凝固的、僵化的。"这是怎么啦？"老人在想，"刚才还把我折磨得那么惨，刚才里面还热得那么难忍，刚才每条神经还在痉挛。我这到底是怎么了？"像在石窟里一样，他仔细地听着体内的动静，是不是里面原有的东西不再动了？潺潺声、窸窣声、响动声、跳动声，是那么遥远，完了，全完了——他谛听，谛听——什么声音也没有了，什么也没有了，没有了。再也感觉不到折磨，也没有什么在翻涌起伏，再也不觉得痛苦。这里面像被烧焦的枯树的树洞，黑糊糊、空荡荡的。这时，他突然觉得自己好像已经死去，或是什么东西正在他的体内死去。血在体内可怕地凝固了，他的身体也像尸体一样冰冷，他甚至害怕用手去触摸自己。

老人仔细地倾听着。可是，他听不到从湖面传进房间来的教堂的钟声，也没有发觉暮色临近，夜已降临，昏暗已涂抹掉房间里家具的轮廓，连通过窗户的四角隐约可见的天际，也完全消失在黑暗之中了。老人并没有感觉到，他凝视着的只是黑暗，自己内心深处的黑暗；他谛听的只是虚无，自己内心深处的虚无，犹如凝视、谛听自己的死亡一样。

这时从隔壁房间传来了笑声和欢叫声，灯亮了，从门缝射进了一缕白光。老人吃了一惊，这是他的妻子和女儿！可不要让她们发现自己躺在这里，盘问自己。于是，他急急忙忙穿上衣服。干吗让她们知道自己在发病，这与她们有何相干？

其实，母女二人根本就没有找他。她们显得匆匆忙忙，晚饭的铃声已敲过第三遍了。她们正在换装，从敞开的门里听得到她们的每一个动作：现在她们在开抽屉，现在她们把戒指轻轻放在桌子上，现在听到皮鞋在地板上的走动声了。与此同时，她们谈笑风生，一字一句都十分清楚地传进了老人的耳朵。起初，两个人在谈论和讥笑郊游中的趣事。她们一面忙着梳洗和整理仪容，一面你一言我一语地互相插话、闲聊。突然，话题转向了他。

"爸爸哪儿去了？"艾琳娜问道，让她感到诧异的是直到现在这么晚了，自己才想起了他。

"我怎么知道？"这是母亲的声音，提起这件事，立刻惹得她满心不高兴，"可能在楼下等着呢，还不是又在那里，没完没了地看他那份法兰克福报纸上的股票行情表，别的事情他都不感兴趣。你以为他会在这里欣赏湖光山色？他今天中午已经说过了，他不喜欢这里，他要我们今天就动身离开。"

"今天就离开？……那是为什么？"又是艾琳娜的声音。

"我不知道，谁知道他这是怎么回事儿。这里的社交活动他没法适应，他不愿意和那几位先生交往，也许他觉得自己跟人家不

212

配。成天穿着皱巴巴的衣服，敞着领口，真丢人……你应当说说他，注重点儿仪表，他还是听你的话。今天上午……你看见他对上尉的那副样子了吗？当时，我真恨不得钻到地缝里去……”

“是啊！妈妈……可这到底是怎么回事？……我正想问你……爸爸是怎么了？……我还从来没有见过他这副模样呢……真把我吓坏了。”

“哼，有什么，还不是坏脾气……也许是因为股价下跌了……要不就是因为咱们老是讲法语……反正，别人高兴，他就看不惯。你真的没注意到：咱们跳舞的时候，他站在门边，像个躲在树后面的杀人凶手一样……要走！马上就得离开这里！他想怎么就怎么……要是他不喜欢这里，那就不要扫我们的兴……我才不去理他这怪脾气呢。随他便好了，他想说什么就说什么，想干什么就去干吧!”

谈话中断了，大概是母女两人在谈话中已经收拾完毕。是这样的，门开了，她们走出房间，闭了开关，灯光灭了。

老人一动不动地坐在床上。每一个字他都听得清清楚楚。说也奇怪：他不再感到痛苦，一点儿也不痛苦了。前不久还在胸中冲击和撕扯的心一动不动了，它一定是坏了，没有什么会使它颤动了。没有愤怒，没有仇恨……什么都没有了……没有了……老人平静地穿好衣服，小心翼翼地下了楼，坐在妻子和女儿中间，像个陌生人一样。

那天晚上老人一言未发，她们俩也没有觉察到这种紧张的沉默。饭后，他不辞而别径自回到自己房里，把灯关掉就躺下了。过了很长时间，妻子兴尽归来。她以为丈夫早已熟睡，于是在黑暗中脱去衣服睡下，过了不一会儿，老人就听到睡在身边的人发出了深沉的无忧无虑的鼾声。

老人直瞪着双眼，独自一人凝视着夜的无边无际的虚无。在他身旁，像是有个什么东西躺着，在暗中发出深沉的呼吸声。他费力地回忆：这个肉体曾与他呼吸过同一个房间里的空气，这个肉体曾是那样的熟悉、年轻、热情，这个肉体给他带来了一个新的生命，这个肉体用血的秘密同他紧紧地连在一起。他还一再地迫使自己去想，躺在他身边的这个温暖而柔软的肉体，他伸手就可摸到，它曾是他生命中的生命。但是，说也奇怪，这些回忆竟然激不起老人的任何感情。他现在听到的呼吸声，有如从敞开的窗口传来湖水拍打岩石溅起的浪花声。一切都是那样的遥远，消失得无影无踪。剩下的只是身边躺着的一个人，一个偶然相遇的人，一个陌路人。一切都完了，完了，永远地完了。

他又一次颤抖了。他听到女儿房间的门轻悄悄地转动。"今天晚上又是这样。"老人觉得自认为已经死去的心脏又一阵轻微的刺痛，这是它在完全死去之前，某种像神经的东西瞬间发出的痉挛。不过，这一切很快也过去了："随她便吧！她与我有什么相干！"

老人重新将头埋在枕头里。黑暗更柔和地抚摸着他那疼痛的额头，一股怡人的凉爽渗入他的血液。很快，失去力量的知觉沉入轻度的睡梦之中。

清晨，当妻子醒来时，发现丈夫已穿戴齐整。"你这是上哪儿去？"妻子略带睡意地问。

老人没有理睬，冷漠地把睡衣胡乱塞进手提包。"你不是知道我要回去吗？我只把随身所需的东西带走，其他的你们可以给我寄回去。"

妻子发怔了。这是怎么了？她还从来没有听过丈夫用今天这样的口气说话：从他牙缝中迸出的每个字都是那样冷漠，那样僵硬。她赶忙从床上起来。"你真的要走吗？……等一等……我们也走，我已经和艾琳娜讲过了……"

老人只是猛地摇了摇头。"不必了……不必了……不打搅你们了。"他头也不回，径直向门口走去。为了要拧门把手，他只得暂时把手提包放下。

就在这短暂的瞬间，他想起了：不知曾有过几千次，自己也是这样把装满货样的手提包放在陌生人的门前，在离开时毕恭毕敬地向主顾低头弯腰致意，希望对方今后能多加关照。如今，他再没有什么事可做，也无须注意礼貌了。他重新提起手提包，没说一句话，没看一眼，把这扇门，这扇将他现在与过去的生活隔开的门关上了。

母女二人对刚才发生的事感到迷惑莫解，老人令人诧异的率直和果断的出走使她们俩极为不安。她们马上给南德家中的老人去信。信中不厌其烦地反复解释，猜测是发生了什么误会，极其温柔又十分关切地询问老人的旅途是否平安；随后她们突然恭顺地表示准备随时离开这里。他没有复信，于是她们的信写得更为紧迫，她们还打电报。可是，依旧没有消息，她们只是从邮局收到了公司的一笔汇款，一张盖有公司印鉴的汇款单，除此以外，连一个亲笔字和一句问候的话都没有。

无从捉摸和令人不安的事态加速了她们的归期。尽管她们已电告抵达日期，却没有一个人来车站迎接，家中的一切都使她们感到意外。仆人说，老人看完了电报便往桌子上一丢，没做任何吩咐就出去了。晚间，当她们坐下等候就餐时，终于听到门把手的转动声，急忙起身迎上去。老人却惊愕地望着她们发呆——看来，他早已把电报的事忘了个干干净净——他没有任何特殊的感情流露，冷漠地忍受了女儿的拥抱，然后被引入餐室。他一声不响地听她们谈话，闷闷地抽着烟，不提任何问题，有时只做极简单的回答，有时对问话和谈论充耳不闻，不知道她们在问什么、说什么，仿佛在睁着眼睛睡觉。之后，他艰难地站起身来，回房去了。

一连数日就这样过去了。深感不安的妻子很想找机会和他谈谈，可是毫无结果。她愈是急于和他接触，他就愈加退让规避。某种东西被禁锢在他的内心深处，通路被阻塞，变得无法接近。不过，老人还和家人同桌共餐，若是有人来访，他在旁也一言不发，完全沉浸在自己的思绪之中。他对一切都漠不关心，如果在谈话中有人偶尔遇上了老人的目光，定会感到很不舒服，因为这是一双死鱼一样的眼睛，空虚而呆钝地发直。

不久，就连最疏远的人也对老人愈发乖张的性格感到吃惊。熟人在街上遇到他时，都暗地里互相示意：这位全城最富有的人之一像个乞丐，沿着城墙到处溜边，他歪戴着一项旧帽，裤子上满是烟灰，每走一步都是踉踉跄跄，大半时间口中念念有词，自言自语。

若是有人跟他打招呼，他就会惊恐地抬起双眼；若是有人过来和他搭话，他就会瞪着两只茫然无神的眼睛，望着对方发呆，连和人家握手都会忘记。起初，人们以为他耳聋，于是，提高嗓门把话一再地重复。其实，他并不聋，他需要的是时间，好使自己从心底的梦中清醒过来。而在谈话中间，他又会重新陷入奇怪的茫然状态，于是目光一下子变得呆滞起来，说话结结巴巴，前言不搭后语。别人对此的诧异表情，他也毫无察觉。看样子，他仿佛总是徘徊在昏沉沉的梦境里，徜徉在浑浑噩噩的忙乱中。目睹此情此景，人们对他亦不闻不问了。他不过问别人的事，在自己家中，对妻子的沮丧和女儿的慌乱迷惘熟视无睹；他不看报纸，不听别人谈话，任何人、任何问题都不能够——哪怕是在一瞬间——冲破他那道阴沉冷漠的屏障，甚至连他经营多年的商行——他最熟稔的世界，对他也已变得陌生了。有时，他还木然地坐在办公室里签署信件，可是，当秘书一个钟点以后进来取信时，才发现老人正用空荡荡的目光望着那些信件发呆，和自己刚才离开时的情景一样。最后，老人自己也意识到继续留在这里已经是多余的了，于是他干脆离开了。

更使全城人感到奇怪和惊异的是：从来不是教徒的老人，现在突然变得十分虔诚。他对一切事都很冷淡，吃饭和约会越来越不守时，可是却没有错过一次在规定时间去教堂的机会。他戴着丝制的小圆帽，披着法衣，总是站在固定的位置上。这恰好是从前老人的父亲做礼拜时站的地方。他晃动着倦怠的脑袋，唱着赞美诗。在这里，在半空着的教堂里，周围响起的声音使他感到生疏和含混不清，可是他却十分安宁。这里的安宁抑制了他内心的纷扰，让他可以向黑暗倾诉心声。每当教堂的安魂祷告之后，他看到死者的亲人、子女和朋友极度悲伤地虔诚地恳求上帝为死者祝福时，他双眼便蒙上一层泪水：因为他明白，自己将是孤零零的一个人；等到他死去的时候，将不会有人为他作安魂祷告。于是，他虔诚地为自己祈祷，就像为一名死者那样为自己祈福。

　　一天，天色已晚，他刚从这样一次喧嚣纷扰的活动中返家，途中遇上了大雨。老人一向是忘记带雨伞的，只需几个小钱就可以叫到马车，高大建筑物的门洞和商店的玻璃檐也都可以避雨。可是，他却毫不在意地在大雨滂沱中踉跄，破旧的帽子灌满了雨水，像个小水洼，雨水像小溪一样顺着衣袖流向脚面。但他却满不在乎地在几乎空无一人的街道上踯躅，全身淋得精湿，简直像个流浪汉。有谁会想到，他竟是一位拥有豪宅的富人？当他来到家门口时，正巧一辆小轿车在身边骤然停下。车前射出耀眼的灯光，车轮甩出的泥水溅了这漫不经心的老人一身。车门一开，他的妻子从车里走了下来，身后伴着一位显贵。她手中撑着一把雨伞，随后又下来了另一位绅士。他们正好在门口相遇。妻子认出了他，吃了一惊，看到老人这副落汤鸡似的狼狈相，不由自主地移开了目光。老人立刻领悟了：在客人面前，见到丈夫这般模样，她感到羞愧。于是，他毫无所动、毫无痛苦地径直走开，免去介绍的麻烦。他像个外人一样，几步走到仆人使用的楼梯，屈辱地从那里踅了过去。

　　自此以后，老人在自己家中只走仆人用的楼梯，从这里走肯定不会遇上任何人。他在这里不会妨碍别人，别人在这里也不会妨碍他。他也不再和家人共餐了——一位年老的女仆每餐将饭菜送到他的房里。有时，妻子或女儿想见他时，他便窘迫却坚决地迅速把她们打发出去。久而久之，她们也就让他一人独处了。人们不再想起他，而他自己对任何事也不再过问。透过墙壁，从业已感到陌生的邻近房间里，他经常听到一阵阵的笑声和音乐声，听到外边汽车的行驶声，听到直到深夜的脚步声。但是这一切，现在对他来说已经无所谓了，他甚至从不向窗外多望一眼，因为这些都与他毫不相干。只有家中的那条狗，有时还溜进来，卧在被人遗忘的老主人床前。

老人那颗业已死去的心不再疼痛了，但是他体内有一条田鼠在持续不断地挖掘着，撕扯那颤动着的血淋淋的肌肉。病痛的发作日趋频繁。被折磨的老人最终不得不屈服于医生的强烈要求，进行一次详细而周密的检查。医生皱着眉头表示，需要立即进行一次手术。老人听后并不吃惊，他只是忧郁地苦笑着说，上帝保佑，总算熬到头了！总算盼来了死亡，现在，愉快的死亡就要到来了。他连一个字也不让医生通知家属，自己决定手术日期，自己进行准备。他最后一次来到公司（这里已没有人再等他了，所有的人看见他都像见到陌生人一样）。他再一次坐在那张老式黑皮安乐椅中，三十年来，整个一生中，他在这把椅子上坐过成千上万个小时。他要来了支票本，填了一张。他把支票交给教区执事，上面的巨额数字竟使得对方大吃一惊。这笔款子是用于慈善事业和自己的丧事的。他拒绝了所有的感谢，然后匆忙蹒跚地走了出去。由于匆忙，那顶破帽子也掉了下来，可是他却懒得弯腰去拾。于是，他就光着脑袋，满脸皱纹，面色蜡黄，慢腾腾地向公墓走去，去看望他双亲的坟墓（过路人都惊异地望着他）。在那里，有两个闲人在观察老人。他们十分惊奇地看到他对着长满青苔的墓碑久久不停地大声说着话，就像在和活人讲话一样。他是在向死去的父母报到还是在为他们祈福？人们听不清楚，只是看到他的嘴唇在动着；在祈祷中，他把不断摇晃的头低得不能再低。在公墓的出口处，乞丐们都认识他，拥上来乞讨。他匆忙从衣袋里掏出所有的硬币和纸币，统统散给了他们。一个衣着褴褛的老妇人一瘸一拐地走了过来，她来晚了，向他伸出了乞求的双手。他忙乱地浑身搜索，可找不到一个钱了。这时，他感觉手指上还有个陌生的沉甸甸的东西，那是他的结婚戒指。它不由得勾起了老人对往事的回忆。于是，他急忙从手上脱下戒指，送给了那个残疾的女人。

于是，身无分文、囊空如洗的孤独老人终于躺在了手术台上。

手术做完之后，老人又醒了过来，鉴于病情危急，医生把他的妻子和女儿叫了进来。老人吃力地抬起蒙上了一层淡蓝色的眼皮，睁开双眼，望着陌生而洁白的从来没有见过的房间发呆："我这是在哪儿呀？"

女儿亲切而温柔地俯下身去，凑近老人那苍白的脸。突然在他那濒于死亡的眸子里，有个熟悉的影子一闪。他的瞳仁现出了一缕微光。啊！是她，我的孩子，可爱的孩子。是她，艾琳娜，我那温柔美丽的孩子！他痛苦的嘴唇慢慢地松弛了下来，露出一丝微笑，一丝勉强能看得出的微笑；早已习惯紧闭的嘴巴，开始小心翼翼地张了开来。女儿被这费力的一丝欢欣深深感动，她弯下身去，亲吻父亲那毫无血色的面颊。

但是，就在这一瞬间，甜腻腻的香水味使老人忆起了，或者说，使这半是麻痹的头脑想起了那些业已忘记的时刻。病人刚刚露出的一点幸福表情顷刻间黯然失色。他那毫无血色的双唇霎时愤怒地紧闭起来；被子里的一只手拼命地抖动着，要抬起来，像是要挥去什么令人厌恶的东西；全身由于激动而颤动起来。"滚开！滚开！……"声音滞重、含混，但还是从那苍白的双唇间清楚地吐出了这个字眼。弥留中的病人在抽搐中流露出的深恶痛绝的表情使医生只好把女人们推到一边。"他在说胡话，"他悄声地说，"你们让他一个人安静一下，这样更好些。"

妻子和女儿刚一退出房间，老人脸上的那扭曲难看的表情便松弛下来，又恢复到疲惫和昏睡的状态。呼吸变得浊重——为了吸进维持生命的空气，他的胸部起伏得愈来愈快。现在，它已疲劳不堪，无法再吸进生命必需的养分。当医生再去听病人的心脏时，它已经不会再给老人增添任何痛苦了。

（程蜀生　译　高中甫　校）

旧书商门德尔

我又到了维也纳。有天晚上，我从城郊访友回家，突然遇上了滂沱大雨。湿淋淋的雨鞭一下子就把人们驱赶到门洞里和屋檐下，我自己也急忙寻找避雨的地方。幸好，维也纳到处都有咖啡馆，于是我便戴着水淋淋的帽子，拖着一身湿透了的衣服跑进刚巧在对面的咖啡馆。从内部装饰可以看出这是一家普通的、几乎可以说是古板的旧维也纳市民风味的郊区咖啡馆：不像市中心模仿德国的音乐咖啡馆那样有些招引人的时髦玩艺儿；顾客济济，都是些下层普通人，他们与其说是在这里吃点心，还不如说是在看报。虽然本来就已令人窒息的空气中悬浮着凝滞的蓝色烟圈，但沙发上显然新蒙上了天鹅绒面，镀铝的柜台闪闪发亮，因而咖啡馆还是显得十分洁净宜人的。我在匆忙之中压根儿没有留心看招牌——不过，这又有什么必要呢？我坐在这儿，身上很暖和，不耐烦地盯着雨水淋漓的蓝色玻璃窗——这可恶的大雨什么时候才能过去呢？

就这样，我无所事事地坐着，渐渐为使人慵息的倦意所控制。

在每一家真正的维也纳咖啡馆里，这种无形中散发出来的倦怠感都像麻醉剂一般令人昏昏欲睡。我心不在焉地端详着顾客们，由于吞云吐雾，灯光下他们一个个面色灰白；我望着收款处的小姐，看她怎样机械地帮侍者把糖和匙子放进每杯咖啡里；我无意识地、在似睡似醒的朦胧中读着墙上贴的那些乏味透顶的标语，这种昏昏然的感觉倒也不坏。然而，我突然从半睡半醒的状态里清醒过来，仿佛感到了一阵隐隐的牙疼，但还不能确定是哪颗牙在痛——在上排还是下排，在左边还是右边；我内心感到隐约的不安，但还仅是一种混沌的紧张、精神上的骚动。因为我自己也莫名其妙——我突然意识到，许多年前，自己肯定到过这里，某种记忆的丝缕将我同这里的墙壁、椅子、桌子，同这使我觉得陌生的烟气弥漫的屋子联系到一起。

然而，我愈是想努力抓住这种回忆，它就愈是狡狯地溜走；如同在脑海的最深处飘忽地、若隐若现地游动着一只闪光的水母，苦于无法捞起和抓住。我徒然地盯着屋子里的每件陈设；有些自然是我不熟悉的，比如放着叮叮作响的自动计算器的柜台、用人造紫檀木做的棕色护墙板，这一切想必都是后来置备的。但是，无论如何，二十年或更久以前我确曾来过这里，因为早已成为过去的我的某一部分，像钉子钉进木头里，潜藏在目不可见的某处，执着地存留于此。我用力调动所有的感官，在周遭，同时也在内心深处搜寻旧日的踪迹，但是真见鬼，我就是无法抓住那消逝了的、已经在我脑海中湮灭了的回忆。

我恼火起来，就像人们碰到无能为力的情况从而意识到自己智力不够健全时往往不免恼火那样。然而，我并没有放弃最终还是要抓住这种回忆的希望。但我知道，必须抓住某个细枝末节方能循之继进，因为我的记忆力很奇特，它既好又坏：起先任性固执，如野马难驯，而后则又异常真切可靠。它往往把最重要的事件和人物，把读到过和亲历过的一切完全吞入遗忘黝黑的渊底，没有意念的执着召唤便一直隐而不露。但是，只要捕捉到一点蛛丝马迹，一张有风景画的明信片、信封上熟悉的笔迹，或者变黄了的报纸，顷刻，遗忘了的东西就会像上了钩的鱼儿一样，马上从漆黑的深渊里冒出来，栩栩如生，既生动又具体。我会想起一个人的每个细节，他的嘴巴、他笑的时候左边缺颗牙；我会听到他断断续续的笑声，看到他的山羊胡子颤动起来，而笑声里又浮现出另外一副新的面孔；在幻觉中我立即看到了这一切并且记起了这个人多年前讲过的每一句话。但是，为了生动具体地看见和感受自己追寻的东西，我还需要一种具体的刺激，需要从现实世界里得到那么一丁点儿帮助。我闭上眼睛，以便更好地冥思苦想，让神秘的思维钓钩现形并且将它抓住。然而完全是徒劳！那一切业已荡然无存，完全被遗忘了。我对自己头脑里的这架糟糕而又不听使唤的机器大动肝火，恨不得照脑门猛击几拳，仿佛人们拼命摇晃一架失灵的自动售货机，它却仍拒不抛出照理应当给出的东西。不，我不能再安静地坐下去了；这种内在的失灵使我焦躁起来，悻悻然起身离座，预备走出去换换气。但是说也奇怪，还没走几步，我脑子里就闪出第一线荧荧亮光。我想起来了：柜台右边应当有个入口通向一间没有窗户、靠灯光照亮的屋子。果然如此，就是那间屋子；不错，壁纸虽已经换了，室内的布局却一如当年——这是那间大体说来呈正方形的游艺室。我兴高采烈起来（我已经感到马上就能全想起来），本能地环视了一下这间屋子：两张弹子台闲放着，仿佛是长了一层水藻的绿色水塘；墙角立着呢面牌桌，其中一张桌旁坐着两个人，不知是七等文官还是教授，他们正在对弈。另一边，紧挨着通往电话间的地方放着一张小方桌。就在这时，就在这短短的一瞬间，疾如闪电，我忽觉茅塞顿开：我的上帝，这不就是门德尔的位子吗？是的，是雅可布·门德尔——旧书商门德尔的位子！二十年之后，我又来到他的主要活动场所，来到上阿尔塞尔街的格鲁克咖啡馆里！我怎么竟能把他给忘了呢？简直不可理解，我怎会如此长久地把这位奇人抛在脑后了呢？这位智者、这位旷世奇才在大学里和一小群敬慕者中间鼎鼎有名，这位图书经纪人整天从早到晚一动不动地坐在这里，我怎会把他，知识的象征、格鲁克咖啡馆的光荣和骄傲给忘了呢？

我闭目回想，顷刻之间，他那独特的形象就真切地、栩栩如生地浮现在我面前。我又看见他坐在小方桌旁，那脏得发灰的大理石桌面上堆满了书籍和信件。我看见他坐在这里，顽强地、静静地，全神贯注的目光透过镜片入迷地盯着书本；他坐着，读着，用鼻音自言自语地嘟哝着什么，上身连同那暗淡的带斑点的秃头顶前后晃来晃去——这是在东方的犹太初等教会学校里养成的习惯。在这里，他在这张桌旁，总在这张桌旁诵读书目和书籍，用的是犹太学校传授给他的读书方法，轻吟浅唱，摇头晃脑，宛若一个黑色的前后晃动的摇篮。正如孩子们在悠悠然的催眠曲中进入梦乡、失去对世界的知觉那样，虔信宗教的人们认为，闲着没事儿，这么有节奏地催眠式地上下摇动身子也容易使人在精神上进入沉潜忘我的境界。的确如此，不管周围发生什么事，雅可布·门德尔既看不见，也听不到。在他旁边，玩弹子的人喧哗诟骂，记分员窜来窜去，电话机叮铃铃地急响，人们擦地板、生炉子，他都一概毫无觉察。有一次，从炉子里掉下来一块烧红的炭，在离他两步远的地方，镶木地板已经烧焦，冒起烟来。当时有个顾客闻到刺鼻的气味后，冲进房里来，急忙将火扑灭；而他——雅可布·门德尔，近在咫尺，并且被呛人的烟气熏着，竟一点儿都没有发现。这是因为，他读书就像虔诚的信徒在做祷告，像狂热的赌徒在赌牌，像酩酊的醉汉死盯着空中；他读得那样入迷，那样忘我，使我从那以后总觉得任何其他人读书的态度都显得草草不恭。在雅可布·门德尔这个来自加利西亚的小小的旧书商身上，当年作为一个年轻人的我第一次认识到了什么叫全神贯注，正是它造就出艺术家、学问家、真正明哲行道的狂人，也看到了完完全全的沉醉造成的悲剧式的幸福和厄运。

　　领我去见他的是大学里一位年龄较我稍长的同事。我当时正研究即使在今天也还不大出名的帕拉切尔苏斯①派医生和催眠术专家梅斯梅尔②，但成绩不佳，可资参考的著作不够。我作为坦率的新手求助于一位图书管理员，他却很不友好地嘟哝道，应当由我，而不是由他来找出书目。就是在那时，我的同事第一次提起了旧书商的名字。"我领你去找门德尔吧，"他许诺说，"这个人什么都知

---

① 帕拉切尔苏斯（1493—1541），德裔瑞士医师、炼金术士。
② 梅斯梅尔（1734—1815），德国医生、现代催眠术先驱。

道，什么书都能搞到。他能从德国任何一个无人问津的旧书铺里给你找到最冷僻的书。这是维也纳最有见识的一个人，而且是一个怪人，一个老蛀书虫，但他所属的族类正濒临灭绝。"

于是我们来到格鲁克咖啡馆。旧书商门德尔就坐在那儿，戴着眼镜，一把乱蓬蓬的胡子，穿一身黑衣服，前后摇晃着，像是风中一丛幽暗的灌木。我们走到他跟前，但他并没有发现。他坐着，上身在桌子上面摇来晃去地读着书，像一座佛塔似的；他身后的衣钩上有一件破旧的黑色短大衣随着摆动，大衣口袋里塞着杂志和字条。为了向他通报，我的朋友使劲咳嗽了一声，但是门德尔把厚镜片紧贴到书上继续倔强地读着，还是没有发现我们。最后，我的朋友就像敲门那样使劲地敲了敲大理石桌面，门德尔这才抬起头来，把那副笨重的铜框眼镜扶到额上，一双惊奇的眼睛从挑起的、灰白的眉毛下盯着我们——这是一双黑黑的、警觉的小眼睛，像蛇芯子那样尖锐和敏捷。我的朋友把我介绍给他，我便向他求教，而且——按照朋友出的计谋——我先是做出一副对不愿帮忙的图书管理员愤愤不平的样子。门德尔靠到椅背上，小心翼翼地吐了口唾沫，然后笑了两声，用很重的东方口音说："他不愿帮忙？不，是不会帮！他是个讨厌的家伙，是一头可悲的老蠢驴。我认识他足有二十年了，他还是半点长进也没有。这种人就只会伸手拿薪水！这些个博士先生们与其坐在那儿摆弄书，还不如去推砖头、卖气力的好。"

发了这一大通激烈的议论，坚冰也就打破了。他这才第一次用亲切的手势请我坐到小方桌旁，大理石桌面像记事牌一般，密密麻麻地记满了字。它对我来说不啻一座陌生的神台，这位书林圣哲正是在这儿给人以启迪。我即刻讲了希望得到的书籍：梅斯梅尔的同时代人关于催眠术的著作，以及后人赞成和反对催眠术的著作。我说完后，门德尔有一瞬间眯缝了一下左眼，就像射手在射击前所做的那样。真的，他聚精会神地思索了不过片刻功夫，便立即像读一份无形的图书目录似的，顺畅无阻地列举出二三十本书来，每本书还带出版者、出版年代和大概的价格。我听得目瞪口呆，尽管事先听说过门德尔的事迹，但却没有料到竟然果真如此。我的惊叹显然使他高兴，因为他立即继续在自己的记忆之琴上就我的题目弹奏起令人惊叹不已的图书变奏曲。我不是想了解一点儿关于梦游患者和催眠术的最初试验情况吗？那么我是否也想了解一点儿加斯纳[1]、驱魔术、基督教和勃拉瓦茨基[2]的学问呢？又是一串人名、书名、资料。我这时才明白，自己在雅可布·门德尔身上看到了怎样无与伦比的奇迹般的记忆力啊！这是一部真正的百科词典，一部活的包罗万象的图书目录。我惊愕地看着这位装在加利西亚旧书商平淡无奇，甚至有几分邋遢的皮囊里的书业奇才，而他一口气举出了八十来本书名之后，装出一副若无其事的样子，但心里却为自己的成功感到惬意，用一块原来大概是白色的手绢擦起眼镜来。为了稍微掩饰一下惊愕，我诚惶诚恐地问道，这些书中有哪些他可以负责给我搞到。"看看再说，看看能弄到什么，"他低声说道，"您明天再来

---

[1] 加斯纳（1727—1779），奥地利神父，声称自己能接受上帝的旨意驱除病魔。
[2] 勃拉瓦茨基（1831—1891），俄国通神学家。

吧，到时候我会给您搞到一些的；一个东西这儿要是没有，会在另一个地方找到的；谁会动脑筋，谁就会成功。"我彬彬有礼地向他道谢，但纯粹为了礼貌周全而干了一件大蠢事：建议他将我需要的书名记在一块小纸片上。我的朋友立即用肘腕碰碰我，以示警戒，但已来不及了！门德尔上下打量了我一眼——这是一种怎样的目光啊！这是一种既得意又受辱，既嘲讽又居高临下、王公贵胄式的目光，这是莎士比亚笔下的威严的目光：麦克德夫建议麦克白不战而降的时候，所向无敌的英雄就是用这样的目光上下打量他的。他又笑了两声，大喉结很惹眼地上下滚动，显然，他把一句粗鲁的话费力地强咽了下去。心地善良、超凡出众的门德尔说出任何最粗鲁的话都不算失礼，因为只有陌生人、对他一无所知的人（门德尔称之为"亚姆哈拉人"）才会提出这种侮辱性的建议——把书目记下来，而且，这是向谁提出的呢？竟是向雅可布·门德尔！好像他是书店里的学徒，或者是旧书铺里的小伙计似的；好像他那无与伦比的强有力的头脑什么时候需要过如此笨拙的辅助手段似的。只是，稍后我才明白这种客气会使他受到多么大的侮辱，因为这位身材矮小、其貌不扬、胡须蓬乱的驼背加利西亚犹太人雅可布·门德尔真真是记忆的巨匠。在他那肮脏、灰白、布满灰斑的前额后面有一册无名的魔书，每个人名、书名都印在上面，历历在目，就像当年钢模印在书籍封面上那样。他能一下子准确无误地说出任何一部著作的出版地点，不管它是昨天还是二百年之前出版的；他能说出它的作者、最初定价和旧书标价，能清清楚楚地记得装帧、插图及其影印附件。凡是到过他手里，或者他仅仅从老远处向橱窗或图书馆里窥视侦悉过的书，他都记得一清二楚，正如进行创作的艺术家历历如画地看见自己内心的、对外界来说犹未成形的图景。如果累根斯堡的某个旧书店的图书价目表上一本书的标价是六马克，他就立刻能想起两年前另一本这样的书在维也纳的售价是四克朗，并且还记得这本书是被谁买了去。的确，雅可布·门德尔从未忘记过任何一本书的名称、任何一个数字，他知道图书世界中的每一株植物、每一条小毛虫，对这个世界动荡不停、永恒变幻的天空里的每颗星辰都了如指掌。对于每一种专业，他都比专家们知道得更多；对图书馆，他比图书管理员更精通；他洞悉大部分商行的存书状况，远胜过这些商行的老板，无需查阅什么清单呀，目录卡呀，而是仅凭自己的奇才，仅凭自己无与伦比的记忆力。只有用大量的实例才能说明这种记忆力。当然，能把记忆力培养和发展到如此完美非凡的程度，只有靠聚精会神，这是完成任何精湛技艺的永恒秘诀。因此，这位奇人除了书籍以外，对世上的任何其他东西都一无所知，人世间的一切现象，对他说来，只有变成铅字，组成书本，才实际存在，仿佛这样才超脱了凡俗一般。然而，他读书也并非为了书中内容，并非为了书中所包含的思想或事实；只有书名、定价、规格、封面对他才有吸引力。雅可布·门德尔那独特的旧商的记忆完全是一张无限长的人名和书名清单，但不是像通常那样印在图书目录上，而是铭印在哺乳动物柔软的大脑皮层上，虽说这份清单既不能任意增添也谈不上独出心裁，但这种过目不忘的记忆力就其炉火纯青的完美程度而言，同拿破仑对于人的外貌、梅佐凡蒂①对于语言、拉斯克②对于棋局、布索尼③对于乐曲的非凡记忆力相比也毫不逊色。这个大脑假如能被学校或其他社会机构利用，就会使成千上万的大学生和学者大吃一惊并得到教益，就会有益于科学，使那些我们称之为图书馆的对大众开放的宝库受益无穷。但是，这个小小的教养不高的加利西亚旧书商，差不多也只念过犹太初级教会学校，上流社会永远把他拒于大门之外。因此，他也就只能在格鲁克咖啡馆的大理石桌旁施展自己惊人的才干和被埋没的学问。但是，如果什么时候出现一位大心理学家（我们的精神世界始终还缺少这类著作），像布封耐心地、坚忍不拔地对动物的全部变种加以整理分类那样，一一描述被称作记忆力的那种魔力的种类、特点、最初形式和各种演变形式，那他就不应忽略雅可布·门德尔这样一位通晓书名、书价的天才，旧书这门学问里默默无闻的巨擘。

就职业而论，对于不知道的人说来，雅可布·门德尔自然不过只是一个小小的书贩。每个星期天，在《新自由报》和《新维也纳日报》上都出现同样的广告："收购旧书，出价从优，取货及时。门德尔，上阿尔塞尔街。"下面的电话号码实际上是格鲁克咖啡馆的电话号码。他在各个书库里东翻西找，在一位留着皇帝式大胡子的跑腿老头的帮助下，每周把搞到的书搬到寓所里，然后从那里再

① 梅佐凡蒂（1774—1849），意大利的一名红衣主教，能流利地讲三十八种以上的语言。
② 拉斯克（1868—1941），德国象棋大师。
③ 布索尼（1866—1920），意大利钢琴家。

转走。他没有做正式书商的许可证，只好做收入微薄的零星小买卖。大学生们把自己的教科书卖给他，经他之手这些书就转到低年级学生手中了。此外，他还帮人介绍和搜罗书籍，酌情收取少量手续费。在他那儿容易讨到好主意，他视金钱如草芥。人们总见他穿着那件破旧的常礼服；早晨、午后和晚上他都是只喝一杯牛奶，吃两个面包，中午则随便吃点餐厅送来的东西；他不抽烟，不赌博，甚至可以说并不活着——只有镜片后面那双眼睛活着，它们不间断地、孜孜不倦地用词汇、书名、人名供养他那奇特难解的大脑，而大脑这块松软肥沃之物，贪婪地吸收着源源而来的资料，犹如草地吸收着当空沛然而降的甘霖；他对周围的人也毫无兴趣，而在人的七情六欲中，他大约只占一条，而且是顶合乎人情不过的那一条——虚荣心：当某人跑遍无数地方而一无所获、疲惫不堪地来向门德尔求教时，问题在他这儿迎刃而解，仅此一点即足以使他感到满足和快乐，而且也许还会使他意识到，在维也纳城内外还有几十个尊重并需要他知识的人。每一座大城市都像一块硕大无比的多面巨岩，上面散见若干个平滑的结晶面，虽然极小，却依然具体而微妙地反映出同样的大千世界。多数人对此一无所知，只有知情者，只有志趣相投者才觉得它们是宝贵的。所有的图书爱好者都知道雅可布·门德尔。同样，人们到音乐之友社去找奥伊泽比乌斯·曼迪切夫斯基①请教关于音乐作品的问题，他戴着灰色小圆帽亲切友好地坐在一大堆纸夹和乐谱之间，一望便知来意，谈笑间便解决了最

---

① 奥伊泽比乌斯·曼迪切夫斯基（1857—1929），奥地利指挥家、音乐学家。

棘手的问题；同样，直到今天尚且如此，凡是想了解旧维也纳戏剧和文化的人，都必然去请教无所不知的格洛西老人；同样，为数不多的维也纳正统藏书家们在遇到特别难啃的问题时，不言而喻地，都要满怀信赖地前往格鲁克咖啡馆向雅可布·门德尔登门求教。在这种质疑答疑的场合看到门德尔，使我这个好奇的年轻人感到莫大的享受。通常，如果有人拿来一本价值不大的书，他会鄙夷不屑地啪的一声把书合上，从牙缝里挤出一句："两克朗。"但是，如果是看见一本罕见的珍品或海内孤本，他就毕恭毕敬地退到一边，在下面垫上一页纸——看得出，他突然为自己那双墨渍斑斑的脏手和黑黑的指甲感到惭愧；然后，他便含情脉脉、小心翼翼、怀着仰慕之情逐页翻阅起来。在这样的时刻，谁也甭想打扰他。确实如此，每逢遇上这种单项交易，他都仔细地查看翻阅、嗅来嗅去，按照礼仪和郑重的顺序进行，颇带点宗教仪式的味道。他的驼背耸来耸去，嘴里哼哼唧唧、念念有词，手挠着脑袋，发出一些让人不懂的声音，拖着长音"啊""呀""噢"地叫着，赞叹不已；随后，假如碰到缺页或虫蛀，他便吃惊地"哎哟""哎哟喂"地大声叫喊起来；最后，他恭恭敬敬地在手里掂量着古老的皮装书，半闭着眼睛，吸着这本沉甸甸的方形古书的气味，无限陶醉，不亚于一个嗅着晚香玉的多情善感的女郎。当这种冗长繁琐的程序正在进行时，书的主人自然是必须保持耐性。考究完了以后，门德尔就会乐意地，简直可以说是兴致勃勃地对各种问题给予回答，同时还准确无误地讲一通漫无边际的逸闻趣事和有关该书价格的戏剧性报导。这时，他显得有朝气、年轻活泼；只有一点会使他火冒三丈——难免会有缺乏经验的新手想付钱给他作为估书的报酬。这时，他便委屈地躲到一边，就像画廊经理在过境参观的美国佬为了酬谢讲解往自己手里塞小费时感到屈辱那样；这是因为，对于门德尔来说，能够把一本珍贵的书捧在手里，就像其他人和心爱的女人幽会似的。对他说来，这样的时刻就是柏拉图式的爱情之夜。只有书，而不是钱，才对他有控制力。因此，一些大收藏家设法请他，普林斯顿大学的创建人让他到自己的图书馆来做顾问和采购专员，都没有成功——门德尔谢绝不干。人们不能设想他到格鲁克咖啡馆以外的地方去。三十三年前，他，一位还留着软软的小黑胡子、鬈发鬈曲、其貌不扬的犹太小伙子，从东方来到维也纳，想做一个拉比①，但很快就离开了威严却单调的上帝耶和华，转而献身于图书世界光华璀璨、千姿百态的赫赫众神。在那个年代，他首次来到格鲁克咖啡馆，此后这里就渐渐地成了他的工作室、主要住宅和收发室，成了他的世界。就像天文学家每夜每夜独自在观象台上透过望远镜小小的圆孔观测星空，观察群星神秘运行的轨迹：它们纷繁交织，变幻不停，时而熄灭，继而重又辉耀于苍穹；同样的，雅可布·门德尔坐在格鲁克咖啡馆的小方桌旁，透过眼镜观察着另一个世界，书的世界——也是永恒运转和变化再生着的世界，观察着这个在我们的世界之上的世界。

门德尔在格鲁克咖啡馆里自然受到了高度的尊重。对人们说来，这座咖啡馆的声誉更多是和他那无形的讲坛联系在一起，而不

---

① 犹太人中的一个特别阶层，是老师也是智者的象征。

是和这个咖啡馆的创办人、大音乐家、《阿尔西斯特》和《伊菲姬尼在奥利德》的作者克里斯托弗·威利巴尔德·格鲁克①的名字联系在一起。门德尔成了那里的一部分财产，就像樱桃木旧柜台、两个草草修补过的弹子台和那把铜咖啡锅一样；他的桌子成了神圣不可侵犯的保留席位，因为咖啡馆的人总是对门德尔为数众多的顾客热情招待，使他们只好每次都买点什么，于是，他的知识所赚的钱大部分倒跑到堂倌头多伊布勒尔胯上挂着的皮包里去了。旧书商门德尔也因此享受到多种优待：他可以随便使用电话，这里为他保存信件，代订各类书刊；忠心耿耿的老清洁女工给他刷大衣、缝纽扣，并且每周替他把一小包衣服送到洗衣店去；只有他一个人可以向隔壁的餐馆叫午饭；每天早晨，咖啡馆老板施坦德哈特纳先生走到门德尔的桌前，亲自向他问候（雅可布·门德尔由于埋头读书，自然大多并未发现）。早晨七点半，他准时来到咖啡馆，直到关灯打烊才离开。他从来不和别的顾客说话，不看报纸，对周围的变化毫无觉察。有一次，当施坦德哈特纳先生客气地问他，在电灯下看书是否比在过去摇曳不定的煤气灯下舒服一点时，他惊奇地看了看电灯泡：虽然为改装电灯敲敲打打忙活了好几天，他却丝毫没有发觉。只有千千万万个字母像黑色的纤毛虫通过宛若两个圆孔的眼镜，通过那两片闪烁着、吮吸着的镜片，涌入他的大脑；其余的一切则不过是空洞飘渺的喧嚣，像流水似的从他耳边飘过。三十多个

---

① 克里斯托弗·威利巴尔德·格鲁克（1714—1787），德国作曲家。《阿尔西斯特》和《伊菲姬尼在奥利德》均为他的作品。

年头——换句话说，凡是他醒着的时候，都是坐在这张小方桌旁：一边读，一边比较，一边计算；只有黑夜把这种真正的、无止境的梦打断几个小时。

因此，当我看见门德尔宣喻箴言的大理石桌像墓碑一样闲置在那里时，顿有惊诧之感。现在年纪稍长，我才懂得，每当逝去一个这样的人，会随之失去多少东西啊！这首先是因为，在我们这个不可挽回地日趋单调化的世界上，所有独特无双的事物是一天天更加宝贵了。其次，尽管我当年年轻和阅世不深，却发自内心地喜欢门德尔。通过他，我首次接近了一个巨大的秘密——我们生活中所有独一无二和强大东西，都只能产生于不顾一切的内心专注、高尚的偏执和神圣的狂热劲儿。他使我看到，在我们今天，而且还是在电灯照耀下的、旁边又有电话间的咖啡馆里，也可能有毫无瑕疵的精神生活，以及像印度瑜伽论者和中世纪僧侣那样热烈而又忘我地服务于一种思想的精神。我在这位不出名的、小小的旧书商身上看到了这样一种服务精神的榜样，它甚至比我在当代诗人那里看到的还要光辉得多。尽管如此，我竟能把他忘了。不错，那是战争年代，我和他一样埋头干自己的工作。可是现在，在这张空无一物的桌子前面，我感到有愧于他，同时重又觉得好奇。

他哪儿去了，他出了什么事呢？我把堂倌叫来询问。不，遗憾的是他不知道这位门德尔先生。咖啡馆的常客中没有这位先生。不过，也许堂倌头知道吧？堂倌头挺着他的大肚皮慢吞吞地走了过来，想了一会儿——不，他也想不起一个门德尔先生来；但是，也许我说的是弗洛里昂尼胡同杂货店的老板曼得尔先生？一丝苦味涌上心头，我体会到什么叫人生无常：既然我们生活的一切痕迹，都会立刻被吹得无影无踪，那活着还有什么意思呢？在这里，就在这儿的盈尺之地，一个人曾呼吸、工作、思考、说话，三十年，也许有四十年之久，然而只需过上那么三四年的时间——新法老一登台，就没有人能记得约瑟夫了——在格鲁克咖啡馆竟没有一个人能记得雅可布·门德尔，旧书商门德尔了。我几乎是恼怒地问那堂倌头，是否可以见一下施坦德哈特纳先生，过去的老员工之中还有谁在这里。什么？施坦德哈特纳先生？我的上帝，他早就把咖啡馆卖了，而且已经死了。至于老堂倌头，他现在住在克雷姆斯附近的庄园里。是啊，一个留下来的人也没有了——不过，也许，噢，还有！那个清洁女工斯波希尔太太还在这里。不过，她未必能记得个别顾客。然而，我立即又想到雅可布·门德尔是人们忘不了的，于是就请他把这个女人叫来。

斯波希尔太太从后屋走了出来，一头蓬乱的白发，沉重地迈着浮肿的两腿，一边走一边匆匆忙忙地用布擦着两只发红的手：显然是刚打扫过脏屋子或是擦过窗户。我立即觉察到，她有些局促不安，突然把她叫到咖啡馆明亮堂皇的前厅来，她觉得很不自在；而且，维也纳的黎民百姓向来就怕警察局派来调查的密探。一开始，她怀着不信任和戒备的心情从头到脚打量了我一圈：叫她来有何贵干呢？但是，我一问起雅可布·门德尔，她就震了一下，双目圆睁，兴奋地盯着我。"我的上帝，可怜的门德尔先生！还有人想起他？噢，可怜的门德尔先生啊！"她大为激动，差点儿哭了出来，就像上了年岁的人在话题涉及他们的青春时代，涉及久已忘却了的陈年

238

旧事时那样。我问她门德尔是否还活着，她说："啊，天啊，可怜的门德尔先生去世已经五六年，不，已经七年啦。这样一个善心的好人，只要想一想，我认识他多少年啦——二十五年还要多哪！要知道，我来的时候他就在这里了。就让他那样死去——简直是一种耻辱！"她愈加激动，问我是不是他的亲戚。要知道，还从来没有人关心过他，没有人打听过他的情况——难道我还不知道他出了什么事吗？

是啊，我什么也不知道。我让她相信这一点，并且请她告诉我，把一切都告诉我。但是这位好心的人却显得胆怯、有所顾忌，老是擦着她那双湿漉漉的手。我明白了：她，一个清洁女工，披着一头蓬乱的白发，系着脏围裙站在咖啡馆中间，感到很不自在；而且，她不放心地看着周围——堂倌中说不定会有人在偷听。于是，我就请她到弹子房，到门德尔待过的老地方去，在那里告诉我有关门德尔的全部情况。她感动地点了点头，感谢我明白了她的意思，然后就迈着老年人蹒跚的脚步在前面带路，我跟着她走去，两个堂倌惊讶地目送着我们。他们感到其中似乎有什么名堂；而且，在顾客中也有人对我们这不伦不类的一对儿颇为惊奇。在那里，在他的那张桌子旁边（有些细节我是后来从别处知道的），清洁女工给我讲了雅可布·门德尔——旧书商门德尔的下场。

事情是这样的，战争爆发后，门德尔每天照常七点半来，像往常一样坐在那里。他仍旧从早到晚读他的书；咖啡馆里的人都觉得，而且常说，他压根儿没想到打仗的事。是这样的，因为他从不读报，和别人不共言语；当街头报贩大声叫卖号外，而大家都拥上去的时候，他也从未离开过座位，他压根儿没听见。他也没有发现堂倌弗兰茨不见了（他是在哥里兹附近阵亡的），也不知道施坦德哈特纳先生的儿子在彼列梅什卡被俘了；他从来没说过半句话抱怨面包越来越坏，牛奶被换成了用无花果做的劣等饮料。只有一次，他奇怪为什么大学生们来得少了——仅此而已。我的上帝，那可怜的人从来没关心过别的事，他就知道书。

　　但是，不幸的日子来临了。有一天上午十一点钟，青天白日，来了一个宪兵，同来的还有秘密警察。他露出胸前的徽章，问常来的客人中是否有一个雅可布·门德尔。这伙人马上走到门德尔的桌子跟前，他一开始还天真地以为他们是想卖书，或是想问什么问题。但对方马上要他跟他们走，就把他带走了。这件事对咖啡馆来说简直太丢脸了——大家站着围在可怜的门德尔先生身边，他夹在那两个人中间，把眼镜扶到额头上，一个个地看着所有人，搞不明白他们究竟要干什么。斯波希尔则立即对宪兵说，想必是搞错了，像门德尔先生这样的人是连一只苍蝇都不会去碰的。那个秘密警察立即对她大声呵斥，叫她不要干涉公事，接着就把门德尔带走了。有很长时间——整整两年——他没有来。直到今天，斯波希尔太太还是不明白，他们当时要他干什么。"可是我敢发誓，"老太太激动地说，"门德尔先生不会做任何坏事。我担保他是好人，是他们搞错了。这样对待一个可怜的、清白无辜的人，简直是犯罪！"

　　善良的、富有同情心的斯波希尔太太是对的。我们的朋友雅可布·门德尔的确什么坏事都没有做（后来我才了解到全部的细节），他仅仅做了一件昏头昏脑、值得同情、即使在那个荒唐古怪的年代也令人难以置信的傻事，唯一能够解释的是，他完全不问世事，他的行事之怪简直离世俗十万八千里远。事情是这样的：负责检查和国外通讯的军事检察机关一天发现了一张由一个署名雅可布·门德尔的人写的明信片。这张明信片按规定贴足了邮票；但是——完全令人难以置信——却是寄往敌国的，收信人是巴黎市格勒内尔沿岩大街上一个书店的老板让·拉布尔泰；这个叫雅可布·门德尔的人抱怨自己没有收到最近的几期《法兰西图书通报》月刊，尽管他已经预付了一年的订费。那位下级检察官员原本是个体操教师，个人爱好则是寻章摘句、研究语言，后来才穿上了一身民军蓝制服。当这封信件到他手里时，他惊讶地想道：简直胡开玩笑！每周经他手查究有无可疑词句和间谍情报的信件不下两千封，但还从未遇到过如此荒唐的事：一个人竟放心大胆地由奥地利往法国写信，也就是说，顺手把一张寄往敌国的明信片那么直截了当地扔到邮筒里；仿佛从一九一四年以来，国境线上没有围上铁丝网，仿佛法国、德国、奥地利和俄国不是每天厮杀，使敌对方的男丁数以千计地丧生似的。因此，起初他把这张明信片当作一件稀奇可笑的东西放进了办公桌抽屉，并没有向上级报告这件蠢事。但是，几个星期后，又来了一张明信片，寄往伦敦霍尔博伦广场约翰·阿尔德里奇书店，询问能否得到最近几期《古董商》杂志；上面的署名又是那个古怪人物雅可布·门德尔，他非常老实地写了自己的详细地址。身穿军装的体操教师这时不禁暗吃一惊，在这种粗鲁的玩笑背后到底会不会隐藏着什么密码隐语？他站起来，一个立正，就把两张明信片放到少校的办公桌上。少校耸了耸肩：真是件怪事！他首先通知警察局，吩咐查明是否真有这样一个雅可布·门德尔，而在一小时之后雅可布·门德尔就被捕了。他还没有弄清这突如其来的变故是怎么回事，就被带到少校面前。少校将那两张神秘的明信片拿给他看，问他是否承认是自己写的。这种严厉的审讯口气，特别是正当他阅读一本重要的图书目录时打扰他，使门德尔十分恼火。因此，他带几分粗鲁地嚷道：这些明信片当然是他写的；应当认为，一个人总还有权要求得到他付过订费的杂志吧。少校向坐在旁边桌子跟前的中尉转过身去，他们会心地交换了一下眼色：真是个蠢材！然后，少校开始考虑：是把这个糊涂虫骂一顿赶走好呢，还是需要认真对待这件事呢？在这种犹豫未决的当儿，几乎每个部门都会决定先做个记录再说。有记录总归是好的，即便毫无用处，但也坏不了事；充其量不过是在堆积如山的公文堆里再加那么一张写满字的废纸罢了。

然而，这却给还蒙在鼓里的可怜人带来了祸害，因为在提出第三个问题时，情况就大为不妙了。少校先问了他的名字：雅可布，更准确地说，是叫亚因克夫·门德尔。职业：小商贩（他的证件上是这样写的，他没有做书商的许可证）。接着，第三个问题就招来了大祸：出生地；雅可布·门德尔说出了彼特里科夫附近的一个小地方。少校竖起了眉毛：彼特里科夫？这难道不是俄属波兰，靠近国境线的地方吗？可疑！非常可疑！少校用更为严厉的声调，问门德尔何时取得了奥地利国籍。门德尔困惑不解地盯着少校：他不明白对方要自己干什么。真见鬼，那他有无证明，证明文件在哪里？只有一张小商贩营业执照，别的没有。少校愈发惊诧了，要他认真说清楚国籍问题，他父亲是奥地利人还是俄国人？门德尔泰然回答说："当然是俄国人。"那他呢？噢，三十三年之前，他偷偷地越过国境线，从那时起就一直住在维也纳。少校更加焦躁起来，问他是何时取得奥地利公民权的？门德尔反问道："何必呢？"他从未管过这类事。这么说，他现在仍然是俄国人啰？门德尔对这些无聊的盘问早就感到腻味了，他冷淡地答道："按说，是的。"

少校吓得猛然靠到椅背上，压得它吱嘎嘎直响。竟然有这种事！在维也纳，在奥地利首都，在战争激烈进行之时，在一九一五年年底，在塔尔诺夫战役和大反攻以后，一个俄国人居然在这里逍遥自在地游来逛去，给法国和英国写信，而警察局竟对此不闻不问。在报纸上摇笔杆的蠢货们竟然还对孔拉德·冯·黑岑多夫没有能够马上打到华沙表示惊奇，而在总参谋部，人们对于每次部队调动的情况都被间谍通报给俄国人还在那里惊讶呢！这时，中尉起身站到桌前；谈话顷刻变成了审讯。他为何没有立即声明自己是外国人呢？门德尔仍然毫无疑虑，用悠扬悦耳的犹太方言回答说："我干吗又要声明一下自己是谁呢？"少校认为这种反问回答是一种挑衅，就问他是否读过有关此事的命令。没有！他大概连报纸也不看？不看！

两位军官盯住稍微感到不安的雅可布·门德尔，仿佛听了海外奇谈，被惊得目瞪口呆。霎时间，电话机"咝啦啦"，打字机"哒哒哒"，传令兵来回奔跑，于是，雅可布·门德尔就被转解到卫戍区监狱，以便赶在下一批送进集中营。当被示意跟着两个士兵走时，他惶惑地瞪大了眼睛；他不明白人们要他干什么，然而，他其实倒也没有什么可怕的：这个衣领上绣着金线，说话粗声粗气的人能对自己使出什么坏招儿呢？在他的那个崇高的世界——图书世界里，是没有战争、没有误解的，有的只是永无止境的认识，力求更多地认识那些数字、词汇、人名和书名，就是这样。因此，他夹在两个士兵中间迈着碎步走下楼梯时心情还并不算坏。只是在警察局的人从他的大衣口袋里把书掏出来，并要求他交出装满几百张有用的字条和顾客地址的皮夹子时，他才勃然大怒，开始自卫。人们只好用强力制服他了。这时，眼镜不幸掉到地上，他那架窥望精神世界的奇异的望远镜被摔得粉碎。两天后，他就穿着一件单薄的夏季外衣被发配到了科莫伦附近关押被俘俄国平民的集中营。

在集中营里度过的两年中，雅可布·门德尔失去了自己心爱的书籍、身无分文地置身于一大群冷漠、粗鲁和大部分是文盲的人中间，究竟经受了多大的精神痛苦？像雄鹰被砍断翅膀再也不能翱翔长空，他脱离了崇高的、唯一心爱的图书世界，这给他造成了多大的折磨——对此已无从稽考。然而，当世界从疯狂中清醒过来后，便逐渐地开始明白，在这场战争的一切残暴行径和罪恶之中，最荒谬、最无聊，因而也是最不道德的行为，莫过于把那些完全无辜、早已超过应征年龄、在异国如在家乡那样生活了许多年的和平居民们逮起来圈进铁丝网。这些人之所以没有及时逃跑，只是因为他们真心诚意地相信连通古斯人和阿劳坎人都崇奉的优待客人的法律。在法国、德国和英国——在欧洲丧失了理智的每一块土地上，人们同样荒唐地犯下了这种反文明的罪行。在最后一刻，如果不是一个地道奥地利式的偶然机缘使雅可布·门德尔又回到自己的世界，那么他作为无数无辜受害者之一，也同样会变成疯子，同样会因痢疾、体力耗竭或心灵上的折磨而死去。情况是这样的：在门德尔失踪之后，寄来了一些有名望的顾客写给他的信件，其中有前施提里亚总督申贝尔格伯爵，纹章学著作的热心收藏家、前神学系主任、正在注疏奥古斯丁著作的齐根费尔特，八十高龄仍在反复修改回忆录的退役舰队司令埃德莱尔·冯·皮策克——这些忠实信托于他的顾客全都往格鲁克咖啡馆给他写信，其中某些信给这位失踪者转到了集中营。这些信件落到一位偶发慈悲的上尉手里，竟有些名流同这个矮小、半瞎、邋里邋遢的犹太人认识，使他颇为惊讶；这个犹太人自从眼镜被人打碎以后便没有钱再买新的，就像一只又老又瞎的鼹鼠似的，悄没声地蹲在自己的角落里。他既有这样一些朋友，恐不是等闲之辈！上尉准许门德尔回信请他的保护者为他说话。果然有效。几位显要和那位前系主任以所有藏书家共有的精诚团结的精神出面联系，联名担保，使得旧书商门德尔在被关两年多后，于一九一七年回到了维也纳；当然，还附有一个条件：每天到警察局报到一次。不过，他总算是自由了，又可以住到过去狭窄而又破旧的阁楼卧室里，又可以顺便欣赏橱窗里展出的书籍，而最主要的是，他又可以回到格鲁克咖啡馆了。

关于门德尔从人间地狱重返格鲁克咖啡馆的情景，斯波希尔太太，这位善良的妇人对我描述："有一天——啊，圣母马利亚！我简直不相信自己的眼睛——门开了，开法有点怪，您要知道，只开了一条缝，就像往常那样，他——可怜的门德尔先生踅身进来了。他穿了一件褴褛不堪的军大衣，上面补满了补丁，头上简直不知戴

245

的是什么，大概过去是顶礼帽，捡别人扔掉的。他没有衣领，像死人似的，脸色灰白，一头白发，骨瘦如柴——让人看着都心酸。可是他走进来，目不斜视，好像什么事也没有发生，什么也不问，一句话也不说，径直走到桌前，脱掉大衣，动作却不像过去那么敏捷灵活了，显得笨拙，呼哧呼哧直喘气。他不像过去那样带书来，而只是坐下来，只是坐在那儿一言不发，只用一双呆滞无神的眼睛盯着前面。后来，当我们给他拿来一堆从德国寄来的信件后，他这才又读了起来，可是，他已经不是从前的那个人了。"

是啊，和从前不一样了，不是那个 Miraculum mundi① 了，不是那个所有书籍的奇妙贮藏库了——当时见到他的人都伤心地这么说。往常，他目光沉静，看着书本时悠然神往，而现在仿佛有某种东西被破坏了、摧毁了：显然，可怖嗜血的凶煞星在疯狂般疾驰时，也闪击了图书世界这颗小小的和平的星辰。他的眼睛几十年来习惯了娟秀的、像昆虫纤足般的印刷字，但在用铁丝网围起来的人堆里想必是看到了许多可怕的东西，因为他的眼皮沉重地悬挂在眼睛上面；这双眼睛当年机敏灵活，闪射出讥讽的光芒，如今却昏昏然，无精打采，眼睑红肿，眼镜也是经过修理勉强绑在一块儿的。更加可怕的是：他的记忆已陷入混乱，仿佛本来妙不可言的艺术建筑，如今，某个支柱倒了，整幢建筑也随之坍塌了。这是因为，我们的大脑是一部由极其纤细的物质构成的键盘，这部我们认识事物的毫发不差的精密仪器是那样的娇嫩，只

---

① 拉丁语，神奇的世界。

要一根微血管被堵塞、一根神经受到刺激、一个细胞疲劳过度，任何一个这类干扰因素都足以使精神上令人惊叹、无所不包、自成一体的和谐遭到破坏。门德尔的记忆，这架奇异无双的知识键盘，在他回来之后已经发生了故障。间或有人来向他请教，他用衰颓的目光注视着来客，弄不清对方的来意，听错或忘记人家的话。正如世界已不是过去的世界，门德尔也非复从前的门德尔了。他从前的那种专注精神没有了，看书时也不再陶醉忘情地摇晃身子了，多半是呆坐着，眼镜机械地对着书本，人们闹不清他是在看书呢，还是心不在焉地闲待着。斯波希尔太太说，他的头沉重地伏在书上，大白天打瞌睡，有时几个小时几个小时地对着刺鼻的、不习惯的电石灯光出神；当时缺煤，人们在他桌上放了一盏这样的灯。是啊，门德尔已经不是从前的门德尔了，不再是神奇的世界，只不过是还在苟延残喘的一把胡子和一件衣服，摊在当年的圣椅上。门德尔已经不再是格鲁克咖啡馆的荣耀，而成了它的耻辱、污点，他身上散发着臭味，看了就叫人恶心，成了一个碍手碍脚、完全多余的食客了。

咖啡馆的新老板弗罗里安·古尔特纳也是这样看他的。这位老板是莱茨人，在饥馑的一九一九年靠搞面粉和黄油的投机买卖发了财。他说动老实的施坦德哈特纳将格鲁克咖啡馆卖给了他，价钱是不久便贬了值的八万克朗纸币。他用一双农民的强有力的手大干起来，他放开手脚，大刀阔斧，很快就把这家老式的、受人尊敬的咖啡馆改得面目一新、高雅华贵起来：用大理石修了大门，因为隔壁的房子紧邻着酒馆，已打算扩建为奏乐的前厅。在这种急忙进行的

247

改建中，这个从加利西亚来的、从早到晚独占一张桌子、向来又总共只喝两杯咖啡吃五个面包的食客自然非常碍事，惹他心烦。施坦德哈特纳倒是确实说过，让新老板特别关照这位老主顾，并企图向他解释，说雅可布·门德尔是一个非常出色和重要的人，他可以说是把门德尔作为咖啡馆应当承担的一项义务连同咖啡馆的财产一起交给了他。然而，弗罗里安·古尔特纳在购置新家具和闪闪发亮的铝柜台时，也多了一副那个唯利是图的时代的铁石心肠，他只消找到一个借口，便会把最后残存的这点郊区寒酸气从自己漂亮的咖啡馆里清除出去。合适的机会看来不用等很久。雅可布·门德尔的境遇很坏，他积攒下来的最后一点钞票也都进了通货膨胀时期的造纸场，顾客也都飘零四散了。在楼梯上爬上爬下地零星收购和转卖书籍，对衰迈的门德尔说来已力难胜任。无数细微迹象说明，他已穷困潦倒：他偶尔才叫餐厅给送午饭来，甚至少得可怜的一点咖啡和面包钱也要拖欠得愈来愈久，有一次竟拖了三星期之久。堂倌头当时就想轰他走，但好心的斯波希尔太太可怜门德尔，就出来为他担保。

在第二个月，不幸的事就发生了。新来的堂倌头已经好几次发现，结账时，面包之类总不大对头。每次他都发现出手的面包比报了数的和付了钱的多。他自然怀疑到门德尔头上，因为那个跑腿的老头不止一次晃晃荡荡地来抱怨，说门德尔欠了他半年工钱，连一个海莱①都不付给他。堂倌头开始格外留心门德尔，而在两天后他

---

① 奥地利铜币，约相当于一分钱。

就躲在壁炉的隔墙后面，当场发现雅可布·门德尔从座位上站起来，偷偷走到前厅里，很快从篮子里抓起两个面包，贪婪地吞食了下去。可是，在当晚结账时，他却声称没有吃过面包。丢面包的事这下子清楚了，堂倌头立即把发生的事报告给古尔特纳先生。老板喜逢良机，便当着所有顾客的面对门德尔大声呵斥起来，指责他偷盗，并且还为自己不立即派人去叫警察而自夸了一番。他让门德尔立即滚蛋，去见鬼，永远不许他再来。雅可布·门德尔浑身颤抖，一言不发，颤巍巍地从座位上站起来，走了出去。

"简直可怕！"斯波希尔太太描绘着他被赶走的情形，"我永远忘不了他是怎样站起来，把眼镜扶到额头上，脸色苍白得像一块白布。他甚至连大衣都没有穿上，可外面是一月天气——您大概记得吧，那年头冷得厉害！他吓得连桌上的书也忘记拿了。我发觉后，本想追上去递给他，可古尔特纳先生就站在门口朝他背后破口大骂，使过路的人都停下脚步聚拢起来，简直是耻辱！我内心里惭愧死啦！要是老主人还在这里，就永远不会有这种事；施坦德哈特纳先生是怎么也不会为了几个面包就把一个人撵走的，门德尔可以在这里白吃到死为止。可是现在的人没有心肝，竟把一个可怜的人从他三十多年天天坐着的地方赶走，真的，真真可耻，多大的罪孽呀！我不愿意在亲爱的上帝面前为这件事辩解，我不愿意！"

善良的老太太激动得厉害。她以老年人特有的那种唠叨劲儿不停地说，这是多么大的罪过，施坦德哈特纳是做不出这样的事的。最后，我只好打断她，问她我们的门德尔后来怎么样了，她是否再见过他。她立即全身一震，又继续说道：

"说真的，每天我一经过他的桌子旁边，心就像被刀戳了一下似的。我总在想：可怜的门德尔先生，他现在会在哪儿呢？我要是知道他住在哪儿就给他送点热东西吃；他哪里有钱买取暖和吃的东西呢？据我所知，他在世上一个亲人也没有。到后来，一天又一天过去了，可他连一点儿音信也没有。我就止不住想到：看来他是已经完了，我再也见不到他了。我甚至已在考虑，是否应该让人为他做一次弥撒——要知道，像他那样一位好人，我认识他有二十五年还要多啊！

"可是，在二月里的一天，早晨七点半，我刚开始擦窗户上的铜插销，突然（我是说，我吓了一大跳），门开了，门德尔走了进来，您当然知道，他总是侧着身子心不在焉地从门缝里进来的。我立刻发现他有些不对劲儿，东倒西歪的，两眼红红的，而他自己，我的天哪，只剩下一把骨头和胡子了！我看着他，发现他情绪不对头。我立即明白了：他一点知觉也没有，大白天像梦游似的，忘记了一切——面包的事、古尔特纳先生、他被赶出去的事，都忘记了，连自己也记不得了。谢天谢地，当时古尔特纳先生还没有来，可堂倌头正在喝咖啡。我急忙跑到他跟前，想告诉他不要在这里停留，免得再一次被那个粗鲁的家伙赶出去（说到这里，她马上小心地向周围看了看，纠正了自己的说法），我是想说——古尔特纳先生。'门德尔先生！'我喊了他一声。他看了我一眼，马上就——我的天哪，真可怕——他大概一下子全都想了起来；他打了一个寒噤，就发起抖来，不单两只手抖着，浑身上下都哆嗦着；他转过身急匆匆向外走去，走到门口就跌倒了。我们往救济总会打了电话，他被带走了。他在发热病，晚上就去世了：大夫说是因为肺炎死了，还说他来我们这里时，可能已经昏昏沉沉，自己也不知怎么就走到这里，像做梦似的。三十六年来，他天天坐在一张桌子旁边——这张桌子就是他的家呀。"

我们——了解这个怪人的最后两个人——又谈了很长时间。尽管他的存在是那样的卑微渺小，如同草芥轻尘，但正是他使当年作为年轻人的我初次知晓存在着一种完全自成一体的精神生活。而她——一个可怜的、终生劳瘁、从没有读过一本书的清洁女工，之所以怜惜这位苦难底层的难友，只是因为她给他刷了二十五年大衣和缝了二十五年纽扣。但是，在这里，在他的这张被遗弃了的旧桌子旁边，我们一起缅怀故人；回忆向来使人们相互亲近，而充满了爱的回忆则加倍地使人们相互亲近。她正说着话，突然思索起来："天哪，看我这记性！还有一本书在，是他那时落在桌上的，还在我这里呢！我该往哪儿去给他送呢？后来，谁也没有来取，我就想：把它留下做个纪念吧。这没有什么不对，是吧？"她急忙从后面把书拿了来。我好不容易才没有失声发笑——命运之神喜欢热闹，有时还喜欢嘲弄人，它每每令人懊恼地给伤心触目的悲剧掺进一点滑稽的成分！这本书竟是海因的《德国色情和趣味文学书库》第二卷，是每位藏书家都熟悉的一本言情作品易知录。恰恰是这本糟糕的书成了那位已故的异人留在这双操劳一生、发红而又粗笨、大约除祈祷书之外从未拿过任何书的手里的最后遗物。我费劲地绷紧嘴唇，竭力控制住自己，因为我心里由不得想笑。我小小的犹豫使这个老实的女人感到惶然不知所措：莫非这竟是一件珍贵的东西，或者，我是否认为她可以保存下去呢？

我亲切地握了握她的手："您只管留给自己吧，我们的老朋友门德尔如果能知道，在几千个因得到自己需要的书而感谢他的人中至少还有一个在忆念着他，他是只会高兴的。"

我走出了咖啡馆，在这位善良淳朴、以真正的人性对死者忠诚不渝的老太太面前，我感到惭愧。这是因为，她虽不识字，尚且珍藏着一本书，以便更好地纪念他；而我，本来应当知道，人们之所以写书正是为了在死后仍能成为世人的朋友，并以此保卫自己免遭众生之敌——归于幻灭和被人遗忘——的危害，然而，我竟有好几年没想起旧书商门德尔。

（薛高保　译　杜文棠　校）

巧识新艺

一九三一年四月，一个奇妙的清晨，天气好极了，空气潮湿，但却又充满了阳光。它像一块软糖那样，好吃得很，香甜、凉爽、湿润和光亮，过滤了的春天，纯净的臭氧。在斯特拉斯堡林荫大道的中心，人们惊喜地呼吸着从草原和大海飘来的芬芳。一阵暴雨，那种任性的四月阵雨创造出了这种喜人的奇迹，春天经常是与它们一道以一种极为顽皮的方式宣告它的来临。

我们的火车在半路上朝着昏暗的地平线驶去，它从天空黑乎乎地直切入旷野；直到摩乌附近——这时城郊的房屋像积木般地散落在四周，涂着令人郁闷的绿色广告不断地跃入眼帘，就在这时，坐在我对面的那位上了年纪的英国女人开始整理她的有十四件之多的提包、瓶子和旅行用具，那种海绵般的，翻滚着的乌云终于爆发了，从埃佩纳起，那铅色的和凶暴的彩云就与我们的火车头在进行一场竞赛。一道小而苍白的闪电是一个信号，随即暴雨好斗般地带着擂鼓似的声音倾泻而下，用潮湿的机枪的火花扫向我们正在行驶的列车。受到沉重的攻击，在嘎嘎作响的声音中，窗玻璃在哭泣，火车头屈服了，它那灰色的烟旗垂向了地面。除了扑向钢铁和玻璃的劈里啪啦的敲打，再也听不到什么，再也看不到什么，列车就像一只受折磨的野兽逃避暴风疾雨，在光亮的路轨上行驶。顺利地到了车站，我们站在有顶篷的站台上，等候行李搬运工，这时在灰白的雨棚后面，林荫大道的景色又突然变得明亮起来；一束尖利的阳光用它的三叉戟刺破了正在消逝的彩云，随即照亮了千家万户的房顶，像涂上一层黄铜一般，天空在海洋的蔚蓝色中闪闪发亮。像阿芙洛狄忒从波浪中闪着光泽裸身而出一样，这座城市从雨的罩袍中现身出来。一幅神圣的景象。随即，人们从前后左右的躲雨和藏身之地拥向街头，抖落身上的雨滴，欢笑着各奔前程。堵塞的交通缓解了，各式各样的老式交通工具都活跃起来，车轮在滚动，嘎嘎声、隆隆声、嘟嘟声，都混成一片；万物都在呼吸着和享受着重现的阳光。就连林荫大道深深被桎梏在坚硬的柏油路上发蔫的树木，经过这场大雨的滋养和湿润，在清新和碧蓝的天空中也绽开了细小尖尖的蓓蕾，并试着散发出少许的芬芳，确也是真的做到了。奇迹上的奇迹：有几分钟人们明显地感觉到了在巴黎的心脏中，在斯特拉斯堡林荫大道上，栗子树开花的微弱而畏葸的呼吸。

值得赞美的四月里这一天中的第二件赏心乐事：我到了巴黎，直到下午都没有约会。在这座拥有四百五十万人口的巴黎，没有一个人知道我，没有一个人在等待我。这就是说，我完完全全地自由，可以做任何我想做的事。我能随心所欲，去散步，去闲逛，或者坐在一家咖啡馆读读报纸，或者去就餐，或者去参观博物馆，或者去浏览橱窗，或者去翻阅沿河岸旧书摊上的图书。我可以给朋友打电话，或者我就呆呆地凝视那温煦甜蜜的空气。但幸运的是，我出于博识的本能做了最理性的事：我什么也不做。我没有做任何安排，给自己自由。摆脱掉任何接触的愿望和目的，把我的路放到随意滚动的轮子上，任它滑动到任何地方，这就是说，我任人摆布，随路驱使，我在五光十色岸边的商店徜徉，我疾步地穿过步行道上人的洪流。到最后人群的波浪把我掷到宽大的林荫道上；我惬意而疲惫地坐在位于豪斯曼林荫路和德洛斯大街一角一家咖啡馆外的座位上。

　　我舒适地倚在松软的靠背椅上，点上了一支香烟，我在想，我又来到了这里，这就是你啊，巴黎！有整整两年之久了，我没有见到你这位老朋友，现在我要仔细地看看你，巴黎，开始吧，展示一下从那以后你学到了什么，前进，开始吧，让你的那部出色的有声电影《巴黎的林荫大道》，在我眼前上映吧，这是一部光和颜色的活动，连同成千上万难以计数和不计报酬的道具演员的杰作；还有那不可仿效的，叮叮当当、轰轰隆隆、尖厉呼啸的马路音乐！不要吝惜你的速度，展示出来，你的所能，展现出来，你是何人；奏起你那巨型的奥开斯里特翁琴，与无调性的、泛调性的马路音乐一道。让你的汽车开动起来，让你的摊贩吆喝起来，让那些广告喊叫起来，让你的喇叭轰鸣起来，让你的商店闪闪发光，让你的人跑动起来——而我则坐在这里，睁大了眼睛，有时间也有乐趣，去凝视你，去倾听你，直到我眼花缭乱，直到我的心怦怦跳动。继续下去，继续下去，你不要吝啬，你不要停下来，再来，一直这样，狂放，永远狂放下去，变出花样，越来越多，越来越有新的喊叫、新的呼唤，新的喇叭声和扩散开来的声音，它们不使我疲惫，因为我所有的器官都向你敞开。前进，前进，你把一切都献给了我，正如我已准备把一切都献给你一样，你这座无法仿效的、永远新奇和迷人的城市！

随后呢，这个非凡清晨的第三件赏心乐事：因为我业已感觉到神经受到了一种刺激，我又一次产生了好奇心，如在一次旅行之后或在一次通宵不眠的夜里那样。在这样一类好奇心盛的日子里，我就像是多了另一个我，甚至是多了许多个的我；我不满我被桎梏的生活，它令我感到压力，从内心感到某种张力，有些像蝴蝶要从蛹中挣脱出来那样。每一个毛孔都伸张开来，每一束神经都弯曲成一个精致的、灼热的小钩，令我变得神奇般的耳聪目明；这种耳聪目明在主宰我，这几乎是一种不祥的清醒，它使我的瞳仁和鼓膜变得格外的锐敏，凡是我目光能及的一切，对我而言都充满了神秘。我能够整小时地观察一个马路工人，看他如何用风镐掘起沥青，仅从这样的观察我就能强烈地感受到他的劳动。他那颤动的双肩所做出的每一个动作都不由自主地传到我的身上。我可以无休止地站在一扇陌生的窗户前面，设想那个我不认识的人的命运，他也许住在里面；我能整小时地注视某一个行人，并出于毫无意义而又吸引人的好奇心跟在他身后：与此同时我完全清楚，在别人看来，我的这种举止完全无法理解，愚蠢至极。而他不过是我偶尔看到的一个人罢了。可这种幻想和乐趣比任何一部上演的戏剧或一本书的惊险篇章都更令我心醉神迷。很可能，这种超常的刺激，这种神经质般的目明耳聪当然是与突然的环境变化有关，只是气压的改变和因此引起的血液的化学变化的一个后果而已——我从来不想去解释清楚这种十分神秘的亢奋从何而来，但每当我感觉到，我往常的生活就像一抹苍白的晚霞，所有平庸无奇的日子百无聊赖且空洞乏味时，只有在这样的时刻我才能完全感受到我的存在和生活的多姿多彩。

也正是在值得赞美的四月里的这一天，我坐在扶手椅上，那样全神贯注、兴趣盎然和焦急不耐地望着河岸边的人的洪流，我在等待着，可我不知道我在等待什么。我怀着垂钓者那种轻微的透着寒意的颤抖，等待着鱼漂的抖动；我本能地知道，我一定会遇到某种事情，我一定会碰上某个人，因为我是那样渴求和神往，去交换一下位置，使自己好奇的乐趣变成一种游戏。但是马路没有向我提供任何东西，我身边熙来攘往的人群半个小时之后就使我的双眼变得疲惫不堪，没有任何一样东西我能看得清楚了，在林荫道上摩肩接踵的人群，我开始看不见他们的面孔了，他们成了戴着黄色、褐色、黑色和灰色礼帽、风帽、鸭舌帽的一般混混沌沌的洪流；那些未施粉黛和浓装艳抹的蛋形面孔，汇成一股令人恶心的发亮污水，在蠕动，它的颜色变得单调和灰白。

我的目光疲倦了，有如看一部模糊不清、抖动不止的拷贝已坏的影片。我想站起来继续走动。就在这时，我终于，我终于发现了他。

这个陌生人首先引起我的注意，很简单，就是因为他一再出现在我的视野。在这半个小时里，数以千计的人在我的面前熙来攘往，匆匆而过，就像被看不见的绳索拽走，他们只是匆忙地显露侧面、阴影、轮廓，随后就被洪流裹挟而去。可这个人却一再地，总是在同一个地点出现，因此我就注意上他了。犹如激浪以一种不可理喻的执拗把一片脏兮兮的海藻推向岸边并随即用湿乎乎的舌头又把它舔了回去一样，而这是为了再一次掷去和再一次拽回，这个人就是如此一再地在这个湍流中游来游去。而且每次都在几乎是有规律的时间间隔里和总是同一个地点出现，并且一成不变地把他的目光垂向地面，遮掩起来。除此之外，出现的这个人没有什么值得注意的了；一具饿得干瘦的身体，裹在一件草黄色的夏季大衣里，显然不合身，因为衣袖过长，双手完全露不出来，它过于宽松，尺寸太大，这件草黄色的小大衣式样早已过时。一张瘦削的、尖尖的、老鼠般的脸上，两片几乎是惨白的嘴唇，上面的一撮黄色小胡子像受了惊吓似的在发抖。在这个可怜虫身上一切都不得体，邋里邋遢，肩膀倾斜，瘦长的小丑般的双腿，哭丧着脸。他时左时右从人的漩涡中浮现出来，随之像是不知所措地停下脚步，小兔子般畏怯地从燕麦地爬了出来窥伺、嗅闻，躬起身来，又在人群中消失不见了。此外——这是第二件引起我注意的事情——这个衣衫褴褛的人使我想起了果戈理小说中的那位小吏，高度的近视或者出奇的笨拙。我一而再再而三地注意到，他这个马路上的小可怜虫任那些行色匆忙的人推来搡去，几乎被撞翻。但他对此毫不在意，他会卑躬地退让，飞快地躲避到一旁，随后又钻了出来，并且一而再再而三地出现在这儿，在这仅仅半小时里就有十次到十二次之多。是啊，这使我感兴趣，或者更应当说，我先是感到恼火，当然首先是对自己，我今天虽然好奇心盛，却不能立刻猜出此人在这儿究竟要干什么。越是白费力气，我就越是恼火。活见鬼了，你这个家伙究竟在寻找什么？你是在这儿等人？你是个乞丐？你并不像，乞丐并不傻里傻气地待在熙熙攘攘的人群中，他们可没有工夫从口袋掏钱给你。你也不是一个工人，因为后者在上午十一点钟没有机会在这儿懒散地逛来逛去。你更不会是在等一个姑娘，我亲爱的，哪怕是一个老掉牙的婆娘，一个毫无姿色的女人也不会看上一个浑身穷酸相的可怜虫。说到底，你在这儿要找什么呢？也许你是那些黑色导游中的一个，悄悄地从侧面出现，从衣袖里掏出一些淫秽的色情图片，答应外省来的游人，花上一笔费用就能得到索多玛和蛾摩拉中各式各样的快乐？不，这也不对，因为你不和任何一个人交谈，正相反，你面带低垂的目光畏葸地规避每一个人。真是见鬼了，你这个胆小鬼，究竟是什么人？你在我目之所及的这块地段里搞什么？我把他盯得紧紧的，紧紧的，在五分钟之内，这已变成了我的激情，我的乐趣：探究出这个身穿草黄色大衣的人在林荫道上要干什么。突然间我知道了，他是一个侦探。

一个侦探，一个穿着平民衣服的侦探，我本能地在一个完全微不足道的人身上就认出来了；那种对每一个从身边经过的人疾速扫上一眼的斜视的目光，那种一望就看出来的审视眼神，这是密探在受训的头一年就必须立刻学会的呀。这种目光是不简单的，因为第一它必须像一把刀子那样划开一条缝，迅急地从下到上、从头到脚扫视一番，一方面用这灼亮的眼睛之火捕捉住此人的音容笑貌，另一方面在内心里要与寻常的罪犯表征进行比对。第二点，这也许还是最重要的：这种观察要完全装做是漫不经心的，因为跟踪者不能被他人猜到自己是密探。

　　看吧，我的这个人所学的这门课程可说是出色极了。他像一个梦游者那样恍恍惚惚、漫不经心地在人的洪流中穿行，被推来推去。但在这期间他总是陡然间张开迟钝的目光，像投出一支标枪，像按动了一部相机的快门一样。周围好像没有一个人观察到这个在履行公务的人。若是这个值得祝福的四月天不是幸运地成为我好奇心的盛地，要是我没有长时间和恼火地进行窥视的话，那我本人也是什么都观察不到的。但不管怎么说，这个秘探一定是他行业里别具一格的高手，因为他懂得极为精致的化装技术；举止、走路、衣着，一身道地的街头流浪汉的破衣褴衫，这些方面都模仿得十分逼真，这对他的跟踪追捕可是不可或缺的啊。通常对于那些身着平民服装的侦探，人们从一百步远的距离就能毫不费力地认出来，因为这些先生无论装扮成什么样，都无法掩盖他们职业尊严露出的一些破绽；他们永远不能维肖维妙地装出那种胆怯和惶恐的卑贱猥琐。人在举止上的这种卑贱猥琐完全是一种本性，是多年来的贫穷造成的。但是这个人令人敬佩的是，他的穷酸相却是味道十足、以假乱真、活灵活现，对街头流浪汉的面具研究得透透的。那件草黄色的大衣，那顶少许倾斜的帽子，保持某种高贵所做的最大努力，破旧的裤子，磨损的上衣：这一切都显示出他穷闲潦倒。作为一位受到训练的捕人的猎手，他必然是观察到了，贫穷——像贪食的老鼠一样——首先是啃咬每一件衣服的边角的。这样的寒酸衣着也十分出色、形象地与饥饿的外貌相一致：稀疏的小胡子（可能是贴上去的）刮得乱七八糟，有意弄得凌乱不堪的头发，这使任何一个没有偏见的人都会发誓赌咒说，这个可怜的家伙昨天夜里一定是在公园的凳子上或警察局的拘留所里度过的。除此之外还有他那病态的、用手捂着嘴的咳嗽，冷得龟缩在夏季大衣里的身体，拖着脚步、蹒跚而行，四肢像是灌了铅似的；天神作证，这是一位化装艺术家创造出的晚期肺痨的完美肖像画。

我毫不羞愧地承认：我为自己有这样一个出色的机会，在此观察一官方密探感到高兴；尽管情感的另一个层面上，我同时感到自己的卑劣。在这样一个值得祝福的蔚蓝色的日子，置身在四月的和煦阳光中，我却在观察一个化装的、指望得到退休金的国家官吏窥伺某一个可怜的家伙，以便把他从灿烂的春日阳光中拽入某一间牢房里；虽说如此，我还是激动地注视着他，越来越紧张地观察他的一举一动，并对发现的每一个细节欣喜至极。蓦然间，我发现的乐趣就像冰块在阳光中融化了。因为有些事情不太符合我的判断，我觉得不太对头。我又变得没有把握了。他真的是一个密探？我越锐利地去观察这个奇怪的闲逛的人，我的怀疑就越是厉害。他那做给别人看的穷酸相只是为了化装吗，这太过于惟肖惟妙了，太过于较真了。我第一个怀疑的是他的衬衣领子。不对，这件从垃圾堆捡出来的脏兮兮的东西任何人都不会用光秃秃的手指把它围到自己的脖子上的。只有在真正穷困潦倒走投无路时人才会这样做的。第二个怀疑的是他的鞋，只有在万不得已时，人们才会把这类肮脏的、已经完全裂口的皮制破烂叫作是鞋。右脚上的那只鞋用的不是黑鞋带，而是用粗糙的绳子结上去的；而左脚的那只开了口，每走一步就翕动起来，就像青蛙嘴那样，不对，人们不会用这样一双鞋来做化装用的道具。完全可以肯定，不再有任何怀疑了，这个衣衫褴褛、蹑手蹑脚的家伙绝不是一个侦探，我的判断出错了。但是，如果他不是一个侦探，那他是什么呢？那他老是走来走去、反反复复，是为了什么？这种从下到上、迅急窥视、四下探望的目光是为了什么？我感到一种愤怒，我无法看透这个人，我最好是抓住他的肩膀：你这个家伙，你要干什么？你这个家伙，你在这儿要搞什么名堂？

可突然间，犹如一把火沿着神经燃烧起来一样，我颤抖起来，它径直准确地击中我的内心深处，我突然间什么都知道了，完全肯定，而且盖棺定论、不可反驳。不，他不是侦探，我怎么竟然会如此愚蠢呢？他是，如果可以这样说的话，他是一个警察的对立面：一个掏包的扒手，一个真正的、名副其实的、训练有素的、职业的、地地道道的小偷。他在这林荫道上猎取皮夹、手表、女人的手提包以及其他物件。当观察到他恰恰是哪儿拥挤就往那儿去时，我开始准确地断定，他干的是这种营生。现在我也明白了，他故意装作跌跌撞撞，他向陌生人的身上碰来碰去，是为什么了。我越来越清楚，越来越了解他的用心了。他偏偏在咖啡馆门前，完全靠近交叉路口的地方找了个落脚之处，这不是没有原因的。一个聪明的店主为他的橱窗想出了独出心裁的花样；铺子里的商品，如椰子、土耳其糖果、各式各样五颜六色的奶糖，由于缺少吸引力一直不大畅销。店主于是想出了一个精彩的主意：橱窗不仅仅只用假的棕榈树和热带景物进行富有东方情调的布置，而且在这种南方的景观中放进了三只可爱的小猴子。这真是杰出的主意。这三只猴子在玻璃窗后面肆意打闹，翻筋斗，龇牙咧嘴，相互间捉跳蚤，做鬼脸，出洋相，按着猴子的习性，无拘无束，任性而为。精明的老板得其所哉，因为过路人无不拥到窗前驻足观看。特别是那些女人，对这种表演高兴得直喊直叫。每当好奇的行人密密麻麻麇聚橱窗前时，我的这位朋友便不声不响地快速出现在那里。他以温和而又过分谦卑的方式在密集的人群中挤来挤去。

迄今为止我一直对这种街头盗窃艺术所知甚少，我也从来没有对它有什么研究。可我知道，熙熙攘攘的人群是小偷下手的极好时机，这就如青鱼要产卵那样理所当然，因为只有在相互拥挤、相互碰撞时被偷者才觉察不到那只危险的手，那只窃走钱包和怀表的手。但除此之外……我现在才第一次意识到，很显然，为了能顺利得手，需要某种物件来分散注意力，来短时间麻痹每个人保护自己财物的那种下意识的警觉性。在这种情况下，这三只猴子做出种种怪相和确也令人开心的表情，以绝妙的方式分散了人们的注意力。说真的，这几只丑态百出、怪模怪样和赤身裸体的家伙，在不知不觉中就成了我的这位新朋友，是这个扒手得力的同谋犯和帮凶。

请原谅我，我恰恰迷恋我的这种发现，因为在我一生中还从来没有见过一个小偷呢。或者更坦率地说，在伦敦求学时，为了学好英语，我经常去旁听法庭审判，有一次我正遇上两个警察把一个脸上长着疙瘩的红头发小伙子押到法官面前。桌子上放着一个钱袋，那是物证，一两个证人发过誓，然后作证，随后法官嘟嘟囔囔了几句含糊不清的英语，红头发小伙子就消失了。如果我听得没错的话，他被判了六个月。这是我见过的第一个小偷，但不同的是，我当时根本无法证明这个小伙子真的就是小偷。因为只是证人证实他有罪，我也只是旁听了法庭对罪行的重述，而不是目睹罪行本身。我仅是看到一个被告和一个被判有罪的人，没有看到真的盗贼。因为一个盗贼只有在他进行偷盗的时刻才是一个盗贼，而不是在两个月之后，为自己的罪行站在法官面前时，这就像诗人只有在他创作时才能真的称得上是诗人，而不是一两年后他在扩音机前朗诵自己的诗作时；作案者唯有在他作案之时才是作案者，这才是真实的、可靠的。现在我有难得一遇的机会，去窥视一个小偷最具特点的时刻，去窥视表现他本性中最内在的真实的那种稍纵即逝的瞬间，这样的机会太稀有了，犹如去观察女人的受孕和分娩一样。而正是想到了这种可能性，我激动起来。

我毫不犹豫地决定，不去错过这样一次如此精彩的机遇。不放过他进行准备的细节和作案本身。我立刻放弃我咖啡店前的扶手椅，因为我觉得在这儿我的视野太受到限制了。现在我需要一个一览无余的，一个所谓可以活动的位置，从那儿能不受妨碍地进行窥探；几经试验，我选中了一个商亭，上面贴满了巴黎各家剧院五颜六色的广告。在那儿我能装做细心看广告的样子，不会被人注意，同时我却能在圆形柱子的保护下事无巨细地注视他的一举一动。我带着一种我自己都无法理解的执拗去观察这个可怜虫所干的困难而又危险的营生；我关注他，就我所能记起，这比我在剧院或电影中关注一位艺术家还要紧张呢。因为现实在其最丰富多彩的时刻超越和高出任何一种艺术形式。现实万岁！

在巴黎的林荫大道上，从上午十一点到十二点的整整一个钟头时间对我而言真的就是短暂的一瞬，因为它充满了持续的紧张感，无数微小的激动人心的决断和偶发事件；我可以用一连几个小时来描述这一个小时，它充满了神经的能量，它借助其赌博的危险性而引人入胜。直到今天我还从来没有，即使在相似的情况下也没有思考这样一种非常困难、几乎难以学到的技艺，不，在宽大的马路上，在光天化日之下，去掏包偷钱是怎样一种可怕的、紧张得使人恐怖的艺术。直到今天，在我的想象中，小偷只不过是一种胆大妄为和技艺娴熟的模糊不清的概念罢了，我认为这门手艺实际上仅是手指的工夫而已，与玩杂耍或变小魔术没有什么两样。狄更斯在《雾都孤儿》中曾描写过小偷师傅教一群小孩子怎样把一条手帕从上衣里不被察觉地掏出来。在上衣的口袋上挂着一个小铃铛，如果这些新手把手帕从口袋里偷出来时小铃铛响了起来，那这次扒窃就是失败和笨拙的。但是我现在才觉察到，狄更斯注意的只是这种营生粗糙的技术层面，只是指法的艺术。或许他从来就没有观察过一个实地作案的小偷，或许他从来就没有机会（如现在我通过一种运气偶然得到的）发现，一个在光天化日下作案的小偷，不只是需要一只灵活的手，而且也要有一种深思熟虑的精神力量，要有自我控制的能力，一种训练有素的、同时是冷静和闪电般迅速的心理素质，尤为重要的是一种异乎寻常的、疯狂般的胆量。经过六十分钟的实地学习，现在我明白了，一个小偷必须具有一个外科医生在进行心脏缝合手术时的那种决断敏捷，任何一秒钟的迟疑都会是致命的；但在进行这样一种手术时，病人至少是躺在那儿，进行过氯仿麻醉，他无法活动，不能反抗；而这儿的情况呢，这种轻微而突然的触动必须是在一个人完全清醒的身体上进行，而人身上放钱包的部位恰恰格外的敏感。当小偷作案时，当他把手闪电般地伸出时，恰恰是在最最紧张、最最激动的瞬间，他必须同时完全控制脸上的全部肌肉和神经，他必须表现得淡定，几乎近似漠然。他不可以流露出他的不安，不可以像凶手、杀人犯那样，在用刀子作案的同时，瞳孔里映射出残暴的表情。一个小偷把他的手伸向猎物时，必须带着清澈和善的目光，在相互接触的当儿，要谦恭地用漫不经心的语调说声"对不起，先生"。在作案的瞬间仅有聪明、清醒和机敏还是不够的；之前他要明白，他必须有识人的能力，他必须要以一个心理学家和生理学家的素质对他的猎物进行考察。因为只有漫不经心和不警惕的人才在考虑之内，而在这样一些人之中仅有那些上衣没有结上钮扣的人，那些步履缓慢的人，那些他可以不被察觉就能靠近的人，才是真正的对象。我在这段时间数过，马路上有成千上百人，在他们中间也不过一两个人是真正的猎物，不会更多。只有在极少的对象身上，一个明智的小偷才敢于作案；而在这类人身上动手少有失败，即使有，那也是由于数不清的偶然影响造成的，且多在最后几分钟才放弃作罢。丰富的人生阅历、警觉性和自我控制对这门营生是十分必要的（我能证明这点），因为也要考虑到，小偷在用紧张的感官选择和靠近猎物期间，必须同时用自己强力症挛起来的感官中的另一个感官去关注，使其在作案的同时不被他人看到。不管是在街角上窥视的警察或侦探，还是那些总在大街上游来逛去的好奇心盛的路人；他必须经常眼观六路，注意他的手是否在匆忙中会因橱窗的反射而露出马脚，是否有人从一间店铺或一扇窗户里监视他的行动。他付出的努力是巨大的，可这与危险相比几乎算不了什么；因为一次错误，一次失手，那就得有三年或四年的时间再见不到巴黎的林荫大道了；手指的轻轻一次颤抖，匆忙中神经质般的一次触动，那就要付出自由的代价。光天化日下，在一条林荫路上行窃，我现在才知道，这是一种最最勇敢的壮举。从此以后，每当报纸把这一类盗窃行为当做无足轻重的小事，给罪犯很小的版面和寥寥三行文字时，我都觉得不公平。因为在我们这个世界上，在所有被允许从事的和不被允许从事的技艺中，它是最危险、最困难的技艺之一：从它的最高的成就而言，几乎有权称自己是艺术。我可以这样说，我能够证明这一点，因为在四月里的这一天，我曾经亲身经历过，我亲身感受过。

感同身受，这绝不是夸张，当我这样说时，那是因为一开始，在最初几秒钟我对这个人在干的这种营生仅是冷静地纯事物性观察而已；但每一次心怀狂热的观察都会不由自主地激发起情感，一再地与情感联结起来，就这样我开始逐渐与这个小偷合二为一了；在某种程度上我已进入他的肌肤，进入他的双手，我从一个旁观者变成他灵魂上的同伙，为什么会这样，连我自己也不知道，也不想这样做。这种转变的开始，是在我一刻钟的观察之后，令我惊异的是，我已在衡量那些路人中间有谁是适合下手，有谁是不适合下手的猎物。他们上衣是扣上的还是敞开的，他们的目光是漫不经心的还是警觉的，他们贴身的钱包是否能轻易到手。一句话：他们是否是我这位新朋友的目标。不久我甚至不得不承认，在这场开始进行的斗争中我早已不再是中立的了，而是从内心上就已经无条件地渴求他的作案最终能够得手。是呀，我甚至不得不费力去遏制那种帮他作案的急迫愿望。正如赌客身边一个喜欢饶舌的旁观者总是热心地用胳膊轻轻触碰赌客，警告他注意出牌一样，我现在恰恰就是这样的猴急。当我的朋友错失一个极好的机会时，我便递眼色给他：别放过那边的那个人！就是那儿的那个胖子，他抱着一大束鲜花。或者，当我的朋友又一次在拥挤的人群中出现时，在街拐角意想不到地出现了一个警察，我便觉得自己有义务去警告他，因为这时惊恐已深入我的双膝。好像我已经被抓住了一样，我感觉到警察的沉重手掌已拍到他的肩膀，已拍到我的肩膀。但是，不用担心了！这个瘦削的汉子又重新堂而皇之和若无其事地从人群中走了出来，且从危险的岗亭旁走了过去。一切够紧张的了，而这还不够刺激，因为我越是深切地与这个人感同身受，越是从他二十次失败的作案尝试中开始理解他的这门技艺，就越是变得焦急万分。他为什么还是不动手，而总是在考察在尝试。我开始对他愚蠢的迟疑不决和一再的规避退缩认真恼火起来，活见鬼了，你倒是动手呀，胆小鬼！鼓起勇气！就是那边的那个人，那边的那个人！你终归是要出手的呀！

　　幸运的是我的朋友并不知道也没有想到我对他怀有的这种不受欢迎的关切，不会因我的焦急而惶乱失措。因为这就是真正久经考验的艺术家与新手、半吊子和门外汉之间的区别，艺术家出于无数的阅历和在每一次真正的成功之前遭受的那些必然的失败，知道只有在等待和耐心之中才会获得决定性的良机。完全像诗人创作时那样，他毫不在意地放弃成千上百个表面看来诱人和完美的念头（只有那些半吊子作家才会立刻就用鲁莽的手抓住不放），以便倾其全力用在最后的一击上。这个瘦小虚弱的人让数以百计的机会随意溜走，而我作为这门营生中的半吊子、门外汉，却把它们看作难遇的良机。他在考察，他在尝试，他在盘算，他靠近人群。他的手肯定不下百次地触动陌生人的口袋和大衣。但他却一次也没有动手，他毫不疲倦地耐着性子，装作漫不经心的模样，在离橱窗几步的距离转来转去，目光警觉，斜视周围，审视各种可能，衡量我这个新手根本就看不到的危险。这种平静的、匪夷所思的坚持令我焦躁却又兴致盎然，使我有把握感到他最后必然成功。因为恰恰是他的那种韧劲表明，在没有得手之前，他是不会放弃的。正因此我下定决心，看不到他的胜利，我是不会先一步离开的，哪怕是直等到深夜。

已经是中午时分，人的潮水来临的时刻，突然间从所有的大街小巷，楼梯和庭院，一股股人的溪流涌向林荫大道宽广的河床。工人、缝衣女工、售货员和无数被关在三楼、四楼、五楼作坊的人都一下子从工作室、工厂、办公室、学校和事务所里冲了出来。他们像一股昏黑的浮动的蒸汽一样冒出，随后在马路上分散开来。穿白色衣衫和工作服的工人，三五成群的女店员，连衣裙上别着紫罗兰花朵，她们叽叽喳喳说个不休，身着鲜亮礼服的小官吏，腋下挟着皮包，行李搬运夫，穿蓝色军装的士兵，以及大城市里的形形色色人等。这些人长时间，太长时间坐在令人窒息的房间里，现在他们要活动一下手脚，摩肩接踵，熙来攘往，贪婪地呼吸空气，吸烟，喷云吐雾，在一个钟头的时间里，马路上由于他们同时的出现，仿佛喷射出充满欢乐生机的火光。因为也只有一个钟头，随后他们又得回到关闭的窗户里，开动车床或者缝衣机，坐在打字机前敲动键盘，计算一行行数字，或者印刷或者剪裁或者制鞋。他们身上的肌腱知道这一点，于是他们才如此纵情欢乐；他们的灵魂知道这一点，于是他们才如此恣意享受。这时刻是短暂的啊。他们贪婪地攫取和捕捉光明和快乐，凡是一种真正的乐趣和一种快意的玩笑，他们都趋之若鹜。毫不奇怪，展出猴子的橱窗就首先有力地满足了这种免费娱乐的愿望。人们饶有兴趣地围拢在玻璃窗前面，靠前的是那些女店员，她们的吵吵嚷嚷就像从一个嘈杂的鸟笼里发出的尖厉的叽喳声。与她们挤在一起的是那些工人和游手好闲的混混儿，他们口吐脏话，动手动脚；围观的人越来越拥挤，形成紧紧的一团。这时我的朋友身穿草黄色的外衣，像一条小金鱼一样，活跃而迅疾地在人群中游来游去。现在我不能长时间停留在我这个不利的观察点上了，我的当务之急是要从近处清晰地去关注他的手指，以便去熟悉这门营生中令人兴奋的动作。但这可是要付出极为艰巨的努力，因为这条训练有素的猎犬有一种特殊的技能，像条鳗鱼一样滑不溜丢，能从拥挤人群中的极小缝隙中穿过去。刚才他还安静地候在我身旁，可现在却突然间消失不见了，而就在这同一瞬间他已经挤到玻璃窗前，居然一下子就穿过了三四排人。

　　我当然要随在他身后挤过去，因为我怕在我到达橱窗前他又以他惯有的出没无常、时左时右消失不见。但不，他在那儿非常安静，安静得出奇地在那儿等待。要注意啦！他一定在转念头，我立刻告诉自己，要留心观察他身边的人。站在他身旁的是一个胖胖的妇女，看来是个穷人。她右手亲切地挽着一个十岁模样的面色苍白的女孩，左手拿着一个敞口的廉价皮质购物袋，两根长长的白色面包棍随意地竖放着，露出一端。很显然，购物袋里的食品是她丈夫的午餐。这个老实的普通女人，没戴帽子，围着一条刺眼的头巾，身穿一件自己缝制的方格印花布连衣裙。她为猴子的嬉闹高兴得难以形容，她宽大得几乎显得肿胀的身体由于大笑而颤抖起来，这使购物袋中的两根面包上下跳动不已。像被挠痒一样，她咯咯大笑，前仰后合，很快她就同那些猴子一样，给了人们同样的快乐。在生活中很少享受到这种难得一见的欢乐场景的人，他们都心怀本性中那种质朴的乐趣，心怀极大的感激：啊，只有穷苦的人才会有这样真正的感激；只有他们，当不需要花费一个铜板，就像上天所赐那样，这对他们而言，才是享受中的最高享受。这个善良的女人俯下身来问孩子，他是不是看得清楚，别错过猴子的滑稽场面。"好好看，玛格莱塔。"她带着浓重的南方口音一再地鼓励面容苍白的女孩，显然在陌生的人群中孩子羞于大声的欢笑。端详这样一个女人，一位母亲，真是令人高兴，她是大地女神盖娅的女儿，法兰西民族健康快乐的丰硕果实。这位杰出的女性，为了她那开怀的、欢快的、无忧无虑的欢乐，能拥抱她该是多好。但突然间我有了点不祥之感。因为我注意到，那个身穿草黄色大衣的扒手的衣袖越来越靠近那个无忧无虑的女人敞开来的购物袋（只有穷人才是无忧无虑的）。

上帝啊！你不是要偷这个穷苦诚实、无比善良和快乐的女人购物袋里的钱包吧？突然间我心头涌起了愤懑。迄今为止我一直心怀快乐地在观察这个偷包贼，出之我的肉体，出之我的灵魂；我在想，在感受，在希望，甚至祈愿，当他投入巨大的勇气，付出努力，冒着风险，最终能取得一次小小的成功。但是现在我开始不仅关注他偷窃的企图，也关注那个被偷的人，这是一个朴实得令人感动、无忧无虑得令人愉悦的女人。她也许要花上几个小时打扫房间和擦洗楼梯才能赚到几个铜板。我感到愤怒了！你这个家伙，滚开！我真想对他大喊一声，不要碰这个女人，去找别的人！于是我竭力地挤到前面，靠在这个女人的身边，保护那个面临危险的购物袋。但恰恰在我往前挤的当儿，这个家伙却转过身去，从我身边一滑而过。在擦肩而过时，他告罪地说道："请原谅，先生。"声音非常细微而谦卑（这是我第一次听到他说话），随之那件草黄色大衣就从人群中溜走了。我不知道这是为什么，我有这样的感觉：他已经得手了。现在我可不能让他从我眼皮底下溜掉！我身后的一位先生骂了我一句"野蛮人"，因为我狠狠地踩了他的脚。我从熙熙攘攘的人群中挤了出来，正好来得及看到那件草黄色大衣从林荫道的拐角飘进旁侧的一个巷子。我现在跟在他后面，跟住他！紧紧盯住他的脚跟！但是我得加快脚步，我开始几乎不相信我的眼睛，因为这个人，我用一个小时在观察他的这个人，陡然间变成了另一个样子。先前显得畏葸不安，几乎是昏昏沉沉，甚至跌跌撞撞，而现在却轻快得像一只黄鼠狼，沿着墙边匆忙得有如一位误了汽车的瘦削公务员迫切想及时赶到办公室一样，步调显得惶惶不安。我不再怀疑了，这正是行窃得手后的脚步，是想尽快和不惹人注意地离开作案地点的第二种脚步。不，毫不怀疑了；这个流氓从购物袋里偷走了这个穷苦女人的钱包。

一开始发火时，我几乎想发出警告：抓小偷啊！但我缺乏勇气。因为不管怎么说，我并没有看到他进行盗窃的事实，我不能事先认定他犯有罪过。抓住一个人并以上帝的名义扮演法律的角色，这需要勇气呀，可我从来缺少这样的勇气，去指控和去告发一个人。我知道得很清楚，在我们这个混乱不堪的世界，所有的正义都是有缺欠的，从一种存疑的单一事件中去把握真相，那是怎样的傲慢专横。但正当我还在思考该怎么办时，令我惊愕的事情发生了：这个奇怪的人在不到两条马路远的地方蓦地迈着第三类脚步出现了。他一下子停下快速的奔跑，不再佝偻身子，而是突然变得十分平静、泰然自若，像是信步而行的样子。显然他知道自己已跨过了危险地带，没有人跟踪他了，这就是说没有人能抓他了。我明白了，在高度的紧张之后他要轻松地呼吸，他是一个退了休的小偷，是他的这项职业的一个享受养老金的人，是巴黎成千上万人中的一个，可以叼起一支燃起的香烟平静泰然地漫步在巴黎的碎石路上；这个瘦弱的人毫无罪疚之意，踱着悠然、舒适和懒散的步子朝着德安丁大街走去。我第一次有了这样的感觉：他甚至对过路的女人和姑娘的娇美进行仔细地观赏，寻找接近的机会。

这个老是有出人意料之举的人现在要到哪儿去呢？看见了吧：他到了三一教堂前那个一片新绿、鲜花盛开的小广场，为什么？啊，我懂了！你要在一条长凳上好好休息几分钟，为什么不呢？这种不断来回奔波一定是够累的了。可不是这样，这个令人不断惊奇的人并不是去坐到一只凳子上，而是看准了目标直奔向——我现在请求原谅——一个专供公众解手用的小房子，进去后他谨慎地关上了那扇大门。

在最初的一瞬间我不禁大笑起来：这样一种艺术竟然会终结在一个如此平庸的地方？或者恐惧竟然直沁入你的五脏六腑？但是我又看到了，永远喜欢恶作剧的现实总是能找到令人愉悦的花样，因为现实比那些善于虚构的作家更为勇敢。现实敢于毫无顾忌地把异乎寻常与卑微可笑并列在一起；心怀叵测地把普通的人性与令人惊奇的人性并列在一起。就在我坐在长凳上——除此我能做什么呢——等待他从这间灰色小房里再度现身时，我明白了，此种营生中的这位行家里手，当他独自处在四面墙内时，在里面只能是合乎逻辑地干他这门行业中该干的事情，清点收获；因为一个职业扒手必须及时地把所有的证据清除干净。这是我们这些外行人根本就没有考虑到的难题（这一点此前我从来没有想到）。在一座永远警觉的、有千万双眼睛在窥视着的城市，很难找到这样一个地方，躲在四堵墙里。如果有人难得地读到法庭审讯记录，那他一定会惊奇，在一次哪怕最微不足道的事件中都有许多证人出场作证，他们有魔鬼般的精确记忆。当你在马路上撕碎一封信，把它扔到路旁泥坑里时，有十几个人在盯着你，而你却浑然不觉；五分钟之后，还会有某一个无所事事的年轻人，或者是出于开玩笑，把这些碎片拼在一起。如果你在楼道里检查了一下你的钱包，那明天这个城市的某一个你根本没有见过的女人就会跑到警察局声称自己失盗，并对你进行一番细致入微的描述，像是巴尔扎克一样。当你进入一家餐馆时，你根本就未加理睬的侍者会注意到你的服装、你的鞋、你的帽子、你头发的颜色和你指甲的形状：是圆的还是平的。在每一扇窗户后面，在每一面橱窗的玻璃后面，在每一个更衣间后面，在每一个花盆后面，都有几双眼睛在盯着你；当你天真地以为，你是独自一人在马路上信步而行无人对你注意时，到处都有非专业的证人在场。这是由好奇心织成的疏而不漏、每日更新的一张网，它罩住了我们的整个存在。而这个娴熟的艺术家，花费了五个铜板，在这四面不透亮的墙里待上几分钟，这是多么精彩的主意。当你从偷来的钱袋中把钱掏出并把物证毁掉时，没有人能看得见，甚至是我，另一个你，一个在这儿等候的同路人，他既为你感到高兴也同时为你感到失望，但他无法计算你偷了多少啊。

至少我是这样想的，但事情的发展却是另一个样子。因为他刚用细长的手指打开那扇铁门，我就知道他这次失败了，有如我与他一道清点过钱包一样。这次所获太微不足道了！他沉重地移动脚步，一个疲惫不堪、精疲力竭的人，目光低垂无力，眼皮耷拉下来，我一看这副样子马上就知道了：倒霉蛋，你这一整个上午算是白费劲了。

毫无疑问在你偷来的钱包里没有什么可称道的（我若是事先告诉你就好了），顶多不过两三张揉得皱巴巴的十法郎票子罢了，你在这次行动中所投入的巨大精力和所冒的被打断脖子的风险与你的所获相比太微乎其微了；只是那个不幸的女人，却是痛心疾首呀。她现在也许在伯来维尔区不断地向女邻居哭诉她的不幸遭遇，咒骂那个该死的小偷，一再地用颤抖的双手抖搂她那购物袋。而这个可怜的小偷同样如此，我的眼睛就看出来了，这次行窃是一次失败，几分钟之后我的推测就已得到证实。这个可怜虫现在是神形俱疲，他在一家小鞋店前面停下了脚步，长时间渴望地打量橱窗里那些廉价的鞋子。一双鞋，一双新鞋，他真的需要一双新鞋换掉脚上那双破鞋。他比成千上万的人更迫切地需要，那些人今天都穿着漂亮的、全皮底鞋或轻松胶底鞋，在巴黎大街上游来逛去，而他的急迫需要恰恰是为了他的这种并不光采的营生。但他那种既渴求又绝望的目光暴露出，橱窗里标价五十四法郎的崭新锃亮的鞋，他的这次所获是买不起的。他垂下铅灰色的双肩，躬身离开明亮的玻璃橱窗，继续前行。

继续，往哪？再去干那种会被扭断脖子的勾当？再一次为这样一种可怜的、寥寥无几的所得而去冒失去自由的危险？不，你这个可怜人，至少要休息一会儿嘛。真的，当我正被自己的希望所吸引时，他现在踅入一个巷子，在一家廉价的小饭馆前停下了脚步。我当然要跟在他的后面了。因为我要知道这个人的一切，到现在已经有两个钟头了，我一直是血管偾张，神经绷紧，与他同呼吸共命运啊。为了小心起见，我还迅即为自己买了一份报纸，以便用它遮住自己，我特意地把帽子压到额头，进入饭馆，坐在他后面的一张饭桌旁边。但是我的这种小心没有必要，这个可怜人再没有力气心怀好奇地左顾右盼。他用一种呆滞的目光，渴求和疲惫地凝视着白色桌布，直到侍者送上面包，他那瘦骨嶙峋的双手才活了过来，贪婪地扑向面包。他开始咀嚼起来，其速度之快使我惊愕地认识到了：这个可怜人饿了，一种真正的、名副其实的饥饿，从清晨，也许是从昨天就一直饥肠辘辘。当侍者给他送来他订的饮料，一瓶牛奶时，骤然间我对他产生的怜悯之情变得炽热起来。一个小偷，一个喝牛奶的小偷！总是一些个别细微屑事会像一支燃起的火柴，仅凭一束火光就能照亮一个灵魂的深处；在这一瞬间，当我看到他，这个偷包贼，在喝这种所有饮料中最朴素的、最单纯的饮料时，当我看到他喝柔和的牛奶时，我就知道，对我而言，他立即就不是一个小偷了。他只不过是这个扭曲世界里无数的穷苦人、被追逐的人、患疾病的人和不幸的人中的一个而已。我突然间感到除了那好奇心之外，我与他在一种更深的层次上联在了一起。在所有共同的世间形式中，在赤裸身体时，在严寒酷暑中，在睡眠中，在筋疲力尽时，在肉体遭受磨难时，把人区分开来的东西就消失了，把人类分为有德者和不义者，分为圣贤和罪犯的人为范畴就不存在了；剩下的就是可怜的野兽，永远是野兽，尘世上的生物，会饥渴，需要睡眠，知道疲倦，像你和我，像所有人一样。在他小心翼翼地，却又是贪婪地饮用浓牛奶并最后还将面包屑吃得精光的当儿，我着魔似的看着他，同时我为自己的这种观望感到羞愧，到现在已经有两个钟头了，就为了自己的好奇心，我像关注一匹赛马一样任凭这个不幸的被追逐的人沿着他那条黑暗的路跑下去，而我没有设法去阻止他或者去帮助他。一种难以衡量的渴望攫住我，想走到他的面前，与他交谈，给予他点什么。可怎么开始呢？怎么与他交谈呢？我在斟酌，我在寻思如何开口，找一个借口，可毫无结果，这使我痛苦至极。我们这类人就是这个样子。在需要做出决断时，想得倒是大胆，可做起来却瞻前顾后，畏畏缩缩，连把隔开人与人之间那层薄薄的空气戳破的勇气都没有，甚至是当你知道对方处于悲惨境地时也是如此。但是每一个人都知道，去帮助一个并没有要求帮助的人是最困难的了，因为这个没有要求帮助的人还拥有他最后的财富：自尊。这是人们不可以去大加伤害的。只有乞丐会使你在施舍时感到轻松，为此你应当去感激他们，因为他们不会对你表示拒绝。可这个人却是一个傲慢的人，他宁愿冒失去自由的危险也不去乞讨，宁愿去偷也不去领救济。如果我找某一个借口，愚蠢地走到他眼前，那不会是对他的一种灵魂上的谋杀吗？他那样困顿劳累地坐在那里，任何一种干扰都是粗暴之举。他把座椅推到墙壁，使身体紧靠在椅背，头倚在墙上，垂下铅灰色的眼睑，一会儿便闭上了眼睛。我明白了，我感觉到，他现在最想做的是睡一觉，十分钟，哪怕只有五分钟。恰恰此时我感受到了他的疲惫不堪，他的筋疲力尽。难道他脸上的苍白不就是一间灰白囚室的白色阴影吗？衣袖每次活动都会露出的窟窿不就是表明他没有得到过一个女人的关怀和良好的际遇吗？我试图想象他是怎样生活的：在某一栋带有阁楼的楼房里，一间没有取暖设备的房子，里面有一张肮脏的铁床，一个有裂纹的脸盆，一个小箱子，这是他的全部财产；在这样一个狭小的房间里还得时时心怀恐惧，唯恐听到警察踏上嘎嘎作响楼梯发出的沉重脚步声。在这两、三分钟里，我看到了这一切，他憔悴困乏地把瘦骨嶙峋的身体和已泛灰白的脑袋倚靠在墙上。这时侍者已经在引人注意地拾掇用过的刀叉，他并不喜欢这一类晚来和乏味的客人。我率先站起来付账，快速地走了出来，避免与他的目光相遇。几分钟后，当他出现在马路上时，我跟了上去；我要不惜一切代价，不再让这个可怜人沉沦下去。

现在把我紧紧束缚住的不再是好玩和刺激的好奇心了，像上午那样；不再是去想见识一种我不熟悉的营生的那种异样的乐趣了；现在是一种阴郁的恐惧，直提到了嗓子眼儿，一种可怕的压抑的情感；当我看到他又一次走上林荫大道时，这种压力使我透不过气来。上帝保佑，你不是要再次到展出猴子的橱窗那儿去吧？不要做傻事！你要考虑呀，那个女人早就报告警察局了，她肯定还在那儿等着呢，她会立刻就抓住你薄薄的大衣不放！说真的，你今天不要干了！别再去尝试了。你不在状态，你已经没有精力了，没有热情了，你累了，在艺术活动中一开始就显得疲惫，那做起来永远是糟糕的。你最好是休息，躺在床上，你这个可怜人，今天什么都不要做，就是不要今天去做。我无法解释，为什么我竟然有了这样的恐惧，为什么会产生一种幻觉，肯定他接下来第一次下手就必然被抓住。我的这种忧虑变得越来越强烈，当我们越来越接近林荫大道时，我听到那里人声鼎沸，一片喧嚣。不，绝不要再到那面橱窗前，我不允许，你这个傻瓜！我紧张地跟在他的身后，准备伸手抓住他的衣袖，把他拽回来。但他好像懂得了我内心发出的命令，这个人意外地转了个方向。在林荫大道面前的特洛奥大街，他穿过车行道，步调突然变得坚定起来，好像那儿有他的家，他似在回家一样。我立即就认出了这栋楼房：特洛奥饭店，巴黎著名的拍卖大厅就在里面。

我为之一怔，我不再知道，这个令我诧异的人还要让我吃多少次惊呢。当我努力去猜度他的生活时，他身上也生出一种满足我秘密愿望的力量。在巴黎这座陌生的城市中，我今天早上原本就打算去参观这座建筑，因为它总是能使我度过令人激动的增长知识同时又是乐趣盎然的几个钟头。它比博物馆更为生动，每时每刻变幻不定，总是异样，总是同一。我特别喜欢这座外表不显眼的特洛奥饭店，它是一件最美的展示品，因为它以最令人惊讶的简化方式表现了巴黎生活的整个本相。通常在一幢住宅中联合为一个有机整体的，在这里却分割和消解为无数个单一的东西，就像一间肉铺中一头硕大的野物被切割开来的身躯一样，最陌生的和最不相容的，最神圣和最平庸的，在这里通过最普通的一件东西联系起来：这儿展示出的一切都会变成钱。床和耶稣受难十字架，帽子和地毯，钟表和洗漱用品，乌敦的大理石雕像和黄铜餐具，波斯微型艺术品和镀银的烟灰缸，陈旧的自行车——与之并排在一起的是保尔·瓦莱里的初版诗集，唱机与哥特式的圣母像，凡·戴克的画依次挂在墙上，旁边是脏兮兮的油画、贝多芬的奏鸣曲，紧靠在一起的是破旧的火炉，有用的和多余的物件，拙劣的作品和价值非凡的艺术品，伟大的和渺小的，真品和赝品，新的和旧的；凡是由人的双手和才能所创造出的一切：最崇高的和最愚笨的，都流入这家拍卖行。它冷酷无情地把这座巨大城市的全部价值吸了进去并吐了出来。在这座残忍的、把一切价值都变为钱币和数字的转运场里，在这座人的虚荣和需求的巨大杂货市场里，在这个奇妙的场地，人们能比在任何一个地方都更强烈地感受到我们这个物质世界的混乱庞杂。窘迫者在这里可以出售一切，富有者可以购买一切，但在这里人们不仅能购到物品，而且也能增长阅历和知识。在这里一个留心者能通过观察和谛听更好地理解每一种事物，艺术史的知识、考古学、图书馆学、集邮、钱币学，还有重要的是人类学。正如在这座建筑中转移到旁人手中和在此摆脱原主的奴役的物件是如此的五花八门一样，那些来此的种族和阶层同样是形形色色、各不相同。他们都怀着购买欲和好奇心拥挤在拍卖厅桌子的四周，眼睛由于交易的欲望和神秘的收获的怒火而变得焦躁不宁。在这儿有身穿皮毛大衣、头戴崭新的圆形礼帽的大商贾，坐在他们身边的是脏兮兮的小古董商和塞纳河左岸的旧货商，这些人要用假的东西充实他们的货架；那些投机商和中间贩子在人群中穿来穿去，吵吵嚷嚷，叽叽喳喳；代理人、抬价人、"混混儿"是这个战场中不可缺少的鬣狗，他们迅急地抓住廉价的东西，又或者，当他们看到一位收藏家渴求得到一件价值非凡的物品时，就相互示意，把价格哄抬上去。甚至有一些本人就变成羊皮纸的图书馆学者戴着眼镜在这里像睡意蒙眬的貘一样四处蹒跚；又进来一些色彩艳丽的极乐鸟，打扮入时、珠光宝气的贵夫人，她们事先就已派来仆人为自己占了拍卖桌前的位置。那些名副其实的行家里手站在一个角落里，目光淡定，安静得像仙鹤一样，他们都是收藏家共济会的成员。所有这群人，他们或是出于生意上的动机，或出于好奇之心，或出于对艺术的热爱，都心怀真正的关切被吸引来。此外，每一次都有一些偶尔来此猎奇的人，他们仅仅是为了享受免费提供的火炉，或者为闪闪发亮的喷泉喷吐出的越来越高的数字而感到愉悦。但凡是到此的人，都有一个欲望，收藏、博弈、赚钱、占有，或者取暖，因为别人的激动而使自己激动；这种喧嚣嘈杂的人的混沌分门别类都归入包容各种面相的一个完整的难以想象的总体。但是我却从没看到也从没有想到我的这位老朋友，这个小偷在这儿出现了。我看到我的朋友怀有一种信心十足的本能潜入进来，现在我立刻就明白了这也是他的身手理想的、甚至是全巴黎最理想的用武之地，他能在此大展身手，显示他的高超才艺。因为这里具备了各种必要的要素，并以最奇妙的方式联结在一起。可怕的、几乎难以忍受的拥挤，由于对观望、等待以及对唱价的渴求，绝对能分散人们的注意力。还有第三点：一个拍卖机构，除了赛马场，几乎是我们今天世界里最后一块场地，在这里一切都必须当场交付现金。这就可以想象到了，每一个人的口袋里都装有一个鼓得圆圆的钱包。对一只灵活的手而言，这里是施展本事的最好机会。或许，我现在理解了，上午的小试牛刀，对我的朋友而言仅仅是手指的一次训练而已，但他可是要在这里施展他的绝活了。

现在当他懒洋洋地登上二楼时，我想最好是抓住他的衣袖把他拽回来。上帝保佑，难道你没看见那儿贴的一张布告，上面用英法德三种文字写着"谨防小偷"吗？你这傻瓜，难道你没看见？他们早就知道在这儿有你们这一类人，肯定有十几个密探在拥挤的人群中四下窥视，再说，相信我，你今天不会得手的！但是他用冷静目光扫视了好像早就熟悉的布告，随即这位熟门熟路的行家平静地登上台阶。这是一种战略上的决定，我只能表示赞同。因为在第一层的大厅里拍卖的只是些粗劣的家用物什和家具，箱子和柜橱，一群既没有油水也令人乏味的旧货商在里面吵吵嚷嚷，挤来挤去，这些人或许还保留农民的良好习惯，把钱袋稳妥地缠在腰上，靠近他们既没有油水，也不是什么好主意。但在二层拍卖的却是名贵之物，绘画、首饰、书籍、手稿、宝石，这里的买主毫无疑问都是钱包鼓鼓，且都无忧无虑，悠哉游哉。

　　我费力地跟在我的朋友的身后，因为他从大门进来之后就穿来穿去，在各个大厅里进进出出，在每一个大厅里寻找机会；他就像一个美食家耐心而毅力十足地去看一份特殊的菜谱那样去查看张贴的广告。最终他选中了第七大厅，这里将拍卖"伊文斯·戴·G.伯爵夫人收藏的中国和日本瓷器"。毫无疑问，今天这儿有极具价值的珍品，人群麇集，几乎难以插足，从入口处根本就看不见拍卖台，看到的只是大衣和帽子。也许有二十或三十层人墙，水泄不通，无法看到那张长长的绿色拍卖台。我们站在入口处的位置，从这里恰恰还能看到拍卖人的好笑的动作；他站在高处的台上，手执一柄白色的槌子，像乐队指挥一样指挥着整场拍卖音乐。经过令人畏惧的长时间休止，总是一再地引向一个 Prestissimo①。可能他像住在梅尼蒙坦或郊区某个地方的小职员一样，有两个房间，一个煤气灶，一个留声机——这是他最贵重的财富——在窗前摆放一两盆天竺葵；但在这里，他站在高雅的听众面前，身穿笔挺的礼服，头发精心梳理涂油，显然是在愉快地享受难以形容的乐趣，每天在三个小时里用一柄小小的槌子把巴黎最最贵重的东西变成钱。面带一个杂技演员做作而熟练的和蔼表情，他开始从左，从右，从台前和大厅的后面，捕捉不同的报价："六百、六百一十，六百二十。"这些数字，优雅得像一个个彩球一样又被掷了出去，元音浑厚圆润，辅

---

① 意大利文，音乐术语：最快速。

音相互牵扯。这期间他扮演一个陪酒女郎的角色，每当没人出价和数字的旋风停下来时，他就用一种诱人的微笑，警告说："右边的人？左边的人？"或者双眉戏剧性地紧皱，用右手举起那柄至关紧要的象牙小槌，威胁地说道："我要落槌了"，或者微微一笑："先生们，这可不贵呵。"这期间他朝个别的熟人打招呼，对某些出价人狡黠地递送鼓励的眼色；拍卖每一件新的物品时，他都简单和必要地喊出，"第三十三号"，语调开始时是干巴巴的，但随着价格的攀升，他的男高音便越来越有意识地增强了戏剧性。在三个小时之内，在三百或四百人面前，人人都屏住气息贪婪地时而凝视他的嘴唇，时而凝视他手上那柄富有魔力的小槌，这在他肯定是一种享受。他只是人们出价时的工具，但却自以为在主宰一切，这种谵妄给了他一种心醉神迷的自我感觉。他像孔雀开屏一样，炫耀起口才，可丝毫阻止不了我内心的判断：他的全部夸张的表情对我的朋友而言，只不过起着一种必要的转移注意力的作用罢了，就像上午那三只滑稽逗乐的猴子一样。

　　我的这位大胆朋友暂时还无法利用这位同谋犯的帮助，因为我们还一直无可奈何地站在最后一排，而想从聚集在一起的、暖烘烘和稠密的人群中挤到拍卖台前，我觉得根本就是不可能的。但我又一次看到了，在这种有趣的活动中，我是一个道地的门外汉。我的这位伙伴则是一位经验十足的大师能手，他早就知道总是在拍卖槌终于落下的那一瞬间——七千二百六十法郎，男高音欢呼叫起来——密不透风的人墙会蓦地松散开来。那些激动的人头垂了下去，交易者把价格标在目录上，时而有一些好奇者离去，空气瞬时就在挤在一起的人群中间流动起来。他迅即出色地利用了这个时机，低下头像一枚水雷似的挤了进去，一下子就穿过四五层人；而我呢，我曾对自己发誓，绝不让这个冒失鬼任性而为，但突然间他消失不见，只剩下我一个人了。虽然我现在也同样向前挤去，可拍卖又重新开始了，人墙又聚拢在一起，我无助地被卡在挤得密不透风的人群中间，像陷在泥淖中的一辆小车。这种炽热的、黏稠的挤压太可怕了，前后左右都是陌生的躯体、陌生的服装，贴得如此之近，连邻近人的一声咳嗽都令我为之一颤。再加上气味令人难以忍受，散发出灰尘、霉气和酸性的味道，特别是汗臭，凡是涉及金钱，这种汗臭无处不在。闷热难挡，我解开了上衣，想掏出我的手帕，可没办法，我被挤压得太紧了。可我，可我不能放弃，我慢慢不断地继续朝前挤去，过了一层，又过了一层。但还是太迟！草黄色大衣消失不见了。他一定藏在人群中某个不显眼的地方，没有人会察觉到他危险的存在。只有我一个人知道，我的神经由于一种神秘的恐惧而颤抖，这个可怜的魔鬼今天一定要倒霉的。我每一秒钟都在等待，有人会喊叫起来：抓小偷！随即会一片混乱，一片嘈杂，他会被人拎出去，两条胳膊被紧紧地抓住。我无法理解自己为什么会产生这样可怕的念头，他今天，恰恰是今天他一定会失手的。

然而看吧，什么事都没有发生，没有喊叫，没有喧哗；正相反，交谈声、嘈杂声和叽叽喳喳声蓦地都停了下来，一下子变得出奇地安静，这二三百人好像约好似的屏住气息，所有的目光都双倍紧张地望向拍卖人。他后退了一步，在灯光照耀下，他的额头闪现出一种特别庄严的光辉。这场拍卖的重头戏开始登场了：一只巨大的花瓶，这是中国皇帝在三百年前亲自派使者赠送给法国国王的。在大革命期间，它像好多这一类的东西一样都以秘密的方式从凡尔赛宫中流入民间。四个身着制服的听差特以惹人注目的谨慎把这个宝贝物件放到拍卖桌上，圆润，白色透亮，上面带有蓝色的条纹。拍卖人庄重地咳嗽一声，喊出了价格："十三万法郎！十三万法郎！"回答这神圣的、含有四个零的数字的是一片令人敬畏的静寂。没有人敢立即出价，没有人敢说话，甚至仅是移动一下脚步；挤在一起的人群由于敬畏变得目瞪口呆。终于在拍卖台左侧尽头有一个矮小的头发斑白的先生抬起头来，并快速、轻声、几乎是窘迫地说出："十三万五千，"拍卖人随即果断地回应："十四万。"

激动人心的游戏开始了：一家美国大拍卖行的代表总是只举出一个手指，就像电表一样，跳出的数字立刻就升了五千，坐在另一张桌子尾端的一位大收藏家（有人轻声地嘟囔出他的名字）的私人秘书则有力地用加倍来回应；慢慢地，这场拍卖成了两位出价者的对话，他俩相对而坐，可却固执地规避彼此的目光：两人都只把他们的报价朝向拍卖人喊去，而拍卖人显然对此感到惬意。终于在喊到二十六万时，那个美国人不再举出手指了，喊出的这个数字像凝固了的声音空荡荡地悬在空中。气氛越来越紧张，拍卖人一连四次重复："二十六万……二十六万……"他像一只鹰扑向猎物般地把这个数字高高地掷向高处。随后他等待，紧张地观望，失望地环顾左右（啊，他多么愿意把这场戏继续演下去）："没有人再出价了？"一片沉默，一片沉默。"没有人再出价了？"这声音几乎近于绝望。沉默开始颤动，没有声音的琴弦。他慢慢地举起槌子。现在三百颗心脏停止跳动……"二十六万法郎一次……第二次……第……"

沉默像一块岩石独自矗立在声息俱无的大厅，人们都屏住呼吸。拍卖人带着几乎是宗教般的庄严把象牙槌高举在人群之上。他再次威胁地说道："落槌了。"没有人应声，没有回答。随后他说出了："第三次。"象牙槌单调而恶意地落了下来。一切都成为过去！二十六万法郎！随着这小小单调的一击，人墙摇晃起来，坍塌了，又恢复成一副副活生生的面孔。一切都在激动，在呼吸，在喊叫，在叹息，在窃窃私语。还拥成一团的人群像一个单一的躯体在一股激浪中，在一阵阵不断的冲击下撞碰起来，随即松弛下去。

这种冲击也触及我，可却是一只陌生的胳膊碰到我的胸部。这时有人嘟囔了一句："对不起，先生。"我为之一怔。这声音！噢，这真是令人高兴的奇迹，是他，是那个我找不到的人，是那个我长时间寻找的人，是怎样的一种偶然，恰恰是这种松散的波浪把他推到我的跟前。感谢上帝，现在我又找到他了，而且靠得这么近，现在我终于能好好地监护他和保护他了。当然我要避免公开地直视他的面部，而只是从侧面轻轻地瞟着他，但不是窥视他的脸，而是他的两只手，他的作案的工具，可他的双手却引人注意地消失不见了：不久我就发现，他大衣的两个袖子紧紧地贴在身上，像一个挨冻的人把手指缩进袖子里面似的，这样一来双手就看不到了。如果现在他要接触一个牺牲品的话，那只能被当做是一件柔软的、没有任何危险的衣料的一次偶然的触动罢了；而那只准备行窃的手藏在衣袖里，就像猫爪藏在毛茸茸的脚掌里一样。他做得出色极了，我为之惊叹。但谁是他这次行动的对象？我谨慎地向他右边的那个人睃去。那是一个瘦长的先生，衣服扣得紧紧的，在他前面的是一个宽大的无法下手的后背，这是第二个人；一开始我有些糊涂了，对这两个人中之一采取行动怎么能得手呢。但当我感到自己的膝盖受到轻微的一撞时，我突然间被一个念头攫住——像是一阵冷雨浸透全身：难道这些准备最终是冲我而来的？归根到底，你这个傻瓜，要对这个大厅里唯一知道你底细的人动手，我现在要在自己身上来体验你的这门手艺？这是最后和最莫明其妙的一课！真的，这只不可救药的不幸的鸟看来寻找的恰恰是我，恰恰是我，他的思想上的朋友，唯一一个对他的这门营生谙熟至深至透的朋友！

真的，毫无疑问，他是冲我来的，现在我可以不再怀疑了，因为我已经确切地感觉到，身旁有一条胳膊在轻轻地触动我，藏着一只手的衣袖在一寸一寸地靠近我，这大概是准备在拥挤的人群第一波涌动开始时对我的上衣和背心中间部位快速动手。本来我可以用一个小小的动作保护自己，只消转向一侧或把衣纽扣上就确保无虞了；但奇怪的是，我已经像完全被催眠了似的，每块肌肉、每条神经都像是冻僵了。就在我激动地等待的当儿，我飞快地思考，我钱包里有多少钱，就在我想到我的钱包的当儿，我感到我胸前的钱包依然还在，平稳且温暖；每当人们想到它时，那每颗牙齿、每个脚趾、每根神经就会立刻变得敏感起来。钱包暂时还在老地方，我准备好了，他可以动手，毋需顾虑重重。奇怪的是我根本就不知道，我是希望他动手还是不动手。我的情感混乱至极，仿佛分成了两半。因为一方面我希望他放开我，这是为他好；另一方面我心怀紧张，怕得要死，就像牙医用钻牙机触动病牙最痛的部位时一样，我期待他的技艺，我期待他决定性的出击。但他好像要惩罚我的好奇心似的，不慌不忙，毫没有动手的意思。他又停顿下来，靠紧了我，他谨慎地一寸一寸贴近我；尽管我的思想完全在关注这种挤迫式的接触，但同时我的另一个思想却清清楚楚地听到从拍卖台上传来不断升码的报价声："三千七百五十……没有人出价了？三千七百六十……三千七百七十……七百八十……再没有人出价了？再没有人出价了？"随后槌子落了下来。在这成功的一击之后，人群又一次开始松动，就在这一刹那我感到一股波浪朝我涌来。这不是真的触动，而是有点像是一条蛇在爬行，一股滑过身体的哈气，是那么轻，那么快，如果不是我全部的好奇心都处在戒备状态，绝对感觉不到；像被偶然刮起的阵风翻起了我的上衣，我感觉到，仿佛一只鸟从身边飞过似的轻柔……

我从未想到的事蓦然间发生了：我自己的一只手被从下面撞了一下，我在我的上衣下面抓住了一只陌生人的手。我从没有想过这样一种自卫。这是我的肌肉的一种出人意料的反射动作。出于纯躯体上的自卫本能，我的手机械地握紧了它。这真可怕，令我自己感到惊讶和害怕的是，我的手掌抓住了一只陌生的、冰冷的和颤抖的手，不，这绝非我所愿！我无法去描述这一秒钟。突然间抓住一个陌生人的冰冷然而却有生命的手，吓得我发呆变傻。他由于害怕同样变得软瘫。正如我没有力量、没有勇气松开他的手一样，他也没有胆量、没有勇气把手挣脱回去。"四百五十……四百六十……四百七十……”拍卖人在上面做作地叫喊。我还一直抓住那只陌生的、冰冷发颤的小偷的手。“四百八十……四百九十……”一直没有人注意到我们两个人之间发生的事情，没有人会想到，在这儿，我们两个人之间，仅仅在我们两个人之间，我们绷紧了的神经在进行这场无名的战役。“五百……五百一十……五百二十……”数字一直在急遽地上升，“五百三十……五百四十……五百五十……”终于，这整个过程不会超过十秒钟，我又能呼吸了。我半松开那只陌生人的手。它立即抽了回去，并在草黄色大衣的衣袖里消失不见了。

　　“五百六十……五百七十……五百八十……六百……六百一十……”报价声还在继续，继续下去；我们俩还一直靠得很近，充满神秘意味的一对共谋犯，两个人都因同样的经历而变得瘫痪了。我还一直觉得他的身体紧挨着我，暖暖的，现在当人群的激动松弛下来时，我发僵的双膝开始颤抖起来，我好像感觉到，这种抖动传到了他的双膝。“六百二十……三十……四十……五十……六十……七十……”数字越攀越高，而我们还一直站着不动。这只恐怖的冰冷的铁环把我俩连在一起。终于我找到了一种力量，至少是转过头来朝他望去。这同一瞬间，他朝我看来，我直视他的目光。行行好，行行好！别告发我！泪水汪汪的小眼睛像在乞求，他的被挤压的灵魂中的全部恐惧，所有生物固有的原始恐惧，都从他那圆圆的瞳仁涌出，他的小胡子在惊恐中颤抖。我清楚地看到的只有那双睁大的眼睛，那张面孔在极度惊恐的表情中消失得见不到了。此前我从没有，以后也没有见到一个人这副模样。我感到无比羞愧，这个人竟如此奴隶般地、狗一般地望向我，好像我握有生杀大权似的。他的这种目光使我感到自己卑贱，我窘迫地把目光又重新移到别处。

但他理解了。他现在知道了，我绝不会、永远不会告发他；这使他恢复了元气。轻轻地一摆，他的身体离开了我的身体。我感到，他是要永远地摆脱我。他先是松动下面挤在一起的双膝，随后我觉得我胳膊上那种粘在一起的温暖离我而去，霎时，我发觉有某种属于我的东西消失了。我身旁的位置已空无一人，我的这位不幸的伙伴一下子就腾出了地方。我先是感觉到周围空旷了，但随后的一瞬间我惊恐起来：这个可怜人，他现在怎么办？他可是需要钱啊，为了这紧张的几个小时，我欠他一份人情；我，他的伙伴，一个身不由己的伙伴，必须要帮助他呀！我匆忙地随他挤了过去。但是灾难啊！这只不幸的鸟误解了我的善意，他从远处看见我去尾随他，就怕了起来。在我示意他放心之前，草黄色大衣就飞快地下楼而去，消失在马路上人潮如涌的洪流之中。我的这门功课，出人意料地开始，同样出人意料地结束了。

（高中甫　译）

昨日之旅

"你来啦!"他说着,伸出双臂,简直可以说是张开双臂向她迎面走去。

"你终于来了!"他又重复一遍,声调越来越高,先是惊讶、欣喜,最后竟是乐不可支,充满柔情的目光将他心爱的人上上下下看了一遍,"我都在担心你会不来了。"

"真的吗?你就那么信不过我?"只有她的嘴角漾起微笑,却故意带着一丝责备,她那蓝色的眸子清澈明亮,发出信心十足的光芒。

"不,不是这么回事。我没有怀疑过。这世上还有什么比你说的话更加可靠?可你想想看,这是多么愚蠢,今天下午突然之间,完全出其不意的,我不知道为什么,心里有股莫名的惊恐,担心你会遭到什么不测。我想打电话给你,我想到你那儿去,可是时间逐渐消逝,不断消逝,而我一直没有看见你来。我心里一痛,唯恐这次我们又会失之交臂。可是上帝保佑,现在你终于来了。"

"是的，现在我来了。"她微笑着说道，湛蓝的眸子又闪闪发光，"现在我来了，已经准备就绪，咱们还不走吗？"

"好的，咱们走吧。"他嘴里无意识地重复了一遍，可是他的身体一动不动，一点也没挪动。柔情似水的目光一而再再而三地打量着她的身影，不敢相信、简直不敢相信、真的不信她确实就在眼前。

在他们头顶上，在他们左右，法兰克福火车站的许多轨道嘎嘎作响，玻璃震颤，钢铁互相摩擦发出刺耳的声音，汽笛的尖叫声响彻烟雾缭绕、人声嘈杂的火车站大厅。二十块牌子上威风凛凛地分别写着开车的时间几点几分。在汹涌来去、匆匆过往的人流中，他感到唯一存在的只有她。他摆脱时空的限制，激情如炽，却呆若木鸡，处于奇怪的痴迷状态。最后，她不得不发话提醒："时间紧迫，路德维希，咱们还没买车票呢！"

这下，他才收住他那仿佛遭到囚禁、不得自由转动的目光，不再盯着她看，以满是敬畏满是柔情的神气，挽住她的手臂。

去海德堡的夜间快车一反常态，乘客极多，使他们大为失望。他们本来指望凭着头等车厢的车票可以单独待在一起。他们到处寻找，全都白费力气，最后凑合着走进一个单间，里面只有一个灰发男子靠着犄角睡觉。他们正暗自庆幸可以亲切交谈，可是恰好在开车的哨子响起之时，三位男士拎着鼓鼓囊囊的公文包，气喘吁吁地跨了进来。显然是三名律师，刚刚打完官司，情绪还很激动，继续大声讨论。声震一切，直如倾盆大雨，使得旁人无法交谈。于是，他们两个万般无奈地对坐着，一句话也说不出口。只有当他们两人中有人抬起眼睛，才会看到在灯影摇曳中，对方柔情脉脉的目光正看着自己，充满爱意。

　　轻轻一震，列车开动。嘎达嘎达直响的车轮声压住了律师们的谈话声，使之变成纯粹的噪音。然后车身震动，摇晃不已，渐渐变成有节奏的晃动，钢铁的摇篮催人进入幻梦之中。看不见的嘎达嘎达作响的车轮在下面一个劲地向前奔驰，使每个人想着自己不同的心事，他们两个的思绪也做梦似的漂浮到以往的岁月。

　　九年多以来，他们终于（在几天前）首次重逢。长期以来天各一方，相隔无比遥远。这一次又是凭着九牛二虎之力，才第一次这样默默无言地待在一起，离得这么近。我的上帝，多么长久，相隔多远。九年，四千个白天，四千个黑夜，直到今天，直到今夜！相隔是那么长久，距离是那么遥远，多少时光、多少时光逝去，可是一下子，在一秒钟之内，便想起了最初开始之时。

　　怎么开始的？他仔细地回想：他当年二十三岁，第一次来到她家，嘴上长着稚嫩胡子的柔软绒毛，下面的嘴唇紧闭，已经刻上深深的皱纹。他过早地脱离了童年时代，因为贫穷而备受屈辱，靠行善者施舍的免费饭菜果腹，长大成人后，又靠担任家庭教师和辅导老师苟延残喘，苦熬岁月。由于缺衣少食，穷困落魄，他变得愤世嫉俗。为了购买书籍，他白天辛辛苦苦地去一文一文地挣钱，夜里疲惫不堪，还神经极度紧张地攻读大学课程。最后，他作为化学专业的第一名结束学业，由他的教授郑重推荐给大名鼎鼎的枢密顾问G，法兰克福附近一家大工厂的老板。于是，他来到法兰克福。老板先让他在实验室里打下手，不久发现这个年轻人办事认真，坚韧不拔，以不达目的誓不罢休的狂热意志铆足了全身的劲头一头栽到工作中去，枢密顾问便开始对他另眼相看，试着分配给他一些责任越来越重的工作。年轻人看到，这是逃脱贫穷境地的良机，便拼命抓住不放。给他的工作越多，他的意志力便越发强劲。就这样，他在最短的时间内从一个普通打杂的助手变成从事极端保密的试验的帮手。最后，枢密顾问对他宠信有加，称他为"年轻的朋友"。他自己并不知道，在老板办公室裱糊过的房门后面，有一双眼睛一直以来都在暗中审视着他，看他是否具有更高的才能。就在这个野心勃勃的年轻人拼命从事日常工作的时候，他那鲜露真容的老板已经在为他安排更加光明的前途。日益衰老的老板身患痛风症，痛苦不堪，经常待在家里，甚至常常卧病在床。他正在物色一名绝对可靠、极有头脑的私人秘书，可以与之讨论最为机密的专利和必须在严加保密的情况下进行的试验。终于，他认为找到了这一人选。有一天，枢密顾问向他提出了一个意想不到的建议，问他是否愿意放弃他在市郊租赁的那间配有家具的房间，作为他的私人秘书，搬进他们极为宽敞的别墅居住，以便随叫随到。年轻人因为这个建议出乎意料，惊讶万分。但是更加惊讶的却是枢密顾问，因为年轻人在考虑了一天之后，竟然一口回绝了这一荣幸无比的建议，十分笨拙地找了一大堆站不住脚的借口、遁词来掩饰这赤裸裸的拒绝。枢密顾问是个超群出众的学者，可是探索人心奥秘，他并不擅长。他没有猜出这个年轻人拒绝接受他的建议的真正原因。说不定这个倔强的小伙子自己也不承认他最隐蔽的感情，其实并非其他，只是一股极端扭曲的傲气，由于在无比穷困的境遇中度过童年，他深受伤害，感到羞耻。在暴发户似的有钱人家充当家庭教师，在深受侮辱的情况下长大成人，像一个寂寂无名的两栖动物，介乎仆人、家奴和清客之间，既属于这家又不属于这家，就像桌上当做装饰的木兰花，放到桌上，或从桌上取下，全凭需要。他心灵深处充满了对于上层人士及其氛围的仇恨。他仇恨那些沉重的巨型家具、富丽堂皇的房间、极度丰盛的菜肴，所有这些豪华富有他都参与其中，却像受罪似的忍受着。他在这种阔人家里什么都经历过，放肆的孩子们的侮辱，而更加侮辱人的是家庭主妇表示的同情。每到月底，她们把几张钞票轻轻递给他时，就表现出这种同情。当他拿着笨重的木箱搬进一家新的人家，不得不把身上的一套西装、洗成灰色的破破烂烂的内衣放进一只借来的匣子里时，它们明白无误地暴露了他的穷相。他憎恨残忍的侍女们这时向他投来的讽刺嘲笑的目光，他其实也是个仆人，只不过地位比她们稍高而已。他暗自发誓不、绝不、再也不踏进一座陌生的房子，在他自己发财之前绝不造访财主，永远也不让人家窥探他的穷困寒酸，永远也不让人家用令人屈辱的方式赠送礼物给他，让他受到伤害。绝不、永不这样！现在，他对外有博士的头衔，可以掩盖自己地位的低下，这是一袭廉价的、但叫人看不透的大衣。在办公室里，他以出色的成绩掩盖他那受过损伤的青春遗留的流脓流血的伤口：贫穷潦倒和受人施舍戕害了他的青春年华。不，他不愿为了金钱出卖他这一丁点自由，他生活中这点不让人闯入的隐秘地带。因此，他冒着自毁前程的危险，找些借口，权充理由，拒绝接受这使人深感荣幸的邀请。

但是不久，难以预料的情况使他再也没有自由选择的余地。枢密顾问的病情恶化，严重到不得不长期卧床的地步，他甚至无法通过电话和他的办公室保持联系。于是，聘请私人秘书便成为不可或缺的措施。年轻人终于无法摆脱他的保护人一再提出的迫切要求，除非他连自己的职位也想就此断送。上帝知道，这次搬家对他来说真成了沉重的一步。他还清清楚楚地记得那一天，他站在博肯海默乡间大道上的一幢风貌高雅、稍嫌老式的法兰克风格别墅面前，第一次按响门铃时的情景。前一天晚上，他还急急忙忙地用他少得可怜的积蓄——住在偏僻的外省小城里的老母亲和两个妹妹还靠他用微薄的薪金养活——买了几件新的内衣，一套穿得出去的黑色西装，一双新皮鞋，为了不至于过于明显地暴露他的寒酸拮据。这一次，也是让一个临时雇工拎着他那丑陋不堪的木箱走在前面，里面装着他的家当。许多不快的回忆使他对这木箱无比痛恨。当一个戴白手套的仆人彬彬有礼地为他开门，从门厅开始，浓郁饱满的富贵气息便向他迎面袭来。这时，不舒服的感觉便像铅块似的涌到喉头。厚厚的地毯吞掉了踩上去的脚步声，四周墙上挂着的壁毯让人看一眼就肃然起敬，雕花的房门装着沉重的古铜把手，显然不是让你亲自用它开门，而是由谦卑的仆人躬身弯腰为你把门打开：所有这一切都使他不知所措，同时也激起他的反感，惹他生气。仆人领他走进有三扇窗户的客房，这将是他长久居住的寓所。他心里仍然强烈地感到搬进来住实在不大得体，仿佛自己是个强行闯入的外人：他昨天还住在五层楼上一间有穿堂风，只有一张木床和一只铁皮脸盆的后楼斗室里，现在却要他马上习惯这个新居。这屋里每件器皿都奢华张扬，价格不菲。他自己随身带来的东西，甚至他自己，穿着自己的衣服，在这间宽敞亮堂的房间里都缩得很小，显得可怜寒碜。他那唯一的一件西装外套挂在宽大无比的衣柜里，活像一个吊死鬼，晃来晃去，显得十分可笑。他那几件盥洗用具，他那用旧了的剃须刀，像扔出去的垃圾，或者像建筑工人忘记带走的工具，摊在宽敞的铺了大理石桌面的盥洗桌上。他不由自主地把他那坚硬笨拙的木头箱子藏在一张罩单底下，暗自羡慕他的木箱在那里找到了藏身之处，可以躲藏起来，而他自己在这间紧闭锁牢的房间里，则像一个溜门撬锁，被人当场抓获的小偷。

他对自己说，他是人家请来的客人，是人家求他来住的，想借此驱散心里自惭形秽的感觉。这种感觉使他感到羞辱，使他气恼，可是徒劳。身边各种事物舒适富裕的模样把他的这些论点一一打破，他又觉得自己微不足道，被这种炫耀、夸饰、摆阔、显富的金钱世界的巨大压力所击垮，所打败。他只不过是个用人、奴仆、舔盘子的可怜虫，看上去是人，实际上只是家具，是花钱买来的、可以借来借去的、失去自己生活的一个人。此刻，仆人用指关节轻轻地敲了敲门，冰冷的脸毫无表情，举止僵硬地报告，夫人有请博士先生。他脚步迟缓地跟着走过好几个房间，多年来第一次，他感到自己的神态举止又缩了半截，两个肩膀又事先缩了起来，摆出一副奴气十足的弯腰鞠躬的样子。多年来第一次，在他心里又开始出现孩童时期的惶恐和茫然。

可是等他第一次向夫人迎面走去时，这内心纠结的疙瘩顿时解开，使他心胸开阔。他鞠了一躬，刚抬起头来，用探寻的目光打量说话的夫人的脸庞和体态，她说的话便以不可抗拒之势向他迎面扑来。这第一句话便是表示感谢，说得这样坦诚自然，把笼罩他全身的恶劣情绪的乌云全都驱散，直接打动他那认真窥测的感情。"我非常感谢您，博士先生，"说着，夫人真诚地向他伸出手去，"您终于接受我丈夫的邀请，我真感谢您。我早就希望不久能有机会向您表示，为此我是多么感激您。您做这个决定，一定很不容易。不是人人都乐于放弃自己的自由的，但是这样一来，我们两个人都为此而对您感激不尽。这种感觉也许能使您心情平静。从我这边来说，怎么能使您感到这幢房子就是您自己的家，我打心眼里都乐于办到。"在他心里，有什么东西警觉起来。夫人怎么知道他不乐意出卖他的自由，第一句话就打中要害，戳到他心里的痛处、他的伤口、他最敏感的部分，触及他那最害怕触及的地方，就是失去自由，只是充当一个仰人鼻息、受雇于人、花钱雇来的人而已？夫人似乎轻轻地把手一摆，就把所有这一切从他身上抹去。他不由自主地抬头看了她一眼，这时才看到她那温暖的目光洋溢着同情，正充满信任地期待着他的目光。

这张脸散发出一种无比柔和的、令人放心的、又是欢快自信的东西，那纯洁的额头依然十分年轻、光洁，散发出澄净的光芒，深色的头发呈深色的波浪，在下端卷起，简直是过早地梳着年长妇女严肃的头路；从脖子往下，一袭同样深色的衣衫把她丰满的肩膀裹住：这样，那张脸露出平和的光芒，显得分外明亮。她看上去就像市民家里的主妇，穿着衣领紧闭的长裙，活像修女，而她的善意使她的一举一动都露出母性的光芒。如今，她动作轻柔地走近一步，她的微笑从他迟疑的嘴里引出一声"谢谢"。"只有一个请求，真是，刚刚见面就提出请求。我知道，要是彼此不是相识已久，共同生活总是个问题。只有一样东西可以帮忙克服，那就是真诚相待。所以我请求您，不论什么情况，若您在这儿感到压抑，不论谁的态度或者什么东西妨碍了您，请您无拘无束地说给我听。您是在帮助我的丈夫，而我是他太太，这双重的责任把我们结合在一起，所以让我们彼此真诚相待。"

他握住夫人的手：契约就此敲定。从第一秒钟起，他就感到和这所宅子紧密结合。这宅子里的珍贵之物不再含有敌意地向他逼近，相反倒使他立刻感到，高雅尊贵必须要有它们衬托。在外面显得敌意森森、混乱不堪、彼此矛盾的一切，在这里都显得气度不凡，化为一片和谐。渐渐地他才发现，精美绝伦的艺术趣味使这里的贵重之物都只能屈从于更高级的秩序。低调的人生态度无形中渗入他自己的生活，甚至渗入他自己的语言之中。

他奇怪地感到自己平静了下来，一切尖刻的、暴戾的、激越的感情，都失去了它们的恶意和愤怒，就仿佛厚厚的地毯、裱糊过的墙壁、色彩鲜艳的窗帘悄悄地把小巷里的光线和喧闹全都吸了进去。他同时感到，这漂浮不定的秩序并非空洞地自我产生，而是来自这位默默无言、总是面带善意微笑的女人的身影。他在最初几分钟里像着了魔似的感觉到的东西，使他今后几周、几个月幸福地意识到，这个女人不动声色，极有分寸，把他渐渐地吸引到这个家庭生活的内部，而他丝毫没有感到有人对他施压。他感觉到，似乎有人远远地给予他一种柔情脉脉的关注，在保护他而不是在看管他。

他还没有启齿，他的那些小小的愿望便已得到满足，做得不动声色，像有神话中为人效劳的家神在暗中操劳，使得他都无法表示特殊的感谢。有天晚上，他翻阅一本珍贵的铜雕画册时，对伦勃朗的《浮士德》赞不绝口。两天之后，这幅画的复制品便放在相框里，挂在他书桌前的墙上。他提到一本书，说一个朋友对它赞不绝口。几天后他偶然在图书室看书，发现那本书已经放在书架上。不知不觉中，他的房间按照他的愿望和习惯换了样子：起先他丝毫也没觉察那些细枝末节是如何发生变化的，只感到房间更加舒适宜人，更加色彩鲜艳，更加温暖如春，直到有一天，他注意到那条有着东方色彩的刺绣床单，盖住了土耳其式长沙发，就像他有一次在橱窗里欣赏的那条。屋里的灯也罩上了深红色的绸子，发出柔和的光芒。家里的气氛越来越吸引他：从此，他不再想离开这幢房子。这家十一岁的男孩成了他的朋友，对他满怀热情。他非常乐意陪这男孩和他母亲上剧院，或者去听音乐，他自己也不知道，他在工作之余的时间完全沐浴在柔和的月光之中，这是夫人安详静谧的身影散发出来的幽静温柔的光。

从初次见面开始，他就钟情于这个女人。尽管这种感情如此强烈、毫无保留地把他送进梦幻之中，他还是缺少一种决定性的、具有穿透一切的效果的东西。也就是说，他一直在自我逃避，他还没有清醒地认识到，用赞赏、敬畏、依恋这样的遁词所掩盖的感情完完全全就是爱情，一种极端狂热、无拘无束、绝对纯粹的强烈爱情。然而，他身上那种卑微的奴性，使劲地把这一认识强压下去。夫人对他来说，显得那样遥远，她高高在上，遥不可及。这位为群星辉耀的皇冠所笼罩、为万贯家私所保护的女人，和他迄今为止一直体验过的女性相去如此遥远。倘若他认为，夫人和他在备受奴役的青年时代能够接触到的几个女人相似，也会屈从于热血奔流的相同规律，他自己也觉得这是亵渎。那个使女有一次为这位家庭教师打开自己的房门，好奇地想看看这位上过大学的读书人，干那种事情是否和马车夫、和长工小厮有什么不同，还有在回家的路上，在路灯的半明半暗的阴影里遇到的那个缝衣女。不，情况完全不同！夫人身上散发出另外一种无法企求的天体的光芒，纯洁、高贵而又不可侵犯，即使在他做的最为激情炽烈的春梦中，他也不敢对她宽衣解带。他像一个男孩似的情绪迷乱，依恋着从夫人身上散发出来的幽香，享受她的一举一动，犹如享受音乐，由于她的信任而感到幸福，由于他内心激起的感情无比充溢，害怕向夫人有所流露而不断地担惊受怕。这种感情还无以命名，然而早已形成，在伪装之下炽烈燃烧。

然而，爱情也许一直要到这时才真的变成爱情，当它不再像胎儿似的朦朦胧胧地在母体内部痛苦地涌动，而是能呼吸，有嘴唇，敢于自己命名、敢于自己承认的时候，这才真的变成爱情。尽管这样一种感情如此执着、顽强地伪装起来，这个迷乱的幽灵，总有一个时刻会突然打破屏障，然后从九天之上跌进万劫不复的深谷，以加倍的重量落在猛然惊醒的心上。这个时刻姗姗来迟，是在他住进这家的第二年里。

有个星期天，枢密顾问请年轻博士到他房里去。草草地问候之后，枢密顾问便很不寻常地在他们身后关上房门，通过内部电话吩咐，不容任何骚扰。光是这一点便意味深长地预示，要宣布一个重要的消息。老人递给他一支雪茄，费劲地把它点燃，仿佛想争取时间，好发表一通显然经过周密思考的演讲。首先，他对年轻人的工作详加描述并表示谢意。在任何方面，这位助手都超过了他的信任，甚至超过了他内心的好感。他根本用不着后悔把最机密的事务托付给这样一个尚无深交的年轻人。昨天，有个重要消息从海外传到他们的公司来，枢密顾问毫无顾忌地把这个消息告诉他。枢密顾问注意到，这种新式的化学程序要求大量的某种矿石。刚才有电报向他报告，已经确定在墨西哥有大量蕴藏。要为他的公司赢得这些矿藏，关键在于速度。趁美国的康采恩还没抓住机会，便就地组织提炼和采用。这就需要有个可靠的——另一方面年纪又轻、又有魄力的——职员。对于枢密顾问个人来说，这是个痛苦的打击，这意味着要夺去他信任的可靠助手，但是他认为有责任在董事会上建议委派他的助手。因为这个年轻人非常能干，是唯一合适的人才。年轻人肯定会得到补偿，他的锦绣前程可以得到保障。在安装设备、建设工厂的两年里，由于报酬丰厚，他不仅可以为自己挣得一小笔财产，回国后也为他在企业里保留了一个主管位置。枢密顾问一面伸出手来祝贺他，一面结束他的讲话："我有种预感，您将继我之后坐在我的位置上，把我这个老年人在三十年前开创的事业继续下去。"

这样一个请求，犹如晴天霹雳，怎能不使这个野心勃勃的年轻人头晕目眩？大门终于敞开，就像被炸弹炸开。这道门将把他引出贫穷的地窖，引出服役和服从的不见天日的世界，他将不再被迫摆出谦虚谨慎、弯腰曲背的姿态，不再被迫以这种姿态进行思索：他的双眼贪婪地盯着文件和电报，那些象形文字式的符号逐渐形成一个宏大的计划，规模很大，但轮廓不清，许多数字突然呼啸着，向他劈头盖脸地打来。要管理，计算，赚得成千上万、几十万、几百万。他突然目眩神迷，心脏狂跳，就像乘着一只梦幻的气球，从他目前生活的卑微境地冉冉上升，升到灼热燃烧的氛围之中，拥有管理一切的权限。此外，不仅是金钱、企业、风险和责任，不仅于此，还有一个更加诱人的东西向他扑来。这里可以塑造，可以独创，是崇高的任务、创造性的职业——群山中，矿石千万年来沉睡在地球的表层底下，如今挖掘出来，把坑道开进去，把城市建设起来，房屋日渐增多，街道一一修筑。不停钻探的机器，四下旋转的吊车。计划盘算时还是荒芜的一片树丛，随后，将出现一批既光怪陆离，又形象生动的产物，像热带植物似的疯长，庄园啦，农场啦，工厂啦，仓库啦，一个崭新的人类世界，这个由他从无到有地创建起来的世界，将由他领导和整顿。阵阵海风，夹杂着远方的喧嚣，突然涌进这个有着柔软护壁的小小房间。数字累积起来，变成一笔近乎异想天开的巨款。兴奋激情的陶醉越来越强烈，使得每开发一个领域都具有展翅飞翔的颤动之势。所有的一切在陶醉中都大体上做了安排，连纯粹实际的东西也都商议妥帖。一张支票突然塞进他的手里，沙沙作响，供他置办旅行用品，数额之高，超出他的预料。再次发誓之后，他决定十天后乘下一班南路航线的轮船动身。接着，他便退出办公室的房门，被那些数字弄得浑身发热，被激发出来的种种可能性搅得晕头转向，一时间，他神情慌乱地凝视四周，不知道刚才进行的全部谈话，是不是期盼过于殷切造成的奇思幻想。翅膀一振，把他从底层一下子举到光芒四射的境界，愿望得以实现：血液汹涌翻腾，来势迅猛，害得他一时间只好闭上眼睛。他闭目敛神，深深地吸口气，只是为了稳住心神，更加安静地、更加不受骚扰、更加强劲有力地享受他自己内心的世界。这样宁神屏息了一分钟之久，等他再次神清气爽地张开眼睛，抬头张望，目光掠过这熟悉的前厅时，在一张挂在大柜子上方的画像上停住：她的画像。画中人嘴唇微闭，线条柔和，安详宁静，正微微含笑，意味深长地凝视着他，似乎他内心的每一句话、每一个字她全都懂得。这时，就在这一瞬间，他业已忘却的念头突然闪电似的向他袭来，接受海外的那个位置不是也意味着离开这幢房子吗？我的上帝！要离开她！这念头像一柄利刃刺穿了他迎风鼓起的快乐的风帆。在感到震惊而失控的这一刹那，他用伪装人为堆砌起来的屋宇构架，顿时在心里坍塌。他感觉到心里的肌肉猛地一颤，要失去她的这个念头把他撕成碎片，使他痛苦万分，几乎要了他的性命。她，我的上帝啊！离开她：他怎么能想到这点，怎么能做出决定，就仿佛他还属于他自己，就仿佛他感情的一切根茎枝叶不是牢固地依附在这里，依附在她的身边！一种十分明显的颤动着的肉体上的痛苦，强烈地、本能地迸发出来。一阵霹雳穿过他整个身体，从头顶直到心底。一道裂痕，像道闪电掠过夜空，把一切照得通明：在这耀眼的强光中，不可能看不清楚他内心的每一根神经、每一根纤维都因对她的爱得到滋润而绽放、盛开，她就是他心爱的人！他刚无言地说出这一魔法的字眼，不计其数的微小联想和回忆，顿时便以无法解释的速度——只有极端强烈的惊恐才能激起这样的速度——金光闪耀地涌进他的意识，强烈地照亮他的感情。这都是迄今为止他一直不敢承认，或者不敢阐明的无数细枝末节。这时候他才知道，几个月来，他早已毫无保留地钟情于她。

事情不是开始于复活节的这个礼拜吗？夫人驱车出门三天，去探望亲戚，他不是就像一个迷失方向的人，茫然不知所从，从一个房间蹭到另一个房间，一本书也念不进去，心烦意乱，没法告诉自己这是为什么？然后到了那天夜里，她该回来了，他不是一直等到夜里一点，倾听她的脚步声吗？他不是无数次地为神经质的焦躁不耐所驱使，提前悄悄地摸下楼梯，想看看马车是否已经来到？他回忆起在剧院里，他的手不小心轻轻地碰了一下夫人的手，一股寒噤从他的手一直涌到他的脖颈：上百个这样细小的令人心悸的回忆，几乎没有清醒地感受到的、微不足道的小事，现在像穿过决了口的水闸，汹涌奔腾地冲进他的意识、他的血液，又汇合起来，径直涌向他的心。他不由自主地用手按住胸部，心脏在那里跳得那么猛烈，一点办法也没有。他不能再抗拒下去，只好承认一种既羞怯又敬畏的本能，再加上各式各样的小心谨慎地掩饰方能如此长久地遮盖的东西——没有夫人在身边，他活不下去！两年，两个月，哪怕只是两个礼拜，这柔和的光芒不照耀着他前进的道路，晚上不和她进行惬意的谈话——不行，不行！这无法忍受！十分钟前还使他踌躇满志的事业，前往墨西哥的使命，独当一面的大权，一刹那间缩了下来，像闪闪发光的肥皂泡一下爆裂，剩下的是远隔重洋，从此离别，犹如身陷囹圄，流亡在外，遭到毁灭，一种无法愈合的天各一方。不，这不行！他的手已经放回到门把手上，他想再一次走进办公室，向枢密顾问报告，他感到自己不配承担这项任务，宁可留在这宅子里，他要放弃这次升迁的机会。但是恐惧向他发出警告：现在别说！别过早泄露这个秘密。他自己也是刚刚才揭开这个秘密。他疲惫不堪地把发热滚烫的手从阴凉的金属把手上松开。

他又看了看那张画像，那双眼睛凝视着他，眼神似乎越来越幽深，只是他再也找不到漾在画中人嘴角的微笑。她看上去不是神情严肃，而是几乎可说是神情悲伤地从画中望出来，仿佛想说："你有忘记我的念头。"他承受不了这道从画中射出的、却是活生生的目光。他摇摇晃晃地回到自己房里，一下子倒在床上，怀着一种稀奇古怪的、几乎可说是由于惊恐而近乎晕厥的感情，但是这其中又奇怪地渗透了神秘莫测的甜蜜。他贪婪地回想起自从住进这幢房子第一个钟头开始所经历的一切。哪怕是最最微不足道的细节如今也具有不同的分量和不同的光芒：一切都映照着那种来自这种认识的内在的光芒，一切都轻飘飘地飘浮在被激情灼热的空气里。他想起了她对他的种种善意的照拂。四周还都是夫人的印记，他用目光抚摸着夫人的手曾经触摸过的各种物件，每个物件都幸承载着夫人的存在所赋予的一丝幸福。夫人就存在于这些物件之中，他从中感觉到夫人亲切友好的思想。他清楚地意识到，夫人对他怀有好心和善意，这使他心潮澎湃，激情满怀；但是在这股热潮的深处，在他的本性里，还有什么在抵抗，一点并未提起、并未挪去的东西，像一块石头，这东西只有挪开，他的感情才能自由自在地迸涌出来。他小心翼翼地摸索着挨近他感情最深处这朦胧模糊的东西，他已经知道这意味着什么，可是还不敢抓住它。这股热潮总是把他推回到这一个位置，这一个问题。这个问题便是：从夫人那方面讲，所有这些微小的关怀和照顾，是不是含有一丝好感——他不敢说这是爱情。这样倾听和关照他的起居生活，虽说并无激情，是否暗含着一点柔和的温存。这个问题模模糊糊地穿过他的心，鲜血的沉重黝黑的波浪，一而再地喧嚣着把这个问题翻起，却未能把它冲走。他感觉到，"倘若我能条理清楚地思考就好了"，但是夹杂着乱七八糟的幻梦和愿望的各种思想，和那总是从心灵最深处掀动出来的痛苦翻腾得过于激烈。于是，他毫无感觉地、完全失魂落魄地躺在床上，各种感情交织在一起，使人麻醉，弄得他情绪低落。也许过了一小时，或者两小时，直到门上响起温柔的敲门声，突然把他惊醒。他听得出这个敲门声。这是纤细的指关节小心翼翼地敲在门上。他从床上霍地跳起，直冲到门口。

夫人笑盈盈地站在他的面前："嘿，博士，为什么您不来用餐？开饭的铃声都响过两遍了。"

这话说得简直有些过分欢快，就仿佛抓到他的一点小毛病，夫人就感到高兴似的。可是一看到他的脸，看到他湿漉漉的头发一团蓬乱，慌乱的眼睛怯生生地躲躲闪闪，夫人自己也顿时脸色煞白。

"我的上帝啊，您出什么事了吗？"夫人结结巴巴地说道，由于惊恐而改变了的声调，使他听了欣喜若狂。"没什么，没什么，"他很快使自己振作起来，"我刚才不知怎的陷入沉思。整个事情来得太快，我感到意外。"

"究竟是什么，什么事情？您倒是说呀！"

"您难道一无所知？枢密顾问没有跟您说？"

"没说，什么也没说！"夫人被他急促不安、炙热如火、躲躲闪闪的目光弄得心慌意乱。她迫不及待地催他："出什么事了？您倒是告诉我呀！"

他于是绷紧了全身的肌肉，目光清晰地、毫不脸红地凝视着夫人："枢密顾问先生对我照顾有加，交给我一项责任重大的任务。我接受了这项任务，过十天就出发去墨西哥——去两年。"

"去两年！我的上帝呀！"她的惊恐脱口而出，完全发自内心，与其说是说话，毋宁说是惊呼，直如一声枪响，尖利刺耳。她不由自主地伸出双手以示抵御。接下来，她便努力想要掩饰自己无意中流露出来的感情，但是白费力气。年轻的博士已经（这都是怎么发生的？）一把抓住她的双手，把那双由于害怕而激烈地伸出的双手握在自己手里。还没弄明白是怎么回事，他们两个颤抖滚烫的身体已经拥抱在一起，一个无限漫长的热吻把无数小时、无数日夜、无意识的饥渴和欲望尽情痛饮，淋漓酣畅。

不是他把夫人搂在怀里，也不是夫人紧紧地搂着他，而是他们紧紧相拥，一同跌进一种深不见底、意识全无的状态之中，一同跌进一股甜蜜的、同时又是灼热的迷醉状态之中——一股压抑得过于长久的感情，为偶然这块磁铁所点燃，仅仅在一秒钟之内，突然爆发。他们紧紧贴在一起的嘴唇渐渐分开，两人还因为事情难以置信而晕眩不已，这时，透过朦胧幽深的柔情，他才看到夫人的眼睛为陌生的光芒所照亮。此时，一股热浪在他全身涌流。他意识到，这个女人，他心爱的这个女人，在这样的时刻撼动她的灵魂之前，想必早已爱上了他，爱上了他好几个礼拜，好几个月，好几年，充满柔情蜜意却又讳莫如深，火一样炽烈却又富有母性。恰好是这一点，这不可思议的事情如今使他如醉如狂：他为她所爱，为这个不可接近的女人所爱！一座天国平地升起，充满了阳光，漫无止境，是他一生中光芒四射的正午时分，但同时在下一个时刻便向下坠落，跌成锋利如刀的碎片。因为这次相识，同时也是离别。

接下来，一直到他出发的这十天，他们两人是在一种不断亢奋、不断痴迷的奇妙状态中度过的。他们相互承认的感情突然爆发，以其空气压力的无比巨大的冲击力炸掉了一切堤坝和障碍、道德和谨慎：他们像两只动物，在昏暗的走廊里，在一扇门背后，在一个角落里，在忙里偷闲的两分钟里彼此相遇，便热烈地、贪得无厌地扑到对方身上，手想摸到对方的手，嘴唇想触及对方的嘴唇，骚乱不宁的鲜血想感到对方的血液，一切都热切地想要感到对方的一切，每一根神经都渴望着触摸对方的脚、手、衣裳，具体感受一下对方活生生的身体的任何部分，这个身体如饥似渴地欲火中烧。与此同时，他们在家里必须自我控制。夫人得在她的丈夫、儿子和一批仆人面前掩盖她那一再流露的柔情蜜意，而年轻的博士必须在脑子里清清楚楚地想好如何筹划、如何开会、如何计算，做好这一切是他的职责所在。他们只能抓住几秒钟时间，颤动不已、偷偷摸摸、危机四伏的几秒钟，他们只能用手、用唇、用目光、用贪婪的匆忙攫取的一吻，飞快地接近一下。年轻博士自己熏然陶醉，他那轻盈的、心神不宁的存在，也使夫人忘情陶醉。但是这远远不够，两个人都感觉到：绝对不够！于是，他俩写些热辣、滚烫的字条，像学童似的把情绪狂乱、感情炙热的信件塞到对方手里。晚上，年轻博士在失眠时，在枕头底下找到夫人塞在那里、窸窣作响的信，而夫人又在大衣口袋里找到了年轻博士的信。所有的信件都绝望地喊出这个不幸的问题：如何忍受？横隔一片海洋，相隔一个世界，无数个月份，无数个星期，整整两年，隔断了他们的血肉，阻断了他们的目光，如何忍受？他们别无所想，只想这个；也别无所梦，只梦见这个。他们两个谁也不知道如何回答，只有他们的手、眼睛、嘴唇，他们无知的激情的仆役跳来跳去，渴求着汇成一体，渴求着内心的结合。接着，在虚掩的房门之间偷偷摸摸地相拥，颤抖着紧紧拥抱，这些瞬间便变得分外令人心醉，又叫人惊恐万状，给人无限欢娱。

　　但是，这个欲念炽烈的年轻人从来没有机会完全占有心上人的肉体，隔着没有灵魂、碍手碍脚的衣服，他感觉到心上人弓起身子，赤裸裸、热乎乎的肉体紧紧地贴了上来——在这光线分外充足、到处有眼、到处有耳的宅子里，他心上人的肉体从来没有真正挨近过他。只有在最后一天，夫人借口帮他收拾行李，实际上是为了最后告别，走进他早已拾掇干净的房间。他猛地一跳，扑了过去，贪婪地一把抓住夫人，使她脚步踉跄地跌倒在长沙发上。他掀开她的衣服，把热吻印在她隆起的胸上。他的嘴贪得无厌地沿着白皙炽热的皮肤，一直滑到她的心口。她的心在那里向他扑腾扑腾地跳个不停。这几分钟里眼看着夫人就要屈从于他，几乎就要向他献身，为他所有，可是就在这时——夫人在忘情失态之际，结结巴巴地发出最后一声央告："别做这事，现在别做！别在这儿！我求你了。"

即便是他那滚烫的鲜血也这样服从、这样屈从于他对心上人的敬畏之情，她像圣女一样为他所爱。结果，他再一次控制住奔流的情欲，在夫人面前控制住了自己。夫人摇摇晃晃地站起身子，掩面不让他看。他自己也痉挛地站着和自己搏斗，同样转过脸去，如此明显地忍受着失望的悲哀，连夫人也感到，他因浓烈柔情未能得到她的接纳而痛苦不已。夫人又完全控制住自己的感情，走近他的身旁，轻声安慰他："我不能在这里，不能在我的、在他的宅子里做这事。可是等你再来的时候，你什么时候要都行。"

列车嘎嘎直响，车闸一收，钳子一咬，发出一声刺耳的尖叫，列车停了下来。他像只挨了一鞭的狗，猛然惊醒，他的目光从梦幻中醒来，但是——幸福地感悟——瞧，她就坐在那儿，他心爱的女人，长期分离的心上人，她就坐在那儿，静悄悄地，近在咫尺，可以感到她的呼吸。她的帽檐稍稍遮住了她向后靠的脸，但仿佛她无意识中知道他渴望看见她的脸，她坐直了身子，向他露出柔和的微笑。她向窗外望了一眼，说道："达姆斯塔特，还有一站。"他没有回答，只是坐着，凝视着她。无奈的时间，他心里想道，对抗我们的感情，时间也无可奈何：从那以后，足足九年之久，她的声音、语气毫无变化，而我在听她，我身体里没有一根神经和从前有丝毫不同。什么也没有失去，什么也没有消失，她的存在给人温存，使人幸福，就和当年一样。

他满怀激情地望着夫人宁静地微笑着的嘴，他曾经吻过，却已经想不起那美妙的滋味。他再凝望她的手，这双手一动不动地放在膝上，十分放松，散发出美丽的光芒。他按捺不住地想要低下头去用嘴唇亲吻这双手，或者把这双静静地交叉在一起的手握到自己手里，哪怕就一秒钟，一秒钟！但是车厢里那几位饶舌的先生已经开始好奇地打量起他来。为了保住自己的秘密，他一言不发地把身子往后一靠。于是他们两个又面对面地坐着，相顾无言，只有他们的眼睛在彼此亲吻。

车窗外响起尖利的笛声，列车又开动起来，它那摇摇晃晃的单调的节奏，使列车变成一座钢铁的摇篮，又把他送进回忆之中。啊，在当年和今天之间，横隔着黑暗的、无限漫长的岁月，在岸和岸之间，心和心之间，横亘着灰色的大海！究竟是怎么回事呢？有一段回忆，他不想触及，他不想回忆起最后分手的那一小时，在同一个城市的站台上度过的那一小时，而今天他却心花怒放地在这个站台上等待她的来临。不，别想这事，绕过去，不再想它，这事实在过于可怕。思绪再往前、再往前飘动，为嘎嘎作响的车轮的节奏所催动，不同的景色，不同的时间，又梦幻般涌现。

当年，他心灵破碎地去了墨西哥。开头几个月，最初几个可怕的星期，在他收到心上人的消息之前，他简直无法忍受，只好把大量的数字、草案塞进脑子，骑马到乡下去，从事长途考察，进行没完没了的谈判。他决心要把谈判和研究进行到底，把自己的身体弄得筋疲力尽。从清晨到黑夜，他一直都把自己关在开采地那间机器房里，敲击出一连串数字，不停地说话、写字，不断地工作，只是为了倾听他内心的声音如何绝望地叫出一个名字，他心上人的名字。他用工作麻醉自己，就像使用酒精或者毒药，只是为了压抑感情，那过于强劲有力的感情。可是，尽管他疲惫不堪，每天晚上他都坐下来，一页一页，一小时一小时，把白天所做的事情全都详详细细地记录下来。每个邮班，他都把这些哆哆嗦嗦地详细记载的纸张，整撂整撂地寄到一个事先约定的隐蔽地址，以便遥远的心上人就像在家里一样可以时时刻刻参与他的生活，而他也能朦朦胧胧地感觉到他心上人温柔的目光越过千山万水、海角天涯，停留在他每天的工作上面。他从心上人那里接到的信件，是对此表示的感谢。这些信件字迹端正，语气平和，露出激情，可是表现得含蓄、收敛：它们严肃认真地向他叙述每日的境况，丝毫也不抱怨。他觉得那双蓝色的眼睛正凝视着他，只是缺乏那股笑意，那轻柔的、使人心神宁静的微笑，使得一切严肃的事情不复沉重的微笑。这些信件成了这个孤身在外的人的饮品和食物。他激情满怀地带着这些信件上路，穿过茫茫草原和莽莽群山。

他叫人把他装了信的口袋缝在马鞍里，为了不让突然降下的滂沱大雨淋着，避免过河时为河水浸湿。他们长途考察时不得不渡过江河溪流。这些信，他已经熟读，都能逐字逐句地背出来。信纸经常打开，折叠处都已透明，个别字句都已被亲吻和泪水抹去，变得模糊不清。有时候他独处时，知道身边没有旁人，就拿起她的信来，按照她的声调一个字一个字地念出来，用这种方法，像施魔术似的，把相隔遥远的心上人召唤到眼前。有时候他在夜里突然起床，因为忘记了信中的一个字，一句话，或者一个结尾，马上点灯找到遗忘的字句。从她的笔迹梦想着她手的形状，从手往上就想到手臂、肩膀、脑袋，把她整个人从大洋的彼岸、陆地的另一端带过来。他像原始森林中的一个伐木者，以古代北方神勇壮汉的狂暴蛮力，劈进他面前这座狂野的、参不透的时间丛林，它依然还威胁着他。他已经急不可耐地想看到这时间丛林日益稀疏，回归故里指日可待，起程的时日已在眼前，千百次地以为久别重逢的第一次拥抱的希望已将实现。在这个新建的工人聚居地里，他住着一间仓促修建起来的铁皮屋顶木头房子，在他那粗陋打造的木床上方，挂着一份日历。每天晚上，他在日历上把这辛苦度过的一天划掉，有时候性急，在中午就把一天划去。他把还需熬过去的时日形成的一行行红黑的数字数了又数：四百二十、四百一十九、四百一十八、四百一十七，离回国之日还有四百一十七天。因为他和其他人不一样，不是从基督诞生之日从头数起，而是朝着一个确定的时刻，他回家的时刻计数。每当这段时间成为一个整数，变成四百天、三百五十天，或者三百天，或者恰逢她的生日、命名日，或者那些秘密的节日，比如和她初次见面的日子，或者她第一次向他流露真情的日子——他总是给他身边的人一点喜庆，大家莫名其妙，惊讶不已，带着疑问的眼光直看着他。他送些钱给那些印第安人和白人的脏兮兮的混血儿，而那些工人他就送些烧酒，高兴得他们手舞足蹈，就像那些野性十足的褐色小马。他自己穿上星期天穿的礼服，叫人把葡萄酒和最好的罐头食品拿来，然后在他特地为此而竖起的旗杆上，升起一面旗子，快乐的火焰便腾空而起。邻居和助手们好奇地跑来打听，他这是在庆祝哪个圣人，或者由于什么奇怪的原因在这儿庆祝？他只是微笑以对："这跟你们有什么关系？你们跟我一起高兴就好!"

就这样周复一周,月复一月地过去,累死累活地干完一年又加上半年,只剩下微不足道的短短七个礼拜,就到了预定的归期。他实在焦躁不耐到了极点,早就把船行的时间计算出来。在一百天之前,他就把"阿肯色号"上的舱位订好,并且预付了船票,使得轮船公司的职员大吃一惊。接着,那灾难性的日子来临,它不仅毫无怜悯地把他的日历撕破,也无动于衷地把千百万人的命运和思想砸得粉碎。那是个灾难深重的日子:一清早,测量师带着两个工头,后面跟着一队本地的仆人,骑着马和骡子,穿过像硫磺一样黄色的平原,走进山里,想去研究一个新的钻探点,那里估计有镁矿石。这些混血工人两天来在无情的烈日直射下,又砸又挖,敲敲打打,进行勘探。暴晒的烈日不断地呈直角从赤裸的石头反射到他们身上。可是他就像个疯子似的催逼工人,嚷得口干舌燥也不愿走个百十步,到迅速挖掘出来的水沟去饮水——他一心只想回去取邮件,去看她的信,读她写的字句。到第三天还没有挖到深处,采样不算数,他渴望看到心上人邮件的狂热激情,如此强烈地向他袭来,想看到她信里词句的饥渴如此疯狂、如此强烈,于是他决定独自连夜骑马赶回去。骑了一整夜,只是为了取得那封信,它昨天就该和其他邮件一起送到。他漠不关心地把其他人留在帐篷里,只让一个仆人跟随。他们沿着山间险峻昏暗的羊肠小道骑马前行,整整一夜,一直骑到火车站。第二天早上,他们两个骑着浑身直冒热气的马,人因为山岩间冰冷的寒气冻得浑身发僵,走进他们那个小居留点。异乎寻常的一番景象使他们两个惊愕不已,住在那里的几个白人放下手里的活，围着火车站，身边挤满了印第安人和白人的混血儿和本地人。他们又叫又嚷，傻乎乎地瞪着眼睛发问。费了好大的劲儿，他们才穿过这激动万分的人群，在官厅获得了出乎意料的消息。从海岸边传来电报，欧洲发生战争，德国和法国作战，奥地利和俄国作战。他不愿相信，用刺马针猛刺胯下跌跌撞撞的坐骑。马儿受惊，长嘶一声，扬蹄奋起。他骑马冲到政府大楼，在那里听到的消息更加令人沮丧：的确已经爆发战争，更严重的是英国也已宣战，并且宣布封锁全世界的海洋，不容德国人航行。在一个大陆和另一个大陆之间，铁幕已经断然降下，时间长短未可估量。

他第一个反应是怒不可遏，握紧拳头砸到桌上，仿佛要用这一拳击中那看不见的敌人，但是白费力气：现在千百万无权力的人也这样愤怒地猛击命运设置的囚牢的墙壁。他立即思考各式各样偷渡过海的可能性，或者以巧妙机警的方式、或者以暴力的方式向命运挑战。英国领事碰巧在场，和他有些交情，他小心谨慎地向他发出警告，暗示从现在起，他的一举一动全都受到监视。只有一线希望给他安慰，这是千百万受骗的人不久都会心存的希望：这样疯狂的荒唐事不会持续多久，过几个礼拜，几个月，那些忘乎所以的外交家和将军们闹的这个愚蠢的恶作剧必然就会告终。这样稀薄的希望烧酒里面，不久又掺进另外一种成分，更加生机勃勃，麻醉力更强：那就是工作。通过绕道瑞典传来的电缆电报，他得到公司的任务，为了防止企业成为有争议的财产而遭到没收，他应该使企业独立，作为一家墨西哥公司，由几个代理人来经营。这就需要投入极大的精力来控制局势。战争，这个霸气十足的企业主，不是也需要把矿石从矿坑里挖出来吗？开采必须加速，企业必须加紧建设。这事把所有的力量都调动了起来，压倒了任何我行我素、不顾其他的想法。白天，他以狂热执着的精神，工作十二至十四个小时，到了晚上，就像被成堆的数字组成的石弩击中，他像死人一样疲惫不堪、毫无知觉地倒在床上，连梦也不做一个。

然而，正当他还一刻不停地以为自己正在感受的时候，那种激情满怀的紧张情绪，渐渐地从内心松弛起来。单靠回忆生活，这不是人性的特点。就像各式各样的植物和任何一种生物都需要土地的滋养和天上的光芒一再重新过滤，色泽才不至于消退，花萼才不至于凋零脱落，所以，即便是梦幻，这些看上去似乎超凡脱俗的梦幻，也需要某种感性的养料，需要娇嫩形象的辅助，否则，它们的血液就会凝结成块，它们的光泽就会黯淡。这位激情满怀的博士遭遇的情况也是如此，而他自己还没发觉——若干星期、若干个月，接着整整一年，然后第二年都已过去，却没有一点关于她的消息从海对岸传来，没有一个她写的字，没有一个她的信号。她的形象渐渐模糊黯淡。工作中消耗掉的每一天，都在他的回忆上面撒下一点灰尘。开始时，回忆还像赤红火焰似的燃透铁锈，可是最后，这灰色的薄薄一层变得越来越厚。他有时候还取出她的信件来看，可是墨水已经褪色，字句已经不再能冲击他的内心。有一次他看见她的照片，吓了一跳，因为他已经想不起她眼睛的颜色。他从前如此珍视这些信物，它们曾像魔法似的使人精神振奋，而如今，他取出这些信物的次数越来越少，自己也不知道，他已厌倦于她总是一声不响地待着，厌倦于自己总是无谓地和影子讲话，而这影子从不回答。此外，迅速建成的企业引来了一些人和同伴，他开始寻找伴侣、寻找朋友、寻找女人。战争爆发后第三年，他有一次出差，来到韦拉克鲁斯一位德国大商人的家里，认识了这位商人的女儿。姑娘文静娴雅，金发白皙，是个善于操持家务的类型。在这个被仇恨、战争、疯狂弄得分崩离析的世界里，他突然害怕不断地单身独居。于是，他迅速下定决心，娶了这个姑娘，接着生下一个孩子，第二个孩子接踵而至。这是在他被遗忘的爱情坟墓上开放的活生生的鲜艳花朵：于是，这个家庭圈子圆满组成，外面是喧嚣嘈杂的活动，里面是日常家居的宁静。四五年后，他对自己曾经是个什么样的人，已一无所知。

突然之间，一天来临，那是一个欢声雷动、钟声齐鸣、激情澎湃的日子，传送电报的电线颤动不已，城里大街小巷人声鼎沸，欢呼呐喊之声不绝于耳，拳头大的字母传递着缔结和约的最终消息。当地的英国人和美国人从所有的窗口毫无顾忌地发出"乌拉"的欢呼声，庆祝他的故乡遭到灭亡——这一天使人回忆起的祖国，正因为蒙受灾难又重新受到热爱。拨开这些回忆，那个人影也在他心里冉冉升起，执着地走进他的感情。这里的报纸以隔岸观火的闲适态度，以嬉笑放肆的口气，长篇累牍地报道他的故乡陷入苦难重重、物质匮乏的岁月。在这些日子里，她的情况如何？她的房子、也就是她丈夫的房子是否安然无恙，有没有遭到暴徒的骚扰和洗劫？她的丈夫、她的儿子是否都还活着？半夜，他从熟睡的妻子身边爬起，点燃了灯，一口气写了五个小时之久，直到黎明破晓，写了一封总写不完的信。他在信里告诉她这五年里他的全部生活，像跟自己说了一段独白。两个月后，他已忘记了自己写出的信，却收到了回信。他迟疑不决地把这个巨型的信封握在两只手里掂量，看到那十分熟悉的笔迹，他的内心已经翻腾不已：他不敢马上开启信封的封印，这只封好的信封就仿佛一只潘多拉的盒子，里面存放着被禁的物品。他两天都没有拆开这封信，把它放在胸口的口袋里：有时候，他感到自己的心敲击着这封信。两天后，这封信终于拆开，可是它既不含有任何硬贴上来的亲热劲儿，也没有任何冷冰冰的客套话：他从信上平静的笔迹呼吸到那股轻柔的好感，夫人身上的这种好感从来都使他感到幸福。她的丈夫已经去世，战争一爆发就已去世，她简直不敢对此有所抱怨、诉苦，因为这一来，枢密顾问就免去了看见他的企业遭到损害、他的城市被人占领、他那过早被胜利冲昏头脑的人民陷入苦难之中的命运。她自己和她儿子都身体健康，听到他喜庆的消息她非常高兴，这些消息比她所能报道的消息要好。她用诚恳的词句明白无误地祝贺他已经结婚。他心生怀疑，情不自禁地想听出个究竟，可是信里毫无暗藏狡诈的弦外之音，能冲淡她清晰明确的词意。一切都说得清清楚楚，没有任何故意引人注意的夸张用词，或者多愁善感的感情流露。一切往事似乎都消融在持续有效的关怀之中，激情净化成水晶般纯净的友谊。他从来没有想到过夫人心灵的高雅会是别的样子，可是当他重新感觉到这种清朗稳重的方式，他一下子以为又看见了夫人的眼睛正神情严肃、可又微微含笑地反射出她的善意。他心生感激，激动不已：他立即坐下，给她写了一封详详细细的长信。中断已久的互相报告生活状况的习惯，现在又非常默契地重新建立起来——在这里，世界的风云突变什么也没有摧毁。

他的生活已经有了明确的形式，他对此怀着深深的感激之情。他的升迁已经成功，企业在蓬勃发展，家里孩子们从娇嫩的花朵渐渐长大，变成会说、会笑、会游戏、会亲切地观察四周的小东西，使他晚上过得心情舒畅。追忆往事，他在青年时代一夜夜、一天天都如此痛苦地备受煎熬，从当时经历过的那次熊熊烈火，如今只传来一道光亮，一道宁静、善良的友谊之光，无所祈求，亦无危险。这样，两年后，他受一家美国公司的委托到柏林去，为了化学专利进行谈判，他便想在德国和旧日情人就近互致问候。这是自然不过的念头，如今情人已成为朋友。刚到柏林，他的第一件事便是在饭店里打电话，要求接通法兰克福：这九年里电话号码没有变过，这也具有象征意义。他心想，这是个好兆头，什么也没有改变。桌上电话机的铃声放肆地响起，经过这么多年月，他将再次听到她的声音，被他的声音所唤醒，越过田野、植被、房屋和烟囱，穿越岁月、河海和大地，来到他的身边，近在咫尺。预感及此，他突然浑身颤抖起来，他刚说出自己的姓名，一声因为惊讶、错愕而发出的惊呼"路德维希，是你呀？"向他袭来，先是侵入他侧耳倾听的感官，接着便向下进入他猛然间积满了血液的心脏。这时，突然有什么东西将他点燃：他费了好大劲儿才能继续说话，轻轻的话筒在他手里不断摇晃。她因为感到意外而发出的清脆的欢呼，想必触动了他生命中某根暗藏的神经，因为他感到血液涌向太阳穴，脑袋嗡嗡直响。他使劲才听明白她说的话。他自己也没明白是怎么回事，就仿佛有人在他耳边悄声耳语了什么，就说出了他自己并不想说的话，答应后天前往法兰克福。这下他可就不得安宁了：他急急忙忙地处理好各项业务，坐着汽车到处乱跑，以加倍的速度圆满地结束了各项谈判。当他第二天早晨醒来，回味夜里做的梦时，他发现：多年来，五年来，他第一次又梦见了夫人。

两天后，当他在一个霜冻之夜后的早上走近她的宅子时——他已发出一份电报，预告他将造访——他看着自己的脚，突然发现：这不是我的步伐，不是我在大洋彼岸走路的步伐，我那坚定踏实、笔直地向前移动的步伐。为什么我又像当年那个二十三岁的年轻人，腼腆羞怯、胆小怕事，用颤抖的手指一再满面羞惭地掸掸身上破旧的上装，在按门铃之前先戴上新手套？为什么我的心脏一下子又狂跳起来，为什么我这样拘谨、毫不大方？当年我秘密地预感到，命运就蹲伏在这紫铜色的门后面等着接纳我，或是温柔地、或是凶恶地接纳我。可是今天，为什么我又在门前缩着身子，为什么会涌起一股不安的情绪，把我心里一切坚实稳定的东西全都消除？他徒劳无功地努力稳住心神，把他的妻子、孩子、屋子、企业和外国的生活一一想起，但是这一切像被鬼气森森的迷雾带走，全都变得黯淡无光。他感到自己又是孤身一人，又一次像是个乞求者，在她身边又像个笨手笨脚的孩子。他放到门把上去的手发抖、灼热。

可是刚一进门，陌生感便立即消失。因为如今已消瘦干瘪的那个老仆人，眼里几乎噙着泪水。他嗫嚅着说："博士先生，"接着压下去一阵抽泣。奥德修斯想必一定会和他一样深受震撼地想到，家里的狗还认得你：女主人会认得你吗？但是门帘已经掀开，夫人伸开双手向他迎面走来，霎时间他们的手握在一起，四目对视凝望。

短促的、然而富有魔力的间歇时间，他们进行比较、观察、探索，灼热的沉思，那深藏不露的目光，害羞地使对方幸福，又使自己感到幸福。接着，疑惑才隐匿于微笑之后，目光才化为亲切的问候。不错，夫人依然是老样子，当然，稍稍老了一些，她那依然左右分开的头发，左边已夹着银丝，这缕银丝的光泽使她温柔、亲切的脸庞变得更加沉静，更加严肃。夫人说的方言悦耳，嗓音柔和，他痛饮夫人如此熟悉的嗓音，依然感觉到这无比漫长的岁月中所感受的干渴。夫人向他问候："你来了，你可真好！"

这声问候听上去纯净自然，无拘无束，就像一只音叉敲响发出的声音：现在，他们的谈话找到了自己的声调和停顿，询问和叙述就像左右手划过键盘，音韵铿锵，清越动人，互相交汇。从夫人出现讲出第一句话起，所有蕴藉的郁闷和拘谨全都化解。只要她一说话，他的每一个思想都服从于她。可是等她一受感动，沉思起来，不再说话，那深思的低垂的眼睑使人看不见她的眼睛，他脑中突然闪现一个问题，直如一片阴影轻快地掠过，透过他的心："这不就是我吻过的嘴唇吗？"后来有一阵，夫人被叫去接电话，让他一个人留在屋里，这时，往事种种，便像脱缰野马似的从四面八方向他涌来。夫人在场的时候，这些漂浮的声音都躲在一边，可是现在，每一张小沙发，每一幅画像都张开嘴唇轻声说话，所有的东西都向他诉说，这无法听见的悄声耳语只有他一个人明白，只向他一个人袒露。他不得不想到：我在这幢房子里生活过，我身上有些东西留在这里，它们还来自那些年，我还没有到大洋彼岸去、还没有完全在我自己的世界里生活的那些年。夫人又回到房里，不言而喻，情绪欢快，屋里的各种东西又都躲到一边。"你总会留下来吃午饭吧，路德维希？"夫人以一种开朗欢快、不容置疑的口气说道。他留了下来，整天留在她的身边，他俩共同回顾以往的岁月。自从他在这里讲述这些岁月，他才真的觉得它们的确是这样。最后告别时，他吻了吻夫人母亲般柔软的手，在身后关上大门，他觉得，他似乎从来没有离开过这里。

夜里，他独自一人待在陌生旅馆的房间里，只有身边的钟嘀嗒嘀嗒直响，再就是他胸中有颗跳得更加猛烈的心，他先前那种平静下来的感觉又消失了。他睡不着，起来点上灯，又把它熄灭，然后了无睡意地继续躺在床上。他总是不由自主地想起夫人的嘴唇，想起他曾经认识的夫人是另外一种样子，和现在这样亲切地柔声交谈时不同。他忽然间明白了，他俩之间闲聊似的从容不迫，其实都是谎言，在他们的关系当中还有一段未了之情，未解之扣，所有的友好态度只是人为地戴上去的面具，扣在一张神经质的、慌慌张张的、为不安和激情搅得茫然不知所措的脸上。这次重逢，他想得过于长久，在大洋彼岸他茅屋的篝火旁，太多的夜晚，太多的岁月，太多的时日他都想过，在想象中，重逢完全是另外一个样子——两个人热情地迎面扑过去，热情似火的拥抱，最后的结合，脱落的衣衫——不是这样客客气气地相聚，彬彬有礼地闲聊，互相探听，彼此询问。"男演员，"他对自己说，"女演员，每个人在对方面前都在演戏，可是谁也没有欺骗谁。这天夜里她肯定也睡不踏实，和我一样。"

第二天上午，他去看望夫人。他那种失去控制、极其不安的样子，和他躲躲闪闪、游移不定的目光立刻引起她的注意，因为她的第一句话就有些慌乱，接下来再也无法使谈话进行得轻松平稳。谈话时而高扬，时而低落，不时停顿，以致不得不使劲加压，把紧张的气氛消除。他们两人之间横亘着什么东西，问题和回答碰到这无形之物都撞得粉碎，就像蝙蝠撞在墙上。他们两人都感到这点，他们不是各说各的，互不交锋，就是顾左右而言他，最后，这样小心翼翼地转着圈子说话，弄得他们晕眩，谈话使他们疲惫不堪。他及时认识到这点，趁夫人又留他吃午饭，便托故婉拒，说还要在城里进行一场紧急的谈判。

她感到非常遗憾，此时，一股羞怯的暖意又从她的嗓音里大胆地流露出来。但是，她不敢当真挽留他。她陪他到门口的时候，两个人都神经紧张地不看对方。他们的神经里，有什么东西像火星似的哔啵作响，谈话触及什么看不见的东西，一再磕磕绊绊。这视而不见的东西陪着他们从一个房间走到另一个房间，从一句话滑到另一句话，如今变得强大无比，使他们呼吸艰难。等他走到门口，披上大衣，他顿时感到轻松。可是，霎时间他又下定决心，转过身来："在离去之前，我其实对你还有一事相求。""你有事求我，乐意帮忙！"夫人微微笑道，脸上又闪现出喜悦的光芒，因为能够实现他的一个愿望。

"也许说来很蠢，"他目光迟疑地说道，"不过肯定你能理解，我很想再看一看那个房间，我住过两年的那个房间，我的房间。我这次回来，一直在楼下的会客室里待着，这是接待陌生客人的房间。你瞧，我现在回家还丝毫没有到家的感觉。年纪大了，就愚蠢地对细小的回忆感兴趣。"

"什么，你年纪大了，路德维希？"夫人答道，语气有点过于奔放，"你这个人竟这样虚荣！你不如仔细看看我，瞧我头发里的这一缕灰发。你和我比还是个孩子呢，居然就要说年纪大了！这小小的特权还是留给我吧！可是瞧我多么健忘，我没有立刻带你到你的房里去，因为你的房间还保持着原样。你会发现房里什么也没有改变：在这幢宅子里什么也没变。"

"我希望，你也没变，"他试图说句笑话，可是等夫人凝视他，他的目光便不由自主地满含着柔情和暖意。夫人的脸上微微升起一阵红晕："人老了，可依旧是同一个人。"

他们上楼到他的房间里去，在进门时竟发生了一点难堪的事情：夫人打开房门，退后一步，让他先进房门，而他同时也客气地让夫人先进去。两人这一礼让，肩膀就在门框里碰在一起。两人情不自禁地都直往后退，可是肉体这样轻轻一碰，已足以使他们感到窘迫。夫人感到一阵使人麻痹的拘谨，他把她默默无言地紧紧抱住，在这悄无声息的空旷房间里，这使人倍感难堪：她慌慌张张地快步走到窗前，用拉绳把窗帘向上拉起，让更多的光线射进室内。之前，房里的家具仿佛躲在黑暗之中，可是现在，一股刺目的亮光射了进来，房里所有的东西仿佛突然睁开眼睛，一旦惊醒，便极为不安地活动起来。所有的东西都煞有介事地站了起来，以咄咄逼人的语气诉说着一段回忆。这里是柜子，夫人关爱的手总是悄悄地为他整理柜子里的东西；那边墙上是书架，夫人总是颇费心思地根据他漫不经心地说出的愿望在书架上排满书籍；这里——说得露骨些——是床，他知道，在床上铺开的被子下面他曾经埋葬过无数关于夫人的春梦。那边墙犄角是那张长沙发，一想到它，他就浑身燥热——当年在那张长沙发上，夫人挣脱了他的拥抱：如今他被火烧火燎的激情所点燃，感到处处都是夫人的印记和信息。此刻她正站在他身旁静静地呼吸，尽力保持生疏的姿态，目光移开，难以琢磨。多年来这房里盘踞着厚重的积攒着的沉默，现在因为有人进来，受到惊吓，变得庞大无比，就像强大的气压，压在人的肺和备受压抑的心上。现在必须得说点什么，说点什么来驱散这沉默，让它不至于把人压死——他们两个都感到这点。夫人采取了行动——突然，她转过脸来。

"可不是，一切都和从前一模一样。"她开口说道，下定决心只谈一些无所谓的、毫无害处的事情（然而她的嗓音发颤，好像有点沙哑）。可是博士并不接受这种客客气气的闲聊语气，而是咬紧了牙齿。

"是啊，什么都是原样。"突然，一股怒气激烈地从牙齿缝里直射出来，"一切都和从前一样，只有我们不一样了，我们不一样了！"

这句话像咬了夫人一口，她惊慌失措地转过脸来。

"你这话什么意思，路德维希？"可是她找不到博士的目光，他的眼睛此刻不去捕捉夫人的眼光，而是默默地同时又像烈火燃烧似的凝视着夫人的嘴唇。这两片嘴唇，他已多年没有接触。而从前，他们两人的嘴唇热吻，肉灼烧着肉，他感觉到夫人的嘴唇湿润、饱满，犹如一枚水果。夫人明白了他这凝视的目光中所含有的情欲，很不自在。一朵红云映满她的脸庞，神奇地使她恢复青春。于是在他看来，她就和当年他们在同一个房间里离别时一模一样。为了避开这诱人的暗藏危机的目光，她故意误解他那显而易见、不致看错的意思。

"你这话是什么意思，路德维希?"她又重复一遍，可更多的是请求，不作自我解释，而是提个问题，要求回答。

于是他做了一个坚定果决的手势，现在他的目光富有大丈夫气，紧紧抓住了她的目光："你不想明白我的意思，但是我知道，你一清二楚。你记得这个房间——你记得你在这个房间里信誓旦旦地答应过我……等我回来……"

夫人的肩膀颤动起来，她还试图阻挡："别说了，路德维希。这都是陈年往事，咱们别再碰它，哪儿还有时间?"

"时间在我们心里。"他语气坚定的答道，"在我们的意志里。我咬紧了牙齿，抿紧了嘴唇，等了九年之久。可是我什么也没有忘记，我问你，你还记得吗?"

"记得，"夫人更加平静地望着他，"我也什么都没忘记。"

"那你愿意，"他深吸一口气，为了又有力量说这句话，"你愿意实现你的诺言吗?"

红晕又一次猛然升起，一直涌到她的发根。她向他走去，为了安慰他："路德维希，你好好想想! 你说你什么也没忘记，但是别忘了，我已经差不多是个老太婆，一头灰发，没有什么可期望，也不能再给别人什么。我请求你，过去的事就让它过去吧。"

可是他似乎兴致来了，此刻铁了心，坚定不移。"你想躲开我，"他进一步追逼她，"可是我等待的时间已经过于长久，我问你，你还记得你的诺言吗？"

夫人每说一句话，声音都摇摆不定："你为什么问我？我现在跟你说什么都没有任何意义，现在一切都为时过晚。不过，如果你要求，我就回答你。我从来就不可能拒绝你的任何要求，从我认得你的那天起，我就一直属于你。"

他凝视着夫人：她是多么正直，即使在困惑迷惘之中也无比清晰，无比真实，毫不胆怯，始终如一。他的心上人在任何时候都奇妙地保持着自己的风格，讳莫如深同时又敞开肺腑。他不由自主地向夫人走去，可是夫人一看到他动作中那狂暴的劲头，就央告着把他挡住。

"现在走吧，路德维希，来呀，咱们别老待在这里，咱们下楼去吧。现在是中午，侍女随时随地会到这儿来找我，咱们不能在这儿久留。"

就这样，夫人人格的威力又使他的意志折服，他又和当年一模一样，不声不响地服从于她。他们一起下楼走到会客室，穿过走廊，一直走向大门，没有试图说只言片语，也没有互相对视。走到门口时，他突然转过脸冲着她：

"我现在没法和你说话，请你原谅。我要写信给你。"

夫人感激地向他微笑："好吧，写信给我，路德维希，这样更好。"

一回到旅馆房间，他就扑到桌前写了一封长信，一字一句，一页一页地写，越写越为突然迸涌的激情所激动。他写道，这是他待在德国的最后一天，也许今后几个月、几年，甚至永远不会再来。他不希望，在进行了形同谎言的冷漠谈话之后，在勉强进行了一次虚伪的社交性的晤谈之后，离她而去。他想和她再谈一次，必须和她再谈一次，单独见面，远离她家，摆脱恐惧和回忆，摆脱碍手碍脚、受人监视的各种房间的沉闷。于是，他向她建议，陪他乘夜车到海德堡去。十年前，他们两人曾经有一次短暂的海德堡之旅，那时彼此还很陌生，可是已经心灵相近：可是今天这次旅行应是告别之旅，他还渴望得到的最后一次、最深情的告别之旅。他还要求她给他这个晚上，这个夜晚。他急急忙忙地封上信封，派人送到夫人家里。一刻钟后信使便已返回，手里拿了一个小小的加了黄色封印的信封。他一把拆开信封，手直哆嗦，里面只有薄薄的一张纸条，上面有几个字，是她遒劲有力的笔迹，写得匆忙，可是笔力稳健：

"你现在要求的，可是一直未能办到的，是件傻事。我从未拒绝过你要求的任何事情，我永远拒绝不了。我会去的。"

列车开始减速，一个车站灯火闪耀，让列车缓缓前进。梦幻中的人撇开思绪，机械地举目向外张望。他的目光向前探望，想再一次充满柔情地看清他梦中人的身影，此刻，她正蜷伏在半明半暗之中。不错，她是在那儿，他永远忠诚的心上人，那不声不响的深爱着他的恋人。她来了，和他在一起，来到他的身边——他一再拥抱着心上人真实具体、明白无误的身影。就仿佛夫人身上有什么东西感觉到他的目光在探寻，远远地感觉到这种怯生生的爱抚般的抚摸，她坐直了身子，透过车窗的玻璃向外张望。窗外浮动的景色湿漉漉的，带着春天朦胧的气息从旁掠过，就像闪闪发光的流水。

"我们大概马上就要到了。"她仿佛是在跟自己说话。

"是的，"他深深地叹了口气，"等了那么长的时间。"

他自己也不知道，他不耐烦地唔叹着说出来的这句话是指这次旅途，还是指过往的漫长岁月：梦幻和现实之间的迷惘涌过他的感情。他只感觉到，在他身下嘎达嘎达直响的车轮往前转动，朝着不知什么东西，不知什么瞬间，他心情奇怪地迟钝，也弄不清楚那是什么。不，现在别去思前想后——就这样混混沌沌地让一种看不见的力量带动，向着不知什么神秘莫测的东西前去，不负任何责任，四肢百骸全都放松。一种无限渴望的东西真的亲自走近那惊愕不止的心时，惯常会出现一种新嫁娘似的期待，甜丝丝的、刺激性的，可是也朦朦胧胧地掺和着一种害怕梦想成真的预先恐惧，交织着那种神秘的战栗。不，现在千万不要设想，什么也别希望，无所企求，就这么待着，像做梦似的卷进捉摸不定的状态，为陌生的洪流带动，互不相撞，又彼此感知，互相渴求，却又彼此不能达到，完全抛进命运之中，又抛回来迁就自我。就这么待着。在这持续不断的朦胧之中待个几小时，永远待下去，为无数的幻梦所笼罩，只是有种思想已经像轻柔的忧虑在心头升起：这种状况恐怕很快就要结束。

可是，山谷里的电灯已经像萤火虫似的在此在彼，四面八方闪烁不停，越来越明亮。笔直的两排路灯交相辉映，铁道叮当作响，一个苍白的、明亮的雾气拱顶已经在黑暗中形成。

"海德堡，"那三位先生当中的一位站起身来，对另外两位说道。三个人都收拾好他们鼓鼓囊囊的旅行皮包，急急忙忙地离开车厢，好早一点走到车门口。刹车后的车轮嘎达嘎达直响，已经磕磕绊绊地开进了火车站的停车场，重重地摇晃一下，猛地一震，车完全停止，只有车轮再一次像挨了打的动物尖声了一叫。一秒钟之久，就他们两人面对面地坐着，仿佛这突然来到的现实把他们吓了一跳。

"我们已经到站了吗?"夫人的声音情不自禁地有点担惊受怕!

"是的，"他答道，站起身来，"我能帮你一下吗?"她拒绝他帮忙，疾步走在前面。可是走到车厢的踏脚处，她又停住脚步片刻，迟疑地没有走下车厢，就像害怕把脚伸进冰冷的水里。然后，她振作一下，下了车，他默默地跟着。两个人并排在月台上站了片刻，无助而又陌生，感到有些难堪，小皮箱拎在手上有些沉重。这时，停在他们旁边、一直像擤鼻涕似的火车头，突然一声尖叫，喷出许多雾气。她一阵哆嗦，脸色苍白地望了望他，目光慌乱，神色不定。

"你怎么了?"他问道。

"真可惜，刚才这一程多美啊。就这样一直乘车向前走。我恨不得再这样乘车走上几个小时呢。"

他不吭声，此时此刻他脑中浮起的恰好也是这个念头。可是旅程已结束: 得发生什么事情了。

"咱们走吗?"他小心翼翼地问道。

"走，咱们走，"夫人含糊不清地嘟囔了一句。可是尽管如此，他们依然无助地站着，一动不动，仿佛他们心里有什么东西已经粉碎。然后，他们才犹疑不决、迷惘慌乱地向出口处走去（他忘了挽起夫人的胳膊）。

他们走出火车站。可是刚到车站门口，一阵喧嚣便像风暴似的向他们袭来，鼓声隆隆，哨音尖利。喧嚣震耳欲聋——各种老兵协会和大学生们在举行爱国游行，他们犹如活动的城墙，四人一排，一排又一排，旌旗招展。一群穿着军人制服的男人，踏着铿锵有声的行军步伐，按照同一个节拍大步前进，整齐得就像一个人。他们脖子僵硬地向后挺起，一副竭力下定决心的样子，嘴巴大张，高声歌唱，同一个声音，同一个步伐，同一个节拍。第一排走着几位将军，白发苍苍的显要人物，身上挂满了勋章奖章，旁边是年轻人的队伍，他们以运动员的顽强劲头，笔直地高举大幅的旗帜，上面印着骷髅、带钩的十字①，各式各样古老的帝国旌旗迎风招展，他们胸膛绷紧，额头向前直挺，仿佛冲着敌人的队伍向前挺进，群众仿佛被巧妙的指挥的拳头驱使，像几何图形一样精准地、整齐地迈步向前，像用圆规划定，精确地保持距离，和着脚步，每一根神经都严肃地绷紧，目光咄咄逼人。每当新的一队——老战士、少年团、大学生——从高高垒起的检阅台走过，打击乐在那里有节奏地、顽固地把视而不见的铁砧上的钢铁砸得粉碎，这一大堆脑袋便突然一震，摆出威风凛凛的神气：他们似乎服从于一个意志，所有的人脖子都往左边一甩，所有的旗帜都像被绳子一拽，在大队伍的首领面

_____

① 指纳粹标志。

334

前一亮。首领把脸绷得像块石头，神情坚毅果决，检阅这些平民：没有胡须的、刚长绒毛的，或者皱纹满面的工人、大学生、士兵或者男孩，所有的人在这一时刻都有着同一张脸，顽强坚定，下定决心，怒气冲冲的目光，桀骜不驯地昂起的下巴，握住看不见的剑把的手势。一排一排的队伍像阵雨落下似的敲着鼓点，因为单调，愈发使人感到内心狂躁，愈发使人脊背挺直，目光坚定——战争和复仇的制造者，神不知鬼不觉地在和平的广场上站好队伍，正凝视着天空。天上温柔地布满了淡淡的白云。

"疯狂。"他深感意外地嗫嚅着，"疯狂！他们想干什么？再打一次，再打一次仗？"

战争把他整个人生击成齑粉，再进行一场这样的战争？他怀着一种陌生的战栗仔细看着这些年轻的脸，眺望着这黑压压的前进着的人群。四人一排的队伍，从狭窄的小巷中不断拥出，就像方形的电影胶卷一段段地从黑匣子里抽出。他看到的每一张脸都是同样坚定不移、怒气冲冲，形成一种威胁，一种武器。为什么这股威胁要剑戟铿锵地直伸进这温和宜人的夜晚，为什么要一直砸进这座在和平山地里做着好梦的城市。

"他们想干什么？他们想干什么？"这个问题一直噎在他的喉头，他刚才还感到这个世界像水晶一样明亮，发出悠扬的声响，为柔情蜜意和缠绵爱情所笼罩，沉浸在一种善意和信赖的旋律之中，可是蓦然间，这大批群众钢铁般的进军步伐，把一切都踩得粉碎。系着武装带，千万人千百种姿态，却汇成一种呼喊，凝聚成一道目光，里面是仇恨，仇恨，仇恨。

他不由自主地挽住夫人的胳膊，为了感觉到一点温暖，感觉到爱情，激情，善意，同情，一种柔和的使人宁静的感觉。可是，那暴雨般敲击不停的鼓点，把他内心的平静全都破坏。此刻，成千上万个嗓音轰响起来，汇成一首难以理解的战歌，大地随着节奏鲜明的脚步声震颤，空气由于这庞大的群体突发的乌拉声而爆炸。这时他感到内心深处那些娇嫩脆弱、音韵铿锵的东西，碰到这现实生活中的暴戾粗野、尖利刺耳的轰鸣而突然碎裂。

他身边有什么东西轻轻碰了他一下，让他惊醒：夫人戴着手套的手轻柔地提醒他，不要这样使劲地把手握成拳头。他把紧盯着游行队伍的目光移开——夫人默不作声，祈求似的凝视着他，他只有在胳膊上感到，她的手在轻轻的催促他。

"好，咱们走吧，"他振作起来，喃喃地说道。他耸起肩膀，像是在抵御什么看不见的威胁，拼命挣脱那挤成一堆的人肉之墙。这些人和他自己一样正默默无言、专心致志地凝视这些武装军团不停地大步前进。他不知道想挤到哪儿去，只想离开这阵喧嚷、鼓噪的混乱局面，离开这座广场，这里有一只咚咚作响的研钵，以无情的节拍把他心里一切轻柔的、梦幻般的东西研得粉碎。他只想离开这里，单独和她在一起，就和她一个人待着，被黑暗这个拱顶包围着，为一层屋顶遮盖着，感觉她的呼吸。十年来，第一次不受别人监视，不被别人打搅，望着她的眼睛，充分享受和她单独相处的时光，这可是他在无数的幽梦中唤起的情景，如今几乎被这猛击战鼓、喊声震天、齐步前进的汹涌奔流的人潮冲刷得荡然无存。他的目光急躁地掠过前面的房屋，它们几乎为各色旗帜遮挡，当中只有几间上面有金色的字，写着公司的名字，有些字是一家旅馆的招牌。他蓦然间感到手里拎着的小皮箱轻轻往下一坠，提醒他：该到哪儿去休息一下，回到屋里，单独待在一起！买一点点宁静，买几平方米安静的空间！突然间，他发现在一个高高的石头门面上突显出一家饭店金光闪闪的名字，竟仿佛给了他一个回答。旅馆的玻璃大门向他们迎面打开。他的脚步变慢，呼吸急促。他几乎神色慌张地站住脚步，他的手臂情不自禁地和夫人的手臂松开。"据说这是家不错的饭店，人家向我推荐过。"他结结巴巴地撒着谎，企图掩饰急促不安的窘迫。

夫人吃惊地倒退一步，苍白的脸涨得通红。她的嘴唇动了动，想要说点什么——也许是和十年前同样的话，惊慌失措的一句："别在现在！别在这里！"

然而此时，夫人看见了他凝视她的目光，胆战心惊、六神无主、惊慌失措的目光。于是她低下头，默默无言地表示同意，跟着他迈着迟疑不决、心虚胆怯的步伐，跨进饭店的大门。

饭店的接待处站着门房，他头戴色彩鲜艳的帽子，神气活现地站在柜台后面，和外面保持着距离，就像忠于职守的船长，站在航船的瞭望塔上，怡然自得。两个客人迟疑不决地走进门来，门房一步也不迎上前去，只是向他们那只装着盥洗用品的小皮箱扫了一眼，迅速打量一番，一副鄙夷不屑的神气。他等着客人走到他的跟前，自己则突然像是忙着翻阅那本打开的、似乎是流水账的册子。等到要求住宿的客人站到他的面前，他才抬起冷漠的目光，就事论事、一丝不苟地仔细盘问："先生，您预订房间了吗？"对方用一种近乎负疚的神气鞠了一躬，然后门房就一面重新翻阅登记簿，一面答道："恐怕所有的房间都已经占满了。我们今天举行授旗典礼，不过，"他仁慈地补充了一句，"让我瞧瞧还有什么办法可想。"

真恨不得给他一记耳光，这个衣服上饰有金线的下级军官，受到羞辱的博士冒火地想道。我又到这儿来当乞丐，来求得人家的恩典，充当冒失的入侵者，十年来这是第一次。可是这当儿，那个神气活现的家伙结束了他那复杂的审查。"二十七号房间刚刚腾出来，是个双人床的房间，如果您感兴趣的话。"还有什么办法，只好闷声闷气的赶快说声"好吧"。急促不安的手已经去拿起门房递过来的钥匙，急不可待地想让沉默的墙壁把自己和这个门房隔开。可是那冷峻的嗓音再一次从背后逼近："登记吧，请！"一张长方形的纸已经搁在他的面前，纸上印了十个或者十二个空格要他填写，婚姻状况、姓名、年龄、出生地址、籍贯，官方向活生生的人提出的迫切问题。他飞快地把这件讨厌的事情处理掉，只有在要登记夫人的姓名时他没有如实登记，而是写上和他有婚姻关系（这曾经是他最秘密的愿望）——这时，那支轻轻的铅笔在他手里笨拙地颤抖了一下。"这儿还得填上住多久。"那个不留情面的家伙把填好的登记表审查一遍，用肥硕的指头指指还空着的一格，责备地说道。"一天。"博士用铅笔愤怒地填上。他激动起来，感到额头发湿，他不得不摘下帽子，这里陌生的空气使他备受压抑。

"二楼左边。"一个客气巴结的侍者灵巧地跳过来进行解释。博士精疲力竭转身向着一旁。他是在寻找夫人：在整个登记的过程中，夫人只是一动不动地站在一张海报前面，假装兴致勃勃地看预告。一位无名的女歌唱家将要举行演唱舒伯特作品的晚会。可是，就在她这样一动不动地站在那儿的时候，一阵颤抖的波浪掠过她的肩头，犹如清风吹过草地。他羞愧地感觉到，夫人在使劲控制自己的激动：他违背自己意志地想道，我为什么要把她从宁静的生活中拽到这里来？可是如今已无路可退。他轻声地催促道："来吧。"夫人离开那张陌生的海报，没有把脸转向他，举步向楼梯走去，缓缓地、艰难地迈着沉重的脚步：就像一个老妇人，他不由自主地想道。

他就这样想了一秒钟之久，夫人这时扶着栏杆艰难地走上那短短的几级楼梯，他立刻把这丑恶的念头赶走。可是有一点冰冷的使人痛苦的东西留了下来，取代这被他使劲驱走的感觉。

他们终于爬上二楼：这沉默无语的两分钟，像永恒一样长久。一扇门敞开着，这是他们的房间：收拾客房的侍女还拿着抹布和扫帚在屋里打扫。"一会儿就得，我马上就扫完。"侍女连连道歉，"这房间刚刚拾掇完毕，您两位可以进来了，我只不过是把干净的床单拿来而已。"

他们走进房间。在这门窗紧闭的房间里，空气混浊甜腻，发出橄榄油肥皂和冷凝的香烟味道，不知道什么地方还残留着陌生男女无形的痕迹。

房间当中放着一张双人床，被子凌乱，肆无忌惮，也许还有人的体温，这房间的意义和用途显而易见，这样露骨，他感到恶心：他情不自禁地快步走到窗前，把窗推开，潮湿的软绵绵的空气夹杂着街上蒸发出来的喧闹，从往后倒退的摇摆不定的窗帘旁边慢慢地涌入。他伫立在敞开的窗前，使劲地望着窗外已经渐渐变黑的鳞次栉比的屋顶：这间房间是多么丑恶，待在这里是多么令人羞惭，多年来他梦寐以求的和她相聚，是多么令人失望，这样的聚会既不是他，也不是夫人的愿望，这样突然，这样毫无羞耻的赤裸裸的单独相处！他眼望窗外的时间，达连吸三五口气之久，他数着呼吸的次数，没有胆子说出第一句话。不行，这样不行，然后，他迫使自己转过身来。完全像他所预感的那样，像他自己所担心的那样，夫人像尊石雕僵硬地站着，一动不动，穿着她那灰色的风雨衣，两臂下垂，就像折断了似的。她站在房间当中，就像一样不属于这房间的东西，而只是由于突发的偶然事件，由于一时失误才被放到这间令人反感的屋里来了。她脱下手套，显然想把它放在哪里，可是想必放在屋里任何地方，她都感到恶心。于是，手套便像空壳似的在她手里晃动。她的眼睛发直，就像蒙在一层惊恐的面纱后面。现在，既然他转过身来，夫人的眼光便央求似的向他射来，他明白了。"咱们是不是，"呼吸不畅，他的嗓子也说不下去，"咱们是不是再出去走走？……这里闷得要命。"

"行……行……"这个字像获得赦免似的从她嘴里迸出——恐惧的锁链终得解开。说着，她已握住房门的把手。他稍稍慢一步，跟在她的身后，看见她的肩膀正拼命颤抖，就像一个动物脱离了死亡的铁爪。

街上热气腾腾，人头攒动，节日游行队伍的尾部依然把街上正常的行人往来弄得躁动不宁。于是，他们拐进旁边比较安静的小巷，走进通向树林的道路。在十年前那次星期天的郊游中就是这同一条路把他们带到山上的宫殿。"你还记得吗？那是个星期天。"他情不自禁地大声说道，夫人心里显然也在想着这同一段回忆，她轻声答道："我跟你在一起的点点滴滴都没有忘记。奥托和他那个同学快步冲到前面，我们几乎要把他们丢失在林中。我叫他的名字，叫他赶快回来。我这样叫其实是违心的，因为我迫切想要和你单独待在一起。可是当时我们彼此之间还很陌生。"

"今天也是这样。"他想开个玩笑，可是她不吭声。我其实不该说这句话，他心里朦胧地感到：什么东西逼迫我老是进行比较，今天如何，当年如何。可是为什么我今天跟她说的每一句话都不灵："从前"，那过去的岁月总是夹在我们当中。

他们默默无言地向上攀登，他们下面的房屋在微光中已经缩成一团，从氤氲迷蒙的山谷里已经越来越明亮地拱起那条蜿蜒曲折的小河，树木沙沙作响，夜幕低垂，笼罩在他们身上。没有人向他们迎面走来，只有他们的影子默默地在他们前面移动。每当一盏街灯从斜里照亮他们的身影，影子便在他们面前融成一片，拉得很长，就仿佛他们在互相拥抱，互相渴求，身子依偎着身子，化为一体。等他们自己疲惫地慢慢地向前迈步，他们的影子又重新分开，然后再重新拥抱。他像着了迷似的望着这奇特的游戏，这两个没有灵魂的身影彼此逃离复又捉住，然后互相拥抱，这两个影子组成的身体只是他们自己身体的返照。他怀着一种病态的好奇心，看着这两个没有实质的形体彼此逃离而后又纠缠在一起，只顾观看这黑色的流动逃窜的图像，简直忘记了他身边的活生生的人。他并没有清楚地想到什么东西，可是朦朦胧胧地感到这怯生生的影子游戏在提醒他什么事情，提醒他深埋心底的什么东西，如今这东西骚动不宁地翻动起来，就好像回忆的水桶急促不安、咄咄逼人地摸索着靠近。它到底是什么呢？他凝聚心神，想弄明白在这沉睡的树林中，影子伴随着前行，到底提醒他什么：想必是一些话，一个情景，一番经历，听到的什么，感到的什么，包含在一段旋律中的什么东西，深埋在心底的什么东西，尽管岁月一年年过去，他从来没有触及过这个东西。

突然间，豁然开朗，在遗忘的黑暗中出现一道闪电般的缝隙：是一些话，是夫人有一次在客厅里向他朗诵的一首诗。一首诗，不错，是首法文诗，他记得这些字句，它们像突然被一阵热风卷起，一直吹到他的唇边。十几年过去了，他又听见夫人的声音，在朗诵一首外文诗里的被遗忘的诗句。

> Dans le vieux parc solitaire et glacé
>
> Deux spectres cherchent le passé. ①

这两行诗刚在记忆中涌现，一整幅图画简直像幻影似的迅速附在诗上：在昏暗的客厅里，夫人有一天晚上向他朗诵魏尔伦的这首诗，一盏灯放射出金色的光芒。他看见夫人进入灯影中，像披上深

---

① 引自魏尔伦《感伤的对话》。

色的衣衫，她当年就那样坐着，既近在咫尺，又遥不可及，为他所爱，却不可企及。他一下子感到，自己的心又和当年一样激动地怦怦直跳，听见她的嗓音在诗歌的音韵铿锵的波涛里震颤，听见她在诗歌里，虽然只是在诗歌里，说出"相思"和"爱"这样的词，虽说是用外文，指的也是外国人，但是听这样的嗓音——她的嗓音——说着这样的话，依然令人陶醉。这些年他怎么能够忘记这首诗，那个晚上，他们单独留在宅子里，没有旁人，于是心慌意乱。为了避免危机四伏的谈话而逃到书籍这一更为随和、更无风险的天地，在那里，含有情感和深意的自白，有时候躲在词句和旋律后面，会突然闪亮，犹如灌木丛中的磷火一闪而过，无法捕捉，虽无踪影却使人欣喜。隔了那么多年，他怎么可能忘记这事？可是这首遗忘的诗歌怎么突然间又不招而至？他不由自主地朗诵起这首诗，翻译了这些诗句：

> 古旧的园子，冰冷，孤寂，
> 两个幽灵追忆着往昔。

他刚念出这两句，立刻就明白了含义，钥匙就沉甸甸、亮闪闪地握在他的手里，联想把这段回忆形象鲜明地、轮廓清晰地从沉睡的坑道里，一下子猛提出来：刚才路上投下的影子，它们触及并且唤醒了她自己的话，是的，可是还不仅于此。突然间他浑身战栗，感到这令人吃惊的认识的意义，词句具有寓言的意义：难道不就是这些影子自己在寻找他们的往事，向一个不复真实的往日提出阴郁的问题，影子，影子想要复活，但又不可能再复活，无论是她还是他，都已不是同一个人。可是，他们还在徒劳地寻找着自己，彼此逃避，彼此拥抱，在这没有实质、没有力气的努力之中，他们不正像他们脚前的这些黝黑的妖魔？

他想必是无意识地大声呻吟起来，因为夫人转过身来："你怎么了？路德维希，你在想什么？"

可是，他摆了摆手："没什么！没什么！"他只是更深地倾听自己的内心，倾听往日，看这种声音，这种回忆的预示未来的声音，是否会又一次想跟他说话，用过去来向他揭示现在。

（张玉书　译）

是他吗

我个人确信，他是凶手，但我缺乏最后的推不翻的证据。"贝奇，"丈夫总对我说，"你是个聪明人，你观察问题头脑敏捷、眼光尖锐，但却往往被这种特质引入歧途，结论下得太早。"说到底，丈夫三十二年前就认识我了，也许，甚至可能吧，他的提醒是对的。我不得不极力强迫自己不对其他人说出自己的怀疑，因为没有最后的证据。但是，每当我碰到他，每当他诚挚而友好地朝我走来，我的心便蓦地一顿。一个内在的声音对我说：他，只有他，是凶手。

于是，我试图在我自己面前，只为我一个人，再复述一遍整个故事的经过。大约在六年前，我的丈夫作为政府高级官员终止了他在殖民地的服务岁月。我们决定迁回英格兰一处安静的地方——我们的孩子都早已成家了——搞些生活中不费气力的小活动，像养花呀，读书呀什么的，来度过我们已近黄昏的晚年。我们选中了巴斯城附近一处小小的乡下地方。从这座古老的名城开始，有一条狭窄的蜿蜒曲折的河流穿过无数桥涵，对着永远一片葱绿的林普利-斯托克山谷奔泻而去，这就是肯尼思-阿旺运河。一百多年以前，人们就在这条水路上修造了许多极富艺术性的壮观的木制水闸和排水站，以便从加的夫向伦敦运煤。在运河左右的狭窄道路上，那些马迈着细碎的沉重步子，拉着宽大的黑色平底船，沿着宽阔的大路从容地走着。那确曾是座宏伟的设施，给一个时代带来了许多好处，但对现代已不很适用了。于是就出现了铁路，可以更迅速更省钱更方便地把黑色的货物运往首都。水路交通停顿了，水闸看守被解雇了，运河荒废了，变成了沼泽，但正是彻头彻尾的荒凉和无用使它在今天显得如此浪漫，如此迷人。在不流动的黑水里，从水底长出如此繁茂的水藻，使水面闪着孔雀石般的深绿色的微光，睡莲在光滑的水面上生动地摇摆着，那水面在熟睡的静止中像照相机一样真实地映照出开遍鲜花的山冈，映照出河上的桥和天上的云。间或有一只旧时代的小破船躺在岸边，半沉淤泥，处处长满各色植物，而水闸上的大铁钉也早已生锈，被厚厚的苔藓覆盖。没有人再关心这条古老的运河，从巴斯来的游泳者对它几乎一无所知，当我们两个老年人沿着河边那条早年骡马吃力地用绳索拖着平底船的平坦道路往前走时，常常几个小时都碰不到一个人，除非偶尔遇到一对情侣，那也总是在没有订婚或结婚之前为了避免邻里饶舌躲在这里亲热亲热罢了。

我们特别喜欢的，正是这气候温和、丘陵起伏、充满浪漫色彩的静静河谷。巴萨姆滕山以美丽茂盛的草野面貌亲切地向下延伸，就在这山上的空地中间，我们买了一块土地。在山顶上我们盖了一座小小的乡村住房，花园从住房向下延伸到运河边，园里有曲曲弯弯的小路，到处是水果、蔬菜和鲜花，坐在小小的空旷的花园台地上，我们便可以从水面的反照中再一次看到草地、房屋和花园。这座房子比我当时梦想中的还要宁静和舒适，我单只抱怨这里多少有一点偏僻，连一个邻居也没有。"只要他们看见我们住在这里多美，"丈夫安慰我说，"他们就会来的。"事实上，我们的桃树和李树还没栽齐，就出现了邻家建房的先遣人员。先是商务代理人，然后是测绘人员，在他们之后便是泥瓦匠和木匠；过了将近三个月，一座红瓦顶的小房子便亲密地矗立在我们的房子旁边了；最后，来了一辆装满家具的载重车。在寂静的环境里我们不断地听到砰砰啪啪的捶打声和敲击声，但一直没有见到邻居的面。

一天早上，有人敲我们的门。一位瘦削的漂亮女人，有着一双聪慧友好的眼睛，至多不过二十八九岁，自我介绍是邻居，请求借一把锯；那些工人忘了把自己的锯带来。我们谈起话来。她说，她丈夫是布里托尔一家银行的职员，但他们夫妻二人宁肯住在偏僻的地方也不愿住在风景区里，因而当他们在一个星期天沿着运河游逛时，我们的房子促使他们立即着手实现了宿愿。当然，这样一来，她丈夫每天早晚上下班就都要乘一个小时的车，不过他会在途中找到社交活动，很快就会适应的。第二天，我们回访了她。她还是一个人在家，她快活地说，等这里一切就绪她丈夫才过来。在此之前，她不需要他，所以也就不必那么急。不知道为什么，她这么冷漠甚至满意地谈及丈夫的缺席，我听了很不舒服。当我们单独坐在家里吃饭时，我发表了一个简短的意见，就是认为好像丈夫对她不怎么重要。我丈夫指责我说，不该老是过早地下结论，这个女人非常可亲、聪明、讨人喜欢；但愿她丈夫也是这样的人。

哎，没有多久，我们就认识他了。星期六晚上我们像往常一样去散步，刚离开家，就听见身后传来急促、沉重的脚步声，等我们转过身来，一个壮实的男人已经快活地站在那里，向我们伸出一只宽大、红润、有雀斑的手。他说，他就是新邻居，他已经听说我们对他的妻子如何友好；当然，他在没有正式拜访之前，就这样衣冠不整地从后面追我们，是很不合适的；但他妻子对他讲了我们对她有多好，他一分钟也等不及要向我们表示谢意。这就是约翰·查尔斯顿·林普利，他的父母出于对林普利-斯托克的尊敬，预先给了他同这座山谷一样的名字，这也未必就特别好，那还是在他自己从没预料到会在此地安家的时候——是啊，现在他到了这里，而且希望待在这里，只要上帝让他活着。他认为这里比世界上任何地方都更美好，他是想真心实意地向我们许诺，一定做一个有礼貌的好邻居。他说话那么快，那么活跃，那么流利，别人几乎没有机会打断他。这样至少留给我足够的时间去仔细端详他。这个林普利是个大块头的男人，至少有六英尺高，肩膀又宽又厚，就是在搬运工中这样魁梧的身体也是罕见的，简直可以作为一种荣耀。但像一般彪形大汉一样，他也表现出一种孩子般的善良：他那双独有的、略微湿润的眼睛跟微红的眼皮对人充满信任地眨动着；说话时一笑，总是不时露出雪白发亮的牙齿；他实在不知道那双笨拙的大手该怎么放才好，极力使它们安静下来，让人觉得他最好像对待同事那样用它们拍拍谁的肩膀，最后，为了释放他的力量，他只好把指关节捏得格格直响。他问像自己这样衣冠不整，能不能陪我们去散步？我们说完全可以，他就跟我们一起散步了，他天南地北地谈着，他出生在母亲的故乡苏顿，但却是在加拿大长大的；说话间他有时指着一棵枝叶繁茂的树，有时指着一座美丽的小山，说着这多美，无可比拟的美。他说说笑笑，心情兴奋得几乎没有间断。从这个强有力的、健康的、生机勃勃的人身上涌出一股给人以新的活跃力量和幸福的清泉，它不自觉地拨动一个人的心弦。最后分手时，我们俩仍然感到很温暖。"我确实好久都没遇到这样诚恳、这样满腔热血的人了。"我丈夫说，他呀，正像我以前指出的那样，在对人的评价上总是非常谨慎和保守。

但是没过多久，这位新邻居最早给我们带来的快乐便开始明显地减弱。在为人方面，我们对林普利提不出半点异议，他是好得不能再好的人：他富有同情心、乐于助人，但由于热情过了头，就弄得人们不得不经常拒绝接受他的帮助；此外，他很正派、诚实、坦率、绝不愚蠢，但他总以高声喧哗为乐事，这就弄得别人对他很难忍受了。他那湿润的眼睛总是闪着心满意足的光辉，他对一切、对每一件事都是满意的。凡是属于他的，凡是他遇到的，都是美好的、一流的；他的妻子是世界上最好的妻子，他的玫瑰花是最美的玫瑰花，他的烟斗是装着最高级烟草的最高级的烟斗。他用一刻钟的工夫就能说动我丈夫为他证明，人人都得像他那样填烟斗，而且他的烟草虽然便宜一便士，却比名牌的好。他总是对空洞的、无关紧要的、理所当然的事物充满旺盛的热情，他总需要详细地说明和解释这些庸俗的欢乐。他内心中那部喧闹的发动机就从来没有停过。不大声唱歌，他就不能在花园里工作；不大笑和打手势，他就不能说话；不在读到一个使他兴奋的消息时立刻站起身跑到我们这边来，他就不能读报。他那双宽大的有雀斑的手像他那颗广阔的心一样，总是带攻击性的。他拍打每一匹马，他抚摩每一条狗，不仅如此，就连我的丈夫，虽然大他整整二十五岁，在他们亲密无间地坐在一起时，也不得不高兴地让他以加拿大同伴式的无拘无束敲自己的膝盖。他总怀着一颗温暖充实而又经常感到火星迸发的心参与一切，在他看来这是理所当然的，因而别人不得不想出各种招儿来防范他那惹人生厌的好心举动。他不尊重别人的休息时间和睡眠，因为他精力充沛，也根本想不到别人会疲倦或情绪不佳，让人简直暗自希望每天给他注射点溴化剂，使他那惊人的、几乎不可忍受的活力减缓到正常的程度。林普利在我们家已经坐了一个小时了——毋宁说他不是坐，而是不断地跳起来在屋子四处奔来奔去——我下意识地关上窗，于是房间由于有这个爱动到简直有些粗野的人在场而变得太热了，这时，我的丈夫也跟他在一起，这种情形我已经碰到很多次了。但是，只要你站在他面前，看见他那双闪亮的、美好的、简直可以说是充满善意的眼睛，就不会对他发火，尽管过后你会感觉到精疲力竭，真希望把他赶走。在认识林普利以前，我们两个老年人从来想象不到，像善良、热心、坦率和温暖这样一些真正美好的天性会由于惊人的超常把人驱赶到绝望的境地。

现在，我对最初感到不可理解的事也完全明白了。当初他妻子对他不在身边觉得那么快活、那么满意，绝不是因为缺乏对他的依恋。她正是他过火表现的真正牺牲品。当然，他是热烈地爱着她的，就像他热烈地爱着属于他或他所需要的一切。他那样温情地围着她转，那样操心地呵护着她，真叫人感动。她只要轻轻咳嗽一声，他就会立刻跑去给她拿外套，或是去捅一捅壁炉，让火烧得更旺。要是她进城，他就会千叮咛万嘱咐，好像她要经历一次危险的旅行。我从来没有听见他们俩说过一句不友好的话，相反，他喜欢夸奖她，赞扬她，直到弄得人感觉难堪。就是我们在场，他也忍不住去抚摩她，轻轻捋她的头发，列举他想到的妻子的一切优点。"您究竟看见没看见，我的埃伦的指甲有多么可爱？"他会突然这么问我。这时，尽管她羞答答地提出抗议，也不得不伸出自己的手给人看。随后，我们惊叹地看到她能多么熟练地把头发挽起来。随后，我也就只好去品尝她自制的各种小果酱了，照他的意见，这果酱比英国最有名的工厂的所有果酱都无可比拟地好。在这种令人难为情的场合，谦虚娴静的妻子总是慌乱地低下眼睛坐在那里。看来，她已经不想去抵御丈夫好似瀑布急流的装腔作势了。她任他说、任他讲、任他笑，至多淡淡地插进来说一声"啊哈"或"这样"。"她也不轻松啊，"有一次我们回到家，我的丈夫说，"但你也不能怪他，他确实是一个十分善良的人，她跟他在一起会幸福的。"

"让他的幸福见鬼去吧，"我激愤地说，"这样卖弄的幸福，这样大言不惭地兜售感情，是不知羞耻。见到这样的放纵、这样的失态，我都要疯了。难道你就没看见，他卖弄幸福，魔鬼般地活动不止，把这个女人弄得万分不幸？"

"你不要总言过其实。"丈夫斥责道。不过，我的确是对的。林普利的妻子绝不是幸福的，确切地说，她从来就没有幸福过。她已经没有能力准确地感觉任何事物了，她简直被他过剩的生命力弄得麻木不仁、精疲力竭了。每当林普利早上去银行上班，他的最后一声告别在花园门口逐渐消失时，我观察到，她先是一屁股坐在那里或干脆躺到床上，什么事也不干，一味享受这不寻常的气氛，因为周遭已是一片宁静。然后，她干这干那，一天下来也觉得稍微有些累。跟她交谈并不是一件容易的事，因为结婚八年以来，对她来说，话语已被荒废了。有一次，她对我讲了她是怎样结婚的。那时，她跟父母住在乡下，他在一次远游时路过那里，慷慨激昂地跟她订了婚，她甚至连他是谁、干什么工作都还没完全弄清楚就跟他结婚了。这位娴静可爱的女人没有一句话、没有一个词暗示自己不幸福，尽管如此，我还是准确地从她作为妻子的闪烁其词上感觉到他们婚姻的真正症结在哪里了。第一年他们就盼望有一个孩子，第二年和第三年照样盼；后来，六七年以后，他们就放弃这个希望了，现在她的白天太空虚，晚上又由于有丈夫的喧闹骚动过分充实。"最好，"我私下里想，"她能领养一个别人的孩子，要么从事运动，或是找一点什么事情做。这样闲待着，非得忧郁症不可，而这又会导致她对丈夫那挑逗性的、使正常人都心力交瘁的快乐表现产生某种形式的憎恨。她身边必须有个什么人，必须有个什么东西，否则，她的紧张心情就太强烈了。"

一次偶然的机会，我去回访一位住在巴斯城里的女友，她曾在几个星期以前拜访过我。我们无所顾忌地闲谈起来；谈着谈着，她忽然想起要给我看看可爱的东西，便把我领到院子里去。到了谷仓，起初我在半明半暗中只看见什么东西在草里扭打、翻滚和野蛮地乱爬。那是四只哈巴狗，生下来只有六七个星期，它们张开前爪笨拙地摸索着，断断续续地试着小声吠叫。它们从筐里跌跌绊绊地爬出来的样子真迷人，那带着狐疑目光的肥实的母狗就躺在筐里。我从那堆在一起的柔软毛皮中捡起一只小狗；它身上有棕白相间的斑纹，那美妙的微翘的鼻子充分体现出高贵良种的光荣，这是它的女主人给我解释的。我忍不住跟它玩起来，惹它发怒，嘲弄它，让它笨拙地咬我的手指。后来，女友问我想不想把它带走；她说，她很爱这些狗，但只要它们能走进合适的家，能得到良好的照料，她就愿意赠送。我有些犹豫，因为我知道，我丈夫自从失去了他亲爱的施帕齐尔以后，就发誓绝不会倾心于另一只狗了。这时，我突然想到，这可爱的小动物能不能成为林普利夫人真正的游戏伙伴。于是我就答应第二天给她一个准信儿。晚上，我向林普利一家提出了建议。妻子没有做声，不发表意见已经成为她的习惯，但林普利却满怀惯有的热情表示赞同。他说，好的，这是他唯一缺少的东西。一个家没有狗，就不是一个真正的家。依他那急脾气，恨不得逼我当夜就跟他一起进城，闯到女友家去把小狗抱来。但我挡了挡他的急性子，他只好依了我。第二天，那只小哈巴狗被装在小筐里，叫着闹着经过一次意外的旅行，给送到了他们家里。

结果实在与事先的料想完全不同。我的意图本来是想给那个整天孤独寂寞的娴静女人空寂的房子送去一个玩伴。但林普利本人却以他那无穷尽的温柔多情占有了那条狗。他对那个逗人的小动物的热情是无限的，总是显得过分，甚至有一点可笑。当然了，潘托——不知什么原因，他给小狗取了这个名字——是世界上所有的狗当中最美、最聪明的，每天、每小时林普利都会在它身上发现新的优点和天赋。凡是供四足动物使用的新奇化妆品啦，绳子、小篮子、嘴套、小碗、玩具、皮球和小羊拐子啦，他都不惜金钱地买来；林普利研究报上所有涉及养狗和营养学的文章和广告，长年订阅这类专业杂志，甚至订了一本养狗杂志；那些专靠养狗呆子活命的大工厂终于得到了他这么一个永盛不衰的新主顾，而且哪怕只有一点点小毛病他也要去请宠物医生。要想把所有这些总因新的激情而连续产生的过分表现描绘出来，那真需要写好多卷书。我们经常听到从邻居家里传来大声吼叫，但这不是狗在吠，而是它的先生趴在地上想通过对狗语言的模仿，激励宠物进入一种所有尘世之物全听不懂的对话。他为这个宠物饮食的奔忙甚于操心他自己的餐饮，狗的饮食总是小心翼翼地遵照宠物教授的饮食卫生规定来安排；潘托吃的比林普利和他妻子要讲究得多，有一次报上登了一则有关伤寒的消息——那是在另外一个省份——他就只给狗喝矿泉水了；如果有无礼的跳蚤胆敢跳来蹦去地造访和冒犯那咬来咬去的高傲的畜生，林普利就激情满怀地去干抓跳蚤的讨厌活儿，弯腰用消毒药水喷洒在衬衣袖子里和大木桶上之后，他用梳子和刷子顽强地给它梳理，直到把最后一只跳蚤碾死为止。任何劳苦在他看来也不为过，任何屈辱他也不觉得丢脸，还没有一位王子被照顾得比这只狗更体贴、更细心。在所有这些疯疯癫癫的表现当中，唯一可喜的情况是：由于他把一切感情都倾注在这个新的对象上了，也就减轻了加在我们和他妻子身上的负担。他跟狗一起散步，一去就是几个小时，他规劝它，厚毛皮的畜生四处嗅来嗅去的活动并没有因此特别受到干扰，他的妻子则毫不嫉妒地微笑着看丈夫怎样每天把偶像崇拜展现在这个四足的祭坛前。它从她感情里回收的东西，只是讨厌的令人难以忍受的精力过剩，而留给她的仍是足够的柔情蜜意。所以，有一点是明白无误的：这个新的家庭伙伴还是使这对夫妇比以前更幸福了。

这期间，潘托一个月一个月地成长起来，毛皮上的那些可笑的褶子里满满都是坚硬、结实和肌腱横生的肉。它长成了一只大狗，胸很宽，牙齿坚硬，刷得干干净净的臀部也很坚实。它自我感觉良好，当它自知在家里占有重要的地位并因此平添了一副高傲的一家之主的态度时，那样子很是自在。这个聪明的目光敏锐的家伙没用多久就注意到，自己的统治者，或更确切地说，自己的奴隶，总是原谅它的无理取闹；于是，它开始只是不顺从，不久便采取专横的态度，原则上对一切被认为低三下四的事都加以拒绝。首先，它不能容忍家里有任何秘密。它不在，实际上，没有它明确表示同意，什么事也不准做。只要有人来，它就跳过去蛮横地堵住关好的门，等到完全确信是林普利下班回来，才给他开门；至于客人，它看都不看一眼就骄傲地跳上安乐椅，明白地显示自己是家里真正的主人，理应最先得到敬仰和尊敬。没有别的狗敢靠近篱笆一步，这是当然的，就连那些曾被愤愤地宣告嫌恶的人，像邮差和送牛奶的人，也只能眼睁睁地被迫把包裹或瓶子放在门外，而不敢到屋里去。林普利在他孩子般的爱的热狂中越是低声下气，这个狂妄的畜生对他的态度就越坏。渐渐地，潘托甚至想出了一系列鬼招（这听起来未必那么叫人相信）向他证明，自己虽然慈悲为怀地容忍他的爱抚和热情，但绝非理应对他日日如此的崇拜表示某种感谢不可；原则上，它在每次听到呼唤时都让林普利等待。这种恶魔似的装模作样逐步走得更远：潘托整天像地道的纯种狗一样四处奔跑，追捕小鸡，在水里扑腾扑腾地游泳，贪婪地吃在路边碰到的东西，沉浸在被疼爱的喜悦中；它无声地飞跑，狡诈地向下跑过草场，以炸药筒的冲击力直奔运河，野蛮地、恶狠狠地用头把立在河边的洗衣筐和大木桶撞到水里去，然后扯着嗓门胜利地嚎叫一声，围着那些绝望的妇人和姑娘张牙舞爪地跳来跳去，而女人们只好一件一件地从水里往外捞衣物。尽管如此，一旦预计到了林普利下班回来的时刻，狡猾的喜剧演员就收起了狂妄的态度，摆出一副苏丹似的不可接近的架势。它懒洋洋地靠在那里，等待它的主人，没有丝毫表示欢迎的信号。林普利往往在还没来得及跟妻子打招呼或脱外衣，便大喊一声"哈啰，潘托"，大步朝它走去。然而，潘托动都没动，不回答他的招呼。有时它会宽宏大量地仰面在地上滚，让人轻轻去搔那柔软的、丝绸般的肚皮，但即使在这些屈尊俯就的时刻它也加倍留神，生怕某一声急促的呼吸或满意的呼噜声透露这种爱抚使它舒适；依附于它的奴隶应该清楚地看到，它从他那里满意地得到这种爱抚也只能是一种恩赐。短短的一阵猗猗声大概是想说："现在够了！"随后，它忽然转过身去，结束这场游戏。同样，它总让林普利一次次地恳求自己享用推到它嘴边的切碎的猪肝。有时它只闻一闻，不管怎样劝也不吃，它轻蔑地把食物丢在一边只是为了说明，这个两条腿的奴隶侍候自己时，它并不总是惠允的。同样，每当邀它去散步时，它也总是先翻翻身，伸伸懒腰，张开大嘴打呵欠，让你连它口腔深处有黑斑的咽喉都看得清清楚楚。每一次，它都顽固地以某种狂妄的态度显示：散步对自己本身关系不大，只是为了取悦林普利，它才从沙发上站起来。它被娇惯坏了，因此也就不知羞耻了，它使出各种花招强迫主人在自己面前采取请求和乞求的态度，以至于人们不得不把林普利奴颜婢膝的激情叫做"狗性"。至于这只厚颜无耻的狗，它仿佛已经不再是动物，而是正以最伟大的演员完美无缺的表演艺术扮演着东方帕夏的角色。

我们俩，我和丈夫，对这个专制者的厚颜无耻简直看不下去。潘托倒很聪明，它很快就发现了我们对它的不尊敬，现在轮到它以粗暴的方式来表达对我们的藐视。它很有性格，这是不可否认的；因为有一次，它溜进来时在玫瑰花花坛里留下了明显的足迹，我们的使女把它赶出了花园，从那天起，它就不再从那扇为我们的土地随便划定界线的篱门进出了，不管林普利怎么劝说和请求，它都不跨进我们的门槛一步。没有它的来访，我们倒也高兴；但令人不快的是，每当在街上或房前遇到林普利带着它，而好说话的人开始与我们攀谈时，这个专制的畜生总以挑衅的行为破坏任何时间稍长的友好交谈。两分钟后，它就开始愤怒地嗷嗷、汪汪直叫，向前探着头无情地轻推林普利的腿，好像明确地命令："就此打住！不要跟这种讨厌的人闲扯！"我只好羞愧地讲明情由，而林普利总是很不安。起先，他试图抚慰那个无礼的东西，说："就完，就完！我们就走。"但专制者不轻易受人摆布，于是可怜的隶属者只好——有点羞涩和慌乱地——与我们告别。它骄傲地撅起屁股，表现出明显的胜利姿态，向我们显示了无限的权威后就傲慢地小跑着走了。平时我并不喜欢暴力，但现在我的手老是发痒，真想给这个被娇惯坏了的恶畜一顿鞭子。

潘托，一只普普通通的狗，竟然能够如此破坏我们从前那么友好的关系。林普利显然也很痛苦，他再也不能像以前那样随时跑到我们这边来了；他妻子也感到很不好意思，因为她觉得，丈夫在我们大家面前竟对一只狗那么唯命是从，实在太可笑了。伴随着这样一些小冲突又过去了一年，这期间那只狗已经变得更狂妄、更有统治欲，由于林普利的卑躬屈膝而更加刁钻。直到后来，终于发生了令所有人震惊和悲伤不已的巨变，当然，只有一个家伙仍觉得快活。我不得不告诉丈夫，说林普利夫人最近两三周以来总是面带明显的羞涩，避免跟我长谈。作为好邻居，我和林普利夫人平时常常相互借这借那，每次来往都成为我们亲切聊天的机会，因为我打心眼儿里喜欢这位安静谦虚的女人。但是前不久，我觉察到她在跟我接近方面遇到了恼人的障碍：当她有什么愿望时，宁肯派使女来；当我跟她打招呼时，她清楚地显得局促不安，压根儿不让人细瞧她。我丈夫对她也特别有好感，劝我干脆到她那边去，直截了当地问一问，是不是我们无意中伤害了她。"就不应该让这类小摩擦在邻里间发生。也许，跟你所担心的恰恰相反，也许——我甚至完全相信——她是有求于你，只是没有勇气说出来罢了。"我真心地接受了他的劝告。我走过去，发现她坐在花园的椅子上，全身心地沉浸在梦想中，连我进了院子都没听见。我把手放在她的肩头上，诚恳地说："林普利太太，我是一个老太婆了，不需要再有什么难为情了。就让我开个头吧。要是您对我们有什么不高兴，尽管坦率地说出来因为什么，为什么。"这位可怜的小夫人吃惊地站起身来。我想到哪儿去了！她没有来，只是因为……她没继续说下去，却立时红了脸，开始抽抽搭搭地哭起来，但是——如果我可以这么说的话——这是一种幸福的抽泣。最后，她对我说出了一切。结婚九年以后，她对做母亲早就不抱任何希望了，但就在最近几周里，她越来越怀疑那意外惊喜的到来，尽管她已经没有勇气相信这一点了。前天，她偷偷地找过医生，现在心里有底了。但她还没有把这个事儿告诉丈夫；我了解他是什么样的人，她可能是害怕他过分高兴。她只是没有勇气请我们帮忙，不知道是不是最好由我们先向他透个信儿。我声明愿意照办；我丈夫也觉得特别开心，他特别满意地故意给这件事添了点笑料。他给林普利留了一个条子，请他下班回家后立刻到我们家来一趟。自然由于极端勤快，这位能干的小伙子连大衣都没来得及脱，就奔到我们这边来了。一方面，他显然是担心我们家里出了什么事；另一方面，他又很高兴证实自己是讲交情、乐于助人的——我甚至想说——他是很高兴来这儿纵情玩乐的。他气喘吁吁地站在我们面前。我丈夫请他坐到桌边来。这不寻常的礼节使他感到不安，他又一次不知道把那双沉甸甸的长满雀斑的大手放在哪里是好了。

"林普利，"丈夫开口说，"关于您，我昨天考虑了一晚上，那时我正在读一本旧书，书上说每个人都不应该有太多的愿望，而应该永远只想望一件事，只想望唯一的一件事。当时我想：比方说，如果一位天使、一位仙女，或一个这类可爱的东西问我们的邻居，那么他有什么愿望呢？林普利，你究竟还缺少什么呢？我只要求你说出唯一的愿望。"

林普利惊愕地抬起眼看。这件事使他很开心，但又不能完全确信应该觉得开心。他一直有这样不安的感觉：在这次郑重的传唤背后，可能隐藏着什么特别的东西。

"林普利，现在您就把我当作那位亲切友好的仙女吧，"丈夫平息着他的惊愕心绪，"您难道什么愿望也没有吗？"

林普利一半严肃一半欢笑地抓了抓一头剪得很短的浅红色头发。

"真的一个也没有，"他最后承认，"凡是我想有的一切，我确实都有了，我的房子、我的妻子、我的稳定的职位、我……"我看出他是想说"我的狗"，但在最后一刻他觉得不合适，就说："……是的，我确实一切都有了。"

"那么对天使或仙女也没有任何愿望吗？"

林普利越来越快活，他觉得自己无比幸福，简直可以说，百分之百的幸福。"没有，没有任何愿望。"

"遗憾，"我丈夫说，"太遗憾了，您竟然什么也想不到。"然后他就沉默不语了。

在那种审视的目光下，林普利觉得有点儿不舒服。他以为自己应该告退了。

"钱更多一点儿当然是需要的……一次小小的升迁……但正如刚才讲过的那样，我是很知足的……我不知道此外还能有什么愿望。"

"可怜的天使，"丈夫故作庄重地说，"这样，他就只好两手空空地回去了，因为林普利先生压根儿提不出任何愿望来。现在，幸好他没有立刻回去，这个心地善良、乐于助人的天使，他在此以前还需要问一问林普利夫人，好像他在他夫人那里能得到更多的幸福。"

林普利怔住了。现在，憨厚的小伙子睁大温润的眼睛，半张着嘴，看上去多少有点幼稚。他使足了气力，近乎恼怒地说——他真弄不明白，属于他的人竟然能够不完全满足——"我的妻子？她还会有什么愿望呢？"

"唉，说不定是跟狗完全不同的东西。"

现在，林普利明白了。这真好似一声霹雳：由于这欢喜的惊讶，他不由自主地瞪大了眼睛，别人只能看到他的眼白而看不见他的瞳孔。然后，他一跃而起，忘了穿外衣，也没向我们告辞，就飞快地跑了回去，像疯子似的冲进妻子的房间。

我们俩都笑了。但我们并不感到惊异，我们了解他是有名的激情过剩，因此没有任何别的期盼。

但是，另外一个家庭成员却感到很惊异。这家伙正眨着半闭的眼睛懒洋洋地躺在沙发上，等待着主人在傍晚时刻向自己表示的敬意，或者说表示它以为他欠自己的敬意——这就是浑身刷得干净漂亮的专横独断的潘托。但这是怎么回事呢？这个男人既没有向自己打招呼也没有抚摩自己就从身旁跑了过去，冲进寝室。于是它听到了笑和哭、说话和抽泣，这情景不断地持续下去，第一次没有人关心它，然而按习惯，第一个得到问候的应该是它呀。一个小时过去了，使女给它送来一盘饭食。潘托轻蔑地把饭食晾在一边，它已经习惯让人来请来催来喂了。它凶狠地朝着使女叫，要别人看看，自己还没受到过这样的冷遇。但在那个令人激动的晚上，压根儿就没有人去注意它怎样鄙视自己的饮食。它完全被遗忘了。林普利只顾不间断地跟妻子说话，没完没了地告诉她应该注意些什么，柔情蜜意地抚摸她；在过度充溢的幸福中，他对潘托看都没看一眼，而傲慢的畜生又太骄傲，不想向前靠拢以唤起主人的记忆。它蜷伏在它的角落里等待，认为这可能是一次误解，是虽然几乎不可原谅但却是唯一一次的忘却。但它白白地等待了。第二天早上，林普利无数次地提醒妻子怎样保重，几乎误了公共汽车，还是没跟它打招呼就从它身边急匆匆地走过去了。

这个畜生是聪明的，毫无疑问，但这次突然的变化却超过了它的理解能力。林普利上汽车时我正好站在窗前，我看到他还没有走，潘托就慢腾腾地——不如说是沉思着——从家里走出来，目送那已经开始滚动的车轮。它就那样一动不动地待了半个小时，显然是希望主人能够返回，补上被遗忘的告别仪式。后来，它才慢悠悠地蹭回来，一整天都不游戏耍闹，而是沉思地慢步围着房子转——我们谁也不知道，在动物的大脑里，各种各样的想象力是什么样的，能达到什么程度。也许它在思考，是不是自己有什么不够检点的行为，促使主人令人费解地抛弃了往常对它的崇敬。傍晚，大约林普利通常归来之前的半个小时，它明显地烦躁不安起来；它竖起耳朵一而再、再而三地悄悄奔向篱笆去窥伺公共汽车是否准时到来。当然，它也谨防透露出焦急等待的心情：刚好汽车没按惯常的钟点出现，它便悄没声地跑回房间，像平时一样躺在沙发上等。

　　但这一回，它又白白地等待了。这一回，林普利又是匆匆地从它身旁走过——如此这般过了一天又一天。有一两次林普利注意到了它，仓促地喊了一声"啊，你在这里，潘托"，一边走一边抚摩它，就过去了。但这只是冷漠的、心不在焉的爱抚，再也不是旧日的追求和服侍，再也没有亲昵的话语，没有游戏，没有散步，什么也没有啊，什么也没有啊，什么也没有。然而，林普利这个好上加好的男人，对这令人痛苦的冷漠，真的几乎没有过错可言。因为事实上，除了他的妻子，他再没有别的可想，也没有别的可虑。刚一回家，他就陪着她沿着一条条小道散步，挎着胳膊细心地领她走着他们曾准确踱过步的散步路线，仅仅为了让她不迈出太匆忙或不小心的一步。他监视她的膳食，让使女报告每日每时的情况。深夜，妻子睡下以后，他几乎天天到我们这边来，从我这个有经验的女人这里讨主意、找安慰。他从各个商店为即将降生的孩子买了一切必备的东西。所有这一切他都是充满激情去办的。然而，他的个人生活已经完全不存在了，他有时两天都忘了刮脸，多次上班迟到，因为他由于没完没了的叮嘱耽误了公共汽车。如果说他忽略了带着潘托去散步，或忘了去关照它，那也没有一点儿恶意，也不是不忠实；那只是一个过分热情、几乎达到偏执地步的人一时的思想混乱，这种人往往会为了一件唯一的事而忘记了他的一切意志、思想和感情。但是，即便是拥有预想和追忆的逻辑思维的人类都几乎不能无怨恨地原谅这种轻视，这个迟钝的动物又怎么能忍受这样的待遇呢！潘托周复一周地更加神经错乱，更加备受刺激。它的自尊心不能忍受人们把自己这个一家之主如此简单地抛在生活之外，不能容忍人们把它降到次要地位。如果它明智的话，就会挤到林普利身边去请求和谄媚；然后，它的旧保护人肯定会记起对它的怠慢。但是，潘托太骄傲了，它不能匍匐爬行；迈出和解的第一步的，不应该是它，而是它的主人。所以，它决定施展各种花招把注意力吸引到自己身上。到了第三周，它忽然瘸起来了，左后腿像瘫了似的拖着走。在一般情况下，林普利会立刻温柔激动地给它检查，看是不是爪子上扎了一根刺；他会满怀同情地急忙打电话找宠物医生来给它看，无疑，他会一夜起来三四次去观察它的病况。但这一回，林普利也好，别的人也好，都没有注意到这个喜剧演员的跛行，而潘托只有气愤的份儿！又过了一两周，它试图进行一次绝食。整整两天，它充满牺牲精神，不去触动任何饮食。但对它的胃口不好，没有一个人关心；要知道往常它专横地闹起脾气、不把汤舔干净时，林普利就会赶忙给它拿来特制的饼干或一片香肠。最后，还是饥饿战胜了意志，它偷偷把食物一扫而光，也不去管可口不可口了。还有一次，它试图隐藏一天，以吸引别人的注意。它小心翼翼地蹲坐在附近的一个废弃不用的木棚里，在那里可以满意地听到人们关心地呼唤"潘托！潘托！"，但没有人喊它，没有人注意到它不在，也没有人为此着急。它的专制被粉碎了。它被冷落、被贬低、被遗忘了，但它想不出这是为什么。

　　我相信自己是第一个发现这几周里这只狗开始变化的人。它消瘦了，走路的姿势也变了。它不再像从前狂妄地抬着屁股盛气凌人了，而是像被鞭打了似的蹑足行走，它的毛皮以前都是每天细心梳理，现在已失去了绸缎的光泽。你要是遇到它，它就低下头，不让你看到它的眼睛，慌忙打你身边溜走。尽管人们严重地贬低了它，但它往日的骄傲一直没被打掉；它在我们面前尚有羞色，可内心的愤怒无处发泄，于是只好去加倍攻击那些洗衣筐篓：一个星期里它把这些筐篓撞到运河里去总不下三次，它企图用暴力手段显示自己的存在，要求人们必须尊敬自己。但这对它也无所帮助，只惹得那些姑娘拿起棍棒来吓唬它。它的所有花招和诡计，它的绝食、它的跛行、它的隐藏、它的四处窥探，全都被证明徒劳无益——它那方形的沉重的头白白地受着痛苦的煎熬：在某一天，肯定发生了一件神秘莫测的事，但它一点儿也不理解；从那天起，在这个家里，在这个家里所有的人身上，都发生了一点儿什么变化，潘托绝望地认识到，面对这个正在出现或已经出现的阴险的东西，它已经权力丧尽了。无疑，有人在反对它，那是一种外来的凶恶势力。潘托现在有了一个敌人了，一个比它强大的敌人，这个敌人是看不见的、不可理解的；你抓不住他，撕不烂他，嚼不碎他的骨头，这个阴险狡诈、卑鄙无耻的敌人夺走了它在家中的一切权力。现在，潘托在所有的门边嗅，窥探，耸起耳朵偷听，苦苦思索，细心观察，但所有这一切都无济于事，这个敌人，这个魔鬼，这个盗贼，它是看不见的。在整整一周里，潘托像疯子似的不停歇地围着篱笆转，想找到这个看不见的东西的踪迹，也就是这个魔鬼的踪迹，但它仅以兴奋的感官觉察到，家里发生了一件它不理解的事，它非跟这个死敌斗到底不可。首先是出现了一个不很年轻的女人，那是林普利太太的母亲，夜里睡在餐室里"它的"沙发上，平时当它在自己那个装了衬垫的大筐里呆腻了，经常到沙发上来玩。紧接着——不知为什么——又送来了各种各样的东西，有亚麻织物，有大大小小的包裹，不断地有人按门铃，多次出现的是一位身穿黑衣的戴眼镜的先生，他身上有一种难闻的气味，一种非常人的刺鼻的药水味。通向夫人寝室的门不断地开了又关，它一再听到门后的窃窃私语，要么就是女人们坐在一起做针线活儿时发出的细碎的金属相碰的声音。这一切都意味着什么？为什么把它关在门外，剥夺它参与的权利？经过连续不断的苦思冥想，潘托的目光渐渐变得呆滞了，变得几乎像玻璃眼球一般无神了。动物的理解力与人的理解力的不同就在于，动物的理解力只局限在过去和现在，不能推想未来。而这里恰恰就有一件未来的、将发生的事，这个迟钝的动物也心怀绝望的痛苦感觉到了，这是冲着自己来的，是自己击不退、斗不过的。

骄傲、专横、被惯坏了的潘托为这场徒劳无益的斗争耗尽了精力。在它屈膝投降以前，事情整整持续了六个月。令我感到奇怪的是，它竟在斗争中放下了武器。在一个夏日的晚上，丈夫在房间独自摆弄纸牌的时候，我在花园里坐了坐；突然，我感觉到一个热乎乎的东西轻轻地、怯生生地偎依在我膝头。那是潘托，自从那次伤了自尊心以后，它已经有一年半没迈进我家花园半步了。现在，当它惘然若失的时候，却又寻求我们的保护来了。前一阵子，在别人都怠慢它的那几周里，我总顺路喊它一声或摸摸它，也许因为这个缘故，它在最后绝望的时候想起了我，它抬起目光朝我望着，我永远不会忘记那紧迫恳求的目光。甚至可以说，在灾难深重的时刻，动物的目光会变得比人的目光还要恳切，还要会说话，因为我们的大部分感情和思想都是通过语言表达的，而动物则不得不把它们的语言全部挤压在瞳孔里表达出来。当时，在潘托的难以描述的目光里，是我在别处从没见过的绝望而动人的窘困，它一边望着我，一边用前爪轻轻抓我的裙边哀求我。它在请求我，我对它的理解达到了令人震惊的地步："你给我解释解释，我的主人为什么跟我作对，他们大家为什么跟我作对？家里发生了什么反对我的事？帮帮我吧，告诉我：我该怎么办？"面对这样感人肺腑的请求，我真不知道该怎么办。我情不自禁地抚摩它，压低嗓音喃喃地说："我可怜的潘托，你的时代已经过去了。你必须适应这个变化，正像我们必须习惯许多事，习惯许多糟糕的事一样。"我说话时，潘托竖起了耳朵，痛苦地紧皱眉头，好像要猜出我话里的意思。然后它就焦躁地用前爪来扒，这是一种催促的、急不可耐的动作，大概意思是："我不明白，给我解释一下吧！帮帮我吧！"但我知道自己帮不了它，我一遍又一遍地抚摩它，为的是让它镇静下来。于是，它深深地感到我不能给它任何安慰，便不声不响地站起来，头也不回地走了，像来时一样无声无息。

　　潘托消失了整整一天一夜；忧虑紧紧抓住我的心，我想，假如它是人，它会自杀的。到了第二天晚上，它才突然出现，浑身是泥，饿着肚皮，像条野狗，身上有几处咬伤；它很可能是在气得发昏时在什么地方跟别的狗打过架。但新的屈辱在等待着它：使女干脆不准它进屋，她给它送来满满一盆饭食放在门外，就不再理它了。这样粗暴的伤害是由特定的情况决定的，未必没有正当的理由，因为恰好碰上夫人的困难时刻到来，各间屋子里都是忙忙碌碌的人。林普利木然地站在一旁，无计可施，因为激动而不停地颤抖；助产士跑来跑去，有医生从旁协助，夫人的母亲在床边坐着安慰产妇，使女忙得两脚朝天；我自己也过来了，我坐在餐室里等着，为了能在必要时帮一把。事实上，如果让潘托进屋，那只能是令人讨厌的干扰。但这些道理那迟钝的狗大脑怎么理解得了呢？这只亢奋的动物只知道，人们第一次把它赶出家门——赶出它的家门——就像赶走一个陌生人、一个乞丐、一个捣乱分子；它只知道人们不怀好意地让它远离的那扇紧闭的门后，正在发生重要的事情。它的愤怒是难以形容的，它用尖利的牙齿咬碎抛给自己的骨头，好像这骨头就是那看不见的敌人的颈项。然后，它就四处嗅来嗅去，用灵敏的嗅觉闻到，有一些陌生人闯进了这所房子——"它的"这所房子，它在泥灰地面上嗅到早已熟悉的踪迹，就是那个穿黑衣、戴眼镜的可憎男人的气味。但还有别的人和他联成一气，他们到底在里面干什么呢？异常兴奋的动物竖着耳朵倾听着。它耳朵紧贴着墙听到了细小的声音和很响的声音，听到了呻吟、喊叫和紧随在后的水的拍击声，听到了慌忙走路的脚步声，还听到一些东西被移动的声音、玻璃杯和金属相碰的声音——确实有什么事在屋里面发生了，而它却一点儿也不明白。但它的直觉告诉它：那是自己的敌人，就是这个敌人使它蒙受屈辱，使它的权利全被剥夺——这就是这个敌人，这个看不见的阴险的卑鄙无耻的敌人啊，现在，它真的到来了。现在，它是可以看得见的了，现在，可以抓到它，终于可以用猎刀刺捕它了。强壮的动物将肌肉紧紧绷在一起，由于感情受了刺激而全身颤抖，它缩脖俯身躲在屋门旁边，准备一旦门开了就箭一般地冲进去。这回可不能让它再逃走了，这个阴险的敌人，这个篡位者，它和平生活的扼杀者！

这一切，我们在屋子里一点儿也没有预料到。我们太激动、太繁忙了。医生和助产士不准林普利进入寝室，我只好去抚慰他，让他放心——这本来也费不了什么气力。不过他是一个异常有同情心的人，因此他在这两个小时的等待中忍受的痛苦恐怕比产妇还要大。终于传来了好消息，过了一会儿，又喜又忧的人就被准许悄悄走进寝室去看他的妻子和孩子了——如助产士预先告诉他的，那是一个女孩。他待的时间很长；我和他的岳母都是过来人了，我们单独留在外间十分友好地谈了许多往事。最后，门开了，林普利走出来，医生紧随在后。他双手托着褪褓中的婴儿，骄傲地让我们看，他那诚实的、略有皱纹的宽脸由于透着幸福的光辉而显得很美。他眼里不停地流着泪，也不知道去擦，因为两手托着那孩子，就像托着无法形容的珍贵而易碎的宝物。他身后的医生趁机穿好了大衣，这种场面在他已是习以为常的了。"现在，我的事儿做完了。"他笑了笑，跟大家打过招呼，就随随便便地朝门口走去。

但就在医生毫不在意地打开门的一刹那，有个东西从他腿边窜了过去，就是全身紧张地在那里又卧又蹲的东西，潘托站在屋中间，狂叫了一声。它一眼就看见了林普利抱着什么新东西，他爱抚地抱着一个它不认识的东西，是一个很小的红红的活物，叫起来像猫，闻上去像人——哈！原来这就是那个敌人，那个找了很长时间、隐藏起来的秘密敌人，那个夺走它权力的强盗，那个它和平的破坏者！撕碎它！嚼烂它！它张牙舞爪地扑向林普利，想夺走他的孩子。我想，我们大家是同时叫了起来，因为这强壮的畜生跳起来向前扑，来得那么突然，那么有力，矮胖壮实的林普利竟被撞了一个趔趄，倒在墙上。但在最后的一刹那，他本能地高高举起了襁褓中的婴儿，免得孩子受到伤害，而我，趁他还没倒在地上，便眼疾手快地接过孩子。那只狗立刻冲着我扑过来。幸亏医生听到我们的尖叫跑了回来，机警地扯起一把沉重的软椅对着狂暴的、两眼充血、口吐白沫的狗甩过去，把它的骨头都砸得嘎嘎作响。潘托疼得嗷嗷直叫，退缩了一小会儿，但那只是为了赶快重新狂怒地向我袭击。不过这一小会儿就足够林普利急速地站起来，同样狂怒地、凶猛地冲向那个畜生了。于是展开了一场恶斗。林普利肩膀宽、体重大、有力气，他把他全身的重量压在潘托身上，用他强有力的手扼住它的喉咙，双方像拧在一起的重物一样，在地上滚来滚去。潘托用嘴咬，林普利用手掐，一只膝盖压在那畜生的胸脯上，而对方也一再躲开他的铁爪。我们两个老妇人为了保护孩子，悄悄逃进侧室，这时医生和使女也向那畜生冲来。他们拿起一切手边摸得到的东西照着潘托狠打，木头和玻璃劈里啪啦地山响，他们三人一起对着潘托拳打脚踢了很长时间，直到它的狂吠变成微弱的喘息。最后，医生、使女和我丈夫把只能微弱地耸着肩喘气的筋疲力尽的狗四腿绑上，皮带子和绳索都是我丈夫趁乱跑回家取来的。然后，他们又用撕碎的台布堵住那畜生的嘴，它没有一点抵抗能力，几乎已经没知觉了，于是他们便把它拖出屋，像丢麻袋似的把它扔到门口。这时，医生才赶快回来帮助治疗。

在这段时间里，林普利像一个醉汉，踉踉跄跄地走进房间去看孩子，孩子没有受到一点伤害，用她那似睡非睡的眼睛呆呆地望着他。夫人听到喧闹，从疲惫的沉睡中惊醒了，得知一切安然无恙，她淡然一笑，吃力地、含情脉脉地把脸转向丈夫，他轻轻地抚摩着她的手。现在，他才想到他自己。他的样子很吓人，煞白的脸上露出一双迷乱的眼睛，领子已被撕下来，衣服全是皱褶，沾满了尘土；我们吃惊地发现，水磨石地面上有一溜血迹，从他右边被撕破的袖子里还往外滴着血。他本人在激烈的搏斗中压根儿就没觉察到，被掐住喉咙的畜生在绝望的反抗中两次深深地咬了他的胳膊。大家给他脱了衣服，医生赶快给他绑上绷带，使女拿来了一杯白兰地。这个疲惫不堪的人由于激愤和失血已近似昏厥，大家费了好大的劲儿才把他抬到沙发上，让他睡下。他由于激动的等待已经两夜没有认真休息了，现在立刻就进入了深沉的梦乡。

于是，我们便开始考虑怎样处置潘托。"一枪打死。"我丈夫说，并想马上回家去取左轮手枪。但医生解释说，他的责任是一分钟也不耽搁地把这条狗送到检疫站去，给它验痰，看它是否得了狂犬病，因为如果是狂犬病，就要对林普利的咬伤部分采取特殊的预防措施；他打算立刻把潘托装到车里启程。于是我们都到屋外去帮助他。被捆绑的狗毫无抵抗能力地躺在门口——我永远也忘不了它的目光。刚一听到我们走来，它就用力地转动充血的眼睛，好像是想挣脱皮带跳起来。它格格地咬着牙，噎得一个劲儿吞咽，想把塞在嘴里的破布吐出来。与此同时，它的每块肌肉也像绳索一样缩得很紧，整个蜷缩的身躯都在不自然地颤抖。我要坦白地说：虽然我们知道它被牢牢地绑着，但都还犹犹豫豫，不想立刻动手。我平生还从来没有见过其他类似的东西现出这样集中一切凶恶本性的疯狂的愤怒，在人世间的眼睛里，我还从来没有见过像在这充血和嗜血的目光中一样多的仇恨。恐惧不自主地掠过我的脑际，丈夫建议直接枪杀这条狗是不是真的没有道理。但医生坚持立即运走，于是已经无力反抗的狗便被拖进汽车运走了。

潘托以这样不光彩的下场从我们的视野消失了很长时间。一个偶然的机会，我丈夫得知经过巴斯检疫站的多日观察，证明潘托身上根本不存在狂犬病传染细菌，因为不准它返回原来的犯罪地点，人们就把它送给了巴斯城里一位寻找过强壮牛头犬的屠户。我们没有再去想它，就是胳膊上挎过两三天绷带的林普利也把它完全忘了。自从孩子满月以后，他的热情和关心就都倾注在小女儿身上了，不用说，他的行为像潘托时代一样的狂热、一样的夸张，甚至更可笑。这样一个笨重而强有力的男人跪在那辆躺着孩子的小婴儿车前，就像古意大利画家的油画上三圣王跪在降生的耶稣面前一样。每天、每小时、每分钟，他都能在这个红润可爱的造物身上发现新的可爱之处。而他朴实娴静的妻子见到他对孩子这样慈父的爱，总是露出微笑，那样子与以前他对那霸道的四足动物无意义地顶礼膜拜时相比，不知要友好多少倍。这也给我们带来了不少美好的时刻，因为邻居家里完美无缺、没有阴云的幸福，无形中给我们的家罩上一层友好之光。

我说过，我们大家已经把潘托忘得一干二净了。只是，我在一天晚上意外地想到了它的存在。我和丈夫在伦敦参加了一场布鲁诺·瓦尔特的音乐会，深夜才回到家中，不知道为什么，我怎么也睡不着；是因为不自觉地极力回想《朱庇特交响曲》那悠扬销魂的曲调呢，还是因为那月朗星稀的夏日白夜？已是凌晨两点钟光景，我下床朝窗外看。高空的月亮像被一阵看不见的微风吹动，静静地穿过被银白的月光照亮的薄如面纱的云层，每当它露出纯净光亮的面孔，整个花园便被照得如同裹在白雪里一样。一切都静悄悄的，没有一点儿声音。我觉得，哪怕有一片树叶动一动，也休想逃过我的耳朵。我忽然发现，在我们两家花园之间的灌木丛围篱旁边，有个什么东西无声地活动着，那是个黑色的东西，从被照亮的草地上显露出来，它是那样的柔软，那样的不安。出于不自觉的好奇心，我朝那边看去。在那里活动着的，不是物体，不是活着的东西，也不是有形体的东西。那是一个影子，仅仅是一个影子。但那一定是一个活物的影子，它在围篱的掩护下小心翼翼、鬼鬼祟祟地活动着，不是一个人的影子就是一个动物的影子。我不知道怎样能正确地表达，但这个意志消沉的东西，这个隐秘的东西，这种潜行的毫无声息，却使人有些不安。女人总是胆小的，我首先想到的是小偷或强盗，心一下子就跳到了嗓子眼。但这时，影子已经从花园围篱来到上面高台篱笆开始的地方，现在正奇怪地缩成一团，沿着栅栏潜行，这个活物本身终于移到自己的影子的前面——哈，那是一条狗，我一眼认出了那是潘托。动作相当慢，相当留神，看得出，它是随时准备一听见声音便逃之夭夭。潘托窥探着走到林普利的房子附近，我不知道为什么会产生这样的闪念：它好像想要探察什么情况，因为那绝不是随随便便、无目的地搜索；从动作上看，它是想做某种禁止的事情，或是在策划某种险恶的阴谋。它没有把嘴巴贴着地面嗅，而是为了防备有人看见，肚子几乎挨着地，徐徐地、一寸一寸地向前移动，像猎犬蹑足接近它的猎物。我情不自禁地弯下腰，想看个仔细。但是，我可能笨手笨脚地碰了一下窗子，弄出了很轻的声音，潘托悄没声地一跳便消失在黑暗中了。这一切好像是我做的一个梦。花园笼罩在月光下，空荡、雪白、光洁、静谧。

　　不知为什么，我羞于把这一切告诉丈夫，说不定那果真只是一个幻觉。第二天早上，我在街上遇到林普利家的使女时，顺便问了问她最近是否又看见过潘托。姑娘显得很不安，而且有点不自然；鼓了鼓勇气，她才承认曾经多次在很古怪的情况下碰到过它。她说，她简直说不清楚，但见了它，她很害怕。四星期前，她推着童车到城里去，忽然听到一声粗暴的狗吠，潘托从一辆经过她身旁的运肉车上对着她，她相信是对着童车里的孩子，拼命地嚎叫，而且又好像往后蹲缩，准备往下跳。幸亏汽车快速地行驶过去，使它不敢往下跳，但那愤怒的狂吠吓得她腿肚子直抽筋。自然，她没有告诉林普利先生。那只会徒增他的烦恼，她也确实认为，那狗在巴斯已得到可靠的照料。但在最近的一个下午，她想从旧木屋取几块木柴，发现暗处有什么东西动了一下，这时她认出是潘托藏在那里，它见有人来，立刻穿过花园的篱笆溜掉了。从此，她就怀疑它经常藏在那里，而且夜间它也一定围着房子转来转去，因为前不久的一夜大雨过后，她在湿润的沙土地上看到过狗爪子的印迹，那些印迹清楚地显示，它曾多次围着整座房子打转。公开露面倒是一次也没有；无疑，它是在确有把握没人看见自己的时候，悄悄地穿过我家或邻家的围篱溜进来的。我是否可以这样想：它是想要再回来。林普利先生永远也不会让它进屋的，再说在屠户家里它也不至于挨饿呀，否则它早就跑到厨房里讨吃的去了。不管怎么说，它这样围绕房子潜行，总让人觉得可怕。我说是否应该告诉林普利先生，至少告诉他的夫人。我们左思右想，终于一致认为：如果它再露面，我们就告诉它的新主人，那个屠户，让他制止这不可思议的造访。我们根本不愿意让林普利回忆起这只可憎的恶狗的存在。

我想，这是一个错误，因为，也许——谁说得准呢——我们本能够阻止在下一个刻骨铭心的星期天发生的不幸。那天，丈夫和我都到林普利那边去了，我们来到靠近山脚的一块平坦台地，坐在轻便的软椅上聊天，草地从台地开始顺着很陡的斜坡一直延伸到运河边。在我们旁边，同一块平坦的台地草坪上，放着婴儿车；我无须告诉你，那位可笑的父亲在谈话中每隔五分钟就要站起来，去逗逗孩子。说实在的，那孩子真是很可爱，在那金光灿烂的下午看上去也真是招人喜欢：在婴儿车车棚的阴影里，她眨着蓝色的眼睛对着天空笑，用纤细的、有点笨拙的小手去抓车棚上太阳的光圈——父亲竟欢呼雀跃起来，好像这样的奇迹还从未出现过，我们为了讨他喜欢，也跟着笑闹，好像也从未看见过这样好玩的动作。那一瞥，那最后的愉快的一瞥，永远留在我们记忆里。随后，林普利太太从房屋游廊的阴影中喊我们去喝茶。林普利抚慰着孩子，好像她能听懂他的话似的："就来！我们就回来！"我们把车连同孩子都放在美丽的草坪上了，那里有繁茂的树叶遮挡着强烈的阳光，还很凉爽，我们溜溜达达地往上走了几分钟，就到了经常喝茶的地点——从下边的台地到上边也就二十米左右，由于隔着一座种满玫瑰花的凉亭，我们看不见另一边的情形。我们在聊天，不过没有必要细说我们都聊了些什么：林普利异常活跃，这一回，他兴高采烈的表现面对这样一片蓝缎子般的天空，面对这样一个礼拜天的宁静，在一所充满幸福的房子的阴影中，倒可以无阻碍地任意发挥了。这活跃的表现简直就是罕见的炎夏在人身上的反映。

突然，我们全都吓呆了。从运河边传来尖声的惊叫，有孩子的喊声和女人扯着嗓门的呼唤。我们冲下绿茵茵的斜坡，林普利跑在我们大家前面，他首先想到的就是孩子。但使我们大惊失色的是，下边的台地上已经空无一物了，就在几分钟以前，我们还把婴儿车连同那快乐的微睡的孩子安全地留在那里。从运河那边传的叫声越来越刺耳，越来越激愤。我们赶快下山。在河对岸，几个妇女挤在一起，指指孩子，向我们打手势，然后又呆呆地望着运河。水里漂着一个倒扣着的婴儿车，那是我们在十分钟前放心大胆地留在台地上的婴儿车。一个男人已经解开一只小船，准备去救孩子，另一个人已经潜入水中。但一切都太晚了。过了一刻钟，孩子的尸体才从浅绿色的海藻交缠、咸淡混合的水里捞出来。

我无法描述那对不幸的父母是如何绝望。确切地说，我是根本不愿意去描述，因为我一辈子都不愿意再回想那惊心碎胆的一瞬间。电话报告警察局后，来了一位警长调查这可怕的事件是怎样发生的。是父母的疏忽，还是偶然事件，或是人为的罪行？人们早已把婴儿车从水里捞出来，现在按照警长的指示，精确地放回台地上原来的位置。然后，警长亲自进行试验，看轻轻一推能否让它从斜坡上滚下去。但小车的轮子在厚厚的高草里动也不动。于是排除了阵风使小车突然滚下去的可能。警长做的第二个试验是稍微用点力去推小车。它只滚了半步，就停了下来，而这块台地至少有七米宽，小车的压痕证明，它离掉下去的距离相当远，同时它又是牢靠地立在草坪上。只有在警长跑过去真的猛劲一撞时，小车才沿着山坡跑动起来，滚了下去。肯定是什么意想不到的东西使小车突然运动起来的。但，是谁，或者是什么，这还是个谜。警长把帽子摘下来，露出汗涔涔的前额，越来越沉默地搔着蓬松的头发。他弄不懂这是怎么回事。是否有什么东西——可能只是一个球——从上边滚到台地上来了呢？"不！决不会！"所有的人都斩钉截铁地否认。会不会是一个孩子曾在近处或花园里逗留，忘情地玩过这辆小车？不！从来没人！是否平时就有什么人待在那里？没有！什么人也没有！花园的大门是锁着的，河边散步的人当中没有谁看见有人进去。唯一真正的见证人是那个果断跳进水里救孩子的工人；他当时还全身湿淋淋的，心绪也很紊乱。他说，他只记得妻子和他正无忧无虑地在运河边散步，突然从花园的山坡上滚下来一辆婴儿车，越滚越快，一到水里就翻过来了，因为他隐约看见一个孩子漂在水里，就立刻跑过来，甩掉衣服，想去救人，但被乱成一团的水藻缠住了，不能如他所想的那样快地游过去。别的他就一无所知了。

　　警长越来越绝望了。这样伤脑筋的事他还从来没经历过。他简直想象不出那辆车怎么会滚动起来。唯一的可能，就是那孩子突然站起来，向一边栽倒，使轻巧的婴儿车失去了平衡。但这并不可信，连他自己也想象不出这样的情景。是否还有另外的推测？

　　我不由自主地望着那个使女。我们的目光恰巧相遇了，在同一时刻，我们俩想着同一件事。我们俩知道，它最近一再狡猾地藏在花园里。我们俩知道，它曾一而再、再而三地恶狠狠地把洗衣筐撞到河里去。我看见使女苍白的嘴唇不安地颤抖着。我们俩都怀疑，是那只怀恨在心的丧家之犬终于看准机会可以报仇，趁我们把孩子单独留在那儿的几分钟时间，迅猛地把装着敌人的小车撞到了运河里，然后又像平常一样悄没声地逃跑了。但我们俩谁也没把自己的怀疑说出来。我知道，我脑子里只闪过这样一个念头：如果林普利当初做得绝一些，把这疯狂的畜生杀了，也就救了他的孩子。最终，尽管有一切推理，但仍缺乏最后的事实的证据：我们俩也好，别的人也好，那天下午谁也没看见那条狗悄悄地进来或悄悄地离去。那间木屋，它最喜欢的藏身处，我立刻就去检查了，那里什么也没有，干爽的土地上没有一丝痕迹；此外，我们也没听到一声狂吠，以往每当潘托把筐撞到河里时总是那样胜利般地狂吠。因此，我们不能确定就是它干的，这只是一个折磨人的猜测，一个残酷地折磨人的猜测。这只是一个合理的、非常合理的怀疑。但是缺乏最后的、推不翻的定论。

但是，从那一刻起，我就再也摆脱不掉这可怕的怀疑了。相反，这怀疑在以后的几天里变得越来越强烈，几乎强烈到定论的程度。一周以后，那可怜的孩子已被埋葬，林普利一家离开了那所房子，因为他们不忍心再去看那条充满灾难的运河。这时，有一件事情在我内心深处不停地翻腾。一天，我到巴斯城去置办一些家用的零碎东西。忽然，我大吃一惊，因为我在屠户的汽车旁看见潘托悠然自得地走过去，在所有这些可怕的时间里我总是不自觉地想到它，就在同一瞬间，它也认出了我。它立刻停下来，我也照样停住了脚步。这时发生的事至今还使我毛骨悚然：在它被贬以后的数周里，每次我见到它时，它总是心绪慌乱，总是避开目光、斜身俯首缩背地含羞躲开；而这回，它却毫不拘谨地高高扬着头看我——我只能说——带着一种骄傲的有恃无恐的冷静表情看着我。一夜之间，它又变成了从前那个高傲的、盛气凌人的畜生了。这种姿态它保持了有一分钟光景。然后，它就四条大腿摇摇摆摆地，几乎是迈着舞步，轻快友好地穿过大街向我走来，在离我一步远的地方站住，好像是想说："哎，我就在这里！你有什么话要对我说，还是有什么要控诉我？"

我像瘫在那里一样，既没有力量赶走它，也无力忍受它那自负，甚至可以说自满的目光。我赶快逃走了。上帝保佑我吧，我没有控告一个动物的罪行！但从此刻起，我就再也摆脱不了这可怕的念头："那就是它。那是它干的。"

（关惠文　译）

Die
Liebe
der
Erika
Ewald

艾利卡·埃瓦尔德之恋

上海译文出版社

斯特凡·茨威格 / 著　高中甫 等 / 译

目录

雪　中

　　这是一座中世纪的德国小城，紧邻着波兰，方方正正、宽宽大大的样子，颇有十四世纪建筑之风。小城平日里一直是有声有色、生气盎然，如今却浓缩成一种单一的景象——高高积压在宽阔城墙和塔楼顶端的晶莹耀眼的白色。城墙和塔尖已让夜色罩上了一层朦胧的雾纱。

　　夜晚倏忽而至。街道上的喧闹嘈杂和众人的忙碌奔波渐渐低弱下去，变成某种仿佛来自远方的、细如游丝的声响，打破这种声响的，只有晚钟那在有节奏的间歇中发出的单调的鸣响。倦怠瞌睡的手艺人开始享受收工后的闲暇，灯光渐次稀落，不久便一团漆黑。小城像天地间唯一有力的生物昏昏入睡。

　　每一点声响都死去了，原野上颤抖的风声也唱着温柔的催眠曲，渐渐没了声息。耳边只有上下飞舞的雪片漫游到目的地时发出的细微的沙沙声……

　　突然间有个低低的声音响起来。

听来像是远方传来的紧促的马蹄声，声音愈来愈近。睡眼惺忪的守门人吃了一惊，慌忙走到窗前，去听外面的动静。没错，是有人骑着快马朝城门奔来，不多时便有个让寒气冻得僵硬的、嘶哑的声音叫门，要进城。城门开了，有个人走进来，他把一匹浑身冒着热气的马牵到一边，递给守门人，匆匆说了几句，付了一大笔小费，打消了守门人的顾虑，然后就三步并作两步，穿过孤零零的映着雪光的广场、静寂的小巷和白雪皑皑的街道，向小城的另一头走去。他的脚步没有半分迟疑，显然在这里是轻车熟路。

小城的那一头立着几处小小的房子，紧紧挨在一起，仿佛彼此间需要互相扶持。每幢房子都朴实无华、毫不起眼，烟熏火燎又歪歪斜斜，一直悄然无息地隐没在幽深的小巷。它们仿佛从未见识过欢歌笑语的富贵繁华，仿佛笙歌燕舞的狂欢从未将那些模糊不清、隐而不见的窗子震得嗡嗡作响，而明亮的阳光从未在窗玻璃上映出耀眼的金光。这些房子，像怕见生人的胆怯的孩子，孤独地挤在一处，挤在犹太人狭小的城区里。陌生人在一所最大的、相对来说最漂亮的房子前停下脚步。这是这群犹太人中最富有的人的房子，也用作教堂。透过合拢的窗帘的缝隙，露出一丝明亮的灯光，从灯火通明的房间里传出圣咏声。这是在庆祝光明节①，仪式进行得肃穆平和。光明节是欢庆的节日，是马加比家族②赢得胜利的节日，这

---

① 犹太教节日，又称哈努卡节，为纪念犹太人在马加比家族的领导下夺回耶路撒冷而设立。
② 公元前二世纪至公元前一世纪，耶路撒冷附近的犹太教世袭祭司长家族，曾为保卫和恢复犹太人的政治和宗教做出贡献。

个日子使这个遭到驱逐、受到命运奴役的民族想起自己曾经拥有过的巨大力量，是难得的几个赋予他们法则与生命、令人愉快的日子之一。可是，圣歌听起来很是忧伤，充满着憧憬，声音里蕴含着金属的光泽，被千百颗滚落的泪滴腐蚀得锈迹斑斑。歌声像一首绝望的哀歌飘向寂寥的小巷，渐渐消散……

陌生人在房前静静地站了一会儿，浮想联翩。大滴大滴的泪珠涌出来，在喉咙里哽咽着。他不禁随着众人唱起那古老而神圣的曲子，这些曲子是从内心深处流出来的，深深的敬畏充溢着他的整个心灵。

然后，他抖擞了一下精神，迟疑着走到紧锁的门前。他猛地拍了一下门，震得门颤巍巍嗡嗡响。

颤动传遍整幢房子……

楼上的歌声戛然而止，就像紧随着一个早已约定好意义的手势停了下来。每张脸都变得煞白，大家茫然地你望望我，我望望你。节日的喜庆气氛刹那间荡然无存，对犹大·马加比——他们的精神偶像——战无不胜的威力的幻想破灭了。眼前浮现的犹太人辉煌灿烂的时代一去不复返了，他们又是孤独无助、浑身颤抖的可怜的犹太人了。现实重新复苏了。

可怕的静寂。祈祷书从领读祈祷文的人发抖的手中掉落。苍白的嘴唇变得不听使唤。一种令人窒息的气氛在房间中弥漫开来，用铁拳扼住每个人的喉咙。

他们也许清楚是为什么。

一个可怕的词向他们袭来，一个闻所未闻的新词，其血淋淋的意义他们不得不在自己民族的身上去体会。鞭笞派①的信徒已在德国出现，他们狂热地崇信上帝，在疯狂纵欲和心醉神迷的同时，用皮鞭抽打自己的肉体。他们酩酊大醉，丧心病狂，屠杀和折磨着成千上万的犹太人，妄想以暴力剥夺犹太人神圣的守护神和世代相传的古老信仰，而这正是犹太人最大的恐惧所在。被驱逐，被殴打，被掠夺，甚至当牛做马，这一切犹太人都以一种盲目的、听天由命的隐忍承受着。人人都经历过夜深人静时的杀人放火和洗劫一空，每当回想起那种日子，便会不寒而栗。

几天前刚刚风闻，迄今只闻名未谋面的鞭笞派一伙信徒正奔他们这里来，而且离得不远了。莫非已经到了？

可怕的恐惧攫住了每一个人，人们屏住呼吸。他们眼中已经看到，杀人成性的乌合之众扬着醉醺醺的脸，放肆地闯进屋里，手持熊熊燃烧的火把；耳边已经响起刽子手发泄兽欲时女人们被窒息的呼救声；他们已经感觉到强盗们的武器发出的凛凛寒光。一切都像梦，如此清晰和生动。

陌生人听了听楼上的动静，见没人来开门就又拍了下门，又一次震得静寂、茫然的房子嗡嗡作响，颤动不已。

这时，房子的主人——领念祈祷文的人，他凭着颏下飘垂的花白胡须和一大把年纪拥有着族长的威望——最先稳住情绪，他轻轻嘀咕了一句："听天由命吧。"随后俯身对孙女——一个漂亮的姑

---

① 天主教内的一个苦行派别。该派教徒常在乡间结队游行，手举十字架，口唱圣诗，并以皮鞭自笞直至流血。

4

娘，满脸惶恐，像一只面对狩猎者大眼睛里充满哀求的狍子——说道："勒亚，看看外面是谁！"

所有的目光都投向姑娘，盯着她的表情，姑娘迈着怯怯的步子，向窗口走去，用苍白的手指哆哆嗦嗦地拉开窗帘。接着便是一声叫喊，这是发自灵魂深处的叫喊："谢天谢地，只有一个人。"

"谢天谢地。"众人纷纷说着，听来像是轻舒了一口气的叹息。他们那让可怕的梦魇压得麻木的四肢，这会儿又能动弹了。大家三五成群聚在一起，有的在默默祷告，有的则半是惊恐、半是狐疑地议论着那位就要进门的不速之客。

整个房间散发着一股令人压抑的湿热气味儿。这么多人聚在一处，大家本来围坐在饭菜丰盛的桌边，桌上摆着光明节的标志和象征——九枝灯台——支支蜡烛透过缕缕青烟发出黯淡的光。女人们身着挂满饰物的节日盛装，男人们则在飘拂的长袍外佩戴上白色的祈祷披巾。狭小的房间里洋溢着浓浓的喜庆气氛，这是唯有真正的虔诚之心才能造就的氛围。

这时陌生人已迈着急促的脚步踏上楼来，走进屋里。

与此同时，一阵可怕的、凛冽的寒风从敞开的门袭入温暖的房间。刺骨的寒冷随着夹雪的风卷进来，冻得众人不禁打个冷战。风吹熄了烛台上摇曳的烛光，只剩一支蜡烛还在顽强地挣扎。屋子猛地笼罩在一片沉闷的暗淡里，仿佛寒夜从四壁骤然降临。舒适与宁静刹那间风流云散，每个人都从圣烛熄灭中预感到不祥之兆，这个迷信的念头重新使众人不寒而栗。但没有谁敢开口说话。

门边站着一位身材高大、长着黑胡须的男人，至多不过三十岁，他迅速脱去身上为御寒裹得严严实实的围巾和床单。当他的面容在飘忽不定的最后一点微弱烛光中变得清晰起来，勒亚向他奔过去，拥住了他。

这是约祖亚，勒亚邻城的未婚夫。

其余的人也热情地迎上去，围住他，高兴地同他寒暄。但没过多久人们就不吱声了，因为约祖亚表情严肃、一脸悲伤地避开未婚妻，他的额头因沉重的伤心事而布满累累皱纹。大家不安地盯着他，他却千头万绪，无从说起。于是他一把抓住身边人的手，双唇微颤，道出那个沉甸甸的谜：

"鞭笞派的人来过了吗？"

齐刷刷投向他的探寻的目光呆住了，他觉得出，握着的那双手的脉搏突然停止了跳动。领念祈祷文的长者哆哆嗦嗦地抓住沉沉的饭桌；桌上的玻璃杯叮叮当当，轻轻发出一连串颤音。恐惧又一次攫住绝望的心灵，将最后一滴血从盯着使者的惊愕而憔悴的脸上挤走。

最后一点烛光跳了跳，熄灭了……

只有吊灯那惨淡的光还照着这些茫然、绝望的人，约祖亚的话像一道闪电击中了他们。

有人在咕哝那句听天由命、万念俱灰的话："这是天意。"

而其他人还没醒过神来。

约祖亚接着往下说，他很激动，语气断断续续，好像他自己也不想听清说出的话。

"他们来了——有好几——百人——很多人跟着他们——他们

6

双手沾满了鲜血——他们杀了成千上万的人——我们东边、所有的人——他们去过我们的城市了……"

他的话被一声女人的尖叫打断，尖叫也难以止住滚滚而落的泪水。一个女人，还很年轻，新婚不久，向他奔过去。

"您在哪里?!——我父母呢？我兄妹呢？他们出事了?"

他冲她低下头，声音在抽泣。轻轻地，像是在安慰，对她说："他们再也看不到人类的苦难了。"

又是一片静寂，绝对的静寂……对死亡——这个可怕的幽灵置身于他们中间——的恐惧使他们颤抖……他们中人人都有亲人在那座城里丧生。

这时，族长断断续续地唱起古老而庄严的安魂曲，泪水流淌在他银色的胡须里，沙哑的声音不听使唤。众人随着唱起来，他们自己并不知道自己在唱，他们只是机械地跟着哼，对歌词和曲子其实一无所知，人人都在思念自己的亲人。歌声越来越有力，呼吸越来越深沉，想压抑喷涌而出的情感越来越吃力，歌词越来越混乱，终于人人都陷入茫然无措的疯狂的痛苦之中。无限的痛苦兄弟般地拥抱了所有的人，这种痛苦，言语无法形容。

沉沉的静寂……

只是偶尔传来一声压抑不住的低低的抽泣……

约祖亚那沉重而压抑的声音接着响起来：

"他们都见上帝去了，一个也没逃出来。只有我按照上帝的旨意逃了出来……"

"谢天谢地。"众人怀着本能的虔诚之心喃喃了一句。这话从这些心如死灰、吓得发抖的人嘴里道出，听来就像老掉了牙的陈词滥调。

"我出门去了，回城很晚，犹太城那时已满是烧杀抢掠……没人认得我，我本该逃走——但我不由自主地奔向我的住处，去找我的同胞，到那些纷纷倒在挥舞的拳头下的同胞中间去。突然有个人骑马过来打我——他打偏了，在马上晃了几晃。刹那间，求生的欲望——使我们困于哀伤和痛苦的不可名状的枷锁——袭上心头，一阵冲动使我增添了勇气和力量，把那人掀下马，自己跨上去，冲进一望无垠的原野，冲进沉沉的夜色，向你们奔来。我骑了一天一夜。"

他停了半晌。接着口气坚决地说："不用多说了！先看看，咱们怎么办？"

众人异口同声：

"逃走！"——"我们只能逃走！"——"逃到波兰去！"

这是大家知道的唯一出路，这是用滥了的、不太光彩却又无法替代的弱者反抗强者的斗争方式。谁也想不到抗争。犹太人该奋起而争或是为自己辩护？这在他们眼中显得滑稽可笑、不可理喻，他们身处的时代久已不是马加比的时代，而是昔日埃及的犹太人曾面临的奴役时代，先辈们给这个民族烙上了软弱及奴性的永久印记，这烙印千百年的时间潮水都无法冲刷掉。

逃跑吧！

有人试探性地提出，也许可以求助于公民保护权，得到的回应却是一阵冷笑。受奴役者要么将自己的幸与不幸寄托于自身，要么寄托于上帝，对第三者不再抱任何奢望。

于是人们开始讨论细节问题。这些男人原本将聚敛钱财视为生活的唯一目的，他们认为，幸福和权力是在财富中达到顶峰的。此刻却达成共识：为了快些逃走，不必斤斤计较。即便是亏本，也要把所有家当变卖，折成现金；要设法搞到车辆、马匹和御寒的必需品。对死亡的恐惧使民族固有的特性片刻间土崩瓦解。同样，众人也将各自的个性熔铸成唯一的愿望：每张苍白、倦怠的脸上都流露着同一个念头。

当晨曦洒满大地时，一切都已谈妥，决定下来。

这个曾经周游世界、习惯于迁徙的民族，顺应了目前形势的沉重逼迫，最终的决定作出后重又响起祈祷的喃喃声。

每个人都在尽自己的那份职责。

雪花在光洁的街道上筑起高高的壁垒，在它的浅吟低唱声中，些许叹息声逝去了……

随着逃亡者的最后一辆车驶出城外，巨大的城门隆隆地关上了……

天上的月光虽然微弱暗淡，却映着无数飘飞的雪花泛起晶莹的银光，雪花不是躲进衣襟里，便是绕着喘粗气的马鼻子亮晶晶地上下飞舞，还要惹得那吃力地从厚厚的积雪中犁出道路的车轮吱呀作响。

车子里传出窃窃私语。女人们在哀怨地悄声诉说各自想家的心情，故乡的小城仍清晰而自信地浮现在她们眼前；孩子们清脆的童音在东问西问，刨根究底，渐渐地他们不吱声了，变得怪僻起来，最终只剩下均匀的呼吸声；男人们声音洪亮，正忧心忡忡地计议未来，喃喃地祈祷，他们的声音淹没了孩子们悦耳的童音。所有人都紧紧拥在一起，因为他们意识到彼此的处境休戚相关，也因为对寒冷本能的恐惧。寒气卷着冰冷的气息不漏过一点点缝隙，钻入车内，车夫的手冻僵了。

第一辆车停了下来。

其他的车也随着停下来。人们光着头从游动的帐篷里探出去，探寻停车的究竟。族长在前面下了车，于是大家纷纷下车，他们明白为什么停了下来。

他们离城尚不远；透过纷纷扬扬的白雪，依稀可见塔楼像只威胁的手，从辽阔的平原上伸出来，塔尖闪动着一丝微光，恍若戒指上的宝石在熠熠发光。

这里白茫茫一片，平滑如镜，颇似结了冰的海面。只有标界树偶尔标示出几处均匀的、小小的突起。那下面是他们的亲人，他们被驱逐到这里，寂寥孤独有如整个民族，在远离故土的地方寻到了安宁的永恒之床。

沉沉的静寂，打破这静寂的只有轻轻的啜泣声。

热泪从饱经风霜的、冻僵的脸上滚落下来，在雪中凝结成亮闪闪的冰滴。

当他们看到这静默、深沉的安宁，对死亡的所有恐惧逝去了，淡忘了。每个人心中都猛然间涌起一种浸满泪水的、原始的无限渴望，渴望与亲人一道，永远静静地安息在这个"美好的地方"。这白色的被下，安睡着多少童年往事，多少神圣的回忆，多少幸福快乐，他们永远不会再有这么美妙的时光了。每个人都深知这一点，每个人都渴望去这"美好的地方"。

但启程的时间到了，不容耽搁。

他们重又爬进车里，紧紧挤在一起，在车外他们并没觉得寒气刺骨，如今严寒又一次潜入他们的身子，冻得他们哆哆嗦嗦，牙齿格格打战。他们的目光隐在车厢的昏暗里，流露出不可名状的恐惧和无边无际的痛苦……

马车在雪地里向前犁出宽宽的沟壑，众人的思绪却一路后退，退回到他们渴望的地方，那"美好的地方"。

已过子夜。车子离小城越来越远，置身于广袤的平原上，而平原沐浴在月光里，被晶莹的雪光罩上了一层飘垂的轻纱。强壮的马匹艰难地趟过厚厚的积雪，雪黏黏地沾在车轮上，车子晃晃悠悠，走得缓慢，几乎觉不出在向前移动，仿佛随时都有可能停下来。

寒冷变得愈加凛冽，像冰冷的利刃切割着人的肢体，大家已经不太会动弹了。强劲的风也渐渐苏醒过来，唱起粗野的歌，刮得车子哗啦啦作响。风像一只伸向蒙难者的贪婪的手，使劲撕扯着帐篷顶，帐篷抖动个不停，人们只好用不听使唤的手紧紧攥着，免得被风吹跑。

风的歌声越来越大，吞噬了男人们祈祷的低语声，他们冻得麻木的嘴唇每吐一个字都异常艰难。风的尖利呼啸隐没了茫然无措、对未来充满恐惧的女人们的抽泣声，也隐没了孩子们淘气的叫闹声，寒冷使孩子们忘却了旅途的疲倦。

车轮叹息着碾过雪地。

最后一辆车上，勒亚紧紧依偎着未婚夫，他在用悲哀、单调的语气讲述着那场巨大的灾难。他那有力的臂膀紧紧搂住勒亚少女般娇小的身躯，仿佛要保护她，不让她挨冻，不让她痛苦。勒亚感激地望着他，温馨的情话静静地流淌在杂乱的哀怨声和风声中，使两人忘却了死亡与危险……

车子猛地颠簸了一下，众人摇晃起来。

车子停了下来。

透过呼啸的狂风，从前面的车上隐隐传来高嗓门的说话声、挥鞭声和说个不停的急切的嘀咕声。大家下了车，顶着凛冽的风匆匆向前奔去，有匹马倒了，连带着把另一匹马也拽倒了。男人们围着马，想搭一把手，却使不上劲，因为风把他们吹得像弱不禁风的稻草人，翻卷的雪花弄得他们眼花缭乱，手也冻僵了，没有一点儿力气，十个手指头就像并排立着的木桩。向远处望去，没有人烟，只有白茫茫的一片平原怀着对自身浩瀚无垠的自负，隐没在雪色的点点微光之中，而狂风正漫不经心地将他们的呼喊吞噬掉。

人们清醒了，他们再一次悲哀而全面地意识到自己的处境。死神以可怖的新形象卷土重来，而他们无助地站在一起，面对不可抗争、不可战胜的自然之力，面对严寒难以抵御的利刃，不知所措。

狂风在他们耳边一遍遍地尖叫着：你必须死在这里——死在这里——

对死亡的恐惧变成了心如死灰、无望的顺从。

没有人大声说出这个想法，但众人的心思是一样的。他们尽量挪动僵硬的身体，笨拙地爬进车里，紧紧地靠在一起，等待死亡。

他们不再奢望有人来拯救。

他们依偎在一起，每个人都和自己最亲的人依偎着，为了能够死在一起。车外的狂风，他们永远的伴侣，在唱着一首死亡之歌，雪花围着车马筑起一具巨大而晶莹的棺椁。

死神慢慢地临近了。冰冷刺骨的寒气侵入每一个角落，每一个毛孔，有如一种毒素小心翼翼、又胜券在握地将身体一点一点地蚕食掉……

时间一分一秒地慢慢逝去，仿佛要让死神有充裕的时间，去完成解脱生命的伟业……

沉重而又漫长的时光流逝着，分分秒秒都在将万念俱灰的灵魂引入永恒。

狂风一边快乐地歌唱，一边放肆地讥笑这出平庸乏味的戏。月亮将银辉漫不经心地洒向生命和死亡。

最后一辆车上鸦雀无声。有几个人已经死去，别的人则沉浸在幻想的魔力中，幻象使死神不再那么恐怖。所有人都悄无声息，一动不动，只有思绪还在像炙热的闪电翻飞不已……

约祖亚用冰冷的手指搂着未婚妻。她已经死了，可他浑然不觉……

他在梦想……

他和她坐在香气袭人、暖融融的房间里，金烛台上的九根蜡烛烛光闪烁，众人又像昔日一样欢聚一堂。喜庆的气氛映现在笑盈盈的脸上，大家亲热地交谈和祈祷。早已作古的人们拥进门来，包括他过世的双亲，可他一点儿也不惊异。他们温柔地拥吻，说着体己话。身着褪色的传统服装和长袍的犹太人越聚越多。英雄们也来了，有犹大·马加比，还有别的英雄，他们坐下来，聊天，很快活。人越聚越多。房间里挤满了人，他看着眼前的人你来我往，不断变换，而且越变越快，眼睛直发酸，耳朵也让杂乱的喧闹声吵得嗡嗡作响。他的脉搏突突地跳，隆隆地响，变得热了，越来越热——

猛然间一切都沉寂下来，一切都完结了……

太阳升了起来，仍在飘落的雪花像钻石一样亮晶晶的。一夜之间平地而起的宽阔山丘上白雪皑皑，泛着宝石般的光泽。

这是明媚的阳光，几乎可以说是初春的太阳突然照耀大地。的确，春天不再遥远，它会在不久的将来让一切绽出新绿，萌生嫩芽，也会从迷途的、被冻死的可怜的犹太人墓上揭去白色的亚麻布，他们一辈子都没拥有过春天……

（谢巍　译）

出　游

　　含混不清的谣言传遍了整个国家，还有稀奇古怪的议论，仿佛某个时刻临近了，救世主就要到了。耶路撒冷的男人越来越多地来到犹塔斯这个很小很小的地方，聊起发生的种种迹象和奇迹。当人们三三两两聚在一起时，就把声音神秘地压得低低的，谈论那个他们称为主的怪人。人们到处打听这类传闻，怀着一种畏葸的信赖相信这些话，因为对救世主的思念是迫切的，它在人群中一天一天成熟，如同一朵花要迸开花萼。人们一想到《圣经》中的希望，就会念出他的名字，一种希冀欢愉的光亮便在他们的目光里燃烧起来。

　　那时有一个年轻人也生活在这块土地上，他的心是虔诚的，充满着期待。他把从耶路撒冷归来的朝圣者请到家里，他们告诉他救世主的消息，每当他们谈到他，谈到他的神迹和教诲，年轻人心里便感到一种揪痛，因为他的渴求变得激烈和狂暴，要去亲眼看看救世主的面庞。白天和夜晚他都梦到他，他在永无休止的思念中勾画出成千上万副救世主的面孔，每一副都充满善和仁慈，但他感到它们只是一幅伟大完整的圣像面前种种不大像样的摹写罢了。他觉得自己年轻灵魂中的动荡和痛苦都在消退，只允许自己去承受救世主散射出的闪耀光华。他还不敢离开赖以生存的故乡和工作，到思念指引他去的地方。

但有一次他突然在深夜里从梦中醒来。他无法弄清是怎么回事，不知道自己感到的究竟是幸福还是痛苦；他只觉得，仿佛有人在远方向他召唤。他知道了，这是救世主要见他。在一片漆黑里，他的决断竟一直在增强，这使他不能再迟疑了，要去见主的面孔，思念的力量是如此强烈和不可征服，他立刻穿上衣服，拿起一根粗壮的出游手杖，没有与任何人打招呼，就走出沉睡的房屋，朝着耶路撒冷的方向走去。

皎洁的月光洒在大路上，他那匆忙的身影在月光中急奔。他的脚步加快了，几乎显得不安；仿佛是要在这一夜把一个多月的耽搁赶回来似的。一种几乎不敢宣之于口的念头令他担心：可能会太迟了，他不会再找到救世主了。有时一种深深的恐惧也攫住他，他也许会走错路。但他听到了来自遥远国度的三圣王在内心显出的奇迹，他们引导一颗明亮之星穿越黑暗。于是恼人的沉重感又远离了他的灵魂，朝圣者匆忙的脚步在坚硬的小路上发出坚定而信心十足的响声。

他赶了几小时的路，天已大亮。雾霭缓缓地消逝，深色的丘陵地带、迤逦的远山和农庄在邀人前去安歇。但他没有停下来，而是毫不懈怠地快步向前。太阳慢慢地升了起来，越来越高。这是一个炎热的白日，它沉重地偃卧在大地上。

不久他的脚步慢下来。从他身上落下光亮的汗滴，沉重的节庆装束开始压迫他。他先是脱下来搭在肩上，留着它，穿着破旧的衣服赶路。但不久他开始觉得负担沉重，不知道该拿它怎么办才好。他不想抛掉它，因为他穷，没有旁的节庆时穿的衣服，于是他想到在下一站把它卖掉或者抵押出去换钱。但是当一个乞丐费力地从路那边走来时，他想到远方的主，就把衣服送给了这个穷人。

有段很短的时间他走得又快了起来，可随后脚步重新变得缓慢了。太阳当空，酷热非常，树的暗影在满是尘土的路上成了窄窄的一条带子。难得有一丝微风穿过干燥正午的闷热，却把路上粗糙厚重的尘土粘到汗流浃背的躯体上。他觉得这些尘土也在自己干枯的、早就在渴望饮水的嘴唇上燃烧起来。但周围是山区，一片荒凉，看不到任何地方有清凉甘洌的水井或者客舍。

有时他一时起意，觉得该回头或者至少在树荫下休息几个小时。但是一种一再增长的不安继续驱使着他向目的地走去，双膝摇摇晃晃，嘴唇渴求着清泉。

已是中午了。太阳灼热，从片云皆无的天空直射向地面，大路在出游者的便鞋下面燃烧，有如烧成液体的铁砂。他的眼睛被尘土灼得发红肿胀，脚步变得越来越摇摆不定，干燥的舌头使他无法再向经过身边为数寥寥的游人表达虔诚的问候。力量早已耗尽了，但仿佛意志还在独自驱使他前进，还有那深深的畏惧，怕再也见不到那闪烁光华的面庞，正是这面庞使他的梦想变得澄明发亮。那种认为自己已接近了救世主，再有两个小时就能抵达圣城的可笑念头逼得他头昏脑涨。

他拖着疲惫的身躯坚持走到路边的一座房子跟前。他使出最后一点力气把出游用的多疤节的手杖向门上撞去，用干枯得几乎分辨不出的声音乞求开门的女人给他一杯水喝，随后便倒在门槛上昏迷过去。

当他重新醒过来时，又觉得浑身充满了信心和力量。他躺在置于阴凉小空地的床上，摊开四肢，全身上下留着被一只温柔的手细心照料过的痕迹；他那灼热的身体用醋洗了一遍，并被细心地涂上了油膏；床边还有一个容器，就是里面的东西使他恢复了精力。

他的第一个念头就是时间，他很快从床上跳了下来，去看太阳。太阳还高高挂在天上，正午刚刚过去，耽误的时间不多。这时，给他开门的女人走进房中。她还年轻，看外貌像叙利亚人；至少她的眼睛有着这个民族妇女所有的那种深色的野兽般的光泽，她的双手和耳坠显示了这个民族所有女人对装饰特有的孩子似的喜爱。当她向他表示欢迎时，嘴边露出浅浅的微笑。

他对她的好客表示热烈的感谢，却不敢立即就说出告别的话，尽管他的心是那么强烈地逼他快点上路。他不情愿地随她进入餐室，在那里，她为他准备了饭菜。她用表情示意他坐下，随后问他的姓名和这次旅行的目的地。不久两人就交谈起来。她开始谈起自己，她是一个罗马军团百夫长的妻子，是他把她从家乡劫持到这里来的，这儿的生活单调乏味，远离她的同胞，少有什么乐趣。今天她的丈夫整天都待在城里，因为总督本丢·彼拉多①命令处死三名

---

① 本丢·彼拉多（？—41），古罗马犹太行省执政官（26—36），据《圣经》记载，曾主持对耶稣的审判，并下令将其钉在十字架上。

罪犯。她还非常热心地谈了许多诸如此类的无关紧要的事情，一点都没有注意他不安和不耐烦的表情。有时她用一种特有的满含美意的目光望着他，因为他是一个英俊的年轻人。

他先是对一切视而不见，他没有注意她，她的话像毫无意义的声音在他耳边滑过。他的整个思想越来越集中到一个念头上：他必须继续赶路，好赶在今天看到救世主。但是漫不经心喝下的烈酒使他的四肢乏力、沉重；随着酒足饭饱，一种懒散的舒适感也攫住了他。当衰退的意志力在饭后逼使他尝试一次无力的告别时，她指了指下午那令人窒息的炎热，没费多大力气就阻止了他。

她笑着责备他如此匆忙，连寥寥几个小时都这么吝啬。他已经犹豫了个把月，那就不应当计较这短短的一天。她一再用奇怪的微笑表明，只有她一个人在家，就她一个人。说这话的当儿，她的目光热切地直刺向他。一种罕有的心慌意乱袭上他的心头。烈酒唤起了他那呆钝的欲念，在酷热炙人的阳光下，燃烧的血液带着奇怪的冲动在他的血管里跳动。这种冲动越来越不能自持。一次，当她的脸靠近他的脸，当他吮吸到她的头发散发出的诱人芬芳，他把她拉向自己，以狂暴的激情吻她。她没有抗拒……

他忘记了他神圣的思念，只想到在他灼热的双臂中搂抱的女人，长长的闷热的夏天午后就这样过去了。

直到晚霞又把他从陶醉中唤醒，他粗鲁地，几乎是带着敌意地从她的怀抱中挣脱出来，因为一个女人的缘故而耽误了见到救世主的念头使他变得恐惧和粗野。他急急忙忙地拿起衣服，抓起手杖，默不作声地离开了这座房子，这是因为他有一种预感，自己不可以向这个女人道谢。

他马不停蹄地直奔向耶路撒冷。夜色下垂，所有的枝干桠叶都震颤不已，像是对充满世界的模糊不清的秘密感到畏惧似的。在城市前方，遥远的地方有几朵浓云，它们在晚霞中慢慢燃烧起来。当他从天空中看到这种刺眼的迹象时，他的心因为突然和无法理解的恐惧而忐忑不安起来。

他不声不响地走完了剩下的路，目的地就在眼前。但他总是在想，自己没有忠于使命，只顾瞬间的淫乐，心中郁闷的沉重感即便在他看到了圣城明亮的城墙、闪耀的塔楼以及庙宇耀眼的尖顶时，也没有消失。

只有一次，他停下了脚步。靠近城市，在一座低矮的小丘上，他看到了巨大的人群，人们摩肩接踵，熙来攘往，人声鼎沸，从很远的地方都能听得到。他看到在人群中间矗立着三个十字架，漆黑醒目地在天空显露出来，云层泛起一片明亮的红霞，好像整个世界被浇注了耀眼的火焰，被浸在这种咄咄逼人的烈火之中。士兵锃亮闪耀的长矛在熊熊燃烧，似是沾满鲜血……

有人从空无一人的路上朝这里走来，他的脚步慌乱，不知所措。他问这个人，这里发生了什么事，可随之他大吃一惊，因为这个陌生人抬起的脸骇得扭曲开来，僵死一般，就像突然受到了一记重击似的，年轻人还没镇定下来，那人就气急败坏地狂奔起来，像是有妖怪在追赶他似的。他奇怪地朝他喊去，陌生人没有转头，而是不停地跑，不停地跑，但朝圣者觉得，他好像认出了那是加略人犹大。可他不懂对方怎么是那么一副奇怪的表情。

他同样问下一个路过的人。这个人急匆匆的，只是说，那是本丢·彼拉多判决的三个罪犯被钉上了十字架。还想继续问时，对方已经走远了。

他独自继续朝耶路撒冷走去。他又一次向小丘抛去一瞥，那儿像被鲜血笼罩，他朝三个被钉在十字架上的人望去。先是右边的，左边的，最后才看到中间那个。但是他已无法认清他的脸。

他漫不经心地从旁边走过，向城市进发，去看救世主的面孔……

（高中甫　译）

艾利卡·埃瓦尔德之恋

诚挚的朋友卡米尔·霍夫曼

……然而这是所有年轻姑娘，所有那些温顺的受苦受难的女子的故事。她们从来不说自己在受苦受难。女人生来就是受苦受难的。她们的命运的确是这样。她们早就体验过这样的命运。因此她们对命运很少感到惊讶，以至于她们还总是说，如果痛苦早就来了，那么，现在这里可没有痛苦……

巴尔贝·多尔维利[①]

艾利卡·埃瓦尔德小心地迈着迟到者的轻声脚步慢慢走了进来。父亲和姐姐已经坐下来吃晚餐了。听到开门的声音，他们都抬起头来看了一下，对进来的人草草点了点头。然后杯盘刀叉的丁当声继续响彻灯光昏暗的饭厅。他们很少交谈。只是偶尔有人说一句话。这句话就像风吹的树叶那样在空中飘忽不定地飞舞，随后就如强弩之末，沉落地上。他们很少说话。姐姐长得不引人注目，有些难看。多年来一直被人厌恶和嘲笑的体验使她抱定老姑娘那种迟钝的听天由命的态度，微笑地看着每一天离去。长年在同样颜色的办公室工作使得父亲对世界生疏了。特别是自从妻子死后，他就陷入冷酷的恶劣情绪和固执的沉默之中。老年人都喜欢用沉默来掩饰自己身上的痛苦。

在这样单调无聊的晚上，艾利卡多半也是沉默无言。她尽量避免同像密布的乌云一样笼罩晚上这几个小时的灰暗情绪斗争。再说她也太疲倦了，进行不了斗争。白天折磨人的工作每个小时都在追逐她，强制她不知疲倦地、温顺地忍受不和谐、摸索中的协调、音乐以外的粗暴。工作本身也引起了沉默和休息的需要，好让在白天的暴力下枯死的各种感受无言地舒展开来。她喜欢在这种清醒的梦中吐露真情，因为一种几乎过分的羞怯永远不许她对别人吐露哪怕点点滴滴自己藏在内心的爱恋，尽管一颗心被没讲出口的秘密压得轻轻颤抖，就像树枝在熟透的果实的重压下摇摇晃晃。因此只有苍白的嘴唇周围轻微的、几乎不为人觉察的颤动透露出她心里进行着的搏斗，和她不可名状而又难以控制的渴望。极偶尔地，紧闭的嘴唇强烈地颤动几下，就像在突然啜泣一样。

---

① 巴尔贝·多尔维利（1808—1889），法国作家和评论家，有"文学高级警官"之称。

晚餐很快就结束了。父亲站起身来，冷淡地道了一声晚安，便走进房间抽烟斗去了。在这个连最无关紧要的活动也会石化成死板的习惯的家庭里，天天都是如此。姐姐让内特也总是叫人给她送吃的东西，而自己却趁着灯光，由于近视向前弯着腰，不假思索地开始刺绣。

艾利卡回到自己的房间，开始慢慢地脱衣服。这会儿天色还早。往常她习惯于看书直到深夜。要不就怀着甜蜜的感情倚窗而立，居高临下，俯视沐浴在银白色月光中的鲜艳房顶。这时候她的思索没有明确的目标。她只是对发亮和闪光的东西，对背后隐藏着生活秘密的千万块玻璃亮闪闪地反射出来的如水月光，有一种朦胧的爱恋。但是今天她感受到的是一种温和的疲乏，一种愉快的沉重，渴望被柔软温暖的被子紧紧拥抱。这种渴求香甜梦乡的昏昏欲睡，如同使人缓慢变冷、麻醉的毒药，流到了四肢。她振作一下精神，简直是匆匆忙忙地脱下最后几件衣服，熄灭了灯。然后，过了一小会儿，她便四肢舒展地躺在床上了……

白天愉快的回忆很像敏捷灵巧的皮影戏，在她身边蹦蹦跳跳地又过了一遍。今天她到他那里去过……他们又一起排练了音乐会，她弹钢琴为他的提琴伴奏；他则为她领奏肖邦的无言叙事谣曲。然后他对她讲了些温柔甜蜜的情话，滔滔不绝的情话！

画面过得愈来愈快，把她领回家里，领回她自己身上，为的是让她迅速地再度迷失在过去，迷失在她认识他的那一天。画面很快越过了时间与事件的狭小范围，变得愈来愈没有约束，愈来愈五彩缤纷。艾利卡甚至还听得见姐姐到隔壁房间去睡觉了。她忽然产生一个非同寻常、值得注意的想法：他是否也会请她到他那里去呢？发自内心的愉快微笑无力地爬上了她的嘴唇，她已经睡意朦胧了。不多几分钟以后，安稳的睡眠就把她送进了幸福的梦乡。

醒来时她看到床上有一张风景明信片。上边只有几行强劲有力的字迹，都是给人寄明信片时常写的那些话。但是她把它们视为礼品和幸福，因为这是他写的。每个微不足道和不引人注意的细节都激起她对实际情况的无限猜想。因此她觉得这种爱情不仅应该如同一道柔和的光辉照耀四周，使一切发出亮光，而且这种使人容光焕发的感情和沉醉如此之深，就像是无生命和无灵魂的东西在烧得通红时从内部透出的光亮。早从少年时代起，生存的恐惧和缄默孤寂的经验就教育了她，不要把事物看作是冷淡和无生命的，而要将其看作默默无言地听她诉说的朋友，可以倾诉衷肠与柔情的朋友！书籍、图像、风景、乐曲都对她说话。而她一直保有儿童的虚构才能，能够在绘画里，也就是在无灵魂的东西里，看到欢快活跃和色彩缤纷的真实。在爱情来到她身边以前，艾利卡孤寂的节日和幸福就是这个样子。

因此，明信片上那几行黑字对她也就成了一件大事。她读上面的句子，带着他声调里那柔和而富有乐感的重音，就像他经常说这两句话似的。她想赋予自己的名字以只有温言软语才讲得出的那种暗含甜美的吸引力。在这种亲戚友人间惯常使用的、冷静到简直是客套的句式里，她竟谛听到了爱情隐秘、清脆的弦外之音。她在梦幻中缓慢地拼读这几行字，几乎连它们原本的内容都忘记了。当然，内容并不是不重要的。她确实想告诉他两人计划中的星期日郊游能否成行。还有两句不大重要的话，是关于他们在一场早已谈妥的音乐会里共同出场演奏的。然后便是友好的问候和草体签名。但是她翻来覆去地一直读，因为她相信，从这几行字里她听到了强烈而紧迫的感情。然而，那只是她自己的感情的回音。

爱情来到艾利卡·埃瓦尔德的身边，并且把最初的光辉送到她苍凉冷漠的少女生活中来还没多久。因此这场爱情故事是安静和平凡的。

他们是在一次社交聚会中相识的。她在那一家教钢琴课。但是她庄重大方的言谈举止赢得了全家的厚爱，于是此后她便完全被看作朋友了。而他是应邀来参加聚会的，并且可以说是作为 Pièce de résistance① 来的。这是因为尽管他很年轻，但是作为提琴高手，他有着异乎寻常的名气。

周围的人也都热情地支持他们互相了解。人们要求他演奏，于是她就得承担伴奏的任务。这简直已经成了不言而喻的事。那时候他就第一次注意了她，因为她能很深刻地理解他的意图，这又使他立即联想到了她人品的高雅和诚挚。所以在演出结束、喝彩声还没停止的时候，他们就在一起交谈数语。她只是略微颔首，完全不引人注意地略微颔首。

但是事与愿违。人们没有那么快就放他们自由。他只能偶尔从侧面打量她高挑柔韧的身材，偷偷地接受她深色眸子羞怯而又钦佩的致意。谈话于是消失在人们强迫他们接受的粗俗举止和礼貌行为

————————

① 法语，主菜。

之中了。然后又来了一些新人，又进行了很多娱乐活动，使得她几乎忘记了约会。但是当所有的活动都已结束，她要离去的时候，他突然站到了她的身边。他用柔和而拘谨的声音问她，他是否可以送她回家。一时间她感到手足无措，然后才用笨拙的借口谢绝他的好意，这使他轻而易举地贯彻了自己坚持效劳的意志。

她住在离市中心很远的郊区。因此在那个朗朗月色之夜里他们走的是一条漫长的路。他们之间还沉默了一段时间。这并不是因为不知所措，而完全是由于受过完整高雅教育的人对用陈词滥调开始交谈怀有说不清的恐惧。还是从他们共同演奏的音乐作品谈起吧，干脆从艺术谈起。但是这不过是个开头，通向她内心的路只有一条。这是因为他深知，所有把自己最后的珍宝如此慷慨地耗费在艺术中的人，把自己的全部感情都放在音乐之美上的人，在生活中都是严肃的、内向的，因此都只对理解他们的人敞开心扉。她也真的运用自己对于创作和演奏的观点跟他谈了许多隐秘的心理经历、从来没有对人吐露过的心事以及某些自己至今没有意识到的事。后来她自己也无法理解当时是怎么克服了那种一成不变的、几乎是过分谨小慎微的矜持。就这样他与她后来更为亲近，于是就成了她的朋友和知心人。这是因为在那个晚上她觉得生命中出现了一个艺术家，一个进行创作的人。他还像一个从未进入生活、而是生活在远方的强者。他是难以接近的和超群出众的。他是一个善解人意的人，一个人们不必对他隐瞒任何事情的善良的人。迄今为止只有纯朴的人能进入她的生活范围。对于那些让人如同面对作业题的学生那样进行分析和计算的人，她就像一个保守和满怀成见的宗教法官。她觉得他们是陌生的，简直是可怕的。那是一个寂静和晴朗的夜晚。在这样宁静的夜，如果二人同行，没有人偷听，没有人干扰，只有房屋的浓重阴影压在他们的话上，任凭没有回音的讲话声在寂静中随风消散，那么，他们就会充分信赖彼此，仿佛在自言自语一般。那些在白天纷繁杂乱的不安定中没受到注意就沉落下去的思想，到了晚上，一经轻微的震动，便从深沉之处苏醒过来。这些思想于是在并非刻意要说的情况下——变成了告白。

这次孤寂冬夜里的漫长行走，使得他们彼此靠近了。伸出手来告别的时候，她不知所措地把苍白冰凉的手指长久地放在他强有力的手里，仿佛忘记了时间。然后他们如同老朋友一样分手走开。

这个冬天他们还经常见面。最初的相遇纯系令人愉快的偶然，但是不久便发展成了约会。这位令人感兴趣的姑娘以其全部的不同寻常刺激着他。他赞赏她精神上高雅的矜持。而她的内心也只对他敞开，并且像个受了惊吓的孩子那样犹豫地扑到他的脚前。他爱她处处精细、优雅、纯朴的情感力量。这力量无心去迎合任何人，却要在陌生人眼前隐藏起来，以免纯粹的热忱受到干扰。但是对于这种在每个人身上都能觉察到的可爱、真挚、完整而且有吸引力的情感，他却觉得很陌生。早从还是个半大孩子的时候起，他就作为艺术家受到要在精神恋爱中求得满足的女人的过分纵容和引诱。他太缺乏女性的敏感，也太缺乏青年男子的敏感，因为一如文科中学生恋爱般不可理解和别无他求的甜美还从来没有进入过他早熟的生活。他同时也满怀激情，自命不凡，带着粗暴的渴望去爱，冲向最后性欲的满足，为的是在那里流血死去。他有自知之明。他为了那些压倒他的种种弱点而看不起自己。他无力自卫，怀着厌恶，感受一切迅速的满足。这是因为激情和性感都彻底震撼着他的生命，就像震撼着他的艺术那样。他演奏的高超技巧也植根于这种坚定和激昂的男子气概。最后停止呼吸的音调间的差别，如同潜藏忧郁的轻微呼吸，都被他坚强有力、颇具有吉卜赛人风格的弓法忽略了。在他善于驾驭的动人力量背后，总是隐隐然有一点畏惧。

她对他的爱情也很胆怯和恭顺。她把他看作多年独身生活中那些含有某些真实成分的梦想人物的化身来爱。她爱慕这位展现自己本性的艺术家，因为她怀抱的少女的信念是，一位艺术家在生活方式上也必定表现出牧师的庄严。有时候她用一种陌生的、非性感的目光来观察他，就像是在看一幅罕见的照片，要从里边找到熟悉的面容。她对他倾吐衷肠，就像面对聆听忏悔的神父。她没有想到生活，因为她从来不熟悉生活。她只是像做了一场无根无据的梦一样经历过生活。因此对于未来，她也没有任何恐惧和渴望。她相信，这种非性感的和敬重的爱情会持续不断地发出温情愉快的声响。这样的爱情使得她坚定了对自己的艺术美和诚挚的贞洁的信心。

有时候令她惊讶的是，每逢她在他那里，他们根本不谈需求。他或是拉琴，或是沉默。而她则坐着梦想。她觉得，只要他在说话，或者在端详她，自己的梦就会更加鲜亮和光明。这时候万籁俱寂，再听不到白天的混乱喧闹，只有寂静、沉默和清脆的节日钟声深深地传入内心。于是往常朝思暮想的对温柔体贴的需要，对自己原来害怕的悄悄情语的等待，都在她心里颤动起来。她想象自己完全被他迷住了，他仿佛用艺术支配着她。他用诱人的声音带给她痛苦和欢呼。他的演奏令她无力抗拒。她只感到无法言传的感同身受，但她表达不出来，只能接受，只能伸开颤抖的双手在他跟前乞求。

一个星期里她要到他那儿去好几次。这已经成了一个不可更改的习惯。最初他们只是排练共同演出的音乐会。但是没有多久他们就再不能缺少这几个小时了。她完全没有料想到潜藏在他们不断增进的亲密友谊中的危险，而是听任自己精神上最后的矜持在他面前一败涂地，听任自己向他吐露最隐蔽的秘密，并且把他看作唯一的好友。她在热情的、几乎耽于幻想的讲述中常常没有觉察到，他躺在自己脚跟前谛听时，如何激动异常地抚弄她的手，如何偶尔低下头来狂吻她的手指。她也听不出来，有时候他拉出的最急迫、最热情的音调就是在对她说话，因为她在音乐中总是只寻求自身和自己的梦想。对于她来说，在这段时间里，可以对迄今不敢大声讲出的许多事情进行理解和拯救。她只知道，这样安静的时间给她沉闷而忙碌的白天带来很多光辉，也给她的夜晚带来光明。除了安静地生活，愉快地生活，她别无他求。她要求一种丰富的宁静，她可以像走向圣坛一样遁逃进去。

但是她加意提防公开显示自己的幸福。在别人和家人面前，她常用冷冰冰的沉默寡言掩饰最纯洁的幸福微笑或是热泪盈眶的样子。这是因为她想把自己的爱情在陌生人眼前保藏好。爱情如同一件有上百个容易损坏的地方的艺术品，随着笨手笨脚的人一声惊恐的喊叫就会彻底粉碎。她在自己的幸福和生活周围筑起一堵用日常的客套话和废话建造的高墙。这样就避免了她的话被许多人传来传去，既不会被人误解，也不会破烂成无价值的碎片。

郊游前的星期六晚上她又去看望了他。敲门的时候她又感觉到了明显的紧张，每次来找他时都是这样。这种心情总是愈演愈烈，直到与他本人在一起为止。但是她没等多久。他急忙把门打开，请她进入书房，又殷勤地帮她脱下春季外套，还用嘴唇毕恭毕敬地挨了挨她高雅美丽的手。然后他们在书桌旁的深色绒布小沙发上落座。

房间里已经很暗了。外边的天空中，乌云在晚风里匆忙地互相追逐。云影朦胧使得黄昏阴沉沉的光亮也动荡不安起来。他问要不要点灯。她回答不必。这种昏暗、甜美、让人无法识别而只能想象的光亮配上他那温柔的忧郁，她觉得很可爱。她安静地坐着。这会儿还能清楚地觉察出房间里雅致的布置。高贵的写字台上有一座青铜雕像，右边是雕刻而成的提琴架。一小片透过玻璃窗冷漠地看着房内的灰色天空把提琴架侧面的黑影衬托得十分清晰。声音深沉而准确的钟在什么地方滴滴答答地走着，似乎这就是没有同情心的时间的艰难步伐。除此以外，这里很安静。只有一两缕蓝色的烟雾从他忘记了的香烟上冉冉而起，升入黑暗中。这时，一阵微温的春风穿过敞开的窗子向他们吹来。

他们在闲聊。最初他们微笑着不停地讲述，但是在吓人的黑暗中谈话越来越困难了。他讲起新的音乐作品。那是一首爱情歌曲，是根据从前他在乡下听到的几节朴实无华但忧伤感人的民歌写成的。当时有几个姑娘在劳动后回家，她们的歌声从远方传来。他听不懂歌词，但是却听出了其中温和、压抑的渴望。昨天这首歌的旋律突然又在他心中出现了。已是深夜，那旋律于是就变成了他的一首曲子。

她什么也没说，只是盯住他看。但是他理解了她的要求，默默地走到窗口，取下他的提琴。他开始以很低的声音拉起这首曲子。

他身后的光线又逐渐亮了起来。晚霞在燃烧，在紫红色的光焰中燃烧起来了。房间先是回光返照般又亮了起来，接着，光线慢慢变得更加阴森、更加令人厌恶了。

他以奇妙的力量演奏着这首孤寂的曲子。他自己也沉醉于琴声之中。于是他忘记了自己的曲子，只记住了充满无限渴望的、陌生的民歌旋律。这个旋律用不同的变奏一再诉说着同样的内容，一再哭泣和欢呼。他不再考虑什么了。他的思想是遥远和混乱的，只有内心潮涌般的感情还在形成音调，重归音调所有。美淹没了这个狭窄昏暗的房间……红霞已经变成了沉重的黑色阴影，而他依然在拉琴。他早已忘记了演奏这首歌仅仅是为了对她表示敬意。他的全部激情、对世界上所有女人的爱、对美好之物的总体的爱，都在幸福热情颤动的琴弦上觉醒了。他不断觉得有了新的提高和更狂热的力量，但是还没有达到令人愉悦的满足。在最迅速的振奋中，还是只有渴望，只有呻吟的渴望和欢呼的渴望。于是他继续演奏，像是要调整某个确定的和弦，走向一个从前没能找到的结束和转变。

突然，琴声中断了……艾利卡发出一声歇斯底里的呜咽，便昏倒在沙发上。她本来已在琴声的引诱下从沙发上站起身来。她那软弱敏感的神经总是屈服于音乐感情的魔术。听到忧伤的旋律，她就会哭泣。这首歌里迫切和令人兴奋的期待，激起了她内心的全部感情，使她的神经陷入可怕的、喘息不止的紧张。她觉得这种受到抑制的渴望的压力如同一种痛苦；她感到在这种桎梏人的痛苦中自己不能不呼喊出来。但是她又不愿意这样做。于是只有在突然的啼泣痉挛中，她那不受控制的激情才能平静下来。

他跪在她的身边，努力使她平静。他轻轻吻她的手。但是她一直在颤抖。有时候她的手指也一阵痉挛，如同受到电击。他亲热地和她说话，而她却充耳不闻。现在，他变得更加热诚了。他说热情的话，他吻她的手指，吻她的手，吻她不住颤动的嘴——她的嘴也在他的嘴唇下边无意识地发抖。他的吻变得愈来愈迫切，还不忘讲些温存体贴的情话。他愈来愈狂热和急切地抱紧了她。

突然间，她从半梦状态中清醒过来，简直是粗暴地把他推了回去。他在惊恐之中心神不定地站起身来。她又沉默了一会儿，像是回忆起了种种事情。随后她的目光变得惶惶不安，断断续续地说，但愿他能原谅她，她的神经性痉挛经常这样发作，这一次是音乐使她激动起来的。

痛苦的沉默持续了一小会儿。他不敢作任何回答，因为他害怕不得不扮演卑劣的角色。

她又补充说，现在她得走了，早就到了该走的时候了，再说家里人也等她太久了。她说着便拿起自己的外套上装。他觉得她的声音很冷淡，简直是冰凉。

他本想说几句话，但又觉得在刚才的激情陶醉中对她讲了那么多话之后，再说什么都是可笑的。他默默无言，尊重地把她领到门口。在吻她的手分别的时候，他犹豫地问了一声："那么明天呢?"

"照我们约定的。您还记得吧?"

"那当然!"

他感到愉快的是，她在离去时对他的举动没有说一句话。他愈发钦佩她高雅的矜持，既原谅了他，又不使之流露出来。他们匆匆地互相道别，然后门就砰的一声关上了。

星期天的早上，天气有些阴暗和沉闷。浓浊的晨雾用灰色的密眼大网笼罩了整个城市。但是昏暗的网中不久便开始射出光来，仿佛捕捞到一顶沉甸甸的越来越明亮耀眼的黄金王冠。最后，在光亮的重压下，昏暗的大网破裂了。于是春天清新的阳光终于照射出来，照在光滑的窗玻璃和湿漉漉的房顶上。无论在闪光或积水的地方，还是在散射红光的半球形教堂顶上，以及向外探望的人们充满欣喜的目光里，都反射出阳光的青春面容。

到了下午，明媚的阳光已经推进街道里。来来往往的车辆叽叽嘎嘎形成了欢快的旋律，但是麻雀的喧哗声更大。为了争夺电缆线，它们在上边鸣叫不休。这时，在巨大的混乱中，电车也发出了刺耳的信号。浩浩荡荡的人流如同黑压压的潮水，涌向通往市郊的大路。在这样的人流中，那些敢于最早换上白色和颜色鲜亮的春装上街的人，形成了一道道光彩夺目的闪电。而太阳，那普照大地的太阳，正辉煌灿烂，凌驾于万物之上。

艾利卡愉快地往前走去，轻松喜悦，就像正挽着他的胳膊散步。真的，她像孩子似的跳舞和狂奔起来。她穿起简朴平整的衣服，并用发夹把头发束高，显出十足的孩子气和少女风度。她焕发

35

的精神源于发自内心的热情，这使他的端庄严肃很快也化为乌有了。

不久他们放弃了原先到普拉特尔公园去的计划，因为他们害怕漂亮公园的肃穆安静到星期天会被混乱的尖声叫喊打破。普拉特尔公园精心修剪的林荫道很宽广，两旁都是古老的栗子树。辽阔的河谷草地呈扇面形，直达浓密的森林地区，此外还有个极大的草原牧场。沐浴在那里柔和的阳光中，就会完全忘却近在咫尺、不停呼吸和呻吟的百万人口大城市。但是一到节假日，这种魅力便消失了，在潮水般涌来的人流面前隐蔽起来。

他建议往德布林方向走，可是要走很远，会经过一处有许多令人倍感亲切的白房子的地方。那地方确实可爱；房子从景色幽雅、但又为昏暗包围的花园里向外边卖弄风情般地闪现姿容。他知道那里有两条道路，幽静而且富有情趣，布满槐花的狭窄林荫道平缓地连通广阔的田野。今天他们走的就是这条路。他们走过一处安静的地方，这里有简直是乡村风味的假日宁静，犹如无法捕捉的清风，陪伴他们走完了全部行程。有时候他们相互对视一下，都感觉到彼此的沉默含意多么丰富，以及这沉默如何带来和增强了对于欣欣向荣的春天的幸福感受。

田野在更低的地方，是一片绿色。但是热忱慷慨的大地那惠人良多的芳香已经迎面扑来，好像充满希望的问好。远处是卡伦山和利奥波德山。利奥波德山上有座很古老的小教堂，从那里峭壁陡然直下千仞，通到多瑙河边。其间是许多肥沃的土地。地里大半还是褐色，没有耕耘劳作的痕迹，但到处是人们所期待的幼苗。有些方块田里已经长出黄色的胚芽，它们笨拙地直接从黑土地里钻出来，于是方块田便像极了强健黝黑的劳工身上撕开裂缝的衣服。敏捷的燕子啾啾鸣叫着飞进了晴朗得如同展平的青山似的天空。

他们穿行在古老宽敞的槐树林荫道中。走来的时候，他对她说，这就是贝多芬最喜欢的一条路，他就是在这条路上散步时第一次找到了许多内容深刻的作品的灵感。贝多芬的名字使两人顿时肃然起敬。他们想起来，是贝多芬的音乐在许多天赐的时间里使得他们的生活更为丰富充实，更为诚挚热情。因为想到了贝多芬，他们觉得一切都更有意义、更加伟大了。现在他们感觉到了这里风光的庄严壮丽，而原先他们看到的只是欢快喜悦而已。阳光灼热的大地里幼芽在茁壮生长，散发出浓郁的香味。这就是春天给予他们的最神秘的象征。

他们在田野里继续前进。艾利卡走路时用手指把未成熟的庄稼拨得沙沙响，茎秆偶尔在她脚下折断，她却毫无感觉。他们之间的沉默使她沉醉在梦一样罕有而深刻的思想中。她心里苏醒的是温柔隐蔽的爱情。不过她想到的并不是走在她身边的他，而是在她周围生存的一切。她想到在风中轻轻摇曳的庄稼和幸福劳作的人们。她想到在高空中互相追逐的燕子，还想到远处低矮的平原上裹在灰色的风帽里往这边看的城市。她又像个欢呼着跑进温暖水流般的阳光中的孩子似的，欢欢乐乐，蹦蹦跳跳，感受到了春天包容万物的力量。

他们在草场上和田野里走了很久，下午行将结束，但还不到晚上。强烈的光亮逐渐过渡成了虚弱的宣告夜晚来临的黯淡微光。一种淡玫瑰红的色调氤氲在空气中。艾利卡已经走得有些累了，为了好好休息一下，也有点出于好奇，他们走进了路旁的一家小饭店。饭店里五光十色，很是混乱，迎面传来的是欢乐的声音。他们来到庭园里坐下。邻近各个桌旁坐的都是从郊区来的一个个家庭，都是平易近人、高谈阔论、无拘无束的上等人。他们按照维也纳的习俗用郊游欢度星期天。背后是一座园亭，里边有几个乐师。这些人三五成群，在市内游来荡去乞讨似的过一个星期，只有到星期天才在这里有个安身之处。他们用手风琴演奏古老民歌很是拿手，一奏起自由欢快的流行电影主题歌，很快就会有众人相和，扯着嗓子唱起来，连妇女也会来同声合唱。在这里谁也不会怕羞。在这里，舒适愉快和安逸满足就是一切。

艾利卡向桌子对面的他微笑，但是很隐蔽，没有人觉得她失礼。他们很喜欢这些朴实、易于理解、感情单纯、不隐藏本能冲动的人。她也很喜欢这里不受干扰的乡村风味和愉快气氛。

店主是个胖胖的人，性情和善，现在正满脸堆笑地向他们的餐桌走来。他在客人中看到了这对他乐于亲自服务的高雅人。他问是否可以送酒来。得到肯定答复以后，他又问道："新娘小姐想要点什么？"

艾利卡满脸通红，一时间不知如何回答是好。然后她只是胡乱点了点头了事。她的"丈夫"坐在对面。虽然她没有看他，但是她觉察到了，他在微笑着欣赏她不知所措的目光。她到底是羞怯的。为了能比较自然地混过去，她是在多么笨拙地寻找出路。可是她再也摆脱不开痛苦的感觉了，她的情绪一下子变坏了。现在她才感觉到，这些人单调地哼唱的歌是多么支离破碎，多么机械死板。现在她才听出来，在狂欢中呼叫的低沉音调是些难听的咆哮和喧闹。她最好走开。

但是这时候，提琴开始拉出几个不常听到的节拍，约翰·施特劳斯的一支古老的华尔兹曲柔和甜美地响了起来。其他人也随之灵活地协奏起轻柔愉快的旋律。艾利卡再次惊愕地感觉到音乐对于她的精神具有多么大的控制力。这是因为她心里一下子轻松了，重新感到摇晃和飘荡。悦耳的旋律使她也参与进来，完全是低声哼起了陌生的歌词。但是她并不真的懂得歌词，她只是觉得，一切又都美好了，又都令人喜悦了。她又感觉到了春天的欣欣向荣和自己欢跳不已的心。

华尔兹曲结束的时候，他站起身来走开了。她很高兴地跟随他而去。这是因为她立刻理解了，他走开的意图是不让乏味的流行小调来干扰优美旋律的动人力量和愉快真挚的热情。于是他们又走上了回市内的美丽道路。

太阳已经沉落，落到了群山的边缘。阳光透过金光通红的树林往山谷里射下罕见的玫瑰色的细小光流。这是一种很奇妙的景象。天空里闪耀着红光，好像在远方有一场大火。在山脚下，城市的上空，雾气在色彩鲜艳的光线中形成一座穹顶，很像一个紫红色的大球。到了晚上，一切声响都消失在温柔的和谐中。远处传来郊游归来的人的歌声。手风琴在为歌唱伴奏。蟋蟀的唧唧声也愈加嘹亮。在树叶中，树梢里，还有听不分明的嗡嗡声、簌簌声和飒飒声，在空中甚至还有隆隆声。

突然他的一两句话落入了她庄严的、几乎是凝神肃穆的沉默中："艾利卡，真是好笑，店主怎么会把您称作我的新娘呢？"

然后是一声大笑，一声吃力的、勉强的大笑。

现在艾利卡从梦幻中清醒过来了。他说这话是想干什么？她觉得他是想开始交谈，是想强迫交谈。她感到害怕，感到一种愚蠢无聊和模糊不清的恐惧。她没有回答。

"这话真可笑，不是吗？您的脸羞得多么红呀！"

她朝他看去，想观察一下他的面部表情。他是想要嘲笑她吗？——不对！他是很认真的，而且根本没有看她。他是无意间说的。然而他想得到回答。现在她才感觉到，他是多么勉强地讲这个话的，就像是为了开个头一样。她感到惊慌不安。但是她不知道这是为什么。不过她又不得不说话，因为他还在那里等着呢。

"我觉得与其说是可笑不如说是尴尬。我就是这样子，所以不大懂得开玩笑。"她说得生硬、果断，几乎是很激愤。

然后他们之间又出现了沉默。但是这不再是一致享受的幸福的沉默，像原先那样，也不是志趣相投的预感，不是突然感到的尚未产生过的感受，而是一种沉重而令人不快的沉默，是具有某种危险与紧迫性的沉默。她突然对他们的爱情感到忧虑，怕它也会变成强烈的痛苦和煎熬，就像她所遇到的一切幸福那样，就像那些她为之哭泣但又是她最心爱的忧伤和温情的书籍一样，就像在《特里斯丹和伊瑟》中，声音像洪流中的湍急波浪，对于特里斯丹和伊瑟来说，这既意味着最高的幸福，又像痛苦那样折磨着他们。沉默愈来愈甚地压迫着她，而且变得如同一场浓浊的大雾，落到她的眼睛上，令人疼痛。这时候她才从忧虑不安中逐渐解放出来。她想作个了结，明白坦率地问问他。

"我觉得，您好像想对我隐瞒什么，是这样吗?"

他平静了一会儿，然后目不转睛地望着她。他在思考，又一次盯住她看，更为深沉，也更为自信。于是他的声音听起来少有地圆润和富有旋律感。

"长时间以来我没有意识到，不久以前才知道，我——对您很爱慕。"

艾利卡颤抖起来。她的眼睛看着地。但是她觉察到了，他在看她，深沉地，询问地，敏锐地看着她。现在她想到的是，最近一次她在他那里的时候，他亲吻了她。当时她未置一词，但她心里是很清醒的。她不知道自己是愤怒呢，还是害羞。所以惊恐不安就控制了她。每逢他拉起热烈而富有激情的歌曲时，她都感到一种愉快的恐惧，其中既有道德的深渊又有无限的幸福。现在会出什么事呢?噢，上帝!噢，上帝!……她觉得他还要说下去。对此她既渴望，又害怕。她不愿听他说话。她想看田野，看晚上，看美好的晚上。她什么话都不要听，什么话都不要听。她只看到市区笼罩在昏暗的雾里，市区和田野都是一样。空中有云彩……这些云是多么迅速地飞上了天空呀!再往上边云就很少。一……二……三……四……五……对，是五朵云……不对!只有四朵!……是四朵……

就在这个时候，他开始说话了。

"艾利卡，很久以来我就对自己的激情感到害怕!我总是预感到，激情将要来到，但是我又不愿意相信它会来。现在激情来了，从您最近一次到我那里以后，从昨天以来，我就明白，激情到来了。"

他沉默片刻，从胸腔深处吸了一口气。

"因此，这件事使我很悲哀，无限地悲哀。我知道，我不能和您结婚。我知道，如果结婚，就得以我的艺术为代价。旁人是不会理解这一点的。而您，我亲爱的，亲爱的艾利卡，是会理解的。对此只有艺术家才能理解，而您有着丰富的、无限丰富的艺术心灵。此外，您也是很聪明的。我们不能再继续相处，这样交往下去了……现在必须作个了结了……"

他停了下来。但是艾利卡觉得他还没有说完。她真想跪在他面前乞求，请求他不要再说下去——这是因为她现在什么话都不想听，什么话都不想听——不听，完全不想听……于是在惶恐不安中她开始数天空中的云朵……

但是云朵都已经飞走了……不，那边还有一朵……这是最后一朵云了，表面喷洒了一层玫瑰红，形状如同一只骄傲的天鹅，正在深暗的河水中顺流而下……自己怎么会想起来这样一幅图景呢？她不知道……她的思想越来越杂乱无章了。她觉得她只想去思考云朵……云朵现在飞走了，是的，云朵都越过群山飞走了……她感觉到，好像她的整个心都悬挂在云朵上面，她高兴地伸展双手想把它留住，但是云彩飞走了……跑得愈来愈快，愈来愈快……所以，现在——现在云朵都已经消失了……现在艾利卡又清清楚楚、一字不差地听到了他讲的话。一听到他讲话，她的心便盲目恐惧，发起抖来。

"我不知道，你是否这样看待我。我不相信，可我总是认为，你过高估计了我。我不是一个伟人，我不是那种……那种凌驾于生活之上、陶醉于安定的自我满足的人。我很想那样，我要是能那样就好了，但是我现在不是那样。我紧紧贴在生活上。我现在也不过是一个追求自己心爱之物的人。我像所有的男人一样，仅此而已。对于一个女子，如果我爱上了她，我就不仅仅仰慕她……我，也对她有所要求……还有……我不愿意同陌生人一道欺骗你。我不愿意让你看不起我。我觉得你太可爱了，所以……"

艾利卡面色苍白了。现在她才明了他的话的意思。她很惊奇，自己竟没有早些想到这一点。她再次平静下来。一切都像必然发生的那样发生了。

她本来想拒绝说话，但是她做不到。他讲话中用亲切的"你"相称，具有充满情意的真挚，这有力地征服了她。于是她又觉得自己是多么爱他。她的头脑忽然间又清醒了，如同一个忘记的单词又记起来了。现在她感觉到失去他会是多么不幸，以及有多少隐而不露的力量把她和他联结到了一起。她觉得这一切如同是一场梦……

他在继续说话。他的声音变得温柔了，仿佛亲热的爱抚。她感觉到他的手伸到了她柔嫩的手指中间。

"我不知道你是否爱过我，像我现在爱你这样爱过我。毫无保留地奉献、彻底忘掉一切琐事、抱定一心赠予和什么都不拒绝的那种最神圣的爱情。所以我只相信为了爱情而有所牺牲的爱情……但是现在一切都了结了。而我对你的爱并未因此有所减少……"

艾利卡好像因陶醉而怯懦了。她感到一种温柔的恐惧。她只知道，她应该失去他，但又不能失去他。于是她便超脱于生活之上，把一切都看得很遥远，很广阔。夜晚的寂静笼罩着山谷，也笼罩着温和的庄严。市区，市区的喧闹以及让人回忆起现实的一切都很遥远。她觉得自己在阳光灿烂的高峰上，带着她乐于牺牲、自由和奉献的爱情，带着她馈赠幸福的愉快权利，远远高出丑恶和琐事。她心里再没了思想，再没了精明计较的沉思，而只有感情，欢呼的、潮水般涌来的感情，她从来没有觉察到的感情。情绪征服了她和她本来的意愿。于是她轻声率真地说：

"在这个世界上除了你，我再没有任何人。因此，我要使你幸福。"

在她对他说话的时候，一切羞怯都退避三舍了。她知道，她用一句话就能给他很多，很多幸福。所以她看着他闪亮的眼睛和眼睛里感激的光芒。

于是他弯下腰来，肃然敬畏地吻了她的唇。

"我从来没有怀疑过你。"

然后他们便顺路往山下走去，往市区走去，往家里走去。

他们慢慢回到了疲惫一天的昏暗市区。艾利卡从幸福梦境里阳光照耀的积雪高峰降到艰难冷酷、严峻无情的生活中来时，也是疲惫不堪的。她带着陌生和恐惧的眼神走进了湿雾弥漫的市区街巷。这里到处是令人厌恶、低级丑恶的喧闹和烟雾。她突然感到一种痛苦的空虚。她觉得，这些烟熏火燎的黑压压的房子都居高临下地向她压来。房子就是日常生活的黑暗象征。它用无所顾忌的威胁力量挤进了她的生活，目的是毁灭她的生活。

当他突然用柔情蜜语和她说话时，她几乎要惊慌起来。她吃惊的是，她几乎忘记了那可爱的几分钟和自己的许诺。在这个充满霉味、令人窒息的环境里，她突然觉得从前诱发她的陶醉和冲动的一切都是多么陌生。她从侧面小心翼翼地注视他。他正用力皱起眉头，嘴边却显出自信者的镇静。不屈不挠而且自鸣得意的男子汉气概就是他面部表情中的一切。他的脸上全然没有柔情的忧伤，而在往常，就是这种忧伤把他的力量都纳入了美的和谐中。现在他的脸上只有充满喜悦的坚强，也许这就是潜伏的情欲。艾利卡慢慢转开脸，她还从来没有像此刻这般感到他是如此陌生和遥远。

她忽然感到了恐惧，癫狂的巨大恐惧！千百种受惊吓的声音，警告、喧哗、嘶哑的叫喊一下子都在她心里苏醒了。现在要发生什么事吗？她只觉得昏沉，因为她不敢想下去。她心中涌起的一切都在反对那个只占了她一分钟的软弱许诺。强烈的羞愧使她感到伤口一样火辣辣地疼痛。现在她从内心深处感觉到了，她从来就没有性欲，她不渴望有一个丈夫，她厌恶粗暴的和强制性的权力。此时此刻她只觉得厌恶，只觉得眼前的一切都变得黑暗了，都有了丑恶和低级的意义。她感觉到的轻挽她胳膊的手、雾中忽隐忽现的对对情侣，还有路过时偶然投向她的目光，莫不如此。她的本性粗暴愤怒地敲击着她疼痛的太阳穴。

她突然体味到了自己那在失望中颤抖的爱情的深沉痛苦，就像是受到了惩罚性的打击。凡是不断发生的事情，都必定重新成为难忘的事。男人的性欲杀害了姑娘的柔情蜜意和最神圣的敬畏。幸福如同是高悬在黑暗之上光彩夺目的晚霞，现在破灭了。黑夜开始升起，昏暗、凝重、具有威胁性的沉痛寂静和无情的沉默都弥漫开来……

　　她的脚简直不想再走了。她注意到，他走的是前往他住处的路。这点清醒使她深感压抑。她想对他把话彻底说清楚：她的爱情和他的爱情如何是完全不同的两回事；她是怎样在神经承受不了的情绪作用下作出许诺的；还有此刻她心中是如何全力进行着斗争，反对刚才同意的爱情。但是这些话都没有说出口，都只是她的内心在黑暗中因紧张和折磨加重的痛苦感受，因此也没有使她得到解放。模糊不清和忧虑不安的回忆像是遮蔽成黑影的翅膀轻轻掠过她的内心。她一再想起一个故事，一个曾经与她一起上学的姑娘罕见但又很平常的故事。那姑娘委身于一个男人，出于报复和愤恨又与别的男人相好，后来还与另一个男人偷情，但是她自己也不知道为什么要这样做。恋爱像一场天昏地暗的风暴那样穿过了她的生活。艾利卡每每想起她来就不寒而栗。她内心强有力的反抗远不仅是纯真少女面对不熟悉的事情因害怕而生的最初的羞怯，这是一颗柔情脉脉、性格怯懦的心灵的美好弱点：既害怕喧闹的生活，又害怕残酷生活的丑恶。

　　在并肩挽臂前行的两人中间依然存在着冷酷而钻心的沉默。艾利卡本想把自己的胳膊抽出来，但是她的四肢好像失去了一切活动能力。只有两只脚单调匀速地向前移动。她的思想愈来愈混乱，如同带有精巧锋利的倒钩并且烧得炽热的箭在她脑袋里互相猛射。无力的恐惧和绝望的顺从在她的思想上空形成了不断增厚的乌云。她嘴上只是在不停地祈祷眼前这一切赶快成为过去，祈祷出现一团巨大的、模糊的、没有痛苦的空虚，让她既没有感觉，也不必多想，来个突然而直接的终止，就像从噩梦中清醒过来那样……

突然他站住了脚。她立即警觉和恐惧起来。他们已经在他住的房子前边。有一分钟，她的心脏停止了跳动，静止了，完全不动了，但是随后它又跳动起来，急速而且狂乱，在突突的恐惧中加快速度。

他对她说了几句话，几句柔情蜜意的话。一瞬间她几乎又喜欢他了。他讲话是那么诚心实意、温存体贴。但是当他更牢地抓住她的胳膊，紧靠着她毫无抗拒的、温柔可爱的身体时，模糊的恐惧又来了。这恐惧比刚才更令人昏沉和畏惧。她觉得仿佛心里的声音突然被松绑了，正在大声恳请和乞求他放开她。但是她的喉咙是无声的、沉默的。她半无意识地挽着他的胳膊走进阴森森的大门。她心中有种听天由命的痛苦，十分深沉，以致她再感觉不到那是痛苦。

他们走上昏暗的螺旋楼梯。她闻到一股阴凉的地窖霉臭气。她看到在凉风中摇曳的黄色煤气灯。她感觉到每一级台阶。所有的台阶都从她身边一滑而过，就像即将熟睡时的幻想：短暂，但很鲜明；深入内心，但又转瞬即逝。

现在他们站在走廊上。她知道，这是在他的房间门前……

他放开她的胳膊，走在前边。

"稍等一下，艾利卡，我要去把灯点上。"

在他走进房间去点灯的时候，她听见从房里传出的他的声音。这个短暂的时间给了她勇气和清醒。她突然感到害怕，害怕消除了痉挛的发呆状态。她像闪电一样从楼梯上跑了下去。她在丧失理智的忙乱中没有细看台阶，只是快跑，赶快往前跑。她还觉得仿佛听到了从楼上传来的他的声音。但是她根本不愿意再去思考。她只是跑呀，跑呀，毫无停顿，一直向前。一种强烈的恐惧在她心里清晰起来：他可能追随而来；还有，自己很可能回到他那里去。她跑了几条街远，直到发现来到个陌生的地方，才长出一口气，站住了脚。然后她慢腾腾地往自己家的方向走去。

现在，艾利卡的生命中有了空虚无聊、没有内容、隐藏着命运的好几个小时。这些时间的出现犹如与世无争的乌云，涌来就是为了再度离去。不过它们却顽强而且固执地停留了下来，像是一道黑烟扩散开来，愈来愈遥远，愈来愈宽广，到最后成为一团疲惫无力、忧伤沉重的灰色，固定地飘浮在生活上边，成为一块阴影，无法避免和怀有妒意地跟踪瞬息的时间，一再举起威胁的拳头。

艾利卡躺在她昏暗舒适的房间里的沙发上，一头扎在靠垫上哭起来。她觉得没有眼泪，但又感到眼泪在往内心里流，泪如泉涌，怨诉不已。有时候，她突然啜泣着全身打起冷战。她感觉到那充满痛苦的几分钟如何成了她人生中的重大事件；随着第一次希望落空，悲伤如何在坦白地倾诉衷肠的内心深处酝酿。其实她的心在胜利地颤动，因为她的逃跑在最后的关键时刻成功了。但是这不应当成为明亮闪光的喜悦和欢乐，而是如同一场痛苦那样无声无息。这是因为有这样的人，重大事件和震撼人心的事件都会拨动深藏他们心中的痛苦和忧伤的琴弦。那琴声超过其他声音，透出忧郁，而且洪亮急迫，使其他情绪都无我地融于其中。艾利卡·埃瓦尔德就是这样的人。她为自己青春美好的爱情而悲伤，如同一个贪玩迷路的孩子。她的内心也感到羞愧，感到强烈的、火辣辣的羞愧，因为她竟像个哑巴一样惊慌失措地逃出来，而不是坦诚相待，冷静地、以一种他必定会顺从的严肃的骄傲对他说个明白。现在她回想起他和她的爱情时，既怀有愉快的痛苦，也怀有强烈的恐惧。然后一切景象又都回来了，混杂错乱。但是这些景象都不再明朗欢快，而是笼罩在回忆忧伤昏暗的阴影里。

外边的门开了。她立即惊惧起来。她害怕听到任何响声。她想用她不敢认真思索的混沌的思想解释声调引起的轻微激动。

现在她的姐姐进房间来了。

艾利卡感到困惑。她惊讶的是，自己竟没想到眼前的事，就是姐姐一定会来的。现在她以奇特的感官又觉察到了，这些和她生活在一起的人都是多么陌生，多么遥远。

姐姐开始问起她下午的活动。艾利卡回答得很笨拙。当发现自己很没把握的时候，她突然变得强硬和不公正起来。她回答说别人不应该总是用问题来纠缠她，她也不想为别人操心。况且现在她正头痛，想好好休息一下。

姐姐什么也没有说就出去了。对于安静的、听天由命的姐姐，她很同情。姐姐什么事也没经历过，也不要求有所经历。她从生活中未曾占有任何东西，连一场内容丰富、显得高雅、如自己现在这样的痛苦也没有。

这件事把她又带回自己的思想。这些思想走近了，又在远方消失了。它们是沉重的、有黑色翅膀的大船，正急行在黑暗的洪流之中，没有人声喧闹，没有哗哗水响，没有斑斓色彩，没有影响深远的迹象，只受人们不知道和看不见的强大推动力驱使和操纵。但是这些思想的忧郁情绪颤动着飞进了艾利卡的内心，昏昏沉沉的几个小时以后，就在她因意志薄弱而屈从的疲倦里溶化了。

随后的几天带给艾利卡的是期待和忧虑。她暗自等待着信，等待他亲手写来的信息。她甚至渴望信里充满愤怒的言词和冷酷无情的责备。这是因为她想有一个了结，一个凌驾过去之上，并且阻止她今后偷偷往他那里去的终点。要不就让他来一封充满温情和谅解的信。这些话语会进入她的内心，并且把她再领回到她所离开的幸福时刻的圆舞中。

然而信没有来。在她和那折磨人的不明确之间没有出现任何预兆。这是因为艾利卡还沉迷于她的感受和激动。她想知道自己对他的爱情是否还活着，或者说是否已经死了，或者说，是否正处于她还没有任何预感的新阶段，即过渡状态的终点。现在她只觉得心绪混乱，精神紧张，无法松弛，这一切引起和唤醒她的厌恶情绪。她进入了比过去更加可怕的几个小时，心情烦躁，而且头痛，因为她觉得种种虚假和不和谐的事更为明显了。一切响声都使她心烦。她觉得外部世界的高声喧闹、手忙脚乱和熙来攘往都不堪忍受。甚至她自己的思想也丧失了温柔和令人愉快的梦幻性，具有了冷酷而深刻的尖锐性。她觉得每个事物都暗藏敌意，都有要伤害她的顽固意图。她还觉得，包围着自己的这整个世界不过是一座庞大而昏暗的监狱。这里边有千百种隐藏的刑具，还有阻挡光线射进的毛玻璃。

因此，她感到这些天难以忍受地长久，长得没完没了。艾利卡坐在窗口，等待轻轻缓和一切反差的夜晚降临，带来少许平静。每当太阳开始慢慢沉落山后，回光返照，天色愈来愈疲惫而昏暗地颤动的时候，她的内心就完全平静了，安定了。此外，她还觉得，自己的全部思想和感觉现在都要改变，都很陌生，这使新事件和新感受都站在她生活的门前吵吵嚷嚷，要求进来。但是她不重视它们，因为她认为在自己心里滋长成形的一切激情都不过是她垂死的爱情的最后痉挛……

就这样过了两个星期。艾利卡没有收到他的一点消息。好像一切都过去了，一切都被忘却了。她的悲伤和情绪波动还没有结束，但是她已经从令人生厌和恼怒的状态中解放出来，找到了文雅而有修养的面部表情。痛苦的感受被和缓地化解成为忧伤的歌，化解成为深沉压抑的小调和忧郁的和弦。许多个晚上她都这样心不在焉地弹琴，把原来的主题慢慢转变成自己创作的乐曲；奏出的乐声愈来愈轻微，就像她正慢慢消逝在过去的痛苦的爱情故事一样。

现在她又开始读书了。她又觉得每一部好书都很亲近了。这是因为她的忧伤散发出来了，就像从非常深沉和忧郁的花里向外散发令人陶醉的浓烈香味。神圣而诚挚的爱情遭到生活无情破坏的玛丽·格鲁贝又来到了她的手边。到她手边来的还有本来不想放弃幸福但却失去了最率真爱情的包法利夫人。她还读了玛丽·巴什科采夫①极其庞大动人的日记。这位玛丽从来没有过重要的恋爱经历，尽管有个富有而急切思慕她的艺术家向她伸出过手。因此艾利卡受折磨的内心就这样潜沉在别人的痛苦中，以求丧失和忘记自己的痛苦。但是有时候她会突然感到惊骇，而在这样的惊骇中恐惧与骄傲结成

---

① 玛丽·巴什科采夫（1860—1884），俄国流亡女艺术家，因用法文写了一本日记而著名。

了姐妹。这是因为她读到的一些话也出现于自己的生活中，而且她理解了这些话中命运艰难的含义。现在她感觉到，自己的故事并未宣告生活的不公和仇恨，而只是宣告了生活是痛苦的，因为她缺少天性嘻嘻哈哈、不爱计较的欢乐舞步——这种舞步能在迅速的遗忘中跳跃过昏暗而神秘的痛苦深渊。孤寂还在沉重地压着她。没有人来接近她。让自己深沉和隐而不露的美屈从于陌生人的奇耻大辱使她避开了所有女友。她也缺少虔诚之人向上帝倾诉并且把最私密的自白交给上帝的那种信仰。从她内心流出的痛苦又回流到她的心里。最后，不停的自我倾诉和分解使她陷入昏昏沉沉的疲倦和失去希望的懒散。这种懒散让她再不想与命运和命运的隐蔽威力搏斗。

　　每当她从窗口俯视街巷，就产生一些奇怪的念头。她看到熙熙攘攘的人群，浸沉在幸福中走过的对对情侣，然后是匆匆而过的青年人，快如飞箭的自行车，隆隆开动的汽车，都是些白天的景象，平常的景象。但是她觉得这一切都很陌生。她好像是从远方，从另一个世界里看到这些景象。她不能理解的是，如果所有的目的都很渺小，不值得重视，那么，为什么人们还慌慌张张、摩肩接踵地往前走呢？在宁静的威力下一切激情和渴求都能入眠，但是仿佛还有比伟大的宁静更丰富、更幸福的东西。宁静确实如同一个有神效的源泉，各种病态和丑恶的东西都在它温和神奇的洪流中轮番出现，就像令人讨厌的轮班制。那么，所有这些斗争和征服究竟是为了什么？那种急切的、不知疲倦也不许人后退的渴望为的是什么？

艾利卡·埃瓦尔德有时候就是这样思考生活和取笑生活的。她不知道，对于伟大宁静的信仰也不过是一种渴望，一种最诚挚、最永恒的，我们不会达到的追求。她认为，她战胜了自己的爱情。所以每当她想到爱情就像在追忆一个死人。回忆具有和解的温和色彩。忘掉的插曲故事又浮现出来，于是人在真实情况和温情梦境之间来来往往，扯起许多秘密的连接线，直到两者不可分离地混杂在一起为止。她像梦到早先读过的一部特别优美的长篇小说那样，又梦到自己的爱情。小说中的人物又都慢慢出场了，讲着已经知道的对白，不过都很遥远。所有的房间又都清晰可见，就像被突如其来的闪电照亮了。一切东西又都像往昔一样。艾利卡就在晚上自我陶醉的思想里进行创作，不停地改写新的结局。但是她找不到恰当的结局。她想要一个温情和解的结局：充满尊严；有充分准备地断绝念头；彼此深刻理解，互相冷静而友好地伸出手来。这种浪漫主义的梦想慢慢地使她形成一种诚挚的信念：他现在也在期待她，正在愉快的痛苦中回想她。这念头在她心里逐渐凝缩成无法更改的事实，使得她的信心愈来愈坚定了：一切都会好起来的。一个和解的结尾和弦一定会解救她爱情的异乎寻常的动人旋律。

现在，经过许多天，许多天以后，当她带着就要结痂的伤口想起自己的爱情时，竟敢于微笑了。她还不知道，深沉的痛苦就如同一条阴暗的山涧小溪。有时候它潜流于地下，带着不安分的沉默在岩中穿穴入洞，带着无能的愤怒在没有打开的门上长时间砰砰敲击。但是小溪也炸开过峭壁，呼啸奔腾，不惜精力，毁灭性地冲下繁花似锦的山谷。于是山谷便在它愉快的、毫无疑虑的信心中晃荡起来……

发生的一切注定不同于艾利卡的梦想。爱情又一次走进了她的生活，但是她已经完全变了。她不再是那样安静优美地带着温情的、祝福的礼品前进，而是如同春天的风暴，如同一个要求迫切的女子——嘴唇焦燥，深色的头发上戴着一朵情感浓烈的深红色玫瑰花。这是因为男人的情欲和女人的情欲是不同的。在男人身上从一开始，从成熟的时候起，情欲就是强烈的。而对于姑娘们来说，情欲首先表现为多种多样的包装和想象。慢慢地，它变成空想，变成愉快的梦，变成虚荣，变成美的享受，但是到最后，撂开一切假面具，撕掉一切包装的那一天是要来的。

有一天，艾利卡对这一切都明白了。既没有公开事件也没有偶然事件迫使她增长这些知识。使她增长知识的是包含令人眼花缭乱的诱惑的一场梦，或者是一本隐蔽着诱骗威力的书，也许是远方传来的一曲她忽然悟解了的旋律，或者是其他人的青春幸福。对于这一点她始终没有弄明白。她只是忽然明白，她又怀念起他来了。但是她所怀念的不是有用的言语和沉默的时刻，而是他强有力的胳膊和要求狂吻却不理解她无声乞求的嘴唇。她像少女一样羞怯地抗拒这种清醒的意识，但是无效。她努力回想从前的日子。那时没有丝毫令人忧郁不安的情欲。她想对自己撒谎，说她的爱情早已死了，而且已经埋葬了。同时她又回想起心里怀着厌恶从他房间里逃跑的那个晚上。随后的几夜她都感到自己的血液因为强烈的渴求而燃烧起来。于是她只好把嘴唇压在凉枕头上，以防在寂静无情的夜里呻吟出声，甚至喊叫他的名字。现在她不敢继续自我欺骗了。所以这点知识吓得她浑身发抖。

现在她也明白了，近些天里她感觉到的糊里糊涂的兴奋，不是说明她美好明丽的爱情死亡了，而是意味着使她心烦、逼她甚紧的爱情力量正在缓慢地萌芽。于是她特别羞怯地想到这种渴慕的需求，它是那么纯朴，那么平常；从中又不断萌生出新的痛苦，那是昏暗的命运怀有敌意的孩子。在这种像把果实撒到空旷霜冻的田野中的晚秋一样的情欲里，童贞的力量与未及喷发的充沛精力合而为一了。她心里有一种暴风雨般的、获得胜利的力量。她对这种力量没有反对，也没有拒绝，因为它跳出了一切限制，消除了最后的思考。

艾利卡没有想到，对于突然来临的情欲，自己的反抗是多么虚弱。她觉得内心再看到他的渴求胜利了，即使从远处，从很远的地方，在没人注意、在他根本没想到她在看他和盼他的情况下看一眼也好。她把他的照片又拿了出来。这张照片放在一个隐蔽的柜子里，上边几乎落了一层灰尘。现在它使她产生一种特别的崇敬。她以强烈的激情亲吻照片上他的嘴，然后又把照片放在自己面前，说她想对他本人说的激动的话：但愿他能原谅她，因为她当时的举动是孩子气的，是受到惊吓的。然后她又用急切的语句对他讲述自己的渴望，讲述她现在又是多么无限地爱他，远远超过他过去所能理解的程度。但是所有这些极度兴奋的言语都不能使她满足，因为她想要重新看到他本人。她在他往常经过的大街拐角等了许多天，但是白费力气。于是她心中不耐烦的情绪猛升起来。有时候她心里产生——当然是惶恐不安和模模糊糊地产生——这样的想法：她应该到他的住所去，为自己当时的行为道歉。但是这时候她在报纸上看到一则消息，说他最近要在一次音乐会中出场。这是一条使艾利卡感到幸福陶醉的新闻，因为现在她有了在他想不到的时候看到他的最好机会。于是，在现在和确定将要到来的、她急切盼望的晚上之间的日子缓慢地，非常缓慢地流逝起来。

宏伟的音乐大厅有上千盏灯照耀。艾利卡是最早进入大厅的人之一。把几分钟延长成几个小时的焦躁盼望从天亮时起就灌注了她的全身。今天必须全力以赴的念头从那时起就从眼睑上赶走了睡眠。自那以后的时时刻刻她都是在梦中行走，尽管工作的要求不断把她从思念的等待和平静的渴望中惊醒。晚上到来了。她取出自己最好的衣服，用只有女子在期待情人注目时才有的郑重其事的细心穿在身上。她提前一个小时就动身往音乐厅去了。她的计划是先散一会儿步，让显然兴奋起来的神经有个短暂的休息。但是她一走到大街上就感到一种模糊的力量，有磁性似的逼她走向一个方向。开始时从容不迫的步子变得不平静了，也加快了。突然，她惊讶地发现自己站到了音乐厅宽大的台阶前边。她为自己的烦躁不安感到羞愧，下意识地在那里来回走动。第一批车子丁零当啷、慢条斯理地来到时，她已经不再努力克制自己，而是带着思量好的表情走进了刚刚点亮的音乐大厅。

大厅里边弥漫的、空荡荡的、几乎成为可怕梦境的沉默没有持续很久。观众愈来愈拥挤。艾利卡看不清每一个人，只感到蜂拥而入的一大群人，只感到化过妆的生动形象在眼前流动，碰来擦去，模糊而混乱。她觉得许多面孔变换不停，如同戴了假面具一样。她心里只有烦躁和期待，眼睛里只有一个名字、一个愿望、一个单词。

突然间，嗡嗡说话和来往走动的声音响起来了。这是沉默之前的骚动，有取观剧镜的窸窣声、长柄单眼镜的丁零声、人的活动声、物件的移动声，还有消融在暴风雨般的喝彩里的多音部和声。她觉察到，他走进来了，现在走进来了。于是她闭上眼睛。她知道，自己太软弱了，在这样令人自豪的时刻，很难做到沉默无言地看着他。她几乎要欢呼起来，要不就高呼他的名字，站立起来，向他招手示意。但是不管怎样做，都是愚蠢之举，都是轻率的行为，都是可笑的举动。她觉得自己的心跳到了嗓子眼儿。她等待着。她眯起眼睛看着一切，等待着看他如何登上舞台，如何鞠躬，现在——必定应该是现在——该拿起琴弓了。她等待着，终于小提琴奏出的最初几个音符像唱歌一样渐渐升高了，就像田野间欢叫着慢慢飞起，然后直冲蓝天的云雀。

然后她抬头观看，悄悄地，小心翼翼地，就像在刺眼的强光下看东西那样。一看到他，她就觉得热血沸腾，仿佛被昏暗沉默的海浪推拥起来。反光眼镜和找人的眼睛就像颤动的浪尖儿，使大海处处闪射亮光。她感受到了他的演奏，又感受到了从前的全部奇妙威力。随着琴声的增高和逐渐加强，她的心也充实起来。她的心在欢笑，在哭泣。这是激动的洪流，这是温情颤动的波涛。她感觉到了欢呼。欢呼从无数阳光一样跳动的光线里飞进进她的心里。她感到浪花儿涌起，直达咽喉，如同喷水池里升起了欢腾的水柱。音乐的情绪又一次诱骗了她。她于是像个盲人，很乐于信赖一只陌生的、可爱的手。然后，爆发出欢呼声。大厅里黑压压的、仿佛被魔法催眠的人海突然间波起浪涌，涛声咆哮。各个方向都传来滚滚如雷的喝彩声。这时，她心里骤然升起一种自豪感。她的灵魂回忆起自己曾被这人追求过，也跟着欢呼起来。当初那几分钟里的厌恶和痛苦现在都消融在这种自豪感中了，都消融在他艺术事业大获全胜的这个时刻里了。

就这样，对于她烦躁的内心来说，这个晚上成了一个真正的、深沉的节日。现在让她感到忧虑的只有一个问题：他是否还会想起她呢？此时此刻，她是很谦卑的、但愿能委身于他的仰慕者。现在她不再想自己，而是完全想着他，只看见他在迷人的提琴演奏中的渴求和热情，不再理会声音和旋律。

终于，她得到了令她满心欢喜的、特别的回答。在暴风雨般的长久掌声之后，他决定再加演一曲。他刚拉了几个朴实无华的缓慢节拍，艾利卡的脸色就变得苍白了。她着迷似的听呀，听呀。她在严肃的惊骇中听出来，这就是他们在第一个晚上的歌，也就是他为了让她高兴在黄昏时分断断续续拉的那首曲子。于是她觉得这是一种致意。她感到这首歌是给她演奏的，只演奏给她听的。她把它当作越过观众厅的其他人单单向她提出的问题。她看到一首歌的灵魂为了找到自己在昏暗的大厅里飞舞。迅速的确信使她晃悠悠地进入了愉快的梦中。她认为他在想她，一直念念不忘地想她。于是无限的幸福向她急驰而来。又是音乐欺骗了她，使她凌空飘浮在现实之上。她感到自己在向上飞翔，离开地面一人多高。那情形就像他们当初站在喧闹的市区上方一样，只是更高，更高得多，超越了命运和人世生活，也超越了一切琐碎问题和犹豫不决。在几分钟的加演里，她在幸福的梦里飞越了一切限制，甚至现实本身。

随后，前所未有的欢呼把艾利卡从她远离尘嚣的梦境里惊醒。为了等候他，她急忙挤来挤去往出口处走。现在对于使她担心和阻止她委身于他的最后一个问题，她知道了明确和令人愉快的答案。她觉得，显而易见，他一直爱着她，而且爱得更加热情，更加美好，更加不可遏制和急切。否则他今天不会给这些人演奏这首为了向自己致意，并且是根据他们的爱情创作的光辉颂歌。这首歌的威力那时就攫住了她，征服了她，而今天她要把精心守护的爱慕之心的果实放到他的脚前。他会使她更幸福……

她费尽力气才挤到艺术家通道的出口。这里不再拥挤了。于是她可以再次不受干扰地沉醉于自己幸福自信的梦境。她要是能早些，更早些知道他不会忘记她就好了。这个想法一再出现，并且与对未来日子的愉快希望结合在一起。她带着傲慢的微笑想，如果他毫无思想准备地走下阶梯，看到也许刚才还在梦想的愿望变成了现实，该是怎样大吃一惊啊。还有如果……

但是现在传来了真实的脚步声，愈来愈响，愈来愈近。艾利卡不由自主地退缩到了更昏暗的地方。

他边说边笑地走下阶梯，向一位身穿花边衣服的小姐，正在哼唱某个小歌剧旋律的娇小可爱的女歌手，温情地鞠躬。艾利卡浑身颤抖起来。现在他发觉了她，本能地伸手去摘帽子。但是，手举了一半又懒散地垂下来。嘴唇上潜藏着愤怒的、受伤和嘲讽的微笑。

他把头转向旁边，然后领着穿花边衣服的娇小女士向车子走去。他帮她上了车，然后自己才上车。对孤零零地同她被背叛了的爱情站在那里的艾利卡，他甚至没有回头看一眼。

这样的事件常常用突然的力量唤醒可怕深沉到令人不再感觉到痛苦的痛苦，因为在猛烈撞击中，她失去了理解能力和自觉的感受能力。她觉得自己在沉落，从令人眩晕的高峰上屏住呼吸，没有意志，也没有抗拒能力地摔了下来，摔向一个从来不知道，但是想象得到的深渊。随着每一秒钟，随着螺旋沉落的每一个迅速消逝的极小时间单位，她接近了，接近了，愈来愈接近她知道会粉身碎骨的可怕终点。

为了能够平静地正视各种类似的重大事件，艾利卡·埃瓦尔德承受的小痛苦已经太多了。她的生活里充满了琐细的精神痛苦。这些精神痛苦在她心里支撑起一种奇怪的幸福感，因为它们导向忧郁的梦境，导向柔肠寸断的绝望，导向甜蜜的悲哀，诗人就是从这中间创作出最真诚、最感伤的诗篇。她认为，在那些时刻里自己已经觉察到了命运强有力的利爪，然而那不过是它伸出来威胁的手一闪而过的阴影。她原来认为自己已经承受过了生活最最黑暗的暴力，并在这种意识的基础上建立起了坚定的自信，而现在她的自信在现实中崩溃了，就像一只儿童玩具落到一只神经质的手掌中那样。

因此，她的灵魂完全失去了约束力。生活对于她来说，如同打烂秧苗和鲜花的一阵冰雹。在她眼前剩下的只有荒芜辽阔、无法穿越的黑暗。这黑暗隐蔽起一切道路，使得人人失明，并且毫无同情地吞噬了回荡的恐惧呼救。她内心里只有沉默，一种昏昏沉沉、气喘吁吁的沉默。那也就是死亡的寂静。因为在那个瞬间里，她心里的许多东西都已经死去了。爽朗欢乐的笑声，虽然还没有出生，可是它多么想要在她心里生存，就像一个争取出世的孩子；许多青年人都有的那种急切的、接受一切的愿望：相信未来，并且想象在一切关闭的、将为他们打开的门后边都有欢乐和光辉；许多纯真和相信人世的感受：对全人类的献身和对只给虔诚的信徒展示节日和奇迹的大自然的献身；最后是一种无限丰富的爱情，它在黑暗的痛苦源泉里洗了澡，并且为了找寻完美而在变换更替的人物中间穿行。

但是在这样的失望中也有新的胚芽。那就是对周围一切的强烈厌恶和还不知道如何起步的强烈报复愿望。她的面颊火辣辣地疼，两手颤抖，仿佛随时都要用愤怒的力量出击，去反对什么。软弱和羞耻都离开了她。在她心里，行动的催逼力量愈来愈明显，也愈来愈急躁不安。由命运造就和操纵的人现在要迎着命运走去，要和命运搏斗了。

这种无目的的粗野冲动使得她在大街小巷乱转悠，作不出决定。现实在很远很远的远方，她不知道自己该往哪里去。她的脚已很沉重和疲劳，但是还在继续迈着步子前进。为了摆脱正在愈演愈烈的痛苦，并在迅速的走动中忘掉它，她把自己愈来愈厚地裹进思想里。不过她已经感觉到了虽非如泉喷涌，但已是点点滴落的热泪……

她突然在一座桥前站住。桥下是黑乎乎的缓慢流动的河流。河面上还有许多闪闪发光的亮点，那是星星和桥灯的映像，很像是睁开的眼睛在向上凝视。从什么地方传来轻轻的、不停歇的潺潺流水声，那是河水遇到桥墩被分为两股。

她觉得，在这种景象里隐蔽着死亡的念头，突然她身上一阵战栗。她转过头来，附近没有人，只有偶尔走过的黑影。有时从远方也传来笑声，或者滚滚的车轮声。但是在近处没有人，没有会来阻拦她的人。而且这事多么轻而易举，多么迅速就能了结。抓住栏杆，跳过桥边，然后跳到下面，还有令人厌恶的几分钟挣扎，再往后就平静了……深沉而且永恒的平静，远离一切现实。那是永不苏醒的、使人平静的安慰……

但是随即她有了另外一个想法！要是成了一具从水里捞出的尸体，那么，随之而来的就是寻开心的好奇者、谣传、议论——那可再令人痛苦不过了！但是一个看透了这种情况而且兴许还能付之一笑的人是可以以胜利者自居的……不对！不可以如此行事。她感觉到了，她的生命还没有耗尽，因为她的生命里可能还藏有复仇，藏有绝望的最后尝试。生命甚至还是美好的，而她只是错误地生活过。从前她心地善良，信赖别人，性情温和，自我克制，而别的人却都无所顾忌，贪婪而又狡诈，如同靠吃别的动物为生的猛兽。

从桥上转身走开时，她从胸中发出一声大笑，一声使自己为之惊骇的大笑。这是因为她觉得，她对自己所讲的话是多么不相信。只有痛苦是真实的，炽热的强烈仇恨是真实的，还有盲目寻求的报复是真实的。她确实觉得自己变得非常陌生，她甚至再看不出自己是多么恶劣，多么无用！

她冷得发抖，不愿再想任何问题。她继续往市区方向走去……随便往哪儿去……回家去……不行，不能回家去！一想到回家，她就感到恐惧。家里的一切都很黑暗、狭窄、沉闷。家里的每个角落里都潜伏着回忆，恶意地对她指指点点。她在家里是完全孤单地与巨大的痛苦在一起。在那儿，痛苦在她身边展开黑色的翅膀，抱住她，紧紧地，很紧地挤压着她，使得她难以呼吸。

但是现在往哪里去？往哪里去？她为这个问题伤透了脑筋。其他事情她全都不知道了。她的全部思维都集中到了"哪里"这个词上。

一个影子在她身旁跑动。

她丝毫没有注意。

那个影子向她的影子倾俯，而且并排走了一段时间，但她仍然没有觉察。走在她身边的人是个志愿兵。当她从一盏路灯旁走过的时候，他仔细地端详了她的面容。现在他礼貌地与她打招呼，她这才骤然惊醒过来。她需要一点儿时间来弄清自己的处境。因此她没有回答他。

这个志愿兵是个骑兵，还很年轻，有点儿笨拙。他没因她的沉默而气馁，而是继续用半是亲切的声调说话，但是仍保持一定的审慎。显而易见，他还没有弄明白自己是在与什么人打交道。她没有答他的话，而且确实穿着高雅。另一方面，她又是在深夜里孤独地散步——他真是完全弄不明白。但是他依然无所谓地继续搭话。

艾利卡默不作声。她本能地想要拒绝他，但是从前的种种使得她有了个奇怪的想法。现在她确实想开始过另外一种生活，再不要过做梦似的昏昏沉沉的日子，再不要给她造成无数痛苦的无聊的渴望。对于她来说，应该开始一种新的生活，要热情大胆，充满桀骜不驯的力量。于是她又想起了他——她要对他进行报复，进行一次很厉害的侮辱。她要委身于第一个到她跟前来的男人。因为他轻蔑地拒绝了她，所以她要让他受到完全、彻底、也许还是致命的侮辱。这一切在她心里迅速变成了计划和决定。这是一种残酷的、选择承受新侮辱的自我折磨，为的是忘记此刻还在火辣辣地疼痛的旧侮辱……她想到这里时，发现正好有这样的机会……这是个年轻人，很年轻，对这种事还完全不了解，简直一无所知。他应该就是第一个到她身边来的男人……

于是她突然急切地以和蔼可亲的态度回答说，他可以陪她同行。这倒使年轻人又犹豫不决起来：自己这是在与什么人打交道呢？但是有几个细节，例如她从音乐会上随身携带出来的观剧望远镜和她高雅的言谈举止，使他改变了对待她的肤浅态度。他依然很拘束。他实在还是个半大孩子，穿上军服的样子很古怪，就像穿的是军事伪装服。所以迄今为止他的艳遇都很简单，以至于都不成其为艳遇了。现在，他是第一次面对一个真正的谜。这是因为她有时候会安静地站几分钟，一动不动，对一切问题充耳不闻，走起路来就像在梦中一样。然后她又突然与他谈话，开玩笑，还带着挑逗性的、她转眼就忘掉的体贴温情。但是有时候他甚至觉得那笑声中有虚伪的成分。

实际上，当这些疯狂之极的思想在艾利卡头脑中嗡嗡旋转的时候，她花费了不少力气来扮演热情和轻佻的女人。她知道结局会是什么样子。她愿意那样。但是让她暗中不断感到忧虑不安的是，这是对自己犯罪呀！然而，不能顺利进行的报复计划如今在这儿找到了一种手段，尽管是错误地将矛头对准自己，但至少是令人安慰的，力量强大的，她作为女人的情感无法抗拒的。要发生什么就让它发生吧，即使将来悔恨……只要能对那次侮辱释怀就好……只要能忘个干干净净，即使在陶醉中，在艺术和堕落的陶醉中……只要不再去想那次侮辱……

于是她愉快地接受了志愿兵的建议，在他陪同下走进了一间独立的房子，虽然她也模模糊糊地预想到这样做意味着什么，但是她不愿去想这些事……她只求不总是去想……

首先送上来的是小晚餐，但是她并没有尽情享用。不过为了麻醉自己，她喝酒了，贪婪而急促地一杯接一杯喝。然而她没有完全取得成功。有时候她还能非常清醒地综览自己的全部处境。她观察自己对面的这个人。他真的是个恰当人选。她最好不要希望得到他，因为他是个好小伙子，身体健康，面色红润，结实有力，有一点虚荣心，头脑不十分聪明……他绝不会预料到今天夜里将发生的事，也不会预料到他在自己可怜的、折磨人的人生中所扮演的角色……到了后天她就会把这个人忘掉。而她要的就是这样……

在这样反复思考的时候，她的眼睛里有一种恍惚的神情。她的脸上呈现出内心痛苦的凄惨阴影。然后她便慢慢地进入了梦境……她的手指轻轻颤动……她忘记了一切。那些遥远的、已经沉落的景象缓慢地，非常缓慢地重新浮现出来……

然后突然间，一句话或者一次触动又把她惊醒过来。她总是需要一点时间来真正适应种种事情。不过她又端起了酒杯，一饮而尽。接着她又饮下一杯，然后是再下一杯，直到她觉得胳膊沉重地垂落下来为止……

　　这时候志愿兵把座位移了过来，与她靠得很近。对他的动作，她有所觉察，但是她继续平静地引逗他……

　　不过她逐渐感觉到了酒精的作用。她的目光变得不稳定了，就好像是透过到处弥漫的水蒸气和浓浊的云雾看东西。她听到的温情的劝说，好似从很远很远的地方传来，已经模糊了，完全消失了。她的舌头已经说不清楚话了。她觉察到，虽然尽了最大的努力，但是自己的思绪还是混乱的。她觉得眼前有耀眼的闪电和嗡嗡的声响。她不知道该如何抵御这种嗡嗡声。但是与把她拥抱得愈来愈紧密和熨贴的疲倦同时到来的还有抑郁：一半是醉酒人喃喃诉说的无缘无故的忧伤；一半是整个晚上憋在心里未能抒发的痛苦。她完全陷入了自己的悲哀里，对于外部世界麻木了，没有感觉了。

　　这个年轻的小伙子无法完全理解她的态度，突然对要与她开始干的事情缺乏自信了。他认为她是喝醉了。然而他想让她活动活动，清醒过来，因为他羞于利用她的醉态。但是她的麻木冷漠不是用劝说就能消除的，而是还需要讨好的亲吻。他给她扇扇子取凉。但是当他想要解开她的衣服时，使他惊慌的意外事件发生了。

　　就在他拥抱她的时候，她忽然倒在他的怀里，大哭起来。这是一场骇人的、悲伤的抽泣。这不是醉酒人惯常的那种忧郁的昏昏沉沉，在她的哭泣中，有一种很强的力量。她神圣而深沉的全部痛苦，如同一只长年被关在笼子里的猛兽，现在突然用野性的力量冲破了栅栏。这种痛苦，她已经模模糊糊意识到的痛苦，使得她不停地颤抖。艾利卡的哭泣出自肺腑。一切，似乎现在一切都变好了。

这是因为热泪的负担和无处发泄的激动的重压都像受到狂风暴雨的冲刷一样从她身上脱离开了。她不住地哭泣。突然，一阵战栗传遍了她无依无靠的柔软身体。但是两眼依旧泪如泉涌，好像不愿流干似的。眼泪仿佛把一切辛酸悲伤都冲刷掉了。于是，悲伤慢慢停止了，就像在慢慢结晶，只会变硬，不会变软。不只是她的眼睛在哭泣。在无情的冲击下，她整个瘦弱的身体都在颤抖，连她的心也在随着颤抖。

年轻人对这场突如其来的悲怆完全束手无策了。他努力使她平静下来，轻轻地、亲切地抚摸她的深色发鬈。正当她加倍努力振作的时候，他心中竟产生了一种奇特的、充满同情的倾慕。他还从来没有听过这样的哭泣。这种罕见的、自己一无所知但却能想到其重要意义的悲伤，使他对躺在胳膊里听任摆布的女子产生了敬畏的感情。他觉得触动这个软弱得连最低限度的抵抗都无力进行的身体是一种犯罪。然后他逐渐恢复了意识，对事情处理得也很出色。从不寻常经历中产生的孩子式的喜悦增强了他的意志力。他在听她说出住址以后，就去叫来一辆车，并且陪她回到家。他说了友好的安慰话，然后就告辞了。

当艾利卡又回到自己房间的时候，醉酒的最后残余也渐渐消失了。她只是朦朦胧胧地知道最后一段时间里的事情。但再不是怀着羞惭的恐惧，而是在平静的休息中回想。在她的热泪中有她全部的青春灵魂和一切痛苦：高贵而令人窒息的爱情；强烈的火辣辣的痛苦的侮辱；还有最后几乎实现了的自我糟践。

她慢慢地脱去了衣服。

一切都只能如此。这是因为有的人天生不宜谈恋爱。他们总是遇到想象中的神圣恐惧，原因是他们软弱，承受不了令人痛苦的幸福。

艾利卡对自己的生活进行了深入思考。现在她明白了：爱情不会再来找她了；她也再不能迎着爱情走去了。断念的愤恨最后一次走近了她。

她在暗自困惑的羞愧中又犹豫了片刻，不过随后便在镜子前边解开了最后的衣服。

她还很年轻，很漂亮。她雪白的身体里还有早年闪光耀眼的青春朝气。在平缓的、几乎是孩子般的身体曲线中，她的胸脯还在起伏，在强烈的内心激动中升高和降落，在有节奏地流动的身体线条中，轻微、柔和。力与柔在肢体上显得光彩夺目。她的一切都适合而且也准备有力地接受和加深馈赠的爱情，在交换中给予幸福和取得幸福，迎着最神圣的目标劳动，并且在心里体验美化的创作奇迹。难道这一切都要无用而无果地消逝吗？就像一阵风吹掉鲜花的美那样？就像一望无际的谷地里长出的空瘪谷粒那样？

她突然有了温和的、谅解的断念，有了经历过巨大痛苦的人的尊严。她也有了这样的主意：她的青春年华是断然赠送给那个唯一渴求过她和轻视过她的人的。连最后那次最痛苦的磨难也再引不起她的怨恨了。她忧伤地把灯熄灭，一心只渴望着温和梦乡里轻柔的幸福。

这几个星期为艾利卡·埃瓦尔德的生活划出一条界线。她所体验到的一切都包含在这几个星期里。这以后的许多日子都如同路人一样无关痛痒地从她身边滑过。她的父亲死了，她的姐姐与一个公务员结婚了。她的亲戚和朋友也都各有自己的幸福和不幸。命运不再让她陷入孤独的时间里，生活也再不能用暴风雨般的威力对她造成损害。现在她明白了一个深刻的真理：她所追求的伟大而神圣的平静只有通过深刻的、千锤百炼的痛苦才能获得；对于没有走过痛苦道路的人来说，是没有幸福的。但是她从生活中取得的这点平凡的知识依然是不明确的和没有成果的。奉献爱的能力曾经使她的本性激动得强烈痉挛，现在却把她引到了孩子跟前。她教他们音乐，给他们讲述命运和命运中潜伏的危险，就像是讲述一个人们必须提防的人那样。岁月就这样日复一日地流逝了。

每逢春回大地，每逢温暖赐福的夏天来临，她的夜晚便总是洋溢出真挚热诚的美……

这时候她就坐在敞开的窗户旁的钢琴跟前。从窗外传入芳香浓郁的习习微风，如同初春送来的芬芳气息。大城市的喧闹已经遥远，如同把波涛汹涌的浪潮抛向白色岸边的大海。金丝雀在房子里啾啾唧唧，非常欢快地奔跑跳动。在走廊里可以听到邻居家的男孩子们在做狂热纵情的游戏。但是如果她开始弹琴，外边就会变得一片安静。然后房间门就被很轻很轻地推开，小男孩的头会一个接一个伸进来，聚精会神地听琴。于是艾利卡白皙细长的手指便找到好像愈来愈响、愈来愈透明的忧伤旋律，其中也有少许幻想，使人想起已经消失了的回忆。

有一次，在这样弹琴的时候，她想到一个记不起来的音乐主题。她反复弹奏下去，终于猛然认出来了：原来这就是那首民歌，他用作自己情歌开头的那段忧伤的旋律……

这时候她垂下手指，又想起了过去。她已经完全没有怨恨和嫉妒。谁知道呢，她当时是否最好没有冷静下来……还有他们是否会和解呢？这种事谁能知道呢？……不过——她几乎为这样的想法害羞——她很想有一个他的孩子，一个漂亮的金黄色卷发的孩子。每逢她孤单一人、十分孤寂的时候，她就可以抱着孩子摇动，可以照管这孩子……

她微笑了。然而这是多么愚蠢的梦想！

于是她的手指摸索着又寻找起遗忘了的爱情主题……

（申文林　译）

生命的奇迹

献给亲爱的朋友汉斯·缪勒

　　一缕缕灰色的云雾低低地压在安特卫普的上空，把整个城市裹在它那厚重闷热的雾层里。一座座房屋转眼间消融在一层薄薄的轻烟中，一条条街道的走向渺茫难辨。但在天上，从云团里发出一声轰响，一声嗡嗡的呼喊，像一句神的启示，那是教堂塔楼的钟在发出低沉的哀鸣和请求；塔楼的轮廓消散在浩瀚、狂暴的云雾海洋里，这雾海填满城市和乡村，漫延至遥远的港湾，团团围住大洋里躁动不安的滚滚潮水。某处，一线暗淡的光在跟潮湿的烟云搏斗，想要照亮一块显眼的招牌，但只有粗硬的喉管里发出的模糊不清的嘈杂声和笑声告诉人们，那是一个小酒馆，里边聚集着怕冷的人和讨厌坏天气的人。胡同里空无一人；就算有人路过，也总像一道短暂的光，急速融入雾中。这个星期日的早晨就是这样令人不悦，无精打采。

　　只有那些钟在呼喊，在不停地呼喊，仿佛雾要使它们窒息一般绝望。因为虔诚的教徒毕竟是少数；外来的异端已踏入国土，就是那些没有叛教的人，也懒于敬奉主。这样一来，清晨一团浓重的云雾便足以使许多人背离自己的义务。只剩干瘪的老太婆不知疲倦、嘟嘟囔囔地数着十字架念珠，穷人身穿朴素的礼拜长袍站在那里祈祷，人影消失在教堂又深又暗的厅堂里，祭坛和小礼拜堂闪光的金饰和亮晶晶的弥撒服像柔和的火光交相辉映。雾气仿佛透过高墙渗漏进来，于是这里也像陷入沉思的空荡荡的街道一样，充满悲郁的、冷得令人发抖的气氛。因为没有阳光，连清晨的布道也是冷漠的、苦涩的：这布道针对基督教徒，语调里强压着暴怒，仇恨和有恃无恐结为一体，因为宽容的时代似乎已经过去了，从西班牙传来愉快的消息，说是新国王以众口称颂的威严服务于宗教事业。与最后审判所描述的恐怖相结合的，是对未来时代提出警告的隐晦语句，这些话大概在无数听讲人的座位中一排排小声传开，却又在黑暗的空处隆隆落地，犹如在令人颤抖的湿冷空气中冻结成冰。

在布道的时候，有两个男人穿过教堂大门疾步走进来，因为他们裹在又高又严的大衣里，头发散乱地遮着脸，一眼望去无人认清是谁。那个身材高大的人一把拉下裹在身上的湿外衣，露出一张清秀却不寻常的面孔，脸上资产者富态的线条与他那富商老板的发型十分相配。另一个人则比较奇特，尽管他的穿着不很时髦，但温文尔雅的举止与那张颧骨略高的善良农民的脸很是和谐，成簇下垂的白发又给这张脸增添了一层福音派新教徒的宽容。两个人做了简短的祈祷；然后，那位老板招呼他年长的同伴跟自己走，他们小心翼翼地慢步走进侧厅，里面几乎是一片黑暗，因为蜡烛在潮湿的房子里不停地颤抖，五颜六色的窗玻璃前则是一直无心散开的浓重云雾。在侧面，一间小礼拜堂里放着有遗产家族的大部分捐赠物和许下的誓愿；就在它面前，老板停住脚步，用手指着对面的一个小祭坛，简短地说："它在这儿。"

另一个人走近一些，把手遮在眼睛上方，想透过朦胧的光线看得更清楚一些。祭坛的一侧挂着一幅很亮的画像，在黑暗中，这画像的色调显得更柔和、更生动，画家的目光立刻就被吸引住了。这便是那张心脏被剑刺穿了的圣母画像，尽管有痛苦和悲哀，却显得极其温柔，极其宽容。这位马利亚的面容非常漂亮，简直就像充满幻想的花季少女，淡淡的哀愁衬在她无邪而又妩媚的微笑上。向下飘垂的浓密黑发轻贴在苍白瘦削的脸上，双唇透着炽热的红色，像一个紫红色的伤口。线条是少有的细腻，细如眉丝，纤纤稳稳地一描，就在那温柔的面孔上平添一道充满渴望的光和一种俏皮的美；那双深色的眼睛是耽于梦想的，像来自另一个多彩可爱的世界，只是，一种可怕的痛苦使她离开了那个美丽的世界。两只手顺从地轻轻叠放着，胸脯好像由于恐惧而在冷剑刺入时微微颤动，伤口流出的血染红了那把剑。所有这一切都沉浸在奇异的光辉里，她的头从上到下闪着金光。就连心上流动着的也不像是温热的血，而是像教堂彩绘玻璃在日光照射下反射出的花萼的魔光。不断消散的晨曦还在吸收这幅画像最后的世俗光亮，使得罩在少女头上的神圣光环像真实的火花般熠熠生辉。

画家赞不绝口地欣赏着画像，突然间他转移了注意力。

"这是我们当中谁也画不出来的。"

老板点头表示赞同。

"那是一个意大利人。一个青年画家。不过这是一个完整的故事。我想从头给您讲起，而您本人也希望如此吧，您知道，他能为您提供些灵感。您瞧，布道结束了；除了教堂，我们还要为这事寻找别的场所，这样才能更好地适应我们的努力和我们共同的工作。我们走吧！"

画家又踌躇地站了一会儿，才转身离开那幅画像，它似乎变得越来越明亮，仿佛正努力照亮小礼拜堂里如烟的黑暗，连窗外聚拢成拱形的雾气也愈发现出金黄色。他还在专心致志地看画，落在后面的时候，他几乎觉得，那孩子般的双唇上淡淡哀愁的皱褶好像消失在微笑里，向他展示出新的美色。他的同伴已经走出去了，画家不得不加快脚步，好在大门口赶上他。像来时一样，他们又一起走出了教堂。

早春的清晨披在城市身上的沉重雾衣现在已经变成了黯然无光的银白色的薄纱，像编织物缠住房屋隆起的尖顶。湿漉漉的条石路面像钢铁一样闪光，清晨最早的熹微阳光讨人喜欢地在路面上嬉戏。两个人穿过弯弯曲曲的小巷朝明亮的港口走去，这位老板就住在那里。他们慢步走着，沉浸在思考和回忆中；老板的故事很快便铺展开来，比他们梦游般行走的步伐还要快。

"我已经给您讲过，"他开口说，"我年轻的时候去过威尼斯。为了免得做事总是犹犹豫豫，那时我并不十分笃信基督教。我不去管理父亲的营生，而是跟那些整天寻欢作乐的年轻人一起坐在小酒店里喝酒、耍闹，也和别人一样，会在桌子上扯着嗓子唱下流小曲、说脏话。我从来不想返回家乡。我的生活是轻浮的，正像父亲寄来的焦急的家书中威胁的那样：他们了解我，而且警告说，这放荡的生活会把我毁掉的。我只是一笑置之，有时也有恼火的事，不过猛灌一口甜酒就能把一切苦楚忘得一干二净。要是葡萄酒不能消愁，妓女的一个吻也可以解闷。我拆开那些信，然后撕成两半；我喝得酩酊大醉，想不出有什么出路。但在一天晚上，我摆脱了一切。这种状况是很少有的，我如今还有这种感觉；好像有一个奇迹为我开辟了道路。我坐在小酒馆里：今天，回想起来，我还能看见它烟气缭绕的样子，我和酒友们坐在一起。妓女们也都在，其中的一个长得非常美；我们很少闹得像这一夜这么凶，外面雷雨轰鸣，阴森可怖。当一个放浪的故事刚刚引起哄堂大笑时，我的仆人突然走进来，递给我一封信，那是信差从弗兰德送来的。我很生气，我不爱看父亲的信，因为信里老是提醒我牢记义务，勿忘侍奉基督，这两桩事早就被我给淹死在酒桶里了。我想把信收起来；这时，我的一个酒友跳了起来，他是个漂亮的小伙子，善于随机应变，精通骑士的一切本领。'别听癞蛤蟆叫！这跟你有什么相干！'他喊着把信抛向空中，一伸手抽出军刀，熟练地把向下飘落的信纸深深地刺进墙里，弄得那闪着亮光的有弹性的军刀直颤。他小心地把刀抽回来——那封还没看的信就留在原处了。'就把这蝙蝠贴在那儿吧！'他嘿嘿地笑着说。其余的人都鼓起掌来，妓女们快活地朝他跑去，大家举杯向他祝酒。我也在笑，跟他们一起喝酒，强迫自己参与狂欢，这样一来，就能把信和父亲、上帝和我自己全忘在脑后了。离开那里时，对那封信我连想都没想；我们到了另一家酒馆，在那里，狂欢滥饮达到了登峰造极的地步。我从来没有像那次似的烂醉如泥，和一个如同罪恶一般美丽的妓女。"

老板不知不觉地站住，用手一次又一次地抚摩前额，好像要从头脑里抹去令人不快的情景。画家立刻发现了他回忆的痛苦，不去瞅他，却像好奇似的把目光停留在一只张帆疾行的三桅帆船上，它正撑满帆向港口靠近；他们俩慢慢地走到一个五颜六色、杂乱无章的物堆边上。沉默没有持续很久，讲述人很快便继续说下去。

"您可以想象得出结果会怎样。那时我年轻、很糊涂，而她则是放肆美丽的。我们一起走了，我烦躁不安、欲火中烧。但后来发生了一件异乎寻常的事。当我躺在她诱人的臂膀里，当她的嘴压在我嘴上时，这柔情在我看来却变得不那么疯狂了，甚至可以说是变成了不得已的回报；她的嘴唇以奇异的方式使我记起往日夜晚在父母屋里温情的问候。有一会儿，也真奇怪，而且令人难以相信，我躺在这个妓女的怀里竟突然想起父亲的那封还没读过就被揉皱刺破的信。当时我觉得酒友的一剑仿佛是刺进自己鲜血直流的胸膛。我一跃而起，那样突如其来，脸色那样苍白，吓得那个妓女眼睛发直地问我发生了什么事。但我羞于说出自己愚蠢的恐惧心理，我因这个陌生的女人而感到害羞，我只是躺在她的床上安享她的美色而已；我不想把这一瞬间愚不可及的念头告诉她。但此时此刻，我的整个生活都变了样，今天和当时我都觉得，只有上帝的怜悯才能左右这种事情。我把钱扔给她，她勉勉强强地拿了钱，因为怕被我瞧不起，她喊我德意志傻瓜。但我什么也没听见，风风火火地冲进寒冷的雨夜里，像一个绝望的人对着河道大声朝一只小船叫喊。终于小船来了，要用金币当船资，但我的心由于突如其来、冷酷无情和不可理解的恐惧而跳个不停，除了那封信，我什么都没法去想，是奇迹如此突然地使我又记起了那封信。到达那家小酒馆时，我像发了热病似的急于看到那封信的内容。我像一个发狂的人突然闯了进去，一点儿也没有注意到酒友们快活而又惊奇的呼唤，几步跳上杯盏乱响的饭桌，从墙上撕下那封信就跑开了，根本没管身后无礼的嘲讽和愤怒的咒骂。在酒馆附近的一个角落里，我用颤抖的手打开那封信。天空阴云密布，大雨如注。风撕扯着我手中的信纸，直到用充血的眼睛看清所有字迹之前我都没松手。上面只有几句话：我的母亲病危，希望我能回家。像从前那样申斥和责骂的话一句也没有。但当我看到那刀刃正好穿过母亲的名字时，心里感到万分羞愧……"

"一个奇迹，一个显而易见的奇迹信号，不是所有的人都懂得，但对收到它的那个人来说，却是好的。"画家嘟嘟囔囔地说，这时讲述人激动不已地陷入沉默中。他们又肩并肩无言地向前走了一会儿。远处，豪华的房舍迎着他们闪着亮光，当老板抬头发现自己家时，赶快继续讲下去。

"让我说得简短点吧，至于这一夜我是多么痛苦、多么懊悔地熬过去的，就不对您讲了。我只对您说说第二天早上我是怎样跪在圣马可大教堂的台阶上就够了，在那里我发狂地许下誓愿：如果圣母对我大发慈悲，使我得到母亲的原谅和祝福，我就为她建一座祭坛。当天我就启程了，时刻怀着绝望和恐惧奔向安特卫普，不顾一切地冲向我父母家。

"我的母亲站在大门口，她已经老了，脸色很苍白，但很健康。她见到我，高高兴兴地迎着我张开手臂，我呢，大哭了一场，诉说自己忧虑了多少天，因刺伤母亲的心又有多少夜在羞愧难当中煎熬。从那时起，我的生活完全变了样，我敢说那是一个好的变化。我所拥有的最可爱的东西，就是那封信，我把它砌在这座房子的基石里了，是我亲手砌的，我也曾设法完成自己的誓愿。回到家里不久，我就派人建造了那座祭坛，这您是看见了的，我还尽一切努力把祭坛装修得庄严肃穆。因为我不了解那些秘密，而您是知道如何用您的艺术去探索它们的，我只想要献给圣母一幅庄重的画像，要知道她还向我显过灵呢，所以我写信给威尼斯的好友，请他给我介绍一位他所认识的最优秀的画家，为我完成我心中的这件作品。

"几个月过去了。有一天，一位年轻的画家来到我家门前，说他是被介绍来的，并向我转达了朋友对我的问候和写给我的信。这位画家奇特的、无比忧郁的脸我现在还记得清清楚楚，他完全不像我在威尼斯狂欢滥饮时的那些吵吵闹闹的酒友。大家宁愿把他当作修道士而不是画家来接待，因为他是黑黑的瘦高个儿，头发简简单单地分开，面容是那种守夜人和苦行僧般超俗的苍白。朋友的信也为我良好的印象提供了佐证，打消了我关于这位艺术家是否过于年轻的思虑；我的朋友在信中告诉我，意大利的那些老画家比公爵还骄傲，就是高薪聘请也很难说动他们离开故土；在家乡，围绕在他们身边的是朋友和女人、爵爷和百姓。于是一个偶然的机会让他选定了这位年轻的艺术家：他因为一个莫名的原因渴望离开意大利，这对他来说比一切金钱的报酬都更紧迫；实际上在家乡，大家都了解这个青年画家的价值，也很尊敬他。

"我朋友介绍来的这个人，是一个安静内向的人。他的生活情况我一点儿也不知道，只是模模糊糊地感觉到，曾有一个美丽的女人同他的命运休戚与共，他就是因为这原因才离开故乡的。虽然没有什么证据，我却总觉得这样的行为是异教的、违背基督的。我认为，那幅您看到的画像，他是在没有模特儿也没做太多准备的情况下在很短的几周内凭记忆画成的，它具有他所爱的那个女人的特征。每当我到他那里去的时候，总会发现他在重新品味您看到的那张可爱的面容，或是如梦幻般沉浸在观察中。画像完成以后，我隐隐担心它会失去神性，担心他把一个妓女当圣母来画；当我劝他作第二幅画像并选择另一个形象的时候，他一声没吭。第二天，当我到他那里去时，他已经离开了，一句告别的话也没有留。我踌躇地带着这幅画像去装饰祭坛；当我询问教士时，他不假思索地准许了……"

"他做得很对，"画家激动地插嘴道，"不按照我们生活中所遇到的女人的美，画家该从哪里知道如何描绘可爱的女人优雅的美呢。就像如果我们不是按照上帝的形象被创造出来的，那么，即便是人类最完善的形象，不也必然成了不可见之物的一个黯然无光的衬托了吗！我是您选中作第二幅画像的人，我是一个穷人，要知道穷人离开自然就画不了画，他们天生不会凭想象作画，而总是通过勤恳地模仿真实来完成作品。为了画好圣母的画像，我不会选择自己最爱的人作为模特儿，尽管通过一个罪恶女人的脸来展示纯洁无瑕也许是罪恶的，但若是懂得搜寻美，我便能画梦中所见的、面容可以向我展示圣母大部分特征的女人。您要相信，即便是一个罪恶之人的脸，如果以虔诚的热情描画，在它的特征上就连一点点贪欲和罪恶的残渣都不会留下；作为尘世妇女表情的标志之一，这种纯洁无邪的魔力一直在起作用。类似的奇迹我时常亲眼看到。"

"不管怎样——我信任您。您是一个饱经沧桑的成熟的人，所以您认为这里没有任何罪恶……"

"相反！我认为这是值得赞赏的，只有那些新教徒和其他教派的信徒才强烈反对装饰奉神之所！"

"您是对的。但我请您尽早开始画这幅画像，没兑现的誓愿像一团罪恶的火在我心中燃烧。经过了二十年，我自己忘记了这第二幅画像：最近，当我看见妻子那张忧伤的脸，看见她在孩子的病床旁痛哭流涕时，我才感觉到这罪过，想起自己的誓愿。您知道，这一次圣母创造了一个治病救人的奇迹，那是所有医生都绝望地避开了的疾病。我请求您尽快完成这幅画像。"

"我尽力而为就是了，坦白地说吧：在我漫长的绘画岁月里，几乎没有一个作品使我感到如此困难，因为如果它不应作为拙劣匠人粗制滥造的玩意儿与这位青年画家的杰作并列——我渴望对那幅画的影响了解得更多一些——那么神的手就必须和我的作品同在。"

"您这样的人向来都是可靠的。一切顺利！大胆地创造您的作品吧。我希望您能很快把令人喜悦的消息送到我家里来。"

老板在家门口又一次跟他亲切地握手，充满信任地望着他那双如山涧里闪光的湖水一般的眼睛，湖周围是错落的尖石和陡坡，它们从那张德意志粗野而有棱有角的脸上往外射出蓝色的光。一句答话已到嘴边，但画家又大胆地吞了回去，他紧紧地握了握伸过来的手。两个人就这样相互充满理解地分别了。

画家慢悠悠地沿着码头踱步。这是他的习惯，当工作还没把他拴在屋子里时，他总是这样。他爱这粗犷多彩的景象，他的灵感在这景致里不间断地跃动；他时而坐在一个挂满露珠的木桩上，以便把一位劳动者奇异地弯曲着的身体描摹下来，努力掌握透视缩减、难上加难的技巧。水手的喊叫，车过的辚辚声，还有那夹杂着单调的、嘟嘟哝哝闲谈般的声浪冲向岸边的大海，都搅扰不了他。那些向他投来的目光，虽然不是他内心看到的图像的反光，但却帮他从一切无声无息诞生和活着的人中辨认出那道很可能照亮一件艺术品的光线。因此他总是走向生活，在生活里有着五光十色、纷纭万千、变化莫测的魅力。他以审视的目光漫步在海员中间，这里没有人敢嘲笑他，因为在好似沙子、无光泽的贝壳和破碎的岩石一样聚集在码头上、吵吵嚷嚷、无所事事的人群中间，他的态度和严肃的表情引起了人们的注意。

但这一次他很快便停止了搜寻。老板的故事深深地打动了他的心，因为这故事也悄悄地触及他自己的一次遭遇，连往日一心沉醉于艺术的专注力今天也拒绝为他服务。尽管她们都只有渔民的粗鲁形体，但在所有这些女人脸上都有出自青年画家之手的圣母画像的柔光在闪烁。他在梦幻般的思想中贴着身着礼拜日盛装的熙熙攘攘的人群犹犹豫豫地漫游了一段时间；随后便再也不去努力抵制思慕的冲动，他穿过如网的、弯弯曲曲的黑暗胡同，试着再返回教堂，去看那个温柔可爱的女人的那幅异乎寻常的肖像。

那次交谈以后，又过了几周。当时画家答应他的朋友要完成那幅圣母祭坛用的画像，但打那之后整日一动没动的画布一直以责备的目光注视着他，他似乎害怕动笔，宁肯把一小时一小时的光阴消耗在大街上，免得非去感受对自己的畏缩发出的粗暴提醒和无言指责不可。为了审视自己的内心，从看到青年艺术家的画像那天起，对他活跃的工作起着重大作用的生活就发生了转折：未来和过去突然分离开来，注视着他，像一面空空的镜子，只有黑暗和阴影向镜子里面流去。对老画家来说还没有任何可怕的东西，除了这样一种生活：在攀登到最后一个山峰上时他抬头一看，先是大胆地迈步，接着沉思的恐惧袭上心头，发觉自己走上错误的道路，最后再没有力气迈着轻捷的步伐向前走去。有一次，画家觉得自己一生已经画了好几百幅虔诚的宗教画了，现在竟然失去了画出一个人庄重面孔的能力，他本人好像觉得只有神的相貌才是庄重的。他找过那些按小时出卖面孔供人作画的女人，也找过那些出卖自己肉体的女人，他还找过市井女子和脸上闪现心地纯洁之光的温柔可爱的少女。但是每当她们很近地站在他面前，他想描上第一笔时，总是感觉到她们凡俗的人性。在这个人身上，他看见金黄色的贪食的肥胖，看见那在爱的搏斗中纵情玩笑、举止粗野的贪婪；在另一个人身上，他感觉到隐藏在少女前额昙花一现的闪光之后的空荡荡的平滑，至于那些妓女粗鄙的步态和大腿暧昧的弯曲，简直令他惊异不止。他觉得世界突然变得如此荒凉寂寞，所有这样的人都在他周围浮动，他觉得神性的呼吸似乎已经泯灭，处处充塞着贪婪和诱人的女性肉体，她们再也不知道什么是神秘的童贞，不懂得什么是一身清白地献身于另一个世界的梦想的微弱恐惧。他羞于打开那些装着自己个人作品的皮夹，因为他觉得他好像离开了大地，好像有罪似的，因为他竟选择粗俗的农民作耶稣基督的殉道者，选择丑陋的女人作他的女仆。这种情绪像密布压顶的黑云罩在他头上。他看见，在逃向艺术以前，自己像一个小雇工跟在父亲的犁后，用农民坚实的双手拿起耙子杵黑色的泥土，他问自己，播下黄色的谷种、照看和保护孩子，是不是就不如用粗笨的手指改变那些并非为自己而产生的秘密和奇迹信号。他的全部生活仿佛就在他的手指中摇摆，被一小时的短暂认识劈成两半，被一张画像切断，它飘飘摇摇地通过他的梦，成了他醒着的几分钟里的痛苦和极乐。因为在他看来，自己向圣母祈祷时不可能再有别的感觉，只能感觉到她就在那幅画像上，那是一幅如此优美高雅的肖像，与他遇到的所有尘世女人的美色完全不同，在带有神的预感的恭顺女性光华中容光焕发，在不可靠的朦胧记忆中融入这个形象的奇妙服装里。当他第一次努力不去体察真实，而是依照理想的形象创造一个圣母的时候——那形象一直在他脑海里浮现，马利亚怀抱一个孩子，温柔地微笑着，处在不受干扰的极乐中——他那想要运笔的手指无力地垂了下来，像因痉挛而不能动弹。流动的血已经枯竭，面对他以内心的眼睛看见的那个好像被画在坚硬墙壁上的清晰形象，手指的熟巧似乎无力表述眼睛的语言。他没有能力把梦想中最美最可靠的图像变成现实，这痛苦像火一样烧灼他的心，甚至连现实也不能从其无限丰富的宝库中为他提供一座桥梁。他向自己提出一个忧心忡忡的问题：变成了这个样子，他是否还可以自称是艺术家；他这一生是否仅仅是一个辛勤的画匠而已，就是只会把颜色涂抹上去，如同手推车夫向工地运送石头。

这样自寻烦恼的思虑弄得他终日不得安宁，强劲地把他从他的小屋赶了出去，屋里那空空如也的画布和细心准备的画具仿佛发出嘲讽的声音，折磨着他。他多次意欲向老板和盘托出自己的危机，但又怕这位亲切善良的人不能完全理解他，害怕这个人宁可相信这是一个笨拙的托辞，而不相信他确实没有能力动手作这样一幅画像，要知道他曾完成过大量的作品，而且受到行家和外行的一致赞誉。他像往常一样不知所措地在大街小巷四处游荡，内心又悄悄地害怕某个偶然事件或是某种隐蔽的魔力一再使他在那座教堂前从游梦中醒来，仿佛有一根无形的绳索把他绑在那画像上，有一种神奇的力量在梦中操纵着他的灵魂。有时他走进小礼拜堂，隐秘地希望能够发现一丝纰漏，使那逼人的魔力失效；但一到画像前，他就完全忘却了心怀妒忌地按照艺术和手工艺的标准去衡量那位年轻艺术家的创作，而是只感到周围有不停振动的声音把自己托入更温馨更美好的享受和观察中。当他离开教堂，回忆起自己和自己的努力时，才又加倍地感觉到旧日的痛苦。

一天下午，他又到阳光照耀的大街小巷四处游荡，这一次他觉得他那恼人的疑虑减弱了。从南边刮来的第一阵春风虽然还有些凉，但却将日益生机盎然的春日明媚送到他的心里。画家好像第一次感觉到，他用来遮盖这个世界的个人忧伤的灰色微光已经消散，上帝和恩宠正向他心里流动，就如每次伟大的复活奇迹以一闪即逝的信号公之于世。三月明朗的太阳照得所有屋顶和街巷闪闪发亮，五颜六色的信号旗在港口上空飘扬，轻轻摇动的船只向上泛着天蓝色的光，城市在没完没了的嘈杂中发出嗡嗡的喧响，好像欢呼般地歌唱。西班牙骑队的一个巡察人员快步来到广场；今天，人们不像以前那样用仇恨的目光望着他们，而是愉快地打量他们的装备和闪耀的头盔上阳光的反照。女人们的头巾迎风招展，露出鲜嫩生动的面孔；石头路面上响着孩子们跳舞的轻巧脚步声，他们手拉着手，边唱边舞边在圆圈里旋转。

就是在平时昏暗的码头小巷里，也有越来越快乐的漫步者踏进去，那里也静静地闪烁着微光，像是从光线中降落的雨。不过，太阳也不能让自己那放射着光辉的脸正对这些向前倾斜的山墙顶，因为它们都紧密地相互倾侧，黑色的、皱巴巴的，如同两个站在那里不停闲聊的可爱母亲头上的古老女帽。嬉戏的光从这扇窗投向那扇窗，好像闪耀的手忽隐忽现地上下抓挠，像做纵情欢乐的游戏一般来回跳跃。有些地点，光照既安静又柔和，好像暮色刚现时的一只睡意惺忪的眼睛。在下边，在大街上，是一片昏暗，多少年来一成不变，只在冬日里被罕见的白雪覆盖。住在那里的人，眼里都充满着永远朦朦胧胧的不快和悲哀；只有那些心中燃烧着对光和亮的渴望的孩子深信不疑地被这春天的第一道光线所迷惑，他们穿得薄薄的，在尘土飞扬、高低不平的石头路面上玩耍，下意识地深深沉浸在那从屋顶间露出的窄窄的蓝色光线和日环的金色舞蹈带来的欢快情绪中。

画家走啊走的，没有一点儿疲倦的感觉。他觉得，自己好像也获得了一种隐秘的欢乐，仿佛太阳那一闪即逝的亮光就是上帝射入他心灵的耀眼的赐福的光线。一切痛苦都从他脸上消失了，现在他的脸显得温柔、平和，使得玩耍的孩子们都抬头去瞧，战战兢兢地向他致意，因为他们把他看成一个神甫了。他走啊走，不去想目的地和终点，因为在他的肢体里活跃着新的春天的冲动，好像在沙沙作响的老树里，嫩芽敲打着结实的韧皮，请求它让自己幼小的力量见到阳光。他的脚步欢快而轻捷，像年轻人一样；他显得更有精神、更活跃了，虽然已经走了好几个钟头，轻快的节拍仍然灵活地测量着自己快步走过的路程。

他突然呆呆地站住，用手遮住眼睛，好像被闪电的光伤害了似的，或者说像是发生了一件可怕的难以置信的事。当他抬头去看照在一扇窗户上的阳光时，感觉到反射回来的充足光线刺得自己两眼发痛，然而透过那层紫红色和金色的雾，混乱的深红面纱上出现了一个罕见的现象，一种奇异的幻象：年轻艺术家的圣母，充满幻想、淡淡哀愁地向后靠着，就像在那张画上一样。他打了一个寒噤，对失望的深深恐惧与被赐福者微醉颤抖的狂喜结合在一起。在这位被赐福者看来，圣母奇异的幻影不是在梦的黑暗中，而是在白昼的亮光中出现的，这个奇迹，它是许多人制造的，真正看到的人却很少。他不敢抬头去看，他觉得自己还不够坚强，那瑟瑟发抖的肩头还承受不起不幸的决断带来的沮丧一瞬，因为他害怕，与他那气馁之心毫不留情的自我烦恼相比，这一瞬会把他的生命搞得更加破碎。当他的脉搏慢下来，平缓地跳动，喉咙不再痛苦地感觉到激动的锤击时，画家才吃力地站起来，从遮住眼睛的颤抖的手下边缓缓地向那扇窗户望去，他就是在窗框里看见那幅诱人的画像的。

他被欺骗了。这不是那位青年艺术家的马利亚画像上的少女。但举起的手并没有因此而沮丧地放下来。因为他觉得自己看到的画面也是一个奇迹，与刚才的瞬间在灼炽的光线里显现的神的形象相比，那是一张更可爱、更温柔、更富人情味的画。这个倚在光亮的窗栏杆上若有所思的少女，与那幅祭坛画像有一种久远的、已消失的相似：黑色的卷发笼罩在她脸上，投下很多细纹，脸上泛起神秘的不可思议的苍白的光，但她的线条更硬、更锐利，几乎是愤怒的，嘴的周围蕴含着痛哭后抗拒的激愤，甚至连充满梦幻的眼睛里失魂落魄的神情也不能减弱这愤怒，从那双眼睛里流露出一种旧日的刻骨悲伤。幼稚的骄横和天生的隐隐悲哀跟尽力控制的烦躁不安交织在一起。在她的静止不动里是一种沉静，这沉静却每时每刻都可能融入易怒的活动中，对多少有些不可思议和离奇古怪的东西，甚至连一个温柔的梦也会感到迷惘；而画家从她流露出的紧张表情上感觉到，在这孩子身上已经开始有了生活在梦想中、时刻离不开种种渴求的那种女人的影子，她们的灵魂寄希望于那些她们全身心热爱的事物，如果硬把这些事物从她们身边夺走，她们就会死。除了所有这一切古怪和陌生之外，使他更为惊异的是大自然的奇迹：这就是使她脑后光照反射的窗户里仿佛映出圣灵之火的太阳的炽热，圣光聚集在她的鬈发周围，使卷发像黑色的钢铁般闪着亮光。在这场奇迹游戏中，他最清楚地感觉到：上帝的手向他指出了出色地完成他作品的道路。

一个手推车夫结结实实地撞在木然站在街心、完全沉浸在观察之中的画家身上。"天哪！你怎么不看着点，还是那个漂亮的犹太女人把你这老东西的魂给勾去了？你像个傻瓜似的直勾勾地张望，把路都给堵住了！"

画家如梦方醒，吓了一跳，但粗鲁的话并没有伤害他；他只顾留心身披外衣的粗汉话中透露的信息了，根本没注意到粗话。他十分惊诧地抓住那句话问车夫：

"这是一个犹太女人吗？"

"我不知道，但人们都这么说。总之，她不是当地人的孩子。这孩子是从哪儿找到或得到的跟我有什么相干，对这事我从来没有好奇心，听听而已。你要是想知道，就去问掌柜的吧，那孩子是怎么来的，他肯定比我了解得更清楚。"

他指的那位"掌柜的"是一位旅店老板，一家有霉味的烟雾缭绕的小酒店的店主。在这些小酒店里，一向是充满生机、喧闹不止，因为戏子和海员、士兵和懒汉，为了经常光顾，就在那里下榻。他的脸肿胀而温和，他站在窄小的门里，像一块诱人的招牌似的，很显眼。没怎么思索，画家便向他走去。他们俩走进小酒店。画家找了个角落，坐在一张很不干净的木桌旁，略微显得激动不安。当店掌柜把他要的一杯酒放在他面前时，他请求对方跟自己一起小坐片刻。邻桌的几个水手已经有些醉了，正在狂呼乱叫，为了不让他们听见，他小声说出了自己的愿望。他用简短而激动的话语讲了他感受到的奇迹信号，店掌柜惊愕地倾听着，好像在竭力用他那被酒精烧麻痹了的迟钝理解力跟随画家的思路——画家最后请求店掌柜允许他的女儿充当自己的圣母马利亚画像的模特。他也没忘了提到，父亲的允准就是参与了这项敬神活动；他又点明，他准备用现金为这项服务付酬。

店掌柜没有立刻回答，他用粗短的手指一个劲儿地抠他宽大鼓胀的鼻孔。最后他开口说：

"您不要把我当成一名坏基督徒，不敬上帝。但是，您说的这个事儿，不那么简单。不过我毕竟是父亲，我可以对我的孩子说，您就去这么办吧，我信赖您。您听我说，我们达成协议了。不过这孩子是很特别的……该死！那里发生了什么事！"

他突然气哼哼地跳了起来，因为他不喜欢别人打断他的话。在另一张桌子上有个人像疯了似的用酒杯把凳子敲得噔噔响，在喊人添酒。店掌柜粗暴地从他手里夺去酒杯，强忍着咒骂向酒杯里灌酒。同时，他又顺手拿来一个玻璃杯和一瓶酒，把它们放在画家客人的桌子上，斟满两杯酒。他自己的那杯一下子就给喝干了，他像感到很清爽似的把嘴巴胡子抹擦干净，然后开口说道：

"我要告诉您我是怎样碰到这个犹太女孩的。我当过兵，先是在意大利，后来在德国。您听我说，那是很糟的行当，不比今天和从前更糟。后来我厌倦了这一行，想经过德国回家去，找门正当手艺干，因为我手头的脏钱已经所剩无几了；那点脏钱都从手指缝流出去了，我从来不是一个吝啬鬼。于是我来到一座德国城市。我刚到那里，有一天晚上就听见外面哄闹咆哮。为什么，我不知道，只见一些人聚集起来闹事，往死里打那些犹太人，我也跑过去，挤进人群，总希望发现点什么；我出于好奇，很想看看发生了什么事。那天简直是闹到了疯狂的地步，他们破门而入，杀人抢劫，奸淫妇女，无所不为，这些家伙还贪得无厌地兴冲冲地大吼大叫。很快我就看腻了，我从人群里挤出来，因为不愿让我正直的战斗之剑沾上女人的鲜血，也不愿意为了猎获物跟姑娘们扭斗。我走进一条小巷，刚想穿过巷子回家，一个犹太老人疾步向我跑来，他满腮长长的胡子颤抖着，一脸心绪慌乱的样子，怀里抱着一个在睡梦中被惊醒的孩子。他结结巴巴地对我说了一大堆含混不清的话。他说的犹太德语我倒是全听懂了，意思是要是我能救他们，他就给我很多钱。我很可怜那个孩子，她一直用那双大眼睛惊异地凝视着我。这笔交易似乎不坏。于是，我把大衣披在他身上，领他们到我的住所去。有几个人停在巷口，他们不怀好意地向老人走来，但见我手里拿着一柄出鞘的剑，对这祖孙二人也就未加干涉。我把他们带到我那儿去；因为老人跪在地上苦苦哀求我，我也就在当天晚上离开了那座城市。城里的大火和屠杀一直肆虐到深夜，走了很远，我们还能望见火光，老人绝望地、呆呆地看着那火光，孩子却一路睡得实实。我们三个人在一起的时间不很长：没几天，老人就得了重病，死在路上了。在这之前，他把他逃难时弄到的所有钱都给了我，还给了一张用怪模怪样的字母写的条子，要我到安特卫普交给一个经纪人，那人的姓名他也告诉了我。临死前，他把孙女托付给了我。我来到这里，把那张字条交出去，它还真产生了奇妙的作用：那个经纪人给了我相当可观的一笔钱，比我预想的多得多。我很高兴，因为我从此结束了流浪生活，买下了这座房子和这家酒店，疯狂的战争年代我很快就忘得一干二净了。那孩子我始终留在身边：我感到很遗憾，我也曾希望她长大后能为我这个老鳏夫照管整个家，但

90

事与愿违。

"正像您刚刚看见的，她整天就是这个样子。她总呆头呆脑地望着窗外，不跟任何人说话，答言也只是那么羞答答的一句，她低头缩脖的样子活像有人要揍她似的。她从不跟男人讲话。起先我还盘算着她能在酒店里帮帮忙，像对门老板的小女儿那样给我招揽顾客，人家那女孩子跟顾客开玩笑，逗他们高兴，酒是一杯接着一杯地卖个精光。可是我这女儿却过分拘谨了：谁要是碰一下，她就像一阵旋风似的冲出门去。随后，我就得找她，她总是坐在哪儿的角落里缩成一团嗷嗷地哭嚷，能把人心给哭碎了，还真像谁伤害了她呢。就是这么一个怪孩子！"

"请告诉我，"画家打断说话人，他在说话时好像越来越陷入沉思，"她仍然是犹太人，还是已经改信基督教了？"

店掌柜狼狈地抓了抓脑袋。"您知道，"然后他开口说，"我当过兵，我知道自己就不很笃信基督教。我过去很少进教堂，现在也不进教堂，为了这个，我很后悔。对于给孩子改宗，我的头脑好像一直很麻木。我从来没有像模像样地试着去做，因为我觉得这对这个固执的孩子是徒劳的。人们曾唆使神甫来卡我的脖子，恐吓我；我只好劝他们放心地等到孩子懂事的时候。不过这事恐怕还要等很长时间，虽然她现在已经十五周岁了，却非常内向，十分古怪。熟悉犹太这个民族的人都知道他们就是这样奇怪的人；我觉得那位老人很好，这女孩也不坏，只是很难接近。您说的事儿，我觉得不错，因为我认为，一个基督徒为了灵魂的挽救做得再多也不为过，每一项这样的活动都是很重要的……但我要坦白地告诉您，我对这孩子没有真正的权威，只要她用她那双黑色的大眼睛去瞪一个人，那人就不敢加害于她。这您全会看见的。我去叫她。"

他骄傲地站起来，又斟满一杯酒，站着一饮而尽，然后噔噔地穿过店堂，这时又来了几个海员，从他们短小的白色陶土烟斗里往外喷着一股股遮头盖脸的浓烟。他亲热地跟他们握手，斟满他们的酒杯，跟他们开着粗俗的玩笑。随后，他才想起要去干什么，画家听见他迈着沉重有力的步子慢慢走上楼梯。

他的情绪非常古怪。这温馨的信任本来已使他的动作变得欢快起来，但现在却随着酒店里光亮的不断增大而显得黯淡无光了。街心的尘埃和屋里昏暗的烟气飘浮在他记忆中那幅闪着微光的画像上面。把这些肥壮而粗野的人类与如此具有思想之光的尘世女人的形象混杂在一起，提升到自己虔诚梦想的最高位置，乃是一种罪恶，他心里依稀跃动着对这种罪恶的恐惧。而想到要从这里的某个人手中接受由秘密和公开的奇迹信号指示自己寻找的馈赠物，他不禁打了个冷战。

店掌柜又回到店堂里来，在他那笨重宽大的黑影里嵌着一个女孩的身影，女孩犹犹豫豫地，好像害怕狂呼乱叫的烟气似的停在门前，像求助般用纤细的手抓住门框。店掌柜一句命她进来的粗话吓得刚出现的影子又退回楼梯通道的黑暗里去了。这时，画家已经站起身来，朝她走过去。他用自己衰老粗糙但又那么温柔的手抓住她的手，一边凝视着她的眼睛一边亲切地轻声说："你不想在我这儿坐一会儿吗？"

女孩惊讶地望着他，因为听到这充满温柔和被净化的爱的、深沉的、银铃一样的语调而感到无比惊异，这语调第一次透过酒店烟雾缭绕的黑暗迎向她扑来。她脸上流露出那些成年累月渴望爱抚和有朝一日以惊愕的灵魂接纳自己的人的那种微微颤抖的惊恐，她感觉到他双手的温柔和两眼脉脉含情的善良。当她得到这个人的温柔时，在她内心的眼睛里出现了已故祖父的面容，被遗忘的银铃又在她心里敲响，敲击的声音是那么大，那么欢快，一直穿过所有经脉，上升到咽喉，弄得她答不出一句话。她只是脸红了，使劲儿点头，几乎像在气头上，突如其来的动作看起来笨拙生硬。她怯生生地满怀期望地跟着他来到座位前，半坐在他身旁，没有去挪动长椅。

画家没有说话，只温和地朝她俯下身子。在老人明亮的目光前面，突然生动地现出这么早就挣扎在这孩子心中的孤独、高傲和拘谨的悲剧。他真想把她拉到身边，在前额上给她一个祝福的吻，但他害怕吓着她，也害怕周围嘿嘿笑着指点着他们这一对老少的人的眼睛。他太了解这个孩子了，简直不知说什么好。一种炽热的同情在他心中升起，像一股滚滚的热流。他了解这个固执的孩子的痛苦，那痛苦是如此剧烈，如此易怒，如此具有威胁性，因为这是爱，是一种难以置信的巨大的爱的宝库，这爱是准备给所有人的，又是遭到摈斥的。他柔声细语地问她："孩子，你叫什么名字？"

她抬起头来，信任但又迷惘地看着他。在她看来，一切都太奇异、太陌生了。她的声音里有一丝胆怯的颤动，她半掉转身子小声说："艾斯特。"

尽管如此，老人还是感觉到了她对他的信任，只是不敢显露出来罢了。他开始温柔地说：

"我是一个画家，艾斯特，我要画你。这对你绝不是什么坏事，你将会在我那里看到很多美的东西。有时，我们也许可以一起说说话，像好朋友似的。每天只需要一两个小时，如果你满意，就这么长时间。艾斯特，你愿意到我那儿去吗？"

女孩脸更红了，不知如何回答。模糊不清的谜突然出现在自己面前，她找不到解决的办法。最后，她用不安的、疑问的目光看着她的父亲，后者就好奇地站在旁边。

"你父亲已经允许了，可以说他很愿意，"画家赶忙说，"这要由你自己决定，我不愿也不能强迫你。艾斯特，你愿意吗？"

他把一只晒得黑红的农民的大手伸向她。她犹豫了一会儿，然后含羞无言地把她娇小白嫩的手赞同地放在画家手里，他的手紧紧地握了它一秒钟工夫，好像对待一只被捉到的猎物。然后他带着友好的目光放开手。店掌柜对两个人如此之快便达成交易感到惊讶，他把几个海员从桌边喊过来，想让他们看看刚刚发生的怪事。但女孩羞怯地感到了自己处在众人注目的中心，突然跳起来，闪电般飞跑到门外去了。所有人都惊愕地目送她离开。

"该死的，"店掌柜不胜惊奇地说，"您干得不赖呀。我真没想到这个腼腆的孩子会同意！"

好像是为了证实这一点似的，他又灌了一杯酒。在这个慢慢变得亲密起来的小团体里，画家开始觉得不那么舒服了。他把钱扔在桌子上，跟店掌柜商议了一下细节，同他握了握手表示谢意，然后就急匆匆地走出了酒馆。那里边的烟气和喧闹使他感到厌恶，酗酒狂叫的住客也叫他嫌弃。

　　当他来到大街上时，太阳已经西沉，只剩粉红色的晚霞裹着天空。傍晚是温柔的、纯净的。老人迈着缓慢的步子往家走，心里想着这在他看来像梦一样的、如此离奇、如此令人宽慰的种种事情。敬神的情绪包围着他那颗开始幸福地颤抖的心，犹如从一座塔楼上传来的第一声钟响在召唤人们去祈祷，接着周围所有塔楼的钟声全数加入合奏，发出高的和低的、沉闷的和快乐的、响亮的和哀怨的声音，跟处在欢乐、忧愁和痛苦中的人没有两样。虽然他觉得，神迹的柔和灯光如此姗姗来迟地照亮一颗一生都老老实实在黑暗中走直路的心，实在令人难以置信，但是他不敢再去怀疑；他带着这梦寐以求的恩惠之光，穿过昏暗暮色中的街道往家走，似在幸福的清醒中，又似在奇妙的梦境里……

　　时间过得很快，画家的画布上还一笔未动。但这不再是束缚他双手的气馁，而是一种内在的把握十足的信心，它不再争分夺秒，不再匆匆忙忙，而是在神圣的恬静和被遏制的力量中摇晃不已。艾斯特来了，虽然显得羞怯和茫然，但不久就在老画家父亲般慈祥的光辉中变得十分投入、温顺和单纯，这种光辉照亮了她质朴胆怯的灵魂。这一天，他们只是在一起聊天，像多年不见的朋友重逢，仿佛在用深沉的情感浸润古老的亲切言词、恢复旧日的价值之前要重新相识一样。不久，一种秘密的需要把这两个人联系在一起，他们虽然彼此相距遥远，但就某种单纯和情感的质朴而言，却是相似的：一个是受到生活点化的人，心底深处只有澄明和恬静，岁月使这个洞悉世事的人变得纯朴；另一个是还没有感受过生活的人，因为她过去像是深陷在黑暗中一直耽于梦想，现在，她内心深处接收到从朗朗世界射向自己的第一束光辉并无华地反射出恬静的光亮。他们俩在人群中间孤独寂寞，这也使他们彼此更为接近相亲。在他们之间，性别的差异已经无足轻重：在老人身上，这种念头已经熄灭了，仅仅还把年岁滤化过的回忆的微光投向他垂暮的生命；对少女而言，她还没有意识到女性的朦胧情感，性对于她来说仅是一种非常柔和、模糊不安的无定向的渴望。在他们之间，还竖着一堵脆弱的、已经摇晃起来的墙：种族和宗教之墙。血统的差异必然越来越使他们感到陌生、敌意和猜疑，正因如此，伟大的爱才迟迟没有到来。若是没有这种意识不到的立场，少女早就把她积蓄起来的高尚的爱强烈地表露出来了，她会哭泣着投入老人的怀抱，向他坦露内心的恐惧和不断增长的渴望，坦露孤独日子里的痛苦和欢乐；但现在，她只能在目光和缄默中、在不安的表情和暗示中，泄露出自己灵魂的秘密，因为，每当她感到心中的一切要宣泄出来，深埋的感情要随清晰的、喷涌而出的言词流露出来时，一种神秘的力量就像一只看不见的手，抓住她，把要说的话压了下去。就连老人也没有忘记，在他的一生中，对犹太人即使不怀怨恨，却也抱着一种陌生的感情。一种犹豫不决阻止他开始作画，因为他希望把这个少女领上一条皈依真正信仰之路。奇迹不会发生在他身上，而是由他来使奇迹发生。他要在她的目光里看到对耶稣基督的深沉思念，圣母本人期待圣子降临时，就是怀着这样的思念。为了能创作出一位圣母，他希望先使她本人的灵魂充满信仰，要知道，圣母身上虽然有着领报时的敬畏，但却也充溢着甜蜜的信赖。他想象周围是一派早春气氛的柔和景色，白云像天鹅在空中翱翔，仿佛用一条看不见的细线把温暖的春天曳在后面，一片嫩绿欣欣向荣，还有显得羞怯的花朵用柔弱的童音宣告巨大的欢愉。但是，他觉得姑娘的眼睛还是过分胆怯了，过分卑恭了；圣母领报时愿为一种模糊的希望献身的神秘火焰还不能在这不安的目光里燃起，因为那里面还承载着深藏起来的民族痛苦和不时闪动的选民的抗拒，这是对他们的主的怨恨。老画家知道，这还远不是谦卑，不是温柔的天界之爱。

他谨慎而细心地寻找一条把信仰带向她心灵的道路；因为他知道，如果把信仰直灌输给她，有如圣体匣在阳光下闪耀着色彩斑斓的光，她才不会战栗着倒下，反而会截然地、严厉地掉转头去，敌意地避开这宣讲。在他的画册里有许多出自神话故事的绘画；在他的求学岁月乃至之后，也摹仿过许多大师，对他们的热烈崇拜曾左右着他。他把它们找了出来，同她肩并肩地一起翻看，不久，他就感觉到某些画在她的灵魂中所产生的深刻震颤，她翻动画页的双手变得不安，她的呼吸变得急促，这一切也使他面颊发热。一个充满美的多彩世界突然出现在这个孤独的少女面前：多年来她看到的只是酒馆里慵睡的形象、穿着黑色衣裳的妇女满是皱纹的面孔、在街上哭喊打闹的肮脏孩子，可这儿有温柔的身穿华服的极富魅力的漂亮女人，悲哀的和骄傲的，充满欲望的和富于梦幻的；有身着甲胄和盛装的骑士，他们与这些女人说笑；有披着长长白色鬈发的国王，他们头顶上的金色王冠在闪闪发光；还有俊美的少年，他们的身体被弓箭射穿，钉在刑柱上，倾倒下来或者被折磨得鲜血淋漓。这是一个她不熟悉的陌生国度，却又仿佛勾起她无意识的乡思，向她亲切地展现出绿色的棕榈和高耸的柏树，澄蓝的天空，下面是荒野和群山，城市和远方都闪现着同样的深沉光泽，显得比这里，比这座城市像一片永不散去的乌云似的北方景象欢快得多。

他不断地给她附注一些小故事。他用《旧约》中那些朴素和富有诗意的传奇故事向她讲解这些画，谈起那些神圣日子里的奇迹，他是那样热情，竟忘记了原本的意图，他以令人心醉神迷的绚丽多彩来宣讲虔诚的信仰，正是这种信仰赋予了他最近一段日子梦寐以求的恩惠。老人的热情信仰深深地感动了少女的心，她觉得有如身处一个封闭的奇迹国度，它突然从昏暗里敞开了广阔的大门。她的生活开始越来越强烈地摇晃，仿佛骤然从深夜苏醒过来，迎接紫色的黎明。自从有了这样的经历，对她说来没有什么是不可相信的了，那些三圣王跟随银星从远方走来的传说、马和骆驼上载有无数熠熠发光的珍宝，都是可信的，因为她本人就感受到了类似的奇妙力量。不久，这些画就被搁置一边。老人开始讲述自己生活中某些与书中传说相似的神的征兆；许许多多他在暮年那些沉默寡言的日子里所编织和梦想的一切，现在都随着语言一涌而出，连他本人都感到惊奇，如同审视地从另一个人手里接过某种陌生的物件。他像布道者一样，在教堂里用上帝的语言宣讲、说明；但他一下子就忘掉了听众和目的，只顺从那朦胧的快意，让心中翻腾不已的源泉随着深沉的言语喷涌而出，就像在一株花萼上，上面的一切都是生命的甜蜜和神圣。他的语言盘旋在他的听众之上，他们是低下的种族，无法进入他的世界，只能喃喃低语和目瞪口呆；这些语言飞得越来越高，在他忘却尘世重负的梦中直抵天堂，可人间的苦难突然又铅一般地悬在那翅膀上……

画家蓦地环顾四周，他狂喜的语言形成的紫色烟雾还在弥漫；现实重又向他提醒自己冷冰冰的井然有序的存在。但是，他看到的都是像梦一样的美。

艾斯特坐在他脚边，望着他。她温顺地偎依在胳膊上，平静澄明的蓝眼睛里突然聚集起那么多的光亮，慢慢地在他身上滑过，而他在虔诚的冲动中竟丝毫没有注意到，她靠着他的双膝，蹲伏在那里，朝他抬起了目光。童年的那些古老话语在她的脑海乱成一团，嗡嗡作响：父亲在某些日子里身着长长的黑色节日服装，披着白色碎布编成的带子，从一本古老庄重的书里曾念诵过这些话，它们也是这样令人畏惧、肃穆庄严和炽烈虔诚。一个她失去的和所知甚少的世界在模糊不定的色彩中重又显露出来，并使她满怀痛苦的渴望，让她的眼睛里闪现出泪光。当老人弯下身子见到这痛苦的目光并吻她的额头时，他感觉到，她那温柔的四肢在炽热中颤动，仿佛在抽泣。他误解了她，认为奇迹已经出现；他一向寡言少语，现在上帝在这个伟大的时刻赠予他一副雄辩的、火热的舌头，就像从前赠给那些走到人民中间去的预言家一样。他认为，这种战栗是寻找到了通向真正的和充满幸福的信仰之路的少女怀有的既渴望又畏惧的幸福感；她颤抖不安，摇晃不定，像是一束突然点燃的火把，火焰前一刻还闪烁不定地升高，随即又在成为稳定的火柱之前缩了回去。这个错误的想法使他的心充满了喜悦，误以为一下子就接近了本以为极遥远的目的地。他的话带着一种庄重感：

"艾斯特，我向你讲到了奇迹！许多人说，那是以前的事，可是我感到并且敢说，奇迹在今天也有，只不过它们变得更加不声不响，仅在那些期待奇迹的人的灵魂中才发生而已。我们之间发生的就是一个奇迹，我的话和你的眼泪，在一只看不见的手里合二为一，是这只手让它们从我们看不见的内心深处互相碰撞，这便是一个突如其来的奇迹。因为你理解我，你就属于我们；在这个时刻，上帝赐予你泪水，你就成了基督教徒……"

然而，他一下子怔住了。因为一听到这话，艾斯特便支起双手从他脚边跳了起来，就像要把他的想法撞回去一样。她的眼睛里闪现出惊愕和对画家冒失话语的抗拒。在这瞬间她是美丽的，表情的凝重变为愤怒，在她嘴唇四周划出的线条像刀刻一般清晰，她颤抖的四肢做出准备自卫的姿态，她身上燃起的全部怒火刹那间爆发出来，进行极为猛烈地自卫……

随后，一切又都平静下来。她为自己激烈的抗拒而羞愧。但介于他们中间的那堵墙，虽然一度为一种超感官的爱穿透，现在又变得黑暗和高大。她的目光里是冷漠、烦躁和惭愧，不再是愤怒，不再是信赖，仅剩下现实，而不再有神秘和敬畏的渴望。她的双手瘫软无力地沿着瘦削的身躯垂了下去，就像在高空中飞行时折断了翅膀。生活对于她来说依旧是一个美妙而稀奇的梦，但是她不敢再去爱那个让自己从沮丧中醒来的美梦了。

老画家也感觉到了，是急于求成的信心欺骗了自己，但这不是他漫长求索的一生中第一次失望，毕竟生活中不是只有忠诚和信赖。这样一来，他感到的不再是痛苦，而仅是惊奇，随后对她很快感到羞愧，他几乎是怀着某种喜悦了。他温和地握住她那双瘦弱的还一直发烧的小手。"艾斯特，你突然的激动差点把我吓着。我那样讲不是对你有什么恶意，或者你是这么想的？"

她羞愧地摇了摇头，随后她振作了起来。她的话几乎又变得倔强起来：

"但是我不要成为基督徒。我不要。我……"在用低沉的语调说出这段话之前，她把这个字拖了很长"我……我恨基督徒。我不认识他们，但是我恨他们。您对我说的博爱的话，比我一生中听到的所有话都更加美好。我周围的人也都自称是基督徒，但是他们粗野而残暴。我……不知道，不清楚，长久以来一直是这样……但是每当我们在家谈起基督徒时，语气里就有一种恐惧和仇恨……所有人都恨他们……我也恨他们……因为每当我同父亲走在一起时，他们就朝我们叫喊，有一次他们还朝我们扔石头…… 有一块打中了我，我流了血，我哭了起来，当我喊着救命时，父亲却害怕地拉着我跑开……我对他们知道的不多……但是，我却知道……我们的巷子阴暗狭窄，像在这里我住的地方一样。只有犹太人住在里面……但是城市的另一边是漂亮的。我从高处的一间房子看见过那儿……那儿有一条河，那么蓝，那么清，在流动，那边有一座宽大的桥，人们穿着明亮的衣服在桥上走，就像您在画上指给我看的那样。房子都装饰着艺术雕像，配有黄金和山墙。中间是高高的，啊，是那么高的塔楼，大钟在里面歌唱，太阳直照在马路上。一切都是那么美……当我对父亲说，他该领我到那边去，到明亮的城市去时，父亲变得严肃起来并说：'艾斯特，基督徒会杀死我们的。'……这话使我听得害怕……从那以后我就恨基督徒……"

她在自己的梦中停了下来，因为这一切又都变得清晰起来。她早就忘却的、尘封的和在灵魂中遮蔽住的一切，又都闪现出来。她又沿着昏暗的犹太区街巷直走回家中。一下子都连在一起，一切都历历在目，她明白了，她有时只当作是一个梦的情景，都是实实在在的，是过去的生活。她的话匆匆地尾随着那些清晰的瞬息即逝的画面。

"那时候，一天晚上……突然有人把我从床上拉起来……我认出那是我爷爷，他把我抱在怀里，面色苍白，浑身发抖……整个房屋在呼啸，在颤抖，空中都是叫喊和喧嚷……但是现在我明白了，我又听到他们在喊叫，是那些陌生人，是基督徒……我的父亲在喊，还是我的母亲在喊……我什么也不知道了……爷爷抱着我进入黑暗之中，穿过昏黑的大街小巷……一直是喧嚷和同样的喊叫。外国人，基督徒……我怎么能忘掉这一切?!……后来有一个男人，我们同他一起走……当我醒来时，我们已来到荒郊野外，我的爷爷和那个男人，就是同我一起生活的那个人……我再看不到城市了，但是天空鲜红鲜红的，就是那儿，我们就是从那儿来的……我们不断地走啊，走啊……"

她又停了下来。那些画面仿佛消逝了，逐渐地变得昏暗了。

"我有三个姐姐……她们都非常漂亮，那天晚上她们来到我的床边，吻我……我的父亲很高大，我够不着他，他经常把我抱在怀里……还有我的母亲……我再看不到她了……我不知道她发生了什么事，因为我的爷爷，每当我问他的时候，他就扭过头去，一言不发……当他死后，我不敢再问任何一个人……"

她又停了下来，喉咙里发出一声啜泣，带着痛苦的力量。她轻轻地补充说：

"现在我什么都懂了……这一切对我怎能如此黑暗？我觉得父亲就站在我身旁，并说了那句当时作为回答的话——它在我的耳边是那么清清楚楚……我不再问任何人了……"

她的话变成抽泣，无声的绝望的哭泣，在深深的悲哀中失去了声音。几分钟以前，生活的图画还是那么明亮地吸引着她，现在却又变得阴郁和昏暗。老人聚精会神地观察着她的痛苦，早就忘记了自己的意图和目的。他一声不响地站在她的面前，为了和她一道哭泣，他不得不在她身旁坐了下来；他哭，是因为自己不能用言语表达：自己伟大的人性之爱无意之间在她身上唤起了这种痛苦，他觉得是一种罪过。他战栗地感觉到在这一个小时之内得到的祝福和沉重苦难，似汹涌的波浪上下翻滚，他不知道它们会把自己的生活高高举起还是拖向咄咄逼人的深谷。但是，他感到自己对恐惧和对希望一样的疲惫和麻木；现在，他只对这个姑娘的年轻生命充满了怜悯，他想找些话聊，可毫无结果：它们都像铅一样沉重，发出来的声音却像金属般轻飘。什么样的语言能表达出这样一种回忆的沉痛呢？

他用手悲哀地抚摸着她的头发。她望着他，困惑而无所适从；她表情机械地拢了拢头发，立起身来，眼睛茫然四顾，仿佛要重新弄清是怎么回事似的。她的表情疲惫、沮丧，只有眼睛里还闪现出阴沉的光亮。她强打起精神，脱口说出一句话，以掩饰内心还在颤动的抽泣："我现在得去了。天晚了，父亲在等我。"

她表情生硬地点点头示意作别，把自己的物件整理了一下，转身离去。老人一直用坚定的理解的目光望着她，这时又一次把她喊了回来。她吃力地转过身，因为眼睛里闪烁着湿润的泪花。老人带着真挚的表情又一次握住她的双手，凝望着她："艾斯特，我知道，你现在走了，就不会再回来了。不管你信不信我，有一种神秘的恐惧在欺骗你。"

　　他感觉到她的双手在自己手里温和信赖地松弛下来。他满有把握地说下去："艾斯特，再来吧！不管是愉快的还是悲哀的事，让我们把它们都放在一边吧。明天我们就开始画画，我觉得会成功的。别再悲哀了，让过去的就过去吧，别触动它。明天我们开始新的工作，新的希望。不好吗，艾斯特？"

　　她含着泪点了点头，怀着对莫测前途的恐惧不安返回家中，像从前一样，只是内心更为充实、更富有内涵。

　　老人陷入深思、对奇迹的信仰在他并不陌生，但奇迹在他看来却更为庄重和神圣，因此他觉得这只是上帝股掌间的一次游戏。他放弃了这样的念头：让少女的脸上现出对神秘希望的信仰；她的灵魂也许早已灰心丧气，什么都不相信了。他不愿再抬高自己，成为上帝的中介人，而只愿做一个简简单单的仆人，竭尽全力创作出一幅画，虔诚地放到神龛上，像其他的祭品一样。他发觉了自己的错误：一味去追随神迹，去寻找它们，而不是等待，等待它们自己到来并展现在他面前……

　　他那颗谦恭的心越来越低沉下去，自己为什么要在这个没有人对她怀有希望的孩子身上寻找神迹？在他像干枯苍老的树干一样——只有枝桠还贪恋地伸向蓝天——已变得空荡荡、光秃秃的生命里，另一个年轻的生命出现了，它畏缩却充满信赖地偎依在自己身边，难道这不已经是一种恩惠了吗？生命的奇迹已经在他身上发生，他感觉到了；这对他是一种恩惠，是使此后的日子继续燃烧的爱，他能把它像一颗种子一样埋下，使它开出绚丽的花束。生命给予他的这一切还不够吗？上帝不是已经向他指明了为自己服务的道路了吗？他渴望为他的作品寻找一个模特，他已经找到了她；他要用她创作一幅画像，而不是把她的灵魂引向一种信仰，这不就是上帝的意志吗？她也许永远不会理解这种信仰。他那颗谦恭的心越来越低沉下去。

黄昏进入他的房间，变得黑暗起来。老人站了起来；他感到烦躁不安、畏惧不宁，这在他的暮年很少有过，往常一切都非常宜人，如同秋日一样凉爽澄明。随后，他走到一个柜子跟前，取出一本旧书。他心烦意乱，疲惫不堪。他拿出《圣经》，以一种颤抖的狂热吻了吻；随后他翻开书，一直读到深夜……

老画家终于开始作画了。艾斯特沉思地向后倚在一把柔软适宜的靠背椅上，时而听老人讲述他自己或别人的各式各样的故事，以打发老是同一姿势的单调时间，时而沉入梦乡般的昏暗小房间里，四面墙上装饰的织花壁毯、画像和绘画一直吸引着她的目光。工作进展得不是很快。画家感到，他所画的这些草图仅是练笔，胸有成竹的时刻还没有到来。他脑海中的画面上还缺少某种无法用语言和概念解释清楚的东西，他十分清晰地感觉到了，于是一种火一般的急迫感不断驱使他一页一页地画下去，仔细地加以比较，但问题是尽管这些创作都是那么踏实逼真，他却仍不满意。他从不同艾斯特谈这些。但是他觉得，在她生硬的表情中有着与圣母应当展现出的温柔的期待相敌对的情绪，这种情绪甚至就是在陷入甜蜜的梦境时也没有从她的嘴唇上消失；在她的身上似乎还有着过多的孩子式的抗拒，还没有成熟到去承受圣母思想中那种甜美的重负。他觉得，这种阴沉的情绪无法通过语言排除，而是只能从她内心里慢慢得到缓解。在艾斯特的脸上远看不到那种柔和的、女性的表情，就是早春的最初几天里，红色的阳光穿过窗棂、射进房间，向整个世界宣告创造的生机时，就是所有的颜色都变得更加温和，翻腾而来的春日气息温煦地穿过街巷时，她的面色也依然冷漠。画家终于疲倦了。老人懂得了、认识到了自己技艺的界限，他无法强逼自己超越它。他放弃了制定好的计划，转而听从直觉突如其来的响亮声音。在对各种可能性做了反复考虑之后，他决定不再在艾斯特身上挖掘圣母领报的情感，因为她的脸上缺少那种虔诚的女性在苏醒的第一刻里所有的惊恐表情；他要用她创作怀抱圣婴的圣母像，这圣婴是他的信仰最朴素、最深沉的象征。他要马上动手，因为迟疑不决又开始侵入他的灵魂，梦寐以求的奇迹的光华越来越苍白乏力，甚至快要没入沉重的透不过气来的黑暗之中。他没有告诉艾斯特就解下已经草草画就略图的画布，换上一张新的，竭力为自己的新构思铺平道路。

翌日，当艾斯特以习惯的方式坐下来，温柔地靠在那儿等候工作开始——她对这项工作绝不是没有好感的，这使她孤寂的百无聊赖的日子有了丰富的语言和愉快的时刻——时，她惊奇地听到画家在同一位粗俗的农家妇女交谈。这声音她一点也不熟悉，于是便好奇地谛听，但听不清楚。稍顷，妇女的声音消失了，一扇门打开，老人走进来，朝她而来，怀里抱着个物件，她头一眼没有看出是什么。他小心翼翼地把一个幼小的、赤裸的、只有几个月大的、活生生的婴儿放到她的怀里，婴儿开头不安地动着，随后就老实下来。艾斯特目瞪口呆地望着老人，她搞不清他在开什么玩笑。可老人却只是微笑，一言不发。当他看到她那畏惧的询问目光盯住自己不放时，便用平静和乞求的声音向她解释起来：他要画她怀中抱着孩子的情景。他把目光中的所有慈爱和善心都通过这个请求表达出来了。他对这个陌生少女怀有的深沉的父亲般的爱和对她不安而虔诚的心灵的真挚信赖，使他的言词和意味深长的沉默都富有光彩。

艾斯特的脸涨得通红，无法抑制的羞涩令她难受得很。她几乎不敢用畏惧的目光从侧面去看这个幼小的生气勃勃的赤裸婴儿，只得不情愿地把他放在颤抖的双膝上。犹太民族的严格习俗养成了她对赤裸的憎恶，这使她在注视这个健康快乐、现在安静地睡着了的孩子时怀有某种厌恶和神秘的恐惧。她下意识地遮住了孩子赤裸的身体，在触摸这柔软的粉红色的胴体时她害怕地朝后缩了缩，像是犯罪似的。一阵恐惧涌上心头，她不知道是为什么。她身上的所有声音都畏葸地传向她抗拒的胳膊，但是她不能用生硬简短的"不"去回答老人温和慈祥的话语，她对他怀着挚爱的尊敬。她觉得自己对他的任何要求都不应拒绝。他的沉默和带着紧张、热望的询问是那样沉重地压迫着她，她几乎想呼喊起来，盲目的，野兽般的，没有目的，没有言词。对这个安静睡着的孩子的仇恨发狂般地攫住她，是这个孩子破坏了她的宁静时刻，扰乱了她梦幻般的安逸。但是她突然觉得软弱无力，不能去反对这个安详的老人，不能去反对他那善意的举动。因为，他就像悬在少女昏暗幽深的生活上方的一颗银白色的孤独的星星，于是，像对他的任何请求一样，她又一次卑恭地、迷惘地点了点头。

老画家没有再说什么，而是开始作画。他先是只画个轮廓，因为艾斯特还十分忐忑和茫然，无法表现出作品的内在思想。她梦一般的表情太柔弱乏力了。在她的目光里有着某种痉挛的、不情愿的东西，因为她总是设法避免看到怀中睡着的赤裸婴儿，总是冷漠地望着墙上方那些与自己毫不相干的绘画和饰物。这种由恐惧而生的勉强和僵硬使得老人自己也不自在起来。此外，她感到双膝上负荷沉重，因而不敢活动，只有脸上的紧张神色越来越强烈地暴露出这种充满痛苦的努力。终于，画家中断了工作，尽管他意识到的不是她承袭下来的憎恶，而只觉得是少女的羞涩。婴儿仍安静地睡着，像一只吃饱喝足的小兽，没有感觉到画家细心地用双手把他从姑娘的怀中抱了起来，放到隔壁房间的床上。孩子一直躺在那里，直到他的母亲，一个粗俗的荷兰船夫的妻子——这段时间里她到安特卫普闲逛去了——把他抱走。艾斯特的身体恢复了自由、解除了负担，但她想到以后每天都要怀着同样的恐惧，依然感到极为苦恼。

她惴惴不安地走了，在以后的日子里又惴惴不安来了。她内心升起一种秘密的希望：画家也许会放弃这个计划，她要用一句平静的话请求他。这个决定变得越来越迫切，越来越无法遏止。但她不能这样做；内心的骄傲或者说是秘密的羞耻感使业已到嘴边的话又缩了回去，就像一只振翼欲飞的鸟儿，它试着挥动翅膀，准备在下一刻就自由地冲向高空。但随着她每天到来并承受这烦躁不安，一切逐渐变成了无意识的自我欺骗，因为她已经对此习以为常了，有如令人厌烦的常事一桩；只是她自己还没有认识到，这一刻还没有到来。画进展得不快，虽说画家用斟酌再三的话向她做了说明。实际上，他的画框上只有淡淡的、无关紧要的线条，以及一两处草草勾出的轮廓。老人在等候着艾斯特同那些念头和解，并不急于求成。他暂时只是让姑娘坐着当模特来打发时间，并说了许多无关痛痒的事情，对孩子的在场和艾斯特的烦躁不宁故意装作没有看见。他越来越兴致勃勃。

这次，他的信心没有欺骗他。一天上午，天气晴朗温暖；窗户的边框裱起一幅明亮透明的风景画：塔楼，它们虽然在远处，但金色的光华就像从近旁闪耀出的一样；屋顶，从上面飘起的炊烟袅袅轻柔地消失在深邃的、锦缎般的碧空；白云，它们就在跟前，像要落下来似的，有如毛茸茸的扑打着翅膀的鸟儿落进翻腾的屋脊海洋之中。太阳用它的手把金黄的跳跃的光掷了进来，滚动的光环像叮当作响的小小的铸币，窄细的光线像发亮的匕首，跳动不定的光斑无法解释也没有意义，像闪光的小动物那样灵巧地透过木板跳了进来。这种闪烁不定和刺人发痒的游戏把孩子从熟睡中弄醒，他用指尖扑打紧闭的眼睑，直到睁开了双眼，闪动着，注视着。他开始在姑娘怀里不安地动弹起来，姑娘不情愿地哄着他。不过，他不是想从她怀里挣脱，而只是用滚圆的小手笨拙地捕捉在他周围跳动和嬉戏的亮光，他抓不到，但越是抓不到，他的兴趣就越大。胖胖的小手愈来愈忙乱，在阳光照射下显得透明、殷红的血潺潺流动。这种天真的游戏以一种奇妙的刺激攫住了不灵活的小家伙，也使艾斯特不自觉地入了迷。孩子无效的努力激起了她的怜悯，她深情地微笑起来，注视着这无休止的游戏，毫不疲倦，也忘了对这个天真的要人照料的孩子的厌恶感。一个人的生命，一个生机盎然的生命第一次在这个小小的光滑的躯体上向她展现出来，她以孩子式的好奇心注视着他的每个动作。老人在观察，一声不响，他怕言语再度唤起她的抗拒和被忘却的羞耻感；但一个通谙世事的老人的满意微笑一直停留在他那温和的嘴唇上。在这种沟通中，看不出有什么独特之处，而仅有一种正当的期待中对大自然运行法则的信赖，这个法则是不会拒绝也不会忘记成为真理的。他又感觉到生命那永恒的、一再更新的奇迹就在近旁：从孩子身上一下就被激发出的女性无私的善又返回到孩子身上，如此循环往复，女人永不会失去自己的童年，而是生活两次，在自己身上和她们遇到的人身上。这不就是马利亚的奇迹吗：她是孩子，从来没有成为女人，而在她的孩子身上她的生命却得以继续下去？每个奇迹不都在现实之中有着与之相对应的图景吗，变化中的生命的每一个看得到的时刻不都有着无法接近的光辉和永远无法理解的呼啸吗？

老人再度深切地感觉到那种奇迹的临近。几周以来，关于神或尘世的念头一直在挤压着他，不肯放开他。但是他知道，这是一扇黑暗的紧闭的门，所有人在它面前都得谦恭地掉转身去，除了在拒绝自己的门槛上印上一个敬畏的吻，不需更多地强求。他抓起笔来，用工作去驱逐这些念头，让它们消失在浓云中。当他为了把现实的景象描绘下来而抬眼望去时，有一瞬间他像着了迷似的。因为他发觉，他迄今一直在罩着面纱的世界里构建的东西，不知不觉地正以一种直接的力量迎面向他扑来；他寻找的那幅画在他面前活了起来。初生的花朵一般的健壮婴儿用发亮的眼睛和扑打的双手捕捉着光线，这光线把深色的柔和光华洒满他的全身，赋予他天使的形象。在玩耍的孩子的头上还有另一个形象，她温柔地俯下身来凝望着，仿佛也被孩子发出的明亮光华所照耀，那双修长的孩子般的手小心翼翼地从两个方向保护着婴儿，以免发生任何不测；她头上呈现出一片光辉，没入头发中间，仿佛是从那里发出的内在的光，温柔的动作与嬉戏的光融为一体，无意识同梦幻般的回忆联在一起，这一切组成一幅飞快完成的美丽图画，由玻璃般的颜色绘成，稍有活动就会破碎。

老人像做梦似的望着婴儿和少女，他俩在光的嬉戏中变得如此亲密，仿佛在遥远的梦境中，他突然忆起意大利画家那幅几乎被忘却的画和对上帝的虔诚。他再次觉得自己听到了上帝的呼唤。但这次，他没有陷入梦幻，而是把全副力量都倾注于这一刻。他急迫地把握住婴儿双手的动作和少女往常那么冷漠而今却如此温柔的表情，仿佛要使这易于消逝的瞬间变为永恒。他感到身上的创造力像年轻人的热血一样：他的整个生命是一次搏斗，是一次陶醉，是这一瞬对光和色的吮吸，是他作画的手的捕捉和创造。在这一刻，他感到上帝的力量和无垠的充实的生命的秘密从没有像现在这样近在咫尺，他想到的不是这一瞬间的奇迹，而是它的永存，是他本人创造了这一刻。

嬉戏的时间不是很长。婴儿在无望的捕捉中终于累了，而艾斯特在看到老人突然间热情似火、双颊通红地工作时，也感到奇怪起来。他的脸色重又显出梦幻般的明朗，就像他对她说起上帝和关于它的数以千计的奇迹的那天一样；她又一次感到在我们这个被创造的世界中失落的对伟大的诚惶诚恐。在这种包容广泛的情感中，渺小的羞耻感完全消融了。在这一瞬间，她使画家感到惊喜，因为她对孩子入迷了，她看到的只是生命的充实；这种时刻的丰富多彩和伟大崇高让她再次感到惊奇不止，这是当画家指给她看陌生而又遥远的人物画像、梦一般的美丽城市和繁花似锦的风景时，她才有的那种惊奇。对陌生的向往和远方的绚丽给她贫乏的生活和单调的灵魂历程涂上了斑斓的色彩。在她灵魂深处燃烧起的对创造的渴望，就像黑暗中一线隐藏起来的光，没有人知道。

这一天是艾斯特和这幅画命运的一个转折。阴沉的情绪消失了。现在，她迈着明快匆忙的步子到画家那里，她觉得做模特的时光过得太快了，这是由于每一次经历都相互联结、环环相扣，每一个环节对她都有着意义，因为她还不认识生命的价值，在此之前都只是用小小的铜币决定些毫无价值的事情。老人的形象同孩子弱小无助的玫瑰色身体相比，不知不觉退居到次要地位了。她的憎恨突然转化为一种粗暴的、几乎是贪婪的温柔，如同少女对孩子和小动物经常有的那种温柔。她的整个身心都倾注在观看和爱抚之中，她下意识地在充满激情的献身游戏中使母爱——女人的一种高尚的思想——活了起来。她忘掉了自己来此的目的；她到了这里，抱起鲜花般的婴儿，坐在宽大的靠背椅上，开始深情地与孩子嬉戏，孩子很快就熟悉了她，朝她笑起来，笑得十分有趣，她完全忘了她是为了作画而来，完全忘了这个赤裸的婴儿一度像一种压力和负担使她痛苦。她觉得那些是很遥远的事了，就像她那些数不清的骗人的梦境一样。从前，她在昏暗悲惨的巷子里长久地、勤奋地一个接一个编织那些美梦，然而现实轻轻一吹就使它们支离破碎。只有在现在这个时候，她才相信自己还活着；待在家里令她感到陌生，如同在漆黑的夜沉睡。当她用自己的手指握住孩子胖胖的小手时，她觉得这不是没有血色的梦，这双蓝色的大眼睛朝她闪现出的微笑不是骗局。这一切都是生命，她要把这生命献给世界，在这样一种深情的渴求中燃烧自己；这是她的种族传承下来的意识不到的丰饶遗产，在成为女人之前，她就渴求奉献，渴望有女人的眷恋。在这种嬉戏中埋藏有更为深沉的欲求和更为炽烈的快乐的胚芽，但这一切还只是可爱的念头和深情的嫉羡，是明快的玩耍和愚蠢的梦境之间的轮番嬉戏罢了。像孩子们摇晃布娃娃一样，她摇动婴儿，同时沉入梦境，像女人和母亲那样做梦，进入甜蜜温柔、无边无际的远方。

老人用他智慧的心灵感觉到了这个转变。他觉察到了她对自己的疏远，但不是变得陌生；他知道自己不再在她的期待之中，而是在一旁，像是一份柔和的回忆。他高兴这种转变，他也更爱艾斯特了，因为他在她身上看到了年轻的强烈的善良的本能，他希望这些本能比自己的努力更快地粉碎她承袭下来的抗拒和封闭。他知道，在她把祝福和希望带给一个幼小生命的同时，她对自己，一个老人，一个行将就木的人的爱当然在耗损和减少。

他把这奇妙的时刻归功于艾斯特对婴儿苏醒过来的温柔。在他面前展开许多幅富有魅力的图画，它们是对一个唯一主题的多种呈现，可所有的呈现都不尽相同。先是温存的游戏：艾斯特逗孩子玩，她本人在无拘无束的欢乐中也像个孩子，轻柔的动作既不生硬也不狂热，各种柔和的颜色和谐地融为一体，各种可亲的情状亲切地汇合一起。随后，当孩子疲惫地在温软的怀中入睡时，又是安静的时刻：艾斯特细长的双手像两个天使护在他左右，在她的眼睛里，那种充满深情的喜悦闪耀出占有的幸福和深藏不露的激情。她把睡着的孩子轻轻地弄醒，于是又有了这样的瞬间：四目相对，他们不自觉、无意识地寻找着对方，一双眼睛里是深情的体贴入微，另一双里是闪耀的幸福。之后，又是令人入迷的陶醉：孩子用他笨拙的小手抓挠少女的乳房，等待母爱的馈赠；艾斯特的羞耻感又使她的双颊变得通红，玫瑰般地发亮，但现在她感到的不再是恐惧，不再是反感，而只是一种发窘的冲动，这冲动又化为幸福的微笑。

这些天是完成这幅杰作的日子。他从成千上万种温柔中创作了一种温存，他从成千上万种嬉戏的、愉悦的、畏惧的、幸福的、深情的目光中创作了一种目光：母性的目光。一幅静谧的伟大作品出现了。它是那么质朴，玩耍的婴儿和少女温和地低下的头。但是，色彩是柔和的、明快的，对他而言也是前所未有的创造；形体是清晰的、明朗的，宛如深色的树干直指向神圣的晚霞。仿佛有一种内在的光隐于其中某处，是它燃起那种神秘的光亮，有一种空气在画面上飘动，比尘世的空气更为柔和、喜人、清爽。这幅画里虽然没有什么超凡入圣的东西，但却有生命——这幅画所创造出来的生命——隐匿的神秘感。在漫长勤奋的创作年代里，老人曾多少次细心地一笔一笔地作画，现在他却第一次感觉到眼前这幅画是在自己成长、成形，而他本人竟对此一无所知。在古老的民间传说中，那些有魔法的精灵在完成工作时常常隐而不见，但它们却有着狂热的创造激情，使人们在早晨带着惊讶的目光看到夜间完成的杰作。如今，当老人在创作的狂热之余，后退几步，并用审视的目光观察时，就有着与此相同的感觉。关于奇迹的念头又在敲打他的心扉，但心儿还迟疑不决，不知是否该允许它进来，因为他觉得这幅画不仅是自己一生创作的巅峰，而且还有着某种更遥远和高大的东西，甚至是他卑微的工作所无法般配的。创作的喜悦越来越深沉，渐渐变成一种敬畏的情绪，一种对自己作品的畏惧，使得老画家不敢再承认这是他的作品。

他觉得艾斯特也变得遥远了，因为他觉得她只是自己完成这尘世奇迹的中介人。他以老人的慈祥照看着她，但他的灵魂里又满是那些虔诚的梦。他觉得生命的朴素力量一下子变得如此奇妙。谁能给予他一个回答？《圣经》是古老的、神圣的，但他的心是属于尘世的，还深深地根植于生命之中。他想知道上帝的翅膀是否能飞临这个世界？上帝的神迹今天是否还穿行在这个世界？或者这仅是生命质朴无华的奇迹？

尽管在他的生活中发生了如此罕见之事，老人并没有自负地想去知道答案。他本人不再像从前那样有把握了，因为他既相信生命，也相信上帝，所以便不去思考谁是真实的。每天晚上，他都小心地把画罩上。因为在这些天里，有一次，当他返回家中，银色的月光祝福般地洒满画像时，他觉得圣母仿佛朝自己显露出面庞，差一点匍匐在地拜倒在自己的作品前……

这些天里，艾斯特的生活中还发生了另一件事，虽说不是什么奇怪的不可想象的事件，但却像旋风一样搅动着她的生活，使她陷于极大的、莫名的痛苦之中，心里感到阵阵战栗。她开始感觉到成熟的秘密，她从孩子变成了女人。她心中充满迷惘，不知所措，也没有人能给予她引导和指点，只好在沉沉的黑暗和神秘的光亮之间孤独地走着。她心里生出种种渴望，就是找不到出路。以前，她见了同伴总是避而远之，和周围的人不说一句不必要的话，这种难以抑制的固执在这些日子里简直成了灾难，使她尝到了可怕的失落感。因为她体会不到在这成长中所蕴含的甜蜜而舒适的感觉，好似一棵禾苗，离结穗还远着呢，可现在余下的就只有麻木、困惑和如此孤独的痛苦了。这时，老人给她讲的那些传说和奇迹就像具有诱惑力的灯光，照亮了她的懵懂，她的梦也随着灯光贪婪地进入了种种可能的荒唐之所。某位温顺女子的故事使她激动不已，同时也使她突然之间产生了一种几乎是快乐的恐惧。可是她又不敢完全相信，因为他还谈了些别的她不懂的事。她认为自己身上也发生了某些奇怪的现象，因为她的整个感觉都起了很大的变化，她周围的世界和所有的人似乎一下子全变了，变得深沉和奇怪了，而且充满隐蔽的冲动。一切事情似乎都是息息相关的，具有一种内在的生命，它在往前挤，又在往后推，这是一种共同的东西，但是她并不知道藏于何处；她只觉得，这些原本零散的东西似乎都互相关联。她感到有种内在的力量正在将自己拉进生活，拉到人群中去，可是她不知所措，不知道该往哪儿去，只是剩下这争先恐后折磨人的一成不变的痛苦，剩下这未曾耗用的渴求和被束缚的力量的痛苦。

以前认为不可能的事，现在，当她意识到自己的失落，当她一心渴望可以紧紧抓住什么事情的时候，在这一筹莫展的时刻，艾斯特倒要来试一试了。于是，她便同养父交谈。在这以前，她总感觉到他们之间的距离遥远，而如今，盲目的欲望竟推着她跨过了这道门槛。她同他谈论各种事情，对他讲这幅画，而且非常投入，想在谈话中攫取某些对自己来说很有价值的东西。酒店老板显然对这个变化感到高兴，他大胆地拍拍她的脸颊来安慰她，并认真地听着。有时候，他也插上一句话，但表情总是漫不经心的，很客观，就像把嚼过的烟吐在地上。后来，他自己也笨嘴拙舌地讲起了刚刚发生的事，艾斯特虽然听得专注，但是并没有听懂。他不知道该对她说什么，他也不想说什么。所有的事情似乎只是到过他身边，并没有触及他的内心。她从养父的话里听出他对一切都漠不关心，这使她感到厌恶；以前只是模模糊糊地感觉到的事，她现在明白了：这样的人是无法同她、同她的心灵沟通的。他们在一起坐着，但无法互相了解，他们之间是一片荒漠，没有理解。在她看来，在这个寒酸的酒店里出出进进的人当中他还算是最好的，因为他身上所具有的诚实的粗鲁在有些瞬间甚至会变成一种亲切感。

不过，失望并不能把这种不可遏制的欲望摧毁，它以凶猛的威力将艾斯特又推到每天从日出到日落都跟她在一起的人的身边。她热切地数着天亮以前黑夜还有多少个孤独的小时，数着白天去看望画家之前还有多少个钟点，脸上流露着火一样的热情。一进巷子，她就犹如游泳者跳进泡沫翻腾的洪流，完全沉浸在自己的热情之中，她从安详行走的人群中拼命往前冲，直到脸颊红红地、头发散乱着站在一心渴慕的大门之前，才停住脚步。在这心理转变的时期，艾斯特无拘无束的热情将她引向一种无法驾驭的乐趣，这种乐趣不仅完全控制了她，而且使她显出一种放荡不羁的风骚之美。

这种贪婪的、几乎是充满绝望的柔情使她特别喜欢老人面前的孩子，而老人友善宽厚的态度中却有着某种对于一切狂热的激情显出拒绝和淡泊的东西。他对艾斯特这种女性的变化一无所知，可是他从她的举止中感觉到了这种变化，她那突然出现的极度兴奋使他感到陌生。他感到了把她推向狂热激情的原始力，所以并不打算约束她。虽然他的思绪又完全沉湎于遥远隐蔽的生命的秘密，但并没有忘却对这个孤独的孩子的父爱。他对她来这里感到高兴，并且竭力让她留在身边。画已经完成了，但是他并没有告诉艾斯特，因为他不想让她离开这个她似乎倾注着全部柔情的孩子。他还时不时在画上加上一两笔，但都只是些无关紧要的表面文章，比如在衣服上加上个皱褶啦，在背景明暗方面轻轻添一笔啦，或是在光线变化上稍稍作点调整啦，等等。至于画的原本思想和内在感觉，他不敢再触碰了，因为现实的魔力慢慢消失了，他觉得少女赋予自己的美妙的梦，赋予这幅画的生命与宗教的双重面貌，已经开始模糊了，而且时间越久，就越难获得尘世的力量。在他看来，任何想要修改这幅画的尝试不仅仅是愚蠢之举，而且是罪孽。他暗暗决定，在完成这幅画之后便不再继续创作拙劣的作品，而要以极其虔诚的态度把自己的时间用来发现那些小路，那些能将生命引向一个个高峰的小路，他在生命的暮年还曾见到这些高峰上的金色晚霞。

所有孤独的、被人反感的人，他们心里都具有敏锐的本能，犹如一张用敏感的丝编织的隐蔽的网，能把说出的以及未曾说出的话统统收罗进去。艾斯特以这种敏锐的本能觉察到了她如此爱戴的老人刻意保持的微微的距离，这使她痛苦不堪；她觉得现在自己恰恰需要得到他的整个生命和全部毫无拘束的爱，好坦露自己的内心和日益增加的痛苦，要求他解答包围着自己的种种谜团。她全神贯注地倾听着能够把心里挤得快要溢出来的话尽数吐露的那一刻，但是这种等待却没有尽头，反而弄得她疲惫不堪。于是，她便将全部柔情转向那孩子。她将自己的全部感觉倾注进这笨拙的小身体，以炽烈的力气抱着他，吻他，动作是那么猛烈和忘我，弄得这孩子只觉得很痛，甚至开始不满了。随后，她克制了自己，照看和安慰着孩子，但是这种怯懦也是极度兴奋的表现，正如她现在的感觉并不是母亲式的，而是情爱和渴望的冲动怯生生的寻觅式的喷涌。她身上冒出一股力量，由于懵懂，这力量又在孩子身上化成了泡沫。她经历了一场梦，一次痛苦的麻醉；她只是拼命牢牢抓住这个孩子，因为他有一颗温暖的跳动着的心，同她的心一样，因为她可以把心里燃烧的全部柔情统统赠送给那两片沉默的嘴唇，因为她下意识地渴望着的胳膊可以抱住一个活生生的人而不必担心、不必感到害臊，要不然连同陌生人说上一句话也会使她羞得无地自容。她就这样自欺欺人地过了无数个小时，没有疲倦，也没有感觉。

现在，对艾斯特来说，抱着这个孩子就是她所狂热渴望的生活的概念。周围的一切都为云雾所笼罩，而她一点也觉察不到。晚上，市民们聚在一起，带着遗憾和隐隐的恼怒谈论着从前的自由和那时非常喜欢弗兰德地区的好国王卡尔。城里在煽动闹事，新教徒秘密联合起来了，躲在阴暗角落里的社会渣滓纷纷拉帮结派，在来自西班牙的威胁性消息的支持下，小的暴动以及同士兵的冲突不断增加；在这不安的争吵中，战争和反叛的火苗已经显出了迹象。小心谨慎的人现在开始把注意力集中在外国，其余的人则在自我安慰，并让自己镇定下来，但是全国都处于战战兢兢的期盼之中，这在每个人身上都有反映。男人们坐在小酒馆的角落里低声谈论着，店老板从他们中间走过，拿战争和恐惧开着玩笑，可是谁也笑不出来。那些耽于享乐的人现在都失去了无忧无虑的欢乐，心里都很害怕，都在忐忑不安地期待着。

艾斯特对这个世界，对它压抑的恐惧和秘密的狂热毫无所知。孩子像往常一样安静，只是笨拙地朝她笑笑，所以她觉得周围没有丝毫变化。她的生活只是随着唯一的洪流奔向不祥的迷惘；围绕着她的黑暗使她把空虚时刻里的种种幻梦当成了现实，这些梦是如此遥远和陌生，以至于她对冷静和谨慎地去理解这个世界不再抱有希望。她觉醒的女性意识竭力地想要这个孩子，可是这胆小的神秘的小生命哪里懂得女性，任凭她仿照《圣经》中那些朴素的传奇故事将自己幻化成千百种形态，仿佛寂寞的幻想真的具有种种魔法似的。要是有人用简单的语言给她解释一下日常生活中的这个谜，那么她也许就会以姑娘们在这个时期所特有的羞涩目光打量从身边走过的男人们。不过她并没有去想那些男人，而只是望着孩子们在街上玩耍，幻想着一个奇迹：或许某一天，神也会赐给自己那样一个愉快玩耍的孩子，一个完完全全属于她的、成为她的幸福的孩子。她心里的愿望简直难以遏制，以致她说不定会不顾一切羞耻和胆怯，为了一心渴望的幸福而委身于第一个最好的男人；可是她不懂得这个具有创造力的结合，她的渴望在盲目而毫无意义的小路上走入了迷途。于是，她一次又一次地回到这个陌生的孩子身边，觉得他就像自己的孩子一样。所以，她的缱绻情意变得如此热忱而真挚。

一天，她到了画家那里。他怀着隐隐不安的心情觉察到了她对这孩子过分的、几乎是病态的热情，她的脸上容光焕发，眼睛里闪烁着烦躁不安的神情。孩子通常都在，但这回却没有在那儿。她感到很不安，但又不愿承认这一点，于是便向老人走去，问他画的进展情况。提问的时候，她的脸上泛起了红晕，因为她一下感到很不好意思，在这段时间里，她既没有去注意他，也没有去注意他的作品。她冷落了这位如此善良的人，像犯了罪一样感到心中十分沉重。但是，他却显得像什么都不知道似的。

"已经完成了，艾斯特，"他说，同时微微一笑，"早就画好了。过几天我就要把画交出去了。"

她的脸色变得煞白。一个不祥的预感袭上她的心头，她连想都不敢去想。她怯生生地、非常轻声地问："那我以后不用再到你们这儿来了？"

他向她伸出双手。这是个温和的、带着一点儿强迫的老姿势，曾使她一再为之着迷。"你想来就来，孩子。来得越勤越好。你都看到了，我一个人在这老屋子里是多么孤单，只要你在这里，整天都会融融乐乐的，你常来，经常来吧，艾斯特。"

她对老人的全部旧爱翻腾起来了，仿佛现在就要溢过所有堤坝，汇聚成语言倾泻出来了。他是多伟大，多好啊！此刻，她对他又变得非常信赖，但是那些占据着她生活的念头仍像雷雨云似的压在这棵正在成熟的禾株上。她一想到孩子就感到很难堪，她想把这烦恼压下去，一再把这句话往下压，但是它还是冒了出来，变成一声狂野而绝望的叫喊："孩子。"

老人默默无语。但是他的面容越来越严厉，几乎变得毫无情意。此刻，他正一心希望她的心能为自己所有，而她却把自己忘了，这就像被一只愤怒的胳膊揉了一下，他非常恼火。他冷冷地、漠不关心地说："孩子已经不在了。"

他感觉到她的目光贪婪地、以疯狂的绝望神情停留在自己的嘴上。但是，心里阴沉沉的自制力迫使他保持倔强和残酷。他没有说什么补充的话，此刻，他恨这个少女，她从自己这儿接受了那么多的爱，现在却全都忘了，毫无感激之情，善良而温顺的老人在这一刻竟感到了折磨她的乐趣。不过，这种人性的弱点和自我否定只是一闪而过，就像澄清无垠的大海中流去的一个孤独的波浪。他对她的目光心怀同情，便转过了身。

可是她受不了这种沉默。她疯狂地扑到老人胸前，紧紧抱住他，抽泣着，呻吟着。她怀着从未有过的巨大痛苦，哭着喊出了一番绝望的话："我一定要重新得到这孩子，我的孩子。否则我就活不下去，他是我仅有的一点儿小小的幸福，现在让人偷走了。您为什么要从我手里夺走这孩子？……我对您不好，但是请您原谅，把孩子给我吧。他在哪儿？告诉我！告诉我！我必须重新得到他……"

无声的抽噎淹没了她的话。老人深受感动，向边哭边抱着自己胸膛的姑娘俯下身来，这时，她紧紧抓着的手正在慢慢地松弛，人也像枯萎的花一样在一点点往下坠。他轻轻地抚摸着她散乱的黑色长发。"聪明点，艾斯特！别哭。孩子是不在了，但是……"

"这不是真的，不，这不是真的！"她怒气冲冲地说。

"这是真的，艾斯特。他母亲离开了我们的国家。对外国人和异教徒来说，日子是很艰难的，对虔诚却胆小的人来说也是如此。他们去了法国或是英国。你干吗要沮丧呢……聪明点，艾斯特……再等几天……一切都会好起来的……"

"我不能，我不能，"她发狂似的嗷嗷哭着，"为什么抢走我的孩子……除了这孩子我可什么也没有了……我必须重新得到他……我必须，必须……他很喜欢我，他是唯一属于我的、完全属于我的人……现在叫我怎么活下去……告诉我，孩子在哪儿，告诉我……"

她又是埋怨，又是抽泣，说起话来就显得杂乱无章和悲观绝望，而且声音越来越小，越来越没有意义，后来就变成了表情麻木的号啕大哭。她的思绪像紊乱的闪电射进绞尽脑汁的头颅里，无法清醒，也无法安静；一切感觉和思考都不停地以旋风般的无情力量围着一个痛苦的念头疯狂地旋转，她说的那些话非但摆脱不了这个念头，反而使它跟着一起转了起来。这沉默无声的、无边无际的海洋，她正在寻觅的爱情的海洋，现在成了绝望的痛苦，现在翻腾喧嚣起来了。她的话杂乱无章地、灼烧着从嘴里流出来，就像是弥合不了的伤口里一滴滴流出的血。老人沮丧地沉默着，他曾试图用温存的话来消解她的痛苦，但他觉得这种激情的原始力和它可怕的烈焰比劝慰的力量要大得多。他等待着，等待着。有时候，滔滔不绝、情绪激动的哭诉似乎有了停顿，激动的程度似乎也减弱了，但是随着一声声抽泣还不断冒出几句话来，又像喊又像哭。一个感情丰富的青春的灵魂正在痛苦中流血。

他终于可以对她说话了。但是艾斯特并不听。她那湿润、呆滞的眼睛里只有一个图像，充塞她感觉的只有一个念头。她像陷入高烧中的谵妄，结结巴巴地说："他笑起来有多可爱……他只属于我，只属于我一个人……有那么多美好的日子……我是他的母亲……现在却不让我得到他了……我只要能见到他，只要再见一面……只要见到他，只要见一面……"她的声音又在一筹莫展的抽泣中消失了。她从老人胸前慢慢垂了下去，完全蹲在了地上，虚弱和战栗不已的手还紧紧抱着他的膝盖，嘴里不断发出悲伤的呻吟。她挤缩在一起抽搐着的身体，以及深埋着激动的面庞像是被愤怒的痛苦击毁了。她绝望的思绪已经疲惫不堪，只是一再喃喃地重复着同样的话："只要见到他……只要见一面……只要见一面……只要见到他。"

老人朝她深深俯下身来。

"艾斯特！"

她一动不动。嘴唇还在继续无意识地、平淡地说着那两句话。他想把她扶起来；他抓着她的胳膊，那胳膊没有一丝力气，一动不动，像是一根断了的树枝；胳膊又软绵绵地垂了下去，只有嘴唇里还在单调、无意识、结结巴巴地念着这句悲伤的话："只要见一面……只要再见到他……只要见一面……"

正当他一筹莫展的时候，忽然想到了一个奇怪的念头。他俯在她耳朵上说："艾斯特！你可以见到他，见一面或者常常见，随你的便！"

她像从梦中惊醒似的，一下跳了起来。这句话像是流遍了她的全身，使她的身体一下子活动起来，她伸直了腰。她慢慢地又恢复了清醒。但是她觉得自己的思想还不很清楚，因为本能上她并不相信从痛苦中竟会又得到这么大的幸福。她毫无把握地望着老人，心里左思右想，摇摆不定。她没有完全理解他的意思，所以在等着后面的话。她对一切还模糊不清。可是他没有说话，只是怀着善良的预兆望着她。他用胳膊轻轻抱着她，仿佛怕把她抱痛似的。这么说，这不是梦，不是瞬间的谎言。她的心怦怦直跳，怀着纷乱的期待怦怦直跳。她像个小孩，乖乖走去，毫无目的地倚在他身上。但他却几步把她领到画架前，动作极其迅速地把罩在画上的布揭掉。

起初的瞬间，艾斯特站着一动不动。她的心也不跳，像是凝固了。但是，随即她就贪婪地朝画像扑去，仿佛要把可爱地微笑着的幸福孩子从画框里拽出来，让他重新回到生活中来，这样她就可以感受他笨拙的四肢的娇嫩，在他的小笨嘴上逗出笑来。她并没有想过这只是一幅画像，只是画了画的一块布，只是生活的一个梦，她不去考虑，只是体会，她的目光闪烁着，陶醉在幸福之中。她紧贴画像站着，一动不动。她的手指有点颤，有点痒，渴望重新战战兢兢地抚摸孩子光滑柔嫩的身子，她的嘴唇像火一样灼热，想要温柔地吻遍这梦寐以求的胴体。一股幸福的暖流流遍全身。热泪随即夺眶而出。但是这已经不再是愤怒和指责的眼泪，而是突然充满她内心并且就要溢出来的诸多奇怪感情。他紧紧抱着她，感到少女僵硬的手上的抽搐现在也轻轻地消解了，一个犹豫不定的，但却是温柔与和解的声音萦绕在她身边，将她轻轻地、甜蜜地摇入了远离现实的清醒而美妙的梦境。

在欣喜中，老人又有了那种疑惑的惊惶不安的感觉。这件作品多么奇特，就连创作了它并将它摆放在那儿的自己心里也产生一种神秘的感觉，画上光线衬托出的那种柔和的庄严是多么超凡脱俗！这难道不像供人们崇敬的圣徒像吗？那些心情压抑和沮丧的人看到这些圣像，烦恼和忧愁不是就会被奇迹般地净化和解脱，突然忘掉痛苦，走回家去吗？姑娘凝视着自己的形象，没有好奇，没有羞耻，而只有对神的献身与爱慕，难道她眼睛里不是燃烧着神圣的火焰吗？他感觉到一定有一个目标，有好些奇怪的路可以通往那儿；一定有一种意志，不像他的意志那样盲目，它有预见，引导着自己的各种愿望。这些想法像虔诚的钟声使他这颗对上帝的恩惠充满感激的选民的心欣喜不已。

他小心翼翼地拉着艾斯特的手，把她从画像前领开。他没有说话，因为他也热泪纵横了，不愿让她看见。他觉得仿佛头上一片温暖的流动着的光华，如同圣母像上的光华；仿佛在这房间里，在他们身边还有某种巨大的、说不出来的东西，用看不见的翅膀嗖的一下飞了过去。他望着艾斯特的眼睛。这双眼睛现在不哭了，也不再倔强了，只是还罩着一层轻柔的反光面纱。他觉得周围的一切都更加明亮、柔和、美好了。一切都在向他显示着奇迹和神圣。

他们俩还一起待了很久。他们又像以前那样谈话了，但更加心平气和，更加纯净，好似两个彼此非常了解、不用再互相试探的人一样。艾斯特安静下来。这幅画又赐给了她幸福美好的回忆，她又重新拥有了她的孩子，不过比现实中要神圣得多，深沉和慈祥得多，所以一看到这幅画她就激动和快乐起来。现在，这幅画完全属于她的美梦的外壳，是她自己，是她的心灵。现在，谁也不会把这幅画拿走。每当她看到这幅画，它就属于她一个人，而她是有权永远看到这幅画的。由于神秘的预感而战栗不已的老人高兴地答应了她怯生生的请求。现在，她天天都有了同样的幸福和充实的生活，她也不必再为自己的渴望担惊受怕了；这个小小的容光焕发的形象对别人来说是救世主，而对孤单的犹太少女来说无意中也成了爱与生命之神。

她又来了几天。可是画家想起了几乎已经忘掉的委托。买主来看了这幅画，虽然他对作品背后的秘密奇事一点儿也不知道，但是画上那种宽容的慈爱和这个永恒象征的素朴庄严也深深感动了他。他热情地握着画家的手，而他的朋友却以谦逊虔诚的态度谢绝了称赞，仿佛面前的这幅画不是自己的作品似的。他们决定不久就用这幅画去装饰圣坛。

第二天，这幅画就被装饰在圣坛上空着的一侧。奇怪的是，圣坛上的两位圣母成了陌生的一双，稍许有点相似，不过神态大相径庭。她们看起来像姐妹俩，一个还信心十足地沉溺于生命的欢乐，另一个却已经尝到了难咽的苦果,体验了昔日的惊恐。但是,两个人头上都有一片同样的光华照耀着,仿佛她们头顶上爱的星星在闪亮,她们脚下,注定用一生去走的那条路总要穿过欢乐和痛苦……

艾斯特也随着画像来到了教堂,仿佛在这里发现了自己的孩子似的。这孩子对她来说是陌生的,她心里的记忆已经慢慢消失了,这使她滋生了一个母亲的信念,要让梦境变成现实。她伸展四肢在画像前一躺就是好几个小时,像信徒躺在救世主的画像前一样。萦绕在她心里的还有另一个信念;钟声响起来了,呼唤人们去做祈祷,这是她所不了解的;她也听不懂神甫的话。人们在响亮地合唱,歌声像混浊的波涛声响彻教堂,飞升到神秘的朦胧里,犹如一片芬芳的云高高地挂在座椅的上空。她最恨这些女人和男人的信仰,现在他们就在她的周围,他们嘟哝的祷告声盖过了自己轻声对孩子诉说的温存体贴的话。

但是,这一切她都没有感觉到,她的心太困惑了,不可能去了解和探索;她只盲目地沉湎于一个愿望:每天看她的孩子,至于外界的事她也就不再去想了。她正在成熟,但本能的风暴已经过去,所有的渴望都消失了,或者说流到促使她一再去看那幅画像的念头中去了,这念头像具有磁力的魔法,任何力量都解不开它。她从来没有像在教堂的这段漫长时间里那么幸福过,这里的庄严和隐蔽的欢乐,她都感觉到了,但并不理解。她唯一的痛苦是有时会有个陌生人跪在画像前面,虔诚地仰望着圣婴,可是这个孩子属于她,只属于她一个人呀!随后,往日那种不可遏制的妒忌的执拗又在她心里猛烈地升起来了,怒火在燃烧,简直要驱她去撕打和痛哭;在那样的时刻，她的神志越来越紊乱，连现实世界和梦境也区分不开。只有躺在画像前的时候，她才会重新获得宁静。

和煦的春天过去了，圣婴的创作已经完成，风暴已过，花也开了；现在，夏天似乎要赐给圣婴以极庄严的安静。夜晚变得温暖和明亮，狂热的激情已经消退，温存甜蜜的梦落在了艾斯特的头上。现在，她的生活好像已经恢复正常，无论在平和还是热情的节奏中，时间都在同样地流动，那些在黑暗中失去的目标都在寻找着自己的光明大道，一直通向遥远未来的光明大道。

夏日终于带来了它最绚丽的盛典，圣母马利亚节，弗兰德最美好的日子。身穿节日盛装的长长的节庆队伍，越过平日充满辛劳人群的田野，长条旗迎风飘扬，各色旗帜猎猎飘动。圣体匣像太阳一样照耀着秧苗，教徒举手加额祝福，祈祷声发出和缓的轰鸣，连麦捆听了都索索颤抖，恭顺地躬身俯首。在高空，嘹亮的钟声不间断地向远方传送，辽远的闪闪发光的教堂钟楼发出欢快友好的声音作为回应。此起彼伏的钟声欢快地回荡着，轰鸣声震耳欲聋，好像大地本身在歌唱，倨傲的森林和波涛澎湃的大海也参加进来。

这辉煌发源于生气蓬勃的农村，汹涌奔腾地流入城市，漫过了雄伟的城墙。手工匠人单调的喧扰停止了，每日劳作的喘息声静默了；只有乐师奏着吹管和风笛，漫游在一条又一条街巷，跳跳蹦蹦的孩子们以银铃般的声音欢天喜地地应和着这快乐的演奏。那些必须整年在收藏柜橱里虚度时日的丝绸服装和发黄的饰物迎着太阳闪闪发光；一群群穿着节日盛装边走边聊的人汇合在一起，奔向教堂去做礼拜。大教堂的沉重的大门以缭绕的香烟和芬芳的凉爽迎接这些虔诚的教徒，教堂里简直就是撒满鲜花的春天，圣像和祭台精心装饰着繁盛的花环。千百支蜡烛射出神奇的光，照耀着充满管风琴声和歌声、散发着香气的黑暗，神秘莫测的光线和令人毛骨悚然的朦胧的微光，从高处和幽深的暗处颤巍巍地渗进来。

随后，虔诚、骇人的气氛好像突然涌向大街小巷。虔信者的队伍成形了，教士们肩上抬着主祭坛上那幅非常有名的马利亚画像，开始庆典的游行；关于那幅画像，好像流传着许多应验的奇迹。静穆也随着画像进入街上嘈杂的人群，沉默的俯首躬身一时遍及整个人群。于是，队伍后面的人脸上现出一道宽宽的虔诚祈祷的皱纹，直到画像又回到宽敞凉爽的教堂，被收入熏香的洞穴里。

但今年，浓重的乌云给虔诚的庆典蒙上了阴影。几个星期以来，隐约有一种压力遍布全国的大地，可疑暧昧的消息逐渐增多，说什么旧的特权应该一律宣布废除。争取自由的战士和新教徒开始活动了。不怀好意的流言从农村传来：新教的传教士在城郊的露天广场上向成千的人传教，向武装起来的市民贡献晚餐。西班牙的士兵遭到了袭击，日内瓦人在唱赞美诗时教会遭到了攻击。不过，所有这些消息都是未经证实的，但人们还是感到一场即将出现的大火的火星已在秘密地闪烁，那些有智有谋的人在密室策划武装反抗，队伍在一无所有的阶级中迅猛壮大。

节庆将第一个浪涛推向安特卫普，那是一些不可救药的暴民，他们从来也没有私下联系过，却在暴动时突然聚集到一起。谁都不认识的不三不四的人一下子出现在形形色色的酒馆里，对西班牙人和僧侣大肆谩骂，野蛮地威吓。从各个角落和声名狼藉的小巷里冒出来许多奇奇怪怪的怕见阳光的平民百姓，人人带着一副被激怒的抗拒的面孔。争吵在增多，间或有小的冲突，但还没有酿成普遍的激愤，只是像孤独地噗噗作响的火花自生自灭。奥兰宁亲王还在进行严格的训练，监视这伙贪婪好斗、恶毒凶狠的暴徒，他们只是为了蝇头小利而与新教徒勾结在一起。

规模庞大、光彩夺目的游行庆典激起了被压迫者本能的愤怒。信徒的歌唱里第一次混杂进戏谑的言词，虚张声势的恐吓四处飞扬，还有恶意讥诮的笑声在空气中震荡。很多人按照赞美诗的曲调唱着争取《自由者之歌》的歌词，一个年轻的小伙子跟伙伴们开着玩笑，用悲叹的声音模仿教士传教，其他人则像爱恋中的女人，卖弄风情地摇着帽子，向画像致意。士兵和少数敢来参加庆典的信徒无可奈何，只好咬紧牙关忍受越来越放肆的嘲讽。这些挣脱了枷锁的平民百姓，自从意识到自己的反抗力量以后，变得越来越难控制：几乎人人都拿起了武器。那些阴险的思想至今还只在用谩骂和骇人的威胁为自己开辟道路，现在则渴望行动了。在庆典当天和此后的数日里，即将发生的骚动就像一场大雷雨前的浓重乌云，压在城市的上空。

女人和那些忧心忡忡的男人，自从游行时出现令人恼火的危险场面以来，一直守护着各自的房子。大街现在已被暴民和新教徒占领。艾斯特最近几天也一直待在家里。但她对暴风雨和各种事件一无所知，只是模模糊糊觉察到，小酒馆里的人越来越拥挤，妓女们刺耳的声音混杂在激动的男人们吵闹谩骂的声浪中。她看到了周围那些女人张皇失措的面孔，也看见一些人在窃窃私语，但是她对一切都漫不经心，从来也没为此询问过养父。她只是更多地想着那个孩子，他早已在梦境中变成了她的孩子；所有的回忆都在那幅画像中变得朦朦胧胧。她觉得这个世界不再是陌生的，而是没有价值的，因为它什么也没有给过自己，她在童年时就失去了为爱奉献的思想，失去了她这个年龄的少女对神强烈的需要。只有在偷偷走向那幅既是她的神又是她的孩子的画像时，她才呼吸到真正的生活，而平时的所作所为只不过是一个耽于梦幻的人充满渴望却无意义的活动，犹如夜游患者从一切东西旁边茫然地走过。一天又一天过去了，在一个白色薄雾笼罩着的漫长夏夜，她偷偷从家里逃了出去，来到教堂里，跪在那幅使她懵懂的灵魂神化了的画像面前。

这些日子像重担压在她身上，因为人们封锁了她到她的孩子身边去的路。在圣母马利亚节期间，过节的人群挤满高高的通道和管风琴嗡嗡作响的教会主堂；她不得不像被侮慢的乞丐，低声下气地乞求着，走出混乱虔诚的人群，转向出口，因为这一天信徒们络绎不绝地站立在那些圣母马利亚的画像前，她害怕被认出来。她悲哀地，甚至是绝望地往回走，对这一天太阳忧郁的光辉丝毫没有察觉，只知道她看不到孩子了。妒忌和愤怒袭上心头，因为她看见朝圣的人群纷至沓来，为了虔诚地进香穿过教堂的大门，走进蓝色的散发着香气的黑暗之中。

使她感到更悲哀的则是第二天，人们不准她走上那条布满危险人群的大街。小酒馆的喧闹像讨厌的浓烟直往她房间里灌，使她不堪忍受。不能看到孩子的画像的一天，对她迷惘的心来说，就像一个没有睡眠也没有梦的黑暗阴郁的夜，一个只有痛苦、黑暗和渴望的夜。她还不够坚强，不能忍受孤独寂寞。深夜，当养父跟客人们坐在一起时，她蹑手蹑脚地走下楼。她碰了碰大门，长出了一口气：门是开着的。带着终于呼吸到久违的新鲜空气的舒适，她悄悄地溜出门，匆匆朝大教堂走去。

她跑步经过的几条大街都是黑洞洞的，充满沉闷的连续不断的轰隆声。各处单独的团伙都聚集起来准备闹事，奥兰宁亲王起程的消息促使所有无拘束的暴力蠢蠢欲动。过去只是个别地和随意冒出来的恐吓，现在听起来就像一道道命令。这当中也有醉汉的狂嚣和被煽动起来的人，他们高唱造反之歌，连别人家的窗户都被震得轰轰直响。武器不再被隐藏，斧子、镐头、剑和木钉在不安定的火炬中闪光；像一股贪婪的潮水，只踌躇了几分钟就喷着泡沫卷着波涛漫过所有的堤坝，这些心怀恶意的人也很快抱成一团，势不可挡。

艾斯特没有注意到这不驯服的人群，不知是不是从旁溜过时撞到了一个人粗壮的胳膊，那人好奇地色眯眯地一把揪住她裹着的头巾。她根本不问这帮人为什么突然变得如此狂暴，她对他们的活动和口号丝毫不懂；她只感到厌恶和恐惧，于是越来越加快脚步，直至最后气喘吁吁地站在高大的罩着白色月光面纱的大教堂面前，它正躺在众多房屋的阴影中酣睡。

少女微微打了个寒噤，然后颤抖而又镇定地从一个侧门走进去。一条条高大的没有光线的通道都是黑洞洞的，只有淡彩色的窗玻璃周围有一线神秘的银色月光在颤抖闪烁。一排排的椅子上已空无一人。各个宽阔的鸦雀无声的空间里，没有一个人影晃动。祭坛前面，黑色的静止不动的矿石底座上立着圣徒的形象，就像微微颤动的萤火虫，从似乎无底的深处，向小教堂上面，闪烁着长明灯摇摇晃晃的光。在死一样的寂静中，一切都是神圣的、静谧的，空间里充溢着沉默的庄严肃穆，她怯生生地迈着脚步，吃力地摸索着走向侧门，颤抖着，压低声音念念有词地跪在那幅画像前。在扑朔迷离的黑暗中，画像好像从厚厚的散发着香气的云雾中向下望着，无限的近而又无限的远。这时，她没有再想什么。跟往常一样：她少女心灵所有混乱的向往，全被织进完美甜蜜的梦境里；热情像从她所有的神经中溢出，仿佛令人陶醉的云飘浮在额头四周。在合为一体的无意识的虔诚和无意识的爱的渴望中度过的这漫长的几个小时，好像是一剂甜丝丝的、微微使人麻痹的毒药，这漫长的几个小时是一汪黑暗的泉，是极乐的夜神的恐惧，它包含并接近一切神的生命。然而，所有的欢愉都只存在于甜蜜的、无法遏止的、因狂喜而颤抖不止的梦境中。她激动的心孤零零地在教堂无边的寂静里敲击。一束柔和明亮犹如蒙着银色雾气的光从画像上投射下来，好像是由一盏深藏在内心的发光的灯照射下来，但她在极度兴奋的梦境里认出了自己的孩子，他把她从冰冷的台阶上举起来，送进充满幻想之光的亲切温暖的梦境。她早已意识不到这孩子是一个陌生的孩子。她梦见神，梦见一个女人模样的神，和自己完全一样的有血有肉的人；模模糊糊的对神的思念、寻觅者的狂喜和成为母亲的渴望，共同编织成虚假的梦想的网。现在，对她来说，光亮就蕴藏在这广大的沉重的黑暗之中。在对人语和钟鸣一无所知的令人战栗的寂静中，竖琴发出柔和的声音；在她那四肢伸展的身体上空，时间迈着无声的脚步在前进……

突然，一次撞击使大门摇动了一下。接着，是第二次、第三次，吓得她站起来，凝神去望那可怕的黑暗。随后，雷鸣般的撞击声又响起来，整座高大的傲然屹立的建筑都被震得发抖，孤寂的灯光像火红的眼睛颤动着穿过黑暗。被冲开的门闩的嘎吱作响，像孤立无援的叫喊，响彻空荡的大教堂，恐怖的声音混乱而有力地撞在四壁上。许多人露出贪婪的目光，愤怒地捶打着大门，激动的嘶鸣闯入这空旷的孤寂之中，就好像大海轰鸣着冲破堤岸，翻滚着相互碰撞的浪涛站在睡梦中的神殿门前大声叹气。

艾斯特如梦初醒，心慌意乱地侧耳细听。但就在这时，大门终于被推倒了。黑压压的人流猛地涌了进来，整个大厅突然充满了咆哮和喧闹，愈演愈烈，好像还有数千人等在外面起哄。欣喜若狂的火把突然像贪婪的手一样高举起来，迷乱的、血染似的光落在那些粗野的被盲目的热情扭曲了的面孔上，从这些面孔上射出的狂热目光好像充满犯罪的渴望。艾斯特现在才模模糊糊地意识到半路上碰到的那个阴森的团伙的意图。第一阵劈啪的斧头砍落在讲坛的木头上，画像呼啦呼啦地倒在地上，雕像全被折断，咒骂和嘲讽旋风般从这黑压压的浪涛中倾泻出来，火把像被这愚蠢的举止吓坏了似的，在浪涛上不安地跳动。这会儿，浪涛又混乱地朝着主祭台涌去，对什么都是又抢劫又捣毁，又诅咒又亵渎。圣饼像白色的花朵撒了一地，长明灯嗖的一声被野蛮的拳头砸飞，就像一颗流星穿过黑暗。越来越多的人在往里边挤，火把也越来越多，不停地闪烁。一幅画像被烧着了，火苗一伸一伸地冒得老高，像急速跳动的火蛇；一个人伸手抓住管风琴，被打碎的管子发出错乱的音调，尖声响着，求助似的穿过黑暗。人影又出现了，仿佛来自癫狂迷乱的梦境。一个满脸是血的放肆家伙在其他人野兽般的狂吼中用圣油擦他的靴子，破衣烂衫的无赖穿着补丁摞补丁的大主教长袍趾高气扬地摇来摆去，尖声怪叫的妓女在散乱肮脏的头发里插着闪着金色圣者光环的小雕像，盗贼用圣器举杯痛饮红葡萄酒。在大祭坛旁，两个人手持闪光的战刀为争夺一件镶宝石的圣体祭器打得不可开交。妓女们在教堂前跳着淫荡醉人的舞蹈，喝醉酒的人对着圣盘呕吐，愤怒的人用闪耀的斧头无情地打碎眼前看到的一切。这喧闹，和粗声粗气的骂声、尖锐刺耳的怪叫联成一气，组成一首千奇百怪的大合唱；这狂暴，像令人生厌的瘟疫，冒着浓烟升腾到黑暗的顶点，它们脸色阴沉地向下看着火把跳跃的火焰，相对于这些绝望之人的讥讽，它们仿佛是静止不动、不可企及的。

艾斯特藏在祭坛的阴影里，已经处在半昏迷的状态。她觉得，所有这一切都是一场梦，像虚假的幽灵似的一下子就会消失。但是，第一批火把已经冲进了侧面的过道。这些人为盲目的热情所鼓舞，像喝醉了酒似的，他们全身颤抖着跳过格栅，或者干脆劈啪一通砍断格栅，推倒雕像，从圣龛上撕下圣像。短剑在不停颤抖的火把的光亮里像火蛇似的闪闪发光，愤怒地捅破柜橱和带着被打碎的框架倒在地上的画像。黑压压的人群带着他们冒着浓烟、不停颤抖的火光跟跟跄跄向前走来，越走越近。艾斯特屏住呼吸，更深地紧缩入阴影里。由于恐惧和痛苦的等待，她的心都停止了跳动。她还不知道眼前发生的事意味着什么，只感到害怕，突然的、难以控制的害怕。脚步声越来越近。一个魁梧粗野的汉子一斧子砍断了格栅。

　　她以为已被人发现。但就在随后的一刻，她看出了这些侵入者的意图。这时，在侧面的祭坛上，圣母马利亚的雕像随着一声尖利的叫喊，被砸得粉碎，落在地上。她心中的恐惧减弱了；然而，他们还想把她的画像也消灭，那是她看见他们借着不稳定的火光又吆喝又嘲讽地把一幅幅画像强拉下来捣毁踩坏时，才完全弄清楚的。她的全部思想立刻便集中在这样一个可怕的闪电般震颤的念头上：他们是想要戕杀那幅画像。但在艾斯特迷乱的梦中它早就是她的孩子了，早就同一个活生生的孩子别无二致了。眨眼间，一切都亮起来，如同沉浸在刺眼的光束里。一个念头，她平时就有的念头，此时此刻千百次地涌现，在她心中点起了一把火：要救这个孩子，她的孩子。在这一刹那，梦想和现实在她心中绝望地交织在一起。宗教破坏狂向祭坛冲来。一把斧头高高地举在空中——一瞬间，她失去了一切清醒思考的能力，跳到画像前张开双臂……

　　简直就像施了魔法一般，斧头从无力地垂下来的手里咚的一声闷响，落在地上，熄灭的火把从另一个人僵硬的拳头里啌啌响着坠落。这一幕像一道闪电，惊动了醉汉般吵嚷的人群。只有一个人的喉咙里声音越来越低地咕噜着："圣母……圣母。"

　　所有的人都面如死灰，全身颤抖地站在那里，有几个人甚至双膝抖动着跪下来祈祷。没有一个人不怔怔地战栗。这不可思议的幻觉般的场景压倒了一切。毫无疑问，这里发生了一个人们常提到的应验的奇迹：一位显然具有画像特征的圣母，保护了那幅画。当人们看到少女几乎和那幅栩栩如生的画像一模一样的容貌时，他们被鞭打的良心受到了感动，任何时候也不如这转瞬即逝的一刻里更加虔诚。

但这时，又有另外一些人冲了过来。火把照亮呆若木鸡的人群和紧紧压在祭坛上的少女。喧闹吞没了静默。一个妓女的尖叫声向后传去："前进……这是酒馆老板家的那个犹太姑娘。"魔力突然消失了。这伙被侮辱的强盗羞愧而愤懑地冲了上去。粗野的拳头把艾斯特打到一边，她趔趔趄趄退了好几步。但她挺住了；她在为画像而战，这幅画像就好像是她自己的热血和生命。她操起一个很重的银烛台，盲目、愤怒、顽强地对着圣像破坏者打去；一个人骂骂咧咧地冲向她，又一个人怒不可遏地跳到她前面。短剑像一道短暂的红色闪电，艾斯特摇摇晃晃地倒了下去。祭坛的碎片像下雨似的落在她身上，她再也感觉不到疼痛了。圣母的画像跟这孩子，圣母的画像跟这受伤的心，在唯一的一剑挥下后，双双倒了下去。

咆哮的人群继续冲击着；掠夺者从一个教堂跑到又一个教堂，大街上充满了无法遏止的喧闹。恐怖的夜降临在安特卫普，惊恐和震颤带着这个消息潜入家家户户，在锁好的大门的后面跳动着一颗颗胆怯的心。但暴乱的火焰仍像一面旗帜飘扬在举国上空。

老画家听到袭击圣像的消息后，也是在难以克制的恐惧中度过了这一夜。他双膝颤抖着，抓住一个耶稣受难像，划着十字发誓要拯救那幅曾赐给自己神之恩宠的画像。这是一个疯狂的、阴郁的夜，令人恐惧的思想一直折磨着他。天刚放亮，他在家里就待不住了。

来到教堂前，他最后的希望崩溃了，就像被砍倒了一样。教堂的大门被撞破了，破布、碎片以及血污的痕迹在告诉人们圣像破坏者走过的无情道路。他吃力地抬起脚，穿过黑暗，走向他的画像。他向圣龛抓了抓，但抓了个空，然后双手无力地垂了下来。他心中的信仰，多年来在虔诚的感恩歌里唱过的信仰像被掠走的燕子一样突然不见了。

他终于控制住自己，打了打火。火石打出了短暂的亮光，照亮了眼前的景象，他一见便吓得踉踉跄跄地往后退。在被砸碎的一堆废弃物中间躺着那幅意大利画家悲哀可亲的圣母画像，圣母的心已被短剑刺穿，正流着鲜血。但被刺穿了心脏的不是画像，而是人，是圣母本人……当急速闪起的亮光又熄灭时，他的前额上已渗出了冷汗，以为自己做了一场噩梦。但火石再度亮起时，他认出了艾斯特，少女带着致命的伤口躺在那里。通过一个与众不同的奇迹，她——自己圣母画像的化身——展示出了那个陌生画家笔下圣母的特征和流血而死的命运……

这便是一个奇迹，一个众所周知的奇迹。但是，老人再也不愿意相信奇迹。他看见她，看见照亮自己暮年的那朵温柔可爱的花已经死去，躺在自己那幅被砸碎的画像旁边，就在这一刻，他灵魂中响着虔诚信仰的琴弦一下子被扯断了。在他心中活了七十年的上帝只用了一分钟便被他否认了。难道赐给如此之多的创造者幸福和辉煌的明智仁爱的上帝之手就是为了无目的地将这少女重新拉进黑暗？这不可能是神的意志，只是恶作剧般的游戏！这只是一个生命的奇迹，而不是神的奇迹。这是偶然事件，像成千上万匆匆而过的事件一样，交错纠缠，自生自灭，而不是奇迹！难道在上帝那里善良纯真的灵魂如此之少，以致他在懒散的游戏中把她抛了出去？他第一次站在教堂里怀疑上帝，因为他曾相信他是伟大的、善良的，现在却不再理解他的道路了。

他低头朝年轻的死者看了好久，她曾经多么温顺地把那么多傍晚的快乐时光奉献给自己的晚景。当在她裂开的双唇四周看到显而易见的极乐时，他变得更仁厚、更正直了，谦卑恭顺又回到他善良的心上。他可不可以问一句，是谁创造了这奇迹，使这个孤独的少女为圣母的荣誉视死如归？他可不可以论一论，这是神的意旨，还是生活的安排？他可以用语言把他所不知道的爱藏起来吗？他可以因为不理解神的本性而反对神吗？

老人一阵战栗。此刻他觉得很可怜。他感到，在漫长的七十年的岁月里，他一直孤独地迷失在神和生活之间，他曾想彻底理解那些简单但又模糊的事物。它们难道不正是照耀在蓓蕾初绽的少女头上、产生同样奇异影响的两颗星吗？它们——神和爱——难道不曾在她心中合而为一吗？

第一缕晨光悄悄地照射在窗前，但并没有把他照亮。因为他对即将到来的新的一天，对自己在如此漫长的年月里经历过的生命不再有任何向往；他曾被生命的奇迹所触动，但从未被完全照亮。他心神安定地感觉到自己现在已接近那最后的奇迹，再不是假象和幻梦，而是永恒的、模糊不清的真实。

（桑仁　译）

不能忘记的人

一次经历

有一个人曾在人生的两桩最困难的事情上使我受到了教育：第一桩是为了完全的内在的自由而不屈从于世上最强大的力量——金钱的力量；另一桩是生活在人们中间，成为所有人的朋友，连一个敌人都没有。我要是忘记这样一个人，那就是忘恩负义。

我是在完全平常的情况下认识了那位极为独特的人。那时我住在一座小城里，一天下午，我带着我的西班牙狗去散步。突然，狗显得极端不安，它在地上翻滚，在树上蹭痒，同时不断地狂叫，发出呼噜的声音。

更奇怪的是，就在狗反常的当儿，我发现有人经过我身边，是一个差不多三十岁的男人，衣着褴褛，没有领子，也没戴帽子。一个乞丐，我想，并准备从口袋里掏出小钱。可这个陌生人非常安闲地朝我微笑，用两只清澈的蓝色眼睛望着我，像个老熟人似的。

"这只可怜的小家伙有些不舒服，"他说，并用手指着狗，"你到这儿来，我们马上会弄好的。"

他用"你"来称呼我，仿佛我们是好朋友似的；他举手投足中流露出的热心的友情使我根本不能对这种亲切表示拒绝。我随他走到长凳那儿，坐在他旁边，他又用一声尖厉的口哨召唤狗。

于是，怪得出奇的事情就发生了：我那只向来对生人极不友好的卡斯巴尔竟跑过来，顺从地把头伏在陌生人的膝上。他开始用长长的敏感的手指检查狗的皮肤。终于，他发出了一声满意的"啊哈"，随即进行了一场看来非常痛苦的手术，因为卡斯巴尔多次狂叫了起来，可即使如此它并没有要跑开的念头。突然，这人把狗放开，它又自由了。

"好了，"他笑着说道，把个什么东西捏在手上举了起来，"可爱的小狗，你现在又能跳了。"狗跑开了，这当儿陌生人立起身来，说了声再见，点了点头就又走自己的路去了。他这样匆忙地离去，我都没来得及想要给他点什么作为回报，更谈不到表示感谢了。他出现时带着一种笃定的自信，消失时也同样如此。

回到家，我还一直在想那个男人的奇怪举动，便把这次邂逅讲给我的厨娘听。

"是安东，"她说，"他对这类事情可在行了。"

我问她，这个人是什么职业，他靠什么维持生活。

好像这问题多么离谱似的，她回答说："根本没有。职业？他要职业干什么？"

"唉，就算是吧，"我说，"但每一个人毕竟得做某种工作赚钱养活自己吧？"

"可安东不是，"她说，"每个人都给他需要的东西。钱对他毫无所谓，他根本不需要钱。"

每一口面包和每一杯啤酒都必须付钱，人们还必须为住处和服装付钱。这样一个衣着破旧的不起眼的人怎么能绕开这牢不可破的法则，无忧无虑地生活？

我决定对他行事的秘密一探究竟，不久就证实了厨娘说的是完全正确的。这个安东真的没有固定的职业。他优哉游哉，从早到晚在城里游荡，看来毫无目的，但却用一双警醒的眼睛观察一切。他拦住一辆马车的车夫，提醒他注意马的挽具松了；他发现篱笆里的一根木桩已经烂了，于是就去喊主人，建议他把篱笆加牢。多半情况下，人们就委托他来做这项工作，因为大家都知道，他从来不是出于贪心才给人出主意的，而是出于真正的善意。

我看到他给多少人帮过忙啊！有一次我看到他在一家鞋店里修补鞋，另一次是在一家公司里当临时服务员，还有一次是在领孩子们散步。我发现所有人都在有困难的时候去找他帮忙。真的，有一天我看到他坐在市集的女贩中间叫卖苹果，原来是摊位的女主人在坐月子，她请他来代班。

在所有的城市里，有许多人什么工作都能做，这是肯定的。但安东的独特之处是，不管工作多么劳累，他总是坚持拒绝多拿一分钱，只要够一天生活的就行了。若是这天他恰巧日子过得去，那就根本不要报酬。

"我会再来找您的，"他说，"若是我真的需要什么的话。"

不久，我就清楚了，这位奇怪的小个子男人，尽管衣衫褴褛，却为人热忱，他为自己找到了一个全新的经济来源。与其把钱存在储蓄所，他宁愿在周围的世界里放进一笔道义存款。在所谓无形的信贷上，他积蓄了一笔小小的财富，即便是那些极端冷酷的人，面对一个心甘情愿为他们服务且不索取报酬的人，也不能无动于衷。

只需在大街上见到安东就能看出人们是以怎样特殊的方式敬重他。各个地方都有人亲切地向他致意，每个人都向他伸出手来。这个平凡正直的人穿着破旧的衣服在城市穿行，就像一个慷慨大方、和蔼可亲的地产主一样，看管着他的财产：所有的大门都朝他敞开，他可以在任何一张凳旁坐下来，一切都供他支配。我从来没有如此清楚地理解一个不为明天担忧而只简单地信赖上帝的人所拥有的力量。

我必须老实地承认，安东在与我的狗打过交道之后，每次在路上经过我身边，都只是轻轻地点下头向我致意，在他眼里仿佛我是随便某个陌生人一样。开头，这使我感到恼火：显然，他不希望为这件小事受人感谢，可这种客气的态度却使我觉得自己被排除在伟大和亲密的团体之外。于是当我的房子需要修理时——屋檐水槽滴水——我就让厨娘去叫安东。"他这个人不能随便去叫的。他从不长时间待在同一个地方。但我能把消息告诉他。"她这样回答说。

我知道了，这个奇怪的人根本就没有住处。尽管如此，再没有比找他更容易的了。他仿佛有一部无绳电话将每个城市联通在一起似的。人们只消对他遇到的第一个人说："我现在需要安东。"这消息就会一个人一个人地传递下去，直到某个人偶然碰到他为止。事实上，他在当天下午就到我这儿来了。他用审视的目光环顾四周，在穿越花园时说，这儿得加一道树篱笆，那儿需移植一棵小树。最后，他仔细地检查了屋檐水槽，就开始工作了。

两个小时后，他说修好了，随即便走掉了——又是在我向他道谢之前。但这次我至少委托厨娘郑重其事地付钱给他。我问她，安东是否满意。

"当然啰，"她回答说，"他从来都是满意的。我要给他六个先令，但他只拿了两个，这就够他今明两天用的了。但是，如果博士先生碰巧有一件多余的旧大衣能给他的话——他说。"

我很难描述自己的喜悦之情，能去满足这样一个人的愿望，在我熟悉的人中他是第一个奉献得多索取得少的人。我急忙追上去。

"安东，安东，"我朝下坡喊道，"我有一件大衣给你！"

我又看到了他那明亮安详的目光。他对我跟在自己后面追来一点儿也不感到惊奇。在他看来，把多余的一件大衣送给另一个极为需要的人，这是再自然不过的事情了。

厨娘翻找出我的那些旧衣物。安东看了看，从一大堆里拿出一件大衣，试了试，随即非常平静地说："这件我穿着合适！"

说这句话时，他带着一个主人的表情，有点儿像从商店陈列的货物里挑选自己需要的东西。随后，他对其他衣物又投去一瞥。

"你可以把这双鞋送给住在萨尔泽巷的弗里茨，他太需要了！那些衬衣给正阳大街的约瑟夫，它们对他有用处。如果你认为合适的话，我替你把这些东西带去。"

他是用一个人向另一个人表示自然而然的善意时所带的慷慨大度的语气说这番话的。我感到必须为此感谢他，他把这些衣物分配给了那些我根本不可能认识的人。他把鞋和衬衣包了起来并补充说道：

"你真的是一位高尚的人，这些东西就这样送掉了！"

他走掉了。

可事实上，我写的所有书得到的称赞远没有这句朴素无华的话使我兴高采烈。在此后的年代，我还一直怀着感激之情想到安东，因为几乎没有一个人在道德上给予过我如此之多的帮助。每当我锱铢必较时，就忆起这个人，他生活得无忧无虑、自由自在，因为他从不要求更多，够一天用的足矣。这总是引我去做同样的思索：如果世上的人彼此信赖，那就不会有警察，不会有法庭，不会有监狱以及……不会有金钱。不过要想让所有人都像这个人一样生活，总是全力投入而只取其所需，我们复杂的经济秩序不也该做些改进吗？

多年来我再也没有听到安东的消息。但是我几乎能向任何人断言，我对此毫不担心：他绝不会被上帝抛弃，并且，更为肯定的是，绝不会被人们抛弃。

（高中甫　译）

骷髅头塞德拉克（片断）

　　路琴娜·塞德拉克是远近闻名的"骷髅头"；这个丑陋的女人生了一个孩子。一八九九年秋天，这个不足信的消息在南波希米亚的小城多比岑引起了数不清的街谈巷议。她那可怕的、简直能把人吓破胆的丑陋是常常引起哗然的原因，与其说是幸灾乐祸，不如说是怜悯同情；即使最不拘俗套、爱开玩笑的人也不敢相信，这么一个无用的脏罐子还能找到盖子。但是这个叫人胃口倒尽的奇迹却被一位年轻的猎人证实了：在塞德拉克居住的那片远离城市的森林里，他曾看见一个呱呱直叫的婴儿偎依在她怀里咂着嘴吃奶。与此同时，农家妇女带着她们的提桶把这个五光十色的新闻传进了多比岑城所有的商店、小铺、饭馆和住宅。在整个十月的灰暗晚上，大家都不谈别的，只谈这个意外诞生的婴儿和他假定的父亲。在老主顾固定不变的餐桌上，两个地道的酒徒狡黠地相互碰杯，一个人格格地笑着怀疑另一个人是那孩子倒胃口的制造者，而对面那个正儿八经的药剂师则用逼真的色彩描述他想象中的做爱场面，弄得两个人又喝了不少烧酒才恢复平静。二十八年以来，这个不幸的造物第一次给她的同胞带来了节疤横生、含义莫测的笑谈。

诚然，这笑谈是无比残酷的，但在很久以前，大自然就允许残酷与这个可怜的畸形人同在了；它使那个长梅毒的啤酒工人的私生女在娘胎里就给压扁了鼻子，而那个恐怖地附着在她身上的诨名更是跟她同时降生的，因为还没来得及细看，那位四十年里见过无数丑胎怪胎的接生婆便手画十字，失口喊了一声："一个骷髅头！"在一张人的脸上，为了保护眼睛和把嘴唇罩在阴影里，鼻子的线条本应向上耸立着，使光和影在脸上不停地变化。但在这孩子打呵欠的地方却只有一片低低的虚无：只有两个呼吸用的窟窿，黑得像两块弹伤似的，空荡荡地、令人作呕地点在粉红色的肉的平面上；这么看上一眼（不忍久看的一眼），便逼着你想起死人的头颅，在那瘦骨嶙峋的前额和白花花的牙齿之间也是这样一片虚无，一片令人胆战心惊的虚无。后来，当被第一阵惊恐紧紧缚住的接生婆继续检查婴儿时，她发现它形体正常，器官完好，十分健康。这个可怜的孩子和别的婴儿一样，除了一英寸的骨头和软骨，除了一指宽的肉，什么也不缺。但大自然使我们如此习惯了它正常的匀称性，以致同它经过考验的和谐有微小的偏离也会使我们反感、惊惧，并激起对这失败的造物的愤怒。令人吃惊的是，这厌恶不是投向随心所欲的创造者，而投向了无辜的被创造者：在个人的痛苦之外，每个致残和发育不全的人都不得不像吞食恶果似的蒙受健全发育者令人难以忍受的不快。这样一来，由大自然的偶然错误造成的一只斜眼、一片错位的唇、一张豁嘴就逐渐变成一个人持续增长的痛苦，一个灵魂不可消除的灾难，一种恶魔似的灾难。由于它的缘故，人们竟很难相信，在我们这个旋转着的星体——地球上，还有什么精神和正义可言。

　　路琴娜·塞德拉克叫骷髅头，还是小孩子的时候她就理所当然地知道。人们在教给她说话的同时也告诉了她什么是缺陷；每一秒钟都使她重新记起，自己由于骨头的缺分短寸而被无情地驱逐出公正的人群。孕妇要是在大街上遇到她，就急忙转身离去；到市场上来卖鸡蛋的陌生农家女见到她就用手在胸前画十字，因为这些纯朴的女人除了认为是魔鬼压扁了她的鼻子外，再也想不出任何别的原因；就连那些亲切友好地照料她的人在交谈时也露骨地低下眼睛。然而动物看不出人的丑陋，只能感受到人的善，因此除了在动物那里，她从来也记不起曾清楚地从近处看到一只眼睛的瞳孔。幸运的是她有些呆钝，感觉不灵。所以，由于神的不公正，她在众人面前只是阴郁地忍受。她无力恨他们，但也无心爱他们。她很少关心这座完全陌生的城市，因此当好心的牧师诺萨尔从中斡旋在城外森林里为她找到一个看房人的位置时，她非常满意。那座森林离城有八小时步行路程，十分偏僻，几乎见不到一个人影。无尽的树林从多比岑一直延伸到遥远的黑山森林地带，就在那中间，R 伯爵命人按照外国的风格为他的狩猎客人建造了一座原木垒成的木屋。那木屋除了秋天的几个星期，一直无人居住；就在那里，在与人隔离的时间里，路琴娜·塞德拉克被安排在一间底层房间里当看守。除了看房子和在严冬喂鹿和野生动物，她没有别的事情要做。她可以随心所欲地去做一切，实际上，她也就是这么做的；她饲养山羊、家兔、母鸡和其他小动物，倒腾些鸡蛋、母鸡和母山羊的小买卖。她就这样在森林里生活了八年，由于有心爱的小动物在身边，她把人们都忘记了，人们也忘记了她。现在，他们都说是出了这样的奇迹：一个双目失明的或喝醉了酒的汉子找上了她，给骷髅头弄出了一个孩子（对生孩子这件令人迷惑不解的事，他们也不可能有别的解释）。在过了多少年月之后，就是这件奇事又把多比岑人注意的热点引到神的这个被遗忘了的丑陋造物身上。

然而，在城里只有一个人听到这奇闻不发笑，而是愤怒地吼叫，他就是市长。尽管大自然有时会不友好地处置一个生物，上帝会忘记自己的一个造物，但是如果可以允许政府忘记一个人，政府就不成其为政府了，一部管理得有条不紊的纳税人名册不能容忍违反法规。一个五个月的孩子竟然还没有呈报，没有登记入册，市长（此外又是面包师）愤愤地抱怨不止，牧师也跟他一起气哼哼地说：一个五个月的孩子竟然还没有洗礼！这是异教徒的行为。在世俗和神权的两位掌权者进行了详细对话以后，市区书记长万德拉克便被派到森林里去劝说路琴娜·塞德拉克牢记她对国家应尽的义务。一开始，她就粗暴地斥责了他一顿，她说孩子是自己的，谁也休想插进来管闲事，这事儿只跟魔鬼有关。但胖得发喘的万德拉克斩钉截铁地回答说，她是完全正确的，一个未洗礼的孩子当然属于魔鬼，魔鬼很快就会来管这事儿了，如果她拒绝给孩子洗礼，她将同他一起进地狱。这时，这个糊涂女人对好心的牧师诺萨尔突然怕得要死，便在第二个星期日用蓝花布裹起孩子顺从地把他带到城里去了。为了避开好奇和讥笑，洗礼被安排在大清早举行，证人是一位半失明的女乞丐和为人正直的万德拉克，又哭又闹的男孩取了他的前名，也叫卡莱尔。最难堪的事是到市政府办手续，当时为了填清表格，市长询问孩子的父亲，无论他还是好心的万德拉克都无意中露出了不该有的微笑。路琴娜没有回答，只是紧紧地咬着嘴唇。于是，这个未知者的儿子便继承了她的姓，从此名叫卡莱尔·塞德拉克。

谁是小卡莱尔的父亲，事实上，骷髅头路琴娜也说不上来。在去年十月一个多雾的晚上，她背了个木桶，很晚才出城。在树林深处，迎面出现了三个小伙子，也许是偷木贼，也许是野贼或吉卜赛人，总之是生人。浓密的树叶将林子遮得阴暗无光，看不清他们的脸；他们也同样弄不清站在眼前的是谁（这也许就避免了她的自作多情），他们仅从胸前鼓胀的衣衫上辨认出眼前是个女人，便色眯眯地向她逼近。路琴娜急忙转身想逃，但一个人比她还快，从背后跳了上来，狠狠地把她扑倒在地。路琴娜的后背在被压碎的木桶上格格作响，她想喊，但那三个人飞快地把她的裙子拉到头上，撕开衬衫，用打成结的布条把她乱抓乱推、狠命猛击的双手捆绑起来。于是，事情就发生了。他们是三个人，在被裙子蒙上眼睛以后，她看不到他们的面孔，而他们又全都一句话也不说。她只听到一阵笑声，是咕咕的深沉的狞笑，然后是一阵舒服的满足的喘息声。她只闻到烟味，觉察到胡子拉碴的脸。她觉得自己突然在痛苦中被死死地抓住，用力地翻转，然后又是疼痛。当最后那个小伙子离开她的身体，她想站起来摆脱他们时，一个人用棍子使劲打了她的头。她又栽倒了：跟他们是开不得玩笑的。

直到他们已经跑得远远的了，她才敢站起来，浑身是血，满腔愤怒，受尽侮辱，筋疲力尽。由于疲倦和愤怒，她的膝盖瑟瑟发抖，倒不是感到羞臊：这令人厌憎的身体对她没有什么重要，她已经受过太多的虐待，以至对这可恶的袭击不再感到有什么特别；但她的衬衣被撕碎了，绿裙子和围裙也被撕碎了，此外，这些无赖还打碎了她宝贵的木桶。她思索着要不要回城立刻告发这些毛贼，但城里那些人只知嘲弄她，能帮她的人一个也没有。想到这里，她便愤怒地、吃力地一步一步走回家去，跟温柔善良的动物们在一起，它们还不时用柔软的嘴轻轻地舔她的手呢——这时，她便把那卑鄙无耻的突然袭击完全忘在脑后了。

几个月以后，当她发觉自己就要做母亲了，才感到惊恐。她立刻下决心把这个不受欢迎的孩子消灭。可不能像她自己那样再生一个怪胎！可不能让一个无辜的孩子去经受她本人所经受的一切！最好立刻把它弄掉，清除，埋葬。为了不让人知道自己的状况，她在那几个星期里避免到城里去。后来，在产期快临近的时候，她预先在沤肥的烘堆旁挖了一个深坑，打算在孩子出生后立刻把它埋进坑里。这样有谁会知道呢，她想，甚至没有一个人到林子里来。

在五月的一个夜里，阵痛突然可怕地向她袭来，就好像有一只只灼热的利爪狠抓她的五脏六腑。她蜷缩在地上嗷嗷叫个不停，老天爷竟连点灯的时间都没给她留。路琴娜的嘴唇被牙齿咬得直流血；像动物一样，孤零零，没有帮助，受尽折磨，她在赤裸裸的地面上生下了她的孩子。余下的力量正好够她蹭回床上去。她一头扑在床上，一点儿力气也没有了，只是一堆湿漉漉、血淋淋的东西，一觉睡到大天亮。当她在光亮中醒来，才想起发生了什么事，而且立刻想到接下来该做什么。所幸，她无须再去杀死那个野孩子了；所幸，他应该已经死了。但她侧耳细听，竟听到有一丝细细尖尖的声音从地上传来。她缓步蹭过去一看，原来那孩子还活着。她用颤抖的手轻轻地触摸孩子。先是前额，然后又摸摸那小小的耳朵、下巴、鼻子，她颤抖得越来越厉害，一阵恐惧，一阵既粗野又惬意的恐惧攫住她的心：出乎意料的事发生了，那孩子长得很健全。生来奇形怪状的她，竟生了一个纯粹的、真正的、健康的孩子；耻辱已到了尽头。她惊异地呆呆望着这个粉红色的肉团。那孩子看上去很伶俐，她甚至认为很美，他不是骷髅头，他长得跟所有的孩子一样，蝌蚪似的小嘴上还露出一丝细浅的微笑呢。于是，她再也无力去实现自己的决心了，她把轻柔呼吸的小东西抱在了怀里。

现在，事情都好起来了。现在，日子不再百无聊赖了，孩子细浅地呼吸着、小声地哭叫着偎依过来，用两只小小的婴儿的手触摸她。直至今日，她除了自己残缺的身体还从未占有过什么，现在则有点什么属于她的东西了：她创造的这个东西，要比她寿命长，要比她存在得久；她需要这东西，这东西也需要她。在这五个月时光里，路琴娜·塞德拉克完全沉浸在幸福中。孩子为她一个人成长着，其他所有人都不知道，这很好。他没有父亲，这很好。世上没有人知道他父亲是谁，这很好。因此，这孩子完全属于她，完全属于她一个人。

正因如此，当可怜的万德拉克从市政府带来消息，让孩子去洗礼并登记入册时她才如此愤怒地朝他大喊大叫。她那农民模糊的自私心理以不可理解的直觉认为：人们一旦知道了这个孩子，就会从她手里把他夺走。眼下，这孩子属于她，只属于她一个人，但是如果市政府的人、市长、国家要把他的名字写进一本讨厌的册子里，那么这个原本只属于自己的人就属于国家了。然后，国家就会以某种方式把他缚住，然后，它就可以召唤他、命令他。实际上，把她的卡莱尔带到城里的人们中间去，那也是唯一的一次。慢慢地，连她自己都无比惊异，这孩子长成了一个宽脖颈、黑红脸膛的英俊少年，有一个漂亮的、令人好奇的鼻子，两条敏捷的、笔直的腿；他长成了一个爱好音乐的小家伙，会画眉鸟似的吹口哨，会模仿杜鹃的鸣叫，还能像猫一样轻捷地爬树，跟那只名叫霍赛克的白狗赛跑。他远离人群，看见母亲那扭曲变形的脸根本不知道害怕，他总是嘿嘿地笑，没有一点儿恶意；当她跟他说话时，他那栗子般圆圆的眼睛只看着自己，她感到很幸福；他已经能用结实有力的手帮她挤羊奶、采浆果、劈木柴了。这时，很少到教堂的她又开始祈祷了：恐惧从来没有离开过她，就像他来到自己身边一样，他也很可能被人从自己身边夺走。

但是，有一次她进城卖小山羊的时候，万德拉克突然挡住她的去路；这对他简直是轻而易举的，因为七年以来他那个地道的波希米亚肚子变得更宽更松弛了。他喃喃地对她说，突然碰到她，这很好，这样就省得自己作讨厌的旅行，跑到森林里去了。他必须跟她一起商量着办一件事。他问塞德拉克是否知道一个七岁的男孩需要进学校。她则气哼哼地回答道，她的男孩几岁了、需要干什么，这关他什么屁事。这时，万德拉克紧了紧裤腰带，宽阔的圆脸上罩了一层官方人士带威胁性的庄严阴影。现在，市区书记长先生坚定地说，因为她要是不听话他就得对她采取严厉措施；她是否从未听说过国民教育法，她是否知道人们在两年前就修建了宝贵的新校舍；她必须马上到市长先生那儿去，他将向她讲解在奥地利王国人们是否可以让一个基督教徒孩子像可爱的动物一样成长；如果她不乐意，那么狗棚里总还有一个角落留给她，孩子嘛，人们会从她手里夺走，送进孤儿院。

听到最后的警告，路琴娜的脸色变得煞白。诚然，这一点她早就想到了，但她又总希望他们忘却她的孩子。不过，他早就在市政府那本该死的册子里了。谁进了那个名册，就不再属于他自己了。现在，他们已经开始要从她手里夺走他了。因为尽管她的卡莱尔有两条强健的腿，也不能每天走八个小时的路去上学呀，再说，要是住在城里，他靠什么生活呢？最后，向她伸出援助之手的，和往常一样，还是诺萨尔牧师。他愿意每星期都把孩子接到自己那儿去，到星期六、星期日和假期，孩子再回到她身边。在他那里，女管家会无微不至地照顾孩子。那个善良的胖女人友好地跟她确认此事时，路琴娜用凶狠的目光凝视着她。她真想纵身向她扑去，因为这个女人拥有卡莱尔的时间比自己多得多。但在牧师面前，她没敢那么做。她别无良策，只好同意。然而，她变得面如死灰，从那畸形的脸上突然愤怒地出现两个漆黑可怕的窟窿，女管家好像看见了魔鬼似的，吓得在厨房里直画十字。

从此以后，路琴娜经常进城。整个夜里，她必须步行八个小时，才能从角落里自豪地张望那么一小会儿，只见她的卡莱尔穿着整洁，写字石板上有一块擦拭用的海绵来回摆动着；他在其他小男孩中间向学校走去，强壮而活泼，比大多数孩子英俊，不像自己似的胆怯而可憎。看这么一次也就只有几分钟，她却要花八个钟头走过来，又花八个钟头走回去。从森林里来时，她总带着些鸡蛋和奶油，而且变得更热情、更会做生意，一心想给儿子做一件新衣服。如今，她也第一次知道有星期天了，上帝是把这样的日子当作庆典的礼物送给众人的。小卡莱尔学习踏实，成绩优秀，牧师甚至说起要出资送他到别的大城市里去读高级学校。但这时路琴娜像发疯似的坚决反对，她说不，他必须留在这里，现在就指定他到她的森林里去做伐木工人。这是重活，但离她更近，从她开辟的森林小道走只需四个小时。这样一来，她就能时不时地给他送饭，在他那里坐上一个钟头了。即使见不到他，只远远地听到那结实有力的斧头砍树的声音，她心里也在欢快地鸣响：这是她自己的血液，她自己的力量啊！

除了他，她什么都不认识了，就连那些动物她也不怎么放在心上了。除了他，世界上别无他人。因此，她几乎没有发觉，一九一四年爆发了战争。很奇怪，从她这里发觉的事竟只是令人高兴的。因为成年男人走了，林场给青少年工人加了工资；当她带着鸡蛋和母鸡进城时，也无须像从前那样恭顺地站在门厅里等待那些妇人了，不，她们总是到街上来老远地追她，迅速地出高价用镍币买走她的新鲜鸡蛋。她藏了一满箱银币和钞票；再有这样三年时间，她就能跟她的卡莱尔一起搬进城里住了。这便是她从战争中得知和想到的唯一的一件事。

但是，在这几乎不能用月份计算的时间里，有一次，当她把饭送到儿子那儿时，他低着头，一边喝汤一边说，这个星期日他不能回她那里去了。她很惊讶。为什么呢？这是自他出生以来第一次不在自己身边过星期日。他一边咀嚼一边说，因为他必须跟其他人一起去布德维斯入伍服兵役。服兵役，这个词她不懂。他解释说，现在男子到了十八岁都要去当兵，报上早就刊登了，昨天他们又从市政府收到了通知。

路琴娜立时脸色苍白了。一个趔趄，血液从她脸上飞散了。她从来不曾想过他也十八岁了，人们也可以把他从自己身边夺走了。现在她才明白：他们当初把他登在市政府的那本该死的册子上，原来就是为了这个，这些强盗，原来是为了把他拖进他们的战争，那该诅咒的战争。她僵直地坐着，当卡莱尔惊异地抬头朝她望去时，头一回被母亲吓了一跳。因为坐在那里的，简直不再是人了，他第一次亲自感觉到"骷髅头"这个词是什么意思，就是因为这个词儿他还给了自己那个鲁莽的伙伴下巴上一拳呢。从一张骨白色的失血的脸上，两只黑咕隆咚的眼睛直勾勾地望向虚无，嘴巴很刺眼地陷在肉上两个黑窟窿下边空空的洞穴里。他不禁有些战栗。这时，她站起身来，抓住他的手。"来，到那边去。"她命令道。她的声音沙哑地跳动，像坚硬的骨头一样。她把他领到旁边工人堆放工具的谷仓里。那里没有人，她把门关上。"你站在那儿。"她严厉地要求他，然后黑暗里又发出像来自彼岸世界的声音。她解开衣服纽扣，过了好一阵儿才用发抖的手指把那个银质耶稣受难像解下来——她是用一根有穗的带子系着它挂在脖子上的。她把它放在窗台上。

"好了，"她命令道，"发誓吧！"他有些惊恐："要我发什么誓？"

"对着圣父、圣灵，还有耶稣受难像，你发誓听我的话！"

他还想发问，但她用枯瘦如柴的手指把他的手放在耶稣受难像上。卡莱尔可以听到从外面传来的盘子相撞的声音、工人的笑声和大吃大嚼的咂嘴声，对面田野里是蟋蟀吱啦吱啦的叫声，而谷仓里却是鸦雀无声，只有她的头颅骨从阴暗中威胁地闪着光。面对这黑色的热情，他很害怕。他发誓了。

她舒了一口气，把耶稣受难像重新系到衣服里边。"你已经对着耶稣受难像发誓听话了。你不去参加这该死的战争，让他们到维也纳去找别人好了。你不去！"

他很惊讶，像孩子似的心中充满恐惧。"但是……要受惩罚的。人人都必须去，报上说过。他们大家都去了。"

她凶狠地笑了两声："你不去，让皇帝老儿买别人去吧。"

"他们找我怎么办？"

她又凶狠地尖笑了两声："这些蠢驴，他们抓不到你。你跟我到林子里去，让他们到那儿去找你吧！现在我到城里去，对所有的人说你星期日到布德维斯去，已经辞去工作，说你打仗去了。"

卡莱尔服从了，他继承了她那能适应一切的模糊意志。她预先一件一件地为他准备了衣服，于是在星期六夜里，他就偷偷跑到森林管理所去了，她指给他看阁楼下的一张床，告诉他说白天他必须待在那里，夜里才可以出去（那时他们不会来），但不要走得离城太近，那条狗——霍赛克——他必须一直带在身边；只要一英里外有人动，它就会叫。他没有必要害怕城里的那些人，除了万德拉克和那个猎人，还没有一个人到她的这所房子里来过呢。但是，猎人早就被掩埋在意大利的喀斯特荒原里了，而那大肚皮万德拉克也已被她治服了，哈哈哈。

她笑了，只不过为了鼓起儿子的勇气；实际上，每到夜里，恐惧就像原木一样压在她的胸膛上。她说得是除了伯爵和那帮打猎的人，没有人试图出城到这所偏僻隐秘的房子里来。然而，这个小小的糊涂无知的东西，也就是她本人，确实害怕她现在与之宣战的那个由并不相识的人们组成的政权。在多比岑，在布德维斯，在维也纳，他们都有这样的一些册子，里面都写了些什么？到底是干什么用的呢？由于这些该死的册子，他们对什么事儿、对每个人都知道得一清二楚。他们把裁缝乌尔巴的兄弟从美国召了回来，天晓得是怎么回事，还有一个人是从荷兰回来的：这些可恶的家伙，他们把所有的人都找到了。难道他们就抓不着卡莱尔吗？难道他们就查不出，他没去布德维斯，而是藏在森林里了？嗳，就这样没有人可以商量，单独一个人反对他们大家，多么难啊！难道她不该跟牧师说一说吗！难道他不会劝告她吗，她在这里住了这么久了呀。从上面传来的儿子有力的呼吸声穿过薄墙均匀地锯碎寂静，她一直在痛苦中受着熬煎，一位母亲单枪匹马反抗这世上的庞然大物，人们真是把她看错了，这伙人啊，他们住在城里，手中握有无耻的本本、条子、票子。她在床上辗转反侧，紧咬嘴唇，生怕那上面毫无觉察的孩子听见自己在叹息，她就这样睁着眼睛躺在那里，面对深夜和黎明的黑暗，直至清晨。终于，她好像发现了什么似的，立刻跳下床，收拾好东西，急匆匆地、一瘸一拐地进城去了。

她随身带了好些鸡蛋和几只小鸡，她带着这些东西挨门挨户地走。一个妇人想把所有的东西都买下，但她只卖给她两个鸡蛋，因为她想跟许多人说话——这是她事先想好了的诡计——她想跟城里所有的人说话，好让自己的话迅速传播开来。就这样，她从这一家到那一家四处抱怨：真不像话，她的卡莱尔，她的儿子被带走了，被带到布德维斯去了，今天他们把这些小青年也拖去打仗了。不，上帝也不能容忍啊，他们竟把养活穷老婆子的人给夺走了。难道皇帝就看不出，要是他们连这些孩子都需要，那不就要完蛋了吗，难道他不想罢手吗。大家都很注意地听她说，阴沉着脸深表同情，眼睛上像压着块乌云似的紧皱眉头。有些人小心地转过身来，把手指放在嘴唇上，提醒她多加小心。因为捷克的全体人民早就从心里摆脱了哈布斯堡人，在维也纳的外国王子；他们早就秘密地做了旗帜和蜡烛，准备迎接俄国人，宣告成立自己的王国。通过秘密的看不见的途径，大家口口相传，得知他们的领袖克拉马斯和克罗皮奇被监禁了，人们把对他们有影响的马萨里克也监视起来了；士兵从前线带来不确切的消息，说在俄国或西伯利亚组建了德国军团。这样，在个别人付诸行动之前，秘密的协调早已在整个地区发生作用，他们一致同意起义和暴动。因此，他们也带着惋惜的目光满怀同情地注意倾听路琴娜，她窃喜地感觉到，全城都相信了自己的谎言。当她从旁走过时，听到背后有人说，他们连她这个可怜人的孩子也给夺走了；甚至好心的牧师诺萨尔也跟她打招呼，奇怪地眨着眼睛，对她说，不要忧虑，据他所知，这事延续不了多久了。听到大家说这些人多么愚蠢时，这个可怜的傻女人的心猛烈跳动起来。

现在她可是一个人愚弄了全城，他们会把卡莱尔入伍的消息传到布德维斯，再传到维也纳。这样，他们就会忘了他，将来战争过去了，她会承担一切责任的。为了把谎言夯实，为了使别人确信不疑，她现在每周都进城去继续编造她的谎言，说卡莱尔来信了，他开到意大利去了，在战争中他吃的是多么糟。每周她都寄黄油给他，但天晓得会不会半路被偷走，啊，要是他打完仗能再回来，要是他能再待在自己身边，该多好！

就这样过了好几个星期，但有一次，当她又来到城里唠叨她那一套的时候，万德拉克奇怪地碰了碰她，说："到我屋里喝一杯茶吧！"她不敢说不去。但是，当在屋子里单独站在万德拉克对面、感到他想跟自己说什么特别的事儿的时候，路琴娜的全身一直凉到膝盖。他起初来回走着，有些犹豫，然后他小心地关上窗，在她对面坐下。"喂，你的卡莱尔在做什么？"她结结巴巴地说，他该知道，卡莱尔在部队里，昨天刚出发到意大利去了；但愿战争能够结束，她每天都为她的儿子祈祷。万德拉克一声也没应答，只是自顾自地小声吹着口哨。随后，他站起身来，去检查门关好了没有。她从中发觉，他对自己没有半点恶意，虽然他始终连看都不看自己一眼。他嗫嗫地说，那就好，他只是在想她的卡莱尔有没有偷偷溜掉。天啊，这跟他根本没有关系呀。最后人们就会明白，谁也不愿意把自己的骨头扔到外人的汤里，德国应该去煮他们自己，这蠢到了极点的战争。但是（他又转身看了看门），三天前来了一个作战小分队，一个带着克罗地亚士兵的来自布拉格的宪兵队，他们现在正挨家搜查没入伍的青年：锁匠杰尼什弄残了自己的食指，昨天也被从家里抓出来，五花大绑地被牵着穿过市场。作孽啊，这样一个守规矩的诚实的小伙子。在邻村，他们开枪打伤了一个人，因为他逃跑了。真不像话，他们并没有就此罢休。他们从布德维斯或布拉格带来了一张完整的名单，上面写着所有没有入伍的人的名字。他不该透露政府的事情，但说不定有些事儿是不对的，人们是在错误地坚持那么做呢。

在说话的时候，他没看她，万德拉克只是一直十分好奇地呆呆望着烟斗形成的小圆圈升到屋顶。接着，他站起身来，冷静地说道："如果你的卡莱尔真的入伍了，他们也就白辛苦了。这样，一切都很好。"

路琴娜坐在那里发怔。现在，一切都过去了。他们的名单帮不了什么忙，维也纳那些该死的家伙利用他们的册子查到了她的儿子没有入伍。但她没有追问，她站了起来。万德拉克没有看她，只是笨手笨脚地磕他的烟斗：他们俩是互相理解的。她说了声"谢谢"，便走出去了。

她用僵直的冒着冷汗的膝盖一直走到街尽头，然后突然奔跑起来。只要他们还没有在半路上就好——那个傻孩子还不会自卫呢。她越跑越快，筐也扔了，因汗湿粘在身上的裙子也撕破了，现在她就知道跑啊跑，更深更深地跑进森林，她有生以来还从来没有这样拼命地跑过呢。

夜黑沉沉地罩住了那座房子，这时她从远处听到狗吠，她想：这是忠实的霍赛克，它及时地向我们发出了警告。一切都沉浸在寂静中。谢天谢地，她总算赶到了。她大口喘着粗气，此刻才觉得疲倦。她想，我要让人给做一次弥撒！她又补充了一下，要做两次弥撒，三次弥撒，捐献蜡烛，一生中捐献许多蜡烛。然后，她轻手轻脚地走进屋里，屏住呼吸，侧身细听。当她听到睡觉的人安然无恙、无忧无虑时，当她听到从她身上生出长大的孩子的呼吸时，突然，血液又强有力地、顺顺当当地流遍她的全身。她从梯子爬上去，来到阁楼，摇摇晃晃的手里拿着一支点燃了的蜡烛。卡莱尔正在酣睡。他那又厚又密的棕色头发湿乎乎、沉甸甸地耷拉在前额上，那是男子汉俊俏的前额，宽大的嘴微微张开，露出结实、尖利、闪着光亮的牙齿。烛光一颤一颤地微微摇摆着，在那孩子般天真烂漫的脸上时而现出阴影，时而放出光亮。她又看了看他，他是多么英俊，多么年轻。在他裸露着交叉搭在毯子外的胳膊上隆起白色树根一般的肌肉，宽宽的、健壮的、结实有力的肩膀像光滑的大理石把她照亮：在这肌肉里蕴藏着数十年用之不尽的力量，这是她给他的，在这几乎还没完全成熟的身体里有着惊人充沛的生命力。可是，人们却要她把他交给维也纳的那些人，就为了那么一张愚蠢至极的废纸，想到这里她情不自禁地从牙缝里挤出一声尖利的笑。卡莱尔被吓醒坐了起来，摇晃一下身子，怔怔地对着烛光眨着眼睛。随后，他认出了母亲，便笑了，那是波希米亚到处都听得到的善良孩子的笑。"有什么事吗，"他懒洋洋地打了个呵欠，关节都嘎巴嘎巴响，"天亮了吗？"

　　但她把他完全摇醒了。她说他必须立刻起床，离开这所房子；她会告诉他最近几天的住处，那是林子的最深处，绝对不要离开那里，一个星期的光景她就去叫他。她把干草捆在一个大行李卷里，然后背起来就领他走上一条秘密的小径，大约一刻钟后，他们来到人迹罕至的树木最稠密的地带，那里有一座年代久远的小猎屋……

（打字稿在这里中断；下面的文字是根据一份手稿由出版者整理出来的，其中补充了一些省略的词。）

她命令他说，他必须待在这里，白天不能露面，什么也不能碰。她又抚慰他，说她会给他送吃的东西来。卡莱尔像往常一样听话。他不明白，但他听从了。每天中午她会给他送饭和烟草来，她这样抚慰他，然后她便轻松地走了。感谢上帝，她救了他。那座房子腾空了。现在他们可以来了。

他们果真来了。他们有巨大的势力。他们为此学过手艺，读过大学。万德拉克巧妙地警告过她。她几乎没怎么睡觉，只躺了两个小时（她不得不整夜地走），五点钟狗就叫起来了。她醒着躺在那里，心在震颤。是他们。敌人来了。但她没动弹，就是下面有一个强硬的声音喊"开门"，她也没动。她慢腾腾地、一步一步地走下来，故意大声抱怨，骂骂咧咧，好像是被人从酣睡中惊醒似的。装模作样是她天生的本事，这个糊涂人。她大声地打着呵欠。然后，她才开门。下边，在惨淡的雾蒙蒙的晨光里，站着一位宪兵队军官，帽子上挂着露珠，这是个外国人，带着四个士兵和一只狗。那军官立刻迈步走进门来，他想知道，她的儿子卡莱尔·塞德拉克是不是住在这里。"以前是，他走了很久了。他到布德维斯当兵去了，全城人都知道。"她回答得很快，有点太快了，惹人注意地快。同时，她也没忘记对方是很会察言观色的，他们看得出自己很不讨人喜欢，说话太快，无拘无束，或者说看得出她的恐惧。这些她也都想到了。"我们要看一看。"军官没好气地说，被雾打湿的红色胡子一动一动的。接着，他用德语发出命令。两个兵站在门前，两个兵站在房后，枪都下了肩。狗跳来跳去，嗅了嗅那只叫贝罗的狗，贝罗不信任地躲避着。士兵各就各位，军官又用德语对他们说了点什么，然后用捷克语对她说："现在进屋。"

　　她跟在后面。她心里既害怕，又充满愤怒的喜悦。她想，他不在屋子里，你尽管搜好了。你将一无所获。他迅速走进房间，推开窗板，灰色的空气飘浮在一切物件上方，他四下里看。他打开柜子，望了望床下，掀了掀垫子——什么也没有。"别的房间。"他命令道。好像故意把他当傻子累似的，她回答说："我没有别的房间，别的房间都是仁慈的伯爵大人的。在这所房子里，伯爵大人只准许外人走到这儿，我发誓。"他没听她的，只喊："打开。"她让他看了伯爵大人的餐室、厨房、用人房和老爷的睡房。他检查了所有的房间。他很有经验，依次敲了敲墙壁。什么也没有。他一脸怒色，而她心里却笑开了花，那是辛辣的笑、凶狠的笑。他指了指梯阶，然后命令道："上阁楼。"又是一层喜悦的波涛跃上她的心头。一点儿不假，卡莱尔在阁楼上睡过觉；幸亏好心的万德拉克向她发出过警告，不然他们可就要在这儿抓住他了，这些狗。他顺着梯阶走上阁楼，她跟随在后。那里摆着他的床，一个箱子里放着他的衣服（现在，她刚想起应该把衣服拿走才是）。她发现垫子没有竖起来。她把它忘了。他也看见了垫子。他想知道谁睡在这里，她装傻道：

"是一个仆人一直睡在这里。伯爵大人的私人猎手，每次打猎的时候都来；有时他带两个私人猎手来。"

"现在并没有人打猎。最近谁在这儿睡过？"

没有人在这儿睡过。冬天的时候，那只狗常躺在上面。"这样——"他尖刻地说，"是那只狗。"然后，他照桌子捶了一拳。桌上有一个烟斗，还剩半斗烟呢。阁楼上灰尘飞扬。"他还抽烟斗呢——怎么回事？"路琴娜没有回答。她急得说不出话来。他压根儿不等她回答，而是打开箱子，掏出衣服，问是谁的。"卡莱尔的，他去当兵时留在这儿的。"军官恼怒地站在那里。什么问题怎么回答，她都心中有数。而他什么地方都敲一遍，在阁楼上搜寻着。但那里什么也没有，只有那个垫子。终于他停止了搜查。她的心激烈地跳动着，她感到一块石头终于落了地。他把裤子拉直，当他转向梯阶时，她想：现在他要走了。可得救了！她的血又在涌流。但军官在门槛那儿站住了，他举起手，把两个手指放在嘴上，吹了一声口哨。

路琴娜有些害怕。她哆嗦了一下。口哨通过耳朵撞击她的心底。这是怎么了？现在她有点害怕这个陌生人了。狗已经拾阶而上。它骄傲地来了，因为有人唤它，它跳跳蹦蹦的，发出急促的微小的响声。

这是一只眼神机敏的牧羊犬，尾巴的毛很密，它偎依在军官的胫骨旁，抬头望着他，同时使劲摔打尾巴刷着地面。"注意，海克托。"军官命令道。接着，他从箱子里拿出一些衣物、一双鞋、一件衬衫，都抛在地上。"这儿，去找吧！"海克托走上前来。它稍微朝前探了探它的尖头，把嘴巴拱到衣服里，又嗅了嗅一只鞋。它的鼻子颤抖着，伸进靴子里去闻了闻，抬头干叫了几声，就此屏住呼吸。它颤抖着，使劲摇着长而多毛的尾巴，又兴奋又焦急，它的肋骨、它的内心都在瑟瑟发抖。它闻到了什么。一个任务已经派给它了。军官大声对它说了点什么。他举起手臂又指向床的位置，狗就跑过去闻。然后，它低下头朝着地面，按对角线来回跑。

这狗肚子里真是藏了一个魔鬼。它的眼睛闪闪发光。它闻到了在这对角线里存在过的东西的气味，现在，它沿着气味的踪迹嗅过去，最后又沿着梯阶嗅。那军官跟着它。"找……找！"他在激励它。现在，狗到了门槛旁，它跟着气味的踪迹，顺着梯阶往下嗅去。宪兵队长官目送着它。

到了下边，他高声向士兵发出一道命令。四个士兵走过来，然后紧跟着那只狗。海克托摇摇摆摆地、神经质地从这个树丛跑到那座房子。最后，它用鼻子哼哼唧唧地叫着慢腾腾地走出门，然后一直向前，进了森林。路琴娜的心都抽紧在一起了。她跑下梯阶，不由自主地走到门前；她想在它后面，或在它前面，叫喊，警告，阻拦……她不知道自己怎么了。但宪兵队长官两手掐腰堵在门框那里，封锁住她的路，专横地对她说："不要走了！坐下！"他指了指绕炉一圈的长凳。她没敢答话，一屁股坐在那里。

她听到士兵的脚步声。皮带在抽打。这时，只有她和宪兵队长单独在一起。那军官坐在桌旁，好像她不存在似的。他从容不迫地磕净高级烟斗，装上烟丝，抽起来。他慢慢地、一口一口地吸着烟，尽可耐心地等待，因为他对自己的事是有把握的。四周变得寂静无声。路琴娜甚至能听见他从肺里喷出烟来的声音：他的从容不迫弄得她直发毛。她坐在那里，垂着冰冷的双手凝视着他。她的血液仿佛冲向了肺腑，这血液一遇空气就凝固了。同时，她身上的一切都被绷紧、被撕碎了，简直要使人瘫痪了。她使劲憋住呼吸，想听到点儿从森林里传来的声音，她感觉到她的呼吸在耳根上跳动，她在自己糊涂的脑子里自问，掏心窝子地问，卡莱尔能不能脱身。突然，她抬起双手隔着衬衣摸寻。她触到了挂着耶稣受难像的位置。她用手攥住它，压在胸前。她开始祈祷了。她祷告着，祷告着：我们的主啊；还说了一些她所知道的祈祷词。她无意中将一个词说出了声。军官侧转身子，严厉地，如她所想，嘲讽地望着她。他大概在想：你就攥在我的手心里，骷髅头，走着瞧吧。此刻的她是这个样子：散落的头发下面是骨白色的前额，张着嘴，牙齿闪着刺眼的光，接着就是那些黑色的窟窿，眼睛和鼻子。他把身子转了过去。他无意地吐了口唾沫，用脚擦着黏糊糊的烟斗油，慢慢地、平静地、不慌不忙地擦着。

这气氛逼得她好像非大声喊叫不可。她简直忍受不了啦，她的身体承受着时间的重压。这简直是无限的时间啊。她颤抖着，她想冲到他面前，向他跪拜，向他祈求，吻他的脚；他毕竟是人嘛，不过是穿着军服的、不可接近的、裹在权力这不可理解的外表里面的……敌人派来的人。但这种做法无疑是违背她的意志的。说不定他们找不到他呢。她又侧耳细听，她凝神谛听，可以说用尽了一切听力。这无限的时间啊。这比她迄今所承受的一切、她已经忍受了四十年的一切还要可怕。她觉得等待的时间比怀胎九个月还要长。

实际上，她才等了半个小时。后来，外面传来杂沓的脚步声和轻微的叮当声。军官站起来，隔门瞅了一眼，嘿嘿地笑了两声。狗跳跳蹦蹦地来了，他讨好它说："好极了，海克托，太好了。"接着，他头也没回就走出去了。一阵恐惧揪住了路琴娜的心。

她就这样呆滞地站了一会儿。接着，她猛地抬起重似千斤的腿，冲到外边去。太可怕了，他们抓到了他！卡莱尔，她的卡莱尔站在他们中间，两手倒背着被铐在手铐里，人都走了形，佝偻着腰，目光羞涩地瞅着地面：他正去小溪边洗脸的时候，他们抓到了他，把他带来了，他光着脚，穿着裤子，衬衫敞着怀。母亲突然刺耳地尖叫一声，扑向那位军官，跪倒在他面前，抓住他的脚。她恳求他把儿子留给她，儿子是她唯一的亲人，她唯一的亲人啊！看在救世主的分上，把他留下吧，卡莱尔还是一个孩子啊，还不满十七岁呢。他十六岁，才十六岁啊，他们弄错了。他有病，病得很重，她可以起誓，大家都知道，这段时间他一直卧床不起。

宪兵队长很不舒服（士兵们都阴沉着脸注视着他），想拔开自己的脚。但这个疯女人把他的脚抱得更紧了。如果他能可怜这个无辜的孩子，主会为此酬谢他的。为什么偏偏要带走这个孩子，这个病弱的孩子，天哪！怜悯怜悯他吧，不是还有别人吗，那些高大、强壮、结实的人，全国有那么多人，为什么偏偏要带走他呢。看在主的分上，把儿子留给她吧。主会酬答他的善行的，她会天天为他祈祷的，天天。为他的母亲。他的脚，她简直想要吻他的脚。果不其然，这个疯女人俯伏在地上吻起宪兵队长那双沾满黏土的肮脏的鞋来。

由于羞怯，军官变得很粗暴。他把脚挣脱出来，把那个绝望的女人踢开。她在这儿搞什么丑剧！有成千上万的人为了皇帝陛下开赴前线，没有一个人开口叫苦。至于这小子是否有病，那得问医生。只要不把这个逃跑者立即枪毙，她就应该高兴。这样一个逃脱兵役的人本该依法枪决，如果再犯，他就要……

他说不下去了。这时，就在话说到一半的时候，她朝他跳了过去。她突然从底下对着他猛撞，他一趔趄，她就用两手去掐他的脖子。这个强壮的汉子摇摇晃晃地向后退。他连踢带打，终于打中了她。他捶打她的身体，一拳打在她的前额上。接着，他用两个坚硬的拳头抓住她，翻来覆去挤压她的关节，疼得她左右挣扎。但她已经没有反抗能力了，她像野兽似的咔嚓一声咬住他的胳膊，牙齿死死叼在上面不放。他猛兽般咆哮起来。士兵们跑过来拽开她，把她踩在地上。

宪兵队长因为疼痛和愤怒（他羞于被士兵见到自己这副样子）而全身发抖。"戴上手铐，"他命令道，"要给你点颜色看看，你这个下流坯。"他的胳膊火辣辣地钻心地疼。牙齿咬穿了大衣和军服，鲜红的颜色透到外面来，他感觉到血在一滴一滴地流。但他不愿让人看到。在士兵们给她戴手铐的时候，他卷起手帕垫在衬衣下边，然后又相当冷静地命令道："出发！两个人带着那个小伙子，两个人带着她。"母子俩的手已被他们绑在背后。军官掏出他的左轮手枪说："谁动一动，就打死他。"

士兵把卡莱尔架在中间。他掉过头去。他们对他说："走！"他就走了。他目光呆滞地、机械地、毫无反抗地走着，惊恐摧毁了他的力量。路琴娜也毫无自卫能力地走着。已不再需要暴力了。她可以跟卡莱尔一起走向任何地方，直至天涯海角。只要有他在，只要和他待在一起！只要还能看见他：他宽阔的美好的背，他的棕色的浓密卷曲的头发披在壮实的脖子上，哦，他受着折磨的美好的手，现在被背着绑起来了，他粉红色的指甲，还有细小的可爱的皱纹。即使没有士兵，没有命令，她也会走的，只要不离开他，只要知道他在左右。她没有感觉到疲倦，虽然她已经走了很长时间，走了八个钟头了；她没有感觉到脚火烧火燎地疼，在这段时间里她一直没有穿鞋；她也没有感觉到被绑着的双手的重压；她只感觉到，他还在近旁，只感觉到她拥有他，她在他身边。

他们穿过树林，沿着积满尘土的乡间道路行进。当这不寻常的一行人穿过多比岑的主要街道时，正赶上中午报时，钟声在城市上空震响，一切都静止不动。卡莱尔走在前面，左右有累得无精打采的士兵看着，接着是路琴娜·塞德拉克，目光没有一点表情，被打得破衣烂衫、血肉模糊，同样倒背着手戴着手铐，最后是宪兵队长，明显精疲力竭、疲惫不堪，可竭力保持一本正经，摆着姿势。（他又把左轮手枪插到皮套里了。）市场的嗡嗡声沉寂下来。人们走出门，脸色阴沉地朝他们看。车夫坐在自己的座位上愤怒地甩着响鞭抽打马匹，仿佛不经意似的吐着唾沫。男人们使劲皱着眉头，胡子一动一动地咕哝着什么，他们扭过头去不看，实际仍是朝着这边看，真丢人啊，还是个孩子，才十七岁呀，现在倒好，连女人也给抓走了。这是全体的不满，一个民族的怨恨，这个民族早就感到这场奥地利王国的战争是外人的事，只是还不敢握紧拳头冲上前去反对罢了。这不满和怨恨是无声的，但却颇具威慑力地表现在多比岑居民的千百双眼睛里。没有一个人说话。所有人都一声不吭。大街上只听见士兵嚓嚓的脚步声。

无论如何，路琴娜的动物本性也必定感觉到了这种怨恨带磁性的威力。突然，在街心，夹在士兵中间的戴手铐的女人躺倒在地，衣裙都飘起来，她用响得刺耳的声音喊道："兄弟们，帮帮我吧！看在上帝的分上帮帮我！不能容许这种暴行！"士兵们不得不抓住她。接着，她又朝卡莱尔高声说："躺下！他们是把我们往屠宰台上拖呀！上帝睁眼看看吧！"卡莱尔顺从地躺在潮湿的大街中间。

宪兵队长愤怒地赶了过去。"拉起来！"他冲着不情愿干这差事的士兵喊了一声。他们正试图把路琴娜和她的儿子拽起来。但是她打起滚来，像鱼被捆起来抛在沙滩上，她尖声嘶叫着，喘着气，撕咬着：看着这情景，真令人震惊。"上帝睁眼看看吧，上帝睁眼看看吧！"她这样吼叫着。最后，他们只好把母子俩拖着地走，活像把家畜拖到屠夫那里一样。路琴娜发出非常刺耳、非常难听的尖叫声，一遍一遍地喊着："上帝睁眼看看吧，上帝睁眼看看吧！"她被拖来拖去，直至增援的士兵赶到，他们才把她推到城区拘留所里去，这时她已半裸着身子，一头被撕得乱糟糟的石灰一样灰白的头发。是时候了。城里的人都愤愤不平地聚集起来，目光变得更阴沉了。一个农民唾了一口。几个女人大声说起话来。响起了口哨声；男人们向他们拥去，警告他们；孩子们瞪大眼睛呆呆地望着，心惊胆战地面对这残暴的骚乱。

终于，他们被拖进了拘留所，两个人在一起，充满对权势的仇恨。

　　城区司令官气愤地撕开他绣着金线的领子，一边愤怒地在办公室里来回走着，一边怒斥那宪兵队长。大白天押着戴手铐的逃兵，甚至押着一个戴手铐的女人在大街上走，那不是笨蛋吗，不是连上帝都不要的蠢货吗！全城都在谈论这件事，他应该自己跟维也纳交涉去。难道在波希米亚这个地方被煽动起来进行反抗的事还不够吗！本来天黑以前是有时间收容那个小伙子的。至于那个女人，活见鬼，为什么把她也一块儿抓来了。宪兵队长指着自己被撕破的大衣说，她攻击他了，还咬了他，这个疯狂的下流女人；为了士兵的安全，他不得不逮捕她。但司令官还在继续骂："那就非得大白天拖着他们从城里走吗！不可以这样对待女人。这是大家不能忍受的。干这种事！要是把女人也牵扯进来，就会惹出事情来。在这里，一定要把女人置于局外。"最后，宪兵队长吓得小心翼翼地问，他现在应该怎么办。"把那个小伙子弄走，就在今天晚上，跟其他人一起送到布德维斯去。这跟我们有什么相干，让那些该……（他本想说该诅咒的军队头子，但他及时收了口。）让那该负责任的机关去管好了，我们已经尽了职责。在他被送走之前，让路琴娜留在拘留所里。明天她就会安静下来了。他一离开，就放她走。她一走，那些女人就安静了。最后她们也就不嚷了。然后，她们不是上教堂，就是上别人的床。"宪兵队长退了出去，让他极为恼火的是，为此自己要行军一整夜了。他暗地里想，这是最后一次受这份罪了。

　　确实，估计正确也不难。路琴娜在拘留所完全安静下来了。她一动也不动。静静地躺在板铺上。但是，她不感觉疲倦。她仔细地听着。她知道，她的儿子就在这座房子中某处的另一个房间里。卡莱尔仍然在这里，她只不过看不见他，听不见他说话，但她能感觉到他。她只知道，他就在近处。尽管天生愚钝，她仍然能感觉到，她不是孤单的，大门外有同盟者。为了她，还有可能发生点什么事。也许牧师会伸出援手，他一定会听说人们怎样把他们母子俩拖进了拘留所。说不定战争已经结束了呢。她听到某处的一个信号、一句话。卡莱尔还在这儿。只要他在这儿，就还有希望。因此，一切都是这样静，静得连呼吸的声音也听不到。监狱看守走到城区司令官那儿汇报，他得悉塞德拉克现在安静了，刚才他不是说过了吗。明天人们将把卡莱尔送走，然后一切又会恢复平静。

（关惠文　译）

174

猩红热

在家的时候，朋友们就对他说过：如果往维也纳去，那么就应该在约瑟夫施塔特找一间自己的房子。这里靠近大学，大学生们都喜欢居住在附近。那是因为这片街区安静而略存古意，又由于传统的关系，便成了大学生们的大本营。因此，他把行李暂时存在火车站，立即着手打听，然后穿行在条条陌生而喧闹的街道。他从许多匆匆忙忙的人身旁走过，那些人像是被雨追着跑一样，都不大乐意答复他，只给个简略的回答。

秋日的天气严峻无情。刺人肌肤和湿漉漉的阵雨噼里啪啦下个不停，冲刷掉了灰黄色的树上还在颤抖的最后的树叶。淅淅沥沥的雨发出鼓点般的声响，并且把忧伤的天空撕成无数根灰线。风有时候吹得雨帘往前倾斜，如同吹起一方飘动的手帕；有时候又把雨滴抛向墙壁，发出噼噼啪啪的声音；有时甚至撕裂行人的雨伞。没有多久，街道上便只能看到颠簸的黑色马车，拉车的马都喷吐着热气，间或还有从他身旁飞快跑过的几个人。

年轻的大学生一家一家不停地走，上上下下了许多级楼梯。他很高兴，在那些短暂的时间里他躲开了来势汹汹的风雨。他看了很多房间，但是没有一处中他的意。也许要归咎于这一场雨和令人战栗的苍白灯光——那灯光使所有的房间都显得沮丧，充满让人病快快的沉闷空气。他顺着弯曲和潮湿的楼梯爬到上边，看到许多既粗陋又肮脏的寄住宿舍，这时候他内心里一直受到轻微约束的感觉清醒了。不知怎地，他总有种初步的预感：在这些伛曲、破旧和低矮的郊区房子外墙之后隐藏着重大的忧伤。他对于找房子越来越绝望了。

　　终于，他选定了自己的房间，在约瑟夫施塔特的高处，离绿化带不远。那是一所古老、粗陋，但具有旧式民居的那种舒适宽敞的房子。房间陈设简朴，实在比他所期望的还差。但是窗子向外对着一座大院子，一座古老的市郊院落。院子里有几棵树，现在正在雨中发出簌簌响声，冷得微微颤动。这片最后的、畏缩的绿色，就像对自己业已失去的故乡花园的回忆，把他吸引来了。随后，他在前室里上了钟表，一只金丝雀在钟壳里边啾啾鸣叫起来。在他察看房子期间，金丝雀的花腔一直不倦地唱着。他觉得这是个好兆头。他也喜欢女房东。那是一位上了些年纪、形容憔悴的女人，按她自己的说法，是一名公职人员的孀妻。她和小女儿只住了一间简陋的小房间，另外还有个大学生住在隔壁的房间，房门上的名片也表明了住客的身份。

　　还有几个小时才到晚上，他本想再走马观花地看看这座陌生的、几年来渴望看到的城市，但是冷飕飕的风雨消除了他的欲望。

他走进一家咖啡馆，然后便长时间心不在焉地看台球桌上那个白色球如何随着红色球跑。他听到周围许多陌生人的谈话。他努力抑制住嗓子眼儿里慢慢涌起来的想一吐为快的痛苦失望的感受。然后他又一次尝试逛逛大街，但是雨势太猛了，他浑身湿透、雨水淋淋地走进一家饭店，毫无乐趣地快速吃了顿晚饭，然后便回家了。

现在，他站在自己的房间里环顾四周。靠墙并排放的两个东西好像被遗忘了，那是两只旧箱子，没有任何内在的联系，没有优美的形象，也没有生动的活力。如果人们走到近处弯腰一看，就只会叹一口气。床上的床罩已经褪了颜色。一盏白色的灯散射的光在昏暗的、阴森森的房间里忧伤地不住摇曳。还有一个旧式的维也纳火炉。房间里还有几张彩色画片和照片，颜色都已苍白，而且是没有关联地堆放在一起。这些也许在这里凝望了许多年的陌生面孔都已不能辨认了。凹凸不平的地板不时地颤抖，窗户也关闭不严，如果风助雨势打到玻璃上，便会啪嗒啪嗒地响个不停。

他冷得发抖，拘谨地站在这些陈旧的破烂中间。谁在这张床上睡过？谁在这把靠背椅上休息过？谁往这面镜子里看过？现在他自己苍白的孩子气的面孔正异常恐惧、几乎是在哭泣着从镜子里看他呢。在这里没有什么使他想起过去经历过的事。一切都是陌生的。因此，他觉得浑身冰凉，直透骨髓。

已经该去睡觉了吗？现在是九点钟。这是他第一次在陌生的房子里睡觉。家里人现在大概都还在金黄色的灯光下围着圆桌亲切地进行着从容不迫的交谈。现在他知道，金黄色头发的姐姐埃迪特很快就要起身向钢琴走去，还要弹奏起来，完全如他要求的那样，弹奏一首忧郁的奏鸣曲或者是随便一首欢快的华尔兹。但是他今天是在哪里呢？往常在家里他会站在钢琴旁边的阴影里，随着曲调梦想，一直到埃迪特站起身来，真挚地对他道声晚安的时候为止。

不行，现在他还不能去睡觉。他走过去，从已经打发人取来的箱子里拿出几样东西。一切都是家人细心包裹好的。他在拆开整齐的包装时，必定会想起怀着爱心为自己包装东西的那双手。令他格外高兴的是，在书籍中间他发现了一个惊喜：姐姐的照片。这是她偷偷地给他放进书里边的，照片上还写有一行真诚的话。他长时间凝视着这张爽朗微笑的面孔。然后，他又把照片摆放在写字台上，让照片亲切地看着他，给自己这个无家可归的人以安慰。但是他觉得，照片上的微笑好像越来越模糊起来，好像在模糊之中姐姐正与自己一起悲伤。他觉得照片已经完全模糊了，他简直不敢再去看了。

他还得从这个昏暗的、无所慰藉的小房间里再走出去一次吗？他走到窗口，看到雨还在下个不停。许多雨滴聚集在模糊不清的窗玻璃上，停住不动，直到落下新的雨滴把它们带走。于是这些雨滴便急转直下地奔流，就像眼泪从孩子的面颊流下。总是有新的雨滴从四面八方而来，所以雨滴便不住地奔流而下，仿佛外边的整个世界把它的悲伤都哭成了无数泪水。他站着不动，也许有半个小时之久吧。这种充满沉闷痛苦的含糊不清的低声演奏，这种持续不断的流淌，这些诉苦的树木奏出的令人费解的音乐——这种泪珠滚滚的奇异景象深深地触动了他的心。他感到一阵猛烈的、呼唤眼泪的悲伤。

他很想放声呼喊。可是这就是他在维也纳的第一个晚上吗？在梦中，在与姐姐和朋友们的交谈中，他已经对这第一夜预想了许多次。当时没有什么是明确的，但确有着某种激烈的、明亮的东西，穿行在光亮闪耀的大街上，向前，一直向前走去，仿佛一切豪华到明天就不复存在了，仿佛要在这第一个小时里就经历难以忘怀的事情。在愉快的谈话中他想象过自己忘乎所以地歌唱，往空中抛掷帽子，心里怦怦直跳。现在，他站着不动，站在模糊不清的窗玻璃前，冷得发抖，而且是孤单一人。他凝视雨滴是如何往下流动的：最初是两滴雨，然后是三滴，现在又变成了两滴。他注视着雨滴如何修成看不见的、运载其他同伴往下滑动的轨道。他紧闭上眼睛，以免热泪突然间流淌下来，流到他冰凉的手上。多年以来自己所渴望的就是这样而已吗？

然而时间过得多么缓慢呀！古老摆钟木壳上的指针很不引人注意地向前爬动。他感觉到晚上的恐惧愈来愈有威胁。这是一个孤独的人在陌生房间里说不清道不明的孩子气的恐惧。这是他再也无法否认的、强烈的思乡之苦。在这个大城市里他是孤单一人。这里，上百万人的心脏都在突突地跳动，但是除了这场噼里啪啦地下着的幸灾乐祸的雨以外，没有一个人对他说话，也没有一个人听他讲话，或者对他这个正在强忍啜泣和眼泪、像孩子一样害羞的人看上一眼。他确实不知道如何躲开那藏在黑暗之后，用发光的眼睛无情地盯住自己的恐惧。他从来没有像现在这样渴望过讲话。

这时候，隔壁房间的门发出哗啦响声，砰的一下又关上了。蹲在地上的人猛地站起身来，仔细地听。隔壁房间有个粗壮但是经过训练的声音在哼唱一段大学生的歌曲。然后他听见嚓的一声划着了火柴，这显然是点灯的声音。这人可能就是他的邻居。就像女房东所讲的那样，是面临毕业考试的法律系学生。他深深地吸了一口气，因为他觉得自己的孤独短暂地平静了下来。隔壁房间传来沉重而紧张的来回走动的脚步声。歌声越来越清晰可闻，使他这个偷听的人突然羞愧起来，颤抖地站着谛听。他一声不响地回身走到桌子跟前，好像是怕隔壁的人透过墙壁看到自己似的。

现在隔壁房间的歌声停止了，来回的走动也归于静寂。显而易见，他的邻居已经坐了下来。现在簌簌的雨滴又开始向他诉说了，令人恐怖的孤寂又从黑暗中向外窥视了。

他觉得好像要闷死在这个狭小的地方一样。不，现在他不能继续孤单一人。他鼓起劲来，等到面颊不再因久躺而发红，清了清嗓子，然后便轻步出门，向邻居的房门走去。他两度停住了脚步，不过最后还是心存犹疑地用手指敲响了陌生的房门。

随之而来的是一阵显然感到惊讶的沉默。然后是一声响亮的"进来"。

他把房门拉开，一团蓝色烟雾迎面扑来。狭窄的房间里烟雾弥漫。乍一看，一切东西都模模糊糊地处于浓浊的、遇风便蒸腾而升的云雾里。他的邻居挺身直立，惊讶地看着走进门来的客人。他已经脱掉了外衣和马甲，衬衫也半敞着，很随便地露出长着护心毛的宽阔胸膛。他的体格强健，像农民一样结实。他的鞋在地板上到处堆放。与其说他像大学生，不如说更像一个工人，站在房间里，嘴里衔着一个短杆烟斗。现在，他用劲儿把烟斗上的烟吹到房门口。

来人讷讷地说了两句话："我是今天住到这里来的，作为邻居，我想来对您作个自我介绍。"

于是主人机械地迅速并拢双腿说："非常欢迎。我是法律系学生施拉梅克。"

为了不失时机，造访者也赶快报出了自己的名字："我是贝尔托尔德·贝格尔。"

施拉梅克飞快把他打量了一番，说："您是上第一学期吧？"

贝格尔作了肯定的回答，接着还补充说，今天也是他到维也纳的第一天。

"您当然是学法律的吧？比较多的人是学法律。"

"不是。我是想到医学系注册的。"

"是这样，那太好了。终于来了一位……不过还是请您坐一会儿吧！"

这请求是诚心实意的。

"同学，您要来支烟吗？"

"谢谢。我不吸烟。"

"噢……那很好呀。现在不吸烟的人快要灭绝了。那么，来一杯法国白兰地吧，这酒不错。"

"不，谢谢……多谢了。"

施拉梅克耸了耸肩膀，笑着说："亲爱的同学，您不要生气。但是我相信，您是人们所说的那种怪人。不喝法国白兰地，也不吸烟，这是很令人生疑的。"

贝格尔的脸变红了。他为自己如此笨拙，且把自己的笨拙如此暴露无遗而羞愧难当。但是他觉得，迟延的答应必定显得更加可笑。为了找点话说，他便再次请求对方原谅自己的夜晚造访。可是施拉梅克不让他把话说完，而是用一连几个问题紧紧抓住了他。他们几乎是同乡：一个来自讲德语的波希米亚；另一个来自摩拉维亚。没有多久他们就在记忆中找到了共同的熟人。于是，交谈很快便活跃起来。施拉梅克讲到考试和他参加的大学生协会，讲到好像是大学生本性的无数蠢事。在他的讲述中有一种生气勃勃的真诚，一种嗓门儿洪亮的欢乐，一种故意为之、甚至是虚荣的习气。显而易见，他很高兴自己能使一个新来的、一个同省区的老乡表示钦佩。他取得的成功比他自己知道的更多。贝格尔渴求知识的好奇心无比强烈。他仔细听取了施拉梅克讲述的一切，因为他觉得这些事情就是在维也纳等待他的新生活。他喜欢那充满活力的讲话，喜欢施拉梅克吸烟时在粗大的蓝色圆锥形里喷云吐雾的神态。他对一切琐碎的事都很重视。因为这是他遇到的第一个真正的大学生，所以也就不加选择地把施拉梅克看作是最完美的大学生。

他也很想对施拉梅克讲述一些自己的事情。但是他突然觉得，与这些新鲜事相比，家里的那些琐事简直无关紧要，毫不引人注意。至于那些文科中学里的趣闻笑话、在外省的经历，都是没有意义的。他突然觉得，迄今为止，他所有的思想和语言都属于童年时代，直到今天才开始了成人时期。施拉梅克根本没有注意到对方的沉默，只是为这个见习修士畏缩惊叹的眼神沾沾自喜。应施拉梅克的要求，贝格尔小心翼翼地用手抚摸了经过他头顶的短发、形成一条显眼红线的三处伤疤。对于施拉梅克所讲述的约定决斗和比剑，他更是惊叹不已。想到不久以后，自己也要与一个敌手四目相对而立，他就觉得既畏惧，又热血沸腾。他请施拉梅克把放在墙角的剑给他一把，让他拿一小会儿。当然，他很吃力地举起那把剑时，是有些疼痛的感受的。这时候他才发觉自己瘦如幼童，两臂绵软无力。他还觉察到了自己与这位壮实有力的小伙子的差别，于是油然产生了妒意。轻松自如地舞动这把剑，呼啸生风，全力以赴拨开阻拦，直刺对方的面门——他觉得这都是闻所未闻的事。他觉得所有这些日常的事情都很重要，都值得赞叹，就像值得追求的伟大事业一样。他讲话时那种胆怯的惊叹使得施拉梅克越发健谈、越发亲切了。施拉梅克像对待老朋友那样同他说话，展开他容纳了对学生生涯全部理想的彩色画卷。贝格尔着迷似的注视着这幅画卷，在这里面他看到了自己新生活的先行者。

到了夜半时分，他们终于互道了"再见"。施拉梅克真诚地与贝格尔握手，拍打贝格尔的肩膀，并用同龄人称为自发友谊的感情向贝格尔保证，他是一个"可爱的家伙"，会使年轻人愉快和着迷。

他为这种印象陶醉，他回到了自己的房间，突然觉得这个房间不再孤寂，不再昏暗了，尽管雨滴还在不断地敲打窗子，各处的缝隙都还在涌进冷气。他心中想的尽是那些陌生的、闪光耀眼的事情。到达这里的第一天就立即结识了这么一位朋友，他觉得这是难以形容的幸运。然而没有多久，他的情绪中又掺进了一丝轻微的忧伤。他感觉到，与这个两脚坚定地站在生活中的人相比，自己显得多么软弱，多么幼稚，多么小学生气。在自己的同学中，他向来是最软弱、最无力、最多病的；在娱乐活动和放肆欢闹方面他也总是落在后边。但是到了今天他才觉得这是很令人痛苦的。将来他能变得像施拉梅克那样坚强、有力和无拘无束吗？他产生了一种狂热的渴望：要能够那么机灵、那么果断地讲话，要长出健壮的肌肉，要能够坚强地对待生活，无论如何也不在生活中随波逐流。他将来能够成为那个样子吗？他心存疑虑地端详着镜子中自己腼腆、瘦削、没有胡子的娃娃脸。他又想起，自己用这只绷不起肌肉的娇嫩胳膊很勉强地才把剑举起来。他想起来，两个小时以前自己还像个孩子似的几乎哭一场，原因不过是昏暗、天冷和身边没有一个人。一种忧虑悄悄地降临到了他的身上：在这个陌生的城市里，在这种需要力量、勇气和傲慢的新生活里，他这样软弱幼稚的人，会遭遇什么情况呢？不行——他努力振作了起来——他要战斗到成为价值完整的人时为止。这就是说，他要像他的朋友那样强壮有力，他要向他的朋友学会一切：摇摇晃晃的闲逛步态；爽朗果断的讲话风格；他要增强自己的肌肉，要成为像他的朋友那样的男人。现在，忧虑和欢乐、希望和沮丧掺杂到了一起。他的梦幻愈来愈混乱了。当残灯冒起浓烟的时候，他才看到夜色已晚，赶紧上床。这时候，窗外严峻无情的九月秋雨还在不停地敲击。

这就是贝尔托尔德·贝格尔来到维也纳的第一天。

在随后的一段时间里他的情况依然是这样：忧伤和欢乐、希望和失望不断地混杂在一起。这是一种错综复杂的感受，始终令他感到生疏而不是适应。他对于独立，对于大学生时代和维也纳生活所期待的重大事件、意外事件和新鲜事件兴许都不会出现。倒是有几样东西很美：九月柔和阳光中的美泉宫和金黄色的林荫大道，大道向高处延伸，抵达宫殿的制高点——凯旋门，从那里可以俯瞰名贵的花园和富于活力的宫殿的恢宏全景；还有一些进行演出、聚集起众多名人的剧院很吸引人，节日聚会与庆祝活动呈现出一派高雅的景象；大街上时有许多漂亮和罕见的面孔从他身旁经过，闪烁着千百种许诺和诱惑。但是这些始终还只是外貌，而绝非深入了内部，好比始终只是贪婪地翻阅一本打开的书，而非直接的交谈和亲身经历。

几天以后，他立刻对这个新世界的内部进行了一次独特的探究。他有些亲戚住在维也纳，这都是些高贵的人。他去看望了他们，随后他们便请他吃饭。人人对他都很亲切，连那些差不多同年岁的表兄弟也都很亲切。不过他感到太过分了：他觉得人家只是用邀请来尽到一种责任，还觉得他们在用克制和同情的微笑打量自己的西服。他很为乡下的时尚和自己的腼腆感到羞愧；与表兄弟们充满自信的举止性格相比，他的腼腆必定令人感到可怜。告辞时他反感到高兴，他之后也再没有到他们那里去。

就这样，各种事情都把他推回第一天晚上的友谊。他满怀一个小伙子的全部热情沉醉于这场友谊。他完全信赖那个健壮有力的人；那人也乐于接受他感情奔放的爱戴，而且用对于内心冷淡的人而言很少见的随时乐于帮助的诚意回报他。几天以后，施拉梅克就向高兴得红光满面的贝格尔建议用"你"相称了。可是贝格尔在相当长时间里用起"你"来还是笨拙和畏缩的，他对这位朋友的优势的尊重异乎寻常。他们同行的时候，他经常从侧面偷眼观看对方，为的是学习他那阔步和自信的行走姿态。后来他就有了把头伸到每个漂亮姑娘鼻子下边去的大方自然的举止。他甚至喜欢一些不良习惯，比如用棍棒在街上格斗闹事，衣服里总是散发出优质烟草的气味，在饭馆酒店里发表高声挑衅的讲话，以及其他没有见识的恶作剧。每当施拉梅克讲述关于女孩子、决斗以及远足郊游等无关紧要的故事时，贝格尔都能一连几个小时洗耳恭听。他甚至觉得这些根本与他无关的事情都很重要。他为这些故事激动不已。他觉得这些故事就是实在的生活，就是生活的原貌，所以他非常渴望也能体验一番这类事情。他暗自希望，施拉梅克有一天会把他推进一场这样的惊险活动。但是施拉梅克态度怪异，总把他排除在重要的活动以外。显而易见，他觉得这副幼稚的、嘴上无毛的面孔太没有派头。他去参加大学生协会的时候，很少把贝格尔带去，两个人主要是在咖啡馆或者宿舍里相遇。

　　没过多久贝格尔就觉察到了这一点，暗自苦恼。在他的友谊中，正如在每个小青年的友谊中一样，有某种类似爱情的东西：先是异常的激情，然后是轻微的猜忌。当他看到施拉梅克对一个刚刚认识的很单纯和无足轻重的人也像对自己一样热诚，经常还更加无拘无束的时候，便产生一种当然不敢表露出来的愤怒。后来他还感觉到，在认识施拉梅克的几个星期里，尽管自己非常热衷于接近人家，却始终没有比第一天晚上更近一步。施拉梅克对贝格尔的一切事情丝毫没有表现出后者对施拉梅克的事情所表现出的那种热情洋溢的兴趣。施拉梅克对他表示衷心的问候，仅此而已，接着便讲述起自己的事，如果贝格尔要讲他的事，他就勉强听一听。贝格尔对

186

此感到恼怒。

后来又发生了最不愉快的事：贝格尔从每一句话里都感觉到，施拉梅克没把他当作一回事儿。就像对自己的称呼那样！现在施拉梅克总是叫他"毛孩子"，而不是最初的贝尔托尔德。这样叫听起来亲切热诚，但却总是使他痛苦。因为这正碰到多年来他心中不曾愈合的伤口：他总是被人看作一个孩子。有好几年，他在学校里像个女孩子那样，人人都觉得他既柔弱又畏缩。所以现在，应该成为一个男子汉的时候，他的外表还像个小男孩，他还有男孩子的胆怯和神经过敏。人们都不肯相信，他已经是个大学生了。诚然，他还不满十八周岁，但是外表看起来比他幼稚的行为还要年幼得多。他心中日益坚定起了一种怀疑：施拉梅克只是看在同学的分上对自己表面客气而已。

一天晚上，他完全确信了自己的怀疑。他在市区里长时间地漫游。在人群潮涌的大街上他再度痛苦地感觉到了绝对的孤单。所以他又到施拉梅克房间里去聊天。施拉梅克对他表示衷心欢迎，但是坐在沙发上，没有站起身来。

桌子上放着大学生协会的软帽，火样的鲜红，很引贝格尔注目。他最心爱和最机密的愿望就是，被施拉梅克带进他的协会。到了那里他就会有自己现在痛苦地缺少的一切，就会有亲密的交往，有个俱乐部。到了那里他就会变成自己想要成为的样子：强壮有力，男子气概，一条成人的汉子。几个星期以来他一直在等待施拉梅克的建议。他经常作些谨慎的暗示，但是显然没有受到理会。现在他急切地想有一顶这样的帽子。他觉得这顶软帽犹如旺盛的火焰一样在桌子上不住地颤动。这火焰在闪烁，在发红，在使他的全部思想为之陶醉。他不得不说到这顶软帽。

"明天你要去参加大学生酒会吗?"

"当然了，"施拉梅克立刻兴奋地说，"到了那里就非常愉快。新近吸收了三名一年级新生。的确，都是很出色健壮的青年。再说我作为大学生协会的第二号干事必须到场。情况会非常好的。不要在星期四两点钟之前来找我，我们准保到早上才能回家。"

"是的，我想那会非常愉快的。"贝格尔说。他还想等待下文，施拉梅克却缄口不言了。为什么还要谈下去呢? 但是桌子旁边的那顶软帽很吸引人。那是火一样的鲜红色，火一样的鲜红色……那顶软帽像血一样闪光耀眼。

"你说……你就不能把我领进大学生协会吗? 当然只是带着去而已……你要知道，我是很想去那里看看的。"

"但是，好吧，你就来一次吧。不过明天不行。但你去一次看看，只作为客人。你肯定不会喜欢那里，毛孩子，因为他们常常表现得粗野放荡。不过如果你愿意的话……"

贝格尔觉得有话从喉咙里涌了上来。他突然看到那软帽，那个红色的、吸引人的梦好像是在浓雾中一样。这就是眼泪吧? 他狂怒起来，但又忍气吞声地脱口说出:

"为什么我就不会喜欢呢? 你到底是如何看待我的呢? 我是一个小孩子吗?"

在这话音里、在这语调里是颇有些内容的，因为施拉梅克猛地站了起来。现在他真的是诚心实意地向贝格尔走来，拍着他的肩膀说：

"不，毛孩子，你可不要生气，我没有那个意思。但是根据我对你的了解，我相信，这样的事对你是不合适的，你太文雅、太正派、太诚实了。到那里去的人必须是粗暴的，必须是其他人望而生畏的汉子，而且就是为了喝酒才去的。现在你能设想在礼堂里面随时可能出现的酗酒或者殴斗的场面吗？想不出来吧？这绝不是坏事。不过你是不适合到那里去的。"

是呀，他是不适合到那里去的，现在他觉得施拉梅克说的是对的。但是他到底适合干什么事情呢？生活需要他去干什么呢？他不知道，为了这坦诚相待的谈话，他应该对施拉梅克生气呢，还是应该对他表示感谢。对这次谈话，施拉梅克当然一分钟以后便忘光了，他继续闲谈。但是在贝格尔的心里却愈来愈深刻地铭记着这样的念头：所有的人都认为他的质量是低劣的。桌子旁边的那顶红色软帽像生气的眼睛一样注视着他。这个晚上，他没有再待多久便回自己的房间了。他坐了下来，两手支在桌子上，纹丝不动地呆看着灯，一直到后半夜。

第二天，贝尔托尔德·贝格尔干了一件蠢事。他通宵没有入睡。一想到施拉梅克认为自己低能、怯懦、只是一个孩子，他便非常痛苦。于是他下定决心，要向人们证明自己并不缺少勇气。他想寻衅斗殴，想去进行一次决斗，向施拉梅克表明，他不是胆怯的。

他没有成功。在与施拉梅克过往的谈话中他知道了这样的事情是如何开始的。在郊区饭店一间低矮狭小的房间里，他每天都坐在几个佩戴同样颜色徽章的大学生对面。与他们接近并不困难，因为他们从来不谈论其他问题，他们的全部思维活动围绕的就是所谓的名誉损害问题。

他从他们的餐桌旁走过时，故意碰碰撞撞，带倒一把椅子。他平静地径自走去，没有道歉。他的心在胸膛里急速跳起来。

这时候传来严厉的威吓：“你不会小心点儿吗？”

“您这是要管教我吗！”

“竟敢如此放肆！”

这时他转回头来，索要名片，并且递过去自己的名片。他感到高兴的是，递名片时自己的手没有发颤。一分钟过后整个事情就无可挽回了。他傲气十足地走出餐馆时，还听见他们坐在餐桌旁的笑声。其中一个兴高采烈地说：“一个十足的无赖！”这句话败坏了他骄傲的兴致。

然后他便跑回家去。他面色发红，兴奋得口吃，不顾唐突造访了刚刚起床的施拉梅克。在房间里他把一切都讲给了对方听，当然他隐瞒了人家最后的那句评语，也闭口不提自己是故意弄倒椅子的。不言而喻，施拉梅克必须去当他进行决斗的助手。

他原来的希望是，施拉梅克会拍拍自己的肩膀，祝贺他成了一个健壮的小伙子。然而施拉梅克看着名片，陷入了沉思，牙缝里还发出吱吱的响声，十分生气地说：“你可真是找对了人！他是个像树一样壮实的人，我们中间最优秀的击剑手之一。他会让你粉身碎骨的。”

贝格尔却无惊惧之感。对他来说，在击剑中失败是理所当然的事，因为他还从来没有拿过佩剑呢。他甚至还会为脸上有道可怕的伤疤而感到高兴，因为那样就再不会有人来问自己是不是一个大学生了。但是施拉梅克的态度使他感到很不愉快。现在施拉梅克手里拿着名片，不住地来回走动，还咕咕哝哝地说："这可不是轻率的事。他是说你放肆，对吧？"

最后，施拉梅克穿戴整齐，对贝格尔说："我马上就到大学生协会去，给你找一位第二代理人。你放心好了，我会把事情准备妥当的。"

贝格尔真的是无忧无虑，他感到一种狂热的、简直是奔放的喜悦，因为现在他第一次正式被人作为大学生和成年人对待了，而且他也有自己的事情了。突然，他几乎感觉到了关节里的力量。现在当他拿起佩剑舞动旋转的时候，他觉得坚定地劈刺简直是一种乐趣。整个下午他都在激动地走来走去，梦想这场决斗。他确信自己将要失败，但是这一点并不使他痛苦。恰恰相反，他的失败能向施拉梅克和其他人表明：他不是胆怯的。即使血溅满脸，他也会岿然不动。不管他们是否要把他撕得粉碎，他都丝毫不会动摇。然后他们就会愿意给他一顶红帽子了。

贝格尔的血完全变热了。晚上七点钟，施拉梅克回来的时候，贝格尔情绪激动，跳起来迎了上去！施拉梅克却很轻松愉快地说：

"你看呀，怎么样？毛孩子，一切顺利，事情已经办妥当了。"

"我们在什么时候决斗？"

"毛孩子，我们可是不会让你与那个人决斗的。事情当然已经调停好了。"

贝格尔立刻变得脸色苍白，两手颤抖，心中勃然大怒，眼睛里饱含着泪水。这时施拉梅克对他说："这可不是轻而易举的事。下一次可要多加谨慎！不是每次问题都能这样顺利了结的！"

贝格尔竭力想搜索出一句恰当的话，但是白费力气。失望可是太可怕了。最后他流着眼泪哽咽地说："不管怎样我要多谢你。不过你这样做并没有使我满意。"说罢他就走了出去。施拉梅克惊愕地目送他走出房间，认为这种异乎寻常的举动应当归咎于新生的激动，没有继续思考下去。

贝格尔开始环顾四周。他的生活终于要摸到底了。他到这里已经几个星期了，但是见识并不比第一天更多。一幅幅景象慢慢地飞向远方，如同散乱飘动的白云。童年时代那些充满幻想的诺言现在都变得苍白无力，零零散散地消解在雾中了。这真的就是维也纳吗？就是那个大城市，就是从他第一次用生硬笨拙的字母在纸上涂抹出这个名字那天起自己多年以来的梦想吗？也许当初他只想到许多楼房，还想到旋转木马必定比教堂年集上的个头更大，色彩更漂亮。然后他慢慢地从书本里找出各种颜色，让那些吸引人的、值得追求的女子卖弄风骚地在大街上行走，房子里住的都是胆大包天的冒险家，夜里到处都是疯狂的大学生协会活动，所有这一切都出现在呼啸纷乱的旋涡中，这就叫青春和生活。

而如今有什么呢？一个房间，既很狭小，又是空荡荡的。为了不在汗湿衣衫的书房里度过几个小时，他在早上就跑出房间。一个去处是匆忙吃顿饭的客店，还有一个是咖啡馆，他在那里专心阅报和看人，竟会忘了时间。他还会漫无目的地在喧闹的大街上转悠，直到筋疲力竭、又回到狭小空荡的房间里为止。他也到剧院去过一两次。但是对于他来说，那始终是痛苦的经历。这是因为，如果他站在顶层楼座上边，挤在素不相识的众人中间，就能看到下边正厅的后排净是体态优雅、善于辞令的男人们和珠光宝气、袒胸露背的女人们。他看到他们如何互相问候，如何取笑和装腔作势。大家都互相熟悉，彼此需要。书本没有撒谎，形形色色奇遇的现实版本就在这里。而对于这些奇遇，他原来都是怀疑的，因为它们和他无缘。平时隐藏在沉默的房子里的人世生活就在这里；恋爱事件、冒险艳遇、人生命运都在这里了。他觉得，正是在这里人们从许多井筒子中下到生活的财富里去。但是他站在这个地方，远远望去，不能进入其中。实际上他童年时代的看法是对的：这里涂了色彩和不停转动的旋转木马比家里的更高大；这里的音乐比家里的更响亮和令人着迷；这里的热情也比家里的更疯狂和令人窒息。不过现在他只是站着旁观，而无法参与进去。

使得他站立旁观的并不只是胆怯，贫穷也束缚住他的手脚。他从家里得到的生活费是够的，但是他仍觉得太少了。这种仅仅够安静和简单地过活的收入使他不至从匮乏的悬崖上摔下来，然而对于那种足以构成青年时代意义的奢华浪费来说，是远远不够的。他知道自己没有可供挥霍的钱，他也意识到那些令自己模模糊糊感到很美好迷人的事情都办不成，为此他很是羞愧。比如坐上出租马车在普拉特游乐场里风驰电掣般地兜风，又如在某个豪华酒店里与女人和朋友们喝香槟酒通宵厮混，再如任性地挥金如土、不加查点。烟雾弥漫的小酒馆里那种粗野的大学生夜生活令他感到厌恶。一个热切的愿望愈来愈热切地滋长起来：待到经济充裕时，他要从无聊的日常惯例中逃出来，投入更有生气的、伴随生活有力节拍和青年人无拘无束的律动一起活跃起来的情绪中去。但是，这一切他都办不到。每天的结局都是在晚上沉闷地回到狭小和惹人厌烦的房间里。各种阴影在这里拖得长长的，很像是被一只凶恶的手撕开似的。镜子发出的亮光也仿佛被冻僵了一样。在这里，晚上他害怕早上的苏醒，而早上他又发愁漫长的、令人昏睡的、无聊单调的一天要怎样捱到晚上。

在这期间，他怀着某种绝望，非常勤奋地埋头学习。他第一个到教室和实验室，也是最后一个离开的。他怀着麻木的贪欲工作，从来不关心他人，于是没过多久他便在同学中不得人心了。他试图在这种疯狂的工作中战胜对其他问题的执念，他也成功地做到了这一点。他在晚上工作以后，经常几乎再不觉得需要与施拉梅克交谈了。他只是完全盲目地埋头工作，没有任何野心。他只是为了麻醉自己，从而不必考虑自己必须放弃的许多问题。他懂得，在这激情中有一种不可思议的秘密，很多人都用它掩饰了自己一生的无用和空虚。所以他希望也能够赋予自己的生活一种意义。当然他忘记了，青年人最早想要的可不是生活的一种意义，而是纷繁多样的生活的全部。

一天下午，他比往常略早一些丢开工作回家。在走过他朋友的房门时，他忽然想起来，自己已经四天没有见过他了。他上前敲门，没有人回答。但是在施拉梅克这里他已经习惯了这样的情况：如果施拉梅克与朋友们胡闹了通宵，那么经常是要睡到很晚的。

现在他把门打开，觉得昏暗的房间空荡荡的。但是这时候，在窗子前的靠背椅旁边忽然有什么东西活动起来：原来是一个坐在施拉梅克怀里的高个子姑娘，她纵声大笑，跳了起来。

贝格尔本想立刻退出房间。显而易见，他们没有听到敲门声，他感到很不自在。但是施拉梅克呼地站起身来，抓住贝格尔要挣脱的胳膊，把他拉到跟前："你看呀，这就是他。他就像怕蜘蛛一样害怕你们这些姑娘。噢，不行，现在你溜不掉的。喂，卡尔拉，你看呀，这就是我给你说起过的那个毛孩子。"

"我什么也没有看见呀。"这是一个有点尖的响亮声音。房间里的确太暗了，透过一片朦胧，贝格尔只是隐约看到了白色的牙齿和一双欢笑闪光的眼睛。

"怎么样？要点儿灯光吧？"施拉梅克说着就去点灯。贝格尔感到很不愉快。他的心不安地跳着，但是再也逃不走了。

对这位卡尔拉贝格尔早有耳闻。近几个星期以来，她成了施拉梅克的情人。她是某个商店里的店员，一个很快乐的小东西。贝格尔在自己的房间里听到过两人的说笑和耳语。但是他很胆怯，没想过要与她相遇。

灯点亮了。现在他看到她是站着的，高个儿，很漂亮，是个体态丰满、胸宽肩厚、健康结实的姑娘。她有一头火一样鲜红的头发，还有一双欢乐的大眼睛。她是个有点儿土气的人，有点儿像使女，衣着和发式也很随便。也许正是施拉梅克使得她这样一塌糊涂的吧？事情看起来就是这样。但是当她向他走来，向他伸出手来并说"你好！"的时候，那无拘无束、放纵自负的风度是令人愉快的。

"怎么样？你中意吗？"施拉梅克问道。他是要开一个使得贝格尔狼狈不堪的大玩笑。

"他可是比你可爱呀！"卡尔拉笑着说，"只是太可惜了：他是一个哑巴。"

贝格尔的脸红了起来。他想要说点什么。这时候卡尔拉笑着向施拉梅克跳了过去，说："你看呀，有人和他说话，他就会脸红起来。"

"你让他平静一下，"施拉梅克说，"他不会伤害姑娘们的。他只是很害羞，但是你会鼓起他的勇气的。"

"那当然，这可不坏。您过来吧！我不会咬您一口的。"

她果断地抓住贝格尔的胳膊，强迫他坐了下来。

"可是，小姐……"无可奈何的贝格尔结结巴巴地说。

"你听见了吗？他说的是小姐，小姐。亲爱的毛孩子先生，您不要叫我小姐，您要永远叫我'卡尔拉'。"

施拉梅克和卡尔拉，两人都无拘无束地大笑起来。贝格尔觉得自己看上去一定手足无措，为了不显得更可怜，他也随着笑了起来。

"你知道吗？"施拉梅克说，"让人拿一瓶酒来。喝了酒也许他就不再那么羞答答的了。怎么样？毛孩子，前进吧，畅饮上一瓶，要不最好是两瓶，愿意吗？"

"当然愿意。"贝格尔说。最开始的突然袭击一过，他渐渐开始自信起来。他便出门喊女房东。女房东送来酒和酒杯。现在他们三人围桌而坐，聊天欢笑。卡尔拉坐在贝格尔的旁边，还向他敬酒。

贝格尔的胆子显然大了起来，在卡尔拉转身对施拉梅克说话的时候，他敢于充分端详她了。现在他比较喜欢她了。她那纯净白皙的脖颈与头顶上火焰般鲜红的头发形成一种诱人的反差；她那不受约束的活泼，她那粗犷、强大而且充满热情的力量吸引住了他。他不停地看她性感的鲜红嘴唇，看她大笑时张口露出来的坚实雪白的牙齿。

有一回他正在盯住她看时，她突然把他逮个正着，向他提了一个问题。"您喜欢我吧?"她无所顾忌地笑着说。"我也喜欢您!"她毫无恶意地这样说，没有奉承讨好的意思，但是这话使他听得舒畅，甚至使他短暂地陶醉。

贝格尔变得越来越活跃。他那被掩饰起来的文科中学生目空一切的态度突然在心中像温泉一样喷涌出来。他开始讲故事，说笑话。在酒劲的鼓舞下，他的全部讲述都闪射出自己从不了解的狂热的青春火花。连施拉梅克也为之惊讶。"哎呀，毛孩子，你怎么变成这样了呢? 你看呀，难道你一向是这个样子，而不是一个胆小鬼!""是的!"卡尔拉笑着说，"我刚才不是对你说过吗? 我会从他的鼻孔里把蠕虫拉出来的。"

女房东又送了一次酒。他们三个人兴高采烈，声音愈来愈响。往常几乎从不饮酒的贝格尔觉得被这种不常见的欢乐气氛提高了情绪。于是他放声大笑，乱开玩笑，完全没有了羞涩。喝到第三瓶的时候，卡尔拉开始唱歌了。然后她便向贝格尔建议相互以"你"相称。

"你说不是吗? 施拉梅克，你是允许这样的。他是个很可爱的小伙子。"

"当然。前进！友爱之吻！"

贝格尔还没有来得及仔细考虑，就感到两片湿润的嘴唇已经贴到自己的嘴上。这个吻给他的既不是痛苦，也不是愉快，高低摇晃的欢乐无影无踪地消失在粗野和薄雾般的欢乐之中，使他恍惚神迷个不停。现在他只有一个愿望：把这种美好的、无拘无束的混乱喧闹，这种来自姑娘、美酒和他的青春的轻度陶醉继续下去。卡尔拉的面颊也红润了。她还在不时地对施拉梅克挤眉弄眼。

施拉梅克突然对贝格尔说："你看过我的新佩剑了吗？"

贝格尔没有这种好奇心。但是施拉梅克仍拉着他走。在他们弯腰的时候，施拉梅克低声对贝格尔说："就这样吧，毛孩子，你快走吧！现在我不再需要你了。"

贝格尔惊愕地盯住他看了片刻。然后他明白了过来，便道了一声晚安。

当他站在自己房间里的时候，觉得脚下有一点晃动。前额上青筋直跳，四肢无力，所以他很快便躺在床上了。第二天，他第一次睡过头，耽误了上课。

不管怎么说，这次相会尽管很短暂，却在他的性格中引起了不规则的轻微激动。他迷迷糊糊地沉思起来：这是否是一个什么错误，是否是一个神秘的谎言，是否是对友情的渴望。在他从孤寂里对无拘无束的亲热的要求中是否还有另一种费力掩盖起来的要求在活动呢？

他回想起了与姐姐相处的那些日子。他想起来那些蓝色的晚上，那时候他们坐在暮色苍茫的花园里。他看不见姐姐的容貌，只在朦胧之中看到她的白色衣裙光亮闪烁，十分轻柔，就如同在夜幕笼罩的天空里经常有一片柔情缠绵的云在闪光。令人愉快的说话声从黑暗中传了出来，银铃一般，轻声细语，经常还伴着响亮的笑声，充满温情体贴，每当这时，每当这样的音乐扑到他的心上，就像表示亲热的微风或者温顺的鸟儿扑来的时候，使他充满幸福感的就是这些吧？这真的只是姐弟间的信赖吗？这里边——在最深的底层，由于无欲的友情而冷却下来的——难道没有一种隐蔽起来的对女人的亲近，一种最敏感、最甜蜜的女性感情吗？他现在模模糊糊渴求的一切，不会也许就是一种光辉，一种女性感情照临他生活的痕迹吗？

从那个晚上以来，他对生活肯定有了了解，他渴望任何一个女人。他不是强烈地渴求一种关系、一种爱情，而只是渴求随便一种与女人的亲切接触。如果他所希求的那些不熟悉与奇妙的东西都是和女人连在一起的，那么，女人就不是种种秘密的守护者，而是吸引人的，充满希望的，既渴求他人又被人渴求的。现在他开始在街上进行更多的观察了。他看到很多年轻的女人、漂亮的女人。她们的眼睛里都闪耀着光彩，暴露出许多东西。这些走起路来摇摆得像轻盈舞蹈一样的女人，这些挺直腰板环顾四周傲慢得像皇后一样的女人，这些安坐在车厢里欢欢乐乐地用懒洋洋的目光扫视惊讶地观看她们和惊叹不已的人群的女人，都是属于谁的呀？在她们的心里不是也有渴望吗？在成千上万的家门里边，在大城市无数惊恐不安地拉上窗帘或满怀渴望地敞开的窗子里边，不是肯定也有许多女人吗？那些女人的心中也都有要求，就像他的要求一样，而且仿佛正张开双臂迎着他展现出来。他不是像她们一样年轻吗？相同的渴望不是铸成了一切吗？

现在他很少去听课了，而是很经常地去逛大街。他觉得，最终他必定会遇到能够看懂他眼睛里颤抖的信号的某个女人，必定有偶然事件帮助他实现意外的邂逅。他怀着强烈的嫉妒和贪欲看到年轻小伙子们抢在自己前边与姑娘们相识，看到一对对情侣情意绵绵地偎依着消失在晚上的公园里，于是他心中渴望自己的恋情的要求越来越迫切了。当然他渴望的不是什么放荡行为，而是一个女人，体贴、温柔，像他的姐姐一样亲切、可爱、孩子般的忠实，并且一到晚上就有那样奇妙轻柔的声音。这样的景象充满了他的梦想。

每天中午他穿过花市街回家的时候，总是遇到许多年轻姑娘热情洋溢的面孔。她们都是十五六岁，刚从学校里出来，三五成群，喋喋不休地说话。她们蹦蹦跳跳，迈着这个年龄女孩子的步伐，不安份地到处窥视，咻咻暗笑，还摆动着书包。他每天都从远处遥望她们，看她们活泼清新、笑容可掬的面孔，看她们身穿短裙的苗条身材，看她们轻微摇摆的臀部，看她们那无忧无虑、天真烂漫的欢乐。于是，他心中便急切地渴望向这些女孩子学会欢笑，学会清爽的愉快。他每天都看她们，因此她们也都认识了他。每逢他走过来，她们便以引人注目的方式互相推推搡搡。她们放声大笑，用无所畏惧的挑衅目光注视着这个总是转开目光、匆匆走过的人。她们看到他畏畏缩缩，惊慌失措，红着脸快步走过她们面前的样子，就一天天变得更加放肆起来。而他却在几番踌躇之后还没能勇敢地同她们攀谈。她们不是比他更像男孩子，更有男子气概吗？他那畏缩羞怯的样子不是像姑娘似的惊慌失措和天真幼稚吗？

他回想起姐姐几年前在家乡开的一个玩笑。她秘密地把他装扮成一个姑娘，并且突然领到她的女友们中间。最初她们都没有认出他来，后来便一起很放肆地大开玩笑纠缠他。当时他还是个男孩子，站在那里簌簌发抖，脸上泛出红晕，几乎没有勇气睁开眼睛看她们给自己拿来的镜子。当时他就是很羞怯的，但是那时候他还是个孩子。现在他差不多是个成年人了，还是不善于忍受欢笑的眼光，没有像生活所要求的那样强壮和粗暴。为什么他不能像施拉梅克或者其他人那样呢？他真的是低能吗？他真的还像一个孩子吗？

他总是一再想起，当年自己是如何伪装成姑娘站在那些哈哈大笑、无所顾忌的少女中间，不敢睁眼看。那些姑娘现在都变成什么样子了呢？她们都熟悉亲吻和爱情了，她们都穿长衣裙了，其中有些人已经有了丈夫和孩子。她们全都已从当时的房间、从少年时代冲到生活中来，而他却还一直站在原地。与其说他是一个男人，倒不如说他是一个姑娘，他是一个两眼迷惘低垂、待在孤寂房间里、脸色发红的孩子，不敢抬头仰视……

有一次，那是在元月下旬，贝格尔又到了施拉梅克那里。自从他在独自逛大街中感觉到一些诱人的乐趣以来，便很少来这里了。天气很糟，近几天下的雪已经融化，但是风依然凛冽刺骨，要独占整个大街。乌云在像瞎子一样俯视下方的灰蒙蒙的天空里追逐奔忙。一阵猛烈的、打得人生痛的骤雨开始了，这雨像冰凌一样刺骨。

施拉梅克勉强向他道了声日安。每当他的事儿出了岔子，他总是表现得粗暴而无所顾忌。现在他正烦躁不安地走来走去，同时不停地吸着烟斗。"事情不妙！"他从牙缝里喃喃地说。

贝格尔平静地坐了下来，他不敢问施拉梅克到底发生了什么事儿。他知道，施拉梅克会讲出来的。

终于，施拉梅克突然放声说话了："这样的坏天气！我还真的没经历过。现在又得为件蠢事奔波了！"

他又怒气冲冲地快步走来走去，用尺子在空中呼地急速一劈。这时候贝格尔才谨慎地问道："到底发生了什么事儿？"

"我的那个花花公子老同学前两天惹了两个家伙。今天四点钟干了起来，明天还要出乱子。我下个星期就要考试，不得不为另一些事情操心。再说他惹的是两个肯定比他强的人，笨蛋，傻瓜。如果这次考试失败了，那我就完蛋了，还得再读一年，像小学里的留级生一样。我怎么能不恼火呢。"

贝格尔一言不发。没过多久，他就对诱人的光彩背后的比剑行为有了了解——那种光彩给愚蠢的行为镀了一层金。他参加过一次大学生酒会，在节庆气氛和繁琐的仪式之后，他看到那些酩酊大醉的大学生在早上的阳光下，都是面色苍白发灰。他还在郊外一家狭隘肮脏的酒馆里出席过一场比剑。自从参与了这些活动以来，他对这类事件所奉行的那种严肃的真诚就变成一笑置之了；从那以后他从内心里对诸如此类的事情就彻底没有兴趣了。当然这情况他从来没敢对施拉梅克说。这样的做法已经成了他的习惯。现在他们两个人坐在那里，都沉默不语，各自想着心事。窗外风声沙沙，越来越响了。

这时候钟声响了，紧接着有人敲门。

卡尔拉歪戴着帽子走了进来，堆满笑容的脸上散落着湿漉漉的头发。"现在我很美，不是吗？怎么样，你好吗？"她向施拉梅克走过去，要亲吻他。施拉梅克心绪不佳，躲开了她的吻。"我要用夹克衫把你沾湿。傻瓜！害怕了吗？"

她把夹克衫脱下来，扔到了沙发上。大家都默不作声。贝格尔不知怎地感到很不愉快。自从那个晚上饮酒结交以来，贝格尔与卡尔拉又有过几面之缘，但是他再没有感觉到那种无拘无束的友好爽快。自那时起，冲击着他生活的性爱热浪使得贝格尔在女人身旁感到不安和激动，他对自己的强烈感情几乎害怕起来。

施拉梅克也是一言不发，他的心绪很坏，桃色事件和考试总是萦绕在他的脑际。沉默令人不快地延续下去。

现在卡尔拉显得很生气："我觉得，我的到来打扰了这位仁慈的先生。今天下午我可是请了假，要来看你们是怎样睁着眼睛睡觉的。我不能不说，你们都是可爱的人。"

施拉梅克站起身来，拿起他的冬季外套，说："亲爱的孩子，你无论什么时候来我都欢迎，这一点你是知道的。只是这会儿不太合适，我必须出去。现在是三点半钟，四点钟的时候，菲克斯要在奥塔克林下车。"

"那个小捣蛋活该这样，他对大家都很放肆！如果你现在出去了我之后要怎么办呢？难道最终要我开开心心地到大街上瞎晃悠吗？"

"亲爱的孩子，我到七点钟才回来。你尽管待在这里呀。"

"我在这里干什么好呢？睡觉吗？多谢你啦。我从昨天晚上九点钟一直睡到了今天早上。带上我去吧。我很想看看他们是如何把菲克斯揍个稀巴烂的。"

"你净打鬼主意，这可不行。"

"好吧，没有意见。那么，我就待在这里等你，毛孩子就留在我这儿。毛孩子，这样好吧？"

贝格尔不知该如何回答。面对这样的突然袭击，他束手无策。他几乎不敢仰头看她。那两个人都大笑起来。

"当然，"施拉梅克说，现在他的情绪又好起来了，"当然，我让你们两人单独待在一起。你还认为这小子是个胆小鬼吗？"

"他可根本不是小子，他是个姑娘。"

这时他们两人又大笑起来。贝格尔心想，他们对我是多么轻视呀：为什么现在我不能一起大笑呢？为什么我要这样手足无措、张口结舌，不敢开玩笑，什么都不敢说呢？他心中的愤怒油然而起。

"那么，好啦，就这样吧，"施拉梅克说，"我要冒一次险，不过你们两人要是干什么勾当，我可是不饶人的。"

"那是需要两个人的。"

"你……你是知道的，我可信不过你。"

"我说的根本不是我自己。"

现在，他们俩又大笑起来。那些健康生活充实欢乐的笑声毫无恶意，但是在贝格尔听来却痛得如同受到鞭笞一样。走开吧，一走了之，走开十万八千里，他模糊地这样想着。要不就去睡觉，要不就像他们那样轻松愉快，绝不能这样无话可说地坐下去，绝不能这样愚蠢畏缩，不能这样幼稚迷惘，不能让人怜悯。

施拉梅克戴上了帽子，说："好吧，我看就检验一下吧……不过如果……你们可要吃苦头的……七点钟我就回来了。毛孩子，好好听话！你要是干什么坏事，我会从你的眼睛里看出来的。还有，不要让我可怜的姑娘感到无聊。再见！"

施拉梅克粗野地搂住卡尔拉的臀部，卡尔拉转开脸格格地笑了起来。他还用劲吻了卡尔拉几下，又向贝格尔挥了挥手才离开。外边的房门砰的一下关上了。

现在，房间里只剩下贝格尔和卡尔拉两个人。街道的上空正风雨交加。火炉里边偶尔劈啪作响，好像有什么东西断裂。房间里越来越安静了，几乎可以听见近旁摆钟细微的声响。贝格尔坐在那里，好似睡着了一样。他不用抬头就能感觉到卡尔拉正在微笑着注视自己。他觉得她的目光像是电的刺激一样触摸到了他的头发，并且往下一直触摸他的双脚。他觉得简直要闷死了。

卡尔拉跷起二郎腿坐在那里等待着。现在她俯身向前，面带微笑。面对一片寂静，她突然说："毛孩子！你害怕了吗？"

真的，是害怕了。她是怎么知道的呢？他感到害怕。但是他抑制住害怕，冲口说出："害怕？害怕谁呢？也许是说怕你吗？"他讲得气势汹汹，这不是他本想要有的样子。

沉默再一次在整个房间里颤动。卡尔拉站起身来，把衣服摆弄平整，还在镜子前梳理整齐弄乱了的头发。她看到自己的眼睛在欢笑，然后半转过身说："坦率地说，毛孩子，你真叫人害怕。给我讲点什么吧。"

贝格尔感觉到不断增长的愤怒，既是对卡尔拉，也是对如此笨拙的自己。他本想再给她一个怒气冲冲的回答，但是这时候她向他走了过来，友好而亲切地坐在他的身边，像个小孩子似地恳求他说："你就给我讲点什么吧！不管讲什么聪明的事或者愚蠢的事都行。你们整天都在看书，因此必定知道些什么事情。"她把整个身体靠在他的身上，这是她与一切人亲近相处的自由随便的作风。但是那只柔嫩温暖的胳膊往贝格尔的胳膊上一放，就使他茫然不知所措了。

"我想不起来任何事情。"

"我觉得，你绝不会想到什么聪明的事。这么漫长的白天里你究竟在干些什么？我看是在瞎晃悠。不久前我在约瑟夫施塔特的街道上看到过你，不过你行色匆匆，要不就是不想理我。我觉得，你一定是正在追求哪位姑娘。"

他想要表示异议。

"没什么，没什么。这没有什么关系。毛孩子，你说，你到底有没有过男女关系？"

她对他欣笑迎视，他的惶惑迷惘让她兴奋极了："这就露底儿了，你脸红了。我早就知道你有这种关系，你这只胆小的耗子。我想什么时候能去看看她长得究竟怎样？"

贝格尔在绝望中只知道一件事，总是那一件事，就是到此打住。他变得粗暴起来："这是我的事儿，与你有什么关系？你还是管好自己的关系吧！"

"可是毛孩子，你干吗这样喊叫？我对你真有点儿害怕了。"她故作惊恐万状的样子。

贝格尔猛地站起身说："那么，永远不要再叫我毛孩子，我忍受不了这种叫法。"

"可是施拉梅克也是这样叫你的呀！"

"那是另外一回事。"

卡尔拉笑了，她非常喜欢他那孩子般赌气的样子。

"那好吧，现在我讲些别的事情。毛孩子，毛孩子，毛孩子，我把它说了三遍！"

他的鼻翼翕动起来："别这样叫，我跟你讲过了。我忍受不了这种叫法。"

"但就是叫你毛孩子——毛孩子！"

他攥紧了拳头。他的血涌到了脸上。他站在她面前一步远。她听见他喘气的呼吸，看到他的眼睛闪射出威胁的光芒，不由得后退了。但是稍后她又变得无所顾忌，两手抱臂笑了起来，露出洁白闪光的牙齿，像是自言自语地说："嘿，竟然还会这样！毛孩子现在凶狠起来了。"

这时，贝格尔向卡尔拉扑了过去。这句讥讽鞭笞一般打到他身上，让他想把她痛打一顿，揍几下，惩罚她，使她不敢再讥讽自己。但是结实有力的姑娘一下子就熟练地抓住了他的拳头，把他的手往下弯。他感到很疼，手腕被她紧紧地抓住了。现在他丝毫活动不得。卡尔拉抓着他如同抓住一个孩子，抓住一个玩具。两个人的脸相距一步远，相对注视：贝格尔的脸因愤怒而扭曲，眼中涌起盈眶的热泪；卡尔拉的脸则惊愕不已，她会用力，有优越感，几乎是在微笑。她抓住贝格尔有一分钟之久，就像抓一只无力挣扎的小狗，他的手腕疼痛难熬，再有一分钟，肯定就要屈服了。这时候她把他放开了，和缓地把他推开，说："好了——现在你又听话了吧！"

但是他又扑了过来，自己竟然软弱到被卡尔拉制得束手无策，这使他很恼火。现在他必须战胜她，制服她，不许她对自己任意讥讽嘲笑。于是他突然抱住她的腰，想把她摔倒。现在，两个人胸膛紧贴胸膛，气喘吁吁。对他那令人费解的激愤、那种怒气冲冲和咬牙切齿，她觉得很惊讶，也很开心。他张开的手愈来愈有力地紧压在她柔软的、没有穿紧身胸衣的上身。她的身体总是灵巧地躲闪开来，扭动着宽大的臀部。在扭打中，贝格尔的脸碰到了她的肩膀和胸脯。他在混乱中感觉到一种柔和暖人、使人陶醉的香气，这香气使他的胳膊越来越软弱无力。他不时地听到她心脏颤抖跳动的声响和从她被压住的胸部深处发出的咯咯笑声。他觉得自己的肌肉都麻木了。他摇撼树干一般摇撼她健壮有力的身体，这身体有时候会作一点让步，但是绝没有弯下腰来，而且在反抗中好像劲头越来越大了。直到她觉得这样的游戏太愚蠢，才三两下挣脱开来，她猛然把贝格尔往后一推，就甩开了他："现在你可该安静了吧！"她的声音里充满了愤怒，甚至是威胁。

贝格尔踉跄后退。他的脸火辣辣地发烧，两眼充血，因此他觉得周围的一切都是红色的，火红色的。他又第三次扑上去。他盲目地、不假思索地张开双臂，活像个醉鬼。突然之间，情况有了变化。她那散发开的浓烈香气，她衣服的沙沙声，还有与她的身体热乎乎的接触，使得他疯狂起来。他不再想狠狠地揍她或者惩罚她了，而是想要占有这个刺激起自己性欲的女人。他把她拉向自己，一头拱到她那撩人的身体上。他激动地双手抱住她的整个身体，急切地咬她的衣服，想把她压倒。她还一直在大笑。他的触摸使她有些痒。不过在她的笑声中，渐渐有了一种陌生、嘶哑的声音。她好像更激动了。她的胸脯惶恐不安地起伏。她的身体在扭斗中紧贴着贝格尔狂躁的身体。她强有力的双手愈来愈不安地颤抖。她的头发披散开来，飘落到肩膀上，发出色情的香味，而且很浓。她的脸变得越来越激动。在扭打中，她的短上衣被揭了起来，还被弄掉了一个纽扣。情绪冲动的贝格尔突然看到她雪白的胸脯在紧张不安地闪动，他筋疲力竭，呻吟起来。他感觉到，她根本不想抗拒自己，她是愿意被征服、被摔倒的，但是自己的力量连这一点也做不到。他无力地在她身边摇摇晃晃。有那么一瞬间，她仿佛想自己往后倒。她狂喜地把头向后仰着。他看到她的眼睛突然闪射出从未见过的光亮。现在她说"哎呀，毛孩子，毛孩子!"的时候，含有一种温情、一种不能抑制的急迫叹息。于是他拉住她，他感觉到她没有倒在自己瘦弱颤抖的手里，突如其来的贪婪使他抓住她披散的红色头发，想一下子把她弄倒。她由于愤怒和疼痛尖叫起来。在暴怒中，她用力一推就甩开了贝格尔虚弱的身体，他便像个轻飘飘的棉团那样跌飞出去。

贝格尔跌跌撞撞地往后退去，然后当啷一声在放佩剑的墙角摔倒了，从手直到胳膊立刻出现一道明显的伤痕。

他像昏迷了一样，足有一分钟，躺着没动。这时候她走了过来，她还在激动地颤抖，但是不放心地关怀说："你这是怎么啦？"

他没有回答。她扶他站起来，还抚摩他。她的心里毫无恶意。他起身时很是费力，因为他的左手插在上装口袋里，目的是不让她看见自己的伤势。他不愿意承认，自己的体力竟然虚弱到不能制服一个有意顺从的女人，这使他心中的愤怒像烈火一样燃烧起来。有一瞬间，他觉得自己必须再攻击一次。同时，他感到衣服口袋里的伤口已经在流血，热乎乎的、湿漉漉的。

他踉跄地往前走，对惊惧地想要扶他的卡尔拉不加理睬。他的眼前是一片泪水的云雾，几乎看不见房间门。他心中觉得万事皆空，一切都无所谓了。在他的衣袋里，血还在流。但他模糊地觉得身上别的一切都不复存在了。他盲目地摸索着向前走去……走向房门……走出房间……走进自己的房间。

一进房间他就躺到床上，把受伤的胳膊伸到床沿以外。伤口还在流血，有时候还重重地啪嗒一声落到地板上一滴，但贝格尔根本没有注意到。他心中波涛翻滚，仿佛要闷死似的。终于，猛烈的啼哭和痉挛爆发了，贝格尔趴在枕头上愤怒而痛苦地抽噎。痉挛把他孩子似的发烧的身体一连折磨了好几分钟，然后他才觉得舒服了一些。

他谛听隔壁的声音。卡尔拉在那边故意重步走动，而他则在这边纹丝不动。现在，脚步声沉寂了，她开始把箱子弄得咯吱咯吱响，还擂鼓似的敲打桌子，意在让人注意。显然，她是在等他回去。

他继续谛听。他的心跳越发响了，但是肢体却一动不动。

她又来回走动了一会儿。然后，她用口哨吹起一支华尔兹舞曲，还敲击着节拍。过了一会儿，他听到外边的门开了，并且在走动声中重重地关上了。

在那个漫漫长夜里和第二天的早上，贝格尔都在等待施拉梅克前来，谈自己与卡尔拉之间发生的事。他确信，卡尔拉会立刻把一切告诉施拉梅克。他只是不知道，她是把事情描绘成一场凶狠的战斗呢，还是说成一次可笑的、无意义的乱发脾气。他通宵都在冥思苦想该如何回答施拉梅克。他构思了质问与反驳的长篇对话。为防无路可走，他甚至还编造出某些活动，以便快速地切断讨论。有一点他很清楚：现在，他的友情处于危急关头，一切都成了过去，或者必须彻底从头再来。

但是他白等了一场。施拉梅克没有来，一连几天都没有来。实际上，这个情况并不奇怪，因为通常施拉梅克也只是在需要人帮忙或者是想讲述自己的什么事情时才来找贝格尔。往常贝格尔为了见到他总是得去登门拜访；这一次，他觉得施拉梅克是不想露面，而他也不想到施拉梅克那里去。他怀着平静、恼怒而且使得自己万分痛苦的固执心情等待着。这些天里，他完全是独自一人，没有人到他这里来。他的自卑感空前地强烈：他觉得没有人需要自己，没有人喜欢自己，也没有人用得着自己。现在，尽管有各种失败和屈辱，可他加倍地感受到与施拉梅克的友情对自己的意义。

就这样过了一个星期。一天下午他坐在写字台前正想工作的时候，听到急速的脚步向房门走来。他听出来这是施拉梅克的脚步声，便立即站起身来。这时候房间门已经被推开，又砰的一声关上了。施拉梅克站在他的面前，气喘吁吁，一边笑一边抓住贝格尔的胳膊摇来晃去，说：

"你好呀，毛孩子！别人都来了，只有你缺席，我们也要看到你，你必须来跟我们喝上一天。还有事情也很顺利，真的，我通过了考试。谢天谢地，这是最后一次考试。下个星期你就得对我说博士先生了。"

贝格尔十分惊讶。他设想过各种可能，只是没有想到他们两人会这样相见。他正要结结巴巴地说几句话表示祝贺，施拉梅克打断他说：

"好啦，好啦。现在别说了。先别费心想那些，现在就走，到我那边去。我们要好好庆祝一番。我还要把一切事都讲给你听。这就走吧，卡尔拉已经在那里了。"

贝格尔有些惊慌。他突然害怕与卡尔拉在一起，因为她还会嘲笑自己，而他在她与施拉梅克之间又会像个小学生一样脸红。他想回避。

"你一定要原谅我，施拉梅克。我不能去。在这里表示最好的祝贺！我就不去了，我有很多事要做呢！"

"你要做什么？你这家伙，现在我通过了毕业考试，你要做的是什么？你必须高兴起来。你必须一起来。其他什么事儿也不要去做。快点儿走！"

施拉梅克抓住贝格尔的胳膊，把他拉走了。贝格尔觉得自己太软弱了，竟无力反抗。他只是模糊地感到施拉梅克具有支配他的威力。施拉梅克像拉一个姑娘似的把贝格尔拉了过来。他第一次完全懂得了，女人是如何完全违背自己的意愿，只是出于对强力渐渐萎缩的崇拜感情而不得不听任一个这样强壮、开朗、生活乐观的男人的控制。此时此刻，一个女人对丈夫的印象必定就像他对施拉梅克的印象一样：她必定有憎恨，有愤怒，然而也有受强者支配的软弱感受。贝格尔根本不觉得自己在走路，也根本不知道是怎么回事，就突然进入了施拉梅克的房间。

卡尔拉就站在房间里。她看到贝格尔，便向他走过来，用引人注意的亲切目光打量他。这目光像轻柔的波浪那样围住了他。卡尔拉还向他伸出了手，但没说话。她很好奇地又一次注视他，就像是在打量一个陌生人，但又有所不同。

施拉梅克为餐桌忙碌不停。他需要干些事情，讲讲愿望。他激动的心情和强大的活力需要这样的阀门。每逢有什么事情吸引他，他就需要来人，好发泄自己的兴奋。往常他是很冷漠的，更确切地说是沉默寡言的，但是今天他整个人都活跃起来了，都处于孩子似的狂热喜悦之中。

"那么，我们现在喝些什么呢？我这干燥的喉咙什么也不能给你们讲。怎么，没有酒？我们已经很久没有饮酒作乐，今天晚上更是一切都乱七八糟。我们来煮茶吧，煮那种耗功夫的、滚烫的茶。你们意下如何？"

卡尔拉和贝格尔都表示同意。他们并肩坐在餐桌旁边，但是贝格尔不与卡尔拉说话。他脑海里有一个思想翻来覆去，就像被关在房子里的灯蛾一样嗡嗡乱飞。他像个亡命之徒一样与身旁这个女人搏斗过,那是一场梦吗?他不敢正视她,只觉得周围的空气令人窒息。他的喉咙就像被绳子扎住了。幸好施拉梅克毫无觉察。施拉梅克把杯盘碗碟弄得叮当响,嘴里吹着口哨,还说个不停。他很高兴为这两个人充当堂倌,精神焕发地为他们服务。然后他在他们对面的靠背椅上坐下,豪迈愉快地开始了他的演说:

"你们看,我无需对你们讲,我从来学得一塌糊涂。当我身穿报丧的衣服磨蹭到考场前时,我碰到一个老朋友卡尔——你是认识他的——看到我缺乏勇气,就开始对我大加安慰。但是我只是恐惧地问他——你们想象不到一个正人君子在考试前的一个小时里会变得多么可怜——考试是否困难,他在两年前遇到过什么问题。当他给我讲第一个问题的时候,我对此一无所知,浑身瘫软无力。于是我赶快请他给我解说——那是一个宪法史的问题——他给我讲解了一番,随后便陪我进去,看我是如何被屠宰的。"

现在他在讲些什么?贝格尔听不下去。他讲的一切都来自远方,声响如同说话而又没有意义。他心里一直在颤抖的思想是,坐在他身边的是与自己进行过搏斗并且把他打败的女人,这个女人现在不是在讥讽他,而是在用温情、隐秘而又散发光亮的眼睛打量他……

这时候他突然大吃一惊,有个手指轻轻地顺着他的伤痕抚摸他无意间放到餐桌上的手。那伤痕还是一道红,像是火红的饰带。当他的手急速抽出的时候,贝格尔在卡尔拉的目光里遇到一个问题,一个几乎饱含柔情和同情的问题。灼热之火直冲到太阳穴上,他不得不紧紧扶住靠背椅。

施拉梅克还在那里不住地讲说："因此，你们可以想象吗，我刚一坐下的第一个问题，正是卡尔讲解给我的那个。我听到身后有咳嗽声和哧哧笑声，但是我忽然觉得太容易了，我根本不生他们的气。我开始说了起来，一切就像溶解的奶油那样：人一旦运动起来，就会继续运动下去。我一直讲到舌头都疼了，天知道我是一个多么笨的家伙，但是我竟讲出来了。"

贝格尔听不进一句话。他只感觉到，那手指又一次抚摸起他的伤痕，好像被这种默默无声的动作痛苦地撕开了伤疤似的，一阵震颤传遍了他的全身。他突然把手从桌子上抽了回来，就像是从炽热的托盘上抽回一样。他心中产生了一种愤怒的迷惑。在注视她的时候，他发现了，她闭着的嘴唇像在梦呓一般嚅动；她低声嘟哝说："可怜的毛孩子！"

这是摆在她嘴唇周围的无声的暗示，还是她当真讲出来的话呢？她的情人和朋友施拉梅克就坐在那边，还在狂热地继续讲说。这时候，贝格尔轻轻地哆嗦起来，他感到眩晕，觉得自己苍白无力；卡尔拉在桌子下边轻柔地握住他的手，并且放到自己的膝盖上。

他又觉得血涌到了脸上，同时心中淤塞不通，手上的伤口痛如火烧。他还感觉到卡尔拉柔软浑圆的膝盖。他想把手抽开，但是肌肉不听使唤，它依然像个熟睡的孩子一样卧在那里，温柔地待在那儿动也不动，被遗忘在奇妙的梦里。

而在另一边——烟雾中的那个声音是多么遥远呀——他的朋友，也就是现在他所欺骗的人，还在无忧无虑的欢乐中大讲特讲自己的幸运。"我最高兴的是狂妄的菲克斯这下输了钱。你们想一想，这个无耻之徒与大家打赌说我要落选。所以后来当我出考场的时候，他根本不知道该怎么办。他一定是既高兴又生气，我给你们说，他做的那副鬼脸，那副鬼脸呀……可是你们到底在干什么？我怎么觉得你们好像都睡着了似的？"

卡尔拉没有把手松开，因此贝格尔不得不一直想着"手……手……膝盖……她的手"。但是卡尔拉笑着表示异议说："没有睡着。如果像你这种懒人也当上了博士，我们可不该无话可说吗。实际上我倒很想看看一个考试不及格和脑水肿的人是个什么样子。"

两个人都笑了。贝格尔哆嗦得越发厉害了。由于姑娘的伪装掩饰，他感到一种神秘的恐惧。她还一直握着他的手，她握得很有力，戒指都在他的手指上压出了血印；她还把她那丰满的腿靠在他的腿上。与此同时，她平静地，那么平静地继续说下去，使得他不寒而栗。"现在你说吧，到底要怎样庆祝这样一个上帝的奇迹呢？如果没有夜游活动，那你简直就是卑劣小人了。你竟成了博士，新出炉的博士。可是如果毛孩子成了博士，那就根本无可非议。你要注意，会有这么一天的。"

她的臀部完全紧靠着贝格尔的臀部，他感觉到她身体的柔软和温暖。他眼前的一切东西都开始摇晃起来，血从内向外痛苦地涌上额头。

这时候摆钟打响了。钟里的布谷鸟……布谷鸟用轻细的声音鸣叫了七次。他猛然站起身来，结结巴巴地说了几句话。然后，他便向另一个人——是他还是向她，他不知道了——伸出手来。有一个声音——那必定是她的声音——说:"再见!"他觉得轻松和高兴,随后房门在他的身后关上了。

转瞬之间,当他站到自己的房间里时,他觉得一切都清楚了:现在他失去了他的朋友。如果他不想偷窃自己的朋友,他就不能再和他交往了。他觉得,他可能抵抗不住这位少有的姑娘的诱惑。她头发的香味、肢体热情剧烈的痉挛和那欲望的力量,这一切都在他的心里燃烧了起来。他知道,如果她再像今天这样用诱人的微笑盯住他看,自己是无力抗拒的。她对他突然如此强烈地爱慕起来,以至于为了他而欺骗坚定、漂亮、健壮的施拉梅克,那个自己暗中非常嫉妒的人。这是怎么回事呢?他对此全不理解,他感觉不到骄傲,也感觉不到愉快。他只感到一种强烈的忧伤:为了不在施拉梅克跟前变成流氓无赖,现在他必须躲避开他的朋友。当然,他与施拉梅克的友谊并没有成为自己所期望的那样。许多事情他都看透了,那些一度使他感到迷惘、现在已成为过去的事情,如今想来竟多得无穷无尽。这是他在维也纳还拥有的最后的东西,一切都滑过去了,先是种种希望和好奇心,然后是学习的乐趣和勤奋,而现在还剩下的最后一样东西就是友谊了。他觉得,此时此刻自己太可怜了。

这时候他听到隔壁房间里传来一阵声响,那是轻轻的咻咻笑声,现在声音大了。他凝神谛听,两只手放在怦怦直跳的胸口。他们是在嘲笑自己吗?卡尔拉把一切都告诉施拉梅克了吗?归根结底,这是引诱自己的预谋游戏吗?他凝神谛听。不对,这是另外一种笑声,其间有接吻声,还有咻咻的笑声,然后又是对话,是亲热，他们丝毫不感到害羞的亲热。贝格尔不由得攥起拳头，一头栽到床上。为了不再听到任何声响，他用枕头堵住耳朵。他产生了一种可怕的感觉，一种狂怒的厌恶、令他作呕的厌恶，对他的朋友，对这个婊子，对自己，他几乎参与了这样一场令人讨厌的游戏，一种对整个生活不假思索、筋疲力竭、异常惊惧和瘫软无力的厌恶。

在那些抑郁的日子里，他给他的姐姐写了一封信：

"亲爱的姐姐，我很感谢你给我的生日贺信。最近这些日子里我感到沉重。你的信提醒了我，告诉了我：今天我满十八岁了。我读过之后，觉得这与我无关，觉得这不是真的。因为信中所有那些关于我的自由与青春的幸福的话，如果不是出自你可爱的手，如果不是用我幼年时代所熟悉的笔迹写的，我真要看作是一种讥笑。因为如今我生活中的一切与你所能想象到的我的样子完全不同，与我自己原来的希望也完全不同。把这一切都写给你，我很难过。但是在这里我再没有别的人可谈。这几天我没和一个人说过话。有时候我在街上，跟在别人身后，听人家谈话，只是为了要知道说话的声音是否好听。我对什么也不了解，对什么也不知道，什么事情也没有办成。现在我毫无目的，正在走向毁灭。这几天我没有任何重要的事情，没遇到一副熟悉的面孔，你不明白孤寂地处于千百个人中间意味着什么。

"我和施拉梅克的关系也是一切都成了过去。这里发生的事情我不能对你一一详述，因为你不会理解这里的事，甚至我自己也几乎不能理解。我没有过错，他也没有过错，而是在我们中间有了一个类似双刃剑的东西。现在，在我失去他以后，我才知道，他是我在维也纳所拥有的最宝贵的东西。

"还有一件事，我只能告诉你，你可不要透露给别人，就是现在我不再学习了。这几个星期我没有去上课，我的书本上已经积满了灰尘。我不明白这是什么原因，可是我再也学不下去了，我变得愚顽不灵。这里没有什么职业吸引我，没有什么职业能帮助我摆脱可怕的令人窒息的孤寂感。在这里，我再不想做任何事情，这里的一切都令人厌恶。我憎恨我所走的街道上的每块石头，我憎恨我的房间，我憎恨我遇到的人。我带着痛苦呼吸寒冷、潮湿和肮脏的空气，这里的一切都压得我喘不过气来。我要毁灭了，就像沉沦在一个泥潭里。也许我还太年轻，可以肯定，我太软弱。我没有铁拳，没有决心。我像个孩子一样立身于忙忙碌碌的人群之中。

"我明白了一点：我必须再回到家里。我还不能这样孤单地生活。也许还要过几年。但是现在我还需要你，还需要父亲母亲；我还需要爱我的人，需要他们在我周围并且给我以帮助。是的，这是幼稚的，是一个孩子在黑暗房间里的恐惧，但是我别无他法。你一定要告诉父母亲，我想放弃学业，再回到家里，当一个农民，或者当一个抄写员，或者无论当个什么。你会告诉父母亲的，会向他们说清楚的，对吧！请你赶快做这件事吧。现在，我觉得脚下的土地好像燃烧起来一样。我始终不大明白，但我心里的一切都催逼我回家。现在，在我写信的时候，一切都令人十分渴望地苏醒了。我知道，我别无他法，我必须回到你们身边。

"这是一次逃跑，是对生活的一次逃跑，而且不是我的第一次逃跑。你还记得吗？当初我被送到文科中学，第一次走进教室的时候，里边有六十个陌生的孩子，都用好奇、傲慢、讥嘲和惊讶的目光看我。那时候我也是立刻就跑掉了。我跑回家里整整哭了一天，再也不肯回到学校。现在我还是那时候的那个孩子。我还有那种愚蠢的恐惧，还有那种焦急的、要回到你们身边、回到一切爱我的人们身边的乡思。

"我必须离开，我必须离开。一旦有了乡思，我便没有了退路。我知道，如果我回到家里，作为一个生活所不喜欢的失败者回到家里，很多人都会嘲笑和讥讽。我知道，这么一来父母亲心中的希望也就会骤然落空。我知道这种虚弱是幼稚可笑的，是怯懦的。但是我不能做任何与此相反的事情。我觉得，在这里我无法再生活下去。谁也不会知道近几天我在这里所忍受的事情，谁也不能比我对我自己轻视得更厉害。我觉得自己如同一个命运已定的人，一个有病的人，一个残疾的人。我与别人完全不同，所以眼噙泪水。我感觉到自己更糟糕，更低劣，更无用。我是……"

他停住了。他担心自己的痛苦剧烈爆发。现在，在笔尖迅速倾泻着激动情感的时候，他才注意到，自己的心里积聚了多少痛苦，而且这种痛苦会突然爆发，直奔向宽广的激流。

他可以写这些吗？他可以使仅有的亲人心烦意乱，把没有人能够解除的负担硬压在他姐姐温柔的心上吗？他好像在云遮雾罩的远方看到了她那有一双明亮大眼睛的面庞，两只眼睛在微笑中闪射光彩。他还看到，她如何惊惧地紧绷着嘴唇，脸上掠过一阵颤动，泪水从变得苍白的面颊上缓缓流了下来。为什么要骚扰这样的生活，一个呼救的喊声就会使她惊恐万状。如果要有一个人受苦，那他就独自一人承受。

他打开窗户，把信撕得粉碎，并且把碎纸片撒进了黑暗之中。不，他宁可在这里静悄悄地走向毁灭，也不去求助于人。他不是学习过，生活消灭一切不适用和衰弱的东西吗？生活也会公正地对待他，不会放过他的……

白色的纸条缓慢地飘落到院子里，犹如巨大的石头沉入了深不可测的水中。夜空昏黑，没有星光。有时候，较为明亮的云彩掠过黑暗的高空飞去。风把呼呼响的潮湿空气吹向无数沉睡的房舍。处处都有轻微的骚动，持久吹动的风就像是激动的呼吸，不停呻吟的窗户和颤抖的树木都发出飒飒的响声，仿佛有人在黑暗中的噩梦里低声说话。风刮得越来越大了，云彩像闪电一样更快地飞过天空的黑色大衣。在少有的激烈动荡中，谛听的人一下子就认得出来，这是带来春天的最初几个奇妙夜晚的冲动。

随后，春天来了，来得十分缓慢，像个犹疑不定的客人。在这个陌生的城市里，贝格尔几乎不再认识春天了。往常每逢消冰融雪的风第一次吹过白茫茫的原野，每逢黑色的土块从雪底下绽开跳起，他的感觉如何呢？他常常站起身来，打开窗户，感受吹到袒露的胸脯的清风，倾听渴望树叶的林木的呻吟，这时候他那天生的无法抑制的恐惧到哪里去了呢？他对千百种琐细事物的喜悦，对远方的鸟鸣和追逐飘浮的白云的喜悦，对土壤里缓缓细流的嚣响的喜悦，都到哪里去了呢？听到土地里发出细微的沙沙声，看到园中树梢长出细小发黏的芽苞，看到它们随后长成畏畏缩缩的嫩叶和一朵仅有的没有色彩的花时，他的喜悦到哪里去了呢？在血液深处颤动的不安何在？无拘无束的火热的欢乐何在？甩掉大衣，沉重的鞋踏在鼓胀起来的湿漉漉的土地上奔跑，在高冈上突然放声高喊，无意义地欢呼，就像一只鸟直冲上云霄，他的喜悦何在？

啊，这里的春天如此宁静，因此也没有任何骚动不安。或者是因为他心中困倦的疲劳和百无聊赖使他完全感觉不到快乐，感觉不到烘暖房顶的柔和的金黄色阳光，感觉不到街道变得爽朗明亮和充满生机。为什么这一切很少使他感动，以至于他从来不到外边，不到普拉特游乐场，也不到卡伦山上去——他只是从远方看到了这座山，不过好像被流动的空气推近了一般。他的活动范围有限，从来没有走出过市区。他越来越疲倦了。他坐在通常只属于儿童和少数老人的申博恩小公园里。他是为了学习或是阅读前去的，但是从没有碰过书本。他只是看孩子们怎样游戏，他心中也产生了要与他们一起玩耍，重新返回到那种明快的无忧无虑中去的愿望。

他早已放弃了学习。他只是悄悄苦度生活，静观种种事物，但却对什么都没有兴趣。他曾经想重新振作起来，于是就去了医院。他进入宽敞的庭院，里面的树木开满鲜花，它们无忧无虑地轻轻摇曳，对周围可怕而神秘的命运好像一无所知，这时候他忘记了自己，在一条长椅上坐了下来。那些病人都穿着亚麻布的蓝色长衣走了出来，迈着初愈的胆怯的脚步。现在他们都在休息，双手平静无力，没有微笑，也没有交谈，只是沉浸于觉醒的生命的麻木和迟钝的感情之中。他就这样坐在他们中间，让温暖的阳光从手指尖缓缓流去，疲倦得梦一般空无所视。他忘记了自己来这里干什么，他只感到，现在人们都走了，在圆形大门的后边是一条喧哗吵闹的街道，时间在慢慢流逝，而阴影在不引人注意地向前延伸。当有人给病人发出返回信号的时候，他大吃一惊。他不是作为他们中间的一员坐在那里吗？他不是也许比他们所有人病得更重、更接近死亡吗？说也奇怪，他再没有任何追求了，他就干坐着，看时光渐渐流逝。

到了晚上，有时邪恶的灯光在他的心中跳动。他的衣着逐渐不修边幅了，他与他看不起的女人鬼混，他把她买来，麻木地在咖啡馆里坐上若干个夜晚。但是他对发生的一切既没有乐趣也没有欲望，仅是出于对无可救药的孤寂的一种模糊的恐惧。自从不再与别人交谈以来，他的嘴唇周围出现了明显的皱纹，因此他避而不看自己在镜子中的映象。还有几次，他想振作起来，不过总是又落回到若有所思但却没有目的的冷漠状态，就像是被堆积起来的孤寂的重负压得要死一样。

然而，生活把他召唤了回来。

有一次他在深夜回到房间，疲乏、烦恼，对沉默地等候他的房间充满恐惧。这时他发觉自己必定是把房门钥匙遗落在路上了。他按响门铃，给他开门本该是施拉梅克，然而踢里踏拉的脚步声匆忙响起：女房东举起煤油灯，认清来人，打开了门。灯光照到她凌乱的头发，照到她那使贝格尔几乎感到陌生的面孔，贝格尔看到她因为熬夜太久眼皮发红，嘴周围都是忧伤的皱纹。随后他惊惧不安地想，究竟发生了什么事，使得这个女人到夜间两点钟还没有睡觉？于是他便担心地询问。

"哎呀，博士先生，您有所不知呀，我的女儿米齐得了猩红热。

223

她的情况很糟，很糟！"她又低声哭泣起来。

贝格尔吃了一惊。他对这件事竟全然不知。他甚至不知道这个女人有一个女儿。有几次他外出或者归来时，在外面昏暗的前厅里看到过一个瘦弱的孩子，是个十二三岁的姑娘，她说声"您好"就快步走开了。他从来没有同她说过话，只是看到过她。他突然感到心头沉重，几个月以来，咫尺相距，一墙之隔，可他从来没有观察过。发生这样的不幸，就在他生活的近旁，他却没有预料到。他是如何渴望得到别人的依赖的，而当死亡在隔壁房间与一个孩子搏斗时，自己却像畜牲一样地睡觉。

他想安慰哭泣的女人："就会好起来的……您放心好啦……"然后他又怯懦地说："也许我可以看看您的女儿吧？我固然懂得还很少……还只是刚刚入门，但是我仍然……"他心中对于学习的渴望突然强烈地苏醒了，他真想返回去，把书打开，重新开始学习。

这女人踮着脚轻轻迈步，领着贝格尔朝病人那里走去。这是一间狭小的旅馆房间，里边闷热并且弥漫着煤油灯的浓烟，迎面是一个火墙。在这里，人们对春天毫无所知，只是从偶尔受阳光照射的窗玻璃苍白无力的反光中认识太阳。当然，现在他看不清楚这个房间是多么简陋，因为一切东西都融化在模模糊糊的昏暗之中，只有在放床的角落发出微弱的黄色灯光。那姑娘在不安的睡眠中，面颊烧得发红，一只消瘦的胳膊垂落在床沿外边，像是被忘了一样。她的嘴唇收拢，乍看起来，那漂亮的面孔上没有生病的迹象，只有粗大的呼吸声和有时痛苦的表情说明她有病。

女房东轻声讲述，一再因为哭泣而中断："今天医生来看过她了，但是什么也没有对我说。我在这里守护了三个晚上，白天我得去工作，当然邻居会帮助我，她白天就待在这里。但是已经三夜了，我守在这里，情况不见好转。我的上帝，只要她平安无事，怎么都行。"

一阵啜泣打断了她的讲述，在她的整个述说中流露出一种强烈的绝望。

贝格尔心中冒起一种奇妙的感觉。他第一次觉得自己能够帮助一个人，第一次愉快地觉察到某种具有他职业光辉的东西。

"夫人，不会一直这样下去的。您的身体垮了就不能帮助孩子了。现在您去睡觉，今晚我留在孩子身边。"

"但是博士先生！"

她惊讶地举起双手，好像不能相信有这样的事。

"现在您一定得去睡觉，您缺少睡眠。您就相信我好了。"

"可是博士先生……不……不……您怎么能来做这样的事……不……这可不行。"

贝格尔感到信心增强了，某种良好的自我感觉炸开了近几个月里聚集在他胸中的垃圾。

"这是我的职业，也是我的责任。"他很自豪地说，好像很高兴在夜里，在某个迅速来临的时刻，突然发现了自己整个迷误的生活的意义和目的。

他们没有争执多久。这女人太疲倦了，睡意正重压她的双眼，很快她就让步了。贝格尔还阻止了她怀着真诚强烈的感激之情来吻他的手。然后他便把她领到自己的房间，让她睡在长沙发上。自从孩子生病以来，她都是在厨房的软垫上凑合的。所有这些琐碎的，但是在她的悲剧中却是可怕的事情，他全然不知。于是现在他感觉到，自己的服务不是一种业绩，而是对严重过错的消除。

现在他坐在姑娘的床前，心里有一种难以描述的感受：无论如何，生活好像变得比较温良与和善了，就像他的呼吸现在只要吸气与呼气一样。现在他才看清了狭窄光圈环绕的面庞，来到维也纳的这段时间里，他还从来没有这么密切地感觉到过另一个人的存在，他还从来没有这么长久地端详过另一个人的面容，他还从来没有能够谛听到另一个人面部纹路中所有的一切。他在这样端详她的时候，心中产生了回想：在这干瘦嘴唇周围的某个地方十分温和地熟睡着一种与他姐姐的相似。只是这张脸更加天真、发育不良和忧伤憔悴。一种好奇心慢慢向他袭来：她的眼睛会是什么样子？是否也像姐姐的眼睛。他谴责一般不住地诉说自己的失误。为什么他十分冷漠地从这个姑娘和她母亲身边走过？为什么他从来没有想到过住在他旁边的母女二人？为什么她这张嘴从来没有对他微笑过，这双眼睛对他就像现在被关闭在眼睑的圣龛中一样陌生？为什么他对在柔和呼吸中起伏不停的狭小胸膛里跳动的东西毫无所知？他很小心地把孩子伸到床沿外的干瘦小手拿起来，放到被罩上，他的触动就像爱抚一样温柔。然后他便安静地坐下来，凝视着孩子，痛苦地回想自己耽误了多少学习，并且默默地发誓要从根本上重新开始他的生活。梦想的景象已经消失。他把自己看作是医生，是助人者，这种诱人的思想使得他的血液热了起来。他的目光总是围着这个天真女孩的苍白脸庞，一刻不停地盯着她看，仿佛用这样的目光就能保

226

护她的命运，拉住她受到威胁的生命。

孩子突然活动起来，她睁开了眼。这是一双大大的、烧得发亮的、在泪水中射出光芒的眼睛，她的整个面容变得开朗了。这双眼睛先是在转动，好像一定要在什么地方看穿高烧和阴影尚存的梦的云雾。然后，像是吃了一惊，它们停留在贝格尔的脸上。她的双眼询问一样探触他的面容，然后紧紧地盯住了他的目光。她干裂的嘴唇不大明显地动了一下。

贝格尔站起身来，擦干她发烧的额头，然后喂她喝水。姑娘探身向前，急切地喝了水，随即又无力地躺回到枕头上，两眼目不转睛地看着贝格尔。他似乎不完全理解她的目光，但是在目光的惊异里掺着某种感激。她不住地盯着他看。现在，当他为她那令人费解的深沉目光而略微颤动，转身要在房间里找事做时，简直不需看到就知道，那孩子闪烁泪水的大眼睛到处跟随着自己。他回到床边的时候，她的嘴动了一动。他不明白，她是想要说话呢，还是想要微笑。然后她合上了眼皮，脸上的光泽消失了。她又沉默无力地睡着了，呼吸更加轻微。

在气息全无的寂静中，贝格尔突然觉得自己的心跳得很厉害。他心中有了某种幸福感，而且这种幸福感在无法遏制地增长。他生平第一次主动地把自己置入另一种人的圈子里。他觉得，好像有人在对他大声诉说感激的话和肺腑之言，好像再过几个小时就要有重大和美好的事情发生一样。他简直是在充满深情地俯视这个姑娘，俯视托付给自己的第一个人，他应该为这个人夺回生命，因为这个人为生命赢回了他本人。他毫不间断地望着睡着的女孩，觉得漫长的几个小时变得轻松了。灯光在突然暴跳之后随即熄灭，这时他才发现黑暗已经消遁，清晨已经带着最初的曦光守候在窗前，感到十分惊讶。

上午医生来给病人检查，贝格尔以医大学生的身份向医生作了自我介绍。深感自己无知的痛苦胀到了咽喉，但他还是问了医生，是否还有危险。

"我看没有了，"医生说，"我觉得危机已经度过。值得注意的是，对这类病，儿童的抵抗力比成年人强得多，仿佛孩子们身上还没有用过的生命力能够抵制死亡，战胜死亡。几乎所有儿童疾病的情况都是这样：孩子们征服儿童疾病，而成年人则死于儿童疾病。"

医生检查病人。贝格尔激动地站在一旁。当他看到医生是如何理解病人的每一句话，如何仔细观察病人的每个动作，内心深处感觉到原先被自己盲目选择和长期轻视的职业的奇妙力量。他觉得这种职业全部的美就像突然出现的太阳一样升起来，照临床上，把希望、承诺，也许还有健康，像礼品一样放在那里。此时此刻，他觉得自己整个人生的方向都明确了：他必须积极主动和于人有益，然后大家就不会觉得他是陌生的，他也就不再是孤寂的了。

他就这样接手了整个照料工作。他没有自己的安排，而是专心致志地监视病情的变化。他守在病人床边，度过夜晚和大部分的白天。那一夜确实就是关键的一夜。病人的烧退了。他能够与小女孩谈话了，他很乐于进行谈话。每次他到外边去，总是要给她带来几朵鲜花，总是要给她讲述春天。在通常只有孩子们玩耍的申博恩公园里，春天已经悄悄地把树木变成了绿色。他还告诉她，其他女孩子都已经穿起了鲜艳的衣服。他对她说，明亮的太阳正在外边放射光辉。他给她讲各种故事。他给她朗诵。他许诺她不久就会康复。除了看到她的快乐以外，他感觉不到更为由衷的欢愉。在这种幼稚的故作天真的谈话中他觉得轻松自在。有时候他甚至惊异地听到自己愉快地放声大笑。

面色苍白的小姑娘躺在枕头上只是微笑。她笑得乏力，嘴唇周围现出一道轻轻的、可爱的线条，旋即又像一缕清风一样飞去了。但是在他注视的时候，她的目光——从她那十分深沉的灰白色眼睛最底层闪射出的优美灿烂的目光——平静地落到他的脸上，像一个孩子抱住母亲的脖子那样，完全不感到惊讶和陌生，有的只是热情而忧郁的依恋。现在，她也可以讲话了。不久以后，她与他交谈时便没有刚开始的那种畏惧了。

她最喜欢听他讲述他姐姐的事。她的相貌如何？个头是高还是矮？她穿什么样的衣服？在学校里是不是听话？还有她是否和他一样，有这么一头金黄色的头发？有朝一日，他是否能够安排她到维也纳来？维也纳肯定会比那个名字拗口，那个使她发笑的小城市美好。还有，她是否也这样生过病？她提的都纯粹是孩子气的幼稚问题，而且不断地提新的。但是这并没有使贝格尔感到厌倦，他乐意回答。让他感到愉快的是，他可以满怀热情地讲述他在这个世界上最亲爱的姐姐。因此，当姑娘请他讲他的姐姐的时候，贝格尔便从自己的写字台里把照片拿了出来。

瘦削苍白完全透明的孩子的手好奇地拿起了照片。

"在这里，"她十分小心地用手指抚摸着照片说"这完全是您的嘴。只是您常在这张嘴周围加一道好凶的皱纹，看起来就完全是另外一个样子了。从前我见到您就老是害怕，您就是那个样子。"

"那么现在呢?"他微笑着低声问道。

"现在不再害怕了。但是您告诉我，她也有像您这样的眼睛吗?"

"我想是的。"

"而且也像您的眼睛这样大，对吧？您的姐姐一定很漂亮。啊，您看呀，她的头发跟我的完全一样，也是辫成圆的。母亲最初不想让我用这样的发式。她说，这样的发式会使我显得年纪太大。但是我已经不是孩子了，我已经受过坚信礼了。"

她把照片还给他。他长久地注视着她，没有说一句话。他第一次不能完整地从照片上重新找到自己记忆中的容貌。他姐姐和这个姑娘俊美而苍白的面容不知不觉在他的内心体验里汇聚。他不能把她们再区分开了，在他的心中她们俩的微笑和声音都合而为一，就像现在这两个信赖自己并喜欢与自己在一起的女人在他的生活中合而为一一样。卡尔拉的形象已经从他的记忆中消散尽了。在这么多天里，他一次也没有想到过卡尔拉，也没有想到过那些时光，这会儿当他平静地回想，那就像一次酗酒、一次陶醉、一次愤怒中的蠢行一样。他已经完全忘记了在这里度过的那些毫无生气的不幸日子。

他只是觉得非常幸运。他觉得仿佛在晚间的黑暗中走了很久，突然，很高兴地看到一道白光，像是远方的星星发出的光芒。这道光亮来自一所他可以在里边休息、并且作为亲爱的客人受到接待的房子。自己这个幼稚软弱的人，在女人跟前失去勇气的人，有过什么愿望呢？有经验的人必定觉得他太愚蠢，纯洁无辜的人必定觉得他太怯懦。他确实还是一个需要帮助的人，一个尚未成熟的人，一个梦幻者。他来得太早了，过早地挤到了只渴求生活的成熟果实的女人们跟前。但是这里的这个孩子，女人在她身上才刚萌芽，快要长出蓓蕾，不过还是处于潜藏状态，还是柔弱的，没有骄傲，也没有贪欲。现在迎着他成长的不是他能够做主的命运吗？不是他自己可以培育的灵魂吗？不是一颗无意识地倾慕他的心吗？一个比迄今所有的梦更甜蜜的梦，而且比空虚时刻有如热浪一样拍击他胸膛的模糊形象更为真实。

后来，他对她越发经常地观察和长时间地了解，她的面颊在病后轻微泛红，年轻的面庞很是俊美，使他油然生出一种默默的、完全无所希求的温情。这是一种兄妹间的温情，能够抚摸她瘦小的双手和看到她嘴唇上绽开的笑容，就是幸福了。

有一次她又安静地，十分安静地躺着。他们两人都沉默无言。他突然产生了一种自己并不理解的要求。他走到她的床边，以为她睡着了，但是她只是在安静地躺着，两眼还在对他微笑。她的嘴唇像一朵向内卷曲的苍白的玫瑰花瓣。他突然知道了他想要的东西：用自己的嘴唇只是很轻，很轻地触一下她的嘴唇。

他弯下身来，但是甚至面对这样一个生病的孩子，他也还是没有勇气。

她仰视他说："现在您在想什么？"

这时候，他感觉不能再沉默了。他用很轻的声音说："我很想吻你一下，可以吗？"

她一动不动地躺着，只是微笑，那是明亮闪光的眼睛里深深触动他内心的微笑。这不再是孩子的微笑了，而已经像个女人……

说罢他便俯下身子，轻轻地吻起姑娘那细嫩的、没有经验的嘴唇。

几天以后，病人可以第一次起床了。她很高兴离开床铺，坐在靠近窗户的靠背椅里。贝格尔坐在她的身边，很骄傲地看着她。他模模糊糊地感觉到，仿佛自己帮忙拯救了她，仿佛他的事业就是使她如今又重新属于生活。她好像在生病期间长高了，身上的孩子气也悄悄地褪掉了。她像年轻姑娘一样坐在那里。她的愉快不再任性和孩子气，而已经是深思熟虑和感受深刻的了。窗外风和日暖，使人惬意。她轻步走近窗户说："如果我还不能走出去，那么，春天就应该走进来呀。"贝格尔觉得这就像是一个小奇迹，像是生活中一个从来没人知道的可爱之处。他再也不为自己爱上一个十三岁的姑娘感到羞愧了，他知道，在她康复的这些日子里，他所经历的一切几乎全部都是梦幻和不可重复的。他奇妙地感觉到一种大胆的、完全没有被女性的羞惭所迷惑的信赖，感觉到她对他亲切而愉快的喜爱。现在她经常在交谈中直呼他的名字，拿他开心取笑。欢乐嬉闹中有一种强烈的幸福感，他再不觉得孤寂了，从内心里又发出了欢笑。于是他又记起童年时光里被遗忘了的语言。每当他独处的时候，就产生温柔的梦想。他看到她成为一个女人，看到她聪明、认真和善解人意。他还看到自己与这些景象交织在一起，于是他懂得了，她应该是为他成长，为他发展。

即便不这样，他的孤寂也结束了。姑娘的母亲就在这里，她对他的仰视如同奉神，她好像整天都在想方设法对他表示感激。他经常与她谈话，注意到这个可怜的女人尽管经历坎坷、地位卑微，甚至对生活失望，却保持着令人感动的善良。现在他很后悔从前粗暴地从这些从属于他的人身边走过，同时也愉快地感觉到已经对那些过失进行了补偿。

他也又找到了施拉梅克。有一次他在郊外遇见了他。贝格尔对于自己能够与他无忧无虑地谈话感到惊讶，他们也谈到了卡尔拉，而且在说到这个名字时他不再感到难过。他心里非常高兴的是，他的走路姿势中渗进了一种自由轻快和无拘无束，这使他挺直了腰板而且富有弹性。生活好像从各个方面激励着他，一切都顺理成章，现在他心中涌起的唯一强烈的要求就是打开尘封的书本，开始学习。他的职业正以灿烂的金光吸引着他。他还想再等几天，等到姑娘完全康复再去尽情享受他的第一次成功，享受梦幻般的、在这些光辉日子里自己时时刻刻都感觉到的乐趣。

贝格尔这两个星期几乎不认识街道了，他只是偶尔从病人的房间急忙跑下楼去办点什么事。当他第一次又慢悠悠地在太阳照得闪闪发光的石块路面上散步时，才完全感觉到了春天。现在，春天清爽芬芳的气息颤动着传遍了节日般灯火辉煌的城市上空。他觉得好像今天第一次看到这座城市，好像它是从朦胧潮湿的云雾中闪光发亮地显现出来。他看到约瑟夫施塔特那些自己一向觉得腐朽和肮脏的古老房子在光彩熠熠的蓝天画出轮廓。他对这座城市突然像对家一样亲切熟悉。他感觉到从宽阔的大街后边遥遥窥视的卡伦山长出了一片嫩绿，像是一声问候。他觉得所有人都容光焕发，有时他甚至觉得从身边走过的女人的目光仿佛是对自己闪烁。也许这就是他内心的光辉在各种事物上的反映？是从昏暗的瞳孔和闪闪发亮的窗户，从微微闪光的街道和在玻璃窗后边苏醒过来的色彩艳丽的花草那里得到的反映？这一切都再不是敌对和陌生地环绕在他周围，而是像成熟的果实那样，展示吉兆，色彩斑斓。这是对很快就要到来的财富和享受的奇妙预感，从周围的万物之中接连不断地奔涌出新的洪流，像卷走波浪一样带走幸福的人。贝格尔完全被这样的幸福感所左右了。

不久以后，他感觉到轻度眩晕。他像醉酒一样，觉得两脚沉重，仿佛有个沉沉的铅制环箍套在头上。突然间他感到体乏无力，像是一种春天的疾病。刚走到环形大道他就不得不坐到长椅上。阳光照在他的面前，照在他的手上，照在他冷得有点打颤的身上。这阳光没有经过稠密树叶的过滤，而是完整的、直射的，具有强烈的威力，使他不得不把眼睛闭起来。喧哗声从石块路面上冲过去了。人群走过去了。但是还有什么迫使他继续紧闭眼睛，纹丝不动，像浇铸的一样坐在粗硬的长椅上。他就这样坐了两个小时，直到天色朦胧、凉气降临的时候，他才振作起来，像个病人那样，艰难地走回家去。

他走过姑娘的房间。他觉得，现在他必须独自一人，清算近几个星期里使自己变了个样子的许多新的经历。他在写字台前坐下来，整理自己的书籍和笔记。他明天就开始学习。

这时候他拿起一本厚厚的没写过字的笔记本，他几乎认不出这个本子了。他到维也纳来的时候，本来是要把它用来记日记的。他总是在等待恋爱经历和重要事件，为的是要值得写到第一页上。他一直在等待，最后当日子变得越来越单调乏味，他就把这笔记本彻底忘掉了。他觉得这是一个预兆，因为现在他的新生活刚刚开始，高居于令人绝望的黑夜之上的群星开始放射出光辉。这本笔记本应该成为记录重要经历的日记本，而且他甚至没有把握地觉得，也许会成为记录爱情经历的日记本。他心里有个声音在说话，仿佛对这个姑娘的喜爱将会成为对一个女人的爱情……

他把灯头拧高，然后取来墨水，黑色的和红色的，取来各种蘸水笔，便开始用许多字母花饰和阿拉伯式的云形图案在笔记本的第一页上绘制但丁的话："Incipit Vita Nuova①"。他从童年时代起就喜爱写美术字，甚至在想要记录下自己的未来和过去时，他也不忘用涂上黑红二色、飞舞飘动的漂亮字体写出这句话："一种新的生活开始了。"这句话应该像血一样闪耀光辉！

现在……他停了下来……一滴溅出的墨水落到了他的手上，形成一个小小的红色圆斑。他想擦掉这个斑点，可是擦不掉。他便蘸水往斑点上抹。红色斑点还是没有褪去……真是奇怪！……他又尝试了一遍，还是白费力气。

这时候突然有个想法闪电一般贯穿了他的全身。他觉得他的血凝结了。这是怎么回事？……兴许是？……

于是他踌躇再三，终于满腹狐疑地把袖子捋了起来。他发觉自

---

① 意大利语，一种新的生活开始了。

己正在抚摸的手变冷了。这只手上也有红色的圆形斑点，一个，两个，三个。他一下子理解了不久前的劳累和精神不振。他现在有了足够的了解。他的太阳穴里开始了更强烈的跳动，他喉咙发紧，浑身发冷，他觉得桌子下边的一双脚像是沉重而陌生的木头。

他踉跄着猛地站起来，带着惊惧的目光从镜子前边走过。不行，不要朝镜子看！什么事也不要干，不要喊叫，不要哭泣，不要抱什么希望，也不要有什么期待，因为这确实是无法改变的。而且这情况也是很自然的：他受到了传染，他患上了猩红热。

猩红热……这时他突然听到好像有人在房间里大声说着医生当时讲的关于儿童疾病和猩红热的话："孩子们征服儿童疾病，而成年人则死于儿童疾病。"

猩红热……死亡……他觉得这些声音掺杂在一起。猩红热——这是一种儿童疾病！这不就是他整个一生的象征吗？他作为一个成年人却患上只属于儿童和童年时代的疾病，而成年人要战胜这种病比儿童更加困难。真奇妙，他忽然懂了！

但是死亡——他心里对它极为反感。要是在三个星期以前，他会多么高兴地去了结自己，会多么高兴、安静和不引人注目地离开既没有人听他说话也没有人对他说话的舞台。可是现在呢？生活为什么这样戏弄他，让诱人的东西在最后的时刻向他显现出来，使得他难于告别呢？为什么偏巧在他又和人们联系起来的时候，在有些人也许会遭受折磨，也许比他本人遭受更多折磨的时候呢？

随后他感到浑身疲惫，一种无声的、不知所措的听天由命。他直愣愣地盯着那些红色的斑点，到最后它们都在他眼前像火星一样跳起舞来。他觉得一切都是乱纷纷的，他只觉得这是一场梦，不管是幸运或是灾难，是喧嚣或是孤寂，是过去或是未来，他再没有什么欲望了。他痛苦地想，在这样时刻里的这样一种安静就是死亡。

只是，他还想去告别。

他走进姑娘的卧房，一眼便看到她安详而又熟悉的面容。他过去不是梦想着这里会有他的什么命运吗？通过这个姑娘，他的命运不是已经变得与想象的完全不同——变成死亡而不是生存了吗？

他用目光深情地抚摩她的面容。他把睡梦中浮现在她嘴角周围的微笑撷取下来，放到自己的嘴唇上。当然，在他走回自己房间的时候，这微笑已经凋落，像一朵枯萎了的鲜花。

他又撕碎了几封信，在便条上写下一个地址。然后他按铃，等候人来。

姑娘的母亲立刻疾步走了过来，她总是匆忙地赶来为她敬若神明的贝格尔做事的。

"我，"他不得不再说一次话，声音不很坚定，"我觉得我的情况不大好。请您给我整理一下床铺，然后叫医生来。如果我的病情严重，请您给我的姐姐发一封电报。这是她的地址。"

两个小时之后，高烧让他倒下了。

他的血液烧得可怕，仿佛尚没活到的时间的全部力量、从来没有消耗过的热情，要在他漫长一生仅剩的两天内把他烧死一样。全楼一片惊惶混乱。姑娘哭着悄悄走了过来，她不敢抬头看人，好像害怕有人会责难自己似的。女房东绝望地跪在前厅的耶稣十字架像前，啜泣着为垂死者祈求生命。施拉梅克也来看望了他好几次，并且用很坚定的信心向大家保证，贝格尔的病情会好起来的。可医生的看法不是这样，于是他们给贝格尔的姐姐拍了电报。

不省人事的人全身灼热，持续了两天，高烧在红色的浪花中把他抛上抛下。他还醒过来一次。他的血液变得平静了。他纹丝不动地躺着，两手无力，眼睑微闭。

然而他很清醒。他觉得房间里一定很明亮，因为眼皮上边像是罩着玫瑰红色的云雾。

他依然纹丝不动。这时候附近的鸟开始啾啾鸣叫起来。最初是小心翼翼地叫，仿佛只是试着参加看看。然后开始了叽叽喳喳，接着又是欢呼，音调高亢，起伏波动。病人细心倾听。他模模糊糊地想起来，现在必定是到了春天。

鸟叫声愈来愈大了，简直是在用欢呼使他痛苦。他觉得鸟巢好像就在床的近旁。尖厉的叫声使他感到刺耳……但是，啊！现在叫声又变得很轻很远了。这鸟一定是落到了一棵树上，是在外边的春天里。歌声越来越低，越来越柔和，像是笛子的声音，又像是一个姑娘的歌声。或许那根本不是一只鸟吧？这不就是姑娘银铃般婉转曲折的美妙歌声吗？

一个姑娘，一个孩子……回忆又迟疑地飘荡起来，触动他的心。慢慢地，他又想起了许多，但不是井然有序的，而是一幅连着一幅的图像从被遗忘的黑暗中浮现出来。姑娘微笑的面孔现在变得隐隐约约，但很甜美，这是那次偷偷的一吻。随后是疾病和母亲、这整幢楼房——经历的圆圈又回去了，他突然明白了，自己是生病躺在这里，也许就要死了。

他睁开沉重的眼皮。没错儿，这就是他的房间。他独自一人待在这里。附近的那只鸟不再鸣叫了。往常滴答滴答急迫走动的摆钟也沉默无声了，是谁忘记给钟上发条了。他没有去注意，又慢慢合上了眼。他的回忆飘回很远的地方。到维也纳来的第一个夜晚，外边秋雨霖霖，他正是坐在这个房间里，在痛苦的孤寂中哭泣。随后与施拉梅克有关的事情，还有其他色彩缤纷的事情，都接踵而至。但这些完全不是真实的……那样陌生……这不太好，但是也不痛苦……一切都这样飞逝而过，飞进巨大的、昏暗的虚弱之中。

这时候他……突然间……听到隔壁的房门关上了，然后是脚步声。他听得出来，是施拉梅克。没错儿，是他的声音。他在和谁说话呢？他的血开始在太阳穴砰砰跳起来……正在隔壁房间里放声大笑的不就是卡尔拉吗？哎呀，这笑声让人多么难受呀！现在她应该安静了！他想休息……沉默……安静。但是不，他们在干什么呢？他听到他们在欢笑。他忽然像是透过玻璃看到了隔壁的房间。施拉梅克站在那里，搂着卡尔拉，正在吻她。她的臀部向后弯，眼睛在笑，像当时那样，完全像当时那样……

他的双手在发烧。隔壁房间里怎么笑得这样疯！这使他痛苦。他们不知道自己就要死在这里了吗？孤独一人，没有朋友。他觉得泪水往上涌，胸中有某种东西沸腾起来。他用两手拍击周围。他们就不能等到自己死去吗？但就在这时……一只靠背椅哗啦一声倒在地板上……他什么都看到了，看到她在怎样躲开施拉梅克。现在他在追她，啊，他是多么粗野、多么有力呀，他抓住她，隔着桌子把她拉了过来……她又跑开了……她在哪里呀？……真的，她藏了起来……他们在跳跃和追逐。房间开始颤动了……现在整个房子不是在轰轰作响？……真的，一切东西都在摇来晃去，空中是一片乱哄哄的喧闹。这些该死的人，他们为什么不珍惜他最后的时间呢……他们还在继续跑动追逐。现在，现在他抓住了她。你这样恐惧和拼命地在尖叫些什么呀？……病人痛苦地高声呻吟起来。现在施拉梅克抓住了她，散开的红头发像血一样洒了下来……现在他扯下了她的外衣……衬衫雪白闪光……她的身体雪白赤裸……他们就这样围着桌子追赶，追过来，追过去，又追过来，又追过去……她怎么只是笑呀！她怎么只是笑呀！……可是现在——这是怎么回事——她穿过墙壁，冲进他的房间，站在他的面前……站在他的床前了……雪白闪光，裸体……或者……

或者——他吃力地睁开沉重的眼皮——或者，现在站在他面前的不就是身穿白色衣裙的姐姐吗？放在他前额上的不就是她那可爱的冰凉的手吗？……

火光又燃烧了两个小时。然后一切都熄灭了。他的姐姐站在床边，还有姑娘和施拉梅克。他所爱的三个人，在与他永诀的时候，合在一起就意味着他的整个一生。他们三个人都一言不发。姑娘在低声啜泣。连这最后的诉说也逐渐止住了。房间里变得异常寂静。三个人全都神色庄严而且痛苦。在这里，除了窗外陌生大城市喧嚣愤怒的声音之外——它不停地滚动，不管人们的死活——什么声音也听不到。

女仆莱波雷拉

　　她有一个平民的名字，叫克莱岑莎·安娜·阿罗依佳·冯肯胡伯，今年三十九岁，生在齐勒塔尔的一座小山村里，是个私生子。在她身份证的"特征"一栏里画着一条表示"无"的斜线；但是，如果一定要警官描述她的特征，那么，只要朝那一栏里飞快地瞥一眼就必定会看见这样的附注：像一匹骨骼宽大、精疲力竭的山区瘦马。因为在她那过分下垂的下唇轮廓上，在那张晒得黝黑的又长又尖的鸭蛋脸上，在那忧郁无光的眼神里，特别是在那蓬乱厚密、一绺绺油滋滋地粘在前额的头发上，可以说有一些不可忽视的马的特征。她走路的姿态也令人不禁联想到阿尔卑斯山民的一匹驮马所生的傻骡子那样的耐力，它们总是不分冬夏地迈着同样笨重、迟缓的步子，拉着同样的木制大车，愁闷地沿着山间车路爬上爬下。干完活休息时，克莱岑莎常常胳膊肘稍稍张开一点，把松松地握在一起的长着大骨节的双手闷闷地往膝盖上一放，便出神地坐在那儿打起盹儿来，就像骡马站在马厩里，一切感官似乎都麻木。她身上的一切都是坚硬的、笨拙的、沉重的。她思想迟钝，往往百思不得其解：每一种新思想好像都必须很费劲地经过粗筛子才能一点一滴地进入她的脑海。可是一旦她最终接受了什么新东西，便顽强地、如饥似渴地抓住不放。她从来不读书，既不读报也不读祈祷书；写字也很困难，她在厨房账本上写的歪歪扭扭的字母使人很奇怪地想到她本人那粗笨的遍身凹凸不平的体型，谁都看得出，她的体型连半点女性固有的特点也没有。她的声音像她的骨头、前额、两髋和双手一样硬，这声音虽然有蒂罗尔人重浊的喉音，但听起来总有些发涩——本来这也不足为奇，因为克莱岑莎向来不对任何人说半句无用的话。没有一个人看见她笑过；从这里也可以看出她完全像个动物，因为，也许比丧失了语言还要残忍的是：对上帝无意识的创造物说来，笑这种内心自然流露情感的表现，它们根本就不会。

作为一个私生子，她是社会抚养起来的，十二岁就自己谋生了，曾经在一家客店里当过清洁工，后来她在一家车夫小酒馆里因为干活肯吃苦，像牛一样顽强，被人看中了，便一步登天进了一家像样的旅馆，当了厨师。在那里，她每天清晨五点钟就起床干活，扫地、擦桌子、生火、掸灰、收拾屋子、做饭、发面、揉面、擀面，又是洗又是涮，把锅碗瓢盆弄得噼啪乱响，一直忙到深夜。她从来不休假，除了上教堂做弥撒，从不上街：灶口那一小团火对她说来就是太阳，她一年到头劈的成千上万块木柴就是她的森林。

男人都不搅扰她，也许是因为二十五年的繁重劳动使她丧失了女人的一切特征，也许是因为她执执拗拗、三言两语就回绝了男人的每次亲近。在以乡下女人和未出嫁的姑娘土拨鼠一般的直觉一点一滴积攒起来的金钱里，她找到了唯一的欢乐：这样，到了老年，她也就用不着到救济院里啃别人赏赐的酸面包了。

仅仅是为了钱，这个愚昧的生物三十七岁时第一次离开了故乡蒂罗尔。一位来避暑的职业女经纪人看见她一天到晚都在厨房和客房里操劳不息，就以答应给她双倍的工资作为钓饵，把她带到维也纳去了。在火车里，一路上，克莱岑莎什么东西也不吃，跟谁也不说一句话，始终把那个装着自己全部财产的沉甸甸的稻草筐横放在压得生疼的膝盖上，同路乘客亲切友好地想帮她把筐放在行李架上，她连理都不理，因为在她笨拙得一团糨糊的农民脑子里，对大城市的唯一的概念就是欺骗和盗窃。到了维也纳，最初几天总得有人陪她到市场去才行，因为她害怕车辆，就像牛怕汽车一样。但等她认识了到市场去的四条街就不需要人陪了，她挎着篮子慢腾腾地闷头从家门口走到菜摊，然后就回家，像在以前的灶台前一样在新灶台边扫地、生火、忙这忙那，看不出有什么变化。九点，按照乡下的习惯时间，她上床休息，像牲口似的张着嘴一直睡到第二天早上被闹钟吵醒。谁也不知道她对新的差事满不满意，大概连她自己也不知道，因为她谁也不接近，只是用发音模糊的"好，好"来应答主人的吩咐，或者当她的看法不同时，也只是惊愕地耸一耸肩膀。邻居和家里别的女仆根本不把她放在眼里；那些爱说爱笑的女伴嘲弄人的目光从她冷漠的脸上扫过，就像水在光滑的皮革上滑下去一样。只是有一次，一个侍女模仿她的蒂罗尔方言嘲笑她，一步也不放松地捉弄闷声不响的人，她突然从炉灶里扯出一块带火的木柴向吓得嗷嗷直叫的女仆追去。从此以后，大家都躲着这个一脸怒气的女人，谁也不敢再讥笑她了。

但每个星期天，克莱岑莎都穿着满是皱褶、飞了边的裙子，戴着农民的平顶女帽到教堂去。她只在到维也纳后第一次获准外出时，试探着散过步。这是因为她不想坐电车，便小心翼翼地游逛着，一直沿着石头墙穿过一条条使她晕头转向的街道走，竟走到了多瑙河的河湾；在那里，她呆望着这奔腾的江流，觉得有点眼熟，当她转身原路返回时，仍旧老是靠着房子，胆怯地避开大街，又走了回去。这第一次，也是唯一的一次试探性的漫步，显然是使她大失所望了，因为从此以后她再也没有离开过房子，每逢星期天她便坐在窗前，不是做针线活就是空手闲待着。所以，这座大城市并没有给她像老式脚踏水磨一样周而复始的日子带来任何变化，只是现在每到月底落到她那布满皱纹、多处烧伤过、撞得到处都是瘀痕的手里的，是四张而不是两张贬了值的钞票。每次她都长时间地、不信任地察看这些钞票，笨手笨脚地把它们分开来，最后又几乎是温柔地抹平了，然后才跟别的票子合在一起，放到她从乡下带来的黄色小木箱里去。这个粗笨的小钱箱就是她的全部秘密，就是她生活的意义。夜里，她总是把钥匙放在枕头底下；而白天她把钥匙藏在什么地方，全家没有一个人知道。

这种特殊的人的本性就是这样（正如人们提到她时所说的，虽然这种人性只是刚刚相当模糊、隐隐约约地从她的举止言行中显露出来）——但是，也许恰恰需要一个视而不见、听而不闻的人，才能忍痛在年轻的男爵封·弗这个同样极特殊的家里当用人。因为一般说来，那里的仆人只要按照契约规定的雇佣期限做满，就一天也忍受不了那吵闹的环境了。那被激怒的、简直是被逼到了发疯地步的喊声是女主人发出来的。这个埃森城一位殷实工厂主青春已过的女儿，在疗养地认识了年轻的男爵（出身没落贵族，家境窘困），很快就同这漂亮的贵族风度十足的浪荡哥儿结了婚。但是几乎连蜜月还没度完，新婚的女人就不得不承认，她更看重为人可靠和精明强干的父母当初反对如此匆忙成婚是对的。因为抛开无数被隐瞒的债务不谈，不久她便发现：这个很快就变得懒懒散散的丈夫对单身汉的种种娱乐要比对夫妻本分感兴趣得多。他并不是不怀好意，甚至可以说在内心深处像一切放荡的人一样温和，然而照他的人生观来说，那只不过是随随便便、无拘无束而已。他是个漂亮的半骑士式的人物，因而鄙视任何有利可图的投资，就像鄙视那些出身卑微的人狭隘的吝啬心理。他想过轻松愉快的生活，而她却想过莱茵河市民那种正派的、有秩序的家庭生活：这使他感到很不舒服。尽管她很有钱，他还是不得不为每笔较大的开销跟她讨价还价，他那会算计的妻子甚至拒绝满足他想盖赛马厩的最大心愿，于是，他觉得已经没有理由再把这个粗俗的、瘦得皮包骨的北德意志女人当妻子看待了，她那粗野的高腔他听起来是那样的不快。这样一来，如同人们常说的，他便让她坐冷板凳了，虽然没有露出丝毫严酷的表情，他却毅然决然地把这个伤心失望的女人丢在一边不管了。要是她责备他，他就老老实实地听着，而且装出心有同感的样子，但她的这套经一念完，他就把这热情的劝戒连同自己口里喷出的香烟烟雾全都吹得不见踪影，照样毫无约束地干他爱干的事。这种圆滑的表面文章的尊重比任何反抗都使他失望的妻子愤慨。因为面对他这套有教养、不失礼，然而却十分令人讨厌的客客气气的态度，她无可奈何，所以便把堵在心口的愤怒无情地向别处发泄：她对仆人破口大骂，她那本来正当的，但在这里却是无来由的气愤竟一古脑儿倾泻在这些没有过失的人的头上。不可避免的后果是，两年之内她不得不更换使女十六次之多，有一次甚至是在动手打了一架、花了好多赔偿费后才算了结了。

只有克莱岑莎一个人像风雨中拉出租车的马一样，毫不动摇地站在这暴风雨般的骚动之中。她不参与任何一派，不关心任何变化，好像没有发现跟她住一间下房的陌生同伴不断地更换着呼唤用的名字、头发的颜色、身体的气味和言谈举止。因为她自己不跟任何人说话，不注意劈啪山响的关门声，被中断了的午餐，昏昏然、疯癫癫的吵闹。她冷漠地从厨房走到市场，再从市场走回厨房，干她的事：在一墙之隔的地方发生的事，她一概不闻不问。她一天一天地打发着时光，像一个连枷坚持不懈、没有知觉地工作着，在大城市里的两年岁月就这样平平安安地从她身边流逝过去了；她的内心世界没有任何变化，只是小木箱里摞起来的贬值钞票增高了两三厘米，到年底，她用温柔的手指一张一张数完这些钱时，发现离那神奇的一千已经不远了。

但是，偶然事件像金刚钻一样能穿透一切铜墙铁壁，而危险四伏、变幻莫测的命运常常会从完全意料不到的地点为自己开辟一条通向悬崖峭壁的大自然的道路，并震撼它的基础。在克莱岑莎的生活里，偶然事件发生的外部原因就像她本人一样不惹人注意，披着一层外衣：间断了十年以后，国家又心血来潮，要进行一次人口普查，为了精确地填写每个人的情况，向各家各户分发了一张极复杂的登记表。男爵对仆人们那字体难看、仅仅发音正确的书写能力很不放心，他宁愿亲自动手填写表格。为了这件事，他也把她叫到自己房间去了。当问起她的名字、年龄和出生地时，他发现，作为热情的猎手和那个地区一位大老爷的朋友，自己常在阿尔卑斯山的一角打羚羊，而正是她家乡村落里来的一位向导陪了自己两个星期之久。更令人吃惊的是，说来说去，原来这个向导恰巧还是克莱岑莎的舅舅。男爵的兴致上来了，竟因这个偶然的巧合又谈了好一会儿；谈着谈着又想起另一件愉快的事，那就是他当时正好在她当厨娘的旅馆里吃过一顿味道非常好的烤鹿肉——所有这一切都是琐事，但由于偶然机遇而显得格外特别，对克莱岑莎来说简直就像一个奇迹，她在这里第一次见到了一位了解她家乡的人。她站在他面前，脸红红的，心情很激动，笨拙地、受宠若惊地弯下腰去，这时他话题一转，开起玩笑来了，他学着蒂罗尔人的方言，连连问她会不会唱山歌，是不是像男孩子那样顽皮淘气，等等。最后，因为自己心里着实高兴，他便按照农民最亲切的方式，用手掌朝她那硬邦邦的屁股上打了一巴掌，哈哈笑着打发她走了："现在去吧，亲爱的克莱岑莎，看来还得多给你两克朗，因为你是从齐勒塔尔来的。"

无疑，这件事就其本身的含义而言并不是值得注意和冲动的表现。但这五分钟的谈话对这个迟钝的人那鱼一般的潜在感觉的影响，却像把一块石头投进了沼泽地：先是渐渐地、懒懒地形成一些动荡的圆圈，然后这些圆圈就强有力地波动起来，慢慢地到达意识的边缘。这个终日闷声不响的女人，多年后竟然第一次跟这样一个人谈到了她自己，命运超出常规地为她做了这样的安排：偏偏是这第一个跟她谈话的人，这个生活在无情的骚乱之中的人，了解她家乡的山岭，甚至还吃过一次她亲手做的烤鹿肉，而且又像年轻人那样照她屁股上来了那么一巴掌；按照乡间的说法，这一巴掌本是以最简洁的方式向女人进行试探和求婚。虽然克莱岑莎连想都不敢想，现在这位衣着讲究的高贵的先生会真的是以这种方式向她提出类似的要求，但这种肉体上的亲昵举动确实相当有力地震动了她那沉睡的欲念。

这样，由于这次偶然事件的推动，她的内心深处开始出现牵引和运动，一层一层地移动着，到了最后，一种新的感觉先是粗线条地，接着便越来越清楚地显现出来了，好比一条狗活动在周围所有两条腿的人中间，不料有一天，这些人之中的一个竟宣称做它的主人了；从这个时刻起，它就总跟在他身后跑，向这位命运为它安排的上司摇着尾巴或汪汪叫着致意，它对他将心甘情愿地唯命是从，亦步亦趋地追随着他的足迹。跟这种情形完全一样，现在有一种新的东西渗入了克莱岑莎麻木不仁的生活，从前这个范围里只有金钱、市场、灶台、厨房和床铺这五个惯常的概念，没有任何余地；这个新东西要求占有空间，干脆用力把从前的一切都挤到一边去了。她怀着农民那种一旦把什么抓住就死也不肯放手的占有欲，把这个新东西深深地拉进她的肉体，一直拉至她那充满欲念的、混乱而又迟钝的感官里。当然，经过一些时候，这个变化才明显地表现出来：最早的那些迹象一点儿也不显眼，比如，她掸男爵的衣服、刷他的鞋时，总是热情洋溢，分外精心，而把男爵夫人的衣服和鞋帽全都转给了那个收拾屋子的使女去照应；另外，时常可以在过道和前室里见到她，刚刚听到外面门锁啪嗒一响，她就赶忙喜滋滋地迎出去接他的大衣和手杖；伙食上呢，她也加倍上心，甚至特地为了搞到一盘烤鹿肉，不辞辛苦地一路打听去大市场的道路；就是在她那件外罩的衣服上也看得出格外细心的征象。

　　过了一两周，这种新感觉的苗头才好不容易从她的内心世界里冲出来。大概又过了好几周，第二种感觉从第一种感觉中滋生出来，从不稳定变得内容清楚、意义明确。它只不过是第一种感觉的补充而已：一种对男爵的妻子、对那个可以跟他一起住一起睡一起说话但对他却不像自己那样虔心敬重的女人的仇恨，这种仇恨起初还是模模糊糊的，但慢慢地就变成了不加掩饰地、赤裸裸地流露在外的仇恨。也许是因为她——从前是无意中，现在是更留神地——卷进了那场自己神圣的主人受疯女人无耻凌辱的、叫人难为情的戏里去，也许是因为跟他令人欣慰的亲近相比，那个受北德意志思想束缚的女人傲气十足的疏远让人更觉反感，她总是突然之间便相当倔强地对抗起这个莫名其妙的女人来，并且含着刺人的敌意没完没了地旁敲侧击、恶言恶语。因此，男爵夫人总得至少按两次铃，才能把故意慢腾腾、一脸不愿意的克莱岑莎唤来，而她那高高耸起的肩膀总是一开头就表示要坚决顶牛了。什么差事和嘱托她都沉着脸接受，弄得男爵夫人根本不知道她到底明白了没有；如果为了慎重起见再问一遍，只能看到她不耐烦地点点头，或听到她鄙视地说一声"我听见了"作为回答。要么就是在夫人马上要去看戏、急匆匆地各屋跑来跑去时，一把重要的钥匙忽然不见了，过了半个钟头才意想不到地在角落里找着。夫人的信件和电话，一般她都置之脑后、不理不睬；追问她时，竟一点儿遗憾的表示也没有，只是气哼哼地、生硬地回一句"可巧我忘了"。她并不抬头看她的眼睛，说不定正是怕抑制不住内心的仇恨。

在这段时间里，家里的种种不和总要引出男爵夫妇之间极不愉快的争吵，而夫人之所以一周一周变得更加情绪激动很可能也跟克莱岑莎不自觉的拨弄是非有关。由于漫长的孤独生活而变得神经脆弱，再加上丈夫的冷淡和仆人们可恨的敌意所激起的愤怒，这个备受折磨的女人精神越来越失常了。给她用溴剂和烈性安眠药"维罗那尔"，也毫不见效；后来经过会诊，她过分紧张的神经末梢分裂得更厉害了，无缘无故地就会大哭大闹，歇斯底里地发作一阵子，然而没有一个人对她表示一丝一毫的同情，也看不到任何好心人出面帮助她的迹象；末了，请来的大夫只好建议她到疗养院去休养两个月。这个建议被一向冷漠无情的丈夫无比热心地采纳了，结果弄得夫人又起了疑心；起初极力反对，但最后还是决定去了，让侍女陪伴她，把克莱岑莎一个人留在宽敞的寓所里侍候主人。把高贵的主人托付给自己照顾的消息就像给克莱岑莎打了一针兴奋剂，使她迟钝的感官兴奋起来，像摇动了一只有魔力的瓶子一样，她整个生命的活力似乎都被猛烈地摇得混乱不堪。这时，一种秘密的、沉在心底的热情浮了上来，她的一举一动全都焕然一新了：神志不清的表现和迟钝的动作突然开始从她那冻僵了的肢体中融化了，消失了；自从这通了电一般的消息出现以来，好像她的关节也灵活了，步子也又快又轻了。她在各间屋子里跑来跑去，在楼梯上跑上跑下，刚刚着手准备旅行，她就主动装好了所有的箱子，亲手抱起来送到车里去。当深夜时分，男爵从火车站回来时，他把手杖和大衣交到干完了活、急忙来迎他的女仆手里，轻松地叹了口气说："总算打发走了！"这时，发生了一件值得注意的事。因为突然之间，在克莱岑莎一向像动物一样从不发笑的多皱的双唇开始用力拉开，伸展出去：嘴变歪了，咧开了，突然从她那痴呆的发光的脸中间现出一丝动物般无所约束地傻笑来。一看到这个情形，男爵惊呆了，对这种使自己极不舒服的亲昵感到很羞愧，于是便一声不响地走进了房间。

但这刹那间的不舒服很快就过去了，翌日，这两个人，主人和女仆，就被一种无声的共同呼吸和快意的无拘无束连在了一起。夫人不在，好像头顶上的一团云消散了似的，整个气氛都换了样：摆脱了束缚的丈夫幸运地免除了不断作解释的义务，头一个晚上就很晚才回到家里，而克莱岑莎默默无言的热心服侍恰好跟夫人能说会道的迎接形成了鲜明的对比。克莱岑莎又满怀激情地投入了日常的劳作，她起得特别早，把一切都刷得闪闪发光，像着了魔似的把门窗把手都擦得锃亮，仿佛变戏法般端上美味佳肴，尤其使男爵惊诧的是，他在头一顿午餐桌上发现她竟专门为自己选出了一套往常只在特别宴会时才从银器橱里取出来用的贵重餐具。通常他并不留心，但现在却没法不注意这个特殊的人小心谨慎、简直是体贴入微的照顾了；他一向心地善良，没有再掩饰满意的心情，他翻动着她做的饭菜，时不时地说一两句亲切的话。而第二天早上，那天是他的命名日，当看到一个做得非常艺术、有自己名字开头大写字母的、撒了糖的圆形大蛋糕时，他纵情大笑着对她说："你会把我宠坏了的，岑莎！要是我夫人回来了的话，上帝保佑，我可怎么办呢?"

还好，他总算在一定程度上对自己约束了那么几天，然后才抛弃了最后一丝顾虑。他从女仆的各种表现看出她不会泄露机密，便又像单身汉那样开始在寓所里过起舒舒服服的日子来。

妻子走后，他单独生活的第四天，男爵把克莱岑莎喊去，没作详细地说明，只是漫不经心地吩咐她晚上准备好一顿两个人的夜餐冷食就可以去睡觉了，其余一切都由他自己去办。她没有抬头看他，也没有眨一眨眼，很难猜透这些话的本意是不是印入了她的大脑。但是，她对他的本来意图理解得多么好，他很快就又高兴又惊奇地发觉了，因为当他看完歌剧、带着娇小的歌剧院女学生深夜归来时，不仅发现桌子整理得非常雅致、点缀着鲜花，而且看到卧室里旁边那张床也铺上了，真叫人喜欢得不得了，绸睡衣和他夫人的拖鞋也早早地准备下了。挣脱了枷锁的丈夫不免觉得这个女人如此心领神会的加意照顾真是有点好笑。这样，在这个忠实可靠的知情人面前，一切障碍便自行瓦解了。早上他拉铃唤她来，让她帮自己娇滴滴的小宝贝穿衣服;于是，两人之间的默契便完全建立起来了。

在这些日子里，克莱岑莎还得到了一个新的名字。那位活泼可爱的年轻女演员，她正在学爱尔维拉女士的一段唱腔，总喜欢嬉皮笑脸地管她的情人叫唐璜，有一次她嘿嘿地笑着对他说:"把你的莱波雷拉①叫进来吧!"这个名字使他很开心，那是因为他老是那

---

① 莫扎特的歌剧《唐璜》中的主人公唐璜有一名得力男仆名叫莱波雷洛（Leporello）。此处，女演员戏称男爵的女仆克莱岑莎为莱波雷拉（Leporella）。

么怪声怪气地模仿这个枯瘦的蒂罗尔女人。于是，从此以后，他就只喊她莱波雷拉了。克莱岑莎头一回听到这个名字时呆立在那里，觉得很奇怪，但后来却喜欢上它好听的声音，虽然名字的意思她一点儿也不了解。她兴高采烈地把这次重新命名看作是一次加封贵族称号：每当那个浪荡哥儿这样喊她的时候，她那薄薄的嘴唇就咧开来，露出一大排褐色的马一般的牙齿，显出低声下气的样子，活像一条狗摇着尾巴挤到跟前去听候高贵可爱的主人的吩咐。

这个名字起先不过是一段供人取乐的插曲，但通过灵机一动的巧妙构词，未来的歌剧女主角用它给这个奇特的女人披上了一件真正神奇而合体的外衣。因为跟达·蓬特①笔下那个共享欢乐的同谋莱波雷拉相似，这个不懂爱情的僵化了的老处女对主人的寻花问柳同样感到一种异常自豪的快乐。难道她的快乐只是因为每天早上发现极端可恨的夫人的床时而被这个、时而被那个年轻的身体滚得乱糟糟的，留下通奸的痕迹，或者说是因为她的感官也麻酥酥地接受了一次秘密的共同享乐——不管怎么说，这个极虔诚极冷漠的老处女表现出尽心为主人的风流韵事服务的热情。她那操劳过度的、由于几十年的劳动而失去性要求的身体，早就不存在什么对性冲动的压抑了，几天以后她就眯缝着眼睛目送第二个，接着便是第三个女人走进了寝室，她高兴拉这个皮条，因此心里舒舒服服的，觉得很温暖：像泡菜汁一样，对色情气氛的了解和那刺激性感的香水味影

---

① 达·蓬特（1749—1838），意大利作家，曾为莫扎特写作歌剧脚本《费加罗的婚礼》《唐璜》等。

响了她沉睡的感官。克莱岑莎真的变成了莱波雷拉，像那个快活的小伙子一样好动、活泼、有朝气；仿佛被难耐的共同享乐激起的不断上涨的热情驱赶着一般，在她身上出现了各种小动作、狡猾的行为和对琐事的盘算，出现了某些偷听、好奇、窥伺和鲁莽的行为。她在门边窃听，从锁孔偷看，又搜查房间又翻床，刚刚嗅到一件新猎获物，就像有被古怪的感情冲动驱使着在楼梯上跑上跑下。慢慢地，这种苏醒状态，这种好奇的、想看新鲜事儿的心理，使她脱离了先前那种像裹了一层木头外壳似的昏睡状态，变成一个有生气的人。使周围的人个个感到诧异的是，她突然善于跟人交往了，她跟女仆们一起聊天，粗言粗语地跟邮差开玩笑，开始插进去跟女店员喋喋不休地说长道短。一天晚上，院子里的灯都熄了，女仆们听到对过房间那扇以往早已静默了的窗里有人在低声哼着奇特的歌：克莱岑莎在笨拙地操着半高的粗糙的嗓音唱一支阿尔卑斯山里人的歌，就像那些深山牧女夜间在草场上的哼唱一样。那单调的歌是用完全破碎了的声音颠颤出来的，因为嘴唇不灵活而走了调；但是可以肯定，那声音十分动人，而且充满异乡的情调。自童年时代以来，克莱岑莎还是头一回又试着开口唱歌，而在那从与世隔绝的岁月的黑暗里猛力向光明升起的结结巴巴的歌声中，确实隐藏着一些扣人心弦的情感。

对于这个爱慕他的女人心中的种种奇妙变化，男爵作为不自觉的引发者看到的比谁都少，因为有谁回身去看过自己的影子呢？你知道它总是尾随在后，跟着你的脚步一声不响地走，有时为了满足你还没有意识到的愿望快步赶到前面去，但是，你对它一言一行的观察，对从这种异常变化中来的那个大写的"我"的认识，又是多么少啊！男爵没有发现克莱岑莎的变化，他只觉察到了她愿意伺候自己，完全是默不作声的、令人信赖的，甚至可以说是肯牺牲一切的。正是这样的默不作声，在一切二人独处的场合也保持着心照不宣的距离，使他感到格外愉快；有时，他像抚爱一条狗似的随便跟她说上几句贴心话儿，隔三岔五地也跟她开开玩笑，大大方方地拧一下她的耳垂，送给她一张钞票或戏票——对他说来这些都是小意思，是他无意中从背心衣袋里掏出来的，但对她却成了珍贵的纪念品，她怀着崇敬的心情把这些东西放在那只小木箱里保存起来。慢慢地，他养成了习惯，老是当着她的面自言自语地考虑事儿，甚至把一些难办的事交给她去办——他对她的信任越大，她便越感谢他，越热心地服侍他。在她身上逐渐显露出一种奇异的侦察、寻找和感觉的本能，像狩猎般探察他的一切愿望，甚至把事情办在这些愿望表现出来之前；她的整个生命、追求和愿望仿佛离开了自己的肉体，转移到了他的肉体里去；对一切她都用他的眼光来观察，用他的耳朵来倾听，出于一种近乎罪恶的热情，她跟他分享着他的一切喜悦和偷情的欢乐。每当一个新的女性跨进门来，她都显得很愉快，但又带着失望的神情，好像忍受着意料之中的侮辱；如果他晚上不带情人回来，那么，她从前昏睡的思想就会像先前只用两只手工作一样，敏捷地活动起来，眼里一闪一闪地射出新的敏锐的光来。这个人本来像一匹终日奔走、劳累过度的驮马，现在她醒来了，但变得沉闷、孤僻、又狡猾又危险，整天冥思苦想，随时准备玩弄阴谋诡计。

有一天，男爵回来得比平常早，走到过道里时他惊奇地停住了脚步：那怪声怪气的咻咻的嬉闹和哈哈的笑声真的是从一向寂然无声的厨房里发出来的吗？而克莱岑莎，两手斜拽着围裙擦来擦去，从半开的门里蹭出来，显得很大胆，同时又很尴尬。"请原谅，尊贵的先生，"她不安地瞅着地面说，"糕点铺掌柜的女儿在屋里……一个漂亮的姑娘……她早就想跟您认识认识了。"男爵吃惊地抬起头来看了她一眼，不知怎样表态才好：是对她这厚颜无耻的亲热举动表示气愤呢，还是对她好意诱人上钩的行为表示感兴趣？最后还是男人的好奇心占了上风，他说："叫她来让我看看吧！"

这少女是一位非常美丽的十六岁的金发女郎。莱波雷拉好说歹说劝她过来，并且一再心急地向前推着她，她才红着脸走出门来，但一来到这位讲究的先生面前就又笨拙地转过身去了，实际上，她在对面的店铺里常常怀着半是孩子气的倾慕心情观察他。男爵发现她很美，便请她到他屋里去一起喝茶。姑娘不知道可以不可以接受邀请，便回过身去找克莱岑莎；但她已经趁人不注意赶忙跑到厨房里去了。这样一来，被诱进艳遇的少女无可奈何，只好红着脸，好奇地接受了危险的邀请。

大自然的变化总是缓慢的：虽然反常和荒唐的热情在这个思想僵化、感觉迟钝的生物体内唤起了某种精神活动，但克莱岑莎这种新学会的褊狭的思想活动仍然超不出眼前的范围，好像一直离不开动物那短视的本能一样：她像着了魔似的沉湎在痴情中，百般殷勤地服侍着她盲目迷恋的先生，竟把不在家的夫人忘得一干二净。因此，觉醒便显得更惊人了：男爵愁眉不展，一脸怒气，手里拿着一封信，走进来关照她把屋子收拾停当，因为夫人明天就要从疗养院回来了；克莱岑莎脸色煞白，吓得目瞪口呆，一动不动地站在那里，这消息好比一把钢刀捅进了她的心窝。她只是呆呆地，呆呆地瞪着眼睛出神，仿佛什么也没有听懂。这一声霹雳使她的脸像被撕裂了似的，显得那样的不可名状，那样的吓人，男爵觉得有必要用一句亲切的话来安慰安慰她，他说："我看得出，你也很不高兴，岑莎。可又有什么办法呢。"

于是，她那呆滞的脸上又有了一点生气。一阵剧烈的痉挛从内心深处出现了，好像从五脏六腑中升上来一样，慢慢地给刚才还苍白的脸颊染上了一层暗红色。有一种东西，好像被心脏激烈的跳动抽出来似的，非常缓慢地涌了上来，把咽喉挤压得不停地颤抖。最后，它终于经过喉头，从咬紧的牙关瓮声瓮气地冲了出来："也许……也许……会有办法的。"

这句话像一声致命的枪击，好不容易说了出来。克莱岑莎扭歪的面孔上同时现出恶狠狠、阴森森的坚决神情，男爵吓得一哆嗦，不由惊诧地向后倒退了一步。但克莱岑莎又转过身去，开始抽风般气哼哼地擦她的小铜臼，好像故意要把手指弄断似的乱戳。

随着夫人的归来，家里又起了风波：一扇扇门被摔得劈啪直响，像一阵穿堂风无情地从各个房间呼啸而过，把寻欢作乐的安逸气氛从房子里横扫出去。也许是因为邻居多嘴多舌地给她写了信，她已经知道了丈夫怎样滥施家长的威权，干了些有失体统的事，或者在迎接她时，他那神经质的显而易见的心绪不佳惹恼了她——不管怎么说，两个月的疗养似乎对她那紧张得近乎分裂的神经疗效很小——因为现在，恐吓和歇斯底里的大吵大闹代替了过去无来由的哭喊和抽搐。他们的关系一天天坏下去。好几个星期之久，男爵都以历来行之有效的彬彬有礼的态度勇敢地对抗夫人的谴责；直到她拿离婚和给她父母写信来要挟时，他才温和地支吾搪塞了几句。但正是这种毫无作用、冷漠无情的态度促使他那悲伤的、被秘密的敌意包围着的夫人越来越深地陷进越来越容易冲动的心境中。

克莱岑莎完全龟缩到往日的沉默里去了。但这沉默已经变成进攻性和危险性的了。女主人到家时，她执意留在厨房，最后她被叫了出去，却仍然没有问候返回家来的夫人。她倔强地端着肩膀，像木头似的站在那里，粗暴地回答着一切问题，结果暴躁的女主人很快就掉过脸去不理她了，但克莱岑莎却用一种特有的目光把淤积在心的全部仇恨向着一无所知的女主人背后发泄了出去。她觉得自己贪求的东西由于夫人的归来被非法地偷走了，热情服侍男爵所享受到的欢乐也被剥夺了，她又被推回到厨房和灶台边，那个亲切的名字"莱波雷拉"也被取缔了。因为男爵需要特别留神，不能在夫人面前表示出半点对克莱岑莎的好感。但有时，当他因为恼人的大吵大闹觉得累了，需要某种安慰，想透一透气的时候，就悄悄地跑到厨房里去找她，他在一个硬木凳上坐下，脱口说道："我实在忍受不下去了。"

被自己奉若神明的先生到她身边来，以便从过度紧张的处境中寻求解脱，这是莱波雷拉最愉快的时刻。她从来都不敢回答或安慰他一句话；她坐在那里默默地想着自己的心事，只是有时用一种表示细心倾听的目光，又怜悯又痛苦地朝这位变成了奴隶的神看上一眼，这种无言的同情使他感到很舒畅。但过一会儿，当他离开厨房，她便勃然大怒，马上皱起眉头，手愤怒地重重地拍打着没有抵抗能力的猪肉，劈里啪啦地刷洗盘碗刀叉，发泄愤怒。

夫人归来后越来越郁闷的气氛终于酿成了一场风暴：在一次阴森可怖的吵闹中，男爵最后实在忍无可忍，蓦地摆脱了小学生般恭顺、冷淡的态度，一跃而起，把门啪嚓一摔走了出去。"现在我真是够了！"他怒气冲冲地喊着，震得每间屋子的窗玻璃都颤巍巍地铮铮作响。还在盛怒未消、满脸涨得通红的时候，他就跑出来，进了厨房，冲着像一张拉满的弓似的发抖的克莱岑莎说："马上去把我的箱子和猎枪拿来，我要打一个星期猎。在这个活地狱里，就是魔鬼也一天都忍受不下去：非得彻底了结不可了。"

克莱岑莎兴奋地瞧着他：现在，他又是她的主人了。于是，格格地响起了粗野的笑声："先生您是对的，是非得彻底了结不可了。"她满腔热忱，匆匆忙忙地走进一个个房间，飞快地从柜子里和桌子上抓着一切必备的东西。这个野人的每根神经都因情绪过分激动而不停地颤抖。然后，她便亲自把箱子和猎枪扛下去，放在车子里。但当他想找一句话对她的热心照料表示感谢时，目光却吓得缩了回去。因为在她那皱褶重叠的嘴唇上又出现了咧着大嘴的恶意的笑容，他一见她这样笑总不免大吃一惊；他一见她这样偷偷看自己，便不由得想起一匹马在准备跳跃时那蜷身勾腿的姿态。但这时，她已经又俯下身来，亲昵得超出了主仆的界限，用沙哑的声音悄悄地说："先生您一路保重，我会料理好一切的。"

三天以后，一封紧急电报把男爵从打猎的地方叫了回来。在火车站上迎接他的是他的表兄。第一眼，心神不宁的男爵就看出一定是发生了什么不幸的事，因为表兄的目光躲躲闪闪的，有些失常。刚听了几句事先斟酌好的话，他便知道了：原来是人们早上发现自己的妻子死在了床上，整个房间都充满了煤气味儿。表兄告诉他，遗憾的是已经排除了工作疏忽发生事故的可能，因为现在是五月份，煤气炉早就不用了，自杀的意图也看得很清楚：不幸的死者夜里服了烈性安眠药"维罗那尔"。此外，那天晚上只有厨娘克莱岑莎一个人在家，据她说，她听见不幸的死者夜里还到前厅去过，显然是故意把关得好好的煤气罐打开了。根据这个陈述，陪同前来的法医也就宣布了排除任何事故的可能性，确认属于自杀。

男爵浑身哆嗦起来。当表兄提到克莱岑莎的证词时，他觉得手上的血液都突然变冷了：一个令人不快的讨厌想法像一阵恶心从他心里直往上涌。但他尽力把这种不断增长的恼人感觉压了下去，任凭表兄把自己带回家里。尸体已经抬走了，亲友脸色阴沉地坐在会客室里：他们的吊唁冷若刀光。他们以一种告发的口吻说，必须强调指出，这件"丑闻"已经掩盖不住了，因为早上女仆就尖叫着"夫人她自杀了"从楼上跌跌撞撞地跑了出去。他们还说，已经安排了一场不兴师动众的葬礼——寒气逼人的刀光又冲着他来了——因为遗憾的是种种传言早就引起了社会上的好奇心，实在令人不快。死气沉沉的男爵心神不定地听着，不由自主地抬头朝那扇通往卧室的紧闭着的门望了一眼，又胆怯地把目光收了回来。一个念头在他心中不停地痛苦地翻腾着，他想要理出个头绪来，但这些空泛的、充满敌意的言语弄得他精神无法集中。亲友们悲痛地、唠唠叨叨地说着话，又围着他站了半个小时，才陆续道别离去。只有他一个人留在那间空荡荡的半明半暗的屋子里，像挨了一记闷棍似的，浑身打颤，头痛腿软。

这时，有人敲了敲门。他吓得跳了起来，喊道："进来！"话音未落，背后就传来了迟疑的脚步声，他很熟悉的沉重、缓慢、拖沓的脚步声。一阵恐惧突然向他袭来：他感到颈项好像被螺栓固定在那里似的僵直了，同时感到皮肤上有一股颤动不停的寒气从太阳穴一直流到膝盖。他想转过身去，但肌肉不听使唤。他就这样停在屋中间，浑身发抖，一言不发，两手僵直地垂着，同时又明确地意识到，这样罪犯似的站在那里毕竟显得太怯懦。但他使出了全身的气力也无济于事：周身的肌肉就是不听话。这时，从他身后传来了说话的声音，那语调十分镇静，讲的是最不动听、最枯燥的话题："我只是想问一问，先生您是在家里还是到外面去吃饭。"男爵颤抖得越来越凶，现在那股寒气已经进入了他的胸腔。他匆匆地张了三次嘴，终于憋出这么一句话："不，我现在什么也不吃。"于是那脚步声便拖拖沓沓地离开了房间。他没有勇气转过身去。他突然僵在那里了：一种厌恶感，或者说一阵痉挛摇动着他全身。他不禁猛地一动，直对着门跳了过去，哆哆嗦嗦地扭了一下门锁，心想：这样一来，那脚步，那像鬼一样跟在他身后的可恨的脚步，就再也不会来到他身边了。然后，他跌坐在单人沙发上，想把那自己本不想触动，但却像蜗牛般一再冷丝丝、黏滋滋地在他心里向上爬的念头压下去。可是，被压抑的念头仍是塞满了他的大脑，它是那样的不可抗御，那样的粘住不放，那样的令人厌恶；在整个不眠的夜里和以后的多少个小时，包括身穿黑衣送葬、默默站在棺材前的时刻，这个念头都一直伴随着他。

送葬后的第一天，男爵就匆匆离开了这座城市：现在，他觉得所有人的面孔都是令人难以忍受的，在同情之外全是奇怪的观察和痛苦的审讯（也许这只是他的感觉）。就是那些死的物件也在愤怒地控诉：只要他不由自主地去拧门把手，住宅里，特别是仿佛还被那难闻的煤气味儿附着的卧室里的每件家具，都在向外驱赶他。但他醒里梦里最无法忍受的可怕情形却是自己往日信赖的那个女人满不在乎和冷漠无情的态度，她在空荡荡的屋子里走来走去，好像什么事情都没有发生一样。自从表兄在火车站提到她的名字时起，每次见到她，他都发抖。刚一听到她的脚步声，他便六神无主，想要逃避：他再也不愿见到，再也不能忍受这拖沓的、不在意的脚步声和这冷冰冰的、缄口不言的镇静了。他只要一想到她，一想到她那刺耳的声音、浓密的头发、阴郁的动物般残忍而又无知觉的本性，厌恶感便涌上心头，而在他的愤怒中也包含着对自己的愤怒，因为他没有力量像扯断一根绳索般勇猛地挣脱这勒在脖子上的无形的枷锁。他只看到了这样一条出路：逃避。他一句话也没对她说，悄悄地装好了箱子，只留下了一张字迹潦草的纸条，说他到凯伦特恩的朋友那儿去了。

男爵整个夏天都不在。有一次，为了清理遗产，他被火急地叫回了维也纳，但也宁肯秘密地归来，住在旅馆里，根本没让那个一直坐在家里静候他的讨厌女人知道半点音信。克莱岑莎一点儿也不知道他在城里，因为她跟谁都不说话。她无所事事，像猫头鹰一样阴沉，终日呆呆地坐在厨房里。现在，上教堂也不像从前一周一次了，而是一周两次；吩咐她差事、跟她结算账目，都是经过男爵的代理人：关于男爵本人，她丝毫消息也听不到。他不给她写一个字，也不托人向她转达一句话。她就这样一声不响地坐在那里等着，她的脸变得更严峻、更憔悴了，她的动作又像木墩子一样笨重了，她就这样望眼欲穿地等待着，在神秘的死水一潭般的处境里度过了好多个星期。

但到了秋天，有一些紧急的事非办不可，男爵不能再继续休息下去了，他不得不回到家来。刚到门口他就停住脚步，迟疑不前了。在亲密的朋友周围度过了两个月的时光，许多事他几乎都忘却了，但现在，当他亲身迎着他的恶魔——可能就是自己的同谋——走去时，他又深切地感到了那种令人作呕的、压抑心胸的抽搐。他上楼时越走越慢，每上一个梯阶，就感到有一只看不见的手向他的喉咙抓来。最后，他只好拿出最大的毅力强迫自己僵硬的手指把钥匙插在锁孔里转动。

刚刚听到钥匙在锁孔里咔啦一响，克莱岑莎便欣喜若狂地从厨房里跑了出去。当她看见他时，她脸色苍白地站了一会儿，接着就好像不由自主似的俯下身去把他放在地上的手提包拿了起来。但她忘了说一句问候的话。他也一句话没有讲。她默默地把手提包提到他的屋里，男爵也默默地跟着她走了进去。他望着窗外，默默地等她离开房间，然后就赶快拧了一下门锁。

这便是她在几个月之后对他的第一次迎接。

克莱岑莎在等待着。男爵同样在等待着，看那种一见她就出现的厌恶的恐怖感会不会离去。但情况并没有好转。还没见到她，仅仅听见她的脚步声从走廊里传来，他心中便不禁一颤，很不舒服。早餐他动也没动，一句话也不对她说就早早地匆忙离家，在外面一直待到深夜，仅仅是为了避免跟她见面。需要吩咐她做的那两三件事，他也总是背过脸去才同她说的。他觉得跟这个恶魔呼吸同一个房间里的空气，简直能把人憋死。

这当儿，克莱岑莎整天默不作声地坐在她的矮板凳上。她不再给自己做饭了。她什么东西也吃不下去，她任何人都回避。她一味坐在那里，像一只意识到自己做了错事、被痛打过的狗一样，带着胆怯的目光等待着主人的第一声呼哨。她那迟钝的头脑并不十分明白发生了什么事，只知道她的主人，她的神，在躲避她，不想要她了；只有这件事沉重地压在她的心上。

男爵归来的第三天，门铃响了。一位白发苍苍、仪表端庄的男人，脸刮得光光的，手里提着一只箱子站在门前。克莱岑莎想把他赶走，但这个闯入者却坚持说自己是新来的仆人，说是先生要他十点钟来，让她给通禀一声。克莱岑莎的脸色变得像石灰一样白，她站了一会儿，张开的手指停在了空中。尔后，这只手便像一只被射死的鸟一样突然落了下来。"你自己进去吧！"她气恼地对呆立在那里的人说，转身走进厨房，哐的一声关上了门。

这个仆人留了下来。从这一天起，主人就不需要再直接跟她说话了，对她的一切吩咐都是通过庄重的老管家。家里发生的事她一概不知，一切都像波浪越过岩石一样无情地越过她向前流去。

这种恼人的处境持续了两个星期，使她像得了一场大病一样虚弱下去。她的脸变得棱角格外分明，两鬓的头发也忽然白了许多。她的动作变得笨如顽石。她像一块木墩似的几乎总是默默地坐在矮板凳上，脑子空空地凝视着空空的窗户；但她要是干活的话，就像突然发起怒来，把什么都摔得噼啪乱响。

两个星期以后，老管家特地到主人屋里来了一次。他安安静静地等待了一会儿，男爵看出他是想跟自己说什么特别的事情，他已经向自己告过一状了，用轻蔑的语气说，他对那个"蒂罗尔笨蛋"，那个阴郁的女人很不满，建议解雇她。但不知怎么，这触到了男爵的痛处，男爵起初对他的建议似乎充耳不闻。那回，他鞠了一躬就走了，而这一回他却顽固地坚持自己的意见，脸上现出羞惭，甚至窘迫的表情来，最后他结结巴巴地说，尊贵的先生不要认为他太可笑……但是……他只能，他只能说……他怕她。这个沉默的阴险的女人令人无法忍受，男爵老爷根本不明白在他家里留着一个多么危险的人。

受到警告的男爵不由得警觉起来。男爵问他对这件事怎么想，又想对此说些什么？这时老管家总算拐弯抹角地说出了看法：很肯定的东西他现在固然说不出来，但他总有那么一个感觉，就是这个人是一只愤怒的野兽，很容易伤人。比如昨天，他想要让她做件事，刚转过身去跟她打了个照面，不料竟遇到了那样一种目光，当然对一瞥目光你是说不出多少名堂来的，但他觉得她好像要跳过来用手卡住自己的脖子似的。所以现在他怕她，怕得连她做的饭都不敢碰了。"男爵大人根本不知道，"他这样结束自己的话，"这是一个多么危险的人。她一句话也不说，她什么表示也没有，但我敢说，她说不定会杀人的。"男爵突然吃惊地向控告者望了一眼。莫非他听到了什么？是谁暗中挑起了这种猜疑呢？他觉得手指颤抖起来，急忙把香烟放下，免得它在手中抖来抖去暴露出自己情绪的激动。但老管家的脸是毫无恶意的——不，他什么也不可能知道。男爵踌躇了一下。他紧张地思索了片刻，突然想到了自己隐秘的愿望，于是坚决地说："还是稍等一等。但是，要是她再对你粗暴无礼的话，就直接辞退她好了，就说是我的意思。"

老管家鞠了一躬，走了。男爵如释重负，向椅背一靠。每当想到那个神秘而危险的人，他都会整日闷闷不乐。他考虑，最好是自己不在家的时候，也许到过圣诞节的时候再辞退她。想到那期待之中的解脱，他心里十分愉快。是啊，这样是再好不过的，到圣诞节的时候，我不在家，他会更坚定。

但是第二天，他吃过饭刚刚走进房间，就听见有人敲门。他心不在焉地从报纸上抬起目光，不满地说："进来！"于是，拖拖沓沓地传来了那一直萦绕在他睡梦中的沉重可恨的脚步声。好像死人的头颅般脸色惨白，一张死板的面孔在那瘦削的黑色身影上面不停地晃动，男爵不禁大吃一惊。当他见到内心受尽折磨的女人那小心翼翼的脚步恭顺地停在地毯边上时，恐惧中混进了某种同情的成分。为了掩饰自己的精神恍惚，他竭力装出诚心诚意的样子。"喏，究竟怎么了，克莱岑莎？"他问。但话一出口，听起来就不像预想的那样和蔼可亲；跟他的意愿相反，提这个问题的语调竟显得那样冷淡，那样心烦。

克莱岑莎纹丝未动。她呆呆地望着地毯。最后，就像用脚把什么障碍物踢开了似的，她终于说话了："管家说不用我了。他说是先生您要解雇我。"

男爵痛苦地站起身来。事情来得这么快，真是出乎意料。因此，他结结巴巴地兜起圈子来，说事情并没有那么严重，要她尽力跟老管家和睦相处，照他说来，这类偶然发生的不和是很多的。

但克莱岑莎仍然站在那里，两肩耸得高高的，目不转睛地望着地毯，她像公牛般极其固执地低着头，对他那些客套话只当耳边风，单单等着一句话。但这句话却一直没有出现。男爵很快就厌倦不得不在一个用人面前扮演说客这个不光彩的角色了。等他终于因疲倦而住了声，克莱岑莎依然是那样倔强，那样缄默。过了一会，她才勉强冒出这么一句话："我只是想知道，是不是男爵大人亲自嘱咐过安东，让他解雇我。"

她说的这句话，听起来真是又严厉，又倔强，又辛辣。听她这么一问，男爵好像心上被撞击了一下似的，每根神经都受了强烈的刺激。难道这是威胁吗？她是不是在向自己挑战呢？突然之间，他心中的一切怯懦、同情都飞到了九霄云外；长时间充塞他胸膛的所有仇恨和厌恶，连同想要彻底了结这件事的愿望，像火焰一般喷发出来。他的语声也忽然全部变了调，他以在部里养成的那种大胆处理公务的精神肯定地说：是，是，一点儿不错，事实上他是给了管家处理一切家务的权力。他本人倒希望她好，也愿意设法撤销解雇的决定；但是，如果她今后还要执意对管家采取不友好的态度，那么，当然了，他也就不得不舍弃她的效劳了。

他奋然集聚起全部的毅力，决心不因任何隐晦的暗示或强求的言辞而畏葸不前，说到最后，他瞪了一眼那个被误认为来威胁自己的女人，坚定地望着她。

但克莱岑莎现在胆怯地从地板上抬起的目光，只不过是一只受了致命伤的动物的目光而已，这只动物刚好看到一群猎犬从它眼前的树丛中蹿了出来。"我很感谢……"她用相当微弱的声音说"我就走……我不愿意再给先生您添麻烦……"

她没有回头再看一眼，只是垂着双肩，拖着僵直、笨重的步子，一步一步慢慢地走出门去。

晚上，男爵看完歌剧回来，伸手去取放在写字台上新到的信件时，发现那里摆着一个陌生的四方形的东西。点着了灯，他才看出那是一只农民做的小木箱。箱子没有锁，里边整整齐齐地放着他从前送给克莱岑莎的全部小物件：从狩猎地寄来的几张明信片，两张戏票，一枚银戒指，她那一整叠长方形的钞票，中间还夹着一张快照；这张照片是二十年前在蒂罗尔拍摄的，很明显，她当时有点怕镁光灯，那双眼睛含着一种中了冷箭和被痛打过的神情，在痴呆地望着什么，跟她离别前几个小时的眼神一模一样。

男爵茫然若失地把小木箱推到一边，走出去问老管家，克莱岑莎的这些东西怎么会放在了自己的写字台上。管家立刻亲自去找他的仇敌，想要责问她。但是，不管是在厨房里，还是在别的房间，都找不到克莱岑莎。第二天，警察报告：有一个大约四十岁的女人从多瑙河河湾的桥上跳河自杀了。这时，主仆二人也就不必继续查问莱波雷拉逃到哪里去了。

（关惠文　译）

268

上海译文出版社

Balzac-Dickens-Dostojewski

Drei Meister

斯特凡·茨威格 / 著　申文林 / 译　高中甫 / 校

巴尔扎克 / 狄更斯 / 陀思妥耶夫斯基　三大师传

目录

序

　　尽管这三篇论及巴尔扎克、狄更斯和陀思妥耶夫斯基的文章是在十年之间完成的，可把它们收在一本书里却并非偶然。这三位伟大的、在我看来是十九世纪独特的小说家，正是通过他们的个性互为补充，并且也许把叙事的世界塑造者——即小说家——的概念提升到一种清晰的形式。

　　我把巴尔扎克、狄更斯和陀思妥耶夫斯基称为十九世纪的独特的伟大小说家，当我把他们置于首位时，绝不是对歌德、戈特弗里德·凯勒、司汤达、福楼拜、托尔斯泰、维克多·雨果等人的个别作品的伟大性有所忽视，这些作家的某些作品往往远远超越了他们三人的作品，特别是巴尔扎克和狄更斯的该被剔除的作品。我相信，必须去明确地确定一部长篇小说的写作者和小说家的内在的和不可动摇的区别。长篇小说作家在最终和最高的意义上只能是百科全书式的天才，他是知识渊博的艺术家，他——这里以作品的广度和人物的繁多为依据——建筑了一个完整的宇宙，他用自己的典型、自己的重力法则和

I

一片自己的星空建立了一个与尘世并立的自己的世界。每一个人物、每一件事都浸透了他的本质，不仅仅对他是典型的，而且对我们本身也是鲜明的，有着那种说服力。这种力量诱使我们经常用他们的名字来命名这些事件和这些人物。这样，我们在活生生的生活中就能说：一个巴尔扎克人物，一个狄更斯形象，一个陀思妥耶夫斯基性格。这些艺术家每一个人都通过他的大量人物形象如此统一地展示出了一个生活法则，一个人生观，以至于借助他而成为世界的一种新的形式。去表现这种最内在的法则，这种隐于它们统一中的性格构成就是我这本书的重要的探索，它的未标出的副标题应当是：长篇小说家的心理学。

这三位小说家中的每一位都有自己的领域。巴尔扎克是社会的世界，狄更斯是家庭的世界，陀思妥耶夫斯基是一和万有的世界。把这几个领域相比较便显出了它们的差异，但不能用价值判断来重新解释这种差异，或以个人的好恶去强调一个艺术家的民族因素。每一个伟大的创造者都是一个统一体，以自己的尺度锁定界限和重量：在一部作品的内部只有一种比重，没有公平秤上的绝对重量。

这三篇文章都以作品的理解为前提：它们不是入门，而是升华、沉淀和提炼。因为高度凝练，它们只能是我个人认为重要的东西，这种必要的缺欠在陀思妥耶夫斯基那篇文章里使我感到特别遗憾，他的分量像歌德一样，就是最广阔的形式也无法加以包容。

很想在这几位伟大的形象——一个法国人、一个英国人、一个俄国人——之外添加一个有代表性的德国小说家形象，一位在高度意义上的——如我认为适用于长篇小说家这个词那样——叙事的世界塑造者。但是在当前和在过去，我没有找到一位那种最高等级的作家。为未来要求出现这样一位作家并对遥远的他致以敬意，也许就是这本书的意义所在。

萨尔茨堡　一九一九年

巴尔扎克

一七九九年，巴尔扎克出生于法国富饶的图尔，即拉伯雷的家乡，他生于六月间。一七九九年这个年份是值得反复提到的。在这一年里，拿破仑——对他的事业感到惊恐不安的那个世界还把他称为波拿巴——从埃及回到了法国，半是作为胜利者，半是作为逃亡者。他曾经在金字塔的石头见证人面前战斗过，后来他对在外国的星座之下把一项开头很宏伟壮观的事业坚持到底感到厌倦了，便乘一只小船从纳尔逊暗中埋伏的轻型护卫舰中间钻了过来。他回国几天以后便聚集起一批忠实的追随者，清除了进行反抗的国民议会，并且一举夺取了法兰西的统治大权。巴尔扎克出生的这个一七九九年便是拿破仑帝国开始的年份。新世纪所熟悉的再不是"矮个子将军"，再不是科西嘉岛来的冒险家，而只是拿破仑，法兰西帝国的皇帝了。在巴尔扎克童年时代的那十到十五年里，拿破仑贪恋权力的双手已经合抱住了半个欧洲。那时他野心勃勃的梦想已经驾上鹰的翅膀飞翔在从近东到西欧的整个世界上空了。首先要回顾巴尔扎克的十六年与法兰西帝国的十六年，即与或许是世界史上最离奇古怪的时代完全吻合。那个时代对于惊心动魄地经历过种种重大事件的人来说，对于巴尔扎克本人来说，不可能是无关紧要的。因为早年的经历和命运实际上不就是同一件事物的内部和外表吗？来了那么一个人，他从蓝色地中海的某个小岛来到了巴黎。他没有朋友，没有生意，没有名望，也没有地位，但却陡然间在巴黎抓住了刚刚变成脱缰野马的政权，而且把它的头扭转过来，牢牢控制住了。这个人是单枪匹马的。这个外省人赤手空拳得到了巴黎，接着又得到了法国，随后又得到了这一大片世界。世界历史上的这种冒险家的突如其来的念头不是通过许多图书和令人难以置信的传说或者故事介绍给巴尔扎克的，而是有声有色地，通过他所有饥渴的感官渗透进了他的生活，并且随着回忆中的那千百个形象生动的真实事件在他还没有东西进入过的内心世界里定居了下来。这样的阅历必定会成为范例。巴尔扎克这个男孩子兴许是在傲慢、粗暴，而且几乎是充满罗马式激情的讲述远方胜利的公告上学会阅读的。在拿破仑的军队进军以后，这个男孩子想必经常用手指头在地图上不大灵便地勾来画去。法国在地图上便像是一条泛滥的河流，逐渐地向全欧洲扩张。今天它翻过了塞尼山①，明天越过了内华达山②，它跨过江河开往德国，踏开冰雪进入俄国，还越过英国人用猛烈炮火把舰队打得起火的直布罗陀海域。在白天巴尔扎克可能和那些脸上带有哥萨克军刀伤痕的士兵在大街上一起赌过，在夜间他也可能经常被开

---

① 阿尔卑斯山脉在法意边界的一段，有重要山口。
② 位于法国与西班牙的边界上。

往奥地利去轰击奥斯特里茨附近冰块掩体后面的俄国骑兵部队的大炮滚动声惊醒。巴尔扎克青年时代的一切追求必定都化成了一个鼓舞人心的名字，化成了一个概念，化成了一个想象：拿破仑。在巴黎通往世界的大花园前边耸立着一座凯旋门。这座凯旋门上刻记着半个世纪里被法国征服的城市的名字。因此，当外国军队从法国人引以为傲的凯旋门下开进巴黎的时候，那种法国居于统治地位的自豪必然会转变成巨大的失望！外部风起云涌的世界里所发生的一切事情都成了巴尔扎克内心不断增长的阅历。很早他就经历了价值的彻底变革，既经历了精神价值的彻底变革，也经历了物质价值的彻底变革。他看到过有共和国印章标志的上百或者成千法郎的纸币①都变成了一文不值的废纸，随风飞舞。在从他手里滑进滑出的金币上边，忽而是掉头国王肥头大耳的侧面头像，忽而是雅各宾式的自由帽②，忽而是执政官③的罗马帝国公民面孔，忽而又是黄袍加身的拿破仑。在这个时期里，道德、货币、土地、法律、等级制度等方面都发生了彻底的变革。几百年来严格禁止的一切，现在都渗透进来，甚至泛滥起来了。巴尔扎克置身于这样一个前所未有的变革时代里，必定很早就意识到了一切价值的相对性。他周围的世界是个旋涡。如果眩晕的目光想要一览全貌，想要寻求一个标记，想要在这奔腾呼啸的波涛上空找到一个星座，那么，在那么多重大事件的连绵起伏中只有拿破仑这个创造者是永远存在的。那千百次对世

----

① 指法国大革命时期发行的以土地为担保的货币。
② 指法国大革命时期作为自由标志的红色圆锥形帽。
③ 指拿破仑时期的最高执政官。

界的震惊和冲击都是从他这里发出的。巴尔扎克还见到过拿破仑本人。他看到拿破仑骑马前去检阅，带着一批他自己意志的产物。在这些随从人员中有奴隶鲁斯坦，有拿破仑以西班牙做礼品相赠的约瑟夫，有拿破仑把西西里岛做礼品相赠的穆拉特，有叛徒贝尔纳多特，还有所有那些拿破仑给他们铸造大炮、占领他们的王国，并且把他们从往昔微不足道的地位提拔到拿破仑时代光辉中来的人。有个人物形象在一瞬间里鲜明生动地照进了巴尔扎克的视网膜。这个人物形象比历史上的任何典范人物都更加伟大。巴尔扎克看到了伟大的世界征服者。对于一个男孩子来说，看到了世界征服者不就是等于自己有了要成为世界征服者的愿望吗？与此同时，在另外两个地方还安居着另外两位世界征服者。一位住在柯尼斯堡，此人使混乱纷繁的宇宙变得一目了然①。还有一位住在魏玛，这位诗人对全世界的征服并不比拿破仑及其千军万马逊色②。但是这两位对于巴尔扎克来说，在很长时期里都还是无知无觉的遥远境界。目前是拿破仑的范例在巴尔扎克身上形成了一种永远想要整体而绝不要零碎的欲望，贪婪地追求世界上的一切的欲望，这是一种急切而狂热的抱负。

　　然而这样的凌云壮志还无法立即实现。最初，巴尔扎克决定不从事什么职业。他如果早出生两年，作为十八岁的成人加入了拿破仑的军队，很可能他会在滑铁卢战役中向着英军发射榴霰弹的山头冲去。然而世界历史不喜欢重复。紧随拿破仑时代那种狂风骤雨的

---

① 指提出太阳系起源的星云假说的康德。
② 指歌德。

4

天气而来的，是微温、柔和而又令人困乏的夏天。在路易十八时代，军刀变成了装饰剑，军人变成了宫廷佞臣，政治家变成了巧言令色之徒。国家高官显位的安排再不是根据业绩的威力，再不是根据令人生疑的意外横财，而是由女士们柔和的手所给予的恩惠与宠爱来决定。国家的生活淤塞停滞了，肤浅平庸了。那些重大事件飞溅的浪花现在平静地汇聚成了一个柔水池塘。现在的世界再不必用军队征服了。拿破仑这个单枪匹马的榜样，对许多人来说变成了一种儆戒。但是艺术依然如故。现在巴尔扎克开始写作了。不过他与别人不同，他写作不是为了聚敛钱财，不是为了消遣，不是为了把书架装满，也不是为了去林荫大道漫步谈心。他在文学中所渴求的不是元帅的权杖，而是皇帝的皇冠。他在一间屋顶阁楼里开始了写作。他最早写的长篇小说用的都是笔名，好像是为了检验一下自己的实力。这还不是实战，而只不过是地图上的军事演习。此后他对自己的成就不满意了，不满足于已经取得的成功。于是他丢开这行手艺，去干了三四年别的行当。他坐在一个公证人的房间里当抄写员。他用自己的眼力对人世间的生活进行观察、领会和享受，而且自己闯了进去。然后他又从头开始了。不过这时他心中怀的是旨在得到整体的那种惊人抱负，是那种巨大的狂热贪欲，它轻视单个事物、外形表象和被剥离的东西，是为了抓住在强烈震荡中旋转的世界。他对世界原始传动机构极其神秘的齿轮组件进行了仔细观察。他从事件的混合饮料中提取纯粹的成分，从大量混乱的数字中得出全体的总和，从呼啸的喧闹中找到和谐，从丰富多彩的生活中取得本质核心。他要把整个世界装进他的曲颈甑里，把世界简明扼要地再进行一次创造。这就是他现在的意图。他不让丰富多彩的生活有丝毫的遗漏。而要把人世间生活的无限压缩成有限，把无法实现的压缩成人力所及的，只有一个过程，就是简明化。巴尔扎克把全部精力都用于去精简可感知的现象。他用筛子筛选，筛掉一切非本质的东西，只选取纯洁而珍贵的表现形态。然后他把这些表现形态，这些分散的个别现象放到他的手炉中进行锻造，使这些纷繁复杂的表现形态变成生动、直观，而且一目了然的体系。这情况很像林奈把亿万种植物列成关系紧密的一览表，也很像化学家把不计其数的化合物分解成为数不多的元素——这就是他的雄心壮志。他把世界简单化，为的是去统治它。他把所制伏的世界都塞进了《人间喜剧》这么一个宏伟壮丽的监狱里。经过这样的蒸馏过程以后，他的人物始终都是典型，都是对大多数人性格化的概括。他那前所未有的艺术意志把一切多余的东西、非本质的东西，都从这些人物身上清除掉了。他把行政管理的中央集权体系引进到文学中来，进行集中化。他像拿破仑一样把法国作为世界的圆周，把巴黎作为圆心。他把各色各样的集团帮派、贵族、教士、工人、诗人、艺术家、学者等都拉进了这个圆圈里，甚至都拉进了巴黎。他根据五十家贵族的沙龙才写出了德·卡迪尼昂公爵夫人的一个沙龙。他根据数以百计的银行家才写出了一个德·纽沁根男爵。他还根据所有的放高利贷者写出一个高布赛克，根据所有的医生写出一个皮安训。他让这些人彼此住得十分邻近，经常互相接触，发生激烈争吵。在生活出现成千上万个变种的地方，他却只要一种生活。他的世界比真实显得贫乏，但是更为紧凑。这是因为他的人物都是精选出来的人物，他的激情是纯洁的元素，他的悲剧是冷凝而成的。像拿破仑一样，巴尔扎克也是以征服巴黎作为开端的。然后他又一个接一个地征服了各省。几乎每个地区都往巴尔扎克的议会里派驻了自己的发言人。然后巴尔扎克也像战绩辉煌的执政官波拿巴一样，把自己的部队投放到了各个国家。他铺展的面很大。他把人派到挪威悬崖峭壁的峡湾，派往西班牙阳光灼人的沙土平原，派往埃及火红色的苍穹之下，派往贝雷西纳河①一座座滴水成冰的桥上，还派往其他一些地方。然而他的世界意志如同他那伟大的榜样人物的世界意志一样，伸展得比派人去的地方更远。此外，正如拿破仑在两次远征之间悠然自得地创立了《法国民法典》一样，巴尔扎克也在用《人间喜剧》征服了世界以后，悠然自得地写出了一部爱情、婚姻的道德法典和一篇学术论文。他在这样一些伟大作品的环抱全球的线条上边还微笑着画了《滑稽故事集》这个阿拉伯风格的颇为自负的花纹图案。他从苦难的深渊，从农民的茅舍，漫游到了圣日耳曼区的宫殿，闯进了拿破仑的各个房间。他在那里边打开第四面墙，同时也就揭开了那些重锁深闭的房子里的秘密。他与士兵们一起在布列塔尼地区的帐篷里休息。他在交易所里转悠。他察看剧院布景的内幕。他监视学者们的创作。在这大千世界里没有一处角落是他那魔术师的光焰没有照到的。他的军队有两三千人。事实是，这些人都是凭空造出来的，是在伸开的手掌里成长起来的，他们赤身裸体，巴尔扎克给他们穿上衣服，送给他们头衔和财富。就像拿破仑

_____

① 俄国第聂伯河的一个支流。

对待他的元帅们那样，他忽而又把这些人的头衔和财富收了回来。他与这些人一起赌博，唆使他们乱作一团。纷繁复杂的事件是数不胜数的。在重大事件背后所展现的地域惊人地广大。《人间喜剧》对世界的征服，那种用两只手集中起来的全部生活，在近代文学中是绝无仅有的，这也正如在近代史中拿破仑是独一无二的一样。征服世界原本是巴尔扎克少年时代的梦想，如今没有什么比这个正在变成现实的早年决心更强大有力了。巴尔扎克不无道理地在一张拿破仑肖像的下边这样写道："我将用笔实现他用剑未能完成的事业。"

因此，巴尔扎克的主人公都像他本人一样。他的主要人物全都有征服世界的欲望。有一种向心力把这些主要人物从外省，从他们的故乡吸引到巴黎。他们的战场就在这里。五万青年人的浩浩荡荡的大军蜂拥而至，来到了巴黎。这是未曾试过身手的纯洁力量。这是不明确行动方向的、寻求释放的能量。现在他们在巴黎像炮弹一样紧紧挤在一个狭小的空间里。他们互相消灭，互相追逐，争着往上爬，把别人拖进深渊。这里没有给任何人准备好位置。每个人都不得不为自己争夺讲坛，把无比坚硬和柔软易弯的金属——这说的是青年时代——锻造成一种武器，把自己的力量聚集成一个爆炸物。文明内部的这种战斗的激烈程度丝毫不亚于战场的厮杀。巴尔扎克是第一个对此作出证明的人，这是他的骄傲。他提醒浪漫派的作家们说："我的市民长篇小说比你们那些悲惨的悲剧更具有悲剧性！"这是因为那些青年人在巴尔扎克的书里首先学习到的东西是严峻无情的法则。他们明白，他们这样的人太多了，因此他们必须像在一个锅里的许多蜘蛛那样互相吞噬——这是巴尔扎克的宠儿伏脱冷的比喻。他们不得不把自己用青年时代锻造成的武器再一次浸泡在烫人的阅历毒药中。只有剩余下来的人才是对的。他们就像"拿破仑大军"的无套裤汉那样，从四面八方来到这里。在到巴黎来的路上，他们跑破了鞋子，公路上的尘土沾满了他们身上的衣服。他们的喉咙里冒火，非常干渴。他们来到这个令人陶醉的，既优雅又有财富和权力的新地方。当环顾四周的时候，他们才顿时感觉到，要想得到这里的宫殿、这里的女人和这里的权力，他们随身所带的那一点点东西是毫无用途的。为了充分发挥自己的才干，他们必须熔铸自己的能力，把血气方刚熔化成坚韧，把聪明熔化成狡黠，把信赖熔化成欺诈，把美丽熔化成恶习，把鲁莽熔化成诡谲。这是因为巴尔扎克的主人公都是强烈的贪婪者。他们追求的是整体。他们都有相似的奇遇经历：一辆双人二轮马车从他们身边疾驶而过，车轮溅了他们一身泥浆。马车夫挥舞着鞭子。马车里边坐着一个青年女子。她头发上的首饰闪闪发光。眨眼间马车已经飞速而去。那个青年女子是充满诱惑力的象征，是美丽的象征，是享乐的象征。于是巴尔扎克所有的主人公在这一瞬间里的愿望都是一样的："我要得到这个青年女子，这辆马车，这个仆人，这些财富。我要得到巴黎，我要得到全世界！"即使最微不足道的人也能得到一切权力——拿破仑的例子使这些年轻人都走向了堕落。现在他们不像在外省的父辈那样力争得到一处葡萄园、一处衙署公馆，或者一笔遗产。他们力争得到的是象征，是权力，是上升到象征王权的百合花纹章放射光辉和人们挥金如土的那个光圈里边去。于是他们就变成了大野心家。巴尔扎克在笔下赋予他们比其他野心家更强健的肌肉，更激烈的雄辩口才，更有力的欲求，还有虽然过得比较快，但是生动活跃的生活。他们都是把梦想变成了业绩的人。他们都是正如巴尔扎克所说的，用生命材料写作的作家。他们开始战斗的方法有两种：特别的门道是为天才准备的，另一条道路则是为普通人开辟的。为了得到权力，他们必须找到自己的方法，或者学会别人的方法，学会社交界的方法。他们必须作为炮弹杀气腾腾地投掷到置身于这个目标和那个目标之间的另外一群人里，要不就得像黑死病一样缓慢地把那群人毒死。巴尔扎克威严的宠儿，无政府主义者伏脱冷就是这样建议的。开始写作时，巴尔扎克住在拉丁区的一个狭小房间里，所以他的主人公也都到这个街区来聚会。他们是社会生活的原始表现形态，如医科大学学生德普兰，到处钻营往上爬的拉斯蒂涅，哲学家路易·朗贝尔，画家勃里杜，新闻记者吕邦泼雷等。这是一个年轻人的聚会，他们都是纯洁的、未经雕琢的人。不过他们的全部生活都围绕着令人难以想象的伏盖公寓里一张餐桌的桌面。然后他们都被装进了生活的大曲颈甑，受到激情高温的煮熬。后来他们又在失望中冷却下来，变得僵化了。由于受到社会自然的复杂影响、机械的摩擦、磁性的吸引、化学的分析、分子的分解，这些人都变质了。他们失去了自己的真实本性。强酸——这里指的是巴黎——溶解了一些人，腐蚀他们，排除他们，让他们消失；而对另外一些人则使他们晶化、硬化、石化。此外对他们还要进行变形、染色和结合的工作。结合起来的元素形成新的复合物。于是十年以后，这些剩余下来的人，这些经过了重新雕琢的人，都面带会意的讥讽微笑，在人生的顶峰上相互致意。其中有名医德普兰、部长拉斯蒂涅、大画家勃里杜。与此同时，生活的飞轮却把路易·朗贝尔和吕邦泼雷绞碎了。巴尔扎克喜爱化学，他对居维叶①和拉瓦锡的著作的研读没有白费力气。他觉得在作用与反作用、亲和性、排斥与吸引、分离与排列、分解与晶化的各种各样的过程中，在对组合成分进行原子的简化中，所显露出来的社会成分的图像比在其他任何地方都更为清晰，每一个人都是由气候、环境、习俗、偶然事件，尤其是命运注定要他碰到的事情所雕琢出来的产物。每一个人都从一种氛围中吮吸自己的本性，以便自己能制造出一种新的氛围。巴尔扎克认为，内心世界与周围世界之间这种无一例外的普遍依存关系是一条公理。于是他觉得，艺术家最崇高的使命就是重现有机物在无机物中的痕迹、有生命的个体在概念中的迹象、社会生活中瞬间出现的精神财产的聚集、整个时代产物的描绘。一切事物都是互相交融的。一切力量都处于悬而未决之中，无一是自由的。这种无边无际的相对论否认任何持续性，甚至否认性格的持续性。巴尔扎克总是让他的人物在重大事件中培养自己，为自己造型，就像是把黏土泥团放在命运的手中那样。甚至他的人物的名字也是包含着转变，而不是统一。法国贵族院议员德·拉斯蒂涅男爵贯穿了巴尔扎克的二十本书。我们相信，我们早已经在大街上，在沙龙里，或者在报纸上认识了他这么一个无所顾忌的发迹者，这么一个残酷无情地往上爬的巴黎钻营者的原型。他极其圆滑地经历过法律的一切避难所，从而出色地体现了一个腐朽社会的道德。但有一本书，在这本书里也有一个拉斯蒂涅，年轻的穷贵族，他

---

① 居维叶（1769—1832），法国科学家，比较解剖学的奠基人。

的父母往巴黎给他寄来的希望很多，寄来的钱却很少。他是一个软弱、温和、简朴而且易动感情的人。这本书讲述了他是如何住进伏盖公寓的，如何陷进了那个有形形色色人物的魔女之锅，如何陷入了那种天才的按透视法缩短的表现方法之中，在那里巴尔扎克把脾气和性格纷繁复杂的全部生活关闭在裱糊简陋的四面墙壁之内。拉斯蒂涅就是在这里看到了素不相识的李尔王——高老头——的悲剧。他看到近郊圣日耳曼区里那些轻浮的公主，一身珠光宝气，在如何贪婪地偷窃她们老爹的财产。他看到社会上的种种卑劣行为最后融化成了一场悲剧。最后他跟随着那位过分善良的老人的棺材，同去的只有一名男用人和一名女用人，在愤怒的时刻他在这里看到巴黎是暗黄色的，混浊不清的，好像一个毒疮疖子从拉雪兹神父公墓的山头上落到了他的脚前。在这里他懂得了人生的一切智慧。此时此刻他的耳朵里听到苦役犯伏脱冷的声音。伏脱冷的信条是：人对待人必须像对待拉邮车的马那样，赶着他们在车子前边走，然后让他们惨死在目的地。也就是在这个时刻拉斯蒂涅变成了肆无忌惮、残酷无情的钻营者，巴黎贵族院的议员。巴尔扎克所有的主人公都经历过站在人生十字路口的这个时刻。他的主人公都是所有人反对所有人的战争中的军人。每一个人都在向前冲锋，这一个人的路必须跨过另一个人的尸体。巴尔扎克指出：每个人都有他的卢比孔①，都有他的滑铁卢，战争在宫殿、茅舍和商店里导致的结果是同样的。巴尔扎克的伏脱冷，这个无政府主义者扮演过种种角色，在巴尔扎克的书里有十次化装出场。但是他始终

① 意大利中部的一条河。恺撒在渡过这条河时说："骰子已经掷下了。"过河后便对庞培发起总攻。此后，人们用卢比孔比喻当机立断。

如一，而且是自觉地始终如一。他知道，神父、医生、军人、律师穿上破烂衣裳都会提出同样的要求。在现代生活拉平了的表层下边，斗争是以地下的方式继续进行的。这是因为内心的抱负对外表的平等化要进行抵制，因为谁也不能像从前的国王、贵族和神父们那样有自己的保留位置，因为每个人都有权去争取想要的位置，于是他们之间的关系就十倍地紧张。机会减少在生活中就表现为精力加倍。

　　引诱巴尔扎克的正是这种杀人和自杀的能量的战斗。他的激情就是要把这种能量作为自觉生活意志的表现用在一个目标上。这种激情只要强烈起来，那么，它是善是恶，是卓有成效还是白费力气，他觉得全都无关紧要。紧张，意志，这就是一切。因为这都是属于人的，而成就与荣誉则丝毫不属于人，那都是偶然事件决定的。战战兢兢地在面包店柜台上偷了一个面包塞进袖筒里的蟊贼令人望而生厌，但那不仅是为了得到好处、更是为了激情的原因进行抢夺、把其全部生活理解为夺取财物的职业大盗却令人肃然起敬。巴尔扎克似乎认为，估量效果、测定事实依然是编写历史的任务，而阐明原因、发掘精神的紧张程度则是作家的使命。只有没能达到目的的力量是可悲的。巴尔扎克描写的是被遗忘了的英雄。他认为，在任何一个时代里都不只有一个拿破仑，不只有历史学家的那个在一七九六年至一八一五年间征服过世界的拿破仑，他认识的拿破仑就有四五个。一个兴许是在马朗戈①附近阵亡了，名字是德塞。第二个可能被现实中的拿破仑派往埃及去了，远远离开一系列重大

———————————

① 马朗戈，意大利的一个村庄，一八〇〇年拿破仑曾于此地大胜奥军。

13

事件。第三个也许是遭受到了最深沉的悲剧：他是拿破仑，却从来没有上过战场。他不得不隐藏到外省某个小地方去，他没有成为奔腾呼啸的山洪，不过他耗费的精力并不少，虽然是用到了比较琐碎的事情上。巴尔扎克赞扬以献身精神和容貌美丽而闻名的妇女，称她们为"太阳女王"，她们的名字就如同蓬巴杜①或者狄安娜·德·普瓦捷②的名字一样响亮。他讲到因一时不走运而毁灭的诗人，荣誉从他们的名字旁边滑了过去。因此作家必须首先给他们重新追赠荣誉。巴尔扎克知道，人生中的每一秒钟都在毫无成效地浪费大量的精力。他意识到，多愁善感的外省姑娘欧也妮·葛朗台在吝啬的父亲面前颤抖着把钱袋送给堂兄的那个时刻，其勇气不亚于在法国各个广场上闪耀光辉的大理石像圣女贞德。成就不可能使所有传记作家都眼花缭乱，也迷惑不了那些对社会繁荣的一切化妆品和混合药剂进行过化学分析的人。巴尔扎克不可收买的眼睛只盯住能量。在乱纷纷的各种事实中，他总是只看到生气勃勃的紧张，从被击溃的拿破仑大军在贝雷西纳河边争先恐后地往桥上拥挤，灰心绝望、卑劣行为和英雄气概都汇集在那个已被上百次描述的瞬间场景里，巴尔扎克选出了最伟大的真正英雄：四十名工兵。这些没人知道他们名字的工兵为了建起一座能让一半大军逃脱的摇摇晃晃的桥梁，在漂流着冰块的齐胸深的河水里站了三天。巴尔扎克知道，每时每刻在巴黎关闭的窗子里边都有悲剧发生。这些悲剧不亚于朱丽叶之死、华伦斯坦的结局和李尔王的绝望。因此，他一再自豪地重

---

① 蓬巴杜（1721—1764），路易十五的情妇。
② 狄安娜·德·普瓦捷（1499—1566），即瓦朗斯女公爵。

复这样一句话："我的市民长篇小说比你们那些悲惨的悲剧更具有悲剧性！"这是因为他的浪漫主义是向内心追求的。他的伏脱冷身着市民服装，但绝不逊于维克多·雨果的《巴黎圣母院》里身带铃铛的敲钟人加西莫多。他内心里僵硬的、怪石嶙峋的景象，他的激情的荆棘丛莽，他那伟大追求者胸中的贪欲，其骇人程度绝不低于《冰岛凶汉》中的可怕岩洞。巴尔扎克寻找宏伟的事物不是到帷幔里，也不是到历史或者异国的远景中，而是在极其巨大的范围里，在一种变得十分完整的、强烈紧张的感情里。他知道，任何感情都只是在力量未被削弱的时候才有意义。任何一个人都只有在他集中精力于一个目标，不在几个欲望上浪费心力、分散精神的时候，在他的激情吮吸给他带来其他感情的汁水的时候，才是伟大的。他的激情通过抢夺和违反自然的行为而变得强烈起来，这就像是园艺工人要剪掉或者压制双权树枝，以使一个树枝得到双倍的营养，茂盛开花。

巴尔扎克描写了这样一些充满激情的偏执狂人，他们在一种唯一的象征中理解世界，在无法分开的轮舞中确认一种意义。他的唯能论的基本公理是一种激情的力学。他的信念是，不管怎样，任何生活都要消耗同样数量的力。不论生活把这种意志要求浪费在什么样的幻想上，不管意志要求是缓慢地零星耗费在千百次的激动中，或是有节制地一直保持到突然猛烈的极度兴奋，还是生命之火在燃烧或爆炸中化为灰烬。谁活得更急迫，并不意味着活得短促。谁始终怀抱唯一的激情，生活中的多样性也并不逊色。这样的偏执狂人对于一心要描写典型，一心要溶解纯洁成分的作品是极其重要的。

软弱无力的人引不起巴尔扎克的兴趣。引起他的兴趣的只有这样一些人：他们比较完整，他们把所有神经、全身肌肉和一切思维都贯注于一种生活的幻想——无论贯注于什么样的幻想，爱情、艺术、贪欲、献身、勇敢、懒散、政治、友谊都行，贯注于某个象征，随便哪一个象征都行，只要是贯注于那个象征的整体。这种感情激动的人，这种自创宗教的狂热信仰者，既不左顾，也不右盼。他们所讲的语言彼此不同，因此不能互相理解。如果给收藏家看一个女子，即使天下最美的女子，他也会不予理睬。如果跟一个热恋的人谈锦绣前程，他会表示轻蔑。如果给悭吝的人看除财物以外的什么东西，他都不会从自己的钱柜上抬起头来。如果一个偏执狂听任引诱，为了其他缘故而丢弃了自己所钟爱的激情，那么，他也就毫无希望了。这是因为肌肉不使用就会憔悴，思想经年不振奋就会僵化。因此，如果谁一辈子是某一种激情的行家里手，某一种感情的竞技运动员，那么，他在其他任何领域里就会是一个技艺低下和意志薄弱的人。任何激起偏执狂的感情都要压制其他感情，破坏其他感情的基础，使其他感情干枯而死，但是激起偏执狂的感情又吸取其他感情的诱惑价值。爱情、嫉妒、悲哀、精疲力竭和心醉神迷的一切级别和突变，对于吝啬鬼来说都反映在节省的癖好里，对于收藏家来说都反映在收藏的狂热里。这是因为任何一种绝对的完善都是与感情能力的总和结合在一起的。在某一个方面强烈的感情激动之中自然会有形形色色的要求受到冷落。巴尔扎克写的重要悲剧都是从这里开始的。富翁纽沁根聚集了数百万的家财，在精明机智方面又凌驾于法国所有的银行家之上，但在一个妓女手里却变成了一个傻乎乎的孩子。投身于新闻工作的作家如同磨里边的谷物一样被研磨碎了。一幅世界的梦幻景象，任何一个象征，都是像耶和华一样的嫉妒成性，不能容忍其他激情与自己并存。在其他那些激情中没有比较大的激情，也没有比较小的激情。那些激情如同风景或者梦境一样很少有等级秩序，没有一种激情是特别小的。"为什么不应该写愚蠢的悲剧呢？"巴尔扎克说，"还有羞耻的悲剧？恐惧的悲剧？寂寞无聊的悲剧？"这些悲剧只要有足够强度的丰富内容，就都是感动人和激励人的力量，也都是有意义的。即使面相最穷命的人，只要他不屈不挠地继续追求，或者完全绕过了自己的命运，就也有充满生气和美的威力。把这种原始力量——或者更好的说法是真正原始力量变化无常的千百种表现形态——从人的胸膛里拉出来，通过大气压力给它们温暖，通过感情让它们受到冲击，用恨与爱的万灵仙丹让它们陶醉，让它们在心醉神迷中发狂，在偶然事件的边缘问题上打垮一些人，把他们挤压到一起，然后又把他们拉开，建立起联系，在梦想之间架起桥梁，在悭吝的人与收藏家之间、在沽名钓誉者和色情狂之间架起桥梁，不停地移动各种力的平行四边形，在每一种命运里都打开有浪峰和波谷的骇人深渊，把他们从下往上投掷，然后又从上往下抛落，把这些人像奴隶一样地驱使，永远不让他们休息，让他们饱受长途跋涉之苦，很像拿破仑拖着他的士兵穿过奥地利各州，又进入法国旺代地区，越过地中海前往埃及，前往罗马，穿过勃兰登堡门，又来到阿尔罕布拉宫①的山

----

① 摩尔人的民族王宫，位于西班牙的格拉那达省。

坡前边，经历过胜利与失败之后，最后开往莫斯科去——一半人在途中倒下了，不管是受了榴弹炮的猛烈轰击倒下，还是埋没在大草原的冰雪之中。最初是把全世界像张纸牌一样撕成碎片，并像画风景画那样进行涂抹绘画，然后又用激动的手指操纵木偶戏——这就是他的偏执狂，这就是巴尔扎克的偏执狂。

巴尔扎克本人就是在他的作品中得到永生的伟大偏执狂人之一。失望之后，他便从冷酷无情的世界退回到了自己的种种梦想中。冷酷无情的世界不喜欢外行新手，也不喜欢穷人。于是他埋头于沉寂中，为自己创造了一个世界的象征。这是一个属于他，由他操纵，而且与他一起崩溃的世界。真实的事件擦身而过，但他不去捕捉。他闭门坐在斗室之中，像钉子似的伏身书案，生活在他的人物之林里，就像收藏家埃利·马古斯生活在自己的书画中一样。巴尔扎克在二十五岁以后，对现实的所有兴趣只限于把它作为一种创作素材，作为用来发动自己世界的飞轮的燃料——只有注定成为悲剧的现实例外。他几乎是自觉地避开活生生的东西，好像有种提心吊胆的感觉，生怕这两个世界，即他自己的世界与另一个世界，一接触就要融合成一个世界。晚上八点钟他疲惫不堪地去睡觉，睡上四个小时，让人在半夜把他叫醒。当他周围这个喧闹的世界——巴黎——闭上热得发红的眼睛的时候，当黑暗降落到人声如潮的街道上，当这个现实的世界消失的时候，他的世界就开始复活了。他除了用其他成分以外，主要是用世界自身分解开的成分建造世界的。他一连几个小时生活在狂热的极度兴奋中，同时不间断地用浓咖啡刺激疲劳的感官。他就是这样工作十个小时、十二个小时，有时甚至十八个小时，一直到有什么事情把他从这个世界中拖出来，拖回到自己的现实中为止。在刚醒来的那几秒钟里，他必定有罗丹在他的雕像上赋予他的那种眼神。这是从九重天国里惊醒过来的状态，这是返回忘怀了的现实的跌落。这是极其庄严，简直是在呼喊的眼神。这是一只在发抖的肩膀上紧拉衣服的手。这是一副从沉睡中被震醒的表情。这是听到厉声呼唤自己名字的梦游者的姿势。在其他作家笔下都没有巴尔扎克作品中这么强烈的自我迷失，都没有对自己的梦幻这么强烈的相信，都没有这么一种接近自我欺骗边缘的幻觉。巴尔扎克并不像一部机器上能够突然停住旋转的巨大飞轮那样，随时都能控制自己的激动。他并不是随时都能区分镜中影像与实际事物，随时都能在这个世界与那个世界之间划个明确界限。别的人都把趣闻逸事——常常是些滑稽的小故事，但大多数是有些令人恐惧的小故事——塞满一本书。巴尔扎克却在对工作的陶醉中相信他的人物确实存在。一个朋友走进了房间，巴尔扎克慌忙迎着冲过去说："你想象一下吧，不幸的女子自杀了！"然后他才从朋友惊愕的后退中意识到，他所说的人物欧也妮·葛朗台只在他的星际里生活过。也许只有外部生活与新的现实间存在法则的同一性，才能把如此持续、如此强烈、如此完整的幻觉与精神病院里病人病理学的幻想区别开来。但是从幻想的持续性、坚韧性和封闭性来看，他这样的沉思是无可救药的偏执狂人的沉思。他的工作已经不是勤劳，而是冲动、陶醉、梦想和极度兴奋了。他的工作是具有魔力的止痛剂，是让他忘记生活饥荒的安眠药。巴尔扎克比任何人更有能力成为一个享受者，成为一个挥霍浪费者。他自己承认，这种狂热的工作对于他来说，不过是一种享受的药剂。一个对渴求如此无节制的人，就像他书中那些偏执狂人一样，只能放弃别的热情，因为它代替了它们。他在创作中找到了七倍的代用品，因此他能够丢开生活感情的刺激、爱情、追求、名气、娱乐、财富、旅游、荣誉和胜利等等。他的感官像孩子一样迟钝，区分不开真的与假的、错觉与真实，随便用些什么喂养便够了，不管是真实还是梦幻。巴尔扎克一辈子都在欺骗自己的感官，他不给它们享乐，而只是糊弄它们，他拒绝给它们菜肴，而只是用气味来满足它们的饥饿要求。他的经历就是热情地参与他的创造物的享受。当轮盘赌的转盘旋转起来以后，往赌案上押十个路易，然后便哆哆嗦嗦地站在那里的人就是他。那个在剧院里赢得重大胜利的人，那个与全旅一起冲向高地的人，那个用地雷从根基上掀起交易所的人，都是他。他的创造物的一切喜悦都是属于他的。那些喜悦就是极度兴奋。他那外表很可怜的生命就是在这种极度兴奋中折磨自己。他玩弄自己笔下的人物，就像放高利贷的高布赛克玩弄陷于绝望投奔他而来的受苦的人，他们向他借钱，他则让他们在钓钩上蹦跶。对于这些人的痛苦、愉快和烦恼，他仔细地观察，当作是演员们或多或少有些天赋的表演。巴尔扎克的心借身穿肮脏外套的高布赛克的嘴说出："您认为这样钻研一个人心里最隐蔽的皱纹，这样深入地探讨面前的一颗赤裸裸的心，是毫无意义的吗？"他这位意志的魔术师把梦想重新融化成了生活。据传，巴尔扎克在屋顶阁楼里啃个干面包当作一顿可怜的正餐的时候，曾经用粉笔在桌子上画了个餐盘的轮廓，还在餐盘中心写上最爱吃的精美菜肴的名称，目的是一边嚼干面包一边通过意志的启示而感受到最昂贵的菜肴的味道。正如此时他认为品尝到了菜肴的味道，就像是真正品尝到了菜肴一样，他肯定也难以遏制吞饮自己书里面万灵仙丹般的一切生活刺激。他肯定也用他笔下人物的财富和挥霍浪费来欺骗自己的穷困潦倒。他这个总是被债务紧追不放的人，这个不断被债主们纠缠的人，在写下"十万法郎养老金"的时候，肯定感觉到一种简直是感官的刺激。就是他，在埃利·马古斯收藏的名画里翻寻不已；就是他，以高老头的身份喜爱那两位伯爵夫人；就是他，与六翼天使一起腾空升起，凌越从未见到过的挪威悬崖峭壁的峡湾；就是他，与吕邦泼雷一起享受女士们赞赏的目光；就是他，为了自己而让所有这些人都喷射出像岩浆一样的情欲。他用大地上的浅色药草和深色药草为他们酿制幸福和痛苦。没有一个作家比巴尔扎克在更大程度上与自己的人物共同享受。正是在他描写为人渴望的财富魔术的地方，可以觉察到自我陶醉者的欣喜若狂和孤独者的大麻瘾，比在一些艳遇场景中所觉察到的还要强烈。这是巴尔扎克最内在的激情：数字的上下波动，贪婪地营利和金额的化为乌有，手转手的资金投掷，资产负债表上数字的增大，价值的急剧下降，极端的下跌和上升。他让数百万金钱像大雷雨一样突然降落到乞丐头上，又让资产化整为零，像水银一样从无力的手上流失。他以狂喜的心情描述福布宫，描述金钱的魔力。用激动得难以说话的感情，用感官最高级的喘息，他磕磕巴巴地讲出"数百万"、"数十亿"这些词。他让高雅居室里的妙人儿列队而立，像是苏丹宫殿里的女子一样娇媚，又把王权的象征物讲述得犹如王冠上的宝石一样。这种激情在他的手稿里留下了深深的烙印。可以看到，最初纤细平静的字体如何像勃然大怒者的血管一样膨胀了起来，字体如何蹒跚而行，然后又加快速度，好像发狂地互相追逐。他用来不断刺激过分疲劳的神经的咖啡也留下了渍痕斑点。还几乎可以听到过热的机器无休无止哗啦哗啦的喘息声，它的制造者狂热焦躁的痉挛，这个语言的唐璜贪得无厌，这个想占有一切而且拥有了一切的人。还能看到这个永不知足的人在校样上又一次暴躁的发作。他总是一再拆开固定下来的结构，就像发烧的人揭开伤口，要从已经僵直冷却的身体里再挤出几行不停跳动的鲜血。

这样巨大的工作如果不是纵欲快感，而且不仅如此，如果不是苦行僧式拒绝一切其他权力形式的人，即认为艺术是解脱烦恼的唯一可能性和充满激情的人的唯一生活意志，那就永远无法理解。他曾经用其他材料仓促地梦想过，一次或两次。在实际生活中他进行过的第一次尝试，那是在他创作陷于绝望，想要取得实在的金钱权力而当上投机商，创办了一家印刷厂和一份报纸的时候。但是这个在自己的书里无所不知的巴尔扎克却背负着命运历来为不忠的人准备的那种讥讽嘲笑，他在他的书中无所不能，交易所人员的手段，大小业务上的诡计，对任何东西的价值都了如指掌的放高利贷者的诀窍，他还在自己的工厂为几百号人安置生活，用正确的逻辑结构赚得了一大笔钱；他使得葛朗台、波皮诺、克瑞威、高里奥、勃里杜、纽沁根、魏尔布鲁斯特和高布赛克都富了起来，可他本人却丧失了资本，名誉扫地，一败涂地。他给自己留下来的只有那铅一样沉重的可怕债务，后来在半个世纪的生活里他一直不断呻吟着用宽大的负重的肩膀承担那些债务。他是前所未有的工作的奴隶。在工作的重压下，有一天他血管破裂，无声无息地崩溃了。这是其他受冷落的激情的嫉妒，是对巴尔扎克为之献身的唯一激情——即艺术——的嫉妒，对他进行的可怕报复。甚至爱情，对于别的人是关于一次经历和事实的美好梦想，在他那里却首先是梦里的经历。德·韩斯卡夫人，这个外国女人后来成为他的妻子，他的那些著名的信都是为她而写的，她在看中他之前就已经被他热烈地爱上了。当她还是个非现实的人物，是个像金发女郎，像德尔菲和欧也妮·葛朗台那样的人的时候，巴尔扎克就爱上她了。对于真正的作家来说，除了创作即想象的激情以外，任何其他激情都是歧途。他对泰奥菲尔·戈蒂耶说："作家应避免接近女人，女人会使他丧失时间。作家应该局限于他们的写作。这种表现形态就是风格特征。"事实上，巴尔扎克在内心深处所爱的并不是德·韩斯卡夫人，而是对她的爱情。他所爱的不是他所遇到的处境，而是他为自己所创造的处境。他长久地用幻想喂养渴求实际的饥饿，长久地用画像和戏装演戏，一直演到他像最激动的演员那样相信自己的激情为止。他孜孜不倦地沉湎于这种创作的激情，长久地加速内部的燃烧，直到火焰冲天冒起、向外喷发的时候为止，直到他毁灭的时候为止。他的生命随着每一本新书出版，随着每一次愿望实现而缩短，就像他的神秘小说中一张有魔力的驴皮那样。他是被自己的偏执摧垮的。这就像赌徒被赌牌摧垮，酒鬼被酗酒摧垮，大麻瘾君子被灾难的烟斗摧垮，好色之徒被女人摧垮一样。巴尔扎克是在他心愿的大量实现之中毁灭的。

如此强大的、用鲜血和活力来实现梦想的意志，把自己的法术作为生命的秘密，并把自己赞颂为世界的法则，这是理所当然的事。一个丝毫不暴露自己的人不可能有真正的哲学。他也许像普罗透斯①那样，不过是个没有一定形体的可变之物，因为他的身子体现出了一切人。他像伊斯兰教的托钵僧人，又像一种很易消逝的精灵，能钻进数以千计的人的身体里栖身，而在这些人误入歧途的时候，他就消失不见了。他能像电流一样，忽而与乐观主义者，忽而与利他主义者，忽而与悲观主义者以及相对主义者接通或者断开，能够把一切见识和价值纳入自身和排出自身。对于他来说，只有强大的意志是真实的和不可更改的。正是这个芝麻开门的咒语为他这个异乡人搬开了石头，领他下到肺腑中感情的黑暗深渊，又让他带着最高尚的经历从那里上来。于是他必定比别人更喜欢把一种超越精神对物质产生影响的力量归于意志，而且感觉到意志是生活的准则和人世的信条。他意识到，意志从一个拿破仑散射出来的影响会震撼全世界，推翻帝国，鼓舞诸侯，搅乱千百万人的命运；他意识到，这种纯洁的、向外的精神大气压力也必然要在物质内部表现出来，要使相貌定型，而且涌入整个胴体里。正如短时间的激动都能激起一个人的表情，美化或者形成粗野甚至迟钝的特征那样，一种持久的意志、一种慢性的情欲也必然能开凿出人类的面容。对于巴尔扎克来说，一副面孔就是一个石化了的生活意志，一种用青铜铸成的特性。正如考古学家必须从石化的残留物中认出一种完整的文

---

① 希腊神话中能变成任何形状的海神，现常用于比喻思想多变的人。

化那样，巴尔扎克觉得作家也需要从一个人的面貌，从一个人所处环境的氛围中认出他内心的文化。

这种相面术使巴尔扎克喜欢上了弗兰茨·约瑟夫·加尔①的理论，即大脑潜藏性格的地形学；还使他研读了拉瓦特②的作品。拉瓦特在一个人的面孔和外表上所看到的也只是变成肌肉和四肢的生活意志，只是翻卷外露的性格。这种强调内部与外表深奥莫测的交互作用的巫术正是巴尔扎克所渴求的。他相信梅斯梅尔③关于磁性能从一种介质往另一种介质里传送意志的理论。他把这种观点与斯威登堡④的神秘主义的灵化结合起来，并且把所有这些还没有完全浓缩成理论的心爱物都归纳到自己的宠儿路易·朗贝尔的信条里。朗贝尔这位意志化学家把一个早已死去的人的奇特形态、自画像和追求内在的渴望离奇古怪地结合起来。他觉得每一副面孔都是一个尚待猜解的哑谜。他断言在每个人的面貌上都认得出一种动物相。他相信，从神秘的迹象上能够确定死去的人；他能从相貌、动作和服装上认出大街上每个行人的职业。但在他看来，这种直觉的识别能力还不是眼力的最高法术。因为这种能力只用于已存在的、现实的东西。他最深切的愿望是像某些人那样，能够集中力量不仅发现眼前的，而且也能根据蛛丝马迹发现过去的，从预现的根源上发现未来的，成为手相家、预言家、星相家、占卜家等一切具有天生"第二视觉"和更加深邃眼力的人的同盟者。据说这些人都能从外

---

① 弗兰茨·约瑟夫·加尔（1758—1828），德国解剖学家，颅相学的创始人。
② 拉瓦特（1741—1801），瑞士神学家。
③ 梅斯梅尔（1734—1815），德国医学家，首创动物催眠术。
④ 斯威登堡（1688—1772），瑞典哲学家和宗教作家。

表认出最内心的东西，从确定的限度内认出没有限度的东西，还能根据手心里的细纹说出往昔生活的简单过程，并进而导引出通向未来的朦胧小道。这种法眼只有不把才智分散到千百个方向，而是——在巴尔扎克笔下经常出现浓缩的思想——把才智贮存起来用于一个唯一目的的人才有。"第二视觉"的才能不是魔术家和预言家所独有的才能。"第二视觉"就是自发的视觉认识能力，母亲在自己的孩子面前就有。德普兰也有。这位医生根据一个病人迷惘的痛苦立刻确定了他害病的原因和他寿命可能的限度。天才元帅拿破仑能立刻认识到，为了决定战争的命运，他必须把军队投放到什么地方。花花公子德·玛赛也具有这种能力，他能抓住短暂的时间使一个女子堕落。交易所投机者纽沁根能在恰当的时间采取重大的交易行动。所有心灵天空的星相学家都靠透视内部的眼力来通晓他们的知识。对普通人的眼睛是灰蒙蒙一片混沌的地方，这种眼力能像透过望远镜一样看到地平线。作家的幻象与学者的演绎法之间的亲和力，自发的迅速理解与缓慢的逻辑认识之间的亲和力，便蕴藏于其中。巴尔扎克必定也不能理解他自己直觉的概括能力。所以他常常用几乎是困惑的目光吃惊地打量自己的作品，就像是在打量一个无法理解的东西。他被迫地转向不可比较的哲学，一种神秘主义，神父的普通天主教教义再不能满足他了。混杂在他最内在气质里的这种魔法的晶粒，这种不可理解性，不仅使他的艺术成为生活的化学，而且成为炼金术，这就是他与后来人，与他的模仿者，特别是与左拉有别的极限。

在左拉收集一块块砖瓦的时候，巴尔扎克只消转动一下魔法指环便建成了一座有千百个门窗的宫殿。他的作品的能量是巨大的，给人的第一个印象总是魔术的印象，不是工作的印象，不是从生活中借来的印象，而是赠送与充实的印象。

这就像不透光的乌云一样围绕着他的形体飘动。巴尔扎克在进行创作的年代里不再学习了，不再作尝试了，不再像左拉那样观察生活了。左拉在写作长篇小说之前就给每个人物编制好一本明细账。巴尔扎克也不像福楼拜那样，福楼拜为写一本薄薄的小书要去翻查一个又一个图书馆。巴尔扎克很少再回到自己世界外边的那个世界。他把自己关在幻觉里，就像坐牢那样，而且他是死死地坐在工作的刑椅上。在他到现实世界中作一次匆匆出游的时候，在他出去和出版商斗争或者把校样送往印刷厂的时候，在他去朋友家进餐或者去浏览巴黎的一家家旧货店的时候，这与其说是调查毋宁说是证实。他在开始写作的时候，已经用某种神秘的方法深入了解了全部生活知识，而且已把知识积累起来，贮存待用了。他是怎么样、在什么时候和从什么地方吸收了关于一切阶级、职业、素材、性格和现象的知识，建立起了如此庞大的知识储存，这个情况与几乎是神话的莎士比亚现象一起，或许就是世界文学中最大的谜团。巴尔扎克从事过三四年其他工作，那是在他的青年时代。他给一个公证人当文书，后来他又当出版商，当大学生。在那几年里，他吸取了所有那些说不清、看不见的事实素材，吸取了那么多关于人物性格和现象的知识。在那些年里，他必定对生活进行过令人难以置信的观察。他的眼光必定是可怕的有吮吸力的眼光，是一种贪婪的眼光，它像吸血鬼似的把所遇到的一切都吮吸进去，吮吸到内心里，

27

吮吸到记忆里，在那里什么东西也不会发黄，什么东西也不会流失，什么东西也不会互相混杂或者腐败变质。在他的记忆里，一切东西都井井有条，堆积在案，时刻准备着必要的时候派上用场。这里的一切材料都是有弹性的、跳动的，他只要用意志和愿望轻微触及一下就行了。巴尔扎克熟知一切事情，诸如诉讼程序、战役、交易所的手段、地产投机活动、化学的奥秘、化妆品商人的诀窍、艺术家的技艺、神学家的辩论、报纸的经营活动、剧院的错觉以及另一种舞台即政坛上的欺骗。他熟悉外省，熟悉巴黎，也熟悉世界。他这个闲逛的行家像读书一样读街道上杂乱无章的市容特征。他知道每一座建筑物修建于什么时候，是由谁建的和为谁建的。他能解释建筑物大门上的族徽纹章。他知道建筑物风格盛行的那整个时代，同时还知道建筑物的出租价格。他在每层楼房里都安置了居民，在每个房间里都摆设了家具，使每个房间里都充满幸福的或不幸的气氛，让看不见的命运之网从一楼结到二楼，从二楼结到三楼。巴尔扎克具有百科全书式的知识。他熟知帕尔玛·韦基奥①的一幅画值多少钱，一公顷牧场值多少钱，一个尖尖的蝴蝶结值多少钱，一辆无篷双轮马车值多少钱，还有雇一个仆役要多少钱。他了解那些在债务中苦苦支撑的纨绔子弟的生活，这种人一年要花费两万法郎，再往后两页，就又成了领养老金者的可怜生活。在这绞尽脑汁的生活计划中，弄坏一把雨伞，碎掉一块窗玻璃，都会成为灾难。再往下翻一两页，现在他处于赤贫者之中。他跟随着他们，他

---

① 帕尔玛·韦基奥（约 1480—1528），意大利画家。

了解每个人是如何弄到那一两个苏的。贫穷的奥韦尼省挑水夫的愿望是不必自己拉水，而能有一匹很小很小的马代劳。大学生和女裁缝在大城市里过着枯燥单调的生活。上千个地区出现了，而且每个地区都准备跟在他的命运的身后，去塑造它。对于这些地区，他看过片刻之后就比生活在其中的人们看几年还要清楚。他熟知曾经匆匆扫过一眼的东西，还有——艺术家们值得注意的悖论——他熟悉他根本不知道的东西。他让自己的梦里出现挪威悬崖峭壁的峡湾和萨拉戈萨①的壁垒，而且都符合实际情况。幻觉的这种速度是惊人的。他好像能把披盖起来的和掩藏在千层衣服里的东西看得清清楚楚。对于他来说，一切东西都有标记，一切事物都有钥匙。他可以剥掉事物的表面，事物便对他显示出内部的东西。容貌向他展开，一切都落进了他的感官，就像果核从果实里出来那样。他能从非本质的褶皱衣料中猛然拉出本质的东西。但是他不是挖开，一层一层地慢慢翻寻，而是像用炸药炸开了生活的金矿。同时他用这些真实的表现形态来理解不可想象的事物，来理解生活金矿上边以气体状态飘动的幸福气氛和不幸气氛，来理解天地之间轻飘飘的动荡，来理解近处的爆炸和气候的骤然变化。别人觉得只是个轮廓的东西，别人看来好像是放在玻璃柜里冷冷清清静止的东西，他那神秘的敏感性都能觉察出来，就像温度计里的水银感觉大气的状态一样。

这种不可思议的、无法比拟的直觉知识就是巴尔扎克的天才。

---

① 西班牙东北部城市。

人们还把艺术家称做什么力量的分配者，秩序的维护者和创造者，团结者和纠纷排解者，可这些在巴尔扎克并不明显。人们可能会说，巴尔扎克根本不是人们称之为艺术家的那种人，尽管他是一个天才。"这样的实力不需要艺术。"这句话也适用于他。因为千真万确，他有一种力量，既宏伟又强大，像原始森林里自由自在的野兽那样拒绝驯养，又像繁茂的灌木丛，或者湍溪急流，或者疾风骤雨一样的美。这种力量很像审美价值只存在于自身表现的强度中的一切事物。这种力量的美不需要对称、装饰和辅助的细心分布。这种力量是通过自身不受限制的繁杂多样性产生影响的。巴尔扎克从来没有严密地构思过自己的长篇小说。他沉醉于自己的小说中，一如沉醉于一种激情，沉醉于各种描述。他对言语的反复思索一如对于题材或者赤裸裸的青春肉体的反复思索。他描写人物形象，把他们从各个阶级和各个家庭中征召出来，从法国各个外省征召出来，就像拿破仑征召他的士兵那样。他还把这些人物分配到各个旅里，叫这一个去当骑兵，派那一个去当炮兵，让第三个去当辎重运输兵。他把火药倒在他们火枪的引火盘上，然后就把他们交给了他们内心未被驯服的力量。《人间喜剧》虽然有一篇出色的前言，但那是后来补上的，实际上没有内在的计划。《人间喜剧》是无计划的，就像巴尔扎克觉得生活本身是无计划的那样。《人间喜剧》不追求某一种道德，不追求一种概观，而是要作为一个正在变化的东西来说明永远变化的东西。在整个这样的潮涨潮落之中没有持久不变的力，只有那种没有形体的、好像是用乌云和阳光编织而成的大气。人们把这种大气称作时代。这个新宇宙的唯一法则或许就是，所有的人——他们的不稳定的联合才构成时代—— 一样都是时代创造的，人的道德、人的感情，也像人的自身一样，都是时代的产物。在巴黎所说的道德，到亚速尔群岛①以远就成了恶习。任何东西都没有一成不变的价值。充满激情的人对世界的评价必定都像巴尔扎克让他们对女人作出的评价那样：女人的价值就看他们为这女人付了多少钱。作家由于自身就是时代的产物、创造物，所以没有能力从变化中取得不变的东西。他的任务只能是描写大气的压力，也就是自己时代的精神状态，描写联合力量的互相影响。要成为空气流动的气象学家、意志的数学家、激情的化学家、全国原始形态的地质学家。要成为一个多才多艺的学者，能够用一切仪器透视时代的身体，对时代的身体进行听诊，同时又是一切事实的收藏家，一个时代的风景画家，一个时代思想的军人。巴尔扎克的野心就是成为这样一个人。正因为这样，他既要孜孜不倦地记下宏伟壮观的事物，也要孜孜不倦地记下琐碎微小的事物。因此，巴尔扎克的作品，按照泰纳长期有效的话来说，就成了自莎士比亚以来最大的人类文献书库。巴尔扎克不愿意在个别作品上被人衡量，而想在总体上被人衡量。他愿意被人看作一片有高山也有低谷的地方，一片没有边界的遥远的地方，像暴露在外的裂缝和奔腾的洪流。把长篇小说看作内心世界百科全书的思想是随着巴尔扎克开始的——几乎也可以说是随着巴尔扎克停止的，如果不是来了个陀思妥耶夫斯基的话。巴尔扎克以前的作家只知道用两个办法推动昏昏欲睡的情节马

---

① 位于大西洋东中部的火山群岛。

达向前发展：他们或者研究从外部引起的偶然事件，这种偶然事件像强风一样吹到船帆上，把船推向前去；或者只把性爱的欲望即爱情的突变选做从内部推动的力量。于是巴尔扎克就计划写一个性爱的变调。对于巴尔扎克来说，有两种有所追求的人（前边已经说过，他只对有所追求的人及野心家感兴趣）：字面意义上的好色之徒，个别男人和几乎全部女人。爱情就是他们生于其下和死于其下的星座。但是在性爱中所唤醒的力量不是绝无仅有的力量，在其他人身上激情的突变丝毫不见减弱，推动的原始力不是化为雾气或者分散消失，而是以其他表现形态，以其他象征物保存了下来。巴尔扎克的长篇小说通过这种积极的认识达到了惊人的多彩多姿。

巴尔扎克还通过第二个现实来源喂养他的小说：他把钱带进了长篇小说。他这个不承认绝对价值的人，作为相对价值的统计学家严密地考察物品的表面价值、道德价值、政治价值、美学价值，特别是那种普通有效的交易价值——这种价值在我们的时代里就近乎绝对价值了，这就是货币价值。自从废除贵族特权以来，自从拉平了差别以来，货币就变成了血液，变成了社会生活的动力。每一种东西都受它的价值支配，每一种激情都受它的物质消耗支配，每一个人都受他外部的收入支配。付款是良心的某些大气状态的标准。巴尔扎克就把研究这些大气状态定为自己的任务。于是货币就在他的长篇小说中盘旋了。巴尔扎克不仅描写了巨额财富的增长和跌落、交易所里疯狂的投机活动，不仅描写了耗费精力如同进行莱比锡战役和滑铁卢战役一样的大战役，不仅描写了出于贪婪、仇恨、挥霍、爱好、野心等攫取金钱的二十种典型，也不仅描写了那些为金钱而爱金钱的人、那些为象征意义而爱金钱的人，还有那些只是把金钱作为达到自己目的的手段的人，而且是援用数以千计的例证说明金钱如何渗透进最高贵、最文雅、最非物质的情感之中的第一个人和最勇敢的人。他所有的人物都精打细算，就像我们在生活中不由自主地所做的那样。他的那些到巴黎来的新手很快就熟悉了，参加一次上层社交聚会要花多少钱，一套时髦的服装值多少钱，一双光泽明亮的鞋子值多少钱，一辆新马车值多少钱，一套住房值多少钱，雇用一个仆役要多少钱，如此等等成千上万人都要付钱、都该学会的琐碎事情。他们都知道由于穿的背心不合时尚而受轻视的灾难。他们很快就懂得了，只有金钱或者钞票能炸开一座座大门。于是从他们低贱的、不间断的忍气吞声之中就发展起了巨大的激情和坚定的野心，而巴尔扎克就和他们走到了一起。他为挥霍的人计算支出，为放高利贷的人计算利润，为商人计算收入，为花花公子计算债务，为政治家计算贿赂。这一笔笔金额就是惶恐心情升高的分度数字，就是接近灾难的气压表压力。因为金钱是一切野心的物质仓库，因为金钱渗透了一切感情，所以巴尔扎克这位社会生活的病理学家为了认准病患身体的危象，不得不对血液进行显微检验，以便确定血液的金钱含量。一切人的生活都是用金钱满足的，金钱是疲惫的肺需要的氧气，谁也不能缺少金钱。有野心的人为了他的野心不能缺少金钱，恋人为了他的幸福不能缺少金钱。最能忍受缺钱之苦的是艺术家。这一点，巴尔扎克知道得最深刻，他肩膀上有十万法郎的债务这样骇人的重压。他经常是短暂地——在工作的极度兴奋之中——从肩膀上抛开债务，但最后债务还是毁灭性地落到了他的身上。

巴尔扎克的作品是无法估量的。他那八十大卷书里有一个时代、一个世界、一代人。在此以前，从来没有人自觉地尝试过这样巨大的工程，强大意志的狂妄也从来没有得到过更好的报酬。那些爱好文学的人，他们想在晚上得到休息，逃出自己狭小的世界，从而看到新的景象和新的灵魂，巴尔扎克给他们提供刺激和变化的消遣。给剧作家的是上百部悲剧的题材；给学者的是大量的课题和推动，那是他这样一个吃得过饱的人顺手从餐桌上抛给他们的一些面包碎片；给恋人们的是一种简直堪称典范的极度兴奋的热情。但是，给作家的遗产是最巨大的。在《人间喜剧》的计划中，除了已经完成的长篇小说以外，还有四十部未完成的和没有写出的长篇小说。其中一部名叫"莫斯科"，另一部名叫"瓦格拉姆平原"，再一部是关于维也纳周围的战斗，还有一部是关于激情的生活。所有这些都没有写完，这几乎是一种幸运。巴尔扎克曾经说过："天才是随时能够把自己的思想转化为行动的人。但是最伟大的天才也不能持续不断地发挥这种才能。否则他就和上帝太相似了。"巴尔扎克如果完成了所有那些长篇小说，把各种激情和事件都囊括其中，那么，他的作品就会成为不可理解的了。它就会成为一头巨兽，成为一种恐吓，以其不可企及性吓退所有后来人；而现在它——无与伦比的未竟之作——对于每个奔向不可企及的创作意志的人都是莫大的激励，都是最宏伟的典范。

狄更斯

不，人们不应该从书籍和传记中查阅查尔斯·狄更斯被同代人热爱到什么程度。爱只生活在讲述的言语中。所以必须让人来讲述，而且最好是由这样一个英国人来讲述：他对青年时代的回忆还能追溯到狄更斯最初取得成果的那个时期，让那些在五十年后仍然不会确切地把《匹克威克外传》的作者称作查尔斯·狄更斯，还只是不断地用更亲切、更深情的老绰号"波兹"称呼狄更斯的那些人中间的一个来讲述。从这些人动情的忧伤回忆中可以估量出那成千上万人的热情。当时他们都是以狂热的着迷接受蓝色的《小说月报》的，今天它们成了藏书家的珍本，都已经在抽屉和书橱里发黄了。

这些"老狄更斯分子"中的一位是这样讲述给我听的：当时，每逢邮件日，他们都从来不忘记在家里等候邮差。最后邮差终于把波兹的蓝色新期刊邮包送来了。他们盼望了整整一个月。他们等候，期待，还争论科波菲尔是会和朵拉结婚呢，还是会和艾格尼斯成为伉俪。他们都为密考伯的境遇出现危机感到高兴——他们倒也知道，密考伯会用烫热的潘趣酒和良好的心情英勇地克服危机的！现在他们还得等候，等候，一直等到邮差坐在慢腾腾的马车上，来把所有这些令人不快的哑谜解开为止吗？他们可不能那样等下去，那样根本不行。于是在到期的邮件日，老老少少年复一年都迎着邮差步行五六里地，为的是早一点儿拿到自己的书。他们在走回家的路上就已经开始读了，甚至一个人从另一个人的肩膀旁边看刊物，还有个人在高声朗诵。只有最好心肠的人为了尽快把胜利品送给妻子和孩子才大步流星地往家走去。那个时候，每个村庄，每个城市，全国，乃至移居到各大洲的英国人的世界，都像这个小乡镇一样热爱查尔斯·狄更斯，都从与他相遇的第一个小时起一直热爱到他生命的最后一个小时。十九世纪，在其他地方的作家与他的民族之间都没有类似恒久不变的深情关系。他的名声像火箭一样腾空升起，而且从来不熄火，像太阳一样稳定地照在世界的上空。《匹克威克外传》第一期印了四百册，第十五期就印了四万册。他的声望就以这样的雪崩之势冲进了他的时代。狄更斯也很快打开了通往德国的路。成千上万册小型廉价书甚至到德国中心腹地的犁沟里播种欢笑和乐趣。小尼古拉斯·尼克贝、可怜的奥列佛·退斯特以及这位永不枯竭的作家的其他数以百计的人物都流传到了美国、澳大利亚和加拿大。现在有数百万册狄更斯的书在流通。有大开本，有小开本，有厚本，有薄本，有穷人读的廉价本，美国那里还有有史以来为一位作家打造的最昂贵的珍藏本（售价为三十万马克，我相信这是为亿万富翁出的版本）。但是今天还一如当年，盘踞在这些书里面的依然是快乐的欢笑。只要把书翻上几页，这种欢笑就会像啾啾鸣叫的鸟一样在周围拍翅起飞。这位作家受到的爱戴是空前的。如果他受到的爱戴在若干年的过程中没有升高，那么，这只是因为热情再找不到更高的等级了。当狄更斯决定进行公开朗读，第一次面对面走向他的读者的时候，全英国都为之狂喜。人们拥进大厅，把大厅塞得满满的，狂热的爱好者还紧紧抱住大厅里的柱子，或者为了能听到所爱戴的作家的讲话，爬到讲坛的下边。在美国，人们冒着冬季的严寒自带被褥睡在售票处前边。邻近饭店里的招待员给这些人送来饭菜。但是拥挤程度总是有增无减，大厅都显得太小，最后在布鲁克林为这位作家布置了一个教堂作为朗诵场地。狄更斯便在布道坛上朗读奥列佛·退斯特的奇遇和小耐儿的故事。狄更斯的声望从未起伏不定。他把瓦尔特·司各特挤到了旁边，他使得萨克雷的天才一辈子黯然失色。而当火炬熄灭，也就是当狄更斯去世的时候，就好像是撕裂了整个英语世界的心。大街小巷里陌生人之间谈论的都是这件事，惊恐不安的伦敦就好像是经历了一场惨败的大战役。他被安葬在英国的万神殿，即威斯敏斯特教堂里，位于莎士比亚和菲尔丁之间。成千上万的人拥到这里来。朴实无华的纪念馆里天天都摆满了鲜花和花圈，而且时至今日，在四十年后，从此路过的人还很少有没看到怀念的人撒下的几朵鲜花的。虽然年深月久，他的声誉和所受的爱戴却没有枯萎。现今，正如当初英国把完全出乎意料的世界性荣誉的礼物放到一个毫无所知、没有名气的人手里时一样，狄更斯依然是整个英语世界里最受爱戴、最令人惊叹和为人赞颂的叙事文学作家。

一个作家的作品无论就广度讲还是就深度讲，都产生了如此惊人的巨大影响，只有通过两种常常互相抵触的成分罕见地会聚到一起才能实现，即通过一个天才的人与其时代传统的一致性才能实现。一般来说，传统的东西与天才是相互抵触的，犹如水火不能相容。确实，作为一种正在形成的传统所体现出来的精神与过去的传统相敌对，作为一个新家族的男性祖先宣告与渐归消亡的同族的争斗，这简直成了天才的标志。天才和他的时代很像两个世界，诚然相互交换光明与阴影，但是在其他领域里却挥拳相向。它们在各自循环的轨道上相遇，但从来没有一致过。现在这里正是星空中那种罕见的时刻，一个天体的阴影罩住了另一个天体光明的表面，于是这两个天体便相互一致了。狄更斯是他那个世纪里唯一内心意图与时代精神的需要完全相符的伟大作家。他的长篇小说与当时英国的欣赏口味是彻底一致的。他的作品是英国传统的具体化：狄更斯是幽默，是观察，是道德，是美学，是精神和艺术的内涵，是海峡彼岸六千万人所特有的，对我们来说常常是陌生的、也常常是眷恋与同情的生活感情。他不是写出了一部作品，而是写出了英国的传统，写出了最有力、最丰富、最奇特，因而也最危险的现代文化。对于这种文化的生命力切不可低估。与德国人是德国人相比，每一个英国人都更加是英国人。英国气质不是如同一层表皮，不是如同涂在人的精神机体表面的颜色。它渗透到人的血液中，规律地影响血液的节奏，使一个人最内在、最秘密、最独特的东西充满生气，那就是艺术性。英国人作为艺术家也比德国人或者法国人更有民族责任感。因此，在英国，每个艺术家，每个真正的作家都在内心里与英国气质作过斗争。然而甚至最激烈、最绝望的仇恨也没能抑制住传统。传统以其纤细的血管深深地植根于内心的土壤中，以至于谁要想去掉英国气质，他就得撕碎整个机体，就会伤重流血而死。有几位贵族非常渴望成为自由的世界公民，曾经进行过冒险。拜伦、雪莱、奥斯卡·王尔德都想要消灭自己身上的英国气质，因为他们都憎恶英国人身上的这种永恒的东西，但是他们只是撕碎了自己的生命。英国的传统是世界上最强有力的传统、获胜最多的传统，但是对于艺术来说也是最危险的传统。因为它是阴险的：它不是酷寒的不毛之地，不是不吸引人的或者不好客的。它用暖烘烘的炉火和柔软舒适的设备引诱人，但又用道德的限度围上篱笆，进行自我束缚、自我调整，因而与自由的艺术家的欲望很合不来。它是一所简朴的住房，有断断续续的微风，又能防御有危害的生活暴风雨。这里有欢乐和愉快，也很好客，是个具有使得市民阶级心满意足的壁炉炉火的真正的家。不过对于以世界为家的人来说，对于无拘无束的以游牧民族快乐的离奇漫游为最大乐趣的人来说，它就是一座监狱。狄更斯很愉快地适应了英国的传统。他在这种传统的四壁之中深居简出。他觉得在祖国的范围里很舒适，因而终生从未越出过艺术上、道德上或者美学上的英国界限。狄更斯不是个革命者，在他身上艺术家与英国人是协调一致的，而且逐渐完全溶解为英国人了。他的作品是他的民族不自觉地变成艺术的意志，因此，每逢我们在确定他作品丰富的内容、珍贵的优点和疏忽的可能性的时候，我们总是同时在和英国进行争论。

狄更斯是在拿破仑的英雄世纪即光荣的过去，和帝国主义即拿破仑的未来之梦之间的英国传统最高的诗意表现。如果说他为我们做出了异乎寻常的业绩，而没有做出他的天才本该使他做出的强大业绩，那么，问题不在于英国，不在于阻碍他的种族本身，而在于那个无辜的时代：英国的维多利亚时代。莎士比亚也是一个英国时代的最高可能性和最诗意的完成，但是那是在伊丽莎白时代，是在强大的、喜欢行动的、青春少年似的、感觉清新的英国的时代。当时英国第一次要扩展成由于抑制不住的充沛精力而显得急躁和颤抖的世界帝国。莎士比亚是事业、意志、精力的世纪的儿子。那时新的视野出现了，在美洲取得了一个个惊险离奇的王国，粉碎了世仇之敌，文艺复兴之火在意大利闪出亮光并传到了北方的云雾中，一个神及一个宗教结束了，世界又充满了崭新的、生气勃勃的价值。莎士比亚是英雄的英国的化身，狄更斯则只是资产阶级的英国的象征。狄更斯是另一个女王，即温和的、家庭主妇般的、无足轻重的老女王维多利亚的忠实臣仆，是一个拘谨的、舒适的、井然有序的，然而没有气魄、没有激情的国家体制的公民。他向上的精力被那个不是感到饥饿而是只想消化的时代的重量阻拦住了。软弱无力的风只能与船帆戏玩，绝不会把大船从英国海岸推到危险而又美丽的未知世界，推到人迹罕至的无限远处。他始终小心谨慎地留在家乡附近，留在自己习惯的事物中，留在世代流传下来的事物中。正如莎士比亚是贪得无厌的英国的勇敢那样，狄更斯是饱食终日的英国的谨慎。狄更斯生于一八一二年。当他的眼睛能够张望四周的时候，世界变得昏暗了，将要烧毁欧洲各国腐朽的梁架结构的巨大火焰熄灭了。近卫军在滑铁卢被英国步兵粉碎了。英国得救了，而且看到夙敌孤独一人被流放到了海岛上，既没有大炮，也没有权力，毁灭了。这种事狄更斯再没有经历过。他再没有看到过那以红彤彤的光亮从欧洲的这一端逐渐照到另一端的世界性火焰。他的目光就在英国的大雾中搜索。这个年轻人再也没有找到英雄，英雄的时代过去了。可是在英国有几个人不肯相信这一点。他们想用强力和热情扭转滚滚向前的时代车轮，给世界以昔日呼啸奔驰的活力。但是英国想要安静，就把他们赶了出去。他们在浪漫派之后逃进了他们的隐蔽角落。他们想从可怜的微光之中重新燃起熊熊火焰，然而命运不受此强制。雪莱淹死在第勒尼安海里，拜伦爵士在米索隆基患寒热病而死：时代不愿再出现侥幸奇遇了，世界是苍白色的。英国惬意地吃着仍然鲜血淋淋的战利品。资产者、商人、经济人都是国王，而且在王位上舒展腰肢，就像在躺椅上一样。在当时为人喜爱的艺术必须是有助于消化的。这种艺术不能进行干扰，不能以狂热的感情鼓动人，只能抚慰和用手指轻挠。这种艺术只可能是多愁善感的，而不会是悲剧性的。人们不愿意看到恐惧，恐惧能像闪电一样裂开胸膛，切断呼吸，让鲜血结冰——当报纸从法国和俄国到来的时候，人们从实际生活中对鲜血就非常了解了——当时的人们只想舒服地打打呼噜，开开玩笑，把故事的彩色线团不停地滚来滚去。那时候的人想要的是壁炉艺术：当暴风雨摇撼山岳的时候，坐在壁炉跟前舒适地读书。这时火舌闪动蹿跳，分裂成没有危险的小火苗。这是一种像饮茶一样舒暖人心的艺术，不是使人狂躁冲动的艺术。从前的胜利者现在变得畏首畏尾。他们所想的只是保持和防护，而不敢再有丝毫的冒险和改变了。他们对自己强烈的感情感到害怕。在书柜中也如同在生活中一样，他们只愿有不冷不热的感情，而不愿有冲锋陷阵的冲动。他们永远只愿意有一本正经地散步的正常心态。当时在英国，幸福是与安逸同一的，审美学是与安分守己同一的，爱情是与婚姻同一的。一切生活价值都是贫血的，英国是满足的，不想有所改变。一个如此沾沾自喜的民族所能赞许的艺术，不管方式如何，必定也是满足的，对现存事物是赞颂的、不想超越的。这种追求愉快、亲切的艺术的意志，追求一种有助于消化的艺术的意志找到了它的天才，就像当年伊丽莎白的英国找到了它的莎士比亚一样。狄更斯是当时英国变化了的艺术需要的创造物。他恰逢其时地到来，建立了他的声望。他被这种需要控制住了，这就是他的悲剧。他的艺术从伪善的道德中，从沾沾自喜的英国的舒适中吸取了滋养。如果他的作品背后没有如此异乎寻常的、富有诗意的力量，如果不是他那光闪闪、金灿灿的幽默超越了内在感情的苍白无力，起到迷惑的作用，那么，他就只有在他那个英语世界里的价值；我们对他不会感兴趣，就像对待海峡对岸心灵手巧的人所制作的上千部长篇小说一样。只有从内心深处憎恶维多利亚时期文化虚伪与浅薄狭隘的人才能怀着无限的钦敬估量这个人的天才。他迫使我们把这个令人厌恶、沾沾自喜的富裕世界作为有趣的世界，甚至作为值得喜爱的世界来感受。他把平庸乏味的生活散文解救成了诗。

狄更斯本人从来没有对这样一个英国宣战。但是在内心深处——在潜意识的底层——在他身上进行着艺术家与他这个英国人的搏斗。他本来是坚定自信地迈开大步前进的，但是他在那个时代柔软的、半坚硬半松软的沙地里走得很疲乏了，而且后来愈来愈经常地走进古老宽大的传统脚印里。狄更斯被他的时代控制住了，他的命运总是使我不由得想起格列佛在小人国居民中间的惊险奇遇。巨人格列佛睡着的时候，侏儒们用上千条绳子把他缠住。他醒来时他们把他紧紧绑好，在他没有投降和发誓永不破坏该国法律之前，不许他享有自由。英国传统也是这样把在默默无闻中熟睡的狄更斯用网缠住和紧紧绑住的。英国传统用成果把他紧压在英国的乡土上，把他拖进声望里，进而缚住他的双手。在漫长抑郁的少年时代以后，狄更斯当上了国会的速记员，并一度尝试写随笔。这与其说是出于创作上的渴望，不如说是为了增加收入。第一次尝试成功了，报纸录用了他。随后有个出版商请他为一个俱乐部写些讽刺性的杂文，在某种程度上就是对英国绅士阶级漫画的文字说明。狄更斯接受了任务，他获得了成功，而且远远超出预期。《匹克威克俱乐部》最初几期就取得了前所未有的成功。两个月以后波兹已经是全国知名的作家了。名声把他继续向前推进，于是《匹克威克外传》就变成了一部长篇小说。他再次取得了成功，于是一张小网即全国名气的隐蔽枷锁便收得愈来愈紧了。赞扬把他从一部作品推向另一部作品，并越来越推进当代人口味的方向。由赞扬、引人注目的成功和艺术家心愿的自豪意识乱纷纷地织成的这千百张网把狄更斯紧紧地捆绑在英国的土地上，一直绑到他投降，并且从内心里发誓永远不超越祖国的美学法则和道德法则为止。狄更斯始终停留在英国传统的威力之下，停留在资产阶级趣味的威力之下。他始终是一个处于小人国居民中间的现代格列佛。他那绝妙的幻想本来能够像一只雄鹰那样飞出那么一个狭隘的世界，然而他却在成功的脚镣中伤害了自己。内心深处的满足重压着艺术家的上进心。狄更斯是满足的。他对世界是满意的，对英国是满意的。他对同代人是满意的，同代人对他也是满意的。他们双方都不想要任何改变，只要原来的样子。他身上没有想要惩罚、提醒和振奋的激愤之爱，没有大艺术家那种为改变自己的世界并根据自己的感觉重新创造世界而与上帝争论权利的原始意志。狄更斯是虔诚的、敬畏的。对于一切现存的东西都表示一种善意的赞佩，表现出一种永远是孩子去游玩时的狂喜。他是心满意足的，他所希求的不多。他曾经是一个十分贫寒的、被命运遗忘的、被世界吓坏了的男孩子。可怜的职业又耗费掉了他的青年时代，那时候他有过色彩斑斓的渴望，但是大家把他推回到漫长的、坚持忍受的畏惧之中。这使他内心焦急如焚。他的童年时代是一种真正富有诗意的悲剧性经历：他那创造性意愿的种子被埋进了沉默痛苦的肥沃土壤。当后来拥有力量和发挥广泛影响的可能性时，他内心最深处的愿望就是为自己的童年时代进行报复。他要用他的长篇小说帮助所有贫苦的、被遗忘的、被抛弃的孩子们，帮助那些像他一样由于教师表现恶劣、学校疏忽失职、父母漠不关心以及大多数人懒散冷酷与自私自利而受到不公正待遇的孩子。他想拯救孩子们本来就不多的色彩艳丽的鲜花，即儿童的欢乐。在他自己的胸中，儿童的欢乐之花早已由于缺乏亲切的露水而枯萎了。后来生活给他提供了一切，于是他就再也不知道谴责了，但是童年时代在他心里呼唤复仇，因此帮助这些弱小者就成了他唯一的道德意图，成了他进行写作的内心生活意志：在这里他想改善当代的生活制度。他不摒弃当代的生活制度，他不挺身反对国家的规则，他不威胁，他不向整个种族、不向立法者-资产阶级、不向一切习俗惯例的虚伪欺骗伸出愤慨的拳头。他只是偶尔小心翼翼地用手指指出一处公开的创伤。当时——一八四八年前后——英国是欧洲唯一没在进行革命的国家。因此，狄更斯也不想进行彻底变革、重新创建，而只想修正和改良，只想在社会不公正现象的荆棘过分尖利并刺得人疼痛难忍的地方把荆棘磨掉，减轻一点痛苦，但是绝不去挖掉和捣毁它的根——最内在的原因。狄更斯作为真正的英国人是不敢触及道德的基础的。他这个保守派觉得道德基础就像福音书一样，是神圣不可亵渎的。他那种心满意足——由他那个时代软弱呆滞的性格中煎熬出来的药汁——很能表明他的特征。他向生活要求不多，他的主人公们也一样。巴尔扎克笔下的主人公是贪婪的，有权势欲望的，是被渴求权力的野心烧焦了的，对什么都不满足。他们全都贪得无厌，每个人都是世界的征服者，都是彻底的变革者，同时又都是无政府主义者和暴君，他们都具有拿破仑式的气质。陀思妥耶夫斯基的主人公也都是性格刚烈和热情兴奋的，他们的意志就是要抛弃这个世界，并且在对现实生活最庄严的不满足中追求真正的生活，他们不想做公民和普通人，他们每个人身上都从极其谦恭里闪射出要当救世主的危险的骄傲。巴尔扎克的主人公想要奴役全世界，陀思妥耶夫斯基的主人公想要战胜全世界。他们两人都有超越日常生活的紧张精神，都勇往直前，走向无限远的地方。而狄更斯笔下的人物恰恰相反，都很谦卑。我的上帝，他们都想要些什么？想的是每年有一百镑的收入，一个漂亮可爱的妻子，十多个孩子，能够为好朋友摆出令人愉快的餐桌，他们在伦敦附近的乡间别墅，窗子前边一眼望去尽是绿草地，还附带一个小花园。他们的理想是一种市侩的理想，一种小市民的理想。对于狄更斯的书我们只能由此找到头绪。狄更斯作为创作者立于作品之后，不是激愤的天神，宏伟非凡，而是一个心满意足的观察者，一个忠诚的市民。市民气就是狄更斯所有长篇小说的氛围。

因此，他伟大的、令人不能忘怀的业绩，老实说，只能是去发现资产阶级浪漫派没有诗意的诗。他是第一个把日常生活提入富有诗意的东西里的人。他让太阳穿透死气沉沉的灰色，照耀起来。因此，在英国谁要是看到过不断增强的太阳穿过阴霾的云团雾气喷吐出的金黄色光芒是如何照射的，那么，他就会知道，一个使全民族在艺术上得到从昏睡状态解放出来的这个时刻的作家必定使自己的民族感到多么强烈的兴奋。狄更斯就是围绕英国日常生活运行的这个金光巨轮，就是纯朴事物和普通百姓的光环，就是英国的田园诗。他在郊区狭窄的道路上寻找他的主人公，寻找他的命运，而其他作家对郊区是毫不理会地走过的。其他作家在贵族沙龙的枝形吊灯下边，在通往童话仙林的大路上，寻找自己的主人公。他们研究遥远的事物、异乎寻常的事物和特别杰出的事物。他们认为市民是物化了的地球重力，他们只想寻找热情的、宝贵的、昂扬奋发的心灵，寻找情感丰富的人，寻找英雄。狄更斯不以把十分平凡的上班族写成主人公为耻。他本人就是一个自力更生的人。他来自下层，因此对下层的环境保持着一种动人的崇敬之情。对于平庸的事物他表现出十分引人注目的热情，对于毫无价值的陈旧东西，对于日常的琐碎事物，他感到欢欣鼓舞。他的书本身就是古董铺，里边摆满了陈旧的破烂，谁都会认为毫无价值。那些东西离奇古怪、滑稽无用、乱七八糟，几十年等待爱好者都属徒劳。但是他拿起这些陈旧、无价值，而且满是灰尘的东西，擦得闪闪发光，并且把它们组合起来，摆放到令人心情喜悦的阳光下边。于是这些东西突然都闪射出了前所未有的光辉。他就是这样从普通人的胸中取出很多细小的、被人轻蔑的感情，仔细聆听，装配上齿轮，直到它们都又生机盎然地滴滴答答出声为止。骤然间，这些东西都像音乐闹钟一样开始嗡嗡作响，隆隆出声，继而唱起温柔古老的曲调来。那曲调比起传奇国土里忧郁伤感的骑士叙事歌谣和湖上夫人的抒情歌谣更为悦耳动听。狄更斯就这样把整个市民的世界从被遗忘的灰堆里扒拉出来，而且又光彩照人地装配起来。市民世界到了狄更斯的作品里才又变成一个有生命的世界，对于它的愚昧和局限，狄更斯通过宽容使得人们可以理解，对于它的美，狄更斯通过爱使得它格外鲜明。他还把市民世界的迷信转变成一种新的、颇有诗意的神话。家乡炉灶旁蟋蟀的嚯嚯叫声现在成了音乐，进入了他的中篇小说。除夕的钟声讲起了人的语言。圣诞节的魔术师使得创作与宗教感情和解了。他从最微不足道的节庆里找出一种深刻的意义。他帮助一切淳朴的人发觉自己日常生活中的诗。他使他们觉得他们的家，这个本来就是最可爱的东西显得更加可爱。在狭小的房子里，壁炉的红色火苗噼啪有声，炉中干透的木柴不时爆裂开来，餐桌旁的茶壶在嗡嗡哼唱。这种别无他求的生活与贪得无厌的暴风雨——世界性的疯狂冒险——是隔绝的。狄更斯想把日常生活的诗教给所有被吸引在日常生活中的人。他向成千上万乃至数百万人说明了：永恒性在他们可怜的生活中下降到了什么地步，平静欢乐的火星在什么地方被日常生活的灰烬掩盖了。他教给人们如何使火星燃亮起来，成为欢乐舒适的通红炭火。他一心想要帮助穷苦人和孩子们。对于一切物质上或者精神上超出社会生活里中产阶级水平的东西，狄更斯都表示反感。他全心全意喜爱着惯常的东西、平均的东西。他对于富人和贵族等生活的特权者颇怀怨恨。这些人在他的书中都是流氓、无赖和吝啬鬼，极少是肖像画，几乎总是漫画。他不喜欢他们。他是个孩子的时候到马夏尔西债务监狱①去给父亲送信的次数太多了。他看到过扣押财物，也深知钱令人高兴的必要性。年来年去他一直待在亨格福德几层楼上一间狭小、脏乱，而且不见阳光的房子里。他往平底锅里抹擦鞋油，用绳子每天包捆千百个鞋油盒，一直干到他的小手疼痛难忍，在饱受歧视中眼泪夺眶而出。他在伦敦街头寒冷的晨雾中对饥饿和贫困无比熟悉。那个时候没有人来帮助他。豪华的马车从他这个冻僵的孩子身边驶过去，骑兵从他身边疾奔而去，家家都不开门。他完全是从小孩子们那里知道了善良。因此，他也只把才干回赠给小孩子们。他的作品具有卓越的民主性，这不是说是社会主义的，他缺乏那种激进的思想。完全是爱与同情给了他的创作以激情之火。他最喜欢待在市民的世界里，也就是在贫民院和领养老金者之间。他只有在这些淳朴的人身边才感到舒

---

① 伦敦关禁债务人的监狱，一八四二年被废除。

服。他把他们的房间都描写得宽大舒适，就像他想住的房子那样。他给他们编织色彩缤纷而且总笼罩着一层太阳光辉的命运，做他们那些简朴的梦。他是他们的律师，是他们的传道士，是他们所喜爱的人，是他们那简单朴素和色调灰暗的世界里明亮而且永远温暖的太阳。

但是这种卑微存在的简朴现实通过狄更斯变得多么丰富多彩呀！整个市民阶级连同他们的家具、千差万别的职业，还有看不见的混合感情，都聚集起来，又一次变成了一个宇宙，一个拥有群星和众神的宇宙。一种敏锐的眼力从这些普通百姓平面的、静止的，几乎是波澜不惊的镜子里看到了财宝，并用编织得最精细的网把财宝提到了光亮处。他从熙攘杂乱的人群中捕捉到自己的人物。噢，那是多少人呀！有数百个人物形象吧，全都住在小城市里。这些人物在文学中是不朽的，而且还超越文学进入了人们现实生活的语言概念中。在这些人物中令人难以忘记的有匹克威克和山姆·维勒，培克斯尼夫和贝西·特罗特伍德，以及所有那些名字在我们心中魔术般点燃起微笑的回忆的人。他的长篇小说内容多么丰富呀！《大卫·科波菲尔》的插曲本身就是足以供给另一个作家写富有诗意的毕生巨著的真实材料。狄更斯的书就其内容的丰富和不断感动人的意义上说也是真正的长篇小说，不像我们德语的长篇小说，几乎都是硬拉够篇幅的描写心理的中篇小说。在狄更斯的书中没有僵死之处，没有荒凉的沙地。它们拥有事件的落潮和涨潮，而且真的，那些事件就像大海一样，一望无际，难以测定。麋集在一起欢乐而又粗野的混杂人群几乎使人难以看到全貌。这些人冲上中心舞台，一个人又把另一个推了下去。看来只是散步走过场的人物却没有走失一个。所有的人都互相补充，互相促进，互相敌对，都在聚集光明，或者在聚集阴影。混乱、欢乐和严肃的复杂纠结在捉弄人的游戏中，把情节的线团滚来滚去。感情的一切可能性都在迅速进行的音阶中发出高高低低的声音。一切事物都是混合杂拌：欢呼、恐惧和目空一切。忽而是感动的泪珠闪光，忽而是狂喜的泪珠生辉。乌云密布，然后破碎零散，再度堆积如山，但是最后阳光灿烂，散发出大雷雨之后的清新空气。有些长篇小说是一部包括千百次肉搏战的《伊利昂记》，是无神的、人间世界的《伊利昂记》；有些则是宁静温和、朴实无华的田园诗。但是他所有的长篇小说，卓尔不群的也好，不易阅读的也好，都有极其纷纭繁杂的特点。而且他所有的长篇小说，甚至最激愤和最忧伤的小说，都在悲剧风光的岩缝里散布些小巧妩媚的动人之处，犹如鲜花一般。这种令人难忘的优美雅致的花朵到处繁茂盛开，像欧洲紫罗兰的小花，简朴谦卑，隐而不露，在狄更斯小说中最不引人注意的草原里等待着。无忧无虑的欢快清泉从不期而遇的事件的深暗岩石中间到处喷涌而下，响声悦耳。在狄更斯的书中有些篇章的效果可以与风景画相比。它们是那么纯洁，那么神圣，毫无人世欲望的影响，充满欢乐温和的人情味，并且阳光照临，欣欣向荣。为了这些篇章人们就不能不喜欢狄更斯，因为这样大量的精巧技艺遍布全书，丰富多彩，这就有了重要意义。有谁能够逐一列举出他的那些混杂的、兴高采烈的、心地善良而又略显可笑和总是很有趣的人物来呢？这些人物都是突然出现的，都有奇想怪癖和个人特性，都被安置在不常见的职业里，都卷进了滑稽的奇遇。然而，尽管这些人物很多，却没有一个人与另一个人相似。这些人物在最小的细节上都是精雕细刻的，在他们身上根本没有模式和铸件。一切都是感性生活，都是生气勃勃的。这些人物都不是冥思苦想出来的，而是曾经亲眼目睹的。让我们看看这位作家无与伦比的眼力吧。

狄更斯的眼力具有举世无双的精确性，真是一部奇妙的、不出差错的仪器。狄更斯是一位视觉的天才。人们都喜欢细看他的每一幅肖像，无论是青少年时代的，还是成年时代的。肖像上的眼神显得引人注意、沉着镇定。那不是作家的眼睛，在美丽的奇思妙想中不停地转动，在哀歌式地、迷迷糊糊地打盹儿。它不是软弱的、顺从的，也不是奋发地幻想的。那是一双英国的眼睛：冷静、灰暗、敏锐、闪光，就像纯钢一样。它还坚强得像保险柜，里边存放着不知他在什么时候——昨天或者多年以前——从外界收集到的东西。不会燃烧，不会遗失，在一定程度上还是密不透风的。有崇高伟大的东西，也有最无关紧要的东西。例如一家伦敦杂货店的一个彩色招牌——那是很久以前，他还是个五岁的孩子的时候看到的，再如一棵正对着窗子的枝叶繁茂的树。这双眼睛什么都不会漏掉，它们比时间更坚强，把一个个印象十分珍惜地排列在记忆库里，供作家随时取用。这里什么东西都不会被遗忘，都不会变得苍白或者没有生气。这里的一切东西都存放着，等待着，始终保持着香味和汁水，保持着鲜明色彩，什么东西也不会坏死或枯萎。狄更斯眼睛的记忆是无人可比的。他用自己的钢刀分解开了童年时代的烟雾：在

《大卫·科波菲尔》这部经过乔装打扮的自传里，两岁的孩子对母亲和女用人清晰的回忆，有如从无意识背景中剪下的侧面影像。在狄更斯笔下没有模糊不清的轮廓。他不写幻景多义的可能性，而是迫使幻景明朗化。他的表现能力不给读者的幻想留下自由的意志，他压制读者的幻想（因此他就成了一个没有幻想的民族的理想作家）。如果召来二十位画家，让他们为科波菲尔和匹克威克画像，那么，一张张画出来的像看起来都很相似。在难以解释的相似之中都会画出穿着白背心、眼神和蔼、戴眼镜的胖绅士和一个坐在往大雅茅斯去的邮车上的淡黄色头发、长相漂亮但有些胆怯的男孩。狄更斯描写得清晰、鲜明、无微不至，因此画家只能顺从他那使人着迷的眼力。他没有巴尔扎克那种魔术般的眼力，让人们摆脱他们激情杂乱无章形成的云雾，他的眼力是完全人世的眼力，水手的眼力，猎人的眼力，一种观察细微人性的鹰的眼力。有一次他说：构成生活意义的是琐碎小事。他的眼力捕捉细小特征。他看得到衣服上的污点以及窘迫中一筹莫展的细小姿态，他揪得住一个勃然大怒的人深色假发下边闪现出来的红头发。他觉察得到细微的差别。在握手时，他觉察到每根手指的动作；在微笑中，他觉察到色调明暗的不同。狄更斯在进入文学创作时期之前在国会里当了许多年速记员。他在那时练就了把详情细述紧缩成简明扼要地用一条线代表一个词以及用一个短小的云状符号代表一个句子的本领。因此，后来他在写作也就使用起了一种真正的速写法。他用小的符号而不作描述，从五光十色的事实真相中蒸馏出观察的精华来。对于外貌的细小地方，他的眼光敏锐得令人吃惊。他对什么东西都不会忽略。他的目光就像照相机上的快门，能抓住一个动作、一个姿势的百分之一秒。什么东西都逃不过他的眼睛。通过一种非凡的目光折射，他的观察的敏锐程度还会提高。这种目光折射，不是像一面镜子那样以实际的比例重现物体，而是像一面凹面镜那样夸大物体的特征。狄更斯总是强调他的人物的特征，他从物镜里把特征转变成增强的特征、漫画的特征。他使特征更加鲜明，并把特征提高成为象征。大腹便便的匹克威克在精神上也变成了近乎圆形。瘦削的金格尔在精神上也是干瘦的。坏人成了恶魔，好人成了具体化的完美。像所有大艺术家一样，狄更斯也进行夸大。然而他不是夸大成宏伟壮丽，而是夸大成幽默滑稽。他的描写所取得的无法形容的愉悦效果根本不是出自他的心情，也不是出自他的傲慢，而是由于他眼睛的这种独特的反射能力。他的眼睛异常敏锐，能把任何现象在反映生活的基础上夸大成奇特美妙和漫画式的东西。

实际上，狄更斯的天才恰恰是在这种独特的镜头里，而不是在他有些过分市民化的思想里。狄更斯本来就不是神秘地理解人物内心的心理学家。他让事物从或明或暗处于神秘生长过程中的种子里发展出自己的色彩和表现形态。他的心理学始于可以看见的事物。他通过外部现象描写特征，不言而喻，也就是通过那只有作家锐利的眼睛才看得见的最新与最细微的外部现象。正如英国的哲学家一样，狄更斯也不是从假定开始，而是从特征开始的。他捕捉心灵最不引人注意的、完全是物质的表象，并通过他那漫画式的奇特镜头让所有特征在物质表象中一目了然。他根据特征识别出种类。他让小学教师的嗓音低弱，讲个单词也费力。人们都会预料到，孩子们害怕一个用力说话而使得额头青筋暴起的人。狄更斯的尤利亚·希普总是两手潮湿冰凉，这个人物形象一定令人感到不舒服，像看见蛇一样不愉快。

这些外表现象都是无关紧要的小事，但诸如此类的小事又总是影响到内心。有时候这不过是他描写的一个生动的怪念头，一个纠缠着人、使人像木偶一样做机械活动的怪念头。有时候他又用某人的随从来表现某人的特征——试想如果没有山姆·维勒，匹克威克会是个什么样子；如果没有吉普，朵拉会是个什么样子；如果没有乌鸦，巴纳比会是什么样子；如果没有矮种马，吉特会是什么样子！他不把人物的特征画在典型的身上，而是画到荒诞可笑的影子身上。他的人物性格其实总是特征的总和。但是这些特征都经过精心雕琢，所以能够互相适应，组合成一幅卓越的马赛克图案。因此，这些特征大多数是表面的、显著的，都能引起眼睛进行内容丰富的回忆，而不是一种感情上的模糊回忆。如果我们在心里呼唤巴尔扎克或者陀思妥耶夫斯基的一个人物，名字叫高老头或者拉斯柯尔尼科夫，那么，就会有一种感情，也就是对献身精神的回忆、对灰心绝望的回忆或者对激情混乱的回忆来作回答。如果有人对我们讲到匹克威克，那么，就会浮现出这样的图像：一位挺着突出的大肚子、态度平易近人、马甲的纽扣金光闪闪的绅士。这时我们会明白，人们想到狄更斯的人物，如同想到绘画，而想到陀思妥耶夫斯基和巴尔扎克的人物，如同想到音乐。后两位是凭直觉进行创作，而狄更斯则是复制式地进行创作；后两位是用精神的眼睛进行创作，而狄更斯则是用肉体的眼睛进行创作。他不是在感情因受梦幻咒语七倍热光的强制而像幽灵一样从无意识的黑夜中升出来的时候捕捉感情，他是到无形的影响在现实中留下印记的地方去守候它。他捕捉灵魂对肉体的千百次作用，他一次也不忽略。他的想象力就是他的眼力，这对于住在世界上中间范围里的感情和人物形象是足够用的。他的人物都是正常感情在适当温度下的立体形象。他的人物在激情的热度中会融化，就像蜡像在感伤中会融化一样；而在仇恨中则会僵化，变得很容易破碎。狄更斯只是对爽直的性格取得了成功，而对那些正处于由善到恶、由神到兽的千百种过渡状态，吸引力也各不相同的人，则没有取得成功。他的人物总是毫不含糊的，要么是超群出众的英雄，要么是卑劣无耻的无赖。他们都有先天注定的本性，不是额头上方有灵光，就是身上有罪人的烙印。他的世界摆动于善良与邪恶之间，摆动于感情丰富与毫无感情之间。此外，他的方法找不到进入关系神秘的世界，即万物神话般互相关联的世界的门径。宏伟的东西是捉不住的，英雄的东西是学不会的。狄更斯的荣誉和悲剧都在于，他始终停留在天才与传统之间的中心、闻所未闻与平庸陈腐之间的中心，也就是停留在人世间规定的轨道上，停留在可爱的事物中、令人感动的事物中，停留在惬意的事物和市民的事物中。

但是他不满足于这样的荣誉。这位田园诗人渴望悲剧，他不断向悲剧方面努力。但他充其量只能达到情节剧的限度。他的这些尝试都是令人不愉快的。《双城记》、《荒凉山庄》在英国也许被认为是高水平作品，但是对于我们来说，它们都是失败的，因为它们的宏伟姿态都是勉强作出来的。在这些书中向悲剧方面努力确实有其值得称赞之处。狄更斯在小说里堆积了许多阴谋诡计，突出了犹如巨块岩石落到主人公头上的重大灾难。他作法召来了雨夜的恐怖、人民起义和革命，他开动了惊骇和恐慌的整个机器。不过庄严的恐怖从未出现，他那恐怖只是畏惧，是纯粹的身体对惊骇的反射，而不是心灵的恐怖。那种深刻的震撼，那种由于害怕而让内心呻吟着，渴求在电闪雷鸣中得到解脱的暴风雨般的效果，在狄更斯的书中没有出现过。狄更斯把危险重叠堆积起来，但是人们不感到害怕。在陀思妥耶夫斯基笔下，人们有时候会突然凝视深渊。人们如果感觉到自己胸中的这种黑暗、这种无名深渊被撕裂了，就会急促地呼吸。人们会觉得脚下的土地正在消失，会感到一阵突然的眩晕，一阵猛烈但是甜蜜的眩晕，会想倒下，跌倒在地，同时又由于感觉到在愉快和痛苦都处于白热化的情况下无法区分二者而害怕起来。狄更斯笔下也有这样的深渊。他把深渊打开，装满黑暗，给人看深渊的全部危险，然而人们并不感到害怕。人们也没有精神上跌倒的那种甜蜜的眩晕——也许那就是艺术享受的最大诱惑。在狄更斯笔下人们总是感到很安全，就像抓住了扶手一样。人们都很清楚，狄更斯不会让人跌倒的，还知道，主人公不会遭遇灭顶之灾的。在这位英国作家的世界里舒展白翅飞翔天空的两位天使——同情和正义——会把主人公毫发无损地带过岩石裂缝和深渊。狄更斯缺乏残忍，缺乏走向真正悲剧的勇气。他没有英雄气概，而只是多愁善感。悲剧是进行抗拒的意志，多愁善感是对眼泪的渴望。狄更斯从未获得那种没有眼泪、没有言语、绝望痛苦的最后威力。温和的同情——如《大卫·科波菲尔》中的朵拉之死——是狄更斯所能圆满表现的最极端的严肃感情。当他准备进行真正重要的推进，同情总是会来掣肘他。同情之油（常常是变了质的）总是平息用咒语召唤来的元素风暴。英国长篇小说多愁善感的传统压制了要成为强者的意志。结局必定是一篇启示录，是末日审判，好人升上天堂，恶人遭受惩罚。可惜狄更斯把这种公道接收进了他的大多数小说。无赖们相互谋害，归于消失，傲慢者和富翁们破产了，而他的主人公们却都在安乐舒适地生活。这种地道英国式道德意识的过分营养使得狄更斯创作悲剧性长篇小说的宏伟灵感冷静下来。这些作品的世界观即为维持作品稳定而装配好的陀螺，不再是自由艺术家的公道，而是一个英国国教徒市民的世界观。狄更斯对感情进行审查，而不是让感情自由发挥作用。他不允许感情强劲奔放，如巴尔扎克那样，而是用堤坝和沟渠把感情引进河道，以转动市民道德的磨盘。传道士、教士、常识哲学家、教师都隐而不现地与他坐在艺术家的工作室里。大家聚集在一起，对他进行劝诱：他写给青年的榜样和告诫最好是一部严肃的长篇小说，而不是没有约束的实际情况留在视网膜上的短时间的感觉。当然善良的信念得到了报偿。狄更斯逝世的时候，温彻斯特的主教在他的作品旁边称赞说，可以放心地把狄更斯的作品放到孩子们的手里。但是他没有如实地表现生活，而是表现如人们想给孩子们描写的那样的生活，这就削弱了他的作品令人信服的力量。对于我们非英国人来说，他的作品里宣扬和充斥的高尚品德太多了。要成为狄更斯笔下的主人公，就必须是道德的典范、清教徒的样板。在同样也是英国人，当然是比较重视感官享受的那一个世纪的孩子菲尔丁和斯摩莱特笔下，主人公即便曾经打架斗殴，打伤过对手的鼻子，或者他虽然正在与他的贵夫人热恋，却又与贵夫人的使女同床共枕，也丝毫不会妨碍他是主人公。狄更斯甚至不允许放荡的人有这一类丑恶行为，他所写的行为放荡的人其实也是无害的。那些人的寻欢作乐即便一个老处女看了也不会臊得脸红。比如，迪克·斯维勒是个放荡不羁的人，究竟他有哪些地方放荡不羁呢？我的上帝，他喝了四杯乡下啤酒，而不是两杯，他付账款非常不守规矩，他还不时闲游闲逛。这就是全部。最后在一个适当的时刻，他得到一笔遗产——当然是一笔不大的遗产——并且极其体面地与在道德轨道上帮助过他的姑娘结了婚。在狄更斯笔下甚至无赖也不是真正不道德的，他们尽管有种种劣习，却都没有去付诸实行的男子气概。这种企图遮掩性欲的英国式谎言成了他的作品的商标。狄更斯伪装斜视，忽略不愿看到的东西，把有所觉察的目光从实际情况上转开。维多利亚女王的英国阻止了狄更斯写出他内心深处所渴望的卓越的悲剧性长篇小说。对这位艺术家来说，如果没有一个他的创作渴望能遁逃入的自由的世界，如果他没有银色的翅膀——他那令人愉快的，几乎是非人间的幽默——使他骄傲地超越充斥诸如此类投机主义的沉闷地区，那么，英国就会完全把他拖进它特有的沾沾自喜的平庸中，就会用宠爱的夹得紧紧的胳膊把他变成它的性谎言的辩护律师。

英格兰的大雾没有降临到的这片一派太平景象的幸福自由世界是他童年时代的所在。英国式的谎言阉割人身上的性欲，强行控制成年人。然而孩子们都充满喜悦，无忧无虑地尽情享受自己的情感。孩子们还不是英国人，而是鲜艳明丽、娇小可爱的人类之花。英国的虚伪烟雾还没有在孩子们色彩缤纷的世界里投下阴影。狄更斯在他还能自由自在，不受英国资产阶级的良心阻拦，随意处理问题的时候，写出了不朽之作。在他的长篇小说中，童年生活是绝无仅有的美。我相信，他的那些人物，那些早期欢乐和真诚的插曲，永远不会从世界文学中消失。有谁能够忘记小耐儿的漂泊漫游，她是如何随同白发苍苍的爷爷离开大城市的烟雾和昏暗，走到了青葱翠绿的田野里。她心地善良，性情温柔，那天使般的微笑在她去世之前一直愉快地凌越一切艰难险阻前来救援她。在超出一切多愁善感，达到了最真实、最生动的人的感情的意义上说，这是令人感动的。有个汤米·特拉德尔德斯，是个面色红润的胖小伙子，在石板上画骷髅就能让他忘记挨揍的痛苦。有个吉特，是忠实人中最忠实的人。小尼克贝和后来一再出现的那个很漂亮、"身材不高、常常受到虐待的小伙子"并非别人，而是作家查尔斯·狄更斯。他把自己童年的欢乐与不幸都无与伦比地写得永存不朽了。狄更斯一而再再而三地讲述这个谦卑屈从、孤孤单单、饱受惊骇、沉湎于梦想的男孩子——双亲让他成为了孤儿，在这里他激荡的感情真的变成热泪盈眶了。他的声音洪亮、浑厚，听起来如同钟声。在狄更斯的长篇小说中这样的儿童轮舞是令人难忘的。这里边还掺和进了欢笑和痛哭、高尚和可笑，形成了独有的彩虹光辉。感伤和崇高、悲剧性和喜剧性、真实和虚构，都和解成了一种新东西，一种迄今尚未曾有过的东西。在这里他克制住了英国气，即世俗气。在这里狄更斯的伟大和无与伦比是没有局限的。如果要给狄更斯立纪念碑，那么，要把他作为孩子们的保护人、父亲和兄长，让这些儿童围着他坚强的形象轮舞在大理石上。他确实是把孩子作为人类本质最纯洁的表现形态来钟爱的，每逢他想使人们喜欢某个人物的时候，他就让那个人物像孩子一样单纯。为了孩子们的原因，他甚至还喜欢上了那些早已不是童年天真，而是幼稚发傻的人，那些弱智和有精神病的人。性格温顺的精神病人，他们那可怜的迷失感觉像白色的鸟一样翱翔于充满忧患与怨诉的世界上空。他们不觉得生活是一个难题，是一种辛劳和任务，而只觉得是一种愉快的、完全无法理解但又很美好的游戏。在狄更斯所有的长篇小说中都有这样一个精神病人。看到狄更斯如何描写这些人，是很令人感动的。他小心谨慎地扶助他们，像对待病人那样，并在他们头的周围安排许许多多善，就像光轮一样。他觉得他们是幸福的，因为他们永远停留在童年的天国里。在狄更斯的作品中，童年就是天堂。每逢我读狄更斯的长篇小说，就总是忧郁地担心孩子们长大。因为我知道，如果丧失了最可爱的东西、一去不复返的东西，那么很快便是诗意与习俗的混合、纯洁的真实与英国式的谎言的混合。他本人好像在内心深处也有这样的感情。他只是很不情愿地把他所喜爱的主人公交给生活。他从来不陪同他们进入变得陈腐平庸、变成生活中的商贩或车夫的年龄。他引导他们成长，直到举行婚礼的教堂大门前，经过种种险阻进入生活舒适、光亮如镜的安全之处。这时候他便和他们告别了。在那形形色色人物的行列里，狄更斯最喜爱的一个孩子是小耐儿。他把对自己夭折爱女的回忆在小耐儿身上永恒化了。他根本不让她进入这个令人失望的严酷世界，这个充满谎言的世界。他把她永远保留在儿童的天国里，提前让她闭上了温柔的蓝眼睛，让她在童年光明的陪伴下不知不觉地升入死亡的黑暗。他觉得与真实的世界相比，她太可爱了。

　　我已经说过，狄更斯笔下的世界是一个谦卑的市民世界，一个心满意足的英国，是众多生活可能性中狭小的一部分。如此贫困的世界只有通过强烈的感情，才能变得富有起来。巴尔扎克通过他的厌恶使资产阶级强大起来，陀思妥耶夫斯基通过他的救世主之爱使资产阶级强大起来，而狄更斯这位艺术家则是通过他的幽默把他的人物从沉重的现世苦难中解救出来。他不用一本正经的客观来观察他的小市民世界，他不唱诚实人的赞美诗，不为所谓唯一的美德——才干和冷静唱赞美诗。他像戈特弗里德·凯勒和威廉·拉贝那样，充满同情心而且诙谐有趣地给他的人物递眼色，使他们在自己小人国居民的惶恐不安中稍微带上一点微笑。但这是一种乐于助人的微笑、令人愉快的微笑。因此，为了他们的种种愚蠢言行和滑稽表现，人们更加喜欢他们。幽默犹如阴天里的一道阳光落到他的书上，使得书中简朴的地方顿时呈现出一派欢乐景象，显得非常可爱，而且充满无数令人陶醉的奇妙事物。在这样给人愉快和温暖的火焰旁边，一切东西都变得更加生动和真实了，甚至虚伪的眼泪也像钻石似的闪光，微弱的激情也像熊熊火炬一样明亮。狄更斯的幽默使他的作品超越了他的时代，得以永世长存。幽默像小精灵阿里尔那样穿过他书中的空气飘浮而过，使他的书都洋溢着亲切的音乐。幽默把他的书拉进了旋转的舞蹈。幽默是生活的巨大喜悦，幽默是最现实的，甚至在阴暗混乱的矿井里它也能像矿工灯一样放射光芒。它能消除过分紧张的心情，能通过讽嘲的附加音缓解过分的感伤，能通过它的投影、它的荒诞描述减弱被夸大的东西。它是狄更斯作品中的和解剂、平衡剂和永存的东西。不言而喻，正如狄更斯笔下所有的东西一样，它是英国式的，是真正英国式的幽默。他也缺少情欲，他能自我克制，不刚愎自用，也从不纵欲放荡。他在富有以后依然保持适度作风，不像拉伯雷那样粗声怪叫，打饱嗝儿；也不像塞万提斯那样欣喜若狂得翻跟头；更不像美国人那样探着头往前冲，不成个样子。他一向保持正直和冷静。像所有英国人一样，狄更斯只用嘴微笑，而不是用全身微笑。他的爽朗大笑甚至不会燃烧，而只是发出一些火星，把火光散射到人们的血管中，随着数以千计的小火苗跳动，像幽灵一般闪现，像鬼火一样逗人。这是实际生活中一个讨人喜欢的调皮鬼。狄更斯的幽默——这是因为狄更斯的命运就是一贯描写中间状态——还是在感情的醉态、心情的狂热与讽嘲的冷淡微笑之间的一种平衡。他的幽默是英国其他伟大人物所不能相比的。他丝毫没有斯泰恩那种条分缕析、浸渍腐蚀的讽嘲，也丝毫没有菲尔丁那种高视阔步的乡间绅士诙谐的爽朗笑声，他也不像萨克雷那样尖刻伤人。他只让人愉快，从来不让人痛苦。他像太阳的光圈，只是围绕着人们的头和手兴高采烈地戏耍。他不道貌岸然，也不讽刺，更不想在弄臣的头巾下边暗藏什么郑重严肃的东西。他根本不想要什么，不想成为什么。他活着。他的存在是没有意图的和理所当然的。狄更斯的眼角里已经钻进了狡黠，对人物进行修饰和夸大，使人物有赏心悦目的匀称和滑稽可笑的扭曲。这一切后来就使得千百万人为之陶醉。一切事物都进入了这个光环，像是发自内心似的闪耀光辉，甚至骗子和无赖也有自己的幽默灵光。每逢狄更斯观察世界的时候，整个世界都显得着实可笑。一切都光芒耀眼，回转不停，雾都对阳光的渴望似乎得到了永久的解决。语气翻了跟头，句子间互相混杂，忽又分开，与意义玩起捉迷藏的游戏。一个人向另一个人提出许多问题，逗乐取笑，互相打岔，一种任性鼓动他们去跳舞。这种幽默是不可动摇的。它可口，尽管没有性欲的盐。英国烹饪法是拒绝使用这种盐的。狄更斯没有因为出版商在背后挑拨而使幽默迷失方向，即使在感情冲动的时候，在感到困顿和烦恼的时候，狄更斯也只能写出轻松愉快的东西。他的幽默令人折服，它稳稳待在美丽敏锐的眼睛里，并且与眼睛的光亮一起熄灭。世界上没有什么东西能够损害他的幽默，即令是时间也难以成功。我不能想象有人不喜欢像《炉边蟋蟀》这样的中篇小说，有人能够在读这些书时不发出爽朗的笑声。精神的需要可能会像文学的需要那样发生变化。但是，只要人们渴望那种愉悦舒适的时刻——生活的意志休息，生活的感情轻柔地触动生活的波浪，只要人们不要其他而只渴求一种没有烦忧、旋律优美的心灵激动，那么，在英国，以至在全世界，人们都会去拿起狄更斯独具特色的书。

在这些尘世的、最为尘世的作品里，伟大和不朽就在于它们当中有个放射光芒、给人温暖的太阳。对于这样伟大的艺术作品，人们不应该只问其思想的强度，不应该只问站在作品后边的作者其人，也应该询问作品思想的广度，询问作品对群众的作用。人们对狄更斯的谈论将超过对我们这个世纪里任何人的谈论。狄更斯为世界增加了愉快，千百万双眼睛在读他的书的时候泪光盈盈。他把欢笑重新种植到了成千上万人那欢笑早已凋谢和被掩埋了的胸中。他的影响远远超出了文学范围。有钱人读了齐瑞白兄弟，经过一番思量，便去捐款了，铁石心肠的人也被感动了。当《奥列佛·退斯特》出版的时候，的的确确，孩子们得到了更多的街头施舍。政府也改善了贫民院，对私立学校实行了监管。狄更斯使得同情和友善增强，使得很多穷苦人和不幸者的命运得到缓解。我知道，这种异乎寻常的效果与一部艺术作品的美学价值毫无关系。但是，这些效果是很重要的。因为这些效果说明，每一部十分伟大的作品都超出了任何创作意图，都能令人陶醉地去自由漫游幻想世界，并且在现实世界中也引起许多变化。有本质上的变化，有看得见的变化，然后还有对感情感受的热度的变化。与那些为自己要求同情和赞许的作家相反，狄更斯是为他的时代增加了欢乐和喜悦，促进了他那个时代的血液循环。从那个年轻的国会速记员决心为写人和人的命运而拿起笔的那一天起，这个世界就变得光明些了。他为他的时代拯救了愉快，也为此后的世世代代拯救了处于拿破仑战争和帝国主义之间的那个愉快的古老英格兰。若干年以后，人们将还会回顾这个古老的世界及其许多罕见的、失传的职业，它们在工业化的迫击炮轰击下早已化为灰烬，也许还要看看这种无忧无虑、淳朴、宁静而且愉快的生活。狄更斯像诗人一样创作了英国的田园诗——这就是他的事业。与强大的东西相比，我们可不要对微小的东西、心满意足的东西有丝毫的轻视。田园诗也是永存的东西，是上古的回归。

农事诗或者牧歌就是逃亡者的诗，是怀着欲望的恐惧进行休息的人再度复兴起来的。在未来世世代代的沧桑变化中它还会不断出现。它的出现是为了消逝，就像激动中间的喘息、努力前后的提劲，以及怦怦跳的心脏里满足的瞬间那样。有的人创造权力，有的人创造宁静。查尔斯·狄更斯充满诗意地将一个宁静的时刻嵌入这个世界。今天生活又纯净了，机器隆隆，时代在迅猛的突变中飞奔向前。然而田园诗是不朽的，因为它是生活的乐趣。田园诗的回归犹如雷雨过后重新出现的湛蓝天空，犹如在历经种种精神危机和震撼之后重新感受到了生活的永恒喜悦。因此，每当人们需要愉快，而且由于激情悲剧性的紧张而疲劳不堪，想要从轻声的事物中听到富有诗意而又美妙的音乐的时候，狄更斯就会不断地从遗忘中走出来。

陀思妥耶夫斯基

你不能完结，

这使你伟大。

《西东合集》，歌德

协　调

郑重其事地谈论费奥多尔·米哈伊洛维奇·陀思妥耶夫斯基和他对我们内心世界的重要性是困难和责任重大的，因为这个独一无二的人的广度和威力都需要一种新的标准。

初次接近，以为是找到了一部封闭的作品、一位作家，可发现的是无限，是一个有自转星球和另一种天体音乐的宇宙。不停息地进入这个世界的思想失去了勇气：对于初步的知识来说，这个世界的魔力太陌生了，这个世界的思想化为烟云进入无限之境太远了，这个世界的信息太古怪了，以至于灵魂不能直接仰视这里的天空，像仰视祖国的天空那样。如果不是从内心去体验，陀思妥耶夫斯基什么也不是。只有在最底层，在我们永恒和不变的生存里，在根源所在的地方，我们才能够有希望与陀思妥耶夫斯基建立起联系。这是因为对于外国人的眼光来说，俄国的风光太陌生了。陀思妥耶夫斯基的祖国的大草原连道路也没有。那个世界与我们的世界共同之处是多么少啊！在那里环顾四周没有什么令人感到愉快可爱的东西，也难得找到安静的一小时进行休息。神秘朦胧的感情孕育着闪电，又变换为精神上寒冷的、常常是冰凉的明亮。在天空里发出光亮的是神秘莫测的血红色的北极光，而不是温暖的太阳。进入陀思妥耶夫斯基的天地，人们就踏入了原始的世界，这是个神秘的世界，它极其古老，同时又尚未开发。可爱的黎明迎面而来，就像每一次永恒元素临近时那样。人们很快就会虔诚地希望这令人惊叹的景象停留下来。然而又有一种预感警告激动不已的内心：对此地永远不可能习惯，一定得回到我们比较温暖、比较亲切，但也比较狭小的世界里来。人们会惭愧地感觉到，对于平常人的目光来说，这个坚硬的地区太辽阔了，变化太剧烈了。那忽而凛冽刺骨，忽而又火热灼人的空气，对于哆哆嗦嗦呼吸的人来说，也太令人憋闷了。如果不是在这个极其悲凉、可怕的人间之上有一个无边无际、星光闪耀的善的天空，人们真会从这位令人恐惧的陛下面前逃开。那里的天空也如同我们这个世界的天空一样，不过它是在凛冽的精神严寒之中，比在我们气候温和的地方更高地伸进无限。只有从这个地区仰视苍穹，友好亲切的目光才会感觉到无限的人世悲哀中的无限安慰，才会在恐惧之中预感到伟大，在黑暗之中预感到上帝。

只有这样仰视陀思妥耶夫斯基最后的思想，才能够把我们对他的作品的敬畏变成热爱。只有最深刻地认识他的作品的特点，才能明白这个俄国人深沉的博爱和普遍的人性。但是，进入这个强大人物内心最深处的路是多么漫长，又多么曲折呀！这项独一无二的工作以其辽阔显得强大，以其遥远显得可怕。当我们试图从它的无限远处进入它的无限深处的时候，它就变得更加深奥莫测，因为这项工作处处都浸透着神秘。他的每一个人物都有个深入到人世魔鬼深渊的井筒。在他的作品的每道墙壁后边，在他的每个人物的面孔后边，都横亘着永恒的黑夜，都放射出永恒的光明。这是因为陀思妥耶夫斯基通过生活的目的和命运的形态而与生存的一切神秘习俗都结成了密切的关系。他的世界就处于死亡与精神错乱之间、梦想与清清楚楚的现实之间。他个人的问题到处都与人类的一个无法解决的难题紧密相连。每个个别的曝光面都反映了无限性。他的性格作为人，作为作家，作为俄国人，作为政治家，作为预言家，处处都放射出永恒意义的光辉。没有道路通到他的终点，没有问题进入他内心最底层的深渊。只有热情可以接近他，而热情也只能谦卑地自愧，比起他对人的奥秘所抱的独特而喜爱的敬畏态度，更加微不足道。

陀思妥耶夫斯基本人从来没有伸出手来帮助我们接近他。我们时代里其他强有力的建筑大师都公开自己的意向。瓦格纳在自己作品的旁边放着纲领性的说明——论战性的辩护。托尔斯泰敞开自己日常生活的所有大门，让每个好奇者都进来，并且对每个问题都作出解释。而陀思妥耶夫斯基除了完成他的作品以外，从来不在其他地方暴露自己的意图。他在创作的热情中把计划都烧掉了。他一生沉默寡言而且很是羞怯，他的外部生活和体态相貌就是令人信服的证明。他只是在青少年时代有过朋友，成年以后他是孤独的。这是因为他觉得，献身于个别人会给他对全人类的爱心带来重大影响。

他的信件只透露出他生活的窘困和受刑以后身体的痛苦，绝口不谈自己，尽管信件就是诉苦和呼救。他生命中的许多年份，他的全部童年时代，都模糊不清。他本人在今天已经变得十分遥远和无关紧要，变成了一个传说、一个英雄、一个圣者，但是有些人还看到他的目光充满焦急的渴望。笼罩荷马、但丁和莎士比亚伟大生平的那种真实与预感并存的朦胧使我们也觉得陀思妥耶夫斯基的面貌超脱人间世界了。他的命运不是用文献资料形成的，而是完全用自觉的爱心形成的。

因此，人们只能在没有向导的情况下想方设法摸索进这座迷宫的核心地区，从自己生活激情的线团上解下阿里阿德涅①的，也就是精神的丝线。这是因为我们愈是深入地了解他，也就愈是深入地感受到自己。只有当我们达到普遍人性的本质的时候，我们才接近了他。谁对自己了解得很多，就对他也了解得很多。他简直是绝无仅有的全部人性的最后标准。这条进入他的作品的道路穿过形形色色的激情涤罪所，穿过地狱，经过人世痛苦的一切台阶：个人的痛苦，人类的痛苦，艺术家的痛苦，还有最后的痛苦、最残酷无情的痛苦——上帝的折磨。这条道路是黑暗的，为了不误入歧途，必须从内心里燃烧起激情和追求真理的意志。在我们遍游他的堂奥之前，必须首先遍游我们自己的堂奥。他不派出信使，只有阅历通向陀思妥耶夫斯基。他既没有见证人，也没有别的见证，只有艺术家在肉体上和精神上神秘的三一律：他的面貌、他的命运和他的作品。

---

① 希腊神话中克里特岛的国王米诺斯的女儿，曾以线团帮助忒修斯走出迷宫。

面　　貌

　　他的面貌首先是像一个农民的面貌：深陷的面颊呈泥土色，简直肮脏，而且还布满皱纹——那是多年的苦难犁成的沟。皮肤龟裂了许多裂口，干渴、枯焦，绷得紧紧的。二十年长期卧病，吸血鬼从这皮肤里吸走了鲜血和光泽。右脸和左脸都很僵硬，犹如两块大石头。斯拉夫人的颧骨很突出，口形严肃，脆裂的下巴颏上长满一片茂密的胡须丛林。土地、岩石和森林，这是一种悲剧成分的风光。这就是陀思妥耶夫斯基面容的深度。在这副农民的，甚至是乞丐的面孔上，一切都是低沉的和尘世的，而且没有美。这个面孔单调苍白、暗无光泽，真是散落在岩壁上的一小块俄罗斯草原。甚至那双深陷的眼睛也不能从眼缝中照亮这片松脆的黏土。因为这双眼睛坦诚的火焰明亮、耀眼，但不向外延伸。所以，他那锐利的目光好像往体内看到了燃烧的血液消耗殆尽。他如果闭上眼睛，死亡就会立刻降临到这张脸上，往常把风化的面部特征聚集在一起的高度神经紧张也会沉入昏睡的无生命状态。

　　陀思妥耶夫斯基的面貌如同他的作品一样，在感情的顺序中首先唤醒的是恐惧，接着是犹豫不决的畏缩，然后是充满激情、不断增强的陶醉和惊叹。在忧郁庄严和悲哀的气质中，他脸上的泥土坑，即肌肉的低洼处，才略微明朗一些。他那隆起的圆额头像个半球形的房顶。它放射白光，呈现拱形，突出在这张狭长形农民面貌的上方。这座精神大教堂光亮闪闪，钟声不断，从阴影和昏暗中挺拔而出：在松软的肌肉黏土之上是坚硬的大理石，还有蓬乱的头发丛林。光线是自下而上照到这张脸上的。如果对他的肖像细加端详，那么，就只会感觉到这个宽阔、巨大、帝王气派的额头，它总是越来越闪光发亮，显得越来越宽阔，这副老态龙钟的面孔在疾病中更加愁眉苦脸和枯萎衰老。它高高地、不可动摇地位于多病身躯的上方，像是天空，也像是精神的灵光照临着人世间的悲哀。这个常胜思想的神圣外壳在那张临终时床上的照片上比在其他照片上都更有光彩，因为松弛的眼皮下落盖住了失神的眼睛；没有血色的双手，非常苍白，但却若有所求地紧紧握住一个十字架（就是当初一个农妇送给他这个囚犯的可怜的小小木质耶稣受难像）。现在他的额头照射着他失去灵魂的面容，就像早晨的太阳照射着下方的夜间大地，也像他所有的作品那样，以自己的光辉宣告同一个消息：精神和信仰把他从沉闷的、低下的和物质的生活中解救出来了。陀思妥耶夫斯基最终的伟大永远在其最终的深度里：他的面貌从没有比他在死亡中表现得更为坚强。

他的人生悲剧

> 人世间不会想到，在世界上播种神书要流出多少鲜血。
>
> 但丁

陀思妥耶夫斯基的作品给人的第一个印象总是恐惧，第二个印象才是伟大。正如他的面貌显出农民气而且平平常常那样，乍看起来，他的命运最初也显得很残酷和平庸。开始人们觉得他的命运只是一种毫无意义的折磨，因为对于这样一具虚弱多病的身体竟然动用所有的刑具折磨了六十年。艰苦的锉刀磨掉了他从青年到晚年的所有香甜，疼痛的锯在他的肢体内锯得嚓嚓作响，贫穷的螺钉无情地钻进了他生命的神经系统，火辣辣地疼痛的神经线在颤抖，四肢不停地抽搐，淫欲的细刺无休无止地引诱他的激情。没有免掉过一种痛苦，也没有遗忘过一种折磨。这样的命运看来首先是一种毫无意义的残酷，是一种盲目疯狂的敌对。通过回顾就可以理解：命运这样严酷无情地锻打他，是因为命运要把他雕凿成永恒的东西；还有，命运是强有力的，为的是适应一个强者的需要。在陀思妥耶夫斯基的身上，一切都那样过分。与十九世纪所有其他作家漫步方石铺就的宽阔人行道相比，陀思妥耶夫斯基的生平没有一处相似。在他的生涯中人们总是感觉到，幽暗的命运之神的嗜好就是要在最强者身上显示出它的强大。陀思妥耶夫斯基的命运是《旧约》式的，是英雄式的，而丝毫不是现代式的，不是市民式的。他像雅各①一样，不得不永远与天使搏斗，永远反抗上帝，又不得不像约伯②一样，永远俯身屈从。命运不让他变得自信，也不让他变得懒惰。他总是不得不感觉到那个因为他的敬爱而对他进行惩罚的上帝。他不能在幸福中休息一分钟。因此，他得走到无限远的地方。有时候他的命运魔鬼好像停止发怒了，要允许他像别人一样走普通的生活道路，但是总是有只强有力的手不断伸出来，把他推进荆棘燃烧的丛

---

① 《旧约》中人物，是亚伯拉罕的次孙，为犹太十二支派的始祖。
② 《旧约》中一位坚忍不拔的人。他的故事见《约伯记》。

林。如果说，命运也曾把他抛向高空，那也只是为了要把他摔进更深的深渊，为了教给他认识兴奋和绝望的幅度。命运把他提升到希望的顶峰，其他人到这里就柔弱得熔化进淫欲的欢乐之中；命运又把他投进不幸的深渊，其他人到这里都会在痛苦中摔得粉身碎骨。命运总是在最为安全的时刻对他进行猛击，就像对约伯那样，而且还夺去他的妻子和孩子，把疾病加在他的身上，用轻蔑伤害他，使他不停地与上帝争论，并且让他通过不断的反抗和不断的希望赢得更多的赞赏。那个冷漠的时代保留下这么一个人仿佛是要表明，我们世界里的欢乐和痛苦还有多么巨大的数量。而他陀思妥耶夫斯基好像迟钝得感觉不到压在头上的这个强大的意志。他从来不进行自卫、反抗命运，从来不举起拳头。他那受伤的身体在痉挛抽搐中也曾奋力挣扎，他的书信有时候也爆发出一声激动的呼喊，好像是大口咯血一样，然而精神，就是信仰，又把反抗压制下去了。陀思妥耶夫斯基身上神秘的意识觉察到了这只手的神圣性，即他的命运富有悲剧性的有益的意义。他用自己痛苦的理智烈火照遍了他的时代、他的世界。

生活三次把他摆荡到高处，又三次把他拉了下来。命运很早就用荣誉的甜食引诱过他。他的第一本书给他带来了名气，但是无情的魔掌猛然抓住了他，把他又抛掷回无名之辈中间：关进监狱，罚做苦役，流放西伯利亚。他又浮升起来，而且更加有力，更加勇敢。他的《死屋手记》使得全俄国心醉神迷。沙皇本人也曾为此书洒过眼泪，俄国青年对他都表现出极大热情。他创办了一本杂志，他向全体人民发表见解。于是他的第一批长篇小说便诞生了。但是气候骤变，他的物质生计崩溃了。债务和忧伤迫使他出国。疾病不断吞噬他的肌肉，他成了一个流浪者，他跑遍了整个欧洲。他的民族把他忘记了。但是经过多年的工作和贫困之后，他第三次从默默无闻和穷苦的污泥浊水中浮了出来：纪念普希金的讲话证明他是首屈一指的作家，是自己国家的预言家。现在他的荣誉不可磨灭了。但是就在这个时候，铁拳又把他打倒了。举国激动悲怆，在一口棺材之前气得发狂。命运不再需要他了。残酷明智的意志达到了目的，从他的生存中取得了最高级的精神成果。现在命运毫不在意地把他身体的空壳抛掉了。

经历过这种有深远意义的残酷迫害，陀思妥耶夫斯基的生平就变成了艺术品，他的传记也就变成了悲剧。他的艺术作品具有令人惊叹的象征性，都采用了他自己命运的典型表现形式。他的生命的开始便是个象征：费奥多尔·米哈伊洛维奇·陀思妥耶夫斯基出生在贫民院里。从这个最初的时刻起就确定了他生存的位置是在偏僻之处，是在被蔑视者中间，近乎是生活的沉积物，但同时也是人的命运的概括，与不幸、痛苦和死亡为邻。直到生命的最后一天（他死在工人区里，死在五层楼上一间位于角落的住所里）他也没有挣脱这种束缚。在他生命的整整五十六年的艰辛岁月里，始终与不幸、贫穷、疾病和贫民院里的物质匮乏形影不离。他的父亲像席勒的父亲一样，是个军医，还有贵族血统，他的母亲是农民出身。俄罗斯民族性的这两个来源汇聚在此，丰富了他的生命。严格的宗教教育很早就使他的感性生活转向极度兴奋状态。他生命的最初几年是在莫斯科贫民院里一间和哥哥分享的棚屋中度过的。这就是他最初的年月，但人们不敢说这就是他的童年，因为童年的概念不知在什么时候已经从他的生命中消失了。他从来没有谈起过自己的童年。陀思妥耶夫斯基的沉默向来就是对于陌生同情的羞怯和自尊的惶惑不安。在他的传记里有这么一段模糊的空白，否则作家们就会微笑着写出许多色彩缤纷的景象、温情的回忆和甜美的惋惜。然而，如果对他所创造的儿童人物那热情的眼睛进行深刻地观察，那么，就可以认为确实了解了他。他一定像科利亚那样早熟，充满幻想甚至幻觉，充满要做大事的、闪耀着光亮但不稳定的热情，还充满孩子气的强烈偏激，要超越自我，"为全人类受难"。他也必定像涅托奇卡·涅兹万诺娃那样，畅饮过爱情之酒，同时又喝下怕爱情会暴露出来的歇斯底里的恐惧。他也必定像那个醉鬼上尉的儿子伊柳沙那样，对家庭的可怜惨状深感羞愧，对家中的物质匮乏深感悲伤，但却随时准备为保护自己最亲近的人而对抗全世界。

后来当他作为一个小伙子走出这个阴暗的世界的时候，他的童年时代也就熄灭了。他逃进了形形色色不满意者的永久避难所，也就是被忽视者的救济院，逃进了书中五光十色而又危险的世界。他曾和哥哥一起没完没了地读书，熬过多少个日日夜夜。那个时候，他这个贪得无厌的人便萌发了对罪恶的兴趣。那个幻想的世界使他更加远离了现实生活。

他对人类满怀最强烈的热忱，然而他不喜欢交际，他的自我封闭几乎到了病态的地步。这真是冰炭共存。他是一个隐居独处、最为危险的狂热信仰者。他的激情无目的地到处摸索。在那"地下室的年月"里，他走遍了各种放荡不羁的道路。但是他始终孤独，厌恶一切享乐，对任何幸福都有一种罪恶感。因此，他总是紧闭着嘴。他缺少钱用，只是为了几个卢布，便去当了兵。在军队里他也没有找到朋友，接着便是几个阴郁沉闷的青春年头。正像他书中所有的主人公那样，他也住在一个角落里，过着穴居人的生活。他梦想，他思索。他染上了思想与感官种种隐蔽的恶习，他的野心还没有找到道路。于是他悉心倾听自己的声音，积蓄自己的力量。他感觉到他的力量与欢乐及恐惧一起正在他内心深处发酵。他喜欢自己的力量，他也害怕自己的力量。他不敢有什么活动，为的是不破坏这种模糊不清的未来。他以这种不幸、畸形、孤独而又沉默的木偶身份居住了好几年。他染上了疑心病，这是一种对死亡的神秘恐惧，是一种经常为了世界，也经常为了自己的恐惧，这是自己胸中因思想混乱而对原始威力产生的恐惧。为了改善自己糟糕的经济状况，他在夜间翻译东西（他的钱都流失到相互敌对的嗜好之中了，流失到义捐救济活动和放荡不羁的行为之中了，这够典型的了）。他翻译了巴尔扎克的《欧也妮·葛朗台》和席勒的《堂·卡洛斯》。从那些日子混沌的云雾中逐渐凝结成了他自己的表现形态。最后，他的第一部富有诗意的作品，即不长的长篇小说《穷人》，便从这种云锁雾罩、梦境一般的恐惧与极度兴奋状态中产生了。

一八四四年，二十四岁的陀思妥耶夫斯基"用炽热的激情之火，甚至是用淋淋汗水"写出了这本研究人的卓越著作。此书证明他受到了极其强烈的屈辱，也就是贫穷；还证明他有非常强大的威力。此书还赞美了对不幸的爱心，也就是无限的同情。他心存疑虑地思量他已写成的书稿。他预感到这部书稿是对命运提出的一个问题。因此，他很艰难地作出了把书稿交给诗人涅克拉索夫审阅的抉择。两天过去了，没有回信。夜间，他孤独地坐在家里苦苦思索，一直工作到油灯燃尽散发出烟雾时为止。一天凌晨四点钟，突然间门铃响得很紧。陀思妥耶夫斯基把门打开后大吃一惊：涅克拉索夫扑到他的怀里，吻他，向他欢呼祝贺。涅克拉索夫和一个朋友一起阅读了书稿，一起读了整整一夜，为之欢呼，为之流泪，而且不仅如此，最后他们还一定要来拥抱陀思妥耶夫斯基。夜间唤起他走向荣誉的那阵门铃声就是陀思妥耶夫斯基的第一个人生瞬间。到了清早天亮时，朋友们才热情地互相道贺，交流兴奋心情。然后涅克拉索夫又急忙跑去找俄罗斯最有威望的批评家别林斯基。"一个新的果戈理诞生了！"涅克拉索夫刚到门前就高声喊起来，同时还挥舞着书稿，就像挥舞小旗子那样。"你们中间产生一批果戈理就如同长蘑菇！"对人们的兴奋鼓舞感到恼火的怀疑论者别林斯基嘟囔道。但是到第二天陀思妥耶夫斯基前来拜访的时候，他已经改变了态度。"是的，您自己很理解您所创作的东西。"他十分激动地对这个不知所措的青年人喊道。陀思妥耶夫斯基突然感觉到了恐惧——那是对突如其来的新荣誉的甜蜜敬畏。他像是在梦中一样走下了楼梯，心醉神迷地走出去站在大街的拐角处。他第一次感觉到——但是他却不敢相信——使他心惊胆战的种种黑暗和危险都是强大的东西，也许就是他童年时代胡思乱想过的"伟大的东西"，是永存不朽，是为全世界受苦受难。他心里一片混乱，在振奋和懊悔、骄傲和屈从之间来回摇摆不停。他不知道应该听信哪一种声音。他昏昏沉沉地在大街上蹒跚而行，泪水中混合着幸福和痛苦。

陀思妥耶夫斯基被发现成了作家，一切就是这样像情节剧一样发生的。即使在这个时候，他生活的形式也是令人不解地模仿他作品中的生活形式。粗略的轮廓有时候已经有了恐怖小说老一套的浪漫色彩。在陀思妥耶夫斯基的生活中开始经常是情节剧，但是总是要变成悲剧。他的一生都是紧张的，抉择都被压缩在瞬间之中，没有过渡的时间。他的全部命运就是用十个、二十个这种极度兴奋或者骤然栽倒的瞬间确定下来的。人们可能把这样的瞬间称为生存癫痫病的发作，这是极度兴奋的瞬间和虚弱无力地崩溃的瞬间。每一次精神振奋都得付出骤然栽倒的代价。这样一秒钟的赦免都要以很多小时毫无希望的苦役劳动和灰心绝望为代价。别林斯基原先给他戴在头上的那个闪光耀眼的荣誉花环同时也是一副脚镣的第一个铁环，是陀思妥耶夫斯基终生进行沉重劳动时拖着的叮当响的铅球。他的第一本书《白夜》，也是他作为自由人，纯粹为创作的愉快而创作的最后一本书。从现在起，创作向他说明了：有获得，就有偿还。从此以后他所写的每一部作品，从第一行起都以预付款的方式抵押出去了。这也就是把还没有出生的孩子卖到工厂里做苦工。现在他永远被坚实的围墙圈进了文学的监狱里边，终生发出被隔绝的人渴求自由和深感绝望的刺耳呼叫声，只有死亡才会给他打开锁链。他这个新手没有料到在最初的愉快中就有了痛苦。他在迅速完成了几部中篇小说以后，便计划写一部新的长篇小说。

这时候命运警告性地抬起了手指。监视他的魔鬼现在不愿意他的生活变得轻松起来，于是他对生活便有了极为深刻的认识。这是他所敬爱的上帝对他的考验。

门铃又像上一次夜间那样响了起来。陀思妥耶夫斯基把门打开,大吃一惊,但是这一次不是生命的声音,不是欢呼的朋友,不是荣誉的信息,而是死亡的召唤。军官和哥萨克兵冲进房间,逮捕了这个被惊扰的人。他的书稿都被封存了。在圣保罗要塞的一间牢房里他忍饥挨饿了四个月,始终没有猜到强加于自己身上的罪名原来是:他参加过几个情绪激昂的同学的讨论。如今那次讨论被夸大其词地称为彼得拉舍夫斯基的阴谋活动。这就是他的全部罪行。毫无疑问,逮捕他是一场误会。然而判决犹如晴天霹雳:他被判处枪决的极刑。

命运把他又推进了一个新的瞬间。这是一个极为狭小而又极为丰富的瞬间。这是死亡与生命伸长嘴唇进行狂吻的一个无限的瞬间。一天黎明时分,他和九名难友被提出监狱,都被换上一身收殓服,四肢被绑在柱子上,眼睛被带子蒙上。他听到宣判自己死刑,还听到鼓声如雷。于是他的全部命运就被压缩进了那么一小会儿的等待中,无限的绝望和无限的生活贪欲都被压缩进了那么一丁点儿的时间里。这时一名宫廷侍从武官举起手来,挥动白布制止射击,并且宣读了特赦令。他的死刑改判为送往西伯利亚监狱。

现在,他从最初的青年的荣誉跌进了无名的深渊。一千五百根柞木柱子把他的全部视野圈定了四年之久。他在这些柱子上用记号和泪水一天接一天数点了四遍三百六十五天。他的同伴都是罪犯,有窃贼和杀人凶手。他的工作是拖运雪花石膏,搬运砖瓦和铲雪。唯一允许他带的书是《圣经》。他的朋友是一条长癣的狗和一只翅膀折断的鹰。在这个"死屋"里,在这个地狱里,在这个阴影中的阴影里，他待了四年，没有名字，被人遗忘。当从他受伤的脚上取下脚镣，把他身后已经变成一道腐朽的褐色墙的那些柱子放倒的时候，他自己已经成了又一根腐朽的褐色柱子。他的健康被破坏了，他的荣誉化成了烟云。他的生存条件被消灭了，只有他的生活乐趣依然完整，不可损伤。极度兴奋的热情火焰从他被压垮的身体熔化而成的蜡里燃烧得比过去更加明亮。他还得在西伯利亚再待几年。这时他有了一半自由，但还不能发表一行字。在那里流放时，在最痛苦的绝望和孤独中，他与第一个妻子举行了奇怪的婚礼。这个妻子有病，而且性格乖僻。她不愿意报答他的怜悯和爱情。在他的这次决定中，隐藏着一种朦朦胧胧的舍己为人的悲剧性。只有从《被侮辱与被损害的》里的几处暗示中，人们可以猜测到对于这次令人难以置信的自我牺牲行为沉默的英雄主义。

他作为一个被人遗忘了的人回到了彼得堡。他的文学资助人听任他一蹶不振，他的朋友也都不见了。但是从使他摔倒的波浪里，他又一次鼓足干劲，勇敢地发起奔向光明的搏斗。《死屋手记》这部描写流放犯时期的不朽之作，把俄国从对麻木不仁的共同经历的冷漠中惊醒了。整个民族惊惧地发现，在他们太平世界平坦的地层下边，在近在咫尺的地方，还存在着另外一个世界，一个充满种种痛苦折磨的涤罪所。于是谴责之火一直烧到克里米亚，沙皇也为此书啜泣，成千上万的人都在谈论陀思妥耶夫斯基的名字。在一年之间，他的荣誉又建立起来了，而且比过去更加崇高，也更为持久。这个复活的人与哥哥共同创办了一份杂志，几乎全部是他本人写稿。与他这个作家合伙的还有传道士、政治家、"俄国激进派"。杂志流传极广，反应很是强烈。他又完成了一部长篇小说。幸运在狡黠地用各种闪烁的目光引诱他。陀思妥耶夫斯基的命运似乎永远有了保障。

但是凌驾于他的生命之上的神秘意志又一次发言了：那样说还为时过早。这是因为他对人世间的痛苦还是陌生的，还不熟悉流亡的折磨及为悲惨生计忧心的恐惧。西伯利亚和俄罗斯最狰狞的变形苦役犯监狱还一直在祖国。现在为了对自己民族最强有力的爱心，他应该再一次去体验流浪者对帐篷的渴望。于是他又一次退入了默默无闻的状态，而且沉入了比他成为作家及民族先行者之前更深的黑暗之中。一道电光照射下来。这是一个毁灭性的瞬间：他的杂志被禁止了。这又是一次误会，是像上次一样的谋害。这个时候雷声阵阵，恐惧降临到了他的生活中间。他的妻子死了，此后不久，他的哥哥，同时还有他最好的朋友和助手都相继谢世。两家的债务像铅块一般沉重地落到了他的肩上。难以承受的重量压弯了他的脊椎骨。他依旧在绝望地进行自卫，日以继夜发疯似的工作。他写书，编校稿件，甚至自己印刷，为的是节省几个钱，为的是拯救荣誉和生存，但是命运比他更加强大有力。于是他像一个罪犯那样，害怕债权人相逼，在一个夜间逃往外边的世界去了。

现在，他开始了流亡欧洲历时数载的无目的漫游。这是一次与俄国，也就是与他的生命的血液之源，令人战栗的断绝关系。这次断绝关系比苦役犯监狱的那些柞木柱子更为恶毒地挤压他的灵魂。请设想一下，这位俄国最伟大的作家，那个时代的天才，无限世界的使者，却不名分文，无家可归，没有目的地从一个国家流浪到另一个国家。他费尽气力才找到一间矮小的房子作为投宿之地，里面充满了贫民的污浊气味。癫痫病这个魔鬼的利爪抓住了他的神经。债务、汇款、义务，鞭挞他接连不断地干各种活儿。窘困和羞愧把他从一座城市驱赶到另一座城市。如果他的生活里闪现了一道幸福之光，那么，命运就会立刻推过来一朵新的乌云。他的速记员是个年轻的姑娘，后来就成了他的第二任妻子。但是她给他生的第一个孩子只活了没几天，便被虚弱，即流亡中的穷困夺去了生命。如果说西伯利亚是涤罪所，是他苦难的前厅，那么，法国、德国、意大利无疑就是他的地狱，这种悲剧性的生存简直令人难以想象。当我在德累斯顿的大街上走过某座低矮肮脏的房子的时候，总是觉得，他可能就曾住在这里的什么地方，住在萨克森的小商贩和勤杂工中间，住在五层楼上。他是孤独地，无限孤独地住在这个外国的闹市区里的。在流亡的那些年月里，没有一个人认识他。唯一能够理解他的人是弗里德里希·尼采，住在离他一小时路程的瑙姆堡。理查德·瓦格纳、黑贝尔、福楼拜、戈特弗里德·凯勒等同代人都在那里。但是陀思妥耶夫斯基对他们毫无所知，他们对他也毫无所知。他蓬头垢面，衣衫褴褛，颇似一头巨大危险的动物，从他干活的茅舍里蹑手蹑脚走上大街。他总是走同一条路。在德累斯顿，在日内瓦，在巴黎，都只是为了去看俄国报纸他才走进咖啡馆，走进俱乐部的。他想感觉到俄罗斯，感觉到他的祖国。他想看一眼西里尔字母①，浏览一下家乡的语言。有时候他也坐在美术馆里，但不是出

---

① 即古斯拉夫语字母，由九世纪中叶的斯拉夫人传教士西里尔创立。

于对艺术的喜爱（他始终是个拜占庭式的野蛮人，一个圣像破坏者），而只是为了取暖。他对于自己周围的人全然不知。他之所以憎恶他们，只是因为他们不是俄国人。他在德国憎恶德国人，在法国憎恶法国人。他的心倾听着俄国，但是他的身体冷漠地待在这异国他乡的世界里饱尝艰辛。没有一个德国作家、法国作家或者意大利作家表明与他有过交谈，或者有过会晤。他们只是在银行里认识了他，他脸色苍白，天天到银行的问事处窗口前，以激动得发抖的声音询问俄国给他的汇款单是否终于到了，为了这一百卢布，他成百上千次在身份低微的人和陌生人面前在言词上跪了下来。对于他这个可怜的傻瓜和他那永久的等待，银行职员们都哈哈大笑。他也是当铺里的常客，他把一切都送去典当了。有一次为了弄点钱给彼得堡发一封电报，他甚至当掉了最后一条裤子。那封电报是他多次撕心裂肺的呼喊中的一次，这样的呼喊声也不断刺耳地反复出现在他的书信里。如果读到这个坚强的人那些谄媚奉承、狗一般屈从的书信，人们的心都会抽搐战栗的。在这些书信里，为了乞求十个卢布，他曾五次恳求救助人。这些令人异常惊骇的信都为了一点可怜的钱而呼号、呜咽和哭泣，他在通宵工作和写书，他的妻子在痛苦地呻吟。这个时候癫痫病张开利爪，从喉咙里出来紧紧卡住了他的生命。这个时候，房东太太带着警察来逼收房租。这个时候，接生婆也为报酬而争吵不休——于是他写出了《罪与罚》、《白痴》、《群魔》、《赌徒》。这些都是十九世纪的鸿篇巨制，塑造的都是我们整个心灵世界里最普世的人物形象。

对于他来说，工作是拯救，也是痛苦。工作的时候他就是生活在俄国，生活在故乡。在欧洲，在流放地的苦难里，他一安静下来便深受思念之苦。因此，他愈来愈深地投身到他的作品中。作品是使他心醉神迷的仙丹灵药，是使他饱受痛苦的神经达到最高快乐的赌局。在这期间，他就像当年点数监狱的柞木柱子那样贪婪地点数起了日子：但愿能够作为乞丐还乡，只要能还乡就行！俄国，俄国，俄国！这是他在窘困中永恒的呼喊。然而他还不能回国。为了作品，他还必须是个无名氏，还必须是这些外国街道的殉难者，还必须是不呼唤、不控诉的孤独的受苦者。在进入永恒荣誉的光辉中之前，他还不得不居住在生活的爬虫中间。他的身体已被贫困挖空了。疾病的重棒愈来愈频繁地猛击他的脑部，使得他整天昏昏沉沉地躺着。他还有些朦胧的知觉，有一点力气就蹒跚而行，重新走到写字台前。陀思妥耶夫斯基才到半百之年，然而他已经经受了上千年的折磨。

最后，到了最紧迫的时刻，他的命运终于说话了：这样就够了。上帝又把脸转向约伯说：陀思妥耶夫斯基可以在五十二岁时返回俄国。他的书为他作了宣传。屠格涅夫和托尔斯泰都被阴影笼罩住了，俄国现在对他更加重视了。《作家日记》使他成了他的民族的英雄。他以最后的精力和最高的艺术完成他对民族前途的遗嘱，那就是《卡拉马佐夫兄弟》。现在命运最后揭开了他的生命的意义，并且赠送给他这位受过考验的人以一秒钟最高的幸福。这一秒钟会告诉他，他的生命种子已经结出了无穷无尽的硕果。最后，在陀思妥耶夫斯基的这个瞬间里，他的胜利就像当年的痛苦那样蜂拥而来。他的上帝给他发出一道闪电。这一次不是把他击倒的闪电，而是像对他的先知们那样，用烈焰腾腾的车子把他送进永恒的闪电。俄国所有重要作家都收到了在纪念普希金一百岁诞辰大会上讲话的通知。居于首位的是屠格涅夫这个西方人，这个一生僭占陀思妥耶夫斯基的荣誉的作家。他在不大热烈但是友好的赞同声中发表了讲话。第二天是陀思妥耶夫斯基发言，在着魔的醉态下他的讲话像一道闪电。他轻度嘶哑的嗓音爆发出了极度兴奋的火焰，就像突然来临的大雷雨。他宣布了俄国全面和解的神圣使命。听众像割过的草一样都跪倒在他的膝前。大厅在爆发的欢呼声中震颤起来。妇女们争相前来吻他的手。有个大学生昏倒在他的面前。所有其他准备讲话的人都放弃了发言。这种热情直升入无限。荣誉之光在戴荆冠的头顶上①灿烂辉煌地燃亮了。

他的命运还要做到的事情是：在热情如火的一分钟里展示他完成了使命，他的作品的胜利。然后，命运在把纯洁的果实拯救出来以后，就把他那枯干的身体外壳抛弃了。陀思妥耶夫斯基于一八八一年二月十日逝世。一阵寒战传遍了俄国，那是个无言的悲痛时刻。但是随后代们不约而同地从各地，甚至从最偏僻的小城镇出发，前来表达对陀思妥耶夫斯基最后的敬意。现在从这座数百万人口的城市的各个角落喷涌出人们对他的狂热的爱——太迟了！太迟了！——他们都想去看看这个一生都被他们忘却的死者。黑压压的人群向停放他灵柩的施米德大街拥来。面色阴郁的人们都以敬畏的心情无言地拥上那座工人楼房的楼梯，挤满狭小的房间，有的人身

---

① 据传耶稣在被钉上十字架之前曾戴荆冠。

子紧贴棺材站着。几个小时以后，鲜花都消失了。原来他是躺在鲜花下边的，数以千计的人走时都带走一朵鲜花，而没拿什么贵重遗物。小房间里的空气非常污浊，令人窒息，以致蜡烛也因无法充分燃烧而熄灭。群众还在潮水般不断地涌来，一波接一波拥向死者。由于人群过于拥挤，棺材摇动了，几乎要跌到地上。随即有上百双手扶住了棺材，搀扶着寡妇和受到惊吓的孩子。

警察局长想要禁止这次公众葬礼，因为大学生们计划把囚犯戴的锁链挂在陀思妥耶夫斯基的棺材后边。不过警察局长终于没敢对抗群众的激情，否则他们会被迫携带武器前来送葬。陀思妥耶夫斯基神圣的梦想在送葬的时候有个把小时突然变成了现实：统一的俄国。正如在他的作品中，通过博爱的感情，俄国的一切阶级和等级都变成了统一的群众那样，现在跟在他的棺材后边的数万送葬人都通过自己的痛苦变成了统一的群众。年轻的亲王、奢华的教区牧师、工人、大学生、军官、仆役和乞丐，他们都在迎风飘扬的旗帜森林里异口同声地为高尚的死者悲叹不已。为陀思妥耶夫斯基举行祈祷的教堂变成了一座特别的鲜花丛林。各党各派的人都在敞开的墓坑前边结成了一个爱戴和钦敬的誓约。就这样，他把自己的最后一个小时作为一个和解的瞬间赠送给了他的国家，并用神奇的力量又一次把当代形成疯狂对立的派别团结了起来。送葬以后，突然爆炸了一个可怕的地雷。这是一次革命，就好像是为死者放的庄严礼炮。三个星期以后沙皇遭到谋杀，这时革命的雷声滚滚，惩罚的闪电震撼着全国。正如贝多芬那样，陀思妥耶夫斯基也是在元素的神圣激荡中，在疾风暴雨中逝世的。

他的命运的意义

我成了一位能手。
善于去承受欢乐和痛苦，
忍受痛苦的欢乐，
成了我的幸福。

戈特弗里德·凯勒

　　在陀思妥耶夫斯基和他的命运之间进行着的是一场无休无止的斗争，一种充满深情的敌对。命运使一切矛盾都尖锐起来，他感到痛苦。命运使一切对比都分离开了，他更是痛苦得心裂欲碎。生活使他痛苦，因为生活喜爱他。他喜爱生活，因为生活非常有力地掌握着他。他这个非常博学的人在苦难中认识到了感情最强烈的可能性。他像雅各一样，在一生漫漫的长夜里与命运搏斗，直到死亡的红日东升的时候为止，而且不对命运进行赞美，他就摆脱不开痉挛。因此，陀思妥耶夫斯基这个"上帝的奴隶"理解这种信息的重要性，并且在这种信息中找到了最高的幸福——永远当无限权力的被征服者。他以激动的嘴唇亲吻着他的十字架说："对于人来说，除了向无限顶礼膜拜，没有更不可或缺的感情了。"在命运的重压下，他弯下膝盖，虔诚地举手发誓，证明生活的神圣伟大。

　　陀思妥耶夫斯基以这种命运奴隶的身份通过屈从和悟解而成了一切苦难的伟大征服者，成了自《圣经》时代以来最强有力的大师和重新评价者。他的身体摔跌得愈深，他的思想便跳跃得愈高。作为一个人，他受到的苦难愈多，就愈加愉快地认识到人世苦难的意义和必然性。amor fati，即奉献给命运的爱——尼采把这种爱赞为最有益的生活法则——使得他在任何敌意中都感觉到充实，感觉到一切苦难都是幸福。对于选民就如同对巴兰①那样，一切诅咒都会变成祝福，一切贬低都会变成提高。他在西伯利亚脚上戴着脚镣的时候曾给无故判他死刑的沙皇写了一首赞美诗。他一再以我们无法理解的屈从态度亲吻对他进行惩罚的土地。正像拉撒路②面色还苍白时从棺材里复活那样，陀思妥耶夫斯基随时准备为生活之美提出证据。他从自己的慢性死亡中，从自己的痉挛中，从癫痫疾病的颤抖中振作起来，嘴上还吐着白沫就赞美起了对他进行这种考验的上帝。在他敞开的灵魂里，一切苦难都产生对苦难新的爱，都产生对新殉难者头冠不满足的、热切的、鞭笞派教徒式的渴望。如果命运对他残酷打击，那么，他会呻吟，但在血流如注的时候，就已经渴望新的打击了。他把击中他的每一道闪电都承受了下来，还把本来是要烧死他的东西转变成心灵之火和创造力的极度兴奋。面对这种恶魔般的转变亲身经历的能力，命运就完全失去了还手之力。看来是惩罚和考验的事，对于他这位智者来说，就成了向人恳求来的帮助，而且才能使这位作家振作了起来。把一个弱者消磨掉的事情，只能增强他这个极度兴奋者的精力。那个喜欢玩弄象征的世纪更是提供了一种经历的两种效果的标本。类似的闪电击中了我们世界里

①《旧约》中人物，是美索不达米亚的预言家。
②《新约·路加福音》中人物，据说耶稣使他从坟墓中复活了。

的另一位作家奥斯卡·王尔德。他们两位，一个是有声望的作家，一个是有地位的贵族，都在一日之间从资产阶级跌落进了监狱里。但是在这场考验中作家王尔德就像在研钵里那样被研捣粉碎，而作家陀思妥耶夫斯基经过这场考验才造就成形，就像是炽热坩埚里的矿砂一样。这是因为还有社会感受的王尔德具有社会人的外部本能，他觉得自己被打上了耻辱的烙印。他感到最可怕的贬低就是在雷丁监狱里的那次洗澡，他悉心保养的贵族身体在那里不得不跳进已经被十个囚犯弄脏了的水里。那是个完全享有特权的阶级，具有绅士们的教养，他们怕之又怕的就是身体与普通人混杂在一起。而陀思妥耶夫斯基是个超越一切等级的新人。他的内心为命运感到陶醉，因而热情地走向普通人。同样肮脏的洗澡水，对于他就变成了消除傲慢的涤罪所。在一个肮脏的鞑靼人的帮助下，他极为兴奋地体会到了基督教洗脚礼的奥秘。在王尔德身上，爵士身份比人的身份活得长久，到囚犯们中间让他感到痛苦，他所害怕的是他们会把他视为同类。陀思妥耶夫斯基却只有在窃贼和杀人犯拒绝与他结交相聚的时候才感到痛苦。这是因为他觉得，一切距离、一切不友善态度都是污点，都是自己人性的缺陷。正如煤炭和钻石是同样的元素那样，这种双重性的命运对这两位作家是各不相同的。王尔德从监狱里出来就结束了，而陀思妥耶夫斯基从监狱里出来才是开始。同样的烈火把王尔德炼成了毫无价值的废渣，而陀思妥耶夫斯基则炼成了亮闪闪的坚强性格。王尔德受到像奴隶一样的惩罚，是因为他抗拒自己的命运。陀思妥耶夫斯基则是通过热爱自己的命运进而战胜了命运。

陀思妥耶夫斯基就是一个灾祸的转变者、侮辱的重新评价者，以致只有最艰苦的命运才适合他。他从自己生存的外部危险中获得了最高的内心安全。他的痛苦变成了他的收益，他的恶习变成了他的天才，他的阻碍变成了他的动力。西伯利亚、苦役犯监狱、癫痫病、贫穷、赌博成性、纵欲放荡，等等，所有这些他生存的危机在他的艺术中都通过一种恶魔般的重新评价力量变得有益。正如人们要从矿山最黑暗的深处取得最宝贵的金属那样，艺术家永远也只能从自己本性最危险的深渊里取得光彩夺目的真理——最后的悟解。陀思妥耶夫斯基的一生从艺术家的角度看是一个悲剧，从道德上看却是无与伦比的成就。这是因为他的一生是人对自己命运的胜利，是通过内心的魔力对外部生存的重新评价。

首先，他的精神生命力对久病虚弱的身体的胜利是没有先例的。我们不可忘记，陀思妥耶夫斯基是一个病人。他不朽的作品是从断裂的虚弱肢体那里，是从火红发亮的颤抖神经那里赢取的。最致命的痛苦，形影不离的、可怕的死亡象征——癫痫病已经渗透了他的全身。陀思妥耶夫斯基患有癫痫，在他进行创作的整整三十年一直疾病缠身。这只"使人窒息的魔鬼"的手在工作中，在大街上，在谈话中，甚至在睡觉时，都会突然掐住他的咽喉，让他猛地摔倒在地上，弄得他口吐白沫，也许还使他饱受惊吓的身体磕得鲜血淋淋。在他还是个神经过敏的孩子的时候，就在奇异的幻想中、在可怕的心理紧张状态中感觉到了危险的闪电。但是，这种"神圣的病"到了监狱里才锻造成了闪电。在监狱里这种病把神经压迫得异乎寻常地紧张。陀思妥耶夫斯基身上的苦难忠实地跟随他到最后一个小时，就像每一种不幸那样，就像贫穷和匮乏那样。但是令人感到奇怪的是，这个饱受折磨的人从来没有说过一句反对考验的话。他从来没有抱怨过自己的疾病，像贝多芬抱怨他的耳聋那样，像拜伦抱怨他的瘸腿那样，或者像卢梭抱怨他的膀胱疾病那样。至今还没有证据说明，他曾经认真地求医治病。人们可以感到宽慰的是，不妨认为，他是怀着无限的 amor fati 来爱他的疾病，把疾病当作命运来爱，就如同他对待罪恶和危险那样。作家追寻踪迹的癖好抑制了他的痛苦：陀思妥耶夫斯基在细心研究自己的苦难的时候就成了自己苦难的主人。他把自己生命最外表的危险，即癫痫病，变成了他艺术的最高秘密。他从那种在眩晕预感的瞬间里奇妙地聚集而成的自我极度兴奋状态中吸取到一种闻所未闻和深奥莫测的美。这里，在极度阴森可怕的缩写里，死亡得以在生命中间被经历，在每次死亡之前的一秒钟里，可以经历生存最坚强有力和最令人心醉神迷的本质——"自我感觉"的病态的精神紧张。命运一再把他内容最丰富的那个生命瞬间，即谢苗诺夫斯基广场①上那几分钟，活生生地给他送回来，就像是一种神秘的象征，仿佛要他在感情上永远不忘一切与虚无之间令人恐惧的对比。在这里也总是黑暗约束视线，在这里感情也是从身体内倾泻而出，就像水从装得太满而又端得不平的碗里流出来一样。流出的感情随即振动展开的翅膀飞升起来，也随即觉察到了照在脱离肉体的翅膀上的非尘世的光亮。那是

---

① 一八四九年十二月二十二日，沙皇政府在莫斯科谢苗诺夫斯基广场宣布处死二十一名犯人，陀思妥耶夫斯基即在其中，但在处死三名犯人后改判其余犯人为苦役刑，送往西伯利亚。

另外一个世界的光线和恩惠。大地已经下沉，天体已经发出音响——这时候苏醒的惊雷把他又毁灭性地投入到平庸的生活中。每当陀思妥耶夫斯基描述这样梦境中的一秒钟的时候，他用前所未有的敏锐眼光观察的幸福感，让他的声音充满激情，而那恐惧的瞬间就变成了赞美歌。他很兴奋地劝诫说："你们健康的人呀，你们想象不到，是什么样的狂喜在发病前的一秒钟里充满了癫痫病人的全身。穆罕默德在《古兰经》里说，在他的罐子翻倒、水流出来那么个短暂时间里，他到天堂去过。所有聪明的傻瓜脑袋都断言，他是个说谎的人，是个骗子。然而这是不对的，他没有撒谎。当癫痫病发作的时候，当他本人像我这样发病的时候，他肯定是在天堂里。我不知道这种幸福的一秒钟能否延续几个小时。但是请你们相信，我不愿意用它换取生活的一切喜悦。"

在这种感情强烈的一秒钟里，陀思妥耶夫斯基的目光超越了世界上个别的事物，以烈火一般的总体感情拥抱无限。但是他秘而不宣的是每次他为痉挛地接近上帝而承受的残酷惩罚。在被击碎的水晶似的几秒钟里，可怕的崩溃格格作响，一切都成了飞进的碎片。于是他，另一个伊卡洛斯①，便带着伤残的四肢和麻木的感官又跑回到人世间的黑夜中来。被无穷的光线照得耀眼的感情在身体的监狱里艰难但还恰当地摸索着走动。刚才还像昆虫那样愉快地振动翅膀围绕上帝的面容飞舞的感觉，如今在生存的土地上盲目地爬行。陀思妥耶夫斯基每次发病以后都进入几乎是痴呆的昏昏沉沉状态。

---

① 希腊神话中建造克里特岛上迷宫的名建筑师代达洛斯之子。为了逃离该岛，他身缚蜡翼，但因飞得离太阳太近，蜡翼融化，坠海而死。

对于这种状态的恐惧，他在梅什金公爵这个人物身上以自我鞭笞教派的明确性作过生动形象的描写。他躺在床上，四肢受伤，常常是撞伤的。舌头不听从声音，手不听从笔杆，他情绪沉闷而镇静地抗拒一切人际往来。大脑以和谐缩小的方式包含着千百件具体事物。现在大脑的光亮破碎了，他再也不能回忆新近的事情了。有一次他在抄写《群魔》的时候，病发作了。他很恐怖地感觉到，自己对重要情节都茫然不知，甚至连主人公的名字也忘记了。于是他就艰难地再次塑造人物，用强制性的意志把沉睡的幻想重新鼓动得充满热情，一直到又一次发病把他摔倒在地时为止。就这样，在脊背对癫痫病的恐惧之中，在嘴唇对死亡的痛苦回味之中，在生计艰难和物品匮乏的逼迫之中，他写出了最后的和最有力度的长篇小说。他的创作还强有力地上升到了死亡与幻想之间的未定状态，并且像梦游者那样准确无误。从永久的死亡中产生出永久复活者那种贪婪地紧抱生活的恶魔般的力量，为的是用强力和激情压榨出他的最高成就。

陀思妥耶夫斯基的天才要归功于这种疾病，归功于这种恶魔的灾难，这就如同托尔斯泰要归功于他的健康一样。这种病使得陀思妥耶夫斯基能升入正常人达不到的感情集中状态，还赋予他神奇的眼力，使他看到感情的阴间，看到心灵的中间王国。就像长期漂泊的流浪者奥德修斯从地狱带回信息那样，陀思妥耶夫斯基这位唯一清醒的归来者也从阴影与火焰的国度里带来了最认真的描述。他用鲜血和嘴唇上令人恐惧的战栗证明了在死与生之间存在着许多人们意想不到的状态。多亏他的疾病，他才成功地取得了艺术上的最高成就。对于这种成就，司汤达所作的表述是："前所未有的感觉"的创造。这是在我们每个人身上都处于萌芽状态，但由于血液温度很低而未能达到成熟的感觉。陀思妥耶夫斯基对这种感觉作了十分详尽的描述。病人的灵敏听觉使得他在沉入神志昏迷之前能窃听到内心最后的话。极端的敏感让他感受到最细微的震颤。神秘的洞察力、能够预言的第二视觉的天赋让他看到我们行动的内在联系。啊，多么奇妙的转变！多么富有成果的心脏危机！艺术家陀思妥耶夫斯基强迫自己占有了一切危险，于是人便从新的范围里获得了新的重要意义。因为对于他来说，幸福和痛苦都意味着感情的终点，都意味着一种不平衡增长的强力。他不用平均寿命的普通价值来衡量，而是用自己精神错乱的沸腾度数来衡量。对于别人，最高的幸福是享受一片风景，有一个妻子，感情和谐，但总是通过人世间状态所允许的占有。在陀思妥耶夫斯基笔下，最高的幸福则是在无法忍受的状态中、在死亡的状态中的感觉的沸腾点。他的幸福是抽搐，是口吐泡沫的痉挛。他的痛苦是破碎，是衰竭，是崩溃，但总是闪电般压缩成的本质状态，这种状态在人世间是不能延续的。谁在生活中经常经历死亡，那么，他就会比正常人认识到更加有威力的恐惧。谁感觉到过没有形体的飘浮，那么，他就会有比永不离开大地坚硬的身躯更高级的乐趣。他的幸福概念意味着陶醉，他的痛苦概念意味着毁灭。因此，他的人物的幸福与增强喜悦毫无关系。这种幸福是像火一样发光、燃烧，是强抑泪水的颤抖，是危险引起的抑郁不安，是一种无法忍受、不能持久的状态，与其说是享受，不如说是受难。另一方面他的痛苦又是对沉闷窒息的烦忧，也就是对负担和恐惧所引起的平庸状态的一种克服，是一种冰冷的、几乎是微笑的明亮，是一种对苦难极端的、不知眼泪为何物的渴求，是一种干巴巴的咯咯笑声，是一种近乎喜悦的、魔鬼般的狂笑。在他之前，感情的对立从未被揭示到如此程度，世界也从未如此痛苦地紧张过，好像是处于极度兴奋与极尽毁灭之间，他把这种毁灭置放在离各种惯常的幸福与痛苦标准远远的地方。

要从命运烙在他身上的这种极性中，而且也只有从这种极性出发，才能够理解陀思妥耶夫斯基。他是分裂生活的牺牲者——作为自己命运的热情肯定者——因此也是命运反差的狂热的信仰者。他那艺术家气质的热烈感情完全来自这种对立的持续摩擦。他这个无节制的人不是否定这种对立，而是把他身上天生分裂成的两半拉得彼此相距愈来愈远：一个上天堂，一个下地狱。艺术家陀思妥耶夫斯基是最完善的矛盾产物，是艺术中，也许还是人类中最伟大的二元论者。他的恶习之一是他生存的原始意志象征性地具有了看得见的形态：对赌博的病态爱好。他还是个孩子的时候，就是个狂热的牌迷。但是，他是到了欧洲以后才了解了让自己着迷的魔鬼之镜：红与黑——轮盘赌这种在他原始的二元论中非常残酷危险的游戏。巴登—巴登的绿色赌案、蒙特卡洛的赌台都是他在欧洲最心醉神迷的东西。赌案、赌台对他神经的催眠作用比西斯廷圣母像、米开朗琪罗的雕塑、南国的风光以及全世界的艺术和文化都更为有效。原因是这里有焦急心情，就是把是黑还是红、是双数还是单数、是幸运还是毁灭、是赢还是输的抉择压缩进赌盘转动那一秒钟里的焦急心情。这种焦急心情要把精神集中成突变矛盾那种充满痛苦和喜悦的闪电形式，这完全符合他的性格。温和的过渡、平衡、微弱的增强，都是他那激动不安的急躁性格所不能忍受的。他不喜欢德语所说的用"猪肉商的方式"——谨慎、节省和计算的方式——挣钱。或然性，也就是舍身夺取全部，对他很有吸引力。正如命运玩弄他那样，现在他也要玩弄命运：他刺激导致艺术上焦急心情的或然性。在他以为万无一失的时候，他就总是用颤抖的手把他的整个生存押到赌台上。陀思妥耶夫斯基不是出于贪财欲望的赌徒，而是出于前所未闻的、"不高尚的"、卡拉马佐夫式的、要获得一切东西最坚实核心的生命渴望，出于对欺诈行为的病态向往，出于一种"高塔感受"——在深渊上鞠躬的兴致。陀思妥耶夫斯基在赌博中向命运挑战。他用做赌注的东西不是金钱，至少不总是他最后的一点钱，而是押上了他的全部生存。他为自己所赢得的是最坏的神经陶醉、死亡的恐怖、极度的畏惧、恶魔般的世界情感。甚至在黄金的毒药中，陀思妥耶夫斯基也只饮下对神圣事物的新的渴望。

不言而喻，他把这种激情如同别的激情一样，推而广之，越出一切范围，直到最极端的情况，直到成为罪恶。停顿、谨慎、犹豫不决，这都不符合他的巨人气质："无论在什么地方，无论在什么事情上，我毕生都是跨越限度的。"而这种跨越限度正是他艺术上的伟大之处，好像他在人生方面的危险一样。他没有在市民道德的篱笆墙前止步。谁也说不清楚，他一生里跨越法律限度走了多远，他的主人公的犯罪本能有多少在他的身上变成了行动。个别事例已经得到证实，然而那可能只是很小一部分。他还是个孩子的时候就在玩纸牌中进行欺骗。正如《罪与罚》里可悲的傻瓜马尔梅拉多夫因为贪饮烧酒而偷妻子的袜子那样，陀思妥耶夫斯基也曾为了到轮盘赌场中赌博而从柜子里偷了妻子的钱和一件衣服。他《地下室手记》里的放荡淫乱到底在多大程度上反映了他本人的性欲倒错，"淫欲成性的蜘蛛"斯维德里盖洛夫、斯塔夫罗金和费奥多尔·卡拉马佐夫性的精神错乱他本人到底体验了多少，传记作家是不敢妄加讨论的。他的癖好和性欲反常肯定也根植于把邪恶与无辜进行对比的神秘欲望中。只是对这类传说进行探讨和推测（尽管十分明显）并不重要。但不要忘记，好色之徒、过度兴奋的性欲之人、猥亵的费奥多尔与救世主、圣徒阿廖沙有天生的血缘关系。

　　可以肯定的是，在性生活方面陀思妥耶夫斯基也是跨越了市民标准的人。这话不是在歌德的温和含义上讲的。歌德曾经说过一句名言："我清楚地感觉到自己身上有一切卑劣行为和犯罪的素质。"歌德一生了不起的发展只能意味着一种在自己身上根除危险萌芽和蔓延的绝无仅有、异乎寻常的努力。这尊奥林匹斯神想要达到和谐，他最高的希求是破除一切对抗，血液的冷却，各种力量都安详地飘荡。他阉割了自身的性欲。为了艺术，为了高尚的品德，歌德在极为严重失血的情况下逐渐根除了一切危险的萌芽，当然他也在平庸的事情上花费了不少精力。但是如在二元论上是充满激情的一样，陀思妥耶夫斯基在平时偶然遇到的各种事情上也是如此。他不愿上升到和谐，他觉得和谐就是僵死，他不把他身上的对立约束成为神圣的和谐；而是使对立绷紧成为上帝和魔鬼，在他们之间就是世界。他要的是无限的生命，他觉得生命是在对比的两极之间唯一的放电现象。他身上的善与恶、危险和促进等一切萌芽都必须向上发展。一切都要在他的热带激情作用下开花和结果。他的道德不遵照典范，也不奉行标准，而只求感情强烈。对于他来说，正确地生活就是坚强地生活和完整地生活。这两者同时是善和恶，两者都具有他最坚强有力和令人心醉神迷的表现形态。因此，陀思妥耶夫斯基从来不寻求一个标准，而总是寻求充实。除他以外，托尔斯泰也在创作中心神不宁，他停了下来，放弃了艺术。他终生为之苦恼的是：什么是善？什么是恶？他是真正地活着还是虚假地活着？因此，托尔斯泰的一生是说教性的，是一本教科书，是一本宣传册子。陀思妥耶夫斯基的一生则是一件艺术品，是一部悲剧，是一种命运。他不做有目的的行动，不做有意识的行动。他不考验自己，他只是增强自己。托尔斯泰在全体人民面前高声谴责各种深重罪孽，陀思妥耶夫斯基却沉默不语。不过他的沉默不语所讲出的罪恶比托尔斯泰所谴责的一切罪恶更多。陀思妥耶夫斯基不愿进行评判，不愿进行变革，不愿有所改善。他总是想着一件事：增强自身。对于邪恶，对于他天性中危险的东西，他不进行抵抗。相反，他把他的危险当作动力去加以喜爱。为了悔过，他神化自己的罪过。为了屈从，他神化自己的傲慢。因此，从道德上去"宽恕"他，为拯救市民标准的渺小和谐去避开不标准的强烈的美，那是幼稚可笑的。

谁创造了卡拉马佐夫、《少年》中的大学生形象、《群魔》中的斯塔夫罗金、《罪与罚》中的斯维德里盖洛夫等这些肉体的狂热信仰者，这些具有强烈性欲的人，这些淫乱的行家里手，他在生活中也就亲自了解了淫荡生活的种种最低级形式。为了赋予这些人物形象残酷无情的真实性，对于放荡行为在精神上的喜爱是很必要的。他以无与伦比的敏感性了解双重含义上的性爱，了解肉体亢奋状态的性欲。这种性欲在泥泞中蹒跚而行，变成淫乱，直到最精致的精神堕落；这种性欲凝结成为阴险，成为罪恶。他能在形形色色的假面具下认出性欲，他还会以最内行的眼光微笑着看待性欲的狂暴行为。他也熟悉最高尚形态的性欲，这时爱情变成了无肉欲的，变成了同情、愉快的帮助、世界性的博爱和如倾的泪水。所有这些十分神秘的本质都存在于他的身上，不仅像在所有真正作家笔下那样存在于挥发性的化学痕迹中，也存在于最纯洁与最有力的提取物中。他笔下的放荡行为是他带着性欲的激动和感官的颤动描写的，其中有些很可能是他怀着喜悦所经历过的。但是，我这话并不是说（绝对不可作这样的理解），陀思妥耶夫斯基是个纵欲者，是个以肉欲取乐的人，是个沉迷于享乐的人。他只是寻求喜悦，就像他寻求痛苦一样。他是本能的农奴，是专横精神与肉体的好奇心的奴隶。这种好奇心用鞭子把他驱赶进危险事件中，赶进偏僻斜道的荆棘丛中。他的乐趣也不是平庸的享受，而是用全部感官的生命力进行的赌博和赌注，是一而再再而三地感受癫痫病暴风雨式的、神秘的性欲冲动的愿望，是在发病预兆的危险喜悦那么紧张的几秒钟里集中感情，然后昏昏沉沉地在懊悔中摔倒。在情欲中他只喜欢危险的闪光颤动、神经的娱乐和自己体内的本性。他在一切情欲的自觉意识与朦胧羞耻的罕见混合中寻找对立面，在懊悔中寻找沉渣，在耻辱中寻找无辜，在罪恶中寻找危险。陀思妥耶夫斯基的性生活是一座条条道路都纠结在其中的迷宫。上帝和野兽在一个肉体里毗邻而居。在这个意义上，人们就可以理解卡拉马佐夫的象征：作为天使、圣徒的阿廖沙就是残酷无情的"淫欲成性的蜘蛛"费奥多尔的儿子。淫欲产生纯洁，罪行产生伟大，喜悦产生痛苦，而痛苦又产生喜悦。矛盾永远都是互相牵连的。他的世界横跨在天堂与地狱之间，上帝与魔鬼之间。

因此，无限地，无保留地，故意不作抵抗地献身于自己分裂的命运——amor fati，就是陀思妥耶夫斯基最后的和唯一的秘密，就是他极度兴奋的创造性火源。正因为生活分配给他的非常之多，并在苦难中给他打开了感情的无可估量性，所以他热爱残酷的——善良的、神圣的——不可理解的、永远不能学会的和永久神秘的生活。他的标准是充实，是无限性。他从来不愿走轻波柔浪拍击的生活道路，而只想走更加全神贯注，更加紧张充实的道路。他身上有什么样的萌芽？有善的萌芽和恶的萌芽。他通过欢欣鼓舞和极度兴奋增强了一切激情，一切罪过。他没有在危险中故意根除过什么东西。他身上的赌徒把他作为赌注毫无保留地押到了权力的激情赌博之中，这是因为只有在黑或红、死或生的旋转中他才能心醉神迷地感觉到他生存的全部欢乐。他用歌德的话回答自然界："你把我摆放了进去，你还会把我再领出来。"他完全没有想过去改善，去扳直，去削弱命运，他从来不在安静中追求完成、终结，他只是追求在苦难中增强生命。他对新的内心激动的感情拍卖价愈来愈高。这是因为他不想为自己营利，而只要有感情最高的总额。他不愿像歌德那样僵化成水晶体，冷静地用数以百计的平面摆弄运动的混乱状态，而是要始终是火焰，自我毁灭。他要每天自行熄灭，以便每天又重新燃起，永远不停地重复。但是每天燃烧都是用更强的力量，都是出自更加紧张的感情。他不想驾驭生活，而是要感觉生活。他不要当命运的主人，而是要做对自己的命运狂热信仰的奴隶。只有这样，只有作为"上帝的奴隶"，作为最彻底的献身者，他才能成为对全部人性了解最深的人。

陀思妥耶夫斯基把对自己命运的操纵权交还给了命运。因此他的生命变得很强大，凌驾于某一偶然的时代之上。他是个着了魔的人，听命于永恒的权力。过去神秘主义时代里信仰宗教的作家、先知、伟大的狂人及命运困顿之人都以他的形象在我们明亮的、有文献可查的时代之光中复活了。在这个巨人般的人物形象中有某些远古时代和英雄史诗中的东西。如果说其他文学作品都像从时代的洼地里拔地而起并遍布鲜花的山冈——虽然是能造型的原始力的产物，但是在时间消磨中已经平缓了，甚至可以走近它的高峰了——那么，陀思妥耶夫斯基创作的圆形山顶就显得离奇古怪，极为苍老，像是寸草不生的、火山形成的脉岩。但是火焰从他撕开胸膛的火山口里喷出，直喷到我们这个世界最底层岩浆的核心：这里与所有的肇始相关联，与原始力的要素相关联，因此，在陀思妥耶夫斯基的命运和作品里我们会不寒而栗地感觉到全部人性神秘莫测的深度。

陀思妥耶夫斯基的人物

噢，你们可不要相信人的统一性。

陀思妥耶夫斯基

陀思妥耶夫斯基是火山性的，因此他的主人公也都是火山性的。这是因为，每个人最终都只能证实创造了他的上帝。他的主人公都不是平静地安置到我们这个世界里来的。他们凭自己的感受触及了最根本的问题，他们中间的现代神经病人与把生命只理解为激情的原始本质相配合。他们都用最新的悟解力同时结结巴巴地讲到了世界的重大问题。他们的形态还没有冷却下来，他们的火成岩还没有形成地层。他们的相貌还不平整光洁。他们永远是尚未完成的，因而倍加富有生气。这是因为完成的人也就是结束了的人。所以在陀思妥耶夫斯基笔下一切都进入了无限之中。

他觉得，人物只有在分裂为二，成为有问题的人的时候，才能充做主人公，才在艺术上有值得塑造的价值。他把完成的人、成熟的人都从身上摇落下来，就像一棵树摇落自己的果实那样。只有当他的人物受苦受难的时候，只有当他的人物具有使自己生命增强而且成为分裂的表现形态的时候，只有当他的人物还是将要变成命运的混乱状态的时候，陀思妥耶夫斯基才爱他的人物。

为了更好地理解陀思妥耶夫斯基的人物令人赞叹的特点，我们不妨把他的人物摆到另一个形象跟前。我们来作一番比较吧。如果我们提出巴尔扎克的一个主人公作为我们心目中法国长篇小说的典型，那么，我们就会在不知不觉间产生一种对率直性、界限性和内心完整性的想象。这是一个如同几何图形一样明确，如同几何图形一样充满规则的概念。巴尔扎克所有的人物都是用一种独特的、精神化学可以精确确定的物质制作的。他们都是元素，都具有这种元素的一切本质特征，因而在道德方面和心理方面也都有典型的反应形式。他们几乎已经不是人了，而简直都已经变成了人的特征，成了一种激情的精密机器。在巴尔扎克那里，我们可以把一种特征作为有关的概念加在每个人名上边：拉斯蒂涅等于野心勃勃，高老头等于牺牲精神，伏脱冷等于无政府状态。在每个这样的人物身上，都有一个主导的推动力把其他一切内部力量集中起来，纳入中央生命意志的方向。这些人物对每一次生活刺激都会作出精确反应。为了这种精确性，我们不妨在最高的意义上把这些人物都称为机器人。他们真的如同机器一样，技术专家可以计算出他们的有效功率和阻力。一个人如果多少读过一些巴尔扎克的书，那么，他就能够计算出某个人物性格对于实际事情的回答，这就像根据石头受到的推动力和石头的重力就能计算出石头的抛物线一样。在这个范围以内，吝啬鬼葛朗台在他女儿表现出牺牲意向和英雄气概的时候，就变得更加贪婪。关于高老头，在他还过着中等富裕的生活，还细心地往假发套上扑粉的时候，人们早就知道，为了他的两个女儿，他迟早要卖掉自己的马甲，还会弄毁他最后的财产银餐具。高老头出于性格气质的统一性，也出于人间的肉体用人性的形式包裹得不完整的本能，不能不如此行动。巴尔扎克的人物性格（维克多·雨果、司各特、狄更斯等人的人物性格也一样）都是低级的、单色的、向目标努力的。他们都是统一体，因此都可以放到道德的秤盘上衡量。在精神的宇宙中，只有他们遭遇到的偶然事件是多姿多彩的，形态千差万别的。在那些叙事文学作家的笔下，经历是多样的，人物则都是统一体。长篇小说本身于是成了针对人世间的权力而进行的争权夺利的斗争。巴尔扎克的主人公，乃至全部法国长篇小说的主人公，不是强于社会阻力，就是弱于社会阻力。他们不是征服了生活，就是被碾到了生活的车轮下边。

德语长篇小说的主人公——人们会想到其典型威廉·麦斯特或者绿衣亨利①——肯定都不符合他们的基本方向。他们的身体里边有许多声音。他们在心理上是多变化的，在精神上是多声部的。善与恶，强与弱，都错综复杂地汇聚到了他们的心里。他们的开端就是杂乱无章的，早年的浓雾遮蔽住了他们纯净的目光。他们感到自己身上有多种力量，但是这些力量还没有聚集到一起，还处于相互抵触之中。他们不具备和谐，但是他们确实受到了要成为统一体的意志的鼓舞。从最新的意义上说，德国的天才所追求的始终是秩序。所以，所有小说在那些德国的主人公身上所发展的无非是个性。各种力量聚集起来了，这个人物就升格成为德国人的理想，升格成出色的才干。用歌德的话说就是，"人物性格是在世界的激流中形成的"。被生活混合在一起的各种元素在得到的平静中都澄清而成结晶体。这便是麦斯特走出了学徒年代。从所有这类书的最后一页里，从绿衣亨利身上，从许佩里翁身上，从麦斯特身上，从奥夫特丁根②身上，都有明亮的眼睛精神饱满地看着一个明朗的世界。生活与理想和解了。现在井然有序的各种力量再不是处于互相抵触、浪费无度的混乱状态，而是都在节约地为最高的目标工作。歌德和所有德国作家的主人公都实现了自己的最高形式。他们都变得

---

① 威廉·麦斯特、绿衣亨利分别为歌德的小说《威廉·麦斯特》和凯勒的小说《绿衣亨利》中的主人公。

② 许佩里翁和奥夫特丁根分别为荷尔德林和诺瓦利斯同名小说中的主人公。

会工作，而且很干练。他们都从经验中学会了生活。

　　但是陀思妥耶夫斯基的主人公不去寻求，更不要说找到与现实生活的关系，这是他的主人公的特点。他们根本不想进入现实中来。他们从一开始就想超越自身，进入无限。他们的王国不属于这个世界。对于他们来说，价值、头衔、权力和金钱的外表形式所具有的价值，既不像在巴尔扎克笔下那样作为目的，也不像在德国人笔下那样作为手段。他们根本不想在这个世界里获得成功，不想提出主张，也不想整理秩序。他们对待自己不加珍惜，而是进行自我耗费。他们不进行计算，而且永远也无法计算。他们想要感觉到自己，感觉到生活，但不是要感觉到生活的阴影和镜子里的虚像，不是要感觉到外表的真实，而是要感觉到伟大而神秘的元素，感觉到宇宙的权力，感觉到存在的感情。如果对陀思妥耶夫斯基的作品进行愈来愈深入的挖掘，那么，到处都有作为最深的源泉的这种十分初级的、几乎是植物性的狂热生命追求。那种极为原始的欲念不要求个别具体形式的幸福或者苦难、价值、区别，而是想要如同人们在呼吸时所感觉到的那种十分统一的喜悦。他们要从最初的源头饮水，而不要从城市和大街边的水管里饮水。他们要在自身中感觉到永恒和无限，把人间世界撂到一边。他们只知道一个永恒的世界，不知道社会的世界。他们既不要学会生活，也不要征服生活。他们只需要感受到生活仿佛是赤裸裸的，只需要感觉到生活是存在的极度兴奋。

　　出于喜爱世界而疏远世界，出于对真实的热情而显得不真实。陀思妥耶夫斯基的人物形象最初使人感到有些头脑简单。他们干脆没有方向，没有可以看到的目标。这些确实已经成熟的人都像盲人一样在世界上蹒跚而行，到处摸索。他们停下脚步，环顾四周，提出问题，没有等到回答就继续跑进不熟悉的事物中。他们似乎十分新鲜地进入了我们的世界，对它还不习惯。所以人们简直不理解陀思妥耶夫斯基的人物。人们不考虑他们是俄国人，是一个从千百年野蛮的无意识冲进我们欧洲文化里的民族的孩子。这些人摆脱了古老的文化，摆脱了宗法制的东西，但是对新的文化还不熟悉。于是大家便站在中间，站在十字路口。因此，每个个人的不安全就是整个民族的不安全。我们欧洲人处于古老的传统中犹如住在一所温暖的房子里，十九世纪，也就是陀思妥耶夫斯基时代的俄国人把他们住过的远古野蛮时代的木房子烧掉了，但是又没有建造起新的房子。他们都是断了根的人，迷失了方向的人。他们有青年人的精力，两只拳头有野蛮人的力气。但是各种各样的问题使得他们的本能不知所措。强有力的手不知道首先去抓什么，于是便伸出手去乱抓一气，而且从不知足。在这里，人们可以感觉到，陀思妥耶夫斯基每个人物的悲剧都来自全民族命运的具体分裂和受到的抑制。十九世纪中叶的俄国还不知道往何处去：是向西方还是向东方，也就是向欧洲还是向亚洲，是走向"艺术之城"彼得堡，进入文明，还是退回到农庄，进入草原。屠格涅夫把他们往前拉，托尔斯泰把他们往后推。一切都处于焦躁不安之中。沙皇制度直接面对的是一种共产主义的无政府主义状态。这个时候世世代代流传下来的正教信仰横向跳跃，跳进了狂热而猛烈的无神论里。在这个时代里，什么东西都不稳固，什么东西都没有自己的价值，没有自己的标准。信仰之星已经不在他们头上放射光芒，他们胸中也早已没有了法律。陀思妥耶夫斯基的人物是一种伟大传统的断根人，是真正的俄国人，是过渡人。他们心里是开始的混乱状态，还背负着克制和没有把握的重压。对于他们来说，没有哪个问题得到了回答，也没有一条道路平整了出来。他们都是过渡时期的人物，也是开创时期的人物。每个人都是一个议会：背后是烧掉的船，面前是陌生的世界。

但是事情是很奇妙的。因为他们是开创时期的人物，所以在每个人身上都开始了一个世界。在我们这里已经僵化成冰冷概念的一切问题，在他们的心目中都还是火热通红的。我们有自己的道德扶手和伦理路标。我们走着舒服和很习惯的路。对这些他们都是不熟悉的。无论什么时候，无论在什么地方，他们都在丛林中穿行，进入无边无际之中，进入无限之中。每一个人都像列宁和托洛茨基那样，觉得必须由他来重新建立全世界的秩序。这一点，俄国人对于欧洲来说是难以用笔墨形容的价值：这里一种用之不竭的好奇心又一次把生活的全部问题提交给了无限性。我们受了我们的教育，变得迟钝没有生气的时候，他们却都还是刚强猛烈的。在陀思妥耶夫斯基笔下，每个人都又一次审核了所有的问题，用沾满鲜血的双手移动了善与恶的界碑。为了走向世界，每个人都为自己制造了无政府状态。在陀思妥耶夫斯基的笔下，每个人都是奴仆、新救世主的宣告人、一个第三帝国的殉道者和宣布者。在他们的心胸中还是开创时的混乱状态，但也有了在地球上创造光明的第一天的朦胧，而且已经预感到了创造新人的第六天。

陀思妥耶夫斯基的人物都是一个新世界的筑路人，陀思妥耶夫斯基的长篇小说都是新人从俄罗斯精神的母腹里出生的神话。

但是一个神话，特别是一个民族的神话，是需要信仰的。因此人们试图不通过水晶般的理性介质来理解他的人物。只有感情，只有兄弟般的感情才能够理解他们。对于普通的人来说，对于英国人、美国人及注重实践的人来说，卡拉马佐夫家的四个人显然一定是四个互不相同的傻瓜。陀思妥耶夫斯基的整个悲剧世界就是一所精神病院。这是因为他们觉得世界上最无关紧要的事情——幸福生活——却历来是，而且也将永远是健康简朴的首要问题和最后的问题。你们打开欧洲每年生产的五万种书，看看那些书都讲了些什么！都是讲幸福生活。一个女人想要个丈夫，或者一个男人想拥有财富、权势，并且受人尊敬。在狄更斯笔下，一切愿望的终点都是惹人喜爱的草舍茅屋和绿草坪上的一群活泼的孩子。在巴尔扎克笔下，结局总是和上议院的头衔及百万家产联系在一起的。如果我们在街上环视左右，就看到小店铺里、低矮的房子里及明亮的厅堂里的人。他们都在想些什么呢？想的是幸福平安，心满意足，广有财富，有权有势。陀思妥耶夫斯基的人物中有谁想要这一切呢？绝无一人。他的人物无论在什么地方都不想停步不前，甚至在幸福的时候也不愿停下来。他们要继续往前走。他们都有那么一颗自找苦吃的"比较高尚的心"。他们对幸福平安漠然视之，对心满意足漠然视之，对广有财富与其说是正中下怀，不如说是轻蔑唾弃。他们这些古怪的人压根儿不想要我们整个人类想要的任何东西。他们有异于常人的判断力，他们不想从这个世界里取得任何东西。

那么，他们是知足的人吗？是对生活缺乏热情或不感兴趣的人吗？或者他们是禁欲者吗？恰恰相反。陀思妥耶夫斯基的人物——我这样说过——都是重新开始的人。他们都有特殊的天赋和钻石般光彩夺目的理智，都有儿童的心灵和儿童的欲望。他们不是只要这一个或者那一个，而是要所有的一切，而且一切都要坚强有力。善良和邪恶，热诚和冷酷，亲近和疏远。他们都是夸张的人，都是没有节制的人。他们在一切东西中寻求最高级的，到处寻找感觉的烈火。在这样的烈火中，偶然事件的普通合金是要熔化的，残留下来的只能是岩浆一般强烈的世界感情。他们像马来狂人一样跑进生活中来，从贪婪转入悔恨，从悔恨又转入行动，从罪行转入自白，从自白又转入极度兴奋。但是他们都顺着自己命运所有的大街小巷一直走到底，一直走到摔倒在地，口吐白沫，或者由别人把他们打倒在地为止。噢，每一个人都有这样的生活渴望——每一个完整而年轻的民族，每一个新的人都从他的嘴唇上渴望世界，渴望知识，渴望真理！你们在陀思妥耶夫斯基的作品里能找一个心平气和地呼吸，正在休息，或者达到了目的的人物给我看吗？没有一个！绝无一人！他们全都正在参加一场冲向高山和冲向深谷的迅猛赛跑——按照阿廖沙的说法，谁要踏上第一个台阶，就不得不奋争到最后一个台阶。不管是在严寒中，还是在酷暑里，他们都在向各个方向伸手，表示渴求。这是一些不知满足的人，这是一些没有节制的人。他们只能到无限之中寻求和找到他们的标准。每个人都是一团火焰，一团心神不安的火焰。心神不安就是痛苦。因此，陀思妥耶夫斯基的主人公都是伟大的受苦受难者。他们的面容都已扭曲，全都生活在狂热中、痉挛中、抽搐中。有位伟大的法国人在惊骇之余称陀思妥耶夫斯基的世界为一所精神病人的医院。确实如此。对于初次看到的人来说，对于外来的人来说，他的世界是一个多么悲惨的地方！一个多么离奇古怪的地方！这里有充满烧酒气味的酒吧，有监狱牢房，有郊区居民角落，有青楼里巷和低级酒馆。在这里伦勃朗式的昏暗中麇集着各种极度兴奋的人物：有双手沾满死者鲜血的凶手，有哄堂大笑的听众中的酒鬼，有黄昏时分在街口路旁出现的脸色发黄的姑娘，有在大街拐角乞讨度日的癫痫病孩子，有西伯利亚苦役犯监狱里的七重杀人犯，有处于同谋人拳头之间的赌徒罗果仁——他像个动物一样滚到他妻子锁了门的房间前，有在肮脏的床上弥留的诚实的贼。这里真个是感情的阴曹，这里真个是情欲的地府！噢，多么悲惨的人类！俄国覆盖在这些人头上的是多么灰暗、低沉而且永远朦胧的天空！内心与景色都是多么阴暗！这里是不幸的地方，是绝望的荒漠，是没有慈悲、没有公道的炼狱。

噢，这些人类，这个俄罗斯的世界，它当初是多么黑暗，多么混乱，多么陌生，多么充满敌意！它好像是被苦难淹没了。因而这块大地——正如伊万·卡拉马佐夫异常愤恨地说的那样——"直到最深处的核心里都浸透了泪水"。但是也正如陀思妥耶夫斯基的容貌那样，看见的人最初感到的是忧郁、面如土色、深受压抑、粗野、经历坎坷，然后感到的是，他额头上的光在深思中辉耀他面部表情的世俗性，照亮了他通过信仰达到的深度。在作品中精神的亮光也是这样照穿了模糊不清的物质。陀思妥耶夫斯基的世界好像完全是用苦难塑造成的。但在那些人物身上一切苦难的总和只是表面看来大于任何其他作品。因为在这些人物的身上有某种东西在起作用，来进行对照和交换，性欲快感、对幸福的乐趣、对痛苦中乐趣的深思、对痛苦的兴趣：他们的忧伤不幸同时也就是他们的幸福平安，他们用牙把它紧紧咬住，贴在胸前温暖它，用手抚摸它，表示好感。他们全心全意地喜爱它。如果他们只是最不幸的人，他们就不会爱它。这种交换，这种感情在内心里飞速激动的交换，这种陀思妥耶夫斯基人物永不停息的重新评价，也许只消用一个例子便能说明白。我选取的是一个以上千种形式重现的例子：一个人因为受到侮辱——不管是实有的侮辱，还是想象的侮辱——而遭遇到苦难。任何一个朴实而敏感的人，不管是小官员还是将军的女儿，都会受到某种伤害，都会由于一句话，也或许是一件无所谓的小事而损伤了自尊心。第一次伤害自尊心就是使整个有机体内心震荡的最初效应。于是这个人就感到了痛苦。他受到了伤害，便埋伏暗处，全神贯注，等待着新的伤害。第二次伤害来临了：这就真的是祸不单行了。但是奇怪的是，伤害不再使人痛苦了。诚然受伤害者要诉说，要呼喊，但是他的诉说已经不是真实的了，因为他喜爱这种伤害。在这种"对自己的屈辱持续不断的意识中有一种隐蔽的、反常的享受"。现在他有了一个新的自尊心，即殉道者的自尊心，顶替了被伤害的自尊心。于是现在他心里产生了对新的伤害的渴望，他渴望更多更多的伤害。他开始进行寻衅，进行夸张，进行挑战：现在他的渴求是痛苦，是贪欲，是乐趣。人家既然侮辱了他，他（这个没有节制的人）便想干脆完全卑微下去。于是他不再让别人平抚他的痛苦，他咬紧牙关抓住它。他的敌人就成了乐于帮助他的人，就成了他所爱的人。因此，小纳莉把火药三次打到医生的脸上，拉斯柯里尼科夫把索妮亚推回去，伊柳沙咬心地善良的阿廖沙的手指头——这些都是出于爱，出于对自己所受苦难的狂热的爱。他们都爱苦难，因为在苦难中他们很强烈地感受到了生活，感受到了他们所爱的生活，还因为他们知道，"在这个世界上，只有通过苦难才可能真正地去爱"。他们要的就是这个，主要就是这个！苦难是他们存在最有力的证明。他们提出："我受苦难，所以我存在。"而不是"我思，故我在。"于是这个"我存在"在陀思妥耶夫斯基及其所有人物那里就是生活的最高胜利，是最高级的人世感情。迪米特里在监狱里为这个"我存在"，为存在的欢乐而高唱赞美诗。也正是因为对生活的这种爱，他们才觉得苦难是必不可少的。我说过，陀思妥耶夫斯基笔下苦难的总和只是看来大于所有其他作家笔下苦难的总和。因为，如果有那么一个世界，那里没有什么是严峻无情的，那里的每一个深渊都还有出路，那里的每一种不幸里都还有心醉神迷，那里的任何绝望中都存在着希望，那么，那就是陀思妥耶夫斯基的世界。他的作品除了是现代的使徒列传，是通过精神在苦难中得到拯救的传说，是人生信仰的皈依，是走向悟解的朝圣旅程，是穿过我们世界前往大马士革之路，还能是什么呢？

在陀思妥耶夫斯基的作品里，人物都在为自己最后的真实，为自己普遍人类的"自我"而进行搏斗。至于是否发生了凶杀，或者是否有个女子正在热恋等等，都是无关紧要的事，是表皮之事，是布景装饰。他的长篇小说都发生在人内心的最深处，发生在心灵的空间里，发生在精神的世界里。至于书中的偶然事件、重要情节、外部生活的命运，都不过是台词提示语、效果道具的机关装置及布景的框架结构而已。悲剧永远在内部，而且悲剧永远意味着征服障碍，也就是为真实进行斗争。他的每一个主人公都像俄国本身一样在思考：我是谁？我有什么价值？他在无限的空间里和无限的时间中无休无止地寻找自己，或者是寻找自己本质的最高级形式。他要认定自己就是上帝面前的人，所以他要作出自白。对于陀思妥耶夫斯基的每个人物来说，真实比必需品更重要。他觉得真实就是没有节制，放纵情欲，而自白就是他最神圣的喜悦，是他的抽搐。在陀思妥耶夫斯基笔下的自白中，内心的人、普通的人、上帝的人，通过尘世的人显露出来；真理——这就是上帝——通过肉体的存在显露出来。啊，放纵情欲，他的人物用放纵情欲来表现自白，就像他们用放纵情欲来掩饰自白一样。例如拉斯柯里尼科夫在波尔菲里·彼特罗维奇面前就总是把放纵情欲遮蔽地显示出来，随即又把它隐藏起来，如此反复。又如他们声嘶力竭地叫喊，坦白出比实际更多的真实，还有他们在神经错乱的暴露狂中展示自己的裸体，再如他们混淆罪恶和道德——在这里，只有在这里，陀思妥耶夫斯基特有的内心激动才处于为真实而进行的搏斗之中。他的人物的重大斗争，即强烈感人的内心叙事诗都在这里，在很深的内部。在这里，在他们身上把俄国气及外国味的东西都消耗殆尽的时候，他们的悲剧才完全变成了我们的悲剧，普通人的悲剧。于是我们便在自我诞生的神秘中无休止地经历了陀思妥耶夫斯基关于新的人，即关于世上每个尘世人身上普通人的神话。

自我诞生的神秘：我是这样称呼在宇宙进化论中，在陀思妥耶夫斯基创世说中的新人创造的。我试着把陀思妥耶夫斯基所有本性的故事用一个故事讲述出来，作为他的神话。这是因为那形形色色上百个变化的人物归根结底都有着统一的命运。他的人物都生活在同一种经历的变形中，这种经历就是演变成人。陀思妥耶夫斯基所有主人公的开端也都是相同的。他们特有的生命力使他们作为真正的俄国人感到忧虑不安。在青春期，也就是在性感和才智觉醒的年代里，他们爽朗活泼、自由自在的性格都转暗淡了。他们隐隐地感觉到身体内正在酝酿一种力量，一种深奥莫测的欲望。某种被隔离的东西、增长的东西和胀大的东西要从未成年人的衣服里出来。一次莫名所以的怀孕（这是他们体内萌生的新人，但是他们对此毫无所知）使得他们精神恍惚。他们在沉闷的房间里或者在偏僻的角落里孤独而坐，变得不修边幅。他们日日夜夜都在思虑自己的事。他们一连几年经常在罕见的无所动心中沉思。他们保持着精神呆滞、近乎佛像的状态。他们向前深深弯腰，为的是像怀孕不足月的妇女那样倾听自己身体内第二颗心脏的跳动。怀孕者的一切深奥莫测的精神状态都侵袭着他们：对死亡歇斯底里的恐惧，对生活的害怕，病态的过分热情以及反常的性欲要求。

最后他们明白了，他们孕育的是某种新思想。于是他们想方设法要揭开秘密。他们使自己的思想机敏起来，让思想尖刻锋利得像外科医生的手术刀那样。他们剖析自己的状况，他们把自己抑郁沉闷的心情塞进一场偏激的谈话中。他们绞尽脑汁进行思考，直到脑子在幻想中有起火危险的时候为止。他们把自己的全部思想锻造成一个唯一的妄念，并且把这个妄念一直想到底，钻进危险的、由他们掌握却反对他们的牛角尖里。基里洛夫、沙托夫、拉斯柯里尼科夫、伊万·卡拉马佐夫等，所有这些孤独者都有"他们的"思想，那是虚无主义的思想、利他主义的思想、拿破仑式世界妄想的思想。这些思想都是他们在病态的孤独中酝酿而成的。他们想要一种对付将由他们变成的新人的武器。这是因为他们的自尊心要防止新人，压制新人。其他人则大发雷霆地试图扼杀这不可思议的萌芽、这痛苦的发酵。我们继续借用这个比喻：他们想方设法堕胎，就像妇女从楼梯上往下跳，或者跳舞、服毒那样，目的是摆脱不受欢迎的胎儿。他们肆意喧闹，为的是压住身体内轻轻流动的声响。有时候他们甚至自我毁灭，那目的也不过是要毁掉这个胚胎。在这些年代里，他们故意失踪，他们饮酒，他们赌博，他们变得生活放荡。所有这些人物都偏激到了最后的疯狂（否则他们就不是陀思妥耶夫斯基的人物）。是痛苦把他们驱赶进了自己的罪恶里，而不是随随便便的欲望在驱赶他们。他们饮酒不是为了快乐，也不像正直的德国人那样是为了睡意蒙眬，而是为了心醉神迷，为了忘却他们的妄念。赌博不是为了钱，而是为了消磨掉时间。生活放荡不是为了满足性欲，而是为了消失在对自己真实生活范围的超越中。他们都想知道，自己是何许人。因此他们要寻找界线。他们要在过热中和冷却中认识到自我的最外缘，特别是要认识到自己的深度。他们在这种强烈的乐趣中，热情直达上帝，他们又往下沉沦，堕落到牲畜之列。但是他们始终是为了确定在自己身体中的人。或者，他们由于不认识自己，所以就想办法至少要证明自己。科利亚投身到火车底下，为的是证明自己是勇敢的。拉斯柯里尼科夫杀害了一个上年岁的妇女，为的是证明自己的拿破仑理论。他们的所作所为都超过限度，只为了达到感情的最外缘。他们投身于任何深渊，都是为了认识自己的深度，认识自己人性的范围。他们从性感堕落成纵欲放荡，从纵欲放荡堕落成行为残暴，并且一直堕落到最低限度的、冷酷无情的、精心策划凶恶罪行的终点。但是所有这一切都出于一种变化了的爱，出于一种要认识自己本质的渴望，出于一种变异的宗教幻想。他们从明智的清醒状态跌进精神错乱的陀螺里。他们精神上的好奇心变成了性欲反常，他们的罪恶行径放肆到伤害儿童和进行凶杀。但是他们这些人的典型特征是，在增长的喜悦中伴有增长的厌恶，他们偏激和悔恨意识的火焰一直闪烁到他们狂暴行为深渊的最深处。

但是他们在夸大性欲和夸大思想方面跑得愈远，他们也就愈接近自身。他们愈是想要自我毁灭，他们也就愈是能更早地获得成功。他们可悲的狂饮就是抽搐，他们的罪恶行径就是他们自我新生的痉挛，他们的自我毁灭只是破坏了内部人身上的外壳，是最高意义上的自我解救。他们愈是全力以赴，弯腰曲背，蜷缩不展，他们也就愈是不自觉地促进了新生。这是因为，只有在最剧烈的痛苦中，新的生物才能来到世界。此外还必须有一种怪异的、陌生的东西到场，把他们解放出来，有某种力量在他们最艰难的时候成为助产士。善良，即全人类之爱，必须帮助他们。为了创造纯洁，就必须有最极端的行为，必须有使得他们的全部官能紧张到绝望地步的罪恶。在这里如同在生活中一样，每一次新生都笼罩着死亡危险的阴影。死亡和新生，人类能力这两种最极端的力量在这一瞬间里密切地交织在一起了。

因此，陀思妥耶夫斯基关于人的神话就是：每个人混合的、模糊不清的、形形色色的自我都怀有真正的人（没有原罪的和中古世界观的那种原始人）的胚胎，也就是最基本的、纯洁神圣的本质的胚胎。把这种原始的永恒人从文明人暂时的身躯中生出来，就是最高的任务，最真实的人世责任。每个人都是怀了孕的，因为生活不排斥任何人。生活在某个幸福的瞬间用爱情接待了每一个尘世的人。然而并不是每个尘世的人都能生下他的胎儿。有些人的胎儿会在精神的惰性中腐烂、死亡，而且使他中毒而死。还有的人死于疼痛，只有孩子——也就是思想——降临到了世上。基里洛夫就是一个为了能够保持完全真实而不得不自杀的人。沙托夫则是一个为了证明自己的真实而被杀害的人。

但是，陀思妥耶夫斯基的其他英雄般的主人公：佐西马长老、拉斯柯里尼科夫、斯捷潘诺维奇、罗果仁、迪米特里·卡拉马佐夫等都是为了像蝴蝶一样飞出死亡的形态，要从爬行的虫变成长翅膀的虫，要成为从大地重力中飞升出来的东西而毁灭了社会中的自我，即毁灭了他们内部本质迟钝的毛虫状态。感情障碍的表层外壳破裂了。普通人的感情涌流而出，又流回到无限之中。一切个性问题，一切特性问题，都在感情之中解决了。因此，这些人物形象在其完成的那个瞬间都是绝对的相似。当他们摆脱罪恶，泪流满面，走进新生活的光明中的时候，几乎区分不开阿廖沙与佐西马长老，也几乎区分不开卡拉马佐夫与拉斯柯里尼科夫。陀思妥耶夫斯基所有长篇小说的结尾都是希腊悲剧式的净化，也就是庄严的赎罪。在雷鸣电闪的暴风雨之上，在纯净的大气层之上，是宏伟的彩虹在闪耀着光辉。这是最崇高的、俄罗斯的和解象征。

当陀思妥耶夫斯基的主人公从自身生出纯洁的人的时候，就进入了真正的集体。在巴尔扎克笔下，主人公能压制社会的时候就是取得胜利的时候。在狄更斯笔下，主人公顺利平安地进入社交圈、进入中产阶级、进入家庭、进入职业就是取得了胜利。陀思妥耶夫斯基的主人公力争达到的集体不再是社会的，而是一个宗教的共同集体。他寻求的不是社交聚会，而是世界友爱。他所有的长篇小说唯一讲述的都是这种最后的人：社会性，具有不完全的骄傲和扭曲的仇恨的社会中间状态已经克服了，自我之人就变成了普遍之人。于是他的心便以无限的谦卑和火热的友爱向兄弟——其他每个人身上纯粹的人——致意。这种最后的、纯化过的人再不知道差别，再没有社会的等级意识。他的感情是毫无掩饰的，如同在天堂乐园中一样，没有羞耻，没有傲慢，没有仇恨，也没有蔑视。罪犯和妓女、凶手和圣徒、王公和醉鬼，都在生活最底层，在最真实的自我中进行对话。一切阶级都相互交流，心心相印，肝胆相照。在陀思妥耶夫斯基笔下具有决定意义的是，一个人在多大程度上变得真实，达到了真正的人性。至于这种赎罪、这种获得自我是如何得以实现的，那无关宏旨。谁要是认识到这一点，他就懂得了一切，他也就明白了"对人的精神法则还研究得很不够，还是深奥莫测的，以致至今既没有根治的医生，也没有终审的法官"。他知道，没有一个人有罪，否则就是大家都有罪。每个人都可以做任何人的法官，每个人对别人都只能以兄弟相待。因此，在陀思妥耶夫斯基的宇宙里，没有不可改变的堕落者，没有"恶棍"地狱，没有但丁笔下地狱的最底层，从那里，甚至基督也不能把被判的罪犯解救出来。他只知道炼狱，他明白，误入歧途的人都是感情愈来愈热烈的人，而且比傲慢的人、冷漠的人、无可指责的人与真实的人的距离更近。在后者的胸怀之中，人被冻僵成循规蹈矩的良民。他的真实的人物都饱受苦难，因此对苦难都怀有敬畏，从而也就有了人间最后的秘密。受过苦难的人通过同情就成了兄弟。而恐惧对于他的人物都是陌生的，因为他们是只仰视精神的人。他的人物都有卓越的天赋——他曾经称之为典型的俄国人的天赋——不会长期陷于仇恨。因此他们对人世间的一切事都有无限的理解力。他们之间还经常发生争吵，还互相折磨，因为他们都为自己特有的爱而感到羞愧，因为他们对软弱特别屈从，并且还没有想到，这种屈从就是人类最有益的力量。但是他们内心的声音是很了解真实情况的。当他们彼此恶语相加，互相谩骂，形成敌对的时候，他们内心的眼睛早已愉快地，而且互相理解地对视了，他们的嘴唇早已悲痛地亲吻兄弟的嘴唇了。他们身上这种赤裸裸的人、这种永恒的人早已互相认识了，一种这样的兄弟相识、一出得到和解的神秘剧、一曲心灵的美妙颂歌，这就是陀思妥耶夫斯基阴沉作品中的抒情音乐。

现实主义和幻想

> 对于我来说，有什么能比真实更离奇古怪？
>
> 陀思妥耶夫斯基

陀思妥耶夫斯基的人物寻求真实，寻求他有限存在的没有中介的现实。陀思妥耶夫斯基身上的艺术家也在寻求真实，他是个现实主义者，而且始终是个现实主义者——他总是走到表现形态与其反面即对立物变得神秘相似的极端边缘——以至于平常习惯于中等标准眼光的人对这种真实都感到难以置信。他自己说："我喜爱现实主义，一直喜爱它达到离奇古怪的地步。这是因为对于我来说，有什么能比真实更离奇古怪、更出乎意料和更难以置信呢？"真——人们发现，它在陀思妥耶夫斯基笔下比在其他艺术家笔下更有说服力——不是站在可能性之后，而仿佛是与可能性相对而立。必须经由心理学家的直觉抵达。正如正常人的肉眼还能在一滴水里看到清净透明的反光整体，而显微镜却只看到形态纷繁、麇集一处、乱七八糟的无数滴虫那样，艺术家也是用更高级的现实主义认识到与众所周知的真相比似乎显得荒唐的真。

陀思妥耶夫斯基的激情就是要认识这种更高级的真或者说更深刻的真。它深藏于事物的表层之下，已经接近一切存在的核心。他要用自由和敏锐的眼力真正地认识到人既是一个统一体，同时又是多种多样的。因此，他那幻想和博学的现实主义把显微镜的力量与千里眼的光照强度结合起来了，这就像用一道墙与法国人所说的现实主义和自然主义的东西隔离开了。虽然陀思妥耶夫斯基在自己的分析中比那些自称为"坚定不移的自然主义者"中的任何一个人都更为精确，走得更远（那些人自以为走到了终点，而陀思妥耶夫斯基却超越了他们所有的终点），但是他的心理学却好像是来自创造精神的另一个领域。左拉年代的精确的自然主义直接来自科学。福楼拜在自己头脑的曲颈甑里对巴黎国家图书馆的两千本书进行蒸馏，为的是找出《圣安东的诱惑》或者《萨郎宝》的自然色彩。左拉在写他的长篇小说之前用了三个月的时间像记者那样带着笔记本跑交易所、百货商店和时装商店，为的是描画原型，捕捉事实。对于这些世界级的画家来说，真实是一种冷酷的、可以预见的，而且公开于世的物质内容。他们用清醒的、掂掇分量和扣除皮重的摄影师眼光看待一切事物。他们对事物进行收集、整理、混合和蒸馏。他们是头脑冷静的艺术科学家、生活中的个别人，从事着一种化合与溶解的化学。

与他们相反，陀思妥耶夫斯基的艺术考察过程是与魔性分不开的。如果对于其他那些人来说，科学是艺术，那么他的艺术就是黑色艺术。他不从事实验化学，而是从事真实的炼金术。他不从事天文学，而是从事灵魂的占星学。他不是一个头脑冷静的研究人员。他作为一个急躁的幻觉者，眼睛向下，直愣愣地盯着生活的深处，很像是做了着魔的噩梦。不过他的这些变化、跳跃的幻景比那些人按部就班的考察还要彻底。他不进行搜集，但是他占有一切材料。他不作计算，但是他的数值不容置疑。他用具有透视力的诊断在狂热的病状中抓准深奥难解的病源，而不用去摸脉象。在他的学问中有些见解尖锐的梦幻知识，在他的艺术中有些魔法。只要有一点迹象，他就能像浮士德那样领悟整个世界。只要看上一眼，他便有了印象。他不需要做很多描画，不需要做记详情细节的工作。他用魔法进行描画。我们不妨回想一下这位现实主义者的重要人物形象：拉斯柯里尼科夫、阿廖沙·卡拉马佐夫、费奥多尔·卡拉马佐夫、梅什金等。对这些人，我们在感情上都觉得是具体的。但他在什么地方描写了他们呢？他用一种绘画的速记法，也许在两三行里勾勒出了他们的相貌。关于这些人物，他似乎只讲一句提示语，用四五个朴实的句子简约地写出他们的面容。这就是一切。至于年龄、职业、地位、衣服、头发颜色、面相细部，所有对描写人物看来十分重要的东西，他只用速记法作简要的交代。然而，他的这些人物个个都非常强烈地感染了我们。人们可以把这种魔力现实主义与坚定不移的自然主义者的精确描写作个对比。左拉在开始写作之前要写好他的人物的详细清单。他为每个跨进他的长篇小说门槛的人物撰写一个通缉令、一个通行证（至今人们还可以查阅到这些值得注意的文献）。左拉对每个人物都要进行测量，身高多少厘米一一记录在案。记下此人缺少几颗牙齿，数点清楚他脸上的痣点色斑，还得注明他的胡须是粗壮的还是细柔的，测量他皮肤上的每个丘疹，抚摸他的指甲。左拉知道自己人物的声音与呼吸。他追溯这些人物的血统门第、遗产和债务。为了了解人物的收入，左拉到银行里去查阅他们的户头账目。他测量人物身上从外部得以测量的一切。不过，在这些人物刚刚要活动起来的时候，幻想的统一体便烟消云散了。艺术的马赛克破裂成了千万个碎片，留下来的只是一个粗略印象，而不是一个活生生的人。

那种艺术的错误就在于——自然主义者在长篇小说的开头精确地描写了处于静止状态的人物。这些人物在精神上仿佛都在睡眠之中。因此，这些人物的形象仅仅具有那种死者面型的忠实。人们看到的是个死人，是个不具生命的人物形象。但是，正是在那种自然主义结束的地方，才开始了陀思妥耶夫斯基的极其宏伟的自然主义。他的人物是在冲动中、在激情中、在增强的状态中才变得形象化。当那些自然主义者试图通过身体表现精神的时候，他却是在通过精神塑造身体。只有在他的人物的激情使得面部表情严肃、引人注目，眼睛饱含感情的泪水的时候，只有在市民阶级静止状态的面型——僵化的精神——从他的人物身上脱落下来的时候，人物的目光才变得明亮生动。只有当他的人物充满热烈感情的时候，幻觉者陀思妥耶夫斯基才去工作，塑造他的人物。

因此，在陀思妥耶夫斯基笔下，开始描写的那些含糊不清和隐隐约约的轮廓都是着意安排的，而非出于偶然。人们进入他的长篇小说犹如走进一个昏暗的房间；看得见人物的轮廓，听得见模模糊糊的声音，但是并没有切实感觉到是谁在说话。要到逐渐适应了以后，眼睛才变得明亮起来；这就如同在伦勃朗的油画上，微妙的精神影响开始从深深的昏暗中照射到了人物心里。人物只有在充满激情时，才清清楚楚显现出来。在陀思妥耶夫斯基笔下，人物为了要显现形象，总是首先充满强烈的感情；为了讲话出声，总是神经紧绷，几近断裂。"在他的笔下围绕着一个灵魂才形成了身体，围绕着一种激情才形成了景象。"只有当人物被激发起来，进入开始值得注意的狂热状态的时候——陀思妥耶夫斯基所有的人物都处于变化中的狂热状态——他的魔力现实主义才开始，他才开始对人物细部进行令人着迷的追踪，他才悄悄跟随最细微的活动，挖掘微笑，爬进混乱感情蜿蜒曲折的狐狸洞里，追寻他们思想的每一个脚印，一直追进无意识的阴曹地府。于是每一个活动都形象地呈现了出来，每一个思想都变得水晶一般清晰明亮。被追寻的感情愈是陷入戏剧性中，他们内心的感情就愈是热烈，他们的本质也就愈是显而易见。在陀思妥耶夫斯基笔下，恰恰是那些最无法理解的，才最属于彼岸天国的情况。病态的、催眠的、极度兴奋的以及癫痫病的情况，在陀思妥耶夫斯基笔下具有一种临床诊断般的精确性，具有几何图形的清晰轮廓。此外，连细微的差别也不显得模糊。最小的颤动也逃不过他的灵敏度增强的感官。正是在其他艺术家一筹莫展，仿佛被超自然的强光照得眼花缭乱而把目光转移开的地方，陀思妥耶夫斯基的现实主义显得最为清晰。人物达到自己能力最大限度的瞬间，知识几乎变成神经错乱的瞬间，激情冲动变成罪恶行径的瞬间，这也全都正是他作品中最令人难忘的幻象。如果我们把拉斯柯里尼科夫的形象召唤到我们的思想里来，那么，我们就会看到他不是在大街上或者房间里逍遥散步的形象，不是一个二十五岁的青年医科学生，不是具有这种或那种外部特征的人物，在我们心里出现的是他那发狂激情的戏剧性幻象：像他那样用颤抖的双手擦去额头上的冷汗，仿佛闭着眼睛悄悄走上了他实施凶杀的那座房子的楼梯，进入不可思议的神志昏迷状态，又一次感性地享受到他拉动被害者门上马口铁门铃的痛苦。我们还看到在审讯炼狱中的迪米特里·卡拉马佐夫。他勃然大怒，异常激动，用发狂的拳头像擂鼓似的敲击桌子。在陀思妥耶夫斯基笔下，我们总是在人物最激动的情况下，在人物感情的终点，才看到人物形象生动起来。正如列奥那多·达·芬奇在其了不起的漫画中把普通正常的身体形态画成奇形怪状即肉体的不正常现象一样，陀思妥耶夫斯基也是在感情洋溢的瞬间里，仿佛是在人物达到能力最大限度的边缘、往前弯身的几秒钟里捕捉住了他的人物。他对中间状态，如同对一切平均、一切和谐那样，是厌恶的。只有异乎寻常的事情、不可见的东西、着魔的东西，才能引发他走向极端现实主义的艺术激情。他在艺术史上是最无与伦比的异常人物的雕塑家，是容易激动的感情和病态的感情的最伟大的解剖学家。

陀思妥耶夫斯基用来进入他的人物内心深处的工具，那种颇为神秘的工具，就是言语。歌德通过目光描写一切。瓦格纳极其精辟地讲出了歌德与陀思妥耶夫斯基的区别：歌德是眼睛人，而陀思妥耶夫斯基是耳朵人。为了让我们觉得他的人物是看得见的，他必须首先听到他的人物说话，让他的人物说话。梅列日科夫斯基①在对两位俄国叙事文学家所作的天才分析中表述得十分透彻：在托尔斯泰笔下，我们有所闻是因我们有所见；在陀思妥耶夫斯基笔下，我们有所见是因为我们有所闻。陀思妥耶夫斯基的人物只要还没有讲话，就是阴影和幽灵。言语才是促进人物思想的滋润露水。人物在谈话中如同神奇的鲜花一样，他们展开自己的内心，显示他们的颜色，露出高产的花粉。他们在讨论中激烈争吵，他们从思想睡眠中觉醒起来。我已经说过，陀思妥耶夫斯基的艺术激情就是面向这些充满热情的人物。他引诱他们讲出肺腑之言，为的是理解他们的肺腑本身。陀思妥耶夫斯基笔下那种对详情细节不可思议的心理学敏锐视觉归根结底就是一种罕见的灵敏听觉。世界文学中没有比陀思

① 梅列日科夫斯基（1865—1941），俄国诗人、批评家，著有《托尔斯泰与陀思妥耶夫斯基》。

妥耶夫斯基的人物讲话更加完善生动的形象。词序具有象征意义，语言教养具有特色，没有什么是出于偶然的，甚至每个不连贯的音节，每个跳开的重音，都是必不可少的。每个停顿、每处重复、每次吸气、每次结结巴巴说话都很重要。人们总是在他们所讲的话中听到受压制的弦外之音。从陀思妥耶夫斯基笔下的谈话中，人们不仅知道每个人物讲了些什么，想要讲的是什么，而且还可知道他隐而不谈的是什么。这种思想听觉的天才现实主义完完全全进入了极其神秘的言语状态，进入了胡言乱语那泥泞沼泽断续相连的原野，进入了受到刺激后癫痫发作中气喘吁吁的极度兴奋，进入了谎言纷繁的荆棘丛林。从激昂慷慨的讲话中产生思想，从思想中逐渐结晶成为身体。在陀思妥耶夫斯基笔下，人们会目光犀利地看到他的人物，忽而又听得见这些人物在说话。陀思妥耶夫斯基可以省去对人物作图解式的描述，因为我们在人物谈话的催眠术中已经成了产生幻觉的人。我想举一个例子。在《白痴》中，老将军，即病态的撒谎者，走到梅什金公爵身边，对他讲述自己的回忆。一开头他就撒谎，愈来愈深，便滑进了自己的谎言中，并且是完全陷了进去。他说呀，说呀，说呀。他的谎话连篇累牍，滔滔不绝。

陀思妥耶夫斯基没有用一行字表明自己的态度。然而从他的言语中，从他踉踉跄跄的走路中，从他吞吞吐吐的欲言又止中，从他神经质的忙乱中，我感觉到，他是如何走到梅什金身旁的，他是如何牵惹起纠纷的。我还看到，他是如何抬头仰望，从侧面小心翼翼地端详公爵，看对方是否怀疑他。我还看到他是如何停顿下来，希望公爵打断他讲话。我也看到，他的额头上怎样冒出豆粒大的汗珠，他原来欢欣鼓舞的面孔现在如何愈来愈甚地恐惧痉挛起来。我也看到，他是怎样弯曲身子慢慢行走，就像担心会挨打的狗一样。我还看到，公爵内心感受到了撒谎者的全部辛劳，便制止了说话。在陀思妥耶夫斯基笔下的什么地方有这样一段描写？什么地方也没有。虽然没有在具体的段落中这样描写，但是我却在他的面容上看清了每道皱纹。幻觉者的奥秘就在讲话中，在言语里，在音节的顺序里。这种描述的艺术是非常奇妙的，以至于译成外国语所不可避免的浓缩也不会妨碍他的人物的整个心灵的颤动。在陀思妥耶夫斯基笔下，人物的全部性格都在讲话的节奏中。他天才的直觉经常把性格成功地压缩在一个极小的细节里，几乎只用一个音节便可。当费奥多尔·卡拉马佐夫在给格露莘卡的信封上、在她的名字后边写出"我的雏鸡"的时候，人们就认清了这个老放荡鬼的面目，就看到了他残缺不全的牙齿。唾沫就从这排牙齿缝里喷流到他微露笑容的嘴唇上。还有，当《死屋手记》里的性虐待狂少校在进行棒打时高喊"狠——揍！""狠——揍！"的时候，这个短小的符号"——"里就有少校的全部性格：一副暴躁的形象，一种贪得无厌的喘息，一双闪烁不定的眼睛，一张涨得通红的面孔，还有罪恶乐趣引起的气喘。在陀思妥耶夫斯基笔下，这种细小的现实主义细节就像是尖利的钓鱼钩一样扎进了感情里，并且在毫无抗拒的情况下把感情带进陌生的经历中。这些细节就是他最精致的艺术手段，同时也是直觉现实主义对节目单式的自然主义的最高胜利。但是陀思妥耶夫斯基丝毫没有浪费他的这些细节。别人要用一百个细节的地方，他只使用一个细节，然而他是用一种充满快感的精心安排节省了最后这些微小的、残忍的真实细节。然后在人们最意想不到的极度激奋的时刻，他令人惊骇地使用那些情节。他总是用无情的手把一滴滴胆汁——人间世情——斟入极度兴奋的高脚杯中。这是因为，对于他来说，现实和真实就有反浪漫主义和反感伤的作用。他想让我们享受分裂，就像他对分裂的感受那样。他还想让这里没有和谐，没有均衡。在他所有的作品中，在他用凶恶的细节炸开庄严的瞬间，在他用陈腐言词冷笑着对待生活中最神圣的东西的地方，总是有这种尖锐的内心矛盾。为了使这种对比的瞬间显而易见，我回想起了《白痴》的悲剧。罗果仁杀害了娜斯塔西娅·菲里波芙娜，去找知心朋友梅什金。他在大街上找到了梅什金。他用手抚摸他，他们无须相互倾诉，糟糕的猜想已经预知了一切。他们横越大街，走进被害者陈尸的家里。他们心中升起伟大和庄严的预感，所有星体轰然齐鸣。这两个生活中的敌人、感情中的兄弟，迈步走进了被害者的房间。娜斯塔西娅·菲里波芙娜毫无生气地躺着。我们感觉到，这两个人物面对面站在使他们产生不和的女人尸体旁边的时候，要做最后的交谈了。然后谈话就开始了。于是整个天空都被赤裸裸的、残忍的、魔鬼似的就事论事撕裂开了。他们首先谈论和唯一谈论的是，尸体会不会发出臭味。罗果仁尖刻地就事论事说，他买了"上好的美国亚麻平纹蜡布"，而且已经"往布上洒了四小瓶消毒药水"。

这样的细节就是我所说的，陀思妥耶夫斯基笔下虐待狂的细节、凶恶的细节，因为在这里现实主义远不只是一个技术窍门，还是一种形而上学的报复，是神秘莫测的情欲的暴发，是一种失望的冷嘲热讽。"四小瓶"！这是数字的精确性。"美国亚麻平纹蜡布"！这是可怕的细节严密性。这些就是对精神和谐的蓄意破坏，是对感情统一的严重造反。他故意（他是一个反浪漫主义者，就像他是一个反感伤主义者一样）把他的小说舞台安置在陈腐平庸中间。肮脏的地下室酒店散发出啤酒和烧酒的气味。昏暗而又狭窄的"棺材"房间都只用一层木板隔开。根本没有沙龙，没有旅馆，没有写字间。所以他的人物在外表上都预定"没有吸引力"，如痨病妇女、衣衫褴褛的大学生、无所事事者、挥霍浪费者、游手好闲者，从来没有社会名流。然而他就是把最重大的时代悲剧布置在昏昏沉沉的日常琐事中的，崇高形象奇妙地从不幸中升腾而出。在他笔下最异乎寻常的莫过于外表清醒与精神醉态之间的反差，空间的贫瘠与内心的浪费之间的反差。一群酩酊大醉的人在烧酒店里宣布第三帝国的再现。他的圣徒阿廖沙怀里坐着一个妓女，却在讲述内容深刻的传说，行善和宣传福音的使徒都产生于青楼和赌窟。拉斯柯里尼科夫最庄严的一场戏，凶手跪倒在地，匍匐在全人类的苦难面前，却发生在口吃裁缝迦百农莫夫家中一个妓女的房间的角落里。

这是不间断的交流电：寒冷或者温暖，温暖或者寒冷，但从来不是微温。这完全符合启示录的含义。他的激情就这样充满了他的生活，他把激发起来的感情从焦虑不安投向焦虑不安。因此，在陀思妥耶夫斯基的长篇小说中，人们从来得不到休息，从来进入不了柔和的音乐般的读书节奏。他从来不让人平静地呼吸，人们总是像受到电击一样心神不安地痉挛，而且一页比一页更强烈，令人更焦躁、更惶恐，也更想知道下文。只要我们还处在他富有诗意的威力之内，我们就会变得和他相似。正如在他本人这个永久的二元论者、这个在分裂的十字架上饱受折磨的人身上一样，也正如在他的那些人物身上一样，陀思妥耶夫斯基也在读者的身上炸毁了感情的统一。

然而，问题必须得到回答。尽管真实如此魔法般地完美，为什么陀思妥耶夫斯基的作品，这一切作品中最有人间性的作品，却对我们产生了非人间性的影响？他的作品诚然是作为一个世界影响着我们，但却像是在我们的世界旁边或者之上的世界，为什么不是我们的世界本身呢？为什么我们内心有极为深沉的感情，却对这些感情感到惊讶呢？为什么在他所有的长篇小说里都点亮着如同艺术之光的东西？为什么小说中的空间是像幻觉和梦境？为什么我们觉得他这位极端的现实主义者愈来愈像是一个梦游病患者，而不是现实的描述者？为什么尽管书中有种种激昂慷慨，甚至有过分的偏激，却没有温暖的阳光，倒是有些血红色并且光芒耀眼的北极光呢？为什么我们觉得这些对生活最真实的描述却不像生活本身，尤其不像我们自己的生活呢？

我现在试为答之。比较级的最高标准对于陀思妥耶夫斯基来说仍嫌太低。他的作品能够被评为世界文学中最卓越之作、最不朽之作。对于我来说，卡拉马佐夫的悲剧丝毫不逊于《俄瑞斯忒斯》错综复杂的情节，不逊于荷马史诗，不逊于歌德作品的宏伟规模。所有这些作品与陀思妥耶夫斯基的作品相比，甚至还都比较单纯，比较质朴，知识领域比较小，也更少孕育着未来。但是无论如何，这些作品都比较温和，比较亲切，都提供了对感情的拯救，而陀思妥耶夫斯基的作品只提供了对感情的悟解能力。我相信，这些作品具有人性，但不是非常具有人性，这要归功于作品的这种缓和。这些作品周围都有一个光华灿烂的天空、一个世界，作为庄严的背景，都有草原和田野的气息，都有使饱受惊吓的感情能得到舒缓和解放的满天星空。荷马史诗在激烈的战斗中间，在人对人进行最残酷的杀戮中间，还有几行描述。于是人们就呼吸到了带咸味的海风，希腊的银色光辉也照耀在战地的上空，感情也很喜悦地发觉人与人之间相互厮杀的战斗与永恒相比不过是渺小而微不足道的幻想。于是人们就松了一口气，从人性的沮丧中被解救了出来。浮士德也有他的复活节，他把自己的痛苦挥洒到支离破碎的大自然里，把他的欢乐投进春天的世界里。但是陀思妥耶夫斯基缺少舒缓，缺少风景。他的宇宙不是这个世界，而只是那么一个人。此人对于音乐是耳聋的，对于形象是眼盲的，对于风景是表情麻木的。他以惊人的冷漠态度对待自然和艺术，以此为代价，他得到了关于人的无与伦比、深奥莫测的知识。但只关注人性也有模糊不足之处。他的上帝只居于灵魂之中，而不是也居于万物之中。他缺少那种宝贵的，使得德语作品、希腊作品那样愉快和自由的泛神论种子。陀思妥耶夫斯基的作品的情节都发生在不通风的房间里、煤烟如雾的街道上、有霉臭味的小酒馆里。那里边都有一种沉闷的、人性的，甚至过分人性的气氛。从九天降下的狂飙和年深月久的坍塌倒落都没能把这里边的空气搅动得清净起来。人们不妨回忆一下他的各部重要作品，回忆一下《罪与罚》、《白痴》、《卡拉马佐夫兄弟》、《少年》的故事情节都发生在什么季节，都发生在什么地方。是在夏天、春天，还是在秋天？也许在什么地方说到过季节，但是人们感觉不出来。人们呼吸到了气息，品尝到了滋味，但觉察不到踪迹。故事的情节全都发生在悟解力闪电骤然照亮的内心昏暗不清的某个地方，发生在头脑的真空的空腔里，没有星辰和鲜花，只有平静和沉默。大城市的烟雾使得他们灵魂的天空昏暗起来。当他把目光从他自身和他的苦难转开并投向没有感觉、没有激情的世界时，他的作品缺少拯救人性的休憩所，缺乏那种幸福愉快的缓解，缺乏对人最好的缓解。陀思妥耶夫斯基书中的虚无缥缈之处在于：他的人物都好像是从苦难的、黑暗的、模糊不清的墙上走下来的，都不是自由的，也不是清醒地处在真实的世界中，而是完全还处于感情的无限境界中。他的领域是灵魂世界，而不是大自然，他的世界就是人性。

尽管每个具体的人物都具有惊人的真实性，尽管他们人性的逻辑结构是无懈可击的，他们的人性就整体而言，在某种意义上也是不真实的，如同梦境中的某些形象附着到了他的人物身上。这些人物走在无限的空间里，犹如幽灵的步态。但是这并不是说他的人物都是瞎编杜撰的。恰恰相反，他的人物都是超真实的，这是因为陀思妥耶夫斯基的心理学是一种没有缺陷的心理学。然而他的人物让人看起来和感觉到不是形象化的，而是崇高的。其原因是，他的人物是用感情而不是肉体塑造的，对于陀思妥耶夫斯基的所有人物我们都只能看作是正在变化的和已经变化过的感情，看作由神经和感情组成的生物。对于他们，人们几乎会忘记，他们的肌肉里也流动着血液。人们几乎从不在身体上触及他的人物。在他两万页的著作中，他从来没有描写过他的某个人物坐着，在吃饭，在饮酒，而总是描写他的人物在感受，在说话，或者在斗争。他的人物不睡觉（除非是在做遥视千里的梦）。他们也不休息，他们总是非常激动，总是在苦苦思索。他们绝不是闲混度日的、植物性的、动物性的、麻木不仁的。他们永远是不平静的、激动的、紧张的，而又永远，永远是清醒的。他们都是清醒的，甚至是极其清醒的。他们永远处于自己存在的最高级形式中，都具有陀思妥耶夫斯基对感情的概括理解力。他们都是千里眼、心灵感应者、幻觉者。他们都是深奥莫测的人物，而且一直到他们本性的最深层都充满着心理学。大多数人物——我们只需稍微回忆一下——都处于普通的生活中、平庸的生活中。他们都只有人世间的理智，因此不能相互理解，也因此处于彼此的冲突中，处于和命运的冲突中。人类的另一位伟大心理学家把他的一半悲剧都建筑在这种天生的无知上，建筑在作为灾难、作为冲突起因横亘于人与人之间的黑暗的基础上。李尔王不信任他的女儿，是因为他没有想到女儿的高尚，没想到当时还隐藏于害羞中的情感的伟大。奥赛罗把埃古看做自己的提示者。恺撒喜爱杀害他的凶手布鲁图斯。他们全都沉迷于人间世界的真正本性——幻觉。在莎士比亚笔下，如同在现实生活中一样，误解，这种人世间的欠缺，就成了有繁殖力的悲剧性力量，就成了一切纠纷的根源。但是陀思妥耶夫斯基的人物，这些超级博学者都不知误解为何物。他们每个人都像先知一样猜测另外一个人，他们彼此都彻底了解。他们能互相从对方嘴里吸出来要讲的话，还能从感觉的子宫里吸出对方的思想。无意识、潜意识，在他们身上发展得太充分了。他们全是预言家，是有预感的人和产生幻觉的人。陀思妥耶夫斯基把他对存在和知识独特而神秘的研究都加到了他们身上。为了说得清楚一些，我想举一个例子。娜斯塔西娅·菲里波芙娜是被罗果仁杀死的。她从看到罗果仁的第一天起就知道会这样。在她属于他的每一个小时里，她都知道，他将来要杀死她。她从他面前逃开是因为她知道他要杀害她，而她又跑了回来则是因为她渴望自己的命运。她甚至在事前几个月就预先知道了罗果仁要用来刺穿她胸膛的那把刀子。罗果仁知道会是这样，他也知道那把刀子，梅什金同样知道。有一次在谈话中他偶然看到罗果仁在玩弄那把刀子，他的嘴唇便颤动了起来。同样在费奥多尔·卡拉马佐夫的谋杀中，所有的人也都预先意识到了这个不理智的事件。佐西马长老由于揣测到这个罪行而跪在地上，甚至爱讽刺人的拉基廷也说到了罪行的预兆。阿廖沙在告别时吻父亲的肩膀，他预感到再也见不到父亲了。伊万乘车前往切尔马什尼亚，为的就是不当罪行的见证人。邋遢鬼斯乜尔加科夫微笑着预告了这件事。大家，也就是人人，都知道这个罪行。从过多的预言的悟解力中大家还知道了日期、时刻和地点。他们都是预言家、悟解者、洞察一切的人。

在这里人们又在心理学中认识到了那种艺术家关于一切真实的双重性。虽然陀思妥耶夫斯基对人的认识比他以前的任何人都更为深刻，但是莎士比亚作为人性的专家还是凌驾于他之上。莎士比亚认识到了存在的复杂性。他把普通的事情、无关紧要的事情与宏伟重大的事情杂然并陈，而陀思妥耶夫斯基则是分别把每一种事件提升到无限的领域。莎士比亚在肉体上认识世界，陀思妥耶夫斯基则是在精神上认识世界。陀思妥耶夫斯基的世界也许是对世界最完美的幻觉，是关于感情预言式的深刻梦想，是超越现实的梦想。但是，这种现实主义超越自身达到离奇古怪的程度。陀思妥耶夫斯基这位超现实主义者，这位跨越一切限度的人，他不是对现实进行描述，而是把它提升到超出它自身的高度。

因此，他的艺术中的世界是从内部，也就是完全用感情塑造的。从内部制约，从内部解救，这样一种艺术，这样一种一切艺术中最深刻、最有人性的艺术，不管是在俄国还是在世界上别的什么地方的文学中，都前无古人。这种作品只是在远方才有兄弟。痉挛和困境，这些在极其强大的命运钩爪下蜷缩的人身上的过度痛苦，有时使人想到古希腊悲剧作家；那种神秘的、岩石般冷漠的、无法解除的灵魂的悲哀，有时又让人想起米开朗琪罗。然而陀思妥耶夫斯基在历朝历代中的真正兄弟是伦勃朗。他们二人都来自艰难、匮乏、被轻蔑和被摈斥的尘世生活，都被金钱的奴仆用鞭子赶进了人类生存的最底层。他们二人都了解对比的创造性意义，都了解黑暗与光明的永久斗争，也都了解没有什么美比从平凡实际的生存中所获得的圣洁思想之美更为深刻。正如陀思妥耶夫斯基用俄国的农民、罪犯和赌徒塑造了他的圣徒那样，伦勃朗也是用港口街巷的原型人物塑造了他的《圣经》人物形象。他们二人都认为，任何神奇而清新的美都隐藏于最低级的生活形态中。他们二人都在人群的渣滓中找到了他们的基督，都知道人世间各种力量永恒的竞赛和对立，都知道光明与黑暗的竞赛和对立在生气勃勃、富有情感的人身上同样具有强大的支配作用。无论在什么地方，一切光明都采自生活最幽深的黑暗之中。人们愈是能洞悉伦勃朗的画与陀思妥耶夫斯基的书的堂奥，就愈能看到世俗形态和精神形态的最后秘密：普遍的人性，正袒露出来。

建筑艺术和激情

爱好尚浅的人爱好标准。

拉·波埃西

　　"你干什么都要到狂热的地步。"娜斯塔西娅·菲里波芙娜的这句话适用于陀思妥耶夫斯基的所有人物，尤其是适用于陀思妥耶夫斯基本人。这位强者充满激情地迎向种种生活际遇，因此他也更充满激情地迎向他最强烈的爱好：艺术。不言而喻，他的创作过程，他的艺术劳动，不是那种平静的、条理分明的、组装式的、冷静计算的建筑构造学的劳动。陀思妥耶夫斯基狂热地写作，就像他狂热地思考，狂热地生活那样。他的手在纸上奋笔疾书，写出一串串珍珠似的流畅小字（他写的是易动感情的人的焦躁速写字体）。他的脉搏在加倍沉重地跳动着。

　　他觉得创作是极度兴奋，是痛苦，是陶醉和震惊，是一种增强为痛苦的快感，是一种增强为快感的痛苦。这位二十二岁的青年"含着眼泪"写出了他的第一部作品《穷人》。从此以后每出版一部作品就是他的一次危机、一场疾病。"我烦躁地工作，忍受着痛苦和忧虑。如果我紧张地工作，我的身体也会病倒的。"实际上他

137

那神秘的疾病——癫痫症——已经以紧张激动的节奏和模糊迟钝的克制渗入了他作品最细小的震颤中。陀思妥耶夫斯基总是用他的全部本性在歇斯底里的狂怒中进行创作。甚至作品中如记者文章之类看来无关宏旨的琐细部分，也都是在他的激情锻冶场里熔化和浇铸的。他从来不使用手腕和技巧，他总是把全身的激动聚集到事件里，一直到他生命最后的神经都在他的人物身上感受到痛苦而且产生了同情。他所有的作品都好像是狂风怒吼，雷霆大作，因强大的大气压力冲出来而产生的爆炸。没有内心的参与，陀思妥耶夫斯基就不能塑造人物。评论司汤达的名言也适用于他："当他没有激情的时候，他是没有智慧的。"当陀思妥耶夫斯基没有激情的时候，他就不是作家。

但是艺术中的激情，在它成为塑造的因素的时候，也就成了破坏的因素。它创造各种力量的混乱，清醒的精神才能从混乱中拯救出永恒的表现形式。一切艺术都需要把焦虑不安作为塑造形象的推动力，但也同样需要从容审慎的安静，仔细权衡，以求完善。陀思妥耶夫斯基强有力的、金刚石般钻入现实的精神很了解笼罩伟大艺术品的那种大理石似的、铁一般的冷静。他喜爱、崇拜伟大的建筑学。他作过大量宏伟壮丽的设计，设计过庄严的世界图像的规则。但是激情总是不断淹没建筑的基础。陀思妥耶夫斯基试图成为一个客观创作、置身局外、单纯讲述和塑造人物的艺术家，成为一个叙事文学作家、事件报告人、感情分析家，但是徒劳无功。他的激情在悲伤和同情中总是不容抗拒地把他拉进自己的世界中。在陀思妥耶夫斯基完成的作品中，开头总是有些混乱，达不到和谐。（他最秘密思想的泄露者伊万·卡拉马佐夫就这样呼喊："我憎恶和谐。") 在表现形式和意志之间也不是太平无事的，也不是均衡的，而是——噢，他那永恒二元论的本性渗透到了一切表现形式里，从冰冷的外壳一直到火热的核心——在外部与内部之间不间断地进行着各种斗争。他这种永恒二元论的本性在他史诗般的作品中就表现为建筑学与激情之间的斗争。

陀思妥耶夫斯基在他被专家们称为"叙事报告"的长篇小说中，从未获得过那种从荷马到戈特弗里德·凯勒和托尔斯泰等先辈大师历代相传下来的，把动荡不安的事件压制进平静描述中的重大秘密。他总是满怀激情地建造他的世界，因此，人们也只有满怀激情，只有激动不安，才能够欣赏他的世界。人们亲自体验他的人物的危机，就如同生了一场病，这些人物提出的问题点燃我们内心的激情。他把我们所有的感官都浸泡在他那种焦躁渴望的气氛中。他把我们推到感情深渊的边缘。我们站在那个地方，大口喘气，头晕目眩，呼吸时断时续。只有当我们的脉搏像他的脉搏那样急跳的时候，只有当我们陷入着魔的激情中的时候，只有在他的作品完全属于我们的时候，我们才完全属于他。

不可否认、无可讳言、无须美化的是，陀思妥耶夫斯基与读者的关系，既不是友好的关系，也不是愉快的关系，而是处于一种充满危险本能、残酷本能和性欲本能的分裂状态。这是一种如同男女之间充满激情的关系，而不像在其他作家那里，是一种友谊和信赖关系。狄更斯或戈特弗里德·凯勒，他的同代人都以温情的劝说，都以音乐一般的引诱力把读者领进他们的世界。他们都亲切地和读者闲聊着讲到事件上去。而他这个满怀激情的人想要的是我们所有的一切，而不只是我们的好奇心和兴趣。他渴求我们的全部感情，甚至我们的肉体。他首先给内部的大气充电，很巧妙地提高我们的敏感性。于是一种催眠状态——我们的意志丧失在他的充满激情的意志中——便开始了。他像巫师一样念念有词，而且没完没了，失去控制。他用漫无边际的谈话裹住思想内容，他用秘密和暗示引诱参与，直到我们深深地往内部走去。他不能容忍我们过早地沉溺进去，他在快感的体验中延长准备工作的折磨。焦躁不安开始在人们心中悄悄沸腾起来。但是他还一再推出新的人物，展示新的景象，延迟对事件的深入认识。这位博学、淫荡的性爱之徒，他用恶魔一般的意志力抑制我们的全心投入，进而提高内在的压力，增强气氛的刺激。（在人们知道拉斯柯里尼科夫所有那些不理智的精神状态都是为谋杀所作的准备之前，它在拉斯柯里尼科夫身上已经持续了多么久呀！不过人们早已预感到了可怕的事件。）陀思妥耶夫斯基的性欲快感热衷于对延缓所作的精心安排，这种快感如针刺过的痕迹一样，使得感受者的皮肤发痒。陀思妥耶夫斯基在重大的事件之前，残酷地放慢速度，还连篇累牍地大讲深奥难解和着魔似的无聊的话，直到他在敏感的人身上（其他人对这类事情毫无感觉）引起思想的狂热，引起身体的痛苦为止。然后在灼热的胸膛大锅里感情沸腾起来、快要迸飞到四面墙壁上的时候，他才用铁锤敲击那个人的心，于是那极其精确的几秒钟便颤抖着降临了，这时解脱就像闪电一样，从他作品的天空里降落到我们内心的深处。直至精神紧张到无法忍受的时候，陀思妥耶夫斯基才撕破叙事的秘密，把紧张得快要断裂的感情溶解到柔和的、涨潮般涌起的、泪流满面的感受中。

陀思妥耶夫斯基就是如此敌意地，如此情欲放浪地，如此狡黠而且充满激情地摆弄和掌握着他的读者。他不是在厮打搏斗中制伏读者，而是像一个凶手，一连几个小时围着他的受害者盘旋行走，然后在刹那间刺穿受害者的心脏。他的技艺是一种爆发性的技艺：他不零敲碎打，一锹接一锹地在马路上工作，而是用体积很小的集束力量，从内部炸开这个世界，炸开获救的胸膛。他的准备工作完全是在地下进行的，这就像是一场密谋策划，就像是给读者的一次闪电式的惊骇。人们虽然有所觉察，但是并不知道正在走向一场灾难，不知道他要在哪些人中间埋下矿井坑道的支柱，他要从哪个方向挖掘，他要在什么时候进行可怕的爆破。矿井构造使得每一个人都通向事件的中心点，每一个人都背负着激情的引爆材料。但是谁来点燃引爆点呢？（例如，在那么多内心中了思想的毒的人中，费奥多尔·卡拉马佐夫要杀害谁呢？）这一点用前所未闻的技艺一直隐藏到了最后一刻。这是因为什么事情都让人去猜想的陀思妥耶夫斯基丝毫没有泄露他的秘密。人们总是感觉到命运好似一只正在生活的地面下边打洞的鼹鼠。人们还感觉到，矿井移到了贴近我们心脏的地方，于是便失去了知觉，便在没完没了的紧张心情中忍受煎熬，直到像闪电一样骤然划破抑郁沉闷的紧张气氛的那几秒钟为止。

为了这短暂的几秒钟，为了把情况作前所未有的集中，叙事文学作家陀思妥耶夫斯基需要一种迄今都没听说过的描述重量和描述广度。只有宏伟壮观的艺术，只有那种具有原始世界雄浑气魄和神秘重量的艺术，才能使感情如此紧张，情况如此集中。在这里，广度不是指喋喋不休地讲废话，而是指建筑艺术。正如金字塔的尖顶需要庞大的基础，陀思妥耶夫斯基为了写出巅峰顶点，也必须使他的长篇小说有巨大的规模。果不其然，他的长篇小说就像他祖国的伟大河流伏尔加河和第聂伯河那样，波涛澎湃，滚滚而来。它们奔腾咆哮，把一切都裹挟进来；波涛徐缓翻滚，卷带着惊人丰富的生活内容。在成千上万页的书里边，河流偶尔也泛滥到艺术人物形象的河岸外边，也冲刷很多政治卵石和论战石块。有时候灵感减弱了，河流便也有宽阔的沙滩。现在河床显得干涸了。重大事件在不畅的水流中蜿蜒迂回，艰难地继续前进。滔滔洪流在交谈的沙滩上滞留几个小时，直到重新找到自己的深度和激情的推动力为止。

但是随后接近大海了，在平铺直叙的讲述聚结成旋涡的地方，河流突然出现了一些湍急之处。在这里书页仿佛在飞，河水流速快得惊人，就像是离弦之箭，把人们的思想带进感情的深渊。现在人们感觉到临近深渊，瀑布传来了隆隆的雷声。那整个宽大沉重的河水，突然间有了奔腾咆哮的速度。正如故事的洪流仿佛受到瀑布的磁性吸引而在净化感情的导泄口聚集起泡沫那样，我们自己也不由自主地加快了翻动书页的速度，然后便突然跌进事件的深渊，仿佛感情已经崩溃。

在生活的庞大总数仿佛被压进一个数字的地方，这样的感情，这样极端集中的感情，既饱含痛苦，也令人头晕目眩。他自己曾经把这种感情称为"高塔感受"——也就是神圣的精神错乱，是在深渊上弯腰向下看，是在预感中享受致命摔倒的幸福。这种既生机勃勃又意识到死亡的极端感受，始终就是陀思妥耶夫斯基叙事文学宏伟的金字塔上人们看不见的尖顶。也许他所有的长篇小说都是为了这个感受白热化的瞬间而写的。陀思妥耶夫斯基创造了大约二十至三十个这样宏伟壮观的章节。在这些章节里，激情凝聚成一团，无比的猛烈，以至于它不是在人们初读的时候——因为它仿佛在袭击一个无力抗拒的人——而是要到第四次或第五次复读的时候，才会像喷射火焰一样照亮人心。在这样的时刻，全书的人物总是会突然聚集在一个房间里，而且都是处于自己极其固执的紧张状态中。所有的街道，所有的河流，所有的力量，都神奇地汇聚到一起，都溶解到一个唯一的姿态、一种唯一的神情、一句唯一的话语中。我想起了《群魔》里的一个场景：沙托夫的巴掌以"干脆的拍击"破开了秘密的蜘蛛网，就像《白痴》中娜斯塔西娅·菲里波芙娜把十万卢布投到火中的景象，或者像我想到的《罪与罚》和《卡拉马佐夫兄弟》里边供认的场面。建筑艺术和强烈激情就是在他的艺术的这种最高级的、不再是材料的基本时刻毫无保留地结合在一起了。陀思妥耶夫斯基只有在极度兴奋的时候是个统一的人，只有在这样短暂的时间里是个卓越的艺术家。但是从纯粹艺术上看，这些场景都是艺术战胜人物的无与伦比的胜利。这是因为，人们只有在反复阅读时才感觉到，使条条攀登道路达到这个顶点需要多么天才的计算；而且这么庞大的方程式，这么一个上千位数互相交叉的方程式怎么转眼之间化成了最小的数字，化成了最后完完全全的感情单位：极度兴奋。陀思妥耶夫斯基把所有的长篇小说都修建成了这样的尖顶。这些尖顶聚集了全部带电的感情大气，并能以准确无误的可靠性把命运的闪电吸收进来。这就是陀思妥耶夫斯基最大的艺术秘密。

还必须特别说明这种独特的、在陀思妥耶夫斯基之前没有人拥有而且兴许在将来也不会有人在同样程度上拥有的艺术表现形式的根源吗？还必须说明，全部生命力在绝无仅有的瞬间里的这种抽搐不过是他自己的生命、他那着魔的病症转化成艺术的明显表现形态吗？还没有一个艺术家的苦难比这种癫痫病的艺术转化更富有成果，因为在陀思妥耶夫斯基之前的艺术中，还没有出现过把丰富多彩的生活类似地集中到极其狭小的时间范围和空间范围里。他站在谢苗诺夫斯基广场上，眯缝着眼睛，在那两分钟里他又从头经历了一遍自己过去的全部生活。每次癫痫病发作，他就在摇摇晃晃地踉跄而行和从椅子上结结实实摔倒在地板上之间的时刻里幻游人世各个领域。只有他才能够把一个充满重大事件的宇宙填塞进一个核桃壳的时间里。只有他才能够在爆发的短暂时间里强制地把看来不可能的事情变成现实，以致我们都没能觉察到这种征服空间和时间的能力。他的作品都是真正的集中奇迹。

我想起来一个例子。请读一读长达五百多页的《白痴》第一卷吧。命运的暴动发生了，灵魂的混乱飞起来了，大多数人的内心活跃起来了。我们和他们一起逛游大街，和他们一起坐在家里。在偶然的思考中，我们会突然发现，这各种各样的庞杂事件都发生在从上午到半夜勉勉强强十二个小时的过程里。卡拉马佐夫兄弟的幻想世界也集中在仅仅两三天之内，拉斯柯里尼科夫的幻想世界则集中在一个星期里。这是简练的杰作，是叙事文学作家从来没有达到过的，甚至在实际生活中也很少出现。大概只有把整整一生和过去几代人的生活集中在从中午到晚上的短暂期限内的古典悲剧《俄狄浦斯》了解这种从高峰跌入深渊的迅猛摔倒，而且也了解感情暴风雨的这种净化力量。没有什么叙事文学作品能和这种艺术相比。因此，在重要的时刻，陀思妥耶夫斯基总是作为悲剧作家发挥作用，他的长篇小说仿佛就是包裹好的变化的戏剧。归根结底地说，卡拉马佐夫兄弟的精神具有古代希腊悲剧的精神，肉体则具有莎士比亚戏剧的肉体。这位命运悲剧天空下的巨人赤裸裸地站在他们之中，没有抵抗之力，显得十分渺小。

令人奇怪的是，在主人公充满激情地摔倒在地的时候，陀思妥耶夫斯基的长篇小说就突然丧失了叙事的特征。薄薄的叙事文学外壳在感情的高温中熔化了，而且还汽化了。除了苍白无力的白热化对话以外，什么也没有留下。陀思妥耶夫斯基长篇小说中重要的场面都是不加掩饰的戏剧性对话。我们可以不增加一个词，不删减一个词，就把它移植到舞台上。每个人物形象都构建得很坚实，长篇小说波涌浪翻的广阔内容就是在这些对话中浓缩成了戏剧性的瞬间。陀思妥耶夫斯基总是渴求最后的定局，渴求强有力的精神集中，还总是渴望闪电般的宣泄。这些悲剧性的感受在对话的顶峰上把他叙事文学的艺术品毫无保留地改造成了戏剧的艺术品。

不言而喻，远在语文学家们之前，急于求成的剧院工匠和林荫道剧作家就抢先认准了在这些具有戏剧性甚至舞台效果的场景里所包含的东西。于是，他们很快就根据《罪与罚》、《白痴》、《卡拉马佐夫兄弟》粗制滥造出来几部剧本。但是这就证明了，要从外部，从形象性和命运上去把握陀思妥耶夫斯基的人物，并且把这些人物从他们的领域即他们的感情世界里提升出来，使他们脱离开有节奏、易激动和电闪雷鸣的气氛的尝试都失败得多么惨。这些人物形象就像剥了皮的树干，赤裸裸的，毫无生气。这些形象与他们生机盎然、窃窃私语、飒飒作响的枝梢相比，形成戏剧性的反差。那些枝梢高入天际，但它们都有千百条秘密的神经扎根在叙事文学的土壤中。陀思妥耶夫斯基的心理学并不适合刺眼的舞台灯光，它嘲笑那些"改编者"和缩写者。这是因为在这个叙事文学的人间地狱里有不可思议的肉体接触、隐蔽活动和细微感情差别。陀思妥耶夫斯基不是根据看得见的姿态，而是根据成千上万次的暗示形成和塑造出人物形象的。任何蜘蛛网都不如他人物的感情的丝网细腻微妙。为了感受一下叙事文学这种皮下的，即仿佛是在皮肤下边流动的暗流的普遍性，人们可以读一下陀思妥耶夫斯基长篇小说的法文缩写版本。这种版本似乎什么都不欠缺，重要情节像电影一样迅速映出。人物形象看起来甚至还更为灵活，更为完整，更加充满激情。然而，在某些方面，这些人物是贫乏的，他们的感情缺少那种奇异彩虹的灿烂光辉，气氛中缺少闪烁放光的电，缺少令人窒息的紧张，正是这种紧张才使放电可怕而又有益。有什么不可替代的东西被破坏了，一个魔法圈破裂了。人们正是从这些缩写和改编为戏剧的尝试中认识到了陀思妥耶夫斯基笔下作品广度的意义，认识到了他那好像是离题万里的讲述的目的性。这是因为他那些显得十分偶然、多余、琐碎、短暂、顺便的暗示都有后边几百页的书作为呼应。在故事的表层下边，隐蔽接触点的这些线路是畅通的，继续传送信息、交换秘密的反思。在他的笔下有感情的密码，有细微的肉体迹象和心理迹象。这些迹象的意义要到第二遍或者第三遍读的时候才会变得显而易见。叙事文学作家从未有过这样仿佛是贯穿到神经的叙述体系，从未在重要情节的骨架下边，在对话的皮肤下边，有如此隐蔽的混乱事件。不过人们只能够勉强地称之为体系。这种心理学过程只能用乍看起来为所欲为但却自有其奥秘之处的规则来相比。其他叙事文学艺术家，特别是歌德，似乎更多的是模仿大自然而不是模仿人，并且让我们对发生的事件有机得像对一种植物，生动得像对一处风景一样来加以欣赏。我们阅读陀思妥耶夫斯基的一部长篇小说，就如同与一个特别深沉和充满激情的人相遇。陀思妥耶夫斯基的艺术作品，它的不朽可以为证，是最有现世性的，是不可计算的，是深不可测的。就像灵魂在身体范围之内是无可比拟的一样，他的艺术作品在艺术的表现形式里也是无可比拟的。

这绝不是说，他的长篇小说都是完美无缺的艺术品，它们的确还远不如某些涉及范围较小、满足于比较朴实的事物、内容比较贫乏的作品。他这个无限制的人能够达到永恒却不能模仿永恒。陀思妥耶夫斯基的焦躁从他的艺术悲剧进入他的生活悲剧中。像巴尔扎克的情况一样，他为了出色地创造他的作品，也被生活驱赶得急如星火，非常忙碌。这是他外表的命运，而不是他内心的轻率。我们不能忘记，他的作品是如何产生的。陀思妥耶夫斯基总是还在写第一章的时候，就已经把整部长篇小说卖出去了。每一次写作都是从预支稿酬到新的预支稿酬的追逐。他在世界各地逃亡时，仍"像一匹邮车上的老马一样"工作。有时他没有时间和闲心给作品做最后的润色。他这个最内行的人，自己很清楚这种欠缺，因此他有些负罪感。他愤慨地呼喊："但愿他们都能看到我是在什么情况下写作的。他们要求我拿出没有瑕疵的佳作。而我是由于最严酷、最悲惨的窘困才被迫仓促行事的。"他诅咒能够舒适地坐在自己庄园里逐行仔细推敲的托尔斯泰和屠格涅夫。舍此之外，他再没什么要羡慕他们的。他本人不畏惧贫困，但是他这位被压抑成劳动无产者的艺术家，是由于但愿有一天能够安静和圆满地进行艺术创作的不受束缚的渴望，而对"庄园主文学"大发雷霆的。他知道自己作品中的每一个缺陷。他很清楚，在癫痫病发作以后，精神紧张程度放松，好像绷得紧紧的艺术品包装变得不严密了，让一些无关的东西渗透了进来。每逢他朗诵手稿的时候，朋友们和他的妻子需要经常提醒他在癫痫病发作的意识昏迷中犯下的严重疏忽。这位无产者，这个找活儿干的临时工，这个在最艰难困苦的时期里相继写出三部宏伟长篇小说的预支稿酬的奴隶，在内心里是最有觉悟的艺术家。他疯狂地喜爱金饰工艺，喜爱精美的金丝编织品。还在艰难窘困的鞭子下求生的时候，他就一连几个小时为这个编织品锉磨和造型。他曾经两度销毁《白痴》，尽管他的妻子在挨饿，而且还没有支付助产士的钱。他要达到完美无瑕的意志是无止境的，但是艰难窘困也是无止境的。外部的强制和内部的强制，这两种最强大的力量再次展开搏斗，争夺他的感情。他作为艺术家，依然还是伟大的二元分裂论者。正如他作为人永远渴求和谐与安宁一样，他作为艺术家也永远渴求完美无缺。无论在这里还是那里，他都双臂折断，挂在命运的十字架上。

这样，艺术，对被钉上十字架的分裂者来说，它既不是拯救，也不是无家可归者的庇护所，它是痛苦、焦躁不安、急迫和逃亡。推动他进行艺术创造的激情把他驱赶得越过了完成，驱向永恒的无限。他的小说建筑同中断的未完成的塔楼一起（这是因为他曾许诺要为《卡拉马佐夫兄弟》和《罪与罚》两书都写出第二部来，但却未能做到）高直耸入永恒的难题的云端。如果我们不再把他的建筑物称为长篇小说，如果我们不再以叙事文学标准来评价它们，那么，它们早就不是文学，而是某种隐秘的入门书、先知的预言、关于新人类的前奏曲和警告了。陀思妥耶夫斯基像他所有显赫的俄罗斯前辈一样，只觉得艺术是人对上帝忏悔的桥梁。我们记得起来：果戈理在写了《死魂灵》以后就抛开文学，变成了神秘主义者，变成了新俄罗斯的神秘信使；托尔斯泰作为六十岁的老人诅咒艺术，诅咒自己的艺术和外国的艺术，变成了善良和正义的福音教徒；高尔基放弃荣誉，变成了革命的宣告者。陀思妥耶夫斯基直到最后一个小时才放下笔，但是他所创作的早已不再是人世间狭义的艺术品，而是新俄罗斯世界的某种神话，是一种启示录式的宣告——含义模糊，颇费猜详。正因为他书中最后的东西只能进行猜测，而不是铸成了非永恒的表现形式，所以他的书是人和人性通向完善的道路。

跨越界限的人

你不能完结，
这使你伟大。

歌德

传统是过去围绕现在的冷酷界限：凡是想要进入未来的人都必须跨越这个界限。大自然在认识中是不肯停步的，诚然它似乎要求秩序，然而却喜欢为了新秩序而破坏秩序的人。大自然总是以其充溢的力量把个别人造就成离开感情的故国家园、远航到未知的茫茫大洋里、走向内心的新大陆即精神的新领域的征服者。没有这些勇敢的跨越界限的人，人类就会自我封闭。人类的发展也就只会是环形道路。没有这些伟大的信使——人类似乎在他们身上超越了自己——每一代人对自己的道路都会一无所知。没有这些伟大的冒险家，人类就不会了解自身最深刻的含义。使得世界广阔的不是那些平心静气的专家，不是祖国土地的地理学家，而是横越茫茫大洋、乘船驶往新印度的亡命之徒；不是心理学家、科学家，而是作家中不受约束的人、跨越界限的人，他们在他们的深度上认识了现代的灵魂。

在文学领域那些伟大的跨越界限的人中间，陀思妥耶夫斯基走得最远。除了他这个焦急暴躁的人，除了这个用他自己的话说是"需要不可测量的事物和无止境的事物就像需要地球本身一样"的不受约束的人，再没有人发现这么多感情的新领域，他在任何地方都不会停步不前。他在一封信里既自豪又自责地写道："我到处都跨越界限，在各个领域里。"要列举出他所有的事迹，那简直是不可能的事，如徒步翻越思想的冰山雪岭，又如下降到潜意识隐蔽最深的源泉，还有上升，仿佛梦游者那样上升到令人头晕目眩的自我认识的顶峰。没有他这位伟大的跨越一切界限的人，人类就会对自己先天固有的秘密所知更少。现在我们从他的作品的高峰上对未来比以往任何时候都看得更远。

陀思妥耶夫斯基跨越的第一个界限——他给我们打开的第一个遥远的地方——是俄国，他为世界发现了他的国家。他扩大了我们的欧洲意识，是第一个让我们把俄国人的感情看做世界感情的片段、最宝贵的片段的人。在他以前，对于欧洲来说，俄国意味着一个界限：那里是通往亚洲去的道路，是地图上的一块，是我们自己尚未开化的、已经度过的文化童年的一段往昔。但是他还是第一个让我们看到这不毛荒野中未来力量的人，从他以后我们才觉得俄国是笃信宗教的一种新的可能，是人类伟大诗篇中的下一个名句。他使全世界的心获得新的知识和新的期待。普希金（我们对他理解很不够，因为他的诗的手段在每一次翻译中都要丧失电力）只让我们看到了俄国的贵族；托尔斯泰又让我们看到了宗法制度下纯朴的乡下人，让我们看到了古老的、被分隔开的、精力衰竭的世界的本质；只有陀思妥耶夫斯基以宣布新的可能性点燃我们的灵魂，激发起这个新国家的天才。正是在这场战争①中我们感觉到，关于俄国

---

① 指第一次世界大战。

我们所知道的一切都是通过他才知道的，而且是他使我们得以感受到这个敌国也是感情的兄弟之邦。

但是比在文化上扩展关于俄国概念的世界知识（如果普希金不在三十七岁时被决斗的子弹带走生命的话，也许他早已扩展了俄国的概念）更为深刻和重要的是，我们在感情上自我了解的惊人扩大。这种扩大在文学中是没有先例的。陀思妥耶夫斯基是心理学家中的心理学家，人心的深度神秘地吸引着他。他的真实世界是无意识、潜意识、无法解释的东西。自莎士比亚以来，我们还没有学到过这么多感情的秘密和感情交错的神秘规律。陀思妥耶夫斯基像唯一从哈得斯的冥间世界回来的奥德修斯那样，给我们讲述了精神的冥间世界。这是因为与奥德修斯的情况相同，他也由一个上帝、一个魔鬼陪伴着。他的疾病把他拉到普通人上不去的感受高峰，然后猛然把他击倒，使他不安和畏惧，甚至陷入人世彼岸的状态。这种病使得他能够在忽而酷寒、忽而炎热、非生物的和残存生物的大气中呼吸。正如夜间活动的动物能够在黑暗中看到东西那样，他在昏暗情况下比其他人在白天看得更清楚。在气息相闻的距离内他能照亮精神错乱者的面孔，他能像月夜梦游者那样登上那些清醒的人和有知识的人会昏厥摔倒的感觉顶峰，而且准确无误。

陀思妥耶夫斯基非常深入地进入无意识的冥间世界，比医生、法律学者、刑法学家和精神变态者更深。科学后来才发现和命名的许多仿佛从死亡体会中用解剖刀刮下来的种种心灵感应的、歇斯底里的、幻觉的、性欲反常的现象，他都由于有那种清晰的共知和共感的神奇能力而预先描写了出来。他追查精神的种种异常现象，一直追到精神错乱的边缘（精神上的无节制），一直追到犯罪行为的悬崖峭壁（感情上的无节制），进而穿越过一片无边无际的精神新区域。一门古老的科学随着陀思妥耶夫斯基而翻过了最后一页，于是在艺术中陀思妥耶夫斯基开创了一种新的心理学。

这是一种新的心理学：精神的科学有自己的方法，艺术也有，初看起来，艺术历经千秋万代，像是一种无限的统一体，但它也有不断革新的规律。这里也有通过不断的新的溶解和确定而出现的知识变化和认识进步，正如化学通过实验越来越减少了看起来不可分的原始元素的数量，或者在看来简单的东西中还能认识到各种成分一样，心理学也通过不断进步的区分技术把感情的统一体分解为无止境的冲动和反冲动。尽管个别人有过种种能预见的天才，但是旧心理学与新心理学之间的分界线还是清晰可辨的。从荷马一直到莎士比亚，就只有单线性的心理学。人依然是一个表达公式：肌肉和骨骼中的特性。例如，奥德修斯是狡猾的，阿喀琉斯是英勇的，埃阿斯是慷慨激昂的，涅斯托耳是贤达明智的……这些人的每一个决断、每一个行为，在他们意志的射击面内都公开得清清楚楚。还有古代艺术向新艺术转折时期的诗人莎士比亚，他所描绘的人物总是有一个属音挡住了他们性格中相互冲突的旋律，而且正是他从精神的中世纪里给我们新时代的世界预先送来了第一个人物。他把哈姆雷特创作成第一个多疑的性格。这就是现代性格多样的人物的祖先。在这里意志第一次在新心理学的意义上冲破了抑制，把进行自我观察的镜子放到了精神里，塑造了要对自己进行了解的人物。这个人物同时过着内部与外部的双重生活，这实现于在行动中思考，在思考中行动。在这里人物第一次过自己的生活，就像我们对生活的感受那样，人物的感觉也像我们现代人的感觉一样，当然他还是处于一种意识的朦胧状态：他这位丹麦王子被迷信世界的道具所包围，还得由魔汤和精灵来影响他焦躁不安的思想，而不仅仅是用空想和猜测。但是在这里也确实完成了把感情一分为二这个心理学上了不起的大事件。精神的新大陆被发现了，未来的研究者走上了康庄大道。拜伦、歌德、雪莱的浪漫主义人物，恰尔德·哈罗尔德和维特都在永恒的对立中感受到了自己的本性同客观世界充满激情的矛盾，都以自己的焦躁不安促进了感情的化学分解。在这个时期里精密科学还提供了许多宝贵的单项知识。然后司汤达出现了，关于感情的净化教育、感觉的多义性和转化能力，他比所有的先驱人物都知道得多。他猜想，为了每一个具体决定，胸中都要发生深奥莫测的冲突。但是这位天才灵魂的怠惰和性格中散步式的漫不经心，使得他还不可能阐明无意识的全部动力学。

统一体的伟大破坏者、永恒的二元论者陀思妥耶夫斯基才深入了这个秘密。是他而非别人，创立了完善的感情分析。在陀思妥耶夫斯基笔下，感情的统一体被撕碎了，仿佛他的人物都装进另外一种精神，同从前存在的那些人都不一样。与他的细微区分相比，他以前的作家们最勇敢的精神分析也显得肤浅：他们那些感情分析颇似一本用了三十年的电气工程学教科书，只讲到了基础知识，而对重要部分还根本没有预料到。在陀思妥耶夫斯基的精神领域里，没有纯粹的感情，也没有什么是不可分的元素：一切都是结合物、中间过渡形式、通过形式、转变形式。感受在无休无止的反转颠倒和混乱迷惑中跟跄而行，犹豫不决地走向行动。意志和实际情况的迅速交流把感受摇晃得如一团乱麻。人们总是以为已经接触到了一个决定、一个欲求的最终基础，可它却又总是不断地返回指向另外一处。憎恶、喜爱、情欲、衰弱、虚荣、傲慢、统治欲、谦恭、敬畏等种种欲望都盘根错节地交织在永恒的转变中。在陀思妥耶夫斯基的作品中，感情是一团乱麻，是一种庄严的杂乱无章。在他的笔下，有渴求纯洁的醉鬼，有渴求悔过的罪犯，有出于对单纯的乡下姑娘的爱慕的强奸者，有出于虔信宗教的需要的诅咒上帝者。他的人物渴望什么，就会去做什么，既怀着碰壁的希望，也抱着实现的期待。如果完全摊开来看，他们的固执无非是一种隐蔽的羞耻，他们的爱无非是一种萎缩的恨，他们的恨也无非是一种隐蔽的爱。对立孕育对立。在他的笔下还有贪求痛苦的好色之徒，贪图欢乐的自我折磨者。他们意志的旋涡飞快地作圆周运动，他们在欲望中享受到乐趣，在乐趣中享受到厌恶，在行动中悔恨，反过来在悔恨中又行动。在他们那里，感受仿佛有上方和下方，有多倍的增长。他们的手的动作并非是他们内心的动作。他们内心的言语又不是他们嘴上的言语。每一个具体的感情都是如此的分裂、复杂、多义。要想在陀思妥耶夫斯基的笔下领会感情的统一体是绝对不会成功的，要想在语言概念网中捕捉某个人物也是绝对不会成功的。人们把费奥多尔·卡拉马佐夫称为纵欲者，这个概念好像完全说明了他。但是斯维德里盖洛夫不也是一个纵欲者吗？还有那个《成长者》中的无名氏大学生不也是吗？不过在他们之间和他们的感情之间有着天壤之别！在斯维德里盖洛夫那里，淫欲欢乐是一种冷酷的、没有思想的放荡行为，他是自己淫乱行为的深思熟虑的策略家。卡拉马佐夫的淫欲欢乐则又是生活乐趣，是把放荡行为推进到自我玷污，是一种要混进最底层生活的深沉冲动。这是因为生活——最底层的生活——就是从生命的极度兴奋中再来享受生活的煎熬。前者是出于贫困的纵欲者，后者是出于感情无节制的纵欲者。在后者身上是病态的精神激动，在前者身上则是一种慢性的炎症。斯维德里盖洛夫又是个寻常的寻欢作乐的人，性欲在他身上不是罪恶而是一种"小恶习"。他是小而脏的动物，是一只性欲的昆虫。前边那个《成长者》中的无名氏大学生则是表现为性倒错的精神堕落。人通常包含在一个概念里，但是在人与人之间却可以横亘着千山万水。因此在这里正如淫欲欢乐是各不相同的，而且都消融于它神秘的根源和成分里那样，对陀思妥耶夫斯基笔下的每次感受、每次冲动，也都能追溯到最深处，追溯到一切电流的起源，追溯到自我和世界之间、维护与奉献之间、傲慢与屈从之间、挥霍浪费与节俭行事之间、个体化与集体化之间、向心力与离心力之间、自我扩张与自我毁灭之间、自我与上帝之间的那个最后的对立。人们可能像当前所要求的那样，把这些对立叫作成对的矛盾。最后的对立总是灵与肉之间那个世界的原始感情。在陀思妥耶夫斯基之前，我们对于感情的如此繁纷复杂，对于我们的灵魂的混合性，从来没有知道得这么多。

然而最令人惊讶的是，在陀思妥耶夫斯基笔下，感情的溶解是在爱情里的。他的功绩之一就是把长篇小说——几百年乃至从古希腊罗马以来的整个文学只被归于男女之间的这种中心感情，把它当作全部存在的最初源泉——往下引向更深，往上引向更高，进入最后的认识。爱情对于其他作家来说，是生活的最终目的，是艺术作品讲述的目标。但是对于陀思妥耶夫斯基来说，爱情却不是生活的基本要素，而只是生活的阶梯。其他作家所唠叨不休的是和解的光荣瞬间，是在这个时刻里一切斗争得到调和，精神和感官、家族和世代这时都完全溶解到最美好的感受中。归根结底，在其他作家那里的生活冲突与陀思妥耶夫斯基笔下的冲突相比全都显得令人好笑地幼稚：爱情触动人物，魔杖从神的云端降下，秘密、了不起的魔法，令人费解、无法说明、生活最后的奥秘。于是男人的爱情就是：如果他得到了他所追求的女人，那么，他就是幸福的；如果他得不到他所追求的女人，那么，他就是不幸的。在所有的作家笔下，人性的天堂就是再度被爱。然而陀思妥耶夫斯基的天堂更高。在他的笔下，拥抱还并非结合，和谐也还并非统一。对于他来说，爱情不是幸福状态，不是调和，而是升格的争斗，是永恒创伤的剧烈疼痛。因此爱情是一个苦难的证件，是一种比在平常时候更为剧烈的人生痛苦。如果陀思妥耶夫斯基的人物彼此相爱了，那么，他们就不是安闲平静的了。相反，他的人物由于自己本性的种种冲突而发生的震颤往往在他们的爱情得到回报的那个瞬间最为猛烈。这是因为他们不让自己沉浸于自己洋溢的感情之中，而是要努力提高这种洋溢的感情。信奉他的二元论的男女都没有在这最后的瞬间停步不前。他们都轻视这一瞬间的平静的方程式（其他所有人都把这一瞬间选定为最美好的瞬间）：男女情人都是以同样的强度去爱和被爱。因为那就会是和谐，就是一个终点，就是一个限度，可他们只为无限而生。陀思妥耶夫斯基的人物既不愿意去爱别人，也不愿意被别人爱。他们总是爱牺牲者，他们都愿意成为牺牲者，成为奉献更多的人，成为接受更少的人。他们在精神错乱的感情拍卖中互相抬高价格，直到开始只是平静的游戏的感情仿佛了一声喘息、一声呻吟、一场斗争、一阵痛苦为止。如果他们被人拒绝，如果他们受到嘲弄，如果他们受到轻视，那么，他们在迅速的变化中就是幸福的，因为那样他们就成了给予的人，无限给予而且不为给予而要求任何东西的人。因此，在他这位对立大师的笔下，憎恨总是与爱情非常相似，而爱情也总是与憎恨非常雷同。但是即使在人们似乎专心互爱的短暂时期里，感情的统一也会再一次发生爆炸。这是因为陀思妥耶夫斯基的人物从不可能用自己感官与精神的整体力量去相爱。他们或者是用感官相爱，或者是用精神相爱。在他们身上，肉和灵绝不会处于和谐状态。只要看看他写的妇女就明白了，她们全都是同时生活在两个感情世界里的昆德莉。她们用精神为圣杯服务，同时她们的肉体在提图雷尔①的鲜花丛里燃烧着情欲的欢乐。双重爱情的现象在其他作家笔下是最复杂的现象之一，在陀思妥耶夫斯基笔下则是司空见惯、理所当然的现象。娜斯塔西娅·菲里波芙娜在其精神本性中爱梅什金这个温柔的天使，同时又用性欲的激情爱她的敌人罗果仁。她在教堂门前从公爵那里挣脱开身子，跑到另一个人的床上睡觉。她从醉鬼酒宴上退回到她的耶稣基督身边。她的精神仿佛高高在上，惊骇地俯视着她的身体在下面的所作所为。当她的思想在极度兴奋中转向另外一个人的时候，她的身体

---

① 昆德莉和提图雷尔均系瓦格纳歌剧《帕西法尔》中的人物。

却仿佛在催眠术的作用下入睡了。格露莘卡也是如此。对于第一次诱奸她的人，她既爱又恨。她在强烈的情欲中爱她的迪米特里，又怀着敬佩，完全非肉欲地爱着阿廖沙。《少年》的母亲出于感激爱上了她的第一个丈夫，同时又出于奴隶身份，出于过分强调的屈从，爱着维尔西洛夫。爱情概念的变化是无限的、无法测算的，而另一些心理学家则只是草率地将其归于"爱情"的名下。这就像历朝历代的医生把一批批疾病硬填在一个名字下边，而那一个名字我们今天要用数以百计的名字和治疗方法。在陀思妥耶夫斯基的笔下，爱情可能是经过转化的憎恶（亚历山大）、同情（杜尼娅）、固执（罗果仁）、淫荡（费奥多尔·卡拉马佐夫）、自我强暴。但是在爱情后边总是还有另外一种感情，一种原始感情。他所写的爱情绝不是元素的、不可分解的、无法阐明的原始现象和奇迹。他总是对最强烈的情欲感情进行阐述和分解。噢，这些变化是无穷尽的，是无穷尽的。每一种变化都放射出异彩光芒，从冷漠到严寒冻僵，又再度灼热起来。就像生活纷繁复杂那样，爱情的变化也是无限的、难穷究竟的。我想回忆一下卡捷琳娜·伊万诺芙娜，她在一次舞会上看到了迪米特里。迪米特里让人把自己介绍给她。他侮辱了她，因此她憎恨他。他又进行报复，对她进行侮辱，而她依旧爱他。或者说，她所爱的根本不是他，而是他对她进行的侮辱。她为他作自我牺牲，还以为是在爱他。但是她所爱的只是她的自我牺牲，她的爱情的特别姿态。因此，她愈是显得很爱他，便愈是非常憎恨他。这种憎恨突然冲向他的生活，破坏他的生活。而就在她破坏他的生活那个瞬间里，在她的自我牺牲似乎要显现为谎言的那个瞬间里，她也就对所受的侮辱进行了报复——她又爱起他来了！在陀思妥耶夫斯基笔下，一场恋爱事件就是这样的错综复杂。他的作品跟那些我们翻到最后一页发现主人公彼此相爱、历经各种磨难终于重新走到一起的书，有什么可比性呢？在其他人的悲剧结束的地方，陀思妥耶夫斯基的悲剧才开始。因为他不想把爱情，即把两性温柔的和解，看做世界的意义和胜利。他再次和古希腊罗马的伟大传统建立起了联系。在古代，一个人命运的意义和伟大不在于争夺到一个女人，而在于经受得住世界和众神的考验。在他的笔下，人物又站起来了，但不是把目光盯住女人，而是用宽广的额头对着他的上帝。他的悲剧比世世代代的悲剧和男人与女人的悲剧都更加伟大。

如果我们是在这样深度的知识里，在感情的完全分解中来认识陀思妥耶夫斯基，那么，我们就会明白，他那里是没有再回到往昔的道路的。一门艺术如果想要是真实的，那么，从此以后，它就绝不可提供被他砸碎了的感情小圣像，绝不可再把长篇小说封锁在社会和感情的小圈子里，绝不可再使被他照亮了的神秘的灵魂的空白地带阴暗起来。他是第一个给了我们生而为人的意识的作家。与过去相比，我们就是首批感情不同的人，因为我们比所有从前的人拥有了更多的知识。谁也无法估算，在他的书发表以后的这五十年里，我们有多少人变成了与陀思妥耶夫斯基的人物相似的人，在我们的性格中，在我们的血液中，在我们的精神中，有多少先兆使他的预感成为事实。他首先踏上的这块新大陆或许就是我们的国家，他所征服的界限或许就是我们安全的故乡。

他像先知一样为我们发现了我们正在经历的最后真实里的无限性。他为人物的深度提出了新的标准：在他以前，没有哪个肉体凡胎的人知道这么多精神不朽的秘密。但是令人惊异的是，尽管他大力扩展了我们对自身的了解，却不允许我们忘记谦恭和把生活作为某种魔性来感受的崇高感情。通过他，我们变得更自觉了。这一点没有使我们有更多自由，而是使我们有了更多约束。现代人自从把闪电认识为电的现象、大气的电压和放电以来，仍像历代人那样感受到闪电的威力。我们提高了对人的灵魂机制的认识，但丝毫没减少对人性的崇敬。正是这个故意给我们看灵魂一切详细情况的陀思妥耶夫斯基、这个伟大的分析家、这个感情解剖学家，他同时也比所有现代作家提供了更为深刻，也更为广泛的世界感受。他对人物认识之深刻是前无古人的，对于他塑造的不可理解的神圣和神，他的敬畏是无人可比的。

上 帝 的 折 磨

上帝把我折磨了整整一辈子。

陀思妥耶夫斯基

"有一个上帝吗？还是没有？"伊万·卡拉马佐夫在那场可怕的谈话中对与他貌似的人，即魔鬼，这样责问道。魔鬼报以微笑，不急于回答，为这个深受折磨的人卸下这个重负。伊万于是"以不可遏制的固执"，趁着神圣的狂怒进逼魔鬼：在这生存攸关的最重大问题上，魔鬼应该而且必须给他作出回答。但是魔鬼只是往暴躁的炉栅栏里煽风，对他这个绝望的人说："这个我不知道。"魔鬼为了折磨这个人，便不回答这个寻求上帝的问题，给他留下了上帝的折磨。

在陀思妥耶夫斯基的所有人物和他自己身上都有这个提出上帝问题而又不作答复的魔鬼。所有的人都得到那样一颗能用这些痛苦的问题折磨自己的"更为高尚的心"。"您相信上帝吗？"另外一个变成人形的魔鬼斯塔夫罗金猛然盛气凌人地训斥屈从的沙托夫。他把这个犹如火红的钢刀一样的问题刺进了沙托夫的心窝。沙托夫蹒跚后退。他颤抖起来，面色苍白。这是因为在陀思妥耶夫斯基笔下，总是最正派的人在这个最高的信仰前边发抖（而他本人呢，他怀着神圣的恐惧在最高的信仰面前颤动得多么厉害呀）。直到斯塔罗夫金一再逼迫，从沙托夫那苍白的嘴唇里才结结巴巴地讲出这句托词："我相信俄罗斯。"只有为了俄罗斯，他才信奉上帝。

这个隐蔽的上帝就是陀思妥耶夫斯基所有作品里的问题：我们心中的上帝，我们身外的上帝，还有上帝的复活。对于他这个真正的俄国人，这个最伟大和最本质的、由千百万人培养起来的人来说，根据他的定义，这个关于上帝和永生的问题就是"人生最重要的问题"。他的人物没有一个逃得开这个问题，它作为事业的阴影随他一道成长，忽而跑到人物的身前，忽而又作为懊悔落在人物的身后。但是他们都没能逃避开这个问题。唯一企图否认这个问题的人，那位异乎寻常的思想殉难者，《群魔》中的基里洛夫，为了杀死上帝而不得不自杀。这样他就比别的人更加充满激情地证实了上帝的存在和不可能逃脱。让我们来看看他笔下的谈话，人们多么想避免谈到上帝，多么想回避上帝，绕开上帝：他们总是喜欢在下边低声交谈，做英语长篇小说中的那种"闲谈"。他们谈论奴隶制度、女人、西斯廷圣母像、欧洲。但是上帝问题的无限重力附着在每一个话题上，而且最终把每个话题拖进神秘的不可穷究之中。陀思妥耶夫斯基笔下的每一次讨论都是在俄罗斯的概念上或者在上帝的概念上结束的。因此我们看到，对于他来说，俄罗斯和上帝这两个概念是同一的。俄罗斯人即他的那些人物，他们在思想上如同在他们的感情中那样，是不会止步不前的。到最后他们必定总是不可避免地从实践和事实转入抽象，从有限转入无限。因此，上帝的问题是一切问题的终点。它是把他们的思想无可挽回地裹入其中的内部旋涡，是让他们的灵魂发烧的引起溃疡的碎片。

发烧。这是因为，上帝——陀思妥耶夫斯基的上帝——是一切焦躁不安的根源，因为他这位对比的始祖既是"是"又是"否"。上帝不像古代大师们的图像画的那样，也不像神秘主义者文章中说的那样，上帝不是云端之上的轻柔飘动，不是优哉游哉的升华状态。陀思妥耶夫斯基的上帝是原始对比的两个电极之间迸发的火花。上帝不是本质，而是一种状态，是一种电压状态。上帝像他的人物一样，像创造人物的那个人一样，是一个贪得无厌的上帝，没有任何努力能摆布他，没有任何思想使他精疲力竭，没有任何贡献使他满意。上帝是永远无法触碰的，也是一切痛苦的痛苦。因此，从陀思妥耶夫斯基的胸膛里迸发出基里洛夫的呼喊："上帝把我折磨了整整一辈子。"

陀思妥耶夫斯基的秘密就是，他需要上帝，然而却找不到上帝。有时候他认为自己已经属于上帝了，他的极度兴奋已经抱住上帝了。这时候他的否定的需要便发出铿锵响声，把他又召回到人世间。没有人比他对需要上帝悟解得更深刻。他曾经说过："我觉得上帝是必不可少的，因为他是能够永远爱的唯一本质。"还有一次他说："对于人来说，除了发现了人能够顶礼膜拜的东西之外，没有什么连续不断、更为折磨人的恐惧了。"他饱尝了六十年这种上帝的折磨，他像爱每一次苦难那样爱上帝，他爱上帝胜过爱其他一切。这是因为上帝是一切苦难中最永恒的苦难，而苦难之爱就是他最深刻的生存思想。他历尽六十年艰辛走向上帝，而且"像枯干的草渴望雨露一样"渴望信仰。永远爆裂的东西想成为统一体；永远被迫赶者想有个休息；永远被驱使者想穿过激情的一切湍急河流；四散漫溢者想找到出路，找到安静，找到大海。他就这样把上帝梦想为安慰，然而却发现上帝是火。为了能够接受上帝，他想变得低微平凡，就像精神状态中的昏昏沉沉那样。他希望能有烧炭工人的信仰，就像那个"十普特①重的胖商人的妻子"那样。为了成为一个信徒，他愿放弃做一个最博学的人、最有觉悟的人。他像魏尔伦那样祈求说："请给我一些淳朴吧。"头脑在感受中烧毁，涌入上帝的静谧，像动物似的昏沉迟钝——这就是他的梦想。啊，他展开了双臂迎向上帝，他像动物发情似的欢闹折腾，他高声呼喊。他投掷逻辑的捕鲸叉去捕捉上帝，给上帝布置下最大胆的猎狐圈套。他把

---

① 普特，俄国沙皇时期的重量单位，每普特为 16.38 公斤。

激情像箭一样向上射去，他射中了上帝。对上帝的渴望就是他的爱情，就是一种"近乎不诚实的"激情，一种疾病的发作，一种感情的洋溢。

然而，因为他如此狂热地想有信仰，他就有信仰了吗？难道陀思妥耶夫斯基这位东正教最雄辩的辩护人，这位正教人士，本人是一名信徒，就是一个基督教的作家吗？在某些瞬间里他肯定是的：那时他没完没了地抽搐，那时他自己就痉挛成了一个上帝，那时他有了在人世间不起作用的和谐，那时他这个被钉上了十字架的分裂的人在唯一的天空中得到了复活。然而即使在那个时候，他身上也还有某种东西保持着清醒，没有在灵魂的烈火中熔化。当他已经完全溶解，完全处于超越人世的酩酊醉态的时候，他那残酷无情的分析精神依然在暗中守候，而且测量过了他想要沉入的大海。我们每个人与生俱来的、无法医治的分裂，在上帝的问题上也大张着口。但是迄今为止，还没有一个世上凡人像陀思妥耶夫斯基那样拓展过深渊裂口的宽度。他是信徒中最虔诚的信徒，也是一个灵魂中最极端的无神论者。他在自己的人物身上也令人信服地描述了两种表现形式，即正反相对的可能性（他自己没有信服，也没有作出抉择）。一方面是自我献身，要像一粒尘埃溶解于上帝之中那样屈从。另一方面则是极端的不可一世，自己要成为上帝，"要认识到，有一个上帝，同时还要认识到，自己没有变成上帝，那是把人逼向自杀的胡说八道"。因此，他的心是在两方面的，既在上帝的奴仆一边，又在否定上帝者一边；也就是既在阿廖沙一边，又在伊万·卡拉马佐夫一边。在他作品里连绵不断的宗教的争论中，他没有作出抉择。他依然是既站在信教者一边，又站在异教徒一边。他的信仰是在世界两极——是与否——之间强大的交流电。陀思妥耶夫斯基即令在上帝面前也是个伟大的被开除出统一体的人。

　　就这样，他始终是把自己滚下山的石头重新推向知识高峰的永久滚石人西西弗，是永远致力于接近他从未联系上的上帝的人。但是我没有弄错吧，陀思妥耶夫斯基不是一个伟大的信仰说教者吗？由管风琴伴奏的那些庄严的上帝颂歌不是贯穿了他所有的作品吗？他的全部政治论著和文学著作不是一致证明了，而且是绝对地、不容置疑地证明了上帝的必要性和存在吗？他的著作不是宣布了正教的信仰，并且把无神论谴责为最严重的犯罪吗？但是在这里我们切不可把意志与真实混为一谈，切不可把信仰与信仰的要求混为一谈。陀思妥耶夫斯基这个不断走回头路的作家，这个生而为人的矛盾体，把信仰宣讲为必然性。他对别人愈是热情地宣讲信仰，他自己便愈是热情地不相信（我的意思是说，他并不抱有一种持久的、稳定的、平静的、依赖的信仰，把"净化的热情"看成最高的义务）。他从西伯利亚写给一位女士的信里说："我想给您讲一讲我自己。我是这个时代的孩子，是无信仰和怀疑的孩子。因此，很可能，是的，我确切知道，直到生命的终点，我将永远是这个样子。我愈是提出信仰的反证，我对信仰的渴望也就愈加强烈。这种对信仰的渴望曾经，而且现在仍然把我折磨得多么厉害呀！"他从无信仰出发而有了对信仰的渴望。这一点他从来没有比在这里讲得更明确过。这里就是陀思妥耶夫斯基的那些突出的重新评价之一：正是因为他没有信仰，而且吃透了这种无信仰的苦头，正是因为——用他自己的话说——他一向只是为了自己而爱痛苦，对待别人则怀有同情，所以，他给别人宣讲他自己所不相信的对上帝的信仰。他这个被上帝折磨的人想有虔信的人类，这个痛苦的无信仰者想有幸福的信徒。他被钉在自己无信仰的十字架上向民众宣讲正教。他压制自己的理解力，因为他知道，理解力会揭穿和烧毁那给人以幸福的谎言。于是他便宣讲起了给人以幸福的谎言，也就是严格的、与《圣经》经文一致的农民教义。他这个"没有丝毫宗教信仰的人，这个对上帝造过反的人"，而且如他自豪地宣布的，像他这样"用类似的力量来表达无神论，在欧洲别无他人"，然而他竟然要求屈从于东正教教会。为了使人们免受只有他亲身体验过的上帝的折磨，他着重宣讲的是上帝之爱。这是因为他知道，"犹豫不定、信仰的焦躁不安——对于有良知的人来说——这是一种宁可吊死也不愿意忍受的痛苦"。他本人却不回避这种痛苦，他作为殉难者承担起了怀疑。但是他想要人类——他无限热爱的人类——避免这种怀疑。于是，他不是傲慢地宣布他的知识的真理，而是创造了一个信仰的谦卑的谎言。他把宗教问题塞进民族性中去，他赋予这种民族性一种神圣的狂热。对于"您信仰上帝吗？"这么一个问题，他怀着生平最真诚的坦白，就像是上帝最忠实的奴仆一样回答说："我信仰俄罗斯。"

俄罗斯是他的逃避，是他的遁词，是他的解救。在这里他的话不再是分裂的，在这里他的话成了信条。上帝对他沉默不语，于是他给自己创造了一个在自己与良心之间的中间人。这就是一个基督，一个新人类的宣布者，一个俄罗斯的基督。他把他的巨大的信仰需要从现实中，从时代中，投向不确定的事物——因为他这个不受约束的人只能献身于不确定的事物，献身于没有限度的事物——投进巨大的概念的俄罗斯中，投进这个充满了他的无限信仰的单词里边。他作为又一个约翰①，在没有见过新基督的情况下就宣布了新基督。不过他是为了世界，以他的名义，以俄罗斯的名义讲的。

他的这些救世主的著作——一些政治论文和卡拉马佐夫的几次感情爆发——都是令人难以捉摸的。新基督的面容——新的拯救思想，与一切人和解的思想——一副拜占庭似的面孔，有严厉的性格特色和卑屈的辛劳皱纹。这副面孔从他的救世主著作中模模糊糊地浮现了出来。一双咄咄逼人的外国人眼睛仿佛是从古代烟熏火燎的圣像中盯住我们。这双眼睛中有热情，有无限的热情，但是也有憎恨和严酷。如果陀思妥耶夫斯基对我们欧洲人就像对无可救药的异教徒那样宣布俄罗斯的拯救福音，那么，他本人是可怕的。这是一个凶恶的、狂热的、中世纪的僧侣。他手里拿着一个拜占庭的十字架，就像拿着一根笞棒那样。站在我们面前的这位政治家，这位宗教的狂热信仰者，就是这个样子。他宣讲他的教义时，就像一个精神错乱的人，一个在神秘莫测的痉挛中急切要回家的人，而不是使用温和的布道口气。他把毫无约束的激情在着魔似的大发雷霆中发泄出来，他用大头棒击倒一切异议。这样一个狂热冲动的人，神态傲慢，眼睛里闪射出憎恨的火花，直冲时代论坛发起了攻击。他嘴上冒出白沫，双手不停地颤抖，在我们的世界作法驱魔。

---

① 传为耶稣最喜爱的门徒，并且是《约翰福音》和《启示录》的作者。

他作为一个反对圣像崇拜者，作为一个狂躁的偶像破坏者，砍伐起欧洲文化的圣物来了。他这个癫痫病患者为了给他的新基督，也就是俄罗斯的基督，清理道路，就践踏了我们的一切理想。他那莫斯科人不容异议的脾气激动到了嬉笑怒骂的地步。欧洲，那是个什么东西？是一块教堂墓地。那里也许有宝贵的坟墓，但是现在散发出了腐朽的臭气。即便施肥也无济于事，新种子只有在俄罗斯的土地上才能茂盛开花。法国人——浮躁的纨绔子弟，德国人——卑微的制香肠民族，英国人——精打细算的小杂货商贩，犹太人——令人厌恶的傲慢。天主教——魔鬼的教义，对基督的嘲弄；新教——一种貌似理智实则肤浅的国家信念。这一切都是对唯一真正的上帝信仰也就是对俄罗斯教会的讽刺图画。教皇——头戴三重冠的撒旦，我们的城市——启示录中的大娼妓巴比伦，我们的科学——虚荣的幻觉，民主——柔弱智慧的淡薄汤汁，革命——傻瓜和被愚弄者的一场任性的恶作剧，和平主义——老太太们的闲扯瞎聊。欧洲所有的思想都是一束开败了的枯萎花束，如能被抛弃到污水里，就算得其所哉。只有俄罗斯的思想是唯一真实、唯一伟大、唯一正确的思想。这个疯狂的夸张者继续以马来狂人的奔跑速度发起攻击，用短剑刺倒一切不同意见：“我们很理解你们，但是你们不理解我们。”于是每次讨论都以流血结束。他发布命令：“我们俄国人是理解一切的人，你们都是有局限的人。”只有俄国是正确的，因而俄国的一切都是正确的，沙皇和皮鞭、东正教教士和农民、俄式三驾马车和圣像，也都是正确的，而且越是反欧洲的、亚细亚式的、蒙古的、鞑靼的，就越是正确的，越是保守的、落后的、不前进的、非精神的、拜占庭式的，就越是正确的。啊，这个伟大的夸张者多么痛快地发泄了一番！"让我们成为亚洲人！让我们成为萨尔马特人①！"他突然欢呼起来："离开彼得堡，离开欧洲，退回到莫斯科，再往前，往西伯利亚去。新俄罗斯就是第三帝国！"这位异常兴奋的中世纪僧侣不能容忍对此进行讨论。打倒理智！俄国就是人人必须毫无异议地信奉的教义。"人们不该用理智，而是要用信仰来理解俄国。"谁不对俄国下跪，谁就是敌人，就是反基督者，那就要对他进行十字军讨伐！他高奏起了嘹亮的军乐。一定要踏烂奥地利，一定要从君士坦丁堡的索菲亚大教堂上扯下新月旗，一定要使德国受到侮辱，一定要战胜英国——一种荒唐的帝国主义为他的高傲披上一层僧侣服装，高呼："上帝希望如此。"为了天国之故，整个世界都要赞同俄罗斯。

就这样，俄罗斯成了基督，成了新的拯救者，而我们则成了异教徒。没有办法把我们这些堕落的人从我们罪恶的涤罪所里拯救出来，我们都犯了不是俄国人的原罪。我们的世界不是这个新的第三帝国中的一个地区，我们欧洲的世界必须首先沉没在俄罗斯的世界帝国里，然后才能够得到拯救。他逐字强调说："每个人都必须首先成为俄国人。"然后新世界才会开始。俄罗斯是代表上帝的民族：它必须首先用剑征服世界，然后才会对人类讲出他"最后的话"。而对于陀思妥耶夫斯基来说，这最后的话就是：和解。他认为俄国的天才有能力理解一切，有能力解决一切矛盾。俄国人是无所不知

---

① 公元前四世纪至公元后四世纪生活在俄国南部至巴尔干东部地区的民族，曾一度成为这个地区的统治者。

的人，因此也是在最高意义上宽容的人。因此，俄国人的国家，也就是未来的国家，将是一个大教会，是友爱的集体的形式，是渗透的形式，而不是隶属的形式。

他说："我们是第一批向世界作如下宣布的人：我们不是要通过压迫人格和外国的民族以求达到自己的繁荣。恰恰相反，我们是要在一切民族最自由和最独立的发展中，在友爱的结合中求得自己的繁荣。"在这时候，他的话就如同响起了这场战争①重大事件的序曲。（这场战争从一开始就从他的思想里得到滋养，正如到结束时从托尔斯泰的思想里得到滋养一样。）永恒的光明将上升到乌拉尔山的上空，而这个淳朴的民族——不是博学的精神，不是欧洲的文化——将以其与深沉难解的大地秘密结合在一起的力量解救我们这个世界。不是权力，不是重要人物们的斗争，而是劳动的爱将会成为所有人的感情。这个新的、俄罗斯的基督将带来普遍的和解，将把一切矛盾消融。于是老虎将在羔羊旁边吃草，小牡鹿将在雄狮旁边觅食。当陀思妥耶夫斯基讲到第三帝国，讲到大俄罗斯国的时候，他的声音是怎样地发抖，在信仰的极度兴奋中，他本人是怎样地颤动，这位对一切实际情况知识最渊博的人，在他的救世主的梦境中又是怎样地不可思议。

陀思妥耶夫斯基把这个基督之梦做进了俄罗斯这个单词里，做进了俄罗斯这个思想里，这是使对立和解的思想，他在一生中，在艺术中，甚至在上帝身上徒劳地寻求了六十年。但是这个俄罗斯是

---

① 指第一次世界大战。

个什么样的俄罗斯？是现实的，还是神秘的？是政治的，还是先知的？正如陀思妥耶夫斯基笔下历来的情况那样：同时两者都是。向激情要求逻辑和向教义要求理由都是白费力气。在陀思妥耶夫斯基的救世主著作里，也就是在他的政治论著和文学作品里，许多概念都是疯狂似的混杂使用。俄罗斯忽而是基督，忽而是上帝，忽而是彼得大帝的帝国，忽而是新罗马，是精神与权力的结合，是教皇的三重冠与皇冠的结合。这个俄罗斯的首都忽而是莫斯科，忽而是君士坦丁堡，忽而是新耶路撒冷。最谦卑的、普遍人性的理想与斯拉夫人权力野心的征服欲望生硬地交替变换，具有惊人准确性的政治星象与启示录式的幻想预言相互混淆。他把俄罗斯这个概念赶进当下紧迫的政治时局，忽而又抛入无限的高空——如同在艺术作品中一样，在这里也呈现出水与火、现实主义与幻想嗞嗞发响的混合。这位疯狂夸张者，他身上的魔力，往常都在他的长篇小说里，现在被压制在一个范围里。现在他在神秘莫测的痉挛中得到了尽情享受：他以全部炽热的激情把俄罗斯宣讲成世界的救星、包罗万象的幸福。在欧洲从没有一个民族观念比在陀思妥耶夫斯基书中的俄罗斯的民族观念更傲慢、更天才、更大喊大叫、更富诱惑力、更令人陶醉地被宣布为世界观念。

这位本民族的狂热信仰者，这个没有怜悯心的、极度兴奋的俄国僧侣，这个傲慢的论战小册子的作者，这个不诚实的信仰者，最初好像是伟大形体身上的一个没有生机的畸形物。但是这个畸形物对于陀思妥耶夫斯基性格的统一却是必不可少的。凡是我们在陀思妥耶夫斯基笔下不能理解某种现象的时候，我们就得在对比中寻找这种现象的必然性。切莫忘记：陀思妥耶夫斯基永远是一个"是"和"否"的对比，是自我毁灭和自高自大都被推到了极端的对比。这种夸张的傲慢就是一种夸张的屈从的对立面，他所提高的民族意识只是他受到过分刺激自身空虚感的极端相反的感受。他自己仿佛分裂成了两半：傲慢和屈从。他降低自己的人格，因此要找一句虚荣、傲慢、矜夸的话，就得通翻他那二十大卷的著作！但在他的作品中，人们找到的只有自我轻视、厌恶、谴责、贬低。他把所拥有的一切自尊都浇灌了他的种族，都浇灌了他的民族观念。他毁灭了与他孤立的个性相适应的一切，而对他身上没有个人特色的东西，与俄罗斯、与所有的人都相适应的东西敬若神明。他从不信神出发而成了教会的布道者，从不相信自己出发而成了自己民族和人类的宣告人，在思想上他也是为了拯救思想而把自己钉在十字架上的殉难者。"只要其他人都能幸福，我就乐于自己灭亡。"他把他的人物佐西马长老的这句话变成了自己的精神状态，他为了在未来的人身上得到复活而进行着自我毁灭。

因此，陀思妥耶夫斯基的理想就是要成为他现在不是的样子，要感觉到他现在所感觉不到的，要思考现在他不能思考的，要不像现在这样生活地生活。新的人与他本人形象的一个个线条直到细枝末节都形成对比。从他自己性格的每个阴影里都产生出光亮，从每个昏暗处都射出光辉。他从对自己的否定中创造出了对新的人类热情的肯定，为了有益于未来的人而对自己进行的这种没有先例的道德谴责一直进入到躯体之内，于是他为了所有的人而毁灭自我。我们不妨把他的肖像、照片、死后面型与注入他的理想的人物像——

例如阿廖沙·卡拉马佐夫、佐西马长老、梅什金公爵这三幅他给俄罗斯的基督即救世主所勾勒出来的速写像——进行相比。当中的最细微之处，甚至每个线条，都是与他自己形成对立，形成反差。陀思妥耶夫斯基的面孔是忧郁的，充满秘密和黑暗，而那些人的面孔却是生气勃勃的、宁静和开朗的。他的声音嘶哑、断断续续，而那些人的声音却是温和的、轻柔的。他的头发是乱蓬蓬的、深颜色的，他的眼睛是深陷的、神色不定的，而那些人的面容都是爽朗的，两鬓有一绺绺柔软的头发，眼睛都明亮有神，毫无焦虑和不安。关于那些人，他讲得很清楚，他们都笔直地向前看，他们的目光都含有儿童的甜蜜微笑。他的嘴唇被嘲讽和激情迅速形成的皱纹围得紧紧的，不会欢笑，而阿廖沙、佐西马都在闪闪发光的白牙齿上边露出自信的人自由自在的微笑。他的肖像的每个特征都是与新人的形象相反的负像，他的面容是一个受约束的人的面容，是一个多种激情的奴隶的面容，思想负担沉重，而那些人的面容表现出内心自由、无所顾忌、轻松愉快。他是分裂，是二元论，而他们是和谐，是统一体。他是被禁锢在自己身体里边的囚犯，而他们则是从他的性格的各个终点拥向上帝的众人。

用自我毁灭创造一种道德的理想——在精神和道德的所有领域里，这种创造是最为完美的。他在用自我谴责创造道德理想的时候，就好像切开了自己本性的血管，用自己的鲜血来描画未来人的形象。他还是个激情的人、痉挛的人、老虎一样奔腾跳跃的人。他的欢欣鼓舞是一种感官爆炸的欢欣鼓舞，或者是神经里向上喷射出来的火焰。那些人是柔和，但不停跳动的、纯洁的烈火。他们有不动声色的坚定性，而且比在极度兴奋时无拘无束的跳跃达到的地方更远。他们都是真正的谦卑，不担心自己微不足道。他们不像永远被侮辱者和被损害者的样子，不像受阻碍者和畸形者的样子。他们能与每个人交谈，因此，每个人在他们面前都能感到安慰。他们没有连续不断的歇斯底里，担心伤害到别人，或者担心受到别人伤害。他们不是每走一步就疑虑重重地环顾四周。上帝不再折磨他们，上帝使他们满意。他们熟悉一切。但是正因为他们知道一切，所以他们也就理解一切。他们不判断，他们不谴责。对于各种事情他们不去苦思冥想，而只是感激地相信。令人奇怪的是：他这个一向焦躁不安的人竟然把心平气和、感情净化的人看成是人生的最高表现形式。他这个分裂状态的人竟把统一体定为最后的理想。这个叛逆者竟要求屈从。在他们身上，上帝的折磨变成了上帝的喜悦，他的怀疑变成了确信，他的歇斯底里变成了康复，他的苦难变成了包罗一切的幸福。对于他来说，最后的生存和最美的生存就是他这位觉悟者和超觉悟者本人所从来不知道的生存。因此他认为，对于人来说，最崇高的生存就是：质朴、内心单纯、平和的喜悦、自然而然的喜悦。

你们要看看他最喜爱的人物，看他们是如何迈步前进的。他们的嘴唇上带着温和的微笑，他们熟悉一切，然而他们却不傲慢。他们在生活的秘密中生活，不是像生活在火热的峡谷里，而是把生活装饰成蓝色，就像把天空包裹在生活身上。他们战胜了生存的夙敌，他们"战胜了痛苦和恐惧"。因此他们在待人接物的无限亲切情谊中笃信起宗教来。他们都被他们的自我拯救了。无个性就是尘世凡人的最高幸福——这位最高尚的个人主义者就这样把歌德的智慧变成了一种新的信仰。

精神史上没有一个与他类似的进行道德上自我毁灭的先例，也没有从对比中创造理想取得他那样卓越成就的先例。陀思妥耶夫斯基，他是他本人的殉道者，他把自己钉在十字架上了：他表明信仰的知识，他通过艺术创造新人的身体，他为了总体而放弃特性。他要使自己的毁灭成为典范，从而形成更幸福、更美好的人类。于是为了别人的幸福，他自己便承受起了一切苦难。在自己极其痛苦的矛盾中，他紧紧绷了六十年，他往自己本性的最深处挖掘翻找，为的是找到上帝，找到生活的意义——为了新的人类，他抛开了积累如山的知识。他把自己内心最深处的秘密告诉了这个新的人类，最后的公式，他永远不忘的公式就是："爱生活甚于爱生活的意义。"

胜 利 的 生 活

不管生活过去如何，生活，它是美好的。

歌德

通向陀思妥耶夫斯基内心深处的道路是多么黑暗呀！那里的景色又是多么凄惨呀！他的无止境是多么令人窒息，又多么深奥莫解，就像他那刻画出了生活种种痛苦的悲惨面容一样。这里有内心深不可测的苦难区域，有精神的紫红色炼狱，有尘世的手曾挖进感情地狱的无底竖井。在这个人间世界里有多少黑暗呀！在这些黑暗中有多少苦难呀！啊，在他的土地上，在这块"连最深层的硬壳也浸泡在眼泪中"的土地上有多么深沉的悲哀呀！在这块大地的深处是多么可怕的地狱世界呀！它比先知但丁在近千年以前所看到的更加黑暗。没有得到拯救的人世间的牺牲者、自己感情的殉难者，都饱受种种精神鞭笞的折磨，都在软弱反抗的波涛中异常愤怒。啊，陀思妥耶夫斯基的这个世界是个多么可怕的世界！一切喜悦都被高墙围隔，一切希望都被排除，面对苦难得不到拯救，他那些牺牲者的周围都耸立着无穷无尽的高墙！没有同情能够把他们，也就是他的人物，从他们自己苦难的深渊里解救出来吗？没有世界末日的时刻来炸毁耶稣用自己的痛苦造成的这个地狱吗？

人类从来没有听到过的喧闹和控诉从这个无底深渊里喷涌而出。从来没有一部作品笼罩着更多的黑暗，甚至米开朗琪罗的雕像的悲哀也还比较柔和，就连但丁的地狱深渊里也有天国极乐的阳光照临。那么，在陀思妥耶夫斯基的作品中生活真的只能是永恒的黑夜吗？一切生活的意义真的都是苦难吗？感情在深渊上颤抖着俯身下看，只听见他们的弟兄们的痛苦和诉说。

然而这时候从深渊里飘荡出来一句话，这句话轻柔地传进鼎沸的人声中，但又从深渊的上空飘过，就像一只鸽子飞翔在波涌浪翻的大海上边。这句话听起来很温和，意义却很深刻。听到这句话就会感到非常幸福："我的朋友们，你们不要畏惧生活。"这句话引起的是一阵沉默，深渊在战战兢兢地谛听，它在飘动，飘动在一切痛苦之上，这时候它的声音在说："只有通过痛苦，我们才能学会热爱生活。"

是谁讲出这句安慰苦难的话的呢？是受苦最深的人，是陀思妥耶夫斯基本人。就在他伸展开双手被钉在分裂状态的十字架上的时候，就在痛苦的钉子钉进他龟裂的身躯的时候，他却还在毕恭毕敬地亲吻这生存的木十字架。他就像是在给同胞兄弟讲述重大秘密那样，用温和的口气说："我相信，我们大家都必须首先学会热爱生活。"

于是从他的话中那一天破晓了，世界末日的时刻来到了，坟墓和牢狱都突然间把门敞开了：死者和被关押的人，他们全都从深渊里站立起来，全都走上前来，成为宣讲他的话的传道信徒，他们都从自己的悲哀中挺起身来，他们从牢狱中蜂拥而至，从西伯利亚的苦役营蜂拥而来，身上的镣铐叮当作响。他们还从阴暗角落、妓院赌场和修道院的修士室中走来。他们大家都是激情的伟大受苦受难者，他们的手上还残留有鲜血，他们挨过鞭挞的脊背还在刺骨地疼痛，他们都还卧倒在愤怒和疾病之中，但是在他们的嘴里哀怨业已破碎，他们的眼睛也因为充满了信心而闪射出光辉。啊，巴兰的永恒奇迹出现了：在他们焦渴的嘴唇上诅咒变成了祝福，因为他们听到了主的和撒那①的声音。那是"穿透一切怀疑的炼狱传来的"和撒那的声音。最忧郁凄惨的人是优秀的人，最可悲的人是信仰最深的人。他们全都拥上前来，为他的话作证。他们以极度兴奋的原始力量，用他们的嘴，声音沙哑而且枯干的嘴，无比欢乐地唱出了苦难的颂歌、生活的颂歌，这是伟大的赞美诗。他们，这些殉难者，

---

① 犹太人表示赞美、愉快和欢迎的呼声。

大家全部到场了，都来赞美生活。被罚入地狱的无辜者迪米特里·卡拉马佐夫手上戴着手铐，用尽全身气力欢呼说："为了我能对自己说：'我活着。'我要克服一切困难。即使我要在刑讯台上蜷缩成一团，我也十分清楚：'我活着。'即使我是被锁在中世纪的橹舰上，我也能看见太阳。即使我连太阳也看不见，那么我还活着，而且我也知道，太阳是存在的。"这时，他的兄弟伊万走到他的身边宣布说："没有比死亡更不可废除的不幸。"于是生存的极度兴奋有如一道阳光射进了他的胸膛。他这个否认上帝的人便欢呼说："上帝，我爱你，生活确实是伟大的。"永恒的怀疑者斯捷潘·特罗菲莫维奇从病榻的枕头上抬起身来，双手紧握，断断续续地说："啊，我多么想能再生活一次呀！每一分钟、每一个瞬间，都必定是人至高无上的幸福。"众人的声音越来越响亮，越来越纯洁，越来越庄严。思想混乱者梅什金公爵在摇摆不定的性格的翅膀支撑下，张开双臂，心醉神迷地说："我真不理解，人们从一棵树旁边走过去，怎么能不为树的存在和人们对树的喜爱感到愉快……然而在这辈子的每一步中都有多少令人赞叹的事物呀！甚至堕落的人也还会感觉到这些事物是值得赞叹的。"佐西马长老劝导说："诅咒上帝和生活就是诅咒自己本身……如果你要喜爱每一件事物，那么，上帝在一切事物中的秘密都会对你显示出来，而且到最后你会用包罗一切的爱拥抱整个世界。"甚至那些"来自穷街陋巷的人"，身穿破烂外套、普通而且怯懦的无名之辈，也挤上前来，张开双臂说："生活就是美。意义只存在于苦难中。噢，生活是多么美好呀！"这些"可笑的人"突然从"宣布生活，伟大的生活"的梦中出来了，他们全都像爬虫一样，从自己本性的角落里爬出来，参加盛大庄严的赞美诗合唱。他们中间没有一个人愿意死，没有一个人愿意放弃生活——神圣可爱的生活。没有一种苦难深重到使他们愿意用死亡这个永恒的对立面来替换生活。而在地狱里——绝望的黑暗中——突然间从它坚硬的墙壁上传出了命运颂歌的回声。在炼狱里燃烧起狂热的感恩之火。光，无穷无尽的光涌现出来了。陀思妥耶夫斯基的天堂突然在大地的上空出现了。陀思妥耶夫斯基写下的最后一句话是"生活万岁"，这是孩子们在伟大纪念碑旁演说中的话，是神圣的野性呼唤，它在众人头上呼啸着，隆隆作响。

啊，生活，奇妙的生活，你用熟知一切的意志把给你唱颂歌的人打造成了你的殉难者。啊，生活，明智而又残酷的生活，你用苦难使得伟人们对你顺从，使他们宣告你的胜利！约伯①因为在不幸中对上帝有了悟解，他的永恒呼声便响彻了几千年。你总是想再次听到他的呼声，再次听到但以理②的追随者们在身躯进入炉火中燃烧时的欢呼歌唱。作家们顺从于你而且怀着爱戴之情念诵你的名字。这时你就用作家的语言永远点燃了他们的身躯，点燃了噼啪作响的煤炭！你在音乐的意义上弹奏贝多芬的乐曲，于是贝多芬这个聋子就听到了上帝的怒吼，而且在死神触摸到他的时候，他还给你创作了《欢乐颂》。你把伦勃朗赶进贫困的黑暗里，于是他便在色彩中为自己寻求光亮，寻求你的原光。你把但丁驱逐出祖国，于是他在梦中看到了地狱和天堂。你用鞭子把一切人都赶进了你的无限

---

① 《旧约》中人物，常用于比喻坚忍不拔的人，见《约伯记》。
② 《旧约》中四大先知之一，见《但以理书》。

之中，而对这个你鞭挞最重的人，你强迫他成了你的奴仆。因此，你看呀，他口吐白沫，在痉挛中扑倒在地上，对你欢呼和撒那，欢呼那"穿透一切怀疑的炼狱传来的"神圣的和撒那。啊，在那些你让其受苦受难的人身上，你取得了多么大的胜利呀！你用黑夜造成了白天，你用苦难造成了爱心，你从地狱里取出了神圣的赞美歌。受苦受难最深的人是一切人中知晓最多的人。因此，了解你的人必定会为你祝福：这个对你认识最深的人看到，没有人像他那样证明了你，像他那样爱过你！

Casanova-Stendhal-Tolstoi

上海译文出版社 Drei Dichter ihres Lebens

斯特凡·茨威格 / 著　关惠文 / 译　　　　　卡萨诺瓦 / 司汤达 / 托尔斯泰 三作家传

目录

托尔斯泰

作者的话

真正研究人类的是人。

蒲　伯[1]

　　我试图利用《世界建筑大师》这套丛书说明重要人物类型所具有的创造性的精神意向，并反过来通过这些人物形象阐释这些人的类型。在这套丛书里，这本第三卷是前两卷的对立面，同时又是前两卷的补充。《与魔搏斗》告诉人们，荷尔德林、克莱斯特和尼采是受魔力驱动的悲剧品格的三种变化的基本形态。这种品格既超越自身，也超越现实世界，是与无限的事物相抗衡的。《三大师传》说明巴尔扎克、狄更斯和陀思妥耶夫斯基是叙事文学世界创造者的典型。他们在自己的长篇小说宇宙里安排了一个业已存在的现实之外的第二现实世界。《三作家传》的生活道路不像第一卷里的三人那样进入无限，也不像第二卷三人那样通向现实世界，而是仅仅回归自身。这三位作家

1

都本能地认为，他们的艺术的重要任务不是描摹宏观世界，反映五彩缤纷的丰富生活，而是把个人的"自我"的微观世界扩展成大世界。因此，在他们看来，没有任何现实比他们个人生活的现实更重要。世界上有创造性的作家，总是把他的"自我"融解在他所描述的客观事物中，直到隐蔽不见（像在最杰出的莎士比亚那里一样，他已经从普通的人变成神话里的人），而主观的感觉者，内向的、面向自我的作家，则是让人世的一切终止在他的"自我"当中，他首先是他个人生活的塑造者。无论他选择哪种体裁，戏剧也好，叙事诗也好，抒情诗也罢，自传也罢，他总要不自觉地把他的"自我"作为媒介和中心写进任何一部作品里去，在任何一种叙述中，他首先描述的都是他自己。以卡萨诺瓦、司汤达和托尔斯泰这三个人物为例说明这种研究自我的主观主义的艺术家类型及其重要的艺术体裁——自传，是这套丛书第三卷的意图和课题。

　　我知道，把卡萨诺瓦、司汤达和托尔斯泰这三个名字放在一起，初听起来并不令人信服，而是令人惊异。首先，人们想像不出他们的价值怎么会相等，像卡萨诺瓦这样一个放荡的不道德的骗子怎么能跟托尔斯泰这样一位英勇的伦理学家、完美的作家同日而语呢？事实上，把他们集中在一本书里并不等于把他们并列在同一精神水平上；相反，这三个名字象征着一级比一级高的三个不同阶段，是同一类性格的不断提高的主要形态。我要再重复一句，他们代表的不是三种同一价值的形态，而是同一种创造性功能，即描写自我的三个不断提高

---

① 亚历山大·蒲伯（1688—1744），英国诗人，启蒙运动时期古典主义文学的代表。

的阶段。卡萨诺瓦只代表第一个最低级的原始阶段，也就是简单的描写自我的阶段。在这种描写中，一个人还是把生活与外部感性的、实际的经历等量齐观，只报道他自己生活的自然过程和事件，对它们不作任何评价，对自己也不进行深入的研究。到了司汤达，描述自我就已经达到了一个更高的阶段，即心理描写的阶段。这种描述不再满足于单纯的报道，简单的履历，这个"自我"变得急于想知道自己是怎么回事，他观察他个人原动力的必然过程，他寻找自己做与不做的原因，寻找灵魂里动人心魄的戏剧性的东西。这样便开始有了一个新的观察方法，即用两只眼睛进行观察，这个"自我"是主体同时也是客体，写的是内心与外部的双重的传记。这个观察者自己，以及这个感觉者自己的感情——形象地进入他的观察范围的不仅有世上的生活，也有心理的生活。在托尔斯泰这个类型里，灵魂的自我观察达到了观察的最高阶段，因为这种观察同时变成了伦理和宗教上的自我描写。这位精确的观察者描述他的生活，这位精细的心理学家描述感受引起的反射。此外，一个自我观察的新要素，即良知的严峻的眼睛，观察着每一句话的真实性，每一个想法的纯洁性，每一个感觉的持续作用的力量。于是，这种自我描述就超出充满好奇心的自我检验，变成了一种自我审判。这位艺术家在描述自我的时候，不仅要问他的现世表现的类别和形式，而且要考虑他的现世表现的意义和价值。

这种类型的描述自我的艺术家善于把他的"自我"塞进任何一种艺术形式，但他只在一种形式中才能完全实现自我，那就是自传，在特有的"我"的内容全面的叙事文学作品中。他们当中的每一个人都不自觉地致力于这种艺术形式，不过能达到目的的却寥寥无几。

在一切艺术形式中，自传是极少可能完满成功的，因为它是一切艺术形式中最有责任心的一种。尝试这种艺术形式的人是极少的（在浩如烟海的世界文学作品中几乎只有十几部具有重要精神价值的作品），尝试用这类作品进行心理观察的人也是极少的，因为这种形式多半会不可避免地从通行无阻的文学领域坠入心理学最深层的迷宫里去。在一篇简短的前言里，自然只能大概地谈一谈自我描述的可能和限度，只能像演奏序曲一样提纲挈领地说一说对这个问题的主要想法。

不带偏见地看，自我描述总是每个艺术家最本能最轻松的任务。这位剧作者对谁的生活能比对自己的生活更了解呢？对他来说，个人生活的每一件事都是预料之中的，最隐秘的事情都是已知的，内心埋藏最深的东西也都再明显不过。因此，为了讲述他现在和过去生活的真情，他无需花费别的气力，只需翻开记忆的篇章，记录下生活的事实就行了——就像一幕戏，无需费很大气力，只要在剧院里把遮住安排停当的场景的幕布拉开，让自己和世界之间闭合的四壁远离就行了。而且远不止如此！摄影术对画家才干的要求很少，因为这是一种没有想像力的、单纯机械地描绘一种秩序井然的现实，同样，自我描述这种艺术似乎也根本不需要艺术家，只需要真正的记录者。从原则上说，甚至每一个人都能成为他个人的自传作者，都能以文学笔法描写他的命运和他所遭遇的危险。

但历史教导我们，一个普通的自我描述者从未有过成功的经验，他所做的不过是证实那些他偶然碰到的事实而已。与此相反，从自己内心来创造内在灵魂的图画，则永远要求有洞察力的熟练的艺术家，即使在他们中间也只有极少数能够胜任这种不寻常的责任重大的尝试。在值得怀疑的扑朔迷离的回忆中，没有一条路是行不通的，正如一个人从他显而易见的表面坠入他内心的黑暗王国，从他生机勃勃的现在坠入他荆棘丛生的过去。他必须进行多少冒险才能越过自己的深渊，在自我欺骗和任意忘却的狭窄泥泞的通道上摸索着走进最后的孑然一身的孤独——正如浮士德在奔向众女神的道路上那样，他个人生活的图画只作为他从前真正生活的象征，毫无生气地静止地"悬浮着"！在他有资格说出"我已认清我自己的心"这句庄严的话之前，他需要有多么大的忍耐和自信！这种内心的东西从内心深处复归，然后又上升到进行着抗争的形象世界，从自我观察进入自我描述，是多么艰难啊！自我描述的成功率是很低的，这就再清楚不过地说明了这种大胆行为的不可估量的困难。用书面语言描绘出个人的活灵活现的画像的作家是屈指可数的，即使在这种相对完成的作品里也存在多少漏洞和缺陷，多少人工的补充和掩饰啊！在艺术中，恰恰是这种最贴近自身的东西是最难的，这种貌似容易的事情是最艰巨的任务。

艺术家最难于真实塑造的不是他同时代和任何时代的人，而是他的"自我"。

然而，是什么一再迫使一代又一代的尝试者去担负这几乎不能完成的任务？无疑是有一种基本动力强加在人的身上：这就是使自我不朽的天然要求。每一个人都是数十亿分子中的一个分子，这个分子被置于流动之中，被罩上转瞬即逝的阴影，被不停奔腾的时间长河冲走；这时，他（由于不朽的直觉）总是不知不觉地想方设法把往昔和一去不再复返的东西保存在某种长久的超越他生命的遗迹里。为他人作证和为自己作证，归根到底意味着一种功能，一种同样的原始的功能，一种同样的努力：把转瞬即逝的痕迹遗留在坚持不懈地继续生长的人类大树的主干里。因此，每一篇自我描述都只不过是这种自我作证愿望的最鲜明的形式，而自我描述的初次尝试往往缺乏形象的艺术形式，不使用文字；或是坟墓上叠起层层的巨石，或是在墓碑上用笨拙的楔形物颂扬真相不明的业绩，或是在树皮上刻下累累刀痕——个别人的第一次自我描述就是用这种方石块一类的语言通过数千年空旷的空间向我们述说。这些行为早已无法考察了，那已化作泥土的一代人的语言也变得无法理解了；但他们的一种冲动却明白无误地表现了出来，这就是塑造自我和保存自我的冲动，就是通过个人的呼吸把某一个人曾存在过的痕迹转给世世代代活着的人。这种不自觉的、模糊的追求自我永存的意志，便是一切自我描述的动机和开端。

后来，在一千几百年以后，有觉悟和有知识的人类才在那种还是赤裸裸的模糊的表现自我的倾向之外产生了第二意志，这就是个人的认识自我的要求，为了了解自我而说明自我的要求：自我观察。正如奥古斯丁①巧妙地说出的那样，如果一个人"把自己变成问题"，把自己变成他所寻找的属于他的答案，那么，为了更清楚更全面地认识自己，他就会像展开一张地图一样把他一生的道路展示在自己眼前。他阐释自己不再为了别人，而是首先为了他自己。这时便出现了一个分岔路口（这种岔路口就是今天也还可以在每一部自传里看到）：是描述生活，还是描述经历；是阐明别人，还是阐明自我；是客观的外

① 奥古斯丁（354—430），罗马帝国基督教思想家，教父哲学的主要代表。

部的自传，还是主观的内心的自传———一句话，是客观地报告他人，还是主观地报告自我。一部分人永远倾向于公开表明，他们采取忏悔这种基本形式，向教区教会忏悔或作书面忏悔；另一部分人则作思想的独白，大都采取写日记的方式。只有像歌德、司汤达和托尔斯泰那种真正的全才，才会在这里尝试一种完美的结合，使自己在两种形式中永生。

然而，观察自我，还只是一个单纯做准备的、无需考虑的步骤：每一件真实的事物只要是恰当的，它就很容易保留真实的面貌。艺术家真正的困难和痛苦是在想把这种真实事物转达给别人的时候开始的，于是，便要求每个自我描述者都具有坦诚的勇气。因为，很自然，一方面有一种相互交流的精神压力，迫使我们像对待亲兄弟一样把我们的往事告诉所有的人；同时另一方面在我们心里又有一种要求保存自我、隐瞒自我的对抗性的基本意志在起作用。这种意志在我们身上是通过羞惭表现出来的。就像一个女人由于天生的要求愿意献出身体，同时又由于清醒感情的相反意志而力争保持自己的贞操一样，在思想中，那种信赖世人的忏悔意志也在与劝导我们严守自己秘密的内心羞愧进行搏斗。因为这个最虚荣的人本人（而且恰恰是他）认为自己并不是完人，不是像他想在他人面前表现的那样完美无缺。因此，他很想让他的丑恶的秘密、他的不足之处和他的狭隘浅薄跟他一起灭亡，同时他又希望他的形象活在人间。可见，羞惭是每部真正自传的永久的敌人，因为羞惭企图以妩媚的态度诱使我们不去真实地描述自我，而是按照我们希望被看到的样子去描述自我。羞惭将施展各种各样的阴谋诡计，引诱决心坦诚面对自己的艺术家隐瞒他心底的秘密，弱化他的于己有害的东西，遮掩他最机密的事情。羞惭不自觉地教我们用雕塑家的手删去或以骗人的方式美化有损个人形象的琐事（在心理学意义上却是最本质的东西！），通过光与影的巧妙安排把性格特征重新修饰得更加理想。但谁要是意志薄弱，向羞惭的谄媚要求让步，那他就只能神化自我或维护自我，而不能完成自我描述。因此，每一部诚实的自传并不要求单纯的漫不经心的叙述，它要求时刻留神虚荣心闯入，要求严防按照个人尘世本性不可遏止的意向，把自己的形象修饰成使世人满意的样子。正是在这里，为了达到艺术家的诚实，还需要一种特殊的、千百万人中难得一见的勇气，因为恰恰在这里，除了这个独特的"自我"，没有任何人考察和检验描述的真实性——这个"自我"是个人面貌出现的证人和法官，又是起诉人和辩护人。

这场不可避免的反对自我欺骗的斗争，至今没有完善的装备和防护手段。正如在武器手工业那里永远需要找到一种穿透力强的枪弹来对付坚固的胸甲，对付欺骗也必须学会各种心理学知识。如果一个人决心把欺骗关在门外，欺骗就必须变得凶险如蛇般圆滑，它会从缝隙里爬进去。如果一个人为了对付欺骗而从心理学上透彻研究欺骗的阴险狡诈，那么，欺骗就要学会更巧妙的佯攻和抵挡新战术；欺骗将像一头豹狡猾地藏在暗处，以便在对方不加防御的时刻阴险地猛扑过去。他们自我欺骗的技巧恰恰是凭借一个人的认识能力和心理变化才变得更精到更高超。只要一个人粗鲁笨拙地操纵真相，他的欺骗也就永远是笨拙的，容易被识破的。在精细的识别能力强的人那里，他的谎言才变得更巧妙，然后又在更有识别能力的人那里被识破，因为谎言往往躲在最使人迷乱最危险的骗人的形式里，而它们的最危险的假面具又总是貌似真诚的。正如蛇最喜欢藏在峭壁和岩石下面，最危险的谎言最喜欢在伟大的慷慨激昂的、貌似英雄主义的豪言壮语的阴影里筑巢。在读每部自传时，人们恰恰必须对讲述者最勇敢最令人惊异地暴露自己和为难自己的地方特别留神，看这种忏悔的粗野方式是否恰恰企图把一种比较隐秘的自我隐藏在人们捶胸顿足的大喊大叫后面。可以说，在自我忏悔中有一种几乎永远暗示内心隐秘弱点的大力士气质。一个人宁肯轻轻松松地暴露自己最可怕、最令人厌恶的东西，也不去泄露可能使自己变得可笑的最微不足道的本质特征，这便是羞惭的基本秘密。害怕别人讥笑，随时随地都会把一部自传引上最危险的歧途。甚至像让-雅克·卢梭这样真正愿意透露真情的人也是以一种令人怀疑的彻底坦白的态度痛斥他性爱方面一切离经叛道的行为，并且懊悔地承认，他这位著名教育小说《爱弥儿》的作者，让自己的子女在育婴堂里变坏了。不过事实上，这种貌似大胆的供认只不过是掩盖那些更具人性却使他感到为难的供认，他很可能从来就没有孩子，因为他没有能力生育孩子。托尔斯泰宁愿在他的忏悔里痛斥自己是嫖客、凶手、窃贼、奸夫，而不肯用一字一句承认这样一件小事：他一生中对他的伟大对手陀思妥耶夫斯基的判断都是错误的，并向来对后者毫不宽容。把自己隐藏在一种自白的背后，而且恰恰在忏悔中隐瞒自己的劣迹，是在自我描述中进行自我欺骗的最巧妙、最有欺骗性的阴险手段。戈特夫里德·凯勒曾就这种声东击西的手段愤怒地讥讽过所有的自传作品。他写道："这个人承认七种大罪，可是有意隐瞒他左手只有四个手指头；那个人讲述和描写他的一切色斑和后背上的小胎痣，惟独对他所作的一次使他良心不安的伪证讳莫如深。如果我把所有的自传与他们视为水晶般透明的坦诚作一比较，我就会自问：有坦诚的人吗？可能有坦诚的人吗？"

事实上，要求一个人在他的自我描述里写出绝对的真实情况，就像要求尘世间有绝对的正义、自由和尽善尽美一样，可以说是无稽之谈。要始终一丝不苟地坚持最激情满怀的决心，最坚决的志向，自古以来就是不可能的，因为一个不争的事实，我们根本不具备掌握真实情况的可靠器官，我们在开始讲述自我之前，就已经在真实的经历方面被我们的记忆欺骗了。因为我们的记忆绝不像官僚机构里整理得井然有序的卡片柜，生命中的一切事实都写成了文字，历史可靠而不可更改，一幕一幕地像文献记录那样储存在那里。我们所说的记忆，就装在我们血液的通道里，并被血液通道的浪头漫过，它是一个活的器官，听命于一切变化，它不是冰箱，不是固定不变的保存器，可以在里边保持每一种过去感受的天然特性，原始气味和它存在过的形式。在这种流动和奔腾流逝的东西里（这种东西，我仓促地给它取了一个名字，叫做记忆），各种事件像小溪底部的卵石似的移动着，它们相互磨擦碰撞，直至变得不可辨认。它们相互适应，得到重新安排，以无比隐秘的保护形态采纳符合我们意愿的形式和色彩。在这种变压器式的要素即记忆里，不存在或者说根本不存在一成不变的东西。每一个后来的印象都给以前的印象罩上阴影，每一个新的记忆都蒙骗原来的记忆，直至原来的记忆面目全非，常常成为相反的东西。司汤达第一个承认记忆的不可靠和自己绝对忠于历史真实的无能为力。他的记忆是这样的，他无法分辨，他心中"越过大圣伯纳山口"的印象，是他亲身经历的那个环境的回忆，还是他对后来看到的描述这个环境的铜版画的回忆，他的这种记忆堪称经典的例证。司汤达精神的继承人马塞尔·普鲁斯特更令人信服地为这种记忆不断改变的能力提供了一个例证：这里讲的是一个男孩对扮演最著名的角色的女演员贝尔玛的印象。在他见到贝尔玛之前，他就在想像中构筑了一个预感，这预感完全彻底地溶化在他直接的感官印象里。他的这个印象又由于邻座的看法而变得黯淡，第二天又由于报上的评论而受到歪曲，完全消失。几年以后，他又看到这个女演员扮演同一个角色，这时，他和那个演员都有了很大的改变，于是他的记忆便无法确定原来的"真实"印象究竟是什么了。这可以作为任何回忆都不可靠的象征：记忆，这个一切真实情况貌似不可动摇的水位标，本身就是真实的敌人，因为在一个人开始描写他的生活之前，他身上便已经有了一个机构从事创造而非复制活动，记忆力本身已经在发挥一切创作的功用了。于是这里便出现了：本质东西的筛选，加强和减弱，有机的组合。幸亏有了记忆这种创造性的想像力，每个叙事者才不知不觉地成为自己传记的作家。我们的新世界里智慧最高的人歌德就深知这一点，他的自传的英雄主义的标题《诗与真》对任何自我忏悔都是适用的。

如果没有一个人能说出实情，说出他个人生活的绝对的真实情况，如果每一个自我供认者都不得不在一定程度上成为他个人生活的诗人，那么，努力做到真实便要求每个自白者心里具有道德上最高的坦诚。无疑，歌德所说的那种"假忏悔"是秘密的忏悔，都披着一眼即可看穿的小说和诗歌的外衣，比拉起瞄准器进行描述要容易得多，从艺术角度看往往更有说服力。不过，正因为这里不仅要求实情，而且要求不加修饰的实情，所以自传描述的便是每个艺术家特别杰出的行为。因为没有任何地方能像在他的自我暴露中这样完全彻底地描写出一个人道德上的概貌。只有成熟的、熟谙心理的艺术家才能成功地写出这样的自传。因此，心理的自我描述很晚才出现在艺术的行列里；它只属于我们的时代，属于新的、即将到来的时代。人这种生物必须发现他内心的大陆，测量他内心的大洋，学会他内心的语言，然后才能把他的目光转向他的内心世界。整个古代对这种深奥莫测的方法一无所知：那个时代的自我描述者，包括恺撒和普鲁塔克，都只会罗列事实和客观的事件，从来都不想稍许挖掘自己的内心。人在能够研究自己的内心之前，必须意识到内心的存在，而这一发现是以基督徒精神的出现真正开始的。奥古斯丁的《忏悔录》使内在的眼睛睁开了，但这位大主教的目光并不转向自我，而是转向他希望按照自己的变化而变化的并加以教化的教区；他希望他的宗教宣传的小册子能够起到教区忏悔的作用，起到示范赎罪的作用，也就是具有神学上的目的，不是作为对自我的回答和理解。又过了数百年，才有卢梭这位奇异的开拓者，这位炸毁禁锢人心一切束缚的人，为自己创作出一幅自画像，连他自己都对他的这种新奇大胆的行为感到惊异。"我打算做一件事，"他开始说，"这种事没有先例可循……我想描绘一个天性百分之百真实的人，这个人就是我自己。"但他怀着每个初学者的轻信，误以为"这个我是一个不可分割的统一体，是一种可比较的东西"，以为"真实情况是可以摸得着抓得到的"，他还天真地相信，"只要法庭的长号一吹响"，他"就能够手里拿着这本书走到法官面前说：我过去就是这个样子"。我们这些后代人不再有卢梭那种老实的轻信心理，取而代之的是关于灵魂的多种意义和秘密深度的更完整更大胆的知识。我们的自我解剖的好奇心试图通过越来越细的分解和越来越大胆的分析披露每一种感觉和思想的神经与脉络。司汤达、黑贝尔①、克尔恺郭尔、托尔斯泰、阿米尔、勇敢的汉斯·耶格尔，都通过他们的自我描述发现出人意料的自我科学的领域。他们的后代，由于有了更精密的心理学仪器，将一层又一层，一个领域又一个领域，越来越广阔地深入研究我们这个新的无限世界：人的内心。

对那些不断听到人们说起技术和理智世界里艺术正在衰落的人来说，这将是一个安慰。艺术不会终结，它只会转换方向。无疑，人类神话般的创造力毕竟减弱了。幻想在人的童年时代永远具有最强大的影响，每一个民族永远在它生存的早期为自己创造神话和象征。但是知识的明确透彻、具有文献性质的力量取代了这种日渐衰退的空想力。人们可以在我们同代人的长篇小说里看到这种创造力的具体化。这种长篇小说今天正十分清楚地发展成精确的心理学，而不是在大胆地任意编造。但在创作与科学的这种结合中，艺术根本不会被压死。远古亲如手足的关系会得到更新，因为当科学出现时，在古希腊诗人赫西俄德和古希腊哲学家赫拉克利特那里，科学还只是创作，还是一个含糊不清的词语和摇摆不定的假说。现在，在二者分开几千年以后，研究的意识又与创造的意识结合在一起了。从今以后，创作不再局限于描写虚构的世界，而是描写我们人性的魅力。创作不能再从地球的未知事物中汲取力量了，因为所有的热带和酷寒之地都被发现

---

① 弗里德里希·黑贝尔（1813—1863），德国剧作家。

了，所有的动物和植物直至一切碧水海底的奇迹都被研究到了。尘世间什么地方也不会再有神话了，即使在其他天体上，即使攀缘在我们已经测定的、已用名字和数码标明的地球上，永远渴求知识的意向也不得不渐渐转向内心，转向自身的神秘之处。这种内心的无限、灵魂的宇宙还为艺术开辟了许多取之不尽的领域，因为揭示内心的精神，也就是认识自我，将成为智慧人类在未来要愈发勇敢地解决却又解决不了的任务。

一九二八年复活节于萨尔茨堡

卡萨诺瓦

他对我说：他是一个自由人，一个世界公民。

穆拉尔特在一七六〇年六月二十一日致阿尔
布莱希特·封·哈勒的一封信中谈卡萨诺瓦

卡萨诺瓦被载入世界文学史册，纯属例外，是独一无二的巧合。首先因为这个出色的江湖骗子跻身有创造性的英才的万神庙，就像彼拉多进入《圣经》一样，根本就不合理。他的所谓"有诗才的贵族"的称呼和他用字母胡乱拼凑的贵族称号"德·塞恩加尔"一样，都是站不住脚的。他为向某个年轻女子表示敬意而在卧榻和赌台间匆匆写成的几行即兴诗，不过是娇滴滴的女人腔和文绉绉的学究调。如果我们善良的贾科莫竟然研究起哲学来，那我们最好顶住腭骨，以防连连不断地打呵欠。不，卡萨诺瓦算不上有诗才的贵族，他是一个食客，无权在《哥达年鉴》里占有一席之地。但

3

他一生十分坎坷，他是一个穷苦演员的儿子，是一个被解雇的神甫，被裁员的士兵，声名狼藉的赌徒，曾在皇帝和王后那里出出进进，最后死在那个末代贵族德·里涅亲王的怀里。他拖着长长的阴影大胆地挤进不朽者的行列，尽管看来只是一个渺小的文艺爱好者，是众人中的一员，是时代风沙中的尘埃。不过，也真是怪事！最终变成图书馆垃圾和语言学家饲料的不是他，而是他所有著名的同胞和卓越的田园诗诗人，"神圣的"梅塔斯塔齐奥①，这个全体中的高贵部分，而卡萨诺瓦的名字，人们一提起来便面带微笑，肃然起敬，至今仍然备受称赞。如果说《被解放的耶路撒冷》和《诚实的牧羊人》作为珍贵的历史文物早已尘封在书橱里，无人阅读，那么，按照世上一般概率推测，他的写性爱的《伊里亚特》很可能还会长久存在，找得到被激起热情的读者。这个狡猾的赌徒一下子便胜过了自但丁和薄伽丘以来意大利的所有作家。

更荒诞的是，这样无限的收益，卡萨诺瓦没有做任何投入，而是直截了当地从不朽艺术女神那里骗取了赞赏。这个赌徒从来没有意识到真正艺术家的无可言表的巨大责任。他对作家那些通宵不眠之夜一无所知，对那些必须在词句的琢磨雕饰中，在语言的棱镜最终放射出纯洁和斑斓的光彩的词句推敲修饰中度过的沉闷的奴隶般的白天毫无体会，他从未尝试过多种多样而又是看不见的、没有报酬的、常常经历几代人才能认识到的作家的手工劳动，他一点也不知道作家是怎样怀着英雄主义的精神放弃生活的温暖和广阔天地。

---

① 梅塔斯塔齐奥（1698—1782），意大利剧作家。

众所周知，卡萨诺瓦一直过着轻松愉快的生活，他从来不曾为严肃的艺术女神牺牲过一丝一毫的欢乐，一点一滴的享受，一个小时的睡眠，一分钟的内心需求。他在有生之年没有为荣誉出过一点力，而荣誉却源源不断地落到这个幸运者的头上。只要他的口袋里还有一枚金币，只要他的爱之灯里还有一滴油，他就不会想到让墨水弄脏他的手指。只有在被逐出一个个家门，遭到女人的嘲笑，孤身一人、状如乞丐、软弱无力的时候，他，一个穷愁潦倒、愁容满面的老人，才逃入工作。只是为了摆脱没趣和无聊，他才像一条没有牙齿的癞皮狗似的愤怒地搔其疥癣，嘟嘟囔囔地向这个即将走上黄泉路的七十岁的卡萨纽斯-卡萨诺瓦讲述他自己的生平。

他为自己叙述自己的生活——这是他的全部文学成就——不过，这诚然是一种奇异而浩瀚的生活描述！五部长篇小说，二十部喜剧，一大批中篇小说和生活插曲，一大串瓜熟蒂落的迷人的奇遇和趣闻——这一切全被挤压到一种绝无仅有的汹涌澎湃的生活里去。这是一种十分充实完满的生活，是无需艺术家和创作者加工的完美的艺术品。这样，他获取荣誉的令人困惑的秘密，便以令人信服的方式解决了，因为他在描写和报道他的生活时，没有把卡萨诺瓦装扮为天才，而是反映他所经历的真实生活。凡是别人非捏造不可的东西，他都有过亲身的体验，凡是别人凭借想像塑造的东西，他都已凭借自己的温热淫荡的肉体尝试过，因此这里无需像画家那样用笔和幻想在事后修饰现实，只要把他那充满戏剧性的生活如实地记录下来就行了。他同时代的作家中，没有一个人编出过卡萨诺瓦这样多的变化和境遇。可以说，从未有一个真正的生活经历以如此独特的曲线通过整整一个世纪。如果人们从纯粹的内容角度（不是从精神的实质和认识的深度）把歌德、卢梭和其他同代人的自传同他的自传加以比较，就会发现那些目的明确、由创造性意志支配的生活经历与这个冒险家风狂浪急的生活经历相比，变化是多么贫乏，空间是多么狭小，交际领域是多么闭塞。他像在同一个身体上更换衬衫那样更换国家、城市、身份、职业、社会和女人。正如他在艺术创作方面是个半吊子，其他人则在享乐方面是个半吊子。智者虽然十分渴望并应该了解生活的一切领域和欢乐，但他却始终被自己的任务所束缚，永远是自己的工作的奴隶，因自己强加在肩的义务而毫无自由，被死死捆在社会秩序和人间事务上——这就是这种人永恒的悲剧。任何一个真正的艺术家大半辈子都生活在孤独中，与自己的创作进行斗争——而完全献身于直接的现实的，只能是自由自在、挥霍无度、不进行创作的人，只能是为生活而生活的纯粹的享受者。谁为自己定出目标，谁就会忽略偶然事件：每个艺术家大都只表现自己无缘获得的经历。

但是放浪的享受者，也就是艺术家的那些对手，他们几乎永远缺乏塑造多种多样经历的能力。他们随着短暂时间的消逝而消失，因而在所有其他人那里，这短暂的时间也就不复存在了。与此同时，艺术家都善于使最微末的经历永存。这样，目标各奔西东了，而不是富有成效的相互补充：正如这个人有杯没有酒，另一个人有酒没有杯。不可解决的悖论是：重行动的人和重享乐的人都可能比诗人讲出更多的经历，但他们却没有能力讲述，而创作者却不得不虚构，因为他们没有足够的经历可供报道。作家很少有传记留存，有真正的经历的人又很少有能力把传记写出来。

　　现在就出现了这个光辉的、几乎是绝无仅有的巧合：卡萨诺瓦。一个热衷享乐的人，一个典型的抓住瞬间不放的人，终于开始讲述他的不同寻常的生活，讲述中毫无道德上的美化，不加诗意的粉饰，没有哲学上的装潢，而是完全客观的，按照生活的本来面貌：他讲述的是他热情，冒险，穷愁潦倒，无所顾忌，回味无穷，卑劣粗俗，有伤风化，狂放不羁，生活放荡，永远充满紧张气氛和出人意料的一生。——此外，他的讲述不是出于文学上的虚荣心，不是出于说教式的自我夸耀，不是出于悔罪的心理，不是出于狂热自供的显露欲，而是完全没有负担和毫无挂虑，就像一个老兵，坐在酒店的饭桌旁，嘴里叼着烟斗，津津有味地给那些没有偏见的听众讲述几个富有魅力的、扣人心弦的惊险故事。在这里进行创作的不是绞尽脑汁的空想家和编造者，而是一切作家中的佼佼者，是生活的主人，但卡萨诺瓦必须满足艺术家最起码的要求：把不可置信的东西说得令人信服。尽管他的法语过分雕琢，但他的艺术和他的精力完全能够达到这个要求。不过，这位因患痛风症而握笔颤抖、连写出的字迹也模糊不清的愁苦的老人，不是在梦中，而是在杜克斯闲居时就想到了，那些须发苍苍的语言学家和历史学家总有一天会把他的这些回忆录当作十八世纪最珍贵的文献恭恭敬敬地进行研究。而他，这个善良的贾科莫，他喜欢如此自得其乐地表现自己，他把总管家，即他的卑劣的对手费尔特基希纳先生粗俗的玩笑记录了下来：在他死后一百二十年将会建立起一个独特的"卡萨诺瓦协会"，宗旨是审核他亲笔写的每一页纸片，每一个日期，查出那些被那么欣喜地披露出来，却又被细心涂掉的女士的名字。我们应该感到庆幸：这个爱慕虚荣的人不去考虑他身后的荣誉，所以他始终不注意伦理、激情和心理描写，因为不抱任何企图才能做到无忧无虑的，亦即最起码的坦诚。这个身居杜克斯的幸运的老赌徒，与往常一样，像走向他人生最后的赌台似的随随便便走到了他的写字台旁，把他的回忆录作为同命运的最后一搏抛了出去。然后，他站起身来，没等看到输赢便离开了人世。不可思议的是，恰恰是这部最后的成功之作进入了不朽作品的行列。是的，他的赌赛出色地赢了，这个年老的"幸运的喜剧演员"赢了，相比之下，对此，你情绪激昂也好，抗议否认也好，一概没有用。由于他缺乏道德和起码的端正品行，人们可以鄙视他，小看我们的这位可尊敬的朋友，作为历史学家，人们可以驳斥他，作为艺术家，人们可以遗弃他。只有一件事人们再也做不到了：那就是让他再死一回。因为尽管世上有众多的作家和思想家，但从此以后，这个世界再也没有谁创作出一部比他的生活更富浪漫色彩的长篇小说，再也没有谁塑造出比他的形象更奇妙的形象。

青年卡萨诺瓦的画像

您知道，您是一个很漂亮的男人。

腓特烈大帝，一七六四年在波茨坦的无忧宫里，突然停住脚步仔细地打量他，对卡萨诺瓦说

一个小国首都里的剧院：女歌唱家刚刚以大胆的声乐花腔结束她的咏叹调，掌声像劈啪作响的冰雹从天而降。但是现在，渐渐开始的宣叙调却使观众的注意力不那么集中了。衣着讲究的人在各个包厢里穿梭拜访，太太小姐们则手持长柄望远镜东看西瞧，用银调羹吃上好的果子冻和橙黄色的冰镇果汁：这时舞台上那个身穿五颜六色服装的小丑与一个以脚尖急速旋转的女仆双双起舞几乎成了毫无必要的插科打诨了。突然，所有的目光都好奇地转向一个陌生人。此人勇气十足，神态随意，同时具有上等人的落落大方气概，

姗姗来迟地走进剧院正面的前排座位。任何人都不认识他。这个高大健壮的人全身散发出一种华贵的气势，一件剪裁得体的灰色天鹅绒外衣宽松地披在身上，外衣里边是提花锦缎的背心，珍贵的网状花边和金丝绒编成的细襻与之相配，从布鲁塞尔衬衫前皱襞的脖颈扣襻到丝织的长袜，把这华装盛服略暗的线条勾勒得恰到好处。他漫不经心地拿着一顶饰以白羽毛的帽子，一种玫瑰油或时髦发油散发出的淡淡的甜丝丝的芳香从这位高贵人士的身后飘来，他这时正靠近第一排座位的护栏懒洋洋地伸腿坐下，骄傲地把那只戴着戒指的手挂在那把镶有宝石的英国钢制造的佩剑剑柄上。他好像没有觉察到自己成了众人注目的中心，他举起他的包金的长柄单片眼镜，故作冷漠地打量各个包厢，所有的座位和长椅上都发出窃窃私语的声音：一位亲王？一位外国的富豪？头和头凑在一起，无限崇敬的细声低语集中在那枚挂在他胸前的勋章上，那勋章围以镶嵌小粒红宝石的丝带，不时地晃来晃去（这枚勋章他是用闪闪发光的宝石覆盖的，以致谁也认不出，这不过是一枚罗马教皇赐与的比黑莓还便宜的低劣的矩形小十字架）。舞台上的演唱者立刻就觉察到了观众注意力的分散，宣叙调也就唱得不卖劲了，因为那些倏忽而过的女舞蹈演员正越过小提琴和古式大提琴向前窥探，看是不是那个铸在杜卡特①金币上的公爵本人为了过一个丰富多彩的夜晚到这里来了。

　　但在剧院里成百人像猜字谜一样猜测这个陌生人，破解他的来

---

① 十四世纪至十九世纪欧洲通用的金币。

历之谜前，包厢里的小姐太太们几乎是惊诧地注意到了他的另一个特点：这个陌生的男人是多么美啊，真是美男子里的出类拔萃者。他身材魁梧，双肩又宽又厚，两手肌肉结实柔软，在那紧绷的钢铁般的男子汉的身体上没有一丝软绵绵的线条，他站在那里，脖颈微垂，宛如准备进攻的公牛。从侧面看，那面庞简直就像罗马金币上的头像，这暗色头颅的铜雕的每个线条是倾斜的，犹如刀劈斧砍一般闪着金属的亮光。他优雅地一甩头，柔软迷人的栗色头发下显露出这个外国人令每个诗人羡慕的前额——一个狂妄大胆的钩子突现在鼻尖上，下巴硬骨明显，下方则是两个坚果那么大的成拱形的喉结（按照女人的见解，这是精力旺盛的男性的最可靠的保证）：十分明显，这张脸上的每一个特征都意味着进攻、征服、坚毅。惟独嘴唇很红也很性感，柔软而湿润地构成拱形，像石榴肉露出白核似的露着雪白的牙齿。现在，这个漂亮的男人缓慢地沿着剧院昏暗的包厢转动他的侧面形体。在那匀称的弯弯的浓眉下面，从黑色的瞳孔里闪射出焦躁不安的目光，简直就是猎人捕获猎物的目光，像老鹰那样准备猛然冲向一个牺牲物。但那目光只是闪烁而已，还没有完全燃烧起来，只作为点射的间歇灯光沿着包厢扫视，对男人一掠而过，对那些身处暗影中的温热、白皙、袒胸露背的女人则像商人看货那样一个个地审视。他以苛求的行家的目光观察她们，同时也感觉到别人也在观察他。这时，他那性感的嘴唇微张着，一丝微笑浮现在窄小的南方人的嘴边，头一次使那副宽阔雪白的动物般的牙齿闪出亮光。这微笑不是针对某一个女人的，它是针对她们所有人的，他的神思似乎已经触及她们藏在衣裙下的赤裸裸、热乎乎的肉体。不过这时，他在包厢里发现了一个熟识的女人：目光立刻集中在她身上，一道天鹅绒般柔和的光闪现在他那双刚才还在放肆地探询的眼睛里。他的左手离开佩剑的剑柄，右手使劲抓着那顶沉重的有羽饰的帽子，接着他便走过去，客客气气地说明他刚刚认出她。他举止优雅地低下多肌肉的脖子吻了吻对方伸过来的手，彬彬有礼地跟她攀谈起来。但这个受宠若惊的女人露出退避和慌乱的神色，她尴尬地弯腰向后退了一步，向她的同伴介绍说："德·塞恩加尔勋爵。"——于是相互鞠躬，虚礼以待，客气寒暄，大家请客人在包厢里入座，他谦虚地表示拒绝。后来，出于交往的礼貌，谈话终于展开了。卡萨诺瓦渐渐地提高嗓门，他的声音压过了其他人的声音。他模仿演员的语调让元音软绵绵地拉长，让辅音有节奏地滚动。他的话语越来越明显地传到包厢外边去，声音响亮，惹人注意，因为他希望让侧身注目的邻座听到他用法语和意大利语交谈是多么熟练，多么风趣，他引用贺拉斯的诗句是多么机智巧妙。他好像漫不经心地把戴着戒指的手放在了包厢的胸墙上，人们老远就可以看见那昂贵的上等硬袖口，然而首先看到的却是他的戒指上镶嵌的单粒大钻石的闪光——现在，他掏出镶钻石的烟盒请那些陪伴者吸墨西哥鼻烟。"这鼻烟是我的朋友，西班牙公使，昨天派信使送给我的。"（这句话连相邻的包厢里都能听见）因为其中有一位先生客客气气地赞赏烟盒上的古抄本彩饰画，他听了以后随随便便地说（不过声音却大得能传遍整个剧场）："一件礼物，是我的朋友，一位仁慈的主人，科隆地区的选帝侯赠送的。"他好像完全无意这么闲谈着，但在这种夸耀中间，这位自夸者却一再迅速地像猛禽捕食似的向左右投去一瞥，窥探他的话语引起的反响。一点不假，所有的人都随他忙碌着，他感觉到女人的好奇心离不开他本人，他觉察到人们在注意他，赞赏他，尊敬他，这样一来，他的胆子就更大了。他机智地转换话题，把谈话传到相邻的包厢里。亲王的情妇就在那里，他感觉到这位夫人很喜欢听他纯正的巴黎法语。他一边讲述一个美丽的女人，一边做了一个谦恭的手势，把一句多情的话甩到她那边去，引得她嫣然一笑。现在，他的朋友们只好把这位骑士介绍给这位高贵的夫人。这一局他又赢了。明天中午他将同全城最显贵的人士会餐，明天晚上他将在某个王宫里建议演一出小型的法老戏，并把他们劫掠一空，明天夜里他将跟这些袒胸露背、光彩照人的女人之中的一个睡觉——而所有这一切都仰仗他的大胆、可靠、有力的表演，仰仗他必胜的意志和他那男人的棕色面孔爽直的美。正由于有了这样的面孔，他才有了一切：女人的微笑和手指上那颗单粒大钻石，镶钻石的表链和黄金镶边的饰带，银行的贷款和贵族的友谊，以及比这一切更好的东西——享受无限丰富多彩生活的自由。

在他想心事的当儿，台上的女主角已准备好演唱新的咏叹调。这时，那些陶醉于他老于世故的谈话的陪伴者恳请他参加那位亲王情妇恩赐的明天上午的会见，于是卡萨诺瓦深深地鞠了一躬，便又回到他的座位上坐下，左手拄在佩剑上，美丽的棕色头颅略向前倾，像一个行家似的倾听歌唱。在他背后，从一个包厢到另一个包厢，低声传着同样一个轻率的问题，口口相传的回答则是："德·塞恩加尔勋爵。"关于他，谁都知道得不多，不知道他从哪里来，不知道他是干什么的，也不知道他要到哪里去，只有这个名字在整个昏暗的好奇的大厅里嗡嗡营营地响着。这个名字像看不见的、口头传动的火焰不胫而走，跳到舞台上，传到同样好奇的女歌唱家的耳朵里。一个矮小的威尼斯女舞蹈演员突然笑了起来。"德·塞恩加尔勋爵？哦，这个骗子！这是卡萨诺瓦，布拉奈拉的儿子，这个小修道院院长，他在五年前靠着摇唇鼓舌的本领骗得了我姐姐的贞操。他是布拉加丁旧王朝的宫廷小丑，是一个牛皮大王，流氓，冒险家。"然而，这个活泼可爱的少女似乎对他的恶行并不特别气愤，因为她从舞台侧面向他递送秋波，卖弄风情地把手指尖贴在嘴唇上。他看见了她，也想起了她是谁，但心里却想：不必担心，她不会搅扰他跟那些高贵的傻瓜耍的小把戏，她宁肯今夜跟他睡觉呢。

冒险家

她知道你惟一的财富就是人们的愚钝吗？

卡萨诺瓦对赌博骗子克鲁维说

从七年战争到法国大革命，将近二十五年的时间里，在欧洲的上空没有任何风云变幻。哈布斯堡、波旁和霍亨索伦这些伟大王朝的彼此征战已经到了疲惫不堪的地步。市民们由于无人造访，坐在家里安逸地吸着雪茄，士兵们往自己的辫子上扑扑粉，擦拭变得无用的枪支，这些受尽折磨的国家终于可以喘口气了。但是，没有战争，公侯们反而觉得寂寥。他们烦闷得要死，所有在自己狭小都城里的德国的、意大利的和别的小国诸侯都感到无聊，他们希望过得有趣一些。这些可怜的人，这些不太大的和貌似强大的选帝侯和公爵，在他们新建的阴冷的洛可可风格的宫殿里尽管有可供游乐的大花园、喷水池、橙园，尽管有养兽场、画廊、动物园和珍宝库，却非常讨厌这种生活。由于生活无聊，他们甚至变成了艺术资助人和文艺鉴赏家，他们跟伏尔泰和狄德罗通信，收集中国的陶器、中世纪的钱币、巴罗克风格的绘画，邀请剧团演出法国喜剧，邀请意大利的歌唱家和舞蹈家唱歌跳舞。只有魏玛的那位公爵决心最大，竟把几个德国人，如席勒、歌德和赫尔德尔长期聘请到自己的宫廷里去了。但通常只是猎野猪、看水上哑剧和听戏曲小段交替进行。因为每当上流社会感到生活乏味时，娱乐界和剧院，时装和舞蹈便被当作特别重要的场所和活动了。于是，当时的诸侯们便凭借金钱的外交手段争取最有趣的消遣，他们争夺最好的舞蹈家，音乐家，阉人歌者，哲学家，探金人，阉鸡饲养者和管风琴演奏者。格鲁克①和亨德尔，梅塔斯塔齐奥和哈塞，像犹太教神秘哲人和交际花，烟火创造者和野猪狩猎者，歌词作者和芭蕾大师一样，都是各个宫廷相互骗取的对象。现在，这些小宫廷都很幸运地聘到了礼仪官，建立了礼仪规范，修建了石砌的剧场和歌舞大厅，话剧、歌剧和芭蕾舞演出接连不断，只不过缺少一样东西：那就是高贵人士的礼节性拜访，饶有风趣的宾客前来相聚；这可以使小城摆脱单调乏味的生活，使永远相同的六十个贵族面孔不可救药的单调表情换上现实社会生活的外貌，就像几粒葡萄干撒在面团上使小城的无聊生活活跃起来，像从大世界向三十条街道的小都城刮来一阵清风吹散原本令人窒息的空气。

那些冒险分子一听到某个宫廷有什么活动，转瞬间就呼啸而

_____

① 格鲁克（1714—1787），奥地利歌剧作家。

至。他们穿着各式服装，摆出不同的嘴脸。谁也不知道他们是从哪一个避风角和隐蔽处冒出来的。但是一夜之间他们就到了这里，他们坐着一辆旅行车和一些轿式英国马车到来，立刻大手大脚地租下最高级旅店的最豪华的正面房间。他们身穿印度斯坦或蒙古军队的古怪制服，报出派头很大的姓名，这些名姓其实跟他们鞋扣上的宝石一样，全不是真的。他们操着各种各样的语言，声称认识所有的公侯和要人，佯称在各种军队服过役，在各种大学读过书。他们的衣袋里塞满了各种方案，他们摇唇鼓舌，作出种种大胆的许诺，他们计划办有奖彩票，设特种税制，建立国家同盟，开办工厂，他们还提供女人、勋章和阉人。虽然他们的口袋里连十个金币也没有，他们却对每个人悄悄地说他们知道点石成金的秘密。他们用占星术蒙骗那些迷信的人，用计划诱骗那些轻信者，用假牌诓骗赌徒，用世俗的高雅吸引那些天真无邪的人——不过，所有这一切都笼罩着一层怪异和神秘的华丽光环，不可辨认，因而也格外有趣。就像鬼火突然闪现并构成危险，他们也在宫廷没有生气的沼泽空气里抖动，跳着鬼怪的荒诞舞时隐时现。

人们在宫廷里迎接他们，觉得他们令人开心，但不尊重他们，不问他们的贵族身世的真实性，就像不问他们妻子的结婚戒指和他们带来的姑娘的童贞一样。因为谁能使人得到消遣，即使只能在一小时之内减轻诸侯的无聊和烦闷这种最可怕的疾病，在这种不受道德约束的、因物质至上而变得轻松愉快的气氛里就会毫无疑问地受到欢迎。只要他们给人带来快乐，而不是把人搜刮得一文不名，宫廷就会像对待名妓那样接纳他们。有时，艺术家（像莫扎特）和骗子会被高贵的主人在屁股上踢一脚，有时他们会从舞厅滑到监狱里去，甚至会像皇家剧院总监阿弗利西奥一样跌到大橹舰里服苦役。最狡猾的人拼命地相互戏弄吹捧，有的成了收税官，名妓的追求者，或变成一个公侯情妇的可心丈夫，甚至成为真正的贵族和男爵。他们大都做事机巧，不等露馅就走，因为他们的全部魅力都建筑在他们那新奇的假名分上。如果他们过分装扮他们的角色，如果他们毫不节制地把手伸向别人的腰包，如果他们待在一个宫廷里的时间太久，那么，就可能突然出现一个人，掀起他们的大衣，让人看到他们做窃贼的印记或做囚徒时留下的鞭痕。只有经常换地方，他们才能不被人送上绞刑架。因此，这些撞大运的人只好乘坐马车在欧洲不停地游荡，充当自己隐秘行当的商旅，犹如从一个宫廷流浪到另一个宫廷的吉卜赛人。这样，在整个十八世纪都有一个带有固定人员的奇特的骗子的旋转木马四处游荡，从马德里到彼得堡，从阿姆斯特丹到普雷斯堡（今捷克布拉迪斯拉发），从巴黎到那不勒斯。每当卡萨诺瓦坐上赌台，进入小宫廷碰到塔尔维斯、阿弗利西奥、施威林和圣盖尔玛因这些无赖弟兄，人们以为这是偶然现象，但是，在行家看来，这种不停的流动却意味着奔逃，而不是为了娱乐。——他们只有短时间的安全感，他们只有通过合作表演才能互相掩护，因此，他们共同组成了一类人群，一个没有名字和标识的共济会，一个冒险家骑士团。在哪里相遇，他们都会相互提挈，一个人会把另一个人推到上流社会中去，用承认同伴的办法证明自己的身份。他们交换妻子，交换外衣，交换名字，不交换的只有一件：那就是职业。这些靠各个宫廷过寄生生活的演员、舞蹈家、音乐家、赌徒、娼妓和炼金术士，当时跟耶稣会士和犹太人一起，组成世界上惟一一个国际性人群，他们活动在有府邸的目光短浅、精神狭隘的上层贵族和尚无自由、昏昏沉沉的市民阶层之间。随着他们的出现开始了一个新的时代，一种新的剥削方式。他们不再掠夺赤手空拳的人，也不抢劫大道上的马车，而是讹诈那些爱虚荣的人，取悦那些轻浮的人。这种新式的扒窃与世界主义精神和精心琢磨过的方式结合在一起了。他们不采取旧时杀人放火的方式，而是利用做了记号的纸牌和黑市汇票榨取钱财。他们不再粗野地攥着拳头，不再是一脸酩酊大醉的神色，不要士兵连长的无礼态度，而是手上戴着名牌戒指，不修边幅的额头上压着扑了粉的假发。他们手持长柄眼镜四处细看，像舞蹈家那样急速旋转，说话像演员在作出色的叙事歌唱，做事像大哲学家那样让人捉摸不透。他们大胆地掩饰不安的目光，他们在赌台上作弊。他们用高雅的谈吐骗取女人的爱情和假宝石。

不可否认，他们身上隐藏着某种令人同情的精神和心理的特征。他们当中总有几个人堪称天才。十八世纪下半叶是他们的英雄时代，是他们的黄金时期，他们的经典阶段。正如从前在路易十五统治下，一个光辉的七星诗社把法国的众多诗人集结在一起，又如后来在德国魏玛那个奇妙的时刻里有几个不朽的作家体现了天才的创造形式，同样，当时那些高超的骗子和不朽的冒险家组成的庞大的七星集团也风行整个欧洲，成果辉煌。不久，他们就不再满足于把手伸进公侯们的腰包了。他们粗暴而大模大样地干预当代的事件，想转动世界历史发展的巨大车轮。约翰·劳，一个流浪的爱尔兰人，用他的信用券击败了法兰西的金融家；德·伊昂，一个不男不女的两性人，一个家族和名分都很可疑的人，领导着国际政治；矮小的圆脑袋的诺伊霍夫勋爵无可争辩地当上了科西嘉岛的国王，可是后来却死在债务拘留所里。卡格利奥斯特罗，一个西西里的农村青年，一生都没有学会读和写，他竟然用臭名昭著的项圈陷害王国，使王国彻底覆灭。年老的特伦克因为是一个没有高尚思想的冒险家而成为所有悲剧性人物中最不幸的人，就是他最后以身试法上了断头台，戴着那顶红帽子哀婉动人地扮演了自由英雄的角色。圣盖尔玛因，年龄不详的巫师，法兰西国王都恭顺地跪在他的脚下，然而直到今天，无论怎样探究也揭不开他的诞生之谜。他们手中的权力比最高权威的权力还大，他们迷惑学者，诱骗妇女，掠夺富人，他们没有职务，也不承担责任，却暗中操纵每一个政治傀儡。而最后一个，但不是最坏的一个，就是我们的贾科莫·卡萨诺瓦。他是他们那个帮会的历史编纂者，他描述了帮会里所有的人，他在讲述他自己的时候以有趣的方式使未被忘却和难以忘却的事情和人物得以完整的留存。他们每个人都比所有的作家著名，比他同时代的所有政治家即一个业已衰落的世界的那些短期主人更有影响。这些在欧洲逞狂，进行神秘表演的伟大天才的英雄时代总共只延续了三四十年。然后这个英雄时代就因为有了完美的典型，最杰出的天才，真正的魔鬼冒险家拿破仑而自行破灭。从展示才能的角度来看，天才总是非常严肃认真的。天才不满足于在插曲式的活动中发挥作用，而是要求整个世界舞台为其创造性的活动服务。如果说那个矮小的一无所有的科西嘉人波拿巴称自己为拿破仑，那么，他的市民性则不像在卡萨诺瓦-塞恩加尔身上，不像在巴尔萨莫-卡格利奥斯特罗身上那样胆怯地隐藏在贵族的假面具后面，而是凭借精神优越的合理要求以主人翁的姿态走在时代的前面。他强烈要求把胜利当作自己的权利，而不是狡猾地骗取胜利。冒险活动随着拿破仑这个所有杰出人物中最卓越的天才从诸侯的前厅闯入王者的宫廷：他完成了篡权，从而结束了向极权的不法攀升，给冒险活动戴上欧洲的皇冠。

教养和天赋

有人说，他是一个文学家，但富有施展阴谋的才智。人们还说，他到过英国和法国，从贵族和女人那里获得不正当的利益，因为他的特点永远是靠别人生活，博取轻信者的好感……如果你对以上所说的卡萨诺瓦有所了解，你就会看见无信仰、欺骗、淫乱和纵欲多么令人吃惊地集于他一身。

一七五五年威尼斯宗教法庭的秘密报告

卡萨诺瓦从不否认他是一个冒险家，相反，他骄傲地夸口说，在意大利人所熟知的人人都愿意受欺骗的世界里，他宁可捉弄别人而不受别人捉弄，宁可欺骗别人而不被别人欺骗。只有一桩指责他坚决不接受，那就是他曾被误认为橹舰上的苦役和街头无赖，粗野地抢劫钱财，而不是温文尔雅地骗取蠢人的金钱。当他在回忆录中不得不承认他遇见过赌博骗子阿弗利西奥或塔尔维斯的时候（其实他和他们干的是同一种勾当），他总是细心地为自己开脱，因为尽管他和他们没有大的区别，但那些人却是来自另一个阶层。卡萨诺瓦出身上层，受过教育，那些人则出身下层，一点儿文化也没有。正如席勒《强盗》里的那个道德高尚的强盗首领，从前的大学生卡尔·穆尔看不起他的同伙施皮格尔贝格和舒夫特勒，只知道干粗野无礼、动辄打杀的勾当，他参与其事是出于另一种反叛的激情。同样，卡萨诺瓦也是一直竭力同这种骗赌的恶棍区分开来，因为这种恶棍抛弃了光荣神圣的冒险行为中的一切高尚思想和礼貌风度。事实上，我们的朋友贾科莫·卡萨诺瓦的冒险要求具有高贵的头衔。他深知必须把招摇撞骗者的喜剧看作一种精巧的艺术。如果人们仔细倾听他的心声，那么，留给这位尘世哲学家的道义上的义务就只剩下充分利用一切蠢才来取乐了，他愚弄那些爱虚荣的人，欺骗那些头脑简单的人，窃取那些悭吝人，给当丈夫的戴上绿帽子，一句话，就是作为神圣正义的代表惩罚人世间的一切愚蠢行为。在他看来，欺骗不仅是艺术，而且是一种超道德的义务。而他，这位不受法律保护的、正直勇敢的亲王，正是凭着纯洁的良心和无可比拟的公理在尽这种义务。

确实，我们可以相信卡萨诺瓦的话：他之所以成为冒险家，不是因为缺钱花和懒于工作，而是出于他天生的禀性，出于他无比强劲的天才。他从父母那里继承了演员的素质，他把整个世界当作舞台，把欧罗巴当作舞台的背景。讹诈，引诱，欺骗和愚弄，在他心目中就像在过去的欧埃伦斯皮格尔心目中一样，是一种天然的癖好。不像狂欢节那样戴着面具取乐他就不能生活。他有上百次机会投身正派的职业，但他经受住了每一次诱惑，没有一次引诱能使他安于市民的生活。即使赠给他金钱百万，授予他职位和头衔，他也不会接受，他会一再逃回原来无家可归的飘忽不定的生活环境里去。因此，他完全有资格以高傲的态度把自己与那些盲目的冒险家区分开来。不管怎么说，卡萨诺瓦先生毕竟是正式结婚的父母所生的，出身于比较受人尊敬的家庭，他的母亲名为布拉奈拉，是一位著名的女歌唱家，在欧洲所有歌剧舞台上都很出名。他的兄长弗兰西斯科的名字，你在每一部艺术史里都能找到，今天在所有宗教界的画廊里都能看到他创作的巨幅战争油画。他所有的亲戚都从事特别正派的职业，身穿律师、公证人、牧师的受人尊重的长袍。——我们看到，我们的卡萨诺瓦根本不是来自堕落的阶层，而是来自像莫扎特和贝多芬那样有艺术家教养的市民阶层。像这两位音乐家一样，他受过极好的人道主义教育和欧洲的语言教育。尽管他喜欢一切愚弄人的玩笑并过早地了解了女人，但他也出色地学会了拉丁语、希腊语、法语、希伯来语，还学了一点儿西班牙语和英语——只有我们可爱的德语他在三十年间始终一句也不会说。他的数学像哲学一样超群出众，作为神学研究者他十六岁时就在威尼斯的一个教堂里作过首次演说。有一年之久他充当小提琴手，在圣撒缪耳剧院里混饭吃。据说他十八岁时就在帕罗瓦大学获得了法学博士学位，不过这个学位是真的得了还是他吹牛，关于这个问题那些杰出的卡萨诺瓦研究者至今仍然争论不休。不管怎么说，他学到了很多科学知识，他通晓化学、医学、历史、哲学、文学，尤其熟知那些还说得过去的比较隐秘的科学，如占星学、炼金术、炼丹术。此外，这个伶俐漂亮的青年在一切高雅的文体活动中也具有高超的技艺，如跳舞、击剑、骑马和打牌，样样技艺都不亚于一个高贵的骑士。如果人们想到这位博学之士又具有惊人的记忆力，想到七十年中每一个人的相貌他都不曾忘记，而且凡是听过、读过、说过和看过的东西他都铭记在心，那么，所有这一切都能使他获得一种特别的头衔：近乎一位学者，一位作家，一位哲学家，一位骑士。

是这样的，但只是近乎，而这个"近乎"则无情地标示出卡萨诺瓦多才多艺的才能的重大缺陷。他在一切方面都是近乎，说他是一个作家，但又不完全是，说他是一个窃贼，但又不是职业的。他顽强地爬到最高的精神领域，同样顽强地走上大橹舰，但他没有专心致志于一种才干，没有全身心地从事一种职业。作为最卓越最博学的业余爱好者，他懂得许多艺术和科学方面的知识，甚至可以说他懂的东西惊人的多，他只缺少一种使知识变得富有成效的东西：那就是意志、决心和忍耐。只要他埋头读书钻研一年，人们就会发现，除了他再也没有更好的法学家，除了他再也没有更思想深邃的历史编纂家，他可以成为每一门学科的教授，但卡萨诺瓦从来都没有想过略微深入地研究某一学科。他不想成名成家，他满足于做一切学科的专家。这种假象确实把人给骗了，对他来说，欺骗始终是一切活动中最愉快的事。他知道，欺骗傻瓜不需要什么深奥的学问。他在哪方面只要有那么一星半点的知识，立刻就会有一个能干的助手跳出来帮助他：这个助手就是他惊人的胆大妄为。卡萨诺瓦想干什么事，他从来都不承认他在这方面是一个新手，他会立刻摆出最严肃的内行的派头，以一个天生骗子的姿态巧妙地随机应变，几乎总是十分体面地摆脱有失声名的困境。在巴黎，红衣主教德·贝尔尼斯问他懂不懂有奖抽彩。自然，他对此一窍不通，但对这位大言不惭者同样再自然不过的是，他认真地肯定回答他懂得，并以不可动摇的雄辩向一个专门委员会提出他的财政方案，好像他二十年来一直是一个精明的银行家。在西班牙的巴伦西亚，遇到一个意大利的歌剧没有歌词；卡萨诺瓦就坐下来，毫不费力地写出歌词。如果人们要求他也把曲子谱出来，他无疑会利用旧的歌剧东拼西凑地熟练地谱出曲子。在俄国女皇那里，他以历法改革家和学识渊博的天文学家的面目出现。在拉脱维亚的库尔兰，他摇身一变竟以专家身份视察起矿山来了。他向威尼斯共和国介绍了一种漂染丝绸的新方法。在西班牙，他以土地改革者和殖民地开拓者的身份登场，他曾向约瑟夫二世皇帝呈递过一份反对高利贷的冗长的专论。他为封·瓦尔德施泰因公爵写过喜剧，为封·乌尔菲戈公爵种植过狄安娜神树，施展过类似炼金术的骗局。他用所罗门的钥匙为鲁迈因夫人打开过保险箱，他为法国政府购买过股票，在奥格斯堡他扮演葡萄牙公使的角色，在意大利的波伦亚他写过关于医学的小册子，在的里雅斯特他写过波兰王国的历史，他还用意大利八行体翻译过《伊利亚特》——一句话，这个自鸣得意的狂徒没有什么特别的爱好，但他却能够干好一切让他干的事。如果人们翻阅他留下的文章目录，就会以为侥幸找到了一个多才多艺的哲学家，

26

一位新的莱布尼兹①。在歌剧《奥德修斯和喀耳刻》旁边放着一部很厚的长篇小说，那是关于潜力增倍的简论，是他跟罗伯斯庇尔的一次政治性对话；如果有人请他从神学角度证明神的存在或请他写一首颂扬贞操的赞歌，他一分钟也不会迟疑。

不管怎么说，这是多么非凡的才华呀！不管投身于哪个领域，在科技、外交或商务方面他的才华都足以达到令人惊叹的地步。但卡萨诺瓦却有意识地让他的各种才能顷刻间失去作用，他本来可以成为各方面的专家，但他宁可什么专家也不是，一事无成——但很自由。自由，无拘无束，使他感到愉快。随心所欲的漫游，比固定在某一个职业里要强得多。"把我固定在某个地方的想法，我永远觉得讨厌，理智地改变生活方式是完全违背自然的。"他认为，他的真正职业是没有任何职业，是轻松地体验一切手艺和科学，像演员那样不断更换服装和角色。他的态度很明确：他什么都不想拥有和保持，什么也不想去适应，什么也不想去占有，因为他的狂放的激情要求的不是一生只过一种生活，而是在这一生中过上百种生活。"我最大的财宝就是，"他自豪地说，"我是我自己的主人，我不担心不幸。"——这是一个男子汉的格言，它使这位勇敢者比他假借的贵族头衔德·塞恩加尔高贵得多。他没想过别人对他怎么想，他以迷人的漫不经心的态度呼啸着越过他们道德的障碍。只有在情绪高涨和在受到激励时，他才感觉到自己的生活乐趣，而在安宁和舒适的休息中却没有这种感觉。由于他轻狂地超越一切障碍，

---

① 莱布尼兹（1646—1716），德国哲学家、数学家。

所有那些老实人便十分可笑地出现在他俯瞰的远景上。那些人一生中都热心投身于一种活动中。他既不敬佩满脸胡须、军刀铿锵、在将军的申斥下毕恭毕敬的军事指挥官，也不敬佩那些光知道死啃书本的蛀虫般的学者，更不敬佩那些爱财如命的守财奴，他们只是心神不宁地坐在自己的钱袋上，通宵不眠地守在自己的银箱前——任何职位、地产和服装对他都没有吸引力。没有一个女人能把他留在怀里，没有一个君主能把他圈在自己的界桩里，没有一种职业能把他拴在自己的枯燥乏味中，每逢遇到上述情况，他都勇敢地冲破一切牢笼，宁愿自己的生活充满冒险，也不让它萎靡不振，他要做到幸福时纵情欢乐，不幸时冷静镇定，无论何时何地，永远充满勇气和信心。因为勇气是卡萨诺瓦生活艺术的真正核心，他的最高的才华。他不是保护他的生命，而是拿他的生命去冒险。在这里，在许多谨慎的人当中只有他一个人可以以此自居，他一身是胆，什么都敢干，他敢于拿自己的生命、任何可能和任何机会去冒险。但好运总给狂妄者，不给勤奋者，总给粗野的人，不给有耐心的人，所以好运只归他这个没有节制的人，而不归整个一代人所有；命运抓住他，把他抛起又把他摔下，使他漫游各个国家，把他抛到上面去，然后突然一变使他受到伤害。是命运，把女人塞给他玩乐，然后又在赌台愚弄他。命运用激情使他心动，然后又用兑现愿望的许诺欺骗他。但命运从来也不放他走，而是让他陷入无聊烦闷的境地，这个不知疲倦的命运总是能为这个不知疲倦者，为它真正的气味相投的游伴找到并创造出新的转机和冒险行动。这样，这个人的生活就变得很广阔，有色彩，多种多样，变化无穷，充满幻想，五光十色，几百年中也没有一个人有这样的生活。只是因为他报道了自己的生活，他才变成一个描述生活的无可比拟的作家，自然，这不取决于他本人，而取决于生活本身。

肤浅的哲学

我曾经作为哲学家生活在世上。

卡萨诺瓦临终的话

诚然，与这样一种无比广阔的生活相适应的，几乎永远是一种微不足道的思想深度。为了能像卡萨诺瓦那样灵巧敏捷地在一切水面上跳舞，一个人必须首先像软木塞那样轻盈。严格地说，他那令人惊叹的生活艺术根本不表现为一种值得肯定的道德力量，而是首先表现为：完全不受伦理道德的束缚。如果我们取出这个充满活力、血性横溢、狂热倔强的男人的内脏，从心理学角度对他进行剖析，我们首先就会证实这里完全没有任何道德器官。心、肺、肝、血、脑、肌肉和并非微不足道的精索，所有这一切在卡萨诺瓦身上都发育成长得最有力最正常，只有在心灵的那个地方，在那个习俗和信念凝结为性格形象之处，却是一个使人感到惊异的完全的真空地带，一个没有空气的空间，就是零或无。哪怕使用一切的酸和碱，使用各种手术刀和显微镜，也不能确定那里有人们称为"良心"的那种物质的残余。这样一来，卡萨诺瓦的轻松随便和天才的全部秘密就不言自明了：原来这个幸运儿，他只有感官，没有灵魂。别人认为神圣或重要的东西，在他看来全都一文不值。如果有人试图给他解释道德或时代的约束，他会像一个黑人听形而上学那样不理解。爱祖国吗？——他，一个世界公民，度过了七十三个春秋而没有一张自己的安稳的床，总是居无定所，随遇而安，但他却鼓吹爱国精神。"我在哪里感到舒适，哪里就是我的祖国。"在哪里他的腰包装得鼓鼓的，在哪里他能轻易地把女人带到床上，他就会舒舒服服地把腿伸到桌子底下，感觉自己是到家了。尊重宗教吗？——只要忏悔能给他带来一点点好处，他就会接受任何宗教，就会行割礼，也会留中国人那样的辫子。一个不相信彼岸、只相信今世任性而温暖的生活的人要宗教有什么用？"在宗教的背后可能什么也没有，或者说，我们到时候就会知道那是怎么回事。"他无动于衷地论证道。——于是他利用一切玄学的蜘蛛网，把什么都一笔勾销了！享受每一天，把残渣抛给老母猪吃，这便是他惟一的生活准则。紧紧地抓住感官世界，抓住看得见的东西，可以得到的东西，每分钟都最大限度地榨出甜蜜和欢乐——卡萨诺瓦的哲学只走这么远，绝不再向前迈出一步，因此他才能笑对人生，把荣誉、规矩、义务、羞耻和忠诚这一切阻碍自由空气流通的市民阶级的道德抛在脑后。那么荣誉呢？

荣誉对卡萨诺瓦又有什么用呢？他对荣誉的评价与那位只相信确凿事实的胖子福斯塔夫①的看法完全一样：荣誉这东西你既不能吃也不能喝。当这位正直的英国议会成员有一次在全会上提出问题时，他总是听到人们谈论身后的荣誉。他很想知道，后世对英国的繁荣昌盛和舒适生活到底有什么用。荣誉不让人享受，荣誉甚至以义务和责任之名阻碍享受，因此它是多余的。在尘世间，卡萨诺瓦对什么也不像对义务和责任这样憎恨，除了让享乐满足他勇敢而强壮的身体，尽可能多地给予女人同样的情欲享乐，他不承认他有别的责任和义务，也不愿意了解别的责任和义务。因此他根本不问他那刺激的生活在别人品尝起来是好是坏，是甜是酸，是否不名誉或没廉耻。因为羞耻——这又是怎样不寻常的字眼，怎样难以理解的概念呀！在他的生活词典里根本就没有这个词儿。凭借一个无赖的无拘无束，他可以高高兴兴地在大庭广众面前脱掉裤子，任人看他的生殖器，随便说出别人遭拷打也不会承认的事，说他的欺骗行为，他的失败，他的不光彩，他的性器官损伤和梅毒的治疗，因为他缺乏认识伦理区别的神经和鉴别道德规范的器官。如果人们指责他赌钱时弄虚作假，他会很惊讶地回答："是的，但我当时没有钱啊！"如果人们指控他诱骗过一个女人，他会嘿嘿一笑："但我很好地服侍了她！"他从来没有说过一句请求原谅的话，说他从诚实的市民口袋里骗走过他们的积蓄，相反，他在回忆录中还用玩世不恭的论调美化他的欺诈行为："你欺骗一个笨蛋，就是对理智的报

---

① 莎士比亚戏剧中的人物，此人肥胖，机智，乐观，爱吹牛。

复。"他不为自己辩解，他对什么事都不后悔。他从不在圣灰星期三抱怨他那一团糟的生活，那在贫困无助中以完全破产告终的生活。这个没有牙齿的老獾写下了这样一些使人非常喜爱的字句："如果我今天成了富人，我就会认为我是有罪的。但我一无所有，我把一切都浪费掉了，这对我倒是一种安慰，这说明我是对的。"

卡萨诺瓦的人生哲学舒舒服服地钻进了一个坚果壳里，它以这样的准则开始和终结：完全无忧无虑、顺其自然地过尘世间的生活，一点也不受恍若存在但高不可攀的天国召唤的欺骗。一个古怪的神把这个赌台，即这个世界，摆在我们面前；如果我们想在这里玩乐，我们就必须承认游戏的规则，照原样遵守它们，不问对错。事实上，卡萨诺瓦不曾花费一秒钟从理论上思考这个世界能不能或应不应该变成另一个样子。"热爱人类，您就应该爱现在这样的人类。"他曾对伏尔泰说。千万不要干预造物主的事务，这些特殊的事务自有他去负全责。千万不要搅动陈旧的酸面团从而弄脏自己的手。非常简单：只要用灵巧的手指拣出葡萄干就行了。卡萨诺瓦发现，在正常的情况下，愚笨者的日子过得很糟，对聪明人，上帝也不给予帮助，一切全靠他们自己，他们必须自救。既然世界已经变得如此紊乱，以致一些人穿着长丝袜坐在豪华的马车里，而另一些人衣衫褴褛，饥肠辘辘，那么，聪明人就只能有一个任务：让自己也坐到豪华马车里去。

他从来都不会暴跳如雷，也不会像昔日的约伯那样向上帝提出不适当的问题，问为什么和怎么会如此。卡萨诺瓦干脆把每一个事实都看作是实际的，无须给它贴上是好是坏的标签——这可真是感情的最大节省！有一个名叫奥默菲的荷兰小妓女，十五岁光景，本来还满身虱子躺在床上，准备随时为两个小钱出卖她的贞操。就是这么一个小女人，十四天以后竟做了笃信基督教的国王的情妇，住在位于鹿苑的自己的王宫里，一身珠光宝气，不久以后便成了一位讨人喜欢的男爵夫人。再说他本人，昨天还是威尼斯郊区一个可怜的小提琴手，第二天早上就变成了一位贵族前妻的儿子，手指上戴了好几枚钻石戒指，俨然是一个阔少。他把这些事都当作奇闻记录下来，但他内心却一点儿也不激动。我的天，这个世界就是这样，完全没有正义，不可捉摸，正因为它将永远如此，他也就不想为这个世人的滑道求证某种万有引力定律，构想什么复杂的机械装置了。他用指甲和拳头把最好的东西搜刮出来，即集中起他的全部智慧。他只是服务于自我的哲学家，而不是为人类服务的哲学家。在卡萨诺瓦的思想里就是这个意思：坚强，贪婪，不瞻前顾后，不考虑下一个小时。在冲浪中迅速抓住飞逝而去的每一秒钟，直到时间全部耗尽。这位坚定不移的反形而上学者只觉得以欢乐回应欢乐，以激情和温存回应耳鬓厮磨，才是真正现实的，令人感兴趣的。

因此，卡萨诺瓦对世界的好奇心是仅仅针对有生命的物体，针对人的。他一生中可能从来都不曾有意识地抬头看看星空云团，对大自然始终是漠然置之：他那颗容易激动的心从来不会因自然的宁静和壮丽而燃起火花。你只要浏览一下他的十六卷回忆录，就会发现：那里有一个心明眼亮、头脑清醒的人游历了欧洲最美丽的风景区，从波西利普到托莱多，从日内瓦湖到俄罗斯草原，但是你若想找到哪怕一行赞美这上千风景区的美丽词句，都是徒劳的。他觉得，军人酒家角落里的一名肮脏的小女仆比米开朗基罗的一切艺术作品还要重要，在通风很差的旅馆小房间里打牌比在索伦多海湾看落日还要美。自然和建筑，这类东西卡萨诺瓦是根本不注意的，因为我们与全世界的人声息相通的器官，即灵魂，他是没有的。对他来说，只有那些有游廊有林荫大道和街心公园的城市才是世界，在那里，晚上有华贵的马车滚滚驶过，这是美丽夫人们昏暗摇荡的小窝；有咖啡馆亲切地恭候着顾客，人们会在那里摆上一张法老牌桌坑害那些好奇者；有歌剧院吸引观众；有妓院招揽嫖客，在妓院里，人们可以很快地抓到一个新的陪夜的肉体。在那里，旅馆的厨师使美味佳肴充满诗意，让各色的葡萄美酒化作音乐。只有城市才是这个追求欢乐者的世界，在这个世界里，居住着只适合于他的、数目众多的、不断变换的女人群体。而在这些城市里，他最喜欢的是宫廷里的豪华生活，因为在那里情欲也被提高成了艺术。虽然卡萨诺瓦这个肩宽胸阔的小伙子像别人一样好色，但他绝不是一个粗鲁的肉欲之徒。他会迷恋极富艺术魅力地唱出的一首咏叹调，一首诗能使他感到幸福愉快，一次有教养的谈话简直能使他杯中的葡萄美酒更加温馨。跟聪明的男人谈论一本书，狂热地偎依在一个女人的身上，从昏暗处静听音乐，这一切都像施了魔法一样提高他的生活乐趣。但我们也不要因此而弄错：卡萨诺瓦的这种对艺术的爱从来都没有超出游乐的界限。对他来说，精神必须服务于生活，从来不是生活服务于精神。因此，他只把艺术视为春药，激发性欲的诌媚手段，粗野肉欲享受的较高雅的预先满足。他很愿意做一首小诗，用长筒袜的松紧带捆好，送给他所追求的一位夫人，他会吟诵几行阿里奥斯托的诗，燃起她的欲火；他能极有见地地与高贵人士谈论伏尔泰和孟德斯鸠，以显示他知识渊博，巧妙地掩饰他奇袭人家的钱袋。一旦艺术这门科学具有本身的目的和世界的意义，这个南方的肉欲主义者就不再理解它了。他本能地拒绝深奥的内容，因为他只想了解事物的表面，只想做时代的匆匆过客。他认为变化是"娱乐的盐"，而娱乐则是人世惟一的宗旨。

轻如蜉蝣，空如肥皂泡，只靠事件的反光来发光，他就是这样忽隐忽现地穿越时代：我们几乎什么时候都无法正确理解和把握这个每时每刻都在变化的灵魂，更无法找出他性格的核心。卡萨诺瓦到底是什么样的人？是好人，还是坏人？是诚实还是爱说谎，是英雄还是无赖？他是什么人，这完全视情况而定。环境使他成为变色龙，他随着环境的变化而显现不同的颜色。如果他腰包里有钱，人们就会认为没有哪一个贵族比他更高雅。他有一种令人着迷的傲慢，一种闪光的大公般的威严，像高级教士那样可亲，像近侍那样轻浮。他大把大把地花钱，他说："节俭不是我的本色。"他像一个高贵的保护人那样，把素不相识的人邀请来吃饭，送给他鼻烟壶和一卷卷的杜卡特。他还向他提供贷款，使他周身获得精神的温暖。如果他的锦缎马裤的口袋抖空了，如果他的皮夹里塞满了未偿付的期票，那么我就要劝每个人在跟这个"正人君子"赌博时不要加倍下注。他的品性无所谓好坏——他压根儿就没有品性。他的行为既不是道德的，也不是不道德的，而是天然否认道德标准的：他的各项决定都是本能地下意识地跳出来的，他的种种反应都是来自神经和动脉的跳动，完全不受理智、伦理和道德的影响。只要嗅到一个女人，他的血管就要疯狂地跳动，他就会任凭他的热情所指狂奔过去。看见一张赌台，他的手就会赶忙插到口袋里去：在他还不明白还不愿意的情况下，他的钱已经在赌台上铮铮地响起来了。如果谁惹他发怒了，他就会青筋凸起，好像那些静脉快要爆裂，痛苦的唾液凝结在他的嘴里，眼球起了红丝，恨不得立刻滚出来，拳头握得紧紧的，他会狂怒地一拳打过去。他任凭怒气勃发，"像水蒸气一样"。正如他的同胞和兄弟本韦努托·切利尼①所说的，他是一个没有理性的公牛。"我从来没有能力控制我自己，克制，这我将来也做不到。"他不事后反思，也不事先预测，只在身处困境时，他才猛然生出既狡黠又天才的灵感，使他得救。哪怕最小的行动他也从不周密思考，按部就班地加以准备——可能是他对此太没有耐性。他们在他的回忆录里会上百次准确地发现，一切有决定性的行动、最愚蠢的恶作剧和最机智的欺骗都是出自一种突发的情绪，从来都不是清醒的思考的结果。有一天，他一冲动便脱去了神父的长袍，突然成为士兵骑马奔向敌军，当了俘虏。他不顾一切乘车到俄国或西班牙去，既没有职位，也没有引荐函，更不问自己为什么去，去干什么。他的一切决定都像嘭嘭乱响的手枪射击似的出自神经的震颤、情绪的波动和一种难忍的无聊烦闷。也许他应感谢他的丰富经历使他具有这种随机应变的勇气，因为按照摩尔人的逻辑，一个人要是能大胆地探询和预测，就不会变成冒险家，要是讲究策

---

① 本韦努托·切利尼（1500—1571），意大利著名金匠、雕刻家。

略，就不会成为这样一位非凡的生活大师。

卡萨诺瓦就是这样一个本能类型的人，他的魅力和活力只产生于不假思索，产生于不讲道德的无所顾忌，一旦有人把这种热情的本能类型的人当作一部喜剧或小说的主人公，把他当作一个清醒的灵魂，一个沉思的人，甚至一个浮士德—梅菲斯特式的人物，那么，没有什么比这种特殊努力更加引人误入歧途了。如果把三滴感伤压进他的血液里，如果让他肩负起知识和责任的重担，他就不是卡萨诺瓦了。如果让他装成忧伤而引人注意的样子，如果让他具有良知，那他就是隐藏在他人躯壳里的人了。因为如此一来，这个逍遥自在的俗物就没有魔力了，简直一点魔力也没有了。驱动卡萨诺瓦的惟一魔力有一个十足的市民的名字和一张虚胖的脸。这魔力的名字简单极了：那就是"无聊"。他的内心里一点创造力也没有，他必须不间断地贪婪地掠取生活的素材，但他的这种想要不停地得到一切的愿望，比之于拿破仑或唐璜那种真正掠夺型人物的魔性，相差岂止十万八千里！拿破仑的贪欲是无限的，他渴望得到一个又一个国家，征服一个又一个王国。唐璜则为了另一种无限的贪欲，为了能做女人世界惟一的统治者，切肤地感到要把所有的女人都诱骗到手。而卡萨诺瓦这个地道的享乐型的人从来都不企图达到这种登峰造极的目标，他只要求得到连续不断的欢乐。只要不孤身一人，不寂寞地在寒冷中发抖，只要不孤独！只要仔细观察卡萨诺瓦就会看到，如果他缺乏聊天这种娱乐性的消遣，任何形式的平静都会变成最可怕的不安。晚上来到一个陌生的城市，他一小时也不能单独待在自己的房间里沉思或看书。他立刻就向四面八方探察，看会不会偶然有一股风给他送来娱乐，必要时女仆也可以充当夜里贴身睡觉的温暖的肉体。他会在客栈下面的小房间里跟偶然相遇的客人闲聊起来，他会在任何一个赌窟里向那些可疑的作弊的赌徒加倍地下注，他会跟下等妓女过夜。内心的空虚处处以强大的力量把他推向活生生的人，因为只有与别人接触和厮混才能使他的生命放出火花；一人独处，他就会成为一个最忧伤最烦闷的人。人们在他的作品里（回忆录除外）不难发现这一点，我们从他在杜克斯那些孤独的岁月里也可以了解到这一点，在那里，他把寂寞无聊称作"但丁忘了描写的地狱"。正如一个陀螺必须不断地被抽打，否则它就会可怜巴巴地滚在地上，卡萨诺瓦也需要外力的鞭策和推动：他（像不计其数的人一样）是一个缺乏创造力的冒险家。

因此，生命的自然的紧张一停止，他就去制造人为的紧张：赌博。因为赌博是以了不起的缩微方式重现生活的紧张，它制造人为的危险和命运的缩写记号：赌博是所有只顾眼前的人的收容所，所有无所事事者的永恒的消遣。由于赌博，感情的潮起潮落好像在玻璃杯里猛烈地出现，于是赌博就变成了内心闲散者不可代替的活动。从来没有什么人像卡萨诺瓦这样沉溺于赌博。只要他看不见女人，不追求女人，他就能看见钱在赌台上滚动，他的手指就不会颤抖地离开钱袋。即使他认出庄家是一个声名狼藉的掠夺者，一个赌博作弊的同伴，尽管他知道非输给对方不可，他仍然敢于抛出他的最后一枚杜卡特。他自己也是掠夺者却一再让别人掠夺，这是因为他不能抗拒最后机会的诱惑，除此以外再也没有什么可以明确地解释他的赌瘾，他的无法遏制的赌狂劲头了。他不止一次，而是十次百次地在手气背时一再被挑起返本的愿望，把辛辛苦苦骗来的掠夺物全部输光。不过，正是这一点给他打上了天生赌徒的烙印，他不是为了赢才赌（这是何等的无聊），而是为了赌而赌。他从来都不企求彻底的放松，他是企求持续的紧张。在扑克牌黑桃与红桃当中，在红方块和梅花当中企求永恒的冒险，他总是颤颤抖抖地摸牌甩牌。在这个过程中，他感觉到他的神经的震颤，感觉到他的激情像波涛一样澎湃。——像需要心脏的收缩和舒张，像需要使人舒畅的空气一样，他需要来自赌台的输与赢，需要占有和抛弃女人，需要贫富的明显对比，需要延伸到无限之中的冒险。即使这种演电影似的五光十色的生活会因为突发事件、意外惊喜和风云变幻而出现短暂间歇，他也会用赌博中人为的紧张把这些空白填满。正是由于疯狂的下注，他才大起大落，今天口袋里还装满金币，豪华马车后边站着两名听差，明天就急忙把钻石首饰卖给一个犹太人，在苏黎世把裤子送进当铺——这绝不是玩笑，有人发现了他的当票！但这个大冒险家就愿意这样过日子，愿意被这种幸福和绝望的轮番轰炸撕成碎片。为此，他一再把他感情热烈的生命作为最后惟一的赌注交给命运去安排。他有十次在决斗中差一点丧命，十几次险些坐牢或被罚到大橹舰上服苦役，百万钱财得来又散去，他从来没有攥起手来留下一分一厘。不过，正因为他总是奉献，总是完全献身于每一次赌博，每一个女人，每一个瞬间，每一次冒险，这个死在外国养老地的可怜的乞丐，才在最后达到了最高的境界：生命的无限丰满。

好色之徒

我诱骗过人吗？没有。本性用迷人的魔法开始
工作时，我是在场的。我不能离开它，因为我
的心永远感激每一种本性。

阿尔图尔·施尼茨勒：《卡萨诺瓦在斯巴》

在艺术的一切门类里，他都是一个业余作者，大都成绩很
差。他写过蹩脚的诗和使人昏昏欲睡的哲学论文，小提琴拉得很
一般，谈吐顶多像一个杂家。他更出色的才干表现在各种各样的
赌博上，这是魔鬼发明的东西，诸如：法老牌、扑克、比里比
牌、骰子、多米诺骨牌，还精通拙劣的骗术、炼丹术和权术。但
他最拿手的，堪称魔法师和高超大师的领域却是爱情的游戏。在
这方面，他的上百种残缺不全的才能通过创造性的化学作用，结
合成了完美无缺的色情人的纯粹要素。在这方面，仅仅在这方

面，他这个非正规的半瓶醋才具有无可争辩的天才，他的身体好像生来就是为爱神效劳的。为了具有全部元气、性欲、力量和美，这个平时十分惜力的人竟破例变得十分用心了。这样一来，他便成了一个给女人带来欢乐的真正的男人，即一个男子汉或可爱的丈夫，你怎么翻译这个字眼都行，总之是这种优秀男子中一个分量足而有弹性的、粗暴而热情的样品。按照我们时兴的瘦长体型来想像卡萨诺瓦这个征服者，那就大错特错了。这个漂亮男子可不是血气方刚的小青年，根本不是，而是一个真正的壮年男子，肩膀如腓尼基的大力士赫拉克勒斯，肌肉如罗马的角斗者，棕色之美如吉卜赛少年，冲击力和放肆如雇佣兵队长，性欲冲动如蓬头乱发的森林之神。他的身体如金刚铸成，精力旺盛，生命力极强：四次梅毒，两次中毒，十几次遭剑刺，在威尼斯的监狱和西班牙臭气熏天的牢房里苦度数年之久，从炎热的西西里到寒冷的莫斯科几段突然的旅途——所有这一切都没有使他的生殖器官受到丝毫的损害。无论何时何地，只要在女人身边看上一眼，只要身体上接触一下，这种不可征服的性的力量就会迸发出火花，发挥有效的作用。在紧张忙碌的二十五年里，他都证明自己便是意大利闹剧里的那位"随时待命先生"。他不知疲倦地教女人们高等数学，犹如那些勇敢的情郎。而床上那种令人恼火的失败（司汤达在他的小册子《论爱情》里单有一章谈到这种失败的重要性），他直到四十岁的时候才从传言和传闻中了解到。他的身体，只要性欲袭来，就从来都不知疲乏。一种从未中断的性欲反而清醒地暗中等待一切女性，这是一种尽管过度耗费却尚未枯竭的激情，一种不惧赌注大小的赌博本能。事实上，这个人很少把这样一个满弦的身体乐器，这样一个爱情的中提琴，交付任何大师去进行毕生爱情游戏。

但是，不论什么事，凡能达到高超水平的，除了要有天赋，还要求这样的特别的保证：完全的献身，彻底的专一。只有一夫一妻的情欲才能达到激情的最高境界，只有沿着一个方向的结合才能创造完美的业绩。正如音乐之于音乐家，写作之于作家，金钱之于吝啬鬼，最佳纪录之于体育迷，对于一个当之无愧的好色之徒来说，女人、向女人求爱、追求和占有女人就成了最重要的事，不，是惟一的财富。由于一切爱情永远是相互妒忌的，他只能在一切嗜好中献身于这惟一的嗜好，只能沉溺于这种嗜好里。他只能在这里领会人生的意义和无限。卡萨诺瓦，这个永远的不忠诚者，却始终保持着对女人情爱的忠诚。如果送给他古威尼斯共和国元首的指环，富格家族的财宝，封爵证书，家宅和任命，统帅和作家的头衔，他都会用打人的手把这些无用的东西，这些讨厌的一文不值的东西抛在一边，宁愿去闻一个女人皮肤的芳香，向女人投去不可替代的甜蜜的一瞥，宁愿接受与她共度的时刻，宁愿接受一个顺从的女人不可替代的甜蜜注视和相偎相依的温存时刻。为了一次艳遇，甚至为了一次艳遇的苗头，他都会像从烟斗里喷烟一样，把世间一切与前途密切相关的东西，诸如荣誉、职位、头衔和时代要求都吹得四散开去。因为这个性欲强烈、游戏人生的人并不需要眷恋他所追求的人。哪怕是一种预感，一次尚且无法抓到的艳遇苗头的临近，都足以使他的幻想升温。在数百件事情当中只举一个例子就够了：在第二卷刚开始的地方有这样一个插曲，卡萨诺瓦为了一件重要的公务乘特快邮车到那不勒斯去。途中在旅馆住宿时，他发现邻室的床上有一个匈牙利大尉拥着一个美丽的女人——不，这样说有点荒唐，因为他当时不知道她美不美，他还没看见这个藏在被窝里的女人呢。他只听见了一阵青春焕发的哭声，那是一个女人的哭声，听到这哭声，他的鼻翼就不停地颤动了。他对她一无所知，不知道她是否令人着迷，不知道她是美是丑，年轻还是年老，乐意还是勉强，单身还是已婚，他对这一切都不加考虑，立刻就把公务抛到脑后，下令卸下已备好的马匹，他留在帕马不走了。使他这个喜欢孤注一掷的赌徒发疯的，仅仅是这个完全渺茫的艳遇机会啊。无论何时何地，卡萨诺瓦的行动就其最独特最天然的意义而言都是既貌似毫无意义却又十分明智的。无论白天还是黑夜，无论早晨或是晚上，为了跟一个素不相识的女人在一起待上一小时，他也会乐意干任何蠢事。只要追求，他就不惜任何代价，只要想得到，他就不怕任何反抗。为了跟一个女人再见上一面，见一见那个对他似乎并不十分重要的德国市长夫人，尽管根本不知道她会不会使他愉快，他竟在未被邀请、明知不受欢迎的情况下，厚着脸皮跑到科隆，混进一个陌生的团体，不得不咬紧牙关接受主人的训斥，任凭别人奚落；但是，在情欲冲动的时候，这匹被劈啪痛打的公马又有什么感觉呢？卡萨诺瓦会在一间冰冷的地下室里，在老鼠蚊虫的搅扰下，忍饥受冻挨上一夜，只为黎明时刻那一次根本不轻松愉快的幽会；他会不下十次地去冒风险，不顾剑刺、枪击、咒骂、敲诈、疾病和侮辱——却不是为了至少还可理解的阿娜狄俄墨涅[①]，一个惟一的真正的情人，而是为了随便什么女人，一个恰好可以弄到手的女人，仅仅因为她是女人，是他渴望得到的另类性别的物种。只要他的性欲被激发起来，每个拉皮条的，每个靠妓女为生的人，都可以轻而易举地把这个闻名世界的诱骗者劫掠一空，每个可接近的丈夫或每个殷勤的兄弟都会让他陷进这种最肮脏的交易里去——但卡萨诺瓦的性欲什么时候是不被激发的呢？他的性的饥渴何时完全得到过缓解呀？他任何时候都渴望得到新的猎物，他强烈的性欲任何时候都可以在一个陌生女人面前震颤。像需要氧气、睡眠和运动一样，这个男人的身体不断地需要一个柔软的满足他肉欲的皮褥子，他的不安定的感官总需要有这种艳遇的忽隐忽现的紧张。无论在什么地方，他一时一刻都不能没有女人，离开了女人他简直就没法活。从卡萨诺瓦的词汇表里翻译过来，节欲干脆就意味着麻木和无聊。

他的胃口如此强健，他的消耗如此持久，因此，他到手的人，一般说来品质都不够完美，也就不足为奇了。在性欲方面，他是一个有骆驼胃的人，他不可能成为美食家，也不会成为美酒品尝家，他只能成为单纯的贪食者，地道的饕餮者。这就是说，凡是做过卡萨诺瓦情人的，对自己无需特别介绍，人家就知道她是什么货色。那肯定不是海伦，也不是少女，既谈不上贞洁也谈不上特别有智慧，没有受过良好教育也不那么迷人，全不能让高贵之士屈尊俯

---

① 希腊神话中阿佛洛狄忒的别名，为性爱女神，同时司管人间一切爱情。

就。通常，只要她是女人，是雌性动物，有满足雄性的生殖器官，是另一极的有性别的生物，天生能满足他的性欲，对这个容易被勾引的人来说就足够了。因此，我们无须用现在的浪漫主义或美学的观点来想像他的这个大"鹿苑"。像一般职业性的，即不加选择的色情狂一样，卡萨诺瓦的收藏品真正是良莠不齐，鱼龙混杂，而且，天晓得，根本够不上一个美女画廊。诚然，其中有几个形象有着温柔可爱的未成年少女的脸，那可能是出自他祖国的画家雷尼①和拉斐尔②之手，还有几个形象是鲁本斯③画的或是布歇④用柔软的红粉色笔画在绢扇面上的。但除此之外，还有一些形象很像英国的街头妓女，那厚颜无耻的丑相只有贺加斯⑤的愤怒的画笔才能再现，还有曾使戈雅⑥怒不可遏的生活放荡的老女巫，再就是具有图卢兹-洛特雷克⑦风格的女人的麻脸，以及村姑和家仆。这一切简直是美与丑、高尚与卑贱的大杂烩。因为这个潘神一样耽于情欲者在肉欲方面具有粗野的审美情趣，所以他的情欲追求总是令人担心地转移目标，远远地延伸到特殊和错误的行为里去。卡萨诺瓦的性伴侣有的还是幼女，这在我们这个法制时代里足可让检察官把他送进牢狱。他所钟爱的女人后来竟扩展到惊人的范围，直至追求那个七十岁的遗老，封·乌尔菲戈公爵夫人——他向后人描述和这位公爵夫人的幽会，简

---

① 雷尼（1575—1642），意大利画家。
② 拉斐尔（1483—1520），意大利画家。
③ 鲁本斯（1577—1640），佛兰德斯画家。
④ 布歇（1703—1770），法国洛可可风格画家。
⑤ 贺加斯（1679—1764），英国画家。
⑥ 戈雅（1746—1828），西班牙画家。
⑦ 图卢兹-洛特雷克（1864—1901），法国画家。

直是一切书面描写中最恬不知耻的自白。这种完全不同于古典时期的瓦尔普吉斯之夜竟像旋风一样刮过所有国家和所有阶层。在第一次羞臊的颤抖中满脸通红的温柔纯洁的少女，总是迅速把手伸给妓院的渣滓、海员酒店的怪人。跳轮舞的服饰华丽、珠光宝气的贵夫人，玩世不恭的驼背女人，刁钻的跛足女人，品行不端的孩子们，性欲强烈的老妪——所有这些人都参加到这个混乱喧闹的场面里来了。姑母为侄女，母亲为女儿腾出体温犹存的床，拉皮条的把他们的女儿，殷勤的丈夫把自己的妻子，推到这个永恒好色者家里去，随军娼妓和贵妇人交换享用同一夜同样快速的欢乐——不，你不要把卡萨诺瓦的情爱行为不自觉地按照十八世纪风流铜版画的方式，以优美而欢乐的格调刻画出来——不，绝对不，我们倒可以把这种不加选择的性爱看作男子性欲的魔窟。像卡萨诺瓦这样一种无穷尽的不加选择的性爱，总是超越种种障碍，来者不拒。荒唐的事情对他的诱惑一点也不亚于天天见到的事情，没有任何反常现象不使他冲动，也没有任何荒谬行为使他清醒。生虱子的床，肮脏的衬衫，刺鼻的怪味，同拉皮条者的亲密交往，发泄性欲时甚至有约定的或隐蔽的人在场，纵欲无度和惯常的性病，所有这一切对这头神圣的公牛来说都是感觉不到的小事。他是另一个想拥抱欧罗巴的朱庇特，拥抱具有各种形式和变形，具有各种体态和骨骼的全部的女人。在他的惊慌的乃至狂热的性欲激发起来的时候，他像追求自然的东西一样无节制地追求幻想的东西。但对这个性欲的化身来说：尽管性欲的血流这样持续不断，这样湍急，但它从来都不漫出男欢女爱之床。卡萨诺瓦的本能就这样毫无顾忌地停留在性别的界限上。当接触到一个阉人时，他便感到十分厌恶，他会拿起手杖把这种供人玩弄的男童打跑。他所有的荒唐和反常的性行为明显地表现出他只对女人忠诚，这是他完美的天生的素质。在这里，他的"痴迷"① 当然是没有界限、没有阻碍、没有终止的，这种性欲不加选择地、大量地、不间断地向着每一个女人放射着灿烂的光，具有一个希腊森林之神的由每一个新遇女人重新使之陶醉的永醉不醒的喜悦力量。

不过，恰恰是这种惊慌的东西，卡萨诺瓦追求的这种欣喜若狂和自然的东西，给予了他闻所未闻的征服女人的力量，这是一种几乎不可抗拒的力量。由于突然产生的一种直觉，她们在他身上感觉到他是一个野兽一般的男子，是一个性欲强烈、喷着火焰、对着她们快步走来的人。她们呢，她们就任凭他占有，因为他已被她们占有。她们归他所有了，因为他被她们迷住了。但他不是被一个单个的女人，而是被多数女人，被他的对立物，被他的另一极的人迷住了。这里终于有了一个她们凭借女性的直觉感到其存在的人。她们说，在他看来没有什么比我们女人更重要。他不像别人那样因工作和义务在身而疲于奔命，快快不乐，大丈夫气十足，只是有时附带向女人求爱。他是一个以其本性的山涧般的全部冲击力向我们女人冲来的人，是一个不知节制的人，一个挥霍无度的人，一个毫不犹豫、不加选择的人。一点不假，他只知道毫无保留地献身：把身体内最后一滴精血献给玩乐，把衣袋里的最后一个杜卡特掏出来花掉，他随时准备着献出一切，为了每一个女人，仅仅因为她是女

---

① 原文为拉丁文 furor，意为狂怒，瘾，迷。

48

人，是在那一刻能解他对异性饥渴的女人。因为愉快地看到女人，从而惊奇、狂喜、兴奋和陶醉，是卡萨诺瓦一切享受的最大享受。只要他还有钱，他就购买许多精心挑选的礼物送给任何一个女人，用豪华和轻浮迎合她们的虚荣，他喜欢给她们穿上华丽的服装，从头到脚把她们包装起来，在他把她们剥得一丝不挂之前，他喜欢用从未见过的值钱的珠宝使她们感到惊喜，他喜欢挥霍无度，以恋人的狂热游戏取悦她们——他确实像一个神，像一个给人以欢乐的朱庇特，同时用他血管里的热火和金雨把情人完全淹没。然后他又像朱庇特一样消失在云端——"我对女人总是疯狂地爱，但我又永远愿意给她们以自由。"——这并不会降低他的威望，反而更加提高他的声誉，因为恰恰是他的情欲的突然爆发和陡然消失才使她们永远怀念这样一个不同寻常的人，怀念这不可能重现的壮丽的艳遇，这艳遇不像在别人那里平庸地姘居那样内心是清醒的。每一个女人都会本能地感觉到，这是一个不可能做自己丈夫的男人：她将刻骨铭心地怀念他，但只把他当作情人，当作一夜相伴的神。虽然他离开了每个女人，但没有一个人希望他跟从前不一样；因此，卡萨诺瓦只需保持他现在这个样子，在不专一的情爱中保持他的诚实，他就会赢得每一个女人。

我刚才说过"诚实地"，这在卡萨诺瓦那里是一个令人惊异的字眼儿。但有什么办法呢，恰恰是在爱情的游戏方面，人们不得不承认这个该受惩罚的赌博作弊者和狡猾的恶棍具有一种诚实的品质。卡萨诺瓦跟女人的关系确实是诚实的，因为这是真情的流露，纯肉欲的享乐。记载这一点叫人感到很不好意思，但是不真实的爱情中开始时总掺杂着更崇高的感情。这个老实可爱的傻小伙儿在身体上并没有虚假的表现，他的身体从来不曾使他的过分激动和对性欲的贪恋超出自然所许可的程度。只有精神和感觉混合在一起，并根据其受到鼓励的本性达到无限的时候，一切激情才会变得过火，并幻想把一切永恒的东西引入我们尘世的关系中来。卡萨诺瓦的尽情享乐从来都没有超过身体的极限，因此他很容易信守他的诺言，他从他的性欲的豪华仓库里，拿出欢乐换取欢乐，拿出肉体换取肉体，从来没有欠下感情债。他的那些女人事后并不感觉自己是受了柏拉图精神恋爱种种期望的欺骗，正是因为这个貌似轻薄的人除了要从她们身上得到性欲的满足不再要求别的欢乐，因为他从不向她们表白海枯石烂的感情，他就永远避免了使她们产生什么醒悟的时刻。每个人都可以把这种性爱称作低级的爱，只是性欲的、肌肤相摩的、没有灵魂的、兽性的爱，但谁也不能动摇它们的诚实性。难道这个放荡的轻薄之徒对待他公开的直截了当的占有欲望不是比那些浪漫主义的寻欢作乐者更好更真诚吗？在歌德和拜伦的人生道路之后留下了无数心碎的、变坏了的、完全绝望的女人，正是因为在爱情中更高尚的宇宙的本性无意中扩展了一个女人的精神，以致她后来在不再享有这种火热的情绪时，就再也找不到她尘世间的形态了。而卡萨诺瓦导火线一般的春情根本不会造成心灵的损伤。他没有造成伤害，没有带来失望，他使很多女人感到幸福，却没使一个女人发疯。她们都一点伤害没有地从这种纯性爱的艳遇中返回日常生活里去，或者回到丈夫身边，或者回到情人的怀抱。他就像一股热带的风抚摩过她们的身体，她们在这热风中生出火热的性欲。他把她们烧红，但并没有把她们烤焦，他征服而不破坏，他引诱而不糟蹋。正因为他的这种性爱发生在比较坚实的表皮组织中，不是发生在真正灵魂的易受伤害的组织中，所以他的占有并不导致灾难。

他的热情只知道性欲，只知道一次性的激情狂喜。如果在亨利埃特或那个美丽的葡萄牙姑娘离开他时，他感到极度绝望，你也尽可放心，他不会抓起手枪自杀的。事实上，两天以后我们就发现他已经在另一个女人的身边，或进了一家妓院里了。如果 C. C. 修女不能再从慕拉诺到娱乐场来，便有 M. M. 半俗修女取而代之，安慰就是这样出其不意地迅速得到，任何一个女人都可以代替另一个女人。所以人们不难发现，他作为一个真正的好色之徒从来都没有迷恋上众多女人中的一个，而是永远迷恋多数人，永远不停地更换，他经历的是无数次的艳遇。有一次他无意中说出这样一句危险的话："那时我就模模糊糊地感觉到，爱情只不过是一种或多或少强烈的好奇心。"如果人们紧紧扣住这个解释来理解他，如果把好奇这个词拆开，那就是：新的欲望，对新的东西的永远贪求，对永远是在另外女人身边的永远不同的体验。刺激他的永远不是个体，而是变体，是在取之不尽的爱神的棋盘上不断更新的组合。像吸气和呼气一样，他的取舍也是不言而喻、合乎自然的，这种纯官能性的享受说明，卡萨诺瓦作为艺术家为什么根本没有描绘出他的千百个女人当中一个女人的真正逼真的形象。大胆地说，他所有的描述都使人产生怀疑，好像他没有仔细看过他所有情人的面孔，只是用某种极为普通的眼光观察过她们。唤起他热情的，按照真正南方人的说法，燃起他"欲火"的永远是同一样东西，就是土里土气、粗暴性感的东西，是可能摸到并不停跳入眼帘的女人之性兴奋时刻。总是（直到厌倦为止的）什么"雪白的乳房"呀，"绝妙的臀部"呀，"朱诺的体态"呀，一再通过其他偶然事件显露出来的"最秘密的刺激"呀，不一而足；只是这些使一个好色的中学生见到女仆时眼珠发直的东西。这样，无数亨利埃特，伊莱娜，巴贝特，玛留西娅，埃尔美利娜，马考利娜，伊格纳齐娅，卢齐亚，埃斯特，萨拉和克拉拉，留下的只是淫荡女人温热身体上的一种肉色的润肤膏，一种酒神狂欢节的号码和数字、成果和热情留下的混杂物——他清晨的样子完全像一个醉汉，醒来时仍然是头脑昏沉，不知道他夜间在哪里跟谁喝了什么酒。他只通过皮肤享用了她们，通过表皮感觉了她们，通过肉体认识了她们。这样，他的艺术的精密尺度比生活本身更清楚地向我们揭示了纯粹好色者和真正热恋者之间的差别，揭示了赢得一切却丝毫无存的人与全力把瞬间提高成永恒的人之间的差别。司汤达这位事实上相当悲惨的爱情英雄的一次经历通过升华分离出来的精神内涵，比在卡萨诺瓦这里三千夜分离出来的还要多；关于性爱能上升到何等精神愉快的高度的问题，卡萨诺瓦全部十六卷作品给人的印象还比不上歌德的一首四行小诗。从更高的意义上看，卡萨诺瓦的回忆录与其说是长篇小说，不如说是统计报告，与其说是创作不如说是军旅经历，是一部描述诸多肉欲经历的《奥德赛》，是描写男子对永恒的海伦的永恒性欲冲动的《伊利亚特》。它们的价值表现在数量上，而不是质量上，它们由于多变而不是单一，是通过多种形式，而不是通过意义深远的思想，显出其价值。

正是由于这些经历无比丰富，我们这个几乎永远只记载最佳成绩，很少衡量灵魂力量的世界，才把贾科莫·卡萨诺瓦抬高成男性生殖器胜利者的象征，给他戴上了最宝贵的有口皆碑的花环。卡萨诺瓦这个词儿，今天在德语和所有欧洲语言里的意思便是：不可抗拒的骑士，女人贪食者，高超的诱惑者，正如女性神话中的海伦、弗里娜、尼侬·德·朗克洛，他是男性神话中的代表。为了从它的千百万假面具中创造出不朽的典型，人类必须永远在一般情况中标明个别人面孔的特征，于是这个威尼斯演员的儿子便获得了意想不到的荣誉，被称为一切时代爱情英雄的化身。当然他还必须跟第二个传奇般的伙伴分享这令人羡慕的名望；在他身旁站立着他的西班牙对手唐璜，此人出身更高贵，性情更神秘，魔力更强大。在这两个勾引女人的高手之间往往可以看到潜在的对比。现在对达·芬奇与米开朗基罗、托尔斯泰与陀思妥耶夫斯基、柏拉图与亚里士多德之间的精神对照已经越来越少见了，因为每一代人都从类型学角度重复比较他们。但在性爱的这两个原型之间进行的对比却始终收获甚丰。虽然他们二人都向着同样的方向突击，这两个捕捉女人的老鹰，永远重新闯入她们那个畏缩不前或惊喜不止的群体里，但是两个人的精神特征却是完全不同的。唐璜是封建时代的骑士，是贵族，是西班牙人，即使有反叛行为，感情上仍然是一个天主教徒。作为纯血统的西班牙中世纪的天主教徒，他又是不自觉地屈从于把一切肉欲视为"罪过"的宗教观点。从这种超自然的宗教立场出发，婚外恋（因为有双倍的刺激）是恶魔的、反神的、应被禁止的行为，而女人、妻子，则是这种罪过的工具。她们的本性，她们的存在本身就是诱惑和危害，因此就连女人貌似完美无缺的道德也只不过是象征，是欺骗，是毒蛇的假面具。唐璜不相信这种魔鬼性别的人会有哪一个有什么纯洁和贞操可言，他知道在她们的衣服底下都是用来引诱男人的赤裸裸的肉体，他能用上千个事例来揭示女人的这种软弱性，向世人和上帝证明，所有这些不可接近的夫人，这些貌似忠诚的妻子，这些热狂的半成熟的姑娘，这些虔信基督的新娘，都可以毫无例外地跟求爱者上床，不过所有这些人在教堂里是天使，在床上则像猴子那样淫乱。——这一点，只有这一点，不断地驱使这个迷恋女人的男子每一次都带着新的激情去干诱奸女人的勾当。

因此，最愚蠢不过的，是把唐璜这个女性的死敌，视为多情的人，视为女人的朋友，视为倾慕女性的情人。因为，不是对女人真正的倾慕和爱，而是男性天生的恨驱使他像魔鬼似的对待女人。他获得她们，不是为了拥有，而是永远为了掠夺。这是一种对她们最宝贵东西的掠夺：对贞操的掠夺。他的掠夺的欢乐不像卡萨诺瓦是来源于精索，而是来源于大脑，因为在每一次欢乐中这个精神的性虐待狂总想通过每一个女人来贬低、羞辱和伤害所有女性。每一个被他奸污被他损害的女人在绝望中都追求奇异的预享受，他的享受就是从这种预享受中间接地实现的。因此对唐璜来说，追求女人的难度便成了他的乐趣，而卡萨诺瓦的乐趣则在于闪电般脱掉女人的衣裙。一个女人越是难以接近，这对他最终的胜利就越有价值，对他关于女人的观点就越有说服力。如果不遭到抗拒，唐璜就失去了追求的动力。不可能想像他会像卡萨诺瓦一样待在一个妓院。通奸或奸污修女的一次性行为，才能刺激他追逐女人。如果他占有了一个女人，那么他的试验也就完成了。被引诱的女人只在登记簿上留下一个编码。事实上他为此安排了一个记录员，他的雷波莱罗。他从来没有想到在最后的惟一的一夜里再柔情地看一眼他的情人，因为正像一个猎人很少留在他所射杀的野兽跟前，这个职业诱奸者在完成他的试验以后也不会留在他的牺牲者身旁，他必须永远追逐其他女人，追逐尽可能多的女人，因为他的原动力——这种原动力把他魔鬼般的形象提高成具有非凡力量的形象——鞭策他去承担不可能圆满实现的使命和情欲，也就是让他接近一切女人从而彻底向世人证明他关于女人软弱性观点的正确。这种唐璜式的性爱是不寻找也找不到任何安宁和享受的；在一种血亲复仇中，他作为男人永远献身于反对女人的战争。是魔鬼给了他进行斗争的完备的武器：财富，青春，贵族的称号，优美的体格和最重要的东西——冷酷无情。

实际上，当女人们醉心于他的冷酷花招时，她们就会像想到魔鬼本身那样想到唐璜。她们会以昨日爱情的全部热烈憎恨这个第二天早晨以冷嘲热讽的冰水回报她们的热情的骗人的死敌（关于这种情境，莫扎特以他的歌剧为我们留下了不朽的一幕）。她们因自己的软弱而感到羞愧，她们愤怒，她们发狂，她们气得发昏，她们痛骂这个欺瞒、蒙骗和伤害了她们的恶棍，她们通过对他的憎恨来憎恨所有男性。每一个女人，不论是安娜女士，还是埃尔维拉女士，她们大家，所有一千零三个这样屈从于他极端利己要求的女人，都因女性的软弱而永远带着心灵的创伤，愁苦终生。与此相反，委身于卡萨诺瓦的那些女人则像感谢神一样感谢他，因为他不止没有伤害她们的感情，没有污辱她们的女子特性，反而给了她们自我存在的一种新的安全感。唐璜那个西班牙魔王迫使她们把热烈的拥抱和感情冲动时的委身当作恶魔附身的瞬间加以蔑视，卡萨诺瓦这个柔情蜜意的老师却恰恰教她们把这一切当作生活的真谛，当作她们女人最快乐的义务对待。当他用轻柔爱抚的手剥去这些女人的衣服时，也剥掉了她们的胆怯和恐惧——她们一委身于他，就变成了完全的女人——在他感到快乐时，他也使她们感到快乐，在他充满感激之情的极度喜悦时，他还为她们开脱与他共享欢乐的罪恶感。因为，在卡萨诺瓦看来，只有当他和他的女伴从神经到血液都一起分享共同感受时，这个女人的享受才是完美的。他说："对我来说，享受的五分之四永远在于使女人感到幸福。"为了他的欢乐，他需要对方也感到欢乐，正如一个人为了自己的爱也需要对方的爱一样。他那惊人的性爱能力并不使他自己的身体，而是使他所拥抱的女人的身体特别疲乏和感到快意。使他动情的从来都不像他的西班牙对手那样是经过竞争的粗暴地获取，而仅仅是愿者上钩。因此，委身于他的女人更有女人味，因为她们更有悟性，更思性爱，更无约束。所以她们也就立刻去寻找这种愿为她们的幸福献身的新信徒：姐姐把妹妹领到这样的祭坛前去做温情的牺牲品，母亲把女儿领去见温情的导师，他的每个情妇都催促别的女人去礼拜这个赐福的神，和他共跳轮舞。出于妇女姐妹的可靠的直觉，每个被唐璜诱骗过的女人都警告新的被追求的女人，要提防这个性爱的敌人；同样出于这种直觉，一个曾委身于卡萨诺瓦的女人则毫无妒意地把卡萨诺瓦作为女性的真正崇拜者介绍给另一个女人，而且，正如他是超出每个个体范畴爱全体女人一样，她们也超出他个人的范畴把他当作热情的男人的整体来爱。

昏暗的年月

一生中我做过多少违背自我意愿和连我自己也
不理解的事啊！不过，我当时是被一种我不能
自觉反抗的神秘的力量所驱使。

按道理，我们不应该指责那些女人如此毫无反抗地落在这个大
诱骗者手里的。若我们和他相遇，对他那诱人的激情似火的生活艺
术佩服得五体投地，我们自己也会受到诱惑。对每个男人来说，不
怀着强烈的妒忌心理阅读卡萨诺瓦的回忆录，是很不容易做到的。
在某些急不可耐的没有得到满足的时刻里，我们总觉得，这个冒险
家的疯狂生活，他的奋力攫取和享受，他野蛮地吮吸整个生活的伊
壁鸠鲁的享乐观，比我们在精神中短暂的漫游要更明智，更实际，
他的哲学比叔本华的一切牢骚满腹的教义和康德的冷冰冰的教条要

更充满活力。与他生活中的那些瞬间相比，我们在这些瞬间中被撞伤，通过断念而变得坚实的生活此时此刻显得多么可怜啊！我们有先入之见，也有事后判断，我们是自己的俘虏，我们每走一步都磨得良心的链环哗啦哗啦作响，因此我们总是举步维艰。而与此同时，这颗轻浮的心，这个浪子却在捕捉一切女人，跑遍各国，在偶然事件嗖嗖响的秋千上飘荡在天国和地狱之间。一个真正的人绝不会否认，他在阅读卡萨诺瓦的回忆录时总觉得自己与这位生活艺术的杰出大师相比真是相形见绌。人们时常，不，是上百次地宁愿做卡萨诺瓦，也不愿意做歌德、米开朗基罗或巴尔扎克。如果说人们初时对这个披着哲学外衣的骗子写下的文艺爱好者的玩艺儿和不着边际的胡诌多少有些嘲讽，那么，读到第六卷、第十卷、第十二卷时，人们就会认为他是最有智慧的人，把他的肤浅的哲学看作一切学说中最高明最吸引人的学说。

　　不过，幸好卡萨诺瓦亲自改变了我们对他的这种过早的赞赏。因为他生活艺术的记事簿里有一个很危险的漏洞：他忘记了衰老。他那种追求性欲满足的伊壁鸠鲁主义的享受技能，只能建筑在年轻人性感的身体才有的元气和力量的基础之上。一旦生命之火不再炽烈地在血液里燃烧，这种享乐的全部哲学便立刻化为无法享用的腐败的稀粥。人们只有用富有活力的肌肉和坚硬雪白的牙齿才能占有这样的生活，可叹，如果肌肉开始衰退，牙齿开始脱落，性欲丧失殆尽，那么这种让人高兴而又自我满意的哲学就会突然失灵。对这个粗俗的享乐主义者来说，生命的曲线就一定会直线下降，因为挥霍无度的人在生活中是没有储备的。他放荡不羁，转瞬间失去了他全部的热能。而一个有思想的人，一个貌似断念的人，却好像是一个蓄电器一样始终储存着丰足的热能。一个崇尚精神生活的人，即使到了日渐衰老的年岁，因为往往进入了德高望重的时期（例如歌德！），也能得到净化，变得容光焕发。他还会头脑冷静地把生活提高到闪烁知识光辉的峰顶，给人意想不到的惊喜。而对于业已衰减的生理机能来说，这种英姿勃发的概念的游戏也是一种补偿。但是这个追求感官享乐的人，只有内心秘密的震动才能使他激流勇进，现在他却像干涸水流里的一个水车的轮子，停住不动了。对他来说，衰老就意味着向死亡沉没，而不是向新生过渡。生命就是一个无情的债主，它要把他控制不了的性欲过早过快夺走的本钱连同利息一并讨回。这样一来，卡萨诺瓦的智慧便和他的幸福一起告终了，他的幸福是随着青春的消逝而完结的。只要以俊美的、胜利的、精力充沛的姿态出现，他就显得很有智慧。如果人们私下里羡慕四十岁以前的他，那么对四十岁以后的他就只能表示同情了。

卡萨诺瓦的狂欢节，这个威尼斯最五彩缤纷的节日，过早地凄凉地结束于一个忧伤的圣灰星期三。阴影十分缓慢地潜入他那充满欢乐的叙述，犹如皱纹悄悄爬上他日渐衰老的脸。他讲述的胜利越来越少，他记录的苦恼越来越多：他越来越经常地处在困境中——自然每一次都不是他的过错——被不能兑现的票据、假钞和抵押出去的宝石搞得焦头烂额，越来越少被公爵府邸所接待。他不得不在黑夜和浓雾的掩护下逃离伦敦，就在将要被逮、送上绞刑架之前的几个小时。他像罪犯一样被官方赶出了华沙，在维也纳和马德里被驱逐出境，在巴塞罗那坐了四十天牢房，在佛罗伦萨被赶出来，在巴黎被"一纸公文"通知他立即离开这个可爱的城市。没有人再欢迎卡萨诺瓦，每个人都像甩掉毛皮上的虱子一样甩掉他。初时人们还惊讶地反问，这个好青年究竟有什么罪，致使世人如此不友善，如此道貌岸然地对待他们昔日的宠儿？他已经变成了一个阴险的骗人的家伙了吗？他已经改变了他那叫人喜爱得生疑的性格，致使所有人突然唾弃他了吗？不，他没有变，他永远也不会变，直到咽最后一口气他都是一个令人着迷的人，一个招摇撞骗的人，一个寻欢作乐的人，一个文艺爱好者。他如今只是缺乏那种能出色地积聚他的活力的要素，也就是缺乏自我意识，缺乏青年人的必胜信心。他在哪里犯的罪最多，他就在哪里受到惩罚：首先是女人离开了她们的宠儿，一个可怜的小大利拉①用猎刀刺捕了这个性爱的参孙，这就是那个阴险狡猾的恶女，那个伦敦的夏尔皮隆。这个插曲是他整个回忆录中最优美的章节，因为这个最真实、最具人情味的插曲构成了一个转折点。卡萨诺瓦这个久经考验的诱骗者第一次被一个娘们儿骗了，不是被一个囿于道德观念拒绝他的高贵的难以接近的夫人所骗，而是被一个年纪轻轻的妓女骗了。不言而喻，这个妓女无非是引得他神魂颠倒，把他钱袋里的钱掏光，最终还不让他去碰她那淫荡的肉体。就是这样一个卡萨诺瓦，他虽然付了钱，而且超额付了钱，却仍然受人蔑视，遭到拒绝。这是这样一个卡萨诺瓦，他被人蔑视，又不得不干瞪眼瞧着那个小妓女同时又无偿地让一个愚蠢的狂妄的小伙子——一个理发师助手得到幸福，而她交给那个小

①《圣经·旧约》里的人物，大力士参孙的妻子，但她被收买，把参孙出卖给了敌人。

伙子的正是他用贪婪的性欲、他的金钱、计谋和暴力追求不到的她整个的人。这对卡萨诺瓦的自信心是一个致命的打击，从那一刻开始，他一向胜券在握的心态就自然而然地变得没有把握、摇摆不定了。才四十岁，他就不得不过早地惊诧地认定，赋予他向世界胜利突进的发动机不再无故障地发生作用了，恐惧第一次袭上他的心头，使他瞠目结舌，他写道："我感到最痛苦的是，我必须承认，这通常与年老临近密不可分的倦怠开始了。青春和力量赋予我的无所忧虑的自信，现在我已经没有了。"卡萨诺瓦没有了自信心，失去了随时准备使女人着迷的超常的力量，既丧失了优美的仪表和性的能力，手中又没有了钱，他再也不能以男性生殖器和幸运女神宠儿的身份大肆炫耀他的意志坚强和胜券在握了。一旦在世界的赌赛中失去了这张王牌，他还能算个什么呢？"一个有了相当年纪的绅士，"他忧伤地自问自答道，"既然他已经与幸福无缘，当然更与女人无缘了。"他已经成了一只没有翅膀的鸟，一个没有男性能力的男人，一个不能给女人以幸福的情人，一个没有赌本的赌徒，剩下的只是一具行尸走肉罢了。所有鼓吹胜利和享乐的独家名言的喇叭声已经随风飘散，"断念"这个危险的字眼第一次悄悄地潜入他的哲学。"我使女人坠入情网的时代已经过去了，我必须要么放弃她们，要么花钱买她们一笑。"放弃，这种对卡萨诺瓦来说如此不可理解的想法，变成无比残酷的现实，因为要去买女人他就需要钱，而金钱一向都是女人为他带来的：这个奇妙的循环停止了，游戏结束了，这个冒险高手的烦闷的严肃生活于是开始。这样，老卡萨诺瓦，穷卡萨诺瓦，这个享乐者成了寄生虫，这个世界的好奇者成了外国的间谍，这个赌徒成了骗子和乞丐，这个快乐的社交家成了孤独的写作者和讽刺作家。

于是出现了震撼人心的奇观：卡萨诺瓦这个无数爱情战役的老英雄，这个绝妙的厚颜无耻的人，大胆地游戏人生的人，变得谨慎谦虚了。这个伟大的幸运的喜剧演员悄悄地、自动地、静静地离开了成绩卓著的舞台。他脱下华丽的服装，他说：“这些衣服已不适合我的地位了。”在摘下戒指、钻石扣环、放下烟盒的同时，他也去掉了目空一切的傲慢。他像把一张被吃进的牌抛到桌子底下一样，抛弃了他的人生哲学，老态龙钟地向铁一般无情的生活法则低下了头。根据这样的法则，衰老憔悴的妓女必定变成老鸨，赌徒必定变成赌场作弊者，冒险家必定变成寄人篱下的食客。自从他的身体里不再热血沸腾以来，这个年老的世界公民在他先前那个可爱的无限广阔的世界里就突然感到冰冷难熬，他开始无比感伤地思念他的故乡。这个昔日目空一切的人——这个知道自己不会有体面结局的可怜的卡萨诺瓦——就这样懊悔地低下有罪的头，哀哀地请求威尼斯当局的宽恕。他向异端裁判所的审讯官写了一些阿谀奉承的报告，做了一篇爱国主义的檄文，一篇反对攻击威尼斯政府的“反驳文章”。在这篇文章里，他毫无愧色地写到了那些他曾在那里吃尽苦头的铅皮屋顶的监狱，他说，这些监狱的房子真的够得上“有良好空气的空间”，简直可以算是仁爱的天堂了。关于他的生活的这些最可悲的插曲，一点也没写进他的回忆录里：这些回忆录结束得太早了，根本没有叙述这些耻辱的岁月。他回到了黑暗中，也许是为了掩饰他的羞愧吧。不过人们对此倒是很高兴，因为，这个被剥了皮的公鸡，这个停唱了的歌唱家，如此滑稽地模仿我们长久以来所羡慕的那位胜利的快乐天使，这是多么可悲啊！

后来有一个矮胖的活泼开朗的先生在一两年的时间里悄然走在默塞里亚。从穿着上看，他并不像一个很高贵的人，总爱窃听威尼斯人说话，藏在酒柜里观察那些可疑的人，到了晚上就拼凑那种无聊的奸细小报告给审讯官们。安盖罗·普拉托利尼就是这些肮脏报告末尾的签名。这是一个被减刑的坐探和过分殷勤的小间谍的假名字，为了几个金币就把不相识的人送进了监狱，这些监狱他本人在青年时代就很熟悉，正是靠描写这些监狱他才出了名。不错，靠华丽的皱襞打扮起来的骑士德·塞恩加尔，女人所宠爱的情郎，卡萨诺瓦这个光辉照人的诱骗者，摇身一变，变成了安盖罗·普拉托利尼，变成了这个矮胖的露骨的告密者和无赖。这双昔日戴着钻石戒指的手现在竟干着肮脏的勾当，乱投告密信，直到威尼斯把这个牢骚满腹的家伙一脚踢开。随后几年他便杳无音信了，谁也不知道，这艘残破的船在波希米亚完全搁浅之前跑到哪条悲惨的路线上航行去了。我们只知道这个年老的冒险家又在整个欧洲流浪过一次，他曾在贵族面前自作多情，曾围着富人献殷勤，还试图施展他的旧伎俩：骗赌，巫术，拉皮条。但是曾经赋予他青春、放荡和自信的神灵都离他而去，女人讥讽他一脸皱纹。他无法使自己生活得更好一些，只好凑凑合合地艰苦度日，在驻维也纳的公使那里当了一名秘书（也许又是间谍）。这个卑贱的拙劣作家成了所有欧洲城市里无用的不受欢迎的人，一个不断被警察驱逐出境的客人。在维也纳，他最后与一个妓女结了婚，想依靠她的收入可观的职业使自己的生活多少有些保障。但在这件事上他也没有成功。最后，还是那位极富有的瓦尔德施泰因公爵，一个神秘学科的信徒，在巴黎的一个餐桌旁同情地收留了寄食在那里的这位"从海岸到海岸漂泊的诗人，波涛可悲的玩偶和遇难后的废物"。伯爵认为跟这个被免职的健谈的玩世不恭者在一起相当愉快，便仁慈地收他为图书馆馆员（其实是宫廷丑角），把他带到杜克斯去了。年薪一千古尔登，自然总是被债主预先扣除了，真是无需多付款就买到了这个怪物。他在杜克斯生活了十三年，毋宁说是消逝了十三年之久。

在多年隐没之后，突然在杜克斯出现了他的形象，出现了卡萨诺瓦，或确切地说是出现了使人隐约记起卡萨诺瓦的东西，他的已经枯死、干硬、瘦削了的，只通过自己胆汁保存下来的"木乃伊"，一个奇特的博物馆的收藏品，一件伯爵大人很喜欢向他的客人引荐的展品。他们认为，卡萨诺瓦是一个熄灭的火山口，一个有趣的、没有危险的、独具南方暴躁性情的侏儒。他就这样在波希米亚这个鸟笼里百无聊赖地缓慢地走向毁灭。但这个老骗子又一次愚弄了世人。因为当他们大家都以为他已经完蛋，只在等待棺材和墓地的时候，他又一次依靠他的回忆录创造了他的生命，并十分狡猾地使自己进入不朽的境界。

老年卡萨诺瓦的肖像

这是我呈献给世人的另一幅肖像，寻找我吧！
但不要寻找现在的我，也不要寻找过去的我，
而要寻找未来的我。

卡萨诺瓦为老年肖像所写的题词

一七九七年，一七九八年，革命的血腥的扫帚结束了这个骑士风度的世纪，最笃信基督的国王和王后的头落入了断头台的篮子里，几十名王侯和侯爷，连同威尼斯的审讯官老爷们，都被一个科西嘉的小个子将军赶去见了魔鬼。人们不再阅读百科全书，不再阅读伏尔泰和卢梭，而是阅读起报道残酷厮杀的战报来了。圣灰星期三的尘埃撒遍了全欧洲，狂欢节结束了。洛可可风格的时代告终了，钟式裙和扑了粉的假发过时了，银质鞋扣和布鲁塞尔花边也不时兴了。人们不再穿天鹅绒外衣，只穿制服和市民服装。

但奇妙的是，一个人，一个蹲伏在波希米亚高原角落里的衰老矮小的男人，忘记了时代，像 E. T. A. 霍夫曼的传奇里的格鲁克骑士先生，这个五彩斑斓骨瘦如柴的人身穿系着镀金纽扣的天鹅绒马甲、露着被磨损的黄色尖领，足蹬后跟带花纹的长丝袜，袜子上还有绣花的袜带，头戴一顶有白羽饰的礼帽，在阳光灿烂的白天，踏着高低不平的石子铺地的路面，从杜克斯城堡向山下的城市走去。这个怪人还按照老习惯戴着发囊，上面马马虎虎地扑了粉（现在已经没有仆人了！），一只颤抖的手很有气魄地挂在一根老式的金头手杖上，那手杖和人们一七三○年在王宫里用的一模一样，千真万确，这就是卡萨诺瓦，或者说得更准确些，这是他的木乃伊，他还一直活着，尽管贫穷，不快，身染梅毒。皮肤像羊皮纸一样皱皱巴巴、索索发抖、淌着口水的嘴上面是大鹰钩鼻子，浓密的眉毛散乱而发白；所有这一切都飘浮着老迈腐朽的气息，散发着胆汁枯干和旧书尘埃的气味。只是一双黑色的眼睛还隐含着昔日的不安，它们在半睁半闭的眼皮下面闪着凶恶、犀利的光。但他很少左顾右盼，他只是哼哼唧唧、嘟嘟囔囔地直视前方，因为自从命运把他抛在这个波希米亚粪堆上以来，他，卡萨诺瓦，就一直郁郁寡欢，从来没有过好心情。抬头看什么呀，对那些呆头呆脑、冷眼围观的人，对那些讲波希米亚德语、吃土豆的人，就是看上一眼也嫌多余啊。这些只嗅过本村粪土的人，对他，对这位当初曾向波兰御前大臣的肚子开过一枪、从教皇手里亲自接过黄金马刺的德·塞恩加尔骑士，连礼貌的招呼也没有打过。更令人恼怒的是，女人们对他也都不尊重了，她们都用手捂着嘴，生怕发出一声土里土气的粗俗的笑。她们知道她们所以要笑，是因为那些女仆对牧师讲过，这个患痛风的老家伙总想钻到她们的石榴裙下去，爱用他难懂的语言，对着她们的耳朵唠唠叨叨地讲废话。不过，这些粗俗的平民百姓总比家里那些随意摆布他的恶仆要好得多。他不得不"忍受他们的践踏"，这里首先是指管家费尔特基希纳和他的爪牙韦德霍尔特。这些恶棍！他们昨天又蓄意作弄他，烧焦了他的通心粉，从他的房间撕下肖像，把它挂在厕所的抽水马桶上。这些无赖，他们竟敢痛打罗根道夫伯爵夫人送给他的黑斑纹的小母狗梅兰皮热，仅仅因为这个可爱的小动物在这些房子里拉屎撒尿。哦，要是在过去那种美好的时光里，绝不能容忍他们如此骄横，不是把这些无礼家奴关起来，就是狠揍他们一顿。可是如今，由于出了罗伯斯庇尔，这种无赖竟又嚣张跋扈起来了，雅各宾党人玷污了这个时代，卡萨诺瓦本人现在已经成了一条掉了牙的可怜的老狗。整天牢骚满腹，怨天尤人，嘟哝咆哮，又有什么用呢——最好还是唾弃这些恶棍，回到上边的房间里，读他的贺拉斯。

但是今天，卡萨诺瓦这个木乃伊却把一切烦恼暂时丢开，像一个木偶似的颤抖着，急急地迈着不稳的碎步从一个房间走到另一个房间。他穿上旧式的宫廷服装，胸前挂满勋章，全身刷得干干净净，一尘不染，因为他得到通知，说伯爵老爷大驾将从特普利茨到这里来，同行的有德·黎涅亲王和几位贵族老爷。就餐时大家将用法语交谈。那些心怀敌意的恶仆招待他时必将气得咬牙切齿，但又不得不毕恭毕敬地把盘子端上来，不能像昨天一样把黏糊糊的腐败的食物像抛给狗一块骨头似的甩在饭桌上。是的，他今天中午将与奥地利的贵族们坐在一张大餐桌前，他们知道，当一位受到伏尔泰敬重、对皇帝和国王有过各种各样影响的哲学家说话时，他们将尊重他那考究的谈话并洗耳恭听。说不定，那些贵夫人一撤，伯爵大人和亲王殿下就会亲开尊口请我朗诵一段我的原稿，是的，他们，费尔特基希纳先生，您这个下流的东西，那位高贵的瓦尔德施泰因公爵大人和那位陆军大元帅德·黎涅亲王，会请我再朗诵一段我的有趣的生平故事，而我也许给他们朗诵——也许！因为我压根儿就不是伯爵大人的奴仆，没有义务服从他。我不在那伙摇尾乞怜的恶仆之列，我是客人，是图书馆馆员，我跟这些宾客是地位平等的。——现在，你们这些雅各宾党棍甚至连这是什么意思都不知道呀！但一两段名人轶事我是可以讲给他们听听的。那么，是讲一两段我的老师格雷比莱风格的趣闻呢，还是讲一两段威尼斯类型的刺激性很强的故事？喏，我们现在都是高贵的人，我们相互之间心是相通的。他们会大笑，他们会像在国王陛下的王宫里一样痛饮色黑味浓的勃艮第红葡萄酒，他们将谈论战争、炼金术和各种图书，首先是要求一个年老的哲学家讲讲尘世和女人的趣事。

这个矮小、干瘪、病歪歪的怪人心情激动地穿过一个又一个洞开的厅堂，由于受到毁谤和狂妄自大而两眼放光。他把镶嵌在十字勋章四周的人造宝石（真正的宝石早已归一个英国的犹太人所有了）擦亮，又细心地往头发上扑了粉，然后站在镜子前练习路易十五时代宫廷屈身施礼的老姿势（在粗俗的人当中，这些礼节风貌早已被忘记了）。自然，脊背是令人担心地嘎嘎直响，人们不无惩罚地在各种各样的邮车上拖着这个老家伙穿过整个欧洲，已经有七十三年之久了。众所周知，这期间女人们从这个人身上吸去了多少精力啊。不过，至少他那个脑壳里的机智还没有漏尽，他还会逗这些老爷开心，他在他们面前还是吃得开的。为了欢迎德·莱克公主，尽管他写字时手已经有些发抖，他还是用圆润的花纹字母把一首小诗抄写在粗糙的纸张上，还在他新近为票友剧场写的一部喜剧扉页上题一段词藻华丽的献词。即使在杜克斯这里他也没有忘记礼貌周到，他知道作为骑士他应该怎样恭恭敬敬地迎接一次有趣的文学爱好者的集会。

事实上，当专用豪华马车滚滚而来，他迈着他患痛风病的腿沿着高台阶走下去时，伯爵老爷和他的宾客已经漫不经心地把帽子、外套和毛皮大衣甩给仆人。他们立刻按着贵族的礼节拥抱了他。伯爵还把他作为著名的骑士德·塞恩加尔介绍给应邀请来的宾客，同时赞扬他的文学业绩。夫人们都争抢着坐在他身旁。杯盘还没有完全撤去，这伙人就开始发话了。完全不出他所料，亲王问起他那部极其引人入胜的回忆录的进展，而老爷和夫人们则同声请求他从肯定会成为名著的回忆录里选出一段来朗读。怎能不满足他最敬重的伯爵，他的仁慈的恩人的愿望呢？这位图书馆馆员赶忙上楼走进他的房间，从十五本大型图书里拿出那本有丝绸饰带的珍藏本：这是一本主要著作的珍藏本，是很少几本无须顾忌女人在场的一本，讲的是逃离威尼斯监狱的故事。这一段不寻常的遭遇不知道给人读过多少次了，他给巴伐利亚和科隆的选帝侯读过，给英国的贵族和华沙的宫廷读过。但他们应该看到，这个卡萨诺瓦的叙述和那个因其监狱生活而被大肆吹嘘的、枯燥乏味的普鲁士人封·特伦克先生的叙述完全不同。因为卡萨诺瓦新近补充的几处转折，那是相当精彩的错综复杂的故事。最后他以但丁《神曲》中的一句颇具影响的名言结束他的朗读。朗诵博得了暴风雨般的掌声。伯爵和他拥抱，同时悄悄地用左手把一卷杜卡特金币塞在他的衣兜里，鬼才知道他会不会好好地使用这些钱，因为整个世界虽然把他遗忘了，他的债权人对他却会一直追踪到天涯海角。你瞧，当公主亲切地祝贺他，所有的人都举杯祝他这部杰出的作品即将完成时，还真有几滴很大的泪珠滚在他的面颊上！

但到了第二天，哦，令人伤心的事发生了：马匹套好后不耐烦地发出颤动的声响，马车都等在大门口，这些贵人要到布拉格去，尽管这位图书馆馆员先生三番两次恳切地暗示他个人也有各种急事要到那里去，却没有一个人愿意带他同去。他只好留在杜克斯这座冰冷的寒气逼人的巨大石棺里，继续忍受那个波希米亚恶仆的欺凌。伯爵大人的马车四轮扬起的尘土一落，他们就又会把嘴咧到耳根愚蠢地假笑，准备捉弄他。周围全是粗人，没有一个人会讲法语和意大利语，能谈阿里奥斯托和卢梭。他又不能总写信给那个自命不凡的好色之徒，萨斯劳的奥皮茨先生，不能总写信给那几位还赏脸跟他通信的夫人呀。烦闷无聊又像沉闷的催人昏睡的青烟笼罩在这些无人居住的房间里，而昨天他暂时忘却的关节痛今天又双倍剧烈地折磨着他的双腿。卡萨诺瓦愁苦地脱朝服，把他的厚毛呢土耳其睡袍披在那冻得发木的骨头架子上，阴郁地爬到写字台前，爬进他那写回忆录的惟一的避难所里去。削好的羽毛笔正在成堆的白纸旁边等待着他，纸张充满希望地等着笔尖触在纸上发出沙沙的声音。他长叹一声坐在那里，用他颤抖的手不停地写——那是上帝恩赐的无聊在驱赶着他！——写他的生活故事。

在这个骷髅脑壳般的前额后面，在这层木乃伊般干枯的皮肤后面，保存着他天才的记忆，像硬壳里面藏着白生生的核桃肉一样。在前额和后脑之间这个小小的骨室里，一切都还完整无缺地干干净净地存放着，那是这对闪光的眼睛、这两个翕动的宽大鼻翼、这双强硬贪婪的手在千百个奇遇中聚集起来的一切。他的痛风结节的手指每天都要握着鹅毛笔杆奋笔疾书十三个小时（"十三小时，我觉得这就像只过了十三分钟"）。在写作过程中，他时时想起他纵情享乐时轻轻抚摩的那些女人光滑的身体。在桌子上五花八门、乱七八糟地放着他往日情人的已经发黄的信件，笔记本，卷发器，账单和纪念品，如同在已熄灭的火焰上还冒着银白色的轻烟，从这些逐渐淡薄的回忆里飘浮着看不见的微香的轻雾。每一次拥抱，每一次亲吻，每一次委身，都从这种五彩缤纷的幻影中飘荡而来——不，这样召唤往昔的一切，不是工作，而是乐趣，是"他回味享乐的一种消遣"。这位身患痛风症的老人两眼闪着光辉，嘴唇因充满热情和内心激动而不停地颤抖，他压低声音喃喃自语，这是新编出来的半似回忆的对话。他下意识地模仿往日对话的声音，暗自对自己讲述的笑话发笑。当他在回忆的镜子里梦幻般看到自己又变得年轻，亨利埃特、巴贝特、苔莱莎这些他念念不忘的影子微笑着飘过来时，他便忘了吃喝，忘了贫穷、苦难、屈辱和阳痿，忘了老年的一切痛苦和可憎。这时，她们的亡魂又被他招来了，他觉得，他此刻与她们一起玩乐比他当年在真实生活中同她们作乐更有快感。他就是这样写呀写，用手指和羽毛笔去经历艳遇，一如过去用整个火热的身体。他来回踱步，反复吟诵，嘿嘿地笑，完全忘掉了自己。

那些愚笨的仆役站在门口冷笑着说："他在里边跟谁嘿嘿地笑呢，这个老笨蛋？"他们把嘴一咧，用手指指着前额，讥笑他脑子有问题，然后就咚咚地走下楼去喝酒，把老头子一个人留在阁楼里。世上再也没有人知道他了，最近的人不知道，最远的人也不知道。这愤怒的老苍鹰住在杜克斯他的塔楼上面，就像住在一座冰山之巅，谁也想不到他，谁也不认识他。直到一七九八年六月底，老人的这颗精力耗尽的心终于破裂，人们把这个历尽苦难、被上千女人热烈拥抱过的身躯埋在土里，教堂登记簿也记录不出他的真实姓名。他们登记的是"卡萨纽斯，威尼斯人"，这是一个假名，还写上"享年八十四岁"，这是不真实的终年，最接近他的人也是这样不了解他。没有谁关照他的坟墓。没有谁关心他的著作。他的肉体腐烂了，被人遗忘了；他的书信发霉了，被人抛在脑后了；他一卷卷的著作在窃贼和不在意者的手里随处带来带去，谁也不放在心上。从一七九八年到一八二二年这二十五年间，似乎还没有一个作家的死像这位最有生命力的人这样如石沉大海，无影无踪。

自我描述的天才

问题的关键在于要有勇气。

作者的话

　　他的生活是传奇式的，他的重见天日也是传奇式的。一八二〇年十二月十三日——有谁还知道卡萨诺瓦呢？——颇有声望的图书出版商布洛克豪斯收到一个无名之辈根策尔先生的来信，问他是否愿意出版一个同样不知名的卡萨诺瓦先生写的《一七九七年前我的生活故事》。不管怎样，出版商还是要求把书稿送到他手中。他让专家通读了书稿，我们可以想像，读了书稿以后他们是多么兴奋。他立刻购得原稿，让人翻译，很可能有些严重的歪曲，进行了一些掩饰，做了一些适应习俗的调整。出到第四卷时，该书大获成功，名噪一时，结果一个善于投机取巧的法国人皮拉特把译成德文的法文作品回译成法文——当然是加倍的曲解了；这时，布洛克豪斯也变得野心勃勃了，他组织人完成了自己的德译法的回译本，向皮拉特的法文译本来了一个回马枪。一句话，贾科莫·卡萨诺瓦又重返青春了，他比以前更有生命力地生活在他到过的所有国家，他逗留过的所有城市。只是他的手稿却隆重地埋葬在布洛克豪斯的铁柜子里了，也许只有上帝和布洛克豪斯知道，他的一卷卷著作是沿着什么样的秘密途径和扒窃渠道四处传扬了二十三年之久，其中有多少东西遗失了，有多少东西被歪曲、被阉割、被伪造和被改变了。作为真正的卡萨诺瓦的遗著，全部作品从里到外都渗透和散发着神秘、离奇、不可靠和营私舞弊的气息。但是，我们毕竟得到了这么一部一切时代里最无所顾忌、最精力旺盛地描写个人冒险和艳遇的长篇小说。这是多么令人愉快的奇迹啊！

卡萨诺瓦本人从来都没有真正相信过这部回忆录会出版。这位身患痛风的隐居者有一次坦白承认："七年以来，除了回忆录我什么也没有写。渐渐地，我觉得非把这件事干完不可，虽然我很后悔开了这个头。我写回忆录根本没有怀着让它与世人见面的希望，因为除了作为扼杀精神的卑鄙无耻的书刊检查不会准许它出版以外，我本人也希望在我最后患病的过程中变得理智些，让人把我所有的书稿和笔录全都当着我的面付之一炬。"所幸卡萨诺瓦始终忠于自己的诺言，他从来也没有变得更有理智，因此他所说的那种"从属的脸红"，也就是他的"因自己不脸红而脸红"从来没有阻碍他用力蘸饱他的羽毛笔，日复一日地每日一连十三小时用他圆润秀美的字体，不断地把他编造的故事写在一张一张新的对开纸上。然而，这些回忆录却是使他"不变疯或气死的惟一的一副治疗剂"；他说：

"那些曾跟我一起在瓦尔德施泰因公爵府上混过的、心怀敌意的无赖给我带来的不快和烦恼太叫我生气。"

尽管苍天可以作证，他写回忆录的朴素的动机是要消除无聊，抗御脑力的衰退，但我们并不轻视作为创作冲动和动力的无聊。我们认为，多亏有了塞万提斯单调乏味的牢房岁月才会有唐吉诃德；多亏有流亡奇维塔韦基亚的年月才有司汤达的那些最优美的篇章；只有在艺术的暗房里才能产生多彩的生活画面。倘若瓦尔德施泰因公爵把善良的贾科莫带到了巴黎或维也纳，供他以肴馔，让他闻到女人肉体的芳香，倘使在沙龙里人们对他的才智表示赞赏，那么，这些令人愉快的故事也就在吃巧克力和喝索贝特的时候轻率地说出来，它们就永远也不会见诸笔端了。这个老獾独自一人忍冻挨饿地枯坐在波希米亚的"本都王国"① 里，仿佛从死人的王国里回过来讲他的故事。他的朋友都死了，他的奇遇全被忘记了，没有人再重视他尊重他，没有人再听他讲述，因此，仅仅为了证明自己活着或至少活过，这位老魔术师才又一次施展犹太神秘哲学家的本性召唤昔日的形象。饥饿者靠煎肉的香味度日，战争和性爱造成的残废者靠讲述自己的冒险奇遇生活。"我依靠回忆自己的生活来恢复快乐。我嘲笑过去的苦难，因为我觉得它已经不存在了。"卡萨诺瓦只为他整理"过去"这个五光十色的万花筒，玩弄白发老人的这个儿童玩具，他希望通过色彩斑斓的回忆忘却苦难的现在。他没有别的想望，正是这种面对一切事和一切人的完全彻底的冷漠使他的作品具

① 古代小亚细亚的王国，现指偏远荒凉的地区。

有自我描述的独特的心理学价值。通常，只要一个人讲述自己的生活，他几乎总是使生活变得目的明确，在一定程度上像古代圆形露天剧场里演戏一样。他把自己放到一个舞台上使观众确信，他是不自觉地做出一种特别的姿态，扮演一个有趣的角色。著名人物在自我描述中从来都不会无所顾忌，因为他们的生活图像一开始就与无数人想像中或经历中的图像存在着相互对证的问题。因此他们被迫违心地让他们的自我描述与业已成形的传奇相近。这些名人为了维护自己的名誉必须考虑他们的国家，他们的子女，必须注意道德、敬畏和尊荣。事情总是这样：谁属于公众，谁就要受到公众的束缚。但卡萨诺瓦却可以不受束缚，可以享有最大的自由，他无须担心家庭、道德和事业。他已经把他的孩子作为杜鹃蛋下到别人的鸟巢里了。

跟他睡过觉的那些女人早已在意大利、西班牙、英国和德国的地下化为泥土了，他本人不受祖国、故乡和宗教的束缚——见鬼去吧，他在人世间还要爱惜谁呢？充其量只有他自己而已！他所讲述的一切，对他既不会带来好处，也不会造成损失。他自问："干吗不实话实说呢？一个人永远也欺骗不了自己，我写回忆录仅仅是为了我自己。"

做到实话实说，这对卡萨诺瓦来说是不需要搜索枯肠、冥思苦想的。这是再简单不过的事：只要无所拘束，无所顾忌，毫不害羞就成了。他只要脱掉衣服，快快乐乐地赤身露体，把他这垂死的身躯再一次放在性欲的温暖的急流里，在回忆中活泼而忘形地噼噼啪啪地击水，完全不把现有的和想像中的观众放在眼里，就成了。他不像一个文人墨客，一个统帅，一个诗人，为了宣示荣耀而描述自己的冒险和奇遇，他描述自己就像一个无赖描述他的殴斗，像一个忧郁衰老的妓女描述她的春宵时刻，完全不知羞耻，丝毫没有顾虑。"对我的自白我一点也不害羞"，这句话是作为座右铭写在他的《我的生活故事》里的。面对未来他没有一点懊悔，因为他的叙述简直是直截了当地脱口而出。因此，毫不奇怪，他的书成了世界历史上最无遮掩、最自然的一部书，在非道德方面真正是充满仿古艺术的坦率。尽管这本书可能会影响人们走向粗俗放荡，有时像一个感觉良好的运动员向温柔体贴的女人展示男性生殖器，但是，这种厚颜无耻的夸耀恐怕比性爱方面胆怯的逃之夭夭或软弱无力的谄媚要好千百倍。格雷库、克雷比荣或法布拉的性爱小册子散发着玫瑰色和麝香味的伤风败俗的气息，那里的爱神厄洛斯是一个身披褴褛衣衫的牧童，爱情则表现为贪色的相互捕捉的游戏。爱不过是骑士风度的小游戏，游戏中人们既不生育也染不上梅毒。我们不妨把这些性爱小册子与卡萨诺瓦的作品作一比较：卡萨诺瓦的作品是为充分说明人性和最基本的天性，对健康地享受欢乐所作的直率、准确的描写。在卡萨诺瓦的笔下，男性的爱不是仙女嬉笑着浣足爽身的蓝色溪水，而是水面反映水底带走人间一切污泥沉渣的巨大的天然河流。他不同于任何其他自我描述者，他让人们看到男子性冲动的惊慌和粗野的发泄。这里终于出现了一个有勇气揭示男子爱情中灵与肉的糅合的人。他不仅讲述了令人感伤的事件，闺房里私通的温存，而且讲述了烟花巷里的艳遇，赤裸裸的肌肤之间的性行为，每个真正的男人都通过的性爱的迷宫。虽然不能说其他伟大的自传作家如歌德或卢梭在他们的自我描述中也有不真实的地方，但那里的确存在着因为只讲一半和故意不说而显得不够真实之处。这两位大师以成心忘记或不屑记忆的手法仔细地对他们爱情生活中不雅观的、纯性爱的情节一概守口如瓶，只详细描述跟克莱尔辛和格莱特辛那些心灵相通的、感伤的或热烈的谈情说爱。不过，这样一来，他们也就不自觉地使男人性爱的真实生活图画理想化了。歌德，托尔斯泰，甚至一向不装假正经的司汤达，都毫不迟疑地不去描写无数纯粹床上的风流韵事，不去描写尘世的、极端尘世的爱情幽会。如果没有这么个无比坦率、极端无耻的卡萨诺瓦在这里揭开各种各样的帷幕，那么，世界文学就会缺少这么一幅描绘男人性生活的绝对真实、无比复杂的图画。在他的作品里我们终于看到了整个性的动力器官在发泄性欲时的作用，看到了追求肉欲的凡人怎样生活在贪婪好色、污浊堕落的世界里。卡萨诺瓦不仅说出了性生活中的真情，而且他的爱情世界的全部真情也像现实生活本身一样真实。——这是多么不可测度的差别呀！

卡萨诺瓦是实话实说了吗？——我听说那些死板的语文学家气得都坐不住了，他们近五十年来拿着机关枪对着他的历史性的谬误扫射，把一些重要的谎言都压了下去。但不要急，要耐着点性子！无疑，这个一向作弊的狡猾的赌徒，这个职业的说谎高手和策划阴谋的能人在他的回忆录里已经巧妙地在洗牌发牌上做了手脚。"他能改变命运"，他善于化险为夷，踢开绊脚石，踏上坦途。他在一筹莫展时便用幻想制成的各种配料，来装饰和点缀他的刺激性欲的杂烩故事，有时还撒上胡椒面和其他调味品使之更加可口。最后甚至连他自己都不知道讲的是什么故事了。不，我们不可以在他身上寻找细节真实的狂热追求者和可靠历史学家的影子，越用严密的科学考核我们善良的卡萨诺瓦，他在科学性方面欠下的债就越多。但是所有这些小小的骗局，这些年代顺序的错误，故弄玄虚和夸夸其谈，这些随心所欲的、往往事出有因的忘却，在回忆录中根本无法抵消那惊人的，简直可以说是绝无仅有的生活全貌的真实。毫无疑问，卡萨诺瓦行使了他作为艺术家的无可争辩的权利，把时间和空间糅为一体，充分利用一切细节，使故事情节更加具体生动。但这对他用来把他的生活和他的时代看成整体的那种真诚、坦率、犀利的态度，丝毫无损。不是他一个人，而是一个世纪突然在舞台上活跃起来。社会和各民族的所有阶层和等级，所有的地方和领域都被卷入他的那些因差异明显而十分紧张的、扣人心弦的、五光十色的戏剧性插曲中，形成一幅举世无双的道德和非道德的图画。很明显，他在知识方面缺乏深入的研究，但他的观察方式对文化研究却具有文献的意义。他不是从大量的事实中抽象地找出根源，因此他不能解释他所记述的所有现象。不，他让一切都那么松散地杂陈在那里，让偶然事件与真实生活中的事件并列出现，从不进行分类，从不使之更加凝练。在他的笔下，只要能使他感到快乐，一切都是同样的重要——这是他这类人对世界进行判断的惟一标准！——无论在精神方面还是在现实方面，对伟大和渺小，善与恶，他都一概不懂。因此，他所描述的同腓特烈大帝的谈话，一点也不比此前以十页篇幅描写的同一个小妓女的谈话更详尽更感人。他描写巴黎的妓院，同描写卡特琳娜女皇的冬官一样客观细腻。在他看来，他在玩法老牌中赢得几百杜卡特金币，或者他在跟他的杜布娃或海莱娜度过的一夜里有多少次占上风，与理应写进文学里的同伏尔泰先生的谈话同样重要。他从来不对世上的任何事情做道德的或美学的评价。因此，世界在自然的平衡中始终是那样的壮丽。卡萨诺瓦回忆录的智力水平并不比一个遍历有趣人生场景的有才华的普通旅行者高明。人们不能从中得出任何哲理，但它毕竟也是一本历史性的导游手册，十八世纪一位廷臣的有趣的丑闻录，一个时代日常生活完整的概览。从谁那里也不能像从卡萨诺瓦这里更好地了解十八世纪的日常生活和文化，更好地了解这个世纪的舞会，节庆活动，剧院，咖啡馆，旅馆，赌场，妓院，狩猎场，修道院和要塞。看他的回忆录，我们可以了解当时的旅行，用餐，赌博，跳舞，居住，谈情说爱和寻欢作乐，可以了解各种习俗、礼貌、说话艺术和生活方式，除了这些闻所未闻的丰富多彩的事实，除了这些实际上很具体的现实情节，还有一大群人物形象走马灯似的喧嚷骚动，足够塞满二十部长篇小说，足够一代，不，是十代小说家当作自己的主人公来塑造。他笔下的人物形象多么丰富啊！这里有士兵和王侯，有教皇和国王，有无赖和作弊的赌徒，有商人和公证人，有阉人，拉皮条者，歌手，未婚女子和妓女，还有作家和哲学家，智者和傻瓜——这是把当时最有趣的各色人等一个个赶进一本书的围栏里的人物大汇展。多亏有了他的作品，上百部小说和剧本才有了最好的人物和环境。这部作品像矿藏一样始终取之不尽：就像十代人从古罗马的广场取石造屋，几代文人墨客都可以从这位挥霍无度的人这里借用基本材料和人物形象。

因此，对他的不够正经的才能嗤之以鼻，或因他凡俗的离经叛道的行为而使之重视道德，或干脆为哲理上的鸡毛蒜皮小事而吹毛求疵地责怪他，都是于事无补的——真的是无济于事，毫无用处！这位贾科莫·卡萨诺瓦现在属于世界文学，就像那个曾被判绞刑的弟兄维庸①和其他形形色色不光明正大的人一样，他也将比无数道德高尚的诗人和法官更长久地活在人们的心中。无论是他生前还是死后，他都认为一切通行的美学法则都是荒谬的，自相矛盾的，他无所顾忌地把道德的教义问答手册抛到桌子底下去，因为他的经久不衰的影响已经证明：一个人不必有特殊的才华，不必勤恳、正派、文雅、高尚，就能闯进文学不朽者的殿堂。卡萨诺瓦本人证明了，一个人，即使不是作家，也能写出世界上最有趣的小说，即使不是历史学家，也能描绘出最完整的时代画卷，因为那最后的主宰不问方法，只问效果，不问品德，只问活力。每一种完整的情感都可能带来某种成果，诸如厚颜无耻和感到羞愧，没有骨气和意志坚强，恶毒和善良，道德和不道德，无不如此。对万事永存起决定作用的，永远都不是一个人的精神形式，而是一个人的丰满性格。只有感情的影响是永存的。一个人活在世上，表现得越坚强，越精力充沛，越前后一致，越超群出众，他的形象就越完美。因为不朽从来不问道德和不道德，不问善与恶；不朽不要求人纯洁、处处作出表率，不朽只要求人始终一贯，不朽只以作品及其影响为准。在不朽看来，道德一文不值，精神的强大影响便是一切。

---

① 弗朗索瓦·维庸（1432—1463?），法国诗人，曾因罪被判死刑，获赦后被逐出巴黎。

司汤达

过去我是什么人？现在我是什么人？我全说不清。

司汤达：《亨利·勃吕拉的一生》

说谎的兴趣和说真话的快乐

我最好是戴上假面具，并更名改姓。

书　简

说谎蒙蔽世人，很少有人比司汤达说得更多；说真话，同样很少有人比司汤达说得更好，更彻底。

他的假面具把戏和欺骗人的行径，简直是数不胜数。你刚刚翻开他的一本书，一件骗人的事实便从封面和前言跃入你的眼帘，因为作者从来都不直截了当地承认亨利·贝尔是他的真名。他时而给自己加上一个贵族头衔，时而化装成"恺撒·邦贝"或者给他姓名开头字母 H. B. 添加一个神秘莫测的 A. A.。连恶魔也猜不到他原本是一个极其卑微的"法院助理办案员"；只有使用假名字，谎报事实，他才感到自己是安全的。有一次，他装扮成奥地利的退休者，还有一次装扮成古代骑兵队的军官。他最喜欢的是冠以连他的同胞也不理解的名字司汤达（这是根据普鲁士一个小镇的名字取的，那里因他突发奇想而变成不朽的城市）。如果他写出日期，你要坚信，那不是真的。如果他在《巴马修道院》的前言里说这本书写于一八三〇年离巴黎一千二百里的地方，这种可笑之举也掩盖不住真实的情况：实际上，这部长篇小说他是一八三九年在巴黎写成的。在许多事实中种种矛盾也是混乱不堪，纠缠不清。在一部自传里他夸夸其谈地说，他曾在瓦格兰、阿斯佩伦和埃劳打过仗；这里没有一个字是真的，因为他的日记无可争辩地证明：在这些战役期间，他正舒舒服服坐守在巴黎。有几次他讲到他跟拿破仑的一次重要长谈，但真是罪恶啊，就在下一卷里你就会读到他的极其令人信服的自白："拿破仑才不跟我这样的傻瓜谈话呢。"因此，对司汤达的每一个论断你都必须小心考证，最可疑的是他的信件，据说他是为了逃避警察的追踪，才标注假的日期，用不同的假名字落款。本来他是在罗马信步闲荡，他却注明发信地点是奥尔维埃托，他自称信是在贝桑松写的，实际上那天他是在格勒诺布尔，有时是年份的标注，大多是月份的标注起着误导的作用，署名几乎是有规律地变化着。但这不像某些人所说的那样，他干这种蠢事仅仅是为了逃避奥地利警察局的牢房，他这样做也是出于他对使人上当以及伪装和隐蔽自己有一种天生的兴趣。司汤达让神秘的东西和虚假的名字旋转，就像使一柄闪光的花剑围着他人飞舞，目的无非是不让任何一个好奇的人靠近他，因此他从不隐瞒他对存心欺骗和施展诡计的酷爱。当一个朋友在信里愤怒地责怪他可耻地说谎时，他竟心安理得地在责备他的句子旁边写上"一点不假"——"正确！不错！"他笑容可掬地怀着嘲弄的满意心情在他的供职证件上填写假的履历，时而忠于波旁王朝，时而忠于拿破仑。像在沼泽里飘浮着的鱼卵一样，在他所有的文章里，包括已复印的文章和私人的文件里，都充满着种种矛盾。他的最后一次故弄玄虚——简直可说是一切谎言的最高纪录！——是根据他遗嘱里特别强调的愿望，被雕刻在蒙马特公墓的碑石上的文字。在那里至今仍可读到这样骗人的碑文：阿里果·贝尔，米兰人，受过典型法国式洗礼、（令他恼火地）出生在外省寒酸小城格勒诺布尔的亨利·贝尔的长期住所。就是面对死，他也要着假面具出现：他为死披上了浪漫的外衣。

但是，尽管如此，这位经常披着伪装的艺术大师像这样对世人敞开心扉、吐露真言，还是为数甚少。必要时，司汤达会像他喜欢说谎那样讲真话。他的坦率开始是令人吃惊的，甚至常常是令人恐惧的，随后才是动人心魄的，他初次就以这样的坦荡胸怀勇敢地说出最隐秘的经历和对自己的观察，别人却在意识到这种情况之前赶快掩饰这一切，或像变戏法似的把它们变走。司汤达说真话和说谎话一样勇敢乃至胆大包天。他毫不踌躇地越过社会道德的一切障碍。他通过一切国界和国内检查的所有关卡进行走私；他生活上胆小怕事，面对女人羞怯退缩；但只要一拿起笔，他立刻就变得无比勇敢；于是便没有任何"障碍"阻挡他了。相反，无论在哪里，只要在自己的心里发现有这样的阻力，他就抓住它们不放，把它们从内心掏出来，以便用最严格的客观态度解剖它们。恰恰生活中的最大障碍，他在心理上控制得最好。一八二〇年前后，他就直觉地以真正的天才的幸福感撬开了那心灵机械上的一些精制的扣锁，一百年以后心理分析学才以其复杂而精巧的仪器，拆开和改造这种心灵机械。——他那天生的、在体育锻炼中获得的心理学家的胆量，使缓慢发展的科学的一个原理提前出现了一个世纪。因此，当时司汤达除了自己的观察没有任何别的实验室：他惟一的工具一直是一种无比强烈的、极端精明的好奇心。他观察他所感到的一切，凡是他所感到的东西他都坦率而大胆地说出来，而且说得越大胆便越好，说得越深刻便越热情。他最喜欢透彻研究他的最坏的、躲藏得最深的感觉：我只记得他是多么经常多么狂热地炫耀他对父亲的憎恨，他多么傲慢地说他曾白白浪费了一个月时间去竭力体味听到父亲死讯时的痛苦。他对性生活障碍的最痛苦的自白，他的极端虚荣遇到的危机，他在女人当中的接二连三的失败——这一切他都像摆出一张总参谋部的地图一样那么客观精确地摆在读者的面前。人们在司汤达那里发现一些最隐私最微妙的坦诚报告，写得像临床记录那样冷静，从来没有一个人对他的这种坦率真诚感到厌恶，也没有人认为他的这种坦率真诚是被迫流露出来的。这便是他的功绩：在他的聪明才智凝结的清澈透明、利己冰冷的结晶体里，永远为后世存留着对精神的最宝贵的认识。没有这位披着伪装的神奇的大师，我们就不会了解到这么多感觉世界和他所处的底层社会的真实情况。因为谁曾坦诚地对待自己，他就会永远坦诚。谁悟得出自己的秘密，谁就发觉了所有人的秘密。

肖 像

你很丑，但你气度不凡。

加尼翁舅舅对年轻的亨利·贝尔说

暮色苍茫，黎塞留街的小阁楼里。写字台上点着两支蜡烛，从中午开始司汤达就在写他的长篇小说。现在他突然扔下了笔：今天就到这儿了！现在要休息一下，出去走走，好好吃一顿饭，去参加聚会，快活地谈天说地，与女人周旋，凑凑热闹！

他开始做准备，穿上外衣，理正了假发，又赶快照了照镜子！他仔细端详了一下自己，立刻嘲讽地撇了撇嘴：不，他对自己并不满意。这是一张多么粗俗的哈巴狗似的面孔，略圆，红红的，肥胖市民阶级的面孔，那个宽大的鼻子多么像讨厌的短粗块茎镶嵌在这张外省人的脸上！那双眼睛谈不上令人讨厌，很小，黑黑的，闪闪有光，充满不安的好奇的神情，但它们在阴沉的方额头的两道浓眉下面却显得太深太小。在这张脸上还有什么是好的呢？司汤达气恼地端详着自己。没有什么是好的，没有什么是柔和的，没有充满生气的线条，一切都是笨重的、粗俗的，最丑恶的资产阶级的庸人相。这个镶在棕色胡须框里的球形脑袋说不定算得上这个令人讨厌的身躯上最好的部分。因为下巴往下一动，脖子便显得太短，压出一个小肿块，下巴再低一些，他简直连看都不敢看了，因为他恨透了他那蠢笨的、极不相称的大肚皮，那长得太短的难看的腿。这两条腿如此吃力地支撑着亨利·贝尔沉重的身子，以致他的同学总是把他叫做"能移动的塔"。司汤达还在镜子里寻找某种安慰。充其量也就是这双手，是的，它们算得上是一种安慰，这手像女人的手似的细嫩，因为有那些磨得很光滑的长指甲而显得颇有弹性，从这里透着些许才智和高贵。还有这皮肤，是少女般敏感的、柔软的皮肤，它温情脉脉地显露出少许上流社会的特质，给人以高雅的印象。但是谁会注意这个男人身上的一些微不足道的女人特征呢？女人只问面貌和身材，根据五十年的经验他知道，女人都是不可救药的粗俗。奥古斯丁·费龙称他的这副嘴脸为裱糊匠的脑袋，蒙塞莱特则说他是一名"长着药剂师面孔的外交家"；但即使是这样的评定似乎对他也太友好了，因为司汤达现在恼怒地凝视那面没有怜悯心的镜子，自我断定：一张意大利屠夫的脸。

但他这个肥胖笨重的身体，至少是粗野的，有男子气概的！——确实也有这样的女人，她们钟情于有宽阔肩膀的男人，在她们眼中，一个哥萨克人往往比一个花花公子更体贴。不过，他知道，用下流的话来说，这种粗壮的农夫身形，他身上的这种血液旺盛的红色只是肉体的一种假象。在这个巨人的身体里面闪烁着一个微妙的甚至病态的敏感性的神经束，所有的医生都像注视一个"敏感的怪物"似的惊讶地注视着他。而这样一个蝴蝶的灵魂——说来罪恶！——竟被嵌入如此肥厚的肉体里：想必是某种梦魔在摇篮里更换了肉体和灵魂，因为在它粗糙的外壳里面，每当激动时那病态的超等敏感的灵魂都要不停地打寒战。看见邻室有一扇开着的窗户，剧烈的颤抖便爬过他脉络交错的皮肤；一扇门自动关上了，神经立刻在粗野的撕扯中抽搐起来；嗅到一种难闻的气味，于是他感觉有些头晕；在一个女人的身旁，他会心乱如麻，谨小慎微，或者相反，变得粗暴，不讲礼貌。这种矛盾的心理真是难以理解！干吗长了这么多肉，长了一个大肚皮？长了这么些粗笨的赶车人的骨头，内心却有如此精细和脆弱的感情？干吗有这样一个没有吸引力的、粗笨的身体，里边却是一个如此复杂、如此敏感的灵魂？

司汤达转过身来，不再照镜子，外形的不可救药，这一点他从青年时代就知道了。在这方面，就连魔术大师似的裁缝也帮不了什么忙，尽管这位裁缝给他的马甲下面加了一件紧身胸衣，巧妙地从上面压住大肚皮，还给他做了里昂丝的出色的长仅及膝的裤子，以便掩盖那可笑的短腿。生发剂虽然能使那早已花白的络腮胡子变成更具男人特质的棕色，但也无济于事，时兴的假发虽然能护住秃顶，但也无能为力。镶金边的领事馆制服和精细磨光、闪着微光的手指甲同样帮不了他。这些器具和小手法只起到少许虚饰和装扮的作用，它们能掩盖肥胖和衰老，但是在林荫大道上，还是没有一个女人转身瞧他一眼，什么时候也没有一个女人像德·雷纳尔夫人朝他的于连，或者像德·夏斯特莱夫人朝他的吕西安·娄凡那样深情地看过他。不，她们从来都没有注意到他，身为年轻的少尉时没有人注意过，到了现在，他的灵魂已深藏在一身肥肉里，年龄已在他额头上刻上皱纹了，还是没有人注意到他。过去了，好时光都在嬉戏中虚度了！一个人长了这么一张脸，是不会走桃花运的，从来没有例外！

这样，就只剩下一个办法了，那就是要聪明，机智，有吸引力，招人喜欢，把人们的注意力从脸上转到他的内心，靠令人惊异的言谈举止吸引人和诱惑人！"有才能遮三分丑"，在必要时才能可以代替美。一个人其貌不扬，便不得不靠才智打动女人，因为他不能从美的方面使她们见了动心。在多愁善感的女人面前要装出忧伤的样子，在轻薄的女人中要显得玩世不恭，有时要正好相反，保持警觉，总是显得才华横溢。"把一个女人逗乐，你就会得到她。"如果人家冷淡，你就机敏地抓住每一个弱点装出热情的样子，如果人家满腔热情，你就冷若冰霜，变着法儿使人惊诧，耍耍手腕使人心慌意乱，永远表现得与众不同。首先是不要错过机会，不要害怕失败，因为女人有时会忘却一个男人的脸，就连提坦尼亚也在一个奇妙的夏夜亲吻过一个丑陋的蠢人。

司汤达戴上那顶时兴的帽子，拿起那副黄色的手套，对着镜子试演了一个冷嘲热讽的微笑。好，今天晚上他就这样出现在德·T.夫人家里，要摆出嘲弄、讥讽、玩世不恭和冷冰冰的样子：这恰好可以使人惊异，使人感兴趣，使人迷惑，这正好可以用闪光的假面具一样的言词掩盖他丑陋的外形。只是要使人大为惊愕，要做到一出现就把注意力吸引到自己身上来，这是把内心的沮丧隐藏在大言不惭的吹嘘背后的最好的方法。当他走下楼梯时，他便虚构出一个人声鼎沸的前厅：仆人将通报商人恺撒·邦贝先生到达，然后他才走进来，装作喋喋不休高谈阔论的羊毛商人，不让别人说话，夸夸其谈地讲述他编造出来的生意情况，直到他撩拨起人们的好奇心，女人们习惯了他的面孔为止。然后再用一连串有趣感人的轶事趣闻使她们感到轻松愉快，一个昏暗的角落成功地把他的体形罩在阴影里，喝上一两杯潘趣酒，也许，也许到了午夜，女人们会发现他很迷人呢。

他的生活掠影

一七九九年。

从格勒诺布尔到巴黎的邮车在奈穆尔停下来换马。激动的人群，各式的标语牌，各种报纸都集中在一条新闻上：年轻的波拿巴将军昨天在巴黎扼杀了共和国，踢开国民议会，自己做了执政官。所有的旅行者都在热烈地争论，只有一个宽肩膀、红脸膛、年仅十六岁的小伙子对此不大关心。共和国或执政任期跟他有什么相干，他到巴黎去，说是为了进综合技术学院学习，实际上是为了逃离外省，去体验巴黎的生活。巴黎呀，巴黎！这个响亮悦耳的名字充满了五彩缤纷的梦想。巴黎，意味着奢华，优雅，轻松愉快，繁华，自由，特别是女人，许多女人。他梦想着，随便哪一个年轻、漂亮、温柔、时髦的女人（也许与他在格勒诺布尔从远处偷偷地爱过的那个女演员维克托里娜·卡布利相似），他都将会以一种浪漫的方式突然结识。他梦想着，他将迎面冲向受惊的马，从破损的双轮马车里把她救出来，为她去做出某种伟大的壮举，而她则将成为他的情人。

邮车继续颠簸向前，无情地碾碎了这些为时过早的梦幻。这个孩子几乎没看一眼风景，几乎没跟他的同行者说一句话。车夫终于把车停在一条道口横木前。车轮隆隆地从高低不平的街道滚过去，进入那些高大房屋之间的狭窄、肮脏的深巷，腐败食物和穷人汗臭的气味呛得人喘不过气。这个失望的孩子吃惊地看着他的梦乡。原来这就是巴黎，巴黎就是这个样子吗？日后他将一再重复这句话，在他参加第一次战役以后，在越过大圣伯纳山口的时候，在头一个爱情之夜。在这些狂热的梦想化为乌有之后，与这种非分的浪漫要求相比，现实总显得无力而乏味。

在圣多米尼克街一家很平常的旅馆前面，他们让他下了车。旅馆六层的阁楼，没有窗户，只有一个小天窗，那是地地道道的滋长愤怒伤感的温床，小亨利·贝尔就在这里住了几个星期，没有看过一眼他的数学书籍。他总是一连几个小时信步走在街头，欣赏女人，研究她们身穿袒胸露背的新罗马时装是多么迷人，她们跟追求者开玩笑又是多么热情。她们多么会笑，笑得又诱人又轻松。但他不敢接近任何一个女人。这个粗手笨脚的少年身穿外省人的绿色大衣，一点也不时髦，怎敢上前搭讪。连那些围着路灯转悠的只给几个小钱就行的姑娘他也不敢问津，只有愤怒地妒羡那些更勇敢的同伴。他没有朋友，没有交际，没有工作。他像一个梦游人似的愁眉苦脸地穿过一条又一条街道，期待着罗曼蒂克式的艳遇，完全沉浸在内心的幻想中，有几次差点被马车撞倒。

终于，在完全被拖垮了以后，在他渴望说话、温暖和亲密关系时，他去拜访了他的亲戚，那个富有的达吕一家。他们对他很友好，他们请他搬到他们漂亮的房子里来住，但——亨利·贝尔的原罪在作怪！——他们出身于外省，而这正是他不能原谅他们的；他们过着资产阶级的富有舒适的生活，而他却囊空如洗，一文不名，这使他非常气恼。他厌烦、沉默、笨拙地跟他们坐在一起用餐，简直像他们的一个隐蔽的敌人。他把他追求亲切体贴的热烈愿望深藏在郁闷的嘲讽的倔强性情的背后。大概正如达吕家老一代人私下断言的那样：这是一个讨厌的忘恩负义的家伙。晚上很晚的时候，这家的英雄人物，威力无比的波拿巴的得力助手——皮埃尔·达吕（后来封了伯爵）才从国防部回来，他是那样的疲惫，困倦，沉默不语。按照他内心的爱好，这个军人是可以成为这个小诗人的可爱的同行的（因为他一直用沉默来封闭自己，这位军人便认为亨利·贝尔是一个不开窍的蠢货，特别像一条鲤鱼似的没有教养）；因为这位军官在闲暇时翻译贺拉斯的诗，写哲学论文，而且准备在退役后撰写一部威尼斯的历史。但现在他在波拿巴的庇护下肩负着重要的使命。他是一个永不疲倦的老黄牛，他夜以继日地坐在参谋部的秘密工作室里做计划，思考问题，写公函，但谁也不知道目的何在。小亨利憎恨他，因为他想帮助他发达，而他不想发达，他只想随心所欲。

但有一天，皮埃尔·达吕把这个懒汉叫去，要亨利立刻跟他一起到国防部去，说他为亨利谋到了一个差事。在达吕的强迫下，这个胖乎乎的小亨利只好从早上十点钟到夜里一点不停地写信，写报告，直写得他手腕酸疼难忍。他一直不知道，所有这一切没完没了的抄写是干什么用的，但不久以后全世界却都知道了他所抄写的一切。他万没想到他竟参与了意大利战役，这个战役从马伦哥①开始，以帝制的建立而告终。这位"导师"终于讲出了秘密：宣战了。小亨利·贝尔松了一口气，谢天谢地，现在这个折磨人的达吕必须出发到司令部去了，恼人而乏味的书信抄写结束了。他松了一口气。尽管战争仍然是世上最可怕的东西，但比起他所憎恨的工作和寂寞这两件事来，他更喜欢战争。

　　一八○○年，五月。
　　波拿巴的意大利军团后卫队在洛桑。
　　几名骑兵队的军官并辔前行，大笑不止，筒状军帽上的羽饰不停地摇晃。一个逗人发笑的景象出现在眼前，前面，在一匹不驯顺的老马的背上，坐着一个短腿的胖少年，他像一只猴子似的笨拙地紧紧抓着缰绳，服装是半军半民；那匹老马想让这个业余骑手来个嘴啃泥，那少年一直在跟这匹不听话的老马搏斗。他的重剑斜绑在腰间，对着马的臀部不停地摇摆，使得这可怜的马痒得难受，最后它便抬起前蹄，突然急速狂奔起来，横越田野和沟壑，摇动着那忧虑不安的骑手。
　　几个军官乐不可支。"骑过去，"队长比雷尔维耶终于同情地命令他的勤务兵道，"帮帮这个半吊子！"那勤务兵催马疾驰，紧紧跟在后面，向那陌生的老马狠狠地抽了几鞭子，直到它站住为止。然

---

① 意大利北部的一个村庄，一八○○年五月拿破仑在此大败奥军。

后他抓住缰绳，把那个生手拉过来，那生手的脸愤怒和羞愧得像锅里的螃蟹一样红。"你们要干吗？"他激动地问队长，这个永远的梦想家已经想到拘捕或决斗了。但这位爱开玩笑的队长一听说他是位高权重达吕的表弟，便立刻对他十分客气。队长请他加入他的团体，并且问这个可疑的新兵此前都在什么地方混事。亨利脸红了，心想：不能向这些凡夫俗子供认，他曾在日内瓦眼含泪水在让-雅克·卢梭诞生的那所房子前伫立过。他装出敏捷而大胆的样子，以一种蠢笨的方式捉弄这些勇敢的人，倒使他们大家都很喜欢他。军官们首先以同志的情谊教他骑马时把缰绳抓在二、三指之间，皮带上扣紧军刀的高超技巧，此外还教了他一些当兵的秘诀。亨利·贝尔立刻就觉得自己成了士兵和英雄了。

他觉得自己是英雄，至少他不容许别人怀疑他的勇敢。他宁可撕下自己的舌头也不提出一个愚蠢的问题，也不因恐惧而唉声叹气。在跨越举世闻名的大圣伯纳山口以后，他在鞍桥上漫不经心地转过身来，近于轻蔑地向队长提出一个他一直没有解决的问题："这就是一切吗？"当他在巴尔特要塞附近听到几门大炮的轰鸣时，他又惊奇地问："这是战争吗？仅仅如此吗？"至少，他闻到了火药味。面对生活的一种天真无邪的心理现在消失了，他越发不耐烦地用马刺踢了一下马，便疾驰下山奔向意大利。这时其他人都失散了，惟独他通过短时间的冒险，迎着爱神的无限的艳遇奔驰。

一八〇一年，米兰，沿着东方港口乘船游览。

战争把意大利皮埃蒙特地区的妇女从被监禁的状态中唤醒了。

自从法国人到了这个国家，她们每天都乘坐自家低矮的贵宾车在蓝天下沿着闪闪发光的大街行驶，时而让车停下来，跟她们的情人或跟她们丈夫家的世交闲聊几句，也很愿意面带微笑注视年轻放浪的军官，用扇子和鲜花做传情的游戏。

在稀疏的阴影的笼罩下，一个十七岁的士官贪婪地看着那些时髦的女人。是的，亨利·贝尔没参加过一次战役，就突然成了六个龙骑兵中的一个士官；作为大权在握的达吕的表弟，干什么不是轻而易举呀！法国龙骑兵亮晶晶的钢盔上的黑色马毛在前额上飘动摇摆。大军刀在他白色的骑兵队大氅后边发出响亮的丁当声，马刺在皮靴的翻口上丁零作响。这个守旧的矮胖粗壮的小伙子，看上去的确透着尚武的精神。

他不应该在这里四处闲荡，成天挎着重剑走在石子路面上贪婪地端详女人，他本应该待在连队里，为把奥地利人赶到明韶河彼岸出把力。但这个十七岁的少年不喜欢干平庸的事。他已经发现，"用马刀劈砍厮杀根本不需要什么才智"。既然他是大人物达吕的表弟，那他就不要去做粗俗的大兵该干的事，他最好留在这个繁华的后方驻地米兰。因为在临时宿营地没有这么美丽的女人可以追求，首先没有斯卡拉歌剧院，那里正在上演奇马罗萨①的歌剧，聘有著名的女歌唱家。就在米兰，而不是在北意大利偏僻沼泽地的一个帐篷里，亨利·贝尔建立了自己的真正的大本营。晚上，每当斯卡拉歌剧院的五层楼包厢里渐渐亮起灯光时，他总是第一个到达。小姐

_____
① 奇马罗萨（1747—1801），意大利作曲家。

太太们走进来，看得见个个薄纱衣下面"比半裸更裸露的"身体，而那些身穿闪闪发光的军服的人都对着她们光亮的肩头屈身鞠躬。啊，这些意大利女人，她们多美呀！她们是多么快活，多么招人喜爱呀，多么幸福地享受着这一切，因为波拿巴把五万名年轻小伙子带到了意大利，给这些女人的意大利丈夫减轻了负担，也增加了痛苦！

遗憾的是，在所有这些女人当中一直没有一个女人想到，在这五万青年人里选择来自格勒诺布尔的亨利·贝尔。这个骄矜的安吉拉·皮特拉格鲁瓦，这个丰满的布商的女儿，她喜欢在客人面前袒露她那白皙的胸脯，在军官的小胡子上温暖她的嘴唇，她怎么能知道，这个长着一对黑黑的闪光的眯缝眼的小圆脑袋——"他是中国人"，她多少有点冷淡地戏称他是中国人——会爱上了她？他怎么能知道，他像梦想一个可望而不可即的偶像一样日夜想着她这个并非硬心肠的人，而她，这个固执的资产阶级的姑娘怎么会因为他的罗曼蒂克的爱情而一下子就坠入情网呢？当然，他每天晚上都来跟别的军官玩法老牌，他默默地羞怯地坐在角落里，她一跟他说话，他的脸就变得苍白。但他那时握过她的手，悄悄地把膝头向她的膝头移过去，或给她写过一封信，甚至对她小声地说过"我爱你"吗？这个胸脯丰满的安吉拉对法国龙骑兵的其他明确的表示早就习以为常了，她几乎没有注意到这位小个子士官，所以这个笨拙的家伙错过了得到她恩宠的机会。他没有想到她多么喜欢和愿意把她的爱给予每一个追求者。尽管亨利·贝尔佩带大号重剑，脚穿翻口大马靴，但他仍然像在巴黎一样腼腆。这个怯懦的唐璜一直像少女一样拘谨。每天晚上他都打算冒险冲击一番。他小心地在笔记本里写下年长的朋友们怎样用暴力战胜一个女人的贞洁心理。但刚刚来到那个可爱的圣洁的安吉拉身边，这个空谈的卡萨诺瓦立刻就手足无措，神思慌乱，满面通红，像一个少女。为了成为一个真正的男人，他决意抛弃他的忸怩心态。某一个米兰的职业妓女（"我完全记不得那是谁，她长得什么样了。"他后来在他的笔录中这样写道），在他看来就是圣坛，但遗憾的是，她却以相当不雅的礼貌回报他最初的奉献，她把她的病传给了这个法国人，据说这种病是法国波旁王族的康奈塔布尔元帅的人带到意大利的，从那时起就叫法国病。所以，这个寻求维纳斯温柔服务的战神马尔斯的仆人，就这样供奉严厉的商业神墨丘利达数年之久。

一八〇三年，巴黎。又是在六层阁楼里，又是身着便装。

军刀没有了，马刺和缰绳也没有了，少尉委任状被抛进了角落。士兵的经历使他尝到了足够的甜酸苦辣，他已经厌烦了军旅生活——他用法语说："我已经烦透了。"那些傻瓜还没来得及严格要求亨利·贝尔认真地在那些肮脏的村子里执行卫戍任务，要求他洗马，要求他服从命令，他就逃跑了。不，服从命令不是这个任性的人该干的事，他的最大的幸福是"既不命令任何人，也不当任何人的部下"。于是，他给那位部长写了一份辞职书，同时给他的严父也写了一封信，希望父亲能给他点钱。亨利在他的书里曾以最粗野的方式诽谤过他的父亲（说父亲是以笨拙的隐忍的态度爱自己的儿子，就像亨利爱那些女人一样）。亨利在他的笔录中，总是讥讽地称他的父亲为"神父","私生子",但父亲却真的每个月汇钱给他。当然钱不多，但也够用，足够他为自己做一件说得过去的上衣，买几条很讲究的领带，买一些白纸供他写喜剧剧本用。因为现在亨利·贝尔有了一个新的决定：他不想学数学了，他想做一名戏剧家。

他首先是采取进法国喜剧剧院看戏的方式向高乃依和莫里哀学习。其次，对一名未来的剧作家十分重要的经验则是：必须了解女人，必须爱女人和被女人爱，找到一个"美的灵魂"，一颗"有吸引力的心灵"。他向小阿黛丽·勒布菲特献殷勤，得到的却是那种不幸情人的充满幻想的乐趣；所幸这位小姐的耽于享乐的母亲每周都以尘世的方式给他几次安慰（正如他在日记中所写的）。这虽然很有趣，很有效益，但总不是真正的、热狂的、伟大的爱。所以他坚持不懈地寻找高尚的崇拜偶像。最后，路阿松，法国喜剧剧院的一个娇小的女演员缚住了他那不断高涨的激情；她接受他向她表示崇拜而无需首先得到允许。但在遭到一个女人的拒绝时亨利会爱得更热烈，因为他只爱永远得不到的崇拜偶像。可是不久以后，这个二十岁的青年人便坠入情网了。

一八〇三年，马赛。发生了惊人的变化，简直令人难以置信。

这真的是亨利·贝尔，拿破仑军队的编外中尉，巴黎的纨绔子弟，明日的作家吗？这个批发兼零售殖民地农副产品的莫涅-希耶公司狭小的一层楼里腰束黑色围裙的店员，这个在马赛港口左边这个肮脏的小胡同里一个充满油烟和无花果气味的郁闷的地下室，坐在写字高凳上的伙计，果真是他吗？这确实是那个崇高的人吗？昨天他还以最高尚的情怀合辙押韵地作诗，今天却在这里零售葡萄干、咖啡、白糖和面粉，给顾客写催款单，在税务所跟那些官员讨价还价。是的，这就是他，就是那个圆脑袋，那个倔强的家伙。既然特里斯坦为了接近心爱的伊瑟装扮过乞丐，既然公主为了跟随那个知心的骑士参加十字军东征换上过宫廷侍童的服装——那么他，亨利·贝尔也是完成了一项英雄壮举。为了陪伴他的情人，陪伴那个被聘到马赛演戏的路阿松，他在一家殖民地商贸公司当了雇员，当了面包师助手和站柜台的店员。白天手指上沾满了白糖和面粉，晚上却能去剧院把一个女演员接回家来，领这个情人上床，这有什么不好啊？

多美妙的时刻，多美妙的满足！但遗憾的是，对一个耽于幻想的人来说，没有什么比离他的理想太近更危险的了。后来他发现，马赛这个梦寐以求的南方城市，其实跟格勒诺布尔一样土气，到处是南方人的喧闹和装腔作势，街道像巴黎的街道一样又脏又臭。即使他跟他心中的女神一起生活，他也只能得到这样一种令人失望的体验：这个女神尽管一直很美丽，但实在是愚蠢至极，于是他便开始觉得无聊了。假如有朝一日剧院解聘了这个女神，她像一片云似的飘到巴黎去，他甚至会很高兴呢。他将摆脱幻想，明天又不知疲倦地去寻找下一个女神。

一八〇六年，不伦瑞克。又一次改变服装。

又穿上了军服，不再是粗糙的士官服，不再是那种只在随军女贩和缝纫女工眼里才受尊敬的服装。现在，每当这位伟大军队的军需官代表亨利·贝尔先生，同封·施特罗姆贝克先生或同随便哪一个不伦瑞克社会的杰出代表，穿过街道时，那些德国小镇士绅便毕恭毕敬地刷的一声把帽子从脑袋上摘下来。不过，他现在已经不是简单地称作亨利·贝尔了；我们应该做一个小小的更正，自从他到德国身居要职以后，他便在签名时写"封·贝尔先生"，法文为"亨利·德·贝尔"了。虽然拿破仑没有封他为贵族，甚至连一个小荣誉勋章或其他荣誉饰物都没有赏给他，但亨利·贝尔是一个敏锐的观察者，他发现老实的德国人倾慕头衔就像燕雀喜欢飞向黏胶。在贵族社会里，总有各式各样妩媚的金发美女吸引人们去跳舞，他不愿意在这种场合被视为庸俗的平民：字母表中的 de（德）这两个字母极巧妙地使华丽的制服变幻出一种特殊的光轮。

　　原来种种恼人的使命都加在了贝尔先生身上。上司要他从劫掠一空的管区搜到七百万战时特种税，要他在管区建立和维持秩序；对这些事他仿佛只用左手便可应付自如，腾出右手可以打台球，拿起猎枪练习射击，参加别的文雅的消遣活动。德国也有讨人喜欢的女子。他可以对一个金发贵族女子明欣表示他的柏拉图式的爱情；一个朋友有一个美丽的名字，叫克纳伯尔胡伯，对这个朋友的可爱的女友他却倾泻出更粗野的情欲，满足夜间的需要。这样，亨利就又使自己的日子过得很舒适了。所有的元帅和将军都在奥斯特里茨和耶拿的露天下熬汤，贝尔一点也不羡慕他们，他在没有战争的地方静静地读书，让人给他翻译德文诗篇，而且又给他的姐姐保琳娜写了一些优美的书信。他越来越有意识地、越来越出色地成长为一个善于生活的人，他是一切战场上迟到的旅行者，一切艺术的有才智的业余爱好者，他越能广泛地认识世界，越能正确地观察世界，他便感到越自由，越接近他本人。

一八〇九年，五月三十一日。维也纳。清晨。

绍滕教堂，昏暗，只坐了一半人。

有几个老头和老太太身穿褴褛的黑色丧服跪在第一排凳子上，这都是来自罗劳的善良的海顿老爹的亲戚。法国的燃烧弹突然呼啸着飞进他可爱的维也纳，把这位风烛残年的正直老人吓死了。这位人民颂歌的曲作者临死时满怀爱国主义热情结结巴巴地说："上帝保佑弗兰茨皇帝！"于是他们便不得不在进驻军队造成的混乱局面里急急忙忙把这具像孩子一样轻的尸体从贡喷多尔夫郊区的那所小房子送到教堂墓地。现在是维也纳的音乐家们事后在绍滕教堂里为他们的大师举行隆重的安魂弥撒。相当多的人从被占领的家中挺身而出，前来悼念死者。说不定在这些人当中也站着贝多芬先生，那个留着头发蓬乱的狮子头的短腿怪人。说不定在上面那个合唱队的男孩当中就有一个来自利希滕塔尔的名叫弗兰茨·舒伯特的十二岁的小男孩。但没有一个人注意别人，因为突然进来一个身穿制服的法国高级军官，陪同他的是身穿音乐学院刺绣礼服的副主持人。所有人都不禁大吃一惊：难道法国入侵者禁止大家在这里最后一次悼念善良可亲的海顿吗？根本不是，这是封·贝尔先生，大军的高级法官，他完全是以个人身份来到这里的。他在城区某处听说，这里要为这次纪念活动演奏莫扎特的安魂曲。为了听莫扎特或奇马罗萨的音乐，这个可疑的战争的奴隶可能骑马跑了一百里地，因为在他看来，这位可爱的大师的四十小节音乐比历史上消灭达四万敌人的威武的步兵营更有价值。他小心翼翼地走到教堂长凳前，倾听此刻缓慢开始响起的音乐。这个安魂曲他非常不喜欢，他发现这个曲子"过分喧闹"，不是"他的"那个轻柔的无忧无虑的莫扎特。只要艺术超越了清晰的歌唱的界线，只要它越出人的嗓音使永恒因素达到野蛮、放纵的程度，他总觉得它陌生。晚上，在凯伦特纳托剧院里，他觉得唐璜也是慢慢地才变得可以理解。有一次，在大厅里，他的邻座贝多芬先生（关于这位先生他一无所知）冲着他大发脾气。在这种一点也摸不着头脑的混乱中，司汤达感到的惊异真是不亚于他的那位魏玛的伟大诗人兄长，那位歌德先生。

弥撒结束了。亨利·贝尔身穿闪闪发光的军服，愉快而高傲地走出教堂。他沿着壕沟漫步，发现维也纳这个美丽清洁的城市十分迷人，这里的人都能创作美好的音乐，不像北方其他各地的德意志人那样在创作音乐时要冥思苦索地先写出草稿。这时他本应到办公室里为大军的给养操劳，但他似乎觉得这种公务并不怎么重要。达吕表兄工作时像一匹马，拿破仑即将取胜，感谢上帝，是他创造了这么一批怪人，工作使他们感到乐趣无穷，他们靠自己的收入可以生活得很好。贝尔表弟更喜欢承担比较舒适的工作，在他表兄狂热工作的情况下安慰表兄在维也纳的妻子达吕夫人。从青年时代起，贝尔就熟知以怨报德的魔鬼心术，他想，对恩人的报答，有什么能比以感情和温存善待他的妻子更好的呢？他们一起骑马出城到普拉特游乐场去，在被毁坏的别墅亭榭里，他们俩各种各样的亲昵行为开始发展起来。他们参观画廊、珍宝馆和贵族美丽的乡村府邸，直到乘坐有软垫的四轮带篷马车向匈牙利疾驰。就在这期间，士兵们在瓦格兰被击穿头盖骨，她正直的丈夫达吕正在挥汗谋划战争。他俩下午谈情说爱，晚上去凯伦特纳托剧院看戏，他们最喜欢听莫扎特的音乐，凡是音乐会他们都去听。这个身穿军需官外衣的古怪的人渐渐明白了，对他来说，生活的一切意义和甜美都存在于艺术之中。

一八一〇年至一八一二年。巴黎。帝国的光辉年份。

生活越来越美丽。他有钱而不必工作（众所周知，他并没有功劳！），他却通过女人温柔的手变成国务委员会的成员和皇室家具的管理者。所幸拿破仑并不当真需要他的国家顾问。他们这些国家顾问有的是空闲时间，可以随意散步——不，可以随意乘车兜风！亨利·贝尔的钱包由于突然获得的高官厚禄而变得鼓鼓囊囊的，现在他可以驾驭自己漆得闪光发亮的双轮活篷轿车了，他在富瓦咖啡馆用餐，雇用上等裁缝做衣服，跟他的表嫂要好，还养了一个名叫贝莱特的舞女为情人（这是他青年时代的理想！）。真离奇，人到三十竟比二十岁时更走桃花运！多么难以解释，他越冷淡，她们越热情；现在，对这个贫苦的大学生来说曾经如此丑陋的巴黎，也开始慢慢使他中意了；真的，生活变得美好了。而最美的则是，他有钱了，也有时间了，时间甚至多得使他为了消遣，一再回忆起可爱的意大利，写了一本那个世界的书，一本绘画史。

啊，撰写艺术史，这确实是一项无拘无束的令人愉快的娱乐，特别是当一个人像亨利·贝尔这样舒舒服服地去写，即四分之三的内容直接从别的书里抄录，而剩余的部分则用轶事和笑话松散地填充，就坐享作家一样的成就，是多么幸福呀！亨利·贝尔想，也许他到老年才能写书，才能在回忆中描写已逝的时光和那些女人。但现在干什么好呢？现在生活这么富有，这么充实，这么美好，可不能把时间浪费在写字台上呀！

一八一二年至一八一三年。

一个很小的干扰，拿破仑又进行了一次战争，这一次是远征好几千里。但是，俄国，那个十分遥远的国度，吸引着这位永远好奇的旅行者，去看一看克里姆林宫和莫斯科人，公费到东方去逛一趟，是多么难得的机会呀！当然是随着后卫部队，舒适又没有危险，就像当初在意大利、德国和奥地利一样。事实上，他带着玛丽·路易丝给的一个大皮包，里面装满了写给她伟大丈夫的信，她郑重委托他乘坐快速专用马车和铺着毛皮的雪橇把这些秘密邮件送到莫斯科去。贝尔凭经验知道，因为他将在近处看见战争，他会越来越觉得百无聊赖，所以他便私下里带上了一些别的东西供个人消遣，这里有用绿色摩洛哥羊皮装帧的《绘画史》十二卷手抄本，还有他早年开始写作的喜剧；因为一个人为自己工作，哪里能比在大本营更好呢？最后，连塔尔玛和大歌剧团也得来到莫斯科，那时他就不会太感寂寞无聊了，随后将有新的异性：波兰女人，俄罗斯女人……

半路上，什么地方演戏，贝尔就在什么地方停留，即使在战争时期，即使在旅途中，他也不能没有音乐。不论在哪里，总得有艺术做他的伴侣。但还有更令人惊诧的一幕剧在俄国等待他呢，莫斯科，这个世界闻名的大都会，自尼禄以来没有一个诗人看到过它壮观的全景。亨利·贝尔在这激动人心的时刻并没有创作出一首颂歌。他的书信也很少写到这个令人不快的事件。在这个难以捉摸的、会享受的人的眼里，世界的军事征讨，早已不如十拍音乐或一本明智的书重要了。心的微弱颤动比波罗金诺大炮的轰击更使他感到震惊，因此他觉得除了他个人的生活，其他的历史都没有多大的意义。所以他在大火中挑出一部装帧精美的伏尔泰著作，打算把它带在身边作为到过莫斯科的纪念。但这一次战争却狠狠地伤害了这位战地的空想者。在别列西纳河畔，这位军事法官贝尔还从容不迫地把胡子刮得干干净净（在军队里他是惟一想到要刮胡子的人），然后才急急忙忙越过那座吱嘎作响的大桥，否则就没命了。日记本，《绘画史》，精美的伏尔泰，马匹，皮衣，旅行包，全都留给了哥萨克人。他只穿着撕破的衣服，尘土满面地疲于奔命，逃回了普鲁士，皮肤都冻裂了。又是歌剧使他得以喘出第一口气，为了恢复精神，他像别人跳进澡盆一样立刻跑去听音乐。对亨利·贝尔来说，这次远征俄罗斯，伟大军队的被歼，只不过是两个晚会之间的一个间奏曲而已，撤退时在柯尼希贝格看的是歌剧《狄托的仁慈》，出征时在德累斯顿看的是《离婚》。

一八一四年至一八二一年。米兰。

又穿上了便服，亨利·贝尔受够了，彻底受够了战争的磨难。

从近处看，一次战役跟另一次战役没有什么不同，一个人在每次战役中看到的都是同样的情形，"也就是虚无"。他已经厌烦了一切任务和官职，厌烦了祖国和争战，厌烦了文件和军官。如果拿破仑由于严重的战争狂发作，又一次征服法国，那也好，他这么干好了，但他不会再得到军事法官先生的支持。亨利·贝尔绝不想再命令谁，也绝不想再听命于谁了。除了最自然的事和最艰难的工作，他什么都不想做了，最后他终于要过他自己的生活了。

早在三年前，在两次一般性的拿破仑战争之间，他腰包里还有两千法郎的时候，他幸福愉快得像个孩子似的南下意大利度过假。在青年时代之后，乡愁就在他的心里涌动了，直至生命的最后一刻，这种乡愁一直没有离开日益衰老的贝尔。——意大利便意味着他的青年时代，意大利啊，他作为士官羞答答爱过的安吉拉·皮特拉格鲁瓦啊，自从马车向南驶过那些老山口以后，他便突然情不自禁地想到了她。晚上，他到了米兰，急忙洗了洗手和脸，换了一套衣服，便走进心灵的故乡，走进斯卡拉歌剧院去听音乐。的确，按照他自己的话说，就是"音乐唤醒爱情"。

第二天早上，他就赶到她那里，通报自己已经到来。她出现了，仍然是那么美，她客客气气地跟他打招呼，但显得很陌生。他自我介绍道：亨利·贝尔，但这个名字没有引起她任何反应。现在他开始回忆儒安维尔和其他朋友。终于，那张可爱的、他多日朝思暮想的脸泛起一丝微笑。"哦，您就是那个中国人。"——这个带鄙视性的绰号便是安吉拉·皮特拉格鲁瓦对她的罗曼蒂克的情人所知道的一切。不过，亨利·贝尔现在已不是十七岁的青年了，也不再叫布拉肯堡了，他勇敢而贪婪地承认他当时和今天的激情。她不胜惊异地说："是啊，为什么您当初不告诉我呢？"这么一点小事她本来是很乐意接受的，这在一个慷慨的女人看来根本算不得什么，但所幸还有时间，于是，在十一年以后，这个耽于幻想的人的背带终于绣上得到安吉拉·皮特拉格鲁瓦爱情的日期：九日二十一日，中午十一点半。

但是后来，他们又把他召回了巴黎。一八一四年，他不得不又一次也是最后一次为那个战争狂科西嘉人管理外省事务，保卫祖国。但很幸运——确实很幸运，这个卑劣的法国人亨利·贝尔乐得要死，战争尽管失败了，但军事指挥事宜也幸好结束了——三个皇帝进了巴黎。现在他可以完全彻底地到意大利去了，永远摆脱了任何职务，也永远离开了祖国。这是最美好的岁月，他全身心地把自己献给音乐、女人、谈话、写作和艺术。这是跟情人在一起的岁月，当然是跟那些寡廉鲜耻地欺骗他的情人在一起，如过分慷慨大度的安吉拉，或者为了保持贞洁而拒绝他，如美丽的玛蒂尔德。但在这些年里，他越来越清楚地感觉到和认识到自我，每天晚上在斯卡拉歌剧院借助音乐净化自己的灵魂，有时跟当代最高贵的诗人拜伦先生谈谈话，从那不勒斯到拉文纳把整个山川的美景、一切有艺术才华的名人的财富都尽收眼底。他不从属任何人，不受任何人阻碍。总是自己做主，不久便成为自己的老师，这是无可比拟的自由的年月！"自由万岁！"

一八二一年。巴黎。

自由万岁？不，在意大利再也谈不上什么自由了，奥地利的统治者和当局一听到这个词就大发雷霆。他也不能写书，因为，即使这些书纯属剽窃，如关于海顿的通信，或四分之三内容抄袭别人的《意大利绘画史》和《罗马，那不勒斯和佛罗伦萨》，他也会在不知情的情况下往字里行间撒盐和胡椒粉，让奥地利官方鼻孔发痒想打喷嚏，不久后那位严格的书刊检查官瓦布鲁舍克（谁也捏造不出一个更好的名字，但他确实叫这个名字，的确如此！）就会向维也纳的警察总监塞德尔尼茨基汇报，说书刊中有"无数该受指责之处"。于是，一个有自由思想的人，一个自由迁徙者，便很容易陷入危险境地，被奥地利人当作烧炭党人，被意大利人看成奸细——因此，还是走为上计，不能再抱幻想了。此外，为了自由，还有一件东西是必不可少的，这就是钱。父亲这个"私生子"（贝尔很少更客气地称呼他）便完全证明了他是一个多么愚蠢的傻瓜，因为他连一小笔微薄的年金都没留给他这个冷酷无情的儿子。那么到哪里去呢？回到格勒诺布尔吧，那里能把人闷死。可惜，自从波旁王朝那些又胖又懒、傻里傻气的人头像被刻在硬币上以后，在后卫队里乘坐马车悠闲自在地游逛的日子已经一去不复返了。那就回巴黎吧，回到那间阁楼里去，从事他迄今只当作娱乐和业余爱好的工作：写书，书，书。

一八二八年。巴黎。

在一位哲学家的妻子德·特拉西夫人的客厅里。

午夜。蜡烛几乎已经燃尽。先生们在打惠斯特牌，德·特拉西夫人，一位年纪稍长的太太，坐在沙发上跟侯爵夫人及其女友聊天。但她并没有全神贯注在谈话上，她一再不安地竖起耳朵倾听。从她座位的后面，靠近壁炉的另一个房间，传来各种可疑的声音，一种尖利的女人的笑声和一个男人的响亮的模糊的怪声大叫。然后又是愤怒的呼喊："啊，不，这太过分了。"接着又是这种奇特的大笑爆发并迅速被憋回去。德·特拉西夫人变得神经紧张起来。这肯定又是那个讨厌的贝尔，他总要刺激太太小姐们。一个聪明而又善解人意的人，同时又很放肆很有趣，跟女演员交往，特别是跟这个名叫巴斯塔的意大利女士交往，这样做他就有失风度了。她道了声歉意，就小步跑到一边去了，她这样做，是要求对方注意礼貌。果然，正是他站在那里，俯身躲在壁炉的阴影里，为了掩饰那个大肚子，手里拿着一杯潘趣酒，讲着一些名人轶事，即使是一个旧式步兵听到这些趣闻也会脸红的。女士们好像要逃跑，她们大哭，她们表示抗议，但她们却被这位出色的讲故事的人吸引住了，一再感到好奇和兴奋。他看上去很像锡仑①，满脸通红，全身胖得滚圆，两眼闪闪发光，性情温和，十分聪明；现在，当德·特拉西夫人走近他时，他一看见她那严峻的目光便赶紧停止了讲述，其他女士趁机赶快笑着溜掉了。

　　不一会儿，灯烛熄灭了，仆人们换上蜡油直滴的枝形吊灯送客人下楼。三四辆马车等在那里，女士们和她们的丈夫上了车，贝尔独自一人情绪沮丧地留下来。没有一个女人带他走，没有一个女人邀请他。他的名人轶事讲得够好的了，他在女人面前还能做什么

---

① 又译西勒诺斯，希腊神话中的精灵，形象是秃顶老人，经常醉酒，能预见未来。

呢？居里亚尔伯爵大人中断了与他的关系；像以前一样占有一个舞女，他没有足够的钱。他慢慢地变老了。他情绪低沉无精打采地在十一月的苦雨中走回他在黎塞留街的家；衣服弄脏了，又能怎么办呢，已经付不起裁缝的钱了。总之，他深深地叹了一口气，一生中最美好的时光已经过去了。应该有个结束了。他快快不乐地（连呼吸在他的短脖子里都有时变得很困难）爬上楼梯，走进最高一层的阁楼里，点上灯，翻阅那些票据和账单。多么令人悲哀的结算呀！财产都耗尽了，书籍没有一点收入，《情人》几年来只卖出二十七本（他的出版商昨天讥讽地对他说："大家都把它称作一本圣书，因为没有人敢碰它。"）。这样一来，他每天就只有五法郎的社会保险金了，也许这对一个漂亮的精力旺盛的青年并不算少，但对一个喜欢女人和自由的肥胖老人却是少得可怜。最好是结束生命。亨利·贝尔取了一张账簿纸，在这个忧伤的月份里第四次写他的遗嘱："我，遗嘱的签署者，把我在黎塞留街七十一号旅馆里的一切物件都留给我的表兄罗曼·科隆。我希望把我直接运送到公墓，安葬费不得超过三十法郎。"此外还有一段附言："我请求罗曼·科隆原谅我给他带来的一切不快，我特别要请求他不要为这个不可避免的事件悲伤。"

"为了这个不可避免的事件"，第二天如果人们把他的朋友喊来，发现子弹不是放在军用左轮手枪里，而是留在头骨之间，他们就会理解这些谨慎地写出的字句了。所幸今天亨利·贝尔累了，他还要等一天才自杀，而在第二天早上，朋友们来了，他的心情顿时快活起来。一个人在房间里走来走去，看见桌子上有一张空白的账

116

簿纸，上面写了一个标题：《于连》。他好奇地问，这是什么意思，哦，司汤达答道，他想写一部长篇小说。朋友们都很兴奋，都鼓励这位过度忧伤的人打起精神来，于是他果真开始写这部作品了。这个标题被抹掉了，换上了一个后来成为不朽著作的标题《红与黑》。事实上，从那天起，他作为亨利·贝尔已告终结，另一个名字开始出现并流芳千古，那就是司汤达。

一八三一年。奇维塔韦基亚。又有了新的变化。

炮舰庄严地发射礼炮，信号旗匆匆挥动表示致敬，因为这时有一位身穿华丽法国外交官制服的矮小肥胖的先生从轮船上走下来。致敬！——这位身穿刺绣马甲、金银边裤子的先生，便是法国的领事亨利·贝尔先生。一次变革又一次把他推上了台，从前是战争，现在则是七月革命。当初作为自由党人坚定不移地反对愚蠢的波旁王朝，是很值得的。幸亏有女人们为他说情，新政府立刻任命他为驻可爱的南方即的里雅斯特城的领事，但遗憾的是，那里的封·梅特涅先生鉴于他是令人恼怒的书籍的作者，宣布他为不受欢迎的人而拒绝给他签证。因此，他很不高兴地来到奇维塔韦基亚做法国的代表，但这总是在意大利，所以他的薪金是一万五千法郎。

难道一个人因为不能立刻在地图上找到奇维塔韦基亚就感到羞惭吗？根本不必，在意大利所有的城市当中，这大概是最可怜的小巢，一个到处是石灰岩的、气候恶劣的蒸笼，待在里边像在非洲一样炙热烤人。这里是一个古罗马帆船集散的现已衰败的狭小运货港口，一个土地贫瘠的城市，荒凉、寂寥、空荡荡，"一个人会因寂寞无聊而憋死"。在这个被放逐者的驿站，最使亨利·贝尔满意的是通往罗马的大道，因为这条大道只有十七里长，贝尔先生立刻决定更多地利用它来为个人服务，而不是为他的要职服务。他本来应该工作，编写报告，从事外交活动，留在工作岗位。但外交部的那些蠢货压根儿就不看他的报告，干吗要把精力浪费在这些无用功上呢。因此，他宁愿把一切文件都交给他的部下，即那个无赖吕西玛丘斯·卡夫唐留酒店老板去办。此人是一个憎恨他的可恶的畜生，但为了让这个流氓对他的经常缺席守口如瓶，他不得不为他弄到一个荣誉勋章。即使在这里，亨利·贝尔也喜欢轻松愉快地干他的差事，一个国家竟然把一个诗人放在这样可憎的泥沼里，他欺骗这个国家似乎就是一个诚实的利己主义者的光荣义务了。难道跟罗马的聪明人一起参观画廊，找个借口乘车驶向巴黎，不比在这里缓慢地注定变成呆子更好吗？难道能总到那个古玩商布基先生那里去，跟这个无聊的半贵族闲谈吗？不，还不如自言自语呢。他可以从旧的藏书室里买来几本编年史材料，据此写出一些最美的小说，他现在可以在五十岁时描述自己了，他人虽然已经老了，但内心里仍然是年轻的。是的，这是对的，为了忘却时间，他回顾自己，这位肥胖的领事觉得他所描述的那个羞怯的男孩离他已经很遥远了，以致他一边写一边以为自己"发现了另外一个人"。亨利·贝尔，别名司汤达，就这样写他的青年时代，用暗号在厚厚的本子里写，让任何人也猜不到这个 H. B.，从前的这个亨利·勃吕拉是谁。他在自我年轻化的骗人的艺术游戏中忘记所有人早已忘记的那个自己。

一八三六年至一八三九年。巴黎。

又一次——奇妙地！——复活了，又一次回到光明里来。上帝保佑女人，一切好运都是她们带来的。她们如此之久地讨好现在已担任部长的德·莫莱伯爵，直到他情愿闭目不看那个敌视国家的事实：奇维塔韦基亚的领事亨利·贝尔先生私下里大胆地把他的三周假期延长为三年，而且不想回到原来的岗位就职。是的，这位领事不是在他的那个泥沼里而是在巴黎待了三年，他让手下那个希腊骗子替他辛辛苦苦地工作，而他却在这里领他的薪水。他时间充裕，心情良好，可以参加社交，又一次非常羞怯地试着谈情说爱。他能够做他愿意做的事，尤其是能做他认为他一生中最美好的事情了：在旅馆中自己的房间里来回踱步，口授长篇小说《巴马修道院》。他不工作便可从国家领取丰厚的工资，是完全可以过着豪华的生活的，他不用亲自动笔就可以写成一部没有糖果和香味的长篇小说，因为他现在确实是完全自由了。在人世间，对亨利·贝尔来说，除了自由就没有别的天堂。

但这个天堂不久便分崩离析了。那位正直、宽容的部长德·莫莱伯爵，他的保护人（他说，真到了为他建一座纪念碑的时候了！）被拉下台了。一位新的法老进了外交部，这就是陆军元帅苏尔特，他根本不知道有一个司汤达，只在职务名单上发现一个亨利·贝尔领事先生，他以驻教皇国家法兰西代表的身份领取薪俸，但三年来没有在驻地办理公务，而是优哉游哉地在巴黎的各个剧院里闲坐。这位将军大人先是感到惊奇，接着便对这个只顾享乐而不办公务的懒惰的官员感到愤怒。一道严厉的命令马上下达，要求贝尔立即赴任。亨利·贝尔愁眉苦脸地穿上制服，结束了诗人司汤达的生活，这个五十四岁的人不得不在烈日炎炎的夏季到南方的流放地去，他很不情愿，而且已经心力交瘁了。他感觉到，这是最后一次了。

一八四一年，三月二十二日。巴黎。

一个相当肥胖、身子沉重的人吃力地拖拖拉拉地走过那条可爱的林荫大道。他在这里像一个花花公子手摇纤巧的手杖打情卖俏地张望女人的时光到哪里去了？现在则是每走一步，那颤抖的臂膀都要用力挂一下手杖啊。他，司汤达，怎么就老成这个样子了呢？去年一年中，他那闪闪发光的眼睛就开始萎靡不振地藏在透着微蓝阴影的沉重的眼睑下边，神经质的裂纹在嘴角不停地抽搐。几个月以前，他第一次得了中风，他愤怒地回忆起在米兰的第一次爱情礼物；医生给他放了血，使用了药膏，他吃了不少苦头，最后外交部便批准这个病人离开奇维塔韦基亚，他回国了。但现在，巴黎又能对他有什么帮助呢？巴尔扎克写的那篇论述《巴马修道院》的文章有什么助益呢？这种刚刚绽出第一批花蕾的荣誉对一个"行将就木"、已经触到死神冷手的人有什么好处呢？这个阴郁的影子疲惫地拖拖沓沓地继续走向他的住宅，几乎没有抬眼看一看那些华丽的灯火闪烁的四轮马车，那些边走边聊的闲人，那些衣裙窸窣的妓女——这个不幸的人像一个慢慢离去的黑点，走在夜晚人来车往的街道忽隐忽现的灯光中。

突然起了一阵骚动，人们好奇地拥来挤去，这位肥胖的先生昏倒在交易所大门跟前了，现在他就躺在那里，两只眼睛呆滞地凸起，脸色发青，第二次致人死命的中风向他袭来。人们撕开卡住这个呼吸微弱的病人脖子的衣领，先是把他抬到一家药房里，后来又把他抬到他住的楼上那个小房间里去。房间里到处都是纸片、笔录、刚开头的作品和很多日记本。在其中的一张纸上写着这样一句奇妙的有预见性的话："我认为，死在大街上一点也不可笑，只要不是故意这么做。"

一八四二年。大木箱。

一辆车从奇维塔韦基亚出发，横穿意大利，向法国驶去，车上那个装着不值钱东西的大木箱被颠得摇来晃去。人们是要把这些东西送到罗曼·科隆，司汤达的表兄即遗嘱执行人那里去。（谁会关心这个死者呢，各家报纸连六行的讣告都不肯登载！）可是，这位遗嘱的执行人却出于对死者的崇敬，希望编辑出版这位怪人的作品全集。他让人们撬开这个箱子——哦，天呀，多大一堆纸，用暗号和密码写得多么杂乱，一个孤寂的著书人多么混杂的遗物啊！他从中找出几篇最容易辨认的已经写就的作品，抄成副本，随后这位忠实的执行人自己也累垮了。他在长篇小说《吕西安·娄凡》上面写了一句泄气的话："没法办。"就连自传《亨利·勃吕拉》也被判定不合宜而被放回原处，一放就是几十年。现在怎么处理这一大堆东西，这些无用的杂物，这些杂乱无章的纸片？科隆又把这一切捆起来装到箱子里去，送给了司汤达青年时代的朋友克罗泽，克罗泽又把箱子送回格勒诺布尔图书馆永久保存。在那里，按照图书馆的古老惯例，这些纸片都编了号，贴上案卷标签，重重地盖上图章，登录造册。安息吧！六十大卷手稿，这是司汤达的毕生著作和自我记述的生活札记，全部由官方装箱封存，放在图书馆的书库里，除了积满灰尘不受任何干扰。一放就是四十年，没有人想到碰一碰这些沉睡的大部头的书稿。

一八八八年，十一月。巴黎。

人口在增长，城市在扩大，巴黎已经有八百万条腿了。这八百万条腿也不能总步行呀。于是，汽车公司便计划开辟一条通往蒙马特地区的线路。可惜道路上有一个令人烦恼的障碍：那就是蒙马特公墓。现代技术倒是有办法对付这个弊端，人们只要修一座桥，让活人从死人上边跨越过去。当然也不得不挖掉几座坟，就在这时，人们在第四排第十一号发现一个完全无人过问的衰败的坟墓，碑上写着稀奇古怪的题词："贝尔之墓，米兰人，爱过，写过，活过。"这个坟墓里葬的是一个意大利人吗？奇怪的碑，奇怪的人！偶然有一个人路过，他想起有一个法国作家亨利·贝尔谎称自己是意大利人，埋葬在这里。人们迅速组建了一个委员会，凑了一点钱，买了一个新的大理石墓碑，换掉了旧的墓碑。这个已经消失的名字突然又在这腐烂了的尸体上空放出异彩，这是一八八八年，在他被人遗忘了四十六年之后。

就在人们想起他的坟墓，把尸体掘出重葬的同一年，又发生了一个古怪的偶然事件。当时有一个年轻的波兰语言教师，名叫斯坦尼斯拉斯·施特里恩斯基，他流落到格勒诺布尔，因为闲极无聊便到图书馆里去，想找点东西阅读，他看见有各种各样落满灰尘的手写书册堆在角落里，便开始阅读和辨认那些潦草的字迹。他越读，便越感到这些阅读材料有趣。他找到了一个出版商。日记，《亨利·勃吕拉》，《吕西安·娄凡》都问世了，真正的司汤达也第一次见了天日。他这个真正的同时代人热情地赞颂司汤达的博爱精神，因为他不是把他的作品献给他的真正的、同时代的人，而是献给未来的、下一代的人。"我将在一八八〇年闻名于世"，这句话多次出现在他的书里，那时的一句无可奈何的空话，现在则是一种令人惊异的现实。在与他的尸体被掘出检验的同一个世界性时刻，他的作品也从昔日的阴影里走了出来，直到这一年，过去那么不值得信任的人复活了，他的每句话都证明他永远是诗人，而他的这句话则证明他是一位先知。

我和世界

> 他不能使人满意，
>
> 他太特殊了。

亨利·贝尔的创造性的矛盾性格，是从父母身上承袭来的。就他父母的精神而言，他们本来就是两种不同性情的勉强相配。谢吕宾·贝尔——你不要一听见这个前名就想到莫扎特，千万不要！父亲，或这个被愤怒的儿子和敌人一向咬牙切齿地称为"私生子"的人，完全代表着那种顽强、吝啬、精明和渗透铜臭气的外省资产者，福楼拜和巴尔扎克都把这种人愤怒地挥拳抛向文学的绝壁。亨利·贝尔从他父亲那里继承的不仅有粗壮肥胖的体形，而且有浸入头脑和血液的利己主义。他的母亲亨利埃特·加尼翁正好相反，她来自耽于幻想的南方，她的气质属于罗曼语民族。拉马丁很可能写诗赞颂她，让-雅克·卢梭很可能为她感伤：这是一种温柔而有音乐感的、感情饱满的、南方人的天性。从这位过早离开人世的母亲那里，亨利·贝尔继承了性爱的激情、充盈的情感、痛苦的几乎是女人式的神经过敏。这个奇特的造物，在血液里一直被这两种相互矛盾的气质摇来晃去，始终具有相互矛盾的性格，一生中都摇摆在父亲的遗传和母亲的遗传之间，摇摆在现实主义和浪漫主义之间：因此，这个未来的诗人亨利·贝尔永远是不统一的、双重性格的人。

小亨利在感情上很早就有倾向性，他爱母亲（甚至像他自己承认的那样，他有一种危险的早熟的激情），他怀着嫉妒和鄙视的心理恨这个"父亲"，那真是一种西班牙式冷酷的孤傲讥讽的、像审讯般一追到底的恨啊，恐怕什么地方也找不到比司汤达自传《亨利·勃吕拉》头几页里更无可指摘的恋母情结的描写了。但是，这种过早的紧张心情突然中断了，因为母亲在他七岁上就死了。这个男孩十六岁时乘坐邮车一离开格勒诺布尔，就在内心里把这个父亲看成离开人世的人了。从这一天起，他就用沉默、憎恨和鄙视把他彻底埋葬在心底了。然而，尽管他严厉谴责父亲、冷嘲热讽地贬低父亲，这位顽强、冷酷、讲求实际的资产者父亲却又在他的血肉之躯中活动了五十年之久。他的两种精神品格，父母的先辈，贝尔的先辈和加尼翁的先辈，讲究实际的精神和耽于幻想的精神，在他的内心里一直不停地斗争，二者没有一方完全取胜。在这一刻，司汤达是他母亲的真正的儿子，在下一刻，往往在同一刻，又是他父亲的儿子，时而腼腆畏缩，时而死硬讥讽，时而热狂浪漫，时而又猜疑心重，工于计算，甚至以转瞬即变的间隔一秒钟又一秒钟地嘶嘶作响地冷热交替。感情淹没理智，理智又粗暴地堵塞感情。这个矛盾的造物从来都不完全属于这一方面，也从不完全属于另一方面。在精神和感情的永恒的战争中，很少见到比我们所说的司汤达的伟大的心理斗争更壮丽的战斗。

立即可以预见到，这里没有决战，没有毁灭性的战役。司汤达没有被战胜，没有被他内心的矛盾撕碎，这种享乐主义的天性可以保护某种伦理的冷淡，保护一种冷眼静观的有警觉性的好奇心，免遭任何真正的悲剧命运。这位本质上清醒的人一生一世都小心地躲避一切破坏性的自然力，因为他奉行的第一条准则便是保存自我，正如他在拿破仑的战争中每时每刻都理解的那样，要待在后卫队里，避开枪林弹雨，所以司汤达在他的精神战斗中宁愿选择观察家的安全地点，而不选择有生命危险的决一死战的阵地。他完全缺乏帕斯卡尔、尼采、克莱斯特那种道德上的自我牺牲精神，这些人都强行把他们的每一个矛盾提高到生命攸关的地步。而他，司汤达，在他直觉地忍受内心矛盾的同时，却满足于从精神上的安定出发，把这种矛盾当作美学的活剧来享用。因此，他的自相矛盾的本性任何时候都没有被完全动摇过，他从来都没有认真地恨过他的这种二重性，他甚至还爱这种特性呢。他把他的这种锋利而精密的理智当作宝贵的东西来爱，因为是理智使他理解了世界。另一方面，司汤达也爱他的充盈的感情，爱他的过分敏感，因为是过分敏感使他脱离日常生活的迟钝和麻木。他同样也认识到了走极端的危险：一种是理智的危险，恰恰是过分理智使他在热情高涨的时刻变得冷静，清醒；另一种是感情的危险，过于感情用事会诱使他的思维进入极其模糊失去真实的境界，从而破坏他借以生存的清醒理智。所以他最希望这两种精神类型的任何一种都具有另一种精神类型的特性。司汤达不断从理性上阐明他的感情，又不断向理智注入感情——他一生都是一个存在于同一个紧张而敏感的机体里的浪漫的理智主义者和理智的浪漫主义者。司汤达的每一个公式总是导出一个两位数，从来不会产生一个一位数：只有在这种双重的精神世界里，他才能实现自我。每逢他感到自己强有力的时候，他都把这种精神状态归因于他天生的内心矛盾的交错和并列。"没有情感的迸发，就没有理智。"有一次他这样谈到他自己，意思就是，在没有直觉地产生内心激动的情况下，他不能很好地思考，而在没有立刻测出自己激动的心跳时，他也不能有准确的感觉。他一方面把梦想尊为他生活感情的最宝贵的条件（"我喜欢梦想胜过一切"），同时没有梦想的对立面，即没有头脑清醒，他也不能生活（"如果我不亲眼目睹，我心中的整个世界就会化为乌有"）。正如歌德曾经承认的，人们通常称为享受的东西对他来说永远飘浮在感情和理智之间，司汤达也是由理智和感情的充分混合而感觉到世界的意义深远的美。他知道，只有他内心的矛盾不断地摩擦才能产生心灵的电，才能产生神经网络的每一次刺激和火花，才能产生我们今天一触及司汤达的一本书一张纸就感觉得到的各种紧张的、不断被激励的、噼啪作响的生命活力。多亏这种生命活力从一极到另一极的跳跃，他才感受到强有力的热量，他的天性中创造性的、开拓光明的强有力的热量。他那永远清醒的自我提高的直觉激发了保持这种高度紧张的一切热情。在他从心理学角度所进行的无数异乎寻常的观察中，他曾说出一次最突出的观察：正如我们身上的肌肉需要不间断的锻炼才不会变得软弱无力，精神的力量也必须得到不断的训练、提高和完善。司汤达比任何人都更加坚持这项完善化的工作。为了进行认识上的斗争，他爱惜和保护他性格中的这两个极端，像音乐家珍惜自己的乐器，像士兵爱护自己的武器。他也不断地锻炼他精神中的"我"。为了保持感觉的高度紧张，保持"精神坚挺"状态，他每天晚上都在歌剧院里通过音乐来激发他的官能，极力鼓励自己在年纪较大时不断投入新的情网。他已觉察到自己记忆力衰退的迹象，为了加强记忆力的准确性，他自己进行特种训练。像每天早上磨刮脸刀一样，他通过自我观察来磨练自己的感知能力。他每天通过读书和谈话获得"数倍新的思想"。他充实自己，他激动，他紧张，他约束越来越灵敏的感觉；他不断强化他的理智，不断地丰富他的感情。

由于有了这种实现自我完善的熟练而精湛的技巧，就心灵感知而言，司汤达在理智和情感上都达到了不同寻常的高度。必须在世界文学中上溯几十年，才能找到一种类似的感觉细微、理性深邃的意识，一种既有皮肤细腻、神经震颤的敏锐感觉，又有像水一样清晰、冷静的理智。诚然，他的神经末梢如此轻柔，不停地震颤，紧挨在皮肤下面又是那么会意那么欣喜，这是无可指摘的。感觉细腻总要造成轻微的伤害，凡是对艺术恩赐有加的东西，几乎永远成为艺术家的生活灾难。这种超常结构的本性使司汤达在自己的环境里受了多少苦啊！他在这种感伤而充满激情的时代里感到多么格格不入，多么不快！这样一个有知识讲礼貌的人必定把任何野蛮行为都看成一种伤害，这样一个浪漫的灵魂必定认为庸碌之辈的麻木和怠惰是一种精神压力。正如童话里的公主在上百层的鸭绒和羽毛的下面发现了豌豆，司汤达也痛苦地感觉到了每一句假话，每一个虚伪的姿态。一切虚伪的浪漫，一切愚蠢的夸张，一切怯懦的模棱两可，对他意识清醒的直觉的影响，就像冷水对病牙的作用一样。因为他的真诚和自然的感觉，他在精神上的识别能力，都因别人感觉太多和太少而受到伤害，无论是陈词滥调还是矫揉造作都会造成伤害（"我最憎恨庸俗和矫饰"）。只要有一句话，或者因为感情过分亲切，或者因为激情含有过多的酵母，都可能毁掉他的一本书的名声，一个不相宜的动作就可能损坏最美好的艳遇。

有一次，他怀着激动的心情观察拿破仑的一次战役：相互残杀的混乱场面，地动山摇的大炮的轰鸣，在腥风血雨中，落日的色彩变幻照得天边一片通红——所有这一切都不可抗拒地影响着他的艺术家的心灵，使他的神经猛然变得麻木。他站在那里，怀着同情的紧张心理全身瑟瑟发抖。不幸的是，这时，站在他身旁的一位将军突然心血来潮，竟用一句狂妄自大的话形容这宏大的场面。"真是一场巨大的会战！"他高兴地对身旁的人说。这句粗鲁的装腔作势的话立刻击碎了司汤达心里任何同情的希望。他赶快走开了，嘴里骂着这个笨蛋，心中备感气愤、失望和悲凉。每当他高度敏感的味觉器官感觉到感情表达中有些许空话或谎言的怪味时，他便会产生强烈的反抗。思想的模糊，言词的夸张，感情的夸耀和做作，都立刻从美学的角度使这位敏感的天才感到厌恶。这样，他也就很少从任何同代人的艺术中获得有兴味的东西，因为他们的艺术当时具有特别甜美的浪漫主义（夏多布里昂）和假英雄主义（维克多·雨果）的色彩，所以他能接纳并与之相处的人就很少。不过，这种过分的敏感也同样妨害了他本人。无论在哪里，只要他发现感情上的少许偏差，不必要的语声渐强，陷入多愁善感，或因胆怯而含混不清和不够诚实，他就会像一个严厉的小学教师惩罚学生那样责罚自己。他的永远清醒的、无情的理智偷偷进入他那怪癖的梦想里去，无情地撕去他的一切遮羞布。一个艺术家很少有被教育得如此正直的，一个灵魂的观察家很少这样严厉地监视自己最秘密的内心偏差和迷误。

因为他如此熟悉自己，所以司汤达本人比其他任何人都更明白，这种过高的神经上和精神上的敏感性是他的突出的才能，他的美德，也是他的危险。"我总因那些伤害他人的事而感到痛苦。"凡是对别人有一点伤害的事，都会刻骨铭心地伤害这位超级敏感者。因此，从青年时代起，司汤达就直觉地把"他人"视为自己的不可调和的对立面，视为另一种类灵魂的成员。当这个笨拙的小男孩在格勒诺布尔看到他的同学无忧无虑地喧哗打闹时，他就在自己身上感觉到了这种异类的存在。后来，这位朝气蓬勃的下级军官亨利·贝尔在意大利更痛苦地体验到了这一点，他当时心怀嫉妒，无可奈何地模仿其他军官，赞赏他们，他们都善于使米兰的女人顺从，善于夸海口，故意把佩刀甩得丁当作响。不过，那时他总因自己的柔弱、窘迫和敏感而感到羞愧，认为这是一个男人的缺点，一种一文不值的卑贱。多少年当中他都——极其可笑而又徒劳无益地！——试图抑制他的这种天性，学这些喧扰不休的暴徒拼命吹牛，以便跟这些粗鲁的伙伴一样胡来，让他们佩服。这个爱动感情的人渐渐地十分吃力地，非常痛苦地在自己的不可救药的另类本性中发现了一种多愁善感的美——这个心理学家觉醒了。司汤达渐渐对自己产生了好奇心，开始发现自己。他首先认定，他与众不同，身体组织比别人更细密，感觉更敏锐，听力更灵敏。周围没有一个人像他感受如此强烈，思维如此清晰，像他有这样的混合的天性，使他在任何地方都能感觉到最细微的东西。尽管如此，他却不能在实践中实现他的感觉之万一。毫无疑问，肯定还会有另外一些具有这种奇异特征的人（"优越的人"），因为，如果不能根据自己的特性像莫扎特那样去感觉，如果在他心里没有同莫扎特一样的轻松灵魂主宰一切，他怎么能理解蒙田，怎么能理解他这位辛辣、聪慧、蔑视一切平庸的高人呢？大约在三十岁的时候，司汤达才头一次想到他并不是一个不幸类型的人，而是属于极少数高贵的"享有特权"的人，这种人总是零星地散布在不同的民族、种族和国家里，正如宝石隐在普通的矿石里。他觉得，他就定居在他们中间（不是法国人中间，他像扔掉一件穿着显小的衣服一样抛弃了这种属性），定居在另外一个看不见的祖国，定居在那些具有更细密的精神器官和更敏感的神经的人中间，这些人从不聚合成粗鲁的人群和庸碌的帮派，他们只是间或向时代派遣一名使者。他写书，只是献给那些耳聪目明者，献给那些无需强调、无需暗示，由于内心的直觉立即就能读懂的明白人——他超越他本人所生活的世纪，把他的书献给这样的人，他通过镜子般的书把个人情感的秘密透露给这样的人。自从他终于学会蔑视以来，他便这样想：周围那些眼里只有涂着粗大刺目的广告字体、嘴里只有可口的辛辣香料和油腻烤肉的说大话的粗人又关他什么事呢？他让他的于连骄傲地说："别人跟我有什么相干？"不，一个人在这样一个下流、庸俗的世界里没有任何成就不必感到惭愧。"平等是使人愉快的最高准则。"要取悦这个庸俗下流的世界，一个人必须与他人采取平等的态度。但是，谢天谢地，他是一个"特殊的人"，一个"优越的人"，一个特殊体，一个与群体有细微差别的人，而不是愚蠢的羊群中的一只。因其貌不扬而遭受的一切侮辱，在仕途上发展缓慢，在女人面前屡屡出丑，文学上成功无望——司汤达自从发现自己的特殊以来，便把这一切看作自己高人一等的证明。他的自卑感突然胜利地变成了强烈的高傲，变成了司汤达的那种明显欢快而无忧无虑的高傲。现在他故意远离各种团体，只关心一件事，"塑造自己的性格"，把自己的性格、心灵的面貌独具一格地塑造出来。特殊只在一种美国化的即泰罗制世界里才有价值。他认为，"只有少许不同凡响的事物才会使人感兴趣"。那就让我们不同凡响吧，让我们保持和加强我们身上这个不同凡响的种子吧！没有一个酷爱郁金香的荷兰人，培育最宝贵种类的杂交体时，比司汤达保养他的矛盾性和特殊性更细心周到。他把这种特异性保存在他称之为"贝尔主义"的独特精髓里，保存在使亨利·贝尔永葆亨利·贝尔本色的、只能称之为艺术的一种哲学里。为了使自己更坚定地与他人相隔离，他有意识地与他的时代相对立，像他的于连那样生活："向全社会开战。"作为诗人，他鄙视美的形式，宣称资产阶级的法典是真正的诗艺；作为士兵，他讥讽战争；作为政治家，他挖苦历史；作为法国人，他嘲笑法国。他处处在他自己和别人之间挖壕沟，拉铁丝网，防备别人接近他。当然这样一来，他也就失去了任何飞黄腾达的机会，无论是当士兵还是当外交官或当文学家，他都一事无成，但这却使他变得更加自豪了："我不是畜群里的牲口，我什么也不是。"不，只对这些粗俗的人而言什么也不是，在这些微不足道的人而前始终什么也不是。他很幸福，没有什么地方需要他去适应，不需要适应他们的阶级、他们的种族、他们的阶层和祖国，他热情地提出用自己的脚走自己的路的怪论，而不是在奴性十足的愚蠢公仆中间走通向成功的康庄大道。他宁可停步不前，站在局外，孑然一身，但始终保持着自由。对这种自由自在，对摆脱一切束缚和影响的自由行动，司汤达有独到的见解。如果他有时出于需要不得不接受一种职业，穿上一种制服，那么，他为了保住饭碗，去做他非做不可的事，但不为此多花半点精力和时间。如果他的表兄给他披上一件轻骑兵的外套，他绝不会觉得自己便是一名士兵；如果他写长篇小说，他也并不因此而就说自己是在从事专业的写作；如果他必须戴上外交官刺绣的金银丝带，那么，他就得在工作时间内把一个贝尔先生拴在写字台前，而这位贝尔先生跟真正的司汤达仅仅有共同的皮肤、滚圆的肚子和骨骼。但不论对艺术，还是对科学乃至对公务，他都没有献出他真正生命的一份。事实上，他的一个同事一生也没想到，他是跟法国最伟大的诗人在同一个连队里进行操练，在同一张写字台上处理公文。即使他的文学界有名望的同行（巴尔扎克除外），也只把他看作一个有趣的闲谈者，一个星期天偶尔骑马越过田间的退役军官。也许在他的同代人当中，只有叔本华像他的心理上的伟大兄弟司汤达一样生活和工作在一种类似封闭的精神孤立的状态中。

司汤达独特本质的最后一部分始终在于袖手旁观。从化学上探究这种稀奇的因素则是司汤达惟一实际的深入细致的活动。他从来都不否认这种内向型生活态度的自私自利，自我欣赏，相反，他还夸耀他的自私自利，并给它取了一个新的挑衅性的名字：自我中心。自我中心——这个词不是印刷错误，千万别跟它的平庸而粗健的混血兄弟利己主义相混淆。因为利己主义是想要把别人的一切东西都粗暴地据为己有，它有一双贪婪的手和一副嫉妒的扭曲的嘴脸。利己主义是猜忌的，心胸狭隘的，贪得无厌的，即使它具有某种精神动力，也不能使它摆脱那没有幻想的粗野感情。与此相反，司汤达的自我中心则不想从任何人那里掠取什么，他以高贵的傲气让那些夺取金钱的人去抓他们的钱，让那些野心勃勃的人去抢他们的官职，让那些追逐名利的人去夺他们的勋章和绶带，让文学家去做他们获取荣誉的美梦——但愿他们因自己孜孜不倦的追求而安享幸福！从上面轻蔑地向他们微笑，看他们怎样围着猫金①伸长脖子，低三下四地弓腰屈背，身上挂满各种头衔，塞足各种身份，看他们怎样拉帮结派，误以为可以统治世界——很好！很好！他对他们付以嘲讽的笑，没有嫉妒，也没有贪欲：让他们装满衣袋，把肚皮填饱吧！司汤达的自我中心只是热情的防守，它不迈进任何人的管辖区，但它也不让任何人跨进自己的门槛，它只希图在亨利·贝尔这个人的内部创造一个完全孤立的空间，一个小暖房，有个性的热带稀有植物能在里边不受阻碍地生长。因为司汤达只想从自身为自己

---

① 即黄色云母。

一个人培育自己的观点，自己的爱好，自己的欢乐。一本书，一件事，在多大程度上适用于他人，在他都无所谓，都不重要。一件事对现代、对历史或对千秋万代能产生怎样的影响，他都不予理睬。他喜欢的，他就说好；他眼下视为重要的，他就说是正确的；他所蔑视的，他就说是可鄙的。即使他因为有这种看法而陷入完全孤立，他也不会感到不安，相反，孤立能满足并加强他的自尊自信。"别人跟我有什么相干？"于连的这句座右铭在美学方面正好符合这位真正的、成熟的自我中心主义者。

　　"但是，"这里也许有人轻率地提出异议，"这一切都是绝对不言而喻的，有什么必要使用自我中心这个夸张的词语呢？一个人认为美的东西便称之为美，一个人只按照个人的感觉安排生活，这是再自然不过的！"诚然，人们可以这样想，但仔细看来，有谁能做到完全独立地感觉，完全独立地思考呢？在那些仿佛凭借个人的判断形成对一本书、一幅画、一件事的看法的人当中，有谁敢于坚持不懈地反对整个时代，反对整个世界？我们承认，时代的空气就藏在我们的肺腑里，我们的心房里，我们的判断和观点在无数同时代的判断和观点中磨砺，不知不觉地磨掉了棱角，众人看法的诸多联想像无线电波一样通过这种氛围振动，这时，我们就会在无意中受到超出我们想像的影响。人的自然的反射绝不是坚持己见，而是个人观点对时代观点的适应，是向多数人感觉的投降。如果多数人，绝大多数人，不是软弱地顺应人类，如果他们千百万人不是出于本能或惰性放弃私人的、个人的观点，那么，人类社会这个庞大的机器早就停止运转了。这就每每需要完全特殊的力量，需要一种高度

135

的反叛勇气——能认识到这一点的人是多么少啊！——才能顶住来自千百万人的精神压力而坚持自己的孤立见解。一个人的身上凝结了非常稀有的、经过考验的力量，他才能具有特殊的品格：对世界准确无误的认识，精神上高度敏锐的感觉，对各类人不可调和的鄙视，大胆的无视道德的果决，特别是勇气，三倍的勇气，毫不动摇地坚持个人信念的勇气。

司汤达这个最彻底的自我中心主义者是有这种勇气的。从这一点出发可以更好地观察这个人：他是多么勇敢地猛烈攻击他的时代，一个人反对所有的人，他是怎样不用盔甲而只靠个人锋芒毕露的高傲或闪烁不定的佯攻或直截了当的攻击斗争了半个世纪，他受了伤，从许多看不见的伤口往外流血，但一直到最后一刻，也丝毫没有放弃他的特性和成见。敌对是他的生活中不可缺少的要素，独立自主是他的快乐。我们可以从上百个例子里看出，这位坚定不移的反对派是多么无畏多么义无反顾地对抗普通的观点，他是多么勇敢地向它们挑战。在一个所有的人都热衷于谈论战斗的时代里，正如他所说的，在法兰西都认为"英雄主义这个概念必然与军乐队的指挥密切相联"的时代里，他把滑铁卢战役描写成乌合之众的一场混战；他毫无顾忌地承认，在远征俄罗斯期间（历史学家把这次战役颂为世界历史的伟大史诗），他本人感到无聊之极。他不羞于承认，在他看来，到意大利去跟他的情人再见一面，比关怀他祖国的命运更重要，欣赏莫扎特的咏叹调比关心政治危机更有趣。"他不在乎被征服，"法国被外国军队占领跟他有什么关系，他早已是名誉上的欧洲人和世界主义者了，他一分钟也没关心过战争命运的急转直下，他不关心时兴的观点，"可笑而又愚蠢的"爱国主义和民族主义，他只关心他的精神本性的保存和实现。他在世界历史的可怕的崩落期间，如此自负而温柔地强调他的这种个性，以致人们在阅读他的日记的时候不时怀疑他是否真的目睹过所有那些重要史实。不过，就某种意义而言，司汤达根本就不在场，虽然骑马通过了战区或坐在机关里，但他只干他自己的事，他从来没有感觉到因为自己参加了行动而有义务从精神上参与那些不使他心动的事件。正如歌德在他的编年史里提及的年代只记录了他阅读过的译自中文的作品，司汤达也只在他的时代震惊世界的时刻里记下了他私人的大事：他的时代的历史和他本人的历史仿佛有不同的字母和词汇。因此，司汤达便成了他所处的世界的一个不可靠的目击者，同时又是他的个人世界的杰出的见证人。对于他这个完美无缺的、值得称赞的、无与伦比的自我中心主义者来说，一切事件只能还原为司汤达—贝尔个人从世界发展进程体验到的内心冲动。恐怕从来没有一个艺术家像司汤达这样为他的这个"我"更顽强、更果敢、更狂热地生活过，把这个"我"更巧妙地发展成"独特的我"，成为这个英雄的自我和坚信不疑的自我主义者。

不过，正是由于有这种竭尽全力的与世隔绝，这种小心谨慎地拔出软塞并密封地塞紧，司汤达的精华才毫不掺假、毫不减少地、连同其本性的芳香留给了我们。他并没有染上时代的色彩。我们看到，他是一个杰出的人，是在心理上完全不同的稀有敏感类型的永恒的个人。事实上，在他所生活的法兰西的这个世纪里，没有一部作品在形式上如此生气勃勃，保持着如此新颖和如此完好的精神。

因为他让时代远离他，所以他的作品是不受时代限制的；因为他只过最内在的生活，所以他的影响充满活力。一个人越是跟着他的时代随波逐流，他就越会随着时代一起死亡。一个人越是在自己身上保留真正的本性，就越能凭借其本性流芳百世。

艺术家

老实说，我不敢说我自己能读书。我往往更喜
欢写作。这就是全部。

司汤达致巴尔扎克的信

　　司汤达这个不遗余力保存自我本性的人，没有完全献身于任何
事情，没有投靠任何人，没有献身于任何职业，也没有献身于任何
职务。如果他写作，无论是创作长篇小说和中篇小说，还是撰写心
理学著作，他都把自己融入书中。这种激情也只是为了满足他的个
人乐趣。他在自己的悼文里说"凡是他不喜欢的事他从来不做"，
把这颂为他一生最大的功绩。司汤达只在艺术这一行使他振奋的时
候才是艺术家，只有艺术服务于他的最终目的，使他愉快，满足他
的自我欢乐时，他才服务于艺术。他的遗嘱执行人简直是一意孤
行，是他故意歪曲司汤达的最后意愿，把这种文学上的过高评价刻

在了石碑上。"爱过，写过，活过。"他把这句话刻在大理石上，而遗嘱明确规定的则是另一种顺序："活过，写过，爱过。"因为这个忠于自我选择的司汤达，希望凭借这个顺序让人们在他死后知道，他是把生活放在写作前头的。他认为享受比创作重要，所有的写作只不过是他的自我发展的一种有趣的补充，一副对付烦闷的强身剂。如果人们认识不到，在这个充满激情的生活享乐者的眼里，文学只不过是他性格的一种偶然的而非决定性的表现形式，那就是对他很不了解。

当然，作为年轻人，初到巴黎这个理想的坟墓时，他也想过要成为诗人，自然是成为一个著名的诗人，不过有哪一个十七岁的少年不这样雄心勃勃呢？当时他用心写了几篇哲学论文，还用诗体写了一部未完成的喜剧；在后来的四十年当中他完全忘记了文学，他不是坐在马背上就是坐在写字台前，或在大马路上闲逛，或抑郁地徒劳无益地向意中的女人献殷勤，关心绘画和音乐远远超过关心写作。一八一四年，在经济拮据时刻，更加令人不快的是他甚至不得不卖掉他的马，这时他急急忙忙用一个陌生的名字出了一本书：《海顿的生平》，说得准确些，他是厚颜无耻地剽窃了该书的意大利作者即那位可怜的卡帕尼的原文。卡帕尼后来竟面对这位不知名的邦贝先生大呼救命，因为他惊讶地看到他的书被这个邦贝先生洗劫一空。随后，司汤达又东拼西凑地写了一本《意大利绘画史》，同样是摘自别人的书，往里边塞了一点名人轶事。他这样做，一方面是因为书能给他带来点钱，另一方面是因为他在这里能找到乐趣，他让手中的笔疾书不止，以各式各样的假名字戏弄世人，今天他称自己是艺术历史学家，明天则充当国民经济学家（《一个针对工业家的阴谋》），后天又变成了文艺美学家（《拉辛和莎士比亚》）或心理学家（《论爱情》）。在偶然做了这些尝试之后不久，他认识到，写东西并没那么难。如果一个人聪慧，能很快把心中所想形成语言，那么在写作和交谈之间就不会有很大的区别，而说话和口授笔录之间的差别就更小了（用什么形式，司汤达都觉得无所谓，他写书或者是用铅笔乱涂一气，或者口授，让人用手指轻松地打出来都一样）。他认为文学只不过是一种令人愉快的消遣。要知道，他从来都不觉得有必要把他的真名亨利·贝尔写到他的著作上，这充分证明了他对一切功名的冷淡。

　　四十岁他才更经常地坐下来工作。为什么？是因为他已经变得更看重功名，更充满激情，更热爱艺术了吗？不，根本不是，只是因为他变得更肥胖了，因为他——可惜！——更不能得到女人的青睐，重要的是钱更少了，而时间却充裕得填不满了。一句话，因为他需要找到代替的东西，"为了消愁解闷"，以免在烦闷中度日如年。正如用假发代替以前厚密蓬松的头发，现在对司汤达来说是用写长篇小说代替生活，他用各种各样虚拟的梦想补偿现实奇遇的减少；最后，他甚至认为写作是很有趣的事，觉得自己就是一个比沙龙里一切平庸的雄辩家更令人愉快更精神饱满的谈话对象。是的，假如一个人不像那些巴黎的文人墨客那样采取不太认真的态度，不像他们那样用汗水和功名弄脏自己的手指，写长篇小说真是无愧于一个自我中心主义者清白而高尚的乐事，一种完全无拘无束的精神消遣。这个日渐衰老的人在这种消遣中越来越多地找到诱人的美。

这种事干起来倒也不很吃力，没有草稿，而是通过口授让报酬微薄的书记员笔录写成一部长篇小说只需三个月时间，确实无需花费太多的精力和时间。此外他可以嘲笑敌人，讥讽世人的粗俗，以寻开心。他可以戴上假面具，不暴露自己，把最温情的灵魂的冲动推给年轻人，以此表达自我忏悔之心。他可以表现得激情满怀而不丢面子，作为老年人像孩子似的充满幻想而不害羞。这样，司汤达的创作就变成了一种享受，逐渐变成这位善于享受者个人的隐秘的自我陶醉。但司汤达从来也没有意识到要创作出伟大的作品，甚至进入文学史。他坦率地向巴尔扎克承认：“我过去总爱讲我喜欢的事情，从来没有想到运用艺术手法来写小说。”他不考虑形式、批评、读者、报纸和千古流芳。他作为一个完善的自我中心主义者，在写作中只考虑自己和自己的乐趣。最后，很晚很晚了，在五十岁的时候，他才有了一个奇特的发现：人们甚至能够靠写书赚钱。他感到更愉快了，因为亨利·贝尔的最高理想一直是孤寂和独立。

但是，书没有获得真正的成功，读者的胃不习惯这种枯燥的、不抹黄油不加香料的食物，于是他便不得不为自己的人物形象想出一群读者，那是未来的什么时候，在另一个世纪里的一群精英，“一些幸运者，”一八九〇年或一九〇〇年的一代人。但同时代人的冷淡对司汤达的伤害并不严重，最后，那些书甚至只是写给他自己的书信。“别人跟我有什么相干？”司汤达只为自己写作。这位衰老的享乐主义者为自己找到了一个新的、最后的、可心的乐趣：在上面阁楼里就着木桌上的两支烛光写作或口授，而这种跟自己的灵魂和自己的思想的完全的自我谈话在他生命终结前变得比所有的女人和欢乐都更重要，比富瓦咖啡馆，比在沙龙里的讨论，甚至比音乐都更重要了。孤独中的享受，享受中的孤独，他的这种头一个和最早的一个原始理想，终于被这个五十岁的男人在艺术中发现了。

不过，这是一个迟来的欢乐，一个已被断念遮蔽的阴沉的欢乐，因为司汤达的创作开始得太晚了，以致不能使他的生命得到创造性的发展，他的创作是在用音乐伴送和实现他缓慢的死。司汤达四十三岁开始写他的第一部长篇小说《红与黑》（早年的《阿尔芒斯》略而不计），五十岁写《吕西安·娄凡》，五十四岁写第三部长篇小说《巴马修道院》。三部长篇小说耗尽了他的文学才华，从主题来看，三部长篇小说只是一个主题，是同一个原始的基本生活经历的三个变种，即亨利·贝尔青年时代的精神历史。这个日渐衰老的人不让它在自己心中泯灭，而是想一再地更新它。所有三部作品都可以冠以他的后辈人和蔑视者福楼拜的标题：《情感教育》。

因为这三个青年人，受虐待的农民的儿子于连，娇生惯养的法布里斯侯爵和银行家的儿子吕西安·娄凡，以同样炽热的不受限制的观念走进一个感情日渐冷漠的世纪。他们都是拿破仑的热情拥护者，都是英雄业绩、伟大事业、自由的向往者；他们都是首先从充沛的感情出发寻找一种比现实生活所允许的更高、更明智、更轻松的形式。他们三个人都对女人充满隐忍的激情，都有一颗迷乱的童贞的心。他们三个人都深刻地认识到，一个人即使在一个冷冰冰的、与人敌对的世界里也必定隐藏着一颗热烈的心并抛弃他的寻欢作乐的情愫，所以他们才猛然醒悟过来。他们怀着纯洁的心所作的初次尝试都因遇到"他人的"（即司汤达的永久敌人的）心胸狭隘和市民恐惧而彻底失败。他们渐渐都学会了对手的阴险狡诈，耍小权术，诡秘地打小算盘，他们变精了，变得虚假、世故和冷冰冰的了。更讨厌的是，他们变得像年老的司汤达一样聪明、机智和自私，他们成了杰出的外交家、商业天才和高级主教。一句话，他们向现实妥协了，只要他们从自己真正的灵魂王国，从青年时代和纯洁观念的王国产生一种被摒弃的痛苦的感觉，他们就会适应现实。

为了这三个青年，或说得确切些，为了曾悄悄地活在他心中、后来下落不明的那个年轻人，为了"他二十岁的生活"，为了自己的缘故，为了再一次热情地体验那个二十岁的人，这个五十岁的亨利·贝尔写了这些长篇小说。作为一个博学、冷静而失望的英才，他通过他们叙述了他内心的青年时代；作为通晓艺术的头脑清醒的理智主义者，他开创了不朽的早期浪漫主义的先河。于是，这些长篇小说便把他本性的原始矛盾奇妙地统一起来；在这里，也把老年时期的清醒与青年时代的迷惘描述出来。司汤达一生中在精神与感情之间、现实主义与浪漫主义之间的斗争，在这三次令人难忘的战役中胜利地解决了，每一次战役都像马伦哥、滑铁卢和奥斯特里茨战役一样长久留在人类的记忆里。

这三个青年，虽然命运不同，阶层和性格各异，但在感情上却是兄弟，他们的创造者促使他们继承和发展了他本性中的浪漫主义成分。同样，他们的三个对立角色也是一个人，莫斯卡伯爵，银行家娄凡和德·拉·莫勒侯爵，又都是贝尔，但在这个完全精神化的理想主义者身上，在这位后来变明智了的老年人的身上，所有的理想主义观念都被理智的灵光渐渐烧尽和消灭。这三个对立角色象征性地指出，生活把这个青年最终造成了什么样的人，他怎样"体验了一切欢乐，然后感到厌倦了，渐渐变得清醒了"（《亨利·贝尔谈他的个人生活》）。

英雄主义的狂热消亡了，老谋深算的伎俩代替了美妙的陶醉，一种冷静的消遣代替了火热的激情。他们统治着世界，莫斯卡伯爵统治着一个侯国，银行家娄凡控制着交易所，德·拉·莫勒侯爵控制着外交界。但他们都不喜欢由他们任意操纵跳舞的木偶，他们看不起这些木偶，正因为他们太了解身边这些人的卑劣。他们对美色和英雄业绩还是有同感的，但也只是有同感而已，他们都把履行自己的义务换成了一事无成、永远耽于幻想的青年时代的朦胧而不切实际的梦想。正如那位冷静聪明的国务大臣安托尼俄对待年轻热情的诗人塔索一样，那些表现生活的散文作家也是又乐于帮助又心怀敌意、又瞧不起又暗含妒意地面对这个年轻的对手，像精神面对感情，清醒面对梦境。

司汤达的世界就是在这种男人命运的永恒的两极之间，即在孩童般对美色的朦胧的渴慕和对现实权势力量坚定自信而又嘲讽冷静的追求之间周旋。女人们所面对的就是这些青年人，这些羞怯而热情似火的追求者，她们穿着窸窣作声的美丽的衣裙，婉然拒绝他们强烈的渴念，她们用柔美的轻声细语平息他们得不到满足的愤怒。司汤达的这些温柔的、即使充满激情也不失高尚的女人，德·雷纳尔夫人，德·夏斯特莱夫人，桑塞维利纳女公爵，人人都怀着一颗纯真激动的心。不过即使是虔诚的献身，也不能为她们的情人保持灵魂的处女似的纯洁，因为这些年轻人每向生活迈进一步，就在人的卑劣性泥潭里深陷一寸。这些大智大勇的女人具有高尚的品质，她们能使人的心胸宽广，她们与龌龊的现实和低劣的实用主义世道是相对立，她们有别于蛇一样狡猾的渺小的阴谋家和钻营者——一句话，就是有别于司汤达以蔑视和愤怒的态度所面对的那些平庸者。司汤达以青年时代浪漫主义的眼光美化这些女人，作为一个年老的人依然蹚进爱的旋涡，这时，他便以郁积心头的全部愤怒把那伙卑劣的强盗推上了断头台。他以愤怒的态度和不洁的言词塑造了那些法官，检察官，部长，仪仗队军官，沙龙里的饶舌者和背后讲人坏话的卑鄙小人，每个人都像粪土一样黏滞和松软，但改变不了的厄运使所有这些无足轻重的人成群结队地膨胀，数量多得惊人，像通常在人世间一样，他们总能成功地闷死崇高的人。于是，在他的史诗风格的作品里，不可救药的梦想家的痛苦忧伤便与失望者匕首般犀利的讥讽交替出现。司汤达在他的长篇小说里怀着憎恶的心理描写真实的世界，不亚于他怀着火热的激情描写虚构的理想世界，他是两个领域里的艺术大师，在精神方面和感情方面都十分熟悉，能够驾轻就熟。

正是这一特点使得司汤达的这些长篇小说具有特殊的魅力和地位，因为它们都是晚期作品，感情是青年人的，思想却是深邃的。只有间距才能创造性地阐释每种激情的意义和美。——"受感动者本人在被感动的那一刹那并不知道自己感情的细微差别。"他也许会以抒情诗和赞歌的形式任意颂扬他的狂喜，却绝不会解释它，不会以叙事的形式说明它。真实的、叙事的分析永远要求洞察秋毫，心绪安宁，头脑清醒，要求有一种超越激情的立足点。司汤达的长篇小说就极具这种内涵和外延；在这些作品里，艺术家恰恰是在男人生涯浮沉之间的界限上意识清醒地描述了这种感情；他又一次心情激动地感受到他的激情，但他已经理解它并能从内心里抒写它，从外部约束它。仅只这一点就说明司汤达的这些长篇小说里存在着观察他的新生激情内幕的动力和强烈的渴望——外部发生的事情恰好相反，艺术家并不重视小说手法方面的东西，他只以相当即兴的方式草率从事（他自己承认，在一章结束时还不知道下面的情节该怎样安排）。他的作品只从内心的波涛起伏上看具有艺术魅力和动人心弦的特点。他的作品之所以是最好的，是因为人们觉察到他们在内心里也有同感，最不可比拟的是因为司汤达自己的羞怯和隐蔽的灵魂涌入了他心爱人物的语言和行动中，他让他的人物为他自己的双重性格而受到痛苦的折磨。在《巴马修道院》里关于滑铁卢战役的描写是他青年时期旅居意大利全部生活的精湛的缩写：像他本人奔向意大利一样，他的于连奔向拿破仑，想在战场上建立功勋，但现实却不断地夺走他关于意大利的想像。他经历的不是地动山摇人喊马嘶的骑兵进攻，而是现代战争丧失理智的混乱，他找到的不是大军，而是一群骂骂咧咧、玩世不恭的雇佣兵，不是英雄而是人，是跟穿着五颜六色或普通服装没有什么两样的平庸的人。这种清醒的时刻只能出现在他这个大师的笔下。在我们这个凡人的世界里灵魂的狂喜一再在严峻的现实面前化为泡影，还没有一个艺术家把这种心态描述得如此尽善尽美，他才会成为超出自己的艺术理念的艺术家："谁没有激情，谁就没有精神。"

但是奇怪的是，司汤达这位长篇小说作家竟不惜任何代价隐藏他的这个感同身受的秘密。他羞于让一个偶然的、最终冷嘲热讽的读者猜到在虚构的于连、吕西安和法布里斯身上赤裸裸地暴露了多少他灵魂中的秘密。因此，司汤达在他的这些叙事作品中故意装出不动声色的冷冰冰的态度，他故意使他的文笔冷气逼人："我尽力使人感到枯燥乏味。"宁可显得坚强也不显得感伤，宁可没有艺术性也不慷慨激昂，宁可要逻辑也不要抒情！于是他便把这期间反复说过的话令人作呕地传播于世，他每天早上工作之前都读民法，以便习惯于这种枯燥的务实的文风。但司汤达绝不认为枯燥是他的理想。事实上，他仅仅是凭借他的"过分理智的爱情"，凭借他的清醒的热情寻找那种在描写的背后显得雾蒙蒙的难以察觉的文风："写作风格应该像清漆一样透明：它不应该改变事物的本色，不应该改变反映这一风格的事实和思想。"这句话不应该借助巧妙的声乐花腔，借助意大利歌剧的"装饰音"抒发出来，相反，它应该消失在具体东西的背后，它应该像一位绅士剪裁合体的西服那样不引人注意，只准确清楚地表达心灵的活动。因为司汤达的主要着眼点是明确，他的高卢人的清醒的知觉使他憎恨任何模糊不清、遮遮掩掩和臃肿累赘，尤其憎恨卢梭带进法国文学的那种自我享乐者的感伤情绪。即使在最混乱的感情里他也要求清晰和真实，直至罩在内心阴影中的迷宫都清晰可见。"写作"对他来说便是"解剖"，也就是把混合的感情分解成几部分，各部分可以按照度数测知热情，可以像临床观察疾病那样观察激情。只有清楚地测出自己感情深度的人才能真正以男子汉的气概欣赏自己的深奥感情。只有观察到自己的混乱感情的人，才能认识自己感情的优异之处。因此他愿意遵守古老波斯的美德，用这种道德精神认真思考，看他的这颗在幻想中自我陶醉的狂喜的心究竟暴露了些什么。就精神而言，他是受精神驱使的最幸福的奴仆；就逻辑而言，他同时又是他的激情的主人。

认识自己的内心，通过理解增加激情的奥秘，同时对激情加以研究——这就是司汤达的公式。他的精神上的儿子们，他的那几个主人公，都有跟他完全一样的感觉。就是他们也都不愿意被盲目的感情欺骗；对自己的感情他们要检查、监视、研究和分析，他们不仅想要感觉他们的感情，而且还要理解他们的感情。他们经常心怀猜疑地检验他们的情感是真是假，在这种情感后面是否还隐藏着另一种更深的感情。如果他们愿意，他们就总要在这中间中止内心的这检验飞轮的运转，查一查它的统计结果。他们不断地扣心自问："我爱上她了吗？我还爱她吗？在这种情感下我感觉到了什么？为什么我没有什么感觉？我的倾慕是真实的还是被迫的？是我自己追她，还是我在逢场作戏？"他们不断地把手放在激烈跳动的脉搏上，只要他们在激动时体温曲线停顿一个节拍，他们立刻就会觉察到。即使在事件的发展犹如湍湍急流一往直前时，永远出现的"他想"，"他自言自语"等等就会使叙述的急不可耐的进程中断。他们像物理学家或生理学家一样试图对每一次肌肉的推拉和每一次神经的撕扯从知识上加以评注。在这里我以《红与黑》里那个著名的爱情一幕的描写为例来说明，司汤达让他的人物形象在一个少女献身于他的激情似火的时刻表现得多么理智，多么机警清醒。于连竟然冒着生命的危险，在夜里一点钟用一个立在母亲房间开着的窗户旁边的梯子爬进德·拉·莫尔小姐的房间里去——这本是一颗浪漫的心想得出来的、受激情支配的举动；但在他们热烈地相亲相爱时，二人都立刻变得理智起来。"于连很尴尬，他不知道应该怎么行动，他压根儿就没感到这是爱情。他在窘迫中认为必须大胆些，于是他便试图拥抱她。'别碰我。'她说，伸手把他推开。对这样的拒绝他倒很满意，他赶快扫视了一下四周。"司汤达的主人公在冒险的艳遇中头脑还这么冷静，神志还这么清醒。现在请看这一幕的继续发展，看看经过心情激动时的各种思考，这个骄傲的少女最后怎样投入她父亲的这个秘书的怀抱。"玛蒂尔德对他以'你'相称是费了很大力气的。因为这个'你'说出来没有一点温柔的情调，于连听了一点也不高兴；他惊奇地发现，他一点幸福感都没有。为了体味这种幸福，他最终只好求助于思考：他看到自己受到一个少女的宠爱，不过她平时从不不无保留地称赞人。多亏这么一思考他才为自己缔造了一种虚荣心得到满足的幸福。"多亏有"这么一次思考"，也就是多亏有"这么一种发现"，这个满脑子情欲的人才在完全没有温情没有热情的情况下诱奸了这个浪漫的情人。她反而一字一句地直截了当地自言自语道："我必须跟他谈一谈，一定要谈，一个人应该跟自己的情人谈一谈。"难道说一个女人在这种心境中就得到解脱了吗？难道我们在这里必须用莎士比亚的话来问一句吗？在司汤达之前有哪一个作家敢于让人在被诱骗的时刻如此冷静地受到检验和考虑一己的私利？再说，这些人就像司汤达笔下的所有人物一样根本不是像鱼一样冷淡的性格？但我们在这里已经接近了他的心理描写艺术的核心技巧，这种技巧本身就把热情分在不同的温度中，把感情分在不同的刺激范围内。司汤达从来不曾整体地观察激情，他永远都是观察激情的局部，他是用放大镜甚至用快速摄影机追寻激情的结晶。凡是在现实的领域里作为惟一的冲击和撬动的运动，都被他天才的分析精神精细地分成许多时间小段，他人为地在我们面前放慢心理活动的速度，使我们更容易理解它。司汤达长篇小说的情节只发生在心理的时间内，而不是尘世的时间内（这是它的创新之处！）。由于有司汤达的创作，叙事艺术第一次（而且预见到一种发展地）转向揭示无意识的官能行为。《红与黑》开创了"实验小说"的先河。这种试验后来使心理科学与文学创造彻底结为兄弟。司汤达长篇小说里的一些段落事实上总使人想起实验室的客观或教室的冷静。尽管如此，司汤达炽烈的写作热情仍然与巴尔扎克一样充满创造精神，不同的是，司汤达更注重逻辑，更狂热地追求明确，更有决心揭示心灵世界。刻画世界对他来说只是通向把握灵魂的间接途径，在整个壮观的宇宙里他的热烈的好奇心总是紧紧盯着人类，而在人类中却又总是盯着那个他无法理解的独特的人，那个人的缩影是司汤达。要探究这个人，他才成了诗人，成了只是为了刻画他这个人的创造者。虽然司汤达由于天资聪慧成了一位最完美的艺术家，但他本人却从来没有献身于艺术；他只是把艺术当作最精密最有灵气的工具来利用，目的是测知灵魂的振动，把这种振动转化为音乐。艺术从来都不是他的目标，艺术永远只是达到他惟一的永恒目标的途径。他所追求的目标是：发现自我，认识自我的乐趣。

令人愉快的心理学

我真正的激情是认识和感受的激情。它们永远
都得不到满足。

在一次社会聚会上，有一个很老实的市民走到司汤达身边，彬彬有礼地问这位陌生先生的职业。一丝不怀好意的微笑掠过亨利·贝尔这个玩世不恭者的嘴角，两只小眼睛闪着狂妄自大的光，他故作谦逊地回答道："我是人类心灵的观察者。"当然，这是一种嘲弄，出于喜爱虚张声势，他朝着一个大惑不解的资产阶级眨着眼睛，但在这种貌似戏弄人的游戏中却搀杂着相当一部分的坦率，因为事实上，司汤达一生中有目的地从事过观察心灵的活动。

司汤达是具有心理学家神秘爱好的人，这种人为数不多，他们沉湎在"令人愉快的心理学"之中，几乎是罪恶地沉湎在精神类型人的享乐者的激情里；但他以高尚的态度陶醉于探索心灵的奥秘是多么意味深长啊，他的心理学的艺术运用得多么轻松自如，多么扣

人心弦啊！在这里，好奇心从敏感的神经，从耳聪目明的感官把它们的触角伸到前面来，怀着微妙的贪欲从有生命的东西里吮吸甜蜜的精神的精华。这种灵活的才智无需抓住手边的任何东西，他从来都不用暴力手段把奇特的现象挤压在一起，折断它们的骨头，以便使它们适合死板的普洛克儒斯忒斯的床。司汤达的分析使人感到有一种突然发现的惊异和愉快，一种偶然相遇的新鲜和欣喜。他的那种男人的、贵族的贪得无厌过于骄傲，不可能气喘吁吁、大汗淋漓地去追求知识，也不可能用一连串论据把它置于死地。他憎恨过分咀嚼事实并像哈鲁斯佩克斯那样在事实的内脏里翻寻这种叫人大倒胃口的手艺：他的敏锐的感觉，他的手指尖对美学价值的感觉，从来都不需要野蛮贪婪的抓握。各种东西的芳香，它们的本质飘浮着的气息，它们像乙醚那样轻的精神影响，向这位品尝的天才泄露出它们内在本质的全部意义和秘密，他从微小的刺激认识到一种感情，从轶事中了解历史，从格言中辨别一个人。只要有转瞬即逝的、几乎抓不住的细节，只要有"缩短的"、梅花草那么大的感觉，对他说来就足够了。他知道，正是这些对"细小的事实真相"的观察，在心理学里具有决定的意义。他的银行家吕西安·娄凡说："细节中存在着独创和真实。"而司汤达本人则自豪地把这赞为一个时代的方法，"这个时代是喜欢细节的，而且完全有理由喜欢细节"，它已经预示着下一个世纪，这个未来的世纪不再凭借空泛、艰深和漏洞多的假设来推动心理学的研究，而是要从细胞和芽孢杆菌的分子情况来研究身体，从过细的观察，从振动和神经的震颤来计算出心理活动的强度。当康德的门徒谢林和黑格尔等人在他们的讲坛上还变戏法似的把整个宇宙都变到他们教授帽子的下面时，这个孤独的人已经知道了，哲学家称霸的高尖塔的无畏舰队的时代彻底结束了，现在只有悄悄接近的潜水艇施放的细心观察的鱼雷控制着精神的海洋。但他是多么孤单地在片面的专家和怪癖的诗人中间从事这种机智的猜谜艺术啊！他是怎样的孑然一身，他是怎样走在当时那些片面的权威心理研究家的前面，他是怎样由于背上没有被学识束紧的假设而跑在他们前面。他说："我既不指责，也不赞同，我是在观察。"他把知识当作游戏，当作运动，他追求知识仅仅是为了自得其乐！正如他精神上的弟兄诺瓦利斯，诺瓦利斯像他一样通过诗人的感觉走在一切哲学的前面，他只爱知识的"花粉"，这些偶然吹来的，但包含着生物内部最核心意义的花粉内部却是假想中的盘根错节的广阔体系。司汤达的观察总是局限在细小的、只在显微镜下才能看到的变化，局限在感觉初次结晶的那短暂的一刹那。只有到那时他才会感觉到从肉体到灵魂都接近生活的那种内在联系的时刻，那些经院哲学家傲慢地把这种时刻叫做世界之谜，他正是从最小的感知预测到最大的感知。所以，他的心理学初看只不过是思想的金银丝编织品，是一种雕虫小技，一种有敏感性的游戏，但他具有一种不可动摇的（和正确的）信念：认为最细小精确的感知比任何理论都能赋予感情世界更重要的认识。"人心不像一般人想像的那样容易被感知。"心灵的科学除了这些偶然中断的感知以外没有其他任何通向黑暗的安全通道。"只有感觉才有可靠的真实性"，因此，"一生中注意观察五六种思想"也就足够了。从中可以——不是强制地而是符合个人意愿地——形成规律，这是一种精神的法则，理解这种法则或哪怕只意识到这种法则，便体现出每种真正心理学的兴趣和热情。

这样一些小的大有益处的观察，司汤达进行过无数次，难得的罕见的发现也不在少数。从此便使每一次艺术家的心理说明变得十分肯定，甚至完全彻底。但司汤达本人却从未利用过他的这些发现，他只是把这些在脑海里闪现的思想漫不经心地写在纸上，但不加整理，更不使它系统化。在他的书信、日记和长篇小说里人们可以发现这些散在的繁殖力很强的种子，一任将来在偶然中被人发现。概括说来，他的全部心理学的成果是由一二百个警句和长篇小说段落组成的，他很少下功夫把几个部分组合在一起，从来都没有对它们做一次真正的整理，使之成为一种完整的理论。就连那篇论述激情的专题文章，即那篇论述爱情的文章，也只不过是传奇、警句和轶事的一个大杂烩。他十分谨慎，并不把这篇研究文字称为《爱情》，而叫作《论爱情》，我们最好还是译成《关于爱情的一些研究》。他至多勾勒出了几个结构松散的基本区别，把爱情分为"激情的爱情"、"肉体的爱情"和"情趣的爱情"，或者他草草地写出了一种爱情的产生和消亡的理论，但实际上只是用铅笔来写的（事实上他写书也是使用铅笔）。他的目光只局限在暗示、猜测、不负责任的假设，这一切都贯穿在他闲谈时讲到的一些逸事趣闻里。因为司汤达绝不想成为深邃的思想家、彻底的思想家、服务他人的思想家，他从来都没有下苦功夫去继续深入探究偶然碰到的东西。这个心灵欧洲的懒散的"旅行者"，宽宏大量、满不在乎地把具体安排、扩大和充实故事的辛勤踏实工作留给那精神领域的赶车人和粘贴者。事实上，整个一代法兰西人已经对他顺便提到开头的大多数主题做了诠释。从他的关于爱情结晶的著名理论中产生了十几部心理分析的长篇小说（他的爱情结晶论是把感情觉醒跟一个在矿山盐水中浸泡很长时间后突然在一刹那间生出看得见的结晶的"萨尔茨堡的树枝"相比）。从他的一段仓促潦草写就的关于种族和环境对艺术家影响的评注中泰纳①引出了一个对奠定他的哲学的基础十分重要的假说。但司汤达这个不工作的人和即兴作者从来都是把他的心理学写在断简残篇和格言中。他的法国祖先在这方面的门徒帕斯卡尔、尚福尔、拉罗什福科和沃维纳克，他们和司汤达一样，出于对一切真理发展的敬重，从来没有把自己的观点压缩成一种坚实而持久不变的真理。他只是零散地抛出自己的见解，根本不关心它们是否能够被人接受，不关心它们今天已被认作真理，还是一百年后才被承认为真理。他不关心它们是某人先于他写出来的，还是别人将在他之后把它们写出来：他像呼吸、说话和写作那样毫不费力地自然而然地进行思考和观察。寻找同道者从来都不是这位自由思想家所操心的事。观察，更深刻地观察，思考，更透彻地思考，才是他最大的幸福。

像尼采一样，他不仅敢于想，而且有时会像着了魔似的毫无顾忌地想。他坚强而果敢，甚至把真理置于手掌上把玩，爱知识犹如怀着一种肉欲的喜悦。这个人充满生活情趣，像冒着泡沫的香槟酒，酒珠欲滴，晶莹透明！他的警句永远只是他内心财富偶然超出

---

① 依波利特·泰纳（1828—1893），法国哲学家、历史学家、文艺理论家。

酒杯的边缘喷洒出来的零散的水滴。司汤达原来的精神财富兼有冷静和火热的两面，始终保存在他的内心中，犹如保存在透明的高脚杯里，只有死才能把这个杯子打碎。但是这些泼洒出来的水滴却具有极大的振奋精神的麻醉作用。它们像名牌香槟酒一样加速心脏的跳动，使忧郁的感情焕然一新。他的心理学不是受过良好训练的大脑里的几何学，而是一种生活浓缩了的精华。这使他的真实变得如此逼真，使他的观点变得如此具有远见卓识，使他的知识如此广泛运用，而这一切既是无与伦比的，同时又是持久不变的，因为没有任何一种勤于思索像一个信心十足的人无忧无虑地敢于思索，能充分地理解这种活生生的东西。思想和理论，就像《荷马史诗》中冥府的阴影一样，永远只是松散的模型，没有形体的镜中影像；当它们吮足了人的血液时，它们才会有声音有形体，才能够与人来交谈。

自我描述

我从前是什么？我现在是什么？我很难说清。

只有司汤达本人才有这样令人惊异的描写自己的匠人之笔，这是任何别的大师都办不到的。"要了解人，只要研究自己；要了解众人，却要接触他们。"他说，并立即添加了一句，说他只是从书本上了解人，他的所有学业都是通过自学完成的。司汤达的心理观察总是从自己出发。它的目的仅是返回自身。但这条个人道路周围却是人的整个精神世界。

童年时代司汤达就经过了观察自我的第一个学程。他热爱他的母亲，但母亲的早逝使他成为弃儿以后，他就看到周围充满着敌意和陌生的心理。他不得不把自己的内心活动全部隐藏越来，不让别人看到他的内心，他很早就以各种伪装的方式学习说谎"这种奴隶的本领"。他躲在角落里，用不满和怨恨的目光窥视父亲、姑妈、老师、一切折磨和统治他人者。憎恨把他的目光磨砺得充满无限的愤怒。在进入社会实际生活之前，他就由于迫不得已的自卫，由于受人误解的精神压力，熟谙对人的心理分析。

这位如此冒着风险地接受预备教育的人，他的第二学程持续了很久，实际上持续了一生。这个学程就是爱情，女人成了他的高等学校。人们早就知道——他本人也不否认这个令人忧伤的事实，司汤达作为追求女人的人并不是英雄，不是征服者，只不过是一个爱装作唐璜的人。梅里美写道，司汤达从来都没有感觉到自己被爱，很遗憾，他几乎永远是不幸地被爱。"在爱情方面我几乎永远都是不幸的，"他不得不承认，"在拿破仑的军队里像他这样占有极少女人的军官寥寥无几。"他从他肩膀宽阔的父亲和本性温和的母亲身上继承了一种非常迫切的情欲：欲火旺盛，虽然司汤达总是急不可耐地检验每一种情欲表现，看她对他是否"忠诚"，但他一生始终都是相当悲哀的爱情骑士。在家里，在写字台旁，在远离危险的情况下，这个典型的享乐者在性欲战略方面总是出类拔萃的（远离了她，他总是很勇敢，什么都敢做）。他在日记里十分精确地写着他使自己眼下的女神完全堕落的时间（"我要在两天后得到她"）。不过刚刚来到她身边，这位自封的卡萨诺瓦立刻就变成了一个腼腆的中学生。第一次向女人进攻通常（他本人也承认）以男人在开始表示顺从的女人面前感到内心羞愧而告终。每当他必须主动献殷勤的时候，他就变得"又羞又窘"。每当他应该表现出温存体贴的时候，他就变得玩世不恭。在需要进攻的时候，他却优柔寡断。一句话，他由于左思右想和言谈拘谨而耽误和错过最佳时机。他由于窘迫，由于畏惧，显得多愁善感和"易于上当受骗"，为了避免这一切，这个与时代格格不入的耽于幻想的人便"披上轻骑兵的外衣"，表现出十分粗暴无礼和哥萨克人般直率的样子，从而藏匿起他的温情。因此他在女人那里屡遭惨败，这是他一生中那种隐蔽的、最终被无意中透露出的绝望。司汤达一生中只盼望有明显的爱情上的胜利，他说："对我来说，爱情始终是最大的事，更确切地说是惟一的大事。"对任何人，对任何哲学家、任何诗人，甚至包括对拿破仑，他都没有表现出像对他舅舅加尼翁或对他表兄马齐亚尔·达吕这样真心的敬佩，他的舅父和表兄没有使用过任何精神的或心理的手段就征服了无数女人的心，也许正因如此，司汤达才逐渐认识到，只要一个人真动感情，就没有任何东西妨碍他受到女人的青睐。"只要一个人像对待一场台球戏那样不在乎输赢，他就一定会博得女人的欢心。"最后他就是这样规劝自己，"我特别需要有色鬼的手段。"他对任何问题都不曾较长久较深入地思考过。恰恰由于他（以及我们和他一起）对性欲进行过神经过敏、猜疑心重的自我解剖，他才对他最细腻的感情脉络有了完整的认识。他自己说过，没有任何东西像恋爱的屡屡失败这样教会他进行心理分析，他追逐女人的失败次数也不算多，一共也就六七次吧；如果他能像别人那样有艳福，他也就不必这样坚持不懈地探测女人的灵魂，了解她们最精巧最温柔的意识流向了。他在女人那里学会了怎样考察自己的灵魂，正是在这里屡遭拒绝的感受把这个观察者训练成了一个娴熟的心理学家。

司汤达的这种系统的自我观察老早就发展成自我描述了，这里还有一个特殊的、极为奇妙的原因：司汤达的记忆力很坏，准确地说，他的记忆力非常任性，变幻莫测，总之他的记忆力很不可靠，所以他总是手不离笔。他从不间断地做记录，记在读物的书眉上，记在零散的纸张上，记在信上，特别是记在日记里。他害怕忘记重要的生活经历，中断他生活的连续性（即害怕中断他有计划地长久写作的这惟一一部艺术作品的连续性），他总是立刻把每一次感情的波动和每一个事件固定在书面文字上。他给居里亚尔伯爵夫人写了一封动人心弦、沾满泪痕的爱情书信，在信上他以一个记录员冷漠的客观态度记下他们的关系何时开始何时结束的日期，他记录了他是在几月几日几点钟终于征服安吉拉·皮特拉格鲁瓦的。人们通常都有这样的印象：他把笔拿在手里才开始思考。我们最终应该把那六七十卷以一切想得到的创作的、书信的、轶事的形式所做的自我描述归功于这种神经过敏的书写癖好（到今天为止发表的还不到一半）。不是一种爱虚荣好表露的自白愿望，而是担心名为"司汤达"的这种不可能再造的特殊物质从他那沙漏般的记忆中渗漏一点一滴的利己的恐惧心理，为我们如此完整地保存了司汤达的传记材料。

像对待他的所有其他特性一样，司汤达以具有先见之明的明确态度分析了他的记忆力的这种特殊性。首先他承认他的记忆能力是具有极端自我中心特点的。"我不感兴趣的东西，我一点也记不住。"因此他很少记住心灵以外的东西，他记不住数字，记不住日期、事实和地点；最重要的历史事件的一切细节他都忘得一干二净；他不记得他在什么时候见过某些女人和朋友（甚至包括拜伦和罗西尼）。不过，他从不否认这个缺点，他毫不犹豫地承认："我只在那些触及我的感觉的东西里面探究真实。"只要他的感觉是准确的，他就敢保证事情是真实的。在一部作品中他坚决地表示"抗议"，说"我从来也不敢描写事物的真相，而是只描写它们留给我的印象"。事实再清楚不过地证明，对司汤达来说，"事情本身"是根本不存在的，只有当这些事情引起他心灵震荡时，这种绝对片面的感觉记忆才空前敏锐地发生作用。他也完全不记得他是否跟拿破仑说过话。他不知道，他是真的记得自己曾经越过圣伯纳大山口，还是只根据一幅铜版画记得这件事。同一个司汤达，只要内心深受感动，却对一个擦肩而过的女人的声音笑貌和婀娜多姿的体态记得一清二楚。无论在哪里，只要他没有感情，他的记忆就像静止的黑暗的云层一样模糊不清，静止的黑暗的雾层会储藏几十年以上——使人们往往弄不清他几十年的生活状况。更奇怪的是，在感情太强烈的时候，司汤达的记忆能力也会遭到破坏。他恰恰在他生活的最紧张时刻（在描述越过阿尔卑斯山口，描述巴黎之际，描述第一次爱情之夜时）上百次地重复这个论断："我再也想不起那件事了，因为感受太强烈了。"在这个狭隘的有局限的感情领域以外，司汤达的记忆（也包括他的艺术家的气质）从来都不是很完善的："我认为我只是一个人类的画师。除此以外，我什么也不是。"只有那些使灵魂产生最强烈印象的东西才能经受得住被司汤达遗忘的考验。因此这位最坚决的自我中心主义者写自传时从来都不能成为世界的见证人；他其实不能回想自己的经历，他只能重新感受往事。他在心灵中不是直接地，而是通过反射的曲折途径再现事情的经过。"他虚构他的一生"：他不是根据感觉的回忆找到事实，而是根据感觉的回忆杜撰和虚构事实。这样，他的自传便有点像小说，他的小说有点像自传。人们不能指望在他那里看到一种类似歌德在《诗与真》里所做的对个人世界博大精深的描述。作为自传作者，司汤达按其天性也必定是断片作品的作者，是印象主义者。事实上他描述自己的画像只是以松散的偶然的笔触和他那些"日记"里的记录开始的，他的日记几十年都不曾间断，不言而喻，他写日记完全是为个人的需要。首先只是记录，只是抓住那些微末的令人激动的感情，只要它们是热烈的，只要它们像一只被捉到的小鸟在手心中不安地跳动！只不过不让它们飞走，抓住和留住一切，不信赖记忆这条不安定的河，它在整个流程中会把一切都冲走和淹没！不怕把无关紧要的东西，把感官上的纯粹的小玩艺儿杂乱地堆散在大衣箱里。谁知道，也许这个成年人恰恰最喜欢观察这些曾经使他心动的古怪而平庸的东西呢。因此，这是一种使这个少年能够收集和保存感情的霎时图像的天才的本能。这个成熟起来的人，这个娴熟的心理学家和杰出的艺术家，终将怀着感激之情，像专家那样熟练地把它们安排在那幅描述他的青年历史的大型绘画里去，即安排在他取名《亨利·勃吕拉》的自传里。那是以晚年奇异而浪漫的眼光来看他的童年。

像写长篇小说一样，司汤达很晚才在有意识地撰写的自传体作品里阐明他青年时代的思想状况。一位日渐衰老的人坐在罗马城里蒙托里奥的圣彼得教堂的台阶上回想他的一生。再有几个月他就年满五十周岁了；过去了，青年时代已完全消逝，女人也好，爱情也好，都不复存在了。现在也许正该发问："我过去是什么人？我现在是什么人?"那个为更有准备更有战斗力的晋升和冒险、而对人心进行仔细研究的时代现在已经过去了。现在需要的是总结和回顾。有天晚上司汤达百无聊赖地从公使的晚会刚刚回来（感到寂寞无聊，是因为再也不能占有任何女人，厌倦了一切轻浮的交谈），便突然决定："我必须把我的生活记录下来！如果这件事在两三年后完成了，我也许就会知道我过去究竟是什么样的人了：愉快的还是忧伤的，聪慧的还是愚蠢的，勇敢的还是怯懦的，说到底，是一个幸福的人还是一个不幸的人。"

　　下决心容易，做起来就难了！司汤达已经下定决心在《亨利·勃吕拉》这本书里写出纯粹真实的东西（这个名字是用代码写的，这是为了使那些好奇者认不出他来）。但他知道做到真实，一反自我常规写出来这种真实的存在，是很难的！怎样在这鬼影憧憧的往昔的迷宫里找到路径，怎样区别鬼火和明灯，怎样摆脱那些戴着假面具蹲伏在各个弯路岔道后面的谎言！司汤达这位心理学家在这第一次，也许是惟一独创地发明了一种方法：为了让自己不至于被令人愉快的回忆的假象所蒙蔽，奋笔疾书，不重读，不深思。（"我的原则是不使自己为难，也不让他人忘却。"）干脆丢掉羞臊，抛弃疑虑；在内心的自我法官和检查官醒悟之前，令人惊奇地突然出现他的自白。不是像画家那样细描，而是像摄影师那样抓拍！永远及时抓住特征动作原始的激动心情，不让它形成艺术的戏剧的模式。司汤达快笔如飞地写他的自我回忆，一蹴而就，事实上就是没有再通读一遍这些笔录，完全不在乎风格、统一性和有条理的表现力，整个就像一封写给朋友的私人书信："我写这些，没有说谎，也不抱幻想，心情愉快得像给朋友写信。"这句话里的每一个词都是重要的，司汤达做自我描述，"正如他希望的那样"，是按真实的面貌写，没有幻想成分，"怀着愉快的心情"，"像写私人信函"，这一切"都像卢梭那样不做艺术的渲染"。他有意识地为了真实而牺牲回忆录的美，为了心理分析而牺牲艺术。

事实上，从纯技巧角度看，《亨利·勃吕拉》和它的续篇《一个自我中心者的回忆》一样，是很成问题的艺术成果。此外，两部作品都写得太匆忙，太松散，太没计划。某种回忆的事实浮现在司汤达的脑际，他便闪电般快地把它写进书里，不管它是否适合于安插在那个地方。正像在他的笔录里，最崇高的东西与最浅薄的东西并列，不恰当的泛泛空论与最秘密的个人私事混杂在一起。不过正是这种无拘束地信笔写来，这种随随便便的叙述自己才透露出各种各样的真实情况，这当中的每一件真情都比平时的一页书更能发挥心灵文献的作用。那类关键性的自白，如关于他对母亲的颇具危险的倾慕的那段留有骂名的自白，关于对他父亲的凶残的不共戴天的憎恨，这些自白在别人那里，只要一位检查官有时间监督它们，总是在胆怯地躲进下意识角落不冒出来：这些深藏心底的东西——只可以这么说——是在勉为其难的道德方面的疏忽大意的情况下故意偷运出来的。司汤达从来都不给他的感受留有时间把自己修饰成"美的"或"有道德的"东西。仅仅是由于有这种绝妙的心理学家做法，他才在这些感受最敏感的地方抓住它们。而这些感受在别人那里，在那些蠢人和慢性子人那里，他们往往大叫一声跳起来就跑。这些被当场抓住的罪行和非常显眼的事情赤裸裸地，灵魂完全赤裸裸地，而且全然不知羞耻地突然出现在光洁的白纸上，人们第一次看见它们无不目瞪口呆。这时从一颗小小的赤子之心里爆发出的，是多么奇异的悲剧般怪诞的惊恐不安，是怎样恶魔般的无比强烈的愤怒感情啊！人们怎能忘记，他切齿痛恨的姑妈死去时的那一幕（"她是降临到我的可怜的童年时代的两个魔鬼中的一个"——另一个是他的父亲），当时那个小亨利，那个痛苦的无比孤独的孩子是"怎样双膝跪地感谢上帝呀！"紧挨着这句话（在司汤达心里多种多样的感情是错综复杂地交织在一起的），便是那句简短的注释：就是这个魔鬼也曾在（被精确描写的）一秒钟内撩拨起这个孩子早熟的性爱。在司汤达以前人们几乎不曾探寻过人类有多少不同的层次，不曾探寻过最对立的东西和最矛盾的东西的神经末梢怎样相互触动，不曾探寻过不成熟的孩童的心灵怎样包含着卑劣和高尚，残忍和温柔，它们都层层叠叠地存在于极薄的层面上。正是有了这些完全偶然的不经心的发现，自传里的分析才真正开始。

对形式和风格，对后世和文学，对道德和批判的这种不留意和漠不关心，这种尝试的显著的个人特点和自我欣赏特征使《亨利·勃吕拉》成为一个无与伦比的精神文献。尽管司汤达总想通过他的长篇小说成为艺术家，但他在这里只是一个受好奇心驱使而挖掘自我灵魂的人和个体。他的自画像包含着零星事物所引起的难以言表的刺激和即兴创作的天然的真实。人们既不能从他的作品中也不能从他的自传中彻底认识他。人们不断地感觉重新受到诱惑，希望去破解他的那些猜不透的谜，在辨认中理解他，在理解中辨认他。这样，他的双重色彩的、又冷又热的、受着神经和精神震荡的灵魂才会至今仍然对活在世上的人产生强烈的影响。通过塑造自我，他把他的好奇的兴致和观察灵魂的艺术传给了新的一代，教给了我们大家怎样从自我询问和自我探察中寻求激动人心的乐趣。

司汤达的现代特征

我将在一八八〇年闻名于世。

司汤达

　　司汤达跳过了十九世纪这一整个世纪，他开始于十八世纪狄德罗和伏尔泰的朴素的唯物主义，结束于我们这个时代的心理物理学，即已成为科学的心理学。正如尼采所说的，"无论如何也需要两代人才能追赶上他，揭示使他陶醉的谜"，他的作品里很少有过时和受到冷遇的东西，一大部分预见性的发现早已成为共有的精神财富，他的某些预言在不断实现的长河中依然生气勃勃。在长时间落在他的同时代人的后面之后，最终他竟然超越了巴尔扎克之外的所有的人，因为巴尔扎克和司汤达这两位作家在艺术作用方面尽管是互相对立的，但他们二人都创造了超越自己时代的作品，巴尔扎克是通过现行的社会关系，把社会各阶层及其结构的改组、从社会学角度来看的金钱至上和政治机器，放大成畸形怪物，司汤达却是"借助于他比他人更有预见性的心理学家目光，借助于紧紧抓住的事实真相"，把个人研成碎末，从中研究细微的差别。社会的发展证明了巴尔扎克观点的正确，新的心理学也肯定了司汤达方法的合理。巴尔扎克的修正世界的观点预见到了现代，司汤达的直觉观点预见到了现代的人。

司汤达的人就是今天的我们，在观察自我方面更熟练，在心理分析方面更训练有素，生活上更自得其乐，更不受道德规范的约束，精神上更敏感，对自己更好奇，讨厌一切冷静的认识论，只渴望认识自己的本质。对我们来说，与众不同的人不再是巨大的怪物，不再是特殊情况，这位孤身独处于浪漫主义者之中的司汤达就是把自己视为特殊情况，因为心理学和心理分析这门新科学从此为我们提供了各式各样探清奥妙、分析纷繁事物的精密工具。这个乘邮车来到巴黎、穿过拿破仑军服的"极有预见性的人"（尼采又一次这样称呼他），我们是多么熟悉他啊！他的非教条主义，他早期的欧洲人自由选择身份的主张，他对世界的不由自主的客观化的厌恶，他对一切浮夸的群体英雄主义的憎恨——所有这一切跟我们的看法多么一致！他对同时代人多愁善感的无病呻吟采取极端蔑视的态度，是多么正确，他对他的那个时代和我们这个时代的区别的认识是多么深刻啊！他以自己文学上的怪癖的试验开辟的道路和走过的足迹是数不胜数的：没有他的于连，陀思妥耶夫斯基的拉斯柯尼科夫便不可想像，没有司汤达关于滑铁卢战役第一次真实描写的古典主义典范，便不会有托尔斯泰所描写的波罗金诺战役。尼采进行思考的无上快乐是在阅读了司汤达的作品以后逐渐形成的。这样，司汤达寻找了一生也没找到的"亲如手足的杰出的人"、"最优秀的人"，终于来到他身边了。一个惟一承认他的自由的世界主义者精神的迟到的祖国，也就是那些与他类似的人的祖国，永远给了他公民权利和公民桂冠。除了巴尔扎克这位惟一以手足情敬重他的人以外，在他同代人中没有一个人像司汤达这样在精神和感情上与今天的我们更为接近。通过心理分析的媒质出版物，通过冰冷的纸张，我们感到与他的形象声息相闻，脉搏相通，深不可测，虽然像他这样探究自己的人寥寥无几，虽然他总是在矛盾中摇摆不定，带着鬼火一样难解之谜的色彩，透露秘密又隐蔽另一些秘密，看似完成却又没有结束，但这一切永远是生动的，逼真的，有生命力的。下一代人最喜欢呼唤到自己中间来的，正是前一个时代的这些有怪癖的人。正是灵魂的最柔弱的振动具有时代的最远的波长。

托尔斯泰

没有什么人的毕生事业，说到底就是像他的整
个的人生一样，产生如此强大的影响，并迫使
所有的人产生同样的心情。

日记，一八九四年三月二十三日

前　奏

重要的不是人所达到的道德的完善，而是道德
完善的过程。

老年日记

"乌斯地有一个人名叫约伯。那人完全正直，敬畏神，远离恶
事。他的家产有七千羊，三千骆驼，五百对牛，五百母驴，并有许
多仆婢。这人在东方人中就为至大。"①

约伯的故事就是这样开始的。直到神向他举起手来，让他患上
麻风病，使他从昏沉沉的舒适中觉醒，让他的灵魂受到痛苦的熬
煎，他一直都生活在天赐的心满意足之中。列夫·尼古拉耶维奇·
托尔斯泰的精神危机也是这样开始的。在人世间的权势者之中，他
也是"首屈一指"的人物，他富有，他恬适地居住在祖传的家园。
他身体健康，精力充沛，把他一心追求的姑娘娶到了家里，妻子给

他生了十三个孩子。他用手和心灵创造的作品已经成为不朽之作，照耀着整个时代。这位显要的封建贵族，在亚斯纳亚波利亚纳从农民身旁走过时，他们都怀着崇敬的心情向他鞠躬。就连整个世界也对他如雷贯耳的声誉表深崇敬。就像约伯面对考验那样，列夫·托尔斯泰也别无他求。他曾在一封信里写出一句世上最放肆的话：“我是彻底幸福的。”

然而一夜之间，这一切就都再也没有意义、没有价值了。工作使这位辛勤劳动的人厌恶，他感到妻子陌生，孩子都无关紧要。夜里，他从一团糟的床上起来，像病人似的走来走去；白天，他沉闷地坐在写字台前，手木然不动，目光呆滞无神。有一天，他急急忙忙走上楼去，把猎枪锁到柜子里，以防把枪口对准他自己。他有时呻吟，胸腔几乎要爆裂，有时在昏暗的房间里像一个孩子似的鸣咽。他不再拆看书信，不再接待朋友；孩子们都胆怯地望着他，妻子对这位突然变得阴沉郁闷的丈夫十分失望。

这种突变的原因是什么呢？难道是疾病在悄悄吞食他的生命，是麻风病侵袭了他的肌体，还是他遭遇了外来的不幸？列夫·尼古拉耶维奇·托尔斯泰到底出了什么事？这位最有影响的人物怎么会突然变得如此郁郁寡欢，这位俄罗斯土地上最伟大的强者怎么会变得如此凄凉悲惨？

最令人惊惧的答案是：什么也没有！他没出什么事，或者从根本上说，是更加可怕的：虚无。托尔斯泰在所有事物的背后看到的

---

① 出自《圣经·旧约·约伯记》。译文参考和合本《圣经》。

只不过是虚无。在他的灵魂里有什么东西被撕碎了。一道罅隙直裂到心底，那是一道狭长的黑洞洞的罅隙。大惊失色的眼睛被迫呆呆地望着这空虚，望着这位于我们自己温暖的血脉流通的生命背后的异样、陌生、冰冷和不可理解的东西，望着转瞬即逝的存在背后的永恒的虚无。

谁一旦往这个不可名状的深渊望去，他就再也不能把目光转向别处，黑暗便流进各个感官，他的生命的光华和色彩便消失殆尽。他嘴角的笑是冰冷的。感觉不到这种冰冷，就抓不到任何东西；不联想到另外的东西——虚无，就什么东西也看不见。本来还是完全感觉得到的东西，如今都枯萎了，变得毫无价值了。荣誉变成了捕风捉影，艺术变成了小丑表演，金钱变成了黄色炉渣，自己生机勃勃的头等健康的身体变成了蠕虫的寄居地。这看不见的黑色的唇吸光了一切宝贵东西的汁液和香甜。有谁一旦怀着造物的原始恐惧发现这个可怕的、吃人的、黑夜般的虚无，这个埃德加·爱伦·坡的席卷一切的"大旋涡"，帕斯卡尔的比一切思想深度还要深的"深渊"，他就会感到世界已经冻结了。

这一切无论怎样遮掩和隐藏都是白费气力。把这种黑暗的吮吸称之为神，并且宣告为圣徒，也是于事无补。用福音书的书页封贴这个漏洞，同样毫无用处，因为这种原始的黑暗能穿透一切古代文献，熄灭教堂的灯烛，这种宇宙极地的冰冷是无法通过言语微温的呼吸变暖的。人们像孩子们在森林中高声歌唱企图压倒内心的恐惧一样，开始扯着嗓门说教，企图压倒死一般的沉寂，照例无济于事。没有任何意志，没有任何智慧再能照亮这位受惊者的阴沉沉的心。

托尔斯泰在他具有世界影响的生命的第五十四个年头第一次看到了这种巨大的虚无。从那时起，直至他的生命终结，他都毫不动摇地呆呆望着这个黑色的洞，望着自己生存背后的这个不可理解的内在的东西。不过，即使转向虚无，列夫·托尔斯泰的目光仍然是犀利的、明亮的，这是我们这个时代所见到的一个人知识最多智力最高的目光。从来没有一个人以如此巨大的力量同不可名状的东西、同非永生的悲剧进行过斗争。从来没有一个人更坚定地针对命运向人提出的问题追问人类命运的问题。没有一个人更可怕地遭遇过彼岸那种空虚的吮吸灵魂的目光，没有一个人更出色地忍受过这样的目光，因为托尔斯泰黑色瞳孔里男子汉的良知向艺术家明亮、勇敢、善于观察的目光提出了异议。面对生存的悲剧，列夫·托尔斯泰从未胆怯地垂下目光或闭上眼睛。这是我们的新艺术的最警觉最诚挚最无法收买的眼睛。因此，没有什么更杰出的东西比得上这种英勇的尝试：即使对不可理解的东西也要赋予形象的意义，即使对不可避免的东西也要赋予真理。

从二十岁到五十岁，托尔斯泰无忧无虑、自由自在地创作和生活了三十年。从五十岁到生命终结这三十年里，他仅仅生活在探索生活的意义和认识生活的过程之中。在他为自己提出这个无法测度的使命之前，他一直生活得十分轻松愉快。现在，他为真理而奋斗，不仅是为了拯救他自己，而且为了拯救全人类。他担负起这个使命，使他自己成了英雄，甚至成了圣徒。他为这一使命蒙难受苦，使自己成了一切人当中最富有人性的人。

肖　像

　　　　　　　　我的脸是一张普通农民的脸。

　　胡须遍布的面孔，长胡子的地方比不长胡子的地方多，探测内心的一切通道都被堵住了。流动的主教式的胡须很宽，并向嘴里飘摆，高高地一直长到面颊上，几十年来一直湮没着性感的唇，盖住如同龟裂的棕色树皮的皮肤。他浓重的眉毛有一指粗，丛生在他的额头，像树根一样盘绕交错。头顶上是像起着泡沫的灰色海潮里不安定的浪花般密集而杂乱的头发：那太古世界一样的风长的头发，像热带植物似的繁盛，处处都那么纷乱茂密。跟米开朗基罗笔下的摩西，那位最富男子气概的人的肖像一模一样，一眼望去，托尔斯泰的脸上也有一把圣父那样的泛着白色浪花的大胡子。

　　因此，为了认清这张被覆盖的脸，连同其内心的纯粹的本质，人们不得不从他的脸部特征上删除这灌木丛一般的胡须。那些没有胡须的青年时代的肖像对这种删除很有帮助。人们这样做了以后，就会大吃一惊。因为不可否认的是，这位高贵智者面孔的轮廓是粗线条的，跟一个农民的面孔没有什么两样。一所低矮的烟熏火燎的茅舍，一顶真正的俄罗斯帐篷，便是守护神在这里为自己选择的住所和工作间；不是希腊的能工巧匠，而是一个懒散的乡村细木匠为这颗宽爱的心灵装修住宅。像劈开的木头粗粗刨过，还露着粗木纤维，他的一对小眼睛上面是粗糙低矮的横梁一般的前额，皮肤上好像只有土和黏泥，油腻腻的，没有光泽。阴沉的四方脸膛中间，是一个有着宽阔而敞开的动物鼻翼的鼻子，像被人打了一拳似的又宽又黏腻。乱蓬蓬的头发后边是两只不成形的软耳朵。塌陷的面颊中间有一张闷闷不乐的厚嘴唇的嘴。

总之，这副容貌，没有一点艺术感，十分粗野，甚至平庸低俗。

在这张悲戚的劳动者的脸上到处都是阴影和昏暗，坑洼不平，透着严酷的神情。没有一处显出奋发向上的热情，没有一处闪现波动的光亮，不像陀思妥耶夫斯基圆圆的前额那样显出一种勇于攀登的精神。没有一处透出光亮，闪烁光辉——谁不承认这一点，谁就是故意美化，谁就是撒谎。不，这一张低洼的被封闭的脸是不可挽救的，从这张脸上你想像不到神庙，只能想像到一座监狱，一座阴暗无光的、霉味呛人的、毫无快活的、令人厌恶的监狱。年轻的托尔斯泰早就知道自己其貌不扬。关于他的外貌的任何隐喻"他都觉得不舒服"；他怀疑，"一个鼻子这么宽、嘴唇这么厚、灰色眼睛这么小的人会得到人间的幸福"。因此，这个青年很早就用浓密的浅黑色胡子掩饰他那令人生厌的面部特征，这把到了老年才完全变成银白色的胡须，令人见了肃然起敬。只有在最后十年，那阴暗的云团才渐渐消散，在秋日的苍茫暮色中一线日渐善良的美丽的光线才投射在这个悲苦的地方。

在低矮阴暗的小屋里，那位永远游荡的守护神在托尔斯泰那里暂住下来。从这副普普通通的俄国人的相貌上，人们可以估计到他是任何行当的人，就是看不出他是文化人、作家、塑造艺术形象的人。作为儿童，作为青年，作为成年人，乃至作为白发老翁，托尔斯泰看上去都只像普通大众中的一员。他什么样的衣服都可以穿，什么样的帽子都可以戴，一个人有了这样一张无名的普通俄罗斯人的面孔，既可以主持部长会议，也可以在流浪者小酒店里醉醺醺地游乐；可以在市场上卖白面包，也可以穿上大主教的锦缎盛典服装向跪在面前的众人高举起十字架。不论从事什么职业，不论穿什么衣服，不论在俄罗斯的什么地方，这样一张脸从来都不会特别引人注目。作为大学生他看上去跟别人没有区别，作为军官他跟任何一个腰挎军刀的人完全相同，作为农村贵族他跟容克地主毫无二致。如果他坐在车里，旁边有一个白胡子仆人，人们就得仔细察一察照片，看车座上这两位老者究竟哪一位是伯爵大人，哪一位是车夫；如果在一张跟农民谈话的照片里有他，你就会不知道哪个是他，没有一个人能猜得出在乡村帮会里这个叫列夫的是一位伯爵，平时在他身边的格里高尔、伊万、依里亚和彼得岂止成千上万。好像这个人同时又是所有人，好像这一次这位天才人物并没有戴上一个特殊人的面具，而是化装成了人民大众里的一员，他的脸完全是无名氏的脸，完全是普通俄国人的脸。正因为他胸怀整个俄罗斯，所以他的面容才不是他个人的面容，而是俄罗斯的面容。

因此，几乎所有第一次见到他的人，一见到他，无不感到失望。他们都是先乘火车，然后从图拉坐马车远道而来的，现在他们坐在会客室怀着对这位大师的敬畏心情静静地等候接待；每个人内心里都期盼着不同寻常的一刻的到来，心中预先塑造他的形象：一定是一个高大威严的人，面前飘动着圣父似的胡须，盛气凌人，有着巨人和天才的形象。等待中的敬畏心情使每个人肩膀下垂，目光不自觉地躲避即将抬眼看到的这位教长的高大形象。这时，门终于开了，可是瞧啊，一个矮小敦实的人迈着小跑的步子，长髯飘摆，十分轻捷地走进来，然后停住脚步，亲切地微笑着站在深感惊异的客人面前。他以较快的语速兴致勃勃地跟客人攀谈，敏捷地向每个人伸出手来。他们握住他的手深感震惊：怎么？这位亲切和蔼的矮小男人，这位"灵活的须发雪白的长辈"，他真是列夫·尼古拉耶维奇·托尔斯泰吗？预先埋在心中的对这位崇高人物的敬畏消失了，倒是多少有些大胆地产生了一种对他的面孔的好奇心理。

这些景仰者突然都惊呆了。在热带丛林般浓密的眉毛后面，灰色的目光像一只豹一样向他们冲过去，托尔斯泰那罕见的目光没有一幅肖像能画得出来，只有亲眼见到这位大人物面孔的人才能说出这种目光。像刺刀一样，那犀利的目光闪烁着，死死地抓住每个人不放。谁也不能动一动，谁也休想摆脱它。每一个人都必须忍受这催眠般的束缚，因为这目光已经穿透每个人的心底。托尔斯泰目光的第一次冲击是无法抵御的：像一次射击，这目光能穿透一切伪装的盔甲，像一个金刚钻，能切碎一切玻璃镜。屠格涅夫、高尔基及其他数以百计的人都可以证实，在托尔斯泰的这种能穿透一切的目光逼视下，谁也不能说谎。

　　不过，这目光只是如此犀利地审视冲击那么一小会儿，随后又露出了眼球的虹膜，这双眼睛闪出的灰色的光，或笑容可掬而忽隐忽现，或变得柔和而善良，给人带来温暖。像云彩的影子笼罩着水面，感情的千变万化也不停地游弋在富有魔力的动荡不安的瞳孔上面。愤怒能使这双瞳孔射出独特的冷酷的闪电，烦恼能让它们凝结成冰冷的结晶，善良能使它们充满温暖，激情能让它们燃起火焰。这无比神秘的星辰般的眼睛，它们会露出发自内心的微笑，无需绷紧的嘴巴去动一动。当音乐使它们动情时，它们会像农妇那样"泪如泉涌"。它们会由于心满意足而熠熠生辉，也会因为伤感而突然变得昏暗，并且逃避他人，令人捉摸不透。它们会冷静无情地观察，它们会像外科手术刀一样切割，像 X 射线一样透视，然后又立刻流露出轻松好奇的闪烁不定的反光——可见它们能讲出表现一切感情的语言。这双"最会说话的眼睛"任何时候都从他的前额向外发光。像往常一样，还是高尔基为这双眼睛找到了最富形象性的语句："托尔斯泰的眼睛里有一百只眼睛。"

　　由于有这双眼睛，而且多亏有这双眼睛，托尔斯泰的面貌才具有天才的特性。这位洞察一切者的目光的所有力量都无一遗漏地集中表现在它的千变万化上，正如那位思想深邃者陀思妥耶夫斯基在他那大理石般拱形的前额里无一遗漏地集中显现出了美。托尔斯泰脸上的其他器官，胡须和浓密的毛发，只不过是这些极其吸引人的发光宝石中被埋没的宝石的套子、外壳和宝库。这些发光的宝石把世界吸引过去，又向世界放光，使人们认识到我们这个世纪宇宙万物的丰富多彩。没有什么东西这样细密微小连这双敏锐的眼睛都看不见：托尔斯泰的目光能像苍鹰一样箭一般射向每一个具体的东西，同时又能对广阔的宇宙作全景的观察。它们能够在精神的高峰燃起火焰，同样，在灵魂的暗处也能像在上界一样敏锐地扫视。这闪光的晶体，它们感情充沛，纯真无邪，完全可以怀着极大的喜悦仰望天上的神。它们有勇气面对虚无，面对美杜莎的虚无，审视那化作石头的面孔。没有什么事情他的眼睛做不到，或许做得到的只有一件事：那就是无所事事，遐想联翩，纯粹的平静和欢乐，梦想的幸福和恩惠。因为眼皮刚刚睁开，他的眼睛就必定无情地醒着，坚定而毫无错觉地追逐猎物。他的眼睛将击破任何幻想，揭穿任何谎言，粉碎任何信念，在这双真实的眼睛前面，一切都变得赤裸裸的毫无遮饰。因此，每当他抽出这把钢青色的匕首对准他自己，而且把刀尖凶残地使劲捅到内心深处时，总是十分可怕。

谁有这样的眼睛，他就能看到真实，于是世界和一切知识便属于他。但是，一个人有了这样的永远看到真实的、永远清醒的眼睛，他就不会有幸福了。

生命力及其对立面

我希望长寿，特别长寿，一想到死，我就像孩
子一样心里充满富有想像力的恐惧。

摘自青年时代的信

天生的健康。天赐的能活一百年的身体。一身坚韧的筋骨，有
棱有角的肌肉，真正的熊一般的力气，年轻的托尔斯泰躺在地上，
能用一只手托住一个很重的士兵。肌腱富有弹性，在体操方面，无
需助跑他就能轻盈地跳过拉得很高的绳索，他游泳像一条鱼，骑马
像一个哥萨克，割麦像一个农民——至于疲倦，这副钢铁般的身体
只能在想像中体会。遇到需要发挥最大的爆发力时，他的每根神经
都会绷紧，像托利罗的利剑一样既坚硬又有韧性，他的每个感官都
很健康、灵敏。在生命力的环城上，任何地方都没有缺口、缺陷、
裂缝、缺损和破坏。因此，重大的疾病从来没有侵袭他那铁石般的

身体，托尔斯泰的令人难以相信的强壮体格是排斥任何虚弱、不受年龄影响的。

他的生命力是史无前例的：新时代的一切艺术家，在这位长髯飘逸的《圣经》人物，这位农民般粗俗的男人面前，都如同女人或弱者。即使像他一样的那些人也都活到创世者至祖先时代的高龄，年老以后他们的身体也会变得疲惫不堪，因为像猎人取出猎物内脏那样，他们的身体也被长期的精神活动所磨损。歌德和托尔斯泰的生日都是八月二十八日，因为具有放眼世界的胸怀和勤恳笔耕的劳作都活到了八十三岁，成为星象学上的两兄弟。歌德六十岁畏惧冬日的寒冷，虽然很胖，但总小心地坐在紧闭的窗前；伏尔泰是坐在写字台前一张纸又一张纸地涂写，他已骨质硬化，与其说是人，不如说更像一只被剥了皮的猛禽；康德像一个机械的木乃伊，僵硬而吃力地啪嗒啪嗒地沿着柯尼希贝格的林荫大道迈着缓慢的步子；而这个年龄的托尔斯泰却是一位精力充沛的老人，还能哼哧哼哧地把冻红的身子伸到冰水里，还能在花园里从事繁重的劳动，还能在网球场上跟着小球飞跑。六十七岁还有兴致学习骑自行车，七十岁还穿着溜冰鞋在闪闪发光的跑道上运动，八十岁还天天做体操，锻炼肌肉；八十二岁，死神已近在咫尺了，当牝马疾驰了二十俄里以后停顿下来或不听使唤时，他还能呼啸着在它头顶上抽鞭子。足够了，我们不用再作比较了：在十九世纪里，没有一个人具有这样的史前人的生命力。

尽管俄罗斯这棵巨大橡树的树梢已达到祖先年龄的巅峰，但是这棵树的每一根纤维汁液饱满，它的根一点也没有松动。直至弥留之际他仍然目光敏锐：那好奇的目光能从马背上跟踪从树皮里爬出来的小甲虫，不用望远镜也能看见飞翔中的猎鹰。双耳听力极好，那宽大的、简直像动物的鼻孔很善于嗅闻：每当春天那刺鼻的肥料混合着泥土融化的烟气突然袭上他那飘逸的银白胡须时，就有一种醉意钻进他的肺腑，而到了八十岁，他仍能根据记忆清楚地感觉到那些昔日的春天，感觉到每一个春天的特有的气浪，感觉到每一个春天第一次抛洒过来的馥郁的芬芳；他觉得这香气如此强烈，如此感人，连他的眼皮都睁不开了。老人穿着很笨重的农民穿的靴子，迈着两条肌肉发达的猎人的腿，重步横穿潮湿的土地。上年纪人的手即使颤抖也从不显得没有力气，他的告别信的笔迹跟他少年时代遒劲的笔体没有什么两样。他的精神如同他的肌腱和神经，确实极为坚定。他的谈吐胜过他人，十分精确的记忆力总能使他想起任何遗漏的细节。每当遇到矛盾，烦恼便会使老人眉头紧锁，哄然大笑能使他的嘴唇变圆，他的语言总是那么生动形象，他的血液总是那么急急地流淌。七十岁时，在一次关于《克莱采奏鸣曲》的讨论中，有人责难说，一个人到了老年控制情欲是很容易的事，这位瘦削粗健的老人眼里竟射出自豪而愤怒的光来，他说："这是不对的，肉欲还是很强烈的，我也不得不跟它搏斗、扭打哩。"

只有这样一种不可动摇的生命力可以解释这种不知疲倦的创造精神，在他从事具有世界意义的事业的六十年中，他没有真正休息过一年。因为他那创造者的精神从不休息，他的十分清醒而敏捷的思想从未睡过大觉，从未舒舒服服地打过一个盹。托尔斯泰直到老年时期都不知道，生病是怎么回事。这位每天工作十小时的人从未感到过疲倦。处于待命状态的感官从来都不需要人为的增强。它们不需要用兴奋剂加以刺激，不需要饮酒也不需要喝咖啡；他从来不需要通过火热的激情或肉欲的享受来加温，相反，他的这些极有节制的感官充满活力，如此健康，如此紧张，如此界限分明，以至轻轻触动一下都能使它们产生震动，能使滴水成流。托尔斯泰除了粗健以外，同时又是一个"感觉敏锐的人"——如果没有这种最高度的敏感易怒，他怎么会成为艺术家呢！

不过，只能小心地按动他那十分健康的神经的键盘，因为恰恰是这键盘的猛烈反弹会造成每种情感的危险。他像歌德和柏拉图那样害怕音乐，因为音乐会太强烈地引起他神秘莫测的心潮澎湃。"音乐对我有极大的影响。"他坦白地说。事实上，当他全家亲切友好地围坐起来听钢琴演奏时，他的鼻翼便令人不安地抽动起来；眉毛厌恶地紧蹙，他感到"嗓子眼里边有一种特殊的压力"，于是，他突然很不礼貌地转身走出门去，因为他已经泪流满面了。"这音乐要使我怎么样呀？"有一次他因为要极力控制着自己而惊恐地说。的确，他感觉到，音乐想从他那里得到点什么，音乐眼看着就要从他身心里攫取他坚决不肯交出的东西了；那是他藏在感情的保密柜最底层的东西，可是现在它正在发酵膨胀，立刻就要漫过堤坝。有一种空前强大的东西开始活动，他惧怕它的力量和超常。在内心里，在内心的最深处，他不情愿地感到，是情欲的波涛抓住了他，把他引入邪恶的洪流。为了一种也许只有他才了解的过分，他憎恨（或者说他惧怕）自己被热血冲昏头脑，因此，他甚至也怀着一种对健康人来说反常的隐士的憎恨心理追求"这"女人。他觉得，一个女人只有在她尽了做母亲的义务，表现出端正的品行或到达令人尊敬的"高龄"，也就是超然于"他一生都认为是身体的深重罪过的"性欲之外，才是"无害的"。对这位反对希腊文化的人，假装的基督徒、专横的修士来说，女人和音乐绝对是恶，因为二者都是通过情感使人偏离"我们的勇敢、果决、智慧和正义感等天生的特性"，因为正如后来神甫托尔斯泰所宣讲的，它们使我们犯下"肉欲的罪"。就是女人也"想从他那里得到"他拒绝给予的东西；她们也触动他害怕唤醒的危险的东西——触动可以猜到的不属于精神的东西，即他那特有的强烈的性欲。当意志的束缚松开时，音乐这匹"野兽"便露出头来。女人则发出猎犬的嗜血的嚎叫，晃动着栅栏上的铁条。仅从托尔斯泰的狂躁的僧侣式的恐惧中，从他面对健康快乐、纯粹自然的性欲所怀有的宗教狂热的恐惧中，就能想像到他那潜藏的男性要求，想像到他内心的动物的性欲。他在青年时代是疯狂地放纵这种性欲的——他曾对契诃夫说他是一个"不知疲倦的嫖客"，五十年以后他竟硬把这种性欲砌在地下室里，是砌藏，而不是埋葬。这位无比健壮者的性欲一生中都是很旺盛饱满的，可是在他的严格遵守道德法则的作品里只泄露了一点：这就是他在"女人"面前，在女性诱惑者面前，所表现的恐惧，他的沙漠祖先的、超基督教的、强迫自己掉转目光的、闹闹哄哄的恐惧——事实上是在自己的、貌似无节制的欲望面前的恐惧。

人们时时处处都可以感觉到这一点：托尔斯泰只是害怕他自己，害怕他的熊一般的力量。一种对动物般无节制性欲的恐惧，总是不断地给自己对超级健康不时感到的幸福罩上阴影。诚然，没有第二个人像他这样制服自己的性欲，但他知道，他不是免受惩罚的俄罗斯人，他是一个情欲亢奋的普通人，一个放纵的狂热者，过激主义的奴隶。托尔斯泰的富有意志力的智慧扼制了他自己的身体，因此他不断地研究感官的问题，让它得到宣泄，让它进行没有危险性的消遣，供给它以空气和娱乐这样的食粮。他拼命地用长柄镰刀割草，用犁翻地，以乏其筋骨，他进行体操运动，以消耗体力。为了除去感官的毒素，为了使感官变得没有危险，他把强壮体力的危害从私生活挤到大自然里去，在那里他把用意志力保持在内心里的能量热情奔放地彻底释放。因此，他最喜欢的活动便是狩猎，一去打猎，一切明确的和模糊的情欲都会自动消失。这位圣徒似的托尔斯泰喜欢上了骏马的汗味，陶醉在勇猛骑马奔跑、追猎和瞄准时的神经紧张的兴奋中，甚至迷恋上了恐惧（这对这位后来变成了狂热的同情者的人来说简直不可理解），以及被射倒在地、鲜血淋漓、用伤心的目光凝神直视的野兽的痛苦。"看到临死的动物的痛苦，我有一种快乐的感觉。"当他用棍子猛击一头狼的脑袋时，他这么说。而在这嗜血欢乐的胜利叫喊声中，人们才会想像到他一生中（青年时代那些癫狂的年月除外）都埋藏在心底的残忍的本能。就是在他出于道德信念放弃狩猎的时期，当他在田野里看到一只兔子跳跃时，他的手总还不知不觉地举起来，流露出对射击的向往。但他像压制别的爱好一样顽强果决地把这种爱好压制下去。最后，他就只能单纯地观察和仿制有生命的东西，以满足他肉体上的性欲欢乐了——这至今仍然是一种十分强烈的和意识到的欢乐！每当他从一匹骏马旁边走过去，他都张大嘴巴喜悦地欢笑。他几乎是狂喜地拍打和触摸那锦缎般温热的肩胛，让它身上跳跃的温气传到他的手指上：一切纯兽性的东西使他感到兴奋。他能够几小时地用着迷的目光观看年轻姑娘跳舞，仅仅是醉心于她们那松弛的身体的妩媚可爱。当他碰到一个漂亮的人，一个女人的时候，他便停住脚步，忘形地交谈，只是为了更仔细地端详她，并且热情地呼叫道："要是一个人漂亮，那该多好啊！"因为他爱身体，把它当作蓬勃生命的容貌，当作可以感觉到光的一面镜子，当作滚滚热血的外壳，他是以起伏波动的暖融融的全部肉感，把身体当作生命的意义和灵魂来爱。

　　的确，他是以他文学家热烈崇拜动物神经本性的精神爱他的身体，正如艺术家爱他的乐器和画笔；他是把身体当作人最自然的形态来热爱它，他爱自己，便是爱他原始的身体甚于爱他破碎的言行不一的灵魂。他爱他的自始至终一切形态的身体。不过，有关这种性爱激情的第一次自觉的报告可以追溯到——这并不是笔误——他两岁的时候！那是他两岁的时候，这一点必须强调指出，这样人们才能理解，托尔斯泰在时间长河里的每一个回忆为什么这样历历可见，像清水中的石子一样闪烁，像脉络那样鲜明。歌德和司汤达只能比较清楚地回忆起七八岁时的事情，而托尔斯泰两岁时就像他后来成为艺术家时那样能够准确地集中收集一切感官的许多感受了。我们不妨读一读他对自己第一次身体感觉的这段描述："我坐在一个木制浴盆里，完全被罩在一种我觉得很新鲜但并不使人不快的液体的气味里，有人用这种液体揉搓我的身体。我最可能得到的，大概是麸皮水。我得到一种新颖的印象，我第一次高兴地注意到我的小小的身体，前胸有历历可见的肋骨，第一次注意到那光滑模糊的面颊，我的看护人卷起来的袖子，还有那冒着热气的麸皮水和水的气味。但最强烈的印象是：每当我用我的小手触摸时浴盆在我心里唤起的光滑的感觉。"

谈了这段描述以后，再按照各个感觉的区域来分析和整理这些童年的回忆，就能正确地赞叹他的感官的空前的机敏。托尔斯泰就是这样机敏地戴着两岁的小假面具把握周围世界的：他看见了看护人，他闻到了麸皮的气味，他分辨得出新鲜的印象，他感觉到了水的温暖，他听到了嘈杂的声音，他触摸到了木浴盆壁的光滑。身体是一切生命感觉惟一可感知的表面，而各种不同神经束的所有这一切同时发生的感知，都汇入这身体的和谐"愉悦的"自我觉察里。这样，人们才会理解他的感官的吸取器在这里多么早就摄住了生活，世界的多种多样的冲击是怎样强有力地、怎样精细自觉地变成孩提时代托尔斯泰的清晰的感觉。于是，人们便可以判断，成年的托尔斯泰如何使每个印象一方面难以捉摸，另一方面又得到加强。这个小身体在这狭小浴盆里的微不足道的舒适感，必然扩大为一种粗野的近乎狂热的生存乐趣。这种乐趣像这个孩子一样把外界和内心、世界和自我、大自然和生活混合为惟一的圣歌般飘飘然的感觉。事实上，这种与世界形成一体的飘飘然的感觉往往使完全成熟的人产生一种莫大的陶醉；人们可以读一读这位壮实的男人怎样常常站起身来，走进森林，观察在千百人当中选中了他的这个世界，他比任何其他人都更强烈更充实地感觉到这个世界；他怎样突然欣喜若狂地舒张胸怀，伸展双臂，好像他能在这呼呼移近的空气中抓住使他内心激动的那种无限的东西；要么就是微小事物使他受到的震动并不亚于宇宙间丰富多彩的自然。他弯下腰来轻轻地扶起一棵被踩倒在地上的蓟草，热情地观赏一只蜻蜓的闪烁飘逸的游戏，接着，朋友们看见了他，他就赶快把脸转到一边，以免让人看见从他眼里滚滚流出来的眼泪。没有一个现代作家（包括瓦尔特·惠特曼在内）像这位具有潘神性欲和远古神明无所不在的性欲的俄罗斯人这样强烈地感受到尘世器官的欢乐。于是人们便可理解他的这句豪言壮语了："我本人便是自然。"

这个结实健壮的人毫不动摇地在莫斯科附近的土地里扎下了根。他本人便是宇宙中的一个宇宙。人们认为，没有任何东西能动摇他那强大的世俗性。而大地，即使它常常颤抖，常常被地震摇动，托尔斯泰却往往立足坚定，能够蹒跚地在上面行走。突然，目光呆滞了，感官动摇了，却抓住了空虚。因为有某种东西进入了他的视野，那是一种他抓不住的东西，他温热的身体和丰富生活之外的东西，他怎么集中精力也理解不了的东西——这对他这个感性的人来说，始终是不可理解的，因为这不是人世间的东西，是一种他吸不进、融合不了的物质，这种物质拒绝被触摸、被衡量、被编排到永远充满渴望的世俗感情里去。如何理解这种突然切断现象的完整空间的可怕思想？怎样想像得出这些流动的、有生命的感官会突然变得又聋又哑，这只皮包骨的手已经没有知觉？怎样想像得出，这个绝对健康的身体本来还有温热的血脉流通，现在会变得被虫蛀空，变成冰凉的骨头架子？如果说这种虚无，这漆黑的一团，这暗藏的东西，这不可阻挡的东西，不是今天就是明天，竟能进入他的内心，如果说这种感官无法感知的东西竟能进入这个本来还有血有肉的强有力的人的内心，那是怎么回事呢？每当托尔斯泰想到暂时性，他的血液就会凝结。第一次遇到这种情况，他还是一个孩子，人家把他领到母亲的遗体跟前，那里躺着一个人，冰冷而僵硬，可是头一天她还活着呢。到了八十岁，他仍然忘不了他当时从思想和感情上无法解释的那一幕情景。这个五岁的孩子一见母亲的遗体便吓得尖叫一声，惊恐万状地跑出房间，好像身后跟随着令人恐惧的复仇女神。随后死去的有他的哥哥，他的父亲，他的姑妈，死亡总是这样令人心惊使人窒息地涌入他的脑海，那只冰凉的手总是冷冷地掐住他的脖子，撕碎他的神经。

一八六九年，在他的生活危机之前，不过已离危机不远了，他描述过死的念头袭上心头时的那种白色恐怖。"我想要睡觉，但刚一躺下，一种惊恐就又把我拉起来。这是一种恐惧，一种有如呕吐一样的恐惧。有一种东西把我的生存撕成了碎块，但没有完全撕碎。我试着躺下，但恐惧仍然未退，那是红的东西，白的东西，有一种东西在我心里撕扯，它依旧紧紧地束缚着我。"可怕的事情发生了，在死亡离托尔斯泰还很远，即在他真正死亡的四十年前，对死亡的预感就闯进他这个活生生的人的灵魂里了，再也没有被彻底赶走。夜间，极度的恐惧就守在他的床边，吞食他生命的欢乐，它就蹲伏在他的书页之间，啃那腐朽的黑色思想。

我们看到，托尔斯泰对死的恐惧像他的生命活力一样，是超过常人的。不好把它叫作神经的畏惧，它不同于诺瓦利斯神经衰弱性恐惧，也不同于莱瑙①的笼罩着忧郁阴影的恐惧，有别于埃德加·

---

① 莱瑙（1802—1850），奥地利诗人。

爱伦·坡的恐怖病，也不像神秘的肉欲恐惧——不，这里出现的是一种完全兽性的、野蛮人的恐怖，是一种极端的惊恐，一种恐惧的飓风，一种对生命意义遭到打击的恐慌。托尔斯泰面对死，不像一个男子汉具有英雄的气概，而像是被一块烧红的烙铁打上烙印那样吓破了胆，跟做了一辈子奴隶的人一样在这种恐惧面前全身痉挛，尖声叫喊，完全失去自制的能力：他的恐惧爆发时完全像动物爆发的惊恐一样，像那样的一种震惊——也就是像一切造物变成人之后的原始的恐惧。他不想被这种思想抓住，他不愿意有这种思想，他抗拒这种思想，就像一个被扼住咽喉的人一样四肢又抓又踢进行反抗。我们不要忘记，托尔斯泰是在极其安全的情况下完全出乎意料地受到侵袭的。这头莫斯科的熊缺乏生与死之间的过渡——死对这个天生如此健康的人来说是完全陌生的东西。对一个普通人来说，生与死之间总有一座桥：疾病。全部或大多数平均五十岁的人都在自身中潜伏着一个死神，死的临近他们并不觉得是完全来自外部，也不觉得惊异。因此，当被死神第一次有力地抓住时，他们并不会害怕得感情失控。例如陀思妥耶夫斯基，他曾被蒙住眼睛，站在木桩旁等待处决，他每个星期都犯癫痫病，全身抽搐倒在地上。他作为常受病痛折磨的人，在死亡面前比一无所知的人，比精力充沛的健康人要镇定得多。因此，那完全六神无主的、简直是丢脸的恐惧投在他身上的阴影，也就不像投在托尔斯泰身上那样冷彻骨髓。托尔斯泰第一次感觉到死亡临近时，就浑身发抖了。他只在情绪饱满时才能完全感觉到他的"自我"，只在陶醉于生活时才会感觉到生活的全部价值，对他来说，生命力的轻微的衰减便意味着一种疾病

（三十六岁时他就称自己为"老人"了）。正因为有这种感情，死亡才会像一支箭似的把他完全射中。只有如此富有活力地感觉到生存的人，才会如此强烈地惧怕死亡。正是因为在这里有一种真正超自然的生命力对抗同样超自然的死的恐惧，所以在托尔斯泰的作品里才会产生一种像巨人反抗宙斯那样的生死搏斗，这也许是世界文学的最大的生死搏斗。因为只有巨人的气质才能进行巨人般的反抗：像托尔斯泰这样的一个高踞治人地位的人，一个意志坚强的竞技者，是不会轻易向虚无投降的。他在遭受第一次精神打击以后又马上振奋起精神，调动起全身肌肉，去战胜那突然冒出来的敌人。不，不能认输。刚刚从第一次惊恐中回过神来，他便躲进人生哲理的探索里去了。他拉起吊桥，从他的逻辑的军火库里取出弹射器向那看不见的敌人猛烈射击，企图把它们赶走。他的第一道抵御便是蔑视："我不能对死产生兴趣，主要原因是，只要我活着，死就不存在。"他说死是"不可信的"，他傲慢地声称，他"不怕死，只是害怕对死的畏惧"，他（在三十年间）不断地保证，说他不害怕死，他从未胆战心惊地想到死。但他欺骗不了任何人，连他自己也欺骗不了。毫无疑问，灵魂和官能的安全壁垒在恐惧症第一次发作时就被冲垮了。托尔斯泰从五十岁起就只站在他往日对生命力自信的废墟上进行斗争。他不得不一步步退却，他承认，死不仅仅是一个"幽灵"、"稻草人"，而且是一个最值得尊敬的对手，仅用空话是吓唬不倒它的。于是托尔斯泰便试图研究死是否能在不可避免的暂时东西里继续存在，在人们不能在同死的斗争中生活的时候，就与死共同生活。

由于有了这种退让，才开始了托尔斯泰与死的关系的第二阶段，也是富有成果的阶段。他"不再抗拒"他的现存状态，不再幻想以诡辩的方式摆脱死，因此他试图把死安排在他的生存中，融合在他的生命感觉里，在抵抗这不可避免的东西的过程中把自己锻炼得更加坚强，使自己"习惯于"它。死是不可战胜的，这位生命的巨人也不得不承认这一点，但对死的恐惧却不是不可战胜的，因此他集中一切力量只对付那种畏惧。正如西班牙的特拉普教派信徒每夜都在棺材里睡觉，以便把一切恐惧扼杀在自己的内心里，托尔斯泰也强迫自己在每天坚持不懈的意志祈祷练习中，连续不断地诵读死亡警告。他强迫自己"以全部心灵的力量"去想死而毫不害怕死。从此以后他的每一本日记都以 W. i. l.（如果我活着）这样三个神秘字母开始。每个月都通过年份标明自己的回忆"我在接近死亡"。他已经习惯于正视死亡了。习惯消灭了陌生，战胜了恐惧——所以，经过三十年同死的搏斗，死从外部的东西变成了内在的东西，从敌人变成了某种意义上的朋友。他把死拉到自己身边来，拉到自己的内心里，把死变成他灵魂的组成部分，从而使原来的恐惧"等于零"。我们无须考虑死，我们必须永远看到它就在眼前。于是，整个生命就变得更坚实，更重要，更富有成果，更欢乐。于是危急中产生了一种道德。托尔斯泰把自己的恐惧客观化了，也就把它战胜了（艺术家永远得救了！）。他摆脱了死和对死的恐惧，因为他把它们塑造成另外的创造物，塑造成他自己的创造物了。这样一来，起初具有毁灭性的东西，就成了深化生活的东西，完全出人意料地使他的艺术得到最壮丽的提高。由于他的充满恐惧的钻研，由于他在幻想中有过上千次的假定死亡，这位最热情的活力论者才变成死的最熟知内情的描述者，变成一切曾经表现过死的艺术家中的巨擘。恐惧，它永远是跑在现实前面的东西，它永远是被幻想激励的东西，它甚至永远是比迟钝、麻木的健康更有创造性——这是一种什么样的令人胆战心惊的、数十年之久清醒的原始的恐惧呀！这是一个强有力的人内心的惊恐和麻木！正因为有这样的恐惧，托尔斯泰才知道肉体泯灭的一切病状，才知道死亡的刻刀在正在消失的肉体上刻出的每一个线条，每一个标志，还有那正在逝去的灵魂的各种震颤和惊恐：这位艺术家于是强烈地感觉到他自己所了解的这一切对他的呼唤。伊凡·伊里奇①临死时的"我不愿意，我不愿意"的可怕的哀嚎，列文②哥哥可怜的消亡，几部长篇小说里的多种多样的生命的解脱，《三死》③——所有这一切都是对意识最外层边缘的偷听，都是托尔斯泰最大的心理学上的成就。没有那种灾难性的心惊胆战的经历，取得这些成就是不可想像的，对自我经受的恐惧进行彻底的挖掘也是不可想像的。为了描述这上百次的死，托尔斯泰不得不在被损伤的灵魂里，直至最细微的思想脉络里，上百次预先、事后和同时经历他个人的死。就是这种预先感到的恐惧使他的平面艺术，使他的单纯观察和描摹现实的艺术获得了知识的深度。就是这种恐惧教会了他根据鲁本斯官感上的丰富多彩的现实，来运用这种从内心爆发的、仿佛纯哲学的、具有悲剧

① 列夫·托尔斯泰中篇小说《伊凡·伊里奇之死》主人公。
② 长篇小说《安娜·卡列尼娜》主要人物之一。
③ 列夫·托尔斯泰短篇小说。

阴影的伦勃朗的光。仅仅因为托尔斯泰预先体验的死比一切人在生活中所体验的更为强烈，他才会为我们大家描绘出生动逼真的死，除了他，再没有第二个人做到这一点。

每一次危机都是命运对这位艺术创作者的一份赠品，因此，正像在托尔斯泰的艺术中一样，在他对世界的态度上最终也产生了一种新的更高的平衡。各种矛盾相互交错，人生乐趣与其悲观的对立面的激烈斗争，向一种明智而和谐的相互理解让步了。终于平静下来的情感完全符合斯宾诺莎的观点，单纯地飘浮在最后时刻的恐惧和希望之间："害怕死，是不好的；希望死，也是不好的。我们必须这样摆好天平：让指针对直，不让一个秤盘比重更大。这便是生活的最佳的条件。"

悲剧的不协调终于协调起来了。耄耋老人托尔斯泰不再憎恨死，也不再对死很不耐烦。他不再逃避死，也不再与死作斗争：他像一个艺术家构思还不成形的作品一样，只在温和的沉思中梦想到死。因此，正是那最后的、长久以来所畏惧的时刻给了他完美的恩赐：死像他的生一样伟大，是他作品中的作品。

艺术家

除了来自创作的愉快，没有真正的愉快。人们可以制造钢笔、靴子、面包和孩子，即造人，可是没有创作就没有真正的愉快，而真正的愉快是没有不与恐惧、痛苦、内疚和羞惭联系在一起的。

——摘自一封信

每一件艺术品，只有在人们忘记它是艺术品，把它的存在看作真实的时候，才算达到它的最高阶段。在托尔斯泰笔下，这种崇高的蒙骗往往十分完美，十分接近我们所感觉到的真实，所以我们从来不敢设想，这些描述是虚构的，这里所描述的人物是捏造的。读他的作品，好像只在做一件事，那就是通过一扇敞开的窗子观看现实的世界。

因此，如果只存在托尔斯泰这种风格的艺术家，我们就很容易受到误导，以为艺术是非常简单的事情，以为创作不是别的，只是对现实的一种精确的复述，只是一种无需较高精神劳动的描图，用他自己的话来说，就是"只需要一种否定的特性：不说谎"。因为具有一种出色的不言而喻的特征，风物单纯而自然，他的作品在我们眼前显得辉煌而丰富，成为跟另一个自然一样真实的又一个自然。所有那些狂躁的、创作期冲动的、闪光幻想的神秘力量，在托尔斯泰的史诗作品中都是多余的，不存在的，所以我们说，他不是醉酒的恶魔，而是冷静清醒的人，他通过客观的观察，通过坚持不懈的描述，毫不费力地完成了现实的摹本。

但在这里，正是艺术家的高深造诣欺骗了那正充满感激之情进行欣赏的感官。有什么比真实更难，有什么比清楚明白更费劲呢？原稿证明，列夫·托尔斯泰根本不是一位轻松的受赠者，而是一位最崇高、最能忍耐的劳动者。他的那些描绘世界的巨幅壁画是艺术性极高的艰辛劳动的镶嵌细工，这些镶嵌细工由无数细微彩色的小石头所组成，表现着千百万精细的细部观察所得。长达两千页的巨型史诗《战争与和平》七易其稿，为此所作的速写和笔记装满了好几个高大的书橱。历史上的每一桩小事，感觉中的每一个细节，都细心汇集成可供查考的资料。为了使波罗金诺战役的描写具有事实上的精确性，托尔斯泰曾拿着总参谋部的地图，骑马围着当日的战场转了两天，坐火车驶行极远的里程，从一位还活在人世的战争参加者那里搜集到一点添枝加叶的细节。他细心研究所有的书籍，翻遍各个图书馆，甚至要求一些贵族家庭和档案馆贡献出早已下落不明的文献和私人信件，仅仅是为了拾取哪怕是一点点真实的情况。

这些微小的数以万计的细微观察的水银珠就这样年复一年地被聚集起来，直到它们渐渐天衣无缝地流淌在一起，形成一个圆的、纯粹的、完全的形态。于是，在为真实情节的战斗结束以后，才开始为思路清楚而奋斗。像形式主义抒情诗人波德莱尔琢磨、推敲和修饰他的每一行诗句一样，托尔斯泰也以炉火纯青的艺术家的狂热精神锤炼、润饰他的散文，使之光滑柔韧。在上万页的作品中，哪怕只有一个模棱两可的句子，一个不十分贴切的形容词，他也会感到不安，他会惊慌地拍电报给莫斯科的排字工人要求撤消寄出的校样，停止印刷，以便修改那个有缺陷的音节的声调。第一次印刷文稿还要再一次抛进智慧的蒸馏瓶，再熔化一次，再成形一次——不，一种艺术，即使是这种似乎完全顺乎自然的艺术也是需要不辞辛苦的。托尔斯泰在七年间每天工作八至十小时，因此，即使这样一位神经极其健康的人在他完成每一部伟大的长篇小说以后也会心力交瘁，就不足为奇了；胃突然不灵了，感官变得昏昏沉沉，于是，他不得不外出，到绝对孤寂的环境里去，远离一切文化生活，进入巴什基尔大草原，居住在茅舍里，利用马乳酒疗法重新达到精神的平衡。恰恰是这样一位荷马式的叙事文学作家，这样一位最自然的、水一般清澈的、简直是原始的民间小说家，他的身上还隐藏着一位不知足的饱受精神折磨的艺术巨匠（此外还有别人吗？）。但万幸的是，创作的艰辛在已完成的作品中是看不见的。人们不再觉得托尔斯泰的散文是艺术作品，他的散文可以产生在我们的时代，也可以出现在一切时代，像自然一样没有起源，没有年龄，仿佛历来如此。它们没有一处具有可识别某个时代的印记；一个人一旦拿到一本他的不署名的小说，谁也不敢断定它创作于哪个年代乃至哪个世纪，它们就是这样被看作是绝对没有时间性的叙述。《两个老头》或《一个人需要很多土地吗》等民间传说可以看成是在路德与约伯的时代编写的，可以被当作印刷术发明前一千年的作品，被视为《圣经》初期虚构的。伊凡·伊里奇与死亡的搏斗，《波里库什卡》和《霍尔斯托密尔》既属于十九世纪，也属于二十世纪和三十世纪，因为正像在司汤达、卢梭和陀思妥耶夫斯基的作品里一样，时代精神不是表现同时代的精神，而是表现原始的、一切时代的、不因风云变幻而变化的精神——也就是人间的"圣灵"，即人生无限面前的原始的感觉，原始的恐惧，原始的孤独。正如在人类的绝对空间之内，在创作过程的相对空间之内，他的平衡的大师技巧抹去了时代的特征。托尔斯泰的叙事艺术从来不是学到手的，也从来不会被荒疏，他是生就的天才，无所谓进步和倒退。他二十四岁时在《哥萨克》一书中所描述的风景，后来在六十岁老年的辉煌时期在《复活》里描写的那个阳光灿烂的令人难忘的复活节的早晨，都散发着同样有生气的、直接的、可以用每束神经感觉到的那种自然界的清新气息，呈现出同样直观形象的、用手指摸得到的无机世界和有机世界的鲜明生动的事物。在托尔斯泰的艺术里既没有学习也没有荒疏，既没有衰退也没有超越，而是在半个世纪之久的时间保持着同样的客观的完美无缺。像神面前的巉岩既庄严又持久，每个线条都凝然不动和不可改变，他的作品在动荡多变的时代里也同样巍然屹立。

不过，正是由于有了这种匀称的、因而根本不突出个人的完美，人们才会在他的艺术品中几乎感觉不到这位与其作品同呼吸共命运的艺术家的存在，出现在世人面前的托尔斯泰，不是幻想世界的虚构者，而只是直接现实的报道者。事实上，我们有时不敢称托尔斯泰为诗人，因为"诗人"这个词由于具有不确定性不免被认为是另一种类型的人，这种人具有高级形态的人性，与神话和魔术有着神秘的联系。与此相反，托尔斯泰绝不是"更高级"类型的人，而完全是尘世的人，他不是超尘世的人，他是一切尘世人的缩影。无论在哪里他都不超出可理解的、意义明确的和触摸得到的狭小范围；然而在这个范围内他又是多么完美啊！他不具有超出普通特质的其他特质，他没有艺术的和魔术的特质，但他的特质却得到了空前的加强——只不过他在精神方面发挥的作用比普通人更强，他的视觉，他的听觉，他的嗅觉，他的感觉变得比普通人更清楚、更明确、更深刻、更广博，他能记忆得更久远更有条理，他的思想更敏捷，更连贯，更精密，一句话，每一种人的特质的形成，在他的机体这部惟一完美无缺的机器中所体现的强度，要比在普通的天然机体中高出百倍。但是托尔斯泰从未飘出正常的范围（因此很少有人对他使用"天才"这个词，而对陀思妥耶夫斯基这个词则自然是要用的），托尔斯泰的创作看上去从来都不是受到魔，受到不可理解的东西鼓舞的。这种受尘世束缚的想像力能够超然于"客观记忆力"虚构出普遍人性以外的不存在的东西，因此他的艺术总是处在专业的、客观的、清楚的、人性的阶段，成为一种阳光下的艺术，成为一种提高了的现实；因此，当他讲述时，我们就认为，这不是听一个艺术家说话，而是听事实本身说话。人和动物从他的作品里走出来，就像从他们自己温暖的住处走出来一样。我们并不觉得有一位热情的作家跟在他们后面，追逐他们，激励他们，像陀思妥耶夫斯基那样总是用热情的鞭子鞭笞他的人物，让他们热狂地叫喊着冲进他们激情的竞技场。托尔斯泰讲述的时候，我们听不见他的呼吸。他讲述，如同矿工在爬一个高坡：慢腾腾的，速度均匀的，一级一级的，一步一步的，不跳跃，不焦躁，不疲倦，也不虚弱无力；因此我们也是处在跟他一起走的前所未有的安静的状态中。我们摇摆，我们怀疑，我们却并不疲倦，我们扶着他坚强的手一步步登上他的史诗的巨大的山岩，随着视野的不断扩大，眺望的目光也一级一级的扩展。各种事件慢慢地展现在眼前，远景也渐渐明亮起来，但所有这一切的发生都具有确确实实的钟表一样的准确性，正像黎明时的太阳升起，使一个壮丽的景象一尺一尺地从海底升高和明亮起来。托尔斯泰的叙述，完全是平铺直叙，就像那些古代的史诗作者、吟游诗人、赞美诗作者和编年史家讲述他们的神话和传说，那时倾听讲述的人还没有不耐烦的情绪，大自然还没有跟它的各种造物分离，没有人文主义的类别序列傲慢地把人和动物、植物和矿物区别开来，而作家对卑贱者和权势者都给予同等的敬畏和尊崇。对他来说，不存在一条垂死的狗的嚎叫抽搐和一位胸戴勋章的将军的死或一棵被风吹折将要枯死的树的死之间的区别。美的和丑的，动物的和植物的，纯洁的和不纯洁的，魔的和人的，他都用同样的画家的但又有感情的目光来观察。如果人们想要区分，他是使人自然化还是使自然人格化，人们就是玩弄词藻。因此，在他看来，尘世间的事物之中不存在任何界限，他的感觉从一个褴褛婴儿的粉红色的身子滑到一匹马厩里劳累不堪的马身上发抖的毛皮，从一个乡村女人的花布裙子滑到一位最荣耀的统帅的制服，对每一个身躯，对每一个灵魂，都同样熟悉和亲近，对最神秘的纯肉体的感受和理解简直是达到了难以理解的准确程度。女人们常常惊异地问，这个人怎么会像钻在皮肤底下，把她们隐藏最深的、他本人不能共同经历的身体上的感觉描写出来，怎么会描写出母亲们因奶水旺盛而感到的乳房胀痛，怎么会描写出一个初次参加舞会的年轻姑娘从裸露的臂膀感受到的舒适缓慢流过的凉气。如果动物声音的描述使他们惊异地喊叫起来，他们就会问，是何种令人不安的直觉使他想像出一条猎犬在闻到近处野山鸡气味时的难熬的喜悦，使他想像出一匹良种牡马在起跑时只用活动加以表达的本能思维（我们不妨读一读《安娜·卡列尼娜》里那场狩猎的描写），使他在布丰和法布尔这些动物学家和昆虫学家的所有实验之前就能想像出那些具有幻觉精确性的细节感受。托尔斯泰在观察方面的精确性根本不受人世等级的束缚。在他的爱中没有偏爱。在他的不可收买的目光中，拿破仑和他最后的一名士兵没有什么两样，而这个最后的士兵简直不如跟在他身后的狗和狗爪底下的那块石头重要和实在。尘世的一切，人和物质，植物和动物，男人和女人，老人和儿童，统帅和农民，都作为感官上的振荡波，以同一的水晶般透明的均匀的光流入他的器官，然后又同样有序地从这些器官里流出来。这便使他的艺术获得某种永远真实而自然的匀称，使他的小说获得一再令人想起荷马名字的大海般单调但却十分壮丽的韵律。

谁做过这么多、这么完全的观察，他就什么也不需要虚构。谁以这样诗人的眼光进行观察，他就什么也不需要编造。与幻想者陀思妥耶夫斯基相反，这位绝对清醒的艺术家在任何地方都不需要跨过真实的门槛以取得超群出众的成就；他不是从超人世的幻想空间撷取各种事件，他只是在普通的土地里和一般人的心中，挖掘他的勇于冒险的坑道。而在人性方面，托尔斯泰也没有必要去观察荒谬的病理学的本性，也无需超越这些本性，像莎士比亚和陀思妥耶夫斯基那样在神与兽、在阿里尔们与阿廖沙们、在卡里班们与卡拉马佐夫们之间神秘地巧妙地创造出新的中间物。最普通最平庸的青年农民在他所达到的深度上变成了秘密：他满足于一个憨直的农民，一个士兵，一个酒徒，一条狗，一匹马，一个随便的什么，在一定程度上是最廉价存在的人的材料，而不是珍贵的难以捉摸的灵魂，作为他心灵王国最深竖井的入口；但他却迫使这些完全平平常常的人物有一个前所未有的灵魂，不过他并不采取美化他们的方法，而是使用深化他们的灵魂的方法。他的艺术作品只讲真实这样一种语言——这是他的范围，不过这种语言比以前的作家所讲的更加完美，这便是他的伟大的所在。对托尔斯泰来说，美和真是一回事。

再一次说得更明确些，他是一切艺术家之中最善于观察的艺术家，但不是预言家，是一切真实报道者之中最出色的报道者，但不是随意编造的作家。托尔斯泰为自己撷取精炼的知觉，不像陀思妥耶夫斯基那样通过神经，不像荷尔德林和雪莱那样通过梦幻，而是只通过他如光的弧形辐射的感官的协调活动。他的感官像蜜蜂一样不断地成群飞去，永远给他带来新的五光十色的观察花粉。然后，这些花粉便在热情的客观事物中发酵，形成他的艺术作品的似金流淌的蜜汁。只因有这些感官，只因有他惊人驯顺的、耳聪目明的、神经强健而又触觉灵敏的感官，他的衡量精确的、超级敏感的、几乎动物般的嗅觉感官，才能从每个现象中给他带来那种前所未有的官能方面的材料。然后，这位无翼艺术家的神秘的化学又像化学家用蒸馏法耐心地从植物和花朵里提取芳香材料一样，缓慢地使这些材料获得灵魂。叙事文学作家托尔斯泰的无与伦比的朴素风格就总是从一种不可比拟的、无法计量的千万次个别事物的观察中产生出来的。在他把叙事文学的蒸馏过程应用在他的长篇小说的整个领域里以前，他总是像一个医生一样首先有一个一般记录，检查每一个人的一切身体特征。"您根本想像不到，"有一次他在给一位朋友的信里写道，"这项准备工作，也就是我必须首先深耕我随即想要播种的土地，对我来说有多么难。思考，一再缜密地思考，一切事件怎样才能与预想中的规模浩瀚的作品中即将出现的一切人物协同出现，这是极其艰难的。要考虑到这么多事件的各种可能，然后从中选出百万分之一，也是极其艰难的。"因为这个与其说是想像的不如说是机械的过程在每个个别人物的身上都是反复出现的，所以人们总要考虑，在这个锻炼耐性的磨坊里有多少花粉颗粒必须磨碎和重新黏合起来。每一个细节，每一个人物，都是从上千个细节中产生出来的，每一个细节都产生于更加微小的细部，因为他是像放大镜一样以冷静的、毫不动摇的公正态度来透彻研究每一个具有个性表现的特征。就拿一张嘴来说吧，那也都是按照霍尔拜因①的画风

---

① 小汉斯·霍尔拜因（1497—1543），德国画家。

一条线一条线地画出来的，上唇以其所有的个性异常特征与下唇相区别。嘴角的撬动是在某种内心冲动时精确地记录下来的，微笑的样子和愤怒时的眉头紧蹙，则是画家细心观察的所得，然后才慢慢地给嘴唇涂上颜色，用不可见的手指可以摸出它是柔软的还是坚硬的。小胡子在嘴唇周围罩着暗影，那是很内行地点上去的小黑点——这才产生了未经加工的形态，唇造型的纯肌肉形态。这个形态现在则通过它的独特功能，通过说话的节奏，即通过一种与这张特别的嘴有机结合的特别声音的典型表现得到了补充。在他描述解剖学的图解册上，鼻子、面颊、下巴和头发也都是像一个唇这样以惊人的精确性安排的，一个细部与另一个组部都衔接得极为准确。而所有这一切观察，这些声学的、语音学的、光学的和运动机能的观察，都要在艺术家的看不见的实验室里再一次找到彼此的平衡。然后这位进行整理的艺术家就会从这些细节观察的奇妙的总和里找出根源，而这些混杂纷繁的观察经过精心的筛选就被挤出了水分，这样一来，对成果极有节制的利用便与貌似浪费的大量观察形成了对立。

只有在一切感官的东西确实像几何图案那样精密地固定下来，也就是到了整个机体全部完成的时候，这个假人①（Golem）才开始说话，开始呼吸，开始生活。在托尔斯泰笔下，人物灵魂，这个神圣的蝴蝶，总是利用精细观察所织成的千孔网捕捉到的。在慧眼者陀思妥耶夫斯基笔下，即在托尔斯泰的才气横溢的对手笔下，个

---

① 希伯来传说中用黏土、石头和青铜制成的无生命的巨人，注入魔力后可行动。这里指艺术家塑造的栩栩如生的人物。

性的形成恰恰相反，它是从精神开始的。在陀思妥耶夫斯基看来，精神是原始的东西，身体则像一件昆虫的外衣松松地轻轻地包着它的透亮的火热的内核。灵魂在极乐时刻甚至会把身体烧毁，自己却升起来，飞进感觉的苍穹，飞进纯粹的心醉神迷的状态。而在托尔斯泰这位冷静的观察者和清醒的艺术家这里，灵魂从来都不会飞翔，甚至连完全自由地呼吸都不可能，身体却总是像外壳似的沉重地披挂在灵魂上。因此，即使他所创造的最轻松愉快的人物也从来不会飞向上帝，从来不会完全脱离尘世而变得游离于人间之外；他们好像负重的人，自己的身体全挂在背上，一步一步艰难地喘着粗气，一级一级地向神圣和纯洁攀登，总因身上的重负和人间俗事而感到疲乏。遇到这样一位没有翅膀、没有幽默的艺术家，我们总是痛苦地被提醒，我们是生活在一个狭小的尘世间，注定要死，我们不能躲避，也不能逃掉，我们一生都被步步紧逼的虚无所包围。"我祝您有更多的精神自由。"屠格涅夫曾在致托尔斯泰的信中颇有预见性地写道。正像这里所说的，我们也祝愿他的人物能多一点精神自由，多一点灵魂的飞翔力量，能摆脱事实和身体，至少能梦见更纯洁更明媚的世界。

秋天的艺术，人们喜欢这样称呼他的描写风格。每一个轮廓都像刀切一般整齐清晰地从俄罗斯大草原一马平川的地平线上升起来，枯萎腐败的酸苦气味从浅黄色的树林里扑鼻而来。在托尔斯泰所描写的风景里我们总会感觉到秋意：不久，冬天就到了；不久，死便走进大自然；不久，所有的人，包括我们当中的这位永生的人，就要走到生命的尽头。一个没有梦、没有幻想、没有谎言的世界，一个极为空虚的世界，一个甚至没有上帝的世界——这个上帝是托尔斯泰后来才从生命的理念中臆造出来的，正像康德从国家的理念中臆造出他的宇宙。——这个世界除了严峻的真理没有别的光，除了它的同样严峻的明澈以外什么也没有。也许在陀思妥耶夫斯基那里，首先是精神的空间比这种均匀的寒光使人感到更压抑，更漆黑，更悲惨。但陀思妥耶夫斯基有时也用令人陶醉的闪电划破他的朦胧夜色，人们的心至少在几秒钟里升入幻想中的天国。与此相反，托尔斯泰的艺术不知何谓陶醉，何谓安慰，它总是神圣而清醒，像水一样清澈，一点儿也不醉人，由于它惊人的透明，我们可以看到最深的所在，但这种认识从来也没有浸透那充满心醉神迷和无上欢乐的灵魂。托尔斯泰的艺术，像科学一样，以其冷酷无情的光和直视现实的精神，使人态度严肃，潜心深思，但并不使人幸福。

但这个最博学的人，他自己是怎么感觉到他的严肃的视觉作品具有这种毫不宽容和使人觉醒的特点的呢？要知道这是一种没有梦想的令人喜悦的闪耀金光的艺术，是一种没有音乐施惠的艺术！他从来没有从内心深处爱过音乐，因为音乐既没有使他也没有使其他人认识到人生会使人幸福和具有值得肯定的意义。在这双无情的瞳孔面前，整个人生显得何等可怕的无望：灵魂是在死一般宁静的四周中不停抽动的身体的一个微小的结构，历史是偶然发生的事实的无意义的混杂，肉体的人是一副走动的骨架，只在短时间里披上生命的温暖的外衣，而这整个无法解释的杂乱无章的联动机构，则像流动的水或枯黄的树叶一样毫无目的。经过声名与日俱增的三十年之后，托尔斯泰突然疏远了他的艺术，这真的那么不可理解吗？他不是渴望他的行为能发生一种摆脱种种困难、使他人生活得轻松愉快的影响吗？他不是渴望创造一种能使人们的心里萌生"更高尚更美好的感情"的艺术吗？他不是也曾想拨动银铃般鸣响的希望的七弦琴，让它在人类的胸中轻轻地振荡，开始发出令人信赖的声音，思乡之苦使他追求一种能排除、脱离尘世莫名压力的艺术。但白费气力！托尔斯泰的那双极其明亮、极其清醒、过分清醒的眼睛，能够看见生活的本来面貌，生活从来不是别的样子，只是罩着死亡的阴影，漆黑一团，悲惨凄凉；一种真正的灵魂的安慰绝不会直接来自这种不会也不想说谎的艺术。因为他所看见和描述的真正的现实生活是悲惨的，所以这位步入老年的作家便产生了改变生活本身，使人变得更善良，通过一种道德的典型给人们以安慰的愿望。事实上，在他创作的第二时期，艺术家托尔斯泰就不满足于简单地描述生活了，他让他的艺术服务于灵魂的道德化和崇高化，也就是这样自觉地寻求他的艺术的意义，一种伦理道德的使命。他的长篇小说，他的中篇小说，不只想描摹世界，而且要重新构造世界，要发挥"教育的"作用。在那个时期托尔斯泰就开始创作一种有可能具有"感染性"的特殊的新型作品，就是说，通过实例警告读者不要犯罪，通过高尚的榜样使读者养成坚强性格；后期的托尔斯泰则使自己从单纯描写生活的诗人提高为审判生活的法官。

这个目的明确的、空谈教条的倾向在《安娜·卡列尼娜》里就已经表现得十分明显了。在这里，一个人命运中的道德因素和不道德因素已经被清楚地分开。弗龙斯基和安娜这两个肉欲主义者，这两个不信教的人，这两个情欲方面的利己主义者，"受到了惩罚"，被投进了灵魂骚动的炼狱，基蒂和列文则被升入了净界。在这里，这位一直十分清正的小说家第一次试图对自己所创造的人物表示赞同和反对。这种以教科书的方式强调主要信条的倾向，这种像用惊叹号和引号进行写作的倾向，这种教义性的次要意图越来越急不可耐地挤到前面去。在《克莱采奏鸣曲》里，在《复活》里，最终也还是诗人薄薄的衣衫掩盖着赤裸裸的道德说教，而那些传奇故事则是（以更壮丽的形式！）服务于这位说教者的。对托尔斯泰来说，艺术渐渐不再是终极目标、本身目的了。只要它能服务于"真理"，他还能爱这"美丽的谎言"，但现在艺术不再像以前那样服务于真实事物的如实反映，不再服务于感性的和灵魂的现实，而是服务于一种如他所说的更高的精神的现实，服务于揭露出他的危机的宗教的真理。从现在起，托尔斯泰不再把刻画完美的作品称为"好书"，而是把那些（对其高超技巧的价值不在意的）能促成"善良"的、能帮助塑造更有耐心的、更温柔的、更具基督精神的、更富人性的和更充满爱心的人物的作品称为"好书"，以致在托尔斯泰看来，正派而平庸的贝托尔特·奥尔巴赫①比"害人虫"莎士比亚还要重要。标准尺度越来越从艺术家托尔斯泰的手里滑到那个道德的空论家的手中：这位人类的描述者，这位无可比拟的人类的改善者，在道德哲学家的面前毕恭毕敬地自觉地退却了。

不过，艺术像一切神圣的东西，毫不容情，充满嫉妒心理，它

———————————

① 贝托尔特·奥尔巴赫（1812—1882），德国作家。

总会向否认它的人复仇。如果要求艺术服务于并隶属于所谓更高的权势，那么它就会暴躁地摆脱这位大师，而在托尔斯泰依靠教义进行创作的时候，它同时会使他的人物形象最基本的感性东西变得苍白无力。智力的灰色寒光像雾一样升起来，人们只能深一脚浅一脚地跌跌撞撞地通过冗长烦琐的逻辑叙述，吃力地摸索着走向终点。尽管他后来出于道德上的狂热十分蔑视地称他的《童年》、《战争与和平》，他的优秀的中篇小说为"坏的、没有价值的、无足轻重的书"，说它们只能满足美学的要求，也就是满足"一种低级的享受"——听听吧，我们的阿波罗！但事实上，它们始终都是他的杰作，而那些自觉地表现伦理道德的东西才是他的经不住考验的作品。托尔斯泰越献身于"道德的专制主义"，越远离他的天赋的基本要素，越远离感觉的真实性，他就越不像艺术家——正如安泰离开大地便失去力量。只要托尔斯泰用他钻石般锐利的目光来观察感性世界，他直到耄耋之年都是独创的；只要他探索如浓雾模糊的东西，探索超越感觉的先验的东西，他的分量就惊人的降低了。看到一个艺术家怎样强制自己完全飘飘荡荡地飞向命中注定的精神的东西，看到他怎样以沉重的步子走在我们坚硬的土地上，以我们当代独一无二者的姿态去开垦耕耘，去认识和描写它，几乎没有一个人不感到震惊。

这是悲剧的冲突，它自古以来就永远在一切时代和作品中重复出现：凡是理应提高艺术作品的东西，包括已使人信服和想要使人信服的观点，大都使艺术家的价值降低。真正的艺术都是利己的，它只着眼于自己和自己的完成。纯粹的艺术家只考虑他的作品，不考虑他为作品所选定的人性。长久以来，托尔斯泰便以无动于衷的坚定不移的目光描写感性世界，他也就是这样做的最伟大的艺术家。一旦他变成悲天悯人的，想要通过他的作品进行帮助、改善、引导和教诲，他的艺术也就失去了感人的力量，他本人就由于命途多舛而变成了比他所塑造的一切人物都更具震撼力的人物。

自我描述

认识我们的生活，便意味着认识我们自己。

——致卢萨诺夫，一九〇三年

这种严峻的目光无情地观察世界，也严厉地观察自我。托尔斯泰的天性是从不容忍模糊不清的东西，从不容忍既非尘世内又非尘世外的笼罩在烟雾和阴影中的东西，这位艺术家已经习惯于通过一棵树的线条或一条受惊的狗的抽搐动作极其仔细地观察最精确的轮廓，所以他在观察自我时也绝不容许这个对象是一种模糊不清的混合物。因此，他从早年起就坚定不移地不间断地把他基本的研究热望转向了他自己："我要完全彻底地认识我自己。"这个十九岁的少年在他的日记里写过。像托尔斯泰这样一位追求真实的人只能是一个热情的自传作者。

不过，描述自我与描述世界不同，从来不能在艺术作品中一次完成而告终。这个特定的"我"从来都不可以通过图例加以分解，因为一次性的观察不能解决不断变化的"我"的描述。因此，伟大的自我描述者总是沿着一生的生活轨迹重复绘制他们的图像。像丢勒、伦勃朗、提香，所有这些人都是对着镜子开始创作他们最早的青年时代的作品，因为在自己的形体方面，固定不变的东西跟流动变化的东西一样引起他们的兴趣。伟大的真实描述者托尔斯泰同样也从来不能胜任他的自我描述。正如他所说，他刚刚以明确的形象表现了自我，不管是作为聂赫留道夫，作为沙里金，作为皮埃尔，还是作为列文，他在已完成的作品中就再也认不清自己的面貌了；为了掌握已经更新的形式，他不得不重新开始。不过正如托尔斯泰这样的艺术家总是在不知疲倦地捕捉他的灵魂影子，他的自我也同样在精神逃亡中继续逃跑，总有新的、不可能完成的、永远吸引这位意志巨人加以战胜的任务。因此，在那六十年里没有产生一部不以某一个形象表现托尔斯泰个人轮廓的作品，没有一部仅只包含他全部特点的作品；首先，他所有的长篇小说、中篇小说、日记和书信作为整体是他的自我描述，但也是我们这个世纪的一个人留下来的最多样、最清醒、最有连贯性的个人肖像。

这位非虚构者总是只能反映自己的所见所闻和自己的经历，他从来也不能把他自己，把他这个活生生的人，把他这个见闻者，排除在他的视野之外。他不得不连续地、被迫地、常常违背自己意愿地、永远脱离清醒意志地竭尽全力进行研究、倾听、解释和"监督"自己的生活。这样，他的自传作者的狂热就一刻也没有停止，正如他胸中的心跳和他脑海里的思想：写作对他来说永远意味着针对自我和报告自我。因此，没有一种自我描述的形式是托尔斯泰没有运用过的，这里有对回忆所进行的纯机械的事实核查，有教育的和伦理的考察，有道德上的谴责和内心的忏悔，也就是把描述自我当作控制自我和激励自我，当作一种欣悦的行为和一种宗教的行为——不，我们在这里不可能一一列举他的表现自我描述主题的一切形式。我们从他的日记里所了解的这位七十岁老人的情况不比他八十岁时的情况少。我们知道他青年时代的激情，他的婚姻悲剧，他的最隐秘的思想，如同了解他的档案那样准确地了解他的庸俗行为，因为在这里也跟"紧闭双唇"生活的陀思妥耶夫斯基完全不同，托尔斯泰要求"开着门窗"过日子。我们了解他的每个眼神和每个脚步。对他八十年生活的最短暂最不重要的插曲的了解，其准确程度跟我们对他肖像的无数描摹的了解完全相等，如他跟鞋匠在一起，跟农民谈话，骑马，犁田，坐在写字台边写作，打草地网球，跟妻子、朋友或孙女在一起，睡觉时，甚至死去时的种种情况。此外，这种无可比拟的身心的描述和自我表白，同时也记载了关于他的环境、妻子和女儿、秘书和记者以及偶然的来访者的无数回忆和记录。我相信，用记载托尔斯泰回忆的纸张还原为木柴简直可以重新建造一座亚斯纳亚波利亚纳的树林。从来没有一个作家这样自觉地坦荡地活在世上，很少有人这样无保留地向别人敞开心扉。在歌德以后，我们还没有见到过一个像他这样把自己对内心和外界的观察如此无一遗漏地记录下来的人。

托尔斯泰的自我观察的迫切要求可追溯到他婴幼儿朦胧的记忆时期。这种要求早在他幼年学习走路、还不会说话时就开始了，直到八十三岁他躺在灵床上，想说的话已经说不出来的时候才终止。从儿时不会说话到临终时不能说话这漫长的时间里，他无时无刻不在说和写。十九岁，他刚刚毕业于中学，这个大学生就为自己买了日记本。"我还从来没写过日记，"他立刻在第一页上写道，"因为我没看出写日记有什么用处，但是现在，当我在努力发展我的各种能力时，根据日记我就能够跟随我的发展步伐；日记应该包含生活的准则，在日记里也必须规定我未来的行动。"首先，他完全按照商人的规矩为自己应负担的义务建立了一本账，规划出应该下的决心和必须达到的成果。对于他个人已储入资本，这个十九岁的青年人是一清二楚的。在第一次清点自我财产时他就确认，他是一个"特殊的人"，肩负着特殊的任务。但这个半大孩子同时无情地指出，为了强迫他耽于懒惰、散漫和感官享受的本性真的获得道德的生活质量，他必须培养多么坚强的意志力。因此，他为自己建立了一种检查每日成果的监督器，以免使他丧失哪怕一点点力量。日记的作用首先是从教育方面彻底观察自己的兴奋剂——我们必须永远重复托尔斯泰的这句话——"监督自己的生活"。譬如，这个小伙子毫不留情地概括记载一天的事情："从十二时至下午二时，与毕基切夫谈话，过分坦白，很虚荣，自欺欺人。从下午二时至四时，做体操：不够顽强，缺乏耐力。从四时至六时，吃午饭，买一些不很急需的东西。在家里什么也没写，因为懒；我不能决定我是否应该乘车到沃尔康斯基那里去；在那里很少说话，因为怯懦。我的举止很糟糕：怯懦，虚荣，轻率，软弱，懒惰。"这个孩子的手竟这么早就无情地使劲扼住了自己的喉咙，这样奋力一抓就六十年没有放手；像十九岁时一样，八十二岁的托尔斯泰仍然手持这个皮鞭，每当他疲惫的身体没有完全服从意志上斯巴达式的严格纪律时，他就在晚年的日记里写满"怯懦、恶劣、懒惰"这一类咒骂自己的话。

像这位早熟的道德说教者一样，托尔斯泰作为艺术家也是很早就渴盼刻画自己的形象了。他——这个世界文学史上的稀有人才！——二十三岁时就着手撰写一部三卷本的自传。托尔斯泰的第一瞥目光便能像镜子一样反映现实。这个青年人对世界还一无所知，就在二十三岁时选取惟一的经历，自己的童年，作为描述的对象。就像十二岁的丢勒天真地抓起银画笔，把他那女孩般瘦削、不曾被阅历揉皱的孩子面孔画到偶然得到的一张纸上，这位下颌只长细须的、当年的炮兵少尉托尔斯泰，作为驻守在封闭的高加索要塞里的炮兵，出于戏耍的好奇心尝试着讲述他的童年、少年和青年。为谁写，他当时并没有想，至少没有想到文学、报刊和公众。他本能地听从通过描述说明自我的迫切愿望，这种模糊的冲动并没有被明确的意图所照亮，还不像他后来所要求的那样"被道德要求的光所照亮"。这个驻守在高加索的小军官出于好奇和无聊用水彩描绘他的故乡和童年的图画；这时，对后来在托尔斯泰笔下突然出现的救世军姿态、对"忏悔"和"向善"的意志，他还一无所知，他还致力于以尖锐的警告形式公开"他青年时代所做的丑事"——不，这对谁都没有用处。仅仅出于一个只经历过小孩子生活的半大孩子天真的游戏冲动。这个二十三岁的青年描写了他的一小部分生活，描写了最初的印象，描写了父亲、母亲、亲戚、教育者，描写了人、动物和大自然。这样漫不经心地编写故事，离列夫·托尔斯泰这位自觉的作家的深不可测的分析，何止十万八千里！要知道，作为一个大作家，他从自己的地位考虑，将感觉到自己有义务做到：站在世人面前是一个忏悔者，站在艺术家面前却是一个艺术家，站在上帝面前是罪人，站在自己面前却是自己的恭顺的模范。他在这里仅仅是以一个仁慈善良的年轻贵族的身份描述他在陌生世界中思念家乡的温暖环境，思念早已消失的人物而已。后来发生了一件意想不到的事，那个无心写成的自传竟然使他一举成名。列夫·托尔斯泰便立刻搁笔，不再续写他的成年了；这位有名的作家就再也找不回他无名时的语气了。这位成熟的大师再也没有成功地做出如此纯真的雕塑般的自画像。过了半个世纪（这时，在托尔斯泰那里，一切数字都变得像俄罗斯大地一样辽阔），这个青年以戏耍的态度从事系统完整的自我描述的思想，才使这位艺术家又活跃起来。但后来由于他转向了宗教，这项任务便起了变化；一如他的一切思想，托尔斯泰也使自己生活的肖像只面对整个人类，以便人类依靠"他的灵魂的洗涤"净化自己。"对个人生活尽量真实的描述对每个人都具有重大的意义，肯定对所有的人都有很大的好处"，他就是这样纲领性地宣告这种新的自我展示的，这位八旬老人为证明自己这一关键见解的正确性做了极为详尽的准备；但工作刚刚开始，他就放弃了，尽管他一直认为"一种完全忠于现实的自传，比充斥他十二卷著作、至今仍被人们赋予不应有的价值的一切艺术家的废话要有用得多"。因为他对真实的衡量标准是随着对自己生活的认识而逐年提高的，他已经认识到了一切真实事物的多种含义的、深不可测的、变化多端的全部形式，而且，当年那个二十三岁的青年像在镜面般平的地上滑雪无忧无虑地飞跑过很多地方，后来这位变得责任心很强的人，这位多闻博识的真理探索者，却沮丧地畏缩不前了。他害怕"每个个人故事不可避免地混进去的不足之处和不诚实的成分"。他担心，"即使它们不是直接的谎言，这样的自传却会因为制造假象，因为有意把强光照射在好事上，把其中的坏事掩盖起来而变成谎言"。他坦率地承认："当我决心写出赤裸裸的真情，不隐瞒我生活中的丑事时，我又害怕这种自传必定会发生的影响了。"但我们并不过分痛惜这种损失，因为从那个时候的记录，比如说从忏悔中我们清楚地知道，对于自从他宗教信仰发生危机以来对真实的要求来说，每一次描述的意愿总是必然变成鞭笞派狂热教徒的那种自我抨击的兴致，每一次自白都突然变成了很不自然的自我辱骂。晚年的托尔斯泰早就不想描述自我了，他只想在人们面前忍辱屈从，只想"讲他羞于承认的那些事"，这样一来，这种最终的自我描述便以对他的所谓的"低级趣味"和种种罪过的严格的公开谴责变成了一种对真情的歪曲。此外，我们又可以完全可能没有他的自我描述，因为，反正我们掌握托尔斯泰的另一种包含他全部生平及其与时代紧密相连的自传，这就是他的全部作品、书信和日记，也许是除歌德之外一个作家描述自己的最完整的自传。《哥萨克》里的那个贵族出身的小少尉奥列宁为了找回自我，摆脱身居莫斯科的忧郁悲伤和无所事事，逃入职业和大自然，跑到了高加索。他衣服上的每根缝线和脸上的每一个褶皱都与年轻的炮兵上尉托尔斯泰本人毫无二致。《战争与和平》里的那位好思索的沉稳谨慎的皮埃尔·别祖霍夫和他后来的兄弟——《安娜·卡列尼娜》里的那位寻找神的、努力探索生命意义的容克地主列文，直至体魄都无疑是精神危机前夕的托尔斯泰。没有一个人会看不清这位披着"谢尔盖神父"长袍的著名人物所进行的争取圣洁的斗争，没有一个人会在《魔鬼》里看不清逐渐衰老的托尔斯泰如何抵制性欲的艳遇，没有一个人会在聂赫留道夫公爵这个贯穿他整部作品的明显的人物身上看不清他本人深藏在内心里的理想人物，即承载着他的意图和伦理学行为的理想的托尔斯泰。甚至在《光在黑暗中发亮》里的那个沙里舍也披着这样薄薄一层外衣，在他的家庭悲剧的那一幕里如此完整地暴露了托尔斯泰本人，以致演员至今仍然总是采用他的假面具。托尔斯泰这样一个心胸宽阔的人不得不把他这个人分散到很多人物形象身上。跟歌德的诗完全一样，托尔斯泰的散文也只是一种绝无仅有的、贯穿一生的连续不断的、画面连着画面相互补充的巨幅自白，以致在这个多种多样的精神世界里几乎不存在一个未经触及的空白，没有一个无人知晓的地区。所有社会的、家庭的、叙事诗的和文学的、尘世的和形而上学的问题，都得到了探讨。在歌德之后，我们还从来没有如此全面地详尽地了解一个尘世间的诗人的精神和道德的作用。因为托尔斯泰在似乎超人的人类中完全像歌德一样，彻底描写了普通的人、健康的人，描写了这类人中完美的典范，即永恒的"自我"和无所不包的"我们"，所以我们便像在歌德那里一样又一次认为他的自传是自我不断完成的生命的一个完美的形式。

危机与转变

一个人生活中最重要的事件，便是他意识到自
我的那个时刻；这个事件的后果可能是最有益
的，也可能是最可怕的。

一八九八年十一月

每一次危害都会变成恩惠，每一次阻碍都会变成创造活动中的
救助和有益的动力，因为它会强行唤起未知的灵魂力量。对一个诗
人的生命来说，没有什么比满足和坦途更危险的了。托尔斯泰在人
生的历程中只有一次体味到这样忘我的轻松，体味到这种人间的幸
福，这种艺术家的危险。在他走向自我的朝圣过程中，他那从不满
足的灵魂只给了他一次休息，在八十三年生命历程中只有十六年。
仅从他结婚到他完成《战争与和平》和《安娜·卡列尼娜》两部
长篇小说的这个时期里，他与自己，与作品是和睦共处的。他的日

记，他良心的奴仆，也沉默了十三年（一八六五年至一八七八年）。托尔斯泰这个幸福的人，这个埋头在自己的著作中忘却自我的人，不再观察自己，只观察世界。任什么他都不闻不问，他只创造，一共生了七个孩子，创作了两部最有影响的叙事文学作品。那时，只有那时，托尔斯泰才像所有其他无忧无虑的人那样生活在正直市民只顾自己家庭的环境中，又幸福又满足，因为摆脱了"为什么"那个可怕的问题。"我不再冥思苦想我的境况（一切苦思都已过去），我不再挖掘我的感受——至于跟家庭的关系我只有感觉，而不做思考。这种状况给我提供了非常多的精神上的自由。"这种自我活动并不妨碍内心中如潮涌现的人物塑造，守卫道德的"自我"的不讲情面的哨兵困倦欲睡地撤退了，让这位艺术家自由行动，任意消遣。在那些年里，列夫·托尔斯泰变成了名人，他使他的财产增加了四倍，他教育了孩子，扩建了家园，但这位精神上的天才并没有长久满足于这种幸福，没有饱享荣誉，没有发财致富。他总是从每个人物的塑造回到他原来的完整塑造自我的作品上来，而且因为没有神召唤他进入灾厄，所以他就自己走向灾厄。因为外部世界不能安排他的命运，他就从内心中为自己制造悲剧。因为生活——不论是多么强有力的生活！——永远要处在动荡不定的状态中。如果命运的涌流在外部世界停止了，精神就从内心中为自己挖掘出新的喷泉，使得生命的循环永不干涸。托尔斯泰在近五十岁时所经历的使他同时代人难以理解的怪事，就是他突然放弃了艺术，转向了宗教的说教。我们不能把这个现象视为异常——在这位身心极为健康的人的发展中寻找这种不正常变化的原因是徒劳无益的——托尔斯泰总是这样，是强烈的感情使他异乎寻常地放弃了艺术。因为托尔斯泰五十岁时所发生的这种转变，仅只说明在大多数可塑性很小的男人身上始终看不见的一种过程：这是身体精神的有机体对日益临近的老年，也就是对艺术家的更年期的不可避免的适应。

"生命停顿了，而且变得十分令人不安。"他这样描述他精神危机的开始时期。这位五十岁的老人到达了血浆生成力量开始停止、精神走向僵化的危急时刻。感官不再像雕刻艺术似的总是充满渴望，印象的感染力像他自己头发一样变得苍白起来，歌德告诉我们的第二个时期在托尔斯泰身上开始了。在这个时期里，温暖的官能在娱乐升华为概念的榨汁器，对象变成了幻象，肖像变成了象征。正如精神深奥莫测的各种变化，起初身体的轻度不适也会在这里导致这样的彻底变化。一种精神上冷彻骨髓的恐惧，一种令人惊异的对贫困化的畏惧，突然震撼了这个人焦虑不安的灵魂。而他身体上像地震仪一样敏感的神经立刻就把渐近的震颤记录了下来（在每一次变化中都像歌德的玄奥莫测的疾病！）。但是，在这里我们刚刚踏进完全被照亮的领域，灵魂还不知道怎样说明来自黑暗的这个袭击，在身体里就已经自动开始抵抗了。这是一次心理和身体上的转变，完全不知不觉，没有人的意志，是出自看不透的天性的防备。正像动物在寒潮袭击很久以前就突然满身披上了温暖的过冬的皮毛，人的灵魂也在第一次向老年过渡的时点上，在刚刚越过顶峰时，长出一种新的精神的保护外衣，一种厚厚的防御外壳。这种从感性事物向精神事物的深刻的转变，也许从腺体的纤维开始，一直演变到最后的创造性生产的振动。这种更年期的形成为精神的震颤，完全像青春期形成那样，也取决于血液循环和机体的危机。既然你们精神分析学家和心理学家都来研究——几乎从身体的基本特征上也看不出原因，更何况从精神上观察呢。至多在女人身上可以看到一些迹象，女人的性退化几乎以触摸得到的形式显露出来，它们是比较明显的，临床上容易发现的，可以从个别的观察中搜集得到。相反，男人转变期的更多的精神现象及其心理学分析的科学结论，则完全有待于研究。男人的更年期几乎一致认为是大转换的最佳年代，是宗教的、创作的、理性的升华的最佳年代。所有这些升华都是血流不畅的生存的保护外衣，是被减弱的性欲的精神的替代物，是代替逐渐消失的个人感觉即渐渐平息的生命力的更强烈的人类感觉。男人的更年期是青春期的补充，在受危害的人身上同样有生命危险，在感情热烈者身上同样热烈，在有创造性的人身上同样有创造性，更年期也是这样地引入一个另一种色彩的创造性的精神时期，一种上升和下降之间的中老年恋爱的新的精神动力。在每一个重要的艺术家那里我们都会遇到这种不可避免的精神危机的时刻，当然其剧烈程度在任何人那里也没有像在托尔斯泰这里这样犹如翻江倒海，火山爆发，几乎具有毁灭性。从现实的可能性来看，从适当的客观性来说，托尔斯泰在五十岁时所发生的变化是完全符合老年人变化规律的：那就是他感觉到自己老了。这就是一切，这就是他的事情的全部。掉了几颗牙，记忆力衰退了，思想上有时罩上疲惫的阴影：全是一个五十岁人的平常的现象。但托尔斯泰这个完人，这个充满激流勇进精神的人，第一次呼吸到秋日萧索的气息时，便立刻感觉到自己已经衰老和死亡将至。他误以为，"人要不陶醉于生活，他就活不下去了"；一种神经衰弱的抑郁，一种不知所措的精神错乱侵袭了这位无比健康的人。他不能写作，也不能思考了——"我的精神睡着了，总也醒不来，我感觉很不舒服，我变得很消沉"；他像拖着一副锁链似的把"那个无聊而平庸的安娜·卡列尼娜"拖到结束，他的头发突然染上了灰白，前额皱褶横生，常感到反胃，关节也变得虚弱无力了。他麻木地沉思，"再也没有什么使他感到高兴，生活再也没有什么指望了，他很快就要死了"，他"正在竭尽全力争取远离生活"，而且在日记里相继出现两次尖刻的记载："对死亡的恐惧"和几天以后写的"就要孤单地死去了"。但是死（我在描述他的生命活力时曾经试图详细说明过它）对这位活在世上的巨人来说却是一切可怕思想中的最可怕的思想，因此，他的巨大的身躯只要感觉到一点点松弛无力，他便立刻全身战栗不止。

不过，这位能做自我诊断的天才，在他通过嗅觉预感到厄运到来时，并没有完全迷失方向，因为事实上，原本托尔斯泰身上的某种东西已经在这次精神危机中衰亡了。一直到这时，托尔斯泰从来都没有探寻过这个世界的形而上学的意义，他只是像艺术家观察自己的模特那样观察世界。当他描写世界的图像时，它就顺从地立在他的面前，让他抚摩，让他抓在他那双具有创造性的手中。他突然觉得这种天真的快乐，这种进行雕塑般的观察不可能再有了。事物不再完全顺从他了，他觉得事物对他隐藏着什么，一种藏在背后的东西，一个什么问题。这位具有最敏锐的观察能力的人第一次把存在视为一种秘密，他预感到一种他单用外部感官捕捉不到的思想——托尔斯泰第一次明白，要想理解这种背后的东西，他需要有一种新的工具，一双更博学更清醒的眼睛，一双会思想的眼睛，可以通过事例清楚地说明这种内心的变化。托尔斯泰曾上百次看见人们死于战争，他只是作为画家、诗人，作为反映对象的瞳孔，作为成像敏感的视网膜描写他们的流血牺牲，根本不问对与不对。现在他在法国看见一个罪犯的头咕噜噜地从断头台上滚下来，心中顿时愤怒地生出一种反对整个人类的道德力量。他，这位主人，这位老爷，这位伯爵，千百次地从他的庄园的农民身边骑马走过去，疾跑中的马把尘土扬在他们的袍子上，而他却自以为理所当然地冷淡地接受他们奴隶般卑躬屈膝的问候。现在他才第一次注意到他们都赤着脚，发现他们都很贫穷，发现他们那可怕的毫无权利的生存。他第一次在心里提出这样的问题：他本人是否有权利面对他们的需要和辛劳而毫不感到不安。在莫斯科，他的雪橇曾无数次从成群冻饿的乞丐面前飞驰而过，他从未朝他们转过头看一看，从未注意过他们。贫穷，苦难，压迫，军队，监狱，西伯利亚——他觉得这一切都是再自然不过的现实，像冬天的雪，像桶里的水。现在，在一次人口普查时，这位觉醒的作家突然认识到无产者的这种可怕的境况便是对他的丰裕的控诉。自从他不再把人性的东西看作人们必须研究和观察的单纯的素材以来，内心里那种美丽如画的安宁和平的生活秩序便完全破灭了：他再也不能像冷酷的雕刻家似的观察生活了，他只能不断地探寻正确与荒谬。他不再觉得一切人性的东西都是来自自我，都是利己的或内向的，他觉得那是社会的、兄弟般友爱的、外向的：包括一切人的集体的意识像疾病一样"侵袭"了他的身心。"没有必要去想——想实在太痛苦。"他叹息着说。但自从这双良心的眼睛睁开以来，人类的苦难、世界的原始痛苦便不容更改地变成他个人的事情了。正是从这种对虚无的神秘的惊恐中产生了一种对宇宙万物的创造性的新恐惧，从他的完全抛却自我当中生出艺术家要再一次按照道德的规范建造他的世界的任务。他预料哪里已经出现死亡，哪里便是再生的奇迹占统治地位。于是产生了这样一个托尔斯泰：他不仅被人类尊为艺术家，而且被尊为最有人性的人。

但在那时，就在崩溃发出响亮声音的时刻，在那个不确定的"苏醒"前的一刹那（托尔斯泰后来就这样欣慰地指称他的那种不安心境），这位处在转变中的受惊者还没有预见到这种过渡。在他内心中另一双新的良心的眼睛睁开以前，他觉得自己完全失明了，周围只是一片混沌，只是看不见道路的黑夜。"既然生活是这样的可怕，干吗还要生活？"他提出了经书上的这个永恒的问题。既然人们只是为死而耕耘，干吗还受这个苦呢？像一个绝望者，他在黑暗的世界穹隆中摸索墙壁，以便找到一条出路，找到一种自救，一点点火花，一线希望之光。正像他所看到的，没有人从外部帮助他，给他带来光明，他才自己为自己挖掘坑道，有计划地有条理地挖，一阶一阶地掘。一八七九年，他把下列"不清楚的问题"写在一张纸上：

（一）为什么活着？

（二）我的生活和别人的生活都有什么原因？

（三）我的生存和别人的生存都有什么目的？

（四）我心中感觉到的善与恶的分裂意味着什么，这种分裂为什么会出现？

（五）我应该怎样生活？

（六）死是什么？——我怎样才能解救自我？

"我怎样才能解救自我？我应该怎样生活？"这便是托尔斯泰的灾难性的呼喊，是他内心危机的利爪撕肝裂胆的呼喊。这呼喊刺耳地响了三十年，直到他永远闭口不语。来自感官的好消息，他已经不再相信了，艺术不再给他以安慰，青年时代狂热的陶醉已变成残酷的清醒，冷漠无情从四面八方涌来。我怎样才能自救？这呼声变得越来越充满渴望，因为这种表面上毫无意义的事一点意义没有也是不可能的。单靠理智就足以理解生活，但不能理解死，因此就很需要一种新的、另一类的精神力量来领会这件不可理解的事。因为在他自己的心里，在他这个不信神者的心里，在他这个感性人的心里，找不到这种精神力量，所以，在他的人生道路中间，他突然谦卑地跪在神的面前，轻蔑地丢掉五十年里使他感到无比幸福的世俗知识，强烈地请求得到一种信仰："主啊，把信仰给我吧，让我去帮助别人也获得信仰！"

假基督徒

我的上帝啊，只在上帝面前生活是多么难啊！
有些人已经被掩埋在矿井里，他们知道他们绝
不会出来，也没有人知道他们在那里是怎样生
活的，像这些人那样生活，是多么难啊！但人
们必须这样生活，因为只有这样的生活才是生
活。主啊，帮帮我！

摘自一九○○年十一月的日记

"主啊，让我有一种信仰吧！"托尔斯泰对他一直否定的神绝望
地呼叫着。但这位神似乎并不满足那些急切地向他提出要求的人的
愿望。因为托尔斯泰把充满热情的急躁，他的顽固的恶习，也带到
信仰里来了。要求得到一种信仰，不，这还不够，他是必须立刻具

有一种信仰，一夜之间就办成，像斧子一样方便，举起来就能把他的怀疑的整个灌木丛都砍光。因为这位贵族老爷，不仅已经习惯于让他的仆人围着他敏捷地团团转，而且被迅速使他获得世上各种知识的耳聪目明的感官所宠坏，所以这个不能克制的、情绪变化无常的、顽固不化的人不愿意耐心地等待。他不愿意像修士似的顽强地倾听上天渐渐地过滤下来的光——不，他要在黑暗的内心里立刻再现白昼的明亮。他那能冲破一切障碍的激进的精神想要以独特的飞跃和冲击掌握"生活的意义"——"上帝知道"，"上帝会想到"，他像一个亵渎神明的人若有所失地说。他希望能够急速获得信仰，成为基督徒和顺从的教徒，生活在神的精神中，就像他在头发苍白的年纪上还学习希腊语和希伯来语，在六个月内，至多在短暂的一年之内，突然变成了教育家、神学家或社会学家。

　　但是，如果一个人心里没有一粒信仰的种子，他怎么能突然获得一种信仰呢？如果一个人到了五十岁只以观察家无情的眼睛，以自觉的古老俄罗斯的虚无主义者的身份评价世界，把自己看成这个世界里重要而显赫的人物，他怎么会一夜之间就变成有同情心的、善良的、恭顺的、温和的、方济各会修道士般的人了呢？一个人怎能只靠一次举手之劳就把这样的顽石般的意志转变为宽容的人类的爱？这种信仰，这种为了更高的超俗的力量而舍弃自我的精神，是在什么地方学习的，在什么地方学到的？当然是在那里已经具有这种信仰或至少伪称具有这种信仰的人那里，托尔斯泰自称，是在东正教的圣母那里，在教会里。托尔斯泰立刻（因为这个急不可待的人不容许自己浪费时间）就跪在圣像前面了，他斋戒，他参拜修道院，他与主教和教区牧师讨论，他翻破了福音书。在三年的时间里他竭力严格按照宗教信条办事，但是，教堂空气向他吹来的是空洞的香烟，寒气穿透已被冻僵的灵魂，不久他就失望地永远关上了他与东正教教义之间的大门。他认识到，不，教会没有正确的信仰，确切地说，宗教已经让生命之水渗漏了，浪费了，掺假了。于是他就继续求索，也许哲学家，这些思维的教师，更了解这种令人不安的"生活的意义"。托尔斯泰立刻狂热地无比激动地开始不加选择地阅读一切时代的各种哲学家的著作。他读得太快，以致没有消化和理解，首先是叔本华，每个精神昏暗者的永远伴睡人，然后是苏格拉底和柏拉图，穆罕默德，孔子和老子，神秘主义者，斯多葛派，怀疑派和尼采。但不久以后他就把这些书都合上了。就是这些人也没有别人的观察世界的介质，他们只有他们自己的介质，只有极为敏锐的痛苦地进行观察的理解力，他们只是奔向上帝的焦躁不安者，而不是在上帝精神中的休憩者。他们创造了一些思想体系，但没有创造一种不安的灵魂所希冀的宁和，他们给人以知识，却不给人以安慰。

像一个饱受痛苦折磨的病人，科学对他不灵，就拖着他的病体去找巫婆和庸医一样，托尔斯泰，俄国的这位智力最高的人，生活到五十岁的时候走向农民，走向"大众"，想从他们那里，从这些没有受过教育的人那里，最终学到真正的信仰。是的，这些没有受过教育的人，没有被书本弄糊涂的人，这些穷人和受苦的人，他们干着重活而毫无怨言，临死时就像猫狗一样默默地往角落里一倒。他们心里没有怀疑，因为他们没有思想，只有令人仰慕的单纯。但他们心中必定有某种秘密，否则他们就不会如此屈从而无愤怒地俯首听命。再糊涂，他们也知道点智慧者和杰出的英才不知道的东西，这些智力落后的人，灵魂走在我们前面的人，应该感激敏锐的精神。"像我们这样地生活，是错误的，像他们那样地生活，才是正确的。"——因此，从他们富有忍耐精神的生存中出现了看得见的上帝，同时，精神，对知识的渴求，连同他的"游手好闲的放荡淫逸的欲望"，都远离了内心中真正的光源。如果他们没有安慰，内心里没有神奇的灵丹妙药，他们就不会如此愉快地忍耐这种不幸的生活；他们必是隐藏着一种信仰，于是这位不受约束的人便产生了急躁情绪，要从他们那里学到这个秘密。托尔斯泰自忖，从他们那里，只有从他们那里，从"上帝的子民"那里才能认识到"正确的生活"，认识到伟大的忍耐精神，认识到对这种艰难的生活和对更艰难的死的屈从。

于是他更走近他们，完全走进他们的生活，从他们那里体察神的秘密！他脱下贵族的长袍，穿上农民的短外套，离开摆着美味佳肴的餐桌和堆满书籍的条案，从此只吃无害的蔬菜，只喝动物的清淡的奶，只用恭顺和愚蠢来滋养浮士德式的求索精神。列夫·尼古拉耶维奇·托尔斯泰，亚斯纳亚波利亚纳庄园的老爷就扮成了这个样子，尤有甚者，这位智力超过千百万人的上等人，五十岁上亲自扶犁，用那宽大的熊一般的背背起水桶从井里汲水，在他的农民中间以不知疲倦的干劲收割庄稼。写了《安娜·卡列尼娜》和《战争与和平》的手现在竟在自己剪出的鞋底上使锥子，清扫小屋里的脏物，为自己缝衣服。要接近，要快一点接近，更要紧密地接近这些"兄弟"，——列夫·托尔斯泰以独一无二的意志力希望变成"平民"，从而成为"上帝的基督徒"。他走进村子，到那些半农奴中间去（当靠近他时，他们都窘迫地脱帽）。他喊他们到他家里去，进了屋他们穿着笨重的鞋笨拙地走在镜面般光亮的镶木地板上就像走在玻璃板上一样。他们松了口气，知道这位"老爷"，这位好心的主人，对他们没有恶意，不像他们所担心的那样要再提高佃租，而是——好稀奇：他们尴尬地摇了摇头——想跟他们谈论上帝，自始至终谈论上帝。亚斯纳亚波利亚纳的这些善良的农民想到他曾经做过的事，这位伯爵老爷，他开办过学校，还亲自给孩子上过一年课（后来他不感兴趣了）。不过现在他想要干什么呢？他们心怀疑虑地侧耳倾听他的话，因为事实上，这个伪装的虚无主义者正像一个奸细挤到"人民"身边，去探明人民向上帝进军必不可少的战略。

但这种强制性的调查是有利于艺术和艺术家的——托尔斯泰的最优美的传奇故事应该归功于那些乡间说故事的人，他的语言因为使用了农民的活泼而形象的语汇变得极为生动，极其柔和——但纯朴的秘密却没有学到手。早在他感情危机之前，在《安娜·卡列尼娜》出版的时候，陀思妥耶夫斯基就颇有远见地谈到过体现托尔斯泰的人物列文："像列文这样的人，只要他们愿意，他们就可以与人民共同生活，但他们绝不会成为人民的一员，因为他们自命不凡，有意志力，变化无常，不能理解和实现到人民中去的愿望。"这位天才的幻想家用心理学的平射击中了托尔斯泰意志变化的核心，同时也揭露了强制行为。这种变化不是出自天生的血缘的爱，而是出自灵魂灾难开始时期托尔斯泰与人民结合的兄弟情谊。因为，即使他故意装出愚钝和土气，这位大智者托尔斯泰也不能培植起狭隘的农民思想，以取代他那广阔的包罗万象的对生存的解释，也不能强使这样一种真理精神完全变成一种混乱不堪的盲目信仰，像魏尔兰①那样突然在房间里跪下来祈祷："我的上帝，赐我以纯朴吧！"于是胸中就长出恭顺的闪着银光的幼芽——这是不够的。一个人必须永远首先是成为他所供认的那样的人；不论是通过对同情的神秘崇拜建立与人民的联系，还是通过诚笃的宗教信仰使良心得到宽慰，都不能像接通电流那样一下子就在内心中实现。穿农民的袍子，喝格瓦斯，收割庄稼，所有这一切与农民等同的外表的形式都可以像玩似的，甚至在双重意义上嬉戏似的轻而易举地实现——但精神绝不会变愚蠢，一个人的清醒意识绝不能像拧小煤气火苗似的任意变弱。他的精神的光度和警觉始终停留在一个人天生不变的程度上。它是控制他的意志的力量，因此也就是超出我们的意志的力量。甚至在这种力量的至高无上的义务里人们感到的威胁越强烈，它的火苗就冒得越剧烈，越不安定。一个人不能通过招魂活动跳过他天生认识尺度的一级，他的智力也不能借助一次突然的意志行为向纯朴退回一级。

托尔斯泰这位博学而有远见的奇才不可能不在短时间内认识到，要把他的复杂的思想降为一种空白的单纯，即使像他这样意志无比坚强的人一夜之间也是办不到的。除了他本人谁也没说过（当

---

① 保罗·魏尔兰（1844—1886），法国象征派诗人。

然是在以后）这样的妙语："用暴力对抗精神，就像捕捉阳光一样，只是空想而已；不管人们怎样遮盖阳光，阳光总要从上面照过来。"他不能长久地欺骗自己，他的粗暴的、斗士般的、自以为是的主人才智无力做到持久的愚钝的谦卑。农民确实也从来不会把他视为他们中的一员，他穿着他们的衣服，表面上具有他们的习惯，但世人从来没有不把这种行为理解为一种伪装。恰恰是他最亲近的人，他的夫人，他的子女，老奶奶，他的真正的朋友（不是托尔斯泰派分子），从一开始就困惑而不满地把"俄罗斯人民的这位伟大的作家"（屠格涅夫在临终前曾这样呼唤他回到艺术中来）的这种神经质的强制走向下层的愿望，视为钻入违背其天性的无文化教养的领域。他自己的妻子，他的思想斗争的悲惨的牺牲者，当时对他说过这么一句最有信服力的话："从前你说你不得安宁，因为你没有信仰。为什么现在你说你有了信仰，还不愉快呢？"——这真是一个简明易懂的、无可辩驳的论点。自从改信大众神以后，在托尔斯泰那里没有任何东西可以说明他在这个信仰里找到了精神的安宁。相反，人们总有这样的感觉，只要他谈论他的教义，他就把他的信念的不可靠性变成明显的可靠性。托尔斯泰所有的行为和言语偏偏在那个皈依上帝的时期具有一种令人不快的高喊的调儿，多少有些夸耀，像在争吵，很粗暴，十分笃信宗教。他宣讲基督教教义，跟吹长号没有两样，他的屈从有如孔雀开屏。谁的听力敏锐，谁就会在他的自我贬抑的过火行为中感觉到托尔斯泰旧时的某种矜持，不过现在这种矜持变成一种以新的屈从为特点的黑白颠倒的自豪了。我们可以读一读他的忏悔中的著名段落，在这里他想通过咒骂和毁谤他自己过去的生活来证明他皈依宗教："我在战争中杀过人，我参加过决斗，我在赌博中挥霍过从农民那里勒索来的财富，我残酷地惩罚过他们，我曾与轻浮的女人通奸，并欺骗过我的部下。说谎、掠夺、私通，各种各样的醉酒和耍野，每一种无耻的勾当，我都干过，没有一种罪行我没犯过。"为了不让任何人宽恕他作为艺术家所犯的这些所谓罪行，他在他的喧嚣不止的教会成员的忏悔中继续说道："遇到这种时候，出于虚荣、贪欲和傲慢，我便开始写作。为了获得荣誉和财富，我不得不压制我心中的善，使自己堕入罪恶。"

这是认罪者说出的很极端的话。诚然，这些话的道德的激情令人震惊。但是，说心里话，过去是有过那么一个人，这个人确实就是列夫·托尔斯泰，难道因为他在战争期间尽职尽责地服役于炮兵连队，或者说在他独身时作为一个强壮的男子汉有过放荡的性生活，他就可以根据这种自我谴责把自己鄙视为"一个低级的有罪的人"，一个像他在贬低自我的狂热中自称的"虱子"吗？这样，一个过度兴奋的良知出于对屈从的自豪不惜任何代价为自己编造了种种罪恶，跟拉斯柯尼科夫①里的那个家仆臆想杀人相似，一个自白狂的灵魂为了证明自己是基督徒，把根本不存在的罪过"当作十字架背在身上"——不是早在这时怀疑就产生了吗？托尔斯泰的这种证明自己的愿望，这种精神紧张、慷慨激昂、小贩叫卖般的贬抑自我，不正揭示了在这个被震撼的心灵里不存在或还不存在一种冷静

————————

① 陀思妥耶夫斯基长篇小说《罪与罚》的主人公。

的、呼吸匀称的屈从，甚至有一种危险推移的颠倒黑白的虚荣吗？总之，这样的屈从所表现的并不是屈从，相反，这除了是反激情的苦行僧式的斗争，不可能是任何别的更大的激情。在心灵里刚刚出现一点点还很渺茫的信仰火花，这个性急的人便想立刻用它点燃全人类的心，这很像那些日耳曼民族的野蛮领主，他们受洗礼时头上刚刚沾上点水，立刻就拿起斧子，想要砍倒他们一直视为神圣的橡树。如果信仰意味着在神的精神里休憩，那么这个极端性急的人就从来也不是一个有耐性的信徒，这个热情似火不知满足的人从来都不是一个基督徒，只有人们把虔信宗教的渴望称为宗教的时候，这个求神者，这个永远不安宁的人才能算做信徒。

正是由于一种信念只取得了一半的成功，只达到了渺茫的自由，托尔斯泰的精神危机才象征性地超出个人经历的范围，成为永远值得深思的例证：即使在这个意志力坚强的人这里也无法一下子就能改变他的天性的原始形态，不能通过意志行为把他固有的特性翻到相反的方面去。我们的生活已安排好的形态虽然能够容忍改善、磨平和变得更尖锐，伦理方面的热情也许能够通过自觉的艰苦的工作提高我们身上的道德品性，但绝不能抹去我们性格特征的基本轮廓，从而按照另一种结构体系重造我们的肉体和精神。如果托尔斯泰认为，人们可以像戒烟那样摒弃个人主义，或者人们可以赢得爱，可以"强求到"信仰，那么，在他身上，巨大的近乎狂热的努力正好与极其微小的成果形成了尖锐的对立。因为没有什么东西可以证明，托尔斯泰这个一遇到有人哪怕稍稍反对时就两眼冒金星的易怒的人，当时由于发生了巨大的精神上的转变立刻就成了一个好心的、温柔的、充满爱的、热心公益事业的基督徒，一个"上帝的仆人"，一名修道士。他的"转变"也许改变了他的观点，他的看法，他的言语，但并没有改变他最内在的本性——"按照你所应遵循的规律，你只能是这个样子，你不能摆脱你自己。"（歌德语）同样的不愉快和同样的自我折磨的狂热在"觉醒"的前后笼罩着他不安的灵魂：托尔斯泰天生就是不知满足的人。正是由于他一向没有耐性，上帝才不立刻"赠"他以信仰，他不得不不断地奋斗三十年，直到生命的最后一刻。他的大马士革之行不是在一天之间，也不是在一年之内完成的，直到呼吸快停止的时候，托尔斯泰也没有找到满意的答案，也不满足于任何一种信仰，直至生命的最后一刻他都觉得生命是极为壮丽极为可怕的秘密。

因此，托尔斯泰就没有给他的关于"生命"意义的问题找到答案，他朝着上帝所做的热心奋力的跃进也没有成功。但对一个艺术家来说，如果他没有成为制造冲突的行家，任何时候都是有救的，他可以把他的苦难从自身抛向人类，把他灵魂的问题变成世界的问题，于是，托尔斯泰也就把他精神危机的个人主义的惊呼"我将变成什么人？"提高到范围巨大的惊呼"我们将变成什么人？"因为他不能相信他自己的固执的思想，所以他想说服别人。因为他自己不能改变自己，所以他就试图改变人类，一切时代的一切宗教都是这样产生的，一切世界的改善（正如那位看透一切的尼采所说）都是由于一个处在灵魂危机中的人要"摆脱自我"而得到实现的。把这个严重的问题从自己心中排除出去，反过来把它推给大家，把个人的不安变成了世人的不安。托尔斯泰没有成为虔诚的方济各派基督徒，从来都没有，这个无比热情的人，他有一双不可欺骗的眼睛，有一颗充满怀疑的坚强而又火热的心，但他正是由于了解没有信仰的痛苦才从事我们时代的这种狂热的试验，想把世界从虚无主义的灾难中解救出来，使世界比他本人当时更加具有信仰。使生活脱离绝望的惟一的挽救办法，便是把他的"我"移入世界。于是这个备受折磨的渴望真理的托尔斯泰的"我"，把突然感到的可怕的问题作为警告的呼唤和教义抛给了全人类。

教义及其荒谬

> 我已接近一种伟大的思想，我可以为实现它而
> 牺牲我的全部生命。这种思想便是建立一种新
> 的宗教，一种扬弃使徒信条和创伤的基督教。

青年时代的日记

一八五五年三月五日

托尔斯泰把新的四福音书的名言"勿抗恶"作为他的教义，作为他给人带来的"福音"的基石，并赋予它以创造性的解释："勿以暴力抗恶。"

这句话蕴含着托尔斯泰的整个伦理学，这位伟大的斗士以他过分痛苦的良心中全部雄辩的、道德上的激烈情绪，如此强有力地把这个投石器对准了世纪元墙，以致到了今天，在被震裂一半的房梁构架上还有震动的余波在回荡。要测出这次投掷在其全部射程中的

思想影响是不可能的。向布列斯特—利托夫斯克①进攻的俄罗斯自愿放下武器，主张不抵抗的甘地主义，罗曼·罗兰第一世界大战期间的和平呼吁，无数个别的普通人对蹂躏良知的英勇反抗，反对死刑的斗争——所有这一切孤立的，似乎毫无关联的新世纪的行动，都应该归功于托尔斯泰的福音赋予的强大的动力。今天凡是暴力被否定的地方，暴力总被当作手段、武器、权力或所谓神圣机构，无疑总是在某种借口下保护国家、宗教、种族、财产等等；凡是以人道主义的道德反对流血的地方，就是到了今天，每个道德革命者仍从托尔斯泰的权威和热情中获得一种被证实为友爱的力量。一个地方，不是教会的冷冰冰的教条、国家的权欲要求、一种运转不灵的公式化的司法部门，而是独立的良知把人类博爱精神作为惟一的道德主管部门做出最后的决定，便可以依照托尔斯泰的典范的路德式的行为处理一切，他呼吁一切有人情味的人，无论在什么情况下都只能"凭良心"明断。

托尔斯泰所指的我们不用暴力反对的是什么样的"恶"？不是别的，只是暴力本身，是绝对的暴力，不管它把肌肉藏在国民经济、国家兴旺、民族野心和殖民扩张的充满激情的破烂衣服下面，还是笨拙地把人的权欲和杀机伪装成哲学和祖国的思想，我们都不要上当受骗，即使具有最迷人的理想化的形式，暴力行为也永远不是服务于人类的友爱，它只能服务于某个集团扩大的自我主张，从而永远保持世界的不平等。任何暴力都意味着占有，一种拥有的愿

---

① 今称布列斯特，白俄罗斯西南部城市。

望和更多拥有的愿望，在托尔斯泰看来，财产上的一切不平等都起源于此。这位年轻的贵族老爷在布鲁塞尔并没有与蒲鲁东白白度过一段时光。在马克思之前，托尔斯泰作为当时激进的社会主义者提出这样的假设："财产是一切罪恶和一切苦难的根源，一种冲突的危险存在于财产过多者和无财产者之间。"为了保存自我，占有必须具有防守的特性，甚至具有攻击的特性。为了夺取财产，需要暴力；为了扩大占有，需要暴力；为了保卫占有，也需要暴力。这样，财产便创造了保卫自己的国家，国家又根据自己的主张组织了各种各样残忍的暴力机构，如军队，司法机构，"只用来保卫财产的整套强制性体系"，凡是适应和承认这个国家的人，都全身心地隶属这个权力的原则。不曾想，按照托尔斯泰的见解，现代的国家里那些貌似独立的、从事脑力劳动的人也都是无意中为维护少数人的占有服务的，甚至"就其真正的意义是废除国家的耶稣基督教会"也以"骗人的教义"抛弃了自己的义务，艺术家们，他们是天生的被召来充当良知的辩护人，他们是人权的辩护士，他们却在自己的象牙塔上精雕细刻，"使良知昏昏欲睡"了。社会主义企图成为治疗无法医治的顽症的医生，那些独一无二的根据自己正确的认识想要彻底炸毁这个错误的世界秩序的革命者，自己也错误地采取其敌人的谋杀手段；他们让"恶"的原则原封不动地存在，甚至还把暴力视为神圣，从而使不公正永远存在。

就这种无政府主义的要求而言，国家的和我们现在合法的社会制度的基础完全是错误的，腐朽的；因此，托尔斯泰激烈地反对政府形式一切民主的、博爱的、和平主义的和革命的改良，认为这一切都是徒劳无益的，不充分的。把民族从暴力的"恶"中解救出来，不能靠杜马，不能靠议会，更不能靠革命；一座基础摇摆不稳的大厦是不能依靠支撑保持下去的，人们只能废弃它，再造一座新的。但是现代的国家是建立在权力思想上，不是建立在博爱思想上；因此，在托尔斯泰看来，现代的国家无可挽回地注定要灭亡，而一切社会的、自由主义的修修补补只能延长它的垂死挣扎。不是必须改变人民和政府之间的国家公民关系，而是必须改变人本身：一种内心的亲密联系，不是通过国家政权的强制压力，而是必须通过友爱才能使各民族联合得到加强。但是只要这种宗教的、伦理的博爱精神还没有代替受压制国民的当代的形式，托尔斯泰就只能从个人良知看不见的秘密的角度来解释真正的道德。因为国家与暴力是同一的，所以一个有道德的人就不能与国家协调一致。迫切需要的是一次宗教的革命，是每个有良知的人与一切暴力团体断绝关系。因此，托尔斯泰便坚决置身于国家形式之外，声明自己在道德上不受良心之外的一切义务要求的约束。他否认自己绝对从属于某一民族、国家、对某一个政府的臣服关系，他自动退出了东正教，他从原则出发放弃了向司法部门或任何一个当今社会特定结构的呼吁，以免去握这个"暴力国家魔鬼"的手。因此人们不要因为他的博爱说教的福音派温柔，因为他的带有基督徒恭顺色调的辞句，因为他完全依赖于新教精神而受蒙蔽，看不见他的社会批判中的完全敌视国家的成分。他的国家学说是最激烈的反国家学说，是自路德以来个人同新的罗马教皇神圣论和关于财产天经地义思想的最彻底的决裂。就连托洛茨基和列宁也没有超出"必须改变一切"这一论点的一步。正如让-雅克·卢梭这位"人类之友"用他的著作为法国大革命挖掘坑道，使革命从这些坑道把封建王国抛上天，至今还没有一个俄国人比托尔斯泰这位激进的革命者更强烈地动摇过沙皇制度、资本主义制度的基础。在我们这里由于受到他那主教式的胡子和他的教义的特定的油滑性的迷惑，人们总是喜欢把他看成温柔可爱的使徒。总之，像卢梭对待无套裤汉一样，托尔斯泰无疑也会对布尔什维主义的方法十分愤怒，因为他憎恨党派——"不论哪个党派取得胜利，为了保持政权，它不仅必定使用现有的一切暴力手段，而且还要发明新的暴力手段"。在他的著作中曾有过这样的预言。但是一种诚实的历史叙述终将证明，他是这种历史叙述的最好的开路先锋，一切革命者的任何炸弹都不曾像这位奇人和伟人奋起反抗沙皇、教会和财产这些他祖国的貌似不可战胜的势力一样，在俄国产生过这样具有破坏性的作用和动摇权威的影响。自从这位最杰出的诊断医生发现了我们的文明结构这个隐蔽的错误构筑，也就是说我们的国家大厦不是建立在人道主义精神，即人的联合体基础上，而是建立在暴行即控制人的基础上，三十年来他一直通过不断更新的攻击方式把巨大的伦理的冲击力量对准沙俄的世界秩序。他是革命当中不想革命的温克尔里德，是社会的甘油炸药，是起破坏和爆炸作用的不可抗拒的原始力量，从而也就不自觉地成了他的俄罗斯使命的代表。因为一切主张建设的俄罗斯的思想，首先必须是激进的，必须进行彻底的破坏。因此，在俄罗斯的艺术家里没有一个不是先跳进无光无路的虚无主义漆黑的坑道里去，然后才出于炽热的兴奋的绝望，热情地重新获得新的信仰，就不是偶然的事了。

这位俄国的思想家，俄国的作家，俄国的实干家，处理问题不像我们欧洲人总是通过犹豫不决的改良，抱着十分虔诚地等待适应的谨慎态度，而是像一个伐木者怀着进行危险试验的亚当的摧毁一切的精神那样干脆。有一个名叫罗斯托普钦①的人，出于此后胜利的考虑，毫不犹豫地烧毁了整个莫斯科这座世界名城。托尔斯泰——在这方面与萨沃那罗拉②相似——也毫不犹豫地把艺术、科学等人类的全部文化财富投到行刑柴堆烧毁，仅仅是为了证明一种新的更好的理论的正确。很可能是，这位宗教的梦想家托尔斯泰从未意识到他的破坏圣像运动的实际后果，也许他从来就没敢仔细计算过这样一座高耸云霄的世界大厦的突然倒塌会同时夺走多少尘世间的生灵——他只不过以他的信念的全部精神力量和坚韧不拔的精神摇撼了一下这个社会的国家大厦的支柱。要是这样一个参孙伸出他的拳头，最大的屋顶也会倾斜和东倒西歪。因此后来关于托尔斯泰在多大程度上赞同还是反对布尔什维主义的彻底变革的一切争论，面对这样的赤裸裸的事实都是多余的：没有什么东西比托尔斯泰为反对豪富和财产而进行的狂热的劝人忏悔的布道，像他的小册子有如爆破筒，像他的论战文章有如炸弹这样强劲地从精神上推动俄国的革命。这个时代没有一种批判在广大民众中发生过如此震惊灵魂、颠覆信仰的影响，尼采的批判也没有这样大的影响，他作为一个德国人总是把矛头指向那些有文化教养的人，并且由于其诗人的酒神的

---

① 罗斯托普钦（1763—1826），俄国政治家，一八一二年任莫斯科总督，据说当年火烧莫斯科是他的主张。
② 萨沃那罗拉（1452—1498），意大利传教士、宗教改革家。

遣词造句风格而与任何群众的影响相隔绝。一反自己的愿望和意志，托尔斯泰的方座头部雕像永远立在伟大革命家、政权推翻者和改变世界者的看不见的伟人祠里。

　　这是违反他的愿望和意志的，因为托尔斯泰曾经把他的基督教的宗教革命、他的国家无政府主义与任何积极的暴力的革命清楚地分隔开来。他在《成熟的麦穗》里写道："如果我们遇到革命者，我们就往往会误以为我们的观点和他们的观点是一致的。他们，还有我们都号召：取消国家，废除财产，铲除不平等以及其他。尽管如此，这里还是存在一个巨大的区别：对基督徒来说根本就没有国家，而那些人则是想要消灭国家。对基督徒来说根本就不存在什么财产，那些人则是想要废除财产。对基督徒来说人人都是平等的，那些人则是想要铲除不平等。这些革命家从外部与宗教进行斗争，但基督教根本不进行斗争，基督教是从内部破坏国家的基础。"我们看到，托尔斯泰不想以暴力消灭国家，而是想通过无数个人的不反抗精神缓慢地削弱国家的权威，其过程是一个分子一个分子地，一个个体一个个体地长时间避开国家的包围，直到最后国家机构因失去力量而自行解体。但最终的效果却是一样的：铲除一切权威。而托尔斯泰一生都是热情地为此而努力的。不过他同时也想建立一种新的制度，一种取代国家的国家教会，一种更人道的更友爱的生活宗教，一种昔日新兴的原始基督教义的福音派，托尔斯泰基督教义的新教。但在评价这种正在建设中的精神成果时，必须——无比诚实地——把这位文明批评家、人间慧眼奇才托尔斯泰，和苍白的有缺陷的任性的没有坚持性的道德家、思想家托尔斯泰截然分开，要知道，托尔斯泰在教育工作方面不再像六十年代那样只想把亚斯纳亚波利亚纳的青年农民赶到学校里去，而是想要使全欧洲牢牢记住惟一"正确"生活的重要常识，牢牢记住这个具有惊人的粗心大意的哲学思想的真理。只要这个天性没受到过鼓励的人坚持留在他的感性世界里，用他超群的器官分析人性的结构，他就会受到无限的尊重。但是，一旦他要飞快地无所约束地钻到形而上学的东西里去，他的感官在那里再也抓不到、看不到和吮吸不到什么，所有这一切触角都在这里毫无目的地在虚无中摸索，谁都会对他精神的迟钝感到吃惊。不，这里划定的界限还不够明确，作为理论的系统的哲学家，托尔斯泰，像与他相反的天才尼采作为作曲家一样令人惋惜的自欺欺人。正如尼采的音乐感在语言的音韵里是卓有成效的，但在独立的音域里，也就是在作曲方面，几乎是毫无作为，托尔斯泰的非凡的智力一经大胆地超越感性批评领域进入理论领域，进入抽象的事物中，也立刻僵化。人们可以在每一篇著作里触摸这种分界和铆合点。譬如，在他的社会问题论战文章《那么我们该怎么办》里，第一部分根据自己的见闻如此卓越地描述了莫斯科的那些简单破败的住房，几乎使人气闷得透不过气来。作为对人间对象的社会批判，从来没有，或者说那时几乎没有比他对那些破屋和丧失希望者的描述更加出色的了。但在第二部分里，空想主义者托尔斯泰从确诊转向治疗，并想以教训的口吻讲那些就事论事的改良建议，每个概念立刻就变得含混不清了，所有的轮廓都被抹去，所有的想法都被说得一钱不值。托尔斯泰越大胆地向前冲，这种混乱便随着一个个问题的出现而增长。天晓得他要冲出去多远！他没有受过任何哲学方面的教育，却以一种惊人的无畏精神在他有关宗教的论文中论述一切以星链悬在可望而不可即的所在的、永远地解决不了的问题，使这些问题像明胶那样"溶解"成液态。正如这位性急的人在他的精神危机时期想要快得像披上一件毛皮大衣一样，给自己披上一种"信仰"，一夜之间就变成基督徒和恭顺的人，现在他在这些有关世界教育的论文中也想要"翻掌之间生长一片森林"。他本人在一八七八年还绝望地大喊过"我们全部的尘世生活都毫无意义"，但三年以后他的万能神学却能解决我们的一切世界之谜了。诚然，在这些仓促建立的结构方面的各种矛盾必定会干扰思想敏锐的思想家，因此，托尔斯泰便坚持不懈地塞起耳朵进行宣讲，突破一切前后矛盾之处，并且认为一切问题都得到了彻底的解决，仓促得令人生疑。他觉得他的信仰总该不断地得到证明，这是一种多么没有把握的信仰啊！一旦缺乏论据，就立刻拿《圣经》的话作为最后的绝对不可辩驳的结论，这是多么缺乏逻辑和严密性的思想啊！不，不，不——人们不可能断然确定托尔斯泰的这些教训人的宗教论文（尽管其中也有一些确实很精彩的细节）——比较鲁莽地说——属于世界文学中最令人不快的泽诺特派小册子之列，它们是一种仓促混乱、高傲固执甚至不诚实的思想的令人恼怒的实例——在这位追求真实的托尔斯泰身上给人这样的印象，真是令人震惊。

事实上，托尔斯泰这位绝对真正的艺术家，这位高尚的典范的伦理学家，这个伟大的甚至神圣的人，作为一个理论性的思想家演了一出不诚实的坏戏。为了把整个精神无限的世界装到他的哲学的麻袋里，他开始表演出一场拙劣的杂耍演员的把戏，就是说，首先把一切问题简单化，直至这些问题像纸牌一样薄而便利。他先极简单地确定这个是人，接着便确定那个是善、恶、罪、性欲、博爱、信仰。然后他很快活地把这些纸牌混杂在一起，抽出"爱"当王牌，你瞧，他赢了。在尘世的短暂的时间里，这场全世界的赌赛，这场无限的不可解决的、世世代代千百万人所寻求的赌赛，在雅斯纳雅·波良纳的这张写字台上解决了。而这位老人也感到惊异了，他的眼睛射出天真无邪的光，他那干瘪的嘴唇绽出愉快的微笑，他赞叹不已，"原来一切是多么简单啊！"实在是不可思议，现今已在千百个地方千百具棺材里躺了上千年的一切哲学家，一切思想家，如此绞尽脑汁多方面而又痛苦地探索，却没发觉"全部真理"早已像阳光那样明亮地赫然写在福音书里，当然先决条件是：人们要像列夫·尼古拉耶维奇一样，在主的一八七八年，"自十八世纪以来第一次正确理解"，并最终使神圣的福音书扬弃这类"粉饰之词"。（说实话，他竟一字一句地说出这样的亵渎神明的话！）现在，一切人的辛劳和困扰都结束了，现在人们必须认识到，生活是何等无与伦比的简单：有什么来干扰，就断然把它扔到桌子底下去，干脆废除国家、宗教、艺术、文化、财产和婚姻，这样一来，恶与罪就永远解决了。如果每一个人都亲手犁田，烤面包，缝靴子，那就不会再有国家和宗教了，世上就只有神的纯洁的天国了。于是，"神便是爱，爱便是生活的目的"。也就是抛弃一切图书，不再思想，不再创造产品，只要"爱"就够了，而且"只要人们想要什么"，一切明天都能实现。

如果有一个人复述托尔斯泰世俗神学的这些赤裸裸的内容，他看上去似乎是过甚其词。不过，遗憾的是，他自己在改变信仰的热情中就是这样令人不快地夸大其词。他生活的基本思想，这种无暴力的神圣信条，是多么美好，多么明确，多么不可抗辩啊！托尔斯泰要求我们大家宽容，要求我们具有一种精神上的恭顺。他提醒我们要避开社会各阶层日益增长的不平等所引起的不可避免的矛盾，要我们自愿地从上面开始革命，抢在自下进行革命的前面，要通过及时的原始基督徒的让步精神消除暴力。富人应该放弃他的财产，知识分子应该丢掉他的傲气，艺术家要走出他们的象牙塔，通过理解来接近人民，我们应该克制我们的激情，克制我们的"动物本性"，摒弃贪欲的获取，在我们的内心中发展给予这一神圣的能力。这是崇高的要求，诚然，这正是世上一切福音派提出的古老的永恒的要求，是为了人类的提高永远需要重新提出的要求。但托尔斯泰过分性急，他不像那些笃信宗教的人那样满足于把这些要求设定为个人的最高的道德标准。这个高傲的性急的人愤怒地要求自己和大家立刻都变得温顺谦卑。他要求我们立刻按照他的教义的指令放弃、献出、牺牲一切，从而使我们在感情上联系在一起。他，一个六十岁的人，要求青年人节欲（而他自己作为男人从未进行过节欲），要求脑力劳动者对艺术和理性的东西表示冷漠甚至鄙视（而这却是他为之献出一生的事业）。为了十分迅速地、如闪电般快地证实我们的文化正在像毫无价值的东西一样消失，他抢起拳头愤怒地摧毁了我们整个的精神世界。仅仅是为了使我们觉得彻底的禁欲主义更诱人，他鄙弃我们当代的全部文化，我们的艺术家，我们的作家，我们的技术和科学。他采取最粗暴的方式夸大其词，散布弥天大谎，确切地说，他总是首先咒骂和贬低自己，以便无拘束地攻击所有的其他人。这样一来，他便以最粗野的强词夺理的方式败坏了最高尚的伦理学的意图，简直没见过比这更无节制的夸张，比这更粗野的欺骗。或者说，有谁真的相信，这个天天有私人保健医生听诊和陪护的列夫·托尔斯泰确实把医学和医生看成"不必要的东西"，把阅读视为"罪过"，把整洁看成"多余的奢侈"？托尔斯泰的作品能摆满一书架，他真的像一个"无用的寄生虫"、一个"蚜虫"一样度过他一生的吗？他真的像他自己如下描述的这样以诙谐夸张的方式度过他一生的吗？"我吃饭，我闲谈，我听别人说，我又吃饭，我写作，我读书，这就是说，我自己讲，我又听别人说。然后我再吃，我玩，我又吃，我又说，然后我再吃，我上床睡觉。"《战争与和平》和《安娜·卡列尼娜》果真就是这样产生的吗？一个人刚一弹起肖邦的奏鸣曲，他就不住地流泪，难道音乐对他，就像对目光短浅的贵格会教徒一样，真的只不过是魔鬼的风笛吗？他真的认为贝多芬是一个"肉欲的引诱者"，莎士比亚的戏剧是"纯粹的胡闹"，尼采的著作是"拙劣的花里胡哨的闲扯"？或者说真的认为普希金的作品"好处是可以让老百姓拿来当卷烟纸"吗？他比任何人都为艺术做出了更辉煌的贡献，他就当真认为艺术只是"闲人的一种享受"，他真的认为裁缝格里沙和鞋匠彼得的评判与屠格涅夫和陀思妥耶夫斯基的评价相比具有更高的美好价值吗？他本人年轻时就是一个不知疲倦的寻花问柳的人，结婚后跟他妻子生了十三个孩子，他现在当真相信，受了他的教条的影响，每个青年都会突然变成禁欲主义者，把自己阉割了吗？我们看到，他，托尔斯泰像一个狂人似的夸海口，昧着良心夸夸其谈，为的是让我们觉察不到他是以说大话的方式来掩盖他的"证据"不足。不过有时好像有一种预感：这种喧嚣的无稽之谈恰恰是由于他的过分夸张，而使他本人悟到了他的思想批判基础的薄弱。"对人们接受或认真地讨论我的论证，我不抱希望。"有一次他这样写道，而且说得实在太对了，因为人们在世时不会与这个所谓的宽容者进行讨论的。——"谁也不能说服列夫·托尔斯泰。"他的妻子叹着气说。"他的自尊从来都不容许他承认错误。"他最好的女友这样写道。——人们认真地为贝多芬和莎士比亚辩护而反对托尔斯泰，是毫无意义的：凡是爱戴托尔斯泰的人，最好是在这位老人明显暴露自己逻辑弱点时转过脸去。一个态度严肃的人一秒钟也不曾想过，真的按照托尔斯泰的这种神学的教条，像拧开煤气阀一样突然扭转两千年来提高生活文明水准意义的斗争，把我们的最神圣的文化财富抛到垃圾堆里去。因为我们的欧洲刚刚产生了思想家尼采。只有精神的欢乐才能使我们欧洲这苦难的大地变得十分舒适，天晓得，这样一个欧罗巴是没有兴致突然按照一种道德指令使自己迅速变成农民，变得单纯憨厚，实现蒙古化，顺从地爬进蒙古包，发誓把过去美好的精神文化当作"罪恶的"错误抛开。过去和将来人们永远都心怀崇高的敬意，不把典范的伦理学家、勇敢的良心卫士托尔斯泰跟他的毫无希望的尝试混为一谈——这种尝试就是把神经病危象变成世界的表现，把一种更年期恐惧变成国民经济学现象。我们要求永远把来自这位艺术家英雄般生活的道德方面的冲动，同这位逃到理论中的老人那种愤怒农民的文明驱魔术区分开来。托尔斯泰的严肃认真和客观公正以无可比拟的方式使我们这一代人的良知得到了深化。但他的精神沮丧的理论却是对生活欢乐的戕害，是要我们的文化退回不可能重建的原始基督的一种僧侣禁欲主义的愿望，这简直就是一个不再是基督徒因而是超基督教的人臆想出来的。不，我们不相信，清心寡欲可以决定整个一生，不相信我们应该从血管里放出我们的纯属尘世激情的鲜血，只让义务和《圣经》箴言压在我们的心上。我们不信任对产生振奋人心的欢乐的力量一无所知的占卜者，他只会故意使我们自由的感官娱乐和最崇高最愉快的艺术变得贫乏和暗淡无光。我们不愿意交出任何精神和技术的成果，不愿意再交出我们西方国家遗产中的任何东西，什么也不愿意交出：不愿意交出我们的书，我们的画，我们的城市，我们的科学，不愿为某种哲学论断，更不愿意为使我们倒退到草原和精神迟钝中的落后的消沉的哲学，交出一星半点我们感性的、看得见的现实的东西。我们不为天国幸福用我们今天生活纷繁的丰富多彩来换取某种狭隘的纯朴：我们宁愿"有罪"也不愿愚蠢和对《圣经》百依百顺。因此，欧洲便干脆把托尔斯泰的这一套社会学理论放进了文献柜里。虽然对他典范的伦理学意志十分尊敬，但不仅今天而且永远抛弃了他的那一套东西。因为倒退的东西和反动的东西，即使具有最高的宗教的形式，即使包含一种十分美好的精神，也绝不可能是创造性的，凡是来自迷乱的个人灵魂的东西，永远也解决不了世界灵魂的难题。因此要最后再说一遍：托尔斯泰是我们时代的最强有力批判的翻耕者，但他并没有用一个种子变成我们欧洲未来的播种者，而在这里，他却是完全的俄罗斯人，他的种族和他这一代人中的天才。

诚然，用神圣的不安和无情的追求受苦彻底挖掘和暴露一切道德的深义，这是上一个世纪俄罗斯人的思想和使命。因此，对俄罗斯的天才艺术家集体的精神成就我们总是无限地崇敬。如果我们对某些东西的感觉更深刻，如果我们对许多东西的认识更果断，如果我们能用比以前更冷峻、更悲苦、更无怜悯心的目光注视时代的问题和人的永恒的问题，那么，我们就应该为此感谢俄罗斯和俄罗斯文学，也感谢他为超越旧的真实走向新的真实而心怀的一切创造性的焦虑不安。所有俄国人的思想都是精神的发酵，是不断膨胀的将要爆炸的力量，但不是像斯宾诺莎、蒙田和几位德国哲人那样是精神的阐释；俄国人的思想对世人内心的扩大有很大的帮助。没有一个新时代的艺术家像托尔斯泰和陀思妥耶夫斯基这样深地挖掘我们的灵魂。但他们二人都不曾帮助我们建立一种新的制度。只要我们试图把他们自己的混乱思想，内心深不可测的混乱思想，当作世界思想发泄出来，我们就摆脱他们的答案。因为托尔斯泰和陀思妥耶夫斯基二人为了逃离个人对已被发现的不可逾越的虚无主义的惊恐，逃离一种原始的恐惧而进入一种宗教的反动。为了不跌进自己内心的深渊，二人像奴隶似的紧紧地抓住基督徒的十字架，在一段时间内使俄罗斯世界布满乌云。这时尼采的涤荡一切的闪电击破了整个旧的胆怯的天空，像放一把神圣的锤子一样把对自己力量和自由的信仰放在欧洲人的手里。

　　这是奇妙的活剧：托尔斯泰和陀思妥耶夫斯基这两位俄罗斯祖国最强有力的人，他们俩被世界末日的恐惧所震慑，突然从他们的作品中惊醒过来，二人高举着同一个俄罗斯的十字架，二人都充当一个正在沉沦的世界的拯救者和解救者，呼唤着基督，各人呼唤着各人的基督。像两个发狂的中世纪的僧侣，他们每个人站在各自的讲坛上，在生活中和精神上相互怀着敌意。——陀思妥耶夫斯基，是死硬的反动分子和专制制度的辩护士，他鼓吹战争和恐怖，疯狂地陶醉在超常增长的势力中，他是沙皇的奴仆，然而正是沙皇把他投进了监狱。他是一个帝国主义的、想要征服世界的救世主的崇拜者。托尔斯泰与他相反，托尔斯泰以同样的狂热讥笑前者所赞扬的东西，像前者令人惊异的卑躬屈膝一样，是令人惊异的无政府主义者，他公开谴责沙皇是杀人犯，教会和国家是窃贼，他诅咒战争，但同样也在嘴上挂着基督，手里捧着福音书——不过，二人都是出于一种受震惊的灵魂神秘莫测的恐怖，像反动分子那样把世界拉向倒退，使它处于恭顺和麻木的状态。这两位人物的心中必定存在着某种无知的预感，于是他们就大声疾呼地把他们关于世界末日的恐惧撒向他们的民族，这是一种关于世界毁灭和最后审判的预感，一种预见到他们脚下的俄罗斯大地正孕育着巨大震荡的先知先觉——因为，如果不是这样的震荡，有什么会造成贫穷和作家的使命，使他像先知似的预感到时代中闪光的东西和云团里的惊雷，使他由于转生的阵痛而极度紧张、十分痛苦？二人都是忏悔的召唤者，都是愤怒的过分相信爱的预言家。他们都在悲惨的光照下站在世界毁灭的大门口，试图再一次击退这已飞在空中的怪物，我们这个世纪再也看不见的《旧约》中的巨大形体。

不过，他们只能预见在变化中的东西，却不能倒转世界的进程。陀思妥耶夫斯基讥笑革命，但紧挨着他的送葬行列之后，爆炸了一颗想把沙皇炸成碎片的炸弹。托尔斯泰谴责战争，要求尘世间的爱，但埋葬他棺木的土地还没长出四次青草，最可怕的兄弟残杀便污损了这个世界。他的人物形象，他的艺术的那些自我诋毁者，将超越时代生存下去，但他的教义却被第一阵呵气和轻风吹得烟消云散了。他没有经历过他的天国的崩溃，但他一定已经预感到了，因为在他生命的最后一年，他安静地跟他的朋友们坐在一起时，仆人拿来一封信给他，他展开信读道：

"不，列夫·尼古拉耶维奇，我不能赞同你的这种观点：人与人的关系仅只通过爱就能改善。只有受过良好教育的永远饱食的人才能说出这种话。面对那些挨饿受冻、一生都在专制暴君的桎梏下做牛做马的人，您想提出什么呢？他们将进行斗争，将努力摆脱奴隶制度。在您临死之前我要对您说，列夫·尼古拉耶维奇，世界将在血泊里窒息，人们将不止一次地不分血统地把老爷们和他们的子女打死，撕成碎块，让地上的人再也看不见他们做恶。我感到遗憾的是，您不会经历这个时代了，您本人不会亲眼看见您的错误了。我希望您平静地死去。"

没有人知道这封远方闪电般的信是谁写的。是托洛茨基，是列宁，还是那些腐烂在要塞里的无名的革命者之一，我们永远也不会知道。也许在这个时刻托尔斯泰已经明白了，他的教义已成为反现实的清烟和废物，人们中这种混乱而疯狂的热情在任何时候都比友爱和善更强而有力。根据在场者的叙述，他的面孔此刻变得很严肃。他拿起信，若有所思地走向他的房间，一种冷静的预感在他老迈的脑海里盘旋。

为教义的实现而斗争

写十卷哲学著作比在实践中贯彻一条原则还容易。

日记，一八四七年

在列夫·托尔斯泰那些年天天翻阅的福音书里，他会不无震惊地读到这句有预见性的话：种风者收获风暴。因为这种命运现在正充满着他自己的生活。一个举世无双的人，至少一个强有力的人，从来也不会在不赎罪的情况下把他精神的不安抛到世界上去：这种骚动不安是以反撞击的方式千百次地撞击着他的胸膛啊。今天，在讨论早已冷下来的时候，我们根本不会再去评断，托尔斯泰的福音第一次喊出时在俄罗斯乃至全世界点燃起多么狂热的期望：一种精神的骚动必定会强有力地唤醒全体人民的良知，政府害怕这种颠覆性的影响，赶紧禁止托尔斯泰的这些论战性的文论，也是白费气力，这些文论用打字机打好复印出来，悄悄地从一个人的手里传到另一个人的手里，它们在国外出版再被偷运进来了；托尔斯泰越勇敢地攻击传统制度的要素——国家、沙皇和教会，越热情地要求人类的一种更美好的世界秩序，人类对每个救世福音敞开的心便越像潮水般地转向他。尽管有铁路、收音机和电报机，尽管有显微镜和一切技术的魔力，我们的道德世界却仍然像基督、穆罕默德或佛陀的那些年月里一样保持着同样的救世主对更高道德境界的期望。在永远希求奇迹的大众的灵魂里总活跃着一种对引路人和导师的不断更新的渴望。因此，当一个人，一个单一的人，向人类提出一种许诺时，他就总要触动这种渴求信仰的神经。一种积聚起来的无限的牺牲精神则促使每个有勇气的人挺身而出，大胆地说出最有责任心的话：我懂得真理。

　　因此，托尔斯泰刚刚宣布他的使徒般的福音，在整个俄罗斯就有千万双灵魂的目光转向他。《忏悔录》对我们早已不仅只是一份心理学的文献，它却像圣母领报节一样使虔诚的青年一代陶醉。他们这样欢呼说：终于有一个强有力的人，一个自由的人，又是俄国最伟大的作家，把至今只有被剥夺遗产者的抱怨的话，把半农奴私下小声说出的话，当作要求说出来了：世界当今的制度是不公正的，不道德的，因而也是不能长久的，必须找到一种更新的更好的形式。一切不满现状的人都感到有一种意想不到的推动，不过讲话的不是一个职业的、玩弄进步词藻的人，而是一个独立的不可收买的英才，他的权威的真诚是没有一个人敢怀疑的。大家听说，这个人想以其个人的生活，以其有目共睹的生活的每个行动作为榜样走在前面。作为伯爵他要放弃他的特权，作为富人他要放弃他的财产，作为财主和大人物他要第一个参加劳苦大众的无差异的劳动团体。来自这位放弃遗产者的新救世主的福音一直传到那些未受教育者、农民和粗通文字者那里。第一批青年人已经聚集起来，托尔斯泰分子教派开始一字一句地虔诚地实现其导师的格言，在他们身后则有众多的被压迫者正在觉醒和等待。于是，千百万颗心，千百万双目光，对着托尔斯泰这位宣教者燃烧，贪婪地注视着他的具有世界意义的生活的每一个行为，每一件事。"此人业已学成，他将教导我们。"

奇怪的是，托尔斯泰好像压根儿就没有觉察到他承担起了多么重的责任。不言而喻，他的目光十分敏锐，他会感觉到他作为宣告者不会只把这种生活指南停留在纸上的冷冷的字母里，而一定会当作范例在自己的生活中化为现实。但是——这是他开始时的错误——他以为，他只要通过他的生活状况象征地指出实现他的新的社会，伦理要求的可能性，时而给一点原则准备的指点，就足够了。于是，他穿上农民的衣服，使人看不出老爷和奴隶的表面区别。他在田地里挥动镰刀、扶犁劳作，同时让列宾给他画了一张画，使每个人都能够清清楚楚地看到他的情况：他正在田间劳动。"我觉得为了面包干真正的粗活并不有失体面，谁也不要为此感到没脸见人。你们瞧，我本人，列夫·托尔斯泰，正如你们大家所知道的，我没有必要这样做，我的精神成就完全可以宽恕我，我是愉快地干这种粗活的。"为了不让财产的"罪"再玷污他的灵魂，他把他的家业，他的全部财产（当时已超过五十万卢布）转给了他的妻子和家庭成员，而且拒绝继续从他的作品收取金钱或贵重物品。

他开始施舍，他把时间花在接待有求于他的低贱的陌生人身上，并且与他们通信。他以乐善好施的博爱精神对待尘世间的每一种谬误和不公正。但不久他还是认识到了，人们对他的要求是更多的，因为广大粗鲁的信徒，就是他以全部心灵寻找的那种"人民"，并不满足于那些臆想中的谦卑的精神象征，他们对列夫·托尔斯泰的要求要多得多：要完全的放弃，要彻底献身于他的苦难和不幸。永远都是殉教者的行为造就真正的信徒和信念坚定的人。因此，在任何宗教刚刚创立时，总有一个人要做出彻底的自我牺牲，从来都不是单纯的暗示和表态。托尔斯泰为了增强实现他的教义的可能性迄今为止所做的一切，都只是单纯地做做贬抑的样子，即表现出一种宗教的谦卑的象征性行为，与天主教迫使教皇和笃信宗教的皇帝所做的事没有什么两样，那就是他们总是每年一次在复活节前的星期四为十二位老人洗脚，以此表明并在人们面前指出，即使最低贱的行为也不能降低世上最崇高者的身份。正如教皇或奥地利和西班牙的皇帝通过一年一度的忏悔之举并没有放弃自己的权力，变成真正的洗脚奴隶，这位伟大的作家兼贵族老爷同样不能因为拿一小时的锥子和鞋楦就变成鞋匠，不能因为种两小时的地就变成农民，不能因为把财产转让给家里的人就变成真正的乞丐。托尔斯泰首先只是显示他的教义实现的可能性，但他并没有实行他的教义，然而人民期望于列夫·托尔斯泰的不是这么一点点，他们（出于一种深刻的直觉）并不满足于象征，他们只确信完全的牺牲。因为他的第一批追随者解释他们导师的教义比导师本人更加严谨，更加准确。因此，当他们朝拜这位自愿受穷的先知时，注意到，亚斯纳亚波利亚纳的农民正如其他贵族庄园里一样，仍然处在水深火热中备受煎熬，而他，列夫·托尔斯泰，跟以前一样在老爷的家里以伯爵的主人身份接见客人，一切说明他依然属于那些以各种手段掠夺人民必需品的人的等级，他们的心里便产生了深刻的失望。那种公开宣布的财产转托在他们看来并不是事实上的放弃财产，他不再拥有财产也不意味他已贫穷，他们看到这位作家继续享受着他迄今为止一直享有的安逸，甚至他耕田和做鞋的时刻也不能使他们信服。"说的是一套，做的是另一套，这是一个什么样的人啊？"一位年老的农民愤慨地抱怨说。而大学生和真正的共产主义者对这种教义与行为之间的模棱两可的摇摆不定批评得更加严厉。渐渐地，对他的不彻底态度的失望也攫住了他的理论的那些最坚定的追随者：书信和往往很粗鲁的攻击越来越强烈地警告他，要么更正他的讲话，要么切切实实地、不只是通过象征性的一时例证实践他的教义。

托尔斯泰听到这种呼声大感震惊，他终于认识到，他激起了多么巨大的要求，而能使他的福音具有生命力的，不是格言，而是事实，不是有鼓动性的例证，而是生活方式的彻底改造。谁作为讲演者和许诺者站在公众讲坛上，站在十九世纪最崇高的讲坛上，被刺目的探照灯照亮，受千百双目光的监视，他就必须有效地放弃一切可妥协的个人生活，他就不应该只是偶尔通过象征来说明他的信念，而需要以真正的牺牲行为作他信念的有效的见证："为了让人们听信你，你就必须通过受苦，最好通过死，来证明真理。"

为了自己的生存，托尔斯泰正面对一种他这位圣徒式空谈家从未料到的责任。托尔斯泰惶恐、战栗，不相信自己的力量，直至内心深处都惊魂不定。他背起他自己教义压在身上的十字架，就是说从此刻起他要用他生活中的每个行动彻底地说明他的道德要求，在一个嘲弄和议论成风的世界里成为他的宗教信念的一个圣洁的人。

一位圣徒，说出这个词，真是无视一切可笑已极的嘲讽。因为在我们这个清醒的时代，圣徒肯定无疑是荒谬的，不可能出现的，这是已消失的中世纪的时代错误。但每一种心理类型的象征和狂热崇拜的转换都是受暂时性制约的；每一种类型本身都一再合乎逻辑地被迫返回那种我们称之为历史的难以预测的相似类型的表演里去。人们在每个时代都必须尝试一种神圣的生存，因为人类的宗教感不断需要和创造最高的精神形式；只不过这种形式的实现必须在时代的转换期从表现上加以改变罢了。我们关于根据精神的热情使生存完全神圣化的概念，与黄金传奇的木雕人物形象和沙漠教士们的柱雕呆相没有任何关系，因为我们早已使圣徒的形象脱离了神学的宗教会议和选举教皇的主教会的判词。"神圣的"，对我们来说，今天只在于把生活完全献给一种经过考验的思想。在我们看来，神智上的狂喜，西尔斯·马利亚的那个上帝谋杀者的避世孤独，或阿姆斯特丹的那个钻石打磨者令人震惊的知足，比一个狂热的手持荆棒的自鞭教徒的狂喜一点也不差。甚至远离开一切奇迹，在打字机旁和电灯光下，在我们纵横交错、灯光闪烁、人流涌动的城市里，作为良知殉难者的精神圣徒今天也可能会有；只是我们不再需要把这种神奇和罕见的东西视为神界永无错误和人间无可指摘的东西，相反，我们热爱这些杰出的尝试者，这些恰好在其精神危机和斗争中危险的被引诱者，但最爱的不是他们不犯错误，而恰恰是他们犯错误。因为我们这一代人不会再把圣徒尊为超尘世彼岸的使者，恰恰把他们当作人们当中最具俗世特点的人。

因此，在托尔斯泰为他生活的示范形式所做的惊人的尝试中，最能打动我们心的恰恰是他的摇摆不定。他在最后的实践中因为囿于人情而陷于失败，在我们看来，要比在我们心中曾显现出的神圣姿态更令人震惊。悲剧就在这里开始了！这时，托尔斯泰肩负起了这样的英雄使命：脱离世间传统的生活方式，只实现他的良知的无时间性的生活方式。于是，他的生活便必不可免地变成一出悲剧，一出比弗里德里希·尼采的激愤和沉沦以来我们所看到的任何悲剧都更伟大的悲剧。在没有撕碎神经网络千丝万缕联系的情况下，在没有使自己和自己的亲人受到最痛苦的伤害的情况下，采取暴力摆脱家庭、贵族界、私有制和当代法律的一切内部固有的联系，是绝对不可能的。但托尔斯泰从不害怕痛苦，相反，他作为一个真正的俄国人和过激主义者甚至偏偏渴望以真正的痛苦来明确地证明他的真意。他早已厌倦了他生活的安逸；平平淡淡的家庭幸福，他的作品给他带来的荣誉，他的同胞对他的尊敬使他感到厌恶。这位富有创造精神的人内心里不自觉地渴望更紧张更丰富多彩的命运，渴望与人类原始力量更深刻的结合，渴望贫穷、灾厄和他发生精神危机以来第一次认识到的具有创造性意义的苦难。为了像圣徒那样证明他的谦卑教义的纯洁性，他愿意过最卑贱的人们的生活，没有房子，没有金钱，没有家庭，不干净，长虱子，受鄙视，遭国家迫害，被教会驱逐。他要劳乏自己的筋骨、肌肉和头脑，要知道他在自己的作品里曾把这一切描写成一个真正的人最重要、惟一孕育灵魂的生活方式：没有祖国的人，没有财产的人，命运之风总像横扫秋日落叶一样追逐这种人。托尔斯泰要求——历史这位伟大的艺术家又在这里立了一个很了不起的带讥讽意味的反命题——命运完全出自内心的意愿，而他的对立面陀思妥耶夫斯基的命运则是完全违背自己的意志的。因为陀思妥耶夫斯基经历了一切有目共睹的苦难、命运的残忍和仇恨，而托尔斯泰强烈地希望经历这种命运则是出于教育原理，出于殉难者的渴求。真正的、使人痛苦的、灼炽人心的、吸干欢乐的贫穷，像一件浸透涅索斯①毒血的衬衣紧紧地贴在陀思妥耶夫斯基的身上。陀思妥耶夫斯基像一个没有祖国的人走遍世界各国，始终疾病缠身，被沙皇的士兵绑在死刑柱上，又被投进西伯利亚的监狱，托尔斯泰为了展示自己的教义而充当殉道者所希望经历的一切，都过多地分摊在陀思妥耶夫斯基身上了，可以说没有一点一滴迫害和贫穷落在这位渴望外表看得见的苦难的托尔斯泰身上。

托尔斯泰对他的受苦的意愿什么时候都没有给予世人以可信的证明和见证。到处都有一种嘲弄和讥讽的遭遇阻挡他走上殉道精神的道路。他希望贫穷，希望把自己的财产分赠给世人，不再抽取他的著作和作品的版税。但他的家庭不准许他成为穷人；完全违反他的意志，巨大的财富在他家里人的手里不断地增加。他希望一人独处，但是荣誉使他的家充满记者和好奇的人。他希望受人鄙视，但

---

① 古希腊神话中的马人。他曾背赫拉克勒斯及其妻得伊阿尼拉过河。当他背着得伊阿尼拉过河时，企图把她占为己有。赫拉克勒斯用毒箭把他射死。临死前，他嘱咐得伊阿尼拉把他的血搜集起来，浸在衣服上，让赫拉克勒斯恢复对她的爱情。然而后来她的丈夫因穿上浸透涅索斯毒血的衣服不幸身亡。

他越咒骂和侮辱自己，越恶狠狠地贬低他自己的作品，怀疑他的正直，人们却越敬畏地追随他。他希望过农民的生活，住低矮的烟熏火燎的茅屋，隐姓埋名，不受干扰，或作为一个朝圣进香者和乞丐在街道上游荡，但他的家庭却百般地照顾他，把他公开非难的一切技术方面的舒适设备搬到他的房间里，使他感到痛苦不堪。他希望受迫害，被关押，遭鞭打——"优哉游哉地生活，我觉得很苦闷"——但政府当局却缩起利爪避开他，满足于仅仅鞭打他的追随者，把他们流放到西伯利亚去。于是他便走向极端，最后竟骂起沙皇来，以使自己最终被惩罚，被流放，被判刑，总有一天因他的信念的叛逆性而受到惩罚。但尼古拉二世却对那位进行控诉的大臣说："我请求不要去碰列夫·托尔斯泰，我无意使他成为殉道者。"托尔斯泰在晚年确实想成为他的信念的殉道者，命运却不准他成为这样的殉道者，甚至给予这个自愿受苦者一种狡黠的关怀，使他吃不到一点苦。像一个狂人在他的橡皮小房间发疯一样，托尔斯泰也在一座看不见的荣誉的监狱里晃来晃去。他瞧不起自己的名字，他憎恶国家、教会和一切权力机构，但人们却手里拿着帽子毕恭毕敬地专心倾听他说话，把他当作一个门第高贵的没有危险性的疯子来照料。他从来没有成功地做出显而易见的事迹，没有做出彻底的证明，也没有做出世人瞩目的殉道者行为。是魔鬼把荣誉放到了甘心被钉死在十字架上的意愿和这一意愿的实现之间。这荣誉便为他挡住命运的各种打击，不让灾难接近他。

为什么——他的一切追随者都会心怀猜疑这样急不可待地问，他的反对者都会以嘲讽的态度提出这样的问题，为什么列夫·托尔斯泰不毅然决然地解决这个恼人的矛盾？为什么他不把记者和摄影家全部赶出家门？为什么他容忍他的家庭成员卖掉他的作品。他周围的人蔑视他的要求，坚定不移地把富有和舒适当作最高的财富，他为什么不坚持自己的意志，而要向他周围的人让步，为什么他最终不明白无误地按照他的良心的要求行动呢？托尔斯泰本人从未回答过人们提出的这种可怕的问题，而且从不原谅自己。相反，在那些用肮脏的手指出意愿和实效之间明显矛盾的游手好闲的空谈家中，没有一个人对他行动的不彻底性的谴责，确切地说是对他不行动的谴责，比他自己的谴责更严厉。一九〇八年，他在日记中写道："每逢我听到人们把我说成一个陌生人，说有这么一个人，他过着奢侈的生活，他尽其所能掠夺农民的一切，让人拘捕他们，同时又承认和鼓吹基督徒精神，把一些五戈比的硬币施舍给他们，而在干这一切平庸的事情时他都躲在他的爱妻的背后——这时我就不假思索地把这样一个人称为无赖！不过这种话必然也会有人对我讲，以便我脱离尘世的虚荣，只为灵魂活着。"不，没有一个人需要列夫·托尔斯泰来解释他的道德上的双重性，他天天都在这种多义性方面撕扯自己的灵魂。当他在日记中碰到这个触及良心的问题，碰到"说说看，列夫·托尔斯泰，你是在按照你的教义的准则生活吗？"这种烧得通红的钢铁时，他就会怀着满腔愤怒的绝望回答道："我羞愧得无地自容，我是有罪的，我理应受人鄙视。"他已经完全满意地知道，按照他追求贫困的信条，从逻辑和伦理上看，他只能接受这样一种生活方式：离开他的家，放弃他的贵族头衔和他的艺术，作为一个朝圣进香者漫游在俄罗斯的条条大道上。然而这位忏悔者却从来没能打起精神来做出这种最必要的惟一能令人信服的最后决定。但在我看来,他的最后懦弱的这个秘密,他的这种不能把原则付诸实践的过激主义,我认为正是托尔斯泰最后的美。因为完美无缺只有在超然于人性的地方才有可能存在;每个圣徒,即使是温顺的使徒,都必须变得冷酷无情。他必须向他的门徒提出这样的超人的、不人道的要求:为了虔诚的生活他们应该冷漠地抛弃父母和妻儿。一种始终一贯的完美无缺的生活永远只能在一个得到解脱的个人的真空领域里实现,从来都不是在与社会有着千丝万缕联系的情况下。因此,在任何时候,圣徒的道路都是通向适合作为他的家园的荒漠。托尔斯泰也是这样,只要他想积极地实现他的教义的最好的结果,他就必须像摆脱教会和国家一样脱离他家庭的那个更狭小、更温暖、更有吸附力的圈子:这位太富人情味的圣徒三十年里一直缺乏力量做出这种残酷无情和无所顾忌的暴力行动。他逃走了两次,又两次都回来了。因为想到他的精神错乱的妻子可能自杀,他便在最后一刻失去了意志力——这正是他精神上的过失和他人性的美!——他不能为了他的抽象的思想而牺牲任何一个人。与其跟子女失和,并把妻子赶到自杀的地步,他宁愿自己唉声叹气地忍受这个仅仅是身在一处的令人窒息的家。在那些关键的问题上,诸如遗嘱问题和出售藏书的问题,他都绝望地向家庭做了让步,宁肯自己受苦也不让别人受苦。他痛苦地决定,他宁愿做一个脆弱的人,也不做心如铁石的圣徒。

于是,他便在公众面前做出种种冷漠和半战半退的姿态。他知道,现在每个男孩子都可以嘲笑他,每个正直的人都可以怀疑他,他的每个信徒都可以评判人，不过这一点，恰恰是这一点使托尔斯泰在这些黑暗的年代里养成了一种独特的忍耐方式：他没有宽恕自己，他紧闭双唇忍受着这种双重性的指责。"就让我在人们面前的态度是错误的吧，也许恰恰需要这样？"一八九八年，他在日记里令人震惊地写道，并且开始慢慢地认识到对他的考验的特殊意义，就是说，这种没有成就的殉道者行为，这种没有抵御和宽恕的不公正的苦难，与他多年来渴望命运赋予的市场上的另一种戏剧性的殉道行为相比，对他来说早就变成了更愤怒和更重要的殉道行为。"我常常希望受苦和忍受迫害，但这却总因为我懒惰，想让别人为我工作，这样一来，在我必须受苦的时候，他们将使我内心痛苦不堪。"这个人间最性急的人，这个恨不得一下子就跳进痛苦的深渊，并怀着忏悔者的高度热情让人把他烧死在他的信念的牺牲柱上的人，现在认识到了：这种无火焰的缓慢燃烧是对他更加严酷的考验。这是局外人的藐视和自己觉醒良知的永恒不安。作为一个如此清醒和不可欺骗的自我观察者，他天天都不得不重新承认，他这个俗人列夫·托尔斯泰不可能在他自己的家里和生活中实现圣徒列夫·托尔斯泰向千百万人提出的伦理道德要求，不过尽管知道自己办不到，他也从来没有停止继续宣讲这种教义，这对他是什么样的没完没了的良心折磨啊！他这个早已不相信自己的人仍然在要求别人相信和赞成他！在这里，托尔斯泰良心上的化脓的伤口形成了溃疡。他知道，他所肩负的传教使命已经变成了一个角色，变成了一出不断为世人上演的谦卑的活剧。托尔斯泰从来没有欺骗过自己，正因为他对自己的半途而废和装模作样比他最愤激的敌人知道得还要清楚，所以他的一生才变成了一出内心深处的悲剧。谁想知道，或者只想想像他这颗备受煎熬、追求真理的心灵对自我厌恶和自我摧残达到了多么痛苦的程度，谁就应该读一读人们在他的遗物中发现的那篇小说《谢尔盖神父》。正如那个虔信上帝的特蕾泽，由于对自己的幻象感到惊恐，怯生生地问她的忏悔神父，这些福音宣告是否真的是上帝而不是他的对手魔鬼送给她，以便在她心里燃起傲慢的情绪。同样，在那篇小说里托尔斯泰也问自己，他在人们面前的教义和行为是否真正来源于对神的敬仰，也就是是否真正来源于伦理道德和乐于助人，而不是来自自命不凡的魔鬼，不是来自追逐虚名和喜爱奉承。通过那个圣徒他毫不掩饰地描述了他自己在雅斯纳雅·波良纳的境况：正如信徒、好奇者和心怀敬佩的朝圣进香者走向他，有千百个忏悔者和崇拜者走向那个创造奇迹的僧侣。与托尔斯泰一样，这位与他良心完全相同的人也在追随者的嘈杂声中问自己，他这位被众人尊为圣徒的人是否在实际生活中具有神的心灵。他反躬自问："他所做的一切在多大程度上是为了上帝，在多大程度上是为了人？"托尔斯泰通过谢尔盖神父之口令人震惊地回答了自己：

"他在自己的灵魂深处感觉到，是魔鬼把他为了上帝所进行的活动变成了另一种只追求个人荣誉的特殊的活动。他感觉到这一点；因为正如过去人们不能规劝他，使他脱离孤寂，他反而觉得孤寂十分舒适，现在他却觉得这种孤寂是一种痛苦。他感觉他总被来访者所烦扰，他们弄得他疲惫不堪，但他在内心深处却因来访者而感到高兴，因他们对他的交口赞扬而感到高兴。留给他做灵魂的提高和祈祷的时间越来越少。他有时也想,他好像是一个泉源喷出的地方。一个活水细流泉从他心里流出又通过他全身;现在,当口渴的人拥过来你推我撞时,水就积存不起来了,于是他们就踏碎了一切,只留下一片污物……这时,他心里就再也没有爱了,既没有谦卑也没有纯洁。"

人们能想像得出,世上还有比这种要永远消灭任何崇拜的尖锐的自我批驳更可怕的谴责吗?托尔斯泰用这种自白击碎了雅斯纳雅·波良纳那位圣人编印在读本中的陈词滥调。一个脆弱而又缺少自信者的被撕碎的良心显得多么令人震惊!这个人头上并没有圣徒的光环,他已被主动担起的责任重担压垮了。世人的赞赏,他的门徒阿谀逢迎的偶像崇拜,每天的朝圣者行列,所有这一切闹闹哄哄的令人陶醉的赞同,都欺骗不了这位多疑的英才,这颗不能收买的良心,你知道,在这种由文学抚育成长的基督徒精神里隐藏着多少虚张声势的东西,在自己的谦卑表现中含有多少沽名钓誉的成分。但是关于对待自己的残酷行为他从不满足,托尔斯泰在这种象征性的尸体检查中甚至怀疑他始初意愿的真诚。他继续通过他的灵魂体现者的嘴小心翼翼地问道:"不是至少还存在为上帝效力的真诚意图吗?"然而这个回答还是又一次砰地关上了所有的圣洁之门。"是的,是曾经有过真诚的意图,但一切都被玷污,都被追求荣誉的杂质覆盖了,对我这样一个为维护个人在大众面前的荣誉的人来说,是没有上帝的。"他因为过多地宣讲信仰和出演信仰的悲剧而耗尽了信仰。托尔斯泰颇有预见性地感觉和认识到,在欧洲汇聚一体的文学面前装腔作势,即用慷慨激昂的教区忏悔代替沉默不语的谦卑行为，是不可能使他的完全神化变成现实的。他的良知的弟兄谢尔盖神父，只有放弃了尘世、声誉和虚荣，才能接近他的上帝。托尔斯泰在谢尔盖神父迷途的终点让他说话时，他只说了这么一句话："我想寻找他。"

"我想寻找他"——只有这句话包含着托尔斯泰最真实的意愿——他的真正的命运是：不做找到上帝的人，只做寻找上帝的人。他过去不是圣徒，不是救世的先知，连他生活的一个完全诚实的创造者都不是。他始终是一个人，有时很出色，下一时刻又变得不真诚，很虚荣。他是一个有弱点、有不足之处、摇摆不定的人。不过他总是悲切地意识到这些缺点，怀着一种无可比拟的激情努力达到完美。他不是圣徒，但他有神圣的意向。他不是信徒，但他是一种伟大的宗教信仰力量。他不是始终镇静安详的神的肖像，他是一种人类的象征，这种人在自己前进的道路上从不休息，而是必须每天每时为更纯洁的形象而不停地斗争。

托尔斯泰生活中的一天

在家里我很悲伤，因为我不能分享我家里人的感受。使他们高兴的一切，诸如学校的考试，人世中的成就，购物等等，我都认为对他们是一种不幸的灾难，但又说不出口。当然，我可以这样说，我也这样做了，但我的话却没有一个人理解。

日记

现在，我根据他朋友的见证和他自己的话从千百天中编写出列夫·托尔斯泰一天的生活。

清晨，睡眠从老人的眼睑下慢慢地流逝，他醒了，环顾一下四周——晨光已经染红了窗户，天亮了。思想从暗影里浮现。使他惊喜的第一个感觉是：我还活着。昨天晚上，与往常夜里一样，他伸

275

展四肢躺在床上，怀着不再起来的谦卑屈从的心理。灯光闪烁，他在日记新的一天日期前面写了三个字母：W. i. 1.，即"如果我活着"。奇怪的是，生存的恩惠又一次赐给了他，他活着，他在呼吸，他是健康的。他扩胸吸入新鲜的空气，像吸入上帝的一声问候，他以贪婪的空虚的眼睛摄入光：真奇妙，他还活着，他很健康。他无限感激地起床，这位老人，脱光衣服，冷水浴使他那保养得很好的身体透出红润。他心怀体操运动员的喜悦做上身前屈仰起的运动，直到肺部喘气，关节作响为止。然后他才穿上衬衫和便服，包住他那摩擦得发红的皮肤。他推开窗，亲自清扫房间，把劈好的木柴扔到快速爆裂飞舞的火焰里去，他便是自己的仆人，自己的奴隶。

然后，下楼走进早餐室。索菲娅·安德烈耶夫娜，女儿们，秘书，几个朋友，已经在座了。茶饮里的茶水在沸腾。秘书手里拿着一个深托盘给他送来一堆杂乱的信函、杂志和书籍，邮件上贴着四大洲的邮票。托尔斯泰不高兴地看了一眼那堆积如山的邮件。"颂扬和烦扰。"他私下里想，"总是给搅得一团糟！应该更多些一人独处，多与上帝在一起，不应该被卷进宇宙的中心。要远离所有使人受到干扰和把人搅得糊里糊涂的东西，所有使人变得爱虚荣、狂妄自大、不真实的东西。最好把这一切都铲到炉子里去，免得消耗别人的精力，免得灵魂受到高傲情绪的搅扰。"但好奇心却更为强烈，他用激动的手指沙沙响地翻阅着这些杂乱堆放的请求、诉苦、乞怜的信函，商业的提案，访问的通知和海阔天空的闲扯文字。一个婆罗门教徒从印度来信，说他错误地理解了佛陀。一个出狱的犯人讲了他的生平，而且希望向这位世界良知提出忠告，说年轻人求教于他是因为精神迷乱，乞丐求助于他是因为绝望，他们大家恭顺地拥向他，正如他们自己所说的，他们是把他当作惟一能帮助他们的人看待。他前额的皱纹显得更深了："我能帮助谁呢，"他想，"我连怎么自助都不知道呢；我一天一天地走上错误的道路，为自己寻找新的意义，以便忍受这难以理解的生活，我狂妄自大地谈论真理，借以欺骗自己。他们大家来到这里就喊：列夫·尼古拉耶维奇，请你教我们怎样生活，岂非咄咄怪事！我的所作所为，都是欺骗、吹牛和耍花招，实际上我早就筋疲力尽了，因为我已经耗尽了一切，我把自己的一切都倾洒在成千上万的人身上，在我自己心里却没有一点积存，因为我总是讲啊讲，从不保持沉默，静静地听一听我内心深处的真正的话语。我不能利用他们的信任使他们失望，我必须给他们一个回答。"有一封信他攥了很久，把它读了两遍，三遍：这是一个大学生写来的信，他在信中愤懑地中伤他，说他劝人喝水，他却喝酒。说现在是他离开他的家，把他的财产给农民，作为一个朝圣者走在通向神的道路上的时候了。"他说得很对，"托尔斯泰想，"他说到我的心里了。但是，我怎样向他解释我连对自己都解释不了的事情呢，我怎样为自己辩护呢？因为他是以我个人的名义谴责我呀！"他把这一封信带在身边，为的是立刻回复写信人。这时他站起身来走进自己的工作室。刚走到门口，秘书就随后跟来，他想起一个《泰晤士报》的记者已通知中午来进行采访：他是否愿意接待。托尔斯泰的脸阴沉下来。"老是这一类纠缠！他们究竟想从我这里得到什么，只不过是好奇地窥探我的生活。我所说的，我的文章里都有；每一个有阅读能力的人都能读懂它们。"不过，由于有某种好虚荣的弱点，他又很快地让步了。"可以吧，"他说，"但只给半个小时。"他刚刚跨过工作室的门槛，他的良知又小声抱怨说："为什么我又让步了；头发已全变白了，离死只有半步之遥，我做事还这么好虚荣，把自己交给人们去谈论。只要他们向我拥来，我就一再变得很脆弱。什么时候我才能学会隐藏自己，学会不谈自己啊！帮帮我吧，上帝，千万帮帮我呀！"

终于单独一人待在工作室里了。光秃秃的墙上挂着大镰刀、耙和斧子，在打过蜡的地板上大木块比供人坐的地方还要多，在那张粗笨的桌子前面放着一把沉重的软椅。这是一个小房间，又像僧侣的居室，又像农民的住房。昨天刚写到一半的文章还摆在桌子上，题目是《关于生活的思考》。他浏览了一下自己写的话，勾勾改改，又重新开始写。他那疾书的、像儿童笔下的很大的字迹一再地停顿。"我太轻率了，我太急躁了。如果我对上帝这个概念还没有清楚的感觉，如果我本人的认识还不明确，我的思想还日复一日地摇摆不定，我怎么能写关于上帝的文章呢？如果我谈论上帝，谈论这位无法描绘的上帝，谈论永远无法理解的生活，我怎样做才能说得明确，让每个人都理解？我在这里所做的事，超出了我的能力。我的上帝，从前我写文学作品，是多么自信啊，我向人们展示生活，那生活正像上帝展示给我们的一样，而不是我这个心乱如麻、上下求索的老人现在所希望有的真实的生活。我不是圣徒，不，我的确不是圣徒，我不应该教导人，只不过神给了我比千百个人更敏锐的眼睛和更出色的感官，好让我赞美他的世界。也许过去我只献身于今天被我骂得一钱不值的艺术的时候，比现在更真实，更善良。"

他突然中断了，不由自主地环顾了一下四周，好像有人在窥视，看他怎样从一个藏起来的箱子里取出他现在正偷偷写作的那些中篇小说（因为他已经公开把艺术讥笑和贬低为一种"多余的东西"和"罪孽"了）。那些偷偷写的藏起来的作品是：《哈泽·穆拉特》和《伪息券》。他粗略地翻了翻这些作品，读了几页，他的眼睛又变得温和了。"是的，这些东西写得很好，"他有这样的感觉，"这很好！因为我是在描述他的世界，上帝召唤我来，就是做这件事的，不是要我来泄露他的思想。艺术多么美，创作多么纯洁，而思考是多么痛苦啊！从前我写那些东西时我是多么幸福啊！我在《幸福婚姻》中描写春天的早晨时泪如泉涌，夜里索菲娅·安德烈耶夫娜走了进来，两眼热情似火，她拥抱着我；在抄写时她不得不停下来，对我表示感谢，我们整夜整个一生都很幸福。可是我现在再也不能回到从前了，不能再使人失望了。我必须沿着自己走上的路继续走下去。因为人们在精神的困难中希望得到我的帮助。我不能停顿，我的日子已经不多了。"他长叹了一口气，又把那些可爱的笔录塞回箱子里藏起来。像一个被雇用的记录员，他默默地小心翼翼地继续写他的理论小册子。他额头紧蹙，下巴低垂，雪白的胡须时不时地沙沙地从纸上擦过。

终于到了中午！今天就到此为止了！放下笔，他猛地站起身来，迈着小步急速走下楼去。马夫已经备好了那匹名唤德利尔的牝马。他翻身上马，提起写作时弯着的身躯。当他直挺挺地骑在马背上像一个骑在骏马上的哥萨克一样朝着树林奔去时，他好像变得更高大，更强健，更年轻，更有生气了。雪白的胡须像波浪一样翻滚，在呼啸的风中飘摆，他兴致勃勃地大张着嘴，为了使劲把田野里的蒸汽吸进去，为了去感觉这生命，这衰老身体里的活着的生命，而那颤动不停的血液里的狂喜则温暖而甜蜜地缓缓通过了血管流到他的指尖，流进嗡嗡响的耳朵里。当他现在骑马走进这片幼林时，他突然勒马停住观看，再看看已经绽出的黏滞的幼芽怎样迎着春日的阳光闪烁，颤抖的嫩绿怎样像刺绣一样轻柔地伸向蓝天。他双腿使劲一夹，催马直奔桦树林。他以犀利的目光激动地观看：那些蚂蚁像一个微型的长链挖掘机一样，一个接着一个，时而向前时而返回，沿着树皮的伤口爬行，一些蚂蚁腆着个大肚子把装载物运走，另一些蚂蚁还在用极微小的金丝钳取树粉。这位年迈的大教长，他兴奋地停立了几分钟，他注视着这庞大事物中的微小事物，纵横的热泪一直流到他的胡须里。多么不可思议，七十多年以来，大自然的这面神镜一再变着法儿的令人感到惊奇：它既默不作声又话语连篇，永远充满异样的画面，什么时候都生机盎然，在静寂中比一切思想和问题更有见地。他胯下的马不耐烦地打着响鼻。托尔斯泰从全神贯注的沉思中醒了过来。两腿使劲夹着马的两肋，使自己在呼啸的风声中不仅能感觉到微小和细弱的东西，而且能感觉到感官的野性和激情。他骑着马疾走，奔驰，飞跑，心情愉快，思想放松，一口气跑了二十俄里，直到马的肋腹冒出闪亮的汗珠。然后他才掉转马头，让它踏着小步走在回家的路上。他的眼睛格外明亮，他的灵魂十分轻松，这位高龄老人像孩提时代走在同一个树林里的同一条七十年来的熟路上一样感到幸福而愉快。

但刚到村边，他那若有所思的脸突然阴沉了下来。他以行家的目光打量着田野：这里，在他的领地范围内，给人一种凄凉的感觉，土地荒芜，篱笆也倾倒腐烂，大概有一半树木被砍走当柴烧了，田地也没有翻耕。他骑着马愤怒地走过去，要求人们讲明情况。从一扇门里走出一个头发散乱、目光躲躲闪闪、赤着脚的脏女人，两三个半裸的孩子怯生生地拽着她的破裙子紧随其后，而从后边低矮的烟雾弥漫的茅屋里传出第四个孩子的哭叫声。他紧皱眉头细心琢磨着荒芜的原因。那个女人哭喊着说出一些不连贯的话，她的男人已经坐了六个星期的大牢了。是因为偷盗树木被捕的。没有这个壮汉，这个勤劳的人，她可怎么照料这个家呀，他偷林木是因为饿的，老爷自己也知道，收成不好，税很重，又要交租子。孩子们见他们的母亲哭喊，就跟着嚎起来。为了打断任何进一步的解释，托尔斯泰赶紧把手伸到衣袋里，掏出一个硬币递给她。然后他就像一个逃亡者似的急速骑马离去。他的面孔很阴郁，他的欢乐已经消逝得无影无踪。"这种事就发生在我们领地上——不，是发生在我已赠给我的妻子儿女的土地上。我是共谋，我有过错，但我为什么总胆怯地把什么都推给我的妻子呢？这是对世人的骗局，那种财产的转移一文不值；因为正当我本人对农奴的徭役感到厌烦的时候，现在我家里的人都从这些贫苦人的身上榨取钱财。我现在是坐在新房子里，我知道，这座新建筑的每一块砖瓦都浸透了农奴的汗水，都是靠他们的被烤干的肉体，靠他们的辛劳挣来的。我怎么有权把不属于我的东西，把那些农民耕作的土地，送给我的妻子和儿女。我，列夫·托尔斯泰，总以上帝的名义向人民宣讲公正，而别人的苦难却天天注视我的窗口，在上帝面前我不能不感到羞愧。"

他的脸上现出异常愤怒的表情，当他骑马经过那些石头柱子走进那座"庄主府邸"时，他的脸色更加阴暗。身穿制服的仆人和马夫从门里冲出来，扶他下马。"我的奴隶。"自我控诉的羞愧促使他从心里如此愤怒地讥讽说。

在宽敞的大餐室里，长长的餐桌上铺着洁白的台布，摆着银餐具。人们在等候他，这里有伯爵夫人，他的女儿和儿子们，有秘书，家庭医生，法国女教师，英国女教师，两三个邻居，一个被聘为家庭教师的、具有革命思想的大学生，此外还有那位英国记者：混杂在一起的这批人欢快的谈话声嗡嗡地响个不停。托尔斯泰一走进来，喧哗声戛然而止，人人都肃然起敬。他按照贵族的礼节庄重地问候过客人，就一言不发地坐在桌旁。那个穿制服的仆人把他挑选的几个素菜摆在他面前——那是一道精烹细做的进口芦笋，他情不自禁地想起那个破衣烂衫的女人，他递给了十戈比的那个农家妇女。他脸色阴沉地坐在那里反躬自省。要是他们能知道我不能也不愿意过这样的生活该多好：仆人前呼后拥，中午吃四道菜，银制餐具一应俱全，而别人却连生活最必需的东西都没有。他们都知道，我希望他们做出的牺牲，只是让他们放弃这种奢侈，放弃这种对人类所犯下的可耻的罪孽，上帝也是这样要求的。她，我的妻子本应像分享我的床和我的生活一样分享我的思想，但她却像敌人似的反对我的思想。她是压在我脖子上的磨石，是一副把我引入错误的骗人生活的良心的负担；我早就该剪断她用来束缚我的绳索了。我跟他们还有什么关系？他们干扰我的生活，我也干扰他们的生活。我在这里是多余的，对我对他们大家来说都是一种负担。

他出于愤怒，不自觉地充满敌意地抬起目光看着她，看着他的妻子索菲娅·安德烈耶夫娜。天哪，她怎么变老了，头发也灰白了，额头上已有很深的横纹，忧伤撕裂了她那已显衰老的嘴。一个温情的波浪突然淹没了这位老人的心田。"天哪，"他想，"她看上去多么忧郁，多么悲伤，我娶她的时候她还是一个年轻的、欢乐的、纯洁无邪的少女呢。我跟她在一起生活了三十年，四十年，不，是四十五年了。她还是一个少女时我就娶了她，当时我已经是一个浪费了一半生命的人了。她给我生了十三个孩子。她帮我完成了我的作品，她喂养了我的孩子，我呢，我把她变成了什么样的人啊？一个绝望的、几乎神经错乱的、过分受刺激的女人，人们不得不禁止她使用安眠药，以免她走了绝路，我已经使她很不幸了。这里是我的儿子们，我知道，他们都不喜欢我；这里是我的女儿们，是我使她们消耗了青春年华。而这些秘书们，他们只知记录我的每一句话，只会像麻雀啄马粪似的啄我的每一句话，他们的箱子里都备有香膏和敬神用的香，以便在人类的博物馆里保存我的木乃伊。而在那边，这位英国的花花公子已经手捧记录本在等待，看我怎样给他讲解'生活'。——这张餐桌，这座房子，便是对上帝和真理的一种罪过，简直毫无秘密、毫无纯洁可言，而我这个骗子舒舒服服地坐在这个地狱里，觉得温暖而愉快，不一跃而起去走我的路。要是我死了，这对我更好，对他们也更好：我活得太久了，又活得不够真诚，我的死期早就该到了。"

仆人又给他上了一道菜，是甜水果，四周有奶白，是冷藏过的，他愤怒地一抬手，便把这个银盘推到一边去了。"这种食品不好吗？"索菲娅·安德烈耶夫娜怯生生地问，"你觉得这太难消化吗？"

但托尔斯泰尖刻地答道："这东西实在不错，不过我很难下咽。"

儿子们一脸不高兴地看着他，妻子感到诧异，记者很紧张：人们看到，他想抓住这个警句。

午餐终于结束后，他们站起来走进会客室。托尔斯泰和那位青年革命家争论问题，对方虽然很敬重他却也敢于生气勃勃地反对他。托尔斯泰眼睛闪着光辉，他说话粗鲁，冲撞，几乎是大声喊叫；像过去的狩猎和打网球吸引他一样，现在他仍然怀着难以控制的热情参与每一次辩论。突然，他意识到自己的粗鲁很不得当，便强迫自己谦恭一些，强制自己压低声说："也许我错了，上帝把他的思想散播到了人间，不过谁也不知道自己说的话是上帝的思想还是自己的思想。"为了转移话题，他鼓动其他人说："我们到花园里走一走吧。"

不过，在动身之前还要稍停片刻。在府第台阶对面的那棵老榆树下面，那棵"穷人之树"的旁边，有一些人民的来访者，叫花子和那些"愚昧者"教派信徒，在等候托尔斯泰。他们是以朝圣者的身份跋涉了二十英里来到这里求教或讨点钱的。他们站在那里，人人都晒得黝黑，透着疲惫的神态，脚上穿着布满尘土的鞋。当这位"主人"，"这位老爷"走近时，有几个人便按照俄罗斯的礼节一躬到地。托尔斯泰疾步如风地向他们走去。"你们有什么问题？"——"我想问一问，尊贵的……""我不是尊贵的，除了上帝，谁都不是尊贵的。"托尔斯泰责备地说。这个瘦小的农民惶恐地卷了卷帽子，终于急速地说出一些烦琐的问题，他问，现在土地是应该归农民，他什么时候能得到他的那一份土地？托尔斯泰回答时很不耐烦，一切不清楚的事情都使他恼火。随后，轮到林务管理员时，他询问了一些有关上帝的问题。托尔斯泰问他有没有阅读能力，当对方说能读时，托尔斯泰让人取来一本题名《我们应该怎么办？》的小册子给他，就跟他道别了。这时行乞者一个跟着一个拥了过来。托尔斯泰赶快送给每个人五个戈比，不耐烦地把他们打发走。他转过身来，发现那位记者在他施舍钱时给他拍了照。他的脸又阴沉下来："这样你倒是把我，托尔斯泰，农民中间的善人，施主，乐于助人的高尚的人，形象地记录下来了。但是，你要是能看到我的内心，你应会知道，我从来都不是善人，我只不过想学着做善事。除了我的'自我'，再也没有东西使我终日费心思索的了。我从来都不是乐于助人的人，我一生中送给穷人的东西到不了我从前在莫斯科一夜赌输的一半。当时我知道陀思妥耶夫斯基在挨饿，但我从来没想到送给他二百卢布，解决他一个月的急需，也许解救他终生的苦难。尽管如此，我还是容许人们颂扬我，把我誉为最高尚的人，不过我的内心知道得很清楚，我刚刚处在初始阶段的开端。"

他急于到庭园里去散步。于是这位行动敏捷的老人便急不可待地大步流星地往前走，胡须都飘了起来，别人几乎跟不上他。不，现在不要多说话，需要感觉全身肌肉的运动，只需感觉每根肌腱的柔韧性，他稍稍看了看女儿们打网球，体味到这种灵巧的身体运动的纯洁无邪。他兴冲冲地紧盯着每一个动作，每打赢一个球他都自豪地大笑，他的阴郁的心情一下子就烟消云散了。他边说边笑，同时更清醒更平静地想着问题，信步穿过香气扑鼻的绵软的低湿地段向前走去。之后又回到工作室，读一点书，休息一会儿；有时他觉得自己确实疲倦了，两条腿变得很沉。当他一个人躺在柔软的皮沙发上，闭上双眼，感觉到自己疲倦而衰老时，他暗想："这样倒是很好：让那个可怕的时刻就这样到来。要知道，我像害怕鬼怪一样害怕死，我想在死神面前藏起来，否认自己。现在我不再害怕了，我甚至觉得离死这么近反而很好。"他靠在沙发上，种种思想在寂静中蜂拥而至。他有时赶快用铅笔写下一个词，然后就长久地严肃地直视前方。这位老人的脸色很好，周围飘浮着各种思想和梦幻，孤身一人，只沉浸在自己的思想里。

　　晚上又下楼加入健谈者们的圈子。是的，工作已经完了，他的朋友，钢琴家戈尔顿韦泽问他是否可以弹奏一曲。"好，好！"托尔斯泰靠在琴旁，两手遮住眼睛，为的是不让别人看见那连成一气的声音的魔力如何使他感动。他凝神静听，眼睛微闭，胸脯一起一伏。奇怪，这音乐，这被他公开拒绝的音乐，现在却神奇地流进他的心里，一切温情都活跃起来。音乐使经历过一切沉重思想的灵魂又变温柔，变善良了。"这种艺术我怎么可以诽谤它呢，"他心中暗暗想道，"如果不听音乐，安慰何在？那样一来，一切思想就都变隐晦了，一切知识就都错乱了，而上帝的存在我们在哪儿能比在这艺术家的形象和语言里更清楚地感觉到呢？我觉得你们是我的弟兄，贝多芬和肖邦，我现在感觉到你们的目光就在我心中，而人类的心则在我心里剧烈地跳动：原谅我吧，你们这些弟兄，我曾经中伤过你们呀。"演奏以一个回声贯耳的和音结束，大家鼓掌喝彩，托尔斯泰迟疑片刻也鼓了掌。他心中的一切烦躁不安都治愈了。他温和地一笑，来到聚在一起的人们当中，很高兴地参加善意的交谈；最后有一种像愉快和宁静的东西围着他飘来，这多姿多彩的一天仿佛完全结束了。

但在上床之前，他又一次走进他的工作室。在一天结束之前，托尔斯泰还要对自己作一次最后的审判，像往常一样，要求自己为每一小时以及整个一生做出说明。日记摊开放在面前，良心的眼睛从空白的白纸里注视着他。托尔斯泰思索着当天每小时的情况，进行着审判。他想起那些农民，想到个人过错造成的苦难，他骑马经过那里看到他们的苦难，他除去给了他们一点点可怜的硬币别无任何帮助。他想起自己对那些乞讨者是多么不耐烦，想起他对妻子的那些不好的念头。这一切过错他都写在日记里了，写在这本自我谴责的日记上了，他又用愤怒的笔触写上这样的判决："我又懒惰，灵魂麻木不仁。没有做出足够的善事！我仍然没有学会去做重要的事，没学会爱我周围的人而不是爱人类。帮帮我吧，上帝啊，帮帮我！"

然后又写上第二天的日期和那神秘的 W. i. 1.。现在工作完成了，又过完了一天。这位老人心情沮丧地脱去上衣和粗笨的靴子，让沉重的身体躺在床上，跟往常一样首先想到死。思想还像彩色的飞蛾在他头顶不安地飞翔，但它们渐渐地像蝴蝶似的在越来越昏暗的森林中消失了。疲倦后的微睡就要开始了……

这时，他突然惊醒了，这不是脚步声吗？是的，他听到脚步声就在旁边的屋子里，很轻的潜行的脚步声在工作室里响了一下，于是他跳下床，无声地半裸着身子走过去，把焦灼的眼睛紧贴在钥匙孔上。是的，邻室里有亮光，一个人端着灯走了进来，在他的写字台里翻什么东西，翻阅那本神秘的日记，想看那些句子，想看到他的良心的那些对白。那是索菲娅·安德烈耶夫娜，他的妻子。连他最后的秘密她也要窥探，他们不让他跟神单独相处；在他的家里，在他的生活中，在他的内心里，他处处都被人们的贪欲和好奇心所包围。他气得双手发抖，他恨不得猛地拉开门，冲向背叛他的妻子。但在最后一刻，他压住了自己心中的怒火："也许这是对我的考验。"于是，他又拖着脚步，屏着呼吸，无声地回到床上，像倾听一眼涌流的泉水一样倾听自己的内心。他就这样躺了很长时间，不能入睡。列夫·尼古拉耶维奇·托尔斯泰，这位他那个时代最伟大最有影响的人，在自己的家里尝到了人间背叛的滋味，被怀疑折磨得痛苦不堪，因孤独而感到不寒而栗。

决断和神化

为了相信不朽，就必须在这里过一种不朽的生活。

日记，一八九六年三月六日

一九〇〇年。列夫·托尔斯泰以七十二岁高龄跨过世纪的门槛。这位英雄的老人正以正直的精神和传奇人物的姿态走向他人格的完善。这位年迈的人间的漫游者的脸在雪白胡须的掩映下闪耀着比以往任何时候都温和宽厚的光辉。脸上的皮肤已渐渐变黄，像透明的羊皮纸一样，上面布满了无数皱纹和符咒。一种恭顺容忍的微笑现在挂在胸怀平静的唇边，浓眉很少在愤怒中竖立起来，这位易怒的老人使人觉得比以往更宽容更有涵养了。"他变得多么和善啊！"他的兄弟惊诧地说，这个兄弟有生以来一直把他看成一个易怒而不能自制的人。一点不假，强烈的热情确实开始削减了，他的奋斗使他感到疲倦了，他的痛苦使他疲惫了：一种新的和善的闪光在他生命的夕阳时期照射在他的脸上。现在看到这张过去那么阴郁的脸，实在令人感动，好像大自然八十年之久之所以在这里发生了如此强大的影响，是为了终于以这种最后的形象显示他独特的美点，这位老人的伟大、博学和宽容的崇高。人们就是通过这个神化了的形象铭记着托尔斯泰的外部形象。这样，一代又一代的人才会怀着敬畏的感情在心里保存他那严肃的安详的面容。

这种高龄平素总要损伤和破坏英雄人物的形象，现在却使他阴郁的面孔显得无比威严。坚强变成了崇高，热情变成了宽容和胸怀博爱。的确，这位年老的斗士希望和睦，希望"与上帝和人和睦"，也与他的最痛恨的敌人，与死和睦。所幸上帝仁慈，那骇人的、惊愕的、动物一般的对死的恐惧已成为过去。这位高龄老人目光安静，对那正在临近的短暂一瞬心里早有充分的准备。"我想，可能明天我就不活在人世了，于是每天我努力使自己更熟悉这种思想，现在我越来越习惯这种思想了。"奇妙的是，自从这位长久以来惊慌失措的人摆脱了这种充满恐惧的紧张心情，他的那种教育者的思想又抬起头来。像老年歌德到了晚年又放弃科学消遣重操"主业"一样，托尔斯泰这位布道者和道德家也在七十岁至八十岁那令人难以置信的十年中又献身于他长时间放弃的艺术工作。这位上一个世纪的大作家在新的世纪里又复活了，而且成就像从前一样的辉煌。这位老人是在勇敢地为他生存的弧形搭建一个拱顶，他回忆起他在哥萨克兵团年代的一段经历，一反常规作了《伊利亚特》式的诗篇《哈泽·穆拉特》，书中武器铿锵，弥漫着战争的烽烟。这是一个英雄的传奇，像在他艺术最成熟的年月里讲述质朴而动人心魄的故事。《活尸》的悲剧，杰出的小说《舞会之后》、《考尔内·瓦西里耶夫》和许多短小精悍的传奇故事出色地证明了他已摆脱道德家的烦恼，回到艺术家的清纯中来。人们无论如何也想像不到，这是出自一位耄耋老人多皱而写累之手的晚年作品。老人衰弱的目光依然公正不阿地不受迷惑地思虑着永远震撼人心的世人的命运。生活的法官又变成了诗人，而这位一度傲慢的生活导师在他奇妙的老年自白中却敬畏地屈从于神界不可穷究的奥秘了：探究最后的生命问题的急不可耐的好奇心减弱了，变成了对无限的越来越近的澎湃涛声的无限倾听。列夫·托尔斯泰在他的最后年月里变成了真正的智者，但仍然不感到疲倦；他以一个远古农民的姿态不停地耕作，在日记里耕种那用之不尽的思想的农田，直到那逐渐变冷的手拿不住笔为止。

这位不知疲倦的老人是不能休息的，命运赋予他的使命是为真理奋斗到生命的最后一息。最后的一项最神圣的工作还有待于完成。这项工作不再针对生，而是针对他个人临近的死；这位颇具影响的教导者生平最后的努力，将是把死塑造成可敬的堪称典型的东西，他简直是集中全力豪迈地从事这一工作。托尔斯泰创作任何作品也没有像这次探究个人的死这样充满激情和花费这么久的时间；作为一个真正的永不满足的艺术家，托尔斯泰希望把他最后的最高人性的业绩不搀杂质而又无可指摘地奉献给人类。

这一次为一种纯洁的、无谎言的、圆满的死而进行的搏斗，变成了这位不安定者为真实而进行的七十年战争的决战，这同时也最富有牺牲精神的决战——因为这场决战是反对他的贵族出身的行为。这是一次必须完成的最后的事业，这是他一生当中一直怀着一种我们现在才理解的畏惧不断回避的事业：彻底地不可抗辩地摆脱他的财产。犹如他所描写的库图佐夫总想避免决战，总希望在战略退却时战胜可怕的敌人，托尔斯泰也总在彻底处理他的财产时退缩，由于受到良心的催迫而逃到"无为的哲学"里去。每次企图放弃即使是他去世后作品的权利也都遭到全家人的强烈反对。他太软弱，实际上他太充满人情味，所以不能以粗暴的行动强力压制这种抵抗。于是，他便数年之久地限制自己，不亲自经营钱财，不使用他个人的收入。不过，他自我抱怨说："构成这种不予理睬策略的基础，是我原则上拒绝一切财产，是我为了不让人们责备我前后矛盾，为了不因虚伪而感到羞愧，才不关心财产。"他做过各种各样毫无成果的尝试，而每一次尝试都在他自己家人狭小的圈子里造成一种悲剧。在这些尝试之后，他一再不对他的遗嘱作出明确而有约束力的决定，把决定推到不确定的时刻。但在一九○八年，适逢他八十岁，全家人利用祝寿机会以巨资出版他的全集时，这位一切财产的公开的敌人就再也不能坐视不管了。列夫·托尔斯泰不得不以八十岁的高龄面对面地投身到具有决定性的斗争中来。这样，亚斯纳亚波利亚纳这个俄罗斯的圣地便关上了所有的门，变成了托尔斯泰和他家里人之间的一场竞争的战场，这个斗争比之于他为了一件小事，为了金钱而斗争要激烈、可厌得多。日记中的尖声呼喊并不足以使人们想像到这场斗争的触目惊心的情景。"摆脱这份肮脏的罪恶的财产，是多么难啊。"他在那些日子里（一九○八年七月二十五日）悲叹道，因为有半个家庭紧紧抓住这份财产不放。那真是最坏的廉价小说里的场景：撬开窗户，翻箱倒柜，窃听谈话，企图夺取治产权，与此交替出现的最悲惨的时刻则是夫人的自杀意图和托尔斯泰逃走的威胁。正如他所说的，"亚斯纳亚波利亚纳的这座地狱"打开了它所有的大门。但托尔斯泰恰恰终于从这种最大的痛苦里做出毅然的决断。最后，在他逝世前的几个月，他决定，为了自己死得纯洁和正直，不再容忍模棱两可和含混不清，并且给他的后人留下一份出人意料的把他的精神财富交给全人类的遗嘱。为了实现最后的真实心愿，还得最后说一次谎。因为他感觉到家里有人窃听他，监视他，所以这位八十二岁的老人便佯装漫不经心地游逛，骑马走进邻庄格鲁蒙特的森林，在那里的一个树墩上——也是在我们这个世纪的最具戏剧性的时刻，当着三个证人和那匹不耐烦地打着响鼻的牝马的面，终于在那张证明符合他意愿的，他死后生效的文件上签了名。

现在脚镣已经抛在身后，他相信已经采取了决定性的行动。但最艰难、最重要、最必需的行动还在等待着他实现。因为在这个爱谈良心的人影憧憧的家里是保守不住任何秘密的，一会儿是夫人预料，一会儿是全家人得知，说托尔斯泰已经做出了秘密的决定。他们在箱子和柜子里搜寻遗嘱，仔细研究日记，想找到蛛丝马迹。如果那个可恨的助手切尔特克夫还继续来访，伯爵夫人便以自杀相威胁。这时，托尔斯泰认识到，在这里，在激情、贪心、仇恨和不安的气氛中，他无法创作他最后的艺术作品，无法达到圆满的死，于是恐惧袭上这位老翁的心头，他惟恐家庭会使他"从思想上顾及那也许是最壮丽的宝贵的几分钟"。突然从他内心深处又出现那种思想，即像福音书上所要求的那样，为了自我的完成，他必须丢开他的妻子儿女，为了被视为圣人他必须放弃财产和利益。他已经离家出走过两次了，第一次是在一八八四年，但走到半路他就无力支撑下去了。当时他强迫自己回家，回到妻子身边去，他的妻子正痛苦地躺在床上，就在这天夜里为他生了一个孩子——就是现在站在身旁的这个女儿阿列克山德拉，就是她现在保护着他的遗嘱，而且准备充当他最后一段路的助手。十三年以后，一八九七年又发生了第二次离家出走，他给妻子留下了那封描述他良心压力的不朽的信："我决定离家出走，第一，因为这样的一年年的生活越来越使我感到压抑，我越来越强烈地渴望一人独处。第二，因为孩子们现在都长大了，我在家里已经没有什么必要……关键的问题是，和印度人一到六十岁便逃往森林一样，和他们相似，每个笃信宗教的人到了老年都有这样一种愿望：把他的晚年献给上帝，而不是献给嬉戏、闲扯和网球运动。因此，我的灵魂也渴望在七十岁的时候尽全力得到安宁和独处，以便凭着我的良心在和谐中单独生活，或者，如果这个目标不能彻底达到，就逃离我的生活和我的信仰之间的严重失衡。"但是他当时出于占优势的人情方面的考虑，还是回来了。那时，他向自己施加的力量还不够强大，他的声望的影响还不够深广。但是现在，在第二次出走的十三年后，在第一次出走的两个十三年以后他拖向远方的巨大的引力使他比以往更痛苦了，他的坚定不移的良知十分强烈地感觉到被那不可知的力量所撕扯。一九一〇年七月，托尔斯泰在日记里写下这样的话：我除了出走别无出路，现在我严肃地考虑到这一点，我要表现出基督徒的精神。现在是最佳时机。在这里，没有一个人需要我。我的上帝，帮帮我吧，教导我吧！我只希望一点，不照我的意志行动，只按你的意志去行动。我这样写着，同时扪心自问："这确实是真诚的吗？我不是在你面前演戏吧？帮帮我！帮帮我，帮帮我吧！"但他仍在犹豫，对他人命运的担忧一直阻拦着他。他本人一直对自己的罪恶的愿望感到恐惧。他胆怯地俯向自己的灵魂，倾听内心是否会发出召唤，在自己的意志仍然犹豫畏缩的时候上苍是否会送来一道不可抗拒的福音。犹如双膝跪地，对他所献身所信赖的神秘莫测的意志祈祷，他在日记中对他的恐惧和不安表示忏悔。在被燃起热情的良心中的这种等待就好像是一种冲动，在受到震惊的心中的倾听就好像一种独特的剧烈的震颤。他觉得他已经空前未有地把自己交给命运和无意义的事物摆布了。

这时，在这最恰当的时刻，他心中响起了一种声音。那是古老的格言："起身，站起来，穿上外衣，拿起朝圣者的手杖！"于是，他便振作起精神，朝着他的自我完成大步走去。

逃向上帝

一个人只能独自接近上帝。

日记

一九一〇年十月二十八日，大约早上六点钟，树林间还是漆黑的夜，几个人影特别奇怪地蹑手蹑足地围着亚斯纳亚波利亚纳的府邸行走。钥匙咔嚓咔嚓地响，像小偷轻轻转动门把手把一扇又一扇门都打开了。在马厩的干草里车夫小心翼翼地把马套在车上，没出一点声音。在两个房间里有不安定的影子晃来晃去，手里拿着遮住光线的手电筒，打开箱子和柜子，摸索着抓起各种各样的包袱。然后，他们就悄悄溜出无声地推开的门，小声说着话，跌跌撞撞地穿过庭园里肮脏的杂草地。一辆马车躲开府邸正面的路，悄悄地从后面向庭园的大门驶去。

这里发生了什么事？是有窃贼闯进府邸了吗？难道是沙皇的警

察终于包围了这位可疑者的住宅，准备进行搜查？不，没有人闯进来，而是列夫·尼古拉耶维奇·托尔斯泰只在他的医生的陪同下像个小偷似的逃出他生活的这座监狱。召唤已经向他发出，这是一个不可反驳的决定性的信号。当他妻子在夜里秘密地神经质地翻寻他的文稿时，他又一次当场捉住了她。这时，他心里突然顽强地横冲直撞地跳出来这样的决定：离开"这个早已离开他心灵的"妻子，离家出走，随便到什么地方去，奔向上帝，奔向自我，奔向自己应得的死。他突然在工作服上面罩上外套，戴上粗俗的帽子，穿上胶鞋，除了老人必需的东西没有携带任何个人的财产，为的是把自己交给人类，就是说他只带了日记本、铅笔和羽毛笔。在火车站，他还潦潦草草地给他妻子写了一封信，让车夫把信捎回家去："我做了一种我这样年龄的老者通常要做的事，我现在离开这尘世喧嚣的生活，为的是在隐遁和孤寂中度过我的余生。"然后他们上了火车，在一节三等车厢的肮脏的板凳上坐下，列夫·托尔斯泰，这位奔向上帝的逃亡者，身上裹着外套，只有他的医生陪伴。

但是托尔斯泰不再自称原来的名字了。就像以前卡尔五世那个两个世界的主人，为了把自己安葬在西班牙马德里埃斯科里亚尔宫的棺木里，把君权的象征物弃置一旁一样，托尔斯泰不仅抛弃了他的金钱、家庭、荣誉，而且抛弃了他的名字。他现在自称 T. 尼古拉耶夫，这是一个希望为自己创造一种新生活和纯洁正当之死的人杜撰出来的名字。终于解除了一切束缚，现在他可以成为走在异乡大道上的朝圣进香者，成为他的教义和真心话的仆人了。在萨马尔金诺修道院，他又向那里的院长即他的妹妹告别：两位年老力衰的人坐在一起，周围是和善的修道士，安定和庄严的孤独使他们变得容光焕发。几天以后，在他第一次失败的出走归来时出生的那个女儿追来了。不过，即使在这里他也无法得到安宁，他害怕被人认出来，怕被跟踪，怕被人追上，再被拉回自己家里那种错综复杂的不真诚的生活中去。因此，他又一次被看不见的手指所触动，在十月三十一日早上四点钟，他突然叫醒女儿，催促继续往前走，到哪儿去都行，去保加利亚，去高加索，到外国去，只要去声望达不到，人们找不着的地方，只要最后能一人独处，走向自我，走向上帝。

但是他的生活和他的教义的可怕的敌手，就是那声望，那折磨他的魔鬼和诱惑者，还是不放过它的牺牲品。世界不准许"它的"托尔斯泰属于他自己，属于他天生的多闻博识的意志。这个被追赶的人在火车的车厢里刚刚坐好，帽子还低低地压在额头上，就有一个旅客认出了这位大师。列车上所有的人立时都知道他在车上了。秘密已经泄露了。随后，便有无数男人和女人在外面拥到这节车厢的门口来看他。他们随身携带的报纸都通栏刊载着有关这个珍贵动物逃出监禁的消息。他的身份泄露出去了，现在已经被包围了，声望又一次，也是最后一次，拦住了托尔斯泰通向完成的路。沿着这列呼啸疾驰的列车，各条电报线路都在嗡嗡响着传递消息。所有的车站都接到了警察局的通知，各级官吏都被动员起来，家里的人已经预订了专车。记者则从莫斯科，从彼得堡，从尼什涅—诺沃戈洛德，从四方八面追逐他，追逐这个逃跑的野兽。神圣的教会会议派出一位神父，想抓住这个后悔的人。突然有一个陌生的先生登上列车，他不断地变出新的嘴脸经过这个车厢，一个密探——不，声望不让他的囚徒逃走。列夫·托尔斯泰不应该也不可以一人独处。人们不容许他只属于自己，只去实现他的神化。

他已经被包围了，被围得水泄不通，没有一个灌木丛能让他藏身。如果这列火车来到边境，就会有一个官员很有礼貌地微微抬一下帽子向他致敬，同时不准他过境。不管他想要逃到哪里去，他的声望总在他面前挡着他，很惹人注意，七嘴八舌，吵吵嚷嚷。不，他脱不了身，利爪紧紧地抓住了他。这时，女儿发现父亲衰老的身体在打寒战。他已经筋疲力尽了，身子靠在硬木椅上。汗从这位索索发抖的老人的每个毛孔里渗出来，汗珠从额头上往下滴。一种寒热病，一种源于他的血统的疾病向他袭来，目的是想要救他。死神已经举起他那件黑色的大衣，在这些跟踪者的面前把他覆盖起来。

在阿斯塔波沃，一个小火车站，他们不得不中止行程，这位垂危的病人实在不能继续旅行了。没有客栈，没有旅馆，没有豪华的房间安置他。那位站长很难为情地把车站二层木屋的站长办公室让给了他（从此以后这里便成了俄罗斯世界朝拜的圣地）。人们把这位冷得发抖的人扶进屋里，于是他所梦想的一切就突然变成了现实；那是一个小房间，低矮，霉味扑鼻，烟味呛人，一派贫穷景象，放着一张铁床，煤油灯光十分暗淡——一下子远离了他逃出来的奢华和舒适。在临死前的最后一刻，一切都变得如他内心所向往的样子：纯洁，没有瑕疵，死完全成为出自他的艺术家之手的崇高的象征。几天以后，这死亡的辉煌的建筑便拔地而起，他的教义得到了庄严的确认，不再受到人们的嫉妒的暗中破坏，不再有人干扰和破坏他的古老尘世的单纯。声望白白地努起贪婪的嘴唇，屏气敛息，守候在紧闭的门外；记者和猎奇者，密探、警察和宪兵，宗教会议派来的教士，沙皇指定的军官，全都白白地奔来和等待：他们的耀眼刺耳、体面丧尽的忙乱丝毫也影响不了这种无法破坏的最后的孤寂。只有女儿守护着他，在场的还有一个朋友和医生，宁静的谦卑的爱默默地环绕着他。床头柜上放着小日记本，这是他对上帝说话的话筒，但那紧张不安的手再也不能握起那支笔了。于是，他便呼吸急促地发出有气无力的声音，向女儿口授了他最后的思想，他称上帝为"无限的宇宙，人只是它的一个有限的部分，是它在物质、时间和空间上的显示"，他宣称，这种尘世的生物和其他生物的生命的联合，只能通过爱来实现。在他去世的两天前，他还集中他的所有感官，去捕捉崇高的真理，那可望而不可即的真理。然后，黑暗便渐渐地遮没了光辉的大脑。

在外面，人们为了解情况好奇而放肆地推来挤去。他再也感觉不到他们了。索菲娅·安德烈耶夫娜，跟他一起生活了四十八年的妻子，因懊悔而显出谦恭，泪如泉涌地从窗口往里张望，只想从远处再看一眼他的面容。他再也认不出她来了。这位目光最敏锐的人觉得生活中的万事都变得越来越陌生了，血液通过渐趋破裂的血管越来越无力，越来越凝滞。在十一月四日的夜里，他又一次振作精神，悲叹道："可是那些农民——那些农民究竟是怎样死的呢？"这不同寻常的生命还在与这不同寻常的死抗争。刚到十一月七日，死就降临到了这位不朽的伟人的头上。银发苍苍的脑袋向后倒在枕头上，那双观察世界比所有的人都锐利的眼睛失去了光泽。这位情急似火的求索者，现在才明白了一切生活的真理和意义。

尾 声

这个人死了，但他与世界的关系继续对人们产生
影响，这影响不仅像他活着的时候一样，而且比
以前更强大。他的影响在他的理性和爱的方面日
益增长，像一切活的东西一样无休无止地发展。

书信

马克西姆·高尔基曾经称列夫·托尔斯泰是一个人类的人，这
真是极为精辟的论断。因为他是跟我们大家一个样的人，都是由一
样的不牢固的泥土做成，都具有同样的尘世的缺陷。但他对这些尘
世的缺陷了解得更深刻，因它们而忍受了更大的痛苦。列夫·托尔
斯泰跟他同时代的其他人相比没有什么不同，他不比别人高级，他
只不过比大多数人更有人情味、更有道德、更有头脑、更清醒、更
热情——仿佛是在世界艺术家的作坊里创造出的那种看不出的原形

的第一个最清晰的复制品。

但是，这种永恒的人的肖像为我们提供了一种朦胧的、常常难以辨认的草图；托尔斯泰就是把这种应该竭力完全放弃的永恒人的肖像选作自己真正的毕生事业，一种永远不能终结、永远不能完全实现、无可比拟的英雄事业。他曾经借助于自己良心的无比真诚，在最坏的人物里寻找过人，进入人们在相互伤害时才能达到的灵魂深处。这位堪称楷模的伦理学的天才以高度严肃的态度和毫不容情的顽强精神无保留地挖掘自己的灵魂，以便从他的那个尘世的外壳里解放我们的完美无缺的原始形象，向全人类展示灵魂更高贵更形同于神的面貌。这位大无畏的教导者从不休息，从不满足，从不使他的艺术具有单纯形式游戏的天真的欢乐的特点，他通过描绘自我为创作这部反映自我完善的杰作工作了八十年。从歌德谢世以后还没有一个作家这样揭示自我，同样也揭示永恒的人。

这种通过个人灵魂的考验和铸造来实现世界道德化的英雄意志，从表面上看，是随着这位非凡人物生命的完结而告终了。但是，他的生命的强有力的搏动仍然坚定不移地对活着的人发挥塑造和继续塑造的作用。有一些战战兢兢地看见过他青灰色犀利目光的人，作为他尘世生活的见证人都还健在。但托尔斯泰这个人早就成为神话了，他的生平变成了人类的一部高贵的传奇，而他反对自我的斗争则变成了我们这一代人和世世代代人的范例。因为一切准备牺牲的思想和一切英雄般完成的事情，永远都是为所有的人而想而做的。人类从一个人的所有伟大之处获得新的更高的尺度。这个不断求索的智者只在热情真诚的自白中才预感到他的局限和规律。只是由于有了他这样的艺术家的自我塑造，人类的灵魂，天才的形象，在尘世间才会被人理解。

上海译文出版社

斯特凡·茨威格 / 著　　高中甫　潘子立 / 译

Sternstunden
der Menschheit

十四篇历史人物画像　人类群星闪耀时

前言

　　没有一个艺术家一天二十四小时都始终是艺术家，艺术家创造的重要的、恒久的一切，总是在罕有的充满灵感的时刻完成的。我们视为古往今来最伟大的诗人和表演家的历史亦复如此，她绝不是不息的创造者。在歌德敬畏地称之为"上帝神秘的作坊"的历史里，平淡无奇、无足轻重之事多如牛毛。这里，玄妙莫测、令人难忘的时刻至为罕见，此种情形，在艺术上、生活中也是随处皆然。她往往仅仅作为编年史家，漠然而不懈地罗列一个个事实，一环又一环地套上那纵贯数千年的巨大链条。因为绷紧链条也要有准备的时间，真正的事件均需要一个发展的过程。向来是：一个民族，千百万人里面才出一个天才；人世间数百万个闲暇的小时流逝过去，方始出现一个真正的历史性时刻，人类星光闪耀的时刻。

　　倘若艺术界出现一位天才，此人必千载不朽；倘若出现这样一个决定命运的历史性时刻，这一时刻必将影响数十年乃至数百年。此时，无比丰富的事件集中在极短的时间里发生，一如整个太空的

1

电聚集于避雷针的尖端。平素缓慢地或先后或平行发生的事件，凝聚到决定一切的唯一的瞬间：唯一的一声"行"，唯一的一声"不"，不早不迟，使这一时刻长留史册，它决定了一个人的生死、一个民族的存亡，甚至于全人类的命运。

　　一个影响至为深远的决定系于唯一的一个日期、唯一的一个小时，常常还只系于唯一的一分钟，这样一些戏剧性的时刻、命运攸关的时刻，在个人的生活上、在历史的演进中，都是极为罕见的。这里，我试图描述极不同的时代、极不同的地域的若干星光闪耀的时刻，我之所以这样称呼它们，乃是因为它们有如星辰放射光芒，而且亘古不变，照亮空幻的暗夜。对书中描述的事件与人物心理的真实性，绝无一处企图借笔者的臆想予以冲淡或加强，因为历史在她完美塑造的那些玄妙的瞬间，是无须他人辅助的。历史是真正的诗人、戏剧家，任何一个作家都别想超越她。

（潘子立　译）

目录

不朽的逃亡者

太平洋的发现

1513 年 9 月 25 日

装备好一艘船

哥伦布①发现美洲后初次归来，凯旋的队列穿过塞维利亚和巴塞罗那人群拥挤的街道时，展示了数不胜数的稀世奇珍：一种迄今不为人知的红种人，从未见过的珍禽异兽——色彩斑斓、大声叫喊的鹦鹉，体态笨拙的貘；接着是不久便在欧洲安家落户的奇异植物和果实——印第安谷种、烟草和椰子。所有这一切都使欢呼的人群深感好奇，不胜惊讶。但最使国王、王后和他们的谋臣激动的，却是哥伦布从新印度带回来的装着金子的几口小木箱、几只小篮子。哥伦布从新印度带回来的金子并不多，不过是他从当地土著人那里换来或抢来的若干装饰品、几小块金条、几把与其说是金子不如说是金粉的金粒——全部虏获物充其量也就只够铸几百枚杜卡登金币②。可是，天才的幻想家哥伦布总是狂热地相信自己愿意相信的事情，他狂热地把开辟通往印度海路的光荣归于自己，一本正经地夸耀说，这只是小小的初次尝试。他说他得到可靠的消息，在这新群岛上蕴藏着丰富的金矿脉；那里，在多处旷野，一层薄薄的土地表层底下很浅很浅的地方，就有这种贵重的金属。用一把普通铁锹就能轻而易举地挖出黄金。再往南走，有几个王国，国王们用金杯饮酒，那里的黄金还不如西班牙的铅值钱。关于新俄斐③的描述使贪求黄金永不餍足的国王听得入迷，当时，人们还不太了解哥伦布此人好吹牛皮，对他的种种许诺深信不疑。于是立即为第二次远航装备起一支庞大的舰队。不必派专人去招募海员。发现了新俄斐，那里只用两只手就能刨出金子，这消息使整个西班牙如醉如狂：数百人、数千人潮水般涌来，都要去那黄金国度。

可是，贪欲从城镇和乡村冲刷出来的是怎样的一股浊流啊！前来报名的不只是想使他们的族徽整个儿地镀上黄金的名门贵胄、胆大鲁莽的冒险家，西班牙所有垃圾和渣滓统统拥向巴罗斯④和加的斯⑤。试图在黄金国一显身手发大财的烙了金印的窃贼，拦路抢劫的强盗、瘪三，想甩掉债主的负债者，想摆脱争吵不休的妻子的丈夫，所有这些穷困潦倒不得志的人，有前科的、被法警追捕的在逃犯，都来报名参加舰队。这些落魄之徒、乌合之众，全都横下一条心，为了立即致富，他们什么暴力手段都敢用，什么罪恶勾当都敢

---

① 克里斯托弗·哥伦布（约1451—1506），出生于意大利的著名探险家。一四九二年，他试图寻找通往印度和中国的最短海路，一直向西航行，发现了后来被称为"新世界"的美洲。

② 十四世纪至十九世纪欧洲通用金币名称。

③《圣经·列王纪》中盛产黄金和宝石之地，西方作家以此喻黄金国。

④ 西班牙西南部港口，哥伦布第一次向西航海由此出发。

⑤ 西班牙西南部港口，临大西洋，曾为西班牙前往美洲商船队的总部所在地。

干。哥伦布说的在那些国度只要把铁锹插进土里，面前就会出现闪光的金块，移民中的富有者都要带上仆人和骡子才能大批运送这种贵金属等等虚夸之辞，更使他们一个个想入非非。那些没有被吸收到探险队里的人就铤而走险，另辟蹊径；胆大妄为的冒险家不去多费力气求得国王准许，便自己装备起船只，只求迅速前往，攫取黄金、黄金、黄金；西班牙的不安定分子和最危险的社会渣滓一下子都被放出来了。

伊斯帕尼奥拉岛①的总督惊恐地眼看这些不速之客潮水般地涌上他管辖的岛屿。海船年复一年运来新的货物和越来越不受管束的人。然而，新来者同样感到异常失望，因为这里绝非遍地黄金，他们像野兽一样向多灾多难的土著人扑过去，但从他们那里已榨不出哪怕是一小粒金子了。于是这些不逞之徒四处游荡、劫掠，既令不幸的印第安人恐惧，也令总督惊慌。总督想让他们当殖民者，拨给他们土地，分给他们牲畜，甚至给他们为数可观的"人畜"，即给他们每人六七十个土著人当奴隶。但这一切全都无济于事。无论出身于名门望族的骑士，还是往日的拦路劫盗，对经营农场全都不感兴趣。他们漂洋过海来到这里不是为了种小麦、养家畜的；他们不为种子和收成操心，而去折磨不幸的印第安人——要不了几年，他们就会让所有当地人统统灭绝的，要不就泡在下流酒吧里。没多久，这些人便负债累累，不得不在变卖地产之后再卖掉大衣、帽子和最后一件衬衣，落得只能依靠商人

①　即后来的圣多明各岛，又称海地。

和高利贷者生活。

　　因此，当伊斯帕尼奥拉岛上一位受人敬重的法学家，马丁·费尔南德斯·德·恩西索学士，为了带一批新人马去援助大陆上他那一块殖民地，于一四一○年装备了一艘船的消息传来，受这些落魄汉子的热烈欢迎。阿隆索·德·奥赫达和迭戈·德·尼古萨这两个著名的冒险家获得斐迪南国王颁赐的特权，在邻近巴拿马海峡和委内瑞拉海岸一带建立一块殖民地，他们匆匆忙忙地将其命名为"卡斯蒂利亚·德尔·奥罗"，即"黄金的卡斯蒂利亚"；精通法律但不谙世事的恩西索陶醉于这美妙动听的名字，被谎言所迷惑，把他的全部财产投入到这项事业中去。可是从位于乌拉巴海湾的圣塞瓦斯蒂安新建殖民地不见送来黄金，只传来刺耳的求救的呼声。他的人员一半死于和土著人的战斗，另一半死于饥饿。为了拯救他的投资，恩西索孤注一掷，用他剩下的钱去装备一支救援探险队。伊斯帕尼奥拉岛上所有潦倒绝望的人听说恩西索需要新的士兵，都想利用这个机会随他离开此地。只要离开就好了，只要能摆脱债主、摆脱心存戒备的严厉的总督就好了！可是，债主们也都在小心防范。他们察觉那些负债最多的债务人企图溜之大吉，永不复返，便死命缠着总督，要他发布命令，未经他特许，任何人都不得离开该岛。总督满足了他们的愿望，设置了一条严密的封锁线，只许恩西索的船停在港外，政府的小船负责巡逻，以防未经特许者偷渡上大船。那些害怕诚实的劳动和累累债务甚于害怕死亡的亡命徒，只好无限愤怒地眼睁睁看着恩西索的船扬帆远航，前去冒险。

木 箱 里 的 人

恩西索的船扯满风帆，从伊斯帕尼奥拉岛向美洲大陆驶去，海岛的轮廓已沉没在蓝色的地平线下。这是一次平静的航行，起初并没有什么特殊情况，只不过有一条特别雄壮有力的大狼狗——名种狼狗贝塞里科的狗崽、自己也很有名的莱昂西科——在甲板上跑来跑去，闻闻这，闻闻那。谁都不知道这条大狼狗是谁的，也不知道它是怎么跑上船的。后来，它在开船前一天运上船的一个装食物的特大木箱前面停下不走了，这就更引起人们的注意。忽然，简直匪夷所思，木箱的箱盖自动打开，从里面爬出一个约莫三十五岁的人来，佩剑执盾，头戴铁盔，全副武装，犹如卡斯蒂利亚的圣雅各①。此人就是巴斯科·努涅斯·德·巴尔沃亚。他就以这样的方式对他那令人惊讶的大胆和机智做第一次试验。此人出生在赫雷斯·德·洛斯·卡巴雷洛斯的一个贵族家庭，曾以普通士兵的身份随罗德里戈·德·巴斯蒂达斯远航到这个新世界，他们的船只在多次迷航之后终于在伊斯帕尼奥拉岛靠岸。总督想使努涅斯·德·巴尔沃亚成为一个顶呱呱的殖民者，但是白费力气；没过几个月，他就抛弃分给他的土地，彻底破产，无法向他的债权人交代。然而，当其他负债的人们握紧拳头在岸上冲着使他们无法逃上恩西索的大船的政府小船干瞪眼的时候，努涅斯·德·巴尔沃亚躲在一个空的大木箱

---

① 耶稣基督的十二使徒之一，西班牙的保护神。

里，在起碇前的混乱中让他的手下把这个空食物箱搬上船，大胆地绕过迭戈·哥伦布①的封锁线而没有被人识破诡计。直至他知道船已远离海岸，绝不会为他一人再掉转头去，这个偷渡客才公开露面。现在他就在船上。

恩西索学士是个法学家，像大多数法学家那样，他对罗曼蒂克不感兴趣。作为有治安权的长官，作为新殖民地的警察总监，他不能容忍吃白饭和身份可疑的人。因此，学士向努涅斯·德·巴尔沃亚宣布，他不想把他带走，经过下一个岛屿时，不管岛上有没有人住，都要把他留在海滩上。

不过后来事情没有发展到这一步。就在这艘船驶往"黄金的卡斯蒂利亚"途中，他们遇见一条载满了人的船，这真是一个奇迹，因为当时只有几十条船航行在这尚不为人知的海域。率领他们的人名叫弗朗西斯科·皮萨罗②，在这之后不久，此人的名字便传遍世界。他的乘客来自恩西索的殖民地圣塞瓦斯蒂安，起初人们还以为他们是擅离职守的造反者。但是他们的报告使恩西索大为震惊：圣塞瓦斯蒂安已经不存在了，他们是这块前殖民地的最后一批人，司令官奥赫达已乘船逃走，剩下的人只有两条双桅小帆船，不得不等到死得只剩下七十人了才动身离开，否则两条小船装不下他们。两条双桅小帆船中又有一条失事，皮萨罗率领的这三十四人就是"黄金的卡斯蒂利亚"最后的幸存者。现在去哪里好呢？恩西索手下的

---

① 迭戈·哥伦布（1480—1526），美洲发现者哥伦布的儿子，时任伊斯帕尼奥拉岛总督。

② 弗朗西斯科·皮萨罗（1471？—1541），西班牙探险家，曾登陆秘鲁，后被政敌的部下所杀。

人听了皮萨罗的叙述后，已没有多大兴趣再去领教荒凉的移民区可怕的沼泽气候和土著人的毒箭。返回伊斯帕尼奥拉岛似乎是他们的唯一的选择。就在这危急关头，巴尔沃亚突然站了出来。他声称，他在随罗德里戈·德·巴斯蒂达斯首次航海时对中美洲全部海岸都有所了解，还记得当年经过一个叫作达连的地方，在一条含有金子的河流旁，居住着待人友善的土著。他说，应该去那里建立新定居点，而不是返回倒霉的伊斯帕尼奥拉岛。

所有人都赞成巴尔沃亚的主意。他们根据他的建议，向巴拿马地峡的达连驶去，在那里照例先对土著人进行血腥屠杀。由于在掠夺来的财物中也有黄金，这伙亡命徒便决定在那里定居，他们怀着虔诚感激之心把这座新城称为"圣马利亚的达连"。

危 险 的 上 升

不久，不幸的殖民地投资人恩西索学士就对没有及时将大木箱连同藏在里面的努涅斯·德·巴尔沃亚一起投入大海深感悔恨，因为这个大胆的汉子几星期后就控制了全部权力。在纪律和秩序中长大的法学家恩西索试图以待任总督的身份管理这块殖民地，使之有利于西班牙王室，他在简陋的印第安人茅舍里签发书写工整、措辞严厉的法令，仿佛是在塞维利亚自己的法律办公室里。他禁止士兵在这迄今无人涉足的蛮荒之地从土著人那里搞到黄金，因为那是王室的资源；他力图迫使这伙无法无天的歹徒遵守秩序和法律，但这些冒险者本能地信服武力而群起反对这位文人学士。不久，巴尔沃亚成了这块殖民地真正的主人。恩西索为求活命，被迫出逃。当国王派到新大陆的总督之一尼古萨终于抵达，要来整顿秩序的时候，巴尔沃亚根本不让他上岸，不幸的尼古萨被从国王赐予他的土地上驱逐出去，在归途中溺死在大海里。

于是努涅斯·德·巴尔沃亚这个从大木箱里爬出来的人成了这块殖民地的主人。但是，他虽然获得成功，却并不愉快。因为他违抗王命，公然造反，加上前来赴任的总督因他而死，使他获得宽恕的希望更加渺茫。他知道逃走的恩西索正在返回西班牙的途中，他会控告他，或迟或早，他必将因叛乱罪受到审判。不过，西班牙毕竟无比遥远，一艘船横渡大洋，一来一回之间，他有充裕的时间。为了尽可能长久地掌握自己篡夺来的权力，他聪明而大胆地寻找唯一的手段。他知道，在那个时代，成就可以为每一种罪行辩护，向王室的财库进贡大量黄金便可以免受惩罚或推迟惩处。因此，当务之急是聚敛黄金，因为黄金就是权力！他同弗朗西斯科·皮萨罗一道压迫和掠夺附近的土著人，经过几次血腥屠杀，他获得了决定性的成功。他阴险而粗暴地袭击待他友善的一个名叫卡雷塔的酋长，并已决定将他处死。卡雷塔向他进言，劝他不要和印第安人为敌，而应与他的部落结盟，并把自己的女儿献给他，作为对他忠诚的担保。努涅斯·德·巴尔沃亚立即认识到在土著人当中有一个可靠而有势力的朋友的重要性。他接受卡雷塔的建议，尤其令人惊异的是，一直到生命的最后一刻，他始终对那位印第安姑娘极其温柔体贴。他同卡雷塔酋长一道征服周围所有的印第安人，在土著人当中树立了巨大的权威，以至于最后连势力最强大的酋长柯马格莱也毕恭毕敬地邀请他去访问。

迄今为止，巴尔沃亚只不过是一个亡命徒，一个敢于违抗国王旨意、注定要被卡斯蒂利亚法庭判处绞刑或砍头的反叛者，可是，对势力最强大的酋长的这次访问使他的一生发生了具有世界历史意义的转折。柯马格莱酋长在一座宽敞的石砌房子里接待他，其陈设之奢华令巴尔沃亚极为惊诧，没等客人提出要求，主人便馈赠四千盎司黄金。接着就轮到酋长大感惊讶了。因为，他毕恭毕敬地接待的这些天之骄子，这些强大的、如同上帝一般的外来者，一见到金子，就把尊严抛到一边去了。他们像一群解开铁链的狗，向着对方扑过去，拔出刀剑，攥紧拳头，声嘶力竭地狂吼，人人都想比别人得到更多黄金。酋长看着这场闹剧，既惊奇又鄙夷：这是天涯海角不谙世事的人们对文明人的永远的惊讶，在这些文明人眼里，一小撮黄色金属比他们的文明所取得的一切精神上和技术上的成就还要宝贵。

酋长终于对他们讲了一番话，西班牙人贪婪而惊讶地听着译员翻译。柯马格莱说，很奇怪，你们为这种毫无价值的东西争斗，为了一种这么平常的金属吃了那么多苦头，经受那么多危险。对面那边，在这高高的群山后面，有一片辽阔的海洋，所有的河流都夹带着金子汇入大海。那里居住着一个民族，像你们一样乘坐有帆有桨的船，那里的国王吃喝都用黄金器皿。你们可以在那里找到这种黄色金属，想要多少就有多少。这是一条危险的路，因为酋长们肯定会阻拦你们。不过，到那里也就只有几天的路程。

这一席话正中巴尔沃亚下怀。终于找到了多少年来梦寐以求的传说中的黄金国的线索！他的先行者们走遍南北各地，寻找这个地方，如今，如果这个酋长说得不错的话，只需几天路程就能到达那里。同时也证明了另一个大洋的存在，哥伦布、卡博特、科雷列亚尔等著名的航海家都寻找过，但都没有找到通往这个大洋的道路。发现这条路，其实也就是发现了环地球航行的海路。谁首先望见并为他的祖国占有这一片新的海洋，谁就会名垂千古。巴尔沃亚十分清楚，为了赎罪，为了博取不朽的荣耀和名誉，他必须采取行动：他要成为第一个横越巴拿马地峡到达通向印度的南海的人，同时为西班牙王室占领新俄斐。在柯马格莱酋长家里的这一小时，决定了巴尔沃亚的命运。从这一刻起，这个出来撞大运的冒险家的生活便具有了一种崇高的、超越时间的意义。

逃遁到不朽的事业中去

　　一个人最大的幸福莫过于在人生的中途，富有创造力的壮年，发现自己此生的使命。巴尔沃亚知道他面临着这样的赌博——要么惨死在断头台上，要么名垂千古。首先必须花钱疏通，取得朝廷的和解，承认他篡权的罪恶行径合法、有效！为此，昨天的反叛者摇身一变成了最殷勤的臣仆，他不仅给在伊斯帕尼奥拉岛上的朝廷财务大臣帕萨蒙特送去依法应给朝廷的柯马格莱赠金的五分之一，并且，他比刻板的法学家恩西索熟谙世故，还私下给财务大臣大宗赠款，请求财务大臣确认他是这块殖民地的长官。财务大臣帕萨蒙特虽然无权这样做，但看在金灿灿的黄金分上，仍然发给巴尔沃亚一

10

份临时文件，实际上是毫无价值的一纸空文。同时，为求各方面保险起见，在此之前，巴尔沃亚已派了两个最可靠的心腹去西班牙，向朝廷奏明他为朝廷建树的功勋，并报告他诱骗酋长说出的重要消息。巴尔沃亚派人向塞维利亚报告说，他只需要一千兵力，就足以完成在他之前还没有一个西班牙人做到的事情。他认为自己有责任去发现这一片新的海洋，并占领终将被发现的黄金国。哥伦布曾经许诺找到而始终没有找到的黄金国，他，巴尔沃亚，如今要去征服它了。

对于这个输家、叛乱者和亡命徒，一切似乎都已好转。但是，来自西班牙的下一条船带来了坏消息。参与叛乱后，他派遣去挫败恩西索在朝廷对他指控的一个帮手报告说，大事不妙，他甚至会有生命危险。被激怒的学士已向西班牙法庭控告夺走他的权力的强盗，法庭判处巴尔沃亚赔偿他的损失。相反，或许有可能拯救他的关于南海就在附近的消息却还没有送到西班牙。无论如何，一位法官将乘下一条船前来清算巴尔沃亚的叛乱，不是将他就地处决，就是把他套上镣铐，带回西班牙。

巴尔沃亚明白他完蛋了。他们还没有得到他送去的关于附近的南海和黄金国的消息，就对他做出了判决。不言而喻，有人会充分利用它的，在他人头落地的时候，或许就会有某个人去完成他魂牵梦萦的事业。他自己再也不可能指望从西班牙获得什么东西了。谁都知道是他逼得国王派来的合法总督一命呜呼，是他擅自赶跑了行政长官，如果只判他徒刑，而不在断头台上惩处他的胆大妄为，他就该称这判决是宽大的了。他不能指望有权势的朋友，因为他自己已经没有权力了，而他的最好的说情者——黄金——的声音又十分微弱，不足以确保他能获得宽恕。现在只有一个办法能救他，使他不致因他的大胆行为而受到惩罚，那就是去干一桩更大胆勇敢的事情。如果他在法官到达之前，在捕吏捉住他拘捕他之前，发现了另一个海洋，发现了新俄斐，他就得救了。在人类居住的世界的尽头，他只有一种逃亡的形式，那就是逃遁到宏伟壮丽的事业中去，逃遁到不朽的事业中去。

于是，巴尔沃亚决定不再等待为征服那一片未知的大洋恳请西班牙派来的一千兵力到达，也不等候法官到来。他宁愿带领和他一样坚决的一小批人去冒险，去干这件大事！与其双手被捆屈辱地被拖上断头台，不如为一切时代最英勇的冒险行动光荣牺牲！巴尔沃亚召集殖民地所有的人，向他们说明他穿越地峡的意图，他并不隐讳种种困难，问他们谁愿意随他前往。他的勇气鼓舞了其他人。一百九十个士兵，这块殖民地的几乎全体武装人员都表示愿意追随他。不需要为装备过多操心，因为这些人一直都在战争中生活。一五一三年九月一日，为了摆脱绞架，摆脱监狱，英雄和匪徒、冒险家和叛乱者努涅斯·德·巴尔沃亚开始逃亡，开始了他向不朽的事业的进军。

永 恒 的 瞬 间

卡雷塔酋长的女儿是巴尔沃亚的伴侣，穿越巴拿马地峡的行动就从卡雷塔小小的王国所在地科伊巴省开始。后来的事实证明，巴尔沃亚没有选择通过最狭窄地带的路线，由于不了解情况，他们危险的行程延长了好几天。对他而言，最重要的事情大概是在断然向未知之境挺进时能有一个友善的印第安部族保障他的补给或掩护他撤退。全队一百九十个配备有长矛、剑、火枪和弩的士兵，带着一大群令人望而生畏的狼狗，乘十条大独木舟从达连向科伊巴进发。那个结盟的酋长提供他部落里的印第安人作为向导和驮物品的脚夫，九月六日开始那一次穿越地峡的光荣进军。这次行军即使对这些如此大胆勇猛、历经考验的冒险者的意志力也是巨大的挑战。西班牙人首先必须在令人昏昏欲睡、如感窒息的赤道火烤似的炎热中穿越大片大片低洼地，那里的沼泽和热病在几百年后修建巴拿马运河时还使数千人丧生。一开始就必须使用刀剑和斧子在从未有人到过、遍布毒藤蔓的热带丛林中开出一条路。有如穿过一座巨大无比的绿色矿山，走在队伍前面的人为后面的人开出一条穿过丛莽的狭窄小道。这支西班牙占领者的军队排成长长的单人队列，一个跟在一个后面，始终武器不离手，无论白天黑夜，总是保持高度警惕，随时准备对付土著人的突然袭击。参天大树的上空，太阳无情地烘烤着，树冠连成一片，在这潮湿的拱顶下面，阴沉沉的，又闷又热，叫人透不过气来。他们背着沉重的装备，大汗淋漓，嘴唇干裂，一里一里地艰难前进；突然又会大雨滂沱，涓涓溪流顿时变为湍急的河流，只能涉水而过，或踩着印第安人迅速用韧树皮搭成的摇摇晃晃的临时便桥过去。西班牙人的食物只有很少一点的玉米；他们睡眠不足，又饥又渴，身边总是围绕着无数蜇人的吸血昆虫，他们身上的衣服被荆棘撕成了碎片，脚部受伤，双眼布满血丝，面颊被嗡嗡叫的蚊虫叮得红肿，白天不能休息，晚上无法睡觉，很快便精疲力竭。行军才一星期，大多数人已经无法承受这般劳累。巴尔沃亚知道，真正的危险还在前面。他宁可把害热病的人和那些已疲乏得无法继续行军的人统统留下来，只率领从他的部队中精选的人员，大胆地进行决定性的冒险行动。

地势终于开始缓缓上升。只在低洼的沼泽地带才能长得异常茂密繁盛的热带丛林变得稀疏了。丛林已不能再为他们遮阴，赤道斜射的阳光明晃晃地、火烤一般地照射在他们沉重的装备上。这一群疲惫不堪的人只能一小步一小步地、缓慢地爬上一个丘陵地带，它连接着犹如一条石脊梁隔断两个大洋之间的狭长地带的连绵群山。视野渐渐开阔，夜晚清风凉爽。经过十八天艰苦卓绝的行军，最严重的困难似乎已经克服了；山脊已在他们面前升起，据印第安人向导说，站在山峰上就能望见大西洋和当时尚未为人所知、尚未命名的太平洋这两个大洋。然而恰恰在此时，在顽强而诡谲的大自然似乎已被征服了的时候，新的敌人——当地一个印第安部落的酋长率领数百名武士迎面挡住外来者的去路。同印第安人作战，巴尔沃亚是富有经验了。只要来一次火枪齐射就万事大吉了，人造的雷鸣闪电就将又一次证明他拥有制伏土著人的魔力。惊慌失措的印第安人喊叫着逃命不迭，西班牙人和狼狗紧追不舍。但是，像一切西班牙占领者一样，巴尔沃亚并不满足于轻易取得的胜利，他的骇人听闻的残暴玷污了他的名誉，他把一大批被缚而无力自卫的俘虏活活丢给一群饥饿的狼狗撕裂、撕碎和咬食，以取代观看斗牛和古罗马斗士格斗的娱乐。巴尔沃亚名垂千古之日的前一天夜晚，一场令人恶心的大屠杀玷污了他的名声。

在这些西班牙占领者的性格和行为中确曾有过一种难以解释的复杂独特的现象。他们以基督徒才有的虔诚和信仰狂热地、发自内心地祈求上帝，同时又以上帝的名义干出历史上最卑鄙无耻的非人道的勾当。他们的胆识、献身精神和承受艰险磨难的能力，可以做出最壮丽的英雄业绩；同时他们又无耻至极地尔虞我诈、互相争斗，而在他们卑鄙的行为中又有一种明显的荣誉感和对于他们的历史使命的伟大意义所具有的奇妙的、真正令人赞叹的意识。巴尔沃亚在此前一天夜晚把俘虏抛给狼狗，并且或许还抚摸过滴着新鲜人血的狼狗的嘴巴，他完全明白他的业绩在人类历史上的意义，在决定性的时刻，他找到了一个世世代代永远不会被遗忘的姿态。他知道，那一年的九月二十五日将会是一个具有世界意义的日子，这个行事果断的硬汉冒险家以西班牙人奇妙的激情宣告他多么充分理解他的超越时间的使命的重大意义。这是巴尔沃亚绝妙的姿态：就在血腥屠杀的当天晚上，一个土著人指着一座远处的山峰对他说，从山顶上就能望见那个尚不为人知的南海。巴尔沃亚立即发布命令。他把伤兵和疲惫不堪的人留在洗劫过的村子，命令还能行军的人——从达连出发时的一百九十人中现在只剩下六十七人——去攀登那座山峰。上午十时许，他们已接近顶峰。只要再爬上一个光秃秃的圆形小山的山顶，就可极目远眺茫无涯际的海天了。就在这一刻，巴尔沃亚下令停止前进。他不让任何人跟随，因为他不愿和任何人分享第一次看见这未知大洋的殊荣。他要自己一个人、永远就他自己一个人，成为横渡我们这个宇宙的浩瀚的大西洋之后又看见另一个未知的大洋——太平洋的第一个西班牙人、第一个欧洲人、第一个基督徒。他深刻感受到这一瞬间的历史意义，心怦怦跳，左手举旗，右手提剑，缓缓登山，广阔无垠的周遭只有他一个孤单的身影。他不慌不忙地走上山去，因为真正的事业已经完成。只要再走几步，越来越少的几步，便大功告成。的确，他一登上峰顶，眼前便展现一派非凡的景色。郁郁葱葱的森林覆盖着的渐次低缓下去的山峦和丘陵后面，是一望无际波光粼粼的万顷碧波，这就是那个新的海洋、未知的海洋，迄今只有人梦想过而不曾有人见到的、哥伦布和他的所有后继者年复一年徒然寻找的神奇的大洋，它的波涛拍打着美洲、印度和中国的海岸。巴尔沃亚望了又望，自豪而幸福地意识到自己是第一个把大洋无尽的碧波尽收眼底的欧洲人。

巴尔沃亚欣喜若狂地久久凝望远方。之后，他呼唤伙伴们上来分享他的喜悦和骄傲。他们不安地、激动地、气喘吁吁地爬着山，奔上山顶，兴奋的目光惊奇地凝视着。突然，随队同行的神甫安德列斯·德·巴拉唱起了感恩诗，喧哗和叫喊声立刻停止了。这群士兵、冒险家和匪徒生硬的粗嗓门汇合一起，开始虔诚的合唱。印第安人惊讶地看到，他们听了神甫说了一句话，便砍倒一棵树，用它做成一个十字架，在上面刻下西班牙国王名字的第一个大写花体字字母。十字架竖立起来了，它张开两只木头臂膀，仿佛要拥抱大西洋和太平洋这两个大洋，以及大洋后面所有眼不可见的远方。

庄严肃穆中，巴尔沃亚站了出来，向他的士兵发表讲话，要他们感谢上帝赐予他们这份荣誉与恩惠，并且祈求上帝继续佑助他们占领这个海洋和所有这些国家。如果他们愿意一如既往地继续追随他，忠贞不贰，那么他们从这新印度回国时就将是最富有的西班牙人了。他神色庄重地举起旗子向四面八方迎风挥动，表示这风所吹到的远方，他一概要为西班牙去占领。接着，他叫安德列斯·德·巴尔德拉瓦诺草拟了一份文件，把这庄严的一幕永远记录下来。安德列斯·德·巴尔德拉瓦诺展开一张羊皮纸，他先前把它和墨盒、鹅毛笔一起密封在一个木匣子里面，背着走过原始森林，这时他要求所有贵族、骑士和士兵——这些品德高尚、诚实正直的人——证实他们在"卓越而备受敬重的队长、国王陛下的总督巴斯科·努涅斯·德·巴尔沃亚发现南海时全都在场"，证实"是这位巴斯科·努涅斯先生第一个看见这片海洋，并指给追随在他身后的人看的"。

随后，六十七人从山顶下来，一五一三年九月二十五日这一天，人类知道了地球上迄今不为人知的最后一片海洋。

黄 金 和 珍 珠

确凿无疑：他们看见了这片海洋。现在下山到岸边去，去感受潮乎乎的海潮，触摸它，感觉它，品尝它，攫取海滨的虏获物！下山的路程走了两天，为了寻找从山麓到大海的捷径，巴尔沃亚把全队分成若干小组。第三组在阿隆索·马丁的率领下首先到达海滨，这支探险小队的成员，甚至连普通士兵，都一个个充满渴望荣誉的虚荣心，渴望不朽；阿隆索·马丁这个头脑简单的汉子甚至立即让文书白纸黑字写成文件，证明他是第一个把手脚浸入这尚无名字的水域的人。他一直等到给如此渺小的"我"记上如一粒微尘似的不朽业绩之后，才向巴尔沃亚报告他来到了大海边，亲手触摸了海水。巴尔沃亚立刻准备做出新的慷慨激昂的姿态。次日正好是教历圣米歇尔节，他只带二十二名士兵出现在大海边，他像圣米歇尔一样全副武装，在庄严的仪式中占领这新的海洋。他没有立即奔入大海的波涛中，他恍如海涛的主人和主宰者，高傲地在一棵树下休憩，等待大海涨潮，海浪卷到他跟前，像一条驯顺的狗献媚地用舌头舔他的双脚。这时他才站起身来，把盾牌背到背上，让它在阳光下像镜子一样闪闪发亮；他一手提剑，一手高举绣着圣母像的卡斯蒂利亚旗帜，迈开大步跨进大海，直至波浪拍打他的臀部。他浸泡在这陌生的汪洋大海之中，巴尔沃亚，这个迄今的反叛者和亡命徒，如今国王最忠实的仆人和凯旋者，才向四面八方挥动旗子，同时高呼："卡斯蒂利亚、莱昂①、亚拉冈的至高无上的君主斐迪南和胡安娜②万岁！为了卡斯蒂利亚王室的利益，我以他们的名义，真正地、实实在在地永远占领所有这些海洋、陆地、海岸港口和岛屿，我发誓，任何亲王、总督，任何人，无论是基督徒还是异教徒，无论他是何种信仰、何种地位，如果对这些陆地和海洋提出任何要求，我都要以卡斯蒂利亚君主的名义捍卫它们，它们现在是卡斯蒂利亚君主的财产，只要世界存在一天，直至末日审判，任何时候都是他们的财产。"

全体西班牙人都重复一遍这一誓言，他们的声音片刻就淹没了

① 指九世纪时西班牙西北部的莱昂王国，后归属于卡斯蒂利亚王国。
② 胡安娜（1479—1555），亚拉冈国王斐迪南二世和卡斯蒂利亚女王伊萨伯拉所生之女，后继承母亲在卡斯蒂利亚的王位，一五〇五年至一五一六年间由其父摄政。

海涛的喧嚣。每个人都用海水濡湿嘴唇。文书安德列斯·德·巴尔德拉瓦诺再次把这一占领记录在案，他的文件的结束语是："这二十二人和文书安德列斯·德·巴尔德拉瓦诺是第一批把脚伸进南海的基督徒，大家都用手试一试海水，用嘴唇舔一舔海水，看它是否像另一个大洋一样是咸的。当他们知道确实是咸海水的时候，众人齐声感谢上帝。"

伟大的事业已经完成。现在必须从这英勇的历险中谋取尘世的好处。西班牙人从一些土著人那里抢夺或换了一些黄金。但在他们高奏凯歌之际，又有新的惊喜等待着他们。在附近岛屿上发现多得不得了的珍珠，印第安人双手满满地捧着价值连城的珍珠献给他们，其中一颗名唤"佩莱格丽娜"的珍珠是所有珍珠中最美的一颗，它因为装饰了西班牙和英国国王的王冠而被塞万提斯和洛佩·德·维加①吟咏过。西班牙人把这些珍品塞满他们大大小小的口袋，在当地，这些东西并不比海螺和沙子更值钱。他们贪婪地继续打听哪里有对他们来说是世上最重要的东西——黄金，一个印第安人酋长指着南方地平线上隐隐的一脉远山，解释道：那里有一个国家，拥有无穷无尽的珍宝，那里的统治者用黄金器皿宴饮，还有四条腿的高大动物（那酋长说的是美洲驼）把大批最华美的珍宝运到国王的宝库里去。他说出那个在大海那边远山后面的国家的名称，听起来像"比鲁"，声音悦耳动听又令人觉得陌生。

巴尔沃亚顺着酋长伸出的手所指的方向，凝神遥望远方，那里

---

① 洛佩·德·维加（1562—1635），西班牙剧作家、诗人。

淡淡的远山隐没在天际。"比鲁",这个柔和而充满诱惑力的词立即深深铭刻在他的心头。他的心不平静地怦怦跳。他这一生中第二次意外地获得伟大的预示。柯马格莱所说的关于南海就在附近的话已经得到证实。他已发现了珍珠海岸和南海,说不定他还会有第二个发现,发现并征服这个地球上的黄金国——印加帝国。

诸神难得佑助……

巴尔沃亚痴迷的目光依然凝视着远方。"比鲁",即秘鲁,这个字眼犹如金钟的钟声在他的心头回荡。可是这一回,他不敢贸然去侦察,只好忍痛放弃。只有疲惫不堪的二三十人,是征服不了一个帝国的。暂且回到达连去,待日后重整旗鼓,再沿着业已发现的道路奔向新俄斐。但回程也绝不轻松。西班牙人必须再次奋力穿过热带丛林,再次击退当地土著人的突然袭击。这已经不再是一支作战部队,而是一小股身染热病、凭着最后一点力气踉踉跄跄往前走的武装。巴尔沃亚本人病得几乎快死了,印第安人用吊床抬着他,经过骇人听闻的艰苦跋涉才于一五一四年一月十九日回到达连。历史上最伟大的事业毕竟已经完成了。巴尔沃亚兑现了自己的诺言,随他前往未知之境的人个个成了富人;他的士兵从南海海岸带回去的珠宝是哥伦布和其他征服者无法相比的,其余的殖民者也都分到一份。五分之一的财富进贡给王室。这个凯旋者在分战利品的时候,为了犒劳凶猛地把土著人撕成碎块的狗莱昂西科,像对待任何一个战士一样也分给它五百块金比索,没有人对此表示不满。在他取得如此辉煌的成就之后，殖民地再也没有一个人对他作为总督的权威持有异议。人们像尊崇上帝一样崇敬这个冒险家和反叛者，他可以骄傲地向西班牙报告，说他为卡斯蒂利亚朝廷完成了哥伦布以来最伟大的事业。他的幸福的太阳冲破迄今笼罩着他的阴云冉冉上升，如今正处于中天的顶点。

然而巴尔沃亚好景不长。几个月后，六月里阳光灿烂的一天，达连的居民惊讶地拥向海滩。一片风帆出现在地平线上，在这被世人遗忘的角落，它本身就是一个奇迹。可是，看吧，在它旁边出现了第二张风帆，第三张、第四张、第五张，很快就出现了十艘帆船，不，是十五艘，不，是二十艘，一支完整的舰队向着海港驶来。很快他们便了解到，这一切都是巴尔沃亚的信件促成的，不是他那封报捷信，那封信还没到达西班牙，而是他早先那封转述那个酋长关于附近的南海和黄金国的报告的信，他在信中请求派遣一支一千人的兵力去占领那些土地。西班牙朝廷毫不犹豫地装备了一支如此强大的舰队，然而塞维利亚和巴塞罗那的当政者一分钟也不想把这么重要的任务托付给一个像巴尔沃亚这样声名狼藉的冒险家和反叛者。他们派了一个自己的总督随船前来，一个备受尊敬的富裕贵族、年已六旬的佩德罗·阿里亚斯·达维拉（人们大多称呼他为佩德拉里亚斯）。他以国王委任的总督的身份在殖民地最终建立起了秩序，对以前发生的犯罪行为绳之以法，找到那个南海并占领致人幸福的黄金国。

此时佩德拉里亚斯颇为自己的处境感到懊恼。一方面，他奉命追究反叛者巴尔沃亚早先驱逐总督的责任，一旦证明他有罪，就要将他逮捕归案，否则就证明他并无过失；另一方面，他又负有发现南海的使命。但他的船刚靠岸，便得知就是这个他要绳之以法的巴尔沃亚，已经靠自己的力量完成了这一伟大业绩，这个反叛者已经庆祝完了本该属于他的胜利，为西班牙朝廷建立了自发现美洲以来最显赫的功勋。自然，对这么一个人，他现在不能像对待一个普普通通的犯罪分子那样把他捉去砍头，他必须彬彬有礼地向他问候，真诚地向他表示祝贺。但从这一刻起，巴尔沃亚已经完蛋了。佩德拉里亚斯永远不会原谅这个对手擅自做成这件事，是他奉命前来完成这项使命的，这项事业本该使他流芳百世。为了不过早激怒那些殖民者，他不得不把对巴尔沃亚的仇恨深深隐埋在心里。调查推迟进行，佩德拉里亚斯甚至让还留在西班牙的亲生女儿和巴尔沃亚订婚，造成和平的假象。但他对巴尔沃亚的嫉妒和憎恨绝不稍减，相反，当西班牙终于获悉巴尔沃亚的行动，从国内发来一份法令，追授这个前反叛者适当头衔，也任命他做总督，并嘱咐佩德拉里亚斯一切大事都要和巴尔沃亚商量的时候，他对巴尔沃亚更是恨得咬牙切齿。这个小地方有两个总督实在太多了，必须有一个让位，两人中必有一个要完蛋。巴尔沃亚感觉到自己头上悬着一把利剑，因为佩德拉里亚斯掌握兵权和司法权。于是他试图再次逃亡，他的第一次逃亡曾获得了很了不起的成功，使他成了不朽的逃亡者。他恳求佩德拉里亚斯允许他装备一支探险队，去查明环南海海岸，占领更广阔的地域。这个老反叛者的秘密意图是在大海彼岸摆脱任何监督和控制，自己建立一支舰队，当自己领域的主人，可能的话，也去占领神话般的秘鲁，这新世界的俄斐。老谋深算的佩德拉里亚斯表示同意。巴尔沃亚如果在此次行动中丧生，更好；如果他获得成功，以后反正还有时间除掉这个野心勃勃的家伙。

于是巴尔沃亚开始了为追求不朽的新的逃亡。他的第二次行动也许比第一次更加辉煌，然而历史向来只褒扬成功者，此次行动在历史上并未获得同样的荣誉。这一次，巴尔沃亚不仅带着他的队伍穿越地峡，而且让数千名土著人拉着木材、板材、四艘双桅帆船用的船缆、船帆、船锚翻山越岭。因为到了山那边，他若有一支舰队，就可以占领所有海岸，征服盛产珍珠的岛屿和秘鲁，那神奇的秘鲁。可是这一次，命运偏和大胆的冒险者作对，他不断遇到新的反抗。在穿过潮湿的热带丛林的行军途中，蛀虫咬坏了木材，木板霉烂，无法使用。巴尔沃亚毫不气馁，他命人在巴拿马海湾砍伐树干，制作新的木板。他的才干创造出真正的奇迹。似乎一切都成功了：太平洋上的第一批双桅帆船造好了。突然，一场猛烈的龙卷风导致船只停泊的河流河水激涨，船被卷走，在海上撞得粉碎。巴尔沃亚不得不第三次从头开始，终于造好了两条双桅帆船。只需要再有两三条船，巴尔沃亚就可以出发去占领自从当年那个酋长伸手指向南方，他第一次听到"比鲁"这充满诱惑力的字眼以来便日日夜夜魂牵梦萦的那片土地。只要再派几个勇敢的军官前来，并为他的队伍提供良好的补给，他就可以建立自己的帝国了！只要再给他几个月时间，只要让他的大胆计划交上一点儿好运，世界史就不会把皮萨罗，而会把努涅斯·德·巴尔沃亚称为印加人的战胜者、秘鲁的征服者了。

然而，即使对她自己的宠儿，命运从来都不是慷慨无度的。诸神难得佑助凡人完成超乎一项以上独一无二的不朽功业。

死　亡

努涅斯·德·巴尔沃亚以钢铁般顽强的毅力为他一展宏图进行准备。然而恰恰是他的非凡成就给他招致了危险，因为佩德拉里亚斯猜忌的眼睛一直不安地审视着他的下属的意图。也许是有人告密，使他获悉巴尔沃亚野心勃勃梦想建立自己的统治；也许他只不过出于嫉妒，担心这个老反叛者再度获得成功。总之，他突然派人给巴尔沃亚送去一封非常热情恳切的信，请他在开始最终的远征之前，回达连附近的城市阿克拉去作一次商谈。巴尔沃亚希望他的探险队能从佩德拉里亚斯那里继续得到支援，便如其所请，立即返回。阿克拉城门前，一小队士兵迈着正步向他迎面而来，好像是来迎接他；他急忙朝他们奔过去，要拥抱他们的队长、发现南海时的伙伴、他多年的战友和密友弗朗西斯科·皮萨罗。

可是，皮萨罗把手重重地按在他的肩上，宣布他被捕了。皮萨罗也渴望不朽，渴望占领黄金国，除掉这么一个桀骜不驯、无所忌惮的挡路人也许正中下怀。总督佩德拉里亚斯开庭审判所谓的叛乱案，迅速做出了不公正的判决。几天后，巴斯科·努涅斯·德·巴尔沃亚同他的几个最忠诚的伙伴走上断头台。刽子手刀光一闪，人头落地，一秒钟后，人类第一双同时看见环绕我们这个地球的两个大洋的眼睛便永远闭上了。

（潘子立　译）

24

拜占庭的陷落

1453 年 5 月 29 日

认 识 到 危 险

一四五一年二月五日，一名密使来到小亚细亚，给苏丹穆拉德的长子、二十一岁的马霍梅特①送来其父辞世的消息。狡黠而精力充沛的亲王闻讯之后，不同他的大臣和幕僚打声招呼便飞身跃上骏马，狠命鞭打胯下纯种良驹，疾驰一百二十英里直抵博斯普鲁斯海峡，随即渡过海峡在加里波利半岛踏上欧洲海岸。到了那里，他才向他的亲信透露其父的死讯。为了将任何觊觎王位的图谋粉碎在萌芽状态，他率领一支精兵前往亚德里亚堡。他果然被尊为奥斯曼帝国的统治者，并无人表示异议。马霍梅特即位后的第一个行动就显示出他极其果断、残忍。为了消灭同血缘的对手，免除后患，他命人将未成年的胞弟溺死在浴池里，随即又让被他收买来干这桩勾当的凶手紧跟被害者之后一命归阴——这也证明他诡计多端，狡诈野蛮。

这个年纪轻轻、性情暴烈而又好大喜功的马霍梅特继比较小心谨慎的穆拉德后，当上了土耳其苏丹，这消息使拜占庭惊恐万分。由于有成百个暗探，人们知道这个虚荣心很重的人曾经发誓要占领一度成为世界中心的拜占庭，又知道他虽年轻，却为其平生宏图日夜思虑谋略；同时，所有报告一致称这位新君具有卓越的军事和外交才能。马霍梅特集两种类型的品质于一身：既虔诚又残暴；既热情又阴险；既有教养、酷爱艺术、能阅读用拉丁文写的恺撒和其他古罗马人物的传记，同时又是个杀人不眨眼的野蛮人。此人长着一对忧郁的细眼睛，尖尖的线条分明的鹦鹉鼻子。他证明自己一身而三任：不知疲倦的工人，凶悍勇猛的战士，厚颜无耻的外交家。所有这一切危险的力量全都为了实现一个理想而集中在一起：他的祖父巴亚采特和他的父亲穆拉德曾让欧洲领教过新土耳其民族的军事优势，马霍梅特决心远远超过他先祖的功业。人们知道，人们感觉到，他的第一个打击目标必将是君士坦丁②和查士丁尼③皇冠上硕果仅存的璀璨宝石——拜占庭。

对一只坚定的手来说，这颗宝石确实是没有保护的，近在咫尺，伸手可及。拜占庭帝国，也就是东罗马帝国，它的疆域一度宽广无垠，从波斯直至阿尔卑斯山脉，又延伸到亚洲的荒野。那是一个费时数月也难以从一端到达另一端的世界帝国，如今步行三小时，轻轻松松，便可横越全境：可怜盛极一时的拜占庭帝国，只剩

---

① 即后来的土耳其苏丹穆罕默德二世（一四五一年至一四八一年在位）。
② 指古罗马皇帝君士坦丁一世。
③ 即东罗马帝国皇帝查士丁尼一世。

下一个没有身躯的脑袋，没有国土的首都；甚至君士坦丁堡这个古老的拜占庭帝国的京城本身，属于巴西列乌斯皇帝①的也就只有今天斯坦波尔②这弹丸之地，加拉太③已落入热那亚人之手，城墙外面的土地尽属土耳其人所有；末代皇帝的帝国只有一个小碟子那么大，正好有一座环形大墙，把教堂、宫殿和杂乱无章的住宅围在里面，人们就管这叫拜占庭。从前，该城一度被十字军士兵洗劫一空，瘟疫肆虐，十室九空，为抵御诺曼民族的不断侵扰疲于奔命，又因民族不和、宗教纠纷而陷于四分五裂，因而该城既不能组建军队，又缺乏依靠自己力量抗击敌人的英勇气概。敌人早已将它团团围困；拜占庭末代皇帝君士坦丁·德拉加塞斯的紫袍无非是一袭清风织就的大衣，他的皇冠不过是命运的戏弄。然而，恰恰因为拜占庭业已陷入土耳其人的重围，又由于它与西方世界有千年之久的共同文化而被视为神圣，因而对欧洲来说，拜占庭乃是欧洲荣誉的象征；只有罗马天主教国家同心协力保护这个业已倒塌的东方最后的堡垒，圣索非亚——东罗马基督教最后又是最美丽的大教堂才能继续成为信仰的殿堂。

君士坦丁立即认识到这一危险。尽管马霍梅特奢谈和平，他却怀着不难理解的恐惧接连遣使前往意大利，或觐见教皇，或赴威尼斯、热那亚，要求他们派遣橹舰，出兵相助。但罗马犹豫不决，威

①　即东罗马帝国末代皇帝君士坦丁十三世。
②　今土耳其城市伊斯坦布尔的一个区。
③　位于金角湾与博斯普鲁斯海峡交汇处的一个小据点，隔金角湾南望君士坦丁堡，当时由热那亚人控制，为中立地区。

尼斯同样如此。因为东西方信仰之间古老的神学鸿沟①，依然未能弥合。希腊教会憎恶罗马教会，希腊教会大主教拒不承认教皇为至高无上的大主教。鉴于土耳其人的威胁，虽然在费尔拉拉和佛罗伦萨的两次教法会议上通过了两大教会重新联合的决定，保证在反抗土耳其人的斗争中向拜占庭提供援助，然而拜占庭一感到自己并非危在旦夕，希腊教的高级教会会议便拒绝使条约生效；直到这时，马霍梅特当上了苏丹，危难才让正统观念的偏执折服：拜占庭在遣使赴罗马求救的同时，带去了让步的信息。于是士兵和军需运上了橹舰，教皇特使另乘一艘船同时起航，以便举行西方两大教会和解的庄严仪式，并向世界宣告，谁进攻拜占庭，就是向联合起来的基督教挑战。

和 解 的 弥 撒

十二月的那一天，在富丽的长方形教堂举行庆祝和解的盛典，场面确实很壮观。在今天的清真寺里，我们绝难想象那里昔日华美的大理石、豪华的镶嵌艺术、稀世奇珍、珠光宝气是何等气派！君士坦丁皇帝巴西列乌斯在帝国全体显贵簇拥下亲临教堂，以他的皇冠为永恒的和睦充当至高无上的佐证。巨大的厅堂人头攒动，无数

---

① 随着罗马帝国在三九五年分裂为以君士坦丁堡为首都的东罗马帝国和以罗马城为都城的西罗马帝国，基督教不久也在实际上分为东正教和天主教两大支。君士坦丁堡大主教逐渐成为东正教领袖，罗马大主教是罗马天主教领袖，自四世纪起自称教皇。东正教与天主教在一〇五四年正式分裂，史称"东西教会大分裂"。

烛光将大厅照得通明；罗马教皇的特使伊西多鲁斯和希腊教大主教都格雷戈里乌斯亲如兄弟，一起在祭坛前做弥撒；在这座教堂里，祈祷词中第一次出现了教皇的名字，拉丁语和希腊语同时吟唱的虔诚歌声第一次升上不朽的大教堂的圆形穹隆，斯皮里迪翁的圣体由言归于好的两大教会神职人员庄严地抬进来。东方和西方、一种信仰和另一种信仰似乎永远结合在一起，经过多年罪恶的争吵，欧洲的思想、西方的意识终于再度占了上风。

然而历史上理智与和解的瞬间总是短暂而易逝的。就在教堂里不同语言的声音在共同的祈祷中虔诚结合的当儿，博学的教士盖纳迪奥斯已在修道院外面一间房间里激烈攻讦操拉丁语的人，抨击对真正信仰的背叛；没等理智织就和平的纽带，它已被狂热撕得粉碎。说希腊语的教士不愿真正俯首臣服，同样，地中海彼岸的朋友们也遗忘了他们许诺的援助，只派来几艘橹舰、几百士兵，随后便让这座孤城听凭命运的摆布。

战 争 开 始

世上的暴君，若准备打一场战争，不到万事俱备，总是要侈谈和平的。马霍梅特登基之时，也正是以最娓娓动听、令人宽慰的词句接待君士坦丁皇帝的使节；他以神和先知的名义，以天使和《古兰经》的名义在大庭广众之下信誓旦旦，表示决心恪守和巴西列乌斯签订的和约。同时，诡计多端的苏丹又同匈牙利人和塞尔维亚人签订双边中立协议，为期三年——这正是他要不受干扰地攻占拜占庭所需的那三年。马霍梅特允诺并发誓要维持和平的话说够了，便背信弃义，挑起战争。

直到这时，土耳其人只占有博斯普鲁斯海峡的亚洲海岸，拜占庭的海船可以自由通过海峡，进入它的谷仓——黑海。此时马霍梅特不说明任何理由，便下令在欧洲岸边鲁米里·希萨尔附近建造一座要塞，扼守这一海上通道。那里正是海峡最窄的地段，当年波斯人统治时期，英勇的泽克西斯①就在这里渡过海峡。一夜之间，几千几万掘土工人登上条约规定不许建造要塞的欧洲岸边，（但对迷信暴力者，一纸空文算得了什么）他们以掠夺周围地里的庄稼为生。为了取得强行修建要塞所需的石料，他们不但拆毁民房，还拆毁古老闻名的圣米哈埃尔斯教堂；苏丹亲自指挥修建工程，昼夜不停施工，拜占庭无可奈何地眼睁睁看着人家违约卡死它通向黑海的自由通道。首批船舶想要通过迄今还能自由航行的海面，未经宣战即遭袭击，初次武力试验既已成功，不久，一切伪装自属多余。一四五二年八月，马霍梅特召集文官武将，公开宣布进击并占领拜占庭的意图。宣布不久，暴力行动便告开始：传令官被派往土耳其帝国各地征集兵丁。一四五三年四月五日，望不到尽头的奥斯曼军队犹如猝然袭来的大海怒潮，铺天盖地向拜占庭平原压过来，直抵拜占庭城下。

苏丹装束华丽，策马奔驰在部队前列，以便在吕卡斯城门对面架设帐篷。他命人在地上铺开祈祷用的地毯，然后在大本营前面升

① 泽克西斯一世（约前519—前465），波斯国王。

起君主旗。他跷足上前，面向麦加三鞠躬，额头触地，在他后面，数万大军朝同一个方向一齐深深鞠躬，以同一个节奏向安拉诵出同一祷词，祈求他赐予他们力量和胜利。这场面确实是够壮观的。祈祷完毕，苏丹才站起来。卑躬者重又成为挑战者，上帝的仆人重又成为统帅和士兵，他的传令官匆匆穿越整个营盘，在鼓声和长号声伴随下反复宣告："围城开始了！"

城 墙 与 大 炮

此时的拜占庭只拥有一种力量，这就是它的城墙。它那一度囊括世界的往昔，一个比较伟大、比较幸福的时代留给它的就只有这么点儿遗产。这座城市呈三角形，有三重铁甲护卫。它南临马尔马拉海，北濒金角湾，掩护南北两侧翼的围墙虽不甚高，却很坚固；与此相反，面对开阔陆地的泰奥多西城墙巍然耸立。昔日君士坦丁皇帝由于认识到未来的危险，用方石块绕拜占庭砌了一道围墙，尤斯蒂尼安继续扩建、加固，但直到泰奥多西乌斯方才把这长达七公里的大墙建成名副其实的要塞。时至今日，爬满常春藤的大墙遗迹尚可为其方石的威力作证。这座环形大墙雄伟壮观，上有城垛、枪眼，外有护城壕沟，高高的四方形瞭望塔昼夜瞭望，两三道城墙并列，千余年来，历代皇帝一再加固、重修，当时堪称固若金汤，实是尽善尽美的象征。这些方石曾经嘲笑过放肆地蜂拥而来的野蛮人游牧民族，嘲笑过土耳其军队，今天也还在嘲笑至今发明的一切战争工具，古代的破城器、攻城的石弹，甚至十六世纪的野战重炮和臼炮的炮弹也无力地从挺直的城墙反弹回去，在泰奥多西城墙护卫下的君士坦丁堡比任何欧洲城市都更坚不可摧。

马霍梅特比谁都了解这几堵城墙和它们的威力。几个月来，甚至若干年来，无论他是在梦中或是夜半醒来，心中念念不忘的只有一件事情：攻占这几道不可攻克的城墙，摧毁这几道坚不可摧的城墙。他的案头有成堆的敌方堡垒的图样、尺寸、平面图，他对大墙前后每一块高坡、每一处洼地、每一条河流的走向，全都了如指掌，他的工程人员同他一道细致地考虑了每一个细节。然而令人失望：他们都计算过了，迄今使用的大炮无法摧毁泰奥多西城墙。

这就是说，必须建造威力更大的大炮！比战争艺术迄今所知的火炮炮筒更长、射程更远、打击力更强的大炮！要用更坚硬的石料做炮弹，要比已经制造的一切炮弹更沉重，更有毁灭性，更有破坏力！必须组建一支新的炮兵队伍来对付这堵难以靠近的城墙，除此而外，别无他法。马霍梅特表示不惜任何代价，一定要得到这种新的攻击手段。

不惜一切代价——这种宣告本身往往能够唤醒创造力和推动力。于是，在苏丹宣战后不久，创造才能与丰富经验都够得上举世无双的大炮铸造师、匈牙利人乌尔巴斯应运而至。此人虽说是个基督徒，不久前还在为君士坦丁皇帝效力，但他希望凭借自己的技艺接受更艰巨的任务，能够获得马霍梅特的重金酬谢，于是声称倘若拥有无限的手段，他可以铸造一尊世人从未见过的最大的大炮。他的预期果然不错。就像那些被一个念头迷住心窍的人一样，无论花费多少钱财，苏丹都不认为代价过高。他立即下令拨给他工匠，要多少人给多少人，成千辆手推车将矿砂运往亚德里亚堡；铸炮匠费时三月，艰苦备尝，准备好一个黏土模型，用一种秘法使黏土硬化，然后便是炽热的金属溶液令人激动的浇铸。铸造成功了。敲掉泥模，露出世人迄今未见的硕大无朋的炮筒，使之冷却。试炮前，马霍梅特派出传令兵晓谕全城孕妇。随着轰雷似的震天巨响，火光闪耀的炮口吐出巨大石弹，仅仅试炮一发，便轰破城墙。马霍梅特当即下令照此特大尺寸铸造大炮，以装备一支炮队。

希腊作家惊恐地称之为第一台巨型"投石机"的这尊大炮就要顺利竣工了。但还有更难办的问题：如何将这巨龙似的金属怪物拖过整个色雷斯，直抵拜占庭城下呢？无比艰辛的历程开始了。一整支平民队伍、一整支军队拖着这个僵硬的长颈的庞然大物跋涉两个月之久。几队骑兵在前开路，不断巡逻，以防这宝贝遭到袭击。在他们后面，几百也许几千挖土工为运输这个超重怪物日夜不停整修道路，路修好才几个月，这怪物走过又坏了。用一百头公牛拉车，巨大金属管的重量均匀分布在车轴上，如同奥伯里斯克从埃及向罗马的漫游；两百个大汉在两边小心扶持这根因自身重量而左右摇摆的金属管，同时，五十名车夫和木匠不停忙碌着倒换圆滚木，给滚木涂油，加固支柱，铺垫路面；不难设想，这支运输队只能用水牛走路那样缓慢的速度一步一步为自己开辟道路，穿过草原，越过山冈。村民大为惊奇，纷纷在这金属怪物面前画起十字，它像战神，由它的仆人和祭司从一个国度运往另一个国度；过了不久，用同样的泥模子、同样的方法浇铸成的兄弟又被运往前线；人的意志又一次使不可能的事情成为可能。已经有二三十只这样的庞然大物冲着拜占庭张开它们乌黑浑圆的大口；重炮载入了战争史，东罗马帝国皇帝的千年古城墙和新苏丹的新大炮之间的决战开始了。

又 一 次 希 望

古代巨炮闪光的咬啮缓慢地、顽强地，但又不可抗拒地摧毁拜占庭的城墙。起先一门巨炮一天只能打六七发炮弹，但苏丹的新炮与日俱增，每次炮轰，总在将塌的石墙上打开新的缺口，硝烟弥漫，碎石横飞。缺口虽然在夜里又被困守者用越来越可怜的木栅、布包堵上了，但他们守卫的已非昔日牢不可破的城墙。大墙后面的八千人恐惧地默想穆罕默德二世的十五万大军向这岌岌可危的堡垒发起决定性攻击的决定性时刻。是时候了，欧洲、基督教该记起它的承诺了。一群群妇女带着孩子从早到晚跪在教堂里收藏圣徒遗骨的木匣前面；瞭望塔上的哨兵日夜瞭望，但愿布满土耳其舰只的马尔马拉海上出现教皇和威尼斯答应派出的增援舰队。

一个信号终于在四月二十日凌晨三时许闪现了。有人望见远处的帆影。不是魂牵梦萦的基督教国家的强大舰队，不，但总归是舰只：三艘热那亚大船凭借风力缓缓驶来，第四艘是一条小一些的拜占庭运粮船，夹在三条大船中间受它们护卫。整个君士坦丁堡欢欣鼓舞，人们立即聚集到临海的壁垒，欢迎援军到来。就在这时，马霍梅特跃上马背，从他的帅帐风驰电掣般向土耳其舰队停泊的海港狂奔而去，下令不惜任何代价，务必阻拦热那亚船只，不让其进入拜占庭海港金角湾。

土耳其舰队有一百五十艘战船，都是比较小的，数千只船桨立即伸进大海，哗啦哗啦划水前进。这一百五十艘中古时期的帆船在钩爪锚、投火器、射石机的掩护下，奋力接近四艘意大利橹舰。风大船快，四条大船超越了矢石齐发、喊声大作的土耳其小船。它们不把这些攻击者放在眼里，扯满风帆，堂而皇之地驶向安全的金角湾，那里从斯坦波尔直至加拉太的著名铁链一直封锁着海口，会保护它们不受任何攻击。此时，这四艘橹舰离它们的目的地已经很近：大墙上的数千人已能看清船上人员的面目，男男女女已跪倒在地，为光荣的拯救感谢上帝和圣徒，为了迎接前来解围的援军船只，海港已响起铁链的叮当声。

这时忽然发生一件可怕的事情。风突然停了。在距离安全的海港只有百米之遥的地方，四艘橹舰像被磁铁吸住，一动也不动。敌军的小船发出狂野的欢呼声，全体蜂拥而上，向四条大船猛扑过来，这几条船犹如四座塔楼瘫在海面，无法动弹。十六条桨艇犹如猎犬紧紧咬住大船，人们用钩爪锚钩住大船的船帮，用利斧砍船，要把它凿沉，一队队士兵抓着锚链向上攀缘，朝船帆投掷火炬和着火物，使它烧毁。土耳其无敌舰队的司令驾着他自己的旗舰猛冲过来，要从侧面撞沉运粮船；两艘舰只很快就像两个拳击手一样扭打在一起。头顶铁盔的热那亚水兵起初从高高的船舷还能抵挡攀登上来的敌兵，用钩、石块和火击退进攻者。但这场博斗注定要很快结束。众寡悬殊，热那亚船只危在旦夕。

对作壁上观的几千人来说，这是多么惊心动魄的一幕啊！这些从前在竞技场从很近的距离兴致勃勃地观看血腥博斗的人，如今痛苦万分地从近距离亲眼观察一场海战，观看他们一方的人似乎不可避免的结局。因为至多只需两个小时，四条大船就要在海上竞技场屈服于敌手。援救者来了也没用，没用！君士坦丁堡城墙上绝望的希腊人离他们的兄弟也就一箭之遥，可他们只能站着，攥紧拳头，高声呼喊，怒火满腔而无能为力，对前来拯救他们的人不能有所帮助。有些人做出种种狂野的姿态，激励战斗中的朋友们。另外一些人朝天上举起双手，向基督和大天使米哈埃尔、向数百年来庇佑他们的所有教会和修道院的圣徒祈祷，祈求他们显示神功。但在对岸加拉太附近，土耳其人也在等候、呐喊，以同样的激情祈祷胜利：海洋已经成为比武场，一场海战已经成了古罗马斗士的角斗。苏丹策马亲临督战。他在一群高级将领簇拥下催马直下海滩，海水打湿了他的上衣，他双手围成传声筒，愤怒叫喊，向他的将士下达命令：不惜任何代价攻占这几条罗马天主教的船只。若有一只大桡战舰被击退，他总要怒骂不止，挥舞弯刀，威胁他的舰队司令："打不胜不要活着回来！"

　　四艘援军海船仍然坚持战斗。但是战斗已近尾声，用以击退土耳其大桡战船的投石弹即将告罄，水兵们同比自己强大五十倍的敌人苦战数小时，手臂都已酸软无力。白昼将尽，地平线上，红日西沉。再过一个钟头，这几条船必将丧失抵抗力，到那时候，即便不落入土耳其人之手，也会被海潮冲到加拉太后面土耳其人占领的岸边。完了，完了，完了！

　　就在这时，发生了一点什么。号啕大哭、怨天尤人、心中绝望的拜占庭人感到仿佛出现了奇迹。忽然，响起轻微的飒飒声，一下子起风了。四艘大船疲软的船帆顿时鼓得又圆又大。风，人们渴念的风，祈求的风，又苏醒了！橹舰的船头凯旋似的向上昂起，蓦然启动，一个猛冲，把包围它的小船甩在后面。它们自由了，它们得救了。这时，城墙上的数千人发出震天动地的欢呼声，第一艘大船，第二艘大船，第三艘、第四艘次第驶进安全的海港。降下的障碍铁链又再升高，以防敌船闯入。在他们后面，土耳其人的小船无可奈何地东分西散在海面上；希望的欢呼声有如一团紫云，又一次飘浮在这阴郁而绝望的孤城上空。

舰队翻山越岭

困守者整整一夜欢欣若狂。黑夜总是激起感官丰富的想象，以梦幻甜蜜的毒汁使希望紊乱。被围困的人们有一夜之久以为自己业已获救，安全无忧。他们梦想此后每个星期都会有新的船舶来到，像这四艘海船一样幸运地卸下粮食，运来士兵。欧洲没有忘记他们，他们怀着过于匆忙的期望，似乎看见拜占庭业已解围，看到了敌师的败绩，士无斗志。

然而马霍梅特也是一个梦想家，自然是另一种类型的、更为罕见的梦想家，这种人懂得通过意志使梦想变为现实。就在那几艘橹舰安全抵达金角湾的当口，他拟订一个极富想象力的大胆计划，足以媲美战争史上汉尼拔和拿破仑最勇敢的行动。拜占庭在他面前犹如金色的果实，可他就是抓不到手；他攫取、攻击的主要障碍是深深凹进去的海湾，保障君士坦丁堡一侧安全的状若盲肠的金角海湾。入侵海湾实际上是不可能的，因为马霍梅特已签订条约保证位于海湾入口处的热那亚据点加拉太的中立地位，从那里有一条大铁链横贯海面，与敌城相接。因此，舰队若从正面攻击，无法进入海湾，只有从邻近热那亚领地的内港出击，或许有可能捕获基督教的战舰。但如何造就一支用于内海湾的舰队呢？不错，可以建造一支舰队。但这要费几个月时间，而性情暴躁的马霍梅特是不愿等待这么久的。

于是马霍梅特拟订出一个天才的计划，把他的舰队从无用武之地的外海经多山的岬角运到金角湾内港。携带数百舰只翻越嶙峋的岬角，这一极其大胆的狂想从一开始就显得如此荒谬，无法实施，以至于拜占庭人和加拉太的热那亚人根本没有从战略上考虑到有这个可能性，犹如此前的罗马人和此后的奥地利人不曾想到汉尼拔和拿破仑会经由险峻陡峭的山道翻越阿尔卑斯山。根据人世间的全部经验，船舶只能在水中航行，舰队翻山越岭乃是旷古奇闻。然而，将无法实现之事付诸实现正是非凡意志的真正标志；人们历来只把在战争中无视一般的战争规律，在特定的瞬间不沿用屡试不爽的方法，而使出临时想到的绝招的人视为军事天才。历史年鉴中无可比拟的巨大行动开始了。马霍梅特命人悄悄备办无数圆木，由木匠制成巨橇，然后把从海里拖出来的船舶固定在上面，就像放在一座活动的干船坞里。在这时候，已有数千名挖土工平整路面，使越过培拉小山的狭窄小道尽可能适于运输。为了不使敌人对突然征集这么多工匠有所察觉，苏丹下令越过中立城加拉太上空用臼炮昼夜不断进行猛烈炮击。炮击本身并没有意义，它唯一的目的是吸引敌人的注意力，掩护船队翻山越岭，从一个水域运到另一个水域。拜占庭人一心以为敌军只能从陆路发起攻击，加紧防备。正在此时，无数圆滚木涂上厚厚的油脂滚动起来，大圆滚木上安放巨橇。无数水牛在前面拉，水手们帮着从后面推，把一艘艘船舶运过山去。夜幕低垂，视线模糊，这次不可思议的漫游便开始了。像一切伟大事业一样默默无闻，像一切办得聪明的事情一样深思熟虑，奇迹中的奇迹完成了：一支舰队越过了山岭。

　　出其不意的突袭时机一向是一切重大军事行动的决定性因素。在这里，马霍梅特卓越地证明了自己具有非凡才能。谁都不可能预感到他将采取什么行动——"我这把胡子里头若有哪一根胡须知道我在想些什么，我就把它拔掉"——在大炮轰击城墙的隆隆炮声中，他的命令有条不紊地在实施。七十艘船舶在四月二十二日一夜之间翻山越岭，穿过葡萄园，穿过田野和森林，从一个海域运到另一个海域。次日清晨，拜占庭人以为自己是在做梦：一支敌军舰队仿佛从天而降，满载士兵，扬帆行驶在他们原以为无法进入的海湾的心脏，桅旗迎风飘扬；他们揉揉眼睛，没等弄明白这奇迹从何而来，迄今在港湾屏护下的石墙上已传来一片欢呼声，长号、铙钹、战鼓齐鸣。苏丹妙计大获成功，除了罗马天主教舰队扼守的加拉太那一小块狭小的中立地区，整个金角湾都已落入苏丹及其军队之手。现在苏丹的军队可以通过浮桥向守备薄弱的城墙长驱直入，威胁薄弱的侧翼，迫使拜占庭方面原已不足的守城兵力分散在更加广阔的战线上。卡在牺牲者喉咙上的铁拳收得越来越紧了。

救救吧，欧洲！

围城中的人们十分清楚自己的险恶处境。他们明白：侧翼已经出现缺口，如果援兵不能及时赶到，以八千兵力对十五万大军，他们是无法凭借颓垣残壁长期固守的。威尼斯的高级官员不是已庄严允诺派船相助吗？西方最富丽堂皇的圣索非亚大教堂一旦面临沦为不信上帝的清真寺的危险，教皇难道能够泰然处之？囿于歧见，又因百十重卑劣的妒忌而陷于四分五裂的欧洲，难道还不明白西方文化的危险所在？或许——困守孤城的人们这么自我安慰——援军舰队早已集结待命，只因情况不明，迁延而未启碇，只要让他们意识到这致命的耽误的重大责任，也就够了。

可是如何告知威尼斯舰队呢？土耳其舰只遍布马尔马拉海面；整个舰队突围，无异葬送舰队，使城防减少数百兵力，而守城是一个人要顶一个人用的。因此决定只派少数几人乘一只小船去冒险。总共十二人冒险从事这桩英雄事业——倘若史书公正，他们当如阿耳戈号上的英雄们[①]一样著名，可是我们却不知道他们的名字。为避免惹人注目，十二个人一色土耳其人打扮，缠上穆斯林的头巾。五月三日午夜时分，悄悄放松海港的障碍铁链，勇敢的小船在夜幕掩护下划了出来，驶出港湾。瞧，奇迹发生了，这一叶扁舟神不知鬼不觉，穿过达达尼尔海峡，进入爱琴海。使敌人麻痹大意的，正

---

① 希腊神话中一群英雄乘船去海外寻找金羊毛，他们的船叫"阿耳戈"，这些人也被称为"阿耳戈英雄"。

是过人的大勇。马霍梅特什么都想到了，就是没想到会出现这种难以想象的事情：十二名勇士，一片孤帆，竟敢闯过他的舰队作一次阿耳戈船式的远游。

然而令人失望的是，爱琴海上并未闪现威尼斯船队的风帆。没有舰队候命待发。威尼斯和教皇全都冷落拜占庭，忘却拜占庭，他们热衷于玩弄无足轻重的教会政治，指天誓日，沽名钓誉。正当各方面力量亟待联合起来，集中起来保护欧洲文化的时候，各国和诸王侯却片刻也按捺不下彼此间无关宏旨的竞争与对抗。这种铸成悲剧的瞬间，在历史上屡见不鲜。热那亚和威尼斯都把排挤对方看得比联合几小时抗击共同的敌人更为重要。海面上空空荡荡，勇士们心中绝望，小船从一个岛屿划到另一个岛屿。所有的海港都被敌军占领了，没有一艘友好船只敢于进入战区。

怎么办？十二勇士中有几位感到气馁了，这不是毫无道理的。为什么要再走一趟危险的路程返回君士坦丁堡呢？他们没能带回希望。也许该城已经陷落；如果他们返回，等待他们的，不是被俘，就是死亡。但是，这些无名英雄都是好样的！多数人毅然决定返回。既然任务交给了他们，就必须完成这项任务。他们是被派去送信的，必须带回消息，哪怕是最令人担忧的消息。于是这一叶孤舟再度取道达达尼尔海峡，穿过马尔马拉海和敌军舰只归来。他们出海二十天后，君士坦丁堡的人们早以为这条小船报销了，谁都不认为会有什么消息传来，会有船只归来。五月二十三日，城墙上几名哨兵忽然摇动小旗，因为有一只小船急速划桨朝金角湾疾驶而来。困守城中的人们雷鸣般的欢呼声惊动了土耳其人，他们发现这条悬挂土耳其旗、驶过他们水域的双桅小帆船原来是条敌船，很是吃惊，从四面八方驾船朝它冲来，企图在小船驶进安全港之前将它捕获。一瞬间，数千人的欢呼声使拜占庭陶醉于幸福的希望中，以为欧洲没忘记它，这条船只是先派来送信的。一直到晚上，严重的真实情况才传播开来。罗马天主教国家把拜占庭忘了。围城中的人们孤立无援，如果他们不能自救，他们就要完蛋。

总 攻 前 夕

六个星期过去了，几乎天天都有战斗，苏丹变得焦躁难耐。他的大炮轰毁了多处城墙，但至今部署的历次强攻，均被击退。作为军事统帅，他只剩下两种抉择，或者撤兵，或者在无数次进攻之后，组织大规模的决定性总攻。马霍梅特召集将领举行军事会议，他的狂热意志战胜了一切犹豫顾虑，决定在五月二十九日发起大规模的决定性总攻。苏丹一向行事果断，这一次还是以他习惯的这种作风进行各项准备工作。他下令举行节日盛典，十五万大军从最高统帅到普通士兵，都必须完成伊斯兰教规定的节庆礼仪，进行小净①和做三次隆重祈祷。剩下的所有火药、炮弹统统运来，以加强炮兵的攻势，以便为攻城铺平道路。他分派各部队的攻击任务。从清晨到深夜，马霍梅特没有休息一个钟头。从金角湾到马尔马拉

---

① 宗教仪式，指依次洗手、洗脸、洗肘、漱口、洗鼻孔、用湿手抹头、冲洗双足，共七项。

海，他策马走遍全军广阔的驻地，从一个帐篷到另一个帐篷，所到之处，无不亲自激励将士斗志。他是精明的心理学家，懂得如何最有效地煽起十五万大军疯狂的战斗热情。他许下可怕的诺言，这诺言后来他确实毫厘不爽地履行了，使他因此既获美誉，又声名狼藉。他的传令官在鼓声和长号声中向四面八方高声宣读他的许诺："马霍梅特以安拉的名义发誓，以穆罕默德和四千先知的名义发誓，以他的父王穆拉德苏丹的灵魂，以他的孩子的头颅和他的战刀发誓，破城之后，他的将士有权任意劫掠三天。城墙里面的一切，无论家具财物、金银首饰、珍珠宝石，男人、妇女、儿童，统统属于胜利的士兵。除了攻克东罗马帝国这座最后堡垒的光荣，他本人放弃分享任何战果。"

士兵们用疯狂的欢呼接受这野蛮的宣告。千万人的欢呼声和"安拉——伊尔——安拉"的狂喊声汇成巨响轰鸣，犹如风暴袭向惊惶不安的小城。"劫掠！劫掠！"这一个词变成了战斗口号，随着鼓声敲打出来，随着铙钹和长号声吹奏出来，夜晚的土耳其兵营变成一片喜庆的光海。被围者心惊胆战，从大墙上但见无数灯光和火炬在平原和山丘燃烧，敌人吹着喇叭、笛子，敲打战鼓和小手鼓，在胜利之前庆祝胜利；这种场面很像异教祭司在献祭之前举行的残忍喧闹的仪式。但到午夜时分，遵从马霍梅特之命，所有灯火忽然一齐熄灭，千千万万人的热烈闹腾忽然消失。这突如其来的沉寂和沉重的黑暗，带着决然的威胁，比闹嚷嚷的灯火、狂热的欢呼更使那些心慌意乱、侧耳谛听的人感到可怕。

圣索非亚大教堂里的最后一次弥撒

不需要报信人和倒戈者，被围困的人们也明白等待他们的是什么。他们知道总攻令已经下达。肩负巨大义务，面临巨大危险的不祥预感，如同暴风雨的云团压在整个城市的上空。在这最后几小时，往常因宗教争端陷于分裂的该城居民聚集到一起来了——往往待到大难临头，尘世才出现无比团结的场面。为了使所有人做好精神准备，奋起捍卫他们的信仰、伟大的过去和共同的文化，巴西列乌斯皇帝下令举行一次感人至深的仪式。全城百姓，无论东正教徒还是天主教徒，神职人员还是世俗人士，白发苍苍的老人还是孩子，全都集合起来，举行一次空前绝后的游行。谁都不许待在家里，谁也不愿待在家里，从豪富到赤贫，全都虔诚地参加到庄严的游行队伍中来。队伍先在内城游行，后来才走到外墙。队伍前面是从教堂取来的神圣的圣像和圣人遗物。哪儿墙上打开一个缺口，就在哪儿挂上一帧圣像，他们认为圣像比尘世的武器能更有效地抵挡不信神的人的冲击。同时，君士坦丁皇帝召集元老、贵族和军事指挥官，向他们作最后训示，鼓舞他们的斗志。确实，他无法像马霍梅特那样许诺他们无穷尽的虏获物。但他向他们描述抵挡住这决定性的最后总攻，他们将为基督教和整个西方世界赢得何等光荣；如果屈服于这伙杀人放火的野蛮人，又会有什么样的危险。马霍梅特和君士坦丁两人都很清楚：这一天将决定几百年的历史。

然后，最后一幕开始了，这是欧洲最感人肺腑的几幕中的一

44

幕，人们沉沦在难忘的极度兴奋之中。命中注定必有一死的人们集合在当时举世最富丽堂皇的圣索非亚大教堂，自从那天两大教重修旧好以来，两大教的教徒都很少到这里来过。宫廷的全体臣僚、贵族，希腊与罗马神职人员，热那亚和威尼斯的士兵和水手，一律顶盔披甲，佩带武器，齐集在皇帝周围；成千上万口中喃喃的黑影——深感恐惧、忧心如焚的民众默默而敬畏地跪在他们后面；与弥漫在穹隆下的黑暗艰难抗争的烛光照着像一个人的躯体一样在祈祷中一致俯伏的群众。这是拜占庭的灵魂在向上帝祈祷。大主教威严地、发出号召似的提高嗓音，众人齐声回答，在这殿堂再次响起神圣的音乐，西方永恒的声音。接着以皇帝为首鱼贯走到祭坛前面，领受信仰的安慰话语，不间断的祈祷声有如澎湃的波涛在巨大的厅堂震响、回旋，上升到高高的拱顶。东罗马帝国最后一次安魂弥撒开始了。因为在查士丁尼建造的这座大教堂里，这是最后一次举行基督教仪式了。

这次震撼人心的仪式结束之后，皇帝匆匆回宫，请求全体臣仆原谅他平生可能对他们做出的不公处置。接着他翻身上马——同他的大敌手马霍梅特一样，在同一个小时——从城墙这一头跑到那一头，鼓舞战士斗志。时已夜深，没有人说话，没有兵器撞击声。但围墙内的几千人心情激动，他们等待着白昼，等待着死亡。

凯卡波尔塔，被遗忘的小门

凌晨一点钟，苏丹发出攻击信号。巨大的君主旗展开了，十万人口呼"安拉"，手执武器、云梯、绳索、挠钩向城墙猛冲过去。战鼓齐鸣，长号劲吹，大鼓、铙钹、笛子发出尖锐刺耳的声音，杀声震耳，炮声如雷，汇成一场绝无仅有的大风暴。尚不熟练的非正规军首先被无情地驱去攻城——从某种意义上说，这批半裸的身躯在苏丹的进攻方案中只是某种缓冲器而已，为的是使守敌疲惫不堪并受到削弱，然后他再投入精锐部队，发起决定性攻击。被驱使者抬着成百架云梯在黑暗中奔跑，攀爬上城垛，被击落，再冲上前去，又被打退，如此几度反复，因为他们实在是后退无路：这批毫无价值的"人肉材料"只是派来做牺牲的，精锐部队在他们后面，一再驱赶他们奔赴几乎肯定无疑的死地。守军还占着上风，他们身穿网眼铁甲，矢石如雨，也没能伤害他们。但马霍梅特算计得不差，他们真正的危险是疲乏。他们身穿铠甲，不停迎战一批又一批势如潮涌的轻装敌军，老是从一个受到攻击的地方跳跃到另一个受到攻击的地方，这种被动防御消耗掉他们一大部分体力。激战开始两小时后，东方开始泛白，此时亚细亚人组成的第二突击梯队开始出击，战局变得更危险了。这些亚细亚兵纪律严明，训练有素，同样身围网眼铁甲，此外，他们人数上占优势，又是经过充分休息的，而守城士兵却不得不忽此忽彼地去抗击入侵者。不过不管在什么地方，攻城部队都没能得手，苏丹只好动用他最后的后备部队、奥斯曼大军的精锐卫队——近卫军。他亲自率领一万两千名精选的年轻士兵，他们是当时欧洲公认的最优秀的战士，一声呐喊，向精疲力竭的敌人猛扑过去。是时候了，现在城里钟声齐鸣，召唤最后一批还有点儿战斗力的人去守城，把船上的水兵调过去，因为真正的决定性战斗展开了。不幸的是，一块石头击中英勇的热那亚将领孔多蒂拉·吉乌斯蒂尼安尼，他身负重伤，被送到船上，他的阵亡使守军的斗志发生片刻动摇。皇帝很快亲自赶到，阻止危险的突破，攻城云梯又一次被推下墙头：果断对最后的果断，呼吸之间，拜占庭似乎得救了，巨大苦难战胜了最野蛮的进攻。这时，一个悲剧性的意外事件，对历史做出神秘莫测的裁决的那神秘的一秒钟，一下子决定了拜占庭的命运。

出现了令人难以置信的情况。几个土耳其人通过外墙缺口侵入到距离攻击点不远的地方。他们不敢攻打内墙，就好奇地、无计划地在第一道城墙和第二道城墙之间来回转悠，发现内城墙的小门中有一个，就是人称"凯卡波尔塔"的小门，出于难以理解的疏忽，完全敞开着。这只是一个小门而已，和平时期大门紧闭的那几个钟头，行人可以由此出入；正因为它不具有军事意义，最后一夜人们普遍情绪激动，显然忘却了它的存在。近卫军发现坚固的堡垒中间此门敞开，可以从容进入，十分惊异。他们起初以为这是一种诡计，因为堡垒的每一处缺口、每一个天窗、每一座大门前，死者数以千计，尸积如山，熊熊燃烧的油脂、投枪呼啸着掷下城墙，而这里，凯卡波尔塔小门却如过节一般，一片升平景象，敞开直通城中心，如此荒唐之事，他们难以置信。他们立即召来增援部队，丝毫未受抵抗，整个部队突入内城，出其不意地从背后突袭还蒙在鼓里的守军。几个战士发觉自己队伍后面出现土耳其人。这时响起了比每一场血战中所有大炮还要可怕的那种致命的喊声、虚假谣言的喊声："占领城市了！"土耳其人继续欢呼："占领城市了！"声音越来越响亮，喊声瓦解了抵抗。雇佣军感到自己被出卖了，便撤离守地，好及时奔回港湾上船，保全自己。君士坦丁皇帝率少数亲随迎战入侵敌兵，死于乱军之中。直到次日在敌尸堆中发现一双饰有金鹰的紫鞋，这才断定东罗马的末代皇帝已同他的帝国同归于尽。以罗马人的观念论，这是光荣的死。一个微不足道的偶然事件，凯卡波尔塔，被遗忘的小门，决定了世界的历史。

十字架倒下了

有时候历史是在做数字游戏。因为正好在汪达尔人①如此值得纪念地劫掠罗马一千年之后，拜占庭开始被劫掠。胜利者马霍梅特忠于他的誓言，可怕地履行了他的诺言。在第一场大屠杀之后，他听任麾下将士肆意掳掠全城的屋舍殿宇、教堂、修道院，男人、妇女、儿童，成千上万人像地狱里的魔鬼在大街小巷狂奔，每个人都想抢在别人前面。冲锋的目标第一是教堂，那里金器熠熠耀眼，珠宝光芒四射。他们冲进哪一家，就立刻在门前竖起旗子，使后来者知道此处的战利品已有所属；战利品不仅包括宝石、衣料、钱币和可动产，妇女也是卖给土耳其后宫的商品，男人和儿童则在奴隶市场上出售。逃进教堂避难的苦命人被鞭打驱赶出来，老年人被当作浪费粮食的废物、卖不出去的累赘惨遭杀害，年轻人像牲畜一样被捆绑拉走。抢劫之外，又肆行毫无意义的破坏。经过十字军或许同

———————————
① 日耳曼人的一支，曾攻占罗马。

样可怕的劫掠之后幸而保存下来的宝贵圣物、艺术珍品，都被疯狂的胜利者捣毁、撕碎，名贵图画、精美雕塑，悉遭破坏，数百年智慧结晶的典籍文书，希腊人思想和创作的不朽财富，本应妥为保存，流传久远，却被付诸一炬，或漫不经心地被随意抛掷。人类永远无法完全知悉在那个命运注定的时辰通过敞开的凯卡波尔塔小门侵入的是何等深重的灾难，对罗马，对亚历山大里亚①和拜占庭的洗劫又使精神世界丧失几多宝贵财富！

土耳其军队大获全胜，直到当天下午巷战结束之后，马霍梅特才进入这座被占领的城市。他跨着漂亮的坐骑，一脸骄矜与严峻的神色，沿途抢劫掳掠的野蛮场面他都视若无睹。他信守诺言，不干预为他赢得胜利的士兵所干的令人发指的勾当。但他首先察看的不是战利品，因他已赢得一切，他傲然策马前往大教堂，察看拜占庭金碧辉煌的冠冕。五十多天来他从帐篷翘望圣索非亚大教堂光芒四射却无法企及的半球形圆屋顶，如今他可以以胜利者的姿态跨过它的青铜大门了。但马霍梅特又一次克制住自己的焦躁心情：他要先感谢安拉，然后将这座教堂永远永远地奉献给他。苏丹卑恭地下马，深深低头祈祷。他从地上抓起一把土撒在头上，这是为了提醒自己：他本人也是一个凡人，切不可妄自炫耀胜利。对神祇表示过恭顺谦卑后，安拉的首席仆人苏丹这才昂首挺胸迈步跨进查士丁尼大帝修建的神圣智慧的殿堂——圣索非亚大教堂。

苏丹观看这座豪华的建筑，高高的拱顶在大理石和镶嵌图案的

---

① 今埃及第二大城市，因由古代亚历山大大帝兴建而得名。

映衬下微光闪烁，柔和的弧形线条从昏暗中向明亮处延伸，苏丹心中又是好奇，又是感动；他觉得这座祈祷的崇高殿堂不属于他，而属于他的真主。他随即派人唤来一个伊玛姆，登上布道坛宣告穆罕默德的信仰，同时，土耳其君王面向麦加，在这基督教的大教堂向三界的主宰者安拉做首次祈祷。次日，工匠奉命清除原信仰的一切标志：拆毁祭坛，粉刷掉虔诚的镶嵌图案，一千年来伸展双臂，欲图包容尘世万般苦难的圣索非亚大教堂无比崇高的十字架掉到地上，发出轰然巨响。

巨石坠毁的声音在教堂，在教堂外的远方回荡。整个西方为它的倒塌而震颤。噩耗在罗马、在热那亚、在威尼斯发出回响，有如告警的隆隆雷声，传往法国和德国。欧洲悚然认识到，由于它的麻木不仁，命运注定的一股破坏的暴力从不祥的凯卡波尔塔这被遗忘的小门突然冲了进来，这股势力将束缚欧洲达数百年之久，使其无从发挥自己的力量。然而历史好比人生，抱憾的心情无法使业已失去的一瞬重返，绝无仅有的一小时，所贻误的，千载难以赎回。

（潘子立　译）

50

亨德尔的复活

1741 年 8 月 21 日

一七三七年四月十三日下午，格奥尔格·弗里德里希·亨德尔
的男仆坐在布鲁克街寓所楼下窗前，干着很奇特的事。他发现烟叶
抽完了，十分恼火。其实只要走过两条街，就能在他的女友多莉的
小货摊上买到新鲜的烟草。但主人狂怒未息，他不敢擅自离家外
出。格奥尔格·弗里德里希·亨德尔排练完毕回家，怒气冲冲，热
血激荡，满脸通红，太阳穴上青筋隆起，砰的一声关上大门。此刻
他正在二楼走来走去，仆人听得见主人的脚步声如此猛烈，以至于
楼板微微震颤：在主人这般暴怒的日子里，还是小心周到地侍候
为好。

男仆不能从他那陶制短烟斗吐出一环环美丽的蓝色烟圈，就想
法吹肥皂泡消遣。他泡好一小碗肥皂水放在身边，快活地把五彩缤
纷的肥皂泡吹到街上。行人停下脚步，开心地拿手杖戳破一个又一
个彩色小圆球。他们挥手、欢笑，但并不感到惊奇。因为人们知道

在布鲁克街这幢房子里什么事情都会发生：这里，深夜会突然响起羽翼琴①震耳的琴声；这里，人们会听到女歌唱家号啕大哭或低声抽泣。她们若把一个八分之一音符唱得太高或太低，那个性情暴躁的德国人狂怒之下，就要吓唬她们。对格罗斯文诺尔街区的邻人来说，布鲁克街二十五号早就是一座疯人院了。

男仆一声不吭，不住地吹他的彩色肥皂泡。过一会儿，他的技术大有长进，类似大理石花纹的肥皂泡越吹越大，越吹越薄，越来越轻，飘得越来越高，有个肥皂泡甚至飘过对面房屋低矮的屋脊。就在这时，突然砰的一声响动，把他吓了一跳，沉闷的拍打声震动了整间房屋。窗玻璃颤动作响，窗帘晃动，准是楼上什么又大又沉的东西摔倒在地上了。男仆一跃而起，飞步上楼，径奔工作室。

大师工作时坐的圈椅上没有人，房间里空无人影，仆人正要奔向卧室，忽然发现亨德尔躺在地上，一动不动，睁着两只眼睛，目光呆滞。仆人一惊之下，呆呆站着，只听主人喉咙里发出沉闷吃力的哮喘声。这个壮汉仰面朝天躺着喘气，或者毋宁说：从他嘴里发出一声声短促的、越来越微弱的呻吟。

仆人大惊失色，以为亨德尔就要死了，急忙跪下去救助处于半昏迷状态的主人。他尽力要扶他起来，把他抱到沙发上，但是亨德尔异常魁伟，他的身体实在太重，无法挪动。仆人于是解开紧紧束着亨德尔脖颈的蝴蝶结，这么一来，他喉头的哮喘声也就随着停止了。

---

① 一种古钢琴。

这时，大师的助手克里斯托夫·施密特已经从楼下赶来。他是为了抄几首咏叹调刚刚到这里来的，方才一声沉闷的巨响也使他大吃一惊。现在他俩合力抬起这沉重的大汉——他的胳膊像死人一般疲软下垂——把他安放好，头部垫高。"把他的衣服脱下来，"施密特用命令的口气对仆人说，"我去请医生。给他喷冷水，直到他苏醒。"

时间紧迫，克里斯托夫·施密特没顾上穿外衣就走了。他穿过布鲁克街向榜德街匆匆走去，见一辆马车就挥手招呼，可是这些马车神气活现地慢悠悠驶过去，全都对这个只穿衬衫、气喘吁吁的胖子不屑一顾。终于有一辆马车停了下来，钱多斯公爵的马车夫认得施密特。施密特忘了一切礼仪，一把拉开马车的门。"亨德尔快死了！"他朝公爵喊道，他知道公爵酷爱音乐，是他敬爱的大师慷慨的资助者。"我得去请大夫。"公爵马上邀他上车，鞭子无情地抽打奔马。就这样，他们接走正在舰队街的一间小屋里紧张地化验小便样本的詹金斯大夫。大夫当即同施密特登上他那辆漂亮的轻便马车，驰赴布鲁克街。"这是时常发怒造成的，"大师的助手在途中绝望地埋怨说，"是他们把他折磨死的，这些该死的歌唱家、被阉割的歌手①，滑头、蹩脚的评论家，统统都是害人虫！他为拯救歌剧院，今年写了四部歌剧，别人却躲在女人和庭院后面，那个意大利人还让他们都发疯了，这个蹩脚的评论家，这只抽搐的吼猴②。啊，

---

① 指十七至十八世纪接受阉割术的歌剧演员或歌唱家，他们具有宽广音域的童声音质。
② 指当时与亨德尔敌对的伦敦另一家意大利歌剧院的主持人、十八世纪最著名的意大利歌唱教师尼·卜波拉。

他们叫咱们善良的亨德尔受多大罪！他拿出自己的全部储蓄，一万英镑，他们还拿着债券向他逼债，往死里逼他。从来没有一个人取得这么辉煌的成就，从来没有一个人像他那么呕心沥血、全神贯注。像他这么干，就是巨人也要累垮的。啊，多么高尚的男子！多么辉煌的天才！"詹金斯大夫冷静地侧耳倾听，一言不发。进屋前，他又吸一口烟，敲掉烟斗里的烟灰："他多大年纪？"

"五十二岁。"施密特回答。

"危险的年龄。他像牛一样拼命干，他的体魄也像牛一样强壮。好吧，我们很快就会知道能够做些什么。"

仆人捧着碗，克里斯托夫·施密特抬起亨德尔的手臂，现在大夫对准血管扎下针去。血液喷射出来，淡红的、温热的鲜血，病人紧闭的双唇随即吐出一声如释重负的叹息。亨德尔深深吸一口气，睁开双眼。这双眼睛依然疲乏、异样、没有意识。往日眼里的光辉业已熄灭。

大夫包扎手臂。没有多少事情可做了。他正要站起来，却见亨德尔双唇微动。他凑近前去。很轻很轻地，简直像是呼吸声，亨德尔费劲地喘着气说："完了……我完了……没有力量……没有力量，我不活了……"詹金斯大夫把腰弯得更低，俯身注视病人。他发现亨德尔右眼呆滞直视，左眼却依旧有神。他试着提起他的右臂。一撒手，右臂就垂落下去，似乎毫无知觉。又提起左臂。左臂能保持住新的姿势。现在詹金斯大夫心里完全明白了。

大夫走出房间，施密特紧紧尾随在后，向楼梯口走去，胆怯地、惶惑地问："怎么样？"

"中风。右侧瘫痪。"

"那——"施密特一时说不出话来，"好得了吗？"

詹金斯大夫慢条斯理地捏出一小撮鼻烟。他不爱听这一类问题。

"也许吧。什么事情都有可能发生。"

"他会永远瘫痪吗？"

"很可能，如果不出现奇迹的话。"

施密特仍然不肯罢休，他已发誓为了大师不惜牺牲一切。

"将来他，将来他至少还可以工作吧？他不创作是不可想象的。"

詹金斯大夫已经站在楼梯口。

"创作是永远休想了。"他说这话的声音很轻很轻，"也许我们能够保全他的生命，至于这位音乐家，我们已经失去了。他是脑中风。"

施密特呆呆望着他。他那万分绝望的目光使大夫深感惊诧。"刚才我说过，"他又把无法恢复工作的话说了一遍，"除非出现奇迹。自然啰，我还没见过这种奇迹。"

格奥尔格·弗里德里希·亨德尔疲软无力地活过四个月，而力量一向就是他的生命。他的右半身毫无知觉。他走不了路，写不了字，无法用右手按下琴键，让它发出音响。他说不了话。可怕的裂痕贯穿他的躯体，裂痕一侧，嘴唇歪斜耷拉着。口中流出的字音含混不清。友人为他演奏乐曲，他的眼里便流动些许光辉，接着，沉重的不驯顺的身体扭动起来，像一个睡梦中的病人。他想和着音乐的节拍动作，但四肢之中像有一股冷气，一种骇人的僵硬，意念与肌肉均已不再听从指挥；从前的伟男子感到自己被禁锢在无形的墓穴之中，无能为力。一曲终了，眼皮又沉重地垂下，他又像一具死尸一般僵卧不动。医生进退维谷——大师显然无法治愈——最后只好建议把他送去亚琛，那里的温泉浴场对他恢复健康也许不无裨益。

犹如地下神秘的热泉，在僵硬的躯壳中尚有难以捉摸的活力在，那是亨德尔的意志，他那尚未被毁灭性的一击触动过的原始的生命力，在濒临死亡的肉体中依然不肯放弃对"不朽"的追求。伟男子还不心甘情愿低头认输。他还要生活，他还要创作。这种意志终于战胜自然规律而创造出奇迹。在亚琛，大夫极力告诫他在地热泉水中沐浴不得超过三小时，否则心脏可能无法支撑，甚至可能丧命。然而为了生命，为了狂野的生之欢乐，为了恢复健康，他决意甘冒死亡的风险。亨德尔每天泡在热浪蒸腾的浴池长达九小时之久，可把大夫们给吓坏了。但他的力气与意志力与日俱增。一星期后，他又能艰难移步，又过一星期，他已能活动手臂。这是意志和信心的巨大胜利。他又一次挣脱死神致人瘫痪的桎梏，以大病初愈者独具的那种非言语所能形容的幸福感，怀着比从前任何时候都更激越、更炽烈的感情去拥抱生活。

亨德尔已能完全主宰自己的身体，临离开亚琛的最后一天，他在教堂前停下脚步。他一向不是特别虔诚的人，可是现在，当他有幸康复，自由地迈步登上放着管风琴的教堂高座时，心中深感世事难测。他试着用左手触按琴键。管风琴鸣响了，琴音清亮、纯净，流过若有所待的大厅。犹犹豫豫地，久已僵硬、久已不用的右手也来试一试。瞧，右手弹出的琴音也如银白清泉叮当喷涌。渐渐地，他开始即兴弹奏起来，琴声也把他带到奔腾的浩川大河。音响的方块奇妙地自行建造、堆高，直抵目力不及的处所。他那天才的缥缈的楼阁愈升愈高，光华灿烂，纤影皆无，这是空灵而明丽的音乐之光。台下，不知名的修女和虔诚的教徒侧耳聆听。他们有生以来从未听过尘寰中人奏出这等音乐。亨德尔卑恭地俯首弹奏。他又找到向上帝、向永恒、向人类倾诉心曲的语言。他又能奏乐，又能创作了。此时此刻，他才感觉自己真正康复了。

"我从地狱归来了。"格奥尔格·弗里德里希·亨德尔挺起宽阔的胸膛，伸开结实的手臂，骄傲地对他的伦敦大夫说。大夫对这医学上的奇迹不胜惊讶。他怀着无法抑制的工作热忱和初愈者加倍强烈的欲望，立即精力充沛地重新投入创作。昔日的战斗豪情再度在这位五十三岁的音乐家胸中奔腾激荡。康愈的手活动灵巧，随心所欲，他写了一部歌剧，又写了第二部歌剧、第三部歌剧，又创作了大型清唱剧①《以色列王扫罗》、《在埃及的以色列人》和《欢乐与忧思》；他的创作兴致如久被堵塞的泉水喷涌而出，源源不尽。然而时世偏偏和他作对。演出因王后②逝世而中断，西班牙战争接踵而来，广场上民众麇集，呐喊、歌唱，歌剧院却无人问津，亨德尔债台高筑。这时已经到了严峻的冬天。严寒笼罩着伦敦。泰晤士河冰封雪冻；铃儿叮当，雪橇驶过光洁可鉴的河面；在这倒霉的季

---

① 指以《圣经》故事为题材创作的音乐，又译为"神剧"、"圣剧"。
② 指英王乔治二世的王后卡罗琳（1683—1737）。

节，一切厅堂尽皆关门大吉，因为无论什么美妙的音乐也敌不过大厅里的彻骨严寒。歌唱演员也病倒了，一场场演出只好告吹；亨德尔的境况原已欠佳，这一来更加不妙。债主逼债，评论家讪笑，观众漠然无动于衷，噤若寒蝉；绝望苦斗的亨德尔渐渐失去勇气。虽然举行一场义演使他偿还了若干债务，但靠乞讨度日，简直是奇耻大辱！亨德尔愈来愈深居简出，心境愈来愈阴郁。先前的半身不遂，比起眼下的心如槁木，不是还略胜一筹？一七四〇年，亨德尔便又觉得自己是被征服的人，是战败者，是他一度煊赫荣名的熔渣与灰烬。他费力地从自己早先的作品中拼凑些断简残篇，偶尔也写点小玩意儿。但是滔滔滚滚的奔流已经干涸，他康复的体内原始的生命力业已消失；这个魁梧的壮汉破题儿第一遭感到自己筋疲力尽，英勇的斗士有生以来第一次感到自己已被击败，他心中创作兴致的圣河初次干涸枯竭，这是五十三年来流过一个世界的创造之河啊。完了，又一次完了。他明白，或者说，这个绝望的人自以为明了：永远完了。他仰天长叹：既然世人重新将我埋葬，上帝又何必让我从病中复活？与其在这寒冷空虚的尘世无声无息地苟延残喘，不如一死了之。盛怒之下，他常嘟囔着被钉在十字架上的那个人说过的这句话："上帝啊，我的上帝，你为什么将我抛弃？"

那几个月，亨德尔惘然若失，灰心绝望，晚间常在伦敦四处徘徊，对自己感到厌倦，不相信自己的力量，兴许也不相信上帝。他要等到天晚了才敢出门，因为白天持有债券的债主们守在门口要抓他，他讨厌街上行人冷漠、轻蔑的目光。有时候他想，是不是该逃到爱尔兰，那里的人们还相信他的荣誉——啊，他们万万没有料到他的精力已经消耗殆尽——或是逃往德国，逃往意大利；或许到了那里，心灵的冰冻会再次消融；在甘美的南风吹拂之下，旋律会再次冲破心灵荒芜的岩层喷薄而出。不，不能创作，不能活动，这是他无法忍受的，格奥尔格·弗里德里希·亨德尔被征服，这是他无法忍受的。他有时在教堂前驻足停立。但他明白，言语不能使他得到慰藉。有时他到小酒店稍坐片刻；然而，又有谁领略过创作的纯洁而近乎陶醉的欢欣，能不对劣等烧酒感到恶心？有时候他从泰晤士河桥上凝眸俯视暗夜中黝黑静默的河水，心想不如断然一跃，一切尽皆付诸东流！只要不再背负这虚空的重压，只要能驱除被上帝、被人群遗弃的可怖的孤独感，那就好了！

他近来又常独自踯躅徘徊。一七四一年八月二十一日这一天，空气灼热。伦敦上空，云蒸雾绕，天幕低垂，有如盖着熔化的金属板。直到夜间，亨德尔才步出家门，到绿园呼吸点儿清新空气。在那谁也看不见他，谁也没法去折磨他的幽深的树荫里，他倦然坐下。倦意犹如疾患，成为他的千钧重负，他已倦于说话，倦于书写、弹奏、思索，倦于感受，倦于生活。究竟为了什么，为了谁，要做这一切呢？然后他像一个醉汉，沿着波尔林荫路，沿着圣詹姆斯大街走回家去，心中念念不忘的唯有一件事情：睡觉去，睡觉去，什么也不想知道，只要休息、安静，最好是永远安息。到了布鲁克大街他的家里，人们都已沉入梦乡。他缓慢地——啊，他多么劳累，这些人逼得他多么劳累啊——一级一级爬上楼梯，每迈出沉重的一步，楼梯木板都震得吱吱嘎嘎响。终于到了自己房间。他打火点亮写字台上的蜡烛：他只是机械地、不动脑子地做这些动作，多年来他要坐下来工作的时候都是这么做的。从前——他的唇间不由嘘出一声悲叹——散步回来，脑海里总浮现一段旋律、一个主题，每次他都匆匆写下，以免一觉醒来，想好的乐曲又遗忘了。可现在桌上空空如也。一张乐谱纸也没有。神圣的磨坊水车在冰封的河上停止转动。没有什么可以开始，没有什么可以完成。桌上空空如也。

不，不是空无一物！那儿，淡颜色的四方形里，不是有纸一类白色的什么东西在闪亮吗？亨德尔伸手一把抓了过来。这是一件包裹，他感觉到里面有书写品。他迅速打开包裹。最上面是一封信，《以色列王扫罗》和《在埃及的以色列人》的词作者、诗人詹南斯写给他的一封信。信上说，寄上一部新的神剧脚本，但愿音乐的崇高的守护神垂怜作者贫乏的语汇，用他的翅膀载着这部歌词在"不朽"的天空翱翔。

亨德尔像触到什么令人恶心的东西，霍然跳起来。难道他这个瘫痪过的人，垂死之际还要受詹南斯一番羞辱？他把信扯碎，揉成一团，扔到地上，再踩上一脚。"流氓！无赖！"他咆哮着。不太机灵的诗人捅到了亨德尔内心深处灼痛的伤疤，撕开新的伤口，令他心中的痛楚无以复加。他愤然吹灭烛火，浑浑噩噩地摸黑进了卧室，一头栽倒在床上。两行热泪骤然夺眶而出，浑身战栗，怒火中烧而又无可奈何。被掠夺者还要被嘲笑，受难者又得受折磨，如此世界，何其可悲！在他心如死灰、精疲力竭之际，为什么还要呼唤他？在他灵魂麻木、理智无力之时，为什么还要求他谱写一部新的作品？眼下只要睡觉，像动物一般鲁钝，只要遗忘，只要什么都不是！他沉重地躺在卧榻上，精神恍惚，惘然若失。

但他睡不着觉。愤怒激起他内心的不安，一种神秘的、恶毒的不安，有如风暴激起大海的怒涛。他辗转反侧，不能成眠，睡意愈来愈少。是不是起来看一看歌词？不，他已行将就木，歌词于他又有何用？不，上帝让他坠入深渊，让他游离于生活的圣河之外，人间于他已不复有慰藉可言！然而在他心中，仍有一种异常好奇的力量在搏动，在催促他，而他对此却无力抗拒。亨德尔站起来，回到工作间，激动得发抖的双手又一次点燃烛火。不是已经出现一次奇迹，使他从半身不遂的桎梏中获得解放？也许上帝还知道救治灵魂的良方，能给心灵以慰藉。亨德尔将烛台移近文稿。第一页上写着："弥赛亚！"啊，又一部清唱剧！最近这几部都失败了。他带着不安的心情翻过扉页，开始读起来。

看到第一句，他就跳起来，"鼓起勇气！"歌词这样开始。这句话简直像是魔术。不，这不是一句话，这是上帝给予的回答，是诸天之上天使的呼唤流进他那沮丧的心灵。"鼓起勇气！"——一读出声，胆怯的灵魂便为这创造之语衷心震撼。语音刚落，几乎还没来得及细细品味，亨德尔便已听到这句歌词业已化为音乐，飘浮于音响之中，呼唤着、歌唱着，有如松涛流水之声。啊，多么幸福啊！在这段音乐中，他感到，他听到，天门已经开启！

他一页一页翻过去，双手微微颤抖。是的，他被召唤、被呼唤，字字句句以万钧之力深入他的肺腑。"上帝这样说！"——这不是对他、对他一个人说的吗？这不是将他击倒在地，现在又慈爱地把他从地上扶起来的同一只手吗？"他将使你纯净"——是的，这在他身上已经应验；黑暗从他心头一扫而尽，光明骤然降临，音响之光，水晶般晶莹剔透。只有他才熟知他的艰难困顿，不是他又有谁能促使柯伯索尔的三流诗人、可怜的詹南斯写出如此气势雄浑的词句？"以使他们向上帝奉献祭品"——是的，从燃烧的心中点燃起牺牲的火焰，烈焰猝然上升直抵霄汉，对这庄严的召唤给予回答。"你雄健的词句传达的呼唤"是对他说的，只对他一人——啊，大声宣布这件事，用隆隆的长号宣示，用震耳的合唱的威力，用管风琴雷鸣般的音响宣示，让这句话，让这神圣的理智又一次如泰初时那样唤醒所有其他犹在黑暗中绝望行走的芸芸众生，因为，确实，"看，黑暗将笼罩大地"。一点不错，黑暗还笼罩大地，他们尚不知此时向他昭示的解脱的极大幸福。刚一读完歌词，那感恩的合唱"妙哉，引路人，伟大的上帝"便以完成式在他胸中激荡。——是的，如此赞美他，这有良策、善实行的绝妙者，是他给恍惚的心带来安宁！"上帝的天使趋近他们"——是的，天使抖动银白的翅膀飞进屋里，抚摸了他，解脱了他。怎能不衷心感激，欢呼歌唱，用千百种不同的声音汇成巨大的声音，赞美"光荣属于我主"！

亨德尔俯首读稿，犹如置身于大风暴之中。他从来不曾这么感受过他的力量，从来不曾感受过类似的创作的快感流贯他的整个身心。语句依旧如同温暖的、令人心旷神怡的光流，向他源源倾泻过来，一句句一字字，全都说到他的心坎上，全都拥有驱魔辟邪、解除桎梏的力量！"欢欣吧"——随着这一合唱的华丽展现，他不由抬起头，伸展开双臂。"他是真正的拯救者"——是的，他决心证明这一点，尘世上的人们谁都没有这样做过，但他要在世人的头顶上高高举起他的证据，犹如一块闪亮的纪念碑。唯有饱经忧患的人才真正懂得欢乐，唯有备受磨难的人能预感赦免的最后恩惠，他的职责是在人类面前证明他曾亲历死而复活。当亨德尔读到"他受歧视"时，沉痛的回忆迅即化为忧伤、沉重的音响。他们以为已经将他征服，把他活活埋葬，对他嘲讽讥诮——"看见他，他们都笑了"，"无一人给忍气吞声者以安慰"。没有人帮助他，在他软弱无力的时候，没有人安慰他，然而，奇异的力量帮助了他。"他信赖主，看吧，他没让他在墓中安息。"不，上帝没有让他这个桎梏中的人，已消失的人的灵魂留在他那绝望的墓穴、无力的地狱，不，他再一次号召把欢乐的信息送给人类。"抬起你们的头"——这时，这句话从他心胸中化为音响迸发出来，这道庄严宣布的伟大命令！他猝然惊呆了，因为可怜的詹南斯在它后面写下的是："这是主的旨意。"

他屏住呼吸。这里，借偶然选中的凡人之口道出了真理：上帝向他传话，从天上传话给他。"这是主的旨意"：话语是从他那儿传来的，音响是从他那儿发出的，恩惠是他赐予的！这话语必须回归到他身上，由激涨的心潮载到他身旁，赞美我主乃是每一个创作者的最大欢欣、最大义务。啊，对这句话要理解它、把握它、举起它、挥动它，使它扩大伸张，广阔一如世界，使它包容世间一切欢呼，使它如同说出这句话的上帝一样伟大！啊，要让这句平凡的话、易朽的话，因美与无穷的激情而回归天上，化为永恒！看吧，它已经写下了，它发出音响，是可以无限重复、可以转化的，这就是："哈里路亚！哈里路亚！哈里路亚！"是的，要让这个词包容尘世上的一切声音，嘹亮的和低沉的声音，刚毅的男声和柔顺的女声，充盈、升高、变化，在节奏鲜明的合唱中让它们有合有分，登上又走下雅各①梦中的音响之梯，用小提琴甘美的琴声系住它，用长号激越的吹奏赋予它火一样的热情，用管风琴奏出雷鸣般的咆哮：哈里路亚！哈里路亚！哈里路亚！——用这个词语，这样的感激之情，创造一阵欢呼声，从尘寰发出隆隆巨响，复又回归到宇宙的创造者身旁！

泪水模糊了亨德尔的眼睛，热情在他心中燃烧。还有没读完的诗稿、清唱剧的第三部分，在这"哈里路亚，哈里路亚"之后他已无法继续读下去。这欢呼声的元音充满他的整个心灵，它扩大、伸展，已如滚滚火焰令人灼痛难耐，它要倾泻，它要奔流而去。啊，多么憋闷，多么窘迫，因为它仿佛要从他心中脱颖而出，飞腾云天。亨德尔匆匆抓起鹅毛笔，写下乐谱，一个个音符如被神灵驱使，极迅速地奔赴笔端。他无法停下，犹如被暴风中鼓帆疾驰的小舟负载着遥遥而去。周遭是万籁俱寂的静夜，这座大城市的上空，潮湿昏暗，静默无声。然而在他心中，光明在奔涌，在这间斗室轰然鸣响着别人听不见的宇宙之音乐。

次日清晨仆人蹑手蹑脚走进房间的时候，亨德尔还坐在书桌旁写着。他的助手克里斯托夫·施密特怯生生地问他要不要帮他誊抄，他不答话，只用低沉的声音不满地嘟囔着，样子很吓人。谁都不敢再走近他身边，这三个星期他寸步不离工作室。给他端饭来，

---

① 《圣经》中的人名，这里指犹太人的祖先之一以色列。相传他在梦中看见供天使上下的天梯。

他就用左手急匆匆掰下点儿面包塞进嘴里，右手继续挥笔疾书，就像酩酊大醉、身不由己似的，停不下来。有时他站起来在房间里走来走去，一边大声唱，一边打拍子，这时他的眼神与平日判若两人；有人跟他说话，他会忽然吓一大跳，糊里糊涂，答非所问。那些天，仆人的日子真不好过。有来逼兑债券的债主，有来恳求参加节庆合唱的歌唱家，还有奉命传邀亨德尔进宫的使臣；所有这些人，都得由仆人婉言谢绝，因为只要他想跟聚精会神在创作的亨德尔哪怕只说一句话，亨德尔也会大发雷霆。那几星期，格奥尔格·弗里德里希·亨德尔不再知道时间是什么，分不清白昼与黑夜，在他全神贯注于其中时，衡量时间的唯有节奏与节拍。他心潮起伏，他的身心被从心中奔涌而出的激流席卷而去，作品愈近尾声，愈接近神圣的流速，激流便愈见狂野，愈见急骤。他成了自身的俘虏。他用有力的脚步踏着拍子，丈量他自设的囚室面积，他歌唱，他弹羽翼琴，又再坐下来挥笔疾书，直至手指发疼；他平生还不曾感受过这样炽热的创作欲，还不曾这样生活过，从来还不曾在音乐中尝受过这么大的苦楚。

　　过了不到三个星期——即使在今天也是不可理解的，永远不可理解！在九月十四日，这部作品终于完成了。不久前还是干巴巴的词句，如今已经变成音乐，鸣响着，如同永不凋谢的鲜花。被点燃的灵魂又一次成就了意志的奇迹，一如先前瘫痪的躯体成就了复活的奇迹。一切都已写了、创作了、塑造了，在旋律中、在激情中展开了——只差一个词，这部作品的最后一个词："阿门"。可是，亨德尔要用这只有两个音节的"阿门"来建造一座直达上苍的阶梯。

在变化不定的合唱中，他把它们分配给不同的声部，使这两个音节延展，一再拉开距离，而后又倍加炽热地融合在一起。他的热情有如上帝的叹息，流贯他这部伟大的祷词的结束语，使它像世界一样广阔无垠，一样饱满丰富。这最后一个词不让他罢手，他也不将它轻轻一带而过。他用第一个字母，响亮的 A，鸿蒙初辟时最早发出的声音，以壮丽的赋格曲式建造这"阿门"，直至它成为一座大教堂，轰然鸣响，又丰富充实。大教堂的顶端高耸云霄，还在不断地升高、下降，又升高，终于被管风琴的风暴攫住，被联合一致的人声的伟力一次又一次地掷向高处，充满所有空间，直至这感谢的赞歌声中似乎也有天使在同声歌唱，桁架被永不止息的"阿门！阿门！阿门"所震撼，裂成碎片，纷纷坠落。

亨德尔疲惫地站起身，羽毛笔从他手里掉下来。他不知道自己在哪里。他看不见，听不见，只感觉疲乏困顿，深不可测的困倦。他步履跟跄，站不住脚，不得不倚着墙壁。他的力量已经消耗殆尽，身体疲惫万分，感觉迟钝混乱。他像盲人一样一步一步扶着墙走，随后便一头栽倒在床上，睡得像个死人。

上午，仆人轻轻按了三次门铃。大师酣睡未醒，他深沉的面孔一动也不动，宛如白石雕成。中午，仆人第四次来唤醒他。他大声咳嗽，门敲得很响，但什么声音都打不破他那深深的熟睡，什么话都到不了他耳朵里。下午，克里斯托夫·施密特前来帮忙，亨德尔依然僵卧着，纹丝不动。他俯身望着睡梦中的亨德尔：他躺在那儿，像赢得胜利之后战死疆场的英雄，在完成了不可言说的壮举之后死于过度疲劳。但克里斯托夫和仆人对英雄伟业和胜利全都毫无所知；他们只感到害怕，因为他们见他长时间一动不动地躺着，心中不安；他们担心又一次中风会把他彻底整垮。到了晚上，怎么摇晃也叫不醒亨德尔——他已经像死尸一样毫无知觉地躺了十七个小时了——克里斯托夫·施密特又跑去请大夫了。他没能马上找到他，詹金斯大夫利用和风宜人的晚上去泰晤士河岸边钓鱼了。终于找到了，大夫对这不受欢迎的打搅喃喃抱怨几句。直到听见请他给亨德尔看病，他才收拾绳索钓具，取了外科手术器械——这已费去很长时间——以备万一需要放血时使用。轻便马车终于载着他俩奔向布鲁克大街。

　　到了那里，只见仆人朝他们挥动双臂。"他起床了。"他隔着一条马路冲他们喊道，"他现在有六个搬运工人的食量那么大，狼吞虎咽，吃了半条约克夏种白猪做的火腿，我不得不给他倒了四品脱啤酒，他还要吃。"

　　确实，亨德尔坐在摆着满满的食物的餐桌前，俨然主显节的豆王①。如同他一昼夜补了三星期睡眠，此刻他以他那魁伟的体格的全部兴致和力量又吃又喝，仿佛想把几星期来消耗在创作上的精力一下子全都攫取回来似的。一见大夫，他就笑了，渐渐变成一阵响亮、震耳、夸张的大笑。施密特回忆说，在那几个星期，他始终没见亨德尔嘴角露出一丝笑容，见到的只有紧张和愤怒的神情；可现在，他的天性中被抑制的欢快心绪显露出来，有如春潮撞击岩石发出震耳轰鸣，泛起泡沫，咆哮而去——亨德尔毕生没有像现在这样

────────

① 指在主显节（一月六日，主耶稣出现的日子）得到馅中有豆点心的人。

纵情欢笑，因为此刻他确知自己健康无恙，生之欢乐流遍身心，令他陶然若醉。他高举啤酒杯，迎上前去，向身穿黑礼服的大夫表示欢迎。"是哪一位要给我看病？"詹金斯大夫愕然问道，"您这是怎么啦？刚才您喝的是什么补酒？您的日子过得蛮惬意啊！您这是怎么回事？"

亨德尔望着他笑，眼里闪耀着光辉。他渐渐恢复严肃的神情，慢慢站起来，走到羽翼琴前坐下。双手先在琴键上方掠过，然后回头异样地微微一笑，轻轻地、半说半唱地开始了宣叙调"听吧，我告诉你们一个秘密"的旋律——这是《弥赛亚》中的歌词，开头诙谐戏谑。可是他的手指一伸进温和的空气，便不能自已。演奏中，亨德尔忘却旁人，也忘却自我，滚滚心潮将他席卷而去。猝然，他又进入创作。他且歌且奏全曲最后几段合唱，那乐句在他犹如在梦中塑造的，而今初次听到它业已苏醒："何处是你的利刺，啊，死神？"他感觉生之热望充盈五内，更有力地提高嗓音，自己既是合唱者，又是欢呼、喝彩者，他继续边弹边唱，直至"阿门，阿门，阿门"，他投入音乐的力量如此强大有力，巨大的音响几乎震塌房间。

詹金斯大夫站在那儿，如痴如醉。亨德尔终于站起身来的时候，大夫简直不知如何表达自己景仰的心情，但总得说句话，他只说："这样的音乐我从来没听过。您真是巧夺天工啊！"

亨德尔脸色突然变得阴沉。他自己也为这部作品大吃一惊，为像在睡梦中降临到他头上的恩惠大吃一惊。同时，他心中羞愧，背过身子，用旁人几乎听不见的很低很低的声音说："不，我倒相信它是上帝同我一起创作的。"

数月之后，两位衣冠楚楚的先生来到来自伦敦的音乐大师亨德尔在都柏林租赁的寓所前敲门。他们诚惶诚恐地提出要求。他们说，亨德尔数月之中以当地听众从未欣赏过的如此辉煌的音乐作品，令爱尔兰首都为之倾倒。他们听说大师还将在这里首次演出他的又一部清唱剧新作《弥赛亚》，恰恰是这座城市，甚至在伦敦之前，得以聆听他的这一近作，实属莫大荣幸。鉴于这部协奏曲非同寻常，可望获得特别丰厚的收益。大师一向慷慨乐施乃人所共知，他们此次前来，意在探询大师是否愿将首场演出的全部收入捐赠给他们所代表的慈善机构。

亨德尔亲切地望着他们。他爱这座城市，因为它给了他爱，他的心扉已经敞开。他微笑，欣然首肯，要求他们说明捐赠这笔收入拟作何用。"接济几个监狱的囚犯。"和蔼的白发男子首先答道。"还有慈惠医院的病人。"另一人补充说。不言而喻，慷慨捐赠的数目只限于首场演出的收入，其余悉归大师所有。

然而亨德尔一口拒绝。"不，"他轻声说，"不要这部作品的钱。我永远不要这部作品一文钱，永远不要，我还欠另一个人的债。无论什么时候，它都属于病人，属于犯人。我自己曾经是个病人，因它而得以康复。我曾是个囚徒，是它解救了我。"

两位先生不无惊愕地抬起头。他们虽然不完全明白，但是深深道谢，鞠躬离去，在都柏林传播这令人愉快的消息。

一七四二年四月七日，最后一次彩排终于来到。只允许两个大教堂的合唱队员的少数亲戚进去听，为了节省开支，费沙姆伯尔大街上的音乐厅的大厅只有微弱的灯光照明。人们这里一两个、那里三五个，零零落落分散在长条椅上，准备听一听来自伦敦的音乐大师新的清唱剧。大厅又冷又暗，朦朦胧胧。但合唱歌声一开始如飞流瀑布奔腾倾泻，就出了一件怪事。分散坐在长条椅上的人们不由自主地集拢来，渐渐聚集成为黑压压的悉心倾听与惊异赞叹的一群，因为人人觉得这雄浑的音乐是他们平生从未听到过的，这音乐的重量对于单独的个人来说仿佛无法承受，仿佛要把他冲走、拽开似的。他们愈来愈紧地挤在一起，仿佛要一起用一颗心脏来聆听，作为唯一虔诚的宗教团体接受"信心"这个词；它向他们呼啸而来，交织着种种声音，每次出现的形式各有不同。在这异乎寻常的强大力量面前，人人感到自己脆弱，然而又都欣欣然愿被它所把握、所负载，所有的人都像一个人一样感受着欢快的战栗。第一次响起雷鸣般的"哈里路亚"的时候，其中一人蓦然站了起来，其他人不约而同也一下子随他一齐起立；他们觉得被这么宏伟的力量攫住，人们是不能够黏着在地面上的，他们站起来，要让他们的声音更接近上帝一英寸，并且恭顺地向他呈献自己的敬畏之感。随后他们离去，挨家挨户诉说一部旷世未闻的音响作品已经问世。为能聆听这部杰作，全城怀着紧张的心情，快乐得战栗了。

六天以后，四月十三日晚上，音乐厅门庭若市。为使大厅容纳更多听众，女士不穿着箍环扩撑的钟式裙，骑士不佩剑；七百人——空前的数字——蜂拥而来，作品尚未公演，美誉已迅速传扬；乐曲开始时，大厅里肃静无哗，连呼吸声也听不到，人们愈来愈肃穆地侧耳聆听。接着迸发出合唱的歌声，拥有暴风雨般的力量，人们的心开始颤抖了。亨德尔站在管风琴旁边。本来他是要亲自监督、亲自指挥这部作品演出的，但它挣脱他的控制，他自己迷失在这部作品中，感到它变得陌生了，仿佛自己从未听过、从未创作过这部作品似的，他又一次被心中奔腾的波涛负载而去。到了最后开始唱"阿门"，他的双唇不自觉地张开，同合唱队齐声歌唱，像这样的唱法在他一生中是绝无仅有的。但当其他人的欢呼声闹嚷嚷充塞大厅之时，他迅即从边上悄悄离去，为了不向要向他致谢的人群，而向赐予他这部作品的神灵表示感谢。

闸门已经打开。声乐之河又年复一年奔流不息。从此以后，无论什么都不能使亨德尔低头屈服，无论什么都不能使复活者再度失去生活的勇气。他在伦敦创建的歌剧院再次破产，持有债券的债权人再次对他催逼——但他昂首挺立，经受住了一切令人不快的事件，年已六旬的老人沿着他的作品的里程碑无忧无虑、毫不在乎地走他自己的路。有人给他制造麻烦，但他懂得如何体面地战胜它们。他日渐年迈力衰，双臂瘫痪，两腿风湿痉挛，但他依旧以不知疲倦的心从事创作，永不中断。最后，视力也不行了；在写作《耶弗塔》的过程中，他失明了。犹如失聪后的贝多芬，他虽双目俱眇，但依然不知疲倦地、不可战胜地创作；然而他在人世间的胜利愈辉煌，他在上帝面前愈谦卑。

如同一切真正的严谨的艺术家，亨德尔从不称道自己的作品。但有一部作品是他由衷地热爱的，这就是《弥赛亚》。他满怀感激之情爱这部作品，因为它把他从自身的深渊中拯救出来，因为他在这部作品中得到了解脱。他在伦敦年复一年演奏《弥赛亚》，每次演出的收入（一次演出五百英镑）全部捐给医院。这是康愈者对病人，已获解放的人对身陷囹圄的人的捐助。他曾带着这部作品走出阴曹地府，他也要以这部作品告别人世。一七五九年四月六日，已经病重的七十四岁老翁让人把自己领到考文特花园的指挥台。忠诚的朋友——音乐家、歌唱家们，围拥着魁伟的盲者：他那空虚的、失去光辉的眼睛已经看不见他们。但当音响的巨浪有如海涛汹涌澎湃，数百人朝向他发出风暴似的确信的欢呼声时，此时疲惫的面孔顿时容光焕发。他挥动手臂打拍子，严肃而虔诚地歌唱，仿佛他是牧师，正站在自己和众人的棺木前，同大家一道，为自己、为众人的解脱祈祷。只有一次，他哆嗦了一下，那时，随着"要吹响长号"的呼喊声，响起了激越的长号声，他抬起呆滞的双眼仰望上苍，仿佛此时他已面临末日审判。他知道，他工作得不错。他可以昂首走到上帝面前。

朋友们深受感动，把盲老人送回家去。他们同样觉得：这是一次告别。他在床上还嘴唇微动，喃喃自语，想在耶稣受难日那一天死去。大夫惊讶不已，不能理解，因为他们不知道那年的耶稣受难日是四月十三日，从前那只沉重的手①正是在这一天将他击倒在地的，他的《弥赛亚》又是在这一天第一次奏响问世。在万念俱灰的那一天，他复活了。他要死在复活的那一天，以便确信自己将会获得永生的复活。

果然，同主宰生一样，这唯一的意志也主宰死。四月十三日，

---

① 指上帝。

亨德尔精力耗尽了。他什么也看不见，什么也听不见，庞大的身躯一动也不动地躺在床褥上，已是一具空虚、沉重的躯壳。一如空贝壳发出大海喧嚣的涛声，他的心里响起无法听见的音乐，比他平生听过的都更奇异、更瑰丽。催促的渐强音使灵魂缓缓脱离疲癃的躯壳，将它送上失重之境。涛声阵阵，永恒的音响飘上永恒之境。翌日，复活节的钟声还没敲响，格奥尔格·弗里德里希·亨德尔已逝去了。

（潘子立　译）

一夜天才

《马赛曲》

1792 年 4 月 25 日

一七九二年。法国国民会议对皇帝和国王们的联盟①是战是和，犹豫不决，已有两三个月之久。路易十六自己也举棋不定：他既担心革命党人胜利的危险，又担心他们失败的危险。各党派各怀异心。吉伦特派催促开战，是为了保住政权，罗伯斯庇尔和雅各宾派力主和平，是为了自己在此期间夺取政权。局势一天比一天紧张，报纸杂志大声疾呼，俱乐部里争论不休，谣言四起，越来越耸人听闻，公众舆论变得越来越激烈。因此，当四月二十日法国国王终于对奥地利皇帝和普鲁士国王宣战时，这倒成了一种解脱，重大的抉择往往如此。

这几星期，巴黎上空犹如浓雾笼罩，令人心情沉重，心神不宁，而在边境城市，人们就更加情绪激昂，更加惶恐不安。部队已经集中在所有临时营地，每一个村庄、每一座城镇，志愿者和国民卫队都已武装起来，到处都在加固要塞。尤其在阿尔萨斯地区，人们知道，德法之间向来是在这一片土地上做出他们的第一个决定。在巴黎，敌人、对手，只是一个模糊的充满激情的修辞学概念，而在莱茵河畔，却是看得见的活生生的现实，因为从桥头堡防御工事、从大教堂的钟塔，用肉眼就能看见普鲁士军队在向前推进。夜间，敌军炮车行进的隆隆声、武器的叮当声、喇叭声随风飘过漠然、无动于衷地在月光下闪烁的河流。谁都知道，只要一句话，只要一声令下，普鲁士大炮沉默的炮口就会喷吐雷电，德国和法国之间上千年的战斗又将再度开始——这一回，一方是以捍卫新自由的名义，另一方则是以维护旧秩序的名义。

因此，当驿站信使于一七九二年四月二十五日把宣战的消息从巴黎带到斯特拉斯堡时，这一天便成了极不寻常的一天。人群立刻从大街小巷、千家万户拥向广场，全体驻军全副武装，一个团队接着一个团队接受最后的检阅。市长迪特里希在中心广场阅兵，他身上佩戴三色绶带，挥动饰有国徽的帽子向士兵致意。号音嘹亮，喇叭劲吹，随即全场鸦雀无声。迪特里希在这个广场和该市所有其他广场用法语和德语高声宣读宣战书全文。他话音刚落，军乐队便奏起第一支革命临时战歌《前进吧！》，这本是一支略带刺激性的、放纵而有谐谑意味的舞曲，然而行将出征的团队雷鸣般的、雄赳赳的步伐却赋予它威武雄壮的节拍。随后人群四散，把被激起的热情带到所有街衢、房舍；人们在咖啡馆、俱乐部发表激动人心的演说，

---

① 一七八九年七月法国大革命爆发，震撼欧洲，欧洲的封建君主组织联军武装干预，"皇帝和国王们的联盟"即指此。

散发各种文告。"公民们，武装起来！高举战旗！警钟已经敲响！"他们以这一类号召开始，无论什么地方，一切演讲、一切报纸、一切宣传画、一切人的嘴巴都在重复着这样有战斗力的、节奏鲜明的呼声："公民们，武装起来，让那些头戴王冠的暴君发抖吧！前进！自由的孩子们！"这些火热的话语每一次都博得群众狂热的欢呼。

每逢宣战，街头广场上的广大群众总是尽情欢呼，然而在这样的时刻，街头的欢呼声总是也激起别样的声音——角落里的低语；每逢宣战，惊恐和忧虑也同时苏醒，所不同的，只是他们在斗室里悄悄低语，或者苍白的嘴唇缄默不语。无论在什么地方，永远是母亲们在对自己说：外国兵会不会杀死我的孩子们？普天下一切国家的农民都为他们的家产忧心忡忡，担忧他们的农田、他们的房舍、他们的牲畜和收成。他们的禾苗会不会被践踏？他们的家园会不会遭残暴的大兵洗劫？他们劳作的田野会不会血流成河？然而，本是贵族的斯特拉斯堡市长弗里德里希·迪特里希男爵，如同当年把整个身心献给新自由事业的法兰西最优秀的贵族一样，他只想让那些洪亮而铿锵有力、充满自信的声音发言；他有意识地把宣战日转变成为公众的节日。他胸前斜佩绶带，从一个集会匆匆赶赴另一个集会，去激励民众。他派人送去葡萄酒和食品犒劳奔赴前线的士兵，晚上，他邀请全体军事指挥官和军官们以及他最重要的同僚到他那坐落在布罗格利广场旁的宽敞府第参加告别晚会，热烈的气氛一开始便使这个晚会具有庆功会的性质。对胜利从来都是充满信心的将军们是晚会的主宾，在战争中看到自己的人生价值的年轻军官们高谈阔论。一个人激励另一个人。有的人挥舞战刀，有的人互相拥抱，有的人手持一杯葡萄美酒发表慷慨激昂的演说，而且越来越慷慨激昂。所有的演讲都一再重复报刊和宣言上那些激励人心的话语："拿起武器，公民们！前进！拯救祖国！头戴王冠的暴君们很快就要发抖了。胜利的旗帜已经展开，三色旗传遍世界的日子已经来临！每个人都要做出最大的努力，为了国王，为了旗帜，为了自由！"在这样的时刻，全体人民，整个国家，都会因对胜利的信念和为自由事业献身的热情而结成一个神圣的整体。

就在演说声中，敬酒的当儿，市长迪特里希忽然向坐在他身边的要塞部队的年轻上尉鲁日①转过头去。他想起来了：半年前，这个虽说不上英俊，但讨人喜欢的军官在宪法颁布时写过一首相当不错的自由颂歌，团队的乐师普莱叶立即为它谱曲。作品朴素无华，适宜歌唱，军乐队排练之后便在露天广场演奏，同时有人声合唱。眼下的宣战和出征不也是举行类似庆典的良机吗？于是市长迪特里希很随便地，就像人们请一个熟朋友帮个忙那样，问鲁日上尉（此人擅自给自己加上贵族封号，自称鲁日·德·利勒）一句，他是否有意借这个爱国情绪高涨的机缘为将要出征的部队写点东西，给明天就要奔赴前线的莱茵军写一支战歌。

鲁日是个谦逊的普通男子，他从不把自己看作一个大作曲家——他的诗从来不曾刊印过，他的几部歌剧均遭拒绝——他知道自己即兴创作的诗歌写得不错。为了让座中的达官和他的好友高

---

① 鲁日·德·利勒（1760—1836），法国军官，《马赛曲》词曲作者。

兴，他表示乐于从命。是的，他要试一试。"好样的，鲁日。"对面的一个将军为他干杯，提醒他这支歌写好了要马上抄一份送到战场给他；莱茵军确实需要一支能加快行军步伐的爱国进行曲。其时，另一个人又开始发表一通演说。又是敬酒，喧哗，痛饮。这短暂的偶然的对话旋即被普遍的热情的巨浪所淹没。豪华盛宴愈来愈令人心醉神迷，愈来愈喧闹，人们的情绪愈来愈狂热，客人们离开市长宅第的时候，午夜已过了很久了。

午夜已过了很久了。四月二十五日，令斯特拉斯堡如此激动的宣战日已经结束，其实，四月二十六日已经开始了。夜幕笼罩着千家万户；然而黑夜只是幻象，因为城市仍然激动万分。兵营里士兵全副武装准备开拔，门户紧闭的店铺后面，有些小心谨慎的人也许已经在悄悄地准备逃走。零星小队士兵在街道上行进，其间夹杂着传令骑兵急促的马蹄声，然后又有一队沉重的炮车嘎嘎响着开了过来，从一个哨位到另一个哨位不断响起哨兵单调的口令声。敌人近在咫尺，太不安全了，在这决定性的时刻，全城的人们都激动得无法安睡。

鲁日也是如此，此刻他正爬上螺旋形楼梯，走进中央大道一二六号寓所他那简朴的小室，心情异乎寻常地激动。他没有忘记自己的承诺，要尽快谱写一支进行曲，为莱茵军谱写一首战歌。他不安地在他的斗室来回踱步。怎么开头？怎么开头？各种宣言、演讲、祝酒词的所有鼓舞人心的呼声依然混乱地在脑海里翻腾。"公民们，拿起武器！……前进！自由的孩子们！……消灭专制！……高举战旗……"不过，他同时也想起了在路上听到的那些声音，为自己的儿子们的安全担忧的妇女颤抖的声音，农民忧虑的声音，他们唯恐法兰西的农田遭到外国军队践踏，法兰西的田野血流成河。他几乎是半下意识地写下头两行，这只是那些呼声的反响、回音和重复。

　　　　前进，前进，祖国的儿郎，
　　　　那光荣的时刻已来临！

　　他随后停下，愣住了。可以。开头不错。现在得赶快找到合适的节奏，配合歌词的旋律。他从橱柜里取出小提琴试试。棒极了：开头几拍节奏和歌词就配合得很好。他急急忙忙接着写下去，此时已被流贯在他胸中的力量所推动、所牵引。此时此刻喷薄而出的一切情感，在街上、酒宴上听到的一切言辞，对暴君的憎恨，为乡土的忧惧，胜利的信心，对自由的热爱，一切、一切，骤然汇合在一起。鲁日根本不必去创作、去虚构，他只需要把今天，把这绝无仅有的一天里人人都在说的那些话押上韵，使之配合他的旋律和激动人心的节奏，他也就表达出了、说出了、唱出了民族灵魂的最深处所感受到的一切。他也无须作曲，因为透过紧闭的百叶窗就传进来街上的节奏、时间的节奏、这抗争的节奏、挑战的节奏，它就在战士行进的步伐声中，在高昂的喇叭声中，在辚辚的炮车推进声中。也许他自己，他的聪敏的耳朵并没有听见，但是时代的守护神，只此一夜寄寓在他易朽的躯体的时代守护神听到了这节奏。旋律越来越顺从那敲击的节拍、欢呼的节拍、那整个民族心脏跳动的节拍。鲁日奋笔疾书歌词和乐谱,越写越快,犹如笔录别人的口授——一场他那狭隘的市民心灵从未经历过的风暴已经向他袭来。一种极度兴奋,一种本非他所有的激情,而是凝聚于唯一的爆炸性的一秒钟的魔幻伟力,把这可怜的业余作者千百倍地拔高,把他像一枚火箭似的射出去,直抵星辰,刹那间闪耀着灿烂的光华和火焰。鲁日·德·利勒上尉一夜之间跻身于不朽人物的行列:街头和报刊最初的呼声被吸收、被借用,形成创造性的歌词,并升华为一诗节,其词永世长存,一如曲调不朽。

> 我们在神圣的祖国面前,
> 立誓向敌人复仇!
> 我们渴望珍贵的自由,
> 决心要为它而战斗!

接着他又写下第五诗节,一直到最后一节,都是在情绪激荡之中一气呵成,词曲配合得极为完美,东方破晓之前,这支不朽名曲已告完成。鲁日吹灭了灯,扑倒在床上。方才有什么东西,他不知道是什么,把他高高地举起来,直抵他的感官从未感到的神圣之境,现在,有什么东西把他抛下来,坠入懵懂的极度疲惫中。他沉沉昏睡,睡得像死了一样。确实,他心里的创造者、诗人、守护神又都死了。可是,在神圣的陶醉中,奇迹确实曾降临在这沉睡者身上,已完成的作品就在桌上,它已和此人分离。如此迅速、如此完美地创作一首歌的词曲，在世界史上恐怕是绝无仅有的。

教堂的钟声一如往昔宣告新的一天早晨的来临。风不时吹送过来莱茵河畔的枪声，最初的交火已经开始。鲁日醒了。他费力地从沉睡的深渊挣扎上来；他模模糊糊感觉到发生过什么事情，对此他只有一点模糊的回忆。后来他才看见桌上有一张刚书写完的纸片。是诗？我什么时候写的？音乐，我亲手写的吗？我什么时候作的曲？哦，对了，朋友迪特里希昨天求我写的，那首莱茵军进行曲！鲁日读他的诗，轻声哼着曲调，像所有刚完成作品的创作者那样，自己感觉完全没有把握。好在自己团队里的一个战友就住在隔壁房间，他拿去给他看，唱给他听。那朋友听了似乎是满意的，只建议做几处小修改。鲁日从这最初的赞许中获得某种信心。怀着一个作者急不可耐的心情和迅速兑现诺言的自豪，他立即匆匆赶往市长迪特里希家里，此时市长正在花园里进行晨间散步，一边为一篇新的讲话打腹稿。怎么，鲁日？已经完成了？好，马上试唱。两人离开花园，走进客厅。迪特里希在钢琴琴椅上坐下，他弹伴奏，鲁日唱歌。被清晨意外的音乐所吸引，市长夫人走进房间，她答应为这首新歌誊抄几份，同时，因为她是一位受过专业训练的音乐家，她还答应给它配伴奏，以便今晚晚会上能和其他歌曲一起演唱给家里的朋友们听。市长迪特里希为自己优美的男高音自豪，表示要更深入地研究这支歌，于是四月二十六日晚上，凌晨作词谱曲的这支歌，当天晚上便在市长家中向一群偶然被选中的社交界人士首次公演。

听众似乎友好地鼓了掌，很可能这是出于礼貌对在座的作者不可缺少的恭维。坐落在斯特拉斯堡大广场旁边的布罗格利大饭店里的客人们自然丝毫不曾预感到，一支永恒的旋律展开眼不可见的翅膀业已飘落尘世，降临在他们面前。同时代人难得一眼便理解一个人或一部作品的伟大，而市长夫人给她的兄弟的一封信足以证明她几乎完全没有意识到那个惊人的瞬间。她把一个奇迹轻描淡写地说成社交界发生的一件事情。"你知道我们得在家里接待许多人，总得想出些点子使娱乐变得更有意思。因此我丈夫想出个主意，让人谱写了一首即兴歌曲。工程部队的上尉鲁日·德·利勒是一位和蔼可亲的诗人、作曲家，他很快就写了一首战歌。我丈夫是优秀男高音歌手，马上唱了这支歌，这支歌很吸引人，并显示出某种特色。演唱颇成功，较活泼，有生气。我也尽我一份力量，发挥为管弦乐配器的才能，给钢琴和其他乐器编写总谱，因此很忙活了一阵。这支歌已在我们这儿演唱了，社交界都很满意。"

"社交界都很满意"——我们今天会觉得这话惊人地冷淡。仅仅表示友好的印象、不冷不热的赞许是可以理解的，因为《马赛曲》的首演还未能真正显示出它的力量。《马赛曲》不是一支供某一位嗓音悦耳的男高音歌手演唱的歌曲，不是为穿插在小资产阶级沙龙里浪漫曲和意大利咏叹调之间而写的独唱曲。这是一支情绪激昂、节奏强烈、富有战斗力的歌曲，"公民们，武装起来！"这是向一大群人、向群众的呼唤，这支歌真正的乐队伴奏是铿锵作响的武器、劲吹的号音、齐步行进的团队。它不是为漠然坐待舒适享受的听众，而是为共同行动者、为共同战斗者而创作的。它不适于单独一个女高音、单独一个男高音歌唱，而适于成千上万群众引吭高歌，这是一支堪称典范的进行曲，一支凯歌，悼亡之歌，祖国的颂歌，全体人民的国歌。鲁日的这支歌在激情中诞生，也只有激情才能赋予它鼓舞人心的力量。这支歌还没有激起反响，它的歌词、它的旋律还没有深入民族的灵魂引起神奇的共鸣，军队还不熟悉他们的凯旋进行曲，革命还不熟悉自己的永恒的赞歌。

即便一夜之间创造了这一奇迹的人——鲁日·德·利勒，也和别人一样，没有意识到自己在那一夜像梦游人似的在偶然降临的守护神引导下创作了什么。应邀前来的宾客使劲鼓掌叫好，对作为作者的他彬彬有礼地恭维，他这个讨人喜欢的勇敢的业余作者自然满心喜悦。怀着一个小人物的小小的虚荣心，他力图在自己小小的外省交际圈中充分利用他那小小的成就。他在咖啡馆唱这首新歌给他的战友们听，让人誊抄歌篇送去给莱茵军的将军们。在此期间，由于市长下令和军事当局推荐，斯特拉斯堡军乐团排练《莱茵军战歌》，四天后部队出发时，斯特拉斯堡国民卫队军乐团在大广场演奏这首新的进行曲。斯特拉斯堡出版商怀着爱国热情声称愿意印行吕克内将军①的一位部下满怀敬意地献给将军的这首《莱茵军战歌》。可是，莱茵军的将军们谁都不想在部队行军时真的吹奏这支歌或让士兵唱这支歌，于是，就像鲁日迄今为止的一切尝试一样，"前进，前进，祖国的儿郎"的沙龙成就似乎不过是短暂的成功，永远只是外省发生的一件事，随后就将被人遗忘。

然而，一件作品固有的力量是不会长期深藏不露或被禁锢的。一件艺术品可以被时间遗忘，可以被取缔、被埋葬，但富有生命力

---

① 尼古拉·吕克内（1722—1794），法军高级将领，曾任元帅，一七九四年雅各宾专政时期被处死。

的事物总是要战胜只能短暂存在的事物。人们一两个月听不到《莱茵军战歌》。印刷的和手抄的歌篇在漠不关心的人们手里，在他们之中传递。可是事情总是这样：一件作品即使仅仅只使一个人真正欢欣若狂，那也就足够了，因为一切真正的欢欣鼓舞本身都会有创造性。六月二十二日，在法国的另一端，马赛，宪法之友俱乐部举办宴会送别志愿者。长桌旁坐着五百名血气方刚、身穿崭新的国民卫队制服的年轻人。此刻，他们的情绪和四月二十五日的斯特拉斯堡一样激昂，只是由于马赛人的南方气质而显得更炽热、更冲动、更激情，并且不像刚刚宣战后那么盲目地充满必胜的信心。因为革命的法国军队并不像那些将军夸口的那样，跨过莱茵河去，到处受到热烈欢迎。相反，敌人已深入法国腹地，自由受到威胁，自由的事业处于危险之中。

突然，宴会进行中间，一个名叫米勒的蒙彼利埃大学医学院学生把玻璃杯往桌上一放，站了起来。全场寂静，所有的人都望着他，以为他要演讲，要致辞。但这年轻人没有发表讲话，他高高举起右手，挥舞着，开始唱一支歌，一支新的歌，一支大家都陌生、谁也不知道怎么到他手里的歌。"前进，前进，祖国的儿郎！"电光石火，犹如火星落进火药桶。情绪和感受，这永恒的两极碰在一起。所有这些明天就要出发，准备为自由而战、为祖国献身的年轻人感到这支歌的歌词表达了自己内心最深处的意志和他们最根本的思想；这支歌的节奏不可抗拒地使他们全体感到极度兴奋，无一例外。每一诗节都受到欢呼，人们再三地不断地要求再唱一遍这支歌，这支歌的曲调已经成为他们自己的了，大家唱着它，激动地跳起来，举起酒杯，雷鸣般地同声高唱副歌："公民们，武装起来！公民们，投入战斗！"人群从街上好奇地挤过来听人们如此热情澎湃地在这里唱些什么，很快他们自己也都跟着唱起来。第二天，成千上万人都唱这支歌，新印的歌篇使这支歌广为流传，七月二日五百名志愿者出发时，这支歌和他们一起前进。当他们在公路上感觉疲劳，当他们的步伐变得疲软无力的时候，只要有个人起个调唱起这支歌，它那鼓舞人心的节拍就给所有人增添新的力量。行军经过一座村庄的时候，农民们、村民们惊讶、好奇地聚在一起，他们放声齐唱这支歌。它已成为他们自己的歌，他们不知道这支歌原来是为莱茵军而作的，也不知道它的作者是谁，什么时候创作的，便把它拿过来作为自己营的营歌，作为他们生与死的信条。这支歌是他们的，如同那面军旗属于他们一样，他们要在热情的进军中把它传遍世界。

《马赛曲》——鲁日的这首圣歌很快得到这样的名称，它的第一个伟大的胜利是在巴黎。七月三十日，马赛营以军旗和这支歌为前导穿过市郊进入巴黎。成千上万人伫立道旁，隆重欢迎他们，这五百名男子仿佛一个人似的高唱着这支歌，一再高唱着这支歌，步伐整齐地前进，所有的人全都屏息谛听。马赛人唱的是一首什么圣歌？这么美妙动听，鼓舞人心！这伴随着急骤的鼓点的号音，这"公民们，武装起来"的歌声，多么震撼人心！两三小时以后，巴黎所有大街小巷都能听见这支歌的副歌。那首《前进吧！》被遗忘了，陈旧的进行曲，老掉牙的歌曲，统统被遗忘了：革命辨识出了自己的声音，革命找到了自己的歌。

于是这支歌如雪崩似的迅速传播，胜利的进程势不可当。宴会上唱这支歌，剧院和俱乐部里唱这支歌，后来甚至在教堂，唱完感恩赞美诗后也唱这支歌，它很快就取代了感恩赞美诗。一两个月后，《马赛曲》成了人民的歌，成了全军的歌。共和国第一任军事部长赛尔旺以其慧眼看出了这一支无与伦比的民族战歌所具有的振奋人心的雄浑力量。他紧急命令印制十万张歌篇分发全军，两三夜之间，默默无闻者的歌传播之广竟超过莫里哀、拉辛和伏尔泰的所有作品。没有一个盛会不以高唱《马赛曲》结束，没有一次会战之前团队不高唱这首自由的战歌投入战斗。在热马普和内尔万，团队齐唱这支歌列队进行决定性的冲锋，只靠给士兵发双份烧酒的老办法来鼓舞士气的敌军将领，看见成千上万人同时高唱战歌，如同铿锵鸣响的波涛冲击自己的队伍，他们为拿不出什么东西可以同这首"可怕的"圣歌的爆炸力相抗衡而大惊失色。于是《马赛曲》如同长着双翅的胜利女神奈基①，翱翔在法国一切战役的上空，令无数人热血沸腾，令无数人沙场殒命。

其时，默默无闻的工程部队上尉鲁日正在许宁根的一个小驻防地郑重其事地画防御工事的草图。也许他已经忘记了他在一七九二年四月二十六日那业已逝去的夜间创作的《莱茵军战歌》，在报上读到另一首颂歌——另一首如狂飙一般征服巴黎的战歌的消息时，他压根儿不敢想这充满必胜信心的《马赛曲》的每一字、每一拍无不是那一夜在他心中、在他身上发生的奇迹。这真是命运无情的讽

---

① 希腊神话中的胜利女神。

刺，《马赛曲》响彻云霄，却没有使唯一的一个人，即创作它的那个人出人头地。整个法国没有一个人关心鲁日·德·利勒上尉，一支歌曲所能获致的最巨大的荣誉只属于这支歌，丝毫不曾惠及它的作者。歌词上没印上他的名字，在那些辉煌的时刻他自己完全不被重视，也并不因此愤懑。因为——只有历史才能发明这种天才的怪论——革命圣歌的作者不是一个革命者；相反，没有任何人曾经像他那样，以其不朽的歌曲推动革命向前发展，现在他却竭尽全力企图阻止革命。当马赛人和巴黎的群众高唱他那首歌曲猛攻杜伊勒里宫，推翻国王的时候，鲁日·德·利勒对革命感到厌烦了。他拒绝宣誓效忠革命，宁可辞职，也不愿为雅各宾党人效劳。他那首歌里唱的"珍贵的自由"，对于这位耿直的男子倒不是一句空话：他憎恨国界那边头顶王冠的暴君，也同样厌恶国民议会里的新独裁者、新暴君。当他的朋友、《马赛曲》的教父、市长迪特里希和吕克内将军（当初《马赛曲》就是献给他的），以及那天晚上作为《马赛曲》最初的听众的军官、贵族统统被拖上断头台时，他公然对福利委员会①发泄不满，不久便发生了把革命的诗人作为反革命分子逮捕监禁的怪事，审讯他，给他加上背叛祖国的罪名。只是由于热月九日，随着罗伯斯庇尔被推翻，监狱的大门被打开了，法国革命才得以免除把不朽的革命歌曲的作者送交给"国民的剃刀"的耻辱。

倘若鲁日当时果真被处死，倒还死得壮烈，而不致像后来那么潦倒。因为不幸的鲁日在人世四十多年，度过成千上万个日子，一

---

① 法国大革命期间，罗伯斯庇尔于一七九三年建立的附属于国民公会的一个政府机构。

生中却只有一天真正有创造性。他被赶出军队，被取消退休金；他写的诗、歌剧、文章不能发表，不能演出。命运不宽恕这位擅自闯入不朽者的行列的业余作者。这个小人物干过各式各样并不总是干净的小营生，艰难地度过渺小的余生。卡诺①和后来的波拿巴出于同情试图帮助他，终归徒劳。那一次残酷的偶然机缘使鲁日有三小时之久成为神和天才，随后又轻蔑地把他再度掷回原先的卑微，这无可救药地毒化了他的性格，使他变得性情乖戾。他同所有的权势者都吵遍了，冲他们发牢骚，给要帮助他的波拿巴写了几封措辞激烈的无礼信件，公然自豪地宣称自己在全民公决时曾投票反对他。他的生意使他卷入不体面的事务，甚至为一张未付清的汇票而被关进圣佩拉尔热的债务监狱。他到哪儿都不受欢迎，债主们追着他逼债，警察不断在暗中监视他，他终于在省里某个地方躲了起来，从那里，像从一个与世隔绝、被人遗忘的坟墓里似的，聆听有关他的不朽歌曲的命运的消息。在他的有生之年，他听到《马赛曲》和战无不胜的军队一道攻进欧洲各国，后来又听说拿破仑一当上皇帝，认为它太革命，下令把它从一切节目单中删除，以致波旁王朝的后裔完全禁止唱这支歌曲。过了一代人的时间，待到一八三〇年七月革命爆发，他的诗、他的旋律在巴黎的街垒中又恢复了往昔的活力，资产阶级国王路易·菲利普②因他是诗人授予他一小笔养老金，使他不胜惊讶。人们还记得他，这个销声匿迹的人，被人遗忘的

---

① 拉查尔-尼古拉·卡诺（1753—1823），法国大革命时期抗击欧洲反法同盟的组织者之一，一七九四年参加热月政变，后为法国督政府五成员之一。

② 路易·菲利普（1773—1850），奥尔良公爵，一八三〇年七月革命后被大资产阶级拥立为法国国王，人称"资产阶级国王"，后被一八四八年二月革命推翻。

人，他觉得这像是一场梦，但这只不过是淡淡的记忆而已。一八三六年，他终于以七十六岁高龄在舒瓦齐勒罗瓦去世，这时已经没有人知道他是何许人，没有人能说出他的名字。又过了一代人的时间，直至世界大战①中，其时《马赛曲》已是国歌，法国各条战线又再度响起这支战歌，这个小小的上尉的尸体才被移葬在荣军院，和小小的少尉波拿巴的遗体放在同一个地方。这样，一支不朽名曲的极不出名的作者终于长眠在他感到失望的祖国的荣誉墓地里，但只是作为独一无二的一夜的诗人。

（潘子立　译）

---

① 指第一次世界大战。

滑铁卢决定胜负的一瞬

拿破仑

1815 年 6 月 18 日

命运之神向强者和强暴者迎面而来。她多年奴隶般地俯首听命于恺撒、亚历山大、拿破仑等人；因为她喜爱同她一样不可捉摸的强权人物。

然而有时，虽然在任何时代都极为罕见，她会出于一种奇特的心情，投入平庸之辈的怀抱。有时——而这则是世界史上最令人惊讶的瞬间——命运之线掌握在一个微不足道的小人物手里达一分钟之久。这时，参与英雄豪杰们的世界游戏所承担的重任总是使这种人感到惊骇甚于感到幸福，他们几乎总是颤抖着与投向他们的命运失之交臂。极少有人能抓住机遇而平步青云。因为大事系于小人物仅仅一秒钟，谁错过了它，永远不会有第二次恩惠降临在他身上。

格　鲁　希[①]

　　拿破仑这头被擒的雄狮挣出了厄尔巴岛的樊笼，这消息犹如呼啸的炮弹射进维也纳会议期间的一切舞会、偷情、阴谋和争吵；信使不断飞马报告消息：他占领了里昂，赶走了国王，部队狂热地举着旗帜归附他；他进入巴黎，在杜伊勒里宫中，莱比锡大会战和二十年残杀生灵的战争均属徒劳了。仿佛被一只兽爪攫住似的，方才还在互相抱怨、争吵不休的各国大臣赶忙聚在一起，匆匆抽调一支英国军队、一支普鲁士军队、一支奥地利军队、一支俄罗斯军队，再次联合起来，以最终击败这个篡位者。欧洲合法的帝王们从来没有比在这最初震惊的时刻更加团结一致了。威灵顿[②]从北面向法国推进，在他的侧翼，普鲁士军队在布吕歇尔[③]统率下掩护他向前移动，施瓦尔岑贝格[④]在莱茵河畔备战，而作为后备队的俄国军团正步履沉重地缓缓横穿德国而来。

　　突然，拿破仑看清了致命的危险。他知道没有时间了，不能坐等这群猎狗聚集在一起。他必须赶在俄国人、英国人、奥地利人组成欧

---

① 格鲁希（1766—1847），法国将领，"百日王朝"中晋升为元帅，在滑铁卢战役中据说因他未能阻遏普军驰援英军，致使拿破仑战败。

② 威灵顿（1769—1852），英国陆军元帅，曾任英国首相（1828—1830），以在滑铁卢战役中指挥英普联军击败拿破仑而闻名，有"铁公爵"之称。

③ 格·列·封·布吕歇尔（1742—1819），普鲁士陆军元帅，在滑铁卢之战中起了击败拿破仑的关键作用。

④ 卡·菲·施瓦尔岑贝格（1771—1820），奥地利元帅，在一八一三年击败拿破仑的德累斯顿和莱比锡大战中任反法联军总司令。

洲联军和他的帝国没落之前将他们分割开来，各个击破。他必须迅速采取行动，否则国内的不满分子将会鼓噪闹事，他必须在共和党人壮大势力并同保皇党人联手之前，在富歇①这个狡诈善变的两面派同他的对手和影子塔列朗②结成同盟，并从背后给他致命一击之前打赢这场战争。他必须利用军队狂热的情绪，以绝无仅有的干劲向敌人发起进攻；每一天都是损失，每小时都有危险。因此，他匆匆忙忙把赌注押在战斗最惨烈的战场上，押在比利时。六月十五日凌晨三点，拿破仑大军——现在也是他仅有的一支军队——的先头部队越过边界。十六日，法军在林尼村附近与普鲁士军队遭遇，击退普军。这是冲出樊笼的雄狮的第一次猛烈打击，一次可怕的但还不是致命的打击。普军受重创但未被消灭，向布鲁塞尔方向退却。

　　此时，拿破仑缩回拳头，准备第二次打击，锋芒指向威灵顿。他不容许自己喘口气，也不让敌人有喘息之机，因为敌人的力量每天都得到加强；他必须让他背后的国家，让流尽鲜血的不安的法国人民在胜利的捷报声中像痛饮火热的劣质烧酒似的陶然沉醉。十七日，他率领全军进抵奈特—布拉斯高地，冷静而意志坚强的威灵顿在那里严阵以待。这一天拿破仑的作战部署比任何时候考虑得都更周密，他的命令比任何时候都清楚：他不仅考虑进攻，而且也考虑到危险，即重创而未被消灭的布吕歇尔军有和威灵顿军会师的可能。为此，他分出一部分兵力步步进逼普军，以阻断普军与英军会合。

---

① 约瑟夫·富歇（1763—1820），拿破仑的警务大臣，滑铁卢战役后力主拿破仑退位，后领导临时政府和反法盟国进行谈判，一八一六年被逐出法国。
② 塔·塔列朗（1754—1838），法国外交部长、外交大臣，拿破仑称帝后秘密勾结沙皇亚历山大一世反对拿破仑，以权变多诈著称。

他把追踪普军的命令交给格鲁希元帅。格鲁希是个中等资质的男子，为人诚实、正直、勇敢、可靠，是个受过多次考验的骑兵将领，但也仅只是个骑兵将领而已。他不是缪拉①那样刚烈而有魅力的猛将，不是圣西尔②和贝尔蒂埃③那样的战略家，不是内伊④那样的英雄。没有古代武士的铠甲装饰他的胸膛，没有神话环绕他的身影，没有显著的特质使他在拿破仑传奇的英雄世界里获得荣誉和一席之地：倒是他的不幸和厄运使他出了名。从西班牙到俄国，从荷兰到意大利，他二十年身经百战，一级一级缓慢地升到元帅军衔，他并非不配当元帅，但没有特殊的业绩。奥地利人的炮弹、埃及的骄阳、阿拉伯人的匕首、俄罗斯的严寒，使他的几位前任相继丧生——德赛克斯⑤死于马伦哥，克莱贝尔⑥死于开罗，拉纳⑦死于瓦格拉姆——从而为他扫清了通往最高军阶的道路，他不是一举登上元帅宝座，而是二十年战争为他打开这条道路。

格鲁希不是英雄，不是战略家，而只是一个忠心耿耿、老实可靠的庸人，这一点，拿破仑心里是很明白的，可是他的元帅们半数

① 约·缪拉（1767—1815），法国元帅，拿破仑战争时期统率骑兵，战功卓著。一八一五年五月初与奥军作战时被俘，同年十月十三日被奥地利军事法庭处决。
② 圣西尔（1764—1830），法国元帅，曾出征俄国，屡建战功。
③ 路·亚·贝尔蒂埃（1753—1815），法国元帅，曾随拿破仑进军意大利和埃及，历任法国国防部长、总参谋长。
④ 米·内伊（1769—1815），法国元帅，以骁勇善战著称，参加拿破仑历次战争，"百日王朝"时参加滑铁卢战役，拿破仑失败后，于一八一五年被判处死刑。
⑤ 德赛克斯（1768—1800），拿破仑麾下的将军，一八〇〇年六月战死在意大利北部的马伦哥。
⑥ 克莱贝尔（1753—1800），拿破仑麾下的将军，驻军埃及时于一八〇〇年六月被一埃及狂热分子刺杀。
⑦ 拉纳（1769—1809），拿破仑的元帅，一八〇九年战死在奥地利。

93

已长眠地下，其余几位厌倦了连年不断的征战，眼下正闷闷不乐地待在他们的庄园里。于是拿破仑迫于无奈，只得把决定性的行动托付给一个平庸的人。

十七日上午十一点，林尼之战获胜的次日，滑铁卢大战的前一天，拿破仑有生以来第一次把独立的指挥权交给格鲁希元帅。就在这一天，在这短暂的瞬间，唯唯诺诺的格鲁希跳出一味服从的军人习气，自己跨进了世界历史。这只不过是一瞬间，但这是怎样的一瞬间啊！拿破仑的命令是明明白白的。当他亲自攻击英国人的时候，格鲁希要率领三分之一兵力跟踪普军。乍一看这似乎是一项简单的任务，直截了当，没什么可引起误解的，但又如同一把剑，可弯曲而有双刃。因为在跟踪普军的同时，要求格鲁希时刻和大本营保持联络。元帅犹豫不决地接受这道命令。他不习惯独立行动，他的思考缺乏独创性，只有当皇帝天才的命令让他采取行动时，他才觉得心里踏实。此外，他感觉到他的将军们背后有不满，当然，也许他也感觉到命运黑色的翅膀在扑扇。只有靠近大本营能使他心神安定：因为他的军队和皇帝的军队只隔三小时急行军的路程。

格鲁希在滂沱大雨中告别，他的士兵在海绵似的泥泞的地里追踪普鲁士人，或者至少可以说，沿着他们估计布吕歇尔和他的部队走的方向追去。

卡 卢 之 夜

北方的暴雨没完没了地下着。拿破仑的军队在黑暗中蹒跚前进，人人浑身湿透，个个鞋底粘了两磅烂泥；找不到过夜的地方，没有人家，没有房子。干草给雨水泡透了，不能躺下睡觉，士兵们只好十个、十二个挤在一起，背靠背直着腰坐在地上，在瓢泼大雨中睡觉。皇帝自己也没有休息。他焦躁地心神不宁地来回踱步，因为这种天气什么也看不清楚，无法侦察，侦察兵最多送来含糊其辞的报告。他还不知道威灵顿是否应战，从格鲁希那里也没有得到关于普军的消息。于是他不顾暴雨如注，深夜一点钟亲自前往前沿阵地察看，一直走到接近英军宿营地，在火炮射程内的地方，水汽中隐约可见一点烟雾迷蒙的灯光，一边打着进攻方案的腹稿。天蒙蒙亮他才回到卡卢的小屋，他那简陋的大本营，见到格鲁希最初几封紧急报告，关于普鲁士人撤退的消息含糊不清，但他保证要尾随他们，这毕竟令人宽慰。雨渐渐停了。皇帝烦躁地在房间里走来走去，凝视着黄色的地平线，看看是否终于能够看见远处的景物，以便下决心。

清晨五点，雨停了，使他难以下决心的心中云雾也消散了。于是下令全军做好准备，九时出击。传令兵向四面八方飞驰而去。不久便响起集合的鼓声。此时皇帝才在自己的行军床上躺下睡两小时。

滑铁卢的早晨

早晨九点钟。部队还没有全部集结。三天暴雨，浇软了地，增加了行军的困难，妨碍炮兵转移。太阳渐渐露出来，在凛冽的寒风中放射光芒，但这不是奥斯特里茨明丽的致人幸福的阳光，而是北方的阳光，只闪烁着阴郁的淡黄色光晕。部队终于准备就绪，大战开始前，拿破仑再次骑上他那匹白马，巡视前线。战旗上的雄鹰像在狂风中低低地翱翔，骑兵威武地挥舞战刀，步兵用刺刀挑起他们的熊皮军帽向皇帝致敬。战鼓齐鸣，鼓声震天，所有军号一齐向统帅吹出欢乐的号音，但是所有这些闪光的音响，完全淹没在七万士兵洪亮的嗓音同时高呼、如同滚雷一般响彻各个师团上空的"皇帝万岁"的欢呼声中。

在拿破仑二十年的军事检阅中，再没有比他这最后一次检阅更壮观、更热烈的了。欢呼声刚刚消失，十一点——比预定时间晚两小时，致命的两小时！——炮手奉命轰击山冈上穿红色军装的英军。随后，"勇士中的勇士"内伊率步兵向前推进；决定拿破仑命运的时刻开始了。这场战役已被描写过无数次了，然而对战场上令人激动的变化的描绘总是引起人们阅读的兴趣，一会儿读瓦尔特·司各特场面宏伟的描画，一会儿读司汤达撰写的插曲。这场血战是伟大的，无论从近处或从远处看，也无论是从统帅所在的山冈或从铁甲骑兵的马鞍上看，都是多姿多彩的。这是扣人心弦的艺术作品，是面临灭顶之灾的顷刻惊骇和希望无数次交替的典范，这是拿破仑一生中蔚为大观的烟火，壮观有如一枚火箭，再次升上高高的天空，然后颤抖着坠落下来，永远熄灭。

从十一点至下午一点，法军攻占高地、村庄和阵地，又被赶跑，接着又冲上去，空旷、泥泞的山冈上已经覆盖着一万多具尸体，除了疲惫，双方还什么都没有得到。双方军队都已疲乏不堪，双方统帅都深感不安。他们两人都明白，谁先获得增援，胜利就属于谁。威灵顿盼布吕歇尔来增援，拿破仑盼格鲁希到来。拿破仑一再神经质地举起望远镜，一再派出传令兵前往格鲁希处；元帅若能及时赶来，奥斯特里茨的太阳就将又一次照亮法兰西的天空。

格鲁希的失着

其时，没有意识到拿破仑的命运掌握在自己手中的格鲁希按照命令于六月十七日晚率军出发，从前文所述的方向追踪普军。雨已经停了。昨天才第一次闻到火药味的年轻连队士兵无忧无虑地在往前走着，如同走在一片和平的土地上，因为敌人一直还没有出现，始终看不见被击败的普鲁士军队的踪影。

当元帅正在一家农舍迅速吃早餐的时候，他脚下的土地突然微微颤动。大家凝神倾听。由远处一再传来低沉的闷雷似的声音：是大炮，远处炮兵部队在开火，在不太远的地方，最多距此三小时路程。为了辨明炮声的方向，几个军官按照印第安人的做法趴在地上，屏息倾听。远处沉闷的轰隆声持续不断。这是圣让山上的炮声，滑铁卢战役开始了。格鲁希征求意见。副司令热拉尔①强烈而迫切地要求把部队向大炮轰鸣的方向迅速调动。一个军官马上表示赞成，要求立即把部队开过去！他们每一个人都不怀疑是皇帝向英国人发起进攻，一场大战打响了。格鲁希犹豫不决。他习惯了服从

① 热拉尔（1773—1852），拿破仑麾下的将军，拿破仑战败后被逐出法国。

命令，胆怯地死死抓住皇帝命他追击败退的普军的书面手令不放。热拉尔见他优柔寡断，口气激烈起来："赶快向开炮的地方开去！"当着二十个军官和文职人员的面，副司令的要求听起来不像是在请求，倒像是在下命令。格鲁希甚感不快。他口气强硬地声称，只要皇帝不改变命令，他绝不允许偏离自己的职责。众军官均感失望，愤懑的沉默中只有大炮的轰隆声愈加喧闹。

热拉尔又做了最后的努力：他恳求至少允许他率领他的师团和部分骑兵奔赴战场，并保证及时赶回来。格鲁希想了想。他想了一秒钟。

决定世界历史的一瞬

格鲁希想了一秒钟，这一秒钟决定了他自己的命运，决定了拿破仑的命运和世界的命运。它，在滑铁卢附近的一家农舍里的这一秒钟，决定了整个十九世纪，而这一秒钟却取决于一个相当勇敢却又相当平庸的人的嘴巴，掌握在一个神经质地揉着皇帝的一纸命令的人手中。如果格鲁希现在能鼓起勇气，敢于相信自己和相信确实无误的迹象，违抗皇帝的命令，法兰西就获救了。但是这个唯唯诺诺的人，一向服从条令而不听从命运的呼唤。

就这样，格鲁希一挥手断然拒绝了。不，这么个小小的军团再兵分两路，太不负责任了。派他执行的任务只是追踪普鲁士人。他拒绝违背皇帝的命令行事。军官们闷闷不乐，不吭一声。他的周围出现一片静寂。而决定性的一秒钟就在这静寂中流逝，此后无论何种言辞和行动都永远无法再把握住这一秒钟。威灵顿胜利了。

部队继续前进，热拉尔、旺达姆①愤怒地挥舞拳头，不久格鲁希心里就感到不安，而且越来越没有把握：因为，很奇怪，普鲁士人一直不露面，显然他们已改变了往布鲁塞尔的方向。不久，信使报告有可疑的迹象表明普军的退却已转变成为向战场的侧翼进军。还有时间以急行军去支援皇帝，格鲁希等待皇帝叫他返回的命令，越等越不耐烦。但他没有等到任何消息。只有远处传来的沉闷的炮声滚过震颤着的大地：这是投掷在滑铁卢的铁骰子。

滑 铁 卢 的 下 午

其时已是下午一点。尽管拿破仑的四次进攻都被击退，但威灵顿的主阵地已被严重动摇，拿破仑准备进行决定性进攻。他命令加强英军正面的炮火，在炮击的硝烟尚未在山冈之间布下帷幕之前，他向战场投去最后的一瞥。

此时，他发现东北方向似乎从森林里涌出一团黑压压的阴影：新的部队！所有望远镜立即转向那个方向。是格鲁希果断地越过命令及时赶来了吗？不，带上来的一个俘虏报告说，那是普鲁士军队，布吕歇尔军的先头部队。皇帝第一次感到那支被击溃的普军为了及时与英军会合，必定已摆脱追兵，而自己占全军三分之一的兵力却在空旷的原野兜圈子进行徒劳无益的演习。他随即写一封信给

---

① 旺达姆（1770—1830），拿破仑麾下的将军，曾屡建奇功，拿破仑战败后被放逐。

格鲁希，命他要不惜一切代价保持联系，并阻遏普军投入滑铁卢战役。

同时，内伊元帅奉命进攻。必须在普军到达之前击败威灵顿：在获胜机会突然变得渺茫的情况下，投入再多兵力似乎都不算过于冒失。于是整个下午不断投入新的步兵对那块高地发起可怕的攻击。法军几次冲进被炮弹炸毁的村庄，又被击退下来，他们一再像潮水般地涌来，高举战旗向已受到沉重打击的方阵冲锋。但威灵顿顶住了，一直还没有格鲁希的消息。"格鲁希在哪里？格鲁希在哪里？"皇帝见普军前卫部队渐将出击，不禁神经质地喃喃自语。他麾下的将领也都心中烦躁。内伊元帅决心孤注一掷，一举投入全部法国骑兵强打猛攻，决一胜负——他极大胆勇猛，格鲁希又过于优柔寡断。一万名铠甲护胸的骑兵和轻骑兵殊死决战，闯入敌阵，劈倒炮兵，冲破前面几队列英军的防线。虽然他们又被赶下了高地，但英军战斗力业已衰竭，那个山头四周的守军阵势已经开始松动，当伤亡惨重的法军骑兵在英军炮击前退却时，拿破仑的老近卫军、最后的后备队，迈着沉重缓慢的步伐靠上来，向山头发起冲锋。这个山头的得失关系着欧洲的命运。

决　　战

四百门大炮从早晨就在两军阵地上轰响。骑兵队向开火的方阵出击，前线响遍铁器撞击声，战鼓雷鸣，整个平原在各种声音的交汇中战栗！然而在上面，在两座山头上，双方最高统帅似乎都不理会那嘈杂的人堆而在谛听。他们在谛听轻些的音响。

两只表在他们手上嘀嗒嘀嗒地响着，犹如两颗鸟儿的心脏，似乎比千军万马的厮杀更使他们关切。拿破仑和威灵顿，两人不断拿起精密计时器，数着还有几小时几分钟决定最后战局的援军就要到来。威灵顿知道布吕歇尔就在附近，拿破仑希望格鲁希到来。他们两人都没有后备队了，谁的增援部队先到，谁就将赢得战争。两人都举起望远镜瞭望森林边缘，此时普军前卫部队像淡淡的云雾开始出现在那里。他们只是被格鲁希追得狼狈逃窜的散兵游勇还是普军的主力？英国人已经只在做最后的抵抗，然而法国军队也已疲惫不堪。像两个摔跤者双臂都已疲软无力，气喘吁吁地面对面站着，要吸一口气才能再次抓住对方。决定胜负的最后一个回合已经到了。

这时，普军侧翼的大炮终于轰响了：遭遇战，轻步兵开火了！格鲁希终于来了！拿破仑轻舒一口气。他确信侧翼稳固，便集中最后的兵力再次猛攻威灵顿的主阵地，以便捣毁布鲁塞尔城郊英军的门闩，炸开通向欧洲的大门。

但是那一阵炮火只不过是一场误会：由于汉诺威士兵穿别样的军服而被普鲁士军队误以为是敌军。他们很快校正火力，现在，大军浩浩荡荡势不可当地从森林里拥出来。不，率军前来的不是格鲁希，而是布吕歇尔。大难临头了。消息迅速在皇帝的部队中传开，他们开始退却，还能勉强保持秩序。然而，威灵顿抓住这关键时机。他策马来到胜利地阻击敌军的高地前沿，脱下帽子，朝着退却的敌军在头上高高地挥动。他的将士立刻明白这个夺取胜利的手势。剩下的英军全都一跃而起，向败退的敌军猛扑过去。同时，普鲁士骑兵从侧翼冲击疲惫的、溃败的法军。到处响起绝望的喊叫声："各自逃命吧!"不过几分钟而已,这支军威赫赫的部队便变成了一股惊慌失措、狼狈逃窜的人流,把包括拿破仑在内的一切席卷而去。追杀的骑兵冲进这迅速流动向后疾奔的人潮中,如同冲进无抵抗、无感觉的流水中,在一片惊恐的叫喊声中,他们轻而易举地便虏获了拿破仑的御用马车、军中财宝和整支炮队。只是由于夜幕降临才保全了拿破仑的生命和自由。及至午夜时分,那个浑身污垢、昏头昏脑、疲惫地跌坐在一家低级乡村客店的人,已经不再是皇帝了。他的帝国,他的王朝,他的命运完结了:一个微不足道的小人物的怯懦毁掉了最勇敢、最有远见的人在叱咤风云的二十年间建树的一切。

复 归 平 凡

英军刚刚大败拿破仑,一个当时几乎没有什么名气的人乘一辆特快马车驰向布鲁塞尔,又从布鲁塞尔飞驰到海边,有一条船在那里等候他。他扬帆渡海,要赶在政府信使之前到达伦敦。他如愿以偿了。由于拿破仑覆灭的消息尚不为人所知,他做了大宗证券投机买卖,以这一独具慧眼的举措一举建立了另一个帝国,另一个王朝。此人就是罗斯柴尔德①。次日,英国得知胜利的消息,巴黎的富歇,这个永远的叛徒也得到了战败的消息,在布鲁塞尔和德国,

① 纳·迈·罗斯柴尔德(1777—1836),德国犹太大银行家罗斯柴尔德家族的后人。

胜利的钟声响彻云霄。

只有一个人到第二天对滑铁卢最后的结局依然一无所知，尽管他距离那决定命运的地方不过四小时路程之遥。此人就是不幸的格鲁希。他仍然严格遵从追击普鲁士军队的命令——按原定计划行事，坚定不移。可是奇怪，哪儿都看不见普鲁士人的影子，这使他心中忐忑不安。从不远处传来的大炮轰鸣声越来越响，仿佛在向他们求救。他们觉得大地在颤抖，觉得每一发炮弹都击中他们的心坎。现在大家都知道这不是什么遭遇战，一场大战已经打响，大决战已经开始。

格鲁希心神不宁，策马走在他的一群军官中间。他们避免同他讨论问题，因为他们的建议已被他拒绝。

当他们终于在瓦弗附近遇到一支普鲁士军队，布吕歇尔军后卫的时候，以为获得了一个挽救的机会，便发狂似的向普军防御工事冲去，热拉尔被一种不祥的预感所驱使，仿佛为求一死，奋勇当先。一颗子弹击中他，大声疾呼的告诫者倒下去，现在不会说话了。夜幕降临时他们袭击那个村子，但是，他们觉得打败这支小小的后卫部队已经没有什么意义，因为战场那边一下子突然变得寂静无声。令人惊恐的沉寂，安静得令人毛骨悚然，一种阴森恐怖的死一般的静默。他们全都觉得隆隆的炮声甚至还比这令人心神不安的不确定状态要好一些。滑铁卢大战想必结束了，格鲁希终于收到拿破仑从滑铁卢写给他催促救援的字条，但已为时太晚！看来大战一定已经结束了，可是，谁获胜了？他们通宵达旦守候。徒劳！没有一个使者从那边过来。似乎大军把他们给忘了，他们仿佛毫无意义地置身于一片朦胧的空间。早晨，他们离开宿营地，继续行军，疲惫不堪，心里其实早已意识到他们所有的行军和演习都已变得毫无意义。上午十点钟，终于有一个大本营的军官骑马飞奔而来。众人扶他下马，连珠炮似的向他发问。但他面如死灰，鬓毛湿漉漉的，由于经受超乎常人的劳累颤抖着，结结巴巴地只吐出一些叫军官们听得莫名其妙的话，他们听不懂这些话，也不愿意听懂这些话。他说不再有皇帝了，不再有皇帝的军队了，法兰西完蛋了，他们只把他当作一个神经错乱的醉鬼。不过，他们一点一滴地从他嘴里掏出了全部真相，听了那令人沮丧的几乎使人软瘫的报告。格鲁希面色苍白，浑身颤抖，用军刀支撑着自己的身体。他知道，他杀身成仁的时刻到了。他毅然决然挑起重担，承担起全部罪责。拿破仑的这个唯命是从、优柔寡断的部下在那伟大的一秒钟里贻误了战机，此刻又成了一个堂堂的男子汉，几乎像一位英雄，敢于直面迫近的危险。他立即召集全体军官，双眼饱含愤怒和悲怆的热泪，发表简短讲话，既为自己的优柔寡断辩解，同时又责备自己。昨天还对他愤懑不已的军官们默默地听着。每个人都可以谴责他，都可以夸耀自己当时比他有见识。但，这话没有一个人敢说，没有一个人愿说，他们沉默着、沉默着。极度悲伤使他们说不出话来。

　　恰恰在被他耽误的那一秒钟之后，格鲁希为时太晚地显示出他的全部军事指挥能力。在他恢复了自信，而不再仅仅依照命令行事的时候，他的深思熟虑、精明、谨慎和认真，所有这些伟大的品德，全部清楚地表现出来。在敌人五倍兵力的包围下，他率领部队突围撤退，没有损失一兵一卒，没有丢失一门大炮，表现出高超的战术水平。他要去拯救法兰西，拯救帝国最后的一支军队，但当他返回时，那里已经没有皇帝向他表示感谢，没有敌军与他对垒。他来得太晚了，永远太晚了！尽管他的地位在上升，尽管他被任命为总司令、法国贵族院议员，在每一个职务上都表现出魄力和才干，但任何东西都无法赎回他原可充任命运的主人而他却对之无能为力的那一瞬。

伟大的一秒钟，它对不恰当地被召唤来而不善利用它的人的报复就这么可怕。一切市民的品德，小心、服从、热诚和谨慎，一切全都融化在命运降临的伟大瞬间的烈焰中而于事无补。此一瞬间只要求天才的出现，并将他塑造成为永恒的形象。此一瞬间鄙夷地将犹豫不决者拒之门外。他①，大地的另一尊神，他的火热的手臂只将英勇无畏者高高举上众英豪的天空。

（潘子立　译）

---

① 德语"瞬间"一词属阳性，故作者以"他"代表。

玛里恩巴德*哀歌

歌德在卡尔斯巴德①和魏玛之间

1823 年 9 月 5 日

　　一八二三年九月五日，一辆游车沿着从卡尔斯巴德通向埃格尔②的公路缓缓地行驶。清晨，一片秋的寒意，尖厉的金风吹过田野，地里的庄稼都已收割完毕。广阔的乡间大地上的天空一片澄蓝。在这辆四轮轻便马车里坐着三个男人：萨克森-魏玛大公国的枢密顾问冯·歌德（如在卡尔斯巴德进行疗养的旅客所尊称的那样）和两个随行，老仆人斯塔德尔曼和秘书约翰——此人的手第一次誊写了歌德新世纪的几乎全部作品。这两个人缄口不语，因为自从在卡尔斯巴德年轻的女人和少女拥向他表示祝愿和吻别之后，一路上老人的嘴唇就再没有翕动过。他动也不动地坐在车里，只是思考着，他那专注的目光透露出他内心的激动。在到达第一个驿站时，他走下车来，两个旅伴看到他匆忙地用铅笔在一张顺手找到的纸上写些字句，在到魏玛的全程中无论是行进还是休息，他都做这

106

同样的事情。刚一到茨沃陶，翌日抵达哈顿伯格宫，在埃格尔和随后在波斯内克③，所到之处他要做的第一件事，就是把在辚辚行进的旅途中构思的匆匆写下来。他的日记只是简略地透露出："写诗（九月六日）"，"星期天，继续写诗（九月七日）"，"路上再次通读全诗（九月十二日）"，到达目的地魏玛时，这首诗歌业已完成。《玛里恩巴德哀歌》绝不是无足轻重的，它是最重要的，是揭示他个人最隐秘的情感并因此也是他最喜爱的一首诗，是他勇敢的告别，是他英雄般的新的开始。

歌德有一次在谈话中称这首诗是"内心状态的日记"，也许在他的生活日记中没有一页能像这份透露他内心最深处情感的悲哀的发问、悲哀的诉说的记录，它是如此坦诚、如此清晰，把其源起和产生袒露在我们的面前。他在青少年时代没有一种抒情的宣泄是如此直接地出于机缘和事件，没有一部作品我们看到像"这首献给我们的奇妙之歌"这样，一行接着一行、一节接着一节、一个小时接着一个小时在形成。它是这位七十四岁老人最深沉、最成熟、闪耀出秋日光华的暮年之作。如"处于一种高度激情状态时的产物"，如他对爱克曼④所说的，它同时与形式的最庄严的驾驭结为一体：这样最火热的生活瞬间袒露地和神秘地转化为形象。就是今天，在一百多年之后，他那枝繁叶茂、奔腾呼啸的生命中这辉煌的一叶丝

毫没有枯萎，没有退色；九月五日这值得纪念的一天，还要世世代代保存在未来德意志民族的记忆里和情感里。

罕见的新生之星发出亮光，照耀着这一叶、这首诗、这个人和这个时刻。一八二二年二月，歌德不得不与一场重病进行搏斗，剧烈的高烧袭击着他的肌体，有些时刻他已神志不清，自己已知病得不轻。医生们不明症状束手无策，只是感到情况危险。但这来得突然，去得匆匆。在六月歌德就前往玛里恩巴德去了，完全变成另一个人，给人几乎是这样的印象——好像那一场病只是一种内心重返青春的症状，是一种"新青春期"；这个索居的、变得生硬、呆板的人，他的诗人的气质几乎完全结痂成了学究气，可从那以后，十年来他就又只完全听从感情的驱使了。音乐"使我舒展开来"。如他所说的那样，他几乎不会弹钢琴，他在听特别是像斯奇玛诺夫斯卡①这样一个妩媚的女人弹奏时，他双眼饱含泪水；出于最深沉的本能，他去寻求他的青春年华，他的朋友们惊奇地看到这位七十四岁的老人直到午夜还与女人们周旋在一起，看到他近年来又出入舞会，正如他骄傲地谈及："在轮换女舞伴时，大多数可爱的孩子都经过了我的手。"在这个夏天里，他那僵化的气质魔术般地消失了，他敞开了心灵，他的灵魂沉湎于古老的魔法——永久的魔力之中。他的日记透露了"绮梦"，"老维特"又在他身上苏醒了：与女人们的接近激发他写出小诗、风趣盎然的戏剧和谐谑的小品，就像半个

① 斯奇玛诺夫斯卡，波兰女钢琴家，生卒年不详，在玛里恩巴德与歌德相识，常为歌德弹奏钢琴，一度使歌德产生爱的激情。

世纪前他与莉莉·勋内曼①在一起时所做的那样。他还没把握的是选择哪个女人：先是那个美丽的波兰女人，但随后是十九岁的乌尔莉克·莱维佐夫②，他为她燃起了他那康复了的感情。十五年前他爱过她的母亲，并敬重她；在一年前他还仅是父亲般戏称她"小女儿"，但这种钟爱却急速地成长为一种激情。现在一种异样的、攫住了他的全部存在的病症，在情感的火山般的世界里猛烈地摇撼着他，这是数年来没有过的一场经历。这个七十四岁的人像一个男孩一样耽于热狂之中，一当他听到从林荫道上传来的欢笑声，他连帽子也不戴、手杖也不拿就向嬉戏的孩子们奔去。但他也像一个年轻人，像一个男子汉一样在追求：一场荒唐的戏剧，略带萨梯③味道的悲剧拉开了帷幕。歌德在与医生秘密商议之后，他就向他的老友大公爵表示，恳求他为自己到莱维佐夫夫人那里向她的女儿乌尔莉克求婚。大公爵想起五十年前与女人们相聚一起的某些疯狂的夜晚，他对这个人，这个被德国被欧洲尊为智者中的智者、世纪的最成熟最澄明的贤者，或许暗自微笑和幸灾乐祸；大公爵庄重地佩戴上他的星徽和勋章，前去拜访十九岁姑娘的母亲，代七十四岁的歌德向其女儿求婚。回答的详情人们不得而知，看来是拖延和推诿。求婚的歌德心中没有把握，令他欢愉的仅是匆匆的亲吻和甜蜜可亲的话儿，在这同时，欲望激烈地逼迫他去再次占有这如此妩媚的人

---

① 莉莉·勋内曼（1758—1817），法兰克福一个银行家的女儿，曾和歌德相爱，一度订婚，后解除婚约。

② 乌尔莉克·莱维佐夫（1804—1869），歌德在玛里恩巴德疗养期间住在她家里，并爱上了她，但最后求婚未果。她当时只有十九岁。

③ 希腊神话中的林神，为醉鬼和色鬼的同义语。

儿的青春。这位永远急不可耐的人为了赢得极为有利的时机再次做了努力：他忠实地追随他心爱的人从玛里恩巴德到卡尔斯巴德，可就是在这儿，他那火一般的热望也还是空无着落，随着夏日的逝去，他的痛苦日增。终于，告别的日子临近了，没有任何许诺，希望渺茫；现在当游车辚辚而行时，这位伟大的预见者感觉到，他生活中的一场异乎寻常的经历结束了。但是古老的安慰者，剧烈痛苦的永恒伴侣在阴沉的时刻出现了；在这个受难者的上方，守护神俯下身来，没有在尘世找到慰藉的他向上帝发出呼唤。像此前无数次一样，歌德又一次，也是最后一次从现实逃进创作，这个七十四岁的老人对这最后的恩赐怀着神奇的感激之情，在这首诗的前面写下了他的塔索①——这是他在四十年前写就的——的诗行，以便再一次出奇地去加以体验：

> 世人受苦，默默无言，
> 神却让我得吐辛酸。②

这个白发苍苍的老人沉思地坐在不断滚滚向前的游车里，内心诸多问题的含混不清令他郁郁不乐，清晨时乌尔莉克还同妹妹一道匆忙赶来与他在"喧闹的辞行"中告别，那充满青春的可爱的小嘴还吻过他，但这个吻是一个柔情的吻，还是如一个女儿般的吻？她

---

① 塔索（1544—1595），文艺复兴时期意大利著名诗人，一生充满传奇色彩。歌德曾把他写入诗剧，但实际上他是歌德的自我写照。
② 本篇所引的诗行皆采用樊修章的译文，载《歌德诗选》，译林出版社出版。

会爱他吗？她不会忘记他吧？他的儿子，他的儿媳，他们不安地期盼着他那丰富的遗产，他们会容忍他再结一次婚吗？这个世界不会因此而对他进行嘲笑吧？明年他在她的眼里不会是更加衰老吧？即使他再看到她时，他又能期待什么呢？

这些问题在不安地起伏翻腾。突然间它成形了，最本质地成形了，成了一行，成了一节——问题、窘迫都变成了诗，这是上帝让他"得吐辛酸"。直接地，赤裸裸地，这呼喊、这震撼内心的巨大激情，径直地注入诗里：

> 在这花期已过的今天，
> 我如何期望和她再见？
> 天堂和地狱都张开大口，
> 我心潮翻涌左右为难！

现在痛苦涌入水晶般的诗节，奇妙地被本身的混杂净化了。如诗人徘徊于他内心状态的乱作一团的窘迫，即"抑郁的氛围"里一样，他偶尔地抬起了他的目光。从滚滚向前的游车里他看到波希米亚清晨的恬静的景色，神圣的和平与他内心的骚动不宁形成对照，这眼前刚刚看到的画面流入他的诗里：

> 难道这世界已属多余？
> 岩峰也不再顶着天宇？
> 庄稼不再熟？绿原也不再

穿林越野直抵到河区？

浩浩穹苍再没有云彩

变幻的形象时消时聚？

　　但这个世界对他来说太没有生气了。在这样的激情时刻，他把所见的万事万物与心爱人儿的形象联系在一起，回忆魔法般地翻新凝聚成清晰的昔日景象：

多轻盈、娇媚、温柔、明快，

像六翼天使①正飘出云彩，

在蓝天上面就像她一样，

颀长的身影穿薄雾飘来；

请看她心旷神怡地飘舞，

那美的形态中最美的形态！

把云彩当作她的真身，

这只能自我欺蒙一瞬，

向内心找吧，更能找见

她的身影正常变常新；

一个成形又千个万个，

一个更加比一个宜人。

① 《圣经》中最高级的天使。

刚一发出誓愿，乌尔莉克的形象就已有血有肉地形成了。他描述她怎样款待他和逐步地使他欢愉，她如何在"最后一吻之后还在他的嘴唇上印下'最最后'的一吻"，这位年迈的大师现在把令人极为幸福的对欢愉的回忆转化为最庄严的诗的形式，成为描述献身和爱的情感的最纯洁的诗节——德语和任何一种语言所曾创造的——中的一节：

> 纯洁的心里鼓涌着追求，
> 人带着感激甘心俯首
> 向那陌生的至上至洁，
> 要把那未知的永恒参透：
> 这就是信仰！① 站在她跟前，
> 我也有这种至幸的感受。

但恰恰在这种极乐状态的追思中，现实的分离令作者悲不自胜，一种痛苦迸发出来，它几乎破坏了这首伟大诗作的庄严的哀歌气氛，这是一种情感的坦露，它只是把直接的经历自发地转化为诗歌而已，数年来这又一次发生。这种哀怨令人心悸：

> 如今我走了！这如何是好？
> 这事我不知道如何说，

------

① 此处德文为：Wir heissen's: fromm sein! 似应译为：我们称它是虔诚！

她留下好些美梦牵心，

这成了负担，我必须甩掉。

被这难平的渴慕驱赶，

我毫无办法，只两泪滔滔。

随后这最后的、可怕的呼喊声升高起来，高到几乎无法再高的
地步：

让我留下吧，忠诚的旅伴，

让我来独对草泽山岩！

努力吧，世界对你们开放，

和茫茫大地，穆穆长天！

去研究思考，搜集资料，

就可以诠释神秘的自然。

我失去一切连同自己，

前不久还曾受宠于神祇，

神折磨还把潘多拉给我，

她带来财富更带来灾异；

神逼我吻她施惠的嘴唇，

又把我推开打翻在地。

这个通常克制自己的人从没有唱出过类似的一节诗章。他

年轻时善于隐藏，成年时善于节制；他通常几乎总是在镜像中、在暗码中①、在象征中去透露他的深沉的秘密；这时他已是位白发老人了，他第一次毫无拘束地坦露了他的感情。五十年来，这个性情中人，这位伟大的抒情诗人也许没有比在这难以忘怀的诗作上，在这值得纪念的生活转折点上更生机勃勃，更富有活力。

歌德本人也把这首诗当作是命运的罕有的恩赐，它是那样的神秘。刚一返回魏玛，在他着手做任何一项工作或家庭事务之前，他首先亲手把这首哀歌艺术地誊写下来。用大写的字母和庄重的字体书写在特别选出的纸张上，用了三天的工夫，像一个僧侣在他的静修室那样。躲开家中的成员，也躲开最亲密的人，把它当作一个秘密。甚至自己进行装订，以免饶舌的人鲁莽地把此事传播开来，随后他把这份手稿用一条丝带捆紧，配上一个红色羊皮信封面（后来他换上蓝色的精致的亚麻布，今天在歌德—席勒资料馆依然可以看到）。这些日子是苦恼的、烦心的，他的结婚计划在家里遭到的只是讥笑，儿子甚至为此充满仇恨地大发雷霆；他只能在他自己的诗句里流连在他心爱的人儿身边。直到美丽的波兰女人斯奇玛诺夫斯卡重来拜访时，在玛里恩巴德那些明朗日子的情感才又重新回来，并使他变得健谈起来。十月二十七日，他终于把爱克曼喊到身边，特别庄重地对他谈到要朗读这首诗，并透露出他对它怀有怎样的一种特别的爱。仆人在书桌上摆上了两盏蜡烛灯，然后爱克曼才坐在灯前并朗读这首哀歌。此后其他一些人，但也只是亲近的人，逐渐

① 歌德在一八一四年至一八一六年间与玛里雅纳·维勒迈尔书信往来，诗歌唱酬时就用过这几种形式。

地都听了这首诗，因为按照爱克曼的话说，歌德守护它"像一个圣物"。此后的几个月表明，这首哀歌对他的生活具有特殊的意义。这位重返青春的老人日益健朗之后，不久接踵而来的是一种崩溃的状态。他又一次面临死亡，他拖着身体从床榻到躺椅，从躺椅到床榻，无法得到平静。儿媳妇远出旅行，儿子充满恨意，没有人照料这个被离弃的衰老病人，没有人给他出主意想办法。这时蔡尔特①从柏林赶来，这个歌德心灵中最亲近的人显然是应朋友们的召唤而至。他立即就看出来，歌德的内心在燃烧。他惊奇地写道："我觉得，他看起来像在恋爱，一种使他身体遭受青春的全部痛苦之恋。"为了医治他，他怀着"内心的感同身受"给他一遍又一遍地朗读他的这首诗，而歌德毫不疲倦地一遍又一遍地听。歌德康复后，他写道："这是我自己的，可你通过你那充满感情的、柔和的器官让我一再地感受到，我的爱达到了一种连我本人也不愿意承认的程度。"随后他继续写道："我不能与它分开，但我们生活在一起，那你就得给我唱诵，给我朗诵，直到你能把它背熟为止。"

如蔡尔特所说的，"这支害了他的利矛医治了他"。人们可以说，歌德用这首诗拯救了自己。终于，最后的悲剧被克服了，最后的一线无望的希望被抛弃了，与一个可爱的小女儿"结婚"的梦想破灭了。他知道，他再也不会前去玛里恩巴德，去卡尔斯巴德，再也不会踏入无忧无虑者的快活的游乐世界，他的生活此后就只属于工作。这位经过了考验的人断绝了命运重新开始的念头，作为替代

---

① 蔡尔特（1758—1832），德国作曲家、音乐教育家，歌德的好友。

的是另一个伟大的字眼进入了他的生活圈子，这就是：完成。他庄重地把他的目光转回到他跨越了六十年的作品，看到它支离破碎散散落落，他决定，即使不能再重新开始，那至少要搜集起来；《全集》的合同已经签订，版权已经争得。因一位十九岁少女而迷失的爱再次回到他青年时代的两个老伙伴身边：《维廉·麦斯特》和《浮士德》。他精神抖擞着手工作，找出业已泛黄的纸页，重新制订上个世纪的计划。还不到八十岁的他完成了《维廉·麦斯特的漫游年代》。这位八十一岁的老人怀着英雄般的勇气从事他生命的"最主要事业"：《浮士德》，在描述他悲惨命运的《哀歌》之后的第七个年头他完成了，并立即怀着像对《哀歌》一样的敬畏的虔诚，用印章签封起来，对世界秘而不宣。

九月五日，这辞行卡尔斯巴德、与爱诀别的日子作为分水岭，作为难以忘却的内心转折的瞬间，它立在情感的两个领域之间，最后的欲望和最后的断念之间，开始和完成之间，通过令人心悸的哀诉变为永恒。谈起它时，我们应当心存怀念之情，因为德意志的创作从那以后没有过情欲描述得更为辉煌的时刻，把最富有原始力量的感情倾注在这样一首强有力的诗中。

（高中甫　译）

黄金国的发现

约翰·奥古斯特·祖特尔

加利福尼亚，1848 年 1 月

厌倦了欧洲的人

一八三四年。一艘美国轮船从勒阿弗尔①驶往纽约。几百个穷困潦倒的乘客里面有一个名叫约翰·奥古斯特·祖特尔的人。此人三十一岁，原籍瑞士巴塞尔附近的吕嫩贝尔格，为逃避将被几个欧洲法庭指控为破产者、窃贼、证券伪造者，他干脆扔下妻子和三个孩子，用一张伪造的身份证在巴黎搞到一些钱，匆匆越洋去寻找新生活。七月七日，他在纽约上岸，在那里待了两年，干过各式各样的营生，当过打包工、药房老板、牙医，卖过药，开过小酒店。最后终于开了一家客栈，可以大体安定下来了，但他却又把它变卖掉，追随当时的一股狂潮，前往密苏里州。他在那里当农民，短短时间内便有了一笔小小的财富，可以平静地过日子了。但是，总有人群从他的住房旁边经过，皮货商人、猎人、冒险者、士兵，他们从西部来，到西部去。渐渐地，"西部"这个词具有了一种魔力。

起初人们只知道那里是草原，茫无涯际、几天几星期看不到人烟的大草原，只有被红皮肤土人追逐的浩浩荡荡的野牛群，然后是无法攀缘的巍峨的群山，之后才是那谁都不甚了解的另一方土地，但未开发的加利福尼亚，它那神奇的富饶却人人夸耀。在这片土地上，流淌着牛奶和蜂蜜，只要想要，人人可以自由地取用——只是路途遥远，无穷无尽的遥远，要到达那里是会有生命危险的。

然而约翰·奥古斯特·祖特尔身上有探险者的血液，安安静静地待在家里耕种肥沃的田地对他没有吸引力。一八三七年的一天，祖特尔卖掉田产家业，用车辆、马匹和野牛群装备一支探险队，从因第彭登斯堡②向未知的国度进发。

进军加利福尼亚

一八三八年。祖特尔和两名军官、五个传教士、三个妇女坐牛车进入没有涯际的茫茫草原。他们走过一片又一片草原，最后翻山越岭，向太平洋进发。长途跋涉三个月，于十月底抵达温哥华。在此之前，两个军官已离开祖特尔，传教士也不愿继续往前走了，那三个妇女在旅途中死于饥饿。

祖特尔孤身一人。有人试图让他留在温哥华，给他提供一个职位，被他拒绝了。他心里一直难以忘怀那个富于魔力的名字。他乘

---

① 法国北部港口城市。
② 密苏里州西部小镇，一译独立镇。

一只简陋的帆船横渡太平洋，先到达桑威奇群岛①，又沿阿拉斯加海岸行进，历尽艰辛，抵达一个名叫旧金山的荒凉地方。那不是今天的旧金山，不是地震后飞速发展成数百万人口的旧金山，甚至还不是那个不出名的墨西哥领地加利福尼亚②的首府，不，当时那里只不过是一个贫穷的渔村，因弗朗西斯教派在此传教而得名③。当年新大陆最富饶的地区，未开发的加利福尼亚，无人照管，没有秩序，也不繁华。

混乱无序由于不存在任何权威，由于暴乱、缺乏畜力人力、不大力整顿而愈演愈烈。祖特尔租了一匹马，骑着它来到肥沃的萨克拉门托山谷。仅仅一天他就看出这里不仅有地方可以建立一个农场，一座大农庄，而且有足够的土地建立一个王国。第二天，他骑马去简陋的首邑蒙特来④，面见阿尔瓦拉多总督，自我介绍，说明来意：他要开垦这片土地。他说他从群岛上带了卡拿卡人⑤来，以后还要定期让这种勤勉耐劳的有色人种移来这里，他自告奋勇要建若干定居点，并建立一个小国家，国名就叫新赫尔维特。

"为什么要叫新赫尔维特呢?"总督问。

---

① 今夏威夷群岛。

② 十六世纪后，加利福尼亚先是西班牙领地，后来成为墨西哥领地，美国和墨西哥战争（1846—1848）后，于一八五〇年正式成为美国领土。

③ 旧金山原是一个小渔村，地处弗朗西斯科海湾，十八世纪后半叶西班牙的天主教弗朗西斯教派在此传教，归属美国后于一八四七年被命名为圣弗朗西斯科。加利福尼亚发现金矿后，华侨称此地为金山，后为区别于有新金山之称的墨尔本，改称旧金山。

④ 位于今加利福尼亚西部。

⑤ 波利尼西亚和南太平洋群岛的土著居民。

"我是瑞士人①，共和主义者。"祖特尔回答道。

"好，你想怎么干就怎么干吧，这块土地我租给你十年。"

你看，在那里很快就达成了交易。在离任何一种文明千里之遥的地方，一个人单枪匹马闯天下，所得的报偿和老家迥然不同。

新 赫 尔 维 特

一八三九年。一支商旅队沿萨克拉门托河岸缓慢向上游行进。祖特尔骑马走在队伍前面，他腰间挎着枪，在他后面是两三个欧洲人，然后是一百五十个穿短衫的卡拿卡人，接着是三十辆装载粮食、种子和弹药的牛车，五十匹马，七十五头骡子，以及成群的母牛和羊，最后是一支小小的后卫——这就是要去占领新赫尔维特的全部人马。

在他们前面翻腾起一片火海。他们放火焚烧树林，这是一种比砍伐树木更方便的办法，大火刚焚烧过这一片土地，树桩上还冒着青烟，他们就开始干活。建仓廪，挖水井，往无须耕作的土地里播撒种子，为数不胜数的畜群修造厩舍；渐渐地，人们从早先传教士在附近垦辟的偏僻的殖民地源源不断迁移过来。

成就是巨大的。种子马上获得五倍的收成。粮食满仓，牲畜很快便数以千计；尽管一直存在不少困难，尽管开拓者们需要对付敢

---

① 古代瑞士民族称为赫尔维特（一译赫尔维齐），故赫尔维特人亦即瑞士人。一七九
　　八年至一八〇三年间瑞士的正式名称就叫赫尔维特共和国。

于一再闯入这块繁荣的殖民地的土著居民，新赫尔维特已拓展了热带辽阔的疆域。他们挖水渠，建磨坊，开设海外代理店，河流上船只来往不绝，祖特尔不仅供给温哥华和桑威奇群岛所需要的物资，而且满足停靠在加利福尼亚的所有帆船的需要。他种植水果，今天加利福尼亚的水果因他而遐迩闻名，备受青睐。你看，果木多么繁茂！他种植来自法国和莱茵河地区的葡萄，短短几年，葡萄园便覆盖了广阔的地面。他亲自动手建造房舍、农场，派人从巴黎运来一架普莱耶尔牌钢琴，在路上走了一百八十天，从纽约用六十头牛横穿整个大陆运来一台蒸汽机。他在英国和法国几家最大的银行都能得到信贷，并有大笔存款。此时他四十五岁，处于事业成功的高峰，他想起十四年前把妻子和三个孩子扔在了世界上的什么地方，便写信给他们，邀他们前来他的领地和他相聚。他觉得如今一切都在他掌握之中，他是新赫尔维特的主人，现在是、将来也是世界上最富有的大富翁之一。合众国终于从墨西哥手里夺走这块管理不善的殖民地。现在一切都有保障了，没有问题了。只要再过几年，祖特尔便是世界的首富了。

灾 难 的 一 锹

一八四八年一月。约翰·奥古斯特·祖特尔的一个细木匠詹姆斯·威·马歇尔突然激动地跑到他家里，无论如何要和他谈谈。祖特尔十分吃惊，昨天他刚刚派马歇尔去科洛马农场，要他在那里建一个新的锯木厂。眼下此人擅自回来，站在祖特尔面前激动得不住颤抖，把他推到房间里去，关上房门，从口袋里掏出一把掺杂着一些黄色颗粒的沙子，说他昨天挖土时发现这种奇特的金属，引起他的注意，他相信这是金子，但其他人都嘲笑他。祖特尔的面容变得严肃起来，他把那些黄色颗粒拿去做试验：确实是金子。他决定第二天马上骑马和马歇尔一起上农场，可是木匠师傅是染上这种不久便震撼世界的可怕的淘金热的第一人，他在得到证实之后，便迫不及待地在暴风雨中连夜骑马赶回去了。

次日早晨，祖特尔上校来到科洛马，他们堵塞水渠，检查沙子。只要用一个筛子稍稍来回摇晃几下，晶亮晶亮的金粒就留在了筛网上。祖特尔召集那几个白人，要他们发誓在锯木厂竣工之前绝不泄露此事，然后神色严峻地又再骑马返回农场。他思绪起伏，心潮澎湃，就记忆所及，还从来没听说过金子在地里埋得这么浅，这么轻易就能拿到手，而这块土地是他的，是他祖特尔的财产。一夜之间似乎跃过了十年：如今他是世上最富有的人了！

蜂 拥 而 至

世界上最富有的人？不，他是这个地球上最贫困、最可怜、最失望的乞丐。过了八天，这个秘密泄露出去了，一个女人——总是女人！她把这事讲给一个过路人听，还给了他几粒金子。接着发生的事情可谓空前绝后。祖特尔手下所有的男人统统扔下手头的工作，铁匠离开锻铁场，牧人离开畜牧群，葡萄农离开葡萄园，士兵扔下步枪，为了沙里淘金，他们统统拿着随手抄起的筛子和平底锅，发疯似的朝着锯木厂狂奔。一夜之间，整片土地被弃置，没人挤奶的奶牛吼叫着倒在地上死掉，围进牛圈的野牛群冲垮牛圈栏，践踏庄稼地，庄稼熟了，烂在地里，奶酪厂不开工，仓库倒塌，庞大事业的巨大驱动装置停止运转了。潮水般的电报越过陆地，越过海洋，宣布黄金唾手可得的佳音。人们从城镇、港口蜂拥而来，水手离开他们的船只，政府官员离开他们的岗位，长长的无尽的行列，步行的、骑马的、乘车的，从东方来、从西方来，不绝于途。狂热的掘金者简直像一群大蝗虫铺天盖地而来。这一群不受管束的暴徒，在这一片兴旺发达的殖民地上到处横冲直撞，他们不知道法律为何物，只相信自己的拳头，不尊重命令，只敬畏手枪。在他们的眼里，一切都是没有主人的，没有人敢顶撞这些亡命徒。他们屠宰祖特尔的母牛，为了给自己造房子，拆毁他的仓库，他们践踏他的庄稼地，偷走他的机器——如同迈达斯①国王窒息在自己的黄金里面一样，约翰·奥古斯特·祖特尔一夜之间变得像乞丐一样赤贫。

这一前所未有的淘金狂潮愈演愈烈；消息不胫而走，传遍世界，仅从纽约就有上百条船起航，一八四八年、一八四九年、一八五〇年、一八五一年，年年都有大批冒险家从德国、英国、法国、西班牙蜂拥而至。有些人绕道合恩角②前往，但最迫不及待的那些人还嫌这条路过于漫长，于是他们选择经由巴拿马地峡这条更危险

---

① 一译弥达斯，希腊神话中富利基阿的国王，贪恋财富，能点物成金，后被埋在自己点化的黄金里面窒息而死。
② 位于南美洲大陆最南端的海角。

的路线。一家行事果断的公司迅速在地峡修筑一条铁路，施工过程中数千工人死于热病，而这只不过是为了让那些迫不及待的人节省两三个星期时间，早日得到黄金。巨大的商旅队，各种种族的人，操各种语言的人，横穿大陆，络绎不绝，所有这些人都在约翰·奥古斯特·祖特尔的土地上挖金子，仿佛挖掘的是他们自己的土地。旧金山属于祖特尔，这是由政府在文件上盖了印章加以确认了的；然而此时，在以梦幻般的速度升起一座城市的这块土地上，外来者互相出售和购买他的田产、土地，他的王国——新赫尔维特——已经消失，取而代之的是"黄金国""加利福尼亚"这充满魔力的字眼。

约翰·奥古斯特·祖特尔再次破产。他眼睁睁看着这场公然抢劫却束手无策。起初他试图也一起去挖金子，和他的仆人们、伙伴们共享财富，但所有的人都离开他。于是他完全退出产金地带，离开那条该死的河流和不祥的沙子，回到他那与世隔绝的农庄。在那里，他的妻子和三个已经长大成人的儿子终于来到他的身边，但妻子刚到，就因长途跋涉劳累致死，所幸三个儿子都在这里，约翰·奥古斯特·祖特尔和儿子们八条胳膊一起务农；他和三个儿子一起，利用这一片肥沃得出奇的土地，坚韧地重整家业。他心中又一次酝酿着、埋藏着一个宏伟的计划。

诉　　讼

一八五〇年。加利福尼亚并入合众国。在合众国严格管束下，秩序终于继财富之后来到这产金之地。无政府状态得到遏制，法律重新获得自己的权力。

这时约翰·奥古斯特·祖特尔突然出面提出要求。他坚称整座旧金山的所有土地都属于他所有。他的财产被盗窃，国家有责任赔偿他所遭受的损失，对在他的土地上挖掘出来的金子，他要求得到他应得的份额。诉讼开始了。这样一起大案在祖特尔之前人类还从未见过。约翰·奥古斯特·祖特尔控告了在他的种植区定居的一万七千二百二十一个农场主，要他们从偷来的土地上迁移出去，他要求加利福尼亚州为他所修建的、属于他的道路、水渠、桥梁、水坝、磨坊支付二亿五千万美元，要求联邦政府为被毁坏的田庄支付给他二亿五千万美元赔偿费，此外他还要求从开采出来的黄金中提取他自己的份额。为了打这场官司，他让他的长子埃米尔去华盛顿攻读法律，为了打赢这场很费钱的官司，他投入了新建的几个农场的巨额收入。他为这个案子，花费四年时间跑遍了所有政府机构。

终于在一八五五年三月十五日宣布判决。公正廉明的法官、加利福尼亚州最高行政长官汤普森承认约翰·奥古斯特·祖特尔对土地拥有完全合法和不可侵犯的权利。

这一天，约翰·奥古斯特·祖特尔达到目的了。他是世界上最富有的人。

结　　局

世界上最富有的人？不，不对。他是最穷的乞丐，最不幸、最倒霉的人。命运又和他开了一次最要命的玩笑,一次永远把他打倒在地的玩笑。判决的消息一传开,便在旧金山和整个加州引发一场大风暴。一万人聚集起来闹事,这些财产受到威胁的人和街上的歹徒、打劫成性的地痞流氓会合起来,冲进法院大楼,纵火焚烧,寻找法官,企图对他私刑拷打。成千上万人浩浩荡荡前去洗劫约翰·奥古斯特·祖特尔的全部家产。祖特尔的长子被匪徒逼得开枪自杀,次子惨遭杀害,第三个儿子逃出去,溺死在回国途中。新赫尔维特成了一片火海,祖特尔的所有农场全部毁于大火,葡萄园遭践踏、毁坏,他的家具器皿、珍品收藏和钱财统统被抢劫一空,暴怒人群的无情打击使一个巨富的家产化为乌有。祖特尔自己也险些丧命。

约翰·奥古斯特·祖特尔再也没能从这次打击中恢复过来。他的事业毁了,妻子儿子都死了,他精神错乱了——只有一个念头还不时浮现在他那业已迟钝的脑子里:找回公道,打官司。

其后,一个衣衫破旧的痴呆老头在华盛顿法院大楼周围徘徊了二十五年。各个办公室里所有的人全都认得这个穿着肮脏外套、脚穿一双破鞋子、要求得到他的几十亿美元的“将军”。总有一些律师、冒险家和骗子想拐走他最后一点养老金,怂恿他再打一场官司。他自己不要钱,他痛恨黄金,是黄金使他赤贫,是黄金杀死了他的儿子,毁了他的生活。他只要讨回公道,他以一个偏狂症患者常有理的絮叨恳求着,坚决要讨回公道。他去参议院申诉,去国会申诉,他信赖形形色色的帮助者,这些人把事情渲染得更加神乎其神,让他穿上一套可笑的将军服,把这个不幸的人当作怪物,从一个政府机构带到另一个政府机构，从一个国会议员面前走到另一个国会议员面前。他就这样度过了漫长的二十年，从一八六〇年到一八八〇年，当了二十年乞丐。他，地球上最富饶的土地是属于他的，在他的土地上屹立着这个大国的第二大都会，并且每日每时都在扩大，而他却日复一日在国会大厦周围徘徊，忍受所有官吏的嘲笑、所有游手好闲者的戏弄。一八八〇年七月十七日下午，他因心脏病猝然发作，倒毙在国会大厦的台阶上，终于得到了解脱。人们把一个死了的乞丐抬走。抬走的这个死了的乞丐口袋里装着一份申辩书，根据人世间的全部法律，这一文件可确保他和他的继承人获得历史上最大的财富。

然而时至今日，没有一个人要求获得祖特尔的遗产，他的遗族中没有一个人提出权益要求。旧金山依然屹立，一个完整的国度依然屹立在那已非他所有的土地上，依然没有宣布他拥有的权利，只有一位艺术家，布莱士·桑德拉①，给予被遗忘的约翰·奥古斯特·祖特尔的伟大命运以独一无二的权利：令后世惊异地缅怀他的权利。

（潘子立　译）

---

① 布莱士·桑德拉（1887—1961），法国作家，其作品《黄金》中有关于祖特尔开发加利福尼亚事迹的记述。

壮丽的瞬间

陀思妥耶夫斯基
彼得堡
谢苗诺夫斯基校场

1849 年 12 月 22 日

黑夜，他们将他拽出睡梦，

地牢里军刀叮当叮当响，

几个声音发号施令；

朦胧中恐怖的黑影幽灵似的闪动。

他们推他朝前走，

深深的走廊，

又长又暗，又暗又长。

门闩吱吱叫，小门嘎嘎响；

于是他感觉到天空和冰冷空气，

一辆马车等候着，一座会滚动的墓穴，

他被急匆匆推了进去。

他旁边有九个同志，

戴着沉重的镣铐，

脸色苍白，默默无语；

谁也不开口，

每个人都感觉到这辆车要送他去哪里，

脚底下车轮滚滚，

轮辐间就是他们的生命。

嘎啦嘎啦响的马车停了下来，

门发出咯吱咯吱的声响，

一角昏暗的世界向他们凝望，

透过打开的栅栏，

带着混浊惺忪的目光。

房屋围成正方形，

低矮的屋顶，披戴肮脏的霜，

当中是阴暗的积雪的广场。

雾茫茫

笼罩刑场，

只在金色教堂周遭

有一抹血红的寒光。

囚犯默默排成行。

一名少尉来宣读判词：

犯叛逆罪处以死刑——枪毙！

死刑！

这字眼犹如巨石

落在"寂静"的冰面，

发出粗厉的声音，

仿佛什么东西碎成两半，

随后空洞的响声

坠入黎明冰冷的寂静

无声的坟茔中。

他依稀感觉这一切

似在梦中，

只知自己即将告别人世。

有人过来，一声不吭，给他披上

一件飘动着的白色死囚衣。

伙伴们用热烈的目光，

无声的呐喊，

道出最后的问候，

他亲吻十字架上的救世主，

那是牧师严肃地捧给他，催促他做的，

然后他们十人，每三人一组

被绑在各自的行刑柱上。

转眼间，

哥萨克士兵已快步上前，

给他蒙上对着步枪的双眼。

此时——他知道：这是最后一次……

在他失明之前的最后一瞬，

他的目光贪婪地攫取

天空展示给他的那一小角世界：

晨曦中他见教堂烈焰腾空，

一如为了永生的最后晚餐，

神圣的朝霞布满教堂，

霞光把它映照得一片通红。

他带着骤然涌起的幸福感去捕捉它，

一如捕捉死神后面上帝的生命……

这时，他们用黑夜蒙住他的目光。

然而在他体内

热血开始奔流，色彩缤纷。

从明镜似的潮水

从鲜血中升腾起

形象的人生，

他感觉，

在这受刑前的一秒钟，

如烟往事

——涌上心头：

他整个一生重又苏醒，

浮现心中历历如画：

失去了的童年，苍白而又灰色，

父亲和母亲，兄弟，妻子，

三段友情，两杯欢乐，

一场荣华梦，一束羞辱①；

失去的青春的画卷

沿脉管火热地展开，

他又一次在内心深处感受到他的整个存在，

一直到他们将他绑上行刑柱上的

那一秒钟。

随后一种忧思

乌黑而沉重地

把它的阴影罩上他的灵魂。

这时

他觉得有个人向他走来，

乌黑的缄默的脚步，

---

① 陀思妥耶夫斯基青年时代曾与别林斯基、涅克拉索夫、谢德林为友；一生中两度结婚；本人享有贵族身份，后又受到被剥夺的耻辱。因此文中说：三段友情，两杯欢乐，一场荣华梦，一束羞辱。

近了，很近了，

那人的手按在他的心口，

心越跳……越无力……甚至完全不跳了……

再过一分钟——便万事皆休。

哥萨克士兵

在那边排成射击队形……

挥动皮带，拉开扳机……

鼓声咚咚几乎震裂空气。

这一秒钟长如一千年。

这时有人大喝一声：

住手！

军官跨步上前，

挥舞一纸文书，

声音嘹亮清晰，

打破等候的静寂：

沙皇

圣意宽仁，

撤销原判，

从轻发落。

这些话乍一听

还很陌生：其含义难以判明，

但他脉管里的血液

又再度变得鲜红，

升起并开始低声歌吟。

死神

迟疑地爬出僵硬的关节，

两眼虽仍一团漆黑，

却感到了永恒之光的问候。

行刑官

默默为他松绑，

双手从他灼痛的太阳穴

撕下白色绷带，

像撕掉有裂纹的桦树皮。

他两眼不自在地离开坟墓

笨拙地摸索着，目眩而微弱地

重新进入

已与他决绝的存在。

这时他看见

那座教堂的金色屋顶

在上升的朝霞映照下

神秘地红光四射。

朝霞成熟的玫瑰

像用虔诚的祷告拥抱教堂屋顶，

塔尖上的圆球光芒四射，

钉在十字架上的手

是一把神圣的剑，高高直指

欢乐鲜艳的红云边缘。

那里，在灿烂的晨光中，

教堂上方升起上帝的大教堂。

一条光的河流

把它那灼热燃烧的波浪

抛上乐音缭绕的诸天。

茫茫雾霭

如烟腾起，似承载

尘寰全部黑暗的重压

融入神祇黎明的灵辉，

深渊之中，人声鼎沸，

仿佛成千人

在齐声呼唤。

于是他平生第一次听到

人间至深至重的苦难

尘世的诸般痛楚

化为激情的呼号响彻大地。

他听见弱小者的声音，

徒然委身的妇女的声音，

自嘲的妓女的声音，

他听见恒被伤害者的阴沉恼怒，

忘却微笑的孤独者的悲哀，

他听见孩子们的抽噎、哭诉，

被偷偷诱奸的女人无可奈何的怨艾。

他听见这一切受苦受难的人们，

被遗弃的、麻木不仁的、受嘲弄的人们，

大街小巷平凡无奇的

无冤殉难者，

他听见他们的声音，听见它们

以极强有力的旋律

升上寥廓的天宇。

他看见

唯有苦难向上帝翱翔而去，

其余人则附着于地面沉重地生活，

带着铅一样沉重的幸福。

然而尘世的苦难，

一连串的齐声呼号

上冲霄汉，

天上的光明因之扩大无垠；

他知道，他们的呼声

上帝都会倾听，

他的天堂响彻怜悯的声音！

上帝

是不会审判穷苦人的，

无限怜悯

以永恒的光照耀他的殿堂。

启示录的骑士①星散，

九死一生的他

苦恼变成快乐，幸福化为痛苦。

热情似火的天使

已向地面飞来，

把神圣的、产生于痛苦的爱的光辉

深深地，光彩夺目地

送进他的心扉。

于是他跌倒似的

跪下双膝，

他猛然真切地感到

全世界苦难无边。

他的身体微微颤抖，

白沫冲刷他的牙齿，

面孔因痉挛而扭曲，

然而幸福的泪水

---

① 指《圣经·新约·约翰启示录》中象征瘟疫、战争、饥馑、死亡的"四骑士"。

浸湿了他的死囚衣。

因为他觉得，只是在

触到死神苦涩的嘴唇，

他的心才感受到生活的甜蜜。

他的灵魂渴望受刑和创伤，

他明白，

在这一秒钟里

他成了另一个人，

成了一千多年前钉在十字架上的那个人，

他同他一样，

自从死神灼热的一吻

便须为苦难而热爱生活。

士兵把他从行刑柱上拉开。

他的脸死灰一般惨白。

他们粗暴地

推搡他回到其他囚犯身旁。

他的目光异样

而且完全内向，

抽搐的唇际挂着

卡拉马佐夫①黄色的笑。

（潘子立　译）

---

① 陀思妥耶夫斯基最后一部长篇小说《卡拉马佐夫兄弟》的主人公。

飞越大洋的第一句话

赛勒斯·韦斯特·菲尔德

1858 年 7 月 28 日

新 的 节 奏

　　自从被称为人的奇怪的生物在地球上行走以来，几千年，也许几十万年间，衡量在地面上前进的最高尺度无非是马的奔跑、滚动的车轮、划桨的船或帆船。在那被意识照亮的、我们称之为世界史的狭窄范围内，大量技术进步的成果并没有明显加快运动的节奏。华伦斯坦[①]的军队行军速度并不比恺撒的军团快多少，拿破仑的军队冲锋也不比成吉思汗的马队快，纳尔逊[②]的武装帆船横渡大海只比维京人的海盗船和腓尼基人的商船略快一点而已。拜伦爵士在他的《恰尔德·哈罗尔德游记》中的行程比奥维德[③]流亡时一天只不过多走几里罢了，歌德在十八世纪旅行也不比使徒保罗在千年开头时舒服得多和快得多。在拿破仑时代，各国在空间和时间上的距离如同在罗马帝国时代一样遥远；人的意志依旧不能战胜物质的反抗。

直至十九世纪，地球上交通的速度和节奏才发生根本变化。在这个世纪的第一个和第二个十年，各国、各民族相互靠拢的速度比此前几百年还要快；有了火车、轮船，一天就可以完成以前几天的行程，几分钟、几刻钟就可以到达原先好几个钟头才能走到的地方。然而同时代人无论如何兴高采烈地感觉自有火车、轮船以来速度的新的提高，这种感觉毕竟还只属于可以理解的范围。因为这种工具只不过提高迄今所知速度的五倍、十倍、二十倍，目光和心灵都还能够理解它们，能够对这一表面上的奇迹做出解释。然而，就其影响而言，电的最初若干成就却是完全出乎意料的。还在摇篮时代，电就已经是一个巨人，迄今的一切法则都被推翻，所有有效的标准都被破坏。作为后来人，我们绝难想象那一代人对电报发报机最初的成就何等惊讶。就是那个小小的几乎难以感觉得到的电火花，昨天还只能从莱顿瓶④沙沙作响中伸出手指头关节那样长的一英寸，一下子就获得了跨越好几个国家、山岳和整个大洲的神奇力量，既令人感到极大兴奋，又使人瞠目结舌。还没想完的思想、墨迹未干的字句，在同一秒钟就能被数千里外所接收、所阅读、所理解，那在细小的优特电棒的两极之间振荡的看不见的电流能越过整个地球，从地球这一端传到地球另一端。物理学家昨天还只能通过摩擦一根玻璃

---

① 华伦斯坦（1583—1634），神圣罗马帝国统帅，三十年战争中统率帝国军队，战功卓著，后因谋反被撤职，最后被刺杀身亡。

② 霍·纳尔逊（1758—1805），英国海军统帅，以临机立断著称，在大败法国和西班牙联合舰队的特拉法尔加角海战中阵亡。

③ 奥维德（前43—17），古罗马诗人，其代表作为长诗《变形记》。公元八年被奥古斯都流放到黑海东岸。

④ 一种旧式电容器，因在荷兰西部城市莱顿首先使用而得名。

棒来吸引一小块纸片的那个小玩意儿，今天已比人的肌肉力量和速度高出百万倍、万万倍，传递消息，驱动有轨电车，用电灯照明街道和房舍，像眼不可见的精灵在空中飘浮。只是由于这个发现，时间和空间的关系才发生了自创世以来最具有决定性的变化。

一八三七年是具有世界意义的一年。在这一年，电报机第一次使迄今相互隔绝的人们的经历成为同时性的，但这件事在我们学校的教科书里却很少提起。令人遗憾的是，学校的教科书仍然总认为讲述个别统帅和民族的战争和胜利更加重要，而不讲那些真正的胜利，全人类共同的胜利。其实，就其广泛的心理影响而言，近代史上没有哪一个日期能与时值的这一变革相提并论。这一分钟在阿姆斯特丹、莫斯科、那不勒斯和里斯本发生什么事情，在巴黎同时能够知道，自从那时以来，世界就变了。只要再迈出最后一步，世界各大洲就都能包容到那个美妙的联系之中，从而创造出全人类共同的意识了。

然而大自然依旧反对这最后的联合，她设置了一个障碍，被大海分开的那些国家又有二十年之久彼此不通音信。因为由于有绝缘磁罩，电火花可以不受阻碍地向前跃进，而海水是会吸收电的。当时还没有发明一种办法可以使铜丝或铁丝在海水中完全绝缘，不可能铺设海底电线。

幸而在技术进步的时代，一项发明有助于另一项发明问世。大陆使用电报不过短短几年，便发现可用古塔胶①作为使电线在海水

---

① 又称马来亚树胶，经热处理后可制成各种电线的绝缘体。

中绝缘的合适材料；现在可以开始把大陆彼岸最重要的国家英国和欧洲的电话网连在一起了。一位名叫布列特①的工程师在一个地方安放下第一根电线，几天以后布莱里奥②就从这里驾一架飞机首次飞越英吉利海峡。眼看就要成功了，却因为一次愚蠢的偶然事件而归于失败，布洛涅的一个渔夫以为钓到了一条特肥的鳗鱼，把铺好了的电线拽出来了。一八五一年十一月十三日，第二次试验成功了。于是英国和大陆连接起来了，这么一来，欧洲才成为真正的欧洲，像一个人一样有一个头脑、一个心脏，又能同时了解当时发生的一切事件。

这么短短的几年——在人类历史上，十年不就是一眨眼的工夫吗——便取得如此巨大的成就，自然唤醒那一代人极大的勇气。一切尝试全都成功了，并且一切都如同梦幻似的快捷。仅仅几年，英国就同爱尔兰连通了电话网，丹麦和瑞典，科西嘉岛和大陆也都能通电话，人们已在探索如何使埃及，从而也使印度纳入电话网。只是还有一个洲，而且恰恰是最重要的洲似乎注定要长期被置于这环绕全球的链条之外：美洲，怎样使一根电线绕过大西洋或太平洋这两个无比辽阔的大洋呢，又不允许有一个中间站？在那电学的幼年时代，一切因素尚属未知。海洋的深度还未经测量过，对大洋的地理结构只有模糊的了解，还从未试验过在这样的深海中安放的电线能否承受得了堆积如山的海水的巨大压力。甚至，即使技术上有可能在这么深的海水中安全地铺设这么一条无穷长的电缆，哪里有一

---

① 约·沃·布列特（1805—1863），英国创办海底电报的先驱。
② 路易斯·布莱里奥（1872—1936），法国飞行家、航空工程师。

艘这么大的船能承载两千海里长的铜铁金属线的重量呢？又哪里有这么强大的电动机，能把一道电流完好无损地输送如此遥远的距离？乘轮船横渡大洋至少也要两三星期。一切前提条件都不具备。也还不知道在大洋深处是否存在可能排斥电流的磁性漩流，还没有足够的绝缘材料，没有靠得住的测量仪器，人们还仅只熟悉电学的基本定律，它们只够使人睁开眼睛，走出无意识的百年沉睡。"绝不可能！蠢话！"一提起横跨大洋铺设电缆的计划，学者们便强烈反对。"以后也许可能吧。"一些最敢干的技术人员这么说。即便是迄今对完善发报技术做出最大贡献的莫尔斯①也认为这种计划是前途难卜的冒险之举。但他又预言道，铺设横跨大西洋的电缆一旦成功，"它将是本世纪最光荣的壮举"。

一个人对奇迹的信念永远是一个奇迹或一件美妙的事情所以能够产生的首要前提。恰恰在学者们犹豫不决之时，一个固执己见者淳朴的勇气能把创造性的活动推向前进；在这里，也像大多数情形那样，一个简单的偶然机缘使这一宏伟壮丽的事业获得了推动力。一八五四年，一个名叫吉斯博恩的英国工程师要从纽约到美洲最东端的纽芬兰安设一条电缆，以便早日收到一条船上的消息，但因资金告罄，不得不中断工程，赶往纽约找金融家。他在那里，又由于偶然巧合——这诸多光荣业绩之父——遇到了一个年轻人，赛勒斯·韦·菲尔德。菲尔德是一个牧师的儿子，经商迅速成为巨富，年纪轻轻，便当起寓公，优游度日。但他毕竟风华正茂，精力旺

---

① 芬里·布里茨·莫尔斯（1791—1872），美国发明家，一八三八年发明点线系统的莫尔斯电码。

盛，耐不住长久无所事事，吉斯博恩设法争取他赞助完成从纽约到纽芬兰的电缆铺设工程。赛勒斯·韦·菲尔德不是技术人员，不是专家——人们几乎要说：真是万幸！他对电学一窍不通，从来没见过一条电缆。但是这个牧师的儿子天生有热诚的信仰，这个美国人富有强烈的冒险精神。专业工程师吉斯博恩的眼睛只看到把纽约和纽芬兰连接起来这个直接的目标，而这位热情奋发的年轻人却立即把眼光放得更远。为什么不干脆铺设一条海底电缆把纽芬兰和爱尔兰连接起来呢？赛勒斯·韦·菲尔德马上干起来，坚忍不拔地克服一个又一个障碍——此人数年之间，三十一次横渡大西洋往返于两大洲之间——他断然决定从这一刻起，把他的整个身心、全部财富统统投入这项事业。那决定性的点火就这样完成了，因为有了它，一个思想在现实生活中才获得爆炸力。新的创造奇迹的电的力量和生命的另一个最强大的动力——人的意志结合起来了。一个人找到了他要为之毕生奋斗的使命，一项任务找到了使它实现的人。

准　　备

赛勒斯·韦·菲尔德以难以想象的精力投入工作。他和所有专家建立联系，恳请有关国家的政府授权开发，在欧美两洲展开一场筹集必要资金的活动；这位名不见经传的男子迸发出如此巨大的冲击力，他内心怀着如此狂热的确信，对于新的神奇力量的电充满坚定的信心，短短几天之内，三十五万英镑原始股金就在英国被全部认购。邀集利物浦、曼彻斯特和伦敦最富有的大商人，就足以建立电报建设和维修公司了，金钱源源不断而来。认购者中也有萨克雷①和拜伦夫人②的名字，他们热心资助这项事业，纯粹出于道义考虑，并无任何附带的商业目的；在斯蒂芬森③、布鲁内尔④和其他伟大工程师的时代，一切与技术和机械有关的事物都在英国激起感人的乐观主义，只要登高一呼，就能为一个异想天开的冒险计划筹集到巨额资金。

铺设电缆的大致费用是在这项计划付诸实施时唯一有把握的估算。技术上究竟应如何实施，并无先例可循。在十九世纪还从来没有设想过、计划过类似规模的工程。在多佛和加莱之间的狭长水带下面铺设电缆怎么能和铺设横跨一整个大洋的海底电缆相提并论呢？前者只要从一艘普通轮船的露天甲板上卷下三四十海里电缆就行了，电缆就如同船锚离开绞盘那样缓慢地一圈一圈沉入水中。在运河铺水下电缆可以不慌不忙地等待一个风平浪静的好日子，人们对水深处的情况了如指掌，随时能观察到两岸的动静，从而避免发生任何危险的偶然事件；只要一天就能顺利完成。而在至少要连续航行三星期才能横渡的大洋铺设海底电缆，情况就大不一样，海上天气变幻莫测，长好几百倍、重好几百倍的电缆不可能一直放置

---

① 威廉·麦克皮斯·萨克雷（1811—1863），英国小说家，代表作为《名利场》。
② 指安妮·伊莎贝拉·米尔班克（1792—1860），英国数学家，一八一五年与英国著名诗人拜伦结婚。
③ 乔治·斯蒂芬森（1789—1848），英国著名的工程师和发明家，火车机车的发明者。
④ 马克·伊桑巴德·布鲁内尔（1769—1849），生于法国，法国大革命时逃到纽约，从事工程建筑，后以开凿泰晤士河底隧道闻名于世。

在露天甲板上。此外，在那个时代也没有一艘足够大的海船有那么大的货舱，能装得下由铜、铁和古塔胶制成的这个庞然大物，也承载不起它的重量。至少需要两艘主力船，并且还要有几艘船随航，以便准确地保持最短的航线，并在发生意外情况时给予救援。虽然英国政府为此目的提供了它曾在塞瓦斯托波尔海战中作为旗舰的最大军舰"阿伽门农"号，美国政府提供了吃水量五千吨的三桅快速战舰"尼亚加拉"号（这是当时最大吨位的船只了），但这两艘战舰本身都需要改建，才能各自整齐地将那连接两大洲的无尽的链条的一半装进船舱。自然，主要的问题始终是电缆本身。对连接世界两大洲的这一条巨大无比的脐带提出了难以想象的要求。一方面，这条电缆必须像钢索一样结实、拉不断，同时又要保持弹性，才能便于铺设。它必须能够承受得住任何压力、任何重量，又要像丝线一样光滑便于缠绕。它必须是实心的，又不宜塞得过于饱满，既要坚固，又要精确，精确到能把最微弱的电波传送到两千多海里外。这条巨大缆绳上任何一处有极小的裂缝、微不足道的不平整，都会破坏这十四天航程路线上的信息传送。

但是他们知难而进！现在那些工厂日夜赶制金属线，这个人不屈不挠的意志推动着所有的车轮滚滚向前。整座铜矿、整座铁矿都用来制作这条绳索，整座整座橡胶树林的橡胶树都为制作如此长的古塔胶绝缘护层而流淌胶乳。这根电缆里面的金属丝线总长三千万海里，足够绕地球十三圈，连成一条线，也足够把地球和月亮连接起来，仅从这一点，就足以形象地说明这个工程的规模何等浩大。

人类自从巴别塔①以来，还不敢尝试比这更宏伟壮丽的工程。

第 一 次 尝 试

轰隆轰隆的机器声响了一年之久，电缆像一根细细的不断的线绳从工厂出来缠绕到两艘大船内部，终于，在缠绕了好几千圈之后，两艘大船每一艘都装载了一半缠在线盘上的电缆。有制动闸和倒车装置的笨重的新机器也已安装完毕，这些机器是为了在一个星期或两三个星期内一口气不停地把电缆沉入大洋深处而设计的。包括莫尔斯本人在内的所有最优秀的电气师、工程技术专家云集船上，以便在整个电缆铺设过程中用他们的仪器不停地监控电流是否受阻，记者、画家蜂拥到舰队上来，要用语言和文字描述自哥伦布和麦哲伦以来最激动人心的这一次远航。

终于万事俱备，可以起航了，迄今为止一直是怀疑论者占上风，而现在英国举国上下转而对这一事业倾注了极大的兴趣和热情。一八五七年八月五日那一天，在爱尔兰瓦伦西亚小小的港湾，数百只小船围着装载电缆的舰船转来转去，为的是要共度这一具有世界历史意义的瞬间，亲眼看一看那巨大电缆的一端如何由小船送上海岸，固定在欧洲大陆上。告别仪式不由自主地成了隆重的庆典。政府派代表前来，人们纷纷致辞，一位牧师在感人至深的讲话中祈求上帝保佑这一大胆的行动。"啊，永恒的主啊，"他这样开始

---

① 指《圣经》中未建成的通天塔。

说，"是你独自展开天空，控制大海的巨浪，风和波涛都听从你的吩咐，请你仁慈地俯望你的仆人……请你下令清除一切障碍，排除一切可能妨碍我们完成这一重要事业的任何阻力。"随后，海滩上、海面上挥动着数千只手、数千顶帽子。陆地渐渐模糊了。人类力图把最大胆的梦想之一变成现实。

失　败

按照原先的计划，各自装载一半电缆的"阿伽门农"号和"尼亚加拉"号应一起航行到预先计算过的大洋中间某处，先在那里把两个半根的电缆对接好。然后一艘船朝西向纽芬兰航行，另一艘朝东往爱尔兰驶去。可是，第一次试验就把宝贵的整根电缆拿去冒险似乎太鲁莽了，于是选择从陆地开始铺设第一段线路，那时也还不知道这么长距离的海底电缆究竟是否能正常通话。

两艘大船里面，选中"尼亚加拉"号承担从陆地铺设电缆到大洋中心点的任务。这艘美国三桅大帆船小心翼翼地徐徐前进，犹如一只蜘蛛，不停地从它那庞大的躯体里往后面吐线。船上，下线机发出缓慢而有规律的嘎嘎声，这是所有海员都十分熟悉的绞盘转动时锚索往下滑落的古老的噪声。几小时后，就像人们并不留意自己的心脏跳动一样，船上的人对这有规律的碾磨似的声音就毫不在意了。

大船一直向外洋驶去，电缆从船的龙骨后面一刻不停地沉入大海。这次冒险行动似乎毫无冒险色彩可言。略显特别的，只是电气技师们坐在一间特别的船舱里凝神倾听，不断和爱尔兰陆地交换讯号。好极了：虽然早就看不见海岸了，海底电缆传送的讯号却像从一个欧洲城市和另一个欧洲城市通话似的清晰。船已驶过了浅水带，也已部分越过了爱尔兰后面隆起的所谓深海平台，金属线仍然一直像沙漏里的沙子一般有规律地沉入大船龙骨后面，发出消息，同时也接收消息。已经铺设了三百三十五海里电缆，亦即比多佛和加莱之间的距离还长十倍多，开头不安全的五天五夜已经安然度过，八月十一日，第六天晚上，赛勒斯·韦·菲尔德在工作和激动了许多小时后，已经准备休息。突然——怎么回事？嘎嘎响的声音停止了。犹如机车猝然刹闸时疾驶的列车上睡着的人倏然跃起，又如磨坊的水车突然停止不转时睡在床上的磨坊主猛然惊醒，船上所有的人一下子全都醒了，一齐冲上甲板。一眼就能看明白，下电缆的机器上什么东西都没有了。电缆突然挣脱了绞盘；及时拽住挣断的一端是不可能的，现在要找到掉在深海中的电缆断头并把它打捞上来就更不可能了。可怕的事情终于发生了。一个小小的技术上的差错毁掉了好几年的工作。出航时如此意气风发的远航者成了失败者返回英国，一切讯号的突然沉寂已使人们对坏消息有所准备。

又 一 次 失 败

集英雄和商人于一身的赛勒斯·韦·菲尔德是唯一坚定不移的人，他做了结算。失去什么了？三百三十五海里长的电缆，约值十万英镑的股本，使他更不好受的也许是失去无法弥补的整整一年时间。因为探险航行只有在夏天才有希望盼到好天气，而现在有好天气的季节早已过去了。在另一张纸上记载着一个小小的收获。通过这第一次尝试取得了一些好的实践经验。电缆本身证明管用，可以卷起来收藏至下一次出海。只是下缆机必须改造，这次电缆被挣断，这要命的毛病就出在下缆机上。

在等待和准备中又过了一年。还是那几艘船，到了一八五八年六月十日，才又以新的勇气，带上旧电缆再度出航。首航时电波讯号传送并无问题，因此，便又回到原先的计划，从大洋中点开始向两端铺设电缆。新的航行最初几天没有什么意义。到第七天才开始在原先计算好的地点铺电缆，因而开始真正的工作。在此之前，只不过是一次出海兜风游玩，或者说一切看上去似乎如此。机器闲置在那里，水手们依旧可以休息，欣喜自己遇上好天气，晴空无云，风平浪静，也许大海过于平静了。

但到了第三天，"阿伽门农"号船长心里暗暗不安。气压计显示水银柱以令人惊恐的速度下降。一场不同寻常的暴风雨正在迫近，第四天，暴风雨果然来了，大西洋上久经考验的水手也很少遇到这样的暴风雨。最糟糕的是风暴袭击的恰恰是英国铺缆船"阿伽门农"号。这艘前英国海军旗舰是在所有海洋并在海战中经历过最严酷考验的优秀海船，应付这种恶劣天气本来应该是绰绰有余的。不幸的是，为了能承载巨大的重量，它被彻底改造成了一艘铺缆船。但它又不像一般的货轮，那巨大电缆的全部重量都压在船舱正中，只有一部分是在船头，这么一来，后果更不堪设想，上下颠簸，倍加激烈。暴风雨就这样和它的牺牲品玩起危险万分的游戏；

船只往右、往左、朝前、朝后倾斜达四十五度角，巨浪如山似的盖过来，压到甲板上，一切东西都被打得粉碎。祸不单行，最惊心动魄的一次冲击使整艘船从龙骨到船桅激烈晃荡，甲板上堆积如山的煤堆挡板倒塌了。石头一般的煤块像黑色的冰雹砸在业已疲惫不堪、鲜血直流的水手身上。一些人摔倒负伤，厨房里大锅倒扣下来，一些人被滚水烫伤。十天风暴中，一名水手神经错乱，已经有人想要采取极端措施：把一部分要命的电缆抛进大海。幸亏船长极力反对，他不愿承担这个责任。他是对的。"阿伽门农"号经受住了十天暴风雨难以形容的考验，尽管晚了好些日子，但毕竟和其他船只在事先约定要开始下缆的大洋某处会合了。

可是现在才看出来这批缠绕了数千圈的宝贵而又娇气的电缆由于不停颠簸受到了多么严重的损害。有些地方电线乱成一团，绝缘胶层磨破了或撕裂了。尽管如此，人们仍抱一线希望，铺一段电缆做试验，其结果只是把二百海里电缆白白扔进了海里，丝毫不起作用。第二次试验又告失败，他们不是凯旋，而是偃旗息鼓悄悄返回。

第 三 次 航 行

已经得知不幸消息的伦敦股东们脸色苍白地等待他们的经理和诱骗者赛勒斯·韦·菲尔德。这两次航行花掉了一半股本，什么也没能证明，什么也没有得到；如果现在有人说"够了"，那也是可以理解的。董事长主张能救出多少股本就尽量救出多少。为此，他赞成取出船上还没使用过的剩余电缆，万不得已时也可以赔本出售，然后就一笔勾销这个荒唐透顶的铺设跨洋电缆计划。副董事长赞同他的主张，并递交了一份书面辞呈，以表明自己从今以后绝不和这个愚蠢的项目发生任何关系。然而赛勒斯·韦·菲尔德的韧性和理想主义是不可动摇的。他声称并没有失去任何东西。电缆本身出色地经受了考验，船上的电缆还足够做一次新的试验，舰队已经集结，海员已经招雇完毕。恰恰是最后一次航行的恶劣天气现在令人对风平浪静的好天气周期抱有希望。眼下需要勇气，需要再次鼓起勇气！现在不冒险做最后一次尝试，就永远没有机会了。

股东们面面相觑，越来越拿不定主意：是不是应该把他们最后这点投资交给这个傻瓜呢？毕竟，一个意志坚强的人总能够带领犹豫不决的人和自己一道前进，赛勒斯·韦·菲尔德终于促成了再度出航。一八五八年七月十七日，第二次航行失败五星期后，舰队第三次离开了英国海港。

决定性的事情几乎总是静悄悄地取得成功的，这一条古老的经验又一次得到证实。此次出航丝毫不引人注目：没有众多小船在大船周围游弋表示祝贺，没有人群聚集在海滩上，没有盛大的告别宴会，没有人发表演说，没有牧师祈求上帝保佑。就像去进行劫持行动似的，船只胆怯地悄悄驶出海港。但是大海友善地等待着他们。驶离昆斯敦十一天后，正好在事先约定的七月二十八日那一天，"阿伽门农"号和"尼亚加拉"号在大洋正中预定地点开始进行这项伟大的工作。

真是奇观——两艘大船船尾对着船尾。电缆的终端在两艘大船之间实现对接。没有任何仪式，船上人员甚至没有对这个过程表示出多大兴趣（前两次试验失败已使他们感到厌倦）。铁和铜制成的电缆在两艘大船之间沉入大海，一直下沉到测深锤从未探测过的大洋最深的底部。然后，两艘大船上的人们互致问候，旗语道别，于是英国船驶向英国，美国船返回美国。两艘船渐行渐远，成了茫无涯际的海洋上的两个小点，电缆一直把它们联系在一起——人类有史以来两艘船第一次互相看不见却能够超越风浪、空间和遥远的距离互相通话。每隔几小时，一艘船就通过从大洋深处的电讯号报告已铺完的电缆海里数，每一次另一艘船都证实由于天气很好也完成了同样距离的铺缆工作。一天就这样过去了，第二天、第三天、第四天同样如此。八月五日，"尼亚加拉"号终于可以报告说他们到达了纽芬兰的特里尼蒂海湾，美国的海岸已经可以望见，他们已铺设了一千零三十海里的电缆。"阿伽门农"号同样可以报捷，他们同样铺设了一千多海里海底电缆，他们也望见了爱尔兰的海岸。现在，人类破天荒第一次可以从一个大陆向另一个大陆，从美洲向欧洲通话。但只有这两艘船，只有在木头船舱里的这几百人知道宏图实现了。世人还不知道这个消息，他们早就忘了这个冒险行动。没有人守候在海滩上，纽芬兰和爱尔兰都没有人在那里等候，但当新的海底电缆和陆地电缆接通的那一秒钟，全人类都会知道他们共同的伟大胜利。

欢 声 雷 动

这突如其来的喜讯激起人们如醉如痴的欢乐情绪。八月初，新大陆和旧大陆几乎同时得到事业成功的喜讯，反响之强烈是无法描述的。在英国，一向谨慎的《泰晤士报》发表社论，称"这一成功大大拓宽了人类活动的空间，自哥伦布发现新大陆以来任何事件都无法与之相提并论"。整个城市呈现出一派激动人心的欢乐景象。但比起美国人暴风雨般的狂热情绪来，英国这种自豪的欢乐就显得矜持、含蓄。在美国，人们一得到消息，商店马上停止营业，街道上人潮如涌，到处是询问的、喧哗的、议论的人群。一夜之间，赛勒斯·韦·菲尔德这个毫无名气的人成了全国的大英雄，他的名字和富兰克林、哥伦布并列在一起。全城所有的人都想一睹这位"以其坚忍不拔的努力促成年轻的美洲和古老的欧洲联姻"的人物的风采，在他们后面还有上百个城市激动得颤抖和不住喧闹的人群。不过，兴奋情绪尚未达到顶点，因为传来的暂时还只是电缆铺设好了这样一条干巴巴的消息。能通话吗？原来计划的事情成功了吗？整个城市、整个国家都在等待着和凝神谛听一句话，越过大洋的第一句话。人们知道英国女王将要率先通过电缆表示祝贺，每时每刻，越来越迫不及待地期望听到她的消息。可是，由于一次不幸的偶然事故，恰恰是通往纽芬兰的电线出了故障，直至八月十六日夜间，维多利亚女王的贺电才传到纽约。

这盼望已久的消息来得太晚了，报纸已无法正式报道，只能在各电报局、编辑部张贴号外；顷刻之间，万人空巷。使出吃奶力气从拥挤喧腾的人群中硬挤过去的报童，衣服撕破了，皮肤也擦伤了。女王的贺电在剧院里、饭店里宣读了。数千个不了解电报比最快的船只还先到几天的人兴冲冲地赶到布鲁克林的港口，去迎接"尼亚加拉"号这艘和平时期凯旋的英雄船。次日，八月十七日，各家报纸刊登特大号字母标题欢呼这次胜利:《电缆工作出色》《人人欣喜若狂》《全城轰动》《普天同庆的吉时》。地球上自有种种思想以来,第一次有一个思想以其本身的速度飞越大洋,这确实是无与伦比的胜利。礼炮队鸣礼炮一百响,宣示美利坚合众国总统已答复了女王。现在再没有人敢怀疑了;晚上,纽约和所有其他城市被万盏灯火、上万火炬照得通明,每一扇窗户都灯光明亮,甚至市政厅屋顶起火也没有使人扫兴。第二天又迎来新的庆祝活动。"尼亚加拉"号抵达了,大英雄赛勒斯·韦·菲尔德就在这艘船上!欢庆胜利的人群抬着剩下的电缆穿过市区,全船人员受到款待。现在,仿佛美洲在第二次庆祝发现新大陆的节日似的,从太平洋到墨西哥湾,每一座城市都在一天又一天地举行隆重庆典。

但这还不够,不够!真正欢庆胜利的游行还要壮观,那是新大陆前所未见的极其盛大的胜利大游行。准备了两个星期,然后整个城市在八月三十一日为一个人庆祝,为赛勒斯·韦·菲尔德庆祝。有史以来,很少有帝王、统帅作为凯旋者受到他的人民如此盛大的欢迎。游行队伍很长很长,在这晴朗美好的秋日,这支队伍从城市这一头走到另一头就花了六个小时。军队走在最前面,高举旗帜穿过彩旗飘扬的街道,随后是军乐队、男声合唱团、歌咏队、消防队、学生队伍、志愿人员队伍,形成一望无尽的行列。凡是能走路的,都来游行了;会唱歌的,都在歌唱;会欢呼的,都在欢呼。赛勒斯·韦·菲尔德犹如古代凯旋的统帅,坐在一辆四驾马车上,另一辆马车上坐的是"尼亚加拉"号的指挥官,美国总统坐第三辆马车,众多市长、政府官员、大学教授跟随车后。游行之后,演讲、宴会、火炬游行接踵而来，教堂钟声朗鸣，礼炮如雷轰响；围绕着这位连接两个世界的新哥伦布，这位此时此刻成为美国最荣耀、最神圣人物的空间征服者赛勒斯·韦·菲尔德，汹涌起一波又一波狂热的欢呼声。

苦 难 深 重

这一天，千百万个声音喧嚣着、欢呼着，唯独有一个声音，那最重要的声音，在这欢庆之中令人奇怪地沉寂无声，这就是海底电缆传送的电报。也许赛勒斯·韦·菲尔德还在欢呼声四起之时对可怕的真实情况就已有预感，赛勒斯·韦·菲尔德想必为此惊恐万分：只有他一个人了解这一情况，大西洋海底电缆偏偏又在这一天停止工作，最近这些天只传来混乱的、几乎无法辨认的符号，后来电缆就像濒死者最后喘息几下，终于咽气了。在整个美洲，只有在纽芬兰操作收发电报的少数几个人知道、预感到电缆渐渐失灵这件事，他们面对极度狂热的情绪，一天天犹犹豫豫不敢把令人痛苦的消息告知狂欢的人群。可是，近日来传送的消息数量如此之少，引起了人们的注意。美国原期待现在消息会一小时一小时闪电般地越洋而来，却只等来了一些模糊的、无法确认的信息。不久，谣言传开了，说是由于迫不及待地一味追求更好的传送效果，输送了太强的电荷，把本来就不完善的电缆彻底弄坏了。人们还希望能够排除故障。但很快就无法否认讯号变得越来越不连续，越来越难以读懂。恰恰在九月一日那一天，欢庆胜利酒醉之后的第二天早晨，不再有清晰的声音和纯粹的振荡越过大洋。

人们一旦从真诚的欢欣鼓舞中清醒过来，看到他们寄予莫大希望的人使他们失望，他们是很难原谅他的。备受赞誉的电报失灵的谣言还没有得到证实，欢呼的狂澜便化为恶毒的恼怒，回过头来倾泻在无辜的罪人赛勒斯·韦·菲尔德身上。他欺骗了一个城市、一个国家、一个世界；有人在城里说，他早就知道电报要失灵，但他出于私心让大家围绕着他欢呼，利用这段时间脱手他拥有的股票，获取暴利。甚至还出现一些更加恶毒的谣言，其中最离奇的武断说法是：越洋海底电缆根本就没有真正发过报；所有的电讯都是骗局，无稽之谈，英国女王的电报是事先拟好的，不是通过越洋电报发来的。谣言说，整个这段时间内没有一条消息是清楚明白地通过大海传送过来的，邮电局长们只是凭猜测和想象把支离破碎的讯号拼凑成为电报。真正的丑闻开始了。恰恰是昨天最响亮地欢呼的那些人，现在叫嚣得最凶。整个城市、整个国家为自己过早过分的热情感到羞愧。赛勒斯·韦·菲尔德被选中成为这次暴怒的牺牲者，昨天他还被视为国家的英雄、富兰克林的兄弟和哥伦布的后继者，如今却不得不像个罪犯似的躲避他原先的朋友和敬慕者。唯一的一天创造了一切，唯一的一天毁灭了一切。失败得很惨，资金完蛋了，信用丧失了，那根无用的电缆躺在大洋深不可测的海底，像传说中缠绕地球的巨蛇。

六 年 沉 默

被遗忘的电缆在海底躺了六年，曾经在世界史的一小时中脉搏相通的两个大陆之间，再度横亘着古老而冷清的沉默达六年之久。美洲和欧洲，它们曾经有极短的时间彼此靠近，交谈过几百句话，如今又像数千年来那样，被不可跨越的重洋隔断。十九世纪最大胆的计划昨天已经接近实现，却又变成了一个传奇、一则神话。自然，不会有人想要重新开始这成功了一半的事业；可怕的失败窒息了所有的热情，使所有的力量陷于瘫痪。在美国，南方和北方之间的国内战争吸引着所有人的注意力；在英国，尽管委员会有时也还开会，但他们花了两年时间，才费劲地得出一个干巴巴的结论，说铺设海底电缆原则上是可能的。但是，从这个学术鉴定到实际行动却是一条没有人想要走的路；在这六年时间里，各项工作完全停顿下来，就像那条在海底被遗忘的电缆。

六年，在历史的长河中虽说只不过是匆匆的一瞬，但对于像电学这样年轻的科学，却不啻千年。在这一学科领域，每一年、每个月都有新的发现。发电机做得越来越精确，功率越来越大，用途越来越广，电气仪表越来越精密。曾几何时，电报网已遍及各大洲，横跨地中海，非洲和欧洲也已连通；铺设大西洋海底电缆计划长期被视为异想天开，这种观念在不知不觉之间一年年淡化。重新试验的时刻是注定要到来的；只是把新的能量注入老计划的那个人，还没有出现。

突然，这个人出现了。看啊，还是原来那个人，依然怀着同样的信念、同样的信心，还是那个赛勒斯·韦·菲尔德，他从沉默的流放中、从恶意的蔑视中复活了。他第三十次横渡大西洋，再次出现在伦敦，成功地为原先的计划筹集了新的六十万英镑资金。现在终于也拥有了多年梦想的能独力负载特大重量货物的巨轮——伊桑巴德·布鲁内尔①建造的有四个烟囱、吃水二点二万吨的著名的"伟大的东方人"号。奇迹一再出现：这艘船一八六五年那一年恰巧闲置着，因为它同样是超越时代的大胆计划的产物；因此只用两天便买下了这艘巨轮，并着手为远航进行装备。

一切从前无比艰难的事情，如今都好办了。一八六五年七月二十三日，这艘巨轮装载着一条新电缆驶离泰晤士河。尽管第一次试验失败了，由于在抵达目的前两天出现一条裂缝，电缆铺设没有成功，永无餍足的大洋又一次吞噬了六十万英镑，但为完成这一事业，技术上已经完全有把握，人们并不因此而灰心丧气。一八六六年七月十三日，"伟大的东方人"号再度出航，获得圆满成功，这一次，电缆向欧洲传送出清晰的讯号。几天以后，遗失的旧电缆找到了，于是两条电缆把旧世界和新世界连接起来成为一个共同的世界。昨天的奇迹成了今天理所当然的事情，从这一瞬间起，地球仿佛有一个唯一的心脏搏动；现在，地球上的人类从一端到另一端已能同时听见彼此的声音，彼此看得见，互相能理解，由于人类的创造力，极大地缩短了时空的距离。感谢他们对于时间和空间的这一胜利，倘若人类能世世代代团结和睦，不一再被破坏这种伟大团结的致命妄想所迷惑而不断采用赋予他们战胜自然力的那些手段来毁灭自己，那将是何等美妙啊！

（潘子立　译）

---

① 伊桑巴德·布鲁内尔（1806—1859），英国土木工程师、机械师，设计了第一艘横渡大西洋的轮船和许多著名的铁路、桥梁工程，是著名工程师马克·伊桑巴德·布鲁内尔的儿子。

逃向上帝

为列夫·托尔斯泰未完成的戏剧《在黑暗中发光》所作的尾声

1910 年 10 月末

引　言

　　一八九〇年，列夫·托尔斯泰着手写一部自传性的剧本，它后来以《在黑暗中发光》为题，作为他遗稿的片段发表和演出。这部未完成的剧本，在它第一场中就披露了，它不是别的什么，而是他的家庭悲剧的一种最隐秘的描述，他这样写显然是对一种有意逃亡尝试的自我辩护，并同时是对他的妻子的一种致歉，这即是说，是一部在极端的灵魂分裂中寻求完全道德上的平衡之作。

　　托尔斯泰在剧中塑造的尼古莱·米歇拉耶维奇·萨里恩切夫的形象，显然是他的自我写照，而且这一形象在这部悲剧中大概很少有被认为是杜撰的东西。毫无疑问，列夫·托尔斯泰塑造出这一形象是为了预先表明他写出了他生活的必然结局。但是，托尔斯泰无论是在作品中还是在生活中，无论是在当时的一八九〇年还是在十年之后的一九〇〇年，都没有这样的勇气和找到一种决断和结束的形式。出于这种意志上的弃绝，这部剧本只留下残稿，结束时主人公是完全茫然不知所措。他只是乞求地向上帝举起双手，求上帝帮助他，结束他内心的分裂。

托尔斯泰后来也没有补写这部悲剧所缺少的最后一幕，但是重要的是，他把它保留了下来。在一九一〇年十月的最后几天里，长达二十五年之久的犹豫终于变成最后的决心，危机得到了解脱：托尔斯泰经过一些充满戏剧性的冲突之后，他出逃了，而且为了去寻求那种壮丽的和典范的死亡，他出逃得正是时候，这种死亡赋予他的生活命运以完美的形式和威严。

在我看来，没有比把托尔斯泰的生活悲剧结尾补到这部残稿上更为自然的了。这里我怀着尽可能地对历史真相和事实文献的敬畏，试着把这个结局、这唯一的结局写出来。我有自知之明，不存狂妄之想，想以此来任意补充托尔斯泰的自白并与之相比美。我不是去完成这部作品，我只是去为它服务。我这里所尝试的，不是把它看作是一种完成，而是为一部没有完成的作品和一个没有解决的冲突写的一个独立成篇的尾声，唯一肯定的，是为那部未完成的悲剧写一个壮观的结局。因此，这个尾声的思想和我充满敬畏的努力都充溢其中。为一次引人注目的演出必须强调，这个尾声在时间上比《在黑暗中发光》要迟十六年，这一点特别在托尔斯泰的出场时要绝对地表现出来。他最后几年的出色的肖像可作为样子，特别是他在萨玛尔蒂诺修道院在他妹妹身边的那幅画像和在灵床上的那张照片。就是他的工作室也应当依其历史真实原样布置，它是惊人的简朴，令人肃然起敬。从纯演出的角度来看，我希望这个尾声紧接在《在黑暗中发光》片段的第四幕，但这一幕与前一幕之间要有一个较长的间歇。独立地演出这场戏不是我的意图。（托尔斯泰用他自己的名字，不再掩藏在酷似他的萨里恩切夫形象之后了。）

尾声中的人物

列夫·尼古拉耶维奇·托尔斯泰（时年八十三岁）

索菲娅·安德烈夫娜·托尔斯泰——他的夫人

阿历克山德拉·列沃夫娜（萨莎）——他的女儿

弗拉基米尔·格奥尔格维奇——秘书

杜尚·彼德洛维奇——家庭医生，托尔斯泰的朋友

伊万·伊万诺维奇·欧索林——阿斯塔波沃车站站长

希利尔·格莱戈洛维奇——警察局长

大学生甲

大学生乙

三个旅客

头两场的时间是一九一〇年十月的最后几天，地点在亚斯纳亚波利亚纳的工作室；最后一场的时间是一九一〇年十月三十一日，地点在阿斯塔波沃火车站的候车室。

第　一　场

（一九一〇年十月末，亚斯纳亚波利亚纳庄园，托尔斯泰

的工作室，简朴无华，与那张有名的照片一模一样。）

（秘书领着两个大学生进来。他俩按照俄罗斯的装束，身着高领的黑色上装，两人都很年轻，脸部轮廓鲜明。他们的举止镇定自如，与其说是拘谨，不如说是狂放。）

秘　　书　稍坐一会儿，列夫·托尔斯泰不会让你们等得太久的。我只是请求你们要考虑到他的年纪！列夫·托尔斯泰特别喜欢争论，经常会忘记他的疲劳。

大学生甲　我们问列夫·托尔斯泰的问题很少，只有唯一的一个问题，这当然对我们和对他是一个决定性的问题。我答应您，停留一小会儿，前提是，我们可以自由地谈话。

秘　　书　完全可以。越不拘形式越好。首要的是，你们不要称他为老爷，他不喜欢这样。

大学生乙　（笑了起来）这不要为我们担心，什么都可以担心，只有这点不必。

秘　　书　他已经从楼梯下来了。

（托尔斯泰迈着迅急的、像风一样的脚步进入室内，他虽然年迈，但仍显得灵活和容易激动。在他说话的时候，他经常转动手中的铅笔或揉搓一张纸头，并由于不耐烦而经常抢话。他急速走向两人，朝他们伸出手来，对每个人都犀利和敏锐地打量片刻，随后他在两人对面的那把蜡布扶手椅上坐了下来。）

托尔斯泰 你们是委员会派来见我的那两位，不是吗……（他在一封信里寻找）请你们原谅，我忘了你们的名字……

大学生甲 请您不要在乎我们的名字。我们到您这儿只是成千上万人中的两个人而已。

托尔斯泰 （尖锐地观察他）您有什么问题要问我？

大学生甲 一个问题。

托尔斯泰 （转向大学生乙）那您呢？

大学生乙 同一个问题。我们所有的人只有一个问题问您，列夫·尼古拉耶维奇·托尔斯泰，我们所有的人，俄罗斯的全体革命青年。没有别的问题，只有一个问题：您为什么不同我们站在一起？

托尔斯泰 （十分平静）如我所希望的，对这个问题我已在我的书籍中，此外也在我的一些书信里说得很清楚了，这些书信在此期间都已发表了——我不知道，你们本人是否读过我的书？

大学生甲 （激动地）我们是否读过您的书？列夫·托尔斯泰，您这样问我们太奇怪了。说读，这太微乎甚微了，我们从童年起就生活在您的书里。当我成为青年人时，您唤醒了我们身躯中的心灵。如果不是您，那又是谁教我们看到人类所有财富分配上的不公平……您的书，只有它们才使我们的心灵摆脱开一个国家、一个教会和一个统治者，他不是去保护人类而是去保护侵犯人的不义。您，只有您才决定了我们要投入我们全部生命，直到这个荒谬的制度彻底摧毁为止……

托尔斯泰 （欲打断他并说）但不是通过暴力……

大学生甲 （不予理会，率直说）自从我们说我们的语言时起，就没有对任何人像对您这样地信赖过。当我们问起自己是谁会清除不义时，我们就说是他；当我们问道，是谁会挺身而出，去消灭无耻卑鄙时，我们就说：他，托尔斯泰会去做的。我们是您的学生、您的仆人、您的奴隶，我相信我那时会为您的一次招手而死。如果我在一两年前可以踏入这幢房子的话，我会像匍匐在一个圣人面前一样匍匐在您的面前。对于我们，对于我们成千上万的人，对于整个俄罗斯的青年，列夫·托尔斯泰，直到几年之前您就是这样的人——我感到痛心，我们大家感到痛心，从那以后您就疏远了我们并几乎成了我们的敌人。

托尔斯泰 （软化下来）那么为了使我们的结盟继续下去，您认为我该做什么呢？

大学生甲 我不敢狂妄地教训您。您自己知道，是什么使您与我们整个俄罗斯青年疏远开来。

大学生乙 为什么不说出来呢？我们的事业比起彬彬有礼更为重要。终归您必须要睁开眼睛的，政府对我们的人民犯下了巨大的罪行，您不能长时间对此漠然处之。终归您必须从您的书桌旁挺身而起，公开地、明确地和不顾一切地站在革命的一边。您知道，列夫·托尔斯泰，他们以怎样的残忍手段镇压了我们的运动，现在有那么多的人在监狱里腐朽烂掉，比您园中的树叶还要多。您看到了这一切，也许您不时地在一家英文报纸上写一篇文章，谈论人的生命是如何神圣。但是您本人知道，今天光是用语言来反对这种血腥的恐怖不再有任何用处；您像我们一样知道得很清楚，现在唯一需要的是一场完完全全的颠覆、一场革命，而仅仅您的话就能为革命制造出一支军队。您把我们造就成革命者，现在，革命的时刻已经成熟了，可您却小心翼翼地转过头去，您这样做就是对暴力的赞同。

托尔斯泰 我从没有赞同暴力，从来没有！三十年来我一直致力于同所有当权者的罪行进行斗争。三十年来——你们那时还没有出生——我一直要求，比你们还要激进，要求的不仅仅是改良，而且要求的是社会关系的一种彻底的新秩序。

大学生乙 （打断他的话）可是怎么样呢？他们都赞同了您什么呢？三十年来他们都给了我们什么呢？去完成您的使命的反对正教仪式派教徒遭到的是皮鞭和射进胸中的六颗子弹。您温和宽厚的要求，您的书和您的册子使俄罗斯得到了什么改善？最终您不也看到了，您还能帮助受压迫人的不就是您让人民宽容和忍耐并用期待千年帝国的恩赐去敷衍他们吗？不，列夫·托尔斯泰，用爱的名义去感召这群狂妄之徒那是毫无用处的，即使是您用天使的舌头讲话！这些沙皇的奴仆不会为您的基督从他们的口袋掏出一个戈比，在我们用拳头捶击他们的喉咙之前，他们一步也不会退让的。人民等待他们的博爱够长的了，现在行动的时刻到了。

托尔斯泰 （相当激烈地）我知道，你们甚至在你们的宣言中称这是一种"神圣的行动"，一种煽动仇恨的神圣的行动。但是我不知道仇恨，我不要去知道仇恨，也反对那些对我们的人民犯下罪恶的人。作恶的人的灵魂是不幸的，要比遭受恶行的人更为不幸，我怜悯他，但我不仇恨他。

大学生甲 （愤怒地）可我仇恨所有那些对人类犯下罪行的人，像仇恨嗜血动物那样，毫不留情地仇恨他们。仇恨他们中的每一个人！不，列夫·托尔斯泰，您永远不能教我去同情这些罪犯。

托尔斯泰 可罪犯也还是我的兄弟。

大学生甲 如果他是我的兄弟，是我母亲的孩子，如果他对人类犯下罪行，那我就杀死他，像杀死一条疯狗一样。不，决不同情那些毫无同情心的家伙！在俄罗斯的大地上，在把沙皇和男爵们的尸体埋葬之前，不会有安宁；在我们不把他们打倒之前，不会有一个人性的和道德的秩序。

托尔斯泰 没有一个道德的秩序能通过暴力而强行建立起来，因为每一种暴力不可避免地又制造出暴力。一旦你们拿起武器，那你们就制造出新的专制。你们不是去摧毁它，而是在使它永远存在下去。

大学生甲 但是在反对强权者的斗争中，除了摧毁强权没有别的手段。

托尔斯泰 我承认，但是人们永远不应当使用一种自己并不赞同的手段。请您相信我，真正的力量在反对暴力时不是通过暴力，它是通过顺从使暴力变得无力。福音书上就这样写道……

大学生乙 （打断他的话）啊，您别提福音书了。东正教的牧师们早就用它炮制出酒来麻醉人民了。两千年前就是这样了，那个时候它就没有用处，否则的话这个世界不会充满了痛苦和血腥。不，列夫·托尔斯泰，用《圣经》今天再不能填平剥削者和被剥削者、老爷和奴仆之间的鸿沟了：在他们之间发生的灾难太多了。成百的，不，成千的有信仰和有献身精神的人今天在西伯利亚和在监狱里遭受折磨，而明天就会是成千上万的人。我问您，难道上百万无辜者就真的应当为一小撮有罪的人而继续忍受下去吗？

托尔斯泰 （镇静地）他们忍受比再度流血要好得多；恰恰是无辜的受难有助于和更好地去反对不义。

大学生乙 （狂暴地）您把俄罗斯人民近千年来遭受的无尽的苦难说得这么好听？好啊，那您到监狱里去，列夫·托尔斯泰，您问问那些受鞭刑的人，问问我们城市和乡村中忍饥挨饿的人，苦难是不是真的就这么好。

托尔斯泰 （愤怒地）肯定比你们的暴力要好得多。你们真的相信用你们的炸弹和手枪就能彻底地清除世界的罪恶？不，罪恶随后就在你们身上施展出来了，我向你们重申，为了信仰忍受苦难要比为了信仰去进行谋杀好上百倍。

大学生甲 （同样愤怒地）那好啊，如果苦难是这么好和这么有益，列夫·托尔斯泰，那您本人为什么不去受苦受难？为什么您总是向别人去赞颂殉道，而您本人却温暖地坐在自己的家里并用银餐具就餐，在这同时您的农民，我看到了，他们却衣衫褴褛，在茅屋中半饥不饱，挨冷受冻？为什么您不自己替您的那些反对正教仪式派教徒去受皮鞭之苦？他们是为了您的学说才身受折磨的啊。为什么您不最终离开这幢伯爵住宅而到大街上在风雨交加、严寒酷暑中去经历这种所谓如此美妙的贫穷？为什么您总是讲而不是为您的学说去身体力行？为什么您本人终归也不做出个榜样？

（托尔斯泰畏缩了。秘书跳到大学生甲的面前，要严厉地申斥他，但托尔斯泰已经镇静下来，轻轻地把他推到一边。）

托尔斯泰　您不要这样！这个年轻人向我的良心提出的问题是好的……一个很好的、一个非常出色的、一个真正迫切的问题。我要努力老实地回答这个问题。（他移近了一小步，振作起来，他的声音变得沙哑、委婉）您问我，为什么我不按照我的学说和我的话去自己承受苦难？我回答您，心怀极端的羞惭：如果说我这么长时间地逃避了我神圣的义务，那是……那是……因为我……太怯懦了、太软弱了或者太不诚实了，我是一个卑劣的、渺小的、有罪的人……因为上帝直到今天还没有赋予我力量去最终完成这件不应推延的事情。年轻的陌生人，您讲的话直刺我的良心。我知道，我必须做的，连千分之一都没做到；我羞愧地承认，我该离开这个奢侈的家和我感到是一种罪恶的我的生活方式，这早就是我的义务了，并且完全像您所说的那样，作为一个朝圣者行走在大街上；我知道，除了我灵魂深处的羞耻和对自己的卑鄙的屈服之外，没有别的回答。（大学生畏缩地退了一步，惊愕地沉默不语。间歇。随后托尔斯泰继续说下去，声音更加轻微）但是，也许……也许我还在受苦……也许我正因为我没有力量和不够诚实去履行我在人前说的话而在受苦。也许我的良心正在这儿受苦，比肉体上的可怕折磨更为厉害，也许上帝恰恰给我铸造了这个十字架，这幢房子令我比身处监狱、脚上戴着镣铐更加痛苦……但您是对的，这种苦难毫无用处，因为这只是一种我个人的苦难，可我却傲慢自负，还以此为荣。

大学生甲 （有些羞愧地）我请您原谅，列夫·托尔斯泰，如果我由于个人的激动而……

托尔斯泰 不，不，正相反，我感谢您！谁震动了我们的良心，即使是拳头，那对我们也是做了好事。（片刻沉默。托尔斯泰又平静地说）你们二位还有其他问题问我吗？

大学生甲 没有了，这是我们唯一的一个问题。我认为，您拒绝支持我们，这是俄罗斯的不幸，是全人类的不幸。因为没有人能再阻止这场造反、这场革命了；我感觉到了，这场革命会十分可怕，比这个地球上的所有革命都更加可怕。注定去领导这场革命的人是铁汉子，是毫不留情、意志刚强的男子汉，决不宽容。如果是您领导我们，那您的榜样能赢来成百万人，牺牲必定会少一些……

托尔斯泰 哪怕是只有一个生命因我的过错而死，我就无法在我的良心面前做出回答。

（楼下响起了吃饭的铃声。）

秘　书 （朝向托尔斯泰，打断他的话）是午饭的铃声。

托尔斯泰 （尖刻地）是呀，吃饭，闲聊，吃饭，睡觉，休息，闲聊——我们就这样有规律地生活，而其他人却要劳动，为上帝服役。

（他再度转向两个年轻人。）

大学生乙 那么说除了您的拒绝，我们没有什么能带给我们的朋友了？难道您没有一句鼓励我们的话吗？

托尔斯泰 （犀利地看着他，沉思片刻）以我的名义，把下面的话告诉你们的朋友：俄罗斯的年轻人，我爱你们，尊敬你们，因为你们如此强烈地同情你们兄弟们所遭受的苦难，因为你们要投入你们的生命去改善他们的境况。（他的声音变得生硬、有力和斩钉截铁）但在其他方面我不能听从你们，只要你们否认对所有人的人性之爱和兄弟之爱，那我就拒绝与你们站在一起。

（两个大学生缄默不语。随后大学生乙果断地踏上一步，并生硬地说）

大学生乙 我们感谢您接见了我们，感谢您的直率。我大概永远不会再站在您的面前了——那就请您也允许我这个微不足道的陌生人在告别时说一句坦率的话。我告诉您，列夫·尼古拉耶维奇·托尔斯泰，如果您认为人的关系通过爱就能够改善的话，那您就错了。这只适用于富人和衣食无忧的人。但那些从童年就饥寒交迫和毕生都在他们的老爷的统治下受苦受难的人，他们疲惫地漫长地在等待这种兄弟之爱从基督的天国里降临世界，可他们最好是信赖他们的拳头。在您死亡的前夜，我告诉您，列夫·托尔斯泰：这个世界还要淹没在鲜血之中，人们不仅要杀死老爷，也要杀死他们的孩子，撕成碎片，这样这个地球就再不会使那些坏透了的人心存幻想了。但愿您不会成为您的迷雾的证人——这是我对您的衷心希望！

愿上帝赐予您一种平静的死亡！

（托尔斯泰后退了一步，这个血气方刚的年轻人的激烈言辞令他惊愕。随后他镇静下来，向他走近一步，十分平淡地说）

托尔斯泰　我特别感谢您最后说的话。您对我的希望是我三十年以来一直渴望的—— 一种在和平中与上帝和所有人在一起的死亡。（两个大学生鞠躬退出，托尔斯泰长时间望着他们，然后他开始激动起来，并来回走动，他兴致勃勃地对秘书说）这是些多好的年轻人，那么勇敢、骄傲和坚强，这些年轻的俄罗斯人！出色极了，这些信仰坚定的热血青年！六十年前，我在塞瓦斯托波尔①就认识了他们；他们怀着同样的豪爽和大胆的目光迎向死亡，迎向危险……面带微笑，为了一种虚无就毫不畏惧地死去。他们的生命，他们抛掷的杰出的年轻生命是为了一个没有核仁的空壳，为了没有内容的空话，为了一个没有真理的思想，仅是出于欢乐而献身。好极了，这些永垂不朽的俄罗斯青年！他们怀着这样的热忱和力量就像为了一项神圣的事业一样，供仇恨和杀戮驱使！可他们使我感到宽慰！真的，这两个年轻人，他们使我感到惊愕，真的，他们是对的，该是我最终从我的软弱中振作起来了，去履行我的诺言！离死亡只有两步远了，可我还一直犹豫不决！真的，只能向年轻人学习正确的东西，只能从年轻人那里学到！

---

① 黑海边的一座要塞城市，克里米亚战争时在此发生激战，列夫·托尔斯泰参加了这场战役，担任连长。根据这次经历，托尔斯泰写了小说《塞瓦斯托波尔故事集》。

（门打开了，伯爵夫人像一阵风冲了进来，神经质，烦躁不安。她的动作摇晃不定，两眼急迫地总是迷惘地向四下望个不停。人们感到她说话时心不在焉，被一种内在的惊恐不安所左右。她的目光从秘书身边飘忽而过，仿佛他是空气似的，只是朝她的丈夫说话。她的女儿萨莎从她后面迅急登场，给人一种印象，她像是跟在母亲身后来监视她似的。）

伯爵夫人 中饭的铃声已经响过了，《每日电讯报》的编辑为你的反对死刑的文章等了半个小时了，可你却为两个这样的青年而让他站在那儿傻等。是些什么样的不懂规矩、不知礼貌的家伙！在下面时，当仆人问他们，是不是与伯爵约好了时，其中一个居然回答：不，我们不与任何一个伯爵相约，是列夫·托尔斯泰约我们来的。而你竟然与这样一些自以为是的浪荡子弟搅在一起没完没了，他们最想干的就是把世界搞个乱七八糟，像他们自己的头脑一样！（她不安地用目光在房间里逡巡）这儿怎么这样乱成一团，书放在地上，一切都一塌糊涂，净是灰尘，真的，要是有个体面的人来的话，那实在是一种耻辱。（她走向靠背椅，用手抓住它）这蜡布完全破碎了，真使人丢脸，不，不能这个样子了。好在明天有从图拉来的修理师傅到家里，要他立即把这把靠背椅彻底修一下。（没有人回答她。她不安地四下张望）那请吧，现在该下去了！不能让人家长时间等下去了。

托尔斯泰 （突然变得十分苍白和不安）我就下去，我这儿还有些东西……要归拢归拢……萨莎帮我一下……你先跟先生们聊聊，代我道歉，我随后就下去。（伯爵夫人还是对整个房间投上一瞥闪动的目光，随后下场。她刚一走出房间，托尔斯泰就冲到门前，迅急地把门锁上。）

萨　　莎　（为他的匆忙感到惊讶）你怎么啦？

托尔斯泰　（高度紧张，把手紧按在心口上，期期艾艾地说）修理师傅明天……上帝保佑……好在还有时间……上帝保佑。

萨　　莎　可这是怎么回事……

托尔斯泰　（激动地）一把刀子，快！一把刀子或一把剪子……（秘书目光陌生地从书桌旁递给他一把裁纸剪刀。托尔斯泰神经质般地开始忙了起来，并不时畏怯地向紧锁着的门望去，他用剪刀把破烂的靠背椅上的裂口剪大，然后用双手焦急地在乱糟糟的马鬃毛里搜索，终于他拿出了一封封好了的信）在这儿——不是吗……太可笑了……太可笑和太难以置信了，像一部法国的拙劣的廉价小说一样……一种奇耻大辱……我，一个神志完全清醒的男人居然在自己的家里，八十三岁时还得把自己的最最重要的文件藏匿起来，因为我的什么东西他们都翻个不停，因为他们紧跟在我的身后，搜索我的每一句话、我的每一个秘密！啊，是怎样一种耻辱，我在这座房子里的生活是怎样一种地狱般的苦难，是怎样的欺骗！（他变得更加不安起来，打开信，一边读了起来一边对萨莎说）在十三年前我写了这封信，那时我要离开你的母亲，逃出这座地狱般的房子。那是同她的诀别，一种我找不到勇气的诀别。（他那颤抖的双手把信纸弄得沙沙作响，声音不大地念给自己听）"……我不可再长期继续我十六年来一直过着的这种生活了，在这种生活中我

175

一方面不得不与你们进行斗争，另一方面又不得不鼓励你们。现在我决定做我早就应当做的事情，就是出逃……如果我公开这样做的话，那必然产生痛苦。我也许变得软弱，不去履行我的决定，可这个决定却是必须履行的啊。如果我的这一步使你们感到痛苦的话，那我请求你们原谅我，特别是你，索菲娅，行行好，把我从你的心里忘掉吧，不要找我，不要抱怨我，不要诅咒我。"（沉重地呼了口气）啊，已经十三个年头了，十三年来我一直在折磨自己，每一句话还像从前一样地真实，我今天的生活依然是那样的怯懦和软弱。我一直还是，一直还是没有出逃，还一直在等待，在等待，不知道在等待什么。我一直是知道得清清楚楚，可做起来却是一错再错。我一直是太软弱了，一直是没有毅力去反对她！我把信藏在这里，就像一个学生在老师面前把一本肮脏的书藏起来一样。当时我在交到她手中的遗嘱里请求她把我的著作的所有权赠送给全人类，不是为了我良心上的安宁，而只是为了求得家中的和平。

（间歇。）

秘　　书　列夫·尼古拉耶维奇·托尔斯泰，您相信……请允许我提个问题，要是出现意想不到的情况……您相信……如果……如果上帝把您召回的话……您的这个最后的最急迫的愿望，放弃您的著作所有权，也真的能实现吗？

托尔斯泰　（为之一怔）当然……这是说……（变得不安起来）不，我真的不知道……萨莎，你怎么看？

（萨莎转过身去，一声不响。）

托尔斯泰　我的上帝，这我没有想过。或者不：我又，我又没有完全把握了……不，我只是不要去想它而已，我又退让了，像以往面对每一项明确的和清楚的决定时总是退让一样。（他犀利地望向秘书）不，我知道，我肯定知道，我的妻子和我的儿子们，他们很少会尊重我的这个最后的意愿，就像他们今天很少尊重我的信仰和我的灵魂应尽的义务一样。他们要用我的著作去牟利，我在我的死后还要作为一个言行不一的骗子站在人们面前（他做了一个决断的动作）。但不应当，也不可以这样！该是一清二楚的时候了！就像今天那个大学生说的那样，这个真正的正直的人。世界向我要求一种行动，最终的诚实，一种明确的、纯粹的和不模棱两可的决定……这是一个标志！人在八十三岁时不可以再长时间地在死亡面前闭上眼睛，必须直视它的面孔并斩钉截铁地做出他的决定。是的，这两个陌生人很好地提醒了我：在所有无所作为后面总是隐藏着一种灵魂怯懦。人们必须清醒、真实，我最终要成为这样的人，现在是我八十三岁大限之年的时刻。（他转向秘书和他的女儿）弗拉基米尔·格奥尔格维奇和萨莎，明天我要立我的遗嘱，明确无误的、铁定的、有约束力的和无可争议的，在遗嘱里我要把我的文稿的收入，以及用此而牟取的全部肮脏的金钱，都赠给大学，赠给全人类……不可以用我为所有人和出于我的良心的痛苦而说的话与写的文字去进行任何交易。你们明天上午带第二个证人来。我不能再长时间地犹豫不决了，也许死亡已经把我握在它手中了。

萨　　莎　　父亲，停一下，我不是想说服你，但我怕出现麻烦，若是母亲看见我们四个人在一起时，她必会马上产生怀疑，那时也许你的意志在最后一刻要动摇了。

托尔斯泰　　（沉思）你说得对！在这所房子里任何纯净的、任何正确的事情都做不成，这儿的整个生活都变成了谎言。（朝秘书）您这样安排一下，你们明天上午十一点与我在格鲁蒙森林，左边那棵大树旁，黑麦地后面见面。我装作我通常散步的样子。把一切都准备好，在那儿，我希望，上帝使我坚强起来，让我最终能够摆脱掉这最后的枷锁。

（中饭的铃声第二次更为急迫地响了起来。）

秘　　书　　您现在可什么也别让伯爵夫人看出来，否则一切都完了。

托尔斯泰　　（沉重地呼了口气）可怕呀，总是得装模作样，总是遮遮掩掩。在世界面前，在上帝面前，在人们面前，在自己面前，我要成为真诚的人，可我却不能在我的妻子面前，在我的孩子们面前成为真诚的人！不，我不能这样生活，我不能这样生活！

萨　　莎　　（惊愕地）母亲来了！

（秘书迅速地到门前扭开门锁，托尔斯泰为了掩饰他的激动朝书桌走去，停在那里，把背部对向进来的伯爵夫人。）

托尔斯泰 （喘着粗气）这座房子里的谎言在毒化我，啊，哪怕我只有一次能成为真诚的，至少是在我死之前！

伯爵夫人 （匆忙地进入房间）你们为什么不下去？你总是要那么长的时间。

托尔斯泰 （转向她，他的面部表情已经完全平静下来，他缓慢地说，只是为了让别人明白他着重说的话）是啊，你是对的，我总是需要太长的时间。但重要的只有一点：时间留给人的是及时做他正确的事。

第　二　场

（在同一个房间，翌日的深夜。）

秘　　书 您今天应该早些安歇，列夫·尼古拉耶维奇，在长时间骑马和激动之后您一定很疲倦了。

托尔斯泰 不，我一点也不疲倦，只有动摇不定和缺乏信心才使人疲倦。每一种行为都使人自由，即使一项坏的行业也比无所事事要好得多。（他在房间里踱来踱去）我不知道，我今天做的是不是对，我得首先问问我的良心。我把我的著作都退还了，这使我的灵魂得到轻松，但是我认为，我不该把这份遗嘱隐藏起来，而应当有信仰的勇气把它公之于众。或许我做得不够光明磊落，为了真理之故，这事本应做得堂堂正正……不对，上天保佑，总算办妥了。生活中每跨一个台阶，就是接近死亡的一个台阶。现在只留下最最重要的，这最后的一件事，就是当终结来到时，及时地像一只野兽一样爬进密林，因为我死在这幢房子里就像我的生活一样是不真实的。我已八十三岁了，可我还一直……还一直找不到力量，使自己完全摆脱开尘世，或许我错过了正确的时刻。

秘　　书　有谁知道他的最后时刻呢！若是人们真的知道了的话，那一切就好了。

托尔斯泰　不，弗拉基米尔·格奥尔格维奇，那根本就不好。您知道一个农夫曾讲给我的那个古老的故事，说基督是怎样看待人知道自己死亡的这件事吗？从前每一个人都预先知道自己的死亡时刻，有一天，当基督来到尘世时，他看到，某些农夫不会侍弄他们的土地，生活得像是罪人似的。于是他责备他们中的一个偷懒的人，可这个可怜人却只嘟囔说：如果他不能再享受到收获的话，那他是为谁把种子播撒到地里去呢？基督认识到了，若是人预先知道他的死期的话，这并不好。从那以后，农民就侍弄他的土地直到最后一刻，好像他会永远活下去似的。这是对的，因为只有通过劳动，人们才能分享永恒。我就是今天也要这样……（他指了指他的日记）耕作我每天的土地。

（从外面传来了急促的脚步声，伯爵夫人进入房间，穿着睡袍，朝秘书抛去一瞥恶毒的目光。）

伯爵夫人　是这样……我想，你终于是一个人了……我要和您谈谈……

秘　　书　（躬身）我该走了。

托尔斯泰　再见，亲爱的弗拉基米尔·格奥尔格维奇。

伯爵夫人　（门在他身后刚一关上）他总是围着你转，就像一根牛蒡一样缠人……他恨我，恨我，他要把我从你身边拉走，这个坏透了的阴险家伙。

托尔斯泰　索菲娅，你这么说对他不公平。

伯爵夫人　我不想公平！他挤进我们中间，把你从我身边偷走了，使你与你的孩子们变得陌生。自从他来到这儿之后，我就什么也不是了，这幢房子，连你本人，现在都属于世界了，可就是不属于我们，不属于你的亲人。

托尔斯泰　但愿我真的能够如此！上帝是要这样的，人属于大家，而不为自己为他的亲人保留任何东西。

伯爵夫人　是啊，我知道他说服了你，这个我们孩子身边的盗贼，我知道他要你加紧反对我们大家。为此我再也不能忍受他留在我们家里，这个煽动者，我不要他。

托尔斯泰　可索菲娅，你知道我工作上需要他。

伯爵夫人　你找其他人，上百个都行！（摈弃地）我不能忍受他在跟前。我不要这个人挤在你和我之间。

托尔斯泰　索菲娅，好人，我求你别激动。来，坐到这儿，我们彼此安静地谈一谈，完全像过去我们生活开始时那样。索菲娅，你考虑了没有，留给我们好好谈谈的日子所剩无几了！（伯爵夫人不安地向四下张望，颤抖地坐了下来）你看，索菲娅，我需要这个人，也许我只需要他，因为我在信仰上是软弱的，索菲娅，我并不像我自己所期望的那样坚强。虽然每一天都在向我证实，远在世界各地有成千上万的人追随我的信仰。但是你懂得的，我们的凡心就是这样：为了使自己有信心，至少需要一个人的爱呀，这是一种在你身旁的、呼吸着的、能看得见的、能感受到的、能抓得住的爱呀。也许圣者在没有帮助下独自一人就能在他的修道期间济世救人，就是没有旁人在场也不会失去信心。但，索菲娅，我不是一个圣者，我是一个非常软弱并衰老的老人，除此我什么也不是。因此我必须有人在我身边，他追随我的信仰，这个信仰现在是我衰老的、孤独的生活中最最宝贵的。若是你本人，你，我四十八个年头一直敬重的你，也能接受我的宗教信仰的话，那该是我的巨大的幸福啊。但是，索菲娅，你从来不想这样做。我心灵中最最珍贵的，你对它毫无爱心，而且我怕你甚至是仇恨它。（伯爵夫人为之一动）不，索菲娅，不要误会我，我并不抱怨你。你已经给予我和世界你所能够给予的一切，那么多的母爱和关怀备至的照顾，我怎么能要求你为一种你灵魂中没有的信仰而做出牺牲；我怎么能为你不追随我内心深处的思想而责备你。一个人的精神生活，他的最后的思想在他和他的上帝之间永远是一个秘密。但是，看吧，这时一个人来到身边，终于有一个来到了我的房间，他此前为了他的信仰在西伯利亚受过苦，现在他追随我的信仰，他是我的救助者，是我亲爱的客人，他在我的内心生活上帮助我，鼓励我……为什么你不要这样一个人留在我的身边？

伯爵夫人 因为他使你疏远了我，这我不能忍受，这我不能忍受。这使我疯狂，这使我陷入病态，因为我清楚地感到，你们所做的一切都是在反对我。今天又是如此，中午时我亲眼看到他匆忙地把一张纸藏了起来，你们没有一个人能正眼地瞧我一眼：你没有，他没有，萨莎也没有！你们大家都对我隐瞒了什么。对的，我知道，我知道，你们在做反对我的坏事。

托尔斯泰　我希望，在我行将就木之时，上帝保佑我不去有意地做什么坏事。

伯爵夫人　（激烈地）那么说，你不否认，你们做了见不得人的事……是反对我的。啊，你知道，你不能像欺骗其他人那样来欺骗我。

托尔斯泰　（极端暴躁地）我欺骗其他人？你对我说这样的话，你，为了这个缘故，我在所有人面前就成了个骗子？（控制住自己）好啊，我乞求上帝，不要让我有意去犯欺骗的罪过。也许我这个软弱的人，不能总是完全说真话，但即使这样，我相信我不是个撒谎的人，不是个骗人的人。

伯爵夫人　那告诉我，你们都做了什么，那是封什么样的信，一张什么样的纸……别再长时间地折磨我了……

托尔斯泰　（走向她，非常温柔地）索菲娅·安德烈夫娜，不是我折磨你，而是你在折磨自己，因为你不再爱我了。如果你有爱心的话，那你就该信任我，甚至在你不再理解我时也信任我。索菲娅·安德烈夫娜，我求你想想吧，我们共同生活了四十八个年头啊！也许从这漫长的岁月里，你还能从被遗忘的时间里，在你天性的某个褶痕中找到对我的一丝爱情，那我求你，你把这个火花点燃起来，再试一试，像过去一样，爱我，信任我，温柔地和无微不至地对待我。索菲娅，因为我有时感到惊愕，你现在竟然如此对待我。

伯爵夫人 （惊讶和激动起来）我不再知道我是什么样子了。是的，你是对的，我变得丑陋不堪，凶狠恶毒。但是谁能忍受看到你如此折磨自己，折磨得不像个人了。这让人愤怒，上帝呀，这就成了罪过。是呀，这才是罪过，傲慢、自负、狂妄，那样急迫地去见上帝，去寻求一种对我们没有用处的真理。从前，一切都是美好的、明朗的，你像其他人一样地生活，诚实和纯洁，你有自己的工作，有自己的幸福，孩子们长大了，你快快乐乐安享晚年。可突然间你就变了，那是在三十年前，这种可怕的狂想，使你和我们大家陷入不幸。我能做什么，我直到今天也不明白是什么样的念头促使你去擦火炉、去挑水、去缝补破烂的靴子，而世界把你当作是它的一个伟大的艺术家来爱你。不，我还一直弄不懂，为什么我们清清白白地生活，勤奋、节俭、平静和单纯地生活，竟然一下子就成为一种罪过，成为对其他人的一种犯罪！不，我不懂，我无法懂，我无法懂。

托尔斯泰 （非常温和地）索菲娅，你看，这恰恰是我要对你说的：我们不能理解的东西，正是我们必须用我们爱的力量去给予信任。对人是这样，对上帝也要这样。你认为我真的就知道天理和正义吗？不，我只是信任人们诚实的行动，为此我这样严厉地折磨自己，这在上帝和众人面前不会完全没有意义没有价值的。索菲娅，你也要试试去稍微相信你不理解我所做的事情，至少要信任我追求天理和正义的意志，这样的话，一切就还会再次好起来的。

伯爵夫人　（不安地）但你要把一切都告诉我……你要把你们今天做的一切都告诉我。

托尔斯泰　（十分平静地）一切我都会告诉你的，我什么也不想再隐瞒了，或者私下里去做，在我这余日无多的日子里。我只是在等谢廖什卡和安德烈回来，那时我就要站在你们大家面前，坦率地说出我在这些日子里做出的决定。但索菲娅，你在这么短的期限里不要猜疑我，不要跟踪我，这是我唯一的、我最诚恳的请求，索菲娅·安德烈夫娜，你会满足我的请求吗？

伯爵夫人　是的……是的……一定……一定。

托尔斯泰　我感谢你。你看，通过坦率和信任一切都变得那么容易！我们在和平和友好中交谈，这多么好！你使我的心又温暖起来了。你看，当你进来时，你满脸是深深的猜疑，不安和仇恨使我感到陌生，我认不出从前的你了。现在你的额头又舒展明朗起来，我又认出了你的眼睛，索菲娅·安德烈夫娜，认出了你少女时的眼睛。已经很晚了，亲爱的，你该去休息了！我从心里感谢你。（他吻她的额头，伯爵夫人走了，临到门边她又一次激动地转过身来。）

伯爵夫人　可是你会把一切告诉我吗？一切？

托尔斯泰　（依然十分平静地）一切，索菲娅，你要记住你的诺言。

（伯爵夫人缓缓地离开，不安的目光瞥向书桌。）

托尔斯泰　（在房间里不停地踱来踱去，随后他坐在书桌旁，在日记上写了几句话。少顷他站了起来，来回走动，又一次返回书桌，沉思地翻开日记，轻声地念出）"**面对索菲娅·安德烈夫娜，我竭力使自己尽可能地平静和坚定，我相信，我或多或少地达到了使她安静下来的目的……今天我第一次看到了可能性，在善和爱中使她做出让步……啊，若是……**"

（他放下日记，沉重地喘着气，终于走到了相邻的房间，点上灯，随后他又一次返了回来，费力地把那双沉重的农夫鞋子从脚上脱了下来，脱掉上衣。然后他灭了灯，身上只穿一条宽大的裤子和工作衫进入邻近的卧室。）

（房间里有一段时间十分安静，昏暗。什么也没有发生。听不到一丝呼吸声。通向工作室的入口，门突然轻轻地、小心翼翼地被打了开来，好像小偷干的。有人光着脚进入漆黑的房间，手上拎着一盏有遮光罩的提灯，它现在朝地板抛出一束狭小的光柱。这是伯爵夫人。她畏惧地向四下张望，先是在卧室的门旁谛听，然后她蹑手蹑脚地向书桌走去，显然她已经平静下来了。摆放的提灯现在照亮了黑暗中的书桌四周，形成了一个白色的圆圈。在光环中人们只能看见伯爵夫人颤抖的双手，她先是拿起留在书桌上的日记本，开始阅读，心情极度不安，终于她小心翼翼地拉开一个又一个抽屉，越来越匆忙地在纸堆里翻来翻去，可什么也没找到。到最后她用一个抽搐的动作又把提灯拿到手中，摸索着走了出去。她脸上一片茫然，像一个梦游者的表情一样。门刚一在她身后关上，托尔斯泰就猛地一下扯开了他卧室的门。他手上攀着一盏蜡烛灯，它晃来晃去，激动竟如此可怕地攫住衰弱的老人：他窥视到了他妻子所做的一切。他疾步跟在她后面，握到了门的把手，可他突然强力地转过身来，平静而果断地把蜡烛灯放在书桌上，走到另一侧的邻门，轻轻地和小心翼翼地敲了起来。）

托尔斯泰　　（悄悄地）杜尚……杜尚……

杜尚的声音　　（传自邻室）是您吗，列夫·尼古拉耶维奇？

托尔斯泰　小点声，小点声，杜尚！你马上出来……

（杜尚从邻室出来，他也只穿了一半的衣服。）

托尔斯泰　把我的女儿阿历克山德拉·列沃夫娜喊醒，让她马上过来。然后你马上到马厩那里，叫格里戈尔备马，但让他悄声地去做，别叫家里的人注意到。你本人给我小点声！不要穿鞋，注意别让门发出响声。我们必须立即就走，别耽搁了，已经没有时间了。

（杜尚快速离开。托尔斯泰坐了下来，果断地又套上靴子，拿起上衣，匆忙地穿上，然后他找了几张纸，把它们折起来。他的动作有力但有时显得慌乱。他坐在书桌旁在一张纸上潦草地写了几句话，在这期间他的双肩不断地抽搐。）

萨　　莎　（轻轻地走了进来）发生什么事了，父亲？

托尔斯泰 我要走了，我要离开了……终于……终于决定了下来。一个小时前她向我起誓，信任我，可现在，在夜里三点钟，她偷偷地进入我的房间，翻遍了我的纸张……但这更好，这太好了……这不是她的意愿，这是另一种意愿。正如我经常请求上帝那样，时候到了，他会给我信号。他给我信号了，因为现在我有把她单独留下的一种权利了，她已经离开了我的灵魂。

萨　莎 可你要到哪儿去呢，父亲？

托尔斯泰 我不知道，我也不要知道……到哪都行，只要从这存在的虚幻中离开就行……随便哪里……地球上有许多大路，总有个地方有一领草席或一张床，供一个老人能安静地死去之用。

萨　莎 我陪你……

托尔斯泰 不，你必须留下来安慰她……她会发疯的……啊，她会受什么样的苦啊，这个可怜人……是我使她受苦……可我只能这样做，我无法再……在这儿我会窒息的。你留在这儿，等安德烈和谢廖什卡回来。然后动身赶来，我先去萨玛尔蒂诺修道院，去同我的妹妹告别，因为我感觉到了，我诀别的时刻已经到了。

杜　尚 （匆忙地返回）马车已经套好了。

托尔斯泰 那你自己去准备好，杜尚，这儿有一两张纸你藏起来……

萨　莎 父亲，你必须带上皮衣，夜里太冷了。我还要给你带上些更暖和的衣服……

托尔斯泰 不，不，什么也不要了，我的上帝，我们不能再耽搁了……我不能再等待了……二十六年来我一直在等待这个时刻，等待这个信号……快些，杜尚……会有人拦住我们，阻止我们。拿上纸张、日记本、铅笔……

杜　　尚　还有坐火车的钱，我去拿去……

托尔斯泰　不，不，不再用钱了！我再不接触钱了。他们在铁路上都认识我，他们会给我车票的，以后上帝会帮助我的。杜尚，快些。（对萨莎）你把这封信给她，这是我的诀别，但愿她能宽恕我！给我写信，告诉我，她是能忍受过来的。

萨　　莎　父亲，可我怎么给你写信呢？若是我在邮局说出你的名字、你的停留地址，那她立刻就会知道，并去追你。你必须用一个假名字。

托尔斯泰　总是撒谎！总是撒谎，总是一再地用这类偷偷摸摸的事情使你的灵魂变得卑劣……可你是对的……走吧，杜尚！……随你的便吧，萨莎……这也是好意……那我叫自己什么呢？

萨　　莎　（思考片刻）我在所有电报上署名弗洛罗娃，你称自己是 T. 尼古拉耶夫。

托尔斯泰　（由于急迫而变得慌乱起来）T. 尼古拉耶夫……好的……好的……那再见了！（他拥抱她）T. 尼古拉耶夫，你说，我该叫这个名字。又是一个谎言，又是一个！上帝保佑，但愿这是我在人们面前的最后一次撒谎。

（他急速下场。）

第 三 场

（三天之后，一九一〇年十月三十一日。阿斯塔波沃火车站的候车室。从右边的一扇大型的玻璃门可以望到外面的月台，左边有一扇小门通向站长伊万·伊万诺维奇的房间。在一些木条凳子上和一张小桌子的四周坐着一些旅客，在等待从丹洛夫开来的快车；几个裹着头巾的农妇在睡觉，有一个身穿羊皮衣的小贩，此外有一两个来自大城市的人，显然是官吏或商人。）

第一个旅客 （在读一张报纸，突然他大声说）他做得棒极了！一个老人的出色的一幕！没有人能想得到。

第二个旅客 出什么事了？

第一个旅客 他逃走了，列夫·托尔斯泰，从家里，没有人知道他到哪儿去了。他夜里动身，穿上靴子和皮衣，就这样，没有行李，也没有告别，他就这样走了，只有他的医生杜尚·彼德洛维奇陪着他。

第二个旅客 他把他妻子留在家里。这对索菲娅·安德烈夫娜可不是开玩笑。他现在已经八十三岁了。有谁能想得到他会这样做，你说，他到哪儿去了？

第一个旅客 那些在家里和报馆里的人正想知道呢。现在他们向整个世界发电报。在保加利亚边境有人看到他了，另一些人说在西伯利亚，可没有一个人知道确切的消息。这个老人，他做得好！

第三个旅客 （年轻的大学生）你们说什么？列夫·托尔斯泰从家里出走了，请把报纸给我，让我看一看。（朝报纸瞥了一眼）噢，这好极了，这好极了，他终于做出了决断。

第一个旅客 为什么说好极了？

第三个旅客 因为像他那样违背自己言论地活着是一种耻辱。他们强迫他扮演伯爵的时间够长的了，他们用谄媚讨好的声音扼杀了他。现在列夫·托尔斯泰终于能自由地用他的灵魂来向人们说话了，上帝保佑，世界通过他知道了在俄罗斯人民这儿发生什么事了。好呀，好极了，为俄罗斯祈祷和祝福，这个神圣的人终于得救了。

第二个旅客 可你们在这儿扯的也许都不是真的，也许——（他转过身，看是否有人听，于是悄声地）也许他们只是在报纸上故弄玄虚，想混淆视听，实际上是逮捕了他或驱逐了他……

第一个旅客 谁有兴趣把列夫·托尔斯泰弄走呢……

第二个旅客 他们，他们所有人，他挡住了他们的路，他们所有人，教团、警察和军队，他们全都畏怕他。已经有一些人就这么消失了，他们说是去了外国。但我们知道，说去外国意味着什么……

第一个旅客 （也是悄声地）可能是他已经……

第三个旅客 不，他们不敢。这样一个人，仅是他的一句话就比他们所有人强大有力。不，他们不敢，因为他们知道，我们要用我们的拳头把他救出来的。

第一个旅客 （急迫地）注意……留神……希利尔·格莱戈洛

维奇来了……快把报纸藏起来……

（警察局长希利尔·格莱戈洛维奇身穿制服从通向月台的玻璃大门后边现身。他立即转向站长的房间，敲门。）

站　　长　（从他的房间出来，头上戴着制帽）啊，是您啊，希利尔·格莱戈洛维奇……

警察局长　我得立刻跟您说件事情。您的夫人在您的房间里？

站　　长　是的。

警察局长　那最好在这儿了！（用严厉和命令的口气对旅客说）从丹洛夫来的快车就要到站了；请立刻腾出候车室，都到站台上去。（所有人都站起来，匆忙地向外挤去。警察局长对站长说）刚才接到了一封重要的机密电报。已经证实，列夫·托尔斯泰在出逃中前天到了萨玛尔蒂诺修道院他妹妹那里。有迹象表明，他要从那儿继续出游，从萨玛尔蒂诺开往每个方向的火车上都备有警察。

站　　长　可您告诉我，希利尔·格莱戈洛维奇老爷，这究竟是为什么啊？根本没有人在闹事啊，列夫·托尔斯泰是我们的光荣，这个伟大的人，是我们国家的珍宝啊。

警察局长　可他煽动的不安和危险比全部的革命党人都更可怕。再说，我所关心的只是去负责监视每一列火车而已。但莫斯科的人要我们的监视完全秘密地进行。因此我请求您，伊万·伊万诺维奇，替我到站台上去，我穿着制服，每个人都会认出我的。火车一到立刻就有一个秘密警察下车来，他会通知您他在沿路所观察到的。然后我要立刻上报。

站　　长　放心吧，照办。

（传来火车临站的铃声。）

警察局长　您迎向秘密警察要像一个欢迎老熟人那样不招人注意才好，知道吗？不要让旅客注意是在监视；如果我们两个人做得巧妙，那会有一份报告呈递到彼得堡最高当局的，这对我们两人都有好处：或许我们每个人也会弄到一枚乔治十字勋章的。

（火车在后面进站，发出隆隆声。站长急速冲出玻璃门。几分钟后，第一批旅客——农夫和农妇带着沉重的篮子大声嘈杂地穿过玻璃门。一些人停留在候车室内，想休息休息或喝杯热茶。）

站　　长　（突然穿门而入，他激动地朝旅客喊道）快离开候车室！都离开！快点……

人　　们　（惊愕并嘟囔道）可这为什么……我们都付钱了……为什么不能在候车室坐一坐……我们只是在这儿等慢车。

站　　长　（喊叫起来）快点，我说，都马上出去！（他焦急地推他们，又快速向敞开的门那边奔去。）到这儿来，请吧，你们把伯爵大人带到里面来！

（托尔斯泰右边由杜尚，左边由他的女儿萨莎搀扶着，费力地进来。他穿的皮衣领子高竖起来，脖子上围着一条围巾，看得出来，他包裹起来的身体在冷得发颤。在他后面有五六个人跟着进来。）

站　　长　（对挤进来的人说）留在外边！

声　　音　您让我们进来……我们只是想帮助列夫·尼古拉耶维奇……也许来点白酒或热茶……

站　　长　（无比地激动）不许任何人进来！（他粗暴地把他们推回去，挡住通向月台的玻璃门；但整段时间里人们都能看到玻璃门后面那些好奇的面孔晃来晃去，朝里面窥视。站长迅急地拿来一把扶手椅，摆放在桌子旁边。）殿下，您要不要坐下来稍微休息一会儿？

托尔斯泰　不要称什么殿下……上帝保佑，不要再叫了……不要再叫了。结束了。（他激动地向四下张望，注意玻璃门后的人群）走开……这些人走开……我要单独一个人……总是那么多人……我要单独一个人……

（萨莎奔向玻璃门，迅速用大衣把门挡住。）

杜　　尚　（这期间他与站长轻轻地交谈）我们必须立即把他扶到床上，他在火车上突然发起烧来，四十多度，我看到他的情况不好。这儿附近有好一些的旅店吗？

站　　长　没有，根本没有，在整个阿斯塔波沃都没有旅店。

　杜　　尚　可他必须马上躺到床上。您看到了，他在发高烧。这是很危险的。

　站　　长　这旁边是我的房间，能提供给列夫·托尔斯泰，这样做我会感到对我是一种荣誉……但要请您原谅……房间是太寒碜了，太简陋了……是一间公务用房，太矮，太窄……我怎么敢让列夫·托尔斯泰住里面呢……

　杜　　尚　这没有关系，无论花什么代价，我们都得首先弄一张床来。（面对托尔斯泰，托尔斯泰坐在桌边发冷，突然一阵冷战使他颤抖起来）站长先生如此好心地要给我们弄一张床来。您现在立刻好好休息，明天您就又完全恢复过来，我们能继续我们的行程。

　托尔斯泰　继续行程……不，不，我相信，我不能再旅行下去了……这是我最后的一次旅行，我已经到了目的地。

　杜　　尚　（鼓励地）别因为发一点烧就忧心忡忡，这没有什么。您只是有点感冒，明天您就完全好了。

　托尔斯泰　我觉得我现在完全好了……完全，完全好了……只是今天夜里，这太可怕了，因为我感到他们从家里来，追上了我，要把我带回到那座地狱里去……于是我站了起来，把你们叫醒，他们那么强烈地扯动我。一路上我摆脱不掉这恐惧，发烧，我的牙齿在打战……但现在，自从我到了这里……可我现在在什么地方……我从来没见过这个地方……现在突然一下子就变样了……现在我再也不害怕了……他们再也不能追上我了。

杜　　尚　肯定不能，肯定不能。您可以安心地躺在床上，没有人能找到您。

（杜尚和萨莎帮助托尔斯泰站起来。）

站　　长　（面对托尔斯泰）我请求您原谅……我只能提供一个很简陋的房间……我自己用的房间……这张床也不是很好……只是一张铁床……但我要把一切安排妥当，马上发电报，让下一趟车带来一张另外的床……

托尔斯泰　不，不，不要另外的了……太长时间了，太长时间了，我一直都用得比别人好！现在越坏，对我就越好！农夫们是怎样死法的……那也是一种很好的死法……

萨　　莎　（继续帮助他）来吧，父亲，来吧，你一定很累了。

托尔斯泰　（又一次站了起来）我不知道……我累了，你说得对，我的四肢都往下垂，我太累了，可我还去等待什么……那就像人很困，可就是睡不着，因为他在想他面前的一些美好的东西，他不想入睡，他不愿意丢掉这个念头……奇怪的是我还从来没有这样过……或许这已经就是有关死亡的事了……多年来，你们都知道，我对死亡一直怀有恐惧，一种我无法躺在自己床上的恐惧，那样我就会像一头野兽一样地吼叫起来，爬起来。现在，它已经就在房间里了，死亡，它在等待我，可我毫不畏惧地迎向它。（萨莎和杜尚把他一直搀扶到门那儿。）

托尔斯泰　（停在门旁，向里望去）这儿好，很好。狭小、低矮、贫困……我好像有一次梦到过这儿，一张陌生的床，在一间陌生的房间里，一张床，上面躺着一个人……一个衰老和疲倦的人……在等待，他叫什么来着，一两年前是我写过的①，他叫什么来着，这个老人……他曾经富有，然后就变得一贫如洗，没有人认识他，他爬到火炉边的床上……啊，我的脑袋，我的笨脑袋……他叫什么来着，这个老人……他曾经很富有，可现在身上只有一件衣衫蔽体……那个妻子，那个伤害过他的妻子，他死去时没有守在他的身边……对了，对了，我知道了，我那时在我的小说里叫他克涅依·瓦西里耶夫，这个老人。在他死去的那个夜里，上帝唤醒了他妻子的良心，她来了，玛尔法，又一次来看他……但是她来得太迟了，他躺在陌生的床上已经僵硬了，紧闭着双眼。她不知道，他是否还恨她或已经原谅了她。她再也不知道了，索菲娅·安德烈夫娜……（像醒了过来）不，她叫玛尔法……我弄错了……是啊，我要躺下来。（萨莎和站长扶他前行。托尔斯泰对站长说）我感谢你，陌生人，你让我在你的家里存身，你给了我正是野兽在森林所需要的东西……是上帝把我，克涅依·瓦西里耶夫，送到森林里……（突然十分惊恐地）快关上门，不要让任何人进来，我不要再见到人……只要单独一个人与他在一起，比生活中任何时候都更深沉更美好……

---

① 指托尔斯泰晚年写的一篇小说《克涅依·瓦西里耶夫》。

（萨莎和杜尚把他扶进卧室，站长在他们后面小心翼翼地把门关上，他呆呆地站在那儿。）

（玻璃门外有人急速地敲门。站长挡在那儿，警察局长匆忙地进入。）

警察局长　他对您说了些什么？我必须立刻全都报告上去，全都！他要留在这儿多长时间？

站　　长　他本人不知道，也没有一个人知道，只有上帝才知道。

警察局长　可您怎么能让他住在一个国家的房子里呢？这是您的公务住房，您不可以交给一个陌生人使用！

站　　长　列夫·托尔斯泰在我心里可不是陌生人。没有一个兄弟比他更亲近了。

警察局长　可您有义务事前请示。

站　　长　我已经请示了我的良心。

警察局长　好吧，您要对此事负责。我立刻去报告……太可怕了，突然间就摊上了这么一件责任重大的事！若是知道点最高当局对列夫·托尔斯泰是什么态度就好了……

站　　长　（十分平静地）我相信，最高当局对待列夫·托尔斯泰一向是很好的……

（警察局长惊愕地望着他。）

（萨莎和杜尚从房间走出，小心翼翼地关上门。）

（警察局长迅速地退场。）

站　　长　你们怎么离开了伯爵大人？

杜　　尚　他睡得十分平静，我从没有看到他的脸上是如此的安详。在这儿他终于找到了人们不曾赐予他的：和平。他第一次单独与他的上帝在一起了。

站　　长　请您原谅我这个头脑简单的人，但是我的心在颤抖，我无法理解。上帝怎么能把这么多的苦难堆积到一个人的身上，使他不得不离开他的家并死在我那张寒酸的、不像样子的床上……人们，俄罗斯人怎么能去打扰这样一个神圣的灵魂，他们该去敬畏地热爱他呀……

杜　　尚　恰恰是那些热爱一个伟人的人经常横在他和他的使命之间，他必须从那些与他最亲近的人那里逃得远远的。该来的已经来了：这种死亡才充实了他的生命，才使他的生命变得神圣。

站　　长　可是……我的心不能也不愿意理解，这个人、我们俄罗斯土地上的珍宝竟为我们这些人受苦受难，我们自己活得无忧无虑……真该为自己的活着感到羞愧……

杜　　尚　您不必为他抱怨，您这个可爱的好人；一个平淡的、卑贱的命运与他的伟大毫不相干。如果他不为我们受苦受难的话，他就不是今天属于人类的列夫·托尔斯泰了。

（高中甫　译）

199

南极争夺战

斯科特队长南纬九十度

1912 年 1 月 16 日

征 服 地 球

二十世纪俯望下的世界没有秘密。所有陆地都已被探索过了，最遥远的海洋上也有船只在破浪航行。一代人以前还默默无闻的自由欢快的地区，如今已奴颜婢膝地为欧洲的需要服务，轮船开足马力驶向寻找了许久的尼罗河的源头；第一个欧洲人半个世纪前才看见的维多利亚大瀑布顺从地用它的水力发电，亚马孙河两岸最后的原始森林被砍伐得稀疏了，唯一的处女地——西藏，也已被敲开大门。专家描述古代地图和地球仪上那"人迹未到的地区"未免夸张，二十世纪的人了解自己生存的星球。探索的意志已在寻求新的路，他必须向下潜入深海奇妙的动物世界，或者向上飞进无穷的天宇，因为只有天上才有无人走过的路；自从地球不能满足人类的好奇心亦无秘密可言以来，钢铁飞燕——飞机——便竞相冲天奋飞，力求飞上新的高度，飞到新的远方。

然而直至本世纪，地球还有一个最后的谜，在世人目光之前隐藏她的羞涩，这就是她那被肢解、受折磨的躯体上两个很小很小的尚未遭到人类的贪欲荼毒的地方——南极和北极。这两个几乎没有生物、没有知觉的小点是地球躯体的脊梁骨，千万年来，地球以它们为轴线旋转着，并守护着它们，使之保持纯洁，未被亵渎。她在这最后的秘密之前筑起坚冰的壁垒，召唤永久的冬天充当卫士防范贪婪之徒。严寒和暴风雪有如不可逾越的围墙封锁进入的通道，死亡的恐惧和危险迫令勇士却步。甚至太阳也只许匆匆看一眼这封闭的地区，从来没有人见过那里的情景。

　　近几十年来，相继有探险队前往极地。但没有一个到达目的地。现在才发现，勇士中的勇士安德烈①的尸体在什么地方的冰雪玻璃棺材中已经躺了三十三年，当年他乘飞艇飞越极地，从此一去不复返。每一次冲击都因为撞在严寒雪亮的壁垒上而遭到惨败。在这里，千万年来直至现在，地球蒙住自己的面庞，最后一次战胜自己的造物的热情。她用那处女般的、纯洁的羞涩抗拒着世人的好奇。

　　但是，年轻的二十世纪迫不及待地伸出双手。它在实验室锻造了新的武器，找到了新的铠甲防御危险，所有一切抗拒都只能激起它更大的贪求。它要知道全部真相，它在第一个十年里就要占有在它之前千千万万年里未能获取的东西。个人的勇气和民族间的竞争结合在一起。他们的斗争已不再仅仅是为了夺取极地，同时也是为

① 萨勒蒙·奥古斯特·安德烈（1854—1897），瑞典飞艇驾驶员，一八九七年驾飞艇飞越北极时遇难。

了使自己的国旗首先飘扬在新地的上空。各种族、各民族的十字军开始进军，去夺取因渴望而变得神圣的地方。从世界各地重新发起新的冲击。人类急不可耐地期待着，她知道，这是我们的生存空间最后的秘密。皮尔里①和库克②做从美国向北极进军的准备，另有两艘船只驶向南极，一艘由挪威人阿蒙德森③指挥，另一艘由一个英国人、海军上校斯科特④指挥。

斯　科　特

斯科特是一个普普通通的英国海军上校。他的履历就是一张军衔表。他在军中服役令他的上级满意，后来参加沙克尔顿⑤的探险队。他没有什么特别之处使人认为他是个英雄。从照片上看，此君的面孔和成千上万英国人一样，冷峻、刚毅，肌肉仿佛因内在的精力而凝冻了似的，毫无表情。深灰色的眼睛，双唇紧闭的嘴巴。这张显示出意志和注重实际的面孔没有一处有一丝浪漫的线条，没有一处有一道欢快的光辉。他的笔迹是很普通的英国人的笔迹，清楚、迅速、准确，没有花哨的装饰。他的文字清晰正确，真实动人，却很像一份报告，没有幻想成分。斯科特写英文就像塔西佗写

---

① 罗伯特·皮尔里（1856—1920），美国极地探险家。
② 弗雷德里克·库克（1865—1940），美国极地探险家。
③ 罗阿勒德·阿蒙德森（1872—1928），挪威探险家，当时世界上唯一到过南北两极的探险家。
④ 罗伯特·福尔肯·斯科特（1868—1912），英国皇家海军上校、南极探险家，曾到达南极，返程时罹难。
⑤ 欧内斯特·亨利·沙克尔顿（1874—1922），英国南极探险家。

拉丁文一样古朴遒劲。人们觉得他是一个毫无梦想的人，一个讲求实际的狂热派，一个地地道道的英国人，这种人即使是天才，也像水晶模子里模压出来一般，高度恪尽职守。这个斯科特已在英国历史上出现过上百次，他参与征服印度和爱琴海上的无名岛屿，在非洲搞过殖民活动，多次参加国际战役，总是以钢铁般坚强的毅力，同样的集体意识，同样冷漠、不流露感情的面孔出现。

在事实面前，人们早就感觉到他的意志坚强如钢。他要完成沙克尔顿开始的事业。他组建了一支探险队，但资金不足。这阻挡不住他。他有必定成功的把握，因此他牺牲了自己的财产，还借了债。他的妻子给他生了一个儿子，但他却像赫克托耳①再世，毫不犹豫地离开他的安德洛玛赫②。朋友和伙伴很快就都找到了，人世间无论什么都不能使他的意志屈服。那艘要把他们运送到冰海边缘的奇特的船叫作"新地"号。说它奇特，是因为它的装备是双重性的，它的一半就像是满载着活的动物③的诺亚方舟，而另一半又是有上千种仪器和书籍的现代实验室。因为要进入这空荡荡渺无人迹的世界，人在身体和精神方面不可缺少的一切都必须带去，于是原始人简陋的工具、毛皮、活的牲畜和近代最精良的复杂设备搭配在一起。整个行动就像这艘奇特的船那样，也有双重性：这是一次像一桩买卖那样仔细计算的探险，一次处处谨慎小心的大胆行动——为了应付无数意外事故必须进行种种没完没了的精密计算。

---

① 希腊神话中的人物，特洛伊战争中的英雄。
② 希腊神话中的人物，赫克托耳的妻子，以美貌与钟爱丈夫著称。
③ 指带到南极用来牵引雪橇的西伯利亚矮种马和爱斯基摩犬。

一九一〇年六月一日，他们离开了英国。那几天，盎格鲁-撒克逊岛国阳光灿烂。芳草如茵，鲜花烂漫。温暖明媚的太阳高挂在晴朗无雾的世界上空。海岸线渐渐消失的时候，他们异常激动，深知此次告别温暖，告别太阳，一去经年，有些人或许将永不返回。但是，船头飘扬着英国国旗，想到这一世界的标志也一起前往被征服的地球上唯一尚无主人的地带，他们心中深感安慰。

南 极 世 界

一月，经过短暂的休息，他们在冰海边缘，新西兰的埃文斯角附近登陆，修建了一座过冬用的房子。那里十二月和一月是夏天的两个月，因为在那里，一年里面只有这时白天才有几小时太阳在白色的金属般的天空闪亮。房子是木头墙壁，和早先那些探险队并没有什么两样，但在里面可就能感觉到时代的进步了。当年他们的先行者使用气味难闻的、冒烟的煤油灯，待在半明半暗中，厌倦了自己的面孔，不见天日的单调的白昼使他们精疲力竭；而二十世纪的这些人在他们的四壁之内却拥有整个世界、整个科学的缩影。乙炔灯投射出温暖的白光，电影放映机变魔术似的把远方的图像、春意融融之地的热带风光映现在他们眼前，一架自动发声钢琴弹奏音乐，留声机传出人的声音，资料室里有当代的知识。打字机在一间房间里面噼啪噼啪响着，另一间房间用作暗室，冲洗电影摄像机的胶带和彩色照片底版。地质学家对岩石做放射性分析，动物学家发现捕获的企鹅身上的寄生物，气象观察和物理试验交替进行；在那光线昏暗的几个月里，人人都分配了一定的工作，一个聪明的系统把孤立的研究转变为大家共同获得的教益。这三十个人每天晚上举行报告会，在冰层和极地的严寒中讲授大学课程，每个人都尽力把他的科学知识传授给另一个人，他们对世界的认识在活跃的交谈中日臻完善。这里，因为研究的专门化，谁也谈不上高傲，人们在集体中寻找相互理解。置身于史前世界的自然状态中，这三十个人在感觉不到时间流动的极度孤寂之中彼此交换二十世纪的最新成果，而在内心，他们不仅感觉到世界大时钟的钟点，而且感觉到它的分分秒秒。读到这些严肃的人多么高兴地在他们的圣诞树旁庆祝圣诞节，出版取名《南极泰晤士报》的幽默小报，在上面开些小玩笑，实在令人感动。冒出来一条鲸鱼或是一匹小矮马摔倒了这一类小事，都成了令人难忘的事件，而另一方面，非同寻常之事——炫目的极光，可怕的严寒，极度的孤寂——却成了人们习以为常的平凡现象。

在此期间，他们外出举行一些小型活动：试验机动雪橇，学滑雪，训练狗。他们修建一个仓库，为日后的长途行军做准备，日历很慢很慢地翻到了夏天（十二月），船舶穿过巨大的浮冰给他们送来家信。他们分成若干小队，现在也敢于在极度酷寒的冬季锻炼白昼行军，试验帐篷，积累经验。并不是做什么事情都能成功，然而正是困难给予了他们新的勇气。他们出去探险回来，浑身冻透了，疲惫不堪，迎接他们的是欢呼声和温暖的炉火亮光。度过了物资匮乏的数天之后，他们觉得这个位于南纬七十七度的小小的舒适的家，就是世界上最幸福的居留地了。

可是，有一天，一支探险小队从西面回来，他们带回来的消息使整所房子陷入静寂。他们说在途中发现了阿蒙德森的冬季营地：斯科特马上明白了，除了严寒和危险，还有另外一个人在和他争夺第一个揭开冥顽的地球的秘密的荣誉，此人就是挪威人阿蒙德森。他在地图上反复测量。当他知道了阿蒙德森的宿营地距离南极极地比他的营地近一百一十公里时，人们感觉到了他的惊骇。他感到震惊，但并没有因此而沮丧。"起来，去争取国家的荣誉！"他在日记里自豪地写道。

阿蒙德森这个名字在他的日记本里只出现过一次，后来再也没有出现过。可是，人们觉得，从那一天起，便有一片阴影笼罩着这冰雪严寒包围中的孤零零的房屋。从此以后，无论他在睡梦中还是醒着，这个名字无时无刻不使他感到惊恐不安。

向 极 地 进 发

观察哨设在离木头房子一里远的山冈上，每隔一小时换一次人值班。那里，在陡峭的高地上，架设了一台仪器，孤零零的，像一尊大炮，瞄准看不见的敌人：这是一台测量移近的太阳最初热量的仪器。他们等待太阳升起已经等了好几天了。反光已在黎明时分的天空变幻出神奇明丽的彩色图案，那圆盘仍未跃出地平线。但这一片天空，这充满日出前的魔幻光线的天空，反照的开始，已使这些性急难耐的人很受鼓舞。终于响起了电话铃声，从山冈上给感到幸福的人们传来了消息：太阳出来了，几个月来第一次举起她的头探进寒冬似的夜里达一小时之久。她的光十分微弱，稍显苍白，几乎不足以使冰冻的空气活动起来，她的摇曳的光波几乎不能在仪器上激起活跃的信号，但仅仅看见太阳就已使人们心中产生幸福感。为了最充分地利用这短时间的阳光，探险队进行紧张的准备工作，因为这一小段时间就意味着春天、夏天和秋天，虽然对于我们的温和的生活概念而言，它依旧一直是残酷的冬天。机动雪橇在前面开路。在它们后面是西伯利亚矮种马和爱斯基摩狗拉的雪橇。路程细心地被划分成几个阶段，每走两天，便建立一个储存点，为返回的人们储备新的服装、食物，以及最重要的东西——煤油——无限寒冷中的液化热量。全队一起出发，然后分成若干小组逐渐返回，最后一个小组是被挑选出来征服南极的人们，给他们留下最多的装备、最有活力的牲畜和最好的雪橇。

　　计划考虑得非常周密，甚至连可能遭遇到的麻烦的细节也都注意到了。但麻烦还是来了。出发两天后，机动雪橇出了毛病，动弹不了，成了一堆无用的累赘。矮种马也不像人们原先期望的那么能适应，不过，在这里，有机物工具仍然比技术工具优胜，因为半路上瘫倒不得不射杀的牲口，是爱斯基摩狗爱吃的热食物，能增强它们的体力。

　　一九一一年十一月一日，他们分几组出发。从照片上可以看到这支奇特的队伍，起初是三十人，然后是二十人，然后是十人，最后只剩下五个人，行进在没有生命存在的原始世界的白色荒原上。走在前面的始终是一个用兽皮和布裹住全身的男人，只露出胡须和向外窥视的眼睛，活脱脱是个野人。戴皮手套的手牵着一匹拉装载得很沉重的雪橇的矮种马的笼头，在他后面的那个人也是同样装束、同样姿势，后面又有一个，二十个黑点连成一条线在一片炫目的茫无涯际的雪白中向前移动。夜里他们钻进帐篷，迎着风吹来的方向挖一道雪墙给矮种马避风，早晨又开始单调而艰难的行军，他们周围冰冷的空气数千年来第一次被吸进人体。

可是，令人担忧的事与日俱增。天气一直很恶劣，他们一天走不了四十公里，往往只能走三十公里。自从他们得知在这孤单沉寂之中，有一个他们看不见的人从另一个方向朝着同一个目标前进，他们就觉得每一天都十分宝贵。在这里，每一件小事都可能变成危险。一只狗跑掉了，一匹矮种马不吃食了——凡此种种，都令人忧虑不安，因为在这荒无人烟的处所，价值发生了可怕的变化。这里每一种活牲畜的价值都提高了上千倍，甚至可以说是无法代替的。也许不朽的功业就系于一匹矮种马的四蹄，乌云满天、风暴骤来也可能使千古伟业功亏一篑。此时，健康状况又困扰着探险队，一些人害了雪盲症，另外一些人四肢冻僵了，由于不得不减少矮种马的饲料，矮种马愈来愈衰弱了，终于在快到比尔兹莫尔冰川时全部倒毙。他们在这寂寥之中和这些勇敢的牲口共同生活了两年，彼此成了朋友，每一个人都叫得出它们的名字，每一个人都上百次地爱抚过它们，现在却不得不杀死它们，实在是一件令人感伤的事。他们把这个令人伤心的地方称为"屠宰场"。一部分探险队员从这血腥的地方掉转头往回走，其余的队员准备做最后努力，踏上越过冰川的险峻路程，那环绕着极地、只有人的热情意志的火焰才能炸开的危险的坚冰崖壁。

他们每天行军的里程数越来越少，因为雪结成了坚硬的冰碴，已经无法乘坐雪橇，只能拉着雪橇往前走。坚冰划破雪橇板，双脚在穿过松的雪沙地时磨破了。但他们不退缩。十二月三十日进抵南纬八十七度，那是沙克尔顿到达的最远处。到了这里，还得有最后一批人返回去：只允许经过挑选的五个人前往极地。斯科特逐个打量他的队员。他们不敢持异议，但是心情沉重，目的地已伸手可及，却又必须回去，把首先看见极地的荣誉留给自己的伙伴。然而事情业已决定。他们再一次握手告别，像一个堂堂男子汉那样极力不流露出内心感情的激荡。之后，两组人分开了。两支很小很小的队伍出发了，一支向南，向未知之境挺进，另一支向北，回老营地去。他们一再回眸眺望，要最后再看一眼远去的朋友。不久，最后一个人的身影消失了。他们，被挑选来参加这一壮举的五个人：斯科特、鲍尔斯、奥茨、威尔逊和埃文斯，继续寂寞地向未知之境走去。

南　　极

最后这几天的日记显示出他们越来越感到不安，在南极附近，他们像指南针的蓝色指针一样颤抖起来："影子从我们右边向前移动，然后又从前面向左爬过去，围绕我们缓慢地转一圈，这段时间无比漫长！"不过，在字里行间，希望的火花闪耀得越来越明亮。斯科特越来越热情洋溢地记录业已越过的距离："距离极点只有一百五十公里了，照这样继续走下去，我们是无法坚持到底的。"日记里这样描述疲劳。两天后他写道："离极点还有一百三十七公里，这段路程对我们来说会是极其艰难的。"可是，接着，突然是一种新的、充满胜利信心的语调："再走九十四公里就到达极地了！如果说我们还没有到达，离它也已经非常近了。"一月十四日，希望变成了有把握的事情："只剩下七十公里了，目的地就在眼前！"第二天的日记里，近乎欢快的喜悦心情跃然纸上："只差五十公里这么点路程了，我们必须前进，无论付出多大代价！"从令人鼓舞的几行文字里，不难感受到他们内心的希望之弦绷得多紧，好像他们神经里的一切都由于期待和迫不及待而颤抖。胜利已在眼前，他们已伸出双手要去揭开地球最后的秘密。只要再作一次最后的冲刺，就到达目的地了。

一 月 十 六 日

"情绪高涨。"日记里这样写道。早晨，他们比往常更早出发，迫不及待地想尽早一窥那可怕而美丽的秘密的心情把他们拽出了睡袋。到下午，这五个坚持不懈的探险者走了十四公里，欢快地行进在渺无人迹的白色荒原。现在几乎不可能达不到目的了，为人类而做的决定性业绩近乎完成了。忽然，伙伴之一的鲍尔斯变得神色不安。他的眼睛死死地盯着无边无际的雪原上的一个很小的黑点。他不敢说出自己的猜测，但是，他们的心里都颤抖着同样可怕的念头：很可能是人的手在这里竖起了一个路标。他们故意竭力互相安慰。他们对自己说——就像鲁宾孙在海岛上发现别人的脚印时起初总想把它看成自己的脚印一样——这必定是冰上的一道裂缝，或者是什么东西的倒影。他们心神不宁地走近前去，依旧不断地互相哄骗，其实大家对事实真相都已了然于胸：挪威人阿蒙德森已经走在他们前面了。

不久，他们发现雪地上插着一根滑雪杆，上面高高地系着一面黑旗，周围雪地上有滑雪板划过的痕迹和狗的爪印，这分明是别人放弃的宿营地。严酷的事实粉碎了他们最后的怀疑：阿蒙德森在这里扎过营。几千年来没有生灵存在的南极，几千年来，也许自太古以来还不曾被尘世的目光窥见过的南极，在极短暂的时间内，即在十五天内，两次被人发现，这在人类历史上是极不寻常也是不可思议的事情。而他们是第二批到达的人——几百万个月的光阴流逝过去了，他们仅仅来晚了一个月——他们成了第二批，对人类来说，第一个意味着一切，第二个则什么都不是。这就是说，一切努力都是白搭，忍受匮乏成了可笑之事，几星期、几个月、几年怀抱希望简直就像发疯。"忍受千辛万苦，饥寒交迫，种种痛苦，所为何事？"斯科特在他的日记里写道，"无非为了实现梦想，现在美梦结束了。"他们热泪盈眶，尽管十分疲劳，依然夜不能寐。本来他们是想要欢呼着冲上极地的，现在却闷闷不乐，失去了希望，像被判了刑的犯人似的向着极地做最后的进军。没有一个人试图安慰另一个人，他们默默无言迈着沉重的脚步艰难前进。一月十八日，斯科特上校和他的四个伙伴抵达极地。在他之前已经有人来过，因而极地的景象没有给他留下强烈的印象，他漠然的眼睛只看到一片悲凉。"在这里能看见的一切和最后几天令人毛骨悚然的单调毫无区别"——这就是罗伯特·福尔肯·斯科特描绘的南极的全部景象。

他们在那里发现的唯一奇特的东西并非大自然所塑造，而是出自敌人之手：阿蒙德森的帐篷和放肆地、充满胜利喜悦地在被人类攻占的壁垒上空哗啦啦地飘扬的挪威国旗。那里有一封占领者的信留给继他之后踏上这块土地的那个素昧平生的第二人，请他把这封信转交给挪威的哈康国王。斯科特慨然接受嘱托，决心忠实地履行这一极其艰巨的义务：在世界面前为他人的丰功伟绩作证。而这个事业正是他自己热烈追求、力图完成的。

他们伤心地把英国国旗，这"迟到的联合王国国旗"插在阿蒙德森胜利的标志旁边，然后离开那"辜负了他们的功名心的地方"。寒风从他们身后袭来。斯科特在他的日记里写下不祥的预感："我害怕回去的路。"

毁　灭

返程的行军危险十倍。在前往极地的途中，有罗盘给他们指引方向。现在他们还必须十分注意，在几星期的行军途中一次也不允许找不到自己来时的足迹，否则就将偏离他们的储存点，那里储存着食物、服装和积聚热量的几加仑煤油。因此，每当风雪漫天，遮住视线时，他们每走一步都感觉心神不宁，因为一旦迷路，必死无疑。况且他们的身体已没有开始行军时那么充沛的精力，那时丰富的营养所含的化学能和南极之家的温暖住所都给予了他们热能。

此外，他们心中钢铁意志的弹簧松了。挺进南极时，欲图体现全人类的好奇心与渴望的超凡的希望使他们精神振奋、意气风发，他们意识到自己正在从事不朽的事业，从而获得了超人的力量。而如今，他们仅仅是在为保全躯壳而斗争，为他们肉体的存在，为无荣誉可言的返回而斗争，这样的返回也许不是他们内心最深处所渴求的，甚至可能被视为畏途。

阅读那几天的日记是可怕的。天气越来越坏，冬天比往常来得更早，松软的白雪粘在他们鞋底下，结成了厚厚的冰凌，一踩，仿佛踩在三角钉上，使他们的步履十分艰难，酷寒又折磨他们业已疲惫不堪的身体。每经过几天迷路和徘徊后到达一个储存点，他们总是发出一阵小小的欢呼，随后在他们的言谈中又总是短暂地闪耀起信心的火焰。最能证明这几个人在极度孤寂中的英雄主义精神的莫过于研究家威尔逊，他甚至在死神已来到身边时仍然坚持进行科学观察，除了一切必不可少的沉重物件之外，他还在自己的雪橇上拖了十六公斤珍稀岩石样品。

但是，人的勇气逐渐被冷酷无情的大自然的威力打败了，这里的大自然拿出它历经千万年锤炼的力量，使出严寒、冰冻、狂风、大雪等一切毁灭的手段来对付这五个勇士。他们的脚早已冻坏了，因为只能吃上一顿热饭，身体热量不足，减少食物定量后他们的身体非常衰弱，开始支持不住了。一天，伙伴们惊恐地发现他们之中的大力士埃文斯突然举止失常。他待在路旁不走，不停地抱怨所受的真实的苦难和想象的苦难；他的话莫名其妙，他们听得毛骨悚然，这个不幸的人摔了一跤或是由于可怕的痛苦神经错乱了。该拿他怎么办呢？把他扔在荒凉的冰原随他去吗？另一方面，他们必须找到储存点，一刻也不许拖延，不然的话……斯科特自己犹豫起来，没往下写。二月十七日夜里一点，这个不幸的军官死了，这时他们只差不到一天的路程就能到达那个"屠宰场"，到了那里，他们有上个月屠宰的矮种马，就可以第一次吃上较丰盛的一餐了。

现在他们四个人行军，不料灾星降临！下一个储存点带来的是令人痛苦的新的失望。那里的油太少，这就意味着必须精打细算使用最必需的物品——燃料，节省热能，那抵御冰雪严寒的唯一武器。冰冷的、暴风雪狂啸的黑夜，他们胆怯地睁着眼睛无法入睡，他们连脱毡靴的力气都没有了。但他们仍然继续艰难地前进，他们中的一人，奥茨，冻掉了脚趾还坚持走下去。风比任何时候刮得都凶猛，三月二日到达下一个储存点，又是残酷的失望：仍然是燃料太少。

现在，恐惧在言语中表露出来了。虽然斯科特极力隐藏他的恐惧情绪，可是绝望的尖叫声一再打破他强装出来的镇静。他在日记中写道："不能再这样下去了"，或"上帝保佑我们吧！这么劳累我们已无法忍受"，或"我们这出戏的结局是悲惨的"。最后，是这一可怕的认识："但愿上帝保佑我们！从人那里是没有指望能得到帮助了。"但是他们仍然咬紧牙关，拖着沉重的脚步，不抱希望地继续前进，前进。奥茨要跟上大家越来越不容易了，对他的朋友们来说他越来越是个负担，而不是帮手。有一天，中午的气温达到零下四十二摄氏度，他们不得不减慢行军速度，不幸的奥茨感觉到也明白自己会给朋友们带来灾难。他们已经在准备走最后的一步。他们让科学家威尔逊给每个人发十片吗啡，以便必要时可以加速结束自己的生命。他们又尽力和这个病人一起走了一天路，后来不幸的奥茨自己要求他们让他待在睡袋里面，把他们的命运和自己分开。他们强烈地拒绝他的建议，虽然他们全都非常明白，这样做只会减轻他们的负担。病人拖着冻僵的双脚又和大家一起走了几公里，走到夜间宿营地。他和大家一起睡到第二天早晨。清晨往外张望：外面暴风雪在怒吼。

奥茨突然站起来。"我出去走走，"他对朋友们说，"也许在外面待一会儿。"其他人战栗了。大家都知道这走一会儿意味着什么，但没有一个人敢说一句话阻拦他，没有人敢伸手给他和他告别，因为他们所有的人全都敬畏地感到：英国皇家禁卫军骑兵上尉劳伦斯·奥茨像一个英雄那样去迎接死亡。

三个体弱疲惫的人拖着沉重的脚步走在无边的铁一样冰冷的荒原上，他们已是精疲力竭，不存什么希望了，只是模模糊糊地保全自己的本能促使他们提起最后一点力量跟跟踉踉地走下去。天气越来越可怕，每个储存点都使他们深感失望，总是燃油太少，热量太少。三月二十一日，距离一个储存点只有二十公里，但是暴风狂啸，简直要吃人，他们无法离开帐篷。他们每天晚上希望第二天早晨能到达目的地；食物消耗完了，最后的希望也随之消失。燃料也已告罄，温度计显示出零下四十摄氏度。一切希望都破灭了：他们现在只能在饿死和冻死之间做出选择。置身于白色原始世界的这三个人，在一个小小的帐篷里和不可避免的结局抗争。三月二十九日，他们知道，不会有什么奇迹来救他们了，于是决定不再向厄运走近一小步，要像忍受其他一切不幸那样忍受死亡。他们爬进睡袋，始终没有一声叹息传到世界，诉说他们最后的苦难。

垂死者的书信

在寂寞地面对虽然看不见但近在咫尺的死神的这些时刻，外面的风暴像个疯子似的撞击着薄薄的帐篷，海军上校斯科特回想起与自己有关的一切。在这从来没有人声冲破的极度冰冷沉寂之中，他悲壮地意识到自己对他的民族、对全人类的亲情。心灵深处的幻影召唤由于爱、忠诚和友谊而同他联系在一起的人们的影像来到这白色荒漠，他要同他们说话。斯科特上校用冻僵的手指在濒临死亡的时刻给他挚爱的所有活人写信。

这些书信是十分奇妙的。面对死神，这些信里没有一丝一毫渺小的哀伤，字里行间似乎吹进了这没人居住的天空的水晶般澄澈的空气。信是写给几个人的，却是说给全人类听的。它们是写给一个时代的，但又是万古长存的。

他给他的妻子写信，提醒她要照顾好他最宝贵的遗产——他的儿子，提醒她主要是注意不要让他变得懒散软弱。他在完成了世界历史上最伟大的业绩后做了这样的自白："你知道，我必须强迫自己努力奋斗——以前我总是喜欢懒散。"离死只差毫厘远了，他还为自己的决定感到自豪而不是感到悔恨："关于这次旅行，我能和你讲什么呢？它比起舒舒服服待在家里好多了！"

他以最忠诚的友谊给和他共患难、一同遇难的朋友的妻子和母亲写信，为死难者的英雄气概作证。他自己是一个行将死去的人了，还以超乎常人的坚强的感情安慰他的伙伴的遗属，说这样的时刻是伟大的，这样死去是值得纪念的。

他给朋友们写信。他谦逊地谈到自己，但对整个民族无比自豪。他说，此时此刻，他以自己是这个民族的儿子、当之无愧的儿子而感到欢欣鼓舞。"我不知道我是不是一个伟大的发现者，"他写道，"但是我们的结局将证明我们的种族的勇敢精神和忍受力并未消失。"死神迫使他写出了因男子汉的倔强和心灵的羞涩而使他在一生中没能说出的友谊的自白。"您是我一生中遇到的我最仰慕、最挚爱的人，"他在给他最好的朋友的信中这样写道，"但我一直无法向您表示您的友谊对我意味着什么，因为您可以给予我的太多太多，而我却没有什么可以奉献给您。"

他的最后一封信是写给英国的，这是他所有的信件中最美的一封。他觉得有必要对他在这场事关英国荣誉的斗争中并非由于自己的过失而招致的失败辩解。他一一列举和他作对的种种偶然事件，以濒死者惊人的激情大声疾呼，吁请所有英国人切勿抛弃他的亲属。在他生命的最后一息，他所想的远不只是他个人的命运。他最后的话不是谈他自己的死，而是关于他人的生活："恳请你们千万照顾我们的亲人！"后面都是空白的信纸。

斯科特的日记一直写到最后一刻，写到手指冻僵，笔从手上滑落下来。他希望有人能在他的尸体旁发现这些足以为他和英国民族的勇气作证的篇页，这个希望支持着他做出如此超人的努力。最后一篇日记是他用已经冻坏了的手指颤颤悠悠地写下的心愿："请把这日记交给我的妻子！"但随后他又冷酷地明白无误地把"我的妻子"划掉，在上面写上"我的遗孀"这可怕的字眼。

回　　答

伙伴们在木头房子里等了好几个星期，起初信心十足，继而略感忧虑，终于愈来愈惶恐不安。两次派出探险队前往救援，都被恶劣的天气挡了回来。失去队长的队员们整个冬季待在木头房子里面无所作为，灾难的阴影罩上了他们的心头。在这几个月里，海军上校罗伯特·斯科特的命运和业绩深深锁闭在白雪和沉默之中。冰把他们封闭在玻璃棺材里，直至十月二十九日，春天降临南极，才有一支探险队出发，为的是至少要找到英雄们的尸体和得到他们的消息。十一月十二日他们到达那个帐篷，发现英雄们的尸体冻僵在睡袋里，死了的斯科特还友爱地搂着威尔逊，他们发现了书信、文件，为惨死的英雄们垒了一座坟。一个白茫茫的世界，一座小雪丘上方，一个朴素的黑色十字架孤零零地耸立着，在那下面好像永远埋藏着人类那一次英雄业绩的证据。

然而，否！他们的英雄事迹忽然奇迹般地复活了！这是我们这个现代技术发达的世界的美妙奇迹！朋友们把照片底版和电影胶带带回家，经过化学药品显影之后，斯科特和他的伙伴们向南极行进的情景和除他之外只有那个阿蒙德森得以目睹的南极风光再次出现在人们眼前。他的遗言和他的书信经由电线跃入惊叹不已的世界，在大英帝国的主教堂里，国王屈膝下跪纪念死难的英雄。看似徒劳之事，再次结出硕果，被耽误的事情化作对人类的大声疾呼，呼吁人类集中精力去完成未竟之业；在壮烈的搏击中，英勇的死，死犹胜生，奋发向上直抵无穷的意志将会从失败中复活。因为只有偶然成功和轻易得手才会燃起人们的虚荣心，而一个人在和强大的、不可战胜的命运抗争中倒下去时，却最能显示他高尚的心灵；诗人有时也创作这种亘古以来一切悲剧中最壮美的悲剧，而生活却上千次创作了这样的悲剧。

（潘子立　译）

封闭的列车

列宁

1917 年 4 月 9 日

修鞋匠家中的房客

世界大战的烽火烈焰从四面八方包围着瑞士这座和平小岛，它在一九一五年、一九一六年、一九一七年和一九一八年不间断地成为一部激动人心的侦探小说的场景。在豪华的饭店里，敌对国家的使节冷冰冰地擦肩而过，好像彼此从不认识似的，可此前一年他们还友好地在一起玩桥牌和邀请对方到自己家中做客。一大群身份不明的人的身影，在他们的住宅里出没无常。议员、秘书、随员、商人、头戴面纱或不戴面纱的贵妇人，每一个人都身负极端秘密的使命。饭店前悬挂外国国旗标志的豪华轿车络绎不绝，从车上走下来的是工业家、新闻记者、艺术界名流和外表上看来是偶尔出来野游的旅客。但几乎每一个人都有同样的任务：想打探点东西，想窥视点东西；引领他们的门房、打扫房间的女仆也都受到逼迫，去观察，去窃听。在旅馆、在公寓、在邮局、在咖啡厅，彼此敌对的机构到处都在不停地工作。称之为宣传的东西，一半是间谍活动；貌似爱的举止，其实是背叛。所有这些匆忙过客的每一项公开的活动在背后都隐藏有第二项、第三项的活动。一切都被监视，一切都被呈报；一个某种级别的德国人刚抵达苏黎世，在伯尔尼的敌方大使馆就已知道了，一个钟头之后巴黎也知道了。大大小小的特务每天都把大批的真真假假的情报送到使馆随员手里，他们再转送出去。所有的墙壁都是透风的，所有的话都受监听，能从纸篓里的废纸和吸墨纸上的字迹重新制造出一份份报告，到最终这些狂舞的群魔竟疯狂到这种地步，许多人都不知道自己是什么样的人了：是猎手还是猎物，是间谍还是间谍的对象，是被出卖的人还是出卖者。

可在那些日子里，却只有关于一个人的报告少之又少，或许他太不引人注意了，他并不进出高等饭店，不泡在咖啡馆里，不观看宣传演出，而是与他的妻子住在一个修鞋匠家里闭门索居。就在科马特河后面的一个狭隘、陈旧和起伏不平的斯皮格尔巷子里，他住在那种坚实的、屋顶隆起的老城楼房的三层楼里，房子已半被时间半被庭院中的一家小型香肠工厂熏得黑乎乎的。他的邻居是一家面包房的女工、一个意大利人、一位奥地利演员。这些人对他几乎一无所知，因为他寡言少语，邻居们只知道他是一个俄罗斯人，名字很拗口。他从他的国家逃亡多年，没有巨额的钱财，没有经营可观的贸易。女房东对这两个人的粗茶淡饭和陈旧的衣着知道得一清二楚，他俩的整个家当都装不满他们搬来时带的一个小篮子。

这个小个子男人是那样不显山露水，生活得尽可能不引人注意。他避免社交活动，同楼的人很少在他那尖削的脸上看到犀利和阴暗的目光，也很少看到有客人来访。但他有规律地每天清晨九点去图书馆，直坐到十二点关门。十二点十分他准时又回到家里，一点差十分时他离开家，再次头一个进入图书馆，一直坐到晚上六点。由于刺探情报的特务们只注意那些饶舌的人，不知道对于世界的每一场革命最危险的人永远是最孤独的人，他们读的多，学到的也多；这样一来特务们对这个住在修鞋匠家中不引人注意的人就没有什么报告可写。可在社会主义圈子里，人们恰恰都知道他，他曾在伦敦一家小型的、激进的俄罗斯流亡者杂志社做编辑，在彼得堡是某一个发音很别扭的特别党派的领袖；但由于他在谈论社会主义党的那些最有名望的人时态度非常严厉，口吻十分轻蔑，声称他们的方法是错误的；由于他难以接近和不妥协，这样一来人们对他的关心也就不多了。他有时晚间在一家小的无产者咖啡馆召集会议，参加的人顶多十五至二十个，多半是年轻人。于是人们对待这个怪僻的人，就像对待所有那些用茶和争论来使他们脑袋发热的俄国流亡者没有什么两样。没有人把这个矮小而严峻的人当回事，在苏黎世没有多少人认为注意弗拉基米尔·乌里扬诺夫这个名字是至关紧要之举，这个住在修鞋匠家里的人太默默无闻了。如果当时风驰电掣于使馆之间的豪华汽车中有一辆在路上偶尔把这个人撞死的话，那这个世界就既不会认出在乌里扬诺夫名字下，也不会认出在列宁名字下的这个人了。

实现……

有一天，那是一九一七年三月十五日，苏黎世图书馆的馆员感到惊讶，时针已指向九点，每天所有图书借阅者中那个最准时出现的人的座位却空空如也。九点半了，十点了，那个不知疲倦的读者仍没有出现，并且也不会再出现了。因为在通向图书馆的路上一个俄国朋友与他交谈起来，或者更准确地说，一个俄国已经爆发了革命的消息把他惊呆了。

列宁起初不愿意相信，这个消息令他茫然。但他随即冲到湖边的一个报摊上，脚步短促、有力；在那儿，在报纸的编辑部门前，他一小时一小时地、一天一天地在等候着消息。这消息是真实的，而且每天对他来说越来越真实可信。开始只是一次宫廷革命的传闻和表面上的内阁更迭，可随后是沙皇的退位，一个临时政府的成立，杜马、俄国的自由，政治犯的大赦——这一切是他多年的梦想，这一切，他二十年来在秘密组织里、在监狱里、在西伯利亚、在流亡中为之奋斗的一切都实现了。他突然感到，这场战争中牺牲的上百万人并不是白白地死去。他觉得他们的死并不是没有意义的，他们是殉道者，为自由、正义和永久的和平的新国家而死，这个新的国家已经破晓了，通常是冰一样的澄明和冷峻的这个梦想家感到自己像从此心醉神迷似的。现在坐在日内瓦、洛桑和伯尔尼的流亡者狭小的房间里的其他上百人欢欣鼓舞，笑逐颜开，他们都为这样的消息而兴高采烈：可以返回俄罗斯了，可以回家了，不是用假的护照，不是把名字隐匿起来，不是冒着死亡的危险进入沙皇帝国，而是以自由的公民进入自由的国家。他们都已规整好少得可怜的财物，因为报纸上还登出了高尔基言简意赅的电文："所有人都回家吧！"他们向四面八方发出电报和书信：回家，回家！聚集起来，团结一致！再次把他们的生命投入自他们生命首次觉醒就献身的事业：俄国革命。

……失望

但几天之后他们惊愕地认识到，这场像雄鹰展翅激越人心的俄国革命并不是他们梦寐以求的革命，不是一场俄国革命。这是一次反对沙皇的宫廷暴动，由英国和法国外交官所策划的，为的是阻止沙皇与德国媾和；这不是他们为之而生、为之而死的革命，而是好战的党派、帝国主义者和将军们的一个阴谋，他们不想使自己的计划受阻。列宁和他的追随者不久就看出来了，那项所有人都可以返回俄国的许诺并不适用于所有那些要求进行真正的、激烈的、卡尔·马克思式的革命的人。米留克夫①和另一些自由党人已经下达指示，阻止他们回国。那些温和的、有利于延长战争的社会主义者，如普列汉诺夫②，被用极为亲切的方式乘鱼雷艇沿途由人陪同从英国回到彼得堡，而在这同时，托洛茨基③在哈利法克斯④、其

① 米留克夫（1859—1943），俄国立宪民主党领袖，俄国二月革命后任临时政府外交部长。
② 普列汉诺夫（1856—1918），俄国第一个马克思主义宣传家，二十世纪初和列宁一起主编《火星报》等。第一次世界大战期间采取社会沙文主义立场，对十月社会主义革命持否定态度。
③ 托洛茨基（1879—1940），俄国与国际历史上最重要的无产阶级革命家之一，苏俄红军的缔造者之一，以对古典马克思主义"不断革命"和"世界革命"的独创性发展闻名于世。
④ 加拿大新斯科舍省省府，海港城市。托洛茨基于一九一七年二月革命后由美国取道加拿大回国，经哈利法克斯时被英国当局拘捕。

他的激进主义者在边境却遭到拘捕。在所有协约国的国境上都有一份黑名单，上列有在齐美尔瓦尔德召开的第三国际大会的参加者名单。列宁绝望地向彼得堡发出一封封电报，但它们不是被截留就是不予置理；在苏黎世人们毫无所知的、在欧洲几乎无人知道的，可在俄国人们却所知甚详：这个对手弗拉基米尔·伊里奇·列宁是如何的强大、如何的有力、如何的矢志不渝，又是如何的危险致命。

被拦阻回国的人束手无策，绝望日增。多年来他们在伦敦、在巴黎、在维也纳召开的总部会议上思考他们的俄国革命的战略。他们考虑到了，他们设想到了，他们也讨论了组织上的每一个细节。十几年来，他们在他们的杂志上对各种困难、各种危险和各种可能性彼此在理论上和实践上进行探讨。这个人毕生只对这样一个总体思想一再进行思考，加以修正，并最明确地把它表述出来。因为他被阻留在瑞士，他的这次革命便变了味道，被其他人搞失败了，把他的人民解放的神圣思想用来为外国人的利益效劳了。在这些日子里，列宁经历了兴登堡①在这场战争最初日子的命运，两者惊奇地类似。四十年的戎马生涯，可在俄国人进军时，他却不得不身穿平民服装坐在家里，在插着小旗的地图上关注战事的进展和那些现役将军犯下的错误。在那些绝望的日子里，通常是坚定的现实主义者的列宁此刻却在做着最荒唐不过、最异想天开的迷梦，他在考虑是否能租一架飞机飞越德国和奥地利。但第一个要给予他帮助的人却

---

① 兴登堡（1847—1934），德国元帅，一九一一年因"冒犯皇帝"而辞职，一九一四年第一次世界大战爆发时还赋闲在家，不久应召服役，被任命为集团军司令，屡建奇功。战后曾任魏玛共和国第二任总统。

是个间谍。逃走的想法变得越来越狂暴，越来越激烈：他写信到瑞典，要人给他弄一份瑞典护照，装成哑巴，这样不必回答询问。不言而喻，列宁本人总是一到清早就认识到他在想入非非的夜里所有那些荒唐念头都是行不通的。但一到大白天他也清楚了：他必须回俄国去，他必须取代其他人进行他的革命，在政治上进行真正的、诚实的革命。他必须回去，不久就回到俄国去；回去，不惜一切代价！

穿越德国：行还是不行？

瑞士处在意大利、法国、德国和奥地利之间。作为革命者的列宁，穿越协约国的道路是封锁的；作为俄国的一个臣民，作为一个敌对国家的公民，穿越德国和奥地利的道路也是不被允许的。但是出现一个荒谬的局面：列宁从德国皇帝威廉那里得到的好感却远比从俄国的米留克夫和法国的普安卡雷①那里得到的要多。德国需要在美国宣战的前夕不惜任何代价与俄国媾和。这样一来，这个会给美国和法国在俄国的使节们造成麻烦的人就成了他们欢迎的一个帮手。

但是采取这样一个步骤却要承担巨大的责任，列宁在他的文章里上百次辱骂和威胁的德意志帝国怎能突然与它进行接触谈判？因为在所有迄今的道德意义上，在战争中得到敌方总参谋部允许进入

---

① 雷蒙·普安卡雷（1860—1934），一九一三年至一九二〇年任法国总统。

和穿行敌对国家，这无疑是种叛国行为；列宁当然知道，他这样做必定使自己的政党和自己的事业遭到攻讦，他会被怀疑拿了德国政府的钱财，作为被雇用的特务派回俄国，而且一旦他的立即媾和的纲领实现的话，他就要永远承担历史的罪责——阻碍俄国取得胜利的和平。不言而喻，不仅仅是那些温和的革命者，就是列宁的大多数志同道合的人也会感到愕然，他怎么宣布，迫不得已时他要走这条最最危险、最最受人诋毁之路？他们惊诧地指出，早就通过瑞士社会民主党人进行了谈判，用交换战俘的合法和中立的手段把俄国革命者遣返回国。但列宁认识到，这条路会变得漫长，俄国政府会人为地和蓄意地拖延下去，旷日持久，遥遥无期；而他知道，现在每一天和每一小时都是决定性的。他看到的只有目的，而其他人很少有胆量、很少有魄力去决定做出一项按现存的规则和观点看来是背叛性的举动。但列宁内心打定主意，并表明他个人承担他与德国政府商谈的责任。

协　　定

　　列宁正因为知道他采取的步骤引人注目和富有挑战性，他就要做得堂堂正正、光明磊落。瑞士工会书记弗里茨·普拉顿①受他的委托前去会见德国使节，向他提出了列宁的条件；在此之前，这位使节已经在同俄国流亡者进行商谈了。这个矮小的、并不闻名的流

① 弗里茨·普拉顿（1883—1942），瑞士共产党人、职业革命家，曾任瑞士民主党书记。一九一七年四月安排列宁从瑞士返回俄国，后参加第三国际工作。

亡者——他好像已经预见到了他即将获得的权威——绝不是在向德国政府提出一项请求，而是向它提出条件；只有在这些条件下，这个旅行者才准备接受德国政府提供的便利：承认这节车厢具有治外法权。进出车厢均不得检验护照或身份证明。他们自己交纳正常的费用。个人不得被强行带离或擅自离车。罗堡伯格部长把这些情况上报，直呈到鲁登道夫①手中，他当然应允，尽管他在自己的回忆录中对这项世界历史上，也许是他在生活中最重大的决定丝毫没有谈及。德国使节还试图对列宁提供的尚存歧义的文本中某些细节进行修改，如不仅是俄国人，而且像拉狄克②这样一个同行的奥地利人也不受检查。但德国政府像列宁一样太着急了，因为在这一天，四月五日，美国已经向德国宣战了。

四月六日中午，弗里茨·普拉顿收到值得纪念的决定："诸事已按所希望的那样安排妥当。"一九一七年四月九日，下午二时半，一小群衣着寒酸的人，手提箱子从扎林格尔霍夫旅馆动身前去苏黎世火车站。他们一共二十三个人，其中有妇女和儿童。在男人中间只有列宁、季诺维也夫③和拉狄克的名字日后为人所知。他们用了一顿简单的午餐，共同签署一份文件，他们知道《小巴黎人》报上的一份报道，说俄国临时政府意欲把穿越德国的旅行者当作叛国犯加以对待。他们用笨拙的呆板的字体签下了他们的名字，声称他们对这次旅行承担全责并同意所有的条件。一切准备停当，他们安静

① 鲁登道夫（1865—1937），德国陆军将领，第一次世界大战时为兴登堡的参谋总长。
② 卡尔·拉狄克（1885—1939），共产国际早期领导人。
③ 季诺维也夫（1883—1936），俄共领导人之一，曾任共产国际主席。

而果断地开始了这次具有世界历史意义的行程。他们抵达车站没有引起丝毫注意，没有出现一个新闻记者，也没有出现一个摄影记者。在瑞士，有谁认识这位乌里扬诺夫先生呢？他戴着一顶揉皱了的帽子，穿着一件陈旧的上衣和一双笨重得可笑的矿山鞋（他一直穿到瑞典），混在这群提箱拿篮的男人和妇女中间，静静地、不引人注意地在车厢中找寻一个位置。这些人看起来和其他大量的移民一样，都是来自南斯拉夫罗塞尼亚①和罗马尼亚，他们经常在苏黎世街头坐在他们的木箱子上，在人们把他们继续运到德国海港并从那里越过大洋之前休息几个钟头。不赞成这次旅行的瑞士工人党没有派代表前来送行，只有一两个送来少许食品和向家乡捎去问候的俄国人前来；还有一两个人来，是为了在最后几秒钟提醒列宁这是一次“没有意义的、犯罪的旅行”。但决定已经做出了。三点十分，司机发出了信号。列车滚动起来，朝戈特马丁根——德国的边境站驶去。三点十分，从这个时刻起，世界的时钟有了另一样的走法。

封 闭 的 列 车

上百万颗毁灭性的炮弹在世界大战中投射出来，工程师们在设计重量更重、破坏力更大、发射更远的炮弹。但是在现代历史上没有一颗炮弹比这趟列车射得更远、更能决定命运的了。这趟列车装载着这个世纪最危险、最坚定的革命者，此刻正从瑞士边境呼啸着

① 指加利西亚、布科维纳和喀尔巴阡山地区，它被波兰、俄国等瓜分、统治。罗塞尼亚人今多已与乌克兰人融为一体。

穿越德国，前往彼得堡，到那儿去炸毁时代的秩序。

这颗独特的炮弹——一趟有二等和三等车厢的列车在戈特马丁根停在线路上；妇女和孩子乘二等车厢，男人们乘三等车厢。一条粉笔线标明是中立区，它把俄国人的领地与两个德国军官的包厢分离开来，这两个军官是陪同运送这批活生生的烈性炸药的。列车没有发生任何情况，滚滚向前，穿越黑夜。只是在法兰克福时突然拥来一群德国士兵，他们听到俄国革命者穿越旅行的消息。他们，还有德国社会民主党人想与这些旅行者进行交谈的企图都被拒绝了。列宁知道得很清楚，如果他在德国土地上与一个德国人说上唯一的一句话，也会遭到怀疑。在瑞典，他们受到了隆重的欢迎。他们饥肠辘辘地扑向瑞典的餐桌，提供的丰美早餐对他们来说如同难以置信的奇迹。随后，列宁才换掉那双笨重的矿山靴，让人给他买了一双新鞋和几件衣服。俄国边界终于到了。

炮弹发射出去了

列宁在俄国土地上的第一个举动是独具特色的：他不是去看人，而首先是扑到报纸上。他已经有十四年不在俄国了，他没有看到土地、国旗和身穿制服的士兵。但这个有钢铁般意志的思想家不像其他人那样热泪盈眶，不像女人们那样去拥抱惊恐得莫名其妙的士兵。报纸，首先是报纸，《真理报》，去检查它们，看每一页是否坚决地站在共产国际的立场上。他愤怒地揉碎了报纸。不，不够，还一直是些祖国的废话，还一直是些爱国主义的滥调，还一直不完全是他的纯粹的革命思想。他感到，他回来得是时候，去扭转舵轮，去实现他的生活理想，不管是胜利还是失败。但是他能做到吗？这是最后的不安、最后的担心。米留克夫不会在彼得堡——那时还叫这个名字，但不会太久了——让人把他逮捕吗？前来迎接他的朋友加米涅夫①和斯大林在阴暗的三等车厢里——灯光黯淡，一片朦胧——脸上露出隐约的奇怪的神秘的微笑。他们没有回答，或者他们不想回答。

　　然而现实做出的回答却是闻所未闻。当列车驶入芬兰火车站时，巨大的广场上挤满了数以万计的工人、擎着各式各样武器前来保护他的人群在等候这个流亡归来的人。《国际歌》呼啸而起。弗拉基米尔·伊里奇·乌里扬诺夫现在走出了车厢，这个前天还住在修鞋匠家中的男人，被上百只手抓住，被举到一辆坦克上面。大楼上、要塞上的探照灯朝他扫了过来，他从坦克上向人民做了他的第一次演讲。大街震颤起来，不久"震撼世界的十天"② 开始了。炮弹发射出去了，一个帝国、一个世界被摧毁了。

（高中甫　译）

---

① 加米涅夫（1883—1936），俄共领导人之一，十月革命后任全俄中央执行委员会主席。一九三二年被开除出党，一九三六年被处决。
② 指十月革命开始的十天。美国记者约翰·里德目睹了十月革命，著有《震撼世界的十天》。

西塞罗之死 *

公元前 43 年 12 月 7 日

当一个聪明的可不怎么勇敢的人路遇一个强者时，最为明智的
办法就是避开他，毫不羞愧地退让一边，直到路重新空出来为止。
马库斯·图留斯·西塞罗，罗马帝国的第一个人文主义者，演讲的
大师，法律的保卫者，在三十年的漫长时间里一直为继承下来的法
律和共和国而不懈地努力；他的演讲已刻入历史的编年史，他的文
学著作已刻入拉丁语言的条形石。与喀提林①的无政府主义作对，
与威勒斯②的贪赃枉法以及与战功赫赫的将军们的咄咄逼人的独裁
专制为敌。他的《论国家》一书在他所处的时代里被当作是理想的
国家形式的道德法典。但一个强者来了。这个人就是尤利乌斯·恺
撒，开始时西塞罗作为一个老一代的人，一个更孚众望的人，毫无
猜忌地帮助他，可此人却在一夜之间用他的高卢军团使自己成为意
大利的统治者；作为军事权力擅权独断的主宰者为了戴上皇冠，他
只须把手一伸，安东尼就会在聚集起来的人群面前亲自奉上。一当

恺撒专断地践踏法律时，西塞罗就与他这种独裁统治进行徒劳的斗争。他曾无望地向自由的最后捍卫者们发出与这个暴虐者斗争的号召。但是士兵一再表现得比言词强大。恺撒是一个有才智的人，同时是一个有作为的人，他不停地取得胜利，如果他像大多数独裁者那样渴望复仇，那他在取得他的决定性胜利之后，会不假思索地把这个固执的法律捍卫者清除掉，或至少是剥夺他的公权。在胜利之后，尤利乌斯·恺撒看重他的那些军事上的胜利，他更为看重西塞罗的巨大勇气。他没有任何羞辱的企图，让这个失败的反对者活下去，唯一的建议是让他离开政治舞台，这个政治舞台，只属于他一个人，在这个舞台上其他人担当的只是一个缄口和服从的跑龙套的角色。

对一个有才智的人说来，没有什么比被排斥出公众生活和政治生活更为幸运的事了；它把思想家、艺术家从他们没有尊严的，只有暴力或者阴谋诡计大行其道的领域里逼了出来，驱回到他们内心没有被触动和没有被毁坏的属地。每一种流亡的形式对于一个有才智的人都是集聚内心力量的一种鞭策。西塞罗在最美好最幸福的时

---

* 西塞罗（前106—前43），古罗马政治家、学者、演说家、作家、律师；先后任执政官、行省总督等职；力主共和政体，反对独裁专治；恺撒被刺后，抨击安东尼的独裁统治。安东尼、屋大维、雷必达结成后三头同盟，不久西塞罗被安东尼杀害。他的演说内容充实，铿锵有力，词藻华丽，富煽动性，留下多篇范例，是后代演说艺术的楷模。他在哲学、政治方面有多种著作，为后世留下了弥足珍贵的遗产。

① 喀提林（约前108—前62），罗马共和国末期的贵族，竞选执政官失败，阴谋策动政变，西塞罗发表演说，揭露喀提林阴谋，喀提林逃出罗马。后喀提林率部向罗马进军，被击溃，阵亡。

② 威勒斯（约前115—前43），罗马行政长官，因贪赃枉法而臭名昭著。在西西里任总督，敲诈勒索，巧取豪夺，西塞罗对他提出控告。

刻遭遇了这种值得庆幸的磨难。这位伟大的雄辩家正逐渐接近生活的晚年，持续不断的风暴和紧张的生活只给他留下少许的时间去进行创作上的梳理。这个六十岁的人在他一生的狭窄空间里经历了那么多相互矛盾的事情！借助毅力、机敏和智力上的优势，曾经作为新秀的他克艰克险，赢得了一系列的公职和荣誉，而这通常对一个外省的小人物是不可能的，公职和荣誉只令人嫉妒地保留给出身贵族的后裔。他经历了高得不能再高的公众宠爱，感受到了深得不能再深的公众屈辱：喀提林失败之后他在凯旋声中登上了卡皮托城堡①上的台阶，被民众戴上花冠，被元老院授予"祖国之父"的荣誉头衔；而另一面，在一夜之间他被流放，被同一个元老院判决，被同一群民众所抛弃。他没有供职其间的公职，没有他由于不懈的努力而获得的高位。他曾在法庭上主持过审判，他曾在战地上作为军人指挥过军团，他曾作为执政官，执掌共和国的政权，作为行省的副执政执权政务，数以百万计的塞斯特斯②通过他的双手进出，由于他的双手债务累累，他曾拥有帕拉丁山上的美轮美奂的住宅，而现在他看到它成为一片废墟，被他的敌人焚烧和捣毁。他写过值得怀念的论文，做过经典性的演说，他生育过孩子，他失去了孩子，他曾经勇敢过，懦弱过，执拗过，随后又被赞誉过，十分受人羡慕，十分受人仇视，他有一种像天气一样风云莫测的性格，总而言之，是他那个时代最吸引人也是最令人激动的人物。因为这与从

---

① 元老院所在地。
② 古罗马的一种货币。

马略①到恺撒四十年间发生的所有事件完全不可分离地联结在一起。时代历史、世界历史没有其他人像西塞罗那样经历过和活了下来。只有一点——这是最重要的——从没有给他留下时间观察自己的生活。在他那追逐名利的狂热中，这个永不停下来的人从来没有找到时间，静下心来好好地去思考，去总结他的知识、他的思想。

现在恺撒的篡权夺位终于把他排除出国家事务，给了他机会去从事他个人富有成果的事业，这个世界的头等大事；西塞罗弃绝地离开了法庭、元老院和尤利乌斯·恺撒的专制帝国。这位被罢黜者开始在公众面前，克制住自己的不快。他绝望了，其他人来保卫民众的权利，角斗士和赌博比他们的自由更为重要；对他而言，他现在只有去寻找、去创造更多的、自己的、内心的自由。马库斯·图留斯·西塞罗在花甲之年第一次静心深思，向世界表明，他为何而作，为何而生。

这位天生的艺术家，他只是出于疏忽而从书籍的世界陷进政治的泥潭，现在西塞罗试着明确地去塑造符合自己年纪和自己内心深处渴求的生活。他离开了罗马这座喧嚣的都城，回到图斯库卢姆，今日意大利的弗拉斯卡蒂，他的住宅四周是意大利最优美的风景之一。柔和的深绿色的树浪沿着山阜涌向坎帕尼亚平原，泉水用银色的乐音冲破了荒野的寂静。在市集上，在讲坛上，在战争时期和在驿车中，在多年之后这位创作力充沛的沉思者终于在这儿完全敞开了他的灵魂。那座充满诱惑力、疲惫不堪的城市，它离得远远的，

① 马略（前157—前86），古罗马统帅，前后七次任执政官。

犹如地平线上的一片光秃秃的烟雾。但它确也离得足够近了，朋友们经常前来进行极富机智又令人激动的交谈；他的挚友阿提库斯①，或者年轻的布鲁图斯，年轻的卡西乌斯，甚至有一次是一个危险的客人——伟大的独裁者本人，尤利乌斯·恺撒。但是罗马的朋友们却没有前来，可另外一些朋友在场，出色的、永不令人失望的伙伴，不管是沉默不语还是喋喋不休：他的书籍。一座杰出的图书馆，一座真的是永不枯竭的智慧的蜂房。西塞罗把它建造在他的乡间住宅里，希腊智者的著作，接排的是罗马编年史和法律简编；与这样一些来自所有时代和使用着任何一种语言的朋友在一起，没有一个晚上是寂寞的。清晨是工作时间。那个学识渊博的人毕恭毕敬总是在等待口授，他从心里喜爱的女儿图利亚为他的就餐节省了时间，教育儿子，每天带给他新的激动或者新的消遣。随后呢，是新的智慧：这个六旬的人做出了这个年纪最为甜蜜的蠢事，他娶了一个年轻的女人，比他的女儿还要年轻；作为一个生活艺术家，他要去享受美，他也要在最性感最魅人的形体上去感受美，而不是在大理石的雕像或诗句中。

这样西塞罗六十岁时终于回归自身，是哲学家，不再是煽动家；是作家，不再是修辞家；是逍遥自在的主人，不再是民众宠爱的忙忙碌碌的仆人。与其在市集广场对那些贪赃枉法的法官进行严词逼问，他宁愿完成他的《论演说家》，为他的那些模仿者做出榜样，并同时在他的《论老年》论文中使自己得到教益；一个真正的

---

① 阿提库斯（前109—前32年），古罗马学者、藏书家，西塞罗的同窗好友，西塞罗的《论法律》一书中作者的对谈人物。

智者认识到断念是老年人和他的年代的真正尊严。他的书信中最最美好的、最最和谐的都出之于他内心宁静的那段时间，甚至就在他遭到毁灭性厄运的时候，他的可爱的女儿图利亚死时，他的艺术帮助他得到哲学上的尊严：他写下了《论安慰》，这部著作几个世纪以来直到今天使成千上万遭受同样命运的人得到慰藉。后世为这位一度忙忙碌碌的演说家成为伟大的作家而感谢这次流放。在这平静的三年里他创作了那么多的著作，他获得的身后荣誉远比此前消耗在国家事务上的三年时光里要多得多。

他的生活已变成为一个哲学家的生活了。每天从罗马来的消息和书信他都不屑一顾，他更像精神世界里永久是共和国的，而非恺撒的独裁所阉割的罗马共和国的公民。尘世权利的老师终于知道了酸楚的秘密，也是每一个从事公众事务的人最终必然体会到的秘密：一个人永远不能长久地去保卫群众的自由，而只能永远地保卫自己内心的自由。

这位世界公民、人文主义者、哲学家马库斯·图留斯·西塞罗就这样度过了一个值得祝福的夏天，一个创作丰硕的秋天，一个意大利的冬天；远离开，如他所认为的那样，永远地离开时代和政治的喧嚣。每天来自罗马的消息和书信他都不予理睬，对他不再作为一方的游戏，他无动于衷。看样子他已完全被文人的爱慕虚荣的功名心所激活了，他只是看不见的那个共和国的公民，而不再是那个腐败堕落的暴力肆虐的共和国的一员，这个共和国毫无反抗地屈服于恐惧。这时，三月的一天中午，一个使者冲入家门，满身灰尘，喘息不已。他还能说出消息：尤利乌斯·恺撒独裁者在罗马的讲坛上被刺身亡。随后使者屈膝瘫倒在地。

西塞罗面色苍白。几个星期之前他还同这位慷慨的胜利者坐在同一张桌子旁，尽管他承认他也仇恨这个危险的能人，尽管他心存疑虑地观察他军事上的胜利，可他却一直固执地对他所唯一值得尊敬的敌人的独立自主精神、组织才能和人性暗地里表示敬重。但是出于对谋杀集团的所有那些令人憎恶的理由，尤利乌斯·恺撒尽管有他的长处和功绩，他本人不也是用卑劣的谋杀方式杀害了"祖国之子"？难道他的天才不正是罗马自由的最危险的敌人吗？尽管这个人的死值得人们惋惜，但这桩罪行确实促进了神圣事业的胜利，因为恺撒的死能使共和国重新站起来：通过他的死亡，最神圣的思想、自由的思想取得胜利。

西塞罗首先克制住他最初的惊恐。他不愿看到这种残忍的行为，也许从不敢希望做这种迷梦。布鲁图斯和卡西乌斯没有让他搅入这场叛乱，尽管布鲁图斯把血淋淋的匕首从恺撒胸膛中拔出来时喊叫过他西塞罗的名字，以此要求这位共和思想的老师作为他行动的证人。但是，因为这次行动已不可逆转，它至少对共和国是有利的。西塞罗认识到：越过这君王的尸体，就是一条通向古罗马的自由之路，向其他人指出这条道路就是他的义务。他不能错过这样唯一的时刻。就在同一天，马库斯·图留斯·西塞罗离开他的书籍、他的文章和艺术家的神圣的沉思默想。他心急火燎地奔向罗马，从刺杀恺撒的凶手和同样地从他的复仇者那里去拯救作为恺撒的真正遗产的共和国。

在罗马，他看到的是一个动荡不安、纷扰混乱和惊慌失措的城市。就在事情发生的当儿，谋杀尤利乌斯·恺撒的事件就表明他比那些凶手更出色。这个麇集在一起的阴谋帮派就只是为杀害为清除那个远胜过他们的人。而如何去利用这个事件，他们不知所措，不知如何着手。元老院迟疑不决，是否赞同这次谋杀还是去谴责这件罪行；长期习惯于被一只无情的手所管束的民众沉默无语。安东尼和恺撒的另一些朋友害怕，在叛乱者面前心惊肉跳，为自己的性命惴惴不安，而谋反者同样畏惧恺撒的朋友和他们的复仇。

在这一片惊恐之中只有西塞罗是唯一显示果断坚定的人。他没有任何迟疑，就介入这桩他没有参与的事件中去。他笔直地站在还留有被谋杀者血渍的地面上，在聚集起来的元老院成员面前，把独裁者的被清除称赞为共和思想的一次胜利。"我的人民，你又一次回到自由之中了！"他大声疾呼，"你们，布鲁图斯和卡西乌斯，你们不仅为罗马，而且也为整个世界做出了伟大的功绩。"但他同时要求，赋予这次谋杀行动以最崇高的意义。谋反者要强力地夺取恺撒死后留下的政权，加速地去拯救共和国，去重新恢复古罗马的宪法。安东尼应当被解除执政官职务，执行权应移交给布鲁图斯和卡西乌斯。这个洞悉法律的人为了一个短暂的世界性的时刻第一次破坏了僵化的法律，为的是逼使独裁永远屈服于自由。

但现在谋反者显露出他们的弱点了。他们只能搞一次叛乱，只能完成一次谋杀。他们只能把一把五寸长的匕首插进一个没有武器的人的肉体，随之他们的坚定性就化为乌有。他们不去夺取政权，不去恢复共和国，而是费力去乞求一种廉价的赦免和去与安东尼进行谈判，他们给恺撒的朋友时间去聚集力量，这样就错过了最宝贵的时机。西塞罗清晰地看到了危险。他注意到安东尼正在准备进行一次反击，此人不仅是要消灭叛乱者，而且也要消灭共和思想。西塞罗进行警告，热心奔走，宣传鼓动，四下游说，来逼使谋反者，逼使民众去采取果断的行动。但是，从世界历史意义上说重大的错误是他自己不行动起来。现在所有的可能性都掌握在他的手上。元老院已着手帮助他，民众在等待一个坚定勇敢的人，能从恺撒的强壮双手中接过掉下来的缰绳。没有人会反抗，所有人都会轻快地松下口气来，他现在把握住执政权，就能在一片混沌中建立起秩序。

从他发表那篇激情洋溢的《控告喀提林的演说》以来，西塞罗的历史时刻终于在三月十五日这一天（即恺撒被刺的日子）到来了，连同他的三月思想一道。他若是知道去利用它，那我们在学校中学到的将是另一种样子的历史了。他就不仅是一位著名的作家了，而是共和国的拯救者，是罗马自由的真正守护神，西塞罗的名字会在李维①和普鲁塔克②的编年史里流传下来。他的不朽的荣誉：夺了一个独裁者的政权，自由地把它重新还给人民。

但是在历史上，悲剧不断重演的恰恰是这个有才华的人。因内心受到责任的困扰，在关键时刻他很少成为一个行动的人。在这个有才智和创造性的人身上，又一次陷入同样的矛盾之中。因为他很清楚地看到时代的愚蠢，这逼使他去介入，为了激情的一刻他狂热地投入到政治斗争之中。但这同时，他也迟疑不决，用暴力去对抗暴力。要采取恐怖手段和流血杀戮，他内心的责任感惊恐不安起

---

① 李维（前59—17），古罗马历史学家，著有《罗马史》。
② 普鲁塔克（约46—约120），古希罗历史传记作家，著有《希腊罗马名人传》。

来。这种犹豫不决和顾虑重重，恰恰是在那唯一不仅是实施甚至是要求他采取极端手段的时刻，使他的力量瘫痪了。在最初的热情昂扬之后，西塞罗清晰地看到局势的危险性。他注意到那些他昨天还称赞为英雄的谋反者，现在只是些软弱无能的人，对自己的行动避之唯恐不及。他望向民众，他看到，他们早已不再是古罗马的民众，不再是他梦想中的英雄民众，而是一些变种了的市侩，他们追逐的只是利益和享受，只是吃喝和玩乐，他们第一天向谋杀凶手欢呼，第二天就为号召向谋杀凶手复仇的安东尼助威呐喊，而第三天又转向多拉贝拉①，他让人把恺撒的塑像推倒在地。他认识的人中间没有一个人在这变成畸形的城市里还一直忠诚地以自由思想为念。他们只追求自己的权力和他们的幸福：恺撒被清除掉了，但于事无补，所有的人都在为取得他的遗产、他的金钱、他的军团和他的权力而相互勾结，尔虞我诈，争吵厮打；都只是为了自己，没一个人是为了罗马的事业。

过于匆忙的热情消失之后，西塞罗在这两星期里变得越来越疲惫，越来越疑虑重重。除了他没有任何一个人去关心共和国的重建，民族的感情不见了，自由的思想完全消失了。到最后这动荡骚乱的局面令他感到厌恶，他的话不起任何作用，他不能再长时间欺骗自己了；他必须承认他的失败，他扮演的平衡角色已经完结，他不是太软弱无能就是太缺乏勇气，无法去挽救陷入内战危险的祖国。于是他让它听天由命。四月初他离开罗马，他又一次被打败

① 多拉贝拉（前70—前43），元老院成员，恺撒被刺后，他被递补为执政官。

了，失望地回到他的书堆里，回到那不勒斯海湾近旁普托里的孤独的寓所里。

马库斯·图留斯·西塞罗第二次离开世界逃回孤寂之中。现在他终于认清了，他作为学者、人文主义者和法律的维护者从一开始就错误地进入一个权力大于法律，寡廉鲜耻大行其道，智慧和宽容销声匿迹的地带。他面带惊恐，不得不承认，那个他为了他的祖国而梦寐以求的理想共和国，古老罗马的道德的复活，在这个颓败的时代已不再可能实现。在现实处于难以驾驭的物质世界里他凭一己之力不能完成他的拯救行动，那他至少为了一个智慧的后世来拯救他的梦想。一个六十岁的生命，其生命的努力和知识不能毫无用处地付诸东流。于是他凝神立意集聚他的力量，他在这寂寞的日子里撰写他最后的同时也是他伟大的著作《论义务》，作为他给后人的遗嘱。这部著作是论述义务的学说，它谈及一个独立的有道德感的人对自身对国家应尽的义务。这是他在公元前四十四年的秋天，同时也是他在普托里的生命的秋天写下的政治遗嘱，他的道德遗嘱。

这篇论及个人与国家关系的著作是一篇遗嘱，是一个被黜免和弃绝一切激情的人的最终的报答之词，这篇著作的谈话证明了这点。《论义务》是写给他儿子的，西塞罗向他的儿子坦率地承认，他不是出于冷漠而退出公众生活，而是因为他作为自由的有识之士，作为罗马共和国人，他要保持他的尊严和荣誉，不能去为一个独裁者服役。"只要这个国家还被那些由他本人所选出的人执掌，那我就要把我的力量和我的思想贡献给国家。但是自从个人独裁统治一切时，那就不再有公众服务的或者权威的空间了。"自元老院被废除，法庭被关闭，那他保持几分自重还能在元老院或者在论坛上找到什么呢？公众活动和政治事务剥夺掉他太多的时间了。"写作的人无暇安逸"，他从没有用严谨的形式写下他的世界观。但现在他被逼得无事可做，那他至少可以在西庇阿①对自己说的那句伟大名言的意义上，去利用这个机会，"当他无事可做时，他从没有将事情做得如此之多，当他孤身独处时，他从没有感到寂寞如此之少"。

西塞罗向他的儿子阐发的关于个人与国家之间的思想在许多方面不是新的和原创的。它与他所读的、所抄录下来的资料是联系在一起的：在六十年里一个雄辩家不会突然就成为一个诗人，一个编纂者不会突然就成为一个首创者。但是西塞罗的观点这次借助悲戚和痛楚发出的声音赢得了一种新的激情。在血腥的内战和在权贵集团和党派帮伙为政权而厮杀的时代里，一个真正的有才智的人——在这样的时代里总只是个别人——又一次梦想借助道义与和解去恢复世界的永久安宁。只有正义和法律才是国家的基石。权力必须由心地诚实的人，而不是由那些煽动家来掌握，这样法律在国家才能得到维护。任何人都不允许把他个人的意志和他的专擅妄为强加给人民，拒绝服从那些从人民手中夺走政权的野心家，这是每一个人的义务。作为一个不屈不挠的独立的人，他断然拒绝为每一个独裁者以及与其沆瀣一气的团伙服务。

西塞罗论证，暴政统治强暴任何法律。当个人不是从其公职中

---

① 西庇阿（前186—前129），古罗马名将，演说家。

谋取个人益处，在任何公众团体中都排除个人的私利，那真正的和谐才能在一个共同体中产生。只有当财富不在奢侈浪费中被消耗殆尽，而是被掌管起来，转化为精神文化和艺术文化时；只有当贵族放弃他们的傲慢，平民不受那些煽动家蛊惑，把国家出卖给一个党派，并要求自己的天然权利时，这个共同体才是健康的。正如所有人文主义者都是崇奉折中之道的值得称赞的演说家一样，西塞罗要求消除对立。罗马不需要苏拉①，不需要恺撒，另一方面也不需要格拉古兄弟；独裁是危险的，革命也同样是危险的。

西塞罗所说的有很多可以在柏拉图的《理想国》中找到，此后又可在卢梭和所有理想的乌托邦主义者的作品中读到。但是他的这份遗嘱如此惊奇地超越他的时代，是那种新的情感，在基督教诞生前的半个世纪之前在这里第一次提到了人文主义的情感。在一个野蛮的残暴时代，恺撒在占领一座城市时甚至还让人砍掉两千名俘虏的双手，刑讯拷打和角斗士的厮杀，十字架死刑和杀戮都成为每天司空见惯的事情。就在这样的时代里，西塞罗是第一个也是唯一的一个人，对每一种暴力的滥用提出了抗议。他谴责战争是野蛮人的手段，他谴责他自己民族的军国主义和帝国主义，谴责对行省的盘剥豪取，要求只借助文化和道义，而从不用刀剑让别的国家归属罗马国。他激烈地反对对城市的破坏蹂躏，他要求——这在当时的罗马是一种荒诞的要求——甚至是对最不受法律保护的人，对奴隶给予宽容善待。他用先知的目光看到罗马的衰亡，这是它的过速胜利

---

① 苏拉（前138—前78），古罗马统帅、独裁者。

和它的不健全以及只通过军事武力拓土开疆的结果。自从苏拉开启了民族战争以来，就只知掠夺，而在国内正义都已丧失殆尽。当一个民族用暴力剥夺另一些民族的自由时，它就将在复仇中失去它自己的神奇力量。

当军团在野心勃勃的将领们的率领下向帕提亚和波斯，向日尔曼尼亚和不列颠，向西班牙和马其顿进军，去为一个帝国贪得无厌的疯狂效力时，响起一个孤独的声音，对这种危险的胜利提出抗议。因为他看到，掠夺战争所播下的血腥的种子，收获的将是血腥的内战。这个人类的没有实权的代言人，向他的儿子提出庄严的恳求，把人的共同合作尊为最高和最重要的理想。这个长时间身为雄辩家、律师和政治家的西塞罗，为了金钱和荣誉，无论是为一件坏事或是善事，他都曾以同样的勇气去为之辩护，甚至不惜去钻营每一种能为他带来财富、荣誉和民众的欢呼声的公职，现在，在他生命的秋天，他终于清醒地认识到这一切了。就在他的生命即将终结之前，西塞罗只是一个人文主义者，现在成了人文主义的第一位律师。

西塞罗在他的偏僻寓所里平静而安闲地为一个道德的国家的宪法内容和形式深思熟虑，此时罗马国被日益增长的不安气氛笼罩。元老院还一直没有做决定，民众也没有做决定，是称赞还是流放杀害恺撒的凶手。安东尼在准备对布鲁图斯和卡西乌斯开战，意想不到的是一个新的要求继承王位的人出现了，屋大维，恺撒指定此人是他的继承人，他现在要来继承这笔遗产。他刚一抵达意大利，就写信给西塞罗，请求他的支持，但与此同时，安东尼向他提出前往罗马的请求，布鲁图斯和卡西乌斯从他们营地也同样向他发出召唤。他们都在向这个辩护人讨好、奉承，要他来为他们辩护，他们都在拉拢这位著名的法律老师，要他把他们的不法行为说成是合法举动。他们这些人出于一种正确的本能，如所有那些要得到权力的政治家一样，只要他们还没有得到权力，那总是要才智出众的人做自己的支柱，一旦得手，就蔑视地把他们一脚踢开。西塞罗若还是像从前那样是一个虚荣的野心勃勃的政治家，那他就会误入歧途。

西塞罗变得半是疲惫半是聪明，两种倾向经常都是危险的。他知道，现在只有一点是他急需要做的：在他的有生之年完成和整理他的著作，梳理他的思想。像奥德修斯堵上他内心的耳朵，避免听到女妖的歌声一样，他对这些权势人物的召唤充耳不闻。他对安东尼的，对屋大维的，对布鲁图斯和卡西乌斯的召唤都置若罔闻，甚至对元老院和他的朋友们也是如此；言词胜于行动，一人独处要比在帮派之间周旋更为聪明，他就在这样的心境中不断地，不断地写他的书，预感到这将是他同这个世界诀别的遗言。

当他完成了他的遗嘱时，他才举目四望。这是一种心绪恶劣的苏醒，他的国家、他的故乡，正处于内战的边缘。安东尼掠取了恺撒的国库，毁坏了神殿，他用偷来的金钱，成功地招募雇佣军。但是有三支军队对抗他，他们都武器齐备：一支是屋大维的，另一支是雷必达的，第三支是布鲁图斯和卡西乌斯的。和解和斡旋已经太迟了，现在必须决个胜负，是安东尼主宰罗马的一个新的恺撒统治，或者是共和国继续存在。现在每个人必须在这个时刻做出决定。就是这个最最谨慎从事、最最小心翼翼的马库斯·图留斯·西塞罗，尽管他一直在寻找平衡，超越党派，或者在它们中间犹豫不决摇摆不定，也必须最终做出决定。

自从西塞罗把他的《论义务》，也是他的遗嘱留交给他的儿子之后，出于对生命的蔑视，仿佛一种新的勇气充溢全身。他知道，他的政治生涯，他的文学活动已经结束了。凡是他要说的，他都说了，他还要经历的，已经屈指可数了。他老了，他完成了他的著作，这微不足道的余生还值得去保卫吗？就像一只疲于逃命的动物一样，当它知道狂吠的猎狗就紧跟在身后时，它就会突然掉转身来向猎犬迎头撞去，求得尽快地结束这场追逐；于是西塞罗大无畏地怀着必死的勇气又一次投入斗争之中，站到危险的位置上。成年累月他使用的是他的沉默无语的笔，现在他又启用雷斧剑石般犀利的演说，掷向共和国的敌人。

令人惊悸的演出：十二月这位头发灰白的老人重新站在罗马的广场上，再一次向罗马民众大声疾呼，又一次光荣地显示出先辈们的尊严，他发表十四篇《反腓力辞》，尖利地反对并拒绝服从元老院和民众的篡位者安东尼，他完全知道徒手去反对独裁者意味着什么样的危险，这个独裁者已经把他的嗜血成性的军团集结起来准备行动。但是谁是第一位站出来大声疾呼的人，那他就要有坚定的力量，显示出榜样的勇气；西塞罗知道，他不能像昔日那样，在这个广场上用言词温文尔雅地去战斗，而这次是为了他的信仰献出他的生命。从演讲台上他发出铿锵有力的声音："当我是一个年轻人时，我保卫过共和国。尽管我已经变老了，但我不会弃它不顾。我已经准备好了，如果这座城市通过我的死亡而能重新获得自由的话，那我乐于献出我的生命。我唯一的愿望，是以我的死换得罗马民众的自由。不朽的众神赐予我没有比这更大的恩宠了。"他斩钉截铁地说，"现在已不再有时间与安东尼谈判了，人们必须支持屋大维，尽管这个人是恺撒的血亲和继承人，但他代表共和国的事业。事关神圣的事业，不再计较个人。事业最终决定于是否为了自由。但凡是在这种神圣的自由受到威胁的地方，那游移不定便是毁灭性的。"这位和平主义者西塞罗要求共和国的军队对抗独裁者的军队，他像他后世的学生伊拉斯谟①一样仇恨暴乱，仇恨内战超越一切，他提议，国家进入戒严状态，剥夺篡位者的公权。

自从他不再是令人怀疑的审判案中的辩护人，而是一项崇高事业的律师以来，西塞罗这十四篇演说词确实是精彩非凡、慷慨激昂。"即使其他民族愿意生活在奴役之中，"他向他的同胞呼喊，"我们罗马人不愿意。如果我们也不能拥有自由，那就让我们去死。"即使国家真的走到它最终的衰亡，那这个统治全世界的民族就是应当像身为奴隶的角斗士在竞技场里所做的那样：宁愿面对敌人而死，而不愿被拽去杀掉。宁愿尊严地去死，不愿耻辱地苟活。

元老院惊恐地在细心倾听这篇《反腓力辞》，集聚起来的民众也在细心倾听。一些人或者在想，在广场上听到这样的言词可能是几个世纪来的最后一次。不久人们在那里更多的是在皇帝的大理石雕像前奴隶般地卑躬屈膝，在恺撒帝国被允许的只有谄媚者和告密

---

① 伊拉斯谟（约1466—1536），荷兰人文主义者，欧洲文艺复兴运动中的重要人物。

者的阴险的窃窃私语，而不是自由言论。一阵惊恐令听众骇然，对这个老人半是恐惧半是惊羡，他孤独地，以一个绝望者的勇敢，一个内心怀疑者的胆量，去保卫思想者的独立和共和国的权力，他们迟疑地对他表示赞同。但就是这样的演说的火焰也再不能使罗马人为之骄傲而业已腐朽的躯体重新燃烧起来。就在这个孤独的理想主义者在广场上呼吁为自由而献身的期间，他背后卑鄙的掌权者正与军团缔结罗马历史上最最无耻的协定。

就是这同一个屋大维，西塞罗把他誉为共和国的保卫者，就是这同一个雷必达，西塞罗曾因他为罗马人民建立的功勋而要求建立一座雕像，这两个人为了消灭篡位者安东尼都离开了罗马集结力量，可现在两人却宁愿完成一笔私人交易。这三个军队首领中任何一个人，不管是屋大维，不管是安东尼，不管是雷必达，都不能单独一个人把罗马国家作为战利品一人独吞。这三个死敌达成了协议，最好是私下瓜分；罗马一夜之间由三个渺小的恺撒取代了一个伟大的恺撒。

这是一个历史时刻，这三位将军拒绝服从元老院，蔑视罗马人民的法律，而自行组成他们的三人同盟，并把一个涵盖地球三大洲的巨大帝国作为廉价的战利品进行瓜分。在靠近博洛尼亚，雷洛河和拉维诺河交汇的地方，搭建起一座帐篷，三个匪徒就要在这里会见。不言而喻，没有一个不可一世的战争英雄会信任另一个。他们在他们的公告里称对方是骗子、无赖、篡位者、国家的敌人、强盗和窃贼，人们无法弄清楚他们之中哪一个更为卑鄙无耻。对于这几个权欲熏心的人来说，重要的只是权力，不是信念，只是掠夺，不是荣誉。这三个伙伴极为小心谨慎，一个接着一个来到会谈的地点；这几个未来世界的统治者彼此证明，他们之中没有一个能使用武器来杀害新的同盟伙伴，随之他们面带微笑友好地相望，并共同踏入帐篷，未来的三巨头同盟就在这里结成和建立起来。

安东尼、屋大维和雷必达在这座帐篷里停留了三天，没有任何证人在场。他们只有三件事要做。第一件，他们怎样分配这个世界，他们很快达成了协议，屋大维得到阿非利加和努米底亚①，安东尼得到高卢，雷必达得到西班牙。第二个问题，如何轻而易举地筹到一笔款，拖欠他们军团和帮伙的钱已有数月之久了。根据一种被多次仿效的办法，这个困难很快迎刃而解：简单地就在国内抢夺富豪的财产，且同时就把他们清除掉，这样他们就不会大声抱怨了。三个人心安理得地坐在自己桌子旁写下一份黑名单（一份被蔑视者名单通告），上面有意大利富豪两千人的名字，这其中有一百个元老院的成员。这三个人，每人都提出自己认识的名字，还有他们的私敌和反对者。经过短暂的磋商改动，这个新三人同盟在领地划定解决之后也完全解决了经济问题。

现在谈到第三个问题。谁要是建立一种独裁，为了使其统治巩固长久，首先就必须使独裁政权的敌人永远沉默不语，他们是独立的人，是那种无法根绝的乌托邦，精神自由的捍卫者。在这份最终敲定的名单上的第一个名字，是安东尼提出的马库斯·图留斯·西塞罗。安东尼太熟悉这个人的真正本性了，径直地提出了他的真名

---

① 北非古国，位于今阿尔及利亚北部。

实姓。他比所有人都危险，因为他有一种精神力量和一种要求独立的意志。此人必须清除掉。

屋大维怔然，他表示拒绝。作为一个年轻人他还没有变得完全冷酷无情，还没被政治的奸刁阴险完全毒化，他还羞于用清除意大利最著名作家的手段来建立他的统治。西塞罗曾是他最忠实的辩护人，曾在民众和元老院里赞扬过他；最近几个月前屋大维还对他的帮助、他的忠告谦卑地表示感激，并毕恭毕敬地称他为自己"真正的父亲"。屋大维感到羞愧并坚持反对。出于一种对西塞罗敬重的本能，他不愿意把这位最显赫的拉丁语大师交给雇用的杀手捅上卑鄙的一刀。但是安东尼坚持，他知道精神和暴力永远是敌对的，对独裁者而言，没有什么比大师的言词更危险的了。为了西塞罗这颗头颅进行了三天的争论。最后屋大维屈服了，就这样用西塞罗的名字结束了也许是罗马历史上最卑鄙无耻的一份文件。有了这样一份不受法律保护的名单，共和国的死刑判决书才能真正签署生效。

西塞罗在得知从前的三个死敌联合起来的时刻，就知道他失败了。他清楚他成了安东尼的不受保护的猎物，他曾用炽烈的言词揭露其人的各种卑劣的本能，权欲的、虚荣的、残忍的和寡廉鲜耻的，怎能希望从这样一个血腥暴力的人那里得到恺撒的宽容大量呢？可就是这样一个人，莎士比亚毫无道理地把他抬高为一个才智之士①。西塞罗要想救自己的命，唯一可行的就是迅速逃亡。西塞

---

① 莎士比亚于一六〇七年创作历史剧《安东尼和克娄巴特拉》，把他描写成了一位勇敢的将军，以及他和埃及皇后克娄巴特拉的爱情。

罗必须到希腊去布鲁图斯、卡西乌斯、加图那里①，逃进共和国自由的最后军营。在那里他至少不会被派来的凶手杀害。这个不受法律保护的人实际上已做出第二次、第三次决定了，准备出走逃亡。他一切准备停当，通知了他的朋友，他已乘船，开始上路。但西塞罗总是一再地中断行程；谁要是认识到流亡的颠沛流离，那他甚至就是在危险之中，他也会感受对故乡土地的至爱，感受在永久逃亡之中没有尊严的生活。一种远离理性甚至是对抗理智的意志力逼使他把自己交付给等待他的命运。这个变得疲惫不堪的老人渴求从他最后的生命中得到一两天休息的时间。这只是因为他要静心沉思，要写几封信，要读几本书，随后就听天由命，顺其自然。在这最后几个月里，他时而躲在这一家庄园里，时而躲在另一家庄园里；一当危险来临时，他总是不断改变地点，但没有一次能完全躲掉。就像一个发烧的病人不断改换枕头一样，他不断地改变这种半明半暗的蔽身之处，他既没有完全果断地去面对他的命运，也没决定去规避它；他好像用这种等待死亡的心态无意识地去完成他在《论老年》中写下的生活准则：一个老人既不可以寻求死亡，也不能去拖延死亡；它总会在某个时候到来的，必须泰然地去接纳它。对于一个意志坚强的人来说不存在什么耻辱之死。

就是在这种意义上，在逃向西西里的半路上，西塞罗突然命令他的随从再一次掉转船头返回充满敌意的意大利，在卡伊埃塔，即

---

① 此处茨威格有误。小加图（前95—前46），罗马共和派政治家，反对庞培。后兵败自杀。西塞罗出逃时，小加图业已死亡。其父大加图亦是罗马政治家。

今天的加埃塔上岸，他在那里有一座小庄园。一种疲倦，不仅是四肢，是精神的疲倦，更是生命的疲倦，是对死亡，对大地的一种神秘的怀念之情主宰了他。他又一次呼吸故乡的甜蜜空气，并进行告别，同这个世界告别，哪怕只有一天或一个小时，他也要安下心来养生休息！

刚一登陆他就敬畏地向神圣的家庭的守护神拉伦顶礼有加。他累了，这位六十四岁的人，海上之行令他精疲力竭，于是他躺倒在卧室里，闭上双眼，在安适的睡眠中去享受长眠之前短暂的快乐。

但西塞罗刚一躺下，一个忠实的奴隶就冲了进来。在附近发现了一些可疑的身带武器的人。一段时间内他一直十分善待的一个管家，为了一笔钱向杀手出卖了西塞罗的停留地点。西塞罗想逃跑，快点逃跑，早就准备了一抬轿子，那些家奴要武装起来保卫他，通过一条捷径就能到达船的停泊处，上船就安全无虞了。这个精疲力竭的老人拒绝了。"算了吧，"他说，"我累了，不逃了。我累了，不活了。让我就在这个地方，这个我曾拯救过的地方死去。"但这个忠实的老仆人说服了他，武装起来的奴隶抬着轿子穿过一座小树林绕道直奔小船。

但是他家中的那个叛徒却不想白白地失去这笔告密的钱，他大声喊来一个百人队长，召集几个士兵。他们向那猎物追去，穿过森林，及时赶到。

武装起来的奴隶立即护在轿子的四周，准备进行抵抗。可西塞罗却命令他们镇静下来。他自己的生命已经到尽头，这些陌生的和年轻的人还要为此牺牲？在这最后时刻，这位永远犹豫不决，永远彷徨不定，并且难得勇敢坚强的人，什么都不怕了。他感到，他作为罗马人只有在这最后的考验里能无畏地凛然面对死亡。他的仆人按着他的命令退让了。他没有武器，没有反抗，把他灰白的头颅向凶手伸了过去，从容不迫地说了一句话："我一直知道，我会死的。"但凶手不要哲学，而是要报酬。他们不会犹豫太久。百人队长强力的一砍击倒了这个没有抵抗的人。

马库斯·图留斯·西塞罗就这样死了，这位罗马自由的最后的辩护人，在这个最后的时刻里，他表现得比他此前生活的千百万个小时里更为英勇、更为刚强、更为坚定。

紧接着这场悲剧成了血腥的狂欢丑剧。恰恰是安东尼指挥了这场迫不及待的谋杀，凶手们猜想到了这颗脑袋必然有特殊的价值，他们估量的自然不是对世界和后世的精神层面的价值。为了毫无争辩地拿到奖赏，取得完成执行命令的实证，他们决定亲自把西塞罗的头颅带到安东尼的面前。于是匪首把头颅和双手从西塞罗的尸体上砍了下来，塞进一个口袋里，把这个还滴着被害者鲜血的口袋背在肩上，疾奔罗马，好获得独裁者的欢心。罗马共和国的最杰出的保卫者就以这普通方式被除掉了。

那个小匪徒，这群匪徒的头头计算得十分周到。那个大匪徒，这次谋杀的下令者，为了表达这次恶行付诸成功所带来的喜悦，付出了高额的奖赏。他让人掠夺和杀害了意大利两千个富翁，安东尼终于能慷慨解囊了。就是为了一个装有西塞罗被砍下的双手和遭到毁坏的头颅的血淋淋口袋，他付给了百人队长白花花的一百万塞斯特斯。但是安东尼的仇恨仍还一直难消，这个嗜血者的狂暴仇恨又使他想出了给死者一种别样的羞辱。意想不到的是，这件事却使他自己留下千古骂名。安东尼命令把西塞罗的头颅和双手悬于讲演台上方，他就曾在这里向台下民众呼吁反对安东尼，保卫罗马的自由。

翌日，一场卑劣的戏剧在等待罗马民众。在西塞罗做过不朽演讲的讲演台上方挂着这个自由的最后辩护士被砍下的头颅。一颗笨重生锈的铁钉贯穿他的额头，数以千计的思想就是从这里涌出的；双唇苍白而痛苦地合在一起，比拉丁语言中所有那些闪闪发亮的词句更为绚丽多彩的语句就是从这里成形；青色的眉毛遮住了眼睛，就是这双眼睛六十年来一直在保卫共和国；双手无力地伸张开来，就是这双手写出了这个时代的最文采斐然的书信。

这位伟大的演说家曾从这个讲台上控告过野蛮、暴政、无法无天，而现在他那沉默的、被谋杀者砍掉的头颅有如雄辩地反对暴力的非法，任何控告都无法与此相比。民众小心翼翼地拥在被亵渎了的演说台四周，他们心情恶劣，面带愧容，他们重又站立两侧。没有一个敢谈一个不字，这是独裁专政！但是一阵痉挛在挤压他们的心脏，他们的共和国被钉在十字架上，它的这幅悲剧性的象征图画令他们惊恐地垂下了双眼。

（高中甫　译）

梦的破灭

威尔逊*在巴黎和会上

1918 年 12 月 13 日—1919 年 4 月 15 日

　　一九一八年十二月十三日,伍德罗·威尔逊总统乘巨大的战舰
"乔治·华盛顿"号前往欧洲大陆。自创世至今,还没这样一艘船,
这样一个人,被成千上百万人怀着如此之多的希望翘首期盼。欧洲
各国四年来在嗜血厮杀,它们相互杀死了成千上百万它们最优秀
的、风华正茂的青年,用机枪、用大炮、用火焰喷射器和毒气弹。
四年来它们相互之间说的话和写的文字只有仇恨和恶毒的攻击。但
是所有被煽动起来的激愤无法使人们心中一种神秘的声音沉默下
来:它们所做的和它们所说的都是荒谬的,都是对我们发展至今的
文明世纪的一种亵渎。所有这些数以百万计的人,不管是意识到还
是没有意识到,都私下里知道,人类已经跌回到未开化的且早已消
失的野蛮世纪。
　　这是从世界的另一部分,从美国传来的一种声音,它清澈地响

在依然硝烟弥漫的战场上空："永远不再有战争"，永远不再有分裂，永远不再有罪恶的秘密外交，正是这种外交把既不知情也不情愿的人民大众驱向屠宰场，它要求一个新的和更美好的世界秩序，"依法执政，其基础是被治理者的赞同，并得到人类有组织的舆论支持"。令人惊奇的是，在所有国家，使用各种语言的人们立即理解了这种声音。战争，昨天还是为了一片领土，为了边界，为了原料和矿藏而进行，突然间就有了一种更为高尚的，几乎是宗教上的意义：为了永远的和平，成为公正和人道主义的救世主的国家。骤然间成百万人的鲜血不再无辜地流淌了；遭受苦难的这样一个族类，因此就不再在我们的地球上受苦受难了。被一种信赖的狂喜所主宰，数以百万计的声音在呼喊一个人，这个人就是威尔逊，他要使胜利者和被战胜者和解，从而缔造一种公正的和平。他，威尔逊，另一个摩西，让陷于迷途的各个国家坐在一起建立一个新的联盟。在很短的几周之内，伍德罗·威尔逊的名字变成了一种宗教的、救世主的力量。街道、建筑物和孩子以他的名字命名。每一个处在困境中或感到受到歧视的国家都向他派出了自己的代表；数以千计的内含有建议、请求、期盼的书信和电报，从地球五大洲纷至沓来，其中还有整箱整箱的装在船上驶向欧洲。整个欧洲、整个地

---

* 伍德罗·威尔逊（1856—1924），美国第二十八任总统，第一次世界大战期间，他提议建立国际联盟的主张，并于一九一八年一月提出了"公平和持久和平"的"十四点"和平纲领。在巴黎和会上，他提出的和约草案几经周折方被接受，但在国内遭到各方反对，最终经过公民投票，修改后通过。他呼请公众支持国际联盟，结果却是提出国际联盟原则的美国不参加。一九二〇年他再次竞选总统失败，这一年的十二月他被授予诺贝尔和平奖。一九二四年二月三日在睡眠中逝世。

球都异口同声地要求这个人做他们最终争吵的仲裁人，达成他们梦寐以求的最终和解。

威尔逊不能抗拒这种呼声。他在美国的朋友劝他不要亲自前来参加这次和会。作为美利坚合众国的总统，他负有义务，不能离开他的国家，最好是从远地来领导谈判。但伍德罗·威尔逊不为所动。对他说来，即使是他的国家的最高尊严，合众国的总统职位比起这项要求他履行的任务那都是无足轻重的。他要为之服务的不是一个国家、一个大洲，而是整个人类；不是为了一个瞬间，而是为了一个美好的未来。他要代表的不是狭隘的美国利益，因为"利益不能使人团结，利益使人分裂"，他代表的是所有人的利益。他觉得，他本人必须十分警觉，不能让外交家和军人再次控制民族的激情，人类联合起来对于他们的险恶的职业就意味着敲响了丧钟。他本人必须是保证人，逼使与会人说出的话是人民的意志而不是他们领袖的意志，面对世界，他们在这次人类最后一次的和会上说的每一句话都应当是堂堂正正光明磊落的。

威尔逊站在船上，望着从雾霭中显露出的欧洲海岸，它模糊不清又欲隐欲现，就像他自己的那个未来各国人民博爱的迷梦一样。他立起身来，这是一个身材魁梧的男人，面庞刚毅，眼镜后那双眸子锐利清澈，下颌前突，是美国式的，强劲有力，但肥厚的双唇紧闭。他是基督教长老会牧师的儿子和孙子，他身上有父辈和祖父辈人的严厉和狭隘。对于他们说来只有一种真理，他们笃定地只知道一种真理。在他的血液和加尔文信仰的热情中充满了虔诚的苏格兰和爱尔兰先人的渴求。他从领路人和导师那里得到了拯救罪孽深重的人类的任务，在他的身上异教徒和殉难者的固执的理念在顽强地起作用。他们宁愿为了他们的信仰而焚身，也不愿离开《圣经》，退让半步。对他，一个民主主义者、一个学者而言，人性、人类、自然、和平等概念不是冷冰冰的字眼，而是他父辈们的福音书；对他而言，不是意识形态的和空洞的概念，而是宗教的信条。他决心去保卫这信条中的每一个字每一个词，像他的祖辈去保卫福音书一样。他进行过许多战斗；他逐渐感觉到了，正如望到的这片欧洲国土越来越清晰，这将是一场决定性的战斗。他的肌肉不由自主地紧张起来，"为新秩序而斗争，我们能够取得一致，我们必然会有分歧"。

　　但不久他眺望远方时目光中的严峻和缓了下来。布雷斯特港仅是按照盟国总统的规格用礼炮和旗帜欢迎他，尊敬他；但是从岸上人群中爆发出来的欢呼声，他觉得，这不是表面上的、组织起来的，而是整个民族的火一般的激情。凡是列车经过的地方，每一个乡镇，每一个村庄，每一幢房屋，都挥动希望的旌旗，向他伸出双手，在他四周响起了震耳欲聋的呼喊声。当他穿过香榭丽舍大街时，热情的声浪从马路两侧形成的人墙上方翻腾起来。巴黎人民、法兰西人民是欧洲远处每一个国家人民的象征，他们喊叫，他们欢呼，他们向他表达他们的希望。他的面容越来越放松，他露出了他的牙齿，绽放出一种自由的、幸福的、几乎是陶醉的微笑。他向左边和右边挥动帽子，好像他要向所有欢迎者，向整个世界致意似的。是的，他做对了，自己前来这里；只有鲜活的意志才能取得对僵冷的法律的胜利。一座这样幸福的城市，一群充满热望的人，难道不能、难道不应当永远为他们，为所有人劳作吗？还有一夜的时间可以安下心来进行休息，明天立即就要开始了，给世界以和平，这是人类千百年来梦寐以求的和平，这是一个为尘世人完成的最最伟大的事业。

在法国政府给他安排下榻的宫殿前，在外交部的走廊里，在克里龙饭店，美国代表团的驻地，挤满了急不可耐的记者，仅是这一批人就是一支庞大的军队。单是从北美来的就有一百五十人之多，每个国家、每座城市都派来了它们的记者，他们都要求取得参加所有会议的入场资格。参加所有的会议！因为大会已向世界全体公众郑重做出了许诺，这一次和会没有一次秘密会议或者秘密协定。"十四点"纲领的第一条明文规定："公开的和平条约，公开缔结，缔结后不应有任何种类的秘密国际谅解。"秘密条约的签订会产生更多的死者，远比一场瘟疫导致的死者要多，它应当通过威尔逊式"公开外交"而被彻底根除。

但令这些蜂拥而至的记者失望的是令人尴尬的推诿、搪塞。当然，他们会被允许参加所有大型的会议，这些公共会议的记录——实际上所有紧要部分都进行了化学式的消毒——会向世界发布，但是首先还是没有得到任何通报。首要的是必须确定谈判程序。失望的记者必然感到，一定出现了一些不和谐的问题。会议发言人说的不是完全不真实的。事关谈判程序，在这个问题上威尔逊在第一次讲话时就觉察到协约国四大首脑的反对，不能什么都加以公开，且理由十足。在所有参战国的文件柜和公文包里都装有秘密的条约，确保每一个国家都得到它那一部分以及战利品，这都是秘而不宣的私货。为了不致会议前就爆出丑闻，某些事情首先就得闭起门来磋商和解决。但不仅在会议程序上有分歧，更深层次上也是矛盾重重。各国基本上是一清二楚地分成两派，美国的和欧洲的，立场鲜明，一个是左，一个是右。在这次会议上缔结的不是和平。事实上有两种和平，两种完全不同的和约。一种和平是暂时性的，是现时的，战争要与放下武器被战胜的德国一道结束。与此同时的另一种和平是未来的和平，它应当使未来战争永远成为不可能。一方要和平，按照古老严酷的方式，另一方是新的，威尔逊式条款的和平，这是国际联盟要缔结的和平。两种和平哪一种该首先进行谈判呢？

这里两种观点发生了尖锐的冲突。威尔逊对暂时的和平没有多大兴趣。边界的划定，战争赔款数额，赔款都应当基于"十四点"纲领确定的原则，由专家和委员会进行处理。这是次要的工作，是附带的工作，是专家的工作。国家的领导人的任务则相反，是创造新与变，是国家的统一体，是永久和平。每一派都极力地坚持他们的观点。欧洲协约国理由十足地指责说，经过四年的战争，世界已是精疲力竭、满目疮痍，不能月复一月地等待和平，否则欧洲将会一片混乱。首先是现实的事情，边界的问题和赔款事宜要解决好，那些还持武器的男人要回到他们妻子和孩子的身边，稳定货币，恢复贸易和交通，然后在一个安定的地球上，让威尔逊的海市蜃楼大放光华。正如威尔逊内心对一种现时的和平不感兴趣一样，克列孟梭①、劳

---

① 克列孟梭（1841—1929），时任法国总理。

合·乔治①、索尼诺②这些狡猾的策略家和谈判高手从内心深处就对威尔逊的要求十分冷淡。他们出于政治上的考虑，部分也出于对他发自内心的同情，为他的理念鼓掌喝彩。因为他们不管是知道还是不知道，一种不谋私利的原则，在他们国家的人民那里会成为一种极富魅力和令人心悦诚服的力量。因此他们准备，用某种弱化的附加条款来讨论他的计划。但是首先是与德国的和平，作为战争的结束，然后是讨论纲领。

可威尔逊本人是个高手，他知道他们通过拖延能使一个生机勃勃的要求枯萎和毁灭。他知道如何摆脱这些纠缠不休的质问，不是只因为理想主义他才能当上美国总统的。因此他毫不屈服地坚持他的立场，必须先制定国际联盟的章程，他甚至要求，必须逐字逐句写进对德和约中去。他的要求形成了第二个冲突。因为这些原则的建立对协约国而言，负有罪责的德国预先就得到了它不该得到的未来的人道主义原则的奖赏，而就是这个德国侵入比利时时野蛮地侵犯人权，霍夫曼③将军用铁掌在布列斯特-立托夫斯克创下了依恃暴力的一个极端恶劣的先例。他们要求，首先是用老钱来清账，然后才谈新规。土地还一片狼藉，整个城市颓垣残壁。为了使威尔逊印象深刻，他们要他亲自视察。但威尔逊，这个不实际的人，有意地在废墟旁一晃而过。他只望向未来，他忽视被毁坏了的高楼大厦，

① 劳合·乔治（1863—1945），时任英国首相。
② 西德尼·索尼诺（1847—1922），巴黎和会时意大利外相。
③ 马克斯·霍夫曼（1869—1927），德国将军，一九一八年一月他在布列斯特-立托夫斯克城与苏俄代表谈判时用拳头猛击桌子，要苏俄必须接受一种强制性的和平。

他要看到的是永恒的建筑。他唯一的任务就是，废除旧的秩序，建立一个新的秩序。尽管他自己的顾问兰辛和豪斯反对，他毫不动摇地、顽固地坚持他的要求。首先就是国际联盟的盟约，先是全人类的事业，然后才是个别国家的利益。

斗争十分激烈，充满灾难性的一面显现出来，耗费了许多时间。伍德罗·威尔逊不幸地并未预先把他的梦的形式固定成型。他带来的纲领方案没有最终的定本，而只是一个初稿，它首先得在无数次的会议上被改动、润饰、强化或者弱化。此外与会礼仪要求他在此期间前往巴黎并对他的同盟伙伴的国家的首都进行访问。于是威尔逊前往伦敦，在曼彻斯特发表演说，再前往罗马。在他离开的这段时间里，其他的政治家根本就没有真正的兴趣关注方案的进展。一个多月的时间就这样过去了。在第一次和会召开之前，这一个月里，在匈牙利、罗马尼亚、波兰、巴尔干、达尔马提亚的边界上不时发生正规军和民兵的战斗，占领边界；在维也纳，饥饿蔓延；在俄国，事态更为尖锐，令人忧心。

在一月十八日举行的第一次和会上也只是理论上确定了，方案应当是和平条约的一个重要组成部分。文件还一直没有定稿，还一直没有在讨论中被轮流审阅，从一个政府转到另一个政府手中。又一个月过去了，这一个月欧洲陷入极端恐怖的骚动不安之中，它越来越迫切要求一个实实在在的、真正的和平；直到一九一九年二月十四日，停火的三个月之后，威尔逊拿出了国际联盟章程的最后版本，它也被一致通过。

世界又一次欢呼起来，威尔逊的事业胜利了，未来的和平的保证，不是通过暴力和恐怖，而是通过谅解和对一种至高无上的公正的信念。当威尔逊离开凡尔赛宫时，他得到了民众暴风雨般的欢呼。他又一次，也是最后一次骄傲地、面带幸福微笑地望向拥在他周围的人群，感受到在这个民族后面的其他民族，它们遭受了那么多的苦难，感受到这一代人后面的一代人，未来的人，由于这项最终的保证永不会知道战争的灾祸、签下的屈辱条约和独裁者的专政。这是伟大的一天，同时也是他幸福的最后一天。因为威尔逊自己毁掉了他的胜利，他过早离开他的战场凯旋了。就在翌日，二月十五日他返回美国，以便向他的选民，向他的同胞送上这份保证永久和平的大宪章，在他归来之前他签下了另一份最后的战争和约。

当"华盛顿"号从布雷斯特起航时，又一次响起了雷鸣般的礼炮声。可是聚集的人群不是那么多了，也冷淡了。巨大的充满激情的紧张感，各民族的救世主般的期望都已有些冷却下来，因为威尔逊离开了欧洲。在纽约他受到了冷冰冰的接待。没有飞机在归来的轮船上空盘旋，没有暴风雨般的欢呼。他在自己的办公室里，在参议院里，在国会上，在自己的党内，在自己的民众中间，人们向他表示欢迎，但目光里却含着深深的疑虑。欧洲不满意，因为威尔逊走得不够远。美国不满意，因为他走得过远了。欧洲觉得，他远没有达到把各种对立的利益联合在一起成为普遍的人类利益的目标；在美国，正觊觎下一届总统位置的人选、他的政敌对手在进行煽动，称他没有权力把新大洲与一个骚动不安而难以捉摸的欧洲在政治上结合得太紧，而这是有悖于国家政策，有悖于门罗主义的。人们急迫地提醒伍德罗·威尔逊，他不是一个未来的梦的国度的创建者，不应当去思考外国的事，而应当首先想到美国人，是他们出于自己的意愿把他选举为总统。这样一来，威尔逊，这个因欧洲的谈判而精疲力竭的人，必须开始进行新的谈判，同他自己党内的伙伴，同他政治上的对手。他首先必须在这座为之骄傲的国际联盟大厦上——他认为建立起的这座大厦，是不可侵犯的和无法攻占的——补开一个后门，这是为美国退出这个国际联盟采取的危险性的预防措施。美国在它愿意的时候可随时退出。这样一来，从这座寄希望于永恒的国际联盟大厦中挖掉了第一块基石，大墙上的第一道裂缝出现了，它是灾难性的，最终导致这座大厦的坍塌。

但是尽管有些限制性条款和修正，威尔逊的大宪章像在欧洲一样也在美国获得了通过，可这顶多算是半个胜利。不像第一次赴欧那样，威尔逊不再是那么怡然自得，不再是那么自信笃定，他要返回欧洲去完成他的任务的第二部分。轮船再次驶向布雷斯特海港，不再是同样充满希望的目光，他曾用这样的目光望向这片海岸。他变得衰老了，疲倦了，因为他失望了，在这短暂几周里他的脸绷得更紧了，变得更僵硬了，在他的嘴角流露出一种苦涩和冷峻的表情，他的左额时而抽搐，这是身患疾病的一种警告性的信号。陪伴的医生不错过任何机会提醒他得保重身体。将有一场新的，或许是更为残酷的斗争。他知道，贯彻原则比制定原则要困难得多。但他是坚定的，决不牺牲他的纲领上的任何一个条款。不是全有就是全无，不是永久的和平就是没有和平。

不再能听到他上岸时人群的欢呼声了，不再能听到巴黎大街上的欢呼声了。报刊在观望，显得冷淡，人们谨慎和疑虑重重。歌德的话又一次变得真实："热情不是商品，一次可用百年。"只要时间对他有利，无须忙于利用，只要炽热的铸铁还是软的和可塑的，那就不要忙于按自己的意志去锻制：威尔逊让他的欧洲理想计划先停滞在那里。他不在的一个月时间里一切都改变了。与此同时劳合·乔治与他一样离开会议前去度假，克列孟梭由于遭到一个暗杀者的枪击受伤，两周不能视事。一些党派的头面人物怀着私利利用这段混乱的时间想挤进各种委员会的会议厅里。最强有力和最危险的人物是军队的元帅和将军。四年的时间里，他们一直站在利益的关键点上，他们的话、他们的决定、他们的专横，四年来使千百万人俯首帖耳唯命是从，他们根本就不愿意退出舞台。一部纲领就剥夺了他们的权力手段，它要求废除军队义务兵制和所有形式的普遍义务兵制，这威胁到他们的生存。因此这种永久和平的废话必须无条件地清除，或者把它推到一条死路上去，因为它要剥夺他们职业的意义。他们进行威胁，要求增加军备，而不是威尔逊的裁减军备，要求新的边界和国家的保障，而不是超越国家层面去解决；人们不能用"十四点"在空中画出一幅和平的图画，来保证一个国家幸福，而只能武装自己的军队和解除对手的武装。在这些军国主义的后面麇集着一群工业集团的头头，他们要使他们的军火工厂运转，中间商要从中赢利；外交家们越来越动摇不定，在他们背后反对党在威逼利诱，他们每一个人都想为他的国家增加一块沃土，扩展一块领地。在公众舆论这架钢琴上，灵活的手指按动几次，所有欧洲报纸、美国报纸的帮衬者便用各种语言变奏演出同一个主题：威尔逊要用他的胡思乱想拖延和平。他那值得称赞和肯定的充满理想主义精神的乌托邦阻碍了欧洲的稳定。现在再没有时间浪费在考虑道德上以及超越道德之上的瞻前顾后了！如果现在不立即缔结和约，欧洲将陷入一片混乱。

不幸的是这些指责并不是完全没有道理的。威尔逊把他的计划设定为几个世纪，可他测定时间的标准与欧洲的迥然不同。四个月、五个月对于他承担的一项实现千年梦想的任务来说太微乎其微了。但是在此期间由欧洲东部黑暗势力所组成的一些自由军团在进军，占领了疆土，整个地区还不知道是属于谁，该属于谁。德国和奥地利的代表在四个月后还没有被接纳，因为还没被划定边界，民众变得不安起来。迹象清楚地表明，明天的匈牙利、后天的德意志由于绝望会把自己交付给布尔什维克。外交家们催逼着希望迅速地得到一个结果。缔结一次协定，不管是正当的还是不正当的，便成了当务之急。首先要扫清路上的障碍物：第一个障碍就是不幸的国际联盟条约！

在巴黎的头几个小时就已经足够使威尔逊看到了他在三个月中所建造的，在他不在的一个月里被挖空甚至危及坍塌的一切。福煦①元帅几乎成功地使联盟章程从和平条约中消失，头三个月好像是毫无意义地被浪费掉了。但事到关键时候，威尔逊显示出钢铁般的坚定，一步也不退缩。翌日，即三月十五日，他通过报纸正式宣布，一月二十五日的协议像此前一样今后依然有效，盟约将成为和平条约的一个重要的构成部分。这个声明是威尔逊的第

---

① 斐迪南·福煦（1851—1929），第一次世界大战任协约国军总司令，后升为法国元帅。

一次反击，针对那种要把对德合约建立在协约国秘密达成的条约基础上，而不是以国际联盟章程为依据的行为。威尔逊总统现在很清楚，就是这些此前还郑重其事尊重民族自决权的强国一心要求它们的战利品：法国要得到莱茵区和萨尔地区，意大利要得到阜姆港和达尔马提亚；罗马尼亚、波兰和捷克斯洛伐克也想得到自己的那一份。如果他不进行抵抗，那和平将再次被烙上拿破仑、塔列朗[①]和梅特涅的印记，而不是按照由他所提出和庄严地被采纳的原则缔结的和平。

在严峻的斗争中，十四天过去了。威尔逊本不愿意法国吞并萨尔地区，因为他把这视为破坏民族自决权的一个先例，其他国家会群起效尤。事实上，意大利的所有要求都是以法国作为榜样的，意大利还威胁准备离开大会。法国报纸煽风点火，布尔什维克在匈牙利势头正旺，协约国有理由称，不久布尔什维克就要在整个世界泛滥开来。就是威尔逊的最亲近的顾问豪斯上校和罗伯特·兰辛的抗拒也越来越明显。甚至他从前的朋友提出劝告，当务之急，鉴于欧洲现状的混乱，尽快缔结和约，哪怕是牺牲一两个理想的要求。威尔逊面对着一条统一起来的战线，来之美国由他的政敌和竞争对手所煽动起来的公众舆论正在攻击他的后背。某些时刻威尔逊觉得他已精疲力竭。他的一个朋友承认，仅他一个人，无法再长时间地坚持下去面对众人的反对。他决定，如果他的意志不能贯彻的话，他便离开大会。

---

① 塔列朗（1754—1838），法国政治家、外交家，历任法国大革命时期、拿破仑时代、波旁王朝和路易-菲力普时代的高官。

在这一人反对众人的斗争期间，最后又来了一个敌人——他自己的身体。在四月三日，恰恰是在血腥的现实和尚未成形的理想之间的斗争处于决定性的时刻，威尔逊无法再保持稳定的状态了。流行性感冒逼使这位六十三岁的老人卧床休息。但是时间的紧迫性比他发烧的血液还让人焦灼，它使病人得不到安歇；灾难性的报告如同从阴云密布的天空不停射出的闪电；四月五日共产主义在巴伐利亚掌握了政权，慕尼黑成立了苏维埃共和国，处于半饥饿状态，夹在一个布尔什维克的巴伐利亚和一个布尔什维克的匈牙利之间的奥地利随时都可能与之合并。人们来到床边催促逼迫这个业已身心俱疲的人。在病榻邻室，克列孟梭、劳合·乔治、豪斯上校在磋商。他们决定，不惜任何代价，必须得出一个结果，而威尔逊的要求和他的理想就是要付出的代价。现在所有的人都一致要求他必须撤回他的"持久和平"，因为这样的和平关闭了真正的、军事的、物质的和平之路。

威尔逊尽管精疲力竭，健康受到疾病的损害，同时，他也受到舆论的攻击，把和约的迟迟不能签订归罪于他；尽管他烦躁不安，被自己的顾问离弃，被其他政府的代表攻击，他仍一直不放弃。他觉得，当他把这样一个和约立足于非军事化的、持久的未来和平时，当他为了重建拯救欧洲的"世界秩序"竭尽全力时，他不能言而无信，他只能为和约去进行有理有据的斗争。才刚一从床上下来，他就采取果断的行动。四月七日他给华盛顿的海军部发去一封电报："'华盛顿'号最早何时能驶向法国布雷斯特港？最快抵达布雷斯特港是什么时间？总统希望这艘船尽快起航。"与此同时向世界宣布，威尔逊总统已指令他的乘船前来欧洲。

这个消息犹如一声霹雳，但立即就被理解了。地球上的人都知道了：威尔逊总统拒绝哪怕只是损害国际联盟章程上一个条款的和约，并决定，宁可离开大会也不愿屈服。一个历史性的时刻到来，它决定了欧洲和世界的几十年和几百年的命运。威尔逊在会议的席位上站了起来，随即一个陈旧的世界秩序崩溃了，混乱开始了，但也许一颗新星从中诞生出来。欧洲焦急而战栗不安：难道其他的会议参加者来承担这份责任？难道他自己来承担这份责任？关键的几分钟啊。

关键的几分钟。在这一瞬间，伍德罗·威尔逊仍屹立不动，决不妥协，决不屈服，决不要"冷酷无情的和平"，而是"公正的和平"。不是把萨尔给法国，不是把阜姆港给意大利，不是把土耳其肢解，不是民族的迁移交换。正义战胜强权，理想战胜现实，未来战胜当前！"正义必须走自己的路，世界应该沉沦。"① 这短暂的时刻使威尔逊变得伟大，更为伟大，更为人性，是他更为英勇的瞬间。如果他有力量使这瞬间持续下去，那他的名字在屈指可数的真正的人类之友的名册上将永占一席之地，因为他做出了无与伦比的功绩。但是在这一时刻、这一瞬间之后是这样的一周，各种事务从各个方面涌向他催逼他；法国的、英国的和意大利的报纸在抱怨他，称这位和平的创造者却由于理论上的和神学上的僵化思想而破坏了和平，却由一种个人的乌托邦而牺牲了现实世界。甚至对他抱

---

① 据说是斐迪南二世的座右铭。

有众多希望的德国，由于受布尔什维克主义的迅猛发展转而反对他。他自己的同胞豪斯上校和兰辛不断恳求他撤回自己的决定，他自己的国务秘书图尔蒂还在几天前就从华盛顿发来的电报中鼓舞他："只有通过总统的勇敢一击欧洲甚至世界才能得拯救"，可现在却通过海底电缆发来电文，因为威尔逊挥动了勇敢的一击，华盛顿陷入一片惶恐：退出和会并非明智之举，可能会给国家带来极大的危险……总统应当把中断大会的责任推给原本应负责任的那些人……在这个时候退出会议会被看作是一种逃跑。

困惑、绝望以及由于这种众口同声的催逼，威尔逊的坚定性动摇了。他环顾四周，没有一个人站在他这一边，会议大厅里的所有人都反对他，在他自己的参谋部里所有人都反对他，而那千百万无法现身的民众，从远方传来恳求他坚定和忠诚的声音他却无法听到。他预想不到，如果他把他的威胁付诸实施，那他的名字将会世代长存；如果他保持忠诚，那他的未来理想将作为一种常新的要求被毫无瑕疵地留传下来。他预料不到，他对贪婪、仇恨和愚昧力量说的这个"不"字会产生怎样的创造性的力量。他只感觉到孤孤单单，太软弱而无力去承担这最后的责任。威尔逊就以这种灾难性的方式，慢慢地屈服了。他的倔强软化了。豪斯上校牵线搭桥，各方都做出让步，边界的谈判翻来覆去进行了八天。终于在四月十五日，历史上黑暗的一天，怀着一颗沉重的心和怅然若失的良知，威尔逊同意了克列孟梭显然是降低了声调的军事上的要求：萨尔地区不是被永远兼并，而只是十五年。这个迄今一直没有妥协的人第一次做出了妥协，翌日巴黎报纸上的声调就变得迥然不同。昨天他还被当作是一个和平的干扰者和世界的毁灭者，被大加痛骂，而今天则把他赞誉为世界上最有智慧的政治家。但是这种赞美对他就像是深入到内心的一种谴责。威尔逊知道，他或许真的挽救了和平，这是短暂的和平；但是基于持久和平，这唯一的机会却错过了、丧失了。荒谬战胜了良知，狂热战胜了理智。在向一种超越时代的理想进行冲锋时，他被击退了。他，作为领袖和旗手输掉了一场决定性的战役，是反对自己的战役。

在这命运攸关的时刻，威尔逊做得对还是不对？谁能对此予以评说？不管如何，在这历史性的和不可逆转的一天做出的决定，它的影响远远超出几十年和几百年，我们将再次用我们的血、我们的绝望和我们软弱无力的困惑为这个过失付出代价。从这一天起，威尔逊的力量，一种在他的时代道义上无可比拟的力量被撕成碎片。他的威望已失去力量。谁做出一次妥协，那就再也不能止步。妥协被迫导向一连串新的妥协。

不忠创造不忠，暴力创造暴力。被威尔逊当作是一个完整的梦想的持久的和平变得残缺不全，因为它不是在未来的思想上形成的，不是由人道主义精神和理性的纯洁物质制造出来的。失望，又一次遭到众神遗弃的世界模糊和迷惘地感受到了：一次唯一的机遇，也许是历史上最关键的机遇，就这样可怜地被浪费掉了。这个曾被看作给世界带来福祉的人受到过欢迎，现在回国了，没有人再把他当作是一个救世主，除了是一个疲惫的、濒临死亡的人，他什么都不是。再没有欢呼声陪伴他，再没有向他挥动的彩旗。当轮船离开欧洲的海岸时，这位失败者背过身去。他拒绝把他的目光朝向我们多灾多难的欧洲，它几个世纪以来渴求和平统一，可却从来没有实现。在迷雾中的远方，人道主义世界永久的梦之图画又一次破碎了。

（高中甫　译）

译后记

（一）

茨威格是我国读者颇为熟悉的德语作家。他出生于奥匈帝国一个犹太富商家庭，少有文才，十六岁前开始发表文学作品，后进入维也纳大学攻读德国和法国文学，一九〇三年获博士学位。

茨威格一生著作繁富，举凡小说、诗歌、戏剧、散文、游记、文论、传记等等，均有作品问世，并翻译文学名著。但使他蜚声世界文坛的成就主要是中短篇小说和传记。

他的小说以细腻而深刻的心理刻画名世，文笔清新、优美，深受读者喜爱与评论家称许。《一个女人一生中的二十四小时》《一个陌生女人的来信》是其代表作，其他如《夜色朦胧》《象棋的故事》等都是足以体现其创作风格的重要作品。其传记代表作当推论述巴尔扎克、狄更斯和陀思妥耶夫斯基的传记巨著《三大师传》；此外，《罗曼·罗兰》《三作家传》（卡萨诺瓦、司汤达和托尔斯泰）、《精神疗法》等都是他留给后人的重要精神财富。

茨威格一生执著追求创作艺术精品，他曾说过："如果我写了一千页，一再修改之后，八百页扔进了纸篓，只留下二百页精华，我也绝无怨言。"因此，他的作品既经受得住苛刻的批评家挑剔目光的反复审视，又拥有数以千百万计的热心读者。世人公认，茨威格是二十世纪德语中短篇小说三大名家之一。

一九三三年希特勒上台，维也纳政治环境恶化，茨威格遂于一九三四年移居伦敦。一九三八年希特勒兼并奥地利后，茨威格便入英国籍，不久赴美，旋于一九四〇年经纽约前往巴西。这个时期他创作的《象棋的故事》，尖锐地揭露和抨击法西斯的罪行及其严重恶果。这是茨威格直面严酷现实、具有强烈时代感和批判意义的上乘佳作，不仅脍炙人口，而且表明了他的思想和创作上升到了一个新质的阶段。

茨威格很明白自己属于"过去的时代"。这从他的长篇自传的标题《昨日的世界——一个欧洲人的回忆录》也能看出端倪。在法西斯势力甚嚣尘上的日子里，他看不到人类战胜法西斯的希望。他绝望了。一九四二年二月二十三日，他偕夫人在巴西的寓所服毒自杀，留下一纸遗书，其中写道："与我操同一种语言的世界对我来说业已沉沦，我的精神故乡欧洲也已自我毁灭……由于长年浪迹天涯，无家可归，我的力量已经消耗殆尽。所以，我认为还不如及时不失尊严地结束自己的生命为好。我向我所有的朋友们致意。愿他们经过这漫漫长夜还能看到旭日东升！而我这个过于性急的人要先他们而去了！"

由于世界观的局限，茨威格看不到反法西斯斗争尽管尚处于困难阶段，但正在艰难而扎实地一步步走向胜利。他的死是一个悲剧，一位极为看重人类美好的精神财富并为增添这种财富作出巨大贡献的正直的资产阶级作家的悲剧。茨威格去世后，巴西总统下令为他举行隆重的国葬，全国为他致哀一周。作为在异国去世的作家，这是难得一见的至高殊荣。

和茨威格的某些大部头著作相比，《人类群星闪耀时》不过是一本小书。作者为这本小书立了一个很有意思的副标题：十二篇历史人物画像。这是有别于历来习见的文学体裁的另一种文学样式。它不是小说，却有如小说一般扣人心弦，令人开卷便不忍释手；它不是传记，却有传记的真实性；它不是报告文学，却能予人以报告文学的现场感。拿破仑、列宁、歌德、托尔斯泰……仅仅想到能有幸一窥世界史上这些叱咤风云的英雄豪杰伟人名家传奇一生中极具戏剧性的插曲，便足以令人怦然心跳；加以作者以极富表现力的语言描述史实，指点评说，清词丽句与深刻的人生哲理交相辉映，予人以极大的文学享受，无怪乎此书面市之后，一时"洛阳纸贵"，当年德国大学生几乎人手一册，不读不快，足见文学巨匠大手笔的非凡魅力。前言中所说"一个影响至为深远的决定系于唯一的一个日期、唯一的一个小时，常常还只系于唯一的一分钟"等语，窃以为不妨视为一家之言，不必深究。因为我们知道，历史的发展自有其必然性，作者也曾说，"真正的事件均有待于发展"，在偶然性的表象下面，存在着构成重大事件的因素积累，绝非纯系偶然。

自知学识才力有限，唯恐对不起原作者和读者，虽兢兢业业，不敢草率从事，但错失不当之处，在所难免，尚祈海内外专家学者与读者诸君不吝批评指正。（潘子立）

（二）

　　在这本《人类群星闪耀时》增补本中，除原先的十二篇，又补上两篇：《西塞罗之死》和描写美国第二十八任总统伍德罗·威尔逊的《梦的破灭》。这两篇收在德国茨威格研究者 K. 帕克编的《人类群星闪耀时》中，其书内封副标题为"十四篇历史人物画像"。这两篇译文即根据费舍尔出版社一九九七年版译出。

　　西塞罗一篇是作者在一九三九年末完成的。在这一年的十月十一日，他在致罗曼·罗兰的信中写道："我写了一篇历史人物画像，像我在我的《人类群星闪耀时》一样，写的是西塞罗之死，他是第一个被一个独裁者虐杀的人道主义者。……他是我们的人，为我们的理想而死，死于一个与我们一样残忍的时代。"而写威尔逊的那篇亦在这一时间完成，他在一九三九年十月二十一日致罗曼·罗兰的信中透露出这样的信息："可怜的威尔逊，聪明睿智的梦想者，我要试着有一天把他的悲剧的形象描绘出来，连同他所有的错误，尽管如此，连同他美好的信仰。"这两篇于一九四〇年被译成英文发表，随后收入纽约 Cassell 出版社的《命运攸关的时刻》（*The Tide of fortune*），估计出版者为保留"十二"这个数字（德文的"十二"另有一个词 Dutzent，即一打之意），删掉此前德文版一直保留的《历史瞬间》和《逃向上帝》。此后的德文版，将西塞罗和威尔逊两篇删掉，仍恢复原先的篇目，一直到二十世纪末。

　　茨威格在世时，一九二七年八月岛屿出版社出版的《人类群星闪耀时》里只有他用这种历史人物画像（Historische Miniature）的形式写出的五篇：《滑铁卢决定胜负的一瞬》《玛里恩巴德哀歌》《黄金国的发现》《壮丽的瞬间》《南极争夺战》。茨威格逝世后，一九四三年费舍尔出版社在斯德哥尔摩出版扩充版，由十二篇历史人物画像组成的《人类群星闪耀时》。此书第一版的问世受到了读者极大的欢迎，这种被批评家称为"新颖的叙事—戏剧性的体裁，形式新颖，选材得当，迎合读者的心理需求和阅读的兴趣。它理所当然得到读者的褒奖和喜爱"。仅过一年的时间，就重印了七版，印数达十三万册。一九四三年至一九八〇年间印了四十版，售出多达六十九万四千册。

关于西塞罗和威尔逊两篇的标题，在 K. 帕克编的德文版《人类群星闪耀时》中，西塞罗一文题为《西塞罗》。我据茨威格在一九三九年十月十一日致罗曼·罗兰的信中提出"西塞罗之死"，于是就用作标题；而威尔逊一文，帕克标题为《威尔逊放弃了》，我仔细通阅了全书篇目的标题格式，把这篇定为《梦的破灭》，副标题为《威尔逊在巴黎和会上》。

这短短的后记主要是对增补的两篇做些说明，并简略介绍《人类群星闪耀时》的出版情况。

（高中甫）

上海译文出版社

Brief einer
Unbekannten

一个陌生女人的来信

斯特凡·茨威格 / 著　　韩耀成 / 译

图书在版编目（CIP）数据

茨威格精选集／（奥）斯特凡·茨威格（Stefan Zweig）著；
高中甫等译. —上海：上海译文出版社，2019.10（2025.6重印）
ISBN 978－7－5327－8249－9

Ⅰ.①茨… Ⅱ.①斯… ②高… Ⅲ.①文学一作品综
合集－奥地利一现代 Ⅳ.①I521.15

中国版本图书馆 CIP 数据核字（2019）第 125868 号

STEFAN ZWEIG

Brief einer Unbekannten
Schachnovelle
Die Reise in die Vergangenheit
Die Liebe der Erika Ewald
Drei Meister. Balzac-Dickens-Dostojewski
Drei Dichter ihres Lebens. Casanova-Stendhal-Tolstoi
Sternstunden der Menschheit
Die Welt von Gestern

茨威格精选集

Stefan Zweig
〔奥〕斯特凡·茨威格　著
高中甫　韩耀成　关惠文　等　译

出版统筹　赵武平
责任编辑　李月敏　张鑫
装帧设计　尚燕平

上海译文出版社有限公司出版、发行
网址：www.yiwen.com.cn
201101　上海市闵行区号景路 159 弄 B 座
上海市崇明县裕安印刷厂印刷

开本 890×1240　1/32　印张 76.875　插页 17　字数 1,438,000
2019 年 10 月第 1 版　2025 年 6 月第 10 次印刷

ISBN 978－7－5327－8249－9
定价：298.00 元(全八册)

目录

普拉特*的春天

她像旋风似的冲进门来。

"我的衣服送来了吗?"

"没有,小姐。"女仆回答道,"我也纳闷,衣服怎么今天还没送来。"

"当然不会送来,我知道那懒蛋。"她嚷道,声音里颤动着强压的啜泣,"现在已经十二点了,一点半我要坐车到普拉特公园去看赛马。这下可去不成了,就因为这傻蛋!再说,天气又这么好!"

她感到十分恼怒,颀长的身子气冲冲地猛的一下跌躺在那张窄窄的波斯沙发上。沙发在闺房的一角,上面铺着毯子,垂着流苏,闺房布置得花里胡哨,难看极了。今天的赛马会上,她这位人人皆知的小妇人和出名的美女原本要扮演重要角色的,可是现在她不能去参加了,为此她气得浑身直哆嗦。她双手捂着脸,热泪从她那戴着沉甸甸戒指的纤细的手指缝里滚落下来。

她就这样在沙发上躺了几分钟,随后稍稍支起身子,伸手刚好够着那张英式小桌，她知道，小桌上有夹心巧克力糖。她机械地把糖一块块塞进嘴里，慢慢化开。她疲惫极了，加上昨天夜里又逛荡又喝酒，凉爽的屋里半明半暗，她心里非常痛苦——在这一切的共同作用下，她慢慢打起盹来了。

她大约睡了一个小时，睡得不沉，也没有做梦，意识似睡非醒。平时她的眼睛顾盼之间波光粼粼，万种风情，最能勾魂，此时尽管她的两只眸子闭着，但她仍然非常漂亮。只有那两道精心描画的眉毛使她显出一副交际花的模样，要不然别人还真会把她当作一个沉睡的孩子呢。她的容貌那么灵秀，那么匀称，脸上因失去快乐而现出的痛苦也被睡眠抹去了，未留下一丝痕迹。

近一点钟的时候她醒了，对自己方才竟睡了一觉，感到有点吃惊。随后她又渐渐记起了一切。她神经质地不断使劲按铃，女仆应声来到她面前。

"我的衣服送来了吗?"

"没有，小姐!"

"混账东西! 她明知我今天要穿这件衣服的。现在完了，我去不成了。"

她激动地跳了起来，在狭窄的闺房里踱来踱去，随后把脑袋伸出窗外，看看她的马车来了没有。

当然，马车已经来了。只要该死的女裁缝一到，一切就会称心

---

* 维也纳郊区一座规模很大的自然公园，地处多瑙河和多瑙运河之间，尤以其游乐场著称。

如意。可是，看来她还不得不待在家里。思量来，思量去，她渐渐生出一个念头，觉得自己最最倒霉，像她这么倒霉的女子，世界上没有第二个了。

可是，忧闷却又使她感到快慰，她无意中发现，忧闷的时候自己就清心寡欲，忧闷倒是有其独特的魅力。说到风就是雨，这一时的心血来潮，她就令女仆去将她的马车打发走。马车夫得到这道命令，简直是喜出望外，因为今天是赛马日，他可以去大大挣笔钱了。

但是，她刚看到这辆华丽的双座马车疾驰而去，就对自己下的这道命令感到后悔了，倘若她不怕害臊，她宁愿自己从窗口收回这道成命，不过她毕竟是住在维也纳最显贵的地区，住在格拉本街的名媛啊。

那么，现在完了。她在房间里关了禁闭，就像士兵受了处罚不得离开营房一样。

她闷闷不乐地在房里走来走去。狭窄的闺房里各色东西样样齐全，从最低劣的破烂到最精致的艺术品，毫无选择，格调低下，把房间塞得满满的。她此刻在这里感到很不自在，再加上那种由二十种不同的香水一起散发的气味和黏在每样东西上的那股子刺鼻的烟味，更让人无法忍受。对这一切，她第一次感到如此厌恶，就连普雷沃①的一本本黄皮小说，今天对她也失去了魅力，因为她不断在想着普拉特，想着她的普拉特，想着那片正在赛马的快乐草地。

---

① 普雷沃（1697—1763），法国小说家，小说《曼侬·莱斯科》是其代表作。

这一切仅仅因为她没有华贵的礼服而统统成了泡影。

这真不由得要让人大哭一场。她精神颓丧地靠在圈手椅里，又想睡一睡，以此来打发下午的时光。但是，这不成，眼皮总是不断睁开，渴望光亮。

于是她又走到窗前，眺望在阳光下闪闪发亮的格拉本大街的人行道以及在人行道上来去匆匆的行人。天空如此湛蓝，空气如此温暖，她渴望到郊外去的心情也越来越强烈，越来越迫切，心里急得像热锅上的蚂蚁。突然，她脑海里闪过一个念头：独自到普拉特去，虽然不能坐在彩车上巡礼，但至少可以看看，享会儿眼福，这个机会可不能错过。这样她就不必穿华丽的礼服，穿身朴素的衣服甚至更好，因为这样人家就认不出她了。

这个计划很快就决定了。

她打开柜子，挑选衣服。这些衣服耀眼闪亮，花花绿绿，光彩炫目。各种五色斑斓、花团锦簇的华服纷然杂陈，一齐映入她的眼帘。她挑衣服的时候，丝绸在她手里渐渐作响。挑衣服可并非易事，因为这里的衣服几乎全是礼服，其意图极为鲜明，那就是要把别人的注意力吸引过来——而这正是她今天想要避免的。找了很久，她脸上终于一下子绽出一抹天真而快乐的微笑。在柜子的一角，她发现一件朴素的，甚至可以说是穷酸的衣服，衣服已经压得皱皱巴巴，上面布满灰尘。使她微笑的还不单是发现了这件衣服，而且还有这件纪念品所唤起的栩栩如生的往事呢。她想起了穿着这件衣服同自己的情郎一起离家出走的那个日子，想起她和情郎两人分享的许多幸福，接着又想起另一种情景：那时她先是成了某个伯爵的情妇，继而成了另一位的，随后又成为其他好多人的情妇……总之是拿自己的幸福换得了许多华裳丽服。

她不知道还留着这件衣服干吗。但是找到这件衣服她心里却很高兴。她换好衣服，在笨重的威尼斯穿衣镜前一照，就禁不住对自己的打扮笑出了声。看上去她的举止是那么端庄，一副平民姑娘那种纯真无邪的样子，活脱脱一个格蕾琴①……

经过一阵翻找，她把帽子也找出来了，同衣服正好相配。接着她又笑吟吟地朝镜子里瞅了一眼，镜子里映出一位身穿周末盛装的年轻的平民姑娘，同样也回报她吟吟一笑，接着就走了。

她唇上挂着微笑，走上大街。

起先，她感到每个从她身边走过的人都会觉察到，她并不是她所装扮的那个样子。

不过街上行人稀少，人们在中午热辣辣的阳光下从她身边匆匆而过，绝大多数人都没有时间去打量她。渐渐地，她在自己这种新的状态下就能够挥洒自如了，于是便一边思量一边沿着红塔街往下走去。

这里，在阳光的沐浴下，一切都在闪闪发光。精心打扮的快乐的人群把星期日的气氛传给了动物和其他东西。一切都熠熠生辉，光灿炫目，都在向她欢呼，向她致意。她目不转睛地望着这五光十色、熙来攘往的人群，这样热闹的场面她还从未见过呢。她只顾看

―――――――――

① 歌德诗剧《浮士德》第一部中的女主人公，是位质朴、纯真的平民姑娘。

啊，瞧啊，差点儿撞在一辆马车上。"简直像个村姑。"她自言自语地脱口而出。

于是她便稍加注意，可是一到普拉特大街，她的狂放不羁一下又冒了出来。因为这时她看见她的一位仰慕者正乘坐一辆华丽的马车紧挨她身边驶过，距离近得她几乎可以扯到他的耳朵，她真想这么来一下。但是，他并没有注意到她，因为他正神态优雅地、懒洋洋地把身子往后靠着。这时她放声大笑，笑得他回过头来，要不是她用手帕将脸捂住，也许就要被他认出来了。

她兴冲冲地继续朝前走去，旋即被卷进人潮之中。星期日的人们穿着光鲜的衣服，到维也纳国家圣塔，到普拉特的条条林荫道上去漫步。这些林荫道宛如铺在绿茸茸的草地上的白木梁，穿过林木葱郁、没有小径的普拉特谷地。她的狂放不羁受了人们欢乐情绪的感染，不知不觉中也全都消散了，因为人们沉浸在星期日的欢乐中，陶醉在大自然中，把星期日两头各六个风尘仆仆、工作繁重的日子一股脑儿忘到了九霄云外。

她随人流而动，像大海中的一朵浪花，既无计划又无目标，然而在充满生机的喧嚣中也在吞泡吐沫，逐浪翻腾。

女裁缝忘了把衣服给她送去，为此她几乎喜笑颜开了，因为她在这里感到如此欢畅，如此自由，她一生中还从未经历过，这与她童年时代初游普拉特的情景很是相仿。

这时，那些回忆和画面又纷至沓来，而且全被她那欢快的情绪织上一道金光闪烁的镶边。她又想起了自己的初恋，可是心情并不悲郁颓丧，完全不像是在回忆某件不愿触及的事情，倒像是在回忆一种命运，一种极想再次经历的命运，那次爱情是赠予，并非出卖……

她沉浸在梦里，脚步还在继续往前走，她觉得，喧哗声变成了汹涌激荡的海涛，个别人的声音她已无法听清。她独自信步而行，心里思绪翻滚，往常她无所事事，躺在屋里狭窄的波斯睡榻上优哉游哉地往寂静、停滞的空气里吐着烟圈的时候，从未想得那么多……

突然，她抬头仰望。

起先她不明白是怎么回事。她只有一种模模糊糊的感觉，突然给她的思绪蒙上一层难以揭开的薄纱。现在，她抬头一看，发现有一双眼睛老在盯着自己。凭着女性的直觉，她正确解释了这两道将她从梦中惊醒的目光。

这目光是从一位小伙子脸上那双黑眼睛里投来的。小伙子尽管留着浓浓的胡子，但是他那张稚气的脸却很讨人喜欢。从穿着可看出他是大学生，扣眼里还插了一朵民族党的党花，这更可以进一步证实这一推测。头上一顶圆顶宽边毡帽斜斜地遮挡着柔和、端正的面容，赋予这颗普通的、极其平常的脑袋以某种诗人气质，给人以富于理想的印象。

她的第一个动作就是轻蔑地皱起眉头，骄矜地把目光瞥往一边。这个普通人想在她身上打什么主意？她可不是郊区来的姑娘，她是……

突然间，她停了下来，眼睛里又重新闪现出狂放不羁的笑意。此时她又感到自己是交际场上的名花，把装扮成平民姑娘一事忘在了九霄云外。她的乔装打扮如此出色，对此她自己也孩子气地乐了。

这位年轻人把微笑解释成为对他表示爱情，于是便向她走近，目不转睛地紧紧盯着她。他竭力想使自己的脸孔现出对胜利具有十足把握的男子汉风度，可是功亏一篑，胆怯和犹豫将他的努力一次次化为乌有。而这恰恰是她喜欢他的地方，因为她先前尚未遇见过表现出自制和含蓄的男人。这年轻人身上尚未消失的稚气给了她一种异乎寻常的印象，一种新的感受，而且极其自然，真是无与伦比。大学生几十次嘴唇微启，想跟她搭讪，可是每到关键时刻又总是由于胆怯和害羞而欲言又止。细细品味这情景，对她来说不啻是观看一出极其滑稽的喜剧。她不得不紧紧咬住嘴唇，才不致冲他哈哈大笑。

这小伙子还有一个长处：眼睛不瞎。他把她秀美的嘴角的抽搐所泄露的心意看得一清二楚，所以勇气大增。

突然，他一下脱口而出，恂恂有礼地问，是否可以允许他稍稍陪她一程。至于此举的理由，他并没有说明。他所以没有将理由说明，其实原因很简单：他尽管搜索枯肠，也没有找到能够自圆其说的理由。

她呢，尽管小伙子做了很长的准备，但在他提出问题的瞬间，她还是大吃一惊。她该接受吗？干吗不？只是不要现在马上就去考虑此事的结局会是怎样。她想，既然已经化装成平民了，干脆就把这个角色演下去；她像平民姑娘似的，也想同自己的仰慕者一起到普拉特去走走。说不定这事还很有趣呢。

于是，她决定接受他的提议，并对他说，她很感谢，不过还是请他不要陪她，因为这要浪费他很多时间的。在这种情况下，她说明原因的这句话里实际上已经包含了这个"行"字。他也马上就明白了这个意思，便走到她身边。

　　不一会儿，两人便在交谈了。

　　他是个年轻大学生，性格快乐、开朗，文科高中毕业还没多久，在高中时代养成了有点倜傥不羁的性格。他还阅世不深，经历不多，虽说男孩子式的爱他已有过无数次，不过大多数年轻人梦寐以求的那种"艳遇"虽不能说从未有过，但也屈指可数。这是因为他缺少死皮赖脸地进攻的勇气，而这一点却是猎取"艳遇"的主要条件。他的爱情多半只是浅尝辄止，不是苦苦思索、从远处欣赏一番心爱的人，就是在诗里梦里排遣一下情怀。

　　相反，她开始关心起什么事的时候，就会一下子变成话匣子——突然间她操起也许已有五年未曾说过或想过的维也纳方言来了，对此她自己也感到暗暗吃惊。她仿佛觉得这五年美不可言的风流放纵的生活已经消失得无影无踪，仿佛她又回到从前，成了那个瘦弱的、渴望生活的郊区女孩，对普拉特公园及其魅力爱得入迷。

　　她还没有觉察到，他们已经慢慢离开了大道，走出喧嚣的人流，进入春光明媚的宽阔的普拉特草地。

　　高大的百年栗树繁枝远伸，浓叶遮地，葱翠欲滴，宛如一个个高高耸立的巨人。挂满沉甸甸的花朵的树枝簌簌作响，犹如在悄悄倾吐绵绵情话，一条条白色花絮像冬雪飘落在翠绿的草地上，地上各种色彩鲜艳的鲜花织成许多独特的图案。泥土里升起一股馥郁的甜香，像涟漪似的四处飘散，附着在每个人身上，粘得紧紧的，以致人们对于所得到的消受也无法说得清楚，而只有某种甜蜜的、可爱的、催人入睡的朦朦胧胧的意识。树木之上蓝宝石似的天穹如此湛蓝，如此明亮，如此纯净。太阳将万道金光洒遍它超群绝伦、恒久不变、无与伦比的创造物——普拉特的春天。

普拉特的春天！

这个词庄严地在空中飘浮，大家都感觉到自己周围有股强大的魔力，每个人心里都有花苞竞放、姹紫嫣红、百花争艳的感觉。对对情侣手挽手漫步在宽广无垠的草地上，脸上洋溢着幸福的神采，孩子们还不了解这种幸福，但他们心中也滋生出一种独特的冲动，迫着他们蹦跳、舞蹈、欢呼，欢乐的声音随风飘向远方，消失在树林中。

普拉特的春天像一道灵光映照在所有这些摆脱了工作压力的幸福的人们头上。

他们两人毫没觉察，魔力也慢慢地占领了他们的心灵，在甜蜜欢快的戏谑中渐渐潜入一种会心的亲密——一位颇受欢迎的不速之客。他们彼此成了朋友，对于这位迷人的、活泼开朗的姑娘，这位我行我素、锋芒毕露、宛如乔装的公主似的姑娘，他心里感到喜出望外。她呢，她也很愿意获得这位生气勃勃的小伙子。她同他开始演出的这场喜剧，现在她自己也稍稍认真地加以对待了。她穿着以前的衣服，也重新获得了以前的感觉，她又重新渴望一次幸福，渴望初恋的幸福……

她觉得，她仿佛希望现在的一切都是初次体验：那戏谑式的赞赏，那隐秘的欲望，那朴素而宁静的幸福。

他轻轻挽住她的胳膊，她也没有拒绝。她感到他热乎乎的呼吸挨到她的头发，他给她讲了许许多多事情，讲他青少年时代的种种经历，随后告诉她，他叫汉斯，正在上大学，并说非常喜欢她。他半开玩笑半认真地向她做了爱情表白，这使她快乐和幸福得浑身颤抖不已。她曾经听过几百次求爱的话，有些人的话也许说得更动听，她也曾经接受过许多人的求爱，但是从来没有一次爱情表白像今天这句简单、真挚而恳切的话那样使她神采飞扬，满脸通红。今天的话他是在她耳际悄悄向她倾吐的，由于内心激动，他的声音在微微颤动。这些颤抖的话语听起来像是一个人们渴望体验的甜蜜的梦，震颤传遍她全身，直到她幸福得浑身直打哆嗦。她感到他的手臂愈来愈使劲地压着她的手臂，焕发出狂野而热烈的万种风情，让人销魂荡魄，飘飘欲仙。

他们已经到了宽阔的草地深处，那儿已无游人，几乎就只有他们两人，只有些微汽车的声响还咕隆咕隆地传来。绿荫丛中，间或有女人的浅色夏装闪现，宛如往前飞去的白色蝴蝶，很少听到人的声音，一切似乎都被阳光照得困倦了，全都处于酣睡之中……

只有他的声音不知疲倦，喁喁倾吐着绸缪缱绻，一句比一句更温存，更缠绵。她听得如痴如醉，犹如入睡时听到一首远处飘来的乐曲，一个个单音已无法听清，只能听到音乐的节奏和旋律。

当他双手将她的头捧过来亲吻的时候，她也没有拒绝。他给了她一个昵昵长吻，未曾言说的许许多多情话全在不言之中了。

随着这个吻，她的全部记忆也就风流云散，她觉得这是她生平第一个爱吻。她原本想同这个年轻人演演戏的，现在这场戏里充满了生活和体验。深深的爱慕之情已经在她心里扎了根，使她忘却自己的全部过去，就像一个演员，演到出神入化的瞬间感到自己就是国王或英雄，而不再去想自己是演员一样。

她觉得，仿佛有个奇迹，使她得以再次体味初恋的情愫……

他们就这样漫无目的地走了几个小时，手挽着手，陶醉在似水柔情中。天空已染成深红色，树梢像一双双黝黑的手伸进晚霞中，暮色苍茫，大地的轮廓越来越朦胧，越来越模糊，晚风吹拂，树叶沙沙作响。

汉斯和莉莎——平时她管自己叫莉茜，可是此刻她又感到自己童年的名字是那么可爱，那么亲切，所以就把这个名字告诉了他——两人也已转过身，现在正朝普拉特游乐园走去。老远就听到那里各种嘈杂吵嚷之声喧腾聒噪，沸天震地。

色彩斑驳的人流从这里一个个灯火辉煌的摊位前流过，有伴着恋人的士兵，有年轻人，有盯着各种从未见过的玩意儿百看不厌的活蹦乱跳的孩子。到处噪声雷动，震耳欲聋：军乐队和其他乐手竞相拼命加大音量，以盖过对方；手工艺人和小商贩扯着已经喊得嘶哑的嗓子，还不停地吆喝，夸赞自己的东西；还有靶场里的枪声和各个音阶齐备的孩子的声音。全城的老百姓以及三教九流的头面人物统统都拥到这里来了。这些挤得严严实实的各色人等，真是千姿百态，纷然杂陈，但合为一个整体，简直就像是浑然天成。他们各有各的目的和愿望，商贩和店主们就使出浑身解数给予满足。

对莉莎来说，这个普拉特是一块新发现的乐土，或者更确切地说是重新找到的自己童年的乐土。以前她知道的主要是那条林荫大道，它的优美和气派以及道上车水马龙、川流不息的壮观，可是现在她觉得一切都那么迷人，她像进了玩具店的孩子，每样东西都想要，都想把它抓来。她又变得高高兴兴，狂放不羁，那梦幻般的、近乎抒情的情绪已经渺无踪迹。他们两人像顽皮的孩子在人的海洋里欢笑嬉闹。

他们在每个摊位前都要停下来，乐呵呵地欣赏摊主单调的，又是最最逗人发笑的叫卖和吆喝："世界上最高的女人"，"欧陆最矮的男人"，或者"快来看蛇人①、算命女、怪物、海中奇观啦"等等。他们坐旋转木马，让人算命，样样都玩一玩。他们那副兴高采烈、欣喜若狂的样子，惹得大家都回过头来朝他们张望。

过了一阵子，汉斯发现，肚子在提出抗议了。她也同意。于是两人一起走进一家不在闹市中心的餐馆。在那里，喧嚣的人声成了一片越来越轻、越来越静的嗡嗡声。

在那里，他们并排而坐，紧紧偎依在一起。他给她讲各种各样让人捧腹的故事，并善于在每个故事里巧妙地织进几句讨好的话，让她始终保持快乐欢畅的情绪。他给她取了几个滑稽的名字，乐得她哈哈大笑；他还给她做出种种傻里傻气的怪相，逗她笑得前仰后合。她呢，往日她喜欢克制自我，保持优雅、安静的风度，现在却

---

① 指柔体杂技演员。

变得从未有过的狂放不羁。她久已忘却的儿时故事现在又重新记起来了。她像着了魔似的，成了另一个人，成了更为年轻的人。

他们就这样在一起闲聊了许久许久……

夜晚早已带着它黝黑的面纱降临了，但却尚未驱走傍晚的闷热。空气沉闷，像一股沉重的魔力。远处，一道闪电划过越来越静的夜空。灯光渐渐熄灭，人们散向四面八方，各回各的家。

汉斯也站起身来。

"来，莉莎，我们走吧。"

她跟着站起来，两人手挽手出了普拉特。公园在黑暗中神秘兮兮地注视着他俩的背影。轻轻簌簌作响的树林里最后几盏彩灯还在闪烁，宛如亮晶晶的老虎眼睛。

他们横穿洒满晶莹月华的普拉特大街，街上行人稀少，已非常安静。走在铺石路上，每一步都发出很大的响声。行人匆匆打路灯下走过，影子倏忽而过，街灯依然淡漠地投下微弱的亮光。

他们没有谈要去的方向，不过汉斯在默默地领着路。她预感到，他是在往他的住处领，但她并不想挑明。

他们就这样往前走去，说话不多。他们走过多瑙河大桥，随后穿过环形路，朝第八区——维也纳大学区走去，走过大学亮闪闪的雄伟的石头建筑，经过议会大厦，直奔寒酸的小胡同。

突然，他对她说起话来。

他对她说着炽烈、滚烫的话，用色彩热烈鲜艳的语言倾吐青春爱情的渴念，只有最狂热的欲望迸发的瞬间才能吐露出这些话来。

他的言语中包藏着一个年轻人对幸福和享受的热情憧憬，对爱情的最最华彩的目标的全部狂热的渴望。他滔滔不绝的话语越来越汹涌澎湃，越来越急切，像欲望的火焰在冉冉升起，男人的本性在他身上达到了顶点。他像乞丐一样，苦苦恳求着她的爱情……

听了他的这番表白，她全身都颤抖起来了。

她的耳朵里充满甜蜜的话语和狂热的歌曲。她听不懂他的话，但是急切的欲望也在她自己心里强烈地升起，并朝他那个欲望涌去。

她终于答应把她像施舍给乞丐一样给过成百人的东西，当作一件珍贵的、精美绝伦的童话般的礼物赠予他。

在一幢狭小的旧房子前，他停住脚步，按了门铃，眼睛里闪耀着幸福之光。

大门很快就打开了。

他们先是快步穿过一条狭长而阴湿的过道，接着上了好多好多螺旋楼梯。可是这些她都没有觉察到，因为他用他那强壮的胳膊像抱一团羽毛似的抱着她上楼，他手上由于期待的快乐而引起的颤抖，传到她的手上，她宛如在梦里一样，在上楼。

到了顶层，他停下脚步，打开一个小房间。那是一间又小又黑的屋子，要费很大劲才能分清屋里的东西，这是因为天窗上罩着一条白色的破窗帘，月光透过窗帘才洒进房里来。

他把她轻轻一放下，就狂热地将她抱住，无数个滚烫的吻随着她血管里的血液在奔流。她的四肢在他的爱抚下颤颤抖动，两人发出春情难遏的阵阵低吟……

房间又暗又窄。

但是，里面无际的幸福，在悄然无声的满足的静谧中鼓起它的翼翅。爱情的火热的阳光照亮了这深沉的黑暗……

时间还早。也许才六点。

莉茜刚刚回到家，回到她自己华丽的绣房。她做的第一件事，就是把两扇窗户打开，好呼吸早晨的新鲜空气，因为她对那混浊的甜腻腻的香水味感到恶心，这味道使她想起现在的生活。以前，生活是什么样子她都认了，不去思量，盲目地漠然处之，认为一切都是命中注定。但是昨天的经历像一个光明、快乐的青春梦进入她的命运，使她突然滋生了对爱情的渴求。

然而她感觉到，她已无法回到过去。现在马上就有她的一位仰慕者要来，接着又将有另一位登门。想到这些，她着实吓了一跳。

她害怕这个渐渐明亮、清晰的白天。

但是她又慢慢地开始回味和思考已经过去的一天，它像一道迷惘的阳光射进她如此暗淡、如此抑郁的生活。她忘记了将要到来的一切。

她像清晨从美妙的梦里甜蜜地醒来的孩子，唇上挂着幸福的微笑。

忘却的梦

一座滨海别墅。

幽静而朦胧的五针松便道上弥漫着略带咸味的海滨空气，微风不停地戏弄着橙树，好似纤细的手指不时小心翼翼地抚摸着色彩绚丽的花朵。阳光将远处染得金光灿烂，山丘——山丘上精美的房舍宛如白色的珍珠在熠熠闪光——还有几里之遥的那座像蜡烛似的笔直地耸立着的灯塔，这一切都微光闪烁，轮廓清晰，界线分明，犹如镶嵌在深蓝色天穹中的一幅璀璨的图画。远处的海上出现了难得见到的白色光点，那是孤单的船只上闪光的篷帆。大海的波涛晃悠晃悠地偎依着筑有台阶的海岸，这座别墅就修建在岸边的台地上。海浪还在不停地往上升，一直深进到大花园里一片浓荫披覆的碧绿的草地上，最后消失在疲惫的、童话般的、寂静的花园里。

上午，暑气弥漫在这座沉睡的房屋上，房前那条铺着沙子的小路像一道白线，通向凉爽的观景台。下面，滚滚激浪不断拍击着海岸，发出阵阵轰响，水珠不时四下飞溅，在耀眼的阳光下呈现出彩虹辉映钻石般的灿烂光华。明亮的太阳光芒一部分洒落在互相紧紧偎依着窃窃私语的五针松叶上，一部分被一把张开的日本遮阳伞挡住，伞上呈现出许多欢快的光斑，亮得刺目，令人难以忍受。

在遮阳伞的阴影中，一个女人靠在一把柔软的草编圈椅上，她的身材非常漂亮，上身穿一件宽松而舒适的针织衫。她那只没有戴指环的纤手漫不经心地垂下来，惬意地轻轻抚弄着一条狗的皮毛，那亮晶晶的绸缎般的皮毛；她的另一只手拿了一本书，黑睫毛下的一双灰色眼睛一直将注意力全都集中在书本上，眸子里好似忍着一丝微笑。这是一双不安静的大眼睛，黯淡而模糊的光线使这双眸子更显得妩媚动人。她轮廓鲜明的瓜子脸透着强烈而诱人的魅力，但这魅力并非天然，也不协调，它是将精心保养的某些局部之美刻意打理得万般风情，并巧妙地加以凸显出来；香气馥郁的亮晶晶的鬈发看似凌乱不堪，但这发式却是一位女艺术家的精心之作；就是那莞尔一笑，那看书时在唇上颤动着、露出洁白光亮的珐琅质牙齿的莞尔一笑，也是长年累月对镜练习的结果。习惯成自然，现在已经成了固定的、去不掉的习惯艺术了。

沙砾路上传来一阵轻微的沙沙声。

她朝那儿望去，但坐姿并没有改变，像一只躺着的猫，沐浴在耀眼的暖融融的阳光下，只是懒洋洋地眯着磷光闪烁的眼睛打量着来人。

脚步声很快就临近了。一名身着号衣的仆人来到她跟前，递上一张狭长的名片，随后稍稍退后，等着主人的回应。

看到名片上的名字，她脸上现出惊喜的表情，一种只有在大街上陌生人向你亲切地打招呼时你才会有的表情。刹那间，她浓密的黑眉毛上现出几条微微的皱纹，显露出她在竭力思索，随即脸上突然露出欢快的样子，眼睛情不自禁地晶晶闪亮，好像是想起了早已消逝、早已忘得无影无踪的青春年华。名片上的这个名字又重新在她心里唤醒了那些岁月的清晰图画。梦幻中的形象又渐渐显现，变得十分清晰，宛如在现实之中。

"这么说，"她突然回过神来，转向仆人，"这位先生想来拜访，那就请吧。"

仆人迈着轻快、谦卑的步子走了。一分钟的时间里周围寂静无声，只有永不疲倦的风儿在阳光灿烂的山顶上低声吟唱。山顶上到处铺满午间阳光洒下的沉甸甸的黄金。

接着，沙路上突然响起了轻快有力的脚步声，一个长长的身影定格在她的双脚前，她面前站着一个身材高大的男子。随即，她也利索地从松软的椅座上立起身来。

他们的目光首先相遇。他朝她那婀娜多姿的身躯投去飞快的一瞥，她的眸子里也闪烁着一抹浅浅的嘲讽式的微笑。

"您还想到我，真是太好了。"她开始说道，同时向他伸出纤细、白洁、精心保养的手，他十分尊敬地用嘴唇碰了碰。

"夫人，我想非常坦诚地跟您聊聊，因为这是阔别多年之后的一次重逢，而且，我怕今后好长时间我们也不会再见面的。我到这里来，在很大程度上纯系偶然。由于这座宫殿所处的地理位置极其美丽，所以我就打听了一下，房主的姓氏使我重新想起了您，于是，我怀着深深的愧疚到这里认罪来了。"

"尽管这样，我可不会因此而不欢迎您，因为开始的一瞬间我也没想到是您，虽然在我心里您曾经是举足轻重的。"

现在两人都笑了。青年时代若隐若现的初恋仍散发出甜美的、淡淡的芬芳，它那使人沉醉的甜蜜唤醒了他们的心。它犹如一个梦，你醒来时会轻蔑地一撇嘴唇，虽然你很希望再做一次，再经历一次这样的梦。但是，美梦是恍惚迷离的，只能希冀而不敢索求，只有允诺而没有给予。

他们的谈话继续着。声音里已经出现一种真诚，一种温馨的亲密，它足以维系一半如此美好、一半已经苍白的秘密。他们娓娓谈着往事，谈着已经忘记的诗歌、枯萎的花朵，谈起已经丢失的和扔掉的饰带以及在这座当年他们一起度过青春时代的小城里互赠的小小的爱情信物。谈话中，他快乐的笑声像一颗颗滚动的珍珠不时撒落下来。这些陈旧的故事像失传的传说撞击着他们心中沉寂多年、布满尘埃的大钟。现在这些故事慢慢地、慢慢地充满了痛苦而疲倦的庄严，他们业已逝去的青春爱情给他们的谈话增添了一种深沉的、几乎是悲伤的严肃气氛。

他用低沉而富有旋律的声音微微颤抖地说："我在美国那边得知您订婚了。在我得到这个消息的时候，您大概已经结婚了。"

对此她什么也没说。她的思绪回到了十年以前。

他们两人之间出现了漫长的几分钟压抑的沉默。

随后她轻轻地、几乎是无声地问道：

"您当时对我是怎么想的？"

他惊讶地抬眼望着她。

"这我可以坦率地告诉您，因为明天我就要回到我的新故乡去了。——我并没有生您的气，即使是瞬间，我也未曾做出过糊涂的、含有敌意的决断，因为生活本身已经把色彩缤纷的火焰冷却成了微光闪烁的同情的火苗了。我对您不理解，只是——感到惋惜。"

她的脸颊上泛起一片微微的深红，眼睛里的亮光变得更强烈了。她激动地喊道：

"为我惋惜！我不知道这是为什么。"

"因为我想到了您未来的夫君，那个冷冰冰的一天到晚只想赚钱的人——请不要反驳我，我并不想侮辱您的丈夫，我对他一直都很尊敬——因为我在想着您这位我所离开的姑娘，因为我心里怎么也想不出您这个形象，您这个孤独的、十全十美的人，对平凡的生活抱着轻蔑的嘲弄态度的人，怎么会成为一个凡夫俗子的品行端正的妻子呢。"

"如果一切都果真是这样，我干吗还同他结婚？"

"情况我知道得不太详细。也许他具有一些隐藏的长处，表面一看会忽略过去，只有在密切交往中才会开始显露出来。这对我来说是个容易解开的谜，因为只有一件事我不能，也不愿相信。"

"什么事？"

"或许您看上了他的伯爵头衔和百万家财，而这是我唯一不能给您的。"

她仿佛没有听到最后这句话，因为她用手指搭着凉棚在向远方雾霭弥漫的地平线眺望，那里天空将其浅蓝色的衣裳浸入瑰丽的黑黝黝的大海波涛之中，在阳光的照耀下，她的手指像紫贝似的透着深红的玫瑰色。

他陷入沉思，几乎把最后说的几句话忘了。这时，她突然从他面前转过身去，用几乎听不见的声音说道：

"确实是这样。"

他吃惊地望着她，几乎吓了一跳。她慢慢地，显然是装出平静的样子重新坐进她的圈椅里，怀着无声的忧伤，嘴唇几乎动都不动一下，单调地继续说道：

"当我还是小姑娘，怯生生地说着孩子气的话的时候，那时就没有一个人理解我，您同我那么要好，连您也不理解我。或许我自己也不理解。我现在还常常想起，我不理解自己，女人对她们相信奇迹的少女的心灵还知道些什么呢？女孩子的梦像娇嫩细小的白色花朵，现实生活呵出一口气就会将她们吹得无影无踪。我不像别的女孩子那样梦想果敢骠勇、生龙活虎的英雄，他们会把她们寻觅的憧憬变成光芒四射的幸福，把她们默默的预想变成使人愉快的体验，并使她们从隐隐约约、模糊不清、无法把握却可以感觉的痛苦中，从被阴影笼罩的她们的少女时代，从越来越黑、越来越可怕、越来越沉重的痛苦中解脱出来。我从未有过这种痛苦，我的灵魂乘着另外一些梦幻之舟驶向隐蔽的未来的林苑。我的梦是我特有的。我总梦到自己是古老童话书上的阳光王子，玩着熠熠生辉、光华闪烁的宝石，他们手里专心致志地拿着金光灿灿的童话里的财宝，身上穿的飘逸的衣服也是无价之宝。——我梦想荣华富贵，因为这两者我都喜欢。要是我的手可以摸摸颤颤抖动、低吟浅唱的丝绸，我的手指可以像睡觉一样放在沉甸甸的天鹅绒柔软的、梦幻般的绒毛里，那该有多快乐啊！要是我能将首饰像链子一样戴在自己因快乐而发抖的纤纤手指上，要是白宝石在我潮水般的浓密的头发上像幻想中的珍珠一样闪闪发光，我会感到多么幸福啊！我的最高愿望是坐在一辆漂亮马车柔软的座位上。我当时醉心于打扮，看不起自己现实的生活。要是我穿着日常衣服，我就恨自己的简单朴素，像个修女。我往往整天都待在家里，这时我就恨自己，因为我为自己的平凡感到羞愧。我躲在我那间狭小、简陋的房间里，我最美好的梦想就是独自生活在浩瀚的大海之滨，住在自己的房子里，房子既豪华又有艺术气息，路上绿树蔽日，浓荫铺地。在那里，卑鄙小人不会将其肮脏的爪子伸过去；在那里，处处是一派平和——几乎同这里差不多。我梦寐以求的东西，我丈夫都满足了我，正因为他能做到这一切，他就成了我的夫君。"

她沉默不语了，她的脸上燃烧着放荡不羁的美。她眼睛里的光泽变得深沉而恐怖，面颊上的红晕染得越来越炽烈。

一片深沉的寂静。

只有亮光闪烁的波浪在下面唱着旋律单调的歌，拍打着岸台的石阶，像是投入爱的胸怀。

这时他轻声地，像是在对自己说：

"可是爱情呢？"

这话她听到了。她嘴唇上露出一丝浅浅的微笑。

"您今天还保留着您所有的理想，那些您当年带往远方世界去的所有理想吗？所有这些您还保留着，没有损坏，或者说有些已经死亡，已经枯萎？或者到头来人家没有把这些理想强行从您怀里抢走，扔在污泥里，被成千上万驰向生活目标的车轮碾得粉碎？或者说您一点也没有丢失？"

他沮丧地点点头，沉默不语。

突然，他将她的手放在自己嘴唇上，默默地吻着。随后他用真切的声音说：

"再见了！"

她也有力而真诚地向他道了再见。她向一个由于多年没有见面而变得生疏的人袒露了自己内心深处的秘密，展示了自己的灵魂。她并不为此感到羞耻。她目送他离去，脸上现着微笑，并思索着他所说的关于爱情的话。往昔的岁月又以轻轻的、听不见的脚步来到她与现实之间，使之互相隔开。她突然想到，那个人本来是能够引导她的生活的，缕缕思绪用缤纷的色彩勾画着这个离奇古怪的念头。

她正耽于梦幻中，唇上的那丝微笑慢慢地、慢慢地、完全察觉不到地消逝了……

家庭女教师

此刻，只有这两个孩子在自己房间里。灯已经关了，她们之间是一片黑暗，只有两张床隐隐约约地有些发白。她们两人的呼吸非常轻微，别人还真以为她们已经睡着了呢。

"嗨！"一个孩子发声道。这是那个十二岁的女孩。她怯生生地在黑暗中轻声唤另一个。

"什么事？"另一张床上的姐姐答道。她也只不过比妹妹大一岁。

"你还醒着哪，这太好了。我……想跟你说点事……"

另外一个没有反应。只听到床上窸窸窣窣的声音。姐姐坐了起来，望着这边床上，期待着妹妹要说什么事，可以看到她的眼睛亮晶晶地闪着。

"你知道吗……我想跟你说……不过还是你先告诉我，你不觉得最近几天我们的小姐跟往常有点不一样吗？"

姐姐犹豫起来，在思索。"对，"她说，"不过我不知道到底是怎么回事。她不像以前那么严厉了。最近我有两天没做作业，她也没说什么。另外，她有点那样，我不知道怎么说。我觉得，她好像不管我们了。她总是在一边坐着，也不像以前那样跟我们玩了。"

"我觉得，她很伤心，又不想让人知道。现在她钢琴也不弹了。"

又是一阵沉默。

接着，姐姐提醒妹妹说："你刚才想告诉我什么事？"

"是的，不过你对谁也不能说，真的，不能对任何人说，不能对妈妈说，也不能对你的好朋友说。"

"不说，我不说！"姐姐已经有些不耐烦了，"到底是什么事呀！"

"好吧……就是刚才，我们回来睡觉的时候，我突然想到我还没有向小姐道'晚安'呢。这时我已脱鞋了，可我还是到那边她的房间去了。你知道吗，我是轻轻地、蹑手蹑足地过去的，想吓唬她一下。我小心翼翼地打开房门，开始我还以为她不在房间里呢，灯开着，可是没有看见她。突然——我吓了一大跳——我听见有人在哭。这下我发现，她躺在床上，没脱衣服，脑袋埋在枕头里。她哭得全身抽搐，吓得我恨不得缩成一团。可是她没有发现我。于是我又把门轻轻关上。我哆嗦得太厉害了，得在外面站一会儿，定定神。在门外我还清楚地听见她的哭声，我就赶紧跑了回来。"

她们两人又不吱声了。随后，其中一个非常小声地说："可怜的小姐！"这颤抖的声音在屋里回旋，像一个正在消逝的低沉的音符。又是一片寂静。

"我真想知道，她为什么要哭？"妹妹开口说，"这些天她又没跟别人吵架，妈妈也没再没完没了地数落她，而我们两个肯定没有惹她生气。那她干吗哭得这么伤心呢？"

"我倒是有点儿明白。"姐姐说。

"那是为什么，告诉我，是为什么？"

姐姐犹豫了一下，最后说："我想，她在恋爱了。"

"恋爱？"妹妹惊讶得跳了起来，"恋爱？爱上谁了？"

"难道你一点都没发现？"

"该不会是奥拓吧？"

"不会？难道他没爱上她吗？从他上大学以来，在咱们家已经住了三年了，以前从来没陪过我们，而这几个月他突然天天来，那是为什么？小姐来我们家之前，他不论对我还是对你有过一点儿亲切的表示吗？可是现在，他整天围着你我转。我们老是与他巧遇，在人民公园，或者在城市公园，或者在普拉特，凡是小姐带我们去的地方，总是会与他巧遇。你真的从来没有觉得这有点奇怪吗？"

妹妹听了大吃一惊，结结巴巴地说：

"对……对，这些我当然也注意到了。不过我总是想，这……"她的声音变调了，没有再往下说。

"起先我也是这么想的。我们女孩子总是那么傻。不过我总算还是及时觉察到，他不过是拿我们做挡箭牌而已。"

现在两人都沉默了。这次对话似乎已经结束。两人都陷入沉思，或者也许已经进入梦乡了。

这时，妹妹又在黑暗中无可奈何地说了句："那她为什么还要哭呢？他是喜欢她的呀。过去我一直以为，恋爱肯定是非常美好的。"

"我不知道，"姐姐十分茫然地说，"我原先也是这么想的，恋爱准是一件非常美好的事。"

然后，从疲倦困乏的嘴里又一次轻轻地、遗憾地飘出一句："可怜的小姐！"

屋里终于寂静无声了。

第二天早上，她们不再谈论这件事了，但是两人都相互感觉到，她们的思想都是围着同一件事情在转。她们两人互不搭理，都想回避对方。但是，当她们两人从侧面打量她们的女教师的时候，两人的目光又不由自主地相遇了。在饭桌上，她们观察奥拓，觉得这位在她们家住了多年的表哥，竟像是陌生人似的。她们并不和他说话，不过，在低垂的眼帘下，她们老是斜着眼睛，留神他是不是对小姐有所暗示。两个女孩的心都难以平静。今天她们也不去玩了，精神非常紧张，为了想对这个秘密探出个究竟，都心不在焉地摆弄着一些东西。晚上，她们中的一个只是淡淡地问了句，好似她自己并没把这事放在心上："你又发现什么了吗？"——"没有。"另一个回了一句，接着便转过身去。她们两人都有点怕谈这件事似的。这样持续了几天。在默默的观察中，在拐弯抹角的侦探中，两个孩子不安地感觉到，在不知不觉中她们已接近了那个闪烁不定的秘密。

几天之后，一个孩子终于在饭桌上发现，女教师悄悄向奥拓挤了挤眼，而他则点了下头作为回应。女孩激动得发抖了。她的手在桌子底下悄悄摸了下姐姐的手。当姐姐转脸看她时，她冲着姐姐亮了一下眼睛。姐姐马上明白了这个暗示，也立即变得不安起来。

她们正要从饭桌边站起身来，女教师便对姑娘们说："到你们自己的屋子去吧，去玩一会儿。我有点头疼，想休息半小时。"

两个孩子垂着眼睛，小心翼翼地相互碰了下手，好似在相互提醒。女教师刚走开，妹妹就蹦到姐姐跟前说："注意，这会儿奥拓要到她房里去了。"

"当然，所以她才将我们支开的！"

"我们应当到她门口去偷听！"

"那要是有人来呢？"

"谁会来呀？"

"妈妈呗。"

妹妹吓了一跳，"对呀，那……"

"你知道吗，我有办法了！我呢，在门口偷听，你留在外面走廊上，要是有人来，就给我一个信号。这样，我就保险了。"

妹妹一脸的不高兴。"到时候你什么都不会告诉我！"

"一定全都告诉你！"

"真的，全都告诉我？……可别忘了，是全部呀！"

"肯定，人格担保。你听见有人来，就咳一声。"

两人在走廊上等着，哆哆嗦嗦地，心情十分激动，心跳也加速了。会发生什么事呢？两个孩子紧紧地挨在一起。

听见脚步声了，姐妹俩就马上闪开，躲进暗处。一点不错，果然是奥拓。他抓住门把，进屋后就把房门关上了。这时姐姐一个箭步跟了上去，耳朵紧贴门上，屏住呼吸，窃听屋里的动静。妹妹望着她，好眼馋。好奇心使她惴惴不安，她擅自离开了指定的岗位，悄悄溜了过来，可是被姐姐生气地赶了回去。她只好又在外面等着。两分钟，三分钟，她觉得简直像是一个世纪。她难以按捺住焦躁情绪，像是热锅上的蚂蚁来回走动。姐姐什么都能听到，而她却什么都不知道。她又气又急，都快要哭了。这时，那边第三个房间里有扇门关上了。她咳了一声，两人赶忙走开，进了自己的房间，气喘吁吁地站了一会儿，心跳得很厉害。

接着，迫不及待的妹妹催促说："好啦……快告诉我吧！"

姐姐脸上现出严肃的神情，最后终于十分不解地、像是自言自语地说："我真不明白这是怎么回事！"

"什么事？"

"这事真奇怪。"

"什么……是什么呀？"妹妹急匆匆地吐出这几个字。这时，姐姐试着回忆所听到的东西，妹妹过来挨着她，紧挨着她，生怕听漏一个字。

"这事非常奇怪……和我想象的完全不一样。我猜，他进房后一定是想拥抱她或者吻她，因为她对他说：'别这样，我有很要紧的事和你谈。'钥匙插在里面的匙孔里，我什么也看不见，不过倒可以听得十分清楚。奥拓接着说：'出什么事啦？'真的，我从来没有听见过他这么说话，你知道，他平时说话声音总是很大，一副大大咧咧的样子。这回他可是有些低声下气，所以我马上就觉得，他好像有些害怕。她肯定也察觉到了，他在撒谎，因为接着小姐就很小声地说了句：'这事你早就知道了。'——'不，我什么都不知道。'——'真的吗?'小姐问道——她是这么伤心，伤心极了——'那你为什么突然回避我? 这八天来你没跟我说过一句话，你尽可能地躲着我，你也不跟孩子们一起走了，也不去公园了。对于你，难道我一下子变得这么陌生了吗? 噢，你早就知道，因此才突然离我远远的。'他沉默了一会，然后说：'我快要考试了，功课很忙，没时间再做别的，不这样不行。'这时候她又开始哭泣了，然后边哭边对他说，不过语气非常温和，并且怀着善意：'奥拓，你干吗要撒谎呢? 你还是说实话吧，你实在不该对我撒谎呀! 我对你并没有提出任何要求，不过关于这件事，我们两人总应当说清楚吧，你知道我要对你说什么的，从你的眼睛里我已经看出来了。'——'说……什么呀?'他结结巴巴地说，语气非常软弱。这时她就说……"

由于过分激动，姑娘一下子浑身战栗，再也说不下去了。妹妹更紧地挨着她。"什么呀……她又说什么了?"

"小姐说：'我已经有了你的孩子!'"

妹妹像闪电似的，一下跳了起来，说："孩子! 孩子! 这不可能呀!"

"可是小姐是这么说的。"

"你肯定没有听清楚。"

"没错，绝对没错! 奥拓还把这句话重复了一遍；和你一样，他也跳了起来，还喊着：'孩子！'小姐沉默了好长时间之后，问道：'现在该怎么办？'后来……"

"后来怎么样？"

"后来你就咳了一声，我只好走开了。"

妹妹非常不安，两眼直愣愣地说："孩子！这是不可能的。她的这个孩子在哪儿呢？"

"我也不知道。这也正是我不明白的问题。"

"也许在家里……在来我们这里之前。为了我们，妈妈当然不会允许她把孩子带来的。所以她才这么伤心。"

"得了吧，那时候他还根本不认识奥拓呢！"

两人又沉默了，一筹莫展，苦苦地左思右想，希望能弄明白。为此，两人都很苦恼。妹妹终于又说话了："有个孩子，这完全不可能！她怎么会有孩子呢？她还没有结婚，只有结过婚的人才会有孩子，这点我是知道的。"

"也许小姐是结过婚的。"

"你别傻帽儿了，好不好，总不会是和奥拓吧。"

"为什么……？"

姐妹俩面面相觑，不知所措。

"我们可怜的小姐。"其中一个悲伤地说。她们两人不断地重复着这句话，最后变成了一声同情的叹息。这期间，她们两人的好奇心像火苗似的，在不断蹿升。

"不知道是女孩还是男孩？"

"谁知道呢！"

“你觉得怎么样……要是我去问问她……非常非常的……小心……”

“你疯了!”

“为什么?她跟我们很好呀。”

“你想到哪儿去了!这种事她是不会对我们说的。在我们面前她什么都不会说。要是我们进了她屋里,他们总是立即中止谈话,在我们面前换个话题,胡扯一通,好像我们还是小孩似的,我今年都十三岁了。你没必要去问她,对我们她总是撒谎。”

“可是,我实在很想知道这事。”

“你以为我不想知道?”

“你知道吗,其实我最不理解的是,奥拓竟然不知道这件事。要是自己有个孩子,自己总是应该知道的吧,就像人人都知道自己有父母一样。”

“他是装的,这个流氓,他老是装蒜。”

“不过这事他总不会装吧。就是……就是……只是他想耍弄我们的时候才装假……”

正在这时候,女教师进来了。两姐妹立即打住,装出在做作业的样子。但是,她们两人都从旁边窥察她。她的眼睛好像哭红了,声音也比平时低沉,而且有些颤抖。两个孩子非常安静。突然她俩以十分敬畏的目光怯生生地抬头看着女教师。她们心里老在想着这件事:‘她有个孩子,因此才如此悲伤。’想着想着,她们自己也伤感起来了。

第二天在饭桌上，她们十分意外地听到一个消息：奥拓要离开她们家了。他对舅父解释说，考试临近了，他该加紧复习功课，在这里干扰太多。他想到外面租一间房子，住一两个月，考完以后再回来。

两姐妹听到这么一番话，内心万分激动。她们料想，这一切与昨天她们听到的那番谈话之间肯定有着某种秘密的联系，凭自己敏锐的本能，她们感觉到，这是他胆怯的表现，是逃避行为。当奥拓向她们两人告别的时候，她们竟很没有礼貌地转过身去。可是，她们两人十分注意观察他站在女教师面前的神情。小姐的嘴唇抽搐一下，但却安详地一语不发，把手伸给他。

这几天两个孩子完全变了。她们不玩，也不笑，眼睛里也失去了往日那种活泼欢快、无忧无虑的光彩。她们的内心十分不安，无所适从，对周围所有的人她们都抱着极其不信任的态度。她们不再相信别人对她们说的话，在每句话后面她们都能洞察到谎言和阴谋。她们成天睁大眼睛，察言观色，注意周围的一举一动，捕捉人们的表情、脸上的抽搐、说话的语调。她们像影子似的猫在人家后面，她们在门外窃听，总想抓住点什么。她们竭力想从肩上摆脱这些秘密织成的黑暗罗网，或者至少可以从一个网眼里往这个现实世界瞥上一眼。过去的那种幼稚的信念，那种快快乐乐、无忧无虑的盲目轻信，从此已从她们身上掉落。随后，她们从被这些秘密压得又闷又憋的气氛中预感到山雨欲来的征兆，她们生怕错过这一瞬间。自从她们知道，周围充满谎言，自己也就变得坚韧，工于心计，甚至变得狡诈和善于说谎了。在父母面前，她们装得稚气天真，转眼就变得极其机智灵活。她们全部的天性都化作了神经质的骚动不安，过去温顺柔和的眼睛现在变得火辣辣的，深沉莫测。她们一直在不停地侦察和窥视，但孤立无援，因此她们相互之间便更加相亲相爱。有时候，由于对感情的无知，仅仅为了满足烈火灼燃时对柔情蜜意的渴望，突然间她们会相互狂热地拥抱或者泪流满面。她们的生活中看似无缘无故的突然之间充满危机。

现在她们才知道有种种折磨人的事，对其中的一件她们感受最深。她们默默地、不言不语地打定主意，一定要让这位伤心至极的女教师快活一点。她们极为用功，认真做作业，互相帮助，安安静静，不发怨言，对老师可能提出的愿望和要求都事先做到。可是小姐对此毫无察觉，这使她们非常难过。在最近这段时间里，小姐完全变了。有时候两姐妹中的一个和她说话，她竟会一阵战栗，仿佛是从梦里惊醒的。她的目光总要先搜索一会儿才从远处收回来。她一坐就是几小时，似梦似幻地凝视着前方出神。姑娘们走路蹑手蹑脚，以免惊扰她。她们朦胧而神秘地感觉到，她此刻正在思念她那不知远在何方的孩子呢！她们内心深处日益萌发的女性的柔情，使她们越发喜欢这位现在变得如此温和、如此柔情的小姐了。她往日那种轻快、自信的脚步现在变得犹豫、谨慎了，她的动作也小心翼翼，拘谨稳重。从这一切变化中，她们感到她有一种隐蔽的悲伤。她们从未见她哭过，但是她的眼睑老是红红的。她们知道，小姐不愿意在她们面前流露自己的痛苦，因此她们也无法帮助她，这时她们两人感到一筹莫展。

有一次，当小姐将脸转向窗外，拿起手绢擦眼睛的时候，妹妹突然鼓起勇气，抓住她的手说："小姐，最近这些时候您总是那么伤心，该不会是我们惹您生气了吧，是吗？"

小姐感动地看着她，用手抚摸她柔软的头发。"不，孩子，不是，"她说，"绝对不是你们。"说着，她温柔地吻了一下孩子的额头。

两个孩子的静观和洞察细致入微，凡在她们视线范围内发生的事情，一无遗漏。就在这几天，她们中的一个有次突然闯进屋去，听见一句话。仅仅只有一句，因为父母立即就缄口不语了，但是现在每一个字都会在两姐妹心里引起千百个猜测。"我也已经发现有些反常，"妈妈说，"我要找她来问问。"起先，这孩子以为是说她自己呢，几乎有点担心害怕，就赶忙跑去找姐姐商量对策，请求援助。可是，中午的时候她们发现，父母一直以审视的目光盯着小姐那张恍惚迷离、神不守舍的脸，然后又相互交换了眼色。

吃完饭，母亲随口对小姐说："请您一会儿到我房里来一下，我有话和您说。"小姐微微点了一下头。姑娘们吓得直打颤，她们觉得，这会儿要出事了。

小姐一进房去，两个姑娘随即跟了过去。把耳朵贴在门上，察看各个角落，偷听和窥视，这些行为，对她们来说现在已经成为理所当然的事了。她们根本不再觉得这样做有什么不光彩，有什么放肆，她们只有一个想法：要掌握别人不让她们见到的一切秘密。于是她们便肆意偷听。但是，她们只能听到窃窃细语的声音，而她们自己却神经质地浑身直打颤，她们生怕什么都听不见了。

这会儿屋里有一个声音变得越来越大，这是她们母亲的声音，听起来恶狠狠的，像吵架一样。

"您以为大家都是瞎子，都没有觉察到这样的事吗？我可以想象，以您这样的思想和品德，您是怎样来完成您的职责的。我竟相信了这样一个人，将孩子委托于她。天知道，您是怎样耽误我的女儿的……"

小姐好像回辩了几句，但是她说得太轻，孩子们什么也听不见。

"借口，借口！任何一个轻浮女人总是能找到借口的。碰上一个男人就委身，什么都不加考虑。其余的事就等老天爷来帮忙。这样的人还想当教师，来教育人家的姑娘，这简直是恬不知耻。您总不会以为，在这种情况下我还会将您继续留在家里吧？"

孩子们在门外偷听，身上一阵阵打着寒噤。她们什么也没听懂，但是听到她们母亲怒气冲冲的声音，她们感到很害怕。此刻，小姐剧烈的低声抽泣就是唯一的回答。泪水涌出了孩子们的眼眶，而她们的母亲似乎火气越来越大。

"现在您是只知道哭了，不过我是不会因此而心软的。对像您这样一号人，我绝不同情。您现在怎么办与我毫无关系。您自己肯定知道，您该去找谁。对此我也不屑一问。我只知道，这么一个卑劣的毫无责任心的人在我家就是多待一天，我也不能容忍。"

"妈妈这样和她说话太卑鄙了。"姐姐咬牙切齿地说。

妹妹让这句大胆的批评吓了一跳。"可是，我们一点也不知道，小姐到底干了些什么事。"她结结巴巴地抱怨说。

"肯定没干什么坏事。小姐不会做坏事的。妈妈不了解她。"

"是啊,看她哭成这样,真让我害怕。"

"是的,这真可怕。不过,你看妈妈对她吼成那样,真是卑鄙,我告诉你,这很卑鄙。"

她踩着脚,眼里充满泪水。这时,小姐进屋来了,她显得十分疲惫。

"孩子们,今天下午我有点事,你们两人自己待着,我可以信得过你们吧?晚上我再来看你们。"

她一点没有觉察到孩子们激动的神情,她走了。

"你看见了吗?她眼睛都哭肿了。我真不明白,妈妈怎么能这样对待她。"

"可怜的小姐!"

这句充满同情、令人落泪的话又在屋里回旋。两个孩子愣愣地站在屋里。这时,妈妈进屋来了,问她们是不是愿意同她一起坐车出去转转。孩子们搪塞着,她们怕妈妈。可是,同时她们又非常生气,要辞退小姐的事妈妈对她们竟然只字不提。她们宁愿单独留在家里。她们像两只燕子,在这个窄小的笼子里飞来飞去,谎言和沉默的气氛真会让她们窒息。她们反复思考着,是否应当到小姐房里去,问问她,和她谈谈这件事,告诉她,妈妈冤枉她了,劝她留下来。可是,她们怕小姐又会因此而难受。何况,她们自己也感到害羞,因为她们所知道的这一切都是悄悄躲在一边偷听来的。她们必须装傻,装得和两三个星期之前一样傻。所以,她们就只能自个儿待在房里,度过整个长得没有边际的下午,含着眼泪思索着,耳边始终回荡着那些可怕的声音：母亲那么凶狠、残忍、气鼓鼓的申斥和女教师悲痛欲绝的哭泣……

晚上，小姐匆匆地到她们房里来，向她们道了晚安。孩子们看见她走出去时难过得直哆嗦，她们多么想再同她说点什么啊！可是现在小姐已经走到门口，没想到她又突然转过身来——好像是被孩子们无声的愿望拉回来的——她眼里闪着泪水，湿润而忧郁。她抱住两个孩子，孩子们猛烈地抽泣起来，她再一次吻了她们，便匆匆走了出去。孩子们站在那儿，泪如雨下。她们感到，这是诀别。

"我们再也看不到她了！"一个哭着说。

"瞧着吧，明天我们放学回来她就不在这儿了。"

"也许我们以后能去看看她，那时候，她一定也会让我们看她的孩子的。"

"肯定，她多好啊！"

"可怜的小姐！"这一次是她们对自身命运的叹息。

"你能想象吗，没有她会怎样呢？"

"我绝不会再喜欢别的小姐的。"

"我也是。"

"谁也不会对我们这么好，而且……"

她不敢再说下去了。自从她们知道她有一个孩子之后，一种下意识的女性柔情使她对女教师格外敬重。她们两人总是想着这件事，但现在已经不再是出于孩子气的好奇心，而是出于深切的感动和同情。

"咳，你听着！"一个孩子说。

"什么事？"

"你知道吗，我非常想在小姐走之前再让她高兴一下，这样也好让她知道，我们是非常喜欢她的，我们不像妈妈。你愿意吗？"

"那还用问！"

"我想了一下，她不是非常喜欢白玫瑰吗，所以我想，你猜怎么，明天早上我们上学之前就去买几枝来，稍后再放到她屋里去。"

"那什么时候放呢？"

"吃午饭的时候。"

"中午吧。"

"那时候她肯定已经走了。这样吧，我宁愿一早就出去，很快把花买回来，不让别人知道，然后就送到她房间里去。"

"好，我们明天早早起床。"

她们取来存钱罐，将所有的钱都倒了出来，一分不留。此时此刻，她们想到自己还有机会向小姐表示默默的、无私的爱意，她们心里就倍感欣慰。

第二天，她们起得很早。当她们用微微颤抖的手拿着盛开的美丽的玫瑰去敲小姐的房门时，屋里无人答应。她们以为小姐还睡着呢，便轻手轻脚地溜进屋去。可是屋里空无一人，床上的被子叠得整整齐齐，显然无人睡过，屋里的东西十分凌乱。在深色桌布上放了几封信。

两个孩子大为吃惊。出什么事了？

"我去找妈妈。"姐姐果断地说。她倔强地站在母亲面前，目光阴沉、毫无畏惧地责问道："我们的小姐在哪里?"

"她该在她自己的房间里吧!"母亲十分诧异地说。

"她的房间是空的,床没有睡过,昨天晚上她肯定就走了。为什么谁都不告诉我们?"

母亲根本没有注意到孩子说话时的那种凶狠的、挑战的口气。她吓得脸色煞白,立即到父亲的房里。父亲迅速跑进小姐的房间。

他一个人在屋里待了很久。来报信的这个孩子一直用愤懑的目光盯着母亲。母亲看起来很激动,但她的眼睛却不敢与孩子的目光相对。父亲从小姐的房里出来了,脸色灰白,手中拿着一封信。他和母亲回到自己房里,并且用极小的声音在与母亲说话。孩子们站在门外,突然,她们不敢偷听了。她们怕父亲发怒。他现在的这副样子,是她们从来没有见过的。

此刻母亲从房里出来了,眼睛哭得红红的,显得六神无主的样子。孩子们好像是受了恐惧的驱使,下意识地向她走去,还想问个明白。可是母亲很严厉地说:"快上学去吧,已经不早了。"

这时,孩子们不得不走了。在学校里坐了四五个小时,像做梦似的夹在其他孩子中间,什么也没有听进去。一放学,她们就拼命往家跑。

家中一切照旧,只是大家似乎心里都有个可怕的念头。没有一个人说话,不过所有的人,甚至连用人都怀着一种奇特的目光。母亲向孩子们迎过来,看来,她准备跟她们说点什么。她开口说:"孩子们,你们的这位女教师不再回来了,她……"

她毕竟没敢把话说完。两个孩子的目光如此闪亮,如此咄咄逼人，如此可怕，直逼她们母亲的眼睛，以致她竟不敢再向她们撒谎了。她转身就走，急急忙忙逃回自己的房间。

下午，奥拓突然出现了。他是被人叫来的，因为有一封信是给他的。他的脸色十分苍白，神不守舍地在屋里时走时站，谁都不肯跟他说话，大家都在回避他。这时，他看见两姐妹蹲在墙角，便走过去，想跟她们打招呼。

"别碰我！"一个姑娘说，并对他感到万分厌恶。另一位则冲他啐了一口唾沫。他狼狈不堪，不知所措，又在屋里转了一会儿便走了。

没有人跟孩子说话，她们相互间也不交谈。她们像是笼中的动物，苍白，不安，一筹莫展。她们在各个房间里走来走去，两人常碰到一起，相互看着对方哭肿的眼睛，相对无语。现在她们什么都知道了。她们知道，别人都在欺骗她们，谁都可能卑鄙无耻，谎话连篇。她们也不再爱自己的父母了，她们不再相信他们。她们明白，以后对谁都不能信任，可怕的生活的全部重担今后都将落在她们自己瘦弱的肩上。她们仿佛从舒适欢乐的童年一下掉进了深渊。她们至今都不能理解发生在她们身边的这件可怕的事，但她们的思想恰恰就卡在这当口上，几乎将她们窒息而死。她们的面颊烧得通红，她们的目光充满凶狠和愤怒。她们走来走去，在寂寞中她们的心冷得像结了冰似的。谁也不敢跟她们说话，甚至连她们的父母也不例外，她们看人的样子非常可怕。她们不停地走来走去，这正是她们内心焦躁和骚动的反映。她们彼此不说话，两人心里却有和衷共济、休戚与共的感觉。沉默，这穿不破、猜不透的沉默，以及这没有呐喊和眼泪的痛楚是如此深沉，以致她们对每个人都感到陌生和危险。无人亲近她们，通向她们心灵的道路已经中断，也许好多年都不会通畅。她们周围的人都觉得她们是敌人，是坚定的、绝不原谅别人的敌人。因为从那天起，她们已经不再是孩子了。

就在这天下午，她们长大了好几岁。只是到了晚上，当她们单独待在黑暗的房间里时，才会再度产生儿童的恐惧：对孤独的恐惧，对死者画像的恐惧，以及对许多说不清的事物充满预感的恐惧。全家人一片慌张和忙乱，竟然没人想起给她们的房间生火。她们两人冷得爬到一张床上，用瘦弱的胳膊互相紧紧抱住，两个修长的尚未发育成熟的身体依偎在一起，好似在恐惧中寻找救援。可是，她们依然都不敢开口，但是妹妹此刻终于哭了，姐姐立即跟着猛烈地抽泣起来。她们紧紧地抱在一起哭，两人脸上热泪滚滚，从缓缓滴落到畅快直流。她们胸贴着胸，紧紧搂在一起，一声高一声低，彼此应和着对方的悲泣。她们两人有着相同的痛苦，成了同一个在黑暗中哭泣的身体。她们现在已经不再是为那个不幸的女教师而哭泣，也不是为她们即将失去父母而哭泣，而是因为一种剧烈的恐惧感震撼了她们，尤其是因为对这个陌生世界可能发生的一切感到恐惧，对于这个世界今天她们才向它投去可怕的一瞥。她们对自己正在进入的生活感到恐惧。这生活就像一片幽暗的树林，轰然耸立在她们面前，阴森可怕，望而生畏，可是她们又必须去穿越。渐渐地，她们两人混乱的恐惧变得越来越朦胧，像梦幻一样；她们的哭泣声也越来越微弱；她们两人的呼吸也缓缓地汇成一气，如同方才的眼泪一样。就这样，她们终于进入了梦乡。

朦胧夜的故事

我们房间里突然变得那么昏暗，是大风又把淫雨吹到了城市上空？不是，空气澄澈明净，沉寂安谧，这样好的天气今年是少见的，现在已经很晚了，但我们竟毫没察觉。只有对面的天窗还闪着微光，山顶上面的天空已经蒙上一层金色的烟雾。再过一小时天就黑了。这是奇妙的一小时，因为这时的色彩比什么都好看：色彩渐渐消退、昏暗，从地上升起的黑暗随之笼罩房间，最后这黑黝黝的波浪毫无声息地在墙上激荡，把我们也冲进了沉沉的黑夜。这时若有人相对而坐，相视无言，定会觉得在这一小时里，黑影之中对方那张亲切的面孔显得更苍老、更生疏、更遥远，仿佛过去从未见过这副模样，仿佛此刻两人是隔着辽阔的空间和悠悠岁月在遥相凝望。但是你说，你现在不愿沉默，要不然听到钟表把时间敲成上百个小碎片的滴答声，听见寂静中病人似的呼吸，心里就会感到压抑。你要我现在把事情讲给你听，好的。当然不是讲我自己，因为我们始终都生活在城市里，不是在这些城市，就是在那些城市，所以生活经历贫乏，或者说我们觉得很贫乏，因为我们还不知道真正属于我们的究竟是什么。此刻本来最好是默不作声，可是我却要给你讲个故事，但愿这个故事会像一片轻纱似的浮动在我们窗前的朦胧的光，温暖、柔和、溢泻的朦胧的光。

我不知道，我是怎么想起这个故事的。我记得，那天下午，时间还早，我在这里坐了很久，看了一会儿书，后来就迷迷糊糊地进了梦乡，或许已经微微睡着了，书掉在了地上。突然间我看见这里有一些人影，他们沿着墙壁忽闪而过，我能听见他们的谈话，看见他们的活动。可是正待我目送这些快要消失的人影时，我就醒了，只是孤零零一人。那本书掉在了我脚下。于是我就捡起书来，想在书中去寻觅方才这些人影的踪迹，可是我在书里再也找不到那个故事了；仿佛这个故事从书页中落到了我手里，或者书里压根儿就没有那个故事。这个故事也许是我梦到的，或者是在一片彩云中读到的。这是从遥远的国家飘到我们城市上空的彩云，它带走了久久压抑着我们的淫雨，要不然我是从手摇风琴忧伤地在我窗下嘎吱嘎吱地拉的那首朴素的古老歌曲中听到的，或者是多年以前有人讲给我听的？我搞不清了。那样的故事常常来到我跟前，我就像手里捧着水在玩，让故事里的事情从我的手指中间流掉，而不将它们抓住，犹如我们从谷穗和高秆儿鲜花旁走过，只是抚摸一下而不折摘一样。我只是梦到过这个故事，先是突然出现一幅色彩缤纷的图像，其结局倒是比较温和，可是我并未将它抓住。不过你今天要我讲个故事，那么此刻，在这朦胧的夜色中我们的眼睛越来越看不清，而我们渴望见到的色彩斑斓、活跃生动的东西却在我们眼前熠熠闪耀的时候，我就来给你讲这个故事。

怎么开始呢？我觉得，我得从黑暗中突出一个瞬间，突出一个画面和一个形象，因为这些稀奇古怪的梦也是这样在我心里开始的。现在我想起来了。我看见一个瘦长的男孩子正从一座王府宽阔的台阶上走下来。这时已是夜晚，一个月色朦胧的夜晚，可是我像拿着一面明亮的镜子把他灵活的身体照得轮廓分明，把他的面容看得清清楚楚。他简直美得出奇。他的头梳得有点孩子气，黑黑的头发垂下来，贴在显得过高的额头上，他的一双手娇嫩而高贵，黑暗中摸索着伸向前面，以感受浸透了阳光的空气的温暖。他的脚步犹豫不决。他梦幻般地走下台阶，来到这座大花园，花园里许多粗壮的树木在簌簌作响，贯通花园的仅有的一条宽阔大道像一根白色的跳板在闪闪发光。

我不知道，这一切是何时发生的，或许是昨天，或许是五十年前，我也不知道是何处发生的，但是我想，大概是发生在英格兰或者苏格兰，因为只有那里我才见到过这么高大的、用宽大的方石砌成的王府，从远处看，它宛如碉堡，桀骜不驯，有点吓人，细细观看才会发现这些王府都热情地俯视着下面阳光明媚、花团锦簇的花园。嗯，现在我完全确定，故事发生在苏格兰高原，因为只有在那里夏夜才这么明亮，天空像蛋白石似的闪着乳白色的光，田野也通宵不黑，仿佛万物都在从内部发出微微的光亮，只有像黑色的鲲鹏似的影子垂落在片片明亮的平地上。是在苏格兰，噢，这一点现在我完全、完全能肯定，要是好好想一想，我或许会想起这座伯爵府的名字和那个男孩的姓名来呢，因为梦幻中那张黑色的皮正在迅速脱落，一切我都能够如此清晰地感觉得到，仿佛这不是回忆，而是亲身经历。这年夏天，男孩在他已经出嫁的姐姐家做客，按照英国体面家庭的热情方式，他并不孤单。晚上，一大批狩猎朋友和他们的夫人大家在一起进餐，还有几位姑娘，全都是高贵的、如花似玉的佳丽，她们洋溢着青春活力的欢声笑语在古老的围墙上发出阵阵回音，然而却并不让人感到嘈杂喧闹；白天，骏马来回奔驰，猎犬系上皮带，那边河上则有两三条小船在闪亮：一派忙而不乱的景象使得生活有一种快速而适意的节奏。

现在已是黄昏，宴席已散。先生们都在客厅里坐着，抽烟玩牌；直到午夜时分，从明亮的窗户里射出来的、边上颤动着的光束投在了花园里，有时还传出阵阵响亮而风趣的笑声。女士们大多已经回到自己房里，或许有一两位还在前厅聊天。所以到了晚上这位男孩便孤单了。还不允许他到先生们那儿去，或是只允许他在那儿待一会儿，到夫人们跟前去吧，他又腼腆，不好意思，因为往往他去拧太太们的房门把手的时候，她们就突然压低说话的声音，他感到，她们在谈他不该听的事情。其实还是因为他不喜欢同她们凑在一起，因为她们问他问题的时候，像是问小孩似的，对他的回答只是漫不经心地听一听，她们仅仅是让他干各种各样的小事，完了就谢谢他，说他是乖孩子。所以他想上床睡觉去了，而且已经从盘曲的楼梯上了楼；可是房间里太热，憋得让人喘不过气来。白天忘了把窗户关上，所以阳光把屋子晒了个够：桌子灼热，床上像是用火烤过，四壁暑气熏蒸，房角里和窗帘上闷热的暑气还在颤颤悠悠地蒸腾。随后他想：天气还早——外面，夏夜像白蜡烛在闪亮，是那么宁静，一丝风儿都没有，静得消去了胡思乱想。现在男孩又走下这座王府的高高的台阶，走进花园。黑黝黝的花园上空，苍穹闪着微弱的光亮，像圣徒头上的祥光，许多看不见的鲜花竞吐芬芳，阵阵浓郁的香气诱惑地向他袭来。他心里有种奇怪的感觉。这位十五岁的男孩心情如此紊乱，他自己也不知道怎么会这样，但是他的嘴唇翕动着，仿佛要对黑夜倾吐些什么，他举起双手，或者久久闭上眼睛，仿佛他与这宁静的夏夜之间有什么神秘而知心的事儿似的，想说话或做个问候的手势。

男孩慢慢地从宽阔的、没有什么遮挡的大道上拐进一条狭窄的小路，两旁是高大的树木，顶上闪着银光的树冠像是在互相拥抱一样，而树底下却是黑黝黝的。这时万籁俱寂，只有静谧的花园里那种无法描述的声息，那种宛如细雨落进草里或草茎互相抚摩时所发的窸窣声颤动着向这位沉浸在甜蜜的、不可捉摸的伤感中信步前行的男孩子飘来。有时他轻轻摸一摸树，或者停下来聆听这微微的声息：帽子压着他的额头，于是他就把帽子取了下来，好让裸露的、血液扑腾的太阳穴感受一下睡意蒙眬的微风的抚摩。

正当他往黑暗处走进一些的时候，突然发生了一件匪夷所思的事情。他背后，砾石发出嚓嚓的响声。他吓了一跳，待转过身去，就只看见一个修长的白色身影朝他翩翩而来，并且已经挨近了他。他胆战心惊，感觉到自己已被一个女人紧紧地、可又无丝毫强制地搂住。一个温暖、酥软的身体紧贴着他的身体，一只娇嫩的手迅速地、战战栗栗地抚摩着他的头发，并使他的头朝后仰：他心醉神迷地感到嘴上沾着一颗陌生的、开了口的仙果——两片颤抖的芳唇在使劲吮吸他的嘴唇。这张脸离他的脸那么近，近得他连对方的面容都无法看清。再说他也不敢看，因为一阵寒战向他袭来，他心里感到隐隐作痛，以至于不得不闭上眼睛，服服帖帖地任凭自己成为这两片灼烫的芳唇的猎物；他的两条胳膊迟疑不定、犹豫不决地搂住这个陌生的佳丽，如痴如醉地将这个陌生的身体使劲贴在自己身上，他的两只手贪婪地顺着柔软的曲线游移，歇了一会儿又哆哆嗦嗦地继续蠕动，越来越火热，越来越疯狂。她将他箍得越来越紧，身子已经弓了起来。现在她躯体的全部重量都压在他那任凭摆布的胸脯上，虽然很重，但他却感到美不胜收。她喘着粗气紧紧地贴着他，他感到自己不知怎么在往下坠，双膝已经支持不住。他什么也不去想，既不去想这个女人是怎么到他身边来的，也不去想她叫什么名字，他只是闭上眼睛从这陌生而湿润的双唇上贪婪地吮吸玉液琼浆，直饮得酩酊大醉，情不自禁，毫无理智地驱向一股无比强烈的激情之中。他觉得天上的星星突然坠落了，眼前光芒闪烁，他触及的东西全都像火花似的在颤动，在灼燃。他不知道，这一切持续了多久，他这样被柔软的链子拥锁着是否有几个小时，还是只有数秒钟：在这疯狂的感觉中，在这场心摇神荡的搏斗中，他感到身上每一根神经都在熊熊燃烧，他正在朝一种妙不可言的眩晕状态蹒跚而行。

后来，突然间这条火烫的链子一下子断了。紧紧抱着他的那双手猛地、几乎是愤怒地松开了，陌生女人站起来，一阵风似的跑了，一道白光从树旁一闪而过，在他举手去拽住她之前，早就不见了踪影。

这是谁？方才持续了多久？他忐忑不安、魂不守舍地倚着一棵树站立起来。他滚烫的太阳穴慢慢冷却下来，他又能冷静地思考了：他觉得，他的一生似乎往前挪了上千个小时。他过去曾迷迷糊糊地梦到过女人和情欲，难道突然之间竟梦想成真了？或者说，这确实只是一个梦？他摸了摸自己，抓了抓自己的头发。在砰砰捶打着的太阳穴周围确实又湿又凉，这是因为方才他俩跌进草丛，沾了露水的缘故。现在这一切又在他眼前一闪而过，他感到嘴唇又在灼燃，又吮吸到了从她窸窣作响的衣服里散发出来的荡气回肠的馨香，他竭力想回忆起每一句话，可是一句也想不起来。

现在他一下想起，她什么话也没有说，连他的名字也没叫，他心里感到好生吃惊；他只听到她嘴里漾出来的阵阵呻吟，拼命屏住的销魂荡魄的狂喜的啜泣，只有闻到她散乱的头发散发的幽香，只感觉到她那对压着他的滚烫的乳房，以及她光滑的肌肤，她把她的娇躯，她的呼吸，她颤抖着的全部感情都给了他，而他却并不知道这个女人是谁，这个在黑暗中以其爱情来袭击他的女人是谁。他一定得要她说出一个名字来，以便解开他的惊愕和幸福之谜。

这时他觉得，方才他同一位女人所经历的那件闻所未闻的事，对于以诱惑的目光凝视着他的那个闪闪发光的秘密来说，实在是贫乏，极其贫乏和微不足道。这个女人是谁呢？他飞快地把每个可能的人都想了个遍，将住在这个王府里的所有女人的形象统统集合在他眼前；他回想起每个不寻常的时刻，从记忆中挖出同她们的每次谈话，重温唯一有可能卷入这个谜里去的五六个女人的每次微笑。也许是年轻的伯爵夫人 E，她常常那么厉害地叱责她渐渐衰老的丈夫；或许是他表叔的年轻夫人，她那双眸子显得出奇的温柔和彩虹般美丽；或许是——想到这点他就吓了一跳——他三位表姐中的一个？她们三人彼此长得很相像，个个都是一副文雅、矜持的神情。不是，她们可全都是冷若冰霜、谨言慎行的。近几年来，他常常觉得自己是个被驱逐的人，是个病人，自隐秘的烈焰在他心里熊熊燃烧，并且闪闪烁烁地落入他的梦境以来，他是多么羡慕三位表姐啊，她们个个都那么安然恬静，不晕头晕脑，没有欲念，或者说看起来是这样，而对自己正在苏醒的情欲则感到惶恐不安，就像害怕残疾似的。那么现在呢……是谁，她们之中是谁善于如此掩人耳目呢？

经过这个问题的一番折腾，他慢慢地从心醉神迷的状态中清醒过来了。时间已晚，牌厅里的灯光已经熄灭，王府里只有他一人还醒着，就只有他——也许还有那一个，那个他不知其名字的女人。疲倦微微向他袭来。还去想它干什么？明天早晨目光一瞥，眼皮下的眼睛一闪，心照不宣地握一下手就会向他透露这一切的。他精神恍惚地走上台阶，就像他精神恍惚地走下台阶一样，不过两者之间可有天壤之别啊。他的血液仍然微微地激动着，白天太阳晒热的房间他现在似乎觉得凉快多了。

他第二天早晨醒来，楼下的马匹已在用蹄子蹬地刨土了，欢声笑语传进他的耳朵，中间还夹杂着他的名字。他飞快地从床上一蹦而起——早餐是已经耽误了——，急忙穿上衣服，奔下楼去，受到大家兴高采烈的迎接。"爱睡懒觉的人。"伯爵夫人朝他笑着说，两只明亮的眼睛里闪着笑意。他贪婪的目光在她脸上搜寻着；不是，不会是她，她笑得过于没有拘束。"做了个甜蜜的梦吧！"这位年轻夫人戏谑道，他觉得她的娇躯好像过于瘦削。他飞快地将她们的脸逐一扫视一遍，想为他的疑问找到答案，可哪一张脸也没有以嫣然一笑来向他回传心曲。

他们骑马到乡下去。他用心谛听每个人的声音，眼睛紧紧注视着女士们骑在奔马上身体扭动时的每根线条和每个起伏的姿势，窥视着她们弯腰抬臂的神态。中午在餐桌上坐着闲聊的时候，他故意弯着身子，挨近她们，以便闻一闻她们双唇上的芬芳，或者秀发上散发出来的馥郁的香味。但是一无所获，他没有得到信号，没有得到些微可以供他发烫的思想去跟踪追击的踪影。漫长的白昼已尽，天色渐近黄昏。他本想看看书，但是一行行的字都从书页边上溜出去，突然进了花园。黑夜，奇怪的黑夜又降临了，他感觉到那不知名的女人的一双手臂又将他紧紧抱住了。他从哆嗦着的手里把书放下，想到池塘那边去。突然间他已经站在老地方的砾石路上了，对此他自己也大为吃惊。晚餐时他心里忐忑不安，一双手不知所措，不停地来回摸索，无处摆放，好像被人注视着一样，他的眼睛怯生生地缩在眼帘之下。终于，其他人都挪开椅子起身了，直到这时他才喜形于色，马上从往房间去的路上逃进花园，在白色小路上来回踱步。小路好似一条乳白色的雾带在他脚下闪着微光，他在这条路上不停地踯躅，徘徊了千百次。客厅里的灯点亮了吗？点亮了，灯终于全都点亮了，二楼上几个黑乎乎的窗户里终于也透出了灯光。夫人小姐们都回各自的卧室去了。她若是来，只要再过几分钟就可以到了，可是现在每一分钟都在膨胀，膨胀到爆裂的程度，他心急如焚。他又在踟蹰了，像是被一条看不见的绳子拴着，扯着他只好这样走来走去。

这时突然白色的人影一闪，下了台阶，动作飞快，快得他无法认出来。她像一缕月光，或者像遗失在树丛中的一条随风飘舞的纱巾，被一阵急风刮了过来，现在，现在刮进了他的怀抱，他伸开爪子似的双臂，贪婪地将这个因为急速奔跑而发热的、充满野性的身子抱住，感觉得到她的心脏在怦怦直跳。这股热浪出其不意地袭在他的身上，在热浪甜蜜的冲击下，他以为要晕倒了，一心只想随波流去，在暧昧的快乐和满足的波涛中浮沉。同昨天一样，这次又只是一瞬间。接着他从陶醉中猛然清醒过来，抑制住内心的欲火。女人的娇躯此刻在他身上贴得那么紧，他觉得这颗怦怦作响的陌生的心是在他自己胸中跳动。但是不行，绝不能沉迷在这销魂荡魄的温柔乡里，在知道这女人的名字之前，绝不能任凭这两片正在吮吸的芳唇来摆布！她吻他的时候，他把头往后一仰，想看清她的脸。可是，这里落着一片树影，在黯淡的月光中和黑发交织在一起，难以分辨。树丛太密，浮云遮掩的月亮光线又太弱。他只看见一双晶莹的眼睛，像是两颗红似烈焰的宝石，像是藏在色泽黯淡的大理石深层的两颗宝石。

他一心想听她说一句话，即使只听到她吐出的一星半点儿声音也好。"你是谁？告诉我，你是谁？"他要求道。但是这两片柔软、湿润的芳唇只是一味亲吻而不出一声。于是他想，把她弄痛，她一叫喊，不就逼出声来了。于是，他揪住她的胳膊，用指甲戳她的肉，可是他从她紧紧屏住的胸口听到的只是喘息声，火辣辣的呼吸和硬不出声的嘴唇上的春情。从她的双唇中只是间或吐出微弱的呻吟，他不明白，这声音是由于疼痛还是由于销魂之乐而发的。面对这固执的意志，他感到无能为力，从黑暗中出来的这个女人征服了他而没有暴露自己，他具有无限的力量来战胜这个欲壑难填的娇躯，但却无法得知她的名字——这一切弄得他快要发疯了。他不由得怒火中烧，想竭力脱出她的缠绕；可是她呢，她感觉到他胳膊上的劲儿渐渐小了，觉察到他心里跷跷不安，就用她激动的手抚摸他的头发，既是安慰，又是挑逗。她的玉指在他头发上摩挲时，他感觉到额上有种轻微的叮当声，那是她松松地垂挂于她手镯上的一块金属牌牌——一枚硬币——在摆动。这时他突然生出一个想法。他像是沉溺于最最野性的情欲中似的，把她的手拉来压在自己身上，同时把这块硬币深深压进自己半裸的胳膊，直到硬币的一面在皮肤上留下一个印记。现在他已经得到了一个记号，因为记号就在他身上，所以这时他便乐得顺从自己方才被抑制的激情。于是他便紧紧贴近她的身体，吮吸她芳唇上醉人的快乐，默不作声地搂抱着她，跃入神秘、恣肆的欲火之中。

后来，同昨天一样，她又突然一跃而起，逃之夭夭，不过他也没有想要拦住她，因为他急于想看清那个记号，这种好奇心使他的血都烫了。他奔回自己的房间，把黯淡的灯火拨得雪亮，迫不及待地低头查看那枚硬币印在他臂上的记号。

这个印记正在消去，已经不很清楚，圆周已不完整，但是有一角还很清晰，留下的红色印痕还历历可见。印记的角上棱角分明，这枚硬币大概是八角形，中等大小，大体上像是一便士币，只是更有立体感，因为图案上与山丘相应的低洼还刻得更深。这印记像火一样烫人，正当他如此贪婪地细细观看时，他感到这印记突然像伤口一样作疼，直到他把手浸在冷水里，火辣辣的疼痛才消去。这枚金属牌牌是八角形，现在他感到有了十足的把握。他的眼里闪着胜利之光。明天一切他都将知晓。

　　翌日早晨他是最早来到餐桌上的一个。已经来到餐厅的夫人小姐中只有一位年纪较大的小姐，还有他姐姐和伯爵夫人。她们个个满面春风，兴之所至，谈笑风生，谁也没有去理他。这倒正中他的下怀，他可以更好地观察她们。他的目光迅速扫过伯爵夫人纤细的手腕：她没有戴手镯。他这才泰然自若地同她说话，但是他的眼睛却总是焦躁不安地往门口探望。他的三位表姐这时正一同进来。他心里又惴惴不安了。他看见她们手腕上的饰物都缩在衣袖里，隐隐约约地看不清楚，可是她们转眼就落了座，恰好在他对面：吉蒂，栗色头发，玛尔戈特是一头金发，伊丽莎白的头发很亮，亮得像白银在黑暗中闪光，像金色的瀑布在阳光中飞泻。这三位都像往常一样，冷淡、沉静和矜持，摆出一副端庄的样子。他最恨的就是她们身上的这副神气，因为她们并不比他大多少，前几年还跟他一起玩呢。现在就缺他表叔的年轻妻子了。少年的心变得越来越忐忑不安，因为他感到马上就要水落石出了，一下子他几乎反倒喜欢上这秘密给予他的谜一般的折磨了。不过他的目光是好奇的，老在餐桌边飞快地游弋，女士们的手或是静静地放在洁白雪亮的桌布上，或是像轻舟在波光粼粼的港湾里缓缓地荡漾。他看到的只是一双双纤手，他突然觉得一只只手犹如一个个古怪的人，犹如舞台上的人物，每个都有自己的生命和灵魂。他太阳穴上的血液为什么跳得这么厉害？他的三位表姐都戴了手镯，这一发现使他大吃一惊。从儿童时期起他就一直知道她们三人脾气倔强，性格内向，可是他要加以证实的，肯定就是这三位高傲的、外表上无可挑剔的姑娘中的一位，这事使他感到困惑。那么究竟是哪一位呢？是年纪最大也是他最不熟悉的吉蒂，是态度生硬的玛尔戈特，还是小伊丽莎白？她们之中无论哪一位，他都不敢企望。他心里暗暗希望，但愿她们都不是，或者说他不愿知道那个人。可是现在他心里充满了强烈的渴望，非弄个水落石出不可。

"可以再给我一杯茶吗，吉蒂？"他的声音听起来像喉咙里有沙子似的。他把杯子递了过去，这么着她就得抬起手臂，伸过桌子，将茶递到他面前。现在——他看见她的手镯上垂挂的一块雕牌颤动着，一瞬间他的手僵住了，但不是，这是块镶嵌的圆形绿宝石，碰在瓷餐具上发出微微的响声。他的目光满怀感激地掠过吉蒂的褐发，像是给了她一个吻。

片刻间，他喘了口气。

"能劳驾你递给我一块方糖吗，玛尔戈特？"对面餐桌上抬起一只纤手，伸出去拿住银盒，递了过来。这时——他的手微微哆嗦了一下——他看见她藏在袖子里的手腕上戴着一个精巧的手镯，上面垂着的一枚古银币在摆动，银币是八角形，一便士大小，显然是件传家之宝。这可是八角形的呀，每个角都很锐利，昨天在他肉里扎下了一块印记。他的手把握得不太稳，夹糖的钳子两次都夹偏了，最后夹起的一块方糖才掉进茶里，不过他忘了喝。

玛尔戈特！这个名字在他嘴唇上灼燃，这是一个前所未有的惊异，他差点叫喊起来；不过他还是咬紧了牙齿。这时他听见她在说话——他觉得她的声音好陌生，仿佛有人在讲台上向台下讲话——冷冰冰的，字斟句酌，轻轻开个玩笑，神色从容，泰然自若，她的这种肆无忌惮的谎言真让他感到心惊胆战。这真是晚上像猛兽似的向他扑来的姑娘，就是昨天被他压得气喘吁吁、两片芳唇任他狂吸猛饮的那位姑娘吗？他又一次怔怔地谛视着她的嘴唇。是的，那固执劲儿、那内向的性格，只可能隐藏在这两片轮廓鲜明的嘴唇上，可是那烈焰熊熊的欲火又向他泄露了什么呢？

他更加仔细地凝视着她的脸，仿佛是第一次见到她。他狂喜、震颤、幸福得差点儿大哭起来，他第一次感到，她显出这副高傲的神态时有多美，她心怀这个秘密时诱惑力有多大。她的两道秀眉呈弧形曲线，形成一个锐角之后就突然往上一挑，他那春情激荡的目光精心描摹着这两道眉毛的线条，深深钻入她那双灰绿色的眸子中清凉的宝石红玉髓之中，吻着她脸庞上苍白的、微微透着光泽的皮肤，将她此刻轮廓鲜明的紧绷着的嘴唇软软地隆成拱形来亲吻，又在她那浅色的秀发中搜寻了一番，随后迅速往下移去，销魂地将她整个身躯拥入怀里。直到此刻他才算认识她。这时他从餐桌边站起来，但两膝哆嗦不已。他被她的外貌弄得酩酊大醉，仿佛饮了浓郁的玉液琼浆。

这时他姐姐已经在楼下喊他了。已经备好做晨骑用的马匹嚼轻勒，都在那儿焦躁地踏着舞步，显得很不耐烦。他们一个个迅速坐上马鞍，随即便像一队色彩缤纷的骑兵上了花园林荫道。起初马匹是慢步小跑，这男孩觉得这种懒洋洋的均匀的马步同他血液涌流的急速节拍很不协调。然而一出大门，大家就纵马飞奔，从道路的左右两侧驰进还在蒸腾着薄薄的晓岚的草地。夜里的露水一定很重，因为在轻纱般袅袅升腾的烟雾中不时闪烁着晶莹的水珠，空气格外清凉，好似近处有道瀑布在飞泻。完整的一队人马立刻就分散开来，链条扯成了五颜六色的几截。有几位已经连人带马消失在山间的树林里了。

玛尔戈特是骑在最前面的人中的一个。她喜欢恣肆驰骋，喜欢劲吹的疾风戏弄她的长发，喜欢策马奔驰，听到耳际嗖嗖风声时的那种无法描述的感觉。在她身后，那男孩在纵马狂奔：他看见她那高高端坐马上的骄傲的身躯随着剧烈的起伏动作，弓成一条美丽的弧线，间或还看到她泛着一抹淡淡红晕的脸颊和炯炯有神的眼睛。此刻，在她如此热情地展示自己的精力时，他又认出了她。他极其强烈地感觉到她突如其来的爱情，她的欲望。他心里突然升起猛烈的欲望：现在猛地将她抓住，从马上拉下来搂在怀里，再次吮吸她那难以驯服的芳唇，承受她那颗激动的心颤颤巍巍地对他胸口的冲撞。他向马的腹部抽了一鞭，马便嘶鸣着奔到前面。现在他到了她身边，几乎同她膝盖擦膝盖，马镫相碰发出轻微的声响。现在他非得把事情揭开，非得揭开。"玛尔戈特。"他结结巴巴地说。她转过头来，两道剑眉往上一挑。"什么事，波普？"她冷冷地问，眼睛冷淡而晶莹。他身上起了一阵寒战，一直传到膝盖上。他该说些什么呢？他可找不到词儿了。他支支吾吾地说出了往回走的意思。"你累了？"她问，他觉得这话里带有嘲弄的意味。"不累，可是他们远

59

远落在后面了。"他更加吃力地说。他感到，再有片刻，他恐怕就要干出荒唐事来了：猛地朝她伸出胳膊，或者放声大哭，或者用像带了电似的、在他手里颤抖的鞭子抽她。他猛然一拉缰绳，将马往回一带，弄得奔马立起了后脚，而她却继续往前疾驰，高挺的身子端坐马上，一副骄傲、拒人于千里之外的神态。

其余的人很快就赶上了他。他周围响起一阵叽叽喳喳的说话声，但是这些欢声笑语回响在他耳畔，就同嗒嗒的马蹄声一样，没有一点意义。他没有勇气向她诉说他的爱情，逼她说出事实真相，为此他感到十分苦恼；他想驯服她的欲望变得越来越强烈，像一片红色的天穹在他眼前坠落在地上。为什么他不将她嘲弄一番，就像她犟着性子将他嘲弄一样？他下意识地策马向前，等到坐骑风驰电掣般跑开了，他心里才感到轻松一些。这时大家都在喊他往回骑。太阳已经爬上山峦，高悬中天。田野上飘来一阵柔和弥散的芳香，色彩耀眼，像熔化的黄金闪入他的眼帘。湿热和浓香在大地上蒸腾，汗水涔涔的马匹已经懒洋洋地开始小跑，身上冒着热气，不住地喘息着。队伍又慢慢地聚集在一起，欢笑声显得有气无力，大家的话也少了。

玛尔戈特也重新出现了。她的马的嘴里吐着白沫，有的溅在她衣服上在微微颤动，头发绾的圆髻眼看就要散开，现在只有发卡松松地别着。这男孩着了魔似的紧盯着这头金色的发辫，他思忖，这头金发说不定会突然松开，披落下来，长发飘散。这个想法使他兴奋异常，几乎发狂。大路尽头处，花园的拱形大门已经在光灿灿地闪耀，后面是通往王府的宽阔的大道。他把缰绳一带，小心翼翼地纵马从别人身边超过，第一个到达花园。他跳下马，把缰绳交给跑来的仆人，自己则在那里等着大队人马到来。玛尔戈特是最后到达的几位之一。她缓缓策马而来，身体软绵绵地往后倚着，像是一次销魂之后全身酥瘫了一般。他觉得，她在心醉神迷之后准是这副样子。想起这事，他心里便激情翻涌，狂飙顿生。他挤到她跟前，气喘吁吁地扶她下马。

他扶着马镫，一只手急切不安地就势抱住她娇嫩的脚腕。"玛尔戈特。"他呻吟着喃喃地低声喊道。听到他喊她，她连眼皮都没抬一抬，就泰然自若地握着他伸过来的手，从马上一跃而下。

"玛尔戈特，你真是妙极了。"他再次结结巴巴地说。她狠狠地盯着他，又把眉毛高高地挑到额头上。"我认为你喝醉了，波普！你在这里胡说些什么？"他对她的装模作样感到愤怒，出于盲目的激情，他把还一直握着的那只手紧紧压在自己胸口，仿佛要将这只手戳进自己胸腔里去似的。玛尔戈特大为恼火，脸气得绯红，她狠狠地把他一推，推得他一个趔趄，她自己则迅速从他身边迈过。这一切发生得非常迅速，只在一闪之间，所以谁也没有发现，就连他自己也以为，这不过是一个令人心悸的梦。

他的脸色如此苍白，整天激动不已，以致那位金发伯爵夫人走过时还捋着他的头发问，他是否哪儿不舒服。他怒不可遏，竟将那条汪汪吠叫的狗一脚踢到边上，玩牌的时候也是笨头笨脑的，惹得姑娘们都拿他来取笑。他想，今晚她不会来了。这个想法害了他，弄得他闷闷不乐，无名火起。他们大家一起在外面花园里坐着喝茶，玛尔戈特在他对面，但是她连看都不看他。他的眼睛一直颤颤悠悠地望着她的眼睛，像有磁铁在吸引似的，可是她的眼睛冷冷的，就像两块灰色的石头，没有一点反应。受她这般要弄，他不禁心头火起。她转过脸，不去看他。见她这副狂妄神气，他便捏紧拳头，他觉得，他简直会一拳把她打趴下。

　　"到底怎么啦，波普？你的脸色很苍白呢。"这时突然有个声音问道。那是小伊丽莎白，玛尔戈特的妹妹。她的眼里闪烁着一道温暖、柔和的光，然而他却没有觉察到。他感到像是被人抓住了什么把柄似的，怒气冲冲地说："让我安静一会儿吧，别拿你那该死的担心来折磨人！"说了这话，他便后悔不已，因为伊丽莎白的脸刷一下变得十分苍白，马上转过头去，眼含泪水说："你这个人可真怪。"大家都愤愤不平地、几乎是威逼性地望着他，他自己也感到理亏。然而，他还没有来得及道歉，那边桌上便传来一个生硬的声音，那是玛尔戈特的声音，锋利、冷峻犹如刀刃："我压根儿就觉得，波普那么大了还这么不懂礼貌。把他当绅士，或者仅仅把他当成年人看待，都不对。"这话是玛尔戈特说的，就是昨天晚上还把双唇赐予他的玛尔戈特说的。他感到周围的一切都在旋转，眼前一片模糊，不禁怒火中烧。"想必是你，恰恰是你，对于这件事该是一清二楚的！"他不怀好意地强调说，并且站起身来。由于他动作过猛，碰倒了身后的椅子，可是他头也不回，就拂袖而去。

　　不过，他自己也觉得这太荒唐，晚上他又站在楼下的花园里，向上帝祷告，愿她能来。或许她的态度也只不过是故作姿态和桀骜不驯的表现吧，不，他不想再问她，不想再折磨她了，只要她来，只要允许他在自己嘴上能重新感觉她柔软、湿润的双唇那强烈的欲望，那么所有的问题就都无需解答了。时间似乎已经沉入梦乡，像只行动迟钝、有气无力的野兽匍匐在王府前面：时间真是长得出奇。他觉得四周草丛中发出的轻微的咻咻声就像是嘲笑人的声音，轻轻摇曳的枝丫在戏耍着自己的影子和微微闪耀的灯光，像是爱捉弄人的手在晃动。各种声音纷乱杂沓，而且陌生，比沉寂更让人感到肝肠寸断。那边乡村里间或有犬吠声传来，有时一颗流星嗖的一下划过夜空，坠落在王府后面的什么地方。黑夜似乎变得越来越亮了，投在路上的树影则变得越来越浓，那些微弱的声响也越来越纷乱杂沓。后来，飘动的浮云又遮住了天穹，朦胧、抑郁的昏暗笼罩着大地。这份寂寞一下袭上他滚烫的心头，令他感到隐隐作痛。

少年不住地踯躅徘徊，步子越来越急，越来越快。有时候他朝树木怒击一拳，或者用手指把树皮抠得粉碎，他怀着满腔怒火使劲地抠，把手指都抠出了血。唉，她不会来了，他本是预料到的，然而他却不愿相信，因为她要是不来，那就永远，永远不会再来了。这是他一生中最痛苦的一刻。他还年轻，正值青春年华，想到这里，他便狠狠地扑倒在潮湿的苔藓地上，双手在土里乱抓，泪流满面，剧烈地轻声啜泣着，长这么大他还从来没有这么哭过，将来也不会再这样哭。

这时，树丛中突然轻轻地咔嚓一声，把他从绝望中唤醒。他一跃而起，双手朝前瞎摸，一个热乎乎的东西朝他胸口猛地一撞，真是妙不可言——他又将那个梦寐以求的娇躯搂在了怀里。他喉咙里涌起一阵抽泣，他整个存在化为剧烈的痉挛，他将这个高高的丰腴身体紧紧搂住，搂得那陌生而又缄默不语的嘴里发出一声呻吟。他感觉到，她在他的牛劲之下呻吟着，于是他第一次知道，他主宰了她，而不像昨天，也不像前天，他成了她忽阴忽晴的脾气的猎物；他心里升起一股欲望，要为他这上百个小时所受的痛苦而折磨她，要为她的桀骜不驯，为今天晚上她当着大家的面所说的那些鄙薄的话，为她生活中撒谎的花招而整治她。仇恨已经同炽热的爱情融为一体，因而这拥抱与其说是柔情缱绻的亲昵，还不如说是一场搏斗。他紧紧钳住她纤细的手腕，她整个气喘吁吁的身体也随之扭动，战栗不已，随后他又将她拉进怀里，使劲搂住，搂得她动弹不得，只好一个劲儿低沉地呻吟，他不知道，这呻吟是出于快乐还是出于痛苦。尽管这样，他却依然无法逼她说出一个字来。现在他把自己的嘴唇贴在她的双唇上不住地吮吸，还想把这低沉的呻吟也封住。这时他感到她的唇上湿乎乎的，是血，是正在流淌的血，是她用牙齿使劲咬着嘴唇咬出来的血。他就这般折磨着她，直到他突然感到自己的精力也已消耗殆尽，一股情欲的热浪涌上心头，两人这才胸贴着胸，喘息不止。熊熊烈焰一下就熄灭了，星星仿佛在他们眼前闪烁，一切都神经错乱了，他的思想转得更加疯狂，万物就只有一个名字：玛尔戈特。他心里烈焰腾腾，终于从心灵深处低沉地吐出了一个声音——是欢呼也是绝望，是渴望、仇恨、愤怒，也是爱情，这一切凝成一句话，一声呼喊，抑制着三天的痛苦的呼喊：玛尔戈特，玛尔戈特！对他来说，这几个字音里回荡着世间的音乐。

她全身像是遭了重重的一击。狂热的拥抱一下子僵住了，她拼命将他一推，她的喉咙里迸出一声哽咽，一声哭泣，她的动作又变得异常激烈，不过只是为了脱出身来，好摆脱这可恨的接触。他想出其不意地将她抓住，但她与他相搏，他俯首将脸挨近她的时候，感觉到愤怒的泪水正战战栗栗地从她脸颊上直往下流，她那窈窕的身体像蛇一样扭动着。突然，她使劲将他往后一推，就顺势逃之夭夭。树木间她的衣服白光闪烁，随即便在黑暗中消失。

他又孤零零地站在那里，神色慌张，茫然若失，就像是第一次那温暖的娇躯和狂热的春情猛地冲出他的怀抱一样。他的眼前，星星也像眼泪汪汪似的，热血自里往外在他的额头上钻出一些细小的火星。他究竟出了什么事？他摸索着走过由一棵棵分散的树木组成的行列，进入花园深处，他知道，那里有一口水流飞溅的小喷泉。他让喷泉的水抚摩着他的手，银白色的泉水向他喃喃细语，这时月亮正慢慢从云层中露出来，在月光的反射下，清泉在奇妙地熠熠闪亮。现在他的目光清晰多了，这时突然有一阵极度的哀伤向他袭来，多么奇妙啊，仿佛是温煦的微风从树丛中把这哀伤吹落下来的。滚滚热泪从他胸中喷涌而出，此时他比哆哆嗦嗦地搂抱的时刻更加强烈、更加清晰地感到，他是多么爱玛尔戈特啊！迄今所有的一切——占有的迷醉，战栗和痉挛，以及探秘无果的愤怒全都烟消云散；只有那忧伤而甜蜜的爱情，那几乎没有一点渴望但却无比强烈的爱情将他完完全全拥抱在怀里。

他为什么要这般折磨她？这三夜她给予他的东西不是多得不可悉数吗？自从她教他品味了绸缪的情意和剧烈震颤的爱情以来，他的人生不是突然从暗淡的朦胧中进到危险的、熠熠闪亮的光耀中去了吗？她是带着眼泪，怀着愤怒离开他的呀！这时他心里涌起一个无法抗拒的、温存的心愿，希望同她握手言欢，希望她说句温柔、熨帖的话，这个要求有点类似于一个欲望：将她静静地拥在怀里，不求任何索取，并对她说，他是多么感激她。是的，他甚至愿意到她那儿去，并低声下气地对她说，他对她的爱是多么纯洁，他永远不再叫她的名字，永远不再逼她回答她不愿启齿的问题。

泉水银光粼粼，汩汩流去，他不由得想起她的泪水。也许她现在一个人在独守空房，他继续思忖着，或许只有这絮絮低语的黑夜，这专门谛听大家的秘密而不给任何人安慰的黑夜听从她的话，他离她是咫尺天涯，看不到她秀发上的一丝闪光，也听不到她随风飘去的芳音所剩下的只言片语，可是两颗心灵却相互偎依，紧紧相缠——这一切对他来说都是难以忍受的痛苦。渴望待在她身边，哪怕是像条狗似的躺在她的门口或者像乞丐似的站在她的窗下，这种渴望现在已经变得无法抗拒。

他怯生生地从黝黑的树林中蹑手蹑脚地走了出来，看见二楼的窗户里还亮着灯光。光线幽微，黄色的微光几乎连那棵大枫树的叶子都没有照亮。这棵枫树，它的枝丫像手一样想轻轻叩击窗户，在微风中朝前一伸，又往后一缩，简直是个在窃听的黑黑的彪形大汉，伫立在这扇明亮的小玻璃窗前，谛听别人的隐秘。一想到玛尔戈特在这扇明亮的玻璃窗后尚未就寝，或许还在哭泣或者在想念他，这男孩就无比兴奋，以致他不得不倚在这棵大树上，免得身体摇晃，站立不住。

他像着了魔，呆呆地凝视着楼上的窗户。白色的窗帘晃来摆去，随风戏耍，一旦飘出暗处，在室内温暖的灯光映照下，就呈暗金色，如果吹出窗外，染上从圆形树叶之间泄漏出来并晶晶闪耀的月光，马上就变成银白色。朝里开的玻璃窗反映出光与影不平静的流动，宛如在描绘一块光线明暗相间的织物。可是这位正热昏了头的男孩子用火辣辣的眼睛呆呆地凝视着楼上，对他来说，这些天所发生的种种事情仿佛都用黑色的日耳曼古文字书写在玻璃板上了。那流动的暗影，这银色的闪光，像柔曼的烟云飘浮在锃亮的玻璃窗上。这些匆匆捕捉到的感觉激发起他的遐想，幻化成无数闪烁不定的图像。他看见了她，玛尔戈特，袅袅婷婷，俏丽动人，长发披散，噢，那头浓密的金发，她正怀着内心的躁动不安，在屋里走来走去，见她因情欲而发烧，因愤怒而抽泣。此刻，他透过巍巍高墙犹如透过玻璃一样，看到她每个最最细小的动作：双手颤抖，跌坐在沙发椅上，默默地、绝望地凝视着星光惨淡的夜空。有一会儿玻璃窗变得亮堂了，他甚至觉得认出了她的脸庞，她正怯生生地把脸探向窗前，俯视正在沉睡的花园，搜索他的踪影。这时他被强烈的感情所控驭，既克制又急切地向楼上呼唤她的名字：玛尔戈特！……玛尔戈特！

　　不是有个影子像白色轻纱一样忽闪一下飞快地从玻璃窗上越过吗？他觉得是看得清清楚楚的。他凝神谛听，可是毫无动静。身后，酣睡的树木在轻声呼吸，无精打采的风儿拂过，草丛中发出轻微的绸缎似的窸窣声，这些声音变得越来越远，越来越响，汇成一个温暖的波涛，随后渐渐轻轻地平息下来。黑夜在静静地呼吸，窗户依然默默无声，银色的镜框里嵌着一幅加深颜色的画像。难道她没有听到他的呼唤？还是她不愿再听到他的声音？窗户上颤颤悠悠的亮光弄得他心烦意乱。他心里的欲望从胸口里跳了出来，往树皮上重重摔去，由于这股激情来得凶猛，树皮似乎也哆嗦起来了。他只知道，他现在必须见她，必须听到她说话，哪怕是大声喊她的名字，喊得大家寻声跑来，喊得大家从梦中惊醒，他也毫不反悔。此刻他预感到会出点什么事，最最荒唐的事对他来说正是他热切企求的，就好像在梦里什么事都易如反掌唾手可得一样。这时他再次抬头往楼上的窗户张望，一下发现靠窗的那棵树伸出的枝丫像路标一样。刚一闪念，他的手就已经更加使劲地把树干抓住。突然间，他脑子开了窍：树干虽然粗大，但是摸着却柔软而有韧性，他得爬上去，爬到树上再喊她，那儿离她窗户只有一步之遥；他要在挨她很近的地方同她说话，不得到她的原谅，他就不下来。他未作丝毫考虑，只见窗户微微闪亮，在引诱他，感到身边这棵树又粗又大，在支托着他。他很快地攀了几下，又往上一纵，双手攀住一根枝丫，并将身子使劲往上拽。现在他攀到了树上，几乎到了树顶茂密的树叶中，下面的枝叶大为惊愕，便一起剧烈地晃动起来。每片树叶都窸窣作响，汇成一片波浪起伏、令人胆寒的哗哗声，伸出的那根枝丫弯得更加厉害，都碰到了窗户，仿佛要给那位一无所知的姑娘发出警告似的。爬在树上的男孩现在已经看见房里白色的屋顶及其正中灯火照映出来的金光灿灿的光圈。他激动得微微发抖，他深知，一会儿他就将见到她本人了，她不是痛哭流涕就是默默抽泣，再不就是身体陷于强烈的情欲之中难以自持。他的胳膊快没力气了，但是他又振作起精神。他慢慢地从那根伸向她窗户的枝丫上往下哧溜，膝盖磨出了血，手也划破了，但是他还在继续往前爬，几乎被近处窗户里的灯光照个正着。有一大簇浓密的树叶还挡着他的视线，挡住他梦寐以求的最后一眼，于是他就举起手，想去拨开这簇叶子，这时灯光正好把他身上照得雪亮，他就朝前一弯，一阵颤抖，身子一晃，失去平衡，一个旋转摔了下来。

他栽在了草地上，落地的声音轻微而低沉，犹如掉下一颗沉沉的果子。楼上有个身影从窗户里探出身来，惊惶不安地俯视窗下，但是黑暗纹丝未动，寂静无声，就像将溺水者冲入深水之中的池塘。不一会儿楼上的灯火就熄灭了，在闪忽不定的朦胧月色下，花园里那些沉默不语的黑影中，似乎有许多影影绰绰的魑魅魍魉在大显神通。

几分钟以后，从树上摔到地上的男孩从昏迷中苏醒。他的目光陌生地朝上仰望片刻，暗淡的天空挂着几颗模糊的星星，冷冰冰地凝视着他。随后他感到右脚非常之疼，疼得他猛一抽搐，他现在稍微一动，就痛得几乎要大声叫喊。这时他突然知道自己摔伤了。他也知道他不能在这里——玛尔戈特的窗下躺着，不能请人帮助，不能呼喊，也不能动得发出声响来。他的额头上滴着血，他摔下来的时候，准是碰在草地上的石块或者木头上了，他用手拭了一下血，以免它流到眼睛里去。接着他就把身子完全往左侧蜷缩着，试着用两只手深深地抠着泥土，慢慢往前移动。每次一碰到那条摔断的腿，或者只是震动一下，就会痛得一阵抽搐，他担心再次晕厥过去。然而他还是慢慢把身子一拖一拖地往前挪动，几乎花了半个小时才到台阶那儿，他感到两只胳膊已经麻木了。额头上的冷汗同直往下滴的鲜血流在了一起。现在还必须克服最后的严重困难：那道台阶。他忍着剧烈的疼痛，咬紧牙关，十分缓慢地往上爬去。现在他到了上面，哆哆嗦嗦地抓住了扶手，累得哼哧哼哧喘个不停。他又往上爬了几步，到了牌厅门口，听到里面说话的声音，看见亮着的灯光了。他扶着门把手，拼命站了起来，突然间像是被人摔了出去似的，他随着松开的门栽进灯火通明的大厅。

他看起来一定很吓人，他跌进来的时候，满脸是血，浑身是土，像一团黏黏糊糊的东西啪的一声立即摔倒在地。先生们霍的一下都跳了起来，乱成一团，椅子碰得砰砰直响，大家争先恐后地跑去救他，小心翼翼地把他抬到长沙发上。正巧这时他还能含含糊糊地喃喃说话。他说，他本想到花园里去，没想到从台阶上摔了下去，接着他眼前就突然落下一条条黑色披纱，来回颤动，把他缠得严严实实，动弹不得，以至于他失去知觉，不省人事。

马匹立即备好，有人骑马到最近的地方去请医生。王府里的人全都惊动了，直闹得天翻地覆：走廊里点起了像萤火虫似的颤颤悠悠的灯火，有人从房门里朝外小声打听伤情，仆人畏畏缩缩、睡意蒙眬地来了，七手八脚地总算把昏迷不醒的男孩抬进他楼上的卧室。

医生检查出一条腿骨折，让大家放心，并说伤者不会有危险，只不过得打上绷带长期卧床静养。大家把医生的话告诉男孩，他听了只是无力地一笑。这样对他来说并不难受，因为这样躺着倒很惬意：独自一人长期躺着，没有喧闹，没人打搅，躺在一间明亮、宽敞的房间里，要是想梦见自己心爱的姑娘，树梢就会轻轻把窗子摩挲得沙沙作响。这样安安静静地把什么事都仔细思考一遍，在梦中与心上人邂逅，不受任何琐事俗务的干扰，独自同一个个情意脉脉的幻影亲密地待在一起，只要片刻合上眼帘，幻影就会来到床边，这种感觉该是何等的甜美！看来，恋爱的时光恐怕不会比这些苍白朦胧的梦境时刻更宁静、更美丽。

头几天还疼得非常厉害。然而他觉得这疼痛中掺进了种种独特的销魂荡魄的快乐。他觉得，他是为了玛尔戈特，为了这位心爱的人而忍受痛苦的，想到这点，这男孩就有一种极其浪漫的、几乎是过甚其词的自信心。他暗自思忖，他真该脸上来个流着鲜血的伤口，这样他就可以经常露着这个伤口，就像骑士身上染着他所爱慕的贵妇人的颜色一样；再不就干脆别醒过来，摔得缺胳膊断腿地躺在楼底下她的窗前，这倒也很绝妙。想到这里，他就又做起梦来了，梦见她第二天早晨醒来。听见自己窗户底下人声嘈杂，彼此呼喊，她便好奇地探身朝下一望，看见了他，看见他肢残体碎地躺在她的窗下，为了她而命赴黄泉。他看见，她一声呼叫，栽倒在地；他耳朵里听到了这声尖叫，接着就看见她那绝望和苦闷的神态，看见她身穿黑色丧服，阴郁而严肃地度过她整个惘然若失的一生，若是有人问起她的痛苦，她嘴唇上便闪过一丝微微的抽搐。

就这样，他整天都沉迷在梦境中，起先只是在黑暗中才做梦，后来睁着眼睛也照样做，不久他就习惯于愉快地回忆那个可爱的形象，而且乐此不疲。对他来说已经不存在太亮太吵的时候了：光线最亮他也能够看见一个影子从墙边忽闪而过，她的形象就来到他的跟前；外面再吵，在他耳朵里，她的声音也绝不会被水滴从树叶上流下来的淅沥声和沙砾在烈日暴晒下发出的嚓嚓声所消解。他就这样同玛尔戈特说话，一说就是几个小时，要不就是梦见同她一起去旅行，一起乘车度过美妙的时光。但是有时他从梦中醒来，现出一副惊慌失措的样子。她果真会哀悼他吗？她会永远记着他吗？

当然，她有时候也来探望这位病人。往往是正当他在想象中同她说话，她亮丽的形象好似站在他面前的时候，正巧房门就开了，她走进了屋，真是亭亭玉立，光彩照人。不过同他梦中邂逅的那位姑娘却是判若两人。因为她并不脉脉含情，俯身亲他额头的时候也不像梦中的玛尔戈特那么激动，她只是坐在他的沙发椅里，问他身体怎么样，是不是痛，并讲一两件有趣的小事给他听。只要她在，他总感到甜甜的，心慌意乱，手足无措，连看都不敢看她；他往往合上眼皮，以便更好地聆听她的声音，将她说话的声调深深吸进自己的心灵中去。这音调是他自己的音乐，它还将连着几小时在他周围回响和飘荡。对于她的问题，他的回答犹犹豫豫，因为他太喜欢沉默了，沉默中他可以只听见她的呼吸，在心灵深处感受到是单独同她相处在这空间，在这宇宙空间里。每当她起身往房门走去的时候，他就不顾疼痛，费劲地撑起身子，好再次将她灵巧的身段的每根线条描画在自己心里，在她重新坠入他虚无缥缈的梦幻现实中去之前，好再次活生生地将她拥抱。

玛尔戈特几乎每天都来看他。不过吉蒂和伊丽莎白，那位小伊丽莎白，不是也每天来吗？伊丽莎白甚至总是那么惊吓地望着他，用那么温柔体贴的声音问他，是否觉得好些。他姐姐和别的夫人们不也是天天都来看他吗，她们大家难道不是同样对他极其关切吗？她们不是也待在他身边，给他讲述各种各样的故事吗？她们在他那儿待的时间甚至太长，因为她们在那里就会将他的奇思遐想吓跑，把他从清静的沉思冥想中唤醒，让他跟她们东拉西扯，谈天说地。他真希望她们大家都别来，只是玛尔戈特一个人来，只待一小时，仅仅几分钟，然后他又独自一人待着，与她梦里相会，无人打搅，不受骚扰，轻松愉快，像驾着几片柔云，完全遁入自己的内心，与令人欣慰的他的爱情偶像欢会。

因此，有时他听到有人在转门把手的时候，就闭上眼睛，假装熟睡。于是来探视的人就踮着脚尖，蹑手蹑脚地走出房去，他听见门把手犹犹豫豫地关上了，就知道，现在他又可以重新跳进他温暖的梦幻之海中去游泳，让梦幻温柔地将他带向最迷人的远方。

有一次发生了这么件事：玛尔戈特已经来看过他，只待了一会儿，然而她的头发却给他带来了花园里浓郁的芳香，盛开的茉莉所散发的醉人的香味，以及她眼睛里喷出的八月骄阳的白色的烈焰。他明白，今天不能指望她再来了。那么，这个下午将是漫长而明亮的，他将欢快地在甜蜜的梦境中度过，因为大家都骑马出去了，所以没有人会再来打搅他。这时又有人在迟疑不决地开门了，他便闭上眼睛，装出熟睡的样子。但是进来的那位并没有退出去，而是没有一点声响地关上门，以免把他吵醒，在这寂静无声的房间里这一切他听得十分清楚。现在进来的人小心翼翼，蹑手蹑脚，几乎脚不沾地，来到他跟前。他听到衣裙微微的窸窣声，并听到她坐在了他床边。他浑身发烫，透过紧闭的双眼，他感觉到她的目光在他脸上游移。

他的心开始惶恐不安地噗噗直跳。这是玛尔戈特吗？肯定是。

他感觉到是她，可是他现在不睁开眼睛，只是凭感觉知道她在自己身边，这种刺激就更加甜蜜，更加剧烈，更加激动人心，也更加隐秘，更加撩人。她要干什么？他觉得，这几秒钟长得无穷无尽。她只是一直看着他，仔细观察他的睡眠，现在他毫无防卫能力，只好闭着眼睛由她去观察，他知道，若是他现在睁开眼睛，他的眼睛就会像一件大衣将玛尔戈特大惊失色的脸裹进他温情脉脉的眼神里。这种感觉虽不舒服，却令人陶醉，它像电流通过全身的毛孔，让人奇痒难当。但是他一动不动，只是压低由于胸口憋气而变得急躁不安、粗声喘气的呼吸，一门心思地等着，等着。

什么事情都没有发生。他只是觉得，她似乎更低地朝他俯下身子，他似乎感觉到那股清香，他熟悉的她双唇上溢出的那股湿润的紫丁香的清香离他的脸庞更近了。现在她把自己的手放在他的床上——他的血像一股热浪从他脸上流到全身——，隔着被子顺着他的手臂轻轻抚摩，动作不急不躁，小心翼翼，使他有种被磁铁所吸引的感觉，她的手摸到哪里，他的血便剧烈地流向哪里。这种轻轻抚爱的感觉真是妙不可言，既令人陶醉，又使人振奋。

她的手还一直顺着他的手臂在抚摩，动作缓慢，几乎颇有韵律。这时他贪婪的眼睛一眯，从眼皮缝中往上窥视。起初眼前朦朦胧胧，一片紫红，只看到摇曳不定的灯火映出的一片云雾，接着他看见身上盖的那条有深色斑点的被子，现在察觉到这只正在抚摩的手，它仿佛来自非常遥远的地方；他朦胧地，非常朦胧地看见了这只手，只是一束窄窄的白色光亮，像一片明亮的白云，飘过来，又缩回去。他将眼帘的缝隙不断张大一些。这时他清楚地辨认出了她像瓷器般洁白、鲜亮的手指，看到手指微曲，向前摩挲，接着又往回移动，虽有引逗调弄的意味，但却充满了内在的活力。手指像触角似的爬过来，又缩回去，在这瞬间，他感到这手也是某种特殊的东西，活的东西，就像一只依偎着衣服的猫，像一只缩着爪子、娇态十足、呼噜呼噜地挨近你的小白猫，倘若猫的眼睛突然开始炯炯发亮，他并不感到惊讶。果然：这白洁的手抚摩过来时，眼睛不是在熠熠闪光吗？不：那只是金属的光泽，是黄金的闪光。现在，这只手又在往前摩挲，他看清了这光泽，那是一块垂挂在手镯上微微颤动的金属牌牌，那块神秘的、露了形迹的牌牌，八角形，一便士硬币大小。这是玛尔戈特的手，正在亲热地抚摩他的胳膊。顿时他心里升起一股欲望，要把这只柔白、未戴戒指的裸手抓住，放在自己唇上来狂吻猛吮。但是这时他感觉到她的呼吸，感觉到玛尔戈特的脸挨他的脸很近，他再也忍不住继续低垂着眼帘了，他喜出望外，满面春风，睁开眼睛盯住这张挨得很近的脸庞。这一下吓得她魂飞魄散，猛不迭把脸缩回。

现在那张低俯的脸投下的影子已经消失，亮光洒向那激动的花容，他认出了伊丽莎白，玛尔戈特的妹妹，这位不同凡响的小伊丽莎白。这一发现使他全身猛然一震，犹如遭到重重的一击。是做梦吗？不是，他凝视着那张刷的一下变得绯红的脸庞，她只好怯生生地把眼睛移开：这是伊丽莎白。他一下子就意识到那个可怕的误会，他的目光急不可待地往下移动，集中在她手上，果真，手上挂着那块牌牌。

他眼前，轻纱开始飞旋。他同当时的感觉完全一样，同那次晕倒在地时的感觉完全一样，不过他咬紧牙齿，他不愿失去知觉。往事统统压缩在一分钟内，闪电似的从他眼前飞过：玛尔戈特的惊讶和高傲，伊丽莎白的微笑，这奇怪的目光，那像缄默不语的手在将他抚摩的目光——不，这不可能发生误会。

他心里升起唯一的一线希望。他注视着那块牌牌，说不定是玛尔戈特送给她的呢？是今天，或是昨天，或是以前所送。

这时伊丽莎白已经在跟他说话了。他方才这阵超强度的回忆准是把他的面容弄得很难看，因为她惶恐不安地在问他："你身上很痛是吗，波普？"

她俩的声音何其相似啊，他想。而对于她的所问，他只是心不在焉地回答道："啊，是啊……这叫作，不……我觉得很好！"

又是一阵沉默。可是那个想法像热浪一样在不断地涌来：这块牌牌也许只不过是玛尔戈特送她的。他知道，这不可能是真的，可是他还是非问不可。

"你这是块什么牌牌？"

"噢，这是一个美洲国家的一枚钱币，我也不知道是哪个国家的。这是罗伯特叔叔有次给我们带来的。"

"给我们？"

他屏住呼吸。现在她不得不说了。

"给玛尔戈特和我。吉蒂没有要。我不知道她为什么不要。"

他感到，他的眼睛一湿，眼泪快要涌出来了。他小心地将头别在一边，使伊丽莎白看不见他的眼泪。现在泪水一定已到眼皮底下，逼不回去了，正在慢慢、慢慢地从面颊上滚落下来。他想说点什么，但是又怕自己的声音由于啜泣得越来越厉害而变样。俩人都沉默着，互相都惴惴不安地窥视着对方。后来伊丽莎白站起来，说："我现在走了，波普。愿你早日康复。"他闭上眼睛，接着轻轻一响，门被带上了。

像一群受惊的鸽子，现在他和各种思绪纷纷飞向高空。此时他才认识到这次误解所造成的严重后果，他对自己所干的蠢事感到羞愧和懊恼，但同时也感到剧烈的痛苦。他明白，他永远失去了玛尔戈特，但是他觉得，他对她的爱丝毫未变，这种爱现在也许还不是绝望的渴念，不是对于不可企及的东西所抱的那种绝望的渴念。而伊丽莎白呢——他像是在火头上，把她的形象从身边推开，因为她的倾心奉献也罢，她现在抑制着的情欲的烈焰也好，对于他来说，都远不及玛尔戈特的莞尔一笑或者她纤手曾经与他的轻轻相触。假如伊丽莎白当时让他看到了她的真容，他是会爱她的，因为在那些时刻里，他的激情还是天真无邪的，但是在经历了千万次梦境之后，现在玛尔戈特的名字已经深深地烙在他的心里，他已无法将这个名字从他的生活中抹掉。

他感到眼前一片昏暗，连续不断的思绪在泪水中渐渐模糊起来。他竭力想用魔法把玛尔戈特的身影变到他眼前来，就像在他因受伤卧床的那些日子里，在那些漫长的寂寞时刻里所做的那样，但是这次没有成功：伊丽莎白睁着一双深深渴望的眼睛，总是像影子一样挤进来，这么一来就全乱了套，他又得重新把事情的来龙去脉痛苦地回想一遍。每当他想起，他曾站在玛尔戈特的窗前，呼唤她的名字，他就感到汗颜无地，对于伊丽莎白这位文静的金发姑娘，他又深表同情，在那些日子里他从未对她说过一句好听的话，也从来没有正眼看过她，那时他对她的感激之情本该像火一样焕发出来的。

第二天早晨，玛尔戈特到他床边来待了一会儿。有她在旁边，他浑身打起了寒战，也不敢看她的眼睛。她在跟他说什么？他几乎没有听见，他太阳穴里嗡嗡的响声比她的声音还大。直到她离去的时候，他才又以眷恋的目光将她整个身影紧紧搂抱。

下午伊丽莎白来了。有时她轻轻摸摸他的手，这时她的手上就传运出一种细微的亲密柔情，她的声音很轻，有点忧郁。说话的时候她心里总有点害怕，尽谈些无关紧要的事，好像她怕谈到自己或是谈到他的时候，会把秘密泄露出来似的。他真也说不清楚，他对她抱着什么感情。对于她，他心里有时像是同情，有时又像是对她的爱所怀的感激，但是他什么也不好对她说。他几乎不敢看她，生怕欺骗她。

现在她每天都来，待的时间也长了些。仿佛从他们之间的秘密揭开的一刻起，那种忐忑不安的感觉也无影无踪了。可是他们还从来不敢谈起那件事，谈起在昏暗的花园中的那些时刻。

有一次，伊丽莎白又坐在他的靠背椅旁。外面是灿烂的阳光，摇曳的树梢投进屋里的一抹绿色的反光，在壁上颤颤抖动。此时此刻，她的头发红得像燃烧的云彩，她的肌肤白皙而透明，她整个儿显得亮丽娇媚，轻盈飘逸。他的枕头那儿有一片阴影，从那里看到她脸露微笑，近在咫尺，但是这张脸看起来又好似远在天边，因为她脸上有阳光照着，而这阳光却照不到他。见她出落得这般仪态万方，种种往事也就忘得一干二净了。她朝他俯下身子的时候，她的眼睛似乎变得更加深沉，好似两个黑陀螺在转进里面去，就在她身子往前伸的当间，他的胳膊就势将她身子一搂，让她的头俯在自己面前，吻着她那小巧、湿润的双唇。她浑身哆嗦得很厉害，但并未反抗，只是带着一丝淡淡的哀怨用手捋着他的头发，接着，她以极其微弱的声音说："你可是只爱玛尔戈特呀！"声音里含着柔情脉脉的哀伤。他感到这无私奉献的声调，这毫不反抗的淡漠的绝望一直铭记在他的心头，而使他深受震撼的名字则一直烙刻在他的灵魂里。可是此刻他却不敢撒谎。他沉默着。

她再次轻轻地、几乎是姐妹般地吻他的嘴唇，随即便一声不吭地走出房间。

这是他们谈起这件事的唯一一次。几天以后，她们把这位康复的男孩领到楼下的花园里，最早掉落的黄叶已经在花园的路上互相追逐，早来的黄昏已经让人想起秋天的哀愁。又过了几天，他独自一人费劲地在枝丫交错、色彩艳丽的树丛之下漫步，也是今年最后一次到花园里来散步。阵阵秋风刮得树木在那里絮絮叨叨，声音比那三个温暖的夏夜里的声音更大，更不乐意。男孩忧伤地向那个地方走去。他觉得，这里似乎立起了一堵看不见的黑墙，墙的后面在朦胧中已经模糊不清，那儿是他的童年，他的前面则是另一片土地，既陌生又危险的土地。

晚上他去辞行，再次细细谛视了玛尔戈特的脸庞，仿佛他要将这张脸终身饮吮似的，他忐忑不安地把手伸给伊丽莎白，她的手热情而急切地握住他的手，他的眼光从吉蒂，从朋友们，从他姐姐脸上几乎只是一晃而过。他知道，他爱上一位姑娘，而另一位姑娘却爱慕着他。现在他的心灵里就满满地装着这种感觉。他的脸色非常苍白，他脸上的那种苦涩的特征使他看上去不再像个孩子。他第一次看起来像男子汉了。

可是，马拉着车子一启动，他就看见玛尔戈特淡漠地转身往台阶上走去，而伊丽莎白的眼睛里则突然闪过一道湿润的光亮，她紧紧地抓住台阶的扶手，这时新近的种种经验，一齐涌上心头，他像孩子一样放声大哭，哭得泪如雨下。

离王府越来越远了，马车一路扬起高高的尘土，透过滚滚黄尘，那昏暗的花园变得越来越小，原野的景色时时跃入他的眼帘，最后，他经历的一切都消失在他的视线之外，剩下的只有那些你争我夺、争先恐后的回忆。马车经过两小时的路程将他带到附近的火车站。第二天早晨他就到了伦敦。

又过了几年。现在他已不是孩子了，可是那个初次经历铭刻在他心里的印象太强烈，任何时候都不会消退。玛尔戈特和伊丽莎白两人都已结婚，但是他不愿再见到她们，因为有时回想起那些时刻就有排山倒海的力量向他袭来，使得他觉得他全部后来的生活同这段回忆的现实相比，好似仅仅成了梦幻和假象。他变成了与女人的爱情再也无缘的那种人；因为他在自己生活的一个瞬间把爱和被爱这两种感觉如此天衣无缝地合二为一，所以任何欲望都不会再促使他去寻找那么早就落入他那哆哆嗦嗦、惊惶不安和任凭摆布的孩子之手的东西了。他到过许多国家，是一个无可指责、文质彬彬的英国人，许多人认为这种人毫无感情，因为他们如此沉默寡言，他们的目光对于女人的脸庞和她们的微笑总是视而不见，显得十分冷淡和无动于衷。谁能想到，他们内心都深藏着那些时刻吸住他们目光的形象，这些形象融进了他们的血液，他们的血液永远围着她们熊熊燃烧，像圣母马利亚像前的一盏长明灯一样？现在我也知道了，我是怎么想起这个故事来的。我今天下午看的那本书里也夹着一张明信片，这是一位朋友从加拿大寄给我的。那是我有次在旅途中认识的一位年轻的英国人，在漫漫长夜我常常同他一起聊天，他的话里对两个女人的回忆有时会神秘莫测地突然闪亮，犹如远方的立像，在一瞬间她们就永远同他们的青春联系在一起了。我同他的聊天已经是很久很久以前的事了，当时的谈话我大概也已经忘记。但是今天当我收到这张明信片的时候，这个回忆又从我心里升起，并且同我自己的种种经历梦幻般地融合在一起，我觉得，这个故事我仿佛是在从我手里滑落的那本书里看到的，要不就是在梦里发现的。

但是现在屋里变得多么黝暗，在这深沉朦胧的夜里你离我多么遥远呀！我猜想你的面容就在那里，但我只看到一片柔和、明亮的闪光，我不知道，你在微笑，还是在悲伤。我为那些只有点头之交的人编造了一些奇异的故事，梦想出各种不同的命运，然后再让他们重新安然回到他们的生活和他们的世界里去，你是为此而笑？这男孩与爱情失之交臂，他由于一时的沉迷便永远离开这座带着这个甜蜜的梦的花园，或者你是因为这个男孩而悲伤？看，我并不希望这个故事染上忧郁而低沉的情调，我只想给你讲一个突然之间受到爱情袭击的男孩的故事——他自己的爱和另一位姑娘对他的爱。但是人们晚上讲的故事都是会走这条淡淡的忧郁之路的。朦胧的夜色降临在这些故事之上，给它们披上轻纱，栖息于晚间的种种悲伤汇成一个没有星星的穹隆，笼罩着这些故事，让黑暗渗进故事的血液，于是故事所具有的那些明快光亮、色彩斑斓的话语就带上了一种浑厚而沉重的音调，仿佛这些故事都来自于我们自己亲身经历过的生活似的。

灼人的秘密

伙　　伴

　　机车沙哑地吼叫着，塞默林①到了。黑色的列车在山上银白色灯光的照耀下停了一分钟，下来几个穿着五颜六色衣服的乘客，又上了几个人。到处是恼人的噪音。接着，前面的机车又沙哑地嘶鸣起来，扯动黑色的车链，嘎嘎地开了过去，冲进隧道的洞口。广漠的景色又纯净地展现出来了，清晰的背景，被湿润的风吹得分外明亮。

　　下车的人中有一位年轻人，他那考究的衣着，带有天然弹性的步履，给人以好感。他迅速地走在别人前边，叫了一辆去旅馆的马车。马儿不慌不忙地在上坡路上得得地走着。空气里充满春意，那只有五六月才特有的洁白而轻盈的浮云，像穿着白色衣裳的轻佻的小伙子，在蓝色的空中嬉戏奔跑，时而躲藏在高山背后，时而互相拥抱，又再度逃开，有时像手绢似的揉成一团，有时又散成丝片，末了又戏弄地给群山戴上白色的帽子。风在高空奔驰，狂暴不羁地摇动着细长的沐雨的树枝，直摇得根根枝丫咔咔作响，飞落下千百颗晶莹的水滴。有时仿佛从山里飘来清凉的雪的芬芳，随后又让人呼吸到一种又甜又冲鼻的气息。空中和地上的一切都在骚动，显得极度的烦躁不宁。马匹轻轻地喷着鼻息，往已是下坡的路上跑去。小铃铛在前边叮叮当当作响。

一到旅馆，这位年轻人就立即跑到旅客登记处，匆匆地稍作浏览，马上就失望了。"我干吗到这里来?"他烦躁不安地自忖，"光在这里的山上待着，没有社交，这比在办公室还烦人。显然，我来得不是太早就是太晚，每逢假期，我的运气总是不好，登记本上没有一个熟悉的名字。哪怕有几个女人在这里也好，那就可以来次小小的必要时甚至是真挚的调情，而不至于索然寡味地度过这个星期。"这位年轻人是个男爵，出身于名望不是那么太高的奥地利官僚贵族，现在总督府供职。他这次短短的休假并没有特别必要，只是因为他的同事都休过了一星期春假，而他又并不愿意把自己的一周假期送给国家。他虽然不乏才干，却具有一种喜爱社交的秉性，喜欢在各种人物的圈子里出头露面，并深知自己对于孤独是一筹莫展的。他从来不喜欢深居简出，尽可能地避免只身独处，因为他根本不愿意闭门反躬自省。他知道，他需要与人的摩擦，以使他内在的才华，他心底的热情得以放纵，并燃起火光，而他一人独处时则是冷冰冰的，毫无用处，就像那装在匣子里的火柴。

他沮丧地在空无一人的前厅里踱来踱去，时而心不在焉地翻翻

---

① 奥地利境内阿尔卑斯山的一个隘口，在维也纳附近，海拔九八五米，铁路线在海拔八九三米的高度从隘口的隧道里通过。塞默林是奥地利著名的避暑胜地，又是从事冬季运动的场所。

报纸，时而在音乐室的钢琴上弹一曲华尔兹，不过手不由己，老是弹不出正确的旋律。后来，他烦躁地坐下，凝视着窗外。夜幕正缓缓下垂，灰色的雾霭像蒸气一样从松林中升腾起来。他心烦意乱、百无聊赖地在那里待了一个小时，就走进了餐厅。

餐厅里才只有几张桌子坐了人，他都匆匆地投以一瞥。毫无所获！只有那边的一位教练——他是在跑马场认识的——漫不经心地招呼了他，还有一张面孔在环城路①上见过，此外，什么也没有了。没有女人，没有任何能够引起一次——即便是短暂的也好——钟情的对象。他本来就沮丧的情绪变得更加烦躁。像他这样的年轻人，他们标致的面孔常使他们获得成功，他们心里总是在为一次新的相遇，一次新的经历做准备，他们总是急不可待地憧憬那未知的艳遇，他们对任何看来意外的事情都不会吃惊，因为一切早就在他们预料之中了，他们的眼睛不会放过任何性爱的东西，因为他们投向每个女人的第一瞥目光，就是从肉欲上打量的，不管她是朋友的妻子，还是给他开门的女仆。如果以某种草率的鄙视态度把这些人称作追逐女人的能手，那么无意中就会使这个字眼包含多少由观察而得来的真理啊！因为在他们身上确实集中了狩猎者各种强烈的本能：侦察、兴奋和心灵的冷酷。他们的举止总是落落大方，时刻准备着，而且一心寻花问柳，穷追不舍，不达目的决不罢休。他们总是充满激情，但不是恋人那种高尚的激情，而是赌徒那种冷酷的、谋略的、危险的激情。他们当中有一些固执的人，他们不仅把青年

---

① 维也纳市中心的一条繁华大街。

时期，而且单是由于等待机缘就把整个一生变成无穷无尽的追逐冒险，他们把一天分解成几百次小的官能享乐——马路上的一瞥、一个瞬息即逝的微笑、对坐时轻轻触到的膝头——又把一年分解为几百个这样的日子。对他们来说，官能享乐就是永远潺潺流动的、富于滋养的、充满刺激的生活的源泉。

然而这里却没有一个可供玩弄的对手，这一点，这位在用目光狩猎的人马上就看清了。宛如一个赌徒手里拿着牌，满怀信心地坐在绿色的赌桌旁，却等不到一个对手。对赌徒来说，任何刺激都没有这种刺激最使人恼火的了。男爵要了一份报纸，他的目光阴郁地在字行上移动，但思想却是麻木的，像是醉酒似的在这些铅字上磕磕绊绊。

忽然，他听见背后有衣服的窸窣声和一个略为有点生气的装腔作势的声音："Mais tais-toi donc, Edgar①!"

一个穿着绸衣的女人走过他桌旁，衣服发出轻微的窸窣声，旁边投下高大而丰腴的身影，她后面跟着一个脸色苍白的小男孩，他穿着黑丝绒上装，目光好奇地扫了他一眼。这两个人在对面为他们留着的桌旁坐下，孩子显然竭力想使自己的举止合乎礼节，但是从他不安静的黑眼珠看来却又做不到。这位夫人——年轻男爵的注意力全在她身上——穿着十分整齐和优雅，他非常喜欢她这种类型，这是一个快要进入中年的犹太女人，身材显得稍为丰满了些，热情充沛，可又善于把自己的热情隐藏在高雅的感伤后面。起初他还不

———————————

① 法文，别说话，埃德加。

86

敢看她的眼睛，只是欣赏她那两道弯弯的、美丽的眉毛，在她那柔嫩的鼻子之上呈现一道弧形，那秀丽的鼻子虽然显示了她的种族，但这高贵的造型却也使她的轮廓显得分明和可爱。她的头发如同她丰满的身体上一切女性的东西一样，长得特别浓密。看来她对自己的美貌颇为自信，对于种种仰慕早已司空见惯。她轻声地点了饭菜，并教训正在叮叮当当玩叉子的男孩——做这一切的时候，她装出一副漫不经心的神态，对男爵小心翼翼投来的目光，作出不在意的样子，而实际上，正是他那目不转睛的眼光才迫使她这般拘束和小心的。

男爵阴沉的脸一下子豁然开朗起来。他眉开眼笑，精神焕发，皱纹平整了，肌肉放开了，因此他的身材也变得魁梧了，眼睛闪闪发光。他同那些需要男人在场才能焕发自己全部力量的女人完全一样，只有情欲的刺激才能把他的全部精力调动起来。潜伏在他心里的猎手嗅出了这里有猎物。他的目光挑战似的搜寻她的目光，要与之相遇。她的目光闪烁着犹豫的神态，有时在移动中与他的目光交汇，但却从不做什么明确的回答。他觉得她的嘴角有时也泛起一丝微笑。不过这一切都是那么模棱两可，而使他激动的，却正是这种不可捉摸的神情。唯一使他觉得有希望的，是她的目光常常在扫视，这意味着反抗和拘束，再加上她同孩子的谈话显得出奇的谨慎，这显然是做给一个观众看的。他感觉到，过分强调这种惹人注意的镇定正是用来掩饰她心猿意马的一种手法。他自己也激动了：这场戏已经开场了。他巧妙地拖长吃饭的时间，目光几乎不停地把这位夫人紧紧盯了半个小时，直到他默画了她脸上的每一根线条，能无形地触摸她丰腴身体的每个部位为止。外面天色更暗了，大片雨云向树林伸出灰色的双手，树林像孩子似的，因为恐怖而呻吟起来，挤入屋内的阴影也越来越浓了，沉默使屋里的人越加感到窘迫。他觉察到，在寂静的威胁下，母亲同孩子的谈话变得越来越勉强，越来越不自然，话快说完了。这时他决定进行一次试探：他第一个站起身来，经过她的身旁慢慢向门口走去，久久凝望着室外的景色。到了门口，他像是忘了什么东西似的，突然把头转过来，一下子就逮住了她：她活泼的目光正在望着他的背影呢。

这情景刺激了他，他在前厅里等待着。不一会儿她来了，拉着男孩。路过时顺手翻了翻几本杂志，给孩子看了几张图片。当男爵像是偶然地走到桌旁，装着去找本杂志，实际是为了再进一步窥视她那湿润晶莹的目光，或许有机会同她搭讪时，她就转过身子，轻轻拍着她儿子的肩膀说："Viens, Edgar! Au lit!"① 说着就冷冷地从他身边走了过去。男爵略为有点扫兴地目送着她。本来他曾计划要在今天晚上结识她的，而她这毫不留情的态度使他失望了。但归根结底这抗拒之中包含着诱惑，而恰恰是这种让人捉摸不定的态度刺激了他的欲望。无论如何，他已经有了伙伴，这出戏可以演出了。

神 速 的 友 谊

第二天早晨，男爵走进大厅，他看见那个漂亮女人的孩子正在

---

① 法文，走吧，埃德加。该睡了。

那儿和两位开电梯的仆人聊得起劲，孩子正给他们看卡尔·梅依①一本书里的插图。他妈妈不在，显然还在梳妆哩。男爵现在才仔细地观察这个男孩。这是个腼腆的孩子，发育得不太好，有点神经质，大约十二岁，手脚老是不停，有一双到处窥视的黑眼睛。如同这样年龄的孩子常有的那样，他显出无缘无故受到惊吓的样子，就像刚被叫醒又突然被置于陌生的环境中似的。他的面孔不算不好看，但是还没有定型，在他身上成人和儿童的斗争才刚刚开始，胜负未定；他脸上的一切都好像是手捏出来的，尚未成型，线条轮廓很不分明，只是把苍白和不安糅合在一起。此外，他正处于那种不利的年龄，这时他们的衣服总不合身，袖子和裤子在瘦削的肢体上松弛地晃动着，而他们也从没有去注意修饰外表，讲究穿着。

　　这男孩在这里犹豫不决地晃来晃去，样子怪可怜的。他站在这里老碍别人的事。门房被他用各种问题纠缠得烦死了，一会儿就把他推开，但是一会儿他又挡住了大门，显然他缺少友好的伙伴。孩子喜欢问东问西，因此就去找旅馆的仆役。要是他们正好有时间，就回答他，但当看见有人来了，或者有什么紧急的事要做，谈话就立即中断。男爵面带笑容，饶有兴味地注视着这个不幸的男孩，孩子对一切都好奇地打量着，但一切都不友好地躲开他。有一次男爵紧紧抓住了这个好奇的目光，但是那黑溜溜的眼睛一旦发现自己探索的眼光被抓住，就立即怯生生地将目光收了回去，躲在下垂的眼皮后面。男爵觉得这很有意思。他开始对男孩产生了兴趣，他自

---

① 卡尔·梅依（1842—1912），德国作家，专写一些以印第安人为题材的惊险小说。

忖，这孩子仅仅是由于胆怯才这么腼腆的，能不能把他作为去接近那女人的最迅速的媒介呢？无论如何，他要试一试。男孩刚刚又跑到门外去了，他就悄悄地跟着。这孩子需要温柔与爱抚，只见他抚摸着白马的玫瑰色的鼻孔。可他真没运气，马车夫也相当粗暴地把他撵走了。现在他又伤心又无聊地荡来荡去，空虚的眼神里含着一丝儿悲哀。这时男爵就同他搭话了：

"喂，小家伙，你喜欢这儿吗？"他突如其来地说，竭力使他的口气平易近人，毫无架子。

孩子的脸涨得绯红，怯生生地在发愣。有点害怕似的用手按着心口，难为情地来回转着身子。一位陌生的先生和他谈话聊天，这在他的生活中还是第一次。

"谢谢，很喜欢。"他结结巴巴地说了这么一句，最后一个字只在喉咙里咕噜了一下，就咽了回去。

"我觉得很奇怪，"男爵笑着说，"这本来就是个很乏味的地方，尤其是对像你这样的年轻人。你整天干什么呢？"这男孩依然不知所措，不能爽快地回答。这位漂亮的陌生先生来找他这个无人过问的孩子聊天，这真可能吗？这使他既羞涩又骄傲。他费力地鼓足了勇气。

"我看书，然后我们散步，有时候我们也坐车，妈妈和我。我是来这里休养的，我生过病，大夫说我得多晒太阳。"

最后几句话他已经说得相当镇定了。孩子们对自己生病总感到很骄傲，因为危险使得他们在家人眼里显得倍加宝贵。

"是啊，太阳对于像你这样的年轻人非常必要，它一定会把你晒得黑黑的。但是你也不能整天坐着晒太阳，你应该到处跑跑，痛快地玩玩，也可以来点儿恶作剧。我觉得你太老实了。你看起来像是个整天待在家里、手里捧着又厚又大的书本啃个不停的书呆子。我记得我在你这么大的时候简直是个淘气包，每晚回家时裤子都撕破了。你别太老实了。"

孩子下意识地笑了，这一笑可解除了他的恐惧心理。他本想也说几句，但觉得在一个如此友好亲切的陌生先生面前这样随便就显得太放肆了。别人说话他从来不插嘴，而且老是容易发窘；现在由于幸福和羞怯，他更不知所措。他很希望和这位先生的谈天继续下去，可是却什么话也想不出来。幸好这时旅馆的那条大黄狗走了过来，嗅了嗅他们俩，并乖乖地摇着尾巴让人抚摸。

"你喜欢狗吗？"男爵问。

"噢，很喜欢。我祖母在巴登①的别墅里养了一条狗，我们在那里住的时候，它整天都跟着我。不过我们只是夏天才到那里去玩。"

"我家里，在我们庄园里，有二十多条狗，如果在这里你听话，我就送你一只狗，送你一只白耳朵的棕毛小狗。你要吗？"

孩子高兴得脸都红了。

"嗯，要的。"

这句话脱口而出，说得热切而贪婪，但接着又胆怯地，像吓着一样，吞吞吐吐地说出他的担心。

———————————

① 指奥地利的巴登城，以风景秀丽和温泉浴场而出名。

"可是妈妈不会同意的。她说她不能让人在家里养狗。狗太使人讨厌了。"

男爵不觉喜形于色,终于把话题转到了他妈妈身上。

"妈妈那么严厉吗?"

孩子思索着,对他注视了片刻,似乎在自问,对这位陌生的先生是否可以信赖。回答是谨慎的:

"不,妈妈并不严厉。因为我刚生了病,现在她什么都允许我的。甚至她也许会同意我养条狗呢。"

"要我为你说情吗?"

"要,请您给说说吧!"男孩高兴得叫了起来,"这样妈妈肯定会答应的。这条狗是什么样的?白耳朵,是吗?它会把捕获物找到叼回来吗?"

"会,它什么都会。"男爵如此迅速地就从男孩的眼里发现了闪烁着的热切的光辉,他为此粲然一笑。开始时的拘谨一下就消失了,由于害怕而收敛起来的热情一下子就喷涌而出。这个原来腼腆的、羞涩的孩子转瞬间就变成一个热情嬉闹的男孩子。男爵不由自主地想,要是那位母亲也是这样,在胆怯之后也这么热烈就好了。刚这么想,那男孩就蹦到他身上,向他提出了二十个问题:

"这只狗叫什么名字?"

"叫卡罗。"

"卡罗!"孩子欢天喜地地叫道。

大概他说每句话都在笑,都在欢叫,被这喜出望外的喜讯陶醉了。事情竟进展得出人预料地神速，连男爵本人都感到很吃惊。他决心趁热打铁。他邀请这孩子跟他一块散散步，而这可怜的孩子呢，几个星期以来就渴望着有人跟他一起玩玩，听了这个邀请，他简直欣喜若狂。这孩子被他的新朋友用一些像是偶然想到的问题所引诱，喋喋不休地把什么事都讲了出来。一会儿工夫，男爵对这个家庭的一切就一清二楚了，尤其是知道了埃德加是维也纳某律师的独生子，出身于一个富有的犹太资产阶级家庭。他通过巧妙的询问，马上就打听到他母亲对塞默林完全不感兴趣，她曾抱怨这里没有谈得来的朋友，他甚至觉得，从埃德加回答他妈妈是不是喜欢他爸爸这个问题时支支吾吾的神气，可以推测出关系准不那么妙。他对自己的做法几乎感到羞愧了，他轻而易举地就从这天真无邪的孩子嘴里把这些细微的家庭秘密套了出来。因为埃德加完全信任他的新朋友，并为自己讲的事情居然能引起一个大人的兴趣而感到自豪。再加上散步时男爵曾把胳膊搭在他的肩上，大家都会看到他和一个大人的关系是多么亲密，埃德加那颗幼稚的心灵由于这种自豪感而剧烈地跳动起来，他渐渐忘了自己是个孩子，无拘无束地像同年龄相仿的人那样滔滔不绝地谈个不休。从他的谈吐中可以看出，埃德加很聪明，正如大多数病弱的孩子一样，由于跟成人在一起的时间比跟同学在一起的时间多而有些早熟，对于自己倾慕或敌视的人或事，反应出奇的激烈。他对任何事情都不能心平气和，谈到任何人或事时，不是特别喜爱，就是极端仇恨，甚至恨到脸都会扭曲得凶狠、难看。也许因为刚生了病的原因吧，他说话带点粗野和突如其来的味道，这使他的言谈如火样的炽热，看来他的笨拙只不过是对自己激情的一种恐惧，一种他费力加以压抑的恐惧而已。

男爵轻而易举地得到了他的信任。仅仅半个小时，他就掌握了这颗火热的不安地颤动着的童心。欺骗孩子，欺骗这些难得被人爱的天真无邪的孩子真是轻而易举的事。他只要把自己的身份忘掉就行了，这样同孩子说起话来就会自然而然，无拘无束，使孩子也觉得他是个小伙伴，于是几分钟之后两人之间任何感情上的距离也没有了。埃德加简直欣喜若狂。在这寂寞的地方突然找到了一位朋友，一位多好的朋友啊！他把维也纳的小男孩全都忘了，连同他们细声细气的声音和幼稚可笑的废话，他们的形象好像都让位给这位新的大朋友了。当这位大朋友告别时又一次邀请他明天上午再来的时候，当这位新朋友像大哥哥似的从老远向他招手的时候，他自豪得连心都要跳出来了。这一刻也许是他生活中最美好的时刻。欺骗孩子真是易如反掌。——男爵向这个跑着走开的孩子微笑着。现在他有了介绍人。他知道，孩子一定会去讲给他母亲听，一直要把他母亲折腾得筋疲力尽方才罢休，他准要每句话都复述一遍——这时他怡然自得地想到，他在提到她的时候加了一些奉承话，譬如每次他都用埃德加的"漂亮的妈妈"这个词来称呼。这位健谈的孩子不把他妈妈和他引到一起是不会安静的。对这一点他确信无疑。他无需自己动手就可以缩小他和这位漂亮的女人之间的距离，现在他可以安安静静地做他的梦，眺望一番景色，因为他知道，一双热烈的小手就会为他筑起一座通向她的心扉的桥梁。

三　重　唱

几小时以后证实，这个计划是非常出色的，每个细节都获得了成功。当年轻的男爵故意稍稍晚些进入餐厅的时候，埃德加从椅子上一跃而起，急忙向他致意，面带幸福的微笑，向他招手。同时拉着他母亲的袖子，慌张而激动地在劝说她，一面以引人注目的手势指着男爵。他母亲不好意思地红着脸斥责孩子这些任性的举止，可是终究还是不能不往那边瞧瞧，以照顾孩子的意愿。男爵立即抓住这个机会恭恭敬敬地鞠了一躬。这样彼此就算认识了。她不得不回礼。但此后就把头埋得更低，只顾吃她的东西，整个用餐时间都小心翼翼地避免再往那边看。埃德加可不是这样，他不住地望着那边，有一次他甚至想和那边说话，这种放肆的行为立即遭到了他母亲的严厉责备。吃过晚饭以后他就该去睡觉了，这时他和妈妈悄悄说了好一阵子话，结果是他的热切请求得到允许，于是就走到另一张桌子去向他朋友道别。男爵对他说了几句亲切的话，这又使这孩子的眼睛里露出了光辉，他和他聊了几分钟。突然男爵巧妙地把话一转，站起来向另一张桌子转过身去，祝贺邻座那位有点不知所措的女士有这么个聪明伶俐的儿子，说他上午跟她儿子在一起十分愉快——埃德加站在旁边，快乐和骄傲使他的脸都红了——又问起孩子的健康，问得十分详细，提了许多具体问题，迫使母亲只好一一作答。这样他们就不可遏止地进行了一次较长的谈话，男孩对此感到非常幸福，并以一种敬畏的心情倾听着。男爵做了自我介绍，并相信觉察到他那响亮的名字对这位爱慕虚荣的女人产生了某种印象。总之，她对他非常彬彬有礼，尽管她丝毫未失自己的尊严，甚至还先向他提出告别，她抱歉地说，这是因为孩子的缘故。

孩子激烈反对，说他不困，愿意通宵不睡。可是他母亲已经向男爵伸出了手，他尊敬地吻了它。

这一夜埃德加睡得很不好。他心里像一团乱麻，既有极度的幸福，又有稚气的绝望。因为在他的生活里，今天发生了新的事情。他第一次进入了大人的行列之中。他半睡半醒，忘掉了自己的童年，似乎自己一下子长大了。直到现在，他一直孤单地受着教育，常常生病，没有几个朋友。他需要温暖爱抚，但是除了父母和仆人之外，别无一人，而父母亲也很少照看他。对于爱的威力，如果只是根据其起因，而不是根据它产生之前的张力，不是根据那空虚而黑暗的空间——这空间在心灵发生重大事件之前充满了失望和孤寂——来判断，就必定会判断错的。一种超重的、没有使用过的感情已在这里期待着，现在它伸开双臂向第一个似乎赢得它的人扑过去。埃德加在黑暗中躺着，心里快乐异常，思绪万千。他想笑，又想哭。因为他喜欢这个人，他还从未爱过一个朋友，没有爱过父亲和母亲，就连上帝也没有爱过哩。他少年时代全部幼稚的热情，现在紧紧地拥抱着这个人的形象。两小时前他连他的名字还不知道呢。

他很聪明，不会为这突如其来的、独特的新友谊而发窘。但使他感到十分惶惑不安的却是觉得自己微不足道，无足轻重。"我配得上做他的朋友吗？我，一个十二岁的孩子，还在上学，晚上总要比别人更早地被打发去睡觉。"这些想法在折磨着他。"我能为他做些什么呢？我能对他有些什么帮助呢？"他想以什么东西来表达自己的心意，却痛苦地感到力不从心。这使他很不愉快。往常，每当他喜欢某个同学，第一件事就是把他书桌里宝贵的小玩意儿，像邮票、石头之类童年的财产分几样给这位同学，这些东西，他昨天还觉得非常了不起，魅力非凡，现在一下子就变得一钱不值、微不足道和不屑一顾了。那么他怎样才能给这位他连"你"字都不敢称呼的新朋友一些宝贵的东西呢？用什么办法才能表达自己的感情呢？他越来越因为自己的矮小，自己的半大不小、不成熟，为自己还是个十二岁的孩子而苦恼，他从来还没有因为自己是孩子而如此痛恨地诅咒过自己呢，也从来没有如此殷切地渴望长成他梦想的那样：高大、强壮，长成一个男子汉，一个像别人一样的大人！

这些惶惑不安的念头，很快就编织成了这个崭新的成人世界的色彩缤纷的美梦。埃德加终于带着微笑入睡，但他老想着明天的约会，这破坏了他的酣睡。他怕去晚了，所以第二天七点钟就惊醒了。他急急忙忙穿上衣服，到母亲房里去问了早安。这使他母亲十分惊讶，过去她总要费好大的气力才能把他从床上叫起来。还没等她发问，他就跑下楼去了。他一直焦急地晃荡到九点，连早饭都忘了，一心想着别让他的朋友为这次散步等得太久。

九点半，男爵终于潇洒地走了过来，他当然早就把这次约会忘在九霄云外。但是现在因为孩子热切地向他跑来，他也不得不对这股激情报以微笑，并表示准备遵守他的诺言。他又挎着孩子的胳膊，带着这个神采奕奕的孩子走上走下，只是委婉地、但是坚决地拒绝现在就一起去散步。他好像在等待什么，至少他那心神不定的、扫视着大门的目光说明了这点。突然他全身一振，埃德加的妈妈走进了前厅，一边回答他的问候，一边亲切地朝他俩走来。当她得知埃德加当作什么了不起的秘密瞒着她想和男爵一起散步的计划时，就微笑着同意了，并爽快地接受了男爵要她同去散步的邀请。

埃德加立即露出一副愁眉苦脸的样子，咬着嘴唇。多恼人，她偏偏现在走来了！这次散步本该只属于他一个人的，即使是他自己把他的朋友介绍给妈妈的，但这只不过是表示他的一种盛情而已，这并不表明他因此愿意和她共有这位朋友。当他看到男爵对母亲那股殷勤劲儿时，他心里就激起了某种妒意。

他们三人一起散步，由于他们两人都对他表示了出奇的关心，因而在孩子的心里更滋长了一种觉得自己很了不起的、突然身价百倍的危险感觉。埃德加几乎成了谈话的中心了。母亲有点假惺惺地对他苍白的脸色和他的神经质表示忧虑，而男爵却又笑嘻嘻地反对这种看法，并赞许他的"朋友"——他是这么称呼他的——的可爱。这是埃德加的最美好的时刻。他获得了他整个童年时期所没有得到的权利。他可以同大人一起说话而不会立即受到申斥，要他住嘴，他甚至可以表示各种各样的冒失的要求，而这些他若在这以前提出来就准会挨上好一顿臭骂。他认为自己业已长大成人了，当这种自欺欺人的感情在他的心里越来越自信地滋生起来时，孩子的这种情绪是毫不奇怪的。在他光明的梦境里，童年已经被远远地甩在了身后，就像抛掉一件不合身的衣服那样。

中午，男爵应越来越友好的埃德加的母亲之邀，坐在她的桌上。由 vis-à-vis① 到一起并坐，由认识变成了友谊。三重唱正在进行，女声、男声、童声这三种声音配合得十分协调。

进　攻

现在这位没有耐心的猎手觉得是时候了，是蹑手蹑脚地挨近他的猎物的时候了。在这种事情上他不喜欢老是这种亲热的三重唱。三个人在一起聊聊天，当然很惬意，但是归根结底聊天并非他的目的。他知道男女之间的情欲，如果成了戴假面具游戏的社交，就会耽误官能享受，就会使语言失去激情，使进攻缺乏火力。要使她透过谈话了解他的本意，至于这个本意是什么，他已经使她了解得一清二楚了，对此他是很有把握的。

他对这个女人所打的主意恐怕不至于徒劳无功，成事的或然率很大：她正当那种关键性的年龄，这时候一个女人对自己素来忠于一个不喜欢的丈夫开始感到后悔了，美貌正在消逝，风韵所余无多，在母性和女人之间她还不能做出刻不容缓的最后一次抉择。生活，好像早就已经有了答案的生活，此刻又一次成了疑问，意志的磁针最后一次在渴望官能享受和彻底断绝欲念之间颤动着。一个女人面临着一个危险的决断：是为了她自己的命运，还是为了孩子的命运，是做女人还是做母亲。男爵对这一切都一目了然，他感到他已经觉察到她的这种危险的动摇了。她谈话当中总是忘记提及丈

───────────────

① 法文，面对面。

夫，实际上心里对孩子也了解得非常之少。她杏仁般的双眸里有一种百无聊赖的影子，在伤感的面纱下，半遮半露地掩饰着她的情欲。男爵决定迅速采取行动，但同时又避免急不可待的样子。相反，像垂钓者引逗地抽回钩子一样，在他这方面，他又做出一副极其冷淡的样子，虽然实际上是他在追别人，但却要让别人来追他。他决定表现得高傲一些，竭力强调他们的社会地位不同。他觉得只要突出他的高傲、显示他的外貌、强调他那响亮的贵族姓氏，以及做出冷冰冰的举止，就可以将这温柔、丰满、漂亮的肉体弄到手。这个想法撩拨得他心里奇痒难熬。

这场热烈的戏已使他兴奋异常。因此他强迫自己小心从事。他一下午都待在自己房间里，美滋滋地相信她在找他，在惦记着他，但是，他未露面并未引起她的注意，她本来就想避开他的。可是这使可怜的孩子难受极了。整个下午埃德加都茫然困惑、若有所失；他以男孩子所特有的那种执拗的忠诚，在漫长的好几小时里始终痴心地等着他。他觉得走掉或者独自做点什么事都是一种罪过。他茫然无措地在过道里踱来踱去，天色越晚，他心里越是怏怏不乐。他心绪不宁，想入非非，他梦到一次事故，梦到不知不觉中受到的一次侮辱，由于焦急和恐惧他差点儿哭出声来。

男爵晚上去吃饭的时候，受到了热烈欢迎。埃德加不顾母亲告诫，叫了他，不理会别人的惊讶，朝他奔去，用他瘦削的双臂紧紧抱住他的胸部。"您在哪儿啦？您在哪儿待着啦？"他匆忙地叫道，"我们到处找您。"母亲不高兴把自己扯进去，所以脸红了。她相当严厉地说："Sois sage, Edgar, Assieds-toi！"①（她总是和他说法语，虽然她的法语讲得并不自如，一碰到难表达的句子还感到很吃力。）埃德加顺从了，但还在向男爵刨根问底。"你别忘了，男爵先生可以做他愿意做的事。也许他讨厌我们跟他在一起呢。"这回她自己把自己扯进去了。男爵立刻就愉快地感到，这种责备正是为了恭维。

　　猎手兴奋起来了。他狂喜、激动，那么迅速地在这里找到了猎物的真正足迹，他感到它就在他的射程之内了。他的眼睛炯炯发光，神采飞扬，口若悬河，滔滔不绝，连他自己也不明所以，他同每个情欲旺盛的人一样，当他知道讨得了女人欢心时，便风度飘逸，潇洒自如，就像有些演员，当他们知道面前的观众对他们着迷时，就劲头倍增。他在朋友们中间是个讲春宫故事的能手，而今天——这时他喝了几杯为庆祝这新友谊而要的香槟酒——就讲得更为出色。他自诩为一位地位很高的英国贵族朋友的客人，在印度打过猎。他很聪明地选了这个题目，那是因为这题材是轻松的，而且他可以从旁观察这些富有异国情调的逸事，这些她所无法企及的事情在这个女人身上所引起的激动。听了这个故事最最着迷的，首先还是埃德加，他的眼睛也由于兴奋而显得炯炯有神。他忘了吃，忘了喝，凝视着这位侃侃而谈的人。他从未希望真正能够见到一位有过亲身经历的人，讲述他只从书本上才读到过的那些惊人的险遇，什么猎虎啦、棕色人啦、印度人啦，以及把千百人研为齑粉的、可

---

① 法语，听话，埃德加，坐下。

怕的 Dschagernat① 的轮子啦等。直到现在他还从来不相信真的会有这样的人，正如他从来没把童话国当成真的国家一样。此刻，他心里突然第一次涌现出一个辽阔的世界。他目不转睛地盯着他的朋友，屏住呼吸，凝视着他面前那双曾经打死过一只老虎的手。他什么都不敢问，随后他说话的声音异常兴奋。在他驰骋的想象里，他的大朋友成了故事里的主角：他高高地骑在一只披着紫色象服的大象上，戴着贵重头巾的棕色皮肤的男人两边相随；突然他又看见丛林里跳出一只龇牙咧嘴的老虎，伸着前爪去抓大象的鼻子。现在男爵又讲起更为有趣的、关于怎样智捕大象的故事：用驯服的衰老动物把猛烈的、目空一切的幼象诱进木笼子里。孩子的眼睛迸发出炽热的光芒。这时妈妈看了一下表，突然说："Neuf heures! Au lit!"②他觉得，这仿佛在他面前落下一把闪着寒光的刀。

埃德加吃了一惊，脸都吓白了。"带你上床！"这对所有孩子来说，都是一句可怕的话，因为他们觉得，这句话是在大人面前对他们的公然轻蔑，是一种自我招供，是童年和小孩需要多睡眠的一种标志。可是这种羞辱竟发生在这么有意思的时刻，使他听不到这些闻所未闻的故事，这真是太可怕了。

"只听完这一个，妈妈，这个捕象的故事，就让我听完这一个吧！"

他开始乞求了，但立即想起了他作为大人的新的尊严。而他母

---

① 转轮王，为神话中的印度国王。
② 法语，九点了。该睡了。

亲今天也严厉得出奇。"不行,已经很晚了,快上楼吧! Sois sage①,埃德加!男爵先生讲的故事明天我都详细地讲给你听。"

埃德加迟疑地站了起来,以前每次都是他母亲送他上床,可今天当着他朋友的面他不愿乞求,他那孩子气的骄傲使他起码还要做出自愿走开的样子。

"真的呀,妈妈,明天你全部讲给我听。全部!关于捕象的故事和其他的故事!"

"好,我的孩子!"

"马上,今天就要讲!"

"好,好,但是你现在去睡。走吧!"

埃德加自己也感到奇怪,他把手递给男爵和妈妈的时候,居然脸没有红,虽然喉咙里已经在鸣咽了。男爵亲切地捋了捋孩子那浓密的头发,这使得孩子绷紧的脸上又露出了一丝笑容。接着他就赶快往门口跑去,否则他们就要看到大滴大滴的眼泪从他脸上滚下来了。

大　　象

母亲和男爵又在桌旁坐了一会儿,但是他们不再谈象和打猎的事了。孩子离开他们之后,他们的谈话气氛有一点压抑,有一点微妙的不安的困窘。后来他们来到前厅,坐在一个角落里。男爵比任

---

① 法语,听话。

何时候都更加神采飞扬，而几杯香槟酒又使她兴味盎然，所以谈话很快就具有了危险性质。本来男爵谈不上漂亮，他只是因为年轻，头发剪得短短的，一张棕黑色的精力旺盛的娃娃脸，很有点男子气魄，他那灵活而几乎是调皮的动作撩得她心猿意马。现在她乐于从近处看他，也不害怕他的目光了。在他谈话之中，逐渐有了一种使她略感困惑的放肆，有某种类似抚摸她的身体的东西，有一种触及她的身体又迅速移开的东西，有某种捉摸不定的欲望，这使得她双颊绯红。随后他又轻快地笑着，无拘无束，像个孩子。这就使得这些细微、轻浮的欲念，好像是孩子闹着玩似的。有时她觉得该对他说句严厉的话。但是她生性喜欢卖弄风情，被这些淫猥的话儿撩拨得心痒难当，只想更多地消受。这种放肆的游戏使她感到销魂。后来她自己也模仿起来。她频送秋波，暗示允诺，完全沉湎在这绵绵情话和狎昵动作中，甚至容许他挨近。他的声音有时使她感觉到他那热乎乎的、战栗的呼吸正喷在她的肩头上。像一切赌徒一样，他们也忘掉了时间，完全陶醉在销魂的谈话之中。到了午夜，前厅里开始熄灯的时候，他们才猛然一惊。

一惊之下，她立即一跃而起，猛然感到自己太放肆了，竟干出了这样的事。本来她也是个玩火的里手，但现在她那已被撩拨起来的本能业已感觉到，火已玩到这个危险的人身边了。她战栗地发现，自己已不能再把握住自己，心里有什么东西开始在蠕动，看什么都很兴奋，宛如一个人在发高烧时的感觉一样。恐惧、酒和火热的话语在她头脑里回旋激荡，一种恼人的、莫名的恐惧攫住了她，她一生中这种恐惧在类似这样的危险时刻里曾经历过数次，但是都没有这一次那样令人头晕目眩，如此猛烈无情。"晚安，晚安。明早再见！"她急匆匆地说着，想逃遁而去。这倒不是为了逃脱，而是为了逃开此刻的危险，逃脱她自己心中一种新奇的、陌生的、欲推犹就的窘境。男爵轻轻抓住她告别时伸出来的手，吻着。不是通常的吻一次，而是用嘴唇从纤秀的手指尖一直到手腕，颤抖着吻了四五次。她感到他硬硬的胡须在她手背上戳得痒痒的，她起了一阵微微的哆嗦。某种温暖的、令人窒息的感情，从手背上随着血液流贯全身。恐惧甜蜜地袭来，她的太阳穴嘣嘣直跳，头在发热。恐惧，这莫名的恐惧现在使得她全身战栗起来，她急忙从他手里抽回了自己的手。

"您再待会儿嘛。"男爵悄悄地说。可是她已经仓皇失措地匆匆跑走了，这个动作使她的恐惧和慌乱暴露得一目了然。现在她心里很兴奋，这也正是男爵的意图。她觉得，她的感情越来越不能解释了。残酷得灼人的恐惧在追逐着她，把她抓住，但就在逃开的时候，她同时又为他没有这样做而感到惋惜。她多年来下意识渴望的事情，很可能会在这种时刻发生。从前这种艳事她总是在最后关头把它摆脱开了，可对它的气息她爱得如痴如醉，这种巨大的、危险的艳事，这种不是转瞬即逝的撩人的调情。可是男爵很骄傲，不去捕捉这个良机。他对自己的胜利蛮有把握，因而不想在这个女人酒意朦胧、不能自持的时候把她弄到手，正相反，只有神志清醒时的斗争和委身，才会激起这个手段光明正大的赌棍的兴趣。她是逃不出他的手心的。他看到，她血管里火辣辣的毒药使她战栗了。

她在楼梯上停住脚步，用手按着气喘吁吁的心口。她得休息一分钟。她的神经已经受不住了。她从胸口发出一声叹息，这叹息，半是庆幸自己脱离了危险，半是惋惜；这一切都像一团乱麻，弄得人头晕目眩，六神无主。她半闭双眼，像喝醉了酒一样，在往她的房门那儿摸索，接着她深深地舒了一口气，因为她终于抓住了冰凉的门把手。这时她才感到安全了！

她轻轻推门进了房里，马上就吓得退了回来。房里，在里边暗处，有什么东西动了一下。她那兴奋的神经剧烈地战栗了。她正想呼救的当儿，从里面发出了一个轻轻的、睡意蒙眬的声音："是你吗，妈妈？"

"上帝保佑，你在这里干吗？"说着她就直奔沙发床。埃德加正蜷缩成一团在上面躺着，刚刚醒来。她第一个念头就认为这孩子准是病了，或者是需要什么东西。

但是埃德加却仍带着睡意，用略带一点责备的口气说："我等你好久，后来就睡着了。"

"干吗等我？"

"为了大象。"

"什么大象？"

现在她才想起，她确实答应今天晚上就把打猎的故事和其他冒险故事全讲给他听的。因此孩子跑到她房间里来了。这单纯、幼稚的孩子，他深信不疑地等着她，等着等着，就睡着了。这种放肆的举动激怒了她，或许她本来是对自己发火，她想大喊大叫来掩饰自己的罪过和羞愧。"马上回自己床上去，你这没有教养的东西！"她对他嚷了起来。埃德加诧异地望着她。她为什么对他发那么大的火？他又没有做什么错事。但是他的惊讶却似火上加油。"马上到自己房里去！"她怒气冲冲地吼道，这时，她感到委屈他了。埃德加默默地走了。原来他已经疲倦极了，透过蒙眬的睡意，他迟钝地感觉到，他母亲没有遵守自己的诺言，这样对待他是不公正的。但是他没有反抗。因为困倦，他觉得什么都是昏昏沉沉的，一切都是麻木迟钝的，随后他又生自己的气，竟在这里睡着了，没有醒着等妈妈。"完全像个孩子。"在重新入睡以前，他还在生自己的气。

因为从昨天起，他就恨自己的童年了。

前　哨　战

男爵没有睡好。一次调情中断之后就去睡觉总是危险的：一个不平静的、梦魇频扰之夜，使他不久就后悔没有把这一分钟紧紧抓住。当他早晨带着未消的睡意，怀着恶劣的心绪走下楼来时，孩子从躲藏的地方朝他蹦跳过来，热情地投入他的怀里，用千百个问题来折磨他。埃德加非常快乐，他又有一分钟可以独占他的大朋友，而不须和妈妈分享了。他的故事该只讲给他听，不再讲给妈妈听了。他向他提出许许多多问题，因为妈妈虽然答应给他讲，但还是没有把这个奇妙的故事讲给他听。这时，男爵吃了一惊，掩饰不住自己恶劣的心情，但埃德加却把成百个孩子气的、恼人的问题倾倒在他身上。此外，在提这些问题时还掺杂着种种亲昵的表示。他终于又和这位他找了好久、一大早就等着的朋友单独在一起，他真是快乐极了。

男爵粗声粗气地敷衍着。这孩子没完没了的盯梢、数不尽的幼稚的问题以及他那并不讨人喜欢的热情，所有这一切，都开始使他感到厌烦。天天同一个十二岁的孩子转来转去，跟他说些无聊的话，对此他感到厌烦了。现在他一心只想着如何趁热打铁，赶快把这位母亲掌握住，而孩子在场却使这事很棘手。由于他的不慎，唤起了孩子对自己的这种痴情，他对此开始感到不快。这使他心情抑郁，因为暂时他无法摆脱开这个热情得过分的朋友。

不过，无论如何总得设法摆脱他。一直到十点钟——他和孩子母亲约好去散步的时间，他心不在焉地敷衍着叽叽喳喳说个不停的孩子，只是偶尔插上一两句话，同时还翻阅着报纸。可当时钟的指针快成九十度角的时候，仿佛他忽然记起来似的，他请埃德加为他到另一家旅馆去一趟，问问他的表兄格伦特海姆伯爵到了没有。

真心实意的孩子真是高兴极了，终于可以为他的朋友办点事了，他对自己的使者身份很自豪，立即奔了出去，撒腿猛跑，惹得人们都奇怪地望着他的背影。可是他却一心想显示一下，把事情交给他办是多么可靠。那家旅馆的人对他说，伯爵还没有到，现在压根儿还没有人来打过招呼。他带着这个消息又狂奔了回来。但是男爵已经不在前厅里了。于是他就去敲男爵的房门——白敲了一阵！他怀着不安的心情跑遍了所有的场所，音乐室和咖啡室，然后激动地冲到他妈妈那里去打听个究竟。她也不在。最后他十分失望地去问门房，门房告诉他，几分钟之前他们两人一起出去了！这消息惊得他目瞪口呆。

埃德加耐心地等待着，他天真无邪，根本不往任何坏事上想。

他想他们大概只是出去一会儿，对此他是很有把握的，因为男爵还等着他的回话呢。但是好几个小时过去了，不安开始潜入他的心头。真的，打从这位陌生的、诱人的人进入了他幼小的天真无邪的生活那一天起，这孩子整天都处于紧张、激动和纷乱的状态之中。任何热情压在像小孩那么纤细的机体上，宛如压在柔软的石蜡上一样，都会留下它的痕迹。眼皮又神经质地颤抖起来，脸色变得更加苍白。埃德加等啊，等啊，起先是不耐烦，后来就激动不安，末了几乎要哭了。但他一直没有什么怨恨，他盲目地信赖这位出色的朋友。他想可能是个误会。隐隐的恐惧折磨着他，也许是自己把他托付的事理解错了。

他们终于回来了，两人愉快地聊着天，丝毫也没有什么惊讶的表示，这可真令人奇怪极了。看来他们根本就没有把他放在心上。"我们迎你去了，希望在路上碰见你。埃狄①。"男爵说，并不问托付他办的事。他们居然没有在路上碰见他，这使孩子大为诧异。他向他们保证说他是从笔直的大马路上跑回来的，并想知道他们是从哪个方向去找他的。刚说到这里，妈妈就打断他的话："行了，行了！小孩子不要盘根问底，没完没了。"

埃德加脸都气红了，当着他的朋友的面这么卑鄙地来贬低他，这已经是第二次了。她为什么要这样做？他确信，他已不是孩子了，而她为什么总要把他当成孩子？显然她嫉妒他有个朋友，挖空心思想把他的朋友拉过去。对了，刚才肯定是她故意把男爵领错路

---

① 埃德加的爱称。

的。但是他不愿任她欺侮，这一点她该明白。他要给她点颜色看。埃德加决定今天吃饭的时候只同他的朋友说话，跟她一句话也不说。

但是他们根本就没有注意到他的报复，甚至连他这个人也好像没有看见。这使他很难受，这完全出乎他的预料啊！昨天他们在一起的时候，他曾经是轴心啊！现在他们两人谈笑风生，互相调侃，可是没有一句话与他相干，仿佛他掉到桌子底下去了。血涌上他的双颊，喉咙里像是塞了一团东西，卡住了呼吸。他越来越愤慨地意识到自己竟是那样的无足轻重。难道他就老老实实在这儿坐着，看着他母亲把他的朋友抢去，除了沉默之外不能进行什么反抗了吗？他想，他得站起来，用两个拳头出其不意地猛捶桌子。只有这样，才能把他们的注意力引到自己身上。但是他控制住了自己，只是放下刀叉，一口也不吃了。他们很久也没发现他不吃东西，只是到最后一道菜时，母亲才奇怪地注意到，问他是不是不舒服了。"可恶，"他心里想，"她想的只是我是不是病了，别的事情她都觉得无关紧要。"他冷冷地回答说，他不想吃，这她也就满意了。没有什么事，什么事也不会促使他们来理睬他的。男爵似乎已经完全把他忘了，至少他没有和他说过一句话。他眼里热乎乎的，泪水涌进了眼眶，他得想个法子，在乘人不注意的时候，迅速地拿起餐巾，好使这该死的幼稚的泪水不至于毫无顾忌地流下双颊。这顿饭结束的时候，他舒了一口气。

吃饭的时候，他母亲建议一起坐马车到玛丽娅·舒茨去玩一次。埃德加听着，用牙齿咬着嘴唇。她一分钟也不让他单独跟他的朋友在一起。现在她边站起来边对他说："埃德加，你要把功课全忘了，你得留在房里把功课补一补。"听到这话，他对她恨到了极点。他又一次把小拳头攥得紧紧的。她老想在他朋友面前侮辱他，总是当众提醒他，他还是孩子，还得上学，只有得到允许才可以同大人在一起。这回的用意可是一目了然的。他未做回答，立即把身子扭了过去。"噢，又不高兴了。"她笑着说，随后就对男爵说："要是他做上一小时功课，真会那么影响他的健康吗？"

"喏，一两小时对身体绝不会有什么坏处。"男爵说。男爵，他一度把自己称为他的好朋友的男爵，曾经嘲笑他是书呆子的男爵，现在居然说这样的话，他感到浑身发凉，血液凝固。

这是默契吗？他们两人真的联合起来对付他了吗？孩子的目光里闪烁着愤怒的火焰。"爸爸不让我在这里学习，爸爸要我在这里休养。"他一下把这句话甩了出来，带有一种对自己疾病的骄傲，绝望地死抱住父亲的话、父亲的威望不放。他把这句话当作是一种威胁说了出来。真是奇怪之至，看来这句话当真使得他们两人心里都不愉快。母亲把目光移开，只用手指烦躁不安地敲着桌子。他们之间出现一阵难堪的沉默。"随你吧，埃狄。"末了男爵强作笑容地说，"我又不用考试，我各门功课早就是不及格的。"

对这个玩笑，埃德加并没有笑，只是用审视的、锐利的目光打量着他，仿佛要深入到他的灵魂中去似的。发生了什么事呢？他们之间的关系起了变化。为什么？孩子并不清楚。他不安地移动着他的目光，一把小槌在他心里剧烈地敲打着：第一次猜疑。

灼 人 的 秘 密

"她怎么变得这样?"在滚动着的马车上孩子坐在他们对面沉思起来。为什么他们不像以前那样关心我了?为什么当我注视妈妈的时候,她总是避开我的目光?为什么他老是在我面前开玩笑,装疯卖傻?他们两人不再像昨天和前天那样跟我说话了,我仿佛觉得他们已经换了一副面孔。妈妈今天的嘴唇那么红,她准擦了口红。我从来没有见她这么打扮过。而他呢,老是蹙着眉头,好像我侮辱了他似的。我确实没有做过对不起他们的事啊,没说过一句让他们生气的话呀!不,不会是因为我的缘故,因为他们两人之间的关系和在这之前不一样了。他们两人好像干了什么事而又不敢说出来似的。他们不再像昨天那样谈笑风生、兴致勃勃了。他们很拘束、发窘,他们一定瞒着什么事。他们两人之间准有个什么秘密,不想让我知道。可我无论如何要把这个秘密弄个水落石出,不惜任何代价。我看出来了,就是那种不让我知道的秘密,这种秘密就是演戏时男人和女人伸开胳膊唱歌、互相拥抱又推开的那种秘密。这一定是同我的法语女教师的秘密一样的,爸爸同她相处得很不好,后来就把她辞掉了。所有这些事情都有关联,这我感觉到了,可就是不知道是怎么回事。噢,一定要知道这个秘密,彻底知道这个秘密,要抓住这把钥匙,抓住这把能打开所有大门的钥匙,那我就不再是孩子,不让他们再来搪塞和欺骗我了!不只现在,就是永远也不让人搪塞和欺骗!他们总把什么事都对孩子隐瞒起来。我要揭穿他们的这件事，揭穿这个可怕的秘密。他的额头上起了一道深深的皱纹，他在严肃地苦思冥想，车厢外的景色他连望都不望。这个瘦弱的十二岁的孩子看起来几乎老了。窗外，四周色彩绚丽，山上的针叶林染着一片明净的绿色，山谷沐浴在暮春的柔和光泽里。他只是不住地盯着坐在他对面马车后座上的两个人，他灼热的目光好似一根钓竿要从他们眼睛深处把这个秘密钓出来似的。再没有什么比一条模糊不清的踪迹更能使未成熟的智力大显身手的了，有时候只有一扇很薄的门，就把孩子同我们称之为现实的世界隔开，而凑巧一阵风却会把这扇门给孩子们吹开。

埃德加蓦地感到他从来没有像现在这样挨近这个未知的巨大秘密，好像可以抓得着似的，他觉得这个秘密就在面前，虽然现在还是锁着的，谜底尚未揭开，但是很近，非常之近了。这种感觉鼓舞着他，使他显出突然郑重其事的严肃神情。因为他下意识地感到自己已经处在童年时代的边沿。

对面的两个人心里感到某种隐隐约约的障碍，但并没想到这障碍是来自孩子。三人同车使他俩感到处处受碍，很不自在，他们对面那双森然闪着火焰的眼睛打扰着他们。他们几乎不敢说，也不敢看。现在他们之间再也无法回到以前那种轻松的、社交场合的谈话了，而是很深地陷入语调亲昵、用词挑逗的阶段，常为轻佻的、偷偷的触摸而颤抖不已。他们的谈话常常接不下去。谈话中断了，想继续下去，但又不断地在孩子执拗的沉默影响下绊跤子。

他那固执的缄口不语，特别对于母亲来说是一大负担。她从侧面小心翼翼地打量着他，当她第一次突然发现这孩子咬着嘴唇的神情和她丈夫激怒或生气时的神情完全一样时，她大吃一惊。恰恰是现在，她有外遇时，想起她丈夫来，心里很不是滋味。她觉得，这孩子像是鬼怪，像是良心的卫士，在这马车里的一点点地方，在她对面只有十英寸的距离，滴溜溜滚动着的黑黝黝的眼睛在苍白的额下窥视着。这使她加倍地忍受不了。埃德加忽然抬头凝视有一秒钟之久。两人立即垂下了目光：他们感到生平第一次受到了窥伺。在此之前，母子两人亲密无间，但是现在两人之间，她和他之间，忽然有了什么东西，关系完全变了样。生平第一次，他们开始察觉到，他们两人的命运彼此分开了，两人已经相互暗暗地仇恨起来了，由于这种仇恨还刚产生，彼此都不敢承认。

当马匹又在旅馆前面停下的时候，三个人都舒了口气。这是一次不愉快的远游，这一点大家都感觉到了，可是谁都不敢说。埃德加第一个跳下马车。她母亲告罪说头痛，急忙上楼去了。她极为疲倦，想独自一人待会儿。埃德加和男爵留了下来。男爵给马车夫付了钱，看了看表，径直往前厅走去，毫不理睬孩子。孩子望着男爵那优雅、修长的背影，正迈着有节奏的、轻快飘逸的步履。这步履曾经使这孩子着迷，昨天他还悄悄对着镜子模仿哩。他走了，径直走了。显然他把这孩子忘了，让他在马车夫旁边，在马旁边站着，仿佛这孩子与他毫不相干。

埃德加看着他这样走掉，心里像有什么东西被撕成了两片。他，不管怎样他还始终狂热地爱着男爵。男爵就这样走开了，没有用大衣触他一下，没有向他这个知道自己确实毫无过错的孩子说一句话，他心里绝望了。费尽气力保持的镇静崩溃了，人为地加重了尊严的担子从他过于狭窄的肩头滑了下来，他又成了一个孩子，和昨天及以前一样渺小、恭顺。这违反他的本愿，催促他快步向前，他迈着哆嗦的步子，迅速跟着男爵，在男爵正要上楼梯的时候，他在前面拦住了他，带着难以忍住的眼泪，压低了声音说：

"我做了什么对不起您的事？您不理我了！为什么您现在老是对我那么疏远？为什么您总想把我支开？是您觉得我碍事，还是我做错了什么事？"

男爵吃了一惊。这声音里有一种东西扰乱了他的方寸，使他的情绪缓和下来。他对这个毫无恶意的孩子产生了同情心。"埃狄，你是个傻瓜！我只是今天情绪不好。你是个可爱的孩子，我真的很喜欢你。"说着他使劲地来回抚弄着他的头发，但却只是半转过脸来，以免看到孩子这双湿润的、恳求的大眼睛。他演的这出喜剧开始使他有点痛心。本来他对自己如此厚颜无耻地玩弄这个孩子的爱已经感到羞愧了，而这软弱无力的、颤动的、如泣如诉的声音更使他感到痛苦。"现在上楼去吧，埃狄，今天晚上我们又会处得很好的，你看吧！"他抚慰地说。

"但您别让我妈妈早早叫我上楼，好吗？"

"行，行，埃狄，我不让她叫你上楼。"男爵笑着说，"现在上楼去吧，我得去换吃晚餐的衣服。"

埃德加走了，此刻感到十分高兴。但不久心里的槌子又开始敲动起来。昨天以来他好像大了好几岁，猜疑，这位不速之客业已牢牢地盘踞在他的心里了。

他等待着。这是关键性的考验。他们一起围桌而坐。九点钟了，母亲还没叫他去睡觉。他已经感到有些不安了。为什么恰恰今天她让他在这里待那么长时间，而以往她是一到时间就打发他走的呀？难道男爵把他的愿望和谈话告诉给她了？突然间他感到难以名状的后悔，今天真不该以完全信赖的心情去追他啊。到十点钟他母亲忽然站了起来，同男爵告别。奇怪的是，男爵对她过早告辞看来一点也没有感到惊奇，也没有像往常那样挽留她。孩子心里的槌子敲得越来越厉害了。

这是个尖锐的考验，他也装出一无所知的样子，二话没说就跟他母亲朝门口走去。但是走到那里时他突然用眼睛一扫，真的，在这瞬间他截获了一道含笑的目光，它越过他的头顶从她眼里正巧朝男爵送去，这是一道默契的目光，某种秘密的目光。这么说男爵把他出卖了，因此今天的早走是为了要他安静下来，好让他明天不再妨碍他们。

"坏蛋！"他咕哝了一句。

"你说什么？"母亲问道。

"没什么。"他从牙缝里迸出这几个字。现在他有了自己的秘密，它的名字叫作恨，对他们两人无边无际的恨。

沉　　默

埃德加内心的骚动业已过去。他终于享有了一种纯粹的、明净的感情：仇恨和公开的敌视。他现在确信自己是他俩的障碍。因此跟他俩待在一起就成了他的一种复杂得出奇的乐趣。他觉得破坏他们，用他积聚起来的全副力量去反对他们，是一件赏心悦目的快事。他先是对男爵表露出他的愠怒。早上男爵下楼遇见他时，亲切地向他打招呼说："早晨好，埃狄。"埃德加坐在靠背椅上纹丝不动，连眼睛都没抬一下，只是咕哝一下，生硬地回了他一句："好。""妈妈下来了吗？"埃德加两眼看着报纸说："我不知道。"

男爵感到惊愕。这一下子怎么啦？"埃狄，怎么啦？没睡好觉？"他本想像往常那样开个玩笑来缓和一下空气，可是埃德加依然轻蔑地冲口回了一个"不"字，随即又埋头看他的报纸。"蠢孩子。"男爵自言自语地喃喃说，耸耸肩膀，走开了，敌意已经公开了。

埃德加也以冷漠和彬彬有礼的态度对待他妈妈。一次她想打发他去网球场玩，对这样一个拙劣的企图，他平静地拒绝了。由于愤恨而轻轻滑动的冷笑紧贴在他的嘴唇上闪现出来，这表明他不再受骗了。"我宁愿跟你们一块去散步，妈妈。"他说这话带着一种虚假的亲热，并紧紧盯住她的两只眼睛。对她来说，这个回答显然是不受欢迎的。她迟疑了片刻，像是寻找什么东西似的。终于她打定了主意，说："在这儿等我。"于是就去用早点。

埃德加等待着。不信任感在他脑子里折腾着，忐忑不安地直感到他们的每句话里都能搜寻出一种秘密的、敌视的意图。现在这种猜疑经常能使他做出一种具有奇异洞察力的决断。妈妈要他在前厅里等，但他不在那里等，而宁愿站在马路上，那里不只能监视大门，而且能监视所有的门道。他心里有某种预感，觉得妈妈耍了个骗局。这下他俩可再也溜不掉了。像在讲印第安人故事的书里学到的那样，他躲在马路旁的一堆木料后面。大约半个小时之后，他看到他妈妈真的从一个侧门出来了，手里拿着一束绚丽的玫瑰花，后面跟着男爵，那个叛徒。这时他满意地笑了。

两个人兴高采烈。他俩避开了他，光是为了自己的秘密，就可以舒口气了吗？他俩谈笑风生，正准备折向通往林中的小径。

现在是时候了，埃德加不慌不忙地，做得像是偶然到这里来似的，从木料后面踱了出来。他非常镇定地向他俩走来，以便有时间，有许多时间来充分欣赏他俩的惊诧表情。两个人一怔，交换一下惊奇的眼光。这孩子慢慢地，带着一种泰然的神情向他们走去，他那嘲弄的目光紧盯着他们。"啊，你在这儿，埃狄，我们在里面找过你了。"母亲终于开口说。"她撒谎撒得多不要脸啊！"孩子心里想，但是他的嘴唇却一动不动，把仇恨的秘密掩藏在牙齿的后面。

三个人犹豫不决地站在那儿，一个窥伺着另一个。"那我们走吧。"这个恼火的女人沮丧地说，顺手撕碎了一朵最鲜艳的玫瑰花。她的鼻翼在轻轻地翕动，这就暴露了她的愠怒。埃德加站在那里，仿佛这与他毫无关系，他望着蓝天，等待着。他俩要走的时候，他准备跟随他们，男爵又做了一次努力。他说："今天有网球联赛，你看过没有？"埃德加轻蔑地望了他一眼，对他根本就不予理睬，只是翘翘嘴唇，像是要吹口哨似的。这就是他的答复，明亮的牙齿显示了他的仇恨。

孩子突如其来的出现，像梦魇似的纠缠着两个人。罪犯跟在看守后面走着，暗暗攥紧了拳头。其实孩子并没有做什么，可是他俩却每分钟都无法忍受他那窥视的目光。孩子的眼睛里噙着愤怒的泪水，含着深深的阴郁，它对任何接近的尝试都愤怒地加以摈斥。"离远一点！"突然母亲狂怒地说道。孩子不断地偷听他们的谈话使她烦躁不安。"别老在我跟前跳来跳去，把人烦死了！"埃德加顺从地走开了，但是每走一两步就回过头来，一看到他俩落在后面，他就停在那儿等待着，像条黑狗用他那靡非斯特的目光①，纵横上下地织成一张仇恨的火网。他俩感到已被火网套住，无法脱身。

孩子恶狠狠的沉默像一种强酸腐蚀了他俩的兴致，他的目光使他们的谈话一到唇边就变得索然无味。男爵再也不敢说一句挑逗的话了，他愤怒地感觉到这个女人要从手上滑掉，她那好不容易才点燃的热情由于害怕这个令人厌恶的孩子又冷淡下来了。他俩总想设法交谈，却总是谈不下去。末了他们三人都默不作声，无精打采地走着，只听到树木摇曳碰撞发出的低语和他们自己扫兴的脚步声。这孩子把他俩的谈话窒息了。

现在三个人心里都充满了一触即发的敌意。这个被出卖的孩子快乐地感到，他们的愤怒是完全抵御不住他的被蔑视的存在的，但他却咬牙含恨地等着他们发作。他不时用狡黠的嘲弄的目光打量着男爵那气冲冲的面孔。他看到在男爵牙缝中滚动着骂人的话，而又不得不抑制自己，以免骂出口来。他同时也怀着一种魔鬼般的乐趣注意到他母亲的怒火正在呼呼上升；他看出他俩在寻找机会，向他

---

① 见歌德所著《浮士德》第一部。浮士德在复活节同他的学生瓦格纳出城散步时，魔鬼靡非斯特变成一条黑狗跟浮士德回到书斋。他那犀利的目光能洞察一切。

扑过来，把他推倒，或者使他不能再妨碍他们。但是他不给他们这样的机会，他对自己的仇恨做了长时间的筹划，使它没有任何破绽可寻，没有任何漏洞可钻。

"我们回去吧！"他母亲突然说道。她觉得无法再控制自己了，她准会做出什么事来，至少会在这种刑罚下喊叫起来。"多可惜，"埃德加平静地说，"这儿多美啊。"

他俩知道孩子在嘲弄他们。但是他俩什么也不敢说。这暴君在两天之内如此出色地学会了控制自己，不动声色，毫不泄露这是恶意的揶揄。他们一声不响地在漫长的路上往回走。当房间里只剩下母亲和孩子两人时，她仍然激怒不已。她悻悻地把阳伞和手套掷在一旁。埃德加立刻注意到她的神经在激动，火气需要发泄，但是他希望这次爆发，因此故意留在房间里，以便激怒她。她来回走动，又坐了下来，用手指敲弹着桌子，随后又跳了起来。"看你的头发乱成什么样子！你脏得太不像话了，这样子见人简直是丢脸。这么大了你不知道羞耻？"孩子一句顶撞的话也没说，走到一边去梳头。这种沉默，这固执而冷漠的沉默以及跳动在嘴唇上的嘲弄简直把她气得发狂，她真想狠狠地揍他一顿。"回自己房里去！"她冲着他叫了起来。埃德加微微一笑，随即走了出去。

现在她和男爵，他们两人见到孩子就发抖，在每次会面的时间，对孩子那无情而冷酷的目光都感到恐惧！他俩越是感到不自在，孩子的眼睛里就越是焕发出欢愉的光泽，他的喜悦就越有一种挑衅的味道。埃德加现在几乎在用孩子们的野兽般的残忍来折磨这对毫无抵御能力的人。男爵倒还能够压住他的怒火，因为他一直希望这是孩子的恶作剧，他只想着自己的目的。可是她，这个做妈妈的却一再控制不了自己。她觉得冲他大喊大叫一通自己会感到轻松些。"别玩弄叉子！"在餐桌上她冲着他喊叫起来，"你是个没教养的丑八怪，你还不配和大人坐在一起。"埃德加仅是微微一笑，把头稍微歪向一边。他知道这喊叫意味着绝望。看到她如此不加掩饰，他感到骄傲。他现在的目光非常镇定，镇定得像医生的目光。前段时间，为了惹他们生气，或许他是恶狠狠的，但人们在仇恨中学得很多、很快，现在他只是沉默！沉默！沉默！直到她在他沉默的压力下开始长吁短叹。

他母亲再也无法忍受了。现在当他们吃完饭站了起来，埃德加又以这种不言自明的神态准备尾随他们时，她一下子就发作了。她一切都不顾了，吐出了真话。她被他不时的窥视弄得坐卧不安，像一匹被牛虻折磨的马一样暴跳了起来。"你像三岁孩子那样老是跟着我转悠干什么？我不要你老待在我跟前。孩子不要老缠着大人。记住！自己一个人去待一小时。看看书，或者随便干点什么。让我安静安静！你老在我身边溜来溜去，那副讨厌的样子，真让人烦死了。"

终于把她的供词逼出来了！男爵和她这时显得十分尴尬，而埃德加却莞尔一笑。她转过身想走了。她对自己感到生气，刚才怎么好对孩子泄露自己不愉快的心情呢？但是埃德加只是冷冷地说："爸爸不让我一个人在这儿转来转去。我已经答应爸爸了，在这儿处处小心，老跟在您身边。"

他强调"爸爸"两个字，因为他早就注意到这两个字对他们两人有着某种使他们瘫痪的神秘作用。他父亲同这种炽热的秘密也准有某种瓜葛。爸爸一定具有某种支配他俩的隐秘的、他不知道的力量。因为一提到爸爸，好像就会使他俩感到恐惧和不快，就是这次，他们也未作反抗。他们放下了武器。母亲先走了，男爵也随后离去。在他俩之后是埃德加，但他不像仆人那样畏葸，而像一名看守那样强硬、严峻和无情。他抖动着无形的锁住他俩的铁链，他们摇晃着，但无法挣脱掉。仇恨锻炼了他那孩子式的力量。他，一个无知的人，却远比那两个被秘密铐住双手的人更为强大。

撒　谎　者

时间很紧迫。男爵只剩下很少几天可供利用了。他俩感到，去反抗这惹火了的孩子的执拗劲是没有用的，于是他俩只好采取最后的、也是最卑劣的一着：逃。摆脱开他的专横统治，哪怕是一两个钟头也好。

"把这封信送到邮局去寄挂号。"母亲对埃德加说。母子俩人站在前厅里，男爵在外边正和一驾出租马车的车夫谈话。

埃德加狐疑地拿着这封信。他想起来，过去都是有个仆役给母亲跑腿的。他们是不是在合谋算计他呢？

他犹豫不决。

"你在哪儿等我？"

"在这里。"

"一定？"

"是的。"

"你可不要走开呀！你在前厅这儿一直等到我回来?"

由于他感到自己占了上风，所以同母亲说话时带着命令式的口吻。从前天起发生了多大的变化啊！

他拿着两封信走了。在门口他和男爵碰了个照面。埃德加同他搭话了。两天来这是第一次。

"我去发两封信。我妈妈在等着我，等到我回来。你们可不要先走掉啊。"

男爵急忙从旁边挤了过去。"好的，好的，我们等你。"

埃德加向邮局奔去。他得等着。他前面的一位先生提了一大堆无聊的问题。埃德加终于办完了他的事，拿着挂号单跑了回来。回来时正赶上看到他母亲和男爵坐着出租马车走了。

他气得发呆了，几乎想弯腰拾起一块石头向他俩掷去。他俩到底把他摆脱掉了，但是撒了一个多么下流、多么卑鄙的谎啊！他母亲说谎，这他昨天就知道了；但她居然能这样不要脸，说话不算数，这就把他对她的最后一点信任也摧毁了。他看到那些言辞只不过是些色彩缤纷的水泡，它们膨胀起来，一碎就化为乌有，而他从这些言辞后面揣摸到了事实真相。从此，他就不再能理解整个生活了。这会是一个什么可怕的秘密，居然使成年人欺骗他这么一个孩子，像罪犯似的偷偷溜走？在他读过的那些书里，人们为了得到金钱或者为了攫取权力和王国而进行谋杀和欺骗。可这儿却是为了什么？这两个人要干什么？为什么他俩要躲避他？他俩撒了上百个谎究竟想遮掩什么呀？他绞尽脑汁，穷思苦想。他隐约地感觉到，这个秘密就是童年的一把门闩，获得了这个秘密就意味着长成一个大人，长成一个男子汉了。噢，一定得掌握这个秘密！但他没法进一步清晰地去思考。他俩摆脱了他，这事燃起了他的愤怒，给他清澈的目光蒙上一层烟雾。

他跑进树林，恰好来得及躲入暗处，使别人都看不到他。这时他哭了起来，泪如泉涌。"撒谎、狗东西、骗子、流氓！"——他必须大声地把这些话喊出来，否则他会憋死的。愤怒、焦急、恼恨、好奇、一筹莫展和他俩这些天来的背叛都被压制在孩子气的斗争里，被禁锢在他把自己想象成大人的幻觉之中，现在一齐迸出胸膛，化成了泪水。这是他童年时代的最后一次哭泣，最后一次号啕大哭，他最后一次像女人一样，哭一阵就感到痛快些。他在这不能自制的愤怒时刻，把所有一切都一股脑儿哭了出来：信任、热爱、虔诚、尊敬——他的整个童年。

男孩回到旅馆之后，已经变成另一个人了。他十分冷静，办事谨慎而周密。他先回到自己的房间，把脸和眼睛细心地擦洗干净，不让他俩看到他有泪痕，不让他们享受胜利的喜悦。随后他就准备进行清算。他耐心地等候着，毫无不安的感觉。

当马车载着这两个逃亡者返回旅馆时，前厅里有很多的人。有几位先生在下棋，另一些人在看报纸，女人们在闲谈。在这群人中间，孩子一动不动地坐着，他面色显得有些苍白，目光颤抖。现在，他母亲和男爵进门突然看到了他，感到有些尴尬。男爵正要结结巴巴地讲他事先编好的谎话时，孩子挺直身子安详地朝他俩走去，挑衅地说道："男爵先生，我有话同您谈。"

这使男爵感到不快。他有一种像被抓住了的感觉。"好的，好的。以后再说，以后吧！"

但是埃德加提高了嗓门，声音响亮而严峻，周围的人都听得清："可是我想现在同您谈。您做得太卑鄙下流了。您骗了我。您是知道的，妈妈在等我，可您……"

"埃德加！"母亲喊了起来，向他扑过去，所有人的目光都朝她望去。

但是孩子现在却突然刺耳地叫了起来，因为他看到她要把他的话压下去：

"我当着大家的面再对您说一遍：你无耻地撒了谎，这是卑鄙的，这是下流的。"

男爵站在那里，面色苍白，人们都望着他，有几个人窃窃地笑了起来。

母亲抓住了激动得发抖的孩子："马上到你房间里去，要不我就在众人面前揍你一顿。"她声音沙哑、结结巴巴地说道。

但是埃德加站在那里又恢复了平静。刚才这样冲动，他觉得遗憾。他不满意自己，因为本来他是想冷静地向男爵挑战的，只是到最后一刻，愤怒竟比他的意志更为厉害。他安详地从容不迫地向楼梯走去。

"请您原谅，男爵先生，原谅他的粗野。您知道，他是一个神经质的孩子。"她还在结结巴巴地说，周围的人都盯着她，目光里流露出有点幸灾乐祸的神情，这使她惶惑不安。世界上再没有比丑闻更使她感到可怕的了，她知道她必须保持镇定。她不是立刻就溜走，而是先到门房那里问问有没有她的信件以及说几句无关紧要的小事，随后才快步走上楼去，仿佛什么事情都没有发生似的。但是在她身后是一片窃窃私语和压低的笑声。

半路上她放慢了脚步。面对这种严重的处境她一点办法也没有，同时对这场争吵感到恐惧。她无法否认这是自己的过错。还有，她怕孩子的目光，害怕孩子这种新的、陌生和奇怪的目光，这目光使她瘫痪和惶恐不安。由于畏惧，她决定用温柔的办法来试一试。她知道，在这样一场斗争中这个被激怒了的孩子是强者。

她轻轻地拉开门。孩子在那里坐着，平静而冷淡，他望着她，眼里毫无惧色，也没露出任何好奇的神情。他显得泰然自若。

"埃德加，"她尽可能亲昵地开始说，"你怎么啦？我为你感到害臊啊。你怎么这样粗野，还是一个孩子就这样对待大人！你得马上去向男爵先生道歉。"

埃德加望着窗外。这个"不"字，他像是对着树木说的。他那镇定的神情使她感到惊奇、陌生。

"埃德加，你这是怎么啦？你怎么变得和往常大不一样了？我简直都认不出你来了。往日你是个聪明的乖孩子，人们都喜欢你。可你一下子变成这个样子，像是让魔鬼缠住了似的。你为什么那样恨男爵？以前你是非常喜欢他的。他对你一直是那么好啊。"

"是呀，因为他想认识你。"

她感到很不是味儿。"胡说！你想到哪去了。你怎么能这样想呢？"

这下孩子可光火了。

126

"他是撒谎的人，一个伪君子。他所做的都是为了自己，是卑鄙的。他想要认识你，才对我表示亲热，还答应送给我一只狗。我不知道他答应了你什么，为什么对你那么亲热，但是他也要从你身上得点什么，妈妈，这是肯定的。要不他不会这样客气友好的。他是一个坏人。他撒谎。你只要瞧一瞧他那样子，有多虚伪。啊，我恨他，恨这个卑鄙的骗子，这个流氓……"

"埃德加，你怎么能说这话呢？"她不知所措，也不知该怎么回答。她心里激起了一种感情，觉得孩子是对的。

"真的，他是个流氓，这我是不会看错的。你自己一定也会看出来的。他为什么怕我？他为什么躲避我？因为他知道我看透他了，我认识他，这个流氓！"

"你怎么能说这话呢，你怎么能说这话呢？"她脑海里已经枯竭了，只是用毫无血色的嘴唇结结巴巴地一再重复这两句话。现在她蓦地感到害怕了，但是并不知道是怕男爵呢，还是怕孩子。

埃德加看出他的告诫起了作用。把她拉到自己这一边，成为仇恨男爵、反对男爵的一个同志，这个思想在引诱着他。他温和地走到母亲身边，拥抱她。他的声调由于激动变得像在讨好似的。

"妈妈，"他说，"你一定会自己看出，他不会干什么好事的。他都把你变成另一个人了。不是我，而是你变了。他怂恿你来反对我，只是为了独个跟你好。他肯定会欺骗你的。我不知道他答应给你什么，可我知道他不会遵守诺言。你应当提防他。谁骗了一个人，那他也会骗另一个人。他是一个恶人，你不应该信任他。"

这声音充满感情，几乎是声泪俱下，像是出自她本人的心胸。

她心里已经产生了一种不愉快的感觉，这种感觉告诉她的与孩子所说的一样恳切、中肯。但是她不好意思向自己的孩子承认他是对的。她像许多人一样，常用一种粗暴的方式来拯救自己，使自己摆脱由于强烈感情的冲击所造成的狼狈处境。她愠怒地挺了挺身子。

"小孩子懂得什么！这些事不用你来多嘴。你应当有礼貌。就这些。"

埃德加的脸上又泛起一片冷意。"随你好了，"他生硬地说，"反正我警告过你了。"

"那么说你是不准备去道歉了？"

"不。"

他俩面对面站着，满脸怒气。她觉得这关系到她的威望。

"那你就在楼上用餐。一个人。在你没有道歉之前，不准到我们桌上来。我要教你懂得规矩。不得到我的许可，不准你离开房间，听懂了吗？"

埃德加微微一笑。这种不怀好意的微笑，像是与他的嘴唇长在一起的。在内心他却对自己发火。他多愚蠢，竟然又一次泄露了他的衷曲，而且还对她，这个撒谎的女人发出警告呢。

母亲快步走了出去，连一眼也没看他。她惧怕这双犀利的眼睛。自从感觉到孩子已经看出了一切，并告诉她这件她不想知道、也不想听到的事情后，这孩子就使她感到讨厌了。使她感到惊愕的是，她仿佛听到一个声音，她的良知离开了她的躯体，乔装成孩子，乔装成她亲生的孩子在她身旁走来走去，在警告她、嘲弄她。直到现在，这个孩子一直生活在她身边，是一件装饰品，一个玩物，是一种爱和信赖，有时也是一个累赘，但不论是什么，都总是同她生活在同一激流中、合着她生活的节拍。这孩子今天第一次放肆起来，反抗她的意志。现在在她对自己孩子的回忆中，总是夹着某种类似仇恨的东西。

不仅如此，现在当她稍感倦意地走下楼梯时，从她自己的心胸中响起了孩子的声音："你应当提防他。"——这个警告总是不肯缄默。这时她从一面闪亮的镜子前面走过，她询问般地向里望去，越望越深，越望越深，直到镜子里的嘴唇泛起一丝微笑，并围成圆形，像是要吐出一个危险的字眼似的，从她的内心深处还响着这种声音。但是她高高地耸耸肩膀，犹如要把所有这些看不见的思虑全都抖落下来似的，朝镜子里快乐地看了一眼，扯了扯衣服，带着一个赌棍把最后一枚金币叮当一声抛到赌台上去的那种果断的神态走下楼去。

月光中的踪迹

侍者把晚餐给埃德加送到房间里，随后就锁上了门。门上的锁在他身后嘎嘎地响着。孩子愤怒地跳了起来。很明显，这是受他母亲的指使，把他像一头凶狠的野兽似的关了起来。他心里产生了一个可怕的念头。

"把我关在这里，下面在干什么呢？现在他们两人在商量些什么？如果到头来这个秘密就在那儿，难道我就把它错过？噢，一旦我在大人们中间，我就能到处觉察到这个秘密，在夜里，大人们把门关起来，把这个秘密沉浸在轻言絮语中，要是我能偷偷地进到里面，这巨大的秘密就在面前；几天来我已经接近了它，可就是还一直没有把它抓住！从前，为了捉住它，我什么都干过！那时候我从爸爸的书桌里偷了些书出来，这些奇奇怪怪的事情书里都有，只是我不懂。这个秘密一定贴着个什么封条，要想找到它，得先把封条揭去，这封条也许是在我身上，也许是在别人身上。那时我问过别的女仆，求她把书里这些地方给我讲一讲，但是她把我嘲笑了一顿。做个孩子太可怕了，好奇心重，可是不许问别人，在大人面前总是显得很可笑，好像是些傻瓜和废物似的。但我会把这个秘密弄清楚的，我感到现在很快就会知道了。我已经掌握了一部分，不把它全部弄到手，决不罢休！"

他谛听是否有人来。外面，微风吹拂着树林，把枝条之间静如明镜一样的月光碎成无数摇曳不定的小片。

"他们俩想干的一定不会是什么好事，要不他们干吗要编造那么卑劣的谎言来把我支开。他俩现在肯定在嘲笑我。这两个该诅咒的到底把我甩开了，但是最后笑的是我。我真太蠢了，让人关在这里，而不去紧紧盯住他们，窥视他俩的一举一动，倒反让人关在这里。我知道，大人往往都不怎么谨慎，他俩一定会露出马脚的。他们总认为我们孩子还很小，晚上睡得死死的。可他们忘了，我们也会假装睡觉而去偷听，我们也能装傻，而实际上十分聪明。前不久，我的姑姑生了孩子，其实这事大人早就知道了，可是在我面前却装作惊奇的样子，仿佛感到很意外似的。但是我也是知道的，因为我听他们说过，那是几星期前一个晚上，他们以为我睡着了就谈论起来。这次我也要让他们惊讶一下。这两个卑鄙的家伙。噢,现在他俩一定自以为很保险,我要是能穿门而出,前去侦察,暗地里注视他俩,那该多好。现在我也许该按铃吧?这样女仆就会来开门,问我要什么东西。或者我吆喝骂人,摔碎餐具,那他们也会来开门的。这当儿我就可以溜走,去窃听他俩说话。不行,我不这样做。不能让别人看见他们对待我是如何卑鄙。我以此为骄傲。明天我再向他们算账。"

楼下传来一个女人的笑声。埃德加一怔,这可能是他母亲。她倒是有理由发笑,有理由嘲弄他,一个小孩,一个走投无路的人,要是他让人觉得累赘的话,就把他锁在房间里,像扔团湿衣服一样,往墙角一甩了事。他小心翼翼地把头探出窗外。不是,不是她,是一个他不认识的放肆的姑娘在和一个小伙子逗趣。

就在这时,他看到窗户离地面并不很高。不知不觉他起了一个念头:跳出去,现在他俩肯定自以为很保险,我正好去偷听。这个决定使他兴奋得全身发热,仿佛他已经把这个童年时代闪闪发光的、显得十分巨大的秘密掌握在手里了似的。"跳出去,跳出去!"他颤抖着。毫无危险,没有人从这里走过去。于是他就跳了下去。只有鹅卵石发出轻微的声响,没有一个人听到。

这两天,蹑手蹑脚和窥伺已经成了他生活中的一大乐趣。他轻轻提起脚步绕着旅馆走,小心翼翼地避开灯光的强烈反照。这时他有一种快感,这快感同因恐惧而引起的轻微战栗混在一起。他先是谨慎地把面颊紧贴在餐厅的玻璃上向里张望。他俩常坐的位置上是空的。随后他逐个窥视各扇窗户。他不敢进旅馆去,因为怕在过道中间凑巧碰上他们。到处都找不到他俩。他感到绝望了。正在这时，他看到两个影子从门里闪了出来——他往回一缩，蹲在暗处——他母亲和那个形影不离的伴侣出来了。来得正是时候。他们在谈些什么？他无法了解。他们说得很轻，风在树林里变得不安起来。忽然飘来一阵十分清晰的笑声，这是他母亲的声音。这笑声他从来没有听见过，笑得少有的刺耳，像是被胳肢、被刺激引起的神经质的笑声。他感到这笑声很陌生，心里大为惊愕。她在笑。那就是说没有什么危险的事了，不是什么要对他隐瞒的大事，不是什么了不起的事。埃德加感到有些失望。

　　但是他们为什么要离开旅馆？现在夜都深了，他们到哪儿去呢？风在高空中挥动着巨大的翅膀，夜空刚才还很洁净，充溢着月光的清辉，现在变得昏暗了，无形的手撒开了黑色的幕布，有时把月亮包裹起来，使夜变得漆黑一团，几乎连路都难以辨认。当月亮重又露出来时，一切又都被洒上光辉。银色的月光冷冷地泻在周围的山川树木上。光和影之间进行着神秘莫测的游戏，像是一个女人，时而赤身裸体，时而裹着衣服在嬉戏，是那样的诱人。正在这时，四周的景物又赤裸裸呈现出明亮的胴体：埃德加从侧面看到路上有两个移动着的黑色身影，或者不如说是一个身影，因为他俩贴得那么紧，仿佛两人心里害怕而紧紧挤在一起似的。可现在他们两个要去哪里？松树在呻吟，林中像是充满了忙碌和喧嚣，宛如在围捕野兽。"我跟着他们，"埃德加想，"风刮得这么紧，林中这样响，他俩不会听到我的脚步声。"在他们沿着下面宽广明亮的大路向前走去时，埃德加在上面的林中轻巧地从一棵树跳向另一棵树，从一个树影跃向另一个树影。他无情地紧紧跟踪他们。他感谢风儿，它使别人听不到他的脚步声；他咒骂风儿，它老是把他们说的话刮到远处。要是他能听到他们的谈话就好了，哪怕是只听到一次，那他肯定就可以知道这个秘密。

下面的两个人信步走去，毫无所知。他俩陶醉在这广阔、昏乱的夜色之中，在不断增长的激动中忘却了自己。没有任何预感来警告他们：上面树叶浓密的暗处有人在跟踪着他们的每一个脚步，有两只眼睛死死地盯着他们，充满了仇恨和好奇。

突然他俩停住了。埃德加也立即停住了脚步，紧紧贴在一棵树上。一种剧烈的恐惧向他袭来。要是他俩现在往回走，比他先回到旅馆，要是他不能及时赶回自己的房间，母亲发现房间是空的，那该怎么办？这样一来一切都完了，他们会知道他暗地里窥视他们来着，他就再没有希望从他们那里索取这个秘密了。但是他们二人犹豫不决，显然在争论什么。幸好有月亮，他一切都看得清清楚楚。男爵指着一条昏黑狭窄的小路，这条小路通往下面的山谷，在那里月亮不像这条路上那样倾泻着它的全部光华，而只是透过密林渗出点滴的光亮和稀疏的光线。"他干吗要到下边去？"埃德加抽搐了一下。他母亲好像说"不"，可是另一个却在说服她。埃德加从他的手势上看得出他是多么急迫。孩子害怕了。这个人想向他母亲要什么？这个混蛋为什么要把她领到暗处去？突然他从自己所读过的那些书里——这些书就是他的整个世界——生动地记起了谋杀、拐骗和可怕的犯罪。一定的，他想谋杀她，正是为此他才摆脱开他，把她单独引到这里。他该呼救吗？杀人犯！呼救声刚要冲出喉咙，但是嘴角却发干，喊不出声来。他的神经由于激动绷得紧紧的，使他几乎站立不稳。由于害怕跌倒，他赶紧伸手去抓一个把手——这时咔嚓一声，他双手折断了一根树枝。

那两个人惊愕地转过身来，凝望着暗处。埃德加一声不响地靠在树上，胳膊紧紧贴在一起，矮小的身体深深地埋在树影之中。死一样的寂静。但他俩像是受惊了。"我们回去。"他听到他母亲说，声音显得畏葸胆怯。男爵本人显然也不安起来，他顺从了。两人慢慢地往回走，相互靠得紧紧的。他俩内心的惶恐就是埃德加的幸福。他用四肢在林中爬行，双手都被划出血来，到了森林的尽头，他就全速往回跑去，气喘吁吁，到了旅馆，三脚两步就蹦上了楼，锁门的钥匙幸好在门上插着，他开了门，冲进房里，躺到床上。他得休息几分钟，因为心在胸膛里剧烈地跳动着，像是钟舌在敲响的钟壁上那样跳动不已。

随后他胆子大了起来，靠在窗旁，等着他们两人的到来。好长时间过去了。他们一定走得很慢，很慢。他从窗框的暗影里小心地窥视着。现在他们慢慢地走来了，月光照着他们的衣服。在这绿光中他们看起来像幽灵似的。男爵真是杀人凶手吗？他刚才阻止了一件多么可怕的事啊，这个想法使他感到既慰藉又恐怖。他望着他们粉白色的脸，看得清清楚楚。母亲的脸上流露出一种欣喜的表情，这是他从没有见过的，但男爵却显得烦恼和不悦。很明显，这是因为他的意图落空了。

他俩紧紧挨在一起，一直到旅馆门前他俩的身体才互相分开。是不是他们会朝楼上看？没有，他俩谁也没有往上看。"他们把我忘记了。"孩子想。他怀着一股狂暴的怒气,同时又感到一种隐隐的胜利的喜悦,"我可没有忘记你们。你们以为我睡了,或者在这个世界上不存在了,但是你们会看到你们的错误的,我要监视你们的一举一动,直到从他这个混蛋手中把这个秘密弄出来为止。这可怕的秘密,它使我无法入睡。我一定要粉碎你们的同盟。我不睡。"

那两个人慢慢地进了大门。现在当他俩一前一后往里走去时,两个投在地上的黑影又倏地纠缠在一起,变成了一条黑色的长带消逝在光亮的门内。楼前的空地在月光中洁白明亮,像铺满白雪的辽阔草地。

袭　　击

埃德加喘着粗气从窗户旁退了回来,恐怖在摇撼着他。在他的生活里还从没有这样接近过这样充满神秘莫测的东西。书本中那个激动不安的世界,紧张冒险的世界,充满凶杀和欺骗的世界,他原以为只能在童话中,在梦幻的后面,是不真实的,不可企及的。可现在他就像突然陷进了这个充满恐怖的世界之中,一经同它直接接触,他的整个身心就剧烈地震颤不已。这个男人,这个神秘的人,这个突然闯进她平静生活的男人究竟是谁?他光是一个杀人犯吗?为什么老是找偏僻的地方,要把他母亲拉往暗处?看来是要发生可怕的事了。他不知道该怎么办。明天他要给爸爸写信或发电报,这是肯定的。可是这坏事,这可怕的事,这谜一样的事会不会现在就发生,今天晚上就发生呢?他母亲还没有回到自己的房间,她还同那个可恨的陌生人在一起呢。

在内层门和外层门之间有可以轻易开启的暗门，里面有一个狭窄的空间，比一个衣柜大不了多少。他紧贴着身体挤进这巴掌大的暗处，以便窥视他们的脚步。他决意不让他俩有瞬间的机会单独在一起。现在是午夜时分，过道上空荡荡，只有唯一的一盏灯亮着，光线微弱黯淡。

他感到这几分钟的时间长得可怕——终于，他听到向楼上走来的轻微的脚步声。他全神贯注地谛听着。这不是像要回到自己房间去的那种疾步行走，而是一种拖沓、犹豫、非常缓慢的脚步，像是在攀登一条崎岖难行的陡峭山路似的。这中间老是一再的耳语和走走停停。埃德加激动得浑身发抖。他俩走到头了？怎么他还和她在一起？耳语声听不见，脚步声尽管还是迟疑不决，但越来越近了。现在他突然听到了男爵那可怕的声音，他嘶哑地轻轻地在说什么，可埃德加听不懂，随之是他母亲立即表示异议："不，今天不！不！"

埃德加在发抖，他俩走近了，他什么都可以听清楚了。他们走向他的每一步，尽管是那么轻，仍使他的心胸感到痛苦。那种声音他感到极为可憎，这该死的家伙的声音里充满了贪婪，是多么令人厌恶！

"您不要这样残忍。您今天晚上多美啊！"

另一个声音说："不，我不应当，我不能够，您放开我。"

在他母亲的声音里流露出那么多的恐怖，使孩子大吃一惊。他还要她什么呢？为什么害怕呢？他俩越来越近了，大概现在已经到了他的门前。他浑身颤抖，现在他就站在他俩的身后，近在咫尺，只有一层薄布挡着。现在连他们的呼吸声都能听到了。

"您来吧，玛蒂尔德，您来吧！"他又听到母亲的喘气声，声音越来越脆弱，抗拒的力量瘫痪了。

这是怎么了？他俩又走到黑暗中去了。他母亲没有回自己的房间，竟是过门而不入！他要把她拖到哪儿去？她为什么不再说话了？难道他往她嘴里塞了团布？把她的喉咙卡住了？

这个想法使他狂怒了。他用颤抖的手把门开了一半。现在他看到他俩在昏暗的过道上，男爵用胳膊搂着他母亲的腰，领着她轻轻走去，看来她已经不再抗拒了。现在他在自己的房门前停住了。"他要把她弄走？"孩子惊慌起来，"现在他要下手作恶了。"

他猛地冲了出去，把门一关就向二人奔去。当他母亲看到突然有什么东西向她扑来时，她叫了起来，吓瘫了。男爵费了好大的劲才把她扶住。可就在这一刹那，他觉得一个软弱的小拳头打在自己脸上，打得他的嘴唇狠狠地碰在牙齿上，他周身像被猫抓了一样。他把那个受惊的女人放开，她立即疾步逃之夭夭。在他还不知道是谁打他之前，就胡乱地招架，用拳头回击起来。

孩子虽是个弱者，但他毫不屈服。早就渴望的时刻终于来到了，他可以把被出卖的爱，积聚起的仇恨一股脑儿激烈地发泄出来。他用自己的两只小拳头乱捶一气，紧咬嘴唇，怒火中烧，像发了疯一样。男爵现在也认出是他来了，他对这个密探满腔仇恨，几天来这孩子一直在触他的霉头，破坏他的好事，他狠狠地回击，不管打在什么地方。埃德加喘着粗气，但他毫不放松，也不呼救。午夜时分，他俩在过道上默默地、咬牙切齿地搏斗了一分钟之久，男爵才慢慢意识到他同一个尚未发育成熟的孩子打架是多么可笑。他紧紧抓住了他，想把他甩开。孩子这时感到身不由己，知道一会儿就要输了，就将挨打，暴怒中他朝着那只想来卡他脖子的手就咬。被咬的人下意识地发出一声低沉的叫喊，松了手，孩子就利用这一瞬间逃回自己的房里，把门闩上。

这场午夜的战斗只持续了一分钟。周围没有任何人听到。一切都寂静无声，仿佛都在沉睡。男爵用手帕擦了擦流血的手，不安地窥视着昏暗的四周。没有人窃听，只有顶棚上一盏电灯在不安地闪烁，他觉得这盏灯也在嘲弄他。

暴 风 雨

第二天早晨，当埃德加蓬松着头发从昏乱的恐惧中醒过来时，他自问道："难道这是梦，是一个凶恶的、危险的梦吗？"他的脑袋在嗡嗡作响，关节发木僵硬。现在，他往下一看，才发现自己还穿着衣服。他一跃而起，蹒跚到镜前，一望自己苍白、扭曲的面孔就惊得后退。他的额角上有一条红肿的血痕。他费力地集中思想，恐惧地回忆起一切：夜里过道上的那场战斗。他冲回房间，像发烧似的颤抖着，往床上一倒，还是穿着衣服，以便随时可以逃出去。他在那儿一觉睡了过去，沉入郁闷的、布满阴云的睡乡，那一切又在梦里再现了一次，所不同的只是更为可怕，还带有一股流着鲜血的潮湿味道。

楼下行走在鹅卵石上的脚步声沙沙作响，讲话声像看不见的鸟儿一样飘了上来，阳光照进了房间。一定很晚了，他吃惊地向时钟望去，可是时针还指着午夜，昨天激动之中他忘了上弦。失去了时间的凭依，这使他不安，到底发生了什么事？这种茫然若失的感觉更增强了这种不安。他迅速振作起精神，走下楼去，心中忐忑不安并感到有些内疚。

餐厅里他母亲一人坐在通常坐的那张桌子旁。埃德加松了一口气，他的敌人没有在，不会看到那张可憎的面孔了，昨天他在愤怒中曾用自己的拳头把那张面孔狠狠揍了一顿。可当他靠近那张桌子时，他感到慌乱了。"早晨好。"他问候母亲。

他母亲没有回答。她眼都没抬一下，而是用异常呆滞的瞳仁望着远处的景色。她显得非常苍白，眼圈留有淡淡的一层红晕，鼻翼神经质地抽搐着，显露出她的激动。埃德加咬紧嘴唇。这种沉默使他不知所措。他不知道昨天是不是把男爵伤得很重，也不清楚她是否知道夜里的那场殴打。这种茫然无知在折磨他。她的面孔仍是那样呆滞，这使他根本不敢望她一眼，害怕她现在低垂的眼睛会骤然从沉重的眼皮后面跳出来把他抓住。他变得安静极了，一点声响也不敢弄出来，他小心翼翼地拿起杯子，又把它放了回去，偷偷地望了一下母亲的手指。她非常烦躁地玩着汤匙，弯曲的手指显露出她内心的狂怒。就在这种透不过气的感觉中他坐了一刻钟，期待着什么，但它并没有到来。一句话也没有，没有一句话能使他从窘迫中解脱出来。他母亲站了起来，根本不理睬他。现在埃德加还不知道他该怎么做：独自留在桌旁，还是跟随她去？最后他还是站起身来，低声下气地跟在她的后面。她飞快地掠他一眼，同时感到他的尾随是多么可笑。埃德加把步子放得越来越小，以便跟她拉开一段距离，可她毫不注意他，径直回到自己的房间去了。当埃德加也走到门口时，房门已经紧紧锁上了。

这是怎么啦？他完全不得要领。对昨天发生的事他不再那么自信了。难道他昨天的袭击不对吗？他们是在准备对他进行惩罚还是新的侮辱？他感觉到一定要出事，很快就会发生可怕的事。处于他与他们之间的是一场即将到来的暴风雨前的闷热，是带电的两极所产生的电压，只有闪电才能把它释放掉。带着这种预感的重负，他孤独地熬过了四个钟头，在房间里走着，他那细长的颈背被看不见的重量压得抬不起来。中午，当他来到餐厅桌子前，已完全是一副忍气吞声的样子了。

"你好，妈妈。"他又说道。他得打破这种沉默，打破这种可怕的沉默，像一片阴云那样悬在他头上的沉默。

母亲仍不予回答，仍不理睬他。怀着一种新的惶恐，埃德加觉得她现在对他的怒火是深思熟虑的，是积蓄已久的，这种火气他生平还从没有遇到过。过去她发火总是只爆发一通了事，更多的是神经质的，而不是感情上的，并且一会儿就变成抚慰的笑容了。可这次他觉察出这是从她内心最深处迸发出的一种狂暴的感情，他对这个不小心招来的强大压力感到吃惊。他几乎无法进餐，在他的喉咙里翻腾着某种干枯的东西，使他感到窒息。他母亲像什么也没有看到。只是在她起身时，才像是漫不经心地转过身来说："待会儿上楼来，埃德加，我有话同你说。"

这语气没有威胁的味道，却那样冷冰冰的，使埃德加悚然，就像有人突然把一副铁链套在他的脖子上。他的傲气消失了，像一条被痛打的狗一样，默默地随着她上楼，进入房内。

她有几分钟一声不响，用这种办法继续折磨他。这几分钟里，他听到钟的滴答声，他听到外面孩子的笑声，他听到自己的那颗心在胸膛里怦怦跳动。但是她也不是那么信心十足的样子，因为她现在对他讲话时，不是看着他而是背着他。

"我不想再谈你昨天的所作所为。这简直是闻所未闻，我一想到这事，就感到丢脸。这种后果是你自己造成的。我现在只想告诉你，你单独在大人中间这是最后一次了。我已经给你爸爸写了信，得给你找一个家庭教师或者送你去寄宿学校，好去学一些礼貌。我不想再为你烦恼了。"

埃德加垂着头站在那儿。他觉得这只是一个开场白，一个威吓罢了，正题还在后面，他不安地等待着。

"你现在立即去给男爵赔礼。"

埃德加一怔，但是她不让打断她的话。

"男爵今天已动身走了，你得给他寄封信，我口授你写。"

埃德加又是一怔，但他母亲的口气是坚定的。

"不许还嘴。那是纸和墨水，坐下。"

埃德加抬头望去，她的眼睛显出果断和坚定。他从没看到他母亲是这样严厉、专横。他害怕起来。他坐在那里，拿起钢笔，但是把脸深深伏在桌上。"上面写上日期。写了吗？称呼之前空一行！这样写：非常尊敬的男爵先生！惊叹号。再空一行。我十分遗憾地获悉——写了吗？——十分遗憾地获悉，您已离开了塞默林——塞

141

默林是两个 m———因此我想到只能写信——写快一点，字不一定写得很讲究！——来请您原谅我昨天的鲁莽。正如我母亲告诉您的，我尚处在一次重病的康复时期，易受刺激。我经常把看到的事加以夸大，但随即就感到后悔……"

俯在桌上弓着的背脊倏地直了起来。埃德加转过身来，他的悖逆精神又苏醒了。

"这我不写，这不是真的！"

"埃德加！"

她用这声音来威胁他。

"这不是真的，我没有做什么可后悔的事。我没有做什么坏事，为什么要赔礼？我只是在你喊叫的时候来救你的！"

她的嘴唇变得毫无血色，鼻翼在翕动着。

"我呼救了？你疯了！"

埃德加火了。他猛的一下跳了起来。

"是的，你呼救过，在外面的过道上，昨天夜里，当他抓住你的时候。'您放开我，您放开我。'您这样喊的，声音很大，我在房间里都听见了。"

"你撒谎，我从没有同男爵在过道里待过，他只是陪我走到楼梯……"

这种大胆的谎言使埃德加跳动的心为之一停。她的声音并未吓住他，他用晶亮的眼珠凝视着她。

"你……没有……在过道上？他……他没有把你抓住？没有用暴力搂住你？"

她笑了起来。一种冷酷的、干涩的笑。

"你在做梦。"

这对孩子来说太过分了。他现在知道大人会撒谎，会说些卑微的、大胆的遁词，会说狡猾的和模棱两可的话。但是，这种厚着脸皮的冷冰冰的否认，当面撒谎，可实在把他惹急了。

"那这伤痕也是我在做梦？"

"谁知道你同谁打了架？可我不要和你争论，你必须听话，去把信写完。坐那儿去，写！"

她瘫软无力，在用最后的力量支撑住自己。

但是现在埃德加内心却连最后一点信任的火花也熄灭了。人们竟然可以像踏灭一根燃着的火柴棍那样来践踏真理，这使他想不通。他觉得身上冰冷，全身瑟缩。他所说的话都变得尖刻、恶毒和肆无忌惮：

"那么，我是在做梦？在过道里，还有这儿的伤痕都是做梦？你们两人昨天在那儿，在月光中闲逛，还有他要领你往下走，这难道也是做梦？你以为我会像娃娃那样让人锁在房间里！不！不！我才不像你们想的那么傻呢。我知道我所知道的事。"

他放肆地紧盯着她的脸，这下她的力量全垮了，她不敢去看自己孩子的脸，这就在眼前的、被仇恨弄得扭曲了的脸，她的愤怒狂暴地发作起来了。

"去，你必须马上写！要不……"

"要不怎么？……"现在他变得十分大胆，声音带着挑衅的味儿。

"要不我就要像打小孩似的打你。"

埃德加走近了一步，只是嘲弄地笑着。这时她伸手就打了他一记耳光。埃德加叫了起来，他像一个淹在水里的人用双手扑打着四周。又是一记，他耳朵里闷响起来，两眼冒金星，他盲目地挥舞着拳头，回击过去。他觉得他打着一块软东西，是打在脸上了，他听见一声叫喊……

这声叫喊使他恢复了常态。突然他看到了自己，他意识到这事不得了了：他打了自己的母亲，羞耻和震惊，剧烈的恐惧袭击着他，他感到非逃不可，钻到地里，逃啊，逃啊，只要不再看到这目光。他跑出门，冲下楼去，穿过房子来到大街上，逃啊，逃啊，像是后面有条疯狗在追他似的。

初 步 领 悟

他跑得很远，后来在路边上停住了。他必须抓住一棵树，由于恐惧和激动，他的四肢还在剧烈地颤抖，大口地喘着粗气。他一手酿成的恐怖在后面追赶他，抓住了他的喉咙，把他摇来晃去，像发高烧似的。他现在该怎么办？逃到哪里去？这里，已经是镇外的森林中了，离他住的地方有一刻钟的路程，他有一种被遗弃的感觉。自从他孤立无援以来，这里的一切都好像变了样，显得更加充满敌意，更加令人憎恶。这些树木昨天还友好地对他沙沙作响，可现在却突然阴沉地咆哮起来，像是一种威胁。这一切，他眼前的一切还要变得更加陌生和疏远吗？面对着这广袤而生疏的世界，这种孤独感使孩子感到头晕目眩。不，他还不能承受这一切，他还不能单独承受这一切。可是他该逃到哪里去？回家去，他怕他父亲，他父亲很容易发火，很严厉，会立即把他送回来的。他不愿意回去，宁愿逃到危险的没有熟人的陌生地方去；他觉得他永远不能再见他母亲的面了，一见到就会想到他曾用拳头打过她。

这时他想起了祖母，这个和蔼慈祥的老人，从他小时候起就溺爱他，每当他做了错事受到责骂时，她总是他的保护者。他想到巴登去躲在她那里，等到父母亲火气消了，再从那里给他们写一封信，向他们赔礼。在这一刻钟的时间里，他是如此沮丧，只身处在这世界上，有的只是一双软弱无力的手。他诅咒他的傲慢——被一个陌生人用谎言所激起的他那愚蠢的傲慢，想重新做一个从前那样的孩子，听话、忍耐、不自负；他现在已经感觉到这种自负夸张到了多么可笑的程度。

可是怎么到巴登去？怎么翻过这山川河谷？他急忙用手掏了掏总是随身带着的钱包。上帝保佑，那个崭新的、二十克朗的金币还在熠熠闪亮，这是他生日的礼物。他一直舍不得把它花掉，几乎每天都要看看它是否还在。望着它他感到愉快，觉得自己很有钱，随后总是怀着一种温柔的心情用手帕把它擦得亮亮的，像个小太阳在闪光。但是这点钱够用吗？这个骤然袭来的念头使他感到惊慌。在他的生活他经常乘坐火车，可从来没想过坐火车得付钱，也没想过要花多少钱，是一个克朗还是一百个克朗。他初次感受到，生活里有许多事过去想都没想过，他周围各种各样的事都有一种固有的价值，一种特殊的重量。他在一小时之前还自以为什么都懂，现在感到，在他不知不觉之中，千百个秘密和问题从他身旁溜了过去。他感到羞愧的是他那贫乏的智慧在他步入生活的第一个台阶时就无能为力了。他越来越胆怯。他往下面的车站走去，步子越来越小，越来越犹豫。他经常梦想过这样的逃遁，想进入生活干番大事业，成为皇帝或国王，英雄或诗人。而现在他畏蒽地望着那儿的一座明亮的小房子，心里想的只是一件事，那就是到祖母那里去这二十个克朗够不够。路轨闪着光亮通向远处，火车站空空荡荡，冷冷清清。埃德加胆怯地走近售票处，为了不让别人听到他的话，悄声地问，到巴登去的车票要多少钱。一张惊奇的脸从昏暗的隔板后往外望了望，两只眼睛在眼镜后面朝这个怯生生的孩子微笑着。

"一张整票？"

"对。"埃德加结结巴巴地说。一点也不傲慢了，直怕钱不够。

"六个克朗！"

"要一张！"

他轻松地把他所钟爱的那枚光滑的金币递了上去，多余的钱找了回来。埃德加一下子觉得自己又十分富有了，他现在手上有了这张能够保证他的自由的棕色车票，而他口袋里的银币则在发出沉浊的乐声。

从行车时刻表上他知道火车再过二十分钟就到了。埃德加躲到一个角落里。有几个人悠闲自在地站在站台上。可在这个不安的孩子看来，仿佛所有的人都在注视着他，似乎大家都感到奇怪，怎么这么小的一个孩子独自乘火车；他越来越往角落里缩，仿佛他的额头上明显地贴着逃跑和罪行这两条标记似的。他终于听到了火车从远处发出的长鸣声，随后就隆隆地驶近，这时他松了一口气。这列车将把他带入世界。上车时他才发现，他买的是三等车厢的票。过去，他从来都是坐头等车厢。他又觉得，这里的情形不一样，他遇到了各种各样的事。他周围的乘客都和以前的不一样，他的正对面是几个意大利工人，手很粗糙，声音沙哑，手里拿着铁锤和铲子，他们用迟钝而愁苦的眼睛望着前面。显而易见，他们在路上干了不少累活，因为几个人十分疲倦，在隆隆的列车上睡着了，张着嘴，倚在又脏又硬的靠板上。埃德加想，他们为了挣钱而去做工，但不知他们能挣多少钱。他又一次感到，钱不是一种常有的东西，得想办法去挣来。现在他第一次意识到，他以往理所当然地习惯的是舒适的气氛，而他生活的两旁，左边和右边，却是黑洞洞的、看不到底的深渊。这是他的目光过去从没觉察到的。他第一次知道了有各种职业，有各种规定，他周围有各种秘密，离他很近，可就从来没有注意过。自从埃德加单独一个人以来，这一小时他就学到了许多东西，他开始将目光透过这狭窄的车厢的窗户，瞭望外面的大千世界。在他那晦暝的恐惧之中有某种东西正开始在悄悄地滋长，这虽然还不是幸福，但却是对丰富多彩的生活的一种惊叹。在每一瞬间，他都感觉到，他的出逃是由于恐惧和怯懦，但这是他第一次独立行动，从现实中来体验以往从他身边一掠而过的一切。他也许第一次成了他父母亲的秘密，正如这个世界从前对他是个秘密一样。他用另一种目光望着窗外。他觉得仿佛第一次看到这现实中的一切，仿佛事物外面罩着的轻纱抖落了，向他展示了一切，展示了事物意向的内蕴、它们活动的秘密神经。路旁的房舍像被风刮走似的飞驶而过，他不由得想到了住在里面的那些人，不论他们是穷是富，幸或不幸，不论他们是不是像他一样渴望知道一切，也不论那儿有没有像他一样把什么事都当作游戏的孩子。他第一次觉得，站在路旁挥动小旗的护路工人并非是活动木偶和没有生命的玩具，并非可以任意搁置的物件，而他从前却是这样想的；他懂了，他的命运就是同生活作斗争。车轮滚得越来越快，现在列车沿蛇形线冲下山去，群山变得越来越矮小，越来越遥远，车已进入了平原地带。他再次回头瞭望，群山与蓝天渐渐交融，只是依稀可辨，遥不可及。埃德加觉得，他的童年就要慢慢消散在那雾蒙蒙的天际了。

纷 扰 的 晦 暝

列车停了下来，巴登到了，埃德加独自上了站台。这时华灯初上，信号灯向远方闪着绿的、红的光。看到这色彩缤纷的灯光，不觉想起夜已临近，心里骤然产生一种恐惧。要是白天倒还好，因为四周都是人，他可以休息，坐在椅子上，或者看看商店的橱窗。可是现在人都回家了，每个人都有一张床，闲谈一番，然后度过一个恬静的夜，而这时他却怀着负疚之感孤单地踟蹰街头，孤寂而又生疏，这他怎能忍受得了。啊，要赶快找一个蔽身之处，一分钟也不要待在空旷而陌生的天幕下面，这是他唯一明晰的念头。

他沿着那条熟悉的路匆匆走着，无暇左顾右盼，一直走到他祖母的寓所。这所房子坐落在一条宽阔的大街上，但不是那么显眼，前面是一个拾掇得很好的花园，长着各种蔓生植物和常青藤，在这片绿荫的后面，一座洁白的、令人感到亲切的老式房子在闪着光辉。埃德加像个生人似的从栏栅外往里面窥望。里面什么动静也没有，窗户都关着，显然大家都同客人到后面花园里去了。当他的手刚接触到门铃时，发生了一件奇怪的事情：他突然感到，他两个钟头一直想得那么容易、那么理所当然的事却是不可能的。他该怎样进去，怎么向他们打招呼，怎样承受那些问题，怎么回答他们？当他不得不说他是从母亲那里偷着逃出来的时候，怎样去忍受他们的第一瞥目光？怎么去解释他闯下的大祸，他自己都无法理解的行动？这当儿里面有一扇门开了，突然，一种愚蠢的恐惧攫住了他：马上要有人出来了。他拔腿就跑，也不辨东南西北。

跑到公园前他停住脚步，因为那儿一片黑暗，他猜想不会有什么人能看见他。也许他可以在那里坐下来，安静地思考思考，好好休息休息，弄清楚他的遭遇。他畏葸地走了进去。前面有几盏灯亮着，照得嫩叶闪耀出阴森的水光，呈现出晶莹剔透的碧绿；往后，走下山丘，那儿的一切像一堆郁闷的、黑色的发酵物似的团聚在早春之夜的晦暝里。埃德加怯生生地从一些人身边溜了进去，他们都坐在电灯光下聊天或看书。他要独自待着。可是，就是在没有灯光的甬道暗处也不宁静。这里的一切都是怕光的，声音微弱，都在喁喁私语，其中更混杂着风吹树叶的沙沙声，远处脚步的拖沓声，压低嗓门的耳语声和某种欢愉的、呻吟的、充满恐惧的喘息声，这些声音是人和动物以及不肯安睡的大自然同时发出来的。这是一种危险的不安，一种压抑的、隐蔽的、令人畏惧的谜一样的不安。林中地下也有某种声音，这也许是同春天连在一起的蠢动声。这个无依无靠的孩子害怕得要命。

在昏黑的暗处，他蜷缩在一条椅子上，在考虑他到家后该讲些什么。可是，每当他要集中思想时，它就从身旁滑了过去。他不由自主地老在谛听黑暗中低沉的响动，神秘的声音。这黑暗是多么可怕呀，可又是多么迷惘、神秘的美啊！把所有这些窸窣声、沙沙声、嗡嗡声都混在一起的是动物还是人，或者仅仅是风的魔手？他谛听着。是风，它不安静地在林中穿行，但也是人——现在他看清楚了——是相互搂抱着的对对情侣，他们从山下灯光通明的城市走上来，他们谜一般地在这里出现，使黑暗也活跃起来。他们要干什么？他无法理解。他们彼此不说话，因为他听不到说话声，只有脚踩在鹅卵石上发出的沙沙声。他时而看到他们的身形在光亮处像影子一样地一掠而过，都是紧紧地搂得像一个人似的，这和先时他看到他母亲同男爵的情形一样。这个秘密，这个巨大的、闪光的和充满不祥的秘密，这里也有啊。现在他听到越来越近的脚步声和一种压低了的笑声。他感到恐惧，怕走近来的人在这儿发现他，于是他又往暗处缩了缩。这时从不辨五指的黑暗中有两个人摸索着往山上走，并没有看见他。他们搂抱着走了过去，埃德加松了一口气，可是他们突然停了下来，就站在他的椅子跟前。他们把脸贴在一起，埃德加什么也看不清楚，他只听到从女人嘴里发出来的喘气声，男的则喃喃着一种火热的、荒唐的话语。他打了个欢愉的寒战，恐惧之中有一种压抑的预感。他俩停了一分钟，随后鹅卵石在他们脚下发出沙沙的声音，脚步不久就在黑暗中消失了。

埃德加一阵颤抖。现在血又在血管里翻腾起来，比以前任何时候都更加炽热。在这纷扰的黑暗之中他突然感到寂寞难忍。不可遏止的需求主宰了他，他需要亲切的声音，需要拥抱，需要明亮的房间和他所爱的人。他觉得，这纷扰的夜晚的全部黑暗仿佛都沉到了他的心灵深处，进出他的胸膛。他跳了起来。回家，回家，回到家里，什么地方都行，在温暖、明亮的房间里，与亲人在一起。他们对他能怎么样呢？打也好，骂也好，自从他感受到了这种黑暗的滋味和寂寞的恐惧以来，他什么都不怕了。

这种想法驱使他往前走去，不知不觉他突然站在祖母寓所的门前了，手又重新摸着冰冷的门铃。他看到，现在窗户透过绿阴闪着光亮，在想象中，看到每扇明亮的玻璃后面的熟悉的房间里都有人在里面。这种亲昵感使他感到幸福，这种乍到的安适感使他与他所爱的人靠近了。如果说他还在犹豫的话，那只是为了更亲切地享受这种预感。

这时在他身后响起一声刺耳的尖叫：

"埃德加，他在这儿！"

祖母的女仆看见了他，向他扑来，抓住他的手。里面的门开了，一只狗跳到他面前汪汪直叫，屋里的人拿着灯走了出来，他听到欢叫声和惊叹声，呼喊和脚步混成一片的嘈杂声，越来越近。现在他认出来了，最前面的是祖母，她张开了胳膊，在她后面竟是他的母亲，他以为自己是在做梦。他的眼睛哭肿了，他颤抖着，畏葸地处在这激动的感情中间，他手足无措，不知该做什么，该说什么，甚至连他感觉到什么也不清楚：是恐惧还是幸福。

最 后 的 梦

　　事情原来是这样的：他们早就在这儿找他、等他很长时间了。他母亲尽管在气头上，却也对这激动的孩子破门而出感到惊慌，她叫人在塞默林到处寻找。正当大家都激动不安，纷纷做出各种危险的猜测时，有位先生带来消息说，他三点钟前后在车站售票处见到过这孩子。人们很快从车站得知埃德加买了一张去巴登的车票。她毫不迟疑地立即去追赶他，并事先电告巴登和维也纳他父亲处。一片忙乱和激动，两个钟头以来，一切都为寻找这个逃亡者而忙乱着。

　　现在他们牢牢地抓住了他，但并不是用暴力。他怀着一种受到抑制的胜利感被领进房间里。可是使他奇怪的是，他没有受到他们的严厉斥责，他在他们眼里看到的是欢欣和爱抚。就算是斥责吧，这种假装的生气，也只是一转眼的工夫。随后祖母又含泪搂抱着他，没有人再说他的过错了，他感到围绕他的是一种奇怪的关怀。这时女仆脱下他的上衣，给他拿来一件暖和的。祖母问他饿不饿，需要些什么。他们都很关心地挤过来围着他，但是当他们看到他的窘态时，就不再问他什么了。他快意地重新感觉到了那种曾受他藐视但却是不可缺少的孩子的感情。他对自己近来的自负傲慢感到羞愧难当，现在他得到的特殊宠爱，是他用自己的孤独所赢得的虚假快乐换来的啊！

　　隔壁房间里的电话铃响了，他听到他母亲在接电话，听到她说的几个字："埃德加……回来了……到这儿来……坐末班车。"埃德加感到奇怪的是，她不再对他火冒三丈，只是搂抱着他，用奇怪的、欲言又止的目光望着他。他越来越懊悔，最好能避开这里祖母、姑妈的悉心关怀，进去请她原谅，十分恭顺地、单独一个人对她说，他要重新成为一个听话的孩子。可当他轻轻站起来时，祖母稍感惊慌地问道：

"你要到哪儿去？"

他羞愧地站着。他只要一动，他们就为他感到害怕。他把他们大家都给吓怕了，怕他再度逃走。他们怎么能够理解，对这次逃跑，他自己比任何人都感到后悔呢！

饭桌摆好了，给他端来一份赶做的晚饭。祖母坐在他身边，两眼一直不离开他。她和姑妈以及女仆静静地把他围住，他在这种温暖的气氛里感到十分安适。只有母亲没有进来，这使他惶惑。要是她知道他现在是多么低声下气的话，那她准会来的！

这时从外面传来辚辚的车声，随即在门前停了下来。其他人都惊讶起来，埃德加也感到不安。祖母走了出去，黑暗中，各种声音传来传去，他突然知道他父亲来了。埃德加羞怯地发觉，他现在又是一个人独自在房间里。即使是这短暂的孤独也使他感到慌乱。他父亲是严厉的，他是他唯一真正害怕的人。埃德加细心地谛听，他父亲好像很激动，说话声音很高，很恼火。这中间，听见他祖母和他母亲的令人宽慰的声音，显然她俩要他说话温和些。但是父亲的声音一直是生硬的，像他正在走来的脚步声一样，这脚步越来越近，已经到了旁边的一个房间，来到门前，现在门打开了。

他父亲个子很高，埃德加此刻在父亲面前觉得说不出的渺小。他走了进来，满脸火气，看来确实正在气头上。

"这是怎么回事，你这小子竟然逃跑了？你怎么能这样使你母亲担惊受怕？"

他的声音很愤怒，双手急剧地摆动着。现在他母亲轻轻走了进来，脸上罩了一层暗影。

埃德加没有回答。他想必须为自己辩解，可是他该怎么讲他被骗被打的事呢？父亲会理解吗？

"咹，你不会说话？是怎么回事？你可以慢慢地说！你有什么不对的地方？你逃跑总得有个理由嘛！有人委屈了你？"埃德加在犹豫。回忆使他又愤恨起来，差点儿要说了。这时他看到他母亲在父亲背后做了个奇怪的动作，他的心静了下来。母亲的这种动作开头他并不理解，可现在她在看着他，眼里流露出乞求的神情。她轻轻地、非常轻地把手指放在嘴上，做了个不要说的动作。

孩子感到，突然间一种温暖的感情，一种巨大的狂喜流过他的全身。他明白了她要他保守秘密，他觉得他那小小的嘴唇可以决定一个人的命运。她信赖他，他全身浸透着骄傲。猝然之间，他产生了一种自我牺牲的勇气，他要加重自己的过错，为了表明自己是多么值得信赖，自己是一个好汉。他鼓起勇气说：

"没有，没有……没有什么理由。妈妈对我非常好，可是我淘气，是我自己做错了……我……我逃跑了，因为我害怕。"

他父亲愕然地望着他。他一切都料到了，唯独没有料到这么个供词。他的愤怒无从发作。

"唉，你承认了错误，这很好。那我今天就不再谈这件事了。我想你得找个时间好好想想！不许再发生这样的事情。"

他站在那儿望着他，现在他的声音温和得多了。

"你脸色多么苍白啊。可是我觉得你又长高了一截。我希望你不要再耍小孩脾气了，你已经不是一个毛孩子，该懂得些事体了！"

埃德加一直都在望着他母亲。他觉得她的眼里闪着亮光，或许这是灯光的反射？不，那是湿润而晶莹的泪花，她的嘴上泛起一丝微笑，表明她对他的感激。他们现在把他带去睡觉，可他不再因为他们让他孤零零一个人在那里而感到悲哀了。他有多少东西，有多少丰富多彩的东西要思索啊。近日来在他生活中初次感受到的巨大的痛苦消失得无影无踪，他预感到未来的生活是神秘的，他有点陶醉了。在漆黑的夜里，窗外的树木在窸窣作响，但他不再感到恐惧。自从他知道生活是多么丰富以来，他对它就不再感到焦躁不安。他仿佛觉得今天是头一次看到赤裸裸的现实，这现实不再被童年的千百个谎言所遮蔽，而是呈现出它全部难以想象的、危险的未来。他从来没有想到，多姿多彩的生活中痛苦和欢乐竟然到处可以相互转换。而一想到他面前还有许多这样的时光，生活还深藏不露地等待着他惊喜地去揭开它的面纱时，他就感到快乐。现实生活的绚丽多彩，和对于多姿多彩的现实生活的朦胧预感的突然袭来，使他第一次相信他理解了人的本质，即使他们彼此充满敌意，他们也都相互需求，被他们所爱又是多么甜蜜啊。让他带着仇恨去想某件事，某个人，这是不可能的，他对什么都不悔恨，就是对男爵，那个勾引者，他的势不两立的敌人也不怨恨，他对他有了一种新的感激之情，因为他给他打开了通向感情世界的大门。

在黑暗中去想这一切是甜蜜的，令人神往的。他昏昏欲睡，从迷梦中轻轻浮现出各种模糊不清的景象。这时他觉得门突然开了，好像有人轻轻走了进来。开头他不大相信，他太困了，怎么也睁不开眼睛。这时他觉得有人喘着气，用自己的脸柔和地、温暖地、甜蜜地揉擦着他的脸。他知道这是他母亲，她现在在吻他，用手在抚摩他的头发。他感到了亲吻，他感觉到她的泪水。他温柔地回答了母亲的爱抚，把这当作是和解，当作是对他的沉默的答谢。直到以后，多年以后他才认识到这泪水是一个老之将至的人的誓言。从现在起，她只属于他，属于她的孩子，这意味着她放弃风流生涯，意味着她与自己的欲念诀别。他不知道她也感激他，是他把她从一种无益的艳遇中拯救了出来；她就用这种拥抱把爱的既苦又甜的重负留给了他，像是一笔遗产。此刻，孩子对这一切还不理解，但是他觉得能这样被爱是太幸福了，他感到这种爱又把他同世界上最伟大的秘密交织在一起。

她从他身上松开了手，她的嘴唇离开了他的嘴唇，身影轻轻消失了，却留下一片温暖，他的嘴唇上还留有一股气息。一种甜蜜的欲望使他渴望温柔嘴唇的再度轻吻和亲切的拥抱，但是这种令人渴求的秘密的遐思美想业已被睡眠的阴影笼罩。几个小时以来的景象，又一次五彩缤纷地飞掠而过，他青年时代的书本又一次诱惑地翻了开来。随后孩子沉入睡乡，他生活中更为深沉的梦开始了。

一个陌生女人的来信

　　著名小说家 R 到山上去休息了三天，今天一清早就回到维也纳。他在车站买了一份报纸，刚刚瞥了一眼报上的日期，就记起今天是他的生日。他马上想到，自己已经四十一岁了。他对此并不感到高兴，也没觉得难过。他漫不经心地窸窸窣窣翻了一会儿报纸，便叫了一辆小汽车回到寓所。仆人告诉他，在他外出期间曾有两人来访，还有他的几个电话，随后便把积攒的信件用盘子端来交给他。他随随便便地看了看，有几封信的寄信人引起他的兴趣，他就把信封拆开；有一封信的字迹很陌生，写了厚厚一叠，他就先把它推在一边。这时茶端来了，于是他就舒舒服服地往安乐椅上一靠，再次翻了翻报纸和几份印刷品；然后点上一支雪茄，这才拿起方才搁下的那封信。

　　这封信约莫有二十多页，是个陌生女人的笔迹，写得龙飞凤舞，潦潦草草，与其说是封信，还不如说是份手稿。他不由自主地再次把信封捏了捏，看看有什么附件落在里面没有。但是信封里是空的，无论信封上还是信纸上都没有寄信人的地址，也没有签名。"奇怪。"他想，又把信拿在手里。"你，与我素昧平生的你！"信的上头写了这句话作为称呼，作为标题。他的目光十分惊讶地停住了：这是指他，还是指一位臆想的主人公呢？突然，他的好奇心大发，开始念道：

　　我的孩子昨天去世了——为挽救这个幼小娇嫩的生命，我同死神足足搏斗了三天三夜，他得了流感，可怜的身子烧得滚烫，我在他床边坐了四十个小时。我用冷水浸过的毛巾，敷在他烧得灼手的额头上。白天黑夜都握着他那双抽搐的小手。第三天晚上我全垮了。我的眼睛再也抬不起来了，眼皮合上了，连我自己也不知道。我在硬椅子上坐着睡了三四个小时，就在这中间，死神夺去了他的生命。这逗人喜爱的可怜的孩子，此刻就在那儿躺着，躺在他自己的小床上，就和他死的时候一样；只是把他的眼睛，把他那聪明的黑眼睛合上了，他的两只手交叉着放在白衬衫上，床的四个角上高高点燃着四支蜡烛。我不敢看一下，也不敢动一动，因为烛光一晃，他脸上和紧闭的嘴上就影影绰绰的，看起来就仿佛他的面颊在蠕动，我就会以为他没有死，以为他还会醒来，还会用他银铃似的声音对我说些甜蜜而稚气的话语。但是我知道，他死了，我不愿意再往床上看，以免再次升起希望，也免得再次失望。我知道，我知道，我的孩子昨天死了——在这个世界上我现在只有你，只有你了，而你对我却一无所知，此刻你完全感觉不到，正在嬉戏取闹，或者正在跟什么人寻欢作乐，调情狎昵呢。我现在只有你，只有与

158

我素昧平生的你，我始终爱着的你。

　　我拿了第五支蜡烛放在这里的桌子上，我就在这张桌上给你写信。因为我不能孤零零地一个人守着我那死去的孩子，而不倾诉我的衷肠。在这可怕的时刻要是我不对你诉说，那该对谁去诉说！你过去是我的一切，现在也是我的一切！也许我无法跟你完全讲清楚，也许你不了解我——我的脑袋现在沉甸甸的，太阳穴不停地在抽搐，像有槌子在擂打，四肢感到酸痛。我想，我发烧了，说不定也染上了流感。现在流感挨家挨户地蔓延，这倒好，这下我可以跟我的孩子一起去了，也省得我自己来了结我的残生。有时我眼前一片漆黑，也许这封信我都写不完——但是我要振作起全部精力，来向你诉说一次，只诉说这一次，你，我的亲爱的，与我素昧平生的你。

　　我想同你单独谈谈，第一次把一切都告诉你，向你倾吐；我的整个一生都要让你知道，我的一生始终都是属于你的，而对我的一生你却始终毫无所知。可是只有当我死了，你再也不用答复我了，现在我的四肢忽冷忽热，如果这病魔真正意味着我生命的终结，这时我才让你知道我的秘密。假如我会活下来，那我就要把这封信撕掉，并且像我过去一直把它埋在心里一样，我将继续保持沉默。但是如果你手里拿到了这封信，那么你就知道，那是一个已经死了的女人在这里向你诉说她的一生，诉说她那属于你的一生，从她开始懂事的时候起，一直到她生命的最后一刻。作为一个死者，她再也别无所求了，她不要求爱情，也不要求怜悯和慰藉。我要求你的只有一件事，那就是请你相信我这颗痛苦的心匆匆向你吐露的一切。

请你相信我讲的一切，我要求你的就只有这一件事：一个人在其独生子去世的时刻是不说谎的。

我要向你吐露我的整个的一生，我的一生确实是从我认识你的那一天才开始的。在此之前我的生活郁郁寡欢、杂乱无章，它像一个蒙着灰尘、布满蛛网、散发着霉味的地窖，对它里面的人和事，我的心里早已忘却。你来的时候，我十三岁，就住在你现在住的那所房子里，现在你就在这所房子里，手里拿着这封信——我生命的最后一丝气息。我也住在那层楼上，正好在你对门。你一定记不得我们了，记不得那个贫苦的会计师的寡妇（她总是穿着孝服）和那个尚未完全发育的瘦小的孩子了——我们深居简出，不声不响地过着我们小市民的穷酸生活——你或许从来没有听到过我们的名字，因为我们房间的门上没有挂牌子，没有人来，也没有人来打听我们。何况事情已经过去很久了，过了十五六年了，不，你一定什么也不知道，我亲爱的，可是我呢，啊，我激情满怀地想起了每一件事，我第一次听说你，第一次见到你的那一天，不，是那一刻，我现在还记得很清楚，仿佛是今天的事。我怎么会不记得呢，因为对我来说世界从那时才开始。请耐心，亲爱的，我要向你从头诉说这一切，我求你听我谈一刻钟，不要疲倦，我爱了你一辈子也没有感到疲倦啊！

你搬进我们这所房子来以前，你的屋子里住的那家人又丑又凶，又爱吵架。他们自己穷愁潦倒，但却最恨邻居的贫困，也就是恨我们的贫困，因为我们不愿跟他们那种破落无产阶级的粗野行为沆瀣一气。这家男人是个酒鬼，常打老婆；哐啷哐啷摔椅子、砸盘子的响声常常在半夜里把我们吵醒，有一回那女人被打得头破血流，披头散发地逃到楼梯上，那个喝得酩酊大醉的男人跟在她后面狂呼乱叫，直到大家都从屋里出来，警告那汉子，再这么闹就要去叫警察了，这场戏才算收场。我母亲一开始就避免和这家人有任何交往，也不让我跟他们的孩子说话，为此，这帮孩子一有机会就对我进行报复。要是他们在街上碰见我，就跟在我后边喊脏话，有一回还用硬实的雪球砸我，打得我额头上鲜血直流。全楼的人都本能地恨这家人。突然有一次出了事——我想，那汉子因为偷东西给逮走了——那女人不得不收拾起她那点七零八碎的东西搬走，这下我们大家都松了口气。楼门口的墙上贴出了出租房间的条子。贴了几天就拿掉了，消息很快从清洁工那儿传开，说是一位作家，一位文静的单身先生租了这套房间。那时我第一次听到你的名字。

这套房间给原住户弄得油腻不堪，几天之后油漆工、粉刷工、清洁工、裱糊匠就来拾掇房间了，敲敲锤锤，又拖地、又刮墙，但我母亲对此倒很满意，她说，这下对门又脏又乱的那一家终于走了。而你本人在搬来的时候我还没有见到你的面：全部搬家工作都由你的仆人照料，那个个子矮小、神情严肃、头发灰白的管事的仆人，他轻声细语地、一板一眼地以居高临下的神气指挥着一切。他使我们大家都很感动，首先，因为一位管事的仆人在我们这所郊区楼房里，是件很新奇的事，其次他对所有的人都非常客气，但并不因此而降格把自己等同于一个普通仆人，和他们好朋友似的山南海北地谈天。从第一天起他就把我母亲看作太太，恭恭敬敬地向她打招呼，甚至对我这个丑丫头，也总是既亲切又严肃。每逢他提到你的名字，他总带着某种崇敬，带着一种特殊的尊敬——大家马上就看出，他对你的关系远远超出了普通仆人的程度。为此我多么喜欢他、多么喜欢这个善良的老约翰啊！虽然我忌妒他时时可以在你身边侍候你。

我把一切都告诉你，亲爱的，把所有这些鸡毛蒜皮的、简直是可笑的小事都告诉你，为的是让你了解，从一开始你对我这个又腼腆、又胆怯的孩子就具有那样的魔力。在你本人还没有闯入我的生活之前，你身上就围上了一圈灵光，一道富贵、奇特和神秘的光华——我们所有住在这幢郊区小楼里的人（这些生活天地非常狭小的人，对自己门前发生的一切新鲜事总是十分好奇的），都在焦躁地等着你搬进来。一天下午放学回家，看到楼前停着搬家具的车，这时对你的好奇心在我心里猛增。家具大都是笨重的大件，搬运工已经抬到楼上去了，现在正在把零星小件拿上去；我站在门口望着，对一切都感到很惊奇，因为你所有的东西都那样稀奇，我还从来没有见过；有印度神像，意大利雕塑，色彩鲜艳的巨幅绘画，最后是书，那么多、那么好看的书，以前我连想都没有想到过。这些书都堆在门口，仆人在那里一本本拿起来用小棍和掸帚仔仔细细地掸掉书上的灰尘。我好奇地围着那越堆越高的书堆蹑手蹑脚地走着，你的仆人并没有叫我走开，但也没有鼓励我待在那里；所以我一本书也不敢碰，虽然我很想摸一摸有些书的软皮封面。我只好从旁边怯生生地看看书名：有法文书、英文书，还有些书的文字我不认识。我想，我会看上几个小时的；这时我母亲把我叫进去了。

整个晚上我都没法不想你；而这还是在我认识你之前呀。我自己只有十来本便宜的、破硬纸板装订的书，这几本书我爱不释手，一读再读。这时我在冥思苦索：这个人会是什么样子呢？有那么多漂亮的书，而且都看过了，还懂得所有这些文字，他还那么有钱，同时又那么有学问。想到那么多书，我心里就滋生起一种超脱凡俗的敬畏之情。我在心里设想着你的模样：你是个老人，戴了副眼镜，留着长长的白胡子，有点像我们的地理教员，只是善良得多，漂亮得多，温和得多——我不知道，为什么我那时就肯定你是漂亮的，因为当时我还把你想象成一个老人呢。就在那天夜里，我还不认识你，我就第一次梦见了你。

第二天你搬来了，但是无论我怎么窥伺，还是没能见你的面——这又更加激起了我的好奇心。终于在第三天我看见了你，真是万万没有想到，你完全是另一副模样，和我孩子气地想象中的天父般的形象毫无共同之处。我梦见的是一位戴眼镜的慈祥的老人，现在你来了——你，你的样子还是和今天一样，你，岁月不知不觉地在你身上流逝，但你却丝毫没有变化！你穿了一件浅灰色的迷人的运动服，上楼梯的时候总以你那种无比轻快的、孩子般的姿态，老是一步跨两级。你手里拿着帽子，我以无法描述的惊讶望着你那表情生动的脸，脸上显得英姿勃发，一头秀美光泽的头发：真的，我惊讶得吓了一跳，你是多么年轻，多么漂亮，多么修长笔挺，多么标致潇洒。这事不是很奇怪吗？在这第一秒钟里，我就十分清楚地感觉到，你是非常独特的，我和所有别的人都意想不到地在你身上一再感觉到：你是一个具有双重人格的人，是个热情洋溢、逍遥自在、沉湎于玩乐和寻花问柳的年轻人，同时你在事业上又是一个十分严肃、责任心强、学识渊博、修养有素的人。我无意中感觉到后来每个人都在你身上感觉到的印象，那就是你过着一种双重生活，它既有光明的、公开面向世界的一面，也有阴暗的、只有你一人知道的一面——这个最最隐蔽的两面性，你一生的秘密，我，这个着了魔似的被你吸引住的十三岁的姑娘，第一眼就感觉到了。

现在你明白了吧，亲爱的，当时对我这个孩子来说，你是一个多大的奇迹，一个多么诱人的谜呀！一个大家对他怀着敬畏的人，因为他写过书，因为他在那另一个大世界里颇有名气，现在突然发现他是个英俊潇洒、像孩子一样快乐的二十五岁的年轻人！我还要对你说吗，从这天起，在我们这所楼里，在我整个可怜的儿童天地里，没有什么比你更使我感兴趣的了，我把一个十三岁的姑娘的全部犟劲，全部缠住不放的执拗劲一股脑儿都用来窥视你的生活，窥视你的起居了。我观察你，观察你的习惯，观察到你这儿来的人，这一切非但没有减少，反而更增加了我对你本人的好奇心，因为来看望你的客人形形色色，三教九流，这就反映了你性格上的两重性。到你这里来的有年轻人，你的同学，一帮衣衫褴褛的大学生，你跟他们有说有笑，忘乎所以；有时又有一些坐小汽车来的太太；有一回歌剧院的经理、那位伟大的乐队指挥来了，过去我只是怀着崇敬的心情远远地见到过他站在乐谱架前；到你这里来的人再就是些还在商业学校上学的小姑娘，她们扭扭捏捏地倏的一下就溜进了门去。总而言之，来的人里女人很多，很多。这一方面我没有什么特别的想法，就是一天早晨我去上学的时候，看见一位太太头上蒙着面纱从你屋里出来，我也并不觉得这有什么特别——我才十三岁呀，我以狂热的好奇心来探听和窥伺你的行动，这在孩子的心目中还并不知道，这种好奇心已经是爱情了。

但是，我亲爱的，那一天，那一刻，我整个地、永远地爱上你的那一天、那一刻，现在我还记得清清楚楚。我和一个女同学散了一会儿步，就站在大门口闲聊。这时开来一辆小汽车，车一停，你就以你那焦躁、敏捷的姿态——这姿态至今还使我对你倾心——从踏板上跳了下来，要进门去。一种下意识逼着自己为你打开了门，这样我就挡了你的道，我们两人差点撞个满怀，你以那种温暖、柔和、多情的眼光望着我，这眼光就像是脉脉含情的表示，你还向我微微一笑——是的，我不能说是别的，只好说：向我脉脉含情地微微一笑——并用一种极轻的、几乎是亲昵的声音说："多谢啦，小姐！"

事情的经过就是这样，亲爱的；可是从此刻起，从我感到了那柔和的、脉脉含情的目光以来，我就属于你了。后来不久我就知道，对每个从你身边走过的女人，对每个卖给你东西的女店员，对每个给你开门的侍女，你一概投以你那拥抱式的、具有吸引力的、既脉脉含情又撩人销魂的目光，你那天生的诱惑者的目光。我还知道，在你身上这目光并不是有意识地表示心意和爱慕，而是因为你对女人所表现出的脉脉含情，所以你看她们的时候，不知不觉之中就使你的眼光变得柔和而温暖了。但是我这个十三岁的孩子却对此毫无所感：我心里像团烈火在燃烧。我以为你的柔情只是给我的，只是给我一人的，在这瞬间，我这个尚未成年的丫头的心里，已经感到自己是个女人，而这个女人永远属于你了。

"这个人是谁？"我的女友问道。我不能马上回答她。我不能把你的名字说出来：就在这一秒钟里，这唯一的一秒钟里，我觉得你的名字是神圣的，它成了我的秘密。"噢，一位先生，住在我们这座楼里。"我结结巴巴、笨嘴笨舌地说。"那他看你的时候你干吗要脸红啊？"我的女朋友使出了一个爱打听的孩子的全部恶毒劲冷嘲热讽地说。正因为我感到她的嘲讽触到了我的秘密，血就一下子升到我的脸颊，感到更加火烧火燎。我狼狈之至，态度变得甚为粗鲁。"傻丫头！"我气冲冲地说。我真恨不得把她勒死。但是她却笑得更响，嘲弄得更加厉害，直到我感到盛怒之下泪水都流下来了。我就把她甩下，独自跑上楼去。

从这一秒钟起，我就爱上了你。我知道，许多女人对你这个被宠惯了的人常常说这句话。但是我相信，没有一个女人像我这样盲目地、忘我地爱过你，我对你永远忠贞不渝，因为世界上任何东西都比不上孩子暗地里悄悄所怀的爱情，因为这种爱情如此希望渺茫，曲意逢迎，卑躬屈膝，低声下气，热情奔放，它与成年妇女那种欲火中烧的、本能地挑逗性的爱情并不一样。只有孤独的孩子才能将他们的全部热情集中起来：其余的人在社交活动中滥用自己的感情，在卿卿我我中把自己的感情消磨殆尽，他们听说过很多关于爱情的事，读过许多关于爱情的书。他们知道，爱情是人们的共同命运。他们玩弄爱情，就像玩弄一个玩具，他们夸耀爱情，就像男孩子夸耀他们抽了第一支香烟。但是我，我没有一个可以向他诉说我的心事的人，没有人开导我，没有人告诫我，我没有人生阅历，什么也不懂：我一下栽进了我的命运之中，就像跌入万丈深渊。在我心里生长、迸放的就只有你，我在梦里见到你，把你当作知音；我父亲早就故世了，我母亲总是郁郁寡欢，悲悲戚戚，她靠养老金过活，生性懦怯，掉片树叶还生怕砸了脑袋，所以我和她并不十分相投；那些开始沾上了行为不端这坏毛病的女同学又使我感到厌恶，因为她们轻佻地玩弄那在我心目中被视为最高的激情的东西——因此我把原先散乱的全部激情，把我那颗压缩在一起而一再急不可待地想喷涌出来的整个心都一股脑儿向你掷去。在我的心里你就是——我该怎么对你说呢？任何比喻都不为过分——你就是一切，是我整个生命。人间万物所以存在，只是因为都和你有关系，我生活中的一切，只有和你相连才有意义。你使我整个生活变了个样。原先我在学校里学习并不太认真，成绩也是中等，现在突然成了第一名，我读了上千本书，往往每天读到深夜，因为我知道，你是喜欢书的；突然我以近乎有点顽固的劲头坚持不懈地练起钢琴来了，使我母亲大为惊讶，因为我想，你是喜欢音乐的。我把自己的衣服刷得干干净净，缝得整整齐齐，好在你面前显得干净利索，让你喜欢；我那条旧学生裙（是我母亲的一件家常便服改的）的左侧打了一个四方的补丁，我感到难看极了。我怕你会看见这个补丁，因而瞧不起我；所以我上楼的时候，总是把书包压在那个补丁上，我吓得直哆嗦，生怕被你看出来。但是这是多傻啊：你后来再也没有，几乎是再也没有看过我一眼。

再说我，我整天都在等着你，窥伺你的行踪，除此之外可以说是什么也没做。我们家的门上有一个小小的黄铜窥视孔，从这个小圆孔里可以看到对面你的房门。这个窥视孔——不，别笑我，亲爱的，就是今天，就是今天，我对那些时刻也并不感到羞愧！——这个窥视孔是我张望世界的眼睛，那几个月，那几年，我手里拿了本书，整个下午整个下午地坐在那里，坐在前屋里恭候你，生怕妈妈疑心，我的心像琴弦一样绷得紧紧的，你一出现，它就不住地奏鸣。为了你，我时刻处于紧张和激动之中，可是你对此却毫无感觉，就像你对口袋里装着的绷得紧紧的怀表的发条没有一丝感觉一样。怀表的发条耐心地在暗中数着你的钟点，量着你的时间，用听不见的心跳伴着你的行踪，而在它嘀答嘀答的几百万秒之中，你只有一次向它匆匆瞥了一眼。我知道你的一切，了解你的每一个习惯，认得你的每一条领带、每一件衣服，不久就认识并且能够一个个区分你那些朋友，还把他们分成我喜欢的和我讨厌的两类；我从十三岁到十六岁，每一小时都是生活在你的身上的。啊，我干了多少傻事！我去吻你的手摸过的门把手，捡一个你进门之前扔掉的雪茄烟头，在我心目中它是神圣的，因为你的嘴唇在上面接触过。晚上我上百次借故跑到下面的胡同里，去看看你那一间屋子亮着灯，这样虽然看不见你，但是清清楚楚地感觉到你在那里。你出门去的那几个星期——我每次见那善良的约翰把你的黄旅行袋提下楼去，我的心便吓得停止了跳动——那几个星期我活着像死了一样，毫无意义。我满脸愁云，百无聊赖，茫然若失，不过我得时时小心，别让母亲从我哭肿了的眼睛上看出我心头的绝望。

　　我知道，我现在告诉你的，全是些怪可笑的感情波澜，孩子气的蠢事。我该为这些事而害臊，但是我并不感到羞愧，因为我对你的爱情从来没有像在这种天真的激情中更为纯洁，更为热烈的了。我可以对你说上几小时，说上好几天，告诉你，我当时是怎么同你一起生活的，而你呢，连我的面貌还不认识，因为每当我在楼梯上碰到你，而又躲不开的时候，由于怕你那灼人的眼光，我就低头打你身边跑走，就像一个人为了不被烈火烧着，而纵身跳进水里一样。我可以对你说上几小时，说上好几天，告诉你那些你早已忘怀的岁月，给你展开你生活的全部日历；但是我不愿使你厌倦，不愿折磨你。我要讲给你听的，只有我童年时期最最美好的那次经历，我请你不要嘲笑我，因为这是一件微乎其微的小事，但是对我这个孩子来说，这可是件天大的大事。一定是个星期天。你出门去了，你的仆人打开房门，把那几条他已经拍打干净的、沉重的地毯拽进屋去。他，这个好人，干得非常吃力，我一时胆大包天，走到他跟前，问他要不要我帮他一把。他很惊讶，但还是让我帮了他，这样我就看见了你的寓所的内部，你的天地，你常常坐的书桌，桌上的一个蓝水晶花瓶里插着几朵鲜花，看见了你的柜子，你的画，你的书——我只能告诉你，我当时怀着多么大的崇敬，甚至虔诚的仰慕之情啊！对你的生活我只是匆匆地偷望了一眼，因为约翰，你那忠实的仆人，是一定不会让我仔细观看的，可是就是这么看了一眼，我就把整个气氛吸进了胸里，这就有了入梦的营养，就能无休止地梦见你，无论醒着还是睡着。

这，这飞快的一分钟，它是我童年时代最最幸福的时刻。我要把这时刻讲给你听，好让你这个并不认识我的人终于能开始感觉到有一个生命在依恋着你，并为你而消殒。这个最最幸福的时刻我要告诉你，还有那个时刻，那个最最可怕的时刻也要告诉你，可惜这两个时刻是互相紧挨着的。为了你的缘故——我刚才已经对你说过——我把一切都忘掉了，我没有注意我的母亲，对任何人都不关心。我没有注意到，一位年纪稍长的先生，一位因斯布鲁克的商人，我母亲的远亲，常常到我们家里来，每回都待得很久，是的，这倒使我感到很高兴，因为他有时带我母亲去看戏，这样我便可以独自待在家里，想着你，守候着你，这可是我的最大最大的、我的唯一的幸福！一天，母亲郑重其事地把我叫到她房间里，说要跟我一本正经地谈一谈。我的脸都吓白了，听到自己的心突然怦怦直跳：她会不会感觉到什么，看出了什么苗头？我马上想到的就是你，就是这个秘密，这个把我和世界联系在一起的秘密。但是妈妈自己却感到不好意思，她温柔地吻了我一两下（她平素是从来不吻我的），把我拉到沙发上挨她坐着，然后吞吞吐吐、羞怯地开始说，她的亲戚是个鳏夫，向她求婚，而她呢，主要是为了我，就决定答应他的要求。一股热血涌到我的心头：我内心里只有一个念头，我的全部心思都在你的身上。"我们还住在这儿吧？"我结结巴巴地勉强说出这句话来。"不，我们要搬到因斯布鲁克去，斐迪南在那里有座漂亮的别墅。"别的话我什么也没有听见。我觉得眼前发黑。后来我知道，当时我晕倒了；我听见母亲对等候在门后的继父悄声说话，我突然伸开双手往后一仰，随后就像块铅似的摔倒了。以后这几天里发生的事情，我，一个不能自己做主的孩子，是如何反抗她那说一不二的意志的，这些我都无法向你描述了：就是现在，一想到这件事，我正在写信的手还发抖呢。我真正的秘密是不能泄露的，因此我的反抗就显得纯粹是耍牛脾气，故意作对，成心别扭。谁也不再跟我说了，一切都在暗地里进行。他们利用我上学的时间搬运行李：等我回到家里，总是不是少了这样，就是卖了那件。我看着我们的屋子，我的生活变得零落了，有一次我回家吃午饭的时候，搬家具的人正在包装东西，把什么都搬走了。空空荡荡的屋子里放着收拾好了的箱子，以及母亲和我各人一张行军床：我们还要在这里睡一夜，最后一夜，明天就动身到因斯布鲁克去。

在这最后的一天，我怀着一种突然的果断心情感觉到，没有你在身边，我是不能活的。除了你，我想不出别的什么解救办法。我当时心里是怎么想的，在那绝望的时刻我究竟能不能头脑清楚地进行思考，这些我永远也说不出来，可是我突然站了起来，身上穿着学生装——我母亲不在家——走到对门你那里去。不，我不是走去的：我两腿发僵，全身哆嗦着，被一种磁石一般的力量吸到你的门口。我已经对你说过，我自己也不知道，我想干什么：跪在你的脚下，求你收留我做个女仆，做个奴隶，我怕你会对一个十五岁的姑娘的这种纯真无邪的狂热感到好笑的，但是——亲爱的，要是你知道，我当时如何站在冰冷的楼道里，由于恐惧而全身僵硬，可是又被一种捉摸不到的力量推着朝前走；我又是如何把我的胳膊，那颤抖着的胳膊，可以说是硬从自己身上扯开，抬起手来——这场搏斗虽只经历了可怕的几秒钟，但却像是永恒的——用手指去按你门铃的电钮，要是你知道了这一切，你就不会再笑了。那刺耳的铃声至今还在我的耳朵里回响，随之而来的是沉寂，之后——这时我的心脏停止了跳动，我全身的血液凝固了——我只是竖起耳朵听着，你是不是来开门。

但是你没有来。谁也没有来。那天下午你显然出去了，约翰可能是为你办事去了；于是我就蹒跚地——单调刺耳的门铃声还在我的耳边震响——回到我们满目凄凉、空空如也的屋子里，精疲力竭地一头倒在一条花呢旅行毯上，这四步路走得我疲乏之至，仿佛在深深的雪地里走了好几个小时似的，虽然疲惫不堪，可是他们把我拉走之前我要见到你、跟你说话的决心依然在燃烧，并未熄灭。我向你发誓，这里面并没有一丝情欲的念头，我当时还不懂，除了你之外，我什么都不想：我只想见到你，只还想见一次，紧紧地抱着你。于是整整一夜，这漫长的、可怕的整整一夜，亲爱的，我都在等待着你。母亲刚一上床睡着，我就蹑手蹑脚地溜到前屋里，侧耳倾听，你什么时候回家。整整一夜我都在等待着，而这可是一个冰冷的一月之夜啊！我疲惫不堪，四肢疼痛，想坐一坐，可是屋里连张椅子都没有了，于是我就平躺在冷冰冰的地板上，从房门底下的缝隙里嗖嗖地吹进股股寒风。我的衣服穿得很单薄，又没有拿毯子，躺在冰冷的地板上，浑身骨节眼里都感到刺痛；我倒是不想要暖和，生怕一暖和就会睡着，就听不到你的脚步声了。这是很难受的，我的两只脚痉挛了，紧紧蜷缩在一起，我的胳膊颤抖着：我只好一次又一次地站起来，在这漆黑的夜里，可真把人冻死了。但是我等待着，等待着，等待着你，宛如等待着我的命运。

终于——大概已经是凌晨两三点钟了吧——我听见下面开大门的声音，接着就有上楼梯的脚步声。顿时我身上的寒意全然消失，一股热流在我心头激荡，我轻轻地开了房门，准备冲到你面前，伏在你的脚下……啊，我真不知道，我这个傻姑娘当时会干出什么事来。脚步声越来越近。烛光忽闪忽闪地照到了楼上。我抖抖索索地握着房门的把手。来的人果真是你吗？

是，是你，亲爱的——但你不是独自一人。我听到一阵挑逗性的轻笑，绸衣服拖在地上发出的窸窣声和你低声细语的说话声——你是带了一个女人回家来的……

我不知道，我是如何挨过这一夜的。第二天早晨八点钟，他们就把我拖往因斯布鲁克；我已经没有一丝力气来反抗了。

我的孩子已在昨天夜里去世了——如果我当真还要继续活下去的话，那我又将是孤苦伶仃的一个人了。明天要来人了，那些陌生的、黑炭似的大个儿笨汉子，他们将抬一口棺材来，收殓我那可怜的、我那唯一的孩子。也许朋友们也会来，送来花圈，但是鲜花放在棺材上又顶什么用？他们会来安慰我，对我说几句，说几句话；但是他们又能帮得了我些什么呢？我知道，这以后我又是孤零零一个人了。再也没有什么东西比在人群之中感到孤独更可怕的了。这一点我那时就体会到了，在因斯布鲁克度过的没有尽头的两年岁月里，即从我十六岁到十八岁的时候，像个囚犯，像个被摈弃的人似的生活在家里的两年时间里，就体会到了这一点。继父是个生性平和、寡言少语的人，对我很好；我母亲好像为了弥补她无意之中所犯的过失，所以对我的一切要求总是全部给予满足，年轻人围着我献殷勤，但是我都斩钉截铁地对他们一概加以拒绝。不和你在一起，我就不想幸福地、惬意地生活，我把自己埋进一个晦暗的、寂寞的世界里，自己折磨自己。他们给我买的新花衣服我不穿，我不肯云听音乐会，不肯去看戏，或者跟大家一起兴高采烈地去郊游。我几乎连胡同都不出：你会相信吗，亲爱的，我在这座小城里住了两年，认识的街道还不上十条？我悲伤，我要悲伤，看不见你，我就强迫自己过着平淡的生活，并且还以此为乐。再有，我怀着一股热情，只希望生活在你的心里，我不愿让别的事情来转移这种热情。我独自一人坐在家里，一坐就是几小时，就是一整天，什么也不做，只是想着你，一次一次地、反反复复地重温对你的数百件细小的回忆，每次见你啦，每次等你啦，就像在剧院里似的，让这些细小的插曲一幕幕从我的心里闪过。因为我把往日的每一秒钟都回味了无数次，因此我的整个童年时期还都历历在目，那些逝去的岁月的每一分钟我都感到如此灼热和新鲜，仿佛是昨天在我身上发生的事。

那时我的整个身心全都用在了你的身上。你写的书我全都买了；要是报上登有你的名字，那这天就像节日一样。你相信吗，你的书里每一行我都能背下来，我一遍又一遍地把你的书读得滚瓜烂熟。要是有人半夜里把我从睡梦中叫醒，从你的书里抽出一行来念给我听，今天，隔了十三年，今天我还能接着念下去，就像在梦里一样：你的每一句话，对我来说都是福音书和祷告文。整个世界，只是和你有关，它才存在；我在维也纳的报纸上翻阅音乐会和首演的广告，心里只有一个想法，那就是哪些演出会使你感兴趣；一到黄昏，我就在远方陪伴着你：现在他进了剧场大厅，现在他坐下来了。这事我梦见过千百次，因为我曾经有一次，唯一的一次，在一次音乐会上见过你。

可是我说这些干什么呢，说一个被遗弃的孩子的这些疯狂的、自己糟蹋自己的，这些如此悲惨、如此绝望的狂热干什么呢？把这些告诉一个对此一无所感、毫无所知的人干什么呢？那时我确实不还是个孩子吗？我长到十七岁，十八岁了——年轻人开始在街上转过头来看我了，可是他们只能使我火冒三丈。因为想着和别人，而不是和你谈恋爱，即使只是拿恋爱开个玩笑，我也觉得简直是闻所未闻、难以理解的，在我看来，受勾引本身就已经犯了罪。我对你的激情始终犹如当年，只是随着我身体的发育和性欲的萌发而变得更加炽热、更加肉感、更加女性罢了。当时在那个女孩子，那个去按你的门铃的女孩子的朦胧无知的意识中没能预感到的东西，现在成了我的唯一的思想：把自己献给你，完全委身于你。

我周围的人认为我腼腆，都说我怕羞（我紧咬牙关，关于我的秘密，一个字也不露出来）。但是在我心里却滋长了钢铁般的意志。我的全部心思都集中在一点上：回到维也纳，回到你的身边去。我费了好大的劲，终于实现了自己的愿望，在别人看来，我的这个愿望也许是荒谬的，不可理解的。我的继父颇有资财，他把我当作他的亲生女。我直闹着要自己挣钱来养活自己，后来终于达到了这个目的。我来到维也纳的一个亲戚家，在一家服装店里当职员。

在一个雾蒙蒙的秋日，我终于，终于来到了维也纳！难道还要我告诉你，我到维也纳以后第一程路是往哪儿去的吗？我把箱子存放在火车站，跳上一辆电车——我觉得电车开得多慢呀，每停一站都使我感到恼火——一直奔到那座楼房前面。你的窗户亮着灯，我的整个心灵发出了动听的声音。这座城市，这座曾经如此陌生、如此毫无意义地在我四周喧嚣嘈杂的城市，现在才有了生气，我现在才重新复活，因为我感觉到你就在近旁，你，我那永恒的梦。我并没有感觉到，无论隔着多少峡谷、高山、河流，或是在你和我闪着喜悦光芒的目光之间只隔着一层透明的薄玻璃，我对于你的意识来说，实际上都是一样遥远的。我抬头仰望，仰望：这儿有灯光，这儿是楼房，你就在这儿，这儿就是我的世界。对于这一时刻，我已经做了两年的梦了，现在总算赐给了我，这个漫长的、柔和的、云遮雾漫的夜晚，我在你的窗前站了很久，直到你房里的灯熄灭以后，我才去寻找我的住处。

这以后，我每天晚上都这样站在你的房前。我在店里干活一直干到六点钟才结束，活计很重，很累，但我很喜欢，因为工作很杂乱，我对自己内心的不宁也就不那么感到痛楚了。等到卷帘式铁百叶窗在我身后哐当一声落了下来，我就直奔我心爱的目的地。只要看你一眼，只想碰见你一次，只想用我的目光远远地再次抚摸你的脸庞——这就是我唯一的心愿。大约一个星期之后，我终于遇见了你，而且恰恰在我没有预料到的那一瞬间：我正抬头朝你的窗户张望的时候，你横穿马路过来了。突然，我又变成了那个小姑娘，那个十三岁的小姑娘，我感到热血涌上我的面颊；违背我渴望看见你的眼睛的内心冲动，我下意识地低下了头，像是有人在追我似的，从你身边一溜烟似的跑了过去。后来我为自己这种女学生似的胆怯的逃遁而感到羞愧，因为现在我的目的是一清二楚的：我想遇见你，我在找你，过了那么多渴望的、难熬的岁月，我希望你能认出我来，希望你注意到我，希望你爱上我。

　　但是你好长时间都没有注意到我，虽然每天晚上，无论是纷飞的大雪，还是维也纳凛冽刺骨的寒风，我都站在你那条胡同里，我往往白等几小时，有时候等了半天以后，你终于在朋友的陪伴下从屋里走了出来，有两次我还看见你和女人在一起，当我看见一位陌生女人同你紧挽胳膊一起走的时候，我感觉到了自己的成人意识，我的心突然颤了一下，把我的灵魂也撕裂了，这时我感觉到对你有一种新的、异样的感情。我并没有吃惊，我在儿童时代就已经知道女人是陪伴你的常客，可是现在却使我突然感到有种肉体上的痛苦，我心里那根感情之弦绷得紧紧的，对你跟另一个女人的这种明显的、这种肉体上的亲昵感到非常敌视，同时自己也很想得到。我当时有种孩子气的自尊心，也许今天也还保留着，所以一整天没有到你的屋子跟前去：但是这个抗拒和愤恨的空虚的夜晚是多么可怕呀！第二天晚上，我又低声下气地站在你的房子跟前，等呀等，就像我的整个命运，都站在你那关闭的生活之前似的。

　　一天晚上，你终于注意到我了。我已经看见你远远地过来了，我就振作起自己的意志，别又躲开你。说也凑巧，有辆货车停在街上要卸货，因而把马路堵得很窄，你就只好紧挨着我的身边走过去。你那心不在焉的目光下意识地扫了我一眼，它刚遇到我全神贯注的目光，就立即变成了——回忆起心里的往事，使我猛然一惊！——你那种勾引女人的目光，变成了那温存的、既脉脉含情又撩人销魂的、那拥抱式的、盯住不放的目光，这目光从前曾把我这个小姑娘唤醒，使我第一次成了女人，成了正在恋爱的女人。有一两秒钟之久，你的目光就这样凝视着我的目光，而我的目光却不能，也不愿意离开你的目光——随后你就从我身边走了过去。我的心怦怦直跳；我下意识地放慢了脚步，出于一种无法抑制的好奇心，我转过头来，看见你停住了，正在回头看我。从你好奇地、饶有兴趣地注视着我的神态里，我立刻就知道：你没有认出我来。

你没有认出我来，那时候没有，永远，你永远也没有认出我来。亲爱的，我怎么来向你描述那一瞬间的失望呢——当时我是第一次遭受到没有被你认出来的命运啊，这种命运贯穿在我的一生中，并且还带着它离开人世；没有被你认出来，一直还没有被你认出来。我怎么来向你描述这种失望呢！因为你看，在因斯布鲁克的两年中，我时刻都想着你，什么也不做，只是想象我们在维也纳的第一次重逢，根据自己的情绪状态，做着最幸福的和最可怕的梦。如果可以这么说的话，一切我都在梦里想过了；在我心情阴郁的时候，我设想过，你会拒我于门外，你会鄙视我，因为我太卑微，太丑陋，太不顾羞耻。你各种各样的怨恨、冷酷、淡漠，这一切我在热烈的幻想中都经历过了——可是这一点，这最最可怕的一点，就是在我心情最阴郁、自卑感最严重的时候，也没有敢去考虑过：你根本丝毫没有注意到我的存在。今天我懂得了——啊，那是你教我懂得的！——少女和女人的脸在男人眼里一定是变化无常的，因为脸通常只是一面镜子，时而是热情的镜子，时而是天真烂漫的镜子，时而又是疲惫的镜子，镜子中的形象极易流逝，所以一个男人也就更加容易忘记一个女人的容貌，因为年龄就在这面镜子里带着光和影逐渐流逝，因为服装会把一个女人的脸一下打扮成这样，等会儿又变成那样。那些听天由命的人，她们才是真正的智者。可是当时我这少女，我对你的健忘还不能理解，因为由于我自己毫无节制、时刻不停地想着你，所以就产生了一种幻景，以为你也一定常常想着我，在等着我；如果我知道，你的心里并没有我，压根儿连想都没有想过我，那我活着还有什么意思！你的目光使我清醒了，你的目光表示，你一点也不认识我了，关于你的生活和我的生活之间，你竟连一根蛛丝那样的些微记忆也没有了。面对这样的目光，我如梦初醒，第一次跌到了现实之中，第一次预感到了自己的命运。

你那时没有认出我来。两天以后我们又再次相遇，你的目光带着点亲昵的神情周身打量着我，这时你依旧没有认出我就是曾经爱过你的、是被你唤醒的那个姑娘，你只认出我是那个漂亮的、十八岁的姑娘，两天以前曾在同一地点同你迎面相逢。你亲切而惊讶地看着我，嘴角挂着一丝轻柔的微笑。你又从我的身边走过去，马上又放慢了脚步；我颤抖，我狂喜，我祈祷，但愿你来跟我打招呼。我感到，我第一次为你而充满了活力；我也放慢了脚步，没有躲开你。突然，我没有回头便感觉到你在我的身后，我知道，这回我可以第一次听到你对我说话的可爱的声音了。这种期待的心情几乎使我软瘫了，我担心自己可能不得不停下来，心里像有十五个吊桶，七上八下——这时你走到我旁边来了。你用你特有的那种轻松愉快的神情跟我攀谈，仿佛我们是早就认识的老朋友了——啊，你没有感觉出我这个人，你也从来没有感觉出我的生活！——你跟我说话的神态是那么富有魅力，那么泰然自若，甚至我也能够跟你答话了。我们一起去了一条胡同，这时你问我，是否愿意一起去吃饭。我说："行。"我怎敢拒绝你呢？

我们一起在一家小饭馆里吃饭——你还记得这家饭馆在哪里吗？啊，不，你一定跟其他这样的晚餐分不清了，因为在你心目中，我算得了什么？只不过是数万个女人中的一个，许许多多不胜枚举的风流艳遇中的一桩罢了。你有什么好想起我来的：我说得很少，因为在你身边，听你跟我说话，我就感到无限幸福了。我不愿意由于一个问题，一句愚蠢的话而白白浪费一秒钟。我永远不会忘记感谢你的这个时刻，你的心里满满地盛着我的热情的崇敬，你的举止如此温存风雅，轻松愉快，识体知礼，毫无迫不及待的妄为，没有匆忙的谄媚讨好的表示，从第一个瞬间起，就亲切自重，如逢知己，我早就把自己的整个身心都献给你了，即便未下这个决心，但单凭你此刻的举止也会赢得我的心的。啊，你可不知道，我傻乎乎地等了你五年，你没有使我失望，你简直使我高兴得忘乎所以了！

天已经很晚了，我们起身离去。走到饭馆门口，你问我是否忙着回家，是否还有点时间。我怎么能瞒着你，怎么能不告诉你我乐意听从你的意愿呢！我说，我还有时间。随后，你稍稍迟疑了一下，就问，我是否愿意上你那里去聊一会儿。"好啊！"我自然而然地脱口而出，随后我立即发现，你对我如此迅速的允诺，感到有点儿难堪或者高兴，反正显然感到十分意外。今天我明白了你的这种惊异；我知道，一个女人，即使她心里火烧火燎的，想委身于人，但是她们通常总要否认自己有这种打算，还要装出一副惊恐万状或者怒不可遏的样子，非等男人再三恳求，说一通弥天大谎，赌咒发誓和做出种种许诺，这才愿意平息下来。我知道，也许只有那些吃爱情饭的妓女，或是幼稚天真、年未及笄的小姑娘才会兴高采烈地满口答应那样的邀请。但是在我心里，这件事只不过是——你怎么能料想得到呢——化成了语言的心愿，千百个白天黑夜所凝聚，而现在突然迸发的相思而已。总之，当时你很吃一惊，我开始使你对我发生兴趣了。我觉察到，我们一起走的时候，你一边说着话，一边带着某种惊异的神情从侧面打量着我。你的感觉，你那对于一切人性的东西具有魔术般的十拿九稳的感觉，在这里你立即在这位漂亮的、柔顺的姑娘身上嗅出了一种不同寻常的东西，嗅出了一个秘密。于是，你好奇心大发，我觉察到，你想从一连串拐弯抹角的、试探性的问题着手，来摸清这个秘密。可是我避开了你：我宁可显得傻里傻气的样子，也不愿对你泄露我的秘密。

我们上楼到你屋里。请原谅，亲爱的，要是我对你说，你不可能明白，这楼道，这楼梯对我来说意味着什么，当时我的心里充满了何等样的陶醉，何等样的迷乱，何等样的疯狂、痛苦，几乎是致命的幸福啊！我现在想起这些，还不禁泪湿衣襟，然而我已经没有眼泪了。你想一想吧，那里每一件东西都好像渗透了我的激情，每一样东西都是我童年时代、是我的憧憬的象征：那大门，我在前面等过你千百次的大门；那楼梯，我在那里倾听你的脚步声，并在那儿第一次看见你的楼梯；那窥视孔，通过这个小孔我看得神魂颠倒；你房门口铺的小地毯，有次我曾在上面跪过；那钥匙的响声，每回一听到这声音，我总是从我潜伏的地方猛地一跃而起。我的整个童年，我的全部激情都寄托在这几米大的空间里了，我的生命就在这里，而现在命运像暴风雨似的降落到我的头上来了，因为一切，一切都如愿以偿了，我和你在一起走，我和你在你的在我们的房子里走着。你想想吧——这话听起来毫无意思，可我不知道怎么用别的话来说———一直到你房门口为止，一切都是现实，都是一辈子沉闷的、日常的世界，从那儿起，孩子的仙境，阿拉丁的王国就开始了；你想一想，这房门我曾急不可待地盯过千百回，如今我飘飘然地走了进去，你将会预料到——但仅仅是预料到，永远也不会完全知道，我亲爱的！——这转瞬即逝的一分钟从我的生活里带走了什么。

那个晚上，我在你身边整整待了一夜。你可没有想到，在这以前还从来没有一个男人触摸过我，没有一个男人紧贴着或者看见过我的身子哩。但是亲爱的，你又怎么会想到呢，因为我对你毫没反抗，我压制了因羞怯而产生的忸怩，只是为了使你无法猜到我对你的爱情的秘密，要是你猜了出来，准会把你吓一大跳的——因为你喜欢的只是轻松自在，嬉戏玩耍，怡然自得，你生怕干预别人的命运。你喜欢对所有的女人，像蜜蜂采花似的对世界滥施爱情，而不愿做出任何牺牲。假如我现在对你说，亲爱的，我对你委身的时候还是个处女，那么我求求你：不要误解我！我不埋怨你，你并没有引诱我，欺骗我，勾引我——是我，是我自己硬凑到你跟前、投入你的怀抱、栽进自己的命运中去的。我永远，永远不会埋怨你，不，我只有永远感谢你，因为对我来说那一夜是至极的欢乐，闪光的喜悦，飘飘欲仙的幸福。那天夜里我一睁开眼，感到你在我的身边，总是感到奇怪，星星怎么没有在我头上闪烁，因为我真觉得自己到了天上了——不，我从来没有后悔，我亲爱的，从来没有因为那一刻而后悔。我还记得：你睡着了，我听见你的呼吸，贴着你的身子，感到自己挨你那么近，在黑暗中我流出了幸福的泪水。

第二天一大早我就急着要走。我得到店里去，也想在仆人来到之前就走，可不能让他看见。当我穿好衣服站在你面前，你就把我搂在怀里，久久端视着我；莫非在你心里激荡着某个模糊而遥远的回忆，或者你只是觉得我当时神采飞扬，容貌美丽呢？然后你在我嘴上吻了一下。我轻轻从你手里挣脱，想走掉。这时你问我："你带几朵花去，好吗？"我说好吧。你就在书桌上的蓝水晶花瓶里（啊，这只花瓶我是认识的，小时候我曾偷看过一眼）取出四朵洁白的玫瑰给了我。连着几天我还不住地吻着这几朵玫瑰哩。

我们事前约好在另一个晚上见面。我去了，那晚又是那么美妙。你还赐给了我第三夜。后来你就对我说，你要出门了——噢，我从小就恨你的这种旅行！——你答应我，一回来就立即通知我。我给了你一个留局待取的地址——我不愿把我的姓名告诉你。我保守着自己的秘密。你又给了我几朵玫瑰作为临别纪念——作为临别纪念。

这两个月里我每天都去问……唉，算了，向你描述这种期待和绝望的极度痛苦干什么呢！我不埋怨你，我爱你，爱的就是这个你：感情炽烈，生性健忘，一见倾心，爱不忠诚。我爱你这个人就是这个样，只是这个样，你过去一直是这个样，现在还是这个样。你早就回来了，从你亮着灯的窗户我断定你回来了，你没有给我写信。在我生命的最后时刻，我也没有收到你的一行字，你的一行字，而我却把自己的生命都给了你。我等着，绝望地等着。你没有叫我，没有给我写一行字……没有写一行字……

　　我的孩子昨天死了——他也是你的孩子呀。他也是你的孩子，亲爱的，这是那如胶似漆的三夜所凝结的孩子，这一点我向你发誓，人之将死，其言也善，我快踏上黄泉路了，是不会撒谎的。这是我们的孩子，我向你发誓，因为从我委身于你的那一刻起，到这孩子从我肚子里生出来这一段时间里，没有任何男人接触过我的身子。我的身子任你紧紧贴过之后，我就有了一种神圣的感觉：我怎么能把自己既给你，又给别人呢？你是我的一切，而别人只不过是从我生命边上轻轻擦过的路人。他是我们的孩子，亲爱的，是我那专一不贰的爱情和你那漫不经心的、毫不在乎的、几乎是无意识的柔情蜜意所凝成的孩子，他是我俩的孩子，我俩的儿子，我俩唯一的孩子。那么你一定要问——也许吓一大跳，也许只是不胜惊愕——那么你一定要问，我的亲爱的，问我在这么多年的漫长岁月里，为什么不把这个孩子告诉你，一直到今天他躺在这里，躺在这里的黑暗里的时候才谈到他，而此刻他已准备去了，永远不再回来了，永远不再回来了！可是我又怎么能告诉你关于孩子的事呢！我这个与你素昧平生的女人，我这个心甘情愿地跟你过了销魂荡魄的三夜，而且毫无反抗地甚至是渴求地向你敞开了自己心怀的陌生女人，对她你是永远也不会相信的，你永远不会相信，她这么个跟你短暂萍水相逢的无名女人，会对你这个不忠诚的男人忠贞不渝，你永远也不会毫无疑虑地承认这孩子是你的亲生骨肉！即使你觉得我的话蛮有道理，真假难分，你也不可能消除这种暗暗的怀疑：我很富有，为此你企图把你在另一次风流欢会时种下的这个孩子硬塞给我。这样你就会对我猜疑，在你和我之间就会产生一片阴影，一片飘浮不定、腼腆的怀疑的阴影。这我不愿意。再说，我了解你，非常了解你，比你对自己还了解得清楚，我知道，你这个人只喜欢爱情中无忧无虑，轻松自在，游戏玩耍，要是突然间成了父亲，突然间要对一个命运负责，那你一定会感到难堪而棘手的。你一定会觉得，好像我把你拴住了，而你这个人是只有在自由自在的情况下才能呼吸的。因为我把你拴住了，你一定会因此而恨我的——不错，我知道，你会违背你自己清醒的意志而恨我的。也许只有几小时，也许只有短短的几分钟，你会觉得我是个累赘，会恨我——但是我要保持我的自尊心，我要让你这一辈子想起我的时候没有一丝忧虑。我宁可独自承担一切，也不愿让你背上个包袱，我要使自己成为你所钟情过的女人中的独一无二的一个，让你永远怀着爱情和感激来思念她。可是当然，你从来也没有思念过我，你已经把我忘在九霄云外了。

我不埋怨你，我的亲爱的，不，我不埋怨你。如果我的笔下偶尔流露出几滴苦痛的话，那就请你原谅我，请你原谅我——我的孩子——我们的孩子死了，就躺在这里影影绰绰的烛光下；我冲上帝攥紧拳头，管他叫凶手，我的心绪阴郁，神志紊乱。请原谅我倾吐我的哀怨，原谅我吧！我知道，你是善良的，内心深处是乐于助人的，你帮助每一个人，就是素昧平生的人有求于你，你也给予帮助。你的恩惠非常奇特，它对每个人都是敞开的，因此谁都可以自取，两只手能抓多少就取多少，你的恩惠是博大的，是博大无际的，你的恩惠，但是，它是——请原谅我——懒散的。你的恩惠要人家提醒，要人自己去拿。你帮助人要人家叫你，求你，你帮助人是出于害羞，出于软弱，而不是出于快乐。容我坦率地对你说吧，你可以和别人共幸福，而不愿和人共患难。像你这样的人，即使是其中最有良心的人，求他也是很难的。有一次，那时我还是孩子，我从门上的窥视孔里看见有个乞丐按响了你的门铃，你给了他一点钱。还没等他开口向你要，你就迅速给了他，甚至给得很不少，可是你给他的时候心里有点害怕，是慌慌张张递给他的，好把他立即打发走，仿佛你怕看他的眼睛似的。你帮助人家的时候那种忐忑不安、羞羞答答、怕人感激的神态，我永远忘不了。因此我从来也不来求你。当然，我知道，那时即使你还拿不稳这是你的孩子，你也会帮助我的，你也一定会安慰我，给我钱，给我一笔数目相当可观的钱，可是你心里却总悄悄怀着焦躁的情绪，要把这件煞风景的事从你身上推得一干二净；是的，我相信，你甚至要说服我尽早把胎打掉。这是我顶顶害怕的事，因为你所希望的事，我怎么会不去做呢，我又怎么能拒绝你的要求呢！可是这孩子就是我的一切，他也确实是你的，他就是你，但已经不再是那个我无法驾驭的、幸福无忧的你了，而是那个永远——我这样认为——给了我的、禁锢在我的身体里、连着我生命的你了。现在我终于把你捉住了，我可以在自己的血管里感到你在生长，感到你的生命在生长，只要我心里忍不住了，我就可以用食品喂你，用乳汁哺你，可以轻轻抚摸你，温柔地吻你。你瞧，亲爱的，因此当我知道，我怀了你的孩子，我是多么幸福，因此我就没有把这事对你说：因为这样，你就再也不会从我身边逃走了。

当然，亲爱的，后来的生活也并不全是我原先所想的那种幸福的日子，也有的日子充满了恐惧和烦恼，充满了对人的卑鄙下流的憎恶。我的日子过得很艰难。为了不让我的亲戚发现我怀了孕，并把这事告诉我家里，因此临产前的几个月我不能再到店里去上班了。我不愿向我母亲要钱——我就把身边有的那点首饰卖掉，这样才勉强维持了分娩前那段时间的生活。分娩前一星期，一个洗衣女工从柜子里偷走了我剩下的最后几枚克朗，因此我只得进了一家妇产医院。只有那些身上分文不名的穷人，那些被抛弃、被遗忘的女人，在走投无路的时候才到那里去，置身于贫困的社会渣滓之中，这孩子，你的孩子，就是在那里呱呱坠地的。那儿真是叫人活不下去：陌生，陌生，一切都陌生，我们躺在那儿的人，互相也都是陌生的，大家寂寞孤独，彼此仇视，大家都是被贫困，被同样的痛苦踢进这间沉闷的、充满哥罗芳和血腥气的、充满叫喊和呻吟的产房里来的。穷人不得不忍受的轻薄，精神上和肉体上的羞辱，在那里我全受过了：我得跟那些娼妓、那些病人挤在一起，她们惯于对有同样命运的病人使坏；我忍受了年轻医生的玩世不恭的态度，他们脸上挂着一丝嘲讽的微笑，掀开我这个毫无反抗力的女人的被单，在身上摸来摸去，美其名曰检查；我忍受着女护理人员贪得无厌的私欲——啊，在那里，人的羞耻心被目光钉上了十字架，任凭语言的鞭笞。只有写着你的名字的那块牌子，在那里只有这块东西还是你自己，因为那床上躺着的，只不过是一块抽搐着的、任凭好奇的人东捏西摸的肉，只不过是一个供观赏和研究的对象而已——啊，那些妇女，那些在自己家里为守候着她们的温存爱抚的丈夫生孩子的妇女，她们不懂得举目无亲、不能防卫、像在实验桌上似的把孩子生下来是个什么滋味！要是我今天在哪本书里看到"地狱"这个词，我就仍然会不由自主地突然想到那间塞得满满的、水汽腾腾的，充满了呻吟、狂笑和惨叫的产房，那间宰割羞耻心的屠场，我就是在那儿遭的罪。

请原谅，请原谅我说了这些事。可是我就谈这一次，以后永远、永远不再说了。这些事十一年来我一句也没说过，不久我就将闭口不语，直到无垠的永恒，但是我得叫喊一次，嚷一次：为了这个孩子，我付出了多少昂贵的代价啊！这孩子就是我的幸福，如今他躺在那里，已经停止了呼吸。我已经忘掉了那些时刻，在孩子的笑容和声音里，在他的幸福中早就把它们忘在九霄云外了；但是现在孩子死了，痛苦又潜入了我的心头，这一次，就这一次，我得把它从心里倾吐出来。但是我并不是埋怨你，我只是埋怨上帝，是他让这些痛苦到处狂奔乱闯的。我不埋怨你，我向你发誓；我从来没有对你发过脾气。即使我腹痛得蜷缩起来的时候，即使在大学生触触摸摸般的目光下我羞愧得无地自容的时候，即使在痛苦撕裂我的灵魂的时候，我都没有在上帝面前控告过你；对于那几夜，我从来都没有后悔过，从来没有责骂过我对你的爱情，我始终都爱着你，一直为你所给我的那个时刻而祝福。假如由于那些时刻我还得再进一次地狱，而且事先知道我将受的苦，那么我还愿意再进一次，我亲爱的，愿意再进一次，再进一千次！

我们的孩子昨天死了——你从来没有见过他。这个活泼可爱的小人儿，你的骨肉，从来没有，连偶然匆匆相遇也未曾有过，就是擦身走过时他也没有碰到过你的目光。有了这个孩子，我就躲了起来，不见你的面；我对你的相思也不那么痛苦了，自从赐给我这个孩子以后，我觉得我爱你爱得没有先前那么狂热了，至少不像先前那样受爱情的煎熬了。我不愿把自己分开来，分给你和他两个人，所以我就没有把自己的感情倾注给你，而是一股脑儿全部给了这个孩子，因为你是个幸运儿，你的生活和我不沾边，而这孩子却需要我，我得抚养他，我可以吻他，可以搂着他。看样子我从由于想你——我的厄运——而陷入的神思恍惚的状态中解救出来了，我是由于这个另外的你，真正属于我的这个你而得救的——只有在很少很少的时候，我的感情才会低三下四地再到你的房前去。我只做一件事：在你生日的时候，我每次都送你一束白玫瑰，和当年我们一起过了第一个恩爱之夜以后，你送给我的一模一样。这十来年当中，你心里是否问过自己，这些鲜花是谁送来的？也许你也想到过你从前送过她这样的玫瑰的那个女人？我不知道，我也不想知道你的回答。我只是暗中把玫瑰给你递过去。一年一次，为了唤醒你对那一时刻的回忆——对我来说，这已经足够了。

你从来没有见过他，没有见过我们可怜的孩子——今天我责备自己，我一直把他对你隐瞒了，因为你是会爱他的。你从来没有见过他，没有见这个可怜的男孩，从来没有见过他的微笑，每当他轻轻抬起眼睑，然后用他那聪明的黑眼睛——你的眼睛！——向我，向全世界投来一道明亮而欢快的光芒的时候，你从来没有见过他的微笑！啊，他是多么快活，多么可爱呀。在他身上天真地再现了你的全部轻快的性格，在他身上重演了你那敏捷的、驰骋的想象力。他可以接连几小时沉迷在他的玩意儿里，就像你游戏人生一样，然后他就竖着眉毛，一本正经地坐着看书。他越来越像你了；你所特有的那种既有严肃又有戏谑的性格上的两重性，已经明显地在他身上滋长起来了，他越是像你，我就越发爱他。他学习成绩很好，说起法文来真像只小喜鹊，他的作业本是全班最干净的，再说他的模样多好看，穿身黑天鹅绒衣服或是穿件白海员衫是多么帅气。无论走到哪里，他都是最雅致漂亮的；在格拉多①海滨，我跟他一起散步的时候，女人们都停下来，抚摸他那金色的长发；在塞默林，他滑雪橇的时候，大家都朝他转过头来啧啧称羡。他是这么漂亮，这么娇嫩，这么惹人爱，去年他进了特蕾西亚寄宿中学②，穿了制服，身佩短剑，活像个十八世纪的王室侍从——可是他现在除了身上的一件衬衫之外，别无他物了，这可怜的孩子，他躺在这里，嘴唇苍白，双手交叉叠在一起。

也许你要问我，我怎么能够让孩子在奢华的环境中受教育的呢，怎么能够让他享受到上流社会光明、快活的生活的呢？亲爱的，我在黑暗中跟你说话；我没有廉耻了，我要告诉你，但你别

---

① 位于亚德里亚海滨，是意大利著名的海滨浴场。
② 原为奥地利女王玛丽亚·特蕾西亚于一七四六年创办的贵族学院，一八四九年以后改为普通文科中学，一直是维也纳的一所有名的中学。

吓坏了，亲爱的——我卖淫了。我倒不是那种街头野鸡，不是娼妓，但是我卖淫了。我有很阔的朋友，很阔的情人，先是我去找他们的，后来他们就来找我了，因为我非常之美——不知你注意到没有？每一个我向他委身的男人都喜欢我，他们大家都感谢我，都依恋我，都爱我——只有你不是，只有你不是，我的亲爱的！

我对你吐露了我卖淫的真情，你会看不起我吗？不会，我知道，你不会看不起我，我知道，你理解这一切，你也将会理解，我只是为了你，为了你的另一个"我"，为了你的孩子才走这一步的。在妇产医院的那间病房里，我就曾经领略过穷困的可怕，我知道，在这个世界上，穷人总是被践踏、被凌辱的，总是牺牲品，我不愿意，无论如何都不愿意让你的孩子，让你的这个开朗、美丽的孩子在社会深深的底层，在小胡同的垃圾堆里，在霉气熏天、卑鄙下流的环境中，在一间陋室的污浊的空气中长大成人。不能让他稚嫩的小嘴去说些俚言俗语，不能让他那雪白的身体去穿霉气熏人的、皱皱巴巴的寒酸的衣裳——你的孩子应该享有一切，世上的一切财富，人间的一切快乐，他应该重新升到你的地位，升到你的生活范围里去。由于这个原因，只是因为这个原因，我的亲爱的，我卖淫了。对我来说，这不是什么牺牲，因为大家通常称为名誉、耻辱的东西，对我来说全是空的：你不爱我，而我的身子又只属于你一个人，既然这样，那么我的身子不管做出什么事来，我也觉得是无所谓的了。男人的爱抚，甚至于他们内心深处的激情，都不能丝毫打动我的心灵，虽然我对他们之中的有些人也很敬重，由于他们的爱情得不到回报而对他们深表同情，这使我想起自己的命运，而内心常常感到深受震动。我所认识的那些男人，他们大家都对我很好，大家都很宠爱我，尊敬我。尤其是有位年纪较大的、丧了妻的帝国伯爵，就是他为我四方奔走，八方说情，好让特蕾西亚中学录取这个没有父亲的孩子，你的孩子——他像爱女儿那么爱我。他向我求过三四次婚——要是我答应了这门亲事，今天就是伯爵夫人了，就是蒂罗尔某座迷人的城堡的女主人了，我就可以过着无忧无虑的生活，因为孩子有了一个慈祥的父亲，把他当作宝贝，而我身边就有了个文静、显贵和善良的丈夫——我没有答应，无论他催得多么急迫、频繁，也不论我的拒绝是多么伤他的心。也许我做了件蠢事，因为要不现在我便在什么地方过着安静、悠闲的生活了，而把这孩子，这可爱的孩子，带在我的身边，但是——我干吗不向你承认呢？——我不愿自己为婚姻所羁绊，为了你，我任何时候都要使自己是自由的。在我内心深处，在我的潜意识里，我一直还在做着那个陈旧的孩子梦：也许你会再次把我召唤到你的身边，哪怕只叫我去一小时。为了这可能的一小时，我把一切都推开了，只是为你而保持自己的自由，一听召唤，就扑到你的怀里。自从童年时代之后青春萌发以来，我的整整一生不外乎就是等待，等待你的意志！

这个时刻果真来到了。可是你并不知道，你没有觉察到，我的亲爱的！就在那个时刻你也没有认出我——永远，永远，你永远没有认出我！以前我常常遇见你，在剧院里，在音乐会上，在普拉特公园里，在大街上——每次我的心都猛地一抽，但是你的眼光只在我身边一晃而过；当然，外表上我已经完全变成另外一个人了，我从一个腼腆的小姑娘变成了一位妇人，如像他们所说的，长得漂亮，衣着十分名贵考究，身边围了一帮仰慕者；你怎么会想到，我就是在你卧室里昏暗的灯光下的那个羞答答的姑娘呢！有时候跟我一起走的先生中有一位向你打招呼；你向他答谢，并对我表示敬意；可是你的目光是客气而生疏的，是赞赏的，但从来没有认出我的神情。生疏，可怕的生疏。我还记得，有一次你那认不出我来的目光——虽然我对此几乎已经习以为常了——使我像被火灼了一样痛苦不堪：我跟一位朋友一起坐在歌剧院的一个包厢里，而隔壁的包厢里就是你。序曲开始的时候，灯光熄灭了，你的面容我看不到了，只感到你的呼吸挨我很近，就像当年那个夜晚那样近，你的手，你那纤细、娇嫩的手，支撑在我们这两个包厢的铺着天鹅绒的栏杆上。一种强烈的欲望不断向我袭来，我想俯下身去卑躬屈节地吻一吻这只陌生的、如此可爱的手，过去我曾经领受过这只手的温存多情的拥抱的呀！我耳边音乐声浪起伏越厉害，我的欲望也越狂热，我不得不攥紧拳头，使劲控制住自己，我不得不强打精神，正襟危坐，一股巨大的魔力把我的嘴唇往你那只可爱的手上吸引过去。第一幕一完，我就求我的朋友跟我一起走。在黑暗中你如此生疏，如此贴近地挨着我，我再也忍受不住了。

但是这时刻来到了，又一次来到了，最后一次闯进了我这无声无息的生活之中。那差不多是正好一年以前，你生日的第二天。奇怪，我时时刻刻都在想着你，你的生日我每年都是过节一样来庆祝的。一大早我就出门去买了这些年年都让人给你送去的白玫瑰，作为对那个你已经忘却了的时刻的纪念。下午我带着孩子一起乘车出去，把他带到戴默尔点心铺①，晚上带他去看戏。我想让他从少年时代起就感觉到，他也应该感觉到，这一天是个神秘的节日，虽然他对这个日子的意义并不了解。第二天我就和我当时的朋友，布吕恩的一位年轻、有钱的工厂主待在一起。我已经和他同居两年了，我是他的掌上明珠，他娇我宠我，也同别人一样要跟我结婚，而我也像对别人一样，好像莫名其妙地拒绝了他，尽管他馈赠厚礼给我和孩子，尽管他本人有点儿呆板，有点儿谦卑的样子，但心地善良，人还是很可爱的。我们一起去听音乐会，在那里碰到一帮兴高采烈的朋友，随后大家便到环城马路的一家饭馆去共进晚餐，在欢声笑语之中，我提议再到塔巴林舞厅去跳舞。本来我对这种灯红酒绿、醉生梦死的舞厅，夜间东游西逛的行为一向都很反感，平素别人提议到那儿去，我总是竭力反对的，但是这一次——我心里像有一种莫名的神奇力量，使我突如其来地、本能地作出了这个提议，在在座的人当中引起一阵激动，大家都兴高采烈地表示赞同——我却突然产生了一个无法解释的愿望，仿佛那里有什么特别的东西在等着我似的。他们大家都习惯于迎合奉承我，便迅速站起身来。我们大家一起来到舞厅，喝着香槟酒，突然我心里产生了一种从未有过的疯狂的然而又差不多是痛苦的兴致。我喝酒，跟着唱一些拙劣的、多情善感的歌曲，心里产生了一种想要跳舞、想要欢呼的欲望，几乎无法把它摆脱开。可是突然——我觉得仿佛有种什么冷冷的或者灼热的东西猛地放到我的心上——我竭力振作精神，正襟危

---

① 维也纳的一家高级点心铺。

坐：你和几个朋友坐在邻桌，用欣赏的、露着色眯眯的目光看着我，用那种每每把我撩拨得心旌飘摇的目光看着我。十年来你第一次又以你气质中所具有的全部本能的、沸腾的激情盯着我。我颤抖了。我举着的酒杯差一点儿从手中掉落下来。幸好同桌的人都没有注意到我心慌意乱的神态，它在音乐和欢笑的喧嚣中消失了。

你的目光越来越灼人，使我浑身灼烫如焚。我不知道，你是到底，到底认出我来了呢，还是把我当作另外一个女人，一个陌生女人，想把我弄到手？热血涌上了我的双颊，我心不在焉地和同桌的人搭着话：你一定注意到了，我被你的目光弄得多么心慌意乱。你脑袋一甩，向我示意，别人根本没有觉察到，你示意我到前厅去一会儿。接着你就十分张扬地去付账，告别了你的朋友，走了出去，临走前又再次向我暗示，你在外面等着我。我浑身直哆嗦，像是发冷，又像发烧，我答不出话来，也控制不住冲动起来的热血。在这一瞬间正好有一对黑人，用鞋后跟踩得啪啪直响，嘴里发出尖声怪叫，开始跳一个奇奇怪怪的新舞蹈：所有的眼睛都注视着他们，而我正好利用这一瞬间。我站起身来，对我的朋友说，我马上就回来，说着就跟着你出来了。

你站在外面前厅里的衣帽间前面等着我。我一来，你的目光就亮了起来。你微笑着快步朝我迎来；我马上看出，你没有认出我来，没有认出从前的那个孩子，没有认出那个少女来，你又一次把我当成一个新欢，当成一个素不相识的人，想把我弄到手。"您也给我一小时行吗？"你亲切地问道——你那副十拿九稳的样子使我感觉到，你把我当作做夜间生意的野鸡了。"行。"我说，这是同样

195

的一个颤抖的，但却是不言而喻地表示同意的"行"字，十多年前在灯光昏暗的马路上那位少女曾经对你说过这个字。"那么我们什么时候可以见面？"你问道。"您什么时候愿意就什么时候见。"我回答说——在你面前我不感到羞耻。你略为有点惊讶地望着我，眼睛里带着和当年完全一样的那种狐疑、好奇的惊讶，那时我的十分迅速的允诺也曾同样使你感到惊异。"您现在行吗？"你略为有些迟疑地问道。"行，"我说，"我们走吧。"

我想到衣帽间去取我的大衣。

这时我想起，存衣单还在我朋友那里哩，因为我们的大衣是存放在一起的。转去问他要吧，没有一大堆理由是不行的，另一方面，要我放弃同你在一起的时刻，放弃这个多年来我朝思暮想的时刻，我又不愿意。于是，我一秒钟也没迟疑：我只拿条围巾披在晚礼服上，走到外面湿雾弥漫的夜色中去了，根本没去管那件大衣，也没有去理会那个情意绵绵的好人。多年来我是靠他生活的，而我却当着他朋友的面使他成了个可笑的傻瓜，出他的洋相：他结识多年的情妇，一个陌生男人冲她吹了个口哨，就跑掉了。啊，我内心深处意识到，我对一位诚实的朋友所做的事是多么低贱下流，忘恩负义，卑鄙无耻啊，我感到，我做的事很可笑，我以自己的疯狂行为使一个善良的人受到了永久的、致命的精神创伤，我感到，我把自己的生活从正中间撕成了两半——同我急于再一次吻你的嘴唇，再一次听你温柔地对我说话相比，友谊对我来说算得了什么，我的存在又算得了什么！我就是如此地爱你，现在一切都过去了，都消逝了，此刻我可以告诉你了，我相信，哪怕我已经死在床上，假如你呼唤我，我就会立即获得一种力量，站起身来，跟着你走。

门口停了一辆车，我们把车开到你的寓所。我又听到了你的声音，感到你情意绵绵地就在我的身边，我感到如此陶醉，如此孩子气的幸福，简直不知所措，和当年完全一样。事隔十多年以后，我第一次重又登上了这楼梯——不，不说了，我无法向你描述，在那些瞬间，我对一切总是有着双重的感觉，既感觉到流去的岁月，又感觉到现时的光阴，而在这一切之中，只感觉到你。你的房间里变化不大，多了几幅画，添了几本书，有几处地方添了几件以前没有见过的家具，不过我对一切都感到十分亲切。书桌上放着花瓶，瓶里插着玫瑰，插着我的玫瑰，这是前一天你过生日的时候我送你的，以纪念一个女人，对于她你已经记不起来，也认不出来了，即使现在她正在你的身边，手拉着手，嘴唇贴着嘴唇，你也认不出她了。不管怎么说，这些鲜花你供养着，这使我心里高兴：这样总还有我心底的一份情分，还有我的一缕呼吸萦绕着你。

你把我搂在你的怀里。我又在你那里过了一个风流夜晚。不过我赤裸着身子的时候，你也没有认出我来。我幸福地承受着你娴熟的温存和情意，并且看到，你的激情对一个情人和一个妓女是没有区别的，你纵情恣欲，毫不在乎消耗掉自己大量的元气。你对我这个从夜总会叫来的女人是如此温柔，如此多情，如此风雅和如此亲切敬重，而同时在消受女人的时候又是如此激情奔放；我陶醉在往日的幸福之中，我又感觉到了你这种独一无二的心灵上的两重性，在肉欲的激情之中含着意识的，亦即精神的激情，这种激情当年就已经使我这个女孩子对你俯首听命，难舍难分了。我从来没有见过一个男人在柔情蜜意之中，在那片刻之际是如此不要命，如此一览无遗地暴露自己的灵魂——当然，时过境迁，此事也就被无情无义地郑进无边无际的遗忘的汪洋大海里去了。不过我自己也忘了自己：此时在黑暗中挨着你的我到底是谁？我就是往昔那个感情炽烈的姑娘吗，就是你的孩子的母亲，就是这个陌生女人吗？啊，在这个销魂之夜，这一切是多么亲切，多么熟悉，又是多么新鲜。我祈祷，但愿这一夜永无尽头。

但是黎明来临了，我们起得很迟，你请我跟你一起去吃早餐。侍者老早就谨慎地摆好了茶，我们一起喝着，聊着。你又用那种非常坦率、亲切的知心人的态度跟我说话，又是不谈任何不得体的问题，对我这个人的情况一句也不打听。你没有问我的姓名，没有问我的住处；对你来说，这只不过又是春风一度，是件无名的东西，是一刻火热的时光在忘却的烟雾中消散得无影无踪。你说，你现在要出远门了，要到北非去两三个月，我在幸福之中颤抖起来了，因为这时我的耳边响起了一个声音：完了，完了，已经忘了！我真恨不得扑到你的膝下，大声呼喊："带着我去，你终究会认出我来的，终究，终究，过了多年之后，你终究会认出我来的！"但是在你面前我是如此腼腆，如此胆怯，如此奴性十足，如此软弱。我只能说："多遗憾啊。"你笑嘻嘻地看着我，说："你真觉得遗憾吗？"

这时我野性突发。我站起来，盯着你，长时间地、紧紧地盯着你。接着我说："我过去爱过一个人，他也老是出门旅行。"我盯着你，目光直刺你眼睛里的瞳仁。"现在，现在他会认出我来了！"我浑身战栗，心都快要跳出来了。可是你却对我微笑着，安慰我说："会回来的。""是的，"我回答说，"会回来的，不过到那时也就忘掉了。"

　　我跟你说话的样子，一定有点特别，一定很有激情。因为你站了起来，凝视着我，十分诧异，充满爱怜。你抓着我的肩膀。"美好的东西是忘不了的，我永远也忘不了你。"你说，同时低下头来，目光直射进我的心里，仿佛要把我的形象深深印在你的脑海里似的。我感到这目光透进了我的心灵，在探索、追踪，在吮吸我的整个生命，这时我以为，盲人终于、终于复明了。他要认出我了，他要认出我了！我的整个灵魂都沉浸在这个想法之中，颤抖了。

　　可是你并没有认出我。没有，你没有认出我，在你的心目中，我此刻比已往任何时候都更为陌生，因为否则——否则你就绝对不可能干出你几分钟以后所干的事来。你吻了我，又一次热烈地吻了我。我的头发乱了，我得把它重新整理好，我站在镜子前面，这时我从镜子里看到——我羞惊难言，几乎摔倒在地——我看到，你正小心翼翼地把几张大面值钞票塞进我的暖手筒里去。这一瞬间，我怎么会没有叫起来，没有给你一记耳光呢！——我，我从童年时代起就爱你了，我是你的孩子的母亲，而你却付给我钱，为了这一夜！在你的心目中我是一个塔巴林的妓女，只不过如此而已——你就付钱给我！被你忘了，这还不够，我还得受凌辱！

　　我迅速收拾我的东西。我要离去，马上离去。我的心都碎了。我伸手去拿我的帽子，帽子就搁在书桌上那只插着白玫瑰、插着我的白玫瑰的花瓶旁边。这时我心里又产生了一个强烈的、不可抗拒的希望：我要再来试一试，提醒你想起往事。"你愿意送我一朵你的那些白玫瑰吗？""好啊。"说着，你立即取了一朵。"可是这些玫瑰也许是一个女人，一个爱你的女人给你的吧?"我说。"也许是，"你说，"我不知道。花是别人送的，我不知道是谁送的；正因为这样，我才如此喜欢这些花。"我凝视着你。"说不定也是一个已经被你忘却的女人送的呢!"

你不胜惊讶地望着。我死死地盯着你。"认出我吧，最后认出我来吧!"我的目光在呼喊。但是你的眼睛亲切地、莫名其妙地微笑着。你再一次吻我。可是你并没有认出我来。

我快步走到门口，因为我感觉到眼泪要涌出来了，可不能让你看见。我急忙奔了出去，跑得太急，在前屋差点儿同你的仆人约翰撞个满怀。他怯生生地忙不迭闪到一边，打开房门让我出去，就在这时——就在这一秒钟，你听见了吗？就在我眼噙泪水看着他、看着这位面容衰老的仆人的一秒钟，他的眼里突然一亮。在这一秒钟，你听见了吗？在这一秒钟，这位从我童年时代过后就一直没有见过我的老人认出了我。为了这个，我真要跪倒在他面前，吻他的手。我迅速从暖手筒里把钞票，把你用来鞭笞我的钞票扯出来，塞给了他。他哆嗦着，不胜惊讶地注视着我——在这一瞬间他比你在一生中对我的了解还多。所有的人都很娇惯我，大家都对我很好——只有你，只有你，只有你把我忘掉了，只有你，只有你从来没有认出我!

我的孩子死了，我们的孩子——现在这个世界上，我除你之外再没有一个好爱的人了。但是对我来说你又是谁？你，你从来都没有认出我，你从我身边走过像是从一条河边走过，你踩在我身上如同踩着一块石头，你总是走啊，不停地走，却让我在等待中消磨一生。我曾经以为在这孩子身上可把你这个逃亡者抓住了。但是这毕竟是你的孩子：一夜之间他就残酷地离开我旅行去了，他把我忘掉了，永远不回来了。我又是孤单单的一个人了，比以往任何时候还孤单，我什么都没有，你的东西什么都没有了——再没有孩子了，没有一句话，没有一行字，没有一点回忆，假若有人在你面前提起我的名字，对你来说是生疏的，你也就这只耳朵进，那只耳朵出。我为什么不乐意死去，因为对你来说我已经死了？我为什么不走开，因为你已经离开了我？不，亲爱的，我不是埋怨你，你不愿把我的哀愁掷进你快乐的屋子里去。请不用担心我会继续来逼你——请原谅我，此刻孩子已经死了，孤零零地躺在那里，此刻我得让我的灵魂呼喊一次。只有这一次我必须得跟你说——说完我就默默地重新回到我的晦暗中去，就像我一直默默地在你身边一样。但是只要我活着，你就不会听到我这呼喊——只有我死了，你才会收到一个女人的这份遗嘱，这个女人她生前爱你胜过所有的人，而你始终没有认出她，她曾经一直等你的，而你从来没有召唤过她。也许，也许将来你会召唤我，而我将第一次没有忠实于你，那是因为我死了，再也不会听到你的召唤了：我没有留给你一张照片，没有留给你一件信物，就像你什么也没有留给我一样；你永远，永远也不会认出我了。我活着命运如此，死后命运也依然如此。在我生命的最后一刻，我不想叫你了，我去了，你连我的名字、我的面容都不知道。我死得很轻松，因为你在远处是不会感觉到的。倘若我的死会使你感到痛苦，那我就不会死了。

我写不下去了……我的脑袋里在嗡嗡直响……我四肢疼痛，我在发烧……我想，我得马上躺下。也许很快就过去了，也许命运会对我大发慈悲，我不必看着他们把孩子抬走……我写不下去了。永别了，亲爱的，永别了，我感谢你……不管怎么，事情这样还是好的……我要感谢你，直到我最后一口气。我感到很痛快：我把一切全对你讲了，现在你就知道，不，你只会感觉到，我曾经多么爱你，而你在这份爱情上却没有一丝累赘。我不会让你痛苦地怀念的——这使我感到安慰。在你美好、光明的生活里不会发生些微变化……我并不拿我的死来做任何有损于你的事……这使我感到安慰，你，我的亲爱的。

　　可是谁……现在谁会在你的生日老送你白玫瑰呢？啊，花瓶也将是空的了，我的一缕呼吸，我的心底的一片情分，往昔一年一度萦绕在你的身边，从此也即烟消云散了！亲爱的，听着，我求你……这是我对你的第一个，也是最后一个请求……请你做件让我高兴的事，你每逢生日——生日是一个想起自己的日子——都买些玫瑰来供在花瓶里。请你这样做，亲爱的，请你这样做吧，像别人一年一度为亲爱的亡灵做次弥撒一样。我可不再相信上帝了，所以不要别人给我做弥撒，我只相信你，我只爱你，我只想继续活在你的心里……啊，一年只要一天，悄悄地、悄悄地继续活在你的心里，就像过去我曾经活在你身边一样……我求你这样去做，亲爱的，这是我对你的第一个请求，也是最后一个……我感谢你……我爱你，我爱你……永别了……

他双手颤抖着把信放下，然后久久地陷入沉思。某种回忆浮现在他的心头，他想起了一个邻居的小孩，想起一位姑娘，想起夜总会的一个女人，但是这些回忆模模糊糊，朦胧不清，宛如一块石头，在流水底下闪烁不定，飘忽无形。影子涌过来，退出去，可是总构不成画面。他感觉到了一些藕断丝连的感情，却又想不起来。他觉得，所有这些形象仿佛都梦见过，常常在深沉的梦里见到过，然而仅仅是梦见而已。

他的目光落到了他面前书桌上的那只蓝花瓶上。花瓶是空的，多年来在他过生日的时候第一次是空的。他全身骸觫一怔：他觉得，仿佛一扇看不见的门突然打开了，股股穿堂冷风从另一世界嗖嗖吹进他安静的屋子。他感觉到一次死亡，感觉到不朽的爱情：一时间他的心里百感交集，他思念起那个看不见的女人，没有实体，充满激情，犹如远方的音乐。

夏天的故事

去年夏天的八月，我是在卡德纳比亚度过的，那是科莫湖畔的一个小地方，白色的别墅和黝暗的森林相互掩映，景色宜人。在热闹的春日，贝拉焦和梅纳焦的旅行者熙熙攘攘挤满了狭窄的湖滨，而卡德纳比亚这座小镇却仍旧宁静和安谧。在这几个星期，它沉浸在芳香弥漫、风和日丽之中。这家旅馆几乎是孤零零的：稀稀拉拉的几个客人，每人都对别人居然也选择这么个偏僻地方来消夏感到有点奇怪，而每天早晨竟发现别人还没有走，大家都对此惊讶不已。最使我感到惊奇的是一位高雅的、修养有素的年岁较大的先生。从外表看，他是介于得体的英国政治家和巴黎的好色之徒之间的一种类型；他并不从事任何水上运动来打发时间，而是整天若有所思地凝视着香烟的烟雾在空中飘散，或者间或翻一翻书。下了两天雨，寂寞难当，外加他又随和热情，所以我们一认识马上就很亲密，年龄上的差别也就不成其为障碍了。论籍贯，他是利沃尼亚^①人，先在法国，后来又在英国受的教育，从未有过职业，这些年来一直没有固定的住地，是高雅意义上的无家可归的人，像维京人和掠夺美女的海盗，积攒了世界各地的奇珍异宝。他对各种艺术都一鳞半爪地懂得一点，他对献身于艺术的鄙视远远超过了对艺术的爱好：他以千百个美好的小时欣赏艺术，却没有下过一个小时的苦功来搞搞创作。他的生活显得闲散，因为不受任何集体的约束，生活中由千百种宝贵的经历所积聚起来的财富，等到咽下最后一口气，也就烟消云散，无影无踪了。

一天黄昏，晚餐之后我们坐在旅馆门前，望着明亮的科莫湖在我们眼前渐渐变得朦胧起来，这时我向他谈起了前面这些想法。他笑着说："也许您并非没有道理，虽然我不相信回忆：经历过的事情，在它离开我们的瞬间就结束了。再说诗吧：二十、五十、一百年之后不是同样也烟消云散了吗？但是今天我要告诉您一件事，我相信这是一篇很好的小说素材。您来！这事最好是边走边谈。"

于是我们就沿着美丽的湖滨小路漫步，古老的柏树和枝繁叶茂的栗树把它们的阴影投在小路上，树木的枝丫侧映在湖里，湖水不安地闪烁着。湖那边贝拉焦①一片雪白，像飘浮的白云，已经下山的太阳给它染上了柔和的艳丽色彩。在那高高的、黝暗的山岗上，塞贝尼别墅的围墙顶上抹着金刚石般的落日余晖，熠熠闪光。天气有点闷热，但并不使人感到憋气；温暖的空气像女人温柔的胳膊，温存地偎依在树影身上，她的呼吸里充满看不见的鲜花的芳香。

他开始说："开头就得坦白。我去年就已经来过这里，来过卡

---

① 历史地名，指中世纪后期波罗的海东岸地区。

德纳比亚了，是和现在同一时节，住在同一旅馆，这我一直没有告诉您。我对您说过，我这个人一向不愿意重复地生活，因此您对我今年又到这家旅馆来这件事一定会更加感到奇怪的吧。那就请您听我说！那次当然也和这次一样的寂寞。那位来自米兰的先生去年也在这里，他整天抓鱼，晚上又把鱼放掉，第二天早晨再抓；去年还有两位英国老太太，她们默默无闻的生活几乎引不起任何人的注意，此外还有一位漂亮的小伙子带了一位可爱而苍白的姑娘，我至今仍不相信她是他的妻子，因为他俩显得过分的亲昵。最后还有一家德国人，是典型的德国北方人，一位年纪大些的妇人，头发淡黄，骨骼突兀，动作笨拙而难看，她的眼睛像钢钎一样，显得咄咄逼人，她那张爱吵架的嘴像是用刀削过的，十分锋利。跟她一起的是她的一个妹妹，这绝不会认错，因为她们两人的面貌完全一样，只不过妹妹的面容要舒展些，松软的脸上布满了皱纹。姊妹两人成天在一起，可是从不交谈，时时刻刻都在织东西，在编织她们空虚的思想，像是无情的命运女神①在编织这百无聊赖、狭隘短浅的世界。她俩中间坐着一位年轻姑娘，大约十六岁，是她们两个之中某一位的女儿；我不知道她母亲是哪一位。她的脸颊尚未成熟，但已经呈现出些许女性的圆润。她并不算好看，体形太纤细，尚未成熟，此外穿着打扮当然也显得土气，但是她那茫然的神韵中却有着某种动人的东西。她的眸子很大，充满朦胧之光，但是她的眼睛总

---

① 希腊罗马神话中的命运女神共有三位，一位纺织生命之线，一位决定生命之线的长短，第三位负责切断生命之线。

是困惑地躲开别人的视线，一阵眨巴就掩饰了眼睛的光芒。她也老是带着织活，但她两只手的动作却常常很缓慢，手指头不时停下来，静静地坐在那里，以一种梦幻般的、纹丝不动的目光凝视着湖面。不知为什么，我一见此景，似乎就有什么东西奇怪地把我攫住了。攫住我的难道是看到那位容貌凋谢的母亲和她青春焕发的女儿，看到身躯后面的影子而产生的庸俗的却是不可避免的遐想，是想到每张脸庞上已经悄悄爬上了皱纹，笑声里默默显出了疲惫，梦境里已悄悄藏着因失望而产生的伤感，还是在姑娘身上处处显露出来的那种狂热的、突发性的、毫无目的的憧憬，是她们生活中那绝无仅有的、奇妙的瞬间？这一瞬间她们的目光热切地注视着宇宙，因为她们还没有得到那独一无二的东西，还没有可以紧紧抓住的东西，可以终身依附其上，就像藻类依附于漂浮在水面的木头一样。观察着姑娘，望着她那梦幻般的、湿润的目光，看着她对每一只猫和狗所表现出来的狂热而激烈的爱抚的姿态，瞧着她干干这，干干那，但什么事也不能做到头的不安神情，我心里充满了难以言状的激动。再就是晚上她心绪不定地浏览旅馆图书室里的几本不怎么像样的书，或者翻阅她自带的两本翻烂了的歌德和鲍姆巴赫①的诗集的匆忙神态……您干吗笑呀？"

我向他表示抱歉："把歌德和鲍姆巴赫凑在一起了。"

"噢，是这样！当然这是可笑的。但却又不可笑。您可以相信，年轻姑娘到这年龄，无论读的是好诗还是歪诗，是感情纯真的诗还

---

① 鲁道夫·鲍姆巴赫（1840—1905），德国诗人，以写作学生饮酒歌和叙事诗著名。

是骗人的诗，她们都不在乎。对她们来说，诗只不过是解渴之杯罢了，她们根本不注意酒的本身，酒还没喝，她们的心就已经醉了。这位姑娘就是这种情景，她的憧憬已经装满了杯子，使她的眼睛也发出了光彩，指尖在桌上微颤，走起路来步履显得奇特、笨拙，但却又很轻快，带着一种飞跑和恐惧的风韵。看来她渴望同人说话，倾诉她充满胸中的一切。但是这里没有人，只有寂寞，只有毛线针左右碰击的单调声音，只有这两位妇人冷冰冰的、多疑的目光。一种无限同情之心在我身上油然而生。可是我又不能接近她，这是因为，首先，在女孩子此刻的心目中一个上了年纪的人是没有吸引力的，其次，我讨厌跟全家结交，尤其讨厌跟上了年纪的家庭妇女结交，这就排除了我去接近这位姑娘的任何可能性。于是我就试着做了一件奇怪的事。我想：这位年轻姑娘还没有开始独立生活，阅历不深，大概是初次到意大利。在德国，意大利被看作是浪漫的爱情之国，是那些罗密欧的国度，那里，背地里在谈情说爱，还有落在地上的扇子、寒光闪闪的匕首、假面具、少女的伴娘和温存多情的书信。那是由于受了英国人莎士比亚的影响，其实莎氏自己从未到过意大利。她一定在做着风流艳梦，但又有谁懂得少女的梦呢？这些梦如飘浮的白云，毫无目的地在蔚蓝的苍穹里浮移。这些如云的梦，黄昏时分总是染上灼热的色彩，先是紫色，随后又燃成火红。她觉得，在这里任何事情都可能发生，都不会使她感到意外。于是我就决定给她虚构一个神秘莫测的情侣。

"当天晚上我就写了一封缠绵的长信，既谦恭又尊敬，用了许多奇特的暗示，信没有签名。信里没有提什么要求，也没有作什么许诺，既热情奔放，又含蓄有度，一句话，像是从诗剧里抄来的一封浪漫的情书。我知道，她因为心潮激荡，所以每天总是第一个去吃早饭，于是我就把这封信叠在餐巾里。到了第二天早晨，我从花园里对她进行观察：只见她猛吃一惊，大为诧异，她那苍白的脸颊上泛起了红晕，一直红到脖子。她困惑地环顾四周，全身震颤，以小偷似的动作把信藏了起来，随后就神情不安、激动烦躁地坐着，早点几乎连碰都没有碰就走了出去，走到外面那浓荫覆盖的、很少有人涉足的小路上揣摩这封神秘莫测的信去了……您想说什么？"

刚才我下意识地做了一个动作，因此得解释一下。"我觉得这很冒失。您难道没有想过，她可能会去查问或者——这最简单——去问跑堂的，餐巾里怎么会有封信？或者她不会把信交给她妈妈吗？"

"这我当然想过。可是假若您见过这位姑娘，这位怯懦而可爱的造物，连说话声音大了点都要怯生生地向周围瞧瞧，那么您就什么顾忌也没有了。有的少女很害羞，您可以对她们大胆妄为，因为她们束手无策，宁愿吃哑巴亏，也不去告诉别人。我笑嘻嘻地从后面看着她，为自己开的这个玩笑取得了成功而暗自欣喜。这时她又回来了，我突然感到血液在太阳穴里怦怦直跳：这姑娘完全变了，脚步也变了。她方寸纷乱，思绪不宁地走来了，脸上泛着红晕，一种甜蜜的窘态使她显出笨手笨脚的样子。一整天她都是这样。她的视线射向每一面窗户，仿佛在那里可以把这个秘密抓获似的；她的目光盘绕在每个过往行人的身上，有一次也落到了我的身上，我小心翼翼地避开了它，免得眼睛一眨露出马脚；但是就在这飞逝的瞬间我感到她的疑问像一团火，这使我大吃一惊，多年以来我又感觉到，往一个少女的眼睛里洒进第一粒火星，这比开什么玩笑都更加危险，更加诱人，更会毁掉一个人。后来我见她坐在两位德国太太中间，手指没精打采地织着毛线活，有时匆匆往衣服上触摸一下，我肯定，那里准藏着那封信。这场游戏吸引着我。当天晚上我给她写了第二封信，以后又接连几天给她写了信：在我这些信里体会一个恋火中烧的青年男子的感受，并虚构出越烧越炽烈的恋火，这成了吸引我的一种奇特而激动的神奇力量，成了令我着迷的癖好，仿佛猎人在安放圈套或把野兽诱到他的枪口上来的时候所具有的那股劲头。我取得的成果简直无法描述，几乎是可怕的，要不是这场游戏使我如此着迷的话，我早想停止了。她走路的步子变得轻快而杂乱，像跳舞一样，她的脸庞微微发烧，现出一种奇特的美丽；她夜里准是睡不着，在期待着早晨的情书，因为一大早她的眼眶发黑，眼里闪烁着一团火。她开始注意自己的打扮了，头发上插着花，她的手轻轻抚摸着一切东西，显出无比的温柔；她的眼光里总含着一个疑问，这是因为从我这些信里所提到的千百件生活琐事里，她感觉到写信人一定就在她的近处，像是缥缈的精灵爱丽尔①，奏着音乐，在她身边飘荡，窥视着她最最隐秘的活动，但又不愿让人看见。她显得如此之快乐，这个变化就连两位迟钝的太太的眼睛也没有逃过，她们有时以慈祥而好奇的目光盯着她那匆匆走过的身影和

---

① 传说中的气精，虚无缥缈，无影无踪。在有些作家的笔下，爱丽尔是个善于变化、神通广大的精灵。莎士比亚在《暴风雨》中，歌德在《浮士德》中都写过它。

花朵般绽开的面颊，然后就含着隐隐的微笑打量着。她的声音变得优美动听，变得响亮、清脆而大胆，她的喉咙常常有点发抖、发胀，仿佛突然要用升高的颤音欢呼般地唱出来，仿佛……但您又在笑了！"

"没有，没有，请您继续讲下去。我觉得您讲得非常好，您很有——请原谅——天才，您一定可以把这故事讲得很好，同我们的小说家不相上下。"

"您这话当然是客气而婉转地说我讲得同你们德国的小说家一样，就是说过分地抒情，铺枝蔓叶，多情善感，索然无味。好，我现在讲得简短一点！木偶在跳舞，而我用手提着线，早已胸有成竹。为了转移她对我的任何怀疑——因为有时候我感觉到，她的目光在盯着我的视线打量——我就让她感到，可能写信人不在这里，而是住在附近的一处疗养地，是每天坐小船或汽艇过湖来的。此后每当驶来的船只靠岸响起铃声的时候，我就见她找个借口，摆脱母亲的守护，猛冲出去，在码头的一角屏住呼吸，打量着每一个到来的人。

"有一次——这是一个阴沉的下午，对她进行观察真是妙不可言的事———件奇怪的事情发生了。旅客中有一位漂亮的年轻人，穿着意大利青年极其讲究的服装，他的目光探寻地朝此地扫视着。这时这位姑娘无望地搜寻的、探询的、干渴的目光引起了他的注意。姑娘脉脉含笑，脸上立即泛起一阵羞涩的红晕。年轻人愣住了，注意起来了——一个人要是触到别人投来这么热烈的、含有千层意味的目光，这是容易理解的——含笑跟她走去。姑娘逃开了，心里断定，这就是自己找了很久的人；她又往前跑去，但又回过头来看看，这就是那种又乐意又害怕、又渴求又害臊的永恒的游戏，这场游戏中姑娘终归还是乐意让他追上的。他虽然感到有点诧异，但显然受到了鼓励，于是就在后面追赶，眼看快追上她了，这时我吓了一跳，以为这一下可要乱套了——这时两位太太正顺路走来了。姑娘像一只惊弓之鸟朝她们奔了过去，这位年轻人则谨慎地退了回来，但是他们又回头对视了一回，彼此热烈地吮吸着对方的目光。这件事首先提醒我该结束这场游戏了，但是诱惑力又过于强大，我决定随心所欲地利用这次巧合，当晚就给她写了一封特别长的信，要让她的推测得到证实。现在要同时摆弄两个人，这事对我有着强烈的诱惑力。

"第二天早晨，姑娘脸上笼罩着一层颤抖的迷惘神情，我感到大为吃惊。她荡漾着的美丽风韵消失了，脸上挂着一种令我感到莫名其妙的愠怒神色，她的眼睛哭红了，还噙着泪水，显然她的内心深处感到极度痛楚。她的沉默不语似乎是在渴求一阵狂喊乱叫，她的额头上积聚着一片愁云，目光里露出忧郁而辛酸的绝望，而我这回却正期待着看到她很开心的样子。我心里有点胆怯。从未有过的事第一次出现了，木偶不听摆布了，我要她这样跳，她却偏偏那样舞。我苦思冥想，始终找不出一个办法来。我对我的游戏开始感到恐惧了，为了避开她眼神里的那种悲戚的怨诉，天黑以前我没有回旅馆去。待我回来以后，一切全明白了。那张餐桌空了，这一家人走了。她不得不离去，连一句话都没能对他说。她的心此刻深深地牵萦着那唯一的一天，牵萦着那珍贵的一刻，但她不能对她的亲人们吐露：她被人从一个甜蜜的梦境里拖走，拖到一座鄙陋的小城镇去了。这件事我已经忘了，但我现在还感觉到她那最后的、如怨如诉的目光，感觉到我投进她生活里去的——有谁能知道她心灵的创伤多么深重——愤怒、折磨、绝望和最最辛酸的痛苦具有多么可怕的威力啊。”

他沉默了。在我们散步之际，夜渐渐深沉。云层挡着的月亮发出一种奇特的、颤动的光华。树丛中间像挂满了月光和星星，湖面呈现一片苍白色。我们一言不发，继续朝前走。后来，我同行的伙伴终于打破了沉寂。“这就是那则故事。这是不是一篇小说？”

“我不知道，无论如何我要把这个故事同其他故事一起牢记心间，您给我讲了这故事，我得谢谢您。一篇小说？也许这是一个能够吸引我的美丽的序篇。因为这几个人还闪忽不定，他们还没有完全把握住自己，他们的命运才开了个头，还并不是命运的本身，得把这个开头写到结束才好。”

“我懂得您的意思。您是说，这位年轻姑娘的生活，她回到了小镇，碌碌生活的可怕的悲剧……”

“不，不完全是这个。这位姑娘以后的事我不感兴趣。年轻女子无论她们自以为如何古怪，也总是索然无味的，因为她们的经历全都是消极的，所以太过于相似了。我们谈的那位姑娘，只要时机一到，就会嫁给一个诚实的男人，在这里的那件艳遇就将永远成为她回忆中最美丽的一页。这位姑娘以后的事我不感兴趣。”

“这倒很奇怪。我不知道，您在那位年轻人身上能够发现些什么。那样的目光，像一时喷射出来的一团烈火，这是每个人在青春时期都会捕捉到的，不过大多数人压根儿没有觉察而已，有的人则很快就把这样的目光忘了。人老了才会懂得，这恰恰是一个能够获得的最珍贵、最深沉的东西，青春的最神圣的特权。"

"我感兴趣的也根本不是那个年轻人……"

"而是？"

"我倒想把那位年纪较大的先生，那位写信的人，拿来加加工，把他的事写到头。我认为，一个人无论年纪多大，他要是写出这么炽热的信，在梦境里进入爱情之中，那他绝不会不受惩罚，绝不会无动于衷。我倒想写一写事情是如何弄假成真的，写出他如何以为掌握着这场游戏，而实际上却是游戏掌握了他。他误认为姑娘蓓蕾绽开的美貌只是他以观察者的身份看到的，但实际上这美貌却深深地吸引和攫住了他。突然，这一切都从他手里滑掉了，这一瞬间他心里产生了一种强烈的渴望，感到需要这场游戏和玩具。吸引我的是爱情翻了个个儿，把一个老人的情火撩拨得跟一个男孩子的情火差不多，因为这一点双方都没有充分感受到。我要让老人忧虑和期待，我要让他心神不定，让他为了要见到她而跟着追到她那里去，但最后一瞬间又使他不敢去接近她，我要让他重新回到原地来，心里怀着再见到她的希望，怀着有神灵助他创造一次巧遇的希望，而这次巧遇后来又是十分残酷的。我的小说想要顺着这条线去构思，后来小说会是……"

"骗人，胡说，不可能！"

我惊得抬起头来，他打断了我的话，声音僵硬、嘶哑、颤抖，带有威胁的意味。我还从来没见他那么激动过。一闪念我感觉到，刚才不小心触到了他的痛处。他急忙站住了，弄得我很狼狈，我见他的白发在闪亮。

我想马上转个话题。但是他又在说了，现在他的声音平静，亲切，低沉，柔和，略微有点伤感，因而显得很优美。"或许您是有道理的。这事确实很有意思。我记得巴尔扎克把他最最动人的故事中的一篇叫作《老年人的爱情更珍贵》，用这个题目还可以写许多故事。但是那些最最谙悉其中隐秘的老人们，他们只愿讲自己的成功，不愿讲他们的弱点。有些事情只不过类似不断摆动的钟摆罢了，但他们却很害怕，在这些事情上显得极其可笑。您当真相信卡萨诺瓦的回忆录恰巧'丢失'了那些写他年迈时期的章节是偶然的吗？那时这只公鸡已经成了戴绿帽子的乌龟，骗子成了受骗的人。也许他觉得手太沉重了，心太狭窄了。"他向我伸出了手。这时他的声音又变得冷淡、平静，安之若素。"晚安！我看，夏夜给年轻人讲故事是很危险的，这很容易使他们产生许多愚蠢的想法和做着各种各样不必要的梦。晚安！"他迈着灵活的但是由于年岁关系已经变得缓慢的步子回到黑暗中去了。时间已经很晚了。通常，像这样软绵绵的温暖的夜晚，困乏早就向我袭来了，而今天，倦意却被血液里翻腾作响的激动驱散了。当一个人遇到一件怪事，或者一刹那之间像自己的事一样经历着别人的事的时候，这样的激动是常常会有的。于是，我就沿着寂静黝黑的道路一直走到卡尔洛塔别墅。大理石台阶从别墅一直通到下面的湖里，我在冰凉的石阶上坐了下来。夜，多么奇妙的夜！贝拉焦的灯火先前像萤火虫一样在就近的树林里闪烁，现在则闪射在水上，显得遥远无垠。这些灯火慢慢地、一个接一个熄灭了，大地笼罩在一片沉重的黑暗里。科莫湖默默地躺着，光洁得宛如一块乌黑的宝石，可是边上闪烁着纷乱的火光。微波一上一下轻轻地击拍石阶，像是白嫩的手在轻按闪亮的琴键。远处的天穹显得高远无垠，天空里千万颗星星在闪烁。它们眨巴着眼睛，宁静而沉默，只是不时就有一颗星星猛然离开金刚石似的牢固的规范，坠进夏天的夜空，坠进黑暗之中，坠到山沟、峡谷里，坠到山上或远处的水里，不知不觉中被盲目的力量甩了出来，就像一个生命被甩进莫名的命运的深渊。

桎梏

太太还在酣睡，发出圆润而大声的呼吸。她微张着嘴，似乎要笑或说什么，她年轻、丰满的胸脯在被子下面柔软地起伏着。窗外晨曦初现，可是冬天的早晨朦朦胧胧，万物沉睡在半明半暗之中，轮廓模糊依稀。

斐迪南轻轻地起了床，他自己也不知道为什么。现在他经常这样：工作当中突然拿起帽子，匆匆走出家门，跑到田野里，他越跑越快，越跑越快，直跑得筋疲力尽，突然在一个陌生的地方停住，双膝颤抖，太阳穴直跳；或者在热烈的交谈中突然瞪着眼睛，不知所云，答非所问，必须强制自己才能恢复常态；或者晚上脱衣服的时候一阵糊涂，手里提着脱下的鞋子恍恍惚惚坐在床沿上发呆，直到他妻子叫他，或者长筒靴砰的一声掉在地板上，才会把他惊醒过来。

此刻他从有点闷热的卧室走到阳台上，他感到一阵凉意，不由自主地将双肘压着腹部，好暖和些。他眼前的景色还完全笼罩在晨雾之中。往常从他坐落在高处的小屋子眺望，苏黎世湖宛如一面明镜，湖里倒映出天空中匆匆驰去的朵朵白云。今天苏黎世湖上，乳白色的浓雾在滚滚翻动。他目光所及，手所触摸之处，一切都很潮湿、昏黑、黏滑和灰暗，树上滴着水珠，阳台上一片潮气。正在升起来的世界像一个刚从洪水中逃出来、身上还淋着串串水珠的人。透过雾霭传来说话的声音，但是咕咕噜噜，模糊不清，犹如溺水者嗓子里噜噜的哮喘声。有时也有锤击声和从远方传来的教堂钟声。这种声音往常是清脆的，现在听来却显得潮湿，像生了锈一样。他和他周围世界之间笼罩着一片阴湿。

他感到阵阵凉意，可是却站着不走，两手深深插在口袋里，等着雾气消散，以便放眼远眺。雾像一张灰纸，开始慢慢地从下面卷起。对于这可爱的景色，他心头涌起一种强烈的眷恋，他知道，下面的景物井然有序，只不过是被晨雾遮掩起来了，而往常那景色的明晰的线条会使他感到精神焕发，神采奕奕。平时心烦意乱的时候，他总是走到窗前，眼底的景色使他赏心悦目，心情也就平静下来了；湖的对岸房屋鳞次栉比，一艘汽艇轻巧地划开湛蓝的湖水，海鸥快乐地麋集在湖岸上，缕缕炊烟呈银色螺旋状从红色烟囱里袅袅升起，飘入回响着正午钟声的天空——显然这一切都在告诉他：多么升平的世界！而他呢，虽然他明知这个世界是疯狂的，也竟相信了这些美好的标志，因为有了这个他所挑选的地方而把自己的祖国忘掉了若干时辰。几个月前，他为了躲避时代和周围的人，从正在打仗的国家来到瑞士，他感到，他那饱经风霜忧患的、被恐惧和惊吓啮碎了的心灵，在这里得到了平静和慰藉，愈合了创伤。这里的风景使他心旷神怡，明净的线条和色彩唤起了他艺术创作的欲望。正因为此，每当像今天这个大雾迷漫的早晨，视野模糊，景色暗淡的时候，他总有一种被疏远和被遗弃的感觉。这时候他对下面笼罩在朦胧中的一切，对他祖国的、也是对沉沦在远方的人民油然生出一种无限的同情，渴望与他们同呼吸共命运。

迷雾中从教堂钟楼上传来四下钟声，随后八下清脆的报时钟声响彻三月的清晨。他觉得自己像在塔尖上似的，感到无可名状的孤独。世界在他面前，妻子在他身后，还在昏暗中酣睡。他的内心深处萌生一种欲望，真想把这堵迷雾的软墙捣毁，随便在什么地方感受一下苏醒的信息和可靠的生活。当他放眼远望，觉得在那边下面灰蒙蒙的地方，亦即村子的尽头，有条蜿蜒曲折的爬山险道通往这里的山岗，那里似乎有什么东西在往上蠕动，不是人就是动物。隐约之中，那小东西在往上走来，他先是感到一阵高兴，因为睡醒了的不只是他，此时他还夹杂着一种急不可待的、病态的好奇心。在通向那灰色的东西正在移动的地方，是个岔路口，一条路通往邻近的村子，一条路通向这儿山岗上。那灰东西好像在那里深深吸了口气，迟疑片刻，接着就顺着狭窄的山路蹒跚地往山上攀登。

一阵不安向斐迪南袭来。"上来的这个陌生人是谁？"他自己问自己，"是什么事迫使他离开他昏暗、温暖的卧室，像我一样，一大早就跑到外头来呢？他要到我这里来？他来找我干吗呢？"近处的雾气比较稀薄，现在他认出他来了：是邮差。每天清晨，八下钟声一响，他就爬山到这里来，斐迪南对他很熟悉，呆板的脸上蓄着红色水手胡须，两鬓已经斑白，鼻梁上架着一副蓝色的眼镜。他叫

"胡桃树"①。由于他动作硬邦邦的，再加上他把信件郑重其事地交给人家之前，总是先把他那黑色的大皮包往右边一甩的那副庄严神气，他就管他叫"胡桃夹子"。斐迪南见他把邮包甩到左边，一步一踬地走着，以及由于腿短，步子走得不伦不类的姿态，就不由自主地好笑。

可是他突然觉得自己双膝在颤抖。在眼睛上搭着凉棚的双手也像瘫痪了似的掉了下来。今天，昨天，这些个星期以来的不安，现在一下子又袭来了。他心里感觉到，这个人是一步一步朝他走来，是专门来找他的。他下意识地把门打开，蹑手蹑脚地走过还在酣睡的妻子，急忙下了楼，来到两侧都是篱笆的小路上，以迎候来人。在花园门口，他碰上了他。"您……您有……"他接连说了三次才说出来，"您有我的信件吗？"

邮递员把蒙着湿气的眼镜抬了抬，目光盯着他说："有，有。"他猛地把黑邮包甩到右边，用被雾冻得又红又湿、像大蚯蚓一样的手指在信堆里翻找着。斐迪南直哆嗦。终于他拣出来一封信。褐色的大信封上宽宽地盖着"公事"两个字，下面就是他的姓名。"得签字。"邮差说着，舔湿复写笔，把登记本递给了他。由于激动，斐迪南签的字很难认，而且把登记本都划破了。

随后斐迪南从邮递员那又肥又红的手中接过信，可是他的手指竟如此僵硬不灵，以致信从手中滑了下来，掉到地上，掉到了湿土和湿树叶上。他俯身去捡信时，一股难闻的霉味扑鼻而来。

---

① 邮差姓努斯鲍姆，意为"胡桃树"。

这就是那件事情，现在他完全明白，几个星期来阴森森地扰乱他的平静的，就是这封信，这封他不愿要，但却等待着的信。信是从丧失了理智和礼仪的远方寄来的，要找的是他。它那打字机打出的呆板语句攫取了他温暖的生活和他的自由。他曾经感到这封信从什么地方寄来了，犹如一个在茂密的森林中巡逻的骑兵，感觉到有一支看不见的冷冰冰的枪管在瞄准他，枪管里装着一颗小铅丸，要射进他的肌体。他进行了反击，但是毫无用处。多少个夜晚他想的全是这些事，现在终于找上门来了。那还是不到八个月的事，当时他光着身子，在边界那边站在一位军医面前，寒冷和厌恶使他浑身哆嗦。那军医像马贩子似的抓着他胳膊上的肌肉，他知道，这种对人格的侮辱就是当代对人的尊严的卑视和那在欧洲蔓延的奴役。在一片乌烟瘴气的爱国滥调中生活两个月，他还可以忍受，但是他慢慢就感到憋气了，每当他周围的人启口说话的时候，他就看出全是信口雌黄，令人不胜厌恶。看到妇女们提着盛土豆的空口袋，天色微明就冷得瑟缩着身体坐在市场的台阶上，他的心都要碎了。他紧攥拳头，悄悄地走来走去，怒不可遏，恨得痒痒，但是自己的愤怒又无济于事，他为此而生自己的闷气。后来他托了情，才和他的妻子一起来到瑞士。当他跨过边界，突然感到热血涌上面颊，踉踉跄跄，不得不紧紧抓着柱子。人、生活、事业、意志、力量，他感到再一次获得了这一切。他敞开胸怀，尽情地呼吸自由的空气。祖国现在对他来说，只不过意味着监狱与桎梏，外国则是世界故乡，欧洲是人类集中的地方。

　　然而好景不长，这种轻松愉快的感觉并没有维持很久；接着恐惧又重新来临了。他觉得后面他的名字好像还被挂在血淋淋的丛林中似的。他感到有个什么东西，他对它既不了解，也不认识，而它却很了解他，而且不肯放过他；有一只彻夜不眠的冷酷的眼睛正在从一个看不见的地方窥视着他。于是他便深居简出，蛰居起来，报也不读，唯恐看到军人召集令。他变换住址，以销声匿迹，他让把信件都寄给他妻子，都写上留局待取。他不与人来往，以免人家寻根问底。他从不进城，画布和颜料都让他妻子去买。他隐姓埋名，在苏黎世湖畔的这个小村子里向农民租了一幢小房子蛰居起来。然而他时时都清楚：在某个抽屉里，在成千上万页材料中保存着一张纸。他知道有朝一日，不知在什么地方和什么时间，这抽屉将会打开——他听到有人在拉抽屉，听见打字机滴滴答答打下他的名字，他知道这封信将转来转去，直到最终找到他为止。

此刻信在他手里窸窸窣窣作响，他感到身子发冷。斐迪南竭力使自己保持镇静。这张纸片关我什么事！他自言自语：明天，后天，这些小树上会长出千张、万张、十万张纸片来的，每张纸片都跟这张一样，都与我无关。什么叫"公事"？我干吗要看它？现在我在这些人中间没有担任什么职务，因而没有任何职务可以管住我。这就是我的名字——就是我本人啦？谁能强迫我说，这张纸片就是我，谁能强迫我来看那上面所写的东西？如果不看这张纸片就把它撕毁，那么碎片就会一直飘落到湖里，我什么也不知道，别人什么也不知道，世界依然是老样子，我也依然如故！这么一张纸片，这么一张只有我愿意才去了解其内容的纸片，怎么会弄得我心神不宁？我不要它，除了我的自由，我什么都不要。

他伸开手指，准备把这个硬信封撕掉，把它撕成碎片。可是奇怪：肌肉一点也不听他使唤。他自己的手上有某种东西在违抗他的意志，因为他的手不听他使唤了。本来他一心想把信撕碎的，但是手却小心翼翼地启开了信封，哆哆嗦嗦地展开了那张白纸。信的内容本是他已经知道的："F34.729号。据 M 地区司令部规定，务请阁下至晚于三月廿二日前往 M 地区司令部八号房间重新进行兵役体检。此军函由苏黎世领事馆转交，务请阁下前往该领事馆面洽此事为荷。"

一小时以后，斐迪南重新走进房间，妻子笑眯眯地朝他走来，手里捧着一束零散的春花。她光彩照人，无忧无虑。"瞧，"她说，"我找到了什么！屋子后面草地上的花已经开了，而树荫下面却还有积雪呢。"为了讨她喜欢，他接过花束，把脸深深地俯埋在花枝中，以免看见他心爱的人那双无忧无虑的眼睛，随后便匆匆上楼躲进那间作为他的画室的顶楼。

然而他却没法进行工作。刚把那块空白的画布放在面前，画布上就突然出现了那封信上用打字机打的字句。调色板上的颜色，在他眼前变成了污泥浊血。他不由得想到脓包和伤口。他的自画像立在半阴的地方，他看到颏下戴着军队的领章。"胡闹！胡闹！"他大声地嚷叫起来，跺着脚，想驱散脑袋里这些乱七八糟的图像。然而他双手发抖，脚下的地板在晃动。他快要倒下去了，于是赶紧往小矮凳上坐下，缩成一团，一直到他太太叫他去吃午饭才起来。

每口饭他都哽塞难咽。嗓子眼里有一种苦东西，先得把这东西咽下去，可一咽下就又泛了上来。他弯着腰，默默地坐着，发现他太太在端详他。忽然他感到她的手轻轻地放在了他的手上。"你怎么啦，斐迪南？"他没有回答。"你是不是得到不祥的消息了？"他只是点了点头，喉咙哽塞了。"军事当局来的吗？"他又点了点头。她沉默不语，他也默不作声。对这件事的思考一下子占据了整个房间，把其他东西都推到一边去了。这种思想黏黏糊糊，囫囵地盖住了只吃了一点点的饭菜。这种思想像是一只湿腻腻的蜗牛，爬在他们的脊梁上，使他们直打寒战。他们彼此都不敢看一眼，只是弯着腰默默地坐着，思想的千斤重担压在他们身上，很难经受得住。

"他们约你到领事馆去吗？"她终于问道，声音显得有些破碎。"是的！"——"那你去吗？"——他哆嗦着。"我不知道，不过我还得去。"——"为什么一定要去？你现在在瑞士，他们不能对你发号施令。在这里你是自由的。"他从紧咬的牙缝中迸出几句话来："自由！今天究竟谁还有自由？"——"每个希望自由的人，尤其是你。这是什么？"她轻蔑地一把抓起他面前的那封信。"这张破纸，一个潦倒的小文书乱涂了几笔的破纸，居然对你，对你这个活人，对你这个自由人具有那么大的力量？它会把你怎么样？"——"这封信倒不会把我怎么样，然而寄这封信的人可是惹不起的啊！"——"信是谁寄的？什么人？是一架机器，那架巨大的杀人机器。可是机器却抓不着你。"——"它已经抓住好几百万人了，为什么偏偏抓不到我？"——"因为你不愿意。"——"那几百万人也是不愿意的呀。"——"但是他们失去了自由。他们是在枪口威逼下才去的，没有一个人是自愿的。谁也不会愿意从瑞士再回到那个地狱里去。"

她看到他很痛苦，就控制着自己的激动。像是对一个孩子似的，怜悯之心在她身上油然而生。"斐迪南，"说着，她便靠在他的身上，"现在好好想一想。你是给吓傻了，我明白，这只凶恶的野兽突如其来扑向你的时候，是会使人惊慌失措的。你想一想，这封信是我们早就预料到的。我们已上百次估计到了这种可能性，我为你感到骄傲，我知道，你会把这封信撕成碎片，你决不会去干杀人的勾当的，你不明白吗？"——"我明白，保拉，我明白，但是……"——"现在不要讲，"她硬是不让他说，"你被什么迷住了心窍。想一想我们的谈话，想想你写的那份稿子——就在写字桌左边的抽屉里——你在稿子里声明永远不拿武器。你是非常坚决的……"斐迪南却提出了异议。"我从来都不坚决！从来都没有把握。这一切都是谎话，只不过是为了掩饰自己的恐惧。这些话是我用来陶醉自己的。只有我自由了，这一切才会是真的，我一直很明白，他们一叫我，我就非常软弱。你以为我会在他们面前发抖吗？只要在我心里没有把他们当真，他们就是虚无的，要不就是空气、语言，一种虚无的东西。然而我却在我自己面前打颤，因为我一直很明白，他们一叫我，我就会走的。"——"斐迪南，你愿意去吗？"——"不，不，不，"他跺着脚，"我不愿意，我不愿意，我心里不愿意。可我还是会违背自己的意愿去的。这正是他们力量的可怕之处，人们不得不违背自己的意愿，违背自己的信念去为他们效劳。假如人还有意志的话——这样的人几乎没有，手里接到这样一封信，那他的意志也就烟消云散了，变得顺从了，成了小学生：

老师一叫，马上就站起来，战战兢兢。"——"可是，斐迪南，那么谁在召唤呢？是祖国？是一个文书！一个无聊的刀笔小吏！再说，就说是国家，它也无权强迫一个人去杀人，无权——"——"我知道，我知道！现在我来引一段托尔斯泰的话！我了解全部论据，你不理解，我根本不相信他们有召唤我的权力，我不相信我有服从他们的义务。我只知道一种义务，那就是做一个人，并且干工作。离开了人类就没有我的祖国，我没有杀人的虚荣心，我什么都知道，保拉，我跟你一样，对一切都看得清清楚楚——不过，他们已召唤我了，他们现在正在召唤我，我知道，无论如何我是要去的。"——"为什么？为什么？我问你：为什么？"他叹息着："我不知道。也许是因为当今这个世界上疯狂胜过理智。也许因为我不是英雄，因此不敢逃避……这是无法讲得清楚的。我觉得有种什么桎梏：我无法砸断这已经绞杀了两千万人的锁链。我无能为力。"

他用手捂着脸，时钟，这位时间哨所的哨兵，在他们头上高一步、低一步地走着。她微微颤抖。"现在有人在召唤你，这我知道，虽然我对这件事并不理解。可是难道你没有听到这里也在呼唤你吗？难道这里没有什么可以使你留恋的吗？"他霍地站了起来。"我的画？我的工作？不！我不能再画了。这一点我今天就感觉到了。我现在就已经生活在那边，而不是在这里。现在那边的世界正在走向毁灭，这时候还为自己工作，这简直是犯罪。不能再为自己着想，为自己生活了！"

她站了起来，转过身去。"我不相信，你是为你自己一人生活的。我相信……我相信对你来说，我也是世界的一部分。"她说不下去了，眼泪簌簌直往下掉。他想安慰她，可是她眼泪后面闪射出一种恼怒，这把他吓住了。"走，"她说，"你走好了！在你心目中我算什么？还不如一张破纸片。你想走，就走好了。"

"说真的，我不愿意，"他紧攥拳头，怒火直冒，无可奈何地捶着，"我是不愿去，可是他们要我！他们是强者，我是弱者。他们的意志经过几千年的锤炼。他们组织严密，奸诈狡猾，他们早已准备就绪，像迅雷一样，一下就落到我们头上。他们有的是意志力，而我只有神经。这是一次力量悬殊的战斗。人是奈何不了一架机器的。若是人，那倒还可以较量较量。然而那是一架机器，一架杀人机器，一台没有灵魂、没有心脏和理智的工具。你能拿它怎么样！"

"可以，只要坚决，就可以跟它斗！"现在她像疯子似的大声叫嚷着，"如果你不行，我行！你软弱你的，我可不。我决不对一张废纸卑躬屈节。我决不用生命去换取一句话。只要我能管着你，你就别想走。我可以发誓，你病了，你神经不正常。盘子当啷一声，也会把你吓瘫的。这一点是任何一位大夫都可以看出来的。你就在这里检查身体吧，我和你一起去，我会把一切都告诉大夫的。他们肯定不会让你服兵役的。人得自己保卫自己，咬紧牙关，意志坚决。你想一想你那位巴黎的朋友让诺：他被关在疯人院里观察了三个月，用种种检查折磨他，但他坚持下来了，最后人家还是把他放了。一个人不愿干，就必须态度鲜明，不能逆来顺受。这事可关系到全局呀，别忘了，人家要夺走你的生活，你的自由，你的一切。因此得起来反抗。"

"反抗！怎么反抗法？他们比所有人都厉害，是全世界最厉害的人。”

“这话不对！只有世界上的人心甘情愿的时候，他们才是强大的。一个个的人总要比概念强大，但他必须保持自己的个性，自己的意志。他只要明白，他是个人，将来还要做个人，那么现在他耳朵边那些用来麻醉人的辞藻，什么祖国啊，责任啊，英雄主义啊，就统统成了空话，成了散发血腥味的，散发热的、活人的血腥味的空话。你说真话，对你来说你的祖国真像你的生活一样重要吗？你觉得一个正在更迭君主陛下的省份如同你用来画画的右手那么可爱吗？除了那看不见的、用我们的思想和热血筑在我们心里的正义之外，你还相信另一种正义吗？不相信，这我知道，不相信！因此，如果你要去的话，那就是自己欺骗自己……”

“我真的不想……”

“你的意志力真差劲！你压根儿就没有意志力了。你一味任人摆布，你这是犯罪。你自己正沉湎于那些你自己所厌恶的东西里，并豁出命去干。为什么不宁愿为你所信仰的事业去献身呢？把鲜血献给自己的思想——很好！为什么要为那异端思想去卖命？斐迪南，别忘了，要自由，就得意志坚强，那边的那帮家伙是什么东西？是些凶恶的傻瓜！要是你意志薄弱，让他们把你弄到手，那么你自己就是个傻瓜。你总是对我说……”

“是的，我说过，这些话我都说过，唠叨来唠叨去，为的是给自己壮胆。我是在说大话，就像小孩在黝暗的森林中由于害怕而唱歌壮胆一样。这一切都是谎言，这一点我现在已经十分清楚地感觉到了。因为我一直很明白，他们召唤我，我就会去的……”

"你要去？斐迪南！斐迪南！"

"不是我！不是我！而是我内心有什么东西要去——而且已经走了。我告诉你吧，在我心里有个东西站了起来，就像是小学生站在老师面前，战战兢兢，唯命是从！这中间你讲的，我都听着，我知道这些话是千真万确的，合乎人情的，是十分必要的——这是我应当做并且必须做的唯一的一件事——我对此很清楚，很清楚。因此，如果我去，那是非常卑鄙的事。可是我要去，我是鬼迷心窍了！你鄙视我吧！我自己也看不起自己。可我实在无可奈何，没有别的办法！"

他双拳捶着面前的桌子，眼睛里射出迟钝的、兽性的、囚犯式的光芒。她不敢看他。她非常爱他，因而害怕自己看不起他。桌上的饭菜还没撤掉，桌上有一盆肉，已经冰冷，像腐尸似的。面包是黑的，掰成了细屑屑，像炉渣似的。房间里充满了饭菜冒出的热气。她感到嗓子里一阵恶心，对一切都感到恶心。她推开窗户，空气吹进来；她微微颤抖的肩膀上空出现了蔚蓝的三月天穹，白云从她头顶飘过。

"看，"她轻声地说，"往外看！只看一眼好了，我求你。也许我讲的这些并不都对。语言总是不容易表达清楚。可是我现在看到的却是真的，这不会骗人。下边有个农民在扶犁，他多年轻、壮实啊。为什么他没遭屠杀？因为他的国家没有打仗，因为他的田地离那边只有咫尺之遥，法律就管不着他。你现在也在这个国家，所以法律也管不着你。一项法律，一项看不见的法律，它只能管到几块路牌之内，这几块路牌的那一边它就管不着了，这难道不是真的吗？你看一看这里的这番和平景象，难道不感到那项法律是毫无意义的吗？斐迪南，你瞧，湖的上空是多么澄净。你看那色彩，多让人高兴啊！你到窗户跟前来，再对我说一遍，你愿意去……"

"我真的不愿去！我真的不愿去！这你是知道的！你要我看这些干吗呢？我对一切，一切都很清楚！你只是在折磨我！你说的每句话都使我很痛苦，任何东西都帮不了我的忙！"

她看到他那样痛苦，心就软了下来。怜悯心使她失去了力量。她悄悄地转过了身。

"那什么时候……斐迪南……叫你什么时候去领事馆？"

"明天！本来昨天就该去的，可是那封信还没有送到我这里，今天才把我找到。明天我得到那里。"

"要是你明天不去呢？让他们去等吧。在这里他们奈何你不得。我们不用那么着急。让他们等上八天。我给他们写封信，就说你卧病在床，我弟弟也是这么干的，他赢得了十四天时间。最糟的情况无非是他们不相信，从领事馆派个大夫来这里。和这位大夫也许能谈得来，没有穿军装的人多数总还是人，也许他看看你的画，会认为这样的人是不该上前线的。即使帮不了忙，那至少总争取了八天时间。"

他沉默不语，她感到这种沉默是对她的反抗。

"斐迪南，答应我，你明天不去！让他们去等吧。我们得心里有所准备。你现在精神恍惚，他们就可以随意摆布你。明天他们就是强者，而八天以后你就是强者了。那以后我们的日子将会多好，你想一想。斐迪南，斐迪南，你听见没有？"

她摇着他的身子，他们怅然若失地凝视着她。在这迟钝而若有所失的目光里，对她的一席话没有丝毫反应。他眼睛里流露出来的只是他心灵深处的恐惧和不安，她过去从未见过的恐惧和不安。慢慢地他才镇定下来。

"你说得对，"他终于开了口，"你说得对。的确不必那么着忙。他们会把我怎么样？你说得对。我明天肯定不去。后天也不去。你说得对。这封信就一定会找到我？我不会正好外出旅行了吗？难道我就不会在生病吗？不——我已经给邮差签了字。这也不要紧。你说得对。得好好考虑一下。你说得对！你说得对！"

他站了起来，开始在房间里踱来踱去。"你说得对，你说得对！"他机械地重复着，然而话里却缺乏信念，"你说得对，你说得对！"——他心不在焉地、呆头呆脑地老是重复这句话。她觉察到，他的思想已经跑到别的地方去了，到离这里很远的地方去了，已在他们那边了，已经交了厄运了。"你说得对，你说得对。"这句没完没了的话，这句只是在他嘴唇皮上打了个滚的话，她再也听不下去了。她悄悄地走了出去。可是她听到他在房间里来回踱了好几个小时，像个牢房里的囚犯一样。

晚上他也一口饭没吃，现出呆滞的、心不在焉的神情。那天夜里她才感到他内心的恐惧；他紧紧抱住她柔软、温暖的身体，仿佛要躲到她身上去似的。他那滚烫的、颤抖的身体紧紧贴着她。然而她明白，这不是爱情，而是逃遁。一阵痉挛，他吻她的时候，她感到了一滴眼泪，又涩又咸。随后他又一声不吭地躺着。有时她听到他在叹息，于是她把手递过去，他就紧紧地抓着她，仿佛好把自己支撑住似的。他们两人都不作声；只有一次，她听到他在啜泣，就想安慰安慰他。"还有八天时间呢，别去想这事了。"她劝他去想些别的，对此她自己也感到羞愧，因为他的手冰冷，心脏剧烈地跳动着，由此她感觉到，只有这一种思想占据着他，支配着他。她知道，决没有什么法宝，能使他从这个思想中解脱出来。

在这所房子里，沉默和昏暗从来也没有如此沉重。整个世界上的阴森恐怖都集中在这所房子里了。只有时钟，这个铁制的时间哨兵，还依然一步上一步下地继续不停地走着自己的路程。她知道，时间每走一步，她心爱的人就离她远了一步。她再也无法忍受了，从床上跳了起来，使钟摆停止了摆动。现在时间没有了，剩下的只是恐惧和沉默。他们俩并肩挨着，默默地躺在床上，心里波澜起伏，睁着眼睛直到天亮。

冬日晨曦朦胧，浓重的霜雾笼罩在湖上。他起了床，匆匆穿好衣服，犹豫不决地、慌里慌张地从这间屋子走到那间屋子，来回数次。后来他突然拿起帽子和大衣，悄悄开了门。后来他还常常想起当时的情景：他的手碰到冰冷的门闩时抖个不停，怯生生地回头看看是否有人盯着他。真的，那条狗像朝着一个蹑手蹑脚的小偷那样向他扑了过来，然而它认出了他，他在它身上抚摸了几下，狗就温顺地缩了下去，不住地摇着尾巴。想要跟着他。但是他用手把它赶了回去——他不敢出声。随后他就突然从山上的羊肠小路跑了下去，连他自己也不知道为什么这么慌张。有时候他还停下来，回头看看那座渐渐消失在迷雾中的房子，随即又跑开了，一路被石头磕磕绊绊的，仿佛有人在后面追他，一直向山下的车站奔去，到了那里才停下来，衣服都湿了，冒着热气，额头上汗水淋淋。

车站上站着几个农民和默默无言的普通人，他们都认识他，都向他打招呼，有的人看来情绪不坏，想跟他攀谈攀谈，可他避开了他们，现在和别人说话他感到又羞愧又害怕，但是站在湿漉漉的铁轨前空等着，又使他感到很难受。他不知干什么才好，于是往一台磅秤上一站，掷进一枚硬币，望着指针上面小镜子里他那张苍白的、冒着汗气的脸发呆，他跨下磅秤，钱币咔啦一声掉了下去，这时他才发觉他忘了看数字。"我疯了，完全疯了。"他轻声地喃喃自语。他对自己都感到恐惧了。他在一条长凳上坐下，想强迫自己把一切事情再明确考虑一遍。可这时他旁边的信号钟敲响了，他猛地站了起来。机车已经在远处长鸣。火车呼啸而来；他跳上一节车厢。地上有一张脏报纸，他捡了起来，呆呆望着这张报纸，自己也不知道看了些什么，他只是望着自己的手，那双拿着报纸不住颤抖的手。

火车停了下来。苏黎世到了。他摇摇晃晃地走下火车，他知道自己将会被弄到哪里去，他感到这是违背他自己的意愿的，然而自己的意愿很软弱，而且越来越软弱。有时他还想试一试自己的力量。他站在一块广告牌前面，强迫自己从上读到下，以证明自己是可以自由地控制自己的。"我不必那么匆忙。"他说出了声，话刚在嘴边咕噜了一下，他又继续往前走了。他焦躁不安，心烦意乱，像有一台马达在推动他朝前走似的。他束手无策，环顾四周，想找辆汽车。他双腿在颤抖。一辆汽车从他身边驶过，他叫住了车子——

像个投河自杀的人跳进河里，说了声："到领事馆街。"

汽车疾驶。他背靠着座椅，闭上眼睛。他觉得自己像是在奔向一个万丈深渊，汽车飞驶，把他带到他自己的命运中去，然而他从汽车的高速度中却感到一阵快意。听天由命吧，这反而使他心里好受一点。汽车停了下来，他下了车，付了钱，就乘上电梯，电梯一开，机械地把他送到楼上，他又从中感到了一阵快乐。仿佛做这一切的并不是他自己，而是权力，是那强迫他的、从未见过的、不可捉摸的权力。

领事馆的门还紧闭着，他按了按门铃，没有回音。他感到浑身灼热如焚：回去，快走，下楼去！但他又按了按门铃。里面传来了缓慢的脚步声，一个仆役笨手笨脚地开了门。他的穿着寒酸，手里拿着一块抹布，显然正在打扫办公室。"您有何贵干？……"他粗声粗气地对斐迪南嚷道。"是约我……我……到领事馆……馆来的。"他结结巴巴地回答。见了一位仆役都结结巴巴的，他自己也感到羞愧，因而准备回头跑了。

仆人傲慢无礼地转过身去。"下面牌子上写着：'办公时间：十点至十二点'，你不认识字吗？"不等他回答，就砰的一声关上了门。

斐迪南站在那里，全身一阵痉挛，心里感到无比羞愧。他看了看表，才七点十分。"疯了！我真是疯了。"他结结巴巴地自语着，像个老人一样颤颤巍巍地走下楼去。

两个半小时——这段时间无事可做，真是可怕，因为他感到每等一分钟，他都要失去一份力量。刚才他曾振作起精神，做了准备，斟字酌句，胸有成竹，把整个场面在心里作了预演，然而现在在他和他积蓄的精力之间落下了一道两个小时的铁幕。他吃惊地感到，自己心里的全部热情都化成了烟，要说的话，在神经质的逃遁中相互践踏，碰撞，一句句都从他的记忆中消失了。

他曾经这样设想过：当他到了领事馆，立刻通报给了军事科科长，他和这位科长曾有一面之交。他是有一回在朋友家认识他的，和他一般地寒暄了几句。他知道他这位对手是个贵族，英俊潇洒，八面玲珑，温文尔雅，自命不凡。他喜欢表现得宽宏大量，关心别人，而不以官员的面目出现。这种虚荣心是他们人人都有的，都希望别人把他们看作外交官，看作可以自己做主的重要人物，所以斐迪南在这里打算这样做：先通报进去，客气有礼，先一般地寒暄，然后就问起他的夫人。那位科长一定会给他让座，并递给他一支香烟，等他的话一停，科长就会客气地问道："有什么事要我为您效劳吗？"科长一定会这样问他的，这一点很重要，不能忘了。随后他得冷冰冰地、漠不关心地回答说："我接到一封信，我想去那边到 M 区去了解一下。一定是弄错了。那时候曾特别宣布我是不适合服兵役的。"这些话要说得非常轻描淡写，让人马上觉得他对这件事是毫不在乎的。这时科长就会拿出那封信来——他那副懒洋洋的样子他是熟悉的——向他解释说，这是一次新体检，他一定早已在报上看到过这项要求了吧，即过去退役的现在必须重新报名。听了这话，他依然非常轻描淡写地马上耸耸肩膀说："原来是这样！我是不看报的，我没那份时间。我得工作。"那位科长一定马上就会看出，他对整个战争是漠不关心的，他是自由自在、独立不羁的。当然，科长会向他解释，他必须服从这个要求，对他个人来说是很遗憾的，可是军事当局以及其他……这时候态度该厉害点了。"我理解，"他得这样说，"可是现在我不能中断我的工作。我已经与别人谈好，举行一次我个人全部作品的展览会，不能不讲信用。我已经向人家做了保证。"随后他就向科长建议，或者给他把期限延长，或者由这里领事馆的大夫给他重新做次检查。

到此为止，一切都很有把握。但从这里开始事情就会出岔子。要么那位科长一口同意，那么无论如何总算赢得了时间。但是，假如他彬彬有礼地、以那种冷冰冰的敷衍了事的态度，突然打起官腔来，客客气气地对他解释，说这样做就超越了他的权限，是不允许的。这时候，他就要表现得果断。他先要站起来，走近桌子，以坚定的声音，用非常坚定的、不屈不挠的、发自内心的果断的声音说："这我已经知道了。请记录在案：由于经济方面的责任，我不能立即应召，要推迟三个星期，以尽到我道义上的责任；由此引起的一切后果都由我个人承担。当然，我并不想逃避我对祖国的义务。"他挖空心思想出了这些措辞，感到十分得意。什么"记录在案"，什么"经济方面的责任"，听起来煞有介事，冠冕堂皇。如果科长还要提请他注意这件事情的法律后果的话，那这时语调就得更尖锐些，并冷冷地将这件事情收场："我懂得法律，知道此事的法律后果。但是我刚才说的话就是我的最高法律，为了履行自己的诺言，我甘愿承担任何风险。"说着匆匆鞠了一躬，中止了这场谈话，向房门走去！领事馆的人一定会看出，他不是工人或学徒，要等别人让走才走，而他却不一样，谈话该什么时候结束，这是由他自己来决定的。

他走来走去，把这场谈话背诵了三遍。整个构思以及语调他都非常满意。他焦急地等待着这一时刻的来到，就好像演员眼巴巴地等着别人的提词，好把他的台词接着说下去一样。只有一个地方他觉得说得还不太妥帖，那就是"当然，我并不想逃避我对祖国的义务"这句话。谈话当中无论如何得有点爱国之类的辞令，无论如何得有一点，以便让人看到，他不是悖逆不道，但也并非心甘情愿。虽然他承认——当然仅仅是在他们面前承认而已——其必要性，但并不认为对他是必要的。"对祖国的义务"——这话太没有文采，耳朵都听腻了。他想了一下，也许这样："我知道，祖国需要我。"不，这话很可笑。或者这样说会好些："我并不打算逃避祖国的召唤。"这样是好了一点，但对这句话他还是不满意，它太卑躬屈膝了，犹如鞠躬时腰多弯了几个厘米。他继续推敲着。最好还是直截了当些："我知道什么是我的义务。"——好，这样讲最确切。这句话可以向里拐，也可以向外拐，可以理解，也可以误解。这话听起来简单明了，说的时候口气可以很蛮横："我知道，什么是我的义务。"——简直有点威胁的味道。现在一切都就绪了。可是：他又神经质地看了一下表。时间似乎不愿往前走。现在才八点。

他面前街道纵横，真不知道该往何处去。于是他信步走进一家咖啡馆，想看看报纸，然而那些字句使他心烦意乱，报上到处都是祖国和义务。这些陈词滥调扰乱了他的计划。他喝了一杯法国白兰地，接着又唱第二杯，想去一去嗓子眼里的一股苦味。他苦苦地思考，怎样抢在时间前面，同时把这场虚构的谈话的各个零零散散的部分一次又一次地牢牢记在心里。突然，他摸了摸自己的面颊："没刮脸，我还没刮脸！"他赶忙跑进对面的理发馆，把头发理了理，洗了洗，这样就打发了半小时的等候时间。后来又想到，得打扮得像样一点，这在领事馆里是很重要的。那里的人对穷鬼总是摆出一副趾高气扬的神气，而且大声斥责。但是如果你仪表堂堂，应对自如，风度潇洒，那么他们对你马上就是另一副面孔。这个想法使他感到陶醉。于是他让人把外套刷了刷，就去买手套。在挑选手套的时候，他着实费了一番斟酌。黄的，有点锋芒毕露，而且显得太浮华；珠灰色不显眼，这比较好。买了手套之后，他又在街上游来荡去。他在一家缝衣铺的穿衣镜前端详了一番，把领带扶正。手里还太空，他突然想起需要一根手杖，去那儿的时候，可给人一种顺路而来、随随便便的感觉。于是他匆匆跑到马路对面，挑了一根手杖，他从店里出来的时候，钟楼上的钟正敲九点三刻。他把准备好的那些话又背了一遍。太妙了！"我知道，什么是我的义务"这句新措辞现在是最有力的一句。他满有把握地迈着坚定的步子走上楼去，轻快得像个孩童。

一分钟后，仆役刚把门打开，他心里就一愣，感到自己的算盘打错了。他指望的事并没有出现。他问仆役，科长在不在，仆役告诉他，秘书先生正在会客。他得等着。仆役不太客气地随手向一排椅子中间的一张一指，让他坐下，那排椅子上已经坐了三个人，脸色都很阴郁。他勉强坐了下来，他心怀敌意地感觉到，在这里他只不过相当于一桩事情，一份材料，没有自己的人格。他旁边的人正在相互诉说自己不幸的命运；其中一个带着快要哭出来的可怜的声音说，他在法国被监禁了两年，而这里又不愿意发给他回家的路费；另一位诉说，无人肯帮他找个职位，可是他有三个孩子。斐迪南不由心里气得发抖——真是岂有此理，竟让他和乞丐坐在一条板凳上！他发现，这些卑贱的人，他们那种沮丧而牢骚满腹的样子搅得他心烦意乱。他想把那席谈话再回忆一遍，可是这些家伙，他们那讨厌的唠叨却打乱了他的思绪。他真想对他们大吼一声："别说了，贱货！"或者从口袋里掏出钱来，送他们回家，然而他的意志完全瘫痪了，跟他们一样，手里拿着帽子，跟他们坐在一起。另外，那里人来人往不断，这也弄得他不知所措。他真怕有熟人看见他同乞丐坐在一条凳子上。他心里做了准备，一开门他就立即跳起来，离开这里。可是他仍旧只是失望地低着脑袋坐在那里。他越来越意识到，趁现在精力还未消耗殆尽的时候，必须赶快离开这个地方。有一次他振作精神，站了起来，对站在他旁边的门岗模样的仆役说："我明天再来吧。"可是那位仆役却宽他的心，说："秘书先生很快就有空了。"于是他又屈膝坐了下来。他在这里好像是被人抓了起来，毫无反抗。

终于，随着衣服的窸窣声，一位太太微笑着，扬扬得意地走了出来，高傲地朝那些等候的人扫了一眼，这时仆役喊道："秘书先生现在有空了。"斐迪南站起身来。他的手杖和手套在窗台上放着，可是他发现得太晚了，门已经打开，他不能再转回去拿了。他半回头看着，被这些事弄得糊里糊涂，就在这种精神状态下走了进去。科长正坐在写字桌旁看材料，此刻匆匆抬起眼睛，朝他点了点头，也没请这位久等的人坐下，就客气而又冷冰冰地说："啊，我们的美术硕士。马上就来，马上就来。"说着他起身朝隔壁房间里叫道："请把斐迪南·R……的卷宗拿来，是前天办好的，您知道，征召令已转寄给你了。"他说着又坐了下来。"您又要离开我们了！好吧，希望您在瑞士这段时间是美好的。再说，您的气色棒极了。"说着，他就匆匆翻阅文书给他送来的卷宗。"是在 M 地区参军的……对，对……一切都办好了……我已经让人把表格填好了……您不用申请路费吧？"斐迪南站也站不稳，只听得自己的嘴唇结结巴巴地说："不用……不用。"科长在介绍信上签了字，递给了他。"本来您明天就该去了，不过也不必如此匆忙，您先让最后一张杰作的油墨干一干吧。如果您需要一两天的时间处理一下自己的事务，这事由我负责，这对国家的关系不大。"斐迪南感到，这是句令人发笑的玩笑，而他只是客气地噘了一噘嘴唇，这使他自己的内心里真正感到十分惊愕。说几句，现在我得说几句——他心里盘算着——不能像木棍似的呆呆地站着。他终于迸出了这么几句来："有了征兵书够了吧……其他，还要……通行证吗？"——"不用了，不用了，"科长笑着说，"边境上不会麻烦您的。再说那里已经得到了关于您的通报。好吧，祝您一路平安！"他向斐迪南伸出手来。斐迪南感到，这意思是让他走了。他眼前一阵漆黑，赶紧扶住了门，一种厌恶的心情使他透不过气来。"往右，请往右走。"科长在背后叫他。他走错了门，科长挂着一丝微笑——这时虽然他神志不清，但觉得自己还是看到了科长的笑——给他打开他出去的门。"多谢，多谢……请不必劳神了。"他还讷讷地说着。对这种多余的客套，他自己也感到生气。刚走到外面，仆役就把手杖和手套递给了他。"经济方面的责任……请记录在案"等词句这时又在他的脑海里涌现出来了。竟还向他道谢，客客气气地向他道谢！他这辈子从来没有感到这么羞愧过。然而他并没有再怒火中烧。他有气无力地走下楼梯，感到现在走着的并不是自己，感到那种势力，那种陌生的、冷酷无情的势力，已经把他，把这整个世界踩在它的脚底下了。

他下午很晚才回家。他感到脚后跟疼得很，他漫无目的地游荡了几小时，三次到自己的家门口又缩了回来；最后他想从后面穿过葡萄园，从一条掩蔽的小路溜回家。然而，那条忠实的狗发现了他，它狂吠着向他扑来，亲热地对他摇着尾巴。门口站着他的妻子，他第一眼就看出，她什么都知道了。他默默无语地跟着她，羞愧得无地自容。

可是她并不严厉，也不看他，显然她避免再使他痛苦。她端出一些冷肉放在桌子上。他顺从地坐了下来，她走到他身边。"斐迪南，"她说道，声音哆嗦得很厉害，"你病了。现在不能和你说话。我也不想责备你，你现在的所作所为并非出于自己的意愿，我感到你很痛苦。不过你答应我一条：关于这件事情，要是事先没有和我商量，你再也别采取什么行动了。"

他沉默不语，她的声音激动起来了。

"我从来没有干涉过你个人的事情，我从来都让你在决定你自己的事情上有充分的自由，我并为此感到自豪。但是你现在在处理这件事不仅关系到你的生活，而且也关系着我的生活呀。我们的幸福是我们多年建立起来的，我不能像你似的随随便便地去断送给国家，断送给谋杀，断送给你的虚荣心和软弱。我们的幸福我谁也不给，你听着，谁也不给！你在他们面前窝窝囊囊，我可不。我知道这件事的分量。我决不屈服。"

他仍一直不吭声，他那卑躬的、由于感到内疚而表现出来的沉默渐渐激怒了她。"我决不让一张废纸从我这里拿走什么东西，我不承认以杀人为终结的法律。我决不在权势面前折腰。你们男人现在都被意识形态毁了，你们考虑政治和伦理，而我们女人，我们是凭直觉办事的。我也知道，祖国意味着什么，但我也明白，今天祖国又意味着什么：杀人和奴役！一个人可以属于祖国的人民，但是一旦这些人都疯了，那他就不该跟他们同流合污。在他们眼里，你不过是一个数字，号码，工具和炮灰，可是我却感到你是个活生生的人，因此我决不把你交给他们，我决不把你交出去。我从来没有擅自替你做主，但是我现在的责任就是保护你；在这以前你还是个头脑清醒的成年人，懂得自己该干什么事，可是现在你已经跟外边几百万牺牲者一样，意志被扼杀，成了失去常态的、听命于人的破机器。他们为了得到你，已经牢牢地控制了你的神经，可是他们却把我忘了，我从来没有像现在这样坚强。"

斐迪南依然抑郁地沉默不语，他心里没有反抗，既不反抗别的事，也不反抗她。

她霍地站了起来，显出一副吵架的气势。她的声音是强硬、严厉而绷得紧紧的。

"在领事馆他们对你说了些什么？我想知道。"这简直是一道命令。他疲惫地拿出那张纸，递给了她。她双眉紧蹙，咬着嘴唇，看了那张介绍信，随后就轻蔑地把它往桌子上一扔。

"这帮老爷倒挺急！明天就要你走！而你呢，你对他们大概还感恩戴德吧，脚跟咔的一声，一个立正，就完全俯首帖耳了。'明天就去报到。'报到！不如说是唯命是从。不行，事情还没到这个地步。还远远没有到这个地步！"

斐迪南站了起来。他脸色苍白，扶在椅子上的手在抽搐。"保拉，我们不要再欺骗自己了。木已成舟，已经无可挽回了。我曾试图反抗来着，但办不到。我就等于是这张纸了。我就是把纸撕掉，还依然是它。你不要再给我添麻烦了。在这里也没有自由啊。每时每刻我似乎都感到，那边在召唤我，在摸索我，在拉我拽我。到那里我反而会感到轻松些；在监狱里反而倒还有一点自由。只要在外面，就总觉得是在逃命，这倒反而不自由。再说，干吗把事情想得那么糟糕？第一次他们已经放我回来了，为什么这次就不会放我回来？也许他们不给我武器，我甚至有把握会弄份轻松的差事干。干吗把事情想得那么糟？也许根本就没有那么危险，也许我会交上好运呢。"

她仍然很严厉。"事情现在已经不在于这些问题了，斐迪南，不在于他们给你轻活或重活，而在于你是否应该去为你所厌恶的人效劳，你是否愿意违背自己的信念，去参与世界上最大的犯罪活动。因为谁不拒绝，谁就是帮凶，而你是能拒绝他们的，因此你必须这样做。"

"我能够拒绝他们？我无能为力！已经不行了！对这些荒谬绝伦的东西的厌恶、憎恨和愤慨，过去曾使我意志坚强，可现在却把我压得喘不过气来了。别再折磨我了，我求求你，别再折磨我了，别跟我再说这些了。"

"不是我说这些，而是得由你自己说，他们没有权利支配一个活生生的人。"

"权利！好一个权利！现在世界上哪里还有权利？权利已经被人扼杀了。每个人都有他的权利，可是他们，他们有权力，而权力就是一切。"

"为什么他们有权力？正因为是你们给他们的。只要你们老是胆小，他们就永远有权力。现在人们称之为庞然大物的东西，是由全世界十个意志坚强的人组成的，十个人就可以把它摧毁。一个人，一个敢于否定他们的活生生的人，他就是在摧毁这种权力。可是如果你们不敢挺起腰来，而总是想：也许我能过关，如果你们以曲求伸，心存侥幸，不去击其要害，如果你们甘当奴隶，命运依旧，他们就永远拥有权力。男子汉大丈夫就不该屈服；大家必须说：'不，这是当今唯一的责任，而不是去任人宰割。'"

"可是保拉，你是怎么想的……我该……"

"你该说'不'，如果你心里也想的是'不'。你要知道，我爱你的生活，爱你的自由，爱你的工作。但如果你今天对我说，你要到那边去跟左轮手枪讲权利，如果我知道你要这样做的话，那我就要对你说：走！但如果你出于懦弱和神经过敏或者心存侥幸，以为能保住性命，因此受了一种连你自己也不相信的欺骗就走的话，那我就看不起你，是的，我看不起你！如果你是为了人类，为了你的信仰而去，那我决不阻拦你。但是到野兽中去当野兽，到奴隶中去当奴隶，那我坚决反对。人应该为自己的思想去献身，而不是为别人的癫狂去送死。如果有人以为是为祖国而死的……"

"保拉！"他下意识地站了起来。

"难道你觉得我的话太唐突了吗？恐怕是觉得背后班长的军棍在抽你了吧！别害怕！我们还在瑞士。你是想要我沉默或对你说：你会平安无事的。现在已经没有时间来多愁善感了。现在事情关系到我和你，关系到我们整个命运。"

"保拉！"他再次想打断她的话。

"不，我再也不同情你了。我选择你，爱你是个自由的人，我瞧不起懦夫和自己欺骗自己的人。干吗我要有同情心？在你眼里，我算什么？一个小小的中士乱涂了一张破通知书，竟然使你抛弃我，而跟着他跑。可是我决不任人抛弃以后再捡起来；现在你选择吧！要他们还是要我！鄙视他们还是鄙视我！我明白，如果你留在这里，沉重的打击会落在我们头上，我将再也见不着我的父母和兄弟姐妹了，他们不会让我们回去的，但是如果你跟我在一起，那我什么都认了。可是假如你现在要使我们分开，那就永远分到底。"

他只是唉声叹气。可是她却怒气冲天，正在劲头上。

"我，还是他们，第三种选择是没有的！斐迪南，现在还有时间，你好好想想。过去我常常为我们没有孩子而苦恼。现在我第一次为此而感到高兴。我不愿替懦夫生孩子，更不愿抚养一个战争孤儿。我与你相爱，从来没有像现在这样相亲相爱过，而现在我却弄得你很痛苦。但是我告诉你：这不是走去试一试，这是离别。你要是离开我去参军，去追随那些穿着制服的杀人犯，那你就不会回来了。我不和罪犯们共命运。我跟人，而不跟国家这个吸血鬼共命运。是国家还是我——你现在必须做出抉择。"

她走出屋门，砰的一声把门撞上，而斐迪南还站在那里哆嗦。撞门的响声使他的腿都软了。他不得不坐下来，垂头丧气，一筹莫展。他的头耷拉着，埋在两只紧攥着的拳头之中。终于，他心里忍不住了：他像小孩似的号啕大哭。

整个下午她都没回屋，但他感到她的意志就站在门口，含着敌意和戒心。可是同时他还感到另一个意志，它犹如安在他胸腔里的铁飞轮，推动他向前。有时候他想把事情一桩桩再思索一番，然而思想不翼而飞了。他坐着发呆，而看起来好像正在思考问题，这时一阵神经质的烦躁不安袭来，把他最后的一点平静都一扫而光。他感到，他的生命两侧都被超人的力量抓住，拽着，他只有一个希望：把自己从中间撕成两半。

为了找些事干，他在桌子的抽屉里翻寻了一阵，撕毁信件，眼睛呆呆地盯着其他东西，一言不发，在房间里踱来踱去，随后就坐下来，一会儿心烦意乱，就又站了起来，但是疲惫不堪又使他坐了下去。当他收拾行装，从沙发下面把背囊拖出来的时候，他突然攥紧自己的双手，紧紧凝视着这双未受自己意志的支配，而在有条不紊地做着这一切的双手。等到后来把打好的背囊突然往桌上一放，他又哆嗦起来了，感到肩头沉重，似乎他把时代的全部重量都压在自己的肩上了。

门开了，他妻子手持煤油灯走了进来。她把灯往桌上一搁，圆形的灯光不住地在背囊上跳动。房间骤然照亮了。这使原来隐藏在黑暗中的羞辱之感又涌上了他的心头。"这是为了应付万一……其实时间还很宽裕……我……"他结结巴巴地说，然而他那呆滞的、铁石般的、虚饰的目光却道出了真情，把自己的话碾得粉碎。她用牙齿紧咬嘴唇，十分严峻地凝视他好几分钟。她一动不动地站着，后来好像由于昏厥而微微摇晃起来，目光紧紧盯着他。她嘴角上紧张的神情也缓和下来了。她肩头颤抖，转过身，头也不回，离开他走了。

几分钟后，女用人来了，端来他一个人的饭菜。他身旁的位置空了，他心里充满了犹疑不定的感情，他抬头一看，就发现了那个残酷的象征：椅子上放着那只背囊。他感到，自己似乎已经离去，已经走了，对这所房子来说已经死掉了：四壁黑黝黝的，油灯的光圈已经照不到墙壁上了，外面，在生疏的灯光之后，燥热的黑夜笼罩着大地。远处万籁俱寂，高远的苍穹罩着无垠的大地，这更增添了寂寞之感。他感到他周围的一切——房子，风景，作品和妻子——在他心里都一样样死了，感到自己丰茂的生命突然干枯了，他那跳动着的心被压得喘不过气来。这时他迫切感到需要爱情，需要温暖和亲切的话语。他准备接受一切鼓励和安慰，只要能重新回到过去的生活。忧伤压过了惴惴不安，此时他孩子气地渴望得到些微温存，这种渴望使得崇高的离愁别绪消散了。

他走到门前，轻轻地转动门把，可是转不动，门锁上了。他怯生生地敲敲门。没有回答。他又敲了敲。他的心也一起怦怦直跳。一切都寂静无声。现在他明白：一切都完了。他感到一阵寒战。他吹灭了灯，和衣倒在沙发上，裹上被子。此刻他心里真希望一切都坠毁和忘却。他又仔细听了一次，仿佛听到近处有什么声音。他把耳朵贴在门上悉心地听。门外依然静悄悄的，什么声音也没有。他又重新垂下了头。

这时脚下有什么东西轻轻触着了他，他吓得猛地站了起来，不过惊吓马上就变成了感动。原来是那条狗，原先随女仆溜进房里，躺在沙发底下，此时正在挨近他，用温暖的舌头舔主人的手。这只狗的无知的爱使他感到莫大的欣慰，因为这爱是来自业已死去的世界，还因为它是他以往的生活中现在仍然属于他的最后的东西。他俯下身子，抱人似的把它抱住。他感到：世界上居然还有东西爱着我，而且没有看不起我，对它来说我还不是机器，不是杀人工具，不是任人驱使的懦弱的人，而是一个可以用爱来亲近的人。他的手不断轻轻地抚摸着它柔软的毛。狗则更紧地挨着他，仿佛它懂得主人的寂寞。主人和狗都轻轻地呼吸着，渐渐进入了睡梦。

他一觉醒来，感到精力充沛，窗户外面已经晨光熹微；燥热的风把黑暗一扫而光，湖面上闪耀着，映出远山的白色轮廓。斐迪南一跃而起，虽然由于睡过了头而感到有点眩晕，然而却完全醒了，这时他一眼就看到那已捆好的背囊。一下子，一切都又重新浮现在他的脑海里，不过现在是白天，他心里感到轻松多了。

"干吗要收拾行装呢？"他自己问自己，"干吗？我确实想出去旅行。现在开春了，我要画画。其实用不着那么急。是他亲口对我说的，还可以有几天时间。不要像牲畜上屠宰场似的。我妻子说得对：这是对她、对我、对所有人的犯罪行为。到头来不会有什么大不了的事。假如我晚一点去服兵役，也许会关我几星期禁闭，可是服役何尝不等于坐监狱？我这人没有什么虚荣心，但我觉得现在这个时候不对奴役表示顺从，倒是一种光荣。我不再考虑出门旅行了，我就留在这里。首先我要把这里的风景画下来，这样将来就可知道，我以前在这儿多么幸福，不完成这张画，不等事情到了万不得已，我就不走。我不能让人像赶牛似的在后面赶我。"

他拿起背囊，举得高高的晃了晃，往角落里一掷。从这个动作中他感到自己很有力量，因而满心欢喜。由于精力充沛，他突然想试试自己的意志。他从信夹里取出那张准备撕碎的纸条，把它展开。

可是奇怪得很，军事措辞像是具有神奇的力量，又重新将他征服。他开始念道："您务必……"那句话紧紧地抓住了他的心，这是一道命令，不允许提出任何异议。他感到有点摇晃。那种莫名其妙的东西又在他心里上升了。他的手开始发颤，力气全消失了。不知从哪里袭来一阵冷风，像过堂风在劲吹，不安又滋长起来了，在他内心，外来意志的铁钟又开始走动了，他每根神经都绷得紧紧的，直至每个关节里好像都安上了弹簧。他不由自主地看了看钟。"还有时间，"他喃喃地说，然而他自己也不明白他指的是什么，是开往边界的早班火车呢，还是他自己定的出发日期。这时他心里又出现了那股要拉他走的神秘莫测的力量，那冲毁一切的退去的潮水，由于要对付他最后的反抗，因此来得比以前更为猛烈，同时也产生了恐惧，那怕被压垮的茫然无措的恐惧。他明白，如果现在没人抓着他，那他就完了。

他摸索到他的妻子房间的门，好奇地贴耳细听。房间里毫无动静。他怯生生地用指节骨叩了叩门。还是沉寂无声。他又敲了敲，还是一片寂静。于是他就小心翼翼地扭动门把。门开了，可是房间里是空的，床上也是空的，但很乱。他吃了一惊，便轻轻喊她的名字，可是没有回答。他越发不安，又喊着："保拉！"最后他好像遭到了突然袭击，在整个屋子里大声叫喊："保拉！保拉！保拉！"依然毫无动静。他摸进厨房。厨房也是空的。一种惘然的可怕的感情使他哆嗦起来，他跟跄着上了顶楼的画室，自己也不知道要干什么，是告别，还是留下不走。然而那里也没有人，连那条忠实的狗也毫无踪迹。全都把他抛弃了，孤独猛烈地向他袭来，摧毁了他最后的一丝力量。

他穿过空荡荡的屋子回到自己的房间，拿起背囊。他觉得，屈从于桎梏，反倒轻松了。"这是她的过错，"他自言自语道，"是她一个人的过错，她为什么走开？她得把我留住呀，这是她的责任。她本来是能够救我的，可是她不愿了。她看不起我，她已经不爱我了，她把我摔了下来：现在我正在跌下来。这是她造成的！这是她的过错，不是我的，是她一个人的过错。"

他在房子前面，又一次转过身去，想听听，也许会从什么地方传来一声呼唤，一句爱情的话语呢。也许有什么东西能用拳头击碎他内心那台顺从的铁机器。然而依然无人说话，无人呼唤，毫无动静。一切都离开了他，他感到自己跃进了无底深渊。这时他心里起了一个念头；往前再走十步就到湖边了，从桥上往下一跳，去那永恒的和平安宁的世界，岂不更好。

教堂尖塔的钟声响了，严酷而沉重。往日那么可爱的明朗的天空传来这严酷的召唤，像鞭子抽打在他身上，催他动身。还有十分钟火车就到了，那时一切都完了，彻底完了，无可挽救了。还有十分钟，可是他不再感到这十分钟是自由的了，好像后面有人在追赶一样，他向前奔去，踉踉跄跄，跑跑停停，气喘吁吁，生怕误了火车。他越跑越快，越跑越急，直跑到月台前面，差点儿与一个站在铁路栏杆前的人撞个满怀，这时他才停下来。

他吓了一跳，背囊从他哆哆嗦嗦的手里掉了下来。站在他面前的是他的妻子。她脸色苍白，由于睡眠不足而显得精神疲乏，她那严肃而又忧伤的目光责备地注视着他。

"我知道你会来的，三天前我就料到了。但是我不想离开你。一清早，从第一趟列车起，我就在这里等你，准备在这里一直等到最后一趟车。只要我还有一口气，他们就不会把你抓住。斐迪南，你好好想想！你自己说过，时间还充裕呢，你干吗要那么急？"

他没有把握地望着她。

"这只是……我已接到通知……他们在等着我……"

"谁等你？或许是奴役和死亡，除此以外，谁都没在等你！该清醒了，斐迪南，你要明白，你是自由的，是完全自由的，谁也无权支配你，谁也不能对你发号施令，你听着，你是自由的，你是自由的，你是自由的！我要对你说上一千遍，一万遍，每时每刻都不停地说，直到你自己也意识到为止。你是自由的！你是自由的！你是自由的！"

当两个过路的农民好奇地转过身来的时候，他轻声说："我求求你，别这样大声嚷嚷，人家在看着呢……"

"人家！人家，"她怒气冲冲地嚷道，"人家关我什么事？要是你中弹躺在地上或瘸着腿回家，他们会帮我什么忙？这些人瞧都不值得瞧一眼，什么同情，爱怜，感激，统统见鬼去吧！——我要你是一个人，一个自由的、活生生的人。我要你像一个堂堂正正的人那样，是自由的，不要你去当炮灰……"

"保拉！"他想设法使狂怒的妻子平静下来。可是她推开了他。

"你那些胆小、愚蠢的恐惧，给我见鬼去吧！我在自由的国家，我想说什么就说什么。我不是奴仆，也不让你去受奴役！斐迪南，你若要走，我就躺在机车前面……"

"保拉！"他又抓着她。然而她的表情突然变得很痛苦。"不，"她说，"我不爱说谎。也许我也会变得太胆小的。千百万女人的胆子都太小，她们的丈夫，她们的孩子被人拉走的时候，本来是应该起来反抗的，但是她们之中却没有一个人这样做。你们的懦弱也毒害了我们。假如你走了，我会怎么做？号啕大哭，呼天唤地，跑到教堂里去祈求上帝派给你一个轻松的差事。也许还会嘲笑那些没有走的人。在这种时候，一切都是可能的。"

"保拉，"他拉着她的手，"倘若事情不得不如此，你为什么还要使我这样难过。"

"要我让你轻松一点吗？不，要叫你难过，没完没了地难过，我要尽我所能叫你难过。我就站在这里，你得用强力，用你的拳头把我赶走，你得用你的脚来踩我。反正我决不放你走。"

信号钟响了。他猛地站了起来，脸色苍白，非常激动。他伸手去拿背囊，可是她已把背囊拉过去了，并迎面挡着他。"拿来。"他痛苦地哼了一句。"不给！不给！"她一边气吁吁地说，一边使劲跟他夺背囊。周围的农民都围拢来，哈哈大笑。人们在喝彩，给他们火上加油，正在玩耍的孩子也跑过来了。他俩却还在怒不可遏地各自使出全身力气，像争夺生命似的争夺那只背囊。

正在这时，车头隆隆，列车呼啸着驶进了站。突然他放开背囊，撒腿就跑，头也不回，慌里慌张地跌跌撞撞越过铁轨，朝列车奔去，纵身跳上一节车厢。周围爆发出一阵响亮的笑声，那些农民都兴高采烈地狂叫起来，他们大声嚷嚷："快跳，要抓住你了。""快跳，快跳，她要追上你了。"他们跟着他往前跑，在他身后爆发出一阵耻笑他的响亮的笑声。此时火车已经开动了。

她在那里站着，手里拿着背囊，人们对她劈头盖脑地倾泻他们的嘲笑。她凝望着列车，列车驶得越来越快，马上就在远处消失了。车厢的窗口里没有传来一句告别的话语，任何表示都没有。突然眼泪夺眶而出，模糊了她的视线，她什么也看不见了。

他低头坐在角落里，现在火车行驶速度越来越快，但他还不敢朝窗外看一眼。外面的一切飞速地向后退去，景色被列车行驶的高速度撕成千百块碎片。他所有的一切——山丘上的小房子连同他的画、桌子、椅子、床，还有妻子、狗和多少幸福的日子——现在全完了，他经常兴致勃勃地欣赏的开阔的景色，他的自由和他的整个生活也都烟消云散了，仿佛他的生命已从所有的血管里流尽淌光，除了那张白纸，那张在他口袋里窸窣作响的白纸，他已经一无所有，现在他带着这张纸，任凭厄运的驱使，四处飘流。

他对自己所发生的一切，只是感到模糊而迷惘。列车员要他出示车票，他没有票，他像梦游者似的，说他的目的地是边界，他毫无意识地又换了另一次列车。这一切都是他心里的那台机器做的，他已不再感到痛苦。在瑞士边境站，检查人员向他索取证件，他给了他们：除了那一纸空文，他身边一无所有了。有时候那种业已失去的东西还在轻轻地提醒他，像在梦里一样，从心灵深处发出喃喃的声音："回去！你还是自由的！你不该去。"然而他血液里的那架机器，它不说话，却强有力地拨动着他的神经和肢体，用"你必须去"这个无声的命令顽固地推着他往前去。

他站在通往他祖国的过境车站的月台上。在黯淡的光线中可以清楚地看到那边有一座桥横跨在河上：这就是边界。他闲暇无事的思绪试图理解这个字眼的含义。在这一边，人们还可以生活、呼吸、自由地说话，按自己的意志行事，从事严肃的工作；可是从那座桥向前走八百步，在那里，人的意志已经从身上取掉了，就像从动物身上取出了内脏一样，他们必须听命于陌生人，并把刀子捅进别的陌生人的胸膛。这一切就是这里的这座小桥，这座两根大梁上架着一百几十根木头的小桥的全部含义。因此有两个士兵穿着颜色不同的莫名其妙的服装，持枪站在那里守卫。此刻他心里郁闷难当，感到自己再也无法清楚地思考了，而他的思潮却在滚滚翻腾，浮想联翩。他们在那根木头旁边守卫什么呢？是不让人从一个国家跑到另一个国家去，是不让人从一个割去了人的意志的国家逃跑到另一边那个国家去？可是他自己却愿意到那边去，是的，不过是另一种意义，是从自由走向……

　　他想不下去了。关于边界的思考像是对他施行了催眠术，自从他亲眼看到边界确确实实由两名令人生厌的公民身着士兵制服在守卫着，他心里对有些事就弄不太明白了。他竭力追思往事：这是在打仗啊。不过战事只在那边那个国家里进行，战争离这里还有一公里远，或者说战争正在那边进行，实际上离这里是一公里差二百米远。他忽然想到：也许还要近十米，那就是一千八百米差十米①。他心中忽然萌生一种荒唐的想法，想了解在最后十米的土地上还有没有战争。这个滑稽可笑的念头倒使他兴致勃勃。什么地方一定有一条线，有一条分界线。要是有人走到边界上，一只脚踩在桥上，另一只脚还踩在地上，那他算什么呢——还是自由的或者已经是士兵了？或你得一只脚穿着老百姓的靴子，另一只脚穿军靴。他的这些想法越来越幼稚可笑，不时在他脑袋里搅和着。往桥上一站，这

---

①　原文如此。按上文文意，似应为八百米差十米。

就已经到了那边，要是又跑了回来，那算不算是逃兵？那么水呢？是战争的还是和平的？那河底下是不是也有一条按两国国旗的颜色从中间分开的线？那么鱼呢，是否可以游到那边战争区去？连动物也都是这样！他想到了他那条狗，如果它也来了，也许会被动员起来，要它去拉机关枪或者到枪林弹雨中去搜寻伤员的。感谢上帝，它留在了家里……

感谢上帝！他被自己这个思想吓了一跳，使自己震醒过来。自从他实地看到了这条边界——这座介于生与死之间的桥——他就感到心里开始动起来了，动的不是那台机器，而是一种意识，一种反抗，在他身上要开始觉醒了。在另一条铁轨上，他来时坐的那列火车还停着，只不过在这期间机车已调了头，那巨大的玻璃眼现在正朝另一方向凝视，准备把各节车厢重新拉回瑞士。这使他想起，现在可能还来得及，他那根渴念自己失掉的家的神经，本来已经死了，现在又痛苦地活动起来了，他感到在他心里，以前的那个他又开始恢复其本来面目了。他看到桥的那一边站着个士兵，身着外国制服，腰束皮带，肩上沉沉地挎着一条步枪，看到他漫无目的地踱来踱去，他从这个陌生人这面镜子里照见了自己。现在他才恍然大悟，明白自己的命运。自从他明白了这一点，他就在自己的命运中看到了毁灭。他的灵魂中现在发出了生命的呼唤。

此时信号钟敲响了，那沉重的响声打碎了他那尚未稳定的感觉，现在他知道，一切都完了。如果他坐上这列火车，三分钟，火车就驶完两公里路程到了桥边，并开过桥去。他知道，他可能会搭这列火车的。不过还有一刻钟，他可能会得救。他如痴如醉地站在那里。

然而火车不是从他紧紧注视着的远方驶来的，而是从那边经过这座桥，缓慢地朝这边隆隆驶来。顿时，大厅里骚动起来了，人们从候车室里蜂拥而出，妇女们叫嚷着冲出来，拼命往前挤，瑞士士兵赶忙列队。此时忽然奏起了音乐——他仔细一听，不禁大吃一惊，简直不相信自己的耳朵。可是这音乐高昂激越，绝不会听错，是马赛曲。对一列从德国开来的火车竟奏起敌人的国歌来了！

火车隆隆驶近，嘘嘘地放着气，停了下来。所有的人都已一拥而上，车厢的门都打开了，伸出一张张苍白的脸，明亮的眼里流露出极度的喜悦——穿着军服的法国人，受伤的法国人，都是敌人！敌人！几秒钟的时间他像是在梦里一样，过了这阵他才弄清楚，这列火车上全是交换的受伤的战俘，在这里获得释放，他们从疯狂的战争中得救了。这一点他们都体会到、了解到和感受到了；他们挥着手，他们呼唤，他们欢笑，虽然有些人的笑声里还含着痛苦！有一个伤兵，拐着假腿，踉踉跄跄、绊绊跌跌地走了出来，扶着一根柱子大声喊道："瑞士到了！瑞士到了！上帝保佑！"妇女啜泣着奔向一个车窗又一个车窗，直到找到自己要找的人和亲爱的人，呼唤，哭泣，叫喊，各种声音混乱嘈杂，不过一切都汇成了一片高昂的欢呼声。音乐停止了。几分钟之内听到的只是喧嚷和呼唤——这击拍在人们头上的汹涌澎湃的感情的波涛。

渐渐地平静下来了。到处围成了一拨拨的人群，大家都沉浸在幸福的欢乐之中，热烈地交谈着。有几个妇女还在惘然地来回呼喊着，护士送来饮料和礼物，重伤员用担架抬了出来，裹着白纱布，脸色苍白，受到了亲切而悉心的照料。从他们身体的外形上充分表明了他们的苦难遭遇：有的截去了手臂，衣袖空空地耷拉着，有的形容憔悴，或者严重烧伤，他们的青春几乎荡然无存，个个蓬头垢面，无比苍老。但是每个人的眼睛都安详地仰望着天空：他们都感到朝圣已经到了终点。

斐迪南瘫了似的站在这些他不期而遇的人群之中。揣着那张纸条的胸口下面，他的心又重新剧烈地跳动起来了。他看到，在人群边上孤零零地停着一副担架，无人过问。他迈着缓慢而犹豫的步子走到那个被异国的欢乐所遗忘的人的身边。这个伤员脸色灰白，胡子蓬松，他那只打坏的手瘫残地从担架上搭拉下来。他双目紧闭，嘴唇毫无血色。斐迪南颤抖着。他轻轻地把这只垂着的手抬起来，小心翼翼地放在那受难者的胸前。这时候，这个陌生人睁开了眼睛，看着他，从那无限遥远的痛苦中泛起一丝感激的笑容，并向他致意。

这件事像一道闪电从正在颤抖的斐迪南心里划过。该这样去残害人，不把人类视作兄弟，而代之以仇恨吗？甘愿去参与这桩滔天罪行吗？感情的真理以磅礴的气势涌上他的心头，摧毁了他心里的那台机器，崇高而伟大的自由冉冉升起，它战胜了顺从。"决不去干！决不去干！"一种气吞山河的、从未有过的声音在他心里高喊，并猛烈地冲击着他。他呜咽着在担架前昏倒了。

人们跑到他跟前，以为他羊痫风发作了，医生也赶来了。然而他却自己慢慢地站了起来，也不要别人扶，神情安详而愉快。他伸手从信夹中取出最后一张钞票，放在伤员的担架上；随后他拿出那张纸条，又慢慢地、专心致志地读了一遍，随即把它撕成碎片扔在车站上。大家望着他，以为他是疯子。他现在可不再感到什么羞耻了，倒觉得自己已经复原。这时又响起了音乐。然而他心里响亮的奏鸣盖过了所有的声音。

夜里很晚他回到了家。屋子一片漆黑，像口棺材似的关闭着。他敲了敲门。里面一阵脚步拖地走路的声音：他妻子打开了门。当她看到是他时，不禁深为惊讶。然而他却温柔地抓着她，领她进了门。他们没有说话，俩人都由于幸福而震颤。他走进房间，看到他的画全部竖放在那里。这是她从画室里搬下来的，为的是好一看到他的作品就感到时刻跟他在一起。从他妻子的这个举动中，他感到无限的爱，同时他也明白自己幸免了多少灾难。他默默地捏着她的手。那条狗从厨房里冲了出来，直往他身上跳：一切都在等着他。他感到，真正的他从来也没有离开过这里，不过他感到自己像是一个死而复生的人似的。

他们俩还一直没有说话。但是她温柔地拉着他来到窗前：外面是永恒的大千世界，它对一个一时糊涂的人自寻苦恼根本无动于衷，世界为他闪着光，在无垠的太空中，繁星灿烂。他仰望天空，感触万千，现在他懂得，适用于地球上的人类的，只有一条法则：除了相亲相爱，任何东西都不能把一个人真正束缚住。他妻子挨着他的嘴唇幸福地呼吸着，有时两人的身子由于极度欢快而挨在一起微微颤抖。但是他们沉默着，他们的心在万物永恒的自由中自由地翱翔，超脱了混乱的词汇和人类的法规。

（黄湘舲　译　韩耀成　校）